盗墓笔记

长白山纪念版

一

七星鲁王宫

南派三叔 著

吉林人民出版社

盗墓笔记

目录

七星鲁王宫

contents

目录

七星鲁王宫

contents

目录

怒海潜沙

contents

目录

怒海潜沙

contents

七 星 鲁 王 宫

盗墓笔记

比 鬼 神 更 可 怕 的 是 人 心

第一章

血尸

五十年前，长沙镖子岭。

四个土夫子正蹲在一个土丘上，所有人都不说话，直勾勾地盯着地上那把洛阳铲。

铲子头上沾着刚从地下带出的旧土，离奇的是，这抔土正不停地向外渗着鲜红的液体，就像刚刚在血液里浸泡过一样。

“这下子麻烦大喽。”老烟头儿把他的旱烟管在地上敲了敲，接着道，“下面是个血尸嘎，弄不好我们这点儿当当，都要撂在下面喽。”

“下不下去啊？要得要不得，一句话，莫七里八里的！”独眼的小伙子说，“你说你个老人家腿脚不方便，就莫下去了，我和我弟两个下去，管他什么东西，直接给他来一梭子。”

老烟头儿不怒反笑，对边上的一个大胡子说：“你屋里二伢子海式撩天的，指不定什么时候就给翻盖子了，你得多教育教育，咱这买卖，不是有支匣子炮就能喔嗬西天的。”

大胡子瞪了那年轻人一眼：“你崽子，怎么这么跟老太爷讲话？老太爷淘土的时候，你还在你娘肚子里吃屎咧。”

“我咋说……说错了？老祖宗不说了嘛，那血尸就是个好东西。下面宝贝肯定不少，不下去，走嘎一炉锅汤。”

“你还敢顶嘴？！”大胡子举手就要打，被老烟头儿用烟枪挡了回去。

“打不得，你做伢那时候还不是一样？这叫上梁不正下梁歪！”

独眼的小伙子看到他老爸被数落了，低下头偷笑。老烟头儿咳嗽了一声，又敲了独眼的少年一记头棍：“二伢子，你笑个啥？碰到血尸，可大可小。上次你二公就是在洛阳挖到这东西，结果现在还疯疯癫癫的，都不知道着了什么道儿。等一下我先下去，你爸跟在我后面。你带个土耗子殿后。三伢子，你就别下去了，四个人都下去，想退都来不及，你就拉着土耗子的尾巴，我们在里面一吆喝你就把东西拉出来。”

年纪最小的少年不服气地道：“我不依，你们偏心，我告诉我娘去！”

老烟头儿大笑：“你看，你看，三伢子还怯不得子了，别闹，等一下给你摸把金刀刀。”

“我不要你摸，我自己会摸。”

独眼老二一听就火了，一把揪住老三的耳朵：“你这杂家伙跟我寻事觅缝啰，招呼老子发宝气呢？”

年纪最小的少年看样子平日挨过不少揍，一看他二哥真火了，就吓得不敢吭声了，直望着他爹求救，怎料他爹已经去收拾家伙了。他二哥这下得意了：“你何时咯样不带爱相啰，这次老头子也不帮你，你要再吆喝，我拧你个花麻鸡！”

老烟头儿拍拍老二的肩膀，大叫一声：“小子们，操家伙喽！”说完，一把旋风铲已经舞开了。

半个小时后，盗洞已经打得见不到底了，除了老二不时上来透气，洞里连声音都听不清楚了。老三等得不耐烦起来，就朝洞里大叫：“大爷爷，挖穿没有？”

隔了好几秒，里面才传来一阵模糊的声音：“不……知道，你……待在上面，拉好……绳子！”

是他二哥的声音，然后他听到老烟头儿咳嗽了一声：“轻点儿声……听，有动静！”

然后就是死一般的沉寂。

老三知道下面肯定有什么变故，吓得也不敢说话了。突然，他听到一阵让人毛骨悚然的咯咯声，好像蛤蟆叫一样从洞里发出来。

然后听到他二哥在下面大吼了一声：“三伢子，拉！”

他不敢怠慢，一蹬地，猛地拽住土耗子的尾巴就往外拉，刚拉了几下，下面突然好像被什么东西咬住了，竟然有一股反力把绳子往盗洞里拉去。老三根本没想到还会有这种情况，差点儿就被拉到洞里去。他急中生智，一下把尾巴绑在自己腰上，然后全身向后倒去，后背几乎与地面成了三十度角。这是他在村里和别的男孩子拔河时用的招数，这样一来，他的体重就全部吃在绳子上，就算是匹骡子，他也能顶一顶。

果然，他和洞里的东西对峙住了，双方都各自吃力，但是都拉不动分毫。僵持了十几秒，就听到洞里一声匣子炮响，然后听到他爹大叫："三伢子，快跑！"就觉得绳子一松，土耗子"嗖"的一声从洞里弹了出来，好像上面还挂了什么东西。这时候老三也顾不得那么多了，他知道下面肯定出事了，便一把接住土耗子，扭头就跑。

一口气跑出一公里他才敢停下来，掏出怀里的土耗子一看，吓得大叫了一声。原来土耗子上钩着一只血淋淋的断手。他认得那手的模样，不由得哭了出来。这手分明是他二哥的。看样子，他二哥就算不死也残废了。想到这里，他不由得一咬牙，想回去救他二哥和老爹，刚一回头，却看见背后蹲着个血红血红的东西，正直勾勾地看着他。

这老三也不是个二流货色，平日里跟着他老爹大浪淘沙，离奇的事情见过不少，知道这地底下什么事情都有可能发生，最重要的不是大惊小怪，而是随机应变。要知道，再凶险的鬼也强不过一个活人，这什么黑凶白凶的，也得遵守物理定律，一梭子子弹打过去，打烂了也就没什么好怕的了。

想到这里，他把心一横，一边后退，一边把腰上别着的一支匣子炮拿在手里，开了连发，只要那血红的东西有什么动静，就先给它劈头来个暴雨梨花。谁知道这时候那血红的东西竟然站起来了，老三仔细一看，顿时觉得头皮发麻，胃里一阵翻腾，那分明是一个被剥了皮的人！浑身血淋淋的，好像是整个儿从人皮里挤了出来一样。可是这样的一个人，竟然还能走动，真是奇迹，难道这就是血尸的真面目？

正想着，那血尸一个躬身，突然扑了过来，老三一下子就和它对上眼了。那血淋淋的脸一贴着他的鼻子，一股酸气就扑面而来。老三顺势向后一倒，同时匣子炮整个一梭子子弹全部近距离打在那东西的胸膛上。距离过近，子弹全都穿了过去，把那东西打得血花四溅，向后退了好几步。老三心中暗喜，再一回手，对准那东西的脑袋就扣扳机，只听"咔嗒"一声，枪竟然卡壳了！

这把老匣子炮是当年他二爷爷从一个军阀的墓里挖出来的，想来也没用多少年月，可惜这几年跟着他老爹到处跑，也没工夫保养，平时开枪的机会少之又少，谁知道竟然在这节骨眼儿上卡壳了。那老三也真不简单，一看枪不好使，抡圆了胳膊，用吃奶的力气把枪给砸了过去，也不管砸没砸到，扭头就跑。这次他连头也不敢回了，看准前面一棵大树就奔了过去，寻思着怎么着它也不会爬树吧，突然脚下一绊，一个狗吃屎，老三整张脸磕在一个树墩上，顿时鼻子里、嘴巴里全是血。

老三狠狠一巴掌拍在地上，心里那个气啊：怎么点儿就这么背？！

这时候，他听到后面风声响起，知道阎王爷来点名了，心一横，死就死吧，索性趴在地上不起来了。没承想，那具血尸好像没看到他一样，竟然从他身上踩了过去。那血淋淋的脚板在他后背印下一个印子。这血尸出奇地重，一脚下去，老三就觉得嗓子里一甜，只觉得胆汁都要被踩得吐出来，而且背上被踩过的地方一阵奇痒，眼前马上模糊起来。他意识到自己可能中毒了，而且毒性还非常猛烈。恍惚间，他看到不远处的地方，他二哥的那只手里好像还握着什么东西。

他用力眨了眨眼睛，仔细一看，原来是一块古帛片。他心想：自家二哥拼了命都要带出来的东西，肯定不是寻常东西，现在又不知道他们怎么样了，我好歹得把这东西收好，万一我真的死了，他们找到我的尸体，也能从我身上找着这东西，那二哥的这只手也算没有白断了，我也不至于白死。他一边这么想着，一边艰难地爬过去，用力掰开他二哥紧握的手，把那帛片从掌心里拿出来，塞进自己的袖子里。

这个时候，他的耳朵也开始蜂鸣了，眼睛就像蒙了一层纱一样，手脚都开始凉起来。按他以往的经验，现在他裤裆里肯定大小便一大堆。中尸毒的人都死得很难看，他现在最希望的是不要给隔壁村的二丫头看见自己这个样子。

他就这么昏昏沉沉地胡想着，脑子已经不怎么听使唤了。这时候，他又开始隐隐约约地听到他在盗洞口听到的那种咯咯怪声。

老三隐约觉察到一丝不对，刚才和血尸搏斗了那么些时候，也没听它叫过一声，现在怎么又叫起来了？难道刚才那只并不是血尸？那刚才看到的又是什么东西呢？可惜这个时候他基本上已经无法思考了。他条件反射地抬起头看了一下，只见一张巨大的怪脸正俯下来看着自己，两只没有瞳孔的眼睛里空荡荡的，毫无生气。

第二章

五十年后

五十年后，杭州西泠印社旁，我的思绪被一个老头子打断了。我合上我爷爷的笔记，打量了一下对方。

“你这里收不收拓本？”他问。看样子就是随便问问，我做这行挺有天分的，也就敷衍他：“收，不过价钱不高。”意思是，你没好东西就滚吧，别耽误大爷看书。

做我们这行，三年不开张，开张吃三年。平日里清闲惯了，最讨厌伺候那些一知半解的客人，演变到后来，只要看到那些过路客，就直接放哀乐赶人。不过，我最近空闲得也有点儿过分了，眼看旺季就快过了，也不见什么好东西进来，所以也有点儿耐不住了。

“那我想打听一下，这里有没有战国帛书的拓本？就是五十年前，长沙那几个土夫子盗出来，又被一美国人骗走的那一篇。”那人一边看着我柜台里的藏品，一边问。

“你都说被美国人骗走了，哪里还有？”我一听就火了，“找拓本当然是去市场里淘，哪有指定了一本去找的？怎么可能找得到。”

他压低了声音说：“我听说你有门路，我是老痒介绍来的。”

我警惕起来，心里一惊，老痒不是前年就进号子了吗？怎么，把我供出来了？心里一急，背上冷汗就出来了：“哪……哪个老痒？我不认识。”

“我懂，我懂，”他呵呵一笑，从怀里掏出一只手表，“你看，老痒说你一看这个就明白了。”

那手表是老痒当年在东北的时候他初恋情人送给他的，他把这表当命一样，喝醉了就拿出这表边看边“鹃啊，丽啊”地叫。我问他：“你那老娘儿们到底叫什么？”他想了半天，竟然哭了出来，说：“我给忘了。”这老痒肯把这表给这个人，说明这人确实有些来头。

可我怎么打量这人都觉得面目可憎，但人家都找上门来了，还是爽快点儿说话好，于是直接一抬手：“那就算你是老痒的朋友，找我什么事？”

他咧嘴一笑，露出一颗大金牙：“我一个朋友从山西带回点儿东西，想让你给看看是不是真东西。”

“看你一口京腔，你北京的大土耙子到南方来找我咨询，太抬举我了吧。北京多少好手，恐怕你醉翁之意不在酒啊！”

他嘿嘿一笑：“都说南方人精明，果然不假，看你年纪不大，倒也看得很通透。说实话，我这次来，确实不是找你的，我想见见你家老太爷。”

我的脸色一下子就变了：“找我爷爷？你什么居心？”

“你家老太爷当年在长沙镖子岭盗出战国帛书以后，是否留有一两份拓本？我朋友只想知道，与我们手上这一卷是否一样……”

他话没说完，我就对着边上打瞌睡的伙计吼道：“王盟，送客！”

那金牙老头儿急了：“怎么说着说着就要赶人呢？”

“你说的是没错，可惜你来得太晚了，我家老爷子去年已经西游了，你要找他，回去割脉吧！”我心说，当年那件事连中央都惊动了，那是大事，让你把旧账给翻出来，我家里还能有好吗？

“我说你个小孙子，说话怎么就这么不中听呢！”大金牙一脸贼笑，“老爷子不在了也不打紧，我也没说怎么着啊，好歹你也看一看我带来的东西，你也卖给老痒一个面子不是？”

我看了他一眼，这皮笑肉不笑的，看样子不给看一眼他还真不肯走，心说，就当卖老痒个面子，他出来的时候也不用被他埋怨，于是点点头：“看看就看看，是不是我可不敢说。”

其实这战国帛书有二十多卷，每卷各不相同，我爷爷当时拓下来的那篇只是其中很短的一部分，但是又极其重要。现在也就是我有几份拓本当压箱底的宝贝，市面上有钱也买不到。只见那金牙老头儿从怀里掏出一张白纸，我一看就来气：“靠，还是个复印件。”

“那是啊，那宝贝哪能揣着到处跑啊，一抖就碎。”说着他还故作神秘地压低声音，“要不是我路子广，这东西早跑到国外去了，也算是为人民服务。”

我呵呵一笑：“看你那样子不就是个倒斗的吗？我看你是不敢出手，这是国宝，你脑袋不想要了！”

一句话被我揭穿，老头子脸就绿了，可他有求于我，还得忍着，说：“也不能这么说，每一行都有每一行的道道儿，想你家老爷子当年在长沙做土夫子的时候，那也是威名远播……”

我脸色肯定很难看，咬着牙说：“你要再提我爷爷，我就不看了！”

“好好，咱打住，你快给我瞅瞅，我也好快点儿跑路。”

我展开那白纸，一看就知道这是一篇保存完好的战国帛书，但并不是我爷爷当年盗出来的那份。这份虽然年代也比较久远，但应该是后几朝的赝品，也可以说是古董赝品，是个身份很尴尬的东西。于是我一笑：“这应该是汉代的赝品，怎么说呢。你说它是假的，也不是假的；说它是真的，也不是真的，鬼知道这是照本摹的，还是胡编的，所以我也不知道怎么说好。”

“那这是不是你爷爷盗出来的那份？”

“实话和你说吧，我爷爷盗出来的那份他自己都没来得及看上一眼，就被那美国佬骗去了，你这问题我实在回答不了。”我心说，忽悠你还不容易？表情上装出特诚恳的样子。那金牙老头儿还真信了，叹了口气，说：“那还真是不凑巧，看样子不去找那个美国人，恐怕还真没指望了。”

“怎么？你们怎么就这么在意这一卷？”我问道。这也太奇怪了，这古籍的收藏都是看缘分的，想把一套二十卷战国时期的古籍都找到，那也未免太贪心了。

“小兄弟，不瞒你说，我还真不是倒斗的，你看我这身子骨儿，哪够折腾啊。不过我那朋友的确是行家里手，我也不知道他卖的是什么关子，总之，人家有人家的道理。”他呵呵一笑，摇摇头，“咱也不好多问，对吧？先走一步了。”说完，头也不回地就走了。

我低头一看，他那张复印纸还在我手里呢。突然，我在那纸上发现一个图案，那是个狐狸一样的人脸，两只没有瞳孔的眼睛很有立体感，好像从那纸上凸了出来一样，看得我吸了口凉气。这份帛书我从来没见过，应该是一份珍品。我琢磨着等老痒出来，就用这复印件做几块假的拓片也够我乐的。我急忙跑到门外张望了一眼，看到那金牙老头儿正往回赶。

我心说，他肯定是回来拿这张东西的，忙跑回去，拿起数码相机把它给拍了下来，然后拿起纸走出门外，迎面碰上了金牙老头儿的鼻子。“你东西忘了。”我说道。

我爷爷是长沙土夫子，也就是一般说的“盗墓贼”。

我爷爷入这行的原因一点儿也不出奇，用现在的话说，那就是世袭的行当。我太公的太公十三岁那年，华中一带闹旱灾，那年代，一闹旱灾就起饥荒，你有钱也买不到东西吃。那时候，长沙的边边角角里什么都没有，就是古墓多，于是靠山吃山，靠墓吃墓，全村人一起倒斗。那几年，长沙一带不知道有多少人饿死，可就他们那村一个都没死，还一个个都吃得油光满面的，那可全是靠着用挖出来的东西跟洋人换粮食吃才能那样的。

再后来时间长了，盗墓这东西和其他东西一样，也有个文化的积累，到我爷爷那辈，已经有行规、门派之分。那个时候，盗墓的分南北两派，南派就是我爷爷那派，擅长洛阳铲探土，高手只凭鼻子就能断定深浅、朝代，现在很多小说里动不动就描写洛阳铲，其实北派是不用洛阳铲的，他们精于对陵墓位置、结构的准确判断，也就是所谓的“寻龙点穴”。但是北派的人有点儿古怪，怎么说呢？按我爷爷的说法，那就是他们不实在，花花肠子太多，盗个墓还搞那么多名堂，进去拿了东西就走呗，还要一叩二叩的，搁现在就叫官僚主义得很。而南派规矩就不多，且从不忌讳死人。北派骂南派是土狗，糟蹋文物，倒过的斗没一个不塌的，连死人都拉出来卖；南派骂北派是伪君子，明明是个贼，还弄得自己跟什么似的，后来更是闹到要火并的地步，甚至还有“斗尸”一类的事情发生。到最后，两派终于划长江而治，北派叫倒斗，南派就叫淘沙或是淘土。洛阳铲还是分了之后才发明出来的，北派人根本不屑使用。

我爷爷不认识字，后来进了扫盲班，那时候他只会淘沙，学个字差点儿把他折腾死，也多亏他有了文化，才能把自己的一些经历记录下来。在长沙镖子岭的那老三，就是我爷爷，这些事情都是他一个字一个字记录在他那本老旧的笔记本上的。我奶奶是个文化人，大家闺秀，就是被他的这些故事吸引，结果我爷爷就入赘到杭州来，在这里安了家。

那本笔记算是我家的家传宝贝，我爷爷的鼻子在那次的事情后就彻底废掉了，后来他训练了一条狗来闻土，人送绰号“狗王”。这是真事，在长沙做过土夫子的，老一辈的人都知道这名字。

至于我爷爷后来怎么活下来的，我的二爷爷、太公和太太公最后怎么样了，我爷爷始终不肯告诉我。在我的记忆里，我也没有看到过一个独眼独臂的二爷爷，估计真的是凶多吉少了。一提到这个事情，我爷爷就哭，直说："那不是小孩子能听的故事。"无论我怎么问、怎么撒娇，他也不肯透露半个字。随着年龄的增长，我也逐渐失去了童年的好奇心。

傍晚，铺子打烊，又是无聊的一天过去了，屁东西也没有收进来。我打发掉伙计，这个时候，一条短信息来了。

"九点鸡眼黄沙。"

是家里三叔发过来的，这是暗语，就是说有新货到了。紧接着又是一条："龙脊背，速来。"

我眼睛一亮，三叔的眼光奇高，这"龙脊背"就是有好东西的意思，连他都觉得是好东西，我真要见识一下。

我关好店门，开着我的破金杯车就直奔我三叔那里，一方面想看看他所谓的好东西是什么；另一方面，也想让他看看我今天拍到的那份帛书上的图案到底是什么，到底他是这一代人中唯一还和土夫子有接触的人。

我的车刚开到他楼下，就听到他在上面叫："你小子快点儿，你磨个半天，现在来还有个屁用！"

我"靠"了一声："不是吧，好东西留给我啊，你卖得也太快了！"

正说着，我看到一个年轻人从家门里走了出来，身上背了根长长的东西，用布包得严严实实的，一看就知道应该是一把古兵器。这东西的确值钱，要是卖得好，价格能翻十几倍。

我指指那年轻人。三叔点点头，做了个无可奈何的手势。我心里一阵悲哀，难道我的小摊子今年真的要破产了？

我上了楼，自己搞了杯咖啡，把今天那金牙老头儿跑来刺探的事和三叔一说，本以为他会和我同仇敌忾，没想到他好像变了个人一样，沉默不语，直接把我数码相机里的东西打印了出来，放在灯下一看，脸色立马就变了。

"怎么了？"我问道，"这东西有什么蹊跷？"

他皱起眉头，说道："不会吧，这好像是张古墓的地图啊！"

第三章

瓜子庙

我看看上面满是文字的帛书打印件，又看看三叔的表情，不像是开玩笑啊，难道三叔已经超脱到能从字里看出画来的地步了？怎么看这个平日里吃喝嫖赌的老不正经也没什么仙根啊。

三叔兴奋得不住发颤，在一边自言自语：“这些人从哪里搞来这么好的东西，怎么我就从来碰不到？这次真是造化了。看样子他们还搞不清楚这是什么，我们可以赶在他们之前把这拨沙子给淘了。”

我大为迷惑：“三叔，也许我是笨了点儿，可你真能从这么小的字里看出地图来？”

“你懂什么，这叫字画，就是把那地方详细的地理位置用文字写出来。这东西，如果是别人还真看不懂，幸亏你三叔我还有点儿阅历，这世上，能看懂这玩意儿的除了我之外，恐怕不超过十个人。”

我三叔没什么其他本事，但是从小对那些稀奇古怪的非正统的古代文字和暗语非常有研究，一句话概括，就是什么东西生僻他就研究什么，像什么西夏的五木书图、女真最早期的牙字，他都能说出个道道儿来。所以他能知道这个字画，我倒是一点儿也不惊讶。不过他这个人是得了便宜就卖乖的类型，在他面前还得装笨，不然他一句话就把你打发了。于是我装出很憨的样子，问他：“哦，那上面是不是写着向左走，然后向右走，看见前面大树向右拐，看见一口井然后钻下去，这样？”

三叔叹了口气：“孺子不可教也，你的悟性这么差，看样子我们家到你这一代就玩儿完了。”

我看着他这个样子，还叹息得如此真切，似乎是心里话，不由得觉得好笑：“那你说是怎么样的？我爹又不教我，这东西又不是天生的。”

他得意地咂咂嘴，说道：“这种字画，其实是种密码，它有严格的格式，只要把里面写的东西按照它的格式画出来，就是一幅完整的地图了，所以你不要小看这区区几个字的帛书，不知道里面的信息有多复杂，说不定连哪里用了多少块砖都标得很清楚。”

我一听就来了兴趣，心说，从小到大，家里也没让我出去倒个实斗，这一次定然要让三叔带我去见识一下，摸几个宝贝，也好渡过我的经济危机。这么一边想着，一边问他：“那你能不能看出里面写着是谁的墓，或者是不是比较有来头的主儿？”

三叔得意地一笑：“我现在不能完全看懂，不过，这个墓穴应该是战国时期鲁国一个贵族的，光看他的墓穴所在地被人用这种隐秘的字画方式记录在这张帛书上，就说明此人的地位应该相当高，而且这个墓地必然十分隐秘，是个好斗，一定值得一去。”

我看着他眼睛直放光的样子，就觉得稀奇，这老家伙，平日里门都懒得出一步，难道这次竟然想亲自出马？那真是千古奇闻了。于是我忙问他：“怎么，三叔，你真的打算亲自去淘这拨沙子？”

他拍拍我的肩膀：“这你就不懂了吧，和你说，唐、宋、元、明、清，那斗里面是有宝贝，不过那最多只能说是巧夺天工，但是战国，那时期的皇族古墓年代过于久远，你永远也估计不到那里面有什么东西，战国墓可是出神器的地方，那可都是人间没有的东西，你说我能不想见见吗？”

“你就这么肯定？说不定里面啥都没有呢！”

“不会，你没看这图案吗？”他指了指那张诡异的狐狸脸，“这是鲁国最早举行人牲祭祀时戴的面具，这墓里埋的一定是身份很特殊的人，可能比当时的国君还要尊贵。”

我脱口而出：“国君他爹？”

三叔瞪了我一眼，就想把那张打印纸收起来。我一把按住，朝他一笑：“三叔，你别急着收起来，怎么说这东西也是我搞来的，这次你怎么样也要带我去见识一下。”

他大叫："不行！淘这沙可不是那么简单的，那地方可没空调，还机关重重，可能随时要歇菜。你是你爹的独苗，你要是有个三长两短，我非让你爹给扒了皮不可！"

我也大叫："那拉倒！就当我没来过！"说着，就把那纸从他手里猛地抽了出来，转头就走。我知道三叔这人，一旦遇到自己喜欢的东西，就一点儿原则也没有了，看到古董这样，看到女人也这样，我就吃准了他这一点。果然，才走了几步，他就投降了，追上来，一把拉住我手里的纸："好、好、好，你厉害，不过咱可说好了，我们下盗洞的时候，你可得待在上面，这样总行吧？"

我顿时心花怒放，心说，到时候我要下去你还能拦得住我？忙点头道："一句话，出门在外，就全听你的，你让我干吗我干吗！"

三叔无奈地叹了口气，说："我们两个人还不成事，我明天再调几个有经验的伙计过来。这几天我就解这张字画，你得帮我去置办些东西。"说着，他迅速写了张条子给我，对我说，"千万别买了假货。还有，准备套旅游的行头，不然还没到地方，我们就先被拘留了。"我点头答应后，就各自分头去忙了。

三叔要的东西都比较刁钻，我觉得恐怕是想故意为难一下我，因为这单子里的东西一般店里还真没有，比如什么分体式防水矿灯、螺纹钢管、考古铲头、多用军刀、折叠铲、短柄锤、绷带、尼龙绳等。我才买了一半就花了将近一万块钱，那叫一个心疼啊，直骂那老狐狸：这么有钱还这么吝啬！

三天后，我和我三叔以及两个老淘沙的伙计，还有那天买了我三叔那个"龙脊背"货色的小伙子，五个人到了山东瓜子庙再往西一百多公里的地方。

说起这地方，该怎么说呢？真只能说这就是一个地方，什么都没有。我们先是坐长途汽车，然后是长途中巴，接着是长途摩托，再然后是牛车，最后我们从牛车上下来的时候，前看、后看、左看、右看，还是什么都没有，然后就看到前面跑来一条狗。我三叔一拍请来的向导："老爷子，下……一程咱骑这狗吗？恐怕这狗够呛啊！"

"不会。"老头子大笑，"这狗是用来报信的，这最后一程啊，什么车都没有，得坐船，这狗会把那船带过来。"

"这狗还会游泳？"

"游得可好咧，游得可好咧。"老头子看着那狗，"驴蛋蛋，去游一个看看。"

那狗还真有灵性，真就跳到河里游了一圈，上来抖抖毛，就趴在地上吐舌头。

“现在还太早，那船工肯定还没开工，咱们先歇会儿，抽口烟。”

我一看表：“下午两点还没开工，你这船工是什么作息时间啊？”

“我们这里就他一个船工。他最厉害，什么时候起来就什么时候开工，有时候一天都不开工，能把人急死。”老头子笑笑，“没办法，这河神爷只卖他面子，别人只要一进那山洞就肯定出不来，就他没事。要是你们会骑骡子，我们就能从山上翻过去，再一天也能到。不过，你看你们带这么多东西，我们全村的骡子也不够你们用的。”

“哦。”三叔一听到山洞，马上来劲儿了，拿出翻译好的地图。这地图他一直当宝贝一样，看都不让我看一眼。他一拿出来，我们马上凑过去看，只有那个小伙子还是一言不发地坐在一边。

说实话，我三叔的两个伙计很好相处，都是实在人，就这人像个闷油瓶，一路上连屁都没放过一个，只是直勾勾地看着天，好像在担忧天会掉下来一样，特讨厌！我一开始还和他说几句话，后来干脆懒得理他，真不明白三叔把他带来干什么。

“有山洞，还真是个河洞，就在这山后面。”三叔说，“怎么着，老爷子，这山洞还能吃人？”

老头子呵呵一笑：“都是上几代留下来的话了，我也记不清楚了。那河道没通的时候，村里人都说里面有蛇精，进去的人一个都没出来。后来有一天，那船工的太爷爷从那洞里撑了只小船出来，说是外面来的货郎。你说这货郎哪有扛着只船到处跑的？大家都说他是蛇精变的。他太爷爷就大笑，说船是他在隔壁村买的，不信可以去隔壁村问。他们跑去一问，果然是这样，这才相信。还以为那洞里的妖怪已经没了，结果几个胆子大的年轻人去探洞，又没出来。从那以后，只有他家的人能够直进直出，你说古怪不？后来他们家就一直做这一行，一直到现在。”

“那狗没事吗？”我奇怪道，“不是用它报信的吗？”

“这狗也是他家养的，别人家别说是狗了，牛进去都出不来。”

“这么古怪的事情，政府就不管？”

“那也要说出去有人信才行。”老头子在地上敲了敲旱烟管。

三叔眉头一皱，拍拍手：“驴蛋蛋，过来。”

那狗还真听话，屁颠屁颠就跑过来了，三叔抱起它一闻，脸色一变：“不会吧，难道那洞里有那东西？”

我也抱起来一闻，一股狗臊味呛得我一阵咳嗽。这狗的主人也真懒，不知道多久没给这狗洗澡了。

那个叫潘子的伙计哈哈大笑："你想学你三叔，你还嫩着呢。"

"这死狗怎么这么臭？"我恶心得直咧嘴。

"这狗是吃死人肉长大的。"三叔说道，"那是个尸洞，难怪要等时间才能过，那船工小时候恐怕也是……"

"不会吧？"我吓得汗毛都起来了。这句话一出，连那闷声不响的小子脸色都变了。我三叔的另一个伙计是一个大汉，我们叫他大奎，看他那块头和拉车那牛差不多大了，胆子却很小，轻声问："那尸洞到底是什么东西？进去会不会出事？"

"不知道。前几年我在山西太原也找到过这么一个洞，那里是日本人屠杀后堆尸的地方。凡是有尸洞的地方必然发生过屠杀，这个是肯定的。那时候看着好玩，就在那里做实验，把狗啊、鸭子啊放在竹排上，然后架上摄像机，推进去。那洞最多一公里多点儿。我准备了足够长的电缆，可是等到电缆都拉光了，那竹排都没出来，里面一片漆黑，不知道竹排漂到什么地方去了。后来就想把竹排拉出来，才拉了没几下，竹排突然就翻了，然后就……"三叔手一摊，"最后只看到半张脸，离屏幕太近了，看不出是狗还是什么东西。要过这种洞，古时候都是一排死人和活人一起过去的，要是活的东西，进去就出不来！不过，听说山西那一带有个地方的人从小就喂小孩吃死人肉，把尸气积在身体里，等长大了，就和死人没什么两样了，连鬼都看不到他。老爷子，你们那船工是不是山西过来的？"

老头子的脸色微微有了些变化，摇摇头："不晓得啊，那是他太爷爷那时候的事情了，都不是一个朝代的人。"说着看了看天，对那狗叫了一声，"驴蛋蛋，去把你家那船领过来！"那狗"呜"一声，跳进水里就往山后面游去。

这个时候，我看见三叔对潘子使了个眼色，潘子偷偷从行李里取出一个背包背在身上。那个在一边坐着的年轻人也站了起来，从行李堆里拿出自己的包。潘子走过我身后的时候用杭州话轻声说了一句："这老头子有问题，小心！"

第四章

尸洞

这一路过来，凶险的事情遇到不少，这几个伙计非常厉害，我对他们已经很信任了。所以，潘子一说这话，我心里就有数了。大个子大奎也朝我使了个眼色，意思是“你就缩后面，有什么动静都别探头看”。我不由得苦笑，我凭什么探头啊？你大奎一拳就能把一头牛打蒙；潘子就更不用说了，退伍老兵，一身的伤疤；俺三叔从小就是打架不要命的角色；还有那闷声不吭的小伙子，怎么看也不像个善类，是个闷油瓶；而我，自古书生最无用，三叔硬塞给我的军刀我都觉得太重，怎么用怎么别扭。

正想着我该带个什么东西防身时，驴蛋蛋“扑通扑通”游了回来。老头子把烟枪往裤管上一拍：“走，船来了。”

果然，两只平板船一前一后从山后驶了出来，前面那船上站着个中年人，一边撑船一边对着我们吆喝。这船还真不小，装我们几个加上装备是绰绰有余了。老头子拍拍牛脖子：“各位，行李就不用拿下来了，我把牛和车一起拉上第二只船，我们就坐第一只船，省点儿力气。”

潘子一笑：“有些东西见不得水，还是随身带着好，等一下那牛跳水里去，那我们不就歇菜了吗？”

老头子笑着点头：“你说的也是个理儿，不过俺这牛也不是水牛，绝跳不到水里去。要是跳下去了，我老汉帮你们都捞上来，一件也少不了你们的。”

老头子说着牵着牛就先走到渡头上去了，我们几个各自背着自己的随身行李跟在后面。那中年人船撑得很麻利，几下就到了岸边。

在老头子赶牛上第二只船的时候，我打量了一下那撑船的中年人，皮肤黝黑黝黑的，极其普通，但是不知道是心理作用还是什么，总觉得这人看上去鬼鬼的，又想起三叔说起的吃死人肉的事情，我突然觉得那人越看越恐怖。

“等一下各位到洞里的时候，千万小声说话，不要惊动河神。”那人说，“特别是不要说河神的坏话。”

“大概多长时间能过那个洞？”我三叔问他。

“快的话，五分钟就过去了，里面水很急的，快得很。”

“怎么，还有慢的时候？”

“是，有时候这水是逆流的。你看我刚才是顺流出来的，那现在我们肯定是逆流进去，那时间就长了，估计要十五分钟，有几个弯还挺险。”

“那里面亮不？”

那人嘿嘿一笑：“黑灯瞎火的，怎么可能会亮，可以说是漆黑一片。”不过他指了指耳朵，“我撑了十几年的船了，这几篙子，用耳朵就行了。”

“那我们打个手电行不？”潘子扬了扬他手里的矿灯，“总不碍吧？”

“不碍事，”那人说，“但是千万别照水里，吓死你们！”

“怎么？”我三叔一笑，“有水鬼啊？”

“那水鬼算个啥，这水里的东西，我也不敢说是什么，你们要胆子真大，待会儿自己看一眼，记得，看一眼就得了。你们要是运气好，就会看到一团黑水；要是运气不好，看到的东西能把你们吓疯过去。”

说着，我们已经能看到那洞了。这洞藏在山壁后面，我们在岸上的时候一直看不到，总把它想象成一个大洞，但实际一看，不由得叫了一声“不好”，没想到这洞这么小，小到刚比这船大了十几厘米。最恐怖的是它的高度，人坐着都进不去，要低下身子才能勉强进去。这么小的空间，如果里面的人要暗算我们，我们根本活动不开手脚。潘子怪叫了一声：“靠，这洞也忒寒碜了吧？”

“这还算大的，里面有一段还要低呢。”后面的老头子说道。

三叔看了潘子一眼，潘子造作地一笑：“啊，这么小的洞，要是里面有人打劫我们，不是想逃都逃不掉？”

这话一说，我看到撑船的中年人做了一个很不明显的手势，老头子脸色一变。我心说，果然有问题啊。这时候，我听到一阵呼啸，船已经进洞了。

潘子打开了矿灯。这洞刚进去这段还有光亮，但是很快就只剩下这矿灯亮了。

“三爷，这洞不简单啊。”大奎说道，“这是水盗洞啊！”

“水盗洞，古圆近方，你看这些痕迹，这洞有些年头了，看样子，这洞里应该另有乾坤。”

“哦，看样子这位有些来头儿，说得不错。”那中年人猫着腰单膝跪在船头，单手撑篙，一点一划，但奇怪的是，他的篙子根本没沾水，他人更是大气都不喘，接着说道，“听说，这整座山啊，就是座古墓，这附近这样大大小小的水盗洞还真不少，就这个最大、最深。你们也看到了，恐怕那时候这水还没有这么高，那时候应该还是个旱洞。”

“哦，看样子你也是个行家啊。”三叔客气地递过去一支烟。他摇摇头，说：“什么行家，我也是听以前来这里的那些人说的。听得多了，也就能说上两句了，也就知道这么点儿浅显的。你可千万别说我是行家。”

潘子和大奎一边把手都按在自己的刀上，一边和那两个人说笑着，气氛看上去十分融洽，其实每个人都不知道有多紧张。我心说，我们有五个人，他们只有两个人，要真的动起手来，也不见得会输，但是他们既然敢动手，那肯定是有什么周全的准备。

正想着，突然闷油瓶一摆手：“嘘，听！有人说话！”我们马上屏住气息，果然听到窸窸窣窣的声音从洞的深处传来。我想仔细分辨他们在说什么，可总觉得能听懂又听不懂。听了一会儿，我回头想问那中年船工这洞里是不是经常会有这种声音，竟然发现他人已经不见了。再一回头，靠，那老头子也不见了。

“潘子，他们到哪里去了？”三叔急得大叫。

“不知道，没听见跳水的声音。”潘子也慌了，“刚才一听到声音，人突然就走神了。”

“糟了，我们身上没尸气，不知道会发生什么事情。”三叔懊恼起来，“潘子，你在越南打过仗，你有没有吃过死人？”

“开玩笑，三爷，我那时候在炊事班天天刷盘子。”潘子一指大奎，“大奎，你不是说你家里老早是卖人肉包子的吗？你小时候肯定吃了不少。”

“放屁，我乱盖的，再说了，这人肉包子也是卖给别人吃的，你见谁卖人肉包子自己拼命吃的？”

我忙打了个暂停的手势：“你们三个人加起来一百五十多岁了，丢不丢人啊！”

我话刚说完，船突然抖动了一下。潘子忙拿起矿灯往水里照，我们借着灯光，就看到水里一个巨大的影子游了过去。

大奎吓得脸都白了，指着那水里，下巴“咔嗒”了半天，愣是没说出一个字来。三叔怕他背过气去，猛扇了他一巴掌，骂道：“没出息！咔嗒啥呢？人家俩小鬼都没吭声，你跟了我这么多年，吃屎去了？”

“我的娘啊——三爷，这东西也忒大了！咱几个恐怕还不够它开饭的。”大奎心有余悸地看着水里。他本来是坐在船舷上的，现在屁股已经挪到船中间来了，好像怕水里有什么东西突然蹿出来把他叼走。

“我呸！”三叔狠狠地瞪了他一眼，“我们这里要家伙有家伙，要人有人。我吴家老三淘了这么久的沙子，什么妖魔鬼怪没见过？你没事少在这里给我放屁。”

潘子也吓得够呛，不过对他来说，与其说是恐惧，不如说是震撼。在这么狭窄的一个空间里，水下掠过这么巨大的一个东西，一时间所有人脑子都抽筋了，这也不奇怪。潘子看了看四周，说：“三爷，这洞里古古怪怪的，我心里瘆得慌，有什么事情咱出去了再说，如何？”

大奎马上表示同意。其实我心里也巴不得出去，但我到底是三叔的本家，怎么也要等他表了态再发言。

这个时候三叔竟然看向那个闷油瓶，好像在征求他的意见。以三叔的个性，天王老子都不放在眼里，如今却好像对这个小子非常忌惮。我不由得奇怪，转过头去看他怎么表态，却发现他根本没在听我们说话，而且本来木然得像石雕一样的表情已经不见了，两只眼睛直盯着水里，好像在聚精会神地找什么东西。

我想问问三叔这人到底是什么来头，现在这场合也不合适，只好偷偷问潘子。潘子也摇摇头说不知道，只知道这人有两下子，他特别用下巴指了指那人的手，说：“你看，那手，要多少年才能练成那样？”

这之前我还真没注意过那人的手，这一看，发现还真是不寻常。

他的手中指和食指特别长，我马上联想到古时候发丘中郎将的双指探洞的功夫。我在我爷爷笔记上看到过相关的记载，那发丘中郎将里的高手，这两个手指，稳如泰山，力量极大，可以轻易破解墓穴中的细小机关，而要练成这么一手绝活儿，非得从小练起不可，其过程必然苦不堪言。

我还在想着到底他这手有什么能耐，就见他抬起右手，闪电般插进水里，那动作之快，几乎就是白光一闪，他的手已经回来了，两个奇长的手指间夹着一只黑乎乎的虫子。他把那虫子往甲板上一扔，说：“刚才就是这东西。”

我低头一看，不由得松了一口气：“这不是龙虱吗？这么说，刚才那一大团影子只是大量的龙虱游了过去？”

“是。”那人用他的衣服擦了擦手。

虽然还不是很相信，但我们已经松了口气。大奎突然一脚把那虫子踩扁了：“吓得老子半死。”

我转念一想，不对啊，怎么可能有这么多龙虱同时活动？而且，这龙虱的个头儿也太大了。那闷油瓶也好像不是很释怀的样子，看样子也在思考这个问题。

大奎还在用脚踩那虫子的尸体，已经稀烂了，估计是想挽回点儿刚才失态的面子。三叔捡起一只断脚，放在鼻子下闻了闻，骇然道：“这不是龙虱，这是尸鳖！”我们一怔，都觉得不妙，这名字听上去就不吉利。

“我的姥姥，这东西是吃腐肉的，有死物的地方就特别多，吃得好就长得大。看样子这上游肯定有块地方是积尸地，而且还是了不得的大。”三叔看着那黑漆漆的洞说。

“那这东西咬活人不？”大奎怯怯地问。

“如果是正常大小的，那肯定是不咬人的，但是你看这只的个头儿，它咬不咬人我还真不能肯定。”三叔纳闷地看着，“这东西一般都待在死人多的地方，不会经常游来游去，怎么现在这么一大群一起迁移呢？”

闷油瓶突然把头转向洞穴的深处：“我看，恐怕它们刚才是在逃命。”

“啥？逃命？”潘子一个激灵，“那这洞里头……”

闷油瓶点点头：“我总觉得里面好像有什么东西正在往我们这边过来，而且块头不小。”

第五章

水影

“哎哟，我的小爷爷，你可别吓我，我虽然块头大，可最怕这说不出名堂的东西。你说就是一帮马贼，我大奎也不放在眼里，这东西是啥都不知道，你看我这腿都软了。”

我心想，在这里待下去也不是办法，而且一种很不舒服的预感在我心里一直时有时无的，不知道是这压抑的洞穴给我的心理作用还是什么，于是说：“别管是什么，现在最重要的还是快点儿出去。现在我们是逆流，要往回走，肯定比来的时候快。我们进这个洞才不到十分钟，出去肯定没问题。”

“对，对，小三爷说得对。”大奎忙附和，“三爷，你就说句话，大不了我们出去以后翻山过去，东西都我来扛，我力气大，耽误这一两天的工夫，也差不了多少啊！咱盗洞打得快一点儿，不就补回来了吗？”

三叔又看了一眼闷油瓶，问道：“小哥，你怎么看？”

闷油瓶淡淡地道：“现在想出去，恐怕已经来不及了。那两个人既然能放我们进来，就肯定有十分的把握我们出不去。”

“不出去，难道在这里等到老死？”潘子看着他急道。闷油瓶看了他一眼，竟然把头转过去闭目养神起来。潘子见闷油瓶没理他，只好对三叔说：“我看这样，往前咱们是万万不能的，你看大奎，非吓死不可，我们就往后退，这进来的路不复杂，说不定能出去，要真遇上什么奇门遁甲的，我们再想办法。”

“也只有这个办法了。”三叔点点头，对潘子说，“前后都打一只矿灯，你把那几杆猎枪都装起来，我和大奎来撑篙，潘子和大侄子盯着后面。小哥，你就帮我指路。”我们各自答应着。潘子又拿出一盏矿灯，对着我们身后一照，那第二只船上的牛被这光一照，叫了一声。潘子骂了声娘：“三爷，得把这牛赶到水里去，不然这篙没办法撑啊。”

因为刚才矿灯是打向前面的，所以我们根本就没注意，早把后面还拉了只船给忘了，现在看到，不由得骇然。看样子这两个老贼考虑得真是周详，这洞的高度，那牛根本站不起来，不要说把牛赶到水里去，那一车的装备加上这牛，吃水已经很深了，我们人再上去，不仅篙子撑不动，还有可能会沉。这样子，这后面的拖船，就像一个塞子一样把我们给堵住了。

这个时候，我隐约又听见洞的深处传出怪声，而且，明显比上一次近了很多。那声音好像无数小鬼在窃窃私语一样，让人极度不舒服。所有人都静了下来，气氛一时间诡异到了极点。突然，我的全部注意力被这声音给吸引了，几次想收回心神，却马上又被吸引了过去，心中暗叫“不妙”，这声音有蹊跷！虽然知道，却怎么也回不了神，一时间满脑子都是这种声音。就在这个时候，不知道是谁狠狠地踢了我一脚。我一个不稳，就掉到了水里。

马上，我脑子里的声音全没了，几乎是同时，我看见潘子也掉了下来，然后是三叔和大奎，最后闷油瓶带着一盏矿灯也掉了下来。在水里那声音模糊了很多，我们都没受什么影响，但是用肉眼在水里看东西非常模糊，我眯起眼睛也只能看个大概。闷油瓶冲我们指了指水下，然后用灯一照，水并不很深，能够看到水底一层白沙。他扫了一圈，既没什么植物，也没有鱼虾之类。我实在憋不住气了，探出头吸了一口气，刚把眼睛上的水甩掉，突然发现一张血淋淋的脸从上面倒挂下来，两只眼睛死死地瞪着我。

我就这样盯着他，他也这样盯着我。

我认出这个人就是给我们撑船的中年人，一抬头，发现他只剩下上半身，洞顶上一只黑色的大虫子正在啃咬他的肠子，还不时甩一下。我顿时吓蒙了，这不是只巨大到可怕的尸鳖吗？我的老天，这得吃多少死人才能长这么大啊！

正在这时候，潘子的头也冒了出来，可惜他没我走运，还没等他明白是怎么回事，那虫子“吱”的一声，把尸体一甩，直接一下子就扑到了他的头上，扬起一对大螯唰地插进潘子的头皮里。

潘子也算是个人物，这种情况下只见他左手一翻，不知道什么时候军刀已经拿在手上了，把刀往那虫子的螯根下一撬，直接把它的一只螯给挖了出来。要是我，挨了大虫子这一下，估计就得去阎王那里报到了。那虫子不知道从哪里发出“吱”的一声惨叫，另一只螯吃不住力，被潘子顺势一拳推了出去。这一连串变故都是电光石火间发生的，潘子也没看见我，直接把虫子按在我脸上了。

我心里大骂。这潘子太不厚道了，平日里说如何如何罩我，现在一有情况，直接把这要命的东西往我脸上扔。你说你还有把军刀，老子就一双手，这下要完了。那虫子还真不客气，直接就用它锋利的爪子割去我脸上的一块皮。我一咬牙，想把它甩开，没想到它的几个爪上都有倒钩，牢牢地钩住我的衣服，有几个都直接钩到我肉里去了，疼得我眼泪都出来了。

这时候，闷油瓶也浮出了水面，他一看我快顶不住了，赶忙冲过来，一下子把两根手指插进那虫子的背脊，发力一扯，一条白花花的通心粉一样的东西就被他扯了出来。可怜那虫子刚才还占尽上风，一秒钟都不到就歇菜了。我把那虫尸往船上一扔，感觉像做了一场噩梦一样。

大奎对着闷油瓶竖起大拇指：“小哥，我大奎服你，这么大一只虫子，你愣是把它的肠子给扯出来了，不服不行！”

“去！”潘子头上破了两个血洞，还好口子不大，他一边龇牙一边说，“瞧你那文化，这叫中枢神经，人家这一家伙，直接把那虫子搞瘫痪了！”

“你是说这虫子还没死？”大奎半只脚已经爬到船上去了，一听这话，又把脚放回到水里。闷油瓶一个翻身上了船，把那虫子踢到一边：“还不能杀它，我们得靠它出这个尸洞。”

“你说刚才那声音……是不是这虫子发出来的？”三叔问他。刚才听这虫子叫了几声，好像不像。

闷油瓶把那虫子翻过来，我们看到在它的尾巴上有一只拳头大的六角铜质密封的风铃，不知道什么时候植进去的，已经铜绿得一塌糊涂了。那风铃的六面都刻着密密麻麻的咒文。

潘子一边绑上绷带，一边用脚踢了一下，那六角铃铛突然自己动了起来，发出的声音和刚才听到的一样，不过刚才听到的非常空灵，好像幽冥里飘来的一样，现在这个听起来就很真切。看样子这个铃铛就是那个声音的来源，但是一定要和空旷的回声配合才有蛊惑人心的作用。这六角铃铛里必然有十分精巧的机关，而且还能经历千年而不腐，估计是金银一类的东西。但是它何以能够自己响起来呢？

我正在纳闷，这铃铛越发放肆地响起来，好像里面有个关不住的冤魂想逃出这封闭它的神器。可惜这东西太小，反而让我觉得有些可笑。潘子自顾自包扎完伤口，熟练得好像每天都会伤这么一回似的。那铃铛丁零丁零地响着，他听得心烦，就想一脚把它踩住，没想到这青铜的外壳其实已经老化得不成样子了，那铃铛“啪”的一声，竟然被他踩裂了，从里面喷出一股极其难闻的绿水。

三叔气坏了，一拳就想敲在潘子的头上，想到他脑袋刚被插了两个洞，若再挨他一拳，恐怕就和这铃铛一样了，只好作罢，改打为骂：“你小子那脚就不能给我放老实点儿？这东西少说也是个神器，你就这样一脚给我糟蹋了！”

“三爷，我哪知道这东西这么不结实啊。”潘子还觉得委屈呢。三叔气得直摇头，他拿军刀拨开青铜的碎片，里面是一个又一个像蜂窝一样大小和形状都不一样的小铃铛。这些小铃铛都附在一个很精致的空心球上，那球上打满了孔洞，如今球已经被踩裂了，里面有一只青色大蜈蚣，头部已经被踩扁，那绿水就是从这手指粗的蜈蚣体内流出来的。

三叔用刀尖把那空心球翻过来，发现这球上有一根管子，直插到与那巨大尸鳖连接的部分，说道：“恐怕这蜈蚣肚子饿的时候，就通过这根管子钻到尸鳖肚子里去吃东西。这样的共生系统，到底是怎么想出来的？”

那半截船工的尸体漂在水上，一沉一浮的。三叔叹了口气：“这就叫自作自受，他们肯定是想把我们放单在这尸洞里，等我们死了，再来捞我们的东西。不晓得今天遇上了什么变故，竟然自己死在这大尸鳖手里，真是活该！”

“这叫无巧不成书，看样子我们运气还不错。”我说道。

潘子摇了摇头，说：“那东西，爪子的力气恐怕不可能短时间内把一个人撕成两半，要是它有这力气，我的脑浆早被它挖出来了。我想这东西肯定不止一只，这一只肯定是在分尸后把那尸体叼过来想独食。”

大奎本来已经很放松了，听他这么一说，不由得咽了口唾沫。

“别慌，刚才这小哥不是说了嘛，我们得靠这东西出这个洞。我们就把这大尸鳖放在船头上，让它给我们开路。这东西一辈子吃尸体，阴气极重，是那些什么僵尸的克星。在尸洞，估计它们就是这里的霸王。有它在我们船上，我们肯定能出去。”三叔说，“来，我们也不退出去了，我倒要看看，前面到底是什么地方，竟然能生出这么大只的虫子来。”

听三叔一说，我也觉得有理，算算在这洞里已经待了不少时间了，这连头都抬不起来的地方太压抑了。我们几个从后面的行李里取出折叠铲，用来当船篙，撑着石壁就向前驶去。

我一边划一边研究这边上的洞壁，突然有了个疑问，于是问三叔：“你看这些都是整块的石头，古时候的倒斗先人到底怎么挖出来的啊？就算是现在，没几百人恐怕也挖不出这么深的洞穴。”

三叔说：“你看这洞这么圆，年代已经十分久远了，当年挖这个洞的肯定是官倒，就是专门倒斗的军队。看样子，我们要找到那地图上所标的墓穴，恐怕没有想的那么容易。”

“三爷，你怎么就这么肯定这墓还在呢？你看人家一个军队来，挖了这么长的洞，保不准这东西已经给人家搬光了。”大奎说，“我看，说不定我们进去的时候，连块棺材板都没有了。”

我三叔闷哼一声，说道：“如果这斗在几千年前已经被人倒了，那我们也无话可说，但是你要知道，这洞穴在那地图上是确确实实存在的，这说明这个盗洞在墓主人下葬的时候已经有了，这盗洞的年月，应该在我们要找的古墓之前。而且这一带肯定不止一个墓穴，谁知道这个盗洞是盗哪个墓的时候挖的。”

“那就是说，”我已经感觉到我三叔这番话有着令人不寒而栗的意味，“我们现在所遇到的一切，包括巨大的尸鳖、六角青铜风铃，它们的主人所处的时代可能比战国还要早？”

三叔摇摇头：“我更关心的是，为什么这位墓主人要把自己的墓地设在一个已经被盗的墓穴周围，这不是犯了风水的大忌吗？”

闷油瓶突然一摆手，让我们不要说话，指了指前面。我们看到矿灯的光打不到的洞穴深处，有一团绿色的磷光。三叔叹了口气：“积尸地到了！”

第六章

积尸地

我们停下船。这应该是这段水洞里最凶险的一段，如果没做好准备，实在不应该贸然闯进去。三叔看了看表，说："这尸洞就是走得进、出不来的洞，咱们淘了这么久的沙子，还是第一次闯进这种地方来。我觉得，有可能这洞真的有古怪！"

潘子低声插了一句："靠，那还用说？"

三叔瞪了他一眼，接着说："但是，这只是那老头子的一面之词。这洞到底是不是只有那船工领着才能走过去，其他人都过不去，我们已经没办法知道了。如果这个洞——"他加重了语气，"真的是个尸洞，那么前面必然会有危险，至于会遇到什么，我们根本没办法知道。也许会鬼打墙，船开到哪里都不知道；也许会有几百个水鬼来掀我们的船板。"

大奎倒吸了一口冷气："不至于吧。"

"总之，什么情况都有可能发生。我们这次淘沙倒斗，连墓地都没到就遇到这么多凶险，实在是运气不好。但不管怎么样，淘沙就不怕鬼，怕鬼就不淘沙，既然干了这一行，不遇些古怪事情也没多大意思。"三叔一边说一边招呼潘子从背包里取出双管猎枪，"咱们现在有高科技在手上，比早年的前辈们有利得多，要是真有水鬼，也是它们倒霉！"

大奎吓得浑身发抖。我对三叔说："你这战前动员怎么说得和鬼故事一样？反而有反效果。"

三叔一拉枪栓："这家伙这次把我的脸都丢光了，没想到这么没用，来之前吹得跟大力金刚似的。"然后把枪递给闷油瓶，对他说，"一共能打两枪，打完了就得换子弹。这些都是霰弹，所以距离一远就没什么威力了。瞄准了再开枪。"

我对双管猎枪还是十分熟悉的，小的时候玩打飞碟还得过奖，于是端了起来。三叔和大奎一手拿着军刀，一手用折叠铲撑船。潘子、我和闷油瓶端着枪，慢慢向那发着绿光的积尸地划去。

在矿灯微弱的发散光的照射下，我发现这洞竟然越来越大，那绿光越来越近。我先听到边上的闷油瓶冒了句洋文出来，又听到潘子骂了声娘，然后我就见到了让我这辈子都忘不了的景象。

这洞到了绿光这一段，豁然开朗，变成了巨大的天然岩洞，那水道也变成了岩洞里的一条河。水道两边的浅滩上全是绿幽幽的腐尸，是人还是动物根本没办法分辨。可以看到最靠里面一排一排的骷髅十分整齐，应该是人为堆在这里的；而在外面的就比较凌乱了，特别是河道边上的，什么姿势都有。还有很多没有完全腐烂的尸体，这些尸体上无一例外都有一层灰色薄膜一样的东西，就像保鲜膜一样紧紧裹在他们身上。不时有几只巨大的尸鳖从尸体里爬出来，这些尸鳖大都比我们船上这只个头小很多，但是比普通的已经大上四五倍了。一些小尸鳖想来分一杯羹，刚爬上尸体，大尸鳖就一口把小的咬死，吃了下去。

"这些尸体大部分是从上游漂下来，然后在这里搁浅的。大家小心，看看四周有没有什么奇怪的东西。"

"你们看！"大奎眼尖，指向一边的山壁。我们转过头去，竟然看到一具绿幽幽的水晶棺材镶嵌在这几乎垂直的洞壁半空，里面似乎有一具穿着白色衣服的女尸，但是这距离实在太远，我们根本看不清楚。

"那边也有！"潘子又指向另一边。我们一看，果然，在另一边山壁同样的位置也有一具水晶棺材，但是，这一具却是空的。

三叔倒吸一口冷气："这具尸体到哪里去了？"

"难道是个粽子？"大奎问，"三爷，这地方不应该有粽子啊！"

"你们都注意点儿，如果看到有动的东西，什么都别问，先放一枪。"三叔一边说，一边警惕地看着四周。

这个时候，河道的方向一转，我们绕过一堆尸骨，大奎"哇"的一声，吓得倒在船里。我们定睛一看，只见一个穿着白色羽衣的女人正背对着我们，黑色的长发一直披到腰。我看着她衣带的装饰，断定是西周时候的，不由得咽了口唾沫，说："尸体在这里呢——"

"停——停——"三叔擦了擦脑门上的汗，"大奎，把包里的黑驴蹄子拿过来。这恐怕是千年的大粽子，拿那只1923年的蹄子，新的怕她不收。"

说了两遍，大奎都没有动静，我们回头一看，他已经口吐白沫，在那儿抽搐了。要不是环境不允许，我恐怕都要笑出来了。

"潘子，你去拿！下回我要还带他出来，活该我被粽子吃掉。"三叔接过黑驴蹄子，在手上吐了两口唾沫，说，"瞧瞧吴三爷的手段，大侄子看清楚了，这千年的粽子可是难得见到的。要是我没得手，你就朝我天灵盖开一枪，让你三叔死得痛快点儿。"

我一拉他："你到底有没有把握？"其实我并不是特别害怕，毕竟以前并没有碰到过这种事情，只觉得这个一身素衣、身材苗条的女人背影有一点儿哀伤而已。但是平时在恐怖片里，那长头发、白衣服的女人转过来都不怎么样。心理作用在这里，心还是跳得很厉害。

这个时候，闷油瓶也按了一下三叔的肩膀，说："黑驴蹄子是对付僵尸的，这家伙恐怕不是僵尸，让我来。"他从包里取出一杆长长的东西，我认得是他从我三叔那里买走的那个"龙脊背"货色。他松开上面的布，里面果然是一把乌黑的古刀，看样子竟然还是乌金做的。

他把古刀往自己手背上一划，然后站到船头，把自己的血往水里滴去。刚滴了一滴，"哗啦"一声，所有的尸鳖就像见了鬼一样，全部从尸体里爬了出来，发了疯似的想远离我们的船。一下子，我们船四周、水里、尸体里的尸鳖全都跑没影了。

闷油瓶的手上不一会儿便淌满了血，他把血手冲那白衣女子一指，那女子竟然跪了下来。我们看得都呆掉了。闷油瓶对三叔说："快走，千万不要回头看！"

虽然我很想看看那女人长什么样子，但是一想到回头看到的可能是张干尸的脸，还是决定不冒这个险了。三叔和潘子两个人拼了命地划，终于看到前面一个逐渐变小的洞口，和我们进来时的洞口差不多。看样子，这个洞是在这个山的中心，两边挖通之后才有了这条水道，这样就变成了一个两边进出口都很窄的毛细孔结构，就算两边水面把洞给没了，这里面还是能保持干燥。

我们渐渐地驶进盗洞，又不得不低下头。在进入盗洞前，我留了心眼儿，不是说不能往后看吗？我看水里的倒影好了，看看她有没有跟在后面。不看还好，一看差点儿背过气去——在水中的倒影里，一只不知道是什么的东西正趴在我的背上，我正想大叫出来，心里已经控制不住想回头了，就觉得后脑遭到一下重击，眼前一黑就什么都不知道了。

第七章

一百多个人头

也不知道过了多久，我反反复复做了很多乱七八糟的梦。迷迷糊糊中，我好像看见一个白衣女子背对着我，我想看她的脸，就跑到她前面去，却还是只能看到她的背，于是反复地跑，可是怎么跑都只能看到她的后背。我正纳闷怎么回事呢，突然发现，她竟然两面都是后背。我大叫一声醒了过来，眼睛一睁开，就看见了血红的晚霞和天空。

“醒了？”潘子一张大脸朝我笑。

我眯了眯眼睛，适应下光线。潘子一指天：“看到没？我们终于出来了！”

我摸摸后脑勺：“你小子，是不是你揍我？”

“不揍你行吗？叫你别回头，你小子差点儿害死我们！”

我的记忆一下子就恢复了，吓得猛一摸后背，想看看后面那东西还在不在。潘子哈哈大笑：“放心吧，已经走了。”

“那是什么东西？”我心有余悸。

“那小哥说，那东西叫作傀，其实就是那白衣女粽子的魂魄，她不过是借了你的阳气，想出那个尸洞而已。不过，具体的情况那小哥也没告诉我们，才说了几句就晕过去了。”三叔一边划一边说，“不过，看样子那小哥来头不小啊，那千年的粽子给他下跪，不知道是什么道行。”

我坐起来，看到闷油瓶和大奎并排靠在一起，都睡得很香，便笑了。这来的时候没觉得怎么样，现在看到这天，就觉得特别舒服，问道：“他到底是什么人啊？”

三叔摇摇头：“这我真的不清楚，我让我在长沙的朋友介绍个有经验的帮手过来，他们就介绍了他。我只知道他姓张，一路上我也试探了不少次，这人不是睡觉就是发呆，我也不知道他是什么来历。不过，介绍他的那个人在这道儿上很有威望，他介绍的人，应该可以放心。”

我一听，越发觉得这个人很神秘，但是既然三叔都这样说了，我再问也没意思了，看了一眼前面，问潘子：“能看到那村子了吗？”

“好像就在前面了。”

三叔指了指前面星星点点的灯火，说：“看样子，那村子没我们想得那么破，好像还有电灯光。”

一想到有村子，我马上就想起热水澡、爆炒的野味、村里大姑娘的大辫子，不由得激动起来。这个时候，我借着夕阳，看到左右山顶上有一队人影，他们骑着骡子，看样子应该也是进村的。因为这山也不高，我依稀可以辨别出那几个人都不像是本地人。

我们上了渡头，村里一小娃娃看到我们，突然大叫：“有鬼啊！”

我们纳闷，但那小孩子跑得飞快，我们也没办法。那牛就乖乖地待在后面那只船上，一点儿脾气都没有，真是头好牛。潘子在老家放过牛，就充当了赶牛的角色。上岸的时候，大奎醒了过来，还以为自己刚才是在做梦，先是被我三叔一顿揍，然后潘子又去补了几脚。

那闷油瓶好像失血过多，一直没醒过来。我把他搬到牛车上。这人也真是的，身子软得像个女人，好像没什么骨头一样。我把他安顿好，三叔抓住个过路人问哪里有宾馆，那人像看神经病一样看着我们：“你们以为这是什么地方？我们村一共就三十几户人家，还宾馆呢，想找地方住，去村里的招待所吧。”

我们只好找到那鬼屋一样的招待所，没想到里面还不错，至少通了电话和电，还是水泥的房子，最可贵的是，有热水，而且铺盖很干净。在这村里，应该属于五星级标准了。

我们各自洗了澡，那个舒服啊，一身的尸臭都洗掉了，然后到大厅里吃炒菜。闷油瓶总算是醒了过来，精神很不好，我们给他点了盘猪肝让他补补血，也没问他什么。毕竟他算是救命恩人，有些话，还是得等人家康复了再说。

我们点了啤酒，明天还要开工，所以也不能喝太多，一边吃一边和那女服务员调笑：“我说大妹子，你这里不错啊，你看都是水泥地，外面也是水泥路，怎么，你们这些水泥都是那些骡子一担子一担子从山头上背过来的？”

“哪能啊，这要背到什么时候去。我们这里老早就通了公路的，那些解放牌汽车都能过来。前年山体塌方，把那路给埋了，山里还塌出个大鼎。省里来了好多人，一看，说这是战国时候的东西，是国宝，就把那鼎给拉走了，也不管这路了，你说气人不？后来村里说自己修，修什么啊修？没钱，修修停停，一年了，还在修呢。”

“那水路呢？你们这里不是有渡头吗？”

“那都是早年的东西了，多少年没拉过船了，现在要是还有人让你走水路，那肯定是来谋财害命的，你们外地人一定要当心。这水滩子很邪乎，这些年淹死过不少人，一具尸体都没捞上来，俺们家老人偷偷说，那是给山神爷爷吞了。”

我看了一眼三叔，心里暗骂，你找的什么向导啊，看样子就是找了个贼。三叔也不好意思，面子上过不去，忙喝了口酒，问：“对了，这里外地人多吗？”

“您别看我这招待所小，我可告诉您，只要是外地来的，都住我们这里。自从那鼎挖出来后，我们这里外地人就越来越多，还有人在山那头儿准备造别墅呢。”

三叔霍地站了起来，大叫：“靠，不至于吧！”这荒山野岭的造别墅，不是华侨就是盗墓贼啊。

那大妹子吓了一跳。潘子忙一拉三叔：“三爷，您一把年纪了，别一惊一乍的。”然后对那女的说，“没事，三爷大概是觉得不可思议。”

我听到三叔低声骂了一句，然后不好意思地一笑，问：“哎，你们这儿有什么名胜古迹没有？有什么地方好玩点儿的？”

那服务员笑吟吟的，突然低声说道：“几位看起来不像是来玩的，怎么，估计是来倒斗的吧？”

看到我们都不说话，她坐到我们边上：“实话说，来这里的外地人，哪个不是来倒斗的？你们要真的是来观光旅游的，这一车的装备岂不是累赘？”

三叔看了看我，给那大姑娘倒了一杯酒：“这么说，你也是行家？”

“嗐，我哪行啊，我是听我爷爷说的。这些年这里来了不少倒斗的，摸去不少好东西。但是我爷爷说，那厉害的东西，还在更里面的地方，那是一个神仙墓，里面不要说金银珠宝，那些东西和神仙的宝贝比起来，那就是个屁。”

“哦？”三叔非常有兴趣，“这么说，你爷爷进去过？”

那大姑娘抿嘴一笑：“看您说的，我爷爷也是听他爷爷说的，这个传说都不知道什么时候留下来的。听说那神仙是玉皇大帝派下来的，变成了一个大将军，帮当时的皇帝打仗，功德圆满就飞升了，他的肉身和他打仗时用过的宝器就葬在一起了。那墓穴比皇帝的还要好，不然怎么叫神仙啊！”

“既然这样说，那肯定有很多人去找这个墓了。”三叔紧张地问道，“有人找到过没？”

“哎，您不知道，那地方，现在根本进不去了。前年山体塌方的时候，那地方也塌了。您猜那山里头塌出什么来了？”

“什么？总不过是一个鼎什么的。”大奎说道。

“什么啊，要真是个鼎，早被人拉走了，我和您说，您可别告诉别人。”那大妹子喝了口酒，说，“那地方挖出一百多个人头！”

第八章

山谷

三叔一皱眉头："就光是人头？没身子？"

大妹子说："是啊，您说可怕不？自从那地方塌方之后，就没路可走了，骡子都进不去，你们要想去那儿，只能一脚一脚爬过去。我看就算到了那地方也只能干看着，前面有几批人马都去过那地方，那几个老爷子一看山塌成那样就直摇头。"

三叔看了一眼闷油瓶，看他懒洋洋的一点儿反应也没有，就问那服务员："那山塌了之前，总有人进去过吧？"

"有是有，不过我看他们进去几天，最后也就那样出来了，啥也没带出来。来的时候都开开心心的，出来的时候那衣服都跟要饭的一样，臭得要命。我爷爷说他们可能连斗在哪里都没找到。怎么，你们几位也想去试试啊？"

"瞧你说的，来了总要去看看，不然不是白来一趟吗？"三叔呵呵一笑，没再说什么。那服务员去厨房催菜，潘子就说："看样子我们要去的那个大斗应该就在那地方没错了，可听这大妹子说的，我们这一车的装备，恐怕很难运到山里去。"

"有装备有有装备的倒法，没装备有没装备的倒法。这战国墓，一般是直土坑，直上直下，没有墓室，不知道这个是不是一样，这我们还得到现场看。这墓有多大，埋得有多深，恐怕和我们以前倒的那些还真不一样。你看那山里塌出的人头，那就是我们老祖宗说的鬼头坑，那里肯定是以前他们人牲的陪葬坑。”三叔拿出地图，一指上面的一个圆圈，“你们看，就是这个地方。这个地方离那主墓还远着呢。以前来的那些人，如果按照寻龙点穴的方法，肯定到这里就得停住。这里就是龙头，一般情况，墓肯定在这个下面，但是你们看，再往里走点儿，这个地方是个葫芦口，你不往里走根本不知道里面还有洞天，这才是真正的龙头所在。设计这个墓的人，肯定非常了解寻龙点穴，特地在这里设了个套让他们钻。如果不出我所料，这假龙头的下面，必然是个机关重重的虚冢。”

三叔看我们听得入神，得意地继续说：“要是没这个地图，就是我们的老祖宗来了，恐怕也得着了道儿。明天，我们把必须带的带上，轻装上阵，先去踩一下点。如果实在不行，我们再回来搬东西。”

我们点头称是，又喝了一会儿酒就都回房间休息去了。

然后就是拆装备。这年头儿，当然不用传统的洛阳铲了，三叔拿出一把考古探铲，这铲子是用钢管一节一节拧起来的，你要多长就上多少根钢管，比那木把子的洛阳铲隐蔽多了。这战国墓一向都深埋在十几米以下，所以省不了考古铲。这钢管收拾起来，每个人背十根，每人配一个铲头。潘子有把短头步枪，平时用皮套包得严实，现在也拿了出来。这枪比那些黑市上买来的双管枪短了很多，可以放在衣服里，别人看不出来。他把这些连同几把子弹一起塞进他的背包里。三叔说，下去用双管枪根本连转身都没办法转，潘子这把短枪实用多了。我准备了一个数码相机、一把泥刀，想想也没什么东西要带，本来俺就是个实习土夫子嘛。

一夜无话。一天的舟车劳顿，我睡得不知道有多香，醒来的时候觉得关节都酥了。我们匆匆吃了早饭，带上点儿干粮就出发了。

那大妹子挺热心的，叫了他们村里一个娃把我们带过去，走了两个多小时的山路，那光屁股娃一指前面：“就那儿！”我一看，果然，很明显前面的山沟沟是被泥石流冲出来的，我们现在就站在一条山脉和另一条山脉之间。这峡谷很长，雨季的时候应该是条河，但是被泥石一冲，又加上这几个月干旱，就剩下中间的一条浅溪。

这两边的山都很陡，根本不能走人，而前面的河道已经被山上塌方下来的石头堵住了。

我拍了拍那光屁股娃的头，对他说：“回去玩去，帮我谢谢你姐啊！”

那娃一伸手：“来张五十的。”

我一愣。那娃也不说话，就伸手盯着我。我说：“什么五十的？”

三叔哈哈大笑，掏出一百块钱给他。他一把抢过去，蹦蹦跳跳地跑了。我这才恍然大悟，也笑了："现在这山里的小子也这么市侩啊。"

"人为鸟死——"大奎念叨。潘子踢了他一脚："有文化不？鸟死，你去为鸡死啊。"

我们二话不说就开爬。这石头还不算松动，一会儿工夫我们就翻了过去。没那大妹子说得那么恐怖，也没看见她说的那些人头，这塌坡后面刚开始是一片峡谷，到后面就慢慢都是树了。到了远处，是一片茂密的森林，也不知道这样的生态是怎么产生的。

这个时候，我们看到那塌坡下面的峡谷里有一个老头子正在打水。我仔细一看，那不就是领我们进洞的死老头子嘛。那老头子猛然看到我们，吓得一下子掉溪里去了，然后爬起来就跑。潘子笑骂了一声"叫你跑"，掏出他那短枪一枪打在那老头子前脚的沙地里。那老头子吓得跳了起来，又往后跑。潘子连开三枪，每一枪都打在他的脚印上。那老头子也算机灵，一看对方拿他玩儿呢，知道跑不掉了，"扑通"一下，就跪倒在地上。

我们跑下坡，那老头子就给我们磕头："大爷爷，饶命，我老汉也是实在没办法了，才打几位爷爷的主意，没想到几位爷爷神仙一样的人物，这次真的是有眼不识泰山！"说得一把鼻涕一把泪的。三叔问他："怎么，我看你这中气足的，你什么东西没办法啊？"

"实话不瞒您说，我这身子真的有病，您别看我好像很硬朗，其实我每天都得吃好几服药呢。您看，我这不打水去煎药嘛。"他指了指一边的水桶。

"我来问你，你这老鬼，怎么在那洞里一下子就不见了？"

"我说出来，几位爷爷就不杀我？"那老头子看着我们。

"放心，现在是法治社会，"三叔说，"坦白从宽，抗拒从严。"

"是，是，我坦白，"那老头子说，"其实也没什么大不了的事，你们别看那洞好像就一个直洞，其实洞顶上有不少窟窿，那些窟窿都打得很隐秘，要不是存心去找，根本发现不了。我就趁几位不注意的时候，站起来钻那窟窿里去了。等你们的船一走，我再出来。那驴蛋蛋听见我的哨子，就会拉一只木盆过来，我就这样出来的。事成之后，那船工鲁老二就会把我那份给我，其实我拿得也不多。"他突然想到什么，"对了，鲁老二呢？想必也栽在几位爷手里了吧！"

潘子做了个杀头的手势："已经送他去报到了。"

那老头子先是一呆，然后一拍大腿："死得好！其实我也不想干那种事情，那鲁老二说如果我不干就连我一起做了。各位，你们看，我也是没办法，你们就放过我吧。”

“你少来这一套！”三叔说，“你住什么地方，怎么在这里打水？”

“我住在那里头。”老头子指了指边上一个山洞，“你看我一个老头子，没田没地，又没房子住，我儿子又死得早，现在也就是等死了，可怜啊！”

“那你对这一带很熟悉喽。正好，要我们放过你也可以，你得带我们去个地方。”三叔一指那森林，老头子顿时吓得脸色一变：“我的爷爷，敢情你们是来倒斗的啊，那斗你们不能倒啊！那里面有妖怪啊！”

我一听，就知道有戏，这老头子肯定知道什么。三叔就问他：“怎么，你见过？”

“哎呀，前几年，我也带着一队人去过那里，他们说是去考古，我一看那就是去倒斗的。但是那帮家伙和其他人不同，我以前见到的那些小蟊贼都是看到墓就倒。那批人，不瞒你们说，那气度，一看就不是一般人物。边上这些墓他们连看都不看，就直说要进这山沟沟里面。那时候我们村里就我一个人去过那地方，那些人阔气得很，一下子就给了我十张大票子。我看到这钱就不争气了，就带着他们进了这林子。一直走，走到我以前到过的那地方，他们还要往前走，我就不肯咧。我说你十张大票子也不能买我的命啊，他们就说再给我十张，我说再给我一百张我也不干，他们那头头就翻脸咧，拿枪顶着我的头。没办法，我只好带他们再往里头走。”

他挠了挠头，继续说：“后来他们就说到地方了，那些人乐得啊，然后就在那里捣鼓什么东西，说什么就在这下面。我们就找了个地方扎帐篷。那天晚上我喝多了，睡下去就一点儿知觉都没了。可等我醒来一看，你猜怎么着？那些人全不见了，东西都还在，火还没熄呢。我就害怕啊，就到处叫，可是叫了半天也没有人理我，我就觉得出事了，心想，反正他们也不在，我就溜吧，于是撒腿就跑。”

那老头子好像回忆起什么恐怖的景象一样，眯起眼睛说：“才跑了没几步，我就听到有人叫我，我一回头，看见他们队里的一个女的在朝我招手。我正想骂呢，怎么一大早就跑得一个人都没了，突然看见她身后有一棵大树，张牙舞爪的，往树上一看，了不得，那树上密密麻麻地吊满了死人，眼珠子都暴了出来。我吓得尿都出来了，跑了一天一夜才跑回村里。您说，这肯定是个树妖啊，要不是老汉我从小吃实心肉长大，肯定也被那妖怪勾了魂魄了。”

三叔叹了口气：“你果然也是个吃实心肉的！”然后挥了挥手。潘子会意地把那老家伙绑了起来。有他带路，我们能省很多事呢。

那老头子一百个不愿意，却也没有办法。按他的说法，到他说的那个地方要一天时间。大奎在前面开路，我们加快了脚程，边走边看地图，希望凭着地图和那老头子的记忆，能在天黑前赶到那里。

我们走了半天时间，一开始还能说话，后来就觉得怎么满眼的绿色，绿得眼睛发花，人不停地打哈欠，直想睡觉。突然，那老头子停住不走了。

潘子骂道：“你又玩什么花样？”

老头子看着一边的树丛，声音都发抖了：“那……是……什么东西？”

我们转过去一看，只见那草丛里一闪一闪的，竟然是一部手机。

第九章

古墓

那手机应该是刚丢下不久，我捡起来一看，上面沾着血水，就觉得不妙："看样子这里不止我们一批人，好像还有人受伤了，这手机肯定不会是从天上掉下来的。"

我打开手机的电话本，看到里面就几个号码，都是国外的，其他就没什么信息了。三叔说："不管怎么样，我们不可能去找他们，还是赶路要紧。"

我看了看四周，也没有什么线索，只好继续走。但是在这荒郊野外看到这么现代化的东西，总觉得有点儿不可思议，就问那老头子："除了我们，最近还有人进过这林子吗？"

那老头子呵呵一笑："两个星期前有一拨人，大概十几个，到现在还没出来呢。这地方凶险着呢，几位爷，咱现在回头还来得及。"

"不就是个妖怪嘛。"大奎说，"告诉你，我们这位小爷爷，连千年的僵尸都要给他磕头，有他在，什么妖魔鬼怪都不在话下，对不？"他问闷油瓶。闷油瓶一点儿反应也没有，好像根本当他是空气一样。大奎碰了个钉子，很不爽，但也没办法。

我们闷头走得天昏地暗，下午四点不到，终于到达了目的地。

我们看到十几顶几乎还完好的军用帐篷。这种帐篷质量非常好，虽然现在上面积满了腐烂的落叶，但里面还是非常干燥和干净的。帐篷里有不少生活用品，我们随便翻了翻，有很多零散的装备，没有人的尸体，那老头子应该没说谎。

我们甚至找到一台发电机和几桶汽油，发电机用油布包着，不过大部分零件都烂得不成样子了。大奎试着发动了一下，结果一点儿反应都没有，不过汽油还OK。我翻了一下，发现所有东西上的标签都被撕掉了，连帐篷和他们背包上的商标都没有了，心说，奇怪，看样子这些人不想让别人知道他们是从哪里来的。

我们在这营地里生了火，简单吃了一顿晚饭。那老头子一边吃还一边警惕地看着四周，生怕妖怪突然冲出来，把他吊死。那压缩食品的味道实在不好，我只喝了几口水。

闷油瓶一边吃一边看着地图，他指了指地图上画了狐狸怪脸的地方："我们现在肯定是在这里。"

我们全都凑过去。他接着说："这里是祭祀的地方，下面应该是祭祀台，陪葬的祭祀品可能就在这下面。"

三叔蹲到地上，抓起一把土，放到鼻子下面闻了闻，摇摇头，又走了几步，又抓了一把，说："埋得太深了，得下几铲看看。"

我们把螺纹钢管接起来，把铲头接上。三叔用脚在地上踩出几个印子，示意那里就是下铲的位置。大奎先把铲头固定，然后用短柄锤子开始下铲。三叔就把一只手搭在钢管上，感觉下面的情况。敲到十三节的时候，三叔突然说："有了！"

我们把铲子一节一节往上拔，最后一把带出来一抔土。大奎卸下铲头，走到火堆边给我们看。我和三叔一看，脸同时白了，就连闷油瓶也"啊"了一声。原来，那土就像是在血里浸过一样，正滴着鲜血一样的液体。

三叔把那土拿到鼻子前一闻，皱了皱眉头。我和三叔都看过关于血尸的记载，但具体是怎样的情况，从我爷爷的笔记里无法准确地推断出来。不过，既然泥里带血，那下面的墓肯定非同小可。

我看着三叔，想看他怎么决定。他想了想，点上一支烟，说："不管怎么样，先挖开来再说。"

一边的潘子和大奎没有停手。大奎又下了几铲，然后把铲头都拿给三叔。三叔每个铲头都闻了一下，然后用泥刀开始在地上把那些铲洞连起来。他们忙活着定位，一会儿的工夫，地上就画出了古墓的大概轮廓。

探穴定位是土夫子的基本功，一般来说，上面什么样子，下面的墓肯定就是这个样子，很少有土夫子会弄错。但是，我看着这个轮廓，就觉得不对劲儿。大部分战国墓是没有地宫的，可这个下面明显有，而且还是砖顶，真的太不寻常了。

三叔用手指丈量着，最后把棺材的位置基本确定了下来，说："下面是砖顶，我铲头打不下去，只能凭经验标个大概的位置。这地宫太古怪了，我不知道那里砖的薄厚，只能按照宋墓的经验，先从后墙打进去看看。如果不行，还要重来，所以手脚要快一点儿了。"

我三叔他们打了十几年的盗洞，速度极快，三把旋风铲上下翻飞，一会儿就下去了七八米。因为是在荒郊野外，也没必要做土，我们就直接把泥翻到外面。不一会儿，大奎在下面叫道："搞定！"

大奎已经把盗洞的下面挖得很大，并清理出一大面砖墙。我们打上矿灯，下到里面。闷油瓶看到大奎在用手敲砖墙，忙把他按住："什么都别碰！"闷油瓶眼神极其锐利，吓得大奎一愣。

他伸出两根手指，放在那墙上，沿着砖缝摸起来，摸了很久才停下来，说："这里面有防盗的夹层，搬的时候，所有的砖头都要往外拿，不能往里面推，更不能砸！"

潘子摸了摸墙，说："连条缝都没有，怎么可能把这些砖头夹出来？"

闷油瓶自顾自地摸着，摸到一块砖，突然一发力，竟然把那砖头从墙壁里拉了出来。那土砖是何等的结实，光靠两根手指把一块砖从墙里拔出来，不知道要用多大的力量。这两根手指真的是不同寻常。

他把砖头小心地放到地上，指了指砖的后面。我们看到那后面有一面暗红色的蜡墙。他说："这墙里全是炼丹时用的矾酸，如果一打破，这些有机强酸会瞬间浇在我们身上，我们马上就会被烧得连皮都不剩。"

我咽了口唾沫，突然想到了爷爷看到的那只没皮的怪物，心里非常震惊，难道那不是血尸，而是被浇了矾酸的太爷爷？那爷爷那几枪岂不是打在了太爷爷的身上？

闷油瓶让大奎往下面又挖了一个五米深的直井，然后从自己包里拿出一支注射针头和一条塑料管子，把管子连上针头，然后把另一端放进那深坑里。潘子打起火折子，把那针头烧红，闷油瓶小心翼翼地将它插进蜡墙里。很快，红色的矾酸便从管子的那一头流进直井里去了。

渐渐地，暗红色的蜡墙就变成了白色，看样子里面的东西已经全部流光了。闷油瓶点点头，说："行了！"我们马上开始搬砖，很快就在墙上搬出一个能让一个人通过的洞。三叔往洞里丢了个火折子，借着火光，观察了一下里面的环境。

我们从墓的北面打穿进来，看见这地上是整块的石板，上面刻满了古文字。这些石板呈类似八卦的排列方式，越外面的越大，越中间的越小。这墓穴的四周有八盏长明灯，当然已经灭了，墓穴中间放着一只四足方鼎，鼎上方的墓顶上刻着日月星辰。墓室的南边，正对着我们的地方放着一口石棺，石棺后面是一条走道，似乎是向下的走向，不知道通到什么地方去。

三叔探头进去闻了闻，然后招了招手，我们便一个接一个地钻了进去。

三叔看着地上的字，对闷油瓶说：“小哥，你看看这些字，能不能看出这里葬的是什么人？”

闷油瓶摇摇头，没说什么。

我们打起好几个火折子，扔到长明灯里，整个墓室就亮了起来。我想起爷爷笔记上记的最后看到的怪物，还有爷爷反复提听到咯咯的怪声，心里就直发毛。这时候潘子竟然爬到那鼎上去了，想看看里面有什么东西。突然，他欢呼了一声：“三爷，这里有宝贝！”

我们都爬了上去，看到那鼎里有一具无头干尸，衣服已经烂光了。那干尸身上还有些玉制的首饰，潘子也不客气，直接摘下来戴到自己手上去了。

“这个应该是人牲完了之后剩下来的人的躯干，他们把头砍掉祭天，然后把身体放到这里祭人。这些应该是战俘，奴隶手上不可能有首饰的。”

潘子一下子跳进鼎里，想看看下面还有什么东西。闷油瓶想要阻止也来不及了，他回头看了看那石棺材，幸好没反应。三叔大骂：“你小子，这鼎是人家放祭品用的，你小子想当祭品啊？”

潘子呵呵一笑：“三爷，我又不是大奎，您别吓唬我。”他从里面摸出一只大玉瓶来，“你瞧，好东西还真不少，我们把这鼎翻过来看看还有啥吧。”

“别胡闹，快出来！”三叔说。他看到闷油瓶的脸色已经白了，眼睛死死地盯着那石棺，知道可能要出事了。

这个时候，我就听到了“咯咯”的声音。我转头一听，不由得一阵发寒，那声音不是从棺材里传出来的，竟然是闷油瓶发出来的。

第十章

影子

我开始还以为闷油瓶存心想吓唬我，可是看他的表情，又不像是开玩笑。闷油瓶不停地发出“咯咯”的声音，又不见他嘴动。我们四个人看着他那个寒啊，心说，不至于吧，难道闷油瓶竟然是个无间道粽子？

三叔看到他表情那么恐怖，一把就把潘子拉了出来。突然，闷油瓶不出声了，墓室里静得一点儿声音也没有。不知道过了多久，我有点儿不耐烦了，刚想问他怎么回事，棺材板突然向上翻了一下，开始剧烈地抖动起来，然后从石棺材里发出一阵阴森得让人不寒而栗的声音，那声音和我爷爷笔记里描写的非常相似，真的好像是青蛙叫的声音。

大奎见状，吓得一屁股坐在地上。我也脚一软，几乎就要坐下去。我三叔到底见过世面，虽然脚开始抖起来，但终究没摔倒。

闷油瓶听到声音后，脸色非常难看，一下子跪倒在地上，朝那棺材重重地磕了一个头。我们一见，马上学样子，全部跪倒磕头。闷油瓶抬起头来，又发出一连串的怪声，好像在念什么咒语一样。三叔冷汗都出来了，轻声说：“他该不是在和它说话吧？”

那石棺终于稳定下来不抖动了。闷油瓶又磕了一个头，然后站起来，对我们说：“天亮前我们必须离开这里！”

三叔擦了擦汗，问：“小哥，敢情你刚才是在和这个粽子爷爷讨价还价呢？”

闷油瓶做了个不要问的手势："不要再碰这里的任何东西了。这棺材里的主儿极厉害，要是把这个放出来，大罗神仙也出不去。"

潘子还不知好歹，笑着问："我说这位小哥，你刚才说的是哪门子外语啊？"

闷油瓶也不理他，指了指棺材后面的通道，说："轻轻过去，千万别碰到那棺材！"三叔定了定神。说实话，有这么一个人在边上，我们胆子大了很多，于是收拾了一下家伙，三叔打头，闷油瓶在最后，我们打开矿灯，直下到棺材后的地道里去。大奎走过那棺材的时候，背死死地贴着墙壁，尽量保持距离，样子非常好笑，但是这个时候我完全没有笑话他的兴致。

这墓道是向下倾斜的，墓道两边都雕着铭文，还有一些石刻。我看了一下，也不懂什么意思。其实我做拓本和古玩生意，对这些还是有一定研究的，能看懂几个词。

但是可以这么说，就算这些字我全认识，因为根本没标点，要明白里面的意思也非常困难。古人讲话非常简洁，而且非常有技巧，比如一个"然"，我记得一个齐国的国君问过他的军师一个问题，那军师点头一笑，说："然。"那国君就回去琢磨了半天，想这个"然"到底是同意还是反对呢？结果就积劳成疾了。弥留之际就把自己考虑的答案和军师说了，问军师当时是不是这个意思，那军师呵呵一笑："然。"国君立马就断了气。

三叔走得很小心，每一步都要走很长时间。矿灯灯光的穿透力不是很强，前面黑漆漆的，后面也黑漆漆的，这种感觉和我们在水洞时一样，我觉得非常不舒服。

走了大概半个小时，地道开始向上，我们知道应该已经走完半程了。这个时候，我们看到了一个盗洞，三叔不由得一惊，他最怕别人捷足先登了，忙过去查看。

这盗洞肯定是不久前挖的，土还比较新，我问三叔："老头子说，两个星期前有一帮人进了这个山谷，会不会是那帮人挖的？"

"我看不出来，不过这洞挖得很匆忙，看样子不像是为了进来而打的，倒像是为了出去而打。恐怕我们真的被人抢了先了。"

"别泄气，三爷，要是他们倒得好，肯定是从原路出去的，看样子是出变故了。我看，宝贝怎么也应该在。"潘子安慰道。

三叔点点头："那我们继续走，既然有人替我们蹚过雷了，我们也不需要这么婆婆妈妈的了。"

我们加快了速度，又走了十五分钟，到了一处加粗的回廊，这一段比我们来时的那一段宽了一倍多，装饰也考究了很多，看样子到主墓区了。这个回廊的底部，是一扇巨大的玉门，非常通透，而今已经大开，想必是有人从里面打开的。那玉门的边上有两个雕像，是两个饿面鬼，一个手里拿着一只鬼爪，一个手里举着一枚印玺，浑身漆黑。

三叔检查了一下玉门，发现上面的机关已经被破坏掉了。我们从门里进去，里面空间很大，而且一片漆黑，矿灯的电源已经不足了，照得不是很透彻，但是可以看个大概。这应该就是主墓了。潘子拿他的矿灯一扫，就叫了一声："怎么有这么多棺材？"

在没有强光源的情况下，要看清楚这墓里的确十分困难。我大概扫了一下，果然，墓室的中间摆着很多石棺，而且一眼就能看出，似乎是按照什么次序排列的，并不是非常正规整齐的排列。墓室的上面是个画满了壁画的大穹顶，四周都是正方形的石头板，上面密密麻麻的都是字。我把矿灯放到一边的地上，潘子把他手里的那只放到和我交叉的方向上，照了个大概，我们看到墓室边上还有两个耳室。

三叔和我走到第一个石棺边上，打起火折子。那石棺和我们下盗洞的时候看到的那只档次完全不同，这一只上面雕满了铭文。我看了一下，竟然能看懂一部分。

上面的文字，记述了这石棺主人的生平。原来，这墓主人是鲁国的一个诸侯，这个人天生就有一枚鬼玺，能够向地府借阴兵，所以战无不胜，被鲁国公封为鲁殇王。有一天，他突然求见鲁国公，说自己多年向地府借兵，现在地君那里有小鬼造反，他必须回地府还地君的人情债（当然原句不是这样写的），希望鲁国公能够准他回地府效命。鲁国公当时就准奏了，那鲁殇王磕了个头就坐化了。

鲁国公以为他还会回来，就在这里给他设了这个地宫，把他的尸体保存了起来，希望他回来后能继续为自己效命，云云，非常啰唆。里面还详细地描述了他参加过的战役，几乎都是他鬼玺一亮，地下就杀出大批阴兵掠走人的魂魄。潘子听了我的解说，感叹："这么厉害，幸亏他死得早，要不然统一六国的就是鲁国了。"

我大笑："那可不一定，古代人很会吹的，你鲁殇王会借阴兵，那齐国的谁谁谁还能借天兵呢。我记得还有能飞的将军呢，《山海经》你总看过吧。"

"不管怎么样，总算知道我们在倒谁的斗了。不过，这里有这么多棺材，哪个才是他的？"潘子问。

我又看了看其他几个棺材上的铭文，差不多都是相同的内容。我数了一下，一共有七口棺材，正好是北斗七星。七口棺材上没有任何提示性的记录。正当我研究其他一些我看不懂的铭文时，大奎在一边鬼叫道：“你们看，这口石棺已经被人开过了！”

我走过去一看，果然，棺材板并不是完全密封的，而且棺材上有很多撬杆撬过的痕迹。三叔从包里取出我们的撬杆，一点儿一点儿把那棺材板撬开，然后拿灯往里一照。潘子发出一声怪叫，看了看我们，一脸的迷惑：“怎么里面是个老外？”

我们一看，里面果然是个老外，不仅是个老外，而且还非常新鲜，死了绝对不到一个星期。潘子想伸手进去掏东西，闷油瓶一把抓住他的肩膀，看样子用的力气极大，疼得潘子一咧嘴巴。“别动，正主在他下面！”

我们仔细一看，果然，那老外下面还有一具尸体，看不清楚是什么样子。三叔掏出黑驴蹄子，说：“应该是个黑毛，先下手为强！”

这个时候，大奎在我身后拉了拉我的衣服，把我拉到一边。

他平时颇爽快，我感觉奇怪，问他怎么了，他指了指对面墙上我们几个被矿灯投射出来的影子，轻声说：“你看，这个是你的影子，对吧？”

我没好气地道：“怎么，现在连影子也怕了？”

他的脸色不是很好，听我这么一说，嘴巴也哆嗦了一下。我心想，不会吧，真的怕到这种程度？他摆摆手，让我别说话，然后又指着那些影子说：“这个是我的，这个是潘子的，这个是三爷的，这个是小哥的，你都看到了吧？加上你的一共是五个吧？”

我点点头，突然也发现了什么。大奎咽了口唾沫，指了指没和我们在一起的另一个孤零零的影子，几乎要哭出来：“那这个影子是谁的啊？”

第十一章

七星棺

我仔细一看那影子，正赶上那影子一低头，那头再抬起来的时候，变得巨大，几乎比他的肩膀还要宽。那种恐惧真是无法用语言表达出来，我就觉得头皮发麻，不受控制地大叫了一声："有鬼！"

所有人都转过头来看我，我根本没办法停止大叫，一边指着那影子，一边转过头。几乎同时，我就看见了那影子的主人，那是一个脑袋巨大的怪物，手里拿着一件奇怪的兵器，在半黑暗中，那畸形的大脑袋比任何你能想象到的怪物都要可怕得多。闷油瓶拿起他的矿灯一照，我们看清楚了那怪物的真面目，它就像……就像一个人把一个大瓦罐套在头上……靠，你爷爷的！

我的极度恐惧马上变为极度愤怒。原来，那果然是一个人，头上套着个大瓦罐，手里拿着一只手电筒，还摆了一个埃及人的姿势，瓦罐上还有两个窟窿，两只贼眼透过那两个窟窿看向外面，十分可恶。

场面一时间非常尴尬，我们也搞不清这人是敌是友，同时也被这家伙吓蒙了，脑子还没反应过来，最后还是潘子骂了一句："一枪毙了你！"说完就去掏枪。那家伙一看把我们惹毛了，叫了一声："我的妈呀！"也闪得极快，直接就往我们来时的那过道跑了过去。潘子老实不客气，举枪"咔嗒"上膛，接着就是一枪，把那人头上的瓦罐打碎了，就剩下个圈套在他脖子上。那人边跑边大骂："你找死！看你爷爷我回来怎么收拾你。"说着，脚下像抹了油一样，一下子就不见了。

闷油瓶一看，说："不好，不能让他到我们盗洞那边去，他要是碰到那口棺材就完蛋了！"说完，他从包里唰地抽出那把黑金古刀，也不提矿灯，几步就追到黑暗里去了。

潘子想追去帮忙，三叔一把拉住他，说："你过去能帮个屁忙，快去看看那两个耳室，看他是从哪里出来的。"

我忙走到右边的耳室里，看见一个盗洞从石壁里直接挖了下来，角落里还有一支蜡烛，那蜡烛燃在那里，正发着幽幽的绿光。我"哦"了一声，原来那家伙是个摸金的。我看见地上还有个包，看样子也是他丢在这里的，打开一看，里面是一些工具、几节电池，还有一张这个古墓的草图，虽然非常潦草，但是我一眼就能看出来，里面的几个方块是代表这七口棺材的。这草图边上写了很多字，都是不同的笔迹，看样子应该是几个人在这里讨论的时候写上去的。在这个草图边上写了一个很大的问号，然后写了几个字——七星疑棺。

我的心不由得一紧，这七星疑棺我好像在哪里看到过，一想就想起来，爷爷的笔记本里提到过。这七星疑棺，除了一个是真的之外，其他的，里面不是有机关，就是设了极其诡异的手段，总之，如果你开错一个，这疑棺里的机关或是"法术"就会被激发，必然是凶险万分。看那个老外，应该是不明就里，以为每口棺材里都有宝贝，结果着了道儿，不知道被什么东西拖进棺材里去了，而他的伙伴，估计是看到同伴遇害，恐慌之下，逃出了这个墓室，然后在那走道里另挖了一个盗洞，仓皇逃了出去。

分析到这里，我自己觉得十分有道理，拿着这地图就想去和三叔说。等我一走出去，才发现外面只剩下了一盏矿灯，这盏灯在尸洞里进过水，现在时明时暗，非常不好用，而三叔和大奎他们，竟然不见了！我又到另一个耳室里看了一下，也不见他们的踪影，于是捡起那矿灯，喊了一嗓子："三叔！"

按道理他们不可能丢下我一个人，自己先走掉的。我先是怀疑他们出了什么事，可是，刚才也没有打斗的声音啊，以潘子他们的身手，无论遇到什么怪物，惨叫的能力还是有的啊！

可是除了我自己的回音，根本没人回答我。这幽幽的漆黑墓室、七口冷冷的棺材、一具陌生的尸体，马上把我逼回现实。突然，我想起自己其实不是专业的土夫子，一个人根本无法待在墓室里。就算没有什么妖怪，我的想象就可以逼死我了！

我又大叫了一嗓子，真希望马上就有人回答我，可还是一片寂静。这个时候，我手里的矿灯突然闪了一下，好像要熄灭的样子。我出了一身冷汗，脑子开始混乱起来。如果一直这么安静，那么我还有可能慢慢地冷静下来，但是非常不巧，这个时候，我突然听到石头棺板“咔嗒”了一声，不知道是那七个里的哪个发出来的。我只觉得一阵眩晕，心都跳到嗓子眼儿了。我退到墙边，突然什么东西一闪，我转头一看，原来是隔壁耳室里的蜡烛灭了。

我哀叹一声，心说，我也没拿你什么东西啊，你怎么就给我吹了灯了？再回头看那几口石棺，那口被打开的石棺里的古尸竟然已经坐了起来，那老外的尸体也连着被它带了起来，好像两具尸体一起坐了起来一样，好在没回头看我。

我不敢再看，闭上眼睛，迈着发抖的腿，小心翼翼地贴着墙挪动，然后一蹿，猫进了那个耳室里。

我爷爷在笔记上写过他练胆子的心诀，就是看不到就当没发生过。我想也是，不然看着一具坐着的千年古尸，我根本没办法思考。我把矿灯放到角落里，尽量让光不要照到外面，然后拼命翻那戴瓦罐小子留下来的包，看看里面还有什么东西，摸了半天，摸出几块压缩饼干，另外还有一些纸，上面也密密麻麻地写了很多东西。看样子重要的家伙他都带在身上呢。因为外面现在一点儿光也没有，一片漆黑，我也不知道那尸体在搞什么。如果它只是不停地坐起来躺下去锻炼腹肌，我倒也不怕它，就怕它不知道好歹走过来。

这个时候，一阵风从那盗洞里吹了进来，我马上灵光一闪，心说，对了，这洞肯定是通到外面的，要不然也是通到别的地方去的，不管哪里，总比在这里好。我在那洞边上刻了个记号，三叔如果回来看到，就可以知道我进洞里去了。然后，我拿起矿灯，收拾了一下那小子的包，背在身上就钻了进去。

我一边爬着，一边回忆小时候我爷爷和我说的那些常识，什么古圆近方、秦岭汉坡、九浅一深。哦，不对，呸。我摇摇头，发现脑子里关于这方面的东西其实非常少。我看了看这盗洞，似圆非圆，似方非方，也不知道到底是什么时候挖的，心里琢磨着，刚才头上戴瓦罐那小子要是自己掘了这个地道进来，那他敲墓砖的时候要么就是触动了机关，要么是高手，那起码也会发出点儿声音，但他进来的时候我们几乎没有注意到，那肯定这个洞老早就在了。那就是说，这个洞肯定是另一伙人挖的，或者他老早就挖好了。我推断，不是那个小子从别人的盗洞下来，就是他打的盗洞和这个洞撞在一起了。

爬了一会儿，果然出现了一个分岔口，看这两个洞手法完全不同，肯定是两拨人挖的，我心说，无论哪个都是通到外面的，随便找一个就行了。为了让三叔能找到我，我在我选的那个洞口旁也画了个记号，然后就爬了进去。

这个时候，我已经开始憧憬一阵清新的空气、一轮明月，最好是我探出洞去就能看到一个火堆燃着，在上面接应的人看到我，把我拉上去，让进帐篷里，然后就是吃点儿干粮，睡个好觉，再然后三叔他们找到我，一起回家。倒个屁斗啊，我真是受够了，别人倒一辈子斗就遇到个白毛、黑毛，我第一次倒斗，走到哪里都是粽子，连口气也不让我喘，我容易吗？我想着，最好在上面接应的还是个女的，然后还能给我按一下肩膀什么的。

想想就干劲儿十足，于是我加快了动作，不久就看到火光出现在前面，我大喜，黎明前的黑暗啊，于是四肢齐用，猛地探出头去，真想猛吸一口气，一看，呆了。

真是希望越大，失望就越大，我面前又出现了一个墓道，跟我来的时候经过的那个墓道非常相似，看样子这个墓非常复杂啊！

我不由得骂了一声，用矿灯照了照四周，一看我就傻了，这里不就是我们来时的那条墓道吗？怎么，原来这个盗洞和那边那个是相通的？当初我们还以为有人挖了这个洞想逃出去。

我真的一头雾水，实在想不出挖这个洞的人到底是什么目的。

第十二章

门

我想起那吓唬我们的小子包里有很多纸上都画了一些地图一样的简图，也许上面会有线索。这个时候我只能病急乱投医了，往前有七星疑棺，后面是个连闷油瓶都要磕头的怪物，哪边都不能去，这里最安全了。于是，我坐到地上，摊开那些纸乱翻起来。其中一张我看得出是他们打盗洞前的设计图，下面写了很多设想，特别是关于血尸墓的设计的推测，写得非常凌乱，我看不太懂，就看到几个琉璃顶之类的字。看样子，他们为了破血尸墓的机关，花了非常多的心思，不知道最后有没有实施。然后还有一张，上面画了一个张牙舞爪，类似树，又像是一只鬼爪的东西。

我又把那些纸翻过来看，终于让我看到一张有点儿意义的东西。上面是一个墓穴的鸟瞰图。我看到湖底墓道，然后是放置七星疑棺的地方，画得非常清楚，只是我们下来的那个墓室没有画上去，看样子他们还没到过那里。我还看到了我刚才爬过的那个盗洞，那个分岔口也标得很清楚，我看到如果我选择另一个口子，到了一个地方竟然断掉了，边上写了个字：“塌。”

意思已经很明确了，我想通过盗洞回地面的愿望已经破灭了。我再看，这图上最离奇的是，在我现在站的这个地方的左边、没有任何道路可以连通的地方，竟然还画了一个墓室，而连通这个墓道和那墓室的是条虚线，这个墓室好像在另一个空间的感觉。我不由得去摸了摸我后面的墙壁，难道这墙后面有条秘道？

我仔细观察起这个墙壁来，回忆了一下爷爷笔记里那些石头暗门的构造。一般来说，如果要这个机关能够千年不腐，必须使用石头和水银来击发，那击发装置的触发器必须是一块平板。这墙壁上都是一块一块的铭文雕刻，如果真有暗门，其中必然有一块能够活动，但是这块墙壁又必须位于非常难以被注意到的地方。

按照这样的思路，我俯下身子察看石壁和地面各处，果然，有一块四方的衔接石板非常可疑。我一按，没反应，但是有松动，再一按，还是没反应，于是我就有点儿毛了，站起来踩了一脚，这下子就听到“咕噜”一声。

那一刹那，我以为，按照一般外国大片里，那墙会翻转，把我带到隔壁另一面去，要不就是墙像门一样打开，所以我脚下的地面突然一空的时候，我一点儿防备都没有，整个人就掉了下去。这种设计哪里叫暗门啊，明明是个陷阱！我暗叫一声“不好”，可能要歇菜！这下面不知道是什么东西，说不定是几把锉骨钢刀。

这是瞬间发生的事，我还没想完呢，就一屁股坐在了地上。我还没来得及庆幸没摔死，手上抓着的矿灯“啪”的一声砸在地上，电池被砸了出来，灯灭了，顿时陷入一片黑暗之中。

在现在这种情况下，这矿灯就和我的命一样重要，要是没有光，在这根本不可能有光源的古墓里，就是死路一条。我赶紧扑过去，想把那矿灯摸过来。那矿灯的位置我记得很清楚，一下子就摸到了。那电池应该在左边，我随手往左边地上一摸，突然摸到一只冰凉的手。

第十三章

02200059

我大叫一声，条件反射地把手抽了回来。在黑暗中摸到自己没法解释的东西是最让人讨厌的，而且摸到那手的一刹那，我感觉到，那手的主人必然已经死去了，因为那冰凉和浮肿的皮肤让人感觉不到一点儿生气。

我突然想起身上还有一些火折子，忙点燃一个，借着火光，看到那地方躺着一具尸体。他的肚子上有一个很大的创口，创口上围着很多尸鳖。这些尸鳖每只都有我的手掌大，是青色的，不时还有一些小点儿的尸鳖从他的嘴巴和眼洞里爬出来。我感到一阵恶心。看样子这个人已经死了一个星期左右了，应该又是上一个盗墓队伍里的牺牲品，难道他也是因为发现了那个机关，所以才死在这里的？想到这里，我忙借着马上要熄灭的火光找到电池，往矿灯里一装，矿灯立刻又亮了。我松了口气。那老板说这矿灯可以承受三米以上坠落的撞击，看样子还真没骗我！

有了灯，我照了一下四周，这个地方什么都没有，非常简陋，是一个四方的地窖，四周都是不规则的石头垒起来的石墙，墙上有很多排气孔一样的洞，黑黝黝的，不知道通到什么地方，不时从那些洞里吹来一阵阵凉风。

我随即检查了那尸体，那是一个中年人，四十岁左右，腹部被撕裂了，看样子是致命伤。他身上穿着迷彩服，口袋鼓囊囊的。我从里面掏出一个钱包，里面有一些钱，还有一张车站寄存处的纸条。我又继续摸，在他的皮带扣上发现了一个钢印，上面刻了一行数字：02200059，此外再没有任何能证明他身份的东西了。我把他的钱包放进自己的口袋里，打算出去后再研究一下。

这里的建筑风格很像西周时候的古墓，又有点儿像一条临时的逃生通道。我想不太可能会有人把墓修在别人的墓地上面，可能这里就是造墓的工匠给自己留的后路。

古时候，特别是战国时，你要是参加了修贵族墓穴的工程，那就等于死，不是被毒杀，就是和尸体活埋在一起。但劳动人民的智慧是不容忽视的，大多数工匠都会给自己做一条秘密的通道，好让自己逃出生天。我用灯一扫，果然看见一扇非常狭小的门在一边的墙上，但这扇门离地面还是有点儿高度的，下面有一架木头梯子，已经烂光了。我估计了一下高度，自己不可能跳得上去。这时，我看到一张脸突然从那通道里探了出来。我一看，不由得大喜，叫道："潘子！是我！"

潘子吓了一跳，也看到了我，可是他不但没有露出喜悦的神情，反而像是看到了什么恐怖的东西一样，几乎从那通道里掉下来。

我正奇怪呢，潘子突然掏出枪，枪口直对着我。我一看不好，难道潘子把我当成粽子了？这下冤死了！我大叫："是我，潘子！你干什么？！"

潘子就像根本没听见一样，一声巨响，那枪声在这地洞里出奇地响，子弹几乎贴着我的耳朵呼啸着过去，不知道打到我身后的什么东西上，一泡腥臭的东西溅了我一后脑勺。我猛转过身，就看见好几只青色的大尸鳖趴在墙上，几只大螯杀气腾腾地扬着，有几只已经爬到我头顶的天花板上，离我的脑袋只有十几厘米了。我刚想后退几步，离那些大虫子远一点儿，突然，墙上的两只虫子像弹簧一样飞了过来，几乎一下子就到了我面前。就在同时，又是两声巨响，两颗子弹从我的头顶飞过，凌空把那两只虫子打爆了。那真的是打爆，我一脸都是虫子爆出的体液。这个时候，我听到潘子叫道："我快没子弹了，你还傻站在那里干什么？快点儿跑过来！"

有了潘子这个靠山，我心里踏实多了，转头就跑。潘子又放了一枪，估计又打爆了一只。这个时候我已经到了墙根，潘子把手伸下来，我一跳正抓住他的手，还好这石壁非常粗糙，我的脚有地方着力，潘子只一拉我就上去了。还没站稳，潘子那把短枪就从我裤裆下面伸了出去，又是一枪，那弹壳直接跳出来打到我的裆部，我惨叫一声，几乎晕过去，大骂道："你爷爷的，想阉了我啊！"

潘子骂道："和命相比，谁重要？"

我突然发现矿灯不在我手上了，回头一看，发现它掉在下面，那光源的四周爬满了大大小小的尸鳖，青幽幽的一大片，不知道是从哪里爬出来的。我问潘子：

“你还有多少子弹？”他摸了摸口袋，只掏出一颗来，不由得苦笑：“还有一颗光荣弹。”话音未落，一只尸鳖已经跳上石道，对着我们发出“吱吱”的声音。

潘子到底是当过兵的人，这应变的本领不在话下，直接变枪为锤，拿着枪管，把那枪托当锤子，一下子就把那虫子敲扁，踢了下去。但这根本不是长久之计，更多的虫子爬了上来。我们连踢带敲，还是有几只爬到了身上，那带倒钩的爪子一下子就带去一块皮肉。

我对潘子说：“我们跑吧，这么多根本没办法挡。”潘子问：“跑哪里去？”我一指后面，说：“这后面肯定是个出口，你看这个坑道，绝对是古时候的修墓工匠逃命用的，只要沿着这个跑，肯定就能出去。”

潘子大骂：“屁！我说你们这些书呆子就是以为书上说的都对，我告诉你，这道我都走遍了，根本就是个迷宫。我好不容易走到这个地方算有点儿起色，要是再往后退，不知道要转悠到什么时候！”

我一惊，心说，难道我猜错了，但是现在这个情况，也没办法再去细想，眼看虫子越来越多，我大叫道：“那总比在这里喂虫子强！”

这个时候，突然又是“咕噜”一声，又从上面的暗门掉下一个人来，正压到那些虫子身上。这突如其来的撞击，吓得那些虫子退了开去。那人骂骂咧咧地站起来：“我的屁股啊，这是什么门，怎么还是往下开的？”他拿手电一照四周，大叫，“靠！什么玩意儿？怎么这么多虫子？”

我们一看，真是冤家路窄，这不正是刚才在主墓吓唬我们的那个摸金贼嘛。

那些尸鳖已经又围了过来，非常迅速。这人也算厉害，把那手电当榔头用，一敲一只，但是根本不顶用，很快他的背上就爬满了虫子。他杀猪似的叫起来，手伸到后面想把那些虫子扯下来。这个时候，潘子突然一把掏出他怀里的所有火折子，全点上，然后一个纵身就跳了下去，我连拦的时间都没有。

他就地一个打滚，就翻到了那小子的边上。那尸鳖怕火，一只只全跳了下去。可是火折子根本不是长久的点火工具，而且刚才一连串的动作后，那火就非常小了，潘子大叫：“你那里还有没有？”我一摸怀里，竟然还有几个剩下的，把心一横，心说，豁出去了，也学潘子那样，一个纵身跳了下去，可惜身手不济，直接摔了个狗吃屎，手里的火折子也脱手了，一下子就掉到尸鳖堆里去了。潘子大骂：“我的爷爷，你这不是要我的命嘛！”

我忙爬起来，跑到他们边上。那些尸鳖忌惮火，一时间也不敢扑上来，但是随着那火光越来越暗，它们的包围圈也越来越小，我不由得咽了口唾沫，心里想，看来要歇菜了。

第十四章

闷油瓶

那小子咳了一声：“同志们，是我连累你们了，看样子我们要去见马克思了，我胖子真的什么也没怕过，可也真没想到会这么死！”

他穿着一套黑色老鼠衣，所以在黑暗中看不出他的体形。我仔细一看，果然是个白白胖胖的人。真想不到这么肥的人也能做摸金贼。

潘子大骂：“死胖子，你到底是从哪里冒出来的？我真想抽死你！”

我看着火折子已经快不行了，几乎要哭出来，说道：“你们快想想办法，不然不管谁抽谁都是虫子占便宜！”

潘子看了看四周，把短枪递给胖子，然后把火折子递给我，说：“本来我们把衣服烧了还能撑点儿时间，可是这火折子的火太小了，可能还没点着我们就已经挂了。我数到三，我来吸引这些虫子，你们就拼命跑到墙根儿那里，做个人梯爬上去，时间肯定够。我动作快，等你们上去了，我再跑过去，时间一刻都不能耽误！”

还没等我拒绝，潘子猛地一跳，就扑进那尸鳖堆里了。马上，那尸鳖潮水一样涌了上去，我们面前果然有了一条路。我大叫一声想去救他，胖子一把拉住我，说：“上去！”

他硬拉着我连跑几步，一托，我借势就爬了上去，然后伸手把他也拉了上来。

我一看下面，潘子身上满是尸鳖，疼得他在地上打滚，我几乎要哭出来。胖子大叫："快爬起来，就几步路！快！"可是潘子已经不可能爬起来了，他的嘴巴里也已经开始有尸鳖钻进去了。他几次想站起来，都被扑倒在地上。我真的没想到这些虫子攻击性这么强。潘子蜷起身子，看着我们在上面大叫，他痛苦地摇了摇头。

最后，他的脸都被尸鳖盖满了，我看到他伸出手，做了一个枪的手势，那手上已经全是伤口了，我知道他是要我们把他打死。

胖子不忍看下去，一咬牙，大叫了一声："兄弟，得罪了！"

就在这个时候，突然，那顶上传来一声机关响，又一个人从上面跳了下来。注意，这个人是跳下来的，不是摔下来的，所以落地的时候很稳，但是落地的分量非常重。他一躬身缓冲，单手撑地，呼了口气。那些尸鳖先是一愣，突然就像疯了一样到处乱撞起来，拼了命地想远离那个人。原本像潮水一样涌过来的那些大虫子，这个时候同样像潮水一样退了下去，消失在墙壁上的几处沟穴深处。

我仔细一看，不由得大喜，这人不就是闷油瓶吗？胖子也惊叫了一声："天啊，这家伙竟然没死！"然而我定睛一看，又觉得不妙，只见他上身的衣服已经悉数破光，浑身上下都是血，看样子受了比较严重的伤。闷油瓶瞥见地上已经奄奄一息的潘子，忙上去一把把他背了起来。我们一看有救，赶紧伸手下去，一人拉住潘子，一人拉住闷油瓶，把他们拉了上来。

这真是沧海变桑田，绝境逢生，刚才还是十死无生的境地，现在突然就形势逆转了。我们想检查潘子的伤势，闷油瓶一摆手，说："快走，它追过来了。"

虽然我还没有领会他话中的意思，但是胖子已经跳了起来，看样子是感同身受。他一把背起潘子，我捡起潘子的矿灯在前面开路，四个人就直接往石道的深处跑去。

不知道跑了多久，我已经分不清到底转了几个弯。闷油瓶拉住胖子，说："行了，这里的石道设计有些古怪，它短时间内应该追不过来。"我们停下来，才发现已经汗流浃背。我忙问他们说的那个是什么东西。闷油瓶叹了口气，也不回答我，直接把潘子平放在地上。我一想觉得也对，现在最重要的是看看潘子的伤势如何。

潘子这次伤得非常严重，几乎浑身都是口子，如果用绷带把他包起来，就算有足够的绷带，他也变成木乃伊了。幸运的是，大部分伤口都不深，但是他的脖子和腹部有几处几乎可以致命，看样子这些虫子非常善于攻击人柔软的地方。我想起先前让我摸到手的那具尸体，也是腹部被咬得最厉害。

闷油瓶用手按了按他的腹腔，抽出他腰间的黑金古刀，说："帮我按住他。"

我大惊，有一种不祥的预感，忙问："你要干什么？"

他盯着潘子的肚子，就像一个屠夫在看他的牺牲品，他用他那两只奇长的手指在潘子的伤口附近一边划动，一边对我说："他肚子里钻进去一只。"

"不会吧？"我怀疑地看着他，然后看了看胖子。胖子已经按住了潘子的脚："从你们的表现来看，我相信他多一点儿。"

我只好按住潘子的手。闷油瓶一刀挑起他肚子上的口子，然后把他的手指以闪电般的速度插进潘子的伤口，一探，一勾，夹出一只青色的尸鳖。这几个动作速度已经非常快了，但潘子还是痛得整个人弓了起来。他力气极大，我几乎按不住他。

"这只窒息死在了他的肚子里。"闷油瓶把虫尸一扔，"伤口太深，如果不消毒，可能会感染，到时候会非常麻烦。"

胖子从枪里取出那颗光荣弹，说："要不我们学学美国人民的先进经验，把这颗光荣弹用到真正需要它的地方。我们把子弹头拧下来，用火药烧他的伤口？"

潘子一把抓住胖子的脚，痛得咬着牙骂道："我又不是中枪伤！你想……想烧断我的肠子啊？"他从裤子口袋里取出一捆绷带，上面还有血迹，看样子是从他头上的伤口上拆下来的，说，"幸亏没扔，先给我绑上，绑紧点儿，这点儿伤不算什么！"

胖子说："这年头儿不时兴个人英雄主义了，同志，你的肠子我都看见了，你就别死撑了！"说完就要动手。我和闷油瓶忙拦住他，我说："别乱来，子弹烧到他的内脏就完了，还是先包起来吧。"

胖子一想觉得也对，我们手忙脚乱地帮潘子包好伤口，然后又撕了我衣服上的几块布，在外面又裹了一层。潘子疼得几乎要晕厥过去。我看着他靠在墙上喘气，非常愧疚，要不是我把那些火折子弄掉了，也许他也不至于弄成这样子。

这个时候，我想起一件事，问胖子："对了，你到底是谁啊？"

胖子刚想说话，闷油瓶就做了个不要发出声音的手势。我马上就听到了让人毛骨悚然的咯咯声从走道的一边传了过来。

第十五章

屁

胖子举起那只有一颗光荣弹的短枪，示意闷油瓶，意思好像是：要不，咱就和它拼了？闷油瓶一摆手，不同意，然后让我们学他的样子，捂住鼻子，他自己一手捂住潘子的鼻子，一手关掉矿灯。

马上，我们陷入了绝对黑暗之中，四周除了那恐怖的咯咯声，就是各自急促的心跳声。这段时间里，我所有的注意力都放在了那声音上，我听到它越来越近，空气中也出现了一股非常奇特的腥臭。

我害怕得几乎要窒息了，听着声音越来越清晰，就觉得自己好像是一个在等死的死刑犯。突然，在我一个恍惚间，那个声音不见了！我心里一抖，难道它发现我们了？

过了足足五六分钟，一声极其阴森但是清晰的咯咯声突然出现在我们身边，那么真切，我的老天，几乎就在我的耳朵边上！我顿时头皮发麻，死命按住嘴不让自己叫出来，冷汗几乎把我的衣服湿透了。

这几分钟真是极度的煎熬啊，我脑子里一片空白，不知道等待我的是死还是活。

又过了大概三十秒，那声音终于开始向远处移动了。我心里一叹，我的姥姥，终于有一线生机了。突然，“噗”的一声，不知道是哪个王八蛋竟然在这个时候放了个屁。

那个声音突然就消失了，与此同时，矿灯亮了，我马上看到一张巨大的怪脸，几乎就贴在我的鼻子上，两只没有瞳孔的眼睛直勾勾地盯着我的眼睛。我吓得一个趔趄，倒退出去好几步。

这个时候，闷油瓶大叫一声："跑！"胖子看似笨拙，其实非常灵活，一个就地打滚把潘子背起来，撒腿就跑。我跟在他后面，一边跑一边大骂："死胖子，是不是你放的屁？"

胖子满脸通红："靠！你哪只眼睛看见胖爷放屁了？"

我真是懊恼："我说，你真是个灾星！"这个时候，突然就听到前面的胖子一声大叫："啊……"

我一惊，刚想问他"啊"什么，突然脚下一空，也"啊"地大叫了一声。原来刚才没拿矿灯，又转了几个弯，基本上看不到东西，这个时候脚下的路好像突然间没了。

我看不到下面，不知道有多深，就觉得好像正掉向无底的深渊。

不过那种感觉很快就被屁股上的剧痛取代了，正眩晕间，突然一阵闪光，胖子打亮了他的狼眼手电。

我一看，这里又是一个石室，非常简陋，和我们刚才大战尸鳖的那个非常类似，但是因为大小不同，所以我知道绝对不是同一个。不过胖子这个时候非常紧张，说："真是冤家路窄，该不会在这里又招来虫子咬吧？"

我想有闷油瓶在，至少不用怕虫子，回头一看，靠，他竟然不见了！难道和我们跑岔了路？

我急忙回忆了一下，发现原来刚才混乱间，我根本就没注意他是否跟了过来。我转念一想，那怪物不知道是什么东西，怎么能任由我们跑掉，肯定是他在后面帮我们挡了一下，不知道他是不是凶多吉少了。

我心里越想越觉得不妙，这样下去，迟早是个死啊。胖子检查了一下四周，然后把潘子放到角落里，自己也坐了下来，揉着屁股说："对了，我得问你件事，你们是不是也是来找鬼玺的？"

我一听莫名其妙："难道……真的有这个东西？"

胖子仔细听了听，似乎并没有东西追过来，轻声对我说："怎么？你们什么都不知道，竟然敢下到这个墓里？你知不知道，这个鲁殇王，他是干什么的？"

我一听，似乎能从他嘴巴里掏出点儿什么来，便问："他不就是个小诸侯王吗？只是听说能借阴兵打仗。"

"屁！"胖子很轻蔑地看了我一眼，"我和你说，这个所谓的鲁殇王和那所谓的借阴兵打仗，其实就是一个弥天大谎，这个古墓里暗藏的玄机，如果我不告诉你，你猜破了头也猜不到！"

第十六章

小手

我这几年做古董和拓本生意积累了不少看人的经验，这一行最考眼力，既要会看东西，又要会看人。我一看这个胖子就不是个实在人，想从这种人嘴里打听消息，说好话不如激他，于是装作根本不相信他的样子，说："说得像什么似的，你要真知道，能像个没头苍蝇一样在这里乱撞？"

胖子果然中计了，拿电筒照了一下我的脸，说："你小子还不信？我胖爷来之前可是实实在在做了一个多月的准备工作。你知道这鲁殇王是干什么的吗？知道借阴兵是怎么回事吗？知道鬼玺有什么用吗？"看我不说话，他得意地一笑，"我告诉你，这鲁殇王，说得好听是个将军，其实说白了，和我们一样，就是个倒斗的。"

我忽然想起，三叔也说过类似的话，但我不是非常理解，他们到底是怎么看出来的？

胖子继续说下去："可是人家比我们厉害，倒斗倒得都封王了。帛书上有记载，那鲁殇王的部队，大多数都是白天休息，夜里行军，经常一下子整支部队就消失了，然后又突然在另一个地方出现，而且他们去过的地方，经常是'坟多破败，问之，则曰阴兵尽出也'。你说我们这些唯物主义者，怎么可能会相信世界上有阴兵这种东西啊。他们必然是到处挖坟盗墓，如果被人发现坟土被动过，就说是鲁殇王借了这些墓主的魂魄，于是借阴兵一说便四传开来。那个时候的人非常迷信这些，后来就传得神乎其神了。"

我不是很相信，说："你凭这些信息就得出这个结论，未免太武断了吧。"

胖子瞪了我一眼，怪我插嘴，说："当然不止这么点儿证据，最直接的证据就是，这七星疑棺，历史上记载，首先就是盗墓贼使用的，因为他们自觉盗墓无数，惶恐死后遭到相同的命运，于是凭借他们的经验，设计了这个虚棺之局。他们认为，无论机关再精巧，也拦不住盗墓贼，唯一的办法，就是让他们犹豫不决，无法下手！这七口棺材，除了一个真正的主棺之外，其他六口，无论哪口被误开，都是九死一生，里面不是暗弩就是设了邪术。到了宋代以后，这个局才逐渐被一些能人巧士发扬光大。这种设计出自不光彩的职业，普通人家是觉得不吉利的，而且一个墓穴里放七口棺材，花费也太高。"

我看这胖子看上去十分粗枝大叶，没想到竟然有这么渊博的知识，不由得心生敬意，但我看他应该还没说完，于是问："照你这么说，那有没有办法分辨出哪个是主棺？"

胖子拍拍我，大概看出了我的态度变化，非常得意："看你小同志还挺好学，那我就学孔老二'诲人不倦'好了。你听好，要分辨这七星疑棺，并不是没有办法。但是，我们行有行规，一般人倒斗遇到七星棺，都会叩几个头自觉退出去，老祖宗不会怪罪。以前兵荒马乱的年月，一些搬山道人衣食无着，实在没有办法，只好破了规矩。那时候有个高人，就想出一个办法，破了这个局。那就是用两根撬杆将棺材撬起一角，然后在棺底凿穿一个小孔，用一个铁钩探入，看看钩出来的东西是什么，这样一来，就可以判断这棺材里到底是什么了。"

我不由得感叹，这盗墓者和设计者之间的斗智，真的可以写一部书了。

胖子突然很神秘地凑过来，对我说："但是这里的七口石棺，恐怕都是假的，恐怕这个鲁王墓，都是假的。"

他又用狼眼电筒照了照我们刚才掉下来的那个石道口，看看没有什么东西爬过来，才继续道："本来我是怎么也想不通这一点的，但是当掉到这个石道迷宫里的时候，我突然间发现，这里竟然是一个西周墓。"我大吃了一惊："难道这里不是那些工匠挖的逃生通道？"

这个时候潘子在角落里骂了一句："我早和你说了，这里怎么可能是逃生通道，你见过谁把逃生通道挖得像迷宫一样？谁会有这么好的兴致？"我大大地迷惑，心里似乎想到什么又抓不住重点："怎么可能有人会把自己的墓穴修在别人的墓穴上面？这不是想断子绝孙吗？"

胖子摸了摸嘴巴，说："你也是个倒斗的，自然知道风水这些说法，我们这些倒斗的人是最不屑听的，这风水除了指导我们倒斗外，我真看不出还有什么其他用处。风水是门学问，但是古人的学问、死人的学问，和我们这些社会主义大好青年是不相干的。”他特地拍了拍自己的胸脯，“而且，这把自己葬在别人墓里的，风水也有这么一说，好像是叫……叫……叫什么……藏龙穴，反正就是类似一个名字。这些肤浅的名字我们就不要去管它了，反正把自己葬在别人的墓穴里，只要你命理配合、布置得当，也是非常有可能的，所以，那鲁殇王的棺材，必然就藏在这西周墓里，绝对错不了！”

潘子听了他这话，扑哧一声笑了出来，说：“怎么，就你这熊样，也懂风水？”

胖子大怒：“什么懂不懂的，如果我不懂……我怎么能知道这么多东西？”潘子哈哈大笑，但是一笑伤口就疼了，不由得捂着肚子，说道：“也不知道你哪里听来的这些胡说八道，你要是真懂风水，你带我们走出这个迷宫，我可是转了七八圈都找不着路。”

我听潘子说起来，便想起一件事，问道：“对了，当时你们怎么丢下我自己跑掉了？我几乎被吓死！三叔他们呢？”

潘子艰难地直了直身子，说：“我也不是很清楚，那时候那小哥去追这个死胖子，虽然三叔让我不要追过去，但是我心想那小子如果紧张起来，必然是有重要的事情，而且，有件事我没和你说，我总觉得那小子跟着我们过来，目的不单纯，我不是很相信他，也想去看看，所以我就跟上去了。”他皱起眉头，很迷惑地说，“我跑了几分钟，突然看见前面的墓道里有什么东西，我拿灯一照，那东西就‘嗖’的一下不见了。我有点儿紧张了，就走到那个地方，这个时候，我看到那石头和石头的缝隙里，好像夹着一只五指一样长的人手。”

胖子一惊，嘴巴动了动，好像想说什么，但最终没发出声音来。

潘子回忆着那时候的一切细节，说道：“于是我就凑过去看。你知道我这人就是控制不住自己的好奇心，大便也想尝一尝，现在想想还真有点儿后怕。我真没想到那只像手的东西，竟然突然就冲了出来，一把掐住我的脖子。那力气大得，几乎要把我掐窒息了。那个时候我也不知道该怎么办，幸好身上还有把军刀，我一边手脚乱蹬，一边去割那手，发现那手的手腕细得吓人，也就比那手指粗一点点，也不知道它的力气是哪儿来的。我一刀下去，就划了一道很长的口子，那手马上就松了，缩回到墙缝里去了。”潘子摸了摸脖子，“我想，这墙后面肯定有蹊跷，就去查那墙。我左敲敲，右踢踢，突然不知道按了什么东西，整个人就掉下去了！”他拍了拍墙，“以后你们也知道了，我掉到和这里一样的一个石头室里，然后发现了石道，幸亏老子身手好，跳了半天，终于跳了上去，要不然还真不知道什么时候才会碰到小三爷。”

“那这么说，你也不知道三叔他们的下落？”我叹了口气。潘子显然才知道三叔他们失踪了，也露出了非常忧虑的神色。我转向胖子，问他：“死胖子，那你是怎么下来的？你给我说实话，那鬼东西是不是你招惹出来的？”胖子说道：“唉，你要这么说，那我真是比苏三还冤了。我跑到那地方时，那个不知道哪里冒出来的老头子已经把那怪物弄出来了，跟在我后面的那小子看到，叫了声‘糟糕’转头就跑了。我一看，如果要我和那怪物拼命，也不是没有胜算，但是组织上给我的任务我还没完成呢，于是我也转头就跑。跑了一会儿，我看见那小哥在我前面停了下来，叫我站在那里。我还没明白怎么回事呢，他用脚踢了一下墙壁，我就掉下来了。我还以为他要救我呢，没想到下面那么多虫子！”说到这里，他看了看四周，好像惶恐又有虫子爬出来咬他一样。

潘子看了我一眼，说：“你看，这小子好像对这个古墓非常了解，这非常不简单，肯定有问题。”我一直觉得闷油瓶不错，因为只要有他在，我就觉得很有安全感。但是听潘子这么一说，我也觉得，这一路走来，那家伙好像知道得太多了，好像什么他都能料到一样，不由得也怀疑起来。

在我的包里还有从胖子那里找来的几块压缩饼干，我想起很长时间没有吃东西了，于是拿出来让大家都吃了一点儿。潘子吃得很少，说万一他肠子已经穿了，吃多了也是漏出来，还是留给我们吃吧，因为不知道什么时候能出去。他这么一说，虽然胖子很想吃也不好意思多吃了。我又把自己碰到的事情和他们说了一遍，人也逐渐放松了下来。

我们沉默了一段时间，又聊了点儿别的。胖子说这么干坐着也不是办法，要不我们还是进那个石道碰碰运气。潘子也这样想，于是我们决定再休息一下，然后出发。

我迷迷糊糊地打了个盹儿，半睡半醒之间，突然看见胖子在朝我挤眉弄眼。我本来就觉得这个胖子非常不靠谱，有点儿精神分裂的感觉，你说在这古墓里，谁还能想出在头上套个瓦罐来吓唬人？这种人不是胆子太肥，就是脑子太瘦。现在我们一个人身负重伤，三个人不知去向，在这种环境下，他竟然还有兴致朝我做鬼脸，要是我还有力气，必定冲上去给他一下。

但是，这个时候我发现就连潘子也在朝我挤眉弄眼，我想：嗬，神经病也能传染？就见他们两个人不停地拍自己的左肩膀，嘴巴一动一动的，好像在说：“手，手！”我看他们头上冷汗都下来了，觉得奇怪，于是看了看自己的手，没什么异样啊，难道是我的肩膀？我很随意地转过头去，突然发现我肩膀上正搭着一只绿色的小手。

第十七章 洞

那只小手，五根手指都一样长，手臂极细，和潘子形容的一模一样，十分恐怖。胖子一个劲儿地向我做手势，叫我不要动。我其实并不是很害怕，如果一个人一下子遇到的突发事情太多，反而会变得冷静起来。这个时候我反而觉得有种被恶作剧的感觉，突然间觉得非常厌烦，真想一把抓住那手狠狠地咬一口。

当然，理智还是告诉我待在那里不要动。胖子用潘子的枪去挑那只手，想把那手挑下我的肩膀。枪刚伸过去，那手就像一条蛇一样，一下子就缠上了那枪，直接就往后拉去。胖子哪肯放手，大屁股一抖，和那手拔上河了。

我忙上去帮忙，胖子一个人劲儿就很大，再加上我，竟然也只能和那细细的手打个平手。眼看我们就快坚持不住了，潘子一扬手，把军刀扔给胖子。胖子骂了一句，刀子从下往上狠命一割，从那手上刮下一块皮来。那手突然放开，狂甩着逃进了黑暗中，那动静，我竟然觉得非常像一条蛇。这一下我和胖子双双吃不到力，都摔了个四脚朝天。

胖子一个肥猪打挺跳起来，追过去一看，原来那里有一条非常深的缝。他使劲往里面挤了挤，虽然里面还挺宽敞，但是入口太小了，以他的体形根本爬不进去。他丧气地一挥手，恼怒地用手去掰那些石砖，没想到，那石头墙壁看上去非常结实，竟然很容易就给它掰了下来，他忙说："快看，原来这里有个大洞！"

我们凑过去。胖子用狼眼电筒一照，里面果然别有洞天。那洞黑乎乎的，不知道通到什么地方去。我们真是没有想到，这墙壁的黑暗处，竟然藏着一条这么窄的通道，难怪上次那些尸鳖可以神出鬼没。

潘子摸了摸那洞的表面，纳闷地说："看样子是人工挖出来的，难道是给那些尸鳖活动的通道？"

"你说那些尸鳖就在里面？"胖子本来想钻到那个洞里去看看，一听潘子这么说，不由得犹豫起来。潘子轻声说："不用怕，刚才那小哥给我处理伤口的时候，我把他身上的血抹在自己手上了，你看！"他指了指手上的一块血污，"你们用点儿口水往自己脸上也涂点儿，肯定管用！"

我不由得失笑："你也太缺德了，人家至少还救了你的命呢！"潘子不好意思地笑了笑，说："那时候也不知道为什么，看到他的血滴到地上，总觉得不能浪费。"胖子也听不懂我们在说什么，问："怎么，那小兄弟的血这么厉害？"

我们两个都点头，把在尸洞里的情形和胖子一说，胖子顿时对潘子手上的那片血非常感兴趣，赞叹说："那敢情好，以后我去倒斗，也可以威风一下。谁要是敢吹我的蜡烛，我就让他跪在棺材板上。"说着，好像恨不得把潘子手上那块血剜下来一样。

潘子对我说："这小洞开在这里不知道到底是什么用意，不过既然我们走不出那石道迷宫，我想这里也是个希望，要不我们进去看看？"我看了看那个阴风阵阵的小洞口，只能容纳一个人，觉得毛骨悚然，进去有点儿不妥当；但是如果不进去，那也只能在这里等死，于是点头表示同意。胖子把自己的皮带摘下来，绑在脚上，对潘子说："你就拉住这皮带，我在前面开路。"

胖子说完，一猫腰第一个进了洞，然后潘子拉住那皮带，也进去了。我看他们消失在黑暗中，咽了口唾沫，念了声"上帝保佑"，然后心一横，也钻了进去。胖子在前面爬得极慢，有的地方他几乎就过不去，一定要先运一下气，把屁股缩小了，才能通得过。潘子在后面被拖得也辛苦，而且直接对着他的屁股，他对胖子说："你可千万别再放屁了。"

胖子在前面喘着粗气，也没力气回答。我看他那么贫的人也不吭声了，就知道他确实累得够呛。就这样，我们像三只虫子一样，一挪一挪的，也不知道爬了多久，突然，胖子轻声叫了一声："有光！"然后就见他加快了速度。潘子的伤口一下子被拉紧，疼得直叫"悠着点儿"。胖子爬得极快，他这样的体形，要在这么个洞里爬出这个速度已经是奇迹了。我看到那光越来越强烈，心说，难道真让我们碰到这么好的运气？这个小洞竟然是通到地面上的？终于，胖子第一个爬出了那个洞。他刚一出去，我就听到他吓得大叫了一声："天哪！这里到底是什么地方？"

第十八章

大树

我小心翼翼地爬出那个洞口，外面只有一小块突起的地方可以让我站立，再往外就是悬崖了，最起码有十五米的高度，而且风非常大，我只能紧贴着崖壁来观察那个地方。我真的不知道怎么形容我看到的地方。在我眼前，是一个巨大的天然岩洞，粗略估计有一个足球场大，洞顶有一道大裂缝，月光从这个裂缝里照进来，正好可以勾勒出整个洞穴的轮廓。我现在的位置，就在靠西边的洞壁上，上下都没有可以攀爬的东西。我扫视了一下，发现我们周围的洞壁上，也密密麻麻全是洞，足有成千上万个，那密集的程度，就好像这个洞壁被不同口径的超级机关枪扫射过十几遍一样。

最让人感觉到震撼的是，在这个洞穴的中间，有一棵几乎十层楼高、十人环抱也不一定能抱得过来的大树，而那棵大树上，还盘绕着无数条电线杆一样粗的藤蔓。那些藤蔓纵横交错，几乎缠绕了所有可以缠绕的东西，它们的分枝如柳条一样从树上垂下来，有些挂在半空中，有些已经垂到了地上，甚至还有些藤蔓干脆从洞壁的孔洞里伸了进去，举目可以看到的地方，几乎都有蔓延过来的藤蔓，就连我们这个洞口的边上，也爬着一两根。

如果仔细看，还可以看到靠里面的树枝上挂着很多东西，一开始我还以为是果实，但是看那些东西的轮廓又似乎不是。那些东西藏在浓密的藤蔓后面，还不时被风吹得抖动几下，十分诡异。

这个天然洞穴的底部，有一条石头的围廊，从一个祭祀台一样的小型建筑开始，一直通到树冠下面。我依稀可以看到，那围廊的终点是一处有十几级台阶的石台，上面放置着一张玉床，上面好像还躺着个人！距离实在太远，除了轮廓之外，其他什么都看不清楚，我不敢下定论。

胖子非常兴奋，直叫："还真被老子找着了，这里肯定就是那个西周墓的主墓室。躺在那玉台上的，必然是鲁殇王的尸身。这鲁殇老儿也真够缺德的，鸠占鹊巢，把人家的斗倒掉，自己住进来。今天我胖爷就来替天行道，收拾收拾你这个没职业道德的，让你知道倒斗就是这个下场！"他说得兴起，也没想自己是干什么的，连他自己也一道骂进去了。

这个时候，潘子突然说道："我们最好不要轻举妄动，这鲁殇王十分邪门，我想这里必然还另有玄机。我看我们还是想办法从上面的裂缝先回到地面上去比较好。"我抬头看了看上面，不由得咋舌，要爬到顶上已经不容易了，还要在顶上倒挂着很长一段距离才能到那裂缝口，我们又不是蜘蛛人，怎么可能做得到？于是我转过头想问胖子的意见，只见他半个身子已经探到悬崖外面去了，根本没把潘子的话放在心上。我见他身手十分敏捷，也就没有阻止他。他几下就爬下去两米多，到了另一个洞口处，刚想继续往下爬，那洞里突然伸出一只手，一把抓住了他的脚。

胖子吓得一激灵，猛踢那只手，想把它踢掉，就听到从那洞里传来一个男人的声音："别动！你再走一步就死定了！"我一听，竟然是三叔，不由得一喜，叫了一声："三叔，是不是你？"

下面那人惊讶道："大侄子，你跑到哪里去了？担心死我了！你没事吧？"我一听果然是三叔，心里松了口气，叫道："没事，不过潘子受伤了！都是这胖子害的！"说着就想探出头去看看。可是下面那个洞就在我现在这块突起的死角里，我只能看到胖子的半条腿，只好作罢。就听那个胖子大叫了一声："同志，我请你不要抓我的脚好吗？"

三叔大骂："你这胖子到底是哪里冒出来的？少给我贫嘴，快下来！脚不要乱踩，千万不要碰到那藤蔓。"胖子说："哪条？是不是这条？"说着还用脚尖去指。

三叔大叫："不要！"话音还没落，那原本看上去非常普通的藤蔓突然像蛇一样昂了起来，末段像花一样展开，乍一看就像是一只鬼手一样，昂在那里，似乎在感觉胖子的方位。胖子只要一有动作，它也跟着移动，一左一右的，就像印度人在逗蛇一样。我心里恍然大悟，原来潘子和我遇到的那五指一样长的鬼手，就是这些东西来着。

那胖子也真不简单，竟然用脚在那里画圆圈，逗那藤蔓。我心说，这家伙这么不靠谱，难怪他只能一个人来倒斗，如果他一直跟着我们，总有一天会被他害死。正想着，三叔果然就火了，骂道："我说你这个人有完没完？你知道这是什么东西？快给我下来！"刚说完，胖子就遭殃了。那藤蔓一把缠住了他的脚，然后整个一卷，几乎把他从崖壁上拽下去。

在石室的时候，我和胖子两个人都拉不过一根藤蔓，这下子那悬崖上又没有地方可以借力，眼看胖子就要不行了，我情急之下，想找块石头扔下去砸那东西，可这悬崖上光秃秃的，一点儿渣都抠不下来，正胡乱摸着，突然就觉得脚上一紧，我低头一看，糟糕！一根鬼手藤不知道从哪里冒出来，把我的脚也缠住了。我马上想找个地方抓一下，可已经来不及了，一股巨大的力量把我扯了出去。我还没反应过来，整个人已经在空中了。

那一刹那间的感觉就好像失重了，手脚什么东西都抓不到，然后就被重重地甩在悬崖壁上，那一下比自己撞上去还惨，根本就是拍过去的！

我被撞得七荤八素，几乎就要吐血了，接着那藤蔓又吃上劲道，使劲把我向下扯。我两只手都抓出血来了，也没抓到什么东西，接着就是自由落体。下面是近十五米高的悬崖，我眼睛一闭，完蛋了！这下死定了！

这个时候，突然又有三四根藤蔓被我吸引，从悬崖上卷过来，其中有一根特别粗，一下子就缠在我腰上。我在空中像个麻花一样被裹了好几圈，然后就被那特别粗的鬼手藤一带，后脑狠狠地在石壁上刮了一下，脑子"嗡"的一声，一下子就晕乎了，感觉被那些藤蔓拖着，一路上不是撞到树枝就是撞到石头，浑身上下没有一处幸免，直被撞得眼冒金星，几乎就要失去知觉。等我迷迷糊糊中发现自己静止不动的时候，突然觉得极度恶心和头晕，想要睁开眼睛，却发现眼前好像有一层纱一样。

我做了几个深呼吸，逐渐缓过神来，眼前也逐渐清晰了。这个时候我发现，我被倒挂在那棵巨树的一根枝丫上，我的头下面就是那放置着一具神秘尸体的石台。我仔细一看，不由得大吃一惊，原来那石台上，并不是只躺着一具尸体，在我看到的那具尸体的边上，还躺着一具年轻女尸。那尸体身上披着白纱，双眼紧闭，面容安详，看上去竟然有几分俊俏，而且身上一点儿也没有腐烂的迹象，如果不仔细看，还觉得她是在睡觉呢。而躺在一边的那具男尸，戴着一只狐狸脸的青铜面具，浑身上下裹着紧身的盔甲，双手放在胸前，手中拿着一个紫金的盒子。我扫视了那具盔甲尸好几遍，总觉得哪里不舒服，仔细一看，才发现透过青铜面具的眼洞里，眼睛竟然是睁开的，那两只青色的眼珠子正冷冷地盯着我。

第十九章

女尸

那眼神真的让人汗毛直竖。我也直勾勾地盯着他，一时间不知道怎么反应才好。

我就像腊肠一样挂在那里，要跑也没有办法，只能一边祈祷，一边想办法挣脱。不过挂了十五分钟左右，那盔甲尸也没什么动作，连眼珠子也没有动一下，我不由得怀疑那是不是我的错觉。但是那诡异的眼神就这样盯着你，就算是神仙也会觉得不舒服。我不去看他，心说，得快点儿想个办法下去，总这样倒挂着，脑袋也快充血充爆了。我用尽全身的力气抬头，发现身上那个惨啊，几乎全都是瘀伤。我的脚被一根藤蔓缠住，再转头一看，不由得倒吸了一口冷气，只见我目力能及的地方，挂满了各种各样的尸体，根本看不到头，那绝对不是几十具几百具尸体可以形成的情景，我估计得有上万。那些尸体随风摇曳，看上去像很多骨头做成的风铃，那种感觉十分不舒服。

我仔细看了一下，发现有人的尸体，也有动物的尸体，大部分已经完全风化，还有少数腐烂得非常厉害，空气中不时传来一股恶臭，而大大小小的尸鳖像苍蝇一样密密麻麻地挤在那些尸体上啃食。我不由得庆幸，之前特地从潘子那里弄来一些闷油瓶的血涂在身上，看样子还真管用。虽然这样做有点儿缺德，不过缺德总比缺胳膊少腿好。

这时候我想起胖子和我一样，也被那鬼手藤抓住了腿，不由得替他担心，但是往外看又都是藤蔓，什么都看不到。我在身上摸来摸去，只摸到一个数码相机，又没有什么东西好用，正懊恼着，突然脚上的藤蔓一松，整个人就往下一沉，几乎以为就要掉下去了，忙双手向下，护住头部，没想到它只松了一下，又停住了。我睁眼一看，我的脸几乎就贴在那女尸的脸上，再往下一点儿就要嘴对嘴了，吓得我忙缩起嘴巴，尽量缩起脖子。

就在这个时候，我眼睛一瞄，突然看到她边上的盔甲尸腰部有一把小佩刀，不由得大喜，心说，这位仙女，我现在形势所逼，问你朋友借把小刀，他总不会介意吧？想着，我便扭动腰部，竭力朝那佩刀伸出手去，荡了两三下，突然发力，一下子抓住了刀柄，再用力一抽。没想到那刀那么紧，我不但没抽出来，反而把那盔甲尸的腰带整个扯了下来。我一看，糟了，怎么把人家裤腰带扯下来了？这样还不得和我翻脸？我忙用双腿夹住刀鞘，用力一拔，就把刀拔了出来。那刀的刀口寒光一闪，我就知道是把好刀，心说天助我也，然后使出全身的力气翻了上去，只一刀就把那藤蔓切断了。那时候我只顾着切那藤蔓，也没想下面是什么东西，等藤蔓一断我掉下去的时候，后悔已经晚了，才几分之一秒的工夫，我已经整个人趴在那具女尸身上了。

说实话，幸好我着地的一刹那收住了力气，才没有实打实地压下去，不然这尸体肯定连屎都能被我压出来。由于惯性太大，我想和女尸保持距离已经不可能了，我的脸整个就贴到她的脸上去了，只觉得冰凉冰凉的，冷得我汗毛直竖。我当时就呆了，心说，会不会有一条舌头从她嘴巴里伸出来，直接插到我喉咙里去，把我的五脏六腑都吸出来？想到这里，我还庆幸了一下，幸亏是个女鬼，长得还不错，要是个男鬼就恶心死了。可待了有半晌，也不见有舌头伸出来，我心说，总算运气还不错，碰到个通情达理的主儿，就慢慢抬起头，想溜，头才抬了一半，突然一阵香风，那女尸的两条胳膊一下子搭到我肩膀上。我一愣，整个人都吓得僵硬了。

这个时候边上那具尸体也发出“咯噔”一声，我一听不妙，心里直叫：“老兄，现在是你老婆不让我走，不是我轻薄她，你不要搞错啊！”我转头一看，原来刚才扯下他的腰带，相连处的一块甲片掉了下来，我不由得松了一口气。现在唯一可以庆幸的是，搭着我的是这具女尸，而不是隔壁那个怪物，要不然我肯定已经尿裤子了。

就这样僵持了十几秒，看她没有进一步的动作，我就想偷偷地从她胳膊下面钻出去。可是刚一动弹，她的手也跟着我的脖子移动，我往前她也往前，我往后她也往后。我心一横，猛一抬脖子，心说，我干脆就挣脱你，然后一个打滚开溜，没想到她的手拉得那么紧，我一个抬头，竟然把她拉得坐了起来。而且这一震动，那女尸的嘴张开了，露出了含在嘴里的东西。

第二十章

钥匙

我低头一看，那应该是一把镶嵌着珠子的铜质钥匙，那颗珠子墨绿墨绿的，应该不一般，我也看不出来是什么成分，只知道古人有时候把珠子放在死人嘴里防腐。如果我把这钥匙拿出来，说不定眼前这具千年美尸瞬间就会变成干尸，那种恐怖的事情，我绝对不会冒险去做的。然而，现在这种情形也太尴尬了，我总不能背着这具尸体跑路吧。

正在犹豫不决时，突然听到有叫喊声由远而近，我一抬头，看到一个人狂叫着连撞了七八根树枝，被一条藤蔓拉到我头顶挂了起来。不是别人，正是那死胖子，看样子他也终于支持不住，重蹈了我的覆辙，而且伤得好像比我还厉害。幸好他没撞到头，挂在那里还直骂："想不到这该死的藤蔓力气还真大！"然后他就看到我了。

我真是又想哭又想笑，也不敢大声说话，便做了个手势，道："这个是死的！你快帮我想想办法！"

胖子"啊"了一声，在半空中扭动了一下屁股，说："那也得先把我放下来啊！"我把手里那佩刀往上一扔，他一把接住，马上就翻身上去割那藤蔓。一开始我还没有意识到，后来突然想到已经来不及了，我刚想叫胖子等一下，他已经怪叫一声落了下来，正好趴在那盔甲尸身上，竟然把那盔甲尸的面具撞掉了。我刚想探头过去看，胖子突然转过身，对我大叫："千万别看！这是只青眼狐狸！”

可惜他叫得太晚了，一瞬间我已经看到那面具下的脸，只一眼，就让我头嗡的一声，吓得头发都奓了起来，结巴道：“这哪里是人啊！”

那面具下面是一张白惨惨的脸，如果仔细看，还能依稀分辨出人的五官，整颗人头上都没有毛发，没有眉毛和胡子，脸庞非常尖，已经有点儿畸形的程度。他的眼睛几乎只是一条长长的缝，两只青色的眼珠在两条缝里发着寒光，其他五官几乎都无法分辨了。

可以这么说，如果乍一看，这张脸非常像一只正在狞笑的人面狐狸，特别是他的两只青色的眼珠子，看上去更加诡异。说实话，一般的尸体我都还能撑得住，可是这一具我真的不敢用正眼去看，太吓人了。如果在没有任何心理准备下看到，恐怕会把人吓死。

胖子也吓得够呛，一个翻身跳下玉台，骇然道：“真想不到，鲁殇王竟然长这副德行！”

“这真的是鲁殇王吗？”我问，“怎么看上去像……像只狐狸？”

胖子在那盔甲尸体上瞄来瞄去，说：“我一个朋友和我说过，这叫青眼狐尸。很久以前，有个人倒了一个不知道什么朝代的古墓，打开棺椁后，发现里面的尸身上竟然躺着只青眼狐狸。狐狸是有妖性的东西，尸体上躺着狐狸，十分不妙，本来应该把东西原封不动地放回去，可是那个摸金的道行未够，心有不甘，竟然偷偷留了一只玉乌龟。若干年后，他金盆洗手，回乡娶了老婆，后来他老婆十月怀胎，那稳婆给他老婆接生的时候，突然大叫一声晕了过去。那人冲进去一看，他老婆生的孩子长着一对青色的眼睛。那摸金的一开始并未察觉到是那只狐狸在作祟，只以为孩子得了怪病，四处求医，谁知道那孩子的病不仅没好，反而毛发都逐渐掉光了，脸也越长越像狐狸。这个时候那摸金的才发觉缘由，于是长途跋涉，回到那个古墓，将那只玉乌龟放了回去。自此以后，那孩子的病才没再恶化，但是那狐狸样的怪脸却怎么也变不回去了。”

他咂咂嘴，又说：“不过这青眼狐尸十分邪门，听说看一眼就会被他传染，脸就会慢慢变得和他一样。你刚才看了没有？”

我虽然不是十分相信，但听到会变成这个怪物，不由得也打了个寒战，骂道：“别胡说，变不变是以后的事，你先帮我弄出来再说！”

胖子一想觉得也是，现在这个情况，再叽叽歪歪就真不是个东西了，忙过来帮我掰那个女尸的手。他憋住力气使了好几次劲儿，可那手就像铁做的一样，纹丝不动。他狠命扯了两下，累得直喘气，看着我紧张的眼神，安慰我说：“别担心，你胖爷有的是手段，实在不行我就把她的手砍下来。”

我急忙大叫：“不行，万一这尸体里有尸毒怎么办？万万不可。而且我和人家又没什么仇恨，一上来先断别人一只手，太不厚道了。”

胖子挠了挠头，也没辙了。他对我说：“一般来说，尸体死而不僵，肯定是有心愿未了，你替她了了心愿，她自然就会放你走了。你不如想一下，刚才她钩你的时候，有没有什么特别的事情发生？”

我稍微一回忆就想起来了，刚才我起身的时候，她嘴巴突然张开，里面好像有一个东西，看形状好像是一把钥匙，难道就是这个？想到这里，我就小心翼翼地把女尸的头扶正，轻声说了句：“得罪了。”然后一压她的两腮，那女尸樱口微张，我看到她舌头下面那把镶嵌着碧绿珠子的钥匙。

胖子惊奇地叫道：“靠，这可是个好东西啊。她肯定是想要你把那钥匙拿出来。你想她嘴巴这么小，含了把钥匙多难受。”

我紧张地道：“万一她一口咬下来怎么办？”

胖子不耐烦了，说道：“你看看你，现在浑身上下都是破绽，她咬你哪里不好，非要咬你的手？”

我一想觉得也对，于是心一横，大不了少两根手指，便深深吸了一口气，叉起两根手指就颤抖着往她嘴里伸去。就在我几乎碰到她嘴唇的时候，突然听到有个声音在我耳边说道：“住手！”

第二十一章

青眼狐尸

我一呆，心说，好熟悉啊，这声音不是三叔的吗？他不是还在悬崖上吗？怎么这个声音好像就在附近？忙转头去找他，却发现四周除了胖子并没有其他人，不由得纳闷，突然又听三叔说道：“你手上有血气，一入尸嘴马上就会起尸，千万不要乱来！”

我四处找那声音的来源，最后发现那声音竟然来自玉台的底下，可那玉台颜色浓郁，根本看不到下面是什么，慌忙问道：“三叔，你在这玉台下面？”

三叔说：“我以后再和你解释，你按照我的方法，将那女尸的头低下，用大拇指顶住她的喉咙，然后拍她的后脑一下。记住，一定要顶住她的喉咙，不然那钥匙会被她吞进去的！”我答应了一声，照着他的话，一顶那女尸的喉咙，然后轻轻一拍，一把钥匙就从她嘴里掉了出来。那钥匙刚掉到玉台上，我就觉得肩膀一松，那女尸的双臂垂了下来，尸身躺倒在玉石台上。

我长出一口气，心说，终于解放了，就听三叔又在下面说：“大侄子，你身边是不是还有个胖子？”

我抬头看了一眼胖子，他已经拿起掉下的钥匙，正在仔细地研究，点头说：“是的。”

三叔突然用杭州话说了一句：“你看看他有没有影子。”

我一听不由得一愣，也没领会他是什么意思，只是条件反射地瞟了一眼胖子的脚下，只见他的影子被玉石床的影子遮住了，如果不探出头去，也看不出到底有没有，不由得有点儿疑惑，说：“我现在看不清楚。”

三叔听上去非常紧张，对我说：“你听着，我告诉你一件事情，你不要怕。我在刚刚来这个地方的路上，看到了那个胖子的尸体，你千万要小心，你眼前的这个胖子，恐怕不是人。”

我看了一眼胖子，只见他脸颊红润，那神态和动作怎么看都不像鬼，不由得纳闷：“三叔，你会不会看错了？”

三叔说道：“不会，那肯定是他，我不会看错的，估计也是上一批盗墓者里的一个。他刚才肯定在怂恿你把手伸到那女尸的嘴里是吧？那就是在害你！”

我顿时觉得害怕，问：“照你这么说，我眼前的这个胖子……是个鬼？”

三叔说道：“是，无论他说什么，你都不要相信，你现在快找找身边有什么避邪的东西。”

这个时候，胖子抬起头看了我一眼，我突然觉得他的眼神非常诡异，好像非常怨毒的样子，不由得马上相信了一半，忙东摸西摸，摸到那盔甲尸体的腰带，上面还连了那佩刀的刀鞘。我想古人一般都会在自己的饰带上刻下镇鬼的文字，忙拿起来。

虽然那腰带上的字已经很淡了，但我还是一眼就辨认出那的确是鲁国的文字，难道这个人真的就是鲁殇王？那边上这具女尸又是谁呢？难道是他的夫人？我刹那间想过，眼睛也没闲着，已经把腰带扫了一遍，那些文字虽然大部分我都看不懂，但上面有用金粉描的“阴西宝帝”四个字，还十分好认，的确是镇鬼的咒文。我心中一喜。

这个时候，我想到一件事，问三叔：“奇怪，这玉床又不通透，你怎么能看到我们？”

三叔说：“我也不知道。我从下面看上去，都看得很清楚，好像是块透明的玻璃一样。我走过来的时候，正看到你要从那女尸嘴里取那钥匙，才叫住你，幸亏你能听见我说话，不然你把手放进去，就糟糕了！”

我愈加纳闷了，总觉得有问题，心说，这玉床又不宽，上面两具尸体并排放得非常紧，而且这里的月光又不是特别明亮，要想在这种光线程度下，透过两具并列的尸体，看得这么清楚，似乎有点儿不可能。

我又看了一眼胖子，见他还在研究那个钥匙，突然觉得有点儿不对劲儿。

以胖子的性格，就算他听不懂我讲的杭州话，必然也会插嘴，绝对不可能在那里呆呆地看一把钥匙看那么久。

我翻下玉床，一拍胖子的肩膀，刚想试探他一句，没想到，那普通的一拍，胖子的反应竟然那么大。他突然怒目圆睁，大叫一声："你小子原来一直在骗我！"说完，举起手里的佩刀就捅了过来。我大吃一惊，往后连退了好几步，大叫："你干什么？"

他两只眼睛通红，根本不听我说话，冲过来又是一刀。他的动作颇为犀利，我一看如果不跑肯定得被他刺伤，忙转头跑下那石阶。胖子大叫一声："我叫你跑！"然后拼了命地追过来，那咬牙切齿的样子，好像我杀了他老爸一样。

我顺着那石道拼命跑。胖子看上去体态臃肿，却跑得飞快。我一看那石廊很短，再跑就到尽头的那个石祭台了，再后面就是满地的藤蔓，要是踩进去，估计又得给挂腊肠，心里着急，心想，难道他真的是个恶鬼？想拉我垫背？可是哪有恶鬼拿刀捅人的？

想到这里，前面几乎没有路了，我一个刹车，接着就把手里的腰带当鞭子抽了过去。胖子一个闪身，我冲上去一口咬住他的手，心想，这世界上敢咬鬼的，我还是第一个。他痛得大叫，刀掉落到地上。我飞起一脚，将那刀踢到石廊外面。

这样一下，我已经露出了破绽，胖子一下子把我按在地上，说道："老子掐死你！"说着就猛地卡住我的脖子。

情急之下，我用腰带一把勒住他的脖子，心想，你狠我也不善，和你拼了！

我勒着他，他掐着我，这互掐的关键就是要在自己窒息前把对方掐死。我一看胖子根本没留手，掐得我舌头都要吐出来了，也忙使上老劲，用上吃奶的力气。没想到，这腰带看上去保存得还可以，但质量差成这样，一用力，"啪"的一声，竟然断了。

那腰带是用牛皮做的，上面有小鳞片一样的铜甲，牛皮一断，那些铜甲天女散花一样掉在我脸上，那块刻着"阴西宝帝"的甲片就掉进我张开的嘴巴里。我突然觉得一股苦涩的液体瞬间流进我的喉咙，想起那甲片是尸体上的，我恶心得猛然一呛，突然觉得眼前一阵迷蒙，好像掉到一团黑色的雾气里一样。

我十分迷惑，心想，难道这么快我就被胖子掐死了？只觉得嘴巴里的苦味越来越浓，眼前的东西渐渐地越来越清晰，然后猛然一惊醒，发现自己被胖子压在那玉床上。他眼睛发青，双手死死地掐住我的脖子；而那女尸嘴巴里的钥匙也没有掉出来，双手还是紧紧钩着我的肩膀，场面极度混乱。

我这才醒悟，刚才的一切都是幻觉。

我转头看边上那具青眼狐尸，他的面具还在地上，两只细缝里的眼珠已经转到我们这边，直直地盯着我们。

我心说不好，难怪刚才胖子叫我不要看，这青眼狐尸的眼睛竟然这么邪门。胖子力气这么大，这一下我就算清醒了，也要被他掐死，忙一摸嘴巴，发现嘴巴里那块甲片已经融化了。我正心急，眼角突然瞟到那狐尸手上那只紫金盒子，也没想那么多，拼命伸过手去，拿起来就朝胖子的脑袋上砸去。

胖子非常彪悍，大骂一声，双手又是一紧。我心说，你哪里是想把我掐死，你整个儿就想把我的脖子掐断啊！我心一横，竟然有了杀心。这人非常可怕，我杀心一起，手上的劲道就完全不一样了，就听“砰”的一声，胖子一翻白眼，整个人被我敲得几乎一震，一下子趴到我身上。我脖子一松，猛地咳出一口血来。

这个时候，我看到那青眼狐尸的眼睛好像突然睁大了一样，一股奇怪的力量引得我不由得去看他，我的脑子里突然又开始混沌起来。情急之下，我也顾不了胖子，一把把他推到那尸体上。胖子非常魁梧，正好把尸体压了个结实。这一压，那种奇怪的感觉马上就消失了。

我揉着脖子，上面有老大的几个手指头印，几乎都被掐变形了，浑身上下疼得要命。这青眼狐尸的眼睛这么厉害，要不是我碰巧吞了他腰带上的那块甲片，我和胖子必然要死一个。我看了一眼刚才被我当作凶器的紫金盒子，突然发现上面有一个小小的钥匙孔，不由得“咦”了一声，再看看那女尸的嘴里，心说，难道那把钥匙就是用来开这个盒子的？

第二十二章

八重宝函

那紫金盒子手感很沉，看上去有点儿像缩小的八重宝函（放舍利子的八个盒子）里的银棱盝顶，只不过小了很多。那个时候佛教还没传入中国，这里面放的肯定不是舍利子。我摇了摇，没有声音，心说，难道里面装的就是胖子说的那枚鬼玺？

钥匙还在女尸的嘴里，我定了定神，深吸一口气，双指探入她的舌下，夹住那把钥匙，然后小心翼翼地夹了出来。那钥匙还没出她嘴巴，我就看到一条极细的丝线绑在那钥匙柄上，一直通到那女尸的喉咙里去。我突然意识到有点儿不妙，这条线的那头儿好像还绑着什么东西。

爷爷和我说过，商朝的时候，中国的工匠已经可以巧妙地把一些弩机装到人的尸体里，用金丝击发，只要盗墓贼一取出尸体嘴巴或者肛门里的玉塞或者宝珠，机关马上启动，弩箭就会破体而出。因为那时候人和尸体的距离往往很近，根本无法闪避，所以不知道有多少盗墓贼死在这种机关之下。

我按了按女尸的肚子，果然摸到几块坚硬的东西，心说，幸亏我手慢，如果是胖子或是潘子，恐怕已经中招了。想到这一切的安排，好像就是专门为了盗墓贼设计的，我不禁感到一阵寒意。

那钥匙后面的丝线是金丝，能拉不能折，我用指甲一掐就断了。我拿出钥匙，和那紫金盒子上的钥匙孔对了一下，果然可以对上。但我不知道这个盒子里有什么蹊跷，说不定还有机关。我想了一下，还是暂时不开为妙。

就在这个时候，我突然发现钩着我的那具女尸变得狰狞起来。我大为惊骇，只见她的脸像变质的橘子一样，瞬间瘪了下去，嗓子里发出没法形容的声音。只几秒钟的工夫，她就在我面前从活生生的美人迅速变成一具干尸。我只一抖，她那枯朽的手臂就断了，干枯的身体摔到玉台上，还在不停地收缩。

我吓得够呛，看样子这把钥匙上的宝石真的有防腐的作用。我不敢再胡思乱想，把这些东西全部塞进包里，心说此地不宜久留，然后就去背胖子。

胖子被我砸得够呛，拉了好几下也没动静。我心说，不至于吧，难不成被我打死了？这个时候也管不了那么多了，我先拿住他一只手，大吼一声："起！"然后腰板一挺，把他拉到我背上。胖子很重，几乎把我压得吐血。我暗暗摇头，一边走一边问候胖子的祖宗。

所幸那石廊本就不长，我很快就走到了中段，一出那个藤蔓缠绕的区域，我就看到了悬崖。三叔和潘子都不在上面，看样子应该回去找出路了。我走到石廊尽头的祭祀台处，把胖子放到祭祀台上，想好好休息一下，突然看见三叔从最靠近地面的那个洞里钻了出来。

他对这些奇门遁甲之类的东西很熟悉，有他在，那个迷宫根本就不算什么。我怕他没看到我，一边招手一边大叫："三叔，我在这里！"

三叔看到我，本来想笑，可是脸色一下子就变了，一指我身后。我回头一看，胖子不知道什么时候坐了起来，而那具青眼狐尸，竟然正趴在他的背上，冷冷地看着我。

第二十三章

棺椁

我的眼神一下子就被定住了，怎么也移不开。不过不知道是不是吃了腰带上的甲片的关系，虽然我头转不过来，但是竟然没有出现幻觉。我的眼前一阵阵恍惚，但是思维却很清晰。

这个时候，我突然听到三叔他们冲过来的声音，心里暗叫“不好”，他们没尝过这狐尸的妖术，不知道厉害，贸然过来肯定要出事。我想大叫提醒他们，可是喉咙好像被什么东西卡住了一样，张大了嘴巴却什么话也说不出来，急得几乎要爆血管。

突然，我灵光一闪，发现我的手还能稍微动一下，马上两只手做了个手枪的手势，枪头指着那狐狸尸的头，不停地点，心里直叫：潘子，你这次怎么也要机灵点儿，这个动作你还看不懂你真的可以去吃屎了！

我才点了几下，后面就一声枪响，青眼狐尸的头在我眼前被整个儿打爆了。那时候我正张着嘴，那尸水几乎爆了我一脸一嘴，我立即就呕吐了出来。这玩意儿比吃屎还恶心，我几乎把肚子里的东西都吐光了，才回过头，看到远处潘子一手捂着伤口，一手正对我做OK的手势。我暗骂一声，用袖子把脸上的尸水擦掉。

从三叔那里到这祭祀台有一段距离，一路上都是藤蔓，十分危险。不过三叔很有办法，先用石头把那些藤引开，然后再自己过来，不一会儿他们就爬上了这个祭祀台。他怕我出事，马上过来看我有没有事，一闻到我身上的味道他就眉头紧皱，几乎要吐出来。我本来就不太爽，看他这样，扑上去就给他一个拥抱，把他恶心得差点儿摔下去。

我见他们都安然无恙，想起一件事，责问道："三叔，在主墓里你们怎么丢下我跑掉了？把我吓死了，那鬼地方我一个人怎么待得下去啊？！"

三叔听了，甩手就给了大奎一个栗暴："我让这小子不要乱碰东西，他就是不听！"接着他就把他们遇到的事情说了一遍。原来他们在那个墓室的另一个耳室里看到一道墓墙。一般古墓里有墓墙，那后面肯定有个隐蔽的房间，他们自然没有想到，这个古墓里，任何暗门都是向下开的。三叔是何等精明的人，一眼就找到了机关，可惜大奎手快，三叔还没弄清楚呢，机关已经被他按了下去，然后他们就和我一样，掉到了下一层的西周墓里去。之后的情节似乎非常曲折离奇，三叔越说越离谱，我看他几乎都说到不着边的地方去了，忙让他打住。

三叔说："你还真别不信，你看看我这些家伙。"说完，他从背后拿出一只黑色的盒子，"咔嗒"一弄，那盒子魔术般地变成了一把枪。我对枪有点儿研究，而且这枪也很有名气，我一看便吓了一跳。

那是把阿雷斯折叠冲锋枪，九毫米口径，打的是手枪子弹，就像一条中华香烟大小，才六斤不到，很容易上手。当然，因为体积太小，这枪也很不稳定。

三叔说他们在墓道里也发现了好几具尸体，除了那把枪还有一些炸药，都是从那尸体上弄下来的。不仅如此，那地方全是弹孔，看样子曾经发生过一场恶战。

我仔细检查了那把枪，感到非常疑惑。看来前一批进来的盗墓贼装备非常精良，至少比我们精良得多，不知道是什么来头。这些人进来后都没出去，难道已经全部死在这里了？如果没死，他们现在又在什么地方？

我一边想一边靠到那祭祀台上，没想到那貌似非常结实的石台竟然会撑不住我，我还没压上全部的重量，那祭祀台就突然一沉，矮下去半截。我吓了一大跳，还以为触动了什么机关，赶紧蹲下身子。只听到一连串机关启动的声音，从我们脚下开始，一路发出，最后远处石台上传来一声巨响。我们探头一看，只见石台后的那棵巨树上竟然裂开了一个大口子，在裂口里，出现一口用铁链固定的巨大青铜棺椁。那些铁链已经和树身合在一起，而且还绕了好几圈在青铜棺材的上面。

三叔看得呆了，"啊哦"一声，说："原来真正的棺椁在这里。"

大奎高兴地大叫："好家伙，这么大的棺材肯定值老多钱了吧？这下总算没白来！"

三叔拍了一下他的头，说："值钱，值钱，你别老惦记着钱，这东西就算值钱你也搬不走。和你说了多少遍了，这叫棺椁，不是棺材！别老是丢我的脸！”

大奎摸摸头，不敢再说话。我仔细看了几眼，感觉有点儿不对劲儿，对三叔说：“奇怪，别人的棺材都是钉上了就没预备再打开，你看这架势，这个石台的机关好像本来就是为了让别人找到这口棺椁，难道这墓主原本就打算有朝一日让别人开自己的棺？而且你看，这几根铁链子绑得那么结实，不像是用来固定的，反而像是不让里面的东西出去才绑上去的。”

大家仔细一看，果然是这个情况，不由得面面相觑。我们一路过来，碰到的不可思议的事情数不胜数，难道这里面又是什么怪物？那到底是开好还是不开好呢？

三叔一咬牙，说：“估计这墓里值点儿钱的宝贝都在里面了，不过去岂不是白来？里面有粽子又怎么样？我们现在有枪、有炮，实在不行，就抄家伙和它拼了！”

我点点头。三叔又说：“况且我们现在就算原路回去也不太可能，这悬崖上每一个洞几乎都是通到那石道迷宫里去的，要从那里出去，不知道要花多少时间，最好的办法还是从上面爬出去。”

我们抬头一看，看到了洞顶上的裂缝，月光从那洞顶照射下来，显得非常凄凉。三叔一指那棵巨树：“你们看，这棵巨树的顶端离洞顶非常近，而且还有很多藤蔓从树上衍生到洞顶外面去，这简直是一座天然的梯子。这整棵树上这么多枝丫，非常好爬，正好利于我们出去。”

潘子说：“三爷，你怎么在这里说胡话？那可是食人树，爬那棵树不是去找死？”

三叔大笑：“这棵树叫九头蛇柏，我早就想到了，你没看到那些藤蔓都不敢碰这里的石头吗？这石头叫天心岩，专克九头蛇柏。我们弄点儿石头灰涂在身上，保准顺顺利利的。”

大奎担心道：“能管用吗？”

三叔瞪了他一眼。我知道他又要开骂了，忙说：“行了，我们去试试不就知道了。”

大家二话不说马上行动起来，大奎背起胖子，三叔扶起潘子，我收拾了一下装备，回头看了一眼岩洞，心说，我们现在都平安，不知道闷油瓶怎么样了。三叔看出我的忧虑，说道：“他的身手肯定能保护自己，你就放心吧！”

我点点头。平心而论，我实在没有资格去担心闷油瓶，他的身手不知道在我之上多少，而且似乎拥有奇术，要担心也应该是他担心我。

我端着枪走在前面，他们跟在我后面，慢慢走上那高阶石台。刚才匆匆跑下来，没仔细看，原来这石台都是用大块的天心岩垒起来的，体积这么大，不知道是怎么运进来的。那台阶上还刻了一些鹿头鹤。这种浮雕很罕见，我不禁纳闷，这鲁殇王到底是什么级别的诸侯，怎么墓葬的规格这么离奇？

这个时候我们已经走到那个树洞前面了，这才看清楚，那个洞原来不是自己裂开的，而是被里面的十几根铁链扯开的，那口巨大的青铜棺椁就在面前，最起码有两米五长。我看到上面密密麻麻地刻满了铭文。

战国时期的文字比较复杂，而齐、鲁的文字是当时为学者普遍使用的文字。楚国在吞并了鲁国之后，也大量吸收了鲁国的文化，文字上也与鲁国比较相近。我出手的战国时期的拓本，大部分都是那个时期的东西，所以我对那些铭文还能看个大概。

这个时候，不知道为什么所有人都不说话，好像怕吵醒这墓主人一样。三叔拿出撬杆，敲了敲，里面发出沉闷的回音，绝对是装满了东西。三叔知道我好这些东西，轻声问我："你能不能看懂上面写的什么？"

我摇摇头，说："具体的我看不懂，不过可以肯定，这棺椁的主人就是我们要找的鲁殇王，这上面的文字应该就是他的生平。他似乎不到五十岁就死了，无子无女，而他死时的情景，和我以前了解到的一样，是在鲁国公面前突然坐化。其他的应该都是他的一些事迹。"

我对那个时候鲁国的人文不感兴趣，所以只扫了几眼就不看了。

"那这几个字是什么意思？"大奎问我。我看了一下，在棺材的中间写着一个"啟"（启），然后下面是一长串子丑寅卯，这几个字相比大一点儿，显得比较醒目。我知道这几个数字是一个日子，但是春秋战国时期，周室衰微，诸侯各行其是，历法乱得不得了，所以我也不知道这是哪一天，于是对大奎说："这个应该是标明下棺的日期。不过，我也不知道这是什么日子。"

我在研究铭文的时候，三叔在研究怎么开这棺椁。他摇摇那几根铁链，这些链子每根都有大拇指粗细。那时候中国刚刚进入铁器时代，这东西应该属于奢侈品。经过这么多年，铁链大部分已经老化得不成样子了，基本上只能做个摆设。我让他们让开，拉开枪栓，来了几个点射，那些铁链就悉数断掉，只剩下几根用来固定位置的留在那里。

三叔让我后退，说："你也别研究了，把它搞开来再说。"

话音刚落，那棺椁突然自己抖动了一下，从里面发出一声闷响。刚开始我还以为自己听错了，正想问别人，突然又是一震，这一下我听得真切，不由得全身一凉，心说坏了，这里面果然有问题！

第二十四章

活尸

我们全都吓得后退了好几步，虽然早就想到这里肯定会出一点儿问题，但是真的碰到，还是不由得倒吸了一口凉气。这动静，分明表示里面有位能动的主儿，棺材里的东西能动，肯定不是好事。

大奎脸色发白，颤抖着说："里面好像有个什么活的东西。三爷，这棺材，我看我们还是别开了。"

三叔仔细地看了看棺椁的接缝处，摇头道："不可能，这个棺椁密封得很好，空气根本不能流通，不管里面有什么活物，就算他寿命有三千年，也早被闷死了。况且这只是个棺椁，里面还有好几层棺材呢，我们先撬掉一两层再听个清楚。"

我大概估计了下这东西的重量，在我记忆里，最重的青铜椁应该是擂鼓墩曾侯乙墓的那口巨型棺椁，大概有九吨，和这一口体形差不多，但是曾侯乙墓的那口是青铜镶嵌木板的，这一口全是青铜，重量恐怕远远不止九吨，具体多少，我根本估计不出来。

大奎和三叔先用刀刮掉接缝处的火漆，然后把撬杆插进去，喊了一声，往下一压劲儿，只听嘎嘣一声，那青铜椁板就翘了起来。我忙上去帮忙，把那青铜板往外推。这一块板最起码有八百多斤重，推了老半天才挪出去半个边，我们累得上气不接下气。最后，我们几个人同时用肩膀一顶，把板翻到一边，终于露出了里面的棺材。

那是一具精致的镶玉漆棺，上面镶满了玉石，那些玉石排列得十分工整，分菱形和圆形两种方式排列，概括了天圆地方这么个说法。那玉嵌套棺里是一口彩绘漆木棺，因为外面被玉石贴住了，我也看不出上面画的是什么。

潘子看到那棺材眼珠都快掉下来了，捂着伤口一半脸哭，一半脸笑：“这么多玉，这下子横着走都行了！”说着，就咬着牙要下手。三叔忙叫：“不行！这是新疆玛纳斯玉，你要是把玉拆开来卖，只能卖个十几万，我们这么多人还不够分的，你得把玉嵌套整个拿下来才值钱！”

潘子已经闯过祸，三叔眼睛一瞪，他就不敢造次，挠挠头退到一边去了。

三叔敲了敲那彩绘漆木棺，说：“一般战国诸侯王都是二重椁，三层棺，如果把那树算第一层椁的话，现在我们已经去掉二椁二棺了，那下面那一层，应该是最贵重的。”说完，三叔小心翼翼地用小刀将所有的金线从那漆棺上拨下来。为了不弄坏那玉嵌套棺，他拨得很小心，花了半个多小时，终于把整套的玉嵌套棺取了下来。

玉嵌套棺一除去，我就看到了那木棺上的彩绘。那些东西比铭文容易懂，我打亮一只矿灯仔细地看，上面画的是几幅叙事性的画，棺材板上的那幅可能是棺材刚刚入殓时的情景。我看到一棵巨大的树，中间裂了一个洞，青铜棺椁被很多骷髅抬着，还没有盖上盖了，然后边上有很多人，正恭敬地跪在那里。

三叔小心翼翼地把玉嵌套棺叠好，放到自己的背包里。我试背了一下，那东西死沉死沉的，看样子背起来够呛。

有了这个东西鼓舞，大奎一下子就来劲儿了，二话不说，继续开那里面的彩绘漆木棺。三叔一把把他拉住，骂道：“你看见鬼就晕，看到钱就不要命，这下面只有一层了，别毛手毛脚的，悠着点儿！”说着蹲下去，耳朵贴在棺材板上，做了一个让我们不要说话的手势。

我们屏住呼吸，生怕干扰他。他听了很久，转过身来，脸色惨白地说：“里面好像有呼吸声。”

我们全都一愣，要是听见里面有鬼叫，兴许我们还能接受，但是现在里面有东西在喘气，这也太离奇了。大奎吓得都结巴了，说：“该……该不会是个活死人吧……”

三叔说：“放……屁！别在这里给我胡扯，都已经到这个地步了，难道把那棺材板给他盖回去？”说着，摸出黑驴蹄子夹到腋窝里，对我做了个手势。我端起枪，大奎抡起手里的撬杆，守在那棺材边上，准备不管什么东西跳出来，先给它来一黑的。

三叔“呸呸”往手里吐了两口口水，先活动活动膀子给自己壮胆，然后就要把撬杆往里面插。就在这个时候，身后有一个声音喊道：“住手！”

我们回头一看，原来是胖子不知道什么时候醒了，正一边摸着头，一边对我们摆手：“不行不行，这样开会出事的。你们就这点儿阅历还想来倒他的斗？真是茅坑里打电筒——找死（屎）。”

三叔哼了一声：“那你说怎么开？”

胖子甩甩手让三叔走开，自己把手伸进那漆棺和青铜棺椁的缝隙里，闭上眼睛摸索了很久，突然他手一发力，我们听到“啪”的一声，棺材从中间整齐地裂了开来。那一刹那，我们似乎听到了一声极其凄惨的叫声从棺材里传出来。我吓得手一软，枪差点儿脱手。

胖子马上跳了回来，双手展开，说道：“退后！”

我不自觉地端起枪，对准棺材，迅速退后了好几步。那漆棺像一朵莲花一样从棺椁中升起，然后左右裂开的棺盖翻了下来。这种巧夺天工的设计真是令人叹为观止，我们不禁看呆了。

同时，我们看到一个身着黑色盔甲的人从棺材里坐了起来。我肩膀一抬，几乎就要开枪了，胖子一把抓住我的手，说：“别动，他身上穿的是宝贝，别弄坏了！”

这时候我终于看到了那神秘的鲁殇王是什么模样了，这是一具罕见的湿尸，全身的皮肤已经白到几乎透明，两只眼睛闭着，看样子死的时候似乎非常痛苦，五官几乎都扭曲了。我非常奇怪，他既然有办法让那具少女的尸体千年不腐，为什么不能保存好自己的尸体？

三叔走到旁边一看，说：“我还以为又是个粽子，你看，后面有根木头撑着他，难怪他能坐起来。”

我们走过去一看，果然，那是一个十分精巧的机关，只要棺材一开，里面的尸体就会被一根木棍撑着坐起来，要是普通的盗墓贼，恐怕会被吓死。

这下子我们都松了口气。这鲁殇王真是处心积虑，可惜他也应该想到，怕鬼的不倒斗，倒斗的不怕鬼，敢在晚上开别人棺材的，都是亡命之徒，这样吓唬人的伎俩，也未免太小看我们了。

我们都围过去，我已经看出他身上穿的那件盔甲其实就是最后一层棺材，学名叫金缕玉甲，可是不知道为什么，上面的玉片都变成黑色的了。我走近一看，不禁一呆，只见那尸体的胸口竟然还在不停地起伏，好像还有呼吸一样。那呼吸声现在听来非常明显，我几乎能看到有湿气从他的鼻子里喷出来。

大奎惊讶地张大了嘴：“这……这……这东西好像是活的！”

第二十五章

玉俑

我非常震惊，往后退了好几步，全身肌肉紧绷，生怕这尸体会突然站起扑过来，轻声问：“这尸体怎么会喘气？你们以前碰到过这种事没？”

大奎发着抖说：“当然没有，要是经常碰到这种事，我宁愿去扫厕所也不来倒斗。”

我看了看潘子，他捂着伤口，一头是汗，说：“别管是什么，快给他一梭子，不死也死了！等一下他要是站起来就麻烦了！”我一听有道理，在这当下，多想不如多做，什么事情你快一步肯定没错，忙端起枪。三叔和胖子忙挥手，同时大叫：“等……等等！”

说着，三叔已经凑到那尸体跟前去了。他一边向我摆手，一边看尸体身上的盔甲，惊讶得嘴巴都合不拢，指着那黑色的盔甲说：“这……这不是玉俑吗？我的天，原来这个东西真的存在！”

我一头雾水，忙问他是什么。三叔激动得眼泪都要流出来了，结巴道：“造……造化啊，我吴老三倒了这么久的斗，终于……终于让我找到了一件神器，那是玉俑啊！”他抓住我的肩膀，“只要穿了这个东西，人就会返老还童，你看到没有？这是真的！这具尸体就是证据！”

那个时代，四五十岁已经算很老的年纪了，这具尸体虽然肌肉瘪了下去，但是他的面貌真的非常年轻。我不由得暗暗吃惊，心说，难道这个世界上真的有返老还童这种事情？

胖子也是看得眼睛都直了，说：“真没想到，秦始皇都找不到这东西，原来在他身上。那个什么三爷，你知道这东西怎么脱吗？”

三叔摇头：“听说这东西从外面是脱不掉的，这也是个麻烦，难道我们要把尸体整个背出去？”

他们两个检查来检查去，我看见那尸体给他们扯胳臂扯腿的，一点儿脾气也没有，好像也没什么危险，不由得心情也逐渐缓和下来，问道：“如果把这玉俑脱下来，那里面的人会怎么样？”

胖子也没想到这一点，说：“那胖爷我倒真不知道，大不了就灰飞烟灭呗。”

我说：“那他本来活得好好儿的，我们这样不是变成谋杀了吗？”

胖子听了几乎要笑趴下，说道：“小同志，倒斗的要是都有你这思想觉悟，那啥都不用干了。这古代的王公贵族，哪个不是满手血腥？就算揪出来也得枪毙，你还担心这个，吃饱了撑的你。”

我一想觉得也对，看他们忙上忙下的，也不好闲着，就去检查棺材，看看陪葬品里还有没有其他好东西。棺底是厚厚的一层鳞片状的东西，里面一层一层都是些叫不出名字的明器。我抓了一把鳞片，问：“这些是什么东西？”

三叔心不在焉的，闻了一下就说：“这是他脱落下来的人皮。”我一阵恶心，马上把东西扔掉，骂了句：“这鲁殇王是不是得了皮肤病？掉这么多皮。”

三叔说：“你别瞎扯，那是他脱下来的老皮，每脱一次就年轻一点儿，看这皮量，脱了得有五六次皮了。”

我看那些东西太恶心，像蛇皮一样，也没了兴致。这个时候，胖子叫了一声：“有门儿！”

我们围过去一看，只见玉俑腋窝里有一块玉上的金丝多了个头。我纳闷：“我说死胖子，你眼睛也太尖了，这里多个线头儿也能看出来。”

胖子白了我一眼，在那里嘀咕：“你们这些南派的同志，杀心太重，倒什么墓都是连锅端，这倒斗是细致的手艺，看到没？今天要没你们家胖爷我，你们得把这尸体溶了才能把这玉俑脱出来。”

三叔面子上下不来，骂道：“去你的！还不知道是不是呢，说不定本来这里就多了个线头儿。”

胖子哈哈一笑，说：“你还别不信邪。”说着就去扯那线头儿，手才伸到一半，就听“呼”的一声，我就觉得眼前有什么东西闪过。电光石火间，三叔反应超快，一脚把胖子踢了出去。胖子刚让开，一把黑刀就“咚”的一声钉到树上，没进去大半截。我吓了一大跳，要不是三叔那一脚，胖子的脑袋已经被插穿了。

我们回头一看，只见闷油瓶站在台阶下面，浑身是血，身上不知道什么时候出现了一个青色的麒麟文身。他的左手还保持着甩出刀后的动作，右手提着一个奇怪的东西，等我们看清楚，全都倒吸了一口冷气。

他右手上提的，竟然是那具血尸的头颅。

闷油瓶看着我们，步履蹒跚地走上台阶。他的呼吸非常沉重，看样子情况很不妙，从他满身的伤痕来看，应该是经历了一场恶战。他先看了看那口棺材，然后对我们摆了摆手，轻声说："让开。"

胖子脑门上的青筋都暴了出来，怎么可能买他的账，跳起来就大骂道："你刚才干什么？"

闷油瓶转过头，冷冷地瞪了他一眼，说："杀你。"

胖子大怒，挽起袖子就要冲上去，大奎忙一把把他抱住。这胖子也不是个善类。三叔一看气氛不对，忙打圆场说："别慌，小哥做事肯定有理由在的，咱们先听个清楚。他这一路也没少救你的命，对吧，悠着点儿先。"

胖子一想觉得也对，也不好再动手，挣脱大奎，愤然地坐到地上，说道："你们人多，胖爷我双拳难敌四手，没办法，你们怎么说怎么是。"

闷油瓶把手里的血尸头放到玉床上，咳嗽了一声，说："这具血尸就是这玉俑的上一个主人，鲁殇王倒斗的时候发现了他，把玉俑脱了下来，他才变成现在这个样子。进这个玉俑，每五百年脱一次皮，只有在脱皮的时候才能将玉俑脱下，不然，就会变成血尸。现在你们面前这具活尸已经三千多年了，你刚才只要一拉线头，里面就马上起尸，我们全部都要死在这里。"

说完，他又咳嗽了几声。我看到他的嘴角开始有血渗出来，心说不好，可能伤到内脏了。

潘子本来已经难受地靠在一边，一直没说话，这个时候突然说道："小哥，我潘子嘴巴直，你不要见怪。你知道得也太多了，如果方便，不妨说个明白，你到底是哪路神仙？你救了我一命，如果我有命出去，也好登门去拜个谢。"

潘子这话说得很机巧，我想闷油瓶怎么也敷衍不掉了，但是没想到他还是一声不吭，好像根本没想过要理我们。他走到鲁殇王的尸体面前，厌恶地打量了一眼，眼里突然寒光一闪。我还没看见他的动作，他的手已经掐住那尸体的脖子，将他提出了棺材。那尸体的喉咙里发出一声尖叫，竟然不停地抖动起来。这一切发生得太快了，我根本无法反应。闷油瓶对着那尸体冷冷地说了一句："你活得够久了，可以死了！"手上青筋一暴，一声骨头的爆裂声，那尸体四肢不停地颤抖，最后一蹬腿，皮肤迅速变成了黑色。

我们全都目瞪口呆地看着他，一时间谁也不知道该说什么，只见他将尸体往地上一扔，好像那玉俑根本就是个垃圾，不值一提。

我一把抓住他：“你到底是什么人？你和这鲁殇王有什么深仇大恨？”

闷油瓶看着我，看了好一会儿，说：“知道了又能怎么样？”

胖子不服气地说道：“这是什么道理？我们辛辛苦苦下到这个墓里来，好不容易开了这个棺材，你二话不说就把尸体掐死，你至少应该给我们个交代啊！”

闷油瓶转过头，看着放在玉床上的血尸头颅，表情非常悲凉。他指了指那彩绘漆棺后部的一只紫玉匣子，说：“你们要知道的一切，都在那匣子里。”

第二十六章

紫玉匣子

紫玉就是紫水晶，一般用来做护身符和辟邪之物，很少有人用来做匣子。这个匣子看样子是用整块的紫玉挖出来的，十分罕见。紫玉不耐琢磨，所以这盒子上面什么图案都没有，只在合盖处镶了一道金边。看它放的位置，应该是当这尸体的枕头用的。一般的玉枕已经很珍贵了，紫玉的更是价值连城，恐怕连当时的皇帝都没有这种待遇。

我们小心翼翼地捧出那个盒子，放到地上。那盒子没有锁，我们打开一看，里面是一卷镶金黄丝帛，这东西的纤维里镶嵌着金丝，保存得非常好。我们展开一看，左起一行写着“冥公殇王地书”，然后边上密密麻麻都是小字。

比起这帛书，胖子明显对那玉俑比较感兴趣，一看自己看不懂，就嘟囔了几声跑去研究那玉俑了。闷油瓶拔出树上的刀，躺到一边的玉石床边上，默默地盯着那具鲁殇王的尸体，眼神迷离了起来。

我和三叔坐到他边上，仔细地翻看帛书上的文字。以我的水平，只能看懂一些片段，但是把这些片段连起来，就可以看出个大概。

这份“冥公殇王地书”上记载的东西，简直是匪夷所思。如果不是因为经历了这么多诡异的事情，我真的不敢相信世上还有这样的事。

在“冥公殇王地书”这行字的边上，有一行小字，是他自己写的序，只有寥寥几行字；后面便是他从出生到死亡的所有重大事件，如果全都翻译出来，恐怕十天半个月都搞不定，所幸其中最主要的两件事我看得懂。

第一件事情是鲁殇王得到鬼玺的经过，那帛书里写得比较简略，我先大概理了一下头绪，念了出来。

“他二十五岁继承了父亲的官位，为鲁国的军队盗掘古墓，出黄金以凑军饷。有一次，他进入一个不知道年代的墓穴，那棺材里躺着的竟然是条巨蛇，一动也不动。鲁殇王胆子非常大，他心说，巨蛇卧棺，肯定是妖孽，一刀就把这蛇给剁了，强行下令把蛇开膛破肚，结果，从那蛇肚子里剖出来一只紫金盒子。”

看到这里我不由得一愣，难道我放在包里的那只盒子，就是从蛇肚子里剖出来的？三叔看我不讲了，不耐烦地道：“别停，继续说！”我没时间细想，只好回了回神，继续念——

“那鲁殇王对这盒子也没放在心上，只当是被蛇吞进去的。后来晚上睡觉的时候，他就梦到一个白胡子老头儿，问他：‘为什么要杀我？’

“鲁殇王平时非常暴戾，没少杀人，杀了就忘，也不知道这个老头儿是谁，就说：‘想杀就杀！’

“那老头儿突然就变成一条巨蛇来咬他，谁知道那鲁殇王凶得要命，在梦里又一刀把那蛇给砍伤了，然后一脚踩上去，就要砍那蛇头。那蛇突然开口求饶，说自己的肉身已经被他杀了，如果魂魄再被他杀了，就永不得超生了。如果他放它一马，就传他两件宝物，可以使他位极人臣。当时盗墓的军官虽然隶属皇帝直接管理，但是地位很低，而鲁殇王自视非常之高，这个条件对他非常有吸引力，就答应了。

“那蛇就把怎么打开它肚子里那只紫金盒子的办法告诉了他，还传授给他里面宝物的使用方法。那鲁殇王听完之后，‘深得其中之妙’，觉得此事只应天知，不可传于天下，就一刀把那蛇头剁了下来。”

我看到这里，不由得咋舌，这鲁殇王也太狠了。

这个时候胖子跑过来问：“那个宝物肯定是鬼玺，那另一个是什么？古籍里从来没提到过，会不会就是这个玉俑？”

我示意他不要急，继续往下看——

“那鲁殇王醒了之后，用梦里的办法一试，果然打开了那个盒子，但是他这里始终没写里面是什么宝物，就说他用了一下，感觉‘颇为顺手’。他觉得这件事不能让别人知道，就将他带去的随从连同他们的家属一一残杀了，连刚满月的小孩子都没放过。”

看到这里我又倒吸了一口凉气，心说，这鲁殇王肯定有点儿心理问题，不然怎么可能凶残到这种地步。

胖子说："他一个人怎么可能杀掉这么多人？肯定是用了那宝物。真是急死了，你快看看下面有没有写是什么东西。"

我骂道："你怎么这么多废话？收拾你的玉俑去！"

他咧咧嘴："行行，我不插嘴不就行了？你念快点儿，肠子都痒了！"

我不理他，继续往下看——

"接下来的几十年，他凭借那两件宝物，无往不胜，无论是打仗还是朝政，战无不克，风光一时。但是到了晚年，因为多年接触尸气，他的身体出现了很多顽疾，而且皇帝嫌他年纪太大，就收回了他的兵权，只让他倒斗，不理军务，这其实就是把他贬了下来。

"随着他的身体一天不如一天，他开始有点儿怕死起来。有一天，他梦到了几十年前的那条巨蛇，那巨蛇和他说：'你的死期已经到了，我们都在地府里等你。'他一看，几乎都是他以前枉杀的人。他醒来后，想起梦里的内容十分害怕，就去向他的军师求教。

"他的军师是一个铁面先生，精通命理风水。他微微一想，就对鲁殇王说，上古有一种玉俑，穿在身上可以使人返老还童，长生不老，可惜早已绝迹，要找，只能去古墓里找。鲁殇王那个时候已经穷途末路了，这铁面先生的话不管是不是真的，都给了他一线希望，而且倒斗又是他的强项，于是他开始彻夜研究古籍。那个时候的文献资料还是比较丰富的，很多东西都没有失传，终于，他在一处简书中发现了一个可能有玉俑的大墓。

"接着，他动用三千多人，花了半年时间开凿山体，在他估计的区域找到一个规模巨大的西周皇陵。那个时候，各国的国力都不怎么样，所以这个皇陵的规模在当时已经叹为观止了。它开山而建，利用天然的洞穴，里面的墓道运用周易八卦的原理，极其复杂。如果不是鲁殇王精通奇门遁甲，根本没办法走进去。最奇特的是，在作为主墓的那个岩洞里，还有 棵被他称为九头蛇柏的巨树，而一具几乎皮包骨头的青年男尸穿着一件黑色的金缕玉衣，在那巨树之下的玉床上打坐。

"铁面先生看后断言，这就是玉俑。这青年男尸似死非死，每隔一段时间，他身上的死皮就会脱落，从里面长出新皮来，他估计这个青年男子死的时候必然是一个枯朽的老人。

"这个铁面先生十分了得，竟然知道如何克制血尸。他用特殊的方法将玉俑里的男尸取出，封入副墓室的石棺中。鲁殇王按照铁面先生定下的计划，吃了假死药，在皇帝面前假死，皇帝以为他真的可以在阴阳两界来去自如，非常害怕。为了安抚他，皇帝给了他高出一般诸侯王的墓葬待遇。他的亲信就以开凿坟墓为理由，暗地里在这座西周皇陵之上修了一座扇子一样的古墓。因为他熟知盗墓的各种技巧，所以他四处布下疑阵，留下七口假棺，而把自己藏在西周墓的千年古树里。

“在他自己进棺材之前，他将参与工程的所有人全都杀死，推入河中，然后又毒死了他的所有随从，只留下一男一女两个忠心的亲信，将他入殓。那两个人也在完成全部事情后服毒而死了。我估计尸洞里的大多数古尸应该就是这个时候积下来的。”

这个时候，我就有了一个疑问，对三叔说：“那个铁面先生最后到底是什么结局，这里好像并没有提到，难道他也殉葬死了？”

三叔摇摇头，说：“这种人非常聪明，应该早就料到鲁殇王会杀人灭口，所以肯定不会愚忠地为他陪葬。”

闷油瓶淡淡地道：“他当然不会，因为到最后，躺在玉俑里的不是鲁殇王，而是他自己。”

第二十七章

谎言

这句话一出，我脑子里灵光一闪，好像有了眉目，惊讶地道："难道最后关头，两个人竟然调包了？"

闷油瓶点了点头，看着那具尸体，说："这个人处心积虑，只不过是想借鲁殇王的势力，实现自己长生不老的目的而已。"

"这些你是怎么知道的？好像亲身经历过一样。"

"我不是经历过。"闷油瓶摇摇头，"前几年我倒斗的时候，在一个宋墓里找到一套完整的战国帛书，这份东西，其实就是那铁面先生的自传。他在教授鲁殇王所有计划之后，就放火烧死了自己一家老小，将一具乞丐的尸体丢入火中，冒充他自己，然后他装成乞丐，逃过一死。鲁殇王虽然知道有蹊跷，但也没有办法。最后，他等鲁殇王入葬后轻易地潜入墓穴，将已经毫无抵抗能力的鲁殇王拖出玉俑，自己躺了进去。鲁殇王苦心经营，结果却为他人做了嫁衣，恐怕他自己怎么也料不到。"

我奇怪地道："那具鲁殇王的尸体被拖出来，岂不又是一具血尸？那这里岂不是有两具？"

"这个他书里没有写，可能是因为鲁殇王入俑的时间太短，还不能变成血尸。"他的眼神有点儿不自在，"一本自传，这些他只是略微提了一下，不可能会有详细的记载。"

我看着闷油瓶，不知道为什么，突然觉得他这句话有点儿假。我看看三叔，果然他也不信，不过既然人家不想说，谎话都编出来了，你再去拆穿他，也没多大意思了。

闷油瓶说完这句话后，好像完成任务一样，又恢复了面无表情的样子，站起来，说："天快亮了，我们差不多该出去了。"

"不行，我们还没找到鬼玺呢。"胖子说道，"你看这里好东西这么多，现在走不是白来了？"

闷油瓶冷冷地看了他一眼，似乎对胖子有点儿敌视。胖子自讨没趣，耸耸肩膀，说："行行，不过怎么样也要把这玉俑带走吧？这东西天下可能只有这么一件了，胖爷我可是为大家着想。"

这话倒是不错，三叔拍拍他的屁股，说："那你还磨蹭什么，速战速决，赶快离开这鬼地方。"

突然间我对这些都没了兴致，也不想去帮他们，便闭上眼睛准备休息一下。这个时候，突然有几滴水滴到我脸上。我以为下雨了，抬头一看，那血尸的怪脸已经探出玉床，两只没有瞳孔的眼睛几乎就贴在我的眉毛上。

我吓得跳了起来，只见那血尸的头颅竟然还在玉床上滚动着，这个时候竟然滚落到地上，好像有什么东西在里面一样。胖子想过去看一下，闷油瓶拉住他，说："别动，先看看。"

胖子点点头。这个时候，一只非常小的红色尸鳖咬破血尸的头皮，爬了出来。大奎一看，骂道："靠！这么小一只也敢在爷爷这里露脸。"说完，举起手里的撬杆就想去敲它。

三叔一把把他抱住，骂道："笨蛋，这只是鳖王，你弄死了它，可就闯大祸了！"

大奎一愣，不相信道："这么小一只是鳖王？那些大个儿的岂不是要郁闷死了？"

闷油瓶也非常吃惊，一拍我的肩膀，说："我们快点儿离开，鳖王在这里，我克制不住这些尸鳖，非常棘手！"

这个时候，那只红色的小尸鳖突然发出"吱吱"两声怪叫，抖了抖翅膀，好像看到了我们，展翅向我们飞了过来。闷油瓶大叫："有毒的！碰一下就死，快让开！"

三叔一个转身翻到我们这边，他身后的大奎本来已经有点儿浑浑噩噩的，一时间没反应过来，竟然条件反射地一把捏住了那虫子。他呆了一呆，突然一声惨叫，手瞬间就变成了血红色，不仅如此，那血红的部分非常迅速地从他的手蔓延上去。

胖子大叫道："中毒了，快点儿断他的手！"说着就来抢闷油瓶的刀。闷油瓶本来已经非常虚弱，被胖子一撞，黑刀就脱了手。胖子凌空一接，突然整个人往下一沉，骂道："怎么这么重！"他几次想把刀提起来，竟然都失败了。

这时已经来不及了，大奎痛苦得整个人都扭曲起来。几秒钟的工夫，他全身几乎都变成了血红色，好像所有的皮肤突然融化了一样。

他看着自己的手，非常恐惧，想大叫却叫不出声来。闷油瓶看到我想上去帮大奎，拉住我，咬着牙说："不能碰他，碰到就死！"

大奎看到我们都像看到怪物一样退开，非常惊恐，他向我冲了过来，张大着嘴巴，好像在喊："救救我！"我看到这幅情景，吓得一步都走不动。三叔冲过来，一把把我拉开。大奎扑了个空，像疯了一样，又扑向潘子。潘子的情况本来就已经很不妙了，根本反应不及。胖子大叫不好，一下子抢过我的枪。我大惊，知道他要开枪，忙和他抢了起来。混乱间，枪突然走火，一声枪响，大奎头部中弹，整个人一震，翻倒在地上。

我脑子"嗡"的一声，一下子跪倒在地上。这一切发生得太快了，刚才还好好的一个人，突然就变成了这个样子。我脑子里一片空白，不知道该怎么办。

那只红色的小尸鳖"吱"的一声，从大奎的手里爬了出来，抖了抖翅膀。胖子骂了一声，闷油瓶大叫："不要！"可是已经来不及了，胖子跑过去，操起紫玉匣子，一下子就把那只虫子打烂了。

一时间，洞穴里死一般寂静，一点儿声音也听不到。闷油瓶猛地抓了一把地上的石尘撒在自己身上，大叫："快走，不然就来不及了！"

胖子看了看四周，什么都没有发生，奇怪地道："为什么要走？"

他话音刚落，原本寂静的洞穴突然嘈杂起来，无数的吱吱声从四面八方响起来。然后，我们就看到，岩洞上大大小小的洞穴里，一只、两只、三只……十只、一百只……无数青色的尸鳖潮水一般涌了出来。那规模，根本不能用语言来形容，只见一浪接一浪，后面的踩着前面的，铺天盖地地爬过来。

我一看就呆住了。三叔一拍我的后脑，大叫："跑！"

他一把背起潘子，胖子还想去捡那紫玉盒子，三叔大叫："你不要命了！"胖子一看搬不动，一把抓住镶金丝帛就塞进兜里。

我们全部爬上树，那树上乱七八糟的藤蔓和突起很多，非常好攀爬，像我这样身手的人，一下子就爬上了十几米。那个时候，那些尸鳖已经全部涌到了树下。我往下一看，我的天，整棵树下面全是青色的，要是掉下去，一点儿骨头都剩不下来。

那些尸鳖有意识地集结了一下，突然就开始跳上来。它们爬树比我们快多了，一下子就到了我们脚跟处。

胖子爬在我上面，问："你不是说你们这小哥的血比驱蚊水还厉害吗？怎么没用啊？"

我脑子里还全是刚才大奎倒下的画面，根本不想理他。他讨了个没趣，暗骂了一声。突然，我脚下一痛，一只尸鳖已经咬住了我的小腿，我一脚踢掉，往下一看，下面像开了锅一样，尸鳖争先恐后地爬上来。这个时候，三叔在上面叫："炸药，玉床边上那包里还有炸药！"

我问："在哪边啊？"

三叔大骂："你坐在边上都不知道，在左边那个口袋里！"我往下一看，那炸药包没在尸鳖海里，根本看不到，忙开了几枪，只打飞了几只。这个时候，闷油瓶突然从口袋里掏出几只火折子，点着往玉床上一扔。那虫子虽然已经不怕他的血了，但是仍旧怕火，一看到有火下来，"唰"的一声就让开了一个大圈子，一下子就露出了那只背包。

胖子屁股上已经挂了好几只虫子，大叫："快点儿点个炮仗，我要顶不住了！"

潘子在上面喊："靠！不行，那里面炸药太多了，炸了，我们也会没命！"我看到越来越多的尸鳖爬上来，知道现在犹豫肯定就是死路一条，大叫："管不了那么多了，死就死了！"一咬牙对着那背包就是一个点射。

那爆炸太快了，只听一声巨响，我就晃悠了一下，觉得我的下巴、屁股、大腿同时被打桩机打到，整个人被气浪冲了起来，然后重重地撞在什么上面。那一下真的是七荤八素，我嗓子一甜，一口血就吐了出来，眼前一片漆黑，脑子嗡嗡直叫，耳朵什么都听不到了。

好久我才缓过来，一看，下面的尸鳖已经被气浪冲飞不少，我转头也看不到其他人，忙手脚并用往上爬。因为身上涂了下面石台的粉末，那些鬼手藤看到我纷纷让开。这个时候，下面又传来一片嘈杂的叫声，我低头一看，那些尸鳖又像潮水一样聚拢了过来。它们爬得极快，我一看不行，浑身再痛也得继续爬，我忙闭上眼睛，拼命爬了起来。

眼看就要爬到裂缝口子上了，突然我背上一痛，回头一看，一只尸鳖已经跳了上来，死命咬着我的背。我转身一枪，就把它打烂了。可同时，另一只更大的，一下子就咬住了我的大腿。我一咬牙，拿枪一砸，把它砸了下去，可是它马上抓住树枝又想跳上来。我回手一枪，把它也打烂。可是第三只、第四只马上又跳了上来。

我看到离出路就剩几步了，心说，咬吧，反正你短时间内也咬不死我，到了地面有你们好看的，想着就继续往上爬。就在这个时候，我抓住树枝的手突然一阵剧痛，我转过头一看，只见一张血脸从树干后面探了出来，两只几乎要暴出来的眼珠子直直地盯着我。

第二十八章

火

这张脸一片血肉模糊，不知道是皮肤融化露出了里面的肌肉，还是血从他体内渗出来，覆盖在他脸上。刹那间我觉得这张脸非常熟悉，仔细一看竟然是大奎，我心中大骇，好好的一个人，竟然成了这个样子。

他左边脑袋上被子弹削去一块皮，都能看到骨头了，可是没有伤到里面的大脑，我看他受伤虽重却不至于死，心里不由得大喜，忙说："快上去，说不定还有救！"

可是他却纹丝不动，我看到他的眼神竟然十分怨毒，好像不甘心我们舍他而去。我大惊失色，但手已经被他握住，他身上那种恐怖的血红色已经迅速蔓延到我手上了。我觉得手上一阵火辣辣的奇痒，心里大叫："完了！"

大奎嘴巴里发出含混不清的声音，突然把我往下面拉。我想到他全身皮肤融化的惨状，不由得一阵抓狂，狠命把他的手甩掉，可是他又一把抓住我的脚，张大嘴巴，好像一定要我给他陪葬。

我大叫："大奎，你就放我走吧，这就是命。如果你还想活下去，就跟我上去，说不定还能治好，不然你拉着我陪葬也没用啊！"

他听了这话，不知道受了什么刺激，发了疯一样扑上来，两只眼睛里全是凶光，好像完全丧失了理智。突然，他一把掐住我的脖子，想把我掐死。

我一看不是你死就是我亡了，突然起了杀心，狠狠踢了他一脚，趁他手一松，贴着他的胸口就扣了扳机。那子弹全是磨平了头的手枪弹，力道很大，把他打得血花四溅飞了出去。他的双手在空中四处乱抓，可是什么都没抓到，重重地摔进尸鳖堆里。

这个时候，被他抓过的那只手已经麻得完全没有知觉了，我根本感觉不到自己还有没有抓着树枝，就觉得身子直往下掉，忙伸出另一只手去抓边上的鬼手藤，可是那手上有天心岩粉，藤蔓一下子就缩了进去。我暗骂一声，整个人滑了下去，撞在一根大树枝上。

树枝上爬满了尸鳖，被我这一撞，掉下去不少。我勉强用双腿夹住树干，停止了继续下滑，可是四周大群的尸鳖又围了上来。我不由得苦笑，现在我竟然有这么多死法可以选择，要不摔死，要不就被虫子咬死，要不就被毒死，老天真是对我不薄。

正郁闷着，突然，胖子从下面爬上来，踢开几只尸鳖，原来这小子爬得比我还慢。他看到我，骂了一声："你还有心思在这里趴着！你看看老子屁股上，被咬得都是窟窿了！"说着就要来扶我，我大叫："别碰我，我中了毒。你自己先走吧，我没救了！"

胖子二话不说，一把背起我："你拿个镜子照照，你的面色比我还好，简直是面色红润有光泽，怎么可能中毒？"

我一奇，低头一看，只见满手都是红色的疹子，看上去好像被几千只蚊子咬了一样，可是那红色到肩膀就停住了，现在反而在慢慢消退。我不由得纳闷，怎么，那毒对我没用？

胖子背着我，咬着牙向上爬去。我在背后，成了他的肉盾。那些尸鳖全都跳到我的屁股上来，张嘴就咬，疼得我大骂："死胖子，我还以为你是好心，原来是想把我当挡箭牌啊！"

胖子大骂："你啰唆什么！不服气你来背我！没看见老子的屁股上已经没好肉了嘛！"

我不想和他扯淡，这九头蛇柏靠近树干的一圈挂的全是尸体，非常密集，胖子不时就会撞到一堆骨头上，幸好那些尸鳖也有同样的麻烦，太多的东西它们分辨不清，不少就跳到那些被我们撞得乱转的干尸上面大咬。

胖子一看，觉得这是个好办法，就叫我去撞那些尸体，能拨的都给它拨一下，让它们都动起来。我虽然一百个不愿意，但是也没有办法，小命要紧。

这一路上，我见一个就踢一脚，一时间，我们经过的地方全是打转的尸体。这虫子的智商不能和人比，就见它们乱作一团，也不知道是来追我们好，还是去咬那些打转的尸体好，竟然停在那里原地转起圈来。胖子乘机加快速度，一下子就和它们拉开了距离。我们终于可以喘一口气了。

我的手脚经过刚才的运动，基本已经恢复了知觉。我心里暗想，我中毒时的感觉和笔记里爷爷记录的中毒的感觉一样，最后爷爷也没有死，莫不是因为这样，我身上就有了免疫力了？

我想也想不明白，看手脚已经可以动了，就让胖子把我放下来。我见胖子满脸是汗，喘着粗气，心说，在石台上的时候，我背你背得吐血，现在算扯平了。这个时候，我突然看见有一个人坐在胖子后面的一根树枝上，对我招了招手。

我一哆嗦，忙揉了揉眼睛，那人已经不见了。我以为他躲到树后面去了，忙探头过去看。胖子大叫："别磨蹭了，快走吧！"

"等一下！"我一把拉住他，"往左，往左，我刚刚看到有个人在对我招手。"

他叹了口气，跟着我爬过去，一看根本没人，只有一个勉强能容纳一个人的树洞，里面黑漆漆的，不知道有什么东西。

胖子用手电一照，吓了一跳，只见那洞中有一堆卷起来的藤蔓，里面缠了一具已经高度腐烂的尸体，两只蓝色眼睛已经浑浊得看不到瞳孔，嘴巴张得大大的，不知道想对我说什么。胖子看着我："怎么是个死人？你该不会是看到鬼了吧？"

这一路走来碰到的怪事太多，有鬼也由不得我不信了。我想着，既然他招手让我们过来，肯定是有什么目的，想到这里，便习惯性地去看他的嘴巴。但是他的下巴已经烂穿了，有东西也掉了。

我继续找，发现他手里好像抓着什么，掰开一看，原来是一块吊坠。

下面的尸鳖又开始"吱吱"叫着爬上来，我也没心思再去翻他身上的东西，看他穿着迷彩服就给他敬了个礼，然后继续往上爬。胖子爬得飞快，我们离顶部的裂缝本来就不远，三下五除二就爬了上去。

我们爬出裂口后，同时往下一望，只见那些尸鳖好像一点儿也没有停下来的意思，几乎都涌到了裂口边上。胖子大叫："还没到休息的时候，快跑！"

我在地下待了那么久，已经搞不清楚方向了，就见前面草丛里突然跑出一个人，扛着什么东西跑过来。我认出是三叔，不由得大喜。三叔看到我就大叫："快去后面把那些汽油都搬过来！"

我跑过去一看，原来这条裂缝和我们下盗洞的地方只隔了一个矮悬崖，十米都不到，我们的装备都还在。我看到那几桶汽油，心头火起，心说，好，这下有你们好看的！

我和胖子一人扛起一桶跑回去，三叔已经把第一桶全都浇了下去。这时候那些尸鳖已经快爬到地面上了，三叔一个打火机扔下去，就见火光一冲，马上就是一阵扑鼻的焦臭味，那如潮水一般的虫子瞬间就退了下去。

汽油在那裂缝处形成一道火墙，看着那些虫子在里面被烧得吱吱直叫，真是大快人心。

我们火上浇油，把第二桶、第三桶也倒了下去，那裂缝里喷出来的火几乎比两个人还高。热浪逼过来，把我的眉毛都烧了。

我退后了几步，看了看手里的吊坠，上面是一块铭牌，那具尸体的名字应该叫James（詹姆斯）。我擦了擦放进上衣口袋，心说，有机会就还给你的家人，现在你就安息吧。胖子被火烤得全身是汗，问三叔："那两个人呢？"

三叔指了指后面："潘子有点儿不妙，好像发烧了。那小哥我就没见到了，还以为和你们在一起呢。"

我看了看胖子，胖子叹了口气："爆炸后我根本就没看见他，恐怕是凶多吉少了。"

三叔摇摇头，说："不会，这人神出鬼没的，而且刚才他一直在我们上面，就算被气浪冲散，估计也是冲到上面来了。"

我看三叔的表情，就知道他也没什么把握。闷油瓶虽然厉害，在炸药面前还是和我们一样，如果他被气浪甩到树外面去，真的是十死无生。

我们在附近找了一圈，没有什么收获，不见有人离开的痕迹。三叔叹了口气，对着我苦笑了一声。

我们回到营地里收拾东西，点起篝火，把包裹里的罐头热了来吃。我已经饿得够呛，不管是什么东西都能吃下去。三叔边吃边指着后面的矮悬崖说："你们看，这营地就在这裂缝的边上，看样子那老头子看到的树妖就是那棵蛇柏了。肯定是他们晚上庆祝的时候动静太大，把这蛇柏从裂缝里吸引了出来。幸亏我们没过夜，直接下到盗洞里去了，不然恐怕早就被这蛇柏拖走了。"

胖子说："不知道那火能烧到什么时候，如果火灭了，那些虫子再出来就麻烦了。现在天快亮了，我们快点儿出了这个森林再说！"

我匆匆扒了几口，点点头。胖子和三叔轮流背着潘子，就往树林里进发。

一路上很平静，来的时候我们是说说唱唱，回去的时候我们是闷头赶路，几乎是逃命一样。

我已经一个晚上没有休息了，精神又高度紧张，现在体力已经到达极限，走到最后，几乎是凭借精神的力量在支撑。如果前面突然出现一张床，我躺下不用两秒就能睡着。

我们走了将近半天加一个早晨的时间，才走出那片树林，然后翻过那泥石流形成的石头小坡，终于看到了那亲切的小村庄。

我们不敢松懈，先把潘子送到了村里的卫生所。那个赤脚医生过来一看，眉头大皱，忙招呼护士过来帮忙。我往凳子上一躺，才听他们说了两句话就睡着了。

那是真的累到极点的睡眠，一个梦都没做。也不知道睡了多久，醒过来的时候，我就听见外面乱作一团，不知道出了什么事情。

第二十九章

紫玉匣

我迷糊着，想问三叔，却发现他也在我边上的凳子上睡着了，睡得比我还死。我跑到卫生所外面，看见村子里的人拉板车的、拉骡子的，都急急忙忙地往山里赶。一个山娃子边跑边叫："不好咧，不好咧，山上起山火咧！"

我大吃一惊，心说，难道我们那一把火，把林子给烧着了？回想一下烧那洞的时候，确实没在边上做什么措施，如果那火蔓延开来，把森林烧起来，那真的就太不应该了。

我心里有点儿发慌，这山火一旦烧大，不是死一个两个人的问题。我们这些城市里的人，一点儿森林防火的意识都没有，这下祸闯大了。

我忙跑进去叫醒三叔，两个人在医院里搬出两只接尿用的便器，实在找不到其他东西凑合了，跟着大部队向山里跑去。这个时候胖子坐在一个驴拉板车上跑过来，手里举着个脸盆大叫："闯祸了，快上来！快去救火！"我们一起跳了上去，驴车歪歪扭扭地就出了村口，只见远处的山上一大片黑烟，看样子烧得很大。三叔傻了，轻声说："看方向，还真是我们放的那把火。"

我忙捂住他的嘴，前面有个村干部模样的人在往回跑，大叫："快打电话给部队，前面山塌下去了！"

我一听就知道，可能是那岩洞被火烧塌掉了，心里担心，要是那些尸鳖从洞里冲出来就麻烦了。我们快"驴"加鞭地跑到泥石流冲出的土堆旁。胖子手真黑，把驴屁股都抽肿了。

那些村民平时都经历过防森林火灾的训练，他们一部分人在树林里开路，另有人开始用脸盆打水，往里面运去，我一看这盆盆罐罐的，来回到火场最起码要两个小时，远水解不了近渴，忙叫道："老乡们，别打水了，这点儿水根本灭不了火，不要做无谓的牺牲了，还是等部队过来吧！"

那些人像看神经病一样看着我，一个年纪比较大的人说："小伙子，这些水是用来喝的，火场里面没水喝很快就会干死的，我们要在边上砍出一片防火带，火烧到那里没东西烧了，就会自己灭了。你们不懂就不要在这里瞎掺和。"说完，看了看我们手里的便器，摇了摇头。

我被他们看得满脸通红，心说，这下面子丢大了，以后怎么也不敢胡乱发表意见了，忙低下头，跟着那些大部队急忙进了树林。

路上的树全部被砍掉了，走起来快了很多。大概一个小时以后，我们已经感觉到温度明显升高了，前面漫天都是黑烟。

那些村民都拿出口罩往水里一浸，戴到脸上。我看看胖子，他的衣服本来就没剩多少布了，看他好像下定了决心，拿出那块镶金丝帛就浸到水里，绑到自己脸上，拿起把铲子学着那些村民挖防火沟渠。

山火蔓延得极快，危害性极大，大型山火必须出动飞机才能控制。所谓控制就是让它自行熄灭，要想像城市火灾一样浇灭是不可能的。

一棵树成材要二十几年，但是山火十分钟就能把它全部烧光，破坏力极大。而且山火范围非常广，如果你只在一个点上灭火，它很快就会从你看不到的边缘绕到你后面去，等你醒悟过来，你已经在火区中央，只有等死的份儿了。

我记得有一部美国片子就是讲一群消防员被火包围以后，求救无门，在生命最后时刻的故事。当然，这样的情况肯定不可能发生在我们身上，现在火灾的区域还不是很大，而防火渠挖得很快。

我们一直在那里干到下午两点多，天上出现了护林队的直升机，不一会儿就有很多部队在树林里集结，替下了我们。

我特别担心有人会因为这场火牺牲，幸好最后清点人数的时候，只有几个人受了轻伤。

我们回到村里，几乎都要休克了。我肚子饿得要命，叫一个娃给我弄了两个烧饼，两口一个，从来没吃过这么香的，眼泪都下来了。那村支书模样的人还表扬我们，说我们这些城里来的人有这么高的觉悟，真的非常少见。

我心说，你千万别夸了，再夸我心里更过意不去了，你要是知道我就是那纵火犯，非掐死我不可。

护士给潘子换了绷带、洗了伤口，他的呼吸已经缓和了，但是还没有醒。医生叫我放心，说他现在暂时还没有危险，等一下如果有伤员，就把潘子一起送到市里的大医院去。我听了才稍微有点儿心安。

我和三叔回到招待所，好好地洗了个澡。不脱光还不知道，从上到下，几乎没有一处地方是好的，不是瘀青就是破了皮，逃命的时候没感觉，现在它们都来提醒我了，从浴室里出来的时候，我的腿几乎都迈不开了。

回到床上，我一下子就睡着了。这一觉睡得非常香，一直睡到了第二天中午，起来的时候，看见胖子和三叔还躺在床上，呼噜打得炸雷一样。

我下去吃了早饭，问了服务员，得知火已经灭了，按这规模只能算是小山火，部队已经撤了回去。我听了心里踏实了一点儿，和卫生所的人打听了一下，潘子已经被送到济南的千佛山医院去了。我道了谢，觉得这个地方还是不能久待，就预备着回去。

闲话也不多讲，几天后，我们回到济南，我和三叔先到收容潘子的医院办理了住院手续。他现在还没有脱离危险，仍旧昏迷中。

我和三叔决定在这里住几天。胖子一出山就急急忙忙地和我们分了手，只留下一个电话说以后联系，他把镶金丝帛交给我三叔处理。

这天我给医院打了个电话，得知潘子还没有醒，不由得叹了口气。这时候，三叔一脸阴沉地走了进来，骂道：“气死我了，竟然被人摆了一道！”

我大奇，以为他在古玩市场被人骗了，就说：“三叔，以你的资历还被骗，说明那东西仿得好，你再转手出去肯定也没问题啊。”

三叔掏出那块镶金丝帛，对我说：“转手？转个屁啊，我说的不是古董，是这个东西！”

我几乎从床上掉下来，大叫：“什么？！不可能啊！”

三叔说：“千真万确！这东西里的黄金含量，我送去检验，纯度太高，那个时代根本无法炼出来，这是一份几乎完美的赝品！”

我不敢相信。三叔叹了口气：“我老早就在怀疑了，那年轻人明明可以击败血尸，为什么一开始一味地逃跑，到最后才将那血尸除掉。他必然是想借此甩开我们，自己一个人去做一些事情。”

我惊讶道：“难道他和我们走散的那段时间里，已经去过那个洞穴，打开过鲁殇王的棺材，将这块假的镶金丝帛放了进去？这怎么可能啊，一个人怎么可能做到？而且那树洞是被那些铁链扯开的，只要被人打开过，我们一定能看出痕迹的啊。”

三叔说：“你有没有看过那棺材的背面？他是倒斗的，很可能在树的背后挖了个盗洞，直接从棺材的背面将那镶金丝帛调包了。”说完叹了口气，“可怜我十几年的江湖经验，也没看出来，这个人真的是深不可测啊。我本来还以为他只是发丘中郎将的后人，看样子，他的来历，恐怕远不止这么简单。”

我非常不理解，说：“难道上面记录的那些东西都是假的？”

三叔点了点头，气道：“这些山海经一样的故事，本来听起来就不太可信，只不过当时我们被那个古墓的神秘气氛所感染，竟然相信了，现在回忆起来，破绽太多了。而且你想想，就你那水平，为什么只能看懂最重要的那两段？其他那些都看不太懂？说明这两段他特别做了功夫。”

我张大嘴巴。三叔大大地叹了口气：“看样子这个鲁王宫的秘密，只有他知道了。现在那个墓塌了，想再进去看也不可能了。”

这个时候我灵光一闪，说：“对了，对了，我差点儿忘了，还不是完全没戏，我从那洞里带了东西出来！”说着就去狂翻我的背包，一边祈祷千万别丢了，好在那紫金盒子还在，“就是这个，是从那狐狸尸手上拿下来的。”

三叔一看，说：“这是只迷宫盒子啊，里面主要的空间用来装锁了，装不了多少东西。这盒子很难开的，你看。”他把盒子的顶盖一拧，盒子的底部四个角一齐展开，露出一个转盘，上面有八个孔，每个孔上都有一个数字，很像老式电话的拨号盘。

“这种盒子是最古老的密码盒，你要知道密码才能开。你等一下，我去那修车铺子借个气割过来，把它割开来看看。”

三叔急急地跑了出去，我叫都来不及，心说，八个字的密码，难道是那个02200059？怎么可能啊？这个号码可是印在一个美国人的皮带钢印上的。想着我就尝试性地拨了一下，0-2-2-0-0-0-5-9，“咔”一声，我一愣，那盒子发出一阵类似于发条的声音，盒盖自动翻了起来。

怒　海　潜　沙

盗墓笔记

比　鬼　神　更　可　怕　的　是　人　心

第一章

蛇眉铜鱼

盒盖缓缓地自动打开，里面只有小拇指大的空间，放了一条小小的铜鱼。我拿出来一看，那鱼的样子很普通，但是做工很精细，特别是鱼的眼睛上面眉毛的地方，是一条蛇的样子，栩栩如生。我非常惊讶，这个东西有什么贵重的，为什么要放得这么好？

这个时候三叔已经拖着个气割钢瓶走了进来，看到盒子已经打开，惊奇地道："怎么开了？你怎么打开的？"

我把那数字的事情和他一说，他也大皱眉头，道："越来越乱了，看来这帮美国人也不是单纯来倒斗这么简单。"

他拿起那条铜鱼，突然脸色一变，"咦"了一声："这不是蛇眉铜鱼吗？"

我一看他好像知道，忙问他详情。他从贴身口袋里拿出一个东西，递给我，我一看，也是一条很精致的铜鱼，大概只有我的小拇指那么大，铜鱼的眉毛也是两条海蛇，做工上乘，每个鳞片都非常细腻，应该和盒子里的这条是同一个来源。美中不足的是，他的这条在鳞片的凹槽里有很多细小的白色石灰状污垢，粘得非常牢。我一看就知道了，说："这是海货？"

三叔点点头。我挺吃惊的，海货就是海里捞上来的古董，一般都是些青花瓷器。在海里淘古董比在陆地上方便，因为很多东西都是露出在海底地表上的。但是海里微生物太多，从海里带上来的东西，大部分都有白色的灰状污垢，是很难洗掉的，所以价值上就打了折扣。

我很迷惑，记忆里三叔不会对这种低价货感兴趣，就问三叔："你难道去倒过海斗？"

三叔点点头，说："只有一次，我真是后悔，要是那次我能忍住不去蹚那趟浑水，我现在肯定已经孩子一大堆了。"

三叔的故事，我知道一点儿。三叔以前有个女人，也是个女中豪杰，听说他们还是在斗里认识的。那女的叫文锦，听说挺文静的，看不出是个摸金的北派。三叔和她好了五年，女的寻龙点穴，男的探穴定位，号称倒斗界里的神雕侠侣，后来就突然听说那女的失踪了。我只知道她是进斗的时候失了手。女孩子干这个本来就不合适，家里人都挺惋惜的。不过那时候我才几岁，也不懂这么多，只看到三叔一个星期都像个木头一样，很伤心，后来就渐渐好了。

这小时候的事情，我也记不清楚，现在一听到三叔好像想讲出来的样子，我心里虽然很想知道，但也不能表现得太八卦，问："那时候出事情的，难道是个海斗？"

三叔叹了口气，说："那个时候我和她都还年轻，她有几个同学都是考古队的，他们隐约知道我是手艺人，我也没想过要瞒他们，大家都很要好。后来他们去西沙做沉船考古，我也跟着去了，只是没想到……"他顿了顿，好像不太愿意想起那件事，"没想到，那水底下沉的东西竟然会那么大。"

算起来，那应该是十几年前的事情了。

三叔其实对海斗没什么经验，也算是被爱情冲昏了头，竟然在文锦面前夸下海口，说自己如何如何了得，于是就跟着考古队出了海。他们包了当地一艘渔民的船，花了两天时间，到了西礁的碗礁附近，那地方是古代海上丝绸之路中最凶险的几段之一，沉船很多。三叔下去一看，几乎呆了，只见海底到处都是破烂的青花瓷器，那规模真的是令人叹为观止。

文锦告诉他，那些东西是沉船上倒下来的，被海水冲得到处都是，以前渔民一网下去就能拉上来四五个瓷器，不过他们认为这入了水的就是海龙王的，一般都会扔回去。

可惜的是，那些东西几乎都是烂的，很少能找到完好的，就算是找到了，上面也大多都寄生了海洋生物，很难清洗干净。文锦的同学是以考古价值来看那些东西的，所以都很兴奋；三叔看了就是一片荒凉，心疼得要命，心说，沉船的时候我怎么就没生出来，他也没想过那时候的青花瓷器还根本不是古董。

他们在水里转了两三天，弄上来一筐一筐的瓷器。三叔好这个，对瓷器了若指掌，随便拿起一只就能讲个半天，一下子就变成了考古队的精神领袖。三叔姓吴，叫三省，他们那些小青年就都叫他三省哥。三叔就飘飘然了，还真把自己当他们的头儿了。

第四天，出了件事。有一个考古队员坐着皮艇出去，到了黄昏还没回来。其他人急了，就让大船起锚去找，后来在碗礁两公里外的一处礁石山上找到了那只搁浅的皮艇，但是上面的人不见了。

三叔一想糟糕了，可能人下水去摸东西出了事，忙穿上装备潜下去，摸了半宿，终于找到了那人的尸体，脚卡在珊瑚礁里，已经泡得胀了起来。他们把尸体拖上来，三叔看见他左手死死抓着什么，掰开一看，就是那条蛇眉铜鱼。虽然死了个人，大家很悲痛，但是三叔已经意识到这水下可能有什么东西，不然这个人不会连夜来这里打捞。

三叔猜测，可能是白天在拖寻（用船拖着人搜索）的时候，这个人看到了什么东西，没说出来，想在晚上没人的时候再回去看看，结果就出了事。当然，三叔没把他的想法说出来，因为现在人已经死了，说这些也没意义了。不过，他手里抓的蛇眉铜鱼，肯定是个提示。

第二天，三叔把这个事情和那些人提了提，当然，他是这么说的：某某同志为了考古事业，加班加点地工作，不幸出了意外。不过从他手里的劳动成果来看，这位同志显然在海底发现了什么，他用他自己的生命换来了这条蛇眉铜鱼，所以我们不能辜负他，云云。鼓动了一番，众人的情绪有点儿恢复了，于是回到出事的海域，下水进行了地毯式搜索，这个时候就有了眉目。

他们在附近的水下找到四十多个巨大的石碇（古船锚上的配件），大小规格都一样，上面的刻字基本上已经看不清楚了。三叔估计，这四十多个石碇，要不就是四十几艘规格一样的船上遗失的，要不就是来自同一条船上。然后我又想，就很明白了，怎么可能有四十多艘船同时在一个地方沉没？这底下，肯定有一艘巨大的船，甚至大到需要用四十多只锚才能固定住。

三叔对历史非常熟悉，看到这里，心里已经有了一个十分大胆的猜想，他浮上水面对文锦说：“这下面好像是个沉船葬海底墓。”

第二章

双层墓墙

文锦和三叔的背景完全不同，三叔是土溜子，要不是生在倒斗世家，肯定是个土匪，凡事先考虑个“利”字，看人也是从“利”字出发。

文锦就不一样了，她是留洋回来的，思想比较开明，对倒斗主要还是兴趣，而且是边倒边考，所以听三叔这么一说，她首先考虑的是这个古墓的考古价值，当时就想把这个设想告诉她那些同学。

沉船葬海底墓非常稀少，传说里用这种葬法的好像只有沈万三的儿子，所以文锦的想法应该是非常有良知的，但是三叔却有点儿为难，因为他一想到那些东西捞上来要充公就很不自在。但是文锦很有办法，一个微笑再加一个吻，就把三叔从绿林好汉变成了共和国的考古研究者，而且还是义务工作。

当天晚上，三叔琢磨了一宿。

他从来没倒过海斗，但在别人面前夸下了海口，明天不表现还不行。他想了想，这海里也不能下铲，一来，力气使不上，挖不下去；二来，就算挖出来，海泥和陆地上的泥完全不同，他那点儿破经验完全没作用。他回忆了一下我爷爷笔记本里的记录，我爷爷的确倒过几次海斗，但是也没有什么特别的方法，主要还是看地形。

沉船葬海底墓，就是把陵墓修在一艘船上，然后在海里找一处谷地或者是海沟，把船凿穿，将墓沉下去，然后再在上面封上土，其实和在陆地上一样，只是换到海里而已。三叔估计，他们待的地方，原来是个小海谷，后来被填平了。沉船的时候，四周必然需要很多锚来固定。

如此说来，那锚落点的中心，或者偏一点儿的地方，肯定就是葬点。

三叔越想越觉得有道理，顿时信心十足，第二天气也顺了，他就把那些人带下水，把那些石碇全部用绳子连了起来，然后在中间标了个点。他在那区域内的几个地方都下了铲，果然，在中心偏东边的地方，他们发现下面有木头。

接下来，他们用传统的定位法，竟然定出了一个“土”字形的巨大地宫，由两个耳室、两个配室、一个甬道和一个后殿组成，建筑面积有一千多平方米。其中后殿最大，长十米多，宽十米多，看来是放棺材的地方。

三叔惊呆了，心说，乖乖，这个斗里是什么人物？看样子真不简单，这样的规模都比得上皇陵了。

当天晚上，所有人都兴奋得睡不着觉，大家围在一起，一边吃鱼头海鲜锅一边讨论怎么进去。三叔给他们分析了沉船葬的结构，墓葬最怕水，现在不知道下面的冥殿里有没有进水，如果已经进了水，只要打个洞进去就可以了，他们都有潜水服，应该没有问题；如果下面还是一个密封的墓室，那就比较难办了，因为一旦被凿穿，水冲进去可能会造成灾难性后果。从探铲打上来的木片来看，下面应该还是有空气存在的。整个墓很大，很容易造成毛细结构，可能里面有几个房间里还存有大量的空气。

三叔的这套理论是他多年盗墓的经验，说得那些书呆子一愣一愣的。最后，他把所有的难题都集中到怎么打盗洞上。水底都是沙子，定不住型，很容易塌，那可不是闹着玩的，在水里被压住基本就是死路一条。

最后他们讨论来讨论去，决定用土办法，渔船上有炸鱼的炸药，先用炸药在一边炸出一个土坑，把上面容易坍塌的沙子炸掉，然后在下面比较结实的海泥里挖一个斜向下的洞。这个工程虽然浩大，但是这些人全都斗志满满。

三叔估计了一下，工程完成大概要一个星期的时间，可难办的是尸体还在船上，再不送回去就要发臭了。

他们想了一个折中的方法，让大船先把尸体送回去，他们在小船上作业，因为那几天天气非常好，所以大家一点儿也不担心。他们把三只皮划艇绑在一起，然后把所有需要用的装备都搬到一块礁石上。

第二天大船就开走了，三叔觉得有点儿不安，大船一走，在海上就一点儿保障都没有了，但是当时他们都被那大墓冲昏了头，只想了一下就又投入工作中去。

盗洞打得很顺利，比三叔估计的快多了。可是四天后，等他们都打到墓壁了，大船还没有回来，这些人开始担心起来。

三叔知道，现在只有继续工作才能维持良好的秩序，不然可能会出现恐慌，于是就一直安慰他们，并不时说一些鼓舞的话来转移他们的注意力。

他们在洞里清理出一块墓墙，三叔敲了敲，这些砖头是空心的，大概是为了减少整个墓穴的重量，不然就算船再大，船底也支撑不住。他看到每隔五米就有一个钢笔直径的小孔打在墙上，看样子这个墓的设计就是以水来封墓的，里面应该充满了水。他们定下心来，开始拆砖头。

其实，三叔在进墓前已经想过，在这水里，什么机关暗器都没用，因为海水阻力太大。如果有暗弩，就算没烂，发出来的箭也是慢动作；陷坑也不可能，不要说根本掉不下去，就算掉下去也能游上来；其他各种落石机关，要用水银击发的，在水里完全不灵光，因为水银在水里流得很慢，而且很容易扩散。其实这水就是一个致命的机关，古时候没有氧气设备，完全没可能去倒海斗，所以这个斗里有机关的可能性非常小。

他们卸下墓墙，里面就是空洞洞的一片黑。三叔知道现在这些人都靠不住，让他们不要动，自己打起探灯钻进去，发现只往前一米，又是一道墙。这面墙壁的用砖比外面那层大了很多，并且墙缝里封上了白膏土。

三叔夹在两道墙壁之间，前后左右照了一下，发现他头顶的内墙上，有一个半米长宽的正方形墓道口，三叔一看就明白了个大概，看来要进这个墓，靠挖是不行了。

回到水面以后，他们爬上一块礁石开会，三叔说："这个墓有两层墓墙，外层墙和内层之间灌满了海水，然后在内墙上做一个通道往里面盘旋进水。这样的设计，里面肯定有一个空间是无水的，利用气压的原理将一部分空气留在墓室里。现在不知道那个墓道有多长，明天我们下去三个人，每人带四个氧气瓶，看看能不能撑到那里。"

他们在那里讨论来讨论去，三叔肯定是要下去，其他两个名额需要筛选，因为如果里面没水，情况就比较复杂了，可能会有危险。

就在这个时候，文锦突然惊叫起来，他们吓了一跳，原来不知道什么时候，他们坐的礁石竟然升高了。三叔往下看，本来离海面半米都不到，现在竟然有五米多了。

他意识到有点儿不妙，抬头一看天，只见远远的海平线上，一条黑线正在逼近。他们当中有一个叫李四地的男学生，父母是渔民，他一看到这个情景，吓得嘴唇都发白了，叫道："大风暴要来了！"

第三章

大风暴

这个李四地水性很好，水里的工作都是他负责的，他说："一小时之内，这里肯定会有一场巨大的风暴，这海水退下去这么多，就是一个证据。等一下这些被低气压吸过去的海水会一起冲过来，就是一场小型的海啸。我们这里只有三只小皮艇，恐怕不是很乐观。"

他说得十分委婉，但是三叔看着他的表情，分明是觉得他们死定了。那些人没见过大世面，一个个都吓得面色发白，有几个女生已经哭了起来。

三叔拉着文锦的手，发现她手心里都是汗，知道她也很害怕。那个时候三叔也没有经历过这种事，但是他到底是个职业倒斗的，心理素质非常好，当时就提醒自己，不要乱，一乱那就真的没戏了！

他清点了一下人数，他们来的时候一共是十个人，现在有一个人死了，另一个人因为要向上头汇报事故和海下的发现，跟着大船回去了，现在加起来，只有八个人。三叔问李四地："这风暴要持续多长时间？"

李四地说："这种夏季风暴时间很短，几十分钟后就过去了，可是那个时候海水最起码要升上去五六米，到时候这些礁石全都会被淹掉。"他摇了摇头，"这几十分钟可不是闹着玩的，被这浪一冲，要不就是撞到礁石上撞死，要不就是被卷到深海去，不是我吓唬你，这下子麻烦真的大了！"

三叔脑子转得很快，已经有好几个方案瞬间冒出，但很快被否决掉：坐皮艇划回去，找死，划得再快也跑不过风暴；用呼吸器躲到水里，这碗礁附近的海底最深也只有七米多，根本不管用。

三叔看着那几乎已经可以用肉眼看到的海底，突然间，犹如黑夜里闪过一道闪电，一个十分大胆的计划在他脑子里浮现出来。那个时候，根本不容许再去讨论可行性，他对那些人说："我们也不要想那么多了，大家集中一下氧气瓶，看看还有多少氧，我们下古墓里去避一避！"

三叔下古墓轻车熟路，所以没觉得有什么关系，但是其他人都是书呆子，这个提议太大胆了，这句话一出，众人哗然。三叔一看意见不统一，忙给他们分析利害关系。

他指了指海平线，说："大家看这风暴，现在我们还没有感觉，但是大家都看过关于海啸的纪录片吧，这东西不是闹着玩的，如果在这里等风暴过来，十死无生，肯定连尸体都找不到，而这海下面，有一个现成的避难场所。我们已经知道，这个古墓里肯定有空气，这海斗里的空气其实是活的，因为它连着活水，所以里面的空气质量应该还过得去。我们人不多，在里面待个一小时再出来，是唯一的生存机会了！"

三叔有一点儿鼓动人的天赋，不然他的生意也做不到那么大。众人听他说得头头是道，心里不由得也出现了一线希望。他们集中起所有的潜水设备，将三只皮艇都放气叠好。一切准备就绪，三叔先和他们规定了一些在水下活动的手语，然后带他们潜入水下，他自己打起一个防水的探灯，第一个爬进墓道里。

那个时候的潜水设备，头上是一个大头盔，看上去十分笨重，但是这个东西非常结实，如果前头有什么大型的海生物，有这个头盔，也不会一下子就被吞掉。三叔尽量使自己放松，一边游一边看。那条墓道竟然越来越窄，按照这个趋势，最后能不能容他们通过也是个问题。好在他全套工具都在身上，实在不行，还能破出一条路来。

墓道的壁上有很多人脸浮雕，现在上面都是厚厚的一层附着物，无法认清是哪个朝代的。那些人没见过大世面，都忘了现在的处境，围上去研究那些脸。三叔头痛不已，不得不停下来催促他们。

他们往前游了十五分钟，转了好几个弯，已经摸不清楚方向了。三叔觉得那些人太乱了，应该整顿一下，于是做了个手势让后面的人停下来。他让文锦去数人数，看看有没有人掉队。在那狭窄的墓道里游泳很耗费体力，那些人都累得不行了，一看这手势如获大赦，都东倒西歪地坐下来。

三叔无可奈何地看着他们，心说，这个老大还真不好当。他用探灯照着，想先到前面去看看。这个时候，文锦拍了拍他的脚，三叔转过头，看见她的表情非常惊慌，心里一紧，难道真的有人掉队了？

文锦手忙脚乱，不知道怎么表达自己的意思，她伸出一个手指，不停地在三叔面前晃。三叔不知道她是什么意思，问她："是不是少了一个？"文锦看着三叔的嘴形，摇摇头，一只手掌全部展开，另一只手伸出四根手指，把两只手放到一起。三叔非常纳闷，他仔细看着文锦的嘴形，突然发现其实她想说的是："多了一个人！"

第四章

海鬼

三叔吃了一惊，如果后面少了一个或者两个人，他都可以理解，甚至所有的人都消失了，他也可以理解，但是多出一个人，也太匪夷所思了。他以为文锦数错了，自己回头也数了一遍，自己是第一个，文锦第二，然后依次下去，三，四，五，六，七，第八是李四地，第……

他突然倒吸了一口凉气，因为他已经看到了那多出来的第九个人。那人躲在长长的队伍后面，模模糊糊的，连个人形都看不清楚，肯定有问题。

三叔不由得开始冒冷汗。他也不是害怕什么妖魔鬼怪，只是在水下他一点儿经验也没有，也不知道这后面的是什么东西。这粽子应该不会游泳，话又说回来，这海斗里的粽子不知道应该怎么称呼，难道叫海粽子？或者饺子？

他摇摇头，心说，这李四地也真迟钝，这么个东西跟在后面都没有发现。现在这个情况，谁都指望不了，唯有冲过去看看。他暗中掏出一把匕首，藏在手里，就往回游去。

那第九个人一动也不动地站在那里，李四地看见三叔径直向他游过去，也意识到自己背后有什么不对劲儿，忙一回头。他一动，那个人也突然一动，好像在模仿他一样。李四地吓了一大跳，往后退了好几步，那个人也往后退了好几步，好像完全在学李四地的动作。三叔发现那个人动作不仅奇怪，还有些滑稽，便拿头上的探灯一照，那东西被光一刺激，慌忙向后逃去。三叔在刹那间看到一张狰狞的长满鳞片的巨脸一闪而过，吓得手上的匕首差点儿脱手。

李四地吓得面如土色，就要往前游，不敢再待在那里休息，三叔忙一把拉住他。他对三叔大叫，看嘴巴的形状好像是“好孩子，好孩子”。

他本来就有口音，平时说话已经很吃力了，嘴形更是看不懂。三叔看到他几乎歇斯底里了，竟然想摘掉自己的头盔，忙把他按到墙上。这一按不要紧，那面墙的四条缝同时松动，竟然就缩了进去，突然间四周的水就往那墙里猛灌。三叔心说不好，可已经来不及了，他们就像抽水马桶里的蟑螂一样，被卷进了那个墙洞里。

也不知道转了多少个圈，三叔只觉得五脏六腑全都被甩到一边了，突然一头撞到什么坚硬的东西上，幸好头盔结实，他蹬了几下，猛一抬头，竟然发现自己出了水。

其他人都和他差不多，有几个女生都在头盔里吐了，那恶心劲儿就别提了（那歌怎么唱的？最恶心的不是看到腐尸，而是淹死在自己的呕吐物里……）。几个身体素质比较好的忙扶住她们，不让她们沉下去。

三叔也一把抱住文锦。他用探灯一照，发现似乎已经到达了冥殿，拿出防风打火机打火，火能烧起来，有氧气，于是做了个OK的手势示意空气没问题。他们几个把沉重的头盔一掀，刚吸了第一口气，几个人同时叫道：“好香啊！”

墓室里有一股非常好闻的香气，很淡，但是很提神，也不知道是什么东西发出的香味。

三叔遇到过无数奇臭无比的墓室，这有香气的还是第一次，不由得纳闷。他用探灯一扫，发现这个墓室并不是主墓，可能是个耳室，因为里面没有棺材，只有一排排的瓷器陪葬品，这些东西应该是墓主人生前用过的，而他们现在就在那耳室中间的一个圆形喷泉眼里。

三叔又看了看那里的装饰，越看越疑惑。墙壁上都是壁画，因为有水汽，被腐蚀得很厉害，他只能隐约看到，壁画上画的好像全是人的影子。

那些类似影子的图案什么样的都有，高的、矮的、胖的、走路的、跳舞的，每个都非常逼真，好像是真人影印上去的一样。但是所有的影子都很怪，它们的肚子都非常大，好像孕妇一样。文锦在壁画研究方面造诣很高，但是她也看不出个所以然来。

倒是那个李四地，看到那些壁画，吓得脸都发青了，大叫起来：“海鬼！这里有海鬼！这是个海鬼墓！”

三叔想起刚才看到的那个怪物，心说，难道那个东西就是海鬼？他自己不敢肯定，现在贸然把这个提出来，可能会引起恐慌，所以他决定暂时保密。

李四地一直在那里大叫，因为他口音很重，大家都听成海龟了，一群人哄堂大笑，弄得李四地哭也不是，跟着笑也不是。

三叔看了看表，让他们都出了水，有几个胆子大的已经往耳室边上那个门走去。那门不高，应该是通到甬道里去的，三叔一把把他们拉回来，说："现在我们一没有考古的设备，二没有救护的准备，你们给我老实地待在这里，哪里也不准去。这里面的墓道不知道有没有机关，这一个小时我们是来这里避难的，大家要怀感激之心，懂不懂？"

那帮小子虽然不甘心，但也没有办法，只好猫在耳室里研究那些瓷器。

三叔一看就知道那些是明初的东西，他很诧异，难道这里真的是沈万三那个宗族的墓穴？

不过，他古董看得太多，没什么兴致，眼下倒是比较担心这空间的空气够不够用。他又核对了一下人数，这下子对了，他松了口气。这几天他累得实在是够呛，也没好好休息，现在正好打个盹儿。

他靠墙坐了下来，文锦靠在他的肩膀上，亲了他一下，算是奖励他这次出色的表现。三叔一下子魂儿都飞了，本来还被那帮小子搞得一肚子怨气，现在看到文锦甜甜的一笑，就觉得值，真值，让他再倒着来一遍他都肯。

他们休息了一会儿。潜过水的人都知道，如果没有长时间的水下操作经验，一次潜水是非常消耗体力的。三叔虽然体力不错，但是和那些人比起来身体还没有适应，现在身体放松下来，竟然开始打起哈欠，又加上那香气好像有宁神的效果，一下子就让他觉得非常困。他迷迷糊糊地对文锦说："我睡一会儿，如果时间到了就叫我。"

那种困乏似乎不正常，但三叔已经来不及思考了，只蒙眬地看到文锦温顺地点了点头。他鼻子里都是淡淡的香气，不知道是文锦头发上的体香还是古墓里特有的味道，总之他几乎是瞬间就进入了睡眠。

第五章

老照片

思绪回到现在，我已经完全被他的故事吸引住了，只觉得自己就在古墓里，怀里就是文锦的温香软玉。三叔咳嗽了一声，我一愣，突然发现自己抱着个枕头，心中大窘，心说，怎么可以对三叔的女人产生幻想？我忙满脸通红地问：“你怎么不说了？最后怎么样了？”

三叔苦笑了一声，说：“没有什么可说的了，故事到这里已经结束了，我到现在都还想不明白，我睡着的那段时间里，古墓里到底发生了什么事情。”他嘴唇颤抖着，“我不知道睡了多久，等我醒过来的时候，发现那耳室里只剩下我一个人，其他人都不知道到哪里去了。我以为他们趁我睡着跑到主墓室里去了，心里很火，因为文锦一向很听我的话，这次却和他们一起胡闹，我就想追过去。”

三叔掏出一支烟含在嘴里，脸色有点儿难看：“这个时候，我看到那墙上的门竟然不见了。我转头一看，马上就发现，那里并不是我睡着时待的耳室，而是另一个陌生的地方，在我身后，竟然放着一口金丝楠木棺。”

我笑道：“以三叔您老人家的魄力，肯定是毫不犹豫直接把那棺材板给掀了，把里面的好东西全都倒出来。”

三叔骂了一声：“屁！我告诉你，那个时候我吓得屁滚尿流。棺材我见多了，但是那口棺材里不停地有水冒出来，一拨一拨的，好像有东西在里面洗澡。我想起李四地说的海鬼墓。你知道粽子我不怕，但是海鬼还是头一遭，吓得我几乎要尿裤子了。我又担心文锦，就大喊了几声，没人应我，这个时候，那棺材板突然翻了一下。”

三叔说到这里，表情很古怪，他接着说：“我那时候想也没想，看到头盔还在手上，直接一套就跳到泉眼里去了，然后我就逃了出来。”我一听忙说：“不对啊，那房间不是变了吗？怎么泉眼还在？”

三叔脸一绿，结结巴巴地说：“在，当然在，就那泉眼在。你别打岔！我还没说完呢！”他定了定神，继续说，“我也不管什么海啸不海啸了，找到那个盗洞我就游了出去，我一看，老大的太阳挂在天上，也不知道是什么时候了。我钻出水面，瞅见不远处有好几艘大船，看样子是来捞我们的。我游到船上去，一问时间，竟然已经是第二天的中午了。你说我在那墓里就打了一会儿盹儿，怎么就过了一天呢？”

我盯着三叔看，太假了，最后他肯定还碰到了什么决定性的事情，不知道他为什么不肯告诉我，这老家伙最后在那墓里到底干了什么？又不能逼他，看他说话闪闪躲躲的样子，搞得我心痒痒的。

我看他不说话了，心里很担心文锦，就问他：“其他人呢？他们都没出来吗？”

三叔懊恼地拍了一下大腿：“我上了船，不知道为什么没说几句话就晕了过去，后来被送到海南的医院，昏迷了整整一个星期。等我想回去找他们的时候，我已经找不到当初带我们去那个地方的船老大了。在海上，如果不知道那个地方确切的坐标，你根本找不到，海面看起来全是一样的。”他停了停，“后来我去问海事管理局，还有他们的研究所，发现那些小青年都失踪了，文锦也和他们一起，快二十年了，到现在一点儿消息都没有。我真的是一点儿也搞不懂那个墓是怎么回事，怎么可能平白无故地人就不见了呢？”他用力一敲桌子，眼圈一红，“我后悔啊，那个时候逞什么能啊！如果我不去倒那个海斗，那群人现在说不定孙子都有了！还有文锦，我真是对不起她！”

我看三叔一把鼻涕一把泪的，从没见过他这样，也不知道怎么办好。

他拿起那条蛇眉铜鱼，说：“我后来想了很久，想为什么只有我能出来，其他人出不来，我和他们唯一的不同，就是我身上有这个东西。”

我看了看那鱼，心说，如果鲁殇王也倒过海斗，他手上也有这么一条蛇眉铜鱼，是不是可以说鲁王宫和海里的那个沉船墓有关系呢？可是一想，不对啊，两个墓差了那么长的时间，一个是战国，一个是明初，打死都搭不上关系。这之间的奥秘，我怎么想也没有头绪。

三叔说完这些后，就躺下了。我想他刚刚又经历了一次痛苦的回忆，应该让他平静一下，没想到他突然又坐了起来，转过头，对我说："大侄子，我刚才突然想起一件事。"

我看他脸色发白，心说，你又想起什么可怕的事情来了？他挠挠头，说："和我一起进海斗的那几个小子里，有一个人，长得和那闷声不响的小哥很像！"

我一听，头皮就麻了一下，说："你不会记错吧？他那个时候肯定还只有丁点儿大！"

三叔仔细地回忆，眉头越皱越紧，最后说："时间这么长了，我不能百分之百肯定，但是我还有那个时候的合照，是我们出海前拍的，我让家里给我扫描过来就行了。"

说的不如做的快，三叔一个电话吩咐下去，五分钟后，一封e-mail就发了过来。三叔刚打开，我就浑身一凉，照片是黑白的，他们十个人，前面是蹲着的，第二排是站着的。我看到蹲在第一排中间的就是年轻时候的三叔，而他后面站着的，赫然就是那个闷油瓶！

我一身的汗，还以为自己看错了，又看了一遍，果然是他，那眼神、那表情完全一样，顿时手都有点儿发抖了。三叔看了看我，十分疑惑，他一句话在喉咙里卡了半天，终于问了出来："为……什……什么他二十年来一点儿都没老？"他刚说完这句话，突然好像醒悟的样子，大叫道，"我明白了！我明白了！"

我看他好像疯了一样，一时间不知所措。只见他拿起他的行李就往外走。我想拉他，却被他一把甩开。他回头说："你在这里守着潘子，我要马上再去一次西沙！"说着头也不回地跑了出去。

第六章

海南

三叔十几岁就出来跑江湖，破事见多了，一般做事都要打算来打算去的，像上次倒个斗就准备了很多东西。我有时候还觉得他过于谨慎，像上次那一大堆装备，百分之八十都没用上，没想到这次这么毛躁，随便拎个箱子就跑了。我看拦也拦不住他，就喊了一嗓子：“你自己当心点儿！”他嗷喊了一声算回应，就跑进电梯了。

正巧一名宾馆洗脚中心的服务员上来和我结账，看到这情景，笑着说：“你这叔叔怎么比你这侄子还毛躁？都倒过来了，还得你看紧他。”我也没办法解释，只好笑笑接过账单，一看，不由得脸一黑，竟然要四千多，不由得暗骂：“这老小子昨天又下去搞那些弄不清楚的事了！”

看着这账单，我有点儿发愁，这几天没少花钱，本来三叔那老小子的口袋还是很充实的，不过这一路逃出来，钱花得像流水一样，又给那烧了林子的村子捐了点儿，身上的现金都用得差不多了。他出门习惯不带卡，说是老派作风，这几天厚着脸皮在用我的钱，还说让他公司再给他转点儿，转了再还我。现在他拍拍屁股跑掉了，我就想起这个事来了，心说，他该不会是知道我也快没钱了，跑路了吧。

我心里很不痛快，拿出钱包一看，心就一凉，我已经习惯用快钱，也没太留心，钱包里竟然只有几张票子了。潘子现在深度昏迷，不知道什么时候能醒，虽然医生说没什么大的隐患，主要看他身体的恢复状况，我盘算着十天半个月我也别指望走。潘子又是孤苦伶仃的一个人，找人替我是不可能了，这么点儿钱肯定不够花销的。

最麻烦的是，现在一张四位数的账单已经横在我面前，这一关有点儿难过。我不好意思地笑了笑，说我现金不够，要不等一下取了给他送过去。他见我这几天付钱也爽快，笑了笑："没事，明天也没事，那您先忙您的。"

他一走我就毛了，想到的事情更多，潘子在医院里医药费每天都得四位数，这老小子这么一走，我到哪里找钱给他垫去？又不能给老头子打电话，打了估计得给他骂死，这几年生意搞得这么惨淡，他已经对我很有意见了，现在还学最不争气的三叔去倒斗，算了，算了！

我回到房间，正烦着呢，突然看到那金缕玉棺套还躺在包里。三叔对这东西爱护得不得了，还用油纸包了四五层。我突然产生一个比较冲动的念头，心说，这十几天看来要好好打算一下了，天天在这里吃了睡长膘然后打白条也不是办法，要不就找个古玩市场把这东西卖了，整点儿钱，整个济南都兜一圈，也不算浪费时间。

想到这里就觉得非常有道理，我本来就是抱着旅游的态度来这里的，现在搞得就像在查X档案一样，何必呢。而且现在，这事还不能晃悠着办，不然我被人赶出来事小，潘子断了药可就麻烦了，现在天还没黑，得赶紧办。

我到大堂去问服务员，这儿哪里有倒腾古玩的地方。那服务员非常热心，直接陪我下楼，还帮我叫了辆的士。上了车后，我就和师傅说哪里古玩多去哪里，那师傅答应了一声就把我送到了英雄山市场。我一看，这地方还真有点儿花头在里面。

我一路上听那的哥狂侃，他说这里是比较大的古玩和书法作品的集中地，人很多，比较嘈杂，不过假货居多，没事在这里可以和那些老板聊聊、吹吹牛皮，他们也乐意。

我背着死沉的玉棺套就下了车，寻思着找一个大点儿的门面。这东西不是一般人能买得起的，那些大店必然和一些比较大的客人有联系，可以托他们介绍，给他们抽个百分之二的佣金就行了。这一套我也是老行家，没人能蒙我。在回来的路上我和三叔讨论过这东西的价值，三叔说也就是百来万，这个东西是有价无市，一是很难有人肯买这么贵的东西，除非是老外；二是这个东西太大了，大件的东西本来就比小东西难卖一点儿，他估计着，如果真有人想买，他八十来万也肯松手。

有他这话在，我心里也有了底，就在那里东张西望的，没走几步，突然就瞄见一个铺子里放着一只青铜香炉，上面有一些铭刻的人物造型。我一看就一个激灵，那上面的人，一个个都腆着个肚子，和三叔提到的海斗壁画很像。我俯下头想看仔细点儿，这个时候老板出来了，说："哟嘿，您倒挺识货，我这铺子就这东西值钱！"

我一听他的口音，还是个京片子，就问他："这上面刻的是什么啊？怎么这么怪？看这样子该不是海南来的吧？"

那人一听，表情一变，忙把我往他铺子里让，还说："今天真碰到行家了，这东西放在这儿有年头儿了，您还是第一个看出苗头儿来的，不错，这的确是海南的。"

做古玩生意的，嘴巴甜是肯定的，我看他的表情，倒不知道他现在说的是真心话，还是单纯想把这东西卖给我。我手头上的资料不多，装老手肯定会露馅，就说："不是行家，不是行家，我是在海南看到过这东西，心里觉得奇怪，这东西叫什么我都不知道。"

那人请我坐下，端出一杯茶，说："那您是谦虚了。不过您要真不知道也不要紧，我告诉您，这香炉上雕的是种鬼，他们都叫这东西为'禁婆'，这东西的来历说来话长，您要真有兴趣，我就给您说说？"

我一看有戏，忙装作很想买的样子，点点头。他给我做了等等的手势，把那香炉从橱窗里拿出来，放到茶几上。我一下子就闻到了一股奇特的香味传了过来，不由得一惊。他嘿嘿一笑："这个香气很特别吧？"

我问："什么香料在里面？"

他把香炉盖子打开，我看见有一块小小的黑色石头，一愣。他得意地一笑："这块就是禁婆的骨头，这香味叫骨香，可是个好东西，睡觉的时候放在边上，包您睡得舒坦。"

我突然觉得有点儿恶心，问："这禁婆到底是什么东西？闻着她的骨头睡觉，太缺德了吧。"

他笑了笑说："禁婆是一个很大的概念，就相当于一个不好的东西的总称。那里的人，生了病或是受了伤，都说是禁婆害的。你要说她是什么东西还真不好形容，实在要说的话，可以说她是一个恶鬼。"

"哦，那这就是她的骨头？"我皱了皱眉头问，"这东西哪里来的？看这盖子上的海屎，好像是个海货啊。"

那人呵呵一笑："您还说您不是行家。不错，这东西是一个渔民一网撒下去捞上来的，不过物以稀为贵，虽然有点儿海屎在上面，这价钱可也不便宜。"

我身上钱根本不够，于是叹了口气，说："可惜，我这个人好全品，这海货我是不要的，你要真想卖，不如把里面这块骨香卖给我。"

那人脸色一变，赔笑道："那怎么成？您把这骨香买走了，我找谁买这香炉去啊？"

我看见那东西上面略有灰，知道肯定是放了很久都没卖出去。这种东西太冷门了，买下来不好转手，一般买来投资的人都不喜欢。乱世黄金，盛世古董，卖不出去的东西，店主自然也不会再花心思打理。我摇摇头，反正这东西我买了也没什么用，等一下我把那棺套拿出来给他看，他要是能联系到买主，这东西让他送给我也成，想着一笑说："那行，咱先不谈这个，我给你看样东西。"

说着，我就把玉棺套拿了出来，露出一个角给他看。这是不是行家，看表现就知道了。他一看脸色就变了，二话不说又把玉棺套塞了回去，然后起身把铺子的卷帘门拉了下来，把我那杯茶倒了，给我换了另一杯上来。我一闻，上等的铁观音啊，看来我算是上了一个档次了。

他擦了擦头上的汗，问："不知道这位手艺人怎么称呼啊？"

我一看，这人果然不是单纯的古董贩子，反应这么快，一眼就看出这东西是倒出来的，也不由得要表示一下，客气地一笑："敝人姓吴。老板怎么称呼？"那人说："您叫我老海就行了。那吴师傅，您这东西，打算出手，还是让我看看？"

我说："当然是出手，这东西，放在身边有点儿烫手。"

他在房间里来回走了几下，问："全不全？"

我点点头："一片都不会少你的，刚出锅，还热乎着呢。"

他坐下来，轻声说："吴师傅，我是个爽快人，我敢说您这东西，这整个英雄山就我敢收，不过这东西我再正儿八经地和您抬杠也没必要，宝贝是讲不来价的。您就和我说个心里话，多少肯放？我给您打个电话问问我朋友去。"

我想了一下，心说，怎么样也要来个一百万，大奎家里得给个三十万，潘子住院最起码也得二十万，胖子早就留了话，东西卖了钱给他汇过去，这样一个人也就分个十万多点儿，想起是自己用命搏回来的，不由得又觉得太少。不过三叔说了，倒斗就是这样的，不然为什么倒了一个又一个，你倒一个斗带出来的东西再珍贵，没人买还是垃圾，所以太好的东西他都不拿，拿了也卖不掉。

我估计着一百万差不多了，对老海做了个"一"的手势。他不由得一喜，我一看有点儿郁闷，难道报低了？他拿起电话，躲到角落里轻声打了个电话，打完后开心得脸都红了，说："成了！成了！吴师傅，您运气好，这东西还真有人等着要，这一百万不高，两百万不低，我给你报了个一百二十万，你看怎么样？"

我一听，心说，鬼知道你报了多少，说不定翻了一倍给人家报了过去，不过已经比我预计的多了二十万出来，心里还是很舒服的，笑道："那您那份儿，还是老规矩？”他笑了笑，说：“不瞒您说，那边已经多预备了点儿给我，这一百二十万您就收好，看您这一头的伤，这东西倒出来不容易。您要记得我的好，下次有这种东西，就别去别人家问了，直接送我这儿来，您要多少价，我都给您往上抬个百分之二十。要知道，我背后的主顾，可是大大地有钱，别人不敢收的东西，他都敢收。”他看我有点儿着急的样子，忙说，“您坐一会儿，我给您预备钱去，这一百二十万，别看我这铺子小，账上还不缺，我先垫给您。”

我一听，这口气还真大。俗话说得好，三十六行，古董为王，还真不假，看来这家伙手头上还是有点儿门道的，忙说：“等等，那这禁婆炉，您要不给我也折个价？我一并拿了去。”

那人“嘿”了一声，甩手道：“这个您喜欢就拿去，算我送您的。不瞒您说，这东西我收来就五块钱，刚才扯那么多那是套您呢。”

三个小时后，我怀揣巨款，心情好到天上去了，回酒店的时候，都不想正眼看那门卫。后面还有人议论，这小子是不是中了五百万？你看那眼睛笑得都睁不开了。我整理了一下钱，把所有的账先结了，又到医院给潘子交了一个月的代护费用，给胖子打了钱，然后郑重地把自己那一份，连同三叔欠我的，全部转到自己的卡里，心里总算舒坦了。

这接下来的几天，我找了个当地的漂亮导游，带我到济南各个地方都兜了一圈。不过我从杭州过来，人文景看多了，越看兴致越低，后来干脆找了个钓场钓鱼去了。

这几天是我这辈子活得最安逸的几天，不过人都有点儿贱，这一安逸，竟然又开始怀念起倒斗时的那种刺激了。

废话不多讲，如此悠闲的生活大概过了有个把星期，我从钓场回来，刚一进门，就听见电话在响。我在这个旅馆的电话只有三叔知道，以为他的事情弄出眉目了，忙接起来，一听，竟然是一个陌生男人，他第一句话就是：“你认不认识一个叫吴三省的人？”

我听他语气比较急，忙回道：“认识，怎么说？”

那人说道：“他失踪了。”

我一听就呆了，忙问：“那个，什么时候确认失踪的？”

那人说道：“他所在的船只与陆地失去联系已经十天了。你和他是什么关系？”

我说：“我是他侄子。”

他说道：“那你能不能尽快赶到海南来？”

第七章

女人

对方是一家规模很大的国际海洋资源开发公司。所谓海洋资源开发，其实就是根据对现存各种航线信息和史料记载进行的分析，来推断某些沉船的位置，并打捞沉船物资。

这种行为很像职业的海洋盗墓者，但又是合法的，因为在公海中发现的失事船只资源，有相当比例可以被寻获者合法继承。当然，其资源是否来自公海，根本无法考证。

这样的企业分两种：一种是打捞现代沉船，将尚未完全腐烂的船身解体拍卖，或者将获得的资源出售；二是打捞古代的沉船，将上面的古董出售给收藏家或博物馆。

这家企业属于后者，即以古代沉船为主要目标。他们有很多考古顾问，每个工程都需要大量考古和海洋方面的专家花两年或三年的时间来完成，而他们的所得也非常丰厚，所以拥有大量的先进仪器和船只。

三叔为了尽快找到那个海底墓穴，以担保的形式，向这个公司借用了设备与人员，并以这个公司的名义，派出了一支五人的临时考察队。

这本来是一桩很合算的买卖，没想到船开出去才五天，他们的后勤部门与考察队船只的联系就中断了。

他们一直等了四十八个小时，最后只好派人到失踪的海域搜索，结果一无所获。而失踪前三小时最后确定的信息是，三叔和其他两个考察员已经进入了海底古墓。

他们来找我的原因是，三叔在临出发前和他们说过，如果出现意外，可以打这个电话找我帮忙。

那个人在电话里说："现在我们还无法确认古墓里面的情况，不知道这三个人是生是死，所以我们准备再组织一支队伍进去看看。因为我们这里大部分人都是纸上谈兵搞理论的，所以希望有一个经验丰富的向导，最低限度，必须帮我们找到墓穴的确切位置。"

我听到他把"向导"两个字说得非常重，似乎是在暗示我他知道我的真正身份，不要想着有所保留，但是这件事情事关重大，我必须亲自去一次，只好行缓兵之计，道："你们那边具体什么情况我也不清楚，要不等我过来再说？"

对方说："好的，请你越快越好。"

我挂掉电话，决定马上出发，匆忙收拾了一下东西，便让酒店给我预订最早去海口的机票。我去过一次西沙，知道如果真正要到西沙群岛的范围，必须飞机、车、船三种交通工具交替上。

接下来的十几个小时，我马不停蹄地赶路，也没时间胡思乱想，只是不停地祈祷事情不要向最坏的方向发展。

第二天中午，飞机抵达海口，他们公司已经派了一辆车过来接我。

来接我的人姓刘，他告诉我，他们公司高层非常重视这件事，因为与三叔一起失踪的一个人是公司一位高层的公子，而这次的项目又是在中国南海实施，不能张扬，所以要寻找民间人士。

我一开始还没明白"民间人士"是怎么一回事，后来才想明白，不禁觉得好笑。不过这个刘师傅只是个普通司机，也不知道更多的细节。我和他聊了一会儿，却发现车竟然开到码头上了。

我感到莫名其妙，这个时候，一个中年人走过来，问："是不是吴先生？"

我点点头。他打开车门，说："请跟我来，船马上就要开了。"

我十分迷惑，问："船？开什么船？不是送我去宾馆吗？"

他摇摇头说："时间太紧急了，我们必须在七个小时内赶到那个地方，在十个小时内完成这个行动，不然那里就会进入半个月的风季，到时候没有海上支援，情况更麻烦。"

我一听他们自作主张，就觉得有点儿不舒服，不过事关三叔的老命，我也没别的选择，只好嘟囔了一声，背起行李跟他走。到了码头，他指了指一只非常老旧的七吨铁皮渔船说：“就是这里，我们这次的配船。”

我以为他在开玩笑。他无奈地解释道：“没有办法，我们在那一带的大规模搜索已经引起边防的注意了，不得不做一下伪装。你放心，船上的设备已经是最先进的了，航行绝对没有问题。”说着，船上就有人下来把我的行李接了过去。他用本地话和船上的渔民说了几句，然后和我握了握手，说：“船上的一切事务由宁小姐负责，她就在你后面。祝你好运！”

他们做事的效率太高，我还没有跟上节奏，他已经快步离开了。我转过头，正看见一个穿紧身潜水服的年轻短发女子正在打量着我。她看我傻站在那里，不由得失笑，招了招手，说道：“跟我来。”

第八章

变天了

我跟她进了船舱。里面放满了东西，一堆一堆的，几乎连站的地方都没有，看来他们准备得十分仓促，所有物资都还没来得及搬进货舱，就胡乱地扔在入口处。我边走边观察，发现主要是潜水设备、大型仪器、食物和绳子，其中氧气瓶占了大多数。

我们穿过这些货物，到了连接着机械室的后舱。这里横七竖八地摆着几张板床，上面铺着油黑发亮的毯子。其中一张床上坐着一个有点儿发福的秃顶中年人，满脸油光。看见我进来，他有些神经质地站起来和我握手，说道："幸会，幸会，鄙人姓张。"

我对这人的第一印象不好，不过出于礼貌，还是和他握了一下。他的手倒是非常有力，看样子以前从事过体力劳动。

宁小姐向我介绍说："张先生是我们公司特别请来的顾问，是专门研究明朝地宫的专家，这次主要负责这座海底地宫的分析。"

我对正统的考古界并无太多兴趣，也没有听说过他的名字，不过看他面露得意之色，只好说道："久仰。"

那秃头很夸张地摆了摆手，说："专家不敢当，大家一起研究研究而已，只不过我运气比较好，碰巧发表了几篇论文，小小成就，不提也罢。"

我从来没见过这样说话的，都不知道怎么接他的话，只好说："您过谦了。"

他很吃这一套，又用力地握了握我的手，问我：“不知道吴先生这次是以什么身份被请来的？恕我直言，似乎吴先生研究的学科比较冷门，或者是我孤陋寡闻了，我还从来没在考古杂志上见到过吴先生的大号。”

这几句话分明是想贬低我，也不知道是有心还是无意。我这个人脾气不好，听到这些几乎要发作，可一想到自己才上船不久，对环境还不熟悉，只好压住火气，没好气地说道：“我专攻挖土的。”

我的语气已经很不善了，可他竟然没听出来，“哦”了一声：“您是建筑师？难怪，原来不是一个圈子里的，不过我们也算是半个同行，你盖活人的房子，我研究死人的房子，我们还是有交集的嘛。”

我一听哭笑不得，看来这人说话虽然不靠谱，但也不算是那种阳奉阴违的人，便拍了拍他，说道：“我不是建筑师，我是挖掘工人，你研究的死人房子，要我先挖出来才行。”

说完这话我就有点儿后悔。我本来还没答应他们要亲自下斗去，现在那边的情况不明，凡事还要等我实际看了再说，想了想又补充道：“不过到时候挖不挖，还要看情况，如果情况不允许，想挖都挖不了。”

他没听出我的弦外之音，还一个劲儿地给我递名片，说什么多一个朋友多一条路，以后去北方有什么事情可以找他帮忙。我看他和我见面不到两分钟就搞得像有十几年交情一样，估计再聊下去就要去结拜了，忙岔开话题，向那女人打听出事海域的情况。

那个女的相当干练，她把几个事情一列，我就知道了个大概。

原来三叔当时也无法确定那个海底墓穴的具体方位，他只找出了四个有可能的区域，一个一个去找。后来肯定是找到了，但是失踪船的最后一次报告比较简短，并没有提到他们最后确认的海域是哪一个，所以现在我们也得一个一个找过去。

他们的计划是从离最近的仙女礁开始找起，然后到永兴岛补给一些物资，再到七连屿附近的其他三个海域去，中途停留不超过半个小时。至于寻找的办法，西沙的海水非常清澈，光线好的情况下目视入水可达三十多米深，而且海底水流活动频繁，没有流动性很强的海沙，所以几天前的盗洞应该不会被掩盖住。

这艘船的船老大本身对那几片海域也非常熟悉，我们这些外行人在水面上看到的水底都是一个样子的，但是在他眼里，每片水域的水底都有自己的特色，只要海底地势发生一些变化，他就能看出来。

我从那个女人的谈话中发现，她对水底的三个人仍旧活着有很大的信心。我不明白她这种信心是从哪里来的。当然，我也希望借她吉言，三叔在海斗中一切平安。

那个张秃头看我和那女人谈得投机，把他一个人撂在一边，大概有点儿不爽，自顾自睡觉去了。这个人已到中年，脾气还像小孩子一样，让人不由得想笑。真是一百年不死都有新闻，不知道以后的相处会不会融洽。

正想着，船突然一震，后面的船老大起锚开船了。船剧烈地晃动起来，因为是老旧的船，不仅仅是左右摇晃，还有一种不规则的前后摇摆，好像置身在摇篮里一样。我在经历十几个小时的舟车劳顿之后，被它这么一晃，倦意袭来，就打起了哈欠。那女人十分知趣，就让我好好休息。我也就不客气了，的确是累了，躺下就睡着了。

我醒来的时候，船已经行驶到海中央。我透过窗向外面望去，发现一个囫囵觉的工夫，外面已经变天了，整个大海好像一下变成了墨绿色，太阳消失在大片的乌云里，光线透过那些云块的缝隙照射下来，在天上形成了一幅巨大的金丝版画，同时也在海面上洒下一片片金鳞，上下交相辉映，十分壮观。

不过好景不长，乌云很快便连成一片，挡住了所有的阳光，大海一下子变成了骇人的黑色。海浪翻滚起来，船随浪摆，当位于浪谷的时候，海水在船舷的上面，仿佛马上就要将船吞掉，非常恐怖。

我看到船夫们紧张地跑来跑去，加固固定物资的网绳。虽然天气变化来得非常快，但是船老大的脸上并没有畏惧的神色。

我在城市里待惯了，看到这种情景只觉得兴奋异常，便跑去甲板帮忙。我上去之后才知道根本不是想的那样，现在这种情况要在甲板上站稳，不是反应快就可以，必须非常熟悉海浪和船，知道这次倾斜之后下次倾斜是在什么时候，事先要做好准备。显然我没有那么高的水平，走了几步后，不得不抱住一块突出的铁环。

这个时候，有几个船员好像看见了什么东西，开始叫起来。我听不懂闽南话，顺着他们的手指望去，隐隐约约看到船的左侧高起的海浪后面好像有什么东西。

因为距离比较远，看不太清楚，只觉得有可能是一艘船。这个时候，那个女人从我身后走过，我就问她这些人在叫唤什么。

她身上、头发都是湿的，被风吹得乱甩。她仔细听了一下，说："他们好像看到了一艘船。"

船老大走到我们身边，用半生不熟的普通话说："那边好像有艘船出了事故，按照规矩，我们必须过去看看。”

这样做当然无可厚非，那女人点点头。船老大对他那些伙计用本地话很快发布了一系列指令，船马上一个满舵转了方向，向左边开去。

风浪中的海就像丘陵，每个浪头都是一座山，我们的船迎着浪头冲了过去，而后破浪而过，每破一次，船上的人就洗一次海水浴，全身湿了不知道多少次。我从来没有这么亢奋过，忍不住想大叫几声。

我们一连破了十几个浪头，终于可以看清楚那东西的大概轮廓了。

这个时候，我听到船老大惊恐地大叫了一声，随即好几个船员都惊慌起来。我忙问那女人又出了什么事，她一听之后突然脸色大变，一把抓住我的手说：“千万别回头看，那是条鬼船！”

第九章

鬼船

我看到所有的人都慌张地把头转过去，不去看那只破船，也不知道发生了什么事情。在这种形势不明了的情况下，我也不敢自作主张，忙学他们的样子背过身子。那女的颤抖着对我说："不管发生什么情况，都不要转过头去。就算有什么东西碰你，你也要当不知道。"

我一听，冷汗就下来了，问："你别吓唬我，这里会有什么东西碰我？"

她白了我一眼，轻声说："你不信也没用，等一下就知道了，现在快把头转过去！"

我看她说得这么邪，又看到其他船员那种惶恐的样子，好像不是在吓唬我，就轻声问："你总得告诉我，那到底是什么东西吧？"

那女的做了个不要说话的手势，说："闭嘴！这是冤死鬼索命来了。"

她越这样说，我就越觉得害怕，脖子不由自主地就想转过去看看，忙捏了自己大腿一把，脖子上的肌肉绷得就像打了石膏一样。

那船在风浪里摇得很厉害，船上的甲板还在吱吱作响，听上去快散架了。我用手抓住船舷上的两个铁环，屁股死死地顶住船舷，但上半身还是不停地在晃动，偏偏脖子又不能动，就像一个不倒翁一样晃来晃去，有几次几乎被甩得要脱手了。

这个时候，我已经可以听到那所谓鬼船上传来的声音，"咯吱咯吱"的，好像有人在甲板上走动。我身上已经被海水打湿了，加上自己的冷汗，非常不舒服。我忍不住轻声问那个女人："怎么好像有人在甲板上走？你刚才有没有看错？"

她很害怕，努了努嘴巴。我顺着她的嘴巴看去，原来船舱的玻璃上清晰地映出了身后的情况。一艘和我们规模差不多的渔船，正在我们身后摇曳，离我们越来越近，我看得也越来越清楚。很快我就看见，那船上面有一层白色的棉花一样的海锈，看厚度，肯定在海里泡过几十年了。真想不通这样的船怎么还可能浮在海面上，而且上面还亮着灯。

那些小说里出现的幽灵船都是那种非常破败的，基本上还是能航行的船，但是这一艘肯定已经完全报废了，看样子就像从海底开上来的一样。我脑子转得很快，回忆了一下我看到过的关于幽灵船的报道，好像都没有提到这种样子的船。

那船越开越近，我隐约觉得苗头不对，轻声说："宁小姐，这样也不是办法，那鬼船看样子打算撞过来啊。你要不叫船老大开足马力溜吧！"

只见她头发全贴在脸上，也没想去拨一下，轻声说："要逃的时候船老大自己会逃，这两艘船吨位差不多，它撞过来也不怕。你拉紧了，可别掉下去。"

她说话的语气，我也听不出来是提醒我还是讽刺我，我说："就怕等一下他跳船跑了，你可拿他没办法。"

"你少在这里挑拨离间，这渔船就是他们渔民的命，他死也不会离开船的！"那女的有点儿火了，"你要是再废话，我就把你推下去！"

我一听这么凶，也不好再说话，集中注意力看着那玻璃上的鬼船。我估计以它的速度，撞击的时候也不会造成多大的震动（后来知道这是傻×想法），心里渐渐平静下来。

那船越来越近，我可以清晰地看到，船上什么东西都没有。我本来还以为会看到一些恐怖的景象，不由得松了口气。那船航行得很快，几乎就要贴到我们的船了，我眼睛一闭，一咬牙，准备硬顶一下那撞击。

只是一瞬间，后面的声音突然就消失了。我等了有十几秒，估计就算它想撞十次都撞完了，可还是没有什么动静传过来，不由得觉得奇怪。这个时候，我又听到那甲板上"咯吱咯吱"的声音从背后传过来。我心里有点儿发慌，偷偷眯着一只眼，去看船舱的玻璃。那只鬼船已经并排和我们靠在一起了，我的背后什么都没有。

我松了口气，看了看边上，只见我旁边那个女的和我一样看着那船舱的玻璃，已经吓得呆住了。我觉得好像有什么不对劲儿，仔细一看，只见她的肩膀上搭着两只干枯的手。

第十章

枯手

那两只干枯的手显然是人手，不过已经收缩成枯柴状，贴在那女的身上。这样的情景，就算看着也觉得毛骨悚然。我不知道她现在是什么感觉，只觉得自己的背上不停地冒冷汗。

那两只手也没有进一步的动作，只是无力地垂在那里，好像是她衣服上的装饰一样。我想看看那手是从哪里伸过来的，便顺着手臂望上去，但是她的头发太乱了，蓬蓬着，看不清楚。

那女的显然非常恐惧，浑身抖得厉害。如果是普通的女人，恐怕早就晕过去了。我看她的身子发软，估计也已经到了极限。

那船老大背对我们跪着，一边磕头一边嘴里念着什么。我听不懂他们的方言，但是也能猜出来，他可能在进行某种仪式，估计是在求妈祖保佑。他念了几声，就拿出两块奇怪的半圆木片，往甲板上扔，好像是在求签一样。他扔了一次，看了看结果，又叩了几个头，拿起来再扔。我看到他浑身都抖了起来，大概问出来的结果不太理想。

我对这种迷信仪式一向是不相信的，但是看到船老大这么虔诚的样子，心里有点儿担心。他们非常讲究这套东西，如果求签的结果说我是一个恶鬼，估计他们会毫不犹豫地把我扔到海里去。

就在这个时候，那个女的突然一声惊呼，整个人往后一缩，也不知道是没抓稳还是被那鬼手拖了一下，竟然一下子就翻进鬼船里去了。这下不得了，那鬼船一下子就漂了开去。我一看不好，也不管什么回头不回头了，转身就想跳过去救她。那船老大从后面冲过来一把把我抱住，说："没办法了！掉到鬼船里就救不回来了，不要去送死！"

那船老大力气很大，我甩不开他，其他人不知道着了什么魔，竟然还是不敢转过头去。我心里直骂。这个时候，那个张秃头不知道从哪里跑出来，扯起船上的锚，用力一甩，把锚甩到了鬼船上，钩住了船舷。那鬼船行得飞快，一下就把锚缆拉成直线。我们的船一震，硬生生地被扯了过去。

那船老大吓得魂不附体，抽出一把刀就去砍缆绳，被那张秃头一拳打翻在地，其他船员毛了，一个个扑了上来。那张秃头竟然拔出一把手枪，一把把船老大架住，大叫："别动，不然我杀了他！"

那几个船员没见过这种场面，这一嗓子竟然没人敢上来了。那张秃头又对我说道："小吴，我已经把他们控制住了，你快去救人！"

我张大嘴巴，怀疑自己是不是听错了，这样的惊涛骇浪，难道要我游过去？他还想当然地瞪了我一眼，指了指那根缆绳，吼道："快去！年轻人要勇敢点儿！"

我摇摇头。这太可笑了，体育本来就是我的弱项，游过去基本上就是送死，如果爬那根缆绳，估计就算我爬得到也是剩下一口气了，还怎么救人。

这个时候，我听到宁小姐在鬼船上尖叫起来，她拼命想爬到那根缆绳上面，但是好像被什么东西拖住了一样，没办法前进，只好用两只手死死地抓住船舷，朝我大叫："吴先生！救救我！"

我听得心头一惊，猛拍了自己一巴掌，大骂："吴邪啊吴邪，你还是不是男人！"

这一巴掌我也不知道是把自己拍醒了还是拍蒙了，突然就血气上涌，咬牙大叫："死就死了！"

我深吸一口气，先拿起一边的泳镜戴上，然后脱掉鞋子，走到船舷边上，笨拙地抓住那根绷得很紧的缆绳，只见前面是波涛汹涌，那绳子还不时淹到水里去。那根缆绳大概有十二米长，绝对结实，如果手脚快一点儿，也不是很危险，主要的麻烦是在绳子上会被浪打下去。想到这里，我的心里也稍微活动了一下。

从小到大，我从来没遇到过这么难下决心的事情，屁股在那船舷上拱来拱去好久，才慢慢爬出去第一步。我按照记忆里电视上那些特种兵的方法，倒挂在绳上，四肢并用，一边爬一边祈祷，还没等我张开嘴巴，一个浪头过来，直接把我淹到水里去了，等我探出头，脸都憋绿了。不过这样一来，我对这海浪的劲头也有了一个了解，心里豁然，估计爬到那边应该没问题。

就这样，我在有浪打过来的时候就不动，等头露出水面就爬几步，也不知道过了多久，我已经很靠近那艘鬼船了。这个时候，一个巨大的浪打过来，我整个身子沉到了水下。这一下，我几乎被压到了一米多深，人都有点儿被拍蒙了。我憋住呼吸睁开眼睛一看，突然看到了一幅奇特的景象，只见那艘鬼船的船底有一根长满海锈的链条，很长。离奇的是，那链条末端有一块奇怪的东西，在很深的水底，看不清楚。

我吐出一口气，正准备仔细看一看，突然那缆绳一抬，我就出了水。这一下我在浪尖上，往下一看，看见宁小姐面朝上，正在用一种奇怪的姿势往鬼船的船舱里爬。我一看就吓呆了，拖着她前进的，不是她自己的手，而是那两只干枯的鬼手。

我看她一动也不动，好像失去了知觉，我别无选择，只好手脚一起发力，爬了过去，然后一个翻身摔进鬼船里，倒在甲板上。

第十一章

甲板

那甲板经过多年海水腐蚀，已经不堪重负，压上我这八十公斤的体重，马上发出一声咯吱，似乎就要断裂，但是我也顾不了这么多，忙去看宁小姐怎么样了。

她半个身子已经被拖入黑洞洞的船舱，我一看就急了，自己身上一没有任何照明设备，二没有利器在手，一旦被拖进去，生死真的很难料。

我一个打滚翻过去，抓住她的腿，使出吃奶的力气扯了几下，发现她纹丝不动，而且她身上穿的是紧身的潜水衣服，不仅没有可以拉的地方，沾上海水还滑得要命，力气只能用上百分之八十。

我一看这样下去，这个宁小姐肯定完蛋，一时间也想不出好的办法，急起来，就扑到她身上，一把抱住她的腰。这样我们两个人的重量加起来最起码有一百三十多公斤，我看这两只蜡杆一样的手怎么拉！

没想到这甲板已经到了临界，我刚压上去，嘎嘣一声，整个就塌了。不过是眨眼的工夫，我就随着大量腐朽潮湿的木片，结结实实地掉进了黑洞洞的船舱里。

这一下摔得够呛，我晃晃悠悠地坐起来，心里不由得苦笑，刚才是拼命不想进船舱，现在反倒进来得这么爽快。这个时候，就听见宁小姐在下面叫：“快起来，你压死我了！”

我发现自己正坐在她的屁股上，赶忙让开，心说这可好，以前看偶像剧，都是女人坐在男人身上，现在反而倒过来了。宁小姐吃力地撑着腰坐起来，她肩膀上的手已经不见了。我一惊，忙问："那两只鬼手跑哪里去了？"

她一摸肩膀，惊讶道："我也不知道，一掉到这船上来我就迷迷糊糊的，也不知道什么时候没了。你没看见吗？"

我摇摇头："刚才掉下来的时候情况太混乱，我也没注意。不过那两只手能拖着个大活人走，肯定不是幻觉，是实在的东西，不可能凭空消失，肯定是刚才掉下来的时候撞掉了，你看看你身下有没有。"

这话一出，宁小姐吓得脸色一白，忙抬起屁股看，但她身子下面除了木片什么都没有。我说："可能掉下来的时候被扯掉了，它还抓着那舱口的台阶，你这么突然往下一掉，它来不及撒手，可能还留在上面。"

她点点头，觉得有道理，说："也不知道它把我拉过来是什么企图，我觉得还是要多加小心。"

我们两个人各自察看了一下四周，因为那甲板上破了一个大洞，所以照得还算通透。这船舱的内壁上也有厚厚的白色海锈，几乎把所有的东西都盖住了。我们剥开一些，可以看到一些一般航行用的物品，不过基本上都已经腐烂得只剩下形状。

看这船舱的规模结构，应该是二十世纪七八十年代比较中型的渔船，铁皮的船身，舱室空间很大，中间有木板隔着，应该是分成了船员的休息室、船老大的房间、货物舱，我们现在的位置应该在货物舱里，不过看剥出来的东西，这艘船肯定不是在载货途中沉没的。

这船的龙骨应该还没有被完全腐蚀，所以还有一定的续航能力，不然在这么大的风浪中，早就被冲得解体了。

宁小姐看得直摇头，说："我其实也算是很了解船的，但是这船的情况太不符合情理——这么厚的海锈，照理说在海底最起码也该有个几十年了。"

我问："有没有可能是大的风暴把它从海底卷上来了？"

她回答道："这样的可能性很小。几十年的沉船，早就应该深埋在海沙里了，就算用起重机去吊也很难吊起来，而且它的船身很脆，一不小心就可能被扯散了架。"

她说的我也想到了，但是我还有一点想不通，这船既然当初沉了下去，现在怎么还能浮在水上？就算有人把它捞了上来，它的船体上肯定还有遇险时留下的破洞，难道这洞还能自己补上不成？

我看这里也瞧不出什么名堂，那两只手也不见了踪影，稍微放下心来，拍了拍身上的木片站起来，招呼宁小姐往舱里面走。那两个舱之间都是用木板隔着，现在已经烂得千疮百孔，我想直接把板子踢掉，宁小姐阻止我说："这木板上面连着甲板，你再用力，恐怕整个甲板都要掉下来。"

我心说，要是整个甲板都掉下来就好了，那光线照进来，心里也不会发慌。

有了鲁王宫的经验，我对很多事情都有了比较深刻的认识，特别是几次徘徊在生死边缘之后，应变能力增强了不少，所以我在这鬼船上，虽然神经还是绷得很紧，但是绝对没到脑子被吓得无法思考的程度。

那隔板上还正儿八经地装了一扇门，我不知道是推还是拉的，先试着一拉，那把手就和半块门板一起被拔了出来。我看看宁小姐，说："这不是和拆整块板子差不多？"

她不理我，往那黑漆漆的大门洞里看了一眼。这宁小姐的胆子应该算大的了，不过经历了刚才那种事情，我估计她也不敢贸然进去，就对她说："里面光线不够，如果要进去，还是直接再在甲板上开个天窗借点儿光比较好，免得进去了又被什么东西搭上。"

我知道这句话说了肯定有用，果然，她一犹豫，我暗笑一声，上前掰了几下，就把整块板子几乎掰了下来。这里面的舱室有一块大的床板架子，是铁做的，所以还在，床板已经烂光了，看陈设应该是船工待的地方。我看到这个舱室的角落里放着一只铁橱，还关得很好，上前去拉了一下，有些松动。

在这种船上很难找到文字记录，现在的船老大还必须天天写航行日志，那个时候识字的人本就不多，所以我也没指望找到什么有用的东西。等打开那个铁橱，我不由得吃了一惊，里面竟然有一只老旧的防水袋。我打开袋子，从里面掉出一本几乎要散架的笔记本。我一看，封面上写了几个字：西沙碗礁考古记录。

我翻开扉页，上面是很娟秀的几个字——1984年7月，吴三省赠陈文锦。

第十二章

三叔的誓言

看到这几个字，我几乎惊讶得眼珠子都要掉出来了。吴三省和陈文锦，这不是三叔和文锦的全名吗？难道这笔记本是他们当年留下来的？但是这种东西怎么会在鬼船上出现呢？

如果说这鬼船沉没之前，船上碰巧也有两个人，一个叫吴三省，一个叫陈文锦，这两个人又碰巧也是做考古工作的，又碰巧也到西沙碗礁来考古，这样的巧合发生的概率，恐怕够我中好几个五百万了。

我想了一下，似乎不用考虑太多，这本笔记本没有别的解释，毫无疑问应该是三叔他们留下的东西。而且，看上面的署名，这本笔记本应该是三叔当年送给文锦，而文锦则用来作为记录碗礁考古日常进度的日志，笔记本的主人应该就是文锦。

那这艘鬼船就和三叔他们当年的考古活动有关，甚至可能就是当时没有按时回来的那只中型渔船。

我稍微思考了片刻，无数问号涌到我的大脑里，开始觉得头痛欲裂。

这些事情真正的奥妙，恐怕只有当事人才会知道。我现在所知道的皮毛，全都是这些事情最表面的东西，似乎还缺少一个把这些都连起来的核心。如果三叔那老狐狸能老老实实地把所有事情告诉我，恐怕我现在已经可以大概知道整件事情的关键所在了。

或者这本笔记本里的内容能给我什么提示。我本来想先把这个东西藏起来，等到没人的时候再看，但是强烈的好奇心使我实在无法忍受，想着反正宁小姐迟早会知道这件事，没有必要搞得这么神秘，也不避忌她，直接就翻看起来。

文锦是个做事情很认真的人，每天的记录她都用相同的格式，列得清清楚楚。我看到第一页就是他们出发的第一天，7月15日，上面列出了一个名单，领队果然是吴三省，那个闷油瓶叫什么？我想起三叔好像提过他姓张，一找，果然有一个人叫张起灵，难道就是他？

再一翻，前面主要的内容都是找到并确定海斗具体位置的经过，只是比三叔说得更加详细，连绳子的种类，还有推理的过程都写了出来，真的和三叔这个大老粗完全不同，真想不通他们两个人怎么能走到一起。不过，这些内容我没有必要再看一遍，直接翻到最后，结果我一看就傻了。

其实不用看最后的内容，只看最后几条标题的记录，就够我惊讶的了，同时也将三叔那个王八蛋骂了一百遍。

只见上面写着：7月21日，第一次进海底墓穴。

人员：吴三省。

进度：清理左右耳室和甬道，准备清理后室。

工作：使用气泵对墓室进行换气，准备长时间清理。

出水文物：金丝木双凤雕子棺（婴儿棺）。

备注：出现紧急事件，详细记录待补。

然后下面就只有一条记录：7月23日，第二次进海底墓穴。

人员：全部成员。

进度：无。

工作：躲避夏季风暴。

出水文物：无。

备注：无。

原来，三叔在带他们进去之前，自己已经进去过一次。以他的土匪秉性，肯定顺了很多东西出来。她在这里写的只进行了左右耳室和甬道的清理，谁知道他有没有开后室，说不定棺材里的东西他都已经摸过一遍了。这只老狐狸到底第一次进去时做了什么？我不由得恨得牙痒。

我粗略地看了一遍，里面应该还有很多有用但不关键的记录，现在没有必要看得那么仔细。我将它收好放回防水袋里，回头看宁小姐的反应，谁知道她好像根本没注意我，只是拼命地在剥船长室那块隔板上的海锈。

她动作很迅速，简直不像是在剥，而是在砸，很快，那半块板子已经被她清理了出来，我已经看到那些海锈里面包的竟然是钢。她一路剥下去，一直到船身和隔板的连接处。我发现这块隔板四周是和船身焊在一起的，似乎非常结实，而且那上面的门也是钢的，上面有一个汽车方向盘一样的旋转密封锁。

宁小姐一边剥还一边在那里自言自语，好像是在说："不要怕，不要怕，我马上放你出来。"

听到这话我感觉有点儿不对劲儿，才发现她有点儿不正常。只见她利索地把那钢门边上的海锈都清理掉，我一看，那门与框之间还有一层橡胶，这里面的舱，似乎是密封的。她清理完这些以后，就拼命地去转那个旋转密封锁，可是她的力气远远不够，这个锁本身就非常沉重，加上里面全是海锈，不是那些力气极大的水手，根本打不开。她用力转了几下，一点儿反应也没有。

我心里觉得有点儿不妥，对她说："里面的东西可能没浸过水，我们还是不要把它打开为好，万一里面有个什么怪物，我们身上什么武器都没有，肯定得交待在这里。"

她根本不理我，还是拼命地去转，我摇摇头。这个女人真的是不可理喻，我对她完全失去了好感。

接下来的几分钟，我双手叉腰，看她在那里白费力气，心里也觉得比较解气。这时，她转过身子看着我，我以为她开窍了，谁知道她突然发出一声怪叫，人往后仰去，头发里闪电般伸出两只枯手，抓住那旋转密封锁就开始发力。那怪手力气极大，我马上听到了里面海锈碎裂的声音。

我吓得头皮发麻，几乎就要坐在地上。这种景象简直匪夷所思到了极点，难怪那怪手不见了，原来藏到她头发里去了。那刚才和我说话的到底是鬼还是人？

这时候，那旋转密封锁已经松动了，那枯手连转几圈，正准备把那钢门拉开，突然里面一声巨响，从门里冲出大量的水，那门就直接被水撞了开来，猛地撞在宁小姐后背上，竟然把她撞得飞起来，一下子把我扑倒在地。我知道大事不妙，刚想把她推开逃命，那海水就劈头冲了过来，直接把我们两个冲出去五六丈远。我勉强抬起头，正看见一张长满鳞片的巨脸从那门后面探出来，直直地盯着我。

第十三章

海猴子

这张狰狞的巨脸几乎比我的脑袋大四五圈，它的身体还躲在那铁门后面，不知道到底是个多大的东西。从甲板的破洞里照过来的光线并不十分明亮，我无法看清楚它的五官，也不知道是鬼还是什么动物，只觉得这张脸鬼气森森，说不出的诡异。

我就这样呆呆地看着它，浑身从头皮麻到脚后跟，吓得几乎连呼吸都停了，没想到两条腿也开始不争气，竟然软得像面条一样。我艰难地往后退了几步，随即想到宁小姐还躺在地上。这女人虽然不是什么好东西，但见死不救也不是我的作风。

我把她翻过来，发现那两只枯手又不见了，不过现在我也管不了那么多，如果水再涨上来，她的头浸在水里就会淹死的。我把手插在她的腋下，拉着她慢慢往后挪去。在船舱的另一头肯定有通到甲板上的楼梯，只要把她拖上甲板，要么跳海，要么求救，选择就多了。

我一边迈着发抖的腿，一边在心里默念："冷静，冷静，遇到这种情况越要冷静。"然后一点点地向后挪去，眼睛一直不敢离开那张脸。

那怪物幽幽地看着我，一动也不动。一时间只听到哗哗的水声，如果它做出点儿什么动作，比如转转脑袋、张张嘴巴，我可能还觉得轻松点儿。可是它两只眼睛就那么直勾勾地盯着我，看得我越来越发怵，心说，这也太不正常了，不过既然你现在不动，那就一直不动下去好了，可不要等到我快到楼梯口的时候再扑上来。

我想着，干脆不去看它，低头加快了速度，几下就把宁小姐拖到了楼梯口，一看，傻了，楼梯已经烂得只剩下个架子，我一个人也不知道能不能爬上去，更不要说这里还有个半死不活的女人。我看到那楼梯还有几根铁架子横在那里，就拉起她的一只手，试着爬了一下，结果一踩就断，已经烂得像泥巴一样了。

这下很棘手，我回头望望，幸好这怪物非常有耐心，还在那里待着，现在我在阴暗处，和它之间有个光源（甲板的破洞），所以我只朦胧地看到一个轮廓。这下我心安了不少，先把宁小姐靠在墙上，然后咬了咬牙，用力一跃，想自己先爬上去再说。

可怜我两只手虽然修长，但是一点儿力气也没有，失败了两次，不仅没爬上去，嘴巴还磕了一下，疼得眼泪都出来了，心里非常懊恼，在那里想了半天也想不出办法来。我习惯性地转头，想看那怪物还在不在，不转头还好，一转头就看到一只巨大的东西不知道什么时候已经站在我的身后，我几乎和它脸对脸碰上，吓得我失声大叫起来。

如果你突然回头，看到一个人悄无声息地站在你背后，这已经够恐怖的了，现在看到这么一张狰狞的面孔，那种恐惧简直无法表达出来。我大叫的同时，人已经不由自主地往后退去，一下贴到舱壁上。

这个时候，我已经看清楚这东西的样子了，脑子里闪电般想起一件事。小时候我听一个沿海的同学说过，他们村里有一个渔户有一次打到一只奇怪的东西，长得像个人，但是满身都是鳞片，拉回村里一看，没人知道是什么。后来他们叫来村里一个上了岁数的老头儿，这老头儿一看，吓得几乎背过气去，大叫："快把它放了！这是只海猴子，等一下其他海猴子找上来，要出大事情！"

可那渔户一听这东西这么珍贵，就动了歪脑筋，想把它养起来卖到城里，就表面上对村里人说放了，其实把它藏到自己家里去了。结果第二天那渔户全家都失踪了，村里人觉得不妙，找了整整两天，终于在海边一片悬崖底下，发现了渔户老婆的尸体，肚子都给剖了开来，内脏都被吃空了。

那老头儿看到后就说是其他海猴子上来报仇了，就叫了一个风水先生，在海边摆了个供台，放了很多猪头、羊头，做了好几天的法事才罢休。

我那同学还把海猴子的样子画给我看，他平时就很会画这些东西，画得极其逼真，当时就给我幼小的心灵造成了很大的冲击，几天没睡好觉。我对这东西的印象很深，现在看到马上就想了起来，只是没想到这所谓的海猴子个头这么大。

记忆一闪而过，那怪物并没做出任何动作，只是很有兴趣地盯着那靠在舱壁上的女人，嘴巴里竟然流下口水来。幸好宁小姐没醒，不然恐怕要吓得大小便失禁。

我稍微冷静下来，按了按背后的舱壁，也是那种很脆的已经腐朽的木板子。这个时候，我已经有了一个计划，只要我用力往后一靠，就肯定能把舱壁靠出个洞来，那样如果那海猴子扑过来，我也有地方能退一下。只是那舱壁里头已经是船尾了，里面应该有很多机械设备，不知道能不能找到什么东西可以当武器。

我正在胡思乱想，突然听到甲板发出几声“咯吱”，似乎又有一个人上了这艘船，正疑惑着，就看见张秃头从甲板的裂口跳了下来。这阿呆刚着地就举起手枪，先警惕地看了看那铁门，然后转过来，顿时吓得大叫：“我的妈呀！”

那怪物听到叫声，一转头就看见了他，突然发出一声极其凄厉的叫声，一矮身就扑了过来。那张秃头的应变能力倒是非常了得，马上反应过来，往地上一趴躲过了第一击，“咔嗒”一下，拉起枪栓就是一枪。那怪物发出一声闷哼，肩膀上已经被打开了花，疼得一下跳到舱壁上。张秃头又胡乱开了几枪，子弹几乎全打在我脑袋边上，吓得我一缩脖子。

海猴子非常机灵，一看这枪似乎很厉害，不敢再扑上去，佯装扑了一下，然后几个闪电般的连蹦，越过张秃头，直接窜回那个铁门处。

张秃头枪跟着它扫，把舱壁上扫出一排弹孔，马上水就涌了进来。这下水位上升得更快了。他杀心很重，两枪将那铁门的两个门轴打烂，然后上去一脚把门踢开。我跟在他后面跑过去一看，只见船底有一个窟窿正在不停地往里进水，那怪物正用力想钻进去。我一看这洞就知道，这必然是当年出事时的破口，就是这个口子导致了这艘船沉没，不过现在已经被大量的海锈堵得只有碗口大了。那怪物力气极大，张秃头刚端起枪，它已经一头撞破一个可以容它通过的口子，然后一个猛子就扎了下去。

张秃头还是不甘心，对着水里又扫了几枪。这个时候，整个船身发出要断裂的呻吟声。我一看，水已经没到膝盖了。这个地方再也不能久留，得马上离开。那张秃头跑回去摇了摇那女人，叫了几声：“宁，宁！”看她没反应，他便背起她，一脚踩在我背上，利索地翻了上去。他那一脚几乎把我踩得吐血，腰就像折了一样。那张秃头在上面蹲下，对我伸出手，把我拉了上来。

第十四章

永兴岛

我刚翻到甲板上，这鬼船就发出一声凄厉的扭曲声，好像某个巨大的部分变形了。我看到这船前后变得不在同一个水平面上了，心说不好，忙看了一眼船舱，果然是龙骨断了。

龙骨一断，船身必然会开裂。这么一艘船，一个裂口就已经非常致命了，那水几乎是飞一样进来，估计用不了五分钟，这船就彻底没顶了。

那张秃头紧张得脸色发白，说道："我们的船来了，我们快点儿离开这里再说。"

我回头一看，我们坐的那只渔船已经跟得很近，但是还没有靠上来。船上船老大挥着手，大叫："你们怎么样？"

张秃头背起那个女人，对着那渔船招了招手，那渔船上欢呼起来，然后发动机器向我们靠了过来。船上面几个渔夫在那里兴奋地大叫，真想不明白他们刚才还吓得像团泥，这些单纯的渔民果然和我们不一样。

那鬼船因为进水，速度已经慢了下来。我们的船靠过来之后，有几个渔民跳了过来，看表情还是很害怕。他们手忙脚乱地把那女人抱回船上，然后赶紧把锚搬回来。那个船老大大叫："开船！开船！我们快离开这个鬼地方！"

船老大让我们把那个女的放到地上，示意我扶住她，然后将她的头发撩了起来。

我已经做好了心理准备，但是看到那东西的时候，还是吸了口冷气。只见她那头发里面蜷曲着两只枯手，现在看来，这两只手也并不是很长，皮肤都已经有点儿石化了，末端长在一团肉瘤的下面，最恶心的是，肉瘤上竟然还隐约长了一张小小的人脸，那脸不知道通过什么原理，紧紧地吸在她的后脑上。

船老大看到那张小小的人脸后表情凝重起来，先是给那个东西磕了几个头，然后从口袋里掏出一把什么东西，就撒在那小脸上。那小脸突然尖叫一声，扭曲起来。他马上抽出一把刀，小心但迅速地插到肉瘤和头皮的中间，把那肉瘤挑了起来，然后用力一扯，扯了下来。

那东西掉到地上，扭来扭去，吓得边上看的人都往后退了好几步。几秒钟的时间，那肉瘤就融化成一团糨糊一样的东西，顺着甲板上的缝流了下去。我从来没见过这东西，问："这是？"

他把刀放到海水里洗了一下，轻声说："这是人面臁，是那艘鬼船上的冤魂，用牛毛撒在上面就行了。"

我看船老大的表情就知道，他已经对自己当初接下这个生意感到后悔了，嘴巴里一直嘟囔着什么，检查完那女的头发里再没其他东西后，就招呼手下往后舱里走。不一会儿，船就开动了。

这个时候，海面已经平静下来，天上的黑云虽然还在，但是已经分割成一小块一小块，阳光从云的缝隙里照射下来，天空显得非常魔幻，看样子这骇人的风暴总算是熬过去了。

我们把那女人安顿好，船老大就爬到船的顶篷上，我知道他要去看着四周的海面，那海猴子报复性极其强，不知道会不会跟着我们找机会报复。不过西沙的水很清，光线好的时候能见度有四十多米，如果有东西跟着我们，肯定一眼就能看见，所以我也并不是很担心会有这种事情发生。

这些人忙碌起来，都不理我，开始跑来跑去。我因为刚才体力消耗得厉害，现在人一静下来，就昏昏欲睡了。我找了块比较软的地方靠下来睡了一会儿，醒来的时候，发现太阳已经西下，船正贴着一个岛的海岸行驶。我看到非常漂亮的白色沙滩，就是沙子看上去比较粗，可能踩上去并不舒服，而我们前面就是一个码头。看样子像是要靠岸。

我一直以为会直接到下一个探点去，没想到还有靠岸的机会，随口问了一句："我们现在要去什么地方？"

旁边一个人回答说："我们去永兴岛，接几个人。"

我转过头，看见那女人就坐在我边上，脸色已经恢复过来，似乎也是刚刚醒过来的样子。我对女人没什么抵抗力，看她病恹恹的样子觉得还真是有点儿味道，笑了笑问她："去接谁？"

她指了指远处码头上隐约可见的一群背着旅行包的人，说："就是他们，几个潜水员，还有一个和你一样的顾问，我想你肯定认识。"

我使劲看了几眼，也觉得其中一个胖子的体形有点儿熟悉，但是想不起来是谁。这个时候，一个船夫已经站在船头叫起来："哦嘞嘞！做好准备，我们在这里！"

那胖子转过头来，大骂："哦你个头啊，让胖爷我在这里吹了半个小时的西北风，你们还有没有时间观念？"

第十五章

胖子

我心里虽然有几丝惊讶，但已然猜到了这个可能性。从鲁王宫里出来的人，大奎死了，三叔失踪，潘子昏迷，闷油瓶生死不明，只剩下我和这个胖子。这个组织肯定是两手准备，我估计他们的第一人选可能是胖子，我可能还是个替补。

船到码头，并没有减速，那胖子几天不见又肥了一圈，不过身手照样可以，跟着那群人一个纵身跳上船，往前跑了几步才定住，看到我，开心地大笑："小同志，你也在这里啊，看来我们的阿宁小姐面子还是很大的嘛。"

那女人勉强对他一笑，看样子他们还很熟络。我对这个胖子的评价一向是不好不坏。对他的到来，我也不知道是该高兴还是悲哀，不过想起他在鲁王宫中的举动，几次都差点儿把我害死，不由得有点儿头疼起来。

他把行李往甲板上一扔，就坐到我们对面，敲着背说："这一路把我赶得，你们催得也太急了。对了，那地方找到没有？"

那个叫阿宁的女人摇摇头："还剩下最后一个点，不出意外的话应该就是那个地方了。"

那胖子说："我可和你们说过了啊，胖爷我什么寻龙点穴、探穴定位通通不会，地方找到了你们再通知我下去，要是找不到可不能怪我，钱我可照收啊。江湖规矩，你们南蛮子得入境问俗。"

阿宁头痛得叹了口气，说："我知道你不会，已经安排好了，具体定位的事情，就由吴先生负责。”

我本来心情比较放松，一听这话就蒙了。我负责？我拿什么负责？我连一铲都没下过呢，忙问：“我负责？你们不是知道那海斗在什么地方吗？”

她说道：“只能估计出一个大概的方位，如果能找到盗洞最好，找不到的话，实际的定位和判断地宫的形状还得靠你。我们手上只有一些故纸堆的资料，不可能代替土夫子的经验。你三叔很精明，这些资料一点儿也没有留给我们。”

我背上全是虚汗，看来今天晚上也不用睡觉了，得好好回忆回忆爷爷当年教的那些东西，不然，一旦到了那个地方，我马上就要出洋相了。

下铲子我是一点儿问题也没有，在海底有什么不利索或者失误，都可以说是海水的关系，到底是土夫子，又不是海夫子，这一块儿应该不算我的专业范畴。但是要我规划地宫，这难度也太大了，幸好我虽然没实践过，但理论经验还在。

我想了一下，刚才紧张的心情已经平复了很多，心说，船到桥头自然直，到时候真的不行，就瞎掰几句，说这地宫有些古怪好了。

那胖子看看我，说道：“那就好，一切俱备——不过难得来次西沙，咱们今天晚上得好好吃一顿，养足力气，这倒斗可是体力劳动。”说着就跑去找那个船老大，提溜着他，问他船上有什么海鲜没有。

阿宁似乎没什么胃口，靠到一边也不说话。我倒是饿了，一听有海鲜，口水马上多起来，也跑过去看。

西沙马鲛鱼、马鞭鱼和石斑很多，有人说，西沙的海里一半是水，一半是鱼，所以渔船出去很少会没收获。旅游季节，在西沙钓鱼也是一件十分有意思的事情。胖子连逼带喝，那船老大十分不情愿，但还是从渔箱里提出一条大马鲛鱼，交给一个伙计，说：“做个鱼头锅出来。”

胖子不知道刚才发生的事情，看船老大哭丧个脸，十分不爽，骂道：“老子又不是不给钱，又不是抢你的。”

不过不爽归不爽，那鱼锅子端上来的时候，那个香啊，就别提了。我所有的欲望一下子都变成了食欲。以前在城市里，从来没想过会这么想吃一个东西。那胖子馋得眼睛都直了，锅子还没放稳，就直接一筷子下去夹了块鱼皮吃，烫得眼泪都下来了。

这一锅子东西威力实在太大，不知道是都饿了还是怎么了，那些个新人全都围过来，连在舱底下睡觉的张秃头都跑了上来，凑过来一闻，直说：“西沙就是好，随便烧个鱼，我们那里一辈子都吃不到。”

胖子一把把他拉远，大骂：“拍马屁归拍马屁，你别把口水喷进去，恶心不恶心？”

张秃头一看胖子没见过，忙去和他握手，说道："哎，生面孔啊，怎么称呼？"

胖子为人很直，看了他一眼，问阿宁："这秃子是谁啊？"

张秃头一听脸就黑了，用力说道："请称呼我张先生，或者张教授好吗？"

胖子也不理他。阿宁看气氛不对，忙说道："忘记给你们介绍了，这位是张教授，也是我们这次的顾问之一。"

胖子一听真的是教授，也不敢太放肆了，忙和张秃头握了一下手，说道："哦，真对不住了，我还真没看出来您是个文化人。我就是一直肠子，姓王，粗人一个，您别往心上去。"

那张秃头一听才勉强笑了一下，说："这个文化人和粗人都是人嘛，文化人还不都是粗人变的？分工不同，分工不同。"

胖子也听不懂他在说什么，只好赔笑。那张秃头不识好歹，又问："那王先生是从事什么工作的啊？"

胖子一愣，直觉得别扭，但是也不能在文化人面前表现得太粗，说道："这个，通俗地讲，我其实是个地下工作者。"

那张秃头一听，不由得肃然起敬，说道："原来是公安战士，失敬失敬。"

我一听，忙憋住不让自己笑出来。张秃头也太啰唆了。胖子看我笑起来，狠狠地瞪了我一眼，对张秃头说："先别顾着说话，来，先尝两口。"说着就招呼其他人动筷子。

我不去管他们，夹起一筷子就吃。那口感真的绝了，第一口还没咽下去，第二筷子又下去了。

那胖子吃了几口，大呼过瘾，又叫着要酒喝。阿宁说道："这出来打鱼的，怎么可能带酒出来？"胖子不相信，跑到船舱里一阵折腾，大笑着抱着一坛酒出来。那船老大一看，大惊失色，说这是给龙王爷喝的，说着就过来抢。

胖子大怒："你怎么这么多废话！就你这破酒，龙王爷喝了肯定得把你这船给收了。"说着，从自己包里掏出一瓶二锅头来，一把塞给那船老大，"拿着，给龙王爷换换口味！这叫南北酒文化交流。看到没？红星二锅头，好东西，你别不知道好歹。"

那船老大呆在那里，也不知道怎么办好。那胖子就当他答应了，一把撕开封口，就给我们倒上。那酒的确不错，是黎苗乡镇有名的椰子酒。我们大吃大喝，好一通风卷残云，一直到月亮到头顶才罢休。

那胖子最后一口酒喝掉，打了个饱嗝，一拍大腿往直坐了坐，说："各位，咱吃饱了，也该谈谈正经事了。"

第十六章

开会

我看那胖子脸色一变，也不由得振了振精神。这胖子虽然不太靠谱，但是在古墓里的表现还是可圈可点的，至少在经验方面比我不知道要强多少倍。我从来没独立倒过斗，也不知道是不是在下斗前要开个动员会什么的，就暂且当一回学生，听听他怎么说。

那胖子吃了很多，肚子都鼓了起来，他拍了拍说："这海斗，我从来没有倒过，事先肯定要部署一下，免得进去后手忙脚乱。那里面肯定不比旱斗，我也先看看你们给我准备的装备怎么样。"

阿宁说道："王先生，那你对这次有几成把握？我们不如先计划一下，心里也有个底。"

那胖子摇摇头："不好说。根据我的经验，这海斗，一是定位困难，二是盗洞难挖，三是里面的情况不明。其中这第一、第二，我们暂且不去想它，主要是这个第三。这海斗里，不知道有没有粽子，若是有，就麻烦了；若是没有，那这海斗也不过是在水里的一个旱斗而已，轻易就可拿下。"

说起粽子，我突然想起三叔和我讲的，那在墓道里碰到的怪物，越想越觉得可能就是今天在鬼船上碰到的海猴子，心里不由得有点儿发怵，说："这有没有粽子我不知道，但是可能有更麻烦的东西。"说着就把在鬼船上看到的那东西和这些人说了。其他人早就听张秃头添枝加叶地说过了，不过那张秃头说的重点应该是他如何如何把我和阿宁救下来，我说的就平实得多了。等我说完，那胖子就大皱眉头，问："靠，还真的有这种东西？"

我点点头，说："很多地方都有这东西的传说，应该不会错。"

阿宁点点头，说道："我小时候也听过，我还以为是大人吓唬我不要到河边去玩呢。"

这个时候，那船老大插嘴了，说道："不对，不对，这你们就不懂了，这里打鱼的渔民都见过这东西。我告诉你们啊，这东西不是什么海猴子，这是夜叉鬼！那都是龙王爷的亲戚，你们现在得罪了他，他肯定要回来报仇的。我看我们还是快点儿回到岸上去，买头猪回来，请个道士做做法事，兴许他大人有大量，还能放过我们。"

张秃头一听就笑了："我说船大爷，我都一枪把龙王爷亲戚的肩膀给打烂了，那我岂不是孙悟空？"

船老大气得脸都绿了，说道："你那个样子哪里像孙悟空？你就是个猪八戒！"

我们听得都乐了，张秃头捏捏脸上的肥肉，大概觉得自己真的有点儿像，不由得郁闷起来。

那胖子笑了一会儿，说道："既然海底有这种东西，我们肯定得有武器才行，万一那海斗就是他们的老巢，那我们岂不是跑去送死？我说阿宁小姐，你有没有准备渔叉什么的？"

阿宁说道："我们是考虑过这个情况，准备了一些潜水用枪，但是这些枪体积很大，而且一次只能打一发，如果有紧急情况，恐怕也没有什么大作用。"

我知道这种枪，是用压缩气体击发的，有效距离四米不到，幸好还可以当长矛用。不过这枪的长度确实太长，在狭窄的墓道里可能施展不开。

胖子不理会这些，大叫："甭管有没有用，枪这东西不嫌多，能带的都带上。明天下去，我就打头阵，小吴同志跟在我后面，你和那个秃子就在最后。如果我看到不对劲儿的东西就摆摆手，你们就马上停下来；如果我摆摆拳头，你们就什么都别管，逃就是了。"

我们觉得安排比较合理，都点了点头，又讨论了其他一些东西。我想了想三叔和我提过的经历，列了一个清单出来，让他们连夜准备好，什么探灯、匕首、火折子、密封袋子、尼龙绳子、登山扣，还有吃的、急救用品、防毒面具、百宝盒，他们准备得比较全，竟然连黑驴蹄子都准备了。

吩咐好之后，天都快亮了，那胖子说我们不能再谈了，再谈水都下不了，得休息，于是几个人各自找了地方躺下。那椰子酒后劲儿很大，被海风一吹，我的头就重得一下子睡了过去，一直到下午才醒过来。

其他几个人比我早醒，已经在准备了。我用海水洗了一把脸，这时候，几个蛙人已经从水里浮了上来，其中一个摘下呼吸器就说："找到了，肯定就是这个地方，盗洞也找到了。"

那阿宁一听，忙问："有没有进去看看？"

那人摇了摇头，说："有，但是那盗洞很长，我潜进去一段，没看到底，不敢再进去，就出来了。"

阿宁点点头，又问了那蛙人几个问题，转头对我们说："行了，我们准备一下，他们清理完洞口就会叫我们。那洞口里有塌方的迹象，他们会用支架固定一下。"

我们各自去穿潜水衣，我和其他几个都很合身，就胖子的肚子包不进去，露了肚脐出来，虽然不太雅观，但好歹穿上去了。我们检查完装备，把该带的都带上，就一个接一个地倒摔进水里。

第十七章

头发

那盗洞离船不远，我看到海底被炸出一个大坑，洞就在坑的底部，心说果然是三叔的手笔。我们在盗洞四周先搜寻了一下，没有任何坍塌的迹象，看样子三叔的技术并没有退步。

我还看到几个石头锚碇，和三叔描述的很像，但也不能肯定就是三叔所说的那些。

三叔规划出的地宫痕迹还在，我和张秃头都用心记了一下。看这个盗洞的位置，应该是往耳室挖下去的，那个地方的砖应该比较薄。

我们大概找了五分钟，似乎没有再找下去的必要，那胖子对我摆了摆手，意思是问现在要不要进去。阿宁看了看潜水表，点了点头。

我们现在的装备不比二十年前，都是轻装上阵。我们最后在洞口核对了一下装备和约定好的暗语，确定一切没问题了，胖子才定了定神，第一个猫着腰进去。我们几个打开探灯跟着，一下子潜进去五六米。

这盗洞很不规则，时宽时窄。我一边游一边看这洞壁，越看越奇怪，怎么看上去不像是人挖的？如果是三叔打的洞，他肯定是一铲子挨一铲子地打得很工整，可是现在这上面的痕迹乱七八糟，坑坑洼洼，倒像是动物打的洞。

我们艰难地游了二十多米，洞口进来的光线已经照不到了。这个时候，盗洞方向突然一变，竟然垂直挖了下去，我不由得有些奇怪，既然还没挖到墓，何必改变方向呢？

苦于水下不能说话，我也没办法表达自己的疑问。我们在这垂直的洞口休息了一下，然后胖子对我们做了一个“小心”的手势，自己先游了下去。我看他的灯光一直下去，直到变成一个小点，不由得咋舌，心说，怎么这么深？

这个时候，他在下面晃了晃探灯，说明下面安全，我们马上一个接一个也潜了下去。我看着潜水表，已经有十几米深了，我从来没有潜到这么深，不知道自己的身体能不能撑得住。

那下面已经被挖开一个很大的空间，我们马上看到了古墓的墓墙，上面破了一个大洞。我一看更加疑惑了，这洞竟然破得这么不规则，不像是一般倒斗的一块一块小心地卸下来的，有几块砖头竟然还被撞裂了。那胖子看看我，我也看看他，两个人一起吐了几个泡泡。他指指那几块破砖头，又做了个猴子的样子。我知道他是想说：这洞可能是海猴子挖出来的，不是盗洞。

我点点头表示同意，指了指他背上的水下气枪。他拿了下来，拉开保险栓，然后就往洞里游去。

这是我第二次进古墓，虽然有点儿兴奋，但是想起上一次的经历，还是觉得浑身不自在。特别是在水下，手脚的阻力很大，如果遇到危险，恐怕也没办法像在陆地上一样快速逃命。

墓道比我想的要大得多，我调高探灯的亮度，又转开手里的防水手电，跟在胖子屁股后面。我们几盏灯的光非常亮，一下子就照出去老远，顿时整个墓道都亮了起来。我看到那墓壁的墙上，果然有二叔说的人面浮雕。不仅如此，这些人面浮雕的额头上还都刻着一些奇怪的动物，雕得非常精致。我一边游一边看，越看越觉得奇怪。这些动物，大部分都是镇墓兽，但是它们都没有刻上眼睛，看上去有点儿诡异。

这个时候，我突然看见有一张人脸的额头上刻的好像是三条蛇眉铜鱼，不由得心里一紧，忙拉拉胖子让他停下来，然后去研究那块浮雕。

胖子正急着往里面走，很不耐烦，也不知道我发现了什么，转过来看了几眼，没看出什么名堂来，就急得直招手。我让他等等，爬过去仔细看，只见上面有三条蛇眉铜鱼首尾相连，形成一个环状，每条造型都不一样。我能看出其中的两条就在我的包里，还有一条三只眼睛的，我从来没见过，不知道这个是提示什么的。那鱼下面的那张脸和其他的不一样，是一张明显有女性特征的脸，可是因为上面附着了很多东西的缘故，这张脸看上去有点儿破相，让人感觉不太舒服。

我还想仔细地研究一下，这个时候，后面的阿宁也催我，我没办法，只好继续向前游去。幸好那雕刻每隔一段距离又会出现，我还能再看上几眼。看来看去，并没有发现更多的东西，只是隐约觉得有个地方有点儿不对劲。

看着看着，等我数到那人面浮雕第五次出现的时候，才发现了问题所在。我记得第一块石头板上的人脸，眼睛是闭着的，第二块石头板上的似乎有点儿睁开的趋势，到了第三、第四块石头板子，那眼睛睁得越来越大了，现在这第五块上的就已经睁得几乎全开了。

我感觉有点儿不妙，忙拉住胖子，让他不要往前走了，然后拿出水下画板，在上面写道："墓墙上的人脸，眼睛在逐渐睁开，我怕有问题！"

胖子摸了摸墓墙上那脸，摇摇头，写道："我没有注意，只是些石头浮雕，里面肯定是整块石头，你想得太多了。"

我很坚决地摇头，让他把枪端起来。他看我表情严肃，只好照办。不一会儿，我就看到那块相同的浮雕出现在前面。胖子被我说得也有点儿怕，停了下来，先用灯光照了一下。那张石脸的眼睛已经完全睁开了，整张脸面对着前方，眼神正视，看上去有点儿呆滞。胖子照来照去，也没什么变化，就壮起胆子走过去，摸了一下，然后对我做了个"没事"的手势。

我游过去一看，果然仍旧是整块的石头，并没有什么特别的，用手指插了插它的两只眼睛，也没有反应，不由得自嘲地摇摇头。看来这只是墓穴的设计者玩的一个噱头，用来吓唬可能进来的盗墓贼，没有什么特殊的寓意，我竟然在这里自己把自己吓唬了一回，真是很没面子。那胖子拍了拍我，示意我别想那么多，快点儿赶路。

我们继续往前游。我想起三叔和我说过，他是撞到一个机关，才被吸进那个泉眼里去的，可是这些墓壁都是一个样子的，怎么可能找得到他当时撞的那块？

我脑子转得飞快，这样一直往前游也不是办法，不知道这个墓道是通到什么地方去的，说不定又是个循环，如果在里面迷路就完蛋了。我心里盘算着，三叔能一眼望到最后一个人，说明那应该是一条不是很长的回廊，刚才我们转了好几个弯，这样的回廊只有两个，这样说起来，找到它倒也不是很困难，就是要花点儿时间。

这个时候，前面的胖子停了下来，我一个刹车没刹住，撞到了他的屁股，我以为前面出了什么状况，忙绷紧神经，凑上去一看，原来这墓道到头儿了，前面被一块石板挡住了去路。

这石板光秃秃的，上面没文字也没有浮雕，我摸了好久，也找不到什么机关，不由得挠了挠头。阿宁写字问我："怎么会是死路？"

我回写道："有巧石机关在这附近，我们找一下，看看有没有松动的墓墙。"

他们都点点头。胖子就开始东敲敲西敲敲，仔细检查了这些人面浮雕。我回忆笔记上提过的所有线索，连边上的每条缝隙都用匕首划过，可是没有任何进展，那石板还是挡在那里，纹丝不动。

我不由得有些郁闷，回头想看看胖子搞得如何，发现胖子竟然在那里发呆，我拍了拍他，写道："有没有什么发现？"

他表情古怪地看着我，写道："海猴子长头发吗？"

我不知道他突然问这个什么意思，不由得失笑，海猴子长没长头发我倒是真没注意，记忆中似乎整个脑袋都是光秃秃的，全是鳞片。

我如实告诉他，又问他问这个干什么，他指了指墙缝。我顺着他的手指一看，马上看到那石板与墓道的缝隙里，竟然飘出来一缕黑色的头发。

我惊讶得呆住了，这怎么可能？难道在石板的那一头儿靠着一个人？

胖子胆子大，伸手过去想拉一下，没想到那头发突然一缩，竟然缩回缝隙里去了。胖子看了我一眼，写道："石板后面有鬼。"

第十八章

大量头发

水底古墓里发现一缕头发，而且还能动，一般人都会马上想到有鬼，幸亏中间隔着一块石板，它也冲不过来。

没有抓住那缕头发，胖子似乎不甘心，拿灯去照那缝隙，想看看后面到底有什么。我胆子没他那么大，恐怖片里关于头发的故事还少吗？我就离那块石板远远的，看胖子会有什么反应。

他凑上去看了几眼，好像真的给他看到什么东西似的，疑惑地定了定神，又贴过去再看。这一次他反应很大，突然就猛地一退，像逃命一样拼命游出去好几米，转身对我们拼命地摇拳头。一开始我以为他要打我，随即一想，靠！这不是让我们逃命的手势吗？

可刚才好像没什么事情发生啊，我条件反射地回过头，只看见那挡路的石板突然向上升了起来，一团墨汁一样的东西从底下逐渐增大的缝隙里渗了出来。我急退几步，以为是毒水，仔细一看，吓得我下巴都僵掉了，那些黑色的东西，竟然都是人的头发！

那胖子看我们反应这么慢，忙游回来拉我们。我们这才醒悟过来，慌忙逃命。在水下面，越紧张越消耗体力，游得就越慢。我看慌乱中没办法把握好节奏，索性学胖子一样蹬着墙走，虽然不雅观，但是速度飞快，特别是脚踏实地的那种感觉非常好。

我们连蹬了二十几步，先到一个转弯处，那胖子一把把我拉住，让我躲在拐弯后面，示意先看看情况再说。

我们大口吸着氧气，匆匆往后一看，好家伙，后面的墓道里全是头发，黑漆漆一大团一大团，我看着就觉得喉咙发紧，这要多少年没理才能长得这么长啊！胖子骂了一声，拿起气枪，对准那一团黑色的中央就射。他大概以为这枪能一下子穿透过去，所以当他看到那梭镖快速飞了六七米后突然就变成慢动作，然后一下子被裹进头发里的时候，脸都白了。

不过那梭镖还是起了点儿作用，那头发好像还有意识，往后缩了一下，竟然翻滚起来。那翻滚更像是头发里面有什么东西要出来，我们不由得警惕起来。那胖子又搭上一支梭镖，准备走近点儿再给它来一下，这个时候，那头发猛然一缩，又猛然一放，这一下，我马上看见从头发的最深处，吐出来一个死人。

那人穿着和我们一样款式的潜水服，有可能是那三个中的一个。我只看了一眼，就看到他的鼻子和嘴巴里都是头发，连两只眼珠子里都有头发生出来，一看就是窒息死的，现在已经给水泡得肿了起来，非常难看。

我一看，头皮就开始发起麻来。这头发非常邪门，还是快点儿走，就想拉胖子，可抬头一看，胖子竟然不见了。我吓了一跳，忙转头，只见他已经跑出去老远，在那里向我们挥拳头。

我心里大骂，敢情你是自己先跑到安全的地方再来警告我们啊，忙招呼张秃头和阿宁跟上。我看到胖子还在那里抱怨我们反应慢，立马就给他屁股上来了一脚。胖子被我踢得疼了，还不服气，想冲上来揍我。阿宁忙拦住我们，指指后面。我一看逃命要紧，这账出去了再和他算。

这个时候，我手上的氧气计振动起来，我低头一看，糟糕，这一路过来，已经过去了将近半个小时，我们又呼吸得这么急促，氧气的消耗是平时的几倍，有点儿过量了。我算了下还剩下的时间，情况可以说非常糟糕，如果还没有进展，我们就必须原路赶回去，不然氧气就不够用了。可是这么出去，连三叔说的耳室都没有找到，我又有点儿不甘心。

这个时候，一直游在最后的张秃头突然像只螃蟹一样，拉住我们身上的背带，手忙脚乱地蹿到了最前面，一把揪住胖子，让他停下来。我看到他直鼓眼睛，心说，这人对古墓的构造比我了解，难道竟然给他先找到了什么线索？

果然，他让我们跟着他过去。胖子急得直跳，但他刚才表现得太差，我们都不理他。他也没有办法，只好气鼓鼓地跟在我们屁股后面。

张秃头笨拙地往回游了几米，指着一块已经有点儿凹陷的墓墙让我们看。原来刚才胖子蹬着走的时候，一脚就把这块墓壁给蹬到墙壁里去了。

我一看心中大喜，往前后一比画，这里果然是一处长回廊的末端，那三叔所说的机关十有八九就是这里了。不过这机关一开，水就会狂涌进来，三叔当年是戴着头盔，所以没事，我们现在头上只有个潜水镜，一旦被卷进急流，难保不会被撞得头破血流。

我往后看看，发现那头发还没有追过来，就想先提醒他们一声。这个时候，那个张秃头不知道好歹，突然一把就按了上去。我还没反应过来，大量的水泡就冒了出来。

我一看就知道糟了，实在没有想到，这张秃头闯祸的能力和胖子比起来有过之而无不及。我一句“他妈的”没说出口，就觉得一股巨大的推力直接从我背后冲了过来，把我狠狠地推进了墙上的洞里。那水流是旋转着的，我马上体会到三叔说的内脏都被甩到一边的感觉了，就觉得自己被塞进了滚筒洗衣机里，一阵搅，几下子就晕得什么都看不清楚了。

也不知道过了多久，我晃晃悠悠地清醒过来，感觉浑身都散了架，特别是脖子，疼得不得了，幸亏没折掉，还好呼吸嘴还咬在嘴里。我定睛一看，上下左右都黑漆漆的，胖子他们在我的下面，看样子也晕得不行了，特别是胖子，到现在还在转圈，好像在跳芭蕾舞一样。

我看了看这井壁，是上等的汉白玉。这里用上这么好的材料，应该已经到这个墓的地宫内部了，看样子可能已经到了三叔说的那个耳室中的泉眼里。我脚一蹬向上浮去，突然头一暖，脑袋就此升出水面。

四周仍是一片漆黑，探灯的光集束性太强，只能照出一个点。我关掉探灯换成手电，把这个墓室仔仔细细地看了一遍。墓室是见棱见角的长方形，除了宝顶上面描着五十星图之外，其他地方并没有太多的檐楣雕饰，显得朴实无华。

里面没有棺床和棺椁，所以这里应该是耳室之一。我找了一下，似乎没有其他出口，只有左边一道石门连着甬道。

墓室的墙是用非常廉价的白膏土封起来的，上面本来有一些斑斓的壁画，可惜已经被水汽腐蚀得一塌糊涂，我已经无法知道上面画的是不是禁婆的图案。

墓室的地上放了几溜陪葬的瓷器，只有百十来个，其中还有几个非常值钱的青花云龙大瓷罐。同时我在地板上发现了一些脚印，都是湿的脚踩在地上的尘土留下来的，看样子非常新，估计是三叔的杰作。

我测定了空气质量，让他们陆续出水。阿宁爬上来后，首先担心起这些脚印，问道：“这是盗墓贼留下来的吗？”

我皱了皱眉头，也不敢肯定，因为我看见在这些脚印中，有一个非常刺眼的赤脚印子，最离奇的是，这脚印很小，看样子是个小孩子的，绝对不会超过三岁。

我从来没听说过倒斗会带上小孩子，便招呼胖子过来看。他的经验比较丰富，也许知道是怎么一回事。

胖子看着也有点儿发蒙，说道："你先别管他是大是小，这脚印本身就不正常，你再仔细看看。"

我再次端详，发现脚印上有黄黄的一层蜡一样的东西，用刀刮下来一闻，不由得咋舌："这是尸蜡！"

第十九章

大瓷罐

尸蜡一般只出现在浸于水中或埋在潮湿泥土里的尸体上，所谓的蜡就是由它体内的脂肪和矿物质凝结而成的。

我顺着这脚印一路看过去，发现它一直延伸到房间的角落里一个青花云龙大瓷罐的后面，心里“咯噔”了一下。

人说阎王好送，小鬼难缠，难不成这里有一只未成年的粽子？我对胖子说道：“你看这脚印只有过去的，没有回来的，会不会……”

话才说了一半，胖子一摆手，叫我不要说话。我转头一看，只见那只大瓷罐突然自己晃动了一下。

胖子轻声说：“那东西，还在后面躲着呢。”

张秃头装备脱了一半，腰上的带子还没脱下来，现在索性不脱了，提了氧气瓶凑过来，问胖子：“什么东西？”

胖子看见他就烦，骂道：“粽子！”

他一愣：“粽子？嘉兴五芳斋粽子？”

胖子摇摇头，不理他了。我问胖子：“你能不能确定？我从来没见过这么小的粽子。”

胖子说：“我也确定不了，不过不管是不是粽子，我们还是得过去看看，不然就是祸害，这斗倒了心里也不舒服。”说着就端起手里的气枪，向我招手。我心说，我才不去呢，摇了摇头。

胖子叹了口气，只好招呼张秃头过来。张秃头第一次进斗，兴奋异常，马上就学着胖子的样子走了过去。两个人成包抄之势，向那青花大瓷罐走去。

我虽然害怕，但也不能在女人面前表现得太过窝囊，便也装着样子，跟在张秃头后面，小心地探头看着。

我们走得很慢，生怕有什么东西突然跳出来。胖子先用手电筒照了照。那大瓷罐太大了，什么都看不到。他又用气枪捅了捅，那样子很像是我小时候抓黄鼠狼的动作，我不由得觉得好笑。他捅了五六下，听着似乎后面没什么东西，才壮起胆子走过去，一看就“啧”了一声，骂道：“只有一个空的木头箱子，害我瞎紧张。”

我们也跟了过去，一看，是一只有小提琴盒子大小的双凤雕婴儿棺，那棺材盖已经被打开放在一边了，里面的白色棺底还保存得很好，但是尸体已经不见了，难怪胖子会以为这只是口箱子。我说道：“这不是箱子，这是一种棺材。”

胖子还不相信，但是马上就领悟了，问道：“你是说，这就是那只小粽子的棺材？”

我点点头，又仔细看了看，发现棺身上被打了几个洞，有一道黑色的痕迹从洞里一直延伸到地上，看样子曾经有什么液体从这洞里流出来过。这情景，爷爷的笔记上好像也曾经提到过。

胖子用手电筒仔细地里里外外瞧了一遍，然后可惜地叹了口气：“看这棺材的规格，就知道这小孩子身上肯定有不少好东西，可惜不知道尸体到哪里去了，不然压几下，说不定还能压出几颗珠子来。”

我点点头。夭折或者陪葬的孩子，棺材里的东西总是很多，而且大多数都戴在身上，特别是陪葬童子的肚子里，经常有防腐珠，都是些价值连城的东西。

我们几个人四处找了一下，想看看尸体到什么地方去了，可是前前后后都翻了一遍，连块渣都没有，看样子可能被那些盗墓者连着一块儿盗出去了。

胖子不甘心，还想去翻那棺材。我觉得不妥当，拉住他说：“这棺材和别的棺材不一样，绝对不是单纯放死人的，还是不要碰了。”

胖子笑道：“尸体都没了，怕他个熊！你还怕这棺材跳起来咬我？”

阿宁说道：“我们来这里的目的不是倒明器出去，还是快点儿到主墓室去，别浪费时间，速战速决。”

胖子自知理亏，也没办法。我们回去把潜水器械先整理好，胖子背起背包，突然看了看我，嘴巴动了动，欲言又止，好像有话想说，又有点儿不好意思。我叹了口气，骂道："你有话就说行不？什么事？"

胖子说道："你们说，那小粽子，会不会爬到边上的大瓷罐里去了？"

我看了看那大瓷罐，心中一动，还真有这个可能。

胖子有点儿脸红，说："我刚才听到那罐子方向发出的声音，好像是从罐子里面发出来的。我想粽子又不是老鼠，怎么可能自己往罐子里钻，以为听错了，现在只是随便提提，我可没别的意思啊。"

我知道他还惦记着尸体身上的宝贝，就想讽刺他几句，这个时候，那只大瓷罐突然"咔嗒"一声翻倒在地上。我一呆，心说，不会被他说中了吧。

四个人全都不说话，紧张地看着那罐子。那罐子先是在原地转了几个圈，然后竟然"咕噜咕噜"向我们滚了过来。

第二十章

甬道

我刚才的注意力全部集中在那棺材上，没仔细看这瓷罐，急忙退了几步。那罐子晃晃悠悠地滚了几下，就改变方向朝甬道的石门滚去，最后“当”的一声撞在门框上，停了下来。

我们几个你看看我，我看看你，都觉得莫名其妙。难道真的给胖子说中，里面有只粽子？

我们愣了半刻，不敢轻易上前。胖子压低声音说道：“各位，这罐子果然有点儿邪门啊，要不咱们先下手为强，给它来几梭镖？”

我当然不赞成，轻声说道：“千万别，先搞清楚到底是什么再说！”

我这样说，一来是我已经看出，这元明时期的青花大瓷罐绝对是件珍品，这么大的，世界上已经不多见了，恐怕是砸一个少一个；二来不知道里面到底有什么古怪，如果真的是胖子说的粽子，那免不了又要开打。我刚才在水下消耗了太多力气，绝对跑不动了。

但是我们现在是在十几米深的水下古墓里，这空气不知道能维持多长时间，如果僵持下去，对我们没有任何好处。这一进一退很难抉择，我这人一向没什么主意，急得满头是汗。

胖子看我犹豫不决，说道：“咱们也不能肯定里面就是只粽子，这地方通着海，说不定是什么螃蟹、龙虾爬进去了，犯不着在这里自己吓自己，还是过去看看再说。”

阿宁摇摇头："我们的主要目的还是进主墓室，不要在路上浪费时间，我看我们还是能避则避，看看其他地方还有没有什么出路。"

我一听觉得这也是个办法，马上又将这耳室左左右右仔细检查了一遍，可惜这地方一目了然，再没有第二道门，也没有可以供我们钻的洞。

胖子有点儿熬不下去，说道："事到如今，要不就是把这罐子搬开，要不就是回去，没别的路走。不过我和你们说在前面，既然已经到了这里，被个罐子吓回去，我王胖子肯定不干！"

我看了看阿宁的表情，她也十分坚决。张秃头则一句话也不说，不知道葫芦里卖的什么药。他们三个人一起看着我，好像在征求我的意见。

我心里还是没个清晰的决定，心说，如果贸然冲过去，当然不太妥当，但是胖子说的也有道理，这古墓里的东西，很多都是自己吓自己。我看着阿宁的眼神，不由得心里一软，说："那行，走一步算一步，如果相安无事就算了，要是它搞三搞四的，我们四支梭子枪在手上，也不怕它！"

胖子拍拍我，表示鼓励。我拿出了气枪，打开保险栓，对准那罐子。胖子打头阵，我们四个人小心翼翼地贴着那门的边往里走去。

我并不是很害怕，只是觉得有点儿紧张，身上又穿着潜水服，汗都透不出去，难受得要命。

就在胖子几乎能看到罐子里是什么东西的时候，突然一声响，那罐子竟然骨碌碌打了个转，我觉得血一下子全部冲上了大脑，几乎要开枪了。

胖子机灵地连退两步，做了个让我们不要动的手势，就看那瓷罐突然又滚动起来。这次它是直接一个弧线，"咕噜咕噜"滚进了黑漆漆的甬道。我们一直听着这个声音滚出去很远，才又"当"的一声，撞到什么东西上消失了。

我们马上跟进去，里面是一片漆黑。我用手电筒一照，只见这是一条汉白玉砖修的直甬，非常简洁，里面什么东西都没有，只有地上有两条灯渠，里面是每隔一米的灯座。在甬道的另一头有一扇玉门，而左右两面也各有一扇略小的门，一共是三个门，都敞开着，看样子已经有人进去过，而那罐子，已经停在了左边那个小门中间，不动了。

这次我是真的觉得有点儿诡异了。这罐子的举动，好像是在给我们带路一样，就差没说一句"follow me"（跟着我）了。这肯定是一种有意识的行为，难不成，这罐子里的东西不是粽子，是个鬼？

我看了看张秃头，也看不出他是紧张还是害怕，我只好把我的想法说出来。胖子一听有点儿道理，不由得吸了口凉气，说道："你这一说还真有点儿这个意思，我刚才也觉得，这东西这么滚着，简直就和保龄球一样。”

我心里苦笑。胖子看我有点儿摸不着方向，又说道：“既然都到了这个地步，我们也别在这里犹豫来犹豫去，就一路跟过去，看它是什么目的，反正伸头是一刀，缩头也是一刀。”

众人点头。胖子拍拍我说：“这光秃秃的石板路一般都有陷阱，吴老弟你看看，这地方有没有什么问题？”

我自知责无旁贷，点点头，就用手电筒照了照地面。这甬道地上都是小块的石板，很可能装了强弩机关。我想既然三叔到过这个地方，如果有机关，也有可能已经被破坏或者引发了，但是万一没有就比较麻烦。我提醒了他们一下，然后整了整背包，就第一个往前走去。

要躲避机关，最好就是趴着或贴着墙壁，但是这甬道的两边是两条灯渠，里面黑乎乎的不知道有什么东西，我们只能沿着渠边走。

我让他们要特别注意脚下的感觉，但其实连我自己也没什么头绪，这一脚放下去，放多重，放多快，都是有讲究的。这些东西确实是经验，我是不可能有的，所以我越走就越觉得慌起来。

就这样忐忑不安地走了十几步，我身上都是冷汗。后面那几个人看我这么紧张，也慌起来。胖子说道：“看样子这蹚雷的工作还真不是这么好做，小同志，你要是太累，咱们就歇歇？”

我也没工夫和他抬杠，说：“别吵，我要是一分心，大家都得死。”话还没说完，突然脚下一震，我回头一看，只见阿宁脚下的一块石板已经陷了下去，她正一脸惊慌地看着我。

我哀叹一声，心想完了，怎么就这么倒霉？这下要被射成刺猬了，就听到一声呼啸，一支弩箭已经贴着她的耳朵飞了过去。我还没反应过来，第二支箭也到了，直射她的胸口。

这真是电光石火间，那阿宁眼神一变，闪电般转身甩手，凌空一把就把那箭给握住了，那动作几乎就是在几分之一秒内，我甚至连她的影子都没看清楚。

我看她显出如此身手，大吃一惊，可是情况不容细想，只感觉到脚下一连串震动，忙大叫：“猫下去！还有暗弩！”

话音刚落，又是十几道白光射来，我忙低头躲过一支。这个时候，我突然看见远处的罐子里，爬出一只满身白毛的东西，迅速钻进了左边的石门里。我刚想叫，突然胸口一痛，低头一看，胸口不知道什么时候已经中了两箭，看样子插进去了二三寸。

第二十一章

箭

我看到那箭头几乎全部没进了我的体内，顿时胸口一阵剧痛，心里慌得一塌糊涂，还不肯相信。我还这么年轻，连女人的手都没摸过，难道就这样死在一座不知名的坟墓里了？如果死在这个地方，恐怕几百年后都没人给我收尸。这样的下场，也未免太惨了。

箭像下雨一样射来，不知道到底是用什么东西发射的，速度太快了，根本没办法躲。胖子用他的背包当盾牌，一下子冲到我们前面，帮我们挡了几箭。我看到他的背，不由得倒吸了一口冷气，只见他背上密密麻麻地已经插了十几支箭，就像一只插满了香的香炉一样，看样子肯定也得挂了，不过不知道为什么，他好像一点儿也不疼的样子。

我想起以前经常看到小说里描述人被箭射成刺猬，现在总算是看到了，还是在这种情况下，不由得心里暗骂。这个时候，突然有人抓住了我的衣服，硬拽着我往前走。我大惊失色，回头一看，竟然是阿宁。我看她眼神冷得可怕，心里觉得不妙，忙用力一甩。她见我想逃，竟毫不留情地一膝盖顶在我后腰上。这一下比胸口那两箭还疼，我全身一软，一时间疼得用不上力气，人就软了下来。她拎着我二话不说就往那中间的大玉门走去。我被当成挡箭牌，肩膀、肚子、胸口又各中了一箭，疼得几乎晕过去。

人说最毒妇人心，我还真没信过，没想到女人真的这么狠毒，刚才还是那种害怕的小女人样子，谁知道一转眼就可以拿我当人肉盾牌去挡箭雨。

我当然不会这么伟大，用尽全身力气一扭，那女人力气并不大，我一下就挣脱了她，身子一歪倒在那灯渠里。那女人看失去了掩护，马上一个翻身，一下躲过十几箭，回头狠狠地瞪了我一眼。我心说，你还有脸来瞪我！大叫一声扑过去拉她。她朝我冷笑一声，一个就地打滚翻到了墙边，然后高高跳起，在墙上一蹬，闪电般翻到了安全的区域。整个动作在电光石火间完成，十分干净利索。

我看她一箭都没中，气得拍了一下地。她转过头看了看我，突然轻蔑地对我做了个飞吻，然后打起手电，扭着屁股走进了中间那个玉门。

我气得差点儿吐血，但也无可奈何，只好翻到那条灯渠里，只听头上的箭嗖嗖地飞过，撞在甬道墙上发出金属撞击声。这阵箭雨足足射了五分钟左右才停下来。我回头看胖子，已经被射成了一个箭球，正摇摇晃晃似乎要倒下去，我忙爬起来扶他，没想到他摆了摆手，示意自己没事，问我："小吴，我看这些箭有点儿不对劲儿，怎么插进去这么深都不觉得疼啊，你给我拔几根下来看看。"

我也觉得有点儿不对劲儿，怎么这箭伤没想象得重，我呼吸还是很顺畅？不过我也没死过，不知道被箭射死是什么感觉。

胖子要我拔几根，我还真没这个胆子，在他面前迟疑了半天也下不去手。这个时候，张秃头咬着牙站了起来，他刚才站在胖子后面，被胖子护住，也一箭都没中，见胖子被射成这样，突然说了一声："放心，没事的。"

我和胖子同时一愣，这张秃头的声音怎么变了，而且还这么熟悉？只见他突然把身子一挺，就听"咔嗒"一声，他的身高竟然长起来好几厘米。接着，他又向前伸出手，同样一发力，又是"咔嗒"一声，那手也突然长出去几寸。

我看得下巴都要掉下来了，这不是缩骨吗？我只在我爷爷的笔记上看到过。这是古时候倒斗的基本功之一，在通过一些非常狭小的缝隙，比如冥殿的梁孔或者地下的虚位时，都要用到这功夫。我一直没想通它的原理，所以总当它是个笑话，现在如果不是亲眼见到，真不敢相信会有这么神奇的功夫存在。

（最近几年还听说洛阳盗墓村里有一些人还在用这功夫，他们把盗洞打得非常小，缩骨进去，警察路过看到，都以为是黄鼠狼洞，后来知道了这个是盗洞，也没办法下去抓人，因为等挖通了，里面的人早挖了另外一条道跑掉了。可惜这功夫非常难练，就算从小练起，如果不是全身的骨骼配合，也很难有成。）

他长出了一口气，抓住自己的耳后一拉，又撕下来一张人皮面具，露出了他原来的面孔。我一看，几乎傻了，那人皮面具里竟然是闷油瓶！我呆了一下，突然就起了无名火，这小子也太能装了，简直都能当影帝了，我还真是一点儿都没发现。

闷油瓶甩了甩胳臂，似乎很久没活动了一样。胖子也看得说不出话来，好久才一把拉住，说："小哥，你这是啥意思啊？你这不是存心消遣我们吗？"

闷油瓶不说话，拍了拍他，让他坐下，抓住他背上一支箭的箭头部分，用力一拧，就轻松拔了下来。我凑过去一看，胖子身上只有一个浅浅的红印子，并没有受伤。

我惊讶的同时，心中大喜，隐约感觉自己可能不用死了，忙学着闷油瓶的样子，去拔身上的箭。这手艺一点儿也不难，我一下就拔出来一支，一看就明白了，原来这箭的箭头做得很巧妙，只要一撞上东西，锐利的头部就会缩进去，然后从箭头部翻出几只爪子一样的铁钩子，死死地咬住你的肉。

闷油瓶看了看满地的箭镞，轻声说："刚才那一脚是那个女人故意踩的，看来她不仅对自己的身手很自信，还想把我们全部干掉。"

我想起她刚才的飞吻，摆明了是在嘲笑我，气得都咬出牙血来了。果然是漂亮的女人不可信，这亏我以后绝对不会再吃了！

胖子的背上几乎都是破皮，他咧着嘴巴，说："幸好这里的箭都是莲花头，要不然还真被她得逞了。想胖爷我一世英名，如果死的时候被射成个刺猬，还不给人笑死！"

我看了看这奇怪的箭，问道："为什么这里的箭都是用这种箭头的？这有什么用意吗？"

闷油瓶说："我也不知道，但是一看你中箭就发现这是莲花箭，我想不起其他理由，或许是这墓室的主人想放我们一马，让我们知难而退。"

我觉得奇怪。这有点儿说不通，不过现在也不是讨论这个的时候，那女的已经进了主墓室，不能让这个女人这么轻易就拿了东西逃走，想到这儿就想冲进去。闷油瓶抓住我，摇了摇头，说："刚才那只罐子鬼要我们先进左边这个墓室，肯定是有原因的，我们还是按照步骤来。现在在人家的地盘上，不要乱跑。"

我一急，要是那女人等一下出来，直接跑了，也不知道去哪里追她。胖子说道："不怕，我们先回去把潜水的东西都藏起来，看她能不能一口气憋到外面去！"

关键时刻还是胖子脑子活，我心说，自己怎么没想到呢？马上点头，三个人快步跑回了那个耳室。我用手电筒一照刚才放东西的地方，傻了，那地方什么都没有——我们的氧气瓶竟然都不见了！

第二十二章

第一次解谜

我们三个人都呆住了。这一来一回也就五分钟左右，任凭谁也不可能在这么短的时间内将我们的装备统统搬走，而且从耳室到甬道，只有一条路，这些东西能搬到哪里去？

三个人对视一眼，脸色都不好看。这真是一波未平，一波又起。这个时候胖子也害怕起来，说："难道这里还不止一只粽子？"

我摆摆手。现在不是讨论粽子的时候，这粽子我们尚且可以拼命，没有潜水设备，我们怎么通过那几十米长的海底墓道？这问题非常严重，弄不好我们三个都要困死在这水底的墓穴里。

我问胖子："刚才最后一个脱下装备的是你，你过来放的时候有没有挪过地方？"

胖子说道："当然没有！这八个钢瓶分量那么重，我吃饱了撑的搬来搬去？"

我心想也是，那个时候我们都在场，要是谁把这些东西挪了地方，肯定能知道，而且这东西的确很重，要想一口气全部搬走几乎是不现实的。

我们在那里发了一会儿呆。胖子见干想也不是办法，就提议四处去找找，说就算是有鬼来搬东西，也必然会留下什么线索。我心想也是，就跑去把一只只瓷罐搬开，看看是不是给藏在后面了。这其实有点儿自欺欺人，这么丁点儿大的地方，如果有什么东西，一眼就能看到，但是那个时候只能死马当活马医。

我们找得非常细致，足足找了五六分钟。我越找越觉得不对劲儿，却又不知道问题出在什么地方，只觉得这里所有的东西都有一种说不出的古怪。最后还是胖子发现了，他突然大骂了一声："这里根本就不是刚才我们待的地方嘛！"

我转头过去一看，只见他的手电照在角落里，我记忆里那里本来是什么都没有，现在竟然有一根石柱，一边嵌在墙壁里，另一边露在外面，上面雕了很多的珍禽异兽。这是与刚才完全不同的一种墓室结构。我们马上再看其他三个角落，果然，四个角落都有一样的变化。我脑门上开始冒汗，这不仅不符合常理，简直是匪夷所思啊。

我看向闷油瓶，他点了点头说："他说得对，这里似乎是另一个房间，那边角落里的那口婴儿棺材也不见了，陪葬品的摆设也非常不同，而且，你看顶上——"

我抬头一看，吓了一大跳，只见宝顶浮雕上的阴阳星图竟然变成了两条互相缠绕的巨蛇，盘绕在整个圆梁上，刻得栩栩如生，好像就要扑下来咬我一样。我看得心里发怵，忙低下头说道："这是怎么一回事？难道我们进错门了？"

胖子说道："怎么可能？这里明摆着是自古华山一条路，这地方又不大，我们从这里去了那破道，在破道里被射成刺猬又跑回这里来，没错啊！这样都能错，那我'王'字倒过来写。"

这个时候我已经意识到，有可能我们也碰上了三叔二十年前遇到的事情，不过眼下的情景又和他叙述的有点儿不同，不知道这里面生了什么变故。当时三叔并未脱下身上的潜水设备，才能够侥幸从这泉眼里逃出去，而我进来的时候，明明知道可能会发生这种事，竟然一点儿都没有做防备。想到这里，我不由得有点儿自责。

胖子已经被搞得有点儿蒙了，问我："你们南派不是对古墓里的机关很熟悉吗？这样的事情你以前见过没？"

我当然是没见到过，叹了口气："这里也没外人，我就实话和你们说了吧，这是我第二次进斗，不要说什么巧石机关了，我连这些瓶瓶罐罐的名字都叫不利索，你们也别指望我了。"

胖子听了还不信，说道："小同志，你可别吓唬我啊，我还真指望你能看出个门道儿来呢。"

我苦笑了一声，也不知道怎么回答他，说："现在这情况这么离奇，就算我真的是精于此道，估计也没有办法。你看这几分钟的工夫，什么机关能把一个房间里的陈设全都变掉，连房子的结构都改了？这是不可能做到的，肯定有别的原因。”

闷油瓶淡淡地点点头，表示同意。胖子挠挠头说：“那不是机关是什么？难道是法术？”我听他一提到这个，倒也想起来，说：“怎么说呢？也有这个可能。我以前听过一个故事，说是一个倒斗的进了一个古墓，发现里面富丽堂皇，像座宫殿一样，里面竟然还有一个人在喝酒。那人看他过来，不仅请他喝酒，还送了条腰带给他。他和那人喝了好几杯，就醉倒在古墓里了，醒过来一看，自己倒在一口破败的棺材边上，那腰带是一条蛇。是不是和我们现在的情况有点儿像？”

胖子说道：“像个屁，至少还有酒喝，我们只有水，怎么和人家比？”

我一听觉得也是。这个时候，我有点儿犹豫要不要把三叔的事情告诉他们，主要是这事没头没尾的，说出来有可能会牵涉闷油瓶。我现在还不知道他的立场是什么，万一哪句说得不对，麻烦更大。想来想去，我打定主意，说一半瞒一半。

那胖子还在那里唉声叹气，我让他们坐下来，把一些关于三叔的事情，挑了一些说了出来。胖子不停地插嘴，我实在说不下去，只好越说越简短，最后胖子竟然大骂：“臭小子，你知道这么多都不说，简直可恶，现在可好，弄了个半死不活的境地！”

闷油瓶听得入神，这个时候一把抓住我，问：“三叔昏迷的时候说了什么？你再说一遍！”

我看他表情这么严肃，结巴道：“他……他说的是‘电梯’。”

闷油瓶“哦”了一声，突然一笑，说：“原来是这么一回事——”

第二十三章

继续解谜

闷油瓶起身走到甬道石门处，摸了摸门框，说：“这的确是一个机关，而且还十分简单，只能骗骗小孩子，所以你三叔二十年前看不出来，二十年后就能发现。”

胖子看他似乎知道了什么，说道：“小哥，你知道了就快说，别卖关子了，我都要急死了！”

闷油瓶说道：“我举一个例子，你一听就明白。如果有两层楼房，每层有一个房间，你从二楼的房间走出来，这个时候，我在这一楼的底下再盖一层，等你回来的时候，二楼的房间已经是三楼了，而一楼的房间就变成了二楼。”

这个例子其实举得不好，胖子听得莫名其妙，伸出两个手指，在那里琢磨：“一二，二一，一二一，什么一二三的，越说我越糊涂！”

我是一下子就听明白了。三叔所说的电梯竟然是这个意思，看样子他刚发现这个秘密的时候，脑子里第一个想到的就是这个词语。我感叹的同时心里不由得一震，这真是既在意料之外，又在情理之中，而且这么一个结构并不复杂，确实只能算是骗小孩子的把戏。

我看胖子实在没办法听懂，又和他解释了一遍，他这才明白，突然兴致索然，说道：“原来如此，还真是简单，我还以为有更大的玄机在里面，原来不过如此。”

我心里暗说惭愧，我本来就是学建筑的，这个机关完全是建筑学的范畴，我竟然一点儿也没有发觉，真的应该检讨一下。看来凡事还得往简单处想才是道理。

闷油瓶的表情并没有轻松起来，他仔细检查了门框后，又走过去看泉眼里的水。看他的举动，似乎还有什么没有想通，我问他："怎么，还有问题？"

他点点头，说道："三叔说的经过和我们的经历有一个很大的矛盾，不知道你有没有发觉？"

我疑惑地看着他，其实我也觉得他刚才提出的说法有不妥当的地方，但是又想不出是哪里。闷油瓶说："三叔是躺在这个房间里，并没有走出甬道，无论房间再怎么升降，他看到的仍旧应该是这个房间，怎么可能会变化呢？"

我心里一亮，的确是这样。他又说道："而且，古墓中的耳室从来是左右对称的，不可能只有一间。按道理，我们的对面，应该还有一个房间才对。"

我们走进甬道，拿起手电照了一下，对面只有一面汉白玉的砖墙，并没有什么门。闷油瓶将耳朵贴在墙上，两只手指按住砖缝，一点一点地摸过去，摸了有十几分钟，走过来摇了摇头，看样子是块货真价实的砖头墙。

胖子等得不耐烦了，打了个哈欠说道："也别管什么耳室了，出去的路还没有找到呢，就算知道了是怎么一回事，还不是照样死？"

胖子说得很有道理。我叹了口气，心想着三叔怎么都能逃出来？他到底是用的什么方法？他出来的时候，身上也没有潜水设备，难道他是硬生生地从古墓里闭气游出来的？

他所经历的事情当中，必然还有一些什么是我不知道的，可这老油条就是不说。三叔啊三叔，你可知道你几句轻描淡写的扯淡，可能就要把你的侄子给害死在这十几米深的海底了。

他们两个都不出声，似乎是在思考整件事情。我心里也盘算了一下，其实要从古墓里出去，无非有几条道路，一是原路返回，这当然是不可能的，除非我们的肺活量能和海豚一样；这第二就是找到当初工匠们留下的秘密通道，这在旱斗是事半功倍的办法，但是在海斗里，恐怕不现实，因为沉船葬海底墓是整个在船上修好之后再沉入海底的，就算有通道，也必然是通到海里，这水就成了隔绝阴阳最便利的媒介；第三，就是最笨的招数——直接挖出去。我抬头看看宝顶，只看见累累砖头，不由得长叹一口气，看样子就算能挖得动，也是个巨大的工程。

我试着自己来设计这个海底墓，看看如果按照最简单的建筑原理，这宝顶之上会是什么东西。

现在可以肯定的是，光是砖头肯定无法形成气密结构，在砖缝里必然有密封用的白膏土，上面应该还有木板子上多道火漆做隔水密封层，然后最上面再上膏土。

想到这里，我突然灵光一闪，已经有了一个很大胆的计划。我兴奋地对他们说道："其实我们也不用怕，我估计我们离海面也就十几米，这个墓室为了容纳这个电梯的机关，必然要造得非常高，墓顶离海底也不会太远，实在不行，可以直接挖上去。这海斗上面的水并不是很深，如果在退潮的时候做，我估计只要上面的沙子不塌下来，还是有机会出去的。"

胖子挥挥手，懒洋洋地说："我们进来的时候也没带什么工具，上面都是整块的石砖，用什么挖？用手吗？"

我说道："这你就不懂了。沉船葬海底墓，大部分的砖头都是空心的，能压不能砸。我们只要能找几个金属的东西，用力敲几下，肯定能搞出个洞来。"

胖子一听，整个人一振，说道："哎——这办法听上去兴许能行。我们也别倒什么斗了，直接翻点儿工具出来，这墓这么大，那主墓室里肯定有陪葬的铜器。"

这人就是这样，如果自己死定了，就什么事情都不想去做，一旦知道还有一线希望，全部的智慧都会调动起来。我脑子转得飞快，心里一下子就有了一个打洞的腹稿。我大学是学建筑的，这东西我太熟悉了，仔细一推敲，所有的方面都符合条件，只要这洞能在退潮的这几十分钟内完成，逃出去的可能性很大！

这时候，闷油瓶说道："离退潮还有很长时间，这里的空气不知道能不能撑到那个时候，一切还要看天意。"

胖子跳起来，说道："那就别管它退潮还是不退潮的，先找家伙凿开来再说。这么闷死太憋屈了，我宁可找只粽子痛痛快快地被咬死！"

我本来想告诉他，如果在没有退潮的时候挖穿，头顶上的水起码有两米深，这水一下冲进来，不要说爬出去了，这墓室这么大点儿空间，全部灌满大概也只要几分钟。不过，我看他兴致这么高昂，不想打击他。

我们三个振作精神，整理了一下东西，就往甬道走去，刚出那甬道的石门，三个人同时一愣，胖子骂道："这地方也太邪门儿了！"

在我们面前，本来还是那一堵砖墙的地方，竟然出现了一个门。我用手电一照，就照到那门里面，有一口巨大的金丝楠木棺。

第二十四章

开棺

鉴于对这个墓室上下双层结构的推断，这里出现一个门我已经不觉得奇怪了，必然是刚才我们谈话的时候，这一边的房间也发生了上下偏移。虽然还不知道这墓主人这样设计的用意，但是我也不会再次慌张。倒是里面这口棺材，吓了我一大跳。这金丝楠木是上上等的棺材料，几千年以来，棺材的大小都是取决于木料的大小，这棺材的个头巨大，看样子实际用来做棺材的楠木原木，恐怕和明长陵里那三十二根用来做巨柱的金丝楠木差不多粗细。这东西可能比等身的一块白银还要值钱。

可是这样贵重的棺材，怎么会这么古怪地放在耳室里呢？如果这样贵重的棺材都只能放在耳室里，那主墓室里最起码得是口金棺才行。我越来越觉得莫名其妙，这墓室的主人毫无规矩可言，不仅把这里的风水位置全部打乱，而且到处设下极其机巧的陷阱，却又不取人性命，不知道到底想干什么。

倒斗的看到棺材免不了会手痒，特别是这么气势磅礴的一口，里面必然会有不少好东西。我看到胖子看得眼睛都直了，笑道：“怎么，看到棺材就连命也不要了？要不先进去捞几件出来？”

我这是讽刺他，谁知道他没听出来，一本正经地说道：“你胖爷我觉悟高，现在我们的主要任务是找工具来把这墓顶搞穿掉，你别给我开小差，等我们弄来了家伙，再回来捞几样也不迟！”

我一听他蹬鼻子上脸了，也觉得好笑，说道：“等你回来，鬼知道这门还在不在，说不定又翻下去了。”胖子还是想着明器的，一听觉得有道理，不由得为难起来。这个时候，闷油瓶突然对我们摆了摆手，轻声说：“别说话。”

我们看他表情严肃，忙捂住嘴巴，不知道发生了什么事。他拔出气枪，轻声说道：“这不是一般的棺材，这是养尸棺。”我没听明白，疑惑地望向他，可他根本不想多解释，一猫腰就走进了放棺材的耳室。胖子本来还想维持自己觉悟高的形象，一看闷油瓶不客气地奔那棺材去，马上恢复觉悟低的本性，急忙跟了进去。我一看甬道里一片漆黑，自己一个人待在外面太恐怖了，不敢怠慢，也跟着跑了进去。

这斗室和我们来的那间一模一样，宝顶上是两条巨蟒浮雕，中间一个泉眼，只是没有那些瓷器陪葬，只有一口巨大的棺材离墙三尺放着。

闷油瓶抽出军刀，直接插进棺材缝里，慢慢地划起来，似乎在找什么机关。胖子以为他要开棺材，大叫：“慢点儿慢点儿，看你小哥平时那么老实，怎么看见棺材就像不要命一样？”说着就拿出个蜡烛跑到角落里想点。我一看，气得大骂：“我们就这么点儿空气了，你还点蜡烛，你不要命了？！”

胖子没好气地说道：“一支蜡烛能烧你多少空气，大不了你胖爷我少呼吸几口。”说着就打起手里的防风打火机，那火光一亮，突然就照出角落里的一个东西。胖子平时胆子够大，也被吓得一屁股坐到地上。我看他倒地，忙打上手电一照，不由得也吓得缩了一下。

那角落里竟然蹲着一只干瘪的死猫，个头儿奇大，但是已经成干尸的状态，两只眼洞直勾勾地看着胖子，身上大部分的皮都掉了，下巴张开着，露出一排獠牙，看上去让人非常不舒服。我从小最怕死猫，小时候家里人经常把偷鱼的野猫吊死在树上，任其腐烂。我那个时候小，不懂那是什么，结果有一天在树下玩的时候，上面一具猫尸脖子腐烂得断裂，猫头一下子掉在了我的手里。我一看到那獠牙和眼洞就吓得尿了裤子，几天魂都没回来。

胖子看到眼前不过是具猫尸，不由得骂了一声，一脚把它踢开，然后点上蜡烛就往棺材走去。我觉得有点儿不对，墓室里竟然有猫尸，难道不怕起尸吗？不过，这地方不合情理的地方太多了。我隐约觉得，似乎这墓室的主人故意在反着规矩做事，什么都按规矩的反面来，墓室不能有什么，他就放什么。这样下去，到了主墓里不知道还会碰到什么事。

这个时候，闷油瓶已经找到了那棺材的八宝玲珑锁，拿出百宝盒，用里面的两个钩子在棺材缝里一钩，“咔嗒”一声，机关破解，同时整个棺材盖子往上一弹，一股黑水瞬间涌了出来。胖子也顾不得恶心，一下子推开棺材盖，往里一看，吓得大叫：“这么多粽子！”

第二十五章

一个人

这棺材盖子一开，我就闻到一股腥臭的味道扑鼻而来，凑上去一看，只见棺材里全是黑水，上面水雾缭绕，湿气腾腾，下面隐约可以看到肢横交错，也不知道有多少尸体在里面，都已经蜡化并粘在了一起，形成一个巨大的尸块。我光目测就能数出十二具，这情景别提有多恶心了。

闷油瓶看到这个情景，皱了皱眉头，但是表情已经一松，手里的枪也垂了下来。看他的变化，我估计这东西应该没什么危险，不知道他刚才紧张的是什么。

棺材里面有几溜暗金色的圆钉，每隔几厘米就从上往下钉上一排，在水里也看不清楚是纯金的还是镏金的。那尸块的下面有一块奇怪的东西，胖子用手电从下往上一寸一寸地照，看上去似乎是一块刻着字的石板。尸体之间以及手上都有玉器和象牙器，这些东西价值连城又好携带。

胖子看着心痒，但是那尸体太恶心，任他再莽撞也不敢把手伸进这漂着一层人油的棺材里捞东西。他琢磨了半天，也没想出办法，只好放弃，转去研究里面的尸体，一边看一边摇头："这也太惨了，还说这个墓主人是修道之人，这么阴邪的东西都摆了出来，怎么可能得道，活该被我们来倒斗。"

我一直不明就里，只是看到这里面的情景，神经有点儿受不了这刺激，不敢再看第二眼，问道："这合葬棺怎么这么恶心？"

胖子失笑："小同志，你傻了吧，你看到谁合葬葬得像麻花一样？这东西明显是活葬葬下去的。这些人堆在一起，被下了药灌水闷死在里面，这叫养气藏尸。”

我听他说到麻花，就觉得喉咙直发痒。这个时候我肚子已经很饿，这个尸块和大麻花重叠在一起，感觉胆汁都要冲出来。不过听他的话，好像也知道这东西的背景，我定了定神，就问其详情。

胖子看我不懂，有心卖弄，说道：“你连这个也不知道？那这可就是小孩儿没娘，说来话长了。话说我当年还在长白山的崇山峻岭……”

我听他又开始胡扯，说道：“你少给我扯这些，也不看看是什么时候，这养尸关长白山什么事，不知道就别扯淡！”

胖子这种人就怕别人激他，脖子一梗说：“谁说我不知道的？我只不过想从大处说起，你不想听就算了。这东西叫作养尸棺，是风水上的学问，一般用在什么陵里。如果有这个棺材，说明这个古墓里有两个风水极好的棺位。如果不在棺位上都放上棺材，那个空出来的棺位因为聚着海川的灵气，就会招惹来那些带妖性的东西，所以在这儿放一个养尸棺，里面葬上一个跟墓主人有血缘关系的人，算是合葬。这个棺材必须和主墓室里的一模一样，这在风水上叫作养气，懂不？”

胖子背书一样一口气说完。我听得半懂，不由得咋舌：“那这里面的这么多人，都是……”

胖子一拍大腿：“所以说嘛，这人可能把他的全家都给塞进去了，太惨了！”

我大叫：“怎么可能会有这种事情？这选好的风水，本来就是为了后代着想，现在把全家一起葬了，风水好还有个屁用！”

胖子看我还当真了，说道：“说什么你还信什么，那些有钱人哪有这么笨？肯定是找了几个外戚的穷侄子来陪葬。这东西，明墓里最多，我见过不少，不过没见过这么大的。”

我看着这尸块，想着下葬时候的情景，也不免动容。还是爷爷那句话，人心是最不可测的，为了一点点根本没有事实依据的事情，这些人的命就如同草芥一样被夺去了。

不过既然棺材盖已经开了，想必胖子也不会这么轻易罢手。他挠了挠头，说道：“看这些人这么可怜，要不我们去隔壁拿几个罐子来把这些水都舀出去，棺中积水是最不吉利的。”

我知道他想干什么，说道：“看你这贼样，就知道你还在打这些明器的主意，你就不能给我安稳点儿，待会儿冥殿里有的是东西给你拿。”

胖子脸一红，骂道："你胖爷我是这种人吗？"

我也懒得和他扯淡，说道："现在也不是管这个闲事的时候，等一下我们出不去，闷死在这里，恐怕连个棺材都没有，到时候可没人来可怜我们。"

提起这个事，我们马上又紧张起来。胖子二话不说，先在这耳室里找了一圈，可惜除了一具猫尸外，其他可以利用的东西都没有。

闷油瓶一直在呆呆地看着那堆尸块，看了很久，突然好像看出了什么，吸了口凉气。

这个人平时非常镇静，一旦紧张必然有大事情发生。所以看到他这个动作，我被吓了一跳，忙猫腰举枪。

他还是眉头紧皱站在那里，死死地盯着棺材，足足沉默了有五分钟，才转头对我们说道："这里面，其实只有一个人……"

第二十六章

瓷画

我才明白胖子说的养气藏尸是怎么一回事，闷油瓶又冒出来这么一句，还说得没头没尾，我一时理解不了，就问他怎么回事。

闷油瓶一指棺材，说道：“你仔细看他们的头，有什么区别。”

我顺着他的手指看去，只看见六个脑袋有大有小，像一串葡萄一样挂在躯干上，除了恶心之外并没有任何特殊的地方。我摇摇头表示看不出来。他又让我再看仔细点儿。这次我眯起眼睛来看，终于发现了一个问题。

原来这堆尸骸，除了最上面的那个头之外，其他几个似乎都没有五官。不仅如此，连基本的头部轮廓都没有，看样子像一些巨大的肉瘤长在上面。

看到这里我已经明白了他的意思，马上顺着他的思路找下去，又发现每只手的关节，似乎真的都连在一根躯干上，只不过这躯干已经扭曲得非常厉害，好像是放在洗衣机里脱过水一样，加上这黑水混混浊浊的阻碍人的视线，所以看上去就像很多尸体拧在一起。

我越看心越发寒，但是对结论还有一些保留。如果这棺材里躺的是一个长着十二只手脚的罕见畸形，那他的来历和身份到底是什么？在那个年代，这样一个怪物为什么会被养育到这么大？

胖子也看出了门道，吐了吐舌头，对我们说道：“我的姥姥，这东西是人吗？简直就是一只虫子！”

他这话形容得贴切，就是比较缺德。我说道："我们隔着水看不清楚，下结论还为时太早。按道理来讲，这么严重的畸形，简直就是一个妖孽，刚生下来的时候必然会被父母弄死，绝对没有机会养得这么大。"

闷油瓶淡淡说道："凡事无绝对。"

我摇摇头，还是不能全信。胖子说道："要知道其实也很简单，不如按我说的，去隔壁拿几个盆子来把这水舀了，好看清楚点儿，而且你看这尸块下面还有块石头板，我们一并弄出来瞧瞧，说不定还有什么意外发现。"

我一听来了兴趣。进到这个海斗以来，我连一个字都没有看到过，对墓主人的认识还是一片空白。如果这块石板上的文字我能看懂，至少也能推测出个一二来，对我们的行动说不定也会有帮助。

我和胖子一拍即合，二话不说就转身回到甬道对面，挑了三只有柄的瓷碗。这些东西在外面都是价值百万的珍品，在我手里算是还了本原，该是什么就是什么。

出于职业习惯，我拿起这碗的时候，不自觉地就看起上面的青花釉来，这一看我就一呆，没想到这上面的花纹竟然都是些叙事的图案。

大概是进来的时候一心想着三叔的事情，也没仔细研究这些陪葬品，现在看到，我马上就想起一件很不起眼的事情：三叔在进了这个斗以后，也和我一样，只是粗略地看一下这些东西就去休息了，但是其他人不同，那些人第一次进斗，非常兴奋，必然仔细地研究了这些瓷器，难道这上面还有什么关键性的东西？

想到这里，我忙拿起几只碗仔细看，发现这些画都是在讲一群人在修建一个土木工程，有砌石头的，有运原木的，还有搭木梁的。这瓷器摆放的顺序就是工程的进展顺序。我越看越震惊，头上的汗都出来了。胖子看我在那里一个一个地琢磨瓷器，不屑地说道："挑个罐子有这么难吗？别挑了，随便找个称手的就行了。"

我根本没听进去，趴下来边爬边看，一直看到最后一个八角瓶子，上面的图案是一个巨门打腰子的情景，再往后就没了，看样子应该还有更多的东西记录在别的瓷器上。

我看得简直是惊心动魄，连气都喘不过来。虽然只凭这些简单的画还看不出来他们到底是在修筑什么东西，不过看里面的描述，这个工程浩大的程度，几乎已经和故宫差不多了。然而上面的结构完全不是中原的风格，我实在想不出那个时候中国哪里还有这么大的建筑。

我回了回神，就想把这个惊人的发现告诉胖子，转头一看，背后一片漆黑，胖子早已不见踪影。

我一愣，心里直骂，这死胖子也真是的，知道我一个人不敢待在这个地方，走了也不和我说一声。我随手拿了个盆子，站起来就急急往对面的耳室跑去，刚进甬道，我就呆了。

只见对面耳室的那扇门竟然没了，又变回了那汉白玉的砖墙！

我只道是机关的原因，但是没想到这机关竟然如此迅速，连一点儿声音也没有，不由得慌起来。一个人待在漆黑一片的古墓里，这种事情我可再也不想经历了。

我冷静了一下，自我安慰说，这墓室的活动非常频繁，只要我能够耐心等待，估计几分钟之后，那门必然又会出现。

可没了胖子在边上，这古墓里安静得吓人，连心跳都像打雷一样，四周又暗得离谱，在这种地方，一分钟就像一个小时，实在没法子耐心等待。

我深吸了一口气，用手电照了照前面三个黑洞洞的门洞，也看不到里面有什么东西。这世界上最恐怖的东西，永远是在自己的心里。我只要一静下心来，总觉得那门里有什么东西正看着我，我吓得要命。

我拍了自己一个巴掌让自己平复下来，低头就往耳室里走，想着再去看看那些瓷器，免得看漏了。就在这个时候，我听到一声令人毛骨悚然的叫声从耳室里传了出来，拿手电一照，只见一只巨大的海猴子从泉眼里钻了出来，半个身子已经爬上了岸，那张长满鳞片的狰狞巨脸，我这辈子都不会忘记。

我叫了声"我的姥姥"，就撒腿往甬道里跑，也不管有没有其他机关了，闭着眼睛，一路冲了过去。眼看就要成功到达安全地带了，突然脚下一绊，一个狗吃屎倒在那只罐子边上。还好我反应不慢，就势一滚坐了起来，回头一看，只见两只闪着绿光的眼睛急速冲出耳室，径直向我冲了过来。

我一咬牙，一把抱起那罐子就想砸过去。那海猴子反应非常快，看我有了武器，也不硬冲，马上就转向跳到甬道顶上。我趁这个机会，哧溜一下就转到左边的玉门里，一把就把那玉门重新推上。

那玉门下面有一个自动的石闩，门一合上那石闩就自动弹了上来。海猴子在外面嘶叫了几声，狠狠撞了几下门，看样子非常不甘心。我知道这种材质非常坚固，血肉之躯是绝对撞不破的，忙定了定神。那海猴子见撞了半天没反应，竟然想从门缝里钻进来。我看着它那大脑袋直往里蹭，心头火起，举起气枪，直接对着门缝就是一梭镖。我也不知道打在它什么地方，只听那海猴子惨叫了一声，一下就跳开老远。

我不知道隔壁的那个门和这个墓室是不是相通的，忙又搭上一支梭镖，然后把手电和矿灯都打开，一下子几乎把这个墓室整个儿照出来，一看，吓了一跳。只见这是一个巨大的圆形墓室，中间竟然有一个巨大的水池，我的脚就站在水池的边缘，再往后一步，就会掉下去。

水池的中间，浮着一只巨大的洗脚盆一样的东西，静静地停在池的中间。我看到它上面的描画和浮雕就知道，这必然是一口棺椁。我不由得想笑，这个墓主人还真会想，把自己的棺材修成一个澡盆的样子，看样子他生前必然很喜欢泡澡。

我又往水里照去，只见这水简直深不见底，说不定一直就通到这个墓的底部，正在寻思这到底是一个什么样意图的设计时，突然觉得脖子痒了起来。

第二十七章

无题

我往后摸了一下，才知道是刚才中了莲花箭的地方。那四只铁钩子嵌进我的肉里，虽然没有取我的性命，但仍旧刮去了几块皮，现在汗水滴下来，竟然刺激得痒起来。

不仅如此，身上其他几个中箭的地方也开始隐约有点儿发痒，不过这痒尚且可以忍受。我无暇顾及这些身体上细微的感觉变化，使劲揉了几下后，就继续去研究这个奇怪的墓室。

我并不了解明代普通的墓葬地宫结构，只知道一点儿贵族墓葬的知识，不知道这两者之间的区别大不大，只好勉强将眼前看到的和知道的对号入座。

按照我的想法，我现在待的是左配殿，对面与我相望的是右配殿，左右配殿应该互相对称，里面按道理应该各有一个用汉白玉垒起的棺床，棺床平面用金砖（澄浆砖）平铺，中央会有一个长方形孔穴，内填黄土，称为“金井”。现在这些全部没有，只有一个大水池。

这只是其中一个奇怪的地方，另一个就是在两个配殿中间的那个门，应该是通往后殿，那才是放棺椁的地方，为何现在配室里有棺材，而且还是洗脚盆的形状？要知道这种盆棺是战国时期的东西，明朝是完全不会有的。

说起战国，我又想起了鲁王宫里拿出来的蛇眉铜鱼，这两个地方都发现了这个东西，而这里又有一个战国时期才会有的棺材，难道是巧合吗？

一时间我思绪如麻，再也想不下去。

这个时候，我已经围着那水池走了一圈，又回到了门口，那只被我用来当成武器的大瓷罐倒在那里。我心里一动，就随手拿起来看上面的瓷画。

这应该是另一个耳室里的东西，但是单幅的图案并不能表达什么信息。我只看到一个穿着明朝服饰的人站在一座山上，看着下面的一个工地，旁边还有几个穿着官服的人，看样子是在视察工地的情形。

我通过这些瓷器上的图案，大概能猜到这个墓主人必然不是什么王公贵族，很有可能是一个工匠或者建筑师，只有这种人才有能力和知识在古墓中使用如此古怪的设计，其他的人就算有这个想法，也没能力建造。

然而，明初的能人巧匠并不多，看这个墓的规模，必然是一个地位显赫、能排得上号的。这个人不仅要有资格修建一个像明皇宫一样浩大的工程，而且必须懂风水和奇技淫巧，这样的人其实也不难猜测。

我只想了几秒钟，一个名字就跳进了我的大脑——汪藏海。

这是个奇人，在风水上的造诣可以说是登峰造极，正因为如此，他被任命直接参与设计了整个明皇宫，还附带设计了好几个中国的大城市。那个时候，他的一句话，甚至使得几个城市在中国彻底消失。我在古籍中还了解到他有一本关于风水的著作，里面的内容深奥到了极点，简直可以说窥见天机，可惜他的后人只抄录了几本，其他都已经失传。

而且，相传沈万三在周庄银子浜底下的水底墓也是这个人设计的。这样一个人，为自己建造这样的一个墓穴，简直是绰绰有余。

我觉得自己的猜测很有道理，现在只要能找到一点点的文字资料，就可以知道我想的到底是对还是错，可惜这个墓主人好像是个文盲，一点儿铭文也没有留下。

这个时候，突然水池里“咕咚”响了几声，我的思绪被吓得一断，忙用手电去照。只看见那水池的一个角落里，竟然开始有水泡冒上来，还时大时小，一阵一阵的，并且没有规律，似乎这深不见底的水里，有什么东西正在活动。

我一下子慌了，马上端起枪，紧张地盯着那个气泡。突然一个白花花的东西冲上了岸，一个打滚翻到墙边，大口地喘着气。我一看，大喜，竟然是胖子，他上衣已经脱了，露出个大肚子在那里直鼓。他一边喘一边看着我，甩了甩手，说道：“他——娘的，我——差点儿就——憋——憋死了。”

我刚想问他怎么回事，突然脚边又有一个人出水，原来是闷油瓶也翻了上来，也裸着上身，可是身上的黑色麒麟不知道哪里去了。他明显没有胖子那么吃力，只是仰起头大大地吸了一口气，看见我，说道："这里是左边还是右边？"

我说左边。他松了一口气，一屁股坐了下来，捂住自己的手腕。我看到他手腕上有一个黑色爪印，突然有一种不好的预感。

胖子喘了半天才缓过来，捂着肚子直叹气。我问他们怎么过来的，他吐了几口口水，说道："别提了，幸好你没看见，吓死我了。幸亏那棺材底下的石板下面有一个洞通到这里来，不然我们就死在那地方了。"

我纳闷，问："什么东西这么可怕？"

胖子说道："我去，我连形容都形容不出来，就一句话，那六体连环尸肚子里，还有一个东西！"

第二十八章

继续无题

胖子说完，又咳嗽几声，连吐了好几口口水。我听得着急，忙让他接着说。胖子挠了挠后背，说："上吊也得喘口气，这事发生得太快，我一下子也说不清楚，你得等我组织组织语言。"

我看他那样子，真的是脸色发白，讲话的声音都阴阳怪气的，看来气管里还有水，忙用力帮他拍了几下背。他被我拍得人都缩起来，狂咳出很多黏糊糊的东西，说道："行了行了，再拍我就被你拍死了！"

我催道："行了就快说，你们到底遇到什么了？"

他擤了擤鼻子，就把他们遇到的事情和我简单叙述了一遍。事情发生得非常快，所以他的叙述也比较乱，但我还是大概知道了来龙去脉。

原来，当时他看我在那里傻呆呆地看着瓷画，又催了我几声，可是我当时专心得要命，根本没有听见。他见我没反应也不来催我，大概是惦记着那些值钱的玉配饰，就先自己跑了回去干起来。那个时候，他心里想的是，我挑完之后自然也会走过来，两个耳室不过五六步路，不可能会有什么意外。

可是，他接下来看到的东西，把他的注意力完全吸引了过去，以至于完全忘记了我的存在，也根本没有注意到那石门是什么时候消失的。

他回到棺材边上，与闷油瓶两个人一起舀水，很快，那尸块就浮出了水面。胖子仔细一看，不由得骇然，原来，那几个他本来以为是头的肉瘤，其实都是女人肥硕的乳房，肥得都挂了下来，拖在扭曲的躯干上。胖子当时就傻了，他可真没想到这竟然是一具女尸。

可是，按道理既然有十二只手，那应该有十二只乳房才对，可是正面只有五只，难道背上还有？他们想着就琢磨起怎么把这尸体从棺材里抬出来。

胖子先试着用枪当钩子把尸体钩出来，可是尸体太软，身体几乎全部蜡化，滑腻腻的根本没地方着力，戴上手套用手更不行，就像捏肥皂一样，一捏就下来一层油，恶心得要命。最后闷油瓶想了个办法，他们把衣服脱下来，一个人包头，一个人包脚，用枪一穿做了个扁担，两个人一抬就把她抬了出来放到地上。

在探灯强光的照射下，尸体迅速干化变黑。这下他们看得透彻，另外的几个乳房已经被割掉了，留下了几个碗口大的疤在身体两侧。她的身体也并不是扭曲，而是由于身上肥肉横生，堆起来像山一样。

当时，他们也没想为什么这个女尸的肚子这么大，只道是太肥，根本就没有看出她其实是在怀孕时死去的，肚子里面另有乾坤。

尸体抬出来后，下面的石碑就露了出来。闷油瓶说，这是压棺石，一旦这个海底墓的气密结构被破坏，有了压棺石，棺材不至于浮起来。那块压棺石非常粗糙，只刻了一列斗大的字。

胖子看了几眼看不懂，才想起我。直到这个时候，两个人才发现，那墙壁上的门已经不见了。胖子一看就慌了，倒不是担心我，而是担心自己出不去。闷油瓶让他别怕，说这门到时候自然会出现，急也没有用。这个时候最重要的是把手头上的事情做完。胖子见他这么镇静，也放下心来。

两个人想把石碑从棺材里拿出来，却发现石碑非常重，而且四周浇了松汁，牢牢地粘在棺材底上。胖子一看，这不合情理啊。他用力敲了敲这石碑，突然发现下面竟然是空心的。

他们点起火折子，把松汁全部烧熔，然后将石头搬开，下面露出一个大洞。胖子虽然人比较粗，但是阅历非常丰富，一看，惊讶得嘴巴都合不拢了。这个洞竟然不是古墓的设计者特意做在这里的，这是一个盗洞！

这可是一个爆炸性的发现，其他方面先不说，光是这个盗洞在定位上就可以说是天下无双，竟然直接挖到了棺材下面。如果不是有这块压棺石挡着，估计里面的尸体早就被拖入洞中。最离奇的是，这个墓位于海底，这个盗洞是用什么方式打的呢？

而且，如果这个墓室上下是电梯结构的，那棺材下面应该是另一个墓室才对，怎么会有空间可以容纳这么深的一个洞？当下胖子就肯定，我们关于墓室机关的想法，可能是错误的。

这下整个事情又坠入了迷雾里，两个人同时沉默了。胖子心里很清楚，因为这个洞，这里养气藏尸的局已经被破坏了。这具尸体虽然已经蜡化，无法再尸变，但是这个地方的势已经不在，必然对整个墓穴的风水造成影响。虽然现在不知道总体的变化如何，但是难保不会突然从一个灵穴变成一个败穴。胖子在风水上造诣虽然不高，但到底是北派的人，知道这种转变非常不妙。

可是他到底不是这方面的专才，一往细处想，脑子就不够用了。他认为石碑上的那几个字可能是关键，就描了下来。这个时候，他听到蹲在女尸边上的闷油瓶突然大叫："糟糕！"

他一转头，竟然看见从女尸体内伸出了一只长满白毛的小手，死死抓住了闷油瓶的左手。胖子没想到那女尸肚子里还有一个死婴，吓了一跳。不过，他反应到底是快，回过神之后，马上拿枪，对着那女尸的肚子就是一梭镖。这一下似乎打得正是地方，闷油瓶一下子就挣脱了。胖子还想再射，闷油瓶大叫："射不死的！快走！"说完就拉他去钻那棺材里的盗洞。

胖子一看那里面有剩余的棺液流下去，恶心得要命，一下还下不去脚。可是回头一瞧，只见女尸肚子上凸出一张脸的形状，好像拼命想钻出来。那女尸肚子上的皮已经被拉得透明了，连里面那东西的五官都看得清楚了，他不由得后背发寒，心想好汉不吃眼前亏，一咬牙跟着钻了进去。

盗洞是开砖头挖出来的，做得非常巧妙，把所有的砖头只敲掉了一半，这样就能在盗洞的顶部自然做成一个拱形的砖梁，上面的东西不会压下来。这种手艺真的是靠功夫，估计没个几天时间还完不成。

闷油瓶已经爬进去有几步了，胖子在后面拼命追，他也不知道这盗洞到底通向哪里，爬了没几步，突然就发现盗洞往下倾斜，下面竟然有水。不过，有水的一段似乎并不长，他看到有灯光照射进来，估计可能是我，就往水里一潜，才游了没几步，前面果然 宽，变成了 个大池。那个时候两个人都快没气了，拼命浮上来，一出水马上就看到我拿着梭镖对着他们。

听到这里我忍不住说："敢情你也只看见一只手啊。"

胖子说道："你胖爷我倒是根本不怕那东西，不过这小哥这么厉害，看到那东西都逃，你说我逞什么能耐。不过话说回来，我还真是不明白咱干吗要跑。小哥，那东西是什么玩意儿？真有那么厉害？我看着就那点儿分量，给它来几梭镖，估计也能搞定啊。"

闷油瓶摸了摸自己的手腕，说道："那是一只白毛旱魃，砍掉它的头就能杀死，不过它一死，大量尸毒就会蒸发出来，我们就这么点儿空气了，不合算。”

我听了吃惊，旱魃一说是传说中能引起旱灾的鬼，又说是僵尸在养尸地里待久了，就可能变魃，《诗经》上就说过，“旱魃为虐，如惔如焚”。总之，关于这个东西的说法多之又多，没想到竟然是这个样子。不过这些都不是重要的，进到这古墓里，我早就做好了思想准备，会见到稀奇古怪的东西，倒是那个盗洞非比寻常，竟然是通到这个水池来的，这不太可能。我估计这水池下面的盗洞口子必然只是一个出口，可能是这人打盗洞的时候，并不能肯定主棺的位置，就向几个可能方位都打了盗洞，这个只是其中之一。想到这里，就问他们有没有发现岔路。

胖子摇头说没有，这盗洞并不长，很明显是一路到底。我听了也并不沮丧，因为砖头洞嘛，要用砖头藏起个洞口，太方便了。

想着这个盗洞既然没有破坏气密结构，其进口也必然是在这个古墓内，找到了也没有什么用处。我估计他肯定是从泉眼进到耳室，那时耳室还处在无门的状态，他没有办法，只好硬挖出一个道来。不过这人也真倒霉，往耳室挖，挖到压棺石，往配室挖，挖到个水池，不知道主墓室有没有被他挖通。

正想着，胖子突然说道：“你们说旱魃会不会游泳？”

我一愣，不知道他什么意思。他指了指水里。我回头一看，只见那水池的中心，突然冒出了大量的气泡。

第二十九章

石碑

那些水泡均匀地冒上来，频率很快，同时还有向外扩张的趋势，似乎那水池底下有一只大家伙，正在不停地喘气。我们二个人都戒备起来，端起枪，后背紧紧贴着墙壁。我已经紧张得有点儿力不从心，手心里全是汗，不知道等待我们的将是什么结果。那些水泡冒了大约有五分钟，突然，水池底下传来一声令人费解的闷响。

与此同时，水池的水位竟然开始下降，水面上逐渐出现了十几个漩涡。只见水花飞溅，好像十几个抽水马桶同时在抽水，那具盆棺就随着水流拼命地转起来，就像一只陀螺。仅仅一瞬间，水平面就下去了两三米。我看得莫名其妙，忙拿手电往水池里一照，竟然看见水池的内壁上出现了一道石阶，这石阶顺石壁盘旋而下，似乎是直通池底。

水下得非常快，我还没来得及仔细观察就已经现出漆黑一片的池底，只有漩涡的轰鸣声还在不停地传来。我用手电略微扫了一下，发现这个水池是一个碗状，上面宽下面窄，足有十几米深，手电的穿透力不够，加上下面水雾缭绕，池底隐藏在迷蒙的黑暗之中，什么都看不清楚。

我想起我们还有那种穿透力极强的深水探灯，不知道对水雾有没有作用，忙招呼他们打起来，并将光线调到最大，从三个不同的方向同时向下面照去。

这么一照虽然没有照得通透，但下面的样子算是勉强勾勒了出来。池底是一个十米直径的圆形平面，上面雕着浮雕，具体是什么图案看不清楚，不过倒是能肯定上面有好几个大洞，看来就好似下水的口子。

池底的中央聚着一团水汽，里面有黑影，不知有什么东西。胖子眼睛很毒，琢磨了半天，说道："你有没有看出来，那池底中间，好像有一块石碑？"

我顺着他指的方向看过去，只能看到一个轮廓。胖子说道："这石头阶梯这样下去，不知道通到何处，说不定下面还有其他的通道，我们下去看看！"说着，一跳就跳到了那个石头台阶上。

这古墓诡异异常，我并不赞成贸然下去，叫道："你别急，这样下去太危险了，至少也要等到下面水雾都散了。"

胖子已经往下走了好几步，说道："没事，我就下去看看，如果不好走自然会回来。"

我知道他的脾气，也不再拦他，看着他往下走了大概有两圈，似乎碰到了什么，蹲下去看，才看了几秒钟就抬头对我们大叫："这里竟然有洋文！"

我听到这句话一愣，怎么可能？明朝古墓里出洋文，这是唱的哪出？我大声说道："你胡说什么？古墓里怎么可能有洋文？你别是把花纹看差了。"

胖子气得大骂："你胖爷虽然洋文不好，但ABCD总知道，你也把我看得太扁了！你要不信自己下来看！"

我说道："那上面刻的是什么，你给我念念。"

胖子简直出奇地愤怒，骂道："我要是看得懂，还用叫你下来？"

我本不打算下去，可这样一搞，不下去也不行了，叹了一口气，也学着胖子一跳，跳到那石阶上。那石阶只有半米长，似乎是用整块的青岗岩架空而成的，一端插进池壁里。我用力跺了几脚，非常稳固，没有坍塌的危险。这个时候，闷油瓶也跳了下来，我们一前一后，向胖子走去。

胖子站在那台阶上，就像一堵墙一样，他指着池壁说："快看这里，这要不是洋文，我把'王'字倒过来写！"

我一看，上面真的被人用凿子敲了几个字母出来，看痕迹不新不旧的，就想到有可能是二十年前三叔他们那批人刻出来的，不由得暗暗吃惊。难道三叔在睡觉的时候，这批人到过这个地方？那他们的失踪会不会和这个怪池有关？

胖子看我发起呆来，用力拍了我一下："到底是不是？快说啊！"

我忙点头说："是，是，我向你道歉，这还真的是英文。"

胖子得意起来，一拍大腿："我说怎么这么奇怪呢，这破斗找了这么久，连一点儿稍微好点儿的东西都没有，敢情是洋人兄弟捷足先登了。想当年八国联军来的时候，可没给我们剩下什么东西，这次不用说，估计啥也没了。”

我想了一下，说道：“也不能说是洋人，中国人也可以写洋文字。说到雕刻，雕洋文比雕中文所花的时间要少得多，这些字母是缩写，我觉得可能是个标志。你看他刻得非常匆忙，恐怕是当时他往下走的时候，发生了什么紧急的事情，或是有人在催他，他为了给后面来的人留个记号，才刻了几个字母在这里。”

胖子说道：“听你这么一说，倒也对，你说他们到这下面去干什么？难不成有什么宝贝？”

我知道他又想到别处去了，不去理他。胖子追着我说道：“反正咱还有的是时间，不如下去看看，说不定能找到点儿青铜器当工具，岂不是一举两得？”

我看着下面，宝贝我是不稀罕，有命赚没命花的钱我才不要，不过，如果在下面能够知道文锦他们的下落，倒是值得去看一下。正在犹豫还要不要继续走，突然听到边上的闷油瓶说道：“这地方我好像来过！”

第三十章

池底

闷油瓶说完这句话，也不理我的追问，快步向下跑去。我似乎看到一丝真相的曙光，自然不肯放过，忙追了下去。

水池底下的雾气在不断地上升，我才走了十个台阶，就进入浓密的雾气中，能见度急剧下降。刚开始还能看见胖子的背影，几步之后，前面能看到的只剩下一个手电的光点，加上胖子胆子大，三步并成一步地跑，一下子就把我甩下好远，结果才下去一圈还不到，我连胖子手电的光点都看不到了。

这下我有点儿慌起来。我现在是在一片云雾缭绕之中，往前往后往右能看出去的半米不到，这种能看见又看不清楚的感觉，比在绝对黑暗里还难受。

池面与池底的垂直距离并不长，走了有一支烟的工夫，胖子就在下面叫道："我这里已经到底了！"

我听到他脚踩到积水的声音，忙几步并作一步跑下去，突然脚一凉，踩进了水里。原来池底的水并没有全部抽走，还有大概到小腿深的积水，难怪我在上面向下看的时候，怎么也看不清楚。

我观察了一下这个地方，发现这里差不多是雾气的中心了，能见度更低。我摸着池壁走了几步，就听胖子在左边叫道："你注意水下面，这里都是进水的洞，千万别踩进去。"

我用脚探了探，果然，前后都有碗口大小的坑，看来在这里走路要极度小心才行。这个时候，胖子晃着手电从雾里钻出来，让我跟着他走。

我点点头，尾随他蹚水进去，走了几步，突然看到前面出现几个黑色的轮廓，不知道是什么东西。胖子显然已经看过了，一点儿也不怕，招呼我别磨蹭。我跟他走过去一看，原来是四只半人多高的石猴，蹲在石座上，面朝四方，不知道在祈祷什么。我知道这个叫定海石猴，一般沉在池塘底下，辟邪用的，在这里出现也算正常。

我放下心来，又往里走了几步，只见那四只石猴的中间还竖着一块两米多高的大青岗石碑，闷油瓶正打着手电照着那石碑仔细地看。

我走过去问他："怎么样，你看到这些有没有想起来什么？"

他指了指碑前面的基石。我一看，上面刻了几行小楷。胖子看不懂，问我上面写的是什么意思。我说："这几句话就是告诉我们，墓的主人修建了一个天宫，通往天宫的门就在这石碑的里面。如果和你有缘，这门就会打开，你走这门啊，就可以上天了。"

胖子看了看这石碑，说道："有个屁门啊。"

我对他说道："这句话有点儿像禅话，这种话每个人都有不同的理解。他的本来意思，不是说这石碑中真的有一扇门，可能是指碑上的内容隐藏了什么东西。"

胖子对我说道："这碑上有'内容'吗？我可一个字也看不到！"

我抬头一看，看到石碑正面光秃秃的，打磨得异常光亮，几乎就像一块玉一样，然而上面一个字也没有。我也觉得纳闷，说道："这里写了有缘才会打开，你和天宫没缘，当然不能看见'内容'。"

胖子"呸"了一声，叹了口气就俯下身子在水里摸起来，一边摸还一边嘀咕："我和天宫没缘分不要紧，我和明器有缘分就行了。"

我转头去看闷油瓶，他的脸色很差。我问了他几句他也不理我，只是仔细地盯着这块石碑，好像在找什么东西。我觉得奇怪，一块光板而已，不知道他聚精会神地在看什么。这个时候胖子拍了拍手，我转过头，看见他从水里捞起来一只潜水镜，说："看来这里来过不少人。"

我走过去对他说："我三叔出去的时候，身上没有潜水器械，这些东西可能是他的。你看看有没有氧气瓶。"

话刚说完，胖子已经从水里摸出一个被撞扁的氧气瓶来。他试着用了一下，似乎不行，又扔回了水里，说道："这下面尽是些破烂，难为我还从这么高的地方跑下来，真是空欢喜一场。我看我们还是快点儿上去，难保什么时候这水又要上来，到时候飞都来不及。”

我看了看水位，觉得胖子说的有道理，就走过去找闷油瓶。一看，他竟然不在那里了。我叫了几声，没人答应，心里突然“咯噔”一下。

这小子就像鬼魅一样，经常突然出现又突然失踪，这下千万不要又消失啊。

想到这里，我忙招呼胖子四处去找。虽然雾气很浓，但是这个地方不大，我们兜了两圈，终于发现他坐在池壁的角落里，正呆呆地看着前方。我一看他的眼神，就觉得不对劲儿了，眼睛里已经没有了他经常有的那种淡定，变成了一种死灰一样几近绝望的眼神，整个人看上去就像死人一样。

我忙问他怎么回事。他抬头看着我，用几乎听不到的声音说：“二十年前的事情，我想起来了。”

第三十一章

二十年前

闷油瓶，不，应该说是张起灵，他的语气平缓，不带一丝感情色彩。从他的叙述中，我渐渐看到了这个巨人谜团的一角。然而我没有办法从他的叙述中了解他在整个事件中的所想所听，也无法了解他真正的身世背景，我们暂时把他想象成一个沉默睿智的青年。

在深深的海底，无法听到海面上的狂风怒号，但还是能够感觉到风暴来临前的那种窒息。

张起灵静静地坐在耳室的角落里，看着他的同伴们争先恐后地研究地上的青花瓷器。这些瓷器对他来说毫无吸引力，而这几个看上去比他年长一些的学长，都已经被这些东西完全吸引了过去。

他们互相传阅，有的想把上面的花纹描录下来，有的在讨论上面图案的意思，这个时候，突然有个人叫道："你们快来看！这些瓷器底下有蹊跷！"

说话的人名字叫霍玲，是考古队三个女生中年纪最小的，父母是高干，平时娇生惯养的，特别喜欢大惊小怪地来吸引别人的注意。张起灵听到她的声音就觉得头疼起来，不过她这样的女生在这个小团队中还是比较受欢迎的。这一声娇滴滴的声音，马上把其他几个人吸引了过去。这些男生都争先恐后，希望能够在霍玲面前显示自己的学问，纷纷叫道："有什么蹊跷？拿给我看看。"霍玲翻过手里的一个瓷器，让他们看。其中一个人看了一眼，说道："这个啊，我知道，这个叫窑号，代表这只瓷器的产地。”

另一个马上反驳，说道：“不对，明窑的窑号不是这个样子的，这可能是代表这个墓主人身份的府号铭文！”

第一个就有点儿面子上挂不住，说道：“府号铭文一般都是四个字的，这里只有一个字，还非常生僻，你说的更加不可能。”两个人说着说着就吵起来，而且有演变成打起来的倾向。见惯这种场面的霍玲叹了口气，突然看到张起灵冷冷地靠在角落里，根本没有理会她，哼了一声，径直走了过去，把青花瓷长颈瓶递到他面前，很俏皮地说：“小张，你帮我看看，这是什么？”

张起灵根本不想理她，淡淡地瞄了一眼，什么也没看清楚，就转过头说道：“不知道。”

霍玲脸色一变，她很少在男人面前吃闭门羹，不由得心中一阵不舒服，说道：“小张，不准你敷衍我，仔细看看再回答！”说着，一下把那瓶子塞到张起灵手里。

张起灵叹了口气，无可奈何，只好拿起来。

霍玲得意地指给他看。原来那只被碰倒的青花瓷长颈瓶的底部，有一个特殊的刻文。

这个刻文张起灵从来没有见过，不由得心中一愣。一般的瓷器底部都是从哪里出窑的窑号，然而这个刻文，有凹凸的手感，却不是任何窑号的名称，更像一个编号。他随手拿起另一只，翻过来一看，果然也有，却和他刚才看到的不同，这下他突然隐约感到，这些瓷器似乎并不是单纯的陪葬品这么简单。

霍玲看他神色变化，以为这块木头终于开窍了，问道：“小张，怎么样，这到底是什么东西？”

张起灵根本把她当成透明的，他拿起这些瓷器，一连看了十几只，发现每只的底部都有不同的符号，而且这些符号有规律地变化着，似乎是一种有固定排列顺序的编号。

为什么要给这些瓷器编号呢？难道它们的排列顺序这么严格吗？还是，如果不按这些编号排列，就达不到某种目的呢？张起灵心中闪过无数的念头，不由得仔细地端详起这些瓷器来。

他一看之下，又觉得愕然，因为瓷器的花纹所描绘的内容不是春耕，不是庭院，而是一幅工匠在雕琢巨型石像的画面。这种画面在古代是不登大雅之堂的，何以会将其描绘在瓷器上？他一路看下去，渐渐发现了一些端倪。这些瓷画，单独看时并无什么特别之处，但是只要按照排列的顺序，你就会发现，这些画面都是连续的，似乎是在描绘一个巨大工程的进展情况。这个时候，所有人都被他奇特的举动吸引住了，几个男生不知他卖的是什么关子，都莫名其妙地盯着他。

张起灵并未理会这些人，他没有像我一样一路看下去，而是直接走到了最后一个小巧的瓷花双耳壶边上，拿起来仔细一看，心中已然一动。只见这最后一只双耳壶上，已经勾勒出整个工程完工时的情景。

那是一座无法用语言来描述飘浮在天上的宫殿，宫殿下方云雾缭绕，宫殿的建造者站在地面上，仰望着天空，而边上的一座山上有一个道者，正怡然自得地微笑。

这小小的双耳壶无法表达出这个工程的任何雄伟壮观之处，但张起灵心里涌起一阵无法抑制的激动，因为他知道他找到了什么东西。

他几乎可以断定，上面描绘的内容，就是明初的鬼手神匠汪藏海所设计建造的云顶天宫！这可以飘在天上的宫殿，老早就出现在民间传说之中，然而那时候的解释是，汪藏海是利用一只巨大的风筝配合大量的金丝线，造成美轮美奂的空中宫殿的假象，来取悦朱元璋。

可是如果传说是正确的话，那这里所描绘的情景，又是什么呢？如果传说不正确的话，那么，这些瓷画是不是说明，汪藏海真的造了一座飘在天上的宫殿？传说与事实，哪个真？哪个假？张起灵陷入了迷茫。

他思索了一会儿，毫无头绪，就把这些事情告诉了还不明就里的同伴。这些人当然不信，忙按照他的方法，一个瓷器挨一个瓷器地看下去，一个个不由得看得目瞪口呆。这不仅是中国历史上绝无仅有的，也是世界范围内最匪夷所思的发现。那个霍玲看到自己的小发现竟然引出了这么重大的发现，不由得欣喜若狂，就在张起灵的脸上亲了一小口。这下另外几个男的马上吃起醋来。

偏偏张起灵没有察觉到这一点，他可能根本不知道是谁亲了他，也不想知道。他直接走到文锦边上，提议马上进后殿搜索。他认为，更多的线索必然可以在棺椁中找到。

文锦到底是个负责人，她认为这样做太危险了，忙说道："不行，绝对不行，没有领队的带领，我们不能自己进古墓去！"

张起灵看她不同意，也不多废话，自顾自收拾了自己的装备，就往甬道走去。文锦到底是一个女中豪杰，看他如此不把自己放在眼里，不由得也心中不快，就想出手教训他一下，反正她在研究所里也经常耍几招功夫，教训一下那些不服她的毛头小伙子。

想着，她突然上前发力，想一把抓住张起灵单薄的手腕，这叫作扣脉门。脉门一旦扣住，就可以四两拨千斤。她一个女人力气自然不大，但是只要率先发难，也足以让张起灵这个大男人疼得求饶。

另外几个男的都中过文锦这一招，不由得暗自发笑，想看张起灵的笑话。

这一招她百试百灵，一般没武功底子的人根本防不胜防，然而她这一下却没有扣着，不由得大吃了一惊。这时候，张起灵已经回过头来，淡淡说道："你放心，我能照顾自己！"

文锦冷笑一声，说道："你拿什么来照顾你自己？小张，你在所里是出了名的无组织无纪律，可这里是古墓，请你不考虑自己，也要考虑考虑大家的安全。"

张起灵点点头，竟然说道："我会考虑的，我很快就回来。"

文锦小脸都气红了，心想怎么摊上这么个刺头，看他那不温不火的语气，自己又没办法发火，就上去一把拉住他，说道："不行，说什么你也不准去，我们已经少了一个人了，你叫我回去怎么向所里交代？"

张起灵似乎有点儿不耐烦，转过头，眼神一冷，说道："放手。"

文锦非常坚决地看着他。我想，任何男人看到她这么可爱的一个女人用那种眼神看着自己，都会妥协，可是张起灵突然睁大双眼，眼神竟然瞬间变得犹如恶鬼一样。

文锦吓得手都软了，被他一下甩开。

等她再看，张起灵的眼神又变回那种淡然的样子，向她点了点头，说道："谢谢！"

其他人看到这一幕，以为文锦同意了他的要求，都不服气起来。人就是这样，只要有一个人破了规矩，其他人都会蜂拥而上。其他几个人看张起灵走进了甬道，一方面怕他占了所有的功劳，另一方面已然难以压制好奇，纷纷吵着要跟上去。

文锦到底是个女人，她知道自己刚才的手一放，就已经失去了对这些人的控制。事到如今，除非手里有把枪，不然已经没有任何办法可以阻止这些年轻人了。

三叔的脾气不好，如果这个时候摇醒他，以他的脾气，必然会为了自己的面子和张起灵发生激烈的冲突，事情可能会一发不可收拾。最后权衡利弊，她决定自己带他们进入后殿看看，并尽快回来。以她多年倒斗的经验，如果这只是一个普通的墓穴，必然没有问题。

之后的过程，与我们经历的基本相同。至于他们如何通过机关重重的甬道，发现了池内的阶梯，然后下到池底，虽然也十分曲折离奇，但并不是叙述的重点。张起灵讲的时候也是一句话就带了过去，最关键的事情，还在他们下到了水雾缭绕的池底，看到那块无字石碑以后。

这池底的情景简直是诡异莫名，那些浓雾在手电的照耀下，不时变化成各种各样的脸谱，让人不由自主地产生畏惧的心理。走下最后一级石梯的时候，一行人突然就变得团结起来，大气都不敢出，在雾气中互相拉扯，战战兢兢，生怕有什么东西突然冲出来。

霍玲见张起灵毫无畏惧，而边上其他几个平日里威风八面的所谓的学长如今都闪闪缩缩地躲在他的身后，不由得对他生出一点儿好感，对那些男生说道："你看看你们几个，都比小张大了好几岁，连他的渣都比不上，丢人不丢人！"

他们那个年纪的人，正是初生牛犊不怕虎的时候，被霍玲这么一说，血气上涌，也不要命了，都抢着冲到张起灵前面去。池底空间不大，他们跑了几步，看没什么事情发生，胆子又大起来，径直走进雾气的中央，才走了几步，突然，领头的那个大叫："里面有只怪物！"边叫边逃回来。

这一嗓子几乎把所有人都吓得屁滚尿流。后面几个也不管自己有没有看到，头皮一麻也跟着后退。张起灵不理他们，领着其他几个人自顾自走了进去，就看到了那只所谓的怪物，就是那定海石猴。

随即，他们就看到了另外的几只定海石猴和那块神秘的无字石碑。

瞬间，所有人都被深深地震撼了。虽然眼前的这些东西并不壮观，但是在这些人眼里却意义非凡。这古墓里的一切，都颠覆了教科书一样的千年不变的中国墓葬观念，有着不可估量的考古价值。

连文锦都惊讶得说不出话来，喃喃道："我的天，这些东西太让人难以置信了，这说不定会成为中国考古界的又一个里程碑。"

震惊过后就是狂喜。那个年代，一个重大的发现意味着巨大的机会，一旦把这个发现公布出去，他们的名字马上就会家喻户晓。想到这里，有几个笨点儿的已经傻笑起来，还有一个兴奋异常，竟然控制不住开始跳起舞来。

这个时候，惹起这场祸头的张起灵却深深皱起了眉头。他看得比任何人都仔细，早已看到石碑基石上的篆刻古文——

此碑于有缘者，即现天宫门，入之，可得仙境也。

这句话给他的震撼远远大过其他发现。他半点儿没有被身边那些人的癫狂所感染，陷入了沉思之中。

按照他的想法，这样的文字，不可能无缘无故地写在这个地方。所谓“有物则必有其用”，墓主人把这些东西摆在这里，必然有不得不这样做的理由。那这石碑上通往天宫的门，到底在什么地方？如何才算有缘？他站到石碑前面，一寸一寸地找起来，可是石碑就是石碑，没有任何机关或者暗文的痕迹。

其他人闹了一会儿，也逐渐冷静下来。文锦觉得时间已经差不多，再在这里耽搁并不妥当，就招呼他们回去。那几个人也开心够了，见识到了，也收起心来，说说笑笑地就往阶梯走去。文锦一个一个数过来，数到最后，发现张起灵还没过来。

张起灵刚开始不服从领队，坚持要来后殿，现在又不肯归队，想到这里，文锦就非常生气，但是职责所在，总不能扔下他不管。她语气很差地吩咐了其他人一声，一队人又快步走回雾气中。

他们走了几步，看见张起灵还蹲在石碑前面在研究什么。文锦不由得心头火起，叫道：“你还不走！到底要别扭到……”话才说了一半，霍玲一把拉住她的手，拼命叫她不要说话。文锦纳闷，看了看其他人，发现他们都有点儿惊慌的神色，非常不解。

霍玲看她还没反应过来，忙指了指雾。文锦顺着她的手看过去，只见张起灵的边上不到两米距离的雾气深处，出现了一个巨大的人影。

第三十二章

奇门遁甲

那个巨大的人影几乎与石碑同样的高度，依稀看到有头有脖子，与人无异，只是他站在那里的姿势，佝偻着腰，显得说不出的怪异，让人看着不寒而栗。

文锦冷汗直冒。他们一行人站在石阶与池底衔接处，与那个巨人只有五步的距离，说远不远，说近不近，非常尴尬。池底雾气翻腾，所有的照明只靠几只功率不大的手电，一时间也无法看清这个东西到底是人还是鬼。而刚才这里这么多人，里里外外都搜索过了，这十米开外的池底，除了中央四只定海石猴和一块无字的石碑外，并无其他东西。

这个巨大的“人”，又是什么时候冒出来的?

然而，这个该死的张起灵好像一点儿都没有察觉，仍旧在入神地看着石碑，不知道到底在研究些什么。文锦简直对他恨得咬牙，无奈自己是负责人，不能丢下他不管，现在一时间她也没有对策，只好嘱咐身后的人不要乱动。

过了有五六分钟，这个巨“人”仍旧躲在雾气之后，好像没有任何行动的打算。

这个时候霍玲已经忍不住了，轻声叫道：“小张，你还傻蹲在那里干什么啊！快点儿到我们这里来！”

文锦吓得忙阻止她。张起灵离这个东西太近，一旦情况发生变化，两步的距离很难全身而退，最好的办法就是暂时维持现状。

文锦迅速分析了一下形势。在古墓中，凶险的事情虽然不少，但只要你知道你碰到的是什么东西，自然就有办法对付。就怕你身处险境，却还没有摸到头绪，往往会死得不明不白。

文锦稍微一分析，就觉得这个地方不可能有粽子，因为这个古墓所选的位置非常好。西沙群岛几百年来受到人为的骚扰很少，几座环形岛礁在海面上星星点点，在海下却是连成一片，形成一条连绵不断的海底山川。山川藏在海底，聚风养气，东有龙头，西有龙尾，是一条非常少见的海底龙脉。龙先属水而后飞天，所以水龙在风水学上，还略高于山龙。

这样一个地方，如果有棺材必然是有官有财，特别是如果这个古墓真的葬的是汪藏海的话，此人看名字必然是五行缺水，这样一来在海墓之中更加相得益彰，简直可以说把风水上所谓的"天地人和"都占尽了。

所以除非风水书都是瞎掰，不然这里绝对不会有粽子。文锦想到这里，心中已经释然。既然不是僵尸，那必然是人或者动物，只要是活的东西，这里这么多人，不要说你身高两米，就算你身高三米我们也能把你拿下。

这个时候，其中一个男生说道："文锦，我看不对劲儿啊。我记得在那个位置上面，应该是那只石猴，该不会是有什么东西站到石猴上面去了吧？"

文锦心中一动，突然想到，该不会是三叔醒了过来，发现他们不在，进了这里找他们。这个人行事比较不正经，可能是怪他们不服从他的命令，就躲到雾气后面，然后爬上石猴来吓唬他们。

如果真是这样，那简直太可恶了。文锦想到这里，已经觉得这是最有可能的解释，就对那影子叫道："吴三省！你别玩了！快给我下来！"

如果对方真的是三叔，这么一吼必然知道自己已经漏底了，那继续硬撑下去也没有必要。三叔是豁达之人，这种小事情，他大笑两声也就算了，绝对不会介意。

谁知道她话音刚落，那个影子突然伸出一只手，对他们一摆，好像是让他们不要说话！

文锦一看他那身形，手的长度和他的身高不成比例，果然是有人站到了石猴之上。她想也没想，断定就是三叔，气得一跺脚，快步跑了上去，一个箭步跳上石猴，就去扯他的耳朵。

这是她对付三叔最后的一招，因为他们约定过永不吵架，只要文锦气到极点，就可以去拉三叔的耳朵，让他知道，自己已经非常生气了。一般遇到这种情况，三叔就算有豹子胆，也不敢再放肆了。

说时迟那时快，她刚跳上石猴，还没来得及动手，石猴上那人就一把把她抱住，一手捂上她的嘴巴，轻声说：“我是小张！别说话！看下面！”

文锦本来已经怒不可遏，可一听这声音，不由得一愣。这真的是张起灵的声音！他怎么会站在石猴上？

她转念一想，突然出了一身冷汗，不对啊！如果这样说的话，那石碑前面蹲着的又是谁啊？

她马上回忆刚才的情景，那个时候她只看到石碑前面蹲着个人，手上又有手电，而这么多人中唯独缺了张起灵一个，所以她才会马上下了判断，难道这是一个先入为主的错误？

想到这里，她马上探出头去看，看得她一愣。只见那碑的前面蹲着的人，穿着和他们一样的潜水服，看体形，不是别人，竟然是吴三省！

而且吴三省还有点儿不对劲儿，文锦一开始还不明白他在做什么，仔细一看，才发现他竟然在对着那块光滑得犹如镜子一般的石碑梳头发。让人觉得毛骨悚然的是，他那种扭捏的动作，分明只有女人才做得出来。

三叔梳了一会儿头，又转了转脸，仔细地看着石镜里的自己，就像一个未出闺阁的少女梳妆打扮完毕，再最后看一下效果。

石镜里三叔的脸似笑非笑，看上去鬼气森森的，说不出的诡异。这样的画面，如果是平时肯定很好笑，但是现在，文锦只觉得手脚发凉，连大气都不敢出。

下面那些人看石猴上的两个人抱在一起，一动不动，以为真的是吴三省装鬼吓人，不由得松了口气。霍玲担心张起灵，突然跑到石碑前的那人背后，一拍他的肩膀，说道：“小张，你到底在这里发什么愣啊？”

这一下真是出乎所有人的意料。张起灵暗叫一声“糟糕”，想阻止已经来不及了。只见石碑前的那人猛地站了起来，吓得霍玲一声尖叫。不过，她马上发现站在面前的是吴三省，由吓转怒，大骂：“吴三省，是你！你不去睡你的觉，蹲在这里发什么神经？”

吴三省看到霍玲，突然用手遮住脸，怪叫一声，用力把她推倒在地上，然后转头就跑。张起灵一看不对，马上跳下石猴追了过去。他的速度非常快，但是经过霍玲的时候，他稍停了一下，看她有没有受伤。就是这一停，却坏了大事。那霍玲一看张起灵见她倒地就冲了过来，以为是关切她，不由得心中一热，竟然就要去抱他。

张起灵心中不由得一叹，这几秒钟的耽搁，足以让他失去所有的先机。他一个打滚就从她胳膊下面翻了过去，再一看吴三省，已经跑进浓雾，看影子，几乎已经跑到池壁边上了。

张起灵大叫一声："看住石阶！不要让他上去！"说着就直追了过去。这个时候，他隐约看见前面的吴三省突然一个侧身，一瞬间似乎是穿进了墙壁里。然而雾气实在太浓，到底是怎么个过程，他一点儿都没有看到。

张起灵追到池壁边上，无人可追，不得不刹脚停下。他并不相信吴三省真的钻进了墙里，虽然他不是那种什么都讲唯物论的老八股，但是这样的情景过于匪夷所思，必然有蹊跷在里面。

他呆了片刻，马上用手去摸这块石墙，然而这块石墙却是实实在在的。张起灵不相信这个世界真的有穿墙术这种功夫，他伸出两根奇长的手指，往那石墙上一贴，一瞬间，他那极度敏感的手指马上就感觉到，这面石墙竟然是在非常缓慢地转动！

他脑子里马上"嗡"的一声，完了！刚才竟然一点儿都没有发觉，这个水池本身就是一个巨大的机关！

他突然觉得非常感慨，这简直可以说是一个古工程上的奇迹。自己所谓的经验在这个墓主人面前，就像一个小孩子一样幼稚。

但是，这个机关的目的是什么？他们下来的这几分钟里，似乎整个池底并没有什么变化啊！这个该死的汪藏海，总不会只是想在自己的墓里搞一个旋转餐厅吧。

对机关的原理，张起灵并不陌生，用他自己的话说，他对中国古墓陷阱机关的了解，超过世界上任何人（原话）。他对机关的工作原理、起源、缺点，甚至发明者的名字，都非常了解。

按照他的经验，这个机关必然是用最简单的原理来运作的。因为他知道一般所谓的巧簧机关、木弓暗弩，无论是多么好的材料，经过少则几百年、多则上千年的岁月，其用来击发的引信，都会腐烂而无法使用，能够阻挡盗墓贼的，往往是最简单的墓墙外的防盗沙层（盗墓贼掘到沙层后，上面大量流沙陷落，会将盗墓者活活闷死，但这也是非常被动的手段。现在的盗墓者反而会根据洛阳铲中带的沙来确定古墓的实际位置，并直接从墓顶硬穿十二层青砖而过）。

要一个机关能够几百年几千年地运作下去，必定要使用几百年几千年都不会腐烂的材料，比如石头和不会干枯的活水。这些东西，这里都有，而且这里的水还会根据潮汐的变化，提供一种动力，使得利用起来更加方便。

如果墓主人是汪藏海，那么从他对奇淫巧术的痴迷程度和运用能力来看，这个人已经达到化境，恐怕世界上再没人可以超过他。

张起灵一边想一边去摸其他地方的石墙，他的心里已经有了一个模糊的设想，这个墙上肯定有一个入口，刚才他迟疑的工夫，这个入口已经转移了位置。他一路摸过去，才往前走了几步，果然就发现了一个暗门。

不可能这么容易就被他找到的啊，他摇摇头，不敢入内，继续往前一路走下去。这一下他越走越疑惑，最后一数，这个小小的地方，竟然被他摸到了八个暗门，这下子他心里一盘算，似乎已经知道，这不是奇门遁甲吗？

第三十三章

生门

奇门遁甲起源于四千六百多年前，几乎和中国有文字记载的历史一样长。世界上使用奇门遁甲的第一人就是老祖宗黄帝，然后一路传下来，你可以看到世界上几乎每个军事家或者军师都会一点儿。事实上，到了汉代以后，奇门遁甲已经不是全本，因为黄石老人传给张良之后，这个鸟人把它归纳简化，以至于后来的人基本上都看不懂他到底在说些什么。

我对奇门遁甲的了解主要来自家里的二叔（非三叔也），虽然所知也不多，但张起灵提到这个的时候，我还不至于像胖子一样好像在听天书。奇门遁甲起先有四千三百二十局，到黄帝手上的时候，他只看懂一千零八十局，到张良那会儿还剩七十二局，现在到我二叔手上整理出来的只有四十二局，已经非常难得。世间流传的只有十八局，其他各局都是二叔偶然从一个汉墓中找到的。

奇门遁甲虽然玄妙，但它其实是兵法和命数理论，用它来摆阵属于发挥余热。奇门遁甲阵又叫八阵，分八个门，开门、休门、生门、死门、惊门、伤门、杜门、景门，生门为生，死门为死，入其他各门，则又见八门，周而复始。

张起灵找到了八个暗门，自然而然就想到奇门遁甲一说。这些暗门其实非常窄，只能容纳一个人侧身而过，这里雾气弥漫，外面又有一面能转动的砖门，只要一推，就能打开，进去之后活门自动关闭，不去摸根本看不出这里还有如此的蹊跷。

张起灵对自己的大意有些耿耿于怀，他不是一个莽撞的人，但是刚才过于急功近利了。天底下的奇淫巧术都是以小以精为荣，这个却是反其道而行，即大而全，反而让他防不胜防。

他走回石碑处，把发现和众人一说，众人哗然。这门学问非常深奥，他们刚经历“文革”，怎么可能懂得这些。文锦沉思片刻，突然说道：“刚才三省的行为这么诡异，好像被一个女鬼附身了一样，会不会这鬼就是这个墓穴的主人，他刚才钻进的那个暗门，会不会就是生门呢？”

张起灵看她眼睛熠熠发光，似乎已经想到了什么，问她道：“你是不是想到了什么？”

文锦让他们跟着她，自己转身走到那块石碑前面，也学着三叔的样子，半跪了下来，开始梳起头发。她的身段非常好，这样一个姿势，非常有魅力，几个男的一下都看呆了。她梳了几下，又很矜持地转了转头，这一转，她突然就一抖，马上叫起来：“找到了！”

众人一听马上围了过去，对着石碑东看西看，搞了半天却什么都看不到。文锦说：“不对，你们一定要像我这样，跪在这里，才能看得到！”张起灵似乎有点儿醒悟，忙跪下来。文锦在他肩膀上一压，说：“你太高了，再低一点儿，目光不能直视，要侧视，盯住自己的鬓角。”

张起灵觉得好笑，也学着她的样子，梳了梳头发，然后非常女性化地一瞥，突然就看见自己在石碑的倒影上，鬓角的地方有浅浅的三条首尾相连的鱼，非常模糊。他又动了一下头，发现只要角度稍微一偏，就马上消失看不到了。

他“哦”了一声，终于知道所谓的有缘是什么意思了，心里不由得暗骂。看来，只有爱美的女人，碰巧跪在这块石碑前面整理头发，才有可能会看到这个标记，而且太高太矮都不行。幸亏文锦观察得仔细，不然自己这个大男人，无论怎么想也找不到这个秘密。（我听了也恍然大悟，不过话又说回来，这个墓主人难道是个色狼吗？）

他仔细盯着那条鱼，发现这个印记也在缓缓地移动。看样子，这块石碑里面应该是有一个和池壁转速一样的机关，这个印记对着的位置，永远是所谓的天门。他想到这里，忙让文锦看着，自己打起一只手电，跑到池边，一个一个暗门地定位，到了第三个暗门的时候，文锦看到印记和手电的光点重合了，大叫一声：“就是这个！”

所有人一声欢呼，连张起灵都忍不住用力握了一下拳头。他用力推开暗门，第一个侧身走了进去，里面是非常窄的一条走道，一直往里面通去。这次张起灵非常细心，他先摸了摸四周的墙壁，确定再没有其他的机关，才叫他们进来。

这条走道也是用青岗石板堆砌而成，只有一人宽，两个稍微胖点儿的人就走不过去。张起灵打着手电走在最前面，一眼看过去，发现前面的那种黑暗，和青岗石的颜色融合在一起，变成了一种青幽幽的感觉，似乎是幽冥里的颜色。他集中全部的精神，走得非常小心，只要有一点儿奇怪的声响就要停下等个半天。这个时候他已经完全成了这群人的精神领袖，人人对他言听计从，没人敢说半句废话。

走了有半支烟的时间，前后都已经一片漆黑，张起灵觉得似乎整个宇宙只剩下他们几个，他心里也开始不舒服起来。这个时候，走道开始向上倾斜起来，他顺着这个走势往上一看，发现非常远的前面竟然出现了亮光，昏黄昏黄的，好像夕阳的光，不是很亮，但是很温暖。张起灵知道那里就已经到头了，招呼了一声，几步并作一步冲过去，只看着那个光点越来越近，突然脚下一平，整个世界好像突然被金光笼罩起来。他忙眯起眼睛一看，不由得惊叫了一声，差点儿跪了下来。

在他们前面，出现了一个巨大的四方形的房间。这绝对不是单纯的大，那是一种极端的霸气，整个建筑的氛围只能用磅礴来形容，让人产生一种不得不下跪的冲动。

房间的每一边都有十根整根的金丝楠木柱子，三人都围抱不住，好似天涯海角的擎天柱一样。整个房间由黄浆砖砌成，左右十丈，上面雕梁画栋，光五爪金龙就有十条，极端的金碧辉煌。几乎有十米高的宝顶上，镶嵌了一幅五十星图，每颗星星都是一颗璀璨的夜明珠，估计都有鹅蛋大小，正在发出幽幽的黄光。房间的四个角落里，各有一面大镜子，光线互相反射，虽然不是很亮，但是足以照亮整个空间。最让他们吃惊的，却是房间的中间放着一个巨大的石盘，石盘上面，是一个规模宏大的宫殿模型。虽然只是一个模型，但是龙楼宝殿、假山流水，一应俱全，非常壮观。

张起灵跑过去，兴奋地围着转了好几圈，马上就明白了，这就是云顶天宫的模型。他本来不相信这个古墓里会有一个宫殿这么离谱，所以也没有觉得失望，但是心中的迷雾更浓了。看样子，汪藏海真的造了一个天宫，那这个天宫在什么地方？难道真的在天上？

这个发现太惊人了，所有人都兴奋得又喊又叫，几个男生还起哄地把霍玲抬上了石盘。霍玲傻笑着刚站稳，突然尖叫了一声，跳了下来，叫道：“上面有个死人！”

张起灵一惊，忙飞身跳上去一看，只见整个模型的中间，是一个圆形的玉石花园，花园里面，一个石头座上，坐着一具已经完全收缩的干尸，身上的衣服已经烂光了，露出来的躯干呈现黑色。这是一具非常难得的坐化金身，自然风干得非常好，只要往金粉里蘸蘸，就可以放到寺院里供起来了。这具尸体一手指天，一手指地，头发和指甲与其他的金身一样，死后都在不断地生长，特别是指甲，几乎和手指差不多长了，看上去有点儿不妥。

他一个飞跃跳到这具干尸前面，毫不顾忌，就先去看他的嘴巴，发现嘴巴里并无东西，然后插住他的腋下，一路按下去。文锦也跳了上来，看得清清楚楚，忙一个纵身跳到他的背后，轻声质问道："张起灵，你到底是什么来路？怎么会倒斗的这一套？"

张起灵看了她一眼，并没有回答。文锦火了，一把抓住他的手，说道："你分明就是个倒斗的，不然不会在古墓中如此镇定。你跟着我们，到底什么目的？"

张起灵做了个"不要说话"的手势，指了指这具干尸，说道："这些不重要，你看！"说着，他将干尸的衣服脱下，只见这具尸体肚子上有一条非常长的伤疤，从左边最后一根肋骨一直到丹田。他自己先按了一下干尸的肚子，然后抓住文锦的手也按了上去。文锦一哆嗦，果然，尸体的肚子里明显藏了什么东西。

张起灵抬起头，他现在还不敢肯定要不要把东西拿出来。如果这个人临死都要把一个东西藏在自己的肚子里，说明这件东西对他来说非常重要，或者这也是死者考验他们的一个方法。张起灵的原则是绝对不会为了古墓里的东西而破坏尸体，他在心里斗争了很久，又看了一眼文锦。文锦是北派，自然讲究道义，她摇了摇头，说道："取之不仁，必遭天谴。"

张起灵叹了口气，也决定放弃。他退后一步，给那尸体磕了一个头，等他抬起头来的时候，突然发现尸体好像哪里不对了。他左看右看，突然倒吸一口凉气，原来，这具干尸竟然露出了一个诡异的微笑。

第三十四章

连环

这真是“前无古人，后无来者”，就算是粽子，他也只见过能蹦能跳的，从来没见过会笑的。张起灵觉得心中一紧，急忙后退一步，全身戒备，准备应对他的下一步动作。没有想到的是，那具干尸原本指着天的手，突然一动，变成了水平指向东边，同时，整个房间突然一暗，宝顶上的夜明珠不知道什么原因，瞬间熄灭了。

他们进来的时候，为了节约电池，关掉了手电，这一下其他几个人都吓得叫了起来。张起灵发现，虽然房间变暗，但是并没有变成一片漆黑，忙抬头一看，发现靠近四面墙的四颗夜明珠并没有熄灭，就像漆黑街道上的昏暗路灯一样，只照亮了一小块区域。这个时候，边上传来了李四地发抖的声音：“墙上有……有……脸！”

张起灵一个激灵，忙转头一看，只见东边那颗夜明珠所照亮的黄浆砖墙，都出现了光影的变化，平白无故地显现出一张巨大的惨白人脸来。

张起灵知道，这必然又是一个把戏，有点儿厌烦地跳下石台，走到东边的砖墙前一看，发现墙上其实是一幅影画。这种画是当光线从一个固定角度射过来时，由墙上沟壑的影子所形成的，如果光线的角度不对，画就不会出现。但是因为这些线条太诡异了，在高度紧张的情况下，很容易被人想象成可怕的人脸。

他仔细看了看，不由得心中一动，眼前的这一幅似乎是叙事画，而且看内容，应该是在展示云顶天宫刚完工时的情形。他看到所谓的天宫，其实是建筑在一座非常陡峭的山脉上，山顶云雾缭绕，把整个宫殿都包了起来，才给人一种浮在云上的感觉。张起灵看那座山峰似乎白雪皑皑，海拔应该非常高，不知道是在哪座山上。

他转了转头，发现四面墙上都有影画出现，忙转到南面的砖墙继续看。只见这一幅上，天宫下面的悬崖上被修凿出很多由栈道相连的石窟，一行匠人，正在用一个“桔槔”（吊车）将一具巨大的棺材顺着悬崖一个石窟一个石窟地向上拉升，而送葬的队伍则排成一排，顺着栈道艰难地往上攀。张起灵“啊”了一声，这个天宫，竟然是一座陵墓，那这棺材里装的……是谁呢？

他继续看下去。西边的那幅影画更加奇怪，只见悬崖上的栈道竟然燃起了熊熊烈火，这应该是守陵的士兵在入殓仪式结束之后，为了保证陵墓的安全，而把进入天宫的唯一的道路烧毁。这样一来，基本上可以杜绝所有的小规模盗墓行为。无论南派还是北派，均没有人有能力到一个海拔如此高的地方，爬上百米悬崖去倒一个斗，这不可能也没有必要。

他记忆里并没有遇到过这样的墓葬，不由得觉得惊讶，忙跑到最后一幅影画前，一看就呆了，因为这幅画出奇地简单：山顶上的天宫突然消失了，只见一片皑皑白雪。不仅如此，连悬崖都被一片白色盖住。虽然并不是很生动，但是张起灵已经知道了，这应该是一场雪崩。

他猜测，可能是大火使得温度上升，天宫上方的积雪松动，造成了大规模的雪崩，不仅把整个天宫掩埋在白雪之下，还覆盖了整个山头，把这座宫殿变成了一座货真价实的坟墓。

他看到这里，不由得长出了一口气，真没想到这个云顶天宫最后的命运竟然是这样的。看来汪藏海对此也是耿耿于怀，自己的杰出作品在建成后没多少时间就直接被雪崩压毁，够他到死都郁闷的了，也难怪他要把这件事通过这种隐秘的方式记录下来。这应该是一个地位显赫人物的陵墓，他肯定不能把这件作品公之于世，但是以他这么喜欢炫耀的性格，肯定会以某种方式让后人知道，自己的作品里还有一座这么壮观的云顶天宫。

现在唯一不知道的，就是这座坟墓里埋的是什么人了。张起灵深吸了一口气。这个时候，他突然看到文锦和其他两个人正在试图搬动东南角的那面大镜子。他觉得很奇怪，忙问她在干什么。文锦焦急地说：“我刚才看到三省躲在这面镜子后面，一闪又不见了。”

张起灵这才想起吴三省的事，忙上去帮了一把。这面两米高的镏金福字纹铜镜非常重，他们用尽全身的力气，才挪开了半米。众人探头一看，只见镜子后面的墙角壁上，竟然有一个半人多高的方洞。张起灵照了照里面，只见一片黑漆漆，不知道通到哪里。

吴三省前几天规划地宫的时候，并没有发现这里还有这么大一个房间，但是张起灵早就知道，地宫并非他规划的这么简单，因为沉船葬和陆葬不同，有一个沉船的过程，这个过程中，船必须保持绝对的平衡，所以对陵墓的对称性要求非常高。吴三省规划出来的地宫虽然没有原则上的错误，但是明显头重脚轻，如果以这样的结构来沉，估计整个墓会倒栽进海里。

那个时候，他也懒得出这个风头，就没和吴三省说，现在想起来，这里有一个用来平衡的通道，也不足为奇。

他向众人解释了一下，打起手电第一个走了进去。因为手电在进盗洞的时候一直开着，基本上都有点儿电力不足，文锦就让他们前后各开一只，其他人全部关掉。这个石道相当宽，几乎可以四个人并排走。霍玲看到张起灵和文锦走得如此近，不由得有点儿不舒服，就硬挤上去。这个时候，张起灵已经觉得事情有点儿不对了，他隐约看到前面的黑暗中，有什么东西正在蠕动。

同时，空气中那股越来越浓的香味也引起了他的注意。这种感觉，好像是他们正在走近香味的源头一样，又往里走了几步后，这些味道已经香得让他无法集中精神。他回头想问文锦，突然发现，身后的几个人已经倒在了地上，文锦摸着自己的额头，迷糊地看了他一眼，一下子倒在了他的怀里。

张起灵心叫不好，马上屏住呼吸，然而已经来不及了。他只觉得一股无法抗拒的困意袭来，开始向墙壁上靠去，然后逐渐失去了意识。蒙眬中，他看到吴三省蹲了下来，面无表情地看着他。

闷油瓶说到这里，深吸了一口气，沉默了片刻，说道："我醒过来的时候，发现自己躺在医院的病床上，什么都不记得，什么都不知道，直到几个月后，才一点儿一点儿地想起一些零碎的片段。后来又过了几年，我发现自己的身体出了点儿问题。"

我忍不住想插嘴，问他是不是发现自己不会老，但是他没给我这个机会，就接着说道："我现在还不能告诉你是什么问题，不过，在三个月前，我碰到了你三叔。我觉得他非常眼熟。为了想起更多的事情，就跟着你们去了鲁王宫。"他讲到这里，突然转向我，说道，"我在鲁王宫里，发现你三叔很有问题！"

我一愣，不知道他是什么意思。他继续说道："你们从青铜棺里拿出来的那块金丝帛书，其实是假的，早就被你三叔调包了。"

我大吃一惊，叫道："胡说！那不是被你调包的吗？"

闷油瓶淡淡地看了我一眼，说道："不是，是你三叔自己。他和大奎两个人从树的后面打洞，直接挖到棺材底下，这大概也是为什么大奎必须死。"

我听得浑身发冷，比任何时候都要紧张。虽然仍旧想站在三叔这一边，但是脑子里已经犹如一道闪电划过，无数的景象跳了出来。我想起大奎是怎么中毒的，想起潘子为什么在上树之前还很清醒，等我们在地面看到他的时候却已经深度昏迷，想起我和胖子还没有爬出那条缝隙的时候，他已经扛着汽油桶跑了过来。

我无法再想下去了，只觉得世界上的一切都颠倒了，不知道谁说的是真话，谁是骗子，我到底应该相信谁。我觉得脑子里一片混乱，无法控制地自言自语道："不对不对，事情没有这么简单，没有动机，三叔他到底为什么要这么做？"

闷油瓶淡淡地说道："如果这个人真的是你三叔的话，的确是没有动机。但是……"他说到这里，叹了口气。

我没有明白他的意思，不过心里似乎已经相信了他，不由得苦笑。我原来一直在想三叔到底有多少事情在骗我，现在，我必须想的是，到底他有多少事情不是在骗我了。

事情发生这样的变化，我真的没有想到，不过转念一想，现在想这些也没有什么用，无论谁真谁假，都要等到我们逃出去后才有意义，不然死在这里，知道了真相又能怎么样。

想到这里，我忙定了定神，让自己放松了一下。这个时候，我发现胖子已经走到了石碑前面，笨拙地蹲着，跷起个兰花指，在那里晃晃悠悠地梳起头来。我皱了皱眉头，叫道："死胖子，你又在搞什么？你就不能给我消停点儿？"

他转了一下头，装成女人的声音，说道："哀家正在梳头，梳个头又要不了你的命，你啰唆什么？"我简直无可奈何，问他："梳头？难道你也想去那个天门里看看？"

胖子说道："当然，这么壮观的情景，胖爷我怎么可能错过。况且，你看我们下来一次也不容易，那女人又跑了，看来我们的佣金也没指望了，再怎么样，也得挖几颗夜明珠过来，所谓有钱就不倒斗，倒斗就不空手嘛。"

我骂道："敢情刚才你听了这么久，就听到个夜明珠啊！"

他听了不服气了，说道："哎，你还真不能这么说我，你胖爷我要进这个天门，还有另外一个非常重要的原因，你们可知道是什么吗？"

第三十五章

血字

我对他说："谁知道你葫芦里卖的是什么药，你爱说不说，别忘了我们现在还是在落难，要是那些不着边际的事情，还是免了。"

胖子说道："你别着急，我要说的这个事情，和我们现在的处境大大地有关系。你刚才没听这小哥说吗？这个入天门的走道，是个上坡，而那个放着天宫模型的大房间，又非常之高，这高上加高，至少有个十几米。你想想这古墓总共才多深啊，我估计那房间的宝顶，应该是整个古墓的顶端，我们要出去，就应该从那里动脑筋！"

我一听心里一亮，忙估算了一下。我刚下到水底墓道的时候，看过水压计，那个时候已经是水下十三米。我们现在所在的这个池底，又在这个基础上下去了十几米，就是说我们应该是在水下二十米到三十米之间。这样算来，放着云顶天宫模型的那个房间，顶部离海底，最多只有十米不到，的确正如胖子所说的。

刚才只顾着听故事，真没注意到这些细节，我不由得对胖子刮目相看。这家伙看似莽撞，其实心里通明得很，看样子以后有事情也不能瞒着他。想到这里，我就对他们说道："胖子这次倒是说到点子上了，不过现今知道了这些也不顶事。我们赤手空拳，不要说爬不上十米高的宝顶，就算爬上去了，手里没家伙，上面几层砖顶，如何下得去手？我看我们还是先去找几件像样的金属明器来，尽快实施反打盗洞的计划，再磨蹭下去，恐怕就要错过退潮的时间了。"

话虽这么说，其实我心里也没底儿，因为这一路过来，看到的陪葬品除了瓷器就是石器，连一件金属的都没有，有点儿不符合常理。我隐约觉得这说不定也是墓主人的特意安排，现在只能去后殿找找，要是那儿也没有，那真是天要亡我也。

胖子听了我的话，哈哈一笑，说道："这我也想好了，那大房间四面不是有镏金的福字纹铜镜吗？你也是倒腾古玩的，总该知道这镜子是啥样子的吧，我们把那镜子腿给拆下来，那东西老沉老沉的，绝对能当锤子使唤。"

我刚才听这名字就觉得很熟悉，听他说起，才想起我的确经手过这种东西，不过具体是什么样子，我也记不清楚了。看胖子说得信誓旦旦，不像是瞎掰，不由得也放下心来，对他说道："那行，这事我们就这么定了，事不宜迟，我们马上就行动，不过，到了那个地方之后，你可什么都别碰，千万千万，这地方到处是机关，我们以后的年月还长着呢，犯不着为了几件死人的东西，把自己交待在这儿！"

胖子听了点了点头，表示除了砖头其他坚决不碰。我怕他还在打那些夜明珠的主意，又强调了几遍，直说到他烦。我又把那地方的具体结构问了个清楚，把可能遇到的情况、要采取的必要措施，和他们一一说了，然后三个人依计行事，先找到了天门，然后胖子打头，闷油瓶在后，我就夹在中间，径直走进了那条狭窄的天道。

我在闷油瓶的叙述中已经听过天道里的情景，但是自己进去，又是别有一番滋味。刚开始并没有感觉，只觉得是晚上走在嘉兴西塘的石皮弄里，窄了点儿而已。可是走了一段时间后，前后都已经没了边际，才开始慌起来。我走在中间，黑倒是不怕，只是四周太安静了，我们都穿着脚蹼，脚步声噼里啪啦的，在狭长的走道里听起来十分怪异，似乎后面跟着个什么怪物似的。胖子神经太钝，对这些没感觉，就是这道太窄，他走起来很不舒服，直埋怨："这石道也不知道是谁造的，摆明了歧视我们胖子。你说这通往天门的天道，怎么寒碜成这个样子，要天上的道都这个样子，弥勒佛都不用出门了。"

我对他说道："话不能这么说，他这样设计肯定有他的道理。这是船葬，船再大也有个限度，估计他是为了突出表现自己的天宫，其他地方只好节约空间了，而且历来倒斗的都是又矮又瘦，谁会想到胖子也能做这一行。"

胖子听了颇得意，说道："那是，说到摸金一派，古往今来，别的不说，论身板你胖爷怎么也是第一，不过胖归胖，一点儿也不影响我的身手是不？这叫……哎哟！"

胖子说着突然人一定，走不动了。我一看，原来他两个肩膀顶住了两边的石壁，卡在了走道里，大笑：“叫你胡吹，自己打自己脸了吧。”

胖子往前动了动，怎么都过不去，纳闷道：“小吴，你先别笑，不对啊，我刚才还走得挺顺，怎么就卡住了？”

我看了看四周，说道：“看来这石道并不是一样宽的，可能刚进来那段略微宽一点儿，现在逐渐变窄了，你后退几步，看看能不能抽出身来。”

胖子扭着大屁股，使劲往后挪了几步，还是老样子，说道：“不对不对，不是这个原因，这道明显比刚才窄，我看是这墙有蹊跷。小吴，我看这事恐怕不妙。”

刚才一路过来一直闷头往前走，我也没有注意这些墙壁，听他这么一说，也觉得好像是变窄了一点儿，于是左右手各撑住一面墙壁，一种奇怪的感觉传来，我“呀”了一声：“不好，这两面墙好像正在合拢！”

闷油瓶也摸了摸墙，点点头，说道：“看样子有变故，没时间了，我们退出去再做打算！”

我一听，心想这可不是闹着玩的，被这两块墙板压一下，估计就成三个烙饼了，于是一回头撒腿就跑。胖子看我们跑得如此快，忙用力一转侧过身子，急得大叫：“等等我，别光顾自己！”

我从来没跑过这么快，几乎是连滚带爬，全身的力量都用上了，等我跑到出口的地方，那两面墙壁明显又合拢了很多，连我都要侧起身子才能通过。胖子更是不行，几乎是像螃蟹一样只能横着走。闷油瓶伸手就去开那个暗门，弄了两下，突然骂了一声，转过头来对我说道：“有人在外面把门轴卡死了！”

胖子一听，脸都绿了，大骂：“这天门，这下子完了，你们快想想办法，不然哥几个今天就归位了！”

我急火攻心，看着这石墙一点儿一点儿压过来，真的比死还难受，可一时间能有什么办法，这种情况除非有奇遇，否则大罗神仙也没辙啊，说道：“能有什么办法，往前跑吧，跑得快说不定还有一线生机！”

闷油瓶一把拉住我，摇头说：“过去起码要十分钟，来不及了，我们往上看看！”说着双脚蹬住两边的墙壁，就往上爬去。我抬头一看，只见上面同样黑漆漆一片，也不见任何变宽的迹象，不知道爬上去有什么用，不过事到如今，总比在这里等死好，连忙招呼胖子一起开爬。

这走道变窄，爬起来简直和走路一样方便，我们一路向上，几分钟之内就只爬了十几米。胖子不由得咋舌，说道：“还是这位小哥脑子快，这下好了，我们可以在被压成饼之前先跳楼自杀！免得受那皮肉之苦。”

我也没听出来胖子是不是真心的，不过想到要被压成肉饼就一阵恶心，这可不是爽快的死法，说不定你还能听到自己的头骨被压爆的声音，我真的是宁愿摔死也不想被活活夹死。这时候，闷油瓶在上面叫：“先别胡思乱想，我们还有时间。你们还记不记得，棺材下面的那个盗洞？”

胖子说道：“当然记得，但是和我们有什么关系？”话一出口他就“哦”了一声，“我懂了，你是说，我们要学习他的精神，不到最后关头永不放弃是不是？”

闷油瓶说道：“不是。这个世界上没有一个倒斗的会放着地宫不走，反而在地宫的墙壁上打洞钻来钻去的。如果是这样，那只有一个原因，他遇到了什么困境，必须在地宫的墙上开洞逃命。”

我一听就明白了，不由得心一动，说道：“你是说打这个洞的人，和我们一样，也是在这种情况下才被迫去开这个盗洞的？”

我不得不佩服闷油瓶的思维敏捷，也知道他为什么要往上爬了。这地板和两面墙壁都是青岗石，除非有炸药，否则无论如何也没办法打出个洞来，唯一可能下手的地方，必然只有看不到的天花板。

说话间我们已经爬到了顶部，再上去就是一层青砖，我敲了一下，不由得大喜。我们料得不错，果然是空心的，这种砖头能压不能凿，有合适的工具，开个孔应该非常方便。不过，我望了一下四周，只见一片漆黑，看不到盗洞。胖子说道：“糟糕了，小哥，你说这石道这么长，要是他把入口打在走道那头儿怎么办？”

闷油瓶说道：“任何人遇到这种情况，肯定先是往出口跑，发现出口的门被卡住了，才会用反打盗洞这种迫不得已的办法，所以这盗洞口必然是在这附近。如果他打在另一面，我们也只有认栽。”这话说得非常有说服力，我和胖子点了一下头，打起精神开始向边上搜索。这个时候，我和闷油瓶的情况还好，侧着身子身前身后都还有一个拳头可以放，胖子几乎已经到了极限，要缩着肚子才能在这夹缝里移动。我看得出这给他的压力颇大，就安慰他说，脂肪的压缩比还是很大的，只要墙壁不顶到你的骨头，就不算有事。他听了脸都青了，摆摆手叫我别废话。

我们从最外面开始，一直往里爬了十几米，但是什么都没发现。其实横着爬比爬高更消耗体力，我的脚已经开始发软，几次都差点儿滑下去。我知道如果两面墙再合拢一点儿，我的膝盖就没办法弯曲了，那时候移动起来更困难。

前面又黑漆漆一片，不知道那个盗洞究竟开在什么地方，如果真如胖子说的，万一在那走道的另一端，那我还真不知道该怎么面对这种死亡。

早知道这样，也许还是被海猴子咬死痛快多了。人都说粽子鬼怪有多么可怕，现在我宁可遇到十几只粽子，也不想一点儿办法也没有在这里活活给压扁。

这个时候，前面的闷油瓶突然用手电照了我一下，示意我们过去。我和胖子以为终于找到了，不由得大喜过望，忙拼了命地挤到他身边，抬头一看，不由得一愣，只见头顶的青砖上写了一行血字："吴三省害死我，死不瞑目——解连环。"

我看得心惊肉跳，心想，这又不是武侠小说，问道："这……这是什么意思？这个人又是谁？为什么说三叔害他？"

闷油瓶说道："这个解连环也是考古队的人，就是手里捏着蛇眉铜鱼，死在珊瑚礁里的那个。"

我"啊"了一声，脑子里又是一乱。闷油瓶推了我一把，说："既然他在这里留了字，又没有被夹死在这里，说明盗洞肯定在附近，现在没时间想他的话是什么意思，我们快往前走。"

我跟着爬了几步，突然想起来，解连环，这个名字怎么这么熟悉啊，好像听我爷爷提到过。

第三十六章

脱困

我稍微一回忆，就想起解连环是谁了。说起来解家和我们吴家还是有点儿渊源的，可能要扯到表亲的表亲那一层关系上了。俗话说“一表三千里”，到了我这一代，和他们也并不是很熟络了，但是他们也是一个历史很悠久的倒斗世家。解连环，似乎是和三叔走得比较近的一个二世祖，我最多见过几眼。爷爷责备三叔的时候，经常提到解家的事情，说就因为三叔，我们吴家这一辈子都没办法在解家面前抬起头来，可惜了解连环这孩子，跟着你还出了事！

现在想来，原来解连环是这么死的，难怪老头子不让我跟着三叔混，原来三叔有前科。

胖子在后面推我，我也没办法再细想，咬紧牙关又往前挪了几步，砖顶上出现了一个黑漆漆的洞口，胖子开心地大叫。其实他已经到了极限，身体前后都被青岗石蹭得血红血红的，好像刚洗了土耳其浴一样。我也比他好不了多少，脚都有点儿用不上力气，不过现在也不急这一时半刻。闷油瓶先往上一探，钻了进去，踢了踢盗洞的两壁，确定够结实，才把我也拉了进去。胖子就有点儿麻烦，我一个人还扯不动他，就看他发起狠来，大叫着用力往上拱，背上的皮都磨掉一大块才脱身。

我们站稳之后再看下面，不由得后怕，两面墙之间已经夹得只剩下一条窄缝，我不敢去想如果我们还没脱身现在是什么样子。这一次真是天无绝人之路，再迟几分钟，就算发现了盗洞，我们也爬不进去了。

我又抬头往上看了看，只见这盗洞垂直向上打了有一人多高后，马上变了个角度，倾斜着往东边打去，估计应该是和上面的那个盗洞相连。我的脚直发软，已经坚持不了多少时间了，催着闷油瓶快点儿向上。三个人爬到倾斜的那一段，吃不消，往洞壁上一靠就直喘粗气。

这时候，下面传来了石墙完全闭合的声音，我长出了一口气，揉着腿，敲着紧绷的小腿肌肉，尽力放松下来。刚才实在太紧张了，现在人一放松就觉得有点儿发蒙，直打哈欠。胖子靠在那里面如死灰，身上都是破皮，一边喘一边说：“这次我算是长了记性了，回去之后怎么样我也得减几斤下来，要不然我‘王’字倒过来写。”

这砖头盗洞刚才听闷油瓶说过了，打得非常好，看样子这个解连环也不是等闲之辈。我往上照了照，看着整个盗洞是“之”字形向上的，在建筑学上说，这样的打法，就算发生小规模的坍塌，也不会造成很大的危险。如果为了节约力气，一个直井上去，上面的砖头整个儿塌下来，结局和被一只打桩机打了一下没区别。

胖子歇了一会儿，就问闷油瓶：“我说小哥，这到底是怎么一回事？怎么二十年前走这条道还是好好的，这次就差点儿被夹死？你是不是带错路了？”

闷油瓶在闭目养神，想了一下，说：“这个可能性不大，除非那石碑里指示生门的记号被人换过了。你看刚才的情况那么险恶，估计我们是进死门了。”

胖子就纳闷了，问道：“会不会是那个女人发现我们没死，又来暗算我们？”

我摇摇头。要说她狠毒我承认，但我不认为她有这个能力去改动几百年前的古墓机关，这实在离谱，但是这里又没有第五个人了。我想了一下，不由得有点儿怀疑，难道是三叔？

闷油瓶看出了我的忧虑，拍了拍我，说：“其实我对这个事情也有一个假设，你如果这么介怀的话，不妨听我分析一下。”

他是这件事的参与者，而且可以说亲身经历了最主要的部分，他能提供点儿意见给我，我当然不会拒绝，于是点点头，请他说下去。闷油瓶说道：“先假设，二十年前，你三叔和解连环是认识的，甚至关系非常好，但是他们没有表现出来。在我们第一次脱身的时候，解连环可能已经发现了海底墓的存在，但是他没有对任何人说，只告诉了吴三省。

“他们两个都是倒斗出身，这个时候自然不会放过这个机会，于是趁别人不注意，找了一个时间，偷偷潜入了这个古墓。他们两个都是高手，这应该一点儿也不难。然而他们进入古墓之后，发生了什么意想不到的变故，导致你三叔起了杀心，想设计杀掉解连环。

“具体过程我们无法知道，但是可以确定解连环在走投无路的时候，在这走道的砖顶上留下了血书，却突然发现这面砖顶是空心的，他随身必然还带着一些工具，就极快地打了一个盗洞，保住了性命。”

我点点头，分析到这里可以说是天衣无缝。他继续往下说——

“解连环脱身之后，想借这个盗洞脱身，他凭借自己的经验，在几次失败后，终于逃出了这个古墓。之后他当然马上想去找吴三省算账，没想到碰到吴三省后，反被他杀死，将他的尸体伪装成被珊瑚礁卡住意外死亡的样子。”

我听到他这样分析，心里有点儿不舒服，可是我找不出理由来反驳他，而且他也说了是假设。我定了定神，继续听下去——

“之后，吴三省为了某个目的，或者真的是为了躲避风暴，将我们全部带进了海底墓穴，然后自己假装睡觉。这个时候，我发现了瓷器的秘密，将所有人都带到那个水池的底下，这可能是他没有想到的。他没有办法，只好装成被女鬼附身，将我们引进了放置模型的房间，然后在那个镜子后面的通道里，把我们全部迷倒。

“他在我们昏迷之后，应该对我们做了一些事情，之后我是怎么出来的，其他人怎么样了，我都无法判断。但是我肯定其他人也应该像我一样，失去了记忆，在过去的二十年里，就算见到对方，也只会觉得眼熟而已。”

听到这里，我反问他道：“为什么三叔当时不干脆杀了你们？这样不是一了百了？”

闷油瓶说道：“我也想不通，不过，也许他当时认为没有杀我们的必要，因为毕竟我们什么都不知道。”

他这样假设，几乎是把三叔想象成一个处心积虑、早有预谋的大魔头，我实在无法接受。在我的印象里，三叔不会也绝对不是这样的人。

胖子听到这里，好像有所顿悟，对我说道：“小吴，我倒想起个事，可能能解释这个事情，不过我说了你们可别笑我。”

现在正是集思广益的时候，胖子说不定能想到些我想不到的事情，忙叫他快说。他故作神秘，轻声说道：“我看，这事其实很简单，你三叔到了这个地方以后，也许碰到了什么……不干净的东西，就着了道儿。小哥刚才不是说你三叔学女人梳头吗？你想啊，他这不是提示你们找天门的办法吗？这事情谁知道得最清楚？那就是这墓里的老鬼啊，我看，你三叔肯定是给这墓主人的冤魂控制住了，要是找到你三叔，你直接一盆狗血浇上去，把那鬼逼出来就没事了。”

我看他越说越玄乎，说道：“你这解释都赶上《聊斋》了。我和我三叔生活了二十几年，从来没觉得他像个女人过，你这个不算。”

胖子说道：“我可没说这鬼也一定是女人啊，这神经病还分发作和不发作的时候呢，说不定你三叔在人前的时候很正常，人后就涂着个胭脂在做刺绣呢。”说着他就跷起个兰花指。我看着好笑，说道：“你以为是东方不败啊，还刺绣，你这个说不通。”

闷油瓶听了胖子的话，说道：“不，他说这个，我看的确有可能。在古墓里，的确有过这种事情发生。”

胖子见有人同意他的意见，马上牛起来，说道：“你看，我胖子绝对不会瞎掰，我估计这和这墓在海底很有关系，风水风水，所谓‘风生水起’，风遇水而止，你知道为啥水鬼要找替身吗？因为他的魂魄出不去。这古墓建在水里，风水虽然好，但是对墓主人就大大的不利。”

我听他说得一套一套的，也不由得不相信，说道：“要不，咱们先记着，要真能找到三叔，我搞个开过光的佛印往他脑门上一印，看看有没有效果。”

我们又各自提了一些想法，这时候我们都缓过劲来了。胖子看了看表，说道：“咱们也别在这里开代表大会了，要真像我说的这样，我们要是在这里饿死，魂魄也肯定出不去，到时连胎都投不了，那就亏大了。”

说到这里，胖子挠了挠后背，又问我：“小吴，你有没有觉得，进了这个古墓之后，不知道什么时候开始，身上痒得厉害？”

第三十七章

盗洞

我正准备开爬，听到他问，不由得缩了缩脖子。刚才实在太紧张了，也没有注意，其实在甬道的时候，我已经感觉被莲花箭割破的伤口有点儿发炎的迹象，但是痒着痒着，又似乎好了起来。我撩开衣服，看了一下伤口，发现伤口上的红肿已经消退了，也没有什么异样的感觉，说道："有感觉，不过现在已经不痒了，这里湿气这么重，可能是过敏吧。"

胖子痒得厉害，说道："那这过敏有什么办法可以暂时治一下，我刚才出了一身冷汗，现在痒起来没完了。"说着还不停地往墙上蹭。我看他后面都蹭出血条了，觉得有点儿不对劲儿，忙让他给我看看。他一边扭动着身子一边转过来，手还不停地挠。我拍开他的手，用手电一照，看见他背部被莲花箭刮破的伤口上竟然长出了很多白毛，恶心得要命，随口就说道："胖子，你多久没洗澡了？"

胖子"啊"了一声："洗澡？问这个干吗？这属于个人隐私，我不方便回答。"

我说道："你有日子没洗了吧？我告诉你，你也别害怕，你背上好像发霉了，白霉，天下奇观啊，估计你再坚持几个月还能种个灵芝出来。"

胖子听得云里雾里的，说道："什么？白煤？煤还有白的？你说话别这么费劲，到底怎么回事？"

我看闷油瓶皱了皱眉头，似乎情况不妙，也不敢再开玩笑了。闷油瓶挤过来用手按了一下，一按就一泡黑血，轻声对我说道：“麻烦了，刚才那莲花箭里有蹊跷。”

我觉得奇怪，但是我刚才也中箭了，按道理应该和他一样才对，难道我爷爷遗传给我的体质真的这么特别？我忙把自己的伤口露出来，表示我的疑问。

闷油瓶看了看我的伤口，“啧”了一声，也搞不清是怎么回事。这时候胖子怕起来，转头问我：“什么毛？别没头没尾的，哪儿长毛了？”说着又用手去摸。我赶紧抓住他，说道：“别动，你好像得啥皮肤病了，让我们再给你仔细看看，你可千万别抓，再抓可就留下疤了。”

他痒得厉害，哪里忍得住。我对闷油瓶说道：“这样下去不行，得想个办法。我听人说过，有些人受不住皮肤病的痒，自杀的都有！”

胖子叫道：“我现在就想自杀！可痒死我了，要不你就学学关公刮骨疗伤，把那两块肉给我剜了得了。”

我小时候也得过皮肤病，土办法是有，就是有点儿恶心，想了想对他说道：“剜肉倒不用，你真以为你肉多啊，我也不是华佗。不过我身上还有点儿爽肤水，给你先涂上，可能有点儿疼，你可忍着。”

闷油瓶愣了一下，胖子也“啊”了一声，说道：“所以说你们城里人就是娇贵，倒斗还带着爽肤水，下回你干脆带副扑克牌下来，我们被困住的时候还能锄会儿大地。”

我当然不可能带着这种东西，呸呸两口唾液就吐在胖子背上，戴上手套就给他涂开了。没承想胖子这么挨不住疼，口水一涂开他就惨叫了一声，人直往前逃去，大骂：“你涂的什么东西？我的姥姥，你还不如剜了我呢，这下胖子我真的要归位了。”

我一看，这疼就是管用了，说道：“看你那点儿出息，疼比痒好熬啊，你现在还痒不痒？”

胖子在那里手舞足蹈了一阵子，算是缓了过来，奇道：“哎，小吴，行啊，你那什么东西这么灵？还真舒坦多了。那爽肤水什么牌子的？”

我猜他要知道我是涂了口水，非宰了我不可，忙说道：“别跟个娘儿们似的，我们快走。”

闷油瓶看着好笑，也直摇头。我还是第一次看见他不是苦笑，也觉得他变得似乎有点儿人情味了，看来人与人还是要多交流。

不过，他笑了一笑之后，又变成了一张扑克脸，招呼我们跟上。三个人顺着盗洞迂回着向上，爬了大概有半支烟的时间，闷油瓶在前面说道：“分岔口。”

我挤上去一看，果然发现左右各打了两条通道。我往左边那条照了一下，看到只往里面一点儿，就有砖头垒了起来，是条死路，看来砖头外面就是闷油瓶他们从右耳室到左配室的那条道，不知道为什么被封了起来，难道是怕什么东西从那棺材那里过来？

不过既然封起来了，那最后脱身的盗洞口必然是在右边。闷油瓶和我的想法一致，对我指了指。三个人二话不说，继续开爬。

说实话，我长这么大，还没有爬过这么长的时间，已经汗流浃背了。一般的土洞爬起来还没这么累，主要是膝盖没东西顶着，不会疼。现在下面都是砖头渣子，爬在上面像受刑一样，直觉得两个膝盖滚烫滚烫的。看样子做人还是有好处的，下辈子还得争取做人。

我正胡思乱想着，闷油瓶已经停了下来，做了个叫我不要出声的手势。胖子看不到前面，轻声问我："又怎么了？"

我让他别说话。这个时候闷油瓶已经关掉了手电，我和胖子很知趣，也马上关掉，我们一下子陷入了绝对的黑暗之中。这个时候我非常冷静，心跳都没有加速（事后想起来，刚才差点儿被墙壁夹死的经历对我的影响很大，我在心理上已经克服了对古墓的恐惧）。我还不知道他是什么用意，不过在古墓里，听他的总是没错的。

我们安静了一会儿，呼吸平缓下来，身上的汗也干了。这个时候，我听到上面的砖顶之上，有什么东西走了过去，似乎是个人。我心中一惊，看样子我们上面应该已经是后殿或者是甬道了。这人是谁？会不会是阿宁？或者是三叔？

正在猜测，我突然感觉到后背和脖子上痒痒的，心里一个激灵，心说，难道我也长出毛来了？忙回手摸了一下，正摸到一团湿答答的东西，贴在我的脖子上。我以为胖子挤过来了，暗骂了一声，用力一推，把那东西推了回去。手伸回来的时候，突然发现指甲里黏糊糊的，还有股淡淡的香味。

我恶心地把这些东西蹭到边上的砖头上，心说，胖子的刺猬头上肯定喷了不少发油，待会儿要是找到水源，肯定得好好洗洗，这胖子头上的头油还指不定是几个月前的呢。

正想着，我的脖子上又痒了起来。这死胖子，不知道又在搞什么稀奇的名堂，我不由得无名火起，一把拎住那团东西，把它按到墙壁上。这个时候，我突然发现有点儿不对劲儿，怎么，这胖子的脸这么小？我小心地支起身体，摸了一下，心里咯噔一下，那些湿答答的东西怎么好像都是头发？我又摸了两把，发现这些头发全都缠在一起，手伸进去就会被绞住。我咽了口唾沫，开始冒汗，胖子肯定没这么多头发，这些头发是谁的？

我想起水墓道里那团吃人的头发，呼吸开始困难起来，不敢打开手电。那东西好像就离我几厘米，我一开肯定跟它对上眼，这种刺激我可顶不住。正想着，我就感到一只纤细的湿手一下子摸到了我的脸，冰凉冰凉的，手指甲非常锋利。我的头皮开始麻起来，脸上的肉也不由自主地抖了起来。

那手的手指甲刮着我的脖子，然后收了回去。不一会儿，我就感觉到那东西的头凑了过来，那团湿漉漉的头发一下子贴到了我的脸上。我恶心得咬紧牙关，已经准备爆起了，突然，那团头发里有一个女声，非常轻，在我耳朵边说道："你是谁？"

那声音真的非常轻，但是我却听得很清楚，不由得大吃了一惊。同时，这个女人的身体靠了过来，硬是挤进了我的怀里，纤细的手搭上了我的肩膀，然后搂住了我的脖子。我本能地发起抖来，只觉得这个女人非常娇小，她的嘴巴贴上我的耳朵，哈出的气都是冰凉的。我彻底蒙了。只听她又说道："请抱住我。"

听到这句话，我就像着了魔一样，虽然大脑还在不停地抗拒，手却根本不听大脑的命令，一下子搂住了她的腰。这下更不得了，我一下子感觉到，这女人竟然什么都没穿，皮肤冰凉，但是出奇地光滑。我不由得心里一乱，脸就红了。这个时候，那女人的嘴巴已经移到了我的下巴上，一碰一碰的，好像在暗示我去吻她。我完全失去了控制，刚想一头吻下去，突然，闷油瓶的手电亮了。我一下子看到了我搂在怀里的"东西"，不由得头皮一麻，浑身的寒毛都竖了起来。

第三十八章

禁婆

我眼前一个手掌不到的地方，赫然是一张惨白的巨大人脸，上面的皮肤不知道在海里泡了多少年了，全都肿成透明的颜色。最让人毛骨悚然的是，它的两只妖眼竟然没有眼白，黑色的眼珠几乎占满了整个眼眶，乍一看像极了一具被剜去双目的狰狞腐尸。

这一下把我吓得几乎要疯了，我歇斯底里地大吼一声，一把把它推开，拼命往前爬去，脑子里只有一个字：逃。可是那走道很难通过两个人，我和闷油瓶卡在了一起，动弹不得。我看挤不过去，一把抓住他，大叫："鬼！有水鬼！"他一把捂住我的嘴巴，轻声问我："别叫！水鬼在哪里？"

我转过身子狂指后面："就在后面！就……"

话说了一半我就呆了，心里"啊"了一声，只见我身后竟然什么都没有，没有人脸，没有头发，连一点儿水渍都没有。我的手指几乎戳到了胖子的脸上，把他弄得莫名其妙，说道："去你的，你才是水鬼。"

这下子我蒙了，忙探头去找，东看西看，真的不见了。但是不对啊，刚才的感觉那么真实，不可能是幻觉啊，难道我真的给这古墓逼出心理问题来了？我的心脏还在狂跳，脑子里又一团迷雾，都不知道该有什么反应好了。

胖子看我脸都绿了，就安慰我道："怎么回事？你别急，慢慢说。"

我结巴道："刚才……我看到很多头发，裸体女人，还有水鬼！还想亲我！”

我思维很混乱，说了半天也不知道自己在说些什么。胖子最后不耐烦了，说道：“小吴，你该不会是做梦了吧，要真有水鬼，那也得先从我身上爬过去啊。”他拍了拍我的肩膀，又说道，“不过你二十好几了，梦见个裸体女人很正常，你胖爷年轻那会儿，也梦见过不少，没事。”我骂道：“你别寒碜我，我刚才肯定不是做梦！你看我脖子还湿着呢，就是被它蹭的！”说着，我就把脖子露给他们看。闷油瓶和胖子用手摸了一下，都皱了一下眉头。胖子还抬头看了看盗洞的砖顶，以为上面的水漏了下来。我和他说这是不可能的，砖头缝里都抹了白膏土，水密性非常好。

胖子奇怪道：“这就怪了，这里就一条道，按道理要是有什么东西爬到你身上，我不可能不知道啊。”

我说道：“该不会是你睡着了吧？有人从你身上爬过去都不知道。”

胖子没好气地道：“去你的！胖子我就算是睡着了，别人从我身上踩过去我还能不知道？况且在这种地方，你能睡得着吗？你要是不信，看看我背上有没有脚印！”说着，他就一转身，让我们看他的背。

当时我已经缓过劲来了，也没想到那东西竟然趴在他背上。胖子一转身，那东西就转过头来，嘴巴正碰到我的鼻尖，我吓得喉咙都抽筋了，怪叫一声就拼命往后退去。可是才爬了两步，突然脚上一紧，低头一看，发现小腿上不知道什么时候缠满了头发。我用力想将脚扯出来，但是根本挣脱不开，同时大量的头发开始往我身上缠绕过来，直往我嘴巴里钻。我平生最怕就是嘴巴里有毛，忙用手乱挡。慌乱间，闷油瓶一把扯住我的领子，将我向他那里拉去。

他才拉了没几步，自己的手也被绞在了头发里，再也拉不动。我回头一看，胖子已经被裹成个蛹一样，在里面直扭，可那东西却又不见了。整个墓道里面都是头发，就像进了黑色的盘丝洞一样。

闷油瓶用力把自己的手抽出来，连忙问我：“身上有没有火源？这东西怕火！”

我一摸自己的腰包，真摸出一只防风打火机来，不由得大喜。这东西是在船上吃鱼头火锅的时候，问船老大拿来点煤油炉的，点完后直接就揣我兜里了，想不到还真成了救命的家伙。我忙打着火机，去烧身上的头发。那些头发虽然很湿，但是火一烧就能烧断一大把，我几下就挣脱了出来，忙冲到胖子身边，刚想拉他，突然，从边上的头发堆里探出一张巨脸，几乎一下子就趴到了我的背上。

我一看，完了，根本没时间躲，头一低，竟然一拳就打了过去。那完全是人到了极端恐惧时的条件反射。这一拳我也不知道用了多少力气，只听“啪”的一声，把它的鼻子都打得凹了进去，打出一团的黑水。还亏了我手里是防风的打火机，这一下竟然没熄灭。我咬紧牙关，想给它再来一下，却发现那东西一个哆嗦，竟然往后缩了一下。

我一看，突然心中一亮，有门儿啊，果然是神鬼怕恶人，这鬼还怕拳头。我想着想着脑子也糊涂了，竟然兴奋起来，抬脚就朝它面门踹去，把它的脸都踢歪了，直踢回到头发里去。我怕再踹就要被它缠住了，忙退回了几步，把打火机举起来，和它对峙。

那脸藏在头发里，露出一个非常怨毒的表情，但是它忌讳火，不敢贸然上前。这个时候，闷油瓶不知道从哪里掏出来几只湿的火折子，往我的打火机蹭了几下就烧了起来。这火大多了，那怪物尖叫了一声，竟然开始往后逃。我看它几下子就缩得很远，把胖子给让了出来，忙趁这个机会把缠在胖子头部的头发烧掉。

闷油瓶一直把那怪物逼得消失在黑暗里，才把手放了下来。这个时候，火折子都快烧到他的手了。我低头去看胖子，只见他的鼻子和嘴巴里全是断发，脸都憋青了，忙用力捶他的胸口，直把他打得突然一口气上来，从鼻孔里喷出一大团黑色的东西。

我长出一口气，幸亏胖子肺活量大，自己一下子就把气管喷通了，不然我就算是死，也不会牺牲自己去给他做人工呼吸。

胖子喘了一会儿，把气管里剩下的东西都咳了出来，才半死不活地问我们：“我的姥姥，那东西到底啥玩意儿啊？”

我把一直捏在手里不肯放手的打火机按灭，只觉得那打火机已经滚烫滚烫，手上的皮都烫掉了。闷油瓶也不比我好多少，他甩着手，对胖子说道：“这应该是禁婆。”

我听英雄山的老海说过这东西，不太相信，“啊”了一声，问道：“真的有禁婆这东西？”

闷油瓶点点头，说道：“我也不知道这东西是怎么产生的，不过，传说这一带很多，应该不会错。”

我觉得奇怪，就问他详细的情况，他只摇头，说：“禁婆是水里孕育出来的，我知道它肯定怕火，其他我真的不清楚。就像粽子一样，从古至今，我们只知道粽子怕黑驴蹄子，但是它为什么怕谁都不清楚。我只是没想到这东西还有思想，我们一定要小心，它肯定还躲在我们后头。”

胖子心有余悸，往我们这里靠了靠，问道："奇怪了，这墓的风水这么好，怎么里面有这么多稀奇古怪的东西？"

这个墓风水好不好，我现在还真不敢肯定，不过，关于禁婆，我倒是查过一些资料。这禁婆在山区的少数民族里其实代表的是巫师和灵媒，可是在海边的老传说里就是天下间最恶的鬼，不知道为什么会出现这样的差异。不过，禁婆的下场一般比较惨，要是被人抓住，一般都是直接切断手脚，然后活埋。一说起禁婆的起源，一般都是和孕妇有关，放养尸棺的那个耳室恐怕和这东西脱不了干系。还有三叔说过的大肚子壁画，禁婆在这里应该并不是偶然，说不定还是墓主人故意安置的。

我正想着，闷油瓶担心等一下那东西又跟过来，招手让我们继续前进。我听了听盗洞顶上已经没了声音，不知道刚才走过去的到底是谁。我们在下面折腾的动静这么大，说不定已经被他听见了，此地不宜久留，还是快点儿开路。

我看了看胖子，他表示没问题。我看他也不想待在这里，就让他把手电打开，挂在自己腰带上，这样在后面我们也能随时注意。我把打火机攥在手里，就继续前进。

我们又往前爬了一段，盗洞突然又开始"之"字形地向上。我看了看边上，原来他一路打过来到了这里，再往前是墓墙，估计外面就是海水，他只能改变方向，向上找出路。可能这个解连环的思路也和我们一样，想从墓的顶端出去。

我们从进这个盗洞开始，一直到这里，大概也就半个小时的时间，看样子这个海底墓穴并不大。一路过来，我有了一个大概的感觉，其实这个墓室的长度和宽度并不长，主要的问题还是在它的高度上。现在我能估计到的高度就有将近三十米。如果按照现在的标准，三米一层楼房的话，这座墓深入海底应该有十层楼这么高，虽然雄伟，但是也不算奇迹。

我们现在没有办法走回头路，只好继续往上爬。我们又爬了有一支烟的工夫，突然，闷油瓶不动了。我推了他一下，他回头轻声说："没路了。"

我一愣，不可能啊，忙挤上去看，只见上面果然到了尽头，被几块很大的青岗岩板挡住了。我用手推了一下，这些石板非常重，但也并不是推不开。我和闷油瓶两个人试着用力往上一抬，抬起来一小条缝，马上，我们就发现上面的那个墓室里竟然有光漏下来。正在纳闷，手上一松，我们头顶上的那块石板突然消失了。

第三十九章

混战

我稍微错愕了一下，马上意识到头顶上的石板肯定是被什么人抬了上去。那一刹那，我还以为是三叔或者那个女人，因为古墓里除了他们，再没有其他人了。可是我一抬头，却看见一只魁梧的长满鳞片的海猴子，弓着背，居高临下地俯视着我。我用眼角的余光瞄到它的肩膀上血肉模糊，还插着一支梭镖，心里一叹，真是冤家路窄，这东西还真贴上我了。

我没想到还会有这么戏剧性的事情发生，一下子不知所措。这时候，有人拉我的裤子，我低头一看，原来是闷油瓶，他示意我快下去。我看这海猴子身躯庞大，马上知道了他的用意，也忙往下爬去。下面的盗洞是一个斜坡，本来和闷油瓶挤在一起，行动已经非常不便了，这下子手忙脚乱更是慢了半拍，才下去几步，海猴子“咕噜”了一声，猛地就探头下来。我看到那张狰狞的猴脸直逼着我就来了，吓得我脚下一滑，一屁股撞在盗洞壁上。

这下虽然屁股剧痛，但我顺势滑了下去，心想天助我也，这样就能迅速回到盗洞里面。那海猴子体积这么大，打死都钻不进来，这下至少可以缓一下心跳。我那时候想得很美，可是天不遂人愿，才滑下去半米，突然就发现胖子堵在下面，正一个劲儿地往上钻，大叫：“上去上去，那禁婆又爬上来了！”我一听大吃一惊，忙往他身后看去，只见一大团头发已经爬上了最后一个“之”字的转弯处，心里骂了一句，真是福无双至，祸不单行，怕什么来什么。我忙把打火机扔给胖子，让他先挡一下，自己抬头去看上面的情况，刚一动脖子，突然肩膀一阵剧痛。我转头一看，原来那海猴子的肩膀虽然太宽，但是脖子还是非常灵活，我一个不注意，已经被它一口咬住右肩。

这下麻烦了，它这一口咬得恰到好处，獠牙深深地刺进了我的皮肉，疼得我几乎要晕厥过去，还好没有伤到筋骨。我刚想挣扎，它用力一扯，把我整个儿拖出了盗洞。

海猴子将我叼在半空，似乎没想马上杀我，但是我知道，只要它用力一甩，就能把我从肩膀处撕成两段，这个时候就算是再怕也必须反抗了。情急之下，我照着它肩膀上我打进去的那支梭镖就是一脚，这一下正踢对地方，梭镖竟然被我又踢进去四五分。它“嗷”了一声，一下子把我甩了出去。

我使尽全身的力气，在地上滚了七八圈，总算缓冲了落地时的撞击，可是再想站起来，整只右手已经完全使不上力气了。那海猴子疼得恼羞成怒，狂吼了几声又扑了上来。这一次是直奔我的脖子，看样子是想直接把我的喉咙咬断。

它来势极快，我避无可避，只好用手去挡。这无疑是螳臂当车，但是如果不这样，我恐怕连脑袋都保不住。这个时候，胖子突然从后面扑了过来，一下抱住了海猴子的脚，把它绊了个狗吃屎，然后他们同时倒地，滚成一团。胖子非常敏捷，还想学武松打虎爬到它背上去，可那海猴子的力气极大，胖子根本压不住它，被它一脚踢得飞了出去。

我一看胖子也制不住它，心叫不妙。果然，那海猴子朝胖子龇了龇牙，转头又向我扑过来。我一看你这是针对我啊！我忙去摸腰里挂着的气枪，一摸就想了起来，刚才爬石壁的时候，为了顺利脱身，早就把那长矛一样的枪扔了，如今可能已经被压成一张饼了。

现在后悔也来不及了，海猴子瞬间就到了我面前，我以为它肯定会一口咬住我的脖子，把我的脑袋扯下来，索性把眼睛一闭就在那里等死。没想到它似乎还有气没消，一脚狠狠踩在我的肚子上。这一脚差点儿没把我的脊椎给踩折，我一口血吐出来，疼得几乎失去了意识。它还不罢休，又抬脚想踩我的胸口，可是脚刚抬起来，突然“当”的一声巨响，我也不知道是怎么一回事，只见它“嗷”了一声就被敲得飞了出去，摔了好几个跟头。

我转头一看，只见胖子天神一样走了过来，手里举着面大铜镜，现在还在不停地震动。我看了咋舌，看来造成刚才巨响的凶器就是这个了。这胖子的手真黑，那一下要是人，就铁定给拍死了。我暗暗提醒自己，以后千万不能得罪他。

胖子此时正在气头上，不等那海猴子爬起来，冲上去反手又是一下。同样

“当”一声巨响，那海猴子的脸被敲得变了形，又滚出去好几米。可惜这海猴子体格非常健壮，这几下没对它造成重创，不过它也知道了胖子的厉害，再也不敢冲过来，几个飞蹿爬上了一根柱子，在上面对着胖子直吼。这个时候我已经发现了，这里就是闷油瓶说的放置天宫模型的房间，最直接的证据就是房间四面墙上有四幅巨大的影画。我现在没办法仔细去看这些画的内容是否和他描述的一致，但是可以肯定，这里的情景在他们离开二十年后，一点儿也没有变。不过，让我诧异的是，这个房间并没有他说的那么大，这里能让我感觉他所说的壮观的，只有边上的金丝楠木柱，的确是三人环抱，货真价实，其他的东西顶多只能算是豪华而已。

胖子一击得胜，嚣张起来，骂了一声：“老子粽子都敲死不知道多少个了，你一只破猴子在我面前人五人六的，简直不把你胖爷爷当回事。”说着，就想把镜子甩上去，可是这铜镜分量也实在够重，胖子刚才那两下铆足了力气，这一次却举都举不起来，在原地晃了好几个圈。

这海猴子非常狡诈，看他发力不成，突然从柱子上跳了下来，猛地把胖子扑倒在地。胖子反应不及，被压在了下面，一时间也推不开，结果结结实实地挨了那海猴子一爪子。这一巴掌直接甩掉胖子一块皮。胖子什么时候吃过这种亏？一下子眼睛都红了，狂吼一声，一口咬住它的脸。那海猴子疼得大吼一声，跳起来逃出去好几步。

我看到海猴子脸上的鳞片被撕下来一大块，鲜血淋漓，看上去更加狰狞。不过，它也被胖子搞蒙了，变得谨慎起来，开始远远地站着观察我们，似乎想找出胖子的破绽。胖子这个时候也是硬撑着，我看他气都接不上来，体力消耗得很厉害。

双方对峙了几分钟，这海猴子毕竟是动物，没办法和人一样，精神渐渐不集中。它打了个哈欠，转了转头，开始左顾右盼。很快，它就看到闷油瓶正在咬牙把盗洞口的石板盖回去。那石板非常重，一个人实在很难抬动，他只能一寸一寸地拖着。这海猴子看到闷油瓶一个人落单，杀心又起，大吼了一声就冲了过去。

我心里一惊，没想到这东西也颇具人性，知道欺软怕硬，忙大叫：“当心！”

闷油瓶已然察觉后面劲风突起，没有办法，只好放下石板，一个打滚先逃过一击。那海猴子一爪落空，马上又是一扑。我知道闷油瓶必然有能力对付这东西，倒也不是很担心。只见他往前跑了几步，把海猴子引到一根楠木柱边上，突然一跃，第一脚踩到柱子上，然后一蹬，凌空跳舞般一个转身，两只膝盖就狠狠地压在了海猴子的肩膀上，把那海猴子压得身子一矮，差点儿跪下去。我不知道这是什么功夫，只看得眼睛一亮。不过那海猴子非常强壮，这一下几乎没对它造成什么影响。不过闷油瓶还不罢休，不仅没有立即跳下来，反而双腿一夹，用膝盖夹住了它的脑袋，然后腰部用力一拧，就听一声清脆的“咔嚓”声，那海猴子的脑袋不自然地被拧成了一百八十度，整块颈骨都被绞断了。

这一系列动作几乎在数秒内全部完成，简直是秒杀，我和胖子看得下巴都快掉下来了，都觉得自己脖子一疼，好像抽了筋一样。我想起那血尸的头，心说，肯定也是这样被他拧下来的，不由得直吸凉气。这一招太狠了，我都替那海猴子觉得不值。

闷油瓶跳下来后，忙冲回去搬那块石板。我看到一团头发已经从盗洞口冒了上来，忙叫胖子去帮忙。胖子还是老办法，先用打火机把那团头发逼下去，然后和闷油瓶一起把青岗石盖回了原位。那禁婆很不甘心，在下面撞了好几下，想把石板撞开。胖子怕它把石板撞裂了，索性一屁股坐了上去，把洞口牢牢地压死。

撞击的声音一直持续了十分钟，无奈胖子加上石板，不是一般人能抬得动的。胖子被震得力竭，下面的东西才平息下来。他骂了声娘，累得一下子躺到地板上不动了。

我看危险过去了，长出了一口气。这个时候，右手已经恢复了知觉，可以稍微做一些活动了。我看到闷油瓶走到了东南边的角落里，忙跟了过去。那里的镜子已经被移开了，墙上果然有一个黑漆漆的洞口，只有半人高，里面看上去非常深邃，不知道通到哪里。

第四十章

墙洞

这个洞口应该是整个事件中比较关键的一点，闷油瓶的回忆到这里就中断了，以后的事情就是一个谜。洞中有什么？他是怎么出来的？其他人是否像他一样失去了记忆？现在还都是一点儿根据都没有的推测。

我仔细地打量着这个洞，单从外表来看，这只能说是一个位置不太合理的人工门洞。门里面能看到的地方用的都是和外面一样的黄浆砖，结构上非常普通。这样的洞我在山西烧炭的工厂里见过不知道多少，都是用来做砖窑的天井，但是开在这里，在墓穴的格局上就显得非常突兀，不知道是干什么用的。

在我的记忆里，几乎所有的墓室都是对称结构的，很少会在一个地方莫名其妙地开个通道或者多一个房间，除非这个墓的主人本身就有这种癖好。如果不是这个原因的话，那么只有两种可能：

第一种可能是里面放置了什么隐秘的陪葬品。这倒也并不奇怪，在爷爷的笔记里面，在自己的墓中设计暗室的人比比皆是，但是这些暗室一般都伪装得非常好，这个洞既没有活门，也没有伪装，单单就是在外面放了面镜子，似乎也太儿戏了。

第二种可能就是和风水有关系。我推断的理由是，镜子是风水里面很重要的道具，放在这里应该有一种讲法。一般来说，要在一个房间里开一扇门，是风水里“通”的表现，就是说要把什么东西引进来，或者放出去。

这是小风水，和古时候的大风水又有很大不同，就像佛法里的大乘和小乘一样，小风水讲究的是改，就是通过一定的手段，将小范围内不好的改成好的，因为比较有趣，对这一块儿知识，我知道得要比大风水多一些。

我顺着这面镜子的对角线走过去查看其他地方，希望能找到一些提示。这整个房间的布置和闷油瓶说的一模一样，但是因为它还维持着二十年前的样子，所以只有四个方向上是有夜明珠照明的。中间的天宫模型隐藏在黑暗中，只能打着手电看看局部。我扫视了几圈后，目光被墙上的影画吸引了过去。

这四幅影画的内容，我之前已经描述过了，但是当时我也是听闷油瓶形容的，十分模糊，现在自己来看，就发现这些画其实非常写实，只要你够细心，还可以看出很多具体的东西。

第一，我一眼就发现，画中白雪皑皑的山脉，很有可能是吉林的长白山的北坡。这并不是我的记忆力惊人，只是长白山的几座主峰非常有特点，凡是去过那里的人，应该都能分辨出来。

第二，我注意到了第二幅画里，送葬的队伍穿的都是元朝的服装，也就是说，这个棺材里的人，应该是一个地位显赫的元朝权贵。那这云顶天宫的修建时间，很有可能是元末朝代交替的时候，在这样的乱世中还有能力修建这样一座巨大的陵墓，这个墓主人肯定不简单。

第三，最让我吃惊的是，所有送葬的队伍都是女人，这实在是非常不合情理。我不知道蒙古族的墓葬仪式如何，但是全部由女人送葬，真是闻所未闻。

其他诸如此类的细节非常之多，不知道是雕刻师有意留下的线索，还是他们本身的行事作风就是如此。

看到这里，我心中已经非常清楚，凭借这些线索，只要在当地找一个熟悉地形的山民当向导，绝对有可能找到这座宫殿的位置，只不过它埋在几百年的雪层下面，冻土非常松软，一旦挖掘得不小心，一次小小的雪崩就足以让人永远长眠在雪层里。

但是这些提示应该和墙脚的洞没有关系。我又去检查其他几个角落里的镜子和后面的墙壁，发现并没有什么特别，看样子所有的问题只有进了那个洞，才可能找到答案。我回到洞口，看到闷油瓶仍旧看着，眼睛里出现了少有的犹豫，似乎在考虑什么问题。他看到我走过来，突然对我说道："我可能还得进去一次。"

"不行。"我听了大吃一惊，"你这不是去送死吗？如果你再失忆二十年，一切都没意义了。"

他淡淡地道："我和你们不同，对你们来说，这里的事情只是一段离奇的经历而已，对于我，是一个巨大的心结。如果不解开，就算我什么都记得，这辈子也不会好过。"

我听了心里急起来，连说不行。其实我并不是不能理解他，但是现在我们所处的环境不容许节外生枝，尽快出去才是我们应该考虑的事情，不然就算我知道了世界上所有的秘密又怎么样，空气耗尽，所有人都会窒息而死，这些秘密也会随之马上失去价值。

我把我的顾虑和他一说，他也表现得有点儿矛盾，问我："那你有多少把握，我们能够出去？"

听他这样一问，我才想起我还没有仔细看过这里的宝顶，忙抬头细瞧。

在我看过的所有笔记里，明墓的顶部都被描述得非常牢固，所谓"七横八纵"，按照我的想法，这个宝顶为了对抗压力，应该是用了拱形的结构，中心高，两边低。但是现在看来，它好像沿用了陆地地宫的方法，做成了一个平顶。那么在任何一个地方开洞，都关系不大。

宝顶离我们有十米多高，这里没有可以垫脚的东西，只能先从边上的柱子做文章。用镜腿在上面敲出几个坑来，然后爬上去，敲裂表面的白膏土，然后开始处理青砖。我们也不需要太小心，只要算好时间，破坏上面的承压结构，自然就会塌下一个洞来。等到海水把这个墓灌满，我们就能轻易地逃出去。

这个计划，最关键的就是把握好时间，如果不是在退潮的时候，承压结构一旦破坏，说不定整个宝顶都会被狂涌进来的海水冲垮，把我们压死在里面。

我把这些和闷油瓶说了一遍，我强调，其实我们出去的机会非常大，只不过一出去，这个墓就要彻底完蛋了。但是这个墓并不会消失，里面该有的东西都还是会有，他大可以过儿大备好装备再回来，并不急于这一时。

他点点头，终于被我说服了。胖子实在熬不住，说道："既然这样说，那还等什么，我们干脆现在就动手，先把这柱子搞定，免得待会儿手忙脚乱。"

我看了一眼手表，离退潮还有六个小时，时间还很充分，摇头道："我们刚才体力消耗得非常厉害，又一点儿也没有进食，身体状况非常差，这个时候应该好好地休息。等一下我们出去了之后，不知道会遇到什么情况，说不定上面的船已经开走了。如果没体力，出去了又淹死，那太亏了。"

胖子本来积极性很高，听我说得有道理，郁闷地挠了挠头，说道："还要等？那行，我先睡会儿，什么时候开工了叫我啊。"

我也找了个地方靠着，但是脑子并没有停下来。我算着如果海水开始灌进来，大概是怎么一个走法。现在往池底石碑的通道已经封闭了，虽然不是密封，但是出水肯定比进水要慢，大量的水肯定会先涌进那个奇怪的墙洞里，只是不知道这个矮洞通到什么地方。如果它和其他房间连通，就非常麻烦，这里会形成一个漩涡，把我们整个儿卷进去。

想到这里，我不由自主地看了一眼洞的深处，盘算着有什么办法可以把这个洞堵住，随即我想到，可以把那些模型堆在一起。我估计着这洞口的高度和宽度，想着怎么样来堵合适。

然而，在我集中注意力的一刹那，心中陡然升起了一股极其异样的感觉。

在门洞里的黑暗中，有一股力量正在强烈地吸引着我的视线。这种力量不仅强烈，还有一定的强迫性。我想转过头去，却发现脖子怎么也动不了，就连眼珠都没办法转动。

同时，我立刻觉得很焦躁，这种焦躁很难形容，就好像一个饥饿到了极点的人，拿到一包食物，却怎么也撕不开包装一样。这种焦躁，很快又在我心里产生了一股强烈的冲动，想要进这个门里去看看。

这一切几乎是在瞬间发生的，一点儿预兆也没有，他们感觉到不妥时，已经晚了。我一下子推开前面的闷油瓶，向洞里冲去。因为我离那洞口非常近，所以几步便冲进了黑暗里，他想拉也来不及了。那个时候，我完全没有想过自己到底在干什么，一心只想跑到这个洞的最深处去看看。我连手电都没有打，就在黑暗里向前狂奔，根本不管自己的脚下，也没有注意身后有没有人追上来。

可是才跑了几步，突然身后一阵劲风，随即左腿的膝关节一阵剧痛，整只脚使不上力气，扑倒在地。

这一跤摔得非常厉害，我的额头撞到了地板，疼得脑袋嗡嗡响，鼻子都磕出了血。但是这样跌出了一步之后，我心里的焦躁感突然消失了，一切都恢复了正常。

我心里咯噔了一下，只觉得有一种说不出来的奇异。这个洞穴太厉害了，单单看到一团黑色，就可以让人丧失心志，我刚才入神地一看，便中了招数。

我回头一看，闷油瓶和胖子已经追了进来，有一只手电躺在一边，看样子就是这个东西打中了我的膝关节。

他们两个走到我的边上，二话不说，架着我就往外拖，但是我一只膝盖受了伤，站也站不起来。他们拖了几下竟然没能抬动，加上这里光线又暗，场面混乱至极。

胖子看一只手太不方便，就把手电夹在腋窝里，用两只手来拖我。他的动作非常暴力，我被他拉得几乎要休克。

就在这个时候，他的手电光扫过一个地方，我的眼睛一闪，好像看到那黑暗里蹲着一个人。

那光的速度太快了，我没看清楚，但是我很确定，那肯定是一个人。我马上想到了三叔，忙大叫："等一下，前面有人！"

胖子听了，回头一照，扫到一个背影，但是那个背影已经站了起来，正快速地向洞里跑去。

这一下我们三个人都看得很清楚，俱是一愣，但是都没有看清楚那是谁。闷油瓶反应最快，立即大叫："快追！"说完飞也似的追了上去。胖子大骂一声，只好跟上。

我使了几下力，只能勉强站起来，也一瘸一拐地跟了上去。这个时候，闷油瓶已经和那个人扭在了一起，随即胖子也扑了上去。这两个人一前一后，直接把那人按在了地上。胖子拿手电筒一照，"啊"了一声，叫道："是阿宁！"

我跟上去一看，大吃一惊，只见她蓬头垢面，身上的潜水服都被钩破了，散发着一股难闻的味道，鼻子和嘴角都有血迹。真不知道她遇到了什么事情，竟然搞成这个样子。不过，随即我就发现，其实我们三个也好不到哪里去，特别是胖子，简直浑身是伤口，惨不忍睹。

胖子看到这个女人就来火，指着她的鼻子就开骂，可才骂了几句，闷油瓶突然阻止了他，说道："等一下，她有点儿不对劲儿！"

第四十一章

珊瑚树

闷油瓶话一出，我才发现阿宁的表情非常木然，甚至可以说是呆滞，和以前那种神采飞扬的样子大大不同。现在被闷油瓶按在地上，不挣扎，也不说话，甚至看都不看我们，好像这事和她无关一样。

胖子看着觉得奇怪，说道："是有点儿怪了，我骂得这么难听她都没反应，要在平时，我挤对她几句，她早一脚踢过来了。"

我知道他手黑，问他："刚才你有没有下重手？你看她话都说不出来，十有八九是你下手太狠，把她给打蒙了。"

胖子大怒，说道："你少胡扯，我能这么对待一个女士吗？刚才我就按她的脚，还是轻轻地，连个印子都没留下，你要不信就问小哥。"

闷油瓶让我们别吵，说道："你们放心，她身上没什么大碍，只是神志不太清楚，可能受了什么刺激。"说着，他又用手在她面前挥了挥，还打了一个响指，可是她一点儿反应也没有。

胖子挠了挠头，想不明白，说道："会不会是这娘儿们看到了什么东西，给吓傻了？"

我说道："这女人狠得要命，身手又好，她怎么对我你也看见了。这种人怎么可能会给吓傻，你可千万别被她给骗了，说不定她这样子是装出来的。"

胖子一听，也怀疑起来，说道："你说得不错，最毒妇人心，我们还是小心点儿好。要不，我们一人甩几个巴掌给她，看她有什么反应？这女人很要强，我们几巴掌下去，任她是什么贞洁烈女、铜头铁臂，也……”

我看他扯到哪里都不知道了，骂道：“打住，你谍战片子看多了，想学国民党特务？你看她这样子，你下得去手吗？”

胖子举起他那大巴掌，对着阿宁的小脸象征性地甩了两下，发现还真下不去手，泄气道：“只可惜你胖爷从没打过女人，那你说怎么办吧？”

我和她相处的时间不多，要通过她的动作来判断她是不是假装的，根本不可能，于是说道：“这事一时半会儿也判断不了，我看我们先把她绑起来，带出去再说。到时候直接报警，让警察去处理这事。”

胖子大怒：“你是真傻还是假傻？我们爷儿仨是倒斗的，你知道啥叫倒斗不？交给警察，你脑袋撞猪身上了吧？”

我还真想蒙了，被胖子一说，真想打自己一巴掌，心说，怎么心态还没调整过来？又把自己当古董摊子的小老板了，忙对胖子说道：“我前几次下盗洞都是赶鸭子上架，心里一直还当自己是个好市民，习惯了有困难找民警，嘴巴一快就说出来了，你就当我放屁，我重新说。”

胖子摆摆手，说道：“得了，我看你也没什么好办法，咱们还是看这位小哥的，指望你，黄花菜都凉了。”

我被他说得没脾气，只好去看闷油瓶。他正在用手电照她的眼睛，看我们转过头来，说道：“不用争了，她的瞳孔呆滞，反应很慢，比‘吓傻了’要严重得多，不可能是装出来的。”

我看他似乎很有把握，没理由怀疑，问他：“那能不能看出来是怎么造成的？”

闷油瓶摇摇头，说道：“这方面我只懂点儿皮毛，也是自己做检查的时候听到的，要再进一步判断，我就无能为力了，得去专业的医院。”

我叹了口气，想起这个女人以前那神采飞扬的样子，不由得感叹，说道：“那行，我看一时半会儿也搞不清楚到底哪里出了问题，我们也别在这里胡思乱想了，先把她带出去再说。”

这提议他俩都没意见，一致通过。胖子对闷油瓶说：“那就这么着，也别磨蹭了，这地方这么邪乎，我们四处看看，如果没什么东西就赶快出去吧。”

我本来已经忘了自己在什么地方，他一说起来，马上觉得一阵寒意，只想马上就走，不过，看他们两个人各有各的目的，也不好说出来，只好硬着头皮点了点头。

胖子马上转身，用手电照了照洞的深处。我顺着他的手电光看过去，只见这洞并不很长，在几十步外，已经可以看见底部的东西，但是手电的穿透力不够，只照出个轮廓。

我的视力没胖子好，也不知道里面有什么，现在只指望他什么都看不到，快点儿死了这条心，这个地方我是一分钟都待不下去了。

胖子仔细照了一下，突然皱了皱眉头，好像看到了什么。我顺着他的视线看过去，却什么都看不到。只听他轻声问我们道："两位，你们看这最里面，是不是一棵树？"

我"啊"了一声，说道："古墓里怎么可能有树，这里又没阳光，又没人给它浇水，要真有树，也早烂了。"

胖子看了很久，可能也不敢肯定，但是非要指给我看。我没办法，只好顺着他的意思。不过，我实在是看不清楚，眼珠子瞪得都快掉出来了，也只模模糊糊地看到一根枝丫一样的东西，轮廓挺熟悉的，但想不起来是什么，便对他说道："我看不清楚，不过那肯定不是树。"

胖子又照了照，顽固地说道："我看像是棵树，你看还闪着金光，你要不信我们过去看看？"

我看他醉翁之意不在酒，怒道："你别以为我不知道你打的什么算盘，就算里面是棵金树，你扛得走吗？"

胖子被我拆穿了也不以为然，说道："能不能扛得走，要去看看才知道，说不定边上还有些小件的。你说我们要是没进来也就算了，现在进来了，看到有好东西，怎么样也要观光一下！况且我们既然到了这里，不深不浅，要出事早出了，没什么可怕的，对不对？"

我心中懊恼，却没有办法。胖子的逻辑我很清楚，观光观光，观察之后就拿光。这家伙简直就是恶魔转世，谁碰到谁倒霉。

我刚想讽刺他一句，就看到闷油瓶做了个别吵的手势，轻声说道："全部跟着我，别掉队。"说着头也不回，径直就向黑暗里走去。

胖子看了大喜，背起阿宁就跟了上去。我只觉得奇怪，但是闷油瓶走得很急，我来不及仔细考虑，只好也一瘸一拐地跟上去。

闷油瓶快步走在前面。这个砖洞从里到外都是一样的宽度，从我们的位置到洞底根本没多少路，我们很快就来到了那棵所谓的"树"的面前。这里已经是整个砖洞的最里面了，闷油瓶举起手电一照，我们就看到了它的真面目。

那是一枝白色的巨大珊瑚，有一人多高，分成十二个枝杈，呈发散状，造型的确十分像一棵树。整个珊瑚雕琢得很好，但是质地非常普通，并不是非常名贵的东西。

珊瑚种在一个巨大的瓷盆里，用卵石压着，它的枝丫上还挂着很多金色的小铃铛。胖子看到的那种金光，应该就是这些铃铛反射出来的。但是这些铃铛绝对不是黄金做的，因为它们的缝隙里已经出现了铜绿，里面的材料估计是黄铜，外表经过镏金，才能保持现在的光泽度。

胖子没看到金树，大为失望，但他还没死心，把其他地方照了个遍，问我："小吴，你说这珊瑚值不值钱？"

我对这个倒还有所研究，想起刚才他那德行，就有心挤对他，说道："不是我打击你，这品质，市场价格十六块一斤，已经算不错了。"

胖子听了半信半疑，又去问闷油瓶。闷油瓶点点头。他一下子就郁闷了，骂道："靠，我还以为这次发达了，结果还是一场空。"

我呵呵一笑，说道："胖子，你也别泄气，我告诉你，珊瑚虽然不值钱，但是你看这上面的铃铛，这些可是好东西。"

胖子不相信我，说道："我看你一脸坏笑，你可别胡诌啊，这破铃铛我也倒过不少，也就千来块，你说值钱在什么地方？"

我说道："就你那点儿生意头脑，当然看不出来。实话和你说，具体价值我估计不出来，但是肯定比等体积的黄金值钱。你看这些铃铛上的花纹，年代比明代还要早，在那个时候也算是件古董，懂我意思不？"

胖子被我侃得一愣一愣的，也不知道我说的是不是真的。我心里看着痛快，也不说破。其实我也看不出这些铃铛是什么来历，铃铛这东西，在古董里也算是冷门，一般倒得最多的还是瓷器和陶器。金属的东西会生锈，需要特殊的保存方法，这些技术只有大的博物馆能用，百姓家里，就算再有钱，也经不起这样的折腾。何况铃铛又是金属器里比较复杂的，有很多细小的零件，保存得很全的，就非常珍贵。

胖子琢磨了一会儿，还是不相信我的话，就想摘一个来看看，闷油瓶一把抓住他，说道："别动。"

胖子一只脚已经踩上了那放满卵石的盆，硬是被他拉了下来，觉得奇怪，问他怎么回事。闷油瓶子不理他，反而问我道："你还记不记得这种铃铛在哪里看到过？"

第四十二章

困境

他这一说，我马上就想起了几个星期前的事。

那时候我们正准备去倒鲁王宫，经过尸洞的时候，逮到过一只大尸鳖。那虫子的尾巴上，就挂着一只这样的铃铛，里面有一条青色的大蜈蚣，爬动催响铃铛的时候，会发出犹如人窃窃私语的声音，声如鬼魅，似乎有着神秘的力量。我们当时几乎都被这声音迷住，幸亏闷油瓶机灵，一脚把我们踢到水里，才算清醒。

三叔后来看过这东西，说它的年月还在战国以前，具体是哪个朝代他也不知道。不过，那时候事情危急，我也没放在心上，后面在鲁王宫里的经历简直像噩梦一样，没疯已经不错了，哪里还记得这些。

现在要我去辨认，我也不敢肯定，因为当时尸洞里也和现在一样，就几盏矿灯照明，那铃铛弄下来没多久就给潘子一脚踩烂了，要两相对比已经不可能，我只能看个大概。

如果这真是尸洞里看到的那种铃铛，那胖子刚才如果一碰，还真不得了。那时候一只已经把我们全部迷得无法自控，这里最起码有四十只，只要一个小小的抖动，真不知道会发生什么情况。

闷油瓶看我想了起来，说道："那尸洞里肯定还有古怪，那积尸地本来就是一个巨大的墓室，只不过不知道怎么会和汪藏海扯上关系。"

胖子听我们说起这事，知道了铃铛的来历，纳闷道："你们有没有看错？这战国前的东西，怎么又在这儿出现？这未免也太巧了一点儿。难不成，这汪藏海也是个盗墓的？”

他这话一出，我和闷油瓶都愣了一下。

“这样说来，倒也有这个可能。”闷油瓶想了想，说道，“他早年是干什么的，谁也不知道，而且又精通风水。他要是盗墓，应该游刃有余。不过，我记得他家世比较显赫，几代都是风水大家，衣食不愁，总不会做这种下贱的工作。”

闷油瓶说起下贱来，面不改色，似乎没意识到把我们也骂了进去。我说道：“我觉得不太可能，倒斗的，肯定会在自己墓里留下个什么标志，好让后世的进来的时候有所避忌，你在这里看到这种东西没？”

闷油瓶摇摇头：“我刚才也在留意，确实一点儿迹象都没有。”

他在这方面的造诣深不可测，他说没有，我知道必然是真的没有，说道：“那这样何以解释这里会有这么个东西？会不会他本身就好古董，把自己心爱的藏品也拿来陪葬？”

“我们一路过来，也没看到其他的古董，你说的也不对，我看，可能是另一种情况。”胖子似乎想到了什么，面露得意之色，“其实除了倒斗的，还有另外一种人也经常会碰到古墓，你们知道是什么吗？”

我听了马上就醒悟了：“你是说，他是在做工程的时候，在工地上挖到这些东西？”

胖子点头：“这人可以说是当时最大的包工头，很可能会碰到这种情况。只要回去查一下资料，就能知道那个时候，他有没有去过山东的瓜子庙。”

胖子的说法合情合理，我不由得又有些佩服他，不过这东西决计是不能碰了。我猜想可能阿宁就是碰了这棵珊瑚树，这么多铃铛一起响起，才导致她变得精神失常。只是不知道这些铃铛在她的大脑里产生了什么景象，会有这么厉害的效果。

本来人就很容易受到暗示，现在又是在这么一座古墓里，气氛神秘，神经稍微脆弱一点儿就会疯掉，我甚至觉得闷油瓶的失忆也可能是这些东西造成的，因为我发现这些铃铛的挂绳都是用铜丝很精确地绑在珊瑚树上。珊瑚里面本来就有空洞，传音极佳，这东西摆在这里，就像一件乐器，发出的声音可以有千万种，难保里面就会有一种能让人忘掉一切。

不过，我这些想法有点儿天马行空，也不好意思说出来。三个人呆立了片刻，胖子说道：“看来这洞底也就这么点儿花头，这蹊跷还在这些铃铛上面，要不撤了？”

我看这洞也没什么妖魔鬼怪，心里也放松了不少，现在走不走倒也无所谓了，不过看表，退潮的时间也快到了，在这里待着也没意思，四个人就向后退去。

我边走边想，心里还有两个疑问，第一是闷油瓶二十年前进这个墙洞的时候，是被三叔引进去的，和他一起晕倒的那些人现在在什么地方？是不是三叔把他们运了出去？

第二是闷油瓶当年进去的时候，闻到了一股非常奇特的香味，现在却没有了，难道这表示，二十年前，这洞可能还有什么其他东西在？

这些答案，必须等找到三叔才能知道。

而三叔又不见了，要找到他，不知道猴年马月，说不定他就此不再出现，这些疑问就要变成千古之谜了。

如果真如胖子说的，三叔是被这墓里的冤魂给缠住了，那他会到什么地方去呢？他看到闷油瓶的照片时，说的“我明白了”，到底是明白了什么呢？

想着想着我就觉得整件事还缺一点儿东西，只要再给我一点儿线索，我就能把所有的事情连起来。我的直觉告诉我，这东西应该和鲁王宫有关。

我正想着，四个人已经走出了那个矮洞。胖子把阿宁放到地上，就说道：“现在时间应该差不多了，我们怎么样也该动手了。”

我想到现在出逃还是头一等，就收回心神，开始交代事情。因为我从来没真正开过明墓的宝顶，所以心里也没有什么把握，只有走一步算一步。

说完之后，三人依计行事。胖子老早就憋了一肚子的劲，抄起家伙就在一根柱子上凿开了。可他小看了金丝楠木的质地，几下子下来，已经喘得不行，可柱子只被他劈掉一点儿。

他看了不对劲儿，说道：“小吴，这柱子也太结实了，要照这样弄法，一个礼拜这梯子也搭不起来。”

我说道：“你先别急，只要你劈掉最外面那层，里面就好对付。”

胖子半信半疑，拿着家伙使上十二分的力气，才勉强有了点儿起色。几下过后，胖子已经剥开外面铁一样的木质层，掏出一个可以容纳一脚的空间。

我现在知道了那洞是死路，海水进来，只能透着砖缝往下漏，不用担心会产生漩涡，就抄起家伙去帮胖子。才砸了两下，就发现这活儿还真得他干，他力气大不说，耐力还好。这一路折腾下来，只见他生龙活虎，没有一点儿疲态。我自己在他边上一点儿，同样的时间，已经累得手都抬不起来。

我们干得昏天黑地，三个小时后，终于在一根柱子上凿好了脚洞。这底下的尚且好弄，一直到上面，要踩着已经凿好了的洞爬上去，悬在半空中，力气都使不上，最后只有浅浅地弄出一个可以放进一个前脚掌的印子。不过，不管怎么样，还是给我们搞定了。

我们把衣服都脱下来，因为都是潜水的衣服，很有弹性，索性割成一条一条的结成一根绳子，像墨西哥爬树人一样做了一个绳套，围着这根柱子圈起来，三个人三个方向，将绳子绷直了，就向上爬去。

这一路也不知道是怎么爬上来的，每上去一点儿都像死一次一样。胖子累得直叫唤："你们两个跟上来干啥？我上去凿就行了，反正水下来，你们能浮起来，现在这皮绳都快把我扣成东坡肉了。小吴，你还是给我下去，不然我顶不住了。"

我说道："你以为我想上去，我是没看到实际情况，不想你送死。这上面不知道有没有夹层，如果有的话，你一家伙下去，流沙下来就直接把这房间整个儿埋了。"

我这是实话。墓墙里的流沙层是最常见的反盗墓措施，前面也说过了，是比较有效的。一个有流沙层的大墓，如果要顺利进去，就要在下盗洞的时候开一个下沙井，把流沙先放出来，有时候放空一面墙就要几天几夜，足以说明这流沙量大得惊人。我们现在没这个条件，如果真碰到这种墓穴，那只好另想办法了。如果上面不是流沙，而是强酸或者火油，那就更糟糕了。

胖子倒的斗多了，自然知道我说的不假，挥了挥手示意，那就爬吧。

我们咬紧牙关，又花了半个小时才到最上面。胖子站稳之后，几乎力竭，抱着那柱子一动也不动，说道："要再这样折腾我，我可就归位了。"

我让他先喘口气，等一下凿砖还得靠他，自己小心地试探着敲了敲宝顶。闷油瓶示意我不要动，自己把手指按到顶上，感觉了一下，说道："实心的。"

胖子听了，他也实在不敢休息，二话不说，就开始凿顶上的白膏土。他不敢太用力气，因为到底这绳子不结实，万一断了，全都得摔成重伤。

我们都伸着手，搭在他肩膀上，万一这绳子一断，还能拉他一下，不至于直接从十米高的地方摔下去。不过他一身的油汗，真要掉下去，估计要抓也抓不住。

白膏土很脆，他凿了几下，就剥下来一大块，露出了里面的青砖。胖子看了一眼，突然叫"不好"，忙叫我摸。我用力探过手去，一摸，傻了。

这些砖头之间，竟然浇了铁浆。

第四十三章

炸弹

我们三个人互相看了一眼，脸色都很不好看。

砖头用铁浆浇死后，就和现在钢筋混凝土一样，就算在平地上给你只大锤子也无济于事，不要说现在这种情况。

在这上面，最起码还有七层这样的结构，而且互相错落，要凿开这里，没有现代化的设备，已绝无可能。

我心里懊恼，只怪自己没想到这一层，平顶的抗压性大不如拱顶，那上面的砖头肯定要用东西加固。明墓里对这一套东西没什么办法，都是千篇一律地用铁水浇死，自己凭借一本笔记加上三脚猫的建筑常识，纸上谈兵，满口喷粪，现在总算吃到苦头了。

胖子看着我，问道："建筑师同志，现在怎么办？你给拿个主意。"

"那能怎么办，死马当活马，先抄家伙上。"我还想碰碰运气，说道，"几百年了，我就不信它还这么结实。"

胖子看我也没怎么慌张，以为问题不太严重，就去敲那些砖头。空心的砖头很好敲碎，但是砖头碎掉之后，边上铁浆凝固成的铁条还在。胖子用十分力气打上去，也只是在上面敲出几个印子。他一看就知道不对劲儿，说："不行，这铁浆条子往上都有一个巴掌厚，你开辆解放卡车来都不一定能撞得穿。"

我也敲了几下，震得虎口发麻，知道这的确不是蛮力可以搞定的东西，不由得泄气："看样子我们小看古时候的建筑工艺了，这铁条子纯度很高，根本凿不动。"

胖子说："要不磨磨看，古人不是说嘛，只要功夫深，铁杵磨成针。"

"拉倒吧，这么厚的铁浆条子，你磨到猴年马月去。"我说道，"还有二十分钟就退潮了，等你磨完了，我们早圆满了。"

胖子火了："那你说怎么办？你没听那女的说过吗？这一带不久就是风季，起码要持续一个星期，我们现在出不去，就只能在这下面待上七天。"他强调，"七天，不闷死也饿死了。"

我知道问题的严重性，对他们说道："你们这方面的经验要比我丰富得多，就这种墓墙，如果是在平时碰到，你们会用什么办法？"

胖子和闷油瓶想都没想，一齐说道："炸药！"

胖子看我愣了一下，解释道："你不用奇怪，这种墙的结实程度超乎你的想象，老子以前倒这种斗，洞一般都开在底部，如果非要在这种墙上硬打进去，只有用炸药。"

我听了心里悲凉，他说的情况我也知道，但是在这几百年的古墓里，叫我到哪里去弄炸药？想来又不由得后悔，我记得在下水前，阿宁还问过我要不要带一些下去，当时因为被鲁王宫里那一炮给炸蒙了，我对这东西十分抗拒，直接就给扔回舱里了。如果三叔当时在场的话，肯定就会带上。

现在想起来，当时的想法太幼稚了，如果还有下次，绝对不能这么儿戏。

我看从上面出去是没希望了，只好放弃："看样子这法子是行不通了，我们还得从长计议。"

"还从长？我们只有二十分钟都不到了。"胖子说道，"我看，要实在不行，我们还从原路摸回去，说不定放着我们潜水设备的那墓室已经回来了。"

我点点头。虽然我很不想再进那盗洞，但是现在也没有别的办法。如此一来，又要面对盗洞里的那怪物，实在是头疼的事情。

这个时候，闷油瓶突然说道："等等！你们先待在这里别动！我想到有一个地方可能有炸药！"

没等我们反应过来，他就突然一松绳子，滑了下去。

胖子看了看我，一脸的迷惑。我朝他摇摇头，表示我也不明白。

闷油瓶的性格是一本正经的，不可能开玩笑，但是又实在想不出这里什么地方会有炸药。他现在和我们一样，已经脱成光条了，就剩一条内裤，也不可能藏在什么地方。我盯着他，只见他一个飞身就跳上了房间中间的天宫石盘上，顺着他的手电光，我看到他蹲到石盘中心的一具打坐的干尸前面，不停地摸着什么。

这具尸体应该就是他说的坐化金身，只是不知道他到那里去找什么。突然间，我心里就“啊”了一下，原来是这样！

这个时候，闷油瓶已经把整具干尸小心翼翼地抬了起来。干化的尸体几乎就只剩下骨头的重量，并没有费多大力气。胖子问我：“他到底在干什么？”

我说道：“我也只是猜测。那具干尸体内，可能有一个机关，由八宝转子击发，里面可能有炸药。如果对尸体不敬，想取尸身内的宝物，可能就会直接引爆。”

胖子听了咋舌：“他怎么会知道这种事情？”

“二十年前他摸过这具尸体，那个时候可能已经知道了。你看他刚才只是说‘可能’，就是说他也不确定。”我说道，“只是不知道这几百年前的炸药，现在还管不管用。”

这时闷油瓶已经把干尸搬到了柱子底下，对我们说道：“下来一个帮忙。”

我看胖子下去实在太麻烦了，就让他待着，自己爬下去。闷油瓶把那干尸过到我背上，用绳子捆住，说道：“千万别撞到，如果里面的机关还管用，一触即发。”

我近距离看到这具坐化金身，只觉得闷油瓶刚才的描述不及这真实的万分之一。这尸体全身发黑，黑到发亮的感觉，好像不是肉身，而是用什么光滑的材质雕刻而成，肌肉都已经凹陷，特别是嘴角，似笑非笑，看得人直起鸡皮疙瘩。总之一句话，这尸体，根本不像在寺院里看到的那些高僧，反而让人感觉十分不祥。

我看着实在不敢碰，问他：“你确定这尸体没问题吗？我总觉得，他好像有什么诡计。你看他的表情，怎么这么的……这么的……”

“妖异。”闷油瓶接着我的话说道，“我也不明白，这具尸体的确给人不舒服的感觉，但是他已经干化了，无法尸变。”

我点点头，冷汗都冒了出来，问他：“那就好，你确定这里面的炸药还能用？”

他说道：“只要八宝转子能用，炸药肯定能用，现在就怕这机关老化了。”

背了具干尸在身上，我浑身不自在，特别是看到他的指甲这么长，横在我面前，鬼气森森的，腿都有点儿发软。我想起湘西的赶尸匠，就是像我这样子把尸体背在背上，但是人家是里三层外三层地包起来的，我倒好，干尸裸体，我也裸体，肉贴肉，那种干巴巴的感觉别提多瘆人了。

不过现在也没办法，幸好光线还可以，我还能看得清楚，不至于胡思乱想。我咬紧牙关，就当身上背着个麻袋，开始一步一步向上爬。闷油瓶爬在我后面，防备我如果脚滑，失足掉下来。

我爬了有五六步，突然觉得那干尸有点儿不对劲儿，因为我的后背就贴着尸皮，所以感觉非常清楚，那尸体好像突然变大了一点儿。我停下来仔细感觉了一下，又感觉不出什么特别的异样来。

我回头看了看闷油瓶，他在我下面。如果尸体有什么异化，他应该能马上看见，但是他好像什么都没发觉，难道是我自己多心了？

也难怪，背着一具这么妖异的尸体，很难不多心。

正想着，听到胖子在上面催我，我只好继续向上。因为过于紧张，腿都有点儿抖。我想早点儿结束这种情况，三步并作两步，好不容易爬到顶端。

胖子可以说阅尸无数，不过看到这具尸体后也露出了不太舒服的表情，毕竟，你用绑尸绳挂着尸体的时候，还有两三拳的距离在，现在就像跳贴面舞一样，感觉肯定难受。

我硬着头皮，对他说道："你把这个固定到宝顶上去，然后马上下来，我们在下面引爆，如果里面的机关还能运作，应该没有问题。"

胖子看了看宝顶，说道："你唬我呢？我怎么固定？"

我一抬头，宝顶上面真没什么可以钩挂的地方，如果要把爆炸的力度全部发挥出来，必须把整个尸身紧紧贴着宝顶，这的确是个问题。

我想了想，说道："实在不行，就把他头朝下绑在这柱子上，快点儿，时间快到了。"

胖子把尸体小心翼翼地接了过去，摆了摆，问我："咦？真奇怪，这尸体怎么还有条尾巴？"

第四十四章

脱皮

“哪里来的尾巴？我刚才怎么没看见？”我以为他在拿我开涮，说道，“你可别拿我开心。”

“这不就是？”胖子一本正经地指给我看，“你眼神也太‘神’了，这么突兀的一根东西，都看不见。”

我顺着胖子的手指看过去，看见坐化金身的尾骨上，真的有一根突起，三寸长，两根手指粗细，黑黝黝的，看上去与尸体本身的干化程度一样，有点儿像硬化了的牛尾巴向上弯曲着。

我觉得奇怪了，刚才搬动的时候，好像没见过这东西，难道是刚才长出来的？

我回忆了一下，也没个头绪。刚才人高度紧张，到底有没有看到，也记不清楚了。只是我心里陡然升起一股寒意，突然有一种十分不祥的感觉。

随即我提醒自己，现在不是怪力乱神的时候，而且就这么一根干巴巴的东西，也不能肯定就是尾巴，于是对胖子说道：“你结论也别下得太早，人身上怎么会长尾巴，你仔细再看看。”

“去你的！”胖子大笑，“那屁股上能长啥？再说了，谁死了还这么……这么……”

我知道他想说什么，马上打断他的话：“得了得了，你管它是什么，反正待会儿炸完后连渣都不会剩下。你再研究，过几年就该别人研究我们了。”

胖子被我一句话提醒，当下反应过来，也不去管那根奇怪的东西了，忙下手干活儿。

我帮着他把尸体倒了个个儿，把本来用来辅助爬柱子的绳子取下来，艰难地把干尸固定到柱子上。现在还没办法估计爆炸会有多剧烈，不过，我记得听《三侠五义》的时候，那里面的九子连环炮已经可以把十层的金刚岩崩裂，这玩意儿照理也不会差到哪里去。

绑好之后，我用力扯了一下，慌慌张张的，弄得也不甚结实，但是应付一段时间应该够了。

当下我也不想再待在上面，检查了一遍，见一切妥当，就准备下去。

一想到爆破的时间就要到了，我心里就禁不住紧张，现在行不行就看这一招了。只求上帝保佑，其他的事情出去了再说，我也不奢求什么都顺利，至少给我小命保住。

正胡思乱想着，胖子拉住我，说：“等一下，我还缺一点儿没弄好。”

我刚才全部检查过一次了，听了一愣：“缺什么？这不都齐了吗？”

胖子让我先别下去，然后转过头去，对那干尸说：“这位尾巴前辈，不管你是人是猴子，你都已经归西了，这臭皮囊对你也没什么用处了。虽然我们拿来当炸药包是过分了一点儿，但实在是形势所逼，你大人有大量，千万别和我们计较。等一下你就当蒸个桑拿，与世无争，百无禁忌。”说完，对那金身象征性地拜了拜。

我大怒，扯着他的内裤就往下拽，骂道：“都什么时候了，你还有心思玩这一套！”

他“哧溜”一下就滑到我边上，说道：“你不懂，这东西看着就邪，难保不会找我们晦气。而且人家在这里坐得好好的，我们把他拿来当炸药包，本身是我们不对，怎么样过过场子的话还是要说的。”

我边爬边骂：“少来！你搬十二手尸的时候干吗去了？也没见你给人家磕头。现在他只不过长条尾巴，有什么大惊小怪的。”

这南北两派的矛盾就是这样产生的，可以说是意识形态的不同。胖子听得不爽，闷哼了一声，转头不理我了。

我们下到地上，闷油瓶背起阿宁，招呼我们到墓室的角落。我们把其他几面铜镜搬到自己面前，当成盾牌一样，万一等一下炸弹威力太大，不至于被碎石误伤。一切就绪，就等时间一到，靠闷油瓶精准的技术，将一根镜腿甩过去引爆金身肚子里的机关。他在鲁王宫里用飞刀几乎就把胖子定死，这一下应该不成问题，而且这个时候考虑其他方法也没有用。我一边祈祷，一边集中精力看表。

海水涨落潮的规律是：每天涨潮两次，相隔十二个小时。高潮时间一般能维持一个多小时才开始退潮，最低潮时间在两次高潮中间的时间。这个时候海平面最低，有的时候甚至会露出海底。

不过，这里的海底应该不会这么浅，不然这里搁浅的船会比现在多得多。我估计，如果能降到两米以下，那是非常理想的。

我不知道低潮能维持多久，在我的记忆里，应该是非常短的时间。我们需要等水把上面的破口冲大，会耽搁一段时间，所以刚开始一分钟都不能耽搁。

这还是比较乐观的估计，可能还会有其他突发情况，到时候只能随机应变。我越想心里越没底，到底是自己胡乱说出来的。如果等一下情况没按我想的那样发展，而是顶整个儿塌下来，那可真对不起他们几个了，想着，人也不由得紧张起来。胖子看我的表情，大概知道我有点儿心虚，不安地问道："两位，实话告诉我，你们是不是也没啥把握？"

我不知道怎么回他，敷衍道："现在这情况，都不好说，反正箭在弦上，你等一下看着就是了。"

胖子叹了口气："真是，你越说我越觉得慌。你说等一下要是这东西不爆，你们还有没有其他对策？先说出来，也让我心安一点儿。"

我说道："办法倒是有，就你刚才说的一条，原路回去，看看我们进来那墓室，有没有重新出现。要不然，还有个不是办法的办法，就是在这里待着，等第三拨人进来救咱们。"

胖子说道："那哪能等得到，他们要不进来，我们怎么办？等一辈子？那不变成西沙海底活死人墓，摸金校尉绝迹江湖？"

我安慰胖子道："我的意思是说，这里虽然险恶异常，我们一时走不了，却也不会马上死，只要有时间，我们再从长计议，总能想出办法来。你看这里的空间大，空气还够用几天的，我想一个星期问题不大。我们多睡觉，少运动，尽量节约着用。"

胖子不吃这一套，说道："空气够，你也得吃东西啊，这里又不是深山老林子，啥也没有，连西北风都没得喝，我宁可闷死，也不想饿死。"

我笑了起来，说道："办法是人想出来的，看你这身膘，饿上个把星期也饿不死。你要真饿得不行，还有只海猴子呢，吃了海猴子，要还不顶饿，那就把下面那禁婆也逮来剥了。"

胖子听了也乐了，这家伙只要有人跟他抬杠他就起劲，拍拍我的肩膀道：“行，你这句话说得颇有胖子我的风格，干大事就要有天不怕地不怕的精神，看样子这一次的确长进了不少。”

话出口我自己也挺吃惊的，怎么我也开始说起这种不着边的话了，看样子是被胖子影响了，不成，绝对不能变成胖子那样。当下我就不再扯皮，继续注意我的手表。还有五分钟，这个时候如果要引爆，应该也没多大的区别了。我对闷油瓶说，让他做好准备，别等一下失手了。那金身绑得本来就不牢固，待会儿掉下柱子，在下面爆了，可不是好玩的事情。

闷油瓶掂了掂手里的家伙，点头同意。这个时候，胖子突然叫了起来：“哎？那干尸呢？”我们一听呆了，猛一抬头，发现柱子上的尸体竟然没了。我第一反应就是刚才没绑结实，掉下来了，往下一看，地上也没有，不由得大骂，这下真邪了门儿了。

这节骨眼儿上出这种事我可真没想到，刚才预备着随机应变，都是自己安慰自己，没想到这么快就应验了。

“你看你看，我说吧，有尾巴的东西肯定邪门儿。”胖子叫起来，“快找找在什么地方。”

我们一起冲了过去，一眼就看到，我们要找的那东西正趴在柱子后面的宝顶上，用指甲紧紧地抓着上面的浮雕，身上的黑色硬皮已经尽数龟裂，正一片一片地掉下来，里面血淋淋的，不知道是什么。

我看到绳子还绑在他的腰上，因为那是几股潜水服的材料做成的，绑一个人还是非常牢靠的，所以他也没挣脱开，不过，看这情况，也支持不了多久了。

胖子叫起来：“快，趁他还没逃，先引爆了再说！”

闷油瓶哪用他提醒，胖子的话才起了个头儿，我就听到“嗖”的一声，同时一道青光已经飞了过去，直插那干尸的肚子。

第四十五章

脱出

我大叫不妙，这闷油瓶动作也太快了，我们都还冲在外面，这样一下，万一爆炸，我们肯定得遭殃。

可等我想到已经来不及了，就见眼前白光一闪，胖子已经一把把我扑倒在地，然后就是一声巨响，整个墓室猛烈巨震，一股滚烫的气浪直接把我们掀了起来。我在空中足足打了六七个转，被炸到三丈外，才一头撞在墙上。

这一次真是实实在在地挨了一下，好在胖子把我扑倒，不然脖子肯定就断了。我撞上墙的一瞬间失去了意识，什么都看不到，就听到耳朵嗡嗡直响，还以为自己死了，不过，过了一会儿，眼前突然有光了。我试着睁开眼睛，却感到天旋地转，满眼的黄灰，头晕得直想呕吐。

我艰难地爬起来，听到很多乱七八糟的声音，但是没办法分辨，只觉得吵得厉害，头痛欲裂。混乱中，看到闷油瓶咳嗽着从烟雾里跑了出来，问道："有没有事？"

我说话都咬到自己的舌头，对他摆手，表示还行。我们两个捂着嘴巴去找胖子。我跑了两步，就看到胖子坐在那里，肩膀被一块碎砖削去了一块皮。胖子看到闷油瓶，破口大骂："你动作也太快了，至少等我们先退几步，老子再往边上挪两厘米啊，一只手就要报废了。"

闷油瓶一摊手，让我们看他手里的镜腿："你弄错了，刚才不是我！"

“啊！不是你？！”我们两个同时大吃一惊。

刚才那力道、那准头儿，绝对是极其厉害的人，不是他会是谁？胖子刚才就在我身边，而且看他那样子，准头儿绝对没这么好。我就更不可能，要说其他人，只有一个——我心里灵光一闪，忙回头去找阿宁。

胖子和我想的一样，我们两个跑到角落里一看，哪里还有她的影子？胖子骂了一声：“是那婆娘！她果然是装的！”

闷油瓶露出了不敢相信的神情，看样子他对自己刚才的判断很有信心，没想到会出错误。我对这个女的又要重新估计了，说道：“这女的真是个高人，我看着像江湖上的老油子，我从来没见过一个人装傻能装得这么像的。”

胖子说道：“我看哪止是老油子，简直就是奥什么卡的影后，下次逮到她，她装什么我都不信。”说完，抄起家伙就要去找。闷油瓶忙拉住他，说道：“没时间了，算了。”

我也劝他：“不要节外生枝，我们现在最重要的是去看看有没有把宝顶炸开！你要咽不下这口气，也等出去了再说。”话音未落，突然从顶上传来一声十分悠长凄凉的声音，似乎又是一根什么东西正在缓缓断裂。这声音不大，却让我一下子把心吊到嗓子眼儿去了，心说，不会吧，就这样一炸，你就要塌？也太给我面子了。

胖了本来还很不甘心，一听这声音脸也白了，问我：“这是什么声音？小吴，看这情形，好像比你说的炸出个洞要严重得多啊！”

我抬头去看那炸出来的洞，不由得咋舌，那干尸肚子里的炸弹威力颇大，超乎我的想象，上面的铁浆条子已经全都被炸断，足足炸出一个直径半米不到的洞，砖顶上方的防水层也被炸裂，海水涌进来，形成了一个小瀑布。我刚才听到的奇怪声音，就是瀑布不断变大的水声，估计再过不久，洞口就会被完全冲垮。

而边上的金丝楠木柱子已经被炸断，一条巨大的裂缝一直从上裂到底部，并且有倾倒的迹象。这根价值不菲的柱子，算是彻底报废了。

看来就是因为断了根柱子，上面有一条横梁受到了影响，可能真的会塌下来。听这声音，这横梁必然已经出现了裂缝，就算现在不塌，过一段时间肯定劫数难逃。

我安慰胖子：“没事，你放心，这墓比一般的墓要结实多了，只要现在不地震，肯定塌不下来。”

话还没说完，脚下的地面突然开始震动起来。我早就预料到这个海底古墓的气密结构被破坏，下面的海水肯定也在不停地涌上来，只是没想到动静竟然这么大，不由得紧张得有点儿眩晕。

那震动越来越剧烈，非常恐怖，而且这恐怖实实在在，更加真切。如果按这样的速度发展下去，恐怕这宝顶还没塌下来，我们站的地面倒要塌了。胖子被吓得不行，叫道："我的乖乖，怎么这会儿又地动山摇的，该不会真是地震了吧？我说小吴，你刚才炸的到底是什么部位？"

我解释给他听，然后对他说："没事，正常现象。我们做好准备，说不定等一下这里所有的缝里都会有水冲出来，小心被水喷到，这压力不得了，就像拳头一样，碰到能冲你个跟头。"话音刚落，突然一声怪响，那块盖着盗洞口的青岗岩板被一股急流冲飞，海水就像喷泉一样直冲到七八米高。我还没反应过来，紧接着，又见一个东西从那盗洞里喷了出来，直撞上宝顶，然后摔到中间的石盘上。速度太快，我也看不清楚是什么，不过，这盗洞里也没其他的，估计是那禁婆。

这东西被冲出来，又是个不大不小的麻烦，说不定还会是个很大的麻烦。在水里也没办法点火，要是被它缠住，那后果更加不堪设想。

可惜现在我没工夫考虑它，那盗洞口边上的整个地面拱了起来，就像火山喷发一样，汹涌澎湃，而且水位上升得非常快。几乎就是瞬间，我们已经漂到离地面五六米的高度。

我四处去找阿宁。这时候爆炸产生的烟雾已经消失得差不多了，但是仍旧没看到她，估计可能在某根柱子后面。胖子水性不太好，游得非常吃力，无力再去理会她。不过，这里就一个出口，等一下无论如何我们也会碰到一起。胖子朝我直使眼色，大概是想等一下找找她的晦气。我对女人还是下不去手，就不去理他。

我们又漂了几分钟，脑袋已经顶在宝顶上了，突然，胖子向边上游去。我不知道他想干什么，大叫："还有一分钟不到，这里就要全淹没了，你搞什么？不想活了？"

他径直游到一颗夜明珠边上，用手里的家伙敲下来一颗，塞进自己的内裤里，然后游回来，说道："顺点儿东西回去，赔偿我的精神损失，图个彩头。"

我几乎想掐死他，不过，这个时候我没话来骂他，也没时间骂了，一下子水已经没到我的眼睛下面了。我把鼻子翘上去，贪婪地呼吸着最后几口空气。几秒钟后，耳朵一凉，整个人已经浸入了水中。

我给胖子做了个手势，他水性最差，我让他第一个上去。他摇摇头，示意自己太胖了，万一卡在洞里，大家一起死。我点点头，第一个游进了那个破洞。那洞下面大，上面窄，我一探头，上面就是十七八个巴掌厚的海沙，顶上松散的那些不停地塌下来，一片白雾。我眼睛都睁不开，只好几个大力的蹬踏，一下子漂了上去。

时间算得非常好，那个时候海水非常浅，不过我也已经到了憋气的极限，几乎是手忙脚乱地游了上去，一出水就几乎昏厥了，马上大力地吸了一口气，狂喘起来。

过了几秒，胖子和闷油瓶几乎同时探出了水。胖子一出水就呛了鼻子，边咳嗽边大笑："真没想到真的成功了，我王胖子终于出来了！哈哈！"

我定了定神，看了一下四周。这个时候已经是夕阳晚照，海平线上的火烧云倒映在海水里，分外妖娆。太阳是深红色的，发出红艳的光芒，把一切裹在一团柔和里，形成一幅非常瑰丽的景象。

我一路过来，也看过几次日落，但是从来没觉得像这次这么美，不由得感慨万千。不过，我的脚感觉有点儿抽筋，忙转头去找我们的船，发现就靠在不远处的一处礁石上，心里又是一安。有船在，马上就能脱离这苦海，好好睡一觉了。

胖子回过神后，想起了什么，突然又潜下水去。我跟着他一潜，只见阿宁正卡在那个洞里，拼命地挣扎，就是出不来。

真是怪了，这女人比胖子苗条不知道多少倍，胖子都出来得这么顺利，她没道理会被卡住啊。

阿宁的气已经到极限了，突然看她喉咙一紧，从嘴巴里吐出一串气泡，开始翻白眼。我和胖子潜下去，一人拉住她一只手，就往外拽。

这一下我发现，里面还有一股力气在把她往下拉，不过我们有两个人，力气占了上风，只一个回合，就把阿宁从那洞里拉了出来。我看到一大团头发缠在她的耳朵上，马上知道刚才是怎么一回事了。

那洞里现在已经满是黑色的头发，看样子等一下禁婆很可能会爬出来，最好不要待在水里了。我们浮上水面，胖子探了探她的呼吸，发现她全身软绵绵的，好像脱力了一样，呼吸倒是还有。我们三个游回船边，把那女人拉了上去，看她在不停地吐水，眼睛直翻白，好像情况比较不妙。

我对溺水没什么了解，忙大叫："船老大！有人呛着水了！快出来救人！"

我喊了两声，竟然一点儿反应都没有，我奇怪起来，先让胖子看着，自己走进船舱找了一圈，不由得纳闷，竟然一个人都没有。我心里陡然生出一股异样的感觉，不可能啊，这里是远海，怎么可能整船人都没了？如果去游泳，至少应该留几个看船啊。

我又大叫了几声，还是没反应，倒是胖子应我了。他跑进来问怎么了。我指给他一看，说道："有情况，船上没人！"

胖子一愣，也找了一圈，挠了挠头，说道："真没人，可鱼舱里的鱼还是活的，说明他们半个小时前还在打鱼，就这么点儿时间，人到哪里去了？"

第四十六章

总结

我检查了一下方向舵边上的仪器，看上去都很正常，说道："这船挺正常的，不像是出了什么事故。你说，可不可能是给海防的逮到了，一船人都给办回去了？"胖子摇头说："不对，人走了，船肯定也得拖走，丢在这里算什么事？绝对不会是海防的关系。这一带乱，有很多乱七八糟的船，我们去货舱看看，要是东西都没了，那就是遇上海盗了。"

我知道海盗的事情，来的时候船老大和我说过不少，可心里总感觉这东西不太真实。胖子说起来，我还有点儿惊讶，问他："这地方说是近海不近，但说是远海也不远啊，海盗能猖獗到这份儿上？"

胖子笑我幼稚："多新鲜啊，你真当军队是万能的？老虎也有打瞌睡的时候。我告诉你，在这片海，越南人也有，日本人也有，马来西亚的也有，表面上看不出来，其实暗潮汹涌啊。你知道私底下有多少毒品、走私、偷渡、海盗的船？而且他们一个个手里都有枪，这里出现一艘无人船，不稀奇。"

我们走进货舱，一进去就闻到一股茶叶的味道。胖子前我后，里里外外看了一遍。物资都在，摆得和我下水前一样，甚至在我们躺过的那床板上，还放了一杯茶，我一摸，说道："真是奇怪了，还是温的。"

胖子无奈地笑笑说："这怪事天天有，今天特别多，难不成这整船的人都给鬼叼去了？"

我说："你看这茶才喝了几口，但是茶杯盖却盖着，说明他们走得很匆忙，但是不慌乱。在什么情况下你会走得很匆忙，但是不慌乱？"

胖子耸耸肩说不知道。我想了一下，也想象不出这里发生了什么事。我们想着又走回驾驶室，胖子扯起无线电喊了几声救命，没人理他。这个时候，我看到放在上边的收音机，就打开来，忽然听到收音机里传来台湾渔业电台的台风警报。

我们上来的时候已经能感觉到风大了起来，不过是黄昏的时候，看不到太远的地方，广播里说的一些术语我也听不懂，不过最后一句"请海上船只进港避难"倒是强调了好几遍。

胖子和我的脸色都有点儿黑，本来这个时候，我们啥也不用管，船老大自然会想办法，现在一船人都没了，这老天爷也真会跟我们开玩笑。

胖子看了看表，说道："看样子我们在这里待着也不是办法，就这小破船，等一下我们都得飞到天上去。我先把船开出去，在深海碰到台风还能颠簸一下，这里都是暗礁，一起浪就肯定触礁，你去把那锚给起了。"

说着，他点上支烟，"啪啪"开了几个仪器，动作还像模像样的。我觉得奇怪："你会不会开船？这事可不是开玩笑的，我们四个好不容易出来，等一下别给你整个儿撞到礁石上，一起喂鱼。"

胖子朝我嘿嘿一笑，说他这叫天赋，不要说船，就算飞机，给他捣鼓几下也能开到天上。

我听了不知道他是不是认真的，还是很不放心。胖子老练地拉响引擎，对我说他以前上山下乡的时候，当过什么渔队的生产组长，这一套基本的东西他还是会的，加上来的时候看那驾驶的操作过，这些高新科技的东西他都看了个大概，相信如果不遇上什么大风浪，开回去绝对没什么问题。

其实他所谓的"生产组长"，就是撑着个竹筏在山溪里摸鱼。不过当时我看他说得信誓旦旦，不像是在忽悠我，竟然就信了，还屁颠屁颠地跑去起锚。

船开动之后，胖子让我别去烦他，说现在还在暗礁区，他得集中精力。我看他一脑门子的汗，表情严肃，知道他是在说正经的，就走回甲板去。

闷油瓶正给阿宁揉手，促进血液循环。她看起来比刚上来的时候好了一点儿，但是脸色还是难看，呼吸长出短进，很不稳定。我问闷油瓶怎么样。他点点头，估计问题应该不大。

我拿出干粮，让大家都吃了点儿。经历了这么多事情，虽然现在还没有脱离险境，但总算是回到自己熟悉的地方了。我放松下来，人就开始犯困，于是换上便服，裹着个毛毯就靠在驾驶室外面打起瞌睡来。

本来我只想睡几个小时，然后去看看胖子要不要替班，可是人不争气，醒过来的时候已经是第二天，不知道是上午还是下午。

我看了看边上的海。浪很大，能零星地看到几只海鸟，都飞得很低，天是阴的，云一片一片地压在一起，好像要下雨的样子。海上没什么高楼大厦挡着，视野之内全是乌云，人在这种景象下，会觉得自己特别渺小，那种压迫感和城市里不能比。

我瞄了一眼驾驶室，胖子缩在一边睡觉，呼噜打得雷一样。闷油瓶正在掌舵。我刚睡醒，虽然觉得这情景不太对劲儿，但是也没有太在意，又转过去睡了个回笼觉，一直到中午才被胖子拍醒。

“天真无邪同志，吃饭了，自己拿筷子。”

我睁开眼睛，看到胖子煮了鱼头火锅，正在用筷子拨着，汤已经泛白，火候正好。我看这鱼还挺面熟，好像是船老大的那条石斑，心里一笑。这条鱼胖子垂涎了很久，不过船老大死活不让吃，说是要卖给酒店，没想到还是没逃脱胖子的黑手。

胖子忙着掰葱、放辣椒、拍鱼，看样子也是个老手。我笑道：“行啊胖子，有两下子，这招哪里学来的？”

胖子说道：“老子上山下乡的时候，没娘没老婆，什么都得自己来。那时候在老山区里打猎捞鱼掏蜂窝，什么事情没干过？这区区一锅鱼汤，小意思。”

我朝他竖起大拇指：“胖哥，胖爷，我很少真心佩服人，你太厉害了，我得向你学习。”

他不吃这一套，骂说：“马屁少拍，要吃就快吃，不吃滚一边儿去，口水别喷进去！”

我当然不会放弃美食，马上下筷子抢肉，二十分钟不到，一条三斤多的石斑鱼就被我们下肚，吃得我直泛酸水。

吃饱了，胖子就去换闷油瓶的班。这船有自己的导航装置，我们不会用，不然这船自己就会开。胖子一手扶着轮舵，一手掏出夜明珠直看，嘴里还哼着小曲：“竹楼里的好姑娘，光彩夺目像夜明珠啊。”

哼着哼着，他看我呆坐在那里，就把那珠子递给我，说道：“你闲着也是闲着，帮我估个价，看看大概能搞多少钱。”

我接过来一掂量，说道：“假的，这不是夜明珠。”

胖子几乎没背过气去，瞪着眼睛看着我。我忙安慰他：“别激动，假的也值钱，这是鱼眼石。你知道啥叫‘鱼目混珠’吗？就是指这个。这东西也极少见，就看有没有买主。我刚才看见的时候就知道了。你想，一个宝顶上安这么多夜明珠，你以为他汪藏海是什么人，可能吗？中国皇室，几百年积累下来，也就能搞这么十来颗。”

胖子听了心里舒服了点儿，骂道：“你以后说话能不能不要只说一半？气短的能给你吓伤。那你给估计一下，这玩意儿能值多少钱？”

我还真没经手过这种东西，只能推测一下我手里那几个主顾大概能出多少。我报了几个价格，胖子都不满意，说这是用命拼回来的，要是没好价，宁可放家里当台灯。我叹了口气，说：“那行，我上次在济南认识了一个大客户，回头给你问问，我估计换栋别墅应该问题不大，其他的你就别想了。”胖子说：“那你可得费心，我这别墅可就指望你了。话说回来，早知道再憋几分钟再敲一颗下来，那就能换艘小飞机开开了，咱也学学美国富豪，对吧。”

我看他白日梦做到天上去了，便不再理他。他把珠子放进自己兜里，问我：“这次没找着你三叔，你有啥打算？我看这事情还没完，你还得受累。”

我原本打算回去，把他那屋子翻个底朝天，看看他到底在搞什么鬼，胖子问起来，我又不能如实说，只好无奈地笑笑：“我还能有什么打算，回去继续开我的铺子。这斗我是绝对不敢再下来了，这赚的是钱，亏的是命，不合算。”

胖子大笑，也没继续说什么。

几个小时后，我们抵达了永兴岛，岛上正在做防灾准备，避难的渔船很多。我们整理好自己的行李，趁乱跳了上去，船也不要了。胖子背着阿宁先送到了岛上的军队卫生院，然后我们找了个招待所住了下来。渔民一般都待在自己的船上，有什么事情好照应。台风来了又没几个游客，这招待所基本上都空着。

我们在岛上一直待到航班恢复，大概待了有七天的时间，其间不止一次讨论这个海底墓穴，得出了不少共识。

第一，我们都承认这个是汪藏海的墓穴，但是打坐在石盘上的金身是不是他，都不能肯定。因为那具干尸明显被人动过手脚，汪藏海虽然古怪，但也不至于这么丧心病狂。

第二，云顶天宫就在长白山上，至于里面葬的是谁，也不得而知。只能推断，里面应该是一个蒙古人，而且大有可能是一个身份地位十分特殊的女人。

第三，蛇眉铜鱼出现在鲁王宫和海底墓里，六角铜铃也出现在这两个地方，说明六角铜铃和蛇眉铜鱼可能有某种联系。鲁殇王是盗墓的，汪藏海是做工程的，他们两个唯一的共同点就是经常要挖土，他们是不是都在某一个地方挖到过什么，也是未知数。

第四，是闷油瓶提出的，他画了一张草图给我们，把我们在古墓里的行动路线画了出来，大概勾画了一个古墓的结构，然后指着几个地方，这些区域是夹在顶室（我们破口的地方）和底下的墓室之间的，这里应该还有几个房间。闷油瓶估计，这个墓室的结构和战国皇陵有点儿像，那几个悬空的房间，其中一个应该是珍禽异兽坑，那些稀奇古怪的东西，说不定就是这里来的。

我听得直冒白毛汗，问他："你是说这汪藏海逮着旱魃和禁婆当宠物？这也太牛了吧？"

闷油瓶点点头，说："他不是第一个，商周几个皇陵、始皇陵里都有，特别是汪藏海好这个，他这样做无可厚非。"

我闲暇的时候，不时拿出手提电脑，拨号上网，想查查汪藏海的资料，可是网上资料少得可怜，只知道澳门是他设计的，还是复制另外一座城的样子。接下来几天无聊到死，风大得根本出不了门，第四天的时候电话线都断了，我们只好跟胖子锄大地。闷油瓶不好这个，整天靠在床上看天花板，一看就是一天，我也拿他没办法。

胖子背上的那些白毛，后来没去管它，竟然莫名其妙地好了。我怀疑还真是我的口水管用，感觉滋味怪怪的。但是这些事情我也不想深究，后来也就忘了。其实这个时候，我应该感觉到不对劲儿，无奈性格决定命运，我生死有命，得过且过，活该要经历这一劫数。

这几天我也试探着问了闷油瓶的身世，但是他都好像没听见。这人装傻的本领，可能比起阿宁来还要略胜一筹。

第五天的时候，电话线又通了，我又继续上网。这个时候，我脑子里想着张起灵的身世，突然有了个灵感，既然张起灵可以恢复记忆，那其他人如果和他的经历一样，说不定也有人恢复了记忆。想着我就鬼使神差地把他的名字打进去搜索，一搜索不得了，全是同名同姓的记录。我随便点了几个，却发现都不是有用的信息。

这样找不是办法，我又把三叔的名字也加了进去。这一下，就只剩下了一条信息，看标题，是一则寻人启事。

这个发现在我的意料之外，我感觉到有点儿窒息，点开一看，竟然就是那张他们出发前在码头拍的合影，被人扫描了上去，下面还列出了所有人的名字。我一路看下去，发现最后还写了一句话。

这句话才短短的几个字，却把我的思绪全部吸引了过去。

"鱼在我这里。"

盗墓笔记

长白山纪念版

二 秦岭神树

南派三叔 著

吉林人民出版社

盗墓笔记

目录

秦岭神树

contents

目录

秦岭神树

contents

目录

云顶天宫（上）

contents

目录

contents

秦岭神树

盗墓笔记

比鬼神更可怕的是人心

第一章

老痒出狱

这句话才短短的几个字，却把我的思绪全都吸引了过去。

“鱼在我这里……”

什么鱼？难道是蛇眉铜鱼？

从古墓石刻上的图案来看，这种奇怪的铜鱼应该是三条彼此首尾衔接在一起的，现在我手里有两条，确实应该还有一条和我手里的配成一套。这句莫名其妙的话的意思，会不会是想暗示，那最后一条鱼在他手里？

这条信息的发布者，既然有这张照片，又知道鱼的事情，会不会就是当年失踪的人其中之一？

我仔细翻了一遍这个网页，看发布的时间，应该是在两年前，亏得这个网站没有倒闭，不然这条信息肯定早就消失在互联网上了。信息除了这一句话，没有任何署名和联系方式。

我感到一种不和谐，既然是寻人，又不留下自己的联系方式，这不白搭吗？

我变着花样在Google上搜索，希望能找到更多的信息，但是搜来搜去就这一条和这个有关系。

我不由得有些沮丧。不过这已经是很大的发现了，至少可以说明，在两年前，还有人在关注二十年前的事情。那么这个人到底是谁呢？

不久，这该死的风暴终于过去了。风暴过去后第二天，就有琼沙轮从文昌的清澜港过来，我们见这里没办法待，就收拾行李准备回去。

临走的时候我们去军区卫生所找阿宁，她却已经不见了，问那医生，他说几天前有一群外国人顶着风暴突然过来，将她接走了。他以为我们是一起的，而且大风刮断了电话线，他们那一区的一直没修好，所以也没通知我们。

我心里明白，必然是阿宁在岛上的接应将她带走了，这几天风暴封闭小岛，我们就是有心阻止也没有办法。

胖子大骂，说便宜了她，我却不由得松了口气。本来我就不知道应该怎么处置她，既不可能杀了她，又不会严刑逼供，现在这样的情况正中下怀，走就走吧，反正她也没拿我们怎么样。

只是他们的公司进到海斗里，实在不像是去救人这么简单。他们到底有什么目的？三叔和他们之间到底发生了什么？他人现在到底在哪里？这些隐藏的秘密，不知道何时才能浮出西沙蔚蓝宁静的海面。

长话短说，我们乘坐琼沙轮回到本岛，两天之后，在海口美兰国际机场，我和闷油瓶以及胖子告别，上了飞往杭州的飞机。现实中的生活总是出奇地顺利，四个小时之后，我就回到了杭州的家中。

长时间的高强度活动使我筋疲力尽，接下来的时间我便蒙头睡觉，每天只起来一次，也都是饿醒的，随便从冰箱里拿点东西吃下去又躺下。不知不觉地，过去了两个星期，有朋友以为我死在家里了，过来找我，我才醒悟过来，自己已经休息够了。

睡得太多，浑身难受，我先给王盟打了电话，问了问铺子里的情况，除了没什么生意之外，一切正常。其实没生意也正常，老板不在，要是有生意就怪了。然后我又打电话给三姑六婆、七姨丈，凡是和三叔有来往的亲戚，我全部问了一遍三叔的下落，但是都没有什么结果。我最后打到二叔铺子里，他的一个伙计接了电话。我问他：“吴三爷回来过吗？”

伙计迟疑了一下，说：“三爷是没回来过，不过有一个怪人说是你的兄弟，非要我们告诉他你在什么地方。我不知道他什么来路，不过看他滑头滑脑的，不像是个好东西，就给你打发了。他临走的时候留了个电话号码，你要不打过去看看？”

我呆了一下，心里觉得奇怪，我各方面的点头朋友很多，但是能想到去三叔那边找我的，倒也数不出几个来，想了一下，问他：“那人多大年纪？”

“这我可说不准，和你差不多，比你老成点，板寸头，三角眼，鼻梁挺高的，架着副眼镜，戴着个耳环，看上去不中不洋、不伦不类的。”

“不伦不类？”我重复着这句话，心说到底是谁啊，忽然心脏一跳，问那伙计道：“那人说话是不是不太利索？”

“对、对、对，那家伙一句话要结巴个十几次才能讲完。”

我心里一乐，已经知道对方是什么人了，忙把电话号码要了过来，随即打了过去。不一会儿电话便接通了，里面传来了一个既熟悉又陌生的声音：“谁——谁——谁啊？”

我呵呵一笑，说道：“连我的声音都听不出来啦？”

他愣了一下，发出几声兴奋的声音，大叫：“三——三——三年没听你说话了，当然听——听不出来了，你看你那嗓子，还真发育了。”

我不由得心里发酸，直想掉眼泪，骂道：“你还有脸说我，几年一点音信也不给我，我还以为你死了呢！”

电话那头就是老痒，他真名叫什么我已经忘记了。我和他从小穿一条裤子长大，什么事情都一起干，有段时间好得像一个人。他家里比较穷，大学毕业后找不到工作，就到我铺子里来打工，别看他这人嘴巴不利索，却特别会忽悠人。我们两人臭味相投，胡乱经营，日子过得倒也逍遥自在。

不料三年前，这小子不学好，跟着一江西老表去秦岭那边倒斗玩儿，结果被逮住了。那老表直接被判无期，他靠一张嘴忽悠来忽悠去，把自己忽悠成一个受到社会不良势力蒙骗的大好青年，结果只捞了三年有期徒刑。刚开始一段时间，我还想去见他，可是这小子死要面子，就是不肯见我。后来我搬了家，就这么断了联系，没想到他现在竟然出狱了。

说起来他会去倒斗，和我也有很大的关系，我自小就在他面前吹嘘爷爷如何如何厉害，还拿着爷爷的宝贝在他面前炫耀，估计那时他就动了倒斗的歪脑筋。这小子胆子贼大，小时候我出主意他闯祸，只是没想到，这掉脑袋的事情，他竟然也敢付诸行动。

我和他有三年的话要讲，一打开话匣子就关不住了！直说到嘴巴抽筋、手机发烫还不过瘾。我说得兴起，对他说道：“你晚上没事吧，哥们儿我为你接风，咱们去撮一顿，喝个痛快。”

老痒也正说得兴起，回道：“那——那敢情好，老子三年没吃过大块肉了，这次要吃个爽！”

这事就这样拍板了，我也兴奋得睡不着觉，胡乱洗了个澡，把家里收拾了一番，就去约定的酒店等那小子，把菜单上所有大块肉的菜都点了一份。傍晚时分不到，那小子就来了。我一看，哟嗬，这小子不正常，蹲了三年深牢大狱，竟然还肥了。

我们两个老友见面，二话不说，先干掉了半瓶五粮液，回忆以前的生活，看看现在的情况，都不由得唏嘘。直到酒足饭饱，桌面上盘子底朝天，我们才发现已经说得无话可说了。

我那时候酒也喝多了，脑子犯浑，就说起了他当年犯的事儿，打着饱嗝问他：“你实话告诉我，你当年到底倒到了什么东西，你那江西老表竟然还被判了个无期？”

话一出口我就后悔了，心说，我提这事情干什么？等一下勾起他的伤心事，我还不好圆场子。

没想到他一听我问，竟然面露得意之色，抠着牙，说：“我倒出来的东西，嘿嘿，邪门得很，不是——是我不告诉你，就算我告诉你了，你也不知道。”

我看他瞧不起我，大怒：“你拉倒吧，老子可不是三年前的毛头小子了，唐宋元明清，只要你能说出形状来，我就能知道是啥东西。”

老痒看我一本正经的，笑道：“就——就你那熊样，你还唐宋元明清？”说着，他就用筷子蘸着酒，在桌子上画了个奇怪的形状，“你——你见过这东西没？”

我醉眼蒙眬，看了几眼也看不清楚，只觉得像一棵树，又像一根柱子，骂道：“你个驴蛋，蹲了三年号子，画画一点也没长进，你画的这个叫啥？整个儿一棒槌！”

老痒说道：“你——你——你就凑合着看吧！就你那——那眼神儿，也就只配看这种画！”

我仔细看了一下，实在是画得不知所云，对他说：“鬼知道你画的是什么，你看这几个分叉，你的意思是花纹吧，画得和树杈似的，这画太次，我看不出来！”老痒得意地一笑，压低了声音，很神秘地对我说：“你还别——别说，这就是树杈，手腕粗细的青铜树杈！”

我一听，哟嗬，这家伙原来还倒了个青铜器出来，这真是不要命了，给他判了个三年还真算赚了，赶忙对他说：“这东西得多重呀，你小件的东西不倒，倒个庞然大物，这不找逮吗？”

他拍了拍我的肩膀，剥了一个葱爆芋艿，丢到嘴里说道：“你不了解当时的情况，那地方和你想的不同，说起来就话长了。”

我对青铜器略有研究，琢磨着他画的那个东西，想起前不久在三星堆挖出来的那几棵青铜神树，还真有点像。

三星堆是古蜀的遗迹，严格说来已经不算是我们古董买卖能涉及的范畴了。年代太远，过于珍贵，价格开多少都不算高，要是老痒去的地方有这东西，那也不知道该说他是走运还是倒霉。

我一下子对这东西产生了兴趣，就问他当时经过是怎样的。他喝多了，也没想要隐瞒，一五一十就说了出来。

那时候，他们进秦岭已经走了十几天，除了满眼的原始森林，什么也没找到，几乎进入了弹尽粮绝的境地。

老痒和他老表其实都没有盗墓的基本常识，只是怀着满腔的热情，此时他老表已经心灰意冷，打了退堂鼓，因为老痒一直坚持着，才没有马上折返。

这一天，他们跋涉到了一个隐藏在崇山峻岭之中的山谷，这样的山谷这几天他们不知道见过多少了。不过这一次，老痒发现这里有点不同。

这里的地理环境非常奇特，海拔很低，温度很高，在山谷的中心，有一片地域广阔的老榕树林海。哇，那林子，也不知道里面有多少棵十个人都无法环抱的榕树，遮天蔽日，榕树根爬满了地面，几乎没空隙可走。

老痒的老表一看这情景，就觉得不太对劲，榕树林能长成这样的规模，不像是自然形成的。

地仙里有句老话，叫："咸地不长蒿，日上九八桥；秃山不冒林，必有沙泥洵。"就是说，草和树生长得不正常的地方，地底下或者四周就可能有问题，也许会有古墓。

榕树根系如蛇，互相缠绕，林子比一般的树林要密集很多，进去恐怕会吃点苦头，不过想想这一次来吃了这么多苦头却什么也没捞着，他老表心里也不舒服，心一横，就带着老痒走了进去。

他们一直往里走，直走到夕阳西下，才慢慢靠近了林海的腹地。四周夜鸮的叫声此起彼伏，光线极度昏暗，他们打起手电，放慢前进的速度，以免迷路。

就在这个时候，他老表给什么东西绊了一下，差点摔倒。老痒忙扶住他，转过身一看，原来是脚下的榕树根包里裹着什么东西，高出了地面一块。

他们用短斧砍掉那榕树根包的几根根须，里面的东西暴露了出来，用手电一照，原来是一个长满青苔的石头人，看服饰似乎是两汉以前的风格，雕着十分精美的图腾。

这个石头人的出现，让老痒他们马上意识到，这个林子里确实存在什么东西，老话说得果然没错……

他们在石头人的周围四处查看，很快，便发现这里的榕树林地表的落叶泥下面，埋着很多大型的石板，似乎是一条古道的遗迹。那石头人就位于古石道遗迹的一边，似乎是这条石道的守护俑。

这样的格局，会不会是皇陵的神道？老痒想。还在外面几十里外那小村子的时候，有老人说这儿的山里埋了好几个西晋侯，难不成辛苦了这么多天，真给他们碰上了？

要是真的，那这几天受的苦可真值得了。

他和他老表商量一下，决定先顺着古道找找看，如果附近有古墓，必然还有什么痕迹。

他们顺着古道跋涉，又走了好几个小时，进入了林海的中心地带。在石道的两边，他们又发现了不少石头人的遗迹，有的横倒在石道上，有的给裹进了树的内部，都长满了青苔，神道的痕迹越来越明显。

老痒他们暗自兴奋，加快了脚步，可奇怪的是，顺着古道越向前，四周的气生根越密集。到了最后，老痒他们不得不将根须砍断，才能勉强通过，似乎这里的树木，不希望有陌生人走这一条道路。

这样一直走到了后半夜，筋疲力尽之下，前面的树缝中才出现了月光。老痒感觉可能石道的尽头到了，他们翻过大堆的乱石头，砍断了最后一根挡路的气生根，从榕树林里钻了出来。

一下子，月光下，一个巨大的向下凹陷的倒金字塔形石坑出现在了他们的视野里，足有一个足球场那么大，形状就像一个巨大的斗，陷在森林的中间。坑四边的坡面被修成了阶梯，足有一百来级，通向坑的底部。

老痒当时看得几乎傻了，他从来没想到石道的尽头，竟然是这么壮观的古建筑遗迹，只觉得心跳加速，几乎双腿发软想跪下来给这个坑磕头。

但很显然，这里并不是古墓，那这里是什么地方？又是哪一个朝代遗留下来的？

老痒的老表颇有一些道行，看到这情形，也是十分震惊，对老痒说道：“这里肯定是和一种祭祀仪式有关，看上去是个祭坛，我们快下去看看祭祀坑里有没有什么明器。”

这时候天上已经起了白霉月，光线非常晦暗，他们打起手电以免被蛇一样的根须绊倒，忐忑不安地顺着石阶向下，来到坑底。

这坑整个都被四周榕树的气生根掩藏住了，如果不是顺着古道，就算在边上走过也发现不了这里。而坑里面的石板几乎都裂成拼图玩具，大量的根须从石头里挤出来，又插进边上的缝隙里去，整个遗迹已经给破坏得面目全非。

坑底覆盖了厚厚的一层杂草，只有少数地方，才露出下面青色石板的痕迹。

杂草都有半人高，他们用砍刀一边砍一边前进，不久便来到了祭坛的中心。

祭坛的中心有一个被一圈石头围起来的土井，土井大概有十米深，手电照下去，底下也全是草。他们用绳索下到井底，先是四处找了找，见没有什么东西，就直接打下洛阳铲。

第一铲打到了十五米，没有见底。老痒拔了出来，拍碎泥块，发现带出的泥里面混着炭灰，好像焚烧过大量的东西。而在炭灰里面，他们还发现了几块陶器和玉石的碎片。

腐泥里的炭土是焚烧祭品留下的遗迹，而这些烧剩下的陶器和玉石，都是当时的祭品。看来这个土井是当年祭祀死者的时候焚烧祭品的地方，而且还不止一次地使用过。

老痒这时候已经按捺不住自己的兴奋了。历史上，在祭祀的时候，往往会焚烧大量的精美青铜器和玉器，如果能挖出来一两个，他们就真的发财了。

他们开始用铲子挖掘起来，轮流开工，不知疲倦。不一会儿，就在坑底挖下去大概七米，大量的玉器和陶器的碎片被挖了出来，数都数不清楚，什么玉片、玉饼、陶罐子、陶壶，几乎什么都有，很快就堆了一堆这种东西。

可惜的是，大部分的玉器和陶器是破损的，在市面上的价值不大。这让老痒他们很失望，而最失望的，是没有他们想要的青铜器。

他们不死心，继续挖着，很快就挖到了十米的深度，还是没挖出什么好东西，而直土坑挖到十米以上一点就已经是极限了，再挖，就得考虑到盗洞的坍塌问题，他们不得不停了下来。

他老表还是比较谨慎，说挖了这么久都没东西，恐怕这祭坛祭祀的时候没有用青铜的祭器，别挖了，捡这破烂回去也能回本了，算我们倒霉。

可是老痒不甘心，不管他老表怎么说，还是要继续开挖。他让他老表上去，自己一个人又挖了大概两个小时，一直挖到十四米多，忽然“当”的一声，他的铲碰到一块金属的东西。

老痒招呼他老表下来，两人俯下身去一看，土坑的中心部分出现了一个暗绿色的突起物。

果然有青铜器，老痒心里咯噔了一下，手都颤抖了起来。他老表欢呼了一声，两个人开始用手去挖这个突起物。

很快，一个奇怪的东西便出现在了他们眼前。那是一根青铜的棍子，但具体是什么感觉不出来。当他们拨掉表面炭土的时候，一根精致的青铜铸造树枝出现在他们面前。

他们两个大喜过望，从来没见过这东西啊，那肯定值老钱了，忙甩开膀子想把这东西挖出来。他们用手向下挖了几米，没有见到底，拔又拔不出来，就用铲子挖。一路挖下去，又挖了六七米，那青铜树枝还是没有见到底的样子。

老痒开始觉得奇怪起来，做古董的经历告诉他，很少有超过三米高的青铜器，但是眼前的这东西，保守估计，最起码也得有二十米高，这太不寻常了，这泥下面到底还埋了多少？

盗洞已经二十多米深，再挖肯定得塌。但是空手回去实在是让人不爽，两个人一头雾水，待在那里，不知道怎么办好。

最后，还是他老表有办法，在青铜枝丫的底部大概一米外的地方，对着青铜枝丫的方向斜着敲进了一只洛阳铲头，然后加上螺纹钢管斜着打下去，一直敲下去到十米左右，钢管的敲打声一下子变得沉闷，再也敲不下去了。

老痒说到这里，表情都有点不自然，点上一支烟狠狠吸了口，说道："那就是说，最起码那青铜枝丫在泥下面的部分还有十米左右的长度，那就是总长最起码是三十米，这么大的东西，就算挖出来也带不回去了。"

我听了不禁咋舌，觉得他说得有点夸张。河南安阳侯家庄武官村出土的后母戊鼎，是我国现存最大的青铜器，也只有一米多高。当时要铸造这样大的东西，已经需要两三百人同时协作了，要铸造三十多米高的青铜树，岂不是要上万人才行？

但是听他说了这么多，我也不好反驳他，问道："那后来怎么样？有没有继续挖下去？"

老痒道："没有。我是想挖的，我那老表却突然说，这东西可能是神物，说不定真的是从地里长出来的，不能挖了。后来我一想，再挖也太不保险了，就放弃了——你说怪不怪？我估计这树杈是一大青铜器的一部分，下面的东西，可能更大，要全刨出来，恐怕得震惊世界。"

我奇怪道："那就是说你没把那青铜树搬出来啊，你是怎么被逮到的？"

他道："这事情我说起来就觉得怪，我们当时不甘心，又在其他地方刨了几个坑，总算挖出来点完整的锅碗瓢盆。出了秦岭之后，想找个地方销赃。但是我那老表，自从见了那东西后就神经兮兮的，一到城里，见人就说那青铜枝丫的事情。秦岭那地方自古对盗墓就深恶痛绝，风声一直很紧，我们去一古玩店出货的时候，有几个人听我老表乱说，看出了我们的身份，就把我们举报了！幸亏逮我那公安和咱们是老乡，一看我还年轻，就让我咬着说'被人骗了'，才判了三年。我那老表本来也就判个四五年，没想到他疯了一样，把以前倒斗的事全部抖了出来，就给判了个无期，差点就被毙了。"

我"哦"了一声："那你真是背到家了，忙活这么久啥也没捞着。我告诉你多少次了，不要就地销赃，你干的是外八行的买卖，跟当地人犯冲，这叫现世报应。"

老痒神秘地一笑，说："我——我也不算是啥也没捞——捞着，你看这东西——"说着就指了指他的耳环！

第二章

六角铃铛

我凑过去一看，眼睛就再也移不开了，一把揪住他的耳朵，把他拎到面前仔细来瞧，一看之下，不由得倒吸一口冷气。那耳环四四方方，只有小拇指尖大小，别人看了兴许还以为是路边摊上一块钱两对的便宜货，但是我仔细一看就发现，这其实是一只六角铃铛。

无论是外形还是颜色，除了小一些，与我在尸洞和海底墓中见到的那种，都有几分相似，只是上面的花纹，似乎有略微的不同。

我立即酒醒了大半，问他："这玩意儿你从哪里弄来的？"

他被我揪得咧起嘴巴，大怒："你——你——你喝多了，你知道我——最讨厌别人揪我耳朵，你再——再揪我就和你急！"

我一看，我喝了点酒，劲还真没少使，忙放开他的耳朵。

他揉着被我揪红的耳朵，咧着嘴巴："我靠，还真下得去手啊你，见到好东西也不用这样嘛，哎哟！我的耳朵。"

我已经没心思跟他扯皮了，问道："快说，这东西是怎么回事，哪里搞来的？"

他嘿嘿一笑，得意地说："没见过吧，说出来嫉妒死你。这东西是我在那祭祀坑里的一只粽子身上顺下来的。怎么样？你看，青中带黑，上等的青铜古器，也不次于你卖的那些西贝货。”

我越听越糊涂：“什么粽子？你不是说只挖出点锅碗瓢盆吗？怎么又多了只粽子？”

老痒以为我是嫉妒他，越发得意，说道：“那粽子给藤绳裹成个蛹一样，是我在那土坑的其他位置挖的时候挖出来的，大概是一身份比较高的人牲，这东西就戴——戴在那粽子耳朵上，我看不错就顺下来了，怎么，你这么紧张，这东——东西还有来历？值钱不值钱？”

我脑子里乱成一团，各种思绪都冒了上来，直皱眉头，心想，那到底是什么地方，这种铃铛怎么会出现在那里？难道他说的那个石头坑，和我以前经历的那些事情还有关系？

老痒这时候发觉有点不对劲了，奇怪道：“干什么？脸都拧一起了，看到我倒了个好东西，也不用这样啊，你要真喜欢，我这个送给你。”

我说道：“不是。不瞒你说，你这耳环不是普通的东西，虽然它的来历我不知道，但是我在其他地方见到过，是这么回事……”

我把鲁王宫和海底墓里的事和他迅速讲了一遍，着重说了那铃铛的事情，只听得他脸色一会儿白一会儿青，一脸的茫然。

半晌，他才感叹道：“我的姥姥，本来我还以为我的三年牢也够我吹一辈子了，和你一比，就啥都不是了。你干的这事逮住就得枪毙呀！”

我看他的表情竟然是无比羡慕，说道：“这有什么好比的？要是早知道倒斗是这样的事情，打死我也不会去那几个地方。”又指着他的耳朵道，“倒是你的铃铛奇怪，这种铃铛诡异得紧，只要一发声，就能蛊惑人心，怎么你戴在耳朵上却一点事都没有？”

“没你说的这么邪门儿，我拿下来让你瞅瞅！”说着他便把耳环摘了下来。

我拿着耳环对着灯一照，又闻了闻味道，就知道是怎么回事了，里面灌了松香，响不起来了，又翻着两面仔细地看，越看越觉得和古墓里看到的那只相像。

老痒看我翻来覆去地看，以为我喜欢这东西，把耳环又戴了回去，说道：“你要真喜欢，那地方还有不少，都是未经开发的处女粽子，地方我做了记号，我们可以再去看看，说不准还有其他宝贝。”说着看了看四周，压低了声音，神秘道，“说实话，你兄弟我的处境实在不怎么样，这几天正打算再去干一票呢。”

我以为他是在开玩笑，回道：“拉倒，我可不想陪你去吃牢饭，你也最好别动这心。这年头，还是安稳点过日子好啦！”

老痒凑近了我一点，一本正经地轻声道：“话——话不是这么讲的，你想想，你有家里给你撑——撑着，干吗都可以，我已经浪费三年时间了，一无所有，我不动——动歪脑筋不行呀！”

我看他表情认真起来，不像是在开玩笑，骂道：“你做梦吧，三年号子白蹲了？我可告诉你，出来再犯，进去可是二进宫，要从重处罚，你要是一不小心，说不定就直接被毙了。”

“要真这么倒霉，那也是没办法的事情。”老痒道，“我也是没的选择，火烧眉毛了，才想到再走这一步。我已经想好了，先在杭州待一段时间，接着还得去秦岭，怎么样也得先倒个十几万回来，这次我来找你，也主要是为了这事情，希望兄弟你和我一起去，出货的时候提点提点我。”

我看他面有愁色，没好气道：“什么叫没得选择？你不就是缺钱嘛，缺多少说个话，从兄弟这里拿，利息按中国银行的给你打九五折算。”

老痒推了我一把，鄙视道：“拉倒吧你，你有多少家当我还不知道，要你掏个十万八万你还能掏出来，再多你有吗？真是，装什么阔！”

我骂道：“十万八万你还瞧不上眼，你想干啥啊？看上明星了？你小子吃饱了撑的，刚出来就这么花头，拜托你成熟一点。”

老痒不爱听这话，骂了一声，摆了摆手道：“我想干什么和你没关系，你没钱就没钱，别来教训我——算了，咱们兄弟重逢，帮不帮也无所谓，别谈这扫兴的事情。”说着就给我倒酒。

我看他瞧不起我，酒气涌上了脑子，大怒：“我说老痒，你别小瞧人，这几年我也有点闲钱，你实话告诉我，你到底需要多少钱？老子立马拿来给你！”

他看了看我，酒劲也上来了，认真了，站起来，举起四个手指在我面前晃了晃：“这个数，你要有我给你当牛骑。”

“四十万？”我问道，倒也不多，现在四十万要说是巨款，倒也真不算什么钱，“没问题，马上去拿，我家里就有！”

没想到他摇了摇头：“再加一个零！”

“四百万？”我张大嘴巴，一下子人就凉了，“我的姥姥，我真服了你，你拿这么多想干啥去啊？”

老痒“哎”了一声，说道：“你别问这么多，总之我就缺这么多钱，你说你拿不拿得出吧？”

四百万不是个小数目，虽然说现在的拍卖会上，随便一破瓷器就能拍到上千万，但那是炒作居多，整个市场购买力有限啊。从斗里挖上来的东西是整个文物倒卖的第一环节，利润本来就不高，有个十万就可以偷着笑了，这四百万，我真没有。

老痒看我表情松动，知道我真给吓到了，给我满了一杯酒，道："我说你拿不出来吧，要是只四十万，兄弟我还需要来找你？"

我道："那也别下定论，我帮你去借借看，做这一行暴富的挺多，说不定能筹到，不过你得告诉我你要这么多钱干什么。"

老痒把头转到一边，"啧"了一声道："筹什么钱？你问谁去筹？你的朋友我哪个不认识，谁能有这么多钱？而且这事情我还不能告诉你，反正有了这四百万，可以解决我一个性命攸关的大问题。"

我一想觉得倒也是，我的很多朋友是老痒介绍给我的，真没几个能借得出钱来。问我老爷子要，那吝啬鬼说不定会杀了我，这事情还真不好办。

老痒拍了拍我，用一种很做作的语气道："老吴，所以说咱们别谈借钱，说其他办法，最好的办法，就是你辛苦一次，陪你兄弟我过过场子，反正你也不是第一次了。你就别别扭了，这又不是啥大事情，说到底其实这不叫倒斗，咱们就去那殉葬坑里，你给我挑挑，哪些值钱，哪些不值钱，这叫作捡洋漏，不犯法，你就当旅游好了。那边好山好水，山里的姑娘那身段和那啥似的，你还没搞对象吧？去那里看看，说不定还能娶个漂亮姑娘回来。"

我没心思听他胡说，摇头道："你说得容易，你那破地方，能有四百万的东西吗？你要是想一次搞这么多，你得找个两汉的，这种墓早给人挖光了，你肯定白忙一场。"

老痒耐着性子道："哎呀，你以为我傻啊，这事情都想不到？我告诉你，我这次回去，不是冲那个祭祀坑去的。上次我和我老表去那地方的时候，我老表就和我说了，有祭祀坑的地方附近，肯定有大型的皇族陵墓，我这一次，就是以那个为目标。你不是会看风水吗？去看看，我觉得肯定能找到！"

我不想理他："你找别人去，古墓我更不想去。"

老痒推了我一下："老吴，你不够兄弟啊。你想想这事情多好，一来你能帮我，二来你三叔的事情你也得查下去啊，我这事情又和你三叔有关系，就算不为了我，为了你自己，为什么不去看看呢？"

他一提到耳环的事情，我心里又感觉不舒服起来。他这话倒是说得没错，三叔那事情扑朔迷离，线索少得可怜，而这种铃铛，瓜子庙的尸洞和海底墓里都出现过，关系重大，要是不抓住这个机会，恐怕这事情查起来就更加困难。

可是想起前两次的经历，我的脚就开始有点发软，心里还有些后怕，加上爬山的种种辛苦，实在是不想尝试。

我犹豫了几分钟，转念一想，觉得就算我不去，以我的性格，恐怕以后的日子也不会太好过。这一次老痒这样来求我，也算难得，再拒绝下去，以后不太好见面了，不如先答应下来，过去看看形势，实在不行，临时变卦也行。

但凡我们这种人，命里有太极，对不知道的事情，有一种极强的好奇心。给自己找到台阶下，我的心里立即踏实了。

想着我就打定了主意，对老痒说道："那行，既然你都说成这样了，兄弟我就陪你走一趟，不过你得把这耳环先给我，我去看看，这东西到底是什么朝代的，到底值不值钱，要不值钱，说明那地方不值得去，你还得另做打算。"

老痒一听我肯帮他，马上大喜过望，忙不迭地点头："行，你说什么是什么，送给你都行啊！"

我说道："不过我丑话说在前头，下去之后任何事都得听我的，放屁也得先通知我一声，听到没？"

这小子早已什么都听不进了，心已经飞到秦岭去了，一边给我添酒，一边拍马屁道："那是，那是，只要能倒到四百万，你就是我的再生父母。不要说不放屁，你让我吃屁都没问题！"

我俩趁着酒劲，就把这事给拍板了，接下来又扯了一会儿女人，胡天海地，喝到半夜，都到桌子底下躺着去了。

接下来的一个月，我们各自都有事情要处理。上次我们去山东买的那些东西在那边就地掩埋了，装备要重新买过，我根据这两次的经验写了张条子给他，让他去办齐了。

随后我通过关系弄了点好药过来，去山东的时候，水壶实在太重，消耗了太多无谓的体力，秦岭之中山溪众多，不需要带太多的水，但是很有必要准备一些治疗腹泻的药品。我们这些城市里的肠胃，肯定适应不了大山里的天然溪水。

嘱咐完我就先飞到济南，到英雄山找老海，把胖子那颗鱼眼石拿给老海看。

老海看了之后乐得嘴巴都合不拢，笑道："这位爷，我这儿是卖古董的，你这东西应该拿到珠宝店去，让他们给你估价。"

我说道："这鱼眼石也是古董呀，少说也有四五百年了。"

他笑笑："我也知道，你拿出来的东西肯定是好货，这珠子要是镶在钗上，或者镶在帽上那就是宝贝了，可你就这么光溜溜一颗，让我怎么整？你说是古董，人家也不大相信呀。要不这样吧，我去给你搞支玉钗来，咱们把这珠子给镶上去，看看能不能卖。我先给你点定金，你把东西放我这儿，识货的人自然会出好价钱。”

他说得诚恳，我也没时间去和他折腾这事情，只好依他，拿了他二十五万定金，灰溜溜地回到杭州。接下来拿着老痒给我的那耳环，去找我爷爷的一个朋友，请教他这铃铛耳环到底是什么来路，到底值不值得我长途跋涉去陕西受罪。

那老爷子姓齐，是杭州第一代古董商人，现在算是一个国学大师，在好几所大学都有客座的头衔，特别是对少数民族，有相当深的研究。我将那铃铛递过去的时候，发现他的眼神明显直了，接铃铛的手都抖了。

齐老爷子把铃铛拿过去后，整整看了三个小时，翻了六七本砖头一样的书，才抬起头来。我在边上都等得要睡着了。他看了看我，叹了口气，道：“惭愧，惭愧，老头子我搞少数民族研究这么久，还从来没有见过这样的东西。小邪，你告诉阿公，这东西是哪里弄来的？”

长辈面前，我也不敢敷衍，就挑重点胡乱编了个故事说了，看他听得两眼放光，我感觉事情似乎不简单，问他道：“阿公，怎么，这东西有啥问题吗？”

老爷子又叹了口气，说按照他的分析，这铃铛的工艺，可以追溯到夏朝到西周之间，上面的纹路，叫作“双身人面蛇纹”，极有可能是来自古时候在陕西到湖北之间生活的一个叫作“厍国”的古国，这个国家在两千多年前，突然间消失了。

这个国家的历史时断时续，零星出现于不少古简之中，西周早期似乎有过一段时间的突然繁盛，然后到西周中期就又销声匿迹了，似乎是在十年到二十年的时间里，迅速地消失在原始丛林里了。

在很多神话传说中都有他们的存在，《山海经》里也有大篇幅记载，其中提到的川外“蛇国”，应该就是这个国家。厍是蛇的谐音，这个民族把一种人面双身蛇当作神灵，所以很多装饰上都有双身蛇的纹路。

现在研究这个国家历史的人，大部分认为，这“厍国”是神秘的“华胥古国”分裂出来的后裔，其前身要推到母系社会的时候，这个国家以双身人面蛇为图腾，主要是因为“华胥古国”有“伏羲人面蛇身”的传说。

因为这些资料都是来自古籍和出土的文书，所以这个国家是不是真的存在，学界一直都有争议。这个铃铛放到古玩市场可能没人识货，但是对于一些专门研究这门学问的人，是无价之宝。

我一听到这东西这么冷门，心里就咯噔了一下，如果是这样，即使我们能找到古墓把东西带出来，恐怕价钱也卖不高，那这一次还是白去。

齐老爷子看我的表情，就问我有什么问题，我知道他是老商人了，就把我的处境和他说了。

老头子想了想，先是说了我一通不是，然后又拍了拍我的肩膀，表示，如果我想卖这东西，他可以帮我找到很好的买家，四百万绝对不是问题。但是，这件事情绝对不能说出去。

听了老爷子的话，我心里已经明白了个大概，这老家伙看来也是心里暗潮汹涌，私底下估计还在做1949年之前的勾当。不过有他牵线搭桥，我是非常放心的，忙点头道谢。

我从老爷子那里出来，临走还拿了不少厍国的资料，在出租车上翻了翻，看到了有很多壁画的照片，其中有一些画很奇怪，画的是大批人跪拜在一棵树前面祈祷，旁边有几个注释，好像是说，厍国最重要的祭祀活动，是祭祀一种“蛇神树”，传说这种树只要人们给它供奉鲜血，它就能够满足人们的任何要求，是一种许愿树。

这棵树的形状，与老痒给我画的很像，难道他挖出的那棵青铜树，就是这种蛇神树的图腾？

很多壁画里都有人面蛇的花纹，显然是厍国最主要的特色。瓜子庙尸洞和海底墓穴里发现的那种铃铛，当时上面有没有双身人面蛇的花纹我已经记不得了，但是看外形，这三个地方的铃铛肯定有同一个出处，那这神秘的厍国可能就是关键所在。

两天后，在开往西安的长途卧铺汽车上，我和老痒并排两张床，一边嗑瓜子，一边聊天。

本来我打算直接坐飞机飞到西安再说，可我没三叔那么大的面子，一大包违禁品卡在安检口上，只好换乘汽车，而且只能坐私人承包的大巴。

为了省过路费，这车一会儿上高速，一会儿下高速，在山沟沟里转来转去，无聊得紧，我就和老痒瞎侃，说那地方可能有个汉墓，这地方可能有个唐陵，说得老痒恨不得中途下车去挖。

聊着聊着，老痒问我除了去他三年前到的那个坑里看看，还要不要去其他地方，到底进山不容易，能带多点出来就别浪费，要是能找到附近可能存在的其他陵墓，那是更好不过。

我其实早有这个打算，那一带可能是古代厍国的范围，除了那个殉葬坑和附近的古墓，应该还有其他的遗迹，如果能找到一二，拿点东西出来，对于我要查的事情想必是很有帮助的。我心里这么打算，但是嘴上没说出来，对他开玩笑道："别贪心，你回去的路记不记得都不知道呢，要是找不到那殉葬坑，我看你怎么办！"

老痒朝我贼笑，说他早就留下了记号。我大笑："三年了，在那种深山老林里，什么记号能保存三年？"

他哈哈大笑起来，道："你就瞧好吧，我那记号别说三年，三十年都还管用。"

我不知道他搞什么花样，懒得理他，又聊了一会儿，晕晕沉沉的，就睡了过去。

到了西安后，我们找了个小招待所过了一夜，吃了当地的酸菜炒米和芙蓉汤，顺便逛了逛夜市，直逛到晚上十二点多。老痒惦记着炒米的味道，又嚷着要去吃大排档，我们就在路边随便找了家大排档坐了下来，点了两瓶啤酒，边喝边吃。这时候也没忌讳，心说我们这一口南方话这边的人也听不懂，就聊起明天倒斗的事情。聊着聊着，我们就听边上一老头子说道："两位，想去啊瘩做土货买卖嘞？"

第三章

跟踪

我们正聊得起劲，他这句话没头没尾，口音又重，我们根本听不懂。老痒“啊”了一声，问道：“啊瘩是什么地方？”

那老头子看我们听不懂，便换了口音很重的普通话问我们：“俺的意思是两位想去啥地方做买卖？是不是来挖土货的？”

我不知道什么叫土货，而且在南方人情冷漠，除了推销的，很少有人会在路边摊和人随便搭腔，一时不知道怎么回应。幸好老痒反应快，学着那老头子的腔调说道：“俺——俺们是来旅游的，对土特产不感兴趣。你——你老爷子是卖土货的？”

那老头子哈哈一笑，对我们摆摆手就走回自己的座位上去。我们两人觉得莫名其妙，就听老头子对他几个同桌轻声说道：“没事，没事，两个刚上冈冈的青头，啥也不懂，不用搭理。”

老痒一听，脸色略微一变，就轻声招呼我走。我觉得奇怪，但看他神情紧张，就丢下十块钱，和他离开这个路边摊子。直走到一个转弯处，我就问老痒：“干啥要走？酒才喝到一半儿呢！”

老痒鬼鬼祟祟地往后看了一眼，说道：“那——那老头子，刚才对同桌说我俩是刚上冈冈的青——青头，我在牢里听那几个走江湖的人说过，上冈冈就是这里盗墓的黑话，这青头就是指我们不是道上的人，这一班人一身土腥子味，恐怕也是来跑地仙的，刚才听到我们说倒斗的事情，才过来打探。”

我笑道：“那也不至于要走呀，兵来将挡，水来土掩，这大庭广众之下，他们能拿我们怎么样？”

老痒拍拍我，说我不懂，这黑道上的事情说不清楚，刚才我们说的那些话估计已经全部被听去了，也不知道那些人能听懂多少，现在好墓可遇不可求，要是给他们盯上了，凶多吉少。

我知道他在牢里恐怕听一些狱友添油加醋地说了不少事情，也不去和他强辩，点点头就回招待所去了。

第二天，我们不到七点就起来了，每人负重十五公斤的装备和干粮，向中国最大的龙脉进发。

我之前来过秦岭几次，每次来都是给导游提溜着转，从来不知道这路该怎么走，所以这次还得跟着老痒。他三年前过来的时候也是跟在旅行团里，旅行团怎么走他这次也得怎么走，不然就认不到路了。

我们经西宝高速大约三个小时的车程到达陕西宝鸡的常羊山，然后又转向嘉陵江的源头。

我平时走惯了直来直去的路，这盘山公路五秒一小转，十秒一大转，我脑袋顶在前面的座位上，只觉得五脏六腑翻腾。老痒更是不济，他三年没坐过车了，这一路上已经晕得够呛，这一次更是了不得，胆汁都要吐出来了，直说：“老了，老了，人老了不中用了，三——三年前走这条路的时候还能跟边上的娘儿们扯皮，没想到这次连眼皮都睁——睁不开了。”

我骂道：“废话别这么多，放着高速路不走，你非要走羊肠盘山道，现在后悔有个屁用。”

老痒朝我摆摆手，叫我别和他说话，他难受着呢。

这个时候，突然间听到一声爆炸声从远处传来，震得车窗玻璃嗡嗡作响，全车的人一阵骚动。我往窗外一看，只见对面山上漫起满天的尘烟，老痒吓了一大跳，问我：“咋——咋回事？地——地震啦？”

前面一个当地人模样的中年人回过头来，笑道：“两位外地来的，这都不知道？那是有人在炸墓，这季节，一天里总有那么两三炮。”

我奇怪道：“这光天化日之下，盗墓的胆子这么大？”他咧开嘴笑，露出满口黄牙，“对面那山和这山可不一样，别看中间只隔着一条嘉陵江，我们这边还有盘山道，那边可是连走路的地方都没有。你就算现在报警，警察赶到那边最起码要一天一夜，除非你能长翅膀飞过去，不然就只能干瞪眼。”

我点点头，咋舌道：“还有这种事情？”

那人看了看爆炸的地方，笑道：“这也算咱们这地方的特色，特别是现在这个季节，前两天还逮住一拨呢。现在古墓也越来越少了，没几年好折腾了，深山里头可能还有点，不过路太难走了，政府也只能听之任之。不过看刚才这一动静，怕是炸药放太多了。”

我“哦”了一声，转头看向窗外。这里应该是秦岭无数支脉中的一支，只见一片莽莽森林，成片的茂密树冠之下所发生的情景根本无法窥得。

出来之前，我查过资料，陕西境内的秦岭呈蜂腰状分布，东、西两翼各分出数支山脉。山岭与盆地相间排列，有许多深切山岭的河流。八百里秦川自古以来就是有名的文物古迹荟萃之地，特别是北坡有许多帝王陵墓群，其他达官贵人、富豪巨绅的墓葬就更加不计其数，所以这里永远是盗墓贼蜂拥而至的地方。只是想不到还没进秦岭深处，就有盗墓贼在这里明目张胆地炸墓，看样子现在要找到一两个值得盗的墓绝对不是那么容易的事了。

那本地人挺热情，话匣子一打开就不想收，递过来一支烟，问我道：“你们两个娃娃是来旅游的吧？想到哪个地方去啊？”

我说道：“想到太白山里去看看。”他点点头，说道：“你们不跟着旅行团可走不远，这山里面七拐八拐的，弄不好就会迷路，要不要俺给你们带一段路？俺就住在保护区边上的一个村里面，翻过两个山头就到，你看这出来玩儿的，找个导游也是必要的嘛。”

我一听，敢情这家伙还是个黑导游，这大山里面民风彪悍，可别把我带到山沟里捅了，忙摇头道：“不用，不用，我们自己有安排。”

那人道：“你先别摇头，这里不比其他地方，这里山多林子密，你们要自己贸然进深山里面去，很容易出问题。你可得好好考虑考虑，这一带做向导的，我也算小有名气，绝对不会吓唬你们的。”

我看他说得也算诚恳，不好马上推辞，就告诉他这次来主要是想去山里的少数民族村子里，计划先在山下待几天，所以也不急着要向导，等过几天真要动身进山了，再去找他。

那人马上道：“那赶早不如赶巧，这条线我带得最多，你要到最近的一个瑶族村子，也得翻过这座山。”说着他指了指远处一条连绵不断的山脉，“这个叫作蛇头山，最高的地方海拔有一千多米，整座山像蟒蛇的头，所以叫蛇头山。所有十里八乡的旅客，要想去正宗的少数民族寨子里看看，全得一步一步翻过去。这山里死的人多了，去年还有几个艺术学院的学生进去写生，到现在还没出来呢，你说要没人带行吗？”

我顺着他手指的方向看去，只见蛇头山横亘在视野尽头，山呈碧绿，山顶高耸入云，因为气候，整条山脉都处在云雾缭绕之中，看不清真面目，只有对着嘉陵江的一面勉强可以看到，可惜临江的都是悬崖，山势非常陡峭，我看连猴子也不一定爬得上去。

这真是“云横秦岭家何在？雪拥蓝关马不前”。我看着不由得暗暗咋舌，心说，要爬过这山还有命在？

车又开了个把小时，总算到了太白山脚下，我和老痒跌跌撞撞地下了车，那黑导游非得介绍旅馆给我们。我想既然到了他的地盘，也不能老是敬酒不吃，万一吃了罚酒，就跟着他去了。他把我们带到一家农家乐的小旅馆里，我一看，价钱还不贵，看样子这人倒还是真的热心肠。

把我们安顿好，他就拱手告辞，临走给我们留了个电话，说什么时候进山了，就打他电话，他给我们带进去。

农家乐的老板娘挺热情，给我们做了晚饭，我们不好意思和他们一家在客厅里吃，就和老痒回到自己的房间，靠在窗台上，一边吃一边看这里的地图。

那黑导游说得没错，从这边进去，要进到秦岭原始森林的内部，需要翻过一座海拔一千多米的大山，这是我完全没有想到的。以我们现在的能力，要自己进山，实在是等于送死一样，但是如果找那个导游带我们进去，那他势必也要带我们出来，让他等上一天两天还行，我们这一进去可能就是个把星期在山里跑，他难免会起疑心。

老痒上次来的时候，他老表是找了一个同行的老手带路，现在他老表进去吃牢饭了，那老手自然也是无从找起，他也没想过要再来一次，对山路没什么记忆，这一次靠他也是没门。问了老板娘，老板娘也说没有其他办法，一般村寨里的人也就是有集市的时候出来一下，都是翻着山过来的，从来没听他们说过哪里还有捷径。看样子要过这座山，还真有点困难。

正琢磨着怎么办，老痒拍了拍我，轻声道：“老吴，快——快看，下面那人是谁？”

我瞄了一眼窗外，看到窗下农家院的天井里，站了五个人。我仔细一看，其中一个竟然是我们在西安路边摊上遇到的那个老头子。

我心里嘀咕，怎么这帮人也来了这里？难不成真给老痒说中了，他们也是来踩盘子的？

老痒把窗帘拉上，只留出一条缝隙，轻声对我道："这几个家伙也是大包小包的，和我们贼像啊，该不会在西安那会儿听到了我们说话，想跟在我们后面，找机会截和？"

我摇了摇头，看着老板娘走出来，笑着把他们迎了进去，说道："不像，你看这亲热程度，估计这些人经常来这里投宿，是熟客。这里客栈也不多，应该是碰巧和咱们住到一块儿了。"要是老痒说得没错，他们也是来倒斗的，那这里应该是他们固定的落脚点，他们每次来做活儿，恐怕都是住在这里。

老痒担心道："那不妙啊，他们在西安已经听过我们讲话，要是让他们在这里看到我们，难保不会打我们主意，要不连夜就撤吧？"

我想了想，觉得这非但不是麻烦，而且还是一个好机会，摇了摇头道："不，这些人是苍蝇，无缝的蛋不落，来这里肯定有目标。我们两个啥经验也没有，与其乱闯，不如跟着他们——一来可以看看有没有洋漏好捡；二来也可以跟着他们进山。"

老痒道："这些人都是亡命徒，杀个人不当回事儿的，跟着他们，要给他们发现了，说不定会被做掉，这样会不会太冒险了？"

我嘿嘿一笑，嘲笑道："你小子什么时候变这么婆婆妈妈了？这里是深山老林子，哪有这么容易被发现？而且我们又不是傻子，给发现了不会跑吗？你要真担心，咱们就先跟着看看，看他们警觉性怎么样，要是跟不下去了，咱们不跟就是了，也没什么损失，对吧？"

老痒听我这么说，一时间也没话反驳我，只好点头。我们马上把东西准备好，免得明天慌乱。我心里盘算着以后几天可能很不轻松，就把闹钟调早，让老痒别搞其他事情，各自睡觉休息。

这一路过来实在是太过疲劳，一睡就睡到了中午，闹钟响根本没听到。我睁眼 看太阳老高，猛地惊醒过来，赶紧跳起来把老痒叫醒，下去一问老板娘，那几个人已经走了，往蛇头山下去了，走了也没多长时间。

我们两人匆匆忙忙地买了几个烧饼当干粮，一路急赶，直往山里追去，跑了大约十五分钟，总算在山脚下的景点入口追上了他们。

第四章

继续跟踪

那群人买了票后，直接进了景区，我们谨慎地跟了上去，远远地跟在后面。

这景区没什么人，我们怕给他们发现，只能往灌木丛里钻，皮肉遭了点委屈，被锋利的杂草和灌木剐得东一道西一道的，又疼又痒。跟了一会儿，我们已经感觉有点吃不消了。

往蛇头山的山脚下，其实已经进入蛇头山的范围，这里的几个旅游点，都用石头铺了山路，走起来并不困难，山路顺着山势蜿蜒曲折，两边有山溪和很多名人的摩崖石刻，风景也很美。但是这一拨人一路直奔，中途也不停留观赏，好像对秦岭的景色一点都不感兴趣。

我的体力最近不错，一路走着没什么大的感觉，而老痒因为在牢里劳改，没时间做运动，心肺功能已经完全不如我，不一会儿，就明显体力不支，开始喘大气了。

山里越走越静，我们也不敢说话，闷声跟在他们后面，一直跟到天黑，月亮升到上半夜高，那帮人才停了下来。

我们找个灌木丛蹲下，远远地监视着他们。这时候老痒拉了拉我，我回头看他，见他脸色惨白，满头大汗，知道他坚持不住了，忙给了他口水喝，让他休息一下。

老痒一边喘气，一边对我说："老——老吴，我看就这么算——算了吧，他们倒他们的，我们倒我们的，再跟下去我就要歇菜了。"

我自己也差不多了，听到他这么说，心里老大不痛快，轻声骂道："我说你就只蹲了三年号子，怎么没用成这样子？现在才不跟……刚才那些罪不是都白受了？给我咬咬牙挺着。"

老痒道："那你估计还得跟多长时间……他们停下来是不是到地方了？"

我看了看他们，说道："不是，这里还是太浅，离过山还有很长一段距离呢，估计是走累休息了。你看他们生了火，晚上要待在这儿了，我们也别浪费时间，先填饱肚子睡一觉再说。"

我们也窝了下来，找了个草丛，可惜这半夜里我们也不能生火，一生火就会被人发现，身上的衣服、鞋子汗湿了也不能烘干，本来还能把干粮烤了再吃，现在只能冷冰冰地干嚼。老痒一个劲儿地叹气，直埋怨我出的馊主意。

我也后悔，自己心里难受，但老痒那话我就不爱听，心说，我来帮你你还这么多废话，骂他道："要是这点苦头都受不了，咱们就回去，不然再往山里头去，估计也得逃回来。"

老痒郁闷了半天，突然说："不对，老吴，我们这样被动地跟——跟踪也不是办法，也不知道他们是不是要过山，要是他们顺着山头子直接往林子里走，我们不完蛋了？"

我一听，心里咯噔了一下，心说，对啊，自己想当然地以为进这山的人就是要翻山过去，要是这些人真不过山，而是在附近转悠，我们不是被他们玩弄死了？

这可真难办了，又不能去问他们，我看了看前面的火光，一下子呆了。

老痒看我没主意，直叹气，想了想，说指望我算完蛋，还是得靠他。他要过去偷听一下那几个人说话，他们现在进山，总不会一句话也不提自己要干的事情。

我给他说得没脾气，只好同意，不过，他一个人我不放心，也跟着他摸过去。

一路走得蹑手蹑脚，不过这山里静得厉害，我们走不了多远就能听到他们说话的声音。老痒拉着我，示意躲在这里就行了，不需要再往前摸了。

我点点头，两个人蹲了下来，屏住呼吸，听到他们正在那里大笑。出乎我们意料的是，里面竟然有两个人说话的声音带着浓浓的广东腔，这真是怪了，从来没有听说过广东人也好这个。

他们在那里说说笑笑，只听有一个年轻的声音道："泰叔，你给俺们估计估计，这还得走多少时间才能到，老子今天腿都快断了。"

一个沙哑的声音回道："叫你平日里修身养性，你奶奶的只知道吃喝嫖赌，泡在女人堆里，这趟有你受的。俺告诉你，要过这蛇头山，这有路的还得走上两天，没路的那俺可就说不准了。你要受不住，现在就下山去吧，别再拖老子的后腿。"

那年轻人显然对泰叔有点畏惧，说道："最近我是虚了点，您放心，这趟买卖做成了，俺们再也不用到这山沟沟里来了，俺们跟着王老板和李老板到香港去见识见识，也过过上等人的生活，对不？"

有一个广东口音的人就说了："嗜啊嗜啊，没问题啊，我们说好的嘛，你们把东西搞定，有多少我们要多少啊，这次是一辈子的买卖，做好了大家都可以退休了。到时候香港的花花绿绿的大世界，有的是地方大把大把花钱，这么点辛苦还是值得的嘛。"

那泰叔就说道："李老板，你话先别说得这么满，这斗在不在那地方，可就凭你一张嘴巴说的，可别给我们假消息，扑空了。"

李老板回道："哎呀，我说你这个老泰嘛，就是心眼太多了，大家合作了这么久，我哪一次失手过嘛！实话和你们说，只要去过我们这一次要去的地方，秦始皇的坟墓你们也不会想去挖了。"

泰叔显然不喜欢听这种套话，冷笑道："这话我就不太信了，你也别放马前炮，话说回来，俺们的确合作很多年了，不过俺还从来不知道你到底是哪里得来的这些消息。这也是最后一次了，你要是没啥忌讳，就和俺兄弟们说说，让我的兄弟也长长见识。"

"是啊，说说！"那年轻人马上附和道，"我以后也好跟我那些娘儿们吹吹牛！"

李老板笑了笑，回道："哎呀，你们两个……真是……你们要是真想知道，我告诉你们也可以，但是说出来恐怕你们还不信。"

第五章

偷听

那班人安静了好一会儿，才听李老板说道："本来嘛，这种事情我是不会告诉别人的，不过大家跟着我这么久了，我当你们是自己人了，你们既然想知道，我就说一下好了嘛。"

那年轻人马上兴奋道："那敢情好！不瞒您说，我们还一直猜呢，您是不是有什么绝活儿，一找就能找到古墓的位置。"

李老板又顿了顿，听上去也是不太愿意讲的，说道："哪有这么神？其实也不是什么秘密，这事情和我祖上有关，我的族谱上有这么一件事情，我说出来让你们听听。"

李老板说着，就讲了一件很有趣的事情：

那是北魏时候的事情，兵荒马乱的，一年不知道打多少次仗，成年人都死光了，我的先祖不到六岁，就得出去放牛，维持家计。

那一年，他们的村子附近发生暴乱，官兵来镇压，村里人都逃难去了，他们家里人没来得及走，给堵在屋子里面，外面杀得天昏地暗，一直到第三天才平息。

我先祖战战兢兢，偷偷爬出去看，发现满地都是尸体，还有很多人没有断气。他吓坏了，忙跑去找他的牛，结果进牛栏一看，牛已经不见了，稻草里，却躺着个伤兵。

那兵是个哑巴，不会说话，伤得已经很重了。我老祖宗当时年纪太小，也无法分辨这到底是官兵还是造反的，只看他可怜，就取了点水给他喝，还给他用布止了血。但是那哑巴伤得实在太重，坚持了没多久就不行了。

临死的时候，他拿出一卷写满字的麻布，交给了我老祖宗，还做着手势，让我祖宗好好保管。

可惜，我老祖宗家里全是文盲，根本不知道上面写的是什么。后来那年大寒，冻死了很多人，家里人就把这块布当成布料做了棉衣。

成年后，我老祖宗就被征了兵，在南北朝的征战中，屡建功勋，后来被提到了校尉。但是当时因为流年积弱，朝代更新太快，他到了晚年，家势又逐渐衰落，结果死的时候，陪葬的东西只剩下了那件棉衣。

之后我们的家族经过几次兴衰的更替，到了晚清，已经是一方地主。一次迁祖坟的时候，几个长工不当心，把棺木倾斜，里面的尸骨被倒了一地。在清理骸骨的时候，我的爷爷发现，里面所有的东西都烂光了，但是那陪葬的棉衣里的那块布，依然保存完好。

我爷爷感觉很奇怪，将这块布交给他家里一个做古董生意的人，一看之下，便发现那块布名堂不小，上面的字，叫作哑文，是传说哑巴才能看懂的字。

李老板说到这里，问他们道："你们可知道这块布被用来做什么吗？"

众人沉默了一下，一个刚才没听过的声音说道："这个在下倒是略有耳闻。当时，北魏有一支军队都是哑巴，这东西是他们传机密消息的，上面的字都是'哑文'，一般人看不懂，在下还是听我的大爷说的。"

李老板点头，道："师爷到底是师爷，那你可知道，这支军队又是干什么的吗？"

那师爷笑道："那我就不甚清楚了。不过，听说这支北魏的军队，是沿袭曹操的摸金校尉，明里是皇帝的护卫，暗地里也做着倒斗的买卖。因为是哑巴，又用只有他们知道的哑文，所以他们所倒的古墓，也只有他们和皇帝知道，他们的行迹一直非常神秘。"

说到这里，那师爷顿了顿，似乎想到了什么，问道："李老板，莫非你说的那块麻布，竟是《河木集》？"

李老板一下子哈哈大笑，得意地点了点头，说道："厉害，厉害，有师爷你在，老子想卖个关子都卖不到，不错，就是这东西。"

那师爷吸了口凉气，回道："那可真了不得啊，同人不同命，有这东西，该当李家发财啊。"

那年轻人听不懂，问师爷道："《河木集》是什么东西？和古墓又有什么关系啊？"

师爷道："传说这哑巴军找到古墓之后，通常并不是急于开挖，而是记录下来，用马踏平，灌上铁浆子，等到需要的时候再根据记录重新找回，这记录古墓位置的东西就叫《河木集》，取何处有墓之意。"

那年轻人吃惊道："我靠，那这么说，上几次我们去倒的那几个斗，都是这上面得来的消息？哇，李老板，那你可太不实在了，有这么个宝贝，也该分我们一点嘛。"

李老板笑道："也不尽是，祖上的东西又不是用不完的，我家祖宗棺材里那块麻布，记载了二十四个古墓的位置，现在我们要去的这个已经是最后一个，不过这一个，应该是所有古墓里面最好的。"

那年轻人问道："那上面有没有说，里面都有些什么东西啊？"

李老板皱了皱眉头，道："那倒没有详细记载，不过麻布上说，这一个斗中的宝贝，凡人无法消受，是极品中的极品，比秦始皇陵还要好上三分，绝对不会有错的，你们就相信我吧。"

我和老痒听到这里，已经知道他们来到这里，的确是有一个目标，但是我们没想到，这几个人竟然来头这么大。老痒问我："你——你说这个姓李的说的是不是真——真的？世上还能有比秦始皇陵还好的斗？"

我摇摇头，回道："这我可说不准，不过你看他说得这么信誓旦旦，没一万也有五千，他们明天肯定过山，我们跟着就是了。"

老痒说道："那我——我们干脆跟到底算了，他们这一次的目标应该不小，就算捡他们吃剩下的，也能混个半饱。那破殉葬坑，咱们就别去了。"

他这话因为紧张结巴得特别厉害，有几个字就说得特别响，我一听糟了，忙捂住他的嘴巴，让他别激动，同时竖起耳朵听那边的反应，但是已经晚了，那边突然间就静了下来，显然已经发觉了附近有异样。

我和老痒忙屏住呼吸，竭力不发出一点声音，心跳得像打鼓一样。他们也都不说话，似乎在努力听周围的声音。双方都不出声，就这样僵持了好几分钟，那老泰熬不住了，轻声说道："二麻子（那年轻人），好像后面有动静，去看看是什么东西。"

听完这句话，我就听到两声清晰的手枪上膛声，一下子出了一身冷汗。看样子果然是悍匪，这下子我怕是要被老痒害死了。

我转头看了看四周的环境，如果现在马上逃跑，我有八成的把握能逃得掉，但是以后跟踪他们就麻烦了；如果现在不跑，我实在没把握能在他们眼皮底下躲过去。

正在犹豫不决时，突然从远处传来一阵嘈杂的声音，我向发出声音的地方望去，只见一排四五束手电光正向我们这边靠拢，是巡山队过来了。这时候就听到泰叔轻声叫了一声："咱们扯呼。"说完，几个人匆匆忙忙地把火踩灭，背起装备就往森林深处跑去。

老痒刚才还吓得半死，现在一看人跑了，又急起来，忙问我："怎——怎么办？追——追不追？"

我小心翼翼地探头一看，发现他们一群人都没有打手电，森林里面一片漆黑，早已看不到人影，说道："不成，你看这黑灯瞎火的，我们这么个追法说不定能追到他们前面去，我们先歇着，明天跟着他们的脚印走，相信他们也不会走太远，还得停下来休息。"

老痒心里干着急也没办法。这时候那几个巡山队的人已经离我们很近了，我们再不走，估计要被逮个正着。我让喋喋不休的老痒闭嘴，拉着他匆匆忙忙地往森林另一个方向的深处钻去。

我们不敢走得太远，怕明天回去找不到地方。两个人躲在一个灌木丛后面，看着远处的手电光逐渐远去，才放下心来。

我想了想，对老痒说道："这一路过来，当地人都说现在这季节是盗墓最猖獗的时候，恐怕这晚上巡逻的人不会少，我琢磨着我们也别想好好睡了，找个地方窝一个晚上，明天得赶紧再往里头走走，不然两个外地人在这里，给逮住了没办法交代。"

老痒点头称"是"。我摇了他一下，他竟然已经在半睡半醒之中了。我暗叹了一声，把衣服裹了裹，心说，看样子上半夜得我来守了，可我往树上一靠，迷迷糊糊地，不知不觉也睡了过去。

第二天，我们一大早就醒了过来，由于睡在树下，落了一头的鸟屎，臭得我都想吐了。老痒也不管这些，拿手拢了几下，就嚷着要赶紧去找那班人。我实在无法忍受顶着鸟屎在森林里到处跑，只好牺牲了半壶水冲了一下。

我跟着老痒急急忙忙跑回昨天待的地方，心里祈祷地上能留下些线索，但是兜了好几个圈子，连昨天那堆篝火的残骸都没有找到。老痒对我很有意见，一直在我耳边唠叨："所以说——说，昨天让你跟——跟上去嘛，你看——看，现在倒好，煮——煮熟的鸭——鸭子都飞了。”

我大怒：“哪来这么多意见？你看这里就一条山路，他们能走到什么地方去？我们一直往前，我就不信找不到。”

我们沿着山路快步追赶，走了整整一个上午，路都已经走完了，还是没有发现他们的踪影，再往前去就是一片极其茂密的森林，树木攀天，灌木丛生，完全没有路标。我看着心里有点发怵，这说明后面的路连巡山队都不会去走，那算是真正进入蛇头山内、深山老林之中了，自此往上，才算是真正的山路，不知道有多少峭壁等着我们去爬。

这一路过来，再没有看见任何篝火的痕迹，我心里沉了下来，这几个人可能昨天晚上给巡山队吓跑之后，就没有休息，直接赶夜路前进了，要真这样，我们赶上他们的概率就几乎是零。

我站在山路的尽头犹豫了一下，马上做了决定，人的精力是有限度的，这些人如果赶了一夜路，那今天白天无论如何也得休息了，而且晚上赶路远比白天要慢得多，肯定还在我们前面不远的地方。我们跟上去还有希望，只是走起路来要小心点，不能给他们发现了。

我们从背包里掏出军用匕首挂在腰间，两个人各折了一根大树枝当拐杖。这秦岭之中多有野兽，往大了说有老虎和熊，往小了说有狼和野猪，要是不走运碰上一两只，我和老痒够它们吃好几顿了。

老痒问我，如果我预料错了，追不上他们怎么办，我心里琢磨了一下，对他说：“根据来之前查过的资料，这山里面有不少采药人搭的临时窝棚，里面有炊具、柴木和风干的肉类，如果我们能找到一个，那今天晚上就可以好好地休息一下，然后再作打算。”

老痒道：“你可得确定，咱们现在要回头还有机会，再往里走——走，你——你看这四周连——连个鬼影都没有，等迷在林子里面就晚了。蜀道难，难于上青天，一千年来这连绵几百里的大山里面不知道死过多少人，还不知道晚上闹不闹鬼呢。”

我嘲笑他道：“刚来时那股雄心壮志哪里去了？我说你就是个纸上谈兵的，这还没到山里头就给我蜀道难了，你要不敢进去，那咱就回去。”

老痒笑道：“我是提出困难在先，看你的决心会不会动摇，现在看来咱们的小吴同学果然已经摒弃了书生气，向我们这样的流氓靠拢了。你放心，你兄弟我绝对不是纸上谈兵的人，不要说蜀道难，狗道难都不怕。”

我们一边拿树枝敲着前方的灌木，一边进入丛林，以远处一座山峰为方向闷头走。没有道路的“山路”非常难走，地上几乎都是草藤，顶上又是茂密的树冠，阳光极难照下来。走了不知道多久，只觉得天昏地暗，哪里都好像是看到过的。就在我开始怀疑我们是不是在原地兜圈子的时候，山势陡转向上，前面出现了一面峭壁，上面竟有一排不知道什么时候修建的栈道！

栈道年久失修，已经呈现出一种暗绿的潮湿的颜色，上面缠绕着大量的春花藤和猪草，似乎很久没人走过。我们正想爬上去，忽然听到一边树林里有人叫道：“喂！你们是干什么的？”

我和老痒吓了一跳，转头过去一看，一队人马正从远处走来，都是当地人模样，有男有女，似乎也是和我们一样要到山对面的村落去的。

我不知道是该高兴还是该害怕，忙使了个眼色让老痒把腰里的匕首藏起来，然后迎上前去，用很诚恳的样子问他们道：“大兄弟，大妹子，我是外地来的游客，想到山对面的村子去，打听一下，再往前的村子还有多少山路？”

一个穿红大褂的妇女打量了一下我，说道：“你是说俺们村吗？你大老远跑到俺们破村里来干吗？”

我一看，这里的妇女警惕性挺高，瞎掰道：“我来找个人，你们那村我前两年来过，那时候有个老大爷招待过我，这次我回来看看他，不过两年没来了，路已经不会走了。”

那中年妇女瞪了我一眼，骂道：“我呸！就你那贼模贼样，谁知道你安的什么心！你们这样的人俺见多了，不是去挖坟墓的就是偷猎的，想骗老娘，你还不够火候。”

我被她骂得瞠目结舌，不知道怎么回话好。老痒一把把我推到一边，啪，一张一百元纸币递到这中年妇女面前，说道：“哪——哪那么多废话，你哪只眼睛看到我们挖坟墓了？客气点回答问题，这——这一——一百块就是你的，再敢啰——啰唆半句，老子给你一耳光。”

这队伍里还有好几个壮汉，我听老痒这一说，心说：糟了，山民彪悍，你还敢说这个，当下往后退了一步，准备开溜。谁知道这中年妇女后面的一个男人看到这钱，马上笑眯眯地接过去，说道：“别生气，别生气，俺媳妇和你们开玩笑呢，你们想去俺们村，得往左边走，绕过这个山头，有一个瀑布，顺着这个瀑布的水一直往前走，那是最快过山的路了，只要跟着山溪走，就一定能到俺们村了。”

老痒咧咧嘴，问道：“你骗人吧，要绕过去，上这个栈道不是更快吗？”

那男人道：“这个栈道不知道什么年月修的了，从来没加固过，现在已经没人敢走了。”

我听了心里咋舌，心说幸亏遇到他们，刚才走得蒙了，差点就上去，要困在上面真不知道怎么办好。

那男人看了看天色，说道：“哎呀，我看你们今天晚上也赶不到，得在这山里过夜了。那山溪有几条支流，你要是没走熟，肯定会走岔掉，要不这样吧，我们去那边打猪草，要不你们等等我们，我们明天就回村里去，跟我们一起走，就没事了。”说着便来帮我拿装备。

我一看他还挺热心的，看样子不像是坏人，心里迅速盘算了一下，我们要去的地方是在这蛇头山另一面的峡谷，翻这座山就已经花了我们将近三天时间，人的负重有限度，不可能带超过十天的干粮。我们翻过这山之后肯定还得进他们村子买点东西，走在我们前面的五个人现在也没影了，说不定和我们走岔路了，如今难得碰到人，就不用冒迷路的风险了。

我和老痒交换了一下眼色，忙点头道：“那大兄弟，谢谢你了，来来来……”说着掏出香烟，给几个男人都分了一支。

那中年妇女还想啰唆，那男人瞪了她一眼，她白了我们一眼也不敢说什么了。

山里的风气，一般男人是家主，女人都没什么说话的权利，只要搞好和几个男人的关系，这些个村姑子应该拿我们没办法。我看着那中年妇女的表情，心里暗笑。

我们加入了他们的队伍。那男人年纪最大，似乎不用干太多活儿，老痒就集中火力和他套近乎。那男人告诉我们，他是村里的书记，这村子太落后，虽然通了电线，但是交通不方便，发展不起来，现在年轻人都往外跑了，农活儿没人做，他们这些干部都得赶几十里山路出来打猪草。不过他腰有毛病，做不了多长时间就得歇息。

我一边应着，一边心里也感慨，这些人也不容易。

我们跟他们走了一段，到了一处地方，他们开始干活儿，我们就在一边察看地形。不过这里山势偏低，山那头的景象无法看得很全，只觉得山连着山，一片郁郁葱葱，老痒所说的那个殉葬坑，也不知道在这广袤山脉中的什么地方。

打完猪草已经是晚上，我们帮忙背着几乎有我本人高的一大包草，背着夕阳往回走了大概一个小时。天已经渐渐黑下来了，走着走着，我突然发现老痒的表情变了，眼睛看着四周，不停地瞄来瞄去。

我问他干什么，他低声说道：“这地方我上次来过，如果我记得没错，再往前走肯定有个落脚点。”

果然走了不久，前面出现了一个采药人的木头窝棚，老痒表情兴奋起来，给我打眼色，意思是：“我没说错吧？”那男人推开门，转回头对我说道：“咱们今天就在这里过夜，这里还有灶台，你们要愿意可以自己煮东西。”

我跟着他们进去，发现这是个两层的窝棚，由一架梯子相连，上面是个阁楼，里面没家具，但是铺着几块大木板，房间的中央有一个土坑，里面都是炭灰，想必是用来生火取暖的。我们放下装备，在外面胡乱捡了点柴火，赶紧生火取暖，然后从包里掏出干粮，直接烘烤着吃。等我们吃完，外面已经漆黑一片了，四周传来野兽的叫声。

老痒点了一支烟，问村支书那是什么野兽，后者也说不清楚，这里打猎的人早就死没了，要找村里的老人问才知道，又说道：“晚上我们男人每人只能睡半宿，得有个人看着这火不让它灭掉，不然恐怕外面的野兽要进来的。”

我不置可否，赶这一天的路累得够呛，想到以后可能连续几个星期都得这样过，不由得有点后悔当初答应老痒，便对老痒说：“我守最后一班好了。我先打个盹儿，你半夜里叫醒我换班。”刚说完他就大声抗议，但是我迷迷糊糊的，已经不知道他在说什么，不一会儿就进入了梦乡。

这一觉睡得不太安稳，我翻来覆去的。到了后半夜，突然有人摇我，我睁开眼睛一看，其他人都睡觉了，老痒正一边四处看着，一边轻轻推我，轻声叫道：“起来，快起来！”

第六章

挖掘

我睡得很不踏实，几乎是在半梦半醒中坐了起来，心里一股起床火，刚想骂他，他捂住我的嘴巴，轻声道："别说话，跟我来。"

我觉得莫名其妙，见他表情不像开玩笑，又不知道发生了什么事情，披上外衣凑了过去，问道："干什么？出了什么事？"

老痒轻声说道："跟我来，我带你去看样东西。"我盯了他好一会儿，心里觉得奇怪，不过看他的表情，不像是在玩儿我，于是穿好外衣，就跟他偷偷走出屋外。

窝棚外面就是森林，老痒拿出指北针，确定了一下方位，从我们的装备里拆出折叠铲子，招呼我跟着他。

我们打着手电，走在下风口，足足走了十分钟，他才停了下来，用铲子插了插脚下的地，说道："就是这里了！"

我心里疑惑到了极点，看他的样子，难不成半夜三更他想来这里种树？

他看我表情不善，忙解释道："我和我老表上次从山里出来的时候，也是在这里过的夜。那天晚上我发现他半夜偷偷溜了出来，不知道去干什么，所以我就跟着他，结果发现他在这里埋什么东西。不过那时候我们情况很糟糕，我没力气去管这闲事，只想快点出山去，所以也没去计较这事情，现在想起来，那时候的情景有点不正常。”

“你确定就是这里？”我问道。

他点点头：“我老表从那洞里出来后就神经兮兮，不知道中了什么邪，我肯定他有事情瞒着我，这一次正巧回到这里，我准备挖开来看看，他到底埋了什么。你帮我望望风。”

我点点头，老痒开始下铲。

这里的土似乎不硬，但是那些村民还睡在不远的地方，不知道会不会吵醒他们，所以老痒每挖三下，都要停下来听听周围的动静。

他挖了足有半个小时，我开始怀疑他是不是弄错地方了，突然，他的铲子似乎插到了什么金属的东西，发出一声清脆的声音。

他停止了挖掘，俯下身去，从坑里拿出了一根棍状的物体。

棍状的物体上都是泥，我无法判断那是什么，但是凭直觉，似乎是一根骨头。老痒略微擦拭了一下，脸色一变，对我说道：“我的妈啊，竟然是这个东西。”

我凑过去看，那是一根长着绿色铜锈的青铜铸器，底上有很明显的断口，是给人从另一件青铜器上锯下来的。借着手电的光，我能看到上面有类似双身人面蛇的抽象图案，应该是老爷子说的“厍族”的东西。

老痒对我说道：“这就是我和你说的那青铜的枝丫，没想到我老表竟然偷偷把这东西锯下来了。”

我皱了皱眉头，他们这些人，可以说是整个盗墓群体中最没有素质的一群，也是数量最多的一群，为了几千块钱破坏一件绝世珍品，是再平常不过的事。

老痒继续挖掘，看还能挖出什么来，但是挖了半天也没有任何东西再出现，他开始将土填回去。

我们将这枝丫用布包好，蹑手蹑脚地走了回去。其他人一天劳作，都还在熟睡，我们却再也睡不着了。老痒在我对面坐了下来，开始往篝火里加柴。

我看到他脸色凝重，忧心之态又现，忍不住问道：“这几天看你忽喜忽忧的，是不是有什么难言之隐啊？长痔疮了？”

老痒点上支烟，说道：“唉，要是这么简单就好了，我是觉得有点不对劲，有点事情想不通啊！”

我不说话，听他说下去。

老痒道：“主要是我老表的事情。我和他进山的时候，他还很正常，但是自从他看到这根青铜枝丫之后，我就感觉他开始变了，刚开始我老表只是突然变得有点神经质，逐渐地，我就发现，他整个人好像越来越失常起来……”

我问道：“你的意思是，你老表疯掉，和这玩意儿有关系？”

老痒点点头：“你看，他偷偷地把这东西锯下来带出去，又埋了起来，是为了什么呢？”

我看着老痒摆弄那根青铜的枝丫，忽然感觉这东西好像在哪里见过，忙掏出齐教授给我的资料，翻到一张图片一比对，果然不错。那是1845年一个英国传教士汤马士在湘西一个山洞岩石壁画上临摹下来的东西，是一幅类似于树的图腾。汤马士在画下面注释说，这是当地土民的“神树”。后来这份笔记流落到齐教授手里，齐教授根据其中的描述，认为这种神树是库国的文化图腾之一，代表着大地与生育的神性。

我又将青铜的枝丫和图片对照了一下，发现这一段只是树枝的末梢，如果按照这个比例来说，那整棵青铜树应该有七八十米高，如果整体发掘出来，足以震惊世界了。

我拍了拍老痒，让他别多想，如果真是这枝丫的问题，那他也早就和他老表一样了。

第七章

夹子沟

经过五个小时的跋涉，第二天下午，我们终于翻过蛇头山，来到山下第一个小村寨里。我们百般谢过带我们过来的书记，然后在村口分别。老痒来过这里，便带着我进去找他上次寄宿的村户。

这个山村依着陡峭的山势而建，夹杂着石头搭建的足有百年历史的明清样式的民房，村中的道路是一条完全由青石板铺成的坡路，道路最上面人家的地基足足比最下面的人家高了一百来米，山溪从路边的沟渠中穿过，到处是绿色的青苔。我一路观赏，发现不少民居的围墙上，有不同年代的墓砖掺杂其中，古时候掘墓取砖的风气由此可见一斑。

我们在老痒上次住过的人家买了干粮，在他们家里用溪水洗了个澡，然后将衣服洗了晒出去，穿着短裤坐在溪水边上，商量下一步怎么办。

要赶上前面那五个人已经不可能也没必要了，反正我们已经顺利地过了山，现在就要靠老痒所谓的记号，找到他三年前去过的那个地方。

我问他到底做了什么记号，他这么有信心现在还能找到。老痒告诉我，他上次去过的那个殉葬坑，要通过一段十分奇特的地貌，叫作“夹子沟”，这里的人都知道那个地方，而过了那一段地貌，离他说的那地方就不远了。不过，夹子沟离这个村庄有四十多公里远，几乎是在原始丛林的腹地。

因为有了没有向导进山的惨痛经历，我们请教了那户人家，想找一个向导，指引一下下面更加艰难的旅程。

这家人让自己的小孩子带我们去找一个老猎人，我们跟着那光屁股小孩儿在村子里四处转悠了几圈，来到了一户两层的瓦房前面。小孩儿指了指在那里晒太阳的一个白胡子老头儿，说："就是他，老刘头。"

老刘头是外地人，年轻时逃壮丁来到这里，定居下来，是这里的老猎户了。他八十多岁，身体还很好，几乎所有进老林子的考察队啊，考古队啊，盗墓的啊，刚开始都要他带上几次，他也乐得吃这碗饭，一来来钱快，二来地位高。我们说明来意，他也不奇怪，只对我们摇头，说："不中，这个时间不能去夹子沟。"

我听了纳闷，问他："怎么不能进山啊？现在秋高气爽，正是打猎的好时节，这个时候不进，那什么时候能进啊？"

他叫他儿子给我们上了茶水，说道："这个季节，山里头特别邪乎，闹鬼闹得凶。我八十多岁了，不会骗你们，夹子沟那个地方，其实是条阴兵的栈道。你要是碰上他们借道，那就得给顺便捎上，被勾了魂魄，邪门儿得很呢。"

我没有去过那个地方，不知道那里是个什么样的地理环境，心里觉得好笑。不过老一代人有他们自己的世界观，我们也不好勉强，央求了一下没结果，就只好问他进山路线的情况。

老人告诉我们，从这个村子进到秦川崇山峻岭之中，往西走七天，会有一座天门山，两边都是峭壁，无法攀爬，但是山中有一道奇特的裂缝，只能并排两人通过，就是我们常说的"一线天"，也就是老痒说的"夹子沟"。相传在南北朝末期，当地有人看到，有一支北魏的军队经过栈道入秦川，这支军队很奇怪，行军中没有一个人说话，直入山中。军队经过这一山缝时，突然地动山摇，巨大的缝隙突然闭合，将部队夹入大山内部，从此失去了踪迹，再没有出来。

到了清朝，这里来过几个风水先生替一个有钱人找坟地，进山十几天，出来的时候几乎不成人形，都说这天门山内有一道黄泉瀑布，连着地府，他们差点进去就出不来。

一开始，山里人也都不信，不过后来很多人说在沟里听见山里有战马奔腾的声音传出来，这些事情才越传越厉害。有人还串起来说，地府的阴兵便是由黄泉瀑布进出阴阳两界，那南北朝时期的北魏军队，就是自阳间返回地府的鬼兵。

老爷子说，到天门山的那一段路，我们可以走上一走，但是天门山，那是世代人所能达到的极限，再往后的丛林里有什么，谁也不知道了。从古到今，凡是进去里面的人，无论是清军，还是国民党的败兵，没有一个出来过。他年纪大了，不能带我们去，村里其他人又都没有去过，要是我们真想去，他可以给我们指个方向，只要按他说的走，七八天工夫肯定能到，但是进去后发生什么事情，他一概不负责。

爷爷的笔记里说过，寻找陵墓，凡是有很详尽的民间传说的地方，都要特别注意，所以我特别留意地听了老爷子的这一段话，心里已然有了几分把握，我们要去的那个地方，确实应该是在那一带。

我们谢过老爷子就想离开，老人家大概很少有客人来，所以热情得很，一定要我们留下来吃饭。我们执意要走，他也没有办法，就给我们包了几个腌制的荤菜。我本来嫌麻烦，不想要，但是一看里面有烧肉，想起自己这几天吃的都是干粮，肚子实在不争气，就收了下来。

休息了一天，我们再次赶路，这一次目标明确，我们顺着指北针的方向，咬紧牙关，翻山过河，一头扎进了中国腹地最神秘的莽莽原始丛林之中。

沿途无话，个中辛苦我都不想用文字记录下来，只知道七天之后，老痒叫着看到树冠之上显现出的天门山山顶之后，我们停下整顿，才发现自己已经和野人无异了。

老痒观察四周的地貌，告诉我就是这里！通过这个夹子沟，那边就是一个小峡谷，他们发现的那个殉葬坑，就在那里面。

我爬上一棵巨大的老杉，拿起已经只有一边能用的望远镜看去，天门山的山形挺拔，山势奇伟，上面鬼岭妖松，景色十分奇特。但是山也并不见得像是一道门的样子，不知道天门山的名字由何得来，而那中间的一线天，从我这里看去，只是一道黑色的细线。

我们爬上了矮山脊，继续向天门山靠近，顺着山势向前走去，边走边察看前面的地形，将近正午，来到了天门山的山脚下，夹子沟起始段的一片乱石岭就在我们眼前。

秦岭实在是一个很奇妙的地方，特别是那些没有经过旅游开发的地段，有很多奇妙的景色。在天门山的峭壁下直接抬头，会发现地势极其壮观，形容得普通一点，就像一座巨大的山岩被一把利剑劈了一下，中间形成了一条细小的裂缝，这条裂缝的底部，就是夹子沟。因为山岩的地势极高，所以这里产生的一线天景观不同于那些矮山，放眼看去，只能看到一条极细的光线，在遥远的天顶，真的犹如整个天空浓缩成一线一样，如果不是亲身经历，绝对无法领略到其中的万一。

夹子沟的底部乱石层叠，两边不时有清泉洒下，石头上到处是绿色青苔，非常难走。不过这里并没有远看的时候那么狭窄，而且光线很好，因为起始处的山势并不高，所以天上并不是一线天，而是“一根天”。

老痒回忆，通过这个夹子沟最起码要一个下午的时间，而且里面过堂风极大，地面潮湿，生火很不方便，于是我们在入口不远处停了下来，点上篝火，开始吃午饭。我们将老爷子送给我们的腌菜放到吃剩下的罐头瓶子里，然后用火加热，像吃火锅一样。山民们烧菜都口感重，味道并不怎么样，但是比起我们的干粮，已经好上不知多少倍了。前几天我们都节省着吃，现在靠近目的地了，可以放开大吃，我和老痒几乎是狼吞虎咽，很快就把腌肉吃了个干净。

我并没有吃饱，想起还有一些腌山鸡炒笋，就想索性吃光算了，不料回手一摸，发现那只放食物的袋子，已经不见了。

我四处找了一遍，却没有发现，觉得很纳闷，就问老痒，却听老痒在那里吼：“谁把骨头吐到我领子里了？”

我一看觉得不对，我刚才吃的时候，几乎把骨头都吞了下去，哪里还会扔出去这么浪费。

正在奇怪的时候，又有一块骨头从悬崖上面掉了下来，我抬头一看，只见十几只金毛大猴子，不知道什么时候爬到了我们头顶的山壁上，其中一只，正拿着我装山鸡炒笋的袋子，吃里面的鸡肉。看它吃的样子，应该是从来没吃过这么好吃的东西，几乎连袋子都吃了进去。

很快，它就将所有的东西都吃了个干净，然后爬了下来，眼睛死死盯住我们的背包。

我心说不好，这些猴子可能以为我们包里全都是吃的，想来抢了，这可麻烦了。正想着，那只猴子已经发出一声尖叫，一刹那间，所有的猴子开始向我们逼近。

第八章

猴子

大号的猴王看着我，不停地咧嘴巴，露出自己白森森的獠牙，同时发出一种带有威胁性的声音，好像是在警告我们。

我和老痒各自拿起一根顶端燃烧着的柴火棍，拼命舞动，将冲上来的猴子逼退，有几只动作慢了一点，屁股被我狠狠地烧了一下，疼得尖叫着逃到很远的地方。

但是同时，有几只特别机灵的猴子，正在偷偷地靠近我们的行李，等我看出苗头的时候，为时已晚，老痒还没有放入背包的几个防水袋被一只小猴子一把抓了过去。我一看暗叫糟糕，忙上去抢，可等我一走开，我的身后也蹿出了一只猴子，想要来抢我的行李。

幸运的是，我的行李十分沉重，它拖了几下，发现没有办法很顺利地拖走，只好作罢，转而把手伸进行李包中，想将里面的小件东西拿出来。

我心里吃惊不已：这些猴子的行动非常熟练，这样子围攻人类，肯定不是第一次了。我一直认为猴子就算再聪明也有个限度，现在看来，如果只算抢劫这一个职业，我们还不一定能比得过它们。

我这里一分神，那只猴子已经从我的包里掏出一只盒子，我一看不得了，那是一包压缩饼干，也不管正在追的那只，冲回去，飞起一脚将那只猴子踢飞，然后捡起盒子，赶忙塞进包里。

这个时候，突然眼前黄光一闪，那猴王已经跳将起来，一爪抓向我的脸。我看过猴子捕杀兔子，它们的爪子非常锋利，要是给抓到，我非破相不可。

情急之下，我来不及侧身，只好抡起柴火棍去挡。那猴子一下子就在我手上抓出了一道长长的血痕。我疼得一龇牙，柴火棍脱手掉了出去。

猴王落地之后，马上反扑过来。我来不及去捡柴火棍，只好匆忙间一脚踢了过去，谁知道它竟然一下子抱住我的腿，顺势就狠狠咬了我一口。

这一下实在是厉害，我疼得几乎抓狂，一巴掌就拍了过去。它反应很快，一个翻身立即跳了开去。我胡乱一抓，鬼使神差，给我一把抓住了它的尾巴。

猴子的尾巴非常重要，打斗中被抓住尾巴，等于被判了死刑，它一下子也慌了，发出一声嘶吼，不顾一切地朝我面门扑来。

我杀心已起，一个侧身躲过它的最后一击，抡起它的尾巴就往地上用力一摔。我估计着，这只猴子最起码也有四十斤重，这一下虽然不致命，但足以把它摔得蒙过去。

可是那猴子强壮得出奇，这一下虽然我自己感觉用了杀手，它却一点事都没有，反而惨叫着还想再扑过来。我一下子有点不知所措，忙又用力一甩，将它狠狠地拍到一棵树上。这一次用力过大，手吃不住力气，它被我甩出去好几米，翻滚几下，一下子跳了起来，爬到一棵树上。

老痒惦记着被抢去的那几个袋子，还在追那几只刚才抢我们东西的饿猴子。那些猴子看猴王刚才吃了亏，哪会和他硬拼，一下子逃散了，但是并不逃远，而是继续做着威胁的动作。他去追其中一只，另几只就跟在他后面，向他丢石头，搞得他非常郁闷。就这样东一下西一下，猴子一只没打着，他自己倒已经气喘吁吁了。

我隐约觉得不妙，这几只野生猴子个子巨大，行动灵活，最麻烦的是它们一点也不怕人，我对付一只猴王已经非常吃力，要是有两只猴子同时攻击我，恐怕今天就有可能在这里吃大亏，而且猴子的记忆力很强，我们这次若不能彻底解决，恐怕以后不得安宁。

老痒追了半天，筋疲力尽，喘着气跑回来说："不——不行，这些猴子跑得太快，我们别和它们一般见识了，还是走吧，那些丢了的东西，就当送给山神爷的见面礼好了。"

我一想也觉得实在没有办法。在老林里和猴子抢东西，我们实在没有胜算，万一时间耗下去，说不定还会有别的损失。而且，虽然丢了一些东西，但都不是很关键，像冷光棒，我们用火把代替就可以了。

于是我点点头，对老痒说道："说得对，这里面很深，一旦天黑下来，我们的路就更难走，不过，你小子得把东西看好点，别再着了猢狲的道儿。"

老痒想起刚才的事情，气就不打一处来，对我摆摆手说："行了，你就别提了，这梁子算是结下了。"

我们两个绑紧背包，大声呼喝着赶开猴群，继续往窄路里走去。那些猴子看我们走了，以为我们逃了，纷纷跳上两边的山壁撵了过来，一边撵还一边向我们发出嘲讽的声音。老痒听了火大，回头大骂："你们这帮猢狲别得意，老子要是还有机会回来，把你们全逮回去吃了！"

那群猴子看到他大叫，撵得更起劲了，特别是那只猴王，摆出胜利者的姿态，一路跟得很近，想趁我不注意再扑上来。老痒看着就火了，捡起地上的石头，扔到了那只猴王的鼻梁上，这一下打得颇重，那只猴王几乎从峭壁上摔下来。

没想到的是，那些猴子恼羞成怒，纷纷捡起地上的东西丢过来，很快我脑袋上连中几下石头和泥块，幸好没别人看到，不然我只能一头撞死以挽回颜面。

我们一路狂奔，跑了足有半支烟的工夫才停下来。我一看，我们已经完全进入这条夹子沟里，上面的"一根天"已经变成"一线天"，因为两块山壁之间的距离更窄了，两边崖顶就有一种要压下来的感觉，看着让人背脊发寒，恨不得马上走出这里。

看来那刘老头儿所言非虚，我心里暗道，搞不好这条山隙真是通向黄泉路的。

再往前走，这种感觉更甚，以这种趋势，如果不是事先打听过，我必然以为这最里面，两座山是合在一起的。

我回忆着那老向导说过的话，想着他说的那个传说。

阴兵的传说我听过不少，比较有名的就是云南的惊马槽，传说是南蛮王孟获找人挖的，这地方现在还在，一到雷雨季节，就会传出兵器交击的厮杀声。另一个更加玄乎，就是某年发生大地震的时候，听说是有很多人看到一长列马车队从山里出来，正遇上进城救灾的运输队，尔后云云我也不记得了。

老痒还说了一些其他的事情，说这条沟自从形成以来，应该几乎没人走过，却一棵杂草也不长，好像天天被马匹践踏一样，前几年还有人想在这里建一个景点，但是只要施工队一来，这里就开始下大雨，每次都是这样。搞得那几个领导一点办法也没有，加上离村庄实在太远，只好作罢。

我们继续深入，逐渐走得有点麻木，这山缝也不知道有多长，越往里面光线就越暗，温度也降了下来，感觉阴森森的，有种非常莫名的被窥视的感觉。而且不知道什么时候，后面的猴子也没有跟着我们了，一下子整个山缝里安静得有点可怕，只剩下风吹过的呼啸声和另外一些说不出名堂的古怪声音。这种感觉，让我们都非常不舒服。

我和老痒一个人说一个脑筋急转弯，想转移自己的注意力，以免被这山缝里诡异的气氛所影响。虽然如此，我的心里还是感觉非常不安，而且随着我们越来越深入，这种不安就越来越明显。我甚至有几次都感到，我们头上的那一线天，随时可能消失，我们会被永远困在漆黑一片的大山内部。

我胡思乱想着，也不知道走了多久，忽然，走在前面的老痒停了下来，我一时反应不及，撞在了他的背上。这一下撞得很厉害，我有点窝火，问他："怎么回事？说停就停，也不言语一声。"

他转过头来，脸色惨白，嘴巴抖了半天，结巴着说道："老吴，前——前面——有个人——"

我愣了一愣，心说，什么"人"？这种地方离最近的村庄最起码有四十公里，怎么可能会有人在？我忙探头过去看。只瞅了一眼，我便头皮一麻，脑袋"嗡"的一声，几乎咬到自己的舌头，脚后跟一磕，坐倒在地上。

原来前面的山缝阴影中，真的站着一个"人"形状的东西，脸隐没在黑色的影子里，木然地看着我们。

第九章

石人

一路上处于一种木然的状态下，突然发现前面出现了这个东西，很少有人能马上反应过来。

我和老痒不由自主地后退，想和他保持距离，但是一时间我们都挪动不了自己的腿，只觉得心脏狂跳，浑身僵硬无比。

老痒比我胆子大一点，深吸了一口气后，对着那人喊道："你……什么人？"

那人一点反应都没有，一动不动，似乎是一块石头一样。

老痒压低声音问我道："你看他怎么不理我们？老吴，该不是给那刘老头儿说中了，遇到阴兵了吧？"

一阵冷风吹过，我略微清醒了一点，说道："别慌，是人就不用怕他，咱们看清楚再说！"说着掏出了手电，向他照去。

那个"人"穿着一身奇怪的古代衣服，裸露的手臂呈现灰白的颜色，木然地立在夹沟的中间，在昏暗的山缝阴影里，显得极其诡异。手电照到他的身上，他一点反应也没有。

这个时候，我却发现了不对劲的地方。

原来，这个“人”的身上，竟然长着绿色的青苔。

无论是什么动物，除了乌龟，怎么样也无法容许自己的身上长出青苔吧？我仔细看去，发现这“人”不是“肉”的，而似乎是用石头雕刻而成，只不过雕刻手法过于写实，在光线不足的情况下，才会被误会成真的。

虽然如此，我却笑不出来，这个石人简直是鬼斧神工，雕刻得太逼真了，就算我们近距离去看，也觉得场面骇人，头上直冒冷汗。

我们心有余悸地走过去，发现这“石人”的下半身被压在碎石头堆里，大概是随着上面的石头坍塌一起掉下来的，脑袋部分已经没了，只剩下一个脖子。我抬头看去，果然看到峭壁的上方有一个地方岩石松散，只不过整个山势倾斜，形成了一个死角，我看不到实际的情况。

石人双臂裸露，不是汉文化的风格，在他身上刻的衣饰，我发现了双身蛇的图案，衣服的风格我从来没有见过，色彩已经有点褪去，石人的头部缺失，大概是摔下来的时候砸碎了。

看到这些，我已经肯定，这东西应该是一个陪葬的石人俑。

我看了看头顶，石人俑从上面坍塌下来，看样子这上面有东西。

老痒性子急，不等我看清楚，已经毛手毛脚地爬了上去。我跟着他趴在峭壁上，顺着坡度一点一点地移动，很快，就爬到了发生坍塌的地方。

上面似乎是一个依山壁开凿的浅坑，不少相似的石头人俑被放在洞里。奇怪的是，这几个石头人的脑袋都不见了，脖子上放着人的骷髅，接合处用泥黏了起来。

我知道这叫人头俑，古时候打仗，携带整具尸体回来邀功太重，就砍下人头，这些人头被放在石身上，充当活人来殉葬。

四周原先还有壁画，但是已经给雨水冲刷成无法辨认的色块。洞的底部有一座依着山势雕刻的半身人像，胸口到脑袋已经被炸掉了，只剩下一只手和半只肩膀还能分辨出来。

在塌口的中间，被炸出一个篮球大小的黑幽幽的洞口，我按捺住心中的狂喜，拿手电筒往里面照了照，发现里面空间极大。

直觉告诉我，这巨大的石人像后面有可能是个古墓，而且很可能是老痒所说的那个巨大的殉葬坑所服务的主墓穴，只不过不知道是哪里的高人，已经进过一趟了。

一般来说，能想到把墓修在这种地方的，墓主的身份肯定显赫，但是能把这种地方的斗都倒掉的，更是高手中的高手。普通的盗墓贼，就算他在这夹子沟里来回走上几百趟，也绝对想不到头顶上另有乾坤。

我和老痒合计了一下，决定先进去看看，反正目的地就在附近了，如果里面没东西，再出来也不晚。做我们这一行的，有洞不钻，那是要难受死的。

他比较瘦，打头钻进洞里。这洞在里面的位置偏高，他脚踩不到底，只好贴在壁上。我把手电递给他，他接过一照，说道："我去！里面有积水。"

我探头进去，看到里面是一个很大的拱顶的石室，是开凿出来的，顶上有一些壁画的痕迹，积水水位很高，几乎到了拱顶的边缘处。透过水面可以看到，浸在水里的四边的石墙上都凿着浅坑，里面全是长满青苔的无头石俑。这些积水，不知道是下雨的时候，雨水从这个洞口流进积起来的，还是另有原因。

老痒和我说，他上次来的时候，那石头人俑还没有坍塌下来，如此算来，这被炸出的口子，应该还是这三年里做的。这里面的水不可能是雨水。

我让他小心为妙。老痒仗着自己水性好，一松手就跳了下去，水一下子就没到了他的胸口，他吓了一跳，差点滑倒。

我看着直咋舌，这水深得过头了，问他："你踩踩水底，怎么样，下面是泥还是石头？"

老痒说道："踩不到水底。这水真凉。"

我将两个背包里的防水布都拿出来，把背包包起来，一个扔给他，另一个自己背上，然后小心地滑进水里，马上一股凉气就从我的脚底板冒了上来，把我冷得打了个哆嗦。

脚下空空如也，果然很深，我心里道。因为事先我没有想到会在水里作业，没准备什么应对的装备，我们只能打着手电向里面游去。

才游了几下，我们就看到一扇石门开在最里面的石头壁上。

石门因为水位的问题，显得很矮，矮门里是一条大概两辆解放汽车宽的石道，一片漆黑。我们手电扫过的地方，都是青灰色石壁，有粗略修凿过的迹象，有几段地方上面也有壁画，但是这里的壁画已经被腐蚀得根本看不出来了。

一直往里面游了十几米，突然石道一拐弯，呈九十度的直角，我用手电照了照，发现里面深得吓人，不由得停下动作，不敢贸然进去。

事实上，现在的情况，再往里面走就不太明智了，这水深成这个样子，又看不到水里的情形，实在有点让人发慌，要是等一下水里冒出个什么东西来，就算是块木头，也能把我吓个半死。

老痒看了看四周的石壁，问我："你有没有发现，这个墓虽然挺大，但是修得很粗糙？你看这些石头碴，一块比一块难看，根本没修过，这墓老板会不会也不太有钱，开了山就没钱装修了？”

我说道：“这可能只是整个陵区最外沿的地方，你看这里摆了这么多未完工的石俑，可能是陵墓工匠采石雕刻的地方，再往里去看看，应该会更清楚。”

我们继续往前，又游了几分钟，在通过那个转弯口的时候，听到前面黑暗里传来了几声沉闷的水声，似乎有个什么东西正在水里潜行。

我抓住老痒的手，将他手里的手电强行转向水声传来的方向，马上，我就看见，同时在水面上出现了一道三角的水痕，瞬间沉入水中。

我还没反应过来那是什么，老痒已经一把拍开我的手，转头大叫了一声：“跑！”

第十章

哲罗鲑

老痒说是这样说，但是我们弓在齐脖深的积水里，如何逃得快？我扑腾了几下，回头一看，那三角的水痕已经闪电般向我冲了过来，经过的水面翻起一阵混浊。

我赶紧将手电绑在自己的手腕上，拔出横插在皮带里的匕首，将背包背到前面当成盾牌，同时招呼老痒帮忙，却发现这小子已经扑扑腾腾地游出去十几米了。

我心里将他十代祖宗骂了个遍，这个时候再不容我多想，那怪物闪电般冲过来，转眼便到了眼前。

我矮下身子，就准备硬吃这怪物的一击。那三角的水痕来得飞快，到了我面前三尺左右，突然水面出现一个扭曲的波纹，水痕却消失不见了。

说时迟，那时快，还没等我纳闷，突然，我的眼前就炸开了一团水花，同时，一股巨大的力量撞在了我的胸口。这一下子实在太快了，我根本不知道是怎么一回事，鼻子里呛进一口臭水，酸得我睁不开眼睛。

我被这股力量压进了水里，被顶着向前游去，一下子就被推出去十几米。我入水的时候根本没时间换气，气非常短，已经差不多到了极限，要是一直给它顶下去，非窒息不可，于是我咬紧牙关，操起匕首胡乱一捅，就觉得手里一震，也不知道捅在了什么地方。那家伙吃痛，猛地在水里一扭，将我甩得整个人倒转，脑袋拍在了墙上，一下子就蒙了。

不过，好歹这一刀算是起了作用，我觉得胸口一松，那股力量消失了。

我知道它松了口，挣扎着探出头来，贪婪地呼吸了一口空气，同时一摸背包，已经整个儿被撕走了一半，里面的东西都掉得差不多了。幸亏我把背包挡在胸口，不然这一下我已经挂了，这东西的咬力也太厉害了。

这时候四周光线非常差，只看见老痒的手电在后面直晃。但是这些微弱的光根本照不出什么来，反而把水面照得反光，影响我的视线。

我喘了几口气，脑子清醒了不少，这时候就发现手里的匕首没了，也不知道是刚才撞墙的时候掉进水里了，还是压根没拔出来，心里长叹一声，现在赤手空拳，又没了背包的保护，要是给它再来一口，估计掉出来的就是俺的内脏了。

我贴到石壁上，这里地方狭窄，这样贴着一边，它想要一口咬住我的身体，也没有那么容易。

刚才搏斗的时候，我依稀感觉是条大鱼，可是这密封的洞里怎么可能会有鱼，而且是这么大一条？这太不符合情理了。就算有，它吃什么，吃石头吗？

老痒从后面追了上来，看见我就大叫："你没事儿吧，没缺胳膊少腿吧？"

我忙拦住他，让他贴住墙，说道："别过来，那玩意儿还在附近！"

他没听清我说什么，还问："没事吧？刚才我是想弄出点声音，吸引它的注意力，没想到它不吃这一——"话说到一半，突然，他整个人一歪，一下子被扯进了水里，水花四溅，同时水里拍出一条大鱼尾巴，绿水扑了我一脸。

我心里暗叫不好，老痒不知道是什么地方被咬到了，要是咬在身上，那真的不得了，不死也得残废。

我摸遍身上，再没有别的武器，只好从口袋里掏出一把开军用罐头的刀来，这刀确是好钢口，但是太短，捅一百刀也不一定能把人捅死，现如今也没的挑剔。我大叫一声，飞身就扑进水里，向老痒那个方向游了过去。

那个地方正在混战，在水里我什么都看不见，只能摸着，才摸了两把，正赶上鱼尾甩过来，面门被狠狠拍了一下。我被拍得七荤八素，身子在水里打了好几个转，脖子几乎折了。

这一尾巴把我拍得有点火起，咬紧牙再次冲了过去。慌乱间，我一把抱住一个东西，只觉得滑腻腻的，一摸全是鳞片，心说，就是你了，也不知是鱼的哪个部位，操起罐头刀就捅。

虽然这罐头刀短，但是横切的刃口非常锋利，那怪物中刀后，身体狂扭，我再也抱不住，被甩得撞出水面，但是有了上次的教训，我的手死死攥住罐头刀不放，刀的倒钩卡在它的身体里，它一用力气往前，整个儿在它身上拉了一条大口子。

等我再探出头来的时候，绿色的水面上已经全是红色的鲜血，两种颜色混合在一起，非常恶心。我将手抬出水面，发现罐头刀已经卷了起来，卷起的刃口翻上来，切进了我被水泡得发白的手指，只是刚才太过投入，一点也没有察觉。

现在也管不了这么多，我定了定神，刚向前一步，突然一只巨大的鱼头冲出了水面，我只看到一口密集的尖牙向我的脑袋扑来。情急之下，我一个后仰，那鱼就扑在了我的身上，一下子把我压到了水下。

我在水里拼命地挣扎，想抓住什么东西，这个时候，一个人抓住了我的手，猛地将我拉出了水。我抬头一看，正是满身是血的老痒，在那里大喘粗气。

“怎么样？”我忙问，“你刚才给咬到什么地方了？”

他从水里拿出半只背包，苦笑了一声。我松了口气，看样子这地方太过狭窄，这条鱼只能攻击我们胸口的位置，这真是不幸中的大幸。

水里一片混浊，那条大鱼显然吃痛，不停地在水里翻腾，不时还撞到一边的石壁。我们戒备着，可是不久，它就在不远处肚皮朝天浮了上来，两只鳍还在不停地抖动，看来已经不行了。

我等了一段时间，看它确实僵硬了，才大着胆子向它游了过去。

这鱼起码有两米半长，脑袋很大，长着一张脸盆一样大的嘴巴，里面全是细小有倒钩的牙齿。最奇怪的是，这鱼的脑门上还有着很奇怪的花纹，一把没柄匕首插在那里，不知道是老痒插的还是我插的。

我这个时候已经看出，这是条哲罗鲑，淡水鱼里数它最狠，如果说起这个品种，那这条鱼还算是小的，只不过这种只生活在冷水系里的鱼，怎么会钻到这个地方来？如何钻进来的？

正疑惑着，我就听老痒叫道：“快看，那里有台阶。”

刚才一团混战，已经不知道自己被那鱼带到了什么地方，看样子已经进入了这条石道的深处。我转头看去，一边的水下，有几级简陋的台阶一直延伸出水面，上面有一片高地。手电扫过，可以看到一些壁画。

我们浑身又冷又痒，急需休整，两个人商量了一下，决定先到没水的地方，把伤口处理一下。

老痒冻得厉害，也不和我多说，拎住这鱼的鳃片，就往里面拖去。我看了觉得奇怪，问他还要这鱼干什么。他说道：“我们包里那些装备给它吞下去了，那可了不得，我们还指望用这些东西发财呢，怎么也得弄出来。”

我听了直摇头，拿他没办法，只好帮着将鱼向前推去。沿着几乎笔直的台阶，我先爬了上去，上面是一个用木头撑起来的石室，一边还有一条通往其他地方的石道，里面一片漆黑。不过这个地方倒是比较宽敞，应该是用来暂时堆放采出来的石料和废石的，那些支撑的木头已经稀疏烂光，四周的壁画非常简单，倾向于抽象的风格。我浑身难受，没心思去仔细看。

我们将衣服全部脱光，用角落里的烂木头堆起一个火堆，开始烘烤衣服。老痒着急他的装备，光着身子就去剖那鱼腹，边切还边对我说：“这鱼这么大，就这么扔了浪费，等一下我们割点肉出去，吃吃看怎么样？”

我从老痒的半只包里翻出一些药品，先给自己的手指消了毒，然后用创可贴包好，说道：“你自己吃吧，这水太脏，也不知道这鱼是从哪里来的，吃什么长大的，想想就觉得不保险。”

老痒这个时候已经将大鱼的胃剖了出来，一刀划破胃囊，顿时一股恶臭扑面而来，简直能把人熏死过去。我的脑袋不由自主地转过去一看，只见一团稀烂的东西从它的胃里淌了出来，其中一个圆圆的东西滚了几下，到了我的面前。

我一看，“啊哦”了一声。

那竟然是一个人头。

第十一章

人头

我们进山以来，除了那向导大爷给的几种野味，吃的都是干巴巴的干粮，那野味又没吃上几口就被猴子给搅和了，现在馋劲还没过去。老痒说鱼肉的时候，我嘴上说不吃，其实已经有点心动，脑子里还幻想出在海上吃鱼头火锅的情景。可这该死的一刀，把我的美梦破灭了。我看着那血淋淋沾满胃酸的人头，和鱼头火锅的情景重叠在一起，一阵反胃感直翻上喉咙，几乎就要喷出来。

老痒平时胆子颇大，说起死人，没一千也见过八百，但看到这幅情景，却也脸色发白，半天没有缓过气来。

强忍住恶心，我用匕首将人头翻转过来，发现他脸上的皮肤略微有点溃烂，但是整个头还是比较完整，应该是刚被吃下去不久。这鱼在吞吃人头的时候，大概咀嚼了几下，使得头骨下颌的形状有点变形，面貌已经无法用语言来形容了，无法判断到底是什么人。

这人进鱼胃并没有多少时间，也就是说，他刚死不久。

我一手捂住鼻子，一手用匕首将从鱼胃里淌出来的东西一样一样拨开，想看看这人的其他部分在什么地方。很快，我找到了手和一些肉块，都已经有一定程度的腐蚀，没有可以看出这人身份的东西。

我继续翻了几下，找到了我们被它吞下去的背包，里面的东西已经和胃里的食物残渣混合在了一起，除了那些实在无法放弃的，其他的我全都拨到了一边。那些干粮虽然都用塑料纸包得好好的，但是我实在无法说服自己再去吃它们。

忽然，我看到在一团糊状物中，有一块黑色的东西，没等我把它全部拨出来，老痒已经叫了起来："操，是把'拍子撩'。"

我不知道什么是拍子撩，猜测肯定又是他从牢里学的什么歪话，拨出来一看，原来是一把土制的手枪。这种枪真的非常土，就是把小口径双管猎枪的长枪管给锯了，然后把枪托修成手枪的样子。有两个枪管，能打两次，但是不能自动退弹壳，得像装子弹一样，将空弹壳拿出来，所以用来打那些没有攻击力的小野兽还行，要是碰上大型野兽，一枪没打死的话，等你上完子弹开第二枪，脖子早就被咬断了。另外，这枪近距离威力惊人，但是如果超过二十米就连狗都打不死，其实用性和正式手枪根本不能比。

我将枪拨出来，在地上把上面的东西蹭没了，才拿起来，拨开枪管子一看，里面有两发猎枪子弹，在手枪枪管下面还有一个装子弹的铁匣子，里面有八发子弹，四蓝四红，什么类型的不知道。

这人可能是来山里偷猎的，偶然发现了这洞，想进来看看，结果喂了鱼。这枪可能是鱼撕咬人肉的时候一起吞下去的。人倒霉就是这样，谁能想到这地方会有条这么大的食肉鱼。

枪是好东西，紧急时可以用来保命，只是子弹太少了。老痒把我们那些装备掏出来后，又在鱼胃里捣鼓了几下，但是没有更多的发现。我看了看鱼的身上，只见除了我们造成的那几个伤口外，另外还有一些细小的弹孔。这鱼在袭击我们前，已经受了伤，只不过它中的是铁沙弹，杀伤力很小，不会致命。

老痒看这鱼觉得奇怪，问我道："老吴，你说这地方怎么会有这种杀人鱼？会不会是有人养在这里的？"

我对他道："不是，我看是这石道的水面下，还有其他的水道，连到附近的地下河，而这里的地下河通常又连着嘉陵江，这鱼肯定是从江里游过来的。"

老痒道："不对啊，几千年前没潜水设备，他们怎么去挖这些水下的水道啊？"

我看老痒挺感兴趣，解释道："那不是挖的，我估计是因为事故形成的。"

学建筑的时候，有一门自然力学讲地质结构，里面提过岩石山里经常有太古时代造山运动时形成的中空地带，叫作岩脉，如果岩脉和山溪相连，就有可能形成山内部的水系。打矿的一旦打到这里，就有可能出现重大事故，小则冲毁几个矿道，大则淹掉整个工作面。

这里是采石洞，一般不会设排水的坑道，这里给淹成这样，可能就是因为发生了事故。

不过，由此我们也可以推断出，采石洞的规模可能比我们看到的要大得多，不过因为淹在水下，所以看不出来。用了这么多的石料，我们要去的古墓规模定然也不会小到哪里去。

我们把鱼的尸体和人头都推回水里，但是这味道闻着实在太难受。我们休息了没多久，看衣服差不多干了，于是重新穿戴整齐，将所有必需的东西装进口袋里，就匆忙动身。

老痒打起手电，在前面开路，两人一前一后，径直走进后面的石道中。

里面同样一片漆黑，石俑和动物俑横倒在石道上，两边的洞墙上坑坑洼洼，裂缝横生，有时候还能看到浮雕石刻的半成品。

这些东西个头都很大，我不禁在想，这里采出的石料，是如何运到古墓中去的。

按照齐老爷子给我的资料，厍国的疆域并不大，大多数是山区，狩猎是主要的生活方式，生产力比较落后，应该不具备长途运送石料这样的实力。为了方便运送，古墓应该是在比较靠近的地方才对。

刚才我们进来的那洞，是盗墓贼炸出来的，那就是说，这采石洞的出口应该在另一边，难不成一路过去，这样就能到达地宫的入口？

不过，也有不少人为了隐藏自己墓地的位置，故意在很远处准备材料，那就是我们不能控制的了。

我们往里走了大约半个小时，前后都已经一片漆黑，老痒的手电电池快耗尽了，开始闪烁。我感觉累了，就招呼他停下来换电池，顺便抽支烟提提神。

我们坐到地上，把手电放在地上，照着那些逼真的石人。老痒就问我道：“这些个石像，一个个雕得这么逼真，实在怵得慌，你说这是什么朝代的东西，我怎么就一点头绪都没有？”

我和他一样，也是一头雾水。中国内地汉族地区的泥石雕刻历史源远流长，和中国西北、西南诸少数民族，乃至古印度等邻近国家和地区的文化有过长时间的融合过程，但是以写实为主要表现手段的雕刻手法，在我记忆里只出现过一次，那就是秦始皇的兵马俑，可是这里的石像和兵马俑又完全不同，实在是一个异类。

不过，石俑身上都有双身蛇纹的显著特征，肯定是属于古库族文化，不管这个矿洞是不是属于我们要去的那个古墓，我们现在已经进入古库国的领域，是绝没有错的了。

老痒话很多，一边抽烟一边问这问那，我给问疲了，就让他别什么事情都问我，我又不是学考古的，咱们拿了东西就走，研究这些事情，让那些老教授们去做。

换好电池没走几步，前面出现了手电光线的反射，似乎是到头了。我们跑上前去，果然，前面是一面石壁，石道的尽头是一个不大的石室，里面倒着不少破碎的无头石人俑，四周有石灯，石室的中间，放着一具石棺。

石棺很大，棺盖上面雕着一条双身蛇，两条蛇身分别缠绕住棺材的两边，雕刻得非常精致，但是蛇尾巴的地方明显还没有完成，只雕出了一个大概。

手电照上去，棺材的石料显现出凝脂一样半透明的白色，棺盖没有合上，露出了一条手臂粗细的缝。整具棺材放在棺床上，四周再没有任何的东西。

看来是一具陪葬棺，可能是入殓的时候多余出来的，或者雕刻来备用的，废弃在这里。

怎么这条石道这么长，只通到这地方？我纳闷起来，不可能啊，这里明显是一个堆次品的地方，没有出口，那这石道两头都是封闭的，难道运输石料的道路，是在刚才通过的水道水位以下，或者说是这个石室里有秘道？

如果入口在水下，那可就糟糕了，我心里暗道。

这个石室里没有什么奇怪的东西，我和老痒四处看了看，最后围到了那石棺的一边。

老痒第一次见棺材，觉得很稀奇，围着转了两圈，问我："里面会不会有粽子？"

我想也没想，道："不会，没听说过先入殓再雕棺材的，这应该是空棺。"

老痒把眼睛凑到棺材盖的缝隙处，用手电照了照，道："但是里面好像装了什么东西，不信你过来看。"

我走到他一边，远远地一看，果然，从棺材的缝隙里看下去，有一个黑色的影子躺在里面。可是是什么，还真看不出来。

老痒吹开棺材盖上的灰尘，敲了敲，想把手电伸进棺材的缝隙里去照，但是我们买的那手电头太大了，试了半天插不进去，他问道："要不要打开看一下？"

我心里感觉有点异样，以前开棺材的时候边上总有几个老手，这一次就我一个人，没什么自信，摇头道："这事情不对劲，我感觉不好，别贸然打开。"

话还没说完，老痒忽然往后一缩，退了好几步，一屁股坐到了地上，手电都脱手滚了开去。

我给他吓了一跳，刚想问他干什么，忽然手上一凉，低头一看，一只干枯惨白的手不知道什么时候从棺盖的缝隙里伸了出来，正抓在我的手腕上。

第十二章

地下河

我顿时头皮发麻，起了一身的鸡皮疙瘩，发了疯一样想把自己的手抽回来。可是那枯手力气极大，不仅没办法脱手，还直把我往棺材里拉去。

我吓得几乎失去理智，混乱中掏出了拍子撩，想用它把那只尸手打断。可没等我瞄准，后面突然一阵混乱，把我拿枪的手猛地给扭住了。

我当时不知道扭住我手的是什么东西，一边大吼一边挣扎，不知道怎么的，竟然把那只尸手甩掉了，然后一脚蹬在石棺上，连着我后面的东西全都摔了个人仰马翻。

在地上打了两个滚，我已经知道袭击我的是人，一下子胆子大起来，一个翻身跳了起来，甩手就准备放一枪。

可没等我看清楚面前到底是什么人，就听"嘣"的一声，不知道哪里刮来一道劲风，我的后脑给人狠狠敲了一下。我眼一黑，差点晕过去。

我被砸得扑倒在地，这时至少有两个人上来架住我的手，将我提了起来，押到棺材边上。我回头一看，老痒也给制住了，已经五花大绑，被按在地上。

我身后那人用我的皮带将我的手绑住，把我也推倒在地上，然后用枪顶了顶我的头。这时候我才看到他们的样子，这几个人，竟然是我们在西安路边摊子上碰到的那几个家伙。

这些人怎么也在这里？我心里惊讶到了极点。难不成，他们真像老痒说的，一直在留意我们，跟到了这里？

这下糟糕了，这几个人是亡命之徒，落入他们的手里恐怕凶多吉少，这种地方简直是杀人的最佳地点，尸体恐怕几百年都不会被发现。

那几个人把我们绑好后，丢到一边，也不来打，也不来杀，而是去推我们刚才看的那石棺盖。我和老痒一看，看到那干枯的手臂还挂在棺材外面呢，不由得面如土色，吓得大叫："你们干什么？里面那是只粽子！放出来我们都要倒霉！"

那几个人一听，一愣，马上哄堂大笑，一个年轻人说道："什么粽子？你好好看里面是什么！"

说着，用力一推棺盖，在我和老痒的大叫中，棺材盖子"轰隆"一声被推到了一边，随即，一个干瘦农民模样的老头从棺材里坐了起来。

我一看，我靠，这不是那个泰叔吗？他怎么会坐在棺材里面？随即我马上明白了，心里真想抽自己一嘴巴，竟然给人耍了！

泰叔站起来，将他那只白得犹如死人一样、布满干枯皱纹的鬼手收进衣服里，然后翻出棺材，来到我们面前。

我看着他的手，指甲是黄色的，又长又尖。忽然，我想起小时候爷爷的一个朋友，这人的脚给粽子抓过一下，流了十几天脓才好，但是脚从此开始萎缩，形容枯槁，和那泰叔的手看上去一模一样。

我心里暗道，难不成这泰叔的手，也是给粽子抓伤所致？后悔刚才自己怎么就没想到，要是刚才没给吓成那样，我们就没这么容易给逮住了。

泰叔打量了我们几眼，也不说话，只是点起一支烟，用他们那里的方言和边上几个人说了几句话。那几个人看了看我们，都点了点头。

我以为他们要对我们不利了，不由得全身戒备，没想到他们却不来理我们，而是围到了棺材的边上。那泰叔改用普通话，对一个人道："王老板，根据李老板当时说的八卦方位，这个地方就是当年陵墓地下水道的入口，但是这里啥也没有，这是怎么回事？"

一个有点胖的中年人吃力地蹲下来，拿出一本簿子看了看，说道："不会错嘛，就是这个地方啦，肯定是封墓的时候把入口藏起来了，暗门应该就在这个房间里。"

泰叔看了看四周，又问其中另一个人："凉师爷，你对这个有研究，你怎么看？”

那个人躲在黑暗里，我看不到他的样子，只听一个颇年轻的声音说道：“李老板的地图我看过，应该是不会错的。刚才我也随便看了看，如果说有暗门，那其他地方是不会有了，肯定是在这棺材下面的棺床。”

他们低下头来，看着石棺下的突起部分，老泰拿枪柄敲了敲，说道：“那怎么打开？”

凉师爷想了想，摇了摇头：“不晓得，推开来看看。”

泰叔站了起来，走到那年轻人边上。两个人肩膀抵着棺材，甩力一推，咔啦一声，棺材挪了一点位置，下面的棺床上，露出了一道黑色的缝隙。

其他人也上去帮忙，几个人用力推了几下，空的棺材滑下一半，一个一米见方的入口呈现在我们面前。

我伸长脖子一看，里边黑幽幽一片，似乎有一道十分陡峭的石阶一直通到下面。我闻到一股古怪的气味从下面弥漫了上来，有点熟悉，但是想不起是什么。

那年轻人用手电照了照，就想探头下去，被泰叔拦住了。他用下巴指了指我，然后用他们当地的语言说了句话。那年轻人点了点头，过来把我拉到洞边，将我的双手双脚解开，然后一把把我推到洞里，用枪指了指我的头，让我下去。

我一看，知道他们刚才没杀我们，原来是有这一层打算，这里的暗道他们没走过，怕有机关，想拿我们去蹚雷。想起老痒当时求我的时候，说这一路就当旅游，心里顿时后悔得不得了，心想，我怎么就听了他的？这下子好了，下面的楼梯上十有八九会有机关，死定了。

我活动活动手脚，想着要不就和他们拼了，反正横竖是死，就算下面暗道里没机关，以后蹚雷的地方还多着呢，总不会次次这么走运，和他们拼了说不定还有一线生机。这时候老痒却朝我打了个眼色，轻声说：“没事，尽管下去。”

我心里纳闷，他又没走过，怎么知道没事？不过看他那神情，好像是胸有成竹，一下子也摸不着他有什么打算，于是把手电绑到手上，双手撑住一边，小心翼翼地先用脚探了下去。

我深呼吸了一口，先用手电往下一照，发现这是个几乎笔直的走道，深得看不到底，四周泛绿的石壁上不知道为什么非常潮湿，手按上去有点打滑。可是下面又没水，不知道这湿气是从哪里来的。

我想下去，那泰叔拍了拍我的头，递给我一只哨子，说道：“到了底，就吹一下，半个小时要是听不到声音，俺就宰了你哥们儿。”

我知道他是怕我自己跑了，心里冷笑一声，把哨子接了过来，就缩头下了地道。

这种几乎笔直的石阶爬起来十分吃力，他们开凿的时候并不仔细，有些浅，有些深，大部分只能踩住小半只脚，我下去了十几步，已经开始喘气，脚尖开始痛起来。我抬头望去，上面的石门已经变成一个小小的方形光点，四周的黑暗像墨汁一样挤过来。我看到几个隐约的影子在上面闪动着，显然他们在不停地往我这边看。

一开始我还担心这些石阶会设有机关，所以走得特别小心，但是越往下，我发现这石道修得越粗糙，石头都是整块整块的，这样的做工，肯定不会有机关。

走着走着，石道走势一改，逐渐开始出现角度，阶梯也好走起来。我看到这一段的岩石明显变成了红褐色，照上去还有很多细小的反射。

这种石头大概是花岗石，里面有一些云母，非常坚硬，他们将坑道改向，大概是想避过这一条花岗石带。那这里应该已经是大山的内部了。

不知道什么时候起，坑道的下面传来水声，经过几个弯后，那水声大了起来，听上去如万马奔腾，水流十分湍急。

我看了看表，自己已经走了快二十分钟，感觉再往里去，哨子的声音可能就传不到上面了，于是拿出哨子先吹了几声。

声音一路盘旋上去，很快，上面也传来一声哨声回音。

我继续往下，前面的矿道变得宽阔起来，出口很快出现在视野里，迎面吹来了一股强风，几乎把我吹得跌倒。我向下跑了几步，忽然耳边一声轰鸣，人已经走出暗道，来到了一处河滩之上，同时，一条奔腾的地下河出现在了我的眼前。

这条地下河大概有篮球场长度那么宽，洞顶有大概十米高，左右两边无限延伸开去，不知道通到什么地方。山洞的顶上没有钟乳，但是四周的石头经过多年的冲刷，变得很圆滑。我看着这洞的规模，知道不是人工开凿出来的。

水流非常湍急，刚才我在上面听到的巨大水声，就是因为这里的洞穴结构好像一个扩音器，将流水的声音扩大所致。我往中间走了走，发现水温颇高，有点下不去脚，而且越往前走水越深，几步就没到我的膝盖了，于是赶紧退了回去。

这里应该是一条岩脉，就像人体内的血管一样，是大山的血管。我往两边看了一下，发现两边地下河道似乎呈现出收缩的趋势，宽度逐渐变小，在左边的那条河道两边的岩壁上，还拉着很多铁链。

正在奇怪的时候，那年轻人已经怪叫着从暗道里走了出来，一脚踩在水里，大叫："我去，这么烫！"

我回头看去，看到另一个年轻人跟在他后边走出来，这人戴着一副眼镜，看上去文绉绉的，应该就是那个凉师爷。他走近的时候，我才发现其实这人也上了点年纪，并没有远看那么年轻。第三个出来的是老痒，后面跟着一个有点发福的中年人，然后就是泰叔。我以为后边应该还有一个人，却发现没人跟着了，心里纳闷，进山的时候，他们不是五个人吗？

他们几个全都打起手电，几条光柱在岩脉里来回扫荡。那凉师爷低叫了一声："真是鬼斧神工，通往陵墓的神道竟然是条地下河，要不是亲眼看到，我还真不信。"

那年轻人往水里走了几步，皱了皱眉头退了回来，对那几个人说道："还挺深，泰叔，这里难走，不好蹚。"

泰叔看了一眼王老板，问道："王老板，现在该怎么走，你那宝贝地图上有没有写？"

王老板翻着他的本子，说道："地图上说，他们上次来探陵，曾在水底设下两条铁链，一直摸着那铁链，就能到达地宫的入口！"

手电都照向水里，果然，一条大概手腕粗的乌黑铁链横在水底。泰叔将它拉出了水，掂量了一下，叫道："还真的有。"

年轻人走过去拉了几下，拉不动，有点不安地看了一眼前面，说道："泰叔，这样走水路，恐怕不太妥当吧，刚才李老板死得那么惨，要是再碰到那种鱼，我们全都得交待了啊。"

凉师爷摸了摸水，说道："没事，这里水这么热，底下肯定有温泉口，绝对不会有鱼，有也焖熟了，二麻子，你想太多了。"

二麻子咧了咧嘴巴，似乎不太相信，问道："真的？"

凉师爷拍了拍他的肩膀，刚想说什么，突然，二麻子背后的水里炸起了一个巨大的浪花，几乎一瞬间，我们就被冲到水里，浑身湿透。慌乱间我把手电转回去一看，只见一股水柱冲出水面，碰到洞顶，滚烫的水如雨一样洒落下来。

凉师爷吓得脸色惨白，坐在水里直发抖，不知道有没有尿裤子。那泰叔到底是见过风浪的人，站起的时候，一手已经将枪拔了出来，对着凉师爷大叫："这是啥玩意儿？"

第十三章

黄泉的瀑布

地下河水流湍急，水温极高，原来以为里面肯定没有生物，没想到话还没落，水里突然冲出一股黄色的水柱，直腾上洞顶，将所有人全部冲倒在浅滩上。

混乱之下，我也没看清直接给水柱冲到的二麻子情况如何，只听到泰叔大声地问凉师爷水里是什么东西，后者给吓得屁滚尿流，连话也说不出来，根本无法回答他。我转头去看，也只看到一大片水花，水底下到底有什么东西，连个形状也分辨不出来。

那水柱子冲上洞顶片刻也不见衰落，反而有越来越凶猛的势头，让我想起海里的鲸鱼。可这山沟沟里怎么可能会有鲸鱼？要真能碰上这么离谱的事情我也不想活了，可除了鲸鱼，什么东西还能扑腾出这么大的动静？我转念一想，难不成就是传说中的那种有二十多米长、头如解放卡车的成年哲罗鲑？心里直叫命苦，这年头菩萨闭眼，什么妖魔鬼怪都出来溜达，这斗恐怕是倒不成了。

这时候二麻子突然扑腾了几下，从水里钻了出来，不知道为何浑身通红，才走了几步就跌倒在水里，一动也不动。泰叔不知道发生了什么事，狠狠地踢了我一脚，让我去把他拉回来。

我心中暗骂这老家伙不是东西，可是后脊梁有枪顶着也没有办法，只好硬着头皮冲进水花里，水柱喷上洞顶的水正下雨一样淋下来，我一淋就发现不对，这水烫得离谱，沾到身上就是一个水疱，慌忙间只有拉起衣服遮挡，另一只手去拉那二麻子。

可是当手一碰到二麻子的身体，我就给烫得一缩，心中骇然，这孙子已经熟了，没救了。

这时候，忽然又是一声巨响，水柱子那里又喷出一股黄气。我一看觉得不对，这绝对不是鱼，任何生物在这么高温度的水里活动，早熬成老汤了。

老痒冲我大叫："你发什么愣呢？快潜到水里去，这是间歇性的热喷泉，烫死人不偿命的！"

这水柱越来越大，滚烫的水开始像瓢泼一样洒下来，我忙猫着腰钻进地下河里，其余的人被越来越大的沸水雨烫得跟杀猪似的，一看我往水里逃，也纷纷扎猛子跟了过来。

喷泉水和地下河水混合在一起，河水的温度也高了很多，一猛子扎下去，简直就是游进了砂锅里，全身都烧了起来。我游出几米探出头来，回头一看，泉眼四周的水已经沸腾了起来，热流迅速蔓延，我能看到几乎整个河面都开始冒出水汽，再不找个地方出水，就要和那二麻子一样的下场了。

这时候再返回进来时的坑道已经不可能了，那边的水是温度最高的，几乎已经沸腾了起来，只有硬着头皮顺着地下水道游去。我看着水流的方向，心里后悔，刚才下水的时候应该选择逆流的方向，这样水流会把热水带到相反的方向，现在我们和热水一起顺势而下，在水中和水比快，简直是开玩笑。

不过事到如今，也没有其他方法，难道就在这里等死吗？我对老痒打了个招呼，一马当先游在最前面，后面几个全部跟着我游了过去。

借着水流的速度，我一下子就冲出去好几百米，感觉水温已经不再上升，当下松了一口气，回头仰泳，同时拿手电筒一照，看见老痒正在对我拼命地招手，对着我大叫："停下！停！前面——"

他话没说完，突然我就给什么东西撞了一下，嘴巴给压进了水里，后面几个字没听到。这个时候我已经听到身后传来了轰鸣的水声，转头一照，只见前面不远处水花翻腾，赫然是一个大的断崖，黄色的水流从断崖处倾泻而下，悬崖的下方打雷一样地轰鸣，这肯定是一个巨大的瀑布。

我一下子就蒙了，这下子不得了，给冲下去那是死无全尸啊。老痒这个时候又探出头来，大叫："靠边！靠边！"我这才反应过来，赶紧游向水道边缘，用力扒住洞壁，一连给水流带出去三四米才将自己停了下来。我刚想松一口气，突然那个凉师爷就一边叫着救命一边从后面撞了上来，一下子把我撞了出去，两个人在水里滚成一团。

我再探出头来的时候，已经给冲到瀑布边上了，当下再没有可以应变的时间和办法。我下意识地伸手乱抓，突然就给我抓到一根铁链。我一咬牙，扑过去死抱住铁链，终于在瀑布的边缘停住了身体，向下望去，双脚已经荡在悬崖下面，下面水声隆隆，漆黑一片，不知道有多高。

正庆幸自己命大，谁知道下面有人推开我的脚，我用手电一照，原来凉师爷正挂在另一根铁链上，我的脚正踩在他头上。我用力踹了他两脚，把他踹到一边，往边上一摸，发现四周的水下横着大量的铁链条，交错在一起，好像一条栏杆一样将从上游冲下来的东西拦住，只不过现在有些铁链已经断了，从瀑布上挂下去，出现了不少缺口。

老痒漂到我一边，我一把抓住他的手，将他拉到我身边，同时泰叔和那个胖老板也全部在另一边抓住铁链停了下来。二麻子的尸体从我们身边漂过，在铁链上打了个转，卡在了两条铁链之间。老痒伸过手去，将他腰间的拍子撩和手枪全拿了过来。

我看他拿到枪了，努力伸出水面就想去打泰叔，忙一把拉住他，骂道："你想什么呢？枪管里有水，你想爆膛吗？"

老痒大叫："现在不干掉他们，以后就没机会了！"

我将他扯回来，大叫道："你现在还有心思想这个，快看前面！"

他转头一看，前面一片蒸汽腾腾，沸水已经到了，经过几百米的冷却，这水丝毫不见降温，我在几十米外已经能感到热浪冲了过来。老痒看着那水，哭道："没想到我吃了这么久涮羊肉，今天自己也要给涮一回了。"

我不想就这么送命，急得直咬牙，心说：怎么办？现在唯一生存的机会，就是顺着瀑布冲下去，但是下面什么情况根本不知道，要是太高，和跳楼没区别啊。

挂在我下面的那个凉师爷突然朝我叫道："我有办法！"

我问道："什么办法？快说！"

"你先把我拉上去！"那凉师爷大叫，"拉上去我再告诉你，不然我们一起死！"

我赶紧探手下去，将他拉上来，一把揪住他的领子："快说！"

他紧紧抱着铁链，看了一眼汹涌而来的沸水，不由得咽了一口唾沫："烫水是漂在冷水上头的，我们潜水下去，等上头的烫水漂过去了，如果能闭气熬过那段时间，就还有一线生机！”

我一听，也没工夫去想可不可行了，一把将他又推回下面，然后自己一个猛子就扎进了水里，拉着铁链条一直往下。

这地下河非常深，我一直潜到两米左右，感觉四周的温度低了很多，当下屏气凝神，准备等上面的热流通过。

这个时候，我的手突然碰到一团东西，好像有什么挂在铁链上面。我拿手电一照，突然看见一张极度狰狞的脸出现在铁链后面，吓得我一口气没憋住，差点把水吸进肺里去。

水下的铁链上缠着一具腐烂的尸体，身上的肉已经泡烂了，两只眼洞直勾勾地瞪着我，看上去分外狰狞。我仔细一看，发现他穿的是一件冬天的登山服，身后还背着一只背包。

看样子是个登山者，怎么给冲到这里来了？我用嘴巴咬住手电（登山战术手电后部有专门供身体其他部位使用的零件），在他的身上找了一下，发现了几支写生用的笔，又打开掉在铁链边上的背包，里面有画板和很多颜料。我心里明白了，这家伙应该是车上那黑导游说的，前几年在山里失踪的那几个写生的学生中的一个。

尸体应该是从上游冲下来，卡在这里的，那这条地下河的上游应该是地上，这人也真是时运不济，死在了这里。

我翻了翻里面的东西，虽然没什么特别有用的，但反正自己的背包也没了，有胜过无，便将这包背到自己身上。

这时候，四周水温一热，滚水已经到了，我马上就觉得浑身刺痛，咬紧牙关，继续向下潜去。

滚烫的水一下子将我包围了，只是几秒钟的工夫，我马上就意识到凉师爷这方法行不通，这沸水的水量太大了，潜下去只不过是烫全熟和烫七成熟的区别，边上和我一起潜水下来的老痒烫得抓了狂，用力踢了我一脚，指了指瀑布那边，意思是潜水没用，要烫死了，不如跳下去痛快！

我看了一眼尸体，心说：哥们儿，老子马上就下去陪你了。突然一股更热的沸水涌来，我一咬牙，一松手，就顺着水流滚下了断崖。

第十四章

深潭

我蒙蒙眬眬地睁开眼睛，发现自己躺在地上，四周一片漆黑。我摸了摸手腕，绑在上面的手电已经不知去向。

身下是一块冰冷的平板，边上好像还有流水的声音，这是什么地方？

我深深地呼吸了一口，记忆开始一点一点地出现在脑子里，瀑布、滚烫的泉水、铁链上的尸体，忽然一道白光闪过，刚才的情形浮现在我的脑子里。

我刚才好像是顺着水流直坠下断崖，然后就什么都不记得了。估计是因为落水的时候冲撞到了什么东西，把自己磕晕过去了。从几十米高空摔到水里，如果姿势不对，和摔在水泥板子上是没有区别的。

我摸了摸身子，还是湿的，难道我掉下瀑布之后，给下面的水流继续冲到了这里？还是干脆我已经死了，来到了阴曹地府？

我试着站起来，才微抬起头来，突然"咚"的一声，脑袋撞在了什么东西上，疼得我眼冒金星，忙用手一摸，上面好像是一块平板，心里觉得奇怪，怎么这里这么矮？难道我给冲到了什么岩石的缝隙里或者石头下面了？

我四处摸了一下，发现并不是这样，自己的周围一尺内都是粗糙的木板，敲了敲，后面是空心的。这样小的空间，我只能躺着转身，连抬个头或者伸个懒腰都不行。

我撑了撑上面，想看看这些木板的厚度，却发现上面的木板可以活动，用手一撑，嘣的一声，黑暗中突然出现了一道光。我顶起膝盖，轻轻地将上面的木板移开，坐起身子来，一看外面，不由得一愣。

这里是一个汉白玉的石室，四个角都点着火把，将周围照得通亮。我看了看头上的宝顶，是两条互相缠绕的蟒蛇，而我竟然坐在一口棺材里面，棺材的盖子被我翻在一边。

靠！这是什么地方？谁把我放到棺材里去了？

我走出棺材，观察四周，心里越来越奇怪，汉白玉的材质，雕刻着蟒蛇的宝顶，非常熟悉，想了想，马上会意，这里和海底墓的墓室几乎一样。

不会吧？

四处走动了一圈，发现古怪的事情还不止这么点。我身上的衣服不知道什么时候给人换了，换成了一件类似于潜水服的橡胶衣服，就是那种二十世纪八十年代潜水员穿的衣服。我心里更加奇怪了，这么老款式的衣服，是从哪里搞过来的？

我拔起墙角的火把，从这个墓室的门口走了出去。外面是一条甬道，我只是一看，就“啊”了一声。我的天，汉白玉的直甬道，一直通到尽头的三道玉门，真的和海底墓一模一样！

这是怎么回事？我怎么回来了？我的头皮奓了起来，思维开始混乱，这里到底是一个很像海底墓穴的墓室，还是我根本就没有从海底墓出来过？我的天，到底是怎么回事？

我用力揉了揉脸，把火把抬高，仔细地看了看这里的环境，想找出什么破绽来，如果是一个相似的墓室，肯定有什么东西会有区别的。

甬道之上架着一个木头架子，就像脚手架一样，上面铺着木板，成为通过甬道的一道简陋的天桥，可以防止触发机关，不知道是谁架在上面的。我小心翼翼地爬了上去，走到了甬道的对面，中间后殿的玉门里亮着火把的光芒，左右两个配殿一片漆黑。

这时，我想起了老痒，他在瀑布之上和我一起跳了下去，我掉落潭中，昏迷了那么久，到了这个莫名其妙的地方，他的处境怎么样了？

我一面想，一面向有火光传出来的门走过去。火光相当明亮，从玉门下面的门缝中透出来。来到门口，我听到门内有声响传出来，当我将耳朵贴在门上时，听到了一下咳嗽声。

接着，便是一个人的声音道："怎么办？开不开棺材？"

另一个声音，听来十分为难："三省说暂时不要动这里的东西，我们还是听他的吧。"

一听到这两个人的声音，我便怔了一下，第一个讲话的人竟然是闷油瓶，第二个讲话的却听不出来。而且他们还提到了三叔，怎么，难道三叔在这个地方？

而令我惊讶的还在后面，我立时又听到了第三个人的声音，那人道："吴三省现在还在睡觉呢，我们只是打开看一下，又有什么关系，我站在小张这一边。"

我不是十分听得懂他们的对话，但那第三个人，毫无疑问是个女人。

他们这几句话，是什么意思呢？听起来，好像是闷油瓶想开一口棺材，而另一个人因为三叔的警告而犹豫不决。这个时候，有一个女人站出来支持了闷油瓶。我当下觉得一头雾水，怎么，闷油瓶已经找到三叔了吗？

我一面想着，一面趴到门缝那里，想看看里面说话的是谁，可惜门缝里所能看到的范围有限，我只看到一个女人的背面，穿着和我一样颜色的潜水服，身材很娇小，梳着一条大辫子。

这时，我听到了第四个声音说道："齐羽怎么办？这小子也真能耍，不知道跑到什么地方去了，难道我们就将他丢在这里吗？"

我听他这样说，不禁陡地一呆，齐羽，好像也是三叔的笔记里面，写在前面的名单里的人之一，难怪有点熟悉，等等，不对。

我忽然感到非常不自在。齐羽，这个名字不是熟悉这么简单，好像经常听到，我心里有一种很特别的感觉。

这个时候，门缝里的那个女人移了一步，让出了一点空间，我看到闷油瓶正站在一口黑色的棺材边上，手里拿着撬杆，犹豫着什么，然后另一个女人走进了我的视野。我一看到她的脸，惊讶得几乎将手里的火把掉落到地上。

这人，不是文锦吗？老天，怎么回事？我虽然没见过她真人，但是三叔有很多她的照片，当年看老照片的时候，我经常能看到，所以一眼就认了出来，绝对没错。

我疑惑到了极点，几乎就想推门进去，就在这个时候，又有一个陌生的男声说："这座海底墓这么大，我们想要找到他谈何容易，我看还是算了，我们沿路刻下记号，他看到了自然会跟过来。小张，你不如动手吧。"

闷油瓶点点头，举起撬杆，就要下手，这个时候，突然从左边的配室里，传来了一阵轰鸣的水声，把我吓了一跳。

后殿里的人全都转过头，那个男人问道："什么声音？好像是从隔壁传来的！"

"走！去看看！"闷油瓶放下撬杆，向门口跑来。我一看不对，忙一个转身，躲进了右边的配室里，将火把放在地上踩灭，几乎同时，我就看到一行人跑出了后殿，冲进一边的玉门，接着就有一个女人惊叫道："快看，这里有个水池！"

我躲在门后，心里极度诧异，刚才的情形，不就是张起灵为我描述的，他们在三叔睡着之后发生的事情吗？可是我怎么好像亲身经历一样？难道这是幻觉，还是干脆我已经疯了？

四周重新归于黑暗，我深呼吸了几口，想去重新点燃火把，这个时候，又有一个人举着火折子出现在我的视野里。那人从甬道上的天桥处走了下来，偷偷地躲到了左配室玉门的后面，往里面看了看。我稍微一看，就发现那是年轻时候的三叔，他好像非常懊恼，眉头皱得很紧。

过了一会儿，张起灵他们的声音逐渐远去，应该正在走入池里的盘旋楼梯。三叔吹熄了火折子，闪进了玉门内，我看得心惊肉跳，当下不管自己是在幻觉里还是在做梦了，忙跟了上去，才贴上左配室的门，想偷偷往里看一看，忽然眼前一闪，三叔突然又从门里走了出来，一下子掐住了我的脖子，轻声说道："原来是你跟着我！"说完，突然手一紧，死死扣住了我的喉管。

情急之间，我想大叫："三叔！我是你侄子啊！"可是怎么也叫不出口，只好拼命去掰他的手，想把他的手指掰开。

掰着掰着，我忽然听到一个声音说道："老吴，醒醒，你是不是做噩梦了？"

我打了一个激灵，突然眼前一黑，发现周围的东西都消失了，眼前蒙胧中，老痒正在摇我。

原来是一个梦啊，我苦笑了一声，摸着自己的脖子坐起来，转头一看，发现自己正躺在一个石滩上，边上是一个水潭，瀑布的轰鸣声还是非常地响亮，但是我看不到瀑布的位置，石滩上点着篝火，老痒正扶着我问我有没有事。

我摆手说没事，然后用力捏了捏自己的鼻梁，心里觉得非常奇怪，自己怎么会做了一个这么奇怪的梦，难道真的是日有所思，夜有所梦？

老痒把水壶递给我，我喝了一口水，看了看四周，嘶哑着问他："这里是什么地方？我怎么了？"

老痒说道："这里是瀑布下的水潭边缘，那瀑布就在那里，你刚才掉进水里的时候摔昏过去了。老子死死拽着你，你才没给瀑布底下的乱流卷到水下去，你可真得谢谢我，我现在吃奶的力气都没了。”

我骂了一声，尝试着站起来，发现自己并没什么大碍，困难地走了几步，环顾四周。篝火的光照开去，我们待的石滩不大，呈现一个月牙形，一边的黑色水潭面积巨大，洞顶无数像腿一样粗的钟乳垂入水面，形成各种形状的石柱子，而水塘的四周有几个溶洞，大如象穴，小如鼠道，一个个深不见底，有的在水位上，有的在下，地下河水从里面注入流出，是个典型的喀斯特溶洞地下湖。

我知道这种地理环境，一般是在第四纪冰川时期形成，要经过万年的逐渐扩张贯通才能达到眼前的规模。这些岩洞的历史已经远长过人类的历史了，没想到天门山内，还有这样的地方。

浅滩上，除了我们之外，还有很多搁浅的树枝和杂物，老痒已经拖上来晾干，那堆篝火就是用这些东西烧起来的。水潭寒气逼人，如果没有这一团篝火，恐怕我已经冻毙了。

我想起泰叔他们，问老痒道：“其他几个人情况怎么样了？”

老痒道：“那几个龟儿子恐怕没我们这么走运，下水的时候就没看到他们，不知道有没有跳下来。我想要是他们跟我们一样，那不是给冲到其他地方去了，就是已经淹死了。”顿了顿又道，“不过我们的情况也不是很好，装备全没了，也不知道接下去该怎么走，你看这里分支岔路很多，这种洞又是出奇地复杂，像迷宫一样，走起来非常棘手。”

我数了一下，我能看到的水面以上可以行走的溶洞就有七八个，黑暗中的就更多了，就说道：“刚才听那个广东胖子说，要通过这一段溶洞区域，必须找到那条古时候先民用来引路的铁链，这条铁链被隐没在水下，一端在秘道的尽头，那另一端应该是在这水潭里，如果能摸到，就能顺着它进入古墓的腹地了。”

老痒皱了皱眉想了想，说道：“说到铁链子，我想起个事。你知道，从上面掉下来那一刹那我是清醒的，一下子给插进水里最起码有六七米，那水底下全是我们刚才在石道里看到的石头人俑。那一晃眼的工夫，我好像真看到有一条铁链子横在水里，不过我告诉你，这铁链子不是通到这些个溶洞里去的，而是直插到瀑布下面的乱流中去的。”

我听了一愣，怎么可能？如果是这样，那通往古墓的入口，难道是在这瀑布的后面，隐藏在急流之中？

我听着不远处瀑布的轰鸣，想起刚才我们坠落时候的情景，忽然心里灵光一闪，对老痒说道：“那就更没错了，而且要是我料想得不错，这座古墓也许不是修建在我们‘阳世’，而是隐藏在阴曹地府里……”

地狱！

老痒听我这么说，不明白我是什么意思，被我森然的口气所感染，低声问道：“你胡说什么？怎么可能有这种事情？”

我摇头问道：“你还记不记得村里老刘头儿和我们说起的，那清朝道士说的黄泉瀑布和山中阴兵万马奔腾的传说？”

老痒点头道：“当然记得，说是天门山内有一道黄泉瀑布，这条瀑布就是阴阳两界的通道，当时你不是说这是迷信吗？”

我说道：“不，现在看来这不是迷信，是我们领会错了前人的意思。你回忆一下，刚才那条我们坠落的瀑布，因为水下有温泉，瀑布的水流呈现一种奇异的黄色，如果我料想得不错，那就是所谓的‘黄泉’瀑布。”

老痒想了想，说道：“像是有点像，可是不可能啊，只有曾经进过山内、看到过这里的人，才能知道瀑布的事情，但是这里环境复杂，不是一般人能进来的。”说到这里，他自己也已经意识到什么，叫道，“那传说中清朝的风水先生，难不成是我们的同行？”

我点头同意，表扬道：“总算还有点推理能力。”

老痒兴奋起来，说道：“那就说得通了，你想那大部分的阴兵传说，也是清朝年间流传起来的，会不会就是从这几个风水先生这里故意散播出去的？”

我点头：“有这个可能，不过我们现在不用去理这一层。你再来回忆，那传说中还有一个说法，就是‘黄泉瀑布是阴阳两界的通道’，你想铁链通到瀑布之后，那瀑布后面必然有通往古墓的通道，如此说来，那古墓不正是在阴曹地府里吗？”

老痒脸色难看起来，说道：“不会吧，你可别吓我，那里面要真是阴曹地府，那我们进去不死定了？”

我骂了他一声，说道：“我靠，你还真信，你想那几个风水先生既然是我们的同行，他们说的话就不能这么直接去理解。我觉得有两种可能，第一，这可能是当时的一句暗语，意思是这条瀑布就是古墓和现实世界之间的通道；第二，是他们在瀑布后面的溶洞里看到了什么景象，让他们以为，他们来到了阴曹地府之中。”

我顿了顿，又道：“如果是第二种，那我们可能要做好心理准备，这里面恐怕有着什么恐怖的景象……”

老痒沉默下来，好久才道：“要不我们还是回去算了……”

我摇摇头，好不容易来到这里，不进去看看太可惜了，而且，这瀑布如此巨大磅礴，怎么可能爬得上去？四周的溶洞又是九死一生的地方，现在只有到达古墓，然后再找寻办法出去，才是明智的选择。

老痒说服不了我，只得听从我。我们一边休息，一边开始检查装备，看看还有多少东西剩下了。

武器方面，我们身上还有拍子撩和老痒从二麻子那里弄来的托加列夫手枪，火力应该不成问题。其他方面，我翻开从水底那尸体上带下来的背包，从包里找到一些不知道有没有过期的罐头食物、白酒、水壶、手套，还有大量写生用笔和油画颜料。

老痒觉得这些都没用，想把它们扔了，我告诉他，白酒应该能御寒，颜料可以沿途做一下记号，手套也是有用处的，我们身无长物，还是都留着好了。

整顿再三，我发现最头痛的是，我们没有照明的工具，老痒的手电已经彻底没电了，我的也早不知道掉哪里去了，如果要举着火把去游泳，那真的糟糕。

老痒把手枪往前面拉了拉，看了看四周的黑暗，说道："只有一个办法了，咱们把这些柴堆起来，把火烧大了，然后借着火光游过去，这样就算游不到，也能再对着火光游回来，你说怎么样？"

我想了想，知道这是唯一可行的了，说道："那行，咱们就先赌一把。"

我们脱下衣服，全部塞进包里，然后又用手套和木棍做了几个短火把，先放进背包的防水层里，然后燃起大火，暖了身体之后，跳进水里，开始顺着水声向瀑布游去。

水中寒气逼人，游了几把我就觉得身上所有的热量一下子给吸走了，好在我最近有点发胖，不至于一下子就冻僵。

游了大概五分钟，水声逐渐变大，我和老痒停下来，一边踩水，一边听四周的动静，想判断好方向再游。

这个时候，在我们不远处，突然有什么东西在水面上划了一下，我们赶紧回头，却因为已经离开火堆太远，而看不清是什么。

老痒掏出托加列夫手枪，将枪管里的水甩干净，举得老高，警惕地看着四周，问道："老吴，这里该不会有那种裸体鲑鱼吧？"

我背脊发寒，想到这里水域广阔，要是真有那种杀人鱼，我们肯定早死了，刚想说没有，不远处却又传来一声水声，非常清晰，心里顿时不安起来，说道："我不知道，不管怎么说，咱们快游，这种鱼害怕喧闹，我们越靠近瀑布越安全。"

我们两个马上甩动双臂，向瀑布继续游去。此时身后的火光越来越微弱，变成一个小点，我们只好硬着头皮在黑暗里一边呼应一边前进。

不一会儿，水流逐渐湍急，靠近了瀑布的水流区域，我们加大力度，速度却越来越慢，游泳开始艰难起来。我咬紧牙关，想扑水到前面，几次都没有成功。

体力一点一点消耗，眼看就要给水流冲回去，我心急如焚。这时候老痒大叫："这样游是绝对游不过去的，前面是瀑布落下的水流激起的乱流区域，里面全是大大小小的漩涡，要想过去，必须贴着潭底，一点一点从乱流下面潜水过去。"

说完，他一个猛子翻进水里，一下子便消失了。我也跟着他潜了下去，顶着急流向前拼命前进了几米，下到水潭的底部，忽然看到前面的水底，竟然有一点模糊的白色亮光。

我认得那光亮，那是我的防水手电。我心里暗叫，这一千多块的东西果然够结实，现在还亮着，忙鼓起一股力气向它游去。

水潭的底部没有任何生物，白色光源照到的地方，我看到大量的石俑整齐地摆在下面，上面已经腐烂成白骨的人头有的已经脱落，有的还牢牢地长在石俑的脖子上。水潭的中间，似乎还有一座石台，上方的水中还似乎漂着一具白布裹着的尸体。

这时候我的手电对我吸引力最大，我看了几眼，便不去管这些东西，潜入石人中间，抱着石人固定身体，一步一步向手电靠近。

就在我马上就要够到的时候，忽然后面一道水流冲了过来。我心知不妙，马上戒备，却没有想到会有东西用力撞我。眼前一团白影闪过，撞在我的手上，我抓着石头的手一下子吃不住力气，松了开去，人马上向上浮了起来。

我暗叫不好，一刹那已经冲进了上方乱流的中心，前面顶着我的力道突然一下子改变了方向，将我向边上冲去。我"哎呀"一声，一下子乱了方寸，直给水流卷得翻了几个跟头，再也控制不了自己的姿势。

混乱中我不知道被卷了多少个弯，只感觉好几次看到眼前有一道白色的影子闪过，却都没看清楚是什么。

意识迅速地模糊，我以为自己死定了，这时候，我的后背猛地撞到一个东西上面，疼得我一下子清醒过来，忙回头一抓，正是老痒说的那条铁链。

再也顾不得我的手电了，我拉着铁链，用力向铁链的尽头爬去，几下便到了瀑布的正下方，但是我的气已经到了极限，只觉得一股千钧之力由头上倾泻下来，只把我向潭底压去，爬了还不到两米就再也动弹不得了。

老痒从后面赶了上来，一把抓住我的手，将我往上扯去。我们一边拉着锁链，一边乱蹬那些石人，终于冲过了瀑布下方的区域。我忽然感觉头上的压力一松，马上就浮出了水面，大口喘气，眼前直发黑。

四周漆黑，只听见老痒的喘息声，他咳嗽了几下，问我道："没事吧？我们好像已经过来了。"

我也咳嗽了几声当作回应，说道："快点火照照，这水潭子不太对劲，这水里恐怕有不干净的东西。"

老痒"咔嗒"打着打火机，想看四周的环境，可是周围水花太大了，火一点上就灭掉了。

我们摸索着向里游去。忽然，我又听到了瀑布外的那种水声，这一次离得非常近，听起来就好像是两三米外的地方，有什么东西游过一样。

"小心一点！"我想起在水里撞我的白影，顿时紧张起来，对老痒说道，"附近好像有什么东西……"话还没说完，我突然感觉到一只冰凉黏滑的手，一下子搭到了我的肩膀上。

我顿时吓得大叫，心说到底是什么东西，难不成是水下面的石头人活了？本能地在水里一个翻滚，一脚就踢在后面那东西的身上，将他踹了开去，然后自己猛又探出水来，对老痒大叫："水下面有鬼！抄家伙，快！"

老痒已经打起了打火机，给我吓了一跳，忙转过来照我。不照还好，一照之下，我们两个全部头皮发麻，几乎吓死过去。只见我身后的水面下，浮出来一个惨白的人头，正看着我们，露出了一个狰狞的表情。

我们吓得向后蹬了好几下，老痒慌乱中想掏枪出来，可是怎么也拔不出来。

那人头翻起了白眼，嘴巴张了张，似乎说了一句什么话，然后一下子向我扑了过来。我大叫一声想要逃跑，却发现无路可逃，那人头一下子压在了我的身上。

我歇斯底里地大吼起来，用力想把他推开，却被他死死抱住。极度混乱中，我忽然听到那人头在我耳边清晰地说了一句——"救……命……"

我一愣，停止了动作，脑子里傻了，心说，水鬼怎么可能会喊"救命"？忙扶正那人头，我拨开他的头发一看，几乎吐血。

我的天，这哪里是什么水鬼，这不就是那一帮人中的那个凉师爷嘛。

这人已经体力透支，双眼翻白，几乎要晕过去，难怪脸色白成这样。我赶紧转到他身后把他拉住，一边托出水面，一边招呼老痒来帮忙。

老痒走近了一看，马上也认出了他，纳闷地问道："这人怎么会在这里？他是怎么进来的？”

我对老痒道：“这家伙可能落单了，不敢一个人行动，所以就一直在我们边上监视我们，见我们下水了，以为我们找到了出去的路，就也下水跟着我们，不过，他没想到我们下水是要去那么危险的地方。”刚才一路上听到的水声，估计就是他跟着我们的时候发出来的。

凉师爷还背着背包，吸了水，坠得他直往水里沉，老痒赶紧将背包从他身上扒了下来，问我道：“那我们现在拿他怎么办？这人跟他们是一伙的，带着会不会给我们添麻烦？”

我也觉得头痛，但是麻烦也得带着啊，总不能把人沉在这里，说道：“现在也没办法了，先找个地方出水，以后再处置他。”

我们调整姿势，向内游了几米，水下便出现了一条宽长的石阶路，从水底往上，直到高出水面十几级。我们缓慢地靠近，然后踩着阶梯走出水面。

我累得筋疲力尽，一下子就软倒在台阶上，大口地喘气，一边的老痒异常兴奋，掏出了准备好的火把，浇上白酒，点起来照明，四周一下子豁然明亮起来。

我转头四处看去，原来这所谓通往地府的入口，也只不过是藏在瀑布后面的一个溶洞而已，不大不小，似乎也是天然生成的，不过有些地方有人为修平的痕迹。

阶梯之上是一座青纹石石台，石台的四周有四根石柱，上面刻满了鸟兽的纹样，石台中放置着一个奇怪的高大的青铜容器，像一个大的葫芦瓶，高度超过我一个脑袋，锈痕斑斑，上面都是双身蛇和祭祀活动的图案。

这是一个祭坛，我心里暗想，厍族重祭祀不重葬制，出现这个东西，看样子我们的确已经十分靠近古墓了。

我们走上石台，将包裹和凉师爷放到地上，又走到石台的另一面观察。那里有一条十人宽的石阶路，一直蜿蜒向下通向这个洞的深处，足有上百级，火把的光线照不到底部，无法知道下面是什么。我对老痒道：“如果这是通往地府的入口，那这里就是鬼门关了，这下面恐怕便是十八层地狱，你怕不怕？”

老痒指了指一边的凉师爷，说道：“怕个屁，我恨不得快点下去，可是这个家伙怎么办？”

古墓的入口如此接近，我和老痒都按捺不住想要马上下去看看，可是碍于多了凉师爷这个拖油瓶，又不能扔下他不管，只好先把他弄醒再说。

我们把他的衣服扒了，然后给他灌了两口白酒，他的脸色迅速缓和了起来。老痒翻开他的眼睛看了看，问道：“喂，能不能说话？”

凉师爷已经逐渐恢复了意识，知道落到了我们手里，无奈地点了点头，咳嗽了一声。

老痒说道："你别怕，我们和你们那伙人不一样，我们不会拿你怎么样。不过我们也要保证自己的安全，你给我老实一点，我们就带着你继续进去，不然我就把你直接崩了，你明白了吗？"

凉师爷又点了点头，张开嘴巴想说什么，却又说不出口。

老痒又灌了几口酒到他嘴巴里，把他灌得剧烈咳嗽，又抽出皮带，把他的手捆了个结实，对我说："我还是不放心，这些人个个都是亡命徒，还是先把他绑上再说。"

凉师爷也实在没气力反抗，由得老痒把自己绑上。我们看他应该没什么问题了，就将他架起来，让他打头，三个人来到石台的另一边，踩着石阶向下走去。

一般来说，库国并不擅长机关和巧术，但是出于谨慎，这百来级的石阶，我们还是走了很长时间。终于，前面出现了平坦的地面，我们来到了阶梯的底部。

阶梯的底部，是一块突出的黑色石梁，再过去，就是一个断崖。

这种地貌，可能是因地下水道所在的岩脉是一个阶梯形向下的结构，有些地方发生过山体运动，造成一系列的断层而形成。

断崖下面一片漆黑，多高、有什么都看不清楚。

这下子我们发愁了，如果有手电倒还好，现在一支小火把，如何照得到下面有什么东西？老痒问我怎么办，要不要把火把扔下去。我说："这怎么行，火把下去了，我们怎么下去？"

这时候，凉师爷有气无力道："两位，在……在下的包里有信号枪……"

老痒忙往他的包里一摸，果然摸出一把信号枪来，看了看凉师爷，惊讶道："哎，你这人不错，还真合作啊。"

我检查了一下，信号枪没什么问题，拉开保险，然后对着悬崖的上方"砰"一声打出一发信号弹。

曳光闪过，照亮了一大片区域，一刹那，整个山洞清晰地呈现在了我们面前。

我们往下看去，一下子，三个人全部僵住了。

一开始，我还没有意识到看到了什么，等我明白过来，人一下子就蒙了，张大嘴巴，几乎不敢相信自己的眼睛。

前面本来就虚弱的凉师爷，看到下面的情形，早我一步软倒在地上，几乎掉下去，老痒也面色苍白，不自觉地向后退了一步。

悬崖下面十几尺的地方，是一个天然的大洞穴，里面密密麻麻堆满了枯柴一样的东西，仔细一看，就可以知道那全是骨头，一片挨着一片，有些地方还垒起来好几层，足有上万具之多。

“这……这是什么地方？”我惊叹道，“我的天，这不是万人坑吗？”

难怪那几个风水先生会说自己看到了阴间，这种景象太震撼人了，无论是谁看到，都肯定以为是地狱里的情形！

但是，不知为什么，我觉得眼前的这景象好像很熟悉，好像看到过。我皱了皱眉头，回忆了一下，忽然间我的脑子里出现了一幕相同的情形，对啊！山东瓜子庙附近的那个尸洞，不是和这里非常相像吗？

我一下子思维混乱到了极点，只觉得喉咙里像是卡了什么东西，什么话也说不出来。这里果然和山东瓜子庙的尸洞有联系！那山体上的水晶棺材，还有尸堆里那长发及地的白衣女尸，这里会不会也有？

我马上四处去看，这时候，在空中的信号弹已经滑行到了弧线的尽头，在光线熄灭的一刹那，我好像看见在这些尸体的中间，有一块奇怪的地方。

第十五章

休息

老痒重新装了一发信号弹，朝刚才第一发信号弹熄灭的地方开了一枪，将那里重新照亮，我看见那是一块没有堆放任何尸体的空地，位于整个洞穴的中心，有二三十平方米，信号弹的光线不足以让我看清这块区域是否有什么特别，只不过，有一点可以肯定，这块空地是向下凹陷的，应该是一个坑。

老痒这时候已经镇定了下来，指着那坑说，他三年前看到的殉葬坑和这里差不多，中间也有这么一个空地，那怎么也挖不到底的青铜枝丫，就位于这坑的中间。信号弹的光线衰竭，洞穴里又恢复到一片漆黑。老痒还想再装填一发，被我拦住。现在该看的我们已经看得差不多了，没必要浪费资源。

老痒问我道："现在怎么办？闹了半天这阴间就是这么一回事，说不定这里也就是一个祭祀的地方，我们还要不要下去？"

我想了想，说道："那李老板的《河木集》里说这斗里有好东西，应该不会错，咱们跟着铁链来到这里，路也没问题，我看他说的东西就在下面。最可疑的地方是尸体中的那块空地，我觉得我们还是要过去看看……不过这尸体堆积的地方，历来是最邪门的地方，我们得做好准备，应付最麻烦的事情。"

我本来想说说在山东碰到的那些个事，回头一想，不把这两个人吓死才怪，于是改口扯到别处去了。

老痒已经压根儿不想下去了，不过提议到这里来的人是他，他也不好打退堂鼓，只好不情愿地点了点头。

我回忆刚才看到的情形，要到达那块空地，无法避免地要下到悬崖下面，从尸骨中穿过，从我们所在的石梁到那块平地大约也就是二百米，应该问题不大。问题是如何爬下这二十几米高的悬崖，我们没有绳子，徒手爬下去的可能性有多大，还要从长计议。

另外就是这下面有没有粽子。下面保存完好的尸体应该不多，大多数已经干枯或者成为枯骨，但是刚才在信号弹的照耀下，我看到很多尸体的表情非常狰狞，超出了人类表情所能表现出来的极限，不知道是怎么回事。

正琢磨着，忽然听到一声摔倒的声音。

我回头一看，只见凉师爷正蹑手蹑脚地想退回到石阶上去。

老痒马上举枪把他逼住，喝道："再往后走一步，我就打断你的腿，然后把你从这里丢下去。"

凉师爷一听到他的声音，吓得拔腿就跑。老痒朝天开了一枪，霹雳一样的枪声顿时响彻整个山洞。

凉师爷给枪声吓得停了下来，缩着脖子转身说道："别开枪！别开枪！我不跑还不行吗？"

老痒骂道："鬼才信你，给我回来好好蹲着，再跑一次，我就把你料理了！"

凉师爷灰溜溜地走了回来，蹲到我们边上，哭丧着脸对我们说道："两位小哥，你看在下只是一个知识分子，跟着老泰混口饭吃，糊弄一下那广东客人，判起来也是个次犯，你们还是放过在下得了。你们现在要去做大买卖，在下手无缚鸡之力，跟着你们也是累赘，万一一个手脚不利索，连累你们就不好了。"

老痒见他手里竟然还拿着他那只背包，不由得大怒，用枪指了指，对他说道："你以为我们想带着你啊，你要我们放过你也行，把那包留下，你爱上哪儿快活去哪儿快活。"

凉师爷为难地看了看那包："可这包是在下的……有道是君子——"老痒扬了扬手里的枪，说道："我不是君子，我是畜生，甭跟我讲道理。"

我觉得这凉师爷颇有点道行，要是把他放回去，碰上泰叔他们，等于给自己增加了一个敌人，留下兴许还能起个牵制的作用。我阻止老痒说下去，转头对凉师爷说："我们现在处境还不明朗，你一个人走掉，就算给你全套装备，没有经验也出不去。不如这样，你跟我们下去看看，如果有好东西，泰老头给你多少，我们也给你多少，三个人一起行动，生还的概率大一点。你看这里阴气冲天的，要是碰上个孤魂野鬼，谁也救不了你。”

老痒马上接着说道：“你要是不想去也行，不过把该留下的都留下，把衣服也给我脱下来……”

凉师爷听到我说也给他留一份明器，顿时就露出动摇的神色，又加上老痒一吓唬，马上说道：“别、别，有话好商量，既然两位这么看得起在下，那在下也不便推辞，其实以在下的学识，能和两位的经验配合在一起，实在是珠联璧合。”

我一听敢情这小子还是棵墙头草，两边倒，变卦变得这么快，心里觉得好笑。爷爷说得对，人心险恶，这个世界上真是什么样的人都有。

我们将凉师爷的包重新拿回来，倒了出来，寻找可以利用的，比如说绳索和照明工具，但是他的包里主要是食物和衣服。凉师爷说他们重要的装备都是由泰叔和二麻子这两个骨干背着的，他这把信号枪也是在走散的时候用来求救的。

没有绳子，下悬崖肯定要学壁虎游墙，这里这么陡峭，也不知道适不适合攀爬。我打起为数不多的几个冷烟火的其中一个，往悬崖下扔去，一路照下去，看到有很多地方可以落脚，如果有持久的照明工具，爬下去不会太难。

现在已经是晚上十一点左右了，我们一路上都没停过，今天晚上我们就不下去了，好好休息一下，把伤口也处理一下，等到明天再下去，不然在疲劳状态下到坑里，如果里面有什么情况，肯定会出纰漏。

泰叔和那个胖胖的广东人现在是死是活，我们也不知道，他们手里到底还有两支枪，碰在一起免不了又是一番恶斗，还是要提防一点。

我本想问问凉师爷他们几个人的来历，但是转念一想，现在问不合适，我们现在的关系这么紧张，他必然不肯说，要等到人放松的时候问他，才可能听到真话。

我把我的想法和老痒一说，老痒点点头表示同意，不过他道：“这里太那什么了，下面这么多尸体，我们还是上去，到祭祀台那里去休息。”

我想想觉得也是，于是重新爬上石阶，回到祭坛处。

老痒重新点起炭火，将一只罐头捞空，放在火上烧了点水，将一些干粮泡软分开吃掉。几个人吃饱了后，又吃了一些巧克力增加血糖。

老痒吃完后就困得不行了，我让他们先睡一会儿，我来看着火。老痒说这里也没什么野兽，不用这么上心。我偷偷告诉他，我主要还是要看着那凉师爷，这种看上去越是窝囊的人，往往越是深藏不露，我们两个都睡着了，说不定他就会露出本来面目来了。

老痒说道："要是你不放心，我把他敲昏得了。"

我忙摆手，心说，要敲傻了就麻烦了。

老痒自顾自睡觉，我掏出藏在衣服内袋的拍子撩，打开保险，插在皮带上，然后又烧了一罐水擦拭自己的伤口。在瀑布那儿的时候，我手上的烫伤很严重，如果处理得不好，肯定会造成感染。

等这些都处理好了，我叫醒了老痒，自己才睡了下去。这一觉睡得极其不舒服，浑身酸痛，伤口又痒又疼，醒过来的时候，发现自己才睡了五个小时，身体难受，连鼻子都塞住了。

老痒给我烧了烫水洗脸，我感觉好了一点。吃早饭的时候，我看凉师爷表情没昨天那么戒备了，就旁敲侧击地问了几句老泰这几个人的来历。

凉师爷已经知道了我们的名字，看了看我，听出了我的意思，眼珠一转，对我说道："小吴哥，既然咱们现在是一伙的了，我也不瞒着你，我们来的时候是五个人，其中只有泰叔和二麻子是专门干这个的。在下是跟着那李老板和王老板来的，一来想见识一下鲜货是怎么出土的，二来两位老板让我把墓里最值钱的东西先挑出来，所以说实在的，在下真的是一个很冤枉的角色。"

老痒听到他这样说，就问他："奇怪，刚才看到你们是四个人，那第五个人呢？"

凉师爷说道："你说的那个人就是李老板。刚才我们从坑道下来的时候，他去一道水坑洗脸，结果我们发现他的时候，他的脑袋已不知道给水里的什么东西咬没了……"

我和老痒正在吃东西，忙让他别说了，下面的事情我们已经知道了，再说我们就吃不进去东西了。

我看他似乎打算和盘托出，心里说这人也算是识时务，又乘机问他那两个老板的背景。

凉师爷站了起来，说道："说起那两个老板的背景，不说不知道，一说可要吓你们一跳，他们可不是普通的古董商人，你们且听我细细讲来……"

第十六章

爬

凉师爷当下放下手里的食物，将这两个人的背景简略地向我们叙述了一遍。

那两个广东来的老板，姓王的叫王祈，姓李的叫李琵琶，两个人都是佛山人，在当地的古董界里有很大名气，其中李琵琶的背景我们已经知道了，发家全凭记载大量古墓位置的《河木集》。

而我之所以知道这些，原因是我和老痒曾经偷听过他们说话，不过他所说的一切都是他的一面之词，其中有几分夸张，我们就不得而知了，如今听凉师爷说起来，言之确凿，可信得多。

而王祈的家世就没有李琵琶显赫，但是更加真实，他的祖上从事的职业，叫作朝奉。

何为朝奉？朝奉就是指在当铺中干活儿的伙计，坐在高高在上的柜台上，在短时间内判断一件东西的价值与真伪，就是他们的工作。

其中，负责高级物品鉴定与日常行政事务的，叫作大朝奉。一个大当铺的大朝奉，可以说是世界上见识宝物最多的人，什么稀奇古怪的东西他都见过。王祈的祖上，就是一个有名的大朝奉，叫王宪初，他在晚年的时候写了一本笔记，叫《古毓斋奇劫余录》。这本笔记堪称奇书，上面记载了他一生所遇到的他认为奇异的物品，并详细记录了物主的说明、他的判断等，对考古工作有很强的参考价值。

王祈本身文化水平不高，但是他的记忆力非常好，这本《古毓斋奇劫余录》里的东西，他看过多次，不知不觉中全都记了下来。正巧有一次，在一场街头的交流会上，他看到一只白玉狮子，与《古毓斋奇劫余录》里记载的一种藏头盒很像。他当着众人的面，按着《古毓斋奇劫余录》里的记录，将这只白玉狮子放进茶水里，没过多久，那只狮子竟然张开嘴巴，从里面吐出了一枚金叶子。从此王祈便名声大噪，一发不可收拾。

至于这两个人什么时候走到一起的，凉师爷也说不清楚，他做师爷的也不好过问。

听到这里，我就问凉师爷："为什么这一次他们两个要亲自来这里？这些人养尊处优惯了，怎么受得了这种折腾？"

老痒说道："这有什么想不通的？这就叫作闲钱烧脑，是钱多了给闹的。这些有钱人，钱多了就不知道自己是谁了，都要去寻找自己的人生价值，有些人家财万贯还要出去要饭，这不稀奇。"

凉师爷呵呵一笑，说道："我刚开始也这样想，但是后来发现不是，这一次他们两个非常坚决，按照我的估计，这里面可能有隐情，答案应该就在这古墓里面。"

我问他道："对了，师爷，你既然看过《河木集》，那你知道不知道，这进入瀑布之后，以后的路该怎么走？"

凉师爷看了我一眼，说道："这《河木集》是李琵琶的宝贝，我只是在李琵琶死后抓紧看了几眼他的笔记，其他的内容倒看到不少，不过这进古墓的那部分，倒是没有看到，那东西后来给那姓王的老板拿在手里，我也没机会去看。不过看昨天见到的情况，那古墓的入口，八九不离十就在下面的尸体堆里。"

既然凉师爷说不知道，我们也只好相信他。我们吃好早饭，背起背包，我给凉师爷松开皮带，然后将自己的衣服脱下系在腰间，系紧鞋带，三个人各自准备完毕，来到石梁边，就开始尝试着向下攀爬第一步。

令人觉得讽刺的是，在三个人里面，我可能算是体力最好的，所以火把就由我拿着。想当年我在鲁王宫里，可完全是属于添头的档次，怎么这一次就担了这么重大的责任？我自己也不知道是怎么一回事。

话虽这么说，可对现在这种状况我也没有话好说，我们一步一步，缓慢地将自己的身体贴放到悬崖下面，向漆黑一片的洞底爬去。

这一路爬得很艰苦，有几次我几乎从悬崖上滑落下去，但是总体来说，这里虽然陡峭，但是并不难攀爬，胆大心细，就是小丫头片子也能爬下来，只不过是多消耗些时间而已。

下到一半的时候，凉师爷的脚已经抖得不行，看样子这人不太习惯爬山，大概足足花了大半包烟的工夫，我的脚才踩到了久违的地面。

从地面上去看那些尸体，无法言明的恐惧非常强烈。这些尸体应该都是殉葬的奴隶或者战俘，长年累月在太阳晒不到的阴冷潮湿的洞里，骨头上呈现出一种霉变的黑色，空气中更是弥漫着很浓的霉味。很多尸体都曾经被肢解过，尸体的表情狰狞，我甚至发现很多尸体好像都长着獠牙。

我把凉师爷从悬崖上扶了下来，他一个趔趄就踩到了一块头骨上，将早已经腐烂的头盖骨踩了一个窟窿，幸亏被我拉住才没陷进去。他好不容易站稳了，擦了擦头上的汗，说道："真是让你们见笑了，在下自小就体弱多病，见风就倒，就我这身子骨，这倒斗的买卖恐怕是没有下次了。"

我安慰了他几句，抬高火把照亮四周，看看这路该怎么走。

堆积如山的尸体之间，有一条小径直通向前面，火光有限，我们只能看到十几米外，再远就看不到了。不过，我们在悬崖上面看的时候，已经看准这条路就是直通到那块平地上的，估计着只要往前就能到地方。

凉师爷体力透支得太厉害，实在走不动了，我让他在这里先喘口气，也顺便看看，这里的尸体是个什么样的情况。

我们四处转了几圈，看了半天，我发现凉师爷明显有表情的变化，问他："看出来什么了？"

他对我说道："这里好像有一些不是人的尸体，这些头骨的结构不对。"

我浑身直起鸡皮疙瘩，心说：难不成是尸变之后的僵尸骨？忙问他如果这不是人，那会是什么。

凉师爷对我说道："现在看也看不出来，你们要想知道，我得多看几个，最好能找到没完全腐烂的，在这些尸体堆积处的内部不知道有没有，要不要看看？"

老痒倒吸了一口凉气，说道："你说得倒是轻巧，这里面的尸体给这么重的阴气罩着，肯定有尸变的迹象，要是开出只粽子来，我们也没带黑驴蹄子，你又不能蹦不能跳的，弄不好，恐怕三个人都得交待在这里。"

我和老痒的想法一样，就对凉师爷说："不用了，咱们又不搞研究。"

凉师爷估计早先也听过不少粽子的事情，点头对我们说："我也就是说说，要我干我还不肯呢。”

我看火把用了很久，烧得很快，坚持不了多少时间。在这种地方，如果火把熄灭，那是要命的事情，想要再制作照明的东西非常困难，最差的情况，我们不得不摸着尸体走路，于是没有多歇，蹲了几下就催着他们上路。

我们沿着小径向前走去，两边是一排又一排的尸体，让我欣慰的是，在尸体的中间，很多石人混杂在里面。洞穴的地上是泥土，这让我觉得很惊讶，走在上面并不是很踏实。想起这些黑色东西也许都是死人腐烂而成的，我就觉得有一种脚底板发凉的感觉。

走了一会儿，火把的火焰就小了下来，光照的范围逐渐缩小，我们加快脚步，开始向前小跑，不一会儿我就开始觉得奇怪，从悬崖上面看下来，这里距离也就二百多米，脚力最差五分钟内肯定就到了，怎么我们走了将近一刻钟还是没看到那坑的影？难道是黑灯瞎火的，在什么地方走了岔口？

我们又向前跑了一支烟的工夫，还是老样子，前后都只能看到成堆的骨头，再远的地方就是一片黑蒙蒙的，我不由得暗骂，这下子失算了，没有想到下来后这里的视野被黑暗所限制，不管哪里看来都是一样，现在不知道跑到哪个角落里去了。

这时候凉师爷实在不行了，一把拉住我大喘气，说道：“小吴哥，别……跑了，没……用，我们可能中招了。”

第十七章

尸阵

我们跑了半天头昏脑涨，却怎么也见不到目的地，心里早就已经在犯嘀咕了，一听凉师爷突然这么说，老痒便停下来问他道："师爷，什么中招？怎么个说法？"

凉师爷一边揉着胸口，一边指了指地上，对我们说道："两……位小哥，你们看这骨头，是不是很眼熟啊？"

我闻言把火把抬高，果然看到地上有一块头骨，上面有一个窟窿，好像是他爬下悬崖的时候压坏的那一个。我心中暗暗感觉不妙，回头一照，果然后面不远处，就是那块悬崖。

老痒看了看四周，埋怨道："老吴，你怎么带的路，这不是刚才我们下来的地方吗？"

我没好气道："我也不知道，这地方哪里看起来都一样，一直走也没有注意，不知道是不是进了岔口，给绕了回来。"

凉师爷气顺了过来，对我们摆了摆手，道："不对，你们都没注意，在下记得清清楚楚，这条小径一直都是笔直的，没有转弯或者岔路。这事情不简单，要是我没弄错，我们可能被什么东西给糊弄了。"

老痒知道苗头不对，脸色一下子变得惨白，说道："那糟了，难不成这里这些尸体的冤魂，为了保护他们的圣地，而不让我们靠近那块空地？"

我心里苦笑，四周这么多的尸体，千尸聚气，要说没脏东西谁也不信。凉师爷却又摇了摇头："我想不太会，我身上带着开光的东西，要迷你们会迷，但是我绝对没事。"

我知道这人的确有点学识，问他道："凉师爷，你这方面的见识应该比我们多，你估计这是怎么一回事，咱们的火把也坚持不了多久，等一下火灭了，就真的叫天天不应，叫地地不灵了，得快点想个办法。"

凉师爷说道："依在下看，我们之所以走了个圈子，是这里的尸体排列有问题，这几千副骨头纵横交错，其间可能运用了某些奇门异术，使得整个山洞变成一个迷宫，你知道诸葛亮的八阵图，用几堆石头就能困住十几万大军。这里的几堆骨头困住我们三个，那还不是小菜一碟？"

诸葛亮驱兵取乱石，在临山傍江的鱼腹浦沙滩上布下石阵挡住陆逊的故事，我和老痒都知道。可是小说描写毕竟是夸张，我根本不相信区区几堆石头就能有这么大作用，要是果真如此，还要造那么多坦克、大炮干什么？

老痒也不信，对他说道："师爷，你可别拿糊弄广东老板那一套来糊弄我们，你自己可也困在这儿呢。这八阵图的事情，我听评书里说过，根本不是你说的那一回事，况且，咱们在悬崖上看的，这里的骨头排列杂乱无章，也没发现什么特别的布置啊，怎么下来之后就能把我们困得团团转？难不成这里的尸体还能自己跑路不成？"

说完这个，老痒忽然意识到什么，忙捂住嘴巴，向四周作揖，轻声说道："大吉大利，小孩子不懂事，各位别见怪啊。"

凉师爷说道："这可不同，你在上面看到的是一个大概，就这么点时间，你能把尸体之间的脉络走向全记下来？下来之后这里一片漆黑，只要每一具尸体摆放得稍微偏移一点，就可能把我们引到事先设计好的歧路上去，不知不觉就在走回头路了。两位小哥也是过来人，大道理我也不说了，古人的心智我们可不能小看啊。"

我觉得凉师爷说得有点道理，但是也不能全信，不管怎么说，这里肯定是有什么蹊跷，要走到那块空地恐怕不是简单的事情，忙问他有什么主意。

凉师爷叹了口气："不是在下吹牛，这区区一个阵法我是不在话下，不出意外定能手到擒来，不过凡事都需要一定的时间，恐怕咱们的火把坚持不到那个时候。况且，在下认为现在这个时候咱们还有更重要的事情要先决定。"

我知道他的意思，顿感头痛，眼下的主要问题还不是破这个阵，而是怎么面对我们的处境，不走不是办法，走下去也不是办法。这一次能走运回到原来的地方，再走一次就不一定了，到时候火把一熄灭，前没村，后没店的，不困死才怪。

其实破阵的最简单的方法，就是从边上那些尸体上踩过去，不过这个建议谁也没提。

僵持了几分钟，火把上的火焰扑腾了几声，逐渐虚弱了下来。老痒看了看火把，突然叫道："我有个点子，要不我们一把火把这里的骨头全烧了，给它来个火烧连营十八里，烧光了就干净了。"

我一听觉得这人时傻时聪明，这种点子也想得出来，大骂道："这里的骨头都已经快石化了，绝对烧不起来，而且就算烧起来，你这不是等于自焚啊，就算不烧死也给烟熏死了，算了，我看这样吧，我先往前走走，你们看着我的火把的走向，一旦我的移动偏移了方向，你们就叫我停，我们就知道问题出在什么地方了。"

老痒说道："不行，万一走到一半火把熄了，你一个人情况更糟糕，到时候谁去救你？这种时候我们绝对不能走散。"

我也是急了，刚想反驳，手上的火把突然闪动了两下，终于坚持不住，"扑哧"一声熄灭了。

第十八章

鬼吹灯

火把一熄灭，本来就不甚明亮的空间突然漆黑一片，我吓出了一身白毛汗，火把差点脱手掉到地上。

凉师爷胆子更小，当时就怪叫了一声，撒腿就跑，才跑没几步就听到“嘣”一声，大概是撞在了什么上，疼得嗷嗷直叫。

我掏出打火机，照了照火把，发现上面的燃头并没有烧完，不知道为什么火焰就突然熄灭了，难道是风吹的？可这里也没风啊。

老痒幸灾乐祸地说道：“老吴，你的手艺的确不行，这火把也太不禁烧了，说灭就灭，真是非洲爸爸跳绳子——黑（吓）老子一跳。”

我骂道：“你啰唆什么？有空挤对我，不如去看看师爷怎么样了，别给摔进死人堆里去了。”说着，我将火把重新点燃，抬高一看，只见凉师爷正倒在一具骸骨上，骨头架子散了一地。

我上去将他扶起来，只见他面色惨白，给吓得不轻。老痒拍了他一下，说道：“师爷，您还真是逗，就您这胆子，还想来倒斗？”

凉师爷见火把又烧了起来，松了口气，说道：“两……两位别误会，在下不是怕黑，是刚才，好像有啥东西在我脖子后面吹气，凉飕飕的，我以为粽子出来了，一下子给吓得没魂了。”

老痒大笑：“什么凉气，我看是你的凉汗滴脖子里去了，这粽子在你背后，不啄你一口，还往你脖子上吹气，你以为粽子都是小姐啊？”

我也说道：“是啊，凉师爷，镇静一点，别自己吓唬自己。”

凉师爷看我们不信，急了，咳嗽道：“两……两位小哥，千万要信我，刚才肯定有人在我后脖子上吹气，那感觉真瘆人，我看这里不止我们仨，还有别的东西在！”

我看他的表情，想起刚才火把突然就熄灭了，觉得凉师爷的话也不是完全不可信。火把不比蜡烛，上面的燃头不烧光，是很难熄灭的，刚才这一下子，肯定是出了什么问题。而且在这种地方，留个心眼总是好的。

想着，我给老痒使了个眼色，意思是还是去看看保险一点。老痒点点头，两个人掏枪出来，一前一后就往凉师爷刚才站的地方走去。

凉师爷刚才站的地方，身后一尺不到就是一具石人，石人的脑袋已经干枯了，绝对不会是这东西吹气，那唯一可以藏身的地方，就是石人的背后。

我和老痒小心翼翼地走过去，先用火把探一下，再侧头去瞄一眼，生怕有什么东西突然冲出来，然后老痒猛地跳了过去，大叫：“举起手来！”

什么都没发生，后面什么都没有。

我松了口气，心说，看来凉师爷确实是吓糊涂了，不过这也不能怪他，刚才这种环境下，要是以前没来过这种地方，害怕是难免的。想当年在鲁王宫里，我还不是一样？胆子这东西，的确是要靠练的。

老痒白了我一眼，摇了摇头，两个人转过身子，刚想将枪收起来，突然，“扑哧”一声，我手上的火把又灭了。

我一下子蒙了，怎么回事？这火灭得也太突然了。就在这个时候，黑暗中的老痒忽然大叫：“我靠！老吴，当心！这里真有什么东西！快把火把点起来！”

我一下子醒悟过来，忙去掏打火机，还没摸到呢，突然背后一凉，一道劲风闪电般袭了过来。我心叫糟糕，黑灯瞎火的，看不清来的是什么，忙一矮身子，那道劲风贴着我的头皮掠了过去，同时我脚下一个踉跄，扑倒在地上。

这一跤摔得倒不是很疼，只是撞到了边上几个石人。稀里哗啦的，不知道什么东西掉了我一脸，我顾不得恶心，急忙打起打火机，以最快的速度将火把点了起来。

一照之下，只见老痒和凉师爷都面如土色趴倒在地上，凉师爷已经吓得糊涂了，直叫阿弥陀佛。

老痒心有余悸，对我说道："快照照，刚才到底是什么东西，怎么速度这么快？！"

我咬紧牙关站起来，举着火把一转，发现除了又给我们撞翻了几个石人外，四周什么变化都没有，连个脚印也不见一个，当下心里骇然。刚才那一道劲风急如闪电，可见对方靠得极近，可这里石头和尸体密布，就这么打起打火机的工夫，一片漆黑的，就算逃得再快，也不可能什么痕迹都不留下。我又转念一想，我靠，难道是真碰上鬼了不成？

火把灭了两次，难道这鬼还想效仿鬼吹灯，把我这火把当蜡烛了？也太没职业道德了，要吹也不能吹火把啊。

我将火把压到肩膀下，免得突然又给弄熄了，然后将凉师爷架起来。这人已经进入恍惚状态了，怎么拉都站不直，像摊烂泥一样。我提了两把，实在拉不起来。老痒没有办法，上去就"啪啪"两个耳光。

我怕老痒下手太狠，忙将他拦住。这时候凉师爷倒反应了过来，一看四周，号啕大哭："哎呀我的娘啊！你说我这人真是多事，好好在家待着多好啊，干什么学人倒斗？这下子完蛋喽，客死异乡——"

老痒看他没完没了，一把捂住他的嘴巴，骂道："有完没完？一把年纪了害臊不害臊！再吵吵我们把你扔这儿，你自己爬回去。"

凉师爷是情绪失控，被我们一吓唬，马上抹了把脸，不敢再发出声音。老痒转头问我道："老吴，刚才那是什么东西，你有没有看清楚？是不是粽子？"

我朝他招招手，说道："不会。你看我们打了个照面，连对方毛都没看见，粽子没这么快。"

老痒对我说道："你看这里这么多死尸，要说没粽子谁也不信啊，我听说粽子也是分等级的，该不会我们这次不巧，碰到了粽子里的轻功高手吧！"

我不想和他扯皮，走到给凉师爷撞散架的那几具尸体边上，用手枪拨了拨里面的东西，对他说道："这里的环境这么潮湿，大部分尸体已经只剩下骨头了，上面还长着黑色的霉丝，这东西绝成不了僵尸，我敢用我的人头担保。"

凉师爷这时候总算镇定了下来，抽着鼻子说道："两位小哥，这是不是粽子和咱们没关系，我看趁着现在还有火把，我们还是快点爬回悬崖上面去，以后的事情再想办法。"

我知道他是禁不住刺激，萌生了退意，便拍了拍他，解释说现在敌在暗，我在明，如果现在去爬悬崖，指不定什么时候又来一拨，我们避无可避，就只能到阴曹地府里哭给阎王听了，所以局势没明朗前，还是不要轻举妄动。

老痒说道："老吴说得对，这不我们还有枪嘛，就算真是粽子，一两只我们也不怕他。"

凉师爷一把鼻涕一把泪，在那里直摇头："小哥，您别安慰我，就我们这两把枪，碰到粽子是死定了，恐怕留个全尸都难。"

我没碰到过真正意义上的粽子，也不知道枪打不打得动，不过既然是肉做的，我就不信还能硬得过子弹。

想到这里，我的脸色算是缓和了下来，没刚才那么紧张了，想了想，觉得就等在这里也不是办法，还是得往前走，要真不行就踩尸体吧，反正现在也给我们撞翻了不少，没什么好怕的，至于道义问题，自己小命不保，我也管不上了。

老痒一听，也觉得这是没有办法之中的最好办法，当下我们架起凉师爷，手枪上膛，还是老痒打头，我殿后，三个人咬紧牙关，顺着小路再一次往尸阵的深处走去。

我们上一次走过留下的痕迹还在，我记得有几个地方老痒还特别用力在泥地上踩出了几个脚印。我们顺着这些痕迹一路过去，果然没有发现任何的岔路，走着走着，我突然觉得有点不对劲，怎么这里的尸体腐朽得这么不均匀？有些尸体烂得连骨头都没了，可有些还有皮肉，刚想把他们叫停仔细看看，突然，"咣"一声，地上一具骨架子突然就散了架，骷髅一下子滚到了一边。我吓了一跳，刚一回头，就听"扑哧"一声，手上的火把第三次熄灭了。

我有了上次的经验，马上一蹲身子，这时候就听边上一阵混乱，老痒大叫："我靠！我逮住它了！"

第十九章

骨头的故事

他话音未落，我就不知道给谁踢了一脚，正中脸部，差点给踢晕过去，随即我就听到稀里哗啦的一连串骨头被压裂的声音，不知道出了什么事情。慌乱之中，我忙将火把点燃，定睛一看，只见老痒正和什么东西扭打在一起，已经滚进尸堆里，整一排骨头给撞得七零八落，人头骨散落一地。

我赶紧上去帮忙，却发现根本帮不上手，那东西体形不大，却猛劲十足。老痒一百多斤的体重压在它身上也压它不住，两个身体缠在一起，横冲直撞的，我根本近不了身，而且稍有不慎就会莫名其妙地被踢一脚。我几次尝试都无法进入战团，只能站在外面干瞪眼没办法。

一会儿工夫，老痒就要坚持不住了，那东西几次都几乎成功脱身。我一看再不去不行了，只好招呼凉师爷，两个人一上一下，扑到老痒身上，将老痒和那东西压到身子底下，老痒也没想到我会来这一招，给压得够呛，忙大叫："你悠着点！老子脊梁骨要断了。"

我使劲按住老痒，将三个人的体重完全压到下面那东西身上，发现没什么动静了，才问他道："怎么样？那玩意儿死了没？"

老痒牙缝里挤出几个字来："我不知道！不过你再不松开，我就死了！"

我看他脸憋得通红，赶紧撤下力道。老痒一个翻身起来，长出了一口气，对我说道："你——你下手也太狠了，别以为是小时候叠个七八个人都没事，幸亏老子脊梁骨硬，不然非半身瘫痪不可！"

我说："你啰唆什么？要不是你搞不定那东西，我犯得着这么大年纪还叠罗汉吗？你腰折，我也不轻松呢。"

老痒听了，一边揉着自己的腰，一边大骂我没良心。我不去理他，转向凉师爷道："话说回来，那东西到底是什么？怎么个子不大力气却惊人？要仔细看看。"

听我一说，三个人都回过神来，我们探头过去，只见那骨头堆里，有一团灰色的毛茸茸的东西，大概有一只猞猁这么大，给我们压得扁扁的，还在不停地颤抖。

老痒拾起一根人的大腿骨，将那团东西翻了个身。我一看，操！闹了这么久，敢情是只大耗子。我看看老痒和凉师爷，他们也看看我，三个人都笑了，难怪刚才怎么找也找不到袭击者，原来是这么一回事。这耗子袭击完我们之后，肯定是随便往尸骨的空隙里一钻，就踪迹全无，我们这群傻帽儿，还以为遇见鬼了，真是老母鸡管自己叫妈——自己下（吓）自己。

不过我转念一想，又觉得很不妥当，这只耗子也太大了，也不知道是什么品种的，说不定还是吃着尸体长大的，也不知道这洞里还有多少这样的耗子，要是碰上一群，那得吃不了兜着走。

老痒和我心念相同，笑了一下后脸色也一变，说道："不好，这老鼠皇帝给我们压死了，不知道它的鼠子鼠孙会不会找我们麻烦，我看要不还是快撤，别留在案发现场。"

我点了点头表示同意。老痒转过头去，刚走了几步，突然又说道："哎，糟糕，我们往哪边走好呢？"

我抬头一看，原来刚才一阵混战，颠来倒去的，这前后又是一样，如今已经分不出哪里是我们来的方向，哪里是我们要去的方向了。

虽然我心里有一点点感觉，依稀能分辨正确的位置，但是这种感觉太淡，我几乎不能肯定自己想的是不是就是正确的，一犹豫，这感觉就消失得无影无踪。

老痒前后看了不下十几次，实在没办法了，对我说道："算了，我们甩开膀子横着冲过去吧。"

我看了看，还是觉得有点不妥，就想问凉师爷意见，转头一看，却发现他根本没有在听我们说话，而是在专心致志地收拾地上的那些骸骨。

我心下觉得奇怪，拉住老痒，两个人探过头去看他搞什么。

这一场人鼠大战，牵连了十几具尸体，这尸体早就已经腐朽得犹如沙土，所以一经撞击，立刻粉碎，大部分碎成了小骨片，地上一片狼藉。凉师爷不知道为什么，将剩下的没有碎裂的骨头一根一根地从地上拿起来，放到一边。

这骨头大多数也不完整，大概是给这大耗子当成了磨牙的工具，上面坑坑洼洼的，有的都已经无法分辨是人体上的哪一块了。

老痒看凉师爷已经想得入神，心里好奇，问他道："师爷，你这又是在捣哪门子蒜啊？"

凉师爷怔了一下，转过头来，对我说道："了不得，给这耗子一捣乱，倒是错打错着，给在下发现了一个大秘密。"

我看他两眼放光，兴奋莫名，心里更加奇怪，这些骨头能有什么秘密？

凉师爷让我们蹲下来，拿起一根骨头给我们，问："两位，看看，能不能看出点什么来？"

我和老痒对视一眼，不知道他在玩儿什么花样，老痒做了一个很怪的笑容，说道："你这不寒碜我们吗？咱们是倒腾死人的东西，不是倒腾死人的，你还是直说吧，说完了我们赶紧赶路。"

凉师爷不好意思地笑了笑，说道："在下是太兴奋了，话都不会说了，别介意，你们先让我想想怎么说，呃——你们看骨头这个地方，仔细看看。"

我接过骨头，仔细一看，只见他指的那个地方，有一道很平滑的缺口，切口和骨头是一个颜色，年代应该也比较久远，但是凉师爷给我看这个有什么用意，我却想不出来。

凉师爷看我一脸疑惑，说道："看不出来也没关系，我来和你们说，这根骨头是人的锁骨，就是这个位置。"他指了指自己的脖子，接着说，"这一道缺口，叫作陈旧性骨伤，是死前造成的，你看切口尖锐，一点骨头愈合的情况都没有，说明这道伤口的时间和这人死亡的时间是非常接近的。"

老痒一听，还以为是什么事情呢，当下很不耐烦，说道："这种事情算什么秘密，骨头受伤了真可怜，不过我们还是快点走吧，火把都快烧没了。"

凉师爷忙摆手道："再给我三分钟，马上说完了！"

我看他非常兴奋，不说清楚肯定也不会罢休，老痒啰里啰嗦的反而耽误时间，忙使了个眼色让老痒别插嘴，转头对凉师爷说道："别理他，你快说。"

他咽了口吐沫，说道："刚才说到哪里了？哦，这伤口的时间和这人死亡的时间是非常接近的。在下大概能断定，这道伤口应该是这个人死亡的原因，之所以是在这个位置，大概是被人用刀从锁骨上方切断了颈动脉，下刀太快，所以划到了骨头上。"

我一听觉得很纳闷，问道："按你这么说，这具骨头的主人，是给人割喉杀死的？"

凉师爷很诡异地一笑，摇了摇头："不止这一具，这里所有的尸体，都是这样死的，你看，光这里就有七根锁骨，上面都有这样的切痕。一般的古代祭祀人牲，都是让人牲跪在祭祀品前，然后祭师在他身后割喉咙，但是这里的人，是给人在面前一刀断喉，所以，我觉得，这些人大部分不是给活祭的，而是在战斗中战死的。"

凉师爷说完这话，目光如炬地看着我。我给他看得直发毛，心说，这人怎么回事？战死就战死呗，用得着兴奋成这个样子吗？忙问他道："凉师爷，你说的大秘密，就是指这个？"

凉师爷故作神秘，说道："不是，不是，这只是大秘密的序章而已，接下来我要说的，才是正题。"

说着，他从尸体的碎片里又掏出一片东西，对我说道："大秘密，就藏在这个东西里。"

我接过来一看，是一片无法形容的东西，似乎是斗笠，又像是盔甲的一部分，不过这东西既然不是骨头，那必然是明器。我拿起来对着火把仔细一看，惊讶道："是青铜的甲片？"

凉师爷点点头："不错。"

这时候，不知道是给神经兮兮的师爷感染了，还是我本身的直觉，我隐约觉得凉师爷说的事情可能真的有什么惊天动地的秘密在里面，一时间给搞得一身冷汗。

凉师爷接着说道："这是汉代之后才出来的盔甲样式，你看这一片，没有衬里，是夏天的盔甲，这人死的时候是在夏天。还有，最奇怪的是这个东西。"他从那片盔甲的碎片里小心地剥出一片东西，"你看，这一片东西虽然不起眼，却是关键啊，小吴哥，你是明白人，一看就知道这是什么东西。"

我已经给搞得浑身冰凉，顺着他的意思一看，马上就明白了，那片东西，不是别的，正是一小片丝绸，大概是尸体腐烂的时候，被尸液贴到甲片上去了。

这些都是汉人的东西，怎么会出现在早几千年就灭绝的厍人的陪葬坑里？

凉师爷看了看这里，说道：“如果我料想得不错，这里其实不是一个殉葬坑，而是一个战场，这里的尸体有两派，一派是这古墓的守护人，一派是一股汉人的军队。”

第二十章

火龙阵

我想起了夹子沟的传说，那消失在山里的是不说话的北魏军队，心里已经明白了一大半。不说话，其实是指那是由一群哑巴组成的军队，可能也就是凉师爷说起的北魏时期的“不言骑”。这些士兵是绝对不会泄露秘密的，所以皇帝让他们去执行那些不光彩的任务，比如说盗墓。

早北魏一千年，因为与汉族通婚和流散海外，厍国的后裔已经消失，但是这山洞里面为某位酋长守护陵墓的一批厍国先民繁衍了下来，不知道什么原因，那支北魏的军队会知道山中有这样一座陵墓。

北魏的军队杀入这里，攻破了迷宫一样的溶洞，杀入殉葬坑内。厍国的先民誓死抵抗，可惜无论如何也不是装备先进的“不言骑”的对手，所有的人被屠杀殆尽。

可以肯定，这里的尸体，绝大多数是厍人的遗体，那我们在这里走圈子，可能真的是聚集的冤魂仍旧在守护着他们祖先的陵墓，不让我们这些侵略者靠近。

那真是难办了，难道就这样回去，白走一趟？我是大不甘心，可是，如果真的有鬼魂作祟，我们怎么样也是没有胜算的。

火把逐渐没有光芒了，闪了几下，火苗小得犹如蜡烛一般。

老痒此时也不来催我们了，因为他知道，用普通的方法已经不可能到达古墓的入口了，无论有没有鬼，火把的时间也不够了。

凉师爷道："既然这里是战场，那尸体就不可能被做过手脚，这里就不是什么尸阵。我估计，咱们真是给鬼迷了眼睛，这就是鬼打墙啊，各位知道不知道有什么办法可以克制？"

老痒无奈地叹了口气，说："我山西老表说，碰到这种事情，用红线绑着左脚，就能走出去，可我们身上也没红的，要不，咱们用自己的血来染？"

我对老痒道："那千万不要，这地方冒出血气，总是感觉不太好的事情，咱们再想想办法。"

凉师爷道："对了，我听我师父说过，鬼打墙必须得在黑暗的环境里，咱们不是还有信号弹吗？打起一颗，然后一路跑过去，我估计比用火把要好，至少不会给迷住。"

我一听觉得有点道理，只要我们知道要去的地方，无论怎么样也迷不住我们，于是给老痒打了个眼色。

老痒叹了口气，掏出信号枪，说道："太浪费了。"说着，抬手对着头上就是一枪。

流星一样的信号弹射上半空，我下意识地抬头看去，等着它开始燃烧，没想到这颗流星飞着飞着，突然就"啪"的一声，反弹了一下，直直坠落下来。

我一看，"哎呀"了一声，心说，日你个板板，忘记这里是山洞了，笔直往上打信号弹，还没开始燃烧就会撞到洞顶。

信号弹飞快地坠落下来，直到几乎落地才"噗"的一声绽放开来。这种是探险队用的五氧化二磷信号弹，大概可以燃烧五十秒，初始引燃温度非常高。我一看它离地面的距离，就知道要糟糕，果然，它落地才几秒钟，那里已经燃起了火苗。

我踢了老痒一脚，骂他没脑了，幸亏都是骨头，要不然这一下子，我们还得跑回去救火。话还没说完，凉师爷拍了拍我的手，叫道："两位爷爷，这次要糟！"

我回头一看，只见刚才起小火苗的地方，突然蹿起来一道火墙。不可思议的是，这道火墙正在以惊人的速度顺着尸堆之间的小径蔓延，一时间只见一条贴地而行的火龙在漆黑一片的山洞里游走，所到之处，小径两边的骨头无不发出爆裂的声音。

凉师爷看到此景，面色惨白，急忙蹲下身子，抠起一把地上的泥土，闻了一下就大叫："火油！泥里浇了火油！"

我一听大惊失色，蹲下一捏泥土，果然没错，忙叫老痒把火把扑熄，心里那个寒啊，没想到这尸阵里还藏了这么厉害的一招，恐怕是这里的先民为了保护古墓里的东西而设的最后一道防线，可惜当时没来得及用，结果给我们引发了。

这一路过来没出事真是奇迹，要是刚才不小心把火把掉到地上，那爷爷我们几个已经烧成焦炭了。

远处的火龙丝毫不见懈怠，不知道何时已经分成两路，火焰蹿起一人多高，瞬间将这个洞照得通明。我大概一看，发现终于可以看清楚这里的格局，只见整个尸阵中脉路通达，不大一个地方，其中的小径却是连成一气，这条火龙迟早会烧到我们这里来的，一定要找个地方避一下。

我焦急地四处张望，看到那凹陷的空地其实就在我们左手边十几米处，可是中间已经隔起了一道火墙，里面的泥土却没有烧起来，似乎是一个避难的好地方。此时火龙头已经在向我们冲过来，没时间考虑了，我对他们大叫："别在这里傻看了，那个坑就在那里！冲过去再说！"

他二人反应过来，直接踩着尸体向那片空地冲了过去。我也不知道自己还有跨栏的潜质，那些石人我竟然能够一跨而过，才几秒钟我就已经来到火墙之前，一股灼热的气浪扑面而来。

我想一鼓作气冲过去，可是刚贴近火墙，就闻到了头发烧焦的味道，脚下一犹豫，就想停下来。可惜我惯性极大，想刹却刹不住，只好大叫一声，闭着眼睛跳了过去，幸好速度够快，只是觉得身上一烫就已经滚倒在地上。我打了一个滚，将身上的火压熄，接着老痒和凉师爷也冲了过来，纷纷滚倒灭火。

这时我已经知道这里的地面为什么会下陷，原来表层的土已经给人铲掉了，我一滚之下也来不及细看，老痒已经惨叫着滚到我的身边。

我忙脱下外衣，帮着将老痒身上的火拍熄，扶起来一看，人倒是没事，只是眉毛烧没了，转头却见凉师爷不停地翻滚，可身上的火就是不灭。我想到大概是因为他在地上摔倒过，衣服上沾上了火油，所以压不灭，便赶紧将他扑倒，用地上的泥将火压熄。

凉师爷嗷嗷直叫，浑身冒出白烟，我和老痒将他的衣服剥开，只见背上有几处已经焦黑，幸好冷汗出了不少，起了点保护作用，总体来说不算严重。我打开水壶，将半壶水浇在他背上，给他降温，然后抬头看四周的形势。

我们所处的空地已经给火墙阻隔，前面乱成一团，热浪袭来，身上所有的毛都发出卷曲的声音，不少骨头大概是因为里面气体蒸腾，不停地爆裂，骨碴子飞起半空高。我一看大势已去，尸洞必然被完全焚毁，这里地处低洼，等一下氧气说不定会给烧光，不闷死也给烫死了。

正在抓狂的时候，老痒一把拉住我，大叫："大事不妙，抄——抄家伙，阎王爷点名来了！"

我不知道他是什么意思，转头一看，忽然见六七只大耗子给火烧疯了，竟然蹿过火墙，直奔我的面门就咬了过来。我一猫腰躲了过去。老痒不等它们再次扑来，一枪将一只打飞。我举起熄灭了的火把，当成武器也将扑过来的几只敲飞，可是同时，另外十几只耗子闪电一样蹿了出来，这一次我离得太近，背上给抓了几下，立即滚倒在地上。老痒又是几枪，将它们逼退。我抬头一看，乖乖，火墙外面，已经全是大大小小的耗子，给烧红的眼睛全都直勾勾地盯着我们。

我心里直叫不好，跳进来的这几只耗子被老痒的枪声震慑，暂时不敢靠近，但是在火墙之外的那些，见我们所站的这块地方似乎不会给烧着，必然会一只接一只地舍命冲进来，数量越来越多，再过几分钟，等到它们发现自己数量占了优势，必然会一拥而上，将我们吃成骷髅。

我看在这里硬拼太不值得了，便拉住老痒，让他暂时别去管这些耗子，最重要的是想办法出去。这时候凉师爷对我们大叫："这里有个盗洞！"

我们回过头去，看见土坑的中心，有一个不起眼的小洞，不知道是谁挖的。老痒忙退出弹匣，看了看子弹，把枪塞给我，然后背起凉师爷就往坑的中心走去。我一手拿枪，一手拿拍子撩，跟在他后面。

才走了没几步，最近的几只耗子突然尖叫一声，闪电一般扑了过来，我抬手连开了四枪，打中了三只，还有两只已经扑到了我的面前。我再无办法，甩出拍子撩，一声巨响，将两只耗子凌空打成了肉泥。

第二十一章

秦岭神树

因为是左手开的拍子撩，加上拍子撩后坐力大得吓人，这一枪之后，我只觉得虎口发麻，手竟然举不起来了。不过好在声势惊人，就连老痒也吓得几乎一个踉跄，那些耗子一下子退了下去，不敢再贸然攻击过来。

我一看这是个机会，忙催促老痒快点，拍子撩近距离威力巨大，但是子弹有限，就算一枪打死十只，也远远不够。下一次再开枪，就不知道有没有这么好的效果了。

思索间已经退到土坑的中央，我往下一看，地上果然有一个黑幽幽的洞口，依稀可见土表下面的砖层。老痒吃力地将凉师爷塞进那个洞里，正贴着他的脊梁骨一溜到底，他手一松，凉师爷就掉了下去，接着他也一猫腰，双手撑着地跳了下去。

我在后面殿后，听到里面老痒大声招呼我，才学着老痒，单手撑地跳入洞里。

下去还不到半个身子，双脚着了地，我打起打火机一看，老痒正焦急地等我下来，凉师爷摔在一边，不知道死活。

我将打火机交给老痒，让他找点东西照明，自己捡起地上一些兵器，胡乱将下来的口子堵住，防止耗子进来。

老痒点燃墓室四周墙上的火把，四处一照，发现这里是一个明显厍国风格的石室。石室四周全部用条石做壁，上面全是色彩斑斓的壁画，顶上是条石镶嵌青砖，只是因为潮湿，目力能及的地方几乎全都有霉斑的痕迹。

石室很小，除了一些兵器和工具，什么陪葬品也没有。石室的中心，也没有棺椁，但是在地板上倒有棺材放置的痕迹。

此外也没有看到通往其他地方的甬道，我只是粗略地一看，就不禁觉得奇怪，难道外面那些死人要保护的古墓，就是这么屁股大、什么都没有的地方？

热气从顶上喷下来，我们感到氧气不够了，壁画因为温度，颜色越加艳丽起来，让人不敢正视。我们心里都知道，待在这里虽然可以暂时保命，但也不是长久之计。

我喝了几口水，然后去看凉师爷怎么样了，一摸他的额头，发现他全身滚烫，气息微弱，是体温过高的症状，忙将剩下的半壶水给他灌下去。老痒掐了几下他的人中，总算把他掐得缓过来了。

外面的耗子已经疯了，围在盗洞口拼命地嘶叫，拼了命地想进来，无奈洞口全是青铜的利器，它们怎么钻也钻不进来。

老痒四处转了几圈，发现没有出口，便问我这里会不会也有秘道。要真没有，我们这一次就得蒸成人干了。

我看了看四周，几乎没有什么地方可以设置机关，这里太小，一目了然，刚想说不可能，忽然“咔啦”一声，盗洞口的东西塌下来一块，一只耗子竟然咬碎了一块砖，直往缝隙里钻来，可惜脑袋太大，卡在了两块砖头之间。

这些耗子咬不动青铜，竟然开始咬四周松散的青砖。我心里暗叫不好，这些青砖虽然也很结实，但是到底不比金属，这些耗子不要命地咬起来，说不定也能给咬开。

我捡起一把长矛，将那耗子顶回去，然后大叫老痒帮忙。老痒忙把自己的外衣一脱，用兵器挑着塞进盗洞口的缝隙里。

可是他那衣服不顶用，没顶几下，就被那耗子咬破了个大洞，接着十几只耗子顺着长矛的杆子就爬了下来。

我们赶紧撒手。那几只耗子跳到地上，也不来攻击我们，反而朝一处墙角冲去。

老痒一看，恍然大悟，大声叫道：“老吴，它们是在找路逃跑！快跟着它们！”

我们忙冲过去，发现那边墙脚竟然有一个不起眼的耗子洞，趴下身子一看，墙后面，竟然好像是空的。

老痒不由分说，扯起地上的一把铜锤，抡起来就朝那墙砸去，只一下，石板子就裂了，墙上出现了人头一样大的一个洞。我们探进去一看，后面竟然还有一个石室。

“我靠，原来这里的秘道要靠砸的！”老痒叫着，又砸了几锤子将洞砸大，我们两个扛起凉师爷就爬了进去。

隔壁的石室里面没有任何的装饰，只是石室的中心有一个四方的直井通往下面更深的地方，下面没水，那些耗子毫不停留，直接就跳入直井里面。

后面传来墓室的砖顶开裂的声音，我回头一看，用来封砖的铅水已经软化，这里的墓室很快就会坍塌下来。我和老痒心一横，死就死吧，便咬着牙跟着老耗子跳进了井里。

那井有轻微的坡度，我一路滑下去，重重地摔了一下，然后又是一滚，摔到了一块平地上。想到老痒和凉师爷就在我后面，忙往边上一挪，果然，老痒一屁股摔在了我刚才站的那地方，接着是凉师爷压到了他的身上，把他压得怪叫起来。

上面传来一声轰鸣，然后是剧烈的震动，墓室终于给火烧塌了，炽热的石头从我们掉下来的地方倾撒下来，直朝我们劈头盖脸地砸过来。

老痒抱着头坐起来，问我道：“这里是什么地方？”

我举起老痒从墓室中拿来的火把，转头一看，还是四方形的井道，只不过横了过来，道：“是古墓的排水井，排水系统的一部分。”

老痒看了看四周复杂的井道，问道：“那我们现在往哪里走？”

我看了看他，心说：我怎么知道？这时候几只耗子从上面滑落，从老痒的肩膀上跳了下来，一下子跑进前面的通道中。

我心里一动，忙道：“跟着它们！”说完，赶紧向前追去。

那几只耗子爬得极快，很快，便带我们过了好几个转弯口，我们几乎快跟不上它们了。我们连滚带爬地跟在后面，坚持了有十多分钟，忽然，前面吹来一阵微风，那几只耗子一闪就消失了。我还没明白怎么一回事，立即脚下一空，几乎是滚着冲出了排水井。

我不知道外面是什么环境，忙一个翻身站起来。这时候老痒他们也跟着摔了出来。四周一片漆黑，我忙举起火把去照。

四周豁然开朗，这里不是墓室，而是一个巨大的圆形直井的底部，直径大概有六十米，底上凹陷成一个深坑。石头井的四周都有火架子，我上去点燃了几个，将四周照得更亮。

边上的直井壁明显有开凿过的痕迹，显然这个圆井是人工凿成，只是他们挖到这么深干什么呢？难道这里也是上面石洞的一部分？

我隐隐约约还看见坑的中心竖着一根什么巨大的东西，可惜光线不够，看不清楚。这里的温度很高，一股很烫的劲风由上而下吹来，吹得人头昏脑涨，连站立都不稳。

我举起火把，让老痒背着凉师爷走到坑里，在火把的照明下，坑里的情况一清二楚。

坑里东倒西歪的全是外面看到的人头石俑，几乎有百来具，人头都已经风干，坑中间竖着的，是一根直径十米左右的大青铜柱子，乍一看还以为是一道有弧度的青铜墙，直上而去，高不可攀。

青铜柱子的底部直直地插入坑底的石头里，好像是从那里长出来的一样，将四周的岩石都胀裂出许多条裂缝。

青铜柱之上还有很多细小但是粗细不一的铜棍，与老痒带着的那一根非常相似。我估计了一下，密密麻麻不下千根，再往上不知道还有多少。整个青铜柱的形状，就犹如一棵从石头中长出的大树，枝丫繁盛，直插地表。

凉师爷看得心里发凉，从老痒背上下来，说道："建造这里的人一定是想把这青铜树挖出来，你们看这里的边上开凿的痕迹，竟然挖到了山底还没有找到尽头，那这青铜柱子，不知道插到地底下有多深。"

我看着心里也发寒，这样巨型的金属器，早就超出了当时的冶炼水平，那些库族的先民，不可能有这样的技术。可如果不是他们铸造的，那这青铜树，又是谁立在这里的？难道是从地狱里长出来的？

这时候，凉师爷突然拍了我一下。我转头一看，发现一直没说话的老痒，正直勾勾地盯着那青铜树，径直走了过去。

第二十二章

继续爬

我看到老痒的表情不对，心里闪过一丝异样，忙大叫了一声他的名字。老痒给我吓了一跳，一下子反应过来，打了个哆嗦站在了原地。

我们俩忙跑过去，问他刚才想干什么。

老痒看了看这棵树，又看了看我们，疑惑道："我也不知道，真奇怪，刚才我一看到这树，就好像习惯一样，突然想……爬上去。"

爬上去？我怀疑地看着老痒，又抬头看了看这树，心说你又不是猴子，怎么看树就爬？问他："是不是给这东西的气势感染了？一般人看到高的东西，都有想爬的冲动。"

老痒摇了摇头："我也不知道。"

凉师爷看了看这青铜树，说道："这东西这么大，有点邪，咱们看的时候小心一点，尽量别去碰它。"

老痒点点头表示同意。我举起火把，向青铜巨树的根部走去。

青铜树是比较稀少的文物，我记忆里除了三星堆里出土过之外，其他地方好像没有。我也是从纪录片中稍微了解了一下，考古界对此成因并没有定论，说法很多。

贴近去看，可以发现青铜树的表面并不光滑，上面刻满了双身蛇的图腾，象征着青铜器的神性。

凉师爷看了半天，对我说道："这么大一家伙，估计是个祭器，商周左右的东西，具体在祭祀的时候干什么用，太古老了，超出我的见识了。"

这和来之前老头子给我说的很接近，不过商周左右，商就近六百年，周近八百年，加起来就一千三百多年了，左右一下，加上个夏四百七十一年，几乎占了整个中国有记载历史的一半，这个判断等于没说。

我问他能不能精确点，能不能看出，到底是商周哪一段。

凉师爷摊了摊手，说没办法："这东西肉眼看不出来，在下只能给你猜。你看锈色偏黑灰，可能是锡青铜、铅锡青铜和铅青铜中的一种，西周的可能性最大，大概能有个五成，另五成我就说不出来了。你也知道我们这一行的规矩，我知道这些已经不错了，再往深里讲在下只能瞎掰。"

做古董这一行在朝代上有一条分界线，大量的古董都是宋以后出的，唐以前的东西少，商周更是干脆几乎没有，业内对这种东西的认识不多，凉师爷的确算是不错了，比我强多了。

我听他说了这么多，仍然没什么概念，问道："那就按照西周，您能不能给判断一下，西周的青铜工艺水准，理论上能不能铸出这种东西来？"

凉师爷说："这问题我更回答不了，我只知道那时候青铜器要先做陶范（陶质的模具），理论上说只要能做出陶范来，就有可能铸出成品。不过这东西太大了，恐怕用传统工艺是做不出来的。"

老痒问他道："师爷，你说这东西会不会是什么史前文明的遗迹？我在报纸上看到过，有些几亿年前的煤矿里还挖到铁钉呢，这东西这么大，那时候的'人'估计做不出来吧？"

凉师爷摇了摇头："两位小太爷，这我还真觉得不一定，公元前1000年到公元元年左右，历史上叫奇迹时代，很多不可能的东西都是那时候建造出来的，像长城、金字塔、秦始皇陵、巴别塔。你要说这一棵青铜树能不能铸出来，那也很难说，毕竟那时候咱们老祖宗已经会铸青铜器了，皇帝一声令下，下面人埋头苦干，用个几十年，也不是没有可能。"

凉师爷说得有点道理，不过当时冶金业不发达，有这么多的青铜可以利用吗？秦始皇收天下之兵才铸造了十二金人，这一棵树，恐怕能铸上百个了，这么多的青铜是哪里来的？

我想来想去，也没想出个所以然来，倒是想起了另外一件事。我们在偷听李琵琶说话的时候，听到他说过，这个古墓里的东西，比秦始皇陵里的还好，可我们一路下来，也没看见什么好东西，这里也到头了，要说好处就是这棵青铜树，可我们又不是收破烂的。

虽说这树也够一千个收破烂的忙活一辈子了……

他的《河木集》上一定写了什么东西，能够吸引他到这里来。他这种人宝贝见多了，能让他说那种话的，这东西肯定非同小可，可这东西到底是什么，在这里的什么地方呢？

照理，这里应该是整个古墓，或者神迹的中心了，要有好东西，也应该在这附近，可是除了这棵树，这里肯定没有任何东西是李琵琶这种人看得上眼的……等等……树？

我想着，忽然灵光一闪，抬头看了看头顶，心说，会不会吸引他来的东西，是藏在了这棵青铜树上？

这种巨大的青铜树，对古时候库国的先民来说，无疑是极其浩大的工程，可以说是神迹，难保他们的王不会把自己的陵墓设在他们认为最靠近神的地方。如果这的确是一个古墓的话，墓主人的棺椁应该在青铜树上，所有的明器也应该在这上面。

我把我的想法和其他两个人一说，他们都觉得有道理。我问他们，那既然这样，要不要爬上去看看？

老痒当然是同意的，说道：“都到这份儿上了，爬几步有啥大不了的，这上面这么多棍儿，和爬楼梯似的，不用使多大力气的。”

我也不介意爬上一段，只是凉师爷刚刚给火烤了，又体力透支，再让他上树，恐怕他这条小命就交待了，要是瘫在不上不下的地方，我们还得照顾他，实在没这个闲力气。

我转过头去，想对他说要不在下面等我们，我们两个上去就行了，却看见凉师爷用力揉了揉脸，然后一拍我：“没事，最后一关，怎么也要去看看！”

我看他眼神坚决，知道是劝不动，无须做无用的尝试，于是将背包扎紧，举起火把，对老痒说：“那咱们就继续。”

老痒戴上包里的手套，当下第一个踩着青铜树上的枝丫，开始攀爬。我和凉师爷也学他的样子，跟在后面，跟着他落脚的顺序一路向上。

上面的枝丫不紧不密，爬起来相当顺利，老痒一边爬，一边提醒我们注意下一步的动作，不要大意踩空了。

贴着青铜的树干，我看得更加清楚，这些伸展出来的树枝都是与这根躯干同时铸出来的，接口处完美无瑕，没有一丝锻痕。不过，让我觉得意外的是，上面的双身蛇之间的缝隙很深，似乎一直刻到躯干的深处，我都看不到雕刻沟里面有什么。

因为太过在意动作，我们很快汗流浃背，气喘如牛。我向下望去，发现看不到底下的坑，只能看到门边上的火坛微弱的光芒，这么点高度，看上去却像是无底的深渊。

爬了一会儿，凉师爷就体力不支了。我招呼老痒停下来，打了个手势让他别急，让凉师爷休息一下。

凉师爷如获大赦，一下子就蹲了下来。他累得够呛，汗都是淡的，脚颤颤悠悠，几乎都站不稳。我坐在枝丫上，双脚荡在半空，也很不踏实，根本没办法很好地休息。

老痒看我们太紧张了，把干粮丢给我们，让我们嘴巴里嚼着，对我们说道："你们这个样子可不行啊，这上面还有百来米呢，就这个体力，没准我们得在树上过一夜，要不，老吴你给咱们讲个荤段子放松一下？"

我累得都不想说话，骂道："去，你就不累？你看你小腿哆嗦的，要说荤段子自己说，老子没这个力气。"

老痒咬了一口玉米饼子，说道："我讲就我讲，不过你得先回答我一个问题。老吴，你说咱们发现了这东西，要是通知政府，能不能用咱们的名字命名啊？"

我对这倒真是一点都不知道了，转头看凉师爷。凉师爷喘着气摆了摆手："这位痒爷，你有没有听过有什么东西给叫成王二麻子方鼎、赵土根三脚觚的？历来国宝的发现人都是农民和建筑工人，你要以他们的名字命名，那就有趣了。咱们也不是歧视劳动人民的意思，不过中国人的名字不像老外，直接拿来用，你不觉得寒碜得慌吗？"

老痒想了想，觉得有点道理，又问："那至少也给我个命名权，对吧？那个谁发现个岛屿不都是可以由第一发现者命名的吗？"

凉师爷说道："那好像是有这么个规定，不过我还真没去研究过。"

我问老痒道："干啥问这些？你钱都没搞利落，还想名利双收啊？你也不想想，一个人没事能找到这种地方来吗？你是干什么的还不是不打自招吗？"

老痒说道："我是觉得这玩意儿挺有意思的，你说这么大根铜柱子，给取什么名字好呢？你们也给想想，以后咱们吹起牛来也好统一口径。"

我这时候不想再动这些无聊的念头，对他说道："算你第一个发现，该你取，我没你这么好心情。”

老痒看了看上面，说道：“我一看到这东西，脑子里就闪现出一个词，你看这一根柱子，叫‘我爱一条柴’怎么样？”

我没好气道：“你是不是没营养的片子看多了？你爱一条柴，起这名字，信不信出去能有雷劈你？”

老痒当下一笑，凉师爷也乐得直摇头，这一笑间，三人总算是放松了下来。

我们吃完之后，力气恢复了不少，老痒就催促着继续往上爬。我抬起脚刚想动，忽然发现底下好像有什么不对劲，仔细一看，咦，门边上的火坛子怎么灭了？

老痒皱了皱眉头：“该不会是给这里的风吹熄灭了吧？”

我摇摇头，说“不会”，这火坛子火头这么大，比我做的那个不知道专业多少倍，不可能给风吹熄灭了，下面该不是出了什么事情吧？

正想着，忽然整棵青铜树轻微地震动了一下，好像给什么撞了一下。凉师爷吸了一口凉气，忙问怎么回事。

老痒对我们做个噤声的手势，然后把手做成喇叭状贴在铜壁上，一听之下，脸色大变，对我们轻声说道：“好像有东西上来了！”

第二十三章

裂痕

我心里一紧，想到了泰叔。我们从瀑布上被冲下来之后，就一直没有看见过他们，难道现在已经跟过来了？一想之下又觉得不对，外面火龙阵一时半会儿熄灭不了，墓室也塌了，他们应该过不来，另外，要爬上来，那就得有照明的工具，下面的火把熄灭了，又没手电筒的光点，他们没有理由摸黑上来。

那上来的到底是什么？

想到这里我就冒冷汗了，我们现在凌空不过是十几米，活动的空间有限，不好做太大的动作，真要是遇上啥离奇的事情，不知道该怎么应对。

老痒给我使了个眼色，意思是要不先下手为强，冲下去看看？我摆了摆手让他冷静，现在敌暗我明，绝对不能莽撞。要真是泰叔他们摸黑上来，下去一个照面免不了就是一番恶战，子弹不长眼睛，这么近的距离，说不定就会两败俱伤。想到这儿，我心里一转，有了一个计划，当下取下自己的皮带，将火把绑在一根枝丫上，然后招呼老痒和凉师爷，躲进火把照不到的黑暗里。

下面人看我们，只能看到我们的火把光线，如此一来，我们也隐入黑暗之中，反而可以反客为主，打他们一个措手不及。

三个人各自屏住呼吸，用手做成听筒，贴在铜壁上，可以感到一种很轻微的颤动声正在由远而近，频率又乱又快，好像有很多的人不停地在用指甲挠着青铜树上的纹路。我听着越发觉得不妙，泰叔他们只有两人，恐怕无法发出如此密集的声音，难不成是耗子跟进来了？

我心里后悔刚才没有好好处理那个盗洞，暗骂一声，将拍子撩也拿到右手上。站在我上面的老痒也子弹上膛，两个人准备随时暴起发难。

来者行动非常迅速，毫不犹豫，转眼已经来到我们身下，只是还没进入火把的照明范围，我只能隐约看到几个模糊的影子，似乎是人，又似乎不是。我紧张得手心冒汗，精神高度集中，这几秒钟，时间好像停止了一样。

突然间，最下面老痒的脸色变得极端惊恐，大叫："我靠！上上上！快上去！"不等他说完，凉师爷似乎也看到了什么，发出了一声非常凄厉的惊叫，两个人见了鬼一样地向上飞快逃去。

我不知道他们看到了什么恐怖的东西，下意识地往下一望，发现黑暗中有什么东西正在蠕动，却看不清楚。老痒看我不动，大叫一声："老吴，你傻站在那里干什么？快爬！"

我发现他的脸色极度苍白，心里打了个寒战，也顾不得弄清楚是怎么回事，拔出火把，咬紧牙关就跟了上去。

我被老痒他们的表情感染，心里紧张得要命，又不知道爬上来的到底是什么，越爬越觉得浑身发凉，越凉就爬得越快，最后完全陷入一种疯狂的状态中，只觉得头皮发麻，浑身僵硬，脑子里只想着跟在他们后面，其他什么都顾不上了。

足足爬了半支烟工夫，前面的凉师爷终于停了下来。我爬到他的身边，发现他不是不想爬，而是实在爬不动了，脸上毫无血色，整个人已经到了极限。

他汗如雨下，看我还要向上，竟然一把抱住我的腿，对我说道："等……等一下！别……别丢下我，我……我只歇一下，就和你一起爬！"

我给他拉得一停，只觉得腿一软，竟然也使不上力气，不听使唤地开始发起抖来。

刚才游泳、攀悬崖都是在极度紧张的环境下做出的高强度运动，肌肉早就不堪重负。现在又是一路极其耗费体力地爬高，没意识到还好，人一停下来，肌肉马上失去控制，就算咬紧牙关也没有办法。

我心急如焚，却无处发力，往上一看，黑漆漆的不知道还有多高，不由得心里发寒，心说，这样爬要爬到猴年马月去，就算爬到了顶又能如何？还不是一场大战？到时候体力更差，说不定连枪都举不起来。想到这里，我把心一横，顺手将火把递给凉师爷，同时甩出拍子撩对着下面，对他说道："爬个屁！老子也爬不动了，算了，管它是什么，和它拼了！"

凉师爷听我这么说，面孔都扭曲了起来，几乎就要晕倒，从青铜树上摔下去。我赶紧将他扶住，四处一望，发现老痒不知道哪里去了，忙问他："老痒呢？刚才是在我们上面还是下面？"

凉师爷连说话的力气都没有了，摆了摆手，指了指下面。

我记得刚才爬的时候，我们一路狂奔，老痒看我拿着火把，为了给我殿后，的确让我甩在了下头，急忙让凉师爷将火把探下去查看。这一照之下，几乎没把我的魂魄吓飞，只见下面的黑暗中，有一个人像猴子一样趴在青铜树上，毫无表情地看着我们。

这人脸足有普通人的一个半大，五官犹如石头雕刻的一般，一点人气都没有。凉师爷将火把探下去的时候，它忽然向后缩了一下，似乎忌讳靠近火焰。然而同时，它的脸上，却露出一种似笑非笑的表情，极端诡异。

我看到这张脸，心里打了个哆嗦，心说老痒在我们下面，现在不见了踪影，难不成已经遭殃了？但随即想到，若是已经遇难，他有手枪在手，怎么样也要开上几枪，没有听到声音，或许是在下面躲起来了。

凉师爷看到这张脸，立即魂飞魄散，怪叫一声，向上飞快地逃去。我想阻止已经来不及了，回头再看下面，猛然发现那张怪异的巨脸已经贴了上来，几乎就到了我的脚下。

刚才远远看还好，现在一下子离得如此近，只见整张脸在我脚边狞笑。出其不意之间如何不慌？我条件反射般地甩手就是一枪，就听"砰"一声巨响，拍子撩吐出一条火舌，正中巨脸的面门。

这一枪距离太近，铁砂弹直接将整张巨脸轰得粉碎，牵扯力将巨脸的身体扯落青铜树，跌落到了黑暗里。

我没想到手枪如此奏效，当下松了口气，正想上去拉住凉师爷，突然从巨脸跌落的地方，又探出两张惨白的大脸。我大惊失色，甩手又想开枪，可是连扣两次扳机，都没有反应，随即想到这拍子撩只能装两发子弹，打完之后必须手动退弹装弹才能继续使用。

可是现在的情形根本无法容我这么从容地装填子弹，我刚掰开弹膛，一只爪子就已经搭到了我的肩膀上。我一回头，正看见一张巨脸贴着我的鼻子凑了过来，原来有一个东西不知道何时已经绕到了我的背后。

凉师爷已经将火把带远，光线逐渐昏暗，我看不清楚这东西的五官，也没办法判断这到底是什么，只好狗急跳墙，一脑袋撞了上去。

这一下我是用了十足的力气，没想到这脸就像石头一样硬，撞得我脑子“嗡”的一声，几乎要从树上摔落下去。这时候，我突然听到老痒不知道在哪里叫了一声：“躲开！”同时“砰”一声枪响，一道火光呼啸而过，打在我脑袋边上的青铜树上，溅起漫天的火星。

我给这一枪震得几乎晕过去，急忙退到一边，一摸脸蛋，马上骇然不止——脸上竟然给子弹的气流划出了一道血痕。

老痒继续在下面开枪，一时间子弹乱飞，到处都是火星，可惜没有一枪打中目标，几乎全都打到了青铜树上，有几颗子弹还反弹了好几下，像弹珠一样在我眼前飞来飞去。

我再也无暇顾及那些怪物，一边左躲右闪，一边心里暗骂，老痒这家伙枪法太差了，再这样下去，今天搞不好会死在他手上。

不过这几枪给我赢得了时间，那些怪物给子弹打得有些忌讳，纷纷退后，我乘机从拍子撩枪管下的铁盒子中取出两发子弹，塞进枪管子里，甩了一下上膛，对准最近的那张怪脸就是一枪，将它打得飞了出去，掉下青铜树。

我眼前的威胁解除，马上低头去看老痒，却发现更多的怪物从黑暗里探出了头来，能看到的就已经有十几张巨脸，这些东西似乎看上我一样，几乎同时移动，犹如鬼魅一样向我包抄过来。

我看得心惊肉跳，实在想不出这些到底是什么东西，从它们躯体的形状来看，应该是人，可是人怎么可能用这种类似于猴子的姿势在攀爬？而且这些怪物脑袋这么大，已经超出正常人的范围了。可是，如果不是人，那又会是什么呢？

转眼间两只怪物跳到了我的边上，一只抓住了我的脚就向下拉，另一只直接趴到了我的脖子上。我知道不可能再有换子弹的机会，当下变枪为锤子，朝那贴上来的怪物脸就是狠狠的一下。

我本想将这怪物打下树去，它却只是后仰了一下，马上又贴了过来。这个时候，我突然发现那张巨脸“咔嚓”一声，竟然出现了一条裂痕。

第二十四章

摔死

我愣了一下，心想这是怎么回事，怎么脸还能开裂？皮肤干成这样？可没等我仔细看，下面拉着我脚踝的怪物突然发力，把我拉了一个踉跄。这怪物力气很大，我根本没办法和它硬抗，只好顺着它的力气跳了下去，紧接着一只手抓住附近的青铜枝丫，另一只手贴着那怪物的喉咙就是一枪，“砰”的一声将它的脑袋轰了下来。

这一枪开得实在太勉强，巨大的后坐力几乎把我从枝丫上甩下来，我咬紧牙关才确保人枪不失。这边无头的尸体给枪的冲力掀离了青铜树，可是它的手还死死抓着我的脚，整具尸体挂在我的脚下，将我直往下拉去。

我单手无法吃住两个人的重量，咬着牙低头想找一根能够搭脚的枝丫站稳了，再想办法将那尸体甩下去，这时候，刚才给我打裂脸的那一只怪物突然倒挂了下来，一爪子卡住了我的脖子，就将我向上提去。我的脖子像给裹了紧箍，连一丝空气都无法进去，脸马上就憋得通红，情急之下，我抡起拍子撩朝它的脑袋乱砸。

我是用了死力气，那几下要是砸在人脸上，肯定就全烂了，那怪物也给我砸得蒙了，头不停地乱晃想要躲开，我一记重击，正巧打在了那怪物脸上的裂缝上，它怪叫了一声，突然松开爪子，跳到了我头顶上方的枝丫上，发狂地抓起自己的脸来。

我失去支撑，重量全部回到手上，一下子没抓住，脱手直坠下去一米多，忙抱住一根突出的青铜枝丫停住身体，抬头一看，只见那怪物的脸竟然完全碎裂了开来，变成了一小片一小片的白色碎片，开始像奶皮一样脱落。

很快，所有的白色碎片全部掉了下来。我接住一片，竟然是石头的，难道这些人都是雕像吗？我又抬头一看，只见石头脸脱落之后，里面竟然还有一张长满了黄毛的脸。

我仔细一看那脸，突然恍然大悟，对下面大叫道："老痒！我知道这些是什么东西了，都是猴子，大个儿的猴子！"

老痒在下面的黑暗里，看不清楚是什么状况，只听到他回道："猴你爷爷！哪有猴子长人脸的？那不成精了？"

我大吼道："那不是人脸！那是面具！这些猴子戴着石头人脸面具！"

老痒已经从下面的黑暗中爬了上来，身上的衣服几乎都给撕成一条一条的了，朝我大叫："甭管是什么了！猴子又怎么样？你打得过吗？"

我朝他身下一看，只见下面黑影幢幢，不知道有多少这种戴着面具的猴子正在追上来。我又爬上几米，打开弹匣一看，红色的子弹已经用光了，只剩下几发蓝色的，大概不是铁砂弹，而是那种大钢珠子弹，这东西远距离的威力不错，但是不如火炮一样的铁砂。我一看猴子跟了上来，忙双手握住枪柄，向下连开了两枪。

钢珠子弹发了出去，威力减少了很多，但是大范围杀伤的效果还是发挥了出来，最近的几只猴子给打得血肉模糊，远处也有不少中弹的，要是能够五发连发，我甚至可以把这些东西全都干掉。

猴子们似乎给拍子撩的威力震慑住了，全部放慢了逼近的步伐，转身跟着老痒去追凉师爷。那只给我打破面具的猴子，看到我们，竟然开始害怕了，朝着我们一龇牙，飞也似的向一边退去。老痒奇怪地看了看我，问道："我靠，还真是猴子，这是怎么回事？"

我心里也觉得非常奇怪，这些猴子的面具是谁给它们戴上去的？又为什么要戴？面具上面既没有眼洞，也没有嘴洞，这些猴子平时怎么生存啊？

凉师爷已经落下我们十几米，现在正趴在那里喘气，我们很快赶上了他，发现他已经神情恍惚，幸好那个地方枝丫密集，他整个人架在那里，不至于掉下来。火把落在他身下半截的地方，卡在三根枝丫之间。

老痒过去一只手拿起火把，另一只手抬起，将那只没戴面具的猴子打落。手枪子弹算是完全告罄，他随手就想将手枪砸下去，可手举到一半，又有些不舍得，将它插回皮带里，然后举起火把对着下面挥动，想用火焰把这些猴子逼退。那些猴子果然有一些畏惧，火把扫过的地方，它们全都往后缩去，可是火把一挪开，它们又迅速地压了过来，一点也不给我们喘息的机会。

老痒在那里挥了半天，非但没有将它们赶开，反而包围圈越来越小了。我扯了扯凉师爷，他像一摊烂泥一样动也动不了。老痒大叫：“别管他了，顶不住了，撤！”

我急火攻心，真想一脚把凉师爷踢下去算了，可是这家伙也不是什么穷凶极恶的人，这时候我还真下不去手。我将他拽起来，用力向上拉了一下，但是他的屁股反而从两根枝丫之间掉了下去，情况变得更糟糕。

老痒用火把将一只猴子吓开，对我大骂道：“该死！你到底在干什么？这家伙不是我们一伙的，要是一切顺利，说不定他已经把你给宰了，你别在那里搞优待俘虏。”

我装上子弹，又是两枪，两声巨响掀飞了五只猴子，将猴群逼退了将近六米，然后甩枪换上了最后两颗子弹，刚想打完算了，突然凉师爷一把抓住了我的手，有气无力地道：“这些东西怕火，信号弹……”

我一听猛然醒悟。老痒反应很快，回手已经掏出信号枪，瞄了瞄，问我：“怎么打？直接打下去没用的！”

我夺过信号枪，对着对面的岩壁就是一枪，信号弹闪电般打在几十米开外的岩石上，又反弹回来打在青铜树上，如此闪电般反弹了两三次，突然在猴群中炸亮，极高的温度一下子将那些猴子烧得乱窜起来。我不等第一发熄灭，又连射两发，一下子整个空间亮起了刺眼的白光。

老痒给照得眼睛发花，几乎要掉下去。我将他的头扳到一边，大叫：“别看！距离太近了，比电焊还厉害 百倍，会烧坏视网膜的！”

三个人同时闭上眼睛，但是仍旧能够感觉到那种光线几乎刺入眼皮，猴子们给强光照得发了疯，只听下面一阵混乱，同时传来一股皮肉烧焦的臭味。

也不知道过了多久，强烈的光线才暗下来。我眯着眼睛看了看下面，猴子已经不见了。我的眼睛给烧得灼痛，看东西非常模糊，老痒更是眼泪直流，拼命地用手去揉，凉师爷这次彻底晕了过去，要不是我拎着他的领子，他早就掉下去了。

我看到猴子不见了，松了口气，也不知道它们是害怕高温，还是怕这种强光。如果它们当时对着这些强光直视，那十有八九已经全部暴盲，没有十天半个月恢复不了。我把凉师爷拍醒，一把架住他的胳臂，将他的身体抬直，想拖着他往上。不过这家伙实在是太重，我只能将他扶正，要让他离开原来的位置，却一点办法也没有。

他坐稳之后，我又缩到一边去看老痒。老痒眯着眼睛，一边骂娘一边吐口水，不过总算是能看见了，问我道："你做事情之前就不会知会一声？要是把我给搞瞎了，我和你拼了。"

我骂道："你还有脸说这些？我救了你的命知道不？再说你这不没瞎吗？"

老痒看了看下面，说道："别说，这一招还真管用，猴子跑了还是都烧死了？"

我对他说，恐怕烧死是不太可能，大概是暂时退下去了，说不定还会再上来。不过我们既然发现了对付它们的办法，也就不用再怕，信号弹还有几发，足够应付几次的。

这些猴子戴的面具，做工精细，雕得简直和真人一样，难道与我们在山崖上看到的那一尊写实的雕像有关系？可是它们为什么攻击我们？

我以前倒是看过一本小说，说是有古代文明训练大猩猩来守卫矿井，这些大猩猩在古代文明毁灭了之后，仍旧将自己守卫矿井时所受的杀戮训练通过教育传达给了下一代。这样一直到几千年后，大猩猩的后代们仍旧守卫着矿井的遗迹，将来探险的探险队屠杀殆尽。

可这些是猴子，显然没大猩猩那么聪明，应该做不到这么高难度的事情。我本想问问凉师爷，可看到凉师爷的面色，我知道问了也是白搭，这人完全处在崩溃的边缘，要是再不休息，恐怕要就此报废了。

我们在那个地方待了有十几分钟，再没有看到猴子从下面探出头来，总算松了口气。老痒拿出一些食物，又想让我们吃，我们都拒绝了，现在不是肚子饿的问题，而是缺乏休息的问题，就算给我直接吃葡萄糖我也走不动。

我靠在几根枝丫上，头枕着背包，不知不觉就开始打起瞌睡来。老痒和凉师爷迷迷糊糊的，也没有阻止我。就在我即将睡着的时候，突然，一连串的撞击声从上面传了过来，同时整棵青铜树剧烈地震动了起来，似乎有一只巨大的怪物正在爬下来。

我心说坏了，刚搞定猴子，又惊动了什么大家伙，难不成"金刚"从上面下来了？正不知道往哪里躲好，突然，一道黑色的影子闪电般落下，狠狠撞进三根枝丫之间，一股腥臭的液体溅了我一脸。

这一下撞得非常厉害，整棵青铜树都为之震动，几乎把我震得要掉下去。我们三个全都给吓了个半死，好久才反应过来。

老痒最先冷静下来，举高火把招呼我们过去看看是什么东西掉下来了。我们走近一看，发现那竟然是一个人，给卡在了青铜树丫之间，身体非常不自然地扭曲着，眼睛瞪得老大，满脸是血，肋骨破体而出，一看就是从高空摔下来摔死的。

老痒将火把探过去照了照他的脸，忽然叫道："我靠，是那龟儿的泰叔！这老家伙原来在我们前面，难怪一直没看到他们！"

凉师爷颤抖着靠过去，看了看上面，又按了按泰叔的胸口，一股血从尸体的嘴巴和鼻子里涌了出来。他叹了口气，说道："高空坠死，内脏都碎了，怎么会摔下来？这么不小心？"

我看了看他的脚，骨头已经戳了出来，浑身几乎都很不自然地扭曲着，应该是摔下来的时候不停地撞到那些青铜枝丫上造成的。凉师爷又按了按他的四肢，吸了口凉气，道："两位，这上面看样子不是一般地高，你看泰叔，全部的长骨骨头都断了，没百来米摔不成这样。"

我心里不由得暗暗叫苦。我们刚才这一通狂爬，也就上来了五六十米，已经累成这个样子，上面要真还有这么高，怎么爬啊！就算爬到上面，估计也什么力气都没了，搞不好就会像泰叔一样骨头摔成十八截。

想到这里，凉师爷和我都露出了痛苦的表情。

老痒并不感觉前途渺茫，看到我们这样子，忙拍了拍我的肩膀，说什么就算有几百米，横过来跑一下，几秒钟就完了，现在不过是竖了起来，又有什么好担心的？我说："滚你爷爷的，照你这么说，珠穆朗玛峰也才八千八百四十八米，你骑辆脚踏车半小时也就上去了，咱们现在不是对抗摩擦力，而是在对付地心引力，知道不？"

老痒对我摆了摆手，表示不想和我吵，说着就去解泰叔的背包，将里面的东西翻出来，看看有什么我们能用。一看之下，大喜过望，在凉师爷那个队伍里，泰叔和那个叫二麻子的年轻人背负着主要的设备，大部分的东西还在，手枪子弹、几根雷管、信号枪、绳子，最开心的是找到了一支手电筒。一想到刚才在千尸洞里怕火把熄灭要死要活的情况，我真想把这手电筒贴过来亲几下，高科技就是好啊。

老痒换了弹匣，将其他东西整理了一下，背到自己背上，对我们说道："那群猢狲肯定还在下面，这地方不能久待，我们歇一下，马上就得上去。泰山诸位都爬过吧？一千三百米，还不是一天一个来回。没事，就当观光旅游。"

凉师爷脸色略有好转，苦笑了一声，用手指做了一个走路的手势，说道：“这位痒哥……泰山那是走上去的，用脚就行了，我们现在可是直上直下，这怎么能说到一块儿呢？而且那是五岳风情，有的是云海怪石，这里看什么啊？”

老痒踢了踢一边的青铜树身，说道：“老子就是打个比方，这青铜树虽然比不上泰山的风景，但至少也壮观是吧。您两位就迁就一点，胜利就在眼前了，别泄气，赶紧收拾收拾，咱们咬咬牙，一鼓作气上到顶上，绝对是有大好风景的。”

我敲了敲自己已经开始发胀的小腿，对他道：“不是不想咬牙，实在是已经没办法了，再咬牙根就从下巴里戳出来了。我尚且能挤出点力气，凉师爷现在只剩下半条命了，与其急着赶这几分钟，不如歇个透效果还好一点。”

凉师爷感激地看了我一眼。老痒叹了口气：“那行，不过得把这泰叔的尸体弄下去，放这里看着心里不舒服。”

我看到泰叔那五官扭曲、死不瞑目的样子，心里倒没有什么特别的感觉，但是他那对暴出眼眶的眼睛，还真是有点可怕，这时候也不想婆婆妈妈地讲什么道德不道德，和老痒两个人小心翼翼地想将泰叔的尸体从枝丫上抬起来。

从这里的高空坠落，一路下来必然会撞到不少突出的青铜枝丫，没有直接掉到底下摔成烂泥算是运气不错了。我抬泰叔尸体的时候，发现凉师爷说得不错，尸体全身都软得离谱，似乎所有的骨头都碎了，一动之下，大量的血从他折断的身体里涌了出来，顺着枝丫流进青铜树上的纹路里，然后沿着纹路中间的沟壑向下面流去。

我和凉师爷同时看到这个现象，都愣了一下。凉师爷马上让我们停住，打起手电往沟壑里一照，又看了看那些青铜枝丫，说道：“两位，在下大概知道这青铜树是干什么用的了！”

么就有毒了？你嘴巴能不能消停点……”

凉师爷看我真火了，忙打圆场道：“两位，这个审时度势啊，现在这情况，就别说俏皮话了。你们不觉得，这些枝丫，怎么就越来越密了？再这样下去，再往上就不好爬了。”

老痒说道：“这里本来就是有疏有密的，密了才好爬啊，难不成你还想越疏越好，最好每一根都相距两米以上，我们在这几十米高空叠罗汉？”

我对老痒说道：“你先别下结论，我看是有点不对劲，你把手电打起来。”

我们上来的时候，照明仍旧用的是火把，因为泰叔包里的那支手电，电源并不是很充足，我们不想浪费，但是我现在想要看清楚远处的东西，用火把是做不到的。

老痒打起手电，将光束集中起来，往上照去，只见我们头顶上，青铜枝丫有一个逐渐密集的趋势，往上七八米处，已经密集得犹如荆棘一样，要继续上去，只有先倒挂出去，然后踩着这些枝丫的尖头爬上去，而这样做比起我们贴着青铜树攀爬，要危险很多。

事到如今，就算前面是龙潭虎穴我们也要闯一闯了。老痒让我们待在原地别动，自己先爬到枝丫外面，然后从上面将从泰叔那里找到的绳子丢了下来，我和凉师爷一手抓着绳子，跟着爬了上去。

再往上望去，这里的情形已经不像我们在下面看到的那样子了，青铜枝丫几乎密集到了无处插手的地步。我爬了一段，心说难怪泰叔会掉下来，看这趋势，再上去恐怕连踩脚的地方都很难找了，只要一个不留神，或者给上面的那种过堂风一吹，指不定就下去陪泰叔了。

老痒在这个时候却爬得很快，我已经没有力气去叫住他，只能收敛精神，一方面不让自己掉队，一方面又要时刻提醒自己小心失足。同时火把也无法在这个时候使用，因为根本没有多余的手去拿它，我只能将其熄灭，插到自己的腰间。

这一段因为过于险要，几乎没人说话。很快，在手电的照射下，我发现青铜树四周的岩壁也开始有了变化，出现了天然的钟乳石和一些溶解的岩帘。显然，这里已经出了人工开凿的范围，上面这一段已经是天然形成的岩洞。

通过这一段的时候，岩壁开始收缩。我还发现两边的岩壁上，开始出现一些大小不同的岩洞，都不深，能看到底，有几个岩洞里似乎还有什么东西，给手电照射会发生一定的反应。这些现象，让我逐渐感到不安，但是岩壁离我们到底有几十米的距离，我就不信有什么变数，能够从对面直接影响到我们。

我给边上的岩洞吸引了注意力，没有发现前面攀爬的老痒与凉师爷已经停了下来，直到撞到凉师爷的屁股才反应过来，抬头一看，只见在上方，出现了很多那种戴着面具的猴子，就和我们刚才在下面遇到的一模一样。

再仔细一看，却发现这些猴子已经死了，尸体给上面吹下来的热风吹成了干尸，怪异地扭曲着，手脚卡在密集的枝丫里面，才没有掉落到下面。这样的干尸有几十具，那种诡异的面具没有随着尸体的干瘪而脱落，仍然默默地盯着我们，似乎随时会复活一样。

我们放慢脚步，仔细地观察这些奇怪的东西。

猴子的身体似乎得了一种皮肤病，毛发大部分已经脱落了，呈现灰白的颜色，看起来与人类的皮肤有几分相似，但是仔细去看，会发现有非常明显的病斑。从体形来看，这些猴子足有一个十五六岁孩子那么高，也许还略高一点。在这种情况下，我对于身高的感觉几乎失灵了。

猴子脸上的面具，看上去是石头质地，打磨得非常完美，我甚至怀疑有可能是瓷质。从面具与猴子头部的接合处来看，这面具似乎是被烙进肉里，或者用什么血腥的手段，直接和脸长在一起了。

大部分的干尸很完整，只有少数只剩下一个肢体，大概是因为年代太过久远，尸体干化得过于厉害而导致的自然碎裂。

凉师爷让我们先别爬，指着一具干尸说道："等一下，我觉得这些猴子的姿势有点古怪，我好像在哪里看过，等我仔细看一下。"

老痒对他说道："就你麻烦，什么都要看，小心点，等一下该下面的猴子觉得你姿势古怪了。"

凉师爷没有理会老痒，小心翼翼地爬到最近的一具干尸，拿住它的面具，干燥的脸部皮肤随即开裂。凉师爷轻松地将面具撕了下来。他凑近那干尸的脸看了看，转头对我们说道："两……位，这……好像不是猴子，这是张……人脸啊！"

第二十六章

螭蛊

干尸的眼睛已经完全干缩，只剩下两个黑洞洞的眼眶，嘴巴不可思议地张大着，露出残缺的牙齿，整个脸部因为脱水变形，呈现出相当狰狞的表情，让人不敢正视。而从他的牙齿可以看出来，这具干尸并不是猴子，而是如假包换的人！

老痒呆了一下，说道："这是怎么回事？老吴，你刚才不是说是只猴子吗？这……这……摆明了是人啊！"

我结巴道："我……我也不知道，刚才我打裂那面具，看到那的确是只猴子，还是只黄毛的大猴子，这……这……真把我搞糊涂了。"我说着就想探头过去，看看是不是因为光线看走眼了。

凉师爷忽然摆了摆手，让我别碰尸体，自己小心地站直身子，将他手里的面具翻转过来。我看到面具后面嘴巴的位置，竟然有一个拳头大小犹如蜗牛壳一样的螺旋凸起，上面有一个小洞。凉师爷把面具对着自己的脸比画了一下，转头对我们道："这面具好像得张着嘴巴才能戴。"

老痒奇怪道："张着嘴巴？那不是嘴里像塞了个呼吸器一样？多难受啊。"

我看到干尸的样子，嘴巴张得很大，对凉师爷说道："难不成这块蜗牛壳里有什么蹊跷？你砸碎了看看，这些面具都是长到这些猴子的肉里的，嘴巴、眼睛都遮住了，它们肯定有其他方式来进食和看东西。”

凉师爷用自己的钢笔插入那个洞里，用力一撬，“蜗牛壳”就碎裂开来，露出了里面一段类似于螃蟹脚的东西。凉师爷将这东西扯出来，发现是一条从来没见过的虫子，已经变成化石状，如果稍微一用力，就会断成几段。

“看来这面具不是自愿戴上去的。”凉师爷皱着眉头说道，“不过这东西的确是人造的，你们看面具里面的纹路，和树上的双身蛇大致相同，肯定和铸造这棵青铜树的人有关系。”

老痒将面具接过来，饶有兴趣地看了半天，说道：“这条应该就是西周时候的老虫子，说不定现在已经绝迹了，难怪我们不认识。哎，你们看，这虫子好像只有半截。”

说完，他看了看我们，问道：“另外半截到什么地方去了？”

这条虫子蜷缩在面具嘴巴位置的突出空腔里，照这么说，这条虫子另一半所在的地方只有一个，我想到这一点，下意识地往干尸的嘴巴里看去。果然看见在黑洞洞的大嘴里，另有半条虫子附在舌头的位置上，干枯的虫体一直插进尸体的喉管里，不知道进入了什么器官。因为干尸萎缩的肌肉和化石般的虫体很像，所以不仔细看，会以为这条虫子是干枯的舌头。

凉师爷看到这副情形，脸色一变，叫道：“快扔掉，快扔掉！我的老天，快扔掉！这面具可能是活的！”说完，他就一掌拍了过去，将老痒手里的面具打落。面具飞速坠入黑暗之中，撞在枝丫上面，“啪”的一声，摔得粉碎。

老痒给他吓了一跳，差点抓不稳摔下去，忙问他发什么神经，什么叫面具是活的。

凉师爷咳了一声，似乎很懊悔的样子，又是挠头又是皱眉头，说道：“在下真是惭愧，怎么就这么笨呢？早先怎么就没想到，这……青铜树，这祭祀方法，摆明了就不是咱们汉人的东西。唉，我真是蠢货，蠢到家了！”

“你瞎掰什么啊？”老痒火了，“什么蠢货？和面具有什么关系？有什么话直说好不好？”

凉师爷摆了摆手，说道：“不是，你耐心听在下说，这事情我还得从头说起，不过，怎么说好呢？那还得从刚才咱们说的血祭的事情开始……”

原来，血祭这种祭祀方式，在西周时，主要是用在少数民族的祭祀活动中，当然，那个时候的少数民族和我们现在的完全不同，这些民族现在大部分已经消失或者融入汉族中了。大规模的血祭，在汉族正史中并没有记载，但是在一些少数民族遗址中有零星发现，可惜由于语言文字的失传，没有更为详细的资料。

而少数民族的祭祀圣地，都是非常神圣的，不仅有人把守，还会由祭师施下某种异术，以保护自己的神不受骚扰。在少数民族传说中，施法的过程非常神秘，这种异术流传到现在，给神化成了小说里无所不能的蛊术。

凉师爷又说，蛊术自魏晋南北朝那时候起分了一分，到宋代又是一分，秦之前的蛊术非常厉害，简直和现在的超能力差不多，但是所有的蛊都是由虫而起的，蛊术在那个时候叫皿虫术。这些戴着面具的猴子和干尸，诡秘莫名，可能就是这种远古蛊术的产物。

他曾经听说过一种蛊术，叫蟎蛊，可以将人变得非常有攻击性，而现在藏在面具背后嘴巴位置空腔里的那种深入喉咙的虫子，可能就是古老的蟎蛊原型。这种虫子也许可以影响动物或者人的神经系统，攻击外来的陌生人。所以当我将它的面具击碎之后，那只猴子就恢复了本性，开始本能地远离我们。

蟎蛊能够在宿主的体内繁殖，等到宿主死亡之后，会依附在某个地方，比如在这种面具的空腔里，等待着下一个宿主的靠近，然后通过某种方式寄生过去。

这具干尸，说不定就是当时在这里狩猎的猎人，不走运碰到了休眠状态的蟎蛊，结果中了招，被这种古老邪术给害了。

当然，这种东西完全没有记录可循，也不知道是不是真的，不过面具之中藏有虫子，且深入人喉，是不争的事实，这绝对不是一件平常的事情，要小心防备。

听到凉师爷这么说，我起了一身的鸡皮疙瘩。其实在来之前，老爷子给我的资料里面，也提到过相似的事情。但是当时我只是草草看了看，心说这不是和美国电影的桥段一样嘛，没想到还是真的，想不到老美的科幻片还借鉴我们老祖宗的蛊术，真不知道该说光荣好还是惭愧好。

我转头看去，诡异的干尸仍旧一动不动地挂在那里，惨白的面具似笑非笑，似乎正在等待我们靠近。

老痒脸色有点难看，犯了嘀咕，问凉师爷："你说得也太恐怖了，那如果给这蟎蛊附上了，马上扯下来总没事吧，不会有啥隐患吧？"

凉师爷说道："我也没中过，不清楚。蟎蛊很难解，我想要是给附上了，绝没办法简单地扯下来了事。这种事情，咱们还是以预防为主，这些干尸，我们尽量别靠近了。泰叔也是从这里掉下去的，他这样的老江湖，估计总不会是失足，要小心一点。"

老痒皱了皱眉，想说什么，又没说出口。我就说，照着现在这样，不知道还要爬多长时间，如果上面全是这样密集的枝丫，估计累死也到不了顶。老痒对我说，他也不知道我们爬到什么地方了，不过反正自古华山一条路，一根柱往上爬总不会爬到其他地方去。

我感觉此地不宜久留，就招呼他们先过了这一段再说。和泰叔一起的还有一个胖老板，此人大有可能在我们上面，要是让他先到了顶上，就麻烦了。要是埋伏起来，我们三个说不定就会死得不明不白。

老痒说道："说得有道理，你等一下，我打一发信号弹，看看上面有什么埋伏没有。"说着拿出信号枪，对着上方，笔直地开了一枪。

信号弹飞到顶端，并没有撞到头，我心里咯噔了一下，这种子弹最起码能打到二百米的高度，难不成还有二百多米要爬？呵呵，那真是要命了。

信号弹烧了起来，向上看去，果然再往上不远的地方，枝丫又稀松了起来，想不通为什么要这么设计，而且从下面看上去，二百米的范围也不是无法目及，我还是可以看到一些东西的，虽然无法说出那是什么。

信号弹落下来，老痒注视了一段时间，说道："看样子那胖老板没埋伏在上面，说不定就泰叔一个人活着进到这里来了，毕竟外面那尸骨阵不是那么好……哎，那些是啥东西？"

信号弹落到离我们还有六十几米的时候，我们看到那一段的青铜树干上，有不少凸起的东西，仔细一看，我就觉得后脑一麻，冷汗直冒到了脚底——整个足有十米的一段距离，青铜树干上，附满了一张又一张的"脸"，不！应该说是那种诡异的面具。

第二十七章

凌空

信号弹坠落下来，划过这一片区域，这些脸动了起来，纷纷避开灼热的光球，看上去，就像一只又一只长着人脸的甲虫。

这些应该就是凉师爷口中所说的螨蛊的正身，古人将它们养在特殊的面具里，它们竟然繁衍了下来，刚才我还半信半疑，想不到这么快就碰上了，还是这么一大群。

“脸”依附在沟壑横生的青铜树上，给流动的光线一照射，呈现不同的表情，或痛苦，或忧郁，或狰狞，或阴笑。我从来没见过如此诡异的景象，看得我汗毛直竖。

凉师爷说起来侃侃而谈，一见到真东西也不行了，颤抖着对我说道：“两……两位小哥，这些都是活的，螨蛊在面具底下附着呢，怎么办？我们怎么过去？”

“别慌，”老痒说道，“你看它们对信号弹的反应，这些东西肯定怕光怕热，我们把火把点起来，慢慢走上去，它们不敢碰我们。”

我摇了摇头：“别绝对化，信号弹的温度和亮度非常高，它们当然怕，火把就不一样了，你别忘了刚才那些猴子，碰到信号弹都逃了，但是你用火把吓它们，它们只不过是后退一下而已。我估计你打着火把上去，不但通不过，还会给包围起来，到时候要脱身就难了。”

“那你说怎么办？”老痒问我道，“你是不是有啥主意了？”

我说道：“现成的主意我没有，只是一个初步的想法，不知道成不成。”

老痒不耐烦道：“我知道你鬼主意多，那你快说。”

我指了指几十米开外的岩壁，说道：“直接这么上去太危险了，如果真的像凉师爷说的，这些活面具肯定有什么法子能爬到我们脸上来。硬闯肯定会有牺牲，我们不如绕过去，你有没有什么办法可以让我们荡到对面的岩壁上去？上面这么多窟窿，也不难爬，我们也可以好好休息一下。”

老痒看了看我指的方向，叫道：“这……么远？荡过去？”

我点点头，比画了一下：“我脑子里就这么一个想法，我们不是还有绳子吗？你拿出来看看够不够长，如果这招不行，我看只有下去，下次带支喷火器过来。”

老痒拿下盘在腰间的绳子，这是从泰叔身上扒下来的装备之一，上面有UIAA认证标志。这是世界上最好的登山绳，特种部队都用这个，看样子他们也挺舍得花钱买装备的。

我早在去鲁王宫之前，曾经帮三叔采购过装备，查了大量的资料，所以我知道这种绳子。如果直径在十毫米以上，几乎可以承受三吨的冲击力（就是突然坠下），支持我们三个人的重量，绰绰有余……

强度足够，只是不知道长度够不够，老痒将它垂下树去，目测了一下，不由得叫了一声“糟糕”，绳子总长只有十几米，要到达对面，还差很长一截。

“怎么办？”他问我，“就算把我们的皮带接起来也不够。”

我捏了捏绳子，发现这是十六毫米的双股绳，不由得灵机一动，说道：“没事，咱们把这绳子的两股拆了，连成一条，就够了。”

“小吴哥，行不行啊？这绳子这么细，不会断吧？”凉师爷问道，“你看，这简直比米粒还细，您可别乱来啊。”

“国外登山杂志上是这么说的，总不会骗我们。”

我将绳子外面的单织外网层撸起来，抽出一条非常细的尼龙绳，自己也咽了口唾沫，真的太细了，按照常识来说，这么细的绳子肯定没办法承受我们的重量，不过国外的资料上确实是这么说的，八毫米直径的这种加强尼龙纤维，已经可以用来做登山的副绳，只要不发生大强度的坠落，是不会轻易断的。当然，使用这种绳子有一定的危险性，所以一般都是两条一起用，我们只有一条，还要请上帝多保佑。

还是相信高科技吧，我心说，总不会这么倒霉。

我将接好的绳子递给老痒，他从背包里拿出一只水壶，用一种水手结绑好，用来当作重物体，用力甩向对面，失败了好几次后，终于绕住了对面的一根石笋，一拉，绳子绷紧，固定得非常结实。

“行了，”老痒说道，“总算搞定了。老吴，这绳子不去说它，对面这些石头靠不靠得住？”

“我不知道。”我说道，想着如果石头靠不住会怎么样？我大概会给荡回到青铜树这一边，运气好一点撞到树干上，撞个半死，运气不好就直接给树上的枝丫插成筛子。

绳子的这一边也给绑在一根青铜枝丫上，老痒打了个比较特殊的结，好让我们过去的时候，可以在对面将这个结解开。这个结非常复杂，看得我眼花缭乱，我问他从哪里学来的这种本事，他说是牢里。

一切准备就绪，我最后扯了扯绳子，确认两边都已经结实了，就招呼他们开爬，结果他们两个人都没动。我看了他们一眼，发现他们正用一种打死也不第一个爬的眼神看着我，显然第一个上这么细的绳子，需要非常大的勇气。我又叫了两声，两个人都摇了摇头。我只好暗骂一声，硬着头皮自己先上去。

上去之前，我将身上的拍子撩和背包分别转交给老痒和凉师爷，尽量减少自己的重量，这些东西可以绑在绳子的那一头，等一下老痒隔空解绳子的时候，将它们一起荡到下头，再拉上来就行了。老痒对对面的那些山洞也不太放心，就将他的手枪塞给我，如果碰到什么突发情况，也好挡一挡。

我感叹一声，大有烈士赴死的感觉，拍了拍二人的肩膀，就转头向绳子爬去。

脚离开青铜树的一刹那，我的神经几乎和这根绳子绷得一样紧，眼一闭，牙一咬，就准备听绳子断掉的那一声脆响，结果这绳子竟然支撑住了，只是发出了一声让人非常不舒服的“咯吱”声，那是两边的结突然收紧发出的声音。

我心里念着别往下看，可是眼睛还是不由自主地向下瞟了一眼。我的天！我呻吟了一声，马上转过头，闭上眼睛，念阿弥陀佛。

老痒叫道：“喂，老吴，你磨蹭什么？快爬啊，你待在上面更危险。”

我问候了老痒的祖宗一声，深吸了一口气，移动手脚，开始向对面爬去。这种绳子有一定的弹性，每走一步，都会产生非常剧烈的抖动，我爬得万分惊险，加上绳子实在太细，非常抠手，不一会儿，就感觉到有点力不从心。爬到后来，我的脑子里一片空白，连自己都不知道怎么踩到了实地。我的脚马上一软，抱住那石笋就瘫成一团，在那里大喘。

火把在我这里，我点起来插到一边，看了看老痒他们，看见凉师爷正哆哆嗦嗦地爬到绳子上去。老痒拉住他，让他先别爬，叫我先看看这边的情况如何，如果不适合攀爬，或者有别的危险，可以省点力气。

我看了看四周几个岩洞，都只有半人高，是人工开凿出来的，不过经过千年雨水的渗透，上面也出现了不少刚成形的钟乳，里面很潮湿。这些岩洞开在这里，可能和当年铸造这根庞然大树的工程有关系。

往上看去，这些岩洞之间的距离只有三四尺，虽然爬起来不会太连贯，但是也不至于很困难。岩洞里面空无一物，没有什么危险，刚才在树上看到洞里有什么东西，大概是光影变化造成的错觉，在这样幽暗的地方，神经难免会有点过敏。

我一边安慰自己，一边再次确认，然后抬手给老痒打招呼。

老痒拍了拍凉师爷，让他先走，凉师爷用手揉了揉自己的脸，爬上了绳子，向我移动过来。

看凉师爷爬绳子简直是对神经的考验，其间过程我就不说了，十分钟后，我总算把一摊烂泥一样的凉师爷拉到了我这一边。

最后就是老痒。他深吸了口气，将手电筒绑在自己手上，又把那边的结检查了一遍，才小心翼翼地爬上了绳子。他爬得很快，不一会儿就到了绳子的中段，这个时候，我这边缚绳子的石笋突然发出了一声怪声。三个人同时不动。老痒一脸惊恐地看了我一眼。我回过头一看，心里咯噔一下——石笋上面出现了一道裂痕。

要倒霉了！我转头大叫：“快爬！这里顶不住了！”

我叫了几声，老痒却一动不动，直勾勾地看着我，然后竟然开始后退，一边退还一边打手势，好像让我也回去。

干什么？我心里想，突然涌起了一股不祥的预感。

老痒一边拼命地指着我们头顶，一边小声叫道：“快跑……”

凉师爷和我奇怪地抬头一看，我一下子就惊呆了。

刚才还空无一物的岩壁上，竟然已经爬满了那种人脸面具，相互攒动着，一边发出窸窣的声音，一边潮水一样向我们缓慢地围了过来，乍一看去，就像无数的人贴着墙壁俯视我们。

我这时候真想抽自己一个巴掌，真笨，树上有螭蛊，怎么就没想到岩壁上也会有？这下子完蛋了，难不成我的下场就是变成像那些猴子一样的东西，在这里干死？那还不如一头跳下去痛快。

老痒看我们发呆，大叫："别发呆了！回来！把绳子割了！"

我一听反应了过来，几步跳回到石笋边上，用力一纵身，跳上绳子，冲击力将绳子猛地往下一扯，石笋发出一连串令人毛骨悚然的开裂声，没等我抓稳，凉师爷也跳了上来，绳子一下子给拉长了十几厘米，绷到了极限。我马上听到一种非常不吉祥的声音，然后"啪"的一声脆响，世界上最结实的绳子，也终于晚节不保，断成两段。

八毫米粗的绳子果然无法承受三个人的重量，随着一声脆响，青铜树那一边的打结处拉断，我们像荡秋千一样划过一道大弧线，重重地撞到了一边的崖壁上，给撞得七荤八素的，几乎吐血。

最下面的老痒撞得最厉害，一时抓不住绳子，向下滑去。他慌忙扒住了边上的石头缝隙，才停住身子，我和凉师爷也好不到哪里去，我的脑袋划过一道岩棱，给磨出一道口子，鲜血直流。凉师爷垂直吊在那里吃不住力气，绳子在手心里打滑，一下子就哧溜到底，幸亏下面还有一个老痒，才没掉下去。

上面石笋继续发出开裂的声音，随时有可能断裂，我赶紧伸手，抓住边上的钟乳柱，跳了过去，然后把凉师爷也拉了过来。凉师爷吓得够呛，抬头就直说谢谢，才说了一句，突然一张面具就从上面蹿了下来，一下子抓在了他的脸上。

那一瞬间，我似乎看到面具底下，几只螃蟹腿一样的爪子伸了出来。凉师爷发出"呜"的一声惨叫，想用手掩脸，但是已经晚了，面具已经盖了上去。他拼命想扯掉面具，可是那面具好像贴在他脸上一样，几次扯出来又吸了回去。我想去帮他，可是他发了狂一样乱撞，还没靠近，就被他一下子顶翻了出去。我一手重新扯住绳子，滑到老痒边上才勉强定住。

我看了看脚下面的万丈深渊，心里暗骂，刚想再上去帮凉师爷，一抬头，一只人手一样的黑影从天而降，一下子抓在了我的脸上。我眼前一黑，什么都看不见，只觉得几只毛茸茸的东西直往我嘴巴里钻。

慌乱间，我只有一只手抓住岩石缝隙，另一只手去掰开那个面具，同时咬紧牙关，不让那东西进来，才掰了一下，那面具竟然自己掉了下来。我赶紧把它扔了出去，结果不巧正扔到老痒屁股上。老痒大骂一声，忙不迭地一枪柄将它砸了下去。

我舒了口气，一转头，又是四五只螭蛊跳到了我的头边，吓得我一个哆嗦，抬手就是四枪，可是根本不管用，一下子又是十几只拥了过来。我和老痒向下退去，这时候就听到“呜呜”的惨叫，抬头再看，凉师爷已经遭了殃，身上爬满了螭蛊。他大叫挣扎，想将螭蛊拍下身去，可是他拍掉一只，就有更多的蹿了上来。

我一边后退，一边开枪，一直把子弹打完，形势一点改善都没有，潮水一样的螭蛊从我们两边直围过来。我转头一看，四周岩壁上面已经爬满了这种东西，互相触动，一时间满耳都是诡异莫名的声响，简直让人头痛欲裂，一个分神，就有几只蹿起来，直往人脸上扑，一个不小心就有可能中招。

我们一直向下退去，可是不可能快得过这些东西，很快就给围了个结实。几乎要绝望的时候，老痒开枪了，拍子撩一声巨响，将我们头顶上的螭蛊扫飞了一片，最近的几只面具马上给打得粉碎，碎片像下雪一样从我头顶上落下来。

可是不到一秒钟，给拍子撩轰开的一段空白岩壁马上又给后面的螭蛊覆盖了。老痒一看没用，赶紧用衣服包住自己的头，对我大叫：“老吴！我掩护你，你快把嘴巴包住，然后去拿火把！”

我抬头一看，火把还卡在当时我顺手找的一处突起上，周围一圈没有螭蛊，显然这些东西的确怕火，可是我和火把之间的这段距离，密密麻麻全是螭蛊，根本没可能爬上去。我对老痒大叫：“还是你去吧，我来掩护你！”

“我没招了！你搏一下吧！”老痒一边大叫，一边用拍子撩乱砸，“真的倒霉！”

我看着这些东西，心里直发颤，这些螭蛊，并没有多大的攻击力，只是数量实在太多了，又有坚硬的面具保护，很难完全杀死，而且这些还只是几千年繁衍后幸存剩下来的，当年为了保护这棵青铜树，古人到底制造了多少这种东西，就无法想象了。

老痒又一次甩开身上的螭蛊，想爬到我的身边来，可是在抬头看我的时候，他突然呆住了，叫道：“老吴，你怎么回事？”

我看他呆在那里，几只面具落在他肩膀上，直往他脸上的衣服里爬去，大叫道：“什么怎么回事？小心！”

老痒这才反应过来，慌忙把肩膀上的螭蛊拍掉，然后对我道：“老吴，我说你——没发现？这不对啊！”

“什么不对？”我将他拉过来，不耐烦地大叫，“什么时候了，有屁快放！”

“你看看你，身上一只面具都没有啊！它们怎么不爬你身上去？不可能啊！”

我低头一看，自己也“啊”了一声，又看了看凉师爷和老痒，他们身上都爬满了螭蛊，怎么甩都甩不掉，可是我身上，的确一只也没有。

我心里咯噔了一下，马上回忆起，从刚才到现在，除了飞到我脸上的那只外，身上的确也没有爬上来过螭蛊。刚才一路混乱，我一直没有发现，还觉得自己运气不错，现在看来，有点不对劲。我急忙往四周看去，发现那些螭蛊虽然同样也向我爬来，但是一靠近我，突然就改变了方向，向其他地方爬去，似乎像忌讳火把一样忌讳着我。

“怎么回事？”我心里奇怪道，赶紧试探性地一抬手，去抓最近的一只面具，手还没碰到，那一片的螭蛊已经稀里哗啦地向后退去。

我看了看老痒，老痒也看了看我，两个人都觉得莫名其妙。老痒叫道：“我的爷爷，这一招真酷，你是不是手上不当心沾了什么东西？快看看！”

我马上一看，手上除了我撞伤后留下的血迹和污垢之外，并没有其他的特别之处。

这可怪了，它们怕我什么呢？难道它们的寄生还有选择性？

我看到这些螭蛊退却的样子，想起了闷油瓶震退尸鳖的那一幕，心里冒出了个问号。

等等，难道是……血？

怎么可能？这些穷凶极恶的东西怎么可能怕我这个普通人的血呢？

我疑惑地看了看手，脑子里一团糨糊，怎么都想不清楚。

这一边老痒已经抵挡不住了，我反射一样，试探性地朝老痒一伸手，让我瞠目结舌的事情发生了，附在他身上的螭蛊，像蟑螂见了杀虫剂一样飞也似的退了开去，情形和尸鳖见了闷油瓶的血一模一样。

“不是吧！”我下巴都要掉到地上，心说不用这么给我面子吧！

老痒还不明白怎么回事，大叫着要爬上去拿火把。我拍了拍他，对他说：“等等，你看，好像有点不对劲。”

说完，我将手向上扬起，向已经在抽搐的凉师爷爬了几步，几步而已，那些地方的螭蛊潮水一般地退了出去，刚才那些整齐的面具触动声，突然间乱成一团，被一种惊恐的吱吱声压了过去。

老痒目瞪口呆地看着我，好像在看着什么怪物一样。我不去理会他，爬到上面，把手往凉师爷脸上一放，那只面具突然就拱了起来。我马上抓住它，用力一扯，将面具扯了下来，还顺带扯出了一条满是黏液的“舌头”一样的东西。凉师爷本来已经在半昏迷状态了，那“舌头”一被拔出他的喉咙，他立马就呕吐了出来，喷了自己一身。

手里的螭蛊剧烈地挣扎，我几乎抓不住，那舌头一样的东西又太恶心，我只好用力往石头上一砸，砸了一手的绿汁。

身边的螭蛊退了开去，但是不走远，在我们身边形成了一个巨大的包围圈，不停地收缩。老痒赶紧把火把拔了回来，扫了一圈，将它们逼得稍微远一点。这时候凉师爷咳嗽了两声，似乎恢复了知觉。老痒又去拿了水壶，收回了剩余的绳子。可惜我们其他的装备和食物都还在树上面，不知道有没有办法拿回来。

我把水倒在手里，给凉师爷润了润嘴唇。他总算缓了过来，看见我，竟然两行眼泪流了下来。我一看傻眼了，赶紧将他扔到一边。老痒神经绷紧太久，有点神经质，我对他说有火把在，它们肯定靠不过来，让他放松，不然会疯掉。他看螭蛊果然不再靠近，这才松了一口气，将火把插到我们中间的一个地方，马上问我道："老吴，怎么回事？啥时候你变这么牛了？也不早点使出来，弄得我们这么狼狈。"

我看着自己的手，摇了摇头，说道："我自己也不知道，还以为做梦呢。"

老痒看了看我手上的血，蘸了点闻了闻，也不相信我这么厉害，问我道："你刚才过来的时候，一路上有没有沾上什么特别的东西？你仔细想想……说不定给你碰上了什么这些破面具的克星，你自己不知道。"

我想了想，我碰过的东西，他们都碰过了的，要说没碰过的，只有我的血，可是这不可能，要是我的血这么强劲，在鲁王宫我就发威了，哪会那么浪费？那……难道是那时候沾上了他的血，现在还有用？不是吧——我摇了摇头，自言自语地否定了。

凉师爷听我们说了刚才的事情，就问我们是怎么一回事，他给面具遮了眼睛，什么都没有看到。老痒又存心挤对我，对他说道："你不知道，刚才咱老吴，可是威风了一把，那是这么一回事……"

凉师爷听他一说，"啧"了一声，说道："小吴哥，你有没有吃过一种东西，是黑色的，这么大——"

第二十八章

麒麟竭

我正在惊讶当中，他这样问我，我脑子里没什么概念，摇了摇头道：“这么大？好像没吃过，怎么说？凉师爷，你想到啥了？”

凉师爷蘸了我一点血，闻了闻，对我说道：“听你刚才说的情况，我倒想起一件事。我早先时候听一个老先生说过，有一种东西，人吃了之后，血能驱邪的，邪虫不近，是一种非常罕见的中药，你想想，有没有吃过类似的东西？”

我“啊”了一声，黑色的甲片状？中药？这真把我难倒了，最近事情发生得太多，吃东西的时候大部分很仓促，也没有生过什么病，吃了什么东西，我一向也不太在意，现在突然问起来真的一点也记不起来。

老痒嘲笑我道：“老子只听说过黑狗血、公鸡血能驱邪，想不到啊，咱们家老吴也有这本事，这事情你可别说出去，不然人人都找你借血，几天就给你榨成人干了。”说完大笑起来。

我骂道：“你能不能积点口德？什么狗、鸡！我告诉你，人血自古都是最能驱邪的东西，特别是死囚的血，刑场上面还有人托法医蘸白布，拿回来挂在门梁上呢，不懂别乱说。”

老痒看我急了，得意地大笑起来，笑了两声突然“哎哟”起来，摸着后背，咧了咧嘴巴，大概是早先那里受了伤，现在给笑得牵疼起来了。

我心说活该，不去理他，对凉师爷道：“你要不再给我形容得具体一点，光黑色的、甲片，满足条件的东西太多了，这东西有啥明显特征没有？”

凉师爷想了想，不好意思道：“我自己没亲眼见过，只听过别人形容，时间也挺久了，特意去想，真想不起来。”

我听了不由得失望，叹了口气。

凉师爷一笑，说道：“小哥，你也别太在意，这也不是什么坏事情，刚才要不是你，我们就完蛋了。我看着，这是命数，冥冥中自有定数，你想啊，以后您倒斗的时候，有了这资本，什么斗都不在话下啊。”

我听了心里挺不是滋味，这一路走成这样，说明我这人命寒，以后还倒斗，估计是找死。我抬头看了看上面，对他们说：“话说回来，现在没经过化验，也不知道是不是真是我的血在起作用，要不是倒也麻烦，趁着这个机会，咱们最好快点上去，过了这一段再说。”

凉师爷本想再休息一会儿，可看到潜伏在四周蠢蠢欲动的蛊虫，还是同意了我的想法。我们再次动身爬了几步，老痒突然抓住我的手，让我停下来，哑声道：“等……等一下！”

我回头一看，发现他脸色惨白，一头冷汗，表情大大地不妥当，心里咯噔了一下，问他怎么回事。

老痒一只手抓着岩石，一只手摸着后背，龇着牙道：“我也不知道怎么回事，刚才一笑，背上就疼得要命，可能是刚才绳子断的时候给撞得有点伤筋了，你给我看看，怎么疼得这么厉害？力气都用不上。”

刚才绳子断裂之后的那一下撞击着实不轻，我早就感到浑身疼痛，不过刚才情况危急，没时间考虑这些，现在气氛一缓和下来，这些伤口就开始发作，老痒在绳子的最下端，撞得比我们厉害得多，该不会是什么地方骨折了吧？

我让他别动，撩开他的衣服，只见后背第三条肋骨的地方一片瘀青，竟然有一点凹陷。我顺手按了一下，他突然就像杀猪一样地叫了起来，背一弓，几乎要把我撞下去。

我心说不好，这伤看样子不简单，碰一下就疼成这样，难道真的骨折了？

老痒艰难地回过头，脸都扭了起来，问我怎么样。我皱着眉头，也不知道怎么对他说才好，只好说道：“光这样看也看不出来，不过你疼成这样，我们不能爬了，搞不好骨头已经断了，再做剧烈运动，可不是开玩笑的，要找个平坦的地方仔细检查一下。”

老痒一心想早点上去，此时已经挣扎着起来，咬着牙说道：“仔细检查就免了，咱们的火把和手电都没办法坚持太长时间，不能停在这个地方，到了上面再说吧！”凉师爷看了看他的后背，摇了摇头，说道：“不，痒哥，小吴哥说得对，你这背都变形了，一定得看看，要是真骨折了，得马上处理才行，不然骨头很容易刺进胸腔里去，那时候就完蛋了，这方面我还懂点，咱们现在也离顶上不远了，没什么不好耽搁的。”

老痒还想和他犟两句，可能实在太疼了，话到嘴边变成了呻吟。我看到边上那些矮小的岩洞，里面似乎比较平坦，就给凉师爷使了个眼色，两个人不由分说，将老痒架起来，扶进边上一个相对较好的岩洞里。我拿回火把，插在洞口，防止蛊虫进来。

这个洞有七八米深，一米高不到，因为长年照不到阳光，空气又非常潮湿，岩壁上有一层给霉菌腐蚀的斑点，似乎有一些人类活动过的迹象，不过并不明显。进到五六米的地方，就可以看到洞穴的底部，是一块粗糙的岩面，其他再无东西。

我查看了一下，看没有什么危险，才把枪收起来。凉师爷用拍子撩做了一个固定器，用绳子绑在老痒的背上，老痒脸色稍微缓和了一点。我心说这做师爷的就是不一样，什么都会，看来要是下次倒斗，咱们也要找个这样的人才。

凉师爷弄妥之后，我问他情况怎么样。他压低声音对我说道：“骨头应该没断，不过肯定开裂了，我给他暂时固定了一下，应该不会那么疼了。不过小吴哥，你最好劝劝你这位朋友，他这样子，绝对不能再往上爬了。”

我看了凉师爷一眼，知道他是话中有话，意思大概是劝我下去，一路上他暗示我也不是一次两次了。话说回来，这样的冒险对他来说真的非常勉强，我看得出他早就萌生了退意，可惜碍于老痒的坚持，没办法提出来，现在给他找到一个借口，自然会借题发挥。

不过这样一来，关于老痒的伤势，我就不知道该不该信他的话了。

凉师爷看我怀疑，马上又说道：“小吴哥，虽然我不是跟你们一路的，不过大家都是江湖上混的，有些事情我不会打马虎眼，你自己有个数。说实在话，你看看我们现在的样子，如果坚持上去，恐怕这一次真的会死在这里。”

我看了一眼老痒，他正忍受着疼痛，并没有注意我们说话，于是拍了拍凉师爷的肩膀，轻声对他说道：“这事还要看看情况，你也去休息，现在讲这个不是时候，就算要下去，也得休息够了才行。”

凉师爷嘟囔了一声，靠到一边，揉起自己的大腿，不吱声了。我检查了一下剩下的东西，也坐下来，揉了揉太阳穴，开始考虑凉师爷说的话。

本来我对李琵琶所说的事没有多少兴趣，早先要我放弃，我不会有什么意见，但是现在既然已经千辛万苦爬到这里，到这个时候才放弃，心里倒也有点不舍，有点临阵退缩的感觉。但是我心里知道，凉师爷说的话是有道理的，现在我们一个人骨折，一个人身体状况非常不稳定，而我自己也到了体力的极限，如果还要莽撞地爬上去，实在是不明智的行为。

不过这样一来，老痒那一关就很难过，毕竟我和他才是一路的，现在联合外人来对付他，这朋友可能就做不下去了，而且凉师爷这人看上去挺窝囊的，可是到底是老江湖，这说不定就是他分化我们的一招，要是顺着他的思路走，可能会进到他的圈套里，这真是个两难的决定。

想来想去，我也想不出个所以然，干脆不想了，走一步是一步。

我转头去看他们时，凉师爷已经睡着了，他累得够呛，现在呼噜都打了起来，老痒也眯了过去，不过睡得不深，大概是背上伤口的问题。这个小洞虽然潮湿阴冷，但是比起吊在外面要舒适很多，我一看他们睡得这么香，无尽的倦意袭来，虽然心里逼着自己不睡，但还是不知不觉地睡了过去。

这一觉睡得极其香甜，醒来的时候，浑身酥软，一种舒适的刺痛感传遍全身，这时候火把已经非常微弱了，显然我睡得比较久，探出头去一看，外面的蛊虫多数已经不见了，只有零星几只还趴在那里。

我松了口气，打起手电向上照了照。从这里看上去，我们离青铜树的顶部只有三到四个小时的路程，上面的东西，几乎是唾手可得，现在下去，真的有点可惜。

老痒还没有醒过来，不过神态安详，似乎好了很多。我转头去看凉师爷，想叫醒他，商量下一步怎么办，一看，却发现刚才他躺着的那个地方空了，他并不在那里。

“嗯？”我下意识地愣了一下，用手电往山洞深处一照，也不见他的踪影，心说，人哪里去了？这个时候，我忽然看到原本给老痒固定伤口的拍子撩没了，马上冒了一身冷汗，一股不祥的预感袭来，一摸自己的腰间，果然，我的手枪也没了！

“王八蛋！”我大骂一声，真是没想到，看上去这么没种的一个人，竟然会在我睡觉的时候偷走我的枪跑掉！可是，为什么他不把手电也一起拿走？没有照明工具，他怎么行动呢？我这时候急火攻心，也没有仔细考虑，抄起火把就想出去追他，这家伙脚程慢，如果走了不久，绝对追得上。

刚一踩出洞穴，我还没来得及分辨他是向上去了还是向下去了，眼前就突然一晃，一团黑影子从上面荡了下来，一脚踢在我的胸口。我只觉得一股气上来，结实地倒摔回了洞里。倒地之后，我咬牙想站起来，可是下巴又给打了一下，这一下打得非常狠，我几乎给打晕过去。迷糊间，我看到一个叼着香烟的胖子正猫进洞里，手里拿着一杆短步枪，凉师爷一脸铁青地跟在他的后面。

我只看了一眼，就认出那胖子是两个广东老板中的一个，姓王的那个。他拿枪对着我，让我靠边去，转头对凉师爷道："老凉，边（哪）个后生吃过麒麟竭嘛？"

第二十九章

逼近

凉师爷用下巴指了指我，一脸轻蔑之色。我心里暗骂，你个吃里爬外的，老子一路过来也算照顾你，想不到你竟然这样对我，早知道这样，当初就把你给做掉，免留后患。

王老板从背包里拿出了固体燃料风灯，点燃了放在地上，这东西是登高海拔雪山时候用的装备，既可以照明，又可以取暖，一下子整个山洞便亮了起来。接着，他又掏出几块压缩饼干丢给我，做这些事情的时候，手里的短步枪枪口始终对着我。

我接过他丢过来的饼干，觉得莫名其妙，心说，这是唱的哪出啊？当下把饼干丢回给他，说道："哥们儿两个撂你们手上，要杀就杀，哪这么多废话！"

凉师爷咧嘴笑了一下，转向王老板，说道："我说吧，青头就是青头，还搞不清楚状况。"王老板摇了摇头，又把饼干丢给我，说道："后生仔，出来跑江湖，脑门要放亮嘛，给你东西吃，就是没打算动你们，你这个样子，碰上脾气差的，那是讨死嘛。"

这人和那老泰比起来，气质完全不同，那老泰一眼看上去，就是那种杀人不眨眼的亡命徒，这王老板倒是一团和气，看上去让人放松不少。只不过他刚才踹我的那一脚，很有力道，不是那种古董老板能踹出来的，到底是什么身份，我一点也摸不透。

王老板瞥了一眼，似乎是读出了我眉宇间的疑惑，狠狠吸了一口烟，继续说道："我和老泰他们不一样的，我是个生意人。生意场上，没有永远的朋友，也没有永远的敌人。"

凉师爷说道："王老板，你不如和他们直说了吧，这俩小子脑子都拐不过弯来，姓吴的小子还比较好说话，等那睡觉的小子醒过来，恐怕还要折腾一番。"

王老板笑了一声，又对我说道："好吧，当着真人不说假话，我就说得直白点。我呢，是个做生意的，不喜欢动刀动枪的。现在这种情况，你们自己也看见了，就算不落在我手里，你们也很难出得去，老泰已经死了，要对付你们也没什么意思，你考虑考虑，要不要和我合作。我保管你们不吃亏，还有的赚。"

我一听，这不是当初我对凉师爷说的话吗？隔几个钟头又转我这里来了，真是风水轮流转啊。

看我没任何表示，他又递了支烟过来，说道："你就算不答应也没关系，我会给你们点装备，让你们自己下去，不过你一个人带着一个病号，这路怎么走，你自己想过没有？"

他说的倒是实在话，我竟然听得有点心动，可转念一想，他有装备有武器，干吗还要找我合作？这不等于铺好摊子让人家来赚钱吗？一定有阴谋。他们这些跑江湖的心机太深了，你看凉师爷一路跟着我们过来都是一副献媚的嘴脸，一找到机会马上就给他反客为主了，我们一点都没防备。与他们相比起来，我们真的太嫩了。他们找我合作，必然有什么针对性的目的。

我的思绪一刹那闪过，心里已经有了计划，他们的这个条件，我必须先答应下来，就像当初凉师爷跟着我们一样，以后再想办法逃脱。况且正如他所说，要想把老痒平安地带下去，至少还需要一个人的帮助，我一个人，实在太勉强。这两个人明显轻视我，这与我当时犯的错误一样，我肯定可以找到一个机会反客为主，至少弄到一把枪。

想到这里，我的脸色缓和了下来，装出犹豫的样子，道："好，就算你说得有道理，我可以和你们合作，但是你必须先让我知道，你们到底需要我干什么。"

王老板松了口气，给凉师爷打了个眼色，后者拍了拍我，说道："识时务者为俊杰，小吴哥，既然你点头了，咱们就还是自己人，在下也就不瞒你什么，自然会把知道的告诉你们，不过这可是说来话长，我们边吃边讲如何？"

我看他靠过来，真想一把掐死他，不过眼角一扫，就看到王老板手里的枪口，仍旧指着我的方向，心里压住内火，勉强一笑，说道："请说。"

凉师爷看了看外面的青铜树，说道："说起这个东西，可是了不得，根据《河木集》上的记载，最初发现这棵青铜树，还是在北魏高祖孝文皇帝太和十三年——"

李琵琶死了以后，在很短的时间里，凉师爷已经将《河木集》中关于这个墓穴的章节，仔细研究过一遍。《河木集》是一种便条，写得非常随意，有时候用哑文，有时候用汉文，还有一小部分是用一种谁也不认识的文字写的，而关于这里的这一段，大部分是用哑文所写，现在能读得懂哑文的已经不超过二十个人，凉师爷正是其中之一。

哑文记录的事情，一共有三件。

第一件事情是北魏高祖孝文皇帝太和十三年，大致是太白山一带一处官矿的矿监上报，有寻矿人发现一根青铜古柱，其根部似乎一直没入山底，未见到底的迹象，不知道入地多深。

这事情在当地闹得沸沸扬扬的，一说这柱子是有灵性的，你越挖它就越往下长，永远也挖不到头，又说这是盘古开天的时候用的斧头柄子，再挖就能把斧头给挖出来。甚至有风水师傅说，那是玉皇大帝打下的钉子，用来将秦岭的龙脉钉住，不然这条地龙就要飞到天上去了。这根铜柱，入地有八百里，不能再挖，一挖全国就要倒霉了。

不久，一骑哑巴军就接到密令，开赴太白山确认传说的真伪，可是这一骑哑巴军最后离奇失踪了（估计可能给守陵的厍人杀光了）。四个月后，另一营的哑巴军又接到密令，这一次他们找到了青铜树，领着三千死囚，让他们接管这座太白山，封山扎营继续挖掘。

第二件事情是北魏高祖孝文皇帝太和十八年春，说这一挖就挖了四年零三个月。三千死囚向上一直挖通了我们现在所在的溶洞，向下一直挖到山底，也没有挖出青铜树的根部，却挖出了一只龙纹石头盒子，内是空心，藏有一物，却没有缝隙，怎么也打不开，他们不敢妄动，将这盒子送进宫里。

第三件事情很简短，是在北魏高祖孝文皇帝太和十八年的年末，《河木集》上记道，皇帝赐赏，加封二等爵位，每人赏百两金，犒赏全营，众人酒醉，《河木集》的主人和几个熟络的兵卒喝得神志不清，打赌去爬那青铜古树。

（文章到了这一段，下面全都是不知名的文字，不知道是否有特别的用意，凉师爷无法看懂，实在遗憾。）

凉师爷告诉我们，另一个老板李琵琶能够看懂这些东西，但是问他下面写的是什么，他决计不说，神秘得要命，这一点，不知道是什么缘故。

《河木集》最后，有一段汉字记录着攀爬过程，我们这个位置再往上，会有绕着岩壁的栈道，是当初他们为了最后让皇帝来看的时候准备的。可惜修到近顶的时候就修不上去了，而且修栈道的时候，经常有人无端地坠崖，后来就不了了之了。

我们爬出矮洞，王老板递给我一只望远镜，自己打着强光手电给我照明，调整了焦距之后，果然看到上面不远处，似乎有几段木头的栈道卡在崖壁之上，几个盘旋一直向上。我们的手电电源微弱，照不到那么远，所以之前没有发现。

王老板的意思是，如果能到达那条栈道，沿着它攀爬可以省不少力气，只不过栈道之上必然会有蹊跷，凉师爷是文人，让他研究东西行，打仗就不行，所以这路还得我们两个去走。

我没他这么乐观，拿着望远镜看了半天，也没看清楚这些栈道到底是个什么样子，这里光线太昏暗了，加上栈道的边缘似乎给一些植物根须一样的东西裹住，与在旅游区爬过的那种钢结构栈道有很大的不同。《河木集》写于南北朝时期，传到今日时隔千多年，这些栈道是否完整还不清楚，更不要说结实不结实了。

王老板说，当年修这东西，是用来给皇帝游览的，不是采掘的临时栈道，所以在用料和做工上一定非常讲究，现在很多汉代的古建筑还非常牢固，所以他认为问题不大，实在不行，我们还有大量的绳索，有了这些栈道，爬起来自然也方便得多。

他说得非常决绝，一点也不跟人商量的语气。我暗骂一声，只好不再发表意见。他和凉师爷又稍做商议，决定再让我休息十五分钟，然后王老板带我上去，凉师爷和老痒留在这里。

刚才睡了一觉，精力恢复了很多，又吃了点东西。王老板也坐了下来，用广东话和凉师爷聊起了天，我并不是很能听懂，不过大概也知道他们聊的事情，跟那王老板说的麒麟竭有关系。我对这事情，心里一直有个疙瘩，心想反正现在和他们的关系表面上缓和了，正好乘机问个清楚，就问凉师爷，这麒麟竭到底是什么，会不会有什么危害。

凉师爷说道："关于这方面完全不用担心，我刚才没把事情全告诉你们，是给自己留了一手，以防你们跑路的时候，给自己留下换命的资本，现在既然咱们已经正式结盟了，我也说出来，免得你心里不舒服。"

麒麟竭就是麒麟血凝结成的血块，是一味非常名贵的中药，不过并不是真正的麒麟的血，而是一种植物的汁液，这种植物叫作麒麟血藤，又名血蛇藤，一般在比较靠南边的地方才有。

麒麟竭放置的年代越久，功效越好，初期它只有一些普通的功用，一般用来入药，但是在中医里面，还有一种罕见的用法，就是用来熏尸。古时候有些少数民族和一些山村里的习俗，会将一块麒麟竭压在尸体的肚脐之上一起入殓，可以剔除尸体的阴气，尸体虽会腐烂，但是不会招来蛆虫。

麒麟竭随着年代的逐渐长远，会逐渐由暗红变黑，年代越久黑得越沉。到了一定的时候，性质就会改变，变得入口即化，人吃了以后，邪虫不近，夏天连蚊子都不敢找你。

当然这只是传说，凉师爷也只是听别人说过，今天第一次看到这种情况，才开始相信有这么一回事，至于会不会有什么副作用，没有相关的记录。不过中药一般毒性很低，他让我不用担心："与其想这些，我觉得最麻烦的还是那些蛊虫。《河木集》记载开凿的时候，并没有挖到任何这种面具，到底是古人布下的疑阵，还是杀光外面千条人命的人动的手脚，我还不能肯定。你们上去的时候，还是要多加小心，不可大意。"

我们休息了片刻，老痒还是没有清醒。王老板取下装备给我，我戴上战术头灯，背上绳子，继续向上方栈道的边缘进发。

按常理那条栈道并不远，但是现实中总有一丝无奈，目测的距离总是要比实际距离近很多，我们预计一小时就能登顶，结果半小时后才勉强爬到栈道下方。

我这才发现，王老板的说法是对的，栈道保存得非常好，倒不是因为是皇帝要走的栈道所以才修得坚固点，而是栈道一直在修葺当中，所以外面还有一层油竹竿搭成的脚架，这种东西非常防潮，经过一千多年的时间，仍然非常结实，走上去还能听到韧性的嘎吱声。

这里应该十分贴近地表，从边上的绝壁上垂下很多树木的根系，犹如缠绕植物一样缠绕着边上的扶栏。有些根须非常粗大，简直就像章鱼的触手一样挡在栈道上，越往上这些东西就越多，非常难以行走。有几段整个被根系包在里面，几乎找不到立足的地方，只好用砍刀开路，或者干脆爬过去。

因为树木根系的侵袭，这里的岩石开裂，不时还有石头掉下来，我们一边抱着头，一边还要小心脚下，走得竟然感觉比爬的时候还累。

我们只顾着走，也不知道上去了几圈，前面的栈道出现了一道非常大的缺口，有将近十米的距离，因为边上的岩石迸裂，塌了下去。我目测了一下距离，对王老板说道："没办法，跳不过去，要上绳子了。"

此时离我们出发已经快一个小时，但是从上往下看去，仿佛并没有上来多远，看来想在一个小时内到达树顶已经不可能了。我们之前爬得太急，体力消耗得非常厉害，只好暂时先休息一下。这个垂直的溶洞里非常阴冷，又非常潮湿，我走了这一段，身上的衣服全都是汗水，黏在身上非常难受，一时半会儿又干不透彻，很容易生病，一定要想办法取个暖才行。

我们钻进一个树根和栈道包在一起的树根洞里，王老板将固体风灯拿出来，用匕首插挂在一截树根上。我脱掉衣服先将内衣烘干，然后胡乱吃了一点东西。王老板表情非常严肃，一边和我说着话，一边用强光战术手电去照对面的青铜树。照了一会儿，他对我道："你来看，这里已经能看到顶上，上面是什么东西？"

我拿起望远镜观察，上面只有十几米的地方，已经是铜树的顶部，从洞的上面垂落下很多树根，将那一片区域全部挡住，勉强可以看到，那里被裹在一大团根系里，大量根须一直顺着青铜树缠绕下来，里面有什么东西，实在是看不清楚。

环绕洞壁向上的栈道，还要比这青铜树的顶部高出很多，这个和《河木集》记载的不同，有可能经过长年累月的挖掘，沉重的青铜树有再次沉入岩层中的趋势，千多年下来，高度已经下降到栈道之下了。

这些从洞顶上垂下来的根须，可能就是我们来的时候，从金鱼山顶上看到的那几棵十几人才能环抱的大榕树，现在看来，它们的根系比它们的枝叶还要壮观。这些犹如苍白的鬼爪一样的东西，如麻花一样拧在一起，就像一只巨手，抓住这一根铜柱，似乎要将其从地狱里拉出来，又好像一根缠满了化石巨蟒的巨大图腾，让人浑身起鸡皮疙瘩。

我正看得入神，却听王老板对我说道："你看树根长得如此茂密，说明这里的岩壳上面应该就是表土层。这里是一个天然的溶洞，古人来祭祀不可能是穿山进来的，上面一定有一个洞系可以通到外面，弄不好，我们不用原路回去。"

我听他话里有话，心里一喜，如果不用原路回去，那真是一件美事。可这天然的溶洞，必然也不是什么平和之地，到时候能不能走得出去，还要看运气。王老板推了推我，说道："这青铜树顶上是这么个情况，不过你看那几个根堆里，好像有一座铜像，这里太远，看也看不清楚，咱们换个地方去看个仔细。"

我顺着他手指的方向看去，看到柱顶的下方，根堆缠绕中似乎有两只青铜雕刻的手臂，与我们在夹子沟看到的那一座有一丝妖冶的雕像非常类似，只是当时它的脸被盗墓贼炸烂了，我当时有一种很奇特的第六感觉，总感到这张脸会有什么不妥当，如今正好看上一看，这雕像到底长什么样子。

第三十章

老套路

按道理，要看到那雕像的脸并不难，可是我们是由下往上仰望，无论走到哪里，因为角度的问题，都看不清楚。我心中懊恼，对雕像的那种不祥的感觉也越来越浓了。

王老板大概也和我有同样的感觉，越是想看到，越看不清楚，急得他脸色铁青。我们换了几处地方，皆不满意，最后还是决定先爬过坍塌的栈道再说。这里的岩壁上全是树根，爬起来也不会有多大困难，加之下面还有几层栈道，如果失足也不会摔死，没什么好担心的。

我们再次回到那一段坍塌的栈道边上，王老板检查了一下那些垂下的根须的结实程度，用多功能镐挂住，敏捷地爬到峭壁上。我一边给他打着手电照明，一边诅咒他掉下去，可惜这王老板的身手和他的体型非常不相配，三下五除二，已经攀到了对岸，跳到栈道上。

他回头将多功能镐抛回给我，然后自顾自向前跑去，大概是心急想看看那上面到底有什么。我打开头上的头灯，学着他的样子爬上峭壁，一只手挂着多功能镐，另一只手摸着根须前进。这些东西不知道生长了多少年，摸上去竟然犹如石头一样，坚硬异常，不似有生命。上面的纹路也很似动物的鳞片，如果眼神差点，肯定以为是什么古生物的化石。

我爬得很小心，进度很慢，才爬到一半的距离就听到王老板叫道：“快到我这里来！这里可以看得清楚点，那团树根里面好像还不止……一座雕像，不知道到底雕的是什么。”

我听到他的话，咬紧牙关，手脚并用，最后抓住一根根须荡到对岸，然后循着他的手电追去，看到他已经绕着栈道上了三层，正举着望远镜，查看青铜树那里的情况。我向他望的地方看去，因为角度变化，的确可以看到有一些东西被裹在树根里面，但具体是什么，还是很模糊。

我气喘吁吁地跟上，接过他的望远镜之后，才看清楚，在蟒蛇一样的巨大树根团里面，露着很多生锈的青铜手臂。从数量来看，里面应该最起码有四座雕像，立于四个方向。凭借露出的部分，也无法准确地判断雕的是不是同一个造型，其他的部分给深深地裹在树根里面，目测一下，尺寸很大，大概和我们在山崖上看到的那座石头雕像差不多大小。

李老板所说的“大好处”，不会是这些恐怖的树根，那肯定是这树根里包的东西。但这些雕像就算真的是有什么莫大的价值，我们也带不走啊，对面应该还有什么蹊跷是我们所不知道的，待在这里绝对发现不了，一定要过去才行。

我们继续顺着栈道上前，因为靠近溶洞的上段尽头，崖壁与铜树之间的距离也逐渐接近，我们看得也越来越清楚。铜树之顶原来有一个圆形的祭祀台，朝四个方向有四座青铜雕像。本来我们以为换几个方向就能看到雕像的真面目，可是越往上越失望，它们的身体和面孔都牢牢地裹在了树根里面，想要看清楚，不砍掉这些树根恐怕是不太可能了。

我们来到栈道上与那祭祀台基本平行的地方，王老板停了下来，看了一会儿，对我说道：“这四座雕像放在四角，说明中心肯定还放着什么东西，本来如果我们的装备都在，还可以再往上一段距离，用聚光灯照个清楚，可惜这些东西都掉进瀑布里了，没办法，后生仔，我们得过去再说了。”说着，他已经将多功能镐有刃口的一端折了回去，折成钩子形状，绑到绳子上，做成一只飞爪，像西部牛仔一样，甩了几个圈后扔了出去。

多功能镐甩了一个抛物线，钩在了对面祭祀台边上的一根树根上，绕了几圈，正好钩回到绳子上。王老板拉紧绳子，拉得树根抖动了一下，很多奇怪的灰色虫子从树根的缝隙里给惊了出来，四散而逃，速度很快。

王老板皱了皱眉头，说道：“后生仔，这次该你先上了嘛！”

我知道他是忌讳这些虫子，心里暗骂了一声，目测了一下距离，这里比我们刚才爬的时候近了很多，应该问题不大，于是点了点头，爬上绳子。

才爬了几步，我也不由得佩服起王老板，这绳子甩得真好，两端成一个大概六十度向下倾斜的角，只要双腿夹住绳子，自然就会滑向对面，不用花一点力气，我凌空滑过，一下子便到了祭祀台上的树根上，立即抓牢上面的根须站稳。

王老板在对面做了个手势，让我先探查一下形势。我回头一看，那些灰色的虫子并不是螭蛊，而是一种类似蝉的幼虫的昆虫，数量颇多，但是应该不会有什么危害。我赶走它们，对对面的王老板做了个手势。他用手电照了照我的四周，确定真没虫子了，才爬上绳子。

这里的树根几乎都有我的两三条大腿粗细，纠结在一起，碰到的地方已经融成一体，没碰到一起的地方就镂空为一个个窟窿，时间长了，融到一起的地方多起来，里面镂空的窟窿就四通八达的。这在榕树林里面很常见，有大片榕树的地方，甚至整片林子都黏在一起，里面一个树洞连着一个树洞，进去就出不来，比鬼林子还邪。

我们抓着树根转了一圈，发现这里年代实在太久，包得非常彻底，看不到下面是什么。这些树根又砍不动，不知道如何是好。呆了片刻，王老板说可能从这些树根之间的镂空里看下去才能看到，咱们分头找，一个洞一个洞照过来，肯定能看到。

我心说盖得这么厚，这也不太可能。不过他没准备和我讨论，只是抬了抬手让我去做。

我隐约地感觉这人十分暴戾，和以前我认识的那个王胖子有点像，心说他们俩该不是亲戚吧？不过那个王胖子可爱多了，而且很爽快，这个人太阴了。

这些树根盘在这里，像一个坟墩一样，用手电照到那些镂空的窟窿里，也照不到底，我们搞了半天，累得满头是汗，还是什么都看不到。我还把腰给闪了，酸得我直冒冷汗。

两个人这下没办法了，王老板看了看我，忽然骂了声："王八蛋，难道李琵琶这衰人算计我？"

我心里也嘀咕，这里既然什么都没有，为什么老痒要这么强调？他应该不会开这种无聊的玩笑，问题还是在我们身上，到底出在哪里？哪里疏忽了？

两个人都不说话，静静地在那里想事情。我想着老痒一路过来和我说的话，这些话不管是出于什么心态，无非想把我引到这个地方来，可到了这里之后，什么都没有看到。而那个所谓的不能告诉我的，而且就算我知道了也是不会去做的好处，到底是什么？现在还是一点也看不出来。

正想得出神，王老板突然推了我一下，我转头刚想说话，他做了个别出声的手势。

我心说干什么，他摆了摆手，小心翼翼地拉我蹲下来，仔细去听那树根里面……我立刻凝神静气，侧耳去听。这里没有风声，在这寂静无比的榕洞里，贴着那树根，清楚地听到树根里面传来一声一声的轻微的“嘚……嘚……嘚”声，好像有人被冻得磨牙。

那声音不大，不注意必然听不见，很有语音规律，和血尸的声音完全不同，也不会是那些虫子在树干里爬行发出的声音。

王老板轻声说道：“这声音每一声的间隔都一样长，好像和尚敲木鱼一样，有可能是什么机关动作的声音，这里面的确有东西在，只是不知道是活的还是死的。”

我开始冒出白毛汗，这几千年的老树根里竟然有人磨牙，难道是遇到了树妖不成？我刚想说话，王老板抿着嘴巴摇了摇头，举起短步枪，拉上枪栓，让我跟上，蹑手蹑脚地循着声音走去。我们走到一个榕树根洞边上，发现声音就是从这里传出来的，王老板打开手电往洞里一照，声音戛然而止。

他瞄了我一眼，轻声说道：“没错，应该就是这里，《河木集》说的东西就在这里面，可能得从这里进去才行。”

我皱了皱眉头，说道：“这里面的根系洞非常复杂，比那些溶洞地形的洞系要复杂得多，而且不知道这铜柱是不是空心的，贸然进去，可能会有危险。”

他点了点头，说道：“我知道，所以我们两个不能同时进去，先下去一个探探路。”

我心里咯噔一下，心说，你该不会是想让我进去吧？

王老板看我犹豫了一下，把短步枪举了起来，轻声说道：“我太胖了，你先下去，我跟在你后面，给你殿后，你放心，不会出事情的。”说着推了我一把，将我往那个洞里推去。

我低头看了看下面，一片漆黑，回头一看，他正面目严峻地看着我，脸上透出一股子阴冷的表情。我咬了咬牙，只好又戴上头灯，再次充当蹚雷的角色。刚想进去，王老板又把我叫住，递给我一只小型的对讲机，说道：“如果里面很深，就用这个，去吧，后生仔有前途。”

我心里暗骂，接过来，先熟悉了一下使用方法，然后放进兜里，说道：“王老板，咱们明人不说暗话，我这是给你去拼命，你怎么样也要给我点武器，万一我挂在里面你也就没戏了，对吧？你不给我枪，冷兵器总要给我一把吧？”

王老板戒备地看了我一眼，大概觉得我说得也有道理，不情愿地从自己的靴子里掏出一把小匕首，丢给我，同时枪口马上就指向我，笑道：“你看，我这人糊涂，就给忘了嘛。”

我接过匕首，发现是那种长柄猎刀，专门用来剥皮的，我心说有总比没有强，骂了一声，头一低钻进洞里，闻到了一股霉味。我戴上防毒面具，才继续向里爬去。

里面非常潮湿，树根的表皮与外面完全不同，非常松软，还有很多不知名字的蘑菇长在里面，很多蝉的幼虫受到我的惊吓，开始逃窜。我往里爬了一段，一下子呆住了，前面出现了几个岔口，该走哪一个？

我仔细一看，其中一个岔口上有一个标记，应该是前人画上去的。不管了，我爬向那个有标记的岔口，又前进了几米，突然前面一空，上半身已经探了出去。

我上半身挂在洞口，打开头上的探灯四处一照，发现这里是一个矮小的空洞，里面盘根错节，全是树根。说得实在一点，这里不过是整个根包里根须比较稀疏的地方，我正觉得奇怪为什么会出现这种情况，忽然看见树根的里面，有一块石板露出一角。

我仔细一看，那竟然是一具巨大的石头棺椁。棺椁下面有一个棺床，现在也给裹了个结实。从我刚才爬的距离来判断，这里应该就是祭祀台的中央没错，这就是我们要找的东西。

我手脚并用，来到露出一角的石棺椁边上，这才看清楚，这东西还不是一般地大，几乎像一只袖珍的集装箱了，椁盖的边缘和铜树上一样，阴刻着一圈双身蛇，其他部分几乎和树根长在一起，上面有什么浮雕无法知晓。

王老板在外面大叫了两声，我正给看得蒙了，也没回他，他以为我下到铜树里面去了，从对讲机里问道：“后生仔，里面有什么？”

“有一具棺材！”我一边说道，一边尽量找一个地方至少能让我坐起来，趴着太难受了。

“棺材？能不能看出是谁的？”

我骂了一声：“我怎么知道！不过这棺椁给运到这里也不容易，如此兴师动众的，里面躺的可能就是这青铜树的修铸者吧。”把自己的棺材放在这里，大概是想着升天的时候，离天宫近一点。不知道这到底是什么人物，竟然有这么大的手笔。

这个时候我看到棺椁的盖子和椁身并没有密合在一起，有一段树根已经顺着缝隙长进了棺椁里，将盖子抬起了一点。我感到很奇怪，“咦”了一声。

王老板听了很紧张，忙问：“怎么回事？”

“这棺材……盖子没盖好。”我说道，向那缝隙爬了过去。难道入殓的时候棺椁没盖好，让树根长了进去？

我想了想，觉得也不会，可能是细小的树根长入棺椁盖之下后，不断长粗，将盖子抬了起来。这些树根四通八达的，说不定已经撑满了这具棺椁，表质层这么硬，我们手里的这些家伙就算能砍得动，也不知道猴年马月才能挖出来。

我爬到缝隙边上，用探灯往里面照了照，里面似乎是全空的，灰蒙蒙一片，光线好像给什么吸收了一样，什么都照不出来。

历来考古中，从椁中将棺材起出来是最麻烦的。正规的棺椁都是棺壁贴着椁壁，最多给你留一厘米的空隙就很不错了，这一具却反潮流，里面有着相当大的空间，十分怪异，不知道又是什么讲究。西周时期的墓葬习俗已经比较成熟，就算是王公贵族也不会使用如此离谱的墓葬方法，看样子凉师爷说得没错，这里应该是当时少数民族的一处王墓，并且这一个国家的国力似乎也不弱，至少应该与当时的西周王朝不相伯仲。

我拿起对讲机，说道：“这棺椁是空的，里面不知道有什么，我的探灯没你手电那么厉害，太暗，你可以进来了，这里很安全。”说着，我已经向我刚才探出来的那个洞爬去，心说，只要你一探出头来，老子就卡住你，看你怎么办。

对讲机发出几声静电干扰的声音，里面传来几声声音，我听不清楚。

“什么？”我问道。

随着几声静电干扰，从对讲机里传来了一些奇怪的声音，非常嘈杂，一点也听不清楚。

“什么？”我不耐烦地又问了一遍。

第三十一章

鬼雾

在这狭窄黑暗的空间里，一具棺椁边上，突然从对讲机里传来类似鬼魅一样的呼号声，既像有人在哭泣，又像有人在发抖念着什么东西，让我着实吓了一跳。我赶紧将声音关小，拍了拍看看是怎么一回事。

这是Motorola生产的军用对讲机，使用塑料外壳，非常适合在恶劣条件下使用，照道理不会这么容易出故障。我开关了几次，开始的那种怪声倒是没了，扬声器里却断断续续地发出嗞嗞的静电声，似乎是有人呼叫，又无法听到清晰的语句。我连喊了几声也不见好转，调动频率，也没有作用。

我摆弄过这些电子东西，知道这种动静并不是物理上的故障，而是电波干扰，产生的原因很多，大到太阳黑子爆发，小到家用电器运转，都会产生相同的效果。我们现在身处地下，给太阳黑子影响到的机会不大；这种深山老林的榕洞里，也不会有什么家用电器，这种干扰到底是哪里来的？

我将对讲机四处移动，寻找干扰的源头，很快我便发现，只要将它靠近巨大的棺椁，嘈杂声就会严重；如果离得远一点，嘈杂声就会减轻，非常奇怪。难道干扰源是在棺椁里面？我将对讲机小心翼翼地伸进椁盖和椁身的缝隙，刹那间，那种嘈杂声音突然爆发到了离奇的程度，就好像有人突然间惨叫了起来一样。吓得我手一松，几乎把对讲机掉进棺椁里。

糟糕，我心里想，看样子没错，棺椁里面有什么东西正在发射不规则的电磁波。这太不可思议了，是自然现象，还是有什么古怪？

我知道植物是可能发射微弱的电波信号的，而且在不同的外界条件下，植物发出的电波信号也不相同，比如说你给它播放舒适的音乐的时候，或者用刀割它的时候，它发出的是两种完全相反的信号，这被称为植物的语言。可是这些信号都是极其微弱的，就算你用专门的仪器都不一定能探测到，不用说给普通的对讲机接收了。

还有一些特别的情况，也能够在自然条件下产生强烈的电磁波影响通信，比如说地震前夕，或者火山爆发的时候，但是这种干扰是带有破坏性的，绝对不会像现在这样温和。

我看着这巨大的棺椁，想到了一个不太可能的可能，那就是在大规模的屠杀或者大型的土葬墓地附近，经常会有奇怪的电磁波干扰，持续不断，一说那是尸体腐烂发出的能量产生的，一说那是大量鬼魂发出的信息。这强烈的电磁波，会不会是棺椁中的尸体发出的呢？

这里的光线极其晦暗，老榕树苍白的根部在探灯的照射下，看上去就像一根根畸形的蛇骨，加上这让人头皮发麻的嘈杂声，就像有什么东西正在棺椁的内部，狂叫着催促我进去。我感觉起了一身鸡皮疙瘩，无比烦躁，赶紧将对讲机拿出来关掉。

四周安静了下来，我一下子感到头晕，大概是这里潮湿的空气和古怪的味道让我开始缺氧。看着周围的环境，我心里感到一阵发寒，这是我一路上都没有感觉过的。

王老板一直在外面大叫，想必是听不到我的回答，正急得直跳，他的喊声经过树根里三层外三层的过滤，到我这里已经变得十分微弱，就像人在十几层被子里面听外面的人说话，很难听得清晰。

刚才我还考虑着把王老板骗过来，在这里制伏他，现在却已经改变了主意，想着还是暂时先退出去好，这地方邪得慌，待得久了真让人全身不舒服。这主要还是一个人的原因，如果有两个或三个人在我身边，应该能镇定很多。

考虑再三，我犹豫不决的老毛病又犯了，就是拿不定主意。外面的王老板叫了一会儿也就不叫了，我听到他在外面大声地骂了几句，就静了下来，大概也不知道怎么办好，谅他的胆量，应该不敢钻进来查看。他们这种跑江湖的人，虽然在社会上万般地强横，但是在这种诡异的地方，又听到有棺材，还是有着本能的畏惧。棺材代表着钱和权力不能控制的死亡，是非人力所能撼动的权威，这一点倒斗的人反而很能体会。

正出神地想着，忽然，我又听到了那磨牙一般的“嘚……嘚……嘚”的声音，不知道从什么地方响了起来，比刚才在外面的时候要清晰得多。

现在听得真切，这种声音，像是有人穿着木屐走在石头地板上的脚步声，但是这声音没有起伏，不像是在来回走动，倒像是在……不停地跳。

声音非常有规律，一下一下的，在这寂静的环境里，分外让人觉得心惊肉跳。我刚刚已经给吓了一跳，现在听起来，简直像催命符一样，我的心脏也跟着这个节奏颤抖起来。

一时间我感觉有点奇怪，我怎么会这么害怕？我应该已经克服这种恐惧了。我镇定了一下，拿下了我的防毒面具，闻了闻四周真实的味道。一般来说，防毒面具能将一些对人体有害的异味清除掉，所以戴着防毒面具，闻到的味道是加工过的。有时候一些有毒物的标志性气味会给过滤掉，但是在特殊情况下，有毒物却还是能够穿过面具，造成中毒。

四周的味道对鼻黏膜非常刺激，我刚吸了一口就打了个喷嚏，浑身冒冷汗，赶紧又把面具戴上。

我听了一会儿，声音并不是来自其他地方，按照方位来看，好像是从石头棺椁的内部传出来的。

我开始冒冷汗，一手拔出了长柄猎刀，匍匐着向那缝隙靠近，想听个清楚。可是自己的心跳反而越来越响，等爬到那棺椁的缝隙边上的时候，心跳得简直就要从我的嗓子里蹦出来了。

我知道自己是给这里的环境感染了，有一段时间我以为自己已经克服了这个毛病，现在看来还没有。想象力丰富是做这一行的大忌，我一边提醒自己，一边凝神静气，脑子里想象着四周的光线明亮起来，并没有这么黑暗，又深呼吸了几口，总算压下了躁动的心脏。我叹了口气，转过耳朵，想好好分辨这到底是什么声音。

可就在这个时候，那声音突然停止了，一下子就是鬼一样的寂静。我被这突然的变化吓得浑身一紧，同时，我忽然感到，好像有一只什么东西搭到了我的肩膀上！

我头皮一奓，眼前几乎一黑，人疯了一样地回手就是一刀，探灯一下子就撞到了一根树根上，立即熄灭，四周变得一团漆黑。紧接着，我的手被什么给缠住了，拼命向后扭去。我吓得完全失去了思考能力，号叫了一声，用尽了全身力气想翻过身来，一挣扎，身子下面的一根还未完全角质化的树根“咔嚓”一下，我整个人一沉，和我身后的东西一起掉进了一个浅坑里。

我掉下去的同时，忽然听到有人骂了一声：“你个衰鬼！”然后手电就亮了，王老板一边紧紧压着我，一边用手电照着我的眼睛，照得我几乎要瞎了。我刚想用手去遮，突然就被他甩了一个巴掌，完全没有留力，我鼻子马上就是一凉，开始流鼻血。

他打完我之后，又狠狠骂了我几声，说道：“你个仆街仔，给你脸你不要，跟我肥佬玩儿花样，你去死吧！”

我马上就意识到是怎么一回事，这广东来的死胖子竟然有胆子偷偷摸进来，这人大概是看我没反应，以为我在跟他玩儿花样，又忌讳我在里面，怕进来之后着了我的道，竟然没开手电，偷偷爬了进来，正碰上我在听那鬼跳声，结果差点就给我回手一刀给做了，现在大概是以为我想杀了他。

我想解释，但是他卡着我的脖子，我说不出话来。他好像气得够呛，又是一巴掌，打得我耳朵嗡的一声。我一下子心头火起，敢这样打人，说明根本就没把我当人看，当即一头就撞了过去，将他撞了个结实。两个人又滚在一起，你一拳我一脚，一下子滚到棺椁缝隙的边上。他力气比我大，一下子又占得上风，把我压在身下，抬头就想掐我，结果这里太矮，他头一抬，撞在一根树根上，把他撞得一愣。我乘机猛地一脚顶在他的胯下，将他顶翻了出去，然后扑上去抢过他的手电，对着他的脑袋就是一下，将他砸晕了过去。

我压在他的身上，看他暂时无法动弹，就用手电去照四周，发现这鸟人的装备和枪都没带进来，想必是觉得里面太狭窄，怕走火伤到自己。我又去摸他身上，想去拿他的匕首，突然他将我向上一顶，我也和他一样，一头撞在顶上，撞得眼冒金星，急忙翻到一边，免得再给他顶一下，我脑浆都要从鼻子里出来了。

王老板爬起来，身上全是根系的细须和被碾碎的菌类植物，脸已经气得扭曲了起来，喘着粗气，眼睛都红了。我知道他动了杀心，像他这种混混起家、一步一步爬上来的人，杀心肯定很重，动不动就想置对方于死地。看来这一次，真的要拼个你死我活了。

王老板顺了顺气，从皮带中拔出匕首，反手握住，气势汹汹地向我逼近。我的长柄猎刀比他那把匕首短了整整一半，就算能捅到他也伤不到要害，此时只好拿手电做武器，追着他的眼睛照。不过这死胖子非常凶悍，根本不来看我，一边转头避过强光，一边像闪电一样冲了过来，一刀就划向我的脖子。我低头躲过，左手抓住他的手，右手突然熄火了手电。

他的眼睛已经习惯了强光，手电光突然间熄灭，下意识地就停了一下。我记住了他脑袋的方位，飞起手电，抡圆了胳膊就是一击。黑暗中我听到一声闷哼，手电竟然给砸得亮了起来。我对着他的位置一照，看到他已经给我打出一嘴巴的血，正倒在那里，似乎快没意识了。

我不知道他是装的还是真给抽晕了，用力一脚将他踹向那条缝隙。如果他没昏，肯定得反抗，不然他就要掉进棺椁里去了。我一连踹了好几脚，他的双脚先滑了进去，可惜到胸口的时候，给卡住了。我上去又补了一脚，用力将他往里面顶。

王老板像死鱼一样卡了很久，一下子滑进了缝隙。在那一刹那，我总算松了口气，心说果然是昏过去了。就在这时候，突然一只胖手从缝隙伸了出来，一下子抓住我踹他的那只脚，猛地就往下拉去。

这一下真是猝不及防，我已经全身放松了，只觉得眼前一花，已经整个儿给拖进了棺椁里。我心里直叫完蛋了，竟然掉进去了，这真是前无古人、后无来者的事情，慌乱间去抓四周的东西，却什么都没抓住，直掉进无穷的黑暗里！

王老板拉着我一路下滑，我原本判断这棺椁也就一人多高，现在一进去才发现不对，这里面有一个凹陷，看样子的确是凹进了青铜树的里面。我一连滑了三四米，才一屁股坐在什么上面，疼得我一龇牙，同时王老板也松了手，似乎想要再次扑上来。

我马上用手电照射四周，想看看王老板在不在我边上，一扫之下，看见满眼的雾气，灰蒙蒙一片，半米外就什么都看不到了。

我站起来，用手电大力地甩了几下四周，什么都没有打到。这里雾气这么浓，王老板掉下来之后，肯定也是什么也看不清楚，大概躲藏到雾气里面去了。

我感到很奇怪，怎么会有这么大的雾气在这棺椁里面？要说是熏香，千年还不散也不太可能啊。我用手拨了拨，雾气之浓，简直像水一样，一拨之下竟然出现了肉眼看得见的气流旋涡。

棺椁中间的东西一点也看不清楚，我也不敢走进去，只能先看看我滑下来的那一边能不能爬上去，向上看去，也看不到什么，只发现树根从缝隙中生进来，似乎并没有非常肆意地生长充满里面，只是像爬山虎一样贴着棺椁的内壁和底部，树根上面长满了类似于绒毛的真菌，一摸就掉，有点像霉菌丝。

棺椁内壁没有给树根覆盖的地方，有一些浮雕，我一眼就看出，里面的一些图案，应该就是与外面立着的那四座雕像一样的风格，不过这些图案也大部分给遮住了。长柄刀的刀刃太薄了，用来切上面的树根还是有点吃力。我将一些发散的新生根须切下之后，对那些已经角质化、和椁壁黏在一起的主根却毫无办法，一刀下去就像切在石头上，只能切出一条白线。

虽然如此，我还是能分辨清楚一些内容，那应该是修铸青铜古树时候的情景，上面的人穿着左衽的衣服。出乎我意料的是，我发现上面的青铜树是分节的。看来这根巨型铸器并不是一次性修铸成的，可能历经了好几代人，一节一节地铸接，最后才成为这么壮观的艺术品。

浮雕很多，但是我不敢随意走动，看完了背后这一块后，我回头看了一眼雾气，只觉得一股莫名的恐惧传来，于是踩着边上的树根，想顺原路爬回去。

可奇怪的是，看似非常利于攀爬的树根，我上去了两次，都很快滑了下来，简直和踩在冰上一样。我一摸上面，发现这些真菌给压扁之后，非常滑腻，像润滑油一样，要爬上去，一个人似乎挺困难的。

我定了定神，心里想着该怎么办，看样子得把上面的真菌先刮了，才能上去，或者把刀当成登山镐，也不知道行不行。

正思考的时候，“嘚……嘚……”一阵异常清晰的怪声，突然又出现了，这一次，是在我的背后，似乎十分地近。

第三十二章

偷袭

将我们引入的这诡异怪声突然出现在我的背后，虽然声音不大，但在寂静无比的棺椁内则犹如炸雷一样，无比清晰，听得我浑身一颤，脑门上的肌肉一紧，又是一头的冷汗。

这具棺椁有六七米长短，说长不长，说短不短，由声音判断，声源应该离我不超过一米，那几乎就是贴着我的后背，可以拍拍我肩膀的距离。“嘚……嘚……”有规律的一声一声，简直就是靠着门板听敲门的感觉。一股凉气由我的后脖子一溜到底，直下到我的脚后跟。

一时间我全身的肌肉都僵硬得无法动弹，考虑着要不要回头去看，还是装作没有听见这声音，不去理会它。不过，马上我就反应了过来，自己也哭笑不得，咬了咬舌头提醒自己：要镇定下来，这个时候其实根本没有选择，只有去面对，害怕和找借口本是等死的表现。

僵持了片刻，那鬼魅一般的声音不急不缓，既没有再度靠近，也没有远去。我深吸了一口气，咬牙握紧短刀，缓缓地回头，去看后面到底是什么。

随着我回身的动作，那怪声突然停止了，我定睛一看，在我背后的灰色雾气中，却什么都没有。刚才怪声传来的方向，仍旧是一片灰蒙蒙的，只是被我的动作所扰动，出现了一些诡异的气流，但很快就平复下来，变得和刚才一样均匀。

我咽了口唾沫，觉得有点意外，用手电照了照四周，没有任何的异常，那声音好像从来没出现过一样。

刚才声音离我如此之近，我听得无比清晰，绝对不是错觉，我转身的动作也就一秒钟左右，如果是由什么移动的物体发出的，它也不可能以这么快的速度消失掉，难道，声音来自别的地方，是我判断错误？

我下意识地往前跨了一步，想去寻找声音的来源。突然间，一个人影猛地从我边上的雾气中扑了过来。我眼睛很贼，正好瞄到出现状况，急忙矮身，那人影没有抓住我，但还是将我撞倒在地。我就地一滚，回头一看，撞我的那人体型肥胖，正是将我拉进这里的王老板。

我骂了一声，亮出长柄猎刀，想与他做个了断，没想到他一闪之间，又躲进了雾气里，不见了影子。

我不由得鄙夷地吐了口口水，刚才搏斗中他的匕首应该掉在了外面，现在忌讳我手里的短刀，不敢和我正面冲突，而躲在雾气里，等着我靠近，然后实施突袭，和刚才的那种嚣张劲完全不一样，肯定是个老谋深算的人。

不过话说回来，这里的情况这么诡异，这家伙的胆子还不是一般地大，要是我，既没有手电，也没有武器，哪里还敢偷袭别人，早就缩在角落里发抖了。好在这里的雾气浓得像水一样，一有什么东西运动，就会出现非常明显的轨迹，他想偷袭我也没有那么容易得手，否则刚才那一下，我已经被他按倒了。

我想到这里，又觉得奇怪，如此说来，那怪声的主人，如果是在这棺椁中移动，必然会产生移动的轨迹，可是我刚才看去的时候，雾气平滑，不像有什么东西移动过的样子，难道它没有形体吗？是个鬼？

我一边防备着王老板再次偷袭过来，一边站起身子。这棺椁里面的空间并不大，刚才一滚，不知道滚到了哪个位置，要赶快退到边上，想办法爬上去。

这里面积总体不大，现在向四周一看，发现自己已经贴近了棺椁的中心。透过雾气，我看到中心部分有一些东西，看影子，似乎是从棺椁的顶上挂下了很多的绳子，一直连到棺椁的底部。我以为那些是贴在顶部的树枝垂下的气生根，再往前一步，用手电一照，才发现不是，那些东西，都是手腕粗细的青铜链条，上面缠满了真菌和榕树的须根，一直由顶上缠绕到底，但是青铜链好像只是给固定在了棺椁顶和棺椁底之间，下方并没有拴着什么东西。

这具石头棺椁说是巨大，其实这样的尺寸，西汉和五代的几个给大掀顶的贵族墓里都有发现。这东西说起来叫棺椁，其实应该叫作椁室才比较恰当。如果按照土葬墓的规律，正式的内棺椁应该放在这个椁室的中央，财力雄厚的，石椁室内还要紧贴着十几层木椁，一直贴到最里面的椁边上。

现在我走了几步，按照棺椁的大小，至少也应该看到内棺椁的大致形状了，可是现在只看到几根链条，地上不见放着东西。难道这椁里面竟然是空空如也的？那刚才的声音又是从哪里来的呢？那诡异的无线电干扰又是来自什么地方？

我愣了半天，又往前走了一步，想走到青铜链的中间去，看看它拴着的棺椁底下是不是有什么活门，才踏出去一步，忽然脚下一空，整个人向下掉去。我赶紧拉住面前的青铜链，滑下数米才定住身子，吓得出了一身冷汗。

怎么回事？怎么好像踩空了一样？我心有余悸，用手电向下照去，也看不到地面，下面雾气特别浓重，脚向下踩去，踩进雾里，竟然踩不到任何东西，似乎有一个很深的凹陷。

果然有蹊跷，我想，这椁室内嵌入青铜树顶上的祭祀台两米，中间什么都没有，可能是像战国时期那样的多层内嵌式椁法。这椁室中间也许还有一处凹陷，叫作棺井，下面才是真的棺位。不知道这棺井有多深，真是好险，要是刚才一脚踩空掉下去，说不定会摔死。

这里的几根青铜链条，也许是将棺材放下棺井时用的起重装置的一部分，装尸体的内棺椁应该就在我的正下面。

正想着，突然边上的雾又是一阵扰动，王老板又冲了过来，这一次他手里拿着什么兵器，猛地就扑向我。这里雾气这么浓，大概是冲着我手电光点来判断我的位置的。我一看不对，下意识地大叫了一声："不要！停下！"

但是已经晚了，王老板"哎呀"一声，一脚踩空，一下子就掉了下去。我感觉到下面的青铜链猛地一震，大概是给他抓住了，同时我的手里发出了"咕唧"一声，身体竟然开始向下滑去。

我转头一看，原来是上面蘑菇一样的真菌给我的手挤压，压出很多滑腻的像油蜡一样的汁液，使得青铜链条犹如涂了一层油一样。我心里大叫不好，急忙将短刀往链条的孔里一插，结果该死的还是插不进去，三下五除二，刀卡在了树根里面。我用力一绞，才把身体停下来。此时我已经滑下去不下十米，进入了棺井的内部，青铜树的树干里面了。

王老板一头是血，吊在我下方的青铜链上，离我大约一只脚的距离。他也拉不住链条，用他的皮带穿过了一个链条孔，才勉强停住。我用手电照他，他骂着转头避开刺眼的光线。

我看他暂时对我构不成威胁，就去看棺井的情况。青铜树的树干内部与外部一样，刻着深入沟壑的双身蛇纹路，树根从上面蜿蜒下来，顺着纹路一路向下。里面的雾气比上面要稀薄很多，我环视一周，迫切想知道这在椁室中心的棺井有多大，如果太大，我爬出去恐怕又是个大问题。

棺井是一个长方形，约四米长，两米宽，正好可以容纳一具棺椁宽松地放入。我用手可以摸到棺井的井壁。不知道是不是因为雾气，这里的树根上并没有寄生大量的真菌，可以看见树根的本色。棺井里的空气飘浮着一股异味，可能是外面雾太多。防毒面具里面的隔离介质开始受潮，效果开始下降，我可以感觉到异味越来越浓，直呛我的鼻子。由此看来，王老板一定也不好受。

向下看去，我吃了一惊，可以看到铜链一直垂到下面的黑暗中——我手电照不到的地方，非常长。从这里看下去，整个棺井深不见底，看上去竟然好像一直通了下去，没有底一样。

不会吧？我想，心里竟然有了一种感觉，难道整棵青铜树都是空心的？我们爬上来的高度已经不下三百米，这根铜树深入地下多深还不知道，如果是空心的，那它的底部到底会是什么地方？地心吗？地狱吗？这根巨型空心的圆柱体，插在这里又有什么意义呢？

王老板也看得非常惊讶，我们两个人都不说话，直勾勾地看着下面。忽然，“嘚……嘚……”两声作响，那种阴森的敲击声，突然又出现在了我们四周！

我和王老板对看了一眼，目光全部投向身下的一片幽黑中。那声音，竟然是从这下面的深渊传上来的。

第三十三章

和解

从这里听上去，这声音又有点不同，带着一点回声，似乎是从很深的地方传来的。随着声音的节奏，我还可以清晰地感觉到，铜链正在轻微地小幅振动，好像另一头正顶在一个巨人的动脉上一样。

这种现象让我心里生出一丝无法抵抗的寒意，因为我没有感到一丝风从下面吹上来，而我们两个人也没有办法使如此沉重的青铜链产生这么高频率的振动，那下面的黑暗中，牵动着这几根青铜链的又是什么呢？

王老板若有所思地静静听着。按道理他没有经历过这种事情，应该比我还害怕才对，但是看他的表情，却出奇地镇定，似乎正在判断着什么。

僵持了一会儿，那声音终于沉寂了下来，青铜锁链也停止了振动。我没来由地松了口气，人几乎要从锁链上软下来。

王老板仍旧没有反应，他静静地想了一会儿，拿出一支香烟点上，狠狠地吸了一口，然后从口袋里掏出了一支小型的荧光棒，摇了两下，将里面的荧光摇亮。

我不知道他想干什么，冷冷地看着他。等到荧光棒反应到最亮，他突然顺着青铜链往下一抛，绿色的光柱便打着圈儿坠了下去。

光圈儿越来越小，迅速地消失在了我的视野里。我以为它会一直掉下去，直到消失在黑暗里，忽然，在看到和看不到的视觉极限处，荧光棒打在了什么东西上，“嘣”的一声弹了一下，飞到了一边的青铜壁上，又坠了下去，瞬间便消失了踪影。

这青铜链下面五六十米处的确挂了个东西，可惜荧光棒的光线太弱了，刚才那一下，我只看到一个大概的轮廓，似乎是一口水晶棺材，带一丝黄色，也可能是比较常见的商石棺（一种半透明的黄色石料）。

王老板抬头挑衅似的看了看我，忽然松开自己手里的皮带，一边打起打火机，一边开始向下滑去。很快，他便进入了黑暗里，我只能看到一点不断缩小的火光。

我考虑片刻，不知道为何觉得不妙，王老板似乎是胸有成竹，此人熟知各种奇异物品，难不成他已经知道下面是什么东西，而要去取？我想起老痒对我说的事情，也不甘心就这样落入他的手中，忙一扯手上的长柄猎刀，跟着他滑了下去。

下落的速度开始很快，上面缠绕下来的树根到下面就没了，到了后段，我们的速度都慢了下来，只用十几秒，已经下到了刚才估计的高度。我看到下面的火光停了下来，忙双腿一紧，夹住锁链也停住身躯。

低头一看，王老板已经到了锁链的尽头，身下几米就是刚才荧光棒撞击的地方，他正俯下身子，用自己的打火机去照，但是因为光线太过微弱，看不到这东西整体的形状，只看到一块黄色的水晶状物体悬挂在半空。

我打亮手电的光圈，在强光手电的照射下，这东西的全貌一下子便显现了出来。

出乎我的意料，青铜链条下面悬挂的并不是商石棺，甚至不是一口棺材，而是一块棺材形的巨大琥珀状巨石，似乎是天然的，非常通透，在手电光芒下，反射出犹如黄金一般的琉璃之光，只要稍微转动一下手电的角度，整个空间就呈现出流光溢彩、瑰丽非凡的景象。

从顶上垂下来的四根青铜链，一直铸入了琥珀的内部，顺着锁链向里面看去，还可以看到琥珀里面有一个人形的黑色影子，非常模糊，能勉强分辨出头和肩膀，影子的肩膀高高地耸起，好像两个驼峰一样，整个人蜷缩着，好像胎儿在母体内的样子。

我从来没见过这东西，一刹那间目瞪口呆，说不出话来。王老板却出奇地冷静，只是观察了一下，就滑了下去，试探着想踩到琥珀上面。我赶紧叫停：

“不要！”

王老板回头，莫名其妙地看着我。

我对他说道：“我从来没有见过这么大的琥珀，说不定是松香石，你踩上去，可能会碎。”

王老板很轻蔑地一笑，说道：“你懂个屁，什么琥珀，这是尸茧。”说着已经踩了上去。那尸茧倒也真的结实，晃了一晃，一点动静也没有。

我一看他没事，不甘落后，双脚一松，也滑到琥珀尸茧上，同时操起长柄猎刀，就想插回腰上去，免得一只手手电、一只手匕首的，在这滑不溜丢的琥珀尸茧上，也不好行走。

没想到王老板会错了意思，看我下来，戒备地一猫腰，抽起皮带架在胸口，就准备干架。我给吓了一跳，原本要插回腰上的短刀也架了起来。

一时间，气氛紧张到了极点，但是谁也没动，因为两个人都知道，在这个地方，稍有闪失，那不是给人踢一脚就能了事的，下面就是万丈深渊，你力气再大，脾气再凶悍，掉下去完蛋也就是一两秒钟的时间。

王老板到底是江湖中人，拿得起，放得下，僵持片刻，先是摆了摆手，对我说道：“后生仔，到这份儿上了，大家退一步，犯不着同归于尽。随便谁死，对谁都没好处，这地方不是一个人能上得去的。”

我看了看头顶，发现他说得没错。在这个地方，要爬上去，至少要两个人，只要还在这下面，他应该不敢动我，不然他可能死得比我还惨，但是这人非常狡猾，不可太过相信他。

我先是缓缓地放下了猎刀，做了个和解的手势，将刚才无线电干扰的事情简短地说了一遍，好让双方都有个台阶下，毕竟刚才我也是下了杀心的，他不可能这么容易放下戒备。

王老板拿出自己的对讲机，半信半疑地打开，里面突然炸出一连串高分贝的静电嘈杂声，声音极其刺耳，好像一个人撕破嗓子撕心裂肺地大叫一样。王老板听得心惊肉跳，赶紧将对讲机关掉，骂道：“我靠！”

我也给吓得半死，这里一定已经非常靠近干扰的源头，声音才会刺耳到如此地步。我真想不到世界上还有这么可怕的声音，再多听几秒，说不定我就要失去神志跳下去了。

王老板将皮带拴回自己腰上，说道：“这次算老子的错，你也知道，我们跑江湖的，不多几个心眼不成。”他指了指自己脸上给我打肿的那一块，“后生仔，你下手也不轻。我们这次扯平，私人恩怨出去再算，怎么样？”

我心里冷笑，他刚才本性已露，我已经断定他必然早就打算出去之后要将我们灭口，现在说这些不过是缓兵之计，不过这个时候，的确还是需要互相利用，于是我点头，将手电抛给他，以示平衡。

我们暂时和解，但是我仍旧不敢和他靠得太近，免得突然就给他推下去。他显然也有这样的顾虑，两个人心照不宣，一边戒备着对方，一边小心地蹲下身子，仔细去看脚下的尸茧。

尸茧的表面上有很多自然形成的纹路，里面的透明度不高，要想从外面看到尸体是不太可能的，可能要通过X光扫描，或者把尸茧打破才行。最奇特的还是里面的人形影子，这应该就是裹在里面的尸体，不过，这尸体的形状太怪了，怎么看怎么不像人。

第三十四章

大胆假设，小心求证

尸茧这种东西，早几年在川南和内蒙古都挖出来过，但都是脸盆那么大，有些像玉，有些像琥珀，里面裹有干瘪的小动物或者小孩子的尸体，少有成年人的。这些东西一般都是作为陪葬品出土的，没人知道是怎么做出来的。

根据古籍记载，这东西有可能是先秦的时候方士用来炼丹的药引子，是把不足月的孕妇浸入药液里弄死，装在缸里，埋十七年再挖上来，肚子里的孩子就会变成尸茧。外面这一层东西，是孕妇的胎盘石化后的物质，你看到的琥珀色，其实是由里面的羊水凝固而成。也有人说，这是一种尸体防腐技术，用特殊的混合中药的树脂将尸体裹住，让尸体不丧失水分。

我听说过这东西的存在，但是因为这东西价值太高，从来没经手过，如今看到了，也不知道门道，加上为了缓和一下我和王老板之间的气氛，我就试探着问了他几个问题。

王老板告诉我，早年他的曾祖父在香港做人朝奉的时候，见过一些因为日本侵略跑去移民的有钱人当出的宝物，其中就有琥珀尸茧。

尸茧有大有小，其中的东西也各不一样，有的就如普通的昆虫琥珀，有的里面却裹着人的尸体。

他曾祖父曾经看到过一只尸茧，里面有一个穿红衣裳的小女娃子，十六七岁，闭着眼睛就像睡着了一样，栩栩如生。

他看着这小女孩儿，觉得可怜，就乘老板不注意，把这东西烧了。那时候兵荒马乱的，老板也没有察觉。结果当天晚上他做了个梦，梦见那红衣裳小女娃子来找他，给他磕头说谢谢。

后来王老板自己做古玩生意，也接触过这种东西，但是这么大、里面看不清楚有什么的，他倒还是第一次见。

我觉得有点意外，难不成李琵琶说的“比秦始皇陵还好的好处”就是指这个？不可能啊。虽然说这东西也是十分罕见的，但是绝对称不上“比秦始皇陵还好”这样的档次。

王老板自己也觉得奇怪，但是他相信《河木集》里的信息不会有错，就蹲了下去，小心地贴在琥珀的表面，想看清楚里面是不是有什么不得了的明器，给封在琥珀里了。

这里由青铜链条固定，我和他不能同时走到一端，不然会失去平衡，所以我待在了原地，扶住青铜链，看他有什么收获。

王老板上上下下看了好几眼，仍旧什么都没有发现，只说琥珀的里面似乎有一层液体在流动，影响透明度，里面除了那黑色的影子，再无其他东西。

再看四周，下面是一个黑漆漆的深渊，没有任何迹象显示可以爬下去，这青铜树的顶部，神秘的棺椁里的东西，就是这么一块琥珀。

我们两个都沉默了下来，一句话也说不出来，这琥珀虽然值钱，但是这么重，靠我们两个人也抬不上去。这里的一切，对我们来说毫无意义，我就算了，但是王老板一路过来，死了这么多人，当然非常郁闷。

沉默了一会儿，我觉得问题还是在李琵琶的话上，就问王老板，李琵琶在来的路上，或多或少有没有透露过什么。看李琵琶这个人的性格，也不是什么能保守秘密的人，应该会不当心说出点东西来。

王老板的表情变了变，说道：“你看人倒也是挺准的，李琵琶的确不是个嘴巴紧的人，不过奇怪的是，这次过来，他的口风特别紧。我记得他只是一直对我们说，到这里来，我们要什么都有，叫我们不要担心，其他的什么都没说。他这个人喜欢玩儿神秘主义，经常这样搪塞我们。”

只要到这里来，想要什么都有。

我重复了一下，心里觉得奇怪，这一句话很怪，似乎有什么内在的意思。

转念一想，我忽然有了一个念头，“哎呀”了一声，心想：“难道，竟然是这样？”

王老板看我的表情瞬间变得古怪，莫名其妙地看着我，不知道我想到了什么。

我兴奋地挠着头，脑子里飞快地转着：李琵琶说的是到这里来，这句话有歧义，也许他们都误解了他的意思，关键的是那个“到”字，就是说，关键不是你们能拿到什么，而是要先到那个地方去，到了那个地方，你们想要什么就有什么！

而在齐老爷子给我的资料上，我看到过这样一张照片，上面是洞穴壁画，有一棵青铜树，很多人形状的物体在树下跪拜。很多人认为，那是古人祈求丰收的意思，但是，从照片里拍到的边上一些象形文字来看，他们却是在许愿，上面记录说，古人向这棵青铜树许愿并奉献鲜血，那愿望就会实现。

这看上去是一种迷信，但是我一想到李琵琶说的那句话，又不得不把两件事情连起来。

难道说，这李琵琶来这里的目的，是相信这棵青铜树真的有帮人达成愿望的能力？

我突然想笑，又笑不出来。如果真是这样，这的确是当之无愧的天大的好处。天下任何的利益，都没有这好处的亿万分之一值钱。可是，这是根本不可能的，这人如果真是这个目的，好像也太不可思议了，而且，他自然不能言明，不然谁会跟他来啊。

我将我的想法讲给王老板听，让我出乎意料的是，王老板听了之后，非但没有觉得好笑，而是好像突然想起了什么，说道：“不对，也不是这么说，好像真的有这个可能。”

我“啊”了一声，心说：不会吧？我就问他怎么可能呢。

他道：“就是刚才，我们两个从上面掉下来的时候，我一落地，怕你偷袭我，马上就往雾气的中心跑去，那个时候，我也看到了这几条青铜链条，但是，我从青铜链条中间穿过的时候，却没掉下去，地下是实的。可是第二次我偷袭你的时候，却一脚踩空了，这下面已经有了个洞，我以为是我在雾气里看走眼了，当时也没有在意，现在想起来，好像这洞是凭空就出来了一样。”

“你是什么意思？”我问道。

他道：“我的意思是，我第一次踩过那块地方的时候，当时我在想，这下面应该有一个棺井，但是我踩的时候没有，而当我第二次去踩的时候，那个棺井便产生了，这，算不算我的愿望实现了？”

我怀疑地看着他，心说：怎么可能会有这种事情？是不是他当时被我打蒙了，糊涂了？

王老板看我不相信，道："是真的，我一直在奇怪，《河木集》从来没有错误，如果李琵琶说的好处是这个，那他肯定非常自信，说不定真的有这个可能。"

我皱着眉头，还是不信。用心理学的话来说，李琵琶那句话的意思就是——只要到了这个地方，你们的潜意识就可以影响周围的环境，使得你们潜意识里的想象变成实在的物体。

如果这样的话，青铜树真的有这样的能力，那我们现在所看到的一切，都有可能是我们自己制造出来的。这青铜树原来不是这样的，这山洞原来也不是这样的，这里的尸体原来也不是这样的。

如果那《河木集》的主人，在当时攀爬，或者拷问库国先民的时候，已经知道了这棵青铜树拥有神仙一样的"物质化"力量，那李琵琶肯定也是想得到这种力量，才煽动这帮人来这个地方的。

以这个为前提的话，李琵琶的话倒是可以解释了，但是其他就乱套了，那这里现在是一个潜在意识和真实交织的世界，实际上青铜树的原形到底是什么样子的？这里又是如何一个景象呢？

这样的事情，是不是太过于古怪了？有没有可能会发生呢？

我们爬上来的时候，很多东西，比如戴着螭蛊面具的猴子、岩壁上的空洞，说不定都是我们自己实体化出来的东西。

这种力量初看上去很好，但是我仔细一想，却觉得莫名地恐怖，人的思想是不受控制的，比如说你拥有这种力量，你去看一部恐怖片，看完之后，说不定会发现恐怖片里的尸体正吊在你身后的吊扇上往下淌血，比如说你走过墓地，说不定……

也许受过心理学训练的人，能够在一定程度上控制这种力量，那岂不是可以控制世界？等等——不对，我忽然想到了什么。

老痒他们挖出的青铜枝丫，应该也是一棵这种许愿树的图腾，他老表偷偷把那青铜枝丫带出去，难不成是知道了这树有这样的力量？但是他老表怎么会疯了？现在枝丫在老痒手里，会不会老痒也知道这件事情的内情？

我看着边上的树，突然想到，如果是真的的话，那我现在岂不是可以对这棵树许一个愿望，让我知道这一切是怎么一回事？随即我就笑了，怎么可能？我竟然还相信了，面前只不过是一块大一点的青铜而已——

想到这里，我忽然感觉一股异样，一连串的思维突然从我的大脑里穿了过去。我心里一个咯噔，猛转过头，盯着王老板看。

第三十五章

失控

来的时候，凉师爷和我们说过，王老板是一个粗人，从小在道上混的，文化水平很低，他唯一可以炫耀的，就是他祖传的那本《古毓斋奇劫余录》。这样一个人，我刚才给他解释潜意识的时候，他竟然一下子就明白了，还能举出例子来，这说明他或多或少对心理学有一点了解。

刚才我就感觉有一些奇怪，但是并没有太过在意，以为这只是凑巧的事情。

也许王老板有着高尚的情操，在坑蒙拐骗的同时，还一直抽出时间自修心理学，想做一个有文化的人。但是看他那种暴戾劲，又不太可能。

一想到这些，我不由自主地看向王老板，一种很奇怪的预感笼罩着我，心里感觉非常奇怪——眼前的这个人，会不会不是王老板呢？

他正在考虑我提出的那个想法，想得出神，一时间也没有注意到我正用异样的眼神看着他。我乘机打量着他的表情、他的衣服，还有他身上很多细节的地方。

一直以来我对王老板都没什么印象，一来他不太说话，二来他的动作也不突出，我在爬上青铜树前，只见过他一两次，此时也没有多少记忆来判断眼前的人的真伪。

但是一看之下，我还是感觉自己好像发现了一个问题，但是又不敢肯定。

为了验证我的想法，我突然装出看到了什么的样子，在他面前挥了挥手，轻声叫道："王老板！"

王老板一下子转过头来，问道："什么？"

"千万不要动！"我做了个手势，让他不要动，自己小心地一点一点走了过去。

他很紧张地看着我，以为自己肩膀上沾了什么东西，用眼睛直往边上瞟。我走到他身边，按了按他的胸口，心里"哎呀"了一声，什么都没做，就退了回来。

他给我弄得莫名其妙，也轻声问："干什么？出了什么事？"

我此时心里已经有了几分把握，看了他一眼，说道："我觉得你的衣服很奇怪，你在哪里买的？"

王老板用一种看到神经病的表情看着我，失笑道："有没有搞错啊？突然问我这个问题。"

我说道："一点也没有搞错，王老板，几个月前，我第一次去倒斗，我的叔叔让我去采购东西，那个时候我也想买你身上这个牌子的登山服，但是我后来没买，你知道为什么吗？因为这种衣服胸口的两只口袋，看上去很大，其实是假的，是用来做装饰的。我当时觉得探险用的衣服，当然是口袋越多越好，所以就买了另一个款式。"

王老板摸了摸那两只口袋，表情变了一下。

我拍了拍手，轻声说道："所以我感觉有点奇怪，你刚才那根荧光棒，还有你的香烟，到底是从哪里掏出来的？嗯，王老板？"一道闪光在我的头脑中闪过，我几乎脱口而出，"或者——还是叫你老痒比较好？"

王老板呆呆地看着我，隔了好久，才"扑哧"一声笑了出来。忽然，他肥胖的身体开始收缩，就好像一只泄了气的气球一样，一下子瘪了下去。

我看着王老板的脸一点一点地变化，慢慢地，变成了老痒的脸孔，就知道自己猜对了。

最后他舒展了一下身子，叹了口气，说道："吴邪不愧是吴邪，从小就只有你骗我的份儿，我难得想骗你一次，还是给你拆穿了。"

我冷冷地看着他，问道："少废话，你在玩儿什么花样？"

他苦笑了一下，摆了摆手："听我解释，听我解释，哎呀！我就知道嘛，这事情没这么容易蒙混过去。"

看我不说话，他才说道："我的目的不是骗你，但是这件事情一定要这么做才有用，等一下你听我解释完了，你就知道，我这样做是有苦衷的。"

我看到他自如地控制自己的外表，已经意识到他对这种能力的运用超出了我的想象，那他必然对所有的事情都有所了解了，他到这个地方来的目的，就肯定不是钱了，因为有了这种能力，钱根本就不是问题。

但是有着这种能力，几乎可以说是无敌的，他还有什么目的达不到的，非要来这种鬼地方？难道这种能力，有什么不足的地方？

不管怎么样，我现在已经肯定，从他来找我的那一刻起，我就掉进了一个他处心积虑设下的圈套里，也就是说他一开始就在撒谎，亏我还那么相信他，这该死的龟儿子，要是我能控制这种力量，我就把他变成一头猪。

老痒看到我的表情变化，知道我虽然表面上冷静，但是心里已经火到了极点，一时间也不知道如何来平息我的怒火，不知所措地看着我。

呆了半晌，他突然叹了口气，好像想通了什么一样，从口袋里掏出一张照片，说道："你看看这个，我再解释给你听。"

我接过来用手电一照，照片上是他的妈妈，头发已经斑白了，可能是太过操劳的原因。看来老痒坐牢的那几年，她受的打击很大。他妈妈年轻时很漂亮，对我们都很好，我们都叫她漂亮阿姨，我老爸和我每年都会去看她几次。

我不知道他把这照片拿出来干什么，对他道："你什么意思？"

他叹了口气，黯然地一笑："我不是说我需要钱吗？其实我是骗你的，我来这里是为了我妈，我妈在我坐牢的时候，已经走了。"

我"啊"了一声，用一种极度怀疑的眼神看着他，皱起了眉头，问道："你妈……去世了？"

他默默地点了点头，看了看自己的手，说道："我出狱的第二天，急不可待地回到家里，想给我妈一个惊喜，可是等我推开房门的时候，却闻到了一股恶臭，我妈趴在缝纫机上，一动不动。我以为我妈犯心脏病了，马上去扶她，等我把她扶起来的时候，你知道我看到了什么吗？"

老痒闭上眼睛，痛苦地呻吟起来："她的脸，已经粘在了缝纫机上，一拉就全部撕了下来，我的天——"

我不知道他妈已经去世了，一下子也不知道该怎么反应好，呆在那里看着他。老痒这个人非常孝顺，绝对不会用他妈妈来开这种玩笑。

他摸了摸额头，又说道："我把我妈收殓了之后，一个人待在空房子里，一下子不知道怎么办好。我也不敢睡觉，一躺下，就看到我妈粘在缝纫机上的脸。

就这样一直待了九天，我肚子饿得要命，心想要不就饿死算了，可是这个时候，突然，我就闻到了香味，从厨房里飘出来，好像有人在炒菜。我过去一看，看到我妈竟然又出现了，看到我过来，还说，‘等一下，马上就好了’。”

我听到这里，已经意识到这是怎么回事了。

老痒继续说道：“我一开始还以为我想我妈想得疯了，出现幻觉了。后来，我逐渐发觉了不对劲，这不是幻觉，不仅是我，连卖菜的都看到了我妈。我才知道我妈真的回来了，她真的和以前一模一样，连烧出的菜的味道都一样。

“如果是别人，可能会以为见鬼了，但是我没有，我开始思考这是怎么一回事。逐渐地，我开始发觉，我四周的环境有一种说不出的不对劲，但是还没有找到关键。直到有一次，我看电视看了一个通宵，结果你猜怎么的，那天晚上竟然断电了，整个小区只有我家照样有电，所有的电器，没电照样开，连插头都不用插。

“我不知道这是怎么一回事，这个时候，我的老表给我写了一封信，信里他告诉我，他也出现了这样的情况，当时我一下子就明白了，这和那棵青铜树有关系。

“我看了很多的书，知道了那棵树可能就是古人说的许愿蛇神树，我这种能力可能就是从那棵青铜树上来的。一开始我很开心，以为自己发财了，可等我研究了这种能力，并且开始逐渐可以控制它的时候，出了问题。

“你一旦用你的思维去控制这种能力，如果你无法摒除杂念，很多东西就会混合起来，变得非常糟糕。所以，有一天，我起来的时候，看见我妈妈背对着我在缝纫，我一看到她坐在缝纫机上，我吓坏了，蹑手蹑脚地走过去，你知道我看到了什么？我的天，我妈她的脸……”

老痒做了好几个动作，但是实在说不下去了，在那里长叹了好儿声。

我听得心里感觉到一股寒意，实在无法想象那时的情景有多可怕。

老痒凭空就从手里变出了一支香烟，放进嘴巴里，没用打火机，烟就着了。他猛吸了一口，接着说道：“自那个时候开始，我意识到了这种力量的恐怖，但是我不甘心，我很想我妈回来，所以我必须找一个人过来，找一个认识我妈又有很干净的潜意识的人，就是你，老吴。同时，我还得把我自己的能力消除掉。”

我没有想到老痒的目的竟然是这个，说道：“但是，老痒，这事情听起来，好像是在逆天而行的感觉，人死是不能复生的。”

他说道：“老吴，我也不是很贪心，我只要三年，只要和我妈再相处三年我就满足了，你到我家里来的次数也不少，你也不舍得我妈就这样孤零零地死去吧？”

我叹了口气，想着如果他妈真的复活了，我还敢不敢到他家里去。这棵青铜树不知道到底是谁立在这里的，竟然有这么妖邪的力量，用那种力量物化出来的人，到底算不算是人呢？

想了半天，我还是摇了摇头：“这事我做不到，老痒，你妈妈已经死了，她已经归土了，你就……你就让她去吧，不要拽着她不放了。”

老痒笑了笑：“已经晚了，老吴，你不明白，这件事情和你想不想帮我是没关系的，这也是我不能告诉你我的目的的原因，现在，我想我的目的已经达成了。”

我没听懂他在说什么，问道：“什么意思？”

他举了举自己的手，说：“你先试验一下，你能不能物化出什么东西来。”

我不知道他想干什么，看了看自己的手，心里想着石头的形象，试图也将我的意念实体化，但是使劲了半天，手上还是空空如也。毫无疑问，这种能力很难使用，普通人是无法控制自己的潜意识的。

老痒有点得意地对我说道：“你看，这种力量，你有意而为之的时候，肯定是没有用处的，不然我刚才肚子饿的时候，应该会有烤鸭自己飞过来。只有在特定的情况下，它才会出现，这非常难，老吴，只能引导，无法使用，就算受过训练也非常困难。你想要在这里变台电视机出来，这么复杂的东西，是无论如何也变不出来的。”

我看着他：“你是说，这种能力是被动的？需要一个心理引导？”

他点点头：“对，比如我刚才和你说的那些话，已经可以在你大脑里引导你的思维，而使得在几百里外的我的家里，物化出一个人。”

我一下子呆住了，看着他，说道：“胡扯，你以为我真的什么都信啊？”

老痒摇摇头。就在这个时候，突然，青铜树连带着整个琥珀震动了一下，我们两个脚下一滑，差点都摔下去，赶紧抓住边上的青铜链条，低头一看，只见我们身下的深渊里，好像有什么东西在蠕动一样，每蠕动一次，青铜树就震动一下，一下子地动山摇，连站都站不稳。

我拉住青铜链条，一边觉得奇怪，一边想起一件事情，回头问老痒：“对了，刚才那‘嗬……嗬……嗬’的怪声音，是不是也是你弄出来的？”

老痒也疑惑地看了看下面，点头说道：“是啊，我用这个声音把你引到根盘里面去，然后我把守在外面的那个王老板打晕了。那个无线电干扰，只不过是不想让你听到王老板和我打斗的声音。”

我皱起眉头，叫道："那这个震动是怎么回事？"

老痒脸色也变了，说道："我也不知道。不过，老吴，对这棵青铜树，你的第一印象是什么？"

我一听他这么说，突然打了个哆嗦："我想……它是通到地狱里去的……"说着看着下面，"不会吧？你该不是说，下面的东西，是……"

老痒猛踢了我一脚，大叫："白痴，不要乱想！"

话音刚落，一只巨大的眼睛出现在了下面的黑暗深处，紫色的瞳孔，像猫一样变成了一条诡异的窄线。

第三十六章

坍塌

下面的巨眼迅速地逼近，情况混乱，加上整棵青铜树都震得厉害，我也看不清楚它是靠什么来攀爬的，只知道按这样的速度，不出十分钟我们就要打遭遇战了。

老痒看得脸都绿了，直埋怨我：“你脑子里装的到底是些什么东西？”

我大叫冤枉：“老子对天发誓，我也是第一次见这东西，要是有半句假话，天打雷劈。”

他看我说得这么决绝，愣了愣：“不可能，不是你是谁？”

此时也无法考虑那么多了，我对他说：“别废话了，快想个办法，给这么瞪着也难受。”

他说道：“也不用太担心，就是一只眼睛而已，难不成它用眼皮夹死我们？等一下它上来，老子一脚把它给踢瞎了。”

话音未落，突然有一只章鱼一样巨大的触手卷了上来，一下子打到琥珀上。我们像空中飞人一样荡了一圈，撞到青铜壁上，琥珀被撞了个粉碎，里面的尸体直接给分了尸，随着琥珀的碎片天女散花一样掉了下去。

我们两个在最后关头死死抓住青铜锁链，才幸免掉下去，但是也给转得头昏脑涨。我对老痒叫道："这下子玩笑开大了，你不是能变吗？快变门大炮出来，把这玩意儿给轰了！"

老痒大吼："你胡说什么！有那么容易吗？快跑！"

我们二话不说就顺着青铜锁链往上爬，才爬了几步，突然手上一滑，开始使不上力气。我想起树根上面的那种滑腻的植物，心中恐惧，这下完蛋了，难道要死在这里？

这时候老痒将手一抬，我突然就感觉那种滑腻的感觉消失了，他像猴子一样几下便爬了上去，然后将我拉了过去。我一下子没抓稳，差点脱手，埋怨道："有这本事，直接变把梯子多好？"

他骂道："拜托你不要这么多意见！"

我们两个咬着牙爬进棺室，上面的雾气已经消散，我想乘着这个机会看一下其他几幅浮雕。老痒说："你别看了，这都什么时候了。"拉着我就往椁壁上爬。突然，那只触手闪电一般从棺井中卷了上来，一下子把椁室的巨大石头盖子顶得飞上了天。这一下力量极其霸道，连铁条一样的树根都给撞得粉碎，一时间整棵青铜树狂震，满眼是树根的根须、腐朽的树皮和灰尘。大片的树根短枝因为突然破裂，像子弹一样飞了出去，打在栈道上，扫塌了一大片。我们两个正趴在一根滑溜溜的树根上，这一下直接把我们甩出了椁室，摔倒在祭祀台上。

那只触手冲出青铜树后就不想进去了，四处乱卷，连打了两下，将四周的几座青铜雕像拍得都变了形。我和老痒狼狈地低头连躲了几下，老痒指了指栈道，说："快下去，在上面死定了。"我想起被老痒在外面打晕的王老板，心说虽然是个王八蛋，但是这人也不是十恶不赦，也不能放着不管，忙转头去找，然而一眼看不到，难不成刚才给那些炸开的树根带下去了？

四周的树根已经给连片拔了，只剩下延伸到祭祀台下面的那些。老痒看我在那里左顾右盼，踢了我一脚，让我看天。我抬头一看，给撞到天上去的巨大石板正打着转儿地摔下来，赶紧逃命。老痒一个打滚，背起挂在一根残枝上的背包，两个人鱼跃跳上了那根用来做绳桥的登山绳。

我们刚抓住绳子，后面的石板就重重地摔在了祭祀台上，给摔了个粉碎，发出震耳欲聋的声音。我们抓着的绳子也给牵连着好像钢琴的琴弦一样颤抖，几乎不堪重负。

回头一看，刚才我们登山镐钩住的树根，上端已经随着包裹着棺椁的榕树根盘给扯飞了，现在只剩下可怜的一点点，被我们的体重拉着，登山镐直往外脱，好像坚持不了多久。

我越来越觉得不妙，回头让老痒快爬，说："要不然咱们就要步泰叔的后尘了！"老痒一听猛打了我一个巴掌，打得我耳朵"嗡"一声。

我大骂："我靠，打上瘾了你？"

老痒大叫："不打你行吗？管住脑子，千万别乱想啊——"

我大叫："我乱想什么了？"

话还没说完，"嘣"的一声巨响，我们回头一看，整个椁室突然鼓了起来，裂开了好几条缝，一条黑色的巨蛇探出头来，那条触手就是蛇的尾巴，但是这条独眼巨蛇，鳞片非常细小，看上去更像一条巨大的虫子。

独眼巨蛇爬出来之后，巨大的眼睛马上转向我们。老痒一看不妙，猛地从我腰上拔出长柄猎刀，用力一挥，将登山绳砍断，我们像人猿泰山一样划过一道摆线，撞上一边的栈道。这一次我有了经验，就地一滚，缓冲了很大撞击力。

老痒落地之后，抽出背包边上挎着的短步枪，对着那巨蛇的眼睛就是一枪。子弹打进去一个大洞，那巨蛇疼得猛地蜷成一团，尾巴一扫，将我们头上那一排栈道全部扫飞。

老痒避过砸下来的木头碎片，站起来对着那蛇，一边开枪，一边拉着我往下跑。我知道这种枪能装五发子弹，但是老痒拿在手里，子弹如流水一样打了出去，根本不需要装弹。

可惜这枪的口径还是太小，这蛇刚才中了一弹，现在学乖了，缠绕起来，用身体护住自己的眼睛，子弹全部打在它的尾巴上。它身上的鳞片犹如铁甲一般，子弹对它毫无用处。

我一看枪对它没用，就招呼老痒快跑，一路跑到了栈道的断口。我刚想爬上悬壁，老痒一把拉住我，说："什么时候了，还爬？"说着，拉着我往下一跃，我们从断口直接落到了下一层的栈道，就听底下的木板"咔嚓"一声，哪里禁得起这样的撞击，立即裂成几十块。我们透板而下，又撞破一层，摔在栈道地上的平台上。

这一次摔得十分严重，我起来的时候，嘴里、鼻子里全是鲜血。老痒一把拉起我，说道："好像估计得太乐观了，你没事吧？"

我只觉得天旋地转，也不知道回答了他些什么，黑色巨蛇已经闪电一般顺着青铜树爬了下来。老痒说道："打是打不过，逃也逃不掉了，我们到下面找个岩洞躲一下。"

我往下一看，再往下走已经没有栈道，只剩下我们刚才休息过的那种小岩洞，密密麻麻的有很多。那蛇体积很大，我们随便找一个进去，应该可以暂时避一下，再想对策。

当下被老痒拉着就往下爬去，就着最近一个直径一米都不到的岩洞爬了进去，还没爬到底，突然巨蛇的眼睛就出现在了洞口，朝我们看了看，然后猛地一冲，试图钻进来。

老痒打了好几枪，想将它逼退，但是子弹打在蛇头上，只崩飞了几片鳞片，一点效果也没有。

黑蛇的巨头有解放卡车那么大，钻了几次钻不进来，突然甩脑袋往洞口一撞，一时间乱石纷飞。我们赶紧往后退去，免得给塌下来的石头压住。

黑蛇见我们退到洞的内部，大为恼怒，又是一撞，整个岩洞一阵震动，只听到岩石开裂的声音，从洞口一直传到我们头顶上。

这里的玄武岩，因为里面的地下河道过度地开挖，已经十分不稳固，给这么一撞，岩石内部的细微平衡被破坏，里面的缝隙发生连锁反应，一条裂缝突然出现在我们头顶上。老痒一看不好，拉着我就往洞的底部退。我惊魂未定，才往里爬了几步，就听到一连串轰鸣，一时间沙尘满目，碎石四溅，不知道哪里塌了。

出于本能，我反射性地蜷成一团，护住脑袋，石头下雨一样从上面掉下来，身上和背上连中了十几下。慌乱间，老痒一把拉住我，将我拖到他的那一边，同时一声巨响，一块写字台一样的石头塌了下来，将洞口完全塞住了。

这下子黑蛇不但进不来，连我们也看不到了，然而它似乎并不死心，又连着撞了十几下，石头不停地塌下来，四周的岩壁也开始出现裂缝。

老痒说："这样下去不是办法，这家伙不弄死我们恐怕不会罢休，再撞几下，山都要塌了。"

我转头一看，我们已经退到洞的最里面，退无可退，再塌进来一点，大罗神仙也救不了我们了。

此时已然到了绝境，就算有炸药，在这么小的空间也不能使用。看着四周的裂缝一点一点地延伸开去，我心急如焚。

就在这时候，忽然一条裂缝碎了开来，一段岩壁不堪重负，整个塌了下去。我们往边上一贴，勉强留得全身，却看见岩壁塌了以后，后面竟然出现了一个岩洞。

我心中大喜，心说天不亡我，肯定是两个岩洞之间的岩石碎裂，使得中间出现了一条石道，忙转头招呼老痒，就要往里爬。

老痒却一下子拦在我的面前，说道："不能进去！"

第三十七章

日记

岩洞坍塌在即，大石头、小石头不管三七二十一就往我脑袋上砸，再多待一秒，都有葬身乱石之下的危险。这种情况下，眼前有路已经不错，还怎么能管其他？我一把将他拉住，一边对他大叫："什么不能进去，不进去难道在外面等死？"

老痒说道："里面情况未明，你先看看再说！"

我对他说道："管不了那么多，你看这种情况，里面是龙潭虎穴也得闯了。"说着，拉着他就往洞里猫去。

老痒硬扯住自己的手，不让我拉他进去，说道："拜托你也听我一次，这洞真不能进去！"

说着还要将我往外拉。我大怒，刚想问他是想寻死还是怎么的，忽然一块石头猛地塌了下来。我赶紧松手，两个人都往后一跌。石头"轰隆"一声横在了我们中间，塌出的洞口一下子被堵住了。

我吓得够呛，忙大叫着问他有没有事，过了好久，才听到他呻吟一声，回道："没事，头上给砸了一下，这里已经不塌了，你怎么样？"

我告诉他我也没事，随手推了推石头，纹丝不动，知道来路已断，于是观察四周，本来我以为这是岩壁上的另一个岩洞，一边必然有一个出口，然而现在一看，却是一个封闭的空间，非常狭窄，似乎是一处自然的山体缝隙，看情形总觉得眼熟。

垫着碎石头爬了几步，我忽然醒悟，这里原来也是一处坍塌后的洞穴，不过这里的坍塌有些年头，该塌的都已经塌了，地上全是碎石。

我刚才还在奇怪，为何这巨蛇如此有力，几次撞击就把坚硬的岩石撞成这样，现在想来，原来这里早已有过一次坍塌，那上一次事故必然对周围的岩层损害很大，表面看上去坚固的岩石，其实里面早已经开裂，给巨蛇一撞，终于彻底裂开，塌出了这一条通道。

我看了看头顶，发现这里是两块塌下的巨石中间的缝隙，看契合的程度应该十分坚固，纵使外面还在不断撞击，这里也只有灰尘撒落下来。

那巨蛇看来力气也用得差不多了，撞得一下比一下轻，最后终于安静下来。

我惊魂未定，想起老痒刚才扯着我，要不是我放手得及时，现在已经成肉饼了，气不打一处来，在石头后面怒道："你刚才吃错什么药了？差点给你害死！"

老痒被石头堵在外面，想进也进不来，也说道："什么我吃错药了？你怎么不说自己别扭？你看现在可好，怎么办？"

我扒了几块石头，看到老痒的手电光从石头的缝隙里透进来，然而最大的那块石头最起码有一张八仙桌那么大，石头之间的缝隙有限，我能把手伸出去，但是人决计钻不出去。

我拿石头敲了几下，砸出几道白碴子，两种石头硬度相同，砸起来很费劲。老痒见我砸得上头的碎石头又开始松动，忙让我别弄了，说："你悠着点，再敲这里又得塌了。"

我说道："伸头是一刀，缩头也是一刀，反正不是压死就是饿死，少顾虑这么多。"

老痒说道："你还是别，咱们没到山穷水尽的时候，你先四处看看，有没有什么特别的东西，发现马上就叫我。"

我环视一周，这里黑咕隆咚，能看见的只有碎石，就对他说里面什么都没有。

他听了沉默了一下，问道："真的什么都没有？你再仔细看看。"

我说道："骗你干什么，这就屁大点地方，有什么肯定看见了。"

老痒说道："那好，你再看仔细点，我也先到前面去看看，是不是堵得这么结实，说不定还有缝隙能爬出去。”

说着，他的手电光就移开了。我靠在石头上休息了一下，爬进缝隙里面，四处一看，就知道这里不会有出口，架在头上的石头又重达数吨，困在这里，恐怕一年半载是出不去了。

再往里面走了走，就没路了，正想返身，忽然看到石壁上好像画了点什么东西，我赶紧凑过去看。

第一眼看时，我以为那是一些涂鸦一样的洞穴壁画，非常原始，可能是铸造青铜树的先民留下的，再仔细一看，却发现不是，这些涂鸦上的图案是一架飞机和几个英文字母，这是现代人的作品。

什么人会在这种地方搞这些东西？我感到十分疑惑。

涂鸦的一半压在我脚下的碎石头堆里，我搬开那些石头，想看看到底画了些什么，移开一块大石头后，出现了一团黑乎乎的破布，好像是一件衣服的碎片。

我扯开这团破布，一只干瘪并已经腐烂得露出骨头的人手赫然露了出来。手呈爪状，似乎想从这些碎石中爬出来，而终于力竭而死。

我吓了一跳，几乎要叫出来，心说，这里怎么会埋着一个死人？该不会是这洞坍塌的时候，给活埋在这里的，那这人又是谁呢？

我继续搬开那些石头，很快，一具尸体便呈现了出来。尸体已经完全腐烂，看来埋在这里也有些年头了，身上的衣服破成一团一团的，看质地也不知道原来是什么颜色，不过从他脖子上挂的护身符来看，这人可能和我们一样，也是来倒斗的。

想起在瀑布水底看到的那一具尸体，也腐烂得和他差不多，那这两个人也许是一伙的，真是人为财死，鸟为食亡，这两人也许就是我的下场。

我继续挖掘，把整具尸体挖了出来，又找到一只背包，烂得不能再烂了，里面几乎空了，只有一些黑色的残渣，不知道是什么东西腐烂成的，又翻了翻背面，从夹层里面掉出来一本笔记本。

笔记本也快散架了，好在纸质好，上面用蓝色圆珠笔写的字还算清楚。我捡起来看了看，前面记的是一些地理位置和电话号码。我翻到后面，忽然愣了一下，这里有 些日记，看第 篇的时间，好像是二年前开始记录的。

这个人的字体比较幼稚，应该不是很擅长写字，每一篇日记只有百来字。我快速翻了几页，直看得背脊发凉。

从日记上的记载来看，这人应该是三年前来到这里的。日记上没有写他来的过程，而是从他困在这个岩洞起开始记录的，不过在后面的内容中，偶尔提到了一下他进来之前的经历。

他们一伙人应该总共有十八个，因为在其中一篇里面提到：“十八个人只剩下我一个了。”里面还提到，他们并不是由我们一样的路线进入的，而是自山顶的榕树林子中，一个给气生根裹住的巨大的树洞里面进来的。

这应该是老痒提过的那一片榕树林子，我们没有机会进去，没想到里面竟然还有这么大的蹊跷，早知道如此，就不用费那么多周折了。

但是看下去，我又不由得庆幸没有走那一条路，因为里面记着，他们下来的路极度凶险，十八人进去，从底下出来的时候只剩下了六个，其他的全死在路上了。

估计那一个树洞开在林子中间、老痒说的那几棵十几个人环抱不住的榕树老祖宗的一棵上，但是榕树独木成林，那一片林子到底是几棵还是一棵，现在也说不清楚。这些人下来之后，应该和我们正好相反，我们是从青铜树底向上直接爬了上去，而他们应该是直接落到了青铜树顶上。

出乎我意料的是，他还写到，他们在祭祀台上没有发现什么后，顺着四周的栈道而下，栈道的底部，却全是水，犹如一个极深的水潭，水是碧绿的，根本看不到底。

他们跳入水潭中，发现深度极深，没有设备无法潜下去，他们带的潜水设备太小，尝试了一下后，只好放弃，六个人浮上水面一看，却傻了眼。

原来在他们潜水那一当口，水位急速下降，等他们出来，他们放着装备的栈道竟然离开他们六七米远。他们没想到这一茬，绳子全在包里，没带在身上，一下子全慌了。

水位迅速下降，他们有一批人爬到了青铜树上，有一批人跑进了岩壁上露出的洞里。这一本日记的主人，就在那个时候进入了我所在的岩洞。但是不巧的是，他还没进入岩洞多久，从水里突然盘出一条黑龙一样的巨蟒，顺着青铜树直追上去，他只听到同伴的惨号声和枪声，吓得躲在洞里不敢出去。

这次灾难猝不及防，他的同伴全是亡命之徒，其中一个在和巨蟒搏斗中，临死时启动了炸药，他们预备着开山炸墓，所以炸药分量很多，一下子炸得天崩地裂，连他藏身的洞穴也给冲击波轰塌了。

日记的主人给炸得暂时晕了过去，醒过来的时候发现自己已经给困住了。他料想如此剧烈的爆炸，外面肯定无人生还，自己来盗墓本来就无目标性，指望有人救援也不可能，一时间心灰意冷。

接下来的内容就开始有点无聊起来。

他在缝隙里困了七天，身上带的食物不多，一下子就吃完了，他又渴又饿，电池又电能耗尽，在一片黑暗中，他知道自己大限将到，想起自己的老娘无人照顾，不由得痛不欲生。

后来几天，他因为饥饿，神志恍惚，一天，他醒了过来，也不知道当时是什么时候，只觉得口渴到了极限，恍惚间，他拿起早就干涸的水壶猛灌了几口，这个时候奇迹发生了，水壶里面突然涌出了甘甜的清水。他也不知道怎么回事，贪婪地连喝了十几分钟，水却丝毫不见少。

他以为自己是在做梦，心说自己肯定是快死了，出现幻觉了，那索性就这样死好了，又想到既然是做梦的话，包里也许还有吃的，一掏，果然，原来放食物的那些袋子全满了，他大喜，拼命地吃着，结果吃得几乎噎死。

逐渐地，他发现这一切不是梦，刚开始他以为上帝显灵了，来搭救他了，后来越来越觉得不对。终于，他发现了，这一切的产生和他的思想有一定的联系，但又不是万试万灵。比如说，他一心想吃一样东西的时候，那东西却不会出现，但是他随手去摸包里的吃的时，却往往会摸到自己喜欢吃的东西，虽然包里什么都没有。

他开始有意识地去分析，做思维的试验，逐渐地，他发现了自己的物质化能力。这一段他写了很多，试验的过程非常复杂，最后他并没有得出物质化能力的结论，而是认为，自己成了“恍惚的上帝”。

石头上的那些涂鸦，就是在这段时间里画上去的，恐怕是他穷极无聊的时候画着玩的。

日记的最后，他写到他要用这种能力尝试着从这里出去，如果成功了，他就可以出去做一个超人，如果失败了，他就会死在这里。我不知道他最后做了一个什么试验，反正现在看来最后是失败了。

不过一个有这样能力的人来到现实社会，也不知道是一件好事还是坏事。

看到这具尸体，想到我自己的处境，我不由得感觉心寒起来。我身边根本没有食物，恐怕连七天都撑不到，再说就算有食物，无休止地在这里困下去，还不如死了痛快。

我放下日记，又翻找尸体身上的口袋，找出一只手机，早已经没电了，我扔到一边，又翻出一只钱包，里面有一些钱，心说什么都烂，就是人民币不会烂。

钱包里还有这人的身份证，我扯出来，想看看这倒霉鬼叫什么，打着手电一看，只见人的照片已经模糊掉了，名字倒还清楚，叫作“解子扬”。

这个姓还真少见，死在海底墓中的解连环也是这个姓。我看了看这人的生日，还颇年轻，直叫可惜。

忽然间，后面手电光一闪，老痒已经爬了回来，在石头后面问我道："老吴！你在看什么？"

第三十八章

真相

我正在看尸体的身份证件，老痒突然问了我一句，吓了我一跳，当下含糊地应了他一声，继续看手里的东西。

从这简短的日记来看，这人是三年前到这里来的，老痒他们第一次进这里也是三年前，这人会不会就是和老痒一伙的？我想了想，又觉得不对，他的日记写的和老痒说的虽然有一点吻合，但是大部分还是不同，应该是两批人。

只是不知道为什么，总觉得解子扬这个名字很熟悉，解这个姓比较少见，同名的应该很少，在哪里听过呢？

我仔细地回忆，但是最近奇怪的事情发生得太多了，脑子不太好使，想来想去也想不清楚。

继续翻他的东西，就没什么发现了，我将他的日记本收起来，以便等一下仔细看看。

老痒看我蹲在那里不说话，以为我出了什么事，又叫了我一声。我回头一看，他的半张脸正往缝里挤，眼睛直往我手里瞟，但是石头和我的位置有一个死角，他看不见我，我能看得见他，只觉得他样子古怪，好像恨不得钻进来一样。

我暗骂了一声，心说你小子刚才死也不进来，现在后悔了吧？对他说：“别吵吵，我找到有趣的东西，正在看。”

老痒皱了皱眉头，忙问：“找到什么了？”

我把刚才发现尸体的经过和他说了一遍，叹了口气，对他说：“这家伙可能就是我们的下场，要找不到路，我们恐怕比他死得还快，不过我觉得这个人的名字有些耳熟啊，你记不记得我们小时候有没有什么同学叫这个名字的？”

说着，我退到那块巨石边上，想把身份证从缝隙里递出去给他看看。可是我抬头一看，突然看到老痒的脸上一点血色也没有，惨白惨白，正直勾勾地盯着我的脸看。

我心里陡然出现了一种异样的感觉，心说，怎么了？怎么一下子变成这样的表情？难不成我们小时候还真有个同学叫解子扬？

我又闭上眼睛想了想，实在想不起来了。现在人情淡薄，大学的同学有些都已经不认识了，小时候的更是没有记忆。我看老痒不说话，又低头看了看手里的身份证号码，说道：“我是真的想不起来，不过这人年纪和我们差——”

刚说到这里，突然一道闪电掠过我的大脑，一下子我整个人愣在那里。

解子扬，解子扬，解子扬，解子扬！

不过啊，这名字好像不是什么陌生的名字——这是老痒的本名啊！

我的头皮猛地一麻，几乎打了个寒战，忙仔细地去看身份证上的生日，一看不由得一阵晕眩。我的天，真的是老痒的生日，可这……这是不可能的啊。这张身份证，竟然是老痒的！

难道，这具已经腐烂成骨头的尸体，是老痒……

可是这不对啊，如果老痒三年前就死在这里了，那在石头外面看着我的，是谁？

我的脖子都硬了，几乎是机械地转过头去，看着石头缝隙里透出的那半张脸，忽然感觉到一股莫名的恐惧。老痒的脸在手电光的闪烁下，显得鬼气森森，看上去竟然和外面看到的那条黑色巨蛇有几分相似了。

我不由自主地向洞的内部退去，不敢再靠近那块石头。老痒却一动不动，还是直勾勾地看着我。我也不说话，好像一座石刻的雕像一样。

以他的脾气，看到我这个样子，肯定将我骂得像孙子一样了，如今这个样子，难道真的是因为身份败露，不知道如何反应？

此时我心里越发怀疑，外面的这个人，虽然长相、脾气和老痒一样，却不是老痒。我从杭州来到这里，之间的经过犹如放电影一样在我脑海中闪过，那一个个谎言，闪烁其词，他在青铜树顶和我说的话，都历历在目，那在其中一点点积累起来的怀疑，也在这个时候逐渐清晰起来。

我一向认为，老痒的城府不可能会有这么深，一来我和他的关系，他根本不需要骗我；二来，他说那些谎言的时候，无不真切到了极点，如果不是我这个人过于谨慎，根本发现不了。可是，看其他方面，这个人和老痒太像了，我找不出一丝的破绽。虽然我心里已经百般怀疑，还是只认为他的性格改变了，没有想到他根本不是老痒。

这个时候，“老痒”终于开口说话了，他的脸缩回后面，对我说道：“老吴，我刚才不让你进去，你就是不听，只能怪你自己太固执。你没听别人说过？有些事情，知道了并不一定是好事。”

我心里咯噔了一下，心说果然有问题，一边努力让自己的声音不要发抖，一边说道：“你不是老痒……你到底是谁？”

“老痒”很古怪地笑了几声：“我是谁？我就是老痒，解子扬，从小和你一起长大、坐了三年牢的解子扬啊，你要不信，可以去查我的案底啊！”

我冷笑一声：“胡说，老痒的尸体就在我边上，他死了已经有三年了，他根本没出去坐牢，你到底是谁？”

“老痒”的半张脸又无声息地出现在了岩石间的缝隙里，森然一笑：“不错，他是死了三年，但是我活着，有什么区别吗？”

我看着他的表情，突然感觉到了什么，皱起眉头一想，顿时张大了嘴巴，结巴道：“你不是人！你……难道是他物质化出来的——”

“老痒”冷冷地哼了一声，说道：“你怎么不说他是我物质化出来的呢？谁知道呢？我和他一模一样，谁知道是哪个先哪个后！”

我几乎失控，捡起一块石头就朝他扔去。他的脸往后一闪，又说道：“老吴，其实我和他是一模一样的，你不用介意。”我大叫道：“当然有区别，谁知道用那种力量物质化出来的是什么东西！”

“老痒”突然沉默了，脸色变得很难看，盯了我一会儿，突然狰狞地说道：“老子就是老痒，你和他是一路货色，那就怪不得我了。”

我心里顿感不妙。忽然，一支枪管就从缝隙里伸了进来。我赶紧翻身到死角里，“老痒”一枪打在石头上，削掉了一大片，接着枪头马上就瞄向我在的那个死角，又是一枪，子弹几乎是贴着我的脖子飞了过去。

这个缝隙空间实在太小，就算有死角也无法保护我所有的身体。我一看情况不对，忙一下子关掉自己的手电，让他看不到我。他慌乱间开了几枪，都没有打到我。我翻身冲到岩石边上，拿起石头就去砸伸进来的枪管子，几下，枪管便给我砸得变成了九十度。

“老痒”拔又拔不出去，气得大骂。我冷笑道：“什么一模一样，我不认为老痒会朝我开枪，你就是个劣质的仿冒品！”我自“老痒”和我提起物质化活人之后，心里就一直有一个疙瘩，总有一股感觉，这棵古老的青铜树在这里不会没什么目的，这种几乎恐怖的能力所带来的生物，会是正常的人吗？真的和我们一样吗？会不会是某种妖怪呢？

现在看来，这个“人”虽然不知道是不是和我们一样，但是他显然知道自己是被物质化出来的。不知道为什么，我总觉得事情大大不妙起来。

“老痒”和我对骂了一会儿，突然好像想到了什么，就不说话了。接着，他将手电关了，一下子整个空间一暗，无尽的黑暗压来，在这一点光源都没有的狭小空间里，显得格外沉重。

我提防着他有什么诡计，缩到死角里躲好，就听他道：“老吴，我记得你小时候最怕黑了，现在怕不怕？不过你可千万别乱想哦，记得我刚才和你说的话，在这个地方胡思乱想的话，小心你的灯一开，你面前出现一张死人的脸哦。”

我心里直骂该死，这家伙是想我因为对黑暗的恐惧，而自己实化出什么怪物。

我心里告诉自己绝对不能让他得逞，但是内心反而害怕起来。他刚才说的手电一开，眼前便出现一张死人脸，一下子使我的神经绷了起来。我马上就感觉自己的面前，只有几厘米的距离，好像出现了什么东西。我呼出去的热气，撞在那东西上，反冲到我的脸上，带着一股腥臭的味道。

没这么灵吧？我想，从那“老痒”刚才的表现来看，物质化能力非常难以控制，否则我们刚才也不会给巨眼黑蛇撞得如此狼狈，按说不可能这么容易就弄出个怪物出来。

错觉，我对自己说，千万不要上他的当，在这么封闭的一个黑色窨里，恐惧是肯定有的。

我深吸了一口气，忽然，脸上一湿，好像有一条冰冷的东西一掠而过。我一下子浑身冒冷汗，几乎要尿裤子，小心翼翼地摸了摸胸口，心脏狂跳，只觉得全身发软。这下子没错了，黑暗里果然多了什么东西。

我不敢打开手电，人缓缓地往后靠，想紧贴住石壁，可是我的背一靠到后面，我马上发现那不是石头，而好像是一片一片的鳞片……我甚至能感觉到鳞片下面筋肉的蠕动。

天哪，我在胡思乱想什么，背后怎么会有鳞片？我赶紧闭了闭眼睛，紧紧抓着自己的手电，举到自己面前，刚想打开，突然听到“老痒”做作地惊叫了一声：“老吴，怎么不开手电啊？我帮你照照！”

接着他的手电就亮了，我猛地看见就贴着我的鼻子尖，一个巨大的蟒蛇头昂了起来，它犹如水桶一样的身体盘绕在洞穴里，我的头顶、背后的岩石全变成了鳞片，黑得犹如宝石，被老痒的手电一惊扰，四周鳞片搐动，身体缓缓摩擦，发出令人胆寒的嗞嗞声。

第三十九章

烛九阴

贴着鼻子的巨大舌头，满眼蠕动的鳞片，我不知道怎么来和别人说这种震撼，一下子我的心脏好像停止了跳动，浑身僵硬得犹如石头一样。

第一次实际领略这种能力的巨大威力，让我仅有的一丝怀疑也一扫而光，可是这条巨大的黑色蟒蛇是如此真实，每一片鳞片、空气中的气味、那种无处不在的摩擦声都毫无破绽，我实在想象不出这东西是怎么突然产生的，如果刚才亮着灯，难道会“砰”一声凭空就变出来？

“老痒”还在外面叫着什么，我也没有心情理会他，只觉得那种爬行动物毫无感情的目光在我身上扫视。本来我所处的岩石缝隙就小，现在突然出现了这条黑龙一样的巨蟒，连做广播体操的空间都没了，这个时候，只要那条蟒蛇随便一张嘴巴往边上一咧，我就马上嗝儿屁着凉，什么都完蛋了。

我心里闪电一般盘算了一下，蟒蛇的嗅觉和视觉都很灵敏，没道理看不到我，现在只有一个希望，就是它对我这样的体形不感兴趣，蟒蛇是不会捕食体积太小的东西的，我只要坐着不动，不引起它的恐慌，它可能就会放任我不管，但是如果这一招不管用，那这一次就真的无计可施了。

我咽了口唾沫，尽量不让自己发抖。巨大的舌头在我耳边舔过，留下极其难闻的唾液，幸运的是，它只是抬起头注视了我一下，马上转头去看在石头后面的“老痒”的手电光源。

“老痒”躲在挡住洞口的巨石后面，看到蟒蛇没攻击我，反而转头向他探了过来，马上意识到不对劲。封住通道口的巨石，相对于巨蟒而言，只有它的脑袋一样大，根本挡不住它，我听到“老痒”骂了一声，忙缩回石头后面，“咔嗒”一声关了手电。

四周一下子黑了下来，巨蟒两只黄色的眼睛在黑暗中发出荧光。我仍旧大气也不敢出，隐约看见巨蟒轻轻顶了两下，见石头没动静，突然缩起了脖子，做了一个攻击的姿态。

我脑子里出现了电视里蟒蛇捕食的动作，马上知道接下来会发生什么事情。刹那间，蟒蛇缩起的脖子犹如子弹一样撞了出去，就听一声闷响，整个山洞一震，堵门的巨石像风筝一样给撞飞。我听到“老痒”一声惨叫，接着就是石头互相撞击的声音接连不断地传了过来。

虽然知道外面不是真正的老痒，但是这一声惨叫还是让我条件反射地心里一慌。巨蟒发现了石头后面的空洞，但是它的脑袋太大了，怎么也钻不出去，它的身体在缠绕中不停地弓起来。我左躲右闪不给它卷进去，不然给它两边的蛇鳞一夹，肯定骨头尽断。

几次尝试不行，蟒蛇开始烦躁起来，甩着脑袋开始撞向那洞口边上的石壁。蟒蛇的身体盘起来看上去已经非常吓人，如今龙一样舞动起来，更是壮观得离谱，几下子那洞口就给它撞裂了一个口子。巨蟒用力一转，脑袋便钻了出去，鳞片摩擦着石壁，把整块石头都挤出了裂缝。

巨蟒将前面挡路的石头尽数向外推去，我跟着蟒蛇出去，看到“老痒”躺在碎石头堆里，几乎全部身体给压在石头后面，气息微弱。看到我，他咳嗽了几声，似乎想说什么，可是嘴巴一张，血就从嘴角流了下来。

我检查了一下他的伤势，试着搬动了一下石头，可是一眼看下去，他的下半身已经全部给压烂了，实在连看都不能看。我叹了口气，问他道：“你……你还有什么话说？”

他看了我一眼，咬了咬牙，从岩石缝里扯出他从王老板那里弄来的背包，甩给我。

我接过包，心里也不知道是什么感觉。他咳嗽了几口，吐出很多血，然后也不再说话，闭上了眼睛。

我顿了顿，想问问他当天到底是怎么一个经过，突然“轰”的一阵巨响，整个山洞狂震，我几乎连坐也坐不稳，撞到岩壁上，顶上又是悠长的一连串石头开裂的声音。

我吓得够呛，心说，难不成外面那条巨眼蛇又开始撞了？忙猫着腰向洞外爬去。“老痒”这时候突然嘶哑地叫了一声：“老吴！”

我愣了一下，不知道他还想说什么，回头一看，只见他对我张了张嘴巴。突然，他所在的那块地方坍塌了下去，上面的石头瀑布一样翻落下来，一闪之间他就像陷入泥沼一样消失在碎石堆里。

我心中一悸，竟然有一种撕心的感觉，但是此时也没有时间调整情绪，几个翻滚避开落石冲到洞外，正赶上一团黑影又撞了过来。我赶紧往边上一翻，黑影子撞到山体上，整块山壁都给撞得震动起来。石块纷飞，山体裂出了一条裂缝，一直从我站的位置延伸下去。

我看到撞得如此厉害，不由得奇怪，这蛇难道不要命了？转头一看，原来不是这样，只见刚才爬出去的那条黑色巨蟒，已经和从青铜树中爬出的细鳞巨蛇缠绕在了一起，斗得难解难分。那细鳞巨蛇体形比蟒蛇大出不少，但是打斗起来占不得一丝上风，加上两条都是黑色，一时间也看不出谁是谁，只见两团黑色的旋风在青铜树上不停地缠绕，尾巴乱扫，将四周的石笋、石乳拍得像炮弹一样乱飞。

我从没见过如此惊心动魄的场面，直看得呆了。突然，一条尾巴直扫在我的脚边，我站的整块石头给扫成了石粉。情急之下，我忙往四周一抓，却没料到边上的石头全部已经给撞得松动了，一下子没抓牢，整个人向下面的深渊栽了下去。

几分钟内几次经历大生大死，一下子我也反应不过来，大叫一声，忽然听到了隆隆的水声，接着浑身一凉，耳边一静，整个人竟然摔进了水里。

哪来的水？

我一直刺进水里六七米才停了下来，入水的姿势根本无法调整，就听见脖子“咔嗒”了一声，不知道是不是断了，浑身用不上力气，人直往水里沉去。

正在无计可施的时候，一个人影从背后游了过来，将我托住，把我往上带去。

我回头一看，原来是一直躲在下面岩洞里的凉师爷，大概也是给不断上涨的水逼了出来，看到有人掉下来，过来拉了我一把。

冲出水面一看，只见我们刚才爬上来的深渊不知道何时变成了一个水潭，里面有水流涌动，不知道由哪个地方涌进来，水位还在迅速地上升。

我看着四周，心说难道他们三年前来这里的时候，这里会是一个水潭，但这样一来，岂不是回不去了？

我的水性比凉师爷好，他将我拉上来后自己没了力气，直往下沉去。我将他拉到青铜树边上，也不想和他计较以前的事情，问道："这是怎么回事？"

凉师爷咳嗽了几声，这才说道："外面肯定下过一场雨，这是山洪，这里这个季节经常有山洪。洪水泻进我们过来时的地下河里，那条河肯定和这里墙上的几个岩洞有连通，高海拔上的洪水冲下来，水位上升，水就倒灌进来了！山洪一过，水位马上就会降下去。"

我心里暗骂一声，这样一来上下不着边际，也不知道该从哪里出去好了，抬头一看，只见一团巨大的黑色影子还在上面缠斗，心说：乖乖，现在已经斗成这样了，待会儿要掉进水里，不真成龙潭虎穴了，我们还不给折腾死？

还没想完，耳边呼啸一声，黑色巨蟒已经摔了下来，直摔进水里，一时间水花四溅，不大的水潭像开水一样沸腾了起来。

紧接着细鳞巨蛇也顺着青铜树爬了下来，凉师爷看到那蛇巨大的紫色眼睛吓得整个人往水里沉。我把他拉起来，他哆嗦着说道："我的天！这东西是哪里来的？这……这条是烛九阴啊！"

我听这名字怎么觉得这么熟悉，拉着他直往青铜树后面躲，问他怎么回事。

凉师爷咬着舌头轻声说道："烛九阴是龙，古时候叫作烛龙，其实是一种远古时代的巨大毒蛇，帝舜时代用这种东西来炼油做烛照明，几千年前就灭绝了，怎么这里还有一条？"

我从来不知道这些事情，当下感觉奇怪，既然我不知道，那这不可能是我幻想出来的，那难道是真的？这青铜古树里真的有一条远古时候的巨大毒蛇？

凉师爷继续说道："这么大的烛九阴不知道活了多少年，你发现没有，从这里看只能看到它一只眼睛，烛九阴的眼睛是竖着长的，你现在看到的这一只应该是本眼，还有一只眼睛长在这只眼睛上面，叫作阴眼。传说千年的烛九阴阴眼连着地狱，给它看一眼就会被恶鬼附身，不久之后就会变成人头蛇身的怪物。"

我想起那个"老痒"那种毒蛇一样的表情，心里一阵发寒，回头偷偷看了一眼，所幸烛九阴的注意力完全不在我们身上。我感觉下面的水流变得极度混乱，知道黑色巨蟒还在水下，烛九阴盯着水里，恐怕是怕巨蟒突然袭击。

水位不停地上涨，我们越来越靠近烛九阴的身体，凉师爷紧张得要命。我看了看头上，这岩洞的顶上应该有一处出口，只要水位上升得够高，我们就能爬到那上面出去，只是不知道这水位能上到多少，毕竟这里非常靠近山顶，过千尸阵的时候，尸骨没有给水浸过的痕迹，水位不可能高过那一边，具体能到哪里我也不知道，只好浮一点是一点了。

我将自己的想法轻声告诉凉师爷，他完全听不进去。这个时候，几只白色的面具从水里浮了上来，那是螭蛊的壳。我心里突然感觉不妙，拿起一只一看，嘴巴部分的空腔是空的，里面的蛊虫不见了。

我骂了一声，突然意识到为什么那条蟒蛇在水里潜了这么久都不上来了，打起手电潜进水里一照，只见无数螃蟹腿一样的虫子，有些还戴着面具，有些只剩下身体，犹如蚂蟥一样附在那条黑色巨蟒的身上，白花花的一大片。黑色巨蟒肚皮朝天，还在不停地翻滚，但显然没办法甩掉这些虫子。它的身体撞在岩石上，蛊虫的面具给蹭掉，但是虫身还是牢牢地吸在蛇身上，看起来古怪异常。

一些蛊虫无法抢到位置，在蛇身的四周游荡，行动非常地敏捷，不妙的是，一看到我手里的手电，所有的蛊虫突然都顿了一下，然后迅速从蟒蛇身上弹开。我还没反应过来，眼前一花，所有的虫子犹如海里的巨型鱼群一样向我直围过来。

这些东西游得极快，我一看不好，已经来不及反应，情急之下，我往后一贴，狠狠地咬了自己的手心一口，这一口连我自己都不明白为什么咬得那么狠，一下子鲜血涌了出来。我把手在水里挥动，将血均匀散开来。

蛊虫忌讳我的血，一下子冲到我面前又游了开去，不敢靠近。成群的白色虫子在我面前形成一道虫墙，我甚至还隐约觉得这些虫子排列的起伏有点像人的脸。

凉帅爷吓得要命，二话不说就往青铜树上爬去。我知道在水里待着也不是办法，就探头出水，回头一看，烛九阴已经发现了我们，巨大的蛇头对着我们的方向，那只紫色的眼睛已经闭上，取而代之的是一只血红色的眼睛，不知道什么时候张了开来，怨毒地注视着我们。

第四十章

脱出

这只红色的眼睛里布满了跳动的血丝，看上去诡异异常，我一和它对视，突然有一股灵魂被抽离的感觉，只觉得强烈的恶心和头晕，马上把脸转过去。

凉师爷却好像中了邪一样，眼睛直勾勾地盯着那只血眼，一动也不动。我朝他叫了两声，他没有反应。

凉师爷说过“烛九阴”的阴眼通着地狱，我知道肯定不对劲了，忙掬起一捧水就泼向他。

可不知道是烛九阴突然往前探了探还是如何，那捧水竟然没有泼到凉师爷的身上，而是泼到了烛九阴的脑袋上。

烛九阴被我泼起的水花吓了一跳，眼睛一闭，蛇头往后一缩，就想发动攻击。我赶紧贴到青铜树后面，蛇头撞在青铜树上，将那些枝丫全都撞弯了。这个时候，我想到了从“老痒”那里拿来的背包，里面可能有什么武器，急忙将背包翻到前面。

他的包里肯定没有枪了，但是我记得有几根他们原本用来炸墓墙的雷管子，现在我手无寸铁，有点大威力的东西威慑一下也好。

烛九阴从青铜树的一边盘绕过来，我一边移动不让它看到我，一边连滚带爬地爬上去，抓住背包，就往里掏。

那背包里塞满了东西，我把那些食物全都拿出来丢进水里，终于摸出来我认为的雷管，一看，不由得一呆，刚才看的时候太马虎了，那一捆东西，竟然是黑色的蜡烛。

这时候蛇头已经探了过来，看见我又突然折起蛇脖，做出了攻击的姿势。

蛇的平均攻击速度只有四分之一秒，这条虽然大了一点，估计也慢不到哪里去。我一看再耽搁一秒就完蛋了，扯起背包就往水里跳。

但是我落下的速度还是太慢，突然黑影一闪，射出的蛇头一下子凌空将我咬住，然后蛇身一卷，就想把我缠绕进它的身体里。

我的手在包里乱摸，这个时候，突然摸到了他们用的那种信号枪，一下子手忙脚乱，下意识地就扣动了扳机，背包给轰出了一个大洞。混乱间也不知道是不是信号弹在蛇嘴巴里爆了开来，只觉得虎口一热，然后就是天旋地转。

我“啪”的一声又落到水里，等浮出水面，回头一看，烛九阴嘴巴里的信号弹正发出炽热的白光，空气中竟然弥漫着一股蜡的味道，而且不知道为什么，它的全身都开始冒出青烟来了。

这种蛇本身体内的油脂就非常容易燃烧，不然古人也不会捕猎它来做蜡烛了，但没想到竟然能够这样就烧起来，它体内流的到底是什么东西?

烛九阴极度痛苦，再也管不了我们，不停地扭动着身体，巨大的尾巴拍打着岩石，那一边本来就已经出现了一条巨大的裂缝，给它继续拍打着，一条裂缝扩散出好几条小裂缝，整块山面不停地开裂，似乎整个岩洞都要崩塌了。

我不知道烛九阴会不会这么容易就死，继续翻动那只背包，看再也没有有用的东西，就将背包往水里一扔。这个时候，突然水下激流翻滚，潭水竟然向烛九阴撞出来的裂缝涌了过去。

这里的山体里面洞系众多，看样子裂缝后面的山体已经给撞穿了，水不知道涌到哪里去了。我最后看了一眼青铜古树，四处去找凉师爷，他已然不见了踪迹，眼看着上面的石头开始给涌出的水冲得大块大块地塌下来，烛九阴更是发了狂一样地乱舞，我忙往后一仰，顺着水流就给卷进了缝隙里面。

缝隙极深，因为是坍塌出来的通道，里面漆黑一片。石头很不规则，水流撞出不少漩涡。我打着转儿东撞西擦，勉强感觉到自己应该是在往下游漂去。

转了有十几分钟，突然我感到自由落体，接着就一头栽进水里，忙挣扎出来看，发现已经给水流带到了来时的地下河里。这里的水流比我们刚才看到的还要湍急很多，应该是和凉师爷说的一样，外面下过一场大雨。

这里水流虽然非常快，但是没有岩缝里那么多的漩涡，而且水有一点温度，我得以控制了一下自己的肢体，心里开始盘算前面的情况。

这条地下河由上而下，不知道通到什么地方去，要是直冲入几十米深的地下，我真是无话可说。不过按照来时的方向，如果它中途没有变换大的方向，我估计应该会给冲到来时渡过的那条河里。

当然，前提是这一路上顺利。我紧张地看着前面，唯恐出现什么岔口，这个时候眼角的余光一闪，我看到地下河的河壁上刻着什么东西。

这里的地下河道，看岩石的冲刷情况，历史应该与这座山一样古老，上面有什么东西，应该不会是近代刻上去的。我看准了一个机会，拉住从顶上垂下来的一根石柱，停住身体，用手电筒一照，惊呆了。

河壁的两边，全是和我们在青铜树顶上的棺椁内看到的一样的浮雕，连续成画，有些已经塌落，但是大部分还是保存得很好，线条明快流畅，衣纹飘逸，每幅各异，形象生动，极具动感。

我一眼看上去，就知道这些浮雕描绘的是古代少数民族祭奠青铜树的过程，其中的场景极其生动。有一幅浮雕上，是那棵巨大的青铜树上挂满了奴隶的尸体，奴隶的血流入青铜树内，顺着上面的沟壑一直汇流而下；有一幅则是他们将奴隶的尸体抛入青铜树的内部。

浮雕有很大一部分淹没在水里，底下的一切已经给水冲平了，看来他们雕刻的时候这里还没有水。

从这里的浮雕来看，这种祭祀青铜树的祭奠规模很大，我一直看下去，却越看越觉得奇怪，有一些浮雕描绘的场景和祭祀又不相同，我无法理解。

其中有一幅浮雕，表现的是古时候的那些先民将一些液体倒进青铜树的情形。接着下一幅，就有一条和刚才看到的一模一样的“烛九阴”从青铜树里出来，很多穿着像战士一样的先民用弓箭和长矛围着它，显然是一种狩猎的场景。

按照我刚才的理解，这棵青铜树应该是古时候一种特殊的神权象征，那青铜树中的“烛九阴”在古代是一种龙，在一些笔记小说里，“烛九阴”甚至给抬到了盘古一样的高度，应该会给人当成神兽来顶礼膜拜，这里的人怎么会狩猎它呢？

我继续往下看去，希望能从后面看到答案。后面还有一些仪式的内容，我可以看到所有的先民都戴着面具，面容呆滞，但是，每一幅浮雕中，总是有一个人被雕刻得特别魁梧。看这人的服饰和神态，我可以基本肯定，这个人应该就是他们的首领，而且应该就是我在夹子沟的悬崖上看到的那一座雕像的原型。

那一座雕像的脑袋给炸弹炸没了，我那时候总觉得不太对劲，但是一路过来始终没看到他的脑袋，这一次正好可以看个仔细。

我拉住顶上的钟乳柱，贴近地上的岩石，抹掉上面的污渍，凑过去看。

浮雕里的首领图像，比其他人几乎大了一倍，就如一个巨人一样。如果按照我以前的设想，这里的雕刻都是按照正常比例，那这个首领可能真的有如此高大。

可离奇的是，所有浮雕上，这个首领的脖子上都长着一个蛇头，看上去也不像是戴着面具什么的。

我虽然有一定的考古知识，但这些是需要大量阅读而积累的东西，我还是没什么头绪，只知道从这些浮雕的表面意思来看。我感觉凉师爷当时的判断可能有一些偏差，这棵青铜树可能不是单纯用来祭祀，而是用来进行某种狩猎仪式的，那些牺牲的奴隶，可能就是将“烛九阴”从地底下引出来的诱饵。

青铜树深入地下不知道多深，这些“烛九阴”应该是生活在极其深的地底，怎么在那种地方生活也不是我能考虑的事情，我只是好奇，这些先民搞这么大的阵仗捕猎“烛九阴”是为了什么。

浮雕上面并没有给我答案，我看到最后只是一些庆典的场面，“烛九阴”被捕猎上来怎么处理，并没有雕刻出来。

基本的情况已经知道了，我看了看水位，有继续上涨的趋势，只好放开双手，继续随着水流向下漂去。

手电在经历了这么长时间后，光线已经变得非常暗淡，最后淡到完全没有照明的作用，我索性关掉，在黑暗中随流而动。

这一段时间非常难熬，我几次都给冲下一些小的瀑布，虽然不致命，但是难免给撞得鼻青脸肿。过了有好几个小时，我不知道周围是什么，不知道自己要到哪里去了。

我逐渐感到绝望起来，也不知道自己刚才有没有转弯或者进入岔口，如果自己判断错误，那我现在说不定正在被带入无尽的地下河深处，也不知道这条河通到什么地方去，难道会冲到“烛九阴”生活的底层去？

那到底是一个什么地方？话说回来，会不会有什么帝王的陵墓修建在地下河的深处？这倒是一个好创意。

就在我胡思乱想的时候，前面突然出现一丝光亮，看得我浑身一震，接着我就听到隆隆的水声。我心中大喜，知道前面肯定是出口了，十几个小时没见到自然光了，我扔掉手电就向前游去。

我的速度非常快，只是几分钟的工夫，我的眼前突然一闪，然后一片白光，什么都看不见了，那是太久没看到光线的视觉迟钝。我心中大叫，可是那一刹那，一种熟悉的感觉突然从我身下传来。

又是自由落体！又是一个瀑布！

而且从水冲出的劲道和底下传来的声音来看，这瀑布肯定不小，不知道下面是什么，如果水太浅，那我死得真是太冤枉了。

我的耳边一片呼啸，电光石火之间，没等视力恢复，我已经一头栽进水里。

那一刹那我手往下一伸，马上摸到了一块石头，糟糕，太浅了！我刚意识到这一点，脑袋已经磕到了什么上面，眼前一黑，就什么都不知道了。

云　顶　天　宫（　上　）

盗墓笔记

比　鬼　神　更　可　怕　的　是　人　心

第一章

新的消息

我昏迷了三天，醒过来的时候，已经被人送到了医院里面，刚睁开眼睛的那一刹那，什么都记不起来，只觉得天旋地转，止不住地恶心和头晕。

两天后，这种情况才一点一点好转起来，但是，我的语言能力全部丧失，无论想说什么，发出来的声音全是怪叫。

我以为自己的脑子摔坏了，影响了支配语言的神经，非常害怕。不过医生告诉我，这只是剧烈脑震荡的后遗症，叫我不要担心。

我像哑巴一样用手势和别人交流，直到第四天，我才勉强开口去问医生，我现在在什么地方。他告诉我，这是西安市碑林区的红十字会医院，我是被几个武警带回来的，具体怎么发现我的，他也说不清楚，只说我全身大概断了二十根骨头，应该是从高处坠崖导致的。

我的胸口和左手打着石膏，但是不知道自己伤得多重，听他一说，才知道自己命大。我又问他大概什么时候能出院，他对我笑笑，说没十天半个月，连床都下不了。

当天晚上，送我过来的武警听说我能说话了，带了水果篮过来看我。我又问了他和医生同样的话，他也不知道如何回答我，只说有几个村民在蓝田的一条溪边找到了我，我是被放在一个竹筏上的，身上的伤口已经简单处理过了。医生说，要不是这些处理，我早就死了。

我觉得奇怪，我最后的记忆是落进水里的一刹那，按道理最多也是应该给水冲到河滩上，怎么给放到竹筏上去了？另外，蓝田离夹子沟那一带有七八十里路呢，难道，我们在地下河走过的路，不知不觉已经有这么长一段距离了？

我编了一个登山坠崖的谎话，千恩万谢地送走了武警，马上给王盟打了个电话，让他到西安来一趟，带一些钱和我的衣服来。第二天王盟就到了，我把医药费付清，然后重新买了手机和手提电脑。

我问王盟最近生意怎么样。他说没什么重要事情，就是我老爸找了我很多次。我心说，出来的时候没想到要这么长时间，可能他们担心了，于是给家里报了平安，不过我老爸不在，我和老妈说了几句，顺便问了问三叔的消息，还是没有音信。

看来一切还如来时一样，我感叹了一声。

接下来几天，我百无聊赖，忽然想到老痒，心里发酸，便躺在病床上，翻看我坠山时穿的那件已经完全破烂的登山服，寻找老痒的那本日记。日记倒还在，只是给水泡得什么都看不清楚了。我勉强辨认读了一会儿，再看不出什么，便又连上医院的Wi-Fi，上网打发时间。

我查了许多资料，不过网上关于古董的信息到底是不多的，我只能将我脑子里青铜树的景象简略地描绘了出来，发给一些朋友去看。后来陆续收到回信，大部分也不知道这是什么东西，而且他们对我的描述也不相信，然而有几封信对我挺有启发。

其中有一封是从美国发来的，是我父亲的一个朋友，和我挺聊得来。他在E-mail里写道，这一种青铜树，叫作“柱”，1984年的时候，攀枝花一座矿山里也发现过一棵，但是远没有我说的这么大，只有一截，深入地下的那一段已经完全锈化了。

到现在为止还没有任何文献资料能够解释这东西是用来干什么的，不过根据《山海经》和一些文字记录下来的少数民族叙事诗来分析，这东西的确和远古时期的捕“地龙（蛇）”活动有关。

“烛九阴”应该是生活在极深地脉里的一种蛇类，因为长期在陡峭的岩石缝隙中生存，几乎没有正视的机会，所以两只眼睛像比目鱼一样变异了。人用鲜血将其从极深的地脉中引出来，然后射杀，做成蜡烛。听起来很冤枉，但是那个时候，持久光源是极其珍贵的东西，特别是对一些晚上活动或生活在漆黑一片的岩洞里的人来说，更是如此。

我觉得他分析得有点道理，不过还是不能解释，为什么碰到所谓的“柱”，会产生那种奇妙又恐怖的能力。我回信过去，问他历史上还有没有类似的事情发生过。

他回信过来，还附上了一份残卷，是一本笔记体小说，里面记录了清朝乾隆年间发生的一件事情，里面提到了一只青白石龙纹盒，说有人把这盒子送到宫里，乾隆皇帝打开一看，当夜就密召几个大臣入宫，谈到了后半夜，之后就有乾清宫失火的事情。那几个大臣，只有一人善终，其他人最后都被莫名其妙地杀了。

我看它的时间，大概就是李琵琶《河木集》写的那一只盒子，也就是应该有关联，看样子，最后挖出那只青白石龙纹盒的人和了解这件事情的人，都没得到善终。皇帝下了这么大决心，要保守一个秘密，那这青白石龙纹盒里放的到底是什么东西？会不会就埋藏着这棵青铜古树的来历呢？

我再一次回信询问他的意见，他只回了一句话，要挖下去才知道。

我苦笑一声，知道这是不太可能了，谁知道下面还有多深，也许当初他们铸造这东西，花了几个世纪时间，就算有人愿意挖，我也绝对等不到挖出来的时候了。

还有几封信，是我二叔寄给我的，他说，那个时候的少数民族文化传承西周时期的装饰风格，但是那个时候异族交流有限，而且交通和通信极度不发达，所以应该有一个时滞，也就是说，我把时间估计得太早了，按照一般规律，那个时候，中原地区应该已经是秦后期。

那个时候，几乎所有的活动都和秦始皇修建陵墓有关，他们捕猎“烛九阴”，可能是为了提炼“龙油”，进贡给皇帝炼丹或者进行类似的活动。而且根据地质探测，秦始皇陵的底层，也有巨大的金属物体环绕整个陵墓，按照常理，当时的冶金技术应该无法完成如此浩大的工程。这一部分的修建者，应该是冶金技术特别发达的外来民族。

二叔是秦始皇的忠实粉丝，凡事都能扯到那一段去，我对他的推测不以为然。

一个月后，我出院回到家里，开始收拾心情，重新投入生活。我整理了几乎撑爆的信箱，理出一些杂志和报纸后，找到了一封没有署名的快件。

老吴：

能猜到我是谁吗？

对，我没死，或者说，我又活了。

我很抱歉把你卷进这件事情来，不过毕竟你是我唯一能信任的人，我没有其他选择。

现在整件事情已经完成了，我们的关系，也必须到此结束了。我很高兴能和你做过朋友，但是现在这一切已经不重要了。

你是不是很想知道三年前到底发生了什么事情？

三年前，我和一个老表以及一群同伴到秦岭那一带踩盘子，我们根据当地人的传说，在榕树林子里找到了一个树洞，考虑再三准备冒险下去。过程你全都知道了，后来我就被困在了石洞里。

当时，我已经绝望，虽然我不会这么快死，但是活着对我来说更可怕，永远生活在狭窄的、一片漆黑的大山深处，永无出头之日，那种痛苦，你应该也体会过了。

我在黑暗中整整待了四个月，这四个月简直就是在地狱里煎熬。不过，在这段时间里，我不停地思考，我知道了，这种能力和潜意识有关，比如说，我想要在石头上开一扇门，我必须让自己相信石头上本身就有一个门，否则，就算你想破了头，门也不会出现。

人自己是无法欺骗潜意识的，所以使用这种能力，必须引导，这非常难。我给你说过了，一旦引导失败或者出现偏差，你物质化出来的就不知道是什么东西，非常可怕。

我不停地做试验，逐渐掌握了一些窍门，但是，这个时候我发现，这种能力会随着时间的流逝而逐渐消失。这种感觉非常明显，就好像人一点一点感觉到疲劳一样。我意识到，如果再不采取办法出去，我可能会饿死在这里。

我走投无路，尝试着用那种能力复制了一个自己，我没想到真的成功了，自己也吓了一跳，一下子，我突然发现我出现在了山洞的外面。

那时候我并没有意识到我是复制出来的，我和本我的所有记忆都完全一样，所以当他叫我的时候，我完全不认同我是复制品。他开始骂我，说我想代替他存在于这个世界，说要让我消失。我很害怕，我觉得洞里的那个是怪物，所以，我不管洞里的本我如何地呼号，我还是找来了炸药，将这个洞完全炸塌了。

事实上，我的确知道自己是被复制出来的，但是我的潜意识不愿意相信这件事情，所以我选择了一种受破坏的状态，我把本我杀了，然后告诉自己，我只是杀了一个替代品。

青铜树给人的能力时间很短，所以我取下了一根青铜枝丫，从青铜树底下的暗道出去，希望带上青铜树的一部分，能够使我的能力持久一点，这样我才有可能逃到外面去，后来证明我的想法没错。我回到外面，挖出我们到这里之前挖到的东西。我又怕青铜枝丫太碍眼，就将它埋了进去，然后回到西安，想找个地方把手里的东西卖了。

可惜的是，做买卖的时候，我在古董摊上给便衣抓了。后来，你也知道了，我回到家里，我妈已经走了，这些事情，我没有骗你。

还有一些事情，我也必须告诉你，拥有这种能力，并不是没有代价的。我的记忆力非常差，很多事情必须预先写下来，才能够记得，那就是使用这种能力的后遗症。我一路上本可以很好地将你安顿好，让你不知不觉地就帮我完成这一次的探险，但是遗憾的是，这三年来，我忘记了很多东西，我怎么出来的，我都记不清楚了，所以破绽百出。我估计，再有两三年的工夫，我可能会完全失去记忆的能力。

你身上也有那种奇特的能量，我不知道对你会不会有影响，你要多保重了。按照我的计算，这种力量也许会在你身上残留好几年，但是十分微弱，你几乎感觉不到。

老痒

我看完整封信，长出了一口气，不知道说什么好。信封里面，还有一张照片，是他和他妈妈坐在船上照的，后面是人海，应该是到国外去了。他妈妈很漂亮，很年轻，和他站在一起，反倒更像是情侣。我仔细看了看，却总觉得，他妈妈的脸上，有一股妖气，一种说不出的狰狞，也许是心理作用吧。

第二章

二〇〇七第一炮

不知不觉冬天来临了，窝在空调房里，整个下午都慵懒得连打瞌睡都没力气，我躺在西泠印社内堂的躺椅上，双脚冰凉，不知道干什么好，正在半梦半醒之间，王盟走了进来，对我说：“老大，有人找。”

我勉强反应过来，打了个哈欠，心说三九天的，还有人逛古玩店，这位也算是积极了。不过再怎么说也算生意，我爬起来拍了拍脸，抖擞精神走了出去。

外面空调小，冷风一吹，人打了个激灵，我一看，原来是济南海叔手下那小姑娘，正冻得直哆嗦。我心说估计是给我带支票来了，心里一热，忙叫王盟去泡茶，自己问她道：“怎么，丫头，海叔让你来的？”

小丫头叫秦海婷，是海叔的亲戚，才十七岁，已经是古玩界的老手了。她点点头，说道：“哎呀！我的妈哟，怎么杭州比我们北方还冷呢？”

王盟笑道：“南方这是湿冷天气，感觉刺骨一点，而且你们济南也不算太北啊。”

我看秦海婷直打牙花子，忙拉她到内堂去，里面空调暖和。我把热手的水袋递给她，问道：“你也太怕冷了，怎么样，暖和点没？”

她喝了几口热茶缓过劲来，但还是在房里直跺脚：“稍微好了一点，人说杭州多美多美，俺叔不让我过来，我还抢着来呢，谁知道这么冷，哎呀！我下回再也不来了。”

我问道：“你叔叫你来啥事情啊？怎么也没个电话通知一声啊。”

秦海婷解下围巾，从皮包里掏出一个东西来，说：“当然是正事，给，现金支票，那块鱼眼石的钱。”

我一听果然是，接过来瞄了一眼，价钱不错，当即放进口袋里，说道：“那替我谢谢他。”

她又拿出一张请帖，递给我：“我海叔后天也来杭州，参加一个古董鉴定会，他说让你也去，有要紧事情和你谈。”

我问道：“后天？我不知道有没有时间啊，怎么不在电话里说？神神秘秘的。”其实我是不想去，古董鉴定，太无聊的事情，对行内人来说，就是一帮老头子在那里聊天，其实哪有那么多典故，是真是假，几秒钟就看出来了。

秦海婷凑到我的耳朵边上，小声说道：“俺叔说，和那条青铜鱼有关系，不去自己后悔。”

我和海叔的关系还没有好到无话不谈的地步，平时也就是一些生意上的沟通，熟络之后我叫他声叔是给他面子，他突然要和我套近乎，我感到有一些奇怪。不过在小姑娘面前我不好表现出来，随口答应了一声，问她：“怎么说？他查到什么消息了？”

秦海婷坏坏地一笑：“俺叔说，到时候再告诉你，俺也不清楚是怎么回事，你别打听咧。”

我心里暗骂了一声，这个老奸商，估计是又想来敲我的竹杠了。

第三天老海果然到了，我把他从火车站接出来，带他上高架去预订的酒店，在车上我就问他，到底听来了什么消息，要是蒙我，我可不饶他。

老海冷得直发抖，说道：“强龙不压地头蛇，都到你的地盘了，我怎么敢蒙你呢，不过咱们别在这儿说，我都快冻死了。”

我把他带到酒店里，放下东西，去饭堂里找了个包厢，烫了壶酒，几杯下肚，总算缓过气来。

我看他酒劲一直到了脖子，知道差不多了，问他：“行了，你喝也喝了，吃也吃了，该说了吧，到底查到什么了？”

他咂了咂嘴，嘿嘿一笑，从包里拿出一沓纸，往桌子上一拍：“看这个。”

我拿起来一看，是一份泛黄的旧报纸，看日期是1974年的。他圈出了一条新闻，有一张大号的黑白照片，虽然不是很清晰，但我还是认了出来，照片上拍的是一条蛇眉铜鱼，边上还有很多小件文物，像佛珠一类的东西。

不过，这条鱼的样子和我手里以及三叔手里的那一条都不一样。海底墓里的墓道雕像额头上有三条鱼的浮雕，这一条应该就是最上面的那一条。这样一来，可以说三条鱼都现世了。

我问老海："你怎么找到这报纸的？后面有什么隐情不？"

老海道："我最近在帮一个大老板捣鼓旧报纸，你知道，有钱人收集啥的都有，你看，这是1974年的《广西文化晚报》，他要我把1月到12月的都给他找到，我找了两个月才凑齐，这几天要交货了，在核对呢，一看，正巧给我看到了这条新闻，你说巧不巧？这份报纸就1974年出了一年，1975年就关门了，市面上难找啊，算你运气不错，我眼睛再慢点就没了。"

我的眼睛向下瞄去，照片下面有三百字左右的新闻，说这条鱼是在广西一座佛庙塔基里发现的，塔因为年代久远，自然坍塌了，清理废墟的时候挖出了地宫，里面有一些已经泡烂的经书和宝函，其中一只宝函里就放了这条鱼，专家推测是北宋后期僧人的遗物。

北宋？我点起一支烟，靠到椅背上，心里犯起嘀咕来：这种蛇眉铜鱼，第一条出现在战国后期的诸侯墓里，第二条在元末明初的海底墓中，第三条在北宋的佛塔地宫里。搞什么飞机，时间上完全不搭界啊。

我翻了翻报纸的其他部分，只有这一条新闻是关于这条鱼的。这些个内容，其实没有什么新东西，等于没说。对这条鱼，我还是一无所知，想着人也郁闷起来。

老海看我的表情，说："你别泄气，我还没说完呢，这后面的故事还精彩着呢。"

我皱了皱眉头："怎么说？难道这报纸还能衍生出什么来？"

老海点点头，说道："那是，要是光找到一张报纸，我也没必要来杭州找你，是吧？这事情，还得从头说起。对了，你也是行里混的，知不知道一个人，叫陈皮阿四？"

我听了一惊，陈皮阿四是老时长沙有名的土夫子，老瓢把子，是和我爷爷同代的人物，听说现在已经九十多岁了，在"十年动乱"的时候眼睛瞎了，之后就一直没出现过，也不知道是死是活。但是他的名字在我爷爷的嘴巴里，还是响当当的。

不过这个人和爷爷不一样，他是刀口上过生活的，就是说不单单盗墓，杀人放火什么的，只要是能弄到钱的他都干，所以1949年之前人家都叫他剃头阿四，意思是他杀人像剃头一样，不带犹豫的。

老海提到这个人，我有点意外，因为他不是和我们同时代的人物，我也从未和他接触过，这鱼难道会和他扯上关系？那这条鱼背后的故事，即使和我没关系，也绝对值得听上一听了。

老海看我不说话，以为我不知道，说道："陈四爷的事情你不知道也不奇怪，到底和我们不是同一辈人，不过我得告诉你，这报纸上的这条铜鱼，就是他从那佛塔地宫里带出来的，事情还真没这报纸上说得这么简单。"说着，他就把当年的事情，简要地和我说了一遍。

原来，1974年的时候，陈皮阿四也有将近六十岁了，他的眼睛还没有瞎。当时正是"十年动乱"时期，他因为中华人民共和国成立初期在国民党军队中当过排长，后来给化整为零，当了几年土匪，所以没合法身份。这在当时被抓住是要给镇压的，于是他只能在广西一带的少数民族地区活动，连县城都不敢踏入。

早几年除四旧，很多古迹都给砸得差不多了，陈皮阿四去过广西不少地方，因为广西在古时候不算中原，并没有多少古墓，他那几年过得还算老实。可是不巧的是，那年，他正巧在架桥岭盘货经过，和当地几个苗民聊天，那几个人喝得多了，就说起猫儿山有座庙里的塔塌了的事情，说是动静很大，连地也陷了下去，塌出了一个大坑，坍塌的当晚，很多人还听到一声非常诡异的惨叫声。

陈皮阿四一听觉得不对，猫儿山他去过很多次，那地方的庙宇修建得都很坚固，怎么可能说塌就塌了？仔细一问，才知道这座古塔并不是在猫儿山上，而是在边上一条叫卧佛岭的山脉中心。这个地方很奇怪，四周都是村落，就是中间一块十几平方公里的盆地，海拔很低，里面植被茂密，树盖遮天蔽日。村落在悬崖上面，树林在悬崖下面，落差一百多米，就是两个完全不同的世界，而且从村落没有路下去，要下到这个盆地，只有用绳索。

当地人说，这个盆地肯定是有其他进出口的，但是地下的植被实在太茂密了，行走都困难，以前下到下面打猎和采药的苗民，经常会在里面失踪，所以一般没事情，没人愿意下去。

那古塔就是修建在这样一个地方，几乎就是在盆地的中心位置，平时人们从悬崖上看下去，只能看到一个非常小的塔尖露出茂密的树冠，而且给植物附着满了，下面是什么也看不清楚。苗民说，他们十几代前就知道这里有座塔，但是谁也没想到下去看过，现在也习惯了，最近有一天，突然一阵巨响，出来一看，塔尖没了，才知道塔塌了。

关于这神秘的古塔，当地还有很多传说。据一些老人说，这塔是古时候的一个高僧修建来镇妖的，现在塔一倒，妖怪就要出来作恶了，那一声怪叫，就是妖怪挣脱束缚的叫声。

陈皮阿四听了之后，觉得很有意思，他隐约感觉这塔修建的位置，和半夜苗民听到的那声音，有点不太对劲。

但凡是他们这种人，可能都有一种奇特的直觉，可以从别人的叙述和一些传说中本能地找出信息，这一点，在我们这一代人中已经很难找到。

陈皮阿四思索片刻，决定去看看再说。

广西山脉分布众多，堪称全国之首，猫儿山是其中重要的一个源头，地跨兴安、资源、龙胜三县，是漓江、资江、浔江的发源地，连接着长江、珠江两大水系，那地方有着大片的原始丛林，红军长征翻越的第一座大山老山界就在其中。“二战”期间援华美军飞虎队的好几架轰炸机在此神秘失踪，所以这地方一直给人传得有点玄乎。

陈皮阿四几经周折，来到卧佛岭上的一个村落里，站在土岗上往山脉中间的盆地一看，那塔比他想象中要大多了，倒下去的时候砸倒了好几棵树，所以森林的绿色树盖上出现了一个缺口。在卧佛岭上，看不到缺口里有什么，但是陈皮阿四到那立即发现在塔倒塌地方的四周，所有的树木都因为地面下陷，显得非常凌乱，看样子，塔的下面，果然有什么东西，而且体积比塔基还要大。

我听到这里，已经知道那是一座“镜儿宫”。“镜儿宫”是长沙一带的方言，就是说地上建筑的下面，有和地上建筑规模一样的地下部分，看上去就像是地上建筑在湖面上的倒影一样，上下两头是对称的。

这在北派叫作“阴阳梭”，就是指整体建筑就像一只梭子插在地里，一面是阴间，一面是阳间。不过这样的古墓或者古建筑已经很少见了，大部分地面的遗迹已经被毁坏干净，所以这种说法，在二十世纪三十年代就慢慢消失了。

陈皮阿四单单看着树木的排列变化，就能知道底下埋着“镜儿宫”，这种判断力没有极其丰富的经验是不可能做到的。我不由得暗叹一声，凝神静气，听老海继续说下去。

陈皮阿四打定主意之后，心里已经起了贪念。佛塔的地宫里，只会有三样东西，要不就是舍利子，要不就是高僧的金身，再不就是大量的佛经，随便什么都是价值连城的东西。

但是他这么一个外乡人，在这里活动不太方便，一来自己身份特殊，出身又不好；二来苗汉两族那个时候纷争不断，这里几个村子都是苗寨，贸然进去，可能会引起别人怀疑。

考虑再三，他想出了一个计策，他花高价找了一个当地的苗人向导，他告诉向导他是从外面过来支边的老知识分子，过来的时候，他的一个学生从悬崖上掉下去了。苗人民风淳朴，怎么会想到里面有诡计，一听有人坠崖，马上通知了全寨的人，年轻的苗族汉子用绳索扎了吊篮，将陈皮阿四连同几个帮忙的青年放到悬崖下面。

据陈皮阿四自己事后回忆，通过这一百多米的落差简直就是地狱一样的经历，悬崖非常险峻，人的体重完全靠一条藤绳拉伸，屁股包在一个篮子里，风一吹，整个人像陀螺一样转圈，极度不稳。等他通过浓密的树盖，下到丛林底部，已经只剩下半条命了。

森林的内部几乎没有什么阳光，光线极度昏暗，空气中弥漫着沼气的味道。这里树木的种类非常多，但是无一例外的，所有的地方都长着绿苔藓，泥巴非常松软，几乎站立不住。

陈皮阿四下来之后，装出体力透支的样子（其实是真的吓蒙了），坐在那里喘气，苗族首领看他年纪也不小了，一副小老头的样子，就让他待在原地等他们回来，自己打起火把招呼其他人按照他指的方向去搜索。

等他们一走，陈皮阿四马上掏出罗盘，按照事先记下的方位，往丛林深处钻去。他估计着，这么大的区域，苗民们来回也要一个晚上的时间，以他的本事，应该足够找到“镜儿宫”的入口，打一个来回。可惜的是，他这一次来没有带足装备，能不能入得宫内，还得看自己的造化。

在丛林内没头没脑地走了整整四个小时，靠着罗盘和他这些年走南闯北的魄力，陈皮阿四终于来到了自己在卧佛岭上规划出的那片区域，也就是那一座塔四周的寺院遗迹。

随着不断地深入，陈皮阿四看到越来越多的残垣断壁，显然这里的古建筑已经荡然无存了，只剩下一些地基和断墙，几乎和那些植被混合在了一起，也看不清楚原来到底是什么。但是看规模，这寺院面积极大，那座佛塔虽然倒在这一大片范围内，但是具体在哪个地方，也很难看得清楚。

陈皮阿四到底年纪不小了，四处一走，觉得有些气短，正想坐下来休息，突然眼前一闪，边上包着整面墙的草丛里，突然收缩了一下，里面好像裹着什么东西。

陈皮阿四吓了一跳，他一个打滚翻了出去，同时手里翻出一颗铁弹，回头一看，只见裹着墙壁的藤蔓草被里，有一具苗人打扮的尸体，几乎已经干瘪了，但是尸体的肚子，不知道为什么，正在微微地鼓动，似乎里面有什么东西。

第三章

镜儿宫

本来死人对陈皮阿四来说，是最平常不过的东西，不说淘沙翻出来的干湿粽子，就是他杀过的人，恐怕也数不清楚。他翻身一看是具尸体，心里已经一松，心说哪里来的倒霉鬼死在这里，都成鱿鱼干了还吓唬人。

虽然这样想着，陈皮阿四手里还是卡着那颗铁弹。他这一手空手打铁弹子的功夫是从小自己锻炼出来的，可说是百发百中，而且他甩出铁弹的速度极其快，普通人可能连他手里的动作都没有看清就已经给打瞎眼睛了。

看这尸体的装扮，死了没有十年也有三五年了，衣服基本上都已经破烂，亏得给大量的蕨类植物和爬地细藤裹住，服饰的特征才保存下来，可是日晒雨淋的，怎么这尸身就没有烂光，反而只有一点脱水的感觉？

尸体的肚子还在鼓动，陈皮阿四越看越觉得不妥。他这种人，有自己一套特别的行事方式，如果换了是我，当时肯定转头就跑了，可是陈皮阿四从小就信奉先下手为强，心里转念一想间，手里已经“啪啪啪”连打出三颗铁弹子，全数打中尸体的肚子，心说管你是什么，打死再说。

铁弹子力道极大，几乎将尸体打成两截，下半身一脱落，陈皮阿四就看到里面一团黄色的黏液，裹着大量的卵，不少卵已经孵化了出来，成堆的白色虫子在里面扭动，四周还挂着一些他非常熟悉的东西——蜂房，紧接着从尸体上的破口处爬出了大量的地黄蜂。

陈皮阿四骂了一声，心说倒霉，原来是地黄蜂在尸体里做了窝。地黄蜂毒性猛烈，而且非常凶横，这下子他要倒霉了。

眼看着一层黑雾腾起，地黄蜂开始密集起来，陈皮阿四急中生智，从包里翻出他随身携带的折叠铲，猛从地上铲起一铲湿泥，往那尸体的断口上一覆，将涌出的地黄蜂全部封住，然后转身便跑。

已经冲出的地黄蜂蜂拥而上，他一边用衣服拍打，一边没头没脑地四处乱跑，幸亏他的一铲子速度很快，才只付出了几个包的代价，等他喘着气停下来，拍掉身上残余的地黄蜂，已经不知道自己跑到哪个地方了。

陈皮阿四将身上中的蜂刺拔出，疼得他直咧嘴巴，心里还在奇怪，怎么会有地黄蜂在人的尸体里面做窝？这种毒蜂一般都是在地下，像蚂蚁一样，在广西的雨林深处，有时候还能看到像山包一样的蜂窝，别人以为是蚂蚁窝，翻开去找蚂蚁，还没等明白过来，就给裹成蜂球了。

广西、云南这种地方，关于虫子的事情，不被世人了解的太多了，陈皮阿四只能怪自己倒霉，他一边处理蜇伤，一边四处查看。翻过一个山丘后，他突然愣住了。

只见一座巨大的石塔，就倒在他前面的山丘根部，塔身估计是六角形（无法辨认），气势磅礴，密檐宽梁。用刀刮开上面的青苔和缠绕植物，塔身上的浮雕石刻非常精美，但是很明显这座塔被焚烧过，所有的部分都有黑色灼烧痕迹，可能是发生过火灾。

塔身、塔顶和塔刹全部已经开裂倒在地上，并且断成了许多节，因为塔身太重，很大一部分压进了雨林的泥土里，塔下面给压倒的树木更是不计其数。

陈皮阿四经验丰富，知道塔一般由地宫、塔基、塔身、塔顶和塔刹组成。最头上的塔刹，应该有须弥座、仰莲、覆钵、相轮和宝珠，也有在相轮之上加宝盖、圆光、仰月和宝珠的，总之塔上面应该有一个珠形的东西，颇有价值。

他顺着塔身来到塔刹边上，塔刹在倒下的时候，中途可能撞到了一棵巨大的云杉树，结果塔刹在半空就断了，塔刹头朝下插进了地里，须弥座都碎裂了。陈皮阿四看了看损坏程度，确定宝珠肯定成“宝饼”了，报废了。

他回到塔基处，半截断壁还在，爬进去，里面一片乱石头，下面肯定就是地宫，可惜这里不仅在修建宝塔的时候已经给人封死，而且上面还压了坍塌时散落的大量碎石和碎砖，自己一把折叠铲，挖进地宫可能要半年时间。

陈皮阿四看了看罗盘，他下来的时候是傍晚，天色已经非常昏暗，现在月亮已经挂了上来，自己没打火把，走了这么远，也不知道如何回去，看样子还是得装成迷路的样子，等那些苗民来救才好。想着，他先在塔基用撞断的树枝和枯叶烧起一大团篝火，来吸引别人的注意力，再爬到塔基残余部分的最高点，想看看四周到底是一个什么样的情况。

根据从卧佛岭上看下来的和他现在所见的情形，此时他所处的区域，应该就是树木长势非常凌乱的那一片地带，地面应该是比四周要低一点，那是因为回填地宫“杂填土”的时候，因为广西的特殊气候，土层水分太多，没有夯结实，随着水分的下渗，泥土里面形成很多气泡，一旦发生大的震动，像发泡馒头一样的泥层就塌了。

因此，陈皮阿四判断出两件事情：一是地宫很大，但是不深，不出二十分钟肯定能挖到；二是泥土应该比较松软，不会耗费太大的体力。

此时他陷入了犹豫，到底是现在开了这个地宫，还是以后再来，现在看来，再回来一次并不会太困难，但是，陈皮阿四和所有的盗墓人一样，明知道下面有东西，是绝对无法忍住好奇心的。

最后他一咬牙，管他呢，这下面的东西老子要定了，要是等一下那群苗人找到这里来，老子就把他们全杀了，丢进地宫里去，谁也不会知道。

陈皮阿四拆开折叠铲子，他没有带洛阳铲，也没办法定位，而且佛塔到底是罕见之物，里面没棺材，定出来也没用，他凭着直觉，贴着塔基地开始挖盗洞。

很快他便挖到地宫的顶板，不是石头的，是曲木的整条树干削方了做的木顶，他心中大喜，用线锯锯掉一个角，掉落的木块落入地宫之中，不久便传来落地的声音，他忙不迭地用手电往里面照。

镜儿宫上下是对称的，就是说上面有多少层塔，下面也应该有多少层地宫，所以地宫极其深，从上往下望去，每一层之间没有楼板，最下面一片漆黑。

手电照过去，有一团白白的雾气一样的东西，实在无法说出是什么。

陈皮阿四想起那几个苗人提到的塔下面镇着妖怪的说法，不由得也有了一丝担心，但是这一丝担心转瞬即逝。他现在头热血涨，当下感觉地宫空气没问题，一边双脚搭住曲木宫顶，以一个倒挂金钩，头朝下倒进了地宫里，全身的力量全部压在了两只脚弓上。

倒进去后，他先调整了一下动作，又照了照地宫曲木宫顶的另一面，这种地宫是功能性的，不会像古墓一样设置机关，或者搞很多装饰。陈皮阿四照了一圈后，发现曲木宫顶的另一面，天花板的位置，有着大量的经文。

经文是刻在曲木上的，里面封了朱漆，是梵文，陈皮阿四汉字都不认识几个，是什么经文当然看不懂。

但是他本能地感觉到，这应该是镇魔或者是伏妖的那一类东西，心里不由得也犯起嘀咕，难不成这下面真封着什么东西？

再往下面，他看得更清楚，每一层，都有一圈突起的外沿儿，从上往下，一层一层看上去有点像楼梯，每一层上都有一圈等身的僧袍彩雕罗汉像，颜色流光溢彩，非常精致，所有的雕像面部向下，俯视着地宫的底部。整个地宫一共有十几层，摆满了各种姿势的罗汉像，足有百来具。

最近的罗汉像离他并不远，陈皮阿四倒挂着，看到罗汉像的表情时，突然感觉到一阵寒意，原来，所有的罗汉像竟然都翻着眼白，表情有一种说不出的森然，和平时看到的那些完全不一样。

仔细一看，他才发现是眼睛的眼珠因为用色太过真实，给手电光一照，反光太强烈造成的错觉，但是他的手电光扫过，那些罗汉像瞬间又变得狰狞无比，好像它们的表情发生了变化一样，看上去无比骇人，真怀疑当初设计它们的时候是不是就是这样考虑的。

陈皮阿四看着这些罗汉，心里非常不自在，但是他又不明白自己到底在怕什么，不由得产生了退却的念头。

他的手电继续在地下扫射，想看到一些除了罗汉像之外的东西，这个时候，他的手突然一僵，手电的光停在一个位置。

在离他有六七层的那一层突起处，他照到了一个奇怪的罗汉像，这个罗汉像和其他的都不同，它的脸不是俯视的，而是抬着头，脸正对着陈皮阿四，直勾勾地盯着他的眼睛。手电光照上去，一闪间露出了一张狰狞的白脸，要不是一动不动，几乎要以为遇到鬼了。

陈皮阿四顿时吓得浑身冰凉，连动也动不了，直觉得自己的双脚开始发软，人开始往下滑去。

说到鬼，陈皮阿四倒不怕，自己杀了那么多人，可以说是罪大恶极，怎么也不见一个半个来报复？但是他们那个年代的人，或多或少都有些迷信思想，陈皮阿四就认为自己这么多年能够混下来，是靠祖先的保佑。

人总要有点信仰，外八行的人是拜关公的，盗墓的人，北派拜的是钟馗，南派一般不来这一套，但是长沙那一带有说法，说是拜过一段时间的“黄王”。

黄王是什么？黄王就是黄巢，“满城尽带黄金甲”那位。为什么拜此人？听长辈们说，有两个理由：一是这人可说是个杀人冠军，民间流传，黄巢杀人八百万，在数者劫命难逃。什么意思？就是他杀人是有指标的，不杀到八百万，他不算完成任务；二是不知道是笔记小说还是中国特色化的民间传说，黄巢是目犍连罗汉转世，这主儿为救老妈放尽地狱八百万饿鬼，所以佛祖让他转世，也就是说他回去是给佛祖招聘小工的。

这具雕像脸朝上他并不害怕，但是这张脸这么巧地正对着他，他就觉得不对劲了，难道当时的修建者，算准了他会从这个位置开盗洞下来，特地摆了这么个东西在这里吓唬他？

第四章

多了一个

陈皮阿四越想心里越发怵，但是这人那时候已经五十多岁，阅历、胆识自然不是我可以比拟的，害怕之后，一定心神，心说你看什么看，闪电般掏出几颗铁弹子，双脚使力定住身体，“啪啪”两颗，直打向那尊白面朝天的罗汉像。

前头已经说过，陈皮阿四的做人哲学就是先下手为强，这句话我爷爷也和我说过不止一遍，对于跑江湖的人来说，这个道理是最简单的信条。两颗铁弹没有留力，就听两声闷响，直中白面罗汉像的双眼，直打得罗汉像两只眼窝全数裂开，铁弹飞出去，掉入镜儿宫的底部。

要是人，就实打实给打瞎了，可见这一手有多狠毒，罗汉像虽然是泥塑，但是也受不了这样的撞击，这一下子，那罗汉两只眼睛的地方变成两个深坑，看上去非常空洞古怪，但是比起刚才的感觉已经好上了很多。

陈皮阿四小松一口气，心里冷笑，心说这些臭和尚，搞什么四大皆空，还不是一样在这里弄这些诡计吓唬人？想着从怀中掏出一只壁虎爪，一头钩上上头的曲木宫顶，一头用连着的海象皮制成的单股绳缚在脚踝上，往下一松，带着弹性的海象皮绳就向下拉伸。使用海象皮绳是陈皮阿四从多年盗墓经验中总结出来的，这东西的强度仅次于钢绳，但是可以拉伸，加上陈皮阿四身材矮小精瘦，贴身缠绕在腰部，只是十几圈，套上衣服一点也看不出来，就可以用来对付十米左右的深度。

不过这镜儿宫何止十几米深，陈皮阿四放绳子一直到极限，可是离宫底还有很长的一段距离。

但是由此看下去，已经可以看到下面东西的轮廓了。底下的宫底基座似乎是汉白玉的，上面因为历年的地震和自然的剥落，有着很多不知名的碎片。宫底中心摆着一座袖珍的不知道是玉石还是象牙的白色宝塔，上面罩着半透明的绞纱“宝帐”，所以看下去白蒙蒙的。

陈皮阿四这一辈子，对于佛塔浮屠的了解还是少了一点，这也和1949年之前那一代人不识字有关系。长沙土夫子里有一句老话：“万户侯不如仗浮屠。”就是说浮屠地宫的东西，往往比万户侯陵墓里的还要奢侈。陈皮阿四虽然听过这话，但是到底领会不深，如果是我，当时已然可以知道这下面的是什么东西了。

袖珍宝塔下面，应该就是放佛骨舍利的八重宝函，也就是一只套一只的八只盒子，这东西是佛家专用的，加上里面的舍利，就是三千世界和六道轮回。暂且不管下面压的是真的佛骨还是玉石影骨，光那只八重宝函，就是根本无法计算价值的东西了。

我听到这里，有了疑惑，如果陈皮阿四真的从地宫盗出了八重宝函，那这些东西又怎么会在报纸上出现呢？难道他当时离宝物近在咫尺，却因为什么而放弃了？以这种人的性格，不太可能。

老海没有注意到我走神，还在那里口若悬河，不过这人的叙述实在是太啰唆了，我又插不进嘴，只得听他继续忽悠我。

陈皮阿四看到宝塔之后，虽然还不知道下面是什么东西，但是他知道肯定不会太差，现在只要能下到下面，自然可以满载而归，但是如何下去呢？

只可惜自己没带着足够的绳索，早知道这样，不如刚才就退回去，准备好了再回来，也到不了这进退两难的处境。

他将手电再往边上一照，看看能不能荡到地宫一边，然后顺着那些罗汉像爬下去。他用手电一节一节地看，估计着高度，直看到底部，在宝塔的周围，却突然看见一些奇怪的东西，好像一堆黄土撒在汉白玉的地宫底，不知道是封地宫的时候不小心掉下来的，还是他刚才用线锯开顶的时候弄下来的。

他仔细一看，心里咯噔了一声，不由得暗叫糟糕。

原来宫底那些不是黄土，而是一个很大的蜂包，一看便知道，那是一个地黄蜂的蜂包。

顺着蜂包的走向，能看到地宫边上有一道半人高的石门，开得十分隐蔽，土包就是从那里“长”进来的。

看来这镜儿宫的四周还有附属的地下建筑，而且很可能没有被封死，结果给这些虫子当成冬暖夏凉的宝地了。由这里看下去，这蜂包的规模还不大，但是矮门内的那部分恐怕非常恐怖，也难怪这蜂巢筑得如此巨大，在地下人工建筑中，风雨不侵，当真是“好地段”，这蜂巢里的老虫也会看风水。

自己刚才锯下的一节曲木宫顶卡在下层的几个罗汉像间，没砸到蜂巢，不然自己挂腊肠一样吊在这里，逃也逃不快，给这些蜂叮死，恐怕会给后来人留下千年笑柄。

可这样一来就麻烦了，只要脚一着地，就算你步履如烟，但是要搬动这么一座小塔，在如此小的空间里，不惊动这些地黄蜂是不可能的。

陈皮阿四只是一琢磨，就知道下去是不可能了，要把东西弄上来，只剩下一个办法。

在这里不得不提一下陈皮阿四这个人的来历。这个人自小在浙江沿海的渔村长大，日本人打来时才逃难到了长沙，所以他一口长沙话很不“地道”，但是这人非常聪明，自古时候起土夫子基本上不传手艺给外省人，他是难得的一个。

陈皮阿四在海盐的时候，已经有了一手绝活，那就是在滩涂上抓螃蟹，当然不是用手抓。陈皮阿四抓螃蟹用的东西，叫作“九爪钩”。

这东西就类似于武侠片里的飞虎爪，或者特种部队用来攀岩用的三钩爪子，但是这种爪子有九个钩子，呈一个环形，排得很密。抓螃蟹的时候，就用绳子绑在钩子的尾巴上，看见螃蟹在滩涂上一冒头，就一把甩出去，一钩就是一只螃蟹，然后一扯，螃蟹就飞回来，自己掉进筐里。

据我爷爷的笔记上记录，这种功夫能精准到什么地步呢，二十米外一只生鸡蛋，一甩手就能钩过来，落地不破，简直是神技。再远一点，就要用棒子甩，也是十分准确。

陈皮阿四此时无计可施，没有办法，只好一咬牙使出看家本事。他先荡到一边，顺着罗汉像一层一层地爬下去，等到距离差不多了，他掏出九爪钩，提起一口气，甩出一个角度极其小的弧线，爪子就钩到了宝帐上。幸好这东西不是常见的青石的，十分轻盈，陈皮阿四一提将宝帐甩起，架到一边的罗汉脑袋上，手上力道一变，钩子脱出又回到他手里。

接下来是把这玉石或是象牙塔去掉，不过无论是什么材料，用九爪钩是提不上来的。陈皮阿四甩出九爪钩，钩住袖珍的塔刹，扯了几下，纹丝不动。

没半吨也有五百斤！陈皮阿四心里暗骂。

他用手电扫了一遍塔身，看到塔基处有四根袖珍的柱子，这塔必然是按照头顶上塌掉的这一座等比复制的，那结构也应该差不多，这四根柱子支撑着塔身所有的重量，宝函就在柱子中间，只不过角度不对，不然仔细去钩，也应该能钩得上来。

这时候陈皮阿四心里已经有点急躁，他估计着下来也有四个小时了，刚才隐约听到几声哨声，弄不好那帮苗人已经在附近了，没时间再犹豫想办法了。

他心里一急，脑子一热，心里恶念已起，甩手“啪啪”又打出两颗铁弹。弹子打在塔基上的小柱子上，柱子应声而碎，接着他纵身一跃，一下子踩到塔的一边，然后一使缓劲，顺着自己的冲力将塔带着往一边斜倒，另两边的柱子本来就受力不平衡，一下子断裂，塔往下一沉，塔身和塔基裂了开来。

陈皮阿四趴在塔上，控制着力度，塔重力缓，倾斜得很慢，等到陈皮阿四看到塔下的宝函刚露个角，一甩九爪钩，一下子将这东西从塔下钩了上来，然后收钩子再甩出去，钩住旁边的罗汉像，像拉起纤绳一样把自己稳住。

这一系列动作只有三秒就全部完成了，但是他没想到那罗汉像根本拉不住塔身和他的体重，一拉之下，罗汉像首先不稳，竟然从墙上掉了下来。

这下面一圈几乎全是蜂包，要是这样掉下去，等于直接摔进蜂包里面，那不死也不可能了。

闪念间陈皮阿四使尽全身的力气用力一扯，将罗汉像扯向自己的方向，一手将八重宝函丢向空中，如此闪电般一换手，罗汉像被他稳稳地接到了手里，但是无法避免地，宝塔顶也重重地撞上了地宫壁，更多的罗汉像给倾斜的塔刹剥落下来。

这一次陈皮阿四再也无计可施，眼看着一排的罗汉像砸进地黄蜂巢里，顿时灰尘四起，黄蜂巢给压得几乎完全凹陷裂开。

混乱中他只得丢下手里的罗汉，又转接住宝函，条件反射地用手电去照那蜂包，心说完了，老命交待了，没死在战场上，还是死在地宫里，应了祖宗的老话了。

手电一照间，却发现那些裂缝处并没有像他想象中有大量的黄蜂拥出来，反而看到蜂巢的裂缝里面干涸得没有一点水分，似乎是一个废弃的蜂包。

但是，让他浑身冰凉的是，有一道裂缝里面有一坨黑乎乎的东西，看样子是修巢的时候裹进去的，不知道是死人还是什么动物的尸体。

他跳下去，掰开一看，是一座和这里样式相同的罗汉像给裹在了里面，已经摔成了几片，估计是蜂巢还没形成的时候就从上面摔下来碎了，结果给包了进去。

陈皮阿四抬头看去，他刚才下来的时候虽然没注意，但是他感觉并没有发现哪里少了一尊罗汉像啊，这一座是从哪个位置上掉下来的呢？

第五章

最初的谜题

此时整个地宫内极其黑暗，向上看去，手电光线所照，满眼都是俯视的罗汉，百双眼睛注视着陈皮阿四，罗汉的瞳孔因为光线的变化，一刹那露出狰狞的表情，气氛一下子变得十分诡异。

陈皮阿四心里又骂了几句，心说这些和尚肯定是故意的，此时他也顾不得那么多了，又找了几圈，却仍旧没发现有哪里缺了一座雕像。

他心里灵光闪动，慢慢知道了问题所在，手电也移向那一座给他打裂双眼的白面望天罗汉的位置。

只有这一座罗汉像明显和其他的不同，问题应该是出在这里。

有可能是什么人将上面某尊罗汉推倒下来，然后将那尊脑袋朝上的白面望天罗汉放了上去，所以那一尊罗汉才和其他的有如此大的不同。

到底是谁那么无聊要这么干呢？而且能够准确地知道他下来的位置，将雕像的头对准他下来的地方，不是行内人也不可能做到啊！

难道自己这次是二进宫？这里已经有人来过了，还摆下这么个东西来寒碜自己？

陈皮阿四的手电光照在那胖胖的白面望天罗汉身上，又掂了掂手里沉甸甸的八重宝函，心想如果是二进宫，前人为什么不把这东西带走？不可能，人去不留空，肯定是自己考虑多了，这里是那些秃驴设下的圈套，好让他们这些人往歧路上想。

陈皮阿四缓下心神，一大把年纪，经过这么一番折腾，身体已经到了极限。他咳嗽了几下，就想把手电光从那罗汉上移开，去照一下四周，看看如何回去最省力。

这个时候，骇人的一幕发生了。

在手电光从罗汉身上移开的一刹那，陈皮阿四猛地看到，那张惨白的脸突然间扭了过来。

手电移得太快，这场景一下子就没了，但是陈皮阿四看得真切，他不是那种会怀疑自己看错的人，当下就觉得脑子一炸，几乎就要坐倒在地上。闪念之间，他大吼一声，给自己壮胆子，同时一翻手，把铁弹机枪连发一样甩了出去。

他凭着刚才的记忆，连发十几颗，十几颗铁弹在头顶上四处弹来弹去，他还以为是那妖怪一样的白面罗汉蹦下来了，慌乱间乱了阵脚，把早年藏着的一把王八盒子掏了出来。

他是真怕了，这枪1949年以后就从来没用过，他也不敢轻易拿出来，现在掏出来，明知道没用也拿来壮胆子，那是真的慌得找不到北了。

你说淘了几十年的沙，碰到个把粽子的机会已经少之又少，这样的场面就算我爷爷在也难以应付。陈皮阿四虽然是老手中的老手，但是主要的经验还在于和人的争斗，一碰上什么摸不着边际的事情，还是照样慌。

慌乱之中，他看到了那一边毫不起眼的矮石门，这爬上去从盗洞回去是不可能了，还是找路跑吧！

他猫腰钻进矮门，里面便是一间石室，山包一样的地黄蜂巢从墙上一直长过来，规模实在不小，这石室里原本摆着什么东西也不知道了，跑了几步，脚嵌进蜂包里，一下子整个人摔了个狗吃屎，手电飞出去老远，他也顾不得捡了，抱起那盒子就往前冲去。

浮屠地宫的结构不可能太复杂，他才跑了几步，就隐约看到石室的出口，前面出现几丝火光，可能是他在外面燃的篝火光射了进来，他心中大喜，跌跌撞撞地踩着蜂包就向火光赶去。

过了石室就是漫道，目测就有十几米长，尽头就是地宫的正规出入口，一片火光很微弱，出口应该是给什么堵住了。他咬着牙，深一脚、浅一脚地也不知道踩到了些什么东西，终于地势开始向上。他又跑了十几步，头昏脑涨已经赶到火光面前，一头撞到了什么东西，只听一阵倾倒撞击的声音，他已经冲了出去，滚倒在地。

外面火光熊熊，他站起来四处一看，自己竟然从一处断墙里撞了出来。看来隐蔽的浮屠地宫入口竟然是在一面墙里，正在诧异，几把苗人的苗刀已经架在了他的脖子上，同时手里的东西也被人接了过去。

陈皮阿四体力到达极限，也无法反抗，一看不好，踉跄跑了几步，给人一脚踢了腘窝，跪倒在地上，抬头一看，那几个被他骗下来的苗人小伙子举着火把围着他，为首的首领有点恼怒地看着他，看样子他们找了一圈什么也没发现，已经知道自己被骗了。

陈皮阿四知道要糟糕了，那个时候，在苗人的地盘上犯事情，是要被处私刑的，这下子自己的处境极端不妙。

苗人首领看了看从陈皮阿四手里拿来的宝函，又看了看断墙里黑漆漆的暗洞，心中已然知道了怎么回事，面露厌恶的神色，给其中一个苗人做了一个遮着双目的动作，又用苗语说了几句。

陈皮阿四喘得厉害，这倒不是装的，但是他为了麻痹别人，加重了自己的表现，还不停地咳嗽。看到苗人的动作，他心中一凉。他在广西生活这么多年，知道那是要挖他的眼睛。

受命的苗人点了点头，折下边上一种锋利的草叶，蹲到他面前，用苗语问他问题。陈皮阿四不停地摆手，装成自己气喘太急的样子。

苗人看他如此疲惫，互相看了看，不知道如何是好，另几个苗人好奇他出来的地方，打起火把探头进去看。

陈皮阿四缓了几分钟，他的体力有了一定程度的恢复，见有两个苗人上前要按他的双手，知道再不反抗就完了，一咧嘴，突然翻出了一把铁弹，跳起来“啪啪啪”，一瞬间便把所有的火把打落在地。

苗人一下子惊慌失措。陈皮阿四冷笑一声，杀心已起，一脚踢翻面前的苗人，同时另一只手翻出王八盒子，就想杀人。就在这个时候，只听边上冷风一响，自己手里一凉，一摸，扣扳机的手指头已经没了。

陈皮阿四何时吃过这样的亏，心里大骇，可没等他反应过来，接着又是一道冷风，他最后看到的就是那苗人首领淡定的眸子和他身上舞动的麒麟文身。这是他最后看到的景象了，因为下一秒他的两只眼睛已经给一刀划瞎。苗人首领的土刀自他左眼中间横劈进去，划断鼻梁骨，横切过右眼而出，他的两只眼睛一下子就报废了。

老海说道：“那几个苗人总算没杀了他，他们将陈皮阿四和那宝函交给当地的联防队，他一个起义时的战友那几年正好在那里负责联防，把他保了下来，他才没给枪毙，不过眼睛就此瞎了。后来那宝函被送到博物馆，那里人一听，就派人去现场看了，也不知道有没有结果。不过那宝函被启开来看过，最后一层却不是什么舍利，而是这条铜鱼。”他敲了敲报纸，“怪不怪，这在当时是天打雷劈的事情，陈皮阿四知道后，破口大骂，说自己给人耍了，这宝函可能早在几代前已经给人打开过，里面的东西给掉包了。”

我此时听老海讲故事，已经不知不觉喝了一盅酒下去，人有点飘，问道：“他有什么根据？”

老海一边吸着螺蛳一边道：“我不知道，陈皮阿四后来当了和尚，在广西挂单，这些事情我可是托了老关系才打听来的。小哥，这消息不便宜啊，以后您有啥好处也别忘了便宜我。”

我暗骂了一声，心说就知道你这老家伙没这么好心，看来也就是想和我笼络一下关系，当下见他没其他消息了，又问他这次来杭州那个拍卖会是怎么回事。

老海把最后一只螺蛳解决，咂了咂嘴，说道：“当年乱七八糟的，这条鱼也不知道流落到什么地方去了，这不，今儿个竟然有人拿出来拍卖了。我参加拍卖会是常事，在业内有点名气，他们就给我发了本手册和请帖，你看，这鱼在拍卖品名单上呢，我看着你对这鱼也挺有兴趣，就顺便给你弄了张请帖，甭管有用没用，去看看谁想买这鱼，也是件好事。”

我一看起拍价格，打了个哈哈，一千万，神经病才会去买呢，我手上还有两条，要是有人买，我不是有两千万了。现在的拍卖行自我炒作也太厉害了，但也要别人相信才行啊。

老海的消息虽然不错，但是并不是我想知道的那些，一时无话，我们各自点上一支烟，各自想着各自的事情。服务员看我们赖着不走，想上来收盘子，我只好又敷衍地问了问老海的生意怎么样。老海说起他也想跟我去见识一下这种活儿，也看不出是不是真心的。我说：“还是免了，我自己都不打算再下地，你一把老骨头就别掺和了，免得害了自己又拖累我。”

我酒也喝得差不多了，问他拿了请帖，就让他先休息。晚上，秦海婷吵着要出去玩，我是地主，不好推辞，就开车带他们四处跑了一下，吃了点小吃，不过天气实在太冷，他们也就早早地回去睡觉了。

我开车到家里，没上楼，忽然觉得冷冷清清，很凄凉，以前一直都没这种感觉，觉得很奇怪，难道这几次经历让我沧桑了？想着自己也觉得好笑，于是开车径直到二叔开的茶馆，去喝晚茶。

在茶馆里一边喝一边看爷爷的笔记，想着发生的事情，只觉得还是一头雾水，主要的问题是，这三条鱼不在同一个朝代啊，而且地理位置差这么远。暂且不管这三条鱼的用处，就是它们被发掘的地方，也丝毫没有一点可以让人猜测的头绪。

古人做这件事情，必然会有目的，不然这阵仗太大了，不是一般人能玩儿得起的。我左思右想，觉得关键还是不知道他的目的是什么，只要知道了目的，查起来也有方向得多。

如果爷爷还活着就好了，我叹了口气，或者三叔在，至少也有个商量的人，现在一个人，这些问题我真的想得有点厌烦起来了。

忽然闻到了一股焦臭，低头一看，借阅的杂志里有一张中国的旅游地图，我一边想一边用香烟在上面比画，下意识地把那三个地方都烫出了一个洞，等我反应过来已经晚了。我赶紧把烟头掐了，看了看四周，服务员没注意到我搞破坏，不由得松了口气。

二叔虽然是我的亲戚，但是为人很乖张，弄坏他的东西，他是要翻脸的，特别是这里的杂志，每一本都很珍贵，是他的收藏品，弄坏了更是要被他说几年都不止。

我装成什么都没有发生的样子，将杂志还了回去，刚放下，就有一个老头子拿了过去，站在那里翻起来。我担心他发现我搞破坏，没敢走远，坐到一边的沙发上。那老头子一翻便翻到被我烫坏的那一页，一看，不由得“咦”了一声。

我一听糟了，被他发现了，正准备开溜，就听他轻声笑道：“谁给烫出了个风水局在这里？真缺德。”

第六章

简单答案

这老头子讲话的声音清晰，带着长沙那边的腔调，加上他说话的内容，引得我一奇。

我偷偷打量这老头儿，相貌很陌生，大概七十岁，干瘦干瘦，身材不高，眉宁间有一丝阴翳，穿着有点皱的老旧棉袄，戴一副超级啤酒瓶底似的老花眼镜，估计拿掉就是半瞎子。

这样的打扮，不像是这里的客人。不过二叔的茶馆里能人很多，所以服务员也不见怪，这年头，什么人都有。

我不动声色，看他有何举动，只见他拿起那本书，背着手就回到他的座位上，腰板挺得很直，步履生风，如果不是个练家子，以前必然当过兵。

他的座位上还有几个人，都上了年纪，正在聊天，一看到老头儿回来，都露出恭敬的神色，显然这家伙是个头儿。

我偷偷地把自己的茶端了过去，坐到他们身后的位置上，耳朵竖起来，听那老头儿会说什么。

刚开始那几个老头儿聊了会儿股票，我听着很不是味道，半个小时后，那老头儿才想到自己拿了杂志，只听那老头儿道：“对了，来、来、来，让你们看件有趣的事。”

说着，他展开那本杂志，翻到我烫坏的那一页。我一听，有门儿啊，这家伙可能真知道什么，我连大气也不敢出，听那老头儿又道：“你们来看看，这张地图有啥特别的，考考你们。”

老头子们看来看去，叽叽喳喳说了一堆，你说一张被香烟烫了几个洞的地图有啥特别的，那几个老头儿还真能扯，有几个还扯到什么三足鼎立上去。为首那老头儿摇头：“通通不对。”

我听得肠子都痒了，心里盼着快公布答案，我投降了还不成吗？

见没人能说上来，那老头儿呵呵一笑，忽然压低了声音，说了一句我听不懂的话。另几个人马上激动起来，都要抢着看那杂志。

我一下子心里郁闷了，没事你说什么方言啊，难道我就是没缘分知道这事情？

老头儿们看了很久，都发出恍然大悟的声音。我心里急得几乎烧起来，盼着他们能讨论一下，让我也知道点细节，以我的能力，知道一些应该就能推出个大概了。

没想到的是，接下来，这帮人所有的对话，全部都用起了那种奇怪的语言。我仔细听了很久，只能确定不是汉语的方言，那几个老头儿到底是哪里来的人？

听了很久，我实在听不下去了，脑子也热起来，心说你不让我听懂是吧，我自己去问，你们总奈何不了我吧。我把心一横，站起来走到他们一边，装成好学少年的样子，问道：“几位老爷子哪里人呢？怎么我觉得你们的话听起来这么奇特呢？”

这在杭州是十分唐突的，不像在北京，茶馆四合院大家多少都认识，我这话一出就后悔了，心说该不会给我脸色吧。

没想到那几个老头子都愣了愣，大笑起来，其中拿了书的那个道：“小娃子，你听不懂是正常的，这是老苗话，全国加起来能说的不超过千号人了。”

我惊讶道：“几位都是苗族人？怎么看着不像啊！”

老头子们又哄堂大笑，也不回答我。我看这几个人都挺健谈，不是这一带人，搞不好能问出什么来，忙顺着势头问道：“几位别笑啊，刚听这位老太爷说，什么风水局，这地图是被我烫的，难不成还烫出了啥噱头不成？”

为首那老头子打量了我一下，说道：“小伙子也对风水感兴趣？这学问你可懂不了啊！”

“能懂！能懂！”我恨不得去舔他的脚让他快说出来，“要不您给我说说，也让我开开眼？”

那老头儿和其他几个相视一笑，说道：“其实也没什么，你看，你烫出的三个点，位置都很特别，把它们连起来，然后横过来看，你看到了什么？”

我拿起杂志，一看之下，忽然浑身发凉。“这是……”我张大了嘴巴。

原来，祁蒙山西周陵、广西的卧佛岭浮屠地宫和西沙的海底墓，三条鱼出土的地方，由曲线贴着中国海岸线连起来，形状非常眼熟，仔细一看，那赫然是一条若隐若现的龙形脉络！

我恨不得抽自己一个巴掌，心说吴邪，你怎么就这么笨呢！也不会在地图上比画比画，只顾着这几个遗址的朝代不同，怎么没想过位置的关系呢？

那老头子看到我吃惊，知道我已经看出端倪，颇有几分赞赏的意思，说道：“是条不太明显的‘出水龙’，说得好听点，叫作潜龙出海，不过，这一局还少了一点，缺了个龙头。”说着，他拿起自己的香烟，朝杂志上一点，正点在长白山的位置上。

杂志呲呲冒烟，我却一点也反应不过来，愣了片刻，忙问他：“这……这个，大师，这局有什么用意吗？”

老头子呵呵一笑：“你看，这叫横看成峰竖成岭，你看这几个点，连着长白山脉、秦岭、祁蒙山系、昆仑山脉入地的地方，这叫作千龙压尾。中国的几条龙脉在地下都是连着的，这整合着看风水，整个一条线上聚气藏风的地方自然多不胜数，你烫下的这几个点，都是很关键的宝眼，因为这一条线一头在水里，一头在岸上，所以叫出水龙。

“不过这种大头风水不是实用的，用这种风水看出来的龙脉比较抽象，我们叫大头龙，古时候用来占卜看天下运势，北京城的位置，都是靠这个确定的，而给皇帝选陵，这风水就太大了，我也是只懂得点皮毛。要论大师，还得属明初时候的那个汪藏海，大头风水是他的拿手好戏啊。”

听到这里，我眼睛一花，直觉得七窍都通了，所有想不通的事情，全部一起从脑子里涌了上来。为什么鲁王宫外五坟岭尸洞内的六角铃铛会出现在海底墓里？为什么西周墓里会有如此精巧的迷宫盒子？为什么广西浮屠“镜儿宫”里的佛骨舍利会变成蛇眉铜鱼？理由太简单了，因为这些个地方，汪藏海全去过了。

出水龙的宝眼处一般都是当条龙脉的藏风聚气之地，一般都修筑了带有标志意义的建筑物或者陵墓，虽然现在还不知道把铜鱼放在这些宝眼处是什么用意，但是按照风水学上的惯例，这一条风水线大头龙，是为了长白山上的龙头而设。

这一切布置都是为了云顶天宫，难怪他会如此着迷，花费如此巨大的心血。

那这雪层下的天宫里，到底埋着的是谁？

老头子看我出神，大概也不知道我在想什么，就招呼其他几个起身，将杂志塞进我的手里，招手结账。

我想着事情一下子没反应过来，等我想起要他的联系方式时，他已经走出了茶馆。我追出去，正看到他把眼镜一摘，我一看他的眼睛和五官轮廓，心里咯噔一下，人不由得站住了。

只见一道极其可怕的伤疤从他的眼角开始，划过鼻子，一直到另一边的眼角，鼻梁骨有一处凹陷，似乎给什么利器割伤过。

我看到他的眼睛，人又给吓了一下，忘记去追，结果他们一群人上车走了。

我转念一想，感觉这老头子谈吐不凡，而且中气十足，很可能是老海今天说的——陈皮阿四！

刚才吃饭刚谈到他，怎么现在就在茶馆碰到了？这也太巧了。

我想了想，忽然觉得老海莫名其妙地来杭州和我说起故事有点唐突，难不成这老头子和老海有什么猫腻在，下了这么个套想引我入局？

这老头儿看上去有一点狡狯，不可不防啊。

我心里暗骂，又不知道这一出戏扯的是什么路子，心里顿生疑惑，回忆老海的叙述，这老头子不是已经瞎了吗？怎么还能看得见呢？而且说话中气十足，也不像九十岁的人啊。

不过想通了大头潜龙的局，我心里舒服了很多，那种阴霾的感觉也一扫而空。我回去结了账，回家舒服踏实地睡了一觉。

醒来是第二天中午，一看请帖，已经结束了，打电话给老海，他也没什么说的，只说那条鱼没什么人拍。我心里大乐，傻子才去买这东西呢。

又交代了几句，听老海那边好像很忙，看样子买下了不少东西，我就不和他啰嗦了。

下午我也不想去铺子，想到茶馆再去等那个人，三叔那边的店里却打来电话，又说有人找我。我心说该不是老痒又出现了吧，七上八下地开车过去，走进店里一看，只见一个人坐在客座沙发上。我眼睛一酸，眼泪差点下来，立即大叫了起来："潘子！"

第七章

潘子

我和潘子在三叔的铺子里坐了一个下午，互相讲了一些自己的情况。原来潘子在我去海南之前已经有一点恢复意识，但是当时我走得太急，只给医院留了一个手机号，我出海后他自然找不到我。

潘子的体质很好，恢复得很快，就算这样他还是在床上躺了将近一个月，等他能够下地来找我们，却一个也联系不到。算起来那个时候我应该是在陕西，而三叔就更不用说了，全世界都在找他。

我看到潘子臂上戴着黑纱，就问他干什么。他说和大奎一场兄弟，头七没赶上，现在戴一下心里也舒服一点。我给他一提，想起去山东那段日子，心里也唏嘘起来。说到底，那件事情还是因我而起，如果当时不去多这个事，将帛书给三叔看，各人现在的景况自然大不相同。

潘子看我脸色变化，猜到我在想什么，拍了我一下，道："小三爷，我们这一行，这该来的逃不了，怪不得别人。"

我叹了口气，心说你说得简单，打死大奎的又不是你。

唏嘘了一阵，我又把我这一边最近的一些情况和潘子说了，听得他眉头直皱。听到后来我们的猜测，他面色一变，摇着头说，他和三叔这么多年下来，他能肯定三叔绝对不是那种人，叫我别听别人乱讲。

潘子跟随三叔多年，感情深厚，有些话自然听不进去。我不再说什么，转移话题，问他有什么打算。

潘子想了想，说本来他打算还是回长沙继续混饭吃，那里三叔的生意都还在，人他都认识，回去不怕没事情做，现在听我这么一说，他觉得这事情不简单，恐怕得再查查才能安心。

我点点头。虽然那里我基本上都查过了，但是潘子和三叔的关系不一般，有很多我不知道的关系在里面，他能去查查是最好不过了。

潘子打了好几个电话，对方都让他等消息，我以为要等个十天八天的，没想到才五分钟就都回了电话。潘子听完之后，皱着眉头对我说道："小三爷，恐怕你得跟我走一趟了。"

我一愣，心说怎么回事，该不会是出事了？

潘子接着道："三爷在长沙找到一个人，给你留了话，不过得亲自和你讲，那边的人叫我带你过去。"

"三叔留了话给我？"我几乎跳了起来，长沙那边我也不是没联络过，怎么从来没人和我提起这个事？

潘子表情非常严肃，也没想给我解释，对我道："那边很急，你看怎么样，什么时候能够出发？"

潘子非常急，我隐约觉得事情不简单，但是我也没想到他会急成这样，结果当天晚上我就上了去长沙的绿皮火车，什么都没交代。

上了火车之后，我还问潘子，要是急干啥不坐飞机，还坐个火车，这不是笑话吗？

潘子魂不守舍，只拍了拍我，说等一下就知道了。我看他脑门上都冒汗了，越发觉得奇怪，心说，他到底在紧张什么？

火车从杭州出发，先到了杭州的另一个火车站，三小时后到达金华市，此时我已经有点忍不住要问个究竟了，这时候，火车突然临时停车了。

绿皮火车临时停车是常有的事，当时在买票的时候我就想，这么远的距离，你不坐飞机，至少也要坐个特快吧，干吗要买绿皮的硬座啊？可是潘子的心思根本不在这个上面，现在车一停，我心里还幸灾乐祸呢——你急是吧，临时停车，急死你！

没想到车才一停，潘子就拍了我一下，示意我跟上。我站起来想问他去哪里，结果他突然一个打滚，从车窗跳了出去。

我一看这是干什么啊，车里的人一看也都吓了一跳，都站起来看。潘子在外面大叫："小三爷，你还等什么，快下来！"

我看了看四周，所有人都站起来看着我，心说这下子明天要上《都市快报》头条了，一咬牙也滚了出去。

绿皮火车很高，我下来翻了个跟头，摔到一边的路枕上。潘子一把把我扶起来，拉着我就跑。

这样一直跑进边上的田野里，上了个田埂，然后翻上大道，那里竟然已经有了一辆皮卡在等我们。潘子拉我进了皮卡，车子马上发动。

我累得上气不接下气，等车开上省道，才缓过来，骂道："你搞什么飞机？"

潘子也累得够呛，看我的样子，笑道："别生气，我也是第一次这么狼狈，也不知道什么时候招惹上的，不知道能不能甩掉。"

说着，他看了看车后面，一片漆黑，似乎没人追来。

我没听明白，看样子这些事情他都计划过了，忙问他怎么回事。他点上一支烟，用长沙话道："车上那哈有警调子，三爷爷不在，长沙那哈乌焦巴功，地里的帮老倌里出了鬼老二咧。"

这话的意思是火车上有警察，我三叔不在长沙，长沙那边的生意乱七八糟了，在做活儿的帮工里可能有警察的人了。

他说话的时候眼睛瞟了瞟开车的人，我意识到这司机可能是临时找来的，不能透露太多，也就不再问了，心里却像打翻了五味瓶一样，心说那我现在算什么，我不是成逃犯了啊？

我的爷爷，今年到底怎么回事？早几个月我还是小商贩，突然变成盗墓贼，和粽子搞外交就不说了，现在又成逃犯了，人生真是太刺激了……

车开到金华边上的一个小县城里，我们下车付了钱，潘子带我去随便买了几件款式比较旧的小一号的西装换上，一照镜子，比较寒酸，然后又赶到火车站，买了我们刚才跳下来的那辆车的票，那车临时停车，到现在才到这个站。

我们重新上车，这次买了卧铺，潘子看了看车厢，明显放松下来，说道："刚才那些警调子应该在金华站就下了，现在高速公路省道两头都有卡，他们绝对想不到我们会重新上火车。"

我第一次做逃犯，手脚都不知道怎么放，紧张得几乎发抖，轻声问道："到底怎么回事，怎么我们就给警察盯上了？我可没干——哦，不对，应该说我干的那些事情一般人发现不了啊？"

"我也不知道。"潘子说道，"下午我给长沙我们的地下钱庄去电话，结果那老板一听是我的声音，只说了两句话：一是让我马上把你带去长沙，三叔有话留；二是长沙出了状况，叫我们小心警调子，然后就挂了。这老板是三叔三十年的合作伙伴，绝对靠得牢。我想了一下，杭州我不熟悉，待久了会出事，怎么样也要先回长沙再说。"

他看我担心，又道："我上了车之后，马上就发现了几个便衣，于是联系了个朋友，叫了辆车，让他尽量跟着铁轨走。刚才临时停车，我看到司机给我们打信号，就知道机会来了，所以才拖着你下来。你看那司机，一路上一句话也没说，就也是咱们道上混的，在这种人面前你不能说太多。不过这些个条子没抓我们，说明我们和长沙的事情关系不大，肯定是长沙那里有大头的给逮住了，咱们这些小虾米都是萝卜带出的泥，你也不用太害怕，和你做的那些事情无关，最多就是一个销赃。"

我听了稍微舒服一点，刚想说谢天谢地，没想到他又道："长沙一旦出事，千丝万缕的，三爷肯定脱不了干系，那老板也不说清楚，也不知道到底是什么事情。其实我们这几年已经很收敛了，几乎都没怎么直接下地，以前的事也不可能给翻得这么大，真是想不明白。"

"那你现在怎么打算？"我试探着问，我可不想亡命天涯啊。

潘子道："我们不能直接去长沙，出了浙江我们就下车，然后坐长途大巴到长沙边上的山里，三爷在外面有几个收古董的点，那里有人接头，那钱庄老板到时候会过来。"

我点点头。这时候车又到了一个站，开始上客，我们那卧铺间里又来了一个人，潘子打了个眼色，我马上转移话题。

聊着聊着，我不知不觉就说到了陈皮阿四的事，这人的名气在长沙倒是很响，潘子还听说过他，对我说道："这人在我们那里也有自己的生意，听说他瞎了以后就不再自己做活了，'文化大革命'结束后收了几个徒弟，倒卖古董给外国人。这人很阴，那几个最先跟他的徒弟几乎都已经给枪毙了，他还逍遥在外，传言很多，最好和他保持距离。"

我想起陈皮阿四的样子，不像瞎了，越发觉得奇怪起来。

我们按照潘子的计划，几经波折，来到长沙附近福寿山一带。那里果然是个好地方，沿途风景迷人。潘子长年在这一带活动，倒也习惯了。我们来到镇上一处杂货市场，好像旧社会地下党接头一样，东拐西勾地，来到一处一看就知道不会有生意的铺子里。铺子外面卖的是旧电脑，里面推开后墙，就是一小间，再往里面豁然开朗，是两间铺面之间背靠背留出的一道建筑缝隙，大概能容纳两个人并排走，现在上面拉起了雨布，里面两边各有一排架子，上面全是刚出土的明器。

有几个人正在那里挑货，负责人认识潘子，看见他过来，放下手里的东西，对潘子道："怎么才到？基本的东西都备好了，你们什么时候走？"

"东西？什么东西？"潘子愣了一下，一脸迷惑。

那人也愣了一下："你不知道？"

潘子回头看了看我。我瞪了他一眼，心说，你的地盘你看我干什么？他转头道："准备什么？"

那人道："三爷吩咐的，五人装备，做活儿啊，你不知道？"

第八章

新的团伙

潘子皱起眉头道："我怎么不知道？三爷回来过了？什么时候吩咐的？"

那人看我们两个的样子，还以为潘子拿他开涮，耸了耸肩，笑道："少跟我装八咪子喃（装傻），东西是给你的哈，你能不晓得？"

潘子火了，骂了一声："我骗你做啥子？三爷怎么说的？啥时候说的？"

那人一看我们两个的样子，才知道我们真不知道，也觉得奇怪，说道："具体我也不清楚，我也是听钱庄的楚老板交代的，他就在后头，你们去问他吧。"

潘子闷哼一声，带着我穿过这条窄道，尽头还有道铁门，没锁，一推就开。里面是一个简陋的办公室，一边的客座沙发上，我看到上面有个光头、油光满面的中年人正在抽烟，看到我们进来，把烟头往地上一扔，踩熄站了起来。

潘子打了声招呼："楚哥。"态度一下子变得恭敬起来。我马上意识到这个人就是为三叔带话给我的人。

他看了看潘子，又看了看我，说道："怎么现在才到？等你们两天了。"

潘子把路上的事情和他说了，不等他反应，急着问他道："楚哥，到底出了什么事？我们哪里招惹号子里的人了？"

楚哥不紧不慢，说道："先别慌，没出事，这是你三爷的意思，是他让我把他前几年做的一些买卖的消息放出去的，给号子来点刺激的。现在厅里已经立项目组侦查了，我也不知道他是什么用意，不过看样子他是在给另一批人设置障碍。”

“另一批人？”

“对，因为这一招，现在整个古董市场都受了牵连，凡是和你三叔有生意关系的人全部给监控了。这样一来，没提前做准备的人，现在就很难开展活动，你三叔在给你们争取时间。”

我看了看潘子，并不是很听得懂这光头说的话：“什么时间？”

楚哥耸了耸肩膀，表示他也不知道。

“你三叔是老江湖了，他的套路我是猜不透的。”

潘子问他道：“那刚才听外面的九四说，什么装备准备好了，说是您安排的，这又是怎么回事？”

楚哥道：“刚才说了，只要我一把消息放出去，凡是做这一行的人，无论什么活动都很难开展，所以你三爷让我在放消息前，把我们该做的事情都做了，所以我提早去买了装备，要是现在去，世面上没人敢出手，连铲头都买不到一只。”

我问道：“可是买这些装备干什么呢？我们又没打算做活。”

“这就是你三叔给你带话的原因。”楚哥让我们坐下，“其实你三叔的那些装备，刚开始没算上你的份儿，也就是说，他准备了五份装备，其中一份是留给他自己的。”他顿了顿，又道，“不过他当时打电话给我的时候也说了，他做的事情，并不是只有他一个人在做，还有人在和他‘抢和’。对方也不是省油的灯，所以如果他回不来，这份装备就给你用，无论如何，你要把他的事情继续下去，不能让另一批人登先。”

另一批人？我忽然想到了阿宁所属的那个公司，难道三叔在海斗里摆了他们一道，就是出于这个原因？

潘子问道：“三爷有没有说另一批人是什么人？”

楚哥摇头道：“没有。不过我想现在三爷有可能已经落在他们的手上了，不然他早应该出现了，可惜我们现在什么都不知道，不然我想对方来头再大，我们也不至于摆不平。”

我心里哎呀了一声。楚哥又道：“你们要去的那个地方，是吉林长白山脉的横山山脉，具体地方只能用坐标来标，不过我已经准备了当地向导带你们过去。”

长白山？我现阶段所有的记忆和长白山有关的，只有汪藏海的云顶天宫，毫无疑问，横山山脉的某处，应该就是云顶天宫的所在。

只是，我为什么要到那种地方去？没有任何理由，我就要到这种莫名其妙的地方去，而且还是在冬天。

楚哥看我的脸色已经变成了绿色，突然叹了口气，说道："说实话我也很迷惑，不过我自己也仔细想过，今日之计，你们唯一能做的，就是跟着三爷准备好的计划走下去，才能找到线索。不然，我估计你三叔恐怕过不了这一关。"

潘子拍了拍我，转头继续问道："那三爷的计划里，下一步我们应该怎么样？"

楚哥道："你们一共五个人，先上火车去吉林，行李我们会想办法托运到那边，然后那里有车带你们去下一个点。人都是三爷给我联系好的，基本上都到了。"

我和潘子对视了一眼，吉林，那看样子真要去爬雪山不可了。

楚哥说他会负责我们全程的所有细节，所以我们不用担心，只管上路，只要小心路上别被警察盯上就行了。时间安排得很紧，在长沙休息一晚，明天就直接送我们上火车，车票连洗漱用品都全部打包准备好了。所有的细节问题，另三个人都知道了，有问题只要明天问他们就行了。

这个楚哥行动能力之强出乎人的意料，三叔托他来传话，这一次行动恐怕计划了很长时间，不知道他的目的到底是什么。

我们又问了些问题，楚哥也是只知其一，不知其二。不过听他的口气，三叔的安排真是天衣无缝，这一次老江湖总算是显现出功力来了。

我们原路出来，我看到铺了外面运来了很多二手电脑的显示器。潘子告诉我，明器就是藏在里面运输的，一般关卡检查，这样的包装是查不出来的。楚哥说的运我们的装备去吉林，应该就是通过这个方式。

潘子是这里的地头蛇，傍晚我跟他去吃了长沙的饺饵，我来长沙不是一次两次了，也不觉得新鲜。我们一边吃一边讨论今天楚哥给我们传的消息。潘子想了半天，对我道："小三爷，我思前想后，总觉得你和我说的，去西沙给你们准备的那个什么什么资源公司很可疑，你说三爷说的'那一批人'会不会就是他们？"

我道："这我早就想到了，不过我觉得问题不在于那个公司，而在于公司背后的人。咱们也别想了，反正到了那边，我们不去找他们，他们也会找上门来。只是，那个楚哥靠不靠得住？”

潘子说道：“小三爷，你别看我潘子当兵的，看人准得很，这人你绝对放心，我就是担心，那人说一起去的有五个人，其他三个是什么货色。”

我说道：“三叔安排的，总不会错。”

潘子摇头道：“难说，三爷常说看人要三百六十五天地看，少看一天都不行。人是会变的，你一个星期不见他，说不定他已经想着要害你了，特别是我们这一行里那些没文化的，说得不好听点，哪个手里没几条人命债，心横横，老娘都能埋到土里。三爷这么久没回来，这里的伙计，人心肯定起变。”

我说你要求太高也不行，咱们走一步是一步吧。

街上晚上冷起来，我们吃完后二话不说就回潘子以前住的房子里睡了，早上起来吃了早饭，光头的车就来接我们。我背起自己的贴身行李，远远看了看车里，发现座位上已经坐了个人。

仔细一看，发现是个老头儿，人很面熟，好像在哪里见过，而且还是不久前。

我并不在意，和潘子开着玩笑走过去，靠近一看，突然人蒙了。

那老头儿，看身形和那身古怪的装扮，不是别人，竟然是在杭州二叔茶馆里看到的陈皮阿四！

我张大嘴巴，几乎脖子僵硬，心说，他坐在车里干什么？难不成这老头子也是五个人中的一个？总不会这么离谱吧？

潘子这时候也看到了，嘟囔了一声，也是一脸的诧异。

楚哥招呼我们快点，我们一头雾水地上了车，潘子认识陈皮阿四，给他打了个招呼。那老头儿闭目养神，只是略微点了点头。潘子马上转向开车的光头，龇着牙用嘴形问他怎么回事。

光头无奈地一笑，用嘴形回答他也不知道，三爷就是这样安排的。

不会吧，我心说，这老家伙不是个瞎子吗？而且年龄比我和潘子加起来还大，三叔这是玩儿什么花样？

我们在忐忑不安中来到火车站，我心里在盘算，三叔给我们安排的第一个人是一个近百岁的老头儿，那第二个人是什么货色就真不好估计了，难保不会是个大肚子的孕妇或者坐轮椅的残疾人。

难道三叔想试探我们的爱心？

庆幸的是陈皮阿四身体很硬朗，背着手就下了车。楚哥对他很尊敬，帮他提着行李。我们为了便于应变，还是选了比较差的卧铺，一个房间可以睡六个人，正好一个床可以放行李。

我们来到自己的房间，我探头往里看了看，先看见一个胖子在吃方便面，看到我，一扬眉毛，诧异道："又是你？"

我顿时头痛起来，心里一个咯噔，心说三叔怎么找了他，难不成还是以前的那支队伍吗？马上转向胖子的上铺，果然，一双淡然得一点波澜也没有的眼睛正看着我。

我松了口气。闷油瓶眯起眼睛看了看我，又转过去睡着了。

第九章

九龙抬尸

楚哥给我们的计划是走旅游路线，从长沙先到山海关，然后转车到敦化，全程火车，整个旅程大约两天，经过近三千公里，在这段时间里，我们无事可做，只能通过一部手机和几本杂志打发时间。

我把那鱼眼珠的支票带给了胖子，他看到我还是很开心的。看他心情不错，我就偷偷问他，怎么会到这里来。

胖子和我说，这道上，有些事情非扎堆做不可，比如说，有些深山老林里的大斗，你一个人绝对办不掉，一来太多必要的装备你一个人背不进去；二来好东西太多你一个人也带不出来，这种古墓一般环境极端险恶，你能走运活着打一个来回就不错了，再要两三次地冒着风险进去，恐怕谁都不愿意，所以，一有这种情况，就会有一个人出来牵头，古时候叫“捉斗”，民国时候的行话叫“夹喇嘛”。

这东西就好比现在的包工头，手里有项目，自己找水电工来做，中华人民共和国成立初期的考古队也用类似的招数来找能人异士。

这一次“夹喇嘛”的是楚哥，楚哥人脉很广，认识胖子一个北京的土瓢子朋友，而胖子很多路子都是他那土瓢子朋友给搭上的，这一来二去，胖子就上了这车。至于具体的情况，一般的常例，不到目的地，“夹喇嘛”的人是不会透露的，不然给别人提前知道了，有可能引起内讧。所以我问起胖子我三叔的事情，胖子直摇头，说："奶奶个熊，你还问我，你胖爷我要知道这事又和你那狗屁三叔有关系，再多票子我也不来干。"

我心里叹了口气，心说那闷油瓶必然也是楚哥联系的，估计也问不出什么来，这里了解情况最多的，除了我和潘子，就还有个陈皮阿四。

闷油瓶一如既往地闷，也不和我打招呼，一直就在那里打瞌睡。我故作殷勤地和他叙旧，说了几句发现他根本没在听。胖子让我别费力气了，说他上车后一直都在睡觉。

车开了以后，我和胖子、潘子一起锄大D、打跑得快消磨时间。我一边打着一边琢磨着陈皮阿四，这老头儿上了车后就一直没讲过话，潘子跟他套近乎他也是只"嗯"一声，车一开就自顾自走了出去，到现在还没回来。胖子还低声问我："这瘦老头儿是谁啊？跩得二五八万似的。"

潘子轻声和胖子讲了一下陈皮阿四的事情，胖子听到他九十多岁了，脸都绿了，说道："你可别告诉我这老家伙也得跟我们上山，要真这样，到没人的地方我先把他给人道毁灭了，谁也别拦我，反正他进去了横竖也是一死。"

潘子赶紧压住他的嘴巴，轻声道："你少说几句，老家伙精得很，给他听到了，没到地方就把你害了。"

我回忆了一下陈皮阿四，在茶馆里他给我的感觉就像一个高深莫测的国学大师，旁边一群人围着，以这种人的势力和造诣，再加上这么大年纪，怎么会一个人来"夹喇嘛"？不怕给我们害了吗？

和潘子一提，潘子笑道："这你就不懂了，咱们现在都是三爷夹来的'喇嘛'，不管是小沙弥还是方丈，现在都给三爷夹着，这是江湖规矩，他要分这杯羹就得按规矩来，他来头再大都没办法。"他想了想，又道，"不过我们是得小心着这老头儿，表面上他是一个人，其实他这样的人，肯定有安排自己的人在四周。"

胖子听了骂道："老子就搞不懂了，你那三爷整这么个人出来干什么！这不存心添乱吗？这人要真这么邪，我看咱们得先下手为强，要么绑了，要么做了。"

潘子看了看门口，说道："我警告你别乱来啊，三爷提这个人来肯定有用意，咱们就买他的面子，反正他这么一把年纪了，年轻时再厉害也没用，到时候要真……哎呀！"

他话还没说完，闷油瓶的手突然从上铺垂了下来，一把捏住了潘子的肩膀，力气极大，几乎把他捏得叫起来。

潘子给他弄得龇牙，后半句话就没说出来。我们都愣了一下，潘子对闷油瓶没什么好感，刚想说话，门“嘎吱”一声，陈皮阿四走了进来。

我们互相看了一眼，忙低头继续玩牌，就好像读书的时候考试作弊被老师察觉一样。

老头儿看了看我们，也不说话，回到自己的床上，也不知道是不是睡着了。

他在这里，我们也不敢商量事情，只有集中精神打牌，就这样时间一点一点地过去，第二天晚上将近零点，我们的车停靠在了山海关。

山海关是天下第一关，不过是人造景点，大部分是1986年重修的。我们要转的下一班车还有两个小时才到，胖子说要不要去看看。我说都凌晨了，又没月亮，看个鸟啊，于是我们几个人跟着同样转车的一大批天南地北的人走向车站候车室。

现在正是春运前夕，人已经很多了，车站里面气味难闻，各种各样过夜的人都有，有个还卷铺盖睡在地上。我们小心翼翼地顺着人流进去，生怕踩到别人。

人很多，走得极乱，一会儿工夫我们几个人就给冲开了，闷油瓶和陈皮阿四给冲到离我们很远的地方，胖子被几个人踩了脚，在那里直骂。我想招呼他们别走散了，举手让他们看我的位置，潘子一把拉住了我的手，将我拉得蹲下腰去。

我心中奇怪，就听他道：“有警调子！悠着点。”

我一听，赶紧顺着势头坐到一边的地上，左右都是人。我用眼角的余光一看，大门口，几个穿制服的警察和几个协警正在查身份证。

我低头对潘子用杭州话轻声说：“没事吧，杭州也经常有，查身份证而已，我们也没带装备在身上，又没被通缉，怕什么？”

潘子用下巴指了指人群中很不起眼的几个男人，说道：“门口的是看门的，便衣在人堆里，在找人呢，把头低下，别给认出来。”

我抬起头，闪电般一看，那几个人之间好像还夹着个面熟的人，那人还直往我们的方向望。我还想看得仔细点，那人已经猛地挣起来，指着我大叫：“那里！”

我看到那人的手上还戴着手铐，心里咯噔了一下，再仔细一看那人，我靠，那不是楚光头吗？怎么两天不见，已经给铐进去了？

“妈拉个巴子！”潘子大骂，拉起我跳起来就跑。后面一帮便衣猛地冲过来，大叫：“站住！”

我们连滚带爬地翻起好几条座位，用力推开人群，潘子一路过去，人们全都纷纷让开，可是我一过去，那些人却都围了过来。我心里大叫，这叫什么事，我看着这么好欺负吗？

眼看着前面的人把我堵住，后面的警察也到了，突然“啪”一声，候车室大厅头顶上的一盏日光灯碎了，所有人都吓了一跳，紧接着，“啪”一声又是一盏，我乘机猫腰从两个人之间钻了过去，在人堆里挤来挤去，想挤到门口的位置。

忽然，一个人抓住了我，将我拉到一边。我一看，是潘子。他一甩头，意思是，咱们从铁轨那里出去。

头上的日光灯“啪啪啪”连续碎掉，候车厅里越来越暗，破碎的玻璃直掉下来，一下子吵闹声、小孩子的哭声、惊叫声乱成一团，很多人都往进口处挤，我们顺着人流又挤了出去。

我远远看见胖子朝我们打手势，便朝他靠了过去，刚想问闷油瓶呢，那家伙突然幽灵一样冒了出来。胖子问潘子：“你那夹喇嘛的筷子给警察折了，现在怎么办？”

潘子骂了一声：“那个龟儿子，这么容易就把我们抖出来了，现在的人真靠不住，要有机会，我敲死他去！”

胖子道：“你现在起什么劲，你得说怎么办啊！”

潘子挠着头，他也不知道怎么办好了，又来看我。我刚想骂他，闷油瓶一拍我们的肩膀，说道：“跟着老头儿。”

我们顺着他的目光看去，陈皮阿四正在不远处看着我们，旁边还站着几个不知道哪里冒出来的中年人。

闷油瓶径直朝他走了过去。我们这时候也没办法商量，只好硬着头皮跟他走过去。陈皮阿四看到我们走过来了，给旁边几个人打了个手势，那几个人一下子就散开在了人群里，他自己也一转头往人群中走去。

我们在人群的掩护下，终于摸黑逃出了山海关火车站，来到一处公园里。我们停了下来，互相看了一眼，所有人脸色都不好。这真是出师不利，原本以为按照楚光头的计划，我们可以自己不用动脑筋就到达目的地，没想到没出两天，楚光头竟然给逮住了，还亲自带着警察来逮我们，就这义气，还三十年的老关系，看来三叔的眼光也不怎么样啊！

我们蹲在草丛里休息了一会儿，陈皮阿四看了看我们，突然冷笑了一声，用沙哑的声音道：“就凭你们这几个货色，还想去挖东夏皇帝的九龙抬尸棺，吴三省老糊涂了吗？”

第十章

营山村

我们的心情都很不爽，突然给骂了这么一句，一下子就更郁闷了。胖子“呸”了一口，破口大骂道：“老爷子，你这话说错了，这不关我们的事，是那个什么三爷他眼光有问题啊，这事能怪我们吗？老子我混了这么久，第一次给警察撵得满街跑，真的憋气。”

我看他说得太过，赶紧把他拦住，使了个眼色。潘子听不得别人说三叔不好，一句两句还能忍忍，这个时候就最好别说这么多了，不然可能会打起来。

胖子还算卖我面子，闭上嘴巴，点上一支烟狠狠地抽起来。潘子转头问陈皮阿四：“陈家阿公，咱们也算打过交道，现在也不是批评我们的时候，您是这里辈分最大的，现在‘夹喇嘛’的筷子断了，您看这事情怎么着吧，我们听您的。”

胖子瞪起眼睛，看样子想叫起来：凭什么要听他的！被潘子一把按住，没叫出来。我知道潘子肯定有什么打算，忙拉住胖子，拍他后背让他镇定点。

陈皮阿四眯着眼睛打量了一下潘子，沉默了很久，说道：“算你懂点规矩，我就提点你们几句，这火车是不能坐了，我安排了其他车子，想跟来的等一下跟我上车，不服气的，哪儿来回哪儿去！不过我事先告诉你们，这次要去的地方，没那么简单，吴三省当初找我，就是要我这个老家伙给你们提点着，那地方，当今世上，除了我，恐怕没第二个人能进去了。”

胖子冷笑一声：“我呸，老爷子，你别吓唬人，你小胖爷我什么世面没见过？我告诉你，我们几个上天摘过月，下海捉过鳖，玉皇大帝的尿壶我们都拿着掂过，不就是一个九龙抬尸棺吗？能有多厉害！老子过去一巴掌能把里面的粽子打得自己跳出来，还有这位，你知道他是谁吗？他是长沙狗王的孙子，想当年在山东的时候……”

我赶紧捏了一下胖子，笑道：“老爷子，别听他胡说，这家伙说一句话，你得掰一半扔茅坑里去。”

陈皮阿四看了看我，说道：“你也别否认，我知道你是吴老狗的孙子，你老爸的满月酒我去喝过，算起来你还要叫我一声阿公。”

吴老狗是我爷爷在道上几个走得近的人称呼的，我爷爷说和这人打过交道，果然不错。

我忙点头，千穿万穿马屁不穿，叫道：“四阿公。”

陈皮阿四古怪地笑了笑，也不知道是什么意思。潘子问道：“陈家阿公，那现在，我们怎么办？是先找个地方落脚，还是——”

话音未落，远处传来一长两短的汽车喇叭声。陈皮阿四说道：“我的车来了，是来是去你们自己考虑，要上山的，就跟着我过来。”说着直起背，迈步就向喇叭响起的地方走去。

我们一下子都没跟上去，等他走远了，几个人互相看了看。潘子轻声道：“这老家伙早有准备，好像早知道我们在这里会出事，我敢肯定是他卖了楚光头，现在敦化那边接头的人肯定也没了，装备趁早也别指望，要弄清楚怎么回事，咱们非得跟着他不可，这一招真狠。无论如何，三爷交代的事情我一定要做下去，你们去不去，自己考虑吧。”说着已经站起来，向陈皮阿四追去了。

闷油瓶看了我和胖子一眼，也站起来追了过去。

一下子只剩下我们两个，我看了看胖子，胖子也看了看我。胖子问道：“对了，他刚才说的东夏皇帝的九龙抬尸棺是什么东西？”

我摇了摇头，道：“我也不知道。”

胖子把烟一掐，想了想，道：“那，要不，咱们追上去问问？”

我失笑了一声，点点头，两个人站起来追了过去。

在车站碰到的跟着陈皮阿四的中年人，果然是陈皮阿四安排在附近的人，安排车的就是他们。来接我们的是一辆解放卡车，我们上了车斗后，外面就堆上了货物，车子一直开出山海关，上了省道，直开往二道白河。

这一路睡得昏天暗地，醒过来的时候已经是第二天中午。汽车没火车那么方便，到现在还有大半天的路程，这里的温度比杭州不知道要低多少，车斗虽然有篷布，但是风还是直往里钻，我冷得直发抖。

陈皮阿四裹在军大衣里，有几次不经意间露出了老人的疲态，但是这样的表情一瞬间就消失了。我心中暗叹，年纪果然还是大了一点，不知道这样一个早已经知天命的老人，还要图谋什么。

我们商量了进山的路程，按照陈皮阿四从楚光头那里得来的消息，到了敦化后，我们也是通过汽车进二道白河，然后那里有当地的向导和装备在等着我们，我们从那里再进一个叫栗子沟的小村子，在那个地方，他会透露我们目的地的信息，然后向导会带着我们去那里，找到地方后，接下来的事情就是我们自己的了。

栗子沟我们肯定不能去，警察可能已经守在那里了，而且那地方离二道白河还太近，我们看了看，决定不进栗子沟，直接开进去，里面还有几个村子，开到没路为止。

我们不知道楚光头到底知道多少关于天宫位置的信息，现在他已经进去了，事情自然就难办得多。长白山很大，还有一部分在朝鲜境内，要寸一寸地找恐怕也不现实。不过我们推测，既然是去栗子沟，地方必然在这附近，我们按老路子来，先到附近山村子里去踩踩盘子，打听打听消息，应该会有收获。

一切按计划进行，到了二道白河，陈皮阿四的人弄来了装备，我想着现在全国都查得那么严，怎么这些人就这么神通广大？打开一看，就蒙了，心说这是什么装备，没铲子，没军火。我举目看去，最多的，竟然是卫生巾，然后还有绳子、普通的工具、巧克力、一大包辣椒、脸盆等日用品。

胖子问怎么回事，咱们这是去发妇女劳保用品还是怎么的？陈皮阿四说用起来你就知道是怎么回事了。

四天后，我们来到横山林区比较靠里的营山村，卡车能开到这里真是奇迹，有几段路，外面三十厘米就是万丈深渊，只要司机稍微一个疏忽，我们就摔成肉泥了。到了那里找当地人一问，才知道这里原来有一个边防岗哨，后来给撤了，所以路才修到这里，不然得用雪爬犁才能过得来。不过正因为有了路，这里现在偶尔会有一些游客自驾游，村里的人也习惯了外来的人。

跟我们一起来的，有陈皮阿四的三个伙计：一个叫郎风，就是开车的，大个子；一个叫华和尚，戴着眼镜，不过身上全是刀疤；还有一个三十多岁年纪比较小的，一路上话一句也没停过，叫叶成。

我们下了车，环视四周的雪山，我想找出记忆里和海底墓中影画相似的山景，但是显然站的地方不对，看上去，雪山几乎都是一个样子。

陈皮阿四说，寻龙容易点穴难，《葬经》上说“三年寻龙，十年点穴”，定一条龙脉最起码要三年时间，但是找到宝眼要十年，这一过程是非常严格的。既然我们知道了龙头在横山，只要进到山里，自然能够找到宝眼的位置。问题是，怎么进到山里去，这里不比其他地方，雪山太高，一般猎户不会去那种地方，采参人也到不了雪顶，要找一个向导恐怕很难。

村里没招待所，我们没找到地方住，只好去敲村委会的门。村支书倒是很热情，给我们找了间守林人的临时空木房子，我们付了钱就安顿了下来。在村里待了几天，租好了马，几经周折，最终找到了一个当地的朝鲜族退伍兵顺子愿意做我们的向导。

这人告诉我们，一般人不会上雪山，由于风雪变化，基本上每天的路都不一样，而且上去了也没东西，只有他们当兵的巡逻的时候上去，这里的几座峰他都能上，所以我们真想上去，他能带我们去，不过进了雪区之后得听他的。

我们商量好了价钱，事情就拍板下来，整顿了装备，又按顺子的要求买了不少东西，九个人、十四匹马浩浩荡荡地就往林区的深处赶去。

长白山风景很美，举目望去，山的每一段都有不同的颜色，因为山高得让人心寒，所以我们也没有太注意四周的森林景色，所有的精力都放在保证自己不掉下马去，但是偶然一瞥，整个天穹和山峰的那种巍然还是让人忍不住心潮澎湃。

长白山是火山体，有大量的温泉和小型的火山湖。从营山村进林区，顺着林子人工的山道一直往上走四小时，就是阿盖西湖，朝鲜语就是“姑娘湖”，湖水如镜，一点波澜都没有，把整个长白山的倒影映在里面。

为了让顺子认为我们是游客，我们在湖边留影，然后继续出发。我们刚进去的那一段是在山脉的底部，越往里走地面就越陡起来，最后我们发现已经行进在六十度左右的斜山坡上。这里树都是笔直的，但是地面倾斜，每一步都显得非常惊险。顺子告诉我们，再往上那里面还有个荒村，就是边防哨所在的地方，那里现在已经没人了，我们在那里过了第一夜，然后第二天，我们就要过雪线了。

此时阿盖西湖已经在我们的下方，我们由上往下俯视，刚才偌大的湖面就犹如一个水池一般大小了。这个时候，我们所有人都发现，另一支马队出现在了湖边，这支队伍的人数远远超过了我们。

我们觉得有点意外。胖子拿出望远镜，朝下面看了看，然后递给我道："我们有麻烦了。"

第十一章

困境

我一边策马前进，一边顺着胖子指示的方向看去，透过稀疏的树木，我看到下面湖边上熙熙攘攘的有三十几个人、五十多匹马，是一支很大的马队。

那些人正在湖边搭建帐篷，看来是想在湖边过夜，其中有一个女人正在张开一个雷达一样的东西测试。我用望远镜一看，那女人不是别人，正是在海南的阿宁。

我骂了一声，这个女人也来了这里，那说明我们的推断没错，三叔想要拖延的人，恐怕就是这一帮人，不知道这捞沉船的公司，来到内陆干什么。

华和尚也看到了下面的马队，脸色变了变，轻声问陈皮阿四怎么办。

陈皮阿四看了看，轻蔑地笑了笑，说道："来得好，说明我们的路没走错，继续走，别管他们。"

我拿着望远镜一个人一个人地看，没看见三叔。不过，三叔如果落在了他们手里，不可能有太多自由，有可能给关在帐篷里了。

令我觉得不舒服的是，下面的人当中，有一半几乎都背着56式步枪，我还看到了卫星电话和很多先进设备。胖子看着枪眼馋，对陈皮阿四道："老爷子，你说不买枪不买枪，你看人家荷枪实弹地撵上来了，要交上手了怎么应付？难不成拿脸盆当盾牌，用卫生巾去抽他们？”

陈皮阿四看了他一眼，甩了甩手，笑道：“做我们这一行，从来不靠人多，过了雪线你就知道跟着我跟对了。”

我们的对话全是用方言交谈，汉语都讲不利索的顺子听不太明白，不过他做向导好多年了，自己也知道客人说的话别听，听太多了，人家说不定是干什么的，会把你灭口。

我们继续往上走，直到看到前面出现一些破旧的木头房子和铁丝门，上面还写着标语“祖国领土神圣不可侵犯”。

顺子告诉我们，这里是雪山前哨站的补给站，多边会谈后，这里的几个哨站都换了地方，这里就荒废了，雪线的几个哨站也都没人了，咱们要上去的话，到时候有机会去看看。

当夜无话，我们在这里凑合过了一夜，第二天一大早就起床继续赶路。顺子觉得奇怪，少有旅游的人这么拼命，不过收人钱财也得由着我们。

我们起床的时候已经开始下雪，气温陡然下降，南方人很少能适应这样的天气，除了胖子和叶成，其他几个人无一不冻得僵硬。

再往上过了雪线，我们终于看到了积雪，一开始是稀稀落落的，越往上就越厚，树越来越少，各种石头多起来，陈皮阿四说这是有工程进行过的痕迹。

到了中午的时候，我们四周已经全是白色，地上的雪厚得已经根本没路可走，全靠顺子在前面带着马开道。这时候忽然刮起了风，顺子看了看云彩，问我们，要不今天就到这里吧，看这天可能有大风，看雪山过瘾就过一下，再往上就有危险了。

陈皮阿四呵起气摆了摆手，让他等等。我们停下来休息，吃了点干粮，几个人四处去看风景。

我们现在在一处矮山的山脊上，可以看到来时走过的原始森林。陈皮阿四极目眺望，然后指着一大片洼地，对我们说：“古时候建陵一般就地取材，你看这一大片林子明显比旁边的稀落，百年之前肯定给人砍伐过，而且我们一路上来，虽然步履艰难，但是没有什么特别难过的障碍，这附近肯定有过古代的大工程，这一带山体给修过了，咱们大方向没错，还得往上。”

叶成问道：“老爷子，这山脉有十几座山峰，都是从这里上，我们怎么找？”

陈皮阿四道：“走走看看，龙头所在肯定有异象，地脉停顿之处为龙穴，这里山多，但是地脉只有一条，我们现在是沿着地脉走，不怕找不到，最多花点时间而已。”

我顺着他的目光看去，只看到一片一片的树，也看不出有什么区别，不由得自惭形秽。

我转头去看闷油瓶，却见他眼睛只看着前面的雪山，眉头微微地皱了起来。

顺子听说我们还要往上，叹了口气，摇头说要再往上马不能骑了，要用马拉雪爬犁。长白山的冬天其实是交通最方便的时候，除了暴风雪天气，一般用马拉雪爬犁就能爬到任何马能到的地方。但是一旦风起，我们任何事情都得听他的，他说回来就回来，绝对不能有任何异议。

我们都点头答应，将行李从马上卸下来，放到爬犁上。准备妥当，顺子叫着、抽鞭子在前面带路，我们的马自动跟在后面，一行人在雪地里飞驰。

刚坐雪爬犁的时候觉得挺有趣的，和狗拉雪橇一样，不一会儿，不知道是因为风大起来还是在爬犁上不好动弹，身体的肢端冷得厉害，人好像没了知觉一样。

因为是山路，马跑得不稳起来，胖子因为太重，好几次都侧翻摔进雪里，弄得我们停下来好几次等他。

就这样一直跑到天灰起来，风越来越大，马越走越慢，我们不得不戴上风镜才能往前看。到处是白色的雪花，不知道是从天上掉下来的还是雪山上刮下来的。满耳是风声，想说句话，嘴巴张开，冰凉的风就直往里灌，用胖子的话说，骂娘的话都给冻在喉咙里了。

跑着跑着，顺子的马在前面停了下来，我隐约觉得不妙，现在才下午两点，怎么天就灰了？我们顶着风赶到顺子身边，看到他一边揉着马脖子一边看四周，眉头都皱进鼻孔里去了。

我们围上来问他怎么回事，他啧了一声，说道：“风太大了，这里好像发生过雪崩，地貌不一样了，我有点不认识了。还有，你们看，前面压的都是上面山上的雪，太深太松，一脚下去就到马肚子了，马不肯过去，这种雪地下面有气泡，很容易滑塌，非常危险，走的时候不能扎堆走。”

“那怎么办？”潘子看了看天，“看这天气，好像不太妙，回得去吗？”

顺子看了看天，又看了看我们，说道：“说不准。不过这风一旦刮起来，没两天两夜是不会停的，咱们在这里肯定是死路一条，前面离岗哨不远了，到了那里能避避风雪，我看回去已经来不及了，我们可以徒步过去。”

“徒步？”胖子压着自己的盖耳毡帽，试探性地走了一步，结果人一下子就捂进了雪里，一直到大腿。他艰难地往前走了一步，骂道：“他奶奶的，有的罪受了。”

我们穿上雪鞋，顶着风，自己拉着爬犁在雪地里困难地行进。这地方是风口，在两边山脊的中间，风特别大，难怪会雪崩。

我们往风口里走，顺子说哨岗一小时就能到，但是不知道是我们走得太慢，还是顺子压根儿就带错路了，走到傍晚六点多，还是没见到哨岗的影子。

顺子转来转去摸不着头脑，再一想，忽然“哎呀”了一声：“完了，我知道这哨岗在什么地方了！”

我们围上去。他脸色极度难看，道：“我怎么就没想到，这不是小雪崩，哨岗肯定给雪埋了，就在我们脚下，难怪转了半天都找不到！”

潘子叹了口气，说了句话，看他的嘴形是：“妈拉个×的！”

胖子大叫着，问顺子：“那现在怎么办？马也没了，难不成我们要死在这里？”

顺子指了指前面，说道：“还有最后一个希望，我记得附近应该有一个温泉，如果能到那里，也能挨几天。那温泉海拔比这里高，应该没给雪埋住，要真找不到，那只有靠求生意志了。”

众人哭丧着脸，跟着顺子继续往上走。天越走越黑，顺子拉起绳子，让我们每个人都绑在身上，因为能见度太低了，根本看不到人，叫也听不见，只能靠这绳子才能让我们集中在一起。

我走着走着眼睛就开始花了，怎么也看不清楚，前面的人越走越远，后面的人越拖越后。

我一发现两面都看不到人，心里不免咯噔了一下，心说现在这个时候进山，是不是犯了个错误，难道会死在这里？

不像，顺子走得还挺稳，虽然我看不见他，但是感到这绳子的走向很坚定，这种风雪他一定已经习惯了，跟着他准没事。

我一边安慰自己，一边继续往前，忽然看到前面的雪雾中出现了一个黑影，迷迷糊糊的我也看不清是谁，走了几步，那黑影子忽然一歪，倒在了雪地里。

我赶紧跑过去，一看，竟然是顺子扑倒在雪里。

后面的闷油瓶追了上来，看到顺子，赶紧扶了起来。我们背着他，一边拉紧绳子，一边让其他人先聚集过来。

胖子一看到顺子，做了一个非常古怪的表情，大吼道："这是什么向导啊，不认识路不说，我们还没晕，他先晕了，叫我们怎么办？"他还想再骂，但是后面的话全给风吹到哪里都不知道了。

我看了看四周，我的天，四周的情形已经完全失控了，强烈的夹着大量雪花的风被岩石撞击着在我们四周盘旋，一米之外什么也看不见，我们来时的"脚印"几乎一下子就给风吹没了，东南西北都分不清楚，强风压过，连头都抬不起来，站起来就会给吹倒。

所有人的脸色全是惨白，陈皮阿四眼神迷离，看样子老头子在这样的极限环境下，已经进入半昏迷状态了，就算顺子不倒下，他肯定也坚持不了多久了。

潘子道："我们不能停下来等死，温泉可能就在附近，我们拉长绳子，分散了去找找，找到了就拉绳子做信号。"

我们四处散开，我也不知道自己选了哪个方向，一边走，一边直打晕乎，只觉得一种麻木感从四肢传递到全身。

以前看过不少电影里都说，在雪山上，人会越来越困，如果睡着就永远醒不过来了，还会产生很多幻觉，比如说看到热腾腾的饭。

我拼命提醒自己，可是一点也坚持不住，每走一步，眼皮就像多灌了一块铅一样，沉重得直往下耷拉。

正在一筹莫展之时，忽然听见胖子叫了一声，风太大叫了什么没听清，我回头一看，只见他的影子一闪就没了。闷油瓶马上转过头去，发现地上的绳子突然扯动起来，脸色一变，大吼："不好！解绳子，有人塌进雪坑里去了！"

话还没说完，他脚下的雪突然也塌了，整个人给绳子一下子扯进了雪里，接着是离他最近的我。

我们就像一串葡萄一样，一个接一个被胖子拉进了雪地里，翻来滚去，不知道滚了多久才停住。

我眼睛里全是雪，根本睁不开，只听到潘子叫我们都别动，他是最尾巴上的，他先爬下去再说。

这个时候，突然听到叶成叫了一声："等等，等等！抄家伙！都别下去，那雪里盘着的是什么东西？"

第十二章

百足龙

我拍掉眼睛上的雪珠，一时间也不知道自己在什么地方，只感觉背上顶着石头尖，叶成就在我下面，在那里大叫。

我定了定神，下意识地去看叶成在害怕什么东西，往下仔细一看，发现我们现在正靠在一面陡峭的乱石坡上，离坡底还有五六米，腰里的绳子挂在了一块岩角上，我们才没直接滚下去。坡底全是刚才随我们一起滑下来的雪块和石头，雪堆里面，露出了好几截黑色细长的爪子。

我感到一阵窒息，不自觉地把背贴紧后面的石头，顺着爪子看上去。雪堆里若隐若现，盘绕着一条黑色的、水桶粗细的东西，环节状的身体上全是鳞片，一些藏在雪里，一些露在雪外，乍一看还以为是条冬眠的蛇，仔细看又像是蜈蚣。

这东西贴着石头，一动也不动，不知道是死是活，看不到头和尾巴，也不知道有多长。

我心里奇怪，这里是雪线以上，本来活物就很少，这到底是什么生物？看着那些蜈蚣一样的爪子和它的个头，心里本能地不舒服起来。

潘子执意要下去，叶成不停地叫，胖子也看见了下面的东西，拿自己边上的雪捏个球砸在叶成后脑上，轻声骂道：“你给我轻点声，想把它吵醒？”

我看了看四周，这里应该是一处封闭的小山谷，被雪崩填满了，但是因为这里石头堆砌得太凌乱，产生了大量气泡，胖子走到上面，一下子把脆弱的雪层踩断，引起连锁反应，雪层塌了，结果我们全部给他带了下来。

上面的雪还在不断地塌下来，很多时候这样的塌方之后，四周的积雪会像流沙一样汇拢过来，将塌出的地方重新埋住，这一过程极其快，很多高山探险队就是在这样的情况下减员，几秒钟整个队伍就消失了。

幸好这一次边上的雪还算结实，可能也是因为我们是给绳子拴在一起一个一个拉下去的，四周的雪给我们滚平了，没有整块塌下来。

这里是背风面，风明显小了很多，不像刚才那么冷了。我得以畅快地呼吸了几口，小心翼翼地坐起来，往下挪了几步。这里虽然很陡峭，但是坡体表面上都是碎石头，有些有解放卡车头那么大，有些只有乒乓球大小，攀爬很方便，往上往下，都不困难。

潘子和闷油瓶已经解开了绳子，因为离底不远，他们两个“哗啦”一声，带着雪跳了下去，落地之后打了个滚缓冲力道，滚到了坡底。

两个人蹑手蹑脚地爬起来，一前一后朝那黑色的东西摸过去，我们一下子心提到了嗓子眼。

走了几步，闷油瓶和潘子都直起了腰，明显放松了下来。潘子看了看闷油瓶，耸了耸肩膀，做了个手势让我们下来。

我们感到奇怪，胖子解开绳子也滚了下去，闷油瓶已经把石雕上的积雪扫掉，原来那是一条伏石而卧的摩崖石龙，用黑色的石头雕的，摩崖石雕非常传神，如果藏在雪里，还真看不出来。

我们陆续下去，陈皮阿四看见石雕，脸色明显变化。他站立不稳，招呼华和尚扶着他，径直走到摩崖石雕的前面，摸了起来。

这条龙和其他的龙不同，它的身子下面，刻了无数只和蜈蚣一样的脚，显然不是中原的雕刻，应该是附近游牧民族异化的龙。

胖子问我道：“怎么这龙这么难看？像条虫一样，看上去邪气冲天，比故宫龙壁上的难看多了，该不是刻坏了？”

华和尚道：“不懂别乱说，这条是百足龙，不是蟠龙，东夏国早期的龙雕刻都是这个样子的。在中国早些时候，中国远古的龙有着迥异的形态，有的龙还有猪鼻子呢，这不奇怪。”

中国龙的演变史非常漫长，刚开始的龙是匍匐爬行，随便找个兽头放在蛇身上就是龙了。那个时候每个部落都有自己的龙图腾，各部落分别演变，到最后龙的形态也各不相同。后来汉文化传播，夷夏文化大融合，汉龙的形象才和各少数民族部落的龙开始混合，到最后逐步统一成现在这个样子的蟠龙。

这条百足龙，就是龙和蜈蚣的混合体，可是不知道为什么，看一条普通的龙身上长了这么多只节肢动物的脚，不但无法给人威武的感觉，反而让人觉得非常不舒服，感觉有一丝诡异。

胖子听了华和尚的介绍，笑道：“刀疤兄，看不出你还挺有学问的，那这块石头，应该是东夏国的东西了？”

华和尚看了看石雕，又抬头看了看山坡的上面，疑惑道：“没错。只不过，这块雕龙的石头是从哪里来的呢？”

此时天已经入黑，我们各自打开手电，用手把石头上的雪全部扫掉，发现这块石头几乎是一块有五米高、三米宽的巨大平板子，靠在一边的乱石坡上。石头极平整，而且是黑色的，和这里的其他石头明显不同。

我看了看石头断裂处的痕迹，说道：“可能是从上面塌下来的。四阿公说得没错，我们要去的地方还在上面。你看这龙的形体不对称，这是双龙戏珠，这样的石雕应该还有一边，一般是刻在石门上的，两面各一。”

陈皮阿四咳嗽了一声，有气无力地说道：“放屁，一知半解，大放厥词，什么石门，这块是墓道里的封石。”

说着，他指了指龙嘴巴。华和尚马上过去，把手伸进龙嘴巴里，一扯，竟然给他扯出一条黑色的手腕粗的细铁链来。胖子一看，说道：“哎呀，完了，龙肠子给你扯出来了。”

陈皮阿四道：“这是封墓时用来拉动封石的马链，这一面是朝里的一面。”

我被他说得脸红，左顾右盼道：“啊，果然是，我看错了，可是封石怎么会出现在这里？”

华和尚用力扯了扯铁链，石头纹丝不动，陈皮阿四脸上也闪过一丝疑惑，摇了摇头，抬头看了看上面。我心里“哎呀”了一声，知道他在担心什么，如果这块封石也是从上面塌下来的，那说明上面的墓道毁坏很严重了，我们就算找到了，还能不能进去？

头顶上风雪肆虐，天已经黑得基本上入夜，我看了看表，不知道这暴风雪要刮到什么时候。

发现这块石雕，增长了我们找到天宫的信心，但是我也不知道该高兴还是沮丧。华和尚给石雕拍了照片，陈皮阿四精神恢复过来，让我们先把自己的东西顾好，该休息的休息一下，这里正好避风，有什么事情，等风停了再说。

我们将装备整理出来，华和尚去照顾那个伤兵，我在翻东西，他跑过来告诉我，有点麻烦，顺子已经基本上没反应了。

我们将顺子放倒，摇了摇他的头，他只能迟钝地“嗯”一声，意识模糊，一看就知道是低体温症。

“我们得生点火，不然他熬不了多久了。”潘子走过来说，“睡过去就醒不过来了。”

我看了看四周，根本没有任何柴火，要点火，恐怕得烧爬犁了。可是上雪山需要很多装备，没有爬犁，下面的路恐怕走不下去。

华和尚看了看陈皮阿四，显然不敢自己做主，后者的脸色很阴霾，不知道是给冻的还是怎么的，皱了皱眉头，说道：“暂时别让他死，我还有事情问他。”

我松了口气。华和尚将爬犁上的东西卸掉，准备把木条子扯出来当柴火，不过现在的爬犁也都给雪浸湿了，不知道还点不点得起来。正在担心的时候，我忽然闻到了一股硫黄的味道。

这味道不知道是从哪里冒出来的，我脑子一跳，让华和尚先别动，自己站起来仔细地闻。其他人也同时闻到了，都停下手里的事。胖子猛吸了一口，道：“同志们，好像有温泉的味道！”

陈皮阿四给叶成和郎风打了眼色，让他们出去找，却给潘子拦住了。潘子用下巴指了指闷油瓶，说道：“别慌，咱们有高手在。”

闷油瓶俯下身子，用他奇长的两根手指逐一摸了摸底下的石头，忽然皱了皱眉头，“嗯”了一声，然后头转向盘龙石。

我们来到那块盘龙石面前，这里刚才还没有什么味道，现在的硫黄味已经很明显了。闷油瓶摸了摸龙头，又看了看石头后面，将手往龙头上一放，一压，说道：“奇怪，龙头后面是空的。”

第十三章

缝隙（上）

长白山是潜在的活火山，根据史料记载，最后一次小规模的喷发应该是在三百多年前，现在虽然火山归于沉寂，但是附近地热极其丰富，不少火山时期的地质缝隙和熔岩口都保持着极高的温度。这盘龙封石的后面，说不定就压着一条冒着热气的地缝，才会冒出硫黄的味道。

这对我们来说无疑是一个好消息，在这样的环境里，能有一个稳定的热源肯定比点篝火要经济实在，可是黑色的巨大盘龙封石压在上面，目测一下少说也有十几吨重，我们没有任何开山设备，要把它翻覆过来，实在有点难度。

胖子是行动派，捋起袖子，招呼我们去搬石头。几个人上去尝试性地扛了两下，一群人满头大汗，面红耳赤，石头却纹丝不动。

胖子气喘吁吁，骂道："不成啊，老爷子，早说咱们装备不行，你看现在这情况，要有点炸药多好。"

华和尚说："你不懂就不要乱说，我们老爷子过的桥比你走的路多，不带炸药来是对的。你说我们现在在谷底，你头顶上白雪皑皑，你随便哪里放个炮眼，把上面的雪震下来，一下子就给活埋了。"

胖子没话反驳。这时候我看到盘龙石的下沿，卡着很多大小不一的石头，灵机一动，对他们说道："可能不需要炸药，让我来。"

说着，我从行李上拿出一把石工锤，走到盘龙封石的一边，仔细检查了一下下面几块比较大的石头，然后对准其中一块用力一敲，那块石头一方面受着十几吨的压力，一方面又受到我侧向锤击，马上裂开一条缝，紧接着"咔啦啦"一连串石头摩擦声，上面的盘龙封石因为支撑力突然变化，顺着石坡开始滑动。

我们赶紧向后退去，盘龙封石向下滑了几寸，又开始倾斜，可是这块石头实在太重了，滑动了一点点位置就停了下来。虽然如此，我们还是看见封石的后面，露出了山体上的一条岩缝。

岩缝有脑袋宽，人勉强能通过。看洞口的边缘，呈岩层撕裂状，没有人工开凿的痕迹，一阵阵的硫黄味道就是从里面传出来的。

胖子调亮手电，伸头进去看了看，转头道："里面很暖和，不过角度太难受了，照不到什么，而且，里面的石壁上好像有字。"

"写着什么？"我问道。

胖子眯起眼睛仔细看了看，道："看不懂，不知道写些什么。"

说着，他试图猫腰钻进去，但是的确太胖了，这个洞显然不适合他，挤了几次也挤不进去。最后他把外面的大衣脱了，才勉强钻了进去。

陈皮阿四让叶成、郎风和潘子留在外面，有什么事情好照应。我们跟在胖子后面，钻进缝隙里。

这里整个儿就是条山体运动时裂开的岩缝，进去之后，发现缝隙是一个陡峭的向下的走向，里面非常黑，看样子极其深，恐怕通到了这山内部。

缝隙井口处的空间不大，两个人无法并排，而且缝隙里面非常难行走，底下全是大块的石头，棱角分明。洞里的硫黄味道非常浓，温度起码有三十摄氏度，摸了摸，连石头都是烫的。

我们手脚并用地往前走了几步，胖子用手电筒照了照一边，说道："你们看，这些是什么字？"

我转过头去，字不是刻在缝隙的壁上，而是刻在一块横着的底部乱石上，都是几个陌生的文字，有点像中文，又有点像韩文，刻得很凌乱。

华和尚凑过去看了看，确定道："这是女真文字。"

"写的什么？"胖子问。

华和尚道："等等，我没那么厉害，要看看才知道，我先把它描下来。”

我们等了片刻，华和尚把这些字抄到本子上，胖子打头，我们排成一队，继续往洞的深处走去。

说是走，其实用手的机会比脚还多，整条缝隙几乎是三十度向下，又没有阶梯，几乎全靠爬着下去，里面时宽时窄，时高时低，有些地方人要坐着才能通过。

唯一让人舒服的是，这里面暖和很多，我们爬着爬着，都开始出汗，只好解开衣服扣子。这时候胖子问道：“老爷子，你说会不会那封石堵着这条缝，不是偶然的啊？”

陈皮阿四沉吟道：“开山建陵，就地取材，这里外面那么多乱石头，应该是修建陵墓时用来采石的石场，可能这条缝是他们采石的时候发现的，不知道为什么最后要用封石压住。”

下了不到一百米，硫黄的味道越来越浓，岩石也越来越黑，都开始呈现琉璃的光彩，那是云母高温熔化过的痕迹。我“哎呀”一声，心里已经在想，这里应该是一处火山的熔岩口啊，长白山是潜在的活火山，要是突然间喷发了，岩浆从山体内部喷出来，我们不就死定了？

正胡思乱想着，忽然，打头阵的两个人停了下来，用手电筒照去，原来前面裂缝陡然收缩，乱石重叠，只剩下一个极小的缝隙能够下去。

我蹲下去用手电照了照里面，这里是缝隙坍塌造成的，里面空隙很小，看样子要匍匐着才能进去。

陈皮阿四看了看这个洞口，知道自己的体力是爬不进去了。我们商量了一下，我让华和尚陪着他等我们，我、胖子和闷油瓶进去看看，里面还有什么。

我们脱掉外衣，让自己的体积尽量减小，这一次是闷油瓶打头，三个人前后下去，一点一点挤进那条缝里。

我以为这一段坍塌只是暂时的，向前爬个几步，必然会有出口，如果是实的，我们也可及时掉头回去，没想到这一段空隙很长，爬了很久，前面还能通行，深得出乎意料。

里面的石头尖非常锋利，我爬了几步，身上的衣服已经被钩破了好几处。岩石挤压着我的胸部，加上温度越来越高，我逐渐感到呼吸困难起来。

后面的胖子和我感觉一样，拉住我的脚道：“不成，这里的空气品质可能有问题，咱们探也没探就进来，太莽撞了。”

我想回头看看，可空间太小，实在没办法，想着刚才爬过来很长一段距离，要回去也舍不得，而且现在这个局面，倒着爬恐怕比来时要更加痛苦，于是说道：“咱们再往前几步，如果还没底再退出去。”

胖子应了一声。这时候，忽然，前面的闷油瓶叫了一声：“嗯？”

我转头向前看去，前面空空荡荡，刚才还在堵着我的闷油瓶不见了，只剩下一个黑漆漆的石隙通道，不知道通向何方。

第十四章

缝隙（下）

从我听到闷油瓶说话，到发现他在我面前消失，绝对不超过五秒钟，就算是一只老鼠，也无法在这种环境下如此迅速地在我眼前消失，更何况是一个人。

我顿时感觉不妙，下意识地往后退了一步，想再看仔细，一恍神间，却看到闷油瓶又出现在了我的前方。

胖子就在我后面，被我退后的一步吓了一跳，问道："怎么回事？"

我一时间丈二和尚摸不着头脑，支吾道："没……没事。"

闷油瓶似乎并不知道自己刚才出了异状，顿了一下，招呼了我们一声，开始加快速度向前爬去。

这一隐一出在一瞬之间，虽然我的感觉十分真切，但是看到面前的景象，又突然没了十足的把握，心里非常疑惑，难不成是这儿的空气让我产生了幻觉？

情况不容我多考虑，胖子在后面拉我的脚催我，我一边纳闷一边又跟着爬了一段距离。爬过刚才闷油瓶消失的那一段的时候，我特别留意看了看四周，也没有任何凹陷和可以让我产生错觉的地方，心里隐约觉得不妥起来。

通过这一段，又前进了大概十分钟，闷油瓶忽然身形一松，整个人探了出去，我看前面变得宽敞，知道出口到了。

缝隙的尽头是大量的乱石，爬出去后，闷油瓶掏出数只荧光棒，扔到四周，黄色的暖光将整个地方照亮起来。我转头看去，发现这里应该是整条山体裂缝中比较宽敞的地方，大概有四五辆金杯小面包车的宽度，有一个半篮球场长，底下全是大大小小的碎石，都是这条裂缝形成的时候给地质活动撕裂下来的。

胖子扩大手电的光圈，四处观察，说道："怪了，这里竟然还有壁画，看样子我们不是第一批来这里的人。"

我们走上去，发现裂缝的山壁上果然有着大幅的彩色壁画，但是壁画的保存情况十分差，颜色暗淡，上面的图案勉强可以分辨出是类似仙女飞天的情形。

进到这里的入口被一块巨大的封石压住了，里面还有壁画，这里到底是什么地方？我再一次感到疑惑。

来回走了走，在碎石之间，我们发现了几处小的温泉眼，都很浅，但是热气腾腾，充满了说不出的诱惑，但是没有发现其他人活动过的痕迹。

再往里面，缝隙又逐渐收拢，直至变成一条两人宽的小缝隙，往山岩的深处而去，从缝隙里不时吹出热风。我走到一边向里照了照，深不见底，不知道通到哪里。

我们交换了意见，认为没有必要再进去，这里已经是躲避暴风雪的好地方。胖子测试了空气，没有太大问题，就打起持久照明用的风灯，闷油瓶又爬回来时的狭小缝隙，通知外面的人。

不一会儿，华和尚和叶成先后进来，顺子也被潘子拉了进来。我马上去检查他的情况，发现因为这里温度，他的脸色已经开始红润，但是手脚依然冰凉，不知道能不能挺过来。

上来的路都是由他带的，如果他死了，虽然不至于不能解释，但是总归会多很多困难，再加上我也挺喜欢这个人，真不希望他因为我们而这么无辜地死去。

华和尚检查了一下他的心跳和脉搏，然后让我让开，用毛巾浸满温泉水，放在石头上稍微冷却后，给顺子擦身，等全身都给擦得血红后，才给他灌了点热水进去。顺子开始剧烈地咳嗽，眼皮跳动。

我们稍微松了一口气，华和尚说道："行了，死不了了。"

气氛缓和下来，胖子和叶成都掏出烟，点上抽了起来。这时候，陈皮阿四也被潘子搀扶了进来。

经过这一连串变故，我们都筋疲力尽，也没力气说话，各自找一个舒服的地方靠下来。

身上的雪因为温度的变化融化成水，衣服和鞋子开始变得潮湿，我们脱下衣服放在干燥的石头上晾干。叶成拿出压缩的罐头，扔进温泉里热过，分给众人。

我一边吃一边和华和尚去看刚才发现的壁画。这里非常明显是天然形成的，而且空间狭窄，为什么要在这里画上壁画？刚才闷油瓶突然在我面前消失，还有洞口的巨大封石，给我一种很不自然的感觉。

和古物打交道的人，对壁画和浮雕这种传承大量信息的东西，总是非常感兴趣的，其他人看我们在看，也逐渐走了过来。

然而壁画上有太多的信息，仙女飞天的壁画多处于华丽的宫廷或者礼器之上，只是表现一种美好的歌舞升平的景象，并没有实际的意义。这里的壁画残片大部分都是这样的东西。这里都是古墓里爬出来的人，见得多了，一看便失去了兴趣。

我正想回去揉揉我的脚指头，这一路过来出了不少汗，脚指头冻得都痛麻了，这个时候，却听见胖子“啧”了一声，伸出自己的大拇指，开始用手指剥起壁画来。

我问他怎么回事，虽然这东西没什么价值，但是也是前人遗物，你也不能去破坏它啊。

胖子说道：“你胡扯什么，我的指甲就没价值了？一般东西我还不剥呢，你自己过来看，这壁画有两层！”

“两层？”我“咦”了一声，皱起眉头，心说什么意思？

众人又围了上去，走过去看他到底说的是什么。他让我们看了看他的手指，只见上面有红色的朱砂料给刮了下来，再看他面前的那一块地方，果然，壁画的角落里有一块构图显然和边上的不同，画的东西也不同，只是这一块地方极不起眼，要不是胖子的眼睛尖，绝对看不到。

这显然是有人在一幅壁画上重新画了一层，将原来的壁画遮住而造成的情形。

这上面一层因为暴露在空气之中逐渐脱落，将后面的壁画露了出来，这在油画里，是经常的事情。

胖子继续用手指刮着，他刮掉的地方，开始出现一些鲜艳的颜色。

我也用手指刮了刮壁画，发现这表面一层，似乎并没有完成所有的工序，所以胖子随便一刮，就可以简单地将颜色擦掉，不然如果按照完整的步骤，唐以后的壁画外面会上一层特殊的清料，这层东西会像清漆一样保护壁画，使得颜色没有那么容易褪色和剥落。

陈皮阿四的眉头皱得很紧。很快，一大片脸盆大的壁画被剥了下来，在这壁画之后，出现了用五彩颜料画的半辆马车，马车显然是浮在云上，几个蒙古服饰的女子侍奉在马车左右，而马车的主人，是一个肥胖的男人。这个男人的服饰，我却从来没有见过。

这是一幅叙事的壁画，我忽然紧张起来。

显然有人先画了一幅壁画，但是出于某种原因，又非常匆忙地用另外一幅遮盖住了，而且当时的时间可能十分紧张，所以这外面的壁画，连最后的工序都没有完成。

陈皮阿四看了看这整幅壁画，又看了看周围的环境，对我们说道：“这和天宫有关系，把整面墙都清掉，看看壁画里讲的是什么。”

我早就想动手了，当下和其他人一起，祭出自己的指甲，开始精细作业，去剥石壁上的壁画。

壁画大片大片地剥落，不一会儿，一幅色彩绚丽、气势磅礴的画卷，逐渐在我们面前展现开来……

第十五章

双层壁画

四周静得吓人，风灯被提到了岩壁的一边，加强照明，昏黄的灯光照在岩石上，给人一种古老的感觉。

壁画的颜色非常鲜艳，用了大量的鲜血一样的红色，在不定的光源下，闪现出琉璃的光彩，好像是整块岩石正在渗出鲜血一般。掩藏在另一层颜料下面的壁画能保存得这么好，真是不可思议。

然而真正让我们惊讶的，却是壁画的内容，我很难用语言来形容上面画的是什么。壁画分为两个部分，分别记述了不同的事情，然而整合在一起，又看上去十分完整，可谓美妙绝伦。

华和尚看得眼睛发亮，自言自语道："这应该是东夏万奴皇帝和蒙古人之间的战争场景，这个人……这个人应该就是万奴王本人，这很可能是传说中东夏灭国的那一场战争。"

我对东夏的了解非常少，其他人显然也并不精通，都没有说话，听他继续说下去。

他来回一边惊叹，一边看着上面的图案，指着壁画的一边——大量披戴着犰狳皮和盔甲的士兵，说道："这是万奴王的军队。"又指了指一边的骑兵，说道，"这是蒙古人的军队，你们看，人数远远多过东夏的军队，这是一场压倒性的战争。”

我看着他指的方向，看到了箭石纷飞的画面。胖子也看了看，觉得奇怪，问道：“为什么东夏的军队，那些人的脸都像是娘儿们？”

我看着也觉得奇怪，难道东夏人靠女人打仗吗？华和尚道：“不是，这是东夏壁画的一个特征，你看所有的人，都是非常清秀的。我在典故上也查到过一些奇怪的现象，似乎所有和东夏国打交道的人，都说在东夏国见不到老人，所有的人都很年轻。朝鲜人说东夏的人，就连死的时候也保持着年轻的容貌。”

胖子皱着眉头，似乎想不通为什么会这样，我们继续看下去。

华和尚又指了指壁画的第二部分，说道：“这一块就记载着战斗的情形，你们看，东夏人以一敌三，还是陆续被蒙古人射死，这场战争最后变成了屠杀。”

壁画上用了大量的红色表现战争的惨烈，代入感极强，我仿佛看到东夏士兵一批一批地倒在血泊里，蒙古的铁骑从他们的尸体上踏了过去，开始焚烧房屋和屠杀男人。

壁画的第三部分，给压在了一块巨大的石头后面，我们无法移开，但是估计，也应该是这里内容的延续。

此时我感觉疑惑，打断他道：“不对啊，东夏这个国家，不是老早就给蒙古人灭了？我看资料说，他们才存在了七十多年，一直在打仗，如果说云顶天宫是他们造的，在当时的情况下，这么小的一个国家，如何有能力建造这么大规模的陵墓？”

我这话一出，不少人都露出了赞同的神色。东夏是女真被灭国时期，在吉林和黑龙江一带突然出现的一个政权，我记忆里它的开国皇帝万奴王甚至没时间传位给下一代，就被蒙古人绕道朝鲜给灭了。那时蒙古正是极端强悍的时候，遇神杀神，遇佛杀佛，壁画上的景象如果真是那一场决战，以蒙古人的性格，应该灭得十分彻底才对。

而那个时候女真各部的生产力还是十分低下的，没有大量劳动力，就算没被灭国，也根本不可能建造如此巨大的陵墓。

陈皮阿四所说的，云顶天宫里真的埋着东夏的皇帝，怎么想都是不可能的事情，因为他们没有这个时间，也没有这个实力。

更没有理由的是，如果按照在海底墓穴中我们看到的东西推断，这座传说中的陵墓是由汪藏海建造的，那修建的朝代怎么样也应该是元末，而那个时候，东夏国已经被灭几百年了，哪里还会有东夏皇帝能用来下葬？

我们都将目光投向陈皮阿四，说云顶天宫中葬的是东夏皇帝的是他，但是现在看来，似乎绝对没这个可能。

陈皮阿四知道我们在想什么，面无表情地扫了一眼壁画，冷笑一声，然后看了华和尚一眼，说道："既然他们不信，和尚，你就给他们说说。"

华和尚答应了一声，转头对我们笑道："我知道你们在怀疑什么，我敢说你们都想错了。你们看到的关于东夏的资料，大部分都是根据一些不完整的古书推断出来的。实际上东夏国留下的资料实在太少了，在国外，甚至不承认有这么一个国家存在过，所以你们现在所看到的信息，实际有多少是真实的，很难说。"

胖子说道："既然如此，你凭什么说你的资料就是对的？"

华和尚道："是这样，因为我们的资料更直接。"说着，他从他贴身的衣服口袋里掏出了一块白绢布，在我们的面前展开。我一看，心里不由得咯噔了一下。

竟然是那条拍卖会上的蛇眉铜鱼！

怎么会在他们手上，不是说没人买吗？我皱起眉头，忽然意识到了什么。

既然没人买，鱼又在陈皮阿四手上，难道说，陈皮阿四就是这条鱼的出售者？

我浑身震动，竭力稳住自己的身体，不让自己表现出太过于惊讶的表情来，但是心里已经乱成一团，无数的问题在脑海里炸了出来，一时间也不知道是感到恐惧还是兴奋，只觉得手脚突然凉得好像失去了血液一样。

华和尚并没有注意我的表情，继续道："这种铜鱼是龙的一种异形，是我们老爷子机缘巧合之下得到的。我相信，它应该是一个知道东夏国内情的人制作的。奇特的是，他通过一种非常巧妙的手段，隐藏了一段绝密的信息在这条铜鱼的身上，你们看——"

他将铜鱼放到风灯的一边，镏金的鱼鳞片反射出金色的光芒，在壁画上射出很多细细的光斑。华和尚转动鱼身，光斑便开始变化，逐渐地，竟然变成几个文字样式的斑点。

"秘密就在这里，这条鱼的鳞片里，一共藏了四十七个女真字。"

我心里"啊"了一声，心说竟然还有这种技巧？不由得捏住我口袋里的另两条铜鱼，有点颤抖地问他："是……是什么内容？"

"因为这上面的数据并不完整，所以我还没全部破译出来，不过我能肯定做这条鱼的人，是想把某些事情记录下来而不想让别人发现，这里，记载了真实的东夏历史。"华和尚有点得意地说，"其实，早在我看到这东西前，根据很多的蛛丝马迹，已经推断出东夏国这个政权一直存在着，只不过他们退回了大山的深处，而且在几百年里不知道依靠什么，这个极度弱小的政权，在一边极端强大的蒙古和另一边虎视眈眈的高句丽之间留存了下来。我研究过《高丽志》，直到明朝建立之前，还有采参人在这里的雪山里看到过穿着奇服的人活动，我想应该就是东夏国残存的部分居民。"

他又指了指铜鱼，说道："这里的零星记载，证明了我的想法。东夏国在与蒙古决战后，退到了吉林与朝鲜的边界处，一直隐秘地存在了几百年，总共有过十四个皇帝，蒙古和高丽不止一次地想把这个小国灭了，但是因为一个奇怪的理由，全部失败了。"

"什么理由？"潘子问道，"和尚，你讲话能不能痛快点？"

华和尚耸了耸肩膀："我不知道，那鱼上的数据不完整，肯定还有其他的东西记载了另外一部分。不过根据我手上的这几个字，我敢说东夏国能够存在下来，可能有非常离奇的事情发生过，后面就没有了内容。我们一直想找，但是很遗憾我们老爷子找了很多年，都没有找到其他的部分。"他顿了顿，又说，"你们知不知道，这几个女真字的最后一句，是什么意思？"

我心说当然不知道。叶成接过去，问道："什么？"

华和尚看着我们，说道："上面说，历代的万奴王，都不是人。"

"不是人？那是什么？"胖子说道。

华和尚把铜鱼收了起来："上面说，他们都是一种从地底下爬出来的怪物！"

不是吧？我心里想。众人互相看了看，估计心里都有点发毛。叶成问道："那也不能这么说，会不会是说皇帝是龙，而不是人这样的比喻？"

"我原本以为他是指真龙天子这样的比喻，但是后来研究起来，我发现这人应该只是想把一些秘密记录下来，对东夏的历史记录得比较客观，所以应该不会用这么恭敬的语言。而且，如果是你说的那样，你想会不会有人把皇帝是真龙天子这样的概念用这样的方式表现出来？你想象一下，如果你给皇帝贺寿，你先来一句，陛下，您真不是人，恐怕你第二句没出口就给剐了。没人会这么写。”他神秘地笑了笑，“而且，后面这一句，写得不很清楚，非常唐突，我一直很介怀，如果能拿到另外的部分，这话到底是什么意思，也许就能破译出来。”

胖子和闷油瓶都知道另外两条铜鱼在我手上，但是出于谨慎的关系，他们都没有出声。我抓紧口袋里的铜鱼，忽然觉得它们变得沉重起来。

一时间我也不知道自己应不应该把这两条鱼拿出来，实际上这两条鱼对于我并没有意义，我并不懂女真的文字，给我看我也看不懂，但是如果交给他们，我又感觉十分不妥当。

潘子盯着壁画自言自语，壁画上可能是万奴王的那个人，人模人样，似乎并不是怪物。胖子拍了拍他，对华和尚说道：“刀疤兄，我说你破译什么啊，咱们是实在人，别搞知识分子那一套，到时候棺材一开，是人是狗，一清二楚。”

华和尚笑笑说道：“我的意思是，知己知彼，总是好一点的。”

“不过，画这壁画的人干吗要把这些东西画在这里？”胖子问道，“不忘国仇家恨？”

华和尚摇摇头，显然也不清楚。我想了想，说道：“有可能是想在这里画好壁画后，将石头整块采下，或者干脆就是画来消磨时间的，你看这里这么暖和，可能当时的工匠就利用这里来休息。”

没人被我说服，华和尚开始拍摄这些东西，以留作资料。

我们休息够了，精神逐渐恢复，陈皮阿四让他的人轮流出去在外面待着，如果雪停了就爬进来叫我们，我们则开始轮流睡觉。

我睡醒的时候，顺子也已经苏醒了过来，一个劲地给我们道歉。胖子都懒得理他。我拿了东西给他吃，让他好好休息，我们还得靠他继续上去。

在里面没有日月轮替，也不知道过了多久，大概三天的样子，雪终于停了，我们陆续爬出这条裂缝。外面已经放晴，到处是一片广袤的白色世界。

整顿装备，发现我们这几天吃掉了太多的东西，估计没有补给，到不了我们要到的地方就会断粮，问顺子有没有办法，他说雪线之上真的没什么办法，要不就回去再回来，要不分配食物，尽量少吃一点。

在缝隙里的时候，陈皮阿四教了我们很多在雪山上的小技巧，比如说把卫生巾当成鞋垫，可以吸收脚汗，脚保持干燥，全身就会暖和。我们按他的方法一试，确实不错，不过我自己又觉得很别扭，想到如果进入古墓之中，将这些东西丢弃，若干年后考古队发现棺材边上有这种东西会是什么表情。

我们用绳索爬上之前从上面滚下来的陡坡，地面上有不少新的马蹄印。胖子蹲下看了看，说道："阿宁那帮人看来超过我们，跑到前面去了。"

我们二话不说，戴上护目镜，马上起程赶路。两小时后，在一个山坡上，我们看到了阿宁的队伍。他们显然也遭受了非常大的损失，三十个人只剩下二十来个，马也只有一半数量，其中还是没有看到三叔的影子。

我们不动声色地潜伏起来，观察他们。我看到阿宁正在用望远镜凝视一个方向，就也向她看的那个方向看去，忽然眼皮一跳。

只见远处的云雾中，一座雪封的大山巍然而立，那正是我在海底墓中看到的那一座山峰，它的形状，几乎和影画中的如出一辙。

"就是这里了！"我心里暗道，指着那山，转头问顺子道，"那是什么山？要怎样才能过去？"

顺子手搭凉棚，看了看，变色道："原来你们要去那里？那里不能去的！"

盗墓笔记

长白山纪念版

四

蛇沼鬼城

南派三叔 著

吉林人民出版社

盗墓笔记

目录

蛇沼鬼城（上）

contents

目录

蛇沼鬼城（中）

contents

目录

蛇沼鬼城（中）

contents

目录

contents

蛇沼鬼城（上）

盗墓笔记

比鬼神更可怕的是人心

第九章

录像带

就在我和三叔聊天时，突然有人敲门，随即走进来一个快递员，问哪个是吴邪。

我在这里的事情，只有家里人和阿宁方面的一些人知道，所以我以为是家里给我寄来的慰问品或者是国外发来的资料，并没有太在意，就接了过来。等我签了名字后，仔细看寄件人时才发现，包裹上的署名竟然是张起灵。

那一瞬间我呆了一下，接着就浑身一凉。

在这里的这段时间里，我已经把在长白山发生的事情逐渐地淡忘了，可以说除了恐惧，其他的记忆基本上都被琐碎的事情覆盖了，但是这个名字，一下子又把我心里迟钝的那根弦扯紧了，不久前的事情一下子潮水一样涌现在了我的脑海里。

他怎么会给我寄东西？他不是进到那巨大的青铜巨门里去了吗？难道他已经出来了？这是什么时候寄出的，是在他进云顶天宫之前还是之后？我马上去看包裹上的日期，一看又是眼皮一跳：竟然是四天前。

这么说他真的出来了，从那巨门里出来了？

我的手开始发起抖来了，脑海里闪过闷油瓶走入地底青铜巨门的情形，看着手里的包裹，心里乱成了一团，心说这会是什么东西？难道，这是他从那青铜门里面带出来的？

那会是什么呢？人头？明器？鬼玉玺？

不知道有多少古怪的念头从我的脑子里闪过，过了好久我才突然意识到应该马上打开它，于是忙四处找剪刀。

一边的三叔看我表情大变，不知道我收到了什么，好奇地凑过来看。一看到“张起灵”这三个字，他也吸了口冷气，露出了极度震惊的神色。

两人手忙脚乱地翻了半天，最后三叔找到了一把水果刀递给我，我才得以割开包裹外面的保护盒。

盒子里面裹了一包东西，包裹是四方形的，外面十分工整地用塑料胶带打了几重十字，十分难撕，我费了九牛二虎之力才撕出一个口子，里面露出了两个黑色的物体。我的心跳陡然加快，停了停，深吸一口气，用力一扯，两个黑色的物体被我拔了出来。

那一刹那我已经做好了看到任何可怕东西的准备，然而我看到的东西却让我傻了眼——竟然是两盘黑色的老式录像带。

刚才我脑子里乱成一团，几乎什么都想过了，唯独没有想到里面会是两盘录像带。因为闷油瓶那个人，你可以很容易把他和棺材什么的扯上关系，却实在很难把他和录像带这种过期的现代化东西联系起来。

我靠！他怎么会寄这种东西给我？里面是什么内容？

我的心一下子就悬了起来，脑子里出现了一个念头，该不是他进青铜门后的情形吧？难道他把青铜门后的情形拍摄下来了？

要是真的，那太……不过一想又觉得不可能。当时没见他扛摄像机进去，而且我相信那青铜门后面不会是什么好地方，应该不至于能轻松地扛着摄像机拍摄。

那会是什么呢？我心里顿时好像有无数只蚂蚁在爬，直想马上播放出来看看。

不过，这两盘录像带，样子和使用的材料都是很老式的，可以说年代相当久远。我知道必须用老式的放映机才能播放，那种东西现在很难找到了。

三叔示意我翻过来看看。我就把包装丢到一旁，把两盘录像带拿出来，先仔细看录像带的侧面有没有标示什么信息。

我对录像带并不陌生，十年前街头还是遍布录像带租赁店的时候，看国外的故事片几乎是我唯一的娱乐方式。那时候假期里一天五盘是肯定的，接触得多了，对这东西的结构自然也有一些了解，知道一般自己录制的录像带，都会在背脊上写点儿什么，否则无法辨认。

一看却有点儿奇怪，两盘录像带的背脊上以前确实贴着标签，然而现在给撕掉了，撕掉的痕迹很新，显然时间不长，看来，似乎是闷油瓶不想让我们看到这边上的标签。

这又是为什么？东西都寄给我了，还要撕掉边上的标签，这上面有什么是我不能知道的吗？

“这是怎么回事？”这时，三叔拾起地上的包装，甩了甩，确定里面再没有什么东西，问我，“大侄子，你可不厚道，怎么没告诉我你和他还有联系？”

我摇头表示绝对没有。三叔拍了拍带子，问这怎么解释。我说：“你问我，我问谁去？”

三叔看我不像撒谎，就皱起了眉头，啧道：“那这小子也算神通广大了，他怎么知道你在这里？”

我也觉得奇怪，我从云顶天宫出来之后，地址只有阿宁那批人和家里人知道，他没有我的信息，却能准确地寄东西给我，这其实是相当困难的事情，没有人为他收集情报是不可能做到的。看样子，这个沉默寡言的人真是深不可测啊。

三叔想了想，又问我面单上有没有写邮包是从哪里发出来的。我拾起面单看了看，上面只有发件人和日期，其他真是一片空白，不仅发出的地址没有写，连发出地都没有标明，真不知道这快递公司是怎么做事情的。

不过日期是在四天前，这里省内快递一般一天就到了，省外比较近的也只需要两天，这份快递寄了四天，寄出地不是离这里很远，就是相当偏僻、交通不便的地方。我可以查查快递公司的电脑系统，如果他们有网络登记，一查就知道了。

说完，三叔和我对视了一眼，都苦笑了一下。这突如其来的东西打乱了三叔的叙述，一下子，我也不知道该怎么处理这带子才好。三叔就道："大侄子，要不咱们先暂停，这小哥行事诡秘，他不会莫名其妙寄东西来，这两盘带子可能非同小可，咱们先去找录像机，看看里面拍的是什么，怎么样？"

我听了一下摇头，忙说不行，虽然我对这录像带里的内容也十分好奇，但是三叔给我叙述的东西还没有一个具体的头绪，现在暂停，等一下他心情变了，指不定还说不说呢。而且录像机这东西停产都快十年了，现在连VCD都淘汰了，旧货市场都很难买到，这带子一时半会儿肯定看不了。

不过，如今想当这两盘录像带不存在也不可能，我就说："咱们继续说咱们的，让你那伙计去问问这市里什么地方有旧货市场，然后去看看，如果有这机器就买下来，如果没有，我晚上上网想想办法。"

三叔听了也觉得有道理，道："也行，反正接下来也会说到这小哥的事情。"说着就挥手让伙计照办。

那伙计听三叔讲事情也听得津津有味，现在把他打发走了，颇有点儿不情愿，不过被三叔一瞪，也没脾气了。

伙计走后，三叔就拍了拍脸，道："那咱们说快一点儿，刚才我说到哪儿了？”

我把刚才听到的给他重复了一下，三叔就点头：“对，关键就是那帛书的内容，那老外和战国帛书渊源很深，这事情还挺复杂，还得从头和你讲。大侄子，你做生意的时间也不短了，你对战国帛书这东西了解多少？”

我想了想，干一行，熟一行，虽然我不太喜欢拓片生意，利太薄，而且接触的人都有点儿古怪，不过这么多年做下来，我对这一行的了解还是比较深的。

战国帛书这东西，不能算是拓片里主要的一种，看名字就知道，战国帛书就是战国的帛书。然而事实上，这个战国的范围还比较狭窄，正式交易的时候，春秋时期的东西也算到了战国里面。市面上战国帛书的正本很少，非常珍贵，又因为出土墓点的不同，被分为楚帛书、魏帛书等。这些帛书的内容也各不相同，其中最珍贵的是鲁黄帛，现今公认是鲁黄帛的，我知道的十个手指都数得过来，而且都不完整，其他混充的东西虽然也有，但是真假难辨，一般官方都不承认。

鲁黄帛也不是单一的一种，按照字体和拓片的大小，分成几个小类别，其中有一种非常珍贵，原因很简单，就是它上面的文字，别人看不懂。

记录在这种帛书上的文字语法非常古怪，能知道单字的意思，但是没法阅读。我们知道中国八大天书：“仓颉书”“夏禹书”“红岩天书”“夜郎天书”“巴蜀符号”“蝌蚪文”“东巴文书”以及“峋嵝碑文”，都是文字孤本，没法进行破译。然而鲁黄帛上的文字好像密码一样，国外考古界把这种鲁黄帛叫作“中国的魔法书”，因为按照排列念出来，就好像跳大神的咒语一样。

不过，这种密码已经在1974年的时候被人破解了，这就是后来被称为“战国书图”的一种图文转换的古代密码。我是在三叔那里听说过这个词后自己查的资料，这是一个大发现，不过当年发生的另一件事情太出名了，所以这个考古事件并没有引起轰动。

现在一般的战国帛书的拓片交易中，这种鲁黄帛很吃香，找的人很多。前段时间听说根据考古研究，这种鲁黄帛可能有一百二十卷之多，也不知道是怎么推测出来的。但是我知道真正在流通的，也就是那四片到五片，那都是真正的专业人士看的东西，在网络上看不到，而且外国人特别喜欢，所以很多掮客在各地淘这东西，希望能发现孤本。而要找稀有的鲁黄帛，则需要到拓片店里去扫店，因为我们采购拓片都是一大批弄来，也不会去分类，各种来历的都有，一般都堆在那里，如果有心说不定就能找到冷门的，而且这种人找到了一般也不会张扬，而是自己回去研究，所以这个市场的生意还是比较好做的。

我爷爷从古墓里盗出的那一份就是鲁黄帛，不过因为老底子出过事情，这东西我们也不敢拿出来炫耀。爷爷在江湖上的名气很大，不乏有人问起这事情，也算是我店里压箱的宝贝。

现在我们也知道，这种鲁黄帛应该就是战国时期铁面生的杂记。这家伙和达·芬奇一样，使用自己创造的文字来书写杂记，非常神秘。从鲁王宫出来之后的那段时间，我也研究过这东西，据说人类历史上凡是使用密文来记录东西的人，都是因为发现了颠覆世界观的东西，怕被主流势力（比如说达·芬奇时期的天主教廷）抹杀而不得已采取这样的措施。

关于帛书，我就知道这些。我把这些和三叔说了，三叔点头道：“说得没错，果然茅坑蹲久了不会拉屎也能哼哼。”说着就从床底下拿出他的皮包，从里面摸出一张发黄的照片。我接过来，发现是在博物馆的橱窗里拍下来的一份战国帛书的照片，看上面的文字排列，应该就是爷爷盗出之后被美国人骗走的那份正本。

“这本来应该是属于咱们家的东西。”三叔道，“老子三年前去美国的时候，在纽约博物馆顺便拍的，整件事情就是因这块东西而起的。想想也真是命里注定，咱们家四代人了，好像被诅咒了一样，都卷到这事情里头来了。这也是我不想让你参与进来的原因，我希望这件事情到我这里就能停了。”

四代人，是啊，我突然感慨了一下，问道：“上面到底写的是什么内容？”

三叔笑了笑，道：“刚才我就说过了，不说出来你绝对想不到。其实，帛书上面并没有任何东西，帛书翻译出来的并不是文字，而是一幅神秘的图。”

“图？”我皱起眉头，想起了七星鲁王宫的那份战国帛书，“难道，也是一幅古墓的地图？”

三叔摇头道：“不是地图，比地图复杂多了。这件事情一言难尽，去西沙之前，那个老外把这些事情全部告诉了我，我转述一遍，你听完就明白了。”

第十章

裘德考

（三叔接下来的叙述很是烦琐，牵扯到了很多老长沙的事情，不过，这些事情对我来说十分有趣，因为我自小就喜欢那种带点儿土腥子味道的老事情，比较有历史的厚重感，听一听也无妨。）

三叔嘴里说的那个传教士当时的名字叫作考克斯·亨德利，中文名叫裘德考，在长沙的教会学校工作，是国民党时期随着当时的东进潮来中国的美国人之一，对中国的文化很感兴趣。或许在美国人的经济观念里，文物也只是商品之一，能自由买卖，自然也可以出口，所以到了中国的第三年，他就偶尔暗地里做一些文物走私生意，那一年他才十九岁。

裘德考的走私生意一直做得很小心，生意做得不大。那时候有两种走私商，一种是“流水的营盘”，走的量大，但是出价很低，玩的是成一笔是一笔的买卖，风险很大。而裘德考是“打铁的买卖”，也就是出价高，东西要得少，但是很安全，来一笔成一笔。他这样做生意的方式很对我爷爷的胃口，所以当时爷爷和他的关系很好。

但是裘德考这个人并不是一个值得深交的朋友，从心底里，他并没有把爷爷当成朋友，甚至没有把爷爷当成一个和他平等的人。我爷爷事后得知，在私底下，他称呼我爷爷为臭虫。

1949年长沙解放，国民党全面溃败，1952年，教会开始退出中国，在中国滞留的很多美国人都开始回国，他也收到了教会的电报，让他在安全的时候返回。

他意识到自己在中国的生意要告一段落了，于是开始做相关的准备工作，转移自己的财产。在临走之前，他又有了一个险恶的念头，他和他的同党开始大肆收购明器，用中国人信赖老关系的心理，以极其廉价的订金卷走了大量的文物，其中就有我爷爷的战国帛书。

当时我爷爷并不肯卖这一份父辈们用命换回来的东西，是裘德考谎称这些钱会用来开善堂，爷爷感觉这是积德，才勉强出手的（当然这是我爷爷自己说的，不知道是不是真的，我看裘德考这样的人不太可能有这种善心）。

这些货物全部上船之后，裘德考知道这批人中有一些并不好惹，为避免留下后患，他便在船上拍了一封电报给当时的警备处，将我爷爷等十几个土夫子的形迹全部透露给了当时的长沙解放军临时驻军。

这就是当时著名的“战国帛书案”。这不仅仅是文物走私案，因为在此之前，裘德考和国民党将领的关系里牵扯了间谍、叛国等很多那个年代特有的想也想不通的因素，情况非常复杂。那一天裘德考满载而归，而为他积累财富的那批土夫子，枪毙的枪毙，坐牢的坐牢，哀号一片。

虽说也是罪有应得，但是这样的死法实在是太过悲惨了。

当时我爷爷机灵，一看形势不对，就连夜逃进了山里，躲在一座古墓里，和死尸一起睡了两个星期，逃过了风头，后来只身逃到了杭州。这件事情对我爷爷的打击很大，以至于战国帛书后来就成了他的一项禁忌。他在世的时候，一直叮嘱我们不可以乱说这方面的事情，所以我们家的人一直对此讳莫如深。

裘德考回到美国之后，拍卖了那批文物，发了大财，战国帛书被高价卖给了纽约大都会博物馆，成为当时拍卖价格最高的文物，而裘德考也一跃成为百万富翁、上流社会的新贵。他将在中国的故事写成了传记，广为流传。

富有之后的裘德考，逐渐将兴趣转向社交，大约在1957年，他受邀担任了纽约大都会博物馆远东艺术部顾问，为战国帛书的研究工作提供指导。当时的博物馆馆长就是臭名昭著的普艾伦，两人都是中国通，都是在中国雇用土匪盗掘文物发的家，很快便成了朋友。裘德考还赞助了一笔钱给博物馆作为基金，用于收购中国民间的文物。

大概是因为富裕生活的悠闲以及对中国文化的热爱，之后的裘德考修身养性，逐渐沉迷于对中国文化的研究。他在大都会博物馆主持研究了几个大型的项目，成果颇为显赫。然而真正让他名留史册的，却是1974年，他解开了战国帛书密文那件事情。

当时他对战国帛书的研究已经持续了二十多年，起初他是为了抬高帛书的价格，后来则完全是因为兴趣。

刚开始，没有一个人认为一个美国人可以解开中国的古代密码，然而裘德考以惊人的毅力做到了。

说来也是巧合，他是借助一本中国“绣谱”古本中的灵感发现了“战国书图”的解码方式。这种解码方式，其实也就是类似于“绣谱”中利用文字记录刺绣程序的办法。在数学上就是点阵成图，说复杂也不复杂，完全在于一个“巧”字，你能想到，就能够解出来；你想不到，即使你对中国古代密码学再精通也没用。

发现解码方式后，裘德考喜出望外，马上召集人员，对爷爷的那份战国帛书进行大规模的翻译。一个月后，全部密文就被解出。

然而出乎裘德考意料的是，当时出现在解码纸上的，不是他原先预计的记载着战国时期占卜、历法的古文，而是一幅古怪的、完全没有意义的图案。

这图案古怪成什么样子，很难形容出来，后来我看了三叔给我画的草图也摸不着头绪。描述一下的话，只能说这幅图案十分简单，只是由六条弯曲的线条和一个不规则的圆圈组成，线条互相延伸，有点儿像地图上河流的脉络，或者是什么藤本植物蔓延的茎，但是，给那个圆一围又感觉不是。拿远点儿看，好像是一个抽象的文字；近看，就完全不知道是什么东西。

除此之外没有任何信息，如果你不说这是来自中国的古籍残卷，所有人都会以为这是刚刚会拿笔的小孩子在纸上乱画出来的线条。

历尽千辛万苦，翻译出来的东西竟然是这么一张莫名其妙的图案，裘德考十分诧异。他一度以为自己的翻译方式是错误的，但是反复验证了之后，他发现不可能，如果是错误的，那么不可能成功地将文字天衣无缝地转换成这个图形。显然，用密文记录下的东西，就是这六条线和一个圆圈。

那这六条线和一个圆圈代表着什么呢？这帛书的主人为何要将它隐藏在文字当中呢？

凭着在中国这么多年的经历，他的直觉告诉他，能够被人用密文写在昂贵无比的丝帛上的，不会是普通的图案。这线条肯定有什么特别的意义，说不定非同小可。

他对此产生了浓厚的兴趣，立即开始查阅资料。他用了大量的时间，翻了无数的图书，同时，拿着这张图案去找了当时大学里的华裔汉学家请教。可是，在美国的那批人水平有限，折腾了大半年也没有任何结果，就算有人做了推测，也是不伦不类，完全没有根据，一听就是胡说的。

就在他兴趣减退，感觉没有了指望的时候，有一个大学里的朋友给他指了条明路。他告诉裘德考，这种来自中国的古怪东西，应该到唐人街的老人堆里去问，当时是冷战时期，在唐人街，有不少来自中国台湾的老学者，藏龙卧虎，也许会有线索。

裘德考一听觉得也对，抱着最后的希望，真的去了唐人街求教。

唐人街有一种书馆，是老人聚集的地方，裘德考就专门去这种地方，将那图形发阅，也亏得他命好，果然让他碰到了一个高人。

这高人是一个干瘦的老头，在当地算是个名流，那天他在茶馆听书，正巧碰到裘德考来发图，就要了张拿来看。这一看之后，他就大吃一惊，问裘德考是从哪里搞到的。

裘德考一看有门儿，不由得大喜，他自然有自己的一套说辞，和那老人说了来龙去脉，就忙问这老人是否知道什么。

那老人摇头说不知，不过他告诉裘德考，虽然自己不知道这图形的来历，但是，他曾经在一个地方见过类似的东西。

裘德考一听，心中一动，忙问是在什么地方看到的。

那老人说，那还是在国内的时候，他在山东沂蒙山的一座道观里看到过一个丹炉，这图形，就刻在那丹炉上。

第十一章

青铜丹炉

一直以来，这份图形神秘莫测，如何查找没有一点儿线索，如今听到这个，裘德考兴奋异常，他马上请人泡了一壶上好的茶水，恭敬地递上，请那个老学者详细说说。

那个老学者本身就没什么事情，见他十分有兴趣，也来了兴致，就给裘德考讲了当时的经过。

那是三十年前的事情了，当时这个老人是北京大学的国学教授，是国民党党员，女婿是张灵甫手下的一个旅长。整编七十四师溃败之后，国民党残军化整为零，他女婿就带着残部逃入了沂蒙山，当了土匪，在山里猫了三年。后来解放军大剿匪，他女婿被逼得走投无路，和国民党特务接上了头，准备逃往美国。

买通了路子之后，老头和家眷就被他女婿接进了山里，等船的消息。因为风声很紧，带着家眷不方便，这段时间，他女婿把他们安顿在了一座道观里，伪装成道士，等特务的接应。

说是道观，其实是那种民间的土庙，不过，和其他山区的庙宇不一样的是，这座道观建在两道相距不到五十米的悬崖之间，下面腾空，十分奇特。整个道观类似于一个巨大的阶梯，一层一层，一共有七层，墙壁都是刷着黄漆的泥墙，十分简陋，上面四层，就是架在两道悬崖中间的木板，连栏杆也没有。几个神龛上面都是土塑的三清像，也有观音和土地，很有特色。

整个道观由两个老道士打理，老的还是年轻道士的父亲，那年代兵荒马乱，香火稀薄，他女婿就给他们一些钱，请他们打掩护。

那个老教授在道观中生活了两个月，道观是在深山里，爬上爬下不方便，他也无事可做，就开始研究这道观中的古董。就是在那段时间里，他发现了一个奇怪的东西。这道观中的很多东西都是粗制滥造的民间土货，没有什么价值，偶尔有几件古董，也是明朝时候的东西。然而，在道观的顶上那层，有一个青铜炼丹炉，形状十分奇特，好比一朵倒开的莲花，看上面的铜锈，年代更加久远，和这里其他的东西有很大的区别。

老教授不是学历史的，但是当时的老夫子对这些都有点儿阅历，他很感兴趣，就问了老道士，这丹炉是从哪里弄来的。

那老道就称赞他眼光很厉害，这丹炉确实不普通，是很久之前一次地震，从山里塌出来的，当时一起塌出来的还有很多的骷髅，村民很害怕，就抬到这里来给神仙镇着，已经有六十多年了，他当时还小，具体什么情况也不清楚。

老教授听了就觉得越发有趣，然而当时兵荒马乱，自己的身份又特殊，也没法进行更多的调查，他在道观里琢磨了一段时间，后来也没有下文了。不过，当时的境遇和环境让他对这件事情记忆非常深刻，对那个丹炉的形状和花纹也记得十分清晰，所以一看到裘德考给他看的图形，他就认出来了。

他告诉裘德考，这个花纹是在丹炉的盖子上，形状和这图形一模一样，他绝对不会记错。如果他想知道得更多，可以想办法去那个道观了解一下情况，不过，沧海桑田，现在那地方还在不在，要看他的造化。

裘德考听了之后，又是兴奋又是失望，兴奋的是，显然这份图形背后的东西，比自己预想的还要丰富；失望的是，听完这些叙述，他对这个图形仍旧一无所知。

他很想亲眼看看老教授口中说的那只青铜丹炉，然而，这在当时几乎是无法实现的。当时一个美国人要到中国去是相当困难的，特别是他这种臭名昭著的文物贩子。

不过裘德考这人是非常自负的，他想做的事情，没有人能阻止。他还是想了办法：自己不能到中国去，但是这么多年的文物活动搞下来，他在中国有着严密的关系网。他开始设法联系中国的老关系，想办法找人进沂蒙山，到那个深山道观去看看，了解一下情况，最好能把那个丹炉偷出来，运到美国。

当时的中国刚刚经过“十年浩劫”，百废待兴，他的老关系已经荡然无存，老一辈的土夫子，在中华人民共和国成立后的清肃运动中死的死，逃的逃，文物走私这一块，已经完全重新洗牌。他借助自己在国民党中的关系，几乎用尽了所有的渠道，也没找到一个认识的人。

万般无奈之下，他只能冒着风险，求助于几个当时自己不熟悉的文物走私犯，让他们介绍一些长沙这行里的新人。

这又是几经波折，不过功夫不负有心人，最后，终于给他联系到了一个肯和他合作的中国人。

这个人，就是解连环。

解连环是怎么进这一行的，三叔当时百思不得其解，因为当时的大环境，连解家老爷子都不敢涉足老本行，只能吃吃老本，走私文物是大罪，和现在的贩毒一样，是脑袋别在裤腰带上的活儿，一般不是急着要钱救命，谁也不敢去干这个。

而解连环当时就是个纨绔子弟，完全的二世祖，解家老爷子有意洗底，从小就不让他接触家族生意，也不让他学东西，所以无论是胆量、眼界、阅历还是其他的客观条件，他都不可能会进到这一行来，更没有理由能够和国外的走私大头联系上。

说得通俗一点儿，文物走私这一行是要有手艺的，拿货、鉴货、估价这些技术，没有二三十年的锻炼积累，是成不了气候的，而你没有这些能耐，就算你主观上再想入行，也没法找到门道，你的买主不会理你。所以，如果裘德考能够通过中间人联系到解连环，就说明解连环必然已经和这些人有了生意来往，而且取得了对方的信任。想来以解连环的本事，是怎么也不太可能的。

这个问题一直困扰着三叔，直到他第一次西沙之行回来，开始调查这件事情，问了解家的老大，才知道了一些来龙去脉。不过，这事情和裘德考的事情并无关系，这里没有必要再提。

解连环和裘德考接上头之后，裘德考就将自己的计划寄给了解连环。那是一份详细的资料，附上了那个老人画的青铜丹炉的草图和一部先进的照相机。他让解连环首先必须确认那座道观是否还在——在那段时间，古迹庙宇这种东西属于“四旧”，有可能已经被毁掉——然后，搜集这丹炉的信息，拍摄照片，发回美国确认，如果一切无误，那么，再寻找机会将这东西走私出国。

解连环虽然不懂下地的事情，但是去一个地方，看看东西在不在，打听打听事情，还是能做的。他拿到资料之后就去了山东，根据资料上老人的回忆，找到了那座古道观所在的山区。

万幸，因为道观十分偏僻，并没有受到太多的滋扰，在风雨飘摇的十年中奇迹般地保存了下来，不过，老道士已经死了，只剩下老道的儿子，也是风烛残年。解连环拍摄了道观和那个青铜丹炉的照片，发到了美国。裘德考拿出翻译出来的图案一对比，那老人说的果然没错，青铜丹炉盖子上的图形和帛书上的一模一样。不过，对这丹炉的来历，因为年代过于久远，那老道的儿子也只能说出一个大概，和那老教授说的内容也差不多，得不到更多的线索。

虽然如此，裘德考也已经大喜过望，就发了指令让解连环开始准备，找个办法偷偷将丹炉走私出来。

然而，解连环一准备，就发现这其实是一个不可能完成的任务。

裘德考没有考虑到的是，这个丹炉比他事先预估的要大上很多，时代已经不同了，这样的东西，在当时的中国是不可能通过海关运出去的。而要是通过走私船，则要先到达浙江或者广东一带，风险也很大，当时的东南沿海之乱，是普通人无法想象的。

他们尝试了很多种方法，都没有结果，反而引起了警察的注意。无奈之下，裘德考就萌发了一个丧心病狂的念头。他让解连环将整个丹炉锯成四十多片，然后标上记号，分批混在当时出口的丝绸里运出去。

这对考古界来说，简直是令人发指的兽行，但是裘德考完全不在乎，因为这东西的价值对他来说已经没有意义了，他要的是上面的信息。

这也可以说是无巧不成书，解连环在锯丹炉的时候，发现了这青铜丹炉的底部竟然有一个十分巧妙的机关。就是凭借这个机关，战国帛书上神秘图形的秘密，才最终被解开。

第十二章

星盘

说着，三叔又从他的皮包里掏出两张皱巴巴的照片递给我。

我知道这两张照片拍的肯定就是那只丹炉，这些照片应该是那个老外给他的。这事情比较复杂，没有这些照片，恐怕没法说得明白，现在他都用到我身上了。

我接过来一看，就看到了第一张照片上拍的是一只陈列在博物馆中的巨大丹炉，三叔说的时候我还不知道这东西这么大，简直有一人高了，想把这种东西走私出国，确实是一个不可能完成的任务。

第二张，则是丹炉底部的情形，我看到了布满花纹的青铜炉底，在炉底的中心，铸着一只拳头大小的望天铜兽，头仰向天，十分威武，就造型上来说，属于上上之品。

“这是在博物馆中复原后的丹炉，第二张是丹炉的内部。”三叔给我解释，“解连环发现的炉底机关是一个十分巧妙的加水口，在炼丹的时候，用它往丹炉里加水，炉壁是空心的，里面有水，只要转动丹炉的盖子，把上面的图形转到一定的位置，就能打开这望天兽下面的机括，炉壁中的水就会从望天兽的嘴巴里喷出来，这样，在炼丹的时候，就不需要打开炉盖。”

我点头称奇，不过这样的机关巧术在中国其实并不算特别，为何说这个机关是解开战国帛书的关键？

三叔说问题不在这个机关的功能，而是这个机关的运作方式，说着就拿出一个放大镜，让我仔细看这丹炉底部的花纹。

照片很小，我仔细去看，就看到这炉底上面，以望天兽为中心的四周有很多细小的浮雕点，非常多，密密麻麻的，不仔细看，会以为是铜锈。

“这是？”我还是不了解，就问道。

“你不知道也情有可原，这炉底上的浮雕是一张古星图。”

“古星图？”我愣了一下，“就是标示天上星星位置的图？”

三叔点头，然后拿了一张战国帛书翻译出来的图形照片给我对比：“这是这个机关最巧妙的地方，炉底是一张古星图，当炉盖转动到正确的角度时，炉盖上这个图形上的曲线就会和炉底下的星图中的六颗星重合，机关就能打开。”

我一听，立即想到了什么，随即恍然大悟：“两个图形可以重合，这么说，战国帛书上的奇怪线条其实是一个‘星盘’？”

三叔点头：“没错。”

星盘是一种观星的工具，因为天上繁星数以万计，而且随时间、季节的变化而移动，每次观星要从如此多的星星中找出特定的那几颗十分困难，所以便有了星盘这种东西。一般都是根据星与星排列而连起的线条，只要将星盘上的北斗星对好，就能凭借罗盘和季节的刻度，转动星盘，那些特定的线条会和自己寻找的那几颗星星重合。

我不由得拍案叫绝：“哎呀，这不是很难想嘛，刚才怎么没想到呢！这也很合乎逻辑，战国时期的观星术已经非常发达了，而那个时代的人认为，天象运行代表着世间万物的运动，能够从中洞悉到一些天机。这些天机往往预示着国家的变更、重大的战争和灾变，一般是不能随意泄露的，铁面生将自己观察到的星图藏入帛书之内，也是可以说得通的。

“这星图同时又出现在丹炉上，也许是这种天象代表着什么特殊的含义，使得当时很多人都注意到了，这也是非常有可能的事情。”

三叔点头：“你小子有长进，说得很对。这些东西运到美国之后，裘德考也立即发现了这个秘密，他和你一样，也想到了观星术。”

这是一个很令人振奋的发现，可以说在考古历史上还是第一次，裘德考又一次出了大名。然而，这时候他已经不在乎了，他已经完全沉迷到这考古的过程中去了：星盘圈出的星象是什么含义呢？从它被隐藏得这么严密来看，这星象显然预示着什么非同小可的事情，不能被别人知道。

他将这星图和星盘重叠之后，就从整个星图中找出了特定的那六颗星，合成了星象图，然后去查了古籍资料，想知道这星象图在观星术中代表的是什么意思。

可是，中国古代的星象学几乎和风水同宗，复杂无比，甚至比风水还要深奥，几乎没有系统的资料。战国帛书上所隐藏的这份星图预示着什么样的天机，完全无法查找。

当时解开这个秘密的唯一方法还是去找那些所谓的高人，但是这一次在美国就找不到了，于是，裘德考再次拜托解连环，去中国的民间寻访。

然而这一次解连环没能完成任务，那个时代懂点儿周易风水的，作为“反动学术权威”统统被下放农村劳动改造去了。漏网的都战战兢兢，谁也不开口，打听起来也是偷偷摸摸，十分不方便。

这一找就找了两年时间，没有任何结果，同时，在美国的其他研究也都没有任何进展。

万般无奈之下，裘德考又突发奇想，他的注意力再次集中到了战国帛书上。他推测，既然这卷帛书上有星图，那么也许在其他的帛书中会有星图秘密的记载。

于是，他一边开始在中国收购鲁黄帛，一边就打起了当年出售战国帛书的爷爷的主意。按照他的经验，土夫子一般都贼不走空，这帛书不可能只有一卷，爷爷要盗出来，肯定是整份拿出来，那剩下的部分，也许还在爷爷的手里。

当时解连环和裘德考的关系已经非常好，狼心狗肺的，就帮裘德考到爷爷那里打听消息。可惜我爷爷口风很紧，什么也问不出来，无奈之下，解连环又来问三叔。当时三叔正对爷爷笔记里的记载感兴趣，酒一喝，话一多，就把爷爷当时盗出战国帛书的经过当故事全说了出去。

听到这里，我就忍不住道："三叔，敢情那老外知道血尸古墓的事情，是你说出去的？"

三叔就苦笑，摇头道："当时喝得确实多了，酒劲一过，我也想不起来和他说过这个，后来那老外和我说起我才想起来，我这肠子都悔青了。"

我陪他苦笑，这真是太有戏剧性了，不过话说回来，当时裘德考选择解连环，也许早就知道了吴家和解家的关系，早就有了这一层打算。这个老外行事之诡秘，实在是让人恐惧。

当时裘德考得到消息之后，就有了重新盗掘血尸古墓的打算，可惜解连环不会倒斗，而其他人他也找不到。当时中美关系开始回暖，他感觉局势会发生变化，就耐心等待了一段时间，果然让他等到了一个机会。他带着一批考古人迫不及待地回到了中国，开始策划这个行动，于是便有了之前三叔经历的事情。

之后的事情，猜也能猜到了，那一晚三叔逃出古墓之后，裘德考在第二天下午也进入了古墓，不用说，这件事情最后变成了一场灾难。在他们打开棺底暗格的时候，飞出的鳖王几乎杀光了当时在墓里的所有人。

当时也亏得解连环找来的一个伙计相当机灵，就是他在最危险的时候拉爆了炸药，将内室完全炸塌了，外室的裘德考和解连环才得以保命。可惜他自己和一干人全部被埋在了古墓里。

当时的景象极度恐怖，目睹惨状的裘德考受到了极大的打击，几乎精神失常，几十年来对中国的理解完全崩溃了。回到长沙之后，他立即返回了美国，后来大病一场，几乎疯了，对战国帛书的研究也终止了。

然而，我们知道这只是暂时的，一年之后，第二次海洋考古时代来临，命运的车轮开始在西沙的海面下越转越快。

第十三章

西沙的真相

对裘德考的叙述到这里就告一段落了，接下来的事情，就是解连环去找三叔之后发生的了。

他的叙述，可以说很清晰地让我了解了这件事情的起因，我实在没有想到，三叔这么早就牵涉进了这件事情，而且，阿宁公司和我们吴家的渊源竟然这么深。

三叔一口气说完之后，休息了一下，让我有什么问题、什么不相信的，可以现在问他。

我知道这是他的气话，显然刚才我不信他，他还耿耿于怀。

我想了想，不信是不能说了，不过，确实有几个地方我还不清楚。

刚才我们已经知道，裘德考和解连环早就有联系，当时的见面只不过是一次重逢，而且根据之后我知道的事情，我推测裘德考来找解连环的目的，很可能就是要他混入文锦的西沙考古队中去，潜入海底的汪藏海墓，为他取出一样东西，而这样东西很可能就是汪藏海隐藏着东夏国秘密的蛇眉铜鱼。

那么，裘德考知道血尸古墓的情况是三叔自己透露的，这毫无疑问，但是海底墓穴，如此隐秘的地方，裘德考又是怎么知道的呢？难道也是三叔告诉他的？这不可能啊。

还有，按照三叔的说辞，这一切的起源显然就是战国帛书，然而，西沙的汪藏海和战国帛书又有什么关系呢？为何裘德考会把目光转向西沙？

我把这些问题提出来，三叔就点头道："你想到关键了，让解连环混入考古队的人，确实是裘德考，不过你的推测只对了一半。他自己的说法是，让解连环进入古墓并不是为了蛇眉铜鱼，只是让他拍下棺椁中的尸体。"

至于为什么要这么做，那老外不肯说，同时，他是从哪里得到汪藏海墓的信息的，他也不肯透露。三叔问他的时候，他就用了中国的一句老话故作神秘："天机不可泄露。"

"不过，"三叔凑过来道，"后来的一些事情，让我或多或少能猜到一些，你可以听听是不是有道理。"

我点头说"好"，他就在床上用手指画了几个点："我曾经想了一下，那老外来到中国，盯上了西沙，是在长沙那件事情过了一年之后，从时间上来推断，他知道海底墓穴的存在应该也是在这一年。那么，这一年里必然发生了一些事情，让解连环得到了这些信息。

"但是我们知道，那段时间，裘德考受了很大的刺激，显然不太可能只是因为知道了海底有个古墓，就立即振作起来，重新全身心地投入另外一件事情中去，当时能吸引他注意力的，应该只有和战国帛书有关系的事。那么，我们可以推断，那件事情必然也和战国帛书有关。裘德考应该是先被战国帛书的信息吸引，然后才注意到与之有联系的西沙的事情。

"这里无法推断这个事情到底是什么，但是根据之后发生的事情，我感觉很有可能是这个老外遇到了一个人，这个人应该进过海底古墓，很有可能是他帮裘德考揭开了那帛书之中星图所代表的意义，这个意义和汪藏海的古墓之间有着必然的联系，使得裘德考的兴趣转向了西沙。所以，裘德考才会再次来中国，找到解连环，企图混入考古队里。”

“你为什么能肯定是遇到了一个人，而不是其他什么事情？”我问道。

三叔道：“是因为那些资料。裘德考对古墓的资料知道得太详细精确了，这肯定是有人进去过，然后整理出来的，不可能有其他任何情况能够让他知道得这么详细。”

我点头，这有点儿道理，不过，战国帛书上的星图为何会与明朝古墓产生联系呢？这实在有点儿不可思议。难道铁面生看这个星象，预知了千年之后有一个同行会在那个地方修坟？

如果星象能预知到这种琐碎的事情，恐怕现在就不会失传了。这一点，还需要考证。

之后就是西沙事件，那次事件之后，整个事情就进入一片混沌中，整个考古队的人都消失在了西沙海底的古墓里，只有三叔一个人回来。裘德考一度认为是三叔杀掉了所有人，然而，从三叔之后的表现来看，三叔也完全不知道内情，整件事情变成了一个巨大的谜团。事情的真相如何，就要看三叔怎么说了。

休息了片刻，三叔做了一个手势，准备继续讲下去，我也打起了精神，坐正了身子。

他先吸了一口气，显然要转换一种心情。刚才说的都是裘德考的事情，不痛不痒，接下去要说的，就是他的亲身经历了。

吸完气后，他的脸色就沉了下来，语调也变得很慢，有点儿犹豫。

他想了想，就先对我道：“话说在前头，关于西沙，有一些事情，当时在济南的医院，你三叔我确实骗了你。不过，我也是万不得已，这事情，一直是我的一块心病，我实在是不想重提，你要理解我。”

我点了点头，并没有回答。三叔骗了我，我早就知道了，我也不想去怪他，我只想知道真相。

三叔喝了一口水，就继续道：“其实，那次发现海底墓穴，只是老子演的一场戏，早在那天凌晨，我已经和解连环进去过一次。不过，我进去的地方应该和你们后来进去的地方不同，因为解连环有十分详细的资料，我们当时直接进入了古墓的核心部分，因为那老外的委托目标就是放置汪藏海棺椁的椁室。”

“你是指那三个墓室中间的那一个吗？”我回忆着海底墓穴的结构。

三叔就苦笑摇头：“不，你说的那个地方只是古墓的第一层，这个沉船墓之大，超乎你的想象。汪藏海的棺椁深埋在古墓的底部，而且处在一个十分古怪的境况中……用语言很难形容。”

当时解连环从裘德考手里获得的资料相当详尽，可以看得出裘德考手里的原始资料应该极富权威性。同时裘德考提供给了解连环一部美国的照相机和闪光灯，据说是当年世界上最先进的型号，十分小巧，并且有防水的功能。

资料告诉解连环，在考古队考察的礁盘向左大约半里，有一处地方，当地人称为“沙头礁”，是一处暗礁林，由数十块主礁和无数星罗棋布的水下暗礁组成。这一片礁石在水下连成一体，是一块巨型珊瑚礁盘的一部分。在其中一片礁石上，有一处水溶洞，位于海平面下，就算落潮的时候也只会露出一丝，这便是当时沉船时工匠破船进水封墓的一个操作口。由此，便可进入珊瑚礁盘之内，那海底的巨大沉船，就嵌在这礁盘之内，海沙之中。

只要进入珊瑚礁洞，就能一路下去，进入沉船的内部，之后如何走，需要小心哪些东西，资料里都有详尽的说明，详尽得犹如这座古墓就是裘德考设计的一般。

如此详尽的资料，就是普通的古法文献也不见得能达到这种程度，所以三叔才会认为，这海底古墓，怕是早有人进去过了。可能是此人虽然进去了，但是并未得手，所以裘德考不得不再次找人帮忙。

原本解连环是有自知之明的，知道自己的斤两，不会再答应任何下地的请求，但是裘德考的身份不同，一来解连环觉得自己亏欠他，二来这一年来，解连环也参与了家族中的很多活动，总算也下了几次地，胆识以及身手都不同以前，再加上裘德考开的条件很高，自己又是盲目自信的年纪，所以最后还是鬼使神差地答应了。

三叔当时得知了老外和解连环有“奸情”之后，本来是想竭力反对解连环加入考古队的，然而，之后发生了很多的事情让三叔感觉事情非常不对。为了知道那老外和解连环的真实目的，三叔冒了一次险，他说服了文锦，故意让解连环进入了考古队，表面上不动声色，其实是暗中监视，看他会有什么举动。

事情就这么鬼使神差地展开了，这里面还有很多的隐情，但是都不重要，这里话休絮繁，只说解连环在西沙，他出事的前一晚发生的事情。

当天是考古队工作进入结束阶段的第一天，打捞工作已经接近尾声，工作轻松，所以睡前所有人都喝了点儿酒，睡得很熟。

解连环一直在等待这个机会，此时离工作结束也没剩几天，他知道机不可失，时不再来，于是在确定所有人都睡熟后假装起来撒尿，实则探听虚实，伺机下海。

他并不知道，小时候的玩伴，那个叫吴三省的老婆奴，现在早已经是心思缜密的老江湖，自己从上船起的一举一动，都被这个人牢牢地看在了眼里。

话说三叔当时也是相当郁闷。他早已经对解连环有万般的不爽，但并不知道解连环的目的，因此解连环在船上对三叔来说就是一颗定时炸弹，不知道威力，不知道什么时候爆炸，本来挺好的和文锦谈情说爱的时间，却变得要防备他。

还有个原因就比较隐讳，三叔没有正面提过，但是我从三叔的叙述中听得出来，显然，文锦很欣赏解连环，一方面，的确是公子哥懂得讨女人欢心，秉性和三叔差得太多；另一方面，解连环的相貌和很多方面不比三叔差，三叔这种感情方面的新手难免会吃醋。

所以解连环一有行动，三叔便欣喜若狂，在解连环刚放下皮筏艇，想划离渔船的时候，三叔就突然出现，一把将他按在了甲板上。

三叔的突然出现是解连环始料未及的。然而他一见是三叔，倒不害怕了，因为如果是其他人，当时就可能落个叛逃越南这样的罪名，但是三叔，大家互相清楚底细，他也不可能拿自己怎么样，于是便轻声让三叔放手。

然而三叔对他是早有积怨，而且已有芥蒂，如何会轻易放他。咬牙几乎把他的手拧折，问他千方百计进考古队，又这么晚出海，到底想干什么。

这有点儿借题发挥，发泄自己郁闷的意思。解连环一开始还嘴硬，心里也暗火起来。在长沙，除了长辈，谁也不敢这么对他，于是就破口大骂。

三叔根本不吃他那一套，一听他骂人，直接就把他的脑袋按到了水里，直按到他翻白眼才提起来，如此反复，一来二去，解连环就蔫了，只好讨饶。

三叔再问刚才的问题，他就把事情的经过一五一十地说了出来。

听完之后，三叔就眼里放光，几乎不敢相信自己的耳朵。原来这海底竟然有一座沉船葬的海底墓！这真是始料未及的事情。老头子的笔记中也记载过前人讲过的海底船葬，只是这种海斗极其稀少，老头子也只是听说，并未亲身一探。而这茫茫海底，沙行万里，要寻得一方线索，比在陆地上难上万倍。如今这老外竟然知道得如此详细，到底是何方神圣？

三叔想着便心痒难耐，恨不得立即下到海里去察看一番，便放开解连环，轻声说："只是这样？那你早说便是，我与你是什么关系，说出来有何关系？难道我还会抢了你的不成？"

解连环已经蔫儿了，道："这事情我瞒着我家老爷子，当然也不想让你们知道，而且我和你也不算熟络，说了我也怕多生事端。你凭良心说，我要是直说，你会让我进考古队吗？"

三叔一想觉得倒也是，心已经放宽了很多，便对他说："算你有理，不过我提醒你，这裘德考在长沙人称'白头翁'，此人并不是简单货色，你老表我看这斗并不好倒，你要么暂且放下，咱们回去找些人从长计议，要么这一次就让老表我陪你去，怎么说，老表不是吹牛，经验比你丰富吧！"

解连环"呸"了一声，就道："都说你吴三省比猴子还精，真不是奉承你，你想搭点儿香火就直说，咱们是同一条绳上的蚂蚱，到这个时候了，你说什么我还能说不行？"

三叔听了心里冷笑，心说这二世祖也算看得明白，于是两人就临时搭伙，说好进去之后各取所需，谁也别拖累谁，出来之后拿的不好也别后悔。

三叔当时的举动，虽不可说是利益驱使，但说来也并不光彩，甚至让我感觉怎么像胖子的所作所为，可见三叔的秉性也不是一时半会儿成熟的。

发了毒誓，打点了装备，两人放下橡皮筏，趁夜就下了海，一路摸黑划船，靠着指南针，不久，便行到了那老外说的"沙头礁"。三叔抬头一看，正当乌云盖月，整个礁盘灰蒙蒙一片，便心头一惊，对解连环道："你真选了个好时辰，连个毛月亮都没了，乌云盖斗，瞎子进洞，逢二折一，你我恐怕要留一个在里面，招子放亮，你我好自为之吧。"

第十四章

深海

三叔这话真亦是假，一是确实当日日子不佳，二是他也想吓解连环一吓，这也是游戏的心态。如果有家中做兄长的，恐怕能明白三叔当时的想法，大的总想吓唬小的来突出自己的地位。

然而解连环也不是傻瓜，并不为所动，只是冷笑一声便不再搭话，三叔自讨了个没趣。

礁盘不大，几块露出水面的礁石十分显眼，虽不知道洞口开在何处，但是想必也不会过于难找。解连环划船，三叔打起风灯，进入礁群便一座一座开始探照，不久就在礁盘西面一块臼齿形的礁石下面寻得了洞口。

洞口大约二人宽，深不见底，好比是长在礁石上的，岩石边缘隐约可见前人打磨的痕迹，显然此洞经过人工修凿。洞口隐于水下，内凹于礁石的根部，如果不是事先知道，在水面上根本无法看到。

三叔穿戴上装备，就想进入，却给解连环拦住，说下面水路复杂，他知道路线走法，还是他在前面比较好。

此话有理，三叔也不好勉强，于是解连环先入得洞内，三叔尾随其后。

入洞三十米，便可知道这是礁盘中天然生成的空洞，里面礁骨横生，错起的珊瑚礁岩犹如一块块巨人的板骨，嵌在洞穴的两壁。不过“板骨”的末端和四周的岩石融合成了一体，所以看来更像是无数怪异的海盘车吸附在岩壁上。

在海底洞穴潜水相当危险，然而两人毫无经验，根本没有意识到自己在做什么，未做一点儿措施，就一直往内游去。

在礁洞中匍匐游行了十几分钟，三叔便看到了岔口。礁洞在礁盘里面犹如章鱼的腕足一样四处发育，到处都是可以通行的洞口，有些很浅，用手电一照就可以看到头，有些则大得吓人，犹如解放牌卡车一样大，而且深不见底。因为照不到阳光，这里的海葵和珊瑚很少，但是有很多五彩斑斓的小鱼以及海盘车和海参，让这个洞穴并不寂寞。

在解连环的带领下，三叔穿行于这个极端复杂的巨大礁洞体系中，好比穿行于鼠洞中的老鼠。为了留一手，三叔用潜水刀在各个路口都刻下了痕迹，以免在里面发生变数。

半个小时后，他们游出礁洞，三叔打起水下探灯四处照时，却发现自己并没有进入什么古墓之内，出现在他面前的，是一个莫名其妙的地方。

那好像是一个产生于礁盘内的巨大深坑，四周一片漆黑，他抬头便看见了头顶垂落的珊瑚礁，然而他打开探灯去照脚下的时候，却发现自己什么也照不到，脚下是一片深渊。

时隔多年，就算当年的情形再惊悚，三叔也记不太清楚所有的细节，所以他啰唆了半天，我也听不懂他们最后到底到了怎样一个地方，最后只好找了一张纸来，他勉为其难，大概画了下来。

三叔的画相当糟糕，比涂鸦还涂鸦，不过，倒是言简意赅。凭借我的想象力和三叔的解说，我连猜带蒙，逐渐有了点儿了解。

按照我的理解，那应该是礁盘内一个隐蔽的大型洞穴，具体处于哪里，根本无法考证。三叔行进的礁洞的出口，位于这个洞穴的顶端，从他的脚下一片漆黑，好似进入了一片黑色的虚无来看，此洞穴应该相当大。

三叔他们到了这里，已经没有继续前进的通道，前方、左右都是一片虚无。探灯照射下，海水里有大量的白色海屑，下方又是深渊，手电照出去除了背后的礁石，没有任何参照物了。用三叔自己的形容，是好比飘在外太空里。

这种感觉其实相当糟糕，因为无论在什么地方，但凡你的手电光亮还能照到什么东西，你都会有一种存在感，但是在那里，你的手电光发射出去，没有任何的反射，除了黑还是黑，你不知道前方有什么在等待你。

此时氧气的消耗量也巨大，洞穴潜水不同于一般的探险，必须严格控制活动的时间，因为必须留一部分氧气用来返回到洞外，这样就要求潜水人必须时不时地查看氧气表，这对三叔来说，是相当大的心理压力。

然而解连环似乎胸有成竹，他在水中转了几个圈后，竟然示意三叔关上水下探灯。

没有探灯，那就是绝对的黑暗，三叔心中奇怪，这小子想干什么呢。现在已经找不到路了，他还要把照明的东西关掉。

不过看他坚持的样子，显然这样的做法也是老外示意的。三叔知道自己没有其他选择，于是顺着解连环的意思拧灭了探灯。

两只探灯都熄灭之后，黑暗像墨汁一样侵袭了过来，同时，他们腰里的防水手电柄部的一圈夜光涂料（那是为了防止夜间潜水的时候，手电掉落到水底无法找到而设计的）缓缓亮了起来，指示出他们各自的位置。

边上的解连环似乎摘下了手电，来当指示棒用，三叔看见那光圈挥动起来，指示一个方向。

他朝那方向看去，隐约地，果然看到脚下黑暗的深处，很远的地方，有一大团非常微弱的绿色光点，似乎是一群什么生物的眼睛，正在缓缓地移动。

三叔心里咯噔一下，顿时紧张起来，因为他听很多渔民说过，海里什么东西都可能有，这绿色的眼睛该不是潜伏在黑暗深处的什么生物吧？

他想着手就不由自主地去摸刀，这时候，边上的解连环却挥了几下手电，那手电的指示光圈开始移动，竟然是朝那群绿色的光斑去了。

三叔心里暗骂，别看他平时大大咧咧的，下地之后的处事风格其实很小心，解连环这样横冲直撞，实在是不妥当。但是解连环这样的动作，显然是知道那些光斑是什么，是在示意他跟过去。

同样地，三叔还是不得不跟过去，他心里懊恼也没有办法。

没有灯光照明，只跟着一个冷光环潜水，人就好比少了眼睛，这种融化在冰冷黑暗中的感觉，三叔在以前下地的时候尝到过苦头，如今又一次遇到，而且还是在水下，三叔就越发感到不安。

绿色的光斑群一点一点靠近，但是因为光线太弱，一直看不清楚是什么，随着靠近，三叔惊恐地发现那斑点的确是在移动，而且速度还不慢，那是一群海洋怪物的念头就越发强烈起来。

但是解连环好像一点儿也没有意识到，追得极快，很快两人就游到了那光点上方三十几米处。三叔的恐惧到达了极限，他一下子冲过去，拽住了解连环，不让他继续靠近。

解连环不知道出了什么事情，吓了一跳，停了下来。

三叔用手电做着动作，解连环也挥动着回复，但是两人都无法理解对方想表达的意思。

三叔懊恼极了，真想马上打开探灯说个明白，但是又怕这么近的距离，万一照出来下面真是鲨鱼之类的东西，那连逃命的机会都没有。

正在他焦虑地琢磨到底怎么让解连环明白自己的意思的时候，突然一道白光亮起，解连环竟然打亮了探灯，显然他也郁闷得够呛，实在忍不住想问问三叔为什么要拉住他。

三叔吓了一跳，一边去捂灯，一边低头向下看去。

白光的尽头，下面的黑暗中，朦朦胧胧地照出了个白色的、裹在破败纱衣中的人状物体。随着三叔越来越适应探灯的光线，他看得越来越清晰，浑身的毛孔都收缩了起来。

那竟然是一具悬浮在水中的古尸，摆着一个诡异的姿势，面目模糊不清，庞大的白色纱衣犹如巨大的水母裙摆，漂散在水中，好像一朵来自幽冥的巨大花朵。

第十五章

浮尸

幽暗的水深处，那具白纱围裹的古尸不知道在水中泡了多少年，白纱早已经破败，分不清是男是女，因为距离尚远，尸体的样貌也是一片模糊，看不出保存的情况。

三叔冷汗直冒，不过立即镇定了下来，既然是沉船墓，有一具悬浮的尸体在这里，也不算奇怪。

然而等三叔逐渐放开了遮住探灯的手，就看到在冰冷的白光下，那古尸边上的黑暗中，又出现了另外一具古尸，同样的装扮，阴沉沉地隐藏在阴沉的海水中。

三叔有了不祥的预感，他继续移动探灯，果然发现下面的黑暗中，竟然漂浮着大量的白纱古尸，足有三四十具之多。无数飘舞的白色纱衣，真的让人有一股冰彻心扉的寒意。

因为探灯，现在已经无从知道那微弱的绿色荧光到底是从这些古尸的什么地方发出来的，而最让人感到毛骨悚然的是，古尸群并不是静止的，僵硬的尸体悬浮在水里，竟然还在缓缓地移动。

三叔的心都要从喉咙里跳出来了，在不透气的头盔里，他的脑袋上全是冷汗，心说幸好他拉住了解连环，要是刚才直游过去，贴到这群古尸边上才开灯，自己不被吓死才怪。这些尸体肯定在这里泡了近千年，普通的早就泡化了，怎么可能还悬浮在水中，难不成已经成了粽子？

自己下来的时候一点儿准备也没有，根本没想过会面对如此险恶的局面，连黑驴蹄子都不曾带上一个，说来也是冤枉至极，跟着解连环，三叔也早已忘记这一切是自找的。

再看解连环，也是一脸的惊恐，可见刚才毫不在意地靠近的行为，应该也是不知真实情况造成的，看样子老外并没有告诉他会看到什么。

三叔思绪如电，闪电间已经预见了好几个情况，此时远处的古尸群却渐渐漂近，不紧不慢，白纱缓慢地漂动，要不是四周黑暗和模糊不清的五官，如此情景真如天宫之中仙人踩云而行的场景。

三叔看着看着，突然就灵光一闪，意识到了什么。

他压低身形，潜水几米，使得自己靠得更近，仔细去看。

古尸似乎没有完全腐烂，五官虽然模糊，但是还能看出人的样貌来。一具具呈现各种姿态，有的如托盘，有的如吹箫，有的如弹琴鼓瑟，洋洋几十具，虽然僵硬如铁，但是姿势之优美，无与伦比。三叔明白他看到什么了。

在很多古墓的壁画上都会描绘这么一幅画面，那就是墓主人尸解升天，天上天门大开，群仙集会相迎，祥云缭绕，神鸟飞扬，天光普照。在这样的壁画中，必然会在墓主人踏的云梯之旁的上方画着“天师舞乐图”，画中必有无数的天乐老仙，鼓瑟齐鸣。

但是这里的墓主人显然是觉得一幅“天师舞乐图”不过瘾，这几十具古尸所形成的景象正是真实化的天师舞乐，鼓瑟齐鸣，这简直太不可思议了。

他顿时就明白为什么解连环会寻找这些古尸，因为天师舞乐的路线就是墓主人尸解升天的仙路，跟着古尸，就肯定能找到墓主人的所在。

一边的解连环缓过劲来，示意三叔跟上去，因为紧张，他的动作都变形了。

三叔努力安抚自己的心跳，他知道自己肯定进了了不得的地方，此时反倒不慌了，因为既然知道了这个地方，古墓又不会跑，现在这样的准备显然是不充分的，他有了十足的借口，可以说服自己退出去。

现在想来，他们所处的地方，根本就是一片无尽的深渊，那几十具古尸往哪里漂去，要漂多久，根本无法猜测，如果贸然跟去，不知道还要浪费多少时间，氧气也不充裕了，的确是相当不明智。

三叔完全醒悟了过来，他阻止了解连环，示意他回去，不要再进行下去了，现在的情况再继续深入太危险，老命还是重要。

然而解连环此时又突然下定了决心（神经质是二世祖的通病，貌似我也有这样的问题），不等三叔阻止，径直就往古尸去的地方追去。

三叔在后面打了几个探灯信号，想让他再等等，解连环却一点儿也没有在意。三叔一看，心说糟糕，这小子大约是想甩开自己了。

刚才胁迫解连环，两人一起下来，解连环肯定也是心不甘、情不愿的，如今应该是快到尾声了，解连环干脆就甩掉他了。

纵使和他再没感情，解连环仍旧是自己的亲戚，而且自己是所谓的哥哥，在这个问题上，中国人始终有着血缘情结和护幼情结，三叔此时不可能丢下解连环不管，他只能压住满肚子的火，急追上去。

（说到这里，已经不知道多少次听到三叔提起自己的“不得已”以及“没办法”，重复得我都能听出来异样，似乎他在潜意识里非常不情愿跟着解连环去。事实上，以我对三叔个性的了解，三叔在那个时候，还不是那种能够控制住自己好奇心的人。我在这里已经感觉到，解连环之后的死，三叔可能要负主要责任。

我之所以这样认为，是因为在我小时候，三叔带过我一段时间。那个时候，他就因为别人叫他下地而无法顾及我，就把我用绳子拴在路边整整晒了一天，晒得我差点儿中暑。事后他用很多盐水棒冰贿赂我隐瞒了这件事情，我那时候不懂事，也就没说出去。但是从这件事情便可知道他年轻时候性格是相当顽劣的，自控能力很差。

但是想起解连环在古墓中留下的血字，我却始终无法相信三叔会特意去害他，所以听到这里，我不由自主地开始紧张起来。）

接下来的事情，节奏十分快。

三叔一边权衡着氧气的消耗，一边奋力追赶解连环。他是越想越不对，像这样的海底古墓，他到底不曾到过，实在是没有把握。

但是解连环这个时候根本已经是在逃了，在前面潜得飞快，加上三叔并不太擅长潜水，很明显跟不上他。

跟着前面的灯光，在黑暗中一直往前游了十几分钟，不知不觉地，许多悬浮物出现在了三叔的四周。三叔草草一看，都是残破的木头构件，雕窗、木梁，成千上万，全都高度腐败。

在这些漂浮物的中间，三叔看到了一个倾斜的、巨大的犹如怪兽一般的黑影。

在水中漂浮的“舞乐古尸”们径直朝这个东西漂了过去，而前面的解连环已经超过了它们，贴近了那个巨大的黑影。三叔借着他的灯光，一点一点看清了那东西的真面目。

那是一艘卡在礁石中的巨型古船的船头，这里所谓的“巨型”只是滥用的一个词，三叔已经无法用词来形容他看到的这艘船船头的大小。

船头残骸从礁石中延伸了出来，两边延伸二百多米。残骸已经完全变形了，扭曲的船艏上全是白色的海尘和结痂的珊瑚礁，如果不是那怪异的形状，恐怕别人会认为那是一只巨大海洋生物的头骨。

“舞乐古尸”朝着残骸漂然而下，很快就消失在了黑暗的海水中。三叔和解连环紧跟其后，在两只探灯的照射下，残骸的形状越来越清晰。

在船艏的甲板上，三叔看到一座半嵌在礁石中的木质雕花楼台，似乎是巨大木船的主体建筑，现在已经倾斜，几乎要倒塌了。楼台之上，有一扇变形开裂的汉白玉石门，洞开着，好像一张大嘴，在等待他们自投罗网。

第十六章

沉船

如果船头和那座楼台没有破损到这种程度，这水下的情形，必然壮观犹如水晶宫一般，然而现在，整个残骸上都覆盖着厚厚的海锈与海尘，死气沉沉，特别是那楼台，已经倾斜成四十度，看上去只要再踹一脚，就会彻底崩塌。

就算如此，二叔他们当时也震惊得几乎窒息了，这样的情形，不要说是在海中，就算是陆地上，也没有多少机会能看到，这究竟是谁的沉船墓，竟然沉在这种地方?

靠近看的时候，三叔注意到嵌入礁石的那扇玉门实在巨大，两人多高，四个臂展宽，玉门左右两壁外侧的海垢下，可以隐约看出浮雕着两个门神，手中各执一斧，模样凶猛可怕，三叔认得它们，但叫不出名字。楼台没有嵌入礁石的那部分，有飞檐瓦顶，瓦片都落得差不多了，只剩下檐骨。

玉门半开，中间有一条两人宽的缝隙，里面幽深无比，不知道通向哪里。

一边的“舞乐古尸”已经沉入了深渊之内，完全看不到了。

解连环没有停留，游进了玉门之内。三叔咬牙用力甩动双脚，加快了速度，很快尾随了进去。

进去之后，是一条很长的可以并排走六七个人的走廊，四周的空间一下子变得局促起来，但是探灯的光线反而变得更加充足。

刚才那种幽深冰冷、绝望恐惧的感觉，到这里稍微减轻了一点儿，到底看到了自己熟悉的东西，三叔稍微有所镇静。

顺着走廊一路向前潜去，因为职业习惯，三叔粗略地观察了四周的装饰，发现每寸地方，包括地面上，都雕刻着连绵群仙图。

走廊的尽头出现了一道阶梯，一直向上，三叔翻转身体，仰卧而上，游着游着，他突然大吃一惊，因为他发现自己的脑袋露出了水面。

当时他吓了一跳，这的确是十分令人吃惊的事情，在水里泡了快四十分钟，三叔压根儿没想到这古墓之内会有空气。他忙翻身趴到台阶之下，四肢并用地爬了上去。

一个在水里潜得太久的人，一旦上岸，猛地就会发现自己身子重得犹如背了铁块，更何况身上的确有负重的铅块和氧气瓶。三叔上去之后，几乎软倒，用力咬着牙，才没摔回到水里去。

他跌跌撞撞地走上阶梯，看到解连环已经把潜水器械脱了下来，一边大口地喘气，一边在用手电照四周的墓室。

三叔心说“真是个菜头，要是碰上个闷坑，你早就挂了”。不过现在看他没立即死在一旁，就说明空气应该没问题，于是坐到台阶上，也脱掉潜水的装备，一边放松肌肉，一边解下手电向四周照去。

台阶的尽头是一处砖砌墓室，典型的明代风格，高度不高，只能低头而行，宝顶上耸，呈现拱形，估计也是七辐七券的厚度。墓顶砖缝呈现铁色，灌了铁浆，砖头铺得极其精巧，宝顶的弧度没有任何的棱角越位，好像打磨过一样。

墓室的中间，青花瓷长明灯排成两列，直通到墓室的深处，那里一片漆黑，手电照去，发现墓室的中间放着一个巨大的黑色铁缸，不知道做什么用，挡住了视线。

三叔一看有些骇然了，他盗过的墓多了，知道这墓室虽然巨大，却只是平民的规格，最多是一个财主。这就非常奇怪，看外面古墓之规格如此巨大，没有几万徭役和数十年的努力恐怕建不成，如果不是皇亲国戚，哪一个平民百姓能够有此大手笔？

三叔马上就如我们一样，想到了那个时候的巨富沈万三了。

如此说来，这一次跟着解连环，竟然给他碰到个肥斗，这可是几世都修不到的福分。

他心中也兴奋起来，又转动手电，照射四周的墓墙。

墓室的墙壁上描绘着大量的壁画，同样相当壮观，三叔照了一圈，发现壁画连绵，几乎没有断裂的痕迹，且褪色也不厉害。

这里水汽弥漫，壁画能够保存得这样好，实属难得，不过北宋的时候，已经有在壁画上涂油蜡或者蛋清的保护技术，工艺相当先进，这里应该是用了这样的技术，所以现在看来，壁画的颜色少许有些混浊。

壁画上画的东西，三叔从来不看，此时看了几眼，也不得要领，只觉得和普通的古墓壁画并无两样，就把手电的光线收了回来，去照一边的解连环，想问他刚才吃错什么药了。

解连环累得够呛，一边新奇地看着四周，一边气喘如牛，显然刚才用了死力气。三叔叫了一声，他也不理，被这个墓室吸引了全部的注意力。

本来刚才他甩掉三叔，三叔心中有暗火，但是，既然已经来到了这个地方，再发作也不合适，三叔就忍了下来。

两人无话，三叔休息了一会儿便完全镇定了下来，心跳也趋于平缓，他随手开始准备进墓室的工具，同时，也留了个心眼，偷偷检查了自己和解连环的氧气瓶。

一看他就知道不太妙，他自己的倒还好，但是解连环的氧气消耗量太大了，已经少了多半。

潜水员越是经验老到，在水下可活动的时间就越长，而刚刚潜水的人，往往控制不了自己的吸气量，一发现自己在水里，就拼命地呼气，和老潜水员的消耗量比起来，可能会相差一倍多。三叔虽然潜得也不好，但是因为时常估计氧气量，所以比解连环节省得多。此时他一下子就明白，解连环出不去了。

不过随即想了想，三叔倒是释然了，反正他出不去了，自己必然还要再进来一次带他走，那就没有必要急着出去了。

此时解连环就往墓室的深处走去，他也起来跟了上去，两人走到巨大的铁缸面前。

三叔走近铁缸查看，而解连环似乎没有兴趣，径直绕了过去。

铁缸重量有五吨以上，上面浮雕着大量的铭文，应该是一种祭器，缸足已经压入地下的青砖，缸中空空如也，但是缸的底部有一突起的鱼身样子的雕刻，不知道何用。

三叔想仔细看看上面的铭文有没有自己认识的字，忽然就听到解连环惊呼了一声。

他转头一看，原来解连环已经走到了墓室的尽头，他的手电光照出了一座三阶棺床，上面有一具巨大的黑色雕花棺椁。

那棺椁几乎高到解连环的胸口，黑得非常刺眼。棺椁表面似乎打过光，上了清漆，亮得很不自然，上面的雕花虽浅，但是非常鲜明，大约是鸟篆文字。而解连环可能突然看到棺材，有点儿害怕，正在朝后退。

这棺椁气势非凡，霸气十足，应该就是墓主的棺椁了，不知道里面葬的是谁。

三叔阅棺无数，不说普通的红木稗子木，整块沉香木做的棺椁都有幸见过一回，但是像这里这具黑棺椁，他却看不出是什么材质的。他顿时好奇心起，绕过铁缸便走了过去。

走到解连环身后，他看得更加清楚，棺床用的是黄浆砖，垒成莲花圆盘形。棺床之后是一块照壁，上面写满了文字，估计是墓志，写的应该是墓主人生平。不过三叔扫了一眼后，就感觉后背发凉，注意力被那具黑色棺材吸引住了，同时他也知道了为什么解连环会吓得后退。

因为这具巨大的黑棺上，竟然躺着一个“人”。

第十七章

哨子棺

三叔的手电照向棺材，看到那“人”的一瞬间，他几乎起了一身的褶子，头皮都麻了起来，自己也下意识地往后退了回来，把手里的刀翻了出来。

不是三叔胆子小，而是这情形实在古怪。在这么隐秘的古墓之中，竟然有“人”躺在棺材的上面，突然看到，任谁也得抖几下。

这一吓的工夫，解连环也退到了三叔的身边，想必他从来没在斗里出过事，吓得脸色都变了，退得也急，一脚就踩到了三叔的脚上。

三叔被他踩得差点儿摔倒，不过这个时候，他就着手电光看清楚了那口棺材上的情形，原来是一场虚惊，棺材上面的“人”是一具铜铸的人俑，紧紧贴在黑棺之上。

这铜人浮雕的造型很怪，行云流鬓，面貌夸张，有点儿像秦时的百戏俑，四肢犹如虫足一般粗肥短，最诡异的是那张嘴，不笑不怒，竟然是竭力张开的，好似在惨叫一般。

三叔看着，心中立即感到一股异样，一般人都讲究祥和安宁，而这铁棺和铜人配在一起，说不出的阴邪古怪，很不对劲。这确实是墓主的棺椁吗？

他用手电往四周照了照，这墓室一目了然，再没有其他的棺椁了，显然，如果这里是主墓室的话，这确实应该就是墓主的棺椁无疑了。

三叔很相信自己的直觉，心中有点儿不安。

为了看得仔细，他推开解连环走了过去，走近一看，更加惊讶，发现这巨大的黑棺居然是一具雕花的铁棺，这个铜人似乎是后来加上去的装饰品。更奇特的是，那铜人嘴巴的位置竟然从棺盖上凹陷下去，使得棺盖上出现了一个深孔，不知道有没有穿透棺盖，通到棺材的里面。

不对！三叔看着就吸了口冷气，接着他一下子就看出了端倪，心里“哎呀”了一声，暗道糟糕。

生铁封棺，棺身带孔，这具棺材莫不是老底子老人们讲的“哨子棺”？

“哨子棺”还是1949年之前传下来的说法，扯不到百代之前，三叔也是听老头子讲的。据说那时候湘西一带有一路军阀，手下有一批翻斗的能人，为首的名叫张盐城。此人据说是曹操发丘将军的后人，有神通，他的左手五个手指奇长无比，且几乎等齐，能平地起丘，尝土寻陵，盗墓功夫甚是了得。此军阀跟随孙中山北伐，张盐城受命筹集军饷，便以古法盗墓，一路北上，也不知道多少隐秘的古墓被他翻出来，名声很大。当时湘西有“盐城到，小鬼跳，阎王来了也改道”的说法，一方面人被神化，另一方面也可知道张盐城盗墓活动的猖獗。

此人盗墓，有一套特别的套路，就是如遇到血煞阴邪之地起出的棺椁，就会用牛血淋棺，观察棺椁的反应，如果棺中有异响，则棺主可能尸变，士兵会将棺材拖出古墓暴晒后启棺；如果棺中无异动，就要看棺材的表面，大部分情况牛血不会凝结，顺棺身流至棺底，这说明没事情，开棺无恙。

但是还有一种相当特别的情况，就是牛血淋上之后，犹如淋于沙石上一般，血液渗入棺身之内，这是比尸变还要不吉利的大凶之兆，这说明棺中的东西，可能不是人尸。

棺中不是人尸，那是什么东西？答案是，无法言明的尸体。在中国，这种东西被统称为妖。

此时张盐城便会命人就地掘坑，将妖棺沉于坑中，涂上泥浆后烧熔兵器，铁水封棺，只在棺材的顶部留下只容一只手通过的孔洞，等铁水凝结，他就以单手入棺，探取棺中之物，相传这就是他祖传的发丘中郎双指探洞的绝技。

而探洞之时，他会命人用三尺琵琶剪卡住自己的手臂，一边将“叩把”拴于马尾上，如果感觉不对，旁人可立即抽马，马受惊一跑，拉动机括，锋利无比的琵琶剪就会立即旋切，断手保命。

这样处理的棺材，因为上面有一个孔，最后会变成一个类似于巨大铁哨子的东西，所以被人们称为“哨子棺”。

张盐城一生用到这双指探洞的功夫，据说也就三次，全都全臂而退，最好的一次，他从棺中取出的是一颗二十四香的金葡萄，只有臼齿大小，据说是藏于尸体口中的。后来随着军阀混战，张盐城下落不明。

关于他的传说，老头子们一般有两种说法，一种认为他真的有发丘绝技，双指探洞是名不虚传，另一种则认为张盐城是一个骗子，利用普通士兵对棺材的迷信恐惧，将普通的棺材说成是妖棺，然后作秀，使得自己的地位得到抬高。

可事实如何，无人知晓。

我爷爷倒是相信张盐城是高人的，那是因为张盐城铁水封妖棺的做派有一些侧面的证据。据说1949年之前黄河改道的淤泥中就发现过一具和张盐城所说类似的青铜棺，棺材的顶上确实有一个手臂粗细的孔，只是无人敢伸手进去，胆大的用火钳也只从里面夹出很多黄色的淤泥。后来这棺材直接给扔进炼钢炉炼了，也不知道有没有出事。

这具铁棺，虽然精致无比，和用铁浆胡乱浇铸的棺材完全不同，但是棺材上的那一个深孔，像极了传说中的“哨子棺”。

这就奇怪了，这解连环带路的墓室应该就是墓主之地，为何棺床上的主棺椁会是这个样子？难道那墓主不是人，是个妖怪？

三叔想着就感觉到毛骨悚然，想想这古墓深陷海底深渊之中，如此诡异神秘，说不定真不是人的墓，也许是海龙王的也说不定。又想起裘德考让解连环做的事情，不由得心虚，难道裘德考知道这墓主不是人，所以才让解连环拍照片上去研究？

不过，三叔当时年少，并不会把老人说的话太当真，虽然有点儿心慌，但是并不害怕，反而好奇心起来了，心说那这里面会是什么东西呢？

此时解连环也发现了是虚惊，又走了过来，心有余悸地看着这具铁棺，看了一圈，便试着去推动棺盖。

三叔看他的腿都在抖，就知道他还在害怕，这个行为可能是为了在三叔面前表现一下，挽回他刚才被吓到的面子。

二叔感觉好笑，就用手电照射他的面孔，让他不要白费力气了。如果这是“哨子棺”，显然此棺材的加工者和张盐城是属于同宗的派系，这铁棺里面的东西绝对不是善类，而且这铁棺修筑起来根本就没有打算让别人打开，要从里面拿到东西，只有像张盐城一样，把手伸进那个棺材孔里。

说着，他就爬了上去，用手电去照那棺材上的孔，看看能看到什么。

由孔洞看下去，棺材内黑幽幽的，不甚分明，手电探孔并不是很好的办法，发散光到了一半就射不下去了，只感觉这“铸人”的喉咙之下，透出一股阴气，看一看就脖子发硬，要把手伸下去摸，真不是平常人能做到的。

三叔想起解连环从老外那里拿来的资料，就感觉自己的推测没错：那老外这么熟悉这里的结构，肯定是在他们之前已经找人进来探查过，但是进来的那人为何没有完成任务？估计那人也和他们一样，是这一行里的老手，进来发现里面竟然是这样一具铁棺椁，知道铁棺封尸非同小可，才临时放弃的，所以这老外才找了半吊子的解连环。

如此说来，他们必然也不能碰这棺材，否则不就当了这裘德考的炮灰了嘛。

不过，如果不碰棺材的话，好像又有点儿窝囊了，他和解连环下来，解连环空手出去还好说，自己也这么出去了，那解连环这么一说自己还有脸在？况且，这棺材看着也实在是有点儿诱人。

三叔拿不定主意，不过他转念一想，还是理智占了上风，心说老祖宗的经验，棺材放在最后碰，他现在应该先看看这里其他地方有什么好东西，这古墓又不会跑，明儿晚上他们带着火筷和黑驴蹄子再下来，会比现在保险得多，那也不算胆小。

这么一想他便释然了，就让解连环在这里待着，要拍照就拍这个棺椁，那老外能理解他，而他自己便开始搜索墓室的角落，寻找其他的陪葬品。

这墓室没有耳室，通体一条到底，格局十分古怪。古人讲究事死如事生，这墓室的格局一般都是按照墓主人生前的布局仿制的，也就是说，这墓主生前住的地方也是这么个情况，里面并没有普通的那种陪葬品，只有那些价值连城的巨大瓷器（这些东西放到现在价值三十多亿）。

三叔绕着墓室看了一圈，没看到能搬出去的东西，就绕了回来。棺床后面是照壁，他绕到照壁之后去看，还有一些空间，不过地面上仍旧空空如也。

他不由得暗骂了一声，心说也真是抠门，怎么什么都没有，难道那棺材这么大，还是铁的，那家伙把陪葬品全塞里面，把这棺材当成保险柜用了？

想想还真有可能，不由得有些郁闷，这时候，他忽然看见照壁的背面浮雕着很复杂的雕刻。

壁画不值钱，但是古墓的石雕价值连城，虽然这照壁很大，不太可能运出去，但是三叔还是忍不住看了一眼。

手电照过去就很让他感到意外，照壁后面的浮雕雕刻的不是一般的瑞兽云佛，或者礼乐升仙的图样，而是好几座宫殿，飞檐凤顶，雕梁画栋，雕刻得非常精细，甚至连瓦片都一片一片地浮雕了上去。每座宫殿的外观都不相同，有的是两层的，有的是一层的，视觉上也有远有近，错落有致。三叔数了一下，一共有七座，列成北斗七星的形状，每座宫殿之间都能看到有无数的亭台楼阁半隐半现，而其他的细节都被雕刻的云雾遮住了。这幅浮雕的背景是巨大的山岩，显然是一座大山，而宫殿的构图是在整个浮雕的下部分，意思很明显，这是七座修建在一个巨大山谷里的宫殿，山谷里云雾弥漫，把宫殿之外的东西遮掩得朦胧而神秘。

这浮雕是什么意思？三叔一时错愕。所有古墓中的壁画都有意义，不是有象征作用，就是歌颂墓主人生前的丰功伟绩。这浮雕是代表着神话中的仙国，还是在歌颂墓主人什么？

三叔当时不知道这里的墓主人是汪藏海，所以也无从联想，不过这精致的浮雕给他留下了非常深刻的印象。他告诉我，就是在当时，这照壁也是无价之宝，要是能带出去，他就把它放在卧室里，天天看着。

不过，这照壁过于大，当时想要运出去是不可能的，三叔虽然心痒难耐，但是也没有办法。他仔细看了几遍，便想让解连环过来，将这东西拍下来，以后也好在同行间吹牛。

正想开口，他忽然闻到了一股奇怪的味道，好像是什么东西烧焦了。

他愣了一下，心说怎么回事，这里是墓室，怎么会有这种味道出现？忙跑出照壁，向外看去。接着，他就看到了让他瞠目结舌的一幕。

只见解连环站在铁棺之上，手足无措，而那铁棺上的铜人嘴巴里竟然冒出来滚滚黑烟。

第十八章

尿

三叔顿时就冷汗直冒，这棺材怎么冒出烟来？看解连环的样子，他就感到不妙，难道这小子干了什么？

三叔一把就将解连环拉下铁棺材，问他怎么回事。

解连环结结巴巴，做着古怪的动作，但是显然太紧张了，什么也说不清楚，说了半天才说出几个字："我……我……火……火。"

三叔看着他的动作，就看到他手里拿的东西，那是火折子的盖子——火折子是一碰就着的东西，所以一般都用芦苇的秆子包起来——一下子他就明白了是怎么回事。

解连环肯定是好奇这棺材里的情况，点燃了一只火折子，将其丢入了棺孔之内，然后把眼睛贴到了棺孔上，往下去看。

这叫作"凿壁偷光"，是从北派模仿来的功夫，也是土夫子常用的伎俩，特别是新手开棺，前走三，后走四，要谨慎再谨慎。北派的摸金贼甚至可以使用凿壁偷光，不进古墓就从棺材里拿走东西，相当了得。但这算是淘沙这一行里的旁门左道，实际用起来有很多限制，而且有很大的风险，所以一般老手是不用的。这解连环不知道是自己琢磨出来的，还是和那些半吊子学的。

凿壁偷光最大的风险就是可能会烧坏棺材里面的明器，特别是尸体干燥的情况下，尸体上腐烂的丝绸干片几乎是一点就着的东西，一旦烧起来，像古简、斗珠之类的东西一下子就没了，连灭火都来不及，所以做的人要十分小心才行，这解连环竟然想也不想就用了。

三叔懊恼地骂了一声，心说不看着这小子真是失策，这棺椁他很感兴趣，不说其中肯定有好东西，就是里面的尸体三叔也想看看，要是棺材里的东西被烧了，那实在太可惜了，说出去也得给人笑死。

想着三叔就一把推开解连环，冲到棺材边上，俯身对着那棺孔用力吹气，想把棺孔里的火吹熄掉。没想到一吹之下，黑烟更加猛烈地从棺孔里直冒出来，呛得三叔几乎呕吐。他忙闪开脸，又摸出腰间的水囊，就往那棺孔里浇去。

一路过来被海风吹得口渴，水囊中已经没有多少水了，倒了一下就没了。这点水根本没用。

三叔急得直冒汗，转向解连环，就看到他腰间的水囊还有点儿鼓，人还在那里发愣，气得大骂："你愣着干什么？把水囊给我！"

"水？哦！水囊！"解连环这才反应过来，忙解下水囊。三叔一把抢过来打开，一下子倒进去了一半，只见那黑烟一晃，不但没有把烟压下去，反而有火苗从棺孔里蹿了出来。

三叔一看不对，怎么是这个动静，一闻那水囊，不由得大骂，里面竟然是烧酒，再一看那棺材，铁棺的棺孔口都烧了起来，浓烟几乎弥漫了整个墓室。

当时他一下子就蒙了，也不知道该怎么办。这火在铁棺之内已经烧得很大，伸手进去灭火也不可能了，况且要着了什么道，连命都可能没了，用水，少量的水根本不起作用，然而要是不去管，这棺材算是完了。这种烧法，连玉石都能烧裂了，这墓主人一看就知道不俗，要是东西烧了，棺材里面真有夜明珠什么的，自己不得郁闷死？

（其实当时只要拿什么东西塞住那棺椁的孔就行了，但是情急之下，三叔他们根本没想到。）

看着火越来越大，棺材孔里噗噗地冒出黑烟，他和解连环心急如焚。

就在三叔心里绝望，心说油斗成焦斗的时候，突然，一边的解连环做了一个让人目瞪口呆的举动。他一下子跳上棺椁，半跪下来，解开裤腰带，运气走尿，往那棺孔里灌了一泡黄汤，一时间尿臊、尸臭、火燥混在了一起，极度难闻。

那完全是急疯了的想法，因为他动作太出乎意料，三叔根本来不及阻止，等反应过来的时候，已经晚了。

三叔一下子就蒙了，自古下斗，南派虽然豪放不羁，有着一死万事消，开棺随自在的随意性，但是基于这种活动的危险性，在实际的做派上，南派也是十分小心的。像这样往棺材里灌尿的作孽行为，解连环恐怕是第一个，也亏得解老爷子不在场，否则非气死不可。

不过，解连环的这泡老尿还是有点儿威力的，很快，里面的烟就小了下来。

尿完之后，解连环自己也蒙了，一屁股坐倒在棺材上。

三叔眼泪都下来了，看着铁棺上的铸人，擦了擦头上的冷汗，只觉得背脊发冷，心里有几分不祥的预感。

哨子棺里鬼吹哨，大凶之物，如今给烧了一把又被灌了一口黄尿，这一次梁子结大了。不说是粽子，就是一活人，你用火烧他嘴然后再浇他一嘴尿，他也得和你拼命啊。

他冷汗淋漓地看着这铁棺材，就琢磨着会发生什么，有什么东西会从那个洞里出来吗。

烟越来越小，逐渐看不到了，看来火确实是灭了，两人都死死看着那棺材，一直到一点儿烟也看不到。

然而，棺材里一点儿动静也没有，好像刚才的事情从来没发生过。

三叔擦了擦头上的汗，松了口气，心说黄王保佑，看来解连环命不错，这棺材虽然是哨子棺，却也是一具死棺。

死棺，也就是这棺材里面的粽子早就化了，只剩下一些没有威胁的腐骨。古墓中大部分的棺椁都是死棺材，要不然，盗墓这一行恐怕早就没人干了。

死棺是没有危险的，刚才烧了一把火，又灌了一通尿，如果不是死棺材，肯定就出事了，这么久没动静，应该可以确定了。

又等了一会儿，还是如此，三叔才最终泄了劲。他一屁股坐在地上，解连环看他放松了，知道没事了，也一下子坐了下来，哭了起来。

三叔摇头苦笑，心说真是作孽啊，自己竟然和这种货色一起下地，命都短了几年，以后千万不要了，也亏得没有危险，不然这一次真的可能被他害死。

想着，三叔忽然心中一动，心说既然没危险了，那岂不是不用等到明天，今天就可以摸东西了？

来回这里一次，还是要冒点儿风险，到底是文锦的队伍，不太方便。而且棺材这洞的位置，摸进去，如果对着脑袋，那摸脑门和脑袋两边，还有胸口，肯定能摸到。要是对脚，也有脚底，那是放玉器的地方，都可能会有好东西，虽然不会太多，但一次就能带走。现在如果把东西摸出来，那明天就不用下来了。

虽然洞里全是尿，但是盗墓的什么恶心的东西没见过，况且还是自己的，就算拉屎进去，他照样也敢伸进去摸。

一方面是盗墓贼特有的贪欲，另一方面却是对这个洞的恐惧。三叔在那里天人交战，但是很快，贪欲就赢了，胆子不大也不敢干这一行，三叔对自己说，就赌上一把再说。

想着他就站起来爬到了棺材上，对棺材拜了拜，撸起袖子一咬牙，一闭眼，就将手伸进了那个棺孔之内，向下摸去。

可手刚入棺材孔一寸，里面的温度传上来，三叔就后悔了。当年传说张盐城靠的不是运气，而是手指上的真功夫，如今自己就这么贸然地将手伸进去，这实在是太莽撞了。

他想缩回来，但回头一看，就见解连环在下面目瞪口呆地看着他，这时候回不得脸来，只好硬着头皮继续往下摸。

单手探洞，有一种无法形容的感觉，手越往里伸他的心跳就越快，然后手指越麻，表面上他的脸上什么表情都没有，其实当他的手碰到尸体的时候，后背都湿透了，伸在里面的手指抖得一点儿力气也没有。

这种经历可以想象，我听的时候，都感觉到浑身发抖，就算是找一只普通的箱子，挖个洞让人把手伸进去，都会有一种莫名的恐惧感，何况是一具棺材。

三叔摸到尸体之后，按了几下，发现手指黏糊糊的，头皮就越发发麻。凭手感，那应该是古尸的嘴，摸了几下，他只感觉那应该是一具发黑发肿的尸体，怪异地张着嘴，姿态似乎和棺材上的铜人一模一样，不过摸不清楚细节。让他感觉到十分不安的是，他摸到火折子正掉在古尸的嘴巴里，还烫得很。

他心说这也真是作孽，随即咬牙把手指往里探，他先是把火折子拨到一边，然后摸到一块坚硬的圆环状东西。

是压舌头的玉饼，三叔心里窃喜，说道："有了，这东西烧不坏！"一下子捏住，就想把那东西从洞里弄出来。

可是才接触了一下，三叔就感觉不对，这玉饼的重量惊人，提起了半分就提不动了，再用力，就感觉整个铁棺轻微一震，却有一阵"咯咯咯咯"沉重的发锈金属的拖动声从脚底传了上来。

三叔的脸色顿时大变，心说，糟糕了，是个机关！

第十九章

机关

转瞬之间，那机关搅动声就从棺材的底部一路传了出去，没等三叔反应过来，就听他们出水方向的黑暗处“咣当”一声，似乎有什么沉重的东西掉进了来时他们看到的巨大铁缸之内。在封闭的空间内，这一下声音极响，震得他心都缩起来了。

三叔忙将手抽了出来，也顾不得污秽，往身上一擦，就转动手电向铁缸的方向照去，心说糟糕了。

这里不比地上，如果有落石压住墓道，或者墓顶灌下黄沙，还有时间可以反打盗洞出去，可这里是海底的珊瑚礁盘内，一旦有任何机关将他们困住，那是必死无疑，连办法都不用想，直接挑自己陈尸的位置就可以了。

一边的解连环也吓了一跳，因为震动是从棺材里传出去的，他以为棺材会有变异，一下子退出去很远。

虽然三叔已经对解连环恨之入骨，恨不得一刀剁了他，但到底是自己的亲戚，也不能放着任由他乱跑，就喝住解连环，让他别动，自己跳下铁棺，小心翼翼地往那铁缸处靠去，想看看这机关到底触动了什么，什么东西掉到缸里去了。

铁缸离他不到二十步，很快他就来到铁缸的一边，此时已经听不到机关运行的机械声，似乎机关已经停止运行。三叔咽着唾沫往铁缸的上方一照，发现铁缸之上的墓室顶上设有翻板，这在我们这儿叫“鬼踏空”。墓室顶上这样的机关内往往放置着极其重的乱石，一旦触发，重物砸下来，一下子就能把人砸成肉饼子。如今从上面掉下来的却不是巨石，而是两条巨大的铁链，一直垂到铁缸之内。

三叔看了一愣，心说这是什么机关？好像并不是用来防范盗墓贼的那种陷阱。那触动机关的地方在棺椁里，东西掉入这铁缸内，砸不死人啊，这掉下来的会是什么？

想到这墓室中不符合常理的地方，三叔心中就更加疑惑。他定了定神，掏出匕首咬住，爬到了铁缸之上，小心翼翼地顺着铁链往下看去。

一看，他看到了一个奇怪的东西躺在铁缸底部，仔细一看，发现那是两只黝黑的鬼爪一样的琵琶锁，锁着一具骸骨，肢体和铁链条纠结在一起，手脚都断了，看上去似乎是一个殉葬的奴隶。

骸骨极其魁梧，身着破烂不堪的青铜鳞甲，头骨奇异，那琵琶锁正锁着骸骨的锁骨，一条锁骨已经断裂，另一条还牢牢地挂在上面。

三叔大为惊讶，心里琢磨，用琵琶锁穿着锁骨，是古代的一种酷刑，用来限制犯人的自由。古代武功高强之人，一般的锁具困不住，就会使用锁骨的方式禁锢，锁骨穿孔之后极其脆弱，一旦过度用力就会骨折，锁骨之所以称为锁骨，也是这个原因。

骸骨已经腐烂殆尽，连骨头都起了死鳞，似乎一碰就会碎裂。三叔用手电仔细照去，看到这骸骨头骨的形状异于常人，不说头骨的大小，其长度就比普通人长了一倍。三叔说不出像什么，直觉是一个大香蕉。

这古墓之内竟然困有这样一副奇怪的骸骨，当真是离奇到了极点。看墓室的结构，显然骸骨早就吊在墓顶之上，一碰棺材内的机关，这具骸骨就会陡然掉下，当真巧妙。

可这到底是为了什么？如果是防盗的机关，可怖虽然可怖，却没杀伤力，能够来到这海底墓室之人，难道会被死人骨头吓走吗？而这吊着的骸骨，显然不是普通尸体，又到底是什么呢？

三叔想象力极度匮乏，心中骇然之际更是没有什么头绪，不过脑子转得很快，刹那间想到，这骸骨如此骇人，难不成是尸变了的粽子？铁链有碗口粗细，且带着琵琶锁，显然锁着的东西生前力大无穷。早就耳闻苗疆有能人在阴地养小鬼和走尸，难不成这里的墓主用琵琶锁锁了一具已经尸变的尸体，用来当看门狗？

骸骨已经腐烂殆尽，就算确实是粽子，也不足为惧。三叔心中好奇，他胆子也算大，为了仔细观瞧，就爬上铁缸，一边还招呼解连环过来把这东西也拍下来，他回去好问问。

解连环却没有回应他，三叔自然不在意，就往缸内爬去。不料铁缸的内部沾着一层从墓顶上飘下来的灰尘，他的湿脚踩上去，突然滑了一下，整个人在缸壁打了个圈儿，一下子就摔到骨头堆里去了。

那骨头本来就已经粉脆，刚才掉下来的时候又散了架，如今一撞更是几乎变成碎片。三叔赶紧手忙脚乱地坐正，端好手电去照，就看到自己正摔在骸骨的怀里，畸形的头骨就垂在他的脑袋边上，被他撞得碎裂了，露出了里面的颅腔，一大团好比蜂巢一样的东西就粘在颅腔的内部，上面全是一颗一颗好比珍珠一样的虫卵。

第二十章

虫脑

这些虫卵粘在颅腔的内侧，颜色是灰色的，一颗一颗，密密麻麻，细看之下非常恶心，犹如蜂巢中的蜂卵一般。

三叔不若常人，此时也不害怕，反而更起了兴趣，就爬起身来，仔细去看。

虫卵在手电的照射下，呈现出一种模糊的半透明状。三叔用匕首碰了碰，硬如甲壳，似乎已经干透了。

这是什么东西？他心说，这东西的颅腔里竟然有这么多的虫卵，难道这些是寄生虫？

古尸体内有寄生虫，那倒也说得过去，楼兰古尸身上就发现寄生虫。不过一般寄生虫都是在五脏六腑里的，怎么会在颅腔里出现虫卵？而且把卵产满了颅腔，这是什么虫子啊？也太厉害了吧……

当时三叔在科学知识方面是十分贫乏的，在文化方面，大多也是和文锦学的一些用来撑面子的东西，说到虫子或者古代的虫子，他的脑海里出现的同样是毛虫之类的形象。他想着，还推断着，这种虫子寄生的时候，肯定寄主已经死了，否则脑袋里长虫，恐怕会痛得死掉，这也许是食腐昆虫的卵。

这可是个大发现，三叔心说，他记起文锦和他讲过，在考古中，如果发现了前人没有发现的古籍或者风俗以及墓葬痕迹，都属于重大发现，这种发现对三叔来讲当然狗屁不是，但是对整个考古界来说，意味着巨大的名声和地位，是名留史册的东西。

他自己对这个东西一点儿兴趣也没有，不过当时他在热恋之中，一下子就想到了文锦，心说要是把这东西给了文锦，这丫头也许会觉得有用，更何况这东西又不值钱，放在这里也没用。

想着他就掏出了一个牛皮袋，那是潜水时打捞东西用的袋子，底下有可以塞住的孔，出水的时候水会流出去，三叔将孔关闭，将那头骨摘了下来，连同其他一些碎骨头，都塞了进去，鼓鼓囊囊，就背到了自己身上。

做完后他爬出了铁缸，去找解连环。此时经过两次惊吓，他已经毛了，贪欲也吓没了，这棺材也不敢碰了，这个墓室太邪门，他一刻也不想再待下去。如果解连环东西拍完了，他们应该立即退出去。

此时他已经忘记了解连环氧气瓶里氧气不够的事情，如果他还记得，他就应该知道出去这事已经不好办了。

然而等他爬出铁缸，回到铜人铁棺面前的时候，一下子就发现了不对：第一，他看不到解连环，他不在原来的位置，手电扫了一圈也没有；第二，解连环的手电掉在地上，照着一边的壁画，正在忽明忽暗地闪烁。

三叔只愣了不到一秒，汗就出来了，因为这种场景他看得太多了，在古墓里，只要一有人出事，手电肯定掉到地上，以往“夹喇嘛”的时候，栽的人多了，所以他一看到手电掉在地上，心就一下子绷紧了。

难道解连环在自己到缸里去的时候出了什么事情，触动了什么机关？

刚才没听到什么声响啊，不过自己在缸里，的确也没有注意外面发生了什么。

什么叫经验？这就是经验了。如果是我，肯定会跑过去把手电捡起来，然后叫几声。然而三叔已经确定出事了，虽然不知道是什么事情。他再次翻出匕首，整个人开始进入一种紧张状态，往铁棺的方向走去，去找解连环。

他进铁缸的时间不长，解连环如果中招，也应该倒在铁棺附近。

他小心翼翼迅速地绕到铁棺之后，果然，他一下子就看到解连环倒在了铁棺的后面，蜷缩成了一团，一动也不动。三叔用手电照了照他的脸，没有反应，又扫了一圈，没有发现边上有什么异物。

奇怪，好像没有机关触动的痕迹，他怎么就倒下了？三叔有点儿诧异，又看了看四周，确实没动静，他就快步上前，将解连环扶了起来。

解连环已经失去了知觉，死沉死沉的，身上都瘫了，三叔一搭脖子，发现他没死，再一摸他的几个要害，发现他的后脑勺滚烫，翻手一看，全是血。

三叔一下子就蒙了，怎么可能？这家伙看上去竟然像是给人打晕的。

可是，这里是古墓之内啊，没有任何古墓的机关设计是将人打晕的，粽子也不可能这么好心只是打晕你，能打晕人的，只有另外一个人啊。

想着，三叔忽然感到一股极度的寒意，忙转头看向四周的黑暗，心说不会吧，难道这里还有其他人？

第二十一章

黑暗中的第三个人

三叔一想到这点，虽然不敢相信，但还是吓出了一身冷汗。他放下解连环，迅速地看了一下四周。

扫过一圈之后，什么都没有看到，安静的墓室里什么都没有。而当手电昏黄的光线扫过墓室的墙壁，三叔感到有一股莫名的寒意侵入自己的五脏六腑。

三叔和我们是不一样的，作为从小就在地下玩耍的人，死人并不可怕，因为死人只是物体，虽然有危害，但是不会暗算别人。然而，活人就不同了，三叔一想到这墓室里可能有第三个人在，一下子就害怕起来。

解连环后脑挨的这一下重击，可大可小，现在我们看的电视剧和电影里，想要一个人晕倒，只要拿什么东西在他后脑上敲一下就好了。实际上，三叔这种人知道，把一个人敲晕的力度和把人敲死的力度是相同的。你一下敲下去，对方是死是活完全是看运气，如果你稍微敲轻一点儿，最多把人敲迷糊几秒，真正不把人敲死而敲晕的方法，是敲人的后脖子，会功夫的人连敲也不用，只要用手捏一下人就会晕了。

所以解连环挨的这一下，情况到底怎么样，他也不是很清楚，只知道如果是人打的，对方这一下下去，显然是下了杀手的。摔跤是绝对摔不到这么重的，摔死也是内出血，头皮绝不会破成这样。

但是，怎么可能会有第三个人在这里呢？

如果说这里是陆地上的古墓，那碰到个把熟人虽然不常见，但也是说得通的事情，可是这里是海底，难道正巧有另外的人也知道这里，潜了进来？

不可能啊，这样的可能性也太低了。三叔脑子转得很快，他一下就想到了一个可能性。

难道是自己和解连环下水的时候，给船上的人看到了，有人跟着他们下来了？

现在一想这倒是有可能的，这附近不太可能有别的船了，而自己抓住解连环的时候，确实闹腾了一下，难道当时有人给吵醒了，没叫他们，反而一路尾随过来了？

一路过来海上漆黑一片，海黑海黑，那就是一片混沌，什么也看不清楚的黑暗，如果有人跟踪，肯定是发现不了的。况且两人只顾赶路，根本没有想过这些事。

说实话，三叔当时是不把考古队的那一批队员当回事的，他想，就是被发现了，文锦也能给他瞒过去，那批人就算再怀疑，也不能怎么样，所以他和解连环下水的时候，并没有太在意会不会有人知道。但是实在没想到，有人会偷偷跟下来。

会是哪个呢？考古队里的人大部分他都认识，虽然说有几个陌生面孔，但是他平日里看人也颇准，除了解连环之外应该无人可疑啊。如果是船夫呢？倒也有可能。难道说自己下水被船夫看到了，于是他好奇跟了出来？

不过，到这里来必定要用潜水器械，那几个船夫游泳厉害，但是潜水器械这种东西，应该不会操作啊！

这么说来，应该还是考古队里面的人，是哪个呢？

三叔想不出来，心里就说：不管如何，他要是偶然跟来，此时应该会叫出声来交涉，如此不出声，还下了这么重的手打晕了解连环，并且刚才没有听到任何大叫，应该是偷袭，这肯定有问题，等我先制住他再看看他到底是什么人物。

这些思绪如闪电一般从三叔脑子里闪过，一想到这一点，他就把手电关了。四周一下子暗了下来，只剩下解连环那个摇摆不定的手电的光线，然后他就矮身趴到地上，向边上滚去。

这是为了不让对方知道自己的位置，敌明我暗是最好的，而趴下来是三叔特有的习惯性动作，那是怕对方听到声音扔东西过来。比如陈皮阿四那种人，你如果站着，就是光听心跳，他就能打中你。

滚了十几步后，三叔感觉大约已经远离了铁棺，就凝神静气，努力去听周围的声音。

墓室里原本就极安静，可以说掉根针都听得见，三叔一下子安静下来就显得更静了，他听到了自己的心跳声，好比打雷一样。

在心跳声之外，三叔果然听到了一些莫名的声音，十分轻，听不出方向，但是确实就在四周，好像是呼吸声，又好像是极其轻微的摩擦声，他的冷汗一下子就出来了。

果然有人。

三叔暗骂了一声，闭上了眼睛，努力去听那声音，想辨别声音的方向。

然而，只听了一下，那声音就消失了，好像对方知道他发现了自己，屏住了呼吸。

三叔心跳加快，然后慢慢地站了起来。如果那人在附近，要是不小心给踩到，那自己趴着就处于劣势了。

刚刚起身一半的时候，三叔忽然听到了就在自己的左后方有一声关节响的声音，离得极其近。他一下子就有点儿慌了，把身子转了过去，想往后退一点儿，远离那个声音。

就在那一刹那，三叔感觉到脸边闪过一丝微风，他心说不好，想低头已经来不及了，黑暗中传来一股劲风，一个人猛地扑了过来，一下子将三叔扑倒在地上。随即，三叔感觉到自己腰间插的手电被人拔了出去，接着那人力道就松了。三叔猛地弓起身，想挣脱，可下颌突然一麻，是被人用手电狠狠地砸了一下，顿时满口都是血。

“对方看得见我！”刹那间三叔闪过这个念头。

在一片漆黑中能够准确地扑杀过来，而且一下子就能抽出自己的手电，显然对方看得很清楚。

这是怎么回事？难道对方有一双猫眼？

惊骇之余，三叔用力把头摆向另一侧，但对方的第二下还是准确无误地砸了下来，一下子砸在三叔的鼻子上。这一下砸得极重，三叔的头都抬不起来了，嘴巴里一股咸味涌了上来。

这次三叔真毛了，他自小就是孩子王，除了被爷爷打，什么时候吃过这样的亏。他马上就起了杀心，一抬头，匕首就划了过去。

然而什么也没有划中，反而下巴上又给狠狠打了一下。这都是杀招，三叔的下巴连痛都感觉不到了，接着他拿着匕首的手就被人死死地抓住了。

这样躺着力气使不上来，手被按在地上，三叔大骂了一声，猛地抬头就是一口口水，连着嘴巴里大量的血就喷了出去。

凭着身上的感觉，他知道对方闪了一下，就是这一刹那的工夫，三叔整个人扭了起来，一下子挣脱了出来。对方没有想到三叔能挣脱，忙俯身再用膝盖去压，这却中了三叔的圈套了。

普通人打架，一人被另一人压住，一旦对方的力道松了，第一个念头肯定是挣脱出去。然而别人在你上面，想再次制住你非常容易，所以三叔佯装挣脱，等那人再次压下来的时候，三叔另一只手已经抓住了自己那个装着人头骨的隔水袋，抡起来就砸了出去。

那一下也不知道砸在了什么地方，只听对方一声闷哼，翻了过去。三叔哈哈一声，一个翻身就爬了起来，抄起隔水袋就往对方闷哼的方向砸了过去。

可惜那里面的骨头已经碎得不成样子了，隔水袋甩过去也没有什么威力，三叔也不管有没有砸中，跌跌撞撞地就往解连环手电的地方冲了过去，抓起手电就朝身后照去。

之前考虑在黑暗中对峙已经没用了，对方竟然能够看到他，那自己刚才那种关手电然后趴倒翻滚的动作就是搞笑了，现在要制住对方，只有把对方逼出来。

然而手电闪电一般扫过一个半径之后，三叔什么人也没有看到，袭击他的人不见了。

三叔当时已经是火头上的状态，也没有什么冷静可言了，一看人躲起来，破口大骂，端着匕首就去找，绕了棺材一圈，就听到他出水的地方，传来了一声入水声。

跑了？三叔跳了起来，急追过去。冲到入水口，看到那人已经下水了，水面上还荡着波纹。三叔愤怒得想一头跳下去，然而一看水在手电照射下是黑的，万一对方埋伏在那里，自己下去岂不是吃不了兜着走？只得硬生生忍住，指着水大骂了一通。

因为不知道是谁，三叔索性把船上除了文锦之外的所有人全都骂了个遍。

然而骂着骂着，他就觉得不太对劲，身边似乎有什么奇怪的嗞嗞声，听得耳朵发痒。

三叔把手电照向发出声音的地方一看，顿时浑身冰凉，几乎没晕过去。

原来自己的氧气瓶栓不知道什么时候被人拧开了，氧气正在嗞嗞地往外冒。

第二十二章

抉择

说到这里，三叔就长长地叹了一口气，捏了捏自己的眉心，似乎下面的事情并不想说起。

而我听到这里，也是一身的虚汗，三叔停下来，我也正好可以喘口气。

这事情真是惊心动魄，一路听来我都有点儿窒息的感觉，特别是听到发现了第三个人的时候，我都感觉自己像在听评书一样，原来事情竟然是这么发展的。

这个人是谁呢？我心说。从行为来看，此人相当决绝，氧气瓶栓是不可能给碰开或者自己松开的，现在被拧开了，肯定是这个人干的，而且，非常有可能是尾随三叔进来的时候就打开了，里面的氧气必然所剩不多了。

这海底墓室离海面有着相当长的距离，没有氧气，三叔和解连环必然会被活活困死在这里。这个人回到船上，想必也不会把三叔的事情说出来，因此，船上的人是绝对不会发现这个古墓的，自然就不可能过来救他们。这是非常恶毒的杀招，显然他一定是要三叔和解连环死在里面。

这样一说起来，三叔当时的情况其实比我们还要糟糕，他只有一个人，而且深入海底的距离比我们厉害得多。

不过三叔现在坐在我面前大剌剌地抠脚喝茶，显然他最后还是找到办法出来了，这我倒不需要太紧张。

两人都定了定神，三叔缓了一下，就继续说了下去。

当时，看到那情形，他的脑子立即就炸了，忙上去拧上了气栓，拧好后，浑身已经吓得冰凉了。

那一瞬间，他以为自己完了，肯定死定了，而且还是他最害怕的死法，在封闭的古墓里活活困死。他为自己的大意后悔，又是满心的憎恨。对三叔来说，死在古墓里就死在古墓，如果是中机关而死，那是命，没有办法，但是给人害死，他是大大地不甘心，实在是懊恼极了。

他立即去看氧气表，看了之后牙都咬到牙龈里去了。他自己的氧气瓶，可能是因为气栓的防漏作用，没有漏光，还剩下十分之一的氧气，解连环的氧气瓶里也剩下一些，不过那几乎就是一点点，估计呼吸个三四十下就没了。

这可能还是放气的时间比较短的缘故，要是再晚几分钟，可能就是个空瓶子了。

这点儿氧气，几乎和没有差不多。进来的时候，三叔用了一半，而解连环用了多半，现在剩这点儿氧气是远远不够出去的。

想到这个，三叔就绝望了。他看着四周漆黑一片的墓室，一股极度的恐惧侵袭过来，心说，难道自己真的会被活活地困死在这里？

三叔越想越害怕，而且是真的害怕，不是紧张或者焦虑。他当时立即有了一个念头，他不能死在这里，要死也应该死在别的地方，那一刹那，他几乎想一头跳进那个人水口淹死自己。

不过三叔到底是枭雄，这种恐惧感很快就被他压下来了。他拍了自己一个嘴巴，骂了声没出息，然后冷静了下来，开始思考应该怎么办。

我、胖子和闷油瓶被困住的时候，因为一点儿氧气也没有，所以只能把希望寄托在寻找氧气瓶上，然而三叔当时还有氧气，而且氧气的量不多不少，非常尴尬，所以他所有的思维，很快就被这些氧气的量吸引了。他首先开始考虑，仅靠这点氧气有没有一点儿可能撑到外面去。

算来算去，其实都不可能，因为氧气太少了。虽然刚才进来的时候，他一直很小心谨慎，速度并不快，如果出去的时候快一点儿，能够缩短很长的时间，但是，进来的时候用了五份氧气，现在出去只有一份，也就是说，出去的速度必须是进来的五倍。

进来的时候，大概是三十分钟，那出去只有六分钟，他又不是鱼，怎么可能做到？

这下三叔又有点儿难受，他马上又拍了自己一个嘴巴，把自己的恐惧拍掉，逼着自己继续往下想。

那六分钟能到哪里呢？从这里出去大概就要三分钟，六分钟，只能到那片巨大深渊的出口，这已经是最快的速度了。

一旦进入深渊的出口，那么大概只需要十分钟，就一定能出去，也就是进来时的半小时路程，如果运气好，则可以在十六分钟内游出去。而且，他看了看表，马上就要退潮了，到时候那洞口会露出海面一些，洞的上方会进入一点儿空气，这样，也许不用到洞口就能呼吸到空气了。

因此只要能得到够呼吸十分钟的氧气就行了。

可是，这十分钟的氧气去哪里找呢？这里可是一点儿办法都没有。三叔抓耳挠腮，条件反射地到处去看，希望能看到什么给他启发的东西。

可是，古墓之中会有什么启发，难道会发现一个明清时候的陶瓷氧气瓶不成？

想了还是等于白想，三叔懊恼地用力拍了一下入口的水面。这时候，他看到下面黑黑的海水里映出了自己的倒影。他把手电偏了偏，倒影清晰起来，他一下子就发现了能提供给他十分钟氧气的东西。

三叔也真是突发奇想，他当时看到的，就是他身上的潜水服。

那么，潜水服怎么当氧气瓶呢？三叔想得十分巧妙，他把潜水服的袖子和裤管子都扎起来，然后用力一兜，把里面充满气，之后把领口也扎起来，那潜水服就变成了一个气囊。他跳入水里，解开一个袖子，当成氧气管吸。

一下去，他就发现还真管用，他吸了三四分钟才觉得空气混浊起来。

有门儿，有门儿！他大喜，立即上来，跑去把解连环的衣服也扒了下来，做成了另外一个气囊，然后把两个气囊充满气，心说十分钟有了！

想着他一刻也等不下去，立即就拖着所有的东西，准备下水出去了。

三叔的性格不像我，不会犹豫，也不会选择保守的方式，所以他当时没有一点儿犹豫。

不过，就算这些氧气能够撑到外面，那也只有一个人能勉强出去，这个人一定要拿走两只氧气瓶，另外一个人必须在这里等那个人回来接他，如果那个人死在半路上，那就没人会回来了，这个心理压力是巨大的。

三叔当时并没有觉得这是一件多么严重的事情，心说反正解连环的氧气本来就不够，现在只不过是更严重了而已。而且，此时他也根本没心思管解连环，他自己已经进入了一种极度亢奋的状态。

他将解连环摆到棺台上，然后拿刚才用来砸人的装着人头骨的隔水袋给他当了枕头，让他的姿势舒适一点儿，就回到入水口，想也没想就下了水。

事实如三叔所料，六分钟过后，他已经进入了那深渊之内，氧气竟然还有一点儿。

此时三叔的心已经安定了下来，心里还真佩服自己，心说：这样都困不死我，我回到船上，那个暗算我的王八蛋不给吓死？

由于身后拖着两个巨大的气囊，三叔不由自主地往上浮去，这也给他省了不少力气。他凭着记忆，往这个深渊的出口游了过去。然而，让他没有想到的是，等他游到他认为的那个出口所在的位置时，他却愣了。

那里什么都没有，只有一片凹凸不平的珊瑚礁石。

嗯？三叔纳闷，再往边上照，一路照过去都没有看到出口。

他一下子就凉了，事情没他想的那么顺利，看样子自己好像记错了出口的位置！一紧张，一出冷汗，三叔去看氧气表，只见氧气表的指数已经在零以下了。

第二十三章

上帝的十分钟

三叔慌了，但是他知道这个时候绝对不能紧张，他把身上的氧气瓶解开，踢了开去，然后接上了解连环的，继续寻找出口。

其实此时情况已经十分糟糕了，三叔用手电往四周照的时候，发现四周一片幽深的黑暗，他连来时的方向都搞不清楚了。

看来自己想得太天真了，三叔暗骂了一声，一阵比困死在古墓里还让人恐惧的剧烈的心跳开始出现。他意识到，自己可能死定了。

不过这一次极度的恐惧之后，三叔反而平静了下来，心说自己还有十分钟的时间，希望也许就在这十分钟里，如果找不到，也好，不过是早死晚死的问题。

他凭借直觉，再次开始搜索，很快，解连环的氧气瓶也空了。他将气囊解开，开始吸气囊里的空气。然而，四周还是一片漆黑，这种感觉让人非常无奈，就像你急切地要找一个东西，但怎么找也找不到，三叔开始绝望起来。就在这时，祸不单行，忽然，解连环的手电闪了闪，竟然熄灭了，四周一下子变得一片漆黑。

三叔一看，心说：看来是上天要我死，我也没有办法了。但就在这个时候，他忽然看到，自己前方的黑暗里出现了绿色的光点。

哎呀，是“舞乐古尸”！三叔打开腰间的探灯，朝那里照去，果然看到那群古尸又漂了回来，而且离他非常近，只有五六米。

三叔心里涌出一丝希望，心说对了，这群古尸的运行轨迹经过那个出口，跟着这些尸体就能找到那个出口了。

于是他游了过去，游入了那群古尸之内，跟着它们前进。

一靠近他就发现，古尸好像是在跟着一股水流走，他也冲入这股水流，开始自动往前漂去，同时用探灯照上面的情况。

然而，让他焦虑万分的是，这尸体漂得极慢，很快，他就把第一个气囊全部吸光了，但还是没有找到那个出口。

三叔对我说，当时他已经快疯了，但是毫无办法，只能继续跟着，寄希望于奇迹发生了。或者说，当时他已经没有心情害怕，也无法去想氧气的事情了，只希望自己能立即看到那个出口。

不过，等他终于看到那个出口出现在头顶的时候，第二个气囊也几乎空了。气囊里的空气最多能撑两分钟，这要是进入就等于自杀，如果顺着水流下去，倒是还有希望能回那个墓室。

三叔看了看出口，又看了看下面的黑暗，当时就做出一个决定，无论怎么样也要搏一下，下去，只不过是死得晚一点儿，两分钟，虽然不可能，但是也要试试，他不想等死。

他深吸了一口气，就往上游去，可是游出水流的一刹那，因为外面水流速度慢，他被卷了一个跟头，一下子就撞到了一具古尸的身上。

这水流的力量是相当大的，三叔控制不住姿势，忙抱住了那具古尸，用力稳定身体。

这时候，他忽然灵光一闪，看到那古尸的嘴巴里竟然有气体喷出来。嗯？他愣了一下，一按那古尸，立即发现，这不是真人，而是一个用竹子之类的东西编的，外面糊了石胶和泥浆油的人俑，而且，很明显是空心的，里面有空气！

不会吧，三叔想着，立即拔出匕首，一刀捅了进去，气泡马上就从破口喷了出来。

三叔像吸血一样扑上去，吸里面的空气，只吸了一口，他就知道有门了，虽然里面的空气极度难闻，但不是毒气，能呼吸。

这样想着，他扯起两具古尸就退离了那道水流，进到出口之内。

说起来匪夷所思，谁也不相信，然而三叔真的就这样成功地捡了一条命回来。

他回到船上，当时天已经白了，太阳快升起来了。他一回到船上，将器具放好，就看到了一具湿的装备放在角落里，这下子他马上就确认了，要置他于死地的人肯定就是考古队里的。

然而他回到卧舱，发现所有人都睡得死死的，他一个一个看了一遍，根本无法看出哪个人有异样。

如果是在平时，他肯定一个一个绑起来问了，现在碍于文锦的面了，他不可能这么下，只得忍下来，也佯装睡觉，一直到两个小时后天亮才佯装发现解连环不见了，于是他们开始寻找。他本想引他们发现那个礁洞，没想到的是，却在那附近找到了解连环溺毙后的尸体。

三叔对我道："我不知道他是怎么出来的，看当时的情况，有可能是他醒了之后，发现氧气瓶不在，只剩下自己一个人，在恐慌下强行出来然后溺死的。我实在是没有想到，他竟然会那么蠢，不过现在想想，说起来也算是我害了他的性命。"

我听了长叹一声，对三叔说："你上来之后，应该马上下去救他的，那样就不会出这种事情了，你竟然还能睡觉。"

三叔点头，也叹气道："当时我是感觉马上下去救人太危险了，我不知道是船上哪个人想要我的命，再进去恐怕还是会着了别人的道儿，反正他们醒来之后，马上就会发现解连环不在，肯定会去找。我已经将来时的充气艇留在那礁石处，到时候只要将他们引到那里去，然后趁乱进洞，来去最多也只要半个小时，否则我一个人带着两套器具连夜出海，不仅会让人怀疑，而且救出解连环之后，事情也不好交代。”三叔摇头继续说，“现在你知道为什么这事情我不想提了吧，这是你三叔我最后悔的事情。”

说起这个，我想起了那血书，这下就清楚了为什么解连环会认为是三叔害了他。后脑挨了偷袭，解连环肯定不知道是谁干的，他不可能想到古墓里还有第三个人跟了进来，那醒来之后第一个想到的就是三叔了，然后一看自己的潜水设备没了，自然会以为是三叔要杀他。

千古奇冤，我一下子就想到了金庸小说里那些解也解不开的误会，还以为是文学夸张，没想到竟然真的会发生。

最后解连环是从哪里拿到的蛇眉铜鱼，尸体又怎么出现在礁洞附近，已经无从考证。想必他在绝望之中找到了什么出路，但是水下古墓，就算能出来，也逃不过那一段海水，解连环终究没有逃过他的宿命。

解连环误会三叔这件事情还是不要对三叔讲比较好，免得他听了之后不舒服，我心里暗自打算。

三叔接着道：“接下来的事情，我在济南已经和你说过了，当然，当时我并不想让你知道解连环的死和我有关，所以我和文锦他们第二次进海底墓穴，后面的事情，我没有说。其实我当时进去确实是装睡，因为我怕他们会到达那间墓室，我不知道解连环会留些什么在里面，所以想在他们到达之前进去看看。另外，我知道下来之后，那个攻击我的人肯定会露出马脚，我想靠这个把他找出来，给解连环报仇。”

此时，我就想起了闷油瓶和我说过的事情了，一想之下，似乎提出探索古墓的是闷油瓶自己，心里豁然，问三叔：“那你有没有看出来到底是谁？是不是那个张起灵？”

他的身手、背景都十分神秘，如果是他的话，事情也比较好解释。

三叔皱起了眉头："他们出去之后，我跟在他们后面，此人确实相当可疑，但是有更加可疑之人。总之，看到后来，我也弄不清楚了，我看谁都可疑。不过我个人认为，以那小哥的身手，我这点三脚猫的功夫，恐怕当时就直接给打死了，不太可能是他。"

我也意识到了，于是点头。闷油瓶平时看上去柔柔弱弱的，睡不醒的样子，他要发起狠来，就是直接去拧别人的脖子，那是最快的杀人方法，三叔肯定不是他的对手，于是又问："那接下来呢？"

"接下来……那小哥带着那帮人出去之后，我就偷偷跟在后面。我当时并不知道那水池底下还有通道，他们进入那个水池的墓室之后，我以为他们兜了一圈儿之后会出来，就待在甬道的黑暗中。等了一会儿，他们竟然没出来，我心中一动，怕他们遇到危险，就跟了进去。后面的事情，那小哥应该和你说过了，我只是跟在后面，他说得应该比我更清楚一点儿。"

我这时候想起了一个细节，问道："那他说你装娘儿们照镜子来引导他们过奇门遁甲，也是真的？"

三叔"咦"了一声："什么娘儿们？"

我把闷油瓶当时说的情况重新说了一遍，三叔顿时睁大了眼睛："有这种事情？"

我咧嘴，心说：别说你不知道。然而三叔真的倒吸了一口冷气，站起来来回踱了几步："他真的这么说？"

"当时的环境决定我肯定不会听错。"

三叔眯起眼睛，让我详细地再说一遍。我就努力回忆闷油瓶和我说的事情，仔细地说了一遍。

三叔听完，摸着下巴，连连摇头："不对，不对！他骗人！"

"骗人？"

"我在石阶上，雾气太浓，并没有看到当时的情况，我可以用文锦保证，我绝对没有下到下面去，也压根儿不知道这里面有什么机关。那小哥一面之词，你不能就这么信他。”

我皱起眉头：“但是当时的情况，我不认为他有必要骗我们啊。他甚至可以不和我们提这件事情，我们也拿他没办法。”

三叔拍着脑袋，想了想，就道：“说得也是，那假设他说的是真的，也有问题，你看这小子说的，‘我’蹲在那里，他看的只是‘我’的背影，他们所有的判断完全是靠那个背影。整个过程中，除了那个霍玲有可能看到了‘我’的脸，其他人完全就只是凭借一件潜水服就判定了那个人是我……”

我“哎呀”了一声，脑子里回忆当时的话，发现的确如此：“这么说，这个引他们通过暗阵的人不是你，是另一个和你背影甚至相貌都有点儿相似的人？”

三叔点了点头，脸色变得非常严肃：“如果那小哥说的是真话，绝对就是这样。而且，你没发现吗？那小哥没有看到我的脸，他本来是有机会看到的，但为什么没有看到？”

我回忆了一下闷油瓶说的情节，突然就一个激灵：“霍玲，他被霍玲拦了一下！”

三叔点头道：“对，就是这个细节，我一直不知道这些，真没想到，竟然在那极短的几分钟里还发生了这样的事情……”

我感觉到头疼起来，确实，当时的情况如此混乱，能见度也极低，闷油瓶的确有可能会看错。而且，这样看的话，那个人是三叔的这个结论，自始至终都是霍玲提出来的，只有她一个人看到过那人的脸啊。如果她和那个人是同伙的话，这就可能是一个巧妙的骗局，那闷油瓶和其他人可能都错怪三叔了。

我一下子又想到闷油瓶当时说过“如果这人真的是你三叔”这句话，他是否也在怀疑那个人不是三叔？

不过一想又不对，闷油瓶看到三叔，不仅是这一次，他在昏迷前也看到过三叔，而且看到了三叔的脸，这靠背影是骗不过去的，这又怎么解释呢？

我把这个问题提了出来，三叔就叹气道："这我就不知道了，也许是那小哥在意识模糊之际看错了。你想，他一路进来都以为是在追我，那个时候迷迷糊糊的，可能出现了幻觉。"

我摇头，对他说："这太牵强了，小哥那样的人，不太可能会迷迷糊糊看错吧？"

三叔正色道："如果是这样的话，那么，他肯定是在说谎了，因为我没有骗你。"

听到这句话，我心中就长叹，我最害怕的事情来了。一直以来，听到三叔和闷油瓶经历重叠的部分我就非常紧张，怕出现那种牛头不对马嘴的情况，那样就说明他们两个中肯定有一个在说谎。

不过一路听过来，我却发现两人的话大体都能对上，我已经有点儿安心了，心想就算不是百分之百的真相，也应该接近事实了。可是，一路下来，眼看就要通了，却在最后遇到了这么一个卡，真是让人难受。而且这个卡非常关键，如果三叔不在里面的话，那迷倒他们的就另有其人，三叔就完全清白了；如果三叔在里面的话，那就完全相反，三叔就是心怀叵测的大奸角。就这么一点，却代表着两种完全不同的结果。

两人之中，我还是比较相信闷油瓶，因为他是在完全没有必要和我说的情况下叙述的，他骗不骗我对他一点儿意义也没有。不过，三叔这次的叙述和以往都不同，非常清晰，也找不到破绽，如果他在骗人，是没法把谎话编到这种程度的，我感觉他这次也不太可能会骗我。而且，只剩这么一点儿矛盾了，他若要骗我，可以轻松地瞒过去，不需要说出和闷油瓶相反的事实啊。他可以说自己跟进去了，然后也晕了，醒来的时候他们都不在了，这我也根本找不出破绽来。

这似乎是一个罗生门，完全没法解开其中的奥妙，似乎两人说的都是真的。

想到这里，我突然有了一个奇怪的念头，表面证据优先，那么既然我认为三叔没有骗我，闷油瓶也没有骗我，会不会有这么一种情况，他们两个说的事情都能成立呢？

这是有点儿胖子的思维方式，简单明了，把事情分成三条，否定了前两条，那最后一条再不可能，也只有成立。

我把我的想法说了。三叔也在思考，一想就摇头道："怎么可能？如果要这两种说法都成立，那当时墓里，必须得有两个我才行。"

"两个三叔？"我心中琢磨，心说这好像绝对不可能，三叔又没有孪生兄弟，也不会分身，这个假设没有逻辑性。但是，如果要按照胖子的思维考虑的话，就不需要考虑逻辑性，而是要把所有的可能都列出来，枚举法。

我拿出一张纸，就开始写可能性，然而想了想，发现在他们两个都没有说谎的前提下，只有一个结果，就是三叔是在奇门遁甲阵的外面，而闷油瓶在里面看到的，是一个和三叔相貌相似的人。

那么问题其实不是如何产生两个三叔，而是这个相貌相似的人是从哪里来的？用枚举，也就是几个，一个是这个人是从海上来的陌生人，一个是这个人一直藏在古墓里，这两个很勉强，那么最有可能的，就是这个人应该是那十个人中的一个。

这倒有根据，回忆闷油瓶的叙述就可以发现，在当时他们发现三叔的两个情况都很奇特，完全有可能是和他们一起下海的某个人干的。

可是从来没有听三叔提过队伍中有人和他很像，现在再谈论这个话题，如果有的话，他怎么都该想到了。而且照片我也看过，不过那照片那么模糊，看上去每个人都差不多，不好作数。

那么，会不会是易容呢？我想起那小哥的手段，然而一想，就知道不可能，一次易容要准备三到四天，化装要五到六小时，当时那种情况，他怎么可能来得及？

想到这里又到了死胡同，我不由得沮丧，长叹了口气。

三叔看我的表情变化，就问我在琢磨什么，我把自己的推论过程说了一遍。三叔听了就笑，说我怎么学那胖子的思维，那胖子脑子是歪的。

可是才笑了几声，他好像就想到了什么，脸色一变，然后吸了一口冷气，道："哎，也不是，难道这事情是这样的？"

我忙问他："怎么了？"

三叔脸色苍白道："你别说，这胖子有两下子，给你这么一分析，我好像明白这事情是怎么回事了，但……如果真的是这样的话，这事情就非常不对劲了，甚至有点儿诡异了。"

我忙让他快说，三叔就道："你说那古墓之中还有一个人，和我长得相似，很有道理，但是我感觉这个人也不需要太过相似。你想那小哥中毒了，必然神志不清，而且昏迷前就那么几秒钟，只要有几分相似，就可能会看错。"

我点头："对，可是，你们那队伍中会有这种人吗？要是有这种人，你可能早就注意到了吧。毕竟世界上有两个人相似是很奇特的事情。"

三叔的表情很古怪，他吸了口气，摇头道："你想错了，其实世界上有一种情况下两人相似是不奇怪的，而当年的考古队里确实就有这么一个人和我有七分相似，但是，所有人都不觉得奇怪。"

我"啊"了一声，心说不会吧，忙问道："是谁？"

三叔瞪着我回答道："当然就是解连环。"

第二十四章

死而复生的人

我一下子就起了一身的鸡皮疙瘩，几乎缩在了那里，实在没想到三叔会说出这个人的名字来。

花了好长时间我才反应过来，结巴道："怎么可能？"

"怎么不可能？我们是表兄弟，当时很多方面很相似，特别是那个年代，大家穿的、发型几乎都一样，要说这个事情能成立的话，只有他符合条件。"

"可是，当时他不是已经死了吗？"我咋舌道。

三叔很有深意地吸了口气，往后躺了一下，皱眉道："确实，他当时肯定死了，尸体被发现的时候已经僵硬了，都泡得胀起来了，那个样子绝对不可能救活。但是，除了这个解释，我想不出其他的办法可以证明我和那小哥都是清白的。话说回来，运解连环尸体的船后来也没有回码头，连同那些渔夫一起，就这么消失在海上了，他也算是失踪了。"他顿了顿，又道，"其实，有时候我也想过，自己是不是太小看解连环了。"

“什么意思？”我感觉到有点儿发寒，“你是说，他诈死？”

三叔点头：“我调查过所有人的背景，都没有可疑之处，我就想到过这一层，会不会解连环当时没死，他潜了回来，和霍玲搭档，完成了这个阴谋。这样，所有的事情都能解释了。不过，当时检查他尸体的人是我，我也记得很清楚，那尸体绝对不可能是诈死的，所以我后来把这个可能性排除了。不过，现在听你这么一说，我又感觉如果他没死，倒是能解释所有的事情了。”

我摇头道：“既然你确定他死了，我们就不要去想这个可能性了，这解连环总不是僵尸，那肯定是有别的原因。”

三叔叹了口气，让我暂且别想这件事情了，现在我们的资料太少，那小哥也不在身边，讨论这个是不会有结果的，还是待会儿再说，等说完之后，我们从头分析一下，说不定会有什么收获。

我也感觉是这样，一面是三叔的说辞，一面是闷油瓶的说辞，全部都是说辞，没有第三方的东西，要琢磨也只有干想，于是就让三叔接着说下去。

这之后的事情，三叔就说得很简短。他从海底墓穴出来之后，就开始调查整件事情。因为在解连环那里得知了裘德考的计划，所以他把解开谜题的关键放在调查这个人身上，同时寻找失踪的那些人的下落。之后他与裘德考有了数次接触，然而裘德考始终没有透露给他什么消息，直到在七星鲁王宫，裘德考再次失败之后。

当时裘德考发现自己全军覆没的地方，有三叔的这一伙人竟然能够全身而退，没有受到多大的损失，他开始意识到也许自己的方法根本就是错误的，于是他和三叔见面，两人有了一次长谈，就是刚才三叔和我说的那些内容。

然而三叔确实是裘德考的煞星，他和裘德考约好合作，再次进入海底墓穴，这一次，目的是拍摄壁画。然而和当年在长沙裘德考背叛爷爷时的想法一样，三叔也只是利用了裘德考的资源，他已经知道裘德考的目的。他进入了古墓，逼迫陪同的人说出了很多机密，利用这些信息，他知道了他们的下一个目标就是云顶天宫，于是就开始与他们斗快。

这期间还有着相当多的奇遇，但是写出来未免烦琐，只要略提就可以了。

而之后阿宁他们来找我，并不是三叔安排的。他说我其实只要想想就能发现根本不可能是他让他们过来的，以我的水平，如果做他的后备肯定是死路一条，他怎么会害我？我是被阿宁骗了，当时他们认为我能从鲁王宫出来，也是一个高手，所以用了这个方法骗我。

三叔说，他当时不想告诉我这么多事情的原因，就是怕我牵扯到这件事情里来，可惜在鲁王宫的事情，裘德考肯定非常了解，所以之后，鲁王宫里其他几个能动的人他们都联系过了，我是骗来的，胖子是买来的，那小哥可能也是知道了这个事情之后，才决定混进我们队伍的。

之后的事情我就很清楚了，他拿到壁画之后，为了比阿宁他们早点儿到达云顶天宫，就直接出发了，但是一个人倒这么大的斗总是心虚的，就留了口信给潘子。他并没有准备让我也去，但是显然那个楚哥泄露了消息，将事情告诉了陈皮阿四，这老头就硬插进来，还让楚哥将我也拉了进来，准备到时候用我来胁迫三叔，当时那一批人都很厉害，他们特地找我这个软脚虾来当备用轮胎。

三叔说到这里就摇头，说："合作这么多年的人，一看自己的生意不行了，马上投靠了陈皮阿四，真不是个东西。现在坐牢，也是报应。"

裘德考背叛了爷爷，三叔背叛了裘德考，楚哥背叛了三叔，然后阿宁背叛了我们，人，真是可怕的动物。

云顶天宫中他的经历也十分恐怖，到底他是一个人。他顺着那些壁画提供的线索一路过来，但是最后中了招，被我们救了，要说起细节来也十分精彩，但是，这里也没有必要细说，三叔也就草草地说了过去。当时因为之前的那些叙述我已经听得浑身冒冷汗了，所以我也没有多想，很久以后我才感觉到，也许三叔在这里还隐瞒了什么，但那是很久以后的事情了。

第二十五章

重启

三叔说到这里，他所知道的来龙去脉都已经叙述出来了。

说完之后，两人都松了一口气，三叔大概是感觉放下了一桩心事，而我则好像是看完了一部电影。

我们两个都安静了下来，三叔出去上厕所了，我则闭上了眼睛，将刚才听的事情从头到尾想了一遍。几分钟后，我已经把事情理得十分清晰了。

虽然整件事情并不是百分之百的明朗，但是，裘德考和三叔的前因后果，大部分都清楚了，不知道的，也就是两三件事情。

三叔方面，在海底墓穴中的经历，是三叔噩梦的开始，也是他从一个草寇逐渐成熟起来的契机。为了寻找消失在古墓中的考古队，可以说他投入了自己的所有。那些钱和时间就不说了，就是一个云顶天宫，为了拖延阿宁他们的进度，他竟毅然舍弃了自己的事业，除了少数几个特别忠心的，在长沙的伙计全都散了。三叔应该说是老九门的后裔里数一数二的人物，现在一切都烟消云散了。

如今自己也落得个半死不活的境地，他这个年纪，其实早就该退休了。当然最倒霉的就是我，受着精神和肉体的双重折磨，然而听到后来，就发现这事情似乎和我一点儿关系也没有。现在想想，感觉三叔当初骗我也许真的是善意，如果我当初知道这里面的水这么深，恐怕自己也不肯踏进来。

三叔给我的最重要的信息就是：当时在他们的船上，除了他和解连环之外，似乎有第三个知道海底古墓存在的人，这个人显然和霍玲有关系，而且这个人显然想干掉他和解连环。

而这个人肯定是在那十人之内，因为最后进海底古墓的时候，海面上已经没有船了，而下去的就只有那几个人。

那么，他们一共十个人，除去三叔、文锦、闷油瓶、霍玲、解连环（死了）和一个送他回去的人，那就只剩下李四地等四个人。如果闷油瓶说的是真的，那这个人应该就是四个人之一，这四个人中应该还有一个是女人，那其实可供选择的只有三个人。

如果不是解连环的僵尸归来的话，这个神秘人必然就在这三个人当中了。当然，这里还有一个疑问，就是闷油瓶在昏迷前看到的到底是谁。这个问题十分诡异，如果勉强用看错了解释，虽然说得通，但是总归感觉有点儿问题，我回去还要好好地想想。

裘德考方面，就是裘德考在西沙考古那一年的事情，裘德考不肯说，显然这事情十分关键，涉及核心的秘密。而他之所以肯将之前的事情说出来，现在看来，这些事情都无关紧要，当时他追求的，只是战国帛书的含义，是学术上的事情。

但是显然，现在他的目标已经变了，我在这里就发现了一个三叔没有想到的地方——裘德考的目的是什么？这在现在也是一团迷雾，拍摄死人，拍摄壁画，进鲁王宫、云顶天宫，这肯定不是学术研究了，他到底想干什么呢？

裘德考已经是一个九十多岁的老人了，他还在做这件事情，显然不是为钱或者名誉、地位这些东西了，这真是有点儿离奇。

三叔上厕所回来，我就把自己想到的事情和他说了。他点头，对我道："这点我其实想过，但是这件事情实在太复杂了，我没法说。你看，这裘德考开始西沙计划之后的事情，我就完全看不懂了。不过，你要是仔细感觉，还是能感觉出一点儿线索来。鲁王宫、海底墓、云顶天宫，都是汪藏海到过的地方，表面上看，很明显，他们好像是顺着汪藏海的足迹来走，我就感觉，他们是不是在找什么东西，一件汪藏海可能留在这些古墓中的东西。"

"留在古墓中的东西？"我想了想，"难道是蛇眉铜鱼？"

当年汪藏海为了将东夏的秘密流传下来，通过这种方式，将隐藏着秘闻的蛇眉铜鱼藏在大风水的宝眼中，希望日后能够被盗墓贼发现，所以那几个古墓中都藏有蛇眉铜鱼。

三叔摇头说不清楚，感觉不太像，好像是别的什么，他们反复进海底古墓，似乎就是为了拿到汪藏海到过哪里的线索，然后去找。

"其实你三叔我才不在乎他们想干什么呢。你三叔我只想知道，他们失踪在西沙的海底，到底是出了什么事情，文锦他们到哪里去了。我盯着裘德考，就是因为这西沙的事情肯定和他的目的有关，可惜，这事情越查越复杂。"三叔说着就叹了口气，"到了后来，我都不知道自己在查什么，我只能尽量比他们快，想早一步找到他们要找的东西，这样就能威胁那个老鬼把事情说出来了。可惜，你三叔我到底老了，很多事情已经力不从心了。"

我拍了拍他，安慰道："那大风水的线头已经完结了，到了云顶天宫已经是终点了，显然那一次阿宁他们的目的是九龙抬尸棺，但是当时局势混乱，他们没有得手，我想他们可能会再次进去。不管怎样，云顶天宫应该是最后一站了，他们进去，无论找到找不到，这事也应该到尾声了。三叔，你也别太执着了，有些事，你已经尽力了，就别想太多。"

三叔苦笑："尾声？我一开始也是这么想的，不过，现在看来，这么说还太早。"说着就拿起闷油瓶寄来的录像带，拍了拍，"这事情肯定还没完，看看里面是什么东西再说吧。"

第二十六章

出院

和三叔的聊天持续了将近两个小时，开水都喝掉了两壶，讲完之后，两人都感觉十分疲惫，不论是精神还是身体。三叔的身体还没有完全恢复，说完就感觉头晕，我也不想打扰他，给他处理了一下贴身的东西，换了热水和茶叶，就自行离开了。

三叔派出去买录像机的伙计还没有回来，我估计买那东西确实够呛，停产太久了，就算能买到也不一定能放。

刚才听的时候已经忘记录像带这回事了，现在又想了起来，不由得感到一阵恐惧。之前听三叔叹气，说这事情还得接着折腾，他的语气疲惫而又无奈，感觉很不舒服。

关于闷油瓶的事情，我们的了解几乎是零，他当时是偶然在船上，还是有目的地混在考古队里，连这一点我们都不知道。而且闷油瓶这个人不比三叔，他不想说的事情，怎么逼他都没用。三叔虽然告诉了我一点儿他的事情，但是从这个层面上来看，三叔说的那些远远不能说是事情的真相，他其实知道的比我多不了多少。

一想到这个，刚刚感到轻松的心情又有点儿压抑起来。

处理完事情，三叔那个伙计才回来，并没有买到东西，现在市场都关门了，也只有明天再想办法。

很久没和三叔说话，又解开了心结，我的心情好转起来，晚上就和三叔他们偷跑了出去，找了一家大排档，好好地喝了一通。吃病号饭吃了这么长时间，总算是吃到有味道的菜了，三叔很高兴，一手烟一手酒，总算也舒坦了一回。

回去的时候，他就去办理出院手续，说再也不在医院里待了，让我帮他订好宾馆的房间。

我喝得有点儿上头，回到宾馆，帮三叔订了个套房，就好好地洗了一个澡，给自己泡了一杯浓茶，准备睡觉。

不过洗了澡之后，突然就睡不着了，我就打开了电脑，调出三叔在西沙出发前的那张老照片来看。

我看过很多次这张照片了，然而黑白的照片，除了能认出几个熟悉的人之外，其他人很难分辨清楚，而且三叔也没有和我说过谁是谁。照片上，三叔清瘦而内敛，一点儿也看不出他是一个土夫子，而闷油瓶也像极了一个普通的学生。我尝试找了一下解连环，确实发现了一个和三叔有点儿相似的人，不知道是不是他，不由得感慨，谁能想到这张普通的照片下面，藏了这么多的事情。

看了半天，发现根本没办法在照片上看到什么，我就用酒店的电话拨号，上了闷油瓶寄快递的那个公司的网站，输入了单号，查询这份快件的信息。

很快查询结果就出来了，我拉到发信地点这一栏，不是空白的，有三个字的城市名称：格尔木。这录像带是从一个叫格尔木的地方寄出来的。

我愣了一下，心说那是什么地方？随即Google了一下，就更吃惊了，那竟然是一个西部城市，位于青海省。

青海？闷油瓶什么时候去了那里？我疑惑起来，这家伙动作也够快的，一下子就跑到大西部去了，难道去支援西部的倒斗事业了？不过青海不属于土夫子的范围，那地方是少数民族的聚居地，只有倒卖干尸的和国际文物走私犯才去那儿。他去那儿能干什么？去帮人打井吗？

而且还寄了录像带给我，这好像八竿子也打不到一块儿。

我查了格尔木的一些资料，了解了一点儿它的历史，就更加惊奇——格尔木是一个新城市，解放军修路修出来的城市，四周全是戈壁。闷油瓶在那里，我真的想不出他能干什么，而且他还从那里寄了录像带过来，这录像带里到底是什么内容呢？

我有点儿烦躁起来，对那录像带的兴趣一下子更浓烈了。

喝了几口浓茶，压了压酒之后，我把今天听到的信息汇总一下，发给了阿宁那边的几个人。我和这些人混得熟，希望他们也帮我看看，也许能得到什么有用的反馈。虽然三叔不让我对别人说，但是我想说给裘德考的人听，问题不大，而且其中比较敏感和重要的内容我都隐瞒了。我还问了他们，最近是否有计划再次进云顶天宫。

做完这些事，酒精就开始发挥作用了，我很快就软倒，迷糊地睡着了。这一觉睡得格外安心，也没有做梦，一直睡到大天亮，我被电话吵醒。

我接了电话，是三叔的伙计打来的，他说他们已经出院了，三叔在我隔壁的套房，录像机也买到了，让我过去一起看。

第二十七章

画面

录像机是那个伙计从船营区的旧货市场淘来的，我到三叔房里的时候，那伙计正在安装。我看到沙发上还摆着两台一模一样的备用，是怕万一中途坏掉耽误时间。不过幸好，那个年代的进口货质量还不错，三台测试了都能用。我掂量了一下备用的一台，死沉死沉的，那年代的东西就是实在，不像现在的DVD，抡起来能让狗当飞碟叼着玩儿。

安装录像机的这段时间里，三叔一直都没有开口，只是让我坐着，自己一支接一支地抽烟，心里不知道在琢磨些什么。

我因宿醉引起的头疼也逐渐好转，人也有点儿紧张，不时有乱七八糟的猜测，猜测这带子里录的到底是些什么画面。我想到过西沙，但是他们去西沙时，不可能带录像设备（那个时候这种设备相当珍贵，国内普遍用的还是胶片摄像机，还是手动的），所以录像带里的内容肯定不是西沙那时拍摄的东西。同样，也不可能是青铜门后的内容。排除了这两个地方，录像带中会有什么？真的是毫无头绪。

电视机和录像机接好了，打开电源，我挑出其中一盘，打算放进去。不过放进录像机的口子之前，我又犹豫了，心里不知道为什么慌了一下，看了一眼三叔。

三叔对我摆摆手，道："放进去啊！看我干什么？你还怕他从电视里爬出来？"

我这才推了进去，录像机"咔嗒"一声开始运转。我坐回到床上，很快，屏幕上闪出了雪花。三叔停止了抽烟，把烟头扔进痰盂里，我们两个加上他的伙计都有些紧张地坐了坐正。

雪花闪了十几秒，电视上才开始出现画面。电视机是彩色的，但是画面是黑白的，应该是录像带本身的问题，画面一开始很模糊，后来逐渐清晰起来。

那是一间老式结构的房间，我们看到镜头在不停地晃动，显然举着摄像机的人或者放置摄像机的物体并不是太稳定。

三叔和我面面相觑，这好像是民居的画面，真是没想到会看到这个。难道会是自拍秀？等一下闷油瓶一边吃面一边出来，对着镜头说"好久不见，你们过得如何"云云？

在窗户下面，有一张相当老式的写字桌，看着有点儿像革命电影里的老家具，上面堆满了东西——文件、台灯，还有一部电话。

电话的款式比较老旧，但不是老到掉牙的那种，这段录像拍摄的时间应该是在20世纪90年代以后，当然现在仍旧有很多的家庭还在使用这种老式电话，所以到底是什么时候也不好判断，只能肯定不会比90年代更早。

接着画面就一直保持着这房间里的情景，就好像静物描写一样，我们等了一段时间，就意识到摄像机是固定在一个位置拍摄的，类似于电影中的固定镜头，并不会移动。

这样的话，这静止的画面就不知道会持续多久，我们也不能傻看着，三叔就按了快进。快进到大概二十分钟的时候，一下子，一个黑色的影子从房间里闪了过去。

我和三叔都吓了一跳。

三叔赶紧回倒慢放，原来是一个人从镜头外走进了镜头里，我们还听到有开、关门的声音，应该是有人从屋外回来。仔细一看，走进来的是个女人，年纪看不清楚，模糊地看看，长得倒有几分姿色，扎着个马尾。

三叔一下子紧张起来，他走上前去，几乎贴到电视屏幕上了。

可是那女的走得飞快，一下子就从屏幕穿了过去，跑到了另外一边，从屏幕里消失了。

我看三叔的脸色突然不对，想问他怎么回事，他却朝我摆了摆手，让我别说话。

时间继续推进，五分钟后，那女的又出现在了屏幕上，已经换了睡衣，接着她径直走到屏幕面前，屏幕开始晃动，显然在调整摄像机的角度。

这样一来相当于一个特写，那女人的脸就直接贴近了电视机。我看到那女人相当年轻，长相很乖巧，眼睛很大，总体看上去有点儿甜的那种女孩子。

三叔也正贴近电视，一下子就和电视里的那女孩子对上了眼。我没想到的是，一瞬间，三叔先是愣了一下，然后突然浑身一抖，几乎把电视机从柜子上踢下来，一声大叫后后退了十几步。

他的伙计赶紧扶住电视机，我去扶他，只见三叔指着电视里那张脸，发着抖大叫："是她！霍玲！是霍玲！"

我们被三叔这突如其来的反应吓得够呛，他的伙计赶紧丢下电视机去扶他，我则过去摆正电视机，唯恐摔下来坏掉。

然而他的伙计根本扶不住他，三叔一边叫一边直往后退，一下子就撞到沙发上，撞得整个沙发都差点儿翻了，自己一滑就摔倒在地。这一下显然撞得极疼，他捂住自己的后腰，脸都白了。虽然如此，他的眼睛却还是牢牢地看着电视机的屏幕，眼珠几乎都要瞪出来了。

这下我也有点儿惊讶，这个女人竟然是霍玲？

按照闷油瓶的叙述，霍玲是一个干部子女，当年西沙考古的时候，是同时下到海底墓穴的几个人中的一个。关于她的资料极少，我不知道她是那张黑白合照中的哪一个，自然也认不出来。这样一个人，竟然会出现在闷油瓶寄来的录像带中——真有点儿不可思议……

而且，让我感到异样的是，这录像带是怎么来的？从她调整镜头来看，显然她知道摄像机的存在，自拍也不是这样拍的，这应该是一种自发的监视，这无疑是监控录像。她为什么要拍这样的录像？而这带子又是怎么到闷油瓶的手上的？闷油瓶又为什么把这带子寄给我呢？

这里面有戏了，我心里嘀咕起来，三叔说得对，看来整件事情还远远没有完。

此时屏幕上那女人已经调整好了摄像机，屏幕已经不抖了，她也重新远离镜头，坐到了写字台边上，支起一面镜子梳头，因为是黑白的画面，加上刚才的晃动，画面变得有点儿模糊。

三叔逐渐冷静下来，但是脸色已经铁青，神情和刚才已经判若两人。他的手死抓着沙发的扶手，浑身轻微地发抖，显然十分紧张。

我为了确定，就问三叔："这女的就是你们一起下到海底里去的那个霍玲？"

三叔一点儿反应也没有。我没有办法，和他的伙计对看了一眼，伙计也不知道该怎么办。

录像中的霍玲不停地梳头，她的马尾解开后，头发颇长，我都不知道她到底要梳到什么时候。大概有二十分钟，她才停下手来，重新扎起马尾。

梳完头后，她站起来，有点儿迷茫地看了看窗外，然后"噔噔噔"跑到了摄像机照不到的地方，接着又跑了回来，可是等她跑回来，我发现她的衣服竟然变了。

也就是说，她到了里屋，换了一身衣服。

接着，让我感到匪夷所思的画面就出现了。

她出来之后，又跑到了摄像机前，似乎是不满意角度，又调整了镜头。画面又开始晃动，她那白色的脸充斥着整个屏幕。

三叔发出了一声很古怪的呻吟，似乎她的脸十分可怕。

我以为她换衣服是要出去，或者做饭之类的，屋里肯定又会很长时间看不到人，于是拿起遥控器，准备快进。这时候，却看见她又坐回到了写字台边上，拿起梳子，解开头绳，又开始梳头！

“这女的有神经病！”一边的伙计忍不住叫了起来。

三叔马上做了个手势让他别出声，眉头紧紧地皱了起来。

她是背对着我们梳头的，看不到她的表情，镜子中只有一个模糊的影子，动作也几乎一致，频率都似乎一样。我看着看着，简直怀疑她的头是铁头，要是我这么梳头，脑袋早就梳成核桃了。

这样的画面使我感觉气氛变得有点儿诡异，我忍耐着。大概又是二十分钟的时间，她才重新扎起头绳，站了起来，“噔噔噔”跑到镜头外面去了。

我和那伙计都松了口气，心说总算完了，要再梳下去，我的头也要开始疼起来了。

然而没等我们舒展筋骨，她又换了一身衣服跑了出来，凑到摄像机面前，第三次开始调试角度了。

我一下子就迷糊了，简直丈二和尚摸不着头脑，这个霍玲究竟是干什么的？这也太夸张了，难道她爱好这个……或者，难道她要自杀了，所以不厌其烦地换衣服调角度，接着难道她又要去梳头了？再这样梳下去，梳子都要磨成毛刷了。

就在这时候，画面突然一停，回头一看，原来三叔按了暂停，黑白的画面顿时定格在那张脸的特写镜头上。

三叔脸色铁青，嘴唇还有点儿发抖，他凑近仔细看了看，哑声道：“天，她也没有老！”

第二十八章

第十一个人

三叔说的，我也早已经观察到了，只是没有说出来，一方面，录像带并不清晰，我不知道自己有没有看错；另一方面，我相信他很快就会意识到。

果不其然，三叔暂停了画面凑过去看，我也凑了过去，想看个仔细，确定 下。

看了几眼，我就断定，毋庸置疑，霍玲在拍摄带子时的年纪不会超过三十岁，倒不是说她长得年轻，而是那种少女的体态，不是装嫩的女人能够装出来的，而且，我不得不说这霍玲实在长得很乖巧，难怪迷得考古队里的几个男的神魂颠倒。黑白屏幕的表现力比彩色的要差很多，但是她那种有点儿迷茫的眼神和精致的五官还是能给人怦然心动的感觉。这样的相貌，想来必定是十分自信，自幼在众星捧月中长大，遇到闷油瓶这样的闷王不理睬她，她的反应倒也合乎逻辑。不过现在看来，这些反应也可能是装出来的，如果真是那样，想必这个女人也是厉害角色。

三叔的脸色很难看，窝进沙发里啧了一声："一个是这样，两个也是这样，难道失踪的这帮人全都会这样？他们之后到底遇到了什么事情？"

我想了想就摇头，对三叔说也不能这么武断，我们并不知道录像拍摄的具体时间，看电话的款式也许是20年纪90年代前后，那离她在海底墓穴失踪也没过多久，我们不知道霍玲当时年龄，如果她当时只有十七八岁，那就算过了十年也只有二十七八岁，不能断定说她没有变老。

三叔沉吟了一声，显然没有太在意我的话，而是将录像继续放了下去，我们继续往下看。

然而，让我们想不到的是，继续放了才没几分钟，画面突然就跳起了雪花。

我们以为是带子的问题，等了一会儿，仍然是雪花，三叔快进过去，一直到底，全都是雪花。

"怎么回事？"三叔有点儿愠怒，他不擅长和电器相处，以为机器坏了，就想去拍。

我阻止住他，将带子拿出，扯出来看了看，发现带子没有任何霉变，于是就知道怎么回事了："被洗掉了。"

从刚才画面的连续性来看，后面应该是有内容的，如今突然变雪花，显然是被洗掉了。

带子拿来一直就没人动过，录像机也是刚刚买来的，不可能是误操作，那带子应该是在寄出来之前就被洗掉了。如果是故意的话，为什么不把前面的也洗掉，非要留下那么匪夷所思的一段？难道后面的内容我们不能看吗？

我和三叔面面相觑，完全摸不着头脑。闷油瓶是什么意思？难道是要我们？这也不太可能啊，这小哥不像是那么无聊的人啊。

三叔想了想，又让我把带子放了进去，倒回去重新看，想仔细看看其中是否有刚才没有发现的东西。因为前面有一段是快进的，不仔细看看终归有点儿心虚。

这一次我们是实打实一秒一秒地看下来的，房间里鸦雀无声，如果眼神有力量的话，那电视机可能会给我们瞪爆了。然而，一路看下来，眼睛都瞪得血红，仍旧没有发现任何能够让我们产生兴趣的线索。

之后我们又播放了另一盘录像带，然而，这一次更离谱，完全就是一盘空白的带子，里面的内容全部是雪花。我们来回看了两次雪花，只觉得人都晕了起来。

刚开始看带子的时候十分兴奋，看完之后却是万般沮丧以及迷惑。我刚开始甚至以为可以看到青铜门里的情形了，然而，没有想到的是，里面竟然是这么莫名其妙的画面。

关掉机器，我和三叔就琢磨这究竟是怎么回事。然而两人想了半天，发现这事情完全没有入手的地方。

我告诉三叔昨天我查到的信息，这带子是来自青海的格尔木，因此，可以这么认为，闷油瓶在青海给我们寄出了这一份包裹。那么，他现在人一定是在格尔木这个城市。那是否可以认为，这两盘带子是他在格尔木找到的，然后，寄给了我们？

这也无法完全肯定，不过，从这个带子里倒是能知道一个问题，就是那批人在海底墓穴中失踪，显然并不是死亡了，他们在20世纪90年代还活着，但是，行为有一些反常。这批人中的大多数应该是死在了云顶天宫里，这个我没和三叔说，怕他崩溃，因为里面可能会有文锦。

之后我们又逼着自己看了几遍，实在是看不出问题来，三叔还要继续看录像带，我就先回去补回笼觉了。后来三叔将带子翻录了一盘，将母带还给我，说自己去研究。过了几天，潘子听说三叔醒过来了，就到了吉林，将他接走了。

这一次三叔的生意损失巨大，伙计抓的抓，逃的逃，三叔在长沙的地位也一落千丈。不过三叔自己并不在乎，对他来说，钱这种东西，也只是身外之物罢了。临走前三叔对我说，这事情如果还有下文，让我也不要去管了，我之前完全是命大，而且身边有贵人在保我，事不过三，老天不会照顾我这么久，好好做好自己的铺子是真，以后他的那些产业说不定还要我去打理。

我表面点头，心说：得了吧，你那种生活我恐怕无命去消受，还是干我的老本行比较实在。

话休絮繁，三叔走了之后，我也预备着回杭州，只是也没在吉林好好儿待过，于是时间往后拖了几日，联系了附近的几个朋友，一来是放松一下，二来是叙叙旧。

我有几个大学同学在长春，他们赶了过来，几个人到处走走，聊聊以前的事情，我的心情才逐渐积极起来，后来又去周边的城市走了走，逛了逛古玩市场，帮他们挑了点儿古董，一来二去，又是两个星期。

经历了这么多事情，我变得有点儿不拘小节，以前花钱还还个价儿，现在只觉得一手交钱，一手交货的简单，不过这么着，身边的钱就日渐少了下去。

几个朋友都奇怪我的变化，铁公鸡也会拔毛？实在想不到，都问我受什么刺激了。

一次吃饭的时候，我就挑着精彩的，和那几个人说了我经历的事情，也算是吹个牛。说完之后，竟然没一个信的，其中一人就笑道：“你说下到海底的那几个人，是否就是你让我查的那张照片里的？”

我听他说，这才想起来，以前我在网络上找到过一张照片，下面有“鱼在我这里”，当时我就托他帮我查过，后来只查出是在吉林发上网的，后面就不了了之了。

现在想来，倒也奇怪，网络这个东西真正发展起来也就是这几年，到底是谁发的呢？

既然想起来了，我就问他后来还有没有查到更多东西。他摇头，显然并未把我的事情放在心上，只是说道："这样的照片太普通了，而且年代太过久远，那个年代的资料一般也不会弄网上，我只能通过技术手段，那个IP地址是唯一能查的东西。我感觉，你如果真的要查，不如去国家档案局，查查哪一支十一人的考古队伍在二十年前失踪了，可能会知道更多东西。"

我沉吟了一声，这倒也有道理，一旁有个人更正道："你记错了，我也看过那照片，是十个人。"

他摇头道："不对，我感觉是十一个人。"

我心里一跳，问他："为什么？"

他笑道："照片里是十个人，但是，不是还有一个拍照片的人吗？你们难道没想到？"

第二十九章

尾声

说话的那个朋友是我的学长，我和他也不是很熟悉，只是一批人经常在一起玩儿，比较聊得来，属于君子之交的那种，互相有需要就帮帮忙，不是好到非要黏在一起的那种朋友。我当时找他帮忙，是因为他似乎是干技术工作的，我这个做古董的和他一点儿交集也没有，他具体是干什么的，我也不清楚。

如今他一语惊醒梦中人，听到这“十一个人”的理论，我当即就是一身的冷汗，脸色都白了。

是啊，我怎么没有想到？

那个年代是没有傻瓜相机的，在海南的渔村也绝对不会有照相馆，能够使用相机的人，的确应该是考古队里的一员。我只稍微想了想，就发现他说得非常有道理，我看过很多西沙考古的资料，里面都有照片，一般这样的情况，都有宣传方面的人跟着记录。

可是为什么在三叔的叙述中，却始终只提到十个人，从来没有提到过这第十一个人？是这个宣传的人没有跟他们出海，还是三叔另有隐瞒?

看我的样子，那几个人哄堂大笑，那人道：“算了，别想了，到底几个人，去他们老单位查查不就知道了。考古研究所一般隶属于文化系统，当时他们是哪个研究所派出去的，档案应该还在，我们国家的很多档案都是永久保存的。”

我也不言语，反正这也只是个推测，倘若有时间，倒是可以去查查。不过，如果查出来是十一人，我要如何面对三叔的解释？是不是要全盘推翻他？这样的痛苦未免太大了，想到这里，还是不去查了。

蛇 沼 鬼 城 （ 中 ）

盗墓笔记

比 鬼 神 更 可 怕 的 是 人 心

第一章

稀客

回到杭州之后，天气还是非常寒冷。

铺子里一如既往地冷清，王盟看到一脸疲惫的我回来，竟然没有在第一时间认出来，以为是顾客，我也只能苦笑。

那些朋友和我讨论的结果对我打击非常大，搞得我心神不宁，又不能再次去问三叔，免得他老人家说我三心二意。心中的苦闷没地方发泄，我只得天天待在铺子里，和邻铺的老板下棋。话说今年事儿多，各铺的生意都不好，大家都吃老本，过着很悠闲的生活。

说来也奇怪，到了杭州之后，烦人的事情想得也少了，大概是这个城市本身就非常让人心宽。

我有很长一段时间没有见到三叔了，胖子来找过我几次，托我处理东西。这小子也是闲不住的人，虽然家财万贯，但挥霍得也快，竟然说没钱了，一问才知道，在北京置了铺子，花得差不多了。这年头确实不像以前，有个万把块就一辈子不愁了。不过，他好几次带着几个一口京腔儿的主顾来，倒也是匀了不少货，想必局面打开了，也是赚了不少。

这一天，我正被隔壁的老板杀得只剩下一对马，还咬牙不认输，打算准备坚持到晚饭时再赖掉，忽然听到有人一路骂着过来，抬头一看，竟然又是胖子，这家伙的生意也太好了。

隔壁老板和胖子做过生意，敲诈了他不少，看到胖子过来就开溜了，我一边庆幸不用输钱了，一边就问他发什么火。

胖子骂骂咧咧，原来带着两只瓷瓶来杭州，半路在火车上碎了一只，又没法找人赔，只能生闷气。

我和他熟络了不少，多少也知道点儿他的底细，就笑着奚落他，放着飞机不坐，挤什么火车，这不是脑子进水吗？

胖子骂道："你懂什么，现在上飞机严着呢，咱在潘家园也算是个人物，人家警察都重点照顾。这几年北京国际盛会太多，现在几天一扫荡，老子有个铺子还照样天天来磨叽，生意没法做，这不，不得已才南下发展，江南重商，钱放得住。不过你们杭州的女人太凶了，胖爷我在火车上难得挑个话头解解闷儿，结果就给甩了嘴巴子，老子的货都给砸碎了。谁说江南女子是水做的，这不坑我吗？我看是镪水。"

这事儿胖子念叨很多次了，我知道是怎么回事。火车上一女孩子，胖子看她瘦不拉叽的，还化着浓妆，嘴巴还不是很干净地埋怨车里味道难闻。当然，胖子的脚丫是太臭了，他听着就窝火，也是太无聊了，嘴里就寒碜她，说："大妹子，您看您长得这么漂亮，怎么就这么瘦呢？您看您那俩裤管儿，风吹裤衩吊灯笼，里面装俩螺旋桨，放个屁都能风力发电了。"

这没说完就给人扇了一个嘴巴。我听着就乐，对他说："人家不拉你去派出所算不错了，你知道不？这世界上有一种罪叫作性骚扰，你已经涉嫌了。"

胖子还咧嘴，说："就那长相，哎呀，说我流氓她，警察绝对不能信，我绝对是受害者。"

我给他出了个主意，说："以后你也不用亲自来，你不知道这世界上有种东西叫快递吗？你呢，自己投点儿小钱，开个快递公司，多多打点，这物流一跑起来，一站一站，一车装上几件明器还不是小菜一碟儿？"

胖子在经营方面是死脑子，听不得复杂的东西，就不和我扯这个了，他唏嘘道："说起赚钱，不是你胖爷我贱，这几个月我也真待得腻烦起来了。你说钱赚回来，就这么花多没意思，咱们这帮人还得干那事儿，对吧，这才是人生的真谛。对了，你那三爷最近还夹不夹'喇嘛'？怎么没什么消息？"

我说："我也没怎么联系，总觉得那件事情之后，和三叔之间有了隔阂，他不敢见我，我也不敢见他，偶然见一次也没什么话说。"

胖子也不在意，只道："要还有好玩的事儿，匀我一个，这几个月骨头都痒了。"

我心说，你说来说去，不还是为了钱吗？心中好笑，说："你这胖子秉性还真是怪，要说大钱你也见过，怎么就这么不知足呢？"

他道："一山还有一山高，潘家园豪客海了去了，一个个隐形富豪，好东西都在家里压着砖头呢，这人比人，气死人啊。都说人活一口气，有钱了这不想着更有钱吗！"

我哈哈大笑，说："这是人实话。"

正说着，打铺子外突然进来一个人，抬脸就笑，问道："老板，做不做生意——"

胖子正抠脚丫子呢，抬眼看了看来人，"哎呀"了一声，冷笑道："是你？"

我回头一看，来人竟然是阿宁，如今身着一件露脐的T恤和牛仔裤，感觉和海上大不相同，我倒有点儿认不出来了。

阿宁和我几乎没有联系过，我也算是打听过这人的事情，不过没有消息，如今她突然来找我，让我感到非常意外。

阿宁没理会胖子，瞪了他一眼，然后风情万种地在我的铺子里转了一圈，对我道："不错嘛，布置得挺古色古香的。"

我心说这是古董店，难道用超现实主义的装修吗？戒备道："你真是稀客了，找我什么事情？"

她略有失望地看了我一眼，大概是感觉到了我的态度，顿了顿，道："你还真是直接，那我也不客气了，我来找你请我吃饭，你请不请？"

第二章

新的线索

杭州楼外楼里，我看着阿宁吃完最后一块醋鱼，心满意足地抹了抹小嘴，露出一个很陶醉的表情，对我们道："杭州的东西真不错，就是甜了点儿。"

我心中的不耐烦已经到了极点，但是又不好发作，只得咧了咧嘴，算是笑了笑，就挥手买单。

说实话，作为一个相识的，请她吃一顿饭也不是什么太过分的事，我也不是没有和陌生人吃过饭，但是一顿饭如涓涓细流，吃了两个小时，且一句话也不说，一边吃一边看着我们只是笑，真的让我无法忍受。

同样郁闷的还有胖子。胖子对她的意见很大，原本是打算拍拍屁股就走的，但我实在不愿意和这个女人单独吃饭，所以死拖着他进了酒店，现在他肠子都悔青了。

我们两人也没吃几口，胖子就一直在那里喝闷酒，两人都紧绷着脸。我心里一边琢磨她到底来找我干什么，一边想着应对的方法，甚至都想到了怎么提防那女人突然跳起来扔袖箭过来。

服务员过来结了账，看着我们的眼神也是纳闷和警惕的。

两个小时没有对话，脸色铁青，闷头吃喝的客人在楼外楼实在是少见。总之，这是我这辈子吃得最郁闷的一顿饭。

服务员走远之后，胖子看着桌子上的菜，冷笑了一声：“看不出你吃饭也是狠角色。怎么，你这么为你们公司卖命，你们公司连个饱饭也不给你们吃？”

“我们一年到头都在野外，带着金条也吃不到好东西。”阿宁扬起眉毛，“和压缩饼干比起来，什么吃的都是好东西。”

胖子冷笑了一声，朝我看了看，使了个眼色，让我接他的话头。

我咳了一声，也不知道怎么说，不过阿宁显然是来找我的，让胖子来帮我问，肯定是不合适，于是硬着头皮问阿宁：“我已经请你吃过饭了，我们有话直接说吧，你这次来找我，到底有什么事？”

阿宁翘起嘴角：“干吗老问这个，没事就不能来找你？”

这一翘之下，倒也是风情万种，我感觉她看我时眼睛里都要流出水来了，胸口马上堵了一下，感觉要吐血，下意识地就去看胖子。胖子却假装没听见，把脸转向一边。

我只好把头又转回来，也不知道怎么接下去问，“嗯”了一声，半天说不出话来，一下子脸都憋红了。

阿宁看着我这个样子，一开始还很挑衅地想看我如何应付，结果等了半天我竟然不说话，她突然就笑了出来，好笑地摇头说道：“真拿你这个人没办法，也不知道你这样子是不是装的。算了，不耍你了，我找你确实有事。”

说着，她从自己的包里掏出一包四四方方的东西，递给我：“这是我们公司刚收到的，和你有关系，你看看。”

我看了一下，是一份包裹。我一掂量，心里就咯噔了一声，大概知道了那是什么东西。这样的大小，这样的形状，加上之前的经历，实在是不难猜，于是不由自主地冷汗就冒了出来。

胖子不明就里，见我呆了一下，就抢了过去，打开一看，果然是两盘黑色录像带，而且和我在吉林收到的那两盘一样，也是老旧制式。

我虽然猜到，但是一确认，心还是吊了起来，心说怎么回事，难道闷油瓶不止寄了两盘？寄给我们的同时，还将另一份寄到阿宁的公司？那这两盘带子，是否和我收到的两盘内容相同？

这小子到底想干什么？

"这是前几天寄到我们公司上海总部的，因为发件人比较特殊，所以很快就转到了我的手上。"阿宁看着我，"我看了之后，就知道必须来找你。"

胖子听我说过录像带的事情，如今脸上已经藏不住秘密了，直向我使眼色。我又咳了一声，让他别这么激动，对阿宁道："发件人有什么特别的？带子里是什么内容？"

阿宁看了一眼胖子，又似笑非笑地转向我，道："发件人的确非常特别，这份快递的寄件人——"她从包里掏出了一张快递的面单，"你自己看看是谁。"

我看她说得神秘兮兮的，心说发件人应该是张起灵啊，这个人的确十分特殊，我现在都怀疑这个人根本不存在于这个世界上，但是阿宁又怎么知道他特殊呢？

于是我接过来，胖子又探头过来，一看，我愣住了，面单上写的寄出这份快递的人的名字，竟然是——吴邪——我的名字。

"你？"一边的胖子莫名其妙地叫了起来。

我马上摇头，对阿宁说："我没有寄过！这不是我寄的。"

阿宁点头："我们也知道，你怎么可能给我们寄东西。寄东西的人写这个名字，显然是为了确保东西能到我的手里。"

胖子的兴趣已经被勾起来了，问阿宁："里面拍的是啥？"

阿宁道："里面的东西相当古怪，我想，你们应该看一下，自己去感觉。"

我心里已经非常疑惑了，此时也忘记了防备，脱口就问阿宁：“是不是一个女人一直在梳头？”

阿宁显然有点儿莫名其妙，看了我一眼，摇头道：“不是，里面的东西，不知道算不算是人。”

第三章

录像带里的老宅

在吉林买的几台录像机，我寄了回来，就放在家里，但我不想让阿宁知道我实际的住址——虽然她可能早已经知道——所以差遣王盟去我家取来，在铺子的内堂接好线，我们就在那小电视机上播放那盘新的带子。

带子一如既往是黑白的，雪花过后，出现了一间老式房屋的内堂。刚开始我心里还震了一下，随即发现，那房子的布局已经不是我们在吉林看的那一盘里的样子，显然是换了个地方，空间大了很多，摆设也不同了，不知道又是哪里。

当时在吉林的时候，和三叔看完了那两盘带子，后面全是雪花，看了很多遍也没有发现任何蛛丝马迹，此时有新的带子，我心想也许里面会有线索，倒是可以谨慎点儿再看一遍。

王盟给几个人都泡了茶，胖子不客气地躺到我的躺椅上，我只好坐到一边，然后打发王盟到外面去看铺子，一边拘谨地尽量和一旁的阿宁保持距离。不过此时阿宁也严肃了起来，面无表情，和刚才完全就是两人。

内堂很暗，一边有斑驳的光照进来，看着透光的样子，有点儿像明清时候老宅用的那种木头花窗，但是黑白的也看不清楚，可以看到，此时的内堂里并没有人。

胖子向我使眼色，问我这个和闷油瓶给我的录像带里的内容是否一样。我略微摇了摇头表示不是，他就露出了很意外的表情，转头仔细看起来。

不过，后面大概有十五分钟的时间画面一直没有改变，只是偶尔抖一个雪花，让我们心里跳一下。

我有经验，还算能忍，胖子就沉不住气了，转向阿宁："我说宁小姐，您拿错带子了吧？"

阿宁不理他，只是看了看我。我却屏着呼吸，因为我知道这一盘应该同样也是监控的带子，有着空无一人内堂的画面是十分正常的，阿宁既然要放这盘带子，必然在一段时间后，会有不寻常的事情发生。

见我和阿宁不说话，胖子讨了个没趣，喝了一口茶，就想出去。我按了他一下，让他别走开，他坐下，东挠挠西抓抓，显得极度不耐烦。

我心中有点儿暗火，也不好发作，只好凝神静气，继续往下看，看着上面的内堂，自己也有点儿不耐烦起来，真想往前快进一点儿。

就在这个时候，阿宁突然正了正身子，做了一个手势，我和胖子马上也坐直了身子，仔细去看屏幕。

屏幕上，内堂之中出现了一个灰色的影子，正从黑暗中挪出来，动作非常奇怪，走得也非常慢，好像喝醉了一样。

我咽了口唾沫，心里有几个猜测，但是不知道对不对，此时也紧张起来。

很快，那灰色的影子明显了起来，等他挪到了窗边上，才知道为什么这人的动作如此奇怪，因为他根本不是在走路，而是在地上爬。

这个人不知道是男是女，只见他蓬头垢面，身上穿着犹如殓服一样的衣服，缓慢地、艰难地在地上爬行。

让我感觉奇怪的是，看他爬行的姿势，十分古怪，要不就是这个人有残疾，要不就是这个人受过极度的虐待。我看到过一个新闻，在一些偏远的农村里，有男人把精神病老婆关在地窖里，等老婆被放出来的时候，已经无法走路了，只能蹲着走，这个人的动作给我的就是这种感觉。

我们都不出声，看着他爬过了屏幕，无声无息地消失在了另一边。接着，屏幕中又恢复成了一个静止的、安静的内堂。

整个过程有七分钟多一点儿，让人比较抓狂的是，没有声音，看着这样的一个人无声无息地爬过去，非常不舒服。

阿宁按着遥控器，把带子又倒了回去，然后重新放了一遍，接着定格住，对我们道："后面的不用看了，问题就在这里。"

"到底是什么意思？"胖子摸不着头脑，问我，"天真无邪同志，这人是谁？"

"我怎么知道！"我郁闷道，原本以为会看到霍玲再次出现，没想到竟然不是，这就更加让我疑惑了。看着那佝偻的样子，如果确实是同一个人寄出的东西，那录像带应该还是霍玲录的。难道，霍玲到了这一盘录像带里已经老得连站也站不起来了？

胖子又去问阿宁，到底是怎么回事，这拍的是什么东西？

"你们感觉自己看到了什么？"阿宁问我们。

"这还用问？这不就是一个人在一幢房子的地板上爬过去吗？"胖子道。

阿宁不理他，很有深意地看着我，问道："你说呢？"似乎想从我身上看出什么东西来。

我看着阿宁的表情，奇怪道："难道不是？"

她有点儿疑惑又有点儿意外地眯起了眼睛："你……就没有其他

什么特别的感觉？”

我莫名其妙，看了眼胖子，胖子则盯着那录像带，在那里发出嗯嗯的声音，我摇头：“没有。”

阿宁盯着我看了好久，才叹了口气，道：“那好吧，那我们看第二盘，我希望你能做好心理准备。”

说着，她把第二盘带子也放了进去，这一次阿宁没有让我们从头开始看，而是开始快进，一直快进到十五分钟的时候，她看向我，道：“你……最好深呼吸一下。”

我被她说得还真的有点儿慌了，胖子则不耐烦，道：“小看人是不？你也不去打听打听，咱们小吴同志也算是场面上跑过的，上过雪山，下过怒海，我就不信还有啥东西能吓倒他。你别在这里煽动你们小女人的情绪，小吴，你倒是说句话，是不是这个理儿？”

我不理他，让阿宁开始，在自己铺子的内室里，我也不信我能害怕到哪里去。

阿宁瞪了胖子一眼，录像又开始播放，场景还是那个内堂，不过摄像机的镜头好像有点儿震动，似乎有人在调节它。震动了有两分钟，镜头才被扶正，接着，一张脸从镜头的下面探了上来。

刚开始对焦不好，靠得太近看不清楚，但是我已经看出那人不是霍玲。接着，那人的脸就往后移了移，一个穿着灰色殓衣一样的人出现在镜头里。他发着抖坐在地上，头发蓬乱，但是几个转动之后我还是看到了他的脸。

与此同时，胖子惊讶地大叫了一声，猛地转头看我，而我也感觉有一股寒意从背脊直上到脑门，同时张大了嘴巴，几乎要窒息。

屏幕上，那转头四处看，犹如疯子一样的人的脸非常熟悉，我足足花了几秒钟才认出来——那竟然是我自己！

第四章

完全混乱

我们三个人安静了足足有十几分钟，一片寂静，其间胖子还一直看着我，但是谁也没说话。

电视机里的画面被阿宁暂停了，黑白画面上，定格的是那张我熟悉到了极点的脸，蓬头垢面之下，那张我每天都会见到的脸——我自己的脸，第一次让我感觉如此恐怖和诡异，以至于我看都不敢看。

良久，阿宁才出了声音，她轻声道："这就是我为什么一定要来找你。"

我不说话，也不知道怎么说，脑子里一片空白，根本不知道该如何反应。

胖子张了张嘴，发出了几声无法言语的声音，话才吐了出来："小吴，这个人是你吗？"

我摇头，感觉到了一阵一阵的眩晕，脑子根本无法思考，用力捏了捏鼻子，对他们摆手，让他们都别问我，让我先冷静一下。

他们果然都不再说话，我真的深呼吸了好几下，努力让自己平静下来，才问阿宁："是从哪里寄过来的？"

"从记录上看，应该是从青海的格尔木寄出来的。"

我深吸了一口气，果然是从同一个地方寄出的，看带子的年代，和拍霍玲的那两盘是一样的，不会离现在很近。那么这两盘和我收到的那两盘之间应该有什么联系，可以排除不会是单独的两件事情。

但我脑子里绝对没有穿着那样的衣服，在一座古宅里爬行的记忆，这实在太不可思议，我心里很难相信屏幕上的人就是我，一时间我就感觉这是个阴谋。

"除了这个，还有没有其他什么线索？"我又问她。

她摇头："唯一的线索就是你，所以我才来找你。"

我拿起遥控器，倒了回去，又看了一遍，遥控器被我捏得都发出了啪啪的声音。看到特写的那一瞬间，虽然我有了心理准备，但心里还是猛地沉了一下。

黑白的屏幕虽然模糊不清，但是里面的人绝对是我，不会错。

胖子还想问，被阿宁制止了，她走出去对王盟说了句什么，后者应了一声，不久就拿了瓶酒回来。阿宁把我的茶水倒了，给我倒了一杯酒。

我感激地苦笑了一下，接过来喝了一大口，辛辣的味道冲入气管，我马上就咳嗽起来。一边的胖子轻声对我道："你先冷静点儿，别急，这事儿也不难解释，你先确定，这人真的是你吗？"

我摇头："这人肯定不是我。"

"那你有没有什么兄弟，和你长得很像？"胖子咧嘴问我，"你老爹在外面会不会有那个啥——"

我自己都感觉到好笑，这不是某些武侠小说中的情节吗，怎么可能会发生在现实中？我苦笑着摇头，又喝了一大口。

阿宁看着我，看了很久，才对我道："如果不是你，你能解释这是怎么回事吗？"

我心说“你问我，我问谁去”，心里已经混乱得不想回答她了，事情已经完全超出了我能理解的范围，一时间我无法理性地思考。最重要的是，我摸不着头脑的同时，心里还有一种奇怪的感觉，但是我又抓不住这种感觉的任何线头，这让我非常抓狂。

一边的胖子又道：“既然都不是，那这个人只可能是戴着你相貌的面具……看来难得有人非常满意你的长相，你应该感到欣慰了，你想会不会有人拍了这个带子来耍你玩儿？”

我暗骂了一声，人皮面具，这倒是一个很好的解释，但是所谓的人皮面具，要伪装成另外一个人容易，要伪装成一个特定的人，就相当难，可以说几乎是不可能的。如果有人要做一张我的相貌的人皮面具，必须非常熟悉我脸部的结构才行，而且了解我的各种表情，否则就算做出面具来，只要佩戴者一笑或者一张嘴巴，马上就会露馅。

这录像带里的画面肯定隐藏着什么东西。就算真的是有人戴着我的相貌的面具，也会出现大量的问题。比如，这个人到底是谁？他从哪里知道了我的相貌？他用我的“脸”又做过什么事情呢？怎么会出现在录像中？录像中的地方是哪里？又是什么时候拍摄的？和霍玲的录像带又有什么联系呢？

事情不是那么简单。

我甚至有种错觉，心说又或者这个人不是戴着人皮面具的，我才是戴着人皮面具的。

我摸了摸自己的脸，竟然想看看自己是不是吴邪，然而捏上去生疼，显然我的脸是真的，自己也失笑。

霍玲的录像带以及有“我”的录像带，以张起灵的名义和吴邪的名义分别寄到了我和阿宁的手里，这样的行为总得有什么意义。一切的匪夷所思一下子又笼罩了过来，那种我终于摆脱掉的，对三叔谎言背后真相的执念，又突然在我心里蹦了出来。

晚上，还是楼外楼，我请胖子吃饭，还是中午的桌子。

整个下午我一直沉默，阿宁后来等不下去了，就留了一个电话和地址，回自己住的宾馆去了，让我如果有什么想法就通知她，她明天再过来。

我估计就一个晚上，我也不会有什么想法，也只是应付了几声，就把她打发走了。胖子本来打算今天晚上回去，但是出了这个事情，他也有了兴趣，准备再待几天，看看事情的发展。他住的地方是我安排的，而且中午没怎么吃饭，就留下来继续吃我的贱饭。

服务员看着我和胖子又来了，但是缺少了中午那个女人，脸色一直怪怪的。要是平时，我肯定要开她的玩笑，可是现在实在是没心情。

当时阿宁刚走，胖子就问我："小吴，那娘儿们不在了，到底怎么回事，你可以说了吧？"

我朝他苦笑，说我的确是不知道，并不是因为阿宁在所以装糊涂。

胖子一脸的不相信，在他看来，我三叔是大大的不老实，我至少也是只小狐狸，那录像带里的人肯定就是我，我肯定有什么苦衷不能说。

我实在不想解释，随口发了毒誓，他才勉强半信半疑。此时酒菜上来，胖子喝了口酒，问我："我说小吴，我看这事儿不简单，你一个下午没说话，到底想到啥没有？你可不许瞒着胖爷。"

我摇头，皱起眉头对他道："想是真没想到什么，这事儿我怎么可能想得明白？就连从哪里开始想，我都不知道，现在唯一能想的，就是这带子到底是谁寄的。"

下午我想了很久，让我很在意的是，第一，从带子上的内容来看，"我"与霍玲一样，也知道那摄像机的存在，显然，"我"并不抗拒那东西。

第二，霍玲的那盘带子，拍摄的时间显然很早，20世纪90年代的时候应该就拍了。如果两盘带子拍摄于同一年代，那阿宁带子里的"我"也应该是生活在90年代，而那个时候，我清清楚楚地记得，我还在读中学，不要说没有拍片子的记忆了，就算相貌也是很不相同的。我是个阴谋论者，但如果我的童年也有假的话，我家里从小到大的照片怎么解释呢？我的那些同学、朋友又怎么解释呢？

现在看来，我最想不通的，是谁寄出了这两盘带子给阿宁？目的是什么？难道只是想吓我一跳？实在是不太可能。

胖子拍了拍我，算是安慰，又自言自语道："冒充你寄东西给阿宁的，会不会也是那小哥？"

我叹了口气，心说这谁也不知道，想起阿宁对包裹署名的解释，心里又有疑问，如果阿宁的包裹是用化名寄出的话，是否我手上的这两盘带子用的也是化名？使用张起灵这个署名，也是为了带子能到达我的手上，寄出带子的，不是他而另有其人？

毕竟我感觉他实在没理由会寄这种东西过来，录像带和他实在格格不入啊。

不过不是他又会是谁呢？内容和西沙那批人有关，难道是西沙的那批人中的一个？他的目的是什么呢？

我问胖子："对了，胖子，你脑子和别人不一样，你帮我思考一下，这事情可能是怎么回事，就靠你的直觉。"

"直觉？"胖子挠了挠头，"你这不是难为胖爷我吗？胖爷我一向连错觉都没有，还会有什么直觉。"

我心说也是，要胖子想这个的确有点儿不靠谱，毕竟他和闷油瓶不太熟，对西沙的事情也不了解，至少没有我熟悉。

说起闷油瓶，那我又算不算了解这个人呢？我喝了口酒开始琢磨。

闷油瓶给我的整体感觉，就是这个人不像是个人，他更像是一个很简单的符号。在我的脑海里，除了他救我的那几次，似乎其他的时候，我看到的他都是在睡觉。甚至，我都没有一丝一毫的线索去推断他的性格。

如果是普通人，总是可以从他说话的腔调，或者一些小动作来判断出此人的品性，但是偏偏他的话又少得可怜，也没有什么小动作，简直就是一个一点儿多余的事情都不做的人。只要他有动作，就必然有事情发生，这也是为什么好几次他的脸色一变，所有人头上就开始冒汗的原因。

想了想，我又对胖子道："那就不用直觉，你就说说，你对这件事情有什么感觉，有什么不对劲的地方，哪怕一点儿也好，给我点儿提示。"

胖子叹了口气，对我道："你真给我们无产阶级丢脸，我感觉是没有，不过，不对劲的地方倒是真有一个。你刚才说的时候，我注意到了个细节，不知道你注意到没有？"

"什么细节？"我问他。

"你不是说，那小哥寄给你的录像带有两盘吗，其中一盘是有个女人在梳头，另一盘是空白的，什么都没有？"

我点头，确实是这样。

胖子就道："这就不对了，要是空白的，他寄给你干吗？这不是没有道理吗？他干吗不直接寄第一盘，何必要凑齐两盘？"

我叹了口气，当初我也考虑过这个问题，但是因为整件事情非常匪夷所思，所以这些小方面的不合情理的地方，我也没有精力细细去想，当时感觉，应该是对方别有用意，只是我并不知道他的用意而已。

胖子听了就摇头，说不对："这事情如果照你这么想，那也太没有头绪了。咱们生活在真实的世界里，这不是悬疑小说，不应该有这么没头没脑的事情发生。我看咱们可能把事情想得有点儿复杂了，也许对方寄这录像带来，有着十分简单的理由。"

我脑子有点儿抗拒思考，不想去想，就让他说说他的想法。

胖子道："倒也不是想法，只是感觉到你想问题的方式不对，似乎是给人绕糊涂了。咱们直接点儿想，对方寄了两盘带子给你，一盘有内容，一盘没内容，也就是说，其中一盘完全可以不需要寄，而对方却还是寄出了，对不对？"

我点头。胖子道："那不就是了。这在这件事情中很正常，因为寄带子的人让人感觉到匪夷所思，我们主观就认为他做任何事情可能都有着深意。但是如果不这么想，假设寄东西的那小子是个普通人，你认为普通人在这种情况下会不会这么做？我想总不会吧，要是我寄带子给你，我干吗还搭一盘空白的寄过来？这不是有毛病吗！我感觉这里肯定有文章，你再想想看，是不是有道理？”

我点了点头，胖子永远会给人惊喜。确实，这个问题我想得没这么深。我靠到座椅上，想着胖子的话，陷入了沉思。

一个普通人在什么情况下会用这种方式寄东西过来？一盘有内容的录像带加上一盘没有内容的录像带，这样的组合，是什么用意呢？

不要把问题复杂化，我告诫自己，用直觉去想，想想自己以前借录像带的时候，什么情况下会做这种事情呢？

一想还真想到点儿以前的事情，我心里一跳，感觉到好像确实有一段时间自己也做过同样的事情。

一边的胖子正在吃东坡肉，看我的样子，就问道：“怎么，想到什么了？”

我歪了歪头，让他别说话，自己心里品味着刚才想到的东西，想着想着，以前的记忆就出现了。我沉吟了一声，突然就意识到是怎么回事了，猛地站起来，对胖子道：“嘿！原来这么简单！别吃了！我们马上回去！”说着就往外跑去。

胖子肉吃了一半，几乎喷了出来，大叫：“又不吃？中午都没吃！有你这么请客的吗？”

我急着回去验证我的想法，回头对他说：“那你吃完再过来。”

胖子原地转了个圈，拿我没办法，只好跟了过来，临走对服务员大叫：“这桌菜不许收！胖爷我回来还得接着吃，你们给我看好了，要是少根葱我回来就拆你们招牌！”说着就跟我出了门。

第五章

录像带的真正秘密

楼外楼离我的铺子不远，我急匆匆地跑回去，王盟是五点一刻下班，绝对不多留半分钟的人，门早就锁了。我开了锁进去，来到内堂，阿宁带来的带子被她带回去了，我就翻出了我自己那两盘带子。胖子紧跟着我进来，帮我接通电源。

但是我没打算再看一遍，而是翻了几个抽屉，找出了一把螺丝起子。

胖子看不懂了，问我干什么，我心里翻腾着，也顾不得回答他，就开始拆卸那带子。

如果我想得没错的话，这事情还真的是十分十分简单，甚至我都做过很多回了。

两盘带子，其中一盘录像带是空白的，那就是说，里面的内容根本就不重要。对方要寄给我的，是录像带本身，而不是让我看里面的内容，所以里面是空白，或者有影像，一点儿关系也没有。那他寄来这盘带子，只有一个理由，一个简单到不能再简单的理由，而我的推测也非常容易验证。

以前中学的时候，我捣鼓过不少这东西，拆起来也不难，三下五除二就把带子分离了开来，然后我小心翼翼地拿起一边，一抖，旁边看着的胖子就惊叫了一声。

录像带的里面，一面塑料壳的内面果然贴着一片东西。

“你奶奶的熊，你怎么想到的？”胖子惊讶道。

我咧嘴，也顾不得笑，拍他道：“那是你想到的。”撕下那东西，一看，我“哎呀”一声，只觉得心都扭起来了。

那是一张便笺纸，上面非常潦草地写了十几个字。

青海省格尔木市昆仑路德儿参巷349-5号。

识字的人一看就知道了，那是格尔木市的一个地址。

“丫的。”我不由自主地就冒了句京腔，擦了擦头上的汗，心中有一种喜悦，总算给我料中了一件事，原来真的是我想得太多了。

这是一石二鸟，一来可以保护这东西不受长途运输的破坏；二来如果这东西给人截获了，一时间对方也想不到它里面藏了东西，特别是，如果录像带的内容足够吸引那个截获者的注意力。

我心里明了，可以肯定对方要防范的那个截获者就是我的三叔。因为里面的内容只有三叔看了之后才会吃惊，事实上也是，他的确被录像带里的内容吸引了所有的注意力。

这事情只要推断一下就很明显，因为如果他直接寄这地址过来，按照当时的情况，这东西必然会落到三叔手里，和最开始的那份战国帛书复印件一样。

想通了这些，我就非常神清气爽，马上又拆掉了另一盘带子。这一盘带子里却不是纸片，而是一把老旧的黄铜钥匙，而且是20世纪80年代最流行的四八零锁的那种钥匙。

拿起来展开，可以发现钥匙有点儿年头了，铜皮都发黑了。钥匙柄的后面贴着胶布，上面写着一串模糊的数字：306。

“看来对方是想邀请你过去。”胖子在边上道，“连房间都给你开好了。”

第六章

来自地狱的请柬

我看着那地址和钥匙，就在那里发愣。胖子说得对，我刚才也在想这个事情，看样子寄录像带的人真的是想让我找过去，这钥匙应该就是纸上地址所在的门钥匙。那这样看来，我过去对方可能不在家，他是想让我自己参观？

我突然有了一个奇怪的念头，难道那房子是那小哥的家，他知道自己可能回不来，所以托人把他家的钥匙寄给我，算是留遗产给我？

如果真是这样，那也许到他家里去，还能知道他的过去呢。不过，这怎么想也不太可能……

另外，这样的话，阿宁那两盘带子里难道也有东西？

当天晚上，我辗转难眠，靠着床沿，一根一根地抽烟。我平时只有郁闷的时候才会抽一根，但是现在怎么抽都没用，心里还是难受。

回想整件事情，从最初我收到录像带开始，到现在发现录像带里的东西，不过几个月时间，然而每多一次发现，就让事情变得更加扑朔迷离，更加复杂。

事实上，录像带的秘密虽然被我发现了，但是，真正让我心烦意乱的，还是录像带的内容。不管对方是想用其中的内容来作掩护，还是只不过随手拿了两盘，里面的内容绝对会吸引观看者的所有注意力。而这些内容是无法伪造的，他这样的人也不可能会熟悉录像带的录制方式，那么，他是从哪里搞到的带子？

这样的录像带，我可以肯定不止这几盘，按照录像带能记录的时间，记录满一天就需要八盘左右。寄给我的一盘是空的，一盘是有内容的，这说明对方在拿录像带的时候有很多选择，那至少说明那个地方可能还有其他录像带。

里面的“霍玲”和“我”监视着自己的行动，显然有不得已的目的，不会是为了好玩儿。

当然，最让我在意的还是阿宁的那两盘。我一直自诩为一个局外人，一直认为自己是一个添头，跟着三叔，第一次是自己率性而为，第二次是形势所迫，第三次是莫名其妙地听从安排。每一次，只要说一个“不”字，就没有我的事了，所以事情突然发展到似乎连我也牵扯了进去，我就有点儿找不着北了。

不过，这一次胖子的提示让我犹如醍醐灌顶，我已经感觉自己考虑问题的方式似乎太过复杂了，也许正是因为有这种自己困扰自己的习惯，才使得原本十分简单的事情变得很复杂，或许事情本身就如这件事情一样，一点儿曲折都没有。

我想了很多，此时又想到当日李沉舟和我说的，这件事情也许和我有莫大的关系，想想三叔处心积虑地骗我，他既然不想让我参与这件事，又为什么要让我跟着上雪山？李沉舟的话其实非常有道理。

我又回忆了我的过去，记忆中有可能使得自己和这件事情沾上关系的，真的是一件都没有。小时候，我的父亲平平淡淡，凡事都以家庭为己任；我的爷爷叱咤风云，是家里的主心骨；二叔吝啬言语，一本正经；三叔游戏人间，顽劣不化。所有的所有，构成了我童年的记忆。他们虽然秉性不同，但是都对我很好，连二叔也只有看着我的时候才会笑笑。

可以说我的童年虽然不是非常幸福，但是，应该和我这个年纪的人的童年一样，毫无特别之处。

再到这几年，所谓的大学，更是平淡到了极点，记忆也更加清晰，实在是没有在一个黑暗的屋子里穿得像个死人一样爬来爬去的经历。

我一个晚上没睡着，一直看天花板看到了天亮，胡思乱想，越想就越郁闷。整件事情仿佛是一张天罗地网，将我罩在里面，我无论从哪里走，都只能看到无数的窟窿，被网绳挡着过不去。

造成这样的局面，也是我的性格决定的，我那种犹豫不决又不死心的性格，导致事情越搞越复杂。或许我考虑问题不应该如此被动，有时候不要等别人给你线索了再去琢磨，别人给你的线索，一来不知道是真是假，二来总是不太及时且有很多干扰。

想到这里，我忽然皱了皱眉头，想起我那几个朋友在临走的时候给我的建议，他说："事情变得如此错综复杂的原因，就是你老是执着于从你三叔那里得到答案。你想，既然你三叔骗过你，就肯定不希望你知道一些事情，那么你三叔就不可能和你说实话，谎言生谎言，你再问只会让自己觉得世界上任何东西都变得不可信，乱七八糟的信息越来越多。你要了解事情的真相，不如自己去寻找答案。比如你说探险队是十个人还是十一个人，你去查查当年相关的资料，总比分辨你三叔说的是真是假要可行得多吧。"

现在想想，他确实说得没错。

好吧！我心里对自己说，既然这事情和我还有了关系，那我就真谁也不信了，这次我就谁也不告诉，自己一个人去格尔木查查看，这到底是怎么回事。

第七章

鬼楼

要么不做，要么就别磨蹭，第二天，我就确定了去格尔木的行程。

我从来没有去过那一带，找了我在旅行社的朋友询问了路线。那朋友告诉我，去格尔木没有直达的航班，所以我只有先飞到成都双流机场，然后再转机。机票让他去搞，连当地的酒店都可以搞定。我就让他帮我处理，因为这里也不能说走就走，于是我订了两天后的航班。

这一次不是去倒斗，只是去格尔木的市区逛一逛，而且时间也不会很长，所以我只带了几件贴身的衣服和一些现金，总共就一个背包，还是扁扁的。

胖子当天就回北京了，我也没和他说起这件事情，既然决定谁也不说，那么胖子也不例外。

这两天时间里，我跟王盟打了招呼，让他处理铺子里的事情，家里含糊地交代了一下，又把一些关系理了理，两天后，我就上了飞机。

一路睡觉，到了成都双流机场之后已经睡得很舒服了，飞格尔木的几个小时就在飞机上想事情。当天晚上八点多，我就到达了被誉为“高原客栈”的格尔木市。

这是一座传奇的城市，格尔木在藏语里的意思是“河流密集的地方”，虽然一路飞过来全是戈壁，但是也可以想象当时城市命名时的样子。我在飞机上看的资料说，这座城市是当年“青藏公路之父”慕生忠将军把青藏公路修路兵的帐篷扎在了这里，扎出来的一个城市。城市只有五十多年的历史，早年繁华无比，现在，地位逐渐被拉萨代替了，整个城市处在一个比较尴尬的位置。

下了飞机之后，非常丢脸的是，我起高原反应了，在机场出口的地方直接晕了两三秒。那种感觉不像以前在秦岭时那种力竭的昏迷，而是一种世界离你远去的感觉，一下子所有的景色都从边上变黑，接着我就趴下了。好在两三秒钟后我马上醒了过来，此时我已经躺在了地上。更丢脸的是，我在买药的时候才知道自己已经在青藏高原上了，对中国的地理不熟悉，竟然不知道格尔木是在青藏高原上，搞得卖药的还以为我是坐错飞机了。

在路边的藏茶摊上用五毛一碗的藏茶把药吃了，我就到了朋友给我安排的宾馆安顿了下来，顾不得头痛脑热的，又马不停蹄地出发，直接上了出租车，拿出那个地址，就让司机将我带过去。

然而司机看了地址之后，马上摇头说那地方是个很小的巷子，车开不进去。那一带全是老房子，路都很窄，他能带我去那一带附近，想要再往里去，就得我自己进去问人了。

我一听那也成，就让他开车，一会儿工夫，我就来到城市的老城区。

那司机告诉我，格尔木市是一个新建的城市，路一般都很宽。当年的老城区都扩建了无数次，但是到处都有这样的小片地方，因为位置尴尬，就遗留了下来。这些平房大部分是20世纪六七十年代盖起来的，里面到处是违章建筑，我的那个地址，就在其中的一条小巷里。

我下了车，天色已经是黄昏的末端了，昏黑昏黑，只夹着一点点夕阳。

我抬头看去，背光中只看到一长排黑色瓦房的影子，这里都是20世纪六七十年代建的筒子楼，这个时间看过去，老城区显得格外神秘。

走进去，四处看了看，我就发现这里其实也不能叫作老城区，只不过是城市扩张后残存的几段老街，这些建筑一没有文物价值，二没有定期检修，看上去都有点儿摇摇欲坠，想必也不久于人间了。而老城区里也没有多少人，只见少有几个发廊，穿行于房屋之间，老房子老电线，黑黝黝的，和发廊的彩灯混在一起，感觉相当怪。

我在里面穿行了大概有两个小时，走来走去，然而确实如那个出租车司机所说，里面的格局太混乱了，很多巷子是被违章建筑隔出来的，连路牌都没有，问人也没有用，几个路过的外来务工人员都笑着善意地摇头，大概意思是他们也不知道这地方在哪里。

有地址也找不到地方，这种事情我还是第一次碰到，一边走一边苦笑，感慨世事多变。就在我绕得晕头转向的时候，后面骑过来一辆黄顶的三轮车，那车夫问我要不要上车。我走得也累了，就坐上让他带着我逛。

车夫是汉族人，大约也是早年从南方过来的，听我是南方口音，话就多了，和我说了他是苏北的，姓杨，名扬，人家都叫他二杨，在这里踩三轮十二年了，问我想到什么地方去玩儿，格尔木没啥名胜古迹，但是周边戈壁的大风景他都熟悉。

我心里觉得好笑，心说，“你老爹要是给你取个三字名儿，你就能改名儿叫恒源祥了”。

不过他说到这个，我就心中一动，心想这些车夫在这里混迹多年，大街小巷大部分都烂熟于心，我何不多问几句，也许能从他嘴里知道些什么。

于是便把地址给他看了，问他知不知道这个地方。

我本来没抱多少希望，但是我话一说完，“恒源祥”就点头说知道，说着就踩开了。不一会儿，他就骑到了一条非常偏僻的小路上。

路两边都是老房子，昏黄的路灯下几乎没有行人，他停车的时候我真的很恐慌，感觉像要被劫持了。他见我的样子也直笑，对我说，我要找的地方到了。

我抬头一看，那是一栋三层的楼房，有一个天井，路灯下，楼房一片漆黑，只能看到外墙，里面似乎一个人也没有。整幢房子鬼气森森的。

我哑然，问车夫这里到底是个什么地方。他道，这里是建于20世纪60年代的一个疗养院，已经荒废很长时间了。

第八章

306

我下了车付了钱，在门口对了对已经模糊不清的门牌，发现字条上写的地址确实是这里，心里就有点儿发毛，心说这不是我们小时候经常去探险的那种没人住的鬼楼吗？怎么会有人让我到这种地方来？难道里面还有人住？

车夫还在数我给他的零钱，我转头问他，这里面住的是什么人。

那车夫就摇头，说他也不清楚，只知道这个疗养院是20世纪60年代盖起来的。在80年代中期的时候，疗养院撤掉了，这里改成了戏楼，所以他也来过，当时的河东、河西就这么几片地方。

我还比较走运碰上了他，要是其他那些北方来的三轮车夫，保管找不到这地方。

我听得半信半疑，车夫走了之后，整条街上就剩下我一个人。我左右看看，一片漆黑，只有这栋楼的门前有一盏昏暗的路灯。我有点儿害怕，不过一想自己在大半夜时连古墓都下去过，这一幢老房子怕什么，随即推了推门。

楼外有围墙，墙门是拱形的红木板门，没有门环，我推了几下，发现门背后有铁链锁着，门推不开，不过这点儿障碍是难不倒我的。我四处看了看，来到路灯杆下，几下就爬了上去，翻过了围墙。这是小时候捣蛋时的身手，看来还没落下。

围墙内的院子里全是杂草，跳下去可以知道下面铺了青砖，但是缝隙里全是草。院子里还有一棵树，已经死了，靠在一边的院墙上。

走到小楼跟前，我打开打火机照了照，才得以了解它的破败。雕花的窗门都已经耷拉下来了，到处是纵横的蜘蛛网，大门处用铁链锁着，贴着封条。

我扯开一扇窗，小心翼翼地爬了进去，里面是青砖铺的地，厚厚的一层灰，门后直接就是一个大堂，什么东西也没有，似乎是空空荡荡的。我举高了打火机，仔细转了转，发现有点儿熟悉，再一想冷汗就下来了。

这个大堂就是阿宁的录像带中“我”在地上爬行的地方。

来对地方了，我对自己说。我站到了录像带中录像机拍摄的角度去看，那些青砖，那些雕花的窗，角度一模一样。我越来越确定我的想法，恐惧和兴奋同时从心里生了出来。

继续往里走，在大堂的左边有一道旋转的木楼梯，很简易的那种，但好歹是旋转的，通往二楼。我蹑手蹑脚地走过去，朝楼上望去，只见楼梯的上方一片漆黑，并没有光。

我掏出了口袋里的钥匙，306，那就应该是三楼的。

这多少有些异样，我低头照了照楼梯的踏板，发现踏板上盖着厚厚的尘土，但是在尘土中能看到一些脚印，显然这里还是有人走动的。

我轻轻地把脚放在踏板上踩了踩，发出咯吱的声音，但是应该能承受我的体重。我咬紧牙小心翼翼地往上走去。

楼上黑黑的，加上那种木头摩擦的咯吱声，让我感觉有点儿慌慌的，但是这里毕竟不是古墓，我的神经还顶得住。

一直往上，到了二楼，我发现二楼的走道口给人用水泥封了起来，没有门，是整个封死了。按照楼下的空间，水泥墙后面应该还有好几个房间，似乎给隔离了起来，水泥工做得很粗糙。

我摸着墙壁，感觉有点儿奇怪，难道这房子的结构出现了问题，这里做了加固？

不过奇怪也没用，我此时也没有多余的精力考虑这些问题，继续往上走到三楼。我看到一条漆黑的走廊，走廊的两边都是房间，但是所有的房门下面都没有透出光来，应该是没人，而空气中有一股很难闻的霉变的味道。

我凝神静气，小心翼翼地走进走廊，绕过那些蜘蛛网，看到那些房间的门上有被尘埃覆盖的油漆的门牌号。我一路读下去，感觉自己有点儿像那些欧美悬疑片里的主角。不久，我便来到了走廊的倒数第二间的房门外。我举起发烫的打火机，照了照门上，只见门楣上有很浅的门号：306。

那一刹那，我开始想敲门，一想又觉得好笑，于是在门口犹豫了一下，就掏出了钥匙，往门上的钥匙孔里一插，随即一旋转，咔嗒一声，门随着门轴尖锐的摩擦声，很轻松地被我推开了。

房间不大，里面很黑，进去后霉变的味道更重了，先是从门缝里探头进去看，发现房间的一边可能有窗户，外边路灯的光透了进来，照出了房间里的大概轮廓。房间里贴墙似乎摆着很多家具，在外面路灯光形成的阴影里看不分明，不过，一看就知道没有人。

我深吸了口气，小心翼翼地走进去，举起已经发烫的打火机，在微弱的火光下，四周的一切都清晰起来。

这是一个人的卧室，我看到角落里放着一张小床，霉变的气味就是从这床上发出来的。走近看发现床上的被子都已经腐烂成黑色了，味道极其难闻，被子鼓鼓囊囊的，乍一看还以为里面裹着个死人，不过仔细看就发现只是被子的形状而已。

在床的边上有一张写字台，古老得类似于小学时候的木头课桌，上面是一些垃圾、布、几张废纸和一些从房顶上掉下来的白石灰墙皮，都覆盖着厚厚的灰。

在写字台的边上是一个大柜子，有三四米宽，比我还高，上面的木头大概是因为受潮膨胀，门板都裂开了，抬头往上看，就可以看到柜子上面的房顶和墙壁的连接处有大量的霉斑和水渍，显然在雨天时这里会漏水。

这地方看来已经荒废很久了，破烂到这种程度，应该有五年以上了。不过房子虽然老旧，却也是普通的老旧而已，寄录像带的人把我勾过来干什么呢？他想让我在这房子里得到什么信息呢？

此时忐忑不安的心情也随着我对环境的适应而逐渐平静了下来。我将打火机放到桌子上，先是开始翻找那张木头写字桌的抽屉，把抽屉一只一只地拉出来，不过里面基本上都是空的，有两只抽屉垫着老报纸，都发霉了，我碰都不敢去碰。

抽屉里没有，难道是床上？我走到床边，先看了看床底下，全是蜘蛛网，什么都没有，然后到边上拉出一只抽屉，用来当工具，把黏成一团的被子从床褥上拨开了，想看看里面是不是裹着什么东西，然而拨了几下，被子里直冒黑色的黏水，竟然还有虫子在里面，霉味冲天，我几乎恶心得要吐了。

好不容易把被子全拨弄到地上，却也没发现什么东西。其实我拨了几下也意识到里面不会有东西，谁会把东西藏在这么恶心的地方。

这两个地方都没有，那么只剩下这个大柜子了。不过这柜子有锁，虽然柜子的门开裂了，但是要打开这柜子，还是需要点儿力气的，而且没有工具是不行的。

我手头什么都没带，只好就地去找，最后在窗台找到了个东西。那是老式窗的插销，能拔出来，虽然都锈了，但是老式插销是实心的，很结实。我拔出了一个，用来当撬杆，插进那些开裂的柜门板缝里，把缝撬大到能让我伸手指进去，然后一只脚抵住一面，把手伸进缝里，用力往外掰。门板发出恐怖的摩擦声，给我扯得弯了起来，接着就发出断裂的爆裂声，整块板就这样被硬生生地掰断了，门上的灰尘都溅了起来，眯得我睁不开眼睛。

楼里相当安静，我弄出的这些动静听上去就格外吓人。门板断裂的那一刹，那刺耳的声音把我也吓得一身冷汗，好久才缓过来，然后拿起打火机，往柜子里照去。

我对柜子里有什么东西一点儿预判也没有，感觉最大的可能还是什么都没有，所以也没有做太多的心理准备，然而一照之下，我就吃了一惊。

柜子里确实什么都没有，空空荡荡，但柜子靠墙那面的板已经不翼而飞，露出了被柜子遮住的水泥墙，而在水泥墙上，竟然有一个黑幽幽的半人高的门洞，门洞里连着往下的水泥楼梯，不知道通向哪里。

第九章

线索

我感觉越来越古怪，显然，这里有一道暗门，有人用一个去掉了背面板子的柜子当掩护，挡住了它。只要打开了这只柜子，就能看到后边的暗门，这种方法不算高明，但是好处在于设置方便，而且便于出入。

可是这里怎么会有这样的构造？看来这疗养院不简单啊，这里以前到底是用来干什么的？这水泥楼梯下又是什么地方呢？

看着手里的钥匙，显然对方寄了这个房间的钥匙给我，就是想让我发现这道暗门，那么，下面应该有答案。

我擦了擦头上的冷汗，走进柜子里，探进暗门，顿时一股奇怪的味道从下面传了上来。

我转过头把最浓烈的味道让了过去，然后适应了一下，用打火机往下照。

楼梯深不见底，而且又曲折，显然颇长，不知道是通向二楼还是一楼。

看着楼梯，想到现在已经是半夜，我身在一幢鬼屋里面，又发现这不知道什么时候安置的暗道，心中不免有些害怕。然而毕竟我是下过斗的人，在这种地方，知道外面就是大街和发廊，心中自然会稍微坦然一些。

我只犹豫了一下，就定住了神，一只手小心翼翼地举着打火机，矮身进到这个门洞里面，顺着楼梯向下走去。

既然已经到了这一步，对方指引我寻找的东西必然就在这楼梯下面，我也不好退缩。来到了格尔木，自然要看看对方的目的到底是什么。

才走了几步，我就感觉到一股难言的阴冷从楼梯前方的黑暗中传了过来，让人有点儿不寒而栗。我哈了一下，发现有白气从我嘴巴里呼出来，这下边的温度看来确实很低。

从打火机的光线看去，楼梯两边都是水泥毛坯墙，水泥是黄水泥，20世纪60年代的那种军用品种，上面隐约还能看见一些红油漆刷的标语，都褪色得只有几个轮廓了。在阶梯的顶上，还能看到垂下的电线，被蜘蛛网包着，看上去就像蛇一样。

比起古墓里的青砖墓瓦，这些东西要亲切得多了，我一边暗示自己，一边尽量放松心情。虽然如此，我还是觉得下面黑暗处的楼梯转角会有什么东西探出头来，毛骨悚然的感觉竟然一点儿不比古墓里弱。

很快就走下了第一段，楼梯转了一个弯，继续向下，脚步出现了回声，听起来毛瑟瑟的。我感觉了一下高度，这里已经是二楼了，就是被水泥封闭的那个楼层。然而，这里并没有任何门洞，四周还是封闭的水泥墙，显然出口并不在这里。

看来和那二楼没有关系，我心说，深吸了一口污浊的空气，又往下走了一层。

还是同样的情况，出口也不在一楼。楼梯继续转了一个弯儿往下，仍旧黑漆漆的看不到底。

下面就是地下了啊，我心说。这时候心里出现了一个念头：难道这楼梯是通到地下室去的？

难道，这里是以前的地下军事掩体？

我记得在杭州有一个著名的704公馆，也是以疗养院的名义修建的，其实里面机构纵深，神秘异常，据说地下也有巨大的建筑群，用来应对紧急情况。

不过，看这暗门的样子，又感觉不像。那暗门就是一个简陋的门洞，如果是特地设置的军事掩体的入口，至少应该会有铁门吧。

我边走边胡思乱想，继续往下走去，不知道是温度继续下降，还是我的冷汗给我的感觉，我忽然觉得极度寒冷，牙齿都打起牙花来了，但咬牙又下了一层。楼梯到这里就中止了，楼梯的出口就在面前，我小心翼翼地走出去，发现外面似乎有一个很大的空间。

我举起打火机，照了照出口两边，发现这是一个水泥加固过的地下室，非常简陋，潮气冲天，地上还铺着青砖，四周空空荡荡。

这肯定不是军事掩体，我心里确定了，看这水泥的样子和地上的青砖，像是农村里生产大队自己胡乱盖起来的那种地窖。这里的手工太粗糙了，不会是专业的军工部队盖出来的。

这是什么地方？难道真的是个地窖？闷油瓶让我过来是看他的腌白菜入味儿了没有？

我被自己的念头逗乐了，继续往这个地窖的中心走去。走了没几步，我就隐约看到，地下室的中间有一个巨大的影子横倒在地上，看上去非常怪异。

我朝那个影子走过去，用打火机一照，人就僵住了，只见地窖的中央停着一具巨大的纯黑色的古棺。

第十章

计划

打火机的光线十分微弱，能照到两三米外已经很不错了，在这种光线下，赫然看到一具棺材，我还真是吓了一跳。

反应过来之后，我就感觉非常奇怪，这真是闻所未闻的事情，这里怎么会有一具棺材，而且是古棺？

一座20世纪六七十年代建造的疗养院，有地下的隐秘设施，这说起来已经有点儿不可思议了，现在在这个地方还出现了一具棺材，这太让人匪夷所思了。这里面装的是什么人？难道是当年死在这里的什么人？

我看了看身后，来时的楼梯口就在身后，不至于找不到，就靠过去看那具棺材。

远远看过去就知道这不是现代人的棺材，棺材是纯黑色的，横在地下室的中央，好比一只巨大的长条石礅，有这样大小和形状的应该是棺椁。民国以后的棺材就没有棺椁了，这棺椁看式样应该有相当长的历史，至少有五百年，而且看大小，恐怕不是普通人家用的，至少也是士大夫用的。

我上前摸了一把，上面有细细的花纹，冰凉刺骨，像是石棺，不知道是什么石料。一摸之下，石棺上厚厚的灰尘被我摸出几个印子，露出了一些细小的花纹。

我拿打火机靠近仔细地看，棺椁的盖子上有敲凿损坏过的痕迹，盖子和椁身的缝隙里也有撬杆插入的迹象。显然我不是第一个发现这具巨大棺椁的人，有人曾经想撬开它。我有经验，所以对这个特别敏感。

古棺不可能平白无故地出现在现代建筑的地下室里，那肯定就是有人将这具棺椁搬到这里来的，但不晓得是什么原因。

地下室里的温度十分低，我喘着气逐渐冷静下来，用力舒缓我的心跳，一路下来都是在极度紧张中度过的，虽然自己压抑了恐惧，但是心中还是相当不舒服。我一边深呼吸，一边就开始琢磨。

有人寄了录像带、地址和钥匙将我引到这座破旧的疗养院里来，指引我发现了这一个暗门，通过暗门后的楼梯我发现了这个地下室，地下室里还放着一具石棺。

这已经超出了任何恶作剧的范畴，对方是不是想告诉我这疗养院里发生过的一些匪夷所思的事情？

看来，这封闭的楼层和地下室以及这石棺的背后，肯定有着相当复杂的故事。

我推了一下石棺的盖子，当然没有用大力气，只是想试一下能不能推开。好在和我判断的一样，石棺纹丝不动，显然没有工具打不开它。

我松了口气，在这种场合开棺，而且是一个人，我从来没有经历过，打不开，也不用硬着头皮逼自己上了。

我又仔细地看了一遍石棺的细节，发现没有什么值得注意的，我就绕过石棺继续往前走，一直走到地下室的尽头，看到一扇小铁门，很矮。我推门进去，后面是一条走廊。

我只走了几步，就发现这里的结构和楼上是一样的，一条走廊，两边都是房间，只不过这条走廊一路延伸，没有尽头，似乎是通到其他地方去，而且走廊两边的房间都没有门，十分简陋。

我拿起打火机走进第一个房间，照了照，就看到了两张写字台靠墙摆在一边，四周有几个档案柜，墙上贴满了东西，地下、桌子上，全是散落的纸。

这里似乎是一个办公室。我心中越发奇怪，办公室怎么会设置在地下？这也太怪了。地下室里，一边是一具棺材，一边是一间办公室，难道当年格尔木的丧葬办是设在这儿的？

我边纳闷边走到写字台边，想看看上面有什么线索。

走近一看，我忽然就愣了一下，不知道为何，看到这写字台摆放的样子，心里有一种异样的感觉，好像这房间在什么地方看到过。

我举高打火机，回忆了一下，顿时倒吸了一口冷气，立即就认出来了，这间房间，竟然就是录像带中霍玲所在的那一间。

写字台的摆设，地面和墙上的感觉，一模一样。我走到写字台边上，甚至看到了那面她梳头时照的镜子，还是放在录像带里的那个位置上。

我的心一下子就狂跳起来，忙深吸了一口气，按捺住自己的情绪，心中的诧异已经到达了顶点。

看录像带的时候，我还只是以为霍玲是在什么民居里，没有想到，竟然会是在这种疗养院的地下室里，而且我竟然还找到了这个地方。显然这都是真的，录像带里记录的内容是真的。

当年霍玲就在这里，用录像机拍摄过自己，她在这里不停地梳头，而“我”，也很有可能真的爬过头顶的大堂。

一刹那，我的眼里甚至出现了她的幻影，我和她的世界好像重合在了一起，录像带里的情景在我面前闪动了一下。

可这到底是怎么回事呢？一个女人在一间疗养院的隐秘地下室里不停地梳头，而一个和我相似的人在疗养院的大堂里如残疾人一般地爬行，这些事情都真实地发生，并且被记录下来了，这到底是为了什么？镜头之外的这个疗养院里到底发生过什么事情？

我脑子有点儿发木，晕了起来。显然寄录像带给我的人，目的就是引我看到这个房间，可是我看到了之后，反而更加疑惑了，感觉自己好像在拼一幅空白的拼图一样，完全没有可着手的地方。

再一次深吸了几口气，我镇定了一下，接着，就拿起打火机开始观察四周。我必须查看一下这里，看看有什么线索。

第十一章

盗墓笔记

这是一个神秘疗养院的神秘地下室，一个神秘的女人在这里有过一些匪夷所思的行为，那么，既然她在这里生活过，总会留下蛛丝马迹，如果能找出一点儿，也许就能明白一些事情的真相。就算都是没有用的资料，我也能知道她当时的生活和精神状态是怎么样的。

我对这个疗养院里发生的一切，几乎一无所知，所有的线索对我都是重要的。

我开始搜索，只要是能看的东西，我都要去看一看。

这里的楼层很低，我的身体在这里相当压抑，但是打火机的照明却比较管用，能照出很远。我大概地看了看四周，好决定从哪里开始查起。

在录像带模糊的黑白影像里，无法自由地观看房间的全貌和细节，但现在可以了，看到的东西就更加直观一点儿。我先想象了真实的霍玲梳头的样子，相当恐怖，忙摇头转移注意力。

我手里的这一款zippo打火机能够持续燃烧照明，但是已经烫得我只要再往上捏一点儿就捏不住了。我从桌子上找了块破布，包住继续使用。

在微弱的火光下，我先是看了墙壁。这个房间四面墙壁上都刷着白浆，现在都被灰尘覆盖了，在门边的墙上钉着一根插着衣钩的木棍，那是用来挂衣服的地方。木棍的下面贴着报纸，防止挂着的衣服碰到墙壁上的白灰。木棍过去，就是一个已经没有门的柜子，这应该就是霍玲放衣服的地方，现在里面什么都没有。我走近看时，就发现柜子好像被什么东西抓过，满是刻痕。

再边上的墙上就什么也没有了，只有挂在上面的电线，已经全是灰色的了，一边还有一个连通隔壁房间的门洞，不知道是修筑的时候没有封起来，还是后来给人砸出来的，对面的房间里空空如也。

在柜子的对面摆着写字台，有两张并排放着，上面堆满了东西，似乎都是一些报纸和我看不清楚的垃圾。在写字台边上的墙壁上贴着大量的纸，都布满了灰尘。

我吹掉灰尘，一张一张地看过来，发现墙上贴的内容非常琐碎。我看到了20世纪90年代的电费单，一些顺手写下去的、毫无意义的号码。这些已经和墙壁成为一个整体的纸，应该都是当时顺手当电话记录本的，因为我记得电话就放在这个位置，不过现在已经没了，只剩下一根截断的电话线。

这些东西无法给我任何的信息，我只能知道她在这里生活的时候也是用电的。我叹了口气，接着开始翻找桌子上的文件。

那些纸都在灰尘里，一动就有漫天的烟尘，我也管不了这么多了，一张一张地翻开。纸的里面已经烂了，有很小的蚰蜒被我惊扰出来，不过这些东西和长白山的雪毛子比就是小弟弟。我很快就把纸翻了出来，从里面抽出了几个本子。

拿出来抖了一下，我发现这好像是本稿纸簿，以前没电脑的时候用来写稿的。上面写了什么东西？

我翻了开来，看到第一页上，就三行字——

后室2～3。

编号012～053

类：20、939、45

这是什么意思？我心说，好像是什么档案的编号，难道是什么手写的文件或者典籍？

翻过第一页一看，却发现不是。第二页上，竟然是一幅图画，还是圆珠笔画的，画得相当潦草，一下子竟然没法看出画的是什么。

我定了定神，仔细地去辨认，看了五六分钟才看出来，这竟然是一幅古代人物画，只不过此人显然不会画画，这人物画得几乎走形，看上去异常诡异，那古代人物，不像人，反倒像只长嘴的狐狸。

人物的四周还画着很多匪夷所思的线条，我看出那鬼东西是个人后，这些线条的意义也显现了出来，应该是人物画的背景，大约是山水庙宇树木之类的东西。

我不由得失笑，心说这是什么，难道是霍玲的素描？她的爱好倒也挺广泛。

将这页翻过去，一连又翻了三四十页，全都是这样的图画，没有文字内容，我便放下，又看了另外一本。也是同样，除了第一页上的内容不同之外，里面都是差不多的图画，也不知道是什么东西，我就堆在一边，继续翻那些纸头。结果下面没什么，只发现里面有几团类似于抹布的东西，连一张有内容的纸都找不到。

我又骂了一声，心说看来他们离开的时候，可能将那些有信息的东西都带走了。

不过我不死心，我就不信能带得什么都不剩下。我坐到霍玲梳头的那个位置上休息了一下，就拉开面前的抽屉，想看抽屉里是什么。

那是写字台中部，台面下最大的抽屉，我拉了一下，就感觉到有门儿。抽屉竟然是锁着的，而且感觉沉甸甸的。

一般搬家之后不会把废弃的家具锁起来，而且这手感表明里面可能有东西了，我兴奋起来。这种锁可难不住我，我站起来，拆了一个门后的挂衣钩过来，插进抽屉缝里用力往下压，一下就把抽屉的缝隙给压大了，锁齿脱了下来。我一拉，就把抽屉拉出来了。

拿起打火机一照，抽屉里果然放满了东西。我将打火机搁在抽屉边上，开始翻找。

这肯定是一个女人的抽屉，里面有很多琐碎的杂物，很乱，显然离开的时候已经把有用的东西带走了，剩下了木梳、20世纪90年代那种饼一样的小化妆盒、一沓厚厚的《当代电影》杂志，这些老杂志历史很悠久了，记得我小时候是当黄色书刊来看的，还有那种黑色的铁发卡、很多的空信封和一本空的相册。

信封非常多，但都是没有使用过的，我很耐心地一封一封展开口子看，里面什么都没有。相册里也没有照片，但可以发现原本肯定是放过的，又都被抽走了。

接着，我又翻了那些旧杂志，一页一页地翻，格外仔细，然而仍旧没有什么发现。

我倒在座椅上，也不顾上面的灰尘就靠了下去，有点儿疲惫地透过昏暗的打火机光看向桌子的对面。四周一片漆黑，安静得要命，我的心也失望得要命。显然，如果这个座位属于霍玲的话，这个女人相当仔细，而且是故意不留下线索。

四周的寒冷已经在和我打招呼了，我咬了咬牙，不能放弃，罗杰定律，不可能什么都没有留下，我肯定能发现什么！我再次鼓励自己，虽然心里已经有点儿绝望了，就把抽屉一只一只地推进去，起身去看对面的写字台。

对面没有椅子坐，我就弯下腰来，发现中间最大的抽屉还是锁着的，这有点儿奇怪。我故技重施，将抽屉撬了开来。

我满以为看到的景象会和刚才一样，自己还是得在垃圾堆里翻线索，然而出乎我的意料，这一次抽出来一看，抽屉里却十分干净，只在抽屉的正中，放着一个黄皮的大信封，鼓鼓囊囊的，有A4纸那么大，正正地摆在那里，好像是故意摆上去，等着我来看一样。

“咦？”我心中一动，意识到了什么，马上拿起来看。

这是20世纪80年代末期的那种劳保信封，材料是牛皮纸的，上面有褪了色的毛主席头像。我摸了一下，发现里面有很厚的东西，不过已经受潮了，看上去毛刺刺的，摸起来很酥软的感觉。信封上没有任何文字。

我感觉有门儿了，忙翻过来打开了信封，往里面一掏，就掏出了一本大开本杂志一样的老旧工作笔记本。

我愣了一下，翻开了封面，发现笔记本的第一页上有一段娟秀无比的钢笔行书——

我不知道你会是三个人中的哪一个人，无论你是谁，当你来到这里发现这信封的时候，相信已经牵涉事情之中了。

录像带是我们设置的最后一个保险程序，录像带寄出，代表着保管录像带的人已经无法联系到我。那么，这就代表着我已经死亡，或者“它”已经发现了我，我已经离开了这个城市。

无论是哪种情况，都意味着我可能将在不久之后离开人世，所以，录像带会指引你们到这里来，让你们看到这本笔记。

这本笔记里，记录着我们这十几年的研究心血和经历，我将它留给你们，你们可以从中知道那些你们想知道的东西。

不过，我要提醒你的是，里面的内容，牵涉着一些巨大的秘密，我曾发誓要把这些带入坟墓之中，然而最后还是不能遵守我的诺言。这些秘密，看过之后，祸福难料，你们要好自为之。

陈文锦

1995年9月

第十二章

文锦的笔记

看到这一行字，我深深地吸了一口气，心中的惊骇简直无法形容。

这段文字的内容，倒还不是让我最惊讶的，说实话，我在看到那本笔记的一刹那，也想到过也许会看到这样的内容。让我一瞬间窒息的，是那个签名。

陈文锦！

天哪，我实在是没有想到，这东西竟然会是她留下来的，这么说，给我寄录像带、把我引到这里的，就是她？

这实在是峰回路转，又让人摸不着头脑。虽然三叔并没有说过她的任何信息，但是在我的概念里，她肯定已经死在某个地方了，怎么会在这种时候突然出现，还把我引到了这里来？

而且这短短一段话里包含的信息太多了，什么“三个人”？是哪三个？“它”是什么东西？“我们”是指谁？难道是西沙的那批人？什么研究？什么秘密？

无数的念头从我脑子里闪过，我却一个都来不及思考。我定了定神，立即把笔记翻开，往后面看了下去。

这是一本很厚的笔记，写满字的足有二十六七页，全是密密麻麻的字，写得极其工整，还有很多图画，好像是一本工作笔记。

我将打火机放到拉出的抽屉沿上，然后坐到地上，马上凝神静气地看了起来。

刚翻开第一页，扉页后的那一页，我立即被震了一下，我看到上面画了一张奇怪的图画，画得十分精细。

这张画是由六条弯曲的线条和一个不规则的圆圈组成的，我只是稍微回忆了一下，就立即发现这就是三叔给我描述的，战国帛书中翻译出来的那个图形。

我心中诧异，看来文锦他们相当厉害，要得到这个图形可是非常困难的，这么说，她也对这个图形感兴趣过。

然而，和三叔给我画的草图不同的是，这幅画上有了标注，我一看就冒了一身的冷汗。只见这六条曲线上各有一个黑点，感觉似乎就是三叔和我说的，那星盘和直线对齐而选择出的六颗星星，然而在其中四个黑点上，我看到了几个小字。

从上往下，就是——

长白山——云顶天宫

瓜子庙——七星鲁王宫

卧佛岭——天观寺佛塔

沙头礁——海底沉船墓

我看着就吸了一口冷气，心里乱了几秒钟之后，却如醍醐灌顶一样，立即就明白我看到的是什么。

晕，太晕了，难道这图形的曲线就是汪藏海定的那条大龙脉中每一条山脉的走势脉络图？

再仔细去看曲线，就发现果然是这样。因为不是在地图上看，所以这六条线根本就没法让我联想起这一点，只感觉像是叶子的经脉或者是河流的分布图，然而现在一看，我立即就看出来这其实就是一条“龙”。六条线条，就是龙头、龙尾巴、龙的四肢！每条线都是一条山脉，而线条上的点，就是山脉上的宝眼。

那这根本不是裘德考说的什么星图嘛！

一下子我就浑身冰凉，意识到了是怎么回事。要不就是裘德考被人误导了，要不就是这老妖精骗了三叔！

再看那两条没有写字的线条。我立即就发现上面也有黑点，不过边上写的都是问号，显然，这些也应该是大风水所属的龙脉，不过上面的龙眼情况并不清楚。

这突如其来的冲击让我几乎有点儿不知所措，我实在没想到，一翻开笔记本就会受到这种冲击。我立即合上笔记，深深地吸了口气，然而手还是发起抖来，想起扉页上的那句话：里面的内容，牵涉着一些巨大的秘密。心说：你也不用在第一页就这么刺激我啊！

然而，这种震惊很快就被狂喜代替了，我咬牙拍了拍胸口，把那种窒息的感觉去掉，再次翻开了笔记。

仔细地看那幅图形，这一次，我看到了更为关键的地方。

只见在六条线条之外，被六条弯曲的线条围绕的空白处，那个圆圈的内侧，也有一个黑点。这个黑点不在任何一条线条上，独立而孤单地处在整个图形大概正中的位置上。

而在这个黑点的边上，也有一行小字：柴达木—塔木坨。

这个我就看不懂了，但是这一行小字的下面，重重地画了好几道线，还有两三个问号，显然，这张图上，这个点才是最重要的。而且，画图的时候，文锦有着什么疑问，所以一边想一边画了这些问号。

按照边上的经验来看，这一点应该也是代表一个地方。柴达木？塔木坨？难道也是一个古墓吗？我心里想，为什么这一点会在线条的外面呢？

一下子，我忽然就意识到，文锦知道的，要比我们多得多。看来这本笔记能够帮我解答相当多的疑问。想着，我立即将笔记本翻了过去，开始看后面的内容。

后面的内容，都是文字和图画混杂的，上面的字迹十分工整，写得也十分有条理。然而，字体很小，在打火机有点儿暗淡的火光下，看起来十分吃力。

我定了定神，提起精神，用心看了下去，一边看，一边越来越感觉到疑惑，同时也渐渐感觉到了失望。等到看完之后，我的疑惑和失望达到了顶点。我呆在了那里，心中的感觉很难形容。

整本笔记上的内容超过十万字，都是类似日记一样的工作记录，记录的内容非常烦琐，但是按照里面记录的内容来区分，大概可以分为三个部分。

第一部分是1990年4月2日至1991年3月6日记录的，这里无法把整本笔记都抄写下来，我只能选出最关键的章节并将其缩写出来。第一部分的内容大致如下——

1990年4月2日

我们将海底墓穴中大部分的瓷器进行了编号整理，临摹了几乎所有的瓷器，同时比对壁画，希望能够找出汪藏海的人生轨迹。通过这样的比对，我们确实发现了一些规律。壁画中记录的东西是他人生的经历，而瓷画中的内容则是他建筑工程的过程。这从我们整理出来的几个系列就可以证明，比如说进入东夏国——建筑云顶天宫，还有受到朱元璋的封赏——设计明皇宫，都得到了体现，并且按照墓室的顺序，可以很容易地区分这些事件的先后顺序，而且一一对应。

按照这样的方式推断，这些壁画都是记录汪藏海这位显赫的风水大家的功绩，记录的内容，都和他的作品相关，那些对其他人来说比较重要的，比如说婚娶、狩猎，都没有任何记录。我称这个为“汪氏相对论”。

1990年9月6日

今天，“汪氏相对论”遇到了一个难题，在汪藏海最后的壁画中，我们发现了这么一段内容：

（下面是一张草图，大约是壁画的临摹图，我看到这里，就想起刚才翻桌子时候看到的那些类似于小孩子素描的东西，原来都是他们临摹下来的壁画。

草图的内容很难描写，因为画得很糟糕，我只能大约看出，那好像是一个达官贵人送别另一个人的景象，背景是一座很大的宫门，四周整齐地横列着骆驼、马匹之类的动物，当然画得完全像狗和老鼠。我熟悉古代山水画和走兽画，这方面的知识我受过严格的训练，所以我从笔触和形态上可以猜测出这些奇形怪状的动物，其实应该是马匹或者骆驼。在宫门之后侍者成群，排成仪仗队伍，可见画中画的是一个相当浩大的场面。

之后还有两三页都是画，我没有兴趣，全部跳过去了，直接看后面的内容。）

这些壁画上画的，应该是汪藏海六十八岁以后的事情，当时他已经完成了他人生最后一个工程，而这壁画上的内容，大概是说他接受了皇帝的命令，出发前往一个地方，类似于出使他国。这张壁画的构图明显是模仿唐玄奘去西域的那些唐代壁画，非常奇特。然而，我们翻查了所有的瓷器，却始终没有发现任何能和这相对的瓷画。

有人说可能是他最后的这一次经历，没有任何建筑作品与之相对，然而也有人坚持认为，像汪藏海这样的人，不会有这种例外。没有瓷画对应，可能有什么特别的含义或者原因，也许，他的作品被他刻到了其他什么地方。

确实，后来继续研究，就发现汪藏海在最后的那几年十分神秘，完全没有任何史料留下来，他的人生，可以说最后的一段时间是空白的。

他在那几年里到底在什么地方，干了什么呢？这是一个大问题。

1990年12月6日

这几个月，我们一直调查汪藏海最后几年的行踪，终于有了线索。我们发现在最后的工程之后，汪藏海陪同皇帝在长白山有一次祭山活动，之后就没有任何文字记录了。

长白山，难道说他进山里去了吗？我们非常怀疑。

1990年12月7日

这里无从查起，我们掉转了方向，开始从皇帝那边入手。在明志中有详细的出使往来和大典的记录，我们想从其中寻找汪藏海壁画上描绘的那次大典，或者他出使别国的记录。

结果让人非常惊讶，我们发现皇帝死之前两年，一共有七次大典，其中六次都很正常，有一次却很奇怪，记录十分简单，没有任何的旁注：

"洪武二十九年，卫四十六人，士十二人，马匹一百二十六，珍珠十斗，黄金三十斤等，使塔木坨。"

大典和出使，这是唯一的两个条件齐备的记录，然而这个记录没有记录当时出使的官员，但是最让人奇怪的是，塔木坨是什么地方？

是一个国家吗？正史中没有任何记载，不过很有可能，在明朝的周边，东南亚、西域这两块地方，有着无数的小国，也许就是这些小国中的一个。不过，汪藏海去和一个小国通使节，这有点儿奇怪。他的年纪不太适合干这种长途跋涉的事情啊。

1991年2月11日

调查继续进行，其间我们进行了两次讨论。

（中间是十页废话，都是讨论和猜测，但是后面都证实是错误的，所以都删除了。）

因为《明史》在清朝经历过一次浩劫，所以这一次调查起来很困难，很久都没有结果，后来还是转换调查角度才解决了一个问题。我们对出使塔木坨所携带的东西做了比对，就发现礼品的种类表示这应该是一个西域的国家，而且从东西的数量来看，这份礼品很少，然而马匹非常多。这样看来，倒像是一支商队，而不是使节队伍。

1991年3月6日

完全没有线索，突破口也找不到了，研究停滞不前，大家心情都不好。

这就是第一部分，明显地，在这一部分前面应该还有内容，但是前面并没有发现被撕页的痕迹，看样子，这不应该是一本单独的笔记，这是一系列笔记中的一本。

第一部分里面描写的内容，是他们在做关于汪藏海的研究，发现塔木坨，然后研究塔木坨，最后研究停滞这么一个过程。从这一部分内容里可以看出很多的东西，他们在研究海底墓穴里的壁画和瓷器，而且，看似研究非常正统和系统，是经典的考古流程（那种查资料的过程看似十分枯燥，却是考古工作者日常研究的主要方式，考古，就是挖——修——查）。但是当年三叔他们去的时候，根本不可能有这种条件，汪藏海墓那么大，就这么几个人，要工作多久才能把墓穴里的东西全部记录下来啊？那么他们是在什么时候干这个工作的呢？

这是一个很大的线索，不过我没有工夫细想，就继续往下看去。当时我以为后面会继续这样的过程，然而，在1991年3月6日这一段之后，就出现了让我疑惑的一个现象。

从这一段之后，大概有六页的内容，都是收集资料的陈述，这略过去。一直往下翻，下一部分工作日记，时间却跳到了1993年1月19日。

然后，再看其中记录的内容就会发现，和前面的有了相当大的不同。这一部分的内容，是1993年1月19日一直到1995年2月8日，时间跨度比上一部分长，然而，记录下来的有用的东西并不多。内容如下——

1993年1月19日

经过了上次的讨论，汪藏海的事情清晰了起来。看来，他前往塔木坨，确实和皇帝祭长白山有关系，他应该重返了云顶天宫，之后就起程前往塔木坨。这个塔木坨必然和长白山里的情况有关。

1993年4月18日

从壁画中我们整理出了前往云顶天宫的三条路线，我们决定前往长白山，一探究竟。

1993年5月30日

进入长白山的范围内，天气很糟糕。

（之后，有十几页都是探险小说一样的行进记录，和我们进入云顶天宫的内容类似，一直到进入之后。）

1993年6月15日

和他们失去了联系，我们两人继续前进。

1993年6月17日

我们到达了天宫的底部，情况十分糟糕，其他人可能凶多吉少，我们也没有时间犹豫了，我们决定进入青铜门，看看里面到底是什么地方。

1993年6月18日

看来，我看到了终极！

（到这里之后就中断了，没有任何内容，下一次日记就是最后一段。显然在将近一年半的时间内，她没有记录东西。）

最后一条记录就是——

1995年2月8日

我们开始策划寻找塔木坨，这一切到底是怎么回事，我一定要弄清楚。

这就是第二部分，到了这里大概一共是三十页内容，非常明显，第一部分和第二部分之间有将近两年的内容空缺了。到这第二部分，他们直接就开始了云顶天宫的旅程，看到这里我心里的一个疑问就清楚了。看来云顶天宫里，死在黄金堆里的人，应该就是他们这一批人，而且看他们携带的东西，这里文锦说的“我们”，应该就是西沙的那一批人了。

如此说来，他们好像没有什么其他特别的窘况，而且活得似乎还很舒坦。不过这些倒是次要的，最让我震惊的是，显然文锦也发现了那扇青铜门，并且她也进去过了。

“我看到了终极！”我看到这里就出了一身的冷汗，心说这是什么意思呢？这个终极代表着什么？

看记录的时间，她进去之后，有一年半没有记任何笔记，这和她的性格不符合。我感觉她非常有可能是在青铜门里看到了什么，以至于太过震惊，无暇再去想什么笔记。

综观第二部分，给我最大的感觉就是，那个塔木坨应该和青铜门有着很大的关系，文锦他们进入了青铜门之后，才萌发了寻找这个塔木坨的想法。

再之后是第三部分，这部分十分长，但是时间跨度很短，从1995年2月8日到1995年6月8日，其中，值得提出来看的只有一段——

> 1995年2月8日
>
> 根据那张龙脉图，我们已经可以确定塔木坨的位置，我们将要进行一次勘探，希望在这次勘探中，能够发现那一系列谜题的答案。说实话，我实在没有想到，这背后有这么多的事情，如果我在青铜门里看到的东西是真的，那整件事情就太可怕了。

之后，就完全都是他们前往那个叫塔木坨的地方的内容，看上面的描写，这个塔木坨应该是戈壁中的一个绿洲。文锦跟着一支驼队，在1995年的年初自敦煌出发，深入柴达木盆地，进行了这一次旅程。

他们由一个叫定主卓玛的女向导带领进入了戈壁，然后在一处岩山，他们和她分手，进入了这个叫作塔木坨的地方。那个绿洲之中似乎非常危险，一路上有不少人死去，笔记上的路线图上标着很多危险的记号。最后他们到达了塔木坨。不过，她和另一个人产生了分歧，她没有继续前进就回来了。

我非常迅速地看了一遍，并没有细看，这些内容之后，就是一片空白，没有内容了。这部分内容大概有三十页，非常详细，有大量的路线图以及关于装备的缺损、天气之类的描述。

整本笔记里，根本没有写他们是怎么得到信息，或者如何调查的，没有提到任何关于他们在西沙失踪的内容，也没有提到这个疗养院里的事情。里面所有的信息，都和这个塔木坨有关系，几乎有一半的篇幅，都是对汪藏海、铁面生留下的东西的分析，并且从中发现了关于塔木坨的线索。而且，让我很在意的是，这三部分内容中间都有明显的断裂，感觉上，笔记好像是被人重新装订过或者抄过。

我用力扯起页与页之间的缝隙，发现没有任何重新装订和撕页的痕迹，这是一本完整的笔记。那就是说，这本笔记可能是文锦重抄的一本。她似乎是挑选了几本笔记中关于塔木坨的内容抄了下来，将其汇总在一本笔记里。

她为什么要这么做呢？这又是一件匪夷所思的事情，这帮人做事情为什么总是这么神神秘秘的？难道，笔记中的某些内容，是她不想让别人知道的东西？

而且，看着这笔记，很明显有一个感觉，好像就是想让我知道塔木坨这个地方很关键，似乎是想让我去那个地方一样。

心里的疑问数不胜数，一下子也理不出个头绪来，我揉了揉太阳穴，把笔记翻到开头，准备仔细地从头看起，仔细地推敲，看看是否还能得到一些什么线索。然而这时候，眼前的打火机的光亮已经暗淡了下来，火苗萎缩下去，光线相当昏暗。

我想起打火机已经用了相当长时间了，可能马上就要断气了，于是就想将那些报纸连同抽屉都点燃，弄一个篝火堆，这样不至于一会儿打火机打不着了，自己要摸黑，于是拿着打火机站了起来，舒展了一下筋骨。

就在这时候，我就感觉哪里有点儿不太对劲，这里好像有什么地方不一样了，我干脆举高打火机，想看看是不是错觉。这不看还好，一看几乎没把我吓死，只见桌子的对面不知道什么时候竟然出现了一个“人”，这个“人”坐在我刚才坐的椅子上，看着那面镜子，正在梳头。

第十三章

黑暗

这个“人”身材怪异，虽然打火机的光线很暗淡，只能照出一个灰色的轮廓，样貌看不完整，但我还是能看到它的脖子长得有点儿奇怪，那种感觉，说夸张点儿，让我觉得它不用站起来，就能把脸探到我面前来。

它坐在我刚才坐的那张椅子上，两只细长的手臂在头侧滑动，动作诡异。我愣了一下，才意识到它是在梳头，整个人当即就凉了，浑身的汗毛都奓了。

在这样一间荒废了十几年的地下室里，突然看到一个“人”在黑暗里梳头，这种举动，加上这种场合，普通人恐怕当场能被吓死。

我一边冒冷汗，一边觉得奇怪，这是什么“人”？什么时候出现的？从我发现笔记本到坐下来看，最多也只有二十分钟的时间，它是什么时候坐到我对面去的？我怎么一点儿也没有察觉到……而且这里是一座废弃建筑的地下室，怎么可能会有其他人在这里？

坐在那张椅子上，看着霍玲的那面镜子，加上这诡异的动作，竟然像是在梳头，不能让我不想，难道霍玲没和其他人一起走……这个“人”是霍玲？

我的冷汗像下雨一样淌了下来，好在我对这种事情的承受力已经今非昔比了，虽然无法理解眼前发生的事情，但我的身体还是不由自主地有了反应。我条件反射地退后了好几步，眼睛盯住对方，全神戒备。

如果在电视剧里，看我这样惊慌的样子，这个躲在黑暗里的人肯定会“哈哈哈”笑三声，然后导演给一个特写，或者掏出一把小手枪，说：“没想到吧，吴邪先生。”可是这不是电视剧，随着我的后退，那“人”纹丝不动，还是照样机械地做着梳头的动作。随着我的后退，摇摆不定的打火机的光越发暗淡了，距离也远了，那“人”就隐入了黑暗里，几乎看不见了。

直退了五六步，我感觉有了点儿安全感，就停住脚步，鼓起勇气问了一声：“你是谁？”

我到了地下室之后，几乎没有说过话，如今这话说出来，声音嘶哑，几乎都不像是我的声音，听着自己都吓了一跳，不过在这安静得连针掉在地上都听得到的地下室里，这嘶哑的声音十分通透。

然而，我问了之后，对方没有反应，从那写字台后面没有传来任何声音，好像我在和空气说话一样。

想吓唬我吗？我暗骂了一声，真的有点儿害怕起来，想想刚才看到的那“人”奇怪的体态，心说这东西该不会不是人吧？

不可能，不可能，我否定自己，要说在古墓里还有可能，但是这里是现代建筑啊，不会有这种东西出来，这里又没有棺材……等等，等等，不对啊！这里有棺材啊。

我的脑子里“嗡”的一声，心说难道这东西是那具棺材里的粽子？

我忙摇头，努力喘了几口气，让自己平静下来。

这也是不可能的，哪有碰到棺材就出粽子的道理，要真这样，殡仪馆里的人都得去茅山考个本科回来才行。

这时候，我脑子里突然闪过一个念头，这“人”该不会就是那个给我寄录像的在这里等我吧？

从刚才看到的笔记本里的内容来看，安排寄录像带的人就是文锦。但是，事实上也不能确定寄录像带的就是她本人，有可能是她安排的其他人。

想着我就觉得很有可能，这种地下室不可能会有普通人知道，能进来的肯定是知情人，可能是一直在附近等我的寄信人，看我爬进来就跟我进来了。这样想着我就稍微平静了一点儿，鼓起勇气，心说要是活人就不怕了，于是皱起眉头，把打火机往前伸过去，看看到底是谁。

我小心翼翼地往前探了两三步，写字台对面的情形我又可以隐约看见了。可我一看，又吓了一跳，坐在那里的“人”，不见了。

我眯起眼睛，仔细去看，确实不见了，座位上什么都没有。我心里疑惑起来，心说难道刚才自己看错了？是错觉？

不可能，那冷汗出得，绝对不可能看错，我顿时就紧张起来，忙举高打火机，朝四周照去。

可就在举起的时候，动作太大，打火机突然亮了一下，然后就熄灭了。

四周立即漆黑一片，伸手不见五指。这里一点儿光线也没有，顿时我的心就揪了起来，也不顾烫得要命的打火机头，忙甩了几下就再去打火。

然而打了摇，摇了继续打，这东西就是不争气，怎么摇也打不出火来，只看到火星四溅，在绝对黑暗的地下室分外耀眼。我意识到打火机可能没气了。

平时我并不抽烟，只有在十分郁闷的时候才会抽几口，所以这打火机我买来也没加过气，这时突然熄灭了，让我大惊失色。在这种地方，没有照明，太恐怖了。

我心说要命了，四周伸手不见五指，极度不祥的预感涌了上来。我将笔记本放入口袋，正准备往后退几步去摸进来的门，突然就听到头顶上咕叽了一声，好像有一个女人在笑。

第十四章

惊变

一下子我后脖子就凉了，这地下室极矮，房顶我抬手跳起来就能摸到。虽然什么都看不见，但我还是条件反射地把头抬了起来往上看。

这一抬，什么也没看见，却感觉到一团毛茸茸的东西垂到了我的脸上。我随手一抓，心里一愣，发现那竟然是一团头发，而且还是湿的，黏糊糊的。

自从海底古墓之后，我对湿头发极度抗拒，这一下我就觉得喉咙里发毛，好比吞了只耗子，赶紧弯下身子，挥动袖子把脸上的东西全擦掉，同时人就直往边上退去，抬头死死地瞪着那黑暗的房顶。

太黑了，我完全无法适应这种黑，心里的恐惧一下子就涌了上来，心说这是怎么回事？房顶上有个女人？难道是刚才那“人”现在吊在房顶上？我靠！这怎么可能？难道它是四脚蛇？

事情越来越不对劲了，我摸着手里黏黏的东西，闻了一下，有一股奇怪的味道，一下子想不起在哪里闻到过，但是条件反射般地，我心中出现一个相当不祥的感觉。

这时候，那咕叽的笑声又响了一声，听着感觉就是在房顶上朝我过来了。我马上又退后了几步，哐当一下就撞到那写字台上，在安静的地下室里听起来像打雷一样，把我自己也吓得一身冷汗。

我站稳身子，再听那声音就没了。我越来越紧张，那不是普通的紧张，不知道为什么，我浑身竟然开始发起抖来，好像是潜意识已经预感到要发生什么极端可怕的事情。接着，我就感觉到后脖子发痒，好像有什么东西在我的脑后垂了下来。

我捏着打火机，再也忍不住了，几乎是战栗地转过头，用力划动了火石。

“啪”的一声火星飞起，在极短的时间内，那白光就照出我背后的情形，只见一大团头发从房顶上垂到我的身后。我抬头再划动火石，就看到头发的里面，一张惨白狰狞的脸孔，正冷冷地对着我。

火星的光芒稍纵即逝，眼前又是一片黑暗，然而那情形已经清晰地印在我的脑海里。

禁婆！顿时我就知道我的身体为什么会有这种反应了。这里有一只禁婆！

我脑子里突然一片空白，什么冷静全没了。我怪叫了一声，就往后狂奔，什么也不管了，直朝黑暗里冲去，脑子里只剩下一个念头，就是逃离这个地方。

没跑几步，我整个人撞在了墙上，那一下撞得，就是撞墙自杀的那种撞法。“砰”的一声，我翻倒在地，听到头顶上一连串叮当叮当的声音，直奔我来了，也不管自己满鼻子的血，爬起来感觉着刚才进来的那个门，再次冲了过去。

这次学乖了，我把手伸在前面，一路摸着冲了出去，凭着记忆冲进了走廊，然后扶着墙冲到出口撞出门，回头就把门死死地关上，然后冲进黑暗里，胡乱摸着，想找到下来的楼梯口。

但是在如此黑暗的地方，想找到那个门洞实在太困难了，我摸了半天，连墙壁都没有摸到。摸着摸着，我突然撞在了什么东西上，几乎摔倒。我往前扑了一下，趴了上去，一下子就知道我踢在那个石棺上了。

撑着石棺我想重新站起来，然而手在石棺上乱摸，我突然感觉不对，石棺的形状好像变了。我再摸了一下，马上就意识到，原来石棺椁的盖子竟然被人挪开了一条缝。我的手就摸在缝口子上。

石棺怎么开了？一刹那我脑子里闪过这个疑问，可是此时脑子里已经混乱得一塌糊涂了，只觉得一阵眩晕。我已无暇顾及这些了，只闪了一下我就站起来，继续往前摸去。

就在这个时候，边上有什么东西动了一下，我的神经已经到了极限，几乎被吓死，刚想拉开架势，就有一只手伸了过来，顿时我嘴巴就被人捂住了，身子也被人夹了起来，动弹不得。

我用力挣扎了几下，控制我的东西力气极大，我一点儿都动不了，同时，我听到耳边有一个人轻声喝道："别动！"

我一听，整个人一惊，立即停止了挣扎，心里几乎炸了起来。

虽然只有两个字，但我还是马上就听出来了这是谁的声音！

这竟然是闷油瓶的声音。

第十五章

重逢

听出声音的一刹那，我本该有无数的反应，疑惑、愤怒、惊讶、怀疑、恐惧等，但事实上我的大脑是一片空白。

在这里听到他的声音，实在是出乎我的意料。我认为，闷油瓶现在可以在世界上的任何一个地方，甚至不在这个世界上，但是他万万没有理由出现在这里。

的确！他怎么会在这里？他在这里干什么？

难道寄录像带的人，真的是他？他躲在这里？

还是和我一样，他也是因为什么线索追查来的？

大脑空白之后，无数的疑问犹如潮水一般涌了上来，我一下子就无法思考了，脑海里同时浮现出他走入青铜门的情景。一股冲动顿时上来，我真想马上揪住他，掐住他的脖子问个清楚，这小子到底在搞什么鬼。

然而现实却是他捂着我的嘴，黑暗中，我一点儿呻吟也发不出来，动也不能动，而且我明显感觉到他的力气一直在持续着，他根本就没打算放手，而是想一直这么控制着我。这让我很不舒服，我又用力挣扎了一下，但他压得更紧了，我几乎喘不过气来。

这时候我就听到，刚才被我关上的那道铁门发出了十分刺耳的“吱呀”声，像是给什么东西顶开了。

那东西出来了，我深吸了一口气，立即就安静了下来，屏住呼吸，不再挣扎，用力去感觉黑暗中的异动。

一下子，整个房间安静到了极点，没有了我自己的声音的干扰，我马上就听到了更多的声音，那是极度轻微的呼吸声，几乎是在我的脑袋边上。

这是闷油瓶的呼吸声，他是活的，当时看到他走进门里去，我还以为他死定了，走进地狱里去了。

闷油瓶大概感觉到了我的安静，按着我的手稍微松了松，但是仍旧没有放手的意思。四周很快就安静得连我自己的心跳都能听到了。

就这样好比石膏一样，也不知道僵持了多久，我听到了一声非常古怪的噗噗声，从门的方向传了过来。

又隔了一会儿，什么声音也听不到了，捂住我嘴的手才完全松了开来。突然，我的眼睛一花，一只火折子被点燃了。

我花了很长时间才适应过来，眯起眼睛一看，那张熟悉的脸孔终于清晰地出现在了我的面前。

闷油瓶和他在几个月前消失的时候几乎没有区别，唯一的不同就是脸上竟然长了胡楂，我觉得十分意外，再仔细一看，才发现那不是胡楂，都是沾在脸上的灰尘。

我的脑子完全僵掉了，此时就傻傻地看着他，之前想过的那些问题全忘记了，一时之间没话讲。而他似乎对我毫不在意，只是淡淡地看了我一眼，什么也没问，就小心翼翼地猫腰到了门那边，用火折子照了照门的里面，接着竟然把门关上了。

关上门之后，他直接站了起来，举起火折子照着天花板，开始寻找什么东西。我心里火大，几次想冲出几句话来，都被他用手势阻止了。

他的动作十分迅速，让我感觉时间紧迫，而他的行为又把我搞得莫名其妙，视线也跟着他的火光一路看了过去。

火折子的光线不强，但是在这样的黑暗中，加上自己的联想，我很快就明白了这屋子的状况。

进来时没有注意地下室的顶，抬头看就发现上面全是管道，和现在的车库一样。这些管道都涂着一层发白的漆灰，可以看得出这里翻新过好几次了，漆里还有老漆。房顶是白浆刷的，砖外的浆面已经剥落得差不多了，露出了一段一段的砖面，看样子，那禁婆就是顺着这东西在爬。

可是，这里怎么可能会有这种东西？这唱的是哪出啊？

闷油瓶看了一圈，看得很仔细，但是动作很快。中途火折子熄灭了，他又迅速点燃了一个，确实没有什么东西藏着了，接着他就回到了我的面前。

“没跟出来。”他看着那门轻声道。

我所有的问题几乎要从嘴巴里爆炸出来了，然而没想到的是，他一转头看向我，就做了个尽量小声的动作，接着轻描淡写地问了一句：“你来这里干什么？”

我脑子一下子就充血了，顿时想跳起来掐死他，心说：你爷爷的，你问我，老子还没问你呢！是我自己想来吗？要不是那些录像带，老子打死都不会来这里！

我咬牙很想爆粗，但是看着他的面孔，我又没法像和胖子在一起时那么放得开，这粗话爆不出来，几乎搞得我内伤。我咬牙忍了很久，才回答道：“说来话长了，你……怎么在这里？这儿到底是什么地方？你、你、你……那个时候，不是进那个门了吗？这里是怎么回事？”

这些问题实在是很难问出来，我脑子里已经乱成一团了，也不知道怎么说才能把这些问题理顺。

“说来话长。”闷油瓶不知道是根本不想回答，还是逃避，我问问题的时候，他的注意力投向了那具巨大的石棺椁。我看了一下，石棺椁的盖子确实被推开了，露出了一个很大的缝隙，但是里面漆黑一片，不知道有什么。

我最怕他这个样子，记得以前所有的关键问题，我只要问出来，他几乎都是这个样子，我马上就想再问一遍。可是我嘴巴还没张，闷油瓶就对我摆了一下手，又让我不要说话，自己伸头往棺椁里看去。

这个动作我太熟悉了，虽然不知道发生了什么，我马上就条件反射地闭上了嘴巴，也凑过去看那棺里面。因为闷油瓶把火折子伸了过去，我一下子就看到了里面，棺椁里竟然是空的，我看到了干干净净的一个石棺底，似乎什么都没放过，而让人奇怪的是，石棺底上竟然有一个洞口。

我正好奇，就听到从那个洞里传来了一些轻微的声音，仔细听，也听不出是什么。只等了一会儿，突然，一只手就从洞里伸了出来，一个人犹如泥鳅一样从那个狭窄的洞口里爬了出来，然后一个翻身，从棺材盖的缝隙中翻了出来，轻盈地落在我们面前。

我被吓了一跳，只见那人落地之后，擦了一下头上的汗，看了一眼闷油瓶，接着扬了扬手里的东西，轻声道："到手。"

后者似乎就是在等这个时候，拍了一下我，轻声道："我们走！"

我跟着他们，小心翼翼地踮起脚尖，蹑手蹑脚地顺着原路上去，然而才跨上两三级台阶，就听到身后走廊的门吱呀一声开了。

前面的那人就骂了一声，开始跑起来。我立即跟了上去，一路狂奔，连滚带爬地冲了出去。一直冲到院子翻过围墙，我们才松了口气。

我累得气喘吁吁，可那两人根本没有停下来的意思，翻出去之后就往外跑，竟然不管我。我心说"这一次可不能让你跑了"，忙追了上去。

又是没命地跑，一直跑出老城区，突然，一辆依维柯从黑暗里冲了出来，车门一打开，那两人就冲过去跳了上去，那车根本就没打算等我，马上就要关车门，不知道是谁阻了一下，我才勉强跳了上去。

上气不接下气，这跑得简直是天昏地暗，上车我就瘫了，在那里闭眼吸了好几口气，才缓过来。

一睁眼我就四处看，一看就傻了，这车里竟然全是人，而且全都用一种似笑非笑的表情看着我。而且最让我想不到的是，很多人我都认识。我一眼就看到了几张特别熟悉的面孔。

天，全是从天宫里幸存出来的阿宁的那一批人，这帮中外混合的人，我们在吉林一起混了很久。

看到我惊讶的表情，其中几个和我混得特别熟的人就笑了，一个高加索人用蹩脚的中文对我道："超级吴（Super Wu，阿宁给我起的外号），有缘千里来相见。"接着，我就看到了阿宁的脑袋从一张座椅后面探了出来，非常惊讶地看了我一眼。

我看着闷油瓶，又看了看刚才从石棺里爬出来的人，那是一个戴着墨镜的陌生青年，他们两个人气都没喘，也都看着我。我感觉很乱，问他们："你们这帮驴蛋，谁能告诉我这究竟是怎么回事？"

阿宁就道："这该我问你才对吧，你怎么会在地下室里面？"

依维柯一路飞奔，直接驶出了格尔木市区，一下子就冲进了戈壁，但车窗外一片黑暗，我在车内，什么也看不清。

一路上，我和阿宁进行了一次长聊，把两边的事情都说了一下。

原来，阿宁也在录像带里发现了地址和钥匙，显然文锦的笔记上写的"三个人"中，有一个就是她。她发现了这个秘密之后，就立即分头做了两方面的工作，一方面让人到这里来寻找那个地址，另一方面亲自到杭州来试探我。她想知道我到底知不知道这录像带里的情况。

然而，她没有想到的是，我其实也收到了这样的带子，而且在她来找我之后，我就用最快的速度出发来了格尔木，甚至几乎和他们同时找到了那幢鬼楼。

（也亏得我这一次行动实在是快速和精准，没有过多犹豫，否则，我肯定就看不到那本笔记了，想想我就后怕。不过同时我也有点儿开心，摸了摸我口袋里的笔记本，这是我第一次单独行动，就取得如此大的成果，看来爷爷说的果然是对的，做事情真的是主动为好。）

之后，我又问阿宁闷油瓶是怎么回事，他们怎么会在一起。

阿宁就笑道："怎么，你三叔请得起，我们就请不起了？这两位可是明码标价的，现在他们是我们的顾问。"

说着，那"黑眼镜"就咧开嘴笑，朝我摆了摆手。

"顾问？"说起顾问我就想起了胖子，心说阿宁这次学乖了，请了个靠谱的，不过闷油瓶竟然会成阿宁的顾问，感觉很怪，我有点儿被背叛的感觉。

这时候，一边的高加索人说道："你别听她胡说，这两位现在是我们的合作伙伴，是我们老板直接委派下来的，宁只是个副手。现在主要的行动都是由他们负责，我们只负责情报和接应，这比较安全。老板说了，以后专业的事情就让专业人士去做。"

这应该是因为云顶天宫里死的人太多了，我想起了当时的情形，就问道："那这整件事情是怎么回事？录像带的内容，还有里面的禁婆，你们有眉目吗？"

这几个人都摇头，而且目光都投向了闷油瓶和"黑眼镜"，阿宁就瞪了他们一眼，之后朝我使了个眼色，道："具体情况我们也不清楚，应该和你知道的差不多，我们现在都是按他们说的在行动，这两位朋友很难沟通。"

听完这些之后，我转向闷油瓶。此时我已经按捺不住，一定要找他问个清楚，让他告诉我这究竟是怎么一回事。

可是，还没等我做好准备，车里突然骚动了起来，藏族司机叫了一声，所有人都开始拿自己的行李。

接着车子就慢慢地停了下来，车门被猛地打开，门外已经能看到一缕晨曦了，一股戈壁滩上寒冷的风猛地刮了进来。

我给挤下了车，接着就看到了让我目瞪口呆的一幕。十几辆Land Rover一字排开停在戈壁上，大量的物资堆积在地上，篝火一个接一个，满眼全是穿着风衣的人，还有很多人躺在睡袋里，一边立着巨大的卫星天线和照明汽灯。

这里竟然好像是一个自驾游的车友集散地，但是仔细一看就知道不对。这里所有的车都是统一的涂装，车门上面都有一个旋转柔化的鹿角珊瑚标志，一看就知道是阿宁公司的。

看到我们下来，很多人都围了过来，阿宁不知道和他们说了一句什么，很多人欢呼起来。

这个场面让我非常惊骇，我抓住一旁在和别人击掌庆贺的高加索人，问他这是干什么。

高加索人拍了拍我："朋友，我们要去塔木坨了。"

第十六章

营地

我听了目瞪口呆，才从文锦的笔记里知道了这个地方，怎么他们也要去了？一下子我有点儿反应不过来，而且他们应该没有看过文锦的笔记啊，他们怎么知道这个地方的存在呢？

“怎么了？”那高加索人看我表情奇怪，就问我，“脸色突然就白了。”

“没什么，刚才给吓的。”我马上掩饰了一下，装作很奇怪，一边跟着他走，一边就问他，“塔木坨是什么地方？你们去干什么？”

“塔木坨？这就说来话长了。”高加索人看了看前面的阿宁，轻声对我道，“我待会儿和你说，我们先看看那两个小哥从里面带回来的是什么东西。”

我看他给我使的眼色，似乎这些事情阿宁不让他说，于是也心领神会，不再出声。

营地里的人奔走相告，睡在睡袋里的人都被吵醒了，我们只能小心地在挪动的睡袋中穿行，跟着阿宁他们一路走。

整个营地很大，绕过路边的路虎集中地，后面还有一片帐篷。其中最大的一顶圆顶帐篷直径有四五米，应该是当地人搭的，上面有藏文标志，似乎是住宿的收费标准。阿宁带着我们走了进去，里面很暖和。我看到边上燃着带小烟囱的炭炉，地上有很厚的五颜六色的牛毛毯子，后来我知道这叫作“粗氆氇”，现在是相当昂贵的东西。此外还有很多的老式藏式木质家具以及一些打包好没拆分的无纺布包。

整个帐篷非常舒适，阿宁坐到了地毯上，进来一个藏人，似乎是帐篷的主人，给我们每人倒酥油茶。我也坐了下来，打量了一下这些人。

最让我恼火的就是闷油瓶，他坐在我的对面，看也不看我，靠在一大堆毛毡上，开始闭目养神。车上的人没有全来，而是来了一些我不认识的，这也让我相当不自在。这些人里，我只认识乌老四和高加索人，其他都是陌生面孔。

这些人陆续坐定，阿宁就把刚才“黑眼镜”从鬼屋里带出来的东西放到了我们面前的矮脚桌上。

那是一只扁平的红木盒子，打开之后，里面是一只破损的青花瓷盘，瓷盘的左边少了巴掌大的一块。

那具石头棺材的下面肯定有一个空间，看样子这瓷盘本来是放在那个空间里的。这是什么东西？为什么闷油瓶他们会去偷这个？我不由得也有点儿好奇。

我正要调整自己脖子的方向去看盘子，突然，帐篷外又进来了两人，那是一个满头白发的藏族老太太和一个藏族中年妇女。老太太犹如陈皮阿四一样干瘦干瘦的，有七十多岁了，不过相当精神，眼神犀利，那中年妇女倒是普通的藏族人样貌。她们两人一进来，整个帐篷的气氛就突然一变，除了“黑眼镜”和闷油瓶，其他人都不由自主地坐正了，把身体转向她们，特别是老太太。有两人还向她行了个礼，似乎这个藏族老太太在这里有比较高的地位。

老太太也回了个礼，并打量了一下我们，特别是我，可能是因为陌生，所以多看了几眼，便径直坐了下来。阿宁恭敬地拿起了那只瓷盘递给她，问道："嬷奶，您看看，您当年看到的是不是这个东西？"

说完后，马上有人翻译成藏语。老太太听着便接过瓷盘看了起来，看了几眼她就不住地点头，并用藏语不停地说了些什么。翻译开始翻译她的话，几个人开始交谈起来。

他们的对话断断续续，而翻译的人不仅藏语的水平不是很高，更要命的是中文似乎也不行，磕磕巴巴的。我努力去听但还是听不明白，就轻声问边上的乌老四，这老太太是谁。

乌老四没有回答我，但是边上的"黑眼镜"说话了。他低声对我说道："她叫定主卓玛，当年是文锦的向导。"

听到这个名字，我"啊"了一声，心里一下子清楚了不少，也为阿宁公司的神通广大而惊讶，他们不仅知道塔木坨，还知道有这个向导，这么说，阿宁应该知道文锦的事情了。

我在文锦的笔记中了解过他们自敦煌出发，进入柴达木腹地的经过，她的确提到过他们请了一个藏族女向导。我不由得摸了摸口袋里的笔记本，心说怎么回事，难道还有人看过这本笔记？

不过，我记得笔记里文锦说了，这个女向导并没有将他们带入盆地深处，在过大柴旦进入察尔汗地区之后，女向导也找不到路了，事实上也没有任何路可以去找，最后他们在一座岩山的山口和向导分手，便朝着更深的地方前进。柴达木盆地面积二十四万多平方公里，他们最后的旅程走了三个星期，最后走到了哪里，谁也说不清楚。

看来，如果他们想去塔木坨，光是这个老太太并不能给阿宁他们带来什么特别有用的帮助，最多能带他们到达当年和文锦队伍分手的地方。

我正想着，阿宁和定主卓玛的对话就结束了，行礼后中年妇女将老太太扶了出去，有几个听不懂的人就问怎么样，阿宁已经掩饰不住脸上的笑意，兴奋道："没错了！她说就是这只盘子，当年陈文锦给她看的就是这一只，她说有了这只盘子，她可以带我们找到当年的山口。”

几个人都骚动起来，“黑眼镜”就问道：“什么时候出发？”

阿宁站了起来，对他们道：“今天，中午十二点，全部人出发。”说着，其他人都站了起来，就要走出去。

这时候，那个“黑眼镜”又道：“那他怎么办？”

说着就指着我。

阿宁转头看向我，似乎忘了刚才我在这里，几个人都错愕了一下。我就盯着阿宁，想看她会怎么说。

没想到阿宁并没有太过在意，想了想就指着一边的闷油瓶，对“黑眼镜”道：“他带回来的，让他自己照顾。”说着就带着人出去了。帐篷里只剩下了我、“黑眼镜”和闷油瓶。

“黑眼镜”干笑了两声，靠到了毛毡上，点起了烟，然后就在那里看着闷油瓶道：“我说你是自找麻烦吧。刚才不让他上车不就行了，你说现在怎么办？”

闷油瓶抬起了头，淡淡地看了我一眼，似乎也是很无奈地叹了口气，对我道：“你回去吧，这里没你的事了，不要再进那疗养院了，里面的东西太危险了。”

我看着他，心里十分不悦。

说实话，我压根儿不想去那狗屁地方，我也不知道阿宁他们为什么要去那个地方，我现在只想知道，闷油瓶在云顶天宫到底做了什么，我看到的那恐怖的景象到底是怎么一回事。

于是我回答道：“要我回去也可以，我只想问你几个问题。”

闷油瓶还是淡淡地看着我，摇头道：“我的事情不是你能理解的，而且，有些事情我自己也正在寻找答案。”说着站了起来，头也不回地走出了帐篷。

我气得浑身发抖，几乎要吐血，看着他的背影真想冲上去掐死他。

那“黑眼镜”也叹了口气，就在边上拍了拍我，道：“这里有巴士，三个小时就到城里了，一路顺风。”

说完也走出了帐篷。帐篷中只剩下我一个人，场面一下子冷清了下来。

这让我很尴尬，有一种被小看，甚至被抛弃的感觉，十分不舒服。刚才阿宁、闷油瓶和“黑眼镜”的态度，简直就是认为我是一个可有可无的人，这比辱骂或者仇恨更加伤人。

但是“黑眼镜”说的是实实在在的。

想想也是，阿宁的队伍要出发了，我是他们从鬼楼中救出来的，这是一个突发事件，所以他们根本没准备怎么安排我，也没有任何责任给我解释什么，我当然就应该自己回去。

但是，我实在是不甘心，看着帐篷外人来人往，准备工作做得热火朝天，我就感觉到血气在上涌。我想着我回去之后能干什么，寄东西的文锦早我一步走了，此人可以在二十年间躲藏得三叔用尽手段都找不到，我又如何去找？难道我要像三叔那样，为了一个谜底再找她三十年吗？不可能。

疗养院里发生的事情扑朔迷离，完全没有任何线索。文锦留下的笔记一直在说这个塔木坨，而现在，外面这批人就要出发去了，我却准备买票坐巴士回家。

整件事情唯一的线索，现在只剩下我口袋里的笔记，而笔记中的内容似乎一直在暗示我，要到塔木坨去，才能知道一些事情。

我应该怎么办呢？回到格尔木，我又能做什么呢？我什么都不能做了。

“做事情要主动。”

忽然，我耳边响起了我爷爷的这句话，接着我就摸到口袋里的笔记本，想着这一次在格尔木的经历，完全是因为我的快速而果断才占了先机。

好吧，我一下子就打定了主意：“闷油瓶，别嚣张，你能去得我吴邪也能去，这一次我也跟着去！”我站了起来，走到正在准备行李的阿宁边上，问她：“你有没有多余的装备？”

阿宁正在点数自己的压缩饼干，听到我突然问她，露出了很诧异的表情：“多余的装备？你想干什么？”

我耸了耸肩，不知道该怎么说出口：“我要加入，我要加入，我也要去塔木坨！”

“加你个头。”阿宁笑了，转过头不理我。然而我继续看着她，对她道：“我能帮到你们，想想在云顶天宫里。”

阿宁抬起头，脸色变了，她看着我的眼睛，朝我微笑了一下：“你是认真的？”

我点头。她就指了指一边的装备车：“随便拿，十二点准时出发，过时不候。”

第十七章

出发

车队飞驰在一望无际的苍茫戈壁上，气候干燥，车子与车子离得很远，以躲避前一辆车扬起的漫天黄尘。

我坐在车里，看着窗外，想着之前的决定，也不知道是不是正确，这时候感觉好像有点儿过于莽撞了。不过，现在上了贼船，也没有脸反悔了。

阿宁在出发前和我说了他们的计划，我发现是完全按照当年文锦的路线，由敦煌出发，过大柴旦进入察尔汗地区，由那个地方离开公路，进入柴达木盆地的无人区，然后由定主卓玛带路，将队伍带到她和当年那支探险队分手的地方。

这条路线几乎和文锦在笔记中写的一模一样，我就十分纳闷，她到底是从哪里得来这些信息的？显然，她知道塔木坨，知道定主卓玛，知道路线，看上去好像她也看过笔记一样，可是笔记在我的口袋里啊。

车队一路补充物资，很快便按照计划到达了敦煌。有人告诉我，到达察尔汗地区之前的路线，还是相当于自驾游的路线，相对安全。

一路上两边的雅丹地貌让我领略了戈壁的荒凉，一望无际，仿佛天地尽头，这让人有种强烈的被遗弃感。这种感觉刚开始还可以由路边很多已经成废墟的居民点缓解一下，但是在我们离开敦煌，上了察尔汗公路，直接驶入戈壁滩之后，就根本无法驱除。因为连续行驶十几个小时，四周的景色几乎没有分别，这种感觉是令人窒息的。也亏得阿宁队伍庞大，扎营时的喧嚣多少让我们心里舒服了一点儿。

我和高加索人坐一辆车，他和另外一个藏族司机轮番开车。在路上，我就问他这些问题，看他能不能回答。

高加索人却很轻松地回答了出来，一听才发现原来我想得太复杂了。我总是认为阿宁应该是看了笔记，然后知道塔木坨、定主卓玛和路线，其实完全不是这样。阿宁收到录像带后采取的第一个措施，就是去调查寄快递的快递公司，通过快递公司的人的回忆，他们找到了这个快递的寄出者，那个人就是定主卓玛。

之后一探访，拿着快递一问，这些塔木坨、向导、路线就都被问出来了。现在的计划都是按照定主卓玛的信息来做的。

听了我才释然，这样说起来，文锦笔记的第三部分的前半段内容是不重要的，重要的是他们和定主卓玛分手后到进入塔木坨的那一段。可惜那一段我没仔细看，一定要找个机会偷偷再看一遍。

接着，高加索人又和我讲了他知道的塔木坨的事情。

高加索人告诉我，塔木坨这个概念是找到定主卓玛后才知道的。根据定主卓玛回忆当时听到的文锦他们的对话，塔木坨似乎是汪藏海的最后一站，至于是个什么地方，文锦他们自己也不知道，只能去寻找。

不过，定主卓玛后来根据旅途里的见闻和经历，有了自己的判断，她发现文锦他们寻找的这个塔木坨就是这一带传说中的西王母国。在当地人的说法里，那里应该叫作塔耳木斯多，意思是雨中的鬼城，当时她发现了这一点之后很害怕，于是假装找不到路，和他们分手了。

“西王母国？”我听了很吃惊，“那不是神话里的东西吗？”

“其实不是，西王母国是真实存在的，而且是历史很悠久的古国，黄帝时期就有传说了。西王母就是国家的女王，青海湖在羌语里叫作‘赤雪甲姆’，甲姆就是王母的意思，我们认为它就是王母的瑶池，而塔耳木斯多就是王母之国的都城。西王母在西域传说中代表着神圣的力量，在定主卓玛小时候听的传说中，这座城市只有在大雨的时候才会出现，一旦看见就会被夺了眼睛，变成瞎子，所以她非常害怕。”

“那你的意思就是说，我们现在要找的，其实就是西王母国的古都？”

“可以这么说，根据现在的考古资料分析，特别是近几年的，西王母的存在已经被证实了。”高加索人说，“事实上，如果塔木坨是在柴达木盆地里，那它肯定就是西王母国的一部分。这一次说是去寻找塔木坨，其实就是去寻找西王母国的遗迹。你要知道的就是，不是我们去寻找西王母国，而是我们找到的东西自动就会成为西王母国，这就是考古探险。”

我听了就苦笑，西王母？我记得那玩意儿不是什么好惹的货色啊。汪藏海最后出使的是西王母国？这说得通吗？

我想了想，就想到后羿求不死药的传说了，心说难不成汪藏海那次也是去求药？这感觉非常离谱，于是就摇头甩掉这个念头，不去思考。

之后我就在车上点算从阿宁那里拿来的装备，包括他们公司特制的衣服。穿着我的衣服在戈壁里行进，白天会被晒死，晚上会被冻死，所以我在车上换了沙漠服。我穿的时候就很意外，发现这衣服的皮带上竟然也有02200059这个号码。

我问高加索人这是什么号码，他说是他们公司的条形码号，他们老板很着迷这串数字，据说也是从一份战国帛书上翻译出来的。

我心中十分诧异，想起七星鲁王盒子上的密码，心说这数字是不是有什么特别的意义？

之后的两天，我们向戈壁深处深入。路虎的速度非常快，两天时间，我们就进入了柴达木的腹地。

阿宁的人很不见外，几次扎营，当初一起在吉林的几个人和我都相处得很好，其他人也和我熟悉了起来。我这样的性格，和别人相处是相当容易的。这样一来，至少有一个好处，我不用整天面对着面无表情的闷油瓶，而他也似乎根本不想理会我。

这其实有点儿反常，因为在之前的接触中，虽然闷油瓶同样不好相处，但是并没有像这一次这么疏远，我总感觉他是在避讳什么。反倒是那个“黑眼镜”，似乎对我很有兴趣，老是来找我说话。

车子进入戈壁后，很快离开了公路，定主卓玛就开始带路，她是由她的媳妇和一个孙子陪同的，和阿宁在一辆车子里，在车队的最前方。我并不知道他们的情况，只知道那老太太开始带路之后，车子走的地方就开始难走起来，不是碎石滩就是河川峡谷的干旱河床，很快队伍就怨声载道。

定主卓玛解释说，要找到她当年看到的山口，必须先找到一个村子。当年他们的旅程是从那个村子开始的，文锦的马匹和骆驼都是在村中买的。现在这个村子可能已经荒废了，但是遗址应该还在，找到它才能进行下一步。

老太太的记忆力还是相当好的，果然在傍晚的时候，我们来到了那个叫作“兰错”的小村，村里竟然还有人住，有四户人家共三十几号人。

这个发现让我们欣喜若狂，一是证明了老太太的能力，二是事情发展顺利，而且长期在戈壁中行进，看到人类集聚的地方，总是特别开心的。当时天色已晚，我们就决定在村里扎营。

可惜的是，进村的时候出了一起事故，一辆车翻进了一道风蚀沟里，人没事，但是车报废了，此时我们离最近的公路已经有相当远的距离，不可能得到任何援助，这就意味着必须有另一辆车留下来照应。

出了这件事情之后，阿宁就开始显得心事重重。当天晚上我们在报废的车子边上休息，阿宁就对我们说出了她的担心。她有点儿顾虑，虽然配备的是一流的越野车，但是四周的条件实在是太恶劣了，如果无法在短期内找到山口，这些车子肯定会一辆接一辆地报废在这里，有时候可能在修车厂里是非常小的问题，但是在这里都会让车子瘫痪。

而越是进入盆地的深处，被遗弃的车子和随车的人无法及时地得到救援而在戈壁遇到危险的可能性就越大。

车子和骆驼、马匹到底是不一样的，骆驼受了伤会自己痊愈，小伤也不影响行进，但是车子，只要出了事故，就脆弱得让人伤心，这些到底是民用车，没有军用的结实。

但是这也不是阿宁失策，因为在现在这种时代下，不可能让这一支近五十人的队伍骑着骆驼进入柴达木，一是无法在短时间内找到这么多的骆驼，五十人，加上驮运行李和备用的骆驼，可能需要将近一百峰。如此巨大的驼队实在是太显眼了，肯定会被政府注意到。

随队的机械师对她说其实也不用这么杞人忧天，柴达木盆地在路虎的速度下并不是什么太大的地方。在二十年前柴达木可能和塔克拉玛干沙漠一样是人见人畏的死亡之海，现在随便花十几小时就能穿越半个开发区域，其中有大量的勘探基地、工业基地，所以并不需要这么担心。

不过这话立即就被定主卓玛的孙子否定了，这个叫扎西的小伙子说我们太信任机器的力量了。柴达木虽然已经被征服，但是安全的地方只限于公路网辐射得到的地方，大约只占整个盆地的百分之二，其他百分之九十八的区域全是沙漠、沼泽、盐盖，我们这十几辆车、五十号不到的人，对这片几千万年前就在吞噬生命的土地来说是微不足道的。

他说就算是沿着设计好的最不危险的旅游线路，每年也都有人走失和遇到事故死亡，更不要说我们现在准备深入无人区。

他还说，他以前见到的人都是以穿越盆地为目的的旅行者，这些人在盆地中不会逗留超过两天。而我们的目的是在盆地中搜索，也就是说，我们的旅途是没有尽头的。这样在戈壁中绕圈子，是以前这里牧人最大的忌讳，所以宁小姐的担心不无道理，凡事还是小心一点儿好。

扎西的话让我们陷入了沉默。阿宁想了很久，问扎西："那你有什么建议给我们？"

扎西摇头说："你们既然要进入柴达木，那么，人头肯定是要别在裤腰带上的，自古以来就是这样。"

扎西的说法总归有点儿危言耸听的感觉。在之前我听别人说过，扎西对祖母答应给我们带路十分愤怒，他认为这件事情太过危险，阿宁他们用金钱来说服他的祖母是一种业障，我们给他的祖母带来了危险和罪孽。但是定主卓玛那老太太很坚决，藏族家庭中祖母的地位十分高，扎西也没有办法，只好跟来照顾，所以一路上他基本没给我们什么好脸色，也没说什么好话。

虽然如此，但在这只有几间土坯矮房的村落里，吹着戈壁夜晚凛冽的冷风，看着摇曳跳动的篝火，再想想我们现在离文明世界的距离，我还是感觉有些不寒而栗。

他说完之后我们就没兴致再说话了，几个人沉默着在篝火边上坐了很久，就各自进自己的睡袋休息。我们明天一早就要出发，队伍没有支起帐篷，都是露天睡睡袋。这里晚上的气温有时候会降到零下，所以我们都躲在高起的地垄后面，靠近篝火取暖。

躺在那里，我感觉到很多人都睡不着，四周是随风飘过来的窃窃私语。也难怪，这里可能是进入柴达木之前地图上有标识的最后一个地方，这种活动老手自然不在乎，但是队伍中有很大一部分都是在当地请的人，在这种时候当然会兴奋一点儿。

我也不知道自己是老手还是新手，只是抬眼看天，发现这里的天空离地面要近得多，群星也清晰得多。我生在南方，成年后就基本没有看到过漫天繁星的场面，现在看到天空中璀璨的银河如此清晰，不由得也没有了睡意。

不过，长途的奔波总是起作用的，闹腾了一阵子，四周便逐渐安静了下来。

阿宁他们是安排了人守夜的，因为人多，这些辛苦的活儿主要由在当地雇来的人做，所以不会轮换到我们。不过因为这里还是村落，所以不需要太过警戒，扎西也说了，只有在靠近可可西里的地方才可能会出现大型的野兽，这里的草少得连老鼠都不来，不要说食肉野兽了，所以我也没有听到守夜人聊天的声音，估计睡着了。我在风声中隐约听到几声动物的叫声，不过也没有太在意。我睡在整个营地的中间，要被吃掉，也轮不到我。

我一边想着事情，一边看着夜空，也不知道过了多久，就在我昏昏欲睡的时候，蒙蒙眬眬地，忽然感觉有人走到了我的面前。我打了个哆嗦，清醒了一看，竟然是扎西。

我被他吓了一跳，忙坐了起来，想说话。他蹲下来捂住了我的嘴巴，轻声道：“别说话，跟我来，我祖母要见你。”

第十八章

文锦的口信

定主卓玛要见我?

我看着扎西，有点儿莫名其妙，因为我和那个老太太从来没有说过话，也没有任何交流，甚至我都不是经常见到她，她怎么突然要见我?

但是扎西的表情很严肃，有一种不容辩驳的气势，似乎他祖母要见的人不去就是死罪一样。他见我觉得奇怪，就又轻声说道：“请务必跟我来，是一件很重要的事情。”

我愣了一下，看着他的表情，感觉无法拒绝，只好点了点头，爬了起来。他马上转身，让我跟着他走。

定主卓玛的休息地离我们的地方有点儿远，中间隔了停放的车子，大概是嫌我们太喧闹了。我走了大概两百米，才来到他们的篝火边上，我看到定主卓玛和她的儿媳都没有睡觉，她们坐在篝火边上，地上铺着厚厚的毛毡，篝火烧得很旺，除了她们两个之外，在篝火边的毛毡上还坐着一个人。我走近看时，更吃了一惊，那个人不是别人，正是闷油瓶。

闷油瓶背对着我，我看不到他的表情，但是闪烁的火光下我发现定主卓玛的表情有点儿阴鸷。我一头雾水地走到篝火边上，心说这真是奇了怪了，这个老太太大半夜的偷偷找我们来做什么呢？

扎西伸手请我坐下，那老太太的儿媳便递酥油茶给我。我道谢接了过来，看了一眼边上的闷油瓶，发现他也看了我一眼，眼神中似乎也有一丝意外。

随后扎西看了看我们身后营地的方向，用藏语和定主卓玛轻声说了什么。老太太点了点头，突然开口用口音十分重的普通话对我们道：“我这里有一封口信，给你们两个。”

我和闷油瓶都不说话，其实我有点儿莫名其妙，心说会是谁的口信？不过闷油瓶一点儿表情也没有地低头喝茶，我感觉不好去问，听着就是了。

定主卓玛看了我们一眼，又道：“让我传这个口信的人叫作陈文锦，相信你们应该都认识，她让我给你们传一句话。”

我一听，人就愣住了，刚开始还以为自己听错了，刚想发问，定主卓玛就接下去道：“陈文锦在让我寄录像带的时候就已经预料到会有这种情况发生，如果你们按照笔记上的内容进来找塔木坨，那么她让我告诉你们，她会在目的地等你们一段时间，不过，”扎西把手表移到定主卓玛的面前，她看了一眼，“你们的时间不多了，从现在算起，如果十天内她等不到你们，她就会自己进去了，你们抓紧吧。”

我一听就蒙了，心说这是怎么回事？目的地？文锦在塔木坨等我们？这……脑子一下子就僵了，看向闷油瓶。这一看不得了，闷油瓶也是一脸惊讶的神色。

不过只有几秒钟的工夫，他就恢复了正常。他抬起头看向定主卓玛，问道：“她是在什么时候和你说这些的？”

定主卓玛冷冷道：“我只传口信，其他的，一概不知道，你们也不要问，这里人多耳杂。”说着，我们全都条件反射地看了看营地的方向。

闷油瓶微微皱了皱眉头，又问道：“她还好吗？”

定主卓玛就怪笑了一下：“如果你赶得及，就会知道了。”说着，挥了挥手。她边上的儿媳妇就扶着她站了起来，往她的帐篷走去，看样子是要回去了。

我站起来想拦住她，却被扎西拦住了。他摇了摇头，表示没用。

不过这时候，定主卓玛却自己转过头来，对我们道：“对了，还有一句话，我忘记转达了。”

我们都抬起头看着她，她道：“她还让我告诉你们，‘它’，就在你们中间，你们要小心。”

说完，她再一次转身，进了自己的帐篷，留下我和闷油瓶两人，傻傻地坐在篝火前面。

我看向闷油瓶，他却看着火，不知道在想什么。我问他：“这究竟是怎么回事？为什么这口信会传给我们两个？”

他却不回答，闭了闭眼睛，就想站起来。

我看他这种态度，一下子无数问题一起冲上脑门，人有点儿失控，一把按住他，对他道：“你不准走！”

他转头淡淡地看了我一眼，还真的就没有走，坐了下来，看着我。

他这行为很反常，我还以为他会扬长而去，一下子我自己也愣了，不知道说什么好。他看着我，问我：“你有什么事情？”

我一听就火大，道：“我有事情要问你，你不能再逃避，你一定要告诉我。”

他把脸转回去，看了看火，说道：“我不会回答的。”

我一下子就怒了，叫道：“为什么？你有什么不能说的？你耍得我们团团转，连个理由都不给我们，你当我们是什么？”

他猛地把脸转了过来，看着我，脸色变得很冷：“你不觉得你很奇怪吗？我自己的事情，为什么要告诉你？”

一下子我就语塞了，“吱唔”了一声，一想，是啊，这的确是他的事情，他完全没必要告诉我。

气氛变得很尴尬，我也不知道说什么好了。

静了很久，闷油瓶喝了一口已经凉掉的酥油茶，忽然对我道：“吴邪，你跟来干什么？其实你不应该卷进来，你三叔已经为了你做了不少事情，这里面的水，不是你能蹚的。”

我突然愣了，下意识就数了一下，四十二个字。他竟然说了这么长的一个句子，这太难得了，但看他的表情，又看不出什么来。

“我也不想，其实我的要求很简单，只要知道了这是怎么一回事，我就满足了。可是，偏偏所有的人都不让我知道，我想不蹚浑水也不可能。”我对他道。

闷油瓶看着我道：“你有没有想过，他们不让你知道这个真相的原因呢？”

我看着闷油瓶的眼神，忽然发现他在很认真地和我说话，不由得吃惊，心说这家伙吃错药了？

不过这么说来，也许这一次他能和我说点儿什么。我立即正色起来，摇头道：“我没想过，也不知道往什么方向想。”

他淡淡道：“其实，有时候对一个人说谎，是为了保护他，有些真相也许是他无法承受的。”

“能不能承受应该由他自己来判断。”我道，“也许别人不想你保护呢，别人只想死个痛快呢？你了解那种什么都不知道的痛苦吗？”

闷油瓶沉默了，我们两个人安静地待了一会儿，他就对我道：“我了解。”然后看向我，“而且比你要了解。对我来说，我想知道的事情远比你要多，但是，我没有任何一个人可以像你一样抓住去问。”

我一下子想起来他失去过记忆，于是就想抽自己一个嘴巴，心说和他比什么不好，偏和他比这个。

他继续道：“我是一个没有过去和未来的人，我做的所有的事情，就是想找到我和这个世界的联系。我从哪里来，我为什么会在这里。”他看着自己的手，淡淡道，“你能想象吗？我这样的人，如果在这个世界上消失，没有人会发现，就好比我从来没有在这个世界上存在过一样。我有时候看着镜子，常常怀疑我自己不是真的存在，而只是一个人的幻影。”

我说不出话，想了想才道：“没有你说得这么夸张，你要是消失，至少我会发现。”

他摇头，不知道是什么意思，然后就站了起来，对我道：“我的事情，也许等我知道了答案的那一天，我会告诉你，但是你自己的事情，抓住我，是得不到答案的。现在，这一切对我来说，同样是一个谜，我想你的谜已经够多了，不需要更多。”说着就往回走去。

“你能不能至少告诉我一件事情？”我叫了起来。

他停住，转过头，看着我。

“你为什么要混进那青铜门里去？”我问他。

他听完，想了想，就道：“我只是在做汪藏海当年做过的事情。”

“那你在里面看到了什么？”我问道，“那巨门后面，到底是什么地方？”

他转头拍了拍身上的沙子，对我道：“在里面，我看到了终极，一切万物的终极。”

“终极？”我摸不着头脑，还想问他。他朝我淡淡笑了一下，摆手让我别问了，对我道：“另外，我是站在你这一边的。”说着慢悠悠地走远了，只剩下我一个人。我一下子就倒在了沙地上，感觉头痛无比。

第十九章

再次出发

第二天清晨，车队再次出发。

离开了那个叫作兰错的小村，再往戈壁的深处，就是地图上什么标识都没有的无人区，也就是说，连基本的被车轧出的道路也没有。车轮底下，是几十年甚至上百年都没有人到达的土地，路况或者说地况更加糟糕。所谓的越野车，在这样的道路上也行驶得战战兢兢，因为你不知道戈壁的沙尘下是否会有石头或者深坑。而定主卓玛又必须依靠风蚀的岩石和河谷才能够找到前行的标志，这使得车队不得不靠近那些山岩附近的陡坡。

烈日当空，加上极度颠簸，刚开始兴致很高的那些人几乎都被打垮了，人一个接一个给太阳晒蔫，刚开始还有人飙车，后来全都乖乖地排队。

在所谓的探险和地质勘探活动中，沙漠、戈壁中的活动其实和丛林或者海洋探险是完全不同的。海洋和丛林中都有着大量的可利用资源，也就是说，只要你有生存的技能，在这两个地方你可以存活很长时间。但是沙漠、戈壁就完全相反，在这里，有的只是沙子，纵使你有三头六臂，也无法靠自己在沙漠中寻找到任何一点儿可以延续生命的东西，这就是几乎所有的沙漠、戈壁都被称为“死亡之地”的原因。而阿宁他们都是第一次进这种地方，经验不足，此时这种挫折感是可以预见的。

我也被太阳晒得发昏，看着外面滚滚的黄尘，已经萌生了退意，但是昨天定主卓玛给我和闷油瓶的口信，让我逼迫自己下定了决心。想到昨天晚上的事情，我又感到一股无法言明的压力。

“它”就在你们当中。

“它”是谁呢?

在文锦的笔记中，好多次提到了她这二十年来一直在逃避“它”的寻找，这个“它”到底是什么东西?而让我在意的是，为什么要用“它”而不是“他”或“她”?难道这个在我们当中的“它”，不是人?真是让人感觉不舒服的推测。

刚进入无人区时，我们是顺着一条枯竭的河道走。柴达木盆地原来是河流聚集的地方，大部分的河流都是发源于唐古拉和昆仑的雪峰，但是近十年来气候变化，很多大河都转入地下，更不要说小河道了。我们在河床的底部行进，四周到处是半人高的蒿草，估计这里已经干涸了两三年了，再过几年，这条河道也将消失。

等三天后到达河道的尽头，戈壁就变成了沙漠。不过柴达木盆地中的沙漠并不大，它们犹如一个一个的斑点，点缀在盆地的中心。一般的牧民不会进入沙漠，因为里面住着魔鬼，而且没有给牛羊吃的牧草。定主卓玛说绕过那片沙漠，就是当年她和文锦的队伍分开的岩山山口，那里有一大片奇怪的石头，犹如一个巨大的城门，所以很容易找到。再往里，就是沙漠、海子、盐沼交会的地方，这些东西互相吞噬，地貌一天一变，就是最有经验的向导也不敢进去。

不过阿宁他们带着GPS，这点他们倒是不担心，虽然扎西一直在提醒他们，机器是会坏掉的，特别是在昼夜温差达五十多摄氏度的戈壁上。

顺着河道开了两天后，起了大风，如果是在沙漠中，这风绝对是杀人的风，幸好是在戈壁上，因此它只能扬起一大团黄沙。我们车与车之间的距离不得不拉大到一百米以上，能见度几乎为零，车速也慢到了最低标准。又顶着风开了半天后，车和驾驶员同时到达了极限，什么也看不到，什么也听不到，无线电也无法联络，已经无法再开下去了。

高加索人并不死心，然而到了后来，我们根本无法知道车子是不是在动，或者往哪里动。他只好停了下来，转了方向，侧面迎风，防止沙尘进入发动机，等待大风过去。

车被风吹得在晃动，车窗被沙子打得哗啦啦作响，而我们又不知道其他车的情况，这种感觉真是让人恐惧。我看着窗外，那是涌动的黑色，你能够知道外面是浓烈的沙尘，而不是天黑了。

在车里等了十几分钟后，风突然又大了起来，我感觉整个车子震动了起来，似乎就要飞起来一样。

高加索人露出了恐惧的神色，他看向我说：“你以前碰到过这种事情没有？”

我心说怎么可能，看他惊慌的样子，就安慰他说放心，路虎的重量绝对能保护我们。可是刚说完，就听咣当一声巨响，好像有什么东西撞到路虎上了，我们的车整个震了一下，警报器都给撞响了。

我以为后面的车看不到路撞到我们了，忙把眼睛贴到窗户上，高加索人也凑过来看。

外面的黑色比刚才更加浓郁了，沙尘是固体，刮过东西的时候会有一个轮廓，如果有车，应该能看到车的大灯。

然而外面什么都看不到，我正在奇怪，高加索人突然怪叫起来，抓住我的肩膀，指着让我往后看。我转过头，就看到我们另一面车窗外的沙尘里，不知道什么时候出现了一个奇怪的影子。

车窗外的黑色影子模糊不清，但是显然离车窗很近，勉强看去，似乎是一个人影，但是在这样的狂风下，怎么会有人走到外面，这不是寻死吗？

我们还没有来得及惊讶，那影子就移动了，他似乎在摸索着车窗，想找打开的办法，但是路虎的密封性极好，他摸了半天没有找到缝隙。接着，我们就看到一张脸贴到了车窗上，车里的灯光照亮了他的风镜。

我才发现，那是阿宁他们公司配备的那种风镜，当即松了口气，心说这王八蛋是谁？这么大的风他下车干什么？难道刚才撞我们的是他的车？

窗外的人也看到了车里的我们，开始敲车窗，指着车门，好像是急着要我们下去。我看了看外面的天气，心说老子才不下呢！

还没想完，突然，另一边的车窗上也出现了一个戴着风镜的人的影子，那个人打着灯，也在敲车窗，两边都敲得很急促。

我感觉到不妙，似乎是出了什么事，也许他们是想叫我们下去帮忙，于是也找出斗篷和风镜戴起来。高加索人拿出两只矿灯，拧亮了递给我。

我们两个深吸了口气，用力地打开车门，一团沙尘瞬间就涌了进来。虽然我已经做好了准备，但还是被一头吹回了车里，用脚抵住车门才没有让门被吹关上，第二次用尽了吃奶的力气，低着头努力往外钻，被外面的人又扶又拖才顺利钻出了路虎。而从另一边下车的高加索人直接就被刮倒在地，他的叫骂声一下子给吹到十几米外。四周全是鼓动耳膜的风声和风中灰尘摩擦的声音，这声音听来不是很响，却盖过其他所有的声音，包括我们的呼吸声。

脚一落到外面的戈壁上，我就感觉到了不对劲，地面的位置怎么抬高了？我用力弓着身子以防被风吹倒，用矿灯照向自己的车，这一看我就傻眼了。车轮子的一半已经不见了，车身斜成三十度，到踏板的部分已经没到了沙子里，而且车还在缓慢往下陷。这里好像是一个流沙床，难怪车子怎么开都开不动了。

没有车子，我们就完蛋了。我一下子慌了，忙上去抬车，但是发现一踩入车子的边缘，就有一股力量拽着我的脚往下带，好像水中的漩涡一样，我赶紧跳着退开。这时候站在我一旁的就是刚才敲我们车窗的人，他拉住我，艰难地给我做手势，说车子没办法了，让我们离开这里，不然也会陷下去。

他包得严严实实的，嘴巴裹在斗篷里，我知道他同时也在说话，但是我什么都听不见，我不知道他是谁，不过他用手势表达的东西是事实。于是我点了点头，用手势问他去哪里，他指了指我们的车后盖，让我拿好东西，然后做了个两手一起向前的动作。

这是潜水的手语，意思是搜索，看样子很多在车里的人如果不下车，肯定还不知道车已经开进了流沙床，我们必须过去通知他们，不然这些路虎会变成他们价值一百多万的铁棺材。

我朝那个人点了点头，做了个OK的手势，就打开车后盖取出了自己的装备，几乎是弓着身子，驼背一样完成了这简单的事情。此时，我的耳朵已经被轰麻了，四周好像没声音了，一片寂静，这有点儿看默片的感觉，一部立体的默片。

关上车盖的时候，我就看到我们的车后盖已经凹陷下去了，好像被什么庞然大物撞了一下。我想起了刚才车里的震动，就用矿灯朝四周照了照，然而什么都看不到，只有高加索人催促我快走的影子。

我收敛心神，心说也许是刮过来的石头砸的，就跟着那几个影子蜷缩着往后面走去。

走了八十几米，我感觉中的八十几米，也许远远不止，我们就看到下一辆车的车灯。这辆车的车头已经翘起来了，我们上去，跳到车头上，发现里面的人已经跑出来了。我们在车后十几米的地方找到了他们，有一个人的风镜掉了，满眼全是沙子，疼得大叫。我们围成一面挡风墙，以减小风力，以便用毛巾把他的眼睛包起来。

我们扶他起来，继续往前，很快又看见了一辆车。车里的三个家伙正在打牌，我们在车顶上跳了半天他们都没反应，最后我用石头砸裂了他们的车玻璃，此时半辆车已经被沙埋了。

把他们拖出来后，风已经大到连地上的石头都给刮了起来，子弹一样的硬块不时地从我们眼前掠过去，被打中一下就完蛋了。有一个人的风镜被一块飞石打了一下，鼻梁上全是血。有人做手势说不行了，再走有危险，我们只好暂时停止搜索，伏下来躲避这一阵石头。

几个人都从装备中拿出坚硬的东西，我拿出一个不锈钢的饭盒挡在脸上，高加索人拿出了他的《圣经》，但是还没摆好位置，风就卷开了书页，一下子所有的纸都碎成了纸絮，被风卷得没影了，他手里只剩下一片黑色的封面残片。

我对他大笑，扯起嗓子大喊："你这本肯定是盗版的！"还没说完，一块石头就打在了我的饭盒上，火星四溅。饭盒本来就吃着风的力道，我一下没抓稳，饭盒打着转儿给刮了出去，消失得没影了。

我吓了个半死，这要是打到脑袋上，那就是血花四溅了。没了饭盒，我只能抱紧头部，用力贴近地面。

这个时候，四周突然一亮，一道灼热闪光的东西从我们的一边飞了过去，我们都被吓了一大跳。我心说，什么东西这么快？还没等我反应过来，前面又是三道亮光闪起，朝我们飞速过来，又是在我们身边一掠而过。接着我就闻到一股熟悉的气味，那是镁高温燃烧的气味，心里立即知道了闪光是什么东西——那是给裹进风里的信号弹。

我不禁大怒，心说是哪个王八蛋，是哪头猪在这种天气下在上风口放信号弹，怕风吹不死我们，想烧死我们吗？时速一百六十公里以上的上千摄氏度高温的火球，被打中了恐怕会立毙。

但是转念一想，就知道不是这样的。这批人都训练有素，怎么可能会乱来。在探险中，发射信号弹是一种只有在紧急时刻才会使用的通信方式，因为它的传播范围太广，弹药消耗大，一般只有在遇到巨大的危险，或者通信对象过于远的时候才会使用。现在在这么恶劣的条件下，他们竟然也使用了信号弹，那应该是前面出了什么状况。

我看了一眼四周的人，他们都有和我一样的想法，我就做了个手势，让三个没受伤的人站了起来，我们要往那里去看看。如果他们需要帮忙，或者有人受伤，不至于没有帮手。

这不是一项说做就做，或者是个人英雄主义的差事。我刚站起来，就被一块石头打中了肩膀，我们都把包背到前面当成盾牌。高加索人调整了指南针，我们往信号弹飞来的方向走去，同时提防着还有信号弹突然出现。

走了一段时间，我们也不知道方向有没有走歪掉，看到前方有三辆车围在一起，但是中心并没有人，我想他们已经离开了。我们在车子的周围搜索，也没有发现人，但是车里的装备没有被拿走。

车子正在下陷，我们打开了车子的后盖，心说至少应该把东西抢救出来。就在刚想爬入车子的时候，又有信号弹飞了过来，在离我们很远的地方掠了过去。这一次，我们发现发射信号弹的地方改在我们的左边，离我们并不是很远。看样子我们的方向确实歪了，或者是发射的人自己在移动。

我们背起装备，虽然非常累，但这样一来风不容易吹动我们，我们得以稳定步伐，向信号弹发射的地方走去。走着走着，我们忽然惊讶地看到，前方的滚滚沙尘中，出现了一个轮廓，模糊的庞然大物。

狂风中，我们弓着身子，互相搀扶着透过沙雾，看着那巨大的轮廓，都十分意外，一下子也忘了是否应该继续前进。

边上的高加索人打着手势，问我那是什么东西。这个家伙有一个惯性思维，就是他现在在中国，而我是中国人，因此在中国碰上什么东西都应该问我。

我摇头让他别傻，心里也没有底。

平常来讲，毫无疑问，那东西就在我们前面不到两百米的地方，如果不是一只中年发福的奥特曼，那应该就是一座巨大的山岩，这是谁都能马上想到的，但是我们来这里的路上是一马平川，并没有看到有这么高大的山岩。

这山岩是从哪里冒出来的？难道是我们集体失神了，都没看到？我心里这样想，又知道不可能。最重要的是我们一路过来都在寻找这种山岩，因为我们需要阴凉的地方休息，这种山岩的背阴面是任何探险队必选的休息地，而戈壁上，这样孤立的山岩并不多，所以如果有，我们肯定会注意。

不过现在也管不了这么多了，这么大的山岩，是一个避风的好场所，那些信号弹也许是通知我们找到了避风的地方。

我开始带头往山岩跑去，很快我就明显地感觉到，越靠近岩石，风就越小，力气也就越用得上。跑到一半路程的时候，我已经看到了前面有五六盏矿灯的灯光在闪烁。

我欣喜若狂，向灯光狂奔，迎着狂风，深一脚，浅一脚地冲了过去。然而跑了很久，那灯光似乎一点儿也没有朝我靠近。竟然有这么远，我心里想着，已经筋疲力尽，速度慢了下来，招呼边上的人等等，我感觉事情有点儿不对。

可我回头一看，不由得傻了眼，我身边哪里还有人，前后左右只有滚动的狂沙和无尽的黑暗。

第二十章

迷路

这里的风打着卷儿在四周盘旋，已经不像刚才那么霸道了，前面肯定是有挡风的东西，可是刚才跟着我的那两个家伙哪儿去了？我走得也不快啊，这样也能掉队，是不是给飞石砸中摔在后面了？

我举高矿灯往四周照，并没有看到任何影子，不由得有点儿后悔，刚才注意力太集中了，没有太过注意四周的情况。不过，在这样的狂风中行进，四周也根本没有什么情况可以注意，风声响得什么都听不到，而我所有的精力都必须放在眼前的目的地和身体的平衡上。

一下子落了单，我还是在一瞬间感觉到了一种恐惧，不过我很快就将这种恐惧驱散了。我休息了一会儿，喘了几口气，就开始继续往前走。此时我不能后退去找他们，我已经失去方向感了，如果往回走不知道会走到哪里，最好的办法就是往前。

我甩掉了一包装备，这东西实在是太重了。老外的探险装备很个性化，有一次我还看到有人带着一个盾牌一样大的相框，里面装着他老婆的照片和电话本一样的资料书。我懒得给他们背了，自己轻装就往灯光所在的地方跑去。

可是，无论我怎么跑，那灯光还是遥不可及，好像一点儿也没有靠近一样。我喘得厉害，心里想放弃，但是又不甘心，跑着跑着，前方的灯光就迷离了起来。

就在我快要失去知觉扑倒在地的时候，忽然有人一下子把我架住了。我已经没有体力了，被他们一拉就跪倒在地上，抬头去看，透过风镜，我认出了这两人的眼睛，一个是闷油瓶，一个是“黑眼镜”，他的风镜也是黑色的。这两人将我拉起来，拖向另外一个方向。

我挣脱他们，指着前方，想告诉他们那里有可以避风的地方。

然而我再一看，却呆住了，因为什么都没有看到，前方的灯光竟然消失了，那里是一片黑暗，连那个巨大的轮廓也不见了。

闷油瓶和“黑眼镜”没有理会我，一路拖着我，这时候我看到“黑眼镜”的手里拿着信号枪。两人的力气极大，我近一百八十斤的身体被他们提得飞快。很快我也清醒过来，开始用脚蹬地，表示我可以自己跑。

他们放开了我，我一下子就后悔了，这两人跑得太快，跟着他们简直要用尽全身的力气。我咬牙狂奔，一路跟着，足足跑了二十分钟，眼睛里最后只剩下在我前面跑的两个影子。恍惚中我知道我们已经冲上了河岸，绕过一堆土丘，接着前面两个黑影就不见了。

我大喊了一声“等等我”，脚下突然一绊，摔了好几个跟头，一下子滚到了斜坡下。我挣扎着爬起来，吐出嘴巴里的泥，向四周一看，斜坡下竟然是一道深沟，里面全是人，都缩在沟里躲避狂风。看到我摔下来，都抬起头看着我。

我们缩在沟的底部，沙尘从我们头上卷过。戈壁滩并不总是平坦的，特别是在曾经有河流淌过的地方，河道的两边有很多潮汛时候冲出来的支渠，犹如戈壁上的伤疤，虽不会很深，但是也有两三米，已经足够我们避风了。

我已经精疲力竭，几个人过来，将我扯到了沟渠的底部。原来在沟渠底部的一侧有一处很大的凹陷，好像是一棵巨大的胡杨树被刮倒，因水流冲刷被连根拔起后留下的。胡杨的树干被埋在这个附近的凹陷沟渠的底部，只能看到一小部分。其他人都缩在这个凹陷里面，点着无烟炉取暖，一点儿风也没有。

我被人拖了进去，凹陷很浅，也不大，里面已经很局促了，他们给我让开了一个位置，一边有一个人递给我水。这里是风的死角，已经可以听到说话声，可是我的耳朵还没有适应，一时听不清他们在说什么。

喝了几口水后，我感觉好多了，拿掉了自己的风镜，就感慨中国有这么多的好地方，为什么我偏偏要来这里。

不过，这样的风在柴达木应该不算罕见，这还不是最可怕的风。我早年看过关于柴达木盆地地质勘探的纪录片，当时勘探队在搭帐篷的时候来了风，结果人就像风筝一样被吹了起来，一瞬间物资全被吹到了十几里之外。只不过让我觉得奇怪的是，定主卓玛为什么没有警告我们？戈壁上的风是很明显的，不要说老人，只要是在这里生活过一段时间的人都能摸到规律。

同样，不知道这风什么时候才能刮完。我曾经听说，这种地方一年只刮两次风，一次刮半年，一旦刮起来就没完没了。要是长时间不停，我们就完蛋了。

闷油瓶和那个“黑眼镜”很快又出去了，肯定又是去找其他人。这里的人显然都受到了惊吓，没有几个人说话，都蜷缩在一起。我觉得好笑，心说还以为这些人都像印第安纳·琼斯一样，原来也是这样不济，不过我随即就发现自己的脚不停地在抖，也根本没法站起来。

递给我水的人问我没事吧，身上有没有受伤。我摇头说没事。

说实在的，在长白山冒着暴风雪的经历我还记忆犹新，现在比起那时候，已经算是舒服了，至少我们可以躲着，也不用担心被冻死。

倒了一点儿水给自己洗脸，眼眶被风镜勒得生疼，这个时候也逐渐舒缓了。

放松了之后，我才得以观察这坑里的人，我没有看到阿宁。定主卓玛、她儿媳妇和扎西三个人，在凹陷的最里面，乌老四也在，人数不多，看来大部分人还在外面，没有看到高加索人。

这支队伍的人数太多了，我心想，阿宁他们肯定还在外面寻找，这么多的人，纵使闷油瓶他们有三头六臂，也照顾不过来，幸好不是在沙漠中，不然，恐怕我们这些人都死定了。

三个小时后，风才有所减缓，闷油瓶他们刚开始还偶尔能带几个人回来，后来他们的体力也吃不消了，也就不再出去了。我们全部缩在了凹陷里面，昏昏沉沉的，一直等到天色真的黑下来，那是真的漆黑一片了。外面的风声好比恶鬼在叫，一开始还让人烦躁，到后来就只感觉想睡觉。

我早就做好了过夜的准备，也就没有什么惊讶的，很多人其实早就睡着了。有人冒着风出去，翻出了在外面堆着的行李里的食物，我们分着草草地吃一点儿后，我就靠在黄沙上睡着了。

也没有睡多久，醒来的时候风已经小了很多，这是个好迹象。我看到大部分人都睡了，扎西坐在凹陷的口子上，似乎在守夜。这里并不安稳，在我们头顶上的不是石头，是干裂的泥土和沙石，所以不时地有沙子从上面掉下来。我睡着的时候吃了满口的沙子，感觉很不舒服，一边吐出来，一边就往扎西身边走去。

我并不想去找扎西说话，扎西不是一个很好相处的人，或者说他对我们有戒备，而我也不是那种能用热脸去贴别人冷屁股的人，所以他的态度我并不在乎。我走到他的身边，只是想吸几口新鲜的空气，换个地方睡觉。

不过我走过去的时候，就听到外面有声音，然后看到外面有矿灯的光线，似乎有人在外面。

我心中奇怪，问扎西怎么了。扎西递给我一支土烟，说阿宁回来了，风小了，就叫了人出去找其他人，顺便看看车子怎么样了。

我想到陷在沙子里的车子，心里也有一些担心，这么大的风沙，不知道这些车子挖出来还能不能开，而且我比较担心高加索人，不知道他回来了没有，于是戴上了风镜，披上斗篷也走了出去，想去问问情况。

一走到外面，我心里就松了口气，外面的风比我想象中还要小，看来风头已经过去了，空气中基本上没有沙子了。我扯掉斗篷，大口地呼吸了几下戈壁上的清凉空气，然后朝矿灯的方向走去。

那是河床的方向，我走了下去，来到他们身边。

他们正在查看一辆车，这辆车斜着陷在了沙子里，只剩下一个车头，阿宁拿着无线电，正在边上焦急地调拨着频率。

我问他们："怎么样？"

一个人摇头，只说了一句："妻离子散。"

我莫名其妙，并不是很能理解他的意思，于是看向阿宁。

她看到我，很勉强地笑了笑，就走过来解释道："刚才定主卓玛说，可能还要起风，我们必须尽快找到更好的避风点。不过我们的车都困住了，有几辆肯定报废了，其他的恐怕也开不动了，需要整修。"她顿了顿，"最麻烦的是，有四个人不见了，有可能在刚刚风起的时候就迷失了方向，我们刚才找了一圈也没找到。"

我问是哪几个人，阿宁就说是那个高加索人，还有三个人我不熟悉。

高加索人失踪的时候是和我在一起的，我就给他们指了方向，问他们有没有去那一带找过。阿宁就点头，说附近都找了，这些人肯定走得比她想象中更远。

我叹了口气，安慰了她几句，让她不要着急。这些人都有GPS，而且风这么大，肯定走不远，现在还有风，视野不是很清晰，等天亮了，找起来就方便点儿了。

她咬着下嘴唇点了点头，但是表情并没有变化，这让我感觉似乎有些不妙。我对戈壁也不熟悉，此时不知道会发生什么事，只好闭嘴了。

我们强行打开了那辆车的车门，拿出了里面的装备，然后他们还要去找下一辆，我只好跟着过去。

此时我发现车子之所以会被掩埋，似乎不是因小说中经常提到的流沙，而是河床底部的地被压塌了，车子整个陷了下去，但还没有没顶。有个人告诉我，是盐壳被压碎了。这里的戈壁下面，很多地方都是盐壳，这里又是河床，之前有水的时候，河底的情况非常复杂，有大量的沉淀物，干旱之后，盐壳结晶的时候就留下了很多空隙，所以这种河床中有些地方其实像干奶酪一样，并不抗轧，我们停车停错了地方。

我奇怪道："但是我们一路过来都是在河床上走的，一直没出事情啊。"

那人道："那是因为之前我们走的河道已经干涸了很久，但是现在我们脚下的河道干了最多半年。你没有发现这里几乎没有草和灌木吗？"

我吃惊地看了看四周，果然如此，四周光秃秃的，连梭梭都不长。

那人朝我道："我们现在肯定是在朝这条河的上游走，这条河的尽头肯定是一座高山，如果河流没有改过道的话，在这种河的附近肯定会有古城或者遗迹，这说明那个藏族老太太并不是瞎带路的。我老早还以为这老太太是个骗子。"

我看着他指的河道上游，在平坦的戈壁上好像真有点儿什么。想起在风里看到的那巨大的黑影，我总感觉那不是我的错觉。

当天晚上，我们将所有的车都找出来了，然后把行李都集中了起来。天亮的时候，其他人陆续醒了，阿宁开始组织他们忙活，修车的修车，找人的找人。

我和另外几个晚上找车的人就吃了点儿东西，到睡袋里去补觉，非常疲倦，一睡就睡到了夕阳西下。

醒来之后，风已经完全停了，沙尘都没了，那批人的效率很高，好几辆车都修好了，整装待发，各种物资也都重新分配好了，正在重新装车。

阿宁一天一夜没睡，不停地听着无线电，闷油瓶和那个“黑眼镜”都不在，一问，两人还在外面找那四个失踪的人。

我听了感觉到不太妙，已经一天时间了，那四人竟然还没有找到，不是有GPS吗？难道真的如扎西说的，这东西在戈壁里不管用？

我从包里拿了干粮出来，边吃边到阿宁身边问具体的情况。

阿宁眉头紧锁，黑眼圈都出来了，感觉很憔悴，问她她也没什么心思回答我。对讲机里发出的声音一直是在外面找人的对话，用的是英文，我草草听了，都不是好消息。

我问她要不要我也出去找一下，她就摇头说不用了，已经分了三组出去，都在找第三遍了，我去了也不见得有用，让我收拾一下。扎西他们在前面二十公里的地方发现了一个魔鬼城，等一下我们出发到那里去休整，晚上还要起风。

我看她的样子已经焦头烂额，也不想烦她，就去看另外一批人修车，帮忙递工具。

看了半个多小时，扎西回来了，对我们说又要起风了，前面的地平线已经起沙线了，我们要快走，不然车子就白修了。

我们马上准备，很快就把东西准备好了，因为车子少了，没修好的车子就给拖在后头，我和几个藏族人一辆车，起程朝太阳落山的地方出发。

在浩瀚的戈壁上大概开了二十分钟，夕阳下，前方出现了雅丹地貌的影子，一座座石头山平地而起，对讲机里传来扎西的声音，指引我们调整方向，很快便有一座巨大的“城堡”出现在视野里。

那就是扎西选择的避风的地方，我们直开过去，开近看时，发现那是一座馒头一样的大石山，后面就是一大片石山逐渐密集的雅丹地貌，好比城堡后面的防御工事。

魔鬼城又叫风城，是大片岩石被大风雕琢出来的奇特地形。一大片区域内分布着大量奇形怪状的岩山，可以给人想象成各种诡异的事物，而且风刮过这些岩石的时候，因为分布，会发出鬼哭狼嚎的声音，所以叫作魔鬼城。在戈壁上，这样的地貌非常常见，以前我在新疆参观过，这一次并不好奇。

我们在那“城堡”外面、一座底部平坦的岩山处停了下来，扎西先跳下来吆喝，我们都下来开始扎营。两个小时后，果然就开始起风了，一下子又是遮天蔽日的风沙，一直刮到半夜才像昨天一样慢慢小下来。

风太大，魔鬼城里鬼哭狼嚎的，谁也睡不着，直到风小了，一个一个才逐渐睡了过去。那两个白天睡觉的守夜，这两人都对魔鬼城很感兴趣，看我和扎西也没有睡，就到外面拍照去了。扎西让他们小心点儿，不要走进去，说里面很容易迷路。

我白天睡了觉，非常精神，阿宁则是在琢磨明天的搜索办法，手还一直抓着对讲机，看来不找到那几个人，阿宁是不会休息了。

我过去劝她睡一会儿，还没说几句话，忽然就有人在远处的戈壁上大叫：“队医！队医！”

阿宁的队医是个胖子，也没睡，在看书，一听就起来了。我们也朝那边望去，就听到那边在喊：“快过来！找到阿K了！”

阿K就是失踪的四个人中的一个，我们一听全部跳起来了，三步并作两步地跑过去，一下子就看到是那两个拍魔鬼城的人，在一个土丘上朝我们招手。冲过去一看，只见在土丘上有一个大坑，坑底就躺着一个人，正是那个叫阿K的。

队医跑得气喘吁吁，跳了下去，摸了一下，就大叫：“还活着！”

几个人手忙脚乱地冲下去抬人，队医大叫让把他抬到帐篷里去。

现场一片混乱，扎西背起那人跑了回去，我就给挤到了一边，看了看那个坑，又看了看我们来的方向，心说天哪，这人怎么会倒在这里？这里距我们昨天停车的地方有二十公里还多啊，而且当时这方向还是逆风，他是顶着风过来的？

回到队医的帐篷里，看着队医抢救，很快阿K就被救了过来。队医松了口气，说只是因为疲劳过度晕倒了。队医给他打了一针，很快他就醒了。

他醒了以后，我们就问他是怎么回事，他说他也不知道是怎么回事，一路走，走着走着，就看到前面有影子，他以为有石头山，就靠过去，结果走啊走啊，也不知道走了多久，就摔坑里去了，说着他就问："哎，那个老高和另外两个人回来了没有？"

老高就是高加索人，我一听他说那影子的事情，心中就一个激灵，想问他详细情况。但是阿宁一听到他问老高，马上就问他为什么这么问，是不是见过他们。

他道："当时他们就在我前面，我怎么叫他们，他们都不回头，想想是逆风走，他们听不到，后来我就摔晕了。怎么，他们没回来？"

阿宁惊讶道："你是说你在摔晕前还看到过他们？"

阿K就点头。阿宁转过头，对我道："听到了没有？发现阿K的地方是魔鬼城外面，前面就是魔鬼城，这么说，他们进城里去了！难怪我们怎么找也找不到。"

她眼睛里一下子就有了神采，马上拍手让我们出去。我们走出队医的帐篷，一商议，阿宁就坚持马上进魔鬼城去搜索。

这些人也不知道是怎么回事，逆风走了二十多公里，阿K在外面摔昏了，里面的人可能也已经精疲力竭了，必须马上把他们找出来，这样我们也可以安心一点儿。

我精神很好，就点头答应。我们马上整合了一下队伍，很多人都睡了，便没有叫醒他们，就是队医和我，还有阿宁，准备三个人先进去探一圈看看，其他人等两小时后再叫醒跟进来。

说完，我们马上开始准备，刚把包拿起来，一边的扎西就走过来，拦住了我们，道："等一下，我奶奶说，你们不能进去。"

第二十一章

魔鬼城

阿宁很奇怪，问道：“为什么？”

扎西对我们道：“我奶奶说，你们眼前的这一片魔鬼城不是旅游景点，这片雅丹地貌有八十多平方公里，十分广袤，里面还是最原始的状态，没有任何路标，晚上在里面行进，如果不熟悉环境，非常容易迷路。而且据说这里面有很多流沙井，在1997年的时候，就有一队地质考察队员在里面失踪了，当时出动了很多人都没找到。直到1999年，在一次大风过后，几个摄影师在这里拍照片的时候，在一个沙坑里发现了两具干尸，其他的人到现在都还没找到。”

阿宁听了摇头，道：“这你不用担心，我们带着GPS。如果像你说的，这里面地形这么复杂，我们更要进去，如果等到天亮去找，他们说不定就出事了。”

说着，就不听扎西的劝告，招呼一声，拧亮了手电，打算继续深入。

我想想她说得也有道理，扎西一直以来都扮演着危言耸听的角色，现在他的话阿宁自然不会全信，而且老外的做派是以人为本，放着那三个人不管，在他们心里相当于是亲手杀了他们，这些人没法做出这种决定。

我自然是要跟着去的，因为那三个人是和我一起的时候失踪的，或多或少，我也得尽点儿力，否则要是真有个什么意外，我心里也不会安宁，而且坐在这里也完全不可能睡着。

扎西还要说话，这时候一边的定主卓玛发话了。她摇了摇头，让扎西不要说了，接着用藏语对扎西说了几句什么。

扎西马上露出了很不理解的表情，然而定主卓玛的表情很坚决，扎西还要抗议一下，定主卓玛就呵斥了一声，扎西就不敢继续说话了。他对定主卓玛点了点头，退了回来，一脸郁闷地对我们道："你们走运，我奶奶让我带你们进去。"说着拧起手电，走到自己的行李边上，开始清理装备。

我听不懂藏语，问阿宁那老太太说了什么。阿宁也摇头，说声音太轻了听不到，大约是收人钱财、替人消灾这样的话吧。

我心里好笑，就看了一眼定主卓玛，这老太太已经回帐篷去了，看来倒是一点儿也不担心这些事情。

扎西把自己的装备清理了一遍，让我们把不必要的东西都放下，带上足够的水和干粮，还有信号枪，然后叫醒了一个司机，告诉他我们的打算。他让司机在外面待着，准备接应，如果看到我们在里面打信号弹就不要进来，在外面打信号弹给我们指方向就行。如果还没出来，等天亮了再让其他人进来找我们，他会沿途留下记号。

那司机迷迷糊糊地答应，我们四个人整顿了一下，扎西拉长个脸带头，往身后魔鬼城城口出发了。

我们避风的地方在魔鬼城的边缘，扎营的高大岩山之后便是一个陡坡，向下一直延伸，尽头是沙暴时看到的那座城堡一样的岩山，这应该是魔鬼城里比较高的一块岩山了。

扎西在陡坡上用碎石头堆了一个阿拉伯石堆，为后来的人指示方向。他说，一路过去只要有转弯他就会堆一个，而一旦在前进过程中看到自己堆的石堆，我们就不能再前进了，再前进就开始绕圈子了，这是他的底线。

我们感觉有道理，就说没问题。

很快就走入城口，我们进入了魔鬼城的里面，四周的景致开始诡异起来。举目看去，月光下全是突出于戈壁沙砾之上的黑色岩山，因为光线，看不清楚，但手电照去可以看到岩山上被风割出的风化沟壑十分明显。在这种黑色下，少数月光能照到的地方就显得格外惨白，这种感觉，有点儿像走在月球表面。

我一路看着，一路想着当年学的地质力学里的内容，可差不多已经忘记得一干二净了，只知道这个地方的雅丹风蚀岩群还未成年，大概是地势比较低，岩山和土丘暴露出地表的时间不长，并没有被风化得十分厉害，所以大部分岩山和土丘还十分高大。

在这种情况下，我们只能在岩石、土丘之间穿行，无法像在其他魔鬼城一样随意地爬上土丘。不过，这种地貌下的山谷并不平坦，高的地方突出在沙砾之上，低的地方则被戈壁覆盖。在地质学里，这种岩山其实都被认为是地下山脉的山顶，别看它们只有十几米高，但是我们脚下有着巨大的岩石山基。这些藏在沙砾下的大山都是昆仑山的支脉，从理论上说，我们现在也是行走在昆仑山上。

不过我没空多想这些学术问题。往里走了两三公里后，阿宁开始用对讲机呼叫，我们则大声地喊起来，希望那三个人能听到我们的声音，给我们回应。

在寂静的魔鬼城，我们的声音一下子就被反弹成无数种回声，重叠在一起传播出去，听上去非常诡异，好像来自幽冥的鬼声。

就这样一边喊一边走，找了两三个小时，我们已到了魔鬼城的深处。手电发出的光扫着四周的岩石，眼睛也花了，嘴巴也喊麻了，可是根本没有发现一点儿高加索人他们的影子。我们的喊声没有得到任何回应，回答我们的只有我们自己的喊声的回音和轻微呜咽的风声。

我们停下来休息，阿宁就问扎西，按照他的经验，怎么找会比较好。

扎西摇头："也只有你们这种办法，我们现在大概走了七公里，按照直线距离，我们已经走了很长一段路了，但是其实我们早就不知不觉地转了方向，看指南针，现在我们几乎在往回走，人在这里好比蚂蚁一样，会不知不觉走S形路线，所以说我现在只能保证带你们出去，找人我没法提供建议……他们不动还好，如果他们也在找出路，那你说在八十平方公里的迷宫里两队人相遇的概率是多少？”

阿宁对这个回答不满意，皱眉道：“你们之前就没有人走失过？”

扎西堆着石头堆，头也不抬地摇头：“这种地方晚上我们从不进来。”

说完，他就叹了口气，不知道是什么意思。

阿宁看我们的表情，鼓舞了我们几句，让我们不要灰心。不过作用显然不大，我们抽了好几根烟，稍微恢复了一下精神，继续前进。

可是，事情还是没有朝我们期望的方向发展。又一边喊一边走，也不知道走了多长时间，其间休息了四次，扎西堆了不下三十个石堆，却还是连个人影也没有看到，没有任何回应，寂静的魔鬼城好像吞噬掉了我们所有的声音。

而让我真切感觉到可怕的是，我们没有看到任何一个扎西堆的石堆，说明我们还在前进。这魔鬼城好像真的是深不可测，不知道里面还有多少路程。

继续往前，我们走进了一个由岩石夹成的峡谷，在一块大石头下，实在是走不动了，只能第五次停下来休息。

这时候我们嗓子都哑了，再也喊不动了。我们大口地喝着水，所有人都进入一种失语状态，脑子都有点儿空白起来。

沉默了一段时间，那个队医突然道：“该不是这魔鬼城里真的有魔鬼，他们被魔鬼带走了吧？”

这话说得很突兀，我们都愣了一下。扎西瞪了他一眼，让他别胡说。藏族人比较传统，这种话听着不舒服。

“魔鬼肯定是没有，人也肯定是在这里。”隔了半晌，扎西含着一口水，边润喉咙边慢慢地说道，“只不过不知道现在是什么状况。”

几个人又沉默了下来，各自琢磨自己的心思。事实上我知道现在我们几个人心里想的都一样，已经不抱什么希望了。刚开始进来，我还认为找到他们的概率很大，至少能发现点儿痕迹，现在，则完全没了想法。

又休息了一段时间，阿宁看了看表，站了起来，招呼我们准备继续前进。我们都条件反射地站起来，深呼吸，准备振奋一下，继续呐喊。

就在这个时候，我们几个人都听到阿宁的对讲机里突然传出来一声人的大叫声。静电声音很大，非常刺耳，听不出是什么话。

四周安静得要命，这个声音把我们吓了个半死，马上看向阿宁的对讲机。

阿宁也愣住了，花了好几秒钟才反应过来，忙拿起对讲机仔细去听。

那声音又响了一次，静电极其刺耳，但是很明显能听出是一个人在呼叫。

“他们在附近！”我们惊叫起来。阿宁几乎跳了起来。

魔鬼城里的地形，对讲机几乎没有作用，只有在非常短的距离内，才能收到信号。阿宁一路调试就是想收到信号，然而都没有结果，现在突然有了信号，显然对方的对讲机就在非常近的地方。

我们都在心里长出了一口气，阿宁马上开始调频率，那声音清晰了起来，但是仍旧听不出在说什么。接着她对着对讲机大叫：“我是领队，我们正在找你们，你们在什么方位？”

回答是一连串难以言喻的声音，干扰非常严重，但是语调变了，显然对方能听见我们的声音。

刚才的沮丧一扫而光，队医大叫了一声“Yes”。我也掏出了自己的对讲机，拍了拍，调了一下，看看是不是机器的问题。很快我也调出了声音，但同样是嘈杂的。

阿宁又呼叫了一次，这一次声音又稍微清晰了点儿，我们几个人努力去听，希望能听清楚对方在说什么。

听着听着，我就发现不对，对讲机那头的人好像不是在说话，那声音的语调十分古怪，很难形容，仔细听起来，好像是一个人在怨毒地冷笑。

第二十二章

魔鬼的呼叫

我“呀”了一声，感觉到不妙，再听了听，越听感觉越像。这绝对不是说话，虽不能肯定是笑声，但是十分相像。

其他几个人也意识到了，阿宁停止了呼叫，我们互相看了看，都有点儿诧异。

队医道：“怎么回事？他们怎么在……笑？是不是听到我们的声音太开心了？”

扎西就反问道：“你开心的时候是这么笑的？”

阿宁也是一脸的疑惑。她不再呼叫，而是继续调试对讲机，想让里面的声音更加清晰一点儿。

调试没有作用，不过那声音倒是又响了几分。我们再次贴上去听，听得更加清楚了一点儿，真的非常像冷笑声，听上去是如此怨毒，根本不是正常人发出的，倒像是疯人院的疯子发出的。不过仔细去听，又感觉这笑声之后还有一些别的声音，非常轻微。两种声音混杂在一起，在带着恐怖色彩的魔鬼城里听上去相当诡异。

听着这不怀好意的冷笑，我感觉很不舒服。就连一路过来一脸臭屁的扎西现在都害怕了，脸色惨白，咽了口唾沫："怎么回事？这笑得真难听。"

阿宁做了个手势让他别说话，把对讲机贴近自己的耳朵，又听了一会儿，就道："这好像不是人的声音！"

"你别乱说！"队医叫起来，"不是人难道是鬼？"

"你们仔细听。"阿宁让我们凑近，"这声音的频率很快，而且，语调几乎是平的，已经响了五分钟了，你尝试这么笑五分钟给我听听？"

我一听，感觉有点儿道理，就问道："那这是什么声音？"

"这种频率，应该是机械声，比如说手表贴在对讲机上了，不过听频率又不固定，也有可能是有人在不停地用指甲抓对讲机的对讲口。"阿宁示范了一下，"加上静电的声音，就成了这个样子。"

"用指甲抓对讲口，他们为什么要这么做呢？"队医道，"为什么不大叫？这样也许我们不用对讲机就能听见。"

他话一说，扎西和阿宁的脸色都变了，我也突然意识到了什么："他们可能处在不能大叫，也不能说话，只能用这种方式和我们联络的处境中。"

"流沙坑！他们陷到流沙坑里了！"扎西叫了起来，"可能已经沉得只剩下个头了，那种情况下，放个屁的工夫就会沉下去！"

我们一下子就紧张起来，马上站了起来，努力在四周的黑暗中搜寻，心说到底在哪里？

此时阿宁相当镇定，她拍了拍手，让我们不要慌乱："冷静，冷静，他们能发出信号，表示他们现在暂时安全，我们能收到他们对讲机的信号，说明他们肯定就在附近，我们应该很快就能找到。"

"但是说是附近，这附近也非常大啊，怎么找？"

阿宁让我们跟着，开始拿着对讲机四处走，判断信号传来的方向。

我一看对啊，我怎么没想到，也枉我还算是个博学的人，在这种地形中，能够收到无线电信号，必然在四周有无线电波衍射的缺口形地形处，而且无线电波的衰减程度和距离密切相关，所以通过对讲机接收的无线电波的强度就能判断无线电波发出的方向。

我们马上跟上去，走了一圈，发现峡谷的深处信号最强，显然发出信号的源头在峡谷里面。阿宁招呼了一声，我们就快速往里面跑去，同时扎西大叫："当心脚下，别光顾找！"

我们也管不了这么多了，一边跑一边找，很快就来到峡谷的尽头，出现在我们面前的是一座巨大的半月形土丘。土丘足有五十米高，好像一面巨大的风帆，非常陡峭，看样子没法爬过去。

懂对讲机的人一看就知道了，这样的地形，无线电信号是最弱的，这和在大山的山谷中信号最差是一样的。然而我们看向对讲机，那声音现在已经十分清晰，丝毫没有减弱，那就是说，发出信号的东西绝对就在这个半月形土丘围成的大概一百一十米长宽的区域内。

"就在这里？"我们都冒冷汗，感觉到不对，因为手电一扫，这片地方就一目了然，连个鬼影也没有。

"难道已经沉下去了？"我心里出现了一个不好的念头。

阿宁摇头，因为对讲机中的声音仍旧在响，就叫了一声让我们分开去找。

我们分散开去，仔细地搜索地面的痕迹，很快扎西就叫了起来，有发现了。我们冲过去，发现地上有非常杂乱的脚印，脚印不是我们的。

"他们就在这里。"扎西道，"这半月形的土丘好比是一个避风港，他们肯定是被狂风逼进来躲避的，而这里面几乎没有风，脚印才会留下来。"

我们马上顺着脚印往前找去，沙质的地面脚印非常清晰，可以看出是三个人的。我们跟着脚印走了十几米远，来到了那土丘的根部，脚印竟然戛然而止，没有拐弯的脚印，也没有流沙坑。

“难道走到土丘里面去了？”扎西咋舌道。

“不是！”阿宁露出了一个匪夷所思的表情，她抬头看向土丘，上面一片漆黑，什么也看不见，“他们爬上去了。”

这就怪了，我们都愣了，抬头往上看去，只见背光的土丘一片漆黑，犹如纯黑色的巨大黑幕。因为实在是太高了，我们手电的光扫射上去，根本照不出全貌。

他们上去干什么？难道这土丘上有什么东西？

这时候阿宁让我们退后，然后掏出信号枪，朝天打了一枪。

灼热的信号弹飞上半空，爆炸后把整片区域照得犹如白昼一样，那一瞬间，四周黑暗中的景象全都显现了出来。

我们全部将目光投向四周，一下子这么亮，眼睛有点儿不适应，还没有看清楚，就听到阿宁惊叫了起来：“天哪！”

我们忙眯起眼睛抬头看向半空，在信号弹闪烁的光芒下，我们看到在半月形的巨大土丘的半山腰上，竟然镶嵌着一个巨大的物体。这个物体一半埋在土丘的里面，一半则突兀地横在半空。

第二十三章

沙海沉船

在信号弹燃烧的几十秒里，我们全都惊呆了。大家都看着那巨大的东西，脑子里一片空白，一直到信号弹熄灭，我们才反应过来，随即所有的手电都朝那个方向照了过去。

零碎的光线无法照出那个东西的全貌，在手电光的照射下，看上去也模糊不清，我们只能知道那里有个东西。如果刚才没有借助信号弹，单是手电光扫过，我们肯定不会注意到异样。而我们从下往上看，也实在看不分明。

“这是什么东西？”扎西自言自语了一声。

没有人能说出这是什么，我只能肯定这是一个古老的木质物体残骸，只是不知道是什么东西的残骸。这乍一看像一具巨大的棺材，然而仔细看又发现形状不对，似乎是建筑的残骸。然而，我从来没有见过形状这样古怪的建筑。

“爬上去看看！”不知道谁说了一声，我们才反应过来。他们几个想往斜坡上爬去，我忙把他们拦住，说道：“别乱来，冷静一点儿，这么高，而且是土丘，不是随便爬爬就能爬上去的，要是出了意外就糟糕了。”

阿宁也点头道：“对！那三个人还没找到，这下面我们都找过了，没有发现任何线索，那么他们很可能在上面。现在一点儿动静也没有，肯定有问题，说不定这上面有什么危险，我们要小心。还是我先上去看看，如果比较好爬，你们再上来。”

说着，她把手电往腰带里一插，就让我们给她照明，自己准备往上爬。

这时候扎西拦住了她，道：“别动，我来，这种事情没道理让女人去做。这种土丘我以前爬过很多，绝对比你有经验。”说着也不等阿宁回应，就咬住匕首，跳上土丘，然后用匕首做登山镐，开始向上爬去。

他动作很快，犹如猴子一样敏捷。我们用手电给他照着，就看见他“噔噔噔”地爬到了那个巨大物体的下方，几乎没费什么力气。他找了一个地方站稳，对我们做了个手势，意思是不算难爬，接着他就用手电去照那个东西。

在下面我们只能看到他的动作，看不到他照出了什么，心里很急。那队医问道：“那是什么东西？”

“我不知道。”扎西的声音从上面传下来。我看他在上面挠了挠头，冒了一句藏语，然后说道：“天，这……好像是艘船啊。”

“船？”我们互相看了看。扎西又叫了起来：“真的是船！你们都爬上来看看。”

他刚说完，阿宁就爬了上去。我动作笨拙，跟着阿宁。而队医太胖了，爬了几下就滑了下去。我们让他在下面待着，别乱来，然后朝扎西靠拢过去。

这土坡确实不难爬，虽然有点儿坡度，土也比较松软，但是上面坑坑洼洼的，很多地方都可以落脚。我们学着扎西用匕首当登山镐，三下五除二就爬了上去。

我手脚并用地爬到扎西的边上。这上面很冷，我踩着一个凸出的土包，滑了一下后站稳脚跟，就朝那东西看去。不过我离得远，视线又被扎西遮住了，也看不清楚那是不是真的船。

我挪了一下，给自己挤出一个位置，这才看清楚。在扎西的手电光的照射下，我看见一块古老的残骸镶嵌在土丘里，只露出一半，另一半深深地插入土丘，看形状，确实是一艘古代的沉船。

阿宁点起一个冷焰火，往沉船上扔，四周就亮了起来。我发现这沉船的解体程度非常严重，几乎和那些泥融成了一体，木头的船身完全破碎了，已经炭化。在木船的一边还有一条巨大的裂缝，里面似乎是空的，我能看到里面的泥，但是最深的地方漆黑一片，看不清楚。

我转头看了看四周的地貌，心想这可是大发现。这里以前应该是古河道，这条古船在这里沉没了，被裹在了淤泥里。但沧海桑田，古时候的河道竟然变成了戈壁，而且这沉船的所在地竟然高出了地面这么多。

阿宁爬到那古船的边上，用手电照那个裂缝，看见里面有大量的泥巴和裹在泥巴里的东西。在泥巴里，还能看到很多类似陶罐一样的东西。

阿宁道："这似乎是艘去往西域通商的货船，这些是他们的货品。这简直是惊世的发现，现在还有很多人认定西域没有水路运输。"

古时候这里是十七条丝绸之路中比较险恶的一条，而西域各国就分布在这片荒芜的土地上，这里是阿拉伯文明和中华文明交汇的中间地带。以前这里有无数河流，非常繁华，不知道有多少布匹和丝绸通过这些河道到达了西方。当时这里的河道千变万化，有不少商船因为古河改道而搁浅沉没。这里的沙漠深处起码掩埋着上千艘沉船，却因为沙漠变化太频繁，几乎无法寻找，没想到这里竟然有一艘。

队医在下面什么都看不到，很心急地大叫："看到什么？那三个人在不在上面？”

扎西对着下面叫了几声回答他，队医又说了什么就听不清楚了。

这时候我突然想到高加索人，可能他们也是因为看到这艘沉船，然后才爬上来查看的。下面全找过了，没有发现什么人，他们应该就在上面。可是四周的岩壁刚才都看过了，什么人也没有，这三个人到哪里去了？

这里除了这沉船，没有其他地方能藏人，难道那三个人在这沉船里面？

这时候月亮被乌云遮住了，四周一下子变得更加黑暗，我们几个人都找了个位置站稳。我让阿宁打开对讲机，再找找信号的位置。

阿宁拿出对讲机，一打开，那声音就响了起来，非常清晰。她挥动了一下，但信号都差不多。接着扎西指了指那船，让她对准古船试试。阿宁拿着对讲机，一靠近那古船的裂缝，我们真的就听到了从对讲机里传出来的无比清晰的声音。

我们互相看了看，都感觉到很不可思议。看样子，信号真是从这古沉船里面发出来的。

扎西看了看那裂缝，说道：“真见鬼，难道那三个白痴爬到里面去了？”

那裂缝很宽，人确实可以爬进去，只是这里面的空间不知道能不能容纳下他们三个。我们用手电往裂缝里照，发现里面非常深，最里面很黑。我喊了好几声，但是没人回应。

“怎么办？”

“可能是他们进去过了，但是又出来了，然后把对讲机掉在里面了。”阿宁说，“也有可能他们在里面出了意外。”

“那这声音是怎么发出的？”我问道。

“这个没人能回答你，不过进去看看就知道了。”阿宁给我使了个眼色，说着就放下背包，意思好像是让我和她钻进去看看。

扎西是向导，要保存实力。这里就我和阿宁的体形比较正常，我也没法说不行。她脱掉外套，咬住匕首就猫腰先爬进了裂缝里。

一进去，船身上的泥巴就不停地往下掉，还好船身比较结实。她进去后停了几秒钟，稳了一下，扎西就把手电递给了她，然后我也脱掉外套爬了进去。

这裂缝正好能让我爬进去，不过里面比我想象中的要宽大。我笨手笨脚地进去，发现里面完全是个泥土的世界，头顶上全是干泥，人没法坐起来，只能匍匐前进。本来这船舱内的空间应该很大，然而现在基本上全塞满了泥土，我们其实就是在一个泥洞里。

阿宁开着对讲机，此时对讲机正清晰地发出那犹如冷笑一般的声音，那声音在这里格外响亮。看着船舱内部漆黑一片，我的心提到了嗓子眼。到底是什么在发出这种声音呢？

阿宁在里面用了一个侧爬的姿势，就是士兵拖枪匍匐前进的那种动作。她用单手前进，另一只手打着手电开始四处照射。我喘着粗气学她的样子，也开始用手电去照四周的泥巴。除了能看到零星镶嵌在泥里的一些木片，我感觉自己好像是在地道战的场景里。

这些肯定是沉船之后从破口涌进来的泥土。当时的船应该没有完全沉没，所以泥没有充满整个船舱。这些泥巴下面应该都是当时的货物，不知道里面运的是什么。

往里面爬了七八米，我们就能够直接听到那种奇怪的声音了。没有对讲机的过滤，那声音听上去稍微有些不同，是从船舱的最里面发出来的，很轻。阿宁停了停，关掉了对讲机，向着那个声音的方向爬去。

我稍微和她保持了距离，留出足够她退后的空间。没爬几步，阿宁惊叫了一声，停住了。我也赶紧爬过去，从她侧面探头过去，看到船舱尽头给泥土覆盖的“甲板”上，有一个圆桌大小的洞，好像是坍塌后形成的，下面竟然还有空间。我用手电往下照去，下面一片狼藉，全是从上面塌落下来的土块，一个人就埋在里面，只露出了上半身。

我用手电一照，发现那就是失踪的人中的一个，脸上全是泥，脸色发青，不知道是死是活。那冷笑一般的声音就是从下面的土堆里发出来的。

“真的在里面！”我大叫起来，心说这帮人也太能玩儿了。我边叫喊着边往前挤，想赶紧下去把他挖出来。

没想到我突然一叫，那种冷笑一般的声音一下子就消失了，整个船舱突然安静了下来。

这一静把我吓了一跳，手脚不由自主地停了停。

随即我就想到，刚才我们讨论过，这声音是他们的求救信号，现在我大喊了一声，这声音就停了，显然有人听到了我的叫声，于是停止发出信号。这有两种可能：一个是他认为救援已经在身边，没有必要再发出这种声音来吸引我们；另一个是他听到我们到来，信念一松，失去了意识。

无论是哪种，我们都必须马上把他救出来，特别是后一种。我知道很多求救的人就是在得救前一刻失去求生意志而功亏一篑的。

阿宁和我想法相同，她让我给她照明，自己则爬了过去，然后小心翼翼地翻身滑进了那个洞里。我跟着过去，阿宁让我别下去了，在上面接应。

扎西在外面听见了我的叫声，对我们大叫，问里面情况。我让他等等，我看清楚再说。

在这个位置上看得更加清楚，那洞口下面应该是古船的第二层货仓，或者叫底舱，一般是用来放置一些容易破损的东西，因为底部的晃动不会很强烈。底舱的空间不大，里面也全都是泥土，但是被侵蚀的程度远远小于我待的地方。我基本能想象出这艘船的内部，可以看到那些泥土里混杂着很多陶罐，应该是货物，不知道里面装的是什么东西。

阿宁下去之后，马上就拨开那人身上的土块，然后把手放到他的脖子上，感受脉搏。

我忙问："怎么样？"

阿宁明显颤抖了一下，回头对我摇头，示意已经不行了。

我叹了口气。阿宁开始挖土块，很快把那个人挖了出来，然后用力地拖到一边。这时候我发现被挖开的土块里面出现了另外一个人，我看到了头发和一只手。阿宁继续挖掘，然而这个人埋得比较结实，她挖了一会儿也没有起色。

我实在看不下去了，也跳下去帮忙。我一摸到那人的手，心里就一沉，知道也没戏了，那人的手冰凉冰凉的，已经死了。

我们费了九牛二虎之力才把他挖出来，也拖到了一边。在这个人的下面，我看到了高加索人苍白的脸庞，他蜷缩着身子，瞪着眼睛，手往前伸着，握着一只对讲机，保持着一个僵硬的手势，好像是想要从里面爬出来。

看来发出信号的就是他，我看着那只对讲机心想。

我将他拉出来，阿宁又摸了摸他的脖子，脸色一变："还活着！"于是立即解开了高加索人的衣服，然后给他做心肺复苏，同时对我大叫，"告诉扎西，让队医准备抢救，有人被掩埋窒息。"说着就去给高加索人做人工呼吸。

我忙爬起来对外面大叫，扎西听到之后，马上也对土丘下的队医叫了起来。我转头，看到高加索人抽搐了一下，人缩了起来，同时开始呕吐，显然恢复了呼吸。

"你上去接手！"阿宁用一种不容置疑的口吻对我道，语气很平，但是充满了威严。

我愣了一下，被她这种神态电了一下，像条件反射一样按照她的说法做了。接着阿宁迅速脱掉自己的衣服，绑在高加索人身上，做了一个简易的拖架，然后把衣服的袖子扔给我，叫我用力。

我在上面咬紧牙用力往上拉，她在下面抬脚，把高加索人运了上来。然后，我一路往后，用力将他拖出沉船的裂缝。

外面的扎西已经在准备了，高加索人刚被拖出来，扎西就把高大的高加索人整个背到了身上，用皮带扣住，然后向下爬去。我累得够呛，一边把阿宁从里面扶出来，一边喘着气跟着，护住扎西，一点一点爬了下去。

费了九牛二虎之力，好几次看到扎西差点儿摔下去，幸亏他反应够快，每次都能借助插入土里的匕首定住身体。好不容易爬到了土丘下，队医已经准备好了一切。我们把高加索人放到地上，队医马上准备抢救。

可是刚撕开高加索人的衣服，他突然就抽搐了起来，一把扯住了队医的衣服。我们赶紧过去把他按住。队医揭开他的外衣，我就一阵作呕，只见他保暖外衣的里面全部是血，显然有外伤。

队医又用剪刀剪开他里面的内衣，当掀起带血的布片时，他叫了一声："天哪！"这时我几乎要呕吐出来。只见高加索人的肚子上全是一个一个细小的血洞口，没流多少血，洞口十分细小，但是密密麻麻，足有二三十个。

"这是什么伤口？"扎西问道。

队医摇头："不知道，好像是……什么东西扎的，类似于螺丝刀这样口径的东西。不过衣服怎么没破？你们在现场没注意到？"

我们都摇头。其实当时比较混乱，我们真没有注意到他的肚子，但是他的衣服没有破洞我们可以确定，应该不是坍塌造成的外伤。

现在也管不了这么多了，队医让我们帮忙按住，先给他包扎，然后简单地检查了一下，给他注射了什么东西，最后拿出一个小氧气包给他吸。大概是那一针的作用，高加索人慢慢地安静了下来。

做完这些，我们已经全身是汗，队医擦了擦汗，就让我们想办法。这人现在十分虚弱，我们不能把他带出去，但是那些比较大的设备都在外面的车上，需要搬进来，另外还需要帐篷和睡袋给他保暖，等他稳定下来才能把他带出去。

这里只有扎西知道该怎么看他的石头堆，他就说他去拿，顺便叫些人进来帮忙。我们一路走进来花了很长时间，不过出去就会快很多。我说跟他一起，他说不用了，他一个人更快，我在这里多个照应。

说完他就跑开了。队医解开高加索人身上的衣服，还给阿宁，然后拿出背包里的保暖布，给高加索人的几个重要部位保暖。

我点起无烟炉子，加大火焰，放到一边，给几个人取暖，同时拿出烧酒，这些东西都是为了驱寒用的。我们刚才出了一身的汗，戈壁的夜晚相当冷，很容易生病。

大火烧起来，照亮了四周，一下子就暖和了起来。队医继续处理高加索人的伤口，我和阿宁退到一边，几小时的疲劳一下子全部涌了出来。我坐到一块大石头上喝水，阿宁披上了衣服，我们两个都是一脸的泥土，十分狼狈。我朝她苦笑了一声，却看到她一脸疲惫地靠到了土丘上，摆弄着对讲机，似乎相当沮丧。

我想起刚才她那种气势，心说真是不容易，她一个女人能在那种场合干练到那种样子，估计也是逼出来的。一个女人要强悍到这样，真是有点儿辛酸。

不过说来也奇怪，看她也不像是缺钱的样子，干这种事情也不见她开心，到底她为什么非要为裘德考卖命，而且还拼命到这种程度？真是想不通，以后有机会要好好问问她。

喝了几口水就想方便，于是我绕了个圈子到了土丘下面放水。在沙漠里这批人都是这个样子，我也习惯了。

尿着尿着，忽然我就听到一边的石头后面传来一声怪异的冷笑，那声音和刚才在对讲机里听到的如出一辙，顿时让我浑身一凉。我转头往那块石头看去，心说，难道一直听这个声音，出现幻听了不成？

第二十四章

西王母罐

刚才那一个多小时都是听着那怨毒的冷笑般的信号，一路过来，脑子里几乎习惯了这种声音，在船里突然安静了下来，我已经感觉到有点儿不适应。不知道为何，现在我又听到了同样的声音出现在四周的黑暗里，那声音我一直感觉到不妥当，这时候听到，心里觉得十分异样。

虽然感觉也有可能是幻听，但是在这种地方还是不要想当然的好。我拉上拉链，打起手电，朝那块石头后面走去。

石头很不规则，不知道是什么种类的岩石。这里都是土丘，不知道这些乱石是从哪里来的，总不会是地里长出来的。

石头后面漆黑一片，有一个手电没法照到的死角。我绕过去一照，却什么也没有看到，石头后面的缝隙很小，不太可能藏什么东西。我踢了一脚这石头，发现不太稳，在四周又照了照，也没看到什么，一切都很平静，心说也许我真的听错了。摇摇头，我就走了回去。阿宁问我怎么了，我告诉她说可能是有点儿神经过敏，以为那里有什么东西。

坐回到篝火边取暖，两相无话，我靠到了石头上，本来只想闭目养神，怕还有什么事情会需要我帮忙。然而疲倦袭来，我很快就有点儿迷迷糊糊，也不知道什么时候睡了过去。

醒过来的时候，天已经亮了，但还不是很亮，好像是清晨。这时风已经完全停了，我听到了扎西的声音，爬起来一看，只见他们都进来了，好像外面的营地给搬了进来，四周搭起了帐篷和篝火。高加索人已经被挪到了帐篷里面，阿宁还在一边的睡袋里休息，有人在四周忙碌着。

我身上多了条毯子，不知道是谁给我盖的。我挣扎着爬起来，打着哈欠，往四周看去。第一眼，我就被四周那些风蚀岩石的景色吸引了注意力，不由得愣了一下。

白天的魔鬼城视野极度宽阔，四周风蚀岩比晚上看上去要壮观得多，拔地而起的巨大山岩犹如金字塔一般矗立在四周。那些晚上看上去黑漆漆的岩石，现在显现出了各种奇异的形态，配上戈壁的无限苍茫，这种壮观的感觉不是用语言可以形容出来的。

这里还不是成年的雅丹地貌，要是再经过一百万年的风沙磨砺，这里的景色该壮观到什么程度可想而知？

我看着发了一会儿呆，才回过神，注意到四周的人，他们正在从土丘上的沉船里运东西出来。土丘比我昨晚看到的还要高大得多，他们在上面打上了钉子和绳子，便于攀爬，还做了一个吊篮，有人在上面发掘，乌老四则在下面接应和整理，东西直接从吊篮吊下来。

定主卓玛和她的儿媳妇煮了早饭和酥油茶，她看到我醒来，就做了个手势让我去吃。我过去喝了碗茶，拿了一个面包，边吃边走到乌老四身边问他们在干什么。

乌老四听说是行内人，被裘德考招安的，对我有点儿喜欢，看到我过来就点点头，对我说高加索人的伤势比较严重，队医还在检查他腹部的伤口，有感染的迹象，所以可能队伍要退回去整顿再作打算。他们不想空手回去，这沉船也算是个大发现，他们想记录一下，带点儿东西出去通报给公司。

我坐到他边上，看了看头顶的沉船，真大。晚上感觉不到有这么大，看上去这船是正规的商船，头部大概是以前土丘坍塌后才露了出来，架在半空，下面已经给上了支架。

我又低头看他们从里面清理出来的东西。那些陶罐一个个都有抽水马桶那么大，奇怪的是一个都没有破损，看来沉船的过程十分缓慢。罐子上面有着西域特有的花纹，有些是黑色的图样，有些则是类似于文字样的，都不是汉人的东西。我问这是什么，乌老四就摇头说没人知道。西域的文化非常特别，又非常神秘，而且留存又相当稀少。西域五千多年的历史，这么多古城城池，都给戈壁黄沙掩埋了。可可西里和塔克拉玛干在古时候都叫作西荒，人口十分稀少，现在要研究实在太难了。

"不过这些古陶的历史相当久了，一般我们西域交易都是瓷器。这些陶罐是陶发展到顶峰时候的产物，应该是唐朝以前的。不知道是中原运到西域的，还是西域运出到阿拉伯世界的。这片区域应该是西王母国的疆域，不知道是否和西王母国有关系。"旁边另一个戴眼镜的人说。

乌老四就点头赞同，说："我也感觉很有可能，你看。"他指着一个陶罐上的花纹，那是一只鸟的图案，"这是传说中西王母的图腾之一，三青鸟。当然，也不排除其他国家的人也会使用。当时西王母国还是西域的中心，因为其诡异和神秘，即使它已经没有周时期的强大，其他国家仍旧敬畏西王母传说中的魔力，因而都要来朝奉，或者在形式上表现出崇拜。"

我对此完全没什么兴趣，这些属于考古的范畴了，于是就打断他们，问道："那这罐子里有什么东西？该不是空的吧，那多浪费。"

罐口都被封着，是用一种特别的泥封上的，绿绿的，黑黑的，有点儿像酒坛子上的那种泥封口。我闻了闻，有点儿辛辣的气味，感觉很熟悉，搬了搬，罐子有点儿分量，肯定里面有东西，不过不是液体。

我问他们为什么不打开。乌老四说他们尽量不破坏这些完好的，等会儿看看有没有破损的，就不用开了，万一里面的东西比较珍贵，禁不起氧化，这样可以节省一下，防止考古浪费。

我就笑了，心说三叔他们可没这一套，要是胖子在，肯定不由分说就砸开了。

不过我们得尊重别人的做事方法。我吃完最后一口面包，就和他说："那你们自己先搞，到时候找到罐子，打开的时候叫我一声。"说着就走到高加索人的帐篷里，去看他的情况。

走进帐篷我就发现很局促，仔细一看，才发现另外两具尸体也搬了下来，躺在一边盖着保温布。队医一个晚上没睡，眼睛明显黑了一圈，正在给高加索人测体温。

我问他情况，他说人很迷糊，说胡话，但比之前有起色，窒息和缺氧应该没关系了，只是这肚子上的古怪伤口……他让我看那两具尸体，也有同样的伤口，一个在胸口，一个在大腿内侧，都出了少量的血，但是外衣上都没有洞，不知道是怎么产生的。

我走到高加索人身边，他的脸色发白，满头是汗，但呼吸器不用了，显然是稳定了。我看到他嘴唇一动一动的，好像在说什么。我贴近了听，不是中文，好像是英文。

"他在说什么？"我问队医。我的英文到底是不怎么样，谈生意还可以，听胡话就不行了。

队医也摇头，说他也听不清楚，他的英语也不好。不过意识有点儿恢复之后，高加索人就一直在念叨这个。

我俯下身子，想凑近了听，还是不行，就只好放弃了。走出帐篷，想回去再睡个回笼觉，反正这里也没我的事情。

到了睡觉的地方，躺下琢磨着昨天晚上的事情，很快就睡了过去。不知道睡了多长时间，突然听到有人叫我的名字。我迷迷糊糊地坐起来，看到乌老四那里围了很多人，他在朝我招手，好像有什么事情。

我爬起来走过去。一走近他们，我就闻到一股极其古怪的味道，说臭不臭，但是闻了就感觉喉咙发辣，好像吸了硫酸气一样，十分难受。我捂住鼻子凑过去看，原来是他们找到了几个破损的罐子，正在砸罐子，乌老四让我来看。

有十几个罐子已经给砸碎了，乌老四正在一个一个往外倒里面的东西。我首先看到的就是泥屑，里面全是黑色的干泥屑，在这些泥屑中有一种土球，上面全是泥，非常恶心。奇怪的是，这些球的表面粘着很多黑毛，看着非常不对劲。

一边已经堆了十几个土球，不知道是什么东西，我心说，难道是当年的西瓜，现在都变成石头了？

走近了再仔细一看，我就感觉一阵窒息。我发现，那些泥球竟然都是一个个裹在干泥里的人头，那些黑毛，竟然是人头上的头发。

第二十五章

鬼头

我感觉有点儿恶心，乌老四他们显然也没有想到这些陶罐里竟然装的是这种东西，都带着既厌恶又诧异的神情。

其他人看人群积聚，也逐渐聚拢了过来，几个藏族司机从来没见过这种事情，都很好奇，凑过来看。

我捂住鼻子看着乌老四戴上手套，捧起人头清理上面的泥土。这东西年代十分久远，但是头发还是很坚韧，皮肉都腐烂掉了，掰掉上面的泥土，能看到干瘪的皮肤和空洞的眼洞。这是一个古人的骷髅。

边上那个戴眼镜的人比对了一下人头和罐口的直径：头骨大，陶罐口小，显然人头是放不进陶罐的。

“这是怎么回事？”我问他。

“这就是西王母部落的诡异传统，这个肯定是西域其他部落的奴隶，可能在两三岁的时候他的脑袋就给装进了这陶罐里，然后一直长到成年，脖子和陶罐的缝隙里塞不进食物为止。那时候他脑袋早就出不来了，接着就砍掉他的头，把这陶罐封起来，献给西王母做供品，这是人头祭祀的传统。”眼镜男说道。

“我靠，这也太邪了，咱们《西游记》里的西王母挺和蔼的，不像这么阴毒的人啊。”一个人咋舌道。

“那个西王母是中原化的西王母，真实的古代传说中，西王母是个厉鬼一样的东西，根本就不是个人。”有人就给他扫盲，“当时的那个年代，靠和蔼统治不了人，统治者都是靠这些诡异残忍的神秘仪式，渲染自己的超自然力量，以此进行统治的。”

我就问乌老四，这人头为什么要放在这个罐子里，砍了就砍了，何必这么麻烦。

乌老四就道：“有很多的西域部落都认为人死之后灵魂是从眼睛或者耳朵里飞出去的，放在陶罐里杀头，就是为了把这个人的灵魂困在这个陶罐里，这样祭祀才有意义。祭祀完成，这些人头一般都会堆在一起，喂食乌鸦，或者抛进海水里喂鱼。这在中原也一样，我们叫作鬼头坑，河北易县燕下都遗址就有一个‘人头堆’，和这种类似。”

我听着就觉得脖子不舒服起来，这样的事情也只有在蒙昧时期才有，然而我有时候真的怀疑这到底是谁第一个发明的，古人是什么时候开始信奉起这种血腥的东西的。

“可是把他的头从小塞进这种陶罐里，他平时怎么生活啊？”有人问。

“生活？你还别说，祭品的生活相当优越，被选择为祭品的人，一般吃的都是给神的食物，是整个部落最好的食物，平时根本什么都不需要干，性成熟之后马上就有最美丽的少女和他交配，以便怀上下一代祭品。为了让他的脖子尽快长到足够粗，他们会限制祭品的活动，有些人吃得太胖，还没到年龄就被陶罐口勒死了。”有一个人道，“比起来，那些在外面累死累活地干活儿，可能连三十岁都活不到的其他奴隶，舒舒服服活十几年然后痛痛快快地死掉，也许是个不错的选择。”

大家议论了一会儿，乌老四就开始用一种溶液来洗涤头骨，这是考古作业，几个人围着看也没意思，有人就在一边拍手，让他们都回去干活，做撤退的准备，修车的好好去修车，准备好我们就出发了。

人还没走开，突然，所有人都听到了一声诡异的冷笑，清晰无比地从人群里传了出来。

瞬间我就一身的冷汗，几个人都停了下来，互相看了看。我看到他们的表情就知道自己不会听错，心都吊了起来，心说，到底是怎么回事？谁在笑？

由不得我多想，那种冷笑声又响了起来，这次有了准备，我们全部顺着冷笑声望去，就发现，那声音竟然是从一边堆着的人头堆里发出来的。

乌老四吓得把手里的那人头丢到了地上。我头皮一麻，心说，怎么可能有这种事情。就在这个时候，几个人突然跳了起来，然后尖叫，有人就大叫：“看，人头在动！”

我赶紧去看，只见那头骨堆里的一颗人头上，泥土正在裂开，人头在晃动，好像活了一样。我几乎窒息，心说怎么可能。这时候，泥土开裂的地方突然破了，两只血红色小虫子爬了出来，每一只都只有指甲盖大，十分眼熟。

我一看，脑子里就“嗡”了一声，简直不敢相信自己的眼睛，还不信，再仔细一看，顿时魂飞魄散，那竟然是几只鳖王！

我脚都软了，几乎是连滚带爬地退后了几步。就看着，两只、三只、四只，然后是一团红色的虫子从里面喷了出来，和我当时在鲁王宫里看到的那种一模一样！一下子就爬得到处都是。

“这是什么虫子？我从来没见过。”这时候有人还奇怪，就看到一个藏族人走了过去想仔细看。我大叫一声：“你别白痴！有毒，快退后，不能碰！”

那人刚一回头看我，突然一只鳖王一下子飞了起来，停在了他的肩膀上。我大叫："不要！"已经来不及了，他条件反射就一抓，"啊"一声惨叫，就像被烫了一样，马上把手缩了回来，只见犹如一片潮水一般的红疹瞬间在他手上蔓延开来。

四周的人都尖叫起来，纷纷后退。他看着自己的手好像融化一般迅速地变成红色，惊恐万分，就大叫："队医！队医！"一边摔倒在地上。

有人上去扶他，有人就往队医的帐篷跑去，我知道那人已经完了，暗骂了一声，冲上去拉住那些上前的人，对其他人大叫："不要碰他，碰他就死！别发呆，快想办法弄死这些虫子，等它们全飞起来，我们就死定了！"

那些人这才反应过来，开始后退抄家伙，几个司机脱下衣服就去拍那些虫子。然而没用，那些虫子迅速地分散开来，拍死的没几只，爬出来的更多。很快又有两人惨叫起来。

混乱中，乌老四拿起边上一个工具盒就朝那颗人头砸了过去，那人头早就酥化了，一砸就全碎了。我一看，天哪，整颗人头的颅腔里几乎像蜂巢一样，全是灰色的卵和虫子，恶心得要命。

我的后背全是冷汗，心说看来那"眼镜"说的事情完全不可信，这人头肯定不是用来祭祀这么简单，倒像是用来养虫子的培养基啊，难道这种鳖王是在人的大脑里产卵？

"糟糕了，其他的人头也动了！"这时候又有人大叫起来，我也没空去顾及了，所有人飞快地后退。接着我就听到"嗡嗡嗡"的声音，有红光飞了起来，一下子几道就从我耳朵边飞了过去，吓得我一缩脖子。

一刹那，我脑子里第一个念头就是完了，这一次要死不少人了！刚想完，果然又有人惨叫起来。我转头一看，就看见乌老四倒在地上，痛苦地翻滚起来。再往陶罐的地方一看，只见血红一片，整片沙地上都是红色的斑点。无数的鳖王已经飞了起来，四周充斥着扇翅膀的声音。

一只鳖王弄不好就能杀光我们这里所有的人，更不要说是一万只。我心说这哪里是祭品，明明是武器，这东西就是当时的原子弹啊，谁要是不服气，往他城池里扔一个，全城都可能死绝！

现在只能放弃营地，逃命再说了。我冲到帐篷里，那边休息的人已经听到动静走了出来，看到我跑过来，问我怎么回事。我也说不清楚，就大叫："别问了，快逃命，到外面车子的地方再说！"

几个藏族司机从帐篷里把高加索人背了出来，扎西背起定主卓玛已经一路跑得没影了。

看着陆续有人跑出来，我心里稍安，跑去叫阿宁。阿宁已经被惊醒，刚站起来，我冲过去拉起她就跑。她还一下挣脱我，问我出了什么事情。

我大叫："你跑就是了，问那么多！"话没说完，突然一只鳖王就"嗡"的一声从我额前飞了过去，一下撞到了阿宁的肩膀，翻了一下停住了。

阿宁低头一看，吓了一跳，想用手去拍。我一看，忙抓住她的手，然后用力一吹将那只鳖王吹飞掉，拉起她往外跑去。

闷油瓶和"黑眼镜"在外面看车，我们得先跑到那个地方再说。一路狂奔，也不管三七二十一了，跑出去三四百米，就看到了一个石头记号，我脑子一僵，突然意识到我根本不知道怎么出去，这里的石头记号只有扎西看得懂。

第二十六章

启示录

我们只得停下来，往左右看看，这里是一个十字路口，这阿拉伯石堆就在中央，也不知道是什么意思。

我回头看看，远处那让人窒息的“嗡嗡”声以及乱成一团的那种类似于冷笑的声音还在——也不知道是它们的叫声还是其他原因发出的——我还是觉得头皮发麻。

跑得气喘吁吁，几乎上气不接下气的阿宁就问我到底是怎么回事，她显然已经知道了事情的严重性，但是还没有反应过来。

我把发生的事情以及鳖王的毒性说了一遍，一听到乌老四已经中招了，阿宁的脸色就白了。

刚说完就听到“嗡嗡”声靠近了不少，我抬头去看，就见远处这些鳖王正在四散开来，更多的已经飞了过来，天空中出现了一大片虫子，红雾一般，好像集体起飞的马蜂一样，全部朝我们这里来了。

我一看，心说没时间琢磨了，拉起阿宁，站起来拔腿就跑。

那是没命地跑，我从来没想过我这么能跑，也不管什么阿拉伯石堆了，一下子就冲出去，跑了一千多米，在山岩间绕了十几个方向，实在跑不动了，才慢下来。

我回头一看，半空中全是虫子，那红雾一般的虫群竟然跟着我们来了，铺天盖地，速度非常快，直压在后面。

我大骂了一声，努力忍住晕眩继续往前跑。阿宁体力比我好，这时候跑得比我快，她叫了一声："不要光跑，找地方躲！"

话音刚落，我们面前就出现了一个缓坡，我没有准备，一脚踢到了什么，一个趔趄就滚了下去。

一路滚到底，阿宁把我扶起来，我已经晕头转向了。她拖着我继续狂奔，一连冲出去几百米，前面突然出现了一大段犹如城墙一样的山岩挡住了去路。我们马上转弯，顺着山岩狂跑，想绕过去，可跑到一半，就看到山岩的另一头竟然是封闭的，这里是一个封闭的半圆形区域，是死路。

我看到这个情景，大骂了一声，又回头看后面，只见后面的红雾盘旋着来了，直接从山岩的顶上铺天盖地地罩了下来。

我一看完了，逃不掉了，看这些鳖王的行为，竟然像是在捕猎我们！

但是我也不想坐以待毙，就到处看是否有藏身的地方。然而这里都是石头，根本藏不下人。

正叹气的时候，忽然，一边的阿宁大叫："到这里来！"

我回头一看，原来那岩山上有一个凹陷，虽然根本躲不进人，但也是唯一能避避的地方了，只能看运气了。

我马上冲了过去，和阿宁蹲着缩进那个凹陷里。我脱掉T恤挡在面前。

接着，透过衣服我就看到一大片虫子降了下来，空气中突然炸起了一股"嗡嗡"声，辛辣的气味充斥着鼻腔，很快，无数红色的轨迹把我们包围了。很多虫子撞到了凹陷边的山岩上，发出"吱吱"的声音，好像子弹在朝我们扫射。

我感觉一阵窒息，人就不由自主地往那凹陷里面退，然而凹陷就这么点儿空间，再退也没法把身子完全缩进去。

我几乎是闭着眼睛准备等死了，这么多虫子，只要有一只碰巧撞进来，后果都不堪设想。我内心深处不认为我们会这么走运，几乎是在等待那一刻的到来。

令我惊奇的是，那种紧张之下，我反倒没有一丝恐惧，脑子里几乎是一片空白。

然而我没有想到的是，慢慢地，外面的声音竟然减小了，一点一点，那种虫子撞击岩山的声音也稀疏起来，很快，外面就恢复了平静。

我咬牙咬了很久，直到阿宁拍我，我才反应过来，探出头来一看，鳖王群竟然已经飞走了，外面只有零星的几只鳖王，撞晕在地上了，在我看的工夫，也一只一只地飞了起来。

我和阿宁面面相觑，不知道是怎么回事，不过都松了口气。我往身后的石头上一靠，就怪笑起来，这太刺激了，我神经吃不消啊。

笑了几声，就被阿宁捂住嘴巴了，她轻声道："看来它们不是在追我们，可能是想飞出去，我们碰巧和它们同一个方向，你也别得意忘形，待会儿把它们再招来。"

我一想觉得也是，忙点头，阿宁才放开手。我不再说话，又在凹陷里待了一会儿，才小心翼翼地探头出去。

外面的魔鬼城一片寂静，好像刚才的惊心动魄完全没有发生过，只是我们的想象一样。

我深吸了几口气，才最终镇定下来。这时候，刚才狂奔的疲劳显现出来，腿抽筋了，我趔趄了几下，绷直了才站住。

一瘸一拐地，我们找了几块石头，检查了没有虫子才坐下来。我摸着腰间的皮囊，想喝水，摸了一把，发现自己什么都没有带出来。

随即想起来，出事的时候我是刚起来，甚至连外衣也没有带，好在是白天，晚上就可能会冻死。

回头一看阿宁，发现她连我都不如，穿着短背心，刚从睡袋里出来，头发蓬乱，再仔细一看，似乎连胸罩都没戴。

我一下子有点儿尴尬，想着当时拉她逃命实在是太急了，只好把目光移开。

“这些到底是什么虫子？你了解多少？”阿宁问我。

我心说我怎么对她说呢，我虽然听说过很多次，但是实际看到这也是第二次，之前就是在鲁王宫里，虫子是从血尸体内爬出来的，当时只有一只，就差点儿让我们全部死在那里。而今天这么多，铺天盖地一起出现，我也是第一次看到。

我把自己知道的一些情况和阿宁说了，阿宁显然十分不能理解，这一切发生得太突然了。她对我的话半信半疑。

我自己也感觉这有点儿难以接受，也没有心思去和她详细地解释。我心里觉得这应该和我们要找的西王母古国有关系，这些人头罐也许是当时培养鳖王的容器。我三叔也说过，在海底墓穴里看到过这样的人头，看来这种鳖王肯定是在人的颅腔里繁殖的，而且能在相当长的时间里保存活力，非常可怕。不知道西王母古国要这种可怕的虫子来干什么，是当成武器吗？

如果当时西王母真的能够运用这么可怕的生物武器，那这个野蛮而落后的古国之所以能够统治西域这么久，原因可能就在这里。

我一边想，一边往四周张望，看我们逃到什么地方了。看了一圈，对这块封闭的城墙内的区域完全陌生，一点儿印象也没有，刚才跑的时候也不知道绕了几个弯儿，我们彻底地走乱了。

我们是一路往东北的方向跑，根据扎西的说法，这里有八十多平方公里，我们不知道现在在哪个位置，不过不会是魔鬼城的边缘地带，前面还是看不到广阔的戈壁滩。

魔鬼城里的“街道”，也就是风蚀岩山之间的距离非常宽阔，虽然这些岩山形态各异，但是只要角度一变，呈现出来的东西就完全不同，我也无法在这么短的时间去记忆这些，加上宽阔的视野，视觉纵深非常深远，很干扰人的方向感。相信走回去也不太可能了，我们只能看准一个方向，先走到戈壁上，然后顺着魔鬼城的边缘，绕一个圈子回到车子抛锚的地方，和闷油瓶他们会合。

那些虫子不知道生存能力怎么样，现在天上全是积云，阴天没有太阳，如果它们乘风飞上马路，后果将不堪设想。不过，这里离公路线相当远，又没有水源，我想只要太阳出来一晒，这批虫子应该活不了多长时间。

我把我的打算一说，阿宁也觉得可行，现在我们身上什么都没有，必须在天黑前赶到，不过现在才中午，时间还充足，而且没有太阳，这对我们来说是万幸。

确定了走法，我们又休息了一阵子就开始上路了。我看了一眼四周，记住了几块岩山的样子，都好像城堡的炮楼一样，如果我们不幸走了回头路，那么走回这个地方就能察觉。

当时，我以为最多会费点儿腿脚，怎么也没想到，这一走，会走得这么痛苦，几乎走到阴曹地府里去。

我们迷路了。

穿行在魔鬼城里，我们并没有放松警惕，那些毒虫子不知道现在飞到什么地方了，如果走着走着又碰上，那刚才的死里逃生就是个笑话。

于是我们 边前进， 边注意着四周的声音，不知道什么时候，风又起来了，魔鬼城里出现了各种各样诡异的动静。好在风不是非常大，这么听着也是轻轻的，若隐若现，不至于干扰人的神经。

我和阿宁没什么话说，而且她衣衫不整，和她并排走在一起，我的眼睛总是要忍不住看她，所以我干脆就走在前面。两人都不说话，就是偶尔停下来交流几句。

她也没什么表情，显然也是心力交瘁，没有心思考虑更多的事情。

说实话，如果是在旅游，和一个美女行走在这片诡异的魔鬼城里，看神妙莫测的风蚀岩山，听魔鬼的哭号，虽然不是什么靠谱的事情，但是也不失为一件美事。偏偏这个世界就是如此奇异，看着我们两人简单地在这里行走，其实，就在刚才我们经历了死里逃生，这种情况下，我就是再有闲心也不会觉得这情景是美好的。

就这么走着，最开始的三个半小时还真有点儿像旅游，看着奇形怪状的山岩，我有时候还会产生错觉，想去摸照相机。

半小时之后，口渴就开始折磨我们，水分被汗水流失掉了，我和她的嘴唇都干肿起来。说起来我早上还喝了一杯酥油茶，阿宁什么都没喝，但是实际上我们两个的感觉都是一样的。

这种口渴是十分难受的，我们舔着嘴唇，努力不去想这件事情，才能继续往前走。也亏得没太阳，否则这时候，我可能已经中暑了。

又走了个把小时，在我最初的概念里，这个时候应该已经到达魔鬼城的边缘了。

我们停了下来，喘口气，然而四周看去，仍旧是不变的景色，都是那种高大的风蚀岩山，没有戈壁的影子。

我多少有些诧异，这距离有点儿长了，假设我和阿宁每小时只能走五公里，这也有十五公里的路了，这片魔鬼城绝对没这么长，显然我们在走弯路。

然而，一路过来，我很用心地记了很多特征明显的岩山，以防走回头路，但是都没有看到，显然我们确实还在往前，并没有绕圈。

这多少有点儿让我放心，我安慰自己，也许是我们的脚步不知不觉放慢了，或者走的路线曲折得比较厉害，不用担心，只要是顺着一个方向，就能走出去。

这时候不能休息，因为天色渐晚，我估摸着这里虽然不是戈壁，但是离戈壁也不远了，应该用不了多长时间就能出去，出去之后还得花时间回到魔鬼城外的营地，这也需要相当长的时间。

于是，我们继续赶路，还特意加快了脚步。然而，越走我就越感觉不对劲，时间一小时一小时过去，四周的景色还是如常，好比这魔鬼城在跟随我们移动一样。

我们硬着头皮坚持，一直走到天色擦黑，还是不见戈壁滩的影子。我已经意识到了问题的严重性，这绝对不是什么脚步慢可以解释的了，这样走，不说八十平方公里，就是再大一倍，我们也应该到边了。

一股寒意袭上背脊，看来这魔鬼城里的情况比我想象中要复杂得多，不单单是有很多岩山而已，我们迷路迷得非常彻底。

天色逐渐暗淡，夜晚又要来临了，这个时候，我就感受到了当时高加索人和另外两个牺牲者在这里迷路的感觉。正琢磨着该怎么办，后面的阿宁把我叫住了。

一停下来，两个人精疲力竭，谁也走不动了。空气中的温度陡然降了下来，我们的汗水开始冰凉起来，这里的昼夜温差太大了。

“不能再走了。”阿宁往地上一坐，对我道，“天黑前肯定走不出去了，我们没有手电，这里全是石头，也没法生火，只能趁天没有完全黑下来，找过夜的地方。今天晚上连月亮都不会有，这里肯定一片漆黑。”

我也软倒在地，抬头看天，只见天上一片黑，云压得更低了，夕阳的金色光芒从云的缝隙里如剑一般刺下来，形成了一个巨大的金色十字，十分壮观，这么厚的云，如果风不大起来，是吹不走的。

当夜，我们就用石头搭了一个石头槽，在里面窝了一个晚上。我和阿宁身上就只有单衣，我还有点儿不好意思，但是阿宁直接就缩进了我的怀里，两人抱在一起，互相取暖。夜晚的魔鬼城里一点儿光线都没有，你简直无法想象那种恐惧，整个空间什么都看不到，只能听到各种各样的声音从四周传来，甚至还能听到有些声音从你身边经过，好像有东西在魔鬼城穿行一般。

这种情况下几乎是完全睡不着的，我们只好聊天消磨时间。

其间，我们就讨论为什么会走不出去，想了很多可能性，都讨论不出子丑寅卯来，想来想去，就只有一个可能性，就是扎西给我们的信息是错的，也许这里的魔鬼城远远不止八十平方公里。阿宁说，如果明天再走不出去，就找座高点儿的山崖，爬上去看看。

想来也奇怪，我和阿宁并不熟悉，如果是平时这么亲昵的举动，我可能会觉得非常尴尬，然而这时候我觉得无比自然。

这也算是温香软玉，可是我一点儿想法也没有。我想起了柳下惠，突然很理解他。他当年也是在严寒之夜拥抱着一个女子，没有任何越轨之事，我也是一样。想想，要是一个男人在沙漠里走上一天，然后半夜在近零下的温度里去抱一个女人，就算是个绝世美女，恐怕也不会有任何越轨的举动，因为实在没力气了。

我几乎一个晚上没睡，只眯了几下，也都是十几分钟就醒。一个晚上我都在想乱七八糟的事情，想得最多的还是睡袋和帐篷，想着那些藏族人的呼噜，当时怎么睡也睡不着，还埋怨睡帐篷对颈椎不好，现在显然想到那睡袋就感觉浑身都在向往。

早上天一蒙蒙亮，我们就爬起来，那状态很糟糕，我从来没有这么累过，感觉身上所有的肌肉都不受控制，眼睛看出去都是模糊的。特别是口渴，已经到了非常难以忍受的地步，连嘴巴里的唾沫都没了。

我知道自己的身体，心里有些慌乱，就和阿宁揉搓着自己的双臂开始赶路。

继续走，这一次是阿宁走在前面，因为她晚上还睡了一会儿，比我有精神。我们继续按照昨天的走法，一路下去。很快，又是三小时，无尽的魔鬼城，这时候比无尽的戈壁还要让我们绝望，我看着远处望不到头的岩山的重重黑影，实在想不通这到底是怎么回事。感觉我们就像被关在一个巨大沙盘里的蚂蚁，被一种莫名的力量玩弄于股掌之间。

熬过了一小时又一小时，很快就到了中午，这时候我才开始有饥饿感，但是这和口渴比起来，简直可以忽略不计。我的喉咙都烧起来了，感觉一咳嗽就会裂开来。

走到后来，我们实在忍不住了，阿宁就开始物色岩山。但是一路过来岩山都不好爬，最后我们找到了一座比较高大的土丘，咬紧牙爬了上去，站到顶上四周眺望。

然而也没有用，这里的岩山都差不多高，我们目力能及的范围内，全是大大小小的石头山，根本看不到头，再往外就更看不到了，但是能肯定的一点是，我们绝对不在魔鬼城的边缘。

我和阿宁愣在那里，心说，这到底是怎么回事，为什么我们怎么走都好像是在魔鬼城的中心？难道有什么力量不想让我们走出这个地方？

我们爬回到土丘下，找了一个有凉气的地方休息。我和阿宁商量怎么办，这好像已经到了绝境。我们走不出去，身边没有任何的食物和水，再过一段时间，我们连走路的力气都不会有了，可能会死在这里。

我心中琢磨着，冒出股股凉意，已经在考虑人不喝水能活几天。

在阴凉舒适的环境下，据说是三天时间，但是现在我们一路走过来，已经走了整整一天一夜，体液的消耗非常大，我估计能够撑到三天已经是极限了，据说喝尿能多活一天，可是我哪里来的尿？！

想着就一阵绝望，就算我在这里不动，最多也只能活两天时间——如果没有人来救我们，而我们又走不出去的话。

阿宁显然也做着同样的打算，她低着头。

接下去怎么做，这是一个很简单的选择题：继续走，也许能够走出去，如果失败，则明天就可能是我们的死期，我们会在这里脱水而死；而不走，等待别人的救援，希望十分渺茫，也最多能活两天时间，还是会死。

阿宁是性格很强悍的人，我虽然有放弃的念头，但是在生死关头倒也不算糊涂。我和她最后合计，就是继续走，走到死为止。

阿宁此时比我要冷静，她开始做一些石头记号，并且拆下了她手链上的铜钱。她有一条铜钱穿起来的手链，压在石头记号下。她说如果有人在找我们，这是一个希望，最起码，他们能发现我们的尸体。

这些铜钱相当值钱，放在这里当记号，相当于放了一块金砖在这里，我想这可能是世界上最昂贵的记号，可惜，它指引的是我们的葬身之地。

接下来的两天，我们继续跋涉，我都不知道自己是怎么度过这段时间的。

三天三夜滴水未进，到了最后，连意志力也没有了，好比一具行尸走肉。

从第二天的夜里起，我的一切知觉都不再清醒，我看见的东西，都是沙砾的戈壁和四周高耸的岩山，这些景色有时候甚至在旋转。我不知道是自己在转，还是天在转。我已经分不清楚，到底哪些事情可能发生，哪些事情是不可能发生的。有时候我就感觉自己已经死了，自己是在飞，然后下一秒，我就看到阿宁在我前面蹒跚地前进，煎熬还在继续。

此时我还在期望，期望着能突然看到广阔无垠的戈壁，或者前面的岩山一过，我们就能看到戈壁了。然而，除了岩山还是岩山，好像怎么走都走不完似的。

最后还是阿宁先倒了下去，我看到她一下子就消失在了我的视野里，我有了瞬间的清醒，接着我就绊到了东西，也滚到了地上。

我不知道自己到底是绊到了什么，也不知道自己是摔在石头上还是沙地上。那一刹那，我就看到了天，那不是蓝天，是黑沉沉的乌云。

我心里苦笑，如果不是没有太阳，我想我现在已经开始腐烂了，可是，就算给我多活几个小时，时间也到了。

看着乌云，我想站起来，可是根本没处用力，眼皮越来越重，在完全合上的一刹那，我忽然看到天空闪了一下，好像是闪电，接着，一切都安静了下来，一切都远去了。我缓缓地沉入了深渊之中。

第二十七章

第一场雨

那一刻，我迷迷糊糊地以为自己就要死了，心里也已经认命，心说死就是这种感觉，还不错。

就这么意识混沌着，这种迷离的状态也不知道持续了多久，慢慢地，我感觉到好像有什么东西在拍打我的脸。这种感觉非常遥远，但是，一点一点地清晰起来。

接着知觉开始复苏，我逐渐恢复意识。一开始还只是朦胧地感觉到身体回来了，到后来意识开始清醒，我才逐渐对四周有了感觉。

首先感觉到的是凉，非常凉。一路走在魔鬼城，精神上的压抑和低矮的云层让人感到非常气闷，这四周的凉就特别舒服，好像浸到了有冰水的浴缸里面。

接着我就发现那种嘴唇干裂的感觉没有了，嘴唇上凉凉的，好像有一股冰凉的东西在往我的嘴巴里钻。我舔了一口，又舔了一口，再舔一口，就发现那竟然是水！

难道有人在救我？我心中狂喜，此时身体已经做出了反应。我拼命地吮吸，用我最大的力量动着嘴唇，一点一点，感觉一股冰凉开始进入我的五脏六腑。

喝完水，我又沉沉地睡了过去。在失去意识的一刹那，我好像听到了几个熟悉的声音在说话，听不分明。我也没有力气去注意，瞬间就又失去了知觉。

再一次醒过来，感觉睡了很久很久，各种各样的知觉都一起回来了，听觉、触觉，我的力气开始恢复，意识也越来越清醒，最后我终于睁开了眼睛。

首先映入眼帘的是一张粗犷的大脸，十分熟悉，在对着我傻笑。

我看到这张脸，立即就觉得有点儿不对劲，又想不出为什么有这种感觉。这是谁呢？我闭上眼睛想了一下，搜索着那些藏族司机的脸，是那个开876的？不是。那个开取水车的？也不是。

想来想去想不出这个人是队伍里的哪个，随即我就一个激灵，马上意识到为什么，不对，这不是队伍里的人，这是……嗯？这脸不是王胖子吗？

我脑子紧了一下，啊？王胖子？他怎么会在这里出现？不可能啊！他已经回北京了啊。

难道我在做梦？出现幻觉了？

又睁开眼睛，还是那张熟悉的胖脸，满脸的胡楂，比在北京的时候老了点儿，就这么瞪着我，凑得更近了。

我又闭上眼睛，感觉不正常，不对，不对，不可能是王胖子，我就算做梦也不会梦到他啊。

我用力地咬了咬牙，第三次睁开眼睛。这时候，我的脑子已经非常清晰了，一看，确实就是王胖子，他点起了烟，正转头对着身后说着什么。我的听觉还没完全恢复，听不清楚他在说什么。接着，我就看到另外一个人头探了过来，也是十分熟悉，竟然是潘子。

怎么回事？我皱起眉头，心说，难道自己根本没进戈壁，还是在杭州？之前的一切，都是我的一个梦？

回忆遇到的事情，大量的记忆涌了上来，我们遭遇沙暴、车抛锚、人失踪、镶嵌在土丘内的沉船……一切都非常真实，绝对不可能做梦啊。

这时候我的耳朵恢复了听觉，我听到潘子说了一句："小三爷，你感觉怎么样？"

我用力弓了一下背，就想坐起来，潘子上来扶我。我坐起来长出了一口气，看到四周的情况，这里好像是一个山洞，里面生着篝火，我看到几个睡袋和装备丢在四周，洞外一片漆黑，显然已经是晚上了。

同时我看到闷油瓶坐在篝火的边上，正在煮什么东西，而阿宁躺在另一边的一个睡袋里，还没有醒过来。

我逐渐意识到自己不是在做梦了。"这是怎么回事？"我按了一下太阳穴，问潘子，"你们怎么在这里？我不是在做梦吧？我不是死了吗？"

"不是死了，是差点儿死了。"胖子在边上道，"要不是你胖爷我眼尖看到这东西，这时候你们已经在发臭了。"

我看着胖子玩弄着几枚铜钱，就知道是阿宁的记号，不过我还是搞不清楚。

"那你们怎么在这里？"我奇怪道。

"我们一直跟在你们队伍的后面。"潘子道，指了指闷油瓶，"你不知道，其实你们进戈壁之后，三爷的队伍就马上跟了上去，你们每一个宿营地，这小哥都有留下记号指引我们，我们就保持着和你们一站的差距，一直在后面。"

"什么？"我一下子没听懂潘子的话，"记号？在我们后面……他……"

潘子道："这是三爷的计策，这小哥和黑瞎子都是三爷安排和那个老外合作的，目的是混进队伍里。因为三爷说，事情到了这一步，想自己弄明白裘德考的真正目的已经不可能了，他只有通过这种方式，像当年裘德考的做法一样，打入内部去了解情况。实在没想到，你也混进去了。早知道这样，三爷直接请你就得了。”

我还是有点儿搞不清楚，花了好半天理解潘子的话：“等等，等等，什么，我三叔？你是说这些我三叔都计划好了？那……你们？”

“我们早在格尔木准备好了，在敦煌我们的人准备了近半个月了。你们的队伍刚出发，我们就跟在后面出发了，当时这小哥留下信息，告诉我们你在队伍里，三爷还吓了一跳。小三爷，你也真是的，三爷不是让你别再蹚这浑水了吗？你怎么还来？”

我用力吸了一口气，突然感觉到很无力，我靠，心说，这次我真的就没想到，那个“黑眼镜”一路过来这么照顾我，还是看我三叔的面子……

潘子继续道：“你在里面，三爷不得不顾虑你的安全，所以让黑瞎子提点着你点儿。这次排场很大，裘德考还是棋差一着，以为这一次把三爷摆脱掉了，没想到咱们早就计划好了。”

“那我三叔呢？”我看着四周，没看到三叔的影子。

“三爷在我们后面，差了点儿路，这一次我们来了不少人，人多不好跟踪。我和王胖子打先锋，在前面开路，一直跟着你们，然后沿途留下记号给三爷，就是没想到，你们到了这里就出事了。”

这时候我的思维才清晰起来，一下子就想起来，那天晚上和闷油瓶长谈的时候，他就说自己是站在我这边的，让我不用担心，原来是这么个意思。原来这是三叔的计划。

这，我实在是没有想到这一层，看来老狐狸真的是老狐狸，和三叔斗，我还真的不够格。

“也算你们命大，我们一直跟着你们，要不然你们现在已经晒干了。”边上的胖子道，“就你这体质，还想干这一行，我看你还是好好倒腾你的小生意吧。”

我问潘子：“他怎么也来了？”

潘子就说长沙的伙计、好手都跑到别人家去了，现在三爷重新带了批新人，经验都不够，所以请了他来撑场面，也是老价格。

胖子道："怎么，你还看不上我了？告诉你，你可是老子背回来的。"

我忙摆手，心忽然就安定了下来，三叔的人到底像是家人，是自己人，我不用凡事都戒备了。而且和这些人合作惯了，知道他们的本事，最开心的是闷油瓶真的是站在我们这边的，那就万事大吉了。

刚才是胖子在给我喂水，我逐渐恢复了力气，就自己喝了几口，他们不让我多喝，说是要缓慢地补充水分。

我看着阿宁没有反应，不知道什么情况，就问潘子她有没有事。

潘子道："你放心吧，你的相好体质比你好，已经醒过一回了，现在吃了点儿东西又睡了。这里不是沙漠，你们只是脱水昏迷了过去，不是晒伤，补充点儿盐水，多睡睡就好了。"

潘子调侃我，大概是看到我和阿宁都衣衫不整，我也没有力气去反驳他，也就不去理会。此时身体虽然有点儿虚弱，但是人的精神已经相当好，我爬起来吃了点儿东西，问这是什么洞，当时他们是怎么找到我们的。

潘子告诉我，这里还是在魔鬼城，是在一个岩山的洞里，这洞是胖子发现的。当时出了事之后，扎西他们逃到了外面车子抛锚的地方，等我们等了很久都没出来，扎西就想到我和阿宁都不会看阿拉伯石堆，也不知道我们是遇难了，还是迷路了。

闷油瓶当即就用镜子给他们发了信号，他们赶了上来，"黑眼镜"留下照顾剩下的人，闷油瓶就带着潘子进来找我们。

我问这么大的地方他们是怎么找到我们的，潘子就说这地方有点儿邪门儿，这些石山的顺序好像是设计好的，他们也就是跟着感觉走，其实走的路线完全和我们一样，最后看到了阿宁的标记，就一路找来，看到我们倒在沙地上。

说起这个我就心有余悸，忙点头："确实，这地方好像怎么走都到不了头，却又不是走回头路，不知道是怎么回事。"我心里又紧张起来，心说那现在我们还在魔鬼城里，不还是走不出去？

“我们可没你们这么蠢，我们是一路留着记号的，你就放心吧。”潘子道。

胖子也道：“老子搭的记号，全是这么大的石头，离一公里都看得见，而且走不出去的原因老子也看出来了。”

“哦。”我松了口气，问道，“那是为什么？”

潘子说：“一开始我们也不知道，还是胖子厉害，确实是他看出来的。我实话告诉你，我们现在待的已经不是原来的那个魔鬼城了，这里离原来的魔鬼城最起码有一百五十公里。这是一片巨大的雅丹地貌群，由十几个小型的魔鬼城构成，中间是戈壁，而所有的魔鬼城都有岩山群相连，首尾相接，形成了一条巨大的魔鬼城链环。你们就是顺着这链子走，那就是三千六百平方公里，你们走得出去吗？”

我摇头：“不可能啊，哪有这么巧？我随便找个方向一直走，就一点儿都没有偏移？”

胖子就道：“说你笨你还不承认，你顺着哪个方向走，是别人设计好的。那是因为这魔鬼城里有很多石头，这些石头的摆放非常讲究，经常是绕过一座岩山，一边的石头多，一边的石头少，但是因为石头杂乱无章，你的瞬间意识判断不出哪边好走，哪边难走，感觉都差不多，但是潜意识里，你却能分辨出石头少的方向，而条件反射地选择那个方向，结果你在这魔鬼城就一直在走别人给你设计好的方向。而且，几乎每一个路口都是这样的情况，就算有一个路口判断错了，你接下来还是有无数个机会被纠正。这种招数在古代很普通，有一个非常朴素的劳动人民取的名字，叫作奇门遁甲。”说着，就看向闷油瓶，“小哥，我说得没错吧？”

闷油瓶抬头看了看我们，没理他，看着火，好像有心事。

我失笑，说：“你啥时候懂奇门遁甲了？”

胖子道：“你不知道的事情多了。”看那表情还挺得意。我心说估计这家伙又是现学现卖，就收回话题，问胖子：“那你是说，这魔鬼城里，有人用这些碎石头摆了一个障眼法？”

胖子点头："就是这么回事，不过不算高深的阵法，观察力特别仔细的，肯定能发现。看这些石头在这里也有年头了，估计当时这里是战场，西王母应该是个术数高手，这些石头是用来防御的。"

说到这里，一边睡袋里就传来了阿宁的声音，她轻声说道："你说得不对，西王母根本就是奇门遁甲的创造者，当年黄帝得到的天授神书，就是西王母给他的，论起奇门遁甲，她是祖宗。"

原来这女人没睡，我们都给吓了一跳。我随即想起九天玄女的传说，心下骇然。确实是这样，当年的传说和一些历史记载，都说当时黄帝统一中原是得到了西王母国的鼎力相助。

再一想那古船，心说当年这里肯定是浅湖，这些岩山露出在水面上，水下的岩石会搁浅船只。那么，在水里船夫更加会选择暗礁少的地方行进，更加容易迷路，这可能也是西王母国这么多年下来未被人发现的原因。

想到这里，我忽然眼皮一跳，对潘子道："你是说这里的魔鬼城是一个环？"

潘子点头。我问道："你是怎么知道的？"

潘子就摇头："这是我们的向导说的。怎么了？"

我兴奋地在沙地里画了一圈："你不知道，我看过文锦的笔记，她说西王母是在无形的城墙的保护下，这城墙别人看不到，但是碰到了，必然就会回头。在这里，几千年前应该都是水，这里有一条水带，类似护城河一样，围成了一圈。如果我们假设这条保护带就是别人无法进入，掩护了西王母古城这么多年的'无形的城墙'，那么，西王母国应该就在这个圈之内，也就是在这个魔鬼城圈的中间。"

我说完后，所有人都无动于衷地看着我，好像在看一个傻瓜。

我被看得莫名其妙，摊手道："我说得不对？"

潘子拍了拍我的肩膀："小三爷，你说的不用看文锦的笔记我们都猜到了，只是，情况如果真的是这么简单，那么西王母古城早就被发现了。这里是柴达木盆地，不是塔克拉玛干，这里虽然人迹罕至，但是经过了无数次的地质专家考察，所以，如果鬼城就在这里的话，情况也一定十分特殊，很可能就整个被埋在戈壁下面了，或者处在一种别人很难发现的境地里。你认为到那里就能看到，很傻很天真。”

我一想觉得也是，就问他们，那他们的打算是什么。

潘子说他们本来是打算跟着阿宁的队伍，到达塔木坨再说，可现在到了这里就出了这么大的意外。不过，按照定主卓玛的说法，在这个魔鬼城西边，跟着古河床再走两天就是她当年和文锦的队伍分别的那个岩山口，接下去的路，定主卓玛也不认识了。他准备在我们恢复后，就到那里去休整，等三叔的队伍。之后，就打算顺着河道往下游走，因为古城肯定是在河道附近，当年的队伍肯定也是这么走的，我们也可以这么碰碰运气。

我对潘子道：“可是古河道到了这一段已经基本上和戈壁混在一起了，根本看不清楚。”

“那个不用担心。”胖子道，说着指了指一片漆黑的外面。

我们在洞的底部，不知道他是什么意思，我就走了出去。一到洞口，忽然一股冰凉潮湿的气息扑面而来，接着我就听到了一种非常熟悉的声音。

外面一片漆黑，也看不清楚到底是什么状况，但是这情形我十分熟悉，然而一刹那我有点儿不敢相信我想到的。

等到我走出洞口，脸上瞬间被水珠打到，我才反应过来，外面竟然在下雨。

可是这怎么可能？这里可是戈壁滩啊，这里一年有可能只下一场雨，而且绝对不是这个季节。

我走回来，就说：“这到底是怎么回事？为什么会下雨？”

潘子道：“小三爷，你得谢谢这场雨，要不然你等不到我们过来就成咸鱼干了。我们找到你们的时候，这雨已经开始下了，现在外面全是水，走也走不出去，不然我们背你就出去了，在这里待着也不舒服。这雨下过之后，老河道肯定会满水，往下游走，就算河道我们看不见，但是水能知道，所以你放心吧。”

这个时候我想到了定主卓玛和我说的：时间快到了，错过了就只能再等五年。我心说：难道是指这场雨？

越想越不靠谱，不过看闷油瓶没有说话，应该是没有什么问题，我安心了不少。

之后，我就去休息，这一次睡得不好，第二天醒过来的时候，我又一次以为自己是在做梦。

在这个山洞里，我们休整了两天时间，我和阿宁的身体都恢复了。阿宁和胖子熟悉，到底是潘子他们救了她，她也没有说什么，不过对我一下子变得很冷淡，可能认为我也是三叔安排进来的，骗了她。

我也不在乎，心说差点儿就挂了，还会计较这事情？第三天我们就出发了，顺着记号，我们蹚着到脚踝的水，冒雨走了两天，先回到了外面，和“黑眼镜”会合。外面的人已经绝望了，看到我们平安出来，都不敢相信自己的眼睛。

在外面潘子又休整了一天，他建议我留在这里，等三叔到来，然后再决定要不要进来。

然而这时候我感觉没什么脸见三叔，而且定主卓玛给我的口信，让我已经下定决心要找到文锦，算起来我们已经没有多少时间了，就执意要和潘子一起打先锋。

一边的阿宁也安排了自己的队伍，大部分人都想要回去，高加索人的状况非常不妙，队医说等三叔的队伍到了，借了车必须马上回去。阿宁安排了一下，就告诉潘子，她也要参加我们，怎么说她的队伍也是打了先锋。

阿宁的加入没有问题，潘子也拗不过我，况且这段路我们有车，也不是什么危险的路段，就答应了。我和胖子、潘子、闷油瓶、阿宁正好一辆车，“黑眼镜”在这里等三叔。

之后的两天时间，我们顺着水位渐涨的河床，在戈壁中越走越深。因为雨水的冲刷，河床中出现了很多支流，我们一条一条去找，然而，怎么看，我们都没有看到那座岩山。我的望远镜都看裂了，最后开始怀疑，是不是那山已经变成沧海桑田了。

雨在出发前就停了，我们最后在河床边上休息，车的轮胎磨损得非常厉害，后来一个还破了，我们只能开一段就下来打气，然后继续开，苦不堪言。

胖子就说："会不会那老太太是胡扯的，根本就没有那山？或者那根本不是山，也许是土丘，这十几年给风吹没了？"

我感觉不是，定主卓玛那样子怎么看都不像骗子，或许这古河道的走向已经改变了。

"那怎么办？再走下去，汽油都没了，我们要走回去可够呛。"

"这河水能汇聚的地方就是整块平原最低的地方，那里应该有个湖，我们要不先找到那个湖，然后从湖开始寻找河道的痕迹，这样至少能缩小范围。"

想想也只有这样了，我们继续赶路。开上一个斜坡的时候，忽然，潘子大骂了一声，一脚踩住了刹车。

我们全都撞到了前面的靠背上，胖子大骂，还没骂完，几个人一下子都愣住了。

这斜坡的另一边竟然是一块断崖，我们的车头已经冲了出去，两只轮胎已经悬空了。

我们心惊胆战地下了车，走到悬崖边上，发现面前出现了一个巨大的盆地，烟雾缭绕，竟然是一片凹陷在戈壁中的巨大绿洲！

第二十八章

向绿洲进发（上）

眼前的情形之壮观，用言语根本无法表达，我们都看呆了。虽然文锦的笔记中提过这么一个绿洲，但是，我的印象里应该不是这个样子。

盆地非常大，而且看上去很工整，胖子说，好像是一个陨石坑。从悬崖上往下看去，只看到下面烟雾缭绕，几乎全是密集的树冠，看不到具体的情况。

这应该就是塔木坨了，没想到，我们竟然是以这样的方式发现它的，好像有点儿简单了。

潘子把车倒了回来，我们就一边用望远镜看盆地，一边琢磨这是怎么回事。

潘子道："看来定主卓玛和文锦他们分开时的岩山确实已经消失了，这里是盐盖地区，可能那座岩山，几十年，下几场雨就剩个土包了，不过，顺着河水的方向，还是能够找到这里。"

这些文锦的笔记上没写，我也不可能知道，不过如今就这么发现了这绿洲，我们也有点儿不知所措，我就问潘子有什么打算。

潘子就道肯定要先下去看看，他听我说了笔记和定主卓玛的口信，知道文锦肯定就在下面，说现在不能等三爷会合，要直接先进去看看情况，文锦就是师母，要是因为等三爷，把师母漏过去，他这伙计也不用再当了，时间已经不多了。

我心说“你真是个二十四孝的手下”，不过我也是这么想的，时间已经不多了，算起来，十天几乎就在眼前。问了几个人，都没有意见，他们就让我看看，这盆地应该怎么进去。

文锦的笔记上有详细的路线描述，他们当年是通过一条峡谷进入盆地的。不过这里的地貌已经完全变了，通过她的路线描述看来是找不到那条峡谷了，我们只能开车绕着盆地寻找，几经曲折，终于发现了一条宽大的峡谷。

潘子绕了一个大圈子，在离盆地大概四公里的地方找到了峡谷的入口，最开始的一段可以开车，我们一路进去，一直到乱石挡住去路为止。

然后几个人下车，背起装备就徒步前进。一直走到看到树木，才停下来休息。我拿起文锦的笔记，仔细看里面的记载。

看了笔记之后，我不由得有点儿心虚，从文锦的笔记中记载的事情推断，这条峡谷十分危险。峡谷再往前去，因为海拔降低，植被丛生，瘴气弥漫，我们的防毒面具有可能应付不了这么潮湿的环境，而且这里是通往西王母宫的唯一入口，一路过来遇到的事情让我觉得西王母宫诡异非常，料想这路也不会那么好走。

不过相比之下，我最担心的还是过了峡谷后的事情。峡谷的尽头就是绿洲的核心地带，这里是河流汇聚的地方，坑谷中茂密的树冠之下全是潮湿的沼泽，这里的奇特地貌几乎形成了一个戈壁中的雨林环境。虽然我们知道西王母的古王城就在沼泽之内的某处，但是在里面搜索几乎就是玩命。

我们在峡谷的树荫下详细地看了文锦在笔记中描绘出的大概行进

路线，因为没有进入沼泽实地，很多地方都看得一头雾水，而且文锦在很多地方都画着问号，我们不知道这些问号代表着什么，这让我们非常为难，最后只能决定走一步是一步。

之后我们各自做准备工作，搜索的时候，知道前路漫漫，我们必须控制着自己的物资消耗，如今要进入西王母的后院了，自然也就顾不了这么多，照明弹、冷烟火、火柴、药物，所有能带的东西我们都装了进来。

潘子在越南打过仗，现在成了我们的顾问。他说从悬崖上看下面的情况，这里应该和越南的热带雨林差不多。这种湿润地带的沼泽最危险，上头是原始雨林的阔叶冠，几乎覆盖了整个谷底。这么茂密的植被，下面肯定透不过阳光，树冠下面一片漆黑，瘴气弥漫，是蚊子、蚂蟥、毒虫的天下。尽管这里的气温超过三十摄氏度，我们也必须穿长袖长裤，不然没一小时你身上绝对一块好肉都没有。

阿宁说："我有驱蚊水，行不行？"

潘子说："你驱走了蚊子，但是那东西会引来其他东西，在雨林里不要用太浓烈的气味，否则就算你当时没碰到野兽，它们也会一路尾随过来，咱们这一次只有我带了枪，就算碰上野猪也够呛。"

他最后说，一旦进入了沼泽之后，不到万不得已不要去蹚水，或者去碰那些污泥。他有一个战友，在打伏击的时候脚陷在沼泽里面，才一分钟不到，拔出来的时候，整个腿上全是洞，给蛀空了，也不知道是被什么咬的。在现在这样的环境下，如果出现这种事情就等于送命，也许还不如送命。

我从潘子的眼神中感觉到他不是在危言耸听，心里也多了几分异样，于是将裤管扎得更紧了。

花了两个小时，我们把所有的东西都整理打包完毕，在潘子的吆喝下就出发了。闷油瓶打头，潘子殿后，砍着树枝阔叶，就往峡谷的深处走去。我们前脚刚动，天又阴了下来，似乎是要下雨。我在心里感慨，大自然的奥妙真是无法穷尽，在干旱的柴达木戈壁的深处，竟然有这么一块潮湿多雨的绿洲，真是天公造物，不拘一格。

这条峡谷不像是在魔鬼城看到的那种雅丹峡谷，不是由风力雕琢而成的，好像是由地质运动产生的裂谷，谷底不平坦，怪石嶙峋、层层叠叠，岩壁仿佛被利刃雕琢而成。不过，我同意胖子的说法，这里的地形实在是像一个陨石坑，裂谷好比是陨石坠落的时候砸裂的地壳裂缝，产生的时候可能比现在深得多，逐渐风化，给填平了。这样的峡谷在这个坑谷的四周应该不是唯一的。

峡谷很宽，进入密林之后，四周变得非常闷热，我们的身上很快就汗透了。石头和树上布满青苔，无法立足，我们的脚下到处都是潮湿的烂泥和盘根错节的树根，在怪物触须一样的树根网里行走，一脚一个陷坑，头顶上的树冠也密集得看不到阳光了。我一下子就产生了非常严重的错觉，我现在真的是在青藏高原上而不是在亚马孙的原始丛林里吗？

本来以为这种情况只有在峡谷的尽头才会碰到，没想到在峡谷中已经如此了，那坑谷里的情况估计更加糟糕。

胖子走得气喘吁吁，看着前面的情形，就说不知道这绿洲里面有没有什么动物，打几只来吃吃，也算是种福利，要不然这路走得就冤枉了。

潘子说这片封闭环境中的雨林说小不小，说大也不大，恐怕不会有大型的野兽，最多的恐怕还是虫子和蛇。很多这样的沼泽中，蛇是最常见的。

胖子说蛇也不错，在广东还吃过烤蝎子，反正只要是新鲜的东西，他都不在话下。

我想起文锦在笔记中写的“泥沼多蛇，遇人不惧”，想必潘子说得不错，只是不知道这些蛇的大小。在很多好莱坞的电影里，有些蟒蛇可以长到老树那么粗，轧路机都轧不死，不过这里应该没有这样的条件。

而且这里的生态环境十分特殊，是一个封闭的陆上孤岛，我想除了飞鸟和人类，其他东西根本不可能进入这里，这里的生物是在绿洲形成时就在这里繁衍的。当时柴达木还是一片河流密集的富庶之地，物种丰富，也许我们能够在这片绿洲中发现很多已经灭绝了的动植物，这有可能比西王母宫里的东西更加有价值。

转念一想，又心说不要了，在《山海经》的西王母传说中，西王母宫是被一群人面青鸟守护着的，这肯定是一种我们所不了解的巨大猛禽，保不准就是在长白山攻击我们的那种怪鸟，这种东西还是灭绝了好。

由于树木太过密集，而我们又是在峡谷中，没有迂回的条件，只能一边砍掉老藤阔叶一边前进。这很消耗体力，胖子和闷油瓶轮流开道也没有多少起色。好在峡谷边上的嶙峋山崖夹着一道蓝天，好比一道天蓝的锦带，十分绮丽，不时还有前天大雨形成的瀑布倾泻下来，我们一路过去，也并不无聊。

走了不久，我们就发现前面的峭壁上出现了很多石窟，密密麻麻的，有百来个，上面覆满了青苔，不知道里面雕着什么东西。

我们一下子紧张起来，看景色的心情也没了。一路过来没有看到任何关于西王母国的遗迹，一直有一种不真实的感觉，现在突然看到了，我们真的开始靠近这个神秘古国的核心地带了，又觉得有点儿恐怖。

收拾起嬉闹的心情，我们上去查看。这些石窟有大有小，大的能并排开进去两辆解放卡车，小的只有半人多高，和敦煌的有很大不同，石窟都很浅，在外面就能看到里面的雕像，只是被厚厚的青苔整个盖住了。

我爬上去拿出匕首，开始刮其中一座雕像上的覆盖物，在青苔中，逐渐露出了一座怪异的石雕。

第二十九章

向绿洲进发（下）

青苔中，是一座石刻的人面鸟身的神像，和我们在古沉船里发现的陶罐上的雕刻风格一样，是真正的西王母国的雕刻。经过千年的腐蚀，石雕表面布满了石斛，显得模糊不清。

我把上面的石斛全部去掉之后，雕刻的整体呈现了出来。那是一尊立像，是在山崖上直接凿出来的，鸟的头部是一张似人非人的女性怪脸，长着两对眼睛，面无表情，冷酷异常。两足下雕琢着五个骷髅头，鸟立于其中两个天灵盖上，似乎这些骷髅都是它吃剩的骸骨。

胖子在下面看着，就惊呼了一声："天哪，小吴，这不就是……"

我跳下来看到石雕的整体之后，也倒吸了一口冷气。

原来这崖壁石窟里的人面鸟身的石像，竟然和在长白山地下裂隙中看到的怪鸟几乎一模一样。

雕刻的形态极其生动，看山石的表面，修凿之时应该还涂有颜料，如果不是青苔覆盖，在这阴暗的丛林里看到，准会以为那种怪鸟从长白山飞到这里来了。

众人都露出了惊异的神色，连闷油瓶都显得很意外。这里所有的人都到过长白山，看到这些石雕，难免回想起当时可怕的情形。

我和胖子又忙动手，将其他几座石窟的雕刻也一一刮开，发现里面都是一样的人面鸟的石雕，有大有小，形态各异。

阿宁吸了口气道："看来我们之前推断得没错，长白山中的人面猛禽便是西王母的图腾——三青鸟的原型。西王母手上可能掌握着一些我们所不了解的古老技术，可以驯养这种诡异的猛禽。长白山中的地下陵墓应该和西王母国的消失以及遗民的神秘东迁有关系。那些怪鸟可能原本是栖息在这片绿洲之中，后来被那些分裂出来的遗民带到东方，充当了陵墓的守护者。"

我道："不错，我一直感觉，这里的地形和长白山地下皇陵的地形是如此相似，都是在一个巨大的陨石坑状盆地里，看来那里可能是西王母宫的一个翻版，咱们在长白山里的经历只能算是一个演习，这里才是人家真正的老窝。"

胖子听了，擦了擦汗，道："他奶奶的，照你们这么说，这是那些鬼鸟的老家？那咱们这么进去不是送死吗？"

这还真不好说，我回头苦笑。阿宁道："那倒不至于，时隔这么多年了，这里的气候剧烈地变化，大片的草原浓缩成了这一片绿洲，食物太少，这种鸟在这里可能已经绝迹了，在长白山看到的那些可能是硕果仅存的一些。不过，不管怎么样，西王母国以三青鸟为守护神，这里有这样的图腾，说明我们已经进入西王母宫的界内了。这种石窟图腾刻在这里，既是一种标识，也是对外来人的一种警告，这后面我们得加倍小心。"

我们都点了点头。胖子道："承你贵言，这些鬼鸟真的灭绝了才好，要不然连累到了我，摸金校尉就要灭绝了。"

胖子的担忧也是我们的担忧，我们相顾一下，都没有话说，神情都很复杂。

又耽搁了片刻，阿宁给这些石像拍了照片，四处看了一圈，除了石头再无发现，闷油瓶就让我们出发。

我们最后看了一眼那些石窟，抖擞了精神，离开了这块崖壁，继续向峡谷的深处走去。大概是因为那些石窟雕像的影响，那一刻，我感觉到一种不安开始笼罩在丛林里，我们似乎正在走进一个无法理解的诡异世界之中。

第三十章

第二场雨（上）

离开石壁上的石窟之后，我们各自调整心情，继续往峡谷的深处前进。

因为石窟中石雕的影响，我们走得非常小心，注意着丛林中的每一个动静，生怕会遇到西王母千年之前设下的埋伏。

然而随着我们的深入，并没有什么诡异的事情发生，一路无事，甚至连西王母国的其他遗迹都没有看到，只有雨林越来越密集，盘根错节，铺天盖地，仿佛我们是在远离西王母的王宫，而不是在靠近，走到后来，眼睛都花了，只感觉到处是绿色的纠结的藤蔓，好像穿行在一碗发着绿霉的龙须面里。

我这才领悟到“丛林”是什么概念。我在山东和秦岭穿过的树林和这里比起来简直就是在旅游，在那边走上一公里，在这里都可能前进不到一百米，简直是步履维艰。看着潘子满头是汗的坚毅脸庞，也不知道他们当年打仗是怎么挺过来的。

就这样一直闷头往前，一直走到林子里黑下来，两边的峡谷变成了剪影画，我们也并没有前进多少。

队伍中也没有人说话了，只剩下喘息的声音和拍打蚊子的声音。

胖子走得蒙了，犯了瘾症，就在前面哼山歌给自己提神，唱《花儿为什么这样红》。

“花儿为什么这样红？为什么这样红？哎！红得好像，红得好像燃烧的火。”他是开路手，在队伍的最前面，他唱歌同时也能给我们提神，这事情你无法指望闷油瓶来做。

不过胖子唱歌实在是难听，加上也不是正经地唱，听起来像是在招魂一样。

潘子后来听不下去了，就骂他：“这里这么热，你就不能唱点儿凉快点儿的？”

胖子道：“你懂什么！这是《冰山上的来客》的歌曲，我唱起来，就想起长白山的冰川，多少能凉快点儿。”

潘子道：“那你唱《白毛女》不行吗？多直接，还省得联想。”

胖子道：“你还点歌了，你还真以为我是电台，想听什么唱什么。老子唱给你听是给你面子，少这么多意见。”

正骂着，天上就打起了雷，云层里电光闪动，风也吹了起来，空气里出现了雨星子。

我们都安静下来，抬头看天，透过树冠，乌云亮了起来，似乎有闪电在云里攒动，云都压到了峡谷的顶上。阿宁叹了口气，说：“行夜路偏又遇风雨，看来西王母并不欢迎我们，咱们今天晚上有罪受了。”

胖子道：“下吧，下吧，最好它下雨，下了雨凉快，这么闷着，你胖爷我裤裆里的蛋都要孵出小鸡来了。”

我们听了忍不住笑了出来。潘子骂道：“那你把你的小鸡看好了，别等一下给雷劈了。”

话音未落，雨就真下来了。起初是几滴雨弹打在了我们脸上，还没等我们反应过来，滂沱大雨就来了，一下子好像整个森林都安静了下来，万木无声，接着“轰”的一声，整个峡谷瞬间轰鸣了起来，雨水像鞭子一样从树冠的缝隙里抽了进来，几乎把我们砸趴下。

我们没想到雨会这么猛，一下子猝不及防，全都抱头鼠窜。幸好我们是在密林的底部，四周有很多的大树，树冠密集，有一棵树上有一块由藤蔓纠结起来的遮盖，在阿宁的大叫下，我们爬了上去躲雨。

所有人挤在一起，都好像从汤里捞出来的一样。胖子说，哪里是下雨，这干脆就是龙王爷在我们头顶上滋尿。

此时一道闪电亮起，照亮了整个峡谷。借着闪电往前看去，一边的崖壁上雨水已经汇聚成大量的瀑布倾泻下来，黑夜中雨林翻滚，两边是冲下的巨大水幕，好比摩西分开大海的情形，壮观异常。

第三十一章

第二场雨（下）

而峡谷之下，冲下的雨水形成的无数条小溪开始汇聚，很快，它们就汇聚成河流，向下游的沼泽涌去。

看到这幅景象，我忽然意识到了这片绿洲形成的原因：这里是柴达木盆地的最低点，所有的地下水和雨水都会汇聚到这里来。可以说这里是整个柴达木地下水系的中心，柴达木干涸的河床也许并不是真的断流了，而是转入地下流到了这里。所以无论这几千年来气候如何变化，盆地的周边如何由森林变成沙漠，这里仍旧保持着五千年前树木繁茂的样子。

“藏风聚水而不动”，所谓风水宝地，不就是经千年而不变的地方吗？这西王母宫所在的地方应该是昆仑山系龙脉之祖的宝眼所在。这样的奇景，也只有在这种地方才能出现啊。

正在感慨，胖子却不安分了起来，大屁股挤来挤去。这树上的空间本来就不大，他一动所有人都不自在，潘子就骂道：“你小子干什么，皮痒还是怎么的？”

胖子皱着眉头，说：“不知道怎么回事，老子屁股突然痒得要命。”说完又挪了挪屁股，在树上蹭了起来。

我心说就他事最多，刚想说他几句，突然自己的屁股和背也痒了起来，一下子奇痒难忍，好像有什么东西在爬一样。我忙翘起了腿想用手去抓，一抓之下就感觉不对，一下子跳了起来：“虫子！”

所有人全站了起来，我挠着屁股往我们靠的树干上看，一看之下脸都绿了，只见满树干都是密密麻麻的花虫子，大概都只有半个小拇指指甲盖大，好像都是从树干的缝隙里爬出来的，我们的腿上和屁股上也全都是，拍都拍不掉。

胖子大骂了一声，几个人都跺起脚来。但是跺脚并没有什么作用，这些虫子根本不怕人，似乎当我们是树木，毫不犹豫地朝我们身上爬，幸亏我们的裤管扎紧了，它们爬不进来。但是我和胖子的屁股已经遭殃了，我们只好跑到雨里，让雨水冲自己的臀部。冰凉的雨水渗入裤子里了，我才感觉到奇痒消退了点儿，只是痒完了之后，屁股上原来痒的地方又疼了起来。我心里大骂，心说该不会有毒吧。这时候其他人也都逃了出来，一下子雨水朝我们身上猛冲，我们也说不了话。

我们爬上另外一根枝丫，朝树的上面爬去，那里还有一块雨水稍微少一点儿的几根枝丫密集的死角，但是并不够我们五个人全部进去，最后阿宁和我被他们推了进去，其他人用防水布遮着头，算是勉强不用被雨水冲头。

潘子道：“刚才是什么虫子？”

阿宁甩掉头发上的水，又拍了拍暗淡下去的矿灯，总算把它打亮了，然后她照了照自己的裤腿，把粘在她腿上的死掉的虫子用小拇指的指甲挑到矿灯的前面。

那是一种好像蜘蛛一样的小虫子，又有点儿像没有尾巴的小蝎子。阿宁的手在抖，所以我也看不清楚。我屁股又疼了起来，就又问了一声：“这是什么？有没有毒？”却看到阿宁的眉头皱了起来。我心里咯噔一声，还没来得及说糟糕，阿宁就顺手拔出了边上潘子腰里的刀，对我道：“转过去，快把裤子脱了！”

第三十二章

青苔下的秘密（上）

阿宁说着就要来拽我的皮带。我一下子急了，也不知道她想干什么，忙捂住裤子，缩了一下：“你想干什么？”

阿宁道：“那些虫是一种草蜱子，被它们咬了很麻烦。你和胖子都被咬了，如果不想以后趴着睡的话，就赶紧把裤子脱了，等一下它爬到你的裤裆里，你这辈子就完了！”

我一听，还真觉得敏感部位有点儿瘙痒，但是怎么样也不能让阿宁给我处理啊，还是死死抓着裤子，对阿宁道：“那你把刀给我，我自己去处理！”

“你自己怎么看自己的屁股？”阿宁道。

我心说“就算这样也不能给你看啊”。这时候边上的胖子一边挠屁股一边就说话了：“别吵了。”说着从阿宁手里拿过刀，对我道，“这婆娘说得没错，草蜱是很麻烦，咱们两个到那边去，互相处理一下。”

“你会不会处理？”阿宁问。

"不就是把刀烧热了去烫嘛，老子少说也插过队，放过牛羊，这点儿还不知道？你们也自己检查一下，你细皮嫩肉的，最招这种虫子了。"

说着指了指另一边的树枝后面，让我走过去，那里雨也不大，但是树枝似乎不太牢固，但此时也管不了那么多了。

爬到那里，往后看看阿宁他们，似乎看不到了，胖子的脸就变形了，抖起来一下就脱了自己的裤子，对我道："快，快，快，老子要给咬残了！"

我把矿灯往树枝上一架，一看就傻了眼，只见他满大腿、满屁股都是豌豆大的血包子，有的都大得像蚕豆一样，再仔细一看，就看到那些血包子全是刚才那些小虫吸饱了血的肚子，都胀得透明了。

"你怎么搞的？！"我突然想吐，忙捂住自己的嘴巴，"这也太夸张了，怎么会爬进去这么多？"

"这裤子太小了，老子过魔鬼城搬石头的时候裤裆崩裂了！"他抖了抖他的裤子，"裂了条大缝，当时我还说裂着凉快，一直没处理，进林子的时候就给忘记了，真是作孽——你快点儿！这虫子能一直吸血两三天，能吸到自己体积的六七倍，三十只就能把一只兔子的血吸光，老子已经贫血了，可禁不起这折腾。"

我拿起刀，只觉得胃里翻腾，也不知道怎么割，比画了半天就想用手去摘，那胖子忙缩起屁股躲开道："千万别拽，它是咬在肉里，脑袋钻进皮里去吸的，你一拽头就断在里面了，和雪毛子一样，得照我刚才说的，用火烧匕首去烫！"

我点了点头，一下子竟然连自己的瘙痒都忘记了，发着抖拿出打火机，将匕首的尖头烧红了，然后把一只一只吸得犹如气球一样的虫子烫了下来。那虫子怕烫，一靠近就马上把头拔了出来，我用刀柄把它们拍死，一拍就是一大包血。每烫一只，胖子就疼得要命，到了后来，我看他的腿都软了，我的手也软了。

足足搞了半小时，雨都小了下去，我才把胖子的大腿和屁股上弄干净。潘子检查完自己之后也想过来帮忙，但是他一过来树枝就开始颤动，所以只好作罢。他让我弄完后一定要消毒，不然很容易得冷热病。

搞完之后，给胖子涂上消毒水，我又勉为其难地脱掉裤子让胖子处理。说实话，在那种场合蹲马步给人观察屁股实在是难堪的事情，但是没有办法。不过我被咬的情况还好，十几分钟就处理好了，最后检查了一遍，确实一只都没落下，才算松了口气。

穿上裤子，我们爬回到众人那里，两人尴尬地笑笑。潘子问我们怎么样，我点头说还好，总算没给咬漏了，又问他们有没有被咬。

潘子和阿宁只有手臂上被咬了几口，闷油瓶则一点儿事也没有。“草蜱的嗅觉很敏感，能闻出血型，看来你们两个比较可口。”阿宁解释道。

我想起刚才的事情，比较尴尬，就转移话题问她：“这里怎么会有这么多的蜱子？这种东西不是潜伏在草里的吗？怎么聚集在这棵树上？难道它们也吸树汁？”

吸血的东西一般都在草里，因为动物经过的概率大，在树上的几乎没有。

阿宁摇头，表示也不理解：“不过，这里有这种虫子，我们以后一定要小心，这些虫子是最讨厌的吸血昆虫，其他的比如蚊子、水蛭这些东西很少会杀掉宿主，唯独这种虫子能把宿主的血吸干。我上次在非洲做一个项目，就看到一头长颈鹿死在这种东西手里，尸体上挂满了血瘤子，恐怖异常。我们一靠近，所有的草蜱子都朝我们拥过来，黑压压一片，像地上的影子在动一样，吓得向导用车上的灭火器阻挡，然后开车狂逃而去。”

我想起胖子的屁股，再想想阿宁说的场面，不由得不寒而栗。

正说着，我忽然发现少了一个人，一辨认，闷油瓶不见了。

他去了哪里，阿宁用下巴指了指下面，我就看到闷油瓶不知道什么时候爬到了我们刚才避雨的植物遮盖那里，打着矿灯，不知道在看什么。

第三十三章

青苔下的秘密（下）

我看着就好奇，问阿宁：“他下去干什么？”

“不知道。”阿宁表情复杂地看着下面的矿灯光，“一声不吭就下去了，问他，他也不理人，我是搞不懂你这个朋友。”

我叹了口气。自从魔鬼城里那次交谈之后，闷油瓶的话就更少了，甚至最近他的脸都凝固了起来，一点儿表情也没有出现过，也不知道这人的脑子里到底在想什么东西，也许他真的像定主卓玛说的：他自己的世界里，一直只有他一个人，所以他根本没有必要表露任何东西。

看着下面的灯光，应该是架在树枝上，给风吹得晃来晃去，我有点儿担心他会不会掉下去，随即又想到这小子是职业失踪人员，会不会趁这个机会，又自己一个人溜掉？

阿宁他们没经验，这还真有点儿悬……我看着下面晃动的灯光，也看不清楚他到底是不是在那里。

想到这里，我就放心不下了，于是打开矿灯，对阿宁说我下去看看，接着顶着大雨，抱着树干小心翼翼地一段一段爬下去。

爬到下面矿灯的边上，我四处看了看，顿时心里一凉。

真的没人！

刚才我们躲雨的那块植物遮盖下，空空荡荡，哪里有闷油瓶的影子！

我暗骂了一声："难道真的跑了？"一下子气得不行。这人怎么这样，比起胖子做坏事还和你打个招呼，这人根本就当我们不存在，实在是太过分了。

怒火中烧，正想喊胖子他们下来商量对策，突然树枝整个一动，闷油瓶从那植物遮盖上面的黑暗处探了出来，把我吓了一跳。我抬头一看，原来他是站在这片遮盖的顶上，不知道在看些什么。

虚惊一场，我不由得长长地出了口气。他看到我也下来了，略微愣了一下，就招手让我上去。

我爬了上去，看到由树枝、寄生藤蔓、蕨类植物互相纠结而形成的长满绿苔的植物覆盖物已经被他用刀割了开来，青苔被刮开，里面大量的藤蔓被切断，露出了里面裹着的东西。雨水中可以看到大量细小的草蜱子在这些藤蔓里被水冲下去。

我不知道闷油瓶想在这堆东西里找什么，只闻到一股很难闻的味道，正想凑近看，闷油瓶又用力扯开一大片已经枯死的藤蔓，一瞬间，我只觉得眼睛一辣，从那个破口里拥出一大团虫子。

我吓得赶紧后退，差点儿从树上摔下去。幸亏下着大雨，这些草蜱子一下子就给滂沱的雨水冲走了。我扶住一边的树枝，捂着鼻子再次凑过去，就看到了这团遮盖里面缠绕着的东西。

那是一团腐烂的皮毛裹住的动物残骸，皮已经烂成了黑色，不知道是什么动物。闷油瓶用匕首插入皮毛，搅了一下，发现残骸已经腐烂光了，皮里面就是骨头，那些藤蔓长入它的体内，纠结在它的骨头里，将残骸和树紧紧缠绕在了一起。上面又覆满了青苔，所以我们才当它是普通的树上缠绕的植物混生体，进到下面去遮雨。

“不知道是什么动物，很大，可能是被这些虫子吸血之后染病死的，临死之前趴在树上，结果把四周的虫子全引来了，活活给吸干了血，之后虫子就歇伏在尸体上，等下一个牺牲品。”闷油瓶皱着眉头对我道。

我听着，想起刚才我们在下面躲雨，就感到一阵反胃，对闷油瓶道：“这里的草蜱子这么厉害？连尸体都烂光了，它们还没死？”

闷油瓶摇了摇头，大概是表示不知道，又低头看了看那堆骸骨，不知道又想到了什么，突然拔出了他的黑金古刀，在自己的手掌上划了一道，用力一挤伤口，血从他的掌间流出，然后他握了一下我的袖子，将血沾了上去。

我愣了一下，还没意识到他是什么意思，他突然就猛地一俯身，奇长的手指伸出，将满是血的手伸进了藤蔓下的骸骨里。

顿时无数的草蜱子犹如潮水一样从里面蜂拥而出。我吓得大叫起来，同时他的手如闪电一般从骸骨里扯出了什么东西。

第三十四章

蛇骨（上）

如果他动手的时候稍微有一丝迟疑，那么我也能做点儿心理准备，至少不会叫出来，但是这家伙做事太凌厉了，如此恶心的骸骨，这么多的虫子，他也能面不改色地伸手下去，换了谁也措手不及。还好这家伙总算有良心，在我袖口上抹了血，不然这一次真给他害死了。

镇定了一下，发现转瞬之间，四周的虫子已经一只也看不到了，我一边惊叹他的威力，一边又郁闷起来。

在秦岭和雪山上，长久以来，我一直感觉自己的血也有了这种功能，不知道为什么在这里好像对这些虫子不管用，难道闷油瓶的血和我的血还有区别？我的血火候还不够？

闷油瓶把从骸骨中夹出来的东西放到了矿灯的灯光下，仔细地看起来。我凑过去，发现那是一件青绿色的拳头大小的物件。闷油瓶把手伸到雨水大的地方，冲洗了一下，再拿回来，我就惊讶地发现，这东西我还见过，是一支扭曲了的老式铜手电。

稍微看了一下，我就知道这东西是20世纪八九十年代改革开放之后的东西了，铜的外壳都锈满了绿色，拧开后盖一看，里面的电池烂得好比一团发霉的八宝粥。

我心里疑惑到了极点，这种东西怎么会出现在这里——在这具动物骸骨里？难道这是具人的骸骨？

正琢磨着，闷油瓶又把手伸进了骸骨里，这一次已经没有虫子爬出来了。他闭上眼睛在里面摸着，很快就抓到了东西，而且似乎是什么大家伙，另一只手也用上了力，才把它挖了出来。

我一看，喉咙里就紧了一下，那竟然是一段人的手骨，已经腐朽得满是孔洞，里面填满了黑色的不知道什么东西腐烂的污垢。

“这——”我一下子不知道该说什么。

“这是条大树蟒，吃了一个人。这手电是那个人身上的。”闷油瓶面无表情地说道，“而且，是个女人。”

我看到手骨上粘着一串似乎是装饰品的东西，知道闷油瓶说得没错，心里涌起一股异样的感觉，人一下子就兴奋起来，想到了很多的事情。

这片绿洲地形奇特，只有在大暴雨之后，地下暗河安卡拉扎浮出水面的时候，才能够被人发现。而柴达木盆地下雨是和摸奖差不多的事情，如果是有石油工人或者是探险队正巧在大雨的时候发现这里，然后闯进来被巨蟒吃掉，这种事情虽然有可能发生，但是概率不大。另一种可能性则让我感觉到毛骨悚然，这巨蟒里的尸体，会不会是当年文锦驼队里的一员？

毕竟，当年文锦在最后关头放弃了进入西王母宫的机会自己回来了，然而进入西王母宫遗址的霍玲他们，最后如何，连她也不知道。

闷油瓶肯定也想到了这一点，看了看上面的阿宁他们，对我道：“上去叫他们下来帮忙，把这条蛇骨挖出来，看看里面到底是谁。”

第三十五章

蛇骨（中）

我应了一声，就一边转身往上爬，一边朝上面大叫。这时候就看到胖子已经在往下爬了，听到我叫，加快了步伐，跳到我的身边，问我怎么了。

我说有大发现，又对着潘子和阿宁叫了两声，把他们两个也叫了下来。

几个人来到那截手骨的边上，我就把我们发现的事情和他们说了一遍，众人也大奇。阿宁一下子就紧张起来，马上走过去看，胖子则道："难怪我觉得刚才有人在召唤我，原来我们还有前辈牺牲在这里，那可太巧了，赶快挖出来瞻仰瞻仰。"

此时的雨已经趋向平和，虽然不小，但已经不是刚才的那种霸道的水鞭子，我们身上其实本来就是全湿的，此时也没有什么顾忌了。倒是我，小心地把闷油瓶的血沾染的袖口保护起来，这下面的路，这东西可能会救我的命。

我们爬到那片巨大的植物身体的上面，刚才两人的时候还可以，现在人多了，这东西就有点儿支撑不住，胖子和我只好把另外一只脚踩到一边的树枝上，以防这东西塌掉。我们用匕首割掉里面枯死的藤蔓，将裹在其中的蛇尸暴露出来。

如果是在晴天，可能挖起来更方便，但现在是在大雨里，头一低雨水就顺着贴在前额的头发往下滴，眼睛就不是很管用，我们要不时地甩掉头发上的水，才能看清下面的东西。

不过人多总是好的，特别是胖子，大刀阔斧，丝毫也不考虑一刀刀下去会不会砍伤他前辈的遗骨。

藤蔓很快被挖出一个更大的缺口，一截巨大的蛇骨露了出来。胖子骂了一声，我也有点儿惊讶，因为刚才说蛇的时候，我并没有意识到蛇会这么大，看蛇骨的直径，这条蛇可能有一个人那么粗，这么大的蛇，吃一个人可能一分钟都不用。

扯动了一下，在盘绕着的蛇骨中，我们看到了扭曲的人的骸骨剩余部分。这条巨蟒死的时候应该是刚刚吞下这个人不久，否则骨头会给吐掉。骸骨上还有没完全腐烂的衣服，但是已经完全看不出当初是什么样子了。潘子学闷油瓶那样俯身从里面也夹出了一样东西，那是皮带扣，只有少许的锈斑，似乎是不锈钢的。

他拿了出来，用刀刮了刮，然后递给我。我们凑过去，我就看到上面刻了几个数字：02200059。

我吃了一惊，马上看向阿宁："是你们公司的注册号，这是你们的人！"

第三十六章

蛇骨（下）

02200059，这一串号码，按照阿宁的说法，是最后一份战国帛书上隐含的一组神秘的数字，汪藏海将其译出之后，百思不得其解，于是称其为“天数”，用作自己的密码。铁面生为何要在最后一份帛书中隐藏这一组奇怪的数字？背后又有什么样的奇遇？这件事情或许另有隐情，但是与现在我们经历的事情无关，这里也就不做表述。而阿宁的传教士老板裘德考对汪藏海十分着迷，于是通过关系，将此数字用作自己资源公司的标识码。阿宁队伍的装备、车上都有这组号码，这种公司的标识在国际探险活动中确定第一发现人非常重要，现在我的皮带上也有这一组号码。可以这么说，这皮带扣就是确定死亡者所属队伍的证据。

阿宁一开始不理解我说的是什么意思，接过来仔细一看脸都白了：“这——”

“是你们公司的标识码没错吧？”我问道。

阿宁点了点头，这再明白不过了，也不顾这里已经摇摇欲坠，跳到我们挖出来的缝隙里，蹲下去用矿灯去照那具骸骨。别人都不了解我在说什么，胖子问我什么标识码，我就把她告诉我的东西转述了一遍。

胖子听完就看了看自己的皮带，但是他和潘子的皮带是他们自己的，我的装备是阿宁的，所以只有我的上面才有标识。胖子看了之后就露出了很不快的表情，转头问阿宁："喂，我说宁小姐，你该不会又在忽悠我们吧？你们的人早就到过这里！"

阿宁摇头："不可能，公司里完全没有记录，要是我们到过这里，以我们的实力，绝对轮不到你们来和我们合作。"

"那这你怎么解释？"胖子举着皮带扣质问道。

阿宁转头冷冷地看了他一眼，显然心里也不舒服，道："我不知道！你安静一下，让我先看看这个死人，再来给你解释！"

胖子一下子被阿宁戗得说不出话来，就有点儿愠火。潘子对阿宁也一直不信任，此时看了看我，想看我的反应。

我倒是相信她确实不知道，虽然阿宁有前科，但是现在并不是危急时刻，她应该不至于骗我们，而且，如果他们真的来过这里，确实如她所说，她的队伍就不会在到达这里之前瓦解了，于是给潘子使了个眼色，让他别作声。我还是比较理想主义的，既然大家走在同一条路上，人际关系还是不要搞得太紧张比较好。

我又看了一眼闷油瓶，想看他的反应，但他并没有任何表示。

此时，不知道为什么，我突然想到奶奶在我爷爷的笔记上写过这么一句话："在危难中和你并肩的人，并不一定能和你共富贵，而在危难中背叛你的人，也并不一定不能相交，世事无常，夫妇共勉之。"

这是写在笔记本里面的一句话，大约是劝解爷爷少和他以前的草莽兄弟来往。

后来也证明了我奶奶看人的透彻，虽然这些人一起上山下海，倒斗淘沙，和爷爷是生死之交，但是后来富贵了之后，大部分人就真的散了，这个和那个有矛盾，这个玩儿了那个老婆，打杀的都有，弄得爷爷在中间不知道怎么帮好。他最后感叹说，在社会上，没有生死之忧，背靠背保护你的兄弟，一下子也变得不那么重要了。

阿宁和闷油瓶，这两人还真是应了奶奶的话。

胖子还要说话，我就出来打圆场，让他们不要问了，再去看看那具骸骨。

蛇骨中藤蔓纠结，人尸被扭成了麻花样，很难再发现什么，阿宁把手伸到骸骨里面去，在她脖子处搜索着什么，但是显然没有。

“没有名牌！”阿宁再没有发现，爬了上来，从自己脖子里拿出一条项链给我们看，“我是1997年进公司的，从那年起我们下项目都要戴上这种东西，学美国的军队，好知道尸体的身份。这具尸体没有，应该是1997年之前的队伍，看来应该是我们公司的人没错……”她的表情很严肃，顿了顿又道，“我确实没有在公司里得到这一支队伍的任何资料，我不知道为什么她会在这里，这不符合逻辑。”

“小姐，可是尸体是不会说谎的，你不要说是这条蟒蛇游到你们公司吃了一个人然后再回来。”胖子悻然道。

我看着骸骨，心里也疑惑到了极点。这确实不太可能，看阿宁的所作所为就知道，他们为了得到这里的确切线索，做了多少事情。如果在1997年之前他们公司就有人到达了这里，那么他们怎么会费这么多的精力才能再次到达这里？

正想着，一直没有听我们争论，在看尸体的闷油瓶就“咦”了一声。

他突然说话，我们都愣了一下，随即都看向他。他正死死地看着那具蛇骨，脸上不知道什么时候露出了一个惊讶的表情。

我一下子就慌了，要知道他要露出这种表情是多不容易的事情，他肯定是发现了什么极度奇怪的事情，我们都忙凑过去看发生了什么。

顺着他的目光看去，我们并没有看到什么异样的地方能让我们感到奇怪。看了一会儿，胖子抬头就问他：“怎么了？大半夜的你别吓唬人。”

闷油瓶没有理胖子，而是转过头看着阿宁，对她说道：“太奇怪了，这好像是你的尸体……”

第三十七章

沼泽魔域（上）

闷油瓶说完，我们一时间都没有明白他是什么意思，几个人就愣了一下，反应过来。我感觉莫名其妙，都说这尸体死了很久了，怎么一下子就变成阿宁的尸体了，而且阿宁这不好好地站在这里吗？

几个人都很疑惑，而阿宁皱起了眉头，不知道闷油瓶这么说是什么意思。

闷油瓶并没有理会我们的眼神，而是将我刚才看到的尸体手骨上的手链小心翼翼地取了下来，递给阿宁，对她做了一个看看的眼神。

阿宁莫名其妙地接过来，看了看闷油瓶，然后去看手链。一开始，她的表情是很疑惑的，但是等她的目光投到这手链上，几秒钟后，脸色就唰地惨白了。

我们在边上，一看她的表情冷汗就下来了，心说这不对啊，这是什么表情？胖子没头没脑地问了一句：“怎么，这尸体真是你的？”

阿宁没有说话，但她转头看着我们的时候，脸色已经有点儿发青了，一边把闷油瓶给她的手链递给我们，一边将她的右手伸到我们面前。

阿宁的右手上戴着一串铜钱组成的装饰品，我在海南的时候就注意过，在魔鬼城里落单迷路的时候，这串铜钱被当成记号压在那些石头下，一共七枚，全都是安徽安庆铜元局铸造的当十铜钱，当时我和她开玩笑说这可能是世界上最值钱的记号了。她和我说，她之所以选择用这种铜钱做手链，就是因为这样的手链世界上绝对不可能有第二条了。

因为有了这样的对话，所以当她把她的手和女尸上的手链一起放到我面前的时候，我就知道了她的用意。

我忙仔细去看女尸身上取下的手链，刚才粗看的时候，并没有仔细端详，现在仔细一看，发现手链被铜锈结成了一个整体，拨开表面的铜泥，里面果然就是几枚腐烂的铜钱，上面都有模糊的“光绪元宝”四个魏体字。

一开始我还不相信，又拨开了一点儿，就看到了里面的满文，顿时感到骇然，抬头看向阿宁。

“不用看了，就是当十铜钱。”阿宁对我道，“一共七枚。”

“这——”我哑口无言，心说这怎么可能呢？

这具女尸的手上戴的也是七枚当十铜钱……可是，当十铜钱非常稀少，阿宁手上的七枚，是她在十年时间里一枚一枚收集起来的。不说这种想法上巧合的可能性，光是铜钱的珍稀程度，也不太可能解释这件事情……碰巧有一个女人也有将当十铜钱做手链这样的想法，也有这样的财力和渠道能够买到七枚铜钱，也是一个野外工作者，并且也来到这里死掉了，让我们发现了尸体，这样的概率是多少……

这样的事情不是扑朔迷离，而是根本不可能发生……

其他人还不明白是怎么回事，我就把这铜钱的珍贵之处和他们说了一遍。说完之后，他们还是弄不懂，潘子就道：“那就是两串一样的铜钱链子嘛，也许是一个巧合，这种铜钱的赝品很多的。”

闷油瓶看着阿宁，就摇头。

“那这是怎么回事？”潘子苦笑起来，“这没天理啊，难道站在我们面前的这位大妹子是个鬼？她在十几年前就死在这里了？”

潘子说着就笑，但是只笑两声，就笑不出来了。接着，他的脸色变了，一下子就站了起来，去摸腰间的刀。

我心里奇怪，心说怎么了？也转头去看阿宁，一看之下，我差点儿吓晕过去。

只见雨水中阿宁的脸不知道什么时候竟然变了，她的脸好像融化一样扭曲了起来，眼睛诡异地瞪了出来，嘴角以不可能的角度咧着，露出满口细小的獠牙。

我脑子里“嗡”的一声，心里大叫一声，闪电一般就去摸自己腰里的匕首，同时往一边退去，想尽量和她保持距离。

慌乱间忘记了自己是在树上，往后一退，人就踩空了，只是一瞬间，我就栽了下去。

我整个人猛地一缩，心说完了，这一次不摔死也重伤了，忙用手乱抓四周的树枝，但是什么也没抓住。这时候，有人一把揪住了我的皮带，我只觉得腰一疼，几乎给勒断了，不过好歹算是没摔下去。

那人提着我就往上拉，我稳住身体回头看是哪个好汉救的我，一看之后，屁滚尿流，抓着我皮带的竟然是阿宁，一张大嘴口水横流，直滴到我的脸上。

这真是要了命了，情急之下，我意识到给她提上去老子可能就小命不保了，要是摔下去可能还有一线生机，忙去解自己的皮带，可是那皮带勒在我的肚子上，怎么解也解不开。我头发都竖了起来，用力去扯，扯着扯着，我就听到有个人在道：“醒醒，醒醒，你做什么梦呢？”

第三十八章

沼泽魔域（中）

一下子我就醒了，猛地坐起来，头撞到了一个人的胸口，“哎呀”一声，一边的阿宁差点儿被我撞到树下去。

条件反射地拉住她，我一下子清醒了过来，发现自己靠在树上，手扯着皮带，已经扯开一半了，边上就是蛇骨的挖掘地，雨还在下，四周的矿灯刺得我眼睛睁都睁不开。

所有人都莫名其妙地看着我，蛇骨头上已经搭起了防水的布，矿灯架在四周的树枝上，闷油瓶和潘子坐在那里，而胖子睡在我的边上，鼾声如雷。阿宁捂着胸口，显然被我撞得很疼。

我这才明白刚才是在做梦，顿时长出了一口气，一摸脑门，上面还是湿的，也不知道是冷汗还是昨天的雨水。

我是什么时候睡过去的，一想就想了起来，之前把他们叫下来挖蛇骨，但是蛇的骸骨缠入藤蔓最起码有十几年了，里面结实得一塌糊涂，挖了半天也没挖出什么来，就轮番休息，没想到一路过来太疲倦了，躺下去就睡着了，脸上还全是雨水。刚才阿宁的口水，就是这些东西。

我尴尬地笑了笑，站起来，抹了把脸就过去继续帮忙。潘子在那边不怀好意地问我："小三爷，你刚才做什么梦呢，还要脱裤子？"

我拍了他一下，心说这次有理也说不清了，不由得想到建筑师与火车的故事，心说，原来这样的事情并不只是笑话里才有。

看了看表，睡去也没有多长时间，浑身都是湿的，也就是浅浅地眯了一会儿，浅睡容易做噩梦，不过总算是睡了，精神好了很多。话说这梦也有点儿奇怪，真实得要命，都说梦是人潜意识的反映，我想起老痒以前和我讲过的一些人心理上的东西，心说难道在我的潜意识里，对阿宁这个女人有着无比的恐惧，在梦里竟然是这样的情节？

回头看阿宁，她已经靠到树干上，接替我继续休息了，闭着眼睛养神，人显得有些憔悴，不过这样反倒使得她那种咄咄逼人的气势减淡了不少，看上去更有女人味了。梦境中阿宁扭曲的脸和现在的景象重叠在一起，使我又感觉有点儿后怕。

转头看他们的进度，却发现似乎并没有太多进展，藤蔓缠绕进骸骨里，经过一番折腾，都碎掉了，腐烂并且已经矿物化的巴掌大的鳞片散落在藤蔓堆里，看起来像是古时候的纸钱。

我自嘲地笑了笑，长出了口气，问潘子他们有什么发现，为什么不挖了。

潘子拿起一边的矿灯，往骸骨里面照去，说没法把这具尸体弄出来，一来骨头都烂得差不多了，一碰就碎，再挖就没了；二来他们发现了这个东西。

我顺着矿灯的光往下看去，看到蛇骨的深处，藤蔓纠结的地方，有一捆类似于鸡腿的东西，只不过是黑色的，而且上面结了一层锈壳。我趴下去仔细看，发现那竟然是三颗绑起来的老式手榴弹，已经锈成了一个整体。

弹体的四周，有一条发黑的武装袋，显然这三颗东西是插在武装袋上，背在这具尸体身上的。

我看着不由得倒吸了一口冷气，一下子走动都不敢用力了，小心翼翼地退回来。潘子对我道：“这是胖子先发现的，要不是胖子眼睛毒，我们几个现在都可能被炸上天了。”

我惊讶道：“这具尸体到底是什么人？怎么会带着这种东西？”就算是文锦他们的队伍，要带着装备，也应该带炸药，而不是手榴弹啊。这种木柄老式手榴弹完全是实战用的武器，是以杀伤人为目的的，除了用来做工程爆破，基本上没用。

“你还记不记得定主卓玛那个老太太和我们说过，在1993年的时候，这里有一批搞民族分裂的反动武装逃进了柴达木后，民兵追到了戈壁深处，这支队伍却失踪了？”潘子问我道，“我看这具尸骨就是当时那批人之一的，也许是女匪，也许是家眷。他们当时失踪，我看就是因为误入了这片沼泽。十几年了，这批人没有再出现，应该是全部死在这里了。”

第三十九章

沼泽魔域（下）

潘子提起这茬儿，我才想起来，觉得有道理，应该就是这么回事儿，不过我并不同意潘子最后的看法，那时候逃进戈壁的是武装分子，可都是带着好枪的，虽然人数不多，但是装备精良，如果他们真的进入沼泽之中，不一定就死了，也许在里面待了一段时间离开了也说不定。这里荒无人烟，很多偷猎人都是从这里进可可西里，打了动物后直接进走私小道去尼泊尔，要逮他们一点儿辙也没有。

甚至，这帮人也有可能在这里定居下来了，当然，这种可能性很小，这里的条件不适合外面的人生活。我也心说最好不要，这种人太极端了，见了面非打起来不可，我们没枪没炮，要是有个死伤就对不起之前遭的罪了，虽然隔了这么多年，他们的武器也应该都报废了。

正胡思乱想着，胖子就醒了，我让潘子去睡一会儿，他说："不睡了，这么潮湿，我一把年纪了，睡了肯定出问题，这里有那几颗东西，这死人咱们也不能再琢磨了，你们多休息一下，然后我们就离开这里，反正雨也小了，再往前走走，天也就该亮了，到时候找个好点儿的地方生上火再慢慢休息。”

话虽这么说，但是在这样的条件下，主观想去睡觉确实也睡不着，我们缩在一起，一边抽烟，一边看着外面的黑暗，听雨声和风吹过雨林的声音。潘子就擦他的枪，这里太潮湿，他对枪的状况很担心。其他人就聊天，聊着聊着，闷油瓶却睡着了。

潘子和我讲了他打仗时候的事情，当时他是进炊事班的，年纪很小。有一次，他们的后勤部队和越南的特种兵遭遇了，厨师和搬运工怎么打得过那些从小就和美国人打仗的越南人？他们后来被逼进了一片沼泽里，因为越南人虐待俘虏，所以他们最后决定同归于尽，当时保护他们的警卫连给他们每人发了一颗手榴弹，准备用作最后关头的牺牲。

越南人很聪明，不露头，在丛林里分散着向他们靠拢，这边放一枪，那边放一枪，让他们不知道到底敌人要从哪里进来。他们且战且退，就退到沼泽的中心泥沼里，一脚下去泥都裹到大腿根，走也走不动，这时候连长就下命令让他们准备。

所有人拿着手榴弹，就缩进了泥沼里，脸上涂上泥，只露出两个鼻孔。这一下子，倒是那些越南人慌了，不知道为什么，他们不敢进入沼泽，就用枪在沼泽里扫射，后来子弹打得差不多了，就撤退了。

潘子他们在泥沼里不敢动，怕这是越南人的诡计，一直忍了一个晚上，见越南人真的走了，才小心翼翼地出来，可是一清点人数，却发现少了两人。他们以为是陷到泥里面去了，就用竹竿在泥沼里找，结果钩出了他们的尸体，发现这两人已经给吃空了，只剩下一张透明的皮，胸腔里不知道什么东西在鼓动。

这样的经历之后，潘子开始害怕沼泽，后来调到尖刀排到越南后方作战，全排被伏击，死得就剩下他和通信兵的时候，他们又逃到一个沼泽边上，潘子却宁可豁出去被追兵杀，也不肯再踏进这种地方一步。

潘子说着说着，就不停地打哈欠，我也听得眼睛蒙蒙眬眬的，眼皮直打架，又睡了过去。

半睡半醒，也不知道过了多久，似乎又开始要做梦了，却觉得有人在摇我。那是我最难受的时候，就想推开他继续睡，没推到他人，一下子我的嘴巴却给捂住了。

这一下我睁开了眼睛，看到是阿宁在捂我的嘴巴，一边的潘子轻轻在摇胖子，几个人都好像是刚醒的样子，在看一边。

我也转过去看，就看到大风刮着我们头顶上的一条树枝，巨大的树冠都在抖动，似乎风又起来了，但是等我仔细一感觉，觉察不到四周有风。再一看头顶上，一条褐色的巨蟒，正在从相邻的另一棵树上蛇行盘绕过来。

第四十章

狂蟒之灾

说是头顶上的树冠，其实离我们的距离很近，也就是两三米，蛇的鳞片都能看得清清楚楚。这是条树蟒，最粗的地方有水桶粗细，树冠茂密，大部分身体隐在里面，也不知道有多长，让我觉得惊异的是，蛇的鳞片在矿灯的光线下反射着金褐色的光泽，好像这条蛇被镏过金一样。

刚才爬上来的时候，四周肯定没有蟒蛇，这蛇应该是在我们休息的时候顺着这些纠结在一起的树冠爬过来的。蟒蛇在捕食之外的动作都很慢，行动很隐蔽，而外面还有少许的风，丛林里到处都是树叶的声音，几个人都迷糊了，一点儿也没有感觉到。守夜的潘子也没发现它的靠近。

不过这里出现蟒蛇倒也不奇怪，雨林本来就是蟒蛇的故乡，而古怪的事情看多了，区区一条大蛇似乎还不能令我们绷紧神经。

潘子他们都见过大世面，几个人都出奇地冷静，谁也没有移动或者惊叫。这种蛇的攻击距离很长，现在不知道它对我们有没有兴趣，如果贸然移动，把蛇惊了，它一瞬间就会发动攻击，我们在树上总是吃亏的。

我们这边僵持着，树蟒则缓缓地盘下来，巨大的蛇头挂到树枝的下面，看了看我们，黄色怨毒的蛇眼在黑夜里让人极不舒服。

潘子一边举起枪，一边推胖子，这王八蛋也真是能睡，怎么推也推不醒。闷油瓶的黑金刀也横在了腰后面，另一只手上匕首反握着。所有人都下意识地往后面退去，尽量和这蛇保持距离。

我在最后，心里暗想要攻击也不会先攻击我，就看了看树下，琢磨着如果跳下去行不行，这里毕竟是树上，而且颇有点儿高度，活动不开，硬拼恐怕会吃亏。

大雨之后，两边崖壁上的瀑布在峡谷的底部汇聚成了大量小溪，现在这些小溪汇合了起来，树下的烂泥地已经成了一片黑泽，下面应该是树根和烂泥，不晓得跑不跑得开。

想着又转头去看前面的雨林，这时候四周传来了树冠抖动的声音，窸窸窣窣，这一次好像是从我的身后传了过来。

我回头一看，冷汗就下来了。就在我的脖子后面，又挂下来一条小一点儿的树蟒，也是金褐色的，这一条大概只有大腿粗细，离我的脸只有一臂远，一股腥臭味扑鼻而来。

我吓得又往前缩去，前面的人缩后，几个人就挤在了一起，再无退路。

这下子真的一动也不敢动了，所有人都僵在那里。人瞪蛇，蛇瞪着人，连呼吸都是收紧的。

我心里就感觉奇怪，蟒蛇是独居动物，有很强的领地观念，很少会协同狩猎，除非是交配期间，难道这里的雨季是它们的交配期？那真是进来得不是时候。这两条蟒蛇一前一后，似乎是有意识地要夹攻我们，很可能是一对刚交配完的，想起蛇骨里面的人尸，我就觉得一阵恶心，心说“我可不想成为你们的点心”。

两相僵持了很久，谁也没动，蟒蛇可能很少见人，一时间也搞不清楚状况，所以不敢发动攻击，而且闷油瓶和潘子的气势很凌厉，两人犹如石雕一样死死地盯着蛇的眼睛。蟒蛇似乎能感觉到潜在的危险，犹豫不前。

十几分钟后，果然，两条蟒蛇找不到我们的破绽，就慢慢地缩回到了树冠里，似乎想要放弃。

看着两边的蛇都蜷了上去，我不由得缓缓地松下一口气，潘子紧绷的身子也松了下来，枪头也慢慢地放了下来。我心中庆幸，说实话，在这种地方和蛇遭遇，还是不打为好，不说这蛇的攻击力，就是从这里失足摔下去也够呛。

可就在我想轻声舒口气压压惊的时候，一边的胖子突然翻了个身，打了一个很含糊的呼噜，而且还拉了一长鼻音。

那是极度安静下突然发出的一个声音，所有人一下子都惊翻了，阿宁忙去按他的嘴巴，可已经来不及。整棵树猛地一抖，一边腥风一卷，前面的树蟒又把头探了回来，这一次蛇身已经弓成了U形，一看就知道是要攻击了。

潘子立即举枪，但还是慢了一步，蟒头犹如闪电一般咬了过来。刹那间，潘子勉强低头，蛇头从他头侧咬了过去，他身后的闷油瓶视线不好，躲闪不及就给咬住了肩膀。接着肌肉发达的蟒身犹如狂风一样卷过来，在极短的时间内它好比蟠龙一样的上半身猛地拍在我们脚下的蛇骨上，已经摇摇欲坠的骸骨堆顿时就散架了。我们被蛇身撞翻出去，接着脚下就塌了，所有人裹在蛇骨里摔了下去。

幸好蛇骨之中缠绕着大量的藤蔓，骨断筋连，塌到一半，各部分都给藤蔓扯住了。我手脚乱抓，抓住藤蔓往下滑了几米也挂住了，抬头一看，就看到闷油瓶被蟒蛇死死地缠了起来，卷到了半空，黑金古刀不知道给撞到什么地方去了，蛇身蜷缩，越盘越紧，闷油瓶用力挣扎但是毫无办法。

我急火攻心，就大叫潘子“快开枪”，转头却看不到潘子，不知道他摔到哪里去了。就在这个时候，我看到半空中的闷油瓶突然一耸肩膀，整个人突然缩了起来，一下就从蟒身的缠绕中退了下来，落到一根树枝上，翻身就跳到纠结的藤蔓上往下滑，滑到我的边上，对我大叫："把刀给我！"

我赶紧去拔刀，可是太紧张了，拔了几下竟然没拔出来。这时候那蟒蛇发现自己盘了个空，不由得大怒，猛地盘回树上，转瞬之间就到了我们跟前，蛇头一翻又猛咬了过来。

我大骂了一声，眼看着血盆大口朝着自己的面门就来了，那种视觉冲击力恐怕很少有人能见识。闷油瓶抓着藤蔓，从藤蔓中扯出一块骨头扔了过去。蟒蛇凌空一躲，给了我们少许时间，闷油瓶就对我大叫："快跳下去！"

可那时候我已经蒙了，也不知道自己是怎么想的，条件反射就蜷缩起了身子，一下子反应不过来。那一刹那，蛇头又弓了起来，闷油瓶"啧"了一声，飞起一脚就把我踹翻了出去。

这一脚极其用力，我拉的藤蔓都断了，慌乱间又是乱抓，但是连抓了几下什么都抓不住，就自由落体直坠而下，连撞了好几根树枝，然后重重地摔到了地上。幸亏下面是水和烂泥，我翻了几下趴在里面，一嘴巴的泥，却不是很疼。

恍惚中被人扶了起来，就往外拖，拖了几步才开始感觉浑身都火辣辣地疼，抹掉脸上的泥就看到扶着我的是阿宁和胖子，再看四周，矿灯全掉在泥里熄灭了，什么都是模模糊糊的。潘子端着枪瞄着树上，但是从树下看上去，树冠里面一片漆黑，什么都看不到。

"你怎么样？"阿宁问我。

我摇头说"没事"，他们就拖着我往外走，我说："不行，那小子还在树上，不能扔下他不管！"

刚说完整棵树狂抖，闷油瓶像只猴子一样踩着树干就跳了下来，同时树叶、树皮卷着一个巨大的黑影一阵风一样也跟了下来。两个影子几乎是裹在一起摔在泥水里的，水花还没落下，就看到蟒蛇一个扑咬朝他冲了过去，闷油瓶矮身一闪，裹进水花里看不见了。

我一看，心说他竟然在和这条蛇肉搏，忙大叫了一声："潘子，快去帮忙！”

潘子不等我说早就骂着冲过去了，歪头躲过水花，举枪瞄准，终于开了第一枪。他的枪法极其好，一枪就打在蛇头上，凌空把蛇打得扭了起来。闷油瓶从蛇身下翻了出来，拔腿就往外跑。那蛇竟然没死，猛地一翻，犹如弹簧一样又反身扑咬了过来，潘子又是一枪，将它打得缩了回去。他同时后退，然后对我们大喊：“我掩护！你们快出——”

话音未落，突然，从树上猛地射下来另一条树蟒，一下就咬住了潘子的肩膀，接着一闪间，蛇身一弓，将他整个提了起来。

那攻击太快了，谁也没有反应过来，我们大惊失色，他已经给卷到了半空中。我看着他手脚乱抓，顿时心里一沉，心说完了！

说时迟，那时快，就见潘子临危不惧，单手连转了几下，就把自己的折叠军刀翻了出来，然后往上一刺，猛地扎进了蛇的眼睛里。那巨蟒疼得整个身子都弯了，一下子就松了口，潘子被甩了一下，撞在树上，翻着跟头摔下来，满脸都是血。接着阿宁从背包里打起两个冷烟火，双手往膝盖上猛一敲点燃，冲到蟒蛇和潘子中间，用冷火焰挡住蟒蛇，同时对我们大叫：“把他拖走，跑！”

我大叫：“不要！冷烟火的温度不够！”阿宁就道：“你知道，蛇不知道！”

我和胖子猛地冲过去，扶起潘子就往树林里跑，但是还没有走几步，突然，水花伴着烂泥浪一样地打了过来。我转头一看，闷油瓶身后的巨蟒竟然还没死，蛇头上都是血，巨大的身躯狂怒着追着闷油瓶，而后者正朝我冲了过来，巨大的蟒蛇在身后狂舞，看上去竟然像飞起来一样。

蟒蛇很生气，后果很严重！我脑子里突然出现了这么一句话，看着那情形竟然脚软了。闷油瓶大叫“趴下”，胖子一把抓住我往前跑了几步，猛地卧倒在水里。蟒蛇瞬间就到了，闷油瓶和阿宁一翻身也滚进泥里，蟒蛇巨大的身躯贴着我的后背蜷了过去，一个刹不住，就撞到一边的大树上，树几乎给撞折，树叶和树上的附着物下雨一样地掉下来。

我们爬起来，也分不清楚东南西北了，胖子的杀心大起，大骂了一声："奶奶的！跟它拼了！"说着竟然一把抽出我腰里的匕首，朝着被撞蒙的蟒蛇冲了过去。我赶紧冲上去，拦腰抱住他，不让他过去，闷油瓶也爬起来。我看到他肩膀上全是血，显然受了很重的伤。他气喘着指着一边的丛林，对我们叫道："快跑，这两条蛇不对劲！"

一看闷油瓶伤成这样，胖子也犯了嘀咕，忙将潘子背起来，将潘子的枪扔给我，我持枪殿后，一行人就直往丛林里逃去。刚冲进灌木里，后面水花溅起，那蛇竟然又追了上来。

谁也没工夫看后头了，树木之下是极其茂盛的灌木和蕨类植物，我们冲进去，枝条都带着刺，划过我裸露的皮肤，拉出了无数血条，疼得我直咧嘴，但是也管不了这么多了，咬紧牙关就狂跑。

谁也想不到我们可以在丛林中达到那种速度，要是一直按照这个速度，我们早在今天中午就过峡谷了。我们很快就冲到了峡谷的边缘，山壁上全是瀑布，水一下就深到了膝盖，这下再也跑不快了。

我们回头一看，那条蛇几乎就没被我们落下多少，蟠龙一样的身子在灌木里闪电一般跟了过来。我们想要再跑，再往前就是瀑布，没路了，胖子就大骂："谁带的路？！"

几个人都慌了，这里水这么深，动又动不了，而树蟒在水里十分灵活，这一下真的凶多吉少了。这时候，阿宁好像看到了什么，对我们叫道："那里！"

我们顺着她的矿灯看去，只见一边山岩的瀑布后面有一道裂缝，似乎可以藏身，胖子就急叫："快！快！"

我们冲过去，冲进瀑布，裂缝的口子很窄，蟒蛇肯定进不来，我们人进去都很勉强。几个人都侧身往里面挤，里面全是水，我们几个勉强挤了进去，胖子却打死也进不去。

我们拼命地拽他，他也拼命地往里面挤，也只是进来一条腿，在里面的阿宁就把矿灯照向缝隙外，巨大的蛇头已经在瀑布的水帘外，那是一个巨大的影子。胖子也慌了，大叫："你照什么？关灯，关灯！"

我忙上去捂住他的嘴巴，轻声喝他闭嘴。但是所有人都知道，躲肯定没用了，都抄起家伙，准备拼命了。

可奇怪的是，那条蟒蛇在瀑布外面，没有把头探进瀑布里来，徘徊了几下，竟然扭头走了。

这一来，我们都面面相觑，莫名其妙。只要这蛇稍微把头再往里一探，胖子肯定就完蛋了，我们不可能袖手旁观，那就是一场死战，不死一半也够呛。怎么突然它就走了，难道它害怕这瀑布？

这时候，我们听到缝隙的深处传来一连串"咯咯咯"的声音，好像鸡叫一般。外面水声隆隆，声音并不响亮，但是这里听到鸡叫，特别刺耳，我们全部听到了。

所有人转头，此时才有精力来观察这条缝隙，发现里面水都没到我们的腰部了，再看缝隙的里面，再进去就没有了，而在尽头的石头缝里，站着什么东西。这东西完全是隐在黑暗里的，利用矿灯的余光，根本发现不了。

我的眼神恍惚了一下，也看不清楚，但是我一看到这东西站着的姿态，就感觉不妙。我也说不出到底奇怪在什么地方，于是让阿宁把矿灯转过来。

灯光探过去，那东西露出了真面目。我看了一眼，足有两三秒钟，没有意识到那是什么，那是极度惊讶的两三秒钟，随即我就反应过来，简直不敢相信自己的眼睛。

我看到在缝隙的最里面，有一条大概手腕粗的蛇，这条蛇不是蟒蛇，浑身火红，蛇头是非常尖锐的三角形，上面竟然长着一只大大的鸡冠。而让我不敢相信的是，这条蛇竟然是直直地站在那里，蛇头低垂，目露凶光地看着我，整个姿态好似一个没有手脚的人一样。

我看着那蛇的眼睛，几乎不能动了，就这样被它瞪着，直到阿宁拉了我一下，我才意识到我看到了什么，也知道为什么那条巨蛇要放弃我们了。童年时候的恐惧立刻传遍全身。

第四十一章

蛇王

这竟然是一条“野鸡脖子”。

这里怎么会有这种蛇？

我再仔细去看，火红的鸡冠、蛇身以及那种直立的骇人姿势，就是“野鸡脖子”没错。

下了我的冷汗就嗖地冒了出来。这种蛇十分罕见，在我们老家，它被叫作“雷王红”（音译），我小时候在山上见过一次。据老人说，这蛇就是蛇类里的帝王，所有的蛇都怕它，它贴地而飞，行迹如电，而且奇毒无比，爬过的地方，植物甚至会自己分开。而且这种蛇不能打，打死了会有同类来报复。

我后来看过一本清人笔记小说，上面说这种蛇乃小龙，沿着山川龙脉而栖，又说是盘踞在龙脉上的蛇精，有的地方有天雷杀妖的传说，大多是说雷劈在山上，炸出这种蛇的事情。不过这种蛇近几十年几乎绝迹了，竟然在这里看到，真是出乎我的意料。

胖子他们没见过这种蛇，都啧啧称奇，几个人里面只有闷油瓶和我脸色有了变化。不过那火红的蛇身和凶狠的姿势，表明了这剧毒蛇的身份，几个人都不敢轻举妄动。

这真是刚逃离蟒口，又遇到毒蛇，我心里一边懊恼，一边提醒自己，看来在这个地方真的要加倍小心，不能什么地方都乱钻。

和蟒蛇硬拼还有一线生机，和毒蛇搏斗，一般不是全胜就是全输，这个险没人肯冒，而且“野鸡脖子”一般也不会招惹人，现在它做出这种威胁的姿态，是一种警告，可能这缝隙是它的巢穴。

那这里绝对不能待了，我挥手让他们不要做出攻击的姿态，慢慢出去。阿宁扯出冷烟火，递给我，让我当武器。

我把冷烟火横在自己面前，这样不至于在“野鸡脖子”突然发动攻击的时候只能用手去挡。我们小心翼翼地退出缝隙，一个一个，都很顺利。轮到我的时候，我总算松了口气，转头看了一眼缝隙里面，黑黑的，已经看不到蛇了，心说幸好没出事。

从缝隙里下来，踩进水里，胖子就用矿灯探照到瀑布外面，照了几圈，说：“大蛇也不在了，安全了……”

几个人都嘘了一口气，我们去看被胖子扶着的潘子，他有气无力地摆了摆手，说他没事，就是摔得有内伤了，不过还死不了。我们互相看了看，都发出苦笑，几个人衣衫不整，浑身是泥，阿宁的胸口几乎都露了出来，她若无其事地扯了扯自己的衣服遮住。装备包只剩下两个，闷油瓶的黑金古刀丢了，胖子手里是我的匕首，他自己的匕首也没有了。闷油瓶和潘子的肩膀上全是密密麻麻的血孔，被蟒蛇的牙齿咬的，特别是闷油瓶，他可能是硬挣脱出来的，很多伤口都豁开了。

真是没有想到一条蟒蛇就能把我们搞得如此狼狈。

我看了看天，雨已经停了，天光已经亮起，峡谷的边缘树木稀疏一点儿，能够看到黎明即将到来的那种晨曦。一边是瀑布，一边是丛林，四周传来鸟叫，如果不是亲身经历了刚才的恶战，这将是多么美好的情形。

众人安静地看了一会儿风景，胖子问道："现在怎么办？"

阿宁走到瀑布边上，接了点儿冲下来的雨水，洗了洗脸，就说："等天亮了，我们回去把装备捡回来，然后找个地方休息一下，这里太危险了，我们还是得快点儿出去。"

胖子道："你说得容易，刚才我们跑的时候，完全是乱跑，也不知道那棵树是在什么地方，我们怎么去找？"

"那也得去找，现在不回去，等需要的时候想去找就更不可能了。"阿宁疲惫地按了按脸，又卷起自己的袖子，把头伸到瀑布里面草草冲洗了一下，洗完之后短发一甩，泥沙退去，俏脸总算恢复到以前的样子。

我想到还要回到那个地方，心里就长叹了一声，但是这个女人说得没错，这个时候确实必须这么干，就是不让人喘气，感觉还没有缓过来。

几个人背起自己的东西，阿宁到底是个女人，还是比较爱干净的，看我们走得远了，就拉开了自己的衣服，用水去冲自己的胸口。这个时候，我的眼角一闪，就看到瀑布里面有一团红色闪了一下，同时我们隐约听到了"咯咯"的声音。

我突然感觉到不妙，对阿宁道："小心一点儿，离瀑布远点儿！"

"怎么了？"阿宁转过头看了我一眼，不知道为什么，露出了一个很淡的笑容，和她以前的那种笑容不同，我看着惊艳了一下。

就在那一刹那，一条火红的蛇猛地从瀑布里钻了出来，一下子就盘到了阿宁的脖子上，高高地昂起了它的头，发出了一连串凄厉而高亢的"咯咯"声。我一看，完了！丢掉手里的东西就冲了过去，才迈出去第一步，就看到那"野鸡脖子"闪电一般咬了下去。阿宁用手去挡却没有挡住，蛇头一口就咬住了她的脖子。她尖叫了一声，一把把蛇拽了下来，扔到一边，捂住脖子就倒在了水里。

我们冲了过去，那蛇竟然不逃，猛地从水里蹿起来，犹如一支箭一样朝我们飞了过来。胖子叫了一声，用刀去劈没劈到，眼看又要中招，一边的闷油瓶凌空一捏，一下就把蛇头给捏住了。蛇的身子立刻盘绕到他的手臂上，想要把蛇头拔出来，就见闷油瓶用另一只手卡到蛇的脖子上，两只手反方向一拧，咔嚓一声，蛇头被他拧了三百六十度，然后就往水里一扔。那“野鸡脖子”扭动了几下，就不动了。

我们忙去看阿宁。我上去抱起她，却见她脸上的表情已经凝固了，喉咙动着想说话，眼里流着眼泪，似乎有一万个不甘心。我的头皮一下子就麻了起来，不知道怎么办了，整个人发起抖来。接着，只是几秒钟的工夫，她的眼神就涣散了，整个人软了下来，然后头也垂了下来。

第四十二章

蛇沼鬼城（上）

两分钟后，阿宁停止了呼吸，在我怀里死去了。凌乱的短发中，俏丽得让人捉摸不透的脸庞凝固着一个惊讶的表情，我们围着她，直到她最后断气，静下来，时间好像凝固了一样。

突然，我感觉一切都停止了，心中悲切，想哭又哭不出来，胸口像是被什么堵住了。

这一切发生得太快了。

一路过来虽然危险重重，我也预料到有人会出事，但是我从来没有想过这个女人会死，而且死得这么容易、这么突然。事情毫无征兆，就这么发生了，刚才还在说话的人，一下子就这么死了，而且是真的死了，我们连救的机会都没有。

我一开始还不相信眼前的情形，以为自己在做梦，这个女人怎么可能会死呢？她是如此强悍、艳丽而狡猾，外表柔弱却有坚强如铁的内心，虽然我并不喜欢她，但是我由衷地佩服她。如果要死的话，这里所有人都比我强，最容易死的应该是我才对。

可是她确实是死了，就在我的面前，这么容易地、真真切切地、随随便便地死去了。

我一下子有了一种被打回原形的感觉，虽然每次都是危险重重，但是我们几个人都闯了过来，就连在秦岭我一个人出去，也勉强活着回来了。我一度认为在这些事情之后，我们这样的人已经非常厉害了，有着相当多的经验，只要我们几个人在一起，虽然会遇到危险，但是大部分都能应付，就算要死，也应该是死在古墓里最危险的地方。但是现在，阿宁就这样轻易地死在了一条蛇的手上。我突然意识到，不对，人本来就是脆弱的动物，不管是闷油瓶、潘子还是我，在这种地方，要死照样还是会死，身手再好、经验再丰富也没有用。

这就是现实的法则，不是小说或者电影里的情节，只要碰上这种事情，我们都会死，就算是闷油瓶，如果站在瀑布边上，刚才肯定也死了！

我抬起头看前面茂密的丛林，突然感觉到无比恐惧和绝望。那一瞬间，我简直想拔腿而逃，什么都不管，逃离这个地方。

这个时候天终于亮了，阳光从峡谷的一边照了下来，四周都亮了起来，前面水汽腾腾，瀑布溅起的水幕在阳光的照射下，形成了一团笼罩在茂密雨林上空的白色薄雾。

美景依旧，美人却不在了。

潘子是个看破生死的人，此时虽然也是一脸惋惜之色，但是比我们从容多了，只是受了重伤，也说不出太多话来，就对我们道："这是意外，虽然很突然，但我们也必须接受，这里不知道还有没有那种蛇的同类，不宜久留，我们还是走吧，找个干净点儿的地方再想办法。"

我想起闷油瓶刚才杀了那条"野鸡脖子"，心中也多了些恻然，转头去看水里的蛇尸，却发现尸体不见了。这种蛇据说会对杀死同类的东西报仇，不死不休，诡异异常，待在这里确实有危险，想起阿宁的惨状，也待不下去了。

一时之间又不忍心将阿宁的尸体丢在这里，我就背了起来，胖子扶起潘子，几个人不敢再往丛林里去，就沿着峡谷的边缘，蹚水前进。

谁都不可能聊天了，胖子也没法唱山歌了，我甚至都不知道为什么还要往前走，脑子里一片空白。

深一脚，浅一脚，恍惚地往前走了十几分钟，却一直无法找到干燥的地方让我们休息。日头越来越高，昨夜大雨的凉爽一下子就没了，所有人都到达了极限。太累了，一个晚上的奔袭、搏斗、爬树、逃生，就是铁人也没力气了，更要命的是，随着温度升高，这里的湿度变得很大，胖子最受不了这个，喘得要命，最后都变成潘子在扶他。

正在想着要不要提出来就地休息的时候，突然，前面的峡谷出现了一个向下的坡度，地上的溪流变得很急，朝着坡下流去。我们小心翼翼地蹚着溪流而下，只下到坡度的下面，就看到峡谷的出口出现在我们面前。

外面树木稀疏起来，全是一片黑沼，足有两百多米，然后又慢慢地开始茂密起来，后面就是一大片泡在沼泽中的水生雨林，都是不高但是长势极度茂盛的水生树类，盘根错节，深不可测。

第四十三章

蛇沼鬼城（中）

我们都面面相觑，一种宿命的感觉传来，原来到所谓峡谷的出口，昨天晚上我们只剩下这十几分钟的路程了，而我们竟然选择了停下来，如果当时坚持走下去，可能结果就完全不同了。

再往前走了几步，来到了沼泽的边缘，从这里看沼泽，视野有限，并不像我们在外面看到的那么辽阔。如果不是沿着山壁在走，也不知道已经出了山谷了，前方还是一片密林，感觉只不过是峡谷的延续。当然区别还是有的，脚下越走越觉得不对，水越来越深，而且地下的污泥也越来越站不住。

好在沼泽的浅处有一块很大的平坦石头，很突兀地突起在沼泽上，没有被水淹没。我们很奇怪怎么会有这么大的一块石头在这里，小心翼翼地蹚水过去，爬了上去，才发现这块巨大的石头上雕刻着复杂的装饰纹路，而且在水下有一个非常巨大的影子，似乎是好几座并排的大型雕像的一部分。

这里是西王母城的一个入口，西王母是西域之王，在很长一段时间里都是西域的绝对精神领袖，那么西王母城的入口自然不会太寒酸，也许这是当时的一座石雕，或是这里城防建筑上的雕像，用来给往来的使节以精神上的威慑。当然这么多年后，这种雕像在雨水的冲刷下自然不可能保存。

乍一看石头上的古老纹路，感觉和吴哥窟的那种很像，仔细看才发现并不是高棉佛教的纹路，而是因为这块石头也被风吹雨打得发黑发灰，看起来才特别古老和神秘。

正想着如果这里有一座倒塌的雕像，那么是否沼泽下面还有其他的遗迹，就听到胖子招呼了一声，让我们看他那边。

我们转头看去，只见在阳光下，前方的黑沼比较深的地方，现出了密密麻麻的巨大的黑影，似乎沉着什么东西，看上去似乎是石头，有些完全在水下。我和闷油瓶用望远镜一看，才惊讶地发现，沼泽水下的影子似乎全都是一座座残垣断壁，一直连绵到沼泽的中心去。

西王母古城的废墟竟然被埋在了这沼泽之下。

“这座山谷之中应该有一座十分繁华的古城，西王母国瓦解之后，古城荒废了，排水系统崩溃，地下水上涌，加上带着泥沙污秽的雨水几千年的倒灌，把整座城市淹在了水下。看来西王母城的规模很大，我们现在看到的只是凤毛麟角。”闷油瓶淡淡道。

我也有一些骇然，古城被水淹没这种事情倒是比较常见，其实这片沼泽面积绝对不小，当时的古城竟然已经发展到这座盆地的边缘，说明当时的文明已经到了鼎盛时期。但是这么说的话，西王母宫岂不是也在水下的污泥里了？我们如何进入呢？

不过，我想起文锦的笔记，这片沼泽形成也不是一年两年了。20世纪90年代，在她的队伍中，霍玲就进入了西王母宫，也是在大雨之后，那么应该是有办法进去的，只是我们还没有到达那种境况而已。

第四十四章

蛇沼鬼城（下）

石头上相对干燥，我将阿宁的尸体放下，几个人都筋疲力尽，坐下来休息。

把衣服脱掉，铺在石头上晒，胖子想点起无烟炉，可是翻遍了行李，一只也找不到，看样子昨天晚上混乱的时候掉光了，没法生火，就用燃料罐头上的灯棉凑合。意料之外的是，这里的沼泽竟然是咸水，看样子附近有大型盐沼的水系连通，万幸雨水从峡谷冲刷下来，基本上没有味道，不然我们可能连喝水都成问题。我先放了几片消毒片煮了点儿茶水喝，然后打水清洗自己的身体。

在水里泡了一个晚上，浑身的皮都起皱了，鞋子脱掉，脚全泡白了，一抠就掉皮。就算我扣紧了鞋帮，脱了袜子之后脚上还是能看到小小的类似于蚂蟥的东西吸在脚上，拿烧烫的匕首烫死它，挑到眼前来看，也看不出是什么虫子。

不过，如果沼泽里是咸水的话，昆虫的数量应该相对少一点儿，至少这里不太可能有咸水蚂蟥，这对我们进入沼泽深处来说，是一个大好的消息。

潘子递给我烟，说这是土烟，分别的时候问扎西要的，能祛湿。这里这种潮湿法，一个星期人就泡坏了，抽几口顶着，免得老了连路都走不了。

我接过吸起来，烟是包在塑料袋里的，不过经过昨天晚上那样的折腾，也潮了，吸了几口呛得要命，眼泪直流，不过确实挺有感觉。也不知道是生理上的还是心理上的，抽起来感觉脑子清醒了不少，疲劳一下子不那么明显了。

胖子也问他要，潘子掐了半根给他。他点起来吸几口就没了，又要，潘子就不给了。这时候我们看到闷油瓶不吭声，看着一边的沼泽若有所思，潘子大概感觉少他一个不好意思，就也递了半根给他。我本以为他不会接，没想到他也接了过来，只不过没点上，而是放进嘴巴里嚼了起来。

“小哥，你不会抽就别糟蹋东西。”胖子抗议，“这东西不是用来吃的。”

“你懂个屁，吃烟草比吸带劲多了，在云南和缅甸多的是人嚼。”潘子道，不过说完也觉得纳闷，就看向闷油瓶，“不过，看小哥你不像老烟枪啊，怎么知道嚼烟叶子？你跑过船？”

闷油瓶摇头，嚼了几口就把烟草吐在自己的手上涂抹手心的伤口。我瞄了一眼，只见他手心的皮肉发白翻起，虽然没有流血，但是显然这里的高温也使得伤口很难愈合，涂抹完后他看了眼潘子。潘子用怀疑和不信任的眼光盯着他，但闷油瓶还是没有任何表示，又转头去看一边的沼泽，不再理会我们。

这样的局面我们也习惯了，闷油瓶对自己的情况似乎讳莫如深，但是我明白，这些问题有很大一部分连他自己也不知道答案，“凭空出现的一个人，没有过去，没有将来，似乎和这个世界没有任何联系”，这是他对自己的评价，偶尔想想真的十分贴切。

脱得光溜溜的，加上身上水分的蒸发，感觉到一丝舒适，觉得缓了一点儿过来。胖子拿出压缩的肉干给我们吃，我们就着茶水一顿大嚼，也不知道是什么味道，总之把肚子填饱了。肚子一饱就犯困，于是潘子用背包和里面的东西搭起一个遮挡阳光的地方，他放哨，我们几个缩了进去。大家都心知肚明，进入沼泽之后可能再也没有机会休息了，现在有囫囵觉睡就是种福利了，也没有什么多余的想法，一躺下，眼睛几乎是一黑，就睡了过去。

这一觉睡得天昏地暗，也不知道睡了多久，迷迷糊糊地醒过来，发现四周一片漆黑，浑身黏糊糊的，揉了揉眼睛一看，发现竟然天黑了，而且又下雨了。潘子倒在一边的行李上，也睡着了，胖子在我边上，打着呼噜，闷油瓶脸朝内，也睡得很深。

远处的燃料罐头还燃烧着，不过被雨水打得发蓝，也照不出多远。我拿出风灯把火苗点上，然后想把其他几个人都叫醒，这个时候却发现有点儿不对劲。

原来一边裹着阿宁尸体的睡袋，不知道什么时候被人打开了，阿宁的上半身露了出来。

第四十五章

尸体旁的脚印

这在平时是很普通的一件事情，在戈壁中行进，进入绿洲之前，我们上半身一般都不脱衣服，就下半身躺进睡袋里取暖，这样能够在有突发事件的时候迅速起身。阿宁这样躺在睡袋里的样子，这一路过来也不知道看了多少眼了，十分熟悉，然而想想，又想起她已经死去了，感觉就很凄凉。

不过我睡着的时候尸体明明是完全裹在睡袋里的，是谁把她翻出来的呢？难道是潘子？他把她翻出来干什么呢？

站起来走到尸体边上看了下，我就发现似乎有点儿不对劲。尸体确实被人动过了，不知道为什么，双手不自然地蜷缩着，整具尸体的样子有点儿奇怪。

我下意识地看了看四周，天色灰暗，在沼泽里不同于在峡谷，四周的树木比较稀疏，没有什么东西能照出来，那燃料罐头的火苗又小，四周完全是一片沉黑，什么也看不到。

我转身叫醒了潘子，潘子睡得不深，一拍就醒了过来，我就问他是不是他干的。

潘子莫名其妙，凑过来看了看，就摇头，反而用怀疑的眼神看着我。我看他的表情也不像是装的，就更纳闷了。

我又想到了胖子，心说难道胖子看上阿宁身上的遗物了？这王八蛋连自己人身上的东西也不放过吗？但我印象里胖子虽然贪财，但是这种事情他也不太可能会干。

潘子用一边的沼泽水洗了把脸，就走到阿宁尸体的边上，打起矿灯照了下去，想看看到底是怎么回事。

阿宁的脸上还凝固着死亡那一刻的表情，现在看来有点儿骇人。尸体被雨水打湿了。潘子蹲下去，把她脸上的头发理得整齐了一些，我们就看到阿宁被咬的伤口已经发黑发紫，开始腐烂了，身上的皮肤也出现了斑驳的暗紫色，这里的高温已经开始腐蚀这具美艳的尸体了。

我们发现尸体的衣服上有好几条泥痕，潘子摸了一把，似乎是沾上去不长时间，顺着泥的痕迹照下去，我们陡然发现在尸体的边上有几个小小的类似泥脚印的东西。

潘子看了我一眼，顺着这些泥印子照去，发现脚印一直是从沼泽里蔓延上来的，因为下雨，已经很不明显了，只有尸体边上的还十分清晰。

沼泽里有东西！我们的神经绷了一下，喉咙都紧了紧，互相看了一眼。我转身去叫醒胖子他们。潘子站起来拿起枪，顺着脚印走到了沼泽的边上，蹲了下去，往水里照去。

胖子叫不醒，闷油瓶一碰就睁开了眼睛，也不知道是不是在睡觉。我把情况一说，他就皱起了眉头。

我们两个走到潘子身边，水下混浊不堪，什么也照不清楚，潘子又把那几个泥脚印照给闷油瓶看，说：“好像在我们睡觉的时候，有东西爬上来过，看来以后打死也不能睡着了。”

只照了一下脚印，闷油瓶的脸色就变了。他接过矿灯，快速地扫了一下尸体的四周，就挡住我们不让我们再走近尸体。

“怎么了？”我问道。

“只有一排脚印，那东西还没走。”他轻声道。

第四十六章

蛇的阴谋

我们刚才根本没有注意有几排痕迹，听闷油瓶一说，探头往脚印处一看，果然如此，这下我们就更加戒备起来。潘子立即端起了自己的短枪，瞄准了阿宁的尸体。

我们后退了几步，另一边的闷油瓶一边举着矿灯照着尸体，一边示意我立即去把胖子弄醒。

之前经历了一场生死搏斗，之后又遇到了阿宁突然死亡的变故，我的神经早已经承受不住了，现在没消停几分钟神经又绷紧了，让我感觉到十分郁闷。不过我也没有害怕，而是退后到胖子身边，先从胖子身上摸出了匕首，然后拍了他几巴掌。

可胖子睡得太死了，我拍了他几下，他只是眉头稍微动了一下，就是醒不过来。而我一下打下去，却感觉到他脸上全是汗。

我感觉有点儿不对劲，怎么有人会睡成这样，难道是生病了？摸胖子的额头却感觉不到高温，我心说难道在做梦？正想用力去掐他，忽然看见在胖子躺的地方的边上，竟然也有那种细小的泥印子，而且比阿宁身边的更加多和凌乱。

我心说不好，赶紧站了起来，退后，并叫唤了一声“潘子”。

“怎么了？”潘子回头。

我指着那泥痕让他看：“这里也有！”

潘子一边瞄着阿宁的尸体，一边退到我身边，低头一看，就骂了一声娘，并把枪头移了过来。一边的闷油瓶回头也看到了，退了过来。

三个人看了看尸体，又看了看胖子。我心说这情形复杂了，尸体还好办，也容不得我多考虑什么。潘子看了一眼闷油瓶，两个人就做了一个手势，显然是交换了什么意见。潘子举起枪，退到脚下岩石的边缘，远离了尸体和胖子，这样可以同时监视两个方向。而闷油瓶把灯递给我，让我照着胖子，同时把我手里的匕首拿了过去，猫腰以一种很吃力的姿势走到胖子身边。

这是一种半蹲的姿势，双脚弯曲，人俯下身子，但是不完全蹲下，这样可以在发生变故的时候保持最大的灵活度。他靠近胖子，头也不回地向我做了一个手势，让我把灯光移动一下，照向胖子身边的脚印处。

气氛真糟糕，我心里暗骂了一声，心说这种事情什么时候才能到头？我把灯光移过去，就在那一瞬间，忽然，有两三个不明物体以飞快的速度从胖子的肩膀下冲了出来，一下子就掠过了灯光能照到的范围。

那速度太快了，只是一闪我眼睛就花了，但是我的手还是条件反射一般直接向着那几个东西冲出来的方向划了过去。可惜什么都没照到，只听到一连串不知道是什么东西跳进沼泽的声音。同时阿宁的尸体那边也有了动静，同样的一连串入水声，好像是在田埂边惊动了很多青蛙的那种感觉。

闷油瓶反应惊人，但是显然对这么快的速度他也没辙。他只是飞速转身，连第一步都没追出就放弃了，挥手让我过去，去照水里。

我冲过去举起矿灯朝水中照去，一下子就看到水中的涟漪和几条水痕迅速地远去，潜入沼泽里。

“是什么东西？水老鼠？”我问道，第一感觉就是这个。20世纪90年代城市建设还没这么完善的时候，见过不少这种老鼠。

闷油瓶摇头，脸色阴沉：“是蛇！是那种‘野鸡脖子’。”

我咋舌，看着地上刚刚留下的一连串印记，忽然意识到没错，那就是蛇形的痕迹，难怪有点儿像脚印却又不是，心里顿时涌起了不祥的念头，传说这种蛇报复性极强，而且行事诡异，现在果然找上门来了。

这时候我发现胖子还是没醒，不由得心里咯噔了一声，心说难道胖子已经被咬了？

我立刻过去看胖子，因为不知道是不是所有的蛇都走了，所以小心翼翼地靠过去，先推了他一下。没想到这一推他就醒了，而且一下子就坐了起来，脸色苍白，但人还是迷迷糊糊的。他盯着我们几个，又看了看天，有点儿莫名其妙，看我们如临大敌似的看着他，隔了半天才道：“你们干吗？胖爷我卖艺不卖身的，看我也没用。”

看他这样子应该是没事，我们松了口气。而我还是不放心，让胖子转过去，给他检查了一下，确认没有被咬。胖子看我让他脱衣服，更觉得莫名其妙，问我怎么回事，我就把刚才的事情说了。

胖子将信将疑，我们也没空和他解释了，起身走到阿宁尸体的边上。我照了一下附近的沼泽，完全是黑色的，什么也看不见，尸体边的石头上全是刚才那些蛇离开的痕迹。

“真邪门，难道这睡袋是这些蛇打开的？”潘子轻声自言自语了一句，又用枪拍了拍尸体，看还有没有蛇在里面。

没有蛇蹿出来，但是我感觉到非常不安，一种梦魇一样的恐慌在我的心底蔓延开来。我们睡觉的时候，有几条“野鸡脖子”从沼泽中爬了上来，爬进了胖子和阿宁的身下，还不知怎的打开了阿宁的睡袋……这实在太诡异了，它们到底想干什么？我看着漆黑一片的沼泽，总感觉，肯定要有什么不祥的事情发生。

其他人也都有这种感觉。闷油瓶蹲了下来，检查了一下阿宁的尸体，也没有发现什么异样，做了个手势，让我们都把矿灯打开，他要仔细看看四周水下的情况。

我们照闷油瓶说的办，一边的胖子也来帮忙。我们打开矿灯，分四个方向开始扫射水里，才扫了没几下，身后的胖子忽然惊呼了一声。

我们以为蛇又出现了，马上转身，顺着他的灯光看去，我们看到面前二十几米处的沼泽中竟然有一个人影，好像是从沼泽的淤泥里钻出来的。

一只矿灯的光芒无法照清楚，立即所有的灯都聚了过去，只见一个浑身污泥的人站在齐腰深的水里，犹如一个水鬼，直勾勾地看着我们。

“这是什么东西？”胖子喊道。

闷油瓶仔细一看，惊叫了一声：“天哪，是陈文锦！”说着，一下子冲入了沼泽，向那个人蹚去。

盗墓笔记

长白山 纪念版

三

云顶天宫

南派三叔 著

吉林人民出版社

盗墓笔记

目录

云顶天宫（下）

contents

目录

云顶天宫（下）

contents

目录

云顶天宫（下）

contents

目录

蛇沼鬼城（上）

contents

云　顶　天　宫（　下　）

盗墓笔记

比　鬼　神　更　可　怕　的　是　人　心

第一章

五圣雪山

躲过了暴风雪之后，我们再次起程赶路，在一处斜坡下发现了阿宁他们的马队；同时，海底墓穴影画之中的那一座神秘雪山也赫然出现在我们视野的尽头。就在我们询问向导如何才能到达那里的时候，顺子却摇头，说我们绝对无法过去。

“为什么？”我奇怪道，心说，你不是说这八百里雪山，你每一座都上得去吗？怎么这一座又不能去了？

顺子解释道：“那座山叫三圣雪山，这山只有非常小的一部分在我们这一边。雪线以上到那一边，都在朝鲜境内，我们过不去。”

胖子愣了一下，问道：“三圣雪山？是不是当年抗美援朝的时候，志愿军后勤部队建设战后生命线翻的那一座雪山？”

顺子点头道：“对，就是那山，海拔两千四百多米，翻过它，就是朝鲜的丘陵地带。”

我一听，心说坏了。

三圣山这个地方，当过兵的或者对中国近代历史感兴趣的都知道，天下最难过的三条边境线：一条是印度和巴基斯坦之间，一条是以色列和黎巴嫩之间，还有一条就是三圣山的这条只有十四公里长的边境线了。

在长白山的西坡可以非常轻松地越过边境线，并没有太多的关卡。1996年前后，中国长白山林区萧条的时候，有很多人经常在此挖掘一种叫作“高山红景天”的中草药卖了赚钱。虽然政府也抓，但是药贩子跑得溜，大打游击战，加上很多来偷挖草药的都带着烟酒，被抓了也能用烟酒脱身，所以一段时间下来，西坡这边的封锁政策已经名存实亡了。

唯独三圣山的这一段，却仍旧封锁得非常严密，原因没有人知道。

现在，我们的食物储备不允许我们从边上海拔非常高的那几段边境线绕过去，那唯一能赶上进度的办法，就是走直线，从三圣山口直接过中朝边境，然后进入雪顶。

那我们的麻烦就不是什么玄之又玄的奇淫巧术和粽子，而是非常实在的81式自动步枪的子弹，以及少则排多则连的正规军。

其他几个人或多或少地也知道三圣山的情况，都面露愁色。我们交换了一下眼神，合计着下一步该怎么办。

潘子安慰我们道：“你们别急，边境上偷渡过境的路肯定有，在这里当过兵的顺子肯定知道，我们可以说服他带我们过去，到时候多给他点钱就行了。”

他说着就去问顺子，没想到顺子竟然坚决地摇了摇头，说道：“不行，没可能。那边能上山的道路就这么几条，都是高岗，十米一个探照灯。从山脚下就全是军事禁区，虽然人不多，但是岗哨很密集，别说过境，你连靠近我们自己那边的哨子都不可能。我服役时接到的命令是，看到任何陌生人进入视野，马上就会朝天开一枪警告，如果你还不退，第二枪就直接打你腿了，不带一点理由的。”

胖子问：“那咱们买点水果带上去，装成老百姓来慰问行不行？”

顺子笑道：“老板，你也太会说笑话了。当然不行，一来这不是能浑水摸鱼的地方；二来这里哪里去找水果，冰天雪地的，我们提着水果到长白山的雪线以上，比空手还可疑。”

胖子“啧”了一声，说道：“那怎么办？这条破线就打死过不去了？我就不信，马其顿防线都给突破了，这条破边防线还能有马其顿防线强？

你是不是嫌钱少？需要多少你就直接说。”

顺子为难地挠头：“哎呀，这不是钱不钱的问题，要是真有办法，我还会和钱过不去？你们要想到朝鲜去该早说，我就不带你们走这条道了，现在既然来到了这里，我真没有办法。”

顺子说得没有一点商量的余地，我们都感到有点意外。不过这一带并不富裕，过个边境也不是什么大罪，如果真有办法顺子应该不会瞒我们。

华和尚他们没什么主见，走到陈皮阿四边上，问老头子怎么看。

其实也就是继续走还是回去的问题，继续走的话，就必须像顺子说的，绕道其他的边境线，时间可能要延长一倍，而且最后几天得饿肚子爬山；不继续走就是回去休整，重新再来，也就是说这几天都白爬了，各种辛苦全部白费。

我自己倾向于继续走，不知道三叔部署如此急迫的行动的目的，阿宁他们的队伍又给了我很大的压力，脑子里就希望能够早点见到三叔。当然，当时有这样的想法，是因为完全不知道在饥饿中攀爬雪山的痛苦。

陈皮阿四叹了口气，显然也没有遇到过这么麻烦的事情。这些个长沙的老瓢把子，在自己的行里只手遮天，杀人放火什么都敢干，但是一碰到和官面上扯上联系的事情就蔫儿了。他想了半天，也不说话，眉头却越皱越紧。

我有点着急，看了闷油瓶一眼，想问问他的意见，他却完全不参与我们的讨论，只是看着远处的雪山，不知道在思考什么，好像这一切都和他没有关系。

商量来商量去，一下子谁也拿不出个办法来。正在一筹莫展的时候，一边的叶成叫了我们一声。

我们停止说话，往山下一看，发现阿宁的马队又开始向前移动了。看他们出发的方向，目标毫无疑问就是那三圣山。

很多的物资已经从马上卸了下来，被随意丢弃在雪地里，大概是为了减重，加快行进速度，山下的雪地里看上去一片狼藉。

叶成道：“奇怪了，这些家伙不知道前面是边境线吗？他们的向导吃什么的？要真像顺子说的，背着这么多武器过去，不是给人家练实弹射击去了吗？”

我摇头表示不可能，我知道他们公司的习惯，肯定有当地的向导，而且也许不止一个，这样专业的私人考察公司最擅长的就是调研和公关。这里的形势他们了解得绝对比我们清楚，而且肯定在来之前就定下了固定的线路，不会轻易更改。

胖子怀疑顺子的业务能力，就问他这怎么解释，是不是有别人知道而他不知道的路。

顺子眯着眼睛看了看，道：“这样走只有一个可能，就是他们想从前面的山口绕到其他山上，然后绕过那段边境线，在朝鲜境内再转向三圣山。风险虽然也大，但是比冲击边防线要好很多。他们的队伍比我们庞大，食物充足，或者与朝鲜方面打通关节的话，的确……有这个实力做长途的跋涉。”

“那怎么办？要不要跟上他们再说？”叶成转头问陈皮阿四。

陈皮阿四摇了摇头，也不说话，突然指了指三圣山边上另一面的一座白雪皑皑的小山头，问顺子：“那是什么山？”

顺子拿起望远镜看了看，道：“那是小圣雪山，那一座山是在我国境内的，三圣山和小圣山，加上那一边的大圣山，统称‘五圣’。”

陈皮阿四又问道：“从这里走，能不能上到这小圣山上去？”

话音一落，所有人都一愣，不知道这老头想干什么。顺子也感到有点奇怪，道：“问题是没有，一天就到了，而且那里离岗哨很远，风景不错，就是路不太好走。”

陈皮阿四拍了拍裤子上的雪，站起来，对顺子道：“行，带我们去那里就行了。”

众人摸不着头脑，华和尚马上提醒道：“怎么了？老爷子，到那里去太浪费时间，咱们没食物能维持这么久——”

陈皮阿四摆了摆手，指了指一边连绵的山脉，道：“这里山势延绵，终年积雪而又三面环抱，是一条罕见的三头老龙，大风水上说这就是所谓的‘群龙座’。这三座山都是龙头，非常适合群葬。如果这天宫是在中间的三圣山的崖峭壁上，那边上两个小龙头应该会有皇后或者近臣的陪葬陵。”

三头龙的格局非常奇特，三个头必须连通，不然三龙各飞其天，龙就没有方向，会乱成一团，葬在这里的子孙就会互相残杀，所以如果有陪葬陵，陵墓之下必然会有和中间天宫主陵相通的密道。

历史上有很多三头龙的古墓，比如说1987年发掘的邙山战国三子连葬，就是三个有关系的古墓分列同一条山脉的三个山头，两边的两个古墓本来都有大概半米直径的甬道通向中间的主墓，可惜当时发掘的时候，这些甬道都已经坍塌了，考古队不知道这些甬道是不是真的相连，还是一个象征性的摆设。

我们顺着他的手看去，只见三座雪山山脉横亘在天地尽头，与四周的雪山毫无区别，不知道陈皮阿四的判断从何而来。

陈皮阿四说完，看了一眼闷油瓶，问他道："小哥，我说得对不对？"

闷油瓶破天荒地对别人的问话产生了反应，回头也看了一眼陈皮阿四，不过什么也没说，又转回头去继续看远处的雪山。

我们都不懂大头风水，听得云里雾里，心里感觉有点玄。不过，既然老头子这么说，闷油瓶似乎也同意，那这一套最好还是别怀疑。

下到山下阿宁他们待过的地方时，我们看到满地废弃的行李散在雪地里，很多都被翻掠过了，里面一点食物都没留下，显然所有的装备经过了重新筛选，一些无用的，或者多余的东西都被舍弃了。

胖子甚至还找到了几把枪，但是里面的子弹都被退干净带走了，只剩下空的枪身。胖子喜欢这枪，背起一把想带着走，被顺子拦住了，说如果背着枪，在这里碰到边防军你就不好说话；如果没枪，被查到，他能帮我们混过去，搞得胖子直叫可惜。

过了山下阿宁他们待过的这片平坦坡道，后面就是山谷，我们看到阿宁马队的足迹朝着山谷的深处延伸了过去。

我们也在这里整顿了一下，顺子就带着我们往另一个方向的小圣山口走去。很快，我们就走进了一片白色的世界，眼里看到的，都是漫无边际的雪和难得看见的裸岩和冰锥。

长白山可能是世界上唯一一座可以走上去的雪山，这里比起昆仑山的冰川来说，环境要好上很多，没有那种有裂隙的巨大冰盖，不用担心脚下突然断裂。但是长白山的冰川也是典型的古冰川，山的连贯性不好，什么冰蚀地貌、臼洞、巨型冰斗、深不见底的冰井……反正我雪山地貌也没学好，说不出什么道理来，只知道经常一走前面就没路了，万丈悬崖，得从边上绕或者爬着过去，走得也是惊险万分。

一路无话，看上去几小时就到的直线距离，我们居然走了将近一天。到达小圣雪山脚下山谷的时候，已经是当天的傍晚。

我们在山谷之上五六百米的雪坡上打了雪洞扎营，吃了点热的东西。高海拔处的星空无比璀璨清晰，陈皮阿四使用指北针，配合心里的天文罗盘以及天上的星宿排列，大致定出了第二天要走的路线。

这一路走得人困马乏，但是天色尚早，胖子便缠着顺子，问四周还有没有温泉。

顺子也惦记着温泉，不过他说这里海拔已经太高了，他也不常来，要找温泉有点困难，要是觉得无聊，倒是可以四处去走走找找，顺便还可以去看看古代先民冰葬的地方，就在离我们扎营地一公里多的地方。

倒斗的总是对尸体有一种特别的感情，反正闲着也是闲着，听到有死人，我们都好奇起来。

陈皮阿四体力不行了，华和尚照顾他，其他人就跟着顺子往营地左边的山谷走去。走了不到半小时，来到一处悬崖，下面就是冰谷所在，一片漆黑，什么也看不到。

顺子找了个地方停下来，打起一支冷烟火丢下去。

只见冰谷底部的冰层里，果然有很多蜷缩成一团的黑影子，密密麻麻，有的可以明显看出人的形状来，有些则只剩下小黑点。冰谷的四周，甚至还有一些祭祀的痕迹。

顺子说古代山里的村民都流行冰葬，1949年之后还有人被葬入这座冰崖，所以现在还有一些老人到这里来拜祭。这里的冰川是逐年加厚的，所以你看最里面的尸体，那些几乎看不清楚的小点，恐怕有上千年的历史了，而最外面的就是几十年前的。

我粗略数了一下我能看到的黑点，发现成千上万，显然这块冰冻的墓地在几千年的岁月中不知道累积了多少死人。像这样的冰谷，小圣山谷内应该还有，那这座雪山岂不就是一座特大号的坟山？

“这些尸体当中，会不会有当时修建灵宫时候的东夏奴隶？”胖子突然问。

“保不准有。”闷油瓶看着冰谷的深处逐渐暗淡的冷光，不知道在想些什么。

尸体被埋在冰中，也不可能去挖掘。我们看了一圈，索然无味，又去寻找温泉，倒是真被我们找到了一处小的。几个人在温泉中洗了脸和脚，浑身暖烘烘地回到营地，把情况一说，说得华和尚羡慕不已。

在雪山上，说来也很奇怪，人一暖就犯困，人冻得要死的时候也犯困。晚饭是挂面，吃完后困意袭来，外头又起了风，我们早早都进入睡袋休息，顺子守第一班岗。我们人多，不需要一天把人轮换完，今天轮岗的就是顺子、郎风和潘子三个人。

我很疲倦，很快就睡着了。满以为能睡一个甜觉，没想到没睡上一个小时，华和尚、胖子、郎风和潘子同时开始打起了呼噜，声音此起彼伏，就像交响乐一样，我做着噩梦就醒了过来。

这一下子就再也睡不着了，躺着又难受，我爬出帐篷，对顺子说：“我和你换换，你这一班我来，你先去睡一会儿。”

顺子正自顾自地在那里抽烟，看着一边月光下巨大的黑色山体发呆，听到我要换班，摇头说不用。他觉得拿了我们的钱，这点还做不到就不好了。我心说那随便你，便掏出烟去乏，上去问他借了个火，然后一边往炉子里添了点燃料，一边和他开始闲聊。

与向导聊天是一件长见识的事情。我给他讲了很多古董方面的事情，他很感兴趣；他跟我说了很多当地的风土人情和山林趣事，听得我一点也不觉得困，两个人越聊越精神。

后来就聊到了这一次的探险上。顺子告诉我，他当了七年的边防兵，不过有四年是预备役。在当兵之前，他是采草药的，所以对雪山很熟悉，他的战友都叫他“阿郎材”，意思是“雪山的儿子”。所以我们跟着他绝对可以放心，像这里的山，能带人进来的人不多，他算是其中一个了。

我心中怀疑，心说那你怎么还没进山就晕了，这肯定是吹牛，但看他说得一本正经，没必要去拆他的台，就顺着他的话听。

聊着聊着，话题多了起来，感觉我们之间的距离也拉近了。这时候，顺子突然就问我：“吴老板……其实，你们到底进山来是干什么的，你能不能告诉我？”

我听了就一愣，一下子不知道怎么回答，两个人就又静了下来。

我们的目的，我怎么说呢，说是来找云顶天宫的，他能信吗？说是来盗墓的也不行，说是旅游的又摆明不是，这还真不好说。我想了好久，最后还是叹了口气：“你管这个干吗？我不能说。”

顺子似乎预料到我会这么回答，笑了笑：“没关系，我只是随便问问。”

我心里觉得不舒服，因为我不想骗他，就随便转移了一个话题，聊别的。我问他既然以前是采草药的，为什么后来做了雪山向导了。

在长白山采草药很赚钱，比做这吃力不讨好的向导舒服多了。现在雪山向导这么少，也是这个原因。

顺子看了我一眼，突然说了一句让我几乎吐血的话。

他道：“我不是专业向导，我退伍之后一直在采草药，难得带几次人上山，也不会走得如此深，一般在姑娘湖那边就折返了。这里还是我第一次带队伍进来。”

我笑道：“别开玩笑了。”

“真的，吴先生，我实话实说。这个季节，没有专业向导会带你们进雪山，如果我不带你们进来，你们只能自己进来。”他朝我笑笑，“太危险了。如果不是菩萨保佑，其实我们已经死了，能一个不缺地到达这里，已经是个奇迹了。不过你不用担心，虽然我没带人进来过，但是自己走过很多次，熟悉得很，不会出事情的。”

他说话的表情非常严肃，一看就不是在开玩笑。我心中暗骂，又奇怪道：“那既然这么危险，你还带我们来？你就这么缺这点钱吗？”

顺子意味深长地看了我一眼，道：“钱也是一个原因吧，还有一个原因……是我的父亲，他……十年前失踪了，当时他也是带一批人进雪山，和你们要走的路线差不多，但是最后整批人都消失在了山里。我隐隐约约就记得，当时找他的那几个游客，和你们的装扮很像，也是在冬天，也是非上山不可。所以我看到你们，就突然感觉到自己一定要跟着你们来。一来，我不希望你们像我父亲一样死在里面；二来，我有一种很幼稚的想法，也许你们进山的目的，和十年前那批人是一样的，那也许我就能够知道我父亲到底出了什么事情。当然，这只是我的臆想。”他自嘲地笑了笑，“我的父亲也许只是单纯地遇上了雪崩，被掩埋在这一片雪山里了。”

我领悟道：“所以你才问我们进山的目的……”顺子不好意思地点了点头：“唉，你不明白那种知道父亲就长眠在这片雪山里，却无法见到的感觉。”

我没想到顺子的内心还有如此细腻的时候，不禁对他有点刮目相看，以前一直以为他只是一个油嘴滑舌的普通导游而已。

不过，十年前进入雪山失踪的游客，和我们打扮很像，难道也是来找云顶天宫的？我心里“咯噔”了一下，随即又否定了自己的想法，不，不可能，长白山里，能让一个人失踪的地方太多了，不可能有这样的巧合的。他的父亲，可能遇到了什么意外而在山里遇难了。

顺子看我不说话，以为自己刚才的那个问题问得有点过分了，对我道：“吴老板，我看你和其他人不一样，才和你说这些，希望这些话你别和其他人讲，我怕他们会有顾虑。”

我心说，我肯定不会讲你是第一次带人来这里，不说陈皮阿四会拿你怎么样，胖子都有可能会打死你。

我点头答应。这时候第二班的郎风从帐篷里走了出来，打了个哈欠，看到我们两个在聊天，很意外。顺子收拾收拾东西，在雪地里撒了泡尿就去睡觉了。我和郎风无话可说，也打了个招呼回去睡觉。

在震耳欲聋的呼噜声中，我半梦半醒，梦到了十年前顺子的父亲，一个长着大胡子的“顺子”，带着一群人上山的情形。离奇的是，在梦中，我总觉得那几个人我在哪里见过，翻来覆去，睡得很不踏实。

第二天天不亮，我们就继续顺山脉走势往上走了。

从昨天顺子的问题来看，他应该早知道我们不是普通的登山客。我知道我们伪装得也不好，最起码，没有哪个旅游的人会这么丧心病狂地赶路。但是我们也管不了这么多，反正他做长白山的导游，早有接待各种神秘团队的觉悟。这里每年的偷猎者、朝圣者、偷渡采药人，没有一千也有八百，每个人都有秘密，我们是干什么的，就让他去猜吧！

山腰之上的路更加难走，很多地方的路都是斜的，头顶上又是万丈高的积雪山峦，极容易发生雪崩，不能大声说话。路上的雪又实在太厚了，几千年的雪层，下面几乎是空的，有时候一下子就陷进雪里，没到胸口，没人帮忙自己都出不来。我们只能小心翼翼地用长冰锥一点一点地打着脚窝，犹如走在雷区。

胖子脚程最快，一路走在最前面，这和他经历过雪地探险有关。因为高山反应，我们的舌头开始发麻，除了陈皮阿四偶然修改行进的方向，最后四周只剩下喘大气的声音，整个世界安静得似乎已经没有了生命。

过了山腰的雪路，我们走入了一处两面都有巨型雪坡的冰封带。这里常年照不到阳光，雪都呈冻土状，山的坡度越走越陡，温度极低。在里面，我们终于看到了陈皮阿四说的龙头宝穴所在，那是一处几乎与山成六十度锐角的陡坡峭壁，上面覆盖着皑皑白雪。

我们继续向上，一个接一个，尽量错开身形，开始使用冰锥、冰锤，向那一处陡坡爬去。

这小圣山不在长白十六峰之列，所以我们来时并没有太过注意。但它也不是无名的小峰，此峰和对面的大圣峰遥遥相对，中间形成一道山谷，矗立于三圣雪山的前面，犹如两个守门的卫士，这一景观被称为“天兵守仙门”。

从小风水来说，“仙门”两山虎踞龙盘，气吞万象，要不是处在边境，历来纷争不断，这里也必然是一个王公贵胄墓葬的积聚之地。刚才一路走来，连我这样的水平，也看出这里山脉的奇特走势，带着一股劲道十足的龙气。我们对于山上有陵的假设，也更加有信心了。

爬倾斜度不同的陡坡，体力消耗更大。陈皮阿四爬了一会儿，体力消耗到了极限，再也爬不动了，郎风只好背起那老头儿，我们走得就更慢了。

又经过了大约三小时的跋涉，我们终于登上雪坡。此时我已经失去神志，完全依靠条件反射跟着胖子。

胖子第一个到达，体力好的他也已经到达了极限，踩上上面的雪后，有点神志不清，装模作样地用力踩了个脚印，张开双手对我们说："这对我个人来说只是一小步，但是对摸金校尉来说，是一次飞跃。"接着就趴进了雪里，一动不动。

我整个人几乎虚脱了，双腿开始不自主地发软，人开始往下滑。潘子想把我拉起来，但是拉了几下我都使不上力气，他自己也滚倒在地。

我用冰镐子用力刨进雪地，这才卡住自己，其他人也纷纷倒地，大口地呼白气，向四周看去。

这雪坡是一片巨大的区域，左右几乎看不到分界线，如果没有陈皮阿四指路，绝对感觉不到有什么特别的。上面雪覆盖得非常平整，只有几块黑色裸岩突兀而出。三圣雪山此时就在我们的左侧，比昨天看的，近了很多。圣山的顶上覆盖着皑皑白雪，整个巨大犹如怪兽的山体巍峨而立，白顶黑岩，显得比四周其他的山峰更加陡峭。由于夕阳，一股奇怪的淡蓝色雾气笼罩着整个山体，仙气缥缈，景色非常震撼人心。

叶成一边喘气，一边感慨道："太美了！难怪他们说'到蓬莱仙境，不及长白一眺'，爬了这么久，也值得了。"

几个人都是粗人，但都被四周夕阳中的美景陶醉了，特别是在这雪山山峦，那种立于天顶之下的感觉就更加让人感叹。

就在我想掏出相机，把这里的景色拍下来的时候，突然，胖子拍了我一下，让我看他那边。

我顺着他手指指的方向一看，只见一边的闷油瓶已经跪了下来，朝着远处的三圣雪山，十分恭敬地低下了头，原本面无表情的脸上，显露出了一种淡淡的、十分悲切的神情。

第二章

自杀行为

闷油瓶的举动让我们大吃了一惊，不知道他为何对着雪山跪了下来，行了一个十分恭敬的大礼，似乎对这一座山，有着什么特殊的感情。

叩拜完，他又恢复了那种万事不关心、只睡我的觉的表情，爬上一边的裸岩，闭目养神。我不禁又好奇起来，真的是无法看透，他那浑黑不见底的眸子里，到底隐藏了些什么呢？

一路过来，大家都知道了他的为人，特别是我们几个，所以都没人去问他怎么回事，料想他也不会回答。不过，从陈皮阿四几个人的眼神来看，显然也觉得十分纳闷。只有顺子不以为意，大概以为闷油瓶也是朝鲜人呢。

众人各有心思，一边看风景一边休息，片刻之后，我们的体力都有所恢复。胖子点起无烟炉，我们围过去烧茶取暖，同时，顺子也开始做他的功课，喝了几口热酒缓过了劲来，便指了指周围的几座雪山，向我们介绍起了它们的由来。

这是他做导游的本分，这小子十分敬业。

他说在长白山的传说中，这里的小圣雪峰、大圣雪峰和神秘的三圣山，在洪荒时代是一座雪山，大禹治水的时候路过这里，用一把神刃劈了两下，才使得一座山变成了三座山。

中华人民共和国成立前，这里还没有开放，他听他祖父说，这三座雪山上去之后看到的四周风景截然不同。比如说，在小圣雪峰之上，可以看到三圣和大圣两峰，而在大圣峰上，却只能看到三圣峰，看不到小圣峰，非常奇怪。而最奇特的还是在三圣山上，除了能看到两边的两座大小圣峰，还可以看到在三圣山后边和其遥遥相对的、一座比三圣山更加巍峨的雪山，叫作天梯峰。那一座山终年被云雾笼罩，不见其面目，传说山上有一道天梯，可以直达天宫，是人间和仙境的通道。如果天高气爽，就能看到天梯峰与大小圣山之间会出现彩虹一样的霞光，犹如仙笔描绘，奇异万分。

胖子听了，对我们道："这传说肯定是搞错了，天宫明明是在三圣山上，怎么会跑到天梯峰去了？留下这个传说的人肯定眼神有问题。"

华和尚想了想，摇头，解释说："不是，我来之前研究过这个传说。我猜这也许是云顶天宫修建的时候，天梯峰和四周雪山的白雪产生折射形成的海市蜃楼。因为天梯峰终年有雾，大雾就成了反射的幕布，映出的云顶天宫的形象隐在雾中，好像天宫真的在天上一样。"

海市蜃楼这种现象大多发生在沙漠、湖泊之中，雪山之中非常罕见，恐怕还不是偶然，而与这里是龙脉的源头有关。这种现象在风水上叫作"影宫"，我只在一本古书上看到过一次，也不知道具体有什么讲究，宝穴之内，异象丛生，发生什么都不奇怪。

我们用方言对话，我用的是杭州话，华和尚他们用的是长沙话，顺子听不懂，也没留意去听。讲完风景之后，他站起来对我们道："几位老板，你们先休息一下，吃点东西，然后想干什么干什么，但是得抓紧时间，天快黑了，这里也没办法搭帐篷，天一黑路就不好走了。我们还得连夜找个比较平坦的地方，晚上还可能起风。"说着就倒了茶水，分给我们，自己很识相地站到远远的地方休息。

我看了看表，离太阳下山还有一个多小时，时间说长不长，说短不短，休息也休息够了，似乎该干正事了。

不过四周一片白雪覆盖，没有一点特别的痕迹，这里如果有陪葬陵，也肯定是被埋在了雪里，入口应该在我们脚下的雪层中。雪山环境和地面上大不同，我们都没有经验，不知道该如何下手。

我们都站了起来，围到陈皮阿四身边，想商量下一步如何是好。

陈皮阿四经过这么高强度的跋涉，还是没有缓过来。郎风把酒葫芦递给他，让他抿了两口；华和尚给他揉了揉后背，促进血液的流动，他的脸色这才逐渐缓和过来，但是整个人看上去还是非常萎靡。听到我们问他，只是略微看了看四周的山势，对我们道："宝穴的方位就在我们脚下，我也没有好办法，先下几铲子看看雪下面有什么再做打算吧。"

众人点头，其实我也知道没有更好的办法。倒斗倒斗，万变不离其宗，寻龙点穴之后就是探穴定位，历代不同的只是探穴用的工具，过程几乎都是一样的。所以说，如果没有开棺那一刻的兴奋，盗墓其实是一项挺枯燥的活儿。

雪比泥软得多，探铲打得很顺，华和尚他们手脚极快，很快雪地里就多出了十几个探洞。不过，几乎所有的铲子敲进雪坡中五六米，就怎么也敲不动了。胖子以为这是因为叶成像瘦猴一样没力气，就跑去帮忙，用了蛮力，也还是只打进去一点，每次拔出来一看，铲子什么也没带上来。

华和尚看了看铲头，发现铲尖上沾着一点点的冰晶，就知道是怎么回事了。下面是由冻土和冰形成的冰川面，和混凝土一样硬，铲子穿不透，自然也带不上什么来。

"这里下了几千年的雪了，雪积压多了就会成冰，你说会不会陪葬陵被冻在下面的冰里了？"胖子问。

我们都点头，觉得很有这个可能，但是洛阳铲刨不进冰里，就算知道东西在下面，我们也找不到。

潘子对我们道："主要是这些雪太碍事了，咱们又没有炸药。我当兵的时候听几个兄弟说，他们在大兴安岭的时候，那里的生产大队定期上雪山和雪坡清雪，只要一个炮眼，就能把这些雪全炸下去，省事得很。把雪炸了，雪下的情况就一目了然了，咱们再找就方便很多，也省得挖盗洞了。"

我知道他说的情况，每一次下雪形成的雪层，中间都有间隙的，只要一个小爆炸，整个山体一震，整片的雪层都会滑下来，形成连锁反应，最后一层带一层地往下塌。

大兴安岭林区有几座小雪山，为免积雪太厚发生雪崩危害林区，当地的工兵队经常要在大雪之后人工清雪。当时条件简陋，都是人员自己上去放炮眼，有一定的危险性，现在都是直接用迫击炮轰了。

华和尚捏了捏雪："炸药我是有，但是你看咱们头顶，在这里放炮会不会是自杀？"

我们抬头看去，上面是高耸的万丈雪崖，前后一直延伸，连着整条雪龙一样的横山山脉。我们在这底下，犹如几只蚂蚁，实在太过渺小了，上面只要飘下一点点雪，我们几个就要长眠在这里了。

潘子看着也有点发晕，不过还是坚持道："长白山是旅游景点，这里每年都会进行清雪，我感觉问题不大。你不把这些雪清掉，那咱们就趁早回去，你想在雪山里挖藏在雪里的东西，不是和大海捞针一样嘛！我告诉你，藏地雪山找落难的登山队员，也是这么做的，没有别的好办法。老头子醒了，就算定准了穴，你还得用炸药，不然盗洞也绝对打不下去。这一炮，你还就放定了。"

我想想不妥，不同意道："这风险实在太大了，我宁可花点时间用铲子来铲。"

潘子道·"小三爷，我们就是因为没时间了才用炸药，要有时间我们就等到夏天再来了。无论如何都得试一试，三爷还等着我们回去呢！"

华和尚摆了摆手让我们停下，指了指郎风："你们不用吵，咱们说的都不作数，听听专业人士的意见。"

我愣了一下，一路过来，我并不知道郎风在他们几个人中扮演什么角色，听华和尚这么说，我还有点奇怪，难道他是这方面的专家？几个人都看向郎风，看他如何反应。

郎风看我们看着他，有点不自在，对我们道："我认为老潘的说法应该可行！其实，来之前我已经预料到会有这样的情况，做了一定的准备。而且，这个我专业，可以控制炸药的威力，声音也不会太响。只要在雪下面有很小的震动，就可以达到目的了，有的时候甚至只要一枚鞭炮。"

“你确定？”胖子问道，“这可不是炸墓，咱们现在相当于在豆腐里放鞭炮，让你在豆腐里炸个洞，但是表面上又不能看出来，这可是个精细活儿。”

郎风点头：“我做矿工的时候，放炮眼放了不下一万个，这不算有难度的。”

华和尚看向我们，指了指郎风：“你们别看他平时不说话，这家伙是二十年的老矿工，十四岁开始放炮眼，炸平的山头不下二十座，被老爷子看中进到行内才一年，已经被人叫作‘炮神’，说起炸药没人比他更内行了。”

“你就是‘炮神’？”一边的潘子睁大眼睛，显然听说过这个名号。

郎风有点不好意思，挠了挠头，一改前几日的冷酷劲：“都是同行给捧的，一个外号而已。”

华和尚对他道：“你也不用谦虚，在这种场合你得发挥你的专长。”然后转头对我们道，“郎风到现在还没失过手，炸东西他说炸成几片就是几片，我绝对相信他。他既然这么说，我认为可以试一下，你们有没有意见？”

胖子看了看我，他有雪地探险的经验，听说过很多关于雪崩的事情，显然也觉得有点玄。不过，他是我这一边的，他看我是想让我表态。

我想了想，陈皮阿四他们是真正的集团化职业盗墓贼，不像三叔还是比较传统，喜欢用老办法进古墓的人。这些人对炸药的依赖程度是我们所无法想象的，而且华和尚这么说了，这郎风应该是有相当的能耐。

于是我心一横，就对胖子点了点头。拼了吧，此时其实已经没有退路了，我说不准炸，他们还能真听我的？

我们同意之后，郎风和叶成取出一把特别的洛阳铲，开始拧上一个特殊的铲头，在雪地上打了几个探洞。

然后郎风用几种粉末调配出了一种炸药，往里面深深地埋进去几个低威力雷管。我知道这种炸药本来就是专门调制的，威力只有十个炮仗左右，是用来钻孔破坏古墓的封石的，给郎风重新调过配方之后，威力肯定更小。

现代化的盗墓贼，大多都有相当的工程学知识，只要几个很小威力的雷管，就能在任何地方炸出一个能容人通过的洞。这一点我早就知道了，不过亲眼看到倒还是第一次。

顺子在边上喝茶，一看这情景就疯了。他见过朝圣者插国旗的，见过偷猎者晚上偷跑出去的，也见过偷渡过境的，但是千辛万苦跑上来，掏出雷管来炸山的，肯定还是第一次。他跑过来一下子拦住华和尚，大叫："你们干什么？老板，你们疯了？！"

话还没说完，身后的郎风一镐子就把他敲晕了过去。顺子摔倒在雪地里，被拖到一边。

我看着都觉得后脑发疼，心说当我们的导游也够惨的，路走得多不说，还要挨这个。不过想想也实在没办法了，顺子能容忍一切，也绝对不会容忍我们炸山，毕竟他还要在这里混下去，不把他敲昏没法继续开展工作。

胖子问华和尚："我们拿这小子怎么办？"

华和尚道："先不管他，我们还要靠他回去，把他带到地宫里去，丢在一边就行了。到时候多塞点钱给他，他还能怎么样？"

郎风的表现极其专业，几乎就没让我们插手。他把雷管根据一种受力结构的模型排列好后，就挥手让所有人都爬到裸岩上去，以防等一下产生连锁反应把我们一起裹下去。

我原本以为雷管爆炸的声音会很大，至少得翻起一层雪浪，没想到郎风一按起爆器，我根本什么声音也没有听到，就看到平整的雪面一下子开裂了，然后大片大片的雪块开始像瀑布一样向坡下倾泻下去，坡度也一下子变得更加陡峭，我们脚下空空如也。

不过这样的倾泻并没有持续多远，滚下去的雪片就停止了。雪坡下露出了一大片混浊的、凹凸不平的白色冰雪混合层，这就是课本上说的第四纪古冰川表面。

胖子在边上闭着眼睛，一直还以为没有爆破。我摇了摇他，他睁开眼睛一看，惊讶道："哟嗬，还真没什么声音，神了！"接着，马上忐忑不安地看了看头顶。

不知道是幸运还是郎风的技术过硬，除了我们上方一点点的雪因为下面失去支撑而下滑以外，似乎没什么问题。等了一会儿，都不见大的松动，我们逐渐放下心来。

我朝郎风竖起了大拇指，潘子也拍了拍他，做了个“你厉害”的手势。

郎风不好意思地笑了起来，可还没等他的嘴角咧得足够大，突然一块雪块就砸到了他的头上。

几个人脸色都一变，胖子忙对我们挥了挥手，低声道：“嘘！”

我们下意识地就全静了下来，几个人又抬头一看，只见我们头顶上一百多米的高处，雪坡上逐渐出现了一条不起眼但是让人心寒的黑色裂缝，正在缓慢地爆裂，无数细小的裂缝在雪层上蔓延。随着裂缝蔓延，细小的雪块滚落下来，打在我们的四周。

我顿时浑身冰凉，知道出了什么事情了。

看来郎风“炮神”的这个名号，今天是要到头了。

第三章

雪崩

“所有人不准说话，连屁也不准放。”胖子用极轻的声音对我们说道，“大家找找附近有没有什么突出的岩石或者冰缝，我们要倒霉了。”

“不可能啊！”郎风在那里傻了眼，“我算准了分量……”

华和尚捂住了郎风的嘴，示意他有话以后再说。几个人都是一头冷汗，一边看着头顶，一边蹑手蹑脚地背上自己的装备，四处寻找可以避难的地方。这上面的雪层并不厚，就算雪崩了，也是小范围的坍塌，但是我们站的地方实在太不妙了，离断裂面太近，雪潮冲下来，我们很容易就会被裹下去，下面又是极高的陡坡，连逃的地方都没有。

此时最好的办法，就是如胖子说的，找一块突起的山岩，躲到山岩底下，或者找一块冰裂隙。不过，这应该是从电影《垂直极限》里看来的，也不知道管用不管用。

我们所在的这一块裸岩太平缓，躲在下面还是会被雪直接冲击到。胖子指了指边上那一块巨大的核桃形石头，那下面和山岩有一个夹角，应该比较合适。

我们和那块山岩之间的雪坡已经全没了，剩下的是冰川的冰面，滑得要命，这时候也没有时间换冰鞋了，硬着头皮上吧。胖子把绳子系在自己腰上，一头给我们，自己就咬着牙踩到冰层上。

一步，两步，三步，每一次迈腿都像踩在鸡蛋上，我就等着“咔嚓”蛋黄飞溅的那一声，但是胖子这人总是时不时让人刮目相看。三步之后，他已经稳稳地爬到了对面的石头上，拽着腰里的绳子，看了看头顶，招手让我们过去。

我们几个拉着绳子，先是潘子和闷油瓶，接着是背着陈皮阿四的郎风，再就是背着顺子的叶成，我是最后。看他们都平安地过去了，我心安了很多。此时，上面已经有大如西瓜的雪块砸下来，那条雪缝已经支持不住，胖子挥手让我快走。

我拍了拍自己的脸，把绳子的另一头系在自己腰上，然后踩上了第一脚，站上去稳了稳。

我自小平衡性就差，滑冰、骑车样样都要摔到遍体鳞伤才能学会，此时就更慌了，只觉得脚下的冰面，似乎随时都有可能消失一样，不由自主地，脚就开始发起抖来。

胖子一看就知道我是最难搞的货色，低声道：“别想那么多，才两步而已，跳过来也行啊！”

我看了看胖子离我的距离，果然，只要能够充分发力，绝对可以跳过去，想着我就一咬牙，就踮步拧腰想一跃而起。

可没想到的是，就在一使劲的时候，脚下突然一陷，我踩的那块冰，因为刚才踩的人太多，一下子碎了。我的脚在斜坡上打了个滑，接着整个人就滑了下去。

我手脚乱抓，但是冰上根本就没有什么地方能着力，我一下子就摔到绳子绷紧，挂在了冰崖上。接着，就听登山扣子“咔嗒”一声，我低头一看，卡头竟然开了，眼看身子就要脱钩。

我心里大骂，这是西贝货！

胖子被我一拉，几乎就被我从石头下面拽下去，幸好潘子及时抓住了他的裤腰带，几个人把他扯住才没事。他们用力拉住绳子，把我往上扯。

但是每扯一下，绳子就松一下。我心急如焚，双脚想蹬个地方，重新系上扣子，但是冰实在太滑，每次只踩上几秒钟就滑下来，人根本无法借力。

眼看着这扣子就要脱了，万般无奈下，我扯出了登山镐，用力往冰崖上一凿，狠狠钉在里面，然后左脚一踩，这才找到一个可以支撑的地方，忙低头换登山扣，还没扣死，突然一阵古怪的震动从我头顶上方传来。

我抬头一看，就看到上面的几个人用一种看白痴的眼神看我。还没等我反应过来是怎么回事，霎时间，只见一片白色的雪雾一下子炸到了半空，几乎遮挡了我的整个视野。

雪崩了！

没有惊叫，没有时间诧异，那一瞬间我不知道自己在想什么，只听到胖子在边上大叫了一声："抓住登山镐！贴着冰面！"然后一下子我的四周就全黑了。我的身子猛地一沉，似乎突然有十几个人拉住我全身的衣服往下猛扯，腰部的绳子顿时就勒进我的肉里，然后大量的雪气就呛进了我的肺部。

接着，我就陷入了一片混沌之中，巨大的冲力撞击着我身上的每一个地方，我连头都抬不起来，很快喉咙开始发紧，极度的窒息感从肺部传来。我只感觉就像是被扔在糖炒栗子机里，无数冰冷的东西从四面八方挤压我、砸向我，一瞬间，鼻子、嘴巴里全是雪末的味道。

这时候我才想起来，冰是绝好的传震导体，特别是极其厚的冰，有极强的共鸣性。我刚才那一镐子，终于催化了雪崩。

我几乎想抽自己一巴掌，但是此时后悔已经没用了，整个人像陀螺一样被撞得到处打转。我想抓住登山镐，但是连自己的手在哪里都感觉不到。

就在脑子发蒙、不知道该怎么办的时候，突然，我感觉到绳子竟然被人往上提了一提，接着我的身体竟然被拉起了一点。

我心中一惊——是胖子他们在那一头拉，我顿时燃起了希望。绳子还能反应，说明雪崩下来的雪量不是很厚，他们的力气还能传到我这里来。

我忙用力扒拉四周的雪流，身体往上钻。几次趔趄之后，借着绳子的拉动，我的耳朵突然一阵轰鸣，眼前一亮，探出了雪流的表面。

胖子他们躲在一边的岩石夹角下，雪流从石头上面冲过去，在他们面前形成了一个雪瀑，几个人都安然无恙。胖子和郎风扯着绳子，看见把我拉了出来，大叫了一声："没事吧？"

我大口地喘着气，点了点头，一边还是漫天的雪雾劈头盖脸地朝我砸下来。我用力扯着绳子，顶着雪流开始向他们那边靠拢。但是雪流冲力太大，我根本无法站起来，两只手再用力也无法移动半分，胖子只好拉着我，等待雪流过去。

雪崩来得快，去得也快，半分钟不到，雪流就从我的身边倾泻而过，只留下大量的碎雪。我朝身下看了看，脚下整个山谷都被白雾笼罩了，不由得后怕。要被冲下去，现在还有命在？

我被拉到岩石之下，几个人都心有余悸地喘着大气。胖子拍了拍我，道："你小子真的算是命大了的，幸好这只是坍塌，雪量少，不然这一次不仅是你，估计我也得被你扯下去。"

我也不知道自己是什么表情，登山帽都掉了，耳朵冻得发红，什么也听不清楚，只好拍了拍他，转头去看一边的冰川表面。

整片雪坡已经全部倾泻到了山谷的下方，一大块巨型的陡坡冰川暴露在了我们面前，不时还有碎雪从上头滚落下来，提醒我们还有二次雪崩的危险。

冰川的表面都是千年雪层底下受压而成的雪压冰，也就是我们常说的"重力冰"。这种冰是自然形成的，在高海拔山区会包裹在整个山体上，形成冰川，一般雪山上都有，处于雪层和山体之间，不会太厚。冰层之上还有大量的碎雪。

除了胖子，我们从来都没见到过实际的冰川。在雪山山谷中，见到如此巨大的一块冰崖暴露出来，在夕阳的照耀下，犹如一块巨型雕牌超能皂，实在是一件让人震撼的事情，我们看得都有点发痴了。

叶成在一边喃喃道："郎风这一炮，倒也不是没有成果。"

看了片刻，众人逐渐反应过来，华和尚亮起几支手电，朝冰里照下去，想寻找陪葬陵的痕迹，可里面混混沌沌，深不见底。一般的雪山冰川几乎只有一二十米的厚度，这块冰川的厚度似乎有点异常。

胖子眼睛很毒，这时候突然"咦"了一声，似乎发现了什么，从华和尚那儿抢过手电去照。

我们吃力地顺着他的手电光看去，在微弱手电光线的穿透下，我看到胖子照的方向下面，呈现暗青色的半透明的冰川深处，竟然有一个若隐若现的巨大影子，几乎占了半壁冰崖，看形状像是一个蜷缩的大头婴儿。

第四章

昆仑胎

夕阳逐渐西下，只有一点点的太阳还冒在云头上，整块冰层已经逐渐变成了黑色，里面的巨大影子模糊不清。

影子的形状非常奇怪，不伦不类，诡异非常，像是什么冻死的动物幼胎，脑袋大得要命，浑身还长着长刺，看着就让人心里发毛。

叶成张大嘴巴问我道："出来没拜菩萨，老是撞邪。这是什么鬼东西？"

我和胖子摇头，我们也从来没见过。看大小，这东西足有一幢五层小楼的大小，被冻在冰川深处，要是陪葬陵，是怎么修进去的呢？又或者是远古时候的生物？

传说长白山地带在几十万年前还是汪洋一片，靠火山喷发，才从海中隆起。这么大的东西，会不会是当时巨型海洋生物的尸体呢？

想来也不对，古冰川形成的时候，山早就在了，有尸体也早成化石了。

虽然经历了一次惊心动魄的雪崩，但是说实在的，这样的雪崩其实只能叫积雪滑坡，并没有雷霆万钧之势。它去的速度又快，几个人虽然也心有余悸，但是此时都恢复了过来。看到冰中的影子，大家的好奇心都被勾了起来。

我们使用冰锥，在冰川上打出立足的地方，套上绳子，穿上冰鞋，下到冰川的表面，仔细去看冰川内冻的诡异黑影，但是几个人怎么看都看不出门道来。

此时陈皮阿四恢复了意识，华和尚和叶成扶着他也从上面下来。我们小心翼翼地搀扶他到了跟前。

陈皮阿四反应还是不快，揉了揉眼睛，蹲了下去，盯着那冰盖里的影子看了半天，突然“咦”了一声：“这影子……难道是‘昆仑胎’？”随即又摇了摇头。

“什么是昆仑胎？”我们都没听说过，看他露出如此表情，觉得简直莫名其妙。

“昆仑胎是一种奇怪的自然现象，指在龙脉的源头，也就是俗话说的‘集天地之灵气’的地方，往往在岩石、冰川、树木之内，会自己孕育出一些奇怪的婴儿状的东西出来，这些在古籍里就叫作‘地生胎’。传说经过万年的衍化，有些地生胎就会成精，比如说《西游记》里的孙悟空。”华和尚给我们解释，“我记得在一本源自唐朝的笔记里看到过，传说西汉末年，在昆仑山的巨型冰斗底下，当地藏民发现过一个巨型冰胎，大如山斗，五官已经具备，还是一个女婴，栩栩如生，于是地生胎就被叫作‘昆仑胎’，后来还在那女婴的肚脐眼上修了个庙，叫作‘昆仑童子庙’。风水中，昆仑胎是天定的宝穴，和人为推断出来的风水穴位是不同的，要找到一条龙脉中可能生成昆仑胎的地方，是不可能的，只有等到昆仑胎开始形成，偶然被人发现，然后将胎形挖出，再把陵墓修建在其中。这样的宝穴是可遇而不可求的。传说只有通天的人才有资格，历史记载埋在昆仑胎里的，只有一个人，那就是黄帝。”

“还有这么邪门儿的事情？”胖子蹲下来，看着那个影子，“不过，这个昆仑胎不像是人胎啊！”

陈皮阿四也似乎并不能肯定，点头道：“我也是猜测，昆仑胎是神定胎位，地生神物。如果这个是昆仑胎，那陪葬陵必然会修建在‘昆仑胎位’内，不过，这样一来的话……”他看着远处的三圣雪山，眼睛里现出极端的迷惑。

我知道他的顾虑，接道："这里是天生的宝穴'昆仑胎位'，但是这里只是一座陪葬陵啊！那这样，云顶天宫主陵所在的三圣山，风水要好到什么程度才算完？再怎么样也不能比昆仑胎差啊！"

"是啊，没有比昆仑胎更好的风水了，昆仑胎是天地灵气汇聚的地方，如果要比这里更好，那只有一个可能。"陈皮阿四很疑惑，叹气道，"天宫，真的是修建在天上！"

陈皮阿四说这句话时的表情很真切，我看得出，他不是在戏谑，于是被他说得浑身发寒。胖子就道："怎么可能？！"

"是不可能，所以这里出现昆仑胎，绝对有问题。难道山川的走势被他改了？汪藏海竟然神通到了这样的地步？"陈皮阿四又四处去看周围的山势。

"不，不应该这么想。"我突然有了一个想法，问道，"会不会这个胎形的影子——是假的？是人工修出来的？一种象征性的手法，在古墓葬的设计中很常见，比如武则天陵的形状就像女人的阴户。说不定这影子，只是陪葬陵的影子。"

我有这样的想法很自然，因为我们做古董的，平常的工作就是与假的东西做斗争。我们采购的时候，对所有东西的第一感觉都是假的，所以我听到陈皮阿四说得这么厉害，第一印象就是：会不会是作假的？这也算是职业病了。

况且，把陵墓的入口冻在冰里，修成婴儿状，的确符合汪藏海事不惊人死不休的性格。

陈皮阿四注意力全放在了四周的山脉上，根本没听我说。我转头看向闷油瓶，后者也脸带疑惑，表情复杂地盯着那影子，不吱声。不过华和尚很同意我的说法（看样子他应该也是采购第一线的人员，和我一样有着职业病）。他道："你说的有可能，看这'胎影'之中还有浅淡之分，显然不是一个单纯的东西，似乎有高矮，而且四周还有刺，无法解释是什么东西，可能真的是建筑。"

我心里泛起一股奇妙的感觉，汪藏海把陵墓修成了胎儿的形状，难道是希望这座陵墓像昆仑胎一样成精吗？

这事情如果是真的，那就太匪夷所思了。

胖子道："还是不要猜了，反正不挖出来，怎么猜也都是猜。有这闲工夫，不如想个办法下去。"

"那要是挖下去，看到的不是陪葬陵，而是一具真的巨型冰——"叶成有点害怕，牙齿打战，"那怎么办？"

胖子拍了拍他："那你就留在上面，我们下去确认了，再叫你下来。"

我也道："如果真是个冰胎，那真是天作的奇迹，能看到一眼也是值得的。"

华和尚拍了拍叶成，道："就你胆子小，跟这几位大哥学着点……现在的问题不是下不下去，而是怎么下去。"他目测了一下冰的厚度，道，"用镐子挖，半个月都不一定挖得到那里。"

我们又不是冰夫子，在冰上作业完全不同于在一般的地面，要考虑非常多的因素，平时身手再好也没有用。

胖子盯着脚下冰川中巨大的影子，对我们摆了摆手，道："这有什么难的？就包在我胖子身上。"

我看他似乎有点眉目的样子，心中好奇。胖子在队伍中一直是充当急先锋的角色，很少在技术方面发表意见，但是一旦他发表意见，所提出的东西就非常关键，这说明这个人的心思其实相当细腻。我在海底已经深切地感受到了这一点，这恐怕也是他如此贪财却还能够屡次化险为夷的原因之一。但对胖子这个人说话需要技巧，他属于软硬不吃的那一种人，大多数时候，激他比奉承他有用多了，于是我对他道："你能有什么办法？"

他果然就有点不爽，对我道："什么话，就许你大学生有想法？我去过昆仑山，昆仑山上多冰，比这厚的冰川多的是，经验比你丰富得多。"

我笑道："那你说出来听听。"

胖子就哼哼着和我们讲了他当时的向导和他讲过的很多关于冰的故事。昆仑山的海拔比这里要高得多，是真正的高山冰川，那里的大型冰缝因为气温和山体运动会频繁开裂，有时候就会在裂缝中发现古时候奇怪的先民遗迹，甚至有人发现过冻在冰川深处的房子，但是这些东西都是坍塌的，只是残骸。

他当时问为什么这么冷的环境下这些古代遗迹都保存不下来，那向导就对他说，把一座建筑完整地冻在冰里是不可能的，特别是木结构的房屋，遭遇冰崩或者雪崩的时候，肯定会坍塌。

现在我们脚下冰川中的建筑必然是修建在悬崖上的，这里面的黑影子看上去如此完整，轮廓像极了婴儿，就说明下面没有坍塌的迹象，不然，那种架空的建筑，一塌就完全不成样子了。所以，除非冰川中的不是陪葬陵而是石头，不然，这陪葬陵冻在冰里就肯定不是由雪崩造成的，而是人为的。

胖子的理由非常充分，我点头同意他的说法。不过，其他人并没有听出胖子这个假设的意义来，潘子问他道："那又怎么样？"

胖子摆手道："如果不是雪崩，那修建陵墓是在九百多年以前，按理说，九百年累积的雪压冰绝对不可能这么厚，所以这些冰肯定是人为的，我们脚下肯定是一片非常厚的人工冰墙。这冰墙又不可能直接压在建筑上，那肯定有一个弧度，形成一个天然冰穹，压在斜坡上，保护着下面的建筑。类似于冰做的封土堆，冰没有我们想象中那么厚，你看，这里的冰透明度很好，也是一个证据。"

胖子一说，众人哗然，一个个都对他刮目相看，同时就突然感觉脚下不稳当了很多。

胖子还惦记着我刚才看轻他，又知道我是学建筑的，就问我他的说法有没有可能。

我点了点头，说理论上解释得通，而且有可行性。用冰来构架房屋，世界上很早就有了，三国的时候曹操的"一夜城"就是用冰加稻草造的，因纽特人也早就用冰来搭建自己的房屋，最近在丹麦还有现代的冰建筑出现。这些都说明冰的硬度在建筑学上是绝对没问题的。

不过，曹操的"一夜城"是在平原上，要在峭壁上搭建如此宏伟的冰穹，真的可以实现吗？我的看法又有点保留，毕竟是发生在一千多年前，汪藏海就算能超前他们那个时代很多，也不至于牛到这种程度。

胖子听我同意他的看法，马上就得意起来，甩了甩头发，道："瞧，胖爷我这就叫人才。"

叶成问我道："吴家少爷，那能不能根据建筑学，算出这冰穹的可能厚度？"

我大学里学的大部分知识都还给老师了，不过单位体积冰的重量我还知道，心里默算，套用了几个公式一算就出来一个数字，对他道："如果像胖子说的，假设使用木头的支撑结构，那我们脚底下冰层的厚度不会超过十米，不然自重太重，会自我坍塌，用什么都撑不住。"

"十米！"几个人面面相觑。潘子道："我靠，那也够呛了。这儿的冰和其他地方的不一样，硬多了，我们没专业设备。刚才我和郎风用铲子用力敲过冰层，敲了几下，手都麻了，只敲出几个白印，要打穿十米恐怕得花上点时间，一个星期可能都不够。"

重力冰和其他河床上的冰不同，河床冰的原料是河水，里面有杂质而且含有大量气泡，河床的温度也不会太低。但是重力冰是被千年雪一层一层压成的，不仅杂质少，而且雪层底下的冰温可能有零下五十多摄氏度，在这个温度和纯度下，冰的硬度和密度是非常可怕的。

胖子道："我们不是有炸药吗？干脆我们爬到石头上去，再放个炮眼得了。"

华和尚和我马上摇头。我想着刚才差点就死在雪里，没好气地对他道："你还真不长记性，刚才还没尝够滋味啊？而且，如果冰川真的是空心的，再小威力的一个爆炸，也可能把整个冰穹给炸裂了——如果你的假设是正确的，采用破坏力太大的方法来打洞就不能考虑，挖到关键的地方，可能连冰铲都不能用，一旦弄不好就是连锁反应。"

胖子对理论科学非常反感，道："你这是本本主义，冰铲都不能用，那怎么办？难道用调羹来挖？你不要仗着自己是大学生，就在这里危言耸听，人为给咱们制造难题。"

我嚷道："我比你还急呢，但是事实就是事实，谁要是不信，大可以试验一下。"

一个问题想通了又来一个问题，气氛一下子又沉闷起来，众人都不说话，开始想解决办法。正犹豫不决，突然，闷油瓶拿着顺子烧茶的无烟炉走到了我们边上，往冰上一放，滚烫的炉身马上和冰冷的冰面起了反应，发出“啪啪”的声音。闷油瓶问我道：“这样行不行？”

我一看，心说：“哎呀，对啊，都被冻驴了，没想到这办法。用火不就行了嘛。”

冰的硬度和温度直接相关，温度一升高，硬度就会下降，冰墙表面就开始变脆，冰铲敲击造成的连锁反应就会减弱。我们可以一步一步来，先把表面的冰烘软，然后整块地敲下来，露出里面冻得严实的冰芯，然后继续用无烟炉烤，如此重复直到砸通为止。

实践是检验真理的唯一标准，我们马上做试验，掏出自己的无烟炉，点起来放到冰上，一分钟后用铲子削冰。果然，书上说得没错，脆化的高温冰会整块地裂开。

不过，因为四周气温太低了，这样做进展非常慢，我们轮流尝试，用了将近三个小时，直到天几乎全黑的时候，冰墙上才被我们捣鼓出了一个半米宽、七米深的凹陷。下面冰层的颜色明显变化，冰的纯度也清澈了很多，已经可以肯定胖子的说法对了一半，这绝对不是自然形成的冰。

胖子腰上绑着绳子，双脚撑在冰井两边，最后用无烟炉烤了一下井底的冰面，然后用短柄锤子一砸，想再砸下一块来，没想到“啪”的一声，冰穹裂开了一条缝。一下子，我们感觉到外面的空气灌进那个破洞，旋起了一阵风，温度陡然就降了很多。

胖子又一砸，将底下的冰块砸碎，碎冰跌落而下，果然出现了一个洞口——下面是空的！

众人都松了口气，连胖子也惊讶了一声，叫道：“还真被我猜对了！”

我们将他拉了上来，所有人围拢到洞口，争先恐后地拿起手电朝里面照去。

冰井之内，是一个灰蒙蒙的巨大空间，整个冰穹犹如一个透明的碗扣在一道峭壁上，无数挂满冰凌的木梁从峭壁的山岩上竖起来，交错在一起，形成类似于脚手架的结构，撑着外面的“冰碗”。这些就是胎影身上的刺，峭壁之下是看不到底、漆黑一片的深渊。

而在一百多米落差下的峭壁山腰，我们看到了那黑色胎影的真身。那是一个巨大的胎形山洞，也不知道是人工修造的还是天然形成的，洞口足足有一个标准游泳池那么大，乍一看，像极了一个黑色的巨大婴儿。

我们看得惊呆了，几个人都几乎说不出话来。胖子眼睛很毒，抓住我的手电，移向一个方向："看这里！"

在他的引导下，我们眯起眼睛仔细寻找，这才看到在那山洞之中，竟然还修建有一座横檐飞梁的巨大宫殿，有一部分建筑探出了洞口，用木头廊子支撑在峭壁上，犹如悬空的空中楼阁，而大部分的建筑修建在山洞之中，看不到全貌。

因为常年在低温中，到处凝结着冰屑，露出洞口的那部分建筑看上去灰蒙蒙的，并不明显，所以粗看并不容易发现。

这是陪葬陵的灵宫，也就是摸金校尉口中常提的龙楼宝殿，陵墓中的"陵"这一部分。而埋着墓主人尸体的墓，应该是在这灵宫的底下，山体之内。

我不禁感慨，还以为这里最多只有一个隐蔽的地宫入口，没想到汪藏海做的排场这么大，陪葬陵都设了如此巨大的灵宫。那如果云顶天宫没有被大雪覆盖，将是怎样一幅壮观的情景？古人的智慧无法不让人感到畏惧。

胖子首先反应过来，大笑了起来，接着其他人都笑了。大家互相击掌庆贺。我被胖子的屁股一撞，差点从冰上滑下去。

华和尚急忙阻止了我们，他指了指头顶的雪崖，意思是小心再塌方一次。我们都在冰崖上，一个也逃不了。

我们这才强忍住了心头的激动，安静下来，但是几个人的脸上全是按捺不住的狂喜。

现在想想，盗墓贼，就算是天大的盗墓贼，有几个人能盗掘到皇陵这种档次的？如果能进入皇陵一次又能安全出来，已经不会去在乎里面有什么宝贝，就这腕儿你就大了，不说吹牛能吹多少年，自己的心态肯定就不同——这种吸引力，谁也抗拒不了。就连还没有自定是盗墓者的我，也有一股极度的冲动从心里涌上来，简直迫不及待想到下面去看看。

华和尚拍了拍脸，想让自己放松下来，然后转头问陈皮阿四："我们是现在下去，还是明天再下去？"

陈皮阿四阴阴地看了我们一眼，问道："明天下去，你们忍得住吗？"

第五章

胎洞灵宫

我们整顿装备，把无烟炉熄灭收好，把所有的镐子、铲子都折叠起来。几个人都似乎有了默契，速度非常快，很快都收拾妥当，集中到了我们挖出的破口周围。

这是人有了共同目标时候的典型表现，其实说起来很幼稚，收拾得再快，与是不是能早点下去一点关系也没有，因为谁也没有碰过皇陵，再怎么样也要经历一个熟悉的过程。不过，当时就是觉得不能让别人抢先了。

所以就出现了可笑的一幕：围到破口周围之后，大家突然都不知道怎么办了，就好像很多人商量了半天去哪里玩，决定之后发现谁也不认识路一样。几个人面面相觑，都有点愕然。

我看着洞内，心里稍微分析了一下。其他倒还好，有一个致命的问题：我们所在的位置开在深渊的正上方，离灵宫所在的胎洞有一百多米的落差和二十多米的横向距离。我们虽然有足够的绳索，但是无法越过这横向二十米——靠荡是荡不过去的。

身后的陈皮阿四看到我们这个样子，冷笑一声："一群没出息的。"说着，站了起来，让我们都让开。

我在心中暗笑，陈皮阿四的老人心态还是无法避免。一直以来，我们都唯他马首是瞻，刚才胖子露了一手之后，他难免心里不舒服，这时候看到我们这样，就忍不住要口出恶言，来挽回自己的地位。这是很多老人普遍的心态。

我们给他让开一个缺口，华和尚自嘲地一笑，道："老爷子，小的们不是都乐昏了嘛，没见过这么大的阵势。您说这斗……该怎么个倒法？"

陈皮阿四被叶成搀扶着蹲下来，看了看破洞之内，道："万变不离其宗，小心为上。咱们先找一个人上这些撑着冰穹的木头廊柱，顺着廊柱爬到山洞的上方，然后用绳子下到外面架空的建筑瓦顶上。"

我们看向结满冰的木头廊柱，每一根廊柱足有一百多米长，绝对不是一棵树的原木，肯定有木楔子把几根木头连起来，这样的结构承压不成问题，但是不知道能不能承受拉力。如果不行，那就完蛋了，一根木头廊子坍塌之后，下落的过程当中，必然会砸到其他的廊柱，到时候整个冰穹都可能会塌，这样的方法还是十分冒险的。

但是当时大家都急着下去，也没有过多地考虑这些事情，而且，似乎也没有其他更好的办法。

这里适合蹚雷的只有潘子，其他人无论身手、体重都不合规矩，所以潘子只好挑起这个大梁。

我们在他腰上绑上蝴蝶扣的绳子，身上只带一些轻量的装备。潘子看上去有点兴奋，陈皮阿四给他传了一口酒喝，让他镇定一下，道："千万别乐昏了头，咱们目标不是这里，下去给我放亮点。"

潘子点点头，深吸了口气，就小心翼翼地爬入冰井，然后用飞虎爪绕上一边的木头廊子，像特种兵荡绳一样荡了过去，一下子爬到木廊柱之上。

一踩上去，木头廊柱就发出一连串让人十分不舒服的冰块爆裂声。我们顿时都屏住了呼吸，潘子也脸色惨白地一动不动，唯恐廊柱解体断裂。

然而幸运的是，等了有十几分钟，廊柱的那种爆裂声停住了，四周又恢复到一片平静，受力也恢复了平衡。

我一想觉得也是，可能是自己多虑了，上面的冰穹如此沉重，木廊子之间的压力非常大，我们就像蚂蚁一样，应该问题不大。

几个人都松了口气，被这么一吓，我们都清醒了一点，那种莫名的激动有一定程度地减退。

潘子继续向前，走得更加小心，几乎是在跳一种节奏极其缓慢的舞蹈，我们的心也跟着他的步伐跳动。好不容易走到了廊柱尽头的山崖石上，下面一百多米就是山洞的所在。

我们给他打下去的手电光太发散了，潘子打起五六支荧光棒，一支一支往下丢去。

黑暗中几道光直落向下，有几道像流星一样消失在了深渊的尽头，有几支掉落十几米后，撞在了瓦顶上，弹了几下停了下来。同时荧光棒里面的化学物质因为剧烈震动而发生反应，光线越来越亮，隐约照亮了冰穹里面的情形。

接着，潘子丢下绳子，一直垂到了下面瓦顶，然后迅速地滑了下去。

看着潘子稳稳地落到了瓦顶之上，我们悬着的心才放下。潘子朝我们打了几个手势，意思大概是：过程安全。

我们又开始兴奋起来，接下来第二个就是华和尚，我们陆续小心翼翼地照葫芦画瓢，一拨一拨有惊无险地下到了瓦顶之上。

一百米的平衡木和一百多米的绳索攀爬可不是儿戏，我到下面之后几乎站不稳，要潘子搀扶才能在琉璃瓦上站定。回忆起在冰木廊柱上的感觉，我的腿不由自主地就开始发软。

七支手电四处去照，发现这一座冰穹中的斜坡峭壁大概呈三十度的夹角，山洞很深，宫殿直入山体内部，看不到最里面的情况。山顶和灵宫之顶几乎贴合，我们所站的瓦顶是其中最外面一层架空“大殿”的屋顶，檐头的飞檐都是朝凤龙头，屋脊两边是镇宅的鸱吻，黄瓦红梁很有皇气。我们几个人歪歪扭扭地站在上面，大有周星驰版《决战紫禁之巅》的感觉。

胖子想去掀一片瓦片看看，却发现瓦片和瓦梁被冻得死死的，根本掰不下来，只得作罢。我们又一个一个小心翼翼地扒着飞檐的龙头，用绳子下到灵宫正门外的门廊处。

门廊是类似于祭祀台的地方，架空铺平的地面都是石板，常年的寒冷让石头脆化，脚踩上去嘎嘣作响，随时可能断裂。这里应该是当年修建入山栈道的尽头，现在栈道已经被拆毁了，一边就是一片漆黑的万丈深渊，而左右两边是一排铜质的覆盖着冰屑的鼎，里面全是黑色的不知名的古老灰烬。

铜器的风格和宫殿的样子，都有非常明显的汉族风格，看样子汪藏海无论到哪里承包工程，设计方面还是无法超出他自己的民族和时代限制。或者说，也可能以当时东夏的国力，只能去掠夺边境民族的东西来凑合了。

另一边就是灵宫的宫门，门前立着一块无字王八石碑，石碑后面就是灵宫的白玉石门，门很大，几乎有三人高、两人宽。石门上雕刻着很多在云中舞蹈的人面怪鸟，说不出名字，在门上方的黄铜门券是一个虎头，门缝和门轴全被浇了水，现在两边门板冻得犹如一个整体。

站在这里看上面的冰穹，微弱的光线从上面透下来，我的眼睛都似乎蒙了一层雾，看见的东西都古老了很多。这种感觉很难用语言来表达。

华和尚要在这里先拍摄一些照片，我们乘机喘口气，四处看看。叶成四处走了一圈，看到下面的悬崖后，感慨道："我真的搞不明白，这万奴皇帝为什么非要把陵寝搞在这种鸟不拉屎的地方，平地上不好吗？这不是折腾人吗？"

我道："做皇帝的想法和平常人是不一样的，也许是和他们的宗教有什么特别的关系。你看西藏有很多的庙宇，都是建在一些人根本无法到达的地方，为的就是要接近天灵，我们这种俗人无法理解。"

胖子摇头表示不同意："我感觉修建在这里的原因很简单，就是不想让别人上来。这皇陵里面肯定有什么好东西，万奴皇帝这老小子捂着当宝贝，死了也不给人，咱们这次得好好教育教育他。"说着就和郎风一起拿出撬杠去撬宫门。

我听着好笑，胖子这人就是实在，要是他做皇帝，不知道会把自己陵墓设在哪里。

玉石石门后面没有自来石，用撬杠用力一卡，两边门轴的冰就爆裂了。我们用凿子将门缝里的冰砸碎了，门才勉强可以推开一条缝隙。一道黑气涌了出来，我们赶紧躲开，华和尚说没事，这是黏在门背后的防潮漆，现在都给冻成粉了。

宫门拉开一条缝后，就再也动不了了，似乎是门轴锈死了。我拿手电往里面照了照，空旷的灵宫里什么都看不见，里面的黑暗好像能吸收光线一般。

叶成迫不及待地就想进去，却被胖子拦住了，他转头问闷油瓶："小哥，你先看看，这地方会不会有什么巧簧机关？"

闷油瓶摸了摸门，又看了看门上的浮雕，看了半天，摇头表示不能肯定："你们跟在我后面，别说话。"

这人说的话一定要听，已经是我们的共识了。我和胖子大力点头，几个人都掏出防身的东西。

闷油瓶闪身，跨过高达膝盖的门槛，一马当先走了进去。我们紧跟其后，越过门槛，忐忑不安地走进去。走到里面黑暗中的那一刹那，我突然感觉到一股极度的异样向我袭来。

我这时想到，我们可能是踏入此地的第一批人。想想这几百年间，这座无人注视的巨大宫殿中发生过什么呢？

第六章

灵宫大殿

灵宫大殿是整个陵墓地上建筑的主体部分，规模最大。进入之后，第一眼看到的就是灵宫中间灵道两边的石礅大柱子，大概间隔五米一根。我想起影画上他们用“飞来剪”吊棺椁时候的情形，想必这里所有的东西，都是用这样的方式一点一点从我们现在认为最不可能的悬崖上吊上来的。

石柱中间的黑暗里，可以隐约看到黑色的大型灯奴，再后面就是漆黑一片。不知道为什么，手电照过去，竟然没有任何光线的反射，似乎那里是一片虚空一样，也没有看到任何的陪葬品。

胖子打起火折子，想去尝试点燃灯奴，我对他说不可。这座建筑还矗立在这里没有倒塌，低温是一个重要的因素。如果点燃大量的灯奴，造成瓦顶的冰晶融化，可能会造成一些小坍塌，所以还是不要了。

我们只能靠手电在黑暗中前进，所有人都不说话，似乎怕吵醒了这灵宫里的什么东西。四周静得吓人，空气中只剩下我们脚步的回声和大家沉重的呼吸声。

叶成是几个人里最没见过世面的，走了几步就忍不住说道：“太安静了，怎么感觉浑身凉飕飕的？越没声音我就越慌，咱们说话，别搞得和做贼——"

话没说完，闷油瓶做了个噤声的手势，让他闭嘴。胖子轻声对叶成道："你别出馊主意，咱们不就是贼吗？这位小哥的耳朵灵着呢。你一说话，咱们踩到了机关都听不出来，你担当得起吗？"

叶成一听这里可能有机关，忙捂住嘴巴，紧张地看向四周，唯恐有什么暗器飞来。

华和尚道："也不用这么紧张，这里是祭祀用的，东夏的政权很可能每年还来这里祭奠，有机关的机会不大，而且这里也有点年头，不用担心。"

"胡说。"胖子一听，想反驳华和尚。

我拍了他一下，让他别多事，刚才还让别人别说话，自己说起来没完了。

外面如此厚的冰穹，一旦封闭就很难再打开了，栈道也早就烧了，这说明灵宫封闭之后压根儿就没人打算回来，华和尚不可能没想到。不过，在这种事情上不必增加无谓的恐慌。

我们继续往前，走了不到五分钟，已经来到灵宫大殿的中央，前面出现了一座玉台，四周围着几只人头鸟身的巨大铜樽，玉台之上立着一座很大的黑色雕像，我们必须仰头才能看清楚。这雕像雕的不是人，不是佛，就像一根爬满地衣的扭捏的柱子，谁也说不出那是什么，看上去非常诡异。

胖子问华和尚道："这是什么？灵宫里不是放墓主的坐像吗？难道墓主是长得这个德行的？这……不是一只大蚂蟥吗？"

华和尚道："这可能是东夏宗教中被异化的'长生天'——他们的主神。"

"这神长得也太没溜儿了吧。"胖子喃喃道，"和洗衣服的棒槌有什么区别？"

我又拍了一下胖子，让他积点口德，咱们现在还在它的地盘上呢，他就不怕遭到报应？

不过，我知道这诡异的黑色图腾，并不是长生天。我对萨满虽然不了解，但是知道长生天是没有形象的，长生天代表一种无处不在、无限的力量，是一种宇宙崇拜。华和尚这么说要么是在晃点胖子，要么是在掩饰自己的心虚。

这里的环境的确给人一种莫名的紧张感，除了陈皮阿四和闷油瓶还是那副臭脸，其他人都或多或少地都有点异样。

但是，如果灵宫之中放的不是崇拜的神龛，那应该就是墓主人的坐像了。难道真如胖子说的，东夏皇族长得是这个样子的？不可能啊！这——这根本不是人的形状，这看上去，更像海地拜物教中的邪神。我在上海看展览的时候看过一次，那边的神才是这么一坨一坨的锅巴一样，犹如巨型的软体动物。

我突然想起那条铜鱼之中的记载：东夏皇族都是从地底挖出来的怪物，难道就是这东西？不会，这东西只能说是个妖孽，我相信东夏人不会蠢到认块锅巴当皇帝。

如果能知道另外两条铜鱼中记载的东西就好了，就不用猜得如此辛苦了，不知道什么时候才有这个机会。

正胡思乱想着，一边的潘子叫了我们一声：“你们看这里。”

我们转过头去，发现潘子已经攀上一座铜樽，从人面鸟的嘴巴里，小心翼翼地捧出了一个东西。

潘子也是个闯祸精，我紧张道：“小心机关。”

潘子点点头，十分小心地去捧。很快，一只镏金青面獠牙的铜猴被起了出来，身上还雕刻着无数奇特的花纹，犹如文身的小鬼。

我们都很好奇，从来没有见过这种设计的樽器。潘子跳下来，捧到我们中间，几个人围过去看。看来看去，只发现这东西竟然是青铜的，其他一点也说不出个所以然。

在考古中这种事情是常见的，因为墓葬一方面是有着严格规定的神秘学，另一方面又是墓主个人的事情，很多墓葬中都出现过无法言喻的陪葬品。那些既定规则的东西你可以去收集和整理，无限接近事实，但是个性化的东西就只能猜了。有很多的东西，历史上只出现过一次，除了墓主，谁也无法知道这是什么意图。

华和尚检查了一遍其他四只铜樽，也发现了相同的东西。他推测说，如果这一根棒槌是他们的主神的话，四周的应该是主神的守护兽，这可能和当地非常地域化的神话传说有关系。咱们不在那个朝代，无法了解真实的情况。只不过让人想不通的是，为什么会是青铜的材料，明朝的时候已经是十分发达的铁器时代了。

在图腾的四周查看了一圈，没什么发现，我们又往里走了走，里面一片黑暗，不知道有多深。

此时，让我感到有点奇怪的是，灵宫大殿之内，祭祀用的巨鼎、长明往生烛、暖阁、宝床、宝座和神位，都没有踪迹。不过东夏国一直蜗居在长白山密林深处，也不知道是个什么样的生活状态，这些东西也许在女真习俗里并没有。

胖子此时已经有点烦躁了，他来这里的目的，就是摸东西，跑了一路却没见到任何可以带走的明器，如何能不郁闷？走着走着他就问我们，能不能让他去那些灯奴后面看看，看看后面的黑暗中有什么。

闷油瓶对他摆了摆手，意思是不行。他取出一支荧光棒，往那边一扔，只见一道绿光闪了过去，掉落到灯奴后面的黑暗里。绿光一下子便消失了，好像是扔进了黑色的棉花里一样。

胖子看着咋舌，轻声问道："怎么回事？"

闷油瓶摇了摇头，表示不知道。

我对他道："我们在外面看大殿没这么大，我们的手电没反光，殿墙肯定有吸光的涂料。离群独走，我保证你回不来，还是不要轻举妄动的好。"

胖子道："那你们拴根绳子在我腰上，摸到东西算你们一份，算你技术入股，百分之……十，如何？"

我最烦胖子这德行，怒道："你要疯，等我们都出去了再疯，现在别连累我们。"

潘子也道："你猴急什么？这才到哪里啊？要是等一下你拴根绳子进去，拉出来就剩条大腿了，你说我们是进去找你还是不找你？你看人家陈老爷子的队伍多齐心，你别给我们三爷丢脸。"

胖子"唉"了一声，失望道："得，你们人多，说不过你们，胖爷我服从组织安排就是了。在没有查明敌情之前，绝对不背叛组织。"

"查明了也不准背叛，你现在就开始捞油水，进了地宫怎么办？你能装得了多少？"我怒目道。

胖子举手表示投降，嬉皮笑脸。我知道他的脾气，现在说什么也没用，拿他没有办法，只好提醒自己留一个心眼儿看着他，免得他闯祸。

再往里走，我们就看到了大殿的尽头。那里还有一道玉门，是用四块汉白玉片嵌接而成的，门轴盘着琉璃烧制的百足蟠龙，门楣浮雕乐舞百戏图，门上雕刻着两个守门的童子，门后同样没有自来石，门是用水浇死的。我们撬开之后，发现门后是通往灵宫后殿的走廊，漆黑一片。

胖子看到门上的两条龙，顿时又来了精神，眼睛发亮，对我们道："我在一拍卖会上见过这种门，这叫作蟠龙轴琉璃闩，整一扇门拍到了两亿，还是港币呢。哎呀，这门看上去也不是很重……"

我知道他想鼓动什么，泼他冷水道："你省点心吧，那是炒作，现在现金的古董交易，能超过两千万就是天价了。这门最多就值四十万。"

"不会吧！"胖子不信，"四十万炒到两亿？有这么离谱的事情？"

我心说我口袋里的两条铜鱼都值两千万呢，但是真卖的时候谁会买。现在拍卖行的勾当谁不知道，都是想着三年不开张，开张就吃一辈子，碰到个愣头青真掏两亿买扇门，下辈子的工作就只剩下花钱了。

胖子的世界观顿时被我摧毁了，看着门神情有点呆滞。我们不理他，进入走廊，向后殿走去。

后殿一般就是地宫的入口所在地，一般都会放一口装饰性的棺椁，点着长生蜡烛，终年不灭，或者是堆积大量的祭品，由守陵人定期更换。东夏这种常年处于战争状态下的隐秘边境小国，料想也不会有太多的好东西，不过，地宫入口一般设在里面，我们必须进去看。

进入走廊，两边加上头顶，全是壁画，壁画上蒙着一层冰，冻得灰蒙蒙的。我在缝隙中看过那一块双层壁画之后，一直对这种记叙性的东西感兴趣，于是打开手电看起来。

一看却觉得浑身发凉，只见壁画之上，画的几乎都是盘绕在云雾之中的百足龙，盘起的、飞腾的，满墙都是，乍一看就像爬满了蜈蚣一样。

壁画分成好几个部分，有的壁画画着很多穿着裘皮的士兵，朝天上的百足龙叩拜，有的还画着两条百足龙缠绕在一起，不知道是在交媾，还是在争斗。

每幅壁画之上，百足龙必然都是主体部分，四周的人物都显得非常渺小，而且谦卑至极。显然，东夏人对这种蜈蚣龙的崇拜，比我们汉人对蟠龙的崇拜有过之而无不及。

叶成掏出相机把壁画全都拍了下来，这在卖明器的时候可以用到。因为东夏是不确定的政权，有陵墓的照片，价格能翻上好几倍。

“你们说这陪葬陵里葬的是什么人？万奴的老婆还是手下？怎么净画这种壁画？”叶成边拍边问。

我也不知道，心里也觉得有点异样。

一般来说，陪葬陵的墓主人会有两种：一种是自己的子嗣和亲属，另一种是自己的宠臣。子嗣和亲属的话，壁画的内容应该多是生活场景；宠臣的话，一般就是在朝的场景，比如说，文官治水、武官伐兵之类的画面。画着如此多的神化龙形，如果在主陵里看到还可以说正常，在这里就不对劲了，而且……壁画之中看不见陵墓主人的形象。

就算以龙为主体，这些画突出龙的威严，那在下面虔诚叩首的应该会有一个领头人。因为是陪葬陵，带头人必然是万奴王，而这座陵的主人应该在万奴王的左右祀奉，但是壁画上所有的人都是奴隶或者士兵的打扮，没有任何的领头人。

这在皇陵壁画之中，简直不合常理。不符合三纲五常的壁画，画在这里等于没画。

胖子突然问道：“会不会这里的壁画也是双层的？”

我摸了一下，这里的壁画有些已经脱落了，没有什么特殊的，便摇头说不是。那道火山缝隙中的壁画，背后肯定有一个故事，不然在这么一个地方有着两层壁画，实在说不过去。

我一边胡思乱想，一边继续往前走了两百多米。壁画突然没有了，走廊到了尽头，后殿的出口出现在了前方。

出口处无门，不过中央摆着一只青铜鹤脚的灯台，有半人高，造型很奇特，上面起了一层白色的冰膜，使得颜色看起来偏黑。

我们走出走廊，来到后殿之内。胖子打起一支冷烟火四处观瞧，发现后殿的格局和大殿几乎相同，只是小了很多。我们可以直接看到四周的殿墙，墙上仍旧是漫天的百足龙壁画，颜色当初应该都是鲜艳的红色，现在都被冻成灰的了。

后殿之内空空如也，没有任何的陪葬品，就连搜索都不需要，一目了然。中间横放三张黑色的雷纹盘龙石床，上面覆盖着雕刻有云边的木台，都已经被冻得开裂了。

这就是停棺台，棺椁被抬进来之后，暂时就放在这里。这里有三张，显然当时入殓的时候并不是只有一具棺椁，陪葬者的妻儿也同时陪着他下葬了。

当陪葬者的陪葬，听起来就感觉非常不幸，但是在那个年代，也没有办法。

三张石床后边的地上，一块四方形的巨大石板凸出，石板上雕刻着两只人面怪鸟，呈现环绕状，石板的中间浮雕着太极八卦图。这是封墓石，地宫的入口必然在这块石板之下。

除此之外，后殿真的是啥也没有，空旷到了过分的地步。

胖子看了一圈，道："万奴老儿真吝啬，舍得钱给手下盖房子，舍不得钱买家具，这叫别人怎么过啊？肯定好东西全被他一人占了。"

华和尚道："别胡说，能盖这么大一个陵墓，还会舍不得几个祭品？这他娘的肯定有什么特别的原因。"

我也感觉没这么简单，这后殿之中的情形有点不太对劲，即便是一个边陲小国，如我们所预料的国力不足，但再怎么说，破船也有三斤钉，没有金银，一般的铜器总会有几件的。

又搜索了一圈，四周也没有通道通往其他地方，我们就来到封墓石板的一边。胖子甩开膀子上去用力抬了一抬，纹丝不动，忙招呼别人来帮忙。

为防石台下面有毒沙、毒水之类的陷阱，闷油瓶仔细地检查了封墓石板边上的青砖地面，确定并无问题之后，郎风把顺子往一边的停棺台上一放，就和华和尚、叶成他们上去推动石板。

几个彪形大汉力气真不是盖的，就听"嘎嘣"一声，石板给移开了少许。他们继续用力，缓缓将整个石板推到一边。

我们往石台下面一看，却吃了一惊。石台之下并没有任何密道入口的痕迹（没有封墓门的条石），而是如边上一样的青砖，只不过因为石板压在上面长达百年，地上有一个四方形的印子，用脚一踩，有凹凸感，石板上的青砖已经被压入地下几毫米。

“怎么回事？”潘子奇怪道，“这封墓石是假的？摆设？”

“不可能，这是最基本的葬式，玩什么都不会玩这个，入口肯定就在这里。”华和尚道。

“会不会封在这层青砖下面了？”叶成问。

我皱起眉头，这些砖头没有被铁浆封死，看上去似乎有点问题，但是要我下结论，我又不知道怎么说。

胖子道：“管他呢，反正没人，难得到一回皇陵，拆了砖头看看就知道了。”

叶成马上附和：“其实我也是这么想的，我们这些人现在已经不能说是在盗墓了，我们现在干脆就叫明抢。盗墓的时候还怕惊动四周的居民，怕遇到巡逻的警察，但是现在最近的警察局也在八百里外，我们根本就不用怕什么。”

我们所有人的肾上腺素都开始过度分泌。挖掘和开地宫永远是令人兴奋的时刻，有时候开棺都没这一刻紧张，这一点谁也无法否认。

闷油瓶蹲下身子，用他奇长的手指夹住一块青砖，用力一拔，硬生生地将砖头从地上拔了起来。叶成和华和尚看得目瞪口呆，嘴巴都合不拢。

胖子很得意，脸上大有“看见没，咱们兄弟厉害不”的表情。闷油瓶却不给他面子，看也不看他。有了一个缺口就好办了，我们忙上去帮忙，用登山镐将砖头挖出来。

让人奇怪的是，下面的砖头仍旧没有铁浆的痕迹，全部是交错结构，并不难挖。

我不祥的预感又重了一点，因为地宫的入口处是堡垒最森严的部分。当年孙麻子挖慈禧墓，要不是有炸药，连地宫石封的皮都铲不掉。这里如此轻松就能起出青砖，就肯定不对了，会不会下面有什么蹊跷？

但是闷油瓶不说话。一般而言，如果有问题，他肯定能马上发现，他不说话，我说话似乎又没资格。

半支烟的工夫，我们就挖出了一个大坑，最后一层青砖被起出后，数了一下只有七层，大概是因为这里建筑的高度是固定的，要想不撞到洞顶，只能牺牲底下铺地砖的数量。坑底下面，竟然露出了一块黑色的、类似于布满花纹龟壳的石头。

“是不是封石条？”叶成兴奋起来。

“不是。”最下面的华和尚敲了敲，把黑色石头四周的砖头都起出来，砖头下面出现了一只八仙桌大小、黑色的双头石雕龟，龟壳上雕刻的花纹，看起来竟然是一张女人的脸。

“这是怎么回事？”众人不解，这应该是地宫入口的地方，竟然埋着一只石头乌龟。

“怎么没有墓门？”潘子刚才出力最多，喘着气纳闷。

“先搬出来再说，看看龟下面是什么。”华和尚也摸不着头脑，开始乱指挥。

其实不用搬就知道，乌龟下面肯定什么都没有，我已经看到乌龟底下的黑色山岩了——我们已经挖到洞底了。

几个人手忙脚乱地跳入坑内，想将石龟抬起来，才蹲下身子，胖子就“咦”了一声，似乎发现有什么不妥。

我凑过去一看，只见胖子挂在腰上的工兵铲，不知道为什么竟然黏在了龟的背上。胖子用力一掰，掰了下来，一放手，那工兵铲又被吸了过去。

我看着奇怪，难道这龟是用磁石雕刻的吗？

几个人围过去看，都啧啧称奇。胖子掏出一枚硬币往乌龟背上一扔，“当”的一声，吸得牢牢的。胖子自言自语道：“嘿，真逗啊，这么大的磁铁，这墓主人是收废铁的？”

陈皮阿四在上边休息，看我们发现了什么，以为是找到了入口，问怎么回事，华和尚便把情况向他汇报。

还没说完，陈皮阿四的脸色就变了，他忙让叶成搀扶他下来，走近那只龟，从自己口袋里拿出指北针。一看之下，他的脸色几乎绿了，狠狠地把那指北针一砸，冷声道：“糟糕，我们被骗了！这个陪葬陵是个陷阱，我们中计了！”

第七章

博弈

我看着陈皮阿四的表情，顿时觉得不妙。这个老家伙一路过来，一直闷声不响，只在关键的时候说几句话，从来都没有什么恼火的表情，但是现在，明显是真的大怒了。

华和尚也察觉到了这一点，紧张起来，问道：“老爷子，怎么回事？”

陈皮阿四脸色非常难看，对我们道：“这里的龙脉被人做了手脚，这条三头老龙是假的，龙头的方向错了！”

我心里“咯噔”一下，忙掏出自己的指北针去看。果然，无论怎么转动，指针都是指着黑色的石龟，显然，这古怪的东西磁性极强。

我马上明白了陈皮阿四的意思。看风水脉络的，方位非常重要。刚才一路过来，陈皮阿四都是靠这个指北针，配合自己心里熟背的罗盘来确定龙脉的走向和方位。但是，这里埋着一只磁石雕刻的东西，体积这么大。当我们靠近这座山的时候，指北针里的南北指向肯定会受到影响，那他当时用来判断龙脉走向的依据就是完全错误的！

这三头龙的格局是在这错误的依据下判断出来的，那肯定也是假的了！

也就是说，这里根本不是龙头，什么昆仑胎、外面巨大的冰穹，都没有了存在的理论依据。它们都是一种假象，都是引导我们走入这个陷阱的心理暗示!

汪藏海肯定是想到了以后能找到这里的人，必然有相当高的风水造诣，所以早就做好了准备。在我们还没有进入陵墓，还没有提高警惕的时候，就进了他的套。

我突然感觉到一种无力感，昆仑胎、冰穹，如此巧妙的设计，竟然只是为了一个陷阱！汪藏海果然对盗墓有着深刻的了解。一直以来，我都嘲笑那些笃信风水的建筑师，风水没有给墓主人带来任何福荫，反而为盗墓贼指明了无形的方向，但是我们犯了同样的错误，被一个古人硬生生摆了一道。

现在是和一个死了有几百年的人博弈，结果第一局还没开始我们就被将军了，真是出师不利。

胖子和潘子还不明白，我把事情给他们一解释，胖子还不是很相信，说：“不可能啊，那时候怎么可能有这么大的磁石？”

我感慨道：“这只石龟，肯定是用磁性陨石雕刻而成的。这东西的价值非比寻常，可是汪藏海用它来压墓，看来为了保护云顶天宫，老汪是下了死力气了。”

“我靠，不可能。”胖子还是不肯相信，说道，“这里修得这么正规……”

说到一半他也意识到了，这座灵宫建筑制式的确正规，但是里面一点灵宫的必需品都没有。其实我们早就发现破绽了，只是谁也没想到整座灵宫竟会是一个圈套，只因为它的制式太正规了。

陈皮阿四脸色铁青，也不说话，只是狠狠地盯着那石龟，眼神非常可怕。

我和华和尚他们在那里合计，这一下子算是完蛋了，我们的粮食肯定不够再转向去三圣山，这一次恐怕要先回山村补给，那这一趟来回，算是完全白走了。而且我们几个损伤都很大，估计回到村里还得花时间休息，这时间损失不起，阿宁他们就算走得再慢，也到了。

现在还不知道三叔这些安排的目的，但是无论从什么角度来讲，我们都已经处在下风。

想到这里，人就不由得有一些烦躁。这件事情其实谁都没有责任，不过，人在遇到挫折的时候，有人是祸头总是有好处的，不然火没处发，只好在那里郁闷。其他人的脸色也不好看，但是如今也没有任何办法了。

胖子看我们都有点泄气，说道：“算了，那我们快回去，不过是走错路了，咱们出去再来。阿宁他们才那么几个人，不可能把东西全运出来，咱们动作快一点，还有洋落儿好捡！”

我一听他脑子里全是洋落儿，突然生出一股无明火，冷笑摇头说：“你知道什么，三叔几乎是牺牲了自己的生意来拖慢阿宁他们的进度，但我们还是慢了一拍。如果回去再回来，不知道要给他们落下多少，三叔可能就会凶多吉少。你只知道明器，什么都不关心，别在这里瞎叫。”

胖子听了也不爽，破口就想戗我，叶成把他按住：“好了，好了，现在不是吵架的时候。”

气氛一下子很尴尬，胖子甩开叶成，骂了一声，走到一边去抽烟。华和尚摆了摆手，说道：“白走一趟，大家都不好受，现在主要是想办法补救。咱们镇定点，想想怎么办吧。”

胖子道：“什么补救，我认为没关系，这么大一个磁石戳在这儿，谁到这里来都要倒霉。你们就敢说阿宁那帮人没中招？说不定他们的方位也全错了，现在已经给边防打成蜂窝煤了。我们应该把这里摸一遍，把能带的都带走，然后用最快的速度折返，在山下重整装备再来，别浪费时间，既然已经中招了，不面对现实怎么行？”

我知道胖子其实说得没错，可能我们到最后还是不得不按他说的原路回去再来，但是现在他这样的论调在这里是不受欢迎的。

潘子马上摇头：“说得轻松，要你现在按原路回去，你有把握回得去吗？就算你认识路，咱们走了一天了，你皮糙肉厚的不觉得累，我们可吃不消。就算要回去也肯定是明天早上，小三爷的担心是有道理的，这样耽搁时间，三爷所做的部署就全白费了。”

胖子一听马上就抓狂了：“三爷，三爷，去你的三爷！你们连那老瘪三在想什么都不知道，还扯什么淡！胖爷我为什么非得掺和到你们的家务事里来？老子是来摸明器的。不管了，老子自己摸完自己走，你们陪那不阴不阳的老鬼一起去死吧。”

说着，胖子就扯起自己的包，打亮手电，往走廊走去，不过，才走了两步，闷油瓶就拦到了他的面前，不让他继续走。

胖子对闷油瓶有点忌惮，不好对他发作，但是又不好下台，问道：“干什么？别拦着胖爷我发财。”

闷油瓶道：“你不觉得奇怪吗？我们到了这里，好像情绪都很焦躁，连吴邪都发火了。”

闷油瓶一说，胖子就一愣，马上转过头来看着我。众人都脸色一变，我心里也“咯噔”了一下。

是啊，刚才的无明火就是突然起来的，发得一点道理也没有。我不知怎么的，突然就有一股烦躁从心里散发出来，胖子以前就是这样一个人，再不靠谱的话我都听过，但我怎么就发飙了？这不是我的性格啊！

以我的做事方式，就算真的有人说不中听的话，我也不会在这种场合去挤对他，而且刚才胖子的反应也太大了。

难道真是被四周的环境影响了？我转头看向四周，四面一片漆黑，手电照过去，整个黑暗的空间里只有我们几支手电是亮的，黑暗犹如黑色雾气一样，把我们团团围在里面，非常压抑。但是压抑归压抑，我感觉这不是那种莫名焦躁的源头。

“怎么回事？好像刚才真的有点邪门，突然就发火了。”胖子也醒悟过来，问闷油瓶道。

闷油瓶对我们道：“我也不清楚，不过我看这里不仅仅是一块磁铁这么简单，现在一定要冷静。你们争论也没有用，这里既然是陷阱……”他顿了顿，“汪藏海花了这么大的精力设置这里，能放我们进来，不一定能放我们出去。”

我心里的烦躁一下子又浮了上来。一想到闷油瓶的话，我硬把怒火压了下去，说道：“那现在怎么办？”

闷油瓶不说话，只是看了一眼陈皮阿四，后者也看了他一眼。闷油瓶道：“既然已经入了套，我们只能走一步是一步，现在下结论能不能出去还太早。不过，不管怎么样，我们必须把这只乌龟毁掉，然后在这里搜索一下，确定再也没有同样的东西，不然我们来几次都是一样。”

众人都怒目看向那只乌龟，显然从来没有比现在更恨这种动物。

大磁铁打碎了，也只是变成小磁铁而已，还是会对指北针有影响。要完全消除磁性，只有用火烧。

我们掏出无烟炉的燃料，浇在乌龟身上，然后胖子点起一根烟，猛吸了一口，往里面一扔，火就烧了起来。无烟炉燃料的热量极其大，一下子，我们就感觉炽热的气浪轰了过来。

华和尚拿出指北针，看里面的指针转动。

很快乌龟就给烧得通红，就连四周的砖头也都给烧成了红色，我们趁机靠到砖坑边上取暖。

这里没有任何可以用来焚烧的木头，用高纯度的燃料，很快就烧完了。大概半支烟的工夫，底下只剩下了滚烫的砖头和通红的乌龟。

"怎么样？"我问华和尚，凑过去一看，只见指针已经不再指着那只乌龟了，磁性已经消失了。他又拿着指北针走了几圈，确定地下再无其他的磁石，才点头说"搞定"。

此地不宜久留，既然是个陷阱，我们再无留恋，几个人收拾了一下。我想着闷油瓶说的话——能放我们进来，不一定能放我们出去，心中已经有了一点不祥的预感。会不会我们进到这个后殿之后，外面已经发生了什么变化，有什么不可知的变故正在等着我们？

我脑子里闪过几个不太好的画面，又马上否定掉，现在也只是推测，没必要自己吓自己，走一步是一步就行了。

不过，我的预感总是在倒霉的时候出奇地准确，就在我们准备重新进入走廊的时候，突然，不知道从后殿的哪个角落里传来一连串"咔啦咔啦"的声音。

"咔啦咔啦"的声音极脆，十分刺耳，我们都听到了，马上停住了脚步，转头去看。

声音并没有停止，而是一直在延续。我听了一会儿，发现竟然是从我们焚烧过的那个砖坑里传出来的。

我心里奇怪是什么声音，便小心翼翼地走回去，探头一看，只见坑底的那只乌龟竟然裂了开来，大量的裂缝在乌龟壳上蔓延。同时，我们看到一股奇怪的黑气从裂缝中飘了出来，速度很快，瞬间膨胀上升到了空中，犹如一个巨大的软体生物，从乌龟的体内挤了出来。

接着，黑气和我们头顶的黑暗连在了一起，不停地蠕动，看形状，竟然和我们刚才在外面大殿之中看到的黑色图腾越来越相似。

“这是……长生天！”胖子脸色惨白，大叫道。

“你别吓人。”华和尚道，“可能这乌龟是空心的，热胀冷缩，就裂开了，里面有什么东西给烧焦了。”

胖子变色道：“空心的？那这黑烟会不会有毒？”

“应该不会，没这个先——”华和尚话没说完，闷油瓶突然做了噤声的手势，让我们不要说话。

我被他的动作弄得一下子冷汗都出来了，忙捂住嘴巴。所有的人都屏住了呼吸，四处去看，想知道又出什么事情了。

我四处转头，听到自己的心在怦怦作响，就像打鼓一样，四周却没有什么异样。在这极度安静的后殿中，除了石龟的爆裂声，还有一种非常轻微的窸窣声，不知道是从哪个角落里传过来的。

我听了半天，也没有听出那是什么声音，连它的方位也感觉不出来，好像这声音是直接进入我大脑的。这座灵宫在冰穹里面，不可能被风吹到，这声音肯定不是风声。

上方的黑烟越来越浓，那种窸窣声也越来越密集。很快，四面八方全都传来这种声音，听得人浑身直发痒。

闷油瓶的脸色越变越难看，不停地转身，看着积聚在头顶上的黑气，自言自语道：“烟里面有东西！”

华和尚听着那窸窣的声音，又看了看那只石头龟，似乎也意识到了什么，脸色一下子变了：“这烟是虫香玉？乌龟里有虫香玉！汪藏海想让我们死。”

“虫香玉是什么东西？”我问道。

没人回答我，但是我知道我很快就会知道。闷油瓶指了指一边棺床上躺着的顺子，示意郎风背上他，然后一指前面走廊：“跑，不要回头！不管什么东西掉到身上，都不要停，一直到出去，快！”

第八章

骚动

我一看闷油瓶的脸色，就知道他绝对不是在开玩笑。在鲁王宫里碰到血尸的时候，他都没露出这种表情来，看来这次的事情肯定很严重。

但是此时我又不好去问他到底出了什么事，只得答应一声，拔腿就准备招呼别人跑路。

我认为我对闷油瓶的指示贯彻得已经非常彻底了，没想到一回头，发现叶成和胖子他们已经跑进走廊里了，暗骂一声没良心，忙跟了上去。

冲过了走廊，撞开玉门来到大殿，那种窸窣的声音不减反增。此时，已经可以明显感觉到声音来自房顶的所有方向，就好像无数只脚在头顶摩擦横梁，听着让人直起鸡皮疙瘩。

但是抬头向上看去，却是无尽的浓雾一样的黑暗，什么都看不到，更不知道是什么发出的声音。我们站在这样的黑暗和不安底下，恨不得马上离开，所有人跑起来都几乎是拼了命。

相信所有人都有体会，在黑暗中遇到自己恐惧的东西，你一个人逃跑，跑不了多远就会停下来。但是如果大家一起跑，到后来就肯定一发不可收拾，你的想象力和落单的恐惧不会让你停下来。

不过，人跑步的速度终归有差别，叶成已经给吓破了胆，跑得比兔子还快；胖子跑得也不慢。这两个人速度最快，一下子就飞了出去，我们几乎跟不上，加上黑暗中看背影几乎不能分辨出谁是谁，很快，几个人就拉开了距离。我在后面勉强追着，只能凭借手电的光点来分辨方向。

也不知道跑了多久，我的力气几乎都用光了，脚步不由自主地慢了下来。看着前面的手电光也逐渐变慢，似乎是目的地快到了，我也松下劲来，心里庆幸，幸亏体力比以前好了不少，不然肯定就被他们落下了。

等我跑过去一看，前面几个人都停了下来，撑着膝盖大口地喘气，却不见出去的石门，前面还是一片黑暗。

我问怎么回事，怎么不跑了。

叶成上气不接下气，脸上青筋开始暴出，道："不对……不对劲……我刚才留意过，大殿一共是五百步距离，我的步长是一米，以这样百米狂奔的速度，估计两分钟不到就到了。可是现在，跑了早已不止两分钟，至少应该看到玉门了，但是前面还是什么都没有，有问题！"

胖子道："会不会你数错了？哪有人每一步都绝对是一米的？"

叶成自豪地笑起来："绝对不会错，我的一步就是一米，不超过一厘米的误差，你要不信，咱们可以打赌，我们回来我已经跑了快一千步了，肯定有问题。"

后面的人也跟了上来，看到我们不跑了，速度也慢了下来，跑到我们身边停了下来。几个人都背着沉重的装备和厚衣服，这一通跑下来，全都累得气喘如牛，几乎都要摔倒了。华和尚大口喘着气，道："怎么停下来了？快跑啊，一口气跑出去再休息。"

叶成把情况一说，华和尚脸色也变了，抹了抹头上的汗道："怎么回事，我们进来的时候没走岔路啊，怎么一往回走就找不到路了呢？"

我想了想，心说，肯定又是中招了，这里必然用了什么我们不知道的手段，便对他们道："果然小哥说得没错，汪藏海根本就没想让我们出去。"

"那怎么办？"胖子问，"我们换个方向，往左跑！"

我左右转了转头："不行，既然原路都回不去了，肯定是朝任何地方跑，都会跑到四处不着边的地方，永远到不了头，不用白费这个力气。”

叶成骇然道：“我靠，那我们岂不是要被困死在这儿了？”

我在海底墓穴中领教过这些机关的厉害，但是也摸到了一些门路，对叶成说：“那倒不至于，我们有这么多人在，肯定能出得去，只要集思广益，就不会有问题。毕竟，汪藏海只能在他的能力范围内动手脚，机关再精密，也肯定是有破绽的。怕只怕汪藏海困住我们不是本意，那头顶上的怪声，才是我们要担心的东西。”

我又抬头看了看上边，窸窣之声已经密集到让人发痒的地步，心中骇然。叶成用手电扫来扫去，上面灰蒙蒙一片，只能隐约看到彩绘的房梁，快要把人逼疯了。

华和尚道：“待在这里不动也不是办法，要不我们兵分四队，朝两个方向跑，这样总归有一队能先出去，不至于全军覆没。”

胖子大叫道：“你看看清楚，人还没到齐，我们就这么几个人，怎么兵分四队？”

众人一听，忙四处看，一数手电，果然，几个人顿时就蒙了。

闷油瓶、陈皮阿四、背着顺子的郎风，还有潘子都没赶上来。我靠，一半的人都没了，我还以为他们都在我们四周。

刚才跑的时候乱成一团，也没有注意到他们是什么时候掉队的。现在回头去看，四周看不出一点光线，根本无从寻找他们的下落。难道是刚才跑的时候跑岔了路？如果跑进了这里的黑暗当中，那就麻烦了，在这种情况下走散，几乎等于自杀。

我捏了捏眉头，仔细回忆了一下刚才的细节。我们并不是跑在最后的，那些人，比如说潘子，他一向的习惯就是在最后，这是他当兵养成的习惯，这样可以监视所有人的行动；陈皮阿四年纪大了，也是在我们后面；郎风背着个人，行动不便，也跑不快；而闷油瓶是职业级别的突然失踪人员，他在遇到情况的时候一般会习惯性地殿后，然后突然失踪。

这些人都在我们后面，显然他们失踪的时候离我们并不远，刚才我们跑得太疯狂了，一点也没有察觉到。

华和尚他们一下子没了头儿，不知道该怎么办才好。胖子扯起嗓子就大吼了一声："老潘！你们在哪里？"

他的声音一落，忽然就听到一边传来了郎风的声音。这声音根本无法让人辨别方向，叫得却极其响，只听郎风大叫道："我靠，和尚！快把手电灭了！看头顶！"

第九章

墙串子

“灭手电？”我一听，蒙了，已经少了这么多人，还灭手电，要是再少了怎么办？这不是找倒霉嘛，忙看向华和尚，想他老成些，看他怎么反应。

华和尚也紧张得要命，看见我看向他，竟然还问我：“灭不灭？”

胖子关掉手电，道：“听他的，灭了看看！”

我马上关掉手电，华和尚他们也陆续关掉，四周一下子就陷入了绝对的黑暗当中。我们赶紧抬头看房顶，一开始还是一片漆黑，什么也看不到，胖子正想骂人，忽然上面就亮了起来。我们马上看到，无数绿色的小光点密密麻麻地聚集在房顶上，乍一看，好像看到了漫天的星海一样。

“这是……五十星图？”

我听到边上华和尚惊讶道，抬头再一看，果然，上方的绿色光点组成的形状，隐约是一个五十星图的样子，但又不是很像，因为这些绿色的光点竟然是移动的。

“这下发财了，这么多夜明珠！”胖子惊讶道。

“不是，夜明珠哪有这么小。”我冷汗都下来了，“在动，是虫子！”

"虫？什么虫？"胖子一下子就紧张了，大概是想起了尸鳖，"萤火虫？"

"不是，萤火虫是一闪一闪的，我没——"话还没说完，我突然感觉到脖子里痒了起来，好像什么东西掉进了我的领子，忙用手一摸，摸到了一团东西，一捏就被我捏死了。

当时凭借着手感，我就感觉到不妙，这是节肢动物，而且好像长了很多的腿。

我把这东西用手指从脖子里捏出来，打开手电一看，心里忽然一毛，忙扔到地上。

那是一只巴掌长、长得非常像蜈蚣的虫子，前后的触须很长，身体细长、分成十五节，每一节的背上都有一个绿点。但是，它和蜈蚣明显不同的是，这虫子的脚非常长，几乎和它的身体等长，而且非常多，犹如很多毛长在躯干两侧。

我知道这种虫子叫作蚰蜒，有的地方管它叫墙串子或者蚓蛸。这东西非常邪门儿，我小时候什么都敢碰，但是就是不敢碰它，总觉得一看就浑身不舒服。我们家乡的传说，这东西只要爬到你的身上，给它爬过的地方全都会腐烂。最可怕的是，这东西会往人的耳朵里钻，现在看到，我一下子就浑身发麻。

墙串子在《聊斋》里面也有记载，最大能长到三尺，而且和蜈蚣、蜘蛛一样，都是妖性很重的东西。

看到这虫子我就全身发紧起来，突然头上又痒了起来，一摸又是一只，是从上面掉下来的。

我顿时大叫起来，忙把它拍掉，然后戴上了登山服的帽子，一照地上，我靠，不知道什么时候，地上已经爬了好些这种虫子，而且还有更多不停地从上面掉下来。

下面的人无可避免地中招，华和尚反应没我这么快，已经跳了起来，不停地将他脖子里的东西拍出来，但是一点用也没有。那东西见缝就钻，很快就钻到了他的衣服里面。而且地上的虫子也不知道怎么回事，全都围向我们，从我们的鞋上往上爬。

胖子一只手拿出脸盆罩在头上，另一只手用工兵铲不停地拍打。我看到叶成抱住了脑袋，赶紧去帮他，拉开他的手一看，只见他的耳朵里已经爬进去了好几只。

有些墙串子和蜈蚣一样有剧毒，甚至毒过蜈蚣，我宁可身上爬满蝎子，也不愿意招惹这种东西。我让他侧转头低下，拍打他的脑袋，好把虫子拍出来。

我们边拍边跑，但哪里都像下雨一样，墙串子不停地往下掉。正在我们要抓狂的时候，忽然"啪"的一声，远处的一盏灯奴亮了起来，不知道是谁给点燃了。

我正在纳闷这时候谁还有心思去点灯，忽然地上的墙串子就起了反应，开始向灯奴的方向爬去。

远处传来顺子的声音："几位老板，点起火！这些虫子会在温暖的东西上产卵，不要让你的身体成为四周最暖的东西。"

原来是顺子这小子，我心说，看样子他醒过来了。

我和胖子一听，赶紧爬上一边的灯奴。这东西是用石头雕刻而成的，造型是一个人背着一个盆子，盆子里面就是灯芯。灯奴有一人多高，我爬上去一看，盆子里的万年油都被冻成肥皂了，里面爬满了虫子。

我拿起打火机烧了烧灯芯，火苗一开始很小，但是随着里面万年油的融化，慢慢旺了起来。油盆子里的墙串子看到火苗，竟然毫不犹豫地围了上去，几只墙串子缠绕在一起，被火烧得噼啪作响。

我再一次打开手电，向屋顶照去，上面的横梁彩画已经发生了变化，似乎刚才的图案是由这些虫子排列而成的。这时候其他地方也点起了灯奴，火光在黑暗中显得非常灰暗，我还是看不到边上的人，但是已经知道了他们的方位。看来这里的黑暗并不是不能用光来穿越，而是我们的光线不够强而已。

头上还是有零星的虫子掉下来，但是大部分都掉到灯奴那个方向去了。我们几个用手护着头，向一边的灯光跑去，跑了几步就看到郎风还有顺子。郎风倒在了地上，不停地抽搐，顺子一边摸着后脑，一边给他拍身上的虫子。

我跑上去，问顺子他怎么了，顺子道：“完了，虫子跑进他脑子里去了，进得太深，挖不出来了。”

胖子“啊”了一声，不由自主地挖了挖耳朵，自言自语道：“幸亏我耳屎多。”

我问顺子：“还有没有的救？”

顺子摇头道：“不知道。在我们村里，一旦中了这虫子，死活是听天由命的。”

我翻了翻郎风的眼睛，已经没有知觉了，看来真的够呛。不过，这其实也是好事情，因为这家伙是陈皮阿四手下的人，到时候如果和陈皮阿四翻脸——这是迟早的事情——肯定非常难对付，现在他中了招，我们手里就多了一分胜算。

潘子从远处叫了一声，让我们全部围过去。我对顺子道：“先不管了，人集合到一起再说吧，你脑袋没事吧？”

顺子点了点头，纳闷道：“我怎么突然就晕过去了？我记得你们要炸山，怎么，这里是什么地方？”

我一时没反应过来，胖子马上道：“你真糊涂了，我们本来只是想放个礼炮，没想到雪崩了，有山石掉下来，砸到你头上了，把你砸晕了。我们被雪裹到了这里，好像是座庙，我们也弄不清楚是怎么回事。”

顺子想了想，道：“我没一点记忆了，不过，你们怎么可以在雪山上炸东西？简直太乱来了……不行，你们回去得给我加钱，这买卖不合算。”

胖子还想说话，我怕胖子扯到哪里去都不知道了，拍了拍他道：“别扯淡了，这事情咱们待会儿再说，快点过去。”

说着，我和胖子两个人一起抬起郎风，想把他抬到潘子那里去。郎风个子太大了，我们两个几乎用尽了全部的力气，才勉强把他推得坐起来。

郎风抽搐着，脑袋已经挺不直了，耷拉在一边，我想着怎么把他抬得立起来。这个时候，胖子突然皱了皱眉。

我顺着他的目光看去，发现郎风的后脑有一块被打过的痕迹，虽然不是很明显，但是仔细一看能发现。

我心里"咯噔"了一下，这说明郎风并不是中了毒，而是被人打晕了。我看了一眼正在背郎风背包的顺子，刚想问他是怎么回事，胖子嘘了一声，示意我别说话。

我看了看胖子的眼色，不知道他什么用意，只好还了一个眼色过去，然后抬起郎风，吃力地往潘子的方向去了。

经过一段黑暗，我们到达了潘子的那盏灯奴之前，陈皮阿四和潘子都等在那里，唯独不见闷油瓶。我问潘子："那小哥呢？"

潘子道："不是和你们在一起吗？我一直没有看到他。"

我向四周望去，除了我们和顺子点起的那两盏灯奴外，没有第四盏灯奴亮起来，远处只有两点朦胧的火光幽幽地毫无生气地立在那里。

按理说，在那种环境下，听到顺子的叫声，怎么样也会点上边上的灯奴，不然肯定会被这些墙串子围死的。如果他不点上，难道是在听到顺子叫之前，已经像郎风一样中招失去了知觉？

也不可能啊，像他那样的蚊香体质，应该什么虫子见了他都怕才对。

胖子对着四周的黑暗大叫了一声，声音一路回旋，在空旷的灵宫里面绕了很久，可是没有人回答，好像闷油瓶根本没有进来过一样。我静下来一听，也没有任何呼吸声和脚步声。

我心里明了，以这个家伙的身手，应该没有什么东西能够在毫无声响的情况下制住他。如果他这样无声息地消失了，肯定是他有什么特殊的理由，或者发现了什么东西，自己离开了队伍。即使我们现在跪下来给他磕头，他也不会出现的。

潘子和胖子又叫了几声，确定没有回应，就打起手电准备去找。我把他们拦住，道："这时候千万别走散了，我们先把伤员处理好，然后一起去找。"

众人一想觉得也对，马上围到了郎风边上，陈皮阿四检查了一下郎风的伤势。以他这种老狐狸的性格，我看到他几乎立即就发现了郎风后脑的伤口，但是他一点惊讶的表情也没有露出来，而是看了我一眼，不知道在想什么。

我忽然感觉到有不对劲的地方。不对啊，刚才背着郎风回来的人，是胖子和我，按一般的逻辑关系，陈皮阿四不可能会怀疑在山村里临时找来的顺子，那他就很可能认为，击伤郎风的是我和胖子中的一个，或者是我们两个。

那他以后会对我们采取什么策略，这事情就不好说了。这真是把枪口往自己身上拽啊。

话说回来，顺子是退伍兵，怎么说也是边防第一线的正规军，要说他打昏一个郎风，也应该不是什么困难的事情。他可能是忌讳着我们，到底我们的身份不明，又明显都不是什么好东西，所以暂时装傻来迷惑我们。那我也不能去拆穿他，这里环境这么复杂，多一个朋友好过多一个敌人。

当时就不应该找个当兵的来做向导，我自己在心里嘀咕，感觉到关系乱成一团，不知道该怎么处理才好。

一边的顺子将郎风放倒，然后从口袋里拿出两支牙签，将他的耳朵撑开，将里面的墙串子剔了出来，扔到地上，胖子马上一脚踩死。

顺子和我们道，墙串子被他们叫作雪毛子，是非常罕见的中药，一般是在雪线下活动的，在雪线上从来没有见到过，不知道这里怎么会有这么多。郎风脑子里中了虫子，估计坚持不了多长时间了。

一般来说，通过耳朵进入大脑，那是扯淡。我摸了摸郎风的下颌，发现红肿，肯定是墙串子在他耳朵里咬了一口导致他中毒了，没有顺子说的那么严重，只不过这些虫子到底是从哪里来的，真的让人搞不懂。

胖子看着头顶，道：“肯定是藏在屋顶的瓦片里，给那个什么虫香玉一熏，就醒了过来，这一招还真狠。不过，那老汪难道知道我们会烧磁龟？”

我心说那是肯定的，既然把磁龟埋在封墓石的最下方，必然是希望盗墓贼发现，然后对它进行破坏。不论是烧还是砸，估计都会导致虫香玉的挥发，熏醒隐藏在宫殿瓦顶上的蚰蜒，但是对灵宫有所敬的人如果不破坏，那磁龟在这里，就能永远保证云顶天宫的安全。

华和尚带了一些药品，给郎风注射了一支，说是暂时可以保住他的命。注射完了之后，我们将郎风的外衣脱掉，将衣服里面蜷缩着的虫子拍掉。清理干净了，潘子对陈皮阿四道：“四阿公，这虫子的毒性很厉害，我们最好快点离开这里，要再有人给蜇一下，药品就不够了。”

陈皮阿四看了看四周，皱起眉头。叶成叹了口气，把刚才我们发现自己被困的事情说了一遍给潘子听。潘子一听之下也是疑惑到了极点：“你确定？不会是我们走岔了？”

叶成刚想说话，顺子“嗯”了一声，说道：“奇怪。”我回头一看，原来是他刚才点燃的第一盏灯奴的火光，在远处的黑暗里消失了。

灯奴里面的灯油几百年没用了，现在能点着已经谢天谢地了。我对他说这没有什么好奇怪的，但顺子还是皱着眉头，又拍了我一下，让我再看。

我有点不耐烦了。这个时候，我看到我点燃的那第二盏灯奴的火苗抖动了起来，似乎有什么人从旁边走过，带动了风，吹动了火苗。

大殿之中绝对没有风，如果边上没有东西经过，绝对不会发生这样的事情。

我以为是闷油瓶回来了，想叫一声，胖子却捂住了我的嘴巴。我看到火苗的光隐约照出了一个人的轮廓，但肯定不是闷油瓶，因为这个影子太高大了。

我感觉有点不对，但是火光太暗了，实在连个轮廓也照不清楚。陈皮阿四看了几眼，突然手一扬，打出一颗铁弹子，直掠过远处灯奴的火苗边上，劲风带起火苗，亮了一下。我们马上就看到了一个脖子长得有点异样的人影，站在灯奴的边上。

第十章

百足龙神

陈皮阿四的铁弹飞过之后，闪动的火苗瞬间又暗淡了下来，那边的人影变得模糊，一下子又看不清楚了。铁弹最后不知道打在了什么上面，发出一声脆响，滚落到地上，声音在空旷的灵宫里回荡，听得让人直起鸡皮疙瘩。

火光闪起的那一刹那，所有人都被这影子吓了一跳，顺子更是惊慌，吓得轻声叫道："这是什么东西？"

华和尚马上把他的嘴巴捂住，不让他继续说话，几个人的手都下意识地按到自己的刀上。

陈皮阿四对我们摆了摆手，让我们不要这么紧张，然后给华和尚使了一个眼色，后者马上几步跳上一边的灯奴，一手将火拍灭了。

我不得不佩服陈皮阿四的冷静，在这么诡异的环境下，任谁也不会想到把自己身边的光源拍灭，都是希望自己身边越亮越好，但其实身处在黑暗中才是最安全的。

灯奴一灭，四周又一下子暗了下来，如浓雾一般的黑暗将我们包围了起来，另一边的灯奴却显得更加明亮。

我们“啪啪啪”把自己的手电也灭了，一起屏住呼吸，看着那边的影子。身边的黑暗一下子刺激了我的神经，我感觉到心脏跳动得非常厉害。

这影子明显是一个人的，大部分的身体还是隐没在黑暗中，让人觉得非常异样的是他奇长的脖子，和他身上一些让人难以言说的、似乎是刺或是触须一样的东西，看上去竟然不像是人类，而像是一种……一种鸟类。

我本能地感觉到一阵寒意，除了闷油瓶，其他人都在四周了。这影子看着又肯定不是闷油瓶，难道这里还有其他人？

那他是什么人？怎么会出现在雪山顶上的灵宫中呢？难道刚才这里的雪崩引起边防的注意了，这人是来探路的？

也不会，先不说雪崩发生在山谷里，就是真发现了，赶过来起码也要一天时间，不会这么快到达。

我突然又想到，这个灵宫是汪藏海设下的一个陷阱，既然是一个陷阱，必然是险恶万分，落入陷阱的人绝对想不到里面等着他的是什么。这个影子，会不会就是汪藏海设立这个陷阱的时候，安排在这里的怪物呢？

我们大气也不敢出，死盯着那个影子，指望着能从它的动作和形状中推断出是什么，最起码能让我们知道这东西到底是人还是其他的什么东西。

但是奇怪的是，那个影子也是直直地站在那里，犹如一座泥雕，连晃也不晃，似乎根本不是活物。

等了片刻，双方都没动静，胖子开始沉不住气了，轻声说道：“不对劲啊，是活物它就得动，这东西一动不动，是不是我们看花眼了，那是那些灯奴映在柱子上的影子？”

叶成道：“胡说，灯奴不是都在边上站着吗？怎么能自己走到这边来？”

胖子轻声道：“不是说天地灵气，琵琶都能成精吗？说不定这里的石头灯奴就成了精了，自己能走动。”

我被他说得浑身不舒服，一下子也没有多余的智慧来判断胖子说的话。早几个月的时候我连粽子都不信，现在我见过的粽子可以搓上两桌麻将了，要说世上没有妖怪，我真不敢判断。但是胖子说是这石头灯奴成精，我感觉更多的还是一句玩笑话，胖子越是在危险的时候说话越是不靠谱，这也和他的性格有很大关系。

但是胖子有一样没说错，只要是活的物体，它肯定得动啊，就算是个粽子，它也不可能像石头那样站在那里。这影子一动不动，就太奇怪了。

不管是什么东西，我们也不能一直在这里僵持着。虽然我看不见，但是我知道这里四周爬满了墙串子，如果再有人被咬，虽然不致命，但是雪山上缺医少药，也是要命的事情。

我们轻声一合计，想法基本相同。胖子用非常低的声音道："那咱们就别在这里欣赏它的身材了，偷偷摸过去看看，要真是个人，摁倒就揍！"

几个人答应了一声，我感觉到身边有风一闪，心急的已经摸了过去。一片漆黑也没办法布队形什么的，我硬着头皮朝着那唯一的火光走去。

那灯奴离我们也不是很远，走了几步那影子就越来越清晰，我看着也越来越怪，不自觉地，一种不祥的感觉越来越强烈起来。在几乎走近那灯光能照到的区域的时候，我下意识地放慢了速度，埋伏在黑暗里，缓慢地轻轻地靠过去。

那黑色的影子几乎就在我的十步之外，我眯起眼睛看着他，一点一点地，我的心跳越来越快，冷汗开始不停地往外冒，祈祷着老天不要让我看到我不想看到的东西。

可是，随着越来越靠近的视野，我已经逐渐意识到老天可能不会保佑我这种盗墓掘坟的人。眼前的那东西越来越清晰，一下子我连脚步也迈不动，只觉得浑身发软，最后竟然整个人都僵在那里无法动弹。

我都无法用言语来形容我看到的，那只能说是一条巨大的"蚰蜒"形状的东西。我知道最大的蚰蜒能长到一米多，但是这一条显然更大，像蛇一样扬着半个身体，缠绕在一座灯奴上。我们看到的脖子，其实只是它的两只大毒颚和长触须形成的影子，无数的长脚垂着，整条巨虫一动不动，似乎正在吸从灯油里挥发出来的气体。

在蜈蚣科里，加勒比海加拉帕戈斯蜈蚣能够长到四十到六十厘米，但是长到一米多的至今还没有发现。从这么巨大的体形上来看，这条虫子的寿命，恐怕有上千年了。

四周传来了几个人的呻吟声，我甚至听到胖子非常轻地说了一句：“你大爷的！”显然其他几个摸过来的人也看到了，开始不敢相信自己的眼睛。我想到我们在半路上看到的那块刻着蜈蚣龙的黑色巨型墓道封石，忽然明白了为什么东夏人的龙会长着蜈蚣的千足！

看样子是他们退入深山之后，看到了这么巨大的蚰蜒，把它神化为龙的化身了。

脑子里一片混乱间，我听到有人打了几声呼哨，意思是：“退回去！”当时也不知道这话是谁说的，我不自觉地就往后退去，一直退，一直退，也不知道退到了什么地方，四周一看，一片漆黑。

原来华和尚把我们那边的灯奴灭了之后，我们没有了后退的目标，一退之下，全都走散了。

我重新打起手电，想点起一盏灯奴，来吸引他们的注意力，却看到不远处那巨型蚰蜒的影子晃动了一下，它边上的灯奴熄灭了，一下子巨型蚰蜒就消失在了黑暗里。

我忽然想起顺子说的蚰蜒有趋热的习性，顿时感觉不妙。同时在很远的地方，华和尚打起了一支冷烟火，叫道：“大家千万别点灯奴，所有人看着我的冷烟火到我这里集合。”

我听到许多只脚在地板上爬动的声音，频率极高，我一听也不知道它往哪里爬，反正声音是越来越响，赶紧撒腿就跑。

混乱中，我听到胖子在另一个方向叫道：“为什么不点？点上这个东西，暂时拖一下那大虫子，不点它就直奔我们来了，它这么多脚，我们跑不过它啊。”

华和尚道：“不行！我闻了那灯油，那油里面也有虫香玉，味道一散发出去，更多的这种……这种东西就会爬出来，到时候更麻烦。”他顿了一下，显然不知道怎么称呼这种巨大的蚰蜒。

我一听可能还不止这一条，顿时心里就毛了，一边朝华和尚的冷烟火跑，一边大叫：“那我们拿这条怎么办？”

华和尚道：“到了这里我自有办法，小心自己的身后，这种虫子爬得非常快！”

很快我就冲到了华和尚的身边，一下子四周出现了很多手电的光束，几个人从黑暗里冲了出来。我们跑得上气不接下气，连话都说不上来。胖子捂着胸口一边看着周围的黑暗，一边就问华和尚：“好了，到地方了，有什么办法快说！那东西马上就要过来了。”

说着，我就去听一边那种让人觉得很抽筋的爬动声，但是这一听，那声音却消失了，似乎那大虫子并没跟过来，而是停了下来。

华和尚也是喘得非常厉害，一边咳嗽一边拍了拍背包，说道：“其实也不是什么特别的方法，我们还有炸药，炸死它。”

胖子一听失声笑道：“那好吧，这光荣的任务就交给你了。你去吧，我会帮你照顾老爷子的。”

华和尚说道：“不用我去，我已经安置好了，自然会有人去。”

我忽然从他的言语里感觉到一丝寒意，同时也意识到了什么，转头一看，变色道：“郎风呢？”

华和尚不说话，只是看向一边的黑暗，说道：“准备好，就要来了。”

话音未落，忽然“轰”的一声巨响，一边的黑暗里忽然闪出一团耀眼的火光，我们条件反射般地全部扑倒在地，大量木头碎屑一下子雨一般落到我们头上，整个地板狂震，弹起的木板子几乎撞到我的鼻子。冲击波不大，但是声音很响，震得我的耳膜嗡嗡响，一时间什么都听不清楚。

我抬起头一看爆炸的方向，只见地板给炸出了一个大坑，边缘已经烧了起来。那条巨大的“千足蚰蜒龙”整个脑袋被炸碎了，身体还在不停地扭动，而爆炸的地方，竟然是我们刚才安置郎风的地方。

我顿时就明白华和尚做了什么，难怪刚才那“千足蚰蜒龙”没有追到我们这里来，它是被一边昏迷的郎风给引了过去，而华和尚又把炸药安在了他的身上。

我简直不敢相信自己的眼睛，转头看了看华和尚和陈皮阿四那边，几个人都没什么表情，似乎这事情和他们一点关系也没有。

陈皮阿四看到我的表情，拍了拍我，轻声对我道：“前走三，后走四，你爷爷没教你吗？如果是我，他们同样也会这么对我，做这一行，就要有这样的觉悟。”

“前走三，后走四”是土夫子的土语，意思是做事情之前考虑三步，做之后要考虑四步。土夫子在地下，每动一样东西都是性命攸关的，所以你在做任何事情之前，都必须考虑到后三步会发生的事情和解决的办法。如果发现你无法解决，这事情就不能做。必须把这样的考虑方式养成习惯。

陈皮阿四这样说的目的我也明白，其实像郎风这样的情况，他跟着我们活着出去的机会已经非常渺茫了，他的意思就是，早晚是死，不如让他死得痛快点。

我爷爷也在他的笔记里提过，在地下的时候，有时候等你意识到危险的时候已经晚了，所以在危险产生之前就要考虑到它。盗墓是个细致活儿，又要有胆子，古来不知道有多少半吊子脑子一热就下古墓的，直接就成了陪葬。

话虽然这么说，但郎风就这样死了，也实在是太可怜了，让我一下子觉得连站在陈皮阿四的边上都危险。

可惜此时我也无法表达自己的心情，只好深呼吸一口，尽量装作什么事情也没有发生。

前面的火光逐渐熄灭，这里的木头板子经过长年的冰冻，空隙里面全是空气中的水分凝结成的冰颗粒，越烧越多，越多就越烧不起来。

我们几个向着那个地板上炸出来的坑走过去。我的脚步变得十分沉重，很害怕会突然看到什么郎风的肢体。胖子和潘子却没有什么大的反应，似乎已很习惯了这种事情，或者说，他们可能认为把郁闷表现出来没有用。胖子看我有点无法释怀，还拍了拍我，轻声道：“算了，反正是他们的人，说不定身上还背着人命债呢，出来混总归要还的。”

顺子还不明白发生了什么事情，几乎被吓得有点傻，呆呆地跟着我们。

我走到地板被炸出的破洞处，用手电往下面一照，木头地板下面的砖头给炸出了一个大坑，地下用黑色的石条做了加固的廊子，也给炸裂了，露出一道缝隙，下面是空的。

我知道下面是什么地方，因为这座灵宫的这一部分是修建在陡坡上，但地板是平的，那下面肯定就会用梁柱撑起来的一个三角形空间。所有修建在陡坡或者悬崖上的建筑，比如说布达拉宫，都是这样一个结构。

缝隙中有冷风刮出，显然与外界相连。我回忆了一下，下面的三角空间四周也用白浆墙围着，不知道是一个什么情形，但是有风吹进来，似乎可以从这里出去。

这里显然有什么问题，地面上布满了蚰蜒，如果硬要从正门出去，恐怕会越走越危险，此时炸出了一个坑洞，正好可以让我们脱身。

胖子跳入被炸出的坑中，下面的洞还不能容纳一个人通过，要挖大才行。华和尚也跳了进去帮忙，胖子问我："这样挖下去有没有关系？"

我让他们不要乱来，冬天的石廊子本来就冻得发脆，刚才的爆炸肯定已经把下面的承压结构完全破坏了，这下面不知道有多高，万一突然塌下去，不是塌一个人、两个人，很可能这附近整块地面都会凹陷下去，到时候灵宫就会成为我们的封土。

于是我们在胖子和华和尚腰里系了绳子，另一头系在一边一根巨大的柱子上。我们全都把扣子扣到绳子上，这样一旦发生坍塌，也可以互相照应。

准备妥当，胖子开始用锤子砸下面的石板，没想到才砸了一下，突然"咔吧"一声响从他脚下传来，下面碗口粗的梁子竟然被他踩断了一根，他的脚一下子就陷了下去，一直没到了大腿根。

我被吓了一跳，还以为说塌就塌了，幸好只是脚陷了下去。胖子骂了一声非常难听的粗话，想把脚扯出来，扯了半天，扯到膝盖，却怎么也扯不出来。胖子自己也感到有点奇怪，突然，他的脸色就变了，大叫道："不好，有东西在扯我的脚！"说着人就直往下滑去。

华和尚忙下去拉住他的两只手，用力往上扯，其他人也过来帮忙，想把他的脚拔出来，却没法把他拉到砖坑上面来，似乎下面真的有什么东西把他抓住了。

叶成打开手电，往下一照，众人顿时倒吸了口凉气，只见从胖子踩塌的石廊子的洞中，竟然伸出来一只青紫色的干手，死死地抓在了胖子的脚踝上。

第十一章

夹层

这真是万万也想不到的情况，所有人都慌了。

潘子一手翻出自己腰间的折叠铲，跳入坑中，抡起来就砍，但是胖子的脚甩来甩去，却没砍中，一下子劈在一边的石头上，火星四溅。胖子一看潘子用的力气这么大，大叫："你砍准点，别砍到胖爷我的脚！"

潘子也大叫："你别动，不然老子从你大腿那儿砍！"说着抡起来又是一下，没想到这一下还是没砍中。

胖子大叫："换人，换人！这小子看我不顺眼，要公报私仇了！"

一边的叶成和华和尚跳下去帮忙，想按住胖子的腿，没想到叶成下去还没站稳，人突然也一陷，下面整个石廊子又塌了一块，他整个人都缩了下去。

真是添乱，华和尚忙上去一把抓住他，自己又没站稳，一个趔趄撞到了我拉着胖子的手。我的角度本来就不好用力，一撞就脱了手，胖子整个人就被拖了下去。

事情发生得太快，加上光线不佳，所以才如此慌乱。几个人滚成一团，胖子像肉球一样，一下子摔进了坑底，我和潘子被他带得重重地摔倒在砖坑的斜坡上。当时我就感觉到有点不妙，还没站起来，就听一连串

“刺啦”的声音从砖层下传了上来。

我一听脸色就白了，这声音我太熟悉了，这是我们做建筑受力实验的时候，受冻石质材料大范围纵向开裂的声音。

还没等我想明白，四周就突然一震，整个坑往下猛地一陷，坑下面那部分的石廊子就坍塌了。所有人都没反应过来，突然就失去了平衡，都像坐滑梯一样顺着斜坡滚了下去，裹在砖头里摔到了木头廊塌出的凹陷里。

我还没来得及庆幸自己有先见之明，屁股就一麻，已经摔到了一处斜坡上，然后人就直往下滑去，幸好有绳子绑着，被硬生生绷住了才没继续滑下去，接着四周的砖头劈头盖脸就往脑袋上砸下来。

我屁股摔得生疼，捂着脑袋想坐起来，但是屁股下的斜坡太陡峭了，脚根本借不到力气，只能用手挡开砖头，问其他人有没有事。没人回答我，只听到一连串的咒骂声和砖头的碰撞声。

好不容易砖头不往下掉了，我才能抬头，看了看四周，发现一片狼藉，有几支手电全被裹到砖头里去了，有几支沿着斜坡摔到了下面的黑暗中。幸好这些登山用的德国货结实，一支也没碎。不过一点点光从人和砖头的缝隙里透出来，仍旧什么都照不清楚。边上一片漆黑，头上隐约可以看到一个大洞，是石廊子的破口，我们就是从上面滑下来的。

这里应该就是灵宫大殿的下面，陡坡山岩上架空的那一块空间，我们正摔在陡坡上，要不是有绳子，我们早就滚下去到底了。

叶成就挂在我头边上，被砸得不轻。我拉住他问有没有事，他回答我说吃过中饭了，被砸傻了。

华和尚在黑暗中就叫：“小心，这里可能有个粽子，抄家伙，有蹄子的都把蹄子拿出来！胖子，你在哪儿？抓你脚那玩意儿还在吗？”

胖子在最下面，我们和砖头全摔在他身上，就听他的呻吟声从砖头堆里传出来：“还抓着呢，都快摸到我大腿根了，老子把他夹住了。快把我拉出来，不然你胖爷我的老二要保不住了！”

“那是我的手！”一边的潘子大叫。

“我靠！”胖子怒道，“你要流氓也不会挑个时候！”

没有手电，几个没被压住的人只好摸黑扒拉砖头，将砖头顺着斜坡扒拉下去。潘子先被我挖了出来，不过他的手被胖子夹住了，拔不出来。我们又继续挖，很快把胖子也挖了出来。他如释重负，喘着大气说："你们这些个挨千刀的，还真舍得压我，幸好老子带着神膘，不然这一次就归位了。"

潘子没空和他斗嘴，说："你脚上那东西呢？"

黑暗中胖子动了动脚，似乎感觉了一下，说道："没了！摔成这样还能抓着不太可能，可能被我们撞到斜坡下面去了。这种地方怎么会有粽子？"

华和尚道："肯定还在附近，大家都小心点，拿好黑驴蹄子，先把手电找出来。"

我忙去砖头下摸手电，摸来摸去摸不到，倒是一边的叶成摸到了，把手电从砖头堆里拉了出来，四周顿时就亮了起来。他拿起来马上就朝下面照。

我正在他下面，反感地挡住手电光，刚想让他调暗一点，忽然，我看到叶成的脸瞬间就绿了。

我一看他的表情，顿时就开始冒冷汗，心说，难道在我边上？忙咬牙转头一看，就看到我的肩膀边上，离我的鼻子只有一尺距离的地方，赫然探出了一张青紫色的干枯怪脸。

我吓得"哎呀"了一声，人往后一缩，左手抄起一块青砖就拍了过去，也不知道拍中了没有，转身就往上爬。

这时候，另外几支手电也都给挖了出来，四周一下子全亮了。我往上爬了几步，因为上面就是叶成，根本让不开，又滑了下来，往边上一看，不由得倒吸了一口凉气。

只见这灵宫大殿地下的陡坡悬崖上，被修成了一层一层像简陋的梯田一样的突起，在这些突起之上，几乎整齐地坐满了这样冰冻的青紫色古尸，一层一层，看上去好像庙里的罗汉堂。它们缩在一起，密密麻麻的，面目狰狞，看体形显然都是给冻死的，全部像和尚盘腿一样打坐在这里，影影绰绰看不到头，也不知道到底有多少。

叶成是这里胆子最小的，发抖道："我靠，这里是和尚堆金身的藏尸阁？”说着竟然有点腿发软。

陈皮阿四按住他，摆了摆手，对他道：“不用怕，只是尸体而已。”说着，指了指我的脚下。我低头一看，只见我们脚下的砖块中，竟然也有一具已经被踩碎的“木乃伊”。

“这里的尸体都冻得跟石头似的，一碰就碎。”陈皮阿四道，“这些东西已经不可能尸变了，这里应该没有粽子。”

“那刚才抓我脚的是什么东西？”胖子问。

陈皮阿四道：“你的脚刚才可能是正巧被尸体的手钩住了，不然要是粽子，你以为你还能有腿在？不信你看看自己的裤管。”

胖子低头看了看自己刚才被抓住的裤管，果然有一个破洞，一只呈钩状的干手，就在他脚下不远处的砖头堆里。我捡起来一看，坚硬无比，不可能伸缩去抓人家的腿。

顿时，所有人都松了口气，潘子还夸张地“唉”了一声：“胆子这么小，看也会看错。”

胖子大怒，想反驳又实在找不到理由，只好在那里生闷气，喃喃道：“刚才那手真的是抓了我的脚了，被钩了、被抓了我还分不清楚？不信拉倒。”

我们用手电向四周照去，这里是大殿之下，空间很大，因为尸体排得很密，看不到尽头。不过，除了尸体，倒没有什么其他令人起疑的物体。

潘子问华和尚：“这里怎么会有这么多尸体？老子连听都没听说过。”

“看情形应该是个殉葬的隔层，这个……我完全看不懂了，没有任何朝代的皇陵是这个样子的……这些尸体到底是什么人？”华和尚自言自语。

我压住恐惧，用手电照其中一具尸体，发现尸体的五官保存得还算完好，眼睛都闭着，脸上皱纹横亘，却都没有胡子，浑身都覆盖着一层薄冰。让人害怕的是这些古尸的皮肤，都是青紫色的，嘴巴张得很大，里面长的竟然是獠牙。

“这些可能不是人类。”胖子看着道，“你看这口牙，亲个嘴儿能把人家脸皮给揖了去。”

“不是人类？”叶成脸色又白了，“那是什么？妖怪？”

“有可能就是传说中的‘雪人’，只不过这些没毛。”胖子开始胡扯。

“放屁！”华和尚喝道，“什么妖怪、‘雪人’的，这些尸体的牙齿是自己磨尖的，这是古萨满教的一个习俗，后来因为太麻烦，用面具代替了。这些肯定不是明朝那个时候的女真人。你看这些尸体的衣服，都非常原始，不是女真或者蒙古的样式，还有你看，尸体外面有的还裹着麻布，这是冰葬形成的木乃伊。”

我突然想起在小圣山谷扎营那一晚看到的冰葬坑，道：“难道这些尸体是汪藏海挖山修陵的时候，挖出来的冰葬的先人遗骨？”

华和尚点头：“肯定没错，这一处胎形山洞，以前可能是个墓地。当地上古先民在这里进行冰葬，不过被汪藏海规划成假陪葬陵了，这些尸体肯定是挖掘山洞的时候挖出来的。”

胖子问：“如果真像你说的，为什么不直接烧掉，把这些尸体摆在这里的目的是什么？”

“谁知道。你看这些木乃伊这么可怕，萨满教有很多原始诡异的行巫仪式和诅咒，据说都需要借助尸体。这里的布置，可能和萨满巫术有关，也许会有什么诡异的事情发生。说不定我们在上面怎么走也走不出去，就是因为这些尸体，咱们必须小心一点。”

我想起秦岭之中的尸阵，似乎有着大量尸体的地方，总会发生这种类似于鬼打墙的事情。难道真的是邪术在作怪？

萨满教并不是完全的宗教，它其实是一种原始巫术，也就是说，它是有实用价值的，和药理、精神崇拜有着相当的联系，我对萨满的了解仅限于清宫戏里跳舞的萨满法师。不过，据说萨满巫术和中国的奇门遁甲一样，在历史上分段地失传了，一部分好的东西引入了藏传佛教，一部分邪恶的东西则突然消失。从古籍上可以看到，远古早期，萨满巫术很多仪式极其阴邪乖张，有着大量关于诅咒、尸体方面的内容，都和蛊术有着千丝万缕的联系，而厍人就是信奉蛊术的，这两者之间是不是有什么共同点？

胖子听了华和尚的话，恍然大悟道：“难怪，进到这个灵宫总感觉脚下直烧，浑身不自在，原来底下埋了这么些个粽子，万奴老儿的良心真是大大的坏了。”

华和尚道：“我也是推测，现在最重要的是怎么出去。咱们分头找找四周有没有出口。”

说完，华和尚又道：“但是要小心，怎么说这里也看着有点邪门，总归会有安全隐患，而这里的山崖太陡了，一旦出事，想跑也跑不了。”

众人答应。胖子早就等不及了，几个人解开登山扣，拿起手电，就分散开去，开始小心翼翼地在这陡峭的峡壁上寻找。

在这么多尸体中行进并不是一件让人愉快的事情，但是有点奇怪的是，尸体越多的地方，你倒越觉得不慌，可能是害怕到了一定程度后就会有一种逆反式的情绪。

尸体排得极密，每一排中间并没有留下供人行走的空间，我们几乎都是从尸体和尸体的缝隙中挤过去的。尸体有老有少，全都已经冻得犹如青紫色的岩石。我看到有些尸体还戴着铜质的法器，都已经完全锈绿。几乎所有尸体的下半身都和下面的岩石融合在了一起，你若要搬动它，除非将它敲碎。

找了半天，我的这个方向并没有收获，看着自己离其他人越来越远，总觉得心里不安，正想假装找完了回到破洞处问其他人的结果，就听潘子叫了一声：“死胖子，你在干什么？”

我们顺着潘子的声音朝刚才胖子寻找的那个方向望去，只见胖子不知什么时候停止了搜索，反而是在下面的尸堆中，面向我们阴阴地蹲在那里，面无表情地张着嘴巴，乍一看上去，脸上竟然泛起一股青紫色，和边上的尸体无异，不知道在搞什么鬼。

第十二章

藏尸阁

整个藏尸阁里一片漆黑，几支手电的光束交叉在一起，光线凌乱。胖子所在的角落离我们几个人都很远，手电照到那边，由于四周的尸体遮挡，影子一层叠了一层，纵使照得透彻，我们也看不太清楚。

只不过胖子脸上的那种青紫色却不会看错，那种诡异的、木然到阴森的表情，和边上的尸体实在太像了，更是让人直冒白毛汗。

潘子原本以为胖子又在瞎闹，又叫了一声，胖子还是毫无反应，犹如雕塑一般一动也不动。潘子看出苗头不对，对我们道："好像是出事了。"

我皱起眉头，不知道说什么才好。胖子的表情和动作与这里的尸体如此相像，如果不是他在耍我们，就肯定有不妥的事情发生了。但是其他人都没事，怎么偏偏又是他？看他这副德行，难道是被这里的鬼附身了，还是中了萨满的诅咒了？

我们逐渐顺着陡坡滑下去，靠近胖子蹲的那个地方，也没看到他周围有什么和其他地方不同的东西，全是青紫獠牙的尸体。走到离他还有四五米距离的时候，潘子摆了摆手，让我们别动，然后给华和尚打了个手势。

在陈皮阿四的团队里，郎风是胖子这样的先锋类型，华和尚是师爷，叶成类似于打杂的，几个人还都有自己特别的能力，但是现在郎风死了，华和尚的能力也不弱，所以潘子会给他打手势。

我感到了差距，如果是我们这一队，打先锋的人倒是很多，但是勉强可以成为师爷的我就太弱了。想想少了闷油瓶之后，如果对方没有华和尚，那有事情就得我上了，我和华和尚的能力差得太远了。

华和尚看到潘子的手势，点了点头，他们两个人各自翻出猎刀，反手拿住，就向胖子摸了过去。

两个人很快就摸到了胖子边上，而胖子却没有转头看他们，好像那些搞行为艺术的街头艺人假扮的雕像一样，岿然不动。

我的手心里全是汗，不知道为什么总感觉有点不对。这时候，前面的两个人停了下来，其中潘子已经离胖子非常近了，几乎抬手就可以碰到他。可是，这两个人突然向后面摆手，让我们别靠近了，自己也开始往后退。

我的心脏开始狂跳，不知道他们看到了什么景象。只见潘子退到我的身边，转头对我们道："麻烦了，他身后的那具尸体有问题。"

"什么麻烦？"我问道，"是个大粽子？"

潘子让我们别问，做了个手势让我们跟着他。

我们跟着他穿过几具尸体，下了几层梯田，来到了胖子的侧面。他一指，我顺着他指的方向一看，只见胖子后面，盘坐着好几具青紫色的尸体，但是其中有一具，与众不同！

只见这一具尸体脑袋极大，几乎有普通人的三倍大，五官都看不清楚，犹如一个大头的还未发育成熟的婴儿，有一条奇怪的舌头从那具尸体的嘴巴里伸了出来，竟然盘绕在胖子的脖子上。

我顿时就头皮发麻，心狂跳起来，脖子几乎都僵硬住了，捂住嘴巴不让自己惊叫出来，轻声道："那是什么？"

"这可能是一个尸胎，那尸体所在的位置，肯定是整个灵宫的养尸穴。这具尸体正好在这个点上，时间一长，就起了变化，变成了现在这个样子，再有个几百年，恐怕就要成精了。"陈皮阿四在另一边轻声道，说完后，表情突然变得很奇怪，好像想到了什么事情，又道，"不对！这条龙脉不是假的吗？怎么会出现养尸穴？这……"

华和尚一看陈皮阿四的表情，似乎也突然明白了，表情一变（我感觉华和尚其实早就想到了，但是为了照顾陈皮阿四的面子，所以经常等到陈皮阿四想到之后才做出反应），问陈皮阿四道："老爷子，难道，这是个'连环扣'？"

"连环扣"是一种骗术，是外八行里老千一个"雀"字局里的伎俩，讲的是把真的东西做成假的，再做成真的，然后留一点破绽，让其他人看的时候，看到破绽，看破最外面"真"的面纱，以为这东西是假的，其实这东西确实是真的，也就是空城计的一种。

陈皮阿四冷笑了一声："是啊，假的，假的龙脉上怎么会有养尸穴呢？汪藏海这老家伙，'连环扣'玩得很绝，可惜你百密一疏，终于还是出了破绽了。"

我还没听懂，问华和尚到底是怎么回事。

华和尚解释说："真是太悬了，我们差点就被骗了，幸亏摔到了这里来。你记不记得，我们发现方位被作假了之后，一直以为这条龙脉是假的，但是这里出现了尸胎，假龙脉上没有宝穴，是不可能出现尸胎的，这样就出现破绽了。看样子那磁龟也是汪藏海陷阱的一部分，是想让我们误以为自己上当了，误以为整条龙脉都是假的，其实龙脉是真的，只不过格局并不是三头龙，那只磁龟只是将一条普通的龙脉格局修改成了群龙座的极品大局，这其实很容易。"

我"哦"了一声，顿时有了眉目，风水方位其实在决定一条龙脉的好坏上非常关键。比如，一条独眼龙，自西向东，那就是腾龙，自东向西，就是伏龙。你埋一只磁龟，改变一下当地的风水方位，那伏龙就可以伪装成腾龙。（后来我查了一下，原来三只龙头全部朝东，才能叫作群龙座。而长白山三条圣山脉全都是朝北，那只有中间的三圣山才是龙头，其他边上两条叫作双蛇盘护，也是风水佳穴，但是不宜葬人，只适合修建庙宇。而磁龟一放在那里，北就变成了东，陈皮阿四才会做出了错误的判断。）

我不禁感慨，这样复杂的设局，这种斗智的程度，简直不可思议。想想我们刚才完全被骗了，如果不是发现了这里的尸胎，我们肯定是灰溜溜地回去了。

我们和汪藏海，中间隔了一千年的岁月，但是我突然就感觉到他的思想几乎就在我的面前流淌。他在一千年前定下的计策，竟然还能够把我们玩得团团转，这个人到底是什么来路?

潘子在一边轻声道：“你们竟然还有心思说这些，现在死胖子怎么办?对付这东西黑驴蹄子管用不管用?”

陈皮阿四摇了摇头，表示不知道，华和尚也皱起眉头，显然都不知道怎么对付。

这种时候是最讨厌的，我们不知道胖子这样被舌头绕着，会不会有什么危险，但是贸然去救又怕形势恶化，两边都无计可施。潘子和我急得满头是汗，又不知道如何是好。

没想到的是，我们那边没动，胖子那边倒是先有了反应。胖子突然摔倒在地上，然后就被拖着动了起来。那大头尸胎蜷缩着爬动，用舌头扯着胖子，开始朝陡坡的下方迅速地拉去。胖子僵得和石头一样，一点反应也没有。

要是给它扯到下面去，那胖子就死定了，形势一下子就升级了。潘子叫了一声“追”，我们马上就冲了下去。

那大头尸胎一见我们冲了下来，马上加快了速度，顿时，胖子就在坡道上滚了起来，一路把那些尸体撞得七零八落。我们在斜坡上根本不能跑，干脆像坐滑梯一样顺着就滑了下去。

很快就追下去十几米，突然，我们看到胖子在斜坡上消失了，一瞬间就不见了，大家大惊失色下冲到那边，马上就看到斜坡之上竟然有一个洞，胖子已经被拖进了洞里，只剩下两只脚在外面。

潘子一跃而起，猛虎扑食一样扑了过去，一下子抓住胖子的两只脚，然后用力去拉。我“哗啦”滑过了头，又双脚乱蹬爬回去，也去帮忙。接着叶成、顺子和华和尚也冲了下来，华和尚扯下一条登山绳绑在胖子的腿上，这样，除非把胖子拉断，否则那尸胎怎么也拉不赢我们。

我们这么多人，很快胖子就给硬生生扯了上来。那条舌头紧紧勒在胖子的喉咙上，几乎抠进了肉里。胖子青筋直暴，双眼翻白，几乎就不行了。潘子翻出军刀，抬手就是一刀，洞里顿时传来一声女人的尖叫，舌头断裂，胖子就被我们拉了出来。

我们赶紧扯开那条断舌，丢进洞里去，然后给胖子按胸口，胖子的身体马上就能动了，开始摸着脖子大口地喘气和咳嗽。潘子怕那东西又蹿出来，猛扯出工兵铲，用手电照着洞里，不过照了一会儿就放下了武器，似乎是尸胎已经钻下去了。

我们都松了口气，忙给胖子捶背，捶了半天他才缓过来，心有余悸地看着那个破洞，说道："谢谢，谢谢各位好汉。"我问胖子到底是怎么回事，怎么一动不动像弥勒佛一样。

胖子自己也不知道，说就感觉找着找着脖子一凉，就不能动了，看和听都行，但是身体就怎么也动不了，好像是被冻在了冰里。他在那里猛地使力气，但是连转一下眼珠子都不行，可把他急坏了。

潘子大笑："听刚才那声尖叫，这是个女尸胎，估计是在这里太寂寞，看你和她体形相似，想拖你下去陪她，这叫作来自地狱的搭讪。"

胖子苦笑，推了他一把："你才和她长得像呢。"

潘子笑着躲他的推手，人往后一仰，所有人都没有想到的是，就在这个时候，那个巨大的胎头突然又从洞里探了出来，满嘴是血，一下子咬住了潘子的脚。潘子根本没反应过来，猛地就给拖进那个洞里去了。

第十三章

排道

我们猛冲过去的时候已经来不及了，潘子已经跌得没影子了。洞里有转弯，手电照不到底下的情形，不知道他是死是活。

我脑子一热，就想跳下去，但是胖子比我更快，扯住自己脚上的绳子，拔出军刀就跳入了洞里，一瞬间就滑得没影了。我还想再跳，被华和尚拉住了，说洞里直径太小了，连你也跳下去，下面打都没法打，如果有用，胖子一个人就能把人救上来，如果没用你跳下去也是送死。

我“咳”了一声，探头看洞里，却什么也看不到，就听到胖子不断滑落的声音，上面的绳子迅速地给拉进洞里，不由得心急如焚。

只过了一分钟，绳子突然就停了，接着绳子的那头传来了震动，胖子在下面很深的地方大叫了一声：“拉绳子！”

我们赶紧拉动绳子，拼了命地往上拉，很快，胖子拖着潘子就出现了，潘子还在不停地踢脚，显然那尸胎还是没松口。

陈皮阿四让我们让开，自己皱起眉头，翻出一颗铁弹，狠狠就打在尸胎的大头上，尸胎这才尖叫一声松了口，但是松了之后马上就想冲上来。

陈皮阿四就不给它机会了，又一颗铁弹，把它打了个跟头。它翻身再冲，又是一颗，这一次把它打得滚了下去。

我们乘机把他们两个都拉出了洞来，几个人马上远离了洞口。华和尚抡起工兵铲等在一边，果然没几秒钟，那东西又猛地蹿了上来，华和尚“当”的一声生生把它拍了下去，我们就听一声惨叫，它迅速跌落到了石洞的深处。

胖子脸色苍白，一边喘气一边对潘子道：“瞧见没有，看来你家媳妇还是喜欢你多一点。”

潘子被吓得够呛，摆了摆手：“不说了，咱们扯平。”又问华和尚，“这个洞是不是尸胎的窝？要是的话，老子炸了它，让它早日投胎。”

华和尚摆手：“不是，尸胎又不是动物，哪儿来的窝？这个洞确实奇怪，你们刚刚跌下去的时候，在里面看到什么了？”

胖子道：“又没带手电，什么也看不到，不过摸到了好几块石板，这洞应该是人工修的。”

人工修的？华和尚看上去有点在意，我也把目光重新投向这个大洞。

洞口看上去有点像井，还有点深度。我以为这是个废弃的桩孔井，看看又不是，这个井口的直径有点大，当时的桩孔并不可能打到这种程度；井洞的边缘有修凿的痕迹，也不是天然形成的那种火山熔岩孔。我拿手电照了照，里面的尸胎已经不见了，看样子是摔到里面去了，不知道是不是已经被华和尚拍死了。这东西除了长得可怕一点，倒也不是很厉害。

里面的井壁刚开始还有一些石板镶嵌，到后面就没有了，而且非常不平整，有点像某些人的十二指肠的内壁。有风从井里吹过来，夹杂着一丝潮湿的味道。我探头进去几米，里面一片漆黑，不知道通往何处。

胖子看着奇怪道：“有点像东北的地窖口子。该不是修这座灵宫的时候，工匠用来腌白菜的地方吧？”

华和尚没去理他，用手感觉了一下洞口：“风是从这里吹过来的，这井不是实心的，肯定是通到什么地方去。”

胖子问：“会不会就是通到天宫地宫里去的后门？难道是你们说的三头龙之间的密道？”

我轻声说：“三头龙局已经证明是假的了，而且就算是真的，密道也应该开在地宫里，怎能开到这里来？”

胖子道："你不懂，这叫声东击西。你没听说过吗？'最危险的地方就是最安全的地方'，说不定这就是那'汪汪叫'的计策。"

胖子一时记不住汪藏海的名字，随口就给他起了个外号，我听了差点笑出来，没好气地说："拜托你放尊重点，怎么说汪藏海也是这一派的大师，你见了也得叫声祖师爷。"

胖子道："你少给我认祖宗，什么祖师爷，他要是认我，我还不认他呢。咱们别扯这个了，拿这个洞怎么办，要不要进去看看？说不定还真让我说中了。那尸胎在这里也是个祸害，要是在这洞里做了窝可能还会害人，咱们下去把它干掉。"

华和尚摇头说："不可能。既然群龙座是假的，就没有必要挖通三座山，这样倒也合情理，他们根本就没有人力和精力做这么巨大的工程，修一个云顶天宫恐怕就够呛了。这个洞在这里，恐怕大有学问。"

我看他眼睛有点放光，显然有想法，就让他说出来，大家也好商量商量。

华和尚道："我只是初步的一个构想，说出来你们可能不信。"

胖子道："没事，先说出来再说。如果有错误，同志们会帮你改正的。"

华和尚失笑，点头道："好，那我就来说说。其他先不说，暂说这洞的口子开在这灵殿下面的这块地方，就非常耐人寻味。你想，把这口子开在这里，肯定是出于隐蔽的考虑，又有风吹出，说明这个洞是通往什么地方的一条通道。再看，洞壁上有的修凿痕迹全是反凿子，就是说这个洞是从里面开出来的，而不是从这里打进去的。三个要点，按照我们的经验，我们可以推断出这可能是一条排道，可能是修墓的工匠给自己留的后路，如果古墓被封，可以从这里逃跑。"

我奇怪道："排道？不会吧，这么说，这下面还是有地宫的？虽然这里不是三头龙，但还是修建了陪葬陵？"

华和尚却摇头："可能性不大，我们在封墓石下面没有发现地宫的入口，有地宫入口必然是在那里，如果没有入口，就肯定没有地宫，这是万古不变的真理。把入口修在风水位之外，于主大不利。"

胖子道："'汪汪叫'这个人，做事情很乖张的，也许他就是把入口修在了别的地方。"

华和尚摆手："千万别想得这么复杂，汪藏海还是有时代局限性的。要是他连《葬书》都不遵守，乱来一气的话，我们死一万次都不够。"

我一想觉得也是，如果连《葬书》都不遵守了，那就不用看风水了，像成吉思汗一样随便找个地方刨坑埋了，万马一踏，到现在都没人找到。我问他道："那既然下面没地宫，你说这条排道是通向什么地方的？"

华和尚道："排除法。第一，这条排道修在这假陪葬陵的下面，那么肯定是和云顶天宫的工匠有关系；第二，附近什么地方可能会修建这样的排道？毫无疑问，只有云顶天宫的地宫！所以我的结论——排道十有八九是从三圣山下天宫地宫一路挖过来的。"

我马上叫道："这怎么可能？这也太远了。他们如果真是要挖一条排道来做后路，也不用把口子挖到这里来，大可以直接做到三圣山上，那样不是可以省不少力气吗？而且在山里挖出这么长一条排道，需要多少时间？少说也要二三十年吧，这样的工程是人能做到的吗？"

华和尚解释道："云顶天宫这样的浩大工程，在古时候肯定需要花费六七十年，甚至几代人才能修建起来，我想里面的工匠在知道自己最后必死的情况下，偷偷挖一条排道出来，并不是不可能。至于他们为什么要把洞口开在如此远的另一座山上，肯定有他们自己不得已的原因，我们下去看看，必然能知道。"

一直听着的叶成问道："和尚，对你这想法，你自己有没有把握？"

华和尚顿了一下，说道："说实话，我不敢说，不过我觉得值得我们去尝试一下，总比咱们出去之后再跑一趟强。现在所有的迹象都表明这是一条排道，如果我料错了，那下面是其他地方，进入也不是坏事情。这种排道，咱们也不是第一次见了，应该不会有什么危险，没人会在自己逃命的路上设机关的。"

我一琢磨，华和尚的说法实在是非常有吸引力，一来，这里风水的说法太乱，我已经搞不清楚陈皮阿四他们说的话了，这里的风水是好是坏我也没兴趣；二来，另一边阿宁他们的进展不知道怎么样了，我们已经浪费了很多时间，到现在还不知道三叔安排这一次"下地"的目的，要是因此一个来回全盘皆输，我真是对不起他老人家了。

另外，还有一个考虑就是，顺子可能基本上知道了我们是干什么的。他现在闷声不响地站在一边，也不说话，但是这个人不笨，我一直看着，他的手从来就没有离开过他的刀超过两尺，说明这个人已经在戒备我们了。这人一旦回到村里，谁知道他会干什么，说不定马上就会把我们卖了。陈皮阿四肯定也考虑到了这一点，如果我们不得已要出山重来，那进村之前第一件事肯定是杀人灭口或者重金收买，到时候再找向导，就不一定能找得到。一来，我们去一次雪山，自己回来了向导没回来，谁还会再带我们进去？二来，村里能带人上雪山的人，恐怕也不多了。

几个人商量了一下，权衡再三，意见却不统一。叶成怕那尸胎，坚决不赞成下去，潘子也觉得玄乎，胖子和我都觉得可以试一下，华和尚就去请示陈皮阿四。

陈皮阿四一直坐在那儿闭着眼睛听我们说话，华和尚问了几遍，不知道为什么，他一点反应也没有，似乎是睡着了。

胖子有点按捺不住，就去拍他，道："老爷子，您倒是说句话，别在这儿装酷呀！"一推之下，陈皮阿四晃了一下，却仍旧没有睁开眼。

华和尚一看，脸色一变，猛跑过去，一抓老头子的手，脸一下子就白了。胖子一看，也跑过去，一摸老头子的脖子，顿时变色道："我靠，死了！"

众人一听，都愣了一下，什么？死了？怎么可能，几分钟前不是还好好的吗？

但是一看胖子的脸色、华和尚脑门上的汗和毫无反应的陈皮阿四，我们都意识到了不对劲，马上围了过去。

一边的老头子像是僵直了一样，闭着眼睛，一动也不动地坐着，犹如冰雕一般。

我摸了摸陈皮阿四的手腕，一下子也摸不到脉搏在什么地方，只是感觉他的皮肤又干又涩，而且凉得可怕，里面的肉似乎都僵了。

难道真是死了？我心里骇然，就在我们研究那洞的时候，陈皮阿四坐在这里，心脏就慢慢地停止了跳动？

虽然这很符合低体温症的死亡方式，但是低体温症起码需要在低温下二十分钟才会真正断气，我们才坐了五分钟都不到，他怎么就会突然死了？这也说不通啊！

我心里还存着一丝希望，胖子这人说话不靠谱，他只是摸了摸陈皮阿四的脖子，就判断死亡未免也太武断了。陈皮阿四有可能只是休克了，刚才一路跑得太快，九十多岁的老人怎么可能受得了？

然而华和尚皱着眉头，翻开老头子的眼皮，用手电去照后，脸色越来越难看，最后他回头看了一眼叶成，摇了摇头。

华和尚有一定的医学知识，看到他摇头，我们顿时就吸了口凉气，知道不会错了，真的是死了。

潘子轻声问道："怎么回事？怎么死的？"

华和尚叹了口气，不知是不知道还是不想说，阴着脸一下子瘫坐在地上。胖子拉了潘子一下，道："这么大年纪了，怎么死都行啊。"

我不禁一叹，果然对九十多岁的老头来说，来到这里，实在是太勉强了，发生这种事情虽说是意外，却也在情理之中。这陈皮阿四大概自己也想不到，竟然会这样死掉，也算是他的报应了。

我爷爷最后也是这样突然去世的。当时我在吃饭，前一分钟他还让我给他拿酒，后一分钟他就去了。我父亲说，很多盗墓的人因为早年接触了大量的墓气，心脏都会受到一定程度的损害，结果，老了后大部分都是这样死的。也好，这是最舒服的死法。

我们都有点不知所措，一来，陈皮阿四是他们的瓢把子，现在他死了，叶成和华和尚待在这里就没意义了；二来，我们是得了一个大便宜，顺利到达这儿。但是陈皮阿四一死，闷油瓶又不在，靠胖子和潘子两个带我们，恐怕也够呛啊。

就在我飞快地琢磨的时候，陈皮阿四忽然一颤，我一惊，以为是条件反射的尸动，谁知道"啪"的一声，我的脖子就被他死死地捏住了，同时他人猛地一直，眼睛睁了开来。

我们全给吓了一大跳，叶成直接一滑，摔下去五六米，胖子和潘子也忙往后一退。胖子惊叫道："诈尸！"

我赶紧想把他的手给掰开，没想到这老头枯树枝一样的手力气极其大，像老虎钳子一样，动也动不了。我忙咳嗽着大叫："拿……蹄子来，快快！”

话还没说完，陈皮阿四突然就松开了我的脖子，把我一推，骂道：“你在胡扯什么？”

我脑子已经混乱了，赶紧退到胖子身后，却被胖子卡住不让过去。这时候我忽然一想，不对啊，诈尸还会说话？再一看陈皮阿四，人的精神也上来了，呼吸也恢复了。

我们几个一脸疑惑地看着陈皮阿四，也不知道刚才到底发生了什么事情，胖子更是眼睛直瞟向陈皮阿四，非常疑惑。但是这时候陈皮阿四好像又恢复了正常一样，一点也看不出刚才脉搏停止跳动过，似乎刚才的那一刹那我们看到的都是幻觉。

华和尚呆了半晌，才反应过来，问道：“老爷子你没事吧？你刚才这是……”

陈皮阿四似乎一点也不知道自己刚才死过一次了，莫名其妙地看了他一眼，点上一支烟，说道：“什么？”

华和尚看着陈皮阿四的表情，也有点犯晕，不知道说什么好。

陈皮阿四冷冷地看了他一眼，道：“你放心，老头子我没这么容易死。”

我看着陈皮阿四的样子和语气，和刚才无异，也不像被什么鬼借尸还魂的，忽然感觉刚才是不是被他耍了？但是他干什么要玩这种把戏啊？一把年纪了。

陈皮阿四“复活”，一下子谁也没反应过来，但是看他的样子，我们也不能把他摁倒解剖看看是怎么回事。我心里又逐渐怀疑是不是刚才华和尚和胖子弄错了，老年人的脉搏本来就很难摸，两个半吊子医生可能根本就没摸对地方，而陈皮阿四的年纪大了，偶尔发一下呆，也是很正常的事。

几个人都是一脸疑惑，但是都没办法表露。

华和尚虽然感到奇怪，但是一看陈皮阿四没事，也就放下心来，于是把我们刚才讨论的事情又说了一遍。陈皮阿四看着那洞口琢磨了一会儿，说道：“有点道理，似乎值得试一下。”

第十四章

进入排道

我们围到这个洞边上，讨论下洞的具体问题。我们几个虽然都经历过不少洞穴的探险，但都是在平原和山区，和这里大不相同，所以需要从长计议。

这个洞刚开始是斜着四十度左右下去的，底下很深，并不好走。刚才胖子他们摔下去，要是控制不住姿势，也是十分危险的，很可能会在洞里打起滚儿，那摔到底脑袋可能就撞扁了。

潘子甩下去一根荧光棒，黄色的冷光迅速滚落，在很远的地方弹跳几下，消失不见了。

如果华和尚的说法是对的，回忆两座雪山之间的走势，这个洞穴肯定是一路向下然后再往上的“V”字路线，两座雪山因为属于同一条山脉，所以山峰之间的峡谷海拔也很高，这条“V”字路线的距离，应该不会超过五公里。

当然，如果当时的工匠大脑短路喜欢“Z”字形挖掘，那我们也没有办法，不过，这种情理之外的事情应该不用考虑。

既然是人工挖掘出来的通道，那就不用担心氧气的问题。我们商量完之后，决定先由潘子探洞。这次准备好了武器，万一那尸胎还在里面，就地把它解决掉。

潘子刚才被拖了进去，很没面子，在手上吐了口唾沫，就掏了登山绳子，一头系在胖子的腰上，一头扔下洞口，一马当先爬了下去。过了一支烟的工夫，我们才听到他的叫声，让我们下去。

我们也陆续地滑下洞口。洞道修凿得非常粗糙，石头里进外出，一路滑下去屁股被硌得生疼。我一边爬一边观察边上的岩石。这些都是火山喷发的时候涌出的玄武岩，上面有大量的气泡。这些石头密度很不稳定，有些硬得像铁一样，有些却软得像豆腐，不知道当年开凿的时候是什么样的情形。

我们一个一个地下去，胖子最后一个下来，一下子一堆人都挤在了上面石道斜坡的尽头，我们大口喘着气。我们在这里看到很多黑色的液体，肯定是尸胎流下的，却不见尸胎的影子，可能往洞穴的更深处跑去了。

这个冰封下的狭洞倾斜着下去，到了下面转弯的地方，变得竖立、狭长起来，再往里面，洞穴的高度似乎继续在增加，豁然开朗，空间似乎变得很大，但是一片漆黑，手电照不进去。

我一开始还以为这是他们在挖隧道的时候故意设置了一段比较宽的隧道，这在我们开盗洞的时候也有讲究，叫作“鸽子间”，这地方是用来囤积空气和放置“土”的。当然，鸽子间的做法复杂，你在地里挖出这么大一个可以让两个人转身的空间，而不从盗洞口翻出一点土星子，有一个非常非常巧妙的窍门。

但是手电一照，我们就呆住了，原来这条排道到了这里竟然已经到了头了。前面急速收缩变窄，最后只剩下一条大概只能供一个人侧身进入的石缝隙，犹如一道不规则的剑痕，深深地刺进山岩里面。

潘子问道：“不是说这是工匠逃生的密道吗？怎么变成‘瞄人缝’了？这还走得过去吗？”

华和尚想了想，忽然做了恍然大悟的表情，说道：“我猜对了，我想他们挖这一条排道可能是利用了天然的火山溶洞。火山洞在火山地带的岩层里面非常常见，四通八达，最长的火山溶洞全长可以达到几千公里，就像蜘蛛网一样密布地下。可能这一条火山缝隙能够一直通到对面的三圣山，正因为这样，他们才可以挖通这么长的一条密道，原来是利用了大自然预先设好的通道。”

胖子道：“难道我们也得进这缝里不成？你们都还行，我这体形可够呛啊。”胖子在海底墓穴里就说要减肥，但是到现在也没见成效，看着他的身材，还真是够呛。

华和尚道：“这应该不用担心，这种火山溶洞都是树枝状结构的，这些孔洞应该都通到更大的缝隙里，这在地质学上就叫‘地下走廊’。有的地下走廊规模非常大，里面甚至会形成自己独特的生态系统，我相信进去不久缝隙肯定会宽起来，因为这种地质破坏都是从内部开始的。”

华和尚言之凿凿，我却不是很相信他。不过，这时候确实也没有理由反驳他，于是大家休息片刻，整顿装备，由胖子打头，继续朝着缝隙内爬去。

缝隙里面是一片漆黑，而且手电都没有用处，因为那种黑是全方位的。在欧洲，人们认为所有的这种缝隙都是通向地狱的通道。我虽然有过很多这样的经历，但是进入缝隙的一刹那，心脏还是不安地跳动起来。

一个接一个收着腹部进入了缝隙之后，我们侧着身像螃蟹一样走。这个地方的洞壁已经没有了人工的痕迹，里面几乎不能转头，看着前面，满眼都是琉璃花的痕迹，大量各种颜色的岩溶滴覆盖着所有岩石，上面结满了结晶透明的冰霜，像凝聚的水柱均匀排列。

我在学建筑的时候学过一点地质学，脑子里有模糊的记忆，眼前的东西应该是火山喷出岩，和我们在遭遇暴风雪的时候进去避难的那一道火山缝隙一样。这种地貌的产生又不同于常见的火山岩洞，缝隙是在火山喷发的一刹那形成的，然后被火山碎屑流以极高的速度冲出来。它的特点是形成的火山缝隙极长，但是隧道单一，不会形成火山岩洞一样的迷宫洞群。

缝隙刚开始的一段非常狭窄，我们不得不学着霹雳舞的动作挪动，没十五分钟已经累得浑身酸痛，想想当年那些逃难的工匠，爬出来也挺不容易。不过走着走着，缝隙真的如华和尚所说，逐渐变宽，最后竟然能转过身子前进。

缝隙里面仍然一片漆黑，但是四周的琉璃和熔化的云母反射着我们的手电光，使得四周的光线产生一种魔幻的效果，加上大面积的火山碎屑覆盖的熔岩刺、绳状结壳熔岩、熔岩钟乳让人目不暇接，非常漂亮。

走着走着，我们就逐渐发现了一些人类活动过的迹象，比如说，废弃的铁锈工具、篝火的痕迹，都非常古老。

一路上没有碰到任何奇怪的东西。缝隙里面非常干净，直走了将近六个小时，我们到达了华和尚所说的地下走廊规模的隧道，这里面的缝隙已经非常宽阔。

缝隙到了这里，我们又发现了大量人工修凿的痕迹，在一边的缝隙壁上，修凿出了很多简陋的台阶，一直向上。这台阶说是台阶，其实只是一些突出的石头，要是脚大如胖子的，恐怕走几步就要晕。

我们停下来休息。我略微计算了一下我们行走的距离和下来的坡度，发现我们这个时候所处的海拔高度已经低于雪线，可能已经位于两座山峰之间的峡谷下方。如果我们在地表上，就算是直线行走，最起码也要花八个小时，现在在地下行走，我们节约了不少时间，而上面的边防线，要是知道有这么一条地下走廊，肯定会大跌眼镜。

来到了这里，如果继续在缝隙的底部行走，那我们可能就要走到地心去了。这些简陋的台阶，估计是说明这条隧道进入了第二个阶段，台阶的尽头，也许就是云顶天宫的神秘地宫。

休息了片刻，几个人都按捺不住自己的心情，于是马上再次起程。不过，这一路走起来就没有那么顺利了。

我们几个都用登山绳子互相连起来，然后尽量贴着一边的峭壁，踩着开玩笑一样的“石阶梯”，一点一点走上去。刚开始还好，等到爬到一定的高度后，马上就觉得自己像一个攀岩运动员，但实际上又没有半点攀岩的经验，这种感觉别提多慌了。

胖子的脚大，这些阶梯他踩着就像踩高跷一样，所以没走几步，脚已经开始发抖，我看他直念阿弥陀佛。

所幸一路走得小心，几乎是像女人做针线活儿一样，一点一点地向上爬去。很快，下面已经是一片漆黑的深渊，无法估计出高度，看着就会头晕，要不是刚才我们是从下面上来，我真的会以为下面是通着地狱的。

随后这几个小时，我们越走越高，最后都无法判断自己是在哪个位置，也无法判断时间，几个人都进入了一种茫然的状态，但是没有一个人提出来休息，不知道是因为盗墓人天生的贪欲，还是因为这里的环境实在无法休息。你可以想象你的一只脚踩在一块巴掌大的石头上，另一只脚悬空，而下面是万丈悬崖，如何休息得了？

走着走着，忽然四周传来了水声，我们打起手电一照，原来一边的峭壁上，竟然有好几处泉水瀑布，顺着峭壁流淌，大小不一。看上面的水汽，看样子还是温泉，温泉水不知道是从哪里流出来的，水声很大，似乎这附近有地下水脉活动。

胖子建议我们爬过去洗把脸舒服一下，最近的温泉离他只有一只手的距离。其实这一路走来我们已经很累了，加上上次有过在温泉边上休息的记忆，几个人都想在这边停一下，可是顺子摇头道："不行！"说着指了指温泉边上的岩石。我们一看，第一眼没有发现什么，但是仔细一看，几乎打了一个寒战。

只见温泉边上的岩石上，有很多非常奇怪的纹路，我第一眼以为是火山纹，但是仔细一看，汗毛直竖，原来这些纹路不是岩石上的，竟然是一条条手臂粗细的蚰蜒。这些蚰蜒的颜色和边上的琉璃火山石一模一样，不仔细看根本分辨不出来。

我们四处看去，才发现这边的石头上面几乎爬满了这些东西，一动不动，似乎都死了一样。

一下子，我们都安静了下来，胖子轻声道："怎么回事，咱们怎么进虫子窝了？"

顺子轻声道："雪山上的生物一般都集中在温泉边上，所以不要一看到温泉就想着下去舒服，有些温泉里甚至都是蚂蟥。不过现在气温还偏冷，这些趴在这里的东西处于半死状态，没有特别强烈的刺激，它们是不会醒过来的。我们快走，过了这一段就没事了。"

几个人马上开动，胖子踮着脚，边挪边问道："特别强烈的刺激是指什么？"

话音未落，顺子突然摆了摆手，又让我们全都别动。

我们不知道又出了什么事，马上就停止不动，像木头人一样呆在了那里，都盯着顺子看，但顺子只是看着一片漆黑的峭壁深渊。

静了片刻，我们逐渐听到一种让人发毛的窸窣声，似乎有无数只脚正在摩擦峭壁的岩石，向我们靠拢过来。

“关手电。”顺子轻声道。

我们马上关掉手电，转头一看，我靠！几乎整个峭壁，目所能及的地方，全是大大小小幽幽绿色的光点，数量之多，多如繁星。在这黑暗中，这亿万的光点犹如魔幻，而我们就如置身于群星宇宙之中，那种壮观，无法用言语来表现其万一。

然而低头一看，我们又突然发现身边的景象实在不算什么。只见深渊底下的虚无黑色中，一条绿色的银河蜿蜒而去，宛如深黑色幕布上华丽的翡翠流苏，穿过无边的黑暗，从天的这一头，一直甩到那一尽头。

我张大了嘴巴，不敢相信自己看到的，这底下蚰蜒的数量，恐怕要以亿万来计。

就在我们被这壮观无比、简直可以用仙境来形容的景色震撼的时候，忽然，从下面的光点中，闪出了几点巨大的红色荧光，那几点荧光扭曲着，在星海之中挪动，一下子又消失在了黑暗中。显然，下面的蚰蜒，有一些块头不会太小……

第十五章

火山口（上）

黑暗中传来顺子的声音："这种虫子在我们这里被当成神来膜拜，因为它可以活很长时间，而且一只蚰蜒死了之后，它的尸体会吸引很多同类，所以我们走的时候要特别小心，千万不要踩到它们。"

说着，他打开手电，手电一开，四周的绿色星海马上便消失了，一下子又变成无边无际的黑暗。

这些蚰蜒的保护色太过厉害，如果我们不关掉手电，根本无法察觉。我不由得一阵后怕，要是刚才爬的时候，不小心摁死一只，恶心不说，弄不好就死在这里了。

我们收敛心神，继续顺着石头的阶梯缓慢地向上爬去，小心翼翼地过了温泉这一段区域，石纹蚰蜒逐渐减少，到了后来就看不到了，显然就如顺子说的，雪山的生态链都是围绕着温泉的。

不过刚才的那种景象，真是太壮观了，如果有机会，我真的很想多看几眼。很难想象这么丑陋的虫子居然能够组成如此美丽的景象，这个世界真的是太神奇了！

没有了石纹蚰蜒，我们的速度也相对快了起来，但是上方的黑暗似乎无穷无尽，不知道什么时候我们才能走出缝隙，走到这条天然排道的另一个出口。

胖子边爬边问："对了，老爷子，我问你个事儿。在车站那儿，你和我们讲的那九龙抬尸是怎么回事？我一直想听，可就没听您再提起过。"

陈皮阿四停下来看了他一眼，又看了一眼华和尚，示意他来说。华和尚就解释道："我们也不知道，我们所有的信息都是从那条龙鱼上来的。九龙抬尸可能是一种失传的丧葬制度，那原文字的记载，似乎是说万奴皇帝的棺材是由九条龙抬着，九条龙守着他的尸体，没有任何人可以靠近。不过，女真语言几乎失传了，我翻译的也不知道是不是那个意思。"

接着，他把原文念出来给我们听了一遍。女真的发音实在是太陌生，我压根儿什么都没听懂。

"哇，要是这鱼上面的字是真的，那我们要开那万奴皇帝的棺椁，岂不是还得先学哪吒，大战龙王三太子？"叶成开玩笑道。

"那你就别操这份心了，我看这九龙抬尸棺，大概也就是棺材下面雕刻着九条龙这样的性质，意思一下。"胖子道，"要真有龙，那咱们就发财了，逮它一条回去，往故宫里一放，保管人山人海，光收票子钱就得好几万。"

我道："就你这点出息，光惦记钱了，你要真逮得到龙，那你就是孙大圣，我还没见过孙大圣是你这身材的。"

胖子听了大怒，骂道："胖又怎么样？胖爷我上天下地，靠的就是这身神膘，晃一晃风云骤变，抖一抖地动山摇——哎呀！"

胖子话还没说完，忽然一阵乱风从峭壁的一边吹了过来，吹得他几乎摔下去。我赶紧扯住他，把他拉回贴到悬崖上，转头一看，原来是缝隙到前面就到头了，阶梯已经到了缝隙的尽头，再走过去，外面似乎是一个很大的空间，但是一片漆黑，什么也看不清楚。

到了！我心里突然一阵激动。

几个人不再说话，闷头向着边缘的极限靠拢。那里有一个突出的山岩，我们爬了上去。华和尚先打起一支冷烟火，往四周照了照，除了我们站的地方，前面什么都照不到。

然后他把冷烟火往峭壁下一扔，冷烟火直线坠下，一下子就变成一个小点。看着它一直变小，掉落到地的时候，几乎都看不到了。

我们不由得咋舌，前面到底是什么地方？怎么好像是一个被悬崖包围的巨大盆地一样？

"照明弹。"陈皮阿四说道。

"砰"的一声，马上，流星一样的照明弹划过一道悠长的弧线，射入面前的黑暗里，直射出去一百六七十米，开始下降，然后一团耀眼的白色炽球炸了起来，光线一下子把前面整个黑暗都照亮了。

我想举起望远镜往前看，但是手举到一半我就呆住了，我的耳朵一下子听不见任何声音，时间也好像凝固了一样。

白色光线的照耀下，一个无比巨大的火山口出现在了我们的面前，它的直径最起码有三公里，灰色玄武岩形成的大盆地，犹如一个巨型的石碗，而我们立在一边的碗壁上，犹如几只小蚂蚁，无比渺小。

"想不到直接就连到火山里来了。"边上传来一个人的声音，但是这个人是谁我已经分不清楚了，脑子里只剩下眼前的壮观景象。

如果说九头蛇柏和青铜古树只是给我一种奇迹的感觉的话，那这个埋藏在地下的火山口盆地，简直就是神迹了。

盆地里面覆盖着大量已经死去的树木，显然这个火山口曾经暴露于大气中，这里原先必然是一个"地下森林"，可能是由于火山喷发，或者突然的火山活动，这里的树木都硫化而死，现在森林的遗骸还矗立在盆地之中。

"看那里。"继续有人叫道，我已经分不清楚是谁。接着又是两发信号弹打了出来，飞向火山口的上方。

在加强光线的照耀下，我们看到一片宏伟的建筑群，出现在了火山盆地中央地下森林深处，黑黝黝的巨大黑色石城，无法看清楚全貌。

那难道就是我们这一次的目的地——万奴皇帝的陵寝？云顶天宫的地宫，竟然在火山口之中？

第十六章

火山口（下）

建筑群规模之大，超乎我的想象。要是这些建筑下面就是地宫的话，那这里的规模恐怕可以跟秦始皇陵有一拼了。

按照海底墓穴影画里的景象，真正的云顶天宫本来应该在我们的头顶上，那雪崩之后，上面的灵宫可能被全部压垮，不知道我们头顶上到底有多少积雪作为这地宫的封土。

重新打出的信号弹都熄灭在了黑暗里，黑暗重新包围过来，我们的光线又变成手里几盏明显电力不足的手电。

除了顺子，所有人脸上都带着一种近乎狂热的兴奋。盗墓代表着人类一种最原始的欲望，求得财富和探寻死亡，这种刺激，恐怕是人都无法抗拒。

足足过了十分钟，我们才缓过来，准备下去。陈皮阿四对华和尚道：“把没用的东西留下，准备绳子，我们轻装上阵。”

华和尚马上开始准备，我们整顿了一下装备，把一部分没有必要的东西放在这里的平台上，免得负重攀岩，产生不必要的风险。

接着，我们全部戴上防毒面具，然后按标准登山步骤，一步一步地用绳索爬下悬崖。

下面是大量死去的树木，弥漫着奇怪的气味，就连防毒面具也无法过滤掉。所有人下来之后，就听到潘子说：“这里是个死坑，我们得快点，待久了，可能会缺氧而死。我在部队的时候听过，这种地方鸟都飞不过去。”

那是火山活动所挥发出的含硫毒气，毒性之烈，难以想象。

华和尚打起照明力度很强的冷烟火，照亮了四周的环境。我们环视了一圈，发现脚下是用石板铺成的两车宽的石道，几乎是笔直地通向前方。这是陵墓的神道，直通向陵墓的正门，隐隐约约能看到尽头一片黑色的巨大影子。

华和尚问陈皮阿四：“咱们怎么走？”

“顺着神道，先进皇陵再说。”陈皮阿四回道。

我们都没有对付皇陵的经验，此时也没有其他的想法，于是不说废话，跟在他后面，一路小跑跟了过去。

翻过很多倒塌在神道上的死树，我们很快来到了一处石门处，石头很高，有点像我们在古村中见到的牌坊。这是皇陵的第一道石门，叫作天门，过了石门之后，神道两边便会出现大量的石头雕刻。

经过石门的时候，陈皮阿四道：“出来的时候，记得倒走，免得撞了断头门。”

我在爷爷笔记上看到过这个讲究，这第一道石头门，有着很诡异的身份，进门之前，就是屠杀抬棺和送殡队伍的地方。入殓大典完成之后，所有人出这道门的时候，都会被咔嚓一刀，所以这一道门等于阴阳之门。盗墓者要是顺着神道而入，或者是进入地宫的第一道大门，那出来的时候，必须倒着出来，不然就很麻烦。

当然，几乎没有土夫子有机会能顺着神道进入皇陵盗掘，我们可能是极其稀少的几个之一。历代能够盗掘皇陵的人，不是军阀就是枭雄，他们当然不怕所谓的断头门。

过了天门，神道两边每隔五米就是白色石人石马，我们不考古，这东西也搬不走，一路看也不看，就直奔前方而去。

跑着跑着，忽然，跑在我前面的胖子停了下来，我跟在胖子后面，撞了个满怀，摔倒在地。

这一下实在突然，胖子也被我撞得差点扑倒，我忙问他干什么。

胖子转头看了看身后，脸色苍白，轻声说道：“好像路边站着个人。”

前面几个人发现我们停了下来，都折返回来。潘子问：“怎么回事？”

胖子把他看到的一说，其他几个人都有点不信，潘子道：“是石头人吧，你看错了吧？”

胖子摇头：“一闪就过去了，我刚反应过来，你看我，一下子一身冷汗，应该没看错。”

“有没有看清楚？”

“好像是个女人，也不能肯定。”胖子道，“跑得太快，我没看清。”

我们都把手电照向后面的几个石头人，石头人每隔五米一个，刚才一瞬已经跑过六七个了。手电能照到的范围内，没有胖子说的那个女人，她也许还在更后面。

华和尚问：“老爷子，要不要回去看看？说不定是那帮人里面的那个女的。”

华和尚指的是阿宁，我心说怎么可能，他们走的是云顶天宫的正门，就算他们已经成功越过边防，那现在也应该是在我们头顶上打盗洞，绝对没有我们这么快。

胖了也道：“那肯定不是，要是那娘儿们，老子肯定一眼就能认出来。”

陈皮阿四犹豫了一下，马上对华和尚道：“你和其他人先过去，”然后拍了顺子一把，“你陪我去看看。”

第十七章

门殿（一）

顺子被拍得一愣，不知道怎么回事。不仅是他，其他人也都愣了一下，不知道陈皮阿四怎么了。

当时那一刹那，我甚至以为陈皮阿四想支开我们，杀顺子灭口，但是一想又不对：一来，他九十多岁，要杀一个退伍的壮年正规军军人，就算是偷袭，也未必能得手；二来，我们回去还得靠着顺子，所以他应该不会借这个机会杀他灭口。

我对陈皮阿四的这个举动不是很理解，于是拍了顺子一下，让他小心。

顺子也不知道有没有意识到，看了我一眼，就跟着陈皮阿四走了过去。

我们马上回头，顺着神道继续向前跑去，身上的装备幸亏放掉了很多，不然这样的运动强度，恐怕没人能坚持得住。

这一条神道一共有六道石门，这是汉家佛教的六道轮回，而女真信奉萨满，这儿汉人设计的痕迹随处可见。

我跑得飞快，不由得已经有点眩晕的感觉，身上裸露的皮肤开始瘙痒起来，可见四周的空气实在是不妙。

不知不觉，手电的光圈已经可以照射到一些黑色的残垣断壁，很快神道尽头的祭坛到了。祭坛的后面，六十级破败的石阶之上，便是皇陵的正门。

在我们一般人的墓葬观念中，陵和墓经常是混为一谈的。其实陵和墓是两种不同的东西，陵就是用来祭祀和举行入殓仪式的地上建筑，而墓才是指地下的地宫。

陵和墓并不一定要在一起，很多的陵墓地点相差十万八千里，比如成吉思汗陵就在内蒙古鄂尔多斯草原中部，但是陵中的棺木里只有附着成吉思汗灵魂的驼毛，而他的尸体和陪葬品藏于草原的何处，无人知晓。

这云顶天宫有三层的结构，我们头顶上在海底墓穴中看到的那些宫殿是象征性的灵宫，与地下的皇陵和地底的王墓构成三千世界，也象征着万奴王神人鬼的身份变化。

整片皇陵的建筑风格和明宫很像，在峭壁上看的时候，规模巨大，皇气逼人。由于大量使用那种黑色的石料，所以在壮观之余，还显得有一丝诡异和神秘。但是我们一进入陵宫，这种感觉就消失了，满眼是萧索和残破，如果不是一些大型的犹如庙宇一样的楼殿还耸立在那里，我们不免就要失望。

这里空气不流通，也没有狂风日晒，建筑应该保存得非常好才对，怎么会残破成这个样子？

我们踩着巨大的可以并驰十辆马车的陵阶，走入皇陵的正门之内。那巨大的陵门早已坍塌，打满乳头钉的巨大门板倒在地上，我们旁若无人地走了进去。

正门进去，是陵宫的门殿，《葬书》中说，四道龙楼盘宝殿，九尾仙车入黄泉，这就是四道龙楼里面的第一殿。此时我已经觉得口鼻的内部犹如灼烧一样难受，便招呼他们几个动作快点。

门殿大概有两个篮球场大，两边是迎驾的铜马车，在后面的深墙边上，左右各是两座黑色雕像，已经蒙尘。雕像面目狰狞，冷面怒目，似乎是萨满的图腾，上面的辅梁柱已经倒塌，云纹瓦当摔了一地，幸亏这里不会下雨，不然早就给淹了。

我们见没有什么特别起眼的东西，就想穿过门殿，向皇陵的中心走去，才走了几步，胖子忽然脚下一滑，不知道踩到了什么东西，“哎哟”一声，摔了个仰面朝天。门殿地板上全是碎瓦片，这一跤摔得他要了命了，疼得直龇牙。

我一下子觉得奇怪，这地面这样，要是绊一跤还说得过去，怎么会滑倒？胖子自己也觉得奇怪，一边捂着屁股，一边走回去，看自己踩的地方。

那地方只有他摔倒时划出来的一条痕迹，踩到的东西已经不见了。他顺着痕迹看过去，翻了几片瓦片，也没发现什么。

“你别不是鬼绊脚了？”潘子问胖子。

胖子摇头，忽然感觉到了什么，招手让我们停下，自己蹲了下来，翻起了自己的一只鞋。

我们围过去一看，原来他那登山鞋的鞋钉里面，竟然卡着一枚子弹壳。

众人脸色一变。潘子接过来，闻了闻，随即想到自己戴着防毒面具，又用手捏了捏，道：“有温度，还是刚从枪膛里打出来不久的。”

“有人先到了？”我一愣，难道阿宁他们这么神通广大，竟然能够比我们还快？

但是，为什么要在这里开枪呢？

“点个火，看看四周还有什么！”潘子道。

华和尚马上打起冷烟火，扩大照明的深度。我们四处查看，门殿里面一片混乱。我们分散开来，很快就在一根柱子上发现了一大串连续射击的子弹孔，直射着就上去了。

“看上去好像是有什么东西顺着这柱子下来，然后子弹就跟着它扫了下来。”

潘子走上去，看了一眼子弹孔，挖了一下，摇头道：“不是，正好相反。看这子弹偏移的角度，枪口是顺着柱子往上甩的。”

胖子用手电照着子弹孔，一点一点地看上去，最后一直看到了高高在上的横梁上。我们马上看到一个黑色的影子，悬挂在横梁上。

看影子的姿势，应该是一个死人，似乎是阿宁队伍中的，因为我看到一把56式步枪挂在他的肩膀上，他整个人却无力地垂在那里。

众人都吓了一跳，不明白这个人怎么会死在横梁上。我们把手电照过去，看到了那人的脸。死的是个男人，脸上戴着小型的鼻吸式防毒面具（这东西非常先进，重量很轻，效果也比我们脸上的好，我最近才听说有这个东西，没想到这时就给我看见了）。由脸型判断，他应该有斯拉夫血统，他眼睛瞪得牛大，不知道是怎么死的，出于面具的关系，看不到他的表情。

尸体由一根什么东西吊在悬梁上，距离太远，也不知道是不是绳子。

几个人想爬上去，被潘子拦住。这个人死得那么怪，肯定有问题。这时候，胖子拍了拍我，指了指横梁的其他地方："各位，还不止一个。"

我们看过去，只见上面横梁的其他地方还有六七具尸体，都是悬空挂在上面，犹如吊死鬼一样。

这些人都是清一色的登山装，身上都挂着56式步枪。我不由得感觉到一股异样，56式步枪的破坏力很强，有这东西在手，粽子也吃不消十几发子弹，是什么东西杀了他们？而且就算这里有过枪战，这些尸体怎么会跑到横梁上去的？

我越想越觉得不对，这地方邪门儿，不宜久留，忙招呼几个人，快点通过门殿。

可是转头一看，发现胖子不见了，再用手电一打，发现胖子不知道什么时候已经踩着一边的雕像正往横梁上爬。

第十八章

门殿（二）

“你搞什么？快下来！”我急得大叫。这样的局面，他竟然还会往横梁上爬，我真不知道他脑子是怎么长的。

胖子不理我，他的身手很快，几步便已经探到横梁之上，回头道：“慌什么？你胖爷我又不是三岁小孩子，有不对劲我自然会下来。”说着便顺着横梁，向离他最近的尸体走去。

我一下子明白了，知道胖子是盯上那把56式步枪了。这家伙手里没枪，一路上一直不自在，现在看到这么好的枪怎能不兴奋。这家伙无组织无纪律惯了，我气得七窍生烟，也拿他没有办法。

胖子再小心翼翼地走了几步，他的体重很厉害，整个门殿的檐顶都顺着他脚步的震动，发出一种让人不安的声音，同时大量的碎木屑从上面掉了下来。我们条件反射般地往后直退，怕胖子把头顶整个结构给踩塌了。

潘子拍着身上的木屑骂道：“你给我悠着点，等一下咱们几个的命都给你断送了。”

胖子做了个抱歉的手势，大跨步走到那尸体的边上，第一件事情就是把尸体身上的56式步枪钩了上来，拿到手，马上退膛看子弹，然后从上面扔给潘子，又把尸体身上的子弹包挑了过来，背到自己身上，最后才去看那尸体。

我看着胖子一点一点地把尸体的防毒面具解了下来。面具里面是一张中年老外的脸，整张脸扭曲着，脸色发青，嘴巴张得出奇地大，似乎死的时候正在大叫。死亡应该是瞬间的，所以死的时候表情才会凝固得如此强烈。

我看他脸色发青，大叫：“别碰他！看他脸色，应该是中毒死的。”

胖子点了点头，戴上手套，然后去看吊着尸体的“绳子”。这些人肯定不会是自己吊在上面的，那这些绳子是怎么回事，我们都很想知道。

然而胖子上去看了一眼，脸色仍然很是疑惑。

我问道：“发现什么了？”

胖子道：“这些好像是头发啊……”

“头发？”我奇怪道。

胖子点了点头，道：“还挺长，怎么这些人难道都是娘儿们？”胖子将尸体提起来一点，“不对……这头发是从他脖子里出来的，不是头发。我靠，难道是胳肢窝毛？这老外就是厉害，胳肢窝毛都这么长。”

说着，他已经掏出匕首，想把吊着那死人的“头发”切断，把尸体放下来让我看。可是他用匕首划了两下，那“头发”却没有断，似乎非常坚韧，又拿出打火机，想烧一下看看。

我心说，我可不想看这种尸体，就对他大叫：“算了，我没兴趣看尸体，你快点下来，别搞了，万一有毒就麻烦了。”

胖子一想觉得也是，收起打火机，回道：“再等一下，马上，马上！”说着却向另一具尸体跑去，看样子他是一把枪也不想放过了。

我看着这尸体似乎也没有什么危险，也就不去阻止他了。他还是老样子，到了尸体边上先把枪钩下来，丢给我，然后又想挑那尸体的子弹袋。就在这个时候，我忽然看到这一具尸体的手动了一下。

我神经一紧，忽然意识到不对，胖子正要去摘他的防毒面具，我忙大叫：“等等！这个好像还活着！别摘他面具！”

胖子“啊”了一声：“真的？”说着，按了一下尸体的脉搏，脸色也一变，忙拿出打火机，将上面的“头发”烧断，这尸体马上就从横梁上掉了下来。我和华和尚将他接住，放倒在地上。华和尚戴上手套，一翻他的脖子，只见这吊着尸体的“头发”果然是从这人的背上长出来的。

华和尚又翻了翻他的眼皮，摇了摇头，道：“死是没死，不过也差不多了，瞳孔几乎放大了。”

我看着这人似乎是中国人，习惯性地问：“还有没有的救？”

华和尚摇了摇头：“咱们犯不着救他，一来也只能让他多撑一会儿，死的时候更难受；二来带着走麻烦。”

我道：“那他还没死，把他丢在这里好像不太好吧？”

华和尚笑着摇头，似乎觉得我很好笑，一把抽出腰里的军刀，把那人的脖子扯了起来。我一看顿觉不妙，忙一把拉住他，道：“你干什么？”

“他现在中毒了，死的时候很难受的，我给他放血，可以死得舒服一点。”

我一听傻了，这是什么逻辑？刚想摇头说不行，突然，那“尸体”痉挛了一下，手猛地就拉住了华和尚的手，睁开了眼睛，人还在不停地发抖。

华和尚吓了一跳，忙把手挣开，退后了好几步。

那人看了看我，又看了看华和尚，显然意识有所恢复，突然就挺起身子，痛苦地叫了起来。我一点也听不清他在叫什么，忙去压他，但是这人力气很大，我和华和尚都被甩了开去。那人在地上翻来滚去，撕心裂肺地大叫，嘴巴越张越大，竟然张到了人类绝对不可能张到的极限，而且脖子也膨胀起来，好像要爆炸一样，大量腥臭的液体从他嘴巴里吐了出来。

潘子看不下去，拉上枪栓，“砰”的一声，送了那人一程。

枪声之响简直出乎我的意料，我耳朵一下子就是一疼。只见潘子这一枪直接打中他的心脏，大量的血从尸体中涌了出来，尸体扭动了两下，停下来不动了。

“他刚才在叫什么？”华和尚一头冷汗，问，“有人听懂了吗？”

“客家话，他叫成这样，我也听不懂多少，不过似乎是在叫‘背上，背上’。”叶成道。

“背上？难道他背上有什么蹊跷？”华和尚将尸体翻了过来，想割开他的衣服，看看背上到底怎么回事。

我看着到处是血，感觉头开始晕起来，只好转过头不去看，让胖子快点下来。

胖子还蹲在房梁上，居高临下地看着我们，这时候已经点起烟来。看我转过来，马上道：“别催了，你快和我老娘一样了，我保证，抽完这烟我就下来。”

我心说，你戴着防毒面具怎么抽，一看他，突然一愣，随即头皮一麻，一声大叫就摔倒在地上。

只见胖子的肩膀后面，竟然冒出了一张陌生的瞪着眼睛的白脸，仔细一看，竟然是一个奇怪的人趴在胖子的背上，而胖子似乎一点也没有察觉到。

第十九章

门殿（三）

几个人都被我的叫声吸引，转头一看，叶成就怪叫了一声，大家都不约而同地后退了一大步。潘子条件反射，“咔嗒”一声上弹，枪就抬了起来，却没有开枪。

说来也奇怪，不知道为什么，我从来没有听过有人在墓穴里用手枪打粽子，从来没有，不知道这是祖宗的规矩，还是如果这样做了，会有什么我们不知道的后果。后来问了华和尚，他说表面原因是很多尸体都有尸毒，要是个毒粽子，这一枪下去，尸水溅到哪里哪里就废了，而且枪的声音太容易招惹麻烦了，但是实际上是怎么回事，他也不清楚。

胖子正琢磨着怎么把烟塞到防毒面具里去，一下子就被我们的动静吓了一跳，不知道怎么回事。但是一看潘子的枪指的地方，是他头边上，就知道瞄的不是他，他马上意识到了什么，转头就往后看去。

这一看，他就和那脸对上了，胖子一下子就蒙了，手里的香烟掉到梁上，人僵在那里。

趴在胖子背上的人鬼气森森地缩在胖子的肩膀后面，也没有因为胖子的转头做出任何反应。两个人就这样大眼瞪小眼，“含情脉脉”地看着。

这人是从什么地方冒出来的？我脑子里炸开了锅，刚才我们进来的时候都用手电扫过一遍了，虽然没有很仔细，但是这么大一个人，肯定是躲不掉的。也就是说，刚才我们进来的时候，这人还不在这里，那他怎么就能突然出现在胖子背上？

会不会是阿宁他们一伙的，在这里着了什么道，还是死在这皇陵中的冤魂？

古怪的事情我见多了，可是处于阴森的地下皇陵之中，一下子也是头皮发麻，汗毛直竖，不由得也感觉自己的背上好像有什么东西趴着一样，浑身不自在。

胖子脸色惨白，冷汗直流，不过他到底是个人物，这时候已经反应过来了不敢动，但缓缓地做了一个手枪的手势，估计是让潘子开枪。

潘子摆了摆手，让他把头移过去点，自己好瞄准。这时候华和尚举起两只手，轻声说：“等等，先看看，别是个活人。”

“长成这样能叫活人？”潘子轻声道。

华和尚摆手让他别说话，自己用手电一点一点移向胖子肩膀后面的地方。手电照上去，那人被光线一照，头一下子转向我们。我看到一张无法形容的脸，整张脸凹陷下去，鼻子的地方只有一个大洞，眼窝深得畸形，两只眼睛犹如手电筒一样反射着手电的光芒，嘴巴的地方看上去竟然像一只猫头鹰。

潘子犹豫了，枪就松了下来，看向我们：“是只夜猫子？”

我心说，怎么可能？这里的空气质量这样，基本上不可能存在生物，夜猫子不可能在这里生存，而且如果这是夜猫子，那也太大了。

可是单看这张脸，还真是非常像。夜猫子飞翔的时候是没有声音的，难道就是这样，它从瓦顶上无声息地飞了下来，停到了胖子的身上？那胖子怎么会一点感觉也没有？

胖子脸上的汗就像瀑布一样，一边还在让潘子开枪，一边手开始往腰上的匕首伸去，大概是看我们没反应，自己忍不住要动手了。我忙向胖子一摆手，让他别动，没搞清楚之前，万万不要硬来。

胖子朝我龇牙，表示抗议。

没想到他才一露牙齿，背上的东西突然像是受了刺激，凹陷的脸突然扭曲了起来，往后一仰，嘴巴就张了开来。我靠！一口两寸长的獠牙！那肯定就不是鸟了，而且嘴巴越张越大，很快就超过了人类所能张的极限。

我一看糟糕，胖子要倒霉了！潘子猛地把枪托压紧自己的肩膀，一瞄那嘴巴，刚想开枪，突然“嗖”的一声，一道劲风在我面前飞过，一个东西从门殿外面被扔了进来，一下子打在潘子的枪上，使得枪头一偏，一连串子弹就贴着胖子的耳朵扫了上去。胖子吓得大骂：“你打哪里啊？”

我转头一看，陈皮阿四和顺子冲了进来，陈皮阿四对潘子大叫：“放下枪！”

上面那东西已经朝胖子的脖子咬下来了，胖子脑袋一撞，把那家伙的脑袋撞开，然后扭过身子就反手扳住后面那东西的嘴巴，想把它给甩下去，但是那东西不知道是怎么趴在他背上的，怎么甩都甩不掉。胖子大叫：“快上个人来帮忙！”

叶成拔出刀就想上去，我大叫：“不行！梁要塌了！胖子，你快跳下来！”

胖子根本没听见，还在那里大叫：“你们几个没良心的，快点！”

陈皮阿四猛一甩手，一颗铁弹子就打在胖子脚上，胖子“哎呀”一声吃痛，脚一松一滑，整根梁柱因为他的动作“咔嗒”一声往下一斜，胖子一下子就平衡不住了，人一倒就摔了下来。

横梁离地的高度，摔下来不是说没事就没事的，幸好下面挂着一具尸体。他下来的时候用力扯了一下，在半空缓冲了一下力道，就摔进地上的瓦砾堆里。我们赶紧冲过去一看，几个人都一愣，胖子背后那东西不见了，什么都没有……

我一下子想起柱子上那些弹孔，马上意识到不对，一甩手道：“那东西没掉下来！当心头顶！”话还没说完，头上一个影子闪电般掠过，一边的顺子一个就地打滚，左肩膀上已经多了三道血痕。

我马上端起枪，但是老56式步枪比我想象中要重多了，我端得不是很稳，抬了两下，枪口竟然没抬起来。胖子爬起来，一把夺过我的枪，凭着感觉就朝顶上扫了一圈，大量的瓦片稀里哗啦地掉了下来。我们的手电全部过去给他照明，但是等枪烟雾散尽，顶上什么都没有，刚才那东西不知道到什么地方去了。

“这到底是什么东西？”胖子心有余悸。

“你还问我们，它趴在你身上你都没感觉，你干什么吃的？”潘子大骂。

胖子大怒，刚想骂回去，忽然人一顿，我们转头一看，我靠，那张怪脸不知道什么时候竟然从潘子的肩膀后面探了出来，幽幽地看着我们，而潘子自己也一点都没有发觉。

我们马上全部退开，潘子一看我们的反应，脸马上绿了，叫道：“你们干什么？”还没等他回头，他肩膀后的那东西猛地就张大嘴巴，露出一口獠牙。

胖子抬枪一个点射，“砰”的一声，那东西半边脑袋就给轰飞了。顿时，绿水四溅，溅了我们一身，一股极度难闻的味道弥漫开来。

我以为搞定了，一看又不对，那张半个脑袋的巨大嘴巴里面，竟然还隐约有着一张小脸！

“该死！”我听见一边的顺子轻叫了一声，一个飞扑就撞到了潘子身上，潘子被撞得飞了出去。潘子倒地后一个转身就坐了起来，不知道什么时候军刀已经在手，反手就往身后捅。

但是他身后的东西已经不见了，坐在他身后的是刚撞他的顺子，那一刀就捅了过去。幸好顺子反应快，一把压住他的手，把他手给扭了过来，同时大叫：“刚才谁开过枪？”

第二十章

门殿（四）

胖子马上举手：“我！”

“还有我！”潘子也举起了手。

顺子不知道为什么，眉宇间突然多了一股不容置疑的气质，一甩手，道：“开过枪的人留下！其他人跑！一直往前跑！绝对不能回头！”

我一看，哎呀，我们的人几乎全都留下了，那我怎么办？跟着陈皮阿四岂不是等宰吗？忙也举手：“我……我忘记了，我也开了！”

叶成他们一下子也不知道怎么反应，这时候，我们就听到门殿顶上传来了瓦片碎裂的声音，似乎有很多东西正在爬上门殿的瓦顶，数量之多，难以想象。几个人都大惊失色，不知道到底出了什么事。

“来不及了，还不走！”顺子大叫。

陈皮阿四看了我们一眼，一甩手，对华和尚他们说：“走！”说着，三个人快速跑出了前殿。

我心里觉得奇怪，但是形势已经不容我多想，头顶上的瓦片碎裂声越来越多。胖子甩出自己的子弹带子给潘子，两把枪都上膛。我们围成一个圈，问顺子：“上面到底是什么东西？我们怎么办？”

顺子沉声道：“不知道。”

“那你让他们跑什么？”潘子奇怪道。

顺子道：“我只是想让你们和那老头子分开来，这不是我的主意，是你们三叔的吩咐。”

我们一听，全都转头看向他，心说，什么，我三叔吩咐的？潘子就问道：“那你是什么人？”

“别问这么多了。”顺子道，“我现在带你们去见你们的三叔，到时候你们自己去问他吧。”

我浑身一紧，刚想问：我三叔现在也在这皇陵里？突然，头顶上发出一连串的破碎声，瓦片像下雨一样直往下掉。我们护住头全都往上看去，只见在手电的光斑里，无数的影子在挪动，似乎都是刚才的那种东西。

顺子甩手道：“刚才你们枪声一响，这死树林里面到处都能听到响声，它们都向这里围过来了。”

“那我们为什么不跑？”潘子听着四周已经密集得让人无法分辨数量的爬动声，紧张地问，“在这里不是等死吗？”

“等他们再走远一点。”顺子一边看了看身后，陈皮阿四似乎已经跑远了，一边转头道，“走！”说着，一拍我，一马当先地向着前殿的出口跑去，我们紧跟其后。

门殿之外可以看到神道的衍生殿，前面有一道汉白玉二十拱长桥，桥上吊着两条不知什么材质的盘龙，顺着桥两边的栏杆缠绕着，成色极好，竟然没有一丝缝隙，似乎是整体雕刻而成。桥下就是内皇陵的护城河，地下不知道有没有水。

我们才跑出几步，后面劲风忽起。我们几个全部就势一滚，胖子回手就是一个无目标的点射。黑暗中我听到一声轻微的嘶叫，不知道打中了什么，一团东西就摔进了桥下的深渊里。

黑暗中弥漫着一种躁动，我隐约感觉到这种东西似乎能飞，手电狂扫却什么也扫不到。

我们爬起来继续往前跑，头顶一阵一阵似乎有东西在贴着我们的头皮盘旋。胖子对着上面边跑边扫射，很快我们便跑到了桥上。突然，我感觉背上被什么东西带了一下，一下子就摔了出去。我一个翻身爬起来，还没反应过来，胖子一枪托就从我耳朵边砸了过去，我就感觉一个东西从我背上摔了出去。

我回头一看，只看见一个黑色的影子正挣扎着爬起来。潘子抬手就是一枪，把它打成两截，接着胖子就对着上面狂扫了几枪，子弹的曳光闪过，无数影子盘旋在我们头上。

“这些到底是什么？”我咋舌。

“太多了，打不光，我们怎么走？”潘子大叫道，问顺子，“三爷到底在哪里？我们怎么走？”

再往前就是四道龙楼殿的第二殿，到了那里免不了又要和陈皮阿四碰头。说实在的，和他们几个人在一起我心理压力很大，而且现在已经有了三叔的下落，我恨不得马上找到他，问问整件事情到底是怎么回事。

“你们三爷应该在地下玄宫了。”顺子道。

“地宫？”胖子又是一枪托，也不知道打下了什么东西，“太好了，省事了，地宫的入口在什么地方？”

顺子道：“我不知道。”

几个人一下子都愣了，看向顺子，一看他的表情就知道他不是在开玩笑。胖子就骂：“你不知道你还说带我们去见他，这皇陵这么大，我们怎么找？”

一般来说，地宫的正规入口就在顺着神道进入的第三道龙楼——天殿之内，但是必然是压在铜鼎之下，有七十多道青砖加上铅浆铁水的装甲等着我们，现代工兵团没有十天半月也挖不开。但是地宫肯定有秘密入口，而且应该就在皇陵建筑之内的中轴线上，慈禧陵的地宫入口就是在陵宫影壁里，但是现在这情形哪有时间去挖洞。

顺子非常镇静，矮着身子，对我道：“你三叔说，这里是玄武拒尸之地。他说告诉你这话，你自然就知道地宫的入口是在什么地方，你想想有没有印象。”

我感觉奇怪了，玄武拒尸是玩笑之说，也就是风水理论中，集合了世界上最差的风水的地方，这种地方和理论中极品宝穴“九龙盘花”相同，是理论中的东西，世界上是不会有的。我问道："他真这么说？还有没有说别的什么？"

顺子矮着头看着四周，急促道："没了，当时你三叔似乎在躲避什么人，所以非常匆忙。你三叔安排我在村子里接应你们，带你们进山，然后就是带这几句话。"

我听着，忽然站定，心里哑然。如果这里真的是玄武拒尸之地，那葬在这里，后代死绝，老婆偷人，发生任何事情都不奇怪，那汪藏海和万奴皇帝有这么大仇？

《葬书》上说：地有四势，气从八方，故葬以左为青龙，右为白虎，前为朱雀，后为玄武。玄武垂头，朱雀翔舞，青龙蜿蜒，白虎顺俯。形势反此，法当破死。故虎蹲谓之衔尸，龙踞谓之嫉主，玄武不垂者拒尸，朱雀不舞者腾去……

而按照陈皮阿四的说法，这里的风水应该是极其好才对，怎么会是玄武拒尸呢？

我一下子就后悔以前没有好好地留意这些，如果来此之前能看懂一些东西，现在应该也能领悟出那是什么意思了。

胖子也懂这些东西，甚至有些方面比我知道的还多一点，但这时候也很疑惑。他叫道："放屁！不可能，皇陵玄宫所在，怎么可能是玄武拒尸的地方？"

潘子在一边又是一顿扫射，将下来的东西逼开，回头道："也不是不可能啊，风水是对人来讲的，你没听那和尚说吗？这皇陵里埋的不是人啊，说不定这种奇怪的格局差异和这有关系！"

我知道潘子的话纯属气话，以东夏国微薄的国力，建造这些建筑应该已经倾注了全部的力量和资源，能够发动如此巨大工程的，只有万奴王一个人。而且我不相信当时的末代万奴王还有如此的威信，建造这座皇陵必然夹杂某种宗教的成分，那个时期，万奴王很可能是人神一体的宗教偶像。

铜鱼上说历代的万奴王都是从地里来的妖孽，我认为不能直白地去理解。铜鱼之上的信息应该另有隐讳，具体是指什么，可能要破译了我手上的那两条铜鱼才能够知道。

但是胖子不买账，一听潘子这么说，怒道："你别不懂装懂，不是人，难道会是条狗吗？不论陵墓里葬的是什么东西，按照风水上的讲法，都不应该选择'败穴'之地。你以为棺材里是妖怪，那葬它的风水就该与人相反吗？没这回事！而且你看这里的规模，少说也是个城邦级别的，何必为妖孽修建如此规格的陵寝？"

潘子的业务知识没胖子丰富，一下子语塞，不知道反驳什么好。

顺子对我们道："几位老板，我听不懂你们说什么，别闲扯淡了，到底是怎么回事？谁懂谁说，快点！"

胖子道："这还不简单？《葬书》看过没？你知道什么叫'地有四势，气从八方，前为朱雀，后为玄武'吗？玄武就是后面的意思，拒尸就是拒绝尸体，拒绝了那就是没尸体的意思，合起来说就是后面没尸体，那不就摆明了吗？尸体在前面！"

我一听，心说瞎扯，这句话是这个意思吗？要是郭璞（《葬书》作者）还活着，肯定会把你掐死。

顺子不懂这些，还真信了，道："这范围也太广了点，要说在前面，是在什么的前面？就凭这个也找不到入口啊！"

我对他说："别听胖子胡扯，哪有这么解释《葬书》的。三叔既然没有直接把玄宫入口的方位说出来，肯定是因为照直说，你反而无法转达。那就不能单纯从字面意思去理解他的话，像胖子这么猜是没用的。"

胖子不服气，问道："那你有什么眉目？"

我摇头表示暂时也没有头绪，需要好好想想。三叔精通古代密码和密文，应该从那方面去下功夫，而且既然他认为我能理解，肯定有他的理由，但是现在显然不是思考的时候。

说话间，我们已经退到了石桥的末端，再过去就是皇陵的广场，黑暗中可以隐约看到石桥末端的地方竖了两块并排的石碑，都有十米多高，一块已经断了，底下由黑色的巨大赑屃驮着，石碑后面不远处是一片高耸的巨大黑影。

我知道这里是"皇陵界碑"，石碑之后应该就是通往"往生殿"的长生阶，也就是通往幽冥界的大门。“皇陵界碑”可以说是真正的人间与幽冥界的分界线，因为“皇陵界碑”之后的地方，守陵人都无法进入。几百年前，皇陵封闭的那一刻起，就没有人再踏足界碑后面的那一片区域了。

看见石碑的一刹那，我突然有了一种非常不祥的预感，似乎前方那一团巨大的黑影中，在这死寂的皇陵内城的某个角落里，有什么东西正在等着我们。

就在这个时候，跑在前面的胖子突然停了下来，一下子张开双手，把我们都挡了下来。我上去一看，原来石桥的末端竟然已经坍塌了，石桥和对面“皇陵界”之间，出现了一道三四米宽的深渊，手电照下去，一片黑气蒙蒙，不知道有多深。

“怎么办？”我看向潘子。潘子想也不想，端起枪就道：“还能怎么办？一个一个跳过去，快！”

我一看这距离，不由得咽了口唾沫，奥运会选手那些人能跳多远？八米左右？三米多不算太远，但是对我这样整天不运动的人来说，想要轻松跳过去，还真有点悬。

一边的胖子已经把枪交给顺子，然后退后几步，助跑一段后猛地一跃，在空中漫步而过，滚倒在对面的石地上。顺子把枪再甩给他，然后把我们身上的装备也先甩过去，接着也跳了过去。潘子要给我殿后，让我先跳，我看着前面的深渊，心里一横，死就死吧，便对对面的胖子大叫了一声：“拉着我点！”

胖子满口答应。我退后几步，定了定神，猛地一阵加速。可倒霉的是，就在我想起跳的时候，潘子突然在后面大叫：“等——”

此时我已经刹不住车了，一下子高高跃起，猛地向对岸跳去，还下意识地回头一看，奇怪潘子为什么要叫我。

这一看，就看到一个巨大的黑色影子从我左上方俯冲下来，凌空就抓住我的后领子，爪子一下子钩住了我的衣服，把我往边上一带。我在空中的姿势就失控了，接着那爪子一松，我整个人翻了一个跟头，就往深渊里掉去。

刹那间我脑子里一片空白，也不知道怎么办好了，眼前的一切就好像慢动作，看着胖子冲过来，一跃而起想在空中拉住我，但是他的手就在我的领子边上擦了过去，接着潘子举起枪，对着我的头顶“啪啪啪”就是三个点射，子弹呼啸而过，然后我就掉入了一片黑暗之中，他们的手电光瞬间就消失了。

下落的过程极快，我在空中打了几个转，同时脑子里瞬时闪过一连串的念头：这下面是什么？下面是护城河道？一般的护城河有多深？有水吗？我会摔死，或者被这里硫化的水化成一堆骨头吗？

还没等我想到这些问题的答案，我的背就撞到了一根类似于铁链的物体，整个人差点给拗断了，疼得我眼前一花，接着身体绕这铁链打了一个转，又往下摔去，还没等我缓过来，又撞上另一根铁链。这一次因为刚才的缓冲，撞得不重，我伸手想去抓，但是抓了个空，我继续下落。

这一连串的撞击把我撞得晕头转向，连坠落时蜷缩身体的姿势也摔没了，接着我就脸朝下重重地摔在了地上。我自己都听到我全身的骨头发出了吱吱声响，接着耳朵就“嗡”的一声什么也听不见了。

第二十一章

护城河

落地后我完全蒙了，脑子里还不知道是怎么回事，也不知道自己是死了还是没死，接着就有一股辛辣的液体从喉咙喷了出来，倒流进气管。我不停地咳嗽起来，血从我的鼻子里喷出来，流到下巴上。

足足过了半支烟的工夫，我才缓过来，感觉一点一点回归到身上。我颤颤巍巍地坐起来，四周一片漆黑，什么都看不见。我摸了摸地上，都是干燥的石头和沙子。这护城河底是干涸的，幸亏这些石头还算平整，不然我就是不摔死也磕死了。

防毒面具已经裂了，镜片一边碎了，我摸了一下，发现整个防毒面具都凹了进去，再一摸前面，发现我脸摔的地方有一块很尖锐的石头。看样子是多亏了这面具的保护，我的脸才没摔烂，不过这一下子，防毒面具算是完全没用了。

我艰难地扯掉后扣，小心翼翼地把它从脸上解下来，才拿到手上，面具就裂成了四瓣，再也戴不起来了。

没有了面具，四周空气中的硫黄味道更加浓郁，但是吸了几口似乎也没有什么大的不适，看样子潘子所说的这里毒气的厉害程度，并不真实，或者护城河底下的空气质量还可以。我暗骂了一声，把面具扔到地上，吐掉残留在嘴巴里的血，抬头去看上边。

护城河最起码能有十几米高，上面是灰蒙蒙一片，我只能看到胖子他们的手电从上面照下来，四处晃动，似乎在搜索我，还能听到一些叫声。但是也不知道是不是摔着的缘故，我的耳朵里满是刚才落地一刹那的“嗡嗡”声，实在分辨不出他们在说什么。

我尝试着用力叫了几声，但是一用气，一股撕裂的剧痛就从我的胸口扩散到四周，声音一下子就变成了呻吟，自己也不知道自己在说什么，甚至不知道自己到底有没有发出声音来。

为了让胖子他们知道我还活着，我捡起刚才扔掉的防毒面具，用力敲击地面，发出“啪啪啪”的声音，声音不大，但是在安静的护城河底，却反弹出了回音，十分清晰。

敲了一会儿，突然，一支冷烟火从上面扔了下来，落在我的边上。我骂了一声躲开，接着，我就看到上面一个人的头探出了桥的断面，看脑袋的大小似乎是胖子。

我爬过去，捡起冷烟火对他挥了挥，他马上就看到了，大叫了一声，但是我一点也听不出他到底在说什么，只好发出几声毫无意义的声音。胖子把头缩了回去，不一会儿，从上面就扔下一根绳子，晃晃悠悠地垂到河床底部，胖子背着56式步枪开始往下爬。

十几米也就是四五层楼的高度，说高不高，说低不低，胖子一下子就滑到了底部，放开绳子先用枪指了指四周，看没有什么动静，才跑过来，蹲下来问道：“你没事吧？”

我嘶哑着，有气无力道：“没事？你摔一次试试看。”

胖子一看我还能开玩笑，松了口气，对上面打了个呼哨。很快，潘子和顺子背着装备也从上面爬了下来。

他们扶起我，先把我扶到一边的一块石头上，让我靠在那里，接着让顺子按住我，拿出医药包，给我检查身体。

我看到医药包，就稍微安心了一点，心说，幸好准备还算充分。潘子确定我没有骨折，拿出一些绷带，帮我包扎了一下比较大的伤口，然后骂道："叫你停你怎么还跳？也亏得你命大，不然你死了我怎么和三爷交代？"

我一听大怒，骂道："你还说我？我都在半空了，你才叫停。这又不是放录像带，还能倒回去——"话没说完，突然胸口一阵绞痛，人几乎就扭曲了起来。

潘子一看吓了一跳，忙按住我，让我别动。

我咬牙切齿，还想骂他一句，但是实在疼得不行，连话也说不出来，只能在那里喘气。

胖子在一边递给我水壶，说道："不过你也算命大了，这样的高度，下面又是石头，一般人下来绝对不死也残废。"

我接过水壶，心说，这应该叫命贱才对，刚才肯定是因为撞到那两根铁链子，自己才没死。也不知道是走运还是倒霉，最近老是碰到高空坠落这种事情，而且还都死不了。

喝了几口水，嘴巴里的血都冲掉了，喉咙也好受了一点，我就问他刚才那到底是什么东西。潘子说这次他们看清楚了，肯定是一只怪鸟，而且个头很大，有一个人这么高，可惜没打中，不然就能看看到底是什么了。

胖子道："真邪乎，刚才我在神道那边看到的人，可能就是这东西。人头鸟，可能是种猫头鹰。"

顺子看了看上面，说道："奇怪，那些怪鸟好像不再飞下来了。"

我也看了看头顶，果然，刚才那种无形的压力明显消失了，也没有什么东西再俯冲下来。

"是不是这里有什么蹊跷，它们不敢下来？"

潘子也有点犹豫。胖子道："这样吧，我先四处去看看，要是这里有问题，我们还是马上上去。你们待在这里，小吴，你先休息一下。"

我点点头。潘子说他也去，两个人就分别走开。

不多久，在搜索的胖子就朝我们打了个呼哨，似乎是发现了什么。

潘子横起枪，朝胖子的方向看去，只见胖子已经顺着桥走出去老远，手电光都模糊了。在他手电的照射范围里，我们看到他的身后有一大片黑色影子，似乎有很多的人站立在远处的黑暗里，黑影交错，连绵一片，数不清到底有多少。

我们全都戒备起来，潘子“咔嗒”一声子弹上膛，顺子拔出了猎刀。潘子就对着胖子叫道：“怎么回事？什么东西？”

胖子在那边叫道：“你们过来看看就知道了。”

从刚才我们在桥上的感觉来看，护城河有六十多米宽，纵横都非常深远。相比河的绝对宽度，胖子站的地方其实离我们并不远，但是因为四周浓重的黑暗，我们根本看不清楚他手电照出来的东西。

不过，听胖子的语气，那里似乎没有危险。

顺子看了看我，问我能不能走，要不要去看看。我点了点头，他扶着我将我拉起来，三个人一瘸一拐，就往胖子待的地方走去。

护城河底全是高低不平的黑色石头，有些石头的形状十分骇人，看得出原来修凿的时候，肯定是巨大的工程。胖子照出来的那一大片交错的黑色影子，正好位于上边石桥的桥墩下。

我们艰难地走到胖子的边上，那些影子也清晰起来。我走到近前，从胖子手里接过手电去照，这才看清那是些什么东西。

胖子站的地方，河床出现了一个断层，断层之下是一条大概一米深的沟渠，沟渠大概有二十米宽，无数黑色的真人高的古代人俑和马俑，夹杂着青铜的马车残骸排列在沟渠之内，连绵一片。凑近其中几个，可以发现人俑的表面被严重腐蚀，面目模糊，五官都无法分辨，很多人俑还拿着铜器，更是烂得一片色彩斑斓。

这些人俑大部分都站立着，靠得极密，也有很多已经倒塌碎裂，东倒西歪地堆在一起。从我这里看去，目力加上手电光所及的地方，似乎全是这些东西，一大片黑蒙蒙的，在阴森的皇陵底部，如何不让人毛骨悚然！

“这些是什么东西？”顺子看得目瞪口呆。

“这好像是殉葬俑，这些是车马俑，象征的是迎宾或者帝王出行时候的队伍——”我结巴道，“奇怪，这里怎么会有这些东西？不是应该放在地下玄宫或者陪葬坑里吗？”

胖子知道这茬儿，也觉得奇怪。这地方是皇陵，不是儿戏的地方，地下玄宫中东西的数量、陪葬坑中所有殉葬品的摆设，都是相当讲究的，不像一般王公贵胄的陵墓，可以随性而来。皇陵讲究一个气、一个势，这种把殉葬品堆在露天的做法，相当于一块上等白玉上的一块老鼠斑，大忌中的大忌，在当时要是给皇帝看见，肯定是要抄家的。虽然当时东夏是一个边陲隐秘小国，但是既然修建陵墓的是鼎鼎大名的汪藏海，肯定不会犯这种低级的错误。

胖子爬下沟渠，一手戒备地端起枪，一手用手电照着一具无头的人俑，对我道："看服饰好像是少数民族的。"说着，就想用手去碰。

我提醒他道："别乱动，这东西神神秘秘的，摆在这里，指不定有什么蹊跷。"

胖子不以为然："怕什么，难道还能活过来不成？"不过，我的话还是有点作用，他把手缩了回来，背起枪，一手拿手电，一手就抽出了腰里的猎刀，用力戳了那人俑几下，人俑毫无反应。他转头道："货真价实，石头人。"

潘子看着好奇，也爬下了沟渠，走到胖子身边。我看着还是有点不舒服，道："你们小心点。"

胖子摆了摆手，表示不屑与我交谈。他把猎刀插回皮套里，尝试着抬了抬最近的一座人俑，问道："小吴，你是干这一行的，这些玩意儿值钱不值钱？"

我点点头："这东西有点花头，不说整个，就是局部也有人要。我知道一个兵马俑的头就值两百万元，还是美元，那些马头比人头少，更珍贵，价格就说不好了。"

胖子惋惜地看了一眼四周，露出痛心疾首的表情，道："可惜，可惜，这东西不好带——"

我心里还是感觉到很奇怪，这些东西实在不应该出现在这里。听人说，古墓中每一件东西，背后都是一个故事，这些东西在这里，应该有着什么讲究或者故事，那么当时的设计者到底有什么用意呢？

按照两边的距离来看，这些人俑站的沟渠，位于护城河的中央最深的地方，在皇陵刚修建完成的时候，这些东西应该都沉在护城河的水底，被水面所掩盖，人俑模糊的面部也是它们曾经长期浸没在水中的证据。也就是说，当时皇陵修建完成之后，上面的人是看不到这些东西的存在的。

那把这些人俑放在这里，有什么意义呢？难道这些是建筑废料、人俑的次品？工匠偷懒把这些垃圾沉到护城河里了？又不像，摆得如此工整，不像是堆放次品的方式。

当真是无法揣测古人的心思啊，我心里感慨。要不是我摔下来，在桥上根本就看不到桥下的东西，也算是机缘巧合，这是不是上天想昭示我什么？

这时候，胖子突然“啧”了一声，说道：“你们有没有发现，这里所有的人俑，都是面朝着一个方向，做着走路的姿势，和咱们在市场上看到的很不相同。”

我本来没有注意到，但是胖子一说，我也就顺着他的意思去看，果然是如此。

本来陪葬俑朝一个方向排列，是很平常的事情，从来没见过乱七八糟面向的情形，但是胖子说的走路的姿势，倒是十分奇特，我从来没见到过。我用手电仔细地照了照人俑的下部分，突然，一股奇怪的感觉涌了上来。

“这些人——”我皱起眉头道，“好像是在行军。”

“行军？”潘子看向我。

我点点头：“从马车和人物的衣饰来看，这是一支帝王出行的队伍。你看这些马、这些车、这些人的动作，它们都在朝同一个地方走。这些人俑这样摆列，它们的姿势，似乎是在表示这样一种动态情景。”

我们都朝人俑队列的朝向看去，只见这支诡异人俑的长队，延伸到了护城河深处的黑暗中，无法窥知它们的“目的地”是哪里。

第二十二章

殉葬渠

如果没摔蒙，我可能还想说咱们过去看看，但是看到远处那种深邃的黑暗，这句话就没说出口。胖子没感觉出我的胆怯来，说道："你说得有点道理，那它们是去哪儿呢？咱们要不去看看？反正这河也不长。"

潘子马上摇头，不同意道："咱们耽搁不了时间，小三爷受了伤，要再出点什么事，跑都不行，咱们还是别把精力花在这里了。三爷给我们传的话，咱们都还不知道是什么意思，与其节外生枝，不如趁这个时候好好想想，三爷说的地宫入口究竟在什么地方，正巧那些怪鸟似乎也不飞下来。"

这话正合我意，我马上点点头，然后咳嗽了几声，表示自己受伤严重，顺子也不表态。胖子看我们这样，不由得有点悻然，耸了耸肩说那算了。

顺子把他们拉上石俑渠，我们又回到了我摔下来的地方。潘子从背包里拿出风灯，点燃了给我们取暖。我一算，到这里已经快一天没吃东西了，肚子马上就叫了起来，于是四个人坐下来吃了一点干粮。

翻开我们的行李才发现，大部分的食物，竟然都在陈皮阿四那伙人的包里，我们身上带的食物明显已经不够了。特别是胖子，这一顿下来，他包里基本就没吃的东西了。但是，几乎所有的装备都在我们这里，像绳子、爪钩子、火具等必需的探险用品。

潘子查看了一下，对我们道："看样子陈皮阿四在分配我们装备的时候，已经下了功夫了。装备全都是我们的人背，食物都是他们的人来背，这样两边谁也落不下谁，谁也不能自个儿跑掉，这 招我还真没注意到。"

胖子嘲笑道："你注意到什么了？幸好我也没指望你和你们那个三爷，每次碰到你们，一定做亏本买卖，在火车上我就料到有这一天了。"

潘子"呸"了一口，道："你少说风凉话，你也不是什么好东西，你不给我们闯祸我就阿弥陀佛了。"

顺子怕他们吵起来，道："几位老板，有力气吵架，不如快点想想你们那个三爷说的话是什么意思！"

我也拍了潘子一下，让他别动气，问顺子道："当时他来找你，是个什么情况，你要不详细和我们说说，那一句话太笼统了，我们连皇陵都没进呢，真不知道该怎么去想。"

我一问，胖子和潘子也静了下来，一起看向顺子。

顺子坐了下来，皱起眉头道："那大概是一个月以前，当时我也是带客人上山，当然没你们上得这么厉害，就是四周走走，看看雪山。你们三爷当时是混在那些客人当中的，后来在山上过夜的时候，他突然就把我叫出去，神神秘秘的，说他现在要自己一个人上雪山去了，让我别跟其他任何人说，接着给我笔钱，让我大概在这个时间，在山脚下等一个叫吴邪的人，然后带你们进山，只要能把你们带到他面前，就给我一大笔钱。他就是在那个时候和我说的这一句提示，他强调的是，只要是'你'，一听就马上懂。"

"他确实这么说？"我问道。

顺子点了点头，表情很肯定。

我就感觉到有一点奇怪，这话似乎是在强调听的人，而不是话的内容。只要是"我"，听了就能马上懂，难道我身上有不同于其他几个人的特质吗？

"那你怎么懂得支开陈皮阿四之后才告诉我们这些东西？"胖子问。

顺子"嘿嘿"一笑，露出了与以往截然不同的一种表情，道："我也不是傻子，你三叔告诉过我你们的人数，说如果人数不对，就只能把话传给你一个人听。我一看到你们，当时就感觉到你们这一队人气氛有问题，似乎有两股不同的人混在一起。当时我又不知道你们是干什么的，只好先装傻看看，到底我收了别人的钱了，万一弄得不好，耽误了你们的事情就不好了。”

我看着顺子的表情，就感觉到一种狡狯，心中就一个疙瘩，心说，原来从上山开始，他的那种憨厚都是装的。那真是人不可貌相，难怪越走到后来，这小子就越镇定，原来是露出本来面目了。

潘子是老江湖了，这时候就沉下了脸，道：“没这么简单吧，我看你好像还知道什么……”

顺子幽幽地一笑：“我退役前是在这里当兵的，雪山我走得多了，我的父母是土生土长的朝鲜族人，动乱的时候从朝鲜逃到这里来的，在山里躲了好几年。这山里，古时候的传说多了，我们碰到的怪事情也多了，每年怀着各种奇怪目的进山的人数不胜数，你要说我什么都不知道，我总归还是知道一些东西的，所以我一看你们往这山头走，就猜出你们想干什么了。”他顿了顿，意味深长地看了我一眼，“要不是有你们三爷的嘱咐，在山腰雪崩的那个地方，我就绝对不会让你们再往前走了。”

潘子看了看我，又看了看胖子，一下子也讲不出话了。

呆了半晌，潘子拿出一支烟，递过去，道：“顺哥，有眼不识泰山了，那咱们现在是自己人，来，抽一根。”

顺子没接那烟，抬头道：“我是个实在人，别说废话，我帮你们不是喜欢你们，我是求财。你们那个三爷，答应给我的数目，够我用两辈子了，所以我怎么样也得把你们带到他面前。你们还是快点想那句话是什么意思吧。”

潘子被他弄得很尴尬，只好把烟叼到自己嘴里，苦笑着看了看我。

我问顺子：“那你把我三叔当时的原话重复一遍给我听听。”

顺子回忆了一下，道：“当时他似乎是这么说的——‘等吴邪到了，你告诉他，地宫的入口在玄武拒尸之地’，然后我就问他那是什么意思，他说只要这么说，如果是‘你’，就肯定能知道了。”

“还是同样。”我叹了一口气，心说，整句话听下来，关键还是“我”，但是这句话我明明一点也听不懂。三叔他到底哪里来的这种对我的信心，这不是坑我吗？

几个人都看向我，眼里露出殷切的神情。我摇了摇头，直叹大气。

胖子看我想不通，问道：“会不会是这样，这个提示和你们以前自己家里发生的事情有关系，所以只有你们吴家的人才知道？”

“不能这么说。”我道，“我了解三叔的个性，他不是那种讲一个超级复杂的暗号，然后让我们来猜的人。他既然是让顺子传话，那这句话绝对是意思非常明确，肯定是哪里差了，我们想错了。”

“不过三爷既然说，是‘你’一听就能知道，而不是‘我们’一听就能知道，那肯定有一个你们之间有共同点的暗号。”潘子道，“不如想想你们之间有什么共同点就好了。”

我感觉这也不太靠谱，不过，此时也没有别的办法，就掰着手指头琢磨起来。

我和三叔的共同点其实也不太多，而且还必须是我和三叔的。潘子他们如果也是就得排除，比如说，大家都是男人，潘子也是男人，那就不算了，算起来，我们都姓吴，应该算一个，但是这和那暗号应该没关系吧。

除了这些，要说能算共同点的，就是我和他都住在杭州，现在主要的生活地盘是杭州。

等等！我想到这一点的时候，突然人就打了一个激灵，好像脑子里出现了什么东西，一丝灵感就出现在了我的脑海里——

玄武拒尸——三叔的暗示——杭州——“我”一定能听懂……

我恍然大悟，这四个字，竟然是这个意思！

第二十三章

无聊暗号

玄武拒尸！狗屁的玄武拒尸。

我想通了之后，一切都豁然开朗，不由得笑起来。这完全是一个误会，三叔说的四个字，根本就不是这四个字，因为我们对《葬书》先入为主的概念，一听到发音相近的四个字，就把它对号入座了，而且正如我预料的，这个暗号其实根本就不是暗号。三叔用了一个非常巧妙的办法，使得他这一句几乎是直白的话，可以在别人面前传达，但是真实的意思只有我能知道。

看来三叔早就想到了，可能与我一起来到这皇陵之中的，不一定都是他安排的人。

几个人看我的脸色剧烈变化，马上就知道了我已经有所醒悟，忙问我想到了什么。

我解释道："我们真的想错了，三叔说这句话'我'能听懂，最重要的原因不是我和他的共同点，而是因为我是一个从小在杭州长大的人。"

几个人还是不明白，胖子问："这么说，这话和杭州的风景有关系？不会啊，你胖爷我去过杭州啊，没听过有叫'玄武拒尸'的景点啊！"

潘子摇头，说道："你扯哪儿去了，肯定和风景没关系，从小在杭州长大的人，也不一定熟悉杭州的名胜古迹。你看我们家三爷，在杭州也定居快十年了，他就知道个西湖，上次带我们去宝石山上喝茶，还给我们带迷路了呢，最后走到天黑，一看，到玉泉了。"

我点点头，确实，我也是这样的人，谁说做古董的就得喜欢古迹？我也没走过多少景点。

胖子皱起眉头，对我道："和风景也没关系，那是什么？你还是直接说吧，我都快急死了。"说着就擦汗。

我也不想卖关子，对他道："这很简单，在杭州长大的，虽然不一定熟悉风景，但是，绝对能听得懂杭州土话，这一点才是关键。"

几个人都一愣，呆了好久，显然有一些感觉了，但还是不了解，胖子问道："是发音？"

我点点头，在这几个人中，只有我是精通杭州土话的。潘子常年在长沙，杭州话能说能听懂点，但是要说到深处去，就不行了；胖子是京片子，一听就知道常年混在北京城；顺子就更不用说了，普通话都说不利落。如果三叔用杭州话说一句，确实只有我能听懂。

可惜的是，顺子因为汉语不好，只记得了发音，没听出前面的话和后面的语调变化，所以用他那嘴巴念出来就成了一句完全不着调的话。

潘子拍了拍自己的脑袋，说："我靠，这我还真想不到，那'玄武拒尸'，用杭州土话来念，是什么意思？这好像也难念啊。"

我笑道："听我来分析就行了。其实三叔的暗语不是四个字，而是'玄武拒尸之地'这六个字，第一个字'玄'，杭州话的发音同'圆'，又相似于'沿'；'武'的发音和'湖'的发音是一样的，但是在杭州，'湖'这个发音，既可以说是湖，又可以说是河；'拒'和'渠'，发音是一样的；'尸'和'水'同音；'之'和'至'同音；'地'和'底'同音，连起来就是——沿河渠水至底！"

我一解释完，几个人"啊"了一声，都露出恍然大悟的神色。胖子点了点头，显然我这样翻译十分合理，没有任何破绽。

潘子啧道："三爷就是三爷，这句话要是给陈皮阿四听见，他打死都想不到是这个意思，肯定绞尽脑汁去琢磨‘玄武拒尸’的意思。”

“河渠水？”半晌胖子才道：“可是，这里没有河渠啊，皇陵中会有河吗？”

我道：“陵墓中肯定没有，陵墓中可以有泉，但是应该不能有河，因为河的水位不受控制，水太高了会淹，水太小就会破势，而且河水会暴露古墓的位置。这里说的河渠，可能就是指这条护城河。”

潘子脸上的肉都激动得抖了起来，道：“那咱们是误打误撞，还走对了路了？”

“也不好说。”我摇头，毕竟没进过皇陵，不知道里面的情况。不过，按照现在的迹象和以前看过的资料推断，我的分析还是有道理的。

“如果说河就是护城河，那渠，该不会就是我们刚才看到的那条——”胖子站起来，看向一边那条全是石头俑的殉葬渠，那简直就是契合三叔的暗号出现的。我们也都转过头去，心跳加速起来。

“不过，”潘子有点不确定，“那渠里没水。”

我摇头道：“三叔当时还没进这个皇陵，他说的这句话应该也只是他从其他什么地方得到的提示，有可能是什么古籍或者地图，而当时制作这种地图或者古籍的人，大概也想不到，有朝一日，护城河里会一点水也没有。”

这里河壁堆砌的岩石上有被腐蚀的痕迹，这条河里原来肯定也有水，但是经过千年的岁月，引入河水的源头，或是地下河，或者温泉，可能干涸了，河水得不到补充就逐渐渗入地下，最后一点也没剩下。

胖子沉不住气了，“咔嗒”一声拉上枪栓，对我们歪了歪脖子：“同志们，难得咱们的个人利益和集体利益高度统一了，还等什么？一起上吧。”

这一次胖子的提议，我们都找不出理由来反驳。但是马上出发，他显然太过猴急了，潘子把他拉下来，道：“既然有眉目了，现在倒是不急。你看看小三爷受这么重的伤，还没缓过劲来，你是想一个人去，还是让我们把他扔在这里等死？”

胖子呆了呆，想想也在理，但是他实在心急难耐，拍了拍顺子，道：

“那咱哥俩儿先去探探，勤鸟吃头菜，让他们俩在这里歇着，保证拿到的不比那个老三爷给你的少。”

谁知道顺子也摇头，道：“老板，我的任务是把他，”他指了指我，“带到你们那个三爷面前，之后你们的死活都不关我的事，但是现在我得看着他。”

我听了“嘿嘿”一笑，对胖子道：“现在知道这里谁是大人物了吧？”

胖子“呸”了一声，不爽道：“得，你们都在这里休息，胖爷我自己去，等我摸几件宝贝回来，看你们眼红不眼红。我把丑话说在前面，摸到就是我的，可不带分的，你们谁都没份儿！”说着端起枪就走。

可走了几步，他突然停住了，顿了顿，转头又走了回来。我们几个都哈哈大笑，说他干什么，又不敢了。

胖子哼着气，一脚踢开自己的背包，坐到风灯对面，道：“什么不敢，你们还真想让我去？胖爷我没这么笨，等一下我把东西摸出来，你们三个人上来抢，我猛虎难敌群狼啊。给你们占便宜，指不定还被你们谋财害命，我才不干这缺心眼的买卖呢。”

潘子看胖子一直不爽，这时候乘机奚落道：“你这叫小人之心，别以为我们都跟你似的。”

我怕他较了真，打断他们道：“行了，都别说了，现在算起来也该半夜了，虽然这里看不到天，但是我们也得抓紧时间休息。”

潘子看了看表，就点了点头，把风灯调大，一下子四周暖和起来，然后扯出充气的睡袋，吹了气，几个人都睡了进去。

胖子点起一支烟，说自己睡不着，他来守第一班。我看了他一眼，对他说：“你可千万别半夜自己摸出去找东西，进了玄宫随便你拿，这里就消停点，你别被我看扁了。”

胖子大怒，说他是这样的人吗？他守夜，保证我们安全。

路途疲倦，算起来上到雪顶已经是傍晚，进到冰盖中的宫殿，一路过来，已经快用了十个钟头，相当于强体力劳动一天一夜，其中包括攀岩、狂奔、跳远，以及跳远失败摔楼。我想着都累，一进睡袋，很快就睡着了。

这一觉睡得很香，因为我是伤员，没让我守夜，我醒过来的时候，四周还是一片漆黑，风灯暗了很多，守夜的人已经换成了潘子。他正靠在石头上抽烟，一边的胖子呼噜打得像雷一样。

我看了看表，也只是睡了五个小时。不过大伤的时候，睡眠质量一般都非常好，因为身体得到强烈的修补，人基本都处于半昏迷状态了，但是醒过来脑子是清醒的，身体却更累，腰酸背痛得厉害。

我揉了揉脸，爬出睡袋，一边活动手脚，一边让潘子去睡一会儿，说我来守。潘子说不用，在越南习惯了，不在床上，一天都睡不了三个钟头。

我也不去理他，坐到另一边的石头上，也要了一支烟抽，吸着醒脑子。

两个人沉默了一会儿，突然潘子就问我，能不能估计出三叔现在怎么样了，会不会有什么事儿。

我看他的表情，是真的关切和担心，心里有一丝感慨。按照道理，潘子这种战场上下来的人，看惯了枪林弹雨、生离死别，不应该有这么深沉的感情，但是事实上，潘子对我三叔的忠心和信任，让我这个亲侄子都感觉到惭愧，也不知道潘子和三叔以前发生过什么，有机会真要问问他。

我安慰他道："你放心吧，那只老狐狸绝对不会亏待自己的。他这种人，命硬，要是出事，也不会等到现在才出事，咱们现在只要顾好自己就行了。现阶段，让别人担心的应该是我们，因为我们还什么都不知道。"

潘子点了点头，叹了口气，有点懊恼道："可惜我脑子不行，三爷做的事情，我总搞不懂，不然这种危险的事也不用他亲自去做，我去就行了。"

我心中苦笑，心说，三叔做的事情也不见得非常危险，我反而感觉最危险的是我们。老是跟在三叔后面猜二叔的意思，然后被他牵着鼻子走，这样下去，运气再好也有中招的时候。

就比如这一次，从三叔可以提前给我们地下玄宫入口的线索来看，似乎他身上有什么东西，让他预先知道了这里地宫的结构。"沿河渠水至底"，这是一句文言文，三叔讲话不是这种腔调的，这句话肯定是来自古籍。而据顺子所说的，三叔他是一个人进入雪山的，显然他并没有落在阿宁他们手里。如果他顺利进入了这个火山口，那他很可能已经在皇陵的地下玄宫之中了。

可以推测的是，那让他预先知道地宫结构的“东西”，应该就是他前几个月去西沙的目的，也可以解释为什么阿宁公司里的人竟然会在这里出现。他们的目标应该也不是海底墓穴，而是这里的云顶天宫，和二叔合作去西沙，只不过是在海底墓穴中寻找这座长白山地下皇陵的线索。

而阿宁在海底古墓中，和我们分开过很长的时间，在我们疲于奔命、被那些机关陷阱弄得抓狂的时候，这个女人在后殿中干了什么？是不是也和三叔一样，拿到了通往这个地下皇陵的关键？这个我们就不得而知了，不过，刚才在前殿看到的装备精良的尸体，证明阿宁的队伍已经先我们到达了这里。根据顺子所说的，他们这么庞大的队伍，是无论如何也通不过边防线的，可是他们竟毫发未伤地过来了，说明他们必然知道一条谁也不知道的隐秘道路。

这至少可以证明，阿宁他们也知道我们不知道的事情。

这就是我们和他们的绝对差异了，我们是完全“无知”，地下玄宫之中有什么等着我们，我们根本无法估计，这其实是最糟糕的处境了。然而我们还必须继续前进，不能后退，这是糟糕之中的糟糕。

这些我都没有和他们说，因为对潘子来说，三叔就是一切，三叔要他做的事情他就必须去做，不用管动机；对顺子来讲，他完全是局外人，这就是一笔买卖，他只关心最后的结果；而胖子就更简单，他是为了“夹喇嘛”而来的，陵墓中的东西才是关键，我三叔，对他来讲只是一个“麻烦”的代名词而已。这些分析出来的东西，似乎只对我自己有用，只有我一个人是在扑朔迷离之中的。

其他人都活得如此简单，第一次让我感觉到有点羡慕。

又聊了一会儿其他的，潘子就问我身体行不行。我感觉了一下，经过睡眠，我的身体已经好转了很多，此时不用人搀扶应该也能够勉强走动，只是显然打架还是不行的。潘子说还是再休息一下的好，难得这里这么安静，似乎也很安全，恐怕进了地宫之后，就再没这种机会了。

我一想觉得也是，就想再进睡袋睡个回笼觉，却睡不着了，一边的胖子不停地用一种我听不懂的方言说梦话，似乎是在和别人讨价还价。在他说得最激动的时候，潘子就拿石头丢他，一中石头，胖子马上就老实了，但是等一会儿又会开始，十分吵人。我疲倦的时候完全听不到这些，但是现在要入睡，就给这搞得够呛。

我闭着眼睛，又硬挨了两个小时，潘子手里一块石头挑得太大，把胖子砸得醒了过来。这一下子谁也别想睡了，胖子一嚷嚷，把顺子也给吵醒了。

整理好东西，又随便吃了一点干粮，我们重新走回到河中心的殉葬渠处。黑色石头人俑还是无声地矗立在那里，长长的队列，一直延伸至两边无尽的黑暗之处。

我被搀扶着爬下殉葬渠，走入人俑之中。在上面是俯视着人俑，所以感觉并不是很强烈的，但是一到下面，人俑就变得和我一般高，四周的幢幢黑影，我心里产生了一股强烈的不安。

胖子用手电照了照沟渠两边，问我道："你们的三爷让我们顺着水走，但是这里现在没水了，咱们该往哪里？"

我看向潘子，他经历过特种战，应该对这种东西有点研究。

潘子走近一座人俑，摸了摸上面的裂缝，指了指人俑面朝的方向："看石头上水流的痕迹，那边应该是下游。"

胖子凑过去，却看不出什么所以然来，不信任道："人命关天，你可别胡说。"

潘子不去理他，招呼着我们小心点，几个人开始顺着沟渠，向护城河的黑暗处走去。

护城河的长度，我一点概念也没有。在悬崖上用照明弹看的时候，整个皇城是一个远景，我们大概只看到建筑物的顶部，护城河被四周茂密的死树林遮挡着。而在上面桥上的时候，手电的光芒又不足以照出黑暗中的全部，所以在万般寂静的护城河底，沿着殉葬渠直走了有半个小时，却还是没有走到头。

殉葬渠高低不平，有几段里面的人俑碎裂得十分严重，似乎被什么巨大的东西踩过。那种坚硬的不知名的石料，都裂得粉碎，在沟渠的底下，甚至不时还有人俑的头颅和四肢出现，似乎殉葬渠底下的土里，还埋着一层这样的东西。

或者可以这么想，这条沟渠会不会原本是要被埋藏的，但是因为某种原因，工程停顿了，所以还有这么多的人俑没有被掩埋。

越走越黑，本来手电照在一边的河壁上还有一点反光，至少还有参照物，走着走着，就连一边高耸的河壁都找不到了，四面都是黑咕隆咚的。我们不由得放慢了脚步，潘子提醒我们机灵一点，千万不要分神。

这个时候，走在最前面的胖子停了下来，我们正要上前，看到他做了一个让我们停下的手势。

我走到他的身边，顺着他的手电看去，只见殉葬渠的尽头已经到了，人俑的队伍消失了，面前是一块巨大的石头河壁，应该是到了护城河的另一面了。河壁上似乎雕刻着一个乐山大佛一样的巨大的东西，因为手电根本照不出全貌，也不知道具体是什么，只看到河壁的根底下，有一个被碎石掩盖的方洞。现在石头已经被搬开了不少，露出了一个黑漆漆的洞口。

这和刚才我们进来的排道一样，这个洞也是当年修陵的工匠们偷偷挖掘的通道之一，这是他们在地宫封闭之后逃生的唯一通道。

“又是一个反打的坑道？”潘子惊讶道，“开口怎么会在这里？这不可能啊。”

“怎么不可能？”胖子道，“又不是你修的。”

潘子道：“这里当年是在水下，你以为那些工匠全是鱼吗？”

我摆了摆手，让他们别吵。这时候顺子“嘿”了一声，说道：“过来看，这里有东西。”

说着，用手电照过去。我们一看，只见方洞一边的石头上，有人刻了几个字。

第二十四章

水下的排道

方洞有半人高，四方形，打得非常粗糙，边上全是西瓜大小的碎石头，里面也有不少。显然，有人曾把这个洞堵上过，而方洞内黑漆漆一片，不知道通向哪里，有点像我们在南方经常看到的水库涵洞。

在方洞一边的碎石头堆里，有一块比较平整，上面很粗劣地刻了几个字，是非常仓促刻上去的，刻得非常浅，要不是那几个字是英文字母，在这种皇陵里面看着非常刺眼，顺子还不一定能发现。可惜刻的是什么，根本无法拼出来。

是三叔刻上去给我们认路的吗？我当时就这么想，但是三叔的洋文很不靠谱，他这种脑子怎么会想出来刻洋文当暗号？这实在不是他的风格。

胖子好奇地走近去看了看，然后就“咦”了一声，招手招呼我道：“小吴，这几个扭扭曲曲的洋文，咱们好像在哪里见过。”

我走过去，才看了一眼，心里就不由得一跳。

不是好像，这几个符号我们的确见过，这是我和胖子在海底墓穴下到碑池之中的时候，胖子在池壁上看到的。看到这个符号之后，闷油瓶突然就冲下那个碑池，之后他就想起了海底墓穴中发生的事情。这些符号怎么突然出现在了这里?

当时，我一直以为这符号是当年三叔带文锦他们下去的时候，那几个人刻上去的，但是突然又在这里出现，显然就不对了。

看雕刻的痕迹，是用登山镐胡乱刻的，而且痕迹如此新，那要么就是三叔留下的，要么就是闷油瓶或者阿宁留下的，因为这里也就这几个人能有登山镐。留这个符号的人，肯定也已经进到方洞里去了。

此时我突然有了一个念头，心说会不会海底墓穴中的那个洋文符号是闷油瓶刻下的，所以他看到这个符号之后才会说："这个地方我来过。"

还真是有这个可能，他再出现的时候，我得问问。

潘子看我发呆，问我怎么回事。我把我和胖子在海底墓看到符号的事情和他一说，潘子也感觉到很新奇，不过他道："我跟三爷十年了，往少了说也盗了不下五十座墓，其中大的也有几个，没见他留过暗号，而且三爷ABCD都认不全，这肯定不是三爷留下的。"

我心说，那就是阿宁或者闷油瓶了，转头对他们说："不管怎么说，看样子路没错，这洞已经有人进去过了，地宫的入口应该就在这下面，咱们是不是马上进去?"

"进!"胖子马上道，"还等什么?几路人马都在我们前头，胖爷我向来都是打先锋的，碰上你们几个倒霉孩子才混得给人殿后。咱们就别磨蹭了，等会儿人家都办完事出来了，咱们都没脸跟他们抢。"

潘子对我道："你别问我们，你身体行不行?"

我点头表示没问题："胖子说得对，咱们不能拖了，反正碰到粽子，我就是没受伤也得死，现在受伤了，也就死得快一点而已，不怕。"

胖子在一边已经卸下自己的背包，听我这么说，"啧"了一声："你就不会说点吉利的?也不看看咱们现在要去什么地方。"

我瞪了他一眼，道："有你在，脑门上贴两个门神都没用，你先管好你那手。"

我们各自准备自己的装备，刚才我们是行军的打包方式，现在我们把风灯、燃料这些东西全都放进包里，然后把冷烟火、冷光棒、炸药全都拿出来，系在武装带上。胖子和潘子各自拉开枪栓，退下子弹匣子，把子弹带上的子弹退下来装枪，上满弹药后，猎刀、匕首都归位。

枪太长，在方洞之中可能无法转身，于是胖子把枪给了顺子，自己拿出登山镐。几个人测试了一下手电的光度，胖子拿出自己的摸金符，捏在手里朝天拜了拜。

顺子也是用枪的行家，拿过枪“咔嗒”两声，熟悉了一下，大有怀念之感，然后对我们道：“几位老板，我不懂你们这行，不过我要提醒一句，在长白山上钻洞，要小心雪毛子。如果看到苗头不对，先用棉花塞住自己的耳朵，这东西现在这个季节脑壳还没硬，只能钻耳朵。等到了夏天，壳硬了之后，能直接从你皮里钻进去，就露出两根后须，你一扯后须就断，整只虫子就断在里面了，你得挖开伤口才能挖出来。还有，这东西也钻肛门，坐的时候千万小心。”

胖子嫌恶地看了一眼顺子，下意识地勒紧了皮带，道：“现在虫子也有这嗜好了？”

顺子道：“我不和你们开玩笑，中招了自己想办法，别来问我。”

我们感到下半身发凉，都点了点头。胖子当下一马当先，探身爬进了方洞之中，我们紧跟其后，鱼贯而入，开始向着地下终极的未知世界前进。

方洞之中必须猫着腰走，洞是平行挖掘的，我们边走边看四周的情况，因为高度太低，走得很慢。这里的岩底非常结实，看敲凿的痕迹，这条坑道显然用了最原始的办法挖掘，我在猜想修这么大规模的皇陵用了多少时间，怎么着也要二十多年吧。很多皇帝在登基的时候就开始着手修坟墓了，二十多年，挖掘这条坑道也是十分勉强，看样子当年外逃的应该是很大规模的一批人。

越往里走，越能看到很多人到过的痕迹，登山鞋的鞋印就不止一处，雪毛子没有出现。不过，我发现在坑道的顶上有一些奇怪的岔洞。

这些洞都不大，只能够容纳一个人，而且洞中有斜坡，笔直向上一段后，就会向下大转弯。这样的洞大概每隔十米就有一个。

自从涉足这一行以来，爬洞不知道爬了多少次，还从来没见过这样结构的洞。从建筑核算的角度来说，打这些洞的工程量几乎和打整条坑道一样多。那这些洞必然有不得不打的绝对理由，不然就是不经济的，可是又实在看不出这些洞有什么存在的价值。

潘子在后面对我说："小三爷，你有没有发现，这条坑道有点眼熟？"

"眼熟？"我顿了顿，转头问他为什么这么问。

潘子道："咱们在山东瓜子庙的时候，过的那尸洞，进洞的隧道不也是这个德行的？那老头儿不就是躲到上面的洞里来害咱们几个的？"

听他这么说，我又仔细看了看洞的顶上。在山东的那时候，我慌都慌死了，并没有太过注意那尸洞的头顶，现在也无法比较，不过潘子既然这么说，那就应该不会有错。我也心生奇怪，问他道："你确定？"

潘子倒也不确定，说："我们也是听了那老头儿的话才知道上面有洞，自己过的时候一片漆黑，并没有发觉。"

我停了下来，仔细看了看这些岔洞，马上就明白了它的作用，道："当时那个尸洞也是个水盗洞吧？"

潘子点头说是，我道："这些岔洞其实是用来呼吸的。你看，水灌入这条排道的时候，因为岔洞的弯曲结构，会在岔洞中留有空气，这样只要游一段，然后头探入岔洞中呼吸一口，再继续前进就可以了。"

胖子惊讶道："这么巧妙的办法，这么说，当年这一条排道的确是在水下的？"

我道："差不离吧，看样子，瓜子庙的那一条水盗洞，说不定也是汪藏海的人挖的。"想想又不对，那条盗洞之古老，三叔推断是在战国时期，可能是鲁殇王进山修陵的时候挖的。难道是汪藏海去了之后看到，借鉴了古人的技术？倒也十分有可能。

走了很长时间，也不知道走了多少距离了，排道逐渐变宽，终于看到了出口。我们爬了出去，面前竟然是一条极深的河渠，十几米深，五六米宽，河渠中已经没有水了。

我看了看河渠修凿的情况，说道："这是引水渠，护城河的水从这里引出去，保持水是活水，不会发臭，而且可以防止水的倒灌。"

河渠两边都有供一人行走的河埂，上头还架着一座石桥。我们小心翼翼地走过去，来到河的另一岸，胖子问现在怎么走。

我道："这条渠和外面的渠是相通的，应该算一条渠，我们跟着水走。"

潘子蹲下去看了看水流向的痕迹，指了指一边：“那里。”

我们继续往前，不多久，前方河埂边的石壁上出现了一个四方形的方洞。

胖子打起冷烟火丢了出去，照出了方洞外面地面上黑色的石板。显然，这是地宫的封门石。胖子钻了出去，连续打起很多冷烟火扔到四周，接着向我们打招呼，我们才从坑道中爬了出来。

出来的地方是一间用黑色岩石修建的墓室，不高，人勉强能站直，但是很宽阔，墓室的四周整齐地摆放着很多瓦罐，可能是用来殉葬的酒罐，每一只都有半人高。粗略估计有上千罐，看样子万奴皇帝可能是个酒鬼。

四面黑色的墙上有一些简单的浮雕，雕刻着皇帝设宴时候的情形。浮雕保存得并不好，可能和这里与外界相通有关系，这里的火山气体虽然没潘子说的那么致命，但是腐蚀性肯定比一般的空气强，这里的壁画能保存下来，已经是个奇迹了。可惜保存下来的那些画只能看出个大概。

在墓室的左右两面墙上，各有一道石头闸，后面是黑漆漆的甬道，一股阴冷的风从里面吹出来。胖子捡起两支冷烟火，一边扔进去一支，都没看到头。

第二十五章

猴头烧

一

潘子看我脸色不对，让我休息一下。我实在有点吃不消了，就坐到酒缸上喘气，其他人重新收拾了一下装备。顺子从来没进过这种地方，捡起一支冷烟火，就好奇地四处看，说道："还真是不来不知道，这长白山里竟然还埋着这样的地方。这次算是长见识了。"

"再走下去还有你没见过的呢。"潘子在一边道，"我估计当年大金国掠夺北宋得来的那些东西，和南宋岁岁进贡的宝贝，要不就是落在成吉思汗的手里，要不肯定就在这个地方。"

"别想得太美。"胖子道，"当年南宋进贡的大部分都是绫罗绸缎，这种东西不经放，又不好出手，我看就算有也烂得差不多了。咱们别老是惦记地宫里的东西，还是多考虑考虑眼前比较好。"说着就去研究那些酒缸，想去搬动一罐，看看罐底写着些什么。

我对他道："这种缸子太糙了，你别折腾了，送给别人卖羊杂碎、腌菜都不要。"

胖子道："谁说我惦记这缸了，别以为你胖爷爷我只好明器。"他用匕首敲开一罐酒的封泥，顿时一股奇特的味道就飘了出来，说香不香，说臭又不臭，闻多了还挺过瘾，也不知道是什么酒。

古墓藏酒，我在大量的典籍中看到过，但是亲眼见到还是第一次，这时候也好奇起来，就凑过去看。

酒是黑色的，很纯，里面的水分基本上已经没了，只剩下半缸。懂酒的人都知道，这就是陈年酒的特征，这半缸就是酒的精华所在，实在是诱人，不过再怎么说，这东西也放太久了，不知道当年的保质期是多久。

我记得中国最古老的酒是1980年在河南商代后期古墓中出土的，现存故宫博物院，大概有三千年的历史了。听说开罐之后酒香立马就熏倒了好几个人，也不知道那帮人当时有没有喝过，不然也能有个借鉴。

胖子用刀蘸了一点，想尝一口，我拉住他："你不要命了？过期食品，小心食物中毒。"

胖子道："你不懂，窖藏酒放几千年都不会坏的，千年陈酒下面的酒糟吃了听说还能长生不老呢。咱们老祖宗倒斗，有的还就为那酒去的，尝尝味道不会有事的，最多拉个肚子。"

还没说完，潘子过来，"当"一脚就把那酒坛子踢翻了，黑色的酒液和罐子底下的酒糟子洒了一地，一股浓郁的奇香顿时扑鼻而来。胖子刚想大怒，潘子对他道："先别发火，你看看那酒糟里面是什么。"

我和胖子转头一看，只见黑色犹如泥浆的酒糟里面，有很多暗红色的絮状物，犹如劣质棉被的碎片，这种东西我们在浸水的棺材里经常看到。

胖子用匕首拨弄了一下，脸色就变了。我凑过去一看，顿时头皮就一麻，感到一阵剧烈的恶心，差点就吐出来。

那些红色的絮状物，是一具还未完全泡烂的婴儿尸体，肉已经完全溶解于酒中了，但是皮和骨头都在，所以形成破棉絮状的一团。

潘子看着目瞪口呆的我们，蹲下道："这种酒叫作'猴头烧'，这不是人，而是未足月的猴子，是广西那边的酒，可能是女真的大金还鼎盛的时候，南宋进贡的窖藏酒。"说着拍了拍胖子，用匕首挑起那团"棉絮"，做了一个"请用"的手势，"能不能长生不老我不知道，不过听说壮阳的功效不错，你别客气了。"

胖子恶心地用刀拍掉，骂了声娘，问潘子道："你小子怎么知道得这么清楚？你喝过这酒？”

“我在山西的南宫见过这种瓦罐，当时大奎和我们另一个伙计取了一罐出来，我始终认为不妥当，就没碰，但是他们不在乎，结果喝到见了底才发现下面的东西，后来为这事大奎在医院躺了两个月。”说起大奎，潘子又有些感慨，“我对你实在算不错了，要是有心害你，我等你舔上一口再踢翻罐子，有你好看的。”

胖子脸上直抽动，想发作又没借口，样子十分好笑。

此时冷烟火都陆续灭了，黑暗袭来，我们重新开启手电，四周的气氛一下子压抑起来。

休息了片刻，重新开路，胖子要回他的宝贝步枪，又拉枪上膛，这其实是有枪的人给自己壮胆的习惯性动作。他看了看两边两条墓道，小声问道：“往哪边走？”

我们都定了定。这时候顺子指了指左边：“这边比较稳妥一点。”

一般这种情况都是潘子和我回答，现在顺子突然冒出来一句，胖子莫名其妙：“为什么？”

顺子用手电照了左边甬道口的地面，我们看到，在甬道的一边一个很隐秘的地方，又刻着一个洋文的符号。“我刚才偶然看到的，我想这是有人在为你们引路。”他对我们道。

第二十六章

记号

我蹲下身子，再一次试图辨认这几个奇怪的洋文符号，但是同样无果，线条过于凌乱，虽然能够看出和我们刚才在方洞口看到的是同一个词语，但是到底是由哪几个字母组成的，无法拆解，我甚至怀疑这到底是不是英文。

胖子也很好奇："你确定这不是你们那个三爷留下的？"

潘子点头，表示绝对肯定："三爷没这么花哨，他要留记号，一般就是敲出个坎就行了。这肯定不是三爷留下的。我觉得小心点好，记号不一定全是用来引路的。"

我明白他的意思，如果这记号不是引路的，那可能就是一种危险的警告。

不过，我在海底墓穴里看到那符号之后并没有发生什么危险的事情，而且甬道就两条，不是走这一条就是那一条，两条都没把握，随便选哪条都一样，此时犹豫似乎没什么意义。

还是胖子在前面带头，我跟在胖子后面走进甬道。

里面非常宽，足可以并排开两辆解放卡车，胖子一进去，就说这是条骡道，就是施工的时候走骡车的道。这确实有可能，因为我从来没见过这么宽阔的墓道，地面上还隐约可以看到当年的车辙痕迹。但离奇的是，甬道里面竟然很冷，温度不知道降了多少，而且还有冷风从里面吹过来，似乎是通着外面。我们都知道无论什么古墓，都很讲究密封性，这风从哪里吹来的？

“这是自来风。”潘子被气氛感染，压低声音对我说，“咱们老祖宗说这叫‘鬼喘气’，在大墓里经常有这种事情，不过没什么危险。”

“有解释吗？怎么产生的？”我问道。

潘子摇头：“传下来大多只有个说法，没人去研究过，而且这事情最好也别去研究。”

我心说也是，在那个时代，盗墓都是为了温饱，只要知道危险不危险就行了，各种奇怪的现象到底是怎么产生的，实在无暇顾及。

甬道刚开始的一段还算平整，到后来就发现坍塌跟地面碎裂的情况，很多黑色的石板都从地上翘了起来，使得地面高低起伏，这是地壳运动造成的自然破坏。甬道的两边每隔一段距离都有一种加固的拱梁，上面都雕着单龙盘柱，很多都开裂了，我想如果没有这个加固的措施，这条甬道早就塌了。

一路无话，几个人安静地走了七八十米，胖子突然停了下来，在前面道：“门？”

我们都停了下来，将手电照向前面，只见甬道的尽头出现了一道黑色的石头墓门，门上飞檐和瓦当上都雕刻着云龙、草龙和双狮戏球的图案，门好像是金属的，左门上雕刻着一只羊，右门上雕刻着一只不知名的东西。我们走近一看，石门关得紧紧的，门缝和门闩的地方都用铜浆封死了，但是左边门的羊肚子上，被人炸开了一个脸盆大的破洞，冷风就是从这里吹出来的。

“这不是门。”我推了推，“打不开的就不是门，这是封石，是用大块的黑石头垒砌，然后用铜水封死冻结成一个整体，做成门的样子。胖子说得没错，这条甬道是骡道，修得这么宽，应该是为了便于骡子驮这些石头。”

胖子蹲下来看了看墓门上的破洞：“墓道里有封石，看样子这条墓道应该挺重要，能通到地宫的中心，路算是没错，那标记看来真的是给我们引路的。而且洞都开好了，他们已经进去了。”说着探入半个头，把手电伸进去，照里面的情形。

我问他：“怎么样，里面有什么东西？”

他说：“还是墓道，里面还有一道封石，看样子万奴皇帝从小缺少安全感。”

我说：“扯淡，你家的门还三保险呢，封石最少也有三块，三千世界，你懂吗？”

胖子没听到我说什么，他把手电往里面一放，然后缩身钻进了门上的洞里，到了封石的对面。我听到他打了个磕巴，自言自语道：“好冷。”

潘子把枪给他递进去，跟着他也爬进去，我跟在后面，顺子殿后，都爬进了洞里。后面果然还是墓道，温度比另一面更低，人马上就有浑身发紧的感觉。正前面还是一道封石，不过这一道就比较简陋，没有外面的飞檐。封石上同样被炸了一个洞，比刚才那个更大。

我们不做停留，继续爬了过去，后面还是一样，墓道继续延伸，面前又是封石，上面还有洞。

“还没完没了了。”胖子嘀咕道。

我道：“这很正常，一般的封石都七八吨重，长一点的墓道会有六七重封石，这些算是好的，厚度可能只有一半。咱们的老祖宗假如没炸药，拿这种封石塞道的古墓是一点办法都没有的。”

说话间我们穿过了最后一道封石，面前出现了一个十字路口，另一条和我们所在这条甬道垂直交叉的墓道从我们面前穿过，而这条交叉的墓道比我们所在的甬道宽度还要宽一半，高度更是高得多。

我们陆续走到十字路口中央，发现这一条墓道不是刚才的那种黑色，而是一片丹红，上面是大量鲜艳的壁画长卷，几乎连成一体，一直覆盖到手电照不到的地方，连墓道的顶上也全是彩色的壁画。

我赞叹了一声：“这条肯定是主墓道了，直接通到椁殿的直道——整座地下玄宫的中轴线，不然不会修饰得如此华丽。”

“别感慨了，咱们是贼，还是老问题，往哪里走？”胖子问道，“快找找，附近还有引路的标记没有？”

我们经过几次在狭窄坑道中的穿越，早失去了方向感，要分辨这条主墓道哪一头通往地宫中心，哪一头通往主墓门，只能靠前人的提醒，不然就只有丢硬币来猜了。

我们的手电光在墓道里划来划去，寻找那种符号，红色的壁画发出一种让人感觉十分不安全的光，这里的壁画就是我们在上山之前，在温泉缝隙中看到的那种风格，全是腾云的仙车和仕女，似乎没有什么特殊的意义。当然，如果让考古的人来说，还是可以说出一些名堂，但是在我们看来，没有叙述性质的壁画就纯粹是装饰性的，我们看不懂象征意义。

才找了一会儿，一边的潘子突然就“咦”了一声，招呼我们过去。

我们凑过去，果然又发现了一个符号被雕刻在一边的墓道墙角处。

“这省事了，碰到倒斗界的好心人了。”胖子道，“咱们一路顺着走就行了。”

这时我却摇了摇头，因为我发现，这一个符号和我们之前看到的那几个，已经不同了。

第二十七章

一个新的记号

海底墓穴中符号的样子，我已经记不清楚了，但是刚才刻在护城河底和甬道口上的两个符号我还记忆犹新，现在这个符号，和那两个完全不同。

胖子、潘子他们，对英文字母实在是没有概念，只要是英文，他们就认不出区别来，所以刚才没有在意，但是我这个上过大学，考过英语四、六级的人，即使成绩再不济，也至少知道这两个是不同的单词。

我一直认为这只是一个单纯的引路符号，类似于任何一种简单的图形，只有“往这边走”的意思。但是如果单纯就是引路，符号不应该变化，按照人的一般心理，进入墓道之后，注意力应该完全在四周的环境上，雕刻符号的时候，不可能有意识地去变换花样，而且符号雕刻得也非常匆忙，说明这个留记号的人，并不是在非常从容的情况下做这件事情，这也更排除了他心血来潮变化符号的可能性。

现在出现这种现象就只有一个理由，那就是这些符号它是有不同的意义的，它在引路的同时，也似乎在告诉我们什么信息。

问题是，那到底是什么信息呢？这洋文不是英文，却是由英文字母组成的单词，实在看不出是什么语言。但是常见相似的如德语、法语也肯定不是，因为字母的排列太没章法了。

而且我们在河底和甬道口看到的那两个符号，进入之后没有遇到什么危险，那么假设意义是可以安全进入，那现在这一个不同的符号刻在这里，意思肯定就不同了，难保不会就是一种警告，表示墓道的这个方向有什么可怕的危险。

胖子他们听了我的想法也觉得有点问题，我们停在原地，暂时不敢轻举妄动。

不过，到了这里已经是一个不大不小的突破，可以说已经成功了一半，此时墓道走哪边这种问题显得并不重要，就算没有符号指路，我们也并不惊慌。

只不过进入地宫，特别是主墓道之后，凡事就必须特别小心了，因为只要古墓之中有机关陷阱，那肯定就在这一段了，在这里花点时间是必须的。

潘子对我道：“小三爷，咱们这里也就你有点洋文知识，连你也不认识，那就没法认识了，你要不把这几个英文字翻译成中文，咱们不知道整句话的意思，也能猜啊。”

潘子一点英文都不会，他大概是认为英文实际和中国字一样，是一个字母一个意思。我懒得给他扫盲，对他们道：“要说猜的话，不如猜这符号是谁留下的，以及他留下来的目的，这样猜到意义的可能性还大一点。”

胖子奇怪道：“谁留下的我们不知道，但是留下的目的我们还用猜吗？这肯定是给我们引路的啊！”

我摇头道：“我以前也这么想，但是现在就非也，如果真是为了我们留的，至少该写我们看得懂的符号，雕刻这些符号的人用的形式如此晦涩，现在看来目的并不是帮助我们，我们可能只是捡了个便宜，这符号是给别人看的。”

潘子想了想，觉得有点道理，又问道：“那别人是谁呢？”

“阿宁他们人多，可能分批行动了，这符号可能是他们几个小队之间的暗号。”胖子道。

我点头，表示有这个可能，但是没有根据，实际情况就无法猜了，于是接话道：“也有可能是其他原因，这个现在猜也没用。”

最让我在意的还是这个符号里包含的信息，这种符号应该是类似于国际探险地图的图例，有的原始丛林小道，在地图上的标示都有危险等级之分。一个符号除了告诉你这里可以走之外，还可以告诉你在这条道路上会碰到什么东西，比如，河道中有河马，就会有河马意义的暗号。

到了这里，这个符号竟然变了，那这个特殊符号的意义就让人不得不上心了。会不会是表示这条墓道中有粽子呢？这真是让人郁闷。

我想起越野车上面的“熊出没注意”，也许留下这个符号的人也有着探险理论化的做事方式，这个符号，也许就是“粽子出没注意”的意思。随即我又想到如果能活着出去，是不是该在我的金杯小面包车上贴一个，以表示我的个性。

潘子不知道我在胡思乱想，突然对我道：“也不对，我觉得这个符号表示的信息不可能有什么危险方面的提示。你想，墓道之中有没有危险，要走过才知道，没理由他们走过之后，再返回来刻这个符号。也就是说，这个符号是那人即将进入这个墓道的时候刻的，表示自己走了这个方向了，告诉后来人自己的行走顺序，至于里面是什么，当时他刻的时候是并不知道的。这其实有讲究，叫作‘追踪语言’。”

我没听说过这东西，胖子问他：“什么叫追踪语言？”

潘子道：“我当兵的时候学文化课，因为是在丛林里服役，所以学过很多关于救险的东西。追踪语言，就是一旦在丛林里遇险迷路，你在自己找出路的同时，必须标示你的行走路线。这种标示的方法是有特别规律的，后来的救援队看到你刻的符号，就知道你在这一带做了什么事情，比如说，食物充足的情况是一种符号，食物吃完了的情况又是一种符号，队伍中有人遇难了，又是一种符号，救援队跟着你的符号走，就可以一路知道你的近况。如果事情极度恶化，他们就可以用这个符号作为依据升级营救策略。听说这是老美打越南人的时候发明的东西。”

胖子问他：“那你学过，你能看懂吗？”

潘子摇头道：“我是说也许，这个暗号和我当时学的东西完全不同，我也认不出来，但是我相信这应该是追踪语言的一种。我们没有必要去破译它，这个符号的变化，也许只是说他在这里扭了脚。”

胖子叹了口气，道："情况不妙啊，如果真是追踪语言，那说明留下这个符号的人并不是志在必得，而是为了自己的第二梯队做准备。也就是说，他并没有信心自己这一次进入这里能活着出来。"

潘子道："对！所以说了这么多，也没有实际作用。我看，既然这符号不是留给咱们看的，咱们就当没看到。我们现在的主要任务就是找到三爷，符号不是三爷刻的，也就是说三爷不一定是走的这一条道，跟着走就算走得再顺也没用。我们走我们自己的，以前倒过不少斗了，也不是没碰到过这种情况，我就不信咱们连探个墓道都摆不平。"

这论调符合胖子的胃口，胖子点头同意，对我们道："老潘，这句像是人话了。那不如我们兵分两路，你和小吴走那一边，我和顺子走这一边，咱们看看谁的彩头亮，反正是直路，如果走到底发现不对，折回来就是了，另一队走对的，就在椁殿外等其他人。在这里犹豫，也不是办法。"

我感觉这样不妥当，道："话是这么说没错，只怕这主墓道不是这么好走，你看地下的四尺石板，这种墓道很可能装着流矢和翻板的机关，别是两队走到最后都死在墓道里，咱们一分开就永别了。"

胖子嘲笑我道："照你这么说，你就不该来，你吃饱了下这儿来干什么？既然下地宫了，这点破事就不该怕。"

我心说这是我想来的吗？老子的志愿一直是当一个腰缠万贯的小市民，也不知道今年走的是什么运，犯的净是粽子。现在我倒是已经不怕粽子了，但是连小心都不让我小心，这叫什么事儿！

潘子的想法和我相同，对胖子道："不，小三爷说得对。就说一个理由，阿宁马队里的人肯定就在附近了，咱们不防范着粽子，也要防范人，两把枪的火力总比一把强，而且万一一队人出去就消失了，没回来，那另一队怎么办？咱们还是在一起好，有个照应。"

一直没说话的顺子也表态："不管怎么样，我必须把吴老板送到，我肯定得跟着他。"

胖子举手向我们三个投降："你们两个这是搞个人崇拜，孤立我啊！算我倒霉，那你们说怎么样就怎么样吧，大不了一起死。"

潘子道："我们就先走这个刻了符号的方向，如果不对，再回头，事事小心就对了。”

我们点头答应。我心里明白得很，反正事已至此，我们在这里讨论得再好也没用，现在走哪边，怎么走，全靠运气了。

于是我们起身，潘子扯出类似于盲人棒的折叠探路棍，敲着地面，我们就向刻了符号的那个方向走去。

大家一路走得是极其小心，我心中其实已经非常厌烦这种走路都不得安宁的地方，但是也没有办法，既然来到这里了，总不能少了这一步骤，否则之前的千辛万苦不就白费了。

本以为会在这墓道中消耗至少半个小时的时间，没想到的是，这一段墓道极短，不到二百米便陡然变阔，尽头处出现了一道巨大的玉门。

我一眼便认出这是冥殿的大门，因为墓道口的墓门不会用如此好的石料。门的下半截已经给炸飞了，露出很大一个空洞，显然已经有人进入过了，不知道是阿宁他们，还是其他人。

我心中暗喜，这么说我们还是走对路了，门后面就是整个地宫的核心部分，我脑子里马上浮现出很多经典陵墓的结构。这里虽然是东夏的皇陵，但是由汉人主持建造，想必和中原的墓葬不会有太大的区别。进入之后会看到什么呢？我不禁有一些紧张，不知道万奴王的棺椁是什么样子，四周有没有陪葬的棺材。

墓室的玉门十有八九会有机关，两边的石墙很可能是空的，里面灌着毒石粉，而且这种机关往往没有破解的办法，因为墓室一关就没打算再开，就算你是设计这门的工匠，关上之后你也进不去了。

不过这门已经被炸成这样了，估计有机关也给破坏了，这一点倒不用担心。我们几个俯下身子，鱼贯而入，进入了门后的墓室之中。胖子谨慎起见，打起了冷烟火，让照明力度加大，一下子就看清楚墓室里的布置。

在冷烟火亮起的一瞬间，一幅让人窒息的情景出现在了我们面前，所有人都没有想到自己会看到如此的情景，几乎都僵立在了原地，无法动弹。

第二十八章

无法言喻的棺椁

这个墓室比刚才看到的葬酒室高度和宽度都大了将近十倍，四根满是浮雕的巨型廊柱立在墓室的四个角落里，墓室的地面上到处堆着东西，冷烟火一亮，我们就发现那是小山一样的金银器皿、宝石琉璃、珍珠美玉，手电照上去，流光溢彩，简直让人不能正视。

“我的爷爷——”胖子眼睛瞪得比牛还大，脸都扭曲了。

我也给惊得够呛，几乎站立不住。潘子喃喃道：“我说什么来着？女真的国库，南宋的岁贡，我没说错吧？”

涉足这一行这么久，见到的都是破铜烂铁，我以为这一次也逃不过宿命，没想到这小小的边陲弱国的皇陵内，竟然会有如此多的宝贝。难道真的如潘子所说，大金灭国之后的宝贝，全都给囤到这里来了？这里的东西随便拿几样出去，就够吃一辈子了。

胖子想滚到金银器堆里去，我都有上去滚滚的冲动，但是心中还有一丝理智，拉住胖子让他不要得意忘形。很多墓葬的金器上都喷着剧毒，滚到里面被毒死，太傻了，这些东西最好还是不要碰。

可是我拉住了胖子，却没拉住潘子，他已经冲进金器堆里，抓起了一大把金器，目瞪口呆地看着。金器反射出的金光照得他的脸都是金色的了，他浑身都在发抖。接着，他松开手，那些东西就从他的手指缝里摔落下去，发出金属撞击的声音。

我看潘子抓了几把也安然无恙，知道金器并没有毒，一下子放宽了心，忍不住也上去抓了一把，那种沉甸甸的感觉，几乎让我控制不住地大笑起来。我不知道是谁说的，人类对黄金的喜爱，已经写入了基因中，变成了与生俱来的、不可抗拒的本能了，真的说对了。

就算如我这样的人，看到黄金的那种激动，是由心里发出来的，我就算想骗自己也骗不了，我喜欢这些东西。

几个人一下子就把什么都忘记了，我们跑到这一堆里，捧起一捧东西来，又跑到那一堆里，拿出一只镶满宝石的头箍仔细地看。这些东西都是真正的极品，只要有一件，放到博物馆里就是镇馆之宝，现在这里却有这么多，随便拿，随便踩，都不觉得可惜。

胖子在一边已经开始往他的包里装东西了。他把他的装备都倒了出来，什么都不要了，用力往包里塞，塞满了，又觉得不对，全部倒出来，又去塞其他的东西，一边装还一边发出毫无意义的声音。

但是很快我们就发现，无论怎么装都带不走这宝藏的十万分之一，装了这些，马上又会发现更好更珍贵的东西出现在它下面，装了那更珍贵的，又发现从来没见过的珍品，这一下子简直无从下手。

疯狂了很久，直到我们筋疲力尽，从极度的兴奋中平静下来，我才感到不对劲，为何进来之后就没有听到顺子的声音？

我擦了擦头上的虚汗，从珠宝堆里站了起来，用手电四处照，看到顺子正站在一座金器堆上，不知道在看什么东西。

我走过去，问他在干什么，看到这些黄金不兴奋吗？

他没有说话，而是指了指下面。我用手电顺着他的手照去，发现在几堆金器的中间，无数财宝围绕的地方，里面竟然蜷缩着几个人，一动不动，似乎已经死了。

我顿时就吓了一跳，刚才的兴奋突然就消失了，起了一身鸡皮疙瘩。

胖子和潘子看到我和顺子都呆立在那里，以为我们又发现了什么宝贝，飞奔过来一看，却是几个粽子，不由得也吃惊不小。

我们走下金器堆中的那个凹陷，反手握住手电，仔细照了照，发现确实是死人，而且死了有一段时间了，尸体的皮肤冰冻脱水呈橘皮状，奇怪的是这几个人穿的竟然是腐烂的呢子大衣，是现代人的衣服，身边还有几个烂得不成样子的老式行军包。

胖子奇怪道："怎么回事？这些是什么人？咱们的同行？"

我摇头，戴上手套翻了翻那些人的背包和衣服。这种装扮应该是在20世纪80年代到90年代比较流行，现在东北农村四五十岁的人也会穿，我们在营山村就见过不少这样打扮的半大老头。看腐烂的程度，这些人死在这里应该五到二十年了。

潘子问："会不会是长白山的采药人或者猎户，误进到这里，走不出去死了？"

"不太可能。"我扯开一具尸体的衣服，那是一具女尸，我又看了看女尸的耳朵，上面挂着老式的耳环，手上还有手表，早就锈停了，"你看，这是梅花表，老款式，当时就算市长级别的人也不一定搞得到，这女的来头不小，不像是农村里的人。"

"那会不会是以前80年代的迷路游客？"潘子又问，"我们一路跟过来的符号，是他们刻的？"

我摇头，符号不可能是他们刻的，因为那符号我在海底墓穴中看到过，肯定是相关的人刻的，不是阿宁他们，就是闷油瓶。说是迷路游客倒有可能，但是真的迷路可能迷路到这种地方来？地宫墓道，没有相当的胆量，普通人是不敢下去的。

不过，如果这女人有点来头，比如说是什么领导人的子女，或者和地方的官僚有点联系，失踪了说不定会在当地影响很大。顺子年纪不小，当时可能会听到，就想转头问他，五到二十年，他们这里有没有出过什么比较轰动的失踪事故。

转头一看，顺子却没有跟着我们跑下来，还是待在那金器堆边上，表情十分僵硬。

我心说奇怪，难道顺子也像胖子一样被尸胎的舌头勒了？又没看到他的脖子上有东西啊，我看他竟然还有点发抖，就感觉到不对。

胖子对他道："怎么了，怕死人啊？刚才怎么没见你怕啊。"

顺子不理胖子，脚步沉重地一步一步走下来，来到其中一具尸体前，蹲了下来。我发现他紧张得几乎要摔倒，突然就想到了是怎么一回事。

胖子还想去拍他，我拦住胖子，对他摆了摆手。胖子轻声问我："他怎么了？中邪了？"

我摇了摇头，这几具尸体，如果我猜得没错，可能就是顺子和我提起的，他父亲十年前带入长白山的队伍。而顺子现在看着的那具尸体，有可能就是他的父亲，所以他才会做出如此紧张的举动。

想不到，真的给他料中，跟着我们，可以找到他父亲的遗体……

可是，这是巧合还是什么？十年前的队伍，是误入了这里，还是有着其他我们不知道的隐情呢？

第二十九章

十年前的探险队

顺子最后并没有哭，激动了片刻后，人也放松了下来，恭敬地给他的父亲整理了头发。但是尸体已经严重脱水了，头发一碰就往下掉。我知道这小子心里肯定还是不好受的，也许这十年内他还有着父亲还活着的侥幸心理，现在希望破灭，人可以说轻松了，也可以说绝望了。

胖子和潘子不知道怎么回事，看得莫名其妙，直冒冷汗，我就简单把我猜到的事情和胖子、潘子说了，相信我也没猜错。

胖子听了直流眼泪，说："我家老头子也去得早。顺子，你的心情我可以理解，不过人嘛，总要往好的方面想，十年后父子还能重逢，老天也算照顾你了，你看开点。"

胖子一哭，潘子眼眶也湿了，说："好了，好了，你们都还有老爹，我连老爹的面都没见过。三爷一直像我爹一样，现在也是生死未明。"

我忙道："你们有病啊，顺子都没哭，你们两个凑什么热闹，快看看他们为什么会死在这里。"

他们既然能走进这里，没有道理出不去，死在这里肯定是发生了什么意外。我们现在同样也身处这个墓室之中，我可不想步他们的后尘，同时我也感觉这几具尸体出现在这里有一点蹊跷——顺子的父亲不说，只是一个领路人，其他几个人，按照顺子说的，也是在不适宜进山的时候非要进山不可吗？那就应该不是普通游客。他们是不是也有什么不可告人的目的？进这里是巧合吗？我一定要知道。

我们去翻找这些人的背包，背包里什么东西都有，像腐烂的松垮垮的小说、笔记本、铅笔、牛筋绳索、行军帐篷、老式手电、老版瑞士军刀（竟然还能用）、《韩中辞典（1986年版）》、泡泡糖、老式打火机、酒壶、口红、卫生带、医药盒子（包括纱布、酒精棉花和几种药酒）和军用指南针等。

小说是《钢铁是怎样炼成的》，老书了，我都不敢去翻，一翻肯定就散架了。笔记本也都是老式的工作笔记，我小学的时候见过老爹用，一共有三本，翻开来一看，都是一些账单和电话号码，当时的笔记本也就是这些功能。此外，也没有任何东西能证明他们的身份，最主要的是，没有一个人带了身份证。

我们把这些东西全部摆成一列，几乎设备齐全，虽然没我们的先进，但是要出去应该不成问题，再险恶的环境，这些装备也可以应付了。

这就奇怪了，我心里琢磨，无论怎么样，在有能力离开的前提下，这些人要死，也应该死在出去的路上，而不应该是坐在这里，似乎是等死一样的，难道是舍不得这里的宝贝？这更不可能。

难道死在这里是另有蹊跷？我心里突然涌起一股不祥的感觉，觉得这个墓室之中似乎有什么东西在看着我们，不由得打了个寒战。

一边的胖子看着这些我们陈列出来的东西，突然“啧”了一声，道：“同志们，你们有没有发现这些东西里面，少了什么？”

我们都在琢磨，听胖子这么问，又仔细看了看那些东西，但是在我的概念里，我感觉所有不可缺的东西都在了，实在想不出缺了什么，问他道：“少了什么？”

胖子道：“食物！没有食物！所有人的包里都没有食物。”

他一说，我们顿时就一个激灵，再看向这一排东西，果然，全都是装备，没有任何可以用来充饥的东西。

我奇怪道："真的没有食物，这说明这些人不是因为意外死的，如果因为意外死亡，可能不会这么巧，所有人都没有食物。不对啊，那他们难道是……吃光了食物，在这里饿死的？"

这又说不通了，人从没有食物到饿死，只要有水，体形正常的人足够可以坚持一个月的时间（你两米二七却只有九十斤的人就不要来找我抬杠了），只要他们有心出去，就不会在这里饿死。这些人如果饿死在这里，那只有一个解释，他们出不去。

想到这里，我就想起了海底墓穴中会消失的墓道门，忙跳起来跑上金器堆去找我们进来的墓门，那墓门还在，根本没有消失，才松了口气，却又怕那门突然消失，有点不知所措起来。

胖子知道我在担心什么，对我道："如果真的遇上了那种情况，咱们这一次有炸药在身上，也不用怕。"我这才觉得心安了很多。

"会不会是这样，"想来想去想不明白的时候，潘子问顺子道，"你知不知道你父亲带的探险队是几个人？"

"好像只有七个人，我母亲说的，但这只是她看到的，实际有几个人她也不知道，反正我父亲临走时是和七个人一起出发的。"

"那这里有……一、二、三、四、五、六，六具尸体，至少有两个人不见了。"潘子道，"这些人死在这里，会不会是那两个人见财起意，把人杀了，有两个人跑了？"

我摇头表示否定，这些人一点也没有打斗的迹象，看临死时的动作和表情，是蜷缩在一起的，不像是中毒，也不像是受外力死亡的。最让我感觉到不妥当，一定要弄清他们死因的是，尸体的表情完全相同，无一不透露出一种深切的绝望，似乎陷入了一个毫无希望的境地之中。

我是第一次看到这样的尸体，心中无法释怀。我有一种预感，当年在这里发生的事情，肯定很不简单，而越往深入去推测，我越觉得四周开始笼罩起一股无法言喻的寒冷和不安——在这堆金山之中，有什么东西正在注视我们的那种毛骨悚然的感觉越来越明显。

琢磨了半天也没琢磨出什么名堂来，胖子他们就按捺不住了，又想去捣鼓那些金器。我这一次很冷静，把他们都拦住了，说："这几个人死在金器堆里，我实在放心不下，我们先不要动了，别忘了我们来这里的目的。”

我一说他们才醒悟过来，胖子一下子就想到了什么，道：“我还真晕了，忘了来这里干什么了。那符号引我们到这里来，门也给炸开了，但是里面只是一个藏宝室，没有棺椁。我看那个符号的意思也知道了，就是有明器的意思，符号肯定是阿宁他们留的，以便他们的第二梯队来运宝贝。”

我道：“门倒可能是这几具尸体炸的，不过这里只是一个放陪葬品的墓室，那棺椁肯定不在这里，我们要向相反的方向走。”

虽然不合情理，我一直以为这条墓道是主墓道，一边是墓门，一边是地宫中心，现在看来却不是，难道这一条仍旧不是主墓道？那这地宫到底有多大啊？别是迷宫一样。这么一想倒是想起那些符号，难道真的是因为地宫太复杂，他们才留下那些符号的？

“那这些东西怎么办？”胖子有点舍不得。

我道：“你随便拿一样走就足够你过半辈子无忧无虑的生活了，也不用太贪心，而且以后也不是不能回来。”

胖子看到那几具尸体之后，显然心中也犯嘀咕，但是什么都不带走又不可能，于是挑了几样小的金器揣到兜里。顺子坚持要把他父亲的尸体带出去，用背包袋子把尸体背到了身上。尸体已经脱水，没有什么分量，也不难背。

我们最后看了一眼金光璀璨的金山玛瑙堆，狠了狠心，又鱼贯走出了墓门下的炸口。

刚出墓门，我就又听到胖子“咦”了一声，我心里早就有点预感，忙打起手电四处一照，不由得就出了一身白毛汗。

外面墓道上的壁画，竟然和刚才走的时候不同了，不知道何时，红色的壁画全部变成了一个个黑色的、脑袋奇大的人影。

第三十章

影子的道路

顺子和潘子看得瞠目结舌，自言自语：“怎么回事，走错门了？”

“不是！”我和胖子都有经验了，马上就知道了是怎么一回事，“这墓道移位了，我们在墓室里面的时候，老的墓道移到了其他的地方，一条新的墓道移动到了这里。”

“这样都能做到？”潘子张大嘴巴。

“能！”我和胖子都用力地点了点头。我心说何止这些，在汪藏海设计的墓穴中，发生什么事情都不奇怪。

我心里有点害怕，但是又有点安心，因为墓道一改变，我就突然明白了顺子的父亲和另外几具干尸会活活困死在黄金之中，如果不是通晓汪藏海的计策，那这里诡异的墓室、墓道变化，足可以把人逼疯。我们在海底墓穴中就几乎给骗得丧失了理智，但是一旦知道了这里墓道突然变化的原理，就一点也不可怕了。

这墓道一变化，我们来时的十字路口必然就不存在了，要回去也不可能了。虽然不知道这条新的墓道尽头是什么，但是如果我们留在这里不走，那下场必然就和那几具尸体一样了。

我当时琢磨的是，最多也就是墓道尽头什么都没有，是死路，这也没什么大不了的，那些尸体困在这里也至多是这样的原因，没有炸药，来时的路又突然消失，自然会不知所措，露出那种绝望的表情。

事后想起来，我到底还是太年轻了，尸体脸上那种绝望的表情之深切，预示着他们遇到的事情比我想象中要匪夷所思得多，而我当时想得实在是太简单了。

我把想法和其他人说了，又给潘子和顺子解释了墓道变化的原理，他们这才醒悟过来，露出了“不过如此”的表情。不过潘子就想得远了一点，道：“如果是这样的，理论上这个地下玄宫的结构会无限复杂，我们会不会像深陷魔方中一样，走进去就怎么也走不出来？”

我让他放心：“应该不会。汪藏海的伎俩说实话也只是给盗墓贼施加心理压力，真的要做到困人到死，也不容易，我估计最后很多人都是给折磨得精神崩溃才死的。”

总之，这条新出现的墓道，我们必须走一走，然后想想办法。实在出不去，就如胖子说的，可以先确定一个方位，然后一步一步炸出去，我们现在有炸药，腰板就硬了很多。

说着，我就带头走入了墓道中，胖子他们紧跟在后。我突然感觉到不对，这四周的壁画太瘆人了，这么多大头影子，简直就像四周站满了这样的东西一样，让人极度不舒服。我想，是不是这密道的尽头就有这么一个东西，它的影子照到墙上的时候，我们肯定发现不了！

不过走也走进来了，再退回去太丢脸了，我只好硬着头皮走在最前面，尽量不去想这些东西。很快，身后的墓门就看不到了，我们走到了两头不着边的地方。

身后的潘子边走边问顺子父亲和探险队的事情，顺子和他讲了一些。潘子就对我们说：“刚才我们一路过来，所有的封石都是用定向爆破炸出洞口的，是最新的技术，说明他们不是顺着我们进来的路线进来的，看来这里肯定有不止一条路出去。”

我道：“肯定的。你看阿宁他们走得那么快，走原路竟然可以比我们先到就知道了，我们还是输在情报太少上。”

只不过不知道阿宁他们现在到哪里去了，他们应该也到过刚才的那个藏宝室，是不是出来也碰到了墓道移动？还有，三叔是不是也是这样？

我心里实在没底，我们已经按照三叔的暗号来到地宫之内了，他没有后续的暗号给我们，看样子进入地宫之后，他可能也像没头苍蝇了。

我们边说边走，走了大概二十分钟，照向前面的手电光出现了反光，证明墓道的尽头到了，我们不由得都紧张起来，马上安静下来，放慢了速度，一点一点地走过去。很快，墓道的尽头又出现了一道玉门。

玉门刚出现的时候，我猛地就震了一下，因为这道玉门和刚才那道实在是一模一样，随即一想，古墓中的门大部分都是一个工匠负责的，当然会很相像。门的石料质地还是很好，门下方也有一个破洞，也是给人炸出来的。

看样子还是有人来过了，那就好，不管是谁来过，对我们来说都是好事，至少证明没有机关陷阱。

我们再一次鱼贯而入，因为没多少冷烟火了，这一次胖子没舍得点，而是打起了几支火折子。我们四处一看，不由得一愣。

墓门后面是和刚才的藏宝室一模一样的房间，墓室内成堆的金银宝器堆成小山一样，墓室的四个角落里四根巨大的柱子，格局几乎一样。

我心说，这地宫中这样的房间还不止一间，那堆积的财宝到底有多少？难怪东夏王朝这么羸弱却仍旧可以修建如此雄伟的陵墓地宫，原来是因为囤积了如此多的宝贝，想来独裁政权都会这么干，成吉思汗的宝藏在蒙古的草原之下，希特勒的纳粹黄金听说是埋在了西藏，女真大金耶律兄弟的就在这里了。

正胡思乱想着，突然，一边的胖子叫了我一声，声音之大，把我吓了一跳。

我以为出了什么事，朝他看去，只见他张大嘴巴，站在一座金山上，不停地想说话，却一口气卡住，什么都说不出来。我忙跑上去一看，不由得也大吃了一惊，只见在这里的宝藏包围中，也蜷缩着几具尸体。

我奇怪地问道："顺子，你有几个父亲……啊不，你父亲的队伍到底有几个人？"话还没问完，我突然看到一个让我毛骨悚然的现象，只见那堆尸体边上的金器堆里，被人整齐地摆放着一串东西。我用手电一照，正是我们刚才在另一间藏宝室里整理出来的，顺序、类别都一模一样。

胖子再也忍受不住，在一边打起了冷烟火，一下子就把整个墓室照亮了。我们走下去仔细一看，这些分明就是我们刚才拿出来的东西。

胖子骇然道：“怎么回事？这……有人模仿我们的行为……”

我皱起了眉头，站起来，环视了四周，一股熟悉的感觉袭来，哑然道：“不是……是我们又走了回来，这里就是我们刚才出发的地方！”

第三十一章

永无止境的死循环

几个人的脸色都是铁青的，我们四处去看，越看就越确定，地上到处都是我们的脚印，这里的确就是刚才我们发现顺子父亲的那间墓室。只不过奇怪的是，我们是怎么走回来的？

墓道是笔直的，我们走的时候，没有转一个弯，四个人一具尸体，都可以证明，按道理，绝对不会走了二十分钟，却回到原点。这简直太匪夷所思了，简直是鬼打墙嘛。

胖子有点犯嘀咕，看了看来时的墓道口，道："难道我们走的时候，不知不觉就走了回头路？这么邪门啊。"

潘子道："不会吧，要是走了回头路，咱们四个人不可能都不知道，我记忆里一直就是笔直地走，这墓道又不长，也没有岔路，没理由记错啊。"

胖子道："那就是鬼打墙了！顺子，是不是你老爹和咱们开玩笑啊？你可得教育教育他，咱们在办正事呢。"

顺子被胖子气得够呛："你少胡说。"

我拦住他们，现在这个时候实在不适合扯皮。我浑身都出了冷汗，因为我感觉到，最不想发生的事情，可能已经发生了，但我心里还是不敢完全肯定，道："你们不要吵，要看看是不是真的走了回头路，只有一个办法，我们再走一遍看看。"

几个人面面相觑，看到我的表情，他们大概都感觉到了不妙。

当时我心里想的已经是那几具干尸的表情了，那种绝望的表情，难道他们就是在这里，被这种方式困死的？没有了食物，而且怎么走都会回到原来的房间，这也太匪夷所思了。但是我的直觉告诉我，我可能猜对了，而且困死他们的事情，现在已经同样发生在我们的身上。

我现在必须做的，就是证明我的这个预感，或者说我心里想否定这种恐怖的预感，所以我迫不及待地走进了墓道里，其他人忙跟上了我。

因为走过了一次，确定没有机关陷阱，这一次我们走得非常快，我几乎是一溜小跑地冲在最前面，眼睛死死地看着两边的路，确定没有任何的岔路，我也没有莫名其妙地转回头。

这一次不到十分钟我们就跑完了全程，在感觉即将要看到墓道尽头的时候，我几乎在不停地祈祷，希望自己的预感不要实现，但是最终，当我看到那扇几乎一模一样的玉石大门的时候，我的心顿时就凉了，冷汗不由自主地往外冒。

走入大门，胖子就冲上了那座金山，然后他就跪了下来，捂住了自己的脸。我冲上去一看，五具尸体、我们排列开的东西全在……我们又回来了。

我的预感应验了，在百分之百全神贯注地确定没有岔路和回头的前提下，我们一路直走，竟然还是走回了起点。

胖子跑得累了，人喘气道："这是鬼打墙，这绝对是鬼打墙，咱们怎么走都是一个循环，这墓道的两头都是这墓室，咱们这一次要去见顺子的爹了。顺子，你倒是和你爹说说，别玩儿我们，不然咱们就把他扔这儿自己走了。"

顺子已经给惊讶得够呛，没工夫和他拌嘴了。我也心慌意乱，不住地转身看四周的墙壁，但是又不知道自己在看什么。

"冷静！冷静！"潘子在一边大口地喘着气，"千万不要乱，小三爷，你自己不是说汪藏海的东西充其量只是制造心理压力的小伎俩吗？我们千万不要明知道这一点还中招，现在一定要冷静，肯定有什么地方不对了。”

经潘子一说，我突然如醍醐灌顶，一下子清醒了不少，那种绝望的感觉顿时淡了，忙点头道：“你说得对，这肯定是机关，我们在海底墓穴中已经证实了，没有什么鬼打墙的事情。汪藏海善于使用巧妙的机关，来营造诡异的气氛，如果不知道底细，很容易就被他牵着鼻子走。”说着，忙用力揉自己的脸，让自己从那种窒息的感觉中脱离出来。

这些话其实是说给我自己听的，说完之后都不知道自己说了什么。

事后想起来，当时我应该是已经感觉到事情超出了我的控制，想用这些话来暗示自己不要放弃。

因为刚才走那条墓道的时候，感觉太真切，我其实根本无法想象怎么用机关来实现这个现象，脑子里首先出现的就是墓室或者墓道的移动，但是这不可能，马上就被我否定了。我们走得并不慢，墓室如果能移动，它需要多快的速度？墓道就更不可能，我们在其中，只要有一点震动，我们绝对可以知道。但是如果不是墓道和墓室移动，那这就无法解释了。

虽然我不停地告诉自己这是机关，但其实心里已经知道不对了，这用机关无法解释。但是这样说出来，对其他人还是有好处的，至少可以减少恐慌。

不过，我是小看胖子他们的心理承受能力了，潘子比我要镇定得多，他擦了擦汗，问我道：“不管是鬼打墙还是机关，都得解决，现在怎么办？要不要再走一次？”

我一咬牙：“再走！这一次咱们走慢一点，好好感觉一下脚下或者四周的动静，我就不信没破绽。”

于是，我们又走进了墓道之内，这一次走了四十分钟，还没走到底我们就知道失败了，因为墓门一模一样，一路上什么也没有感觉到。

其后我们不知道又走进去了几次，全都以失败告终，我逐渐感觉到了那些尸体的绝望，几个人的脸色也越来越差。

我觉得这样折腾下去不是办法，回到墓室之后，我让他们别走了，既然走了这么多次，基本上什么都排除了，那这个机关肯定是用我们根本想不到的办法设置的。

胖子累得几乎虚脱，但还是坚持想继续走，他的想法是，也许某时某刻，以前的那条墓道会回来，那时候我们就可以脱身了。

潘子听了他这话，只说了一句：“你死了这条心吧，那条墓道绝对不可能回来了。”

说着，就看了看一边的那几具干尸，意思很明显，那几具干尸走入墓道的次数，绝对比我们多得多，但他们还是被困死了，所以走墓道是没有用的，再走一万次也没有用，我们不用去考虑这么走运的事情。

胖子顿时就泄了气，坐下来，道：“照你这么说，咱们不是死定了？这几个人在这里，肯定什么都尝试了，我们再做一遍也没有用啊。”

潘子道：“你少想这些，现在就这样想，那你干脆自己撞死好了，等到我们把能做的都做了，再来想绝望的事情，现在趁还有力气，不如想想办法。”

我想起尸体食物的事情，问道：“要不要现在把食物限量一下，我们要做好长期作战的准备，活得时间越长，出去的机会也就越大。”

潘子叹了口气，摇头道：“小三爷，不瞒你说，我们其实还不如他们，我们的食物不多了，最多只能吃两顿，还不管饱，我看不用限量了，该怎么吃就怎么吃，保持精力充沛。我估量着，如果两天之内我们还出不去，估计什么办法都没了，那就该用炸药了。如果炸药也没用，那就等着别人来给我们收尸吧。”

两天……我心里抖了一下，这几具干尸在这里待了多长时间？我们能在两天内出去吗？这真的是一点把握也没有。

胖子的肚子已经在叫了，就问潘子：“那炊事员同志，咱们能不能提早开饭，先把分散注意力的事情解决了，才有力气来想别的事情。”

胖子一说我们都觉得饿了，潘子没有办法，只好点上炉子做饭。我们的食物其实只剩下挂面了，刚吃下去的时候还可以，但是时间撑不了多久。胖子埋怨没有肉，我说：“有速冻排骨，你要吃得下去，顺子不介意，我们就不介意。”

吃完面之后，浑身发暖，人的精神头也很足，几个人就开始琢磨。我回忆下地宫的整个过程，惊险万分，没想到下到地宫之后仍旧不安稳，这个地宫，汪藏海肯定有一个设计主旨，到底是什么呢？

地宫都是回字形的，灵殿在正中间，是制式最严格的地方，汪藏海必然不敢动手脚，回字地宫周边是殉葬坑、陪葬坑、排水系统和错综复杂的甬道、墓道，这么说我们现在还在地宫中心的外延。

我尝试估计出我们下来的垂直距离和水平距离，凭借我对地宫大小的估计来判断自己的位置。但是这似乎非常困难，我们在那条水下排道中已经昏了头，不知道方向，鬼知道我们最后出来的洞口是朝什么方位的。

正在我飞速转动大脑的时候，一边也装模作样想事情的胖子，突然做出了一个恍然大悟的表情，对我们道："我想到了！"

第三十二章

胖子的枚举法

胖子突然说他想到了，我们都大吃了一惊，但是随即已经做好了听他胡扯的准备。胖子这人的不靠谱我们几乎都习惯了。潘子就问他：“你想到了什么？”

胖子道：“我想到了我们应该用什么办法去思考办法。”

我一下子还没有听懂，后来才明白，顿时发怒：“你不是在想怎么出去，反而在想该怎么想办法的办法？”不过，问完我突然又想到以前胖子的一些灵犀妙语，心说还是先听听再说。

胖子道：“咱们这么零散地想办法是很浪费时间的，不如这样，我们把所有的可能性全都写出来，然后归纳成几条，之后直接验证这几条，不就行了？”

我听不懂，就让他实际做给我们看。他在金器铺满的地面上整理出一块石头面，然后写下一、二、三、四几个数字，说道：“现在有几种假设，你们都提一下，不要具体的，要大概的方向就行了。”

潘子就道：“有机关。”

胖子在“一”那个地方写了“机关”。然后顺子就说道：“可能有东西在影响我们的感觉，我在电视里看到过，比如说心理暗示或者催眠，让我们自己不知不觉地走回来。”

胖子对顺子道：“不用说这么详细。”接着在“二”的后面写了“错觉”，然后看向我。

我道：“理论上，也有可能是空间折叠。”

“你这个不可能，太玄乎了。”潘子道。

胖子道：“不管，有万分之一的可能性，我们就承认。”说着也写了上去，在“三”后面写了“空间折叠”，然后接着说，“我认为是有鬼。”说着也写上了“有鬼”。

“你这样写出来有什么意义？”潘子不理解地问。

胖子道：“你们念书多，不懂，老子读书少，凡事都必须用笔写下来，但是这样有个好处，几件事可以一起做，你事先一理就知道，能节省不少时间。咱们不是只有两天了吗？还是得省点，对了，还有五吗？谁还有五？”

我看了看这四点，这确实已经是量子力学、玄学、心理学、工程学四大学科都齐了，第五点一时半会儿还真想不出来。

胖子看我们都没反应，道：“好，咱们先来验证第一点和第二点，这两点正好可以一起处理。”

我看胖子志得意满、胸有成竹的样子，顿时觉得不妙，这家伙是不是有什么打算了？只见他拾起地上的步枪，对我们道：“这条墓道有一两千米，56式满杀伤射程是四百米，但是子弹能打到三千米外，我在这里放一枪，看看会有什么结果。”

我一听顿时醍醐灌顶，一下子对胖子佩服得五体投地。墓道影响了我们的感觉，但子弹是没有感觉的，墓道能够影响我们，但是影响不了子弹。如果这里的情况可以用常理解释，那么，子弹必然会消失在墓道的尽头，不会回来。

这个试验完美的地方，就是子弹的速度，这么短的墓道，两三秒钟之内，子弹就能完全走完，没有任何机关陷阱可以在这么短的时间内发挥作用。

但是如果这里的情况真的超出了常理，进入玄学的范畴，那么子弹就会像我们一样，在墓道中进行一百八十度转向。

这个办法简单又漂亮，非常符合科学精神，我这个大学生都想不出来，这实在让我感到很惭愧。

不过又一想，这一招也只有胖子这样的人才能想得出来，这是最简单的逻辑思维。

要判断是不是有错觉的影响，就要找不会受错觉影响的东西，要找东西就要就近找，三段式一考虑，马上就出来了这个办法，也并不复杂。我突然就感觉到，汪藏海可能遇到对手了，像他这么处心积虑的人，可能就怕胖子这种单纯的思考方法，任何诡计都会被简单化。

胖子说做就做，我们跟了过去。他拉上枪栓，就想对着墓道开枪。

我忙大叫："等等！"

"怎么了？"他问道。

"不要这样。"我道，"如果，我是说如果，这里真的邪门儿到那种地步，那你开枪出去，几乎是一瞬间，自己就会中弹。"

胖子的脸色变了变，显然认为刚才提出的第一点和第二点的可能性很大，根本没有考虑到第三、第四点会不会是真的，不过经我一说他就点了点头，把枪往边上挪了挪，子弹是抛物线，如果射回来，应该落在枪口偏下的地方。

我们全都躲到门口，还没做好心理准备，胖子突然就开枪了，"砰"的一声巨响在墓道里炸起，接着是一连串回音，但几乎就是同时，我们看到墓门剧烈一抖，炸起了一连串灰尘。

我脑子"嗡"的一声，心说不妙，忙探出头去一看，胖子还僵直地保持着开枪的姿势，但是他的枪下边五六厘米地方的门上，出现了一个弹孔，炸起的烟雾还没有散尽。

第一点和第二点，几乎在一秒内被排除，试验进入了量子力学和玄学阶段。

第三十二章

倒斗和量子力学

再次回到藏宝墓室中坐下，气氛和刚才就完全不同了，因为事情已经超出了我们的控制，甚至我认为这是机关的假设，现在也不存在了，我们进入了一种无法言喻的状态中去。任何科学的推理经过了这么一个简单的试验，便宣告完全失效。

因为没有任何人类的力量，能够使得一颗子弹，在几秒的瞬间转如此巨大的一个弯。

要用科学来解释这种现象，恐怕搬出量子力学都不一定摆得平。

“这是真的鬼打墙！”顺子脸色极度难看，又看向放在一边的父亲，露出了十分悲切又恐惧的表情。

我知道他此时想到了什么，他也明白了，那几具珠宝中的干尸，脸上为什么会有如此绝望的神情。在这样的境地下，一次又一次地尝试，一次又一次地回到起点，直到弹尽粮绝，如何能不绝望？恐怕他们死的时候已经万念俱灰，仍旧没有琢磨出一点眉目。

而我们，可能就是下一批，很快这里就会多出四具干瘪的尸体，同样是一脸深切的绝望，让后面的牺牲者来猜测我们死前所想。

胖子面前的地面上还剩下两点可能性，第三点是我随口胡说的想法：空间折叠。

我之所以会想到这一点，是因为我刚才突然想起在过火山缝隙的时候，闷油瓶在我面前消失过几秒。我当时百思不得其解，现在想来，也许真的和空间折叠有关系，因为刚才的试验实在太可怕，简直是一种伪科学试验，一下子我的玄之又玄的空间折叠假设，变成了最有可能的解释。

如果不是胖子把这些东西列出来，我恐怕看到这一次试验之后，肯定慌得什么都忘了。

沉默了很久，胖子才道："好吧，咱们都亲眼看到了，就不说什么废话了，咱们怎么来证明第三点？"

"不！不用证明。"一边的潘子突然说话了。

潘子看问题非常透彻，总是能够直接看到事情的本质，就像刚才胖子还奢望那墓道会出现，潘子立即完全否定一样。这和潘子是从战场下来的也有关系，他思考问题是不带一丝侥幸心理的，所以我一听他说话，就很害怕，怕他说出很多是事实但是不应该说出的话来。

只听他道："这里只有六具尸体，我们假设一共进来的是八个人，那有两个人必然是出去了。虽然不知道他们是怎么出去的，但如果是像小三爷说的第三点，那绝对是一个人也出不去，所以我们不用考虑，考虑第三点就等于承认自己死定了。"

这话说得几个人都全身发凉，胖子抗议道："你怎么能确定进来的是八个人，说不定进来的时候就只有六个了呢？"

潘子叹了口气，道："死胖子，你还不明白，他们进来几个人其实不重要。"

这就无法证明了，吵也没有用处，我心想：现在他们到底进来几个人对我们的处境是一点也不重要，但是对我们的士气非常重要，如果有两个人成功地出去了，那我们的心境就完全不同，我们就可以思考他们出去的方法，至少有一点希望。想着，我就不管他们，走到尸体旁边去看他们的笔记，想看看会不会有什么线索，也许有人会写日记什么的。

不过，刚才看笔记本的时候我已经粗略翻了翻，没有大篇幅的文字，小篇幅的文字又多是记账，或者是短小的信息，所以也看不出什么名堂来。

我琢磨着这些人死到临头的时候，还会不会写东西呢？想着我就突然想到，他们临死的时候，恐怕连灯都没有了，电池早就耗尽，也没有取暖的东西，所以才会在黑暗中蜷缩成一团挤在一起。如果是八个人进来，那最后两个人会是在什么时候出去的呢？肯定不会是在他们清醒的时候，如果是那样的话，其他人也应该能出去。难道是他们已经饿得神志不清，且没有灯光，一片漆黑的时候，所以走了两个人其他人也不知道？

那走出去的关键，难道是黑暗，不用灯？

想着我就感到一阵寒意，这里是古墓，如果是在黑暗中走如此狭长的墓道，那真是要了人命了。

其他人看我来找资料，也围了过来，开始帮忙找起来。老是坐在那里空想总不是办法，有时候也需要看点东西刺激一下。

我想着最后没有光的事情，就让他们不要浪费电了，把手电都关了，剩下取暖的炉子也可以照明。我们围在炉子面前，三本笔记和一本小说，每个人翻了起来，逐字逐字地找起了线索。

我翻的这一本笔记本里字体娟秀，应该是一个女人写的，翻了好几页，写的都是人名和电话号码，后面还有请客吃饭的名单，还有长白山旅馆的电话，有的地方还画了一些简易的地图，还有一些地址以及备忘录。我看到在1994年的时候，好像这个女人还生过病，住过院，这里写着要复诊。

再往后翻就是白纸了，但我还是一页一页地翻，希望她能写点什么，正翻着，一边的胖子道："这里有一条线索。"说着就念道，"今天，卖掉了从海里带出来的最后一件东西，拿了三千块钱，一千五还给老李，欠款还清。看来这家伙是打鱼的。"

我苦笑摇头，再去看一边的潘子，他看的笔记本最薄，几乎什么都没有，已经看完了。我又去看顺子，只见他正津津有味地看着小说，显然是跳到主人公走前最激情的那一页去看了。

胖子看得不爽，一把就抢了过来，骂道："让你找线索，你看黄书，你的心大大地坏了！充公！”

一抢之下，小说突然就散了架，纸头飞了一地。我一边数落胖子，一边打开手电去捡。几个人捡着捡着，突然潘子就道：“哎，这里有张照片。”说着，从纸里拾起一张发黄的黑白照片出来。

我接过来一看，脑子里顿时就“嗡”了一声，几乎背过气去——这照片不是其他的，正是三叔他们去西沙之前在码头的合照！

第三十四章

来自海底的人们

我身上还有内伤，如今一看之下，差点一口血喷出来，把其他几个人吓了一大跳。潘子忙给我顺气，问我怎么回事。我发着抖拿起照片，把照片上的闷油瓶和三叔指给他们看，另外几个人顿时脸色比我还要难看。

我简直不敢相信这是真的，转头看着一边的几具干尸，心里乱成了一团麻。

这张照片不会出现在无关人等身上，难道这十年前进入长白山，给困死在这里的神秘队伍，竟然就是海底的那一帮人？这几具干尸，就是文锦和李四地他们？难怪三叔怎么找也找不到他们，原来早就死在了这里！

看这服装，的确吻合，还有这照片，但是这些人为什么要来这里呢？难道也在海底墓穴中发现了什么东西，给吸引到长白山来了？

等等，不对啊，我突然想到了三叔，想到闷油瓶，天哪，几乎海底墓穴中的所有人，现在都在云顶天宫中了，这帮人十年前就来了，而三叔、闷油瓶也在最近赶到，他们到底为什么非要来这里不可？

我心中那些已经被我淡忘的谜团顿时复活了，无数的问题涌向我的大脑。

潘子他们不知道三叔的往事，看到照片后的震惊程度还在我之上，我只好耐心地解释了一遍，听得其他几个人目瞪口呆。胖子道："不会吧，等等，我想到更多，似乎去到海底墓穴的所有人，包括阿宁，还有我们，也都到这里来了，难道海底墓穴中有一个诅咒，只要是到了那里的人必须爬长白山？"

胖子当然是胡说，我却感觉不寒而栗，但是心中有一些东西也明朗化了。看来海底墓穴似乎只是一个跳板，关键是在这里。

我翻找了尸体上所能找到的一切，但是再无任何线索，这些人谁是谁，我也搞不清楚。我心乱如麻，晕头转向地就往墓道里走去，连手电都没有拿。

胖子忙拉住我让我冷静，说急也没用，这些人还不是给困死在这里？你死了倒是可以问问他们的灵魂，这是怎么回事。

我坐下来喘气，逐渐安静了下来，心里的想法已经变了，自言自语道："我一定要出去，我一定要找到三叔问个明白，不然，我死也不会闭眼的。"

胖子道："可是到现在还没找到任何线索可以证明他们之间有人成功出去了，搞不好这里根本就出不去，是一个封闭的空间，你就算不闭眼也没有用。"

胖子的话一出，其他人就无话可说了，大家都在考虑自己的事情，气氛差到了极点。我的喉咙开始痒了起来，似乎感冒了，开始咳嗽起来，又咳出了血，这才想起自己的内伤还没好。

潘子看我这样，对我们道："今天先休息吧，反正一时半会儿也出不去，不如好好睡一觉，这样脑子更清醒。小三爷，你也不要想太多了，我知道你心里的疑团太多了，但是要弄清也不是一时半会儿的事。"

我摆手，怎么睡得着？还不如在这里继续想，想到实在坚持不住了才能睡着，不然只能越睡越累。

胖子也不知道在抽第几根烟了，一边抽一边喃喃道："其实，我想起来，早知道刚才就不按那个符号走了，听我的多好，一帮人给困住了，另一帮人还能想办法……那符号，现在想起来倒可能是这几具尸体留下的了。你看，事情都赶巧了，也许他们也像我想的一样，分队走了，那两人压根儿走的就是墓道的另一边。”

我摇头说不会，一帮人被困了，另一帮人回来找，还不是同样中招？到时候更郁闷，而且说不定走没有符号那一边更凶险，不知道有什么等着我们呢。

不过深入去想又不可能，因为既然已经给困住了，那另一帮人回来的时候，墓道已经变化了，他们无法找到这个墓室了。那几个符号，是不是另一边的幸存者留下的这里有一队人失踪的符号？

想着想着，突然我浑身一抖……一道闪电从我的脑子里闪了过去……符号……

我猛地坐了起来，对他们道：“我突然想到一个很诡异的破绽，这墓道是一个悖论！”

“什么？”

我皱了皱眉，想想自己应该怎么说，我道：“我怕你们听不懂，比如说，我们走着出去，在黑暗中，无论什么原因导致了我们这样，我们都必须有一个掉转方向的过程，尽管这个过程我们自己一点都不知道，对不对？”

其他几个人点了点头。我继续道：“比如说我，拿着一支笔，在墙上一边画一边往前走，那这出口处的墙上，肯定也会留下一道长长的痕迹，一直跟着我，那等我在无意中掉转方向的一刹那，你们猜会发现什么？”

胖子几乎跳了起来：“你会看到前面的墓道墙壁上，已经有你画过的痕迹了！”

“不只这样！”我道，“最关键的是什么？就是我转身之后，左右就发生变化了，那我拿着笔的手，就会在墙壁的另一边开始画。”

“对！”潘子也皱起眉头道。

“这是逻辑推论。”我道，“也就是说，如果按照逻辑来解释，墓道中间必然会有一个转折点！在转折点上，我们就像走入一面镜子一样，直线走到自己的相反方向，你们承认不承认？”

众人都点头，只要符合逻辑，就肯定是我说的那样。

我道："好，那你们再想一下，如果我们这么走过去，真的碰到了我说的那个'反射面'，那么这个反射面有多厚？"

"多厚？"几个人还在消化我前面的话，一头雾水。

"是啊，肯定会有一个厚度，如果没有厚度，那么你身体前一半通过的时候，你身体的后一半，就会……"

潘子瞬间就理解了我的意思，一下子冒出了一头的冷汗，下意识地接道："互相重叠！"

"对！因为在那个位置上，你的前半部分已经给反射回来，但是你的后半部分又没有通过'镜面'，所以，如果我的说法是正确的，那我们在通过反射'镜'的同时，必死无疑！会变成一坨怪物！你的脸会撞到你的后脑勺！"

"可是，我们走了这么多次，都没有死啊。"胖子奇怪道。

"这就是我要说的，这个镜子面肯定有一个远大于人的厚度，一个反射的过渡段，我们走入这一段之后，从这一头进去，在里面行走一段距离后，再从另一头出来，完成了空间的折叠。"

众人又点头表示同意，这推论天衣无缝。

"问题是，我们不知道这段距离有多少。我们假定只有两三步路，我举一个例子，比如，我们走进了那一段'镜子空间'之中，但是胖子不走进去，而是待在镜子空间之外，而镜子空间只有两三步，你前后两边都能看到，你猜会发生什么事情？"

潘子理解得最快，喉咙几乎都僵了："会……看到前后出现了两个同样的胖子。"

"好，这里出现了一个悖论，在你后面的胖子，往你前面看的时候，能不能看到你前面的那个胖子呢？又或者你去牵其中一个胖子的手，会发生什么事情？"

潘子赶紧做了个打住的手势："别……别说了！"

"这说明什么？"一边的胖子也是脸色惨白。

"我们不用继续试验也可以确定，这个所谓的'镜子空间'是不存在的！而且这个墓道反射，怎么走也走不出去的逻辑基础也是不存在的，这个墓道的存在是不符合逻辑的。”我压低了声音，“汪藏海不是神，他不可能自己创造物理规则，这里的机关和汪藏海无关，这些人也不是因为这个而困死的，我们现在面临的情况是一个特例，是一种新的状况！我们被这些尸体误导了，而最可能造成我们这种状况的……”

我把手指小心翼翼地指到了胖子写的第四点上去，动了动嘴巴，用唇语道：“我们身边有鬼！”

第三十五章

犀照

现在回想，当时如此一本正经地说出这几个字，自己的神经已经给折磨成什么样子了，要是平时，或者压力再小一点的时候，根本就不可能有这种想法。

胖子、顺子他们完全被我的表情所感染，一个个脸色惨白。咽了口唾沫，胖子也用唇语说道："你确定吗？那现在怎么办？"

我当时的想法是，这条墓道的逻辑基础是不成立的，那么形成这种现象的原因必然和逻辑无关。但是如果不是做梦的话，其他的东西都无法逃脱逻辑的束缚，也就是说我们现在看到的，或者听到的，很可能都是假象，那么我们周围是什么景象就很难说了，而能够让四个人同时产生假象的，我认为只有恶鬼的力量，只有恶鬼才可以不讲逻辑。

但是如果真的有鬼的话，我们又变得束手无策，因为我们根本看不到它，自然也无法去对付它，就算我们去骂，或者随便用什么方法都好，对它一点用都没有。这样就变成我最讨厌的情况，明知道敌人就在我们四周，我们却对付不了。

而且我们也不知道鬼是什么类别的，如果是植物鬼就麻烦了，它自己没有思维，就算我们用计都没用，只有硬碰硬找到它才行。如果是冤鬼就好办了，它能够思考，我们就可以将它逼出来。

我考虑再三，感觉这鬼很有可能就是我们面前这几具干尸中的一具，可能这里有人的魂魄放不下凡尘俗事，还在这里游荡，看到有人来陪，自然想捉弄一番，但是又不知道到底是哪一具。

我想了一个办法，先排除顺子的父亲，老爹十年不见儿子，自然不会拿儿子的命来开玩笑，那就是另外的五具。

我走到尸体前，让大家都跪下，然后用废纸折了几个金元宝，烧给他们。我一边烧一边磕头："我是吴三省的侄子，我找我三叔有急事。你们哪位在施法，请笑纳纸钱之后就放过我们吧，我们真的赶时间，要不留下这个胖子陪你们玩，放我们其他人出去。"

胖子一听大怒，潘子和顺子马上一边一个挟持住他，不让他动弹。胖子大骂："吴邪，你这卑鄙小人，老子咬死你！"

我念完之后，四处看了看，周围一点变化都没有，尸体也没有变化。我意识到没用，挥手让他们放开胖子。胖子紧张地瞪着眼观察四周，发现什么变化也没有，不由得就冷笑："你看，鬼大叔还是公平的，看不上你这几个臭钱。"

我道："也许人家看不上你呢，真是的。"

这时候顺子在一边道："不对，咱们是不是应该这么想，你看我父亲在，就算有人对我们不利，我父亲也会帮忙的，如今没用，是不是作恶的不是这几个人的鬼魂？"

如果是平时，听了如此幼稚的话我肯定已经笑出来了，可是现在我则听得一本正经，还去考虑它的可能性。考虑之后，我道："说不定你父亲已经走了，或者作恶的不止一个，他打不过。不过我感觉可能不是这里的几个，这些人都是成年人了，而且和我三叔关系都不错，我想不会搞这种花样的恶作剧，可能是小鬼，尸体并不在这里。"

说是这么说，可是如果真的是我说的那样就难办了，因为我们看不到这鬼在哪里，说不定就趴在我们背上，我们都不知道，看不到就无从下手。想着我就叹了口气，问："你们谁有什么办法？偏方也行，有能看到鬼的吗？”

潘子道：“我听说只要在眼睛上涂上牛的眼泪，就能看到鬼了。”

胖子打了个哈哈：“那寻找牛的任务，就托付给你了。”

“不，也许不需要牛的眼泪，也能看到。”我突然想到了一个办法，“但是要牺牲一下胖子。”

胖子一下子紧张起来：“你该不是想杀了我，让我的灵魂去和鬼谈判吧？我可不干，要是你们把我杀了，我肯定和那鬼合谋，把你们整得更惨！”

这家伙倒是又想出了一个办法。我大怒：“你想到哪里去了，我是要你的摸金符用一下！”

“你想干什么？”胖子捂住胸口，“这可是真货，弄坏了你赔得起吗？”

“摸金符是天下最辟邪的东西，要是真货，咱们怎么会落到如此田地？我刚才已经看过了，这东西是假的。”我道。

“假的？”胖子摘下来仔细看了看，“你确定？”

“当然，这是用犀牛角做的，老子是专门做这一行的，能不知道？你看，穿山甲的摸金符是越戴越黑，你自己看你的犀牛角，已经开始发绿了，我不会骗你的。”

“我说怎么这么倒霉！”胖子大怒，“那龟儿子又晃点了我一次，难怪每次都不灵，胖爷我这次要是有命出去，不把他那铺子给拆了，我就不姓王！”

我从胖子手里接过他的摸金符，安慰了他几句，他又问我打算怎么用，是不是用来按他们脑门上。

我道：“自古有一个传说，叫作‘犀照通灵’，你听说过没有？”

胖子不解：“该不是前几年放的香港片子？”

“差不多，就是那个意思。”我点头，“只要烧了这个东西，用这个光，你就能看到鬼了。当然，我也没试过，不知道是不是真的。”

我当时自己都觉得荒唐得要命，不过牛眼泪都拿出来说了，犀照有何不可？也是病急乱投医了。

《晋书》中曾经有这样的记载："峤旋于武昌。至牛渚矶，水深不可测，世云其下多怪物，峤遂燃犀角而照之，须臾，见水族覆出，奇形怪状。其夜梦人谓之曰，'与君幽明道别，同意相照也'。"大意是说，中国古人通过燃烧犀牛角，利用犀角发出的光芒，可以照得见神怪之类。古人的说法总归能有点用吧。

说着，我拿出了无烟炉，就将摸金符放到上面焚烧了。一开始还烧不着，后来就有一股奇怪的味道散发出来，绿色的火苗中闪烁出奇异的光亮。

我举起这一只无烟炉，举高让它照亮尽量多的地方。我们都四处转头，寻找四周是不是出现了什么刚才没有的东西。在墓室中走了一圈，却什么都没有，其他人也都看不到什么。

"也许那鬼躲得远远的。"顺子道。

"不会。传说如果是鬼打墙，鬼是趴在人的背上的。"

我们又看了看各自的背上，仍旧什么都没有。胖子喃喃道："早就说传说是不作数的，浪费我的摸金符。"

潘子泄下气来："看来这一招也没用了，咱们碰到的是第五种情况，也就是无理可循的情况，现在应该怎么办好？"

我心里叹了口气，刚想说话，突然，胖子冲我做了一个噤声的手势，潘子也做了一个别说话的动作。我眼皮一跳，顺着胖子的眼神抬头一看，只见在我们的上方，墓室的顶上，隐隐出现了一个黑色的"小孩"。

第三十六章

出口

我的血液一下子就结冰了，潘子一手去拿枪，胖子则一点一点把手里的犀照灯举高。

随着摸金符越烧越亮，那黑色的“小孩”也越来越清晰起来。我仔细一看，这……这不是我们在藏尸阁中看到的那个大头尸胎吗？怎么跟到这里来了？难道它一直跟着我们？

“原来是这东西在捣鬼！”胖子大吼一声，“咔嗒”一声就把枪端了起来，无处发泄的怒气顿时就爆发出来，一连扫射了几次，顿时把那东西打得黑汁四溅，摔落到地上。

我们马上后退了好几步，尸体发出一种类似于婴儿的尖叫声，猛地撞翻了无烟炉，闪电一般向着黑暗中逃去。

“不能让它跑了，不然我们还会中招！”潘子叫道，“追！”

四个人爬起来就狂追过去，几乎是一瞬间，我们看到外面的墓道壁画已经变成了原来的图案，鬼打墙失效了！

“出来了！”胖子大喜，“不用给困死了！”

尸胎跑得飞快，以惊人的速度冲入了墓道的黑暗之中，向墓道的另一头跑去。我们知道自己绝对不能停下来，一旦停下来，百分之百就会重新回到那种境地中去，我真是死也不想再经历一次了，而且也不可能有第二个摸金符给我烧了，所以四个人几乎拼了命一样地跟在它后面，竟然没有落下。

也就是跑了七八分钟的时间，一千米左右的墓道就跑完了，尽头出现在了我们面前，那是一道阶梯，直通向下，尸胎闪电一般冲了下去。

我们狂奔着鱼贯而入，什么机关陷阱都不管了，要死就死吧。就算四个人只剩下一个，也要把这东西干掉，以解心头之恨！

几乎是十级并成一级，我们如袋鼠一样狂蹿而下，但是我们跑楼梯总归要比跑平路慢上半拍，那尸胎却一点也不减速，几乎一瞬间就消失在了楼梯下的黑暗中。我明知道追上无望了，却刹不住车，想停下来，结果左脚绊了右脚，一连几个滚就摔到了石阶的尽头，摔得头破血流，手电都飞掉了。

我心中暗骂，刚想站起来，却听到枪声从一边传来，而且非常密集，不像是胖子和顺子那两把枪能发出的声音。

我爬起来就看到一边传来的光线，但是光线又不强，正想走出去，跑在我后面的潘子和胖子就赶到了。

我奇怪他们怎么跑得这么慢，胖子道，顺子路过十字路口的时候，按原路回去了，他父亲也找到了，也摸到这么多金子，根本不想再跟着我们冒险。他说他在外面的雪山上等我们一个星期，如果一个星期后我们还不出去，他就自己回去了。

我暗骂一声这个没良心的，不过他也够了，跟着我们吃了这么多的苦头。这时候胖子也听到了枪声，一下子警觉起来。

我们用手电照了照四周，发现这墓道另一边楼梯的尽头是一个楼台，外面是几道长廊子，也就是说，这是一个两层的巨大墓室的入口，但是两层的墓室之间并没有天花板，只有几道架空的长廊，在长廊上可以直接看到下一层的景象。

这叫作连天廊，看上去雕龙刻凤，其实是有功能性的，是在巨大的墓室中吊入棺椁的设备，看样子外面连天廊的下面可能就是一个棺室了，现在密集的枪声正从下面传来，而且外面到处都闪动着手电的光芒。

我们心里奇怪到底发生了什么事情，难道是刚才那个尸胎跳下去造成的？那么多枪在扫射，大象也能给放倒了，还打不中一个尸胎？

三个人排着队去了楼台，外面的连天廊很窄，我们小心翼翼地爬上去，往下一看，发现下面竟然是一个巨大的圆形墓室，足有五六百平方米。有点意外的是，阿宁的队伍就在廊下，十几支冷烟火扔在四周，把整个墓室照得通明。只见他们围成一圈，不停地用枪在扫射周围的东西，但是我又看不清楚是什么，仔细一看，才发现那都是手臂粗的蚰蜒，满墓室都是，密密麻麻，简直就像海洋一样把阿宁他们围在了中间。

而在墓室的中央，有一个倒金字塔形的棺井，井底有八具巨大的黑棺，围着中间一具半透明的巨型玉石棺椁，玉石棺椁已经被打开了，在下面的冷烟火映照下，玉石棺椁流光溢彩，反射出诡异的光芒。我看到蚰蜒似乎就是从这棺椁之中源源不断地爬出来的。

我心里“咯噔”一下，心说，这难道就是蛇眉铜鱼上记载的九龙抬尸棺，盛殓万奴王的宝匣？看样子这帮外行触动了什么机关，或者干脆就只是踩死了一只蚰蜒。

此时也管不了那么多了，下面的十几个人已经疲于应付，但是蚰蜒潮水一样涌上去，根本就没有用，打死一只其他的就更疯狂。

“我们要不要帮忙？”胖子问我道。

潘子摇头：“等他们再死掉几个。”

胖子笑道：“你不如现在直接扫射他们，死得更快。”

我心里也很矛盾，这倒不是救不救的问题，问题是救了之后他们会怎么对我们。阿宁在海底墓穴中就要置我们于死地，我们命大才侥幸逃脱，而我之前也救过她，不见得她买我的面子，不过不救，看着如此多的人全都在我们眼皮底下死去，我恐怕会内疚一辈子。

另外就是救不救得了的问题，我们在上面开枪于事无补，要救他们只能用绳索将他们拉上来，但是他们现在全力扫射才勉强能够维持，绳子一垂一停，下面肯定有人伤亡。

正在犹豫的时候，突然，我看到在阿宁的队伍中，有一个老外正背着一个人，看上去非常面熟。我马上拍了拍潘子，指给他看。一指之下，他顿时就惊叫了一声："那是三爷！"

"你确定？"我看着也像，但是不敢确定，潘子一说，我心里就更觉得像了，忙往这个人上方走近了几步，想仔细去看。

没想到才走了一步，我的脚就感觉不对劲，低头一看，只见刚才逃下来的那个尸胎，竟然吊在石廊的下方，正好我就这么巧，走到了它的上面，它干枯的手一下子就抓住了我的脚，用力地往下拽。

我心里大怒，心说，这东西肯定是记上仇了，老是找我们的麻烦，但是人在石廊上，我的平衡感又差，被它一拉，我就站不稳了，顿时趴在了廊子上。

潘子和胖子同时举枪，这家伙真是不长记性，这么近的距离顿时脑袋就给打烂了，大脑袋只剩下一半，接着抓着廊子下部的爪子就脱手了，整只尸胎摔入了廊下，同时拽着我的脚。

我被这么重的东西一拉，惨叫了一声，也摔了下去，接着尸胎就先落在了阿宁他们那群人中，他们的注意力全部在边上的蚰蜒上，哪里顾得上头上，顿时就给吓得屁滚尿流，四散摔倒，接着我也从空中落了下去。

后来据胖子说，我落下去的动作就像是自己跳下去的一样。但是我确实是不得已摔下去的，接着我就狠狠地踩在了那个尸胎已经被打烂的脑袋上，顿时黑血四溅。

幸亏这石廊不算太高，不然我这样硬生生地摔下去，肯定得崴脚。但是摔下去之后，我只是一个轻微的趔趄就站住了，向四周一看，顿时发现四周的蚰蜒像见了鬼一样四处逃窜。一瞬间，蚰蜒潮水一样地退去，很快地上只剩下了蚰蜒的尸体。

我被吓得够呛，好久才回过神来，也不明白发生了什么事，抬头一看，却见所有人都看着我，脸上满是惊骇的表情，就好像看到了什么怪物一样。

第三十七章

闷油瓶第二

我坐在自己的背包上，阿宁队伍中的医生帮我包扎了伤口——我手上的伤特别严重，缝了三针才算缝合起来，这是被尸胎从石梁上拽下来的时候割破的。我自幼虽然不是娇生惯养，但是也没有做过什么粗重活儿，所以这样的磕磕碰碰就很容易受伤，换作潘子八成就不会有什么事。

医生给我消了毒，让我不要碰水，也不要用这手去做任何的事情了。我点点头谢了谢他，他就去照看别人了。

从石廊上掉下来之后，阿宁他们对我这种“出场方式”吃惊到了极点。阿宁一开始竟然还没有认出我来（事实上我当时蓬头垢面，她最后能认出我已经很了不起了），直到胖子在石廊上招呼他们一声，她才反应过来，更是惊讶得说不出话来，还用一种难以置信的眼神看着我。

两帮人僵立了很久，才逐渐有所反应。我走动了一下，着急想看看那人背的是不是我三叔，可是我一动，围着我的人就全都自动后退了好几步，好像见了鬼一样，有几个还条件反射地又端起了枪。

胖子和潘子在横梁上刚松了口气，一看只好又迅速把枪端了起来。我赶紧举起双手表示自己没有敌意，阿宁也忙挥了挥手，对她的手下道：“自己人，合作过，放下枪。”说了好几遍，她的手下才将信将疑地把枪放下来，但是几个老外还是非常紧张，眼睛死死地盯着我。

我看到他们脸上的筋都鼓得老高，显然情绪已经受到强烈的刺激，再有一点惊吓，可能就会崩溃了，于是也不敢再有什么动作，就站在原地，不知道怎么办才好。

阿宁皱着眉头，从她的表情看，显然是不知道我们也在这里，抬头问我：“你们……怎么会在这里……”

胖子在上边嘿嘿一笑：“这叫白娘子找对象，有缘的千里来相会，无缘的脱光了搂在一起还嫌对方毛糙——我说我们路过你信吗？”

胖子说着就和潘子从石廊上跳了下来。这时候阿宁队伍中有几个人显然认出了胖子，都惊讶地叫了起来，显然胖子在这里出现，触动了他们某些糟糕的记忆。

胖子走到我们面前，大概是因为他和这些人合作过，气氛这才稍微缓和下来。几个神经绷紧的人这才松了口气，放下枪上的保险咒骂，有个人还自言自语：“这下好了，在糟糕的地方碰上了糟糕的人。”

我想起第一次遇见胖子的情景，感觉这句话还真是贴切，不由得就想笑。

胖子瞪了那人一眼，又和其他几个可能比较熟悉的人打了招呼。阿宁还想问他问题，我和潘子已经忍不住了，就跑向那背着人的老外那里，查看他背着的人到底是不是三叔。

这些老外似乎对我非常顾忌，我跑过去他们都远远地走开，那背人的老外倒似乎不怕，看到我的目标是他背上的人，便将人放到了地上。我上去急忙翻开他头上的登山帽。

登山帽中是一张十分憔悴、胡子拉碴的脸，我几乎没认出来，只觉得像是三叔，仔细一看，我才“哎呀”了一声，差点吼出来。

果真是失踪多时的三叔，那个老贼！几个月不见，这老浑蛋竟然似乎老了十多岁，头发都斑白了，乍一看根本无法认出来。

这样的见面说实话我真的没有做好心理准备，我认为我最后会在一间墓室中见到三叔，然后三叔会告诉我一切，又或者在我危险的时候，他会出来搭救我……但是他竟然就这样马马虎虎地突然出现在了阿宁的队伍里，我看得真切，却突然不相信起来。

我真的又看到三叔了？我找到他了？我僵在那里不知道该做什么反

应，也不知道自己是在做梦还是产生了幻觉。

三叔似乎神志不太清楚，眯着眼睛，也不知道能否看见我，但是我看到他听到我叫的时候，突然有一丝轻微的反应，干裂的嘴唇微微动了一下，好像在说："大侄子？"但是随即就没有动静了。

我突然心里一酸，一种难以言说的感觉涌了上来。看到这老家伙平安，我顿时放下心来，那种没了主心骨的焦躁感一下子消失了，可是又有一股极度的愤怒涌了上来，想上去把他推倒狠揍一顿。两种感觉混合在一起，脸上不知道是什么表情，但肯定十分好笑。

一边的胖子不知道和阿宁在说些什么，似乎吵了起来，我也无暇顾及了。潘子看到三叔这个样子，上去摇了他好几下，又解开他的衣服。我一看就蒙了，只见三叔的衣服里竟然全是黏液，仔细一看，胸口都是烂疮，无数的硬头蚰蜒挤在了他的皮肤之下，显然三叔想把它们扯出来，但是蚰蜒的尾巴一碰就断，蚰蜒就断在了里面，伤口也不会愈合，时间一久全都化脓了。

潘子一把扯住边上的老外就要揍他，被其他人拦了起来。潘子一边挣扎一边大叫："你们对三爷做了什么，竟然把他搞成这个样子？"

我看着那老外看到伤口的惊骇表情，知道他们肯定也是不知情，但是三叔这样子也太惨了。我发着抖问那老外："你们是在什么地方找到他的？他怎么会这个样子？"

那老外几乎要吐了，转过头去，道："就是在这里的棺井下面，我们刚发现他时，还以为他已经死了，后来发现他还活着，领队说这老头知道很多事情，一定要带着他走。我不知道他身上有这些东西，不然我死也不会背他！"

"一定是你们！"潘子在一边大怒，"老子在越南见过，那些越南人审问犯人就是用这一招，就是从你们美国人那里学来的，你们肯定逼问过三爷，老子杀了你们！"

其他人都围在我们的四周了，我摆了摆手，让潘子冷静一点，道："和他们没关系，如果是他们干的，他们不会不知道死蚰蜒会吸引同类，也不会这么惊慌。"

阿宁走过来一看，也倒吸了一口冷气，马上招来了队医，几个人手忙脚乱地把三叔弄正了。就在这个时候，我突然感觉三叔偷偷地往我的口袋里放了什么东西，动作很快，那一瞬间我感觉口袋动了一下。我呆了一下，心中一动，一瞬间脑子就“嗡”的一声，马上知道了，三叔可能是清醒的！心里顿时一惊又一安，惊的是他假装昏迷，不知道有什么目的；安的是，能做这种小动作，说明这老家伙的死期还远着呢。我用余光一看四周，发现其他人都被他的伤口震惊到了，没有注意到，于是不动声色地继续扶着他，但是手用力捏了捏他的肩膀，表示自己知道口袋里有东西了。

三叔的眼神又涣散起来，队医用酒精给他擦了伤口，然后用烧过的军刀划开皮肤，用镊子将里面的蚰蜒夹出来，再放出脓水。因为这里太冷了，很容易结冰，我和潘子就燃起无烟炉，不停地烘烤三叔。

伤口一共有十六处，有几只蚰蜒拉出来的时候还是活的，给直接扔进火里烧死，最后把伤口缝合起来。潘子全神贯注地看着整个过程，我想给他使眼色都不行。我心里有事，但是这样的情况下我突然走开也不妥当，想知道三叔在我口袋里到底放了什么东西，只能硬等着。

好不容易所有的问题都处理好了，队医给他盖上了毯子，让他睡在一边，潘子就问怎么样了。队医叹了口气，道：“我能做的都做了，现在他是伤口感染，等一下我给他打一针抗生素。但是他现在已经有点高烧了，能不能撑到出去，要看他的个人意志。你们不要去吵他，让他睡觉。”

我这才有借口将潘子拉开，这时一动才发现自己滚下来的时候也弄得浑身是伤，竟然站不起来了。

队医给我也包扎好伤口后，就去看其他人。阿宁的队伍有十六七个人，冷烟火都逐渐熄灭了，四周黑得过分，实在数不清楚，胖子又被阿宁拉到一边，不停地在说着什么，我也看不清那里的情形。我想拉潘子到个没人的地方，但是潘子竟然有点蒙了，只顾坐在三叔边上，有点反应不过来。

我心里实在恼火，关键时候一点忙也帮不上，只好自己想办法避开四周的人。

阿宁的队伍分成了两批人，一批受伤的休整，一批下到棺井之下，这些人似乎对我没有恶意，这可能和胖子与这些人都认识有关系。但是也可能因为我刚才震退蚰蜒，我走到哪里，他们都用一种奇怪的眼光来打量我，这圆形的墓室又是如此空旷，实在没有地方能让我躲。

我心一横，就走到被我踩烂的尸胎那里，假装蹲下去看它，这才没人围上来看我。

尸胎就像一只巨大的虾蛄，五官都被我踩得模糊了，我一看就头皮发麻，但是也管不了那么多，掏出口袋里的东西一看，竟然是一张小字条。

回头看了看没人在身后，我就紧张地展开一看，上面写了几行字，一看我就惊讶地叫了一声，这些字的前半部分不是三叔的笔迹，看字形，好像是闷油瓶写的，上面写着——

我下去了。

到此为止，你们快回去，再往下走，已经不是你们能应付的地方。

你们想知道的一切，都在蛇眉铜鱼里。

署名更是让我吃了一惊，竟然就是我们看到的那个奇怪的符号……这果然是闷油瓶留下的，到底是什么意思呢？

再下面才是三叔非常潦草的字，看样子竟像是用指甲刻出来的，但是还算清晰，写着——

我们离真相只有一步了，把铜鱼给阿宁下面的乌老四，让他破译出来，没关系，最关键的东西在我这里，他们不敢拿我们怎么样。

显然三叔到了这里的时候，肯定在什么地方发现了闷油瓶的这张字条，而且这张字条肯定是写给我们的，看来闷油瓶想阻止我们下去，看字条里的意思，似乎还有什么通道，他去了一个十分危险的地方。而三叔显然不领情。这真是要了命，这老家伙到底想干什么？到底三叔那里还有什么关键的东西？闷油瓶既然不想让我们下去，那符号是留给谁的？难道是留给他自己的？

我的脑子顿时神游天外，其实这一段时间我感觉越来越多的线索出现了，但是因为之前的谜团都太杂乱，所以一旦有新的想法就特别混乱。我想到海底墓穴中的符号，闷油瓶看到那个，才知道自己去过那里，如今他刻下符号，难道……他知道自己会丧失记忆，所以事先留下了自己的符号，以便下一次到来的时候，能够凭借符号想起来？

太乱了，我的头又开始疼起来。这时候，阿宁和胖子向我招呼了一声，我吓了一跳，回头一看，他们正让我过去，于是索性不想了，把字条一折，塞回口袋里，就走了过去。

阿宁给我递了壶水，我喝了一口。她道："我和王先生谈了一下，我们准备正式合作，你怎么看？"

合作？我看到她紧身衣服里面的胸，想起了在船上的事情，有点不敢正视，想起闷油瓶的警告和三叔的话，一下子不知道怎么说才好。

找到了三叔，我心里一安，这一安中也有自私的成分在，就是可以出去了，其实我心里所想的还是自己能够摆脱这个地方。但是正如三叔说的，我们似乎离真相非常近了，看样子三叔自己也有谜题，如何救他出去，说不定他自己也是一问三不知。如果我们能够忘记还好，如果不行，以三叔的性格，必然还要再来一次，我能坐视不理吗？

想了想，我还是咬了咬牙，道："怎么个合作法？你说说看，说实在话，和你合作我真的要考虑考虑。"

她看到我的样子，笑着摇了摇头："那个，在岛上来不及向你们道别了，现在谢谢你救了我，我在海里……那是有苦衷的，我没想过要害你们。"

我想起海底墓穴里的事情，叹了口气，心说鬼才信你。我点上一支烟，道："真想合作的话，就告诉我是怎么一回事，你们在海底到底要找什么东西？你们来这里又是干什么？"

胖子在一边道："对，大家坦荡荡的才好做事情。"

阿宁露出了惊讶的表情："你不知道？你三叔没有把事情告诉你吗？你们……什么都不知道就这样拼了命地乱跑？"

我苦笑了一声，心说，要是三叔把事情告诉了我，我才不理他的死活呢，摇了摇头："他没说，我一直是个无头苍蝇。"

阿宁皱起秀眉看着我，看了很久，似乎发现我没在说谎，道："难怪，我一直以为你是个特别厉害的角色，一点也看不出你在撒谎的样子，原来你的确什么都不知道。"

这个时候我突然感觉有点异样，为什么这女人突然来找我们合作？他们这么多人，兵多粮足，我们只有三个人，何必与我们合作呢？就算是因为我能够震退蚰蜒，大不了绑我就行了。难道……我看了看四周——他们的处境不妙，或者有什么不得已的理由吗？

阿宁看我的表情，大概猜出了我的想法，也不点破，叹了口气："其实，我们这些小角色知道的也不多，只不过给老板卖命而已。"说着就让我们坐下，招呼了另一个老外过来，阿宁给我介绍，说这老外叫柯克，是个汉学专家，专攻的就是东夏，整件事情他知道得最多，可以问他。那老外和我握了握手，道："本来我们是严格保密的，但是现在这种情况……你想问什么，就问吧。"

我心里"咯噔"一下。

他继续说道："很遗憾，关于我们老板的目的，我无法告诉你，说实在话，我也只是个领队而已，我和阿宁只知道我们需要进入一个地方，拿一件东西出来，然后就完成了。具体高层要这些做什么，我真的不知道，所以我们在海底墓穴的目标可以说一共有两个，一个是一只玉玺，你们中国人把它叫作鬼玺，听说可以召唤阴间的军队。另一个就是这里地宫的结构图，可惜的是，我们都没有弄到手，最后还是我们阿宁出马，才拿回了应该得到的一些东西。"

"鬼玺？"我听了几乎跳起来，"你是说鲁殇王的鬼玺，在海底墓穴中？"

听到我们说起了鬼玺，胖子也挺感兴趣，凑了过来。阿宁似乎很厌恶胖子，但也没有办法。

那个柯克点头道："是的，相信你们也知道了一些吧，鲁殇王陵被汪藏海盗掘之后，后者用蛇眉铜鱼替换了鬼玺，我们一直以为鬼玺被他拿到自己的坟墓里去了，却怎么也找不到。而那天宫的结构图，恐怕就是落在了你们的三叔手里。我们到现在都不知道被这只老狐狸摆了多少道了，但还是得和他合作，他的情报比我们准确得多。"

我点头苦笑，这个我也深有感触。那胖子在一边道："那你说阿宁和我们去海底的那一次，她带出了什么东西？"

柯克张嘴就想说，阿宁却拦住了他，对他道："该说的说，不该说的你别多话。"

胖子怒道："你这是什么意思？"

柯克却似乎不太领阿宁的情，大笑一声，说道："你就算现在不告诉他们，总归还是要拿出来的，况且你现在就算有这些东西也没有用。”

阿宁看了我们一眼，跺了一下脚，似乎很不甘心：“我千辛万苦弄出来的东西，真是便宜你们了。”

这个时候我感觉非常奇怪，阿宁他们怎么这么合作？后来和三叔聊起这个事情，三叔就说：“那个时候其实阿宁他们已经走投无路了。她除了和你合作别无其他办法，因为他们到底是业余的，就算技术和装备再好，也比不上我这个半桶水的土夫子。但是她又非常聪明，她其实已经巴不得把所有的事情都告诉你，但还是一点一点和你抠，想从你嘴巴里也抠出一点东西来交换，这就叫老江湖。幸亏我有意什么都没告诉你，不然你肯定给她全套去，那三叔我的计划就全完蛋了。”

阿宁说着，就从口袋里掏出了一沓东西，递给我。我还以为她会拿出什么明器之类，接过来一看，原来是一沓照片，拍的都是壁画。我一张一张翻开来，她提醒我不要弄乱顺序。我仔细地看了几张，发现从来没有见过这些壁画，问道：“这是从哪里拍来的？”

柯克道：“就是你们一起下海的那一次，从主墓室拍下来的，这是叙事壁画，非常关键，你可以看看，里面画的是什么内容。”

我数了一下，一共是十五张壁画，上面都有变化，显然都是有联系的，但是壁画之间没有什么必然的情节联系。我看到有画着攀登雪山的情形，有画着俯视山陵的情形，有画着攀岩的情形，有画着士兵战斗的情形，每幅壁画的画面，都没有什么必然的联系之处。

柯克看我的表情就知道我看不懂，他拿出一张给我看，道：“你看看这是第一张，你看到的是什么？”

画面是几个女真打扮的人，正在捆绑一个汉人。我道：“是不是在战场上抓俘虏？”

“可以这么说，但是你猜这俘虏是谁？”柯克故作神秘地笑了笑。

我仔细地看了看壁画照片，发现这俘虏的样子竟然和瓷画上的汪藏海形象非常接近，惊讶道：“这是汪藏海？女真人在抓他？”

柯克道：“对，这是第一张，就是这样的画面，说明什么？说明汪藏海修建这里，可能是被迫的，他是被掳来的。”

我顿时看出了点苗头来，又去看其他几张，道：“那这些照片？”

“都是汪藏海被掳去之后，他在东夏人手里经历的事情。我们虽然无法完全看懂，但是从前面的照片上也猜了个八九不离十。”

我仔细看了其中一张，突然发现了不对的地方：“这一张……”

柯克一看，点了点头：“你眼睛很厉害，这一张也很关键。你发现没有，这就是那火山口里的皇陵，当时汪藏海被掳去的时候，那皇陵就已经存在了，而且已经非常破败了。”

我“啊”了一声，难道我们头顶的皇陵不是他修建的？

柯克道：“我们研究过，上面皇陵的整体样式，是殷商时期的，但是被他硬改成了明式，东夏人掳他来，不是让他修皇陵，而是让他来改造皇陵，因为皇陵经过了实在太多的年份，已经无法再用了。”

“那这里的地宫什么的，也是早就存在了？”胖子问。

柯克点了点头：“我们就是靠这些照片，找出了通往这里的旧路，但是，还有些照片无法理解，比如说这一张。”

那是一张无数恶鬼从石头中蹿出的壁画，是倒数第三张。还有一张，竟然是描绘了一团黑色的软体生物一样的东西，是从什么巨大的悬崖爬上来的，而上面有人往下倾倒着什么东西。

我看得神经紧张，正想坐下来仔细看看，这时候，阿宁突然向我伸出了手，道：“好了，我们的事情说完了，照片你随时可以看，现在你是不是也得告诉我们点什么？”

“告诉什么？”我莫名其妙。

“我的事情我都和盘说了，你们和吴三省的事情，”阿宁看着我，“你不会比我这个女人还小气吧？”

我心说，你说的这些是什么狗屁啊，说了等于没说，重点根本就没提，你还以为我是以前那个什么都不懂的吴邪？便脑筋一转，问她道：“你们这里是不是有一个叫乌老四的人？”

阿宁点了点头，奇怪道：“怎么，你认识？”

我从口袋里掏出了两条铜鱼，在他们面前一晃：“你们要知道的事情全在里面，乌老四如果没死，就让他出来！”

一刹那，我看到柯克几乎摔倒在地，阿宁的眼神都直了，结巴道：“天！你竟然有两……条……”我一移动手臂，他们的眼睛就跟着我转。

第三十八章

蛇眉铜鱼

我实在是不想把蛇眉铜鱼交出去，但是想起三叔的交代，脑子一热就拿了出来，没想到阿宁他们的反应这么大。

隔了好久，他们其中一个才反应过来，问我道："你从哪里弄来的？你……简直是神仙，难道说你们在鲁王宫里……这是龙鱼密文！我一直以为只有一条，没想到……"

我没心思和他们说这些，摆了摆手，道："你们这里有人会看吗？"

阿宁马上大叫了一声："乌老四！"边上一个中国人走过来，一看我手上的鱼，脸色也变了，忙冲过来，大叫了一声："天！"

我对他道："能翻译吗？"他猛点头，像接神物一样接了过去，用手电开始照鱼的鳞片，很快大量的女真字就显示在了地上，边上马上就有人帮忙抄写下来。

阿宁的手下到底厉害，一边抄，一边就能翻译，比华和尚强多了，抄完之后，基本意思我也懂了。起初我听得莫名其妙，根本是似是而非的意思，但是越听到后来就越清晰，有点像叙事诗。我也无法全都记住，但是其中有几段让我印象深刻。

全篇的内容非常精练，开头就是几句话，表明了这篇龙鱼密文所隐藏的秘密十分重大，汪藏海刻录下来，本希望永世不见天日，但是如果有人看见，希望此人是汉人而不是女真人这样的说法云云。

后面就记录了他被掳获到东夏之后的事情，和壁画上的记录非常相似，但也只是提到了几句，他为了拿到一些东夏没有的宝物，先后带人盗掘很多古墓，而在灵气最盛的地方，偷偷将铜鱼放入，以使得这个秘密有机会让人发现。

我听着就“啊”了一声，心说竟然是这样。再往后听，后面的内容就让人匪夷所思到了极点——里面记录的，是他在改造东夏皇陵的过程中，竟然逐步发现了东夏王的一个诡异秘密。

之所以让我感觉非常惊骇，是因为华和尚和我说过这一段的前半段，也就是东夏的万奴王是从地底爬出来的怪物，是妖孽，而我听到的这一段，正好与华和尚说的有关。

里面说的是，汪藏海在这里被困了长达十年的时间，曾经被领去看一扇被称为神迹的地底之门。传说历代的万奴王，不是世袭的，而是在前一代死亡之后，从那道地底之门中爬出来的。而那道地底之门，也只有在前任万奴王去世的时候才能够打开，否则，地狱的业火就会烧尽那个开门者及一切，使得长白山没有白头。我听着感觉像是火山爆发，心说，难道万奴王是从火山里爬出来的？

而他有幸目睹了一次这种王位的更替，让他感觉到非常恐惧的是，从地底之门中爬出的万奴王，竟然是妖怪，根本不是人。

上面记载，这地底之门就在皇陵之下，长白山山底，年代源于上古，恐怕是夏时的产物，而通往地底之门的通道，由一种长着人头的鸟守卫。

我想起那种怪鸟就直冒冷汗，但是更诡异的内容还在后头。

在另一条铜鱼上，竟然记载了他偷偷潜入地底之门的经过，这些我完全听不懂，不知道他在说些什么，显然是他回来之后，在极度惊骇的时候刻的，有些语无伦次。

胖子也听着，这时候忍不住插嘴道：“不是说地狱的业火会烧尽那个开门者的一切，怎么他进去就没事？这就是胡扯。”

我心说，他肯定用了什么我们不知道的方法，但是这里的记录实在太乱了。这时候，突然有人过来汇报，说是又发现了符号。

我们走过去一看，只见在棺井中的几具棺材都给开了，里面的东西全给暴露了出来，在棺井的一边，竟然有人开启了一道暗门，暗门内又出现了一个符号。

“这符号不是你们留下的？”阿宁问道。

“不是，我们也很纳闷。”我假装不知道。

旁边一个人报告说：“这里的棺椁全是影棺，是假的，里面只有用玉做的尸体，真的棺椁不在这里。我们刚才一开，开启了虫香玉的机关，结果全是蚰蜒爬了出来，现在小心地找了找，没想到这里还有一条密道，而且也有人进去了，看样子是个双层墓，真的棺椁可能还在这下面，这是元朝时候比较流行的墓葬方式。”

我看着这宝石琉璃制成的巨大棺椁，心中骇然，又往开启的暗门看去，发现这条暗门非常不同寻常，因为这条暗道非常陡峭，似乎是以挖掘深度为目标的，心中“哎呀”了一声，看样子，闷油瓶不让我去的地方，就是这里了。

阿宁看了看我，看来心中和我所想的一样，她挥了挥手，想让人下去，但是所有人都没动，他们都看向我和胖子。

第三十九章

唯一的出口

墓道倾斜向下，角度越来越陡，我和胖子将手电直射下去，看不到一点到头的迹象，尽头处永远是深沉的漆黑一片。

我有点慌起来，我们一路往下已经走了很长的距离，已经深入了长白山的内部，如果再这样一直走下去，我们会走到哪里？地心吗？

可是就算是地心，我们也必须走下去，因为闷油瓶留下的引路符号明白无误地指示我们，他就是朝这个方向走的，我们每走一步，都离事实的真相近了一步。

我们别无选择，只得硬着头皮走下去。借着手电的灯光走了有二十多分钟，胖子对我道："小吴，你有没有发现，这条墓道里有点暖和起来了？"

我点点头，道："也许我们的目的地靠近火山的地层活动区域，那里有熔岩或者温泉活动，温度才会逐渐升高，汪藏海当年到底挖到了什么地方？"

胖子也无法回答这个问题。

又前进了一段时间，胖子突然回头问我："你老实告诉我，你和那小哥有什么特殊的关系？”

我被胖子问得呛了一声，不知道该怎么回答，随即想到是自己理解错了，他问的不是我想的那种关系。

刚才的一系列事情发生得太快，我其实自己也没有完全反应过来，现在想想，胖子并不知道我的血在秦岭中已经出现了和老闷的宝血一样的现象，他第一次看到如何能不吃惊？为了不在阿宁面前露短，所以当时没问出口，现在只有我们两个人，他自然要问上一问。不过以他的性格，让他正儿八经地来问也是不可能的，他问我和闷油瓶的关系，应该只是在奇怪，为什么我的血也可以“驱虫”。

按照凉师爷的说法，我的血的奇特能力应该是和吃了熏尸的麒麟血有关系，但是我实在想不起我是否吃过这种东西，对麒麟血又一点也不了解，无法确切回答他，而且我刚才也很意外，根本是无意识的行为，也不能单单就断定，是我的血在起作用。

胖子见我不回答，以为我认同他的想法，道：“他说不定是你失散多年的哥哥、弟弟或者表亲之类的，又或者是你父亲的私生子，你们家都遗传了这一种特殊的能力。”

我骂道：“你别胡说，我老爹就我一个儿子，他那种学究要是有私生子，那世上就真没男人靠得住了。”

胖子还是认为其中肯定有蹊跷，我实在不想和他讨论这些，就把话题岔开了。

走了很久，墓道终于到了尽头，走出墓道，突然就是一阵暖风吹来，让我精神一振。我忙打亮手电向四周看去，发现这里是一处修建在悬崖上的廊台，就和我们来的时候在冰穹中看到的假灵宫的祭祀台一样，脚下的地板是用廊柱架空在悬崖上的，廊台的中间立着一只巨大的黑鼎，鼎的一脚已经陷入石头地板中去了，呈现出一个要倾倒的姿势，显然我们在这个平台上走动的时候也得小心，底下的石头都老化了。

而平台的边缘都是悬崖，上面也是一片漆黑，看不到顶。

胖子发牢骚道：“怎么又……到头了？没路走了，还是没有棺椁？这万奴王到底躲什么地方去了？”

我道："这还不是最奇怪的，我们是沿着那小哥的符号来的，一路上都有非常明显的线索，但是你看，这里一个人也没有，难道说，这些人发现这里是死路，都回去了，还是……"我看向一边的黑暗，"飞走了？"

胖子道："也许这里的悬崖可以下去。"说着掏出了一支信号枪，装填上信号弹，向前方发射了一枚。

我们走到廊台的边上，信号弹在高空突然燃烧，在这无比漆黑的空间中，就如同一个小太阳，一下子就照亮了我们眼前的情景。

借着信号弹的镁光，我看到这里其实是一处巨大的山体裂缝，我们所在的廊台修建在一边的裂缝峭壁上，而我们对面两百多米处，是巨缝另一边的峭壁，遥遥相对，给人的感觉就像身处非洲巨大地表裂谷中的悬崖上。我们都不禁发出了一声惊呼。

信号弹逐渐下落，落到了廊台之下，照出了我们下方的情形，出现在我们面前的又是一幅让人震惊的景象，只见下方深不见底的裂谷中，无数碗口粗细的青铜锁链横贯两边，将裂谷连在了一起。

随着下落的光源看到，在廊台下二十米，到一片混沌的裂谷深处，也不知道有多少这样的锁链架在那里，几乎看不到稀疏的地方，而在深处的锁链上，还密密麻麻地挂着很多东西，好像很多铃铛一样，实在太远，看不清楚。

这时候胖子在廊台的一端找到了一根攀岩绳子，从平台的一端垂了下去，一直垂到下面最近的一根青铜锁链上方，系在了那里。

胖子皱起眉头道："够呛，那小哥倒也锲而不舍，看样子他爬下去了。我们是不是也得跟下去学猴子？"

我道："看下面锁链的密集程度，想必不会难爬，只不过这里到底是什么地方？为什么会有这么奇怪的设置？难道万奴王的棺椁会在这裂谷下面？你有没有想过，当时他们如何将那巨大的棺椁运下去？"

胖子道："真有这个可能，古人总会有他们自己的巧妙办法，我们是上去通知那几个老外，还是自个儿先下去？"

我道："下去之后还不知道能不能上来，咱们犯不着给他们当探路狗，把他们叫下来，他们的装备和技术都比我们好，还能有好处，况且潘子也还在上边，反正三叔也已经找到了，多花一点时间就多花一点时间。”

胖子想起柯克那满身的肌肉，也同意了我的说法，我们又从原路返回，因为知道路长，走的时候不知不觉都加快了速度。

阿宁他们早就等得心急了，还以为我们出了事，见到我们回来了，才松了口气。我接过潘子递的水，喝了一口，就把看到的东西说了一遍。

一听说下面有横亘的青铜锁链，阿宁忙掏出她从海底墓穴中拍下的照片，指着其中的一张，只见照片里的壁画上，很多东夏勇士正背着弓箭，攀爬在一道悬崖峭壁上，而背景就是无数类似于锁链的东西，显然描绘的就是东夏人探索那道巨型地下裂谷时的情形。

我道：“看样子，那些锁链也不是东夏人设置的，他们当时也应该很好奇这些用锁链封锁着的裂谷底下是什么情形。”

胖子道：“这些青铜链条，会不会是修建这里的先民的什么防御措施，用来防止下面的什么东西爬上来？比如说，壁画中描绘的那种巨型黑色软体的东西。”

我点头道：“有可能。”又问阿宁，“这一幅壁画是第几张？下一张是什么？”

阿宁道：“按照叙述壁画的一般规律，这应该是倒数第六张，后面还有五张，依次是……”

阿宁将最后五张照片摊开，我看到后一张照片里的壁画，是很多东夏勇士搭弓射箭的情形，似乎有一场惨烈的战斗，但是壁画上又看不到敌人，不知道他们在和什么搏斗。我想起那种在空中飞行的时候看不到身形的怪鸟，心中就一紧，心说，难道下面也有这种东西？

而再下一张，就是很多恶鬼从石头中钻出的情形。

壁画和壁画之间似乎并没有太多情节上的联系，但是看上去又给人无限的联想，很有意思。

阿宁问我：“是不是又看出什么蹊跷了，吴超人？”

我自嘲地笑了笑：“倒也不是看出了什么，你看，在攀爬悬崖的壁画后面就是战斗的画面，我感觉这也许是告诉我们，下到裂谷中之后会遇到什么危险，有武器的人把武器都准备好。”

几个人都当我是精神领袖，我说什么就是什么，柯克忙端起自己的M16，做了个包在他身上的手势。我们收拾起行囊，向深切入长白山内的墓道走去。

我跟在队伍的最后，去看三叔怎么样了，他还是昏迷不醒，也不知道他在这里看到了什么骇人的东西。潘子让我放心，他说就算是爬，他也要把三叔一起拖出这个鬼地方。

在墓道中走着，看着前面神经紧张的众人，我心里有一种奇怪的感觉，在陈皮阿四和三叔都不在的情况下，我不得不担当起这些人的领袖，这种感觉我从来没有感受过，有一种莫名的快感。但是，我的想法和我的决定真的是正确的吗？会不会我正在将这些人全部推向死亡呢？想到这里，我又犹豫不决起来。

不久，所有人都来到了廊台上，胖子又发射了一个信号弹，让众人看裂谷四周的壮观景色，我和潘子掏出绳子准备攀爬到下面，这是一个极度冒险的决定，但是我们的去路已经被完全封死了，没有别的选择。

不知道下面是一个什么情景，阿宁这一批人也不是什么好货色，我掏出所有的绳子后，将胖子拉过来，告诉他要小心一点，现在我们都落了难，大家看上去都很合作，一旦到了下面，出路有了眉目，就要小心那臭女人翻脸不认人。

胖子拍了拍我的肩膀，给我使了个眼色，意思是早就留了一手了。怕我不放心，他又扯开衣服的一角让我看了看，他的腰间绑着剩下的十根雷管。

我们试验了一下，闷油瓶的那根绳子非常结实，潘子还是做先锋，第一个爬了下去，下到锁链上之后，他像单杠运动员一样，挂下自己的身体，轻松地就跳到了下面的另一根锁链上，这样重复五六次，已经下去了十多米，给我打了个OK的手势。

阿宁他们的装备比我们好得多，柯克戴上发散式的指引头灯，把自己变成一只移动的灯泡，第二个爬了下去。我们以柯克的脑袋为指引，陆续爬下廊台，来到悬空的锁链世界中。

在平台上觉得风还不是很强烈，但在锁链上，从谷底吹出的风就格外让人感到凛冽。我站在锁链上面，感觉好像在帆船上拉帆，船在动，帆也在动，十分心慌。

不过锁链的密集程度颇高，攀爬还是十分方便，不论青铜锁链设置在这里原来的目的是什么，现在反倒是给我们这样的人架了一个方便的梯子。爬得久了，各种动作都熟练起来，也掌握了一些窍门，大有蜘蛛侠再世的感觉。

如蜘蛛一般，十几个人缓慢地向下，一路上并无突发事情发生，锁链的牢固程度也让我们叹为观止。四个小时后，头顶的廊台已经变得很小，我们进入了裂谷深处，已是我们在上面目力所不能及的范围。那些在上面看不清楚的、挂着巨型铃铛一样的青铜锁链出现在了我的视野里。

谨慎起见，我吹了一下蝙蝠哨，让最下面的柯克和潘子停了下来，用阿宁的夜视望远镜向下看去。幽幽的绿色视野中，我看到那些挂在锁链上的东西，原来都是一些吊死在那里的人，一条黑色的头发般的丝线从他们后颈处延伸出来，挂在锁链上。看数量，底下的锁链上密密麻麻，几乎无法尽数。

汪藏海的龙鱼密文中透露，我们所遇到的那种在空中飞行时看不到，只有在落地的时候才出现的人头怪鸟，喜欢将猎物挂在枝头上风干备用，这里有这么多尸体，难道下面是它们的巢穴吗？

难怪闷油瓶让我们千万不要下去，可是我们现在也没有其他路可走，不下去搏一把，还不是一样死？我压下心头的恐惧，打了个手势，示意所有人戒备，继续向下。

已经走到了这里，就算下面是地狱，我们也得硬着头皮下去了。

第四十章

“守护神”的巢穴

尸体都穿着破烂的盔甲，有些被风干成木乃伊了，有些则已经成了半骷髅状，这些应该都是当时的女真勇士，被猎杀在了探路的途中。不过他们当时的武器太简陋了，我们现在有这么多的M16和56式，火力非常猛，想到这一点，我就心安了不少。

进入挂尸锁链的范围之后，我们又向下爬了五十多米，上下左右都是尸体，那种腐烂空洞的眼神望着你，着实让人不舒服，气氛一下子阴郁起来。

为防止出现视线死角，或者驱散这种恐惧，有几个人打起了冷烟火，四周的亮度达到了空前的强度。

让人感到意外的是，并没有什么怪鸟出现，我也没有感觉到那种它们在空中飞行时的躁动，四周出奇地安静。

胖子指着一边悬挂起来的尸体，轻声问我：“都是老尸体，没有新鲜的，会不会这里已经被荒废了？”

我摇头让他别说话，有这个可能，但是既然这里的怪鸟能够出去狩猎，那说明附近肯定有出口，我们的希望大了很多。

当然也有可能它们暂时不在，像成群的蝙蝠，都是在同一时间飞出洞口去狩猎的，这样想的话，我们应该快速通过这一段区域，于是我打了个招呼，催促加快速度。

这个时候，前面的柯克和潘子却停了下来，潘子转身招手让我过去。

我让其他人原地休息，几个跳跃连爬下去十几根锁链，来到了柯克边上往下一看，原来他的强力手电已经能够照到裂谷的巨大底部，我们的蜘蛛侠生涯看样子即将结束了。

不过手电光圈发散得太厉害，看不清底下有什么东西。在经历了中国古墓的莫名诡异之后，这个德国人显然对自己的判断力丧失了信心，凡事都要我看过才能做决定。

这条地下裂谷太大，用手电去看一点用处都没有，你只能知道下面有东西，但是什么一概看不出来，用夜视望远镜也只能看到模糊的绿色影像。

我们还剩几颗信号弹，本想省着点用，但在这种场合也省不下。我让胖子想个办法，在这种环境下发射一颗照明弹，尽量能让照明的时间长一点。

阿宁他们的照明弹比我们的先进，胖子懂行，知道怎么用，就做了个OK的手势。

他把一根荧光棒打亮了，用刀切开，把里面的涂料点在照明弹的弹头上，然后把照明弹丢到下面深渊中。我们只见一个荧光小点像流星一样划落，掉到裂谷的底部，摔了两下不动了。

接着胖子端起56式步枪，一个三点射，打中了下面的弹头，顿时照明弹就烧了起来，整个谷底给照得清清楚楚。

确实已经到达了谷底，底下全是极度不平整的黑色火山岩块和从上面跌落的尸骨，层层叠叠也不知道有多少骨头和黑色的粪便，几乎把这些岩块都覆盖了，而在裂谷底下一边的崖壁上，有一扇两面的青铜巨门。

我都无法来形容这一扇巨门的宏伟程度，门高三十米左右，宽度将近六十米，折算成三米一层的现代楼房，这门光高度就有十层楼那么高。整扇门看上去竟然像是整体铸造而成，这绝对不是古人能铸造出来的青铜制品，也绝对不是给人用的，因为这样的门有上万吨重，压在岩石之上，什么人能够打开？

门上装饰着极其精美的花纹，因为门实在太大了，这些花纹的复杂程度简直让人头皮发麻，一股窒息感扑面而来。巨门闭合得完美无缺，上面贴满了淋着冻血的人皮，将整条门缝都冻了起来，人皮呈现出青灰的颜色，几乎石化，看来封闭青铜大门之后，不知道过了多少年，似乎再也没有人打开过。

阿宁道："这一定就是东夏传说中，历代万奴皇帝出现的地底巨门，每次王朝更替，他们就再次用活人牲的皮，将门封闭起来，你猜……这里面是什么地方？"

我摇头，脑子根本在其他地方，心说，这么一扇巨门，到底是什么人铸在这里的？万奴王是怎么出来的？难道他真的是神，拥有能够推动万吨巨石的神力？我喃喃道："不管里面是什么地方，我们绝对进不去。"

同样的巨型青铜器，还有我在秦岭的深山中看到的巨型青铜神木，同样也是深深地埋在山脉的底端。这些巨型的、人力无法修造的青铜神器之间是不是有什么联系？其他的巨型山脉，比如昆仑山、喜马拉雅山，巨大的山体中，会不会也有这样的东西存在呢？

我隐约间感觉自己似乎正在靠近一个远古的巨大谜团，一种极度渺小的自卑感油然而生，和这些古老神秘的神迹相比，我一个人实在是不值一提，就连知道真相的希望都一点也看不到。

照明弹逐渐熄灭，地下重新被黑暗笼罩，但我还是呆在了那里，直到一边的潘子拍了拍我，道："下去吧。"我才回过神来。

我们陆续爬下锁链，很快来到了谷底，小心翼翼地踩着脚下的骨头，走到青铜巨门之前，顿时自己的渺小感就更加强烈了，我简直有跪下来的冲动。

我们这个年代的人，到了这里都有这种感觉，更不难想象当年的东夏勇士千辛万苦带着汪藏海来到这里的时候，会是怎样的震惊，也难怪他们会对在这里的经历念念不忘，以至于拼死也要将这里的一切记录下来，传达给后世的人。我甚至能够感觉到汪藏海的痛苦，以及他那种原本以为自己已经通彻宇宙的规律，又突然发现自己什么都不懂的恐惧。

正在胡思乱想，胖子在一旁打断了我的思考。

他正用手电照向裂谷的中间，这条地下裂谷谷底足有五六百米宽，地上的碎石都像小山包一样。胖子走得很远，看到裂谷中间的地方，一块巨石山给整个儿打成一个一个平台，就像一座小型的金字塔一样，一条长长的石阶修造在石头的一边，每一级阶梯两侧都有一盏小灯。

引起胖子注意的，是石台上摆放的东西，那是一具巨大的犹如轿车大小的白石棺椁，九条石雕的百足龙盘绕在棺椁的底下，形成莲花的形象，四周还立着四个黑色的石人，面朝四方，做跪拜状。

棺椁之前有一只盛放祭品的大鼎，后面有一座影壁，看不清上面雕刻了什么。这些东西从上往下看的时候，都和普通的石头一样，不容易看清楚，所以刚才都没有看到。

我倒吸了一口冷气："难道这是……汪藏海龙鱼密文中说的万奴王的九龙抬尸棺？"

胖子道："绝对就是，那个谁不是说吗，万奴王的棺材下由九条神龙守护着，你看这棺椁下面，不是正好有九条蜈蚣吗？我还以为陈皮阿四当时是在晃点我们，没想到是真的！"

一直以为万奴王只有墓室地宫中的影棺，尸体实行了天葬，本来已经放弃了找到真正王棺的希望，没想到在这里居然被我们发现了真正的九龙抬尸棺，我们全都激动起来，几个心急的已经跑了过去。一边的阿宁忙急急叫住了他们，大叫："不要过去，危险！"

跑过去的人一听，马上停住了脚步。阿宁大叫："你们没看到棺材下面的蚰蜒龙吗？"

胖子道："我的姑奶奶，那是石雕的，有个屁危险，你那是什么眼神啊？"

阿宁娇眉倒竖道："你才是什么眼神，我说的不是那些石雕，你好好看那石台边上！"

石台边上？我看阿宁的表情很严肃，但是石台边上，我左看右看，又实在看不出什么东西来，不知道她到底在紧张什么东西，就让她指给我看。

阿宁用手电当成教棒，当下一指，初时我仍旧什么都没发现，正在极度纳闷的时候，突然，石台竟然动了一下，我发现，原来在石台之上，竟然盘绕着一条巨大的火山蚰蜒，足足有五六米长，因为实在太大了，加上它甲壳的颜色和岩石颜色几乎一样，所以粗略一看，根本发现不了有这么一条东西趴在上面。发现了第一条后，马上第二条、第三条、第四条……一共九条巨型蚰蜒给我们数了出来，全都盘绕在那座石台上，好比石头上的浮雕，几乎与石台融为了一体。

九龙抬尸，真的是名副其实的九龙抬尸！

阿宁道：“如果你们爬上石台，还没明白怎么回事，肯定就被咬成两截了，火山蚰蜒是食肉性巨虫，非常凶狠迅捷，我们这样的体形，正是它们最喜欢捕食的对象。”

我已经算经历过很多古怪的事情了，如果这几条蚰蜒长到一米，我也还能接受，毕竟这里是火山中的地下裂谷，环境和空气成分大多不相同，世界上其他地方也有过发现，但是大到如此超出常理的虫，我还是第一次见到，这简直是美国恐怖片里被辐射后变异了的怪物。

边上阿宁队伍中一个华裔专家自言自语：“太奇怪了，这种蚰蜒的寿命一般也只有两三年，虫子在只有手指这么长的时候就应该死了，这几条能长到这么大，难道已经活了几千年了？”

第四十一章

课中课

看到九条巨大的蛐蜒盘绕在裂谷底部的棺台之上，尽管一动不动，但我们还是感觉到了巨大的压力，一个个脸色惨白，一边后退，一边将武器举了起来。

那个华裔专家说："你们不用这么紧张，现在是冬天，这里的气温又偏低，蛐蜒还在冬眠期，这些巨虫不会这么容易醒的。"

阿宁道："不容易醒，总归也有醒的可能，我们这些人，是绝好的冬眠点心。"

胖子杀心又起，说道："管它醒不醒，老子摸过去顶着它们的脑袋来几枪，就算它再大十倍也立马死定了，接着我们就去看看这个从地底爬出来的、不衰老的万奴王到底是人还是妖怪。"

潘子摆手道："绝对不行，你还记不记得顺子说过，死去的蛐蜒会惊醒其他冬眠的同伴，这条裂谷左右贯通了整条长白山系，你知道里面有多少蛐蜒，到时候怕会有更大的家伙出来替它的徒子徒孙报仇。"

我举起夜视望远镜，想再真切地看一下，这么大的蛐蜒，说不定是古代巨虫的化石，我实在说服不了自己这些虫子都是活的。举起来一看，却看到棺椁之后的影壁上，原本看不清楚的浮雕，竟然是很多的女真文字。我当即就一愣，心里激动起来。

影壁浮雕之上的文字非常多，非常多的文字聚集在一起的地方，必然就有一定的叙述内容，汪藏海修建的建筑当中，很少出现文字，但是这里出现了这么多，那很可能是古墓中最珍贵的资料——墓主人志。

我忙把阿宁手下那个会读女真文字的小个子拉过来，把望远镜递给他，让他帮我看看上面写的是什么。

那小个子一看，一脸的迷惑，说虽然这些字和女真文字的形体很像，却不是女真字，是另一种相同语系的文字，一时半会儿他也不知道写的是什么。

我顿时又泄气了，心中暗骂，这万奴王也太狡猾了，简直不给我留一点破绽。

也难怪，像汪藏海这样老谋深算到了极点的人，在这里二十年，直接参与了上古皇陵的改造，也无法探到万奴王秘密的核心，那万奴王为他设置了一个不可逾越的障碍，更不用说我们这些靠猜来行事的人了。

可惜华和尚不在，他浸淫其中多年，有着别人不具备的思维习惯，他在这里，说不定还能说点名堂出来。

想想又觉得不对，如果华和尚也在这里，那局势之复杂就不是我能控制得了的。

一会儿一个念头，一会儿又是另一个念头，我脑子里都不知道在想什么。我又听到潘子在叫："胖子？你行不行，要不换人？"

我最不爱听到潘子叫胖子的名字，心头一跳，举头一看，只见胖子和那个柯克巴经爬上了一条锁链，小心翼翼地走到了棺台的上空，胖子正往腰上系绳索，大概想像汤姆·克鲁斯一样，从锁链上挂下去，悬空到棺椁上方，而且其他人竟然没有阻止，还在一边指示胖子的位置。

我问阿宁怎么回事，这些人是准备看九龙戏胖珠吗？

阿宁道："没事，一般来说这样的方式不会惊动蚰蜒冬眠，而且我刚才发现蚰蜒的尾巴都被青铜锁链锁在了石台下的石桩上，它们的活动范围有限，只有步行靠近的人才有危险。他们来这里都想看看万奴王的棺椁中有什么，现在找到了棺椁又不能看，谁也忍不住。”

我说：“就算胖子能垂下去，也不能翻开这么巨大棺椁的石头盖子，你也只是看他出丑而已。”阿宁说：“他不是去翻棺椁盖，他是把启棺钩卡进棺椁的缝隙中，我们在上面的一根青铜锁链上挂上一个滑轮，然后在这里将棺椁盖子吊起来。”

我心里感觉到很不舒服，阿宁她还是在履行公司的工作义务，寻找棺椁中的某样东西，就算到了这样的地步，她还是没有放弃。虽然我不知道她要寻找的是什么，但是我觉得没有什么东西会比自己的生命还重要。而且棺床之上有如此多的青铜锁链，汪藏海设计的时候不会想不到他们的招数，肯定有什么蹊跷使得他认为上面不需要防范。胖子傻乎乎地做先锋，肯定是想第一个开棺的可以捞点好处，我必须阻止他。

我刚想打手势让胖子先停下来，变故却已经发生了。我看到站在胖子上面的柯克突然从锁链上掉了下来，一下子脑袋朝下摔在棺床的棺椁之上，发出一声闷响，脑浆顿时迸溅。

谁也不知道柯克发生了什么事情，胖子正在调整自己蹦极的位置，一看柯克竟然跳得比他还快，一下子愣住了，接着，他自己也飞了起来，竟然在空中手舞足蹈地盘旋了一阵，直往下摔去。幸亏他腰上有绳子，在脑袋快撞上棺椁的时候绳子绷直了，停了下来，脑袋下面就是柯克的尸体。

我几乎吓晕过去，这景象太诡异了，难道锁链上有什么东西把他们推了下来？

想到这里，我忙对一边呆若木鸡的潘子叫道：“照明弹！所有人抄家伙！”

众人顿时反应过来，我们也没工夫去顾及胖子了，潘子一颗照明弹射上半空，炸了开来。顿时我们看到无数只影子在我们头顶上盘旋，好几只已经倒挂到了锁链之上，好奇地看着我们这些闯入巢穴的怪东西。

原来是那种怪鸟不知道何时已经无声无息地开始归巢了，我甚至看到天空飞翔的怪鸟中，有几只还抓着什么东西，显然有猎物到手。

我举手让那些几乎箭在弦上的人千万不要开枪。

这些怪鸟是半瞎子，在这么强烈的光下，根本看不见我们，但是它们对声音非常敏感，就是我们在前殿之中开了一枪，才引得大量的怪鸟从四面八方飞来。显然在一点光线都没有的地下火山口里生活的这种生物，早已适应了黑暗中的生活。

然而我说不要开枪、不要开枪，却还是有人开了枪，还不是一声，而是一连串的扫射。枪声在空旷的裂谷底部极其响亮，响彻云霄，上空顿时一阵骚乱，无数的影子盘旋着就开始俯冲下来。

我怒目转头看是哪个王八蛋不听命令，却看见石台上的胖子正在试图爬上绳子，柯克的M16已被他拿了过去，此时他正对着下面的棺椁不停地扫射。

我仔细一看，发现万奴王的巨大棺椁不知道什么时候竟然启开了一条缝，三只青紫色类似于手臂的东西，注意，是三只，从棺椁中伸了出来，奇长的指甲在空中划动，想要抓住吊在上方的胖子。

第四十二章

千手观音

天空中的照明弹熄灭，黑暗迅速笼罩下来，潘子随即又打出了一发照明弹，在空中炸亮。接着，下面的人全都开火了，十几条火舌向上空蹿去，很快，天宫中飞翔的影子就有几只中弹，从空中摔落下来。

强光可以使这些东西产生暂时的错觉，就像你在狗熊面前模仿鸭子叫和走路，它会一时分不清你到底是人还是鸭子一样。但这只是暂时的，如果我没记错的话，这是我们最后一发照明弹了。

如此多的怪鸟，一旦这一颗照明弹熄灭，我们将面临在黑暗中被无情捕杀的命运。

怪鸟越压越低，有的甚至已经从我们的头顶掠了过去，我们的子弹根本不够这样大强度的扫射，很快就告罄了。胖子的情况又极其危急，如果没人去救，他命再硬这一次也得完蛋。

正左右为难、不知所措的时候，胖子一枪打在了我的脚下，把我吓了一跳，我抬头看他的嘴形，知道他的意思是让我们快跑。

我心一横，对潘子道："你带着三叔和其他人往裂谷的尽头跑，这里是它们的巢穴，它们肯定是顺着裂谷飞行出去觅食的，你看它们飞来的方向是哪一边，就一路跑下去，不要管我了，我去救胖子！”

潘子抓住我道：“你行不行啊？要不我去救胖子，你带三爷走！”

我道：“我背不动那老头子！”扬起手让他看我的伤口，“老子有宝血，绝对不会有事！”

潘子看到我的伤口，稍微安心了一点，用力点了点头，道：“小心点，我们在外面等你！”当下背起不能行动的三叔，对着其他人大叫了一声，“跟着我跑！”就往裂谷的一边退去。

我接过潘子扔给我的枪，“咔嗒”一声看了看子弹，三发，真慷慨，其他人在我身边狂奔而过，大叫着叫我跟上，我都没理。这时候我看到阿宁还站在原地，脸色惨白。

我上去拍了她一下，让她快走。她甩开我的手，“咔嗒”一声也端起了枪，不知道又有了什么打算。

我知道这种人劝也没用，便不去理会她，端着枪就朝石台上跑去。

万奴王的棺椁盖子已经启开了一大半，一只黑色的巨大如蜘蛛的东西，从棺椁中挤出了半个身体，全身都是青紫色的。我冲到石台边上，胖子已经顺着绳子爬回到上方的青铜锁链上，不停地用M16点射俯冲下来的怪鸟，无暇顾及下方的怪物。

走运的是，就算如此混乱的环境，棺台四周蛰伏的巨大蚰蜒还是没有苏醒。

此时我也管不了三七二十一了，大叫：“胖子，把56的子弹给我！我掩护你！”

胖子自己的枪是56式的，身上全是56式的子弹，但是他攀爬的时候为减重，没拿上枪，所以用柯克的M16来，但是M16的子弹不多，要是打完了，他在上面就完了，只有下到地面才有一线生机。

胖子听到我叫他，马上单手持枪，另一只手扯下几个子弹匣丢给我。我接住其中一个，其他几个也不要了，换上弹匣端起枪来就射。胖子在我的火力掩护下顺着锁链一路狂爬，爬到他上去的地方，然后一溜烟儿地滑了下来，对我招手让我快跑。

我转头去找阿宁，人却已经不知去向，不知道是跑了还是被怪鸟叼飞了，心里暗叹绝色佳人何必如此执着，又一看棺台上，只见棺椁板子已经被翻到了一边，一具巨大的黑色男尸站了起来，身上穿着已经褪色腐烂的女真铠甲。让我大吃一惊的是，这具男尸竟然长着十二只手，呈环形排列在身后，而且十二只手都在扭动，就像庙中的千手观音一样。

我马上想起在海底墓穴中看到的十二手蜡尸，不由得惊讶万分，难道东夏的皇族不是人？这具十二手男尸就是万奴王？

胖子一边点射，将俯冲下来的怪鸟逼退，一边到我面前来拉我，大叫：“你在发什么呆？”

我不理胖子，对他道：“你看……他想干什么？”

只见“千手观音”尸舞动着他的十二只手，对我们并没有一点兴趣，快步跳下石台之后，径直就向青铜巨门走了过去。

胖子惊讶道：“难道他想进入巨门之内？”

我顿时想起汪藏海龙鱼密文上的最后一句，如果时间不对，打开地底巨门就会遭受天谴，地下的业火就会通过巨门涌出地狱，焚烧整个天空。当时我们认为这一句预言的灾难，是汪藏海进入巨门之后，看到了火山内部情景之后的臆想，但是也有可能这道青铜门的设置者为了防止青铜门内的秘密被发现，设置了什么威力巨大的机关。

此时我们就在青铜巨门之前，如果有任何机关，我们肯定首当其冲，成为第一批牺牲者，不管是不是真的，我们也必须阻止这个畸形粽子。

我追着“千手观音”尸几个扫射，但是子弹打在尸体上犹如打进橡胶里，不穿透也不炸裂，好像泥牛入海，一点反应都没有，而且最可恶的是，他对我们一点反应也没有。我对胖子大叫：“炸药！”

胖子顿时想了起来，他腰上还有准备用来威胁阿宁他们的几根雷管，于是马上冲上前去，一跃而起跳到“千手观音”尸的背上，把雷管像黑驴蹄子一样塞进了尸体的嘴巴里，然后赶紧跳了下来。

我眯着眼睛一个扫射，不知道哪颗子弹正射中雷管的引信，顿时雷管就爆炸了，“千手观音”尸的脑袋连肩膀部分整个儿给炸裂了。我们被冲击波掀翻在地，碎片和气浪扑面而来，顿时我胸口发闷，满耳朵都是嗡嗡声。

上面的怪鸟被强烈的声波刺激，一下子疯狂起来。我赶紧爬起来，见“千手观音”尸已经倒在地上，不由得大喜，果然炸药还是无敌的。

没想到胖子还是一脸惊恐的表情，对着我大叫，我什么都听不到，只看到他的嘴巴在快速地动，好久才听明白，原来是“快跑！照明弹要灭了”。

还没反应过来跑的时候，突然，头顶上的光线在几秒钟之内就消失了，黑暗犹如雾气一样迅速笼罩过来，所有的光源只剩下我们手里的手电。四周一下子安静起来，逃入裂谷深处的人的枪声也逐渐平息了，只剩下我们喘气的声音和响雷一样的心跳声。

我和胖子背靠着背，我解开手上包的绷带，露出里面血淋淋的伤口，祈祷我的血对它们也有用。那个什么教授不是说了吗？这种麒麟血只对吃尸体的东西有作用，我也不知道这种怪鸟是吃什么的。胖子端起枪，“咔嗒”一声上了子弹，看着天上，问我怎么办。

我说：“你问我，我去问谁？”话音未落，一只怪鸟扑扇着翅膀落了下来，停在了我们前面十几米的地方。这鸟极其大，站起来比我还高，落下来后，丑陋的鸟头转动了几下，就直勾勾地盯着我们，似乎在打量我们这两个人。我隐隐看到它嘴巴里的獠牙闪着寒光，忙举起手，用伤口对着它，但那怪鸟没有什么太大的反应，还是面无表情地立定在那里。

接着又有两只怪鸟飞落下来，一只停在了我们的左边，一只停在了我们的身后，我四处转动伤口对着它们，不知道它们的意图。

逐渐地，越来越多怪鸟飞下来，一只又一只，很快，我们四周围满了这样的鸟，但是这些鸟都没有行动，黑压压的一片。我逐渐感觉到不妙，这些鸟似乎对我的血一点也不感冒，而它们又不马上进攻，似乎有什么阴谋。

第四十二章

围攻

无数的人面怪鸟，犹如雕塑一样将我们围住，降落的时候无声无息，站在那里也不发出一点声音。我突然想起了国外恐怖电影里的石像鬼，那种白天是石像，晚上变成动物的妖怪，难道就是以这种鸟作为原型的？

而且从这些鸟的眼神来看，似乎是有智慧的，这样围着我们，是不是有什么诡异的目的？

很快我的预感就应验了。突然，有一只鸟从我们上空掠了过去，抛下了一个什么东西，“砰”的一声落在我们面前，顿时鲜血四溅。我一看，竟然是叶成，脖子已经被咬断了，正在不停地咳嗽，眼神已经涣散，没救了。

接着又有一具尸体给抛了下来，不知道是谁，脑袋已经没了，浑身都是血。

陈皮阿四和我们分手之后，直接冲进了皇陵之中，显然他们也受到了这种怪鸟的袭击，叶成应该就是在皇陵的中心被这种巨鸟捕获的。没有三叔暗号的指引，这些人竟然落得了如此凄凉的下场，我真是想也想不到。

我以为陈皮阿四也不能幸免，但是接下来抛的几具尸体，都是阿宁的手下，显然刚才并不是所有人都逃脱了。所幸我没有看到三叔和潘子的尸体，总算稍稍安心。

胖子此时是真的有点害怕了，问我："这些鸟想拿我们干什么？"

我对他说："好像正在把猎物集中起来，我不是这方面的专家，不知道它们想干什么。你还有炸药吗？"

胖子摇头："全炸万奴王去了，你又没说还要剩些。"

我心说这下麻烦了，我千算万算也算不到，我吴邪竟然会这么死，四周全是鸟，一点空隙都没有，连跑的机会都没有，难道真的要死在这里变成鸟粪？

正在心急如焚的时候，胖子忽然拉着我后退："这样腹背受敌，太不利了，这里有一条岩缝，我们躲进去，一人挡一面，死也不能便宜了这些死鸟。"

我回头一看，是裂谷地下两块巨型山岩之间的夹角，有一条一人宽的缝隙，两边都通的，缩进里面活动可能不便，但是防守倒是一流的地方。

马上死和抵挡一会儿再死，当然后者合算。当下我们解下尸体上的子弹带，快速钻入了缝隙之内。里面空间很小，我尚且可以做一些腾挪，胖子就很勉强了，估计这些鸟要钻进来也够呛。

胖子经历过多次生死悬于一线的场面，此时表现得比我镇定得多，一入缝隙之内，马上堆积起几块石头作为掩体，对我道："它们只能一只一只进来，只要杀掉几只，就能把入口堵住，我们也就能撑得久一点。"

我心中苦笑，我们子弹本就不多，而且其实根本没有换子弹的时间，如果把子弹匣中的打完，就等于死期到了。不过，现在还没有到死的时候，我还是心存一丝侥幸。

脑子里还在胡思乱想，突然，我听到外面的鸟群开始嗷叫起来。通过缝隙，我看到为首的一只怪鸟突然不成比例地张大了嘴巴，露出了满口的獠牙，接着从它的嘴巴里面，吐出了一只猕猴一样的生物，动作极其敏捷，一下子就蹿到地上，先是谨慎地四处看了看，然后跑进尸体堆里，开始撕咬起来。我仔细一看，发现这猴子没有皮，竟然浑身血通通的，似乎是那怪鸟的一种器官。

接着，其他的怪鸟也开始吐出这种生物，无数的"口中猴"从鸟群中蹿出，冲往中间的尸体堆，似乎也没有什么等级之分，上来一拥而食，顷刻间到处都是血和散肉，争食之间，还不时发生冲突。

我和胖子都皱起眉头，几欲作呕，心想，如果等一下我们也是这种下场，自己怎么也接受不了。

“口中猴”数量极多，很快，外面的尸体被分食干净，空气中的血腥味达到了让人无法接受的程度。胖子眼睛血红，知道下一步就该轮到我们了，他喝了一口白酒，道：“想吃胖爷我，看看你们有没有这铁板牙。”

我不争气地有点发抖，也接过他的酒咕咚咕咚喝下去一大半，顿时喉咙如火烧。酒的确是好东西，男人有了酒和没有酒，感觉真是不同。

外面“口中猴”在残骸中四处搜索，突然，有一只就注意到了缝隙中的我们，发出了一声怪异的尖叫，接着，其他“口中猴”也好奇地围了过来，一张张脸探出，打量我们。

我这才看清楚，那“口中猴”竟然没有嘴唇，难怪獠牙如此锋利，狰狞异常。最让我奇怪的是，所有“口中猴”的脖子上，竟然都挂着一个青铜的六角铃铛，有些还完好，有些只剩下半个了。但是这些铃铛随着怪猴的行动，一点声音也不发出来。

我十分害怕，也没有去考虑这意味着什么，但是事后我就想到，这些青铜的铃铛，必然和整个谜团有着莫大的关系，虽然似乎这些铃铛并不属于同一种文化。

“口中猴”刚开始还是很谨慎，在洞口围了很久，胖子和我大气也不敢出，端着枪等着它们进来。过了一段时间，有几只按捺不住了，突然从缝隙顶上悬挂下来，一下子跳入缝隙，试探性地朝胖子猛扑过来。

胖子猝不及防，几乎就贴着那怪猴的脑袋开了枪，子弹横贯而出的同时，也将尸体带飞了出去，摔到尸体堆里。接着，他的枪就走火了，子弹横扫，怪猴群里发出惊恐的嗷叫声，好几只怪猴顿时给打得血肉横飞。

顿时所有的怪猴都注意到了缝隙之中的我们，场面失控了，为首的那只“口中猴”发出了一声尖锐的叫声，所有的怪猴都开始向缝隙中钻来。

我咽了口唾沫，知道自己的噩梦就要来了。

没等我祷告一番，两只怪猴已经闪电一般跳入缝隙，挂在缝隙顶上朝我张开了巨大的嘴巴。56式步枪太长了，没法用枪托去砸，我只好飞起一脚将一只踢了出去，然后两枪将另一只打死，顿时那血就爆了开来，炸了我一脸。然后又是一只狂冲了进来，我根本没有心理准备再去点射，端起枪就开始扫。

五六分钟时间里，我也不知道自己到底干了什么事，只看到一只又一只狰狞的怪猴冲到那里，又被我扫出去，到处是溅飞的血液。怪猴发了疯一样，根本没有一点畏惧，有时候甚至几只一起挤进缝隙，自己把自己卡住，都被我用脚狠狠踢了出去。然而更多的怪猴犹如潮水一样涌了过来，子弹扫过，就算是只剩下半个身体，只要能动，它就还是往缝隙里钻，简直穷凶极恶。

很快我身上全是血，我和胖子都发现固守在这里根本行不通，都被冲入的怪猴逼得后退，最后我们的背靠在了一起，不停地开火，也无法给自己抢回一点空间。

很快子弹就告罄了，我原本以为坚持个把小时肯定没有问题，但是实际战斗起来，子弹的消耗量不是你能控制的。我还有很多子弹带，但是只要怪猴不停止冲锋，我们就没有机会换子弹。

胖子的M16首先卡壳，他已经杀红了眼，大骂着丢掉枪，掏出军刀就想出去肉搏，但是人家根本不给他这个机会，一瞬间五六只怪猴就跳到了他的身上，开口大咬。胖子疼得大叫，把手上的两只敲死，但另外四只一下就扑到了他的脸上。

紧接着我的56式也没子弹了，按着扳机“咔嗒”“咔嗒”好几声，我的心突然一凉，接着几道红光瞬间冲到我的面前，我还没来得及拔刀，肩膀和大腿内侧就中了招。下意识地，我就用我受伤的手去吓它，但是一点用也没有。挣扎间我脑子里只剩下了一个念头：我吴邪和王胖子，恐怕再也走不出这长白山的秘境之中了，命硬如我们，终归也有命丧的一天。

第四十四章

天与地的差距

无数只“口中猴”扑到我的身上，撕咬我的肌肉，我剧烈地挣扎，准备不耗尽最后一点力气绝不罢休，但是心中已经绝望。这样的情况之下，就算神仙老子来了，也救不了我们。

正在负隅顽抗，突然，四周一震，我们都被震了一个跟头，抓在我身上的怪猴顿时一呆，瞬间，全部怪猴都从我们身上滑落下去，拼了命地向缝隙的出口逃去。

我转头一看，胖子那边也是同样的景象，“口中猴”瞬间全部退出了缝隙，似乎见了鬼一样。

胖子浑身是伤，也是莫名其妙。我们面面相觑，胖子自言自语：“怎么了，到手的东西不吃了？难道是嫌我太油腻？”

“口中猴”的骚乱还没有结束，围在缝隙外的怪猴毫不停留，爬回到人面巨鸟的嘴巴里，人面巨鸟开始动起来，纷纷飞了起来，迅速消失，好像接到了什么指令，或者看到了什么可怕的天敌，疯狂逃窜。

我将56式给胖子，让他装填子弹，然后自己小心翼翼地来到缝隙的口子上，也不敢出去，探出头看了看，顿时目瞪口呆。人面怪鸟一只一只地飞上天空，很快我们四周一只都没剩下，全跑了，四周安静下来，只剩下我们两个人。

这真的怪了，我给胖子打了个招呼，示意他出来。我们四处看了看，对临死前的突然转机感觉有点不太适应。我心说，上帝，你就算真不想我死，你也得找个好点的理由啊！

我自言自语：“它们到底在怕什么东西？这种怪物竟然还有天敌？”

话没说完，胖子就拍了拍我，他看到了什么东西。

我转过头去，只见一边巨型青铜大门上面封门的人皮，不知道什么时候竟然已经全部爆裂脱落，两扇巨大的青铜门竟然向外挪开了一点，一条黝黑无比的细小缝隙，出现在两扇门的中间。

我的心提到了嗓子眼，一身的冷汗。这么大的巨门竟然自己开了，刚才那一下巨震，肯定是门开时候的反应。如此重的门，是谁打开的？谁在里面？

在汪藏海的叙述中，这个地底巨门被描绘成了一个邪神来往于地狱和现世的通道，地门之内有着万古的邪恶，总之不是好东西，如今地门给打开，难道是地狱中的邪神准备出来遛狗了？

这完全是无法预知的景象，一瞬间我脑子转了十几圈，是妖怪还是粽子？跑还是看看再说？跑的话往哪边跑？

此时我的思路竟然极端清晰，我自己也开始佩服自己这种被折磨出来的心智了。

可是门开了之后，却没有任何动静，也不见门继续打开，也不见有东西出来。呆立了良久，胖子问我：“要不要过去看看？”

我想到这 切的谜题都在这巨门之内，而且汪藏海也进去看过，并且平安出来了，说明进入巨门之内应该没有直接的生命危险，但是会看到一些我们绝对想象不到的景象。如此多的谜团，也许我们走几步就可以全部解开了。

但是如果进入之后，一旦大门关闭，这么巨大的青铜门，就算有一千个人在这里也无法推动，我们肯定就会给困死在里面，那知道了秘密又有什么价值呢？

这其实就是选择安全地离开这里，还是冒险去得到答案。

权衡再三，我还是无法忍受这几乎煎熬了我一年之久的谜团。我一定要进去看看，到底汪藏海当年看到的魔境是什么样的景象，到底这延续了上千年、牵扯我们家族三代的秘密背后，是什么神秘的力量。

我看了看胖子，他也和我心意相通。

胖子把56式给我，自己捡起他的M16，从满地的尸体残骸中挑出了几只弹匣，然后擦了擦脸上的血，示意我一起过去。

大门太大了，远处看的一条缝隙，近处几乎可以开进一辆卡车，要将万吨重的巨门移动这一点的距离，需要的力量无法估计。

我压抑着心中的兴奋，走到巨门之前。我闻到从缝隙中吹出了一阵奇怪的味道，心跳陡然加快起来，一种介于紧张和不安之间的情绪越来越浓厚。我手上全是冷汗，连脚都有点软。

胖子先用手电照了照，手电光一入巨门之内，就完全消失，什么也照不到。汪藏海提过，当年东夏人带他来这里的时候，刚进入门内的一段是一片虚无，必须用一种奇怪的照明工具，叫作“真实之火”。我们推测他使用的肯定是犀角蜡烛，才能看到里面的情形。

我想到这里，不由得一愣，心说不对，我们没有这样的设备，这样就算我们进去，看到的也是一片漆黑，不知道能不能通过那一片虚无的空间，到达魔境之内。

胖子还没想到这一点，看我不动了，以为我又害怕了，问我道：“走不走？”

我刚想说话，突然看到青铜巨门缝内的黑暗中亮起了好几盏灯火，似乎有东西正在走出来。我正想拉胖子来看，胖子却也来拉我，我一回头，只见我们身下从裂谷地下的石头缝隙中，不知道什么时候开始冒出一股淡蓝色的薄雾，犹如云浪一样，迅速上升。

第四十五章

无法解开的谜团

我们退后几步，发现四周所有的石头缝隙里都冒出了淡蓝色的薄雾来，而且速度惊人，几乎是一瞬间，我们的膝盖以下就开始雾气缭绕，眼前也给蒙了一层雾气一样，而且还在不断地上升，很快手电的光就几乎没有作用了。

紧接着我们听到了一连串鹿角号声从裂谷的一端传来，悠扬无比，在裂谷中环绕了好几圈。无数幽幽的黑影，随着鹿角号声，排成一列长队，出现在裂谷尽头的雾气中。

我霎时间反应不过来，这里的人死的死，跑的跑，早就不成气候了，怎么突然又出来这么多的人？难道还有其他的队伍在这里？但是又不像，这……人也太多了。

一边的胖子脸色已经白了，似乎已经知道了是怎么回事，舌头打结，好久才说全了："阴兵借道！"

阴兵？我十分不解，还想问他，没想到他捂住了我的嘴巴，做了一个绝对不要说话的手势。我们放下手电，然后直往后退去，躲到了一块大石头后面。

队伍朝着我们不紧不慢地走来，我竟然还看到了前面打旗的人的影子。队伍是四人一行，行走极为整齐，很快就从远处的裂谷尽头走到了我们面前。在手电光的照射下，雾气中的影子越来越清晰起来。

我看着看着，头皮不由自主就麻了，只见队伍前头的人，穿着殷商时代的破旧盔甲，手上打着旗帜，后面有人抬着号角。虽然负重如此沉重，但是这些人走路都像是在飘一样，一点声音也没有，速度也极其快。再一看他们的脸，我几乎要把自己的舌头咬下来，那都是一张张奇长的人脸，整个人脑袋的长度要比普通人的长一倍，所有的人都面无表情，脸色极度苍白。

队伍幽灵一般从我们面前通过，并没有发现我们，径直走入青铜巨门的缝隙之内，所有的士兵都一模一样，像是纸糊的。

我和胖子谁也不敢说话，期望这些人快点过去。这时候，胖子按着我嘴巴的手突然一抖，我忙定睛看去，只见闷油瓶竟然也穿着同样的盔甲，走在了队伍中间，他正常的人脸和四周妖怪一样的脸差别实在太大了，我们一眼就认了出来。

我几乎要叫出来，难道闷油瓶死了，魂魄给这群阴兵勾去了？

再一看，却看到闷油瓶的身后还架着他那把黑金古刀，走路的动作和边上的阴兵完全不同。我马上就知道他还是活的。

那他想干什么？难道……我突然冒出十分大胆的念头——难道他想混进去？

这小子疯了！我一下子心跳加速，一种久违的恐惧感涌上心头，呼吸开始急促起来，想上去阻止他，但是胖子死死地抓住我，不让我动弹。

我看到闷油瓶注意到了我们这边，把头转了一转，正看到我和胖子的脸，他突然意味深长地笑了笑，动了动嘴巴，说的是："再见。"

接着他就走入了青铜巨门之中，瞬间消失在了黑暗中。我目瞪口呆地看着他，脑袋几乎要炸裂了。

很快整队的"阴兵"走入了青铜巨门之中，地面猛然一震动，巨型的大门瞬间便合紧成了一个整体。

我坐倒在地，一股无力的感觉瞬间生起，这是怎么回事？闷油瓶他到底想干什么？那些真的是阴兵？

胖子跑过去捡回手电，自己也是一脸惊诧地看着巨门，有点神经错乱。

可是仍旧没有时间给我们发呆，四周的雾气逐渐散去，我们马上听见了零星的怪鸟叫声从裂谷的尽头传了出来，越来越响。

胖子顿时反应过来，对我大叫："快走！那些鸟又飞回来了，这一次咱们肯定没那么走运了。"

我给胖子这一叫，犹如被人泼了一盆冰水，顿时清醒了过来，马上转身，跟着胖子向裂谷的另一头——潘子他们逃跑的方向跑去。

裂谷下的石头犹如丘陵，极度难爬，我们刚爬出不远，怪鸟的叫声就很近了，我不由得在心里祈祷，刚才死了也就算了，如果逃过一劫后还是死在了同样的地方，那真是太不值得了。

我的伤口已经从疼变成了麻，有人说人紧张的时候会忘记疼痛，但是我现在连我自己的脚也感觉不到，连咬牙都跑不快。我和胖子只好互相搀扶，竭力向前跑去，不能停，停下来想要再发力就不可能了。

我们就这样连滚带爬，直往深处跑，我几乎没有了意识，不知道自己在干什么。

翻过一块小山一样的巨石，裂谷的前方出现了三岔口，三条巨大的山体裂缝出现在我们面前，我有点发蒙，怎么办？走哪一条？我们本以为裂谷会一路到底，能在出口处碰到潘子，我们身上没有任何食物和水，这样的状态就算三条路都能出去，不能和他们会合，我们也是死路一条。

跑到三岔口的地方，我们赫然看见其中一道巨大裂缝的边上，刻着一个极端难看的箭头，箭头指示着一个方向。

胖子大骂："那老潘子果然懒惰，连个箭头也不会搞得漂亮点。"

我没想到他们还会留下箭头给我们，道："你还管这些，管用就行了！"

也不能多说，我咬紧牙关就钻入了缝隙之中。

这里的缝隙比裂谷窄上很多，怪鸟飞行得不会太顺畅，进入里面，被狩猎到的机会就小了很多，我们一进去就感觉安心了很多。

很快我们看到前方有手电的光亮，我心中一震，心说，按照他们的脚程，应该早就跑得很深了，怎么这里还有手电光，难道又遇到意外死在这里了？

才跑几步，却看见潘子和几个老外背满了子弹正往回走，看样子是想回来救我们。一看到我们，潘子大喜，然后又一呆，问道："就你们两个？其他人呢？"

我说："别提了，太惨了，快点走，后面那些鸟还跟着。"

这里能听到叫声，但是上空的情况一点也看不清楚，没有照明弹，用手电去看怪鸟是看不到的。

潘子招手马上又回去，最后的人打起一支冷烟火，在前面带路。一个老外看我伤成这样，就背起了我，一行人迅速退入裂缝的尽头。

我很久没让人背了，觉得很不习惯。那冷烟火照起了这条缝隙四周岩壁上的大量壁画，突然又引起了我的兴趣。可惜跑得实在太快，我根本无法仔细去看。

凄凉的叫声逐渐减弱，看来怪鸟开始放弃追击了，其实我们一看到潘子，就安心了很多，知道自己应该不会死了。他带来的人都是阿宁队伍中的射击好手，就算真的打遭遇战，也不至于吃亏。

想起阿宁的队伍，就想起阿宁，我问潘子有没有看到她。

潘子说放心吧，那美妞给人敲昏背回来了。

跑了很久很久，缝隙越走越窄，最后只能一个一个通过。空气突然暖和起来，我们放慢了速度，这时候前面又出现了两个人，是守夜的警戒人，看到我们回来，都发出了欢呼的声音。

我想问为什么这里的温度会高起来，就看到潘子的营地边上有好几个温泉，顿时我就彻底放松了，一种无力感传遍全身，差点当场晕过去。

第四十六章

休整之后

阿宁队伍的医生给我们检查了伤口，打了消炎针和动物疫病疫苗，把撕裂太长的伤口都清洗好缝合了起来。胖子屁股上的伤最严重，他只能趴着吃东西。

我们饿极了，虽然食物不多，但是他们的向导说这里有活风，肯定有路出去，所以也不用太紧张。我们吃了很多糖类食物，身体各部分的感觉都有所回归，疼的地方更疼，痒的地方更痒，十分难受。

三叔还是神志不清，不过高烧已经退了，潘子将他裹在睡袋里，不停地喂一些水给他。

温泉水取之不绝，我们都用它来擦洗身体，这里的环境远算不上宜人，但是我感觉这一把身子擦得简直像做神仙一样。

其间我把看到的毫无保留地讲给了他们听，其他人听了都闷声不响，不发表任何议论。他们这几个老外，这一次算是见识到了中国古老神秘中诡异邪恶的一面，你说要他们再有什么想法，恐怕也困难。

其中一个动物专家说，那种生活在怪鸟嘴巴中猴子一样的怪物，可能是远古的一种寄生关系，就好比趴在狼背上的狈一样，怪鸟可能无法消化食物，而“口中猴”帮它消化，怪鸟靠“口中猴”的粪便为生，这在海洋之中很常见。

我不置可否，进入云顶天宫后的这一切事情，节奏太快，我们根本无法透过气来，我现在只觉得自己像是做了一场梦，实在不想再去考虑这些东西。

不过私下里，我还是和这几个专家做了约定，大家如果能够活着回去，在这件事情上如果有什么进展，可以通过E-mail资源共享，希望以后我们可以不再是比快的竞争关系。

我们在原地休整了半天时间，潘子就带着几个人往缝隙的更深处探路，接着我们再次起程，向着裂隙的深处继续前进。

洞穴专家的意见是这条缝隙应该有通往地面的出口，不然不会有流动的空气，而且出口必然是一个风口。

我当时并不信任他，但是等到我们走了将近一天时间，走着走着，突然发现四周熟悉起来，而胖子张大嘴巴，指着一边裂缝上被人剥落的双层壁画的时候，我不由自主地笑了起来。

这条裂隙的出口，竟然就是我们在上山时躲避暴风雪的那条被封石封死的岩石缝隙。

我看到了我们遗留在里面的生活用品，潘子也苦笑起来。

当时我们来这里，浩浩荡荡，现在都犹如败兵，当时看着双层壁画，猜测云顶天宫中的秘密时的那种兴奋，已经变成了无法回避的苦涩和讽刺。而且当时我们怎么也想不到，只要再往这条缝隙中走上几公里，就是九龙抬尸棺的所在，我们竟然绕了如此巨大的一个圈子。

这真是绝大的讽刺了，也不知道这个讽刺是汪藏海留给我们的最后惊讶，还是连他也不知道的一个天大的巧合。

之后，我们很快走出了缝隙，所有人一个星期来都第一次见到太阳，全都给照得睁不开眼睛。

我们的食物基本上吃完了，不过我们不缺水，精力还算充沛，饿肚子走上一天应该不成问题，于是定了路线。阿宁通过卫星电话，联系好了医生和接应，说在路上就会有人来接应我们。

我们跟着他们的队伍，缓缓下了雪线，碰上山地救援队的时候，已经是在营山村外了。

所有的伤员全被吉普车运到了最近的医院做简单处理，然后再送到吉林大学第三医院。三叔经过检查是剧烈脑震荡和伤口感染引起的并发症，需要长时间的调理；我和胖子则全是外伤，所以我再也没有羡慕过潘子健壮全是伤疤的肉体，因为我也不会比他逊色多少。

而且，虽然我对三叔的目的和动机还是完全不知道，但是总算把他这个人给找回来了，心中也颇有一种自豪感。

三叔要在医院接受治疗，直到病情稳定。我、潘子、胖子和几个老外在吉林放肆快活了大概半个月后也各自告辞。阿宁我就再也没有见到，显然她这一次也是什么都没有得到，她在董事会那边也许还有一关要过，但是和我已经没有关系了。

我心里还在琢磨，要是她被炒鱿鱼了，这样拼命的员工我倒是也需要的，王盟这个懒蛋实在是不成气候。

潘子回了长沙，收拾残局需要大量的精力，后来就没什么联系了。胖子回了北京潘家园，说要休息几个月。几个老外各自回国，只剩下我一个人，一边照顾三叔，一边整理我的想法，试图用自己现有的线索，理出一点眉目来，但是没有三叔的那一部分信息，实在没有办法把整件事情想透。

其实汪藏海那一部分的谜题都已经很清楚了：

第一，云顶天宫并不是汪藏海建造的，而是汪藏海改建的。（但是这座殷商时期的巨大遗址，以前到底是谁为了什么目的修建的呢？）

第二，汪藏海参与这个改建工程并不是自愿的，大部分参与改造工程的汉族工匠，都是被东夏人胁迫过来的。在改建工程中，总司令汪藏海就开始设计几乎横贯小圣和三圣两山的逃亡密道，以免地宫封闭时给异族的万奴王陪葬。

第三，在改建陵寝的过程中，汪藏海逐渐隐藏了在东夏皇陵之底、长白山山体深处的众多秘密。（他在青铜巨门之内，到底看到了什么？）

第四，汪藏海将这些秘密记录在龙鱼密文上，希望有朝一日能够为世人所见。

第五，因为东夏是边境小国，国库不盈，云顶天宫的诸多奇珍异宝，都是从其他墓穴中搜刮而来的。汪藏海在指导东夏军队盗棺的时候，偷偷将龙鱼密文藏丁这些古墓之内，希望能够有人发现。一共放了两条，最后一条，在他老死之前，藏入了自己的坟墓中。

第六，他为什么要把古墓修建在海底？是害怕东夏的后人断绝了这个秘密吗？

第七，海底墓穴中消失的人，出现在了云顶天宫的密室中。（除了两个人，其他人都死去了，但是这两个人是谁？他们到哪里去了？是不是也和闷油瓶一样，进入了巨门之内？他们到底为什么要进去呢？三叔到云顶天宫去，目的是什么呢？）

第八，巨大的青铜古树、巨大的青铜暗门和几个地方都出现的六角铃铛，这些青铜的东西之间是不是有什么联系？它们代表的神秘力量，到底是什么呢？

我逐渐发现，二十年前在海底墓穴中发生的一切，才是关键。

蛇沼鬼城（上）

盗墓笔记

比鬼神更可怕的是人心

第一章

三叔的醒来

云顶天宫的探险结束之后大概一个月，我一直留在吉林照顾三叔。这一次我留了个心眼，我怕他醒过来之后又不告而别，所以干脆就住在医院里，生活在他的病床边。

后来发生的事情证明我是非常明智的，但是当时，其他人都不这么想。

他的病情稳定之后，却还是没有苏醒的迹象。他呼吸平稳，脸色红润，但就是没有思维反应。医生说这很正常，他伤口感染得非常严重，不知道发烧的时候有没有伤害到中枢神经，能不能醒过来要看运气。

我没有选择，只有等。这期间家里也有人来看过我几次，我都拒绝出去吃饭，因为我怕我一走出医院，回来的时候三叔又会消失。我母亲还说我傻，但是我非常坚持我的想法。不夸张地说，三叔苏醒前的这一个多月，我就几乎没有离开他超过十米。

在漫长的等待中，我也做了不少事情。云顶天宫中的所有线索，我已经整理得差不多了，阿宁公司里的几个顾问回国之后，也将他们手上的资料陆续发给了我，包括阿宁在海底墓穴后殿主棺室拍下来的十几张隐喻壁画、铜鱼之中的全部译文等。

把所有这些归纳起来，我对汪藏海的那一部分已经完全了解了，心情也逐渐轻松了起来。汪藏海这个人可以说是一个超越时代的天才，现在他也可以瞑目了，因为他处心积虑留传下来的秘密，已经有人接收到了。然而就是在我这个时代，我仍然无法去解释他当时看到的景象，但是既然秘密已经传承了下来，就总有解开的一天。

其他令我无法释怀的，就是闷油瓶和三叔的目的。按照我的猜测，二十年前进入海底墓穴的那几个人，似乎都在寻找云顶天宫底下的那扇巨门，似乎都想进去，而我亲眼所见，闷油瓶用一种让人咋舌的方式进去了，而藏宝室中李四地他们的尸体中，缺少的两具（不知道是谁）也可能是进去了。

他们为什么要进去呢？或者进去干什么呢？

所有的谜团都集中到了二十年前海底墓穴中发生的事情，汪藏海应该还在他自己的墓穴中留下了什么东西或者信息，这东西或是信息，是让他们全都产生一定要去云顶天宫这个念头的原因和关键。可惜，我必须等到三叔醒过来，才能得到回答。

另外，我还帮助胖子拍卖掉了他身上带出来的六件金器，这一次的活动，他的收益最大。这几件金器的价值十分高，其中一只西域风格的高脚镶嵌玛瑙的金杯，就拍到了四十万美元。胖子还是十分够义气的，分了一点钱给我当佣金，说是下次“夹喇嘛”的装备钱。我对他发了毒誓，绝对没有下次了。

时间一天一天过去，我隐隐感觉到有一丝无聊，在漫长的等待中，耐心也逐渐消耗掉，开始几个月还有大量的事情需要我去处理，但是后来的时间，我都是看着三叔电脑上那张黑白照片度过的。我常常想，那挨千刀的闷油瓶，他现在在干什么呢？

就在我以为还要遥遥无期地这样生活几个月的时候，三叔的主治医生突然过来找我，说有要紧的事情要和我谈。

我以为三叔的病情有变，就跟他去了他的办公室，没想到到了那里，却看到三叔铺子里的一个伙计等在那里。我问他找我有什么事，他却吞吞吐吐，说不出来。

我突然感觉到一股不妙，忙跑回病房一看，不由得咬牙切齿，三叔已经不在了。

就在懊恼不已，想去揍那医生一顿的时候，却看见三叔正给人提溜着，灰溜溜地给押回到病房里来了，那押着他的人不是别人，正是我家二叔。

自古老三怕老二，老二永远是家族中最狠的，因为老大是需要超脱的，高出兄弟一头的，那实际办事的，就是老二了。三叔在家里谁的面子也不给，但是我二叔瞪眼他就得抖三抖。好在二叔的志向也不是兄弟个个有出息，不然三叔恐怕不肯待在杭州。

我不动声色，也没有拆穿三叔，几个人闲聊了一会儿，我乘机把他昏迷之后发生的事情和我的一切推断都说给了他听。他却并不表态，只是在听到闷油瓶进去了的时候，脸色稍微有了一点变化。

后来二叔就回去了，临走让我看好这个老顽童。二叔一走，我马上就发难，问他到底是什么时候醒的，装昏装了多久。

三叔十分尴尬，但是既然被我识破了，他也没有办法，就说其实也是刚醒，准备出去上个WC而已。这些我就不和他计较了，因为说不定是真的，我不相信装昏能装一个月，这怎么受得了，但再问他其他的事情，他索性就破罐子破摔了，就是不说，说什么和我没关系。

我急起来就骂开了，我说："你这个老家伙，知不知道我为了你的事，吃了多少苦头？还有像大奎、潘子这些跟着你出生入死的人，你是不是应该尊重一下他们，至少也让他们知道自己为你冒着生命危险，到底是为了什么！"

这话已经说得十分严重，我是真的有点发怒了，特别是想起潘子对这老头子情深义重的情景，我真的说不出话来。

三叔这才沉默下来，苦笑了好几声，叹了口气，摇头道："这事和你没关系，知道了说不定更苦恼，我不说，其实是为了你好，你又何必呢？"

我摇头，表示就是苦恼也是我自找的，我一定要知道整件事的真相，否则绝对不会罢休。

我说得很坚决，而且是看着三叔说的，就是要让他知道，他这一次绝对逃避不了，让他不要有妄想。

这也是我这几天学习的成果之一，我已经考虑到会有这种情况，所以看了很多心理学的文章，看怎么样才能让人放弃保守秘密的防线。

三叔想了想，又长叹了一口气，似乎终于打定了主意，揉了揉眼睛，道："唉，想不到，想不到，人说儿女是前世债主，我以为不生就没事了，没想到还是给你这家伙搭上了，看来今天你是无论如何都要知道了？"

我怒道："你还有脸说，不知道谁给谁还债，你有差点在海底被活埋吗？你有差点被怪猴吃掉吗？你有……"

三叔做了个投降的手势，道："好了，好了，你既然这么想知道，我这一次就破例告诉你。但是，你必须发一个誓言，听了之后，不准和任何人讲。"

发誓我是当饭吃的，哪能当真，当即就发了一个全家死绝的毒誓。

三叔惊讶于我誓言的狠毒程度，半晌才摇头笑起来，又道："我把丑话说前头，这事不是人人都能相信的，我说了之后，你要是不信也没办法。"

我急得咳嗽道："我现在还有什么不能信的，你就说吧。"

三叔长叹一口气，摸了半天从兜里掏出半支烟来，也不知道是什么时候的，看了看门外，看没有护士，心疼地点起来吸了一口，才道："那是很久以前的事了，算起来，整件事情的起因，还是你爷爷在笔记本上写的，从那五十年前的晚上开始的。如果你要知道所有的经过，那我就从这件事情开始讲起好了。"

第二章

往事不堪回首

没想到三叔的叙述，竟然要从五十年前说起。这一次我没有把爷爷的笔记本带在身上，但是上面的内容我记得十分清楚。五十年前那天晚上发生的事情，诡异异常，但是爷爷最后没有记述下去，他昏迷之后的事，我们都一无所知。现在我回忆起里面的文字，还是觉得心中有一种莫名的感觉。

但是三叔这样一说，我突然有点不相信他，因为爷爷对这件事情讳莫如深，他去世之前，无论我们几个晚辈如何去问，他都没有说，三叔自小和爷爷关系不好，我相信爷爷更不会告诉他。

所以他一说，我就说道："你可别糊弄我，五十年前爷爷都还光着屁股，他口风那么紧，你又怎么知道？你别又随便讲点故事来骗我，我绝对不会再上当了。"

三叔听了不悦，道："不和你说你急，和你说你又不信，怎么我就不能知道了？你要不信我就不说了，我还不想说呢。"

我一看他这是顺势就要反悔，马上道："别、别，我信，我只是感叹一下，你快继续说。"

三叔瞪了我一眼，想了想，才继续说了下去。

我听着听着，就发现的确是误会了他。但是事情竟然是这样发展的，我真是没有想到。

事情的起因确是那本笔记，然而过程却复杂得多。

笔记本在到我手之前一直是放在老家阁楼的杂物箱里。直到我识字，翻查老东西的时候偶然看见，才到我的手里，而我的父亲和三叔他们年轻的时候，都看过这本笔记。

三叔第一次看到笔记是什么时候，他自己也记不清楚了，只记得那时他已经出道一段时间，大小也都有过点见识，长辈之间稀奇古怪的传说也听了不少。他知道长沙土夫子中流传着“土带血，尸带金”的说法，所以一看到笔记，想到自己还没有摸到过什么特别拿得出手的东西，就马上被笔记中记录的东西吸引了。

几乎是马上，他就产生了回镖子岭那里看看的想法。古墓是不会走的，就算过再多年，应该还在那里才对。加上新中国成立初期山林深处还有土匪横行，不会有很多人进入，他相信古墓中应该还有东西剩下。

但是，镖子岭只是爷爷小时候那个地方的一个土名而已。这种名字可以是一个小土包，也可以是整片山甚至是全部的原始丛林未知区域，所以光靠一个地名就去找那座古墓，是不现实的。

那么，怎么才能确定那个地方的准确位置呢？三叔琢磨了很长时间，一直没有头绪，直到他到西沙去的前一年，终于有了线索。

那一年他去了长沙爷爷的老家，老家在山区，他走了四天的山路才到达那个偏僻的农村，在那里和当地人打听镖子岭的位置，那一次虽然没有得到直接的信息，却大大地熟悉了那边的风土人情。

回来后他再一次研究笔记上记录的东西，事情就明朗化了。按照爷爷笔记中的其他内容，和三叔小时候偷听爷爷讲话时的记忆，加上从那边打听来的一些事情，他依稀判断出，那座古墓应该坐落在莽山的鬼子寨附近。

因为在笔记上爷爷提到过，太公和爷爷在莽林中赶路的时候，都被一种“铁头蛇”咬了，这种蛇经常盘在灌木之下，很难发现，当时危害很大，后来开展打蛇运动，一举把这种蛇打得濒临灭绝。当然这是后话。

“铁头蛇”是一种山蛇，田野之间并没有，而长沙古墓大部分都是在荒野青纱帐中，因为古时候有实力进山修建大型地下宫殿式的古墓的，不是王公贵胄，就是一方权贵。这些人到底是少数，而且山中的墓穴必然坚固，且建造于绝境之中，一般的散盗无法涉足，一两个人也没有办法搬运太多的东西出来。所以出于经济效益和风险的考虑，土大子很少进山——不然就叫山夫子了——自然也不认识这种蛇。

那时候的土夫子天生天养，被毒蛇咬过之后，往往只是吸出毒液，拍上点烟叶，吃上几口土药，没有更好的处理办法。这样处理之后，如果过几个时辰，被咬的人没中毒反应，也就没事了，反之，一般来说也就没有挽回的余地，只有认命。

当时咬了他们两个人的蛇都是小蛇，伤口不深，所以爷爷他们也没有在意，简单处理后，也没有感觉到有什么特别的不妥，于是二话没说继续赶路。没想到走出两里地去，爷爷突然摔倒，接着就不省人事了。

他们停下来仔细一看，只见爷爷皮肤发青，不停地痉挛，显然是蛇毒发作了，后来太爷爷赶了几十里山路找来当地的山民，才用草药救了爷爷一命。

爷爷他们在原地休息了两天，而根据爷爷当时对瀑布的描述，可以肯定他们休息的地方是鬼子寨。

这件事情发生之后的第四天，他们到达了那个叫镖子岭的地方。那地方地处山谷中的平原，四面都是山，谷中莽林丛生，千年老藤特别多，只有山谷最凹陷处的一块，没有任何的植物，露出一片血红的裸土，那座古墓就在山谷之下。

讽刺的是，咬我爷爷的那种蛇如今已经是濒危动物，一条成年蛇的出口价值超过百万元，远远超过普通明器的价格。

这样一来，找到的希望就大了很多，虽然莽山的原始丛林在那时候面积辽阔，远比现在鬼子寨瀑布位于丛林的中心部分大，但是推测出来的相同地貌不是很多，并不难找。

三叔整顿行装，再次出发。三叔习惯独来独往，因为他年纪太轻，老人不愿意和他一起出去，同年纪的身手能及上他的又没有。

然而等他历经千辛万苦，穿过当时几乎没有人烟的莽山丛林之后，映入眼帘的，却是他做梦也没有想到的景象。

第三章

WHO ARE YOU？

三叔按照当地人的指示，沿着一条不知名的小道，在山峦中走了大概四天时间。这条小道大概有三分之一段都是开凿在峭壁腰子上的，据他估计已经荒废了几百年，原来可能是行军的栈道，现在青苔丛生，草木覆盖，越往里走修造得就越粗糙。

小道一直往森林的深处延伸，外面的一段还经常有山民使用，过了鬼子寨一带，更里面的道路就几乎无人涉足，坍塌的坍塌，被树藤覆盖的覆盖，几乎无法前行。

三叔凭着他那股偏执劲，几经辛苦穿过这条古道，来到了悬崖的另一端。他居高临下，此时笔记中记载的山谷，就在他的身下。经过了二十年的风雨变迁，爷爷他们来时的踪迹早就消失在了极端茂盛的树冠之下，但是山谷中间裸露的一个红色的裸土包突兀非常，极端显眼，告诉他此地就是传说中的镖子岭。

同时他也看见，红土包一边的树冠下面似乎立着什么奇怪的东西，因为颜色与树冠相近，所以以他的高度无法分辨出那是什么。

他隐约感觉到不对，这里是人迹罕至的山谷，任何人工的建筑或者活动痕迹都不应该出现，所以他爬高几步，掏出从俄罗斯走私来的望远镜去查看。

一看之下他就愣在了那里，只见土包边上的树冠下面，零零落落地立着几顶军用帐篷，帐篷是迷彩的涂装，所以在远处很难分辨，要不是三叔对那种细小的颜色区别非常敏感，刚才的一瞥可能就会看漏。

当时三叔心里犯起了嘀咕，心说这鬼地方怎么会有人在？而且还支起了帐篷，应该不会是猎户，猎户不会来这么深的地方，也不会有这么好的装备。

正纳闷着，忽然，其中的一个帐篷一抖，从里面出来了一个人，三叔抬起望远镜一看，一下子就更纳闷了。

原来出来的人，一头白色的头发，身上是四棱子起筋线，竟然是个洋鬼子。

三叔那时候还分不清东西北欧人种的区别，但是那个年代来中国的洋人也不多，最多的还是富有冒险精神的美国人，所以他也没考虑，就认定这个洋人是美国人了。

他当时一琢磨，这地方有人就有问题了，现在不仅有人，还是个洋鬼子，他们来这里干什么呢？难道是美帝来搞破坏了？又或是……也是为了这镖子岭地下的古墓而来？

虽然洋鬼子好古董尽人皆知，但是他们也不至于自己来挖啊。他们又没看过老头子的笔记，如何知道这里的地下有墓葬呢？

这简直是八竿子打不到一块儿的事情，三叔根本就无从想起，心里疑惑到了极点。

他带着疑问爬下悬崖，放下自己的装备，轻身穿过下面的莽林，潜到帐篷附近，发现这些洋鬼子的营地就在红色土包的边缘，大约有四个帐篷，估计人数不会很多，一边还有几个当地脚夫模样的中国人在吸烟休息。他同时还看到一边的土堆上面已经开了一个大坑，上面盖着一个用竹子搭起的架子，架子上盖着绿色的防水布。因为这些东西在他视野的北面，所以刚才在悬崖上的时候没有看到。

一边红色的土包应该是当年的封土堆，这些泥土都应该被炒过，添加了一种丹药，使之无法生长植物，但是现在走近一看，还是有很多的杂草长了上去，显然古人低估了植物的适应能力。

三叔看到那个喇叭口状的大坑，马上明白了这些美国人的目的是和自己一样的：他们在挖掘古墓。

当时三叔的年纪不大，看到这个情形，脑子里勉强想到的是，这可能是中美合作的考古队，跑到这里来做考古挖掘了。这似乎是当时唯一合理的解释。

如果是北派，这个时候只有自认倒霉，因为他们的规矩是，私不与官争，如果遇到了考古队，你还能如何？总不能上去杀光他们。但是三叔不同，他不甘心就这样被人截和了，看着美国人挖掘的位置和力度，他知道这些人没有土夫子的经验，肯定是按照他们国外挖公墓的办法来对付中国的古墓的，这样挖是绝对进不了古墓的。他只要找对地方，打个盗洞下去，神不知鬼不觉，就能在他们进入古墓之前，把东西全都带出来。

三叔回到自己下来的地方，拿回了自己的装备，此时日近西斜，他在黄昏以自己的脚步为尺，穿行在山谷之中，丈量了土丘四周的面积，寻找最合适的打洞位置。

其间过程非常复杂，三叔也没有详细说明，他只告诉我，当时他对自己是很有信心的，唯一担心的是古墓之中的情况。

当年爷爷挖出来的盗洞，不会保存很长时间，肯定在几次雨季过后就会坍塌，不知道当时他们到底进到了哪个地步，是不是已经进入了墓室地宫的内部。如果是这样，墓室之中可能已经积了雨水，那么除了棺椁里的东西，其他的陪葬品可能已经给泡烂了。而棺椁里的东西是否遭殃，还要看棺椁的质地和当时密封的程度。

入夜之后，洋人的营地燃起了篝火，三叔静静地等待着，直到他们都睡下，他才小心翼翼地使用自己的“猫铲”开始挖掘。

猫铲是土夫子用的一种特殊的铲子，挖掘起来声音非常小，但现在工兵铲的锋利程度和声音已经比猫铲还要先进，所以猫铲已经退出历史舞台了，但在当时，猫铲却是三叔能使用的最安静的工具了。

即便如此，三叔挖的时候还是非常紧张，因为无法使用洛阳铲探知地下的情形，一打声音就起，而且不知道为什么，洛阳铲进入地面的声音，特别容易惊飞野鸟，所以他也没信心能一次就找到古墓的外延。

挖了大概两个小时，盗洞挖了五个，都没找对地方，却逐渐缩小了范围，第六个盗洞挖下去八米多深，三叔的铲子终于碰到了坚硬的东西。正当他凑过去想用手电照一照的时候，突然感觉不对，泥土下面传来一阵轻微的蠕动，紧接着，整个盗洞就坍塌了，他一声尖叫都来不及发出，口鼻就给泥土盖住了，接着，他就连着他四周的泥土一下子陷进了地底深处。

第四章

血尸古墓

凭着本能，三叔不停地扒拉着四周的泥土，想探出头来呼吸，或是抓住四周的什么东西，然而都是徒劳。也就是两三秒的工夫，他就感觉身下一空，滑入了什么空间中，接着浑身一凉，连着裹着他的泥土一起掉进了水里。

冰凉的水一下子冲掉了他脸上的泥，他咳嗽着挣扎爬起来，四周是一片漆黑，他不知道自己掉进了什么地方，只能感觉腰部以下都是水，而且四周弥漫着一股奇特的腐臭味。

手电还亮着，现在掉进了水里，只露出一小点光亮，三叔俯身将手电摸了上来，因为泡了水，才摸上就暗了。他甩了两下，手电才又亮起来，但是光线明显有点发暗。

他用手电照了照四周，发现自己掉进了一个砖室，四周是四棱青砖垒砌的墙壁，往身后一看，只见身后的青砖墙上有一个貌似人工开出的大洞，显然自己刚才就是从这个洞里滑进来的。

三叔看了一圈，就明白是怎么一回事了。他刚才挖掘的地方有问题，似乎是一个用土掩盖的空洞，他的体重压在上面，下面并没有支撑，所以整个盗洞下方的泥土就坍塌了，他就滚进了下面的墓室中。

那墓墙上的洞是谁开的呢？难道自己无意中挖到了当年老头子他们进

墓穴时候的盗洞？有这么巧合吗？

三叔想了想，觉得还真有可能是这样，自己的本事是老头子教的，老头子的本事又是上一代教的。因为墓葬这种事情从清代以后就开始退化，所以盗墓技术一直就是吃老本，没有本质上的进一步发展。盗洞在哪里打、如何打都是死规矩，同一个师傅教出来的徒弟，几乎百分之百会把盗洞打在同一个位置上。

暂且不去想这些。他仔细观察了一下四周，后面的入口全是倾覆下来的泥土，铲子不知道裹在泥里的哪个位置，要想从原路回去恐怕有点困难。不过，他并不担心，身上带着炸药呢，实在出不去就给它开个天窗吧。

墓室是一个正规的四方形，拱顶，四周都有简单的浮雕，墓室不大，不过挺高。墓室里的积水到了他的腰部，陪葬品应该在水下，但是一潭黑水，根本看不到下面有什么。

在左边的墙上，开着一道门，似乎是这座古墓的甬道。

单凭这些根本无法判断古墓的朝代和主人的地位，但是看着墓室的高度，这里的墓主人显然并不是王侯等级的人物。

一般的古墓，有墓室的，规格已然不能算低，因为古时候能住得起砖结构房子的人不多，如果要用砖来修墓，墓主人怎么也得是一个官宦阶层。不过即使是官宦阶层，古墓之中大多数也不会有太邪门儿的机关，因为他们的能力有限。历朝历代，顶级的工匠，特别是掌握陵墓建筑知识的，都只为皇帝一个人服务，而且他们一辈子大概也就能服务一次——大批顶级工匠都在皇陵封闭的时候死在里面了，这也是中国有很多东西失传的原因。

三叔镇定了一下，蹚着水向黑暗的甬道走去，水冰凉而且阻力很大，走起来带着一圈圈波纹，发出一种让人非常不愉快的声音。

水下的墓室地面并不平坦，好几次他都踩到东西几乎摔倒。这个时候他也没心思去思考他踩到的到底是什么，如果这里就是当年笔记中记载的古墓，那他踩到的，除了这里的陪葬品外，还有可能就是长辈们的遗体。这种事情太刺激了，最好的解决方法就是不去想。

甬道大概有二十米长，很快就走了过去，甬道的后面是另一间更大的墓室，四周已经没有其他甬道，三叔知道这里已经是后殿了，走近几步，墓室的中间有一座棺床，高出水面。

顺着手电的亮光看去，三叔不由得咽了口唾沫，脚有点发软起来。

只见棺床上面摆放着一具石棺，棺材的盖子已经不知给翻到哪里去了，这样的情形并不罕见。但是让他有点惊惧的是，另外还有两具腐烂的枯骨，靠在无盖的棺材上面，身上的衣服已经破烂，两具尸体已经完全腐烂，皮肉都已经和石棺黏在了一起，分辨不出是哪个朝代的，但肯定不是殉葬的奴隶。

三叔愣了一段时间，浑身发凉，不敢过去，心里暗道：“这两具，难道就是当时死在古墓中的自己的亲人？”

古墓他不是第一次进，对古墓中的尸体，他早就练成了无视的心态。对他来说，这些尸体只不过是物件。但是这一次他遇到的可能是自己亲人的尸体，他心中有一种莫名的恐惧，心跳得厉害。

他缓缓走上墓室中间的石台，人在发抖，手电都拿不稳，先看了看石棺，只见一片干涸的血块凝结在棺底，里面似乎裹着丝绸，却不见尸体。再凑近两具尸体一看，只见尸体腐败殆尽，头已经是骷髅，根本无法判断是不是自己的亲人，但是三叔看到其中一具尸体手上拿着一把匣子炮，上面刻着几个模糊的字——吴大贵，是太爷爷的名字。

三叔膝盖一软，跪了下来，端端正正地磕了两个头。三叔不是一个感情多细腻的人，这个时候的行为，应该是一种本能。

磕完头之后，三叔看了看匣子炮，已经锈得不能用了，于是扔到一边，去看石棺中的东西。他戴上手套探入棺中，按了按棺底的丝绸。

三叔按了一下之后，就知道尸体并不在腐烂的绸缎下面，反倒给他摸到在棺材底下一塌糊涂的椤物下面，有一个环状的东西。他伸进去一摸，心里“咯噔”了一下，竟然是一个铁环，套在棺底。

他把手电放在石棺的边缘，然后双手扣住铁环，用力一拉，只听“嘎嘣”一声，棺材的底板翘起了一边，棺材的底下露出了一道暗门。

三叔脑门儿跳了起来，想不到这墓穴还不止一层，随即掏出一个火折子，刚想抛入下面的暗门中，查看下面到底是什么地方，没想到手刚探过去，正照到一张满是褶皱的怪脸从暗门中探了出来。

第五章

怪脸

三叔当时就蒙了，脑子“嗡”的一下，身上的汗毛都倒竖了起来，大叫一声，一撒手，提起的暗门又摔了下去，就听“砰”的一声，正砸到那怪脸面门。

三叔也顾不得砸得如何，马上条件反射地后退几步，远离石棺，心脏几乎要从喉咙里跳出来了。

他心说那是什么东西，难道这已经泄了阴气的古墓之中，还有一个粽子？不可能啊，粽子都是死物，只要墓室一开，里面的墓气一泄，外面的空气一对流，短时间内再厉害的诈尸也必然伏尸，再次开始腐烂，没道理可以尸变几十年这么离谱啊！

而且刚才一瞬间看到的那张怪脸，太难以形容了，三叔从来没见过如此恐怖的脸孔，那肯定不是普通的粽子。

难道这就是传说中的血粽子？三叔突然想到。但是他琢磨了一下，心里也实在没谱。

长沙一带关于血尸的传说最多，一般是指在红泥地中挖出的古墓，不管墓中情况如何，都被人叫作血尸墓。

红泥地又叫血地，一铲下去泥中带血，谁也无法解释这种地象是怎么形成的，但是所有的风水流派中，对血地埋尸的说法都惊人一致，那就是适宜深埋。

即使有着这样那样的传说，很多大户人家还是为了让自己的后代显贵，寻找这一种诡异的地象。

为了逃避煞气，他们会在入葬前，找一户同姓的穷人家，把自己的孩子过继过去再收入自己家养。

但是天下之大，宝穴和煞穴一样稀有，血地更是世间罕有，比一般的龙脉更加难找。

到了后来，大量“半桶水”的风水先生只要看到红泥地，就认为是血地，所以才有红泥地下必有古墓，古墓必是大户人家，陪葬丰富，以及“血尸护宝”这样的传说。

因为血地真假参半，而且假者居多，所以当时爷爷的爷爷才会冒险下铲，图一个侥幸，没想到这一铲子就挖出了一个真家伙来。

真正的血尸墓极度凶险，这从世界上没有任何文字或者口头记载的情况就可见一斑。见过血尸的人，几乎没有活着全身而退的，爷爷已经是一个特例，而爷爷在笔记里的记述也不清不楚，血尸到底是个什么情况，他自己也不知道，更不知道如何克制，如果这下面的东西真是血尸，暂且不去管它为什么还在这里，如何脱身就已经是一个大问题了。

老头子他们上次进这墓穴，必然带着黑驴蹄子，当时他们每人还都带着二十四响的匣子炮，这样的装备，却一个人都没退出来，足以说明当时情况凶险到什么地步。自己这一次更不济，只有腰上一把砍刀，拿砍刀砍粽子等于磨刀，是最傻的行为，一点用处也没有。

三叔一退之下的这一秒里，脑子转得像飞一样，但是关于血尸他毫无头绪，一个办法也没想出来。

正骇然不知道怎么办时，突然，棺材里面发出了一连串石头摩擦的声音，接着，他就看到那盖住暗室的石板，竟然被什么东西顶了起来。

三叔一看不好，这东西竟然要出来！

当时他也是有点蒙了，也不知道是琢磨了什么东西，脑子一热，杀心就起来了。他把心一横，大喝一声，竟然跳进了棺材之内，双脚一个用力，一下子就踩在了抬起来的石板之上。

往下一看，就看见从石板下方伸出来一只绛绿色的干瘪人手，指甲有手指的两倍长，整只手就像生了锈的青铜器一样，长满了绿花，现在被三叔一压，就给夹在了缝隙里。

三叔看到那手，直觉得全身鸡皮疙瘩都起来了，用力一踩就想把它给夹断，但是那手硬如钢铁，猛踩了几下，一点反应也没有。

接着石板之下就有一股力量往上猛抬，三叔本来就站立不稳，险些就摔下去。他忙矮身，稳住身体，双手把住棺材的两边。

这就是生和死的较量，下面的东西只要一出棺材，在这里的环境下，三叔知道自己将必死无疑，绝对没有侥幸可言。

但是人的力量是有限度的，三叔压了几下，两条胳膊已经到了极限，再多一分力气也使不出来了，而下面的石板却还是一点一点给顶了上来，接着，那张怪脸就从石板下面挤了出来，面无表情地看着三叔。

棺材里面一片漆黑，幽幽的鬼魅一样的脸孔也模模糊糊，在安静得一点声音都听不到的密室里，这种情形简直诡异莫名。

三叔头皮顿时就麻了起来，浑身的毛孔几乎都收缩进肉里去了，心说要倒霉了，该怎么办才好？他低下头，去看自己的腰间，想找身上的炸药，心里已经有了同归于尽的念头。

找了半天，炸药没找到，三叔却看到自己别在腰里的酒瓶子，土夫子三顿不离酒，总是随身带着烈酒，一来可以御寒，二来可以壮胆。

三叔看到酒瓶，脑子里就灵光一闪，想到了一个主意。

天下万物，生之于水，毁之于火，他听一个道士说过，对付粽子最直接的办法有千种万种，什么黑驴蹄子，也就是万不得已的时候才上的招数，一般开棺的时候，一发现粽子有尸变的迹象，先浇上白酒，然后用两根抬尸带把头脚一套，把尸体甩出棺材，一把火点起来，怎么凶都凶不起来。

想到这里，他马上重心一压，左手从腰间掏出酒瓶，一下砸在那怪脸的面门上，瓶子粉碎，酒洒了那怪物一脸。接着，他就掏出了火折子，在边上一擦，然后伸向那张怪脸，心道，对不起了兄弟，不是我想烧你，实在是咱们人鬼殊途，你就安心当蜡烛吧。

火折子靠近那怪脸，火光之下，那张诡异的面孔清晰起来。

这个时候，三叔突然停住了手。他发现这张脸似乎有一点不对劲。

第六章

无法接受的真相

刚才翻开暗门时候的那一霎，和这东西打了一个照面，也就是半秒左右，加上那一下的愣怔，也不可能仔细瞧那东西的模样，脑子里只有一个大概的印象，可是现在僵持之下，火光之中，那张诡异的面孔就清晰地映在了三叔的眼中。

三叔乍一看还只觉得瘆人。什么粽子他没见过？湿的干的、没脑袋的两个脑袋的、安详的狰狞的，他天生就神经大条，十五岁之后就再没怕过这些东西，但是这张脸太邪门儿了。

那怪物的脸是青铜色的，皮肉收缩，皮肤皲裂，呈鳞片状，一边都剥翘起来，两只眼睛没有瞳孔，但是偏偏你又觉得他就是在看着你。

三叔就琢磨着这不像是粽子啊，粽子再难看，至少也得像个人啊，怎么这东西看着像条蛇呢？这该不是妖怪？

而且最让三叔纳闷的是，越看这张脸，心里越好像有一种似曾相识的感觉，好像在哪里见过，但这又是绝对不可能的，搞得自己的脖子就不停地冒白毛汗。

僵了片刻，没下得去手，他自己的手就越来越没力气，那怪物面无表情地又挤出来了一点，三叔知道不能再瞎琢磨了，当下把火折子往那脸上一扔，火轰的一下就起来了。

三叔喜欢的酒，是一种绿色的“烧刀子”，上海人好像叫作绿豆烧，三叔喝的是乡下人自己酿造的，那都是基酒，度数极高，一点就烧起来。这酒他到现在还喜欢喝，不过对他这个年纪来说，这种酒已经像慢性毒药一样了。

那张怪脸一下子淹没在火里，再也看不清楚，四边的东西开始嗞嗞冒起白烟，皮肉都开始熔化，一股极其难闻的味道扑鼻而来。棺材里的陪葬品大部分都盖着潮湿的腐烂丝绸，现在也给烧得吱吱响了起来。

三叔尽量屏住呼吸。火烧了六七分钟，酒精就烧完了，三叔发现这一招起了作用，下面往上顶的力量慢慢消失了，随着火势越来越小，那脸也腐蚀殆尽，露出了里面已经烧得焦黑的骷髅。

又烧了十几分钟，火苗全部熄灭了，三叔松了松脚，发现底下的力量消失了。

他恐防有变，没有放松，一只手还是撑着，另一只手拔出腰间的砍刀，去拨弄那只骷髅。

拨弄了两下，发现并没有什么反应，三叔对着其脖子用力砍了两下，把颈骨砍断，这才松了一口气，确定这玩意儿真挂了。

一放松，他浑身就脱了力，两只手的力气迅速消失了，脚一软就坐倒在棺材里，大口地喘气，心说这一次真是算命大了，也亏自己机灵，回去有的牛可吹了。

但是这到底是什么东西呢？如此可怕的尸体，真的是血尸吗？他本来以为血尸身上肯定全是血，但是这看上去又不像。

想着，他捡起一边的手电，咬在嘴中，再一次拉起石棺底下的暗门石板。

无头的血粽子就平躺在石板下面，那是一具身材魁梧的男性干尸，衣物也已经腐烂殆尽，只剩下很多的布条黏在身上，浑身呈现一种青铜的锈色，最恐怖的是，身上长满了很多类似于眼睛的皮肤褶皱。

三叔按了一下他的胸膛，感觉坚硬如铁，不由得庆幸，要是刚才自己顶不住让他出来，枪都不一定搞得定他，肯定是九死一生。

他跳入棺材，踩住两边，想把血尸拉出来仔细看看。这个时候，三叔突然愣住了，一股极度的寒意一下子从他的脚底心冲上了脑门。

他发现，这个血粽子缩在石板下面的右臂，竟然只剩一截！手肘以下的部分已经不翼而飞了。

三叔心里“咯噔”一下，脑子里顿时就乱了，马上俯身看那断手的断口，只见皮肉果然都是犹如棉絮一样，呈现炸裂的形状。三叔浑身一软，坐倒在地。

我本来觉得三叔的叙述过于累赘了，但是一听到那血粽子竟然只有一只手，顿时就明白三叔为什么要讲得如此详细。

犹如棉絮一样，呈现炸裂形状的伤口，那是枪械短距离扫射才会形成的，也就是说，这血粽子的手是被枪打断的！

这些情况，加上爷爷笔记里的记载和三叔的表情，我已经大概猜到了事情的发展，顿时我也感觉到一股毛骨悚然的寒意，从我的后背蔓延至全身。

但是如果事情真的是这样发展的，那整件事未免也太不可思议了，简直成了神怪小说里的情节，我实在是不太敢相信。

三叔摸了摸身上，想再找根烟抽，但是显然已经没有了。我摸了一下屁股口袋，发现还有半包，是在酒吧快活的时候从胖子那里要来的云烟，于是递给了三叔。

三叔再次点上，狠狠抽了一口，才道：“我看到那个血粽子的时候才明白，我老头子你爷爷，他那破本子上写的东西，可能还有着什么隐情。也突然知道了，为什么我问他当时发生的事情，他不想提起。”

爷爷当时对他笔记上的东西，无论我们怎么问，他都是一句话：“这不是小孩子能听的故事。”当时我们都不知道原因，现在终于知道了，真相却是如此惊悚。

三叔看了看我，道：“大侄子，你这么机灵，相信我不说，你也知道是怎么一回事了。”

我不敢点头，因为我想到的事情实在太不可思议了。

从爷爷的笔记上可以知道，在爷爷从盗洞之中拉出战国帛书的断手之前，古墓之中响起过一串匣子炮响，也就是说，在古墓中的大爷爷，可能就是因为这一匣子盒子炮，给打断了右手。

而古墓暗室中的那个血粽子，竟然也没有右手，而且伤口呈现棉絮炸裂状，那结论就很可能只有一个：那血粽子不是古尸，而是我大爷爷尸变而成的！

按照我的推断，事情的经过可能是这样的：

当时他们下到盗洞之下，必然也如三叔一样发现了棺材下面的密室，以笔记中大爷爷的性格，他必然是争着做先锋的人，肯定是抢在其他人前头，第一个下到了棺材底下的密室里。

而就是在那间密室之中，大爷爷发现了那一卷战国帛书，就在他拿出帛书，准备退出密室的时候，突然发生了什么恐怖的变故。

变故突起的时候，大爷爷应该还有应付的余地，所以他还能将手探出密室之外，但是等他自己想出来的时候，可能已经晚了。不得已之下，或是他自己，或是太爷爷，开枪打断了他的手。

断手被在墓室外的爷爷用土耗子拖出了古墓，而大爷爷却被困在了密室之内，最后，变成了那样可怕的怪物。

而在外面试图救出大爷爷的太爷爷和太祖爷爷，也受到了牵连，死在了棺材边上。

然而，最后追出墓室的那血红色的东西和后来的怪面巨尸是怎么回事，这里就解释不清楚了。我觉得，有可能那血红色的东西，就是中了招，却还残存着意识的大爷爷，但是爷爷当时绝对想不到这一点，把他当成了古墓中的怪物。

当然，事情是不是如此，只有当事人才知道了，现在这样的推测，就算再说得通，也只是推测而已。

我把我的想法试探性地一说，三叔表情复杂地看着我，点了点头。

这时候我想到一个问题，问道：“不过，爷爷既然对我们说‘这个故事不是小孩子可以听的’，说明他也知道了当时他开枪打的可能是自己的哥哥，照理说他不可能知道这件事情啊，那难道爷爷之后也回去过这个古墓？而笔记中没有记载接下来发生的事情，就是因为事实太过骇人了？”

三叔皱起眉头，道：“我也有同样的疑问，但是这一点已经无法追究了，老头子已经死了，我们永远不可能知道当时的真实情况是怎么样的了。”

我问道：“那接下来呢？你有没有下到那个棺材底下的密室里去？”

三叔又狠狠地吸了一口烟，几乎吸掉了五分之一，说道：“你要是我，会忍得住不下去吗？”

我心中苦笑，心说，我要是你，翻暗门的时候就给吓死了，还哪里会琢磨下去不下去。我摇了摇头，道：“我哪能和您比啊，您侄子我的胆子您也不是不知道，您就别卖关子了，快说吧，那密室里，到底有什么东西？”

三叔叹了口气，道：“我先给你看样东西，然后再慢慢告诉你。”

说着，他从病床边上的柜子里抽出了他的背包，从里面取出了一个小的象牙盒子。

我接过来一看，盒子是清朝的珐琅原盒，也就是还没有上珐琅彩的毛坯盒，很沉，打开一看，里面放着一颗黑色的、丑陋的卵石，就好像现在建筑工地上的黄沙堆里经常看到的那一种。

“这是什么？”我奇怪道。

“这石头，就是我从那间密室中拿出来的东西。”三叔道。

我“啊”了一声：“就是这东西？”又仔细地看了看石头，看不出什么蹊跷来，刚想用手去拿，三叔就把盒子盖了回去。“别动，这东西有点危险。”他道。

我把盒子还给他，奇怪道：“这好像只是普通的石头啊，那么诡异的密室里，放的就是这个东西？”

三叔又叹了口气，好像他们上了年纪的人，老是喜欢叹气。他道：“你别看它不起眼，我当时为了拿这个东西，差点就没命了。”

在推断出血尸的真相之后，三叔震惊得失了神，坐在地上愣了很长时间才缓过劲来，心中乱成一团，看着离他两尺开外的密室入口，心说那黑暗之内，到底有什么神秘的力量，可以使得一个人变成那种样子？

三叔和我一样，也是命犯太极的人，绝对受不了好奇心的折磨，只不过我胆子太小，经常遭受好奇心和恐惧的双重折磨。而三叔就不同，他只是犹豫了一下，就决定要下到密室之中去看看，知道个究竟。

现在想想，这其实是非常不明智的，大概也只有三叔这样的人，才会在那种情况下还作这种决定。

爷爷之所以不肯教三叔太多的本事，也是因为他做事冲动。事实证明爷爷看人是相当准的，只可惜，老人的经验，小辈们经常是不听的。

休息了片刻，三叔便开始准备。他先是收拾了先人的尸骨，脱掉外衣，撕开之后，将棺材外的两具骸骨收拾一下，包入衣服之中，然后戴着手套，用捆尸带套住血尸的两腋，拉出了棺材，恭敬地摆到一边，又把砍下的头颅放了回去，对着三具尸骨，磕了三个结结实实的响头，说道："不肖子孙吴三省，心智愚钝，冒犯先人遗体，请先人见谅。"

磕完头，他就把砍刀别回腰里，又取出雷管插进腰带，综观全身，确定一切没有什么破绽了。

他收敛心神，来到棺材边上，再一次抬高了暗门，小心地往里面观瞧。

暗门之下，果然有一条暗道倾斜向下。不过，出乎意料的是，暗道很矮，矮得似乎只能匍匐爬进去。

暗道口的长宽和棺材等同，刚才这一个"血粽子"就是躺在暗道之内，也亏得这下面地方狭窄，那"血粽子"就是天生的巨力，也使不出，不然就凭三叔的力量，如何能将他压住？

三叔先打起一个火折子，丢了进去。火光一路打滚，直摔进暗道深处，最后停了下来，变成一个小小的光源，照出了一个大概。

接着他摸了摸腰里的砍刀，说了一声"祖宗保佑"，深吸了一口气，小心翼翼地缩起身子，缓缓钻入了暗道之内。

暗道中弥漫着一股难以言说的恶臭，三叔匍匐趴下，不得不屏住了呼吸，往里面挪动，身体全部进入之后，脚一带上面的暗门，暗门又自动翻下。

四周一下子异常安静，只剩下前方的火折子燃烧的噼啪声。

三叔莫名有点紧张，身上已经全是白毛汗，他勉强镇定了一下，摸出手电，打亮向前面照去。

手电的光线比起火折子要强上好多，一下子就照得很远，他看到密道是由一块块的黑色石板垒成的，大概三米一截，一截连着一截，一直贯通到深处。整个密道非常清爽，四周的黑色石板也被修整得十分平滑，没有任何装饰，一眼看去，就好像老式中央空调的通风管道。

前面火折子火苗的大小、颜色都很正常，密道里的空气应该是和外面连通的，呼吸应该没有问题。

三叔定了定神，咬着手电，开始向密道的深处爬去。

我也有过在狭窄密道中爬行的经验，知道绝不轻松，三叔虽然体质比我好得多，但是只爬了几步，就感觉到呼吸急促，加上他还要不时提防四周，爬得就更加辛苦。

爬了有十分钟左右，前面有了一个转弯，三叔转了过去，他以为后面还是同样的密道，可是等他一转，发现他的面前，出现了一面雕刻着浮雕的黑色石墙。

三叔先是一愣，呆了好久才意识到，原来密道已经到头了。

这是怎么回事？他晕了，原本以为密道的尽头应该会有一个出口，然后里面会有一间密室，而所有的秘密，应该都在这间密室之中。

然而现在什么都没有，密道只不过延伸了一点点，就有一块黑色的石墙挡住了去路。

难道大爷爷当年进来的时候触动了什么机关，把密道封闭住了？

三叔敲了敲石墙，发现石墙的后面好像是实心的，又察看了一下四周的接合处，发现这面石墙是封死在这里的，也就是说，不是什么机关，这里应该就是密道的尽头了，当年大爷爷进来，应该也是爬到了这里。

那就奇怪了，如果这里就是密道的尽头，那这里肯定就是当年大爷爷盗出帛书的地方，但是这里什么都没有啊，当年战国帛书被放在什么地方？难道就被丢在地上？

三叔转了个圈，看了看密道尽头的四周，又打量了一下拦住去路的石墙。

这个时候，石墙上的浮雕引起了他的注意。

那是一个人面鸟身的神灵，鸟身犹如夜枭，而人脸十分古怪，雕刻得十分夸张，脸盘有洗脚盆子大，张着嘴巴，行云流鬓，面无表情，不知道是男是女。

我听到这里，“啊”了一声。

三叔注意到浮雕的嘴巴处有一点凹陷，比画了一下，发现当时的帛书可能是被卷成一卷，放进了浮雕的嘴巴里。

不过，浮雕的嘴巴是实心的，也就是说，在拿出帛书之后，不会触发什么机关。

他又抬头看了看浮雕脸的其他部位，鼻子、耳朵、眼睛，最后，他的目光和浮雕的双眼对上了。

浮雕人面鸟身，有四只眼睛，还雕刻了圆形的瞳孔，但奇怪的是，上边两只眼睛的瞳孔是向外凸出的，而下面两只眼睛的瞳孔是向里凹陷的。也就是说，分别用了浮雕雕刻方法里的阴刻和阳刻。

这是三叔从来没有碰到过的，不要说是他，就算是我，也知道这是绝对不可能的，所有的浮雕，要不都是阴刻，要不都是阳刻，不可能混在一起乱来。

三叔凑近去仔细看，不由得“啊”了一声。他发现，原来浮雕瞳孔部位的石头，和浮雕并不是一个整体，而是有一块黑色的丑陋卵石镶嵌于其中，奇怪的是，上面两只眼睛的卵石还镶嵌在里面，而下边眼睛内的两颗却被人挖走了，只留下两个球形的凹坑。

三叔看着那两只眼睛，心里逐渐明朗起来，他有了一个大胆的推测。

第七章

四目九天娘娘

三叔所说的石墙上这种人面鸟身的神灵，在各地各民族的神话传说中都出现过，我相信应该和我们在云顶天宫中看到的那种怪鸟是同一种生物。

我后来查过，知道这种神灵在古埃及被称呼为ba，代表人不朽的灵魂，也就是说如果你在古埃及，那么他们的鬼都是这德行的。在印度就规范一点，这种神被叫作“迦陵频伽”，传说是雪山上的神鸟，为佛祖的极乐世界歌唱。

在中国，这种鸟就比前两位更加有名气，人面鸟身，那就是中国的“九天玄女娘娘”，据知在《云笈七签·九天玄女传》之中有记载，给黄帝送来内含奇门遁甲的天篆文册《龙甲神章》的，就是这位主。

还有很多其他的传说，一传说讲“九天玄女”就是西王母，但是传说大部分都是混乱的，这些无法追究。在六朝时期，道教甚至还有“玄女”传授黄帝房中之术的大量记载，不知道此玄女是否彼玄女，否则，被一只这样的东西来传授房中之术，总不是一件愉快的事情。

那么三叔当时看着浮雕的四只眼睛，想到的是什么呢？

他当时的推测是这样的：

浮雕额头上有四个凹陷，显然应该镶嵌了四颗卵石，现在只有两颗，那两颗明显已经被人取走，古墓之中不可能经常来人，取走那两颗的，十有八九就是当年的大爷爷。

这些都是简单的，谁都能想到的，这里就不作解释了。

关键就是，那剩下的两颗，为什么还在原来的位置？

土夫子讲究“一次不取，后世不尽”，既然大爷爷对卵石感兴趣，当时为什么没有把石头全取下来，而要剩下两颗？

三叔又想起了他刚才的结论：让大爷爷变成那个样子的变故，必然发生在这个密室之中。

但是这里又看不出有什么蹊跷的地方，只是一个四面封死的空间而已。

唯一奇怪的就是这四颗卵石被取下了两颗，没有道理是大爷爷故意留下两颗，如果不是故意留下，那难道是他当年的变故，发生在他取卵石之时？他取下两颗之后，因为突然发生的事情，没有时间再去取剩下的？

三叔想到这里，心中豁然开朗，卵石的假设和整件事情，天衣无缝地串联到了一起。他忙凑过去，仔细去看那黑色的妖异石头。

卵石深嵌在浮雕之中，整个浮雕犹如一个整体，如果不仔细看，是看不出和石墙是两个部分的。三叔之所以一下子就注意到，是因为其中两颗已经被挖走，当时四颗都在的时候，没有相当的注意力是发现不了的，看来，当年的大爷爷应该是个不简单的人物。

那么，撬出这几颗卵石，会引发什么事呢？石墙之后确定没有机关，甬道卵石有毒吗？不会啊，刚才已经碰过了。

三叔犹豫了一下，一种无法抑制的冲动自他心底冒了上来，他决定撬下一颗来看看。

三叔抽出了砍刀，在一边的墙上磨了两下，颤抖着凑过去。他用刀尖碰了其中一颗一下，接着，把刀插入一边的缝隙，然后一撬，“咔”的一声，其中的一颗就掉到了三叔手心里。

卵石一掉下来，三叔马上就后退了一步，警惕地看着四周，唯恐有什么隐秘的机关突然启动。

然而，一点事也没有，卵石落到了他的手心里，冰凉的，一动不动，四周也没有什么异动，浮雕还是浮雕，墙壁还是墙壁。

三叔又等了一会儿，确定没事才松了口气，心里又纳闷，难道自己刚才的假设错了？又或者当时的变故只能引发一次，现在无论撬多少次，都无法再引发了？

他收好这一颗卵石，又去撬另一颗，还是同样的步骤，把刀插入一边的缝隙，此时他镇定了一些，力气也用得大了，一撬，“啪”的一声，卵石一动，弹了出来。

三叔忙去接，可是卵石弹得太快，他反应不及，卵石一下子掉在地上，“啪”的一声，犹如沙球砸在水泥地上，一下子被摔成了粉末。黑色卵石激起青铜色的一层灰尘，一下子飞散在空中。

三叔一个激灵，心说不好，给呛得咳嗽了一声，扇了扇，觉得满口都是辛辣的味道，一想起外面血尸身上的那种颜色，下意识感觉这粉尘可能有毒，忙用衣服捂住口鼻往后退。

退出几步后，他马上去看刚才卵石掉落的地方，只见地上卵石碎裂的地方，青铜色的粉末中间，竟然爬出一只红色的小虫，蜷缩成一团，发出“吱吱”的叫声。

三叔一看那虫子，脑子顿时就“嗡”的一声，人不由自主地就往后退了一步。

因为他一眼就认出了这种虫子，是一只尸鳖，而且还不是普通的品种。红色的尸鳖，听家里的老人说过，剧毒无比，是恶鬼之虫，见血封喉，稍微一碰就会中毒。

但是这种红色的尸鳖，据说只生存在古尸的体内，几乎没有可能捕捉到，怎么可能会被人裹在一块卵石里面，又给镶嵌在这里？最离谱的是，被裹在石头里的虫子，怎么还是活的？

三叔觉得十分离奇，不过，他马上意识到自己没工夫再去想这些了，地面上，红色的小虫转了几圈，逐渐伸展开来，开始抖动翅膀爬动起来，似乎要飞。

之前三叔没见过鳖王，也不知道是不是真的毒性这么厉害，但他知道，如果是真的，那在这么狭小的空间里，这种虫子一飞，就等于宣告了自己的死刑。

他小心翼翼地退后了几步，横起砍刀，想趁着它没飞起来，把它拍死。可还没按下去，突然就听到一声“咯咯咯”的声音从砍刀下传了出来，接着一团红色的影子一下子就蹿了出来，飞到了三叔的肩膀上。

那红光速度太快，三叔根本来不及躲，一个激灵，吓得一身冷汗，手里的刀本能地向后一甩，就拍在了自己的肩膀上。鳖王被吓了一跳，再一次飞起来，停到了一边的墙上。

此时，鳖王已经完全清醒了过来，鼓起了翅膀，不停地发出“咯咯咯”类似于青蛙叫的声音，一股辛辣的臭味从它身上不停地散发出来。

三叔一琢磨，心说不行了，这东西比血尸还难对付，留在这里肯定是死，三十六计，走为上计，还是溜吧，想着就缩起身子小心翼翼地往密道的入口处退去。

密道根本不容转身，他只有倒爬，连滚带爬地退到了暗道的入口处。幸运的是，回头看了看一边，那血色的小虫并没有紧跟过来。

三叔定了定神，就去摸暗门的机销，但是心有点慌，手抖得厉害，几乎不受控制。

好不容易摸到了机销，推开暗门，三叔刚刚松了一口气，突然，一道红以迅雷不及掩耳的速度，从暗道黑暗中飞了出来，那速度之快，几乎就是瞬间移动，直奔三叔的面门而来，转瞬之间，那东西已经到了眼前。

三叔心里叫一声“不好”，再想躲已经晚了。千钧一发之时，他急中生智把脖子一缩，然后对着那虫就是狠命一吹。

三叔吹灶台的时候练出来的肺活量相当了得，力气很大，一下子，那尸鳖被吹得改变了方向，翻了个跟头，撞到了墙上。

三叔趁着这个机会，一抬手，一翻身就从暗道里翻了出去，反手一下压死暗门。

下面的鳖王几乎同时跟了出来，但是这一次它晚了一步，暗门已经给盖死了，它“啪”的一声撞在石板上又摔了进去，发出了一连串“咯咯咯”的叫声。

三叔只觉得头皮发麻，全身都软了，一下子瘫倒在棺材边上，这才发现浑身都被汗湿透了，好久才缓过劲来。

我深知鳖王的厉害，听得一身冷汗，忙让他长话短说，不需要讲得如此生动。

之后，三叔意识到此地不宜久留，再也没有什么想法，收拾了东西，反打盗洞，带着几个先人的遗骨爬出了古墓。

他选了一个隐蔽的地方，将尸体焚化了，接着就连夜上了山路回县城。用他自己的话说，到山顶时，正是太阳探头的时候，他看着太阳，第一次感觉在地面上是那么美好。

回到长沙之后，三叔没有对任何人讲起这件事情，包括爷爷在内，但是他对战国帛书有了浓厚的兴趣，开始暗中研究。可是三叔当时的那些朋友，不是地痞就是流氓，没有一个上得了台面，整了有大半年也没有整出什么成果来。从暗道中带出来的黑色卵石也找了很多前辈看过，都说不出一个所以然来。

三叔心灰意冷，逐渐失去了兴趣，直到他到西沙前，机缘巧合之下，事情才有了转机。

当时，他的一个朋友生病死了，请了一个老牛鼻子作法事。那时候的牛鼻子是兼职的，穿上道袍是道士，脱下来就可以是任何人，也没讲究。作完法事，一群人就喝酒，三叔自己也忘记当时是怎么回事，似乎是喝醉了吹牛，就把卵石拿出来炫耀。

没承想，那牛鼻子一看到那东西，就脸色一变，又闻了闻，突然说这不是石头。

三叔没把这人放在眼里，有点嘲笑地问他道：“不是石头，那是什么？”

牛鼻子正色地告诉他道：“这应该是一颗丹药。”

牛鼻子说得言之凿凿，三叔看着不像是瞎说，以为碰到高人了，就把他拉到一边没人的地方，想和他细说，然而这个牛鼻子也是个“半桶水”，只知道这东西是丹药，却不知道来历和细节。而他之所以知道这东西是丹药，还是因为他们住的道观很古老，据说是北方少数民族内迁的时候，道观中就有很多古董，几代下来都被他拿去当了，其中就有很多炼丹的工具，他在其中见过这种石头一样的丹药，也闻过味道，才敢如此肯定。

三叔不免失望，但是总算又看到曙光了，后来又找了几个搞金石研究的人看过，他们也证实了这个说法，这东西的确是一颗“丹”。

不过，丹药这东西属于玄学，很个人化，几乎每个方士都有自己的炼丹方法，没有文字考寻，在一颗丹药上根本看不出什么来。倒是那个牛鼻子和他说，既然是在古墓中发现的，那肯定是古人自认为的长生不老丹，因为只有这种丹药才会用来陪葬。

三叔听了感到很迷茫，因为他知道丹药之中包的是鳖王，丹药一般是内服的，这东西吃了肯定是死，而且会死得很惨，还长生个屁啊！

三叔百思不得其解，又折腾了大半年，几乎什么渠道都试过了，还是没有任何进展。就在三叔准备彻底放弃，想把那丹药扔抽水马桶里冲掉的时候，一件意想不到的事情发生了。

第八章

西沙的前奏

当时是考古潮、盗墓潮兴起的时候，大量的国外探险队来到亚洲，想在这第二次考古大发现中分一杯羹。

当时中国的海洋考古几乎是零，眼看着大批国宝被人盗捞走，中国的考古界人士哪能不急，几个老教授一起上书中央，请求采取措施。后来迫于形势的压力，在要钱没钱、要人没人的情况下，终于拼凑出几支“考察队”，其中有一支就给派往了西沙，这就是文锦负责的那一支。

三叔意想不到的事情，就发生在考古队成行之前一个月左右的时候。

当时三叔正在帮文锦准备一些土设备，类似于抽水机、潜水器械这些东西，这些上头都不负责，全是三叔张罗的。那天中午，三叔正忙着调试设备，忽然有一个学生进来说，外面来了一个人找他。

三叔心里奇怪，没多少人知道自己最近窝在这里，会是谁呢？走出去一看，不由得就一愣。

来人姓解，叫解连环，大概是取“怨怀无托，嗟情人断绝，信音辽邈，纵妙手能解连环”里面的字。这人是三叔的外家兄弟，也就是相当于我的远房表叔，因为一同住在长沙，所以平日里有来往，但是也不太多。

那年头说起互相来往这种事情，三叔他们还可以，老一辈就只有过年过节去拜会一下，讲究的是淡如水。这样的亲戚突然来找，让三叔有点意外。

不过亲戚来了，自然不能怠慢，也不好马上问他来干什么，三叔就停下手头的活儿，寒暄了一下，拉他到馆子里吃饭，等酒喝到一半的时候，才问他来找自己有什么事。

解家也是大户人家，兄弟有六个，比爷爷家还多，一般来说不会缺钱，来找三叔，必然是有什么事情需要帮忙，而且事情可能比较特殊，不然他们自己不至于摆不平。

那解连环扭捏了很久，才对三叔道，其实也不是什么大事，就是想托三叔的关系，在文锦的考察队里谋一个位置，他想出海看看。

三叔一听就感觉不对劲了，文锦可爱娇人，大家都喜欢，解家因为是亲戚，多少也都见过了，但是文锦自己的度把握得非常好，见过虽是见过，但是都没有深交，平日里就更不要说联系了，解连环莫名其妙地冒出这么一个不着调的要求来，这肯定是有企图的啊！当下他就摇头，问道：“什么出海看看，你想看什么，去杭州看不行吗？”

解连环为难地挠头，说这他不能说，要是一定要知道，就当他有笔买卖在那边，他也是受人之托。

三叔又问他为什么不自己想办法，雇艘渔船又不是很花钱的事。他解释说，现在西沙那块地方十分敏感，没有海防允许普通船只进不去，所以才托三叔帮个忙，混在考察队里行事方便，且这事儿对文锦绝对没影响。

三叔越听越怪，这土夫子和西沙搞在一起，怎么想怎么别扭，说是有买卖，西沙那里会有什么买卖？那边只有水和沙子，再多就是沉船，你要是冲着沉船去的，何必去西沙呢？宁波和渤海海了去了。而且解家在那时候也算有头有脸，几百年的老家族了，不可能突然落魄到要去淘海货的地步啊！

那解连环看三叔的表情有点为难，就说要是不行就算了，他再去想别的办法。

当时如果是我，他这么说我肯定就松一口气，顺水推舟就拒绝了，但是三叔不这么想。他一听，心说不对，这事情有蹊跷，要是拒绝了，这小子真的会去想别的办法，这一行都不是善类，到时候要是做出什么出格的事情来，不好防备。既然已经和文锦扯上关系了，就不能让他乱来，得查查他到底在搞什么名堂。

于是就说不是不行，他为难是因为这事情不是他一个人说了算，他要先问问文锦，这事情他自己是拍不了板的，便让他等上一段时间。

解连环一听，忙说谢谢，还拿出了一堆当时的紧缺洋货，托三叔送给文锦。

两个人各怀鬼胎，又聊了会儿别的，那解连环就走了。三叔马上去找自己认识的几个地痞，给了点钱，让他们去跟着他，查查他最近到底在做什么。

那时候的地痞是消息最灵通的一帮人，不久就有了消息，说跟了这解连环好几天了，发现他就是一个二世祖，平日里也没什么爱好，只喜欢听花鼓戏，朋友也都是三教九流，非常平常。要说蹊跷，就只有一个地方奇怪，就是最近一段时间，不知道为什么和一个洋人来往密切，隔三岔五地去一个茶馆和那洋人见面，谈也不谈多少时间，十分钟就走。

三叔一听，心里奇怪，他们这一行和洋人做买卖，那是寻常事情。但是解连环不同，他这种人基本上已经不参与家族生意了，他在家里的工作就是花钱，怎么突然又和洋人打起交道了？

三叔觉得这里面有戏，马上决定亲自去看看。

他问清楚了解连环见那个老外的一般规律，自己选了个时间，那一天，他换了一件不起眼的衣服，一大早蹲在解连环家门口等他出来。等了有一个小时，解连环才出得门来，三叔摸了上去，远远地一路跟着，跟了有半个长沙城，到了老米市那里，前面果然出现了一个茶馆。解连环警惕地看了看后面，没发现三叔，就挑帘子走了进去。

三叔心中大喜，三步并作两步蹿上去，到窗口一看，正看到解连环在一位置上坐了下来，而位置的对面，果然坐了一个老外。

那老外一头白发，虎背熊腰，看不出是哪国人，但是气色极好，坐在茶馆里就像一只熊一样，现在正像模像样地喝茶，还穿着拖鞋，看这自若的劲，肯定是在中国混得长了，早就习惯了长沙的市井生活。

三叔打量了那老外一下，发现这人看着还有点面熟，好像在哪里见过，不由得就有点纳闷。

和他做过生意的老外一只手就能数完，绝对没有这个人，这人肯定不是他的客人，但是那个年代，在长沙见到老外的机会非常少，肯定也不是平时看到的，那这人是谁呢？

他努力地回忆，把这几年见到老外的场合都想了一遍，突然就打了一个激灵，他马上想了起来：这个老外，竟然是他一年前在镖子岭看到的那一群老外中的一个！那一年前的经历太过震撼，三叔记忆犹新，一扯出线头，马上就全部回忆了起来。

三叔遍体生寒，他看着茶馆里的两个人，突然意识到了什么，又抓不住，一种不祥的预感从心里冒了上来。

说到这里，我抬手打断了三叔，让他停一停，我必须想一想再听下去。

听三叔到现在的叙述，事情已经很清楚了，毫无疑问，解连环想去西沙，是为了帮这个神秘的老外办一件事，而且还是一件比较特殊的事情。因为一般和外国人的买卖，大家都在做，没必要搞得这么神秘。

而这个老外，就是一年前镖子岭外想挖掘血尸墓的那一伙人中的一个，那时候三叔已经感觉十分奇怪，因为镖子岭是中国内陆的深山，不是应该出现老外的地方，而现在，这伙人显然又想托人去中国的西沙海域，这同样是老外不应该出现的地方，因为那时候正在进行军事对抗。

当时，三叔还不知道西沙之下有一座古墓，所以很多事情只是疑惑，无从推测，但是我现在已经知道了后来发生的事，根据这些推断，那个老外托解连环办的事情，应该和那座明朝的海底墓穴有关。

这么说来，第一个知道海底墓穴存在的人，极有可能是那个老外，而那个老外又告诉了解连环。

那就出现了一个无法解释的怪圈，一个匪夷所思的问题：这个老外是从哪里知道镖子岭古墓和西沙海底墓穴存在的呢？这两种墓穴之罕见，就算是我爷爷这种人也只能说是略有耳闻，一个番邦人，如何能这么神通广大？

我又想到解连环死的时候，手上抓着的蛇眉铜鱼，这是第一条现世的蛇眉铜鱼，显然这东西应该是他从海底古墓中带出来的，那么可不可以这么说，这个神秘的老外，他要解连环做的，就是从古墓中带出这枚铜鱼？

也就是说，那老外不仅事先知道海底有古墓，甚至还知道了古墓里面有什么，这也太符合老美情报至上的原则了。

但是为什么？他们到底是怎么知道的呢？

就连三叔去爷爷笔记上记载的镖子岭，也是靠寻访当地的山民，几经辛苦才找到的，西沙海底的古墓就更不用说了，我想除了汪藏海，根本就没有人会知道它的存在。

想到这里，我突然打了一个激灵，心说不会吧，人说在没有答案的时候，最不可能的答案就是正确的答案。

既然这些事情是不存在的，那这样说来，唯一的答案就是：难道三叔刚才说的，还是胡说？

这人有过前科，我一下子就心虚了，马上看向他，看他的表情是不是不对。

三叔见我脸色阴晴不定，不知道我想到了什么，一看我看他，就问我怎么了。

我试探道："三叔，你可不能再骗我了，都说到了这份儿上了，你再骗我就真不厚道了。"

三叔看着我的表情就奇怪，问我为什么这么想。我把我的顾虑一说，他听了之后，突然皱起了眉头，也看向我。

我一看完了，这反应似乎是被我揭穿了，不知道怎么说了，心里不由得就沉了下去。

没想到他看了我几眼，忽然道："你想得太绝对了，事情不是这样的。其实，那几个老外当时并不知道那西沙底下到底有什么，他们只是知道那个地方的下面，必然有什么东西而已。"

我问道："你从哪里知道的？"

三叔道："这是他们后来亲口告诉我的，其实这几个老外就是现在阿宁所在那家公司的老板，而这家公司的创始人你知道是谁吗？"

我摇了摇头。

三叔道："就是从你爷爷手里骗走战国帛书的那个美国人。"

我一听下巴几乎掉下来，道："是他？"

三叔点了点头，道："就在这一次去西沙之前，我亲眼见过他一次，他已经快不行了，现在靠机器维持生命。当时他亲口告诉了我他几十年来投入资金在中国活动的目的。"

"那是什么？"我问道。

三叔道："整个事情的起因，就是当年他骗走的那张战国帛书。当年他还是一个教会的中学教师，偶尔做一些盗卖古董的勾当。那一年，他用慈善的名义，从你爷爷手里骗来战国帛书的真本，当时这个人已经十分精通中国的文化了，他为了抬高这份帛书的价值，决定破译上面的信息。"三叔顿了顿，"他花了两年时间，破译出来的东西让他大吃一惊。"

我心中一动，道："这个美国人竟然能破译出我们这么多年都没办法破译出的战国帛书？"

三叔点头："就因为他是美国人，所以他破译了出来，因为这份帛书暗字的排列方式，用的是一种数学原理。我们这样的人，就算再精通，也无法从数学的角度来破解这东西。"

"那帛书上写的是什么？"我好奇道。

三叔道："那帛书上记录的信息，不说出来你绝对想不到——"

三叔正讲到一半，突然有人敲门。我心里奇怪，难道又有人来探病？能来的都来了啊，谁来打扰我听故事？转头一看，竟然是一个快递员。

他走进来，问道："谁是吴邪先生？"

我点了点头："是我。"

他从包里拿出一大袋包裹来，道："您的快件。"

三叔也很奇怪，怎么会突然有快件寄来？问我道："谁寄来的？"

我翻开看了看，包裹上的署名是张起灵。我顿时心里一慌，心说他怎么会给我寄快件？一看日期，还是不久之前。难道他从地底缝隙中出来了？忙拆开来一看，包裹中露出了两块黑色的东西——竟然是两盘录像带。

盗墓笔记

长白山纪念版

五

谜海归巢

南派三叔 著

吉林人民出版社

盗墓笔记

目录

蛇沼鬼城（下）

contents

目录

contents

目录

谜海归巢

contents

目录

阴山古楼·引子

contents

蛇　沼　鬼　城（　下　）

盗墓笔记

比　鬼　神　更　可　怕　的　是　人　心

第一章

追击

那一刹那，我也不知道他怎么能肯定那人就是文锦，我看那人的脸上全是淤泥，连是男是女都分不清楚。但是这时候也没有时间过多地考虑，潘子叫了一声“去帮忙”，几个人一下子全跟在闷油瓶后面冲下水去。

冲下去没几步就是淤泥，沼泽的底下有一层水草。我没有穿鞋了，那滑腻淤泥和水草拄脚的感觉好比是无数的头发缠绕在脚上，实在令人头皮发麻。几步扑腾到水深处，我们甩开膀子游了起来。

闷油瓶游得飞快，一转眼就冲到了那个人的附近。那地方似乎水位不高，他挣扎着从水里站起。随即潘子也爬了上去，接着是我和胖子。我的脚再次碰到水底，发现那地方是个浅滩，感觉不出水下是什么情况，好像是一些突出沼泽淤泥的巨大石头。

这时候离那个人只有六七米，我近距离看着那个人，心突突直跳，异常紧张。

文锦算是一个关键人物，一直以来她好像都是传说中和照片里的一个概念，如今出现在我面前，也不知道是不是她。然而这里只有胖子拿着矿灯，他刚站定没缓过来，灯光晃来晃去，我根本看不清楚前面的情况。

闷油瓶已经冲了过去，显得格外急切，一点儿也不像他平时的作风。我看着他几乎能够碰到那人了。就在这个时候，那人忽然一个转身，缩进了水里，向一边的沼泽深处逃了。

我们都急了，纷纷大叫，可是那人游得极快，扑腾了几下，就进入了沼泽之后的黑暗里，竟然一下子没影了。闷油瓶向前猛地一冲，想拉住她，但还是慢了一拍。

看着只有一只手的距离，但是在沼泽之中，人的行动十分不便，有时候明明感觉能碰到的东西，就是碰不到。

不过闷油瓶到底不是省油的灯，一看一抓落空，一个纵身也跳进了水里，顺着水面上还没有平复的波纹就追了过去，也淹没在黑暗中。

我一看，这怎么行？拔脚也想跟过去，但是一下子就被旁边的潘子扯住了。水底高低不平，我被这么一扯就摔倒了，喝了好几口水，刚站起来，潘子立即对我道："别追了，我们追不上了。"

我呛了几口水后冷静了下来，站稳了看去，只见这前面的沼泽一片漆黑，我们慢了半拍，进去之后必然什么也看不到，根本无从追起。很多时候，慢了半拍就等于失去了所有的机会，现在只有希望闷油瓶能追到她。

我们筋疲力尽，气喘吁吁又面面相觑。胖子就奇怪地问："怎么跑了？你们不是认得吗？难道被我们吓着了？"

我想起那人的样子，心说不知道谁吓谁。潘子问我道："那人真的是文锦？"

我哪里看得清楚，摇头说不知道。那种情况下，也不知道闷油瓶是怎么判断的，刚才从我们看到那个人到他叫起来也只是一瞬间，他的反应也太快了。不过，说起来，在这种地方应该没有其他人了。出现的这个人，很容易就让人想到是文锦，可如果真是她，她又为什么要跑呢，不是她引我们到这里来的吗？

“现在怎么办？”胖子问道，“那小哥连矿灯也没拿，丛林里几乎是绝对黑暗，他这么追过去会不会出事？要不咱们回去拿装备进去支援？”

我心说那真是谁也说不准了。一边的潘子道：“应该不会。那小哥不是我们，我相信他有分寸，况且我们现在进去也不见得有帮助，到时候说不定还要他来救我们。”

我想起刚才闷油瓶朝那人冲去的样子，不像是有分寸的。说起来，我总觉得进入这个雨林之后，闷油瓶好像发生了一些变化，但是又实在说不出到底哪里有区别。

我们在那里等了一会儿，也不见闷油瓶回来。身上好不容易干了，这一来又全泡起了褶子，一路进来我们就几乎没干过，这时又感到浑身难受。

胖子说：“我们不要在水里等了，还是到岸上去。这水里有蛇，虽然在水中蛇不太会攻击人，但是那种蛇太诡异了，待在这里还是会有危险。”

他不说我还真忘了那蛇的事情。我们下半身都在水里，水是黑的，完全看不到水下的情况，听到这个还是心里发毛的，于是便应声，转身朝出发地游过去。

上了岸，胖子抖着自己的胸部，一边搓掉上面的泥，一边看刚才我们背包四周那些蛇的印迹。我坐到篝火边上，稍微缓过来点儿，此时脑子里乱了起来，一方面，有点儿担心闷油瓶，他就那么追进沼泽，想想真是乱来，也不知道能不能出来；另一方面，这一系列的事情让我很不安。

阿宁的死其实是一个开始，但是当时更多的是震惊，现在想想，“野鸡脖子”在我们睡觉的时候偷偷爬上来干吗呢？几乎就是在同时，沼泽里还出现了一个人，还没有进沼泽就一下子冒出这么多的事情，实在是不吉利。这地方还没进去，就给人一种极度危险感，甚至这种感觉和我以前遇到危险时候的感觉还不同，我总感觉这一次，可能要出大事。

这也可能和闷油瓶的反常有关系。虽然我不愿意这么想，但是不知道为什么，这一次在闷油瓶的身边，我没有以前那种安定的感觉，反而更加心神不宁。

这时候再回想起之前下决心来这里的情形，真是后悔得要命。

潘子处理完了衣服就来提醒我，我也把衣服脱了去烤。我们加大了火苗，好让闷油瓶回来的时候看到我们的位置。胖子口出恶言："这点儿小火苗有点儿像招魂灯，别再把沼泽里的孤魂野鬼招来。"潘子张嘴就骂。

不过胖子说得也有道理，这确实有点儿像。我心里不舒服，就又打起矿灯，在石头上一字排开，这样看着也清楚一点儿。我拿着矿灯走到阿宁的尸体边上，想放在她的头边。可走过去一看，我忽然意识到哪里有点儿不对。再一看，我脑子就"嗡"了一声。

阿宁的尸体竟然不见了，只留下了一个空空的睡袋。

第二章

消失了

我心说，坏了，忙向四周察看，然而都没有，一下子便慌了手脚，心说：这是怎么回事？这荒郊野外的，难道诈尸了不成？我忙唤来胖子和潘子看这一切。

两人一看也傻了。胖子大叫了一声：“谁干的？”大家都条件反射地往四周去找，这动作我们也不知道做了多少次，都蒙了。

四周 ·片寂静，既没有人，也没有听到任何野兽的声音。我立刻感到一股恐惧袭来：这西王母古城里必然没有其他人，睡袋附近又没有野兽的脚印，我们都清楚不可能有谁搬动这具尸体，难道真的是诈尸了？

想起之前那个诡秘的梦，我不由得喉咙干涩，心说：难不成要噩梦成真？

胖子和潘子到底是见过大世面的，此时没有慌乱，而是立即蹲了下来，翻找睡袋，想看看到底是什么情况。

睡袋一翻开，潘子又倒吸了一口冷气，就看到睡袋里面，竟然全是蛇爬过的那种泥痕，睡袋下面也全都是，痕迹很杂乱，显然这里爬过的蛇数量极多。我摸了一把，黏糊糊的，痕迹非常新，显然是刚刚留下的。

胖子脸色大变，惊讶道："难道是那种蛇把尸体搬走了？"

潘子不信："这不可能！蛇怎么能把这么重的一具尸体带走？"但是他的脸色也变了，显然这里的痕迹表明胖子说的是对的。

我背脊发凉，说不出话来，如果这是真的，这事情就太邪门了。一直以来我对"野鸡脖子"都有一种特别的恐惧，一方面是因为它的毒性，另一方面则是关于这种蛇的那些神乎其神的传说。很多的传说里，这种蛇的行为都是十分乖张的，让我印象最深的就是这种蛇的报复手段十分诡异，但是它们竟然把阿宁的尸体搬走了，这实在太匪夷所思了。

"一条当然不行，可是你不看看现在有多少条，大象都抬得走！"胖子翻开整个睡袋，只见下面全是蛇印，睡袋一边到水中的区域更是多得变成一片烂泥，刚才光线暗淡才没有注意到。

"可这些蛇要尸体干什么？"潘子又道，看着胖子。确实，阿宁的尸体显然不能当食物，蛇也不是有爪子的动物，要打开睡袋运走一具尸体，非常困难。蛇又不是蚂蚁，要尸体来干吗？

"那你就要问蛇去了。"胖子顿了顿，又道，"不过蛇这种东西很功利的，总不会是为了好玩，肯定有原因！没想到这娘儿们死了也不得安稳，倒是符合她的性格。"

我想着，心情压抑起来。刚才那一系列的事情，每件都没头没尾，而且全都让人摸不着头绪，这感觉实在太糟了，想着有点儿失控，心说怎么可以被蛇欺负，便拿起矿灯，对他们说："我们一来一回也就几分钟，这尸体肯定还在周围，我们去找一下。"

我还没站起来，就被潘子拉住了："找个鬼，几百条蛇，你找死！"

"可是，她总不能葬在蛇窝里。"

胖子把我的矿灯抢了回去，潘子拍了拍我的肩膀："小三爷，你得想开，人活着才是人，死了就是个东西，臭皮囊而已。我们已经不可能把这女人带回去了，这也算是她自己选择的归宿，犯不着为具尸体拼命。”

胖子也道：“就是，死了就是死了，死在哪里不是死？不过改日要是胖爷我也挂了，你们就把我烧了，别给这些蛇绕去，鬼知道它们要尸体干吗。”

我听了，一下子也泄了气，坐倒在地上，抓了抓头皮，心里很不舒服。

胖子看着那些痕迹，又道：“这里的蛇果然邪门。搬一具尸体要多少蛇？少说也要百十来条吧？你想光这里就有这么多了，这整个林子里到底会有多少？咱们在这里待着，恐怕不太明智，要是它们再回来，咱们三个恐怕也扛不了几分钟，到时候挂了，碰上阿宁，又要被那臭娘儿们笑话了。”

“其实我感觉不用那么害怕，刚才我们睡着的时候蛇都没咬我们。”潘子道，“老子在越南也碰到过不少蛇，被咬过也有两三次了，对蛇也算熟悉，一般蛇不太会主动攻击人的，阿宁当时算是个意外，可能是阿宁弄瀑布的水，惊扰到那条蛇了。”

这一听就知道是安慰的话。我心说，谁信，看潘子的脸色就知道他自己都不信。普通蛇还好说，那种蛇看着就邪门，不是善类。

我将矿灯放到原本想放的位置上，看着空空的睡袋，心中非常酸楚，胖子却把我的几盏矿灯全部调整了方向，照着四周的水面，说是要警惕一下。

胖子的行为让我立即又担心起闷油瓶。这家伙不会出事吧？如果是在古墓之内，我自然不会担心，因为那地方他轻车熟路，但是像胖子说的，蛇这种东西是不讲道理的，咬一口就死，你拿它没辙。

我们又合计了一下，也不知道该怎么办了，只好继续等闷油瓶。这晚上必然是不敢睡了，三个人背靠背坐在一起，看着四周熬夜。

此时时间也不早了，只过了一会儿天就亮了。随着晨曦的放光，持续一个晚上的压抑减轻了不少，我们也稍许放松了一些，不过闷油瓶却没有回来。

我们重新审视沼泽，没有晚上那么恐怖，不过雨停了，没有雨声，四周只剩下流水的声音，还是安静得异样。远处的雨林之中漆黑一片，天亮不天亮似乎和雨林深处的世界一点儿关系也没有。

见闷油瓶没有消息，我又开始焦虑起来。我很少有这种随时会失去一个人的感觉，现在却感觉这里的人随时有可能会死，这大概是因为阿宁的死亡，打破了我一些先入为主的感觉。

潘子和胖子虽然也有点儿担心，但比我好得多。胖子说，最差也不过就是挂了，让我无言。

我们吃了点儿东西，潘子蹚水回到峡谷口，捡了些树枝回来晒干，烧了堆篝火。

我问他想干吗，他说我们已经过了峡谷，基本的情况都知道了，时间也过了几天，三叔他们如果没有意外，应该马上就会到达峡谷口，这里昨天虽然还有小雨，但是戈壁已经被太阳晒了好几天了，现在地上河还不知道在不在，他要在这里做一个信号烟：一来，标示我们的位置，让三叔知道我们已经进来了和我们进来的路线；二来，也可以警告三叔，让他们提高警惕。

潘子说完就从包里掏出一种黄色的类似于药丸的东西，丢入了炭堆中，很快一股浓烟就升了起来。他告诉我这是海难求救的信号烟，是他托一个还在部队的战友弄来的伞兵专用军货，就这么几个球，能发烟三四个小时。

我道：“能不能告诉三叔这峡谷里有毒蛇？”

潘子摇头，说不同颜色的烟代表着不同的意思，但都很简单。这黄色代表的是前路有危险，要小心前进，更复杂的交流，要等到三叔看到了烟，给了我们回音后他才能想办法传达过去。三叔他们所处的地势比我们高，应该很容易就看得到，我们要时刻注意峡谷的出口方向，或者四壁上有没有信号烟响应。

这倒是一个非常有效的远距离的沟通方法。我看着烟升上半空，心里忽然有了一丝安全感。如果三叔到了并和我们会合，那事情就好办多了，他们人强马壮，我想最起码晚上能睡个囫囵觉。

潘子每隔两小时添一次烟球，第一次烟球熄灭后，没有任何回应，闷油瓶也没有回来，我们也没有在意。一直等到下午，第二次烟球烧了大概一半的时候，胖子忽然叫了起来："有了，有了！有回应！"

我正在无聊地看天，立即就跳了起来，和潘子一起朝悬崖上看去，一开始还没找到。胖子大叫："那边，那边！"

我转了几个圈，才看到有一股烟从远处升了起来，冉冉飘上天空，烟竟然是红色的，乍一看，犹如一条巨大的鸡冠蛇，从很远处的树冠底下冒了出来。

我欢呼了一声，条件反射地就想笑，然而笑容才到一半，忽然凝固了。几乎是欢呼的同时，我立即就发现不对劲。

因为那烟升起的地方，根本就不是峡谷外，而是在我们所处的盆地中央，这片沼泽的深处。

第三章

信号烟

三叔他们一直潜伏在阿宁的队伍之后，按照潘子的说法，应该是有一到两天的路程差距。此时按照计划，他们的位置应该是在这片盆地的外沿，即使发现了这片绿洲，他们也不会立即进入，而必须等待潘子给他们的信号。

然而，让我们目瞪口呆的是，三叔回应我们的信号烟，竟然是从相反的方向，从我们身后——沼泽的中央——升起来的，这就是说他们现在已经身在沼泽之中了。

潘子简直不敢相信自己的眼睛："这是怎么回事？他们怎么在里面？"

我怕是误会，马上拿起望远镜，一看准确无误，那烟绝对不会是起火产生的，因为烟的颜色红得不正常。

"大潘，看样子你家三爷比你动作快多了。"胖子喃喃道。

"不可能啊，难道三爷他们从其他的峡谷先进去了？但是，按照计划不是这么来的，他们应该等我的信号啊，而且他们也太快了……”潘子想不通。

“会不会不是三爷的队伍，是那小哥放的？”胖子道。

“昨天晚上他什么都没带，不可能是他。”潘子道，“就我带了烟球，都在这儿呢。”

“那就奇怪了，看来三爷和你的交接有错误。”

“这烟是什么意思？”我忽然想起颜色可以代表信息，就问道。

潘子从我手里接过望远镜，往烟的方向看去，忽然他脸色就变了：“不好，他们出事了。”

“出事？”我看潘子脸色有变，但是又不知道他说的是什么意思，就让他说详细点儿。

他说烟的颜色有简单的含义：黄色的烟代表前路有危险，要小心前进；橙色的烟表示停止前进，等待确认；而红色的烟则更加严重，表示绝对不能靠近，一般是在极度危险的情况下，警告后来者发出的。一般的活动中，几乎不会用到红色的烟。

不过他也有点儿犹豫，因为毕竟他们不是搞考察的，这种东西也是临时想出来的法子，那烟的用法他有没有记错尚且不说，也许对方记错了。

不过这毕竟不是好消息。我问潘子能不能再发个烟，问问到底怎么回事。

潘子摇头，顿了顿，显然有点儿着急起来：“不行，小三爷，你留在这里，我得过去看看，三爷别出什么事。”

我心里也担心着三叔，不过知道轻重，赶紧抓住他：“这怎么行？那小哥还没回来，你再去，我们这里就只剩下两个人了；况且你一个人进去也实在太危险了，还是等闷油瓶回来再说。”

潘子摇头道：“三爷他们有三十多人，人强马壮，一般情况下不会发出红烟，那边肯定出了状况。那黑瞎子果然还是太嫩，小三爷，你放心，这种林子我在越南的时候钻得多了，我能穿过去，你们在这里等那小哥回来再作打算。”说着就收拾自己的装备。我一看拦不住他，就急向胖子使眼色。

没想到胖子也立即收拾起了装备。我一下子就头大了，心说怎么胖子也这么关心我三叔了？刚想说话，胖子就对我道："你别向我抛媚眼，不仅大潘得去，我告诉你，这次咱们也得进去了。咱们身上的装备根本不够过戈壁的，所以必须得和你三叔会合，至少得拿到他们的东西，否则，出得了峡谷，咱们也会渴死在路上。"

我一想，对啊，顿时就有点儿不知所措。胖子又道："大潘一个人进去也不是不可以，但是万一他有什么意外，我们两个再进去就麻烦了，不如现在三个人一起进去，齐进齐退，成功的概率也会大一点儿。否则我们留在这里，也只是等死。"

"可是那小哥怎么办？"我问道，"如果我们走了，他回来不就找不到我们了吗？要不我在这里等你们。"

"那你不是找死吗？就你那小体格，还不得给那些蛇抡了？得了，进去之后扛东西出来也需要人手，我和大潘肯定不够。我们留下记号，给他指明方向，到时候最多再起个烟给他当信号。不过，"胖子看了丛林一眼，"我想那小哥恐怕不会回来了。"

这事情虽然非常糟糕，却明朗化了，我虽然觉得很不妥当，但是也知道胖子说得对，想了想，只好点头同意。

进峡谷的时候是五个人，现在只剩下了三个，一个死了，一个跑了，原本的物资显然要重新分配，不过胖子说闷油瓶的那一份就不要带走了，用防水布包好之后，用大石头压住，接着用马克笔在防水布的里层写了我们的去向，然后在那包裹边上，把篝火调到最暗，这样能烧三天，如果闷油瓶晚上回来，不至于找不到。

做完之后，我们身上的物资反而减轻了不少。潘子说信号烟最多只能烧三小时，这次进去，我们不能休息，要尽量轻装，反正我们如果回来，必然也会经过这里，所以能不带的东西就不带。

之后我们过了一遍装备，将防毒面具、洛阳铲等一些重的东西留下了。接着潘子又将我背的一些比较沉的东西换到他的背包里，他的行军负重是专业的，背得多一点儿不影响速度，我就不行了。他说丛林行军非常消耗体力，这样主要是保证我能撑到目的地。

他这么说，我很没面子，很想反驳说这半年我也练出了点儿肌肉。不过他根本不给我机会，说完就只顾自己收拾，显然心思已经不在我这里了。

整理妥当，刚要动身，忽然，胖子又抓住了我们，让我们抬头看远处的烟。

第四章

无声的山谷

我们抬头一看，原来那远处的信号烟已经逐渐稀薄，不知道是那边发生了什么变故，还是烟球放得不够。看样子，这烟必然坚持不到我们到达。

在丛林中，如果没有信号烟的指引，我们是肯定无法到达那个地方的。我们问潘子有何办法，潘子就爬上树冠，以信号烟的位置为中心，用远处盆地边缘的峭壁怪石为参照物，在指北针上做了标记，只要往这两块峭壁怪石之间的位置走，必然能经过信号烟的燃烧点。不过，这丛林密集，就算误差十米米都有可能错过，所以得在烟熄灭前尽量靠近。

这就不能再耽搁了。我们立即整理装备，和潘子那里对了指北针，蹚水走入沼泽，往信号烟的方向出发。

在白天通过沼泽边缘那一片水域非常容易，因为雨水汇聚的沼泽水位很高而且清澈，我们可以循着水底能落脚的石头前进，没有落脚的地方就游泳。半支烟的工夫我们就能通过，来到沼泽真正的边缘。

那是一片比较稀疏的雨林带，明显地势较高，很多连接在一起的“树群”突出水面，好像一些巨大的岛屿。可以看到有大量的乱石混在这片区域下的淤泥里，看上去似乎水不深。

但是往里走就会发现，树木在这片区域里非常密集，大概两百米后，树冠就密集得透不过天光了，树根盘根错节。我之前其实有一个想法，就是做一条独木舟，这样就不用这么小心翼翼地蹚水前进，但是一看这种水下环境，就知道独木舟在这里也是寸步难行，非得人自己走不可。

深入林中，光线非常暗淡，很快四周就都是骇人的树根，树根上绕满了藤蔓，藤蔓上又覆盖着绿色的青苔，潮气逼人。那种绕法，铺天盖地，大部分地方我们匍匐下来才能勉强通过，让人感觉是进入了一个巨大的长满树的山洞之中。

潘子砍着拦路的藤蔓，因为几乎所有的树之间都有大量的树根和藤蔓相连，所以我们反而几乎不用蹚水，架空走在大腿粗的藤蔓上非常稳当。

然而让我们奇怪的是，这么密集的树林里，却出奇地安静，除了我们行进的声音，听不到其他的动静，静得有点儿让人毛骨悚然。

“西王母的地盘果然邪门，”胖子边走边道，“连声鸟叫都没有！”

“何止鸟叫，这里好像什么都没有！”我心里道，静得实在不正常，让我有一种错觉：我们可能是这片雨林里，除了这些树以外唯一的生物。

“也许这里的蛇太多了，鸟全被吃光了。”潘子道。

“不可能，这些蛇吃什么？”

想起那种蛇，大家又是一阵紧张，不过一路过来，却丝毫不见任何蛇的踪影，这让我们有点儿意外。

绷紧着神经继续前进，不久我们便看到前方出现了一些裹在树木中、凸出水面的古建筑遗迹。因为年代过于久远，这些残垣断壁都已经成为不同形状的石块，大量藤蔓和青苔在这些建筑的缝隙里生根，然后包裹全身，混在雨林中很难辨别，非得到跟前了才能发现。

这些石块属于建筑顶部的部件了，所以还能凸出水面。因为看不到水下的部分，不知道整体的形状如何，但是看顶部，都是一些简单的塔楼的样子，数量很多，高低错落，大小不一，看上去像塔林。

一路过来基本没有见到西王母的遗存，现在终于看到了，倒是松了口气。之前我还有一个臆想就是我们几个别走错了，毕竟峡谷口上没有牌子写着“西王母城往里2公里，移动信号已经覆盖”，待会儿进去发现里面啥也没有，那玩笑可就开大了。

我们没有时间停下来查看这些遗址，很快深入其中，不过虽然主观上不想去研究，但是前进的路线蜿蜒曲折，总有绕到这些遗址之上的时候。我发现，这些遗迹虽然历经千年，却坚实无比，令人奇怪的是，所有的这种“塔”上，都有很多的方孔，显然是建造时打磨而成的。

方孔说大不大，说小不小，人大约通不过，但是比人小的东西都不成问题。

胖子看着奇怪，路过的时候就下意识地用矿灯向里照照，然而什么都看不到，只听得下面有水声，不知道是通往何处。

潘子没空理会这些，就催促快走，胖子知道急人所急，也只好草草看一下就跟了上来。

这个山谷的绝对面积并不大，往里走，水下的淤泥明显减少，水下的各种古迹遗骸就露了出来，非常清晰，形成了一幅非常诡异但很壮观的景象。水深有两三米，无数的残垣断壁和水下繁盛的树根混在一起，让我感觉只隔着一层薄薄的水面，恍如隔世。

直到这时候我才有进入一座古城的感觉。看着这些残迹，依稀可以想象当年这里繁盛的样子。然而时过境迁，就算是女神的城市，也终于尘归尘土归土了。

感慨间，忽然觉察脚下水流的速度发生了变化，前面似乎有向下的陡坡。我们小心起来，这里树木太多，滑倒踩空就是重伤。

再走几步绕过一棵大树，胖子就惊呼了一声，我们看到左前方的密林中突然出现了一张巨大的怪脸，离我们不到十米，足有卡车头大小，脸上绿斑斑驳，大眼高鼻，和我们在峡谷口看到的人面怪鸟石窟一模一样。那是被包在青苔和藤本植物中的一座巨大的石雕。

胖子打开矿灯照射过去，石雕的身体部分沉入了沼泽中，只剩下头颅，与密林融为一体，在水中鸟身呈现一种非常奇怪的蹲势，好像要突然展翅而飞的感觉，犹如猫科动物攻击前的蓄势。还可以看到石雕下方的水下，有一些形状奇怪的黑影，不知道沉了些什么。

我们面面相觑，想起之前的想法，如果峡谷外的人面鸟身雕像，是告诉外来者已经进入西王母国的领地了，那么，这里出现的巨大的人面怪鸟石雕，又代表着什么呢？难道这是一种更加严重的警告？

我下意识地看了看雕像之后的树海，心说：该不会在这石雕之后的区域里，有什么巨大的危险正在等待我们这些不速之客吧？

第五章

石像

思索间我们已经来到了雕像的下方，水流越来越急，我们看到树根下的沼泽水流紊乱，下面不知道是什么情况。潘子让我们小心，说可能淤泥下的遗迹中有什么空隙通往地下，好比下水井口。

胖子根本就没听进去，所有的注意力都被一边的石雕所吸引，矿灯在上面晃来晃去。

在焦距灯光下，我看到了更多的细微处：石雕似乎是用整块巨石雕刻而成的，很多地方已经残缺开裂，因为覆盖着大量的青苔，使得它看上去更加诡异丑陋，这么近看，反倒感觉不出雕刻的整体是什么。

看了几眼，胖子就把灯光朝水下照去。石像几乎是被包裹在两棵巨大的龙脑香树中间，沼泽之内的部分完全被树根缠绕住了。还能看到在水底比较深的地方，同时被包裹住的还有一些奇怪的影子，形状很不规则，缩在树根里面，不知道是不是石雕上的一部分。

胖子看了半天，也无法看清楚那是什么，而且我还奇怪，为什么四周的树根都能被矿灯照得这么清楚，那东西怎么照却都是个影子。再照我们才恍然大悟，原来那不是什么黑影，而是一个个空洞。

看树根上附着物的漂流方向，这里的水正在往这些黑洞里流。果然如潘子所说，这雕像下面有空隙通往地下。

本来以为能看到什么稀奇古怪的东西，现在不由得大失所望，潘子于是急忙催促，我们只好继续出发。

胖子不甘心，边晃动矿灯往回照，边自言自语：“这水流到哪儿去？难道这古城下面是空的？”

我道：“不是，这可能是以前城市下水道工程的一部分。某些地下水渠井道还能使用，就会有这样的现象。”

胖子道：“那这下水渠道通到什么地方去呢？这儿可是低洼地带，再低就没有可以流去的地方了。”

我想了想，一般城市的排水系统，出口都是附近的大江大河，最后冲进海里。像这种西域古城，附近没有大型的地上湖泊或者江河，但是肯定会有暗河经过四周，那么按道理这种排水系统应该是通往附近的暗河。不过，事实上西域雨量极少，这里的水格外珍贵，怎么也不可能需要“排水”这么奢侈的系统，据一般楼兰和附近遗址的考察，所谓的排水都是地上排水，然后引入井中，这里出现地下排水实在有点儿奇怪。

所以我感觉，这里的排水系统要么是引入地下的暗河，要么就是在古城的地下四处都有蓄水的井或者水池，这些水都在涌向那些深井之内，被储藏了起来，而这些井可能和吐鲁番的坎儿井一样，在地下井井相连，一口井满了自动把水往另一口井送，直到所有的井都蓄满水为止。

这座雕像下面的空洞，也许就是当时的井口，这倒是相当有可能。刚才我们看到的石塔，胖子说下面有水声，可能也是地下引水道里的声音。

潘子道：“这里雨量这么少，几年才下一场大雨，这么大的工程可能要花上几百年的时间，这管用吗？”

“如果从短时间来看可能得不偿失，不过西域国家，有水便可以称王，楼兰号称西域大国也才几千号士兵。这里地形奇异，如果有大量屯水，就算国家规模不大也可以固守。你看这里的情况，这片绿洲肯定就是因为这样而形成的，树可以固水，水可以养树，当时的西王母显然是一个深谋远虑的人。”

本来西王母古城的地域位置就极其低洼，这样的设置甚至可以引入有限的戈壁地下水，不过，如果我想的是对的，那我们到这里来已经有几天了，这么长的时间，这些井道还在排水，说明那些井道到现在还没有满，这底下的井和通道到底有多深？

潘子想了想，点头道：“有道理，不过凡事有利必有弊，如果打起仗来，有人潜入城里投毒，那不是全城的人都倒霉吗？”

我道：“井口必然不会很多，可能西王母宫和权臣家里才会有井口，百姓可能就是用刚才看到的那种公用井口，这些地方肯定都是把守森严。咱们也看过古装片的，投毒这种事情看起来容易，做起来还是有一定难度的，毕竟井口深，再毒的毒药一稀释，恐怕连大肠杆菌都毒不死。”

说到这里，胖子愣了一下，不知道想到了什么，忽然道：“这么说，这些井口必然都是通的，那么咱们从井口可以通到西王母宫里去。”

我道：“确实如此，不过我们又不是鱼，而且下面的井道纵横交错，犹如迷宫，就算给你最完善的潜水设备，你也不一定能活着出来。说不定，下面的井口通道只有碗口粗细，那更麻烦。”

胖子骂道：“你又讽刺我？胖爷我胖点儿碍着你什么事了？”

我道：“我这哪里是讽刺你？我自己都没瘦到碗口粗细。”

“我觉得不会。”胖子道，“我们以前支边的时候学基础课，挖田埂引水渠，宽度也要根据水量定。如果是这么大的雨，碗口粗细的通道够用吗？小吴，你不是能算这些吗？”

我学建筑的时候，碰到过这方面的问题，不过现在临时要用，已经完全不行了，琢磨了几秒只好放弃，对他道：“现在想不起来，还是等我休息的时候仔细想想。”

潘子说：“得，小三爷，你们俩别琢磨这些了，赶紧吧！算出来就算是地铁那么宽咱们也下不去，而且，现在咱们最重要的是尽快赶到三爷那里。”

我一想也是，立即点头，收敛心神不再琢磨这些。就在这时候，身后的林子里忽然响起了一声树枝折断的声音，同时似乎有树冠抖动，树叶抖动声连绵不绝，不知道是什么东西在密集的灌木中移动了一下。

我们一路过来，林子里几乎什么声音也没有，一下子出现这种动静，把我们都吓了一跳，全部停了下来，转头望回去。

树冠密集，除了那座巨大的人面鸟身石雕，什么也看不清楚，那声音随即也慢慢停歇了下来。树林很快就恢复了那种让人窒息的安静。

我们互相看了看，这种动静肯定不是小个的东西能发出来的。看样子，这林子里并不是什么都没有。

潘子把枪端了起来，示意我们准备武器，不要说话了，快点儿离开这里。我们点头，不敢再怠慢，打起精神开始观察四周的动静，随即加快了脚步。

走了没两步，胖子突然就“咦”了一声，道：“等等！”

我们问他干吗，他转回头去，指了指身后的人面鸟身石像，问我们道：“刚才它的脸是朝哪儿的？”

我们朝石雕看去，发现那石雕的脸不知道何时竟然转了过来，面无表情、长满青苔的狰狞巨脸朝着我们，因为被树木遮挡了一半，犹如躲在树后偷窥的不明生物。

第六章

石像的朝向

我的头皮一下子就麻了，心跳陡然加速，紧张起来。

潘子咽了口唾沫，说：“我没注意……不过肯定不是这一面。”

胖子道：“有鬼了，难道它自己转过来了，还是咱们触动了什么机关？”

我说：“不可能。刚才走近的时候我看得清清楚楚的，明显是石头的，而且是一整块的，不太可能有机关陷阱。”

潘子盯着那石雕，道：“刚才没看仔细，也许这雕像是两面的。”

“两面你个头！刚才离开的时候我回头看了好几眼，石像的背面绝对没有这张脸。”胖子道，“而且，这张脸也有点儿不对劲。”

的确，和正面比起来，石像的这张脸让人感觉很怪异。同样是面无表情，但是这脸上的表情就透着一股阴郁和怨毒，让人看了就心惊。

“肯定是自己转过来的。这东西难道是活的？”潘子道，“咱们碰上石头精了？”

“我们走的不是直线，也许是角度的问题，不要吓唬自己。”

胖子骂道："狗屁角度！这肯定有问题，你这么琢磨是自欺欺人。"

我有点儿尴尬。胖子道："要不要回去看看？"

潘子摇头，忽然掏出了枪，上膛，对准了那巨脸就想开枪。我们被他这举动吓了一跳，差点儿来不及反应。胖子立即把枪抬了一下，"砰"一声子弹呼啸而过，打到石像边的龙脑香木上，打得整棵树都震了一下。我们立即去看那石像，心说这也太横了，要真是一活的，你不就直接把那东西给招惹了？

胖子已经做好了战斗准备，手都摸到了腰上。我们看着那石雕，随时防备它有什么异动。

然而那雕像一点儿反应也没有，诡异的脸还是冷冷的面无表情，丝毫没有什么改变，似乎只是普通的石像。等了半晌，潘子把枪退弹，对我们道："你看吧，没事，是石头的，可能真是看错了。这里的路七拐八拐的，咱们快走，别磨蹭了。"

我也松了口气，说真是自己吓唬自己，这种地方让我神经紧张，连正确判断的能力都没了。

胖子皱着眉头，还是不相信："老子支边的时候，干过车床，眼睛毒得很，这怎么可能看错？"

"车床是车床，这里是森林，参照物复杂，看错了不奇怪。"我道。

潘子就催促快走，胖子却死活不肯，要过潘子的枪，放下自己的装备，对我们道："你们别动，我去看看，就两分钟。"说着就往雕像的方向走。

我们知道胖子的脾气，也没办法，只好让他去。我坐下休息，潘子骂了一声"麻烦"。

就看胖子把枪背到身上，小心翼翼地往回走，走到一半的距离，忽然停了下来，退了一步，不知道看到了什么。

潘子很不耐烦，大叫着问他："你搞什么鬼？快点儿！"

话还没说完，胖子突然回头，转身狂奔，对我们大叫："是活的！快跑！"同时就见远处人面怪鸟的"脸"竟然起了变化，眼睛吊了起来，嘴角不可思议地上扬，从那种面无表情，变成了极度狰狞的笑。

第七章

破裂

我头皮一麻，心说还真遇到鬼了，这东西真是活的。

胖子已经冲到我们面前，并不停留，拉住我们就跑，大叫：“发什么呆啊？！”

我们给胖子带出去好几步，此时还是没反应过来，回头去看，却看到更加离奇的场面，那石雕的脸竟然碎了，五官挪位，好像是石头里面裹着什么东西，要从中出来。

“不好！”我大骂了一声，心说自己的预感果然没错，立即撒腿狂奔。

我们在大片的废墟里，下面是乱石和藤蔓，实在难以加速，只得顺着废墟的地势，哪里方便朝哪里跑，摔了好几下，膝盖都磕破了，一直跑到筋疲力尽，再回头去看，才发现自己并没有跑多远。不过那石雕还在原地，并没有追过来，这个距离已经无法看清。

狂奔的时候，体力已经把我们拉开了距离，胖子和潘子都跑得比我还远，还在往前跑。我叫住他们，他们冲回来就来拉我，我扯住他们，让他们先躲起来，然后看那远处的石雕。

发现石雕并没有追过来，他们颇感意外。我们喘着粗气，又看了一会儿，远处的石雕纹丝不动。

我们这才松弛下来。胖子喘得风箱似的，吃力道："怎么回事？小吴，它不动，这会不会是机关？"

"我们根本就没碰那东西，怎么可能是机关？而且机关也做不到那种程度。"

这绝对不可能是机关，整体的石雕雕刻，加上它被两棵巨树夹在中间，如果它要转动头部，那么会产生巨大的动静，那两棵树甚至可能会被扭断，所以就算真的有机关，它也不能转动，这一点是毋庸置疑的。但是，无论我怎么想，显然它已经转过来了，这实在太诡异了。

我对西王母国里可能遇到的事情其实是有着心理准备的，但是这样的事情还是超出了我的想象。

这时候潘子从装备中拿出了望远镜，朝雕像的方向看了看。我忙问："怎么样，到底是什么东西？"却见潘子露出一个非常惊讶的表情，道："见鬼！没了！"

"什么？"我立即抢过望远镜，朝那里看去，果然，那石雕的背部呈现在我们面前，那张狰狞的面孔竟然消失了。

我还没放下望远镜，就被胖子抢去了。我脑子里一片混乱：难道我们刚才看到的是幻觉？不可能，我们三个人都吓得差点儿尿裤子。那这是怎么回事？我们刚才看到的脸是怎么回事？难道是鬼魂？

"难道有人在玩我们？"胖子站了起来。

我们怕他莽撞，立即又拉他坐下。这里石头不稳，胖子一个趔趄，滑了一下，我们又赶紧去拉他，无意间就看到，身后十几米外的巨石上，有一张巨大的人面浮雕，和刚才看到的如出一辙，同样面无表情地看着前方，犹如尸体的表情。

我们刚才跑的时候一路狂奔，并没有注意四周的遗迹，所以不知道是否这浮雕原本就在。

胖子和潘子看到，也觉得不好，立即站定。胖子道：“这总不是活的。”

“不止一个！”潘子道，指着一边。我们看去，发现四周的巨石上，隔不远就有一片人面浮雕，有大有小，但是大部分都被藤蔓掩藏着，不仔细看倒看不分明，认真一辨认，发现规模惊人，几乎到处都是——离我们待的地方不到十米，就是巨大的人面。奇怪的是，这里的浮雕全都是人面，而没有鸟身的图案。

胖子看到这么多呆滞的石眼看着他，不由得一慌，端起了潘子的枪。我立即按住，让他别轻举妄动。我已经感到四周有点儿不对劲了——这些好像不是浮雕。

可还没等我想明白这些到底是什么东西，忽然，其中一块浮雕竟然裂了开来，接着我就看到了一幅奇景：碎裂的石头，竟然全都飘了起来。

我目瞪口呆地看着，心说：难道我终于犯神经了，开始大白天也产生幻觉了？就听潘子大叫了一声：“是蛾子！”

我顿时恍然大悟，仔细一看，果然，飘起来的石头都是一只只黑色的飞蛾，这些人面是这些蛾子排列成的，难怪会突然出现又突然消失。随即就看到四周的人面浮雕都开始扭曲开裂，飞蛾大量地飞到空中，向四周散去。

这些飞蛾显然都是趴在这里的遗迹上，被我们惊扰之后，不知道为何排列出了人脸的样子。

很快天空中几乎布满了黑色的碎片。这些飞蛾也不知道有没有毒，我们都下意识地用衣服蒙住口鼻。不过，使用保护色的东西一般都是无毒的，看着飞蛾逐渐飞散，犹如漫天的黑色花瓣，颇有感觉。

胖子说要抓只仔细看看，这些蛾子不知道是什么品种，不过抓了几次都没有抓住。我们的心逐渐放下，这也算是一场虚惊。不过，这倒也怪不得我们，这情形实在是骇人。

我们在原地待着，一时间也不敢轻举妄动。飞蛾陆续飞走，只剩下零星的一些。这时候，我们就看到，原来的遗迹发生了变化，在飞蛾刚才遮盖的地方，露出了大片的白色，仔细一看，发现全是一团团白花花的蛇蜕，被缠在植物的藤蔓中，看着好像是什么动物的白色肠子。

胖子跳下去，看到藤蔓，挑起一条就骂了一声。大部分的蛇蜕已经腐烂得千疮百孔，极其恶心，大量的藤蔓从其中穿插缠绕。往四周看去，蛇蜕到处都是，遗迹的缝隙里、树根间隙，有成百上千，刚才这些蛾子，全都是停在蛇蜕上面的，可能是被上面的腥味吸引，这里可能是这些蛇蜕皮时的藏匿地。

我们看着就浑身发凉：这片遗迹规模巨大，要多少蛇在这里生存，蜕皮才能成这样的规模?

胖子爬了上来，把他挑上来的蛇皮给我们看。蛇皮的头部膨胀，可以看到鸡冠的形状，确实就是那种毒蛇蜕下来的皮。这条蛇皮足有小腿粗细，比我们之前看到的蛇都要粗，看来这里的蛇的体形我们没法估计。

胖子显然觉得恶心，皱着眉头，连看也不要看。

蛇蜕是一种非常昂贵的中药，一斤能卖到百元以上，这里的规模，起码有几吨，价值惊人，要是胖子知道就不会觉得这么恶心了。不过，我就是知道，也浑身起鸡皮疙瘩。

潘子摸了摸蛇皮，道："这皮还很坚韧，好像是刚蜕下不久，这里是它们蜕皮的地方。蛇一般都在它们认为安全的地方蜕皮，如果在这里碰上一两条，它们会认为自己的地盘受到了最严重的侵犯，肯定会袭击我们，我看此地不宜久留。"

我向后看看。要想往后走，我们必须走过这些蛇蜕的区域，那是极不愉快的事情，不过潘子的担心是正确的，这里的隐蔽处可能就有那些毒蛇。

我们立即出发，急急地走出这片区域。我原以为至少会碰到一两条蛇，不过过程出奇地顺利，我们什么都没发现。想起来，似乎在白天很少见到蛇。看来这些蛇是夜行动物，这也说明，这个林子的晚上绝对会非常热闹。

深入其中，我闻到了令人作呕的腥味，那种味道非常古怪，走出遗迹，顺着地势回到林子的时候，胃里的东西已经卡在喉咙口了。

之后重新进入雨林里，遮天蔽日的感觉又扑面而来，不过经过刚才的一段时间，感觉雨林中的空气简直是享受，带着沼泽味道的湿润的空气比蛇腥味要好很多，很快，我呕吐的感觉就消失了。

在遗迹中耽搁了一段时间，潘子走得格外快，不过体力已经达到了极限，我们也不再说话。如此走了四五个小时，我们明显感觉地势降低，沼泽中水流湍急起来，四周随处可以听到瀑布急流的声音，但就是不知道身在何处。

潘子拿出了干粮，我们边吃边继续前进，不久之后，终于遇到了一处瀑布，是一处地势突然降低的断层，不知道是什么古代遗迹。

一路走来，我几乎可以肯定这个山谷是凹底的地势，山谷的中心部分应该是最低的，这样所有的水都会流向那里。我感觉西王母宫应该就在那里，但此时它已经一点儿也不重要了。

我们过了瀑布之后人都湿透了，瀑布下面又是一个洞天，水似乎渗入地下，植被更加密集了，几乎没有可以通行的间隙，而且在下面根本看不见天，我们几乎是挤着前进了一段距离，很快就失去了方向感。

三叔他们的烟稀薄得很快，纵使我们调了指北针也担心会走偏太远，潘子只好停下来，爬上树去辨认方向。

我此时已经完全走蒙了，潘子一翻上去，我和胖子就往树上一靠，趁机喘口气。不过，没多少时间潘子就指明了方向，说已经靠近三叔他们，催命似的让我们继续前进。

此时看表，已经马不停蹄走了一天。在这种环境下如此强度的跋涉，我还真是没有经历过，现在我竟然还能站着，想来体质确实强悍了不少。不过现在已经超过我的体力极限了，我感觉只要一坐下，就能睡过去。

胖子和潘子商量了一下之后，行军又开始了。胖子看我脸色煞白，就知道我体力透支了，不过现在的情况他也不可能来帮我什么，只能不停地和我说话，让我转移注意力。

四周的景色单调，没什么话题，胖子看着水中的东西，问我：“小吴，你说这些水淹着的破屋子里，还有没有明器？”

我说：“按照楼兰古城的勘探经验来看，自然是有一些东西的，但是因为这座古城被水淹没了，所以像丝绸、竹简这些你就不用想了，锅碗瓢盆可能还能剩一些。你想干吗？该不是又手痒了吧？”

胖子忙说：“不痒，不痒，你怎么可以用不发展的眼光看你胖爷我？这次咱们的目标就是来一票大的，东西到手我就退休了，这些瓶瓶罐罐值几个钱？咱们怎么着也得摸到能放到北京饭店去拍卖的东西。”

我听着直叹气，心说烦人的事情这么多，你还有心思惦记这个。

我们边走边说，刚开始还有点儿作用，后来我越来越觉得眼前模糊起来，远处的东西逐渐看不清楚了，树都变得模模糊糊，心说难道要晕倒了？这可真丢脸了，却听胖子道：“不好，怎么起雾了？”

我用力定了定神，揉了揉眼睛往四周看，发现果然是雾气，不是我的眼睛模糊了。这雾气不知道是什么时候起来的，灰蒙蒙一片，远处的林子已经完全看不见了，眼前几米外的树木，也变成了一个一个的怪影，一股阴冷的气息开始笼罩四周的森林。

不知道是过度疲劳，还是温度降低的原因，我开始产生极度不安的心悸，犹如梦魇一般的纠结压迫在我的心口。

昨天晚上是在树海之外，树海之内有没有起雾我们并不知道，也不知道这雾气有没有毒性。不过，我们没法理会这么多，防毒面具都没带进来。

我们扯了点儿衣服，弄湿了蒙住口鼻，又走了一段距离，并没感觉有什么不适应，心才放下来。这时候，我们发现，雾气已经浓得什么都看不见了。

第八章

第一夜：大雾

本来，按照潘子的估计，如果连夜赶路，再走五六个小时，没有太大的意外发生的话，我们可以在今天的午夜前就到达信号烟的位置。但是人算不如天算，没有想到的是，日落之前气温变化，大雨过后的树海中竟然会起雾。

这样一来，我们根本无法前进了。我们靠着指北针在林中又坚持行进了二十分钟，潘子虽然心急如焚，但也不敢再前进了。

虽然我们的方向可以保持正确，但是在林中无法直线行进，现在能见度更低，很可能路过了三叔的营地都不会发觉，甚至可能一直在走S形的路线。

加上能见度降低之后，在这样的雨林中行进体力消耗极大，已经到了人无法忍受的程度，走不了几米，就必须停下来喘气，四周灰蒙蒙的也让人极度不安。

雾气越来越浓，到我们停下来，能见度几乎降到了零，一米之外，就只能见到一个黑影。本来树冠下就暗得离谱，现在简直如黑夜一般，我们不得不打起矿灯照明，感觉自己不是在丛林里，而是在一个长满了树的山洞中。

潘子说，按照原来的计划到达三叔那里已经是不可能了，现在只能先找一个安全的地方暂时休息，等到雾气稍微消退一点儿，再开始行进。一般来说，这种雾气会在入夜之后逐渐消散，来得快，去得也快。

潘子有丛林经验，说得不容反驳，我如释重负，感觉从鬼门关上回来了，要再走下去，我可能会过劳暴毙，活活累死。

我们找了一棵倒在淤泥中的枯萎朽木，这巨木倒塌的时候压倒了附近的树，四周空间稍微大一点儿，我们就在上面休息。一开始潘子说不能生火，但是最后浑身实在是难受得不行了，才搜集了一些附近的干枝枯藤，浇上油点燃了一堆篝火。

这些干枝枯藤说是火引，其实都是湿的，一开始起了黑烟，烤干之后，篝火才旺起来。胖子不失时机地把更多的枯藤放到一边烘烤，烤干一条就丢进里面。

实在是太疲劳了，连最闲不住的胖子也沉默了下来，我们各自休息。

我脱掉鞋，发现袜子全磨穿了，像个网兜，脚底全是水泡。从长白山回来之后，我的脚底结了一层厚厚的老茧。我当时觉得永远不可能再磨起水泡了，没想到这路没有最难走的，只有更难走的。

按摩着脚底和小腿上的肌肉，潘子回忆着刚才我们行进的路线，说晚上看不见烟，明天早上烟肯定熄灭了，我们现在基本还能明确自己的位置，要做好记号。胖子重新分配装备，将我背包里的东西继续往他们背包里挪。

我有点儿不好意思，但是此时也不可能要面子，体力实在跟不上了。胖子让我睡一会儿，说这样紧绷着休息，越休息越累。我不想逞强，闭上了眼睛。

不过，此时已经累过头了，四周的环境又实在很难让人平静，眯了几分钟，浑浑噩噩地睡不着，就闭目养神。

才有点儿睡意，就听到胖子轻声问潘子："大潘，说实话，要是咱们到了那个地方，你那三爷人不在那里，你有什么打算？"

潘子道："活要见人，死要见尸，我当然要去找，你琢磨这些干什么？"

胖子道："老子是来发财的，不是来给你三爷擦屁股的。你三爷现在没按计划行动，把事情给整砸了。小吴醒着时胖爷我照顾他的心情没说，但是现在不说不行了，我丑话可要说在前头，要是你三爷不在了，我拿了我那份装备，可就单干我的正事了。这林子这么大，我不会跟着你去找他们的。"

潘子冷笑道："散伙？这林子诡秘异常，我们还没遇到状况，要是遇到状况，你一个人应付得了？况且这外面大戈壁几百公里，你就算摸到东西活着出去，一个人能穿出戈壁？"

胖子笑了一声，没接话，道："你胖爷我是什么人物！这些老子都自有计划，提前和你说说，就不劳你担心了。"不过，听他的语气，似乎对这件事情胸有成竹。

潘子摇头，叹气道："这事情老子不勉强你，拿到装备，你要走随便，不过，可不要指望遭难的时候我们来救你，我们摸到的东西你也别指望拿一份。"

"你还唬我？你也不打听打听，唬人，胖爷我是祖宗。"胖子道，"胖爷我早想明白了，你三爷这次进来，根本就不是来摸明器的，要摸到好东西，老子只能单干，得和那小哥一样，玩失踪。前两次那小哥都把我们甩了，指不定摸了个脑满肠肥，咱们都不知道。"

我听着就实在忍不住笑了出来，心说这我倒可以肯定，闷油瓶甩了我们不是为了钱。

胖子一看我没睡，就不说了，只道："大人说话，小孩子听什么，去去去，睡你的觉去。"

我心里感觉胖子是知道我在假寐，话里有话，应该是说给我听的，但是我不知道他想表达什么意思，好像是在提醒我闷油瓶每次都消失的事情。难道是他注意到了什么，想单独和我说吗？

不过在这种场合下，我也不可能避开潘子，只能不做任何的表示，等待时机，而且我实在太疲倦了，根本没法去琢磨这些复杂的事情。

之后大家又陷入了沉默。我靠在旁边的一根枝丫上，逐渐平静下来，睡死了过去，连怎么睡着的都不知道。

其间应该做了一些梦，但是睡得太沉，梦都是迷迷糊糊的。也不知道睡了多久，我醒了过来，发现四周的雾气淡了很多，看了看表，才睡了不到三个小时。

睡得相当好，精神一下子恢复了不少，但是身体犹如针刺般酸痛，看样子比刚才还要糟糕。我同样也曾想过以后不可能再有这种肌肉酸痛的情况发生，没想到还是没办法逃脱。

我活动了一下，舒缓了一下筋骨，感觉好多了，就看到胖子正坐在那里，头朝上看着一棵树，四周没有看到潘子。

我心中奇怪，问他道："潘子呢？"

胖子立即朝我做了一个不要说话的手势，指了指树上。

我按着腰，忍着浑身的酸痛站起来，走到他的身边，抬头看去，只见雾气间已经能看到月亮模糊的影子，树上似乎有人，潘子好像爬到树上去了。

我问："怎么回事，这小子现在学猴了，喜欢在树上休息？"胖子就轻声道："刚才有点儿动静，他爬上去看看。"

话没说完，树上传来"嘘"的一声，让我们不要说话。

我们赶紧凝神静气，看着他，又等了一会儿，就看到潘子朝我们做手势，让我们马上上树。

第九章

第一夜：手链

我俩马上活动手脚，开始爬树。

这里的树木比较容易攀爬，落脚点很多，但是需要格外小心，树干之上都是苔藓之类的植物泥，落脚不稳就容易滑脚，一旦滑了第一下，就可能会一直摔下去。

我们小心翼翼，一步一口气，好比在爬一棵埋着地雷的树，好不容易爬到了潘子的身边。

潘子所在的地方接近树冠的顶部，枝丫相对稀疏的地方，雾气更淡。这棵树很高，头顶上是雾气中透出的毛月亮，大概是因为这里是高原，月亮特别明亮，竟然能透过薄雾照下来这么多的光线，不过月光和雾气融合，还是给人一种毛乎乎的感觉。在晦涩的白光下，能看到四周的树木，但是绝对看不清楚，雾气中一切都模糊不清。

我们上去，轻声问潘子怎么回事。他压着极低的声音道：“那边的树上好像有个人。”

“哪边？”胖子轻声问。潘子指了一个方向，做了一个手势：

"大概二十米，在枝丫上。"

"这么黑你怎么看得见？是不是那小哥？"

"本来也看不见，刚才他动了我才发现。"潘子皱着眉头，又做了个手势让胖子小点儿声，"有树叶挡着，看不太清楚，但应该不是那小哥。"

"你没看错吧？是不是急着想见你三爷，晕了？"

潘子没空理会胖子的挤对，招手道："我不敢肯定，你自己看！"说着拨开密集的枝丫，指着远处的树冠让我们看。

我第一眼只看到一大片茂密的树冠。我的眼睛稍许近视，在平常的时候还好，在这么模糊的光线下很容易眼花，所以看了半天也看不出有什么。胖子的眼睛尖，一下子便看到了，轻声道："哎，真有个人。"

潘子递过望远镜给我。我顺着胖子的方向看去，果然看到了树冠的缝隙中有一个类似于人影的形状，似乎也在窥视什么，身体缩在树冠之内，看不清楚，但是能清楚地看到那人的手上满是污泥，在迷蒙的毛月光下看着好像是动物的爪子。

是谁呢？

我问道："会不会是昨天晚上咱们在沼泽里看到的那个'文锦'，小哥昨天没追到她？"

潘子点头："有可能，所以才让你们小声点儿，要真是她，听到声音等下又跑了。"

我把望远镜递给吵着要看的胖子，对潘子道："怎么办？如果她真是文锦，我们得逮住她。"

潘子看了看四周的地形，点头："不过有点儿困难，从这里到那里有二十多米，如果她和昨天晚上那样听到声音就跑，我们在这种环境下怎么也追不上，她跑几下就看不到人了，最好的办法就是能偷偷摸到树下，把她堵在树上。而且，咱们得尽快了——"他看了看一边的树海，"现在雾快散了，我们也不能耽误太多时间，抓住她之后，要赶紧赶到三爷那里。"

我想了想，说了声“行”，没时间犹豫了，只有先做了再说，想着就拍了一下胖子，想拉他下树。

胖子忙摆手：“等等，等等。”

“别看了，抓到她让你看个够。”潘子轻声喝道。

胖子还是看，一边看还一边移动，潘子心急就火了，上去抢胖子的望远镜，被他推开：“等一下！不对劲！”

我们愣了一下，胖子眼尖我们都知道，他忽然这么说，我们不能不当回事。我和潘子交换了一下眼神。这时候就听到胖子倒吸了一口冷气，放下望远镜骂了一声，立即把望远镜给我：“果然，仔细看，看那手。”

我急忙拿过来，仔细去看。胖子在边上道：“看手腕，在树叶后面，仔细看。”

我眯起眼睛，往那人手腕看去，穷尽了目力，果然看到了什么东西。我心里“咯噔”了一下，似乎意识到了什么，下一秒就明白了。

那是阿宁的那串铜钱手链！

因为之前在魔鬼城里的经历，以及那个怪梦，我对那条铜钱手链印象极其深刻，所以即使是在这样的光线下，我也能肯定自己绝对不会看错。

我吸了一口凉气。

如此说来，远处树上的这个“人”，竟然是阿宁的尸体。那些蛇把她的尸体运到这里来了？

潘子看我的脸色有变，立即将望远镜拿过去。他对阿宁的印象不深，我提醒了他之后，他才皱起眉头，歪着头若有所思。

“从入口的地方拖过密林沼泽，又搬到这么高的树上，这简直是‘蛇拉松’比赛，这些蛇还真是有力气。”胖子往边上的枝丫上一靠，咂了咂嘴巴，沉思道，“这些蛇怎么和蚂蚁一样？你们说会不会它们和蚂蚁一样是群居性动物，它们的蛇巢里藏有一条蛇后，这些尸体是运给蛇后吃的？”

“什么蛇后？”我一下子没听懂。

胖子道："你没掏过蚂蚁窝吗？蚂蚁里的蚁后负责产卵，工蚁负责养活蚁后，我看没错了，肯定是这样，这里的鸡冠蛇可能和蚂蚁、蜜蜂有着一样的社会结构。这林子里肯定有一条蛇后，这些小蛇都是它生的。"

我越发疑惑："确实，这些蛇的行为无法理解，但是你这么猜肯定是没道理的，蛇和昆虫完全是不同的种类，这种可能性非常小。"

"我觉得这应该算是个不错的推测。"胖子道。

我不置可否，不想继续讨论这个问题，再次看到阿宁的尸体，又是这样的场面，让人很不舒服。我都不敢想象，隐藏在树冠内的部分，现在是什么样子了。虽然胖子表示过自己对生死的态度，但是他这时候说的话还是让我感觉有点儿郁闷。

三个人沉默了一会儿。胖子道："不管它们要来干吗，显然尸体在这里，附近肯定有很多蛇，我们最好马上离开这里。"

"那就不管她了？"我心里有点儿不舒服，"既然找到了尸体，要么——"

胖子摇头，我想想也不说下去了。这确实不是什么好想法，这里的蛇我们一条也惹不起，况且阿宁也不想我们看到她现在的样子。于是我叹了口气，不再去看那个方向，轻轻念叨了一声："阿弥陀佛，得，我闭嘴。"

这时候我发现潘子一直没有把望远镜放下来，心里奇怪，看这么久还没看清楚，仔细一看，发现潘子的手上竟然满是汗，脸都发青了。

我一惊，凑上去问道："怎么了？"

潘子放下望远镜，有点儿异样，摇头对我道："没什么。"

那绝对不是"没什么"的表情。我拿过望远镜再次往那方向看去，确实没有什么异样，心中怀疑了一下。不过胖子已经动身下树，我没工夫再考虑这些，最后看了一眼远处，就跟着胖子爬了下去。

潘子下到树下，脸色已经完全恢复正常了。刚才也不知道是怎么回事，但是我发现潘子老是往那个方向看。

他不说，我也不想问，我估计他可能也是不敢肯定，与其问出来让自己郁闷，不如就这么算了。三个人立即收拾了东西，背上了背包，潘子修正了方向，就准备立即离开。

刚想出发，潘子又看了看那个方向，忽然停住了。这时候胖子也发现了他的异样，问他怎么了。他抬手指了指那个方向，做了别说话的手势。

我们都停下脚步，恍惚间听到四周某个方向的林子里，传来了一声声轻微的人声，窸窸窣窣，好像是有人在说话。

因为林子里十分安静，所以这些声音显得极为突兀，我们三个都莫名其妙。我更是一头冷汗，侧耳去听，就感觉这断断续续的声音，好像是一个女人在低声说话。

我们静静地听，那声音忽高忽低，飘忽不定，又似乎是风刮过灌木的声音。然而四周枝叶静定，一点儿风也没有，而让我们遍体生寒的是，声音传来的方向，就是阿宁尸体的方向。

胖子轻声骂道："这演的是哪一出啊？该不会是那臭婆娘真的诈尸了，在这儿给我们闹鬼吧？"

我说不可能，但看了看四周，妖雾弥漫，黑影绰绰，这里不闹鬼真是浪费。

胖子道："不是鬼，那是谁在说话？"

我又想起了昨天晚上看到的"文锦"，心说不一定是闹鬼，也有可能是这个"女人"在附近，然而昨天晚上，"她"并没有发出声音来，所以也不知道"她"是男是女。

还有另外一个可能，就是三叔或者他的人就在附近，那就太走运了。不过这情形实在是古怪，三叔他们应该不会发出这种声音。之前我碰到过太多离奇的事情，在这关口，我还是自然而然产生了不祥的预感。

我不喜欢这种感觉，对他们道："这里月光惨淡，我看肯定有事要发生，咱们还是快走，待着恐怕要遭殃。"说罢就问潘子，"你刚才算了这么久，我们现在该往哪里走？"

潘子脸色铁青，指了指那声音传来的方向："问题是，我们要前进的方向，就是那棵树的方向。"

当下我就愣了："那边？你没搞错？"

潘子拉上枪栓，点头道："搞错是孙子。起雾之前，最后一次看到烟就是在那儿。"

当下我就蔫了，也不知道再说什么好。这时候胖子站了起来，骂道："他奶奶的，是福不是祸，是祸躲不过。人家堵在我们路上，存心不让我们好过，但是咱也不是好惹的，走，就去弄弄清楚，看看到底怎么回事。"说着，站起来就要过去。

我暗骂一声"点儿背"。潘子立即拉住了他，摇头道："千万不可过去，你仔细听听她在说什么。"

第十章

第一夜：丛林鬼声

“孤魂野鬼还能说些什么，还不是‘还我命来’这些话？”胖子道。潘子让他别废话，仔细听，他不是在和他开玩笑。

那人声在说什么，我倒真没注意，刚才声音响起，吓得我们三个头皮发麻，哪里还有心思去听具体的内容。

这声音并不响，如果不是这林子里安静异常，恐怕会被我们忽略掉。现在不仔细去听也根本听不清楚，只感觉是一个女人，用着一种非常奇怪的语调，不知道在自言自语些什么。

潘子说起来，我们的注意力才集中到这方面。潘子示意我们屏住呼吸，仔细去听。

距离似乎太远，那声音黏黏糊糊、断断续续，就算这么听，感觉像在哭，又感觉像在念什么东西，也实在听不出个所以然来，最大的感觉就是，语气暧昧。

“难道是在叫春？”胖子皱起眉头道。

潘子拿枪托拍了他一下，让他别乱说。这时候我有了一点儿感觉："等等，怎么，这声音……好像在叫我的名字？"

"叫你的名字？我怎么听不出来？"

"不是叫我的本名，是在叫'小三爷'，你仔细听听。"

胖子听了听，摇头表示听不出来。我更仔细地听，反而听不清楚了，不过那声音确实有点儿像这么回事，好比鬼魅勾魂一般。"确实是在叫我的名字，就算不是，也像在叫我的名字。"我斩钉截铁道。

潘子点头："没错，你说这里知道你名字的女人有几个？我看这真是闹鬼了，阿宁那婆娘可能觉得自己死得冤，不想一个人烂在这里，要找我们陪葬。"

我摇头，这时候想到了另一个可能："天哪，难道她还活着？"

"活着？怎么可能？老大，你不是没看到，你背到峡谷口的时候，她都烂了。"胖子道。

我一想，心里又凉了。的确，阿宁的死非常确定，一点儿回旋的可能都没有，当时检查得非常仔细。

潘子道："我看是这死女人想引我们过去。我们绝对不能上当，你们跟着我走，我们想办法迂回过去。那边情况不明，可能有很多毒蛇，而且这情形诡异异常，去了讨不了好。"

我转向胖子，问他的意见。

一边是未定的因素，一边是生死存亡，胖子也犯了嘀咕，想了想只得收敛好奇心，一顿，道："你胖爷我不是反悔，不过大潘说得对，咱们手里家伙太少了，这一次还是悠着点儿，打鬼也要看鬼是谁，万一真是阿宁我也下不去手！"

我如释重负。我本来就不想去看什么女鬼，也不知道胖子是怎么想的，没有什么则好，要是有什么，咱拿什么本事脱身啊？想着立即应声。

三个人转身，不再理会那诡异的声音。潘子定了个方向，我们小心翼翼地猫着身子继续赶路，试图从那声音发出的地方绕过去，另外也可以走近听听，到底是怎么回事。如果真是三叔的人在说话，那我们也有足够的距离补救。

我们用布蒙着灯头，不敢把矿灯打得太亮，靠着暗淡的光芒在树木的缝隙中艰难地穿行。

说是绕过那树，其实距离并不远，那诡异的声音一直在我们耳边徘徊，我们走的同时捏着把汗，连一句话也不敢说。

随着距离的靠近，我们离那声音也越来越近，我越听越不像说话的声音。那声音非常脆，不停地重复着一个节奏，完全无法判断到底是什么发出的。

不过能肯定发出声音的地方，就在附近的一个方向。我的心理作用作祟，感觉哪个方向看过去都是鬼气森森的。

一边走一边注意着这个声音，我听得入了神，听着听着，就感觉这声音好像在哪里听到过，脑子里有点儿印象，而且还很新鲜。

我立即让他们停一停，听了一下，忽然，我就想到了那是什么："糟糕，难道这是阿宁身上的对讲机在响？"

"对讲机？"

我知道阿宁他们的制式装备里包括对讲机，我没看见她从口袋里拿出来过，这种对讲机防水、防火、防摔，你要不是认真想对付它，它不是那么容易坏掉，而且可以连续使用三个星期不需要充电。阿宁很可能一直开着。"把对讲机的话筒口用湿的布蒙上，如果有静电噪声，你感觉会不会和这个声音很像？"

胖子没经验，但是潘子显然知道，就猛点头："小三爷说得对，真的很像。"

"那现在是谁在呼叫她？"胖子问，"丛林中的无线电信号很弱，无法传播太长的距离。"

"但是她在树冠上，如果对方也在树冠上，或者说，在峡谷的外沿，那么很可能就可以收到信号。而且你听那声音时断时续，说明对讲机开在自动搜索频率的功能上，它循环搜索所有频率内的声音，显然这里有一道无线电频率正在被人使用。潘子，我三叔这一次有没有带对讲机这种东西？"因为在魔鬼城里对对讲机印象很深，所以这些功能我都倒背如流。

"三爷绝对不用这种东西，因为下地淘沙绝对不会有几个小组分散行动的情况发生，一般就一个，能下去就不错了。不过车上有无线电，难道是在戈壁上留着守车的人在使用这个频率通话？我……”潘子突然想到了什么，“我明白了，他们也看到红烟了，可能三叔和他们有什么约定，他们在进行调度。”

我道：“我们得拿到那个对讲机，这样就可以和戈壁上的人对话，我们就能知道他们的行进计划，以及三叔为什么会在我们之前就进入沼泽中心，而且我们离开的时候，也可以让他们做接应，说不定我们可以从峭壁直接上去。”

胖子兴奋起来，看来他实在是在林子里走得厌烦了，道：“那还等什么，既然不是鬼，咱们也不用客气。”

潘子摇头道：“这事情要考虑周详。没有鬼还有蛇，四周全是树枝，冷不丁蛇从黑暗里出来咬你一口，那你就真成鬼了。”

这蛇其实比鬼还令人头痛，胖子急得抓耳挠腮，恨不得身上能有个喷火器：“要是带了蛇药就好了。看来以后真得什么都带足了，谁能知道戈壁里的古城是这个样子的。”

“这种蛇会怕蛇药？老子很怀疑。”潘子道，“依我看，这些东西可能根本不是蛇。”

“不是蛇是什么？黄鳝？”

“我们那里说，东西活得久了都能成魅，这些说不定就是蛇魅，蛊惑人心，这座古城就是这些东西建的，”潘子道，“专门引人进来，然后吃掉。这保不齐就是个陷阱，咱们还是不要过去。”

胖子拍了拍他，道：“你是封建迷信的书籍看得太多了，被毒害得太深了。蛇就是蛇，就是智商高点儿，它也只是蛇，怎么说也只是一种动物。咱们是万物之灵，还怕这些没手没脚的？”说到这里，他眼珠一转，计上心来，“哎，你们看这样如何，动物都怕火，你们把衣服全脱了，我用你们的衣服把我身上所有的地方全都包住，淋湿了之后浇上烧酒，点起来我就冲过去。这些蛇肯定不敢咬一个火人，我拿了对讲机，然后回来跳进沼泽里，最多不会超过两分钟。”

“然后呢？我们是不是要拿着对讲机在这里裸奔？”我怒道，

“你用点儿脑子好不好？而且这也太难控制了，我们用的酒精纯度极高，万一你被烧死了怎么办？我们还需要你运装备呢。”

“哪有这么容易烧死。”胖子道。潘子接道：“我们穿的都是防水透气的纤维衣服，一烤就干，一点就着，你不用浇酒精就能把自己烧成火人。这绝对行不通。”

胖子骂了一声，忽然又想起了什么：“哎，那或者咱们干脆在树下放把火，堆上湿柴，把烟烧起来，把那些蛇全熏走。”

我一听，觉得这个办法可行。对这种东西就不能正面冲突，一定得采取这种办法，以前农村除老鼠也经常用烟熏。

我点头同意，立即就要开始搜集湿柴。胖子让潘子帮忙，潘子却一下又抓住了我们，不让我动。他脸色很不好看，简直就是有点儿心虚。

我看潘子的脸色，想到他在树上那种表情，忽然意识到了什么，问道：“潘子，你刚才是不是看到了什么？”

潘子点头，有点儿欲言又止，顿了顿，道：“老子本来不想说，怕吓到你们，不过现在还是说了吧。那尸体绝对有问题，我们打死都不能过去。”

“难怪我感觉你怯了。”胖子道，“你到底看到了什么？”

“我看到了，可是我不知道怎么说——就在刚才，我在树上看到，我看到——”

潘子讲话的水平很差，用土话能说出来的话，用普通话就很难表达，说了半天不知道怎么形容。

“你是不是看到阿宁像蛇一样，从树冠里探出来看着我们？”胖子忽然道。

潘子忙点头：“对，就是这样。嗯？你怎么知道？”

胖子脸色铁青地指了指我们身后。我看胖子的表情不对，忽然就头皮一麻，立即和潘子回头。

我们看到身边那棵树下阴影中的灌木丛后，站着一个既像蛇又像人的影子。它静静地蹲在那里，离我们只有五六米的距离，那对讲机的轻微声音，正从这东西的身上发出来。

第十一章

第一夜：逼近

我咽了口唾沫，胖子呻吟了一声：“啊，她什么时候走过来的？”

我下意识地往相反的方向挪了挪身子，压低声音道：“不对，你听这声音，和我们刚才听到的一样。刚才我们感觉离这声音越来越近，可能是错觉，不是我们靠近这声音了，而是这声音靠近了我们。”

这时候我发现自己腿肚子不知道从什么时候起在不停地打哆嗦。要是个粽子，我也许还不会那么害怕，可这偏偏是阿宁，天知道一个我认识的人现在竟然变成了这个样子，她到底成什么了？我简直无法面对，想拔腿而逃。

不过，那玩意儿黑不溜秋的，我们也看不清楚，是不是阿宁也不好肯定。我心中实在有点儿抗拒这种想法。胖子矮下身子，想用手电去照那个人影，潘子却按住了他的手：“千万不要轻举妄动，你听四周。”

我们凝神听了一下，就发现四周的树冠上，隐约有极轻微的窸窸窣窣的声音传过来，四周都有。

“那些蛇在树冠上，数量非常多。刚才那声音恐怕就是这东西发出来，勾引我们靠近的。”

我们浑身僵硬起来。胖子转头看着四周，四面八方全是声音：“咱们好像被包饺子了。”说着，他就举起砍刀。

潘子对他摇头，让我们都压低身体，隐蔽起来，然后从背包里掏出了酒精炉，迅速拧开了盖子：“你用刀有个屁用，咱们真的要用你的火人战术了。”

“你不是说这样会烧死自己吗？”我轻声道，“我宁可被蛇咬死。”

“当然不是烧衣服。”潘子道，然后让我们蹲下来，迅速从背包里扯出了防水布，披在我们头上，把酒精全淋在了上面。

我立即就明白了他的意图，心说果然是好招数，这经验果然不是吹的。

潘子道：“手抓稳了，千万别松开，烫掉皮也得忍着，我打个信号就往前冲。”

四周的窸窣声更近了，我们立即点头。潘子翻出打火机立即点上火，防水布瞬间就烧了起来。他立即钻进来，对我们大叫：“跑！”

我们顶着燃起一团火焰的防水布立即朝着一个方向冲去，当即四周的树干上传来蛇群骚动的声音，我们什么也管不了了，用最快的速度跑出去二三十米，酒精烧完了，防水布也烧了起来。潘子大叫“扔掉”，我们立即甩掉已经燃烧的防水布，开始狂奔。

那完全是发疯似的跑，什么都不管，什么也不看，锋利的荆棘划过皮肤都感觉不到痛。咬牙一路跑出去有一两里地，我们才停下来，立即蹲入草丛里，喘着气去听后面的声音。出乎我意料的是，后面听不到任何蛇的声音，连那诡异的对讲机的声音也没有了。

我有点儿不太相信我们就这么逃脱了，不过这多少让我们松了口气，虽然寂静如死的森林，也并不是那么正常。我的手被烧伤了，也顾不得看看，现在揉了一下，发现只是烫了一下，当时还以为要废掉一根手指呢。

“好像没追来，看来这些蛇也怕我们不要命的。”胖子道，“大潘，有你的，知道灵活变通，这一招老子记着了。咱们还有多少防水布？”

潘子喘气，脸都跑黑了，道：“防水布有的是，可酒精只剩下一罐了，这一招没法常用。快走，这地方太邪门，再也别管什么闲事了，老子可没命再玩第二回了，它们可能就在附近，没发出声音来。”说着看了看指北针。

我知道潘子说得没错，于是一边牛喘一边咬牙站起来。潘子确定了方向，立即推着我们继续往前走。

我看了看身后的黑暗，心里想着那似人似蛇的影子，不由得毛骨悚然。我们不敢再停下来，走得更加提高了警惕，几乎一有什么风吹草动就加快速度。这么一来，体力消耗就成倍地增加，之前高强度的消耗没法在这么短的时间内完全恢复，休息完之后的轻松感早就在刚才崩溃了，我们走得极度辛苦。胖子喘得风箱一样，我几乎就是跟着这声音往前走的。

此时我心里多少还有点儿欣慰，因为一路过来，每次有什么动静之后总会有事情发生，这一次竟然能绕过去，显然运气有所好转，这是以前从来没有的事情。

然而，走着走着，我忽然又隐隐约约地听到我们前方的林子里，响起了那种令人不寒而栗的声音，断断续续，犹如鬼魅在窃窃私语一般。

我们全部僵在了那里。胖子立即把我们两个按蹲下做好隐蔽。我实在累得不行，几乎崩溃。胖子喘着气道：“我说，大潘，你怎么带的路？我们怎么又绕回来了？”

潘子看了看四周，脸逐渐扭曲，道：“我们没绕回来。”

向四周张望，确实看不到一点儿曾经来过的迹象。四周的林子很陌生。潘子道：“糟了，它们没追我们，它们在包抄。”

第十二章

第一夜：偷袭

“包抄，这些畜生还会这个？”胖子冷笑，“胖爷我总算长见识了。”

潘子道：“老子早说了这些蛇不正常。这些绝对是蛇魅，都快成精了。”

听得前方的动静，群蛇似乎正在逐渐靠拢，但是树冠都静止着，犹如凝固了一样，这声音就好比是一股无形的邪气在朝我们逼来。我的汗毛都立了起来，问潘子：“你老家有没有什么对付蛇魅的土方子？”

潘子道：“哪里能对付？按老底子这些都是神仙，听我姥爷说古时候都献过童男童女。”

胖子道：“有没有靠谱点儿的，现在这时候我们上哪儿找童男童女去？”

潘子道：“老子是说古时候，现在这年头在城里哪里还碰得到这种东西！我看硬拼绝对是不行，你看阿宁一下子就死了，我们还是撤吧，打游击我是祖宗，就和它们玩玩躲猫猫，看谁包抄谁。”说着就指了一个方向，要我们跟着他。

我听着潘子说的话，忽然有什么东西让我灵光一闪，走了两步，就想了起来，拉住他道："等等，我感觉不太对。"

潘子看向我。我对他们道："这里面有蹊跷，你们想想阿宁中招的时候，几乎没有防御的能力，一下子就死了，其实这些蛇要弄死我们太容易了，它们根本不需要搞这么多花样，随便缩在某个草丛里，我们走过的时候咬一口，就算我们有几条命也都没了，何必要搞得这么复杂？"

"你是什么意思？说明白点儿。"胖子问。

"它们在峡谷外面就有无数的机会要我们的命，但是我们都安然无恙。蛇不同于人，它们不会犯低级错误。这些蛇没有采用暗算的方式，现在反而在搞这种虚张声势的诡计，可能它们的目的并不是想要我们的命。"

潘子摇头道："这说不通。不想要我们的命，那它们为什么要咬死阿宁呢？也许它们现在是在忌讳我们什么。"

我道："你想想阿宁和我们有什么地方不一样？"

他们两个互相看看，胖子就惊讶道："难道因为阿宁是女的？"

我点头："很有可能就是因为这一点。这些蛇行为太乖张了，我们不能用普通动物的行事方式来推测它们的意图。我看这根本就不是包抄，它们这种行为背后有着更加诡秘的目的，如果我们贸然行动，可能会陷入更加无法理解的境地里去。"

胖子皱眉道："你这么一说倒也有道理了，那怎么办？难道应该硬拼？"

我摇头道："我觉得我们应该先别轻举妄动，先搞清楚它们的意图，否则我们实在太被动了。"

胖子咧嘴道："你真是天真无邪。咱们又不是蛇，怎么可能搞得清蛇的意图？"

我道："人的意图我们都可以分析出来，何况动物？人败在动物手里，往往是低估了对方的智商，我们应该把这些蛇当人去看。如果是一群人，在我们进来的时候，杀了我们中间唯一的女人，却不杀我们，而是用这种方式，时刻让我们的神经保持紧张，你会觉得他们有什么目的？”

三个人沉默了下来。胖子皱起眉头，迟疑道：“这么说起来，难道它们都是母蛇，在垂涎我们的美色？”

我心说都什么时候了，你还有心思开玩笑，却发现胖子竟然是认真地在思考这个问题。

这时候潘子突然吸了口冷气，道：“哎呀，小三爷，这次你说得太有道理了，我好像知道是怎么回事了——你们有没有听说过有一种森林，进去之后就出不来？”

胖子道：“你是说东北的‘鬼林子’？”

“我不知道怎么叫，越南那边叫‘akong’。树林本身就是非常容易迷路的地方，但是有种林子，树木的长势会受到某种规律的影响——不知道是巧合还是必然——会特别容易迷路，而且关于这种林子有一种诡异的说法，在里面会受到各种声音的干扰，林子会像有生命一样将你困死在里面。”潘子有点儿兴奋，砍了一根藤蔓，把里面的水挤出来喝了几口，继续道，“按当地说法，森林有自己的想法。”

我知道这种说法。有人说这是一种进化的体现，所有的森林都是复杂和诡秘的，而且越进化就越复杂，是因为森林希望将所有进入其中的东西困住，为其提供养料，这是森林的一种群体智慧。

但是我并不相信，这样的说法太玄乎了，我更相信另一种说法，就是这种现象是某些动物将猎物往包围圈赶。

潘子也道：“现在的情况可能是类似。我感觉这些蛇确实在逼着我们往一个地方走，它们在修正我们的方向。”

听得我直出冷汗，觉得太不可思议了。

我们不敢往有声音的地方走，又不可能回头，肯定会选择绕路，那么只要在我们前进的地方发出声音，我们经过若干的绕路，肯定会到达一个地点。这想起来，其实和魔鬼城中无形的城墙很相似。

潘子指了指那声音传来的方向："我知道有一种狼就会这样来逼死大型猎物。如果猎物一直避开狼的声音，就会被赶到什么绝境，比如说悬崖边上，然后被狼逼得摔下去。所以一旦开始绕路，我们就算是中招了。"

说着，他眼睛里冒出凶光，对我们道："多亏了小三爷多疑，否则咱们真的要倒大霉了。"

我心说你这是夸我还是损我，胖子就问道："那现在如何是好？我们难道只能走回头路？"

潘子道："恐怕连回头路也不会有。它们既然堵了前面，必然也会堵了后面，这叫逼上梁山，咱们只能去会会它们了。既然它们不想杀我们，那么我们或许对它们有用处，我们就赌一把，看看能不能冲过去。"

本来想着能一路避过危险，找到三叔再说，然而此时不可能了，潘子就提议主动进攻，无论对方是什么，也不能被诱入陷阱中，到时候可能有比死更惨的事情等着我们。

胖子说他早就想这么干了，我们还非迂回，浪费时间。

于是我们开始准备，不过在这种环境下，我们的武器几乎没有防身的作用，潘子的枪不能连发，如果第一枪没打中，还不如匕首管用，在这样的能见度下，打中目标几乎只能靠运气。

三个人一琢磨，就做了几支火把，两支短柄的，一支长柄的。一般的动物都怕火，就算是狗熊之类的大型猛兽，看到三团火也不敢贸然靠近。

而只要有这火焰帮我们威慑住对方，那潘子就有从容的时间射击和换弹，遇上危险也能应付一下。当然，真实的情况到时候才能知道。

潘子说，如果对方是人，他完全可以神不知鬼不觉地摸过去，他在越南摸林子偷袭的本事相当厉害，但如果是蛇，那就等于送死，况且还有那只不知道是什么的怪物。那东西不知道是不是阿宁。不过，既然声音是从那东西身上发出来的，那么它肯定也在前面，所以我们要尽量避免发生正面冲突，以通过为主要目的，实在不行再拼命。

我们准备妥当，点燃火把，就往那声音传来的方向缓缓摸去。

这其实是相当矛盾的事情——在午夜的雨林中，举着火把无疑是最大的目标，比开着坦克还要显眼。但是我们三个全都猫着腰在那里，似乎要去偷袭别人，有点儿像举着“我是傻老爷们儿，我来偷窥”的牌子闯女厕所的感觉。

那窸窸窣窣的声音离我们并不远，也就两三百米，我们的注意力全部集中在那声音上。听着声音越来越近，也越来越清晰，那无线电噪声的感觉也越来越明显，我不由得咽了口唾沫。但即使如此，我们还是听不清楚那声音到底说的是什么。

很快，那声音就近得几乎在我们头顶上。潘子举手让我们停下，抬头去看头顶犹如鬼怪一般的树影，辨认片刻，无法分辨。

在这边，月光照不到树冠下的情形，我们的火把不够长，光线也没法照到上面，只看到树冠之间一片漆黑，声音就是从其中发出来的，也无法描绘树的全貌，反正这里的树冠几乎都融为一体，也说不出哪棵是哪棵。

第十三章

第一夜：冲突激化

让我们感到奇怪的是，就算是到了树下，从树上传下来的，还是那种窸窸窣窣类似电磁噪声的声音，并没有任何其他声响，更没有动静。而且在这里听起来，我总觉得那声音不止一个。难道这不是对讲机的声音？

进入这里之后，一切的判断都无法肯定，我总感觉我没有抓住关键。

“那些长虫真镇定！”胖子在一边用唇语道。

我预想的最好的情况就是，那些蛇对我们的这种举动目瞪口呆，无法做出反应，我们可以有惊无险地过去。不过我感觉这有点儿贪心了，虽然树冠纹丝不动，但是我已经感受到一股难以言喻的躁动在四周蒸腾，不知道是心理作用，还是确实能感受到这种危险的气味。

我们已经相当靠近了，如果这些蛇的智商真的这么高，现在却仍然没有动作，显然这些东西相当谨慎。

这种谨慎是我们可以利用的，因为我们什么也没有，如果这些蛇突然改变主意要杀我们，那么我们连一点儿反抗的能力都没有。这种利用对方小心的性格暗度陈仓的计策叫作偷鸡，我以前以为只有对人类可以玩偷鸡这种把戏，想不到这一次我们还可以偷蛇的鸡，今年黄鼠狼该郁闷了。

我们不动声色，潜伏着慢慢过去，不敢说话，不敢有任何大的动作，更不敢有任何的停留。那声音越来越近，汗水如雨一样从我的脸上流下来，声音越清晰我就越无法集中注意力。

这种感觉让我心慌。胖子发现我不对，立即捏了我一下，让我放心。我转头看他，发现他也是满头汗。

不过被他这一捏我感觉好多了。这时候那声音就在我们的头顶，我们一边抬头注视上面，怕那些东西直接扑下来，一边迈步继续往前，不知不觉地走得就快了一点儿。

我们犹如木偶一样走出去十米左右，就在我心中涌起一股希望的时候，忽然，树冠上传来的声音戛然而止，林子里顿时安静了下来，我们全部打了个寒战。

那一瞬间三个人都僵住了，但是胖子反应最快，推了我一把让我跑，我却缓不过来摔倒在地，爬起来刚要狂奔，一件让我瞠目结舌的事情发生了。

我竟然听到四周的树冠有一处抖动了一下，接着上面就有人幽幽地叫了一声："是谁？"

我们一下子全愣了，面面相觑：怎么回事？怎么有人说话？

"难道是三爷的人？"潘子一下子兴奋起来，"嘿，不是蛇，我说怎么就没事呢，咱们真是自己吓自己。"他立即对树上叫道，"是我，大潘，你是哪个？"

树上一下子没声音了，静了好久。我们又面面相觑，潘子就又叫了一声："问你呢，你是哪个？"说着就把火把和矿灯都往上照。

火把一照上去，树冠就抖了一下，接着那个幽幽的声音又道："是谁？"这一次语调变了，似乎很痛苦。而且，这是个男人的声音。

我又感觉有点儿问题，这时候不可能一走了之了。潘子道："我上去看看。”

说着他咬住火把，就开始爬树，胖子端枪掩护。我拿刀警惕四周，掩护胖子。潘子的动作极快，几下便爬到一半。这时候树冠又抖动了一下，他没有犹豫，立即加快了速度，几步冲进了树冠之内。我也无暇去看四周，把脸转了上去。

原本以为立即会听到潘子的叫声，但是一下子动静就没了。我的神经开始绷紧，就看着树叶中潘子的火把在移动，似乎没有打斗的迹象。

僵了片刻，胖子也很疑惑，转头看我。我心说你看我也没用，我又没有透视眼。又僵持了片刻，潘子还是没有动静。

这就有点儿不正常，我冷汗就下来了，心说难道这是蛇的陷阱，潘子该不是被秒杀了吧？

胖子轻喝了一声：“大潘！”

上面还是没动静。胖子暗骂了一声，将枪递给我，接着就要上去。我还没接过来，忽然我和胖子的脸上都一凉，树上有什么东西滴了下来，一摸一看，竟然是血。

胖子一下子就毛了，枪也不给我了，将手里的火把往上一甩，甩进了树冠，端枪就打。

连开了三枪，巨大的声响在无比寂静的森林中犹如炸雷一般，顿时整个树冠都抖了起来。在晃动的火光中，我竟然看到无数的蛇影，在树干中骚动起来。

我大惊失色，但已经晚了，只见无数的红光犹如闪电一般从树上游了下来，上百条血红色的鸡冠蛇如流血一般布满了整个树身，并倾泻而下，朝我们直扑过来。

“我靠，这里是蛇窝！”胖子大吼一声，又朝着蛇群连开了两枪，但是这点儿攻击力对如此多的蛇来说实在是不值一提。他拉着我大叫：“跑！”

此时根本没法顾及潘子了，我心中一酸，心知必然是凶多吉少，只得立即朝后狂奔，只听得身后窸窸窣窣的声音犹如瀑布一般急追而来。

顺着来时的路线，我们连蹿出去十几米，回头一看，在这么密集的丛林中，原本蛇应该也没法行动得很快，然而这些鸡冠蛇竟然在藤蔓乱草中犹如闪电一般，我们一停它们几乎就到了，一下子直立起来，全部做出了攻击的姿态，就要咬将过来。

鸡冠蛇王贴地而飞果然是真的，我心说这次绝对死定了。胖子看我还拿着火把，立即抢过来，用力一挥，就将最近的几条蛇逼退，同时把枪甩给我，大叫："装子弹！"

我赶忙去接，竟然没接住，枪掉到了地上。我弯腰去捡，一条鸡冠蛇一下子蹿到枪的附近，吓得我立即缩回手去。

胖子几乎吐血，挥动着火把冲过来，一甩将那蛇逼退，然后用脚后跟钩住枪带甩给我。

这一下我接住了，立即扯开枪膛，往里面填子弹。才填了两颗，忽然脖子一凉，还没等我看清是什么，胖子的火把已经挥了过来，火焰从我耳边呼啸而过，将那蛇拍了出去。

同时我的头发也着了，烫得我大叫。胖子已经把枪抢了过去，单手对着逼来的蛇连开两枪，把其中两条蛇的脑袋打飞。但是随即后面的蛇继续逼近，很快就把打死的蛇掩盖了过去。

胖子还想开枪，扣了两下扳机没子弹了，大骂："你才装了两发！"

我回骂："你自己抢得那么快，有两发就不错了！"

此时我们已经被逼到一棵巨树前，后面再无可以退的空隙了。胖子拿着火把，徒劳地挥动着，也只能逼得那些蛇暂时退后，但是我知道，只要胖子露出一点儿破绽，我们就完蛋了。

就在火烧眉毛之际，忽然从一边的树上，"砰"一声爆起一团火花，一个火球呼啸着穿过树林，射到了我们面前的蛇群里，接着爆了开来。炙热的强光一下子烧得我睁不开眼睛，还好我反应快，否则肯定直接爆盲。

"信号弹！"我纳闷。还没等我眼睛恢复，又是一发从远处飞来，正打在我们脚下。我眯着眼睛只看到一片白光，脚下滚烫，一摸，原来我和胖子的裤子着了，烫得我们立即拍打。

信号弹不是攻击性武器，但是其燃烧时候的高温可以被用来在奇袭时点燃油库，威力巨大，如果直接打在我们身上，我们马上就会变成半熟的牛排。

强光烧了五十秒才暗了下来，眼睛很久才能睁开，全是影斑，不知道视网膜有没有被烧坏。再看我们面前，鸡冠蛇群已经烧死了大半，高温引燃了我们脚下的灌木和藤蔓，在我们面前形成了一片火海，到处是焦煳味。剩余的鸡冠蛇，全都退了回去。

这一切发生得极快，真是九死一生。我看着眼前的情形，几乎瘫软下来。

胖子拍灭了裤管上的火，纳闷是谁救了我们。一边的灌木抖动起来，潘子捂着肩膀从里面摔了出来，手里拿着信号弹发射枪，看到我们就摔倒在地。

我大喜："你没死啊?！"就见潘子浑身是血，似乎受了极重的伤。

我忙冲过去将他扶起来。他挣扎着爬起来，奄奄一息地对我们道："快跑！"

我一愣：跑什么？

忽然从潘子身后的灌木中，站起了一个巨大的黑影，一下子抓住潘子的腿，在潘子的惨叫声中闪电一般将他拖进了灌木中。

第十四章

第一夜：追

我被眼前的场景吓蒙了，还没反应过来，一边的胖子端着枪就冲到我身边，大叫："子弹！子弹！"

我掏出一把，他立即抢过去，一边把枪夹到胳肢窝下，一只手举着火把，单手填弹，一边跳进灌木丛追了过去。

跑了几步看我不动，大骂了一声："跟上！你待在这儿，等下我去哪儿找你？"

我骂了一声，抽了自己一巴掌，立即扯紧背包紧随其后。

闯进灌木之中，行走万分困难，我咬牙蹚着荆棘藤蔓，追着胖子的火把，很快衣服全撕破了。追出去几十米，闪烁间就见前方树冠剧烈地抖动着，拖着潘子的东西上了树，动静极大，显然这玩意儿是个庞然大物。

胖子冲到树下，我们看到树上被什么东西刮出道道划痕，树冠上抖动的树叶朝边上的树移去，显然是要到另一棵树上。

我们不是猴子，根本没有办法在树上追踪，但是在树下实在是跟不上了。胖子喘着气，又追了几步，只好端起枪，朝着树叶抖动的方向瞄准。

我立即对胖子大叫："小心打到潘子！"

胖子咬牙道："横竖是死！赌一把！"说完抬手就是一枪。

枪声震耳欲聋。胖子的枪法极好，但是在这样的情况下根本就没有瞄准的目标，也不知道有没有打中。远处树冠持续抖动，这东西在树上比在平地上走得还快，正在飞快地远去。

"狗屁步枪，口径太小了。"胖子骂了一声，咬牙又往前追了几步，连开了四枪，把子弹全射了出去。

我清晰地看到子弹的火焰射入黑暗，还是没有作用。等胖子再次装填完毕，那东西已经逃出了我们的视野，要追上已经不可能了。

"怎么办？怎么办？"我急得大叫。

胖子也急得团团转，不过才转了一圈，他就发现了什么，把火把照到树上，我们看到树干上全是血迹。

胖子疾走几步，再照下一棵树，发现同样有。

"有门儿！"他叫了一声，立即把火把交给我，"这下它倒霉了，咱们跟着血迹过去，端了它的老窝，就算救不回潘子，也要它偿命。"

这可能是救回潘子唯一的希望了，我也没多考虑，立即就点头。

胖子让我把子弹全部给他。潘子的子弹是放在香烟盒里的，带得不多，一路过来已经用了不少，我全拿出来，发现只有一盒半不到了。胖子又骂了一声："下次如果还有'夹喇嘛'，没有口径5.56以上的家伙，我就不来！"

"得，下次给你门火箭炮，别啰嗦了，快追！"

胖子倒出五颗子弹，三颗放到衣服的胸口袋里，两颗咬在嘴里，一甩头："走！"

我在前面用火把探路，他端枪掩护，我们循着血迹朝黑暗的深处追去。

血迹一路延伸，树干上没有时，灌木和蕨类植物上就有，反正能一路追下去。我越看越觉得不妙，这血迹肯定是潘子的，这么多的血量，有可能是伤到动脉了，要真是这样，大罗神仙也救不回来了。

但是活要见人，死要见尸，事情没有一个绝对。

追出去有五六百米，前面树冠上的动静已经听不到了，我们没法去顾及什么方向以及刚才那些诡异的声音了，只知道有血迹在，我们就必须跟下去。

血迹断断续续，越来越不明显，我心里越来越不安，不知道是血止住了，还是血流尽了。

胖子警惕地看着树顶，一边迅速前进，一边开始大叫："你有种回来连你胖爷我一起给叼了，看是你的牙口硬，还是你胖爷我的皮糙！"

我赶紧阻止他："你在干什么？"

胖子道："野兽喜欢在绝对安全的情况下吃东西，它听见我叫就会警觉，不会这么快对潘子下口。"

我道："警觉个屁啊！你别把其他东西招来！"

他道："你没看过《动物世界》？这么大的捕猎动物，有自己的势力范围，这个范围内不会有许多的大型猛兽的。最好能把它引过来，我们少走点儿冤枉路。"

我还是觉得非常不妥当，胖子却我行我素，继续边跑边大叫："你叼的那个有艾滋病，吃了肠穿肚——"话没说完，突然绊到了什么东西，一下子滚倒在地。

我扶他起来用火把一照，只见地上的落叶上是潘子的背包，上面全是血。

胖子立即警惕起来。我想说话，他对我做了一个"安静"的手势，让我把火把举高看树冠。我刚直起身子，就看到一个巨大的黑影悄无声息地从他背后的树上蹿了下来。

第十五章

第一夜：搏斗

我立即大叫。胖子一看我脸色有变，反应极快，看也不看就一枪托往后砸去，但是已经晚了，那黑影一缩，躲了过去，然后猛扬了起来，我就看到一团满是鳞片的东西从黑暗中闪电一般弹了出来，一下子卷向胖子。

胖子真不是省油的灯，那么胖的身体竟然能反应这么快，顺势一滚就翻了出去。他一让开，火把的光线就照亮了他的身后，我顿时看清楚了那影子的真面目，那竟然是一条水桶粗的金褐色巨蟒，浑身都是血，巨大的蟒头垂了下来，可以看到上面全是弹伤，血肉模糊。

我看着脑中一闪，一下子就认了出来，这竟然就是在峡谷里袭击我们的那两条巨蟒中的一条，竟然在这里又遇上了。

巨蟒一击落空，几乎没有停顿，缩回头颅张开血盆大口，就朝滚着的胖子咬去。

这一次胖子避无可避，一下子屁股就给咬了个正着。巨蟒力气极大，身子一卷就将胖子卷了起来，扯到半空准备绞杀。

胖子没有闷油瓶缩骨脱身的功夫，一下子就动弹不得了，枪也甩在一边，大叫着在空中头朝下转了好几个圈。

我不知道哪来的勇气，立即冲过去用火把去敲蛇。这实在是蠢招，我被盘起来的蛇身猛地一撞就摔了出去，火把砸到自己的裤子上，把本来就没剩多少的裤子又点了起来。我滚了一下把火压熄，胖子已经被卷到树冠里。

我慌起来，这时候手碰到了胖子的步枪，立即捡了起来，躺在地上单手对着蛇头就开了一枪。

很久没有开枪，枪的后坐力把我的虎口都震裂了，但是单手开枪实在太勉强，这么近的距离竟然没打中，子弹偏了出去，打到一边的树干上。

我爬起来，还要再开枪，突然从树上传来一个咬牙的声音：“小三爷，枪给我！”

我抬头一看，潘子竟然还没死，在枝丫间伸下了流满鲜血的手：“快！”

我立即把枪抛了上去，他一把抓住，晃晃悠悠地往枝丫上一靠，不去瞄准蛇，反而瞄准了一边盘着蛇的巨大树枝，咬牙连开了三枪。

近距离——就算这种枪的口径小，威力也极大，那一人粗的枝丫硬生生被打出了一个豁口。巨蟒本身就极重，加上胖子立即就把枝丫往下压折了，重重地砸在地上，像是一棵树倒了下去。

这一下摔得极重，蛇摔得蒙了，猛地盘起来，一下子也不知道是谁袭击了它。胖子趁着蛇盘起身子的一刹那，从蛇身中退了出来，滚到我的脚边。此时他已经被绞得面红耳赤，连站起来的力气都没有了。我拉住他的胳膊，把他往树后拖，不想他却呕吐起来。

我心说糟糕了，该不是内脏被绞碎了吧，忙问他怎么样。

他一把推开我，极其艰难地站起来，又吐了一大口，才道：“晕蛇，比云霄飞车还晕——”

话音未落，巨蟒又扑了过来，血盆大口一下子绕过树干，咬住胖子的肩膀，将他整个人扯了过去，连同我一起用力一甩。我翻到一边的灌木中，胖子大吼一声撞到树上，滚到地下。巨蟒根本不停，接着又拱起头部，满是倒钩牙的巨嘴张开，准备给胖子来致命的一击。

我心中大叫完了，千钧一发之际，突然有一根小树枝从树上扔了下来，打在了巨蟒头上。

巨蟒一抬头，看到了潘子，马上改变了攻击目标，朝树上猛弹过去。就见潘子单手拿枪用力一插，一下子把步枪连同他的一只手臂插进了巨蟒的喉咙里，接着巨蟒甩头将他从树上提了起来，还没绞过去，就听一声闷响，巨蟒的咽喉部分被炸开了好几个口子，疼得它一下子翻了起来。

潘子飞了出去，摔进了黑暗里。那巨蟒狂怒得疯了一样地四处乱撞，巨大的力量把四周的灌木全部摔飞，枝丫被拍下来，像下雨一样。

我抱头躲在树后，只看到树皮全被拍了下来，吓得不敢动弹。等了十几分钟，周围逐渐安静了下来，我探头去看，只见巨蟒翻倒在地，扭了几下不动了。

我完全蒙了，直到胖子哀号起来，才反应过来，站起来跑过去。胖子已经完全晕了。我将他扶起来，他看着我胡说道："把开蛇的司机拽过来，趁胖爷我没死，让老子捏死他。"

我看他还能说胡话，说明没事，将他放倒，立即跑到远处，去找潘子，这家伙恐怕真的是凶多吉少了。

潘子躺在六七米外的树下，浑身是血，手里还死死地抓着已经炸开了膛的步枪，步枪的头都炸成喇叭花了。

我冲过去，他一张嘴就吐血，看着我说不出话来。我看着一摊烂泥一样的人，急得直抓脑门，拍了自己好几巴掌才稍微镇定一点儿，立即开始解潘子的衣服。

衣服一解开，我就一阵反胃，只见他身上竟然全是口子，都是被巨蟒在灌木中快速拖动造成的，好在他身上本来就全是伤疤，皮肤相当硬实，伤口都不深。

我掏出水壶，想先给他清洗伤口。他艰难地举起一只手，往我身上塞，嘴巴艰难地动着。

我拿过来一看，是他的指北针。在这么剧烈的拖动下，他的背包都被甩脱了，这东西竟然能拿着没有掉。

指北针上全是血，但是还能看到他做的记号和夹角标尺。他艰难地发出了一声："找三爷……小心……蛇会……"就浑身痉挛，再也说不出话来。

"蛇会什么？"我不知道他的意思，不过这没意义了，不由得骂了一声，把指北针拿过来放进口袋，让他不要再说话了。他一下子吐了好几口血，连呼吸都困难起来。

我心说：怎么会有这么执着的人？赶紧草草地用水冲洗了他的伤口，然后翻起他的背包，从里面拿出抗生素给他注射进去。

一边的胖子已经缓了过来，一瘸一拐地捂住伤口靠过来，问我情况如何。

我其实根本就不知道情况，我甚至不知道潘子能不能被救活，我没有勇气去求证这些，只能尽力去救他。

胖子也用水壶清洗了伤口，给自己注射了抗生素。我们把潘子搬到蛇尸的边上，我就坐倒在地上，开始给他做全身检查。

四肢都有脉搏，而且并没有虚弱的趋势，我不由得松了口气，但是不敢放松，立即检查他的全身。一路上流了那么多血，很有可能是动脉出血，我必须找出那个伤口，如果不处理，肯定会失血而死。

最后我在潘子的左大腿后面找到了那个伤口，简直深得可怕。伤口竟然已经止血了，结了很大一块血痂，上面全是碎叶子，可能是在被拖动的过程中，潘子情急之下做的措施。

这个伤口必须清洗缝合，不然会感染，到时候这腿就不能要了。但是我们身边没有处理伤口的设备，全部轻装掉了。

看来，我们必须和三叔会合了，而且真的是越快越好。

我拿出潘子给我的指北针，擦掉上面的血迹，想找到方向，可是上面的刻度我完全看不懂，给胖子，胖子也摇头。我拍了一下脑门，骂自己当时干吗不多花点儿心思学一下。

胖子也筋疲力尽，完全没有力气折腾了，道："得了，现在只有等天亮了。到你三叔那儿指不定还需要多少时间，咱们全身是血，很容易招东西来，还是就在这里待着安全，而且不给大潘缓缓，他恐怕也经不起长途跋涉的折腾了。"

我看了看潘子，他意识已经模糊了。要是我受了这么重的伤，肯定就挂了，这家伙的意志真是没话说。不过确实，这伤实实在在，搬动他真的不行。于是我们整理了一片空旷的地方出来，暂时将潘子安顿好。我看了看表，快天亮了，心里祈祷他一定要挺住。

我脱掉衣服给潘子盖上取暖，一下子我也有点儿缓不过来。如此疲劳之下，又经过了这么剧烈的搏斗，我感觉有点儿虚脱。

我坐下来喘气喝水。胖子把潘子的枪捡了回来，给我看，道："这家伙是个爷们儿，他拿东西堵了枪眼，让枪在这蛇喉咙里炸膛了，把这蛇的脊柱给炸断了，否则，还真的不容易弄死它。"

我想着就奇怪，之前在峡谷里，潘子枪枪打中要害，几乎把它的脑袋都打烂了，本以为它死定了，没想到这蛇竟然还没死，还能袭击我们。

胖子道："这种大蛇智商很高，恐怕是之前被潘子打了好几枪，记住了潘子，一直在追踪我们，等机会要报复我们。"

我把火把甩亮些，站起来去照蛇的尸体。仔细去看就发现这蛇真是大，简直像龙一般，就是这么看着还是感到自己背脊发凉。

蛇全身都是金褐色的大鳞片，一片有巴掌大小，最粗的地方简直有柏油桶那么粗，身上有很多伤口，有的都腐烂发臭了。

我小心翼翼地走到蛇头的地方，用火把去照，发现那蛇的舌头竟然还在动，显然还没有死绝。整个蛇头几乎被打开了花，黑色怨毒的眼睛反射出火把的光芒，犹如来自地狱的恶龙。蛇的脖子处，就是枪炸膛的地方，出现了好几个破口，肉全翻了出来，血流不止，已经淌了一地。

这蛇没有这么容易死透，说不定还能活过来。怕它突然再暴起伤人，胖子掏出砍刀，准备将蛇头剁下，但是砍了两下，这蛇身上连个印子都没有。

胖子拿砍刀在蛇的鳞片上划了两下，才发现这些鳞片坚硬得要命，好像盔甲一样。胖子凑近蛇的伤口，发现这蛇竟然长了两层鳞片，皮糙肉厚，难怪潘子怎么打也打不死它。

从伤口附近掰下两三片巨鳞，胖子道："这拿回去吹牛，绝对能干倒一大片。"说着就放进兜里。我让他弄干净点儿，蟒蛇的鳞片下面经常会有寄生虫。还没说完，胖子就"哎哟"了一下，手腕好像被什么东西咬了。

翻过来一看，我发现一只蜘蛛一样的小虫子咬在他小臂上。我们都见过这虫子，是一只草蜱子。我用火把烤砍刀，顺手就把它烫了下来。这时候，我的裤裆里一疼，用手一摸，一下子摸出一包血。

我顿觉不妙，用火把往地上的灌木中一照，就发现我们站的四周的灌木上，竟然已经爬满了这种恐怖的虫子，有的已经爬到我们裸露的小腿上。

第十六章

黎明：血光之灾

草蜱子嗜血成性，肯定是被这里的蛇血吸引过来的。这林子里草蜱子的数量太恐怖，显然已经饿昏了，全部朝这里聚集了过来。

我把火把放低，将四周灌木上的草蜱子烧了一遍，脚上又被咬了好几下，这时候没时间处理了，只好任由着它们，我们得想办法突围。

胖子用炸膛的枪临时做了一支火把，我们用火逼开它们，将潘子抬了起来，一看，潘子的背部已经吊满了血瘤子，刚才应该已经被咬了，背部压在草下没发现。

胖子立即用火把去烧，一烧掉下来一大片，接着我们拖起潘子的背包，就匆匆离开。

幸好潘子的血已经止住了，没有招惹来更多的草蜱子，回头看时，只见巨蟒的尸体已经完全被黑点覆盖，很快这东西就会和在峡谷中看到的那具蛇的骸骨一样，被吸得只剩下一层皮。

“评‘四害’的时候没把这东西评上，真是委屈了它。”胖子看着咋舌道。

我们一路抬着潘子，来到一处沼泽边，怕身上的血再次吸引来那些草蜱子，我们用水把身上的血和潘子的背包全部洗干净。洗着洗着，天就渐渐亮起来，黎明终于来了。我看着天上透出来的白光，欲哭无泪。这是我在这里度过的第二个黑夜，如果有可能，我实在不想有第三个。

胖子又问我往哪里走比较好，我掏出指北针，爬到树上，想学潘子的做法。

晨曦的光线昏暗，欲亮不亮的样子，我爬上树后，突然闻到了一股极为清新的空气，精神不由得为之一振。这个鬼地方，要说还有什么好的话，早晨应该算是唯一能让我心情放松的了，这也是因为这里的夜晚实在太可怕了。

我深吸了一口气，刚想往四周观瞧，忽然就惊呆了，我发现眼前无比宽阔，在我的前方，不过五六十米的地方，赫然出现一座巨大的神庙似的黑色遗迹。

我不知道怎么来形容这种感觉，我原本以为会看到大片的树冠，和以前看到的一样，这突然出现的庞然大物让我一下子无法思考，好半天才反应过来：如果我不是在这个地方爬上树，我可能会一直前进，与这座神庙在这么近的地方擦肩而过。

和以前看到的遗迹不同，这座神庙完全是一个整体，是一座巨大而完整的多层建筑。在现在的光线下看不到全貌，但是感觉规模可能远不止我们看到的那么大，而且看轮廓，保存得比雨林里的废墟要好很多。整片我能看到的遗址中，只有少量的地方有杂草和树木，也看到了久违的大片的干燥巨石。神庙廊柱和墙壁上西域古老的浮雕，在这个距离看上去就像巨石上细小的花纹，无比神秘。

我带着胖子往那里走，不到两分钟我们就从林子中穿了出去，走入了遗迹的范围之内，树木逐渐稀疏。

从树下看去，遗迹更是大得惊人，乍一看真的很有吴哥窟的感觉，到处是石头的回廊、不知名的方塔，最后来到一处高地，看到树冠后巨大的神庙。胖子看得都惊呆了。我一边看一边赞叹地对他道：“这地方要是开发出来，就是世界第九大奇迹了，你信不？”

“我信。”胖子忽然看到了什么，给我指了一个方向，“不是世界第九大奇迹，也是我们的一大奇迹，你看那边。”

我朝他手指的方向看去，在神殿之前的平地上，有连绵成一片的十几个大帐篷，竟然是一个野外营地。

帐篷是帆布的，很大，很旧，大大小小分得很散，颜色是石头的灰色，所以刚才远看没发现。这不是阿宁他们的帐篷，但也没有旧到在这里立了十几年的地步。我心里闪过一个希望。这时候胖子已经叫了起来：“这是你三叔的帐篷，胖爷我认得！”

我一听，心中狂喜，差点儿就大喊出来，这真是“山重水复疑无路，柳暗花明又一村”，看来老天爷玩我玩够了，想让我休息一下了。

我和胖子立即就往营地冲去，也不知道是哪里来的力量。我脑子里只想着休息，休息。

我们狂奔过遗迹之前的开阔地，这是一片巨石堆砌成的广场，其间有很多巨大的水池，水是活水，非常清澈，能看到水池下面有回廊，回廊深处一片漆黑，不知道通向哪里，显然原本这些部分都是在水面上，现在被水淹没了，我们看到的巨大神庙，可能只是当时神庙的房顶，或者顶层，这建筑到底有多宏伟，实在无法估计了。

还没靠近营地，胖子就开始大叫，叫了半天没有反应，跑着跑着，就发现这个营地有点儿不对劲——整个营地安静得让人发毛，没有人走动，没有人影，没有任何的对话声和活动的声音，一片死寂，好像荒废了一样。

我们跑到营地的边缘停了下来，已经筋疲力尽，刚才的兴奋劲没了，我意识到休息可能离我们还远。胖子喘着气，静了静，仔细听了听；晨曦中的营地一点儿声音也没有，寂静得犹如雨林，感觉不到一点儿生气。

胖子喃喃道：“不妙，咱们可能来得不是时候。”

第十七章

黎明：寂静的营地

我们兴奋的心情，瞬间被眼前诡异的营地冷却了，两个人互相看了看，我有点儿想抱头痛哭。我实在太累了，无法再应对任何的突发事件。我忽然觉得我要疯了，这个森林要把我逼疯掉。

胖子比我坚强得多，一边放下潘子，让他靠在一块石头上，一边让我跟他进去探察。我们身边已经没有了雾气，他捡起一块石头打头，我们两个小心翼翼地警惕着那些帐篷，走进了营区。

一走进去，我才感到三叔这一次的准备到底有多充分，我看到了发电机、灶台，竟然还有一顶巨大的遮阳棚。遮阳棚下面是一块平坦的大石头，上面用石块压着很多的文件。我看到有几只刷牙的杯子放在一边的遗迹石块上，另一边两个帐篷之间的牵拉杆被人用藤蔓系了起来，上面挂着衣服。这简直像一个简易的居民居住点。

一切都没有异样，没有打斗过的痕迹，没有血迹，但是也没有人，好像营地里的人只是远足去了。

我们在营地的中间，找到了一个巨大的篝火堆，已经完全成灰了，在篝火堆里找到了烧剩下的发烟球。显然没有错，昨天的烟就是从这里升起的。

帐篷的门帘都开着，可以看到里面没人，我们甚至还能闻到里面“香港脚”的味道。

蹑手蹑脚地转了一圈，什么都没有发现，胖子和我面面相觑。

我想起了当时看到的信号烟的颜色。潘子说，红色的信号烟代表着“不要靠近”的意思，显然可以肯定这里发生了什么事情。我不由得又紧张起来，感觉浑身竖立起了芒刺：这些人到哪里去了？这里发生过什么？

不安的感觉无法抑制，如果我们装备充足、体力充沛，我甚至可能会决定立即离开这里，在附近找个安全的地方仔细观察。但是我们现在几乎就剩下半条命，我实在不想离开这里再去跋涉。潘子的情况也不允许这么做了，他必须立即得到护理。

在遮阳棚下的巨石上，胖子找到了一包烟，他心痒难耐，立即点上抽了一支。不过他实在太疲劳了，抽了两口有点儿顶不上劲儿，我也抽了几口。烟草在这个时候发挥的是药用价值，我慢慢舒缓下来。

接着，我们把潘子抬到一个帐篷里，我看到里面有两只背包，这种帐篷很大，一个帐篷起码可以睡四个人，帐篷里的防水布上还有很多的杂物——手电筒、手表，都没有带走，我甚至还看到一只MP3，却没有看到任何的电灯。我心说：难道外面的小型发电机是为了这个充电准备的？这也太浪费了。

在里面终于可以真正地放松下来，我们把潘子身上的衣服全部脱光，把剩余的草蜱子弄掉。胖子翻动一只背包，从里面找到了医药小盒子，用里面的酒精再次给潘子的伤口消毒，接着他就到营地的帐篷里逐个地翻找，找到了一盒针线，把潘子身上太深的伤口缝起来。

潘子已经醒了，迷迷糊糊的，不知道神志有没有清醒。胖子一针下去，他的脸明显有些扭曲，但是没有过大的挣扎反应。

看着胖子缝伤口的利落劲儿，我就惊讶：“你以前是干什么的，还会这手艺？”

"我和你说过，你老忘，上山下乡的，针线活儿谁不会干，没爹打没娘疼，只好自己照顾自己。"他道，"不过这人皮还真是第一次缝。你说我要不缝点儿图案上去，这家伙会不会觉得太单调？"

我知道他在开玩笑，干笑了几声，表示一点儿也不好笑。

看着潘子我就感慨，万幸这巨蟒虽然力大无穷，但是牙齿短小，即使这么严重的伤，也没有伤到潘子的要害，只是失血太多，恐怕没那么容易恢复。看着赤身裸体的潘子和他满身的伤疤，我忽然意识到他这些伤疤的来历了，恐怕每次下地，他都是九死一生。难怪三叔这么倚重他，这家伙做起事来真的是完全不要命。

不过，也许正是这样的做事风格，虽然他每次都受重伤，却每次都能活下来。

胖子对我道："这叫作自我毁灭倾向，我很了解。我有一死党，以前也上过战场，和他一个班的人都死了，而且死得很惨。他退伍后就缓不过来，老琢磨当时为什么死的不是他，好像他活下来是别人把他开除了一样。和我倒斗的时候，他干起事情来拼了命地找死，什么危险干什么，其实就是想找个机会把自己干掉。这种人就是得有个记挂，否则真的什么事情都干得出来，所以我感觉你三叔对大潘来说就和救命稻草似的。"

我没有那么深刻的经历，无法理解胖子说的话，不过看他的手有点儿抖，就让他别说话，专心缝合。

两个人缝了将近一个小时，才把伤口缝好，手上全是血，又给潘子的伤口消了毒，胖子才松了口气。此时潘子又昏睡了过去。

我们走出帐篷坐下来休息，胖子并没有完全放松，立即看看四周，并且道："这里不对劲。我们趁现在快收拾一下，不能在这里待久。"

我点头，想站起来，可是一动我就发现实在走不动了，身上没有任何一块肌肉能听我的命令。胖子动了两下，显然也走不动。我俩相视苦笑，一起叹气。

说实在的，我们已经油尽灯枯，就算现在有火烧眉毛的事情，我恐怕也站不起来。无论是精神还是肉体，已经超出了疲累的极限，完全无法用了。

看我不动，胖子苦笑着说：“不过现在再回丛林里，恐怕也不安全。与其在潮湿阴冷的地方被干掉，我宁可死在这里，听着MP3给蛇咬死也配得上我这种倒斗界名流了。”

这有点儿阿Q精神了，不过我真心地点头。虽然以前也经历过几次这种筋疲力尽的事情，但是这一次特别严重。主要是进入这里之前，我们穿越大戈壁已经耗费了太多的精力，在进入峡谷之前已经非常疲倦了，之后完全是硬撑下来的。这种长途跋涉后发现旅途才开始的感觉，让人极度绝望。更可怕的是，我知道如果我能活下来，那么回去的路途才是真正的考验。现在阿宁的对讲机即使真的存在，我们也不可能拿到，那么这后面的事情完全会是一个噩梦。

这些东西想起来就让人头痛欲裂，我实在不想琢磨这些。

我们休息了片刻，煮了茶水，吃了点儿干粮，然后把身上的衣服全脱了，那衣服脱下来就穿不上去，随便找个洞都比裤脚大，只好不要了，找了几件正在晒的衣服换上。再看自己的腿，全是荆棘划出的血痕，所幸都是皮外伤，虽然碰到水刺痛，但没有什么感染的危险。

恶心的是那些草蜱子，腿的正面一只都没有，全集中在膝盖后的臼窝里，血都吸饱了。胖子找来专门杀草蜱子的喷雾，喷了一下，草蜱子全掉了下来。我想要拍扁，胖子说一拍可能会引更多的过来，就全部扫到灶台里，烧得啪啪响。

自己煮的茶水格外香，我喝了一点儿，又洗了脚和伤口。已经完全麻木的肌肉终于开始有感觉了，酸痛、无力、麻痒，什么感觉都有，我连站也站不起来，只能用屁股当脚挪动。

昨天晚上，只有我睡了一会儿，虽然困意难忍，但我还是先让胖子睡一会儿，自己靠到一边的石头上警戒。

此时阳光普照，整个废墟全部清晰地展现在我们面前，四周无风，整个山谷安静得犹如静止一般。我料想胖子睡不着，没想到他靠在石头上不到一秒钟就发出了雷鸣一般的呼噜声，烟都没掐掉，叼着就睡死了。

我把他的烟拿来自己抽，苦笑着摇头，这时候感到自己也要睡过去了。我强打精神，竭力忍住不让自己睡着，但是不行，只要坐着不动，眼皮就重得跟铅一样。

晨曦退去，太阳毒了起来，我深吸几口气，躲到遮阳棚里，强迫自己开始整理背包。这时候，我看到了塞在最里面的文锦的笔记本。

怕这珍贵的笔记本会在这么艰苦的跋涉中损坏，我用自己的一双袜子包着，进入峡谷之后一直是计划赶不上变化，都没有机会再仔细看一下，这时候回忆，就感觉这笔记中的内容基本帮不上什么忙。

也许是文锦来的时候距离现在也有一些年头了，虽然对这座古城的历史来说，十几二十几年实在是太短的时间，但是对这里的环境来说也足够长了，二十多年，这里的树木恐怕完全是另外一种长势。

倒是文锦写的“此处多蛇”没有骗我们，不过，我觉得文锦写得太简略了。这些蛇实在有太多可写的东西，但是她只注意到多，难道是缺心眼儿不成？

笔记中记载了大量他们穿越雨林的经过，我倒是可以再仔细看一下，看看有什么可以帮助我们的。这番思考之后，我脑子里已经一片空白，一心想着怎么从这里出去，所以把笔记翻到了最后的部分。

然而我实在是太疲倦了，看字都发花，只好用水洗了洗眼睛，强打精神。翻了几页，我就实在熬不住了，感觉现在看字像催眠似的，就把笔记放下，然后尽量使脑袋一片空白，可是神志不可逆转地一点儿一点儿模糊起来。

就在我马上要睡着的时候，恍惚间听到一个幽幽的声音，好像是潘子叫了我一声：“小三爷。”

我一下子被惊醒，以为潘子有什么需要，立即揉了揉眼睛，痛苦地支起身子，却发现四周安静得很，没有任何声音。

我心说糟糕，累得幻听了，立即按揉太阳穴，却又听到了一声很轻的说话声，好像是在笑，又像是在抱怨什么，从营区的深处传了过来。

我一个激灵，心说：难道他们回来了？

我立即跑了出去，却见里面没人。我叫了一声“嘿”，再往几个大帐篷中间走，走了一圈，什么都没看到。

奇怪！我拍了拍自己的脑袋，四周安静得让人心悸。

在原地站了一会儿，什么都没有发生，我莫名其妙地走了回去，坐回到原来的位置，深吸了几口气，点起了烟，感觉可能是精神错乱了。

但是我立即就知道我没有，我看到面前的石头上，有几个泥脚印，从远处一路延伸过来，到我坐的地方。这在刚才是没有的。

我警觉起来，往四周看了看，看到放着文件的大石头上也有很多的泥浆，显然有东西撑在了这上面。接着我就发现，我放在上面的文锦笔记的位置变了，上面沾着泥浆。

一瞬间我的困意全无，立即站了起来。

谁干的？这么多泥脚印，难道是那个文锦？这家伙看到自己的笔记，翻了一下，还是那个好像是阿宁的怪物？

我看了看四周，没有人在，就去看脚印，脚印一路延伸，竟然是进了潘子的帐篷里。我一下子紧张起来，立即捡起一块石头，到胖子身边，想叫醒他。

叫醒胖子没有那么容易，我摇了几下没有反应，又不敢发出太大的声音，只好咬紧牙关，朝帐篷走去。

帐篷虚掩着，我走到跟前，就看到帐篷的尼龙门帘上有一个泥手印，立即咽了口唾沫。

深吸了一口气，我想象着过程：我一把掀开门帘，然后冲进去，先大叫一声，如果那人朝我扑过来，老子就用石头砸他。

这时候，我忽然又感觉那石头不是很称手，但是也没时间再去找一块了。我又深吸了一口气，咬牙一下子钻进帐篷里，果然看到一个浑身是泥的人正蹲在潘子面前。

我大叫一声，正准备扑过去，就看到那人转过头来。我一下子愣住了。我看到满是泥浆的脸上，有一双熟悉无比的眼睛。

竟然是闷油瓶。

第十八章

第二夜：再次重逢

本以为是文锦尾随我们进入了营地，我拿着石块进去想堵她一下，却发现进入营地的，竟然是满身是泥的闷油瓶。

他的样子让我咋舌：一身的淤泥，几乎把他的全身包括头发都遮住了，肩膀上的伤口全都被烂泥糊满，也不知道会不会感染，不过倒是没有看到他身上添新伤，他昨天晚上一定过得比我们舒坦。

我无法形容当时的感觉，就僵在了那里。他转过来，我才反应过来，把石头放下，解释道："我以为你是……那个啥……"

他没理我，只问我道："有没有吃的？"

我一下子想起来，他冲进沼泽的时候，什么东西都没带。看他的样子，可能一连二十几个小时都没有吃东西了。

我带他出去，给他倒了茶水，他就着茶水把干粮吃了下去，什么话也没说，脸冷得犹如冰霜一样。

他吃完了，我给他布让他擦手，忙问他情况怎么样，当时追出去之后发生了什么事情，又是怎么追上我们的。

他脸色凝重，一边将脸上的泥擦掉，一边断断续续地说了一遍。他说得极其简略，但我还是听懂了。

原来前晚他追着文锦出去之后，连续追了六个小时，无奈在丛林中追踪实在太困难了，最后不知道那女人是藏起来了还是跑远了，就追丢了，到他停下来的时候，已经不知道身在何处了。

没有任何的照明设备，失去了目标，连四周的环境都看不到，他算了一下来这里的时间和自己的速度，知道离开我们并不会太远，但是如果继续深入雨林，要回来就更加困难，他就缩在了树林里面，等待天亮之后回去。

这和我们当时的想法是一样的，胖子推测他也可能会在天亮之后回来，但是天亮之后，事情却出了变化，他看到了我们的信号烟，同时，也看到了三叔他们点起的烟。

他按照距离判断出我们的烟的方向，回到我们给他留字条的地方，却发现那里已经被水淹了。他只好立即返回，来追我们，但是和我们一样，追着那烟走，路线并不笔直，一直没和我们碰上，后来在晚上听到枪声，才摸了过来，一直跟到了这里，发现了营地。

我听完心说真是碰巧，如果昨晚没有那场大战，恐怕他不可能找到我们，也亏得他能在这么恶劣的环境下保持这么清醒的判断。不过他能回来，我心里还是放下了一块石头，本来我是不抱任何希望的。

这时候看他抹掉身上的淤泥，我就问他，同样是跑路，我们虽然也很狼狈，但是也没搞成他这副德行，他遇到了什么事情弄成这样。

“泥是我自己涂上去的。”他道。

我更加奇怪，心说：你学河马打滚，还是身上长跳蚤了？你这体质，躺在跳蚤堆里跳蚤也只敢给你做“马杀鸡”啊。

他看了看手臂上的泥，解释道：“是因为那些蛇……”

“蛇？”

“文锦在这里待了很久，这里这么多的毒蛇，她一个女人能活这么长时间肯定是有原因的，而且那个样子实在不平常，我感觉这两点之间肯定有关系，想了一下，我意识到这些淤泥是关键。”闷油瓶道，“我在身上抹了泥，果然，那些蛇好像看不见我。”

我一想，恍然大悟，原来是这样，我说文锦怎么是那个鬼样子。蛇是靠热量寻找猎物的，用淤泥涂满全身，不仅可以把热量遮住，而且可以把气味掩盖，确实有用。

我心中不由得狂喜，这实在是一个好消息。如此一来，我们在雨林中的生存能力就高多了，至少不再是任蛇宰割了。

闷油瓶把身上的泥大致地擦了一下，就看向四周的营地，问我道：“你们来就这样了？”

我点头，把我们的经历也和他说了一遍。

我从和他分开说起，说得尽量简略但清楚，一直说到我们到这里的时间比他早不了多少，这里已经没有人了，而且这里的情况有点儿奇怪，所有的贴身物品都没有被带走，也没有暴力的痕迹，好像这些人从容地放弃了营地，什么都没有带就离开了。

他默默地听完，眼睛瞄过四周的帐篷，也没有说什么，只捏了捏眉心，似乎也很迷惑。

我对他道：“你回来就好了。因为潘子，我们暂时没法离开这里，而且我们也实在太疲倦了，需要休整，否则等于送死，现在多一个人多一个照应。”

他不置可否，看了看我，道：“在这种地方，多一个、少一个都一样。”

我有点儿意外他会说这种话。不过他说完就站起来，拿起一个提桶，去营地外的水池里打了一桶水，然后脱光衣服背对着我开始擦洗身子，把他身上的淤泥冲洗下来。我看他的样子知道没什么话和我说，心里有点儿郁闷，不过他能回来就是一件喜事了。

他洗完之后就回来闭目养神，我也没有去打扰他。不过我也睡不着了，也洗了个澡，洗完之后感觉稍微有点儿恢复，又打了水回去，给潘子也擦了一把身。他的身上有点儿烫，睡得有点儿不安稳，我擦完之后他才再次沉沉睡去。

出来看到胖子，我想他总不需要我伺候了，一边坐下来按摩着小腿，也没有想再把文锦的笔记拿来看，一边转头看闷油瓶。他也睡着了，想起来他肯定比我们更累，就算是铁打的罗汉也经不起这么折腾。

我就这么守着。一直到下午三四点的时候，胖子才醒，迷迷糊糊地起来看到闷油瓶，“咦”了一声，好久才反应过来，道：“老子该不是在做梦吧？”

闷油瓶立即就醒了，显然没睡深，看了看他，又看了看天，坐了起来。胖子就揉眼睛道：“看来不是做梦。工农兵同志，你终于投奔红军来了。”

闷油瓶真是一个神奇的人，虽然他少言寡语，但是他的出现好比一针兴奋剂，我看得出胖子也是发自内心地高兴。我道：“你高兴什么，你不是说要单干吗？”

他站起来坐到我边上，吐了几口血痰，道：“那是之前。小哥回来了，那肯定得跟着小哥干，跟着小哥有肉吃，对吧？”

我看他痰里有血，知道他也受了内伤，不过他满不在乎，应该不是太严重，就让他小心点儿。

闷油瓶也没回答。胖子递给我一根烟，自己从水壶里倒了点儿水出来洗了洗眼睛，也问闷油瓶之前的情况。我就把刚才闷油瓶和我说的事情，给胖子转述了一遍。

胖子边听边点头，听到淤泥能防蛇那一段，也喜道：“哎哟，这是个好方子。有这方了，我们在沼泽里能少花点儿精力。我刚才睡觉的时候还梦到有蛇爬在我身上呢，赖在老子裤裆里不肯出来，吓死我了。”

我笑起来，感觉只有闷油瓶在的时候，胖子的笑话听起来才好笑，道：“估计是看上你裤裆里的小鸡了。说起来，你到底孵出来没有？”

胖子道：“还没呢，整天泡在水里，都成鱼蛋了，待会儿老子得拿出来晒晒，别发霉了。”

我大笑起来，胖子也笑，拍了我几下：“你笑个屁，我就不信你的还是干的，要不咱们拿出来拧拧？”

我摇头说“不用了”，胖子就让我去休息。虽然我有点儿兴奋，但是身体的疲劳已经无法逆转，躺下不久也睡着了。大概是因为闷油瓶在，这一次睡沉过去了，觉得特别安心，到了傍晚才醒来。

夕阳红了，我起来就闻到了香味，是胖子在煮东西，也不知道煮的是什么。我动了几下，那种感觉好像是躺在坟墓里的僵尸复活了一样，身上的肌肉酸得都“苦”起来，无法形容这种感觉。

双手双脚都没有一点儿力气，我几乎是爬到篝火边上，靠在石头上，手都是抖的，听到胖子在和闷油瓶说话，他正在问闷油瓶有什么打算。

我心说这家伙又开始搞分裂主义了，潘子废了，没人会逼他去找我三叔，他开始拉拢闷油瓶搞他的阴谋诡计了。我立即靠了过去，听到他正对闷油瓶说：“我说这事情绝对不能让吴邪知道，否则他非疯了不可……”

第十九章

第二夜：秘密

我听了心中暗骂。胖子听到我的动静，猛地回头，面露尴尬之色，立即道：“醒了？来来来，给你留着饭呢，趁热吃。”

我怒目道：“你刚才说什么呢？什么事情不能让我知道？”

我是刚睡醒，大约脸色不好看，而且我最恨别人瞒着我。虽然我知道胖子所谓的不能告诉我的事情可能很不靠谱，但我还是非常不爽。

胖子给我吓了一跳，还装糊涂：“什么不让你知道？我说不能让你累到，你听岔了吧？”

我“呸”了一口，坐到他边上，道：“得了，得了，你别以为你是我三叔，你可糊弄不了我。到底什么事？快说！否则我跟你没完。”

胖子看了看我的表情。我就一点儿也不让步地看着他，催道：“说啊，都露馅儿了你还想瞒，我就这么不能说事情吗？你要不告诉我，那咱们就分道扬镳。你知道我最恨别人瞒我事情，我说到做到，你要不就看着我死在这里。”

胖子挠了挠头：“你怎么学娘儿们撒泼，还要死要活的？我不告诉你可是为了你好。”

我骂道：“少来这套。这话我听得多了，好不好我自己会判断。到底怎么回事？”

当然我只是说说，不过我知道胖子不像三叔，这样的情况下他一般不会坚持，否则他受不了那种气氛。胖子不是一个特别执着的人，这一点我特别欣赏。

果然，胖子看了看闷油瓶，闷油瓶没做任何表示，就叹了口气，道：“你跟我来看样东西。”

我走不了，胖子就搀扶着我，来到遮阳棚的下面，上面的文件已经被整理过了，显然刚才他们看过。胖子把所有的文件叠到一起，露出了下面的石台子，我就看到文件下面，平坦的巨石表面，用黑色的炭写了好几个大字。

晚上黑，这里离篝火又远，看不清楚，胖子就打起矿灯给我照明，我走远几步辨认了一下，就愣住了。

那是一句话：

我们已找到王母宫入口，入之绝无返途，自此永别，心愿将了，无憾勿念。且此地危险，你们速走勿留。

我呆住了。胖子在我后面道：“我收拾文件的时候看到的，本来遮起来不让你看到，免得你看了钻牛角尖……你三叔这一次似乎是抱着必死的决心，而且，他选择了永远把你丢下。”

这确实是三叔的笔迹，虽然写得不是很正，但是做了拓本这么多年，我还是能认出其中的笔画习惯。字写得相当草，可以肯定是在相当紧急或者激动的情况下写下的。

我有点儿反应不过来，但出奇地心如止水，没有任何情绪，脑中一片空白。我以为我总会有点儿什么情绪，比如担心或者愤怒之类的，但是我什么都没感觉到。

胖子以为我情绪低落，拍了拍我，就没说话。我走近几步，看着那些字，还是无法激起一点儿波澜。

对三叔安危的担忧，已经在这漫长的过程中被消磨殆尽了。我虽然仍旧不希望他出事，但是在这样的环境下，就是出事，其实也并不奇怪。我都有自己会死的感觉，那么死亡在这里已经不是我们需要担心的问题。

这和战争一样，在人人都有很大可能会死的时候，人们关心的只是事情的结果，而不是单个人的安危。

我忽然觉得我能够理解三叔。这句话出现在这里，已经是三叔对我最大的关爱。如果我们互换一下身份，我追寻的一个无法告诉侄儿的秘密近在眼前，而前路极其危险，我既不希望他跟过去冒险，也无法告诉他事实的真相，那么这样的办法是最好的。

而且，如果是以前的我，可能会泪流满面——从此三叔不再出现，而我则一直心怀遗憾，直到时间把它冲淡。

问题是我不再是以前的我了，我追寻的东西是这些事情背后的巨大谜题，而已经不是三叔本身，所以这些文字对我来说只有一个意思，就是三叔还活着，他已经找到了路。事态和之前完全没有区别，这也许就是我心如止水的原因。

不知道这是我的一种进步，还是我的疲累。或许这些都是借口，三叔已经离我很远很远了。

我默默地看了一会儿，就转过身。胖子上来搂住我的肩膀，安慰我道："我早说不让你看了。不听你胖爷我的话，空添烦恼吧？这事情你也无能为力，不要多想了。"

我不想和他多解释我的心境，就没有回答。他把我扶回篝火边上，给我盛了碗东西，让我先吃。

东西还是水煮的压缩饼干糊，我没有什么胃口，吃得很慢。胖子就继续安慰我，道："你三叔不是凡人，非凡人必有非凡之结局，命中注定的，而且他经验这么丰富，不一定回不来。"

我叹了口气，说："我没事，对这些我已经习惯了。我现在就是在想，那入口在什么地方。"

在雨林中的时候就预见过可能会见不到三叔，因为红色的烟代表着危险，那么发烟者必然不会待在发烟的地方。当时我心里琢磨，三叔可能发烟之后就离开了这里。

现在显然预料对了大部分，只是没有想到三叔会找到了入口，那就意味着他们的位置已经完全不可知了。

三叔在这里扎营并发现了入口。接着，他们应该开始整理装备，从容地离开这里，留下这个无人的营地。为了不让我跟来，他点起了红烟并且在这里留了言，接着进入了入口，不再回归。

他说此去没有归途，三叔不是那种会认命的人，这入口之内一定极其凶险，以致他做出了自己必死的判断，或者是，本身有一些原因使得这个地方进入之后，就绝对无法返回。

事情看上去好像是这样。

按照这样的判断，这入口应该就在附近，也许就在这座神庙内。我不知道三叔手里掌握了多少，但是他应该不是瞎找，肯定是遵循了某种线索或者痕迹，这一点我们完全不了解，但未必就推测不出来。

胖子道："那咱们过会儿到四周去找找有什么线索，也许也能发现。对吧，小哥？"

他问了一下闷油瓶，给他使了个眼色，显然也想让闷油瓶安慰我一下，闷油瓶却摇头。我看向他，他道："吴三省既然这么写，就有把握我们找不到那地方。"

"为什么？"胖子不服气。

闷油瓶看着篝火，淡淡道："吴三省心思缜密，知道我们看到留言必然会得知入口就在附近。他不想吴邪涉险，所以如果入口很容易发现，他必然不会留下文字。他之所以会留，说明这个入口必定极难发现，或者即使发现了，我们也无法进入。"

他说得有道理，我叹了口气，想到即使有线索，三叔为了保险，也许会把线索破坏掉。

胖子就郁闷道："那咱们不是白跑了一趟吗？"

闷油瓶摇头："对你们来说，这也许是一件好事。"

“你胖爷我跑了上千公里，穿过戈壁，越过沙漠，进入雨林，来到这里，然后晒了太阳浴就回去，这叫好事？”胖子往石头上一靠就挠头，“这里什么破烂都没有，这一次真是亏得爷爷都不认识。”

闷油瓶抬头道：“不过，要找到入口，也未必绝对没有办法。”他看了看四周的营地，“而且，这个营地的情况很不对劲，不像是单纯地撤走，吴三省的话未必可信。”

第二十章

第二夜：反推

闷油瓶看着篝火，静静地给我们解释了一遍疑点。他说这里最大的问题，是有好多的背包，三叔人员众多，即使他们精简装备，也不会多出这么多装满东西的背包。而且，因为整个营地的状况非常自然，这些背包都胡乱地放在每个帐篷里，加上各种细节，一点儿也不像整理过装备的样子。

这里的人确实是从容地离开的，但不是通常意义上的从容，他们离开时的状况肯定很不平常。

闷油瓶说的疑点，其实我也注意到了，只是这个疑点可以用一些比较复杂的理由解释，所以我没有在意。他提出来，我就点头，但是我道："也许他们并没有全去。那个地方那么危险，说不定有些人留了下来。"

闷油瓶摇头："如果有人留下来，就没有必要留言。这种留言，只有在所有人都会离开的前提下，才会留下，而且吴三省不会把必死之心告诉手下——这是大忌——一定是在手下全部离开的最后时刻才写上去的，否则那些人会陪着他一起去死？”

但是这样又解释不了现在营地的状况。除非那些人发现了入口，一开心什么都没带，就进去了，但这是不可能的。

胖子“嗯”了一声，显然觉得很有道理。他喝了口水就皱起了眉头，想了想道：“这事情挺邪门，有点儿乱，从头想恐怕想不明白，咱们得从后面反推。”

胖子总是有招，特别是这种时候。我问他怎么反推。他道：“这件事情我们知道很多的结果，但是不知道过程，那么得从结果去想。先从那字开始，按照小哥的说法，留言在这里，说明他们全都离开了，不可能有人留下来，那么这里有这么多的背包在，就说明人比背包少啊。这……”

胖子说到一半就卡住了，好像自己推出来的东西有点儿说不出口，但是我已经知道是什么意思了——人比背包少，而且少了很多。

那意味着，有很多人都死了。

而且死亡是在他们扎营后发生的。

沉默了一下，胖子就继续道：“这里，或者附近，肯定发生过巨大的突变。这里没有暴力的迹象，那么突变应该发生在四周，当时应该有什么事情让他们离开了营地，再也没有回来。但是你三叔幸存了下来，带着剩余的人找到了入口，然后离开了，应该是这样的过程。”

我听了茅塞顿开，但是也听出了破绽，摇头道：“不对，通常在这种情况下，幸存者必然会离开这里，不会有心情再去寻找入口，然后再回来留记号。”

“那么，他们应该在出事之前就已经发现了入口。”胖子修正道。

我点头，闷油瓶也点头。我喃喃道：“或许，他们正是因为那次突变，而发现了那个入口。”

“也有可能，不过这个没法证实了，也没有意义。”胖子道，“总之这事情能成立。”

“那么，突变是什么呢？”我问道，心里有点儿毛起来，“难道是那种蛇？”

胖子看了看四周的黑暗和沉入虚无的雨林，道："你放心，在你睡觉的时候，我和小哥已经搞来了几桶淤泥，等一下抹到帐篷上，守夜的人身上也抹上，就不用忌讳那些'野鸡脖子'。不过，这地方邪气冲天，说不定还有其他邪门的东西，而且变故一定在晚上发生，我们要提高警惕。且要记得，一旦有动静，绝对不能离开营地。"

我点头，道："那我守第一班。"

闷油瓶摇头："你们警觉性太低。如果我们判断正确，那么这种变故将极其凶险，恐怕你们无法应付。今天晚上我守全夜，你们好好休息。"

第二十一章

第二夜：它

我感觉有点儿过意不去，但是我立即明白闷油瓶说得没错，我并不是一个意志坚定的人，在这么疲劳还未完全恢复的情况下，我不可能很好地守夜，一不小心大家都会在危险之中。这时候让闷油瓶守全夜，其实是形势所逼。

胖子也没反对，只道："我看一个人还不够，小哥，你一个人守不了这么大的地方。晚上我陪你半宿，熬过今天晚上，咱们明天换个地方再使劲休息。"

闷油瓶想了想，没做什么表示。胖子道："就这么定了。"

我心里想着是否也别睡了，但是转念一想，明天闷油瓶肯定得休息，我休息完可以顶他明天的，这样想心里也舒服了一点儿。

胖子伸了个懒腰，道："这事儿基本上就这样了，也别琢磨了，咱们再想想明天怎么办。小哥，你刚才说你有办法能找到入口，那又是怎么回事？"

闷油瓶看了看他，道："这个办法很难成功，不提也罢。"

胖子立即道："别，千万别。你先说来听听，我可不想就这么回去。"

闷油瓶沉默了片刻，看了看我们："我们去找文锦。"

我和胖子都愣了，随即我就苦笑，一边笑一边摇头。确实，这个办法很难成功，我们到达这个营地已经是十分困难的事情，况且这里目标巨大，还有信号烟指引方向，文锦只有一个人，而且还能逃跑，在这么大的树海中寻找一个人，无异于大海捞针。

胖子本来满怀希望，这时候也退缩了起来，道："你还不如说去抓他三叔，难度几乎一样。而且，说不定文锦还不知道那入口呢，小吴找到的那本笔记上不是说她没进入这里就回去了吗？"

闷油瓶往篝火里丢了几根柴，道："不会，她一定知道。"

"为什么？"

"我的感觉。"闷油瓶淡淡道。

胖子看了看我，耸耸肩，就没辙了，叹了口气："感觉？我的感觉就是这次肯定白跑了。"说完喝了一口水，一脸郁闷地摇头。

几个人都不说话了。我靠在那里想了想，却感觉闷油瓶这么说还是比较有根据的。

按照事情的来龙去脉推断，一切的源头都在那些录像带上。阿宁和我都收到了录像带，我们都通过不同的方式，得知了文锦若干年前的一次考察，从而促成了这次的冒险。所以，文锦寄出录像带的目的，应该就是引我们来这个鬼地方。

我三叔此行的目的，是跟踪裘德考的队伍，搞清楚他们到底在追踪什么东西，查探这么多年来他们在华活动的真实目的。但是裘德考的队伍在进入魔鬼城之前就崩溃了，跟踪就失去了意义。以我三叔的性格，他会在和黑瞎子会合之后，对剩下的裘德考的人严刑逼供，问出裘德考此行的目的。

所以三叔可能得到的信息，应该是有限的。在这种情况下看来，寄出录像带的文锦肯定是知道得最多的人，没有理由三叔能知道的线索，文锦会不知道。

想到那些录像带，我心里就不太舒服：那张和我一模一样的脸，到底是怎么回事？如果真的抓到文锦，我一定要问清楚，不过现在不是考虑这些的时候。我对胖子道："不管怎么说，文锦知道的概率比不知道的概率大得多。我觉得在我们现在已经走投无路的情况下不应该去考虑这些旁枝末节的东西，还不如仔细想想，有什么办法可以抓到她。"

胖子点起一支烟，抽了一口，道："这不是困难，这是不可能。她看到我们会跑，就算她身上带着GPS，在这么大的地方我们也不一定能逮住她。"

我道："也许我们可以做个陷阱诱她过来。"

"你准备怎么诱？色诱吗？"胖子没好气道，"咱们三个一边跳脱衣舞一边在林子里逛荡？文锦恐怕不好这一口吧。"

我叹了口气，确实麻烦，如果她是向着我们的，那我们叫喊，或者用火光什么做信号，总有得到回应的时候，两边互相修正方向，就可能碰上，但问题是她见到我们竟然会逃，这是为什么呢？

我郁闷道："你们说，为什么她在峡谷口看到我们的时候要跑呢？托定主卓玛传口信给我们的不是她吗？她当时在那里出现，应该是在等我们，为什么没有和我们会合？难道她真的神志失常了？"

闷油瓶缓缓地摇头，说神志失常的判断是我们在看到她满身泥污的时候吓的，现在知道她满身泥污是有原因的，那么显然文锦在当时看到我们的时候是极度冷静的。她逃跑是根据形势判断的结果。

胖子不解："这么说她逃跑还有理了？我们又不会害她，她跑什么啊？"

"冷静……逃跑……"我却听懂了他的意思，脊背冷起来。

文锦害怕什么？

在她的笔记中、她的口信中，都反复提到了她在逃避一个东西，这个东西被她称呼为"它"，而且，她告诉我们，那个"它"就在进入柴达木盆地的我们之中。那么，只有一个比较合理的说得通的可能性。我啧了一声，道："难道，文锦逃走，是因为她看到那个

'它'，就在我们几个人之中？”

闷油瓶点头：“恐怕就是这样。”

我马上看向胖子，看向帐篷里的潘子，又看向闷油瓶，心说：我靠，不会吧？

“当时在场的有，小哥、小吴、我、大潘四个人，这么说来，咱们四个人里，有一个人把她吓跑了？”胖子也看了看我们，“咱们中有一个坏蛋？”

我和闷油瓶都不作声，胖子立即举手说：“胖爷我可是好人，绝对不是我，我对你们那小娘儿们一点儿也不感兴趣。”

“这只是一个想法，也许并不是这样。”我对这样的说法感觉很不舒服，这里的每个人都出生入死过，我宁愿相信文锦逃开是她疯了。

“关键问题是，那个'它'到底是什么？”胖子道，“小哥，你也不知道吗？”

闷油瓶抬眼看了看他，摇头。

“会不会有人整容成我们几个的样子，我们其中的一个是有人假扮的？”胖子问道，说着用力扯自己的脸皮，表示自己的清白，“你看，胖爷我的脸皮是原装的。”

“我想到过这一点，刚才你睡着的时候，我已经检查过你和潘子了，”闷油瓶道，“没有问题。”

我想起看到他的时候，他正蹲在潘子边上，原来是在搞这个名堂，看来他老早就想到这件事情了，但是一直没有说出来。这人还真是狡诈。

胖子就看向我：“那小吴呢？”

我立即拉自己的脸：“放心，绝对是原装的。”

“难说。你可是半路加进来的，说不定你就是假扮的。来，让胖爷我检查一下。”胖子伸手过来，用力拉了一下，疼得我眼泪都出来了，才松手，道，“算你过关。”

“所以，应该不是这方面的问题。”闷油瓶指了指我口袋里文锦的笔记，问我道，“这上面有相关的记载吗？”

我拿出来翻了翻，摇头道："能肯定的是，在文锦的描述中，这个'它'是在追踪他们，应该是有智力的，而且我感觉应该是一个人，只是不知道为什么会用这个'它'。"

胖子站起来，喝了几口水，把水壶递给闷油瓶，道："说起来，追踪他们的，不就是你三叔吗？会不会那个'它'就是你三叔呢？黑灯瞎火的，文锦看错了也说不定，你不就和你三叔有点儿像吗？"

我心说我帅多了。闷油瓶接过胖子的水壶，刚要说话，就在这时候，胖子忽然伸手过去，捏闷油瓶的脸，一下捏住用力一扯。

第二十二章

第二夜：盲

我被胖子的举动给惊呆了，花了好几秒钟才明白他想干什么。

闷油瓶检查了我们的脸部，但是他自己的脸部没有检查，胖子怕他玩这种心理游戏，也要看看他脸上有没有戴人皮面具。

闷油瓶纹丝不动，就坐在那里，看了胖子一眼。胖子什么都没扯下来，反而把自己手上的泥抹在了闷油瓶脸上，就尴尬地笑笑："以防万一，小哥，你也是四个人之一啊，小心驶得万年船。"

闷油瓶喝了口水，也没生气，但是没理胖子。我就对胖子道："你也不用偷袭啊。"

胖子怒道："什么偷袭，我只是动作稍微快了点儿而已。"

我倒是习惯了胖子的这种举动，无可奈何地笑笑。胖子坐了回去，大概是感觉挺尴尬的，转移话题道："这下可以证明咱们四个人都是清白无辜的了。那现在看来，这个'它'的含义，可能和字面的意思不同了，说不定不是生物，而完全是另外一种东西。"

"怎么说？"我问道。

"'它'除了可以称呼动物外，也可以称呼物品。也许文锦逃避的，是一件东西呢？"

胖子总是突发奇想，不过这个好像有点儿不靠谱。"东西？"我问道，"你是说，她这十几年来，一直在逃避的，可能是我们的内裤或者鼻屎吗？"

"你胖爷我说的东西当然不是指这些。"胖子道，"你们身上有什么东西，是和这件事情有关系的，都拿出来看看，说不定咱们能发现些什么。"

我摇头，心说拿什么啊，那几枚蛇眉铜鱼我都没带来。闷油瓶突然皱起了眉头，道："不对，说起物体，我们少算了一样东西。"

"什么东西？"我立即凑过去。

"阿宁。"

当下我就一个激灵："你是说，尸体？"

这倒也有可能，而且让我脑子麻了一下，但一考虑，感觉好像没有直接的证据，不过阿宁身上发生的事情相当诡异，也许真的有这层关系。

胖子却拍掌道："哎呀，小吴，你还记不记得昨晚我们在林子里碰到的事情？该不会就是这样，这阿宁有问题，所以死了就变成那玩意儿了？"

我张了张嘴巴，心说我怎么说呢，这东西靠猜测根本证明不了，尸体也不在了。要说诡异，这里哪件事情不透着邪劲？而且当时我们什么都没有看清楚，那玩意儿到底是不是阿宁，谁也不能打包票。

想着我就受不了了，立即摆手道："我看咱们还是不要谈这个了。现在一切都还没有明朗，文锦确实是疯了也说不定。这个时候非要在这几个人当中找出一个叛徒来，我看是不太可能的。我们还是想想实际一点儿的东西，怎么逮到她比较现实。"

胖子就没兴趣了，站了起来，道："想什么？我说了就是不可能的事情，铁定想不出来。有条狗说不定还能想想，你又没你爷爷那本事。现在实际的东西，是怎么熬过今天晚上，这些扯淡的事情别聊了。”说着走过去，提起他们挖来淤泥的桶子，就往潘子的帐篷去了。

我看了看表，已经入夜了，天空中最后一丝天光也早就消失了，为了保险，确实应该先做好防护措施，于是叹了口气，也过去帮忙。

我们把淤泥涂满帐篷，又在上面盖了防水布，以免晚上下雨。我去检查了一下潘子，他还在熟睡，体温正常。胖子告诉我在我睡觉的时候潘子醒过一次，神志还没恢复，被喂了几口水又睡死过去了，不过低烧压下去了，那几针还是有效果的。

接下来是找武器。胖子是没枪不安心的人，在这些人的装备里翻了一遍，却发现营地中没有任何的火器。胖子捡了很多的石头堆在一边，我说我们丢完了石头就只能投降了。

胖子扇起了篝火，将火焰加大，然后把在营地四周的几个火点全点了起来，作为警戒和干燥之用。红色的火光，将周围照得通亮。做完这一切，已经接近晚上十点，我刚稍微感觉有了点儿安全感，四周又朦胧起来，起雾了。

不到一小时的时间，整个营地就没入黏稠的雾气中，什么也看不清楚。

看着四周一片迷蒙，我感到冷汗直冒。此时已经完全没有能见度了，就算是火焰，离开两三米的距离也看不清楚了，要想防范或者警惕，都已经不可能。

鼻子里满是混杂着泥土味的潮湿味道，而且，这里雾气的颜色和在林子里有些不同。不知道为何雾气有些偏蓝，这让我有点儿不舒服。

我想到这雾气可能有毒。昨天在雨林中，没法太在意这些事情，但是现在需要注意了。我听说雨林之中常有瘴气，到了晚上气温下降就会升起来，特别是沼泽之内，瘴气中含有大量有毒气体甚至重金属的挥发物，吸得多了，会让人慢性中毒，甚至肺部慢慢地腐烂。

想到这里，我就问胖子是否应该去摸那些帐篷里的装备，找几个防毒面具出来备用。

胖子道：“这绝对不是瘴气，瘴气的味道很浓，而且瘴气哪有这么厉害？瘴气吸多了最多得个关节炎、肺痨什么的，西南方山区多瘴气潮湿，那边人爱吃辣子就是防这个。你不如找找这里有没有人带着辣椒。咱们待会儿可以嚼辣椒，也不容易犯困。”

我说：“别大意，这里和其他地方不一样，我看以防万一还是找几个戴上。”

胖子和闷油瓶开始往身上抹泥，这肯定是极其不舒服的过程，所以他语气很差，摇头：“要戴你戴。这种天气再戴个防毒面具，撞树上都看不见，还怎么守夜？你要有空琢磨这些，还不如快点儿睡觉，等会儿说不定就没的睡了。”说完，立即“呸”了几口，“乌鸦嘴，乌鸦嘴，大吉大利。”

我被他说得悻然，心里其实挺恨自己的：他们两个人守夜，潘子受了重伤，我却可以睡一个晚上，这简直和重伤员是同一个待遇。这时候想到了是否自己来这里确实是一个累赘。

进帐篷躺下，我却一直睡不着，脑子里乱七八糟，身上什么地方都疼。因为外面糊着泥，篝火光透不进来，只有一只矿灯照明，为了省电也不能常用，就关了在黑暗里逼自己睡。听着胖子在外面磨他的砍刀，听着听着，我真的就迷糊了起来。

那种状态也不知道是不是真的睡着了，蒙蒙的，脑子里还有事情，但是也不清晰，一直持续了很久，也没睡死过去。在半夜的时候，我被尿憋醒了。

醒来听了一下外面没什么动静，心说应该没事，就摸黑撩起帐篷口，准备出去“放水”。

一撩开我就震惊了，我发现外面一片漆黑，所有的篝火都灭了。

这是怎么回事？我立即就完全清醒了，缩回了帐篷，心说：完了，难道出事了？

可怎么一点儿动静也没有？刚才我没有睡死啊，我自己都能知道自己是在一种半睡眠的状态中。以闷油瓶的身手，能有什么东西让他一点儿声音都不发出来就中招吗？

我静下来听，外面什么声音都没有，我就有点儿慌了。这时候不敢叫出来，立即摸回去，摸到我的矿灯，然后打开，但是拨弄了两下，发现不亮了。我又摸自己的口袋，掏出了打火机，打了几下，也没亮，甚至连一点儿火星都没有。

我暗骂一声，立即深吸了几口气，告诉自己冷静，心说：怎么要坏都一起坏？收起来就想去打我的手表荧光，一收我却发现打火机很烫。

我有点儿奇怪，心说怎么会这么烫，刚才明明连个火星都没有。我再次打了一下打火机，然后往我自己手心一放，我的手马上感到一股巨烫，立即缩了回来。

我愣了一下，心说打火机是燃着的。

可是我的眼前还是一片漆黑，一点儿光亮都没有。

第二十三章

第二夜：影动

打火机的存气苟延残喘，烧了一下肯定就迅速熄灭，但问题是我看不到任何的火光，眼前就是黑的。

那一刹那，我完全没有反应过来，下意识地以为有什么东西蒙着我的眼睛，用手去摸，摸到眼睫毛才发现不是，接着我就纳闷，心说这是怎么了？

是不是这里的雾气太浓了？我打亮我的手表，贴到眼前去看，还是一片漆黑。而且我逐渐发现，这种黑，黑得无比均匀。

我还是非常疑惑，因为我脑海里根本没有任何概念，所以几乎是丈二和尚摸不着头脑。我用力挥手，想驱散眼前的黑暗，总觉得手一挥就能把那黑暗拨开，但是没有丝毫用处。

蒙了好久，我才冷静下来，仔细去琢磨这是怎么回事。外面一片漆黑，什么声音都没有，难道在我睡觉的时候出了什么事，把所有的光都遮了？

可这说不通啊，就这么近我却看不到光，想着想着，我慢慢地反应了过来，心里冒出了一个让我出冷汗的念头。

遮住光怎么也不可能啊！这种情形，难道——我瞎了？

我无法相信，脑子里从来没有过这种概念，这也太突兀了，但是我的内心已经恐惧起来，那种恐惧不同于以往任何一种恐惧，甚至远远超出对死亡的恐惧。我开始用力揉眼睛，下意识地用力去眨，一直到我眼睛疼得睁不开才停了下来。

接着我立即就想到了潘子，爬过去推他，想推醒他问问他能不能看到光，推了几下，发现他浑身很烫，显然低烧又反复了，摇了半天也没醒。

我坐下来心说糟糕了，深呼吸了几口，立即又想起了闷油瓶和胖子。如果我是真的瞎了，那么这是一种暴盲。暴盲肯定有原因，比如说光线灼伤或者中毒，人不可能无缘无故地瞎掉，所以，很可能受害的不止我一个人。

假如他们没有瞎，只有我一个人受害了，那么他们可能就在帐篷外，只是没发出声音。我立即爬到帐篷边上，听了听外面的动静，轻轻叫了几声："胖子！"

等了一会儿，没有任何人回应。

我叫得不算轻了，在这么安静的环境下不可能听不到，除非他们两个都睡着了，但是闷油瓶绝对不可能睡着。

我的冷汗下来了，心说他们肯定也出事了。我又坐了回去，想到几小时前我们的推测，心里一下子就毛了，心说：难道这就是三叔他们遭遇的突变？在这里扎营能把人变瞎？

脑子里乱得如麻一样，根本没法理解。我们想到了无数种可能，但是根本没有想过会这样。

在这种地方，对一队正常人来说，这种突如其来的失明等于全员死亡，甚至比死亡更可怕。

我浑身发抖，脑子里闪过无数的画面，想到我在雨林中摸索，什么都看不见，又没有盲人对听觉的适应，死亡只是时间问题，而且死亡之前我恐怕会经历很长一段极端恐怖的过程。

但是，到底是什么东西导致我失明的？吃的？压缩饼干我们一路吃过来都没事。难道，是这座遗迹？

我还算镇定，这大概是因为我还是无法接受我已经瞎了的事实。就在这时候，忽然，帐篷外面，挺远的地方，传来了一个奇怪的说话声。

当下我打了一个寒战，立即侧耳去听，就听到那竟然是我们在雨林里听到的，那种类似于对讲机静电的人声，忽高忽低，说不出的诡异。

我的脑海里浮现出犹如蛇一样站立着的那个狰狞的人影，不由得喉咙发紧。这玩意儿怎么阴魂不散？

发出这种声音的到底是什么东西？到底是不是阿宁？要是我的眼睛能看到，我真想偷偷看一眼，但在这种时候我竟然瞎了。

不过这东西即使不是蛇，也必然是和那些蛇一起行动的，显然，在这营地的附近，已经出现了那种毒蛇。当即我就脑子发紧，立刻想到了帐篷的帘子。刚才我关上帐篷的门了吗？我看不见，必须去摸一下。

想着我立即去摸索帐篷的门帘，发着抖刚摸到，忽然从门口挤进一个人，一下子把我撞倒。我刚爬起来，立即就被人按住了，嘴巴给人捂住了。

我吓得半死，但是随即就闻到胖子身上的汗臭了，接着一只东西按到了我的脸上。我一摸，是防毒面具。

我立即不再挣扎，戴正了面具，就听到胖子压低了声音说道："别慌，这雾气有毒。你戴上面具一会儿就能看见，千万别大声说话，这营地四周全是蛇。"

我听了立即点头，胖子把我松开。我轻声问道："刚才你们跑哪儿去了？"

"儿子没娘，说来话长。"胖子道，"你以为摸黑摸出几个防毒面具容易吗？"

我骂道："谁叫你不听我的！"这时那诡异的静电声又响了一

阵，离我们近了很多。胖子立即紧张地嘘了一声："别说话。"

我立即噤声，接着我就听到胖子翻动东西的声音，翻了几下不知道翻出了什么，一把塞到了我的手里。我一摸发现是把匕首，心说：你要干吗？就听到了他似乎在往帐篷口摸。

我立即摸过去抓住他，不让他动。他一下挣开我，轻声道："小哥被咬了，我得马上去救他。你待在这里千万不要动，到能看见了再说！"

我听了脑子里就一炸，心说不会吧，还没琢磨明白，胖子就出去了。我整个人就木在了那里，感到一阵天旋地转。

先惊的是闷油瓶被咬了，胖子也没说清楚，而且那些蛇奇毒无比，被咬之后是否能救，我不敢去想；然后惊的是闷油瓶这样的身手和警觉性，竟然也会被咬，那外面到底是什么情况？

我心急如焚，真想立即也出去看看，可是什么都看不见。这时候我脑子里闪过一个不祥的念头：万一胖子也中了招怎么办？我一个人在这里，带着潘子，实在是太可怕了。

那种焦虑无法形容：眼前一片漆黑，不知道到底需要多少时间才能恢复；外面的情形极度危险。我摸着手里的匕首，浑身都僵硬得好像死了一样，心说不知道胖子给我这个东西是让我自杀还是自卫。

但是毫无办法，我什么都不能干，只能在原地坐着，一面听着外面的动静，一面缩着身子抑制身上，心里忐忑不安。

就这么听还是什么其他的声音都听不到，绝对想象不到外面全是蛇的样子。那静电一般的声音没有继续靠拢，但是时断时续。听距离，最近的在我们营地的边缘，但是它没有再靠近一步。

也不知道过了多久——我完全没有时间的概念，那段时间脑子里是完全空白的——我稍微有点儿缓和下来。人无法持续地维持一种情绪，紧张到了极限之后，身子反而软了下来。

逐渐地，我的眼前开始迷蒙起来，黑色开始消退，但不是那种潮水一般，而是黑色淡了起来，眼前的黑色中出现了一层迷蒙的灰雾。

我松了口气，终于能看到光了。我不知道怎么才能复原得快一点儿，于是不停地眨着眼睛。

慢慢地，那层灰色的东西越来越白，而且进度很快，在灰色中很快又出现了一些轮廓。

这可能有点儿像高度近视看出来的东西，我转动了一下头，发现眼前的光亮应该是矿灯没有关闭造成的。我举起来四处照了一下，果然眼前的光影有变化，确实是我的眼睛好转了。

但是依照现在的模糊程度，我还是没有办法分辨出帐篷的出口在什么地方，只能看到一些大概的影子。

我听说过一些老年人在白内障手术复明之后老泪纵横，现在我能深刻地体会到这种喜极而泣的感觉，很多东西确实要失去了才能懂得珍惜。就在我打算凭着模糊的视力去看一下潘子的时候，在我眼前的黑暗中，有一个影子在动。

眼前的情形是非常模糊的，甚至轮廓都是无法分辨的，但是我能知道眼前有一个东西在动。我不是很相信我的视觉，以为是视觉恢复产生的错觉，就没有理会，一点儿一点儿地朝潘子摸去。很快就摸到了潘子的手，温度正常了。我心里惊讶：他竟然自己就退了烧。也好，现在这个样子也没法给他打针。

我去摸水壶想给他喝几口水，一转身，忽然又看到眼前有什么东西闪了一下。这一次，因为视力的逐渐好转，我发现在我面前掠过的影子的动作非常诡异，不像是错觉。

我愣了一下，把脸转到那个影子的方向，死命去看，就看到一团模糊如雾气的黑影，看上去竟然是个有四肢的东西。

我起了一身的鸡皮疙瘩，心说：难道这帐篷里还有其他东西？在我刚才失明的时候有什么进来了？

胖子？闷油瓶？但是他们不会不说话啊，我一下子握紧匕首。

那影子又动了，动作非常快，我忍不住轻喝了一声：“谁？”

那影子忽地一停，接着动得更快了。我看到它跑到一个地方，不停地在抖动。我的视力逐渐地聚拢，那动作越来越形象，我意识到它在翻动一只背包，找什么东西，而且我闻到了一股沼泽淤泥的味道。

我心里立即“哎呀”了一声，心说这人一定也抹着淤泥，是谁呢？想着，我慢慢移动身子，想靠近过去看看。

我还没动呢，那影子又晃动了，接着就站了起来，迅速移动。我反应不过来，脑子转了一下，就发现它不见了。

这一切发生得太快，我有点儿摸不着头脑，心说难道这是我的错觉？一下子想到电视剧中看到的，复明之后开始的时候视觉会延迟，难道我刚才看到的是胖子进来时的情形？

可几乎就在同时，忽然，一亮一暗伴随着剧烈的气喘声，我就看到一个很大的重叠影子冲了进来，几乎是摔了进来，听到胖子气急败坏地喘道：“关灯！关掉矿灯！”

我还没反应过来，灯就被他一把抢了去，一下子灭了。四周一黑，他立即轻声道：“趴下，安静，不管发生什么，都不要发出任何声音。”

我立即趴下，可以感到胖子也趴了下来。一开始还能听到他的喘气声，但是能感觉到他在尽量地克制，很快他气喘得就非常微弱了。我正纳闷为什么要趴下，忽然听到“砰”的一声闷响，好像有什么东西撞到了隔壁的帐篷下，撞得极重，紧接着，又是一下，能听到支架折断的脆裂声，接着就听到一声帐篷垮塌的动静，显然隔壁的帐篷被搞烂了。

我脸都青了。还没等我反应过来，我们的帐篷忽然抖了一下，显然被什么东西插了一下。

我顿时觉得天灵盖一刺，马上抱头，以为下一击肯定就是这个帐篷。

但是没有想到的是，没有攻击打来。我这样抱头隔了几分钟，那剧烈的撞击声又出现在比较远的地方。

我心说：这到底怎么回事？外面是什么东西？刚想对胖子说我们还是跑吧，没张嘴就被胖子捂住了。

外面几下巨响，又是帐篷垮塌的声音，接着隔了几分钟，又是同样的动静，这样足足持续了半个小时，远远近近，我估计足有十几个帐篷被摧毁。我们趴在那里，每砸一下心跳就停一下，那煎熬简直好比被轰炸的感觉，不知道那炸弹什么时候会掉到我们头上来。

一直到安静了非常长的时间之后，我们才逐渐意识到，这轮攻击可能结束了。慢慢地，也不知道是谁第一个反应过来，我们都坐了起来。我发现我的眼睛基本上已经恢复了，虽然还有些模糊，但是能看到色彩和人物的轮廓了。

后来摸了一下，才发现剩下的模糊也是因为防毒面具镜片上的雾气，擦掉之后就都清晰了。

我看到了胖子和闷油瓶。闷油瓶身上受了伤，捂着腕口，胖子浑身都是血斑，两个人浑身是淤泥，狼狈得犹如刚从猪圈里出来，显然昨晚经历了一场极其严峻的混乱。

我们还是不敢说话。等了一会儿，胖子偷偷地撩开帘子，一撩开就有光进来，原来是天亮了。

接着他小心翼翼地走了出去。我问了问闷油瓶，他摆手说没事，也紧随其后探了出去。我跟着出去了。

雾气退得差不多了，晨曦的天光很沉，但是已经可以看到所有的东西，我出来转头一看，整个人就惊呆了。

我们四周，整个营地全都垮了，所有的帐篷都烂了，好像遭遇了一场威力无比的龙卷风似的，偌大一片地方，只剩下我们一个帐篷孤零零地屹立在那里。四周什么都没有，没有袭击我们的东西，没有任何蛇的痕迹。

胖子骂了一声，坐到已经基本熄灭的篝火边上。我目瞪口呆，无法做出反应。这时候，身后响起一声肢体摔倒的声音，我回头一看，闷油瓶晕倒在了地上。

第二十四章

黎明：转移

我们将他抬回帐篷，我立即检查了他的伤势。让我松一口气的是，他被咬的地方是手腕，有两个血洞，但是伤口不深，显然他被咬的一刹那就把蛇甩脱了。看着这伤口，昨天到底是如何惊心动魄，我无法想象。

胖子对我说，已经第一时间扎了动脉，又吸了毒血出来，还划了“十”字口放血，但是毒液肯定有一些已经侵入。这蛇太毒了，就这么咬了一下手立即就青了。好在小哥动作快，在那一瞬间就捏住了蛇头，那蛇没完全咬下去，不然估计小哥也报销了。

我给闷油瓶注射了血清，为他按摩了一下太阳穴，他的呼吸舒缓了下来。我捏了捏他的手，发现整体的浮肿并不厉害，就对胖子道，应该没事，这陆地上的东西再毒也没海里的东西毒，只是不能让他再动了。

潘子还是躺在那儿，我们把闷油瓶也放好。看着一下躺倒两个，我就头痛。也亏得是他们，要是我，早死了。这地方真的和我们以往去的地方完全不同，这两个经验丰富的人都搞成这样子了。

接着，我问胖子昨天到底发生了什么事情。

胖子说的和我推测的也差不多，昨天他们守夜的时候，逐渐发现自己看不见了，胖子就想起了我的话，一下子意识到可能这雾气真的有毒，立即就去找防毒面具，但是找来找去找不到。

眼看就完全看不见了，他急得要命。他和闷油瓶就先用淤泥弄湿毛巾捂住鼻子，这还真有效果。后来他们在其中一个帐篷中找到了几个防毒面具，刚想戴上，闷油瓶眼睛看不清楚，就被躲在背包里的蛇咬了一口，手立即就青了。好在他反应极快，立即凌空捏住了蛇头。

好在因为毒液量有限，闷油瓶没有立即毙命，他们简单处理了一下。这时候胖子听到我在叫，立即就戴了防毒面具先到我这里来，在帐篷外面就发现，不知道什么时候，从四周建筑的缝隙里，出现了大量的鸡冠蛇，这些蛇全部躲在缝隙中，既不出来，也不进去，就看到那些缝隙里面全都是红色的鳞光，似乎是在等待什么。

所以他立即回来给我戴上防毒面具，然后返回去照顾闷油瓶，将他扛回来。在中途，他看到了一幅奇景。

无数的鸡冠蛇从缝隙中涌出来，逐渐盘绕在了一起，组成了一坨巨大的“蛇潮”，好像一团软体动物一样，有节奏地行进，动作极其快，好像海里那种巨大的鱼群……

胖子道：“这肯定就是它们运送阿宁尸体的办法，你胖爷我还想不通它们是怎么做到的，那蛇潮简直就是一只整个儿的生物。”

我奇怪道：“那它们为什么要把这里破坏成这样？”

胖子道：“它们肯定是能知道我们的存在，但是因为帐篷上有了淤泥，它们找不到我们。这些到底是畜生，最后就采取了这种方式。”

我听了咋舌。胖子立即道：“我们不能再待在这里了。今天晚上它们肯定还会来，我们必须走，而且离这里越远越好。”他问我能看清楚了没有，我点头，他就让我马上去收集这里的食物和物资，点齐之后打包，到中午的时候看他们两个的状况，再决定去哪儿。

我苦笑，但也知道这是必须做的。现在不知道蛇走干净没有，所以先休息一下，等太阳出来了，才开始翻帐篷的废墟，把其中所有可以用的都拖出来，他在这里照顾他们两个。

收集的最主要的东西就是食物。我找到了大量的压缩饼干，都堆在一个袋子里，后来又幸运地发现了一盒罐头。

有车的时候阿宁他们也带着罐头，不过因为要探路，罐头太重都丢在峡谷外了。进林子后一路过来都是吃轻便的压缩干粮，吃得嘴唇都起泡了，没想到三叔他们还带了这好东西，真是不辞辛苦，不过，带这么累赘的东西，不像三叔的性格。

野战罐头非常接近正常食品，一般都是高蛋白的牛肉罐头、金枪鱼罐头或者是糯米大豆罐头。这些东西吃了长力气而且管饱，不容易饿。

我忙招呼胖子问他要不要，胖子一看就摇头说怎么带，不过我们可以立即把这些都吃了。他看了看罐头的种类直流口水："你三叔真是个爷们儿，够有品位。"

我继续搜索，找干粮，还有容器，我们需要东西装水。

翻出一只背包的时候，我发现里面有一张一家人的照片。这人我没见过，是一个三十岁出头的中年人。他老婆抱着孩子靠在他身边，照片拍得很土，衣着也很朴素，但是看得出他相当幸福。

我有点儿感慨，心说这人也不知道怎么样了，要是死在这里，他老婆孩子怎么办？干这一行的人，生生死死太平常了，何必要去耽误别人？

又想到阿宁死在了路上，还有乌老四和那些在魔鬼城里死掉的，这些人真是不知道为什么死的。一想就想到自己，不由得自嘲，如果当时不跟队伍过来，我现在应该在我的铺子里上网吹空调，还有脸说别人，也不想想自己。

收集完了，我边清点边思绪万千，全部打进包里。做完已经是中午了，胖子想立即开路，但是闷油瓶和潘子的情形都不是很好：潘子一直意识模糊，也没吃过东西，我们喂的水都从他嘴角流了下去；闷油瓶意识清醒，但是身体乏力，站不起来，还好手上的青色已经褪去了。

这下非常麻烦，我们不可能背着两个人又带着这么多东西离开这里太远。

闷油瓶就指着一边的神庙，虚弱地说道：“到里面去，离水源远一点儿！”

我们一想也是，这些石头的缝隙下全是水，和沼泽相连，难怪这些蛇会从缝隙里出来。

现在也没有别的办法，我们先把东西往里面运。

神庙已完全坍塌，只有一个大致轮廓，连门都不知道在哪里，我们随便找了一条回廊进去，就发现里面的空间还是相当大。这建筑本来应该有两层，底下的一层破坏严重，上面一层还能看到当时的结构，都是用黑色的石头垒的，不高，之间有很多非常精致的石柱。两层之间本来不知道靠什么连通，但是现在坍塌下来的东西已经成了一条陡坡。

我们爬上去，进入一间基本完好的石室内，能看到下面的营地。东西搬完之后，我们就把潘子和闷油瓶也抬了过来，此时闷油瓶基本已经能走动了。

太阳犹如催命的魔咒，我感觉时间过得非常快，昨天的恐惧和梦魇还没有消退，等我回过头来，又是太阳西晒了，黄昏马上就要到来。

白天基本上没有任何休息和停止，我看着树影狰狞起来，就觉得一股无形的压力逼来。

绝望，真的有一丝绝望的感觉。有个声音好像在我脑海里问：顶了两晚，今晚能继续熬过去吗？

第二十五章

第三夜：浮雕

我们几乎把所有能用的东西都搬了过来，还准备了几桶淤泥。不敢点大篝火了，做了一个小炭堆，晚饭胖子煮罐头也不敢在里面煮，把灶台搭在废墟外面。

我们估计那些蛇肯定会在雾气弥漫之后开始活动，所以黄昏的时候并不慌，我帮胖子烧饭，闷油瓶在上面帮我们望风。

但是胖子动作很快，我其实帮不上什么忙，开完罐头就在边上发呆。

胖子最烦我这个样子，他说我就是个林黛玉，整天不知道在琢磨什么，这人世间的东西哪有那么多好琢磨的，没心没肺地活着也是蹬腿死，你机关算尽也是蹬腿死，反正结局都一样。

正琢磨着，就听到胖子叫我：“你看小哥这是干什么？”

我收回神，抬头看到神庙内的闷油瓶正在用什么东西擦上面的石壁，就叫道：“怎么了？”

闷油瓶没理我，继续干着，也有可能是没听见。

我这里的事情已经做得差不多了，也来了兴趣，放下罐头刀就爬了上去。从神庙的回廊绕到他的身边，就看到他正在用篝火里的炭抹墙壁，好像是想拓印什么东西。我问他干吗，他指了指边上的石头：“我刚发现的。”

墙被涂黑了一大块，我用嘴吹了一下，发现这些石壁上，有着几乎被磨平的浮雕。

闷油瓶道：“在日光下基本上看不见，只有涂上炭粉，才会有阴影出来，还能分辨一下。”说着又从篝火中捡出一块来涂抹。

黑色的炭粉抹在岩石上，有了光影变化。我晃动了一下，找了一个合适的位置，石头上的浮雕显现了出来。第一眼我便看到了大量的蛇，很难分辨，光影攒动，蛇影飘忽，好像是活的一样。

闷油瓶继续涂抹，我们就看到了一幅幅古老的浮雕出现在这里的岩石上，这么多年下来，依然形神俱在，在闷油瓶的涂抹下，如同魔术一般浮现了出来。

他涂完后站立不稳，我立即扶住他。看了一遍，他道：“这里讲的是那些蛇的事情。”

“讲的什么？”我问道，因为我看得不是很清楚。

“一下子没法看懂。”他道，“得慢慢琢磨。”

对这些我很有兴趣，而且一路过来也实在没看到多少关于这里的历史遗存。对这里一无所知就是导致我们现在这种境况最直接的原因，所以我移动身子，寻找着最好的角度，下了功夫仔细去看。

一幅一幅看过来，全部不知所云，根本不知道是什么意思。浮雕上表达的东西很多，有的似乎是祭祀，有的又似乎是一场仪式，要说还真说不出什么来。

我半猜半琢磨地看着，感觉有几幅似乎是在说这里的先民，供奉着这些带着鸡冠的毒蛇，他们将一个一个陶罐丢进一些孔洞里，好像就是路上看到的那种带着方孔的石塔，大量毒蛇开始钻入破碎的陶罐。有祭师在主持仪式，很多人跪在四周。

原来这些祭品祭祀的就是这里的蛇。难道这里的人把这种毒蛇当成神了吗？不过，这倒不稀奇。毒蛇崇拜非常普遍，古人不知道毒蛇的毒性，只知道被咬一口后就会死去，看着这么小的伤口能致命，都会认为这是魔力所致。

这些鸡冠蛇可能喜欢食用尸鳖王的卵，不过尸鳖王的卵应该毒性剧烈，这蛇和尸鳖到底哪个更毒一点儿？

闷油瓶移动身形。边上的浮雕，是很多拿着长矛的人物，和先民打扮的厮杀在一起，很多人的身体被长矛刺穿了，似乎是一场战争。

战况看来对西王母国这一方不利，因为西王母国的人数显然比对方要少得多。而西王母国全都是步兵，对方的队伍中还能看到骑兵。敌方的统帅在队伍的后面，坐在一辆八匹马拉的车上。浮雕里不见西王母的身影。所有的浮雕造型精致，连五官都细致地琢磨，惟妙惟肖，显然是出自顶级工匠的手艺。

“这是……战争……”闷油瓶喃喃道。

“看来西王母国被侵略了，而且对方是一支比较强大的力量，有可能是楼兰或者北匈奴。”我道，“这些人看不出服装的款式，不过兵器的样子形似中原，应该是楼兰的军队。这个在战车上的，应该是楼兰王。”

说完，我感觉很有道理，但是闷油瓶没有注意我的话，而是用手摸那个战车上的统帅，皱起了眉头。

我心说：怎么了？他忽然抬起手，指着那敌方首领，对我道：“我认识这个人。”

第二十六章

第三夜：似曾相识

“啊？”我愣了一下，心说：你认识他，他是你二大爷？

闷油瓶随后说了一句，我立即意识到自己理解错了。他道：“这八匹马……这个人是周穆王。”

“周穆王？就是写《穆天子传》的那个？”

穆天子的传说我也十分熟悉。在来之前，那批人经常提到，《穆天子传》主要记载周穆王率领七萃之士，驾上赤骥、盗骊、白义、逾轮、山子、渠黄、骅骝、绿耳等骏马，由造父赶车、伯夭做向导，从宗周出发，越过漳水，经由河宗、阳纡之山、群玉山等地，西至西王母之邦，和西王母宴饮酬酢的事情。

也就是说，他是坐着八匹骏马来西王母宫旅游的，当时被西王母盛情款待。

不过从浮雕看来，这穆天子不像是来旅游的。难道传说有误，当年周穆王确实来了西王母国，不过是来打仗的？

我立即继续看浮雕，下一幅画就让我倒吸了一口凉气，只见周穆王的军队杀进了一座宫殿，画面上出现了很多蛇头人身的女人，她们将一种东西倒入了那种塔的孔里，接着无数的鸡冠蛇从塔里爬了出来，和周穆王的军队撕咬在一起。

看到这里，我立即明白了雨林中这些石塔的意义：“看来，当年周穆王确实进攻过这里，但是被这里的毒蛇打败了。可能为了掩盖自己的失败，他编了那个故事。这些毒蛇保护了西王母国，难怪他们会把这种蛇当成神一样来供奉。”

想了想又觉得不只这样。看来这些石塔下面肯定是相通的，蛇就生活在城市下面的通道里，被人们用人头来喂养，而遇到危险时，就用某种东西把蛇引出来迎敌。这是设计好的防御方式，这种蛇这么毒，速度又快，谁也挡不住。

也就是说，人生活在城里，蛇生活在城市的下面；现在人全死了，蛇就到地面上来了。这西王母的文明和亚马孙文明比较像，那边用食人鱼防御敌人和猛兽，他们也祭祀食人鱼，用活人和活动物，这里用人头。

再往后看去，越看越符合我们的推论。我脑子里对这里的概念也逐渐清晰起来。

正暗爽间，闷油瓶的视线停了下来，看到了这块石壁正中心的部分——这里的浮雕是一幅巨大的圆形图案，显然是整片岩石石刻构图的中心部分，上面雕刻着一条巨大的蛇被许多小型鸡冠蛇包围住，互相搏斗的场景。其中那条巨大的蛇缠绕在一棵巨大的树木上，鸡冠蛇犹如装饰花纹一样缠绕在它四周。

“这是那种双鳞大蟒和这里的鸡冠蛇在打斗。看来在西王母时期，这里已经有两种蛇了，这种双鳞大蟒可能是这里鸡冠蛇的天敌。”我道。

闷油瓶摸了摸石刻，摇头道：“不对，这是交配。”

“交配？”我愣了一下，有点儿无法理解，想了想才明白他的意思，“你是说，鸡冠蛇和这条双鳞大蟒在混种交配？可是，这是两种完全不同的蛇啊，而且体形相差这么大，怎么交配啊？”

“你知道什么是老鸨吗？”闷油瓶突然问我。

“老鸨？”我莫名其妙，心说他怎么突然问这个，“老鸨就是开妓院的啊。”

“那是一种戏称，老鸨其实是一种鸟。古时候有人发现，老鸨这种鸟，只有雌鸟，没有雄鸟，它们要繁衍后代，可以和任何其他品种的鸟类进行交配，为万鸟之妻，所以人们就用‘老鸨’来代称人尽可夫的妓女。”闷油瓶淡淡道，“然而，事实上古人对老鸨的说法是完全错误的。老鸨其实是有雄鸟的，但是，这种鸟类，它们的雌雄个体差异太大了，雄鸟比雌鸟大了好几倍，所以就被误认为是两种不同的鸟。”

我听懂了他的话，立即明白是什么意思：“这么说来，你认为这两种蛇其实就是一种蛇，只是两种性别各异，有两种体形不同而已？那你说哪一种是雄蛇，哪一种是雌蛇？”

“按照数量分析，小的应该是雄蛇，大的是雌蛇，不过，也有可能相反。”他摸着岩石的表面，忽然伸出了奇长的手指，去摸双鳞巨蟒缠绕着的那棵巨树的图案，“奇怪。”

“怎么了？”我也去摸，但是摸不出所以然来，就看着他。他皱起了眉头，忽然后退了几步，拿起炭把浮雕上方、下方没有涂抹的部分也涂了起来。

很快整块石壁上的浮雕整体就呈现了出来，我也退后了一步看。就在看到全景的一瞬间，我张大了嘴巴，怔住了。

只见浮雕上，那条双鳞巨蟒缠绕着的巨树，站远来看，根本不是什么树，而是一条盘成了一个圆形的更加巨大的蛇。这条蛇因为太大了，那条双鳞巨蟒和它放到一起简直就像筷子和擀面杖，而那些鸡冠蛇简直就是牙签了，所以看局部的时候，根本看不出那是蛇。

“这……这是什么东西？龙吗？”我咋舌道。那双鳞巨蟒已经极大，这蛇比它还要大这么多，那简直是和解放卡车一样的直径。这种东西还能算是蛇吗？

闷油瓶怔怔地看着，不说话，用手一条一条地去摸那些鸡冠蛇的花纹，摸了好一会儿，才道："你看，这些小蛇并没有盘绕在这条巨蟒上，它们只是拥簇在巨蟒上，帮助它不滑下去，真正在交配的，是这条双鳞巨蟒和这条巨蛇……"

我立即顺着那些小蛇盘绕的纹路摸去，果然发现小蛇只是互相缠绕，并没有盘绕在双鳞巨蟒身上，而双鳞巨蟒则紧紧地盘绕在巨蛇上。我惊讶着，忽然意识到了什么，吸了口冷气道："我的天，胖子说对了！"

第二十七章

第三夜：蛇母

“社会性蛇群。”一瞬间我脑子里闪出了这么一句话，同时就想起了胖子在昨天随口说的一句话，他说这些蛇的举动很像蚂蚁，这里可能会有一条蛇后。

我当时认为这是不可能的事情，以为蛇的这些协作的举动最多只是像秃鹫争食一样的群体本能的体现，没想到，在这里竟然看到了这样的浮雕，这简直就是这种蛇社会习性的一个模型。

这些红色的小型鸡冠蛇，就是社会性昆虫中工兵的角色，数量众多；而那些双鳞巨蟒，就是雄蛇，体形大，数量少；而这条巨大的犹如龙一样的蛇，就是胖子说的“蛇后”，这里唯一的蛇母。从这浮雕来看，这条蛇母实在巨大，以致雄蛇没法和它顺利交配，需要这么多的鸡冠蛇来辅助。而且按照自然规律，如此巨大的蛇母恐怕也无法运动，确实需要别人辅助交配，就好像被豢养的巨型母猪一样。

难道，在这片树海的深处，真的有如此巨大的蛇吗？

我对蛇的历史颇了解，记忆中关于巨蛇的传说，最大的是在巴西的雨林里，有人声称看到过一条五十米长的巨形森蚺。蛇这种生物和人类不一样，它没有固定的极限寿命，一般的蛇会在体形大到无法捕猎食物的时候自然死去，但是在某些食物充足的情况下，蛇可以一直长下去，那些巨蛇简直就是雨林之神。不过，即使如此，那些蛇死去时的年龄也只有一百年左右。这浮雕在这儿多久了，少说有三四千年了，如果这里真的存在过这条蛇母，也应该死去了。

而且如此巨大的身躯，如果它曾经存在，也必须是生活在水里，这里的沼泽显然没有这么大的浮力。

我看着都有点儿发怔。如果是在博物馆中看到这些浮雕，那么我们可能会以为这是古人的夸张或者神话，但是我们在这里遇到了这些毒蛇，而且亲眼看到了它们诡异的举动，那么，这浮雕极有可能描绘的是真实的场景。这可能是生物学、历史学、考古学，甚至社会学方面的巨大发现。

看着这浮雕的情形，我们实在无法释怀，这种蛇诡异的行为到底是怎么进化而来的？为什么会和其他蛇类完全不同？我感到其中肯定还有更深的原因。

之后的浮雕，是一连串膜拜的场景，表现很多人对着一条毒蛇跪拜。那蛇挺立在众人之前，这应该也是祭祀的场景之一，除了蛇的奇怪动作，其他并无诡异的地方。

从整体来看，我们发现巨石的表现手法，中心是蛇的交配场景，四周是对蛇的祭祀、蛇的饲养和蛇与人的战争，以及很多其他关于蛇的场面。正如闷油瓶所说，这是一块记述蛇的信息的石壁。我还想再从中得到一些信息，然而看了几遍，发现能仔细辨认细节的部分实在很少，再也没有任何收获，边上的石壁也没有了浮雕。

我们的心神收了回来，这时候才听到胖子的声音从远处传来，骂道："你们两个卿卿我我地干什么呢？有完没完？老子叫了几遍了，你们到底要不要吃饭？"

我们意犹未尽，但是见到再无线索，肚子也叫了起来，食欲战胜了求知欲，只好暂停。

我扶着闷油瓶，爬下去走到灶边，闻到了一股久违的肉香。胖子用一个脸盆当锅，吊在篝火上烧烤。

胖子问我们在那里到底在干什么呢，真把他当厨子了，也不来帮个手。

我把我们刚才发现的东西和他一说，他也颇为吃惊，不过也甚为扬扬得意，道："伟大的头脑总是可以做出正确的决定。你们要吸取教训，以后一定要听从我的教导，这样才不会后知后觉……不过，如果那蛇母真的死了，为什么那些蛇还在收集尸体，它们收集尸体给什么东西吃呢？"

"可能是在喂食那些巨蟒一样的雄蛇。你还记不记得，我们昨天晚上找到阿宁尸体的时候，那条双鳞巨蟒四周有大量的'野鸡脖子'，显然是在保护它。这种雄蛇也是贵族阶级，会被蛇群供养，以这些蛇的体形看还可以继续生存。但是蛇母就绝对不可能存活，这里的食物太少了，真有这么大的蛇在近代活动，我们也应该会看到一些痕迹，所以我认为在千年前这条巨蛇已经死了。"我道。

这样说胖子才点头。我对他道："现在可以想象，这些蛇并不是居心叵测的蛇魅，它们的行为同样是在按照本能办事，多少能放心一点儿。"

他叹气说："也只能稍微放心一点儿而已，这事情的疑点还有很多。今天晚上也不知道怎么过。快点儿吃，吃饱了好打仗。"

我肚子饿坏了，不想再讨论这些，就问他煮了什么吃的。

"我把罐头都煮了，只剩下一点儿，午餐肉炖馒头加沙丁鱼，大杂烩，不过味道没得说。"胖子道，"得，别说这些蛇了，听了倒胃口，来尝尝胖爷我的手艺，第一口不要钱，第二口开始，一口一个明器。"

"煮这东西要什么手艺，不就是放水煮吗？"我道。

"啧啧，所以说你比你们家三爷档次低多了，只能一辈子当个小贩。"胖子不以为然。我饿得肚子都叫了，马上用空罐头舀了一碗，吃了一大口，烫得我直流眼泪，不过确实好吃，那味道有点儿像年糕，至少像是顿饭了。

我一搅动出香味来，胖子也没法摆谱了，没有废话，三个人一通风卷残云，把底汤都喝了个干净。

吃完浑身发汗，身上顿时有了力气，膝盖也不酸了。

“怎么样，不错吧？你们学着点儿！人活七十古来稀，吃喝嫖赌，只有吃是人一辈子的享受，你胖爷我过的可是刀口上的日子，咱们这种人，能享受的时候就得享受，指不定这就是咱们最后一顿了。”

“我呸！”我怒了，“什么吃喝嫖赌！最后一顿，别把我们扯进去。”

这个时候说这个太不吉利了，因为这确实有可能是最后一顿。

“你瞧，你瞧，这就是封建思想的遗毒。”胖子做了个很欠扁的表情，不过接着道，“这些东西有劲道，昨天我们眼睛都被那雾气迷了，吃点儿补一下，否则容易留下病根。”

我想起昨晚的雾气，就奇怪道：“对了，为什么我们在林子里没事，在这里就瞎了？”

胖子道：“我觉得可能是这里的水的问题。雾气都是水汽凝结成的，在林子里的水都是活水，但是这里下面的积水可能是死的，具体的情况，咱们也不知道。”

我点点头，又想起复明的时候看到的影子，就问他们是不是也有这种现象。我一说胖子就摇头：“我们经历的情况比你复杂多了，哪有心思注意这些。你听谁说的？”

“电视剧里讲过。”

“那玩意儿你都信？”他摇头。我忽然看到闷油瓶抬起了头，皱起了眉头，看向我。

闷油瓶从刚才开始就没有在听我们说话，我以为他还在想浮雕的事情，对他道：“别想了，兵来将挡，水来土掩，等一下我们再去仔细看看浮雕，找找其他线索，现在你就安心休息吧。”

我话还没说完，他就突然道：“你看到了一个黑影在翻背包？”

我被他吓了一跳，点头道：“很模糊，没看清楚，也不知道是不是错觉，但肯定不是你们两个。”

闷油瓶忽然站了起来，对我道：“那是文锦。”

第二十八章

第三夜：捕猎

“啊？为什么？”我反应不过来。

他没回答我，想了一下，忽然对我道：“跟我来！”说着立即就往外跑。

我看了看太阳，又下去了一点儿，心说要给他玩死了，立即跟去。他跑到原来搭帐篷的地方，从其中一个帐篷里找到一只防水袋，又顺手拿了放在石头上的几个刷牙杯，直接抄起一只矿灯，就往林子里跑去。

我跌跌撞撞地跟在后面，只见他几下就跑到和丛林交接处的沼泽里，立即跳了下去，用杯子去挖沼泽底下的淤泥，倒进防水袋里，又抹在自己身上。我看得呆了。他对我一招手，我点头立即也跳了下去，还没站稳，一杯子泥就拍在我的脸上。几秒后两个人在淤泥里抹得和当时看到的文锦一模一样。

我本想到起雾的时候再抹，因为裹着淤泥实在不舒服，心中不爽，问他干吗。他道：“抓文锦。”

“抓文锦？”

“她在找食物。她的食物耗尽了，所以今天晚上必定还会来。我们要设一个埋伏。”

“晚上？埋伏？”我立即摇头，“我不干，伏下去就永远站不起来了。”

闷油瓶看着我，忽然道：“你为什么要来这里？”

我愣了一下。他冷冷地看了我一眼，爬出了沼泽，头也不回地走了。

我愣在沼泽里，心里极度不舒服，心说：你瞪我干什么？我来这里还不是因为你们什么都瞒着我！我为什么要来这里？我——

想着我就想通了，我知道他的意思，怕死已经晚了！我骂了一声，也爬了起来。

回去和胖子一说，胖子也有点儿犹豫。昨天的情形太骇人了，他觉得有些冒险，但是仔细一听，就答应了。

这下事情的性质就变了，我们从晚上尽量活下来，变成晚上尽量找死。但是胖子说不会，文锦也不傻，她应该会在雾没起来或者刚起来的时候出现，甚至我们不在营地附近，她应该是天一黑就过来，如果真如小哥推测的她在找吃的，那么她可能已经饿得不行了。

闷油瓶让胖子再烧半锅汤，做成没吃完的汤底的样子。胖子立即动手，让炉灶烧得更旺，很快，又一锅杂烩火锅烧成了，香气四溢。闷油瓶提着淤泥就到潘子的边上，用泥往他身上抹，把他也用泥覆盖起来，接着是胖子。

全部搞完，闷油瓶提起锅，让我们两个跟上。我问：“潘子怎么办？”他道：“雾没起来之前我们就会回来。三个人去，抓到的概率大一点儿。”

三个人一路走到原来的帐篷处，闷油瓶就把那锅杂烩放到昨天我们的篝火处。

此时天色还早，我们三个找了个隐蔽处蹲了下来。我只感觉要笑，这事情有点儿扯淡，拿一锅汤勾引文锦，文锦又不是猫。

我们蹲在那里，一直看着太阳从树线下去，四周的黑暗如鬼魅一样聚拢，什么都没有等到，连汤都凉了。胖子实在忍不住，想问他话，却被他摆手制止住，然后指了指耳朵，让我们注意声响。

我们凝神静气，听着周围的动静。浑身的泥巴又臭又黏糊，弄得我难受得要命，特别是脸上和腰的部分，因为容易干，这些地方的皮都扯了起来，痒得要命，但是又没法去抓，抓了更痒，而且干得更快。

就这么咬牙等着，一直到天快黑只剩下一点儿天光的时候，我都已经进入恍惚状态，忽然，身边的人动了。我立即清醒，绷紧了身子，甩了甩头，跟着他们偷偷从石头后面探出头去。在非常暗淡的光线中，就看到一个浑身淤泥的人，从林子里小心翼翼地走了出来，看身材，赫然是一个女人。

"真的是文锦！"我喉咙一紧，心说还真管用。还没来得及细琢磨这来龙去脉，闷油瓶的手已经搭在我的肩膀上，把我拉了回来。

我看向他。他对我和胖子做了一个手势，意思是，只要他一动，我们两个立即从营地的两面包抄过去，一定要堵住她。

此时也不知道闷油瓶到底在搞什么鬼，我们点头，耐心地等着。这埋伏的感觉相当刺激，我的心狂跳，一直等到我们听到了那只汤桶的动静。

胖子想出去，但是闷油瓶没动，他不动我们也不敢动。等了大概十分钟，闷油瓶闭了闭眼睛，突然一个翻身，就从石头后面蹿了出去。几乎就是同时，我们听到一声惊讶的叫声，接着就是转身狂奔的声音。

我和胖子立即撒开腿，从左右两边冲出去，然后绕着营地围了上去，从几个帐篷中间冲过去，三个人同时到位，一下子就把她围了起来。

文锦显然惊慌失措，不停地在我们三个中间转圈，满脸惊恐。

借着火光，我才清晰地看到文锦的脸。在淤泥中看不到真实的情况，但是我可以肯定，她极其年轻，简直就是十八九岁的小姑娘。即使是在这种情况下，我还是能知道，这女人极其清秀，远远超过那张照片。

这几乎是一次超越时空的见面，如果是在正常情况下，我几乎会感觉她是从那张照片里走出来的，然而现在我根本没有闲情雅致来想这些。

文锦显然被我们吓坏了，有点儿不知所措，一边到处看，一边想找空隙逃出去。

“不要怕，陈……阿姨。”我想用说话来安抚她，但是说了一句，发现实在很难叫得出口。

文锦一下子看向我，突然就朝我冲过来。我张开双臂，想一把抱住她，将她制伏。没想到她突然一矮身子，扭住我的手臂，将我整个人扭了过来。我疼得大叫，她一推就把我推得趴到帐篷上，几乎把帐篷压塌，自己狂跑进了浓雾中。

我爬起来，看到胖子和闷油瓶已经追了上去，心中暗骂自己没用，立即也跟了过去。

第二十九章

第三夜：暗战

文锦跑在最前面，我已经看不到了，我追的是胖子的背影。在这样的光线下追人，连一步都不能落下，否则，一闪就看不到了。

这一次绝对不能让她跑了，我心里道，我们有太多的疑问需要问她。

跑到营地外，还没有进丛林的宽阔地带，在这种地方，闷油瓶速度极快，一下将她逼到一块巨石附近，我们三个又将她围了起来。她靠在巨石上，似乎已经无路可逃，只听到她喘气的声音。

“大姐，你到底在怕什么？”胖子问道，“我们是好人，别逃了，搞得我们像日本人追花姑娘似的。”

文锦突然叫了一句，我没听清楚她叫的是什么。她忽然转身，几下就爬上巨石。她的动作极其轻巧，显然是练过功夫的，竟然没有一丝的迟缓。

我们之中只有闷油瓶能跟上去，他立即翻了过去，从后面抓住了文锦。文锦一挣扎，两个人滚在一起，滚到了巨石的后面，就听一声水响，好像摔进了水里。

我和胖子追过去，见那巨石之后就是之前看到的那种水潭，底下是这神庙的低洼部分，深不见底，下面有回廊和甬道通到废墟的内部。闷油瓶摔下去之后，不得不放手，以免文锦窒息。他浮出水面，我心想这一次肯定抓着了，和胖子两个人在岸上一人把了一面，如果她爬上来，马上把她按住。

然而，三个人，两个在岸上，一个在水里，等到水面上的水波平静下来，文锦也没有上来。

等了几秒，我心说糟糕了，难道她不会游泳，沉下去了？这不是给我们害死了？闷油瓶立即一个猛子扎了下去，潜入水中去找。

水里气泡不断，他翻了半分钟才浮上来，对我们道："这下面通到其他地方，她钻进去了！"

"这怎么办？那她不是死定了？得立即把她救出来！"我道。

这种废墟里的结构极端复杂，回廊交错，四处肯定还有大量的塌方，就算带氧气瓶进去也凶多吉少。

"不会，这里的几个水池好像都是通的。"话刚说完，我们背后一个地方就传来人冒出水和剧烈喘气的声音。

我们立即转身朝那个地方冲去，跑了没几步，就看到那里果然也是一个水池。水池边上一片潮湿，脚印直朝林子里去了，显然文锦对这神庙下的水路极其熟悉。

我们立即尾随脚印狂追，没跑几步，就听到前面急促的喘息声和脚步声，立即加速。就在这时候，我的头顶出现了一片沉重的黑色。骇然间，我发现我们追进了雨林里。

我顿了一下，心说不好，就这么追进去，如果迷路了怎么办？就是这么一停顿，闷油瓶和胖子立即就跑远了。我大骂一声，只能跟上去，现在只能希望在最前面的闷油瓶能立即逮住她，否则我感觉会不妙。

虽然胖子分析林子中的雾气是没有毒的，但是谁知道推测是不是正确，要是在里面忽然瞎了，那绝对完蛋了。

但是这文锦在雨林之中，简直如一条泥鳅，在树木的缝隙间穿梭，如入无人之境。这一通追简直是天昏地暗，最后我是头撞上一截矮枝，直接被撞翻才停了下来。等我站起来，胖子和闷油瓶早没影了，只有远处传来穿过灌木的声音，已经辨别不清方向。

我眼冒金星，蹲下来大喘了半天才缓过来，感觉肺都要抽起来了，抬眼看了看四周，却分不清方向，顿时心急如焚。

顺着大概的方向追了几米，我就停下来不敢再追了，开始大叫，让他们也别追了，这样太危险了。

叫了几声，却听见树叶抖动的声音和喘气声，似乎他们又跑了回来，我立即朝那个声音的方向追了过去。

一连跨过好几道几乎没法通过的藤蔓群，却发现又丢了，我心说这简直是在拍《猫和老鼠》，永远是在绕圈子。

再次循着声音去辨别方向，这时候，忽然就在我身后，有人叫了一声：“小三爷。”

那声音好像是捏着鼻子叫出来的，尖细得要命，是个女人的声音，听起来让人寒彻心扉。

我吓了一跳，立即转身，用矿灯照去：“文锦？”

身后浓雾弥漫，什么都看不见，但是那声音确实千真万确。我知道自己没有听错，立即就问道：“谁？”

在浓雾的深处，又有人叫了一声：“小三爷？”

我立即把矿灯调整了一下方向，朝那个方向照去，并且走了两步，但还是什么都看不到。

我心中有点儿奇怪：那声音离我十分近，应该就在咫尺，绝对是手电可以照到的范围，为什么会没有人，难道那人藏着？

“你是谁？”我又问了一声。

没有回答。我感觉有点儿不对，用手电照了照四周，想找点儿东西防身，但是太黑了，什么也看不见，我又不敢让手电光过久地离开我的前方。

“是不是三爷的人？”我又道。

“小三爷？”那声音又响了起来，而且移到了我的左边。我吓了一跳，立即把矿灯照过去，还是没有人的影子。

这家伙一定藏起来了，我心里毛起来，但是转念一想，不对，能说话的，肯定是人，而且叫的是小三爷，肯定是认识我的，应该就是三叔的伙计，听这声音他似乎在围着我转圈子。会不会是他也看不清这里，不敢贸然现身？

想着我就立即道：“我就是小三爷，你是三叔哪个堂口的？”

那边没有回音，我心说他到底在忌讳什么，立即晃动着矿灯，朝声音传来的方向走去，一边走一边道：“出来吧，老子是人不是鬼。”

一直往前走了六七米，前方出现了一棵大树，却还是没见到人，我就纳闷起来。犹豫了片刻，忽然从那大树的后面，又传来了一声：“小三爷。”

这家伙该不是聋了吧，我心道，扯起嗓子大喊了一声：“老子在这里！”

那树后的灌木忽然抖动了一下，我心说没时间和你这么耗了，一下子冲过去，冲到树后就去照。没想到树后竟然是一个断崖，我还没站稳，就一脚踩空，往下栽去。

第三十章

第三夜：泥潭

这一下摔倒是猝不及防的，和在丛林中跋涉的摔倒完全不同，我根本连反应的时间都没有就滚下了断崖。混乱间我用力往身后抓，想抓到任何的东西可以让自己停下来，但是手摸到的全是光秃秃长满青苔的岩面，手直接滑了下去，接着膝盖又撞到了石头上，我整个人无法控制姿势，翻倒摔在了崖底。

还好这断面并不高，而且下面是水和淤泥，并没有致命伤，但是我发现水流很急，扯着我往下游卷。我立即扑腾了几下，抓住水下不知道什么东西，咬牙吃力地站起来，就发现矿灯挂在半崖高的地方，已经够不到了。

缓了一下，感觉没有什么地方骨折，我就观察四周的环境，也看不清楚，只能感觉自己站在沼泽里，脚陷在淤泥中，而上面矿灯照出的区域显示，我摔下来的岩面应该是一处遗迹的一部分。

我觉得奇怪：怎么那树后竟然会是断崖？那么刚才那人在哪里说话？难道是像壁虎一样趴在树上？

于是我大叫了一声，但是再没有回音，好像那人就是要勾引我掉下来。我心里猛地想起白天听到的声音，想着完了，完了，我真的有点儿幻听了，难道这里的森林扰乱了我的神经不成？

又扑腾了几下，我游到断崖的边缘，抓住一块突起的石头定住身体，借着矿灯光被石壁反射回来的极端微弱的光线，开始向上爬，无奈青苔实在太滑了，又没有任何东西可以借力，爬了几次都滑了下来。

我换了几面都不行，唯一可以前进的地方，就是顺着岩壁往沼泽的下游走，那边一片黑暗。但是这里水流这么急，附近不是井口就是陡峭的断层，一旦失足，很可能被井口的漩涡卷进去，或者冲下小瀑布，就算不死也得全身骨断几节。

犹豫了片刻，我发现自己的处境其实就是被困住了，要么等到天亮，要么有人来救我。等到天亮我是绝对不肯，立即就扯起嗓子，喊了几声“救命”。

他们也许就在不远的地方，这里这么安静，喊响点儿他们可能会听见。

可是天不遂人愿，喊了半天，我嗓子都哑了，却连一点儿回音都没有。四周一片寂静，而且静得离谱，黑暗中连一点儿能让人遐想的动静都没有。

我实在喊不动了，心里那个郁闷就别提了，心说怎么什么倒霉的事情我都碰上了。深吸了口气定了定神，我去看表，想看看雾气大概什么时候会散。雾气散了之后，能见度会加大，这矿灯的光线就能照得更广，这样也许我就有办法爬上去，或者我可以在水底找什么东西，把矿灯砸下来。

看了看表，按照昨天的经验，雾气应该维持不了几个小时，时间还可以忍受，我摸着一边的石头突起，让自己维持着一个舒服一点儿的姿势，看了看四周，心说：什么都看不见，这几个小时怎么打发？

双脚在淤泥里，让我心里很不舒服，这种感觉绝对不好。潘子跟我说的故事，我还记得，此时也感觉淤泥之中的脚正在被虫子钻食，不时抬出来摸一把，却发现只是错觉。

这种错觉让我思绪不宁，我尽量靠在岩石上往上爬，让脚出水，但是每次都失败了。我鼓起勇气，摸着岩壁往边上靠，脚贴着，想着水下有什么东西也好，能让我踩一下好出水。或者能踩到一些树枝杂物什么的，我可以用来砸矿灯。

脚动着动着，我果然就踩到了什么东西，不过那不是树枝，那种感觉让我激灵了一下。

细细的毛，好像是人的头发。

我一下子冒出冷汗。我现在对头发有着极端厌恶的记忆，从西沙回来之后的开始几个星期，我几乎碰到自己的头发都会作呕。

我立即把脚抽了回来，不敢再伸过去，但是脚一动，我又踢到了什么，这一次是软软的。我忽然意识到这淤泥里，可能沉着大个的什么东西。

为了谨慎起见，我打起手表的蓝光，往水下照去。这种蓝光的设计初衷本就只是为了让人能在黑暗中看到电子表的数值，灯光几乎照不进水里，我只好蹲了下来，把手表沉入水里去。

接着我就惊呆了，幽灵一样的蓝光之下，我看到一个人，被埋在了淤泥里，头发像水草一样随着水波舞动着。

我的手颤抖着移动。这是一具尸体，而且是一具新鲜的尸体，虽然完全被裹在淤泥之中，但是可以看出他穿的是行军服，和胖子的很像。

接着，我发现有点儿不对劲，转动手表的方向，用力往前探去，发现这前方底下的淤泥中，竟然全是死人，全都沉在淤泥之中，肢体交错在一起，犹如屠杀后的乱尸岗一般，而且所有的人都是刚死不久的。

我将我面前的那具尸体从淤泥里拉出来，发现死沉死沉的，犹如灌了铅一般，一下子就看到那人腰间的各种装备，都与胖子和潘子的一模一样。

我发着抖，忽然明白了这是怎么回事——三叔的队伍竟然在这里！

第三十一章

第三夜：藏尸

再看那具尸体，我发现这些尸体都已经被水泡得发青，但是都没严重腐烂，显然死了没有多长时间。尸体在泥水中没有被泡得发白，反而有点儿发青，显得有点儿不同寻常。

这里有这么多的死人，而且都是刚死没多久，显然这些是三叔的人。我想起空无一人的营地，不寒而栗，这些人必然是给鸡冠蛇咬死后运到这个泥潭中来的。

这批人是最早出事的那批人，还是幸存下来的三叔的那批人？三叔在不在他们之中？

我一下子又想起了刚才听到的“小三爷”的叫声，心说：难道这不是有人在叫我，而是这里的伙计的冤魂，想让我发现这里，在指引我？

我脑子涨起来，但手表的蓝光再一次熄灭，四周又陷入了黑暗。

我再次打起手表的蓝光，开始摸着眼前尸体的口袋，从他裤袋中摸出了一只皮夹，已经被水泡得死重。我拎起来，就朝一边石壁上的光点扔去。第一下没有扔中，我又把那人皮带上的手电解了下来，甩了过去。一甩我就发现不对，但是已经晚了，手电已经飞了出去。我正想抽自己一巴掌，这一次却成功了，卡住矿灯的灌木被打了一下，矿灯就滑了下来，掉进水中，沉了下去。

我一只手抓住岩石的凸起，另一只手竭力伸长，勉强够到矿灯，将它捞了起来。手电很轻，被水流往下游冲了几米，不知去向。

我把矿灯朝四周照去，这一下看得更加清楚。这是沼泽的一部分，类似于一个圆形的水潭，水朝一边流去，矿灯照去，就看到水流向的下游是一处雕刻着兽头的石头遗迹。水流就是流向遗迹，由张开的兽口流入。和我想的一样，那下面肯定有井口，过去必然危险。

我开始逆流而上，将矿灯系到腰上，靠着岩壁移动。一路照去，就看到沼泽之中，横陈着大量的尸体，大部分都陷入淤泥之中，只伸出了僵硬的手或者露出其他部分。整个水潭底部几乎全是。

我一边走一边避开尸体，但是尸体太多，实在无法脱身而过，很多尸体身上的淤泥被激起的水流冲掉。我就发现在他们的脖子上，都有两个发黑的齿孔，整个脖子都是黑的，到了四周部分就呈现青色。

我一下子就明白了，他们全是被蛇咬死的。难怪整个营地里都没有打斗的痕迹，有可能是在睡梦中直接被咬死的，也有可能是在这里行军的时候遭到了大规模的攻击。

我调整矿灯，忐忑不安地一张一张查看他们的脸，想从中看看有没有三叔。

我并不想看到三叔，但是理智告诉我，我不能逃避。不过在淤泥覆盖下，要想辨认并不容易。我一张一张看过去，没有发现像三叔的人，也无法肯定这些都不是三叔。

就在我想放弃的时候，我的矿灯照到了其中一张脸上，这脸还没有完全被淤泥覆盖。我下意识地停住了脚步，猛地发现这脸有点儿熟悉，随即我就认了出来。

那是阿宁！

她的眼睛闭着，整个人呈现一种非常古怪的姿势，身上只盖着一层薄薄的淤泥，脸上的尸斑已经非常明显了。

我几乎窒息了，看了看四周，心说：那些蛇竟然也把她的尸体运到这里来了！

我越想越心寒，越想越觉得是那么回事。这个泥潭是什么地方？难道这里是它们堆积食物的场所？那这里可能会出现巨大的蟒蛇来进食？

我感到极度不安。这个地方不安全，我必须立即离开。

边想着边挥动矿灯，去找四周可以攀爬的地方，很快发现水的逆流方向，有一处树木的藤蔓挂到了水里。我咬住矿灯，就朝那边游去，几步够到之后一把抓住藤蔓。

雾气已经有些稀薄了，我咬牙爬上藤蔓，却又想到闷油瓶说的“淤泥防蛇”，又下去掬起一手淤泥，抹到身上，再重新往上爬，一直爬到了藤蔓缠绕的枝丫上，才松了口气。

顺着枝丫，爬到树冠的中心，刚想顺着树爬上去，忽然听到一边的水潭中一声水响，又有什么东西掉了下去。

我循着声音去照，就看到水潭边果然激起了水花，有东西从岸上滚了下来。把矿灯照向那个角落，我看到一团红色的肠子一样的东西，那是缠绕在一起的大量鸡冠蛇，而它们之中，好像裹着什么东西。

我仔细看着，有一瞬间，我看到一只手从蛇堆里伸了出来，接着我看到了一个胖胖的人头。

我浑身一凉，发现那是胖子。

第三十二章

第三夜：又一个

胖子并没有反抗，我甚至没有看到他在动。我心里越发冰冷：难道他已经死了？

蛇群蠕动着。我曾经想象了相当多的方式，来推测它们怎么运送尸体，但是没想到是这个样子。红色的大大小小的蛇盘绕在一起，将尸体裹在中央，然后挪动身体使得尸体前进。胖子极重，但是这些蛇还是能把他迅速移动到这里，显然这样的移动方式效率相当高。

胖子摔入潭中之后，蛇群稀疏开来，陆续重新爬上岸，很快就消失在石壁的上面。我看着静静躺在水里的胖子，有点儿不知所措，不知道他是死是活。如果是死了，我感觉他这样命硬的人都死了，自己在这里早晚也是死；如果是活着，那我必须去救他，不过去了也有可能只是送死。

想了想，不管怎么样，我必须去看一下。胖子和我出生入死，我不能连他有没有死都不知道，就把他丢在这里。

我警惕地看了看四周，似乎蛇已经走远，检查了一下身上的淤泥，就顺着藤蔓再次滑了下去，小心翼翼地下到水里。我扒着岩壁，走到胖子的身边。胖子纹丝不动，大半个头浸没在水中。我心里一凉，身子有点儿发颤。

仔细听了听，四周没有声音，我才靠近胖子，将他整个人翻了过来。胖子下半身沉在水里，一摸，我的心才一松，还有微弱的呼吸，但是我也立即看到了他脖子上的血孔，他也被蛇咬了。

这里的蛇真是阴毒得要命，竟然都咬在脖子上。除非那人对蛇毒有免疫力，否则基本上无法处理，只能等死。

不过我感到奇怪：为什么阿宁被咬一口，才几分钟就死了，而胖子到现在还有呼吸？此时我又发现胖子身上有血。

查看一下胖子身上没有外伤，这血显然不是他的，我就明白了，那可能是和蛇搏斗的时候沾上的。我估计可能是胖子动作快，蛇刚咬到他的脖子，他已经用刀将蛇砍死了，所以才没有立即毙命。

不过，就算不死，也快了。我看了看四周，必须先把他从这个水潭里拖出去，否则保不齐这些蛇会回来补上一口。

这相当困难，好在藤蔓在下游，我扶起胖子，借着水的浮力和推力将他往下游推去。没想到两步我就失控了。为了不被冲到水流中去，我用力扭转身体，让自己的手浮在上面，冲过藤蔓的时候一把抓住，才重新控制住身体。

我用尽九牛二虎之力在水里站定，接着把胖子挂到藤蔓上，用他的皮带把他固定住，然后自己先爬了上去，想把他拉上来。但是拉了两下之后，我发现是不可能的，虽然藤蔓足够结实，但是胖子实在太重了，我那点儿小力气，实在不够用。我看了看四周，看到我站的树枝上面还有一根Y形的大枝丫，于是我把藤蔓挂了上去，做了一个滑轮，然后用我的体重加上力气，把他提上来。

只一下就把上面的枝丫压成了弓形，整棵树都发出让人毛骨悚然的声音。我忽然感觉胖子太重了，简直重得离谱。我的体重加上我的力气，把他吊起来应该没有这么困难，但是现在显然相当勉强，我以前还背过他，绝对没有现在这么重。

这次如果能活着回去，我一定要让他减肥了。然后，我继续压下死力气，用了差不多半小时，才把他从水里一点儿一点儿吊上来。等我把他拖到树枝上的时候，我的虎口全破了，已经连抬手的力气都没有了。这时候我发现站立的树枝被胖子和我的重量压弯得厉害。

我已经没心思来琢磨这些事情了，缓了一下，心说该怎么处理他的毒——想要吸出来已经晚了，看样子要回营地。那就得拖他过树林了，我一个人实在是够呛。不过够呛也得做，不然如果他挂了，我怎么过自己这一关。

休息了一下，我又下去，再次掬了一把淤泥上来，涂在胖子身上，然后去扯四周的藤蔓，把藤蔓草草连接了一下，做了一个拖架子，想把胖子从树上放下去。

往胖子身上绑的时候，我发现胖子太胖了，实在很难固定，只好用藤蔓先把他身上的几个地方绑紧。藤蔓很粗，我的手力气不够，我就站起来用脚帮忙，把结打紧。大概是拉的力气太大了，忽然胖子张开了嘴巴，从他嘴巴里，喷出了一口绿水。

那绿水极其腥臭，我立即捂住了自己的嘴巴，心说他吃什么了，这时候就看到，那绿水之间，竟然混杂着很多细小的红色鳞片。

我摸起一片，心说不好，一下子扯开胖子的衣服，发现胖子的肚子极大，用力摸了一下，硬得好像吃了一个秤砣。

第三十三章

第三夜：宿主

糟糕了，怎么会这样？难道有蛇钻到他肚子里去了？

我立即把胖子翻过来，用膝盖去顶他的胃，用力往里顶，他就开始剧烈地呕吐。大量的绿水混杂着一些白色的棉絮一样的东西被吐了出来，全部吐到了树枝上，然后滴落下去。

我用力顶了几下，直到他吐完。他的呼吸稍微顺畅了一点儿，看来这胃里面的东西非常压迫他的呼吸。

看着吐出来的东西，量极大，简直就像从桶里倒出来的。好在胖子胃大，否则普通人这么多东西撑进去，胃可能已经爆了。

我将他放好，捂住嘴巴去看他呕出来的东西，一股酸臭味扑面而来，绿水之间，都是蛋花一样的白色凝胶。我折下一根树枝，拨弄了一下，发现凝胶之中，竟然全是一种类似卵的东西。

一瞬间一股极度的恶心涌上胸口，我差点儿也吐了出来。看着其中混杂的鳞片，我心说这该不会是蛇蛋吧？我靠，这真是太恶心了。这种蛇竟然会在人的胃里产卵，简直像好莱坞电影里的怪物，想着就立即把这些蛇卵全都拨弄了下去。

这么说来，下面这些尸体的肚子里，应该也塞满了蛇卵。我都无法想象这些蛇卵孵化出来会是什么样子。

努力忍住自己的恶心，我看了看下面的泥潭，又看了看那些浮在水面上、向下游漂去的蛇卵，开始明白了这里是怎么回事。

难道这里的泥潭是一个“孵化室”？这些蛇，靠尸体腐烂产生的热量孵化蛇蛋，所以它们不停地搬运尸体，扔入这个泥潭内，让它们不停地腐烂，和泥土混合产生热量。

我听说过有很多蚂蚁可以通过发酵和腐烂来控制蚁巢内的温度，这些蛇显然做不到，但是它们已经在通过腐烂的热量来孵蛋了。

但是，这附近的废墟阳光很好，为什么它们不像其他蛇类一样用阳光来孵蛋呢？难道是因为这些蛇蛋孵化对温度的要求非常精确？

想想不对，我想到一个可能性：如果没有那几场大雨，这个泥潭中不会有水，最多是一片烂泥沼，那么胖子摔入里面，要很长时间才会死，他体内的温度会维持到他完全死亡，这也许就是胖子现在还没有死的原因——那些蛇只想麻痹我们，不想杀死我们，就是为了用我们的体温孵蛋。

我知道有一些进化得非常高级的蛇，它们的蛋在体内已经孵化得差不多了，生出来只要靠一到两天稳定的温度就会孵化，难道这里的蛇就是这样？好在下了这场大雨，否则，我刚才已经摔进小蛇堆里了。

最让我感到毛骨悚然的是，这里有蛇卵，那么不就说明，这里还有一条母蛇？想起那浮雕我就浑身发凉，但再想还是不可能的，这么巨大的母蛇绝对违反了自然生物的规律，这些卵可能是那条巨大母蛇的后代生的。

胖子肚子还是有点儿胀，不知道里面还有没有这些东西，我觉得保险一点儿还是让他全部吐出来的好，于是扶起胖子，抠住他的喉咙，让他继续呕吐，但是他接下来呕出来的，都是发绿的水，最后就成了干哕。

我相信应该是没了，再有就应该过了胃了，那就只能让他拉出来了。

雾气已经散得差不多了，能见度逐渐恢复，我继续刚才的工作，将他身上的藤条拉紧，然后准备慢慢地放下去。这非常困难，如果我稍微抓不住，胖子就可能直接从树上摔下去。他现在失去了意识，不会运用肌肉和动作去保护自己，那么这一摔可能就会摔死他，所以，必须把藤蔓的长度控制好。

我把一切准备妥当，然后用矿灯照射树下。这棵大树长在泥潭的边上，弄得不好，可能放下去就会直接摔回泥潭里，前功尽弃，一定要选一个好地方。

矿灯一照到树下，我就愣住了，树下一片迷蒙，竟然看不清楚地面，矿灯照过去，好像照在一团混沌上。

这真是有鬼了！刚才我没有用矿灯去照，就用矿灯的余光，都能看到地面模糊的影子，怎么现在反而看不到了？难道雾气又浓了起来？可是为何只浓在地面附近的部分？

仔细一辨认，我才发现原来是这泥潭中不知道起了什么变化，从水中蒸腾出一股黑气，已经笼罩了整片水面，其中的尸体若隐若现，在黑气中竟然好像动了起来。

第三十四章

第三夜：沼泽怪影

我仔细去看，就发现潭底的淤泥不知道被什么东西扰动着，似乎有一个巨大的东西在淤泥的底下活动，将存在淤泥下的黑气翻上来。整个潭底都在动，淤泥中似乎有一个不规则的漩涡，把那些尸体裹进去又吐出来。

随着淤泥活动得更加剧烈，越来越多的黑气从下面翻了上来。我此时已经没有任何力气感到害怕了，只是牙齿发紧，浑身的神经已经绷到了最紧，一边脑子飞快地转动琢磨怎么办，一边警惕地关注着下面的情况。

这些黑气可能是沼泽下雨林中大量树叶腐烂形成的有毒气体，这种气体经常存在于沼泽和雨林深处的淤泥之下，如果有大的自然气候变化就会释放出来。

很多热带雨林人类不可涉足，就是因为这种毒气的存在阻断了大片的通路。而有的毒气则是由于特别的矿物或者火山气体挥发，或者和雾气混合而形成的剧毒云雾。这种毒气的毒性就厉害了，世界上有很多连鸟也飞不过去的“死亡谷”就是这么形成的。

如果是的话，这肯定不是好玩意儿，也不知道会不会和昨天在神庙前遇到的雾气一样致盲。

我想过是否能立即下去，冲回遗迹，但是算了一下距离和时间，此时已经毫无办法，那黑气已经弥漫在树下，我无法下去。而且神庙那边的雾气如果没有退，很可能又会让我中毒失去视力，碰上蛇群我就可能和胖子一样了，那我宁可自己了断。

我祈祷这黑气只在树下蔓延，不会上浮到树冠，但是显然这是不可能的。缓缓地，我发现黑气犹如有生命一样，滚动着，开始充斥整个空间。

我心中暗骂，知道这一次如果黑气有毒，恐怕会比致盲更加厉害。情急间，我立即撕下一条自己的衣服，从身上抹下来一大块黑泥，捂住了口鼻，又给胖子做了一个。

之后想起自己在树上，立即找了根藤蔓把自己绑住，挂在树上，以防等一下中毒神志模糊，从树上摔下去。

刚做完这些，黑气就到了脚下，漫上来的时候，速度惊人，黑色的影子如鬼魅一般，几乎是一瞬间就裹住了我们坐的枝丫，我甚至听到它经过的时候，这里的树都发出了轻微的噼啪声，接着四周目力能及的地方一下了就被黑气笼罩了。

黑气瞬间布满了四周。看着黑气升腾起来，我感觉自己好像被困在大火中的房子里一样，但同时，我立刻闻到一股奇怪的味道，喉咙开始发痒起来。

喉咙发痒显然不是好兆头，我本能地屏住了呼吸，尽量少吸几口。

几秒钟后，我没有立即毙命，就松了口气，显然这黑气毒性不烈，这样我们就多了很大的机会，不过，如果吸入太多，到底如何也很难说。

我一边祈祷着黑气会和雾气一样自己退去，一边往上看，想看看能否爬得更高，到黑气稀薄一点儿的地方。但是，整个树冠目力所及的地方，已经完全被这些黑气吞噬了，而且在矿灯的光柱下，我看到这些黑气好像是固体的小颗粒，似乎是烟尘，而不是气，可是摸了一把又摸不着。

这是什么东西？我忽然感觉我在什么地方看到过这种黑色的烟雾。是在哪儿呢？我想着心里隐约感到不安，有一种极端不吉利的感觉冒了出来。

我忽地想起闷油瓶，心里直问候他的祖宗，要是刚才听我的，现在就不至于这么狼狈。自己怎么就不坚持一下？要是死在这里都不知道找谁去喊冤。

可能是之前我实在太信任他了，可是他最近做的决定都有些失常，我心里顿时想抽自己一个嘴巴。

不过，就算是不来，今天晚上也不知道能不能挨过去。当时没戴防毒面具倒是我的失策，不过阿宁他们装备的防毒面具个头很大，胖子和潘子用的都是老军用，虽然结实，但是太重了，都不方便。

怎么想都不对，这也是逃不过的一劫。

继续看着泥潭，就听脚下的沼泽里传来了一连串水搅动的声音，很沉，并不吵，听着好似有什么庞然大物要从里面出来了。

这沼泽之下必定出了什么异变，否则不可能出现这种动静。我想着会不会是尸体肚子里的蛇卵孵化出来了，又或是有大蛇来进食了？

只听得这水声越来越响，好像在朝我们树下靠近一般，我拿矿灯去照，只见黑气中，隐藏着一个足有小牛犊一样大的黑斑，正在不停地移动，体形比我们之前遇到的那条巨蟒还要大上一圈，但到底是不是蛇真的无法判断。

黑气弥漫影响视野，那黑斑之下到底是什么东西根本无法看清，我觉得这时候也只能听天由命，于是凝神静气，看着那黑斑的动向。

这雾气之下全是沼泽，黑斑从沼泽中来，必然不是什么陆地上的生物，看形状也不是之前碰到的那种巨蛇，否则它这样大的体形我刚才不可能没有看见。会不会是一条埋在淤泥里的大鱼？

然而，沼泽里什么鱼能长成小牛犊这么大，难道是鳄鱼吗？想想不太可能，如果是鳄鱼，刚才我已经挂了。在这种泥潭里，如果有小牛犊大的鳄鱼，我肯定会给拖进去，鳄鱼绝对不会放过侵入它地盘的东西。

思索间，黑斑忽然在我矿灯光斑的附近停了下来，似乎注意到了这个光点。我感觉有点儿不妙，立即把矿灯移走，转到树冠之内照着胖子。

这一照，我就发现不对劲，胖子头都耷拉了下来，竟然从眼睛里流出了黑血。我心中大惊，探手过去摸，瞬间出了冷汗，只感觉胖子浑身冰冷，只有出的气，没进的气了。

我暗骂一声“不好”，不知道是蛇毒发作了，还是这黑气的毒性。当下也没法管这么多了，我把胖子扳正，用力掐他的人中，掐了几下根本没用，心里一阵恶心，心说得给他做人工呼吸了。

然而胖子的姿势非常别扭，背后又没有什么树枝可靠住，我必须用手扶住他才能让他的头正起来。然而此人极重，我踩得树枝啪啪响，换了好几个位置都不行，单手根本扶不住他的上半身。

最后我干脆踩到他坐的那根枝丫上，趴到他的身上，然而才趴上去，忽然就听得“咔”一下，接着是一声脆响，他坐的枝丫就断了。我只觉得身下一空，还没意识到怎么回事呢，就抱着胖子掉下了树，往水潭里摔去。

第三十五章

第三夜：鬼声再现

一刹那我吓了个半死，没等我反应过来，我们就被身上的藤蔓一扯，两个人在空中打了两个转，狗啃屎般趴进下面的水里。

我摔得七荤八素，入水那一刻我几乎是平着拍进水里的，那种感觉就好像被人用灌满水的热水袋狠狠地甩了一巴掌，好在水冰凉，否则这一下我肯定背过气去了。

扑腾了几下再次浮起来，我忙去找胖子，心说糟了，这潭里算是黑气最浓的地方了，胖子已经这样了，又摔了个半死，在这里再喝几口水那是死定了，再加上刚才的黑影不知道是什么，要是什么沼泽怪物，连我也会挂。

我身上绑着藤蔓，连顺畅地活动都不行，就算胖子能挺住，我也没办法将他重新搬回树上去。而且，虽然我不知道为什么在树上黑气对我似乎没有太大的影响，但是在浓度这么高的地方，我自己能不能顶住还是一个问题。

等我一探出水，就发现不对，一是四周的黑气把大部分的光线都遮住了，能见度比起雾的时候还低；二是整个沼泽里全是翻滚起的泥水，一片浑浊，完全看不到水底，胖子在哪里都不知道。

四处去听，全是水泡的声音，而且我明显感到水流竟然急了不少，我稳不住身子。我心中奇怪，仔细一感觉，发现不单是水流的问题，我身上的藤蔓原本是缠绕在枝丫上，现在那一人粗的树枝已经被水流冲往下游，一下全部的拉力就扯在了藤蔓上，将我往下游带去。

没有在自然河流中游过泳的人是不会明白这种感觉的，水是一种非常重的东西，就算是水流缓慢，你在其中要定住身形也是非常困难的，何况还有如此大的东西在前面拽我。在四处张望的工夫，我已经被水流趺趺撞撞地往前带去了好几米。

这时候我就更急了。我已经看不清楚四周的情况，前面肯定有一个井口，我不知道有多大，如果这枝丫被冲入井中，那种拉力可能一下子就把我扯下去，我连一点儿反抗的力量都没有。而且那兽口的遗迹就在不远处，这过程肯定不需要多长时间，这时候不要说找胖子或者小心那黑影，能留个全尸就不错了！

想到这里，我立即深吸了一口气，潜入水里，去解那藤蔓。但是那藤蔓被巨大的拉力拉得极紧，根本没有可能解开。我去摸匕首，又发现根本没带。

我心说完了，想起胖子武器不离身，就去找胖子。我顺流往前扑腾，他身上也有着藤蔓，我就去水里摸。

水下全是泥浆，摸来摸去都是横陈的死人，几乎什么也摸不到，不过胖子体形大，绝对不会比我漂得远。我竭力对抗着水的阻力，终于摸到了另一根绷紧的藤蔓。我抓住藤蔓靠了过去，忽然看到前方两三米处，一个黑色的影子漂在水面上，朦朦胧胧，根本看不清楚是什么。

我心里发毛，看着那影子漂着的样子，就知道这是我刚才看到的水下怪影，心里有点儿不祥的预感：藤蔓的尽头就是这个影子，难道胖子已经被它吃了？

水深只有两米多，那黑色的影子凸出水面的高度很高，显然不是鱼，到底是什么？我扯动藤蔓，正犹豫着该怎么办，就见那影子一抖，突然改变了形状，消失在水下，接着我手里的藤蔓一下子松了。

我知道糟了——它发现了我，刚想转身，一团巨大的泥水花就从沼泽里炸了起来。我看到一对大螯闪电般朝我的脖子钳了过来。

“你爷爷！”我大骂一声，心说这是什么鬼东西，但是它离我实在太近了，根本无法躲避，眼看那巨螯就要夹到我的脖子，就在这时，我腰上的力量忽然一紧，整个人被藤蔓扯飞了出去，正好躲了过去。我刚想说“上帝保佑”，却发现腰上的力量变得极其霸道，回头一看，已经被扯到废墟附近，那兽面石雕就在我身后，张着巨口，而藤蔓已经掉入口中，口里能听到咆哮的水声。

我知道那牵拉我的树枝已经掉入井中了，心说：老天，你是不是在耍我？我立即用手抓住一边的岩石，大吼一声定住身体，感觉腰几乎都要被拉断了。在这转念之间，身后水花飞炸，那东西又来了。我心里一慌，手立即松了，一下子通过兽口，眼前一黑，身后一空，就摔了下去。

那一瞬间，四周的声音都消失了，腰间的矿灯随着我打转的身体转动，划过四周的黑暗，我凌空翻了一圈，看到了被流水冲得满是沟壑的井壁和四周飞溅的泥水，但是下落并没有持续多少秒，我的后背就撞到了什么东西，整个人一震，几乎吐血。没等我缓过来，背后又是一空，我又翻了个圈，接着肩膀又是一撞——这井下竟然不是垂直的，好像有一个坡度，上面全是被水冲得圆润无比的台阶一样的凸起，我一路翻滚着摔了下去。

三四次之后我就完全晕了。直到我摔进水里，连喝了十几口泥水，才挣扎着探出水面，发现自己在一个狭窄的井道中，被裹在一股极其急促的水流中，速度极快地朝某个地方冲去。

四周一片漆黑，狭窄的感觉是水流的剧烈轰鸣告诉我的，四周一摸就能摸到井道壁，却什么也抓不住。好在我之前把矿灯系在腰间，但是这么急的水流中，只要你稍微一动，你的动向就完全混乱，甚至会被井壁上撞回来的乱流直接翻个头朝下，所以我也不敢轻举妄动，只能尽力维持自己的姿势。

没多长时间我就听到更加剧烈的水声从前方传来，那简直是水龙的怒吼，震耳欲聋，我心惊了一下，想说“肯定又是一个下坡”，但是转念之间身下已经一空，接着又摔了十几个跟头，发现自己摔进了一个空洞中。这时水流趋缓，可以控制自己的身形了。

我立即掏出矿灯，朝四周照去，发现这里是一个地下蓄水池，四周有巨大的水流从水池壁上的井道口冲下来，好像看大坝泄洪口的感觉，四周水花飞溅，声音震耳欲聋。我忽然感觉自己像是一只被冲下抽水马桶的蟑螂，现在从粪道被冲到了化粪池里。

我扑腾了几下，发现水流还是在缓慢地朝一个方向流动。我游过去，用矿灯照去，又看到了井壁上有一个兽头。水流还是流向兽口之内，不过这一只兽和上面的一只造型并不一样，显然这只是一个分流的蓄水池，用来蓄洪，防止井壁被冲刷得太厉害。而在那兽口四周，我看到了纵横交错的枯树枝几乎将其堵塞了，这些应该都是长年累月从沼泽外沿冲下来淤积在这里的。

拉着我的树枝也卡在了上面，上面还挂着一个什么东西，我仔细一照，发现竟然是胖子，他也被冲下来了。

从海南回来之后，我的游泳技术突飞猛进，在水里倒不觉得活动十分困难。我就扑腾了几下，往堆起来的枯树枝堆游去，游到边上爬了上去，只见胖子身上的藤蔓就卡在枝丫外盘根错节的枝节中，使得他没有沉到水下去。这里磅礴的水声已经小了很多，我的耳朵终于可以听见动静了。

我从枝丫下潜水过去，到了胖子那边，就看到他的脸已经全部青了，气息微弱，脉搏几乎摸不到。我再次潜下去，抱住他的脚，架到枯树枝上，用肩膀去顶他的肚子，顶了几下他就吐了，一团泥水。然后我用肘部给他按摩胸口。胖子被水一呛，竟然有了反应，一阵咳嗽。

我心中一喜，有反应就是有门儿，立即用力再顶，却几下就没力气了，上来喘了口气，心说：这样不行，胖子如果不做人工呼吸就死掉了，我必须把他整个人拖出水去，让他平躺在树枝上。

要想让胖子上去，我就必须先上去，于是我开始爬那些枯树枝堆。无奈在边缘的那些树枝并没有足够的支撑力，我只要上去，就会把枝丫整个儿压进水里，而且有侧翻的危险，枝丫侧翻，胖子会被压进水里，那等于是我杀了他，而且这里大部分是荆棘枝，动作稍微大点儿，就会撞到尖刺，疼得我眼泪都下来了，而里面的树枝都已经腐烂发软，根本无法受力。

在那几分钟里，我也不知道爬了多少下，全都在两到三步之间就踩断树枝滑了下来。最后我绝望地发现，以我个人的力量，在这个位置绝对爬不上去。这树枝堆看上去像山一样结实的地方，其实都极度脆弱，根本没法待。只有半米不到就可以出水，然而这半米似万丈鸿沟，我怎么也越不过去。

这种绝望感实在太强，要是我面前是个峭壁那也就算了，可是偏偏是这种树枝。我突然感觉好像老天在玩我。

我又爬了几下，手全破了，意识到蛮干肯定不行，于是架住胖子，用他的匕首割断藤蔓，把着树枝堆向边上挪，想找找这里的岩壁上有没有更容易爬的地方，最好是有可以搭手的地方。

这里没法逆流，我用力架着胖子绕过了突出的好比棱刺一样的树枝，忽然看到另一边的岩壁上，有一个干涸的井道口，可能是哪里被淤塞住了，并没有水冲出来，仔细一看，这种井道口还不少，但都是在很高的位置，只有这一个我能够得着。

我心中大喜，就靠了过来，先把胖子架在一边，然后自己抓住石头的缝隙往上爬，才爬到一半我就知道有门儿，不由得笑出了声，接着咬紧牙想一鼓作气。

就在这个时候，在边上的胖子忽然动了一下，说了一句话：“没时间了！”

我吓了一跳，转头一看，却见胖子丝毫没有动，也没有任何的表情。我心中奇怪，揉了揉太阳穴，心说完蛋了，又开始幻听了。忽然，又一声清晰的人声从胖子身后发了出来。那声音道：“没时间了。”

第三十六章

第三夜：雾中人

这里除了远处水泄的隆隆声，几乎听不到任何其他的声音，这一声说话声极其突兀，我猝不及防，被吓了一身冷汗。

第一个反应就想到是不是三叔的人，心说：难道这里还有幸存者？

刚才的声音，能肯定是人在说话。我知道我不是幻听了。我之前没有期望过还能碰上一个活人，是人就让我稍微心安一点儿。我停止动作，探头往胖子身后看去，然而后面全是堆起的干枯树枝，交错杂乱，光线又差，什么也看不清楚。

应该是三叔的人。我有了一个念头，这林子里不可能有其他人，如果突然碰上一个人，最有可能的还是三叔的人。也许就是这个人刚才在叫我，他在我跌下泥潭之前就被水冲到这里来了。听刚才的话，似乎他在和别人对话，那可能还不止一个人。

“谁在那里？”我叫了一声，眯起眼睛使劲地看着那个方向。如果在这里碰见三叔的人，那真是老天保佑，可以知道三叔的下落和遭遇了。

然而等了一会儿，胖子身后却一片寂静，没有任何回音。那边树枝遮掩下的兽口也没有动静。

我立即警觉起来，心里出现了一种不祥的预感，于是就摸到边上一根长条的木棒，抄起来端着，然后慢慢地往那里靠去。才走了几步，我就听到从树枝堆的深处，又传来了一个幽幽的声音："小三爷？"

那声音非常怪异，说得极快，不过确实是一个人在说话，而且是在叫我的外号，我顿时放了心。那肯定是三叔的人，而且肯定还认识我。

我一下子就松了口气："是我！"立即过去，扒开树枝堆的空隙，边扒边问，"谁在里面？是不是被困住了？别担心，我马上来救你！"

"小三爷？"深处的人又问道。

"是我！是我！"我一边叫起来，一边把树枝堆扒出了一个洞，从树枝间的缝隙中探了头过去，去找深处的人。

等扒开了很深一段距离，什么人也没有看到，里面全是腐烂的树枝，那里边的人却不再说话了。到底谁在里面？搞什么鬼。

叫了几声，还是没有回音，我感觉有点儿不对了。听那人的声音，不像是受了伤或者不能移动的样子，听到我这么说怎么样也应该过来了，怎么会叫了这么久还无动于衷？难道他听不清楚我在说什么，还是他也意识模糊？

想着我就忽然意识到，虽然我自己没有受到什么影响，但是刚才沼泽中全是黑气，这里也必然会有一些，这人也可能是被蛇咬了，如果中毒很深，肯定是神志不清的；就是没被咬，也可能因为刚才的水流撞坏了脑袋，听不清我说什么。

想着我就不叫了，咬紧牙关，猛往里挖去，想挖到他再说。要是对方确实也中毒了，那麻烦就大了，我一个人照顾两个可不成，不过又不能不管。

这片树枝堆有六七米高，看着不大，但是要在里面挖出一个洞找东西相当困难。我忍着剧痛，用手扒着那些树枝，花了两三分钟才挖通一个空间。我立即趴着探头过去，往那声音传出的地方看去。

我原以为会看到一个人靠在那里，然而，让我目瞪口呆的是，树枝堆内竟然什么都没有，根本就没有人，后面竟然就是兽口。

“怎么回事？”我骂了一声。话音未落，忽然，就从我挖出的树枝堆洞的边上，又传出了一声幽幽的、犹如鬼魅一样的声音。

“小三爷？”

那声音几乎就是在我耳朵边上叫起来的，我吓得头皮一麻，几乎从树枝堆上摔下去，猛转头一看，就发现在我挖出洞的一边，树枝交叉内的黑暗中，竟然和我一样趴着一个人，缝隙中露出了一对血红的眼睛，正死死地盯着我。

第三十七章

第三夜：窥探

我身边没有照明的东西，树枝之内是封闭的空间，是一个死角，在这种光线下是很难看清里面情况的。我盯着那血红的眼睛，只感觉喉咙发紧，一时间也忘了反应，直直地和他对视。

对视了几秒，我便发现不对，这眼睛的血红似乎不是一般的血丝弥漫，而是真的被“血”染红了，那血色甚至渗出了眼眶，而且那眼睛根本不眨，好像凝固了一般。

活人可以不动，但是绝对忍不住不眨眼睛，这是一个常识，我立即心中起疑。

我摸索身上，摸出几个火折子，拧掉防水的芦苇秆，打起来后小心翼翼地往那方孔中送。

靠近孔口，里面的情形就照了出来，我一看之下，人整个就惊了，从脑门到脚底一下子全凉了。

映入我眼帘的是一张狰狞的怪脸，已经有点儿发肿了，这甚至不能说是一张脸，因为他的下巴已经没了，整个脸的下半部分不知道被什么撕走了，血肉模糊，整条舌头都挂在外面。没有下巴，舌头直接掉出来，看上去奇长无比，好像一条腐烂的蛇。

这是一个死人！我一下子就想吐，好不容易忍住，感觉一阵毛骨悚然。

看此人的发型和装备，显然也是三叔的人，死了也不长时间，应该是被水冲进来卡在这堆树枝内的。但是，如果这是一个死人，那刚才叫我的是谁？

我立即再次看那尸体，这时候，火折子却烧完了，那狰狞的面孔重新隐入黑暗，我只看到那血红的眼睛还怨毒地瞪着我。

我身上的鸡皮疙瘩全都起来了。看了看四周，这是黑漆漆的地下水池，没有任何其他人在四周的样子，而且刚才我也没有听到任何人移动的动静。

冷汗涔涔地下来，我的脖子有点儿发硬，忽然意识到不妙：这里肯定发生了诡异的事情，我不能再留在这里了，不管怎么样，我必须带胖子立即离开。深吸一口气，我爬了回去，探身下去，抓住胖子的手往上拉。

胖子实在太沉了，加上他的衣服泡了水，简直如铅块，我只有一只脚能出力，拖了几下几乎纹丝不动，自己反要滑下去。

我知道用手拉是没有办法了，看了看四周，看到胖了身上还系着我做的简易拖架，就把拖架的藤蔓绑在自己身上，用木棍打了个套结，套在胖子的腋下，横过他的腋窝，做了个类似担架把手的东西，另一端撑在地上，然后用自己的体重加上力气，像黄河纤夫一样咬牙往上拉。

这是建筑学里的三角力学，当时老师教过我们怎么用一根棍子和一条绳子配合自己的体重做牵引吊具。

有我体重的帮助就好多了，我扯住藤蔓一点儿一点儿地往井道里挪，水里的胖子被我一点儿一点儿提起来，最后终于把大半个人抬出了水面。但是此时我腰间的藤蔓几乎把我折成双节棍了。

我找了一条比较粗的石头缝隙，将我备用的木棍插进去，将腰间的藤蔓拉了过去，固定住胖子，然后再爬回水里，将胖子的双脚抬上来，拖过来到达安全区域，然后解开他身上的藤蔓拖架，看树枝堆中暂时没有异状，立即就给他做心肺复苏。

我没有受过专业训练，动作都是从连续剧里看来的，只记得如果心脏停止跳动，极限时间是八分钟，八分钟内救活的可能性很大。现在胖子还有微弱的脉搏，呼吸微弱，这应该是中毒症状，不知道心肺复苏是否有用。

搞了几下不得要领，也不知道对不对，只能硬着头皮做下去，又按了两三分钟，忽然胖子一声咳嗽，整个人抽搐了一下，又吐出了一团黄水，接着就深深地吸了一口气，胸部开始起伏起来。但只吸了一两口，他又翻起了白眼，呼吸又微弱了下去。

我看了看他脖子上的血孔，显然这毒蛇极其厉害，这一口咬得十分精确，胖子形同废人，就是不死，只要这体内的毒不去掉，怎么救胖子都没用。我脱掉自己的衣服，在水池里捞了点儿水备着，用匕首切开他的伤口，挤了一下放出黑血，接着一边继续给他按胸口，让他能坚持下去，一边琢磨该如何是好。

只按了两下，我忽然听到背后又传来一声阴恻恻的声音，同样是在那树枝堆之内。

情急之下，我没有听清楚说的是什么，但是听着耳熟，这一下子把我吓僵了。我猛地再次回过头，用矿灯去照方才我在树枝堆上挖出的洞。

隐约看到那血红的尸眼还是呆滞地看着我，冰冰凉凉，看着让人万分不舒服。而让我头皮发麻的是，我看到那尸体的舌头，竟然在动。

第三十八章

第三夜：毒舌

我暗骂了一声，心说真是倒了血霉，难道这也诈尸了？

不过这个时候的我已经完全豁出去了，心说就算是诈尸，这新鲜粽子也没有下巴，它也咬不死我。正欲大战一场，忽然看到在那舌头下，探出了一个火红的蛇头，拳头大小，头上有一个巨大的鸡冠，那蛇头一扭动，整条蛇就从舌头下爬了出来，爬到树枝堆上。

我和胖子所在的井口，离那树枝堆也不到两三米，这蛇蜿蜒爬到树枝堆上之后，顺着树枝堆上横生的枝丫就慢慢爬了下来。蛇身颇长，足有一米多，比咬死阿宁的那条还要长点儿。

那蛇显然是躲在那树枝堆内的尸体里的，被我惊动了。

那蛇很快就顺着树枝堆爬上石壁。石壁很不平滑，它顺着石壁就如同壁虎一样悄无声息地向我们爬了过来。我一看糟糕，我根本没有时间来避开。情急之下，我悄悄从井口滑下去，缩进了水里。

我离树枝堆已经有两米多了，往上看去，只见那蛇被胖子吸引了注意力，边上就是胖子所在的井道口，它顺着石壁一路往下，到了井道口，立即发现井道里的胖子是个活人，停了下来，转动了几下头。

我的心马上吊了起来，心说：它该不是要咬胖子吧？这不太可能啊，胖子像死鱼一样躺着，如果不惊扰蛇，蛇不会主动去咬的，毕竟毒液是很宝贵的。

看着那蛇忽然又动了起来，爬到了井道内直奔胖子的头部，竟然盘到了胖子的头上，好像要往胖子嘴巴里钻。

我一看坏了，它又要进去给胖子补充蛋白质了，立即想找什么东西砸过去将它赶开，却发现在水里什么也摸不到，只好用手拍起水花，去打那蛇。

这真是个愚蠢的决定。如果是别的种类的蛇，可能一下子就被吓跑了，但我忘记了这蛇是有邪性的。那蛇被我拍水的声音一惊，一下子钻了出来，立即就发现了我。它直起蛇身，鸡冠直立，发出了一连串“咯咯咯咯”高亢的声音，似乎在威胁我。

我一看还以为有效果，继续拍水，还没等我拍起第二个水花，忽然那蛇一个收缩，接着竟然犹如离弦之箭一样飞起来，蹿出井道口，贴着水面一个非常优美的“8”字舞动，几乎不到一秒就冲到了我的面前。

我只看到红光一闪，条件反射就用手去挡，那蛇整个盘上了我的手臂和肩膀，只感觉有手臂粗细，鳞片滑腻异常。那一刹那我几乎看到了它的毒牙，脑子立即嗡的一下，大骂一声就往外甩去。

那是疯了一样的动作，这一甩应该是用出了我全部的力气，蛇竟然真的给我甩出去了好几米，但是它沾到水就一个回旋，尾巴拍水后又弹了起来，贴着水面又来了。

我转头就逃，用尽全身的力气扑腾开来，往前一蹿就扎进水里，改变方向连游了好几下，钻进了树枝堆下的空隙躲了起来。

一直躲到实在憋不住气了，才从水里探出头来。我努力压低剧烈的呼吸，往四周看，想看看是否骗过了那条蛇。

我心中想的是蛇毕竟是畜生，总不会人那一套计谋，这种简单的小计谋总能起点儿作用。

着实让我意外，看了一圈，水面上没有那蛇的影子，似乎是没有追来。

我心里松了口气，心说：小样！小命算是捡回来了！我刚苦笑，嘴巴还没咧开，在我脑后，忽然又有人阴恻恻地冷笑了一声。

我已经经不起惊吓，立刻遍体生凉，回头一看，看到那条血红色的鸡冠蛇直立在我的脑后，怨毒的黄色蛇眼居高临下地看着我。

我一下子喉咙窒息，立即就想潜入水里，却看它鸡冠一抖，忽然发出了一个幽幽的声音："小三爷？"

第三十九章

第三夜：蛇声

听到这蛇说话，我先是愣了一下，接着就蒙了，几乎不敢相信自己的耳朵，定在那里，目瞪口呆。

这怎么可能？

对于鸡冠蛇的邪性我是早就有心理准备了，但是，它们再聪明，也不可能会说人话啊，可刚才那话清晰无比，我绝对不可能听错。

我随即感觉我肯定是幻听了，这是绝对不可能的事情，显然是我的神经太紧张了，出现了错乱。我咬牙继续往下潜去。

那蛇居高临下地看着我，看我往下沉，忽然扭了一下脖子，好像在打量我，然后突然俯了下来，挂到了我的面前，鸡冠一抖，又发出一声："小三爷？"

这一次更加清晰，而且那动作太像一个人在和我说话了，我的冷汗不停地冒出来，一下子也不敢动了，心说：这次真碰上蛇精了，真的是蛇在说话！

我的脑子里几乎是完全混乱，无数的念头在一秒内涌了上来，这是条神蛇？过了人语六级，研究生毕业的蛇？这鸡冠蛇难道真的有人性，或者干脆已经是有思维的蛇了？

一刹那，我忽然想起我们现在是在西王母的势力范围，那在古代这里就是仙境……蛇说话也不稀奇。

那蛇看着我的表情变化，大约也是十分感兴趣，又转了一下头，抖了一下鸡冠，道：“小三爷？”

这一下我是有心理准备的，所以听得比前两声更清楚，我忽然意识到哪里不对：咦，这蛇说话怎么带着长沙口音？

难道，这是一条祖籍长沙的鸡冠蛇，到西王母国来支援西部建设来的？

那一刹那，我脑子里闪过一个非常离谱的念头，我突然想问它：“你是不是湖南卫视派来的？”但是随即我脑子里灵光一闪，冷汗就下来了，逐渐意识到了是怎么回事。

如果这蛇真有过人的灵性，那它会说的也应该是西王母国当时的语言，但是这蛇现在说的竟然是普通话，而且是带长沙口音的，这显然太不寻常。普通话是20世纪50年代才开始推广的，长沙味儿的普通话更是20世纪70年代出生的人用的，这完全是现代的东西，这蛇就算有超人的智慧，它也不应该说出这种口音来。

那就只有一个可能性了，如果它不是在“说话”，那它必然是在“学话”。这蛇竟然和鹦鹉一样，学人说话！

我立刻冷静了下来，肯定是这样，想想这一路听到的声音，都只是在叫“小三爷”，没有第二句了，而且连语气都一样，显然这不是有意识的行为。这长沙口音的普通话，就是潘子的口音，而潘子就是喜欢“小三爷、小三爷”地叫我，这三个字他重复得最多，这蛇肯定一直跟着我们，所以就学会了。

不过，鹦鹉学会说话是人训练的，这蛇学我们说话就很怪了，这显然不会是单纯的好玩，它学这声音必然是有理由的。

想到这里我的冷汗就直冒，冷静下来想到了响尾蛇，响尾蛇是通过模拟水流的声音来吸引猎物的，这蛇说话，难道也是同样的目的？

我一想，老子不正是被它吸引过来的？这一次竟然上了蛇的当，真是丢人丢到家了。

那蛇打量着我，血红色三角蛇头几乎离我的鼻子就一个巴掌的距离，我都能闻到它身上一种辛辣的腥味，这些念头在我脑子里一闪而过，我没法继续思考了，心说不管怎样，我面前的还是一条剧毒蛇。

我缓缓地向后靠，想尽量远离，至少要远离到能有机会躲过它的攻击，然后想办法潜入水里。

然而，我稍微动一下，那蛇就又猛地靠近了一点儿，死死地盯着我的眼睛，似乎知道我的意图。我退了几下，它就靠近几分，又不攻击我，只是和我保持了一个巴掌的距离。那低垂的蛇头让我浑身僵硬，不敢有任何大的动作。

我觉得十分奇怪，它似乎只是想控制住我，然而这种行为本身就是十分古怪的，因为蛇是一种爬行动物，它所有的行为都应该是条件反射，它这么做没有任何的意义。它想干什么呢？

就在我纳闷又无计可施的时候，忽然感觉我的脚踝被什么碰了下，好像有什么东西从水底潜了过来。

第四十章

第三夜：获救

我不敢低头，但很快四周的水里冒起了气泡，我往下瞄，就看到水下有一个白色的人状影子。

那影子几乎就在我的脚边，飘飘忽忽的，我看不清楚到底是人是鬼。不过看那白影的动作，我感觉应该是人的可能性多一点儿。

是谁呢？

一边的胖子肯定不可能苏醒，潘子还在神庙中，就算他们两个过来，也不可能这么白啊。

我此时一点儿办法也没有，只有一边戒备着那蛇，一边静观其变。

那气泡在我四周冒了一圈，我感到那人必然是抓住了水下的树根，我四周的树根晃动了一下，在水面上震起一片涟漪。

一下子那蛇就警惕了起来，转头看了看四周，显然弄不清楚四周怎么会震动。它迅速地看了一圈，什么都没有看到，立即将头昂起，直立起来，发出了一连串高亢得犹如鸡叫一样的声音。

霎时间我感觉那蛇的鸡冠更红了，整个蛇身鼓了起来，像是有血要爆出来，我不知道是一种警告，还是在召集同伴。

与此同时，我就感觉脚踝给人抓了一下，正抓在我扭伤的地方，疼得我一龇牙，接着那人在我的小腿上画了起来，似乎在写字。

这是我小时候经常玩的把戏。我感觉他写了一个“准备”。这“准”字我感觉不清楚，但是“备”字很明显。我心中一安，知道下面肯定是个喘气的了，立即动了动脚，表示知道了，凝神静气，却不知道该准备些什么。

那蛇并不知道这水下的猫腻，叫了几声，看四周没什么反应，就慢慢软了下来。就在这个当口，我看到水下的影子突然浮了上来，还没等我意识到怎么回事，我面前的水就炸开了，一个雪白的人猛地从水里蹿了出来，以迅雷不及掩耳的速度一下子就捏住了鸡冠蛇的脑袋。

我给那人一挤，脚下一滑就摔进了水里，没看到接下来的情况。我也不想看到，顺势往外一蹬，扑腾出去就向水池中央的方向游去，直游出三四米远才敢转身往回看。

只见那边水花一片，显然那蛇并不那么好对付，一时之间我不知道自己该逃跑、旁观还是过去帮忙。还在犹豫时，忽然一道红光从那水花团里炸了出来，一下子卷着树枝绕到树枝堆上，同时发出了一连串极其凄厉的声音。

那白色的人立即对我大叫道：“快走！它在求救，等会儿就来不及了！”说着一下就潜入了水里。

话音未落，四周的井道之中已经传来此起彼伏的咯咯声，似乎有无数的蛇在我们四周。

我一下子慌了，忙追着那人在水里的影子就游，游了两下突然想到胖子，心说不能把他丢下，再探出头去看胖子，却发现井道里的胖子已经不见了。

这可要命了，只听得黑暗之中，大量的咯咯声越来越近，我转头两圈都看不到胖子在哪里，前面又大叫，想了几秒只能咬牙心头一叹，说“对不住了”，急忙追了过去。

那人游得极快，很快就在前面爬上另一个干涸的井道，一下子消失在了雾气里。我心中大急，心说：这人到底是谁啊，是来救我的还是来玩儿我的？跟着我也靠了边。这时候我已经完全不知道方向了，只是被那催命一样的咯咯声逼得浑身发毛，只想立即爬上去。

爬了一下才发现我根本够不到那个井道，我简直欲哭无泪，大叫了几声，用尽全身力气往上跳了几下，还是滑了下来，四周那咯咯之声已经聚集到了我背后。我用脑袋撞了几下树根，心里几乎绝望了。忽然，我的手被人紧紧地握住了，接着就有人用力将我往上拉去。

我被扯到井道内，立即就看到拉我的是一个戴着防毒面具的人，身后还有十六七个同样装扮的大汉，六七盏强光手电照得四周通亮。我正想问“你是谁”，那人就扯开了防毒面具，一张熟悉的老脸露了出来。

“三叔！”我一下子惊叫起来，可还没叫完，三叔一个巴掌就打了过来，几乎把我打蒙了，随即就有人递上来一个防毒面具，他立即给我按在了脸上。

我被架起来，就看到三叔重新戴上防毒面具，一挥手，立即有人拧开一种黄色的烟幕弹，往水里丢去，其他人架着我，迅速往井道的深处撤了进去。

第四十一章

第三夜：入口

我被三叔打得眼冒金星，倒也没什么脾气，自己搞成这个样子也实在不敢说什么，只得乖乖给人架着往深处退。在狭窄的井道中被拖拽着绕过几个弯，就到了一处分岔口，我被扯了上去，发现下面也是和刚才同样的干涸井道，但是更加宽，看来经历过坍塌，有巨石横亘在井道底部，上面有大量枯萎的树根。我抬头看了看上面，心说上面应该就是地面上的废墟，巨石上，我看到还有几个人在等着我们。

我走上去，一眼就看到被裹得严严实实的胖子混在里面，还是昏迷不醒，有人正在给他打针，心头巨石一放，暗叹一声“老天保佑”，看来在那白色的人救我的时候，另外有人救走了胖子。这王八蛋也算是命大了。

同时也看到那个浑身白色的人坐在朽木上，戴着防毒面具，缩在树根之间。那一身白色的皮肤在水里看着雪白，到上面来看却十分奇怪，好似发黄了一般，我仔细一看，发现那是一套看上去非常旧的潜水服。

再一看其他人，几乎也都穿着潜水服，不过都是新的，显然三叔的准备相当充分，在这里有潜水服会舒服很多。

那人没注意我，我想到刚才几乎没看到他的样貌，心说：这真是大恩人，要好好谢谢他。当我被人架到他面前的时候，我就想道谢，结果那人转过头来，我从防毒面具的镜片里，看到一副十分熟悉的黑眼镜。

我一下目瞪口呆，心说“竟然是他”，不由得“哎”了一声。

他抬头看到我，好像是笑了，向我点了点头。

我点头，刚想道谢，一边的三叔就走了过来。我被拖到三叔的面前。他蹲到了我的面前，打量了一下我，叹了口长气：“你小子怎么这么不听话？”

我感觉有点儿尴尬，事情搞成这个样子，实在是始料不及，也不知道怎么说，想叫他，又被他做了个手势拦住了。他坐下来，也没责备我，只是立即轻声用长沙话问我：“你别说话，我问你，潘子和那小哥呢？”

我立即就把刚才我们经历的事情说了一遍。三叔听了就“啧”了一声：“想不到这死胖子那么机灵，这一次也中招了。”

“怎么了？”我听他这么一说，心里也不舒服。

“这里的蛇太邪门了，会学人话。它的鸡冠能模仿听到的声音，把你引过去，老子差点儿给它们玩儿死。”一边一个伙计道，“在这鬼地方，你听到什么声音都不能信。”

我看了看胖子，就问三叔：“那家伙怎么样？没事吧？”

“已经给他打了血清，接下来只能听天由命了。”三叔看了看手表，对我道，“快把衣服脱了。”

“脱衣服？怎么了？”我心说干吗，他们已经自己动手了，我的上衣被扯掉，人被按在井壁上。衣服一脱下，我立即就听到一声轻呼：“真有！”不知道是谁发出的。

我一下子蒙了，冷汗下来了。这是什么意思？我背上有什么东西？就想转头去看背，却被按住了。

“别，别动。”三叔轻声道，“就这么站着。”

我开始起鸡皮疙瘩，就去仔细感觉自己的背上，但是什么也感觉不到，那滋味难受得要命。

“我的背上是什么？”我问道。才说了一句，我就听到三叔又嘘了一声："我的祖宗，这时候你就别好奇了，等会儿就知道了。"接着，我就听到了火折子的声音。

"搞什么？"我心里叫起来，心说：他难道想烧个"精忠报国"出来吗？

我感觉背后烫起来。还没来得及做好准备，忽然觉得背脊上有东西动，接着我们都听到一连串叫声从我背后发了出来。让我毛骨悚然的是，听着竟然像是婴儿的声音。

没等我细琢磨，三叔就下了狠手，我感到一团巨烫的东西在我背脊上连戳了几下，烫得我几乎跳起来，同时那诡异的叫声也尖锐起来，接着那在我背上动的东西就滑落下来，那感觉就好像一团泥鳅从背上掉下来。

"下来了，快走开！"不知道是谁轻叫了一声。我忙想挪步，但是不知道为什么软了，竟然没成功，踉跄了一下，回头一看，只见好几条铅笔粗细的白色的东西犹如肠子一样挂在我的脚踝上。我往后一缩脚，将它们踢掉，然而一刹那，那些东西都动了起来。我清晰地看到那小毒牙在它们嘴巴里张开，朝着我的小腿就咬了过来。

就在那一刹那，边上有人出手，只见黑光一闪，一块石头就砸了下来，把第一条砸死，接着乱石拍下，瞬间这些小蛇的脑袋全部被拍扁了，变成一团糨糊。

我抹掉脸上的冷汗，缩起脚来一看，就看到那是一条条扭曲得好比肠子一样的蛇，白花花的，就剩个身子，在不停地翻滚扭动。我感到背后的黏液顺着脊背滴落下来，于是坐倒在地上就干哕了起来。

三叔对着蛇又补了几刀，把它们砍成两截，才松了口气。他顺手把衣服递给我："擦干净穿上，把领口和裤管都扎紧了。"

"这……这……这是怎么回事？"我摸着后背道。那些都是一条条很小的鸡冠蛇，但是蛇不是红的，而是白色的，体形也非常小。

"这是刚孵出来的小蛇，皮还没硬呢。你刚才在死人潭里待过，那里的泥里面其实全是这种小蛇，有东西经过肯定会附上，我们之前几乎每个人身上都有。"一个人道，"这蛇用牙齿咬住你的皮，你只会感觉痛一下，接着你的背就麻了，用皮鞭抽你都没感觉，然后它就慢慢往你皮里面钻，吸你的血，等它长大了，毒性大到把你毒死了，才从你皮里出来，这时候吸饱了血，皮就成红的了。”

我看着那蛇，心有余悸，心说：刚才是怎么到我背上去的，我怎么一点儿感觉也没有？

这么恶心的东西，钻入我的衣服怎么说也应该感到有点儿异样，不可能不知道。

一想，我刚才在水里总觉得脚踝在被什么东西咬，难道就是那个时候，这些蛇在偷偷爬上来？想着摸了摸自己的后背，全是黏液，恶心得要命。

我用衣服擦了擦。又有一批人从井道口退了回来，看到三叔就摇头，轻声说：“三爷，那边也根本不通，没法出去，怎么办？”

三叔站了起来，想了想，叹了口气，点了点头，对他道：“没办法了，这里不能再待下去了。我们得回去，只有明天再出来。”说着又骂了我一声，接着说，“让兄弟们出发。”

那人点头应声，就对四周的人打了个呼哨，那些人全都站了起来，立即背好了装备。

我也被人扶了起来。三叔看我似乎有话要说，就对我说：“有什么话回到我们落脚的地方再说，这里太危险了。在井道里别说话，知道吗？”

我明白他的顾虑，点头表示知道了。我们立即出发，往井道深处退去。

一路跋涉，我完全不知道自己是在朝什么地方走，只知道四周的能见度极低，不时能听到四周的岔道深处传来一阵“咯咯咯咯”的声音，非常近，非常高亢。显然，这里是它们的地盘，我们的周围到处都有蛇。

我有点儿紧张，然而这里到底是人多，只要蛇一叫，就立即有人警戒那一个方向，这多少让我安心。看来人果然是需要安全感的。

也不知道走了多长时间，中间路过了两条有水的井道，我估计最少也有一个小时，我开始听到寂静的井道里出现了一种声音，很熟悉，而且是一点儿一点儿逐渐出现的。我想问，但是其他人一路都不说话，连咳嗽声都没有，我也就不好意思发出声音。

随着深入井道，温度逐渐降低，又走了一段距离之后，我们开始经过一些破坏严重的地方，上面还能看到干涸的青苔和藤蔓的痕迹，有些地方还有活的树根，这是上面的树根盘绕在石头的缝隙里长到了下面。我敢肯定这一段路是靠近地面的，也许随便拿块石头一捅就能看到阳光了。

我们从吸附在井壁上的庞杂树根中爬过，依稀可见其中有一些已经腐烂得发黑的蛇蜕，这里应该是蛇活动的活跃区域。我想想都觉得可怕，这如此复杂的水下系统，估计都可以和古罗马比上一比，没想到竟然变成了一个巨大的蛇巢。

这种生物防御的技术，在西域算是高科技了，不知道当时这个国家为什么没有继续称霸下去，我感觉有可能是终于有一个国家发现了对付这些毒蛇的方法。

猫腰走了好久，一直到我有点儿头晕，我们才到达了目的地。我老远就看到了隐约的火光，逐渐走近，发现那是一个巨大的台阶似的蓄水池，由六到七个梯田一样相连的水池组成，四周能看到石柱、石梁，这好像是当时罗马浴场一样的地下建筑。走下去后，又发现了四周的整片岩墙上有大量的石窟，石窟很深很大，好像一个个石头方洞，而且似乎都有通道和石头台阶相连，在石窟与石窟之间形成了一道一道的走廊。

于是又感觉是一座用于宗教活动的场所。不管怎么说，这里应该不是单纯的蓄水池，因为这里有人类活动的迹象。

火光就是来自石窟之中。我们过去，走上一条台阶，穿过几个石窟之间的通道，进入了一个比较宽敞的石窟，里面足有六七十平方米大。

我们进去就看到了帐篷、睡袋和大量的装备，凌乱地堆放在里面，有两个人坐在篝火边上，应该是看火的，背对着我们，似乎没有注意到我们回来。

一行人全部走得筋疲力尽，浑身简直没有一点儿力气了。

托着我的那人累得够呛，揉着肩膀就去踢了看火的那两人一脚，道：“还不起来给小三爷让座，木头似的，杵着像什么话。”

我刚想说“不用这么客气”，那两人忽然就倒了下来，翻倒在地。我一看，不由得倒吸了一口凉气，这两人脸色发黑、双目圆睁，显然已经死了。

第四十二章

第三夜：避难所

长途跋涉，我累得筋疲力尽，看到眼前的情形，都有点儿反应不过来，只是条件反射地往后退了几步，心力交瘁得似乎要晕过去了。

四周的人看到我的样子，都笑了起来，接着就有人将那两具尸体扶了起来。我这才发现，那两个原来是假人，是往潜水服里不知道塞了什么东西，而那两个脑袋是两个吹了气的黑色防水袋，上面贴了两片拍扁的口香糖，中间还粘了两粒石头当眼珠。因为防毒面具的镜片模糊，加上我神经敏感，乍一看还真像那么回事。

当下我自己也失笑。扶起假人的人把假人移到石门处，我就问边上的人："这是干什么？"

一个人就对我道："吓唬蛇用的。这里的蛇太精了，只要人一少就肯定出事，所以我们不敢留下人来看营地，不过好像它们还分不清楚真人假人，把这个堵在门口，晚上能睡得踏实点儿。"

听那人说话的语气，显然深受这种蛇的危害。接着有人拿出刚才的那种黄色的烟幕弹，丢进篝火里，一下子浓烟腾起，另外有人就用树枝拍打放在地上的装备。

“这是硫黄，用来驱蛇的。”那人继续道。

拍打了一遍，似乎没有什么动静，这些人才七倒八歪地坐了下来。

有人从一边的装备里又拿出几个用树枝扎起来的、简陋一点儿的假人，把自己的衣服脱掉，给假人披上，然后都堆到了门口和坍塌的口子上。

搞完之后，气氛才真正地缓和下来，“黑眼镜”往篝火里加了柴火，然后分出去几堆，这小小的遗迹之内的空间被照得通红，四周的人陆续摘掉了自己的防毒面具。有个人见我不摘，就示意我没关系，说这些蛇非常奇怪，绝对不靠近火，加上我们刚才查过了，基本上没事。

我只好也摘掉防毒面具，戴了六七个小时，脸都快融化了，一下子清爽多了，眼前的东西也清晰起来，我也得以看到三叔那些伙计的真面目。

一打量就知道潘子说得不错，除了两三个老面孔之外，这一次全是新鲜人，看来三叔的老伙计真的不多了。

我们纷纷打招呼，有一个刚才给我解释的人，告诉我他叫“拖把”，这批人都是他带来跟着三叔混的。

我听着他的语气有点儿不舒服的样子，不过又听不出来哪里有问题。

“黑眼镜”还是那副悠然自得的样子，乐呵呵地看看我，拿出东西在那里吃。很多人都脱了鞋烤脚，一下子整个地方全是酸脚气，我心说：就这味道，不用假人那些蛇也进不来啊。

正想着，三叔坐到了我的边上，递给我吃的东西。我们俩相对望，我不由得苦笑。他道：“笑个屁！你要不是我侄子，老子真想抽死你。”

我连和他扯皮的力气都没有，不过此时看三叔，却发现他一扫医院里的那种萎靡，整个人神采奕奕，似乎又恢复了往日那种枭雄的本色，不由得有些释然，道：“你就是抽死我，我做鬼也会跟来。三叔，咱们明人就不说暗话了，你侄子我知道这事儿我脱不了干系，要换了是你，你能就这么算了？”

三叔应该已经知道我跟来的来龙去脉了，点起一支烟狠狠吸了一口，还是苦笑道：“得，你三叔我算是认栽，你和你老爹一个德行，看上去软趴趴的，内里脾气倔得要命，我就不和你说什么了。反正你也来了，我现在也撵不回去。”

我粲然一笑，问他道：“对了，你们是怎么回事，怎么会到我们前面去了？潘子不是说你们会在外面等信号的吗？”

“等不了了。你三叔知道文锦在这里等他，而且只有这么点儿时间，怎么可能还等你们的信号？”边上的“黑眼镜”笑道，又拍了拍三叔的肩膀，“三爷，您老爷子太长情了，咱在长沙唱K的时候可看不出来您有这种胸怀。”

三叔拍开他的手，瞪了他一眼，解释道：“我当时听了那老太婆和我说，文锦在前面等我们，就意识到这可能是我这辈子见文锦的最后一次机会了，我无论如何也不能错过，否则，你三叔我这辈子真的算是白活了，所以我一点儿险都不能冒。说实话，你三叔我只要这一次能见到文锦，就是马上让我死也愿意了。”

我听了一激灵：“等等，听老太婆说？”一下子意识到他指的是定主卓玛，心里一晕，心说不会吧，“这么说来，她……也……给你传口信啦？”

看着我莫名其妙的脸，“黑眼镜”就咯咯笑了，也不知道在笑什么。三叔点头，就把他和“黑眼镜”会合的情形和我说了一遍。

原来，三叔的进度比我们想象中快得多，潘子带着我们刚出发不到十个小时，三叔他们已经赶到了魔鬼城并得知了情况。就在他认为事情一切顺利的时候，当大晚上，定主卓玛竟然也找到了他，也和我与闷油瓶在当时遇到的一样，传达了文锦的口信。

三叔不像我们那么老实，他立即追问了定主卓玛更详细的信息。定主卓玛还是在和三叔玩神秘，但是三叔岂是那种好脾气的人？加上他一听到文锦还活着的消息立即就抓狂了，叫人把扎西和定主卓玛的儿媳妇放倒。具体过程三叔没和我说，显然是来了狠的，威胁了那老太婆。

道上混的做事情的方式真的和我想的很不一样，这事情我是做不出来的。虽然我不赞同三叔的做法，然而这肯定是有效果的，那定主卓玛只好透露了文锦交代她口信的情况，并且把我和闷油瓶也得到口信的事情和三叔讲了。

“她说当年她和探险队分开之后的一个月，在格尔木重新碰到了文锦。当时的文锦似乎经历了一场大变，整个人非常憔悴，而且似乎在躲避什么人。她把文锦带到家里住了一晚，就在当天晚上，文锦把录像带交给了她，让她代为保管。”三叔道，“之后的十几年，她们之间没有任何联系，一直到几个月前，她忽然收到了文锦的信，让她把三盘录像带分别寄到三个地址，并告诉她，如果有收信人上门来询问，就传达那个口信。”

知道文锦在塔木陀后，三叔几乎疯了，立即起程找到了这片绿洲。因为我们的车胎爆了，最后几天进展缓慢，他们就是在这个时候超过了我们，进入绿洲之内，他们进的是和我们不同的入口。

之后他们连夜在雨林中行进，在那片废墟上扎了营地。当晚三叔带人出去寻找文锦，回来的时候，剩下的人全不见了，三叔就知道出事了。在第二天早上，他们发现了我们的信号烟，三叔就打起红烟让我们不要靠近，自己带人去四处寻找，一路就被那些蛇引诱着，最后也找到了那个泥潭，接着，他们就听到了兽口之下有人惊叫，于是立即进入救人，没想到，那些声音竟然是蛇发出来的。

之后的事情，就不用叙述了。

听完之后，我不禁哑然，这和我想象的情况差不多，我当初看到文锦的笔记前言，就感觉其中肯定有三叔的份。不过证实了，反而有点儿不太相信。

如此说来，定主卓玛对更深的事情也并不知情。她被阿宁他们找到，重新雇用做向导，完全是一个意外，否则，我们听到口信的地点，应该是她的家里。

我脑子里的线索越来越清楚，一些碎片已经可以拼接起来了：文锦的笔记上所说的三个人，显然应该是我、闷油瓶和三叔。我之前以为阿宁收到了带子，之后也证实是给闷油瓶的。闷油瓶这一次和三叔合作，将带子送到了阿宁的手里，是为了让阿宁他们能够找到定主卓玛，并策划这次行动。

所有事情的矛头都直指裘德考这次行动的目的。这次，大家全是最后一搏，几乎用尽了心机。

想着，我忽然想到了什么，问三叔："三叔，既然你也收到了口信，那你不是也应该收到了一盘录像带？"

三叔抬眼看了看我，把烟头丢进篝火里，点了点头："对。"

果然！我心道。

"这盘录像带，应该是咱们在吉林的时候寄到杭州的。我不在的这段时间堆了一堆的东西，混在里面，我刚回去没发现，后来整理铺子的时候才看到。"他看着我说，"并不是我有意瞒着你。"

我点头，这我确实相信，这时候心里一冲动，就问三叔："三叔，你不觉得这事情奇怪吗？寄给你，或者寄给那小哥，这都说得过去，可是，文锦姨为什么要寄给我呢？你们谈恋爱的时候，我还很小，我实在想不通，这事情难道和我也有关系？"

而且，录像带中还有那样惊悚的内容。那个人真的是我吗，还是别人的恶作剧？

三叔看我表情变化，叹了一口气，道："不，其实，你文锦姨把东西寄给你，是有她的理由的。"

第四十三章

第三夜：录像带

“什么理由？”在篝火的温暖下，我的疲惫逐渐地减轻，身上的伤痛袭来，整个人没有一处不疼，然而我并没有在意那些不适，注意力集中到了篝火边的三叔身上。

火光下的三叔显得阴沉，他又吐了一大口烟，才继续道：“我说了你能相信吗？”

他看着我，我也哑然。显然，我是不可能信的。之前在医院，我发了誓，绝对相信他，但是我食言了，然而三叔也没有说实话，我们之间的博弈似乎进入了一个死循环。在这种情况下，三叔任何的解释都是徒劳的。

他沙哑地笑了笑，道：“如果我要骗你，那是我有非骗你不可的理由，那必然会一直骗到最后一刻。我料准说了你也不会相信，与其浪费我的力气，还不如等我们找到她，你自己去问她吧。”

我长叹一口气，忽然感觉和眼前这个以前亲密的叔叔一下子产生了莫大的距离。我有点儿控制不住地道：“三叔，我真不想这样，我也想回到以前您说一我决不说二的时候，不过，现在我真的看不透您。咱们就不能再扯皮一回？您就让让您的大侄子。”

三叔看着我，又点起了一支烟，道：“大侄子，这是最后一回了，我保证。我太累了。这一次，真的是最后一次了。”

我们两个人相视苦笑，两相无话。我心里非常难受，不知道是什么滋味，总感觉一个不可化解的死结在我心里堵着，而且不是麻绳，是钢筋的死结。

静了一会儿，三叔对我道：“其实，我和你说过很多次了。这件事情里面的水太深，牵扯的秘密太多了，我自己都不清楚这到底是怎么一回事，所以，你三叔我其实还是挺能理解你的感受的。”

我心说：你理解个屁！你就算知道得再少，也肯定比我知道得多。我们两个在这件事情里，所处的位置是完全不同的，你是在事情的中心，而我现在怎么说也只是在外面看着，连进去的门都找不到。

不过多说无益，即使是这样，我也走到这一步了。我看了看外面黑漆漆一片的地下水池，不再去想这些事情。反正我已经跟着他了，除非他把我杀了，否则我一定要跟他到底。

喝了几口辣椒茶祛湿，我扭伤的地方开始发作。我一边揉着，一边转移话题：“对了三叔，文锦姨寄给你的录像带，是什么内容？”

三叔站了起来，要我让开，从他的行李里，拿出了他的手提电脑：“我没法来形容，你自己看吧。”

我自然是想看，但也想不到三叔会这么主动。他将手提电脑放在自己的背包上翻开。原来他将录像带里的内容转到了磁盘里面。

“我让一个伙计把录像带转成文件了，花了三百块钱。我自己看了很多遍，根本看不出什么来，你不要抱太大的希望。”说着，已经点开了文件，“快没电了，你将就着看吧。”

屏幕上跳出了播放器，我看了看四周的环境，忽然感觉这情形有点儿奇怪，这里是什么地方，我竟然还在看手提电脑，这时代，果然探险的性质也不同了。

三叔显然不想再看，电脑给了我就走开了，一边似乎是有人发现了什么，让他去看一下。“黑眼镜”就凑了过来，坐到我身后，好像准备看电影的姿态。

这人让我很不自在。我看了他一眼，他根本不在意。我看他，他也看看我。

我没办法，暗叹一声“这是什么人啊”，只得换了个舒服的姿势，点了播放，开始仔细地看屏幕。

播放之后，先是一片黑暗，接着扬声器里传出了非常嘈杂的声音，十分熟悉，又感觉不出是什么。听了一会儿，我才听出来，原来那是水的声音。

屏幕是黑色的，看不出哪怕一点儿的光影变化，但是扬声器里的水声告诉我，里面的内容正在播放当中，夹杂着远远的几声闷雷。可以想象，这卷录像带在拍摄的时候，应该是在湍急的水流旁边，或者附近有小规模的瀑布，可能是镜头盖没有打开，或者遮了雨篷的关系，屏幕上什么也没有拍到。

水声一直持续，忽远忽近，应该是摄像机在运动当中。

大概播放到了五分钟的时候，我听到水声之外的声音，那是几个人的喘息声和踩在石头堆里的那种脚步声，很凌乱，而且很慢，听得出那是几个人蹒跚地走动。但是这几个声音只出现了一下就又消失了，接下来还是水声。

我有点儿意外。

第一盘带子我在吉林收到，里面是霍玲在格尔木那座诡秘的疗养院的地下室里梳头的情形。

第二盘带子是阿宁带来的，里面是一个相貌和我极度相似的人，在那座格尔木的疗养院的大堂里爬行。

我以为第三盘带子至少也应该是那疗养院的内容，然而，如今看上去，好像是在室外拍的。

我立即想起了我们来的时候那一场大雨过后，丛林里出现湍急溪流的情形。难道这里面录的是当年文锦的队伍进入峡谷时的情形？这可是重要信息。

继续听下去，接下来还是水的声音，忽远忽近，似乎是摄像机又开始运动。

我之前看的两盘带子都是这样，非常枯燥，所以我心里有数，并不心急，令我吃惊的是，一边的“黑眼镜”竟然也看得津津有味。

又耐心地听了大概二十分钟，水声才逐渐舒缓下来，从那种嘈杂的磅礴，慢慢变成了远远地在房屋里听到的那种水声，同时几个人喘息的声音再次出现。这一次清晰了很多，而且还夹带着鸣声，感觉是几个人找到了远离水的地方，这个地方还是一个比较封闭的空间。

然后，我们听到了整卷录像带里第一句人的声音，那是一个女人的声音，她似乎精疲力竭，喘着气道：“这里是哪里？我们出去了没有？”

没有人回答她，四周是一片喘息声和东西放到地上的撞击声，屏幕上一直是黑色的，不免有些郁闷，但是听声音又不能快进，只得忍着集中精神。

那个女人说话之后很长一段时间，都是装备放到地上和咳嗽、叹气的声音，很久后才有另一个男人说话，也不是回答她，而是问另外一个人：“还有烟吗？”

这声音很远，类似于背景音，如果不仔细听是听不懂的，让我印象深刻的是，这个人的声音，带着闽南口音。

同样没人回答他，我们也不知道他要到烟没有，但是接着我们听到了一声很响的金属落地的声音，然后是那个讨烟的男人说道：“小心点儿！”

之后是沉默，好像是摄像机朝外面挪了挪，或是拿着摄像机的人又回到了湍急的水流附近，水声又大了起来，不过没几分钟，又恢复了。那个刚才讨烟的声音道：“我们到底在往哪里走？”

没有人回答他，一切如旧，进度条一点儿一点儿地往后移，屏幕一直是黑色的。

我耐心地看着。时间一分一秒地过去，慢慢地，连我自己也感觉不耐烦起来。就在我实在忍不住，想去把进度条往后拉一点儿的时候，一边的“黑眼镜”把我的手按住了。

我奇怪，心说：他干吗？忽然，扬声器里传出了比较连贯的话语，那是一个西北口音极重的人说的话，他似乎被吓了一跳，叫道：“听，有声音，那些东西又来了！”

接着是一片骚动，再接着就是那个闽南口音的人低声喝道：“全都别发出声音！”

这些人似乎训练有素，那喝声一落，整个扬声器里突然一片寂静，所有人的声音瞬间消失在背景的水声中。这一静下来，我就听到那水声中，果然有了异样的声音，只是和水声混在一起，根本听不清楚。

我的神经一下子绷紧了，忙凑到扬声器的边上，只觉得那异样的声音自己肯定在哪里听到过。

果然，那声音由远及近。我越听越觉得似曾相识，听着听着，我的身体竟然不由自主地发起抖来，一股让我头皮发麻的恐惧感从我的毛孔里散发出来。

我想起这是什么声音了。

这是闷油瓶进那青铜巨门之前，那地下峡谷深处响起的号角声。

谜 海 归 巢

盗墓笔记

比 鬼 神 更 可 怕 的 是 人 心

第一章

集结号

我听得浑身冰凉：绝对不会错。这就是青铜门打开之前响起的号角声。

当时的诡异经历，只有我和胖子亲眼看见，如今想起来也是历历在目，再听了几遍就完全想了起来，确信无疑。

早先两盘带子的情形诡异非常，我已做好心理准备，神经已经足以应付。稍微定了定神后，我就从毛骨悚然中摆脱了出来，心中不由得长叹。

有可能这卷带子是文锦他们在长白山底青铜巨门那儿拍的，而且听声音，他们有可能在往那地下峡谷的尽头走，甚至，他们已经在青铜门之内了。

凭借几句对话，我几乎就能想象当时的情形：号角声响起，那些马脸的怪物肯定出现了。这录像带里的人似乎非常忌讳这些东西，马上闭声隐蔽。而且，听语气，他们应该遇到不止一回。

这又是一条线索的碎片，由此看来我和胖子遇到的事情应该不是

谜海归巢

长白山纪念版

一个特例，那时候也绝对不会是我们的幻觉。不过，这碎片我暂时还不知道应该往哪里拼。

我继续听下去。号角声响了一段便逐渐平息下去，喇叭中全是水声，我期待着之后会发生什么，但是我发现，此时播放器的进度条已经接近尾声了，后面似乎没多少内容了。

我耐着性子听了下去，果然，几分钟后带子就结束了，屏幕上还是漆黑一片，什么都没有，确实如三叔说的，什么都看不出来。

我重新听了一遍，仔细地寻找其中新的线索，生怕有一丝遗漏，但是没有任何新的收获。我相信以三叔的性格，必然也研究得相当仔细，他说没有就肯定不会有了。

合上电脑我就头痛，看来，从这录像带里想找什么线索是不太可能的。想必文锦寄这些带子的时候，也没有想过看带子的人会怎么样，这些内容也许不是主要的。

一边的“黑眼镜”看我的样子，很无奈地笑笑，拍了拍我的肩膀，起身坐到我对面。

四周已经传来了鼾声，显然有人已经睡着了，剩下的人也只有偶尔的窃窃私语。篝火的温度、火光和柴火的啪啪声让我心里很放松，之前的那一段跋涉太累了，眼前的景象一时间我还无法习惯。

我本来也非常困顿，然而被这录像带一搞就精神了，想逼自己休息一下，却发现脑子不受控制地胡思乱想。这时候三叔满头污泥地走了回来，脸上带着一丝异样，身上竟然带着尿味儿，不知道刚才做了什么。

他看我已经合上了电脑，就问我怎么样。

我摇头说没头绪。确实是没头绪，光听声音，可以配上任何的画面，这带子对了解实情其实基本没帮助。

三叔早就料到，叹了口气也没说什么。我就问他怎么了，怎么搞成这样。

他道：“有一个伙计发现了一些有趣的东西。”他指了指其中一个渠口。我一看，那里是他们选中用来撒尿的地方，难怪这么臭。三叔这德行，难道刚才钻进去了？

三叔一边嘀咕“太脏了”，一边踢了踢几个睡着的人，让他们爬起来准备绳子。

我走过去，发现这个渠口往下比较深的部分，因为废墟崩塌时候的巨大破坏，里边的砖石都扭曲了，水渠四壁石块全部移位，渠壁上塌出了很多的豁口，露出了后面的沙土。沙土层同样也裂开着一条非常宽的缝隙，因为几乎是垂直往下的，三叔的伙计们就临时把那儿当小便池。

这里的戈壁地质应该是沙土，因为我们所处的位置有点儿深度，土质应该比较坚硬，那条缝隙直接裂进沙土层里，可能是地震的时候造成的。一路过来经常能看到地震的痕迹，显然几千年来这里已经经历过好几次浩劫，有这样的痕迹并不奇怪。

三叔说的有意思的东西，应该就在里面，但是我什么都看不清楚——裂缝几乎就一个人宽，手电光照不进去。

那几个人身体素质显然极好，醒了之后只几秒钟就清醒了过来，三叔把事情一说，他们二话没说立即准备。我看他们的样子，似乎打算要下去。

我觉得非常不妥，这缝太窄了，就这么下去前胸贴后背都不行，还得缩起来，而且缝隙的内部非常不光滑，指不定到哪里就卡住了。

“原来这缝外面有一层沙泥，我对着滋尿，泥就冲垮了，这缝才露出来。”有一个伙计道。

“黑眼镜”捂住嘴巴，扇着尿臊气道：“你最近火气挺大啊。”

“不折腾这么久了，脑袋别在裤腰带上也不知道能熬到什么时候，火气能不大吗？”那伙计苦着脸。

三叔盯着那缝隙道：“入这行就别这么多废话！钱好赚还轮得到你？收拾收拾，帮我提着绳子，我和瞎子下去看看。”

我立即拦住三叔：“这种缝隙之中很可能会有蛇。那么狭窄的环境，遇到了蛇连逃也没办法逃。你干吗这么急？要不等到天亮？”

“你这书呆子，这里又照不到太阳，天亮了不还得打手电？一样。”三叔道，一边的伙计已经结好了绳子。三叔显然要自己下，把绳子系在了自己身上。

我越发感觉不妥当，道：“可以让伙计先下去探探。你一把老骨头，这时候逞什么能？”

三叔很古怪地笑了，似乎很是无奈，先是拧开那种硫黄烟幕弹，往里面一扔，然后接过矿灯：“你三叔我有分寸，下去就看一下，立即回来。”

接着，一边的“黑眼镜”已经穿上了紧身服，他做三叔的策应，拿着硫黄烟幕弹，和三叔拉着一根绳子而下。

我在上面看得提心吊胆。这渠井的口子并不狭窄，但是倾斜的角度很大，看着三叔和“黑眼镜”拉着绳子一点儿一点儿地溜下去，进入黑暗，越来越远，我总感觉要出事。

显然我多虑了，那距离似乎比我想象中要近，才几分钟他们已经到了那个地方。缝隙就在边上。

上面的人停止放绳子，这时候几个影子叠在一起，我们已经基本上看不清楚他们在干吗了，只看到手电光摇曳晃动，划过石壁产生的光影，让我产生恍如看到海底墓穴天道里的感觉。

他们停顿了一会儿，“黑眼镜”就往上打了信号。看到信号，那几个拉绳子的伙计都愣了一下。

我问他们是什么信号。一个人道：“三爷说，他们还要继续往下。”

三叔在下面，我们不敢大声叫喊，所以也没法问原因和状况，而这批人自然是唯三叔马首是瞻，我也不能阻止，只能暗自骂娘，心里又痒痒起来。

显然三叔在下面有了新的进展，否则不可能做这么武断的决定。

绳子继续往下放，看来他们并没有垂直，而是往沙土裂出的缝隙里爬了进去，两人进去得非常勉强，很快我们就看不到三叔的影子了，只看到有光从缝隙的最深处不时地闪出。

连拉绳子的人都开始冒冷汗了，一边没睡着的人全围了过来，气氛凝重起来。

在上面大概等待了一个小时，三叔才从下面发来信号。上面的人都等得快石化了，马上拉绳子。然而，“黑眼镜”被拉了上来，却不见三叔。

我心里咯噔一声，刚想说话，就听那满身散发着泥味和尿味的“黑眼镜”对我道：“小三爷，三爷说，让你马上下去。”

第二章

深入

我的身体素质在这些人中是最差的，本来是打死都不应该动的。三叔知道这一点，但还是让我下去，显然不会是让我做体力活儿，肯定有他的理由。但是闻着渠井的味道，我实在是不想下去。

不过这是不可能的，所有人都看着我，一方面对下面的情形非常好奇，另一方面“黑眼镜”也说得一点儿余地都没有。我无法拒绝，只好由“黑眼镜”护着，顺着裂缝降了下去。

大概是心理因素加强了我的错觉，下到下面之后，我立即闻到了一股浓烈的尿臊味，浓得让我无法呼吸，而且这渠道也没有我想象中好走，角度非常大，看来三叔那么平稳地降下去原来是用了死力气的。我滑了一下，身上立即沾上了大量混着尿液的烂泥和苔藓，不由得直皱眉。

在我上面的“黑眼镜”就笑道：“不好意思，哥们儿，不过尿对皮肤好。”

四周很快就一片漆黑。因为这里太过狭窄，连头都没法抬，所以除了“黑眼镜”的手电，我什么也看不见。好在是下降，如果爬上去更累。

我看着他还是戴着黑眼镜，就忍不住问他道：“你戴着那玩意儿能看得见吗？”

他朝我笑笑：“戴比不戴看得清楚。”

我不知道他是什么意思，不过他不想解释，我也就不再问什么。

一路往下，很快就到了刚才上面看到的沙土裂缝的口子处，照了一下立即发现其中别有洞天，里面是一条只能一个人前胸贴后背横过去的缝隙，一进去就能发现缝隙虽然非常狭窄，但是极深，而且往上、下、前方都有延伸，看上去好像是一座巨大的山被劈成两半，而我爬进了劈出的刀缝里。

让我吃惊的是，缝隙壁上都是石窟上那种佛龛似的坑，就是把整块沙土的裂缝壁砸出了一个个凹陷来，每个凹陷里都是一团干泥茧，用烂泥黏在凹陷处，和四周的根须缠绕在一起。泥巴都开裂了，好像干透的肥皂。

往上下左右看，这种凹陷到处都是，一溜照去，缝隙深处只要有手电光照的地方都有。

我们挤进缝隙中，我摸了一下里面的沙土，发现硬得好比石头。这些应该是沙土沉积下的土质，非常潮湿，富含水分。再往里挤进去，我就下到一个泥茧的边上，正想去摸一下，但是“黑眼镜”喝了我一声，不让我碰，说：“小心，不要碰这些泥茧。”“这些茧里面是什么？”我问道。

“死人。”他照了照其中一只，那是一只已经破裂的泥茧，里面露出了白色的骨骼，“屈肢葬，这里可能是当时的先民修建的最原始的井道，没有石头，只有泥修平的一些山体裂缝，后来被当成墓穴使用了。”

“墓穴？这种地方？”我纳闷道。

“修这种工程肯定会死很多人。这些可能是从其他国家俘虏来的奴隶，死在这里，不可能运出去埋，只能就地掩埋，长城边上就有不少。”“黑眼镜”道，“到了。”

我往下看去，这缝隙远没有到底，但是在缝隙一边的石壁上，巨石又开裂出了一条缝隙，有手电光在闪着，显然三叔就在里面。

“黑眼镜”往上打了信号，绳子停住，我们小心翼翼地攀爬下去，三叔就伸出手来把我拉了进去。

这一条缝隙十分狭窄，最要命的是特别矮，大概只有半人高，我只有猫着腰进去，脚疼得要命，一进去就坐倒在地上。接着“黑眼镜”也猫着腰进来了。

转目看四周，就发现这里裂缝的两边，全是细小的树根须和干泥包裹的泥茧，缩在凹陷中排列在两边，能听到废墟下水流的声音。再往里看，我发现这条缝隙是裂在另一条石头井道上的，显然地震使得这里的沙土层开裂，裂缝将相距很深的两条井道连接了起来，我们走了一条近路。

井道的里面一片狼藉，也是四处开裂，显然废墟倒塌的时候，形成了无数这种裂缝。

我就问三叔：“为什么让我下来？”

“我来让你看个东西。”他道，示意我跟他走。我们在矮小的缝隙里蹲着走了几步，他用手电指着一边树根后的沙土壁。

我一开始看不清楚那里有什么，因为全是钻在沙土壁上的树根，凑近了看，才看到上面有人刻了一行字，好像是几个英文字母。我心里一惊，抓住三叔的手让他照得准点儿，仔细辨认，就“哎呀”了一声。

三叔道：“你看看，这和你在长白山里看到的小哥留下的记号是不是一样的？”

我忙点头，这就是闷油瓶在长白山里刻的记号，心里想：难道闷油瓶刚刚来过这里？

“你是怎么发现的？”我问三叔。

他抹了抹脸上的泥，道：“别管这些。你能肯定这是小哥的笔迹，不是其他人刻的类似的记号吗？”

我不明白他的意思，点了点头，表示可以肯定。他立即向“黑眼镜”招手：“瞎子，告诉上面的人给老子全部下来，咱们找到入口了。”

“黑眼镜”应了，退了出去，就给上面打了信号。

我问三叔到底是怎么回事。三叔道：“你仔细看看这个记号，感觉一下和长白山刻的有什么不同？”

“不同？”我一下子没理解三叔的意思，凑近去看，忽然发现这个记号颜色发灰。

记号是刻在沙土上的，这种沙土本来是不适合刻任何东西的，虽然坚硬，但是非常脆，力道用得小了，刻不出痕迹来；力道用得大了，可能整块沙土都会裂开来。这记号有点儿复杂，显然刻的时候十分小心，而这发灰的颜色，是沙土长年累月氧化的痕迹，记号之中的灰调和周围的沙土几乎一样，这就表示，这记号显然刻在这里有点儿年头了。

“不对。”我疑惑道，“这是个老记号？你让我再看看——”

三叔道：“不用看了，既然笔迹是，那就没错了，这就是他刻的，不过不是这几天刻的，而是他上一次来这里时留下的。”

第三章

记号

我摇头，脑子乱得犹如烧开的泥浆："我不明白什么叫他上一次留下的。他来过这里？"

三叔摸着那几个符号，说："没错。我在这片废墟里，看到这个记号不止一次了，到处都有。我就是跟着这些记号，以最快的速度穿过了雨林，到达了你找到的那个营地。不过，我当时还不敢肯定这记号就是这小哥留下的，现在证实笔迹一样，那就没错了，这小哥以前肯定来过这里，而且还有点儿年头。"

"可是，这是怎么一回事？"我一时间失语，想问问题，却完全不知道该怎么问。

我是认拓片的，对笔迹，特别是雕刻的笔迹有着极端敏感的认识，所以我能肯定这符号确实是闷油瓶刻的。但是，这上面的石糜不会骗人，这确实不是最近刻上去的。这么看来，唯一的解释确实是闷油瓶来过这里。

是他失忆之前的事情吗？难道，他也在文锦和霍玲当年的考古队里？

不可能，他在西沙的时候就完全失去记忆了。

“我暂时也不清楚，不过我和你说过了，这个小哥不简单，显然他的过去深不可测，而且他做的每件事情都有理由。”三叔道，“不过，我猜我们只要跟着这个标记走，我们就能知道，他最后到达了哪里，也可能找到出去的路线。”

我感觉我的脑子无法思考，不过闷油瓶的过去我确实一无所知，他如果真的来过这里，时间上倒也完全对得上，这时却看到三叔说这些的时候，眼睛看着“黑眼镜”出去的方向。

我问他怎么了。他做了让我别说话的手势，看着“黑眼镜”出去了，才压低声音对我道：“我真被你气死了，这次你实在不应该跟来。”

我看他突然转了话锋，又是这么轻声说话，好像在忌讳着“黑眼镜”，就愣了一下。

三叔继续急促道：“你真是不会看风水！你三叔我已经今非昔比了，这次的伙计都是我临时从道上叫来的，这批人表面上叫我声‘三爷’，其实根本不听我的，只能做个策应，还得防着他们反水。我一个人都应接不暇，你跟来不是找死？”

我一下子就明白了刚才三叔的表情为什么那么无奈，潘子和我说过这些情况，没想到事情严重到这种地步，立即轻声道：“我也没办法，你叫我……”

没说完，三叔立即给我使了个眼色，我回头一看，“黑眼镜”已经回来了。他问“黑眼镜”道：“怎么样？”

“下来了，我让他们先把装备送下来。”“黑眼镜”咧嘴笑，“他们问那个死胖子怎么办。要不把那个死胖子留在上面，找个人照顾？带着他走不现实……小三爷，你脸色不太好看啊。”

三叔刚才一说，我有点儿反应不过来，也许脸上就表现了出来，但我应变能力还是有的，立即道：“这味道太难闻了。”

三叔想了想，道：“不能留下来，绝对不能分散。告诉他们先全部下来，然后我们找个地方再想那个胖子的事情。”

“得。”他道，“那小三爷出来搭把手，这家伙算是个大部件。”

我点头道：“我这边说完就来。”就看着“黑眼镜”出去了。

我和三叔对视了一眼，见三叔的表情也很异样，心说确实没有想到事情会到这种程度，看来三叔真的很不容易。

说实话，我对“黑眼镜”印象还不错，虽然这人好像有点儿癫，看来这江湖上的事情我懂得实在太少。

三叔继续轻声道：“别和我争。这次跟来我真的没法照顾你了，你要自己小心。真被你气死了！要是咱们能出去，我肯定到你爹那里狠狠告你一状。”

我看他的表情知道他不是在开玩笑，就点头。他急促道：“我长话短说，你记住，这批人都是长沙地头上的狠角色，也只有这些人才敢来这种‘喇嘛’。这‘黑眼镜’是个旗人，名字我不清楚，道上都叫他黑瞎子，他是一伙。另外一伙就是那个叫‘拖把’的带的人，这批人以前是散盗、亡命之徒，你要特别小心的就是这批人，不要当成我以前的伙计，也不要什么话都说。”

我继续点头。三叔看了看外面。这时候黑瞎子叫了几声，三叔就拍了我一下，让我自己注意。

我于是不再说话，跟着黑瞎子出去。这时，其实我还没完全反应过来，一边帮忙一边想了想，才真正意识到事情的麻烦程度，三叔要和我单独说话竟然要这样，显然这伙人已经心生戒备了，有可能是之前发生过一些事情了。

江湖上的事情我完全不懂，此时也不能多考虑，只得尽力装出和刚才无异的样子，静观其变了。

胖子是和“拖把”绑在一起下来的，两个人不好控制，拉进来之后，两个人身上的尿味浓得离谱，几乎让人作呕。接着，上面的人就一个一个下来了。

“拖把”倒还是很客气，骂了几声长沙话，对我还是点头笑，小三爷长，小三爷短，不过我听着感觉和刚才在上面大不相同，看着这些人，觉得表情都有点儿假，不知道是心理作用还是真的。

我就装作完全听不出，但这就上了心了，也没心思去考虑闷油瓶的事情到底是怎么回事。

四五个小时后，所有人都下到了下层的井道，整理装备，找了两个人抬着胖子，我们开始顺着闷油瓶的记号，往井道的深处前进。

三叔给了我一把短头的双筒虎头猎枪，双管平式，这和我以前打飞碟的枪型号一样，只是轻了一点儿，一次两发，用的是铅霰弹。这应该是三叔能搞到的最高档的武器了。我们在七星鲁王宫也用这种东西，当时还是我从黑市上买的，一把好像要五千多块钱。

这东西打大型动物只能起一个阻碍和威慑的作用，但是要打那种鸡冠蛇应该相当便利，一次可以扫飞一大片。我心说潘子怎么就没带一把，还用他那种短步枪真是落伍了。

想到潘子我又很担心，不知道他现在怎么样了。在那个神庙中应该会比在这里安全，但是如果他再发起烧来，恐怕就真的凶多吉少了。如果有他在，三叔就不需要这么担心。

我提醒三叔之前看到的浮雕，这些坑道除了蓄水之外，就是饲养那些鸡冠毒蛇，我一路从雨林过来，并没有看到太多的鸡冠蛇，只是集中看到过几次，显然这些蛇的地盘，是在这些坑道里，我们要加倍小心。

三叔说这些蛇防不胜防，加倍小心都没用。

坑道高高低低，这里的环境，让我感觉和鲁王宫相当类似，难道当时的西周嵌道，根本就不是我们想的嵌道，而是排水的井道吗？

无法推测，因为山东那边雨量充足，不需要如此复杂的地下蓄水系统，否则碰到连月大雨，这些蓄的水可能会溢出来，这里应该只是单纯的相似而已。

行了不到五百步，井道就出现了分岔，三叔用矿灯照了照，一道朝上去，一道朝下去，朝上去的应该是上游的井道，水从上面下来，然后和这一条汇合往朝下的那道流去。我们在附近搜索，立刻就在下面井道上看到了闷油瓶的记号。

三叔掩饰不住兴奋的神情，但是我现在能看出他的兴奋有点儿假，我也不得不装作非常紧张的样子。他毫不犹豫，挥手继续前进。

在这种井道行进，是极度枯燥乏味的事情，四周全是石砖，没有任何浮雕和人文的东西，有的只是简陋的石头、矿灯的光斑、晃动的井壁，长时间都没有一点儿变化。

第一段足足走了三个小时，一个又一个的岔口，看到闷油瓶留下的许多记号，过程很枯燥，不多赘述。途经很多的蓄水池，唯一让我感到有点儿意思的是，我发现随着我们高度的降低，这些蓄水池一个比一个大，而且，四周没有任何的声音，似乎这里根本就没有蛇。

这多少有些出乎我们的意料，也可以说有一些庆幸，不过，我总觉得不太对劲，这种安静下好像隐藏着什么。

长话短说，一直走到晚上都平安无事，我们紧绷的神经终于松弛了下来。我们当天只能在井道中一字排开地休息，点了好几堆火。吃饭的时候，胖子第一次醒了过来。

三叔给他打了针巩固一下，又给他吃了东西。我问他到底发生了什么事情，他还是没力气说话，只说了几句，很快又睡着了。

但是我心已经宽了，这中蛇毒不是重伤，如果他能醒过来，说明他已经没有什么大碍了。果然，到了第二天早上，他醒来的时候，脸色已经有所恢复，虽然还不能走动，但是被人搀扶着能站起来了，看着四周，就有气无力地问我怎么回事。

我道："这一次你可得谢我了。难得老子不抛弃、不放弃，差点儿把我折腾死，才把你救下来。你这一次新生得怎么感谢我？"

胖子这人能折腾，找人要了烟抽，一脸猥琐样道："胖爷我都救你多少次了，你就救我一次还来这套。我和你说，这一次扯平都不算。"然后问我这是什么地方。

我把后来的情况大概一说，他听了也没做什么表示，我就问他闷油瓶最后和他怎么了。

他道他们追着追着就跑散了，那小哥是什么速度，他根本撵不上。后来就听到蛇的声音，他和我的想法一样，以为三叔的人还活着，但是没我那么莽撞，偷偷摸了过去，结果一撩开草丛，就被蛇咬了。

这和我琢磨的差不离。他道："那小哥恐怕也得中招。那些蛇太邪门了，老天保佑他比我们两个机灵。"

三叔看到胖子还是挺开心的，递给他烟，我想大概因为胖子总算是个自己人。不过胖子看到三叔就很郁闷，道："三爷，你看你这个'喇嘛'夹的。你回去得给我加钱，否则我可不干。"

说完，其他几个人也附和他，一通说笑，看上去气氛一点儿问题也没有，似乎谁也没注意到三叔笑容的苦涩。

胖子复原得很快，我让他多喝水，他第一次的尿都是黑的，慢慢地，尿开始清起来。他的体质确实好，脸色也越来越红润，等我们要出发的时候，他已经可以站起来自己行动了。

我搀着他继续出发，还是和昨天一样，一点儿一点儿地深入，一个蓄水池一个蓄水池地下去。我们发现这蓄水系统应该是一个网兜状的，越往下结构越简单，但是井道和蓄水池体积越大。

最后我们在第六个蓄水池里停了下来，这个蓄水池已经大到不成样子，在水池的中央竟然立了一根三人才能合抱的石柱防止倒塌。整个蓄水池都是干涸的，目测面积足有半个足球场那么大。

胖子已经不需要我搀扶，不过体力还是没完全恢复，坐下就直喘，一身的虚汗。

我们停下来倒不是为了休息，在井道中行进比起雨林行军简直像在风和日丽的沙滩上漫步，一点儿也不疲倦。只是到了这个蓄水池，我们发现里面长满了干枯的树根，几乎把整个蓄水池都覆盖了，那些分流的井道口全部被遮盖在树根之中了，上面长满了奇形怪状的菌类，找不到继续前进的道路。

我倒奇怪，我们现在已经深入地面以下了，为什么这些树根会长到这里来，世界上有根系这么长的树吗？

那个"拖把"看了看，道："这些不是树根，都是菌丝。这个蓄水池看来是种香菇的好地方。"说着，让手下人去砍掉这些菌丝，寻找闷油瓶留下的记号。

我凑近去看，发现这些菌丝和树根很像，但是很软，而且上面长满了黑毛，紧贴在井壁上，看上去好像很难吃。

找着找着，有人就惊叫了一声，翻倒在地，我们立即端枪朝他瞄去，就看到他砍掉了一片菌丝之后，菌丝后面的井壁上出现了一张石雕的人脸。

我一看就知道这是什么东西了，立即报以报复性的大笑，来报复他们嘲笑我被假人吓到。他们莫名其妙地看着我。我捡起地上的碎石丢了过去，当下组成人脸的飞蛾被惊飞了起来。

那人一看，长出了一口气，所有人都笑起来。

这些蛾子可能是偶然飞进井道来的，这里可能也有蛇蜕来吸引它们。我对他们道："小心一点儿，附近可能有蛇。"自己就到飞蛾聚集成脸的地方去翻找，果然在树根密集处，看到了一大片白色麻袋一样的东西。不过让我吃惊的是，这片白花花的蛇蜕不是很多，但好像是一个整体。

我用猎枪把蛇蜕挑了起来，发现那是一条大蛇，足有水桶那么粗，能看到蛇蜕上长着双层的鳞片。

三叔过来一摸，一手的黏液，他的脸就白了，叫道："把枪都给老子端起来，这玩意儿是新鲜的，这皮是刚蜕下来的！"催促寻找井道口的人快点儿，这地方不能久待。

我马上也过去帮忙，用刀去砍菌丝，把菌丝砍掉后扯掉，然后用矿灯去照井道口。按照我们的经验，闷油瓶会把记号刻在那个地方附近。

忙活了半天，竟然没有找到，人都有点儿急躁起来。稍微矮点儿的井道口几乎都找了，只剩下蓄水池顶上的一些。我心说，这一次该不是刻在上面吧，上面没有坡度，几乎是垂直的，必须攀着井壁的缝隙爬上去。

这里有个瘦瘦的小个子身手最好，义不容辞地爬了上去。我们用手电帮他照明，看他一边单手抓住巨石的缝隙，一边用砍刀砍掉菌丝，然后像攀岩运动员一样抓住缝隙，扭动身子吊过去。

我心说要我像他这样我可做不到，等一下找到了，我怎么进去啊。

他探了几个井道口，道"在这里"，我们才松一口气。三叔让他立即结好绳子，我们开始陆续地爬上去。才爬上去三四个，忽然，上面那小个子又叫了声："三爷，不对，这里也有，记号不止一个。"

第四章

三选一

就在这时候，我们都看到红光一闪，接着那人整个就不见了，速度极快。我们一下子都愣住了，他好像是被什么东西拖进去的。

没等我们反应过来，那道井口里就传来了一声惨叫，接着，他就摔了出来，还没摔到地上，从坑道中猛地射出一条巨蟒的上半身，凌空一下把他缠绕住。

这是一条刚蜕完皮的巨蟒。我原以为会看到一条金褐色的大蛇，然而看到的是血红色的，顿时就明白了：这果然是同一种蛇！

身边已经开火了，在狭窄的空间中，猎枪的声音几乎把我的耳朵震聋。

刚蜕完皮的巨蟒，鳞片还不坚硬，立即被打得皮开肉绽，无奈铅弹的威力太小，剧痛的蟒蛇暴怒，把那人往井壁上一拍，那人就摔了下来。接着它沿着蓄水池壁旋风一样盘绕了下来，巨大的身躯一扫，扫飞了好几个人。

三叔的伙计大惊失色，几个人撒腿就跑。三叔大骂："稳住！别跑！"

但是这批人真的完全不听他的，好几个人都钻进了坑道里，四散而逃。

三叔气得大骂。我拉着他一边开枪，一边也往坑道里退。

本来如果所有人都齐心，对着蟒蛇来几个齐射，就算是龙王爷也被打烂了，但是人就是在这种关头会乱，没法判断形势。

我退得最慢，巨蟒一下子就冲了过来。我连开两枪，无奈巨蟒的头闪得太快，没有打中要害。我最后一次打飞碟是什么时候已经忘记了，要连射这么快速移动的物体我已经生疏了。

一边“黑眼镜”已经把三叔拖进了坑道，三叔对我大叫，让我快上去。我立即转身，但是人才扑进去一半，忽然就头皮一麻，我的视线越过三叔的肩膀，看到这条坑道的深处，涌动着一大团黑影，正迅速地爬过来。

“后面！”我立即警告。

他们猛回头，手电一照，我们就看到有十几条碗口粗细的鸡冠蛇，犹如血红色的潮水一样涌来，看样子这里的枪响惊动了它们。

“黑眼镜”立即回头开了一枪，将最前头的一拨扫飞，我身后的劲风也到了，三叔大叫“抬手”，我忙抬手，他的枪从我的胳肢窝里伸出去，一声巨响，把身后的巨蟒震飞，背后又传来“黑眼镜”开枪的声音，他竟然还带着笑：“太多了，顶不住了！”

我心说这人真是个疯子，转身就见很多的井道口中，都开始爬出红色的鸡冠蛇，一坨一坨。我一边装弹一边让开，让三叔爬出来，同时寻找没有鸡冠蛇爬出的井道口，再去找胖子，却发现胖子已经不见了，不由得大骂他不义气，竟然跑得这么快。

一个一个看过去，好不容易找到一个井口，立即爬了进去，对三叔大叫，三叔和“黑眼镜”一边开枪一边挪过来，但是已经来不及了，鸡冠蛇速度奇快，几乎是腾空飞了过来，已经从我所在的井口爬了上来，发出高亢的咯咯声。我一枪把它们轰成肉泥，但是井道口瞬间又被蛇围满了。

三叔叫我自己快走，他会想办法，说着和“黑眼镜”朝另外一个没有蛇的口子退去。我大骂一声，再开一枪，就往后狂跑。

我一边跑一边装子弹，发现只剩下六颗了，这种子弹又大又重，我刚才为了方便就没多带。我这性格真让人头痛，一到关键时候总掉链子。

那些蛇的速度之快，我之前已经领教过了，知道跑的时候完全不能分心，否则根本就没有生还的机会，于是咬紧牙开始狂奔，脑子就想着“淤泥！哪里有泥”。

一连冲过好几个岔口，我看到了井道上的裂缝，里面同样是沙土，我停了一秒钟，马上挤了进去。里面空间比之前看到的那条要大，我一眼就看到了大量屯起来的泥茧骸骨。

有救了，我心说，立即掏出水壶，听着外面窸窸窣窣的声音不断靠近，立即将水全倒在一只泥茧上，把人骨身上的泥和稀了，抓起来就往身上草草涂了一遍，搞完后，把那死人往裂缝的口子上一推，大概堵住，自己缩进那个凹陷里，闭上眼睛装成死人。

瞬间那些蛇就到了，盘绕着我丢在地上的矿灯和水壶开始咬起来。有一些蛇没有发现我在缝隙里，就继续朝前飞快地爬去，但是有几条停了下来，似乎发现了这裂缝里的异样，朝里面张望。

我心说真邪门，这些蛇果然有智商，就见几条蛇小心翼翼地爬了进来，开始盘绕上那些泥茧，似乎在寻找我的去向，我身上就爬上来好几条。

我闭上眼睛，屏住呼吸，感觉心都要从喉咙里跳出来了。

那几秒钟，我感觉像一年那么长。忽然，我感到后脖子有一丝凉意，浑身就出了冷汗，一下子想起来，完了，刚才太急了，后脖子忘记涂泥了。

我小心翼翼地睁开眼睛，果然看到一条红得发黑的鸡冠蛇盘在我的肩膀上，正饶有兴趣地想盘到我的后面。

完了，我心道，这下子我也得成胖子那样了。

就在那蛇慢慢朝我的后脖子凑过来的时候，忽然，我身边的骸骨中，发出了一声奇怪的声音，那蛇立即就扬起头，看向那里。

几乎就在同时，一件令我更加惊悚的事情发生了，我身边的那具骸骨忽然动了，手一把就按在了我的后脖子上，把我没有涂泥的地方遮住了。

我头皮麻了起来，用眼睛一瞄，发现不对，那不是骸骨的手，而是一只涂满泥的人手，仔细一看，发现我身边的死人后面，还躲着一个浑身是泥的人。

是谁呢？我看不清楚，我心说原来不止我一个人知道淤泥的事情。

我心里完全不知道是什么滋味，怎么也高兴不起来，只觉得气氛十分诡异。

那鸡冠蛇看向那里，看了半天也不得要领，再回来找我的后脖子，却看不到了。它显得十分疑惑，发出了几声咕咕声，在我后脖子附近一直找。我就感觉那蛇芯子好几次碰到我的脖子，但它就是发现不了。

我一直不敢动，就这么定在那里十几分钟，那些鸡冠蛇才忽然被外面什么动静吸引，全都迅速追了出去。这一条也爬了出去。

它们消失之后很长时间我还是不敢动，怕它们突然回来，直到捂住我后脖子的手动了一下，才好像是一个信号，我浑身都软了，一下子瘫倒下来。

刚想回头看那人是谁，忽然听到一个女声轻声道：“不准转过来。”

我愣了一下，还是转了过去，身边的人一把就把我的眼睛捂住了。我的手下意识地一摸，摸到一个人的锁骨，那人竟然没穿衣服。接着我的手就被拍了一下，听到那女声道：“闭上眼睛，不准看，把上衣脱下来。”

我一顿，还没反应过来，上衣已经被剥了下来，窸窸窣窣一阵折腾，那人似乎在穿我的衣服。

等捂住我眼睛的手拿开，我看到一个女人坐在我的面前，身材很娇小，穿着我的衣服好像穿着大衣一样，再看她的脸，我一下子就认了出来。

“陈……文锦……阿姨！”

在我面前的，竟然就是文锦！

我看着惊讶得说不出话来，语无伦次地问了一句：“你没被逮住？”

文锦整理着衣服，看着我扑哧一声笑了：“什么逮？你当我是什么？”俨然和之前被我们追捕时的神情完全不同了。说完，她用涂满泥的骸骨将这个泥井道口堵住了，然后用水壶挖起泥把缝隙全封上，我才看到，这捆着骸骨的材料，竟然是她的衣服和胸罩。

做完后她才回来看着我笑起来，摸了摸我的头发：“你也长大了。”

我看着她，几乎无法反应，想说什么，但是脑子里一片空白。

这太过梦幻了，以前我只在照片里见过她，现在她竟然在对我笑，而且笑得这么好看。

她看着我，见我这么看着她，就问道：“怎么，你反应不过来吗？”

我点头，心说：怎么可能反应得过来？这应该是一个满脸皱纹的中年妇女，二十多年前在一座诡异的海底古墓中失踪，这么多年间一直做着一些极端隐秘的事情，牵动着无数人的神经，制造了无数的谜，现在却就这样站在我的面前，满脸淤泥但是不失俏皮地看着我，那眼睛、那皮肤，显然比我还要嫩上几分，叫我如何反应？

她笑着说：“我看到你长这么大了的时候，我也反应不过来。想想已经二十多年了，当时你还尿床，我还给你洗过尿布，你那时候长得好玩儿，比现在可爱多了。”

一说到小时候，我立即就朝那缝隙口看去。想想，我忽然觉得无比奇妙，三叔想方设法找文锦，但就在十几米外，我不知道他的生死状况，却在这里看到了文锦，还说上了话。要是三叔再快一步跟着我，他和文锦已经见面了。

“你也可爱多了……”我口不择言，抓了抓头，“文锦……姨，这，好久没见了……我实在不知道该怎么反应。我现在是不是应该大哭一场？对了，我有好多话要问你……我们很想你……到底发生了什么——唉，我在说什么？”

看着我语无伦次，文锦就做了个“轻声”的手势，听了听外面，轻声笑了，道：“谁说好久没见了？前不久我们不是还一起喝过茶吗？”

“喝茶？”我愣了一下，心说之前见的时候，她在沼泽里啊，当时没见她端着茶杯。

只见文锦把自己的头发往头上盘绕了一下，做了一个藏族的发型，然后用袖子擦掉脸上的泥，我一看，顿时惊呆了：“你！你！你是定主卓玛的那个媳妇儿！”

第五章

真相

我简直不敢相信自己的眼睛，拍了拍脑袋：“原来你一直跟着我们！那口信，那定主卓玛和我们说的话——难道——”

“不错，那都是我临时让她和你们说的。情急之下，我没有别的办法。那些事情说来话长了。”文锦说着，爬到缝隙里头，双手合十，做了个手势，放到嘴边当成一个口器，发出了一连串“咯咯咯”声。

我奇怪她在干什么，难道在和那些蛇打招呼？就听到缝隙的深处也传来了“咯咯咯咯”的回音。不一会儿，就有人从里面挤了出来，我一看，那人竟然是闷油瓶。

他挤到我们边上，看了看文锦，又看了看我。我目瞪口呆地看着他们两个。“这是怎么回事？”我忽然感到一些不妙，“该死，难道这是个局？你们该不是一伙的吧？”

这两个人同样不会衰老，而且同属于一支考古队，同样深陷在这件事情当中，我忽然想到我一个朋友说的，闷油瓶肯定不是一个人，难道被他说中了？

闷油瓶摇头不语，我就看向文锦。文锦道："没你说得那么恶心，我和他可清白着呢。"

我皱眉，真心真意地想给他们磕头，道："大哥，大姐，你们放过我吧，到底是怎么回事？"

文锦对我道："在这件事情上没有什么复杂的，其实当时在那村子里卓玛找你们的时候，他已经认出我来了，不过他没有拆穿我。我在峡谷口子上找到你们的时候，他追了过来，当时我们就已经碰面了。这接下来的事情，确实算是合谋，但也是为了谨慎。"

我看向闷油瓶，他就点了点头。

我怒起来："太过分了！你为什么不说？"

他看着我："我已经暗示过你了，我以为你已经知道了。"

"胡扯！我那个样子哪里像知道了？！"我几乎跳起来，马上就意识到了为什么闷油瓶一直心神不宁，天哪，他一直在担心文锦的安危。

一边的闷油瓶立即对我做了一个"轻声"的动作，我才意识过来，立即压低声音道："你丫太不够义气了！"

"不，他这么做是对的，否则，我会落在你们那个女领队手里，她也不是省油的灯。"文锦道，"而且当时，我也不知道你们之中哪个有问题，我需要找一个人帮我检查。"

这大概就是为什么闷油瓶回来之后开始检查我们有没有戴面具。原来事事都是有缘由的。

"那些录像带呢？"我问道，"这整件事情，到底是怎么回事？"

话音刚落，外面传来一声惨叫和几声枪响。

闷油瓶啧了一声，道："他们这么开枪，会把所有的蛇都引过来的。"

文锦听了听外面，转过头来拍了拍我的头，好像一个大姐姐一样对我道："这是一个计划，说来话长了，长到你无法想象。这些事情我都会告诉你的，但是现在不是时候，我们先离开这里。"说着就指了一个方向。

我叹了一口气，但是知道她说的是对的，于是点头。三个人都站了起来，迅速往泥道的深处退去。

一边走我就一边问她："你们有什么打算？不去和我三叔会合吗？"

"我们没有时间了。"文锦道，"你没有感到，四周的水声已经越来越少了？"

这我倒没注意，在这种地方，谁还有精力注意这些。文锦道："这里的地下水路极其复杂，但是在有水的时候，它其实并不是一个迷宫，你至少知道是不是在往地面上走，只要逆着任何一道水流往上，你肯定能找到一个地面上的入水口。而顺着水流走，你也肯定可以找到这个地下水路的终点——最大的那个地下蓄水湖泊。但是，一旦水消失了，你就永远不可能走出去。现在雨已经停了，沼泽的水位会逐渐降低，再过一两天，水就会完全干涸，到时候我们就会被困在这里。这就是我让定主卓玛告诉你们，如果不及时赶到就要再等十几年的原因。不过你们这次运气好，今年的雨量特别大，把整个沼泽都淹没了，否则现在已经晚了。关于你三叔吴三省，和我们的目的地相同，只要他没有出意外，我们肯定会碰上。"

我一听，在理，立即点头："那我们现在是往上还是往下？"

文锦指了指下方："最大的秘密已经近在咫尺了，你打算就这么放弃吗？"

近在咫尺？我心说我才不信呢。文锦看了看表，道："现在已经快天亮了，那些蛇大部分都在夜晚到地面上活动，天亮之后会全部下来，到时候我们行走更麻烦。在天亮前，我们得找一个地方躲起来，到时候你有什么就问吧，我都会告诉你，现在还是专心走路。"

文锦说这话的时候，几乎没有什么严厉的言辞，但是她的眼神和分析问题的语气，让我感到自然而然地服帖，她似乎天生就有一种领袖的气质。难怪当年她是西沙的领队，连三叔都要忌讳。

我不再去烦她，三个人立即加快了脚步，顺着坑道一路往下，很快就到了另一条坑道。

这里已经很深了，坑道显然没有上面那么错综复杂，岔路很少，加上我们身上有淤泥掩护，走得非常顺利，到早上六七点钟时，我们已经走了相当长的距离。这里的井道连淤泥都没有了，只有天然的岩洞，很难看到人工开凿的迹象，显然这里几乎不会有人来。

我们能听到岩石中传来扑腾的水声，显然所有井道的水都在四周汇集了，整个西王母城的蓄水系统的终点应该非常近了。

此时地面上的晨曦应该已经退去，虽然附近还没有任何蛇的声音，但是我们都知道这些蛇数量惊人，一旦归巢很可能会出现在任何地方，按照文锦的经验，此时还是躲起来为好。

怎么躲就是经验了。她让闷油瓶脱掉衣服，用水壶里的水和泥抹上，将通道的两端用碎石头堆起来，然后将衣服撕碎了塞在缝隙里。

“这样，在蛇看起来，这里的通道就是被封闭的。”文锦道，“我这些天都是这么过来的。”

我喝了几口水，感觉这么薄弱的屏障不会有用，要是碰上那种巨蛇，不是放个屁就倒？

此时点了很小的篝火，也只是稍微暖和一下身子。这里潮气逼人，而且阴冷得厉害，没有火没法休息。

缓了片刻，我才逐渐放松下来，心里有些忐忑。文锦递给我吃的，看我的表情就知道我忍不住想问问题，让我想问什么就问什么。

我早就在琢磨了，立即振奋起来，想问她，却发现脑子里很混乱，要问的问题实在是太多了，反倒问不出来。

“没关系，你可以一个一个问，我早就料到会有这样的情形了。”文锦笑吟吟地看着我。

我理了理脑子里的问题，想想哪一个是最主要的。想了片刻，我发现无论从哪里开始问、无论问什么，都有可能导致混乱，我心里的谜题太多，大的、小的，无数个，必须有一个系统的提问方式，于是道：“我们还是按照时间来问，如何？”

她点头：“没问题。”

我就问她：“第一个问题，我最想知道的，可能有点儿贪心，你能告诉我西沙到底是怎么回事吗？”

文锦看了我一眼，表情很惊讶：“你这个问题太大了。西沙发生了很多的事情，你到底指的是哪件？”

我道：“就是你在古墓里失踪之后，到底发生了什么事情。”

文锦静了静，好像没有想到我会一开始就问这个问题，想了想，忽然叹了口气，道：“你竟然想知道这件事情……看来你确实已经知道了不少。这件事情，很难说清楚，你三叔是怎么告诉你的？”

我把三叔之前在医院里和我说的，大致和她说了一遍，然后对她道：“他说没有跟你们进入那机关内，所以之后的事情他不知道。你们在古墓里失踪之后，他一直在找你们，但是找了这么多年，一直都没有找到。他还说他一定要找到你们。”

文锦听完，怪怪地笑了笑，顿了顿，才道：“这个问题我本来想最后告诉你，因为这里面有一个很关键的前提你必须明白，但是这个前提，我就这么说出来，你是不会相信的。我不知道你现在有没有做好知道事实真相的准备。”

我道：“早死早托生，你就是告诉我三叔其实是个女的，我是他生的，我也能信。你就说吧，这两年下来，我已经什么都信了。”

文锦看上去还是有点儿顾虑，想了想，又问：“对这件事情，你自己有什么判断吗？”

我摇头：“我什么判断都没有。”

文锦看了看闷油瓶，似乎在和他做一个交流，但是后者没有什么反应。她定了定神，弄了弄头发，似乎是下了一个什么决心，就从背包里掏出一个笔记本。

这是一个新的笔记本，是现代的款式，应该是最近才买的。果然，她还是保持着写笔记的习惯。她翻开笔记本，从里面掏出了一张发黄的老照片。我一看，这张照片再熟悉不过，就是三叔和他们一起出海前拍的那张合影，我不知道看了多少遍，里面每个人的位置，我都清清楚楚，所以只看了一眼就递了回去，道：“我已经看过这张照片了。”

文锦道：“其实，所有的秘密都在这张照片里面。但是这个秘密一般人很难发现，西沙所有的事情都起源于此。秘密其实不复杂，但如果我直接告诉你，你肯定无法接受，我先来告诉你，这张照片中隐藏了什么。”

这时候，我脑子里突地闪过一个念头，难道之前和那批朋友喝酒的时候，他们说的第十一人的事情是真的，这张照片中还藏着那十人之外的一个神秘人？文锦想告诉我这些？

看她的样子，又不像是这么简单，我就不知道她是什么用意了。

文锦把照片重新给我，让我把照片上能念出来的人的名字和位置，都对应一下指给她看。

我看了看，道：“我只认识和这件事情比较有关系的几个人，其他人我能知道名字，却不知道是哪一个。”

文锦说：“没关系，你念就可以了。”

我首先看到了最吸引我注意力的闷油瓶，道：“这就是小哥。”文锦点头，然后指了指一边的一个女孩子。“这就是你。”文锦又点头。“然后，这个是三叔。”我指着三叔道。我看了一下文锦，等她点头后继续说下去，但是这一次她一动不动，而是直直地看着我。

我愣了一下：她这是什么意思？文锦把照片拿了过去：“你为什么会觉得这个人是你三叔？”

第六章

颠覆

我道："这……这是三叔年轻时候的样子啊。我看过他以前的黑白照片，和这个很像啊！"

文锦就笑道："这个世界上并不是只有照片才会相似，两个有血缘关系的人也可能会相似。"

"啊？"我愣了一下，忽然领悟到了什么，"等等，你这是什么意思？你难道想告诉我，这个人不是我三叔？那他是谁？"

说完，我忽然一惊，以前的碎片一下子在我面前聚拢成了一张脸。

血缘关系！相似容貌！

我恍然大悟："不可能，不可能！"我几乎吼了起来。闷油瓶立即把我按住。我已经没法控制我的声音了，破声道："我的天，我的天！难道这个人是——解连环？"

文锦点头。我毛骨悚然，所有的汗毛都竖了起来，无数的线头开始在我的大脑里结合起来。我的天，我好像明白是怎么一回事了。

“照片的解析度不高，看错是正常的，特别是在你三叔那样说的情况下。”文锦道，“谁都会那样认为。”

“那我的三叔呢？”

文锦道：“你三叔当时确实也和我们在一起，但是，他并不在这张照片里，而在这张照片之外。”她立起了照片，指了指照片的前方。

我一看文锦的手势，忽然就明白了，感觉所有的血都冲到头顶：这……这……这是怎么回事？那是照相机的位置。

也就是说，当时三叔在给他们拍照，那——那第十一个人不是别人，竟然是三叔自己？

“可是这不对啊，说不通。这样的出发合影，为什么会让三叔去拍？你们可以让其他比较不重要的人拍啊，比如说解连环就是混进来的，他反而站在这么主要的位置上，而三叔只能拍照？”我问道。

文锦长出了一口气：“你还是有悟性的，你应该感到这里的问题了。在你三叔跟你说的版本里，有一些东西，出现了根本性的问题，而且是在最初的时候。”她顿了顿，“我告诉你，其实当时，来托关系找我加入考古队的，不是解连环，而是你的三叔吴三省。”

“啊？”我一下子反应不过来了。

“你仔细考虑一下，你三叔和你说的那些事情，虽然非常顺遂，逻辑上却暴露出很小的破绽。裘德考作为一个经验这么丰富的走私大头，怎么会选择一个没有任何下地经验的解连环，来执行他的计划？他当时在长沙，通过关系能找到的最出色的，也是对海外走私最有兴趣的人，就应该是你三叔，只有你三叔会有这种魄力和这种背景这么黑的老狐狸合作。所以，当时与裘德考合作的人，不是解连环，而是你三叔。而裘德考选择吴三省还有另外一个好处，就是我和他当时是男女朋友，可以非常方便地打入考古队，所以，这才是最符合逻辑的。”

我点头，忽然想到三叔也提过这么一句，我当时以为他是在和我抱怨，原来他是在这上面和我玩圈子。

“而当时的解连环，确实是在我的考古队里工作，他是学考古的大学生，因为家族，他的父亲把他安排到了我的学校里。这个人并不像你三叔说的那么没用，虽然有一些少爷脾气，但是天分极高，‘连环’二字是他父亲在他三岁的时候给他改的名，因为他当时已经可以靠自己的能力解开‘九连环’。这个人沉默内向，但是心思非常缜密，成绩也非常好。他考大学，完全是自己的意愿。”她顿了顿，“你明白了吧，你的三叔，把一切都说反了。”

我一下子无法处理这么复杂的事情，就摆了摆手，心里梳理了一下：当时裘德考找到了三叔，说了西沙的事情，于是三叔设计加入考古队，去西沙寻找古墓，而解连环和这件事情根本没关系。

“可是，他为什么要反着说？这没有任何理由，他是这样的人我早就知道了。难道他为了保持在我心中的地位，就处心积虑地撒了这么大的谎？这不符合他的性格啊！”

“为什么这么干？你到现在还没明白吗？他把一切都说反了，但是西沙出发之前的事情，并不是一切，他真正想掩饰的，是后面的事情。”

我仔细地回忆三叔说过的整个过程，犹如掉入了万丈冰渊，浑身的血都凉了：一切都说反了，那么，最可怕的就不是这些旁枝末节，而是出事当晚发生的事情！

那么，就不是解连环下水被三叔发现，而是三叔偷偷下水被解连环发现。

解连环可能威胁三叔必须将他带入古墓，否则就告诉文锦一切，三叔之后将他带入古墓，接着就应该是解连环在古墓中触动机关。

一切都毫无破绽地合理起来，所有的事情开始符合人物的资历和性格。

最后的关头，三叔告诉我的版本是，他将解连环留在古墓中，然后他逃了出来，那么，最让我无法想象的局面就产生了。

如果是完全相反，要这一切继续合理下去，那从古墓中出来的，就应该是解连环，而三叔被打昏，留在了古墓里，那么，死在海底的，竟然是三叔自己！

那我现在的三叔又是谁呢？天哪，我不敢再想象下去了。

文锦看着我的表情，才道："你现在终于明白了，你所谓的三叔，根本就不是吴三省，这也是你三叔绝对不会和你说实话的原因，因为从最开始，一切就已经错了，他在海底已经和别人调包了。"

"可是……可是这怎么可能呢？为什么我的家里人都没有发现？"

"那是因为你三叔这个人性格乖张，十几岁就离群独居，和你家里人几乎很少见面，只要稍微化装一下，对你三叔的品性有一些了解，就可以蒙混过去。我想你也感觉到了，你现在的三叔，和你小时候记忆里的三叔，是完全不同的。"

我的衣服全都湿透了。一个人分别了五六年后突然出现，他的性情或者相貌有变化，别人都是可以接受的，我也感觉到现在的三叔比起以前，秉性要平和得多，他年轻时候简直是无法无天的一个人。

文锦说完之后，我整个人已经完全无法思考，或者说，心中如此多的谜题，如此多的推测，必须重新想一下，这实在太混乱了。

"可是，三——解连环，他为什么要那么做？他为什么要和我三叔调换身份？"

"这是一个无比复杂的情况，首先可能是因为档案。他从海底古墓回来之后，我们全都消失了，如果他好好地出现在单位里，那他的问题就相当严重，别人会查他，他的背景在长沙太特殊了，一查株连太多，可能会形成巨大的麻烦。而吴三省当时是编外人员，档案中没有他的名字，也就没有人知道他和这件事情有关系，所以他们解家权衡利弊，选择了这样的办法。同时，他也可以拿到吴三省所有的产业，对当时家道中落的解家也有极大的好处。可是，这场戏一旦唱起来，就无法结束了。你知道你家的二叔，小时候在长沙就是出了名的刺儿头，绝对招惹不得，要是让他发现弟弟被害死并且调包了，必然会来对付解家，以吴狗爷和你奶奶家的势力，这将是一场腥风血雨。"文锦道，"我一直在暗中注意这件事情，想通过某种方式把这件事情通知你的家里，但是解连环之后表现出来的能力让我极度害怕。这人心思极其缜密，我感觉如果贸然出来说这件事情，反而可能会被反咬一口，所以我只能一直潜伏。”

我捂住脸，心中开始抗拒，感觉这一切肯定不会是真的，道：“那么，你们在西沙海底最后到底发生了什么呢？为什么你们会突然消失？还有，为什么古墓的顶上有血字说‘吴三省害我’？如果是解连环害了三叔，那么应该是写相反的意思才对！不对，不对，这说不通，你肯定也在骗我！”

文锦看着我，似乎有点儿心疼地抓住我的手，柔声道：“小邪，你和他生活了这么多年，我知道你不可能相信这些，所以，我也想过不把这些说出来，但是你对这个谜实在太执着了，即使我现在不说，我想他也不可能瞒下去太久，因为事情到现在这个地步，漏洞已经太多了，他除了不停地骗你，已经没有任何办法来蒙混过关。你现在这个时候再选择不信，已经太晚了。”

我心说我不是不信，而是已经信了，否则心里不会这么不舒服。镇定了一下，我问道：“我知道，你继续说吧。我只是发泄一下，有点儿难受。”

文锦把我的手放到她的小手心，拍了拍，我顿时感到一种温暖传递过来。她继续道：“接下来的事情，你可能更加无法相信。”

三叔忽然溺毙，被发现的时候，手握着蛇眉铜鱼，显然心怀鬼胎，最后恶果上身。文锦悲恸欲绝，但是后来情况紧急，她不得不继续主持工作，带着人下到海底。

这之后的过程，和“二叔”——也就是解连环之后和我说的基木符合，他大概是因为害怕真正的三叔在海底古墓中留下什么关于他的线索，于是假装身体不适，等他们开始勘探古墓之后，偷偷跟在后面，最后却被阻隔在了奇门遁甲之外。

文锦他们对他来说，就此消失在了古墓中，再也没有出现，所以才会促成了他假扮三叔、交换身份的想法。在被人救起之后，别人问他的名字，他对当时救他的渔夫就使用了“吴三省”这个名字，否则之后肯定会露马脚，这显然是经过了深思熟虑的。文锦说解连环心思缜密，确实不假。

而文锦他们一路深入，最后到达了放置云顶天宫烫样的那座殿内，却被一个酷似三叔的人迷晕了，这又是怎么回事呢？

文锦道：“说出来，你可能更加无法相信。”我心说已经到这种地步了，其实已经没有什么所谓信不信了，让她不用顾及我的感受。

文锦道：“当时迷晕我们的人，并不是酷似你三叔的人，恰恰就是你的三叔。”

东一个三叔，西一个三叔的，真假三叔我有点儿搞不清楚了，就对她道：“我们不如用本名来说。你的意思是，迷晕你们的，确实就是吴三省。但是他的尸体不是被发现了吗？”

“我们弄错了。我们在海里发现的尸体，并不是吴三省，那应该就是裘德考第一批雇用的人中的一个。这批人失败了，但是带出了古墓详细的地图，所以裘德考才能提供如此好的资料。那具尸体的脸已经被礁石撞烂，而且已经泡肿，加上他身上的潜水服，和吴三省从裘德考那里得到的潜水服是一个样子，我们才认定他就是吴三省。其实当时我也有点儿怀疑，但是我没有认这种尸体的经验，而且那潜水服款式很奇特，这个说服力太大了。”

“那么，按照小哥当时回忆起来的，你们第一次看到他的时候，他先是装成女人，而后又躲着你们，逃进了镜子后的洞里，迷晕了你们。他为什么要这么做呢？”

“因为他以为解连环已经把一切都告诉了我。”文锦道，“他以为我是进来找他兴师问罪的。如果单是我一个人还好说，可是考古队所有的人都下来了，显然他认为他的事情已经完全暴露了，这在当时是极其严重的犯罪。那么，我作为领队，不可能在这么多人面前偏袒他，他必须自己采取措施又不连累我，于是他决定迷晕我们，然后再作打算。”

“这样，就发生了最后那一幕。”我接着道，“这确实说得通。可是，那些血字是怎么回事？”

“那些血字是你的问题，是你自己理解错了。”文锦道，“你想想，那些字到底是怎么排列的？”

我心说：这也可能会理解错？那么明白，我就用手蘸了点儿水壶里的水，在一边的石壁上，按照记忆把那些字写了下来。

吴害解
三我连
省死环
不
瞑
目

一看我就愣了，顿时明白是怎么回事了：“天哪，我把顺序搞反了！”

做拓本做得太久了，拓本上一切都是反的，所有的竖排文字我都反着看，都是习惯从左往右读，但这是两边都可以读的，而且意思完全相反。

我心里骂了一声，三叔的文化水平果然不高，假道学，旁门左道精通，写起文字来根本不用脑子，这种血书简直让人吐血。

“现在你不怀疑了吧？”文锦道。

我尴尬地点头：“接着呢？”

她脸色就变了，道：“之后的事情，我到现在还无法理解。因为，等我们醒过来的时候，我们已经不在海底墓穴中了，而是在一间地下室里，一间很古旧的，好像五六十年代二防洞一样的地下室，里面有一具黑色的石棺。我们能看到地下室的出口，但是出口被封死了，我们怎么也打不开，而且看手表上的日期，已经是我们昏迷之后一个多星期了。”

“那是在格尔木的那个疗养院？”我道。

她点头，顿了顿，道：“我们少了几个人，起灵已经不在了，另外几个都被困在了那里，而且，我们发现我们被人监视着。”

第七章

囚禁

文锦被三叔迷晕之后的记忆，一片空白，他们醒过来的时候，已经在格尔木的疗养院里。

听到这里我已经非常迷糊了。这也太玄了，显然有人在他们昏迷的时候把他们绑架了，关在那里。

按照文锦的说法推测下去，三叔迷晕他们之后，会把文锦弄醒，然后解释一下，再商量对策。但是文锦没有醒来，显然当时他们昏迷之后，又出现了变故。

“吴三省不在你们当中？”

文锦摇头。我道：“那倒奇怪了，是谁绑架了你们？”

“是‘它’。”她幽幽道。

我一直对这个很疑惑，于是问文锦：“‘它’到底是什么？”

文锦说的话多了，喝了一口水，缓缓摇头道：“我无法来形容，这是我们在研究整件事情的时候发现的。怎么说呢，‘它’可以说是一种‘力量’。”

“力量？”我皱起眉头。

“我们生还之后，在那间黑屋子里，对整个事件进行了从头到尾的推测，但是，有很多环节，我们都无法连接起来。最后，我们就可以发现，在整个事件当中，在很多地方，少了一人。”文锦把头发拢到耳后，“也就是说，这件事若要发生，光这么几个人肯定是不够的，但是这件事情发生了，好似有一个隐形的人，在填补这些环节。而且，我们越研究就越发现，这个人肯定存在，但是到现在为止，他一点儿马脚也没有露出来，简直就好像是没有形状的，他只存在于逻辑上。”

她正色道：“我们就把这个人，称呼为‘它’。也就是说，除了裘德考、解连环以及我们之外，还有一股势力，在插手这件事情。这股势力埋藏得最深，几乎没有露过面，但是它的力量却实实在在地推动着事情的进程，这让我毛骨悚然。”

我听着也有点儿发凉，就问道：“你能举个例子吗？”

文锦道：“战国帛书的解码方式，真的是裘德考解开的吗？他一个老外能解开这么复杂的东西，可能吗？而且，他是从哪里知道海底古墓的存在的？如果没有人告诉他这些信息，他就不会来中国，不会去收买你三叔，也不会到现在还在执着于一个谁也不知道的目标。这就是第一个逻辑的缺口。还有——”

文锦坐直了身子，挺胸拢起自己的头发，我看到她是瓜子脸。

“我们所有的人，好像都违背了衰老的规律，这么多年过去了，我们一直没有老。”她的姿势真好看，我看得几乎呆住了。她却立即放下来，甩了甩头，道：“在我们昏迷之后，肯定有人对我们的身体做了什么手脚。”

我道：“那这是好事。这种事情，很多人都梦想着出现呢！”

文锦凄凉地摇头道：“梦想？你还记不记得你在格尔木地下室里碰到的那东西？”

我心说：我怎么可能会忘记？便点了点头。

“那就是我们最终的样子。”文锦道，“你看到的那个，她就是霍玲。”

我一个激灵：“什么？那怪物是霍玲？”我突然感到一阵恶心。

文锦道：“她从塔木陀回来之后，就开始变了，变成了一只妖怪。”

“这……”

“这种保持青春的效果是有副作用的。”她看着我，伸出了她的手，让我去闻。我一下子就闻到了一股淡淡的非常熟悉的香味——禁婆的味道。“到了一定的时候，我们就会开始变化，而我的体内，这种变化已经开始了，不久之后，我就会变得和你看到的妖怪一模一样。”

第八章

会合

“这怎么可能？”我看着文锦，摇头表示无法理解。文锦身上的香味，确实就是禁婆的味道没错，但是要说她很快就会变成禁婆，这也太不可思议了。

“你没法接受，我也不怪你。”文锦幽幽地叹了口气，“当初我们发现这一点的时候，也无法相信。”

我还是摇头，这时候完全无法思考，只觉得一切都乱得离谱。如果之前我所整理出来的东西全都是事件的碎片，那文锦给我的这些信息好比一只大锤，将这些碎片全都敲成了粉末，现在连任何拼接的可能都没有了。

“那个‘它’对你们做了手脚，使得你们无法变老，却会使你们变成那种……那种……怪物？”

文锦点头：“按照我的经验，从身体内部开始变化，到完全变成那东西，只有半年时间，我们称为‘尸化’。第一个尸化的，是一个女孩，当时我们看着她一点儿一点儿变成那种样子，实在太恐怖了。这种感觉就好像，你的身体省略了‘死亡’这个步骤，直接从‘活人’变成了‘尸体’。”

“可这到底是怎么产生的呢？”我问，“有没有办法可以治？”

文锦摇头：“‘尸化’发生的时间完全没有规律，唯一的信号就是这种气味，我们推测这种奇怪的变化，可能和西沙下的那个古墓有关。当时第一个想法，是否这是一种古老的疾病，一直被封闭在这座古墓中，我们受到了传染，后来研究了之后发现不是。但是，这种现象肯定和汪藏海有关。”

“这就是你们研究汪藏海的原因？”

她默默地点了点头。

他们在格尔木的地下室里被困了相当长的时间，逃出去的过程相当复杂，文锦虽然也对我简要地叙述了，但这是另外一个故事，这里就不长篇赘述了。

逃出之后，一开始他们遭到了一群陌生人的追捕。他们无路可去，经过了一番颠沛流离，他们重新潜到了疗养院，却发现人去楼空，疗养院里所有的东西都被搬空了，他们什么资料都没有发现，根本不知道到底是谁囚禁了他们，又是出于什么目的。为了逃避这股莫名的力量，他们决定反思维而行，选择了这个被废弃的疗养院作为藏身之所，一边调查汪藏海的历史，一边躲避那批人的追查。

便有了后面的事情。

说到这里，我就问她：“那么，你们认为，在这个鬼地方，有什么办法可以治疗这种‘尸化’？”

“我们根据大量的细节推测，汪藏海追查的是战国帛书中记载的一种关于成仙的技术，但是显然，他从古籍中复活的这种技术并不成熟，我们可能成为这种不成熟的东西的实验品，虽然我们可以永葆青春，但是效果很不稳定，最终都会变成怪物。”文锦道，“汪藏海这一生追求的必然是完善这种技术的方法，我想这里是他的最后一站，战国帛书中的记载来自这里，那么这里是最有可能的地方。但是在这件事情上，我和霍玲发生了分歧，那一次她自己带人进入了这里，而我选择了等待。我一开始以为她死了，没想到过了几个月她竟然回来了。显然她没有成功，当时她的尸化已经开始，她开始健忘，开始情绪失控，新陈代谢越来越快，最后还是变成了那个样子。整支考古队只剩下了我一个人，等待着未知的命运。

“我本来想一直隐藏下去，但是在一个月前，我终于闻到了我身上发出的味道，知道最后的宿命到来了，我必须把这一切做一个了结，跟你的三叔、裘德考背后的那个‘它’。”

“可是，这些和我有什么关系？”我想起来，问道，“为什么你要寄录像带给我？”

“寄录像带给你的，不是我。”文锦正色道，“这又是一个缺失的环节。我看到你出现在队伍中时，相当惊讶，所以让定主卓玛把你也叫上了。从你的出现，我就推断出‘它’已经渗入了我的计划中，所以我向你们提出了警告。‘它’把本来我要发给裘德考的那盘带子，寄给了你。”

“‘它’为什么要这么做？”

“我不清楚，也许‘它’并不希望裘德考成行，‘它’希望有一支由起灵、解连环和你组成的比较单纯的队伍。我也只能这么推测。不过，这一次解连环用了非常厉害的计谋，阴差阳错地使得我的计划还是成行了。‘它’一定也在判断，我到底是这么多人中的哪一个。”

我揉了揉脸，感觉思路稍微清晰了，问道：“那你到尸化，还有多少时间？我们还来得及吗？”

她握着我的手道：“你别担心我。已经到了这里，我接受命运的一切安排，不管是好是坏。反正，这里就是我的终点，也是起灵的终点，更是解连环的终点，你要考虑的是你自己。”

我看着他们，心说：你们都不出去了，这怎么可以？这时，就听到我们做的屏障外，忽然有人轻轻地敲了敲石头，一人咳嗽道：“里面是不是有人？”

我立即警觉起来，闷油瓶靠过去。我道：“小心，可能是蛇，这里的蛇会说人话！”

外面那声音立即道：“是不是天真？”

闷油瓶让我放心，蛇不会和你对话，说着，撤掉屏障，我立即就看到一张满是淤泥的脸，原来是胖子。再一看，他后面还有好几个人，都是三叔的伙计，其中还有那个“黑眼镜”。

胖子一脸的淤泥，道：“你果然在这儿。咦，小哥，你也在？

哎，逮住了？”

我心说，你别发出那么多象声词了。胖子问我是怎么回事，我说我这里事情真是长了，还是问他们怎么了，怎么找到我们的，我三叔呢？

胖子“哎”了一声，道：“我们看到有一条缝隙里塞着个奶罩，我靠，这真是塔木陀奇景，我们撞了进去就发现了里面的缝隙和淤泥，我教他们保护自己，不过你三叔没赶上，被咬了，第一时间打了血清，在我们后面。我们听到有说话声就来看看，还以为是那些蛇。”

虽说文锦说三叔是解连环假扮的，但是一到情急之处，我还是丝毫没有感觉他是假的。

我回头看了一眼文锦，心说你打算怎么办。文锦朝我点了点头：“走，去看看。”

后面几个伙计都不认识文锦，问我这女的是谁。

我道：“这是三爷的相好。”胖子立即道：“叫大姐头。”

那几个人也吓蒙了，还真听胖子话，立即叫。文锦瞟了我一眼，让我少废话。

他们就在不远处的一个蓄水池里。这个蓄水池更大，而且几乎没有什么岔口，同样长满了树根一样的菌丝。这一次，人起码少了一半，全都面如土色。文锦教他们堵住唯一的口子。我觉得奇怪，难道这个蓄水池已经是这个蓄水系统的终点了？

我去看三叔，看到他的脖子和胳膊上都有血孔，脸色发青，神志有点儿模糊。

“咬死了三个人后才咬的他，毒液干了，但还是烈。”照顾他的人道。

三叔微微睁开了眼睛。我发现他颤抖了一下，应该是看到了文锦，又看了看我，什么话也说不出来。

我心中发酸，看着他的脸，根本无法想象他会是解连环。我懂事之后都是和他相处的，即使他本身是解连环，我脑海里大部分对三叔的印象都是来自他，这一切也没法改变。

文锦走了过来，坐到他的边上，看着他，也不说话，两个人就这么看着。三叔忽然吃力地朝她伸出了手。

文锦握了上去，轻声道：“小邪都知道了，你不用瞒了，我们都不怪你。”

他动了动嘴巴。我看到他的眼泪一下子泉涌而出，看了看我，看了看文锦，竭力想说话。

文锦也有些动容，凑了过去，耳朵贴着他的嘴巴，听完后紧紧握住他的手：“我知道了，你归队了，这不是你的错。”

他看向我，我也握住他的手，不知道应该说什么。这里的事情发生得太快了，昨天我还在和他聊天，三叔长，三叔短，现在竟然成了这个样子，想着不由得就叫了一声：“三叔。”

听到我叫他“三叔”，他忽然激动起来，动了一下，慢慢失去了知觉。我以为他不行了，立即叫人。旁边那人过来看了看，道：“放心，只是昏过去了。”

我长出一口气，这时候就听到背后有人叫：“这里有道石门！”

我们过去看，三叔的几个伙计，发现在这个蓄水池的底部有一块石板，上面有两个铁环。

他们吆喝着，用力去拉铁环，将石板抬了起来，发现下面压着一个洞。

“黑眼镜”和闷油瓶下去探路，不久便返回。“黑眼镜”说下面别有洞天，不是人工开凿的，像是一个溶洞，四周有很多的石门，好像是在开凿这里的蓄水系统时被发现利用了起来。里面空气清新，没有蛇的踪迹，好像还能通到其他地方去。

我们来时的道路上可能布满了蛇，从原路返回至少也要等到天黑，也许这下面有路可以出去，胖子说要不下去看看。

一听好像没有蛇，这里的人都要下去，我对他们说情况还不明了，不要一窝蜂地全都下去，现在我们待的地方还是比较安全的，下面可能有机关陷阱，到时候比蛇咬还惨。

这么一说又没人肯下去，最后还是我们几个决定先下去看看，其他的人都是乌合之众，下去也帮不上什么忙，就留下来照顾伤者，等我们回来。

闷油瓶和“黑眼镜”再次下去，接着是我和胖子，紧跟着是文锦。

下面是一个环形的巨大岩洞，用矿灯照一圈，可以看到很多的石门。胖子甩下绳子就往一边走去，道：“哟嗬，真的是别有洞天！”

第九章

记号的终点

我赶紧把胖子拉住，转头看了看文锦，她正和一个伙计忙着解开从绳梯上送下来的装备，没有注意到胖子的举动。

我就问那伙计："你下来干什么？不去照顾我三叔？"

他咧开嘴巴笑道："三爷有人照顾，我下来看看有什么可以帮忙的。"

我看他的表情，感觉有点儿不对，心说不妙，这批王八羔子是一群乌合之众，乌合之众最擅长的就是有危险作鸟兽散，有好处就窝里反，这家伙的表情似乎有什么企图。

很快，又有三个人爬了下来，看着这巨大的环形墓室，他们的眼睛里都冒出火来了。三叔在临行前骗过他们，说这里如何如何肥斗，一路过来被吓破了胆，但是一看到墓室就什么都忘了，虽然全是新手散盗，但是盗墓贼就是盗墓贼，对古墓的贪念比我们更甚。文锦从绳梯上爬下来，看到这样的情况，也面有不善，对我轻声说："让他们去吧！这些人都是亡命之徒，对你'三叔'只是表面客气，冲的只是财物。他们都有武器，和他们闹翻了对我们非常不利，反正要是有摸到的东西，就给他们，我们现在也不能阻止他们。”

我一想也是，“三叔”现在行动不便，就算他能威慑这些人，现在也没办法。我一个小三爷，到了这批人嘴巴里，叫起来就没有一点儿尊重的感觉，完全成了调侃，一点儿也奈何不了他们。想想以前我在长沙风光的样子，确实都是沾了我“三叔”的光。

我心里有点儿郁闷，如今反而是我们受制于人，我预感到这些人可能会坏我们的大事。

胖子对这些人非常敏感，已经紧张了起来，握紧手里的猎枪，对我们使眼色，让我们走快点儿，摆脱他们。

一路过来这么多危险，到了最后我发现最大的威胁竟然来自自己人，这真是莫大的讽刺。而且这些人要财也就罢了，如果心黑点儿，甚至可能要了我们的命。对他们来说，这辈子也没富贵过，什么道义、什么积德都是屁话，这实在是一个巨大的后顾之忧。

闷油瓶也带着装备，顺着绳梯下来，我们不再理会那些人，开始摸索着向前走。“非”字形的甬道很快就到底了，我们面前出现了一个溶洞，甬道的尽头有阶梯，顺着溶洞的壁盘旋而下。

矿灯在这里就不够用了，“三叔”他们有着大量备用装备，胖子立即打起了照明弹。

“三叔”装备了好几种照明弹，胖子用的是低空照明弹，这种是洞穴专用的，射程不远，火球飞入黑暗中不久就绽放开来，洞穴被照得雪亮。胖子又打了两发，把四周的死角也照亮。这有点儿奢侈，不过我们从来就没有装备这么充足过，反正也到了最后的关头，不用白不用。

胖子丢下弹壳，还要装弹打一发，文锦把他按住：“家底再厚也抗不住你这么用的，而且已经够亮了，再亮反而看不见了，小心把我们眼睛烧坏。”

胖子这才作罢。我们等最闪的那一阶段过去，光线收缩，四周的情形才清晰地显现出来。

这确实是塔木陀城底最深的地方了，岩洞也不是天然形成的，而是被人开挖出来的，上面还有很高，看不清楚岩洞的顶部，却能看到岩洞的四周如体育场的座位一样被人修成了一阶一阶的，每一阶上面全是黑色的一具具造型臃肿的雕像，密密麻麻，一圈又一圈，没有一处是空的。

这些雕像因为是黑色的，仍旧看不清楚细节，我感觉在这里从没见过。难道是秘密雕像，或是皇族特有的图腾，外人不能看见，也不得拥有？

我想起了云顶天宫的藏尸阁，也是这样的格局，就感觉这些雕像也许不是石头的，可能是特殊处理过的尸体。这里或许是皇族的藏尸洞，地位不高的皇族就葬在这里自然阴干。

照明弹越落越低，底下有人工活动的痕迹。我看到有一只石头圆盘放在最下面，四周是好几十只造型奇特、大小不一的青铜器皿，一切都十分简陋。看四壁山岩，再没有明显可以继续前进的地方，我们确实已经走到了路途的尽头，所有的谜团，应该在这个地方可以解开。

胖子看得惊叹不已，说这里有多深，实在说不出来，王母族不如被称呼为鼹鼠族好了，真是太嗜好挖洞了，竟然在皇城底下挖出这么深的一个地方，目的何在呢？

文锦说：“这里可能是王母国的圣地，西王母的皇族进行秘密活动的场所。他们可能在这里举行某些极度机密的仪式，或者进行某种宗教的修炼。”

胖子道：“这个圣地太破烂了，实在让人失望，这些王母族人也是缺心眼。这些青铜器是什么，还有这些石雕，雕的是……我的天！小三爷，你看这些石雕都是什么东西？”

胖子一惊一乍的，我被他吓了一跳。此时照明弹落到了地上，还在燃烧，但是照明范围已经大幅度减小。我举起矿灯去照，仔细一看，几乎大叫出来，原来这些围在洞穴壁上的“石雕”，根本不是石雕，而是成排的玉俑！

我不住地倒吸冷气，七星鲁王宫里的记忆如潮水一般涌了出来，同时闷油瓶也发出了一声呻吟，显然是受到了极大的刺激，眉头紧锁起来。

果然，这几个地点都是有联系的。这里竟然会出现如此多的玉俑，难道每具里面，都有一个活尸吗？

胖子胆子大，立即扒着墙壁爬到一处阶梯上。我怕他闯祸，一把把他拉住，对他道："要到下面去看底层，不需要费力气。"

我们收敛心神，快速顺着石头台阶往下走。到了最后一阶，胖子跳上去，来到一具玉俑前，用矿灯一照，就照出了里面的尸体，是完全干化的干尸，因为缝隙太细，看不清楚细节，一具一具照过来，每具玉俑内都有。

"看来，大姐头说得没错，这里真的可能是他们修炼的地方。"胖子道，"这批干巴巴的东西，难道就是中国神话里西王母座下的众仙？这也差得太远了吧？"

"不过这些玉俑和鲁王宫里的有点儿不同。"我道，"鲁王宫里的玉俑，里面的尸体还是活的，这些好像都已经成干尸了。"

"那是因为时间短。这个岩洞应该是在西王母国鼎盛的时候挖掘的，那应该是在五千年前。经历了如此长的岁月，再有水分的东西也被风干了。"

胖子用手去抚摸黑色的玉俑外壳，闷油瓶抓住他的手，让他小心。我道："这东西少碰为妙。小哥当时不是说过，如果时间不对，玉俑脱壳后就非同小可。"

胖子郁闷道："我就是摸摸，让我留点儿回忆行不？"

我说你别身体一好就忘了伤痛，心里明白说了也没用，就不再理他。一边的文锦已经被其他的东西吸引，往全是青铜器皿的地方走去。

我跟了上去，惊讶地发现这些青铜器巨大无比，站在下面看，比我还高，而且造型奇特，我一只也叫不出来名称。不过，每只青铜器显然都有自己的作用，我看到上面惊人的腐朽，使用的痕迹明显，显然这里不是一个用来摆设的地方。如果这个洞窟是当年的西王母族用来修炼或者进行宗教仪式的地方，那这些东西应该和修炼及宗教仪式也有关系。

这时候就听文锦喃喃道："天哪，这里是西王母的炼丹室，竟然真的存在。"

第十章

炼丹室

我朝她看去，见她已经走到了正中心那巨大石磨一样的石盘边上。我们也靠过去，就看到那是一只石头星盘，上面全是星罗棋布的小点，代表着天上的繁星，而每个小点，都是由一颗墨绿色的丑陋小石头表示的。

这就是“三叔”以前给我看的丹药，这里竟然有这么多。

“这是什么？长生不老药吗？”身后传来一个陌生的声音，伴随着一声口哨。我们回头一看，原来那个“拖把”带着几个伙计已经尾随我们而来。

我立即觉得头大，摇头道：“这是吃了立即会挂的剧毒。绝对不能动这些丹药，剧毒无比。”

“当然不会去吃它喽，只是看看不成吗？”

“不成。”我道，“这里什么都不能碰。”

那几个人很有兴趣，听我这么说，悻悻地嘀咕了几句。一个人就点上了烟，道：“你算什么东西！这么多规矩。”言语中已经没有之前的客气了。

我假装没听见。这时候四周燃烧着的照明弹逐个熄灭了，胖子又打起了两个，抬头看了一下，忽然大呼小叫起来。

我们全都抬头看去，只见照明弹在最高处，就照出在这个山洞的顶上，有好几条铁链悬挂着什么东西，十几条铁链呈发散的形状，犹如一张蜘蛛网，一边镶嵌在石头里，一边连在那个东西上，那东西黑漆漆的，好像是一只巨大的黑球。

照明弹随即落下，山洞上方又陷入了黑暗之中。

“那是什么玩意儿？”旁边有人惊讶地自言自语。

“这是悬空炉。”文锦惊道，“天哪，这个洞，肯定就是大风水万山龙母的穴眼。这是炼丹的最高境界，丹炉不着地，尽收整条龙脉的精华。”

胖子换上高空信号弹，道：“看个清楚。”又是一发，这一次照明弹竟然打在了那黑球边缘，炸起来，一下子看得无比清晰。只见上面果然是一只雕花的青铜球状器皿，比这里任何一只青铜器都要大三倍以上，从下面看上去，和那些铁链连在一起，犹如伺伏在蜘蛛网中心的巨大狼蛛。

文锦立即让胖子不要再发射了，说丹炉之内不知道会不会有易燃的东西，万一引起爆炸，我们等于被轰炸机轰炸，这里的人一个也别想活。

胖子叹气道：“可惜没法上去看看，不然也许长生不老药就在上面。咱们吃个一打，也直接上月亮上去。不知道嫦娥最近混得怎么样。”

我拍了一下胖子，叹气道：“你终于露出马脚了，天蓬元帅，难怪我看你的体形这么面熟。”

胖子刚想抗议，忽然听到一边的文锦喝了一声：“你们干什么？”

我们立即回头，就看到那几个下来的人在那石盘边上，一个人按住了文锦，不让她过来阻止，另一个人戴着手套，就去拿石盘上的丹药，还道：“不要紧张，大姐头，老子也是行家里手，可不比你那几个相好差。”

我大惊失色，大骂一声：“你们几个混账，想找死吗？”立即就有人掏出了枪对准我们。身边的闷油瓶和胖子马上护住我，让我不要激动。那举枪的人就对胖子努了努嘴巴：“把枪丢掉。”胖子骂了一声，把枪丢在地上。

那拿丹药的人笑起来：“小三爷，你还真以为你是爷啊？时代变了，现在人不讲辈分了。”

说着，他就挖出了一颗丹药，用手电照着，仔细去看。我身边闷油瓶的脸色却变了，我听到他轻叫了一声：“完了！”

话音未落，那石盘忽然失去了平衡，朝一边歪了一下，接着，四周一片寂静。

那几个人也吓了一跳，所有人都不敢动了，全都定在了那里，等待着事态的变化。

等了一会儿，什么都没发生，我们面面相觑。胖子道：“这石头没放稳当？”

闷油瓶的脸色却更加苍白，他不去看那石磨盘，而是把目光投向了四周的玉俑。接着，我们就清晰地听到玉俑之中“哗啦”一声，立即循声看去，发现一具玉俑身上的俑片竟然散了开来，似乎是穿着俑片的金丝一下子被抽离了，俑片立刻没了形状，散落下来，露出了里面的古尸。那是一具狰狞无比的马脸古尸，完全干化了，但我一看那脸，就发现和我在云顶天宫看到的一模一样！

接着，这具古尸四面的四具古尸身上的俑片也一下子脱落了，接着，好像多米诺骨牌一样，一具接着一具，“哗啦、哗啦”声连绵不绝，越来越响，越来越多，整个洞穴的玉俑全部开始散架，露出了里面干枯的古尸。

我顿时目瞪口呆，听说玉俑脱落之后，尸体立即尸变，我立即大叫：“快退出去！”

还没说完，就听到洞口处一连串机关锁动的声音，来时的石门闸已经落下，封住了我们的去路。

第十一章

机关

这石盘之下设置了一个平衡陷阱，所有的星图星点上的丹药重量都是经过精确计算的，拿的时候必须严格地按照固定的顺序去取丹药，才不会触动机关，否则平衡立即被破坏，机关倾倒牵拉机括，引起连锁反应，四周的玉俑立即脱落，血尸尸变。

这里可以说是王母族最重要的圣地，如果这里被侵入，相当于皇族最核心的机密有暴露的危险，所以设置了如此可怕的机关，完全是为了同归于尽。

我们现在的处境可以说是极端绝望，来时的洞口现在已经封住了，所有人都被困在岩洞底部的这片区域内。

三叔的那几个伙计已经吓瘫了，不要说他们，就是胖子和闷油瓶也失了血色。这种阵势可能连我爷爷都没见识过，他的笔记上也没写要是碰上一千只粽子同时尸变，应该怎么来管理和运营。不知道倒斗这行有没有EMBA读。

当下，在干尸群中，突然发出了一连串“咯咯咯咯”的声音，接着又是一处，很快到处都是这种声音。同时我看到这些干尸身上的干皮不停地脱落，似乎真的要起尸了。

那“拖把”看向我们，大吼了一声：“你们在干什么，还不想想办法？怎么办？”

胖子骂了一声，捡起地上的枪，道：“怎么办？咱们现在可以比比看谁活得久一点儿。”

“你放屁！老子可不想死，快给我想办法，不然我毙了你。”那人把枪指过来。

胖子检查了一下子弹：“你可以投降看看，不过可能不管用。这里这么深，上帝要过来可能也没那么容易。”说完就朝血尸靠过去，抬手开枪，把最近的几具干尸打得趔趄了一下。那干尸身上的干皮被轰掉，我们就看到了里面青紫色的尸皮，子弹打上去只能打出一个豁口来。

我看得出胖子已经释然了，虽然还是感到恐惧，但是他心里已经接受了死亡。

他连开了三枪，那些伙计才反应过来，立即帮忙，先下手为强，能活一分钟是一分钟。

胖子一边换子弹一边走到我身边，掏出信号弹给我，对我道：“保持照明，不要射上面，射到它们脸上去！”

“上面？”我抬头看了看头顶，忽然有了灵感，想起了爷爷笔记里刚开始讲述的故事。他是怎么说的？

爷爷当时第一个反应就是，这血尸不会上树！

不会上树，那就更不会上墙了，攀岩就更不会了，我想到这里，立即对他们道：“我们得想办法上去！到悬空炉上边去，他们既然能把炉子修得这么高，而且四周没有阶梯，那肯定有其他办法可以上。”

顿时大家都感觉有了一线生机，所有人立即行动了起来。胖子大叫：“不要乱，有枪的做好防守争取时间，没枪的去找！”

我立刻冲向边上的一个青铜器，这些东西都有一人高，爬上去之后看得清楚。

但是上去一看，我一下子就发现不对，要是有任何可以上去的办法，我们之前肯定可以看到了，而且我知道一般古人的设计理念是人不动而形动，这个悬空炉可能不是修在上面的，而是被吊上去的，任何的操作都要在下面进行。那样我们是不可能上去的，因为这炉子下来之后我们没有力气把它再拉上去。

不过我站在这个青铜器上，发现我们不一定要爬得这么高，只要爬到那血尸够不到的地方就行了，那这青铜器足够了。

想到这里我立即大叫，几个人马上反应过来，都往我站的青铜器上爬。

很快所有人都爬了上来。阶梯上，更多的血尸开始站了起来。我一看，发现不对：这些尸体非常魁梧，这高度还不够，但是没有更高的青铜器了。

居高临下的射击，只能暂时缓住几只血尸的靠近。矿灯照出去，我们就看到好几只怪脸已经离我们很近了，而矿灯没照到的地方更是不能想象。

就在我们几乎绝望之际，胖子大叫："伙计们，要拼命了！"说着抖出了几根雷管，叫道，"我冲过去，一路扔炸药，炸出一条血路来，你们在四周掩护，我们就往前冲。"

我一看大叫："这玩意儿你从哪儿弄来的？"

"上回我不是说过，没炸药我再也不下斗了。"胖子大叫道，"老子私藏的。"

我一看，虽然这方法等于自杀，但是总算也有一线生机，大吼了一声："拼了！"

胖子大叫道："只有四根雷管，距离这么远，所有人必须跟上，有一秒落下就救不了了！"

说着拔掉引信，甩出了第一根雷管。我看着冒烟的雷管甩入尸群，立即一蹲，顿时一声巨响，冲击波把几具血尸都掀了起来。我们低头让过炸飞的碎石和碎片，青铜炉被打得坑坑洼洼，当当作响，抬头一看，果然前面炸出了一个口子。

胖子跳下去，立即丢出第二根雷管，大叫："冲啊！"

我们立即跳下青铜炉，那一瞬间，爆炸又起。这一下没有青铜炉作掩护，碎石头如子弹一样朝我们飞来。我们几个立即给掀飞，但是也顾不得剧痛，胖子跳起来又是一根雷管甩出去，有枪的人朝向四周，立即开枪把拥过来的血尸打下去。

我们继续不要命地往前跑。简直和战争片一样，又是一记爆炸，我们扑倒在地，等气浪飞过，再次狂奔，所有人的耳朵都被震得嗡嗡响。

胖子大吼一声："最后一根了，冲啊！"

说着拿出雷管就往石门处扔去。这根雷管一定要炸开石门，否则我们就白干了。

我们一边死命往前冲，一边猫腰等气浪冲来。可是那雷管却没有爆炸。冲在前面的胖子，立马停下来，回头大叫："不好意思，判断失误！臭弹！"

身边的血尸立即围了过来，空气中充满了火药和血尸特有的那种辛辣的气味。我们围起来，围了一个圈。我大叫："用枪，打那根雷管！"

胖子道："被挡住了，看不见！"

只见闷油瓶猛地跳了起来，踩着胖子的肩膀，用力一蹬，就飞了起来，双膝凌空一压，一下卡住一具血尸的脑袋，用力一拧，就把它的脑袋拧了下来，然后用力一脚把无头血尸踢进尸堆里。那无头血尸翻倒在尸群里，被后面的尸群托住成了一个斜坡。他一脚踩上去，把那些血尸全部踹倒，露出了后面的雷管。

胖子动作非常快，甩手就是一枪，那雷管顿时就爆炸了。我们此时离雷管十分近，这一下就中了实招，所有人都被炸飞了出去。

我头晕目眩，爬起来就呕吐，咬牙不让自己晕过去，站起来一看，只见石门竟然没破，上面被炸出了大口子，仔细一看，才发现石门里面竟然镶着青铜！

完了！我爬起来，看着四周的血尸，心说彻底完了，还没站稳，身后突然一声暮鼓晨钟般的巨响，整个洞穴都震了起来，把我们全部震翻在地，四周的古尸也大面积地翻倒。我回头一看，只见刚才看到的巨大的悬空炉因为炸药引起震动，悬挂的铁链终于断裂，从洞穴顶上掉了下来，狠狠地摔进洞穴底部。巨大的重量竟然把洞穴底部砸出了一个大洞，炉身深深嵌了进去——这洞穴底部好似还有空间。

丹炉的蜂鸣声让我耳内发麻，一边的尸群围绕过来，我们有好几个人都站不起来。闷油瓶大叫："退回去！我来引开它们。"

我们看来路因为一路炸过来，血尸还没有完全聚集起来，只得重新退回去。闷油瓶对胖子大叫："刀！"

胖子一边开枪，一边甩出一把匕首，闷油瓶凌空接住，一刀划开自己的手心，对着那些血尸一伸，那些血尸顿时好像被他吸引一样，全都转向了他。他离开我们，就往上走。那些血尸不知道为什么，立即就跟了过去。

我们就趁着这一间隙，迅速往底部退去。我大叫："你怎么办？"

闷油瓶没理我，胖子拉着我就往后退。等我们退到底部，闷油瓶已经淹没在血尸群里，连影子也看不到了。那"拖把"道："兄弟，够义气！"

我抢过他的枪大骂："够义气个屁！"就想冲回去，心说怎么可能让他牺牲掉！胖子将我拉住，对着那边大叫："小哥，我们到了！"

忽然，我看到闷油瓶从血尸群里翻了出去，犹如天神一般，踩着一边几乎垂直的岩壁竟然蹬了上去，然后一纵跳出了包围圈，借着冲击力就地一滚，就翻到了一处血尸稀疏的地方，接着就看见他几乎是猫腰贴着地面在跳，从血尸之间迅速穿过，瞬间就退到丹炉边上。

三叔的几个伙计都看呆了。闷油瓶翻过来之后，对我们道："这些血尸还没有见血，关节还硬，不像在鲁王宫那只是浸在血里的，否则我们一个也跑不了。别发呆，看看哪里可以跑。"

我们这才反应过来，看到丹炉深陷入底下的空洞中，四周全是裂缝，通往地下，下面果然还有空间，入口应该是被那石盘压住了，我们没有发现。

此时没有选择，我们趴到丹炉上，手挂住它身上的纹路就往下攀爬。

这底下是一个只有半人高的夹层，蹲着都抬不起头来，下面全是碎石。我们下去之后，立即摸起石头，将那缝隙堵住，直到堵到一点儿缝隙也看不见，我们才松了一口气，全部瘫倒在地。我的耳朵几乎听不到声音了，只觉得天旋地转。

文锦立即撕下衣服给闷油瓶止血。

胖子用手电观察四周，发现这只是一个很小的石腔，而且同样是人工凿出来的，只有六七平方米，丹炉砸在里面就显得更加狭小，根本不能活动开手脚。

“现在怎么办？那些东西会不会散开？”有一个伙计问。

“一般情况下，有太阳就能把它们晒倒，不过这里是没什么指望了，我们得另想出路。”胖子拿着手电乱照。忽然，我们看到一边的岩石上刻着什么，一看，是闷油瓶用的那种文字，却不是记号，而是一句话。

所有人全都凑过去，胖子喜道：“小哥，你看这个，是不是表示还有下去的路？”

闷油瓶猫腰过来看了一下，脸色就一变。我们问他这是什么意思，他摇头，但是我看他的表情，显然是看懂了。

刻记号的地方是一块山壁，胖子摸了摸，找不出破绽。闷油瓶过来，用他奇长的手指顺着山壁上的纹路摸了一把，就拿起一块石头，开始砸，连砸两下，忽然，那石头如粉糜一样裂了。他一撞，就撞出一个只能容纳一人、匍匐着才能勉强通过的洞。

“这里怎么会有盗洞？”胖子惊讶道。

“不是盗洞，这是用来设计机关用的管道，我们上面的机关就是在这里联动。”闷油瓶道，已经打头钻了进去。

我们互相看了看，陆续跟上，匍匐进去之后不到十米，转向突然垂直向下，我们在里面没法掉头，只得头朝下爬，爬得脑充血快晕过去了，忽然听到了水声。

有水，那就是和渠道相通了，当下立即加速，很快到了尽头，就发现一石块挡住了去路。闷油瓶用力撞了几下，把石头撞出去，石头滚下去，下面传来了水声。

我们探头出去，发现外面是一条宽阔的水道，水流平缓，而且并不深，看着只到腰部，水流清澈，能看到水道底部的石板。

闷油瓶打头，几个人陆续下去，一入水就发现水下一阵骚动，无数的虫子被我们惊扰得散了开来，几个人吓得差点儿开枪。

我也吓了一跳，见这水道里全是一种没有壳的肉色小虫子，浑身透明，平时伏在水底几乎看不到，好像没有什么攻击性，我们一动，它们就四散而逃。

全都下到水道之后，几个人照了照水道的两边，只见水道的上游是一道铁闸，闸外堆满了从上游冲下来的树枝杂物，下游一片幽暗，不知道通向哪里。

我们来到铁闸处摇动了片刻，发现无法撼动，十分结实。

“这里是什么地方？”“三叔”的一个伙计问。

“这里的水渠这么深，水流量这么大，可能是通往最下方蓄水湖的主渠道了。”文锦道。话音未落，忽然有人叫起来。我们转头望去，只见下游的水道中间，竟然立着一个人面怪鸟的雕像，有两米多高，出现在这里非常突兀。

我们走过去，看到雕像和我在雨林中看到的几乎一样，正想仔细看，只见闷油瓶吸了口凉气，忽然绕过雕像，往下游走去。我们几个互相使了一下眼色，立即跟了上去。

第十二章

近了

一路走过，那些没有壳的肉色小虫被我们惊扰，纷纷潜入水底，不知去向。

胖子弯下腰探入水中，想去抓上几只，被我拦住。这水下情况未明，我们过多的惊扰恐怕会引来麻烦，能不折腾就不折腾。而且这些虫子我从没见过，可能是一些特殊的品种，全世界可能就只有这里生存着，价值连城，被他弄死几只太可惜了。

胖子骂道："你看这密密麻麻的，我看这水里没十万也有八千的，抓几只带回去有什么关系？这一趟已经基本上白来了，你也不让我弄个纪念品当念想。"

我说："这肉乎乎的东西，看着就恶心，你怎么下得去手？别琢磨这些旁门左道的东西了，咱们赶紧过去是真的。"

这么多虫子在这儿，就没人想休息，我们继续顺着这条水道往深处去，寻找尽头的地下蓄水湖。这里水流平稳，前面也没有巨大的水声，显然没有大的断崖，我们可以从容向前。

我们继续前行，越走水越凉，能感到一股寒气在水中蔓延，身上都起了鸡皮疙瘩。我们在水道的两边看到了无数那种肉色的虫子，大部分都趴在水线上下地方的石壁上，密密麻麻，我看着就头皮发麻，水中更多，不时感到有东西撞到我的脚上。

水道越来越宽，道顶越来越高，呈现一个喇叭状的开口，我知道快到了，立即加快了脚步。走了不到一百米，头顶上一黑，我们就出了水道，周围的空间一下子变得空灵而有回音，凭感觉就知道来到了一个大地方，脚下是一片浅滩往前漫延，矿灯的光柱划过，就看到一片宽阔而平静的水面。

矿灯有弱光和强光选项，为了省电，我们一般都选择弱光，这样能持续使用一百八十个小时以上，但是照射距离只有二十多米。现在弱光显然无法达到要求了，几个人纷纷打开强光，使用百米照明的LED灯泡，去照头顶和四周。

在强光下，这里的大概面目才显露出来，能看到这是一个巨大的地下水洞，但不是喀斯特地貌，而是那种火山岩洞穴。远处洞的深处有大量从洞顶垂下来的巨型石柱插入湖中，犹如神庙的巨大廊柱。洞顶只有两三层楼高，整个地方乍一看就像淹没在海里的波塞冬神庙大殿，气氛形象至极，不得不说是大自然的鬼斧神工。

水道出口的两边是巨型岩壁，呈现火山岩的特征。有岩层的出现，说明我们已经越过了沙土层，到达戈壁地质深处的地下山脉之中，这些岩壁肯定是昆仑山深入地下的部分。

回头看水道口子，感觉是人工开凿出来的。西王母在当时那个年代，能挖掘到这么深的地方，不能不说他们的文明有着极度发达的工程能力。

这里应该就是整个西王母古城地下蓄水系统的终点——一个天然的小型地下湖了。因为矿灯光线的照射距离有限，我们无法得知这片蓄水湖到底有多大、中心有多深。也许往湖的中心走，湖底可以深到我们无法想象的地步，但是看不到开阔的湖面，也难说有什么被震撼的心情。观察了片刻，胖子就问接下来应该怎么办。

没有什么新的办法，还是要寻找闷油瓶的记号。之前的记号就是指向这里，再往前就是地下湖的湖心，之后的引路记号不可能刻在水底，我感觉应该会在这些石柱上。

我们分头去寻找，蹚水往湖的深处走，照射那些石柱。

走了几步我发现，偶有深下去水淹到脖子的地方，但是走几步又上来了，显然水底坑坑洼洼，湖水平均深度变化不大。很快黑瞎子就打了个呼哨，我们走过去，发现在一根石柱子上，果然有清晰的记号，刻得端端正正。

文锦看着闷油瓶，问道："这里的水流基本上平了，没有继续往下走的迹象，我看这里是整个蓄水工程最低的位置了，我们要找的地方肯定就在前方。到这地步了，你还不能想起什么来吗？"

闷油瓶摇头不语，只是看着他刻下的痕迹，眼神中看不出一丝的波澜。

胖子就说，西王母古城可以说处在一处秘境之中，在全盛时期这片绿洲湖水环绕，外面是无数魔鬼城形成的保护层，绿洲内又终年大雾，只有下大雨的时候才能看见。西王母城的居民信奉残酷的蛇崇拜和神秘主义，使得这个沙漠中的政权如同鬼魅，晦涩难窥。而这古城之下犹如迷宫一般的蓄水系统又错综复杂至极。我们现在几乎耗尽了心力才到达这项防御工程的底层，要是西王母有什么东西要藏的，应该就是在这个地方了。什么都别说，顺着这些记号继续走，应该就能到达目的地。

我觉得有点儿不妥。这一路过来，到了后一段几乎太过顺利，在水道中看到的人面怪鸟的雕塑让人无法不在意。已经可以肯定这些人面怪鸟的图腾应该就是西王母国的先民警告外来人的标识，从峡谷外围一路深入，每看到一次，遇到的怪事就险恶一分。这一次又看到人面怪鸟图腾，说明这蓄水湖必然不会是一个平和之地。现在我们其实都累得只剩半条命，一旦出事，恐怕这次一个也逃不脱。

我问文锦："接下来采取何种策略？我们是休息一下，还是先派人探路？"

文锦道："已经到了这里，如这个胖子说的，没有理由退缩或者放弃，这是我命里注定要走的路。但是我们没有必要所有人都过去，后面不知道是什么情况。你们在这里休息，我一个人过去就行了。如果我两个小时内不回来，你们可以顺着湖岸寻找其他的出口，再想办法出去，千万不要过来了。"

闷油瓶在一边淡然道："我也去。"他压根儿没有看我们，只是看着湖深处的黑暗，似乎完全没有考虑什么危险。

我想了一下，我也必须过去，不说待在这里有多少机会能出去，来路已经被困死了，我们历尽千辛万苦到了这里，不就是为了这一刻吗？而且以我的体质，能够到达这里可以说有很多人为我做出了牺牲，包括生死不明的潘子和枉死的阿宁。如果我再没有出息地缩着，当初就不应该来这里。既然是我自己要来的，那么我也应该走完。

胖子就咧嘴："我靠！你们这不是逼我也去吗？和这批菜鸟在一起，还不如和你们在一起安全。"

这一来，三叔的几个伙计也不干了，都要跟去。他们确实都没什么经验，搞点儿小偷小摸可以，把他们留在这里他们肯定不干，而且他们也怕我们通过这种方式结党，偷偷甩下他们跑掉，所以决计要跟在我们后面。为首的那个叫"拖把"的道："你们想得美！要么留一个下来，要么咱们一起去，别想甩掉我们。"

黑瞎子一直没说话，自个儿在那儿似笑非笑，看这情形就过来手搭到我的肩膀上，也不知道是什么意思，可能是他也加入，或者是让我留下。

我看着这批人就觉得恶心。这些人实在是累赘，跟着我们不知道会出什么事情，我们还得防着他们。要是我留下，不给他们折磨死才怪。

胖子道："小吴就算了，你还有大好的年华，跟着这些爷们儿，也许还有条活路。你三叔不是说吗，这是条不归路，这路由我陪着大姐头和小哥走一趟，来年还多一个人给我们上香。"

我骂道："你少来这套！到了这份儿上，横竖都差不离，反正我是去定了。”

我这话是实话。其实到了现在这种地步，谁有信心说一定能出得去？搞不好我们来的那条路就是唯一的通道，这里就是地下岩山中一个完全封闭的水洞，我们会被困死在这里。这也未尝不是好事，那就让这些谜团在这里画上一个句号吧。

想到这个我就反调侃胖子，拍拍他的肩膀：“倒是你，要是有个三长两短，家里的大奶、二奶抢你那点儿压箱底的明器肯定抢破了头，还是你留下合算。”

胖子道：“你胖爷我是出了名的亮马桥销金客，万花丛中过，不留一点红，钱袋里的银子不放过夜，睡过的女人第二天就不认识，哪有什么大奶、二奶？算起来这辈子爱过的女人无数，用过的钱也够本，少有人能活到胖爷我一半潇洒，这一次若是不走运，我也值了。”

我道：“这么说你倒是最适合给人家陪葬，了无牵挂。”

胖子说：“你这话说得也不对，陪人家送死也要看人。咱们这几个人真叫缘分，你要去，冲着你的面子我也得护着你啊。”说着拉枪上栓，就问那几个伙计要子弹，说他们几个脓包，子弹都放他那里能救命，否则就浪费了。

我“呸”了一口。一边的文锦拔出匕首，甩了下头发，试了试刀锋，对我道：“好了，别贫了。既然都要去，那就抓紧时间吧。”

既然要走就不再犹豫，我们抓紧时间各自喝了几口烧酒，把队伍拉开，顺着闷油瓶留记号的方向，开始蹚水而行。大概是人多的关系，看着前方深邃的黑暗，我倒不是感觉特别害怕，只是心中有种难以形容的忐忑。

之后是一段几乎没有任何对话的过程，我们分了几个人，每人都警惕着队伍四周的一个方向，特别注意水面的涟漪，耳边只有我们的蹚水声。这一路走得不快也不慢，逐渐远离了来时的入口。

好在这里的水清澈得离谱，用矿灯对着水底直射，我们能清晰地看到水下只有高低不平的碎石，并没有什么特别的东西，扫过水面也能大概看到水下的情形。

想着以往的经历，我们并不敢放松哪怕一点儿注意力。我看着四周水面的时候，已经察觉到一个奇怪的地方，这让我十分在意。

走了一段，文锦就提了出来："这里没有那种虫子。"

胖子点头道："可能是因为水温。这里的水可真凉。话说，这里的水有很大一部分可能从这个洞形成的时候就囤积在这里了，过了保质期上万年了，大家千万别喝，可能会拉肚子。"

我道："这种水叫'老水'，自然沉淀，富含矿物质。会不会有可能这些水含有有毒的矿物，所以那些虫子不敢游入？"

胖子听了啧了一声："不会吧？难怪我觉得屁股里有点儿痒。你们有没有什么特别的感觉？"

没人接话，走在最前面的闷油瓶回头看了我们一眼，我们也只好闭嘴。到了这份儿上，讨论这些完全没有意义。殿后的黑瞎子只是笑。这两个人一个黑一个白，一个冷面一个傻笑，简直好像黑白无常一样，让人无语。

我们继续走，深入了蓄水湖的内部，四周全是平静的水面，湖水还是没有变深的迹象，但是我们发现水下开始出现一个一个半个篮球场大小的黑斑，这说明在湖底开始出现起伏很大的深坑。每个黑斑都极深，矿灯照不到底部，似乎下面连着什么地方。

这种黑斑，隔三岔五就会出现一个，形状也不规则。水底全是细碎的石头，这些洞就像是被什么东西挖出来的。我们开始感觉有点儿不妥，竭力避开这些深坑。

这么走着，不久我们便找到了第二个刻有记号的石柱。

一行人停下来休息，有人打了个喷嚏。这里的水实在是冷，但是我知道这不是最难受的，这些水怎么说也没到冰点，还在人可以忍受的范围内，所以并没有怎么抱怨。

那个记号，指向了另外一个方向，而且，符号也不同了，似乎变换了什么意思。

文锦看向闷油瓶，还没开口问，闷油瓶就回答了："这是最后一个，我们就要到了。”

最后一个——应该是最后一个记号的意思，这说明下一站就是目的地了。

我们心中一震，后面就有人下意识地举枪了，二话不说，顺着记号马上动身。我心中也不知道是什么感觉，既兴奋，又害怕，又感到不祥的气氛，同时还有一种事到临头的紧张。

可就在绕过石柱走不到两三步的时候，我的脚下一阵刺痛，不知道踩到了什么东西。

我小时候在长沙，经常和三叔在溪涧中游泳，所以凭着脚底的感觉，我立即就知道脚底肯定破了，而且还比较严重。

我马上停下，让胖子帮我照一下，说着抬脚去看。胖子的矿灯划过水面，照到我的脚下，我发现脚后跟被划了一大道口子，显然水下有什么尖锐的东西，就低头去找，这一看，却发现这里的水底，有不寻常之处。

第十三章

终点

在齐腰深的水下，矿灯光清晰地照出了水底，我原本以为我脚下踩的还是那些细碎的石头，然而不知道什么时候不同了。在我们脚下的碎石中，出现了一些形状奇怪的片状石片，我探手下去，摸上来一片，发现竟然是我们在魔鬼城挖出的古沉船上看到的那种陶罐的碎片。

这些陶片被埋在碎石中，只露出一小部分，必须仔细看才能和细碎的石头分开来，显然，到了这里，出现了古人活动的痕迹。看数量，好像不少，都隐在碎石的下面。

所有人开始用脚拨弄那些碎石头，很快更多的碎片露了出来。胖子把矿灯举高，把我们站的地方照了一个遍，我们得以更加清晰地看到水底的情形。

在这里的碎石下面，混杂着大量的陶罐碎片，埋得并不深，从我们站的地方一直往湖底的远处延伸，看不到尽头，而且越往闷油瓶留的记号所指的方向，这些陶片越密集，看得出这是被什么力量从那边冲过来的。

胖子挖得深了，发现碎石下的深处还有不少，以这样的规模，根本无法统计原先到底有多少罐子被埋在这里。水中这些陶罐的碎片棱角十分尖锐，好像一把刀片，在碎片之中还混杂着人的头骨，已经腐朽得满是孔洞，基本上不完整了，有些甚至还粘着一些头发，让人不寒而栗。

这样的场面，看上去很像我在西沙附近看到的海捞瓷铺满海底的场景，当时也是整片海底都是瓷器。但是瓷器是埋在白色的海沙里，显得古老而神秘，而这些丑陋的罐子是在碎石中，加上里面的人骨和头发，只让人感觉恶心。

看着那些头骨，我们都有点儿起鸡皮疙瘩。“这些是什么鬼东西？”胖子咋舌道。

我和他们说过在雅丹“魔鬼城”挖掘沉船之后发生的事情，但是他们并不清楚详情，于是我向他们解释这些就是当时发现的陶罐。按照乌老四的说法和浮雕的显示，这应该是一种给蛇的祭品。

“难道这后面也是艘沉船？”胖子一边晃动矿灯一边道。

我摇头，估计不可能是船，一来，不可能有沉船会沉在这么深的地下，除非这个湖有水道通往外界；二来，这些罐子属于那些蛇的祭品，应该是放在和祭祀活动有关的场所。我想这里肯定和西王母的宗教有关系。数量这么多，看来这种罐子在当时并不是罕见之物。

乌老四认为这是祭品的说法我还是比较赞同的，不过知道这个也没有什么意义，我脑海里又响起当时乌老四的惨叫声，不由得感觉脚底如针刺一般。

想起在魔鬼城里的经历，我还是有点儿后怕，不过这里应该不会出事。看这些罐子的破损程度，里面的虫子必然早就不在了，人骨也都腐烂了，一碰就碎。这些东西被水泡了上千年，没有成尘埃已经不错了。而且陶罐是吸水的，如果有密封的陶罐，在水里埋了这么久，水早就一点儿一点儿透进去，里面肯定被水充满了，虫子也应该被淹死了。

“这么多祭品，会不会这后面就是西王母的坟墓所在？”三叔的一个伙计问道。

我想了想，不能说没有这个可能，但这也是完全无根据的猜测，心说最好是不要。

胖子道：“管它是什么，咱们得小心点儿，别踩到那些陶片。不知道这些骨头有没有毒？小吴，你还是快点洗洗，小心伤口感染，等下要截肢可就惨了。而且既然这些是献给蛇的祭品，那这里就可能会有那种‘野鸡脖子’，我们一定要小心。”

“谢谢你的关心。”我没好气地瞪了他一眼。他丝毫不在意，又奇怪道：“说来奇怪，说到那些蛇，好像进了这里之后就没看到过了，那些‘挂腊肠’都到哪儿去了？”

扎破我脚的，不知道是这些头骨的骨片，还是被我踩碎的陶片，反正随便哪一样都是扎人的利器。

这时黑瞎子潜入水里，从里面挖出了半块头骨，后脑勺已经没了，可以看到脑腔里面灰色的胶质，像蜂巢一样的组织，这应该就是那些尸鳖王的杰作。为何这头颅之中会有尸鳖王，完全不可考证，不过看这意思，似乎这些陶罐泥封着人头就是为了饲养这种恐怖的虫子，这倒有点儿像现代人养蜂。如果乌老四的推断是正确的，这种行为可能起源于西王母时期某些诡秘的习俗。不知道他们从哪里抓来这种在人脑子里筑巢的虫子？

我们在碎片中继续往前，特别注意水下，以免被陶片划伤。情形越来越分明，越往里走，脚下的陶罐碎片越多。这样踩着走了不到一公里，我们来到了一片完全由陶罐碎片堆积成的浅滩上。

整块区域都是陶罐的碎片，大大小小，颜色大部分是暗红色和陶黄色的，而在这些陶罐碎片下面，可以看到埋着不少看似完整的鬼头罐，看着好像水底之下还垒了好几层。

我们无法得知碎片下面埋了几层这种东西，不过这场面已经够让人毛骨悚然的了。怕踩破鬼头罐，我们不敢再贸然挺进，于是停下来找路。

胖子对这些破烂不感兴趣，三叔的那几个伙计也不敢碰，都喝着烧酒驱寒。黑瞎子却很有兴趣，一次又一次地潜水下去，仔细看这些鬼头罐，胖子就不耐烦道：“‘四眼’，死人你瞧得还少吗？捞那玩意儿干吗？”

我们找了一圈，四周都是这样。这片区域很大，我们要想通过，要么原路返回，从边上想办法绕过去，要么就硬着头皮从这些锋利的骨头和陶片上踩过去。

正犹豫呢，我看到文锦看着脚下，若有所思，就问她想到了什么。她忽然道：“会不会我们已经到了？”

“到了？什么意思？”我奇怪，随即就明白了，“你是说，这里就是我们的目的地？”

她点头：“看样子我们已经到达了一个堆积祭品的地方，这种地方一般就是祭祀的场所。走了也有一段距离，你说有没有可能这个地方就是我们的目的地？”

我看着脚下和四周，感觉不太可能，至少心里无法接受。这算什么地方？这里除了这些鬼头罐什么都没有，那我们千辛万苦到这里来干什么？要看这些罐子，我在魔鬼城早看得仔仔细细了。

我看向闷油瓶，他还是没有发话，文锦就掏出荧光棒，折了几根让它们亮起来，甩入四周的水里，把四周照亮。其他人看着，也开始有样学样，打起荧光棒丢了出去，很快，四周的水底亮起了幽绿色的荧光。

我们开始寻找水底任何可疑之处。绿光下的水面鬼魅异常，这一次看得十分仔细，却还是没有我们想发现的任何异样，除了陶片还是陶片。

我们有一些沮丧。我看着水底心说，如果这地方就是目的地，那么唯一的可能性就是有什么东西被埋在这些陶罐下面了。但这应该是不可能的事。这里来过这么多人，如果东西在这下面，肯定已经被挖出来了。显然，这里不是终点，我们还得继续搜索。

最可恨的是，我们完全不知道目的地是什么样子，闷油瓶又什么都记不起来。

我踢了几脚水，来驱散我的寒冷和紧张。就在这个时候，我忽然看到自己的倒影被水波扭曲成了诡异的样子，接着，我看到了我的脸和我的下半身重叠在了一起，而倒映出来的其他区域，是一片漆黑。

我顿时激灵了一下，忽然意识到了什么，抬起头看我们的正上方，发现不知道从什么时候起，我们头顶高了很多，看上去一片漆黑。

我拿矿灯往上方照去，灯光照入黑暗之中，看不到顶。这矿灯的弱光照射距离有二十多米，这里的洞顶竟然超过了这个范围。我调节矿灯的照明强度到强光挡，矿灯射出一道白炽的光柱。

四周的人都被我突然拧亮的矿灯吸引了注意力，我没有理会，将矿灯照向洞顶。

那一刹那，我愣住了。我看到，在我们头顶上的洞顶岩石中，镶嵌着一块巨大的无法言喻的物体。

这块东西巨大无比，凸出洞顶的部分呈现球状，完全无法估计其直径，几乎盖住了我们整个视野。看质地似乎也是岩石，但是颜色与四周的石柱和洞顶完全不同。奇异的是，这块石头的表面全是柏油桶大小的孔，成千上万，密密麻麻，看上去无比丑陋，犹如被蛀空的莲藕一般。

其他人也顺着我的灯光抬头看去，一下子没人说话，所有人都僵住了，气氛凝重。

“什么玩意儿？”胖子嘀咕了一句。

文锦喃喃道：“天哪，这……这是一块天石。”

第十四章

天石

天石是古代人对陨石的一种称呼，古代人见陨石由天而降，便称呼其为天石。天石的种类有很多，经常被用作雕刻的材料，最名贵的一种叫天心石。

这确实只可能是陨石，否则无法解释我们看到的现象，人力是不可能在岩层中镶嵌进去如此巨大的一块圆石的。可是这陨石太大了，嵌入岩石中的部分还有多少？简直无法想象。

其他人逐渐反应过来，纷纷拧亮了矿灯往洞顶四周照去，试图寻找陨石和洞顶交接的边缘，发现陨石直径有五六百米，算上岩石内部的大小，估计能有近一公里的直径。

那些孔洞让这颗陨石看起来丑陋无比，好比一只已经腐烂的巨大的蜂巢。不知为什么，我总感觉这玩意儿像我们看到的那种丹药。那些孔洞之中漆黑一片，用灯光去照，完全看不出里面的情形，不知道是怎么形成的。看着无数黑漆漆的洞口在你头顶，犹如细小的眼睛，我忽然有一种强烈的被注视的感觉，浑身不舒服。

文锦道："这里肯定就是我们的目的地了。这一定是西王母最终的秘密，汪藏海要找的可能就是这东西……"

"他要这东西干吗？这陨石有什么用？"我无法理解。

文锦也摇头："我还不清楚，可能和这些孔有关系。怎么会有这么多？"

我看着那些窟窿，背脊也发凉："会不会是人工挖出来的？难道这陨石里面有东西？"

黑瞎子忽然道："不，这应该是天然的。很多陨石都是蜂窝状的，只不过这些洞的蜂窝难看了一点儿。"

他突然一本正经地说话，让我很不习惯。"三叔"的一个伙计道："你们有没有听说过一种未经证实的说法，柴达木盆地、塔里木盆地都是由一颗分裂的小行星撞击而成的？这玩意儿也许就是当时的一块陨石碎片，塔木陀这片绿洲就是陨石撞击的陨石眼。西王母人在这个陨石眼里修建了西王母城，并且在修建地下蓄水池的时候发现了这颗深入地层的陨石，我猜想这东西肯定是西王母神权的象征。"

这是这个伙计第二次说话。我从来没有注意过他，看了他一眼，记不起他叫什么名字，正想问他那个说法的具体内容，却被胖子吸引了注意力。

胖子又无组织无纪律，不知道什么时候和闷油瓶一起走得非常远，离我们有四五百米，照出的地方我们看不到，那里似乎有什么东西，他吆喝我们去看。我们蹚水过去，到了他们的那个位置，才看到了陨石和洞顶的交接处。这里的情形简直犹如地狱，大量的石柱从上面垂挂下来，变成了一大片怪异的巨大的石瀑布，坡度很缓，能徒步而上，而且大得离谱，简直就是一座小山。

这不是溶洞地貌。这些石瀑布形状狰狞，无比丑陋，犹如粘在一起的无数巨大妖怪的触手。这应该是陨石撞击后的高温熔化岩石形成的奇景，我简直无法用语言来形容。

在其中一条最宽最大的石瀑布上，我们看到了简陋的石阶，石阶的两边放着青铜的灯器，石阶的最上端，就是石瀑布和洞顶连接的部分，已经断裂了，断口被修整成了一个石台。我回头看了一下四周的情况，就明白那一定是祭祀的神台。在那个台上，可以无限接近陨石，又可以一览祭祀的全景。

最关键的是那祭祀平台上，能看到放着一个石头的王座，有好几个角，看不清样子，但是个头极大。在王座上，可以看到坐着一个人。

我吸了一口凉气，心说：那是谁？难道是西王母？这么久了她还在这里看守着她的圣地？

第十五章

等待

我们远远地看着那个王座上的人影，不是很分明。是否是西王母的尸身呢？这种事情我经历得多了，感觉这地方邪气冲天，于是立即让人准备黑驴蹄子。

胖子说："不可能是西王母。死后要么埋了，要么躺在棺材里，哪有坐着的道理？我看可能是石头人。"

文锦道："绝对不可能是石头人，这里不兴人俑，我们一路过来，没有看到过一个人俑。这里如此隐秘，是西王母的圣地，这个人影在这里肯定非同寻常，要千万小心。"

胖子道："可惜潘子的枪毁了，否则这个距离，老子一枪打它的脑袋，是人是鬼一下子就试出来了。"

我心说，是鬼你也打不死，是人你就成杀人犯了。

不过无论如何，我们必须过去，因为那个地方是唯一可以接近陨石的地方。我们召集人过来，朝着石阶蹚水而去。

这里肯定不会有机关，因为根本没有修建机关的条件，石阶都是非常简陋地砸出来的。两边本来可能是用来照明的青铜灯座，现在完全锈成了摆设，胖子想弄一个放进背包，结果一碰就碎。慢慢踏上石阶，脱离出水，觉得身子重得像灌了铅一样。休整了片刻，我们才揣着黑驴蹄子，小心翼翼地猫腰走上神台。人多胆子大，几乎没什么犹豫，矿灯光攒动着往那人影照去，果然就看到王座上坐着一个人。

走近看，发现那是一具端坐在王座上的女尸。

这具女尸戴着非常烦琐的头冠，如果不是发髻，无法分辨出男女，身上穿着金丝裙袍，缀满了玉片。整具女尸端坐静定，栩栩如生。

女尸的脸发青，仔细一看，才发现那是尸脸上覆盖了一层类似于石灰的青色胶质。女尸浑身上下没有露出一丝皮肉来，也不知道衣服中的尸体保存得如何。这么看上去，好像庙里的泥塑菩萨，在矿灯光下显得无比阴森。

在女尸的身后还站着两个守卫，穿着西域的铠甲。这两具尸体显然没有女尸保存得这么好，能看到脸上的石灰已经脱壳，露出了里面腐烂殆尽的骸骨。因为盔甲是黑色的，好似和玉俑同样的材料，刚才我们没有看到。

三具古尸都笔直地或立或坐，显然经过了特殊的处理。

“这会不会是西王母？”胖子轻声问。

我点头：“看这架势差不离。想不到她还真的在这里。一定是古人将她的尸体处理之后安放在这里的。”

胖子看见那些玉片，一下子就两眼放光了，道：“总算给胖爷我看到些好东西了，原来这娘儿们都穿在身上呢。娘儿们就是娘儿们，临死也舍不得这点儿基业。”我一听，立刻在他没动之前把他抓住。

闷油瓶让我们不要靠近，他指着王座四周地面雕刻的花纹，是一只大头小身的人面怪鸟，花纹呈一个圆盘将王座围在中心。他用奇长的手指摸着圆盘的边缘，道：“有细小的缝隙，可能也有平衡机关，不要靠近她。”

我们松了口气，这才想起抬头看，只见陨石的表面几乎就在我们天灵盖上面，跳一下就能碰到。在我们头顶的上方就有几个深深的孔洞，照进去，发现那些洞口直通到陨石的内部，深不见底，而孔壁非常光滑，确实不可能是人工开凿的。

汪藏海找这东西干什么呢？如果按照文锦所说的，他是来寻找长生之法诀窍的，那么这陨石和长生又有什么关系呢？

我抬头仔细去看，看着看着，就发现一个奇怪的现象。

这陨石的材质，怎么这么像玉俑？这种颜色、这种光泽，似乎是同一种材料——我跳起来摸了一把，发现陨石温润，一点儿也不凉手，竟然真的像是玉石。

乖乖，我心说，这该不会是一块“陨玉”吧？

这个世界上有一种宝石叫作“陨玉”，是一种特殊的陨石，因为材质手感和玉石十分相似，所以被当成玉石，在古代极其珍贵。不过，这陨石的颜色比陨玉的颜色要深上许多，会不会是一块含有特殊成分的罕见陨玉？而那些玉俑就是用这种陨玉做的？

如果是真的，这玩意儿可值老钱了。这么大一块，就是按斤卖我们也发大财了。

我把我的想法一说，众人都感觉很有道理。

“看来，那些血尸的形成，和这块陨石有着相当深的关系。”文锦道，“古代的西王母发现了这种力量，就用陨石来制作那些玉俑。”

我一下子发散开去，就想到一件事情：“你们说，从汉代开始流行的金缕玉衣，传说可以防止尸体千年不腐烂，然而现在考古发现的金缕玉衣连玉石都烂了，显然这种传说是不科学的。那么这种传说是从哪儿来的呢？最开始，会不会是因为那些方士查阅了某些古籍，查到了对金缕玉衣千年护尸的描写，却不知道这个玉和普通的玉是不同的？”

“难道是战国帛书？”胖子道，“你是说，汉代的金缕玉衣是模仿战国帛书上写的玉俑来制作的？”

“有这个可能。”我点头道，“然后，汪藏海就发现了这个破绽，所以他开始寻找古籍上制作这种玉俑的真实材料。”

我顿时觉得脑子里的事情变清晰了。

“如果真是这样，那么汪藏海这么多的盗墓活动，都是在寻找这块陨玉？最后他终于发现了陨玉的所在地，于是带着人来到这里？”

“不对。”文锦并没有我这么兴奋，“按照你这么说，他既然到了这里，应该已经得手了，可是我们在海底墓里没有看到玉俑。玉俑应该不是汪藏海的目标。”

“那他的目标是什么？”我道。我觉得我的想法十分合理。

文锦看着那些陨石上的孔洞，对我们道：“不知道，不过，我有一种感觉，这个目标，就在这些洞的里面。”

文锦的语气很玄乎，我们都被她说得愣了一下，心里有点儿发毛，抬头看那些洞：里面会是什么呢？

她看了一会儿，忽然开始抽背包里的绳子，对我道：“我要进去看看。”

我一听，这怎么行？想阻止，却被闷油瓶拦住了。我和他对视了一下，就意识到他是什么意思：我们有选择，但是文锦别无选择，说什么都没有意义。

我长叹了一声，有一种无力感。人只有在无法帮助自己想帮的人的时候，才会觉得自己渺小。我总以为这种无奈只在电视剧里才有，没想到现实中也会碰上，感觉真的不好受。

文锦动作很利索，立即开始准备，让闷油瓶去帮她连接绳子，自己用矿灯照那些洞口，准备选择一个进去。

我本想找个人替她，随后发现不太可能，虽然这一个个洞都有柏油桶大小，但是孔洞的角度几乎垂直，进去必须用膝盖或者脚掌蹬着孔壁往上。我们几个男人都太高了，进去之后腿无法完全弯曲，几乎都不能用力。胖子就更不用说了，如果里面孔洞直径变小，他都可能被卡住。只有文锦身材娇小，可以勉强用上力气。

我有些担心，但是看到文锦身手矫健的样子，也知道这种担心是无意义的。一边的文锦在腰上系上绳套，被胖子托到了肩膀上，探身进入孔洞之内，然后用力一蹬胖子，人就进去了。

我叫道“小心点儿”，她应了一声，低头看了我一眼。我发现她的脸有些奇怪，有一种说不出的感觉，随即她对我笑了一下，就开始往深处爬去。

我们一边放绳子，一边看着她逐渐往上深入孔洞，动作十分缓慢，显然十分吃力，直到看着她的矿灯光消失，整整过了半个小时，估计进入的距离还不到五十米。

看着整个过程，我觉得毛骨悚然，这就是爬盗洞的感觉，但是这孔洞到达最深处起码也有两三百米的距离，这种好像爬进别人食道的滋味绝对不会好受，更何况爬到中途的时候，会出现前后够不着的情况。

又抬头看了洞口十几分钟，脖子就吃不消了，我不忍再看，就和三叔那几个伙计一样，坐下来休息，然后脱掉衣服，用烧酒抹在身上驱寒。绳子一直在往里面放，隔十几米，胖子就和里面的文锦确认一下，打几个信号。

气氛很凝重，我们都不说话，也不知道说什么好，一方面身后的女尸让人毛骨悚然，另一方面又担心文锦的安危。

等了大概有一个小时，忽然听到胖子“咦”了一声，我立即站起来问怎么回事，他道：“大姐头没回应了。”

我们凑过去，看到胖子拉扯着绳子，拉了几下，绳子被扯下来一些，没有人把绳子拉回去。

我神经一紧，心说：是不是出事了？示意胖子再试一下。

胖子又拉了一下，绳子还是被拉了下来。他的眉头就皱了起来：“不好，绳子很轻，好像那头没系着人。”

闷油瓶一听，脸色一变，立刻对胖子道：“把她拉出来！”

胖子马上用力，飞快地拉动绳子。我看到他拉的力气就发现不对，完全不需要用力了，绳子犹如流水一样被他拉了出来，一直拉到垂直段，绳子就结成一团，整个儿从孔洞里掉了出来，全部打在我身上，把我缠绕在了里面。

我挣脱绳子，拿起尾端一看，发现没有割裂的痕迹，绳子是被她自己解开的。我们面面相觑，我心里忽然有了一种十分糟糕的感觉：文锦自己解开了绳子？

闷油瓶脸色凝重，一把按住胖子的肩膀，整个人借力，踩着胖子的背，接着一跳，就钻进了那个洞里，动作之快，根本拦不住。胖子大叫：“绳子！带上绳子！”他也不理，几下就往上缩了进去。

我一看他不带绳子不行啊，立即对胖子叫道：“蹲一下！”胖子大怒：“都当老子是马夫啊！”

我不去管他，贴着他的身子就歪歪扭扭地爬了上去。他托了我一把，我用力一蹬腿，也蹿了上去，无奈力气不够，屏住呼吸撑住孔壁想把脚也提上来，结果没几秒就滑了下去，直接摔在胖子身上。再来了一次还是那样，我明白以自己的体质肯定进不去了。

我站起来揉着摔痛的地方，抬头就看到闷油瓶艰难地在洞里前进。他太高了，膝盖无法着力，只能用小步上，十分消耗体力。我突然产生了一种错觉：这陨石会不会是活的？这些孔洞就是它进食的陷阱，闷油瓶在自投罗网？

但是随即我就意识到这不可能， 再想脑子里就一片混乱，无法思考了。我就这么抬头看着闷油瓶爬上去，也不知道过了多久，闷油瓶也完全消失在了孔洞的深处。

我再也坐不下来，一直坚持站在洞口往上看，希望能看到有灯光返回，然后他们两个都安全地回来。

时间一分一秒地过去，我心急如焚地等着，从焦虑等到冷静，从冷静等到麻木，从麻木等到脑子里一片空白。

十个小时之后，还是什么都没有发生，闷油瓶没有回来，文锦也没有回来，孔洞里没有一点儿声音。这两个人，好像被这些孔洞带去了另外一个世界。

第十六章

继续等待

我们在这里什么都没有做，足足等了三天时间。这三天里，我唯一注意的地方，就是他们消失的那个洞口。这是一种多么漫长而又焦虑的过程，我想只有亲身经历过的人才能体会。

其间，我曾经不止一次地想进入那个洞口，但都以失败告终。这实在不是普通人可以攀爬的通道，我最高的一次只爬上去十米，已经完全力竭，小腿抖得如筛糠。

这批人中，三叔的那批伙计必然不敢深入，唯一有可能进去的是黑瞎子，但是他始终没有表现出那个意思，我想他大概是觉得进去也没有把握能出来。营地里气氛沉闷，那个“拖把”好几次都催着离开，说这两个人可能已经死在里面了，既然我们不可能进去，那么还是省点儿力气和干粮为出去做准备。

我无法接受千辛万苦来到这里却是这个结果，几乎听不进去这些话，脑子里只想着这里面到底发生了什么事情。

文锦解开了绳子，她是故意的。想起她临走前的笑容，我感觉她可能早就计划好了。这么说她知道在里面会遇到什么情况，知道会有这种“不出来的情况”发生。

文锦一路过来，话都说得很有宿命感。她这几年来的生活简直无法形容，有这种想法是有可能的。也许她在里面发现并没有解决她“尸化”的办法，所以万念俱灰，选择了结束自己的生命。但是闷油瓶呢？他为什么不出来？这就说不通了。我能肯定这里面一定发生了一些什么。

会是什么呢？简直没有任何的方向去想。他们是否迷路了？我想这里面的孔道蜿蜒曲折，形成了无尽的迷宫，进去之后就无法出来，但是这又无法解释文锦为什么要解开绳子。

我脑子里满是让我无比焦虑的念头，休息的时候眼前就看到一个深洞，闭上眼睛也是深洞。

之后的情形，我实在不愿记述下来。

第四天，“拖把”这批人就开始不停地发牢骚。我心情非常糟糕，几次要和他们打起来，但是那个洞里还是没有任何动静。我甚至一度怀疑，是否文锦和闷油瓶压根儿就没有存在过，这一切都是我的臆想。

不安和焦虑越来越重，我的心里开始承认“拖把”他们说的可能是正确的，但是我的情感又让我必须和他们争吵。这让我几乎崩溃。

到了第六天，“拖把”终于带着人走了，在他们看来，这事情已经没有任何疑问了，闷油瓶和文锦就算没死，再过几天也死定了。本来他们希望依靠我们的经验带他们出去，但是现在这种情况他们显然不肯虚耗下去。黑瞎子拍了拍我，意思是让我也走，但是我拒绝了。他叹着气跟着离开，只剩下了我和胖子两个人。

他们带走的还有大量的食物，我知道肯定超过平均的分量，但是我实在懒得和他们争吵了。

胖子其实也劝过我，但是他知道我的脾气，我经历了这一切，到了这里，就算没有一个完美的句号，也应该有一个残缺的休止符了，但是这样戛然而止，我忽然发现自己蠢得要命。我来这里到底是干什么？难道就是这样，一切都结束了？我绝对无法接受。

胖子没有办法，只好陪我，我们两个人就这么互相看着、等着。我忽然想起一出荒诞剧叫《等待戈多》，不由得就想哭，心说，我的荒诞剧竟然还是悲剧。

这样的日子一共持续了几天，我也记不清了，不过不会太久，因为我们的干粮并不多。

“拖把”他们离开之后，我心里其实已经绝望了，甚至说只差一点儿我就会崩溃了，我已经完全无法思考我在这儿干什么，每天能做的事情就是去看那个洞口。

那一天，我睡醒后浑浑噩噩地起来，胖子要守夜，但是也睡着了，在那里打呼噜。这几天倒是睡舒坦了，我身上的伤口都愈合了。

我没有任何的动力去叫醒他。我走到那个孔洞下方，不知道多少次往上望去，还是什么都没有。我几乎是呆滞地看了十几分钟，然后就去吃早饭。

我和胖子的干粮已经所剩无几了，我找出昨天吃剩下的半截饼干接着吃。吃着吃着，我忽然听到一种奇怪的声音，好像是唱歌，又好像是梦呓。

我以为是胖子在说梦话，压根儿没在意，几口将饼干吃完，想去叫醒他。就在这个时候，我忽然一个激灵，我看到，在我和胖了之间，竟然躺着一个人。

我瞬间从恍惚的状态中挣脱出来，仔细一看，发现那竟然是闷油瓶。

他明显瘦了一圈，披着毯子缩在那里，没有任何的动作。

他是什么时候回来的？在我们睡觉的时候？

一开始我以为我在做梦，随即就发现不是。我几乎疯癫了，立即冲过去，拉住他的毯子，大叫道：“你个浑蛋，你上哪儿去了？”

我一把把他拉了起来，就想去掐他，可我看到他的脸，突然发现不对劲。他的表情很怪，和他平时的样子完全不同，而且目光呆滞，浑身发抖，嘴唇在不停地颤动，好像中了邪一样。

我心中咯噔了一声，立即将胖子踹醒，然后把闷油瓶扶起来，按住他的脖子叫他的名字。可是他没有任何反应，似乎根本听不到我们的声音，甚至连眼珠都不会转动。

我心中涌起了极度不祥的预感。胖子过来看了看，问我怎么回事，我说我怎么知道。他按住闷油瓶的太阳穴，看了看他的表情，咋舌道："我靠，不会吧，难道小哥傻了？"

"不可能，你别胡说！"我道，又叫了几声，"别装，我知道你在装，你骗不了我！"就见他一边发抖，一边无神地缩在那里，嘴里不时地念着什么。

我贴近他的嘴唇去听，就听到他在不停地、急促地念着一句话：

"没有时间了。"

第十七章

离开

闷油瓶躺在那里，胖子给他打了一针镇静剂，之后他便睡着了。

我看着他的样子，心中觉得非常堵，难受得要命。

他一定是在我们睡觉的时候，从那个洞里出来的，可是他怎么会变成这样？

我看着头顶的陨石，青黑的表面丑陋如常，没有任何变化，无数的孔洞好比眼睛，看得我一阵窒息。

这到底是怎么回事？

我郁闷得要死，心说这简直是在耍我。

“没有时间了”又是什么意思呢？听上去像是有一件事情马上就要发生了，而且什么措施都已经没有时间去做了。难道这里会发生什么事？

四周安静得犹如宇宙，没有矿灯去照射，看不到任何东西，这里如果正在发生什么变化，我们也无法得知。

“他肯定受了极大的刺激。”胖子叹气道，“对外界的一切都没有反应，听也听不见，看也看不见。他的感觉全部给关闭了，和我的一个朋友一样，医生说，这就像他的脑子停在最后经历的那一刹那，卡住了。”

我沉默不语，闷油瓶是一个怎样的人我不了解，但是他的心理承受能力方面，我还是可以打包票的，这种人的心理素质已经达到了一种境界，要想让他受到极大的刺激是非常困难的。

这陨石之内发生的事情，肯定恐怖得超出了我能理解的范围。

可是，我实在无法想象，像他这么冷静的人，会被什么东西给吓得崩溃。我能肯定一定不是什么怪物，实体的恐惧连我都可以克服，就算里面有再可怕的怪物，也不能将他吓成这样。他见到的，一定是极端诡异的情况。

这时候我又想到文锦：她现在在哪里？难道她也疯了，出不来了？

如果是这样，那我必须进去，就算摔一千次也要爬进去把她带出来，绝对不能把她留在陨石里。

想着，我就有点儿起鸡皮疙瘩。我站起来，走到洞口，打起手电就往上照。这几乎已经是一个习惯性的动作了，这几天都不知道做多少次了。我随意地往洞里闪了一下，接着就走了回来。

才走了几步，我忽然一愣，发现不对，这一次，洞里不是黑的，那洞里有个东西！

一下子我头皮就麻了，立即回去一照，果然发现在洞穴的深处，出现了什么东西。

我心里叫了起来，立即叫胖子过来，然后打开强光，往上一照，就看到孔洞二三十米的深处，有一张苍白的脸，正在往外窥探。

我一喜，以为是文锦，可再一看，我一下子浑身就凉了。这张白脸面无表情，眼睛深凹进眼窝中，脸色冷若冰霜，表情极度阴森。让我毛骨悚然的是，那竟然是一张我从来没见过的面孔。

这人是谁？我的冷汗瞬间湿透背脊。

胖子看我脸色不对，过来一看，也僵住了，立即就去端枪。我一把拉住他，矿灯光一晃，再一看，那脸就消失了，尽头还是一片漆黑。

我和胖子面面相觑，两个人的冷汗都像下雨一样，隔了良久我才问道：“你刚才也看到了吧？”

他点头。我发现他脸色都吓青了，似乎被吓得够呛。

这事情已经超出我的理解范围了。这陨石中竟然会有一个陌生人，这怎么可能？难道这里面住着人，原来西王母的先民还活在里面？

这太离谱了！我又想到文锦，心里“哎呀”了一声：难道文锦开始尸化了，刚才那张就是她变异中的面孔？

我看向胖子，想问他刚才有没有看出一点儿和文锦相似的地方，却看到胖子还是脸色发青，直盯着那洞，还没有缓过来。

胖子不是如此胆小之人，我心生异样，问他怎么了。他转头问我：“你没认出来？”

“认出来？”我愣了一下，“你认识这个人？”

胖子指了指我们身后，我转头一看，就看到那具坐在王座上的女尸。胖子把矿灯照向那具女尸的脸，光线一闪，因为阴影效果，那女尸的面孔突然一阵狰狞。

我看得分明，一下子就明白了，顿时觉得寒气透心而过，几乎没晕过去。

我的天！刚才我们看到的脸，竟然和这具女尸外面雕刻的样子有些相似！

这是怎么回事？我们刚才看到的脸——是西王母？

这具尸体难道真是具尸壳子？真正的西王母，还活在这巨大的石头中心？

不可能，这怎么可能呢？几千年的人怎么可能还活着？就算没老死，在这里也饿死了。

“是幻觉？”我忽然怀疑自己的感官大概是精神太过疲惫了，“我们被这陨石搞得神经错乱了。也许刚才那脸就是文锦，只不过因为光线的问题，看起来像这女尸。”

胖子顿了顿："那她为什么不出来？"

我哑然。胖子道："很少有两个人会一起看错。"

这一下两个人如坐针毡。这地方待不下去了，胖子对我道："小吴，这地方越来越邪门了，你打算什么时候走？"

"怎么了？文锦还没出来呢。"我看着他的脸色道，"你吓成这样，不像你啊。"

"这是一方面，最重要的是，没吃的了。本来我今天也想和你说，如果你明天不走，我就是打晕了你也必须带你走。再等下去，我们就会饿死在这里。我们吃的东西已经剩得不多了。"

我道："不是还能撑几天吗？"

胖子道："我算过，剩下的东西，我们省着吃能吃两天，勉强够我们一路顺利地找到口子出去，但是现在多了一个小哥，我们就没有别的办法了。就算能安全到达地面，我们也必须挨饿穿过雨林。现在水已经下去得差不多，沼泽肯定已经露了出来，穿过去一定是极其艰苦的过程。你如果再坚持等下去，明天我们就要开始挨饿，饿上两天，你就不会有力气再出去，我们就等于死在了这里。"

我看了看那个孔洞，摇头道："不行，我们不能丢下她不管。"

胖子拍了拍我，道："我知道你这个人心软，我早就想好了，我们把能吃的东西都留下来，挨饿出去，到了外面，如果能回到那个营地，我们还有补充。实话告诉你，在每个休息的地方，我临走都埋了一包压缩饼干。只要走对路，我们还是能出去。我看大姐头够呛，与其等她出来看到我们饿晕了，不如这个办法好，而且这陨石里面这么邪门，我看——"

我知道胖子想说什么，摆了摆手，发现胖子虽然慢条斯理地这么说，但是他说出来的话斩钉截铁，几乎没有任何可以反驳的余地。可以想象，他一直忍着没有说出来。

"而且，就算你愿意死，小哥不一定愿意，你至少得救一个。"

我看了看闷油瓶，立即妥协了。是啊，我一直想着一个人都不能少，最后可能连闷油瓶都会被我害死，而且胖子的话确实有道理，这也许是唯一可以让我们都活下来的办法。看着那孔洞，我叹了口气，接着问他：“可是现在我们应该怎么回去？”

胖子道：“我们原路走回去，然后顺着河壁走，必然能找到另外的出水口，可以重新回到蓄水工程里去，那么肯定能发现出口。”

“如果没有呢？”

“现在管不了这么多了。”胖子见我答应了，喜出望外，说着就立即开始收拾，“只能听天由命了，不过应该有，否则黑瞎子早回来了。”

胖子动作很快，一个小时后，我们收拾齐装备，留下了我们所有的干粮，写了字条，然后他就催着我开始原路返回。

我还是有点儿无法割舍，看了几眼，又对着那洞口喊了几声，然后转头离开。

闷油瓶神情恍惚，我们搀扶着他，很快回到来时的那个全是陶片的地方。这时候，我正在想黑瞎子他们是往哪个方向走的，忽然，胖子停了下来，把矿灯照向水里。我发现在这片堆满了陶片的地方，出现了一个原来没有的深坑。

就和之前我们看到的深坑一样，但是我们可以确定，这个坑我们来的时候是没有的，好像是被什么东西拱出来的。

我觉得有些不妙，催促胖子快走，胖子此时却不走了。我问他干吗，他道：“你没有看到这坑壁上刚才有什么东西闪了一下？”

第十八章

陷坑

“是什么？”我问道。

“不知道，就在坑边上。”胖子看了看我，忽然对我道，“贼不走空，可能有好东西，我得下去看看，你等我几分钟。”

我气得要命，但是现在就我一个人，他不听我的，让我扶着闷油瓶，自己下水翻找，我没有办法，只能让他快点儿。

不过这并不容易，瓦片大部分埋在碎片的下面，在陶片中翻找，可不像在海里，沙还比较松软，这里的陶片一方面锋利，另一方面是在坑口，一动陶片就往坑里滑下去，人也不好保持平衡。表面的还好挖出几片，再往深挖就非常困难，有时候看到一块陶片，想翻开来，可就是拿不上来，好像长在里面一样。

挖了几下，胖子似乎发现了目标，浮上水面换气后，又潜了下去，用力把手插入挖出的陶片坑里往外掰。还没掰两下，胖子忽然一哆嗦，猛缩手回来，手上鲜血直流。

“糟了！”我暗叫不好，心说该不是被鳖王咬了吧？却见胖子并没有中毒的迹象，只是伤口似乎颇深。他用嘴巴吸了一口，换手又用力一掰，把那根骨头拔了出来，接着就浮了上来。

“怎么回事？”我在一边问道。

“这骨头里好像有刺，疼死我了。”胖子边吮着手指，边甩干捞上来的头骨，招呼我把矿灯照过来。

我嘀咕道：“你看，自己作孽吧。”走过去给他照明。刚走到他边上，忽然听到我的身下传来一连串沉闷的“咕噜”声，接着冒上来一连串的水泡。

胖子和我都愣了一下。那气泡停了一下，又“咕噜咕噜”冒上来一连串。

“真是人不服人不行，你这屁放得赶上火箭炮了，还是连发的，这动静也太大了。”胖子捂住鼻子道。

我也莫名其妙，看了看四周，道：“去你的，我没放屁。”

“你没放屁怎么这么臭？这都什么味儿啊，大便都被你熏死了。”胖子皱眉道。

四周确实有了臭味，我闻着心里一惊，这确实不是屁的味道。虽然一时之间想不起这是什么味道，但是潜意识里感觉不妙，似乎是要出事，刚想说“快走”，突然一下子失去了平衡，水花一炸，好像踩空了一样，整个人猛地沉进了水里。

这一下极为突然，几乎是在一瞬间，我脚下就空了。我的第一反应是我滑倒了，立即就蹬腿想重新站稳，但是紧接着整个水下都起了水泡，我脚下的陶片动了起来，往一个地方直滑，根本站不稳。

我大惊失色，立即意识到了什么，赶紧缩起腿，一个翻身往水下潜入，胖子也潜了下来，我们扎入水里。

扫过矿灯一看，就看到我脚下的水底塌方了，水底塌出了一个大坑，和边上的那个坑连在了一起，成为一个非常大的深洞，四周的陶片骨头全都往坑底滑去。回头一看，只见闷油瓶顺着坍塌被扯进坑底，脚被裹在陶片里拔不出来，好像有什么东西正抓着他的脚往下拽，想要把他拖进坑的底部。

刚才没顾到闷油瓶，事实上一直以来都是他照顾我们，我们还不习惯顾着他，看他的腿陷在碎片中，已经裹到了大腿，显然是刚才坍塌的一刹那被裹进去的。他没有做任何反应，呆呆地任由自己顺着瓦片沉下去。

眼看着他就要被裹到坑里面去了，我和胖子赶紧过去帮忙，一人扯住他的一只手就往上拽。胖子单手用不上力，咬住矿灯用双手，两个人用力蹬水，把他拔了出来。

这种事情如果他是一个人就死定了，如果有两三个人在就不算什么大事故。闷油瓶被提起来，开始咳嗽。

胖子道："我说你的屁厉害吧，把水底都崩穿了。以后放屁之前记得打招呼，免得误伤别人。"

我喘气大骂道："这时候还挤对我，等会儿老子和你拼了！"

"你看你这人，一点儿也不虚心接受教导！"胖子拿矿灯去照水底，下面的坍塌慢慢扩大，但有些停止了，很快一个大概有半个篮球场一样大的洞出现在我们面前，黑幽幽的，好比一张大嘴巴，要将我们吞噬下去。不时还有气泡从下面冒上来，四周弥漫着一股恶臭。

我记起这是沼气的臭味。这个洞肯定本来就存在了，也许之前有木梁之类的东西架在上面，腐朽之后还是维持着脆弱的平衡，没有外力的时候这种平衡可以延续千年，可一旦有任何的破坏，木梁就崩坏了。那个塌出的坑可能是木梁断裂造成的，胖子又在边缘挖瓦片，结果引起了连锁反应。

胖子道："这下面怎么好像都是空的？"

下面应该不深，但是水被刚才一搅动浑浊了起来，看不到底。我道："这下面可能是之前搭的一个放置鬼头罐的夹层。"看他又往边缘走，又道，"小心点儿，刚才我踩着还结实，忽然就塌了。可能这块地方下面全是空的，现在踩塌了一块，等一下别再来个连锁反应，形成漩涡我们就全完蛋了。"

"只要你不放屁就没事了。"胖子道，"咦，这是什么？"

我顺着他的手电光看去，只见那深坑中竟然有东西浮了上来。

"远点儿。"胖子提醒了一声。我拉着闷油瓶条件反射地退开了一点儿距离，胖子就把矿灯光聚焦在那东西上。

那些东西上来得很快，很快就浮出了洞口。这时候我们已经看得很清楚，都是一些腐木和树枝，中间还夹杂着很多没法分辨的棉絮一样的垃圾，这些应该都是被压在下面淤泥内的沉淀物，被落下去的陶片激起，跟着起来的还有大量浑浊的水。一时间，洞口附近的能见度越来越差。

胖子捞起了几个，都是缠绕着垃圾的树枝，弄了他一手的臭泥。他远远地抛开，道："这泥泡子的老泥底子都被我们翻出来了，臭死我了！这该不是以前的粪坑吧？"

我道："你家才用这么大的粪坑。在这粪坑拉屎，脚滑一下就可能直接没命，要你，你拉得出来吗？"

胖子太会扯了。这要是粪坑，那拉屎比蹦极还紧张，我看大象都不敢用，西王母国的先民总不会这么折磨自己吧？

"也许这是因为女王想培养他们的子民居安思危的理念，让他们在拉屎的时候都保持十二分的警觉。"胖子一本正经地道。

我知道胖子这是在开玩笑，不过我一点儿也笑不出来，因为四周实在太臭了，这些肯定都是人头腐烂之后的味道。

我催促说："快走，这里太危险了！"我们捂住鼻子正想离开，胖子又从水里捞起来一个东西，不是树枝。他"咦"了一声，就举起来："你看这是什么？"

第十九章

水壶

我朝他看去，就觉得那看上去像一个小号的人头，但是没有五官，上面沾满了糜烂的黑泥，四周全是细碎的触须一样的东西。

“什么鬼东西？”我问。

胖子扔了过来，我凌空接住，才发现那东西不大，用水去洗了一下，很快外面的黑泥被洗掉了，露出里面绿色带锈迹的表面。

我甩了甩，就奇怪道：“是个军用水壶。”

“水壶？”

“老款式，几十年前的东西，我一看外形就知道了，我家里还有一个。看，这里还有字。”我把水壶翻了过来。

在水壶的底上确实有钢印打的一串字，本来就打得不深，现在更看不清楚，估计可能是生产的地点。

我们面面相觑，心说：怎么回事？这个水壶怎么会从这个洞里漂上来？

这水底下的空间，应该是碎石和陶片堆积成的河底，虽然不知道几千年前是什么样子，但是近几百年肯定就是这个样子，怎么会有水壶存在？

胖子道："会不会也是那批逃进这里的反动武装的东西？"

"有可能。"我道，"不过问题不是这个，问题是这东西怎么会在这下面？"

"也许有个反动分子也到这里来过，碰巧摔死在这个洞里了。"

我摇头道："不可能，这种平衡结构只能存在一次。如果之前坍塌过，这里要么会是个洞，要么被后来的泥沙填平，不会再出现被陶片覆盖起来的陷坑。"

胖子道："你怎么知道？"

"老大，这是常识。"我道。

"那也有可能是从其他地方漂到这下面来的，这块地方的下面可能全是空的。"胖子道。

"理论上有可能，但是实际上很难，水壶会浮起来，卡在空洞穹顶上，不是那么容易漂动的……"我道，还没说完，忽然就感觉脚下动了一下，这个"动"十分离谱，感觉只是我的脚下鼓起了一下。我立即张开双手保持平衡，对胖子道："当心，又要塌了。"

这时候胖子却骂了一声娘："你的常识错了。"

我低头看去，只见一团巨大的东西从那黑坑里迅速浮了上来，反射出一连串鳞片闪烁的光芒，接着我看到了一只篮球大小的黄色眼睛。

我一下子就呆住了，心说这是什么？胖子推着我大叫道："跑跑跑！跑！跑！跑！"我还没反应过来，就被他拉着冲了出去。

胖子像疯了一样，扯着我，一点儿都没留力气。我一看这架势，真的是在逃命，赶忙拉住闷油瓶，立即奔命而出。

在水里其实根本没法跑，阻力太大，这时候要跑是根本不可能的，而且脚下都是锋利的瓷片。我冲出去几步就踩到锋口上了，一下子摔进了水里，忙扑腾起来，也顾不得脚底心的剧痛。

接着胖子和闷油瓶也倒了，胖子背包都掉了，但是爬起来根本不看，大叫一声："别停！"就用尽全身力气，跌跌撞撞地继续往前冲去。我听到我们身后传来了滔天的水声，回头一看，那竟然是一条无比巨大的蟒蛇，从水中腾雾而出，简直犹如青龙出水。

看着那蛇的体形，我一下子就想了起来。

我的天，这……不是那条蛇母吗？

这怎么可能？那浮雕上画的巨蛇竟然真的存在，而且到现在还活着？

我心说"完了"，咬牙继续往前跑，就听着后面简直是骇浪一样的水声跟来。这可怎么办？只能跑几步是几步了。我几乎是一边跑一边摔，也不知道摔了多少次，脚也崴了，浑身都是伤。

很多人都有经验，在遇到危险逃跑的时候，人只凭着最开始那一股劲，在这劲头没用完之前，就算你身上给人劈了两刀，你也感觉不到疼。所以我一路狂奔，摔了爬，爬了摔，脚底都烂了，也不知道划了多少口子。慌乱中根本没有距离感，也不知道跑出去多远，最后忽然脚下一空，踩到了一个低洼里，一下子就滚了下去。下面就是那种深坑，我整个人就被冲进了水里。

我也算反应快，马上稳住身体，但是太突兀了，喝了好几口水，怎么踩也踩不上去。

胖子还算注意我，跑出去十几米了，又冲回来把我扯了上去。可没等我抓住他的手呢，忽然鳞光一闪，一股无比霸道的力量带着水流压了过来，一下子把他和闷油瓶也压下水来。

这就要命了，三个人扑腾起来，只见犹如火车一样巨大的蟒身在水里绕着我们盘了起来。胖子拔出了匕首，但是看了看体积差别，那匕首比牙签还不如，只得作罢。接着我就看到巨大的蟒头探进水里，出现在我们面前。巨大的鳞片犹如镜子，太大了，那种气势，我简直像看到一条无爪的青龙。

那水壶是怎么下去的？肯定是有人被它吃了，然后被它带到了沙土下面。我们三个给它当开胃小菜都不够。

我们在水里扑腾着，想游出那巨大蟒身的包围圈，却发现根本无法控制自己，巨蛇只要一动，水流就会翻腾，带着极大的水压把我们的方向打乱。

胖子不认命，端起枪，瞄准那蛇的眼睛，连开了两枪。巨蛇的脑袋动了两下，一点儿反应也没有，胖子就把枪扔了。

我让他别白费力气，我们都知道那枪根本不会起任何作用。遇到那种双鳞巨蟒还能拼命，这玩意儿实在太大了，怎么打啊？任何效果都没有。胖子就叫道："不会，大象不吃蚂蚁，我们太小了，它要吃我们也没这么容易。"

话还没说完，蛇头突然一缩，猛地朝胖子咬了过来。那种声势根本无法形容，我一下子就被冲起的水浪甩了出去。

我爬起来，大叫胖子，却见他拖着闷油瓶也被冲得老远，巨蛇竟然没有咬中。

巨蛇一击不中，恼羞成怒，巨大的蛇身扭动开来，形成了巨大的水浪，硕大的鳞片好比无数面镜子，把我手里的矿灯光反射得犹如瑰丽的光影幻境。

胖子朝我大叫："躲起来！"

我立即就朝一边的巨大石柱后面游去，好不容易爬了上去，一回头，头皮一麻，就看到巨大的犹如恐龙一样的蟒头已经悄无声息地探到了我的面前，正直勾勾地盯着我。

没法躲，蟒蛇太大了，我游得半死，逃开的距离它一下子就探了过来。可能两三百米内都是它的直接攻击范围。

我近距离照着，发现这巨蟒更加巨大，不由得腿软跪了下来。巨蟒转动头部，用巨大的蛇眼看着我，却没有立即发动进攻，蛇头不时地转动。

我心说，我死定了，在水面上，它的攻击肯定比在水里准。

但是等了几秒钟，还不见那蛇来攻击我。我死死地盯着巨大的蛇头看，发现那蛇似乎吃不准什么。

我想了想，忽然看到了我照着蛇的矿灯，一下子就明白了：这矿灯极亮，这蛇在这里可能几百年没有见过任何的光了，现在给这东西迷了眼睛。

心里突然想到了一个办法，我慢慢地，将矿灯放到一边的石柱上，想趁它注意力被吸引的工夫，自己溜掉。

然而石柱上几乎无法放任何东西，一放就滑下来，我浑身直冒冷汗，放了几次都不行。

我一边让自己一定要镇定，一边想办法。我真佩服自己现在这个时候脑子还能转动，要是以前，已经完全吓死了。

我忽然看到一边的胖子在巨蟒的脑袋后面，给我打手势，好像要让我把矿灯甩给他。

我顿时明白了他的意图，深吸一口气，用力一甩，就将矿灯从那蛇头边上甩了过去。一道光弧飞向胖子，巨蟒被光吸引，马上转过了头去，就在这一刹那，我猛地潜入水里。

蟒蛇立即动了。我不管三七二十一，拼命游开去，直游到筋疲力尽才探出头来。可是我看到还是没有游出太远，巨蟒就在我的身后，四周横陈着巨大的蛇身。但是蟒蛇迅速地运动，竟然很快消失了，似乎钻入了沙子底下。

不久，就看到胖子背着闷油瓶从那边飞快地蹚水而出。我问他怎么回事，他道："我把矿灯沉到了一个洞里，它追了下去，快走，等它再上来我们就死定了。"

第二十章

尾声

我们喘着气，互相看着，感觉刚才的一切好像在做梦。胖子脸色惨白，直让我们快走，一刻也不敢停下。之后的过程我基本上是非常恍惚的，特别是到了最后，我只能大概地记述一下经过。

我们几乎没有任何停留，一路回到了出来的水道口，选了一个方向，就顺着石壁开始寻找另外的出口。

在六个小时后进入了一个水道口，忍着饥饿，三个人干脆就闷头走，什么也不说，免得消耗体力。

“不吃东西靠脂肪能支持一到两周，难受的只有前几天。”胖子说，“我经历过这种时候，忍忍就好了。”

我一开始还怀疑我们最终能否活着出去，同时我也忽然明白了，“三叔”这次进来，为什么要称为“不归路”，因为路程实在太长了，一个人背负的食物完全无法满足整个来回，他已经预见到回程的艰苦了。

在渠道中空腹行军，胖子的计划是一天内走出去，但是往上走比往下走要累得多，饿了两天后，我们实在无法忍受了，开始琢磨办法。这里能吃的东西非常有限，有干枯的树根，以及很多缝隙里的虫子，探险手册上说，在野外没有食物又摸不准什么能吃的时候，吃虫子是最保险的。我们开始尝试着抓一些来吃，不过这里的虫子也非常少，并且都很细小，当瓜子还差不多。

闷油瓶一直恍恍惚惚的，后来好了一些，但还是什么都记不起来。我们和他说了好几遍事情的经过他都无法理解，好在不用再搀扶他，他可以自己跟着我们走。

靠着吃虫子又撑了三天，我们终于看到了活的树根出现在井道壁上，胖子判断这里应该是离地面很近了，我们四处寻找，终于找到了几个向上的竖井口。胖子爬了上去，发现这是我们当初进入雨林时路过的那片塔林。

这里的孔洞很小，我们没法钻出去，于是胖子用子弹砸出一个小孔，做了一个定向爆破，把几个孔之间的石头炸裂，我们才勉强挤出去。

地面上已经面目全非，所有沼泽的水位全都降到了最低点，露出了淤泥和狰狞的树根根系。此时烈阳高照，所有的毒蛇都在地下，应该是最安全的时候。

雨林里阳光明媚、鸟语花香的景色，很容易让人产生错觉，以为这里是人间仙境。但是我们深知这片刻的安宁绝对是一种假象，越是安宁，越是不能休息。

我们算了一下时间，在天黑前绝对出不了峡谷，最多能进入峡谷的中端，如果遇到任何阻击，我们三个筋疲力尽的人肯定会减员。

我们三个都是历经千辛万苦才活下来的，我实在不希望在这种关头再有人牺牲，但是事到如今，也没有什么更好的办法，只有尽全力了。好在峡谷中鸡冠蛇并不多，而且我们可以涂上淤泥。这一路，可以说是完全看命了。

接下来是长途跋涉，其间的过程没有必要再赘述了，我也实在不愿意提起，在淤泥中摸爬滚打，我们都带着伤，草蜱子爬满了身上也没有时间处理，入夜之后更是紧张，一有声音就立即加快脚步。

我们用了一天一夜的时间迅速穿过了峡谷，回到了戈壁上，果然看到了在外面等候的定主卓玛他们。那完全是一种如获新生的感觉。胖子一出峡谷，就几乎晕过去，而定主卓玛他们看到我们，几乎不敢相信自己的眼睛。

在峡谷外，我们休整了三天，所有的人都浑浑噩噩、筋疲力尽。这三天我什么都没有想，什么苦恼都没有，当时感觉只有睡觉是最重要的，其他的一切都不重要。而且我头一次真正感到了释然，似乎那些谜、还未解开的一切，都和我没有了一丝关系。

闷油瓶仍旧没有起色，要么缩在帐篷中发呆，要么就是靠着岩石看天。我们都叹气，但是毫无办法。谁也没有想到，他追寻到最后，竟然是这样一种结果。

潘子却意外地被扎西救了回来，躺在另一个帐篷里，时而清醒，时而昏迷。我没敢和他说“三叔”的事情。扎西说文锦交代过他们一些事，他们知道怎么防蛇，之前信号烟出来的时候，他们也进入了营地搜索，在丛林那儿发现了营地，在那里发现了潘子。

我算了一下时间，应该就是我们去抓文锦的后一天，想想只要能熬过那天晚上，就能碰到扎西，那事情就完全不同了。可惜，那一晚变数太大了。

又休整了两天，扎西告诉我们应该出发了。按照他的记忆，我们现在处在一个魔鬼城环的中间，魔鬼城中设置了蹊跷的机关，我们必须有精确的导航。走出去之后，东西两边可能都会有公路，我们只要到公路上，就可以求救。此刻，我也很想知道“三叔”和“黑眼镜”的下落，可是已没了气力。扎西说，他们可能从另外的出口出去了，也可能根本没有出来，但是我们现在已经什么都做不了了。

没有车只能步行，我们最缺的是劳力，因为当时的水是“三叔”的大队人马搬来的，他们出发之后剩了好多，我们没法全部搬走，而且算一下跋涉的时间旷日持久，我们能带的水坚持不到找到公路的时候。

胖子建议，把食物减半，丢弃帐篷，多出来的空间全部用来带水。少吃点儿没事，没水坚持不了几天。

于是我们照办，背着大量的水出发，横穿戈壁。这过程初期免不了艰苦，但是和雨林行军相比已经属于两个档次的跋涉了。四天后我们走出了魔鬼城，又走了一个星期，终于到达了公路，拦到了驴友的一辆SUV，用车上的电话和裘德考的人取得了联系。大概三十个小时后，阿宁公司的车队赶到，将我们接上车。

所有人都瘫倒了，有些人喜极而泣，这是怎样的一次旅程，恐怕只有当事人自己知道。

在回程的路上，胖子靠在车上，忽然唱起歌来："攀登高峰望故乡，黄沙万里长。何处传来驼铃声，声声敲心坎……"

破锣一样的嗓音倒好听了起来。我忽然觉得一阵悲凉，一刹那，泪如泉涌，视线模糊，过往的一切恍如梦幻般从眼前闪过，仿佛听到了那些永远失去的声音，在苍茫的戈壁上回荡不止。

回到格尔木后，我权衡再三，写了一封E-mail给我的二叔，将事情的前前后后全都交代了一遍。半个小时后，二叔就打了电话过来，对我说他知道了，这件事情千万不要对任何人说起，叫我也不要管了，他会处理，让我立即回杭州。

我自然不可能立即回去，胖子和闷油瓶还有潘子都必须在医院里待一段时间。

胖子是疲劳过度了，挂了几瓶营养液就缓了过来。潘子命大，我将"三叔"的情况和他说了一遍，他捶胸顿足。我自己筋疲力尽，也无法去和他说什么。他没等完全康复就出院回了长沙，说是要等"三叔"的消息。我让他有消息就立即通知我。

最严重的是闷油瓶，住院之后他已经恢复了意识，但是我们发现他什么都记不起来了。过度的刺激让他的思维非常混乱，医生说要让他静养。

本来他能记起来的就不多，现在连我是谁他都不认识了，这种感觉实在让人崩溃。看着他的样子，我实在不忍心再看下去。

我是最后一个回到家的人。洗了一个热水澡后，我百无聊赖地翻看积攒下来的信，突然发现其中有一封信竟然是“三叔”寄来的。

我心中一动，看了看日期，发现没有邮戳。我立即展开，发现这是一封长信。

大侄子：

你看到这封信的时候，我也许踪迹全无，也许已经死了。

我不知道你此时是否已经知道了真相，但是我知道怎么也欠你一个交代。

现在，我即将要去做一件事，这件事是我的宿命，我无法逃避。我感觉这可能是我最后一次了，我为了这件事已经毁掉了自己的事业。如果这一次我没有找到答案，那么我宁可选择死亡。

你想知道的事情，我写在下面，你可以慢慢看。你大概一直非常奇怪，我为什么一次又一次地骗你。你看完后就明白了，那是因为，我自己本身就是一个骗局。

非常抱歉，但是不管你怎么看我，你永远是我的大侄子。你一定要相信我，你三叔我做的一切，其实都是为了保护你，我从来没有想过害你，也没有想过对你们吴家有任何的企图。

也许我已经成了吴三省，又或者，这个面具戴得太久，就摘不下来了。

同样抱歉，在这封信里我没有办法说明所有的细节。我想说，在这件事上，所有发生的事都有着必然的原因。而我，其实只是一个事故。当时的阴错阳差导致这一切的发生，等我深陷其中的时候已经没有办法挽回了。

在西沙的事情，其实隐藏着一个更大的秘密，文锦他们的背景也远没有那么简单。我在调查他们的时候，发现他们其中几个人完全没有背景，不知道从何而来，也不知道以前是干什么的。再深入调查下去你就会发现，这支考古队背后肯定隐藏着什么，所有的事情都深不可测，所以之后如果你仍旧被卷入这件事当中，一定要看看我的下场，就会知道追寻这个秘密，需要付出什么代价。

我更希望这件事情到这里就结束了。你知道了真相之后，你的生活可以继续下去，不要再陷入其中了。我知道你回想整个事情的经过，还会发现大量的谜题，但是那些已经和你没有关系了。

最后，作为临别的最后一句话，你要记好，那是你爷爷留下来的话语：

比鬼神更可怕的东西，是人心。

你的三叔　于敦煌

下面是很长的一段事情经过的描述，和文锦说的几乎相同。我默默地看了下去。看完之后，我的眼泪就无法抑制地流下来了。

阴 山 古 楼 · 引 子

盗墓笔记

比 鬼 神 更 可 怕 的 是 人 心

第一章

盗墓笔记

8月的杭州，气候宜人。虽然近几年来，夏天的温度越来越高，但是在西湖边上，你还是能感到当年“水光潋滟晴方好”的意境。

我靠在铺子的躺椅上，翻阅这几个月来我整理的东西。

从格尔木回来已经有三个多月了，我似乎一直没有缓过来。最后发生的事情实在超出了我的承受范围，我没有想象到事情会以这么一个事态收场。

这三个月，我始终无法走出当时的梦魇。我每天晚上都会做梦，梦到无数经历过的画面。

可是，我能摆脱吗？我真的很怀疑，心中的郁结，并没有随着那些秘密的解开而少任何一点。

“别人拼命想掩盖的，必然是不希望你看到的，所以，追寻别人的秘密，必然要承担知道秘密的后果。”

这是我最后领悟出来的话，可是，就连闷油瓶都无法逃脱那种宿命，我又能如何呢？又有多少人，可以把满腔的疑问在心里放上一辈子呢？

回来之后，我将这一年来的所有事情，全部写了下来，从我爷爷的笔记开始，一直到现在。一件一件的事情，一个一个的细节，当时不清楚的部分，也逐渐在我脑海里清晰起来。真相就是这样的，也仅是这样而已，想想当时对这些谜题的渴望，心中的荒唐感让人感慨。

在我写完最后一个字的时候，我想过我什么时候才能把这些东西都忘掉，想来这是不太可能的事情。但是我知道，我终究会有忘记的那一天。时间总是能改变一些东西，我现在只希望这一天能来得更早一些。

在整件事情中，还有很多我不了解的部分，比如说，我真正的三叔在哪里？闷油瓶的真正身份是什么？消失的文锦到底去了哪里？终极到底是什么？那地下的巨大遗迹到底是谁修建的？文锦那批人到底是什么身份？他们到底在进行着怎样的计划？

这些东西仍旧是一个一个的谜团，本来最让我上心的是后者，不过放到现在看来，这些问题也并不怎么重要了。

我们将闷油瓶送去北京大学第一医院做了全身检查。他的身体基本上没有问题，就是神志还不是很清醒。我们将他留在医院里，找了专人照顾，但这不是长久之计。我问过长沙的一些人，想了解闷油瓶的一些背景，让他们去帮我打听，可是到现在还没有任何一个人回复我。

胖子说他有办法，也没有回音。看样子，要了解闷油瓶背后的事情，远比我想的要难，现在也只有寄希望于他能够早日好转，提供一些有用的东西给我们。如果不能，那只能是由我们养他一辈子，对他来说，也许倒也不是一件坏事。

很少有人能有忘掉一切的机会，而幸运地忘掉的人，却又不顾一切地想记起来，这简直是一个人性的悖论。私底下说起来，我倒真不怕他永远记不起来，反而怕他记起了什么，却又不清楚。

潘子被送到医院。他能活下来简直是奇迹，我总感觉有些不可思议。他其实受伤并不重，很快就康复了。

长沙那边现在一片混乱，潘子告诉我，之前老伙计还在的时候，三爷就算不在，那边的局面也好控制，但是现在不行了，树倒猢狲散，到处是风言风语，他也不知道怎么办。好在三叔的产业被陈皮阿四斗得缩了不少，否则还要难处理。他只有走一步看一步，实在不行，那也只能拆伙，他这些年攒的钱早已经不愁吃、不愁穿，现在也许是该退休的时候了。

我让他快点找个姑娘成个家，三叔的产业他就别操心了。三叔年纪也大了，他又无儿无女，这事迟早会发生，积弊已久，靠我们是没法力挽狂澜的。

潘子没什么反应。三叔生死未卜，我想他永远也不会安心，可能还是会一直找下去。我只有祝他好运。

胖子和我分开后回了北京。他是最没感觉的人，回去照常开张做生意。按照潘子的说法，这人非但不浅，而且城府还很深，不过我是实在看不出来他深在哪里。胖子临走说了一句套话："青山不改，绿水长流，后会有期。"说得挺有感觉。若不是这么长时间相处下来又出生入死的人，很难体会到这种套话里的意思有多么婉转凄凉。

扎西在格尔木就和我们道别了。如果不是他，我们肯定走不出塔里木，所以当时我们想筹点钱给他。扎西说这件事情对他来说是一次历练，能把我们活生生地带出来，已经是菩萨保佑，他不能再要我们的钱，后来我把我的手表送给了他，留个纪念。

阿宁死了，裘德考的公司我暂时没了联系，发了几封E-mail给熟人，都被退了信，也不知道他们是否还要继续下去。无论如何，经过这一次失败，那老鬼也应该死心了，如果还执着下去，那也只能自求多福。

尘归尘，土归土，所有人的生活好像都回到了正常的轨道上。那时我刚回到杭州，继续过我朝九晚五的小康生活，坐到藤椅上，打一个小盹儿，一觉醒来，百无聊赖地翻开我爷爷的笔记，忽然就感觉时光荏苒，恍如隔世。

庄周梦蝶，醒后不知道自己是在做化人之梦的蝴蝶，还是在做化蝶之梦的凡人，以前我听着玄乎，现在我一下子就明白了他的感触。只觉得这一年来的一切，好比梦幻，一闪而过，又感觉自己还在蛇沼之中，眼前的悠然，可能是自己临死前的臆想。

不管是哪个，我都想欣然接受了。有的时候，一件事情结束比得到这件事情的结果更加让人期待。

然而，我心里十分明白，这件事说结束还早得很。

第二章

讨论

两个星期后，闷油瓶出院，我去北京和他们碰头，顺便商量之后的事情。

回来之后，我最棘手的事情，就是如何处理三叔留下的烂摊子。我这一年来的事情，虽然轰轰烈烈，却都是在暗中进行的，家里人完全不知道我这边发生的剧变，三叔如今是真的下落不明，可能永远不会出现，这边的事情如何解释是一个难题。

另一个就是闷油瓶。如今他变成了拖油瓶，随着他意识的恢复，我必须面对如何和他重新认识的问题。

他没有亲人，在这世上干干净净，也不知道老窝在哪里，问了不少人，什么消息也没有，正如他自己所说，他几乎和这个世界没有一点儿联系。他的随身行李全部丢在盆地里，没钱，没任何证件，这时候如果放任他不管，恐怕只有去路边当流浪汉。

胖子混得相当不错，在琉璃厂也开了堂口。我们在他的新店里碰头。几个月不见，闷油瓶已经恢复了之前的气色，除了眉宇间对这个世界的陌生，其他的倒是给我熟悉的感觉。这让我多少有点儿心安。见到他的时候，他靠在窗口，也没有看我，眼神如镜，淡得比以前更甚，好像心思已经根本不存在于人世之间。

我先说了点儿客套话，他毫无反应，我就问胖子他的情况如何，医生是怎么说的。

胖子摇头："不就是那样？据说是回忆起一些片段来。医生说是受了强烈的刺激，需要精神刺激才有可能好转，不然每天炖猪脑都没用。"

我叹了口气，也不知道在那陨石之内，在最后时刻到底发生了什么，能让他变成这个样子。

"你有什么打算没？"说了点儿无聊的，胖子就问我，"我这儿就四十多平方米，实在局促。你要让他住这里，我连相好都不敢找，别人一看我藏着个小白脸，还以为你胖爷我是兔儿爷。"

"你这人真没良心。人家可是不止一次救过咱的命，你担心这不靠谱的干啥？"我没好气道。

"他又不住你那儿，你当然站着说话不腰疼。你要我出钱给小哥找个房子，那咱是一句话，他要住四合院我都给他拿下。和我住一起就不行，这和救命不救命没关系。"胖子道，"你看要不这样，我掏钱租房子，你掏钱找保姆，咱们把他安顿在这附近，给他好吃好喝，没事周末过去探望一下。"

"你这整得好像金屋藏娇一样。"我道，"他又不是傻子，你得问问他自己的想法。"

于是胖子便看向闷油瓶："小哥，你自己说怎么着吧，今后有什么打算？"

闷油瓶闭了闭眼睛，似乎在思考，隔了很久才道："我想到处去走走。"

我道："走走？到哪儿去走走，有目的地吗？"

他淡然道："不知道。到你们说的那些地方：长沙、杭州、山东，看看能不能记起什么东西来。"

我心里咯噔了一声，这是我最不愿意听到的——他想记起点儿什么东西来。现在他脑海里基本是一片空白，他的过去是一个巨大的谜题，但是谜题越大，对人的折磨就越小。如果他在游历过程中，记忆开始复苏，在他脑海里浮现出的情感片段对空虚的人来说是诱惑力极大的，一点点的提示都会变成各种各样的线头，让他痛苦不堪。

我理解，对失去记忆的人来说，人生的所有目的，应该就是找回自己的过去。这一点无论如何也无法回避，但是我实在不想让他再走上那条老路。

胖子看我脸色有变，知道我心里有个疙瘩，拍了拍我，提醒我道："顺其自然。咱们不是说好的吗？你想把他硬按在这里也不现实。"

我叹了口气。如果这样，只有实行第二个方案了，就是和他一起琢磨这些事情，看着他。我们到底是过来人，很多东西可以避免他走极端。

他的想法我也想过，我曾经有计划带他到长沙，让其他人看看，不过现在长沙形势混乱，我都不知道去找谁好。这时候我忽然想到一件事，问胖子："你上次不是说你有办法能知道小哥的背景，怎么后来就没消息了？"

"别提了，这事说起来就恶心。"胖子道，"你胖爷我当时计划是找那些'夹喇嘛'的人问问，他们当中间人的消息广，这小哥既然能被你三叔联系到，肯定留过一些信息在'夹喇嘛'的地方，咱们可以通过这个下手。"

我一听，心说这是好办法啊，怎么就恶心了？胖子继续道："没想到这些人个个都摇头，说什么不能讲。你说这批人平日里干的就是拉皮条的勾当，这时候给我充什么圣人君子。"

我"哦"了一声，是这么回事，行有行规，这倒不能怪他们。他们这些人可能就指望着这些信息吃饭，一旦透露出来，恐怕不只混不下去，还有可能被做掉。

"这些人口硬得不得了，这条路也是死路。"胖子道，"你那边怎么样？”

我叹了口气，说要是我三叔在，也许还能打听点儿什么出来，现在我接触的人资历不够啊，那些老瓢把子品性古怪，现在都盯着我这边的状况呢，我特地去接近他们，还不给他们吃了？那不是我这种人能干的事。

“那你就别琢磨了。我看还是按照小哥说的来，咱们给他报个旅行团，准备点儿钱，让小哥自己出去走走。”胖子道，“要不咱干脆替他征婚，把他包给一富婆，以小哥的姿色，估计咱还有得赚，以后就让他们自己过去，你看如何？”

这不是扯淡嘛，我心说，便摇头不语，琢磨起胖子刚才的说法，总觉得那是个好办法，想着我就想到一个人：“不对，你刚才找‘夹喇嘛’的办法，也许还不是死路。”

“怎么说？”

“那些掮客不肯说，无非是怕得罪人，又或是不知道，怕说出来露短，但是有一个人，就没这个顾虑，也许咱们可以从这个人身上下手。”

“哪个人？”胖子问。闷油瓶也转过头来。

“去长白山的那次，替我三叔‘夹喇嘛’的，是一个叫楚哥的人，你还记得吗？”

“你是说那个光头？”

我点头。楚哥楚光头，是与三叔合作的地下钱庄老板，被陈皮阿四买通后，被警察逮了，现在不知道在哪里坐牢。他联系了闷油瓶和胖子，肯定知道他们的信息，而且他现在身在囹圄，也没什么顾虑，只是不知道怎么找到他，还有怎么让他开口，毕竟他说也没顾虑，但是不说也没顾虑。

胖子一击掌：“哎呀，还真是。”点头赞同我的想法，道，“这我倒没想到。不过，咱要是去找他，他把我们举报了怎么办？”

“这种人精明得很，手里信息很多。他要是有心吐出来，长沙一片倒，他忍着没说就是因为知道不说才对自己有利。”我道，“他现在落难，求人的地方很多，我看套出话来不难。”说着心里已经知道应该怎么办了。其他事情不能麻烦潘子，这事倒是不敏感，可以托他去问问情况。

这就决定还是帮闷油瓶查吧，我们插手好过他到处乱跑。不过这事情我没法一个人干，我这边忙得要命，而且局势混乱，让闷油瓶跟着我到处跑肯定不行，他那种人我又控制不住，万一他突然想起什么来，又溜了，我去哪儿撞墙都不知道，得拖胖子下水。

和胖子商量了一下，胖子也只好同意，他道：“别的不说，最好是能找到小哥住的地方，那咱们可以省很多的力气。”

于是就这么约定，我去托潘子办事，闷油瓶先和胖子住在一起，有眉目了，我们再一起商量后面的情况。反正以三个人的关系，这事情怎么样也脱不了身，不如当自己的事情做，算是还闷油瓶的人情。

常言道，“良言难劝该死鬼”，这一拍板，是非就跟着来了。

我回杭州后给潘子打了电话，讲了来龙去脉，潘子也是讲义气的人，一口答应。他效率很高，三天后，我就接到了他的电话。

我以为有了眉目，问他情况如何。

他叹了口气，对我道：“麻烦事。找是找到了，我问了他，你想知道的事情他确实知情，不过他不肯白说，有条件。”

“什么条件？”我问道。这是意料中的事情，我处在他这样的情况也会提条件。

“他要十万块钱，还要你去见他，他要亲自和你说。”

“见我？”我愣了一下，有点儿意外。钱好说，见我干什么？听着感觉有点儿不妥当。

“该不是他想把我引出来，好戴罪立功吧？”我心寒道，耳朵边一下子听到了铁锁链的声音。

“我也觉得有可能。”潘子啧了一声，“不过，他让我给你带了一样东西。他说你看了这东西，必然会去见他。”

“是什么东西？”我好奇道。

“是一张老照片。”潘子顿了顿，“很老的照片，是我那辈人年轻时候的那种黑白照片。”

我忽然起了一身鸡皮疙瘩，第一反应就想到了三叔西沙出海前的合影。那张狗屁照片，误了我多少时间！我心里琢磨，难道楚哥也知道这事的隐情？不过他现在用这件事情来谈条件，未免有些晚了。

我想着就问道：“上面拍的是什么？”

潘子“嗯”了半天，道：“我不敢肯定，感觉上，那拍的应该是一个‘鬼’。”

第三章

第二张老照片

照片通过E-mail发了过来，潘子对此一窍不通，我教了他半天，收到的时候，离我和他打电话，已经过去了一个小时。

那真是一张很老的照片，发黄，上面有褪色的痕迹。即使如此，我还是能看到照片上的东西，也理解了为什么潘子不能肯定，以及“鬼”是什么意思。

那张老照片应该是在一间老宅中拍摄的，背景是一面屏风，照片发白得厉害，细节都看不清楚，却能够看到在屏风后面，直直地站着一个人。

光从屏风后透过来，人影相当清楚，让人毛骨悚然的是人的姿势。平常人站立，总是会有一个重心的偏移，但是这个人影几乎是直立在那里，而且，整个人肩膀是塌的，一看就不正常。我第一感觉，这人是吊在半空的。

屏风后面吊着个死人？

我心里有点儿不舒服，但是想不出这照片哪里能引起我的兴趣。

看了这照片就会去找他？好像没有这种感觉。

再往下看，地板是木头的，照片左边边缘是一个深景，是屏风后的走廊，一半被屏风遮了，一半能看到，那个地方已经皱了起来，粗看看不清楚，但是仔细看，我就看到走廊一边有几道门。

我觉得这场景有点儿熟悉，这种古老陈旧的感觉，加上这样的房间排列，我肯定在哪里看到过，而且印象还比较深刻。

我拖动鼠标，E-mail里还有照片背面的扫描，上面有楚哥的手迹，显然是写给我的。上面写道：1984年，格尔木疗养院。

我倒吸了一口冷气，恍然大悟：啊，这是在格尔木的那幢废弃的疗养院里拍的照片。我脑子里一下子闪出了当时的情形。不知道这是几楼的走廊？

那疗养院是文锦他们为了躲避“三叔”的追查而选择的藏身之地。文锦一行人背景诡秘，按照“三叔”的说法，他们不知道在进行什么研究。在这个废弃的疗养院里，他们拍摄了大量的录像带，监视着自己的一举一动，里面甚至还有一个极度像我的人，这方面的事情完全是一团乱麻。

楚哥怎么会有那地方的照片？难道他也牵涉其中？

不像。他和“三叔”的关系非常好，会不会是“三叔”有什么东西在他那里？或者托他办过什么事情……所以他知道一些内幕？

这确实很有可能。如果他真的知道在那疗养院里发生过什么事情，对我来说是一个意外之喜。不过，话说回来，这张照片拍的是什么呢？

对普通人而言，拍照必然会有主观的目的，要么就是留影纪念，要么就是保存资料，不可能毫无意义地就去拍一张照片。当时，在那个疗养院里，显然是有了什么契机，使得有一个人拍下了这张照片。

留影纪念我看是不太可能，屏风很普通，那简陋的走廊处于照片的边缘，肯定不是为了拍这些而照的。那么，这个人要拍的，必然是这屏风后的那个影子。

这是一件相当诡异的事情：一方面，这个影子让人毛骨悚然；另一方面，这样的拍照方式，确实让人觉得，这可能是在拍“鬼”，因为看上去有点儿像网络上的鬼照片了。但是我心里很清楚，这不可能是个鬼，一定是什么东西在这屏风后头，而拍照的人，基于某种理由，隔着屏风拍了这张照片，只是我们不在当场，只看到一个结果，所以觉得匪夷所思。

那个疗养院实在隐藏了太多东西，他们把自己的一举一动拍了下来，现在又出现了这样的照片，他们到底在里面干了些什么呢？

想了想也没有办法顾虑这么多了，看来确实是有必要见一下这个人，于是我给潘子打了电话，说明了我的想法。潘子想了想就答应了，说他来安排，安排妥当后再通知我。

话休絮烦，很快，我在坪塘监狱见到了楚哥，过程比我想象中要顺利。潘子带我进去，这是我第一次进监狱，一路过来直冒冷汗。过了几道铁门，我在休息室里看到了他。

这家伙明显瘦了一圈，光头都不亮了，看上去老了好几岁，皱着眉头瑟瑟发抖。我递给他烟，他抽了几口才有点儿放松。想想当初见他油光满面的样子，我不由得感慨，混这行的暴富暴穷，活成这个样子也得认命。

见面局促了片刻，我也不知道和他说什么好，反倒是他先问我：“你三叔什么情况？”声音都沙哑了不少。

我草草地说了一下长沙的情况，告诉他三叔音信全无，场面上看不到人，不知道跑到什么地方去了。

“报应，走这行就是这报应。”他狠狠地吸了一口烟，似乎有点儿走神，想了想抬眼盯着我看了看，又问，“你在打听哑巴张的事情？”

“哑巴张？”我愣了一下，想了一下才反应过来，“你是说那小哥？你们叫他哑巴张？”

“道上人都这么叫他。”此时他已经把烟抽完了，速度极快，我看他的手又抖起来，忙把我的烟和打火机都递给他。他立即拿出来又点了一根：“因为他不喜欢说话 。你打听他的事情干什么？”

我心说这关你屁事，一下子不知道怎么回答。潘子就在一边道：

“你问这么多干吗？”

楚哥抽了几口烟，瞄了潘子一眼，也是有恃无恐：“老子都这样了，问一声能怎么样？”

潘子本来见他就恨得慌，啧了一声，想说狠话，我把他拦住了。楚哥现在算是最落魄的时候，说狠话没用，已经没有任何东西可以失去了，你骂他几声又能如何？我道：“楚哥，你在江湖上混得比我长多了，知道有些事情我真不好说。”

“哟嗬，小三爷也和我玩场面话了，行啊。”他点头看着我，有点儿酸溜溜地说。

我倒是不吃他这一套，只是看着他。他哆嗦着似笑非笑了一会儿，发现我毫无反应，也有点儿无趣，忽然就对潘子道：“潘爷，你钱付给我老爸了吧？”

潘子掏出一东西，那是一张收条，是潘子拿十万块替我付了，甩到楚哥面前。楚哥拿过来看了看，道：“果然是三爷的人，够爽快。”

“钱我们也付了，人你也见着了，现在你能说了吧？”潘子悻然道。

楚哥点头，就对他道：“那请潘爷你回避下，这是我和你们小三爷的事情。”

潘子皱起眉头，有点儿火。我忙给他使了个眼色，意思是就顺着他吧，你能有什么办法。潘子气得够呛，暗骂一声，起身出去。

楚哥看着他离开，直到门关上，才转头看向我。我发现他的脸色变了。他猛吐了一口烟，对我道：“小三爷，你不能再继续查下去了。”

我吃惊地看着楚哥，没想到他会这么说。

“为什么？”我脱口而出。

他叹了口气：“你看看我，我的下场、你三叔的下场、哑巴张的下场、所有人的下场，你都看到了。”他站起来，“从这之后的东西太惊人了，不是我们这种人能接触的。”

我坐直了一些，想起了那张照片，问他：“你到底知道些什么？”

第四章

同病相怜之人

楚哥这样的说法，让我感觉他知道相当多的事情，不由得紧张起来，于是出言催促，唯恐他和三叔一样，说到一半又不说了。

这一下就露了怯。楚哥看着我笑了笑，道："你别急，我会把我知道的都告诉你，不过你先要答应我几件事情。"

"是什么？"我问道，心说，该不是要临时加价？

他看了看门口，哆嗦着道："你不能对别人说这些事情是我告诉你的，毕竟，能告诉你哑巴张的事情，我也能为了钱告诉你其他人的事情，搞不好有人听到这个消息，想不开，找人把我做了。我也不是无期，还是要出去的，而且这里也没我想象中那么安全。如果不是走投无路了，我也不会卖这些消息。"

我点头。这我可以理解，所以他才让我来见他，还要把潘子支开，这种事情越少人知道越好。

"我和你三叔是多年的朋友，所以早年有很多的事，都是我去实施的，比如说，调查陈文锦。所以，我知道的事情，比你想象中多得多，”他哆哆嗦嗦道，“也知道这后面的水有多深。你可能不知道，你三叔经常提你，所以我知道你的事情。你不是道上人，所以我才敢卖消息给你。”

哦，我心里一阵翻腾，这倒是可以解释为什么他会有那张照片，问他：“这究竟是怎么一回事？”

他继续道：“我不知道你三叔有没有和你说过那些人的事情。”

“你是指那支考古队？”我道，脑海里响起了三叔说的话：他们都不正常，“说过一些，但是不多。”

“你三叔这辈子，一直在调查那批人的行踪，我之前跟他混的时候，经常听他叨叨，但是越查，他就越发现这批人不正常。”楚哥又吸完了一根烟，马上又拿出一根来对上继续吸，“这些人，好像都是独立的，独立于这个世界，和这个社会一点儿联系也没有。他们来自哪里，是什么人，到底在考察什么，谁也不知道。”

“这些我知道。”

“当时我劝他放弃，他对我说，他绝对不相信，这个世界上会有这种人存在。那几年我们几乎用尽了所有的办法，却一直没有进展，最后你三叔还是听了我的，死心了。我以为这事情就这么完了，没想到一年前，你三叔、你，还有哑巴张那几个人去山东回来之后，你三叔忽然告诉我，那哑巴张也是那伙人之一，而且一直没老。惊讶之下，我们就马上开始查，目标自然就是哑巴张。”

我坐直身体，看到楚哥又点了一支烟，不知道是第几支了。他还是深深地吸了一口。“哑巴张当时是四阿公的人，是你三叔从四阿公那里借来的，我就找人过去打听他的身世，结果听到了一些难以置信的事情。”他顿了顿，“据说，四阿公第一次见到哑巴张的情形相当奇特，那事情发生在四年前，在广西一次捕尸行动中。你听说过捕尸吗？”

我点头。捕尸是旧社会的事情，一般发生在出现某种灾难的时候，有僵尸传说的地方比较盛行，打旱魃就是其中的一种。这种时候往往会挖坟翻尸，也有真的闹尸变的时候，村民挑出胆子大的，用套索套住粽子拖出古墓，在太阳下暴晒除害。

陈皮阿四的人和楚哥讲的捕尸却和这个不同，楚哥道，这要从陈皮阿四在广西的生意说起。

广西历来是一个各民族文化荟萃的地方，文物古迹众多，不过因为文化差异与中原太大，中原人那一套在广西完全没用，在广西活跃的一般都是淘家或者是古董倒家，都往村寨民间去收古董。因为广西和越南接壤，久而久之，有一些越南人就发现了这个生财之道，这些人结伴越境到中国来盗掘一些古墓。广西有岭南文化，古墓众多，而且很多都是明葬，越南人不懂盗墓，乱挖乱掘，但还是能搞到一些东西的。

中原一代在湖南、陕西这些地方的生意其实已经很难做了，你说斗没有吧，确实还有，有很多油斗，盗了十几次，里面还有东西剩下，进去总不至于空手。但是有真东西、有龙脊背的真的太少了，要开一个新斗几家都蹲着抢货。这样的局面，肯定得求变，所以很多瓢把子都在打外省的主意。有一段时间，黑龙江挖金国坟的也有不少，广西也是一条线。

陈皮阿四的盘子大，所以和在广西的越南人也有联系，那一次派人去广西，就是因为那边的人说，有一批越南佬发现了大斗，不知道是什么来历，看上去规模相当大，要这边派人去“指导”，他们不知道哪些东西值钱，哪些不值钱。

当时去了三个人，他们跟着越南人进了雨林，第一次看到了越南人是怎么办事的。越南人是全副武装，估计这批人不仅干这一种买卖，还抬着一个筐子，问他们装的是什么，他们说里面是“阿坤”。陈皮阿四的人不懂越南话，也不知道是什么意思。

在中越边境的林子里穿行了三天，他们才到达那个地方。古墓几乎是敞开式的，他们用芭蕉叶盖住发现的入口，好像是一个地窖。就在他们要进入的时候，越南人拦住了他们，对他们做手势，意思大概是“小心”。

说着，有一个越南人把筐子里的东西搬了出来，这时候他们才发现，筐子里装的，竟然是一个浑身赤裸的男人。

那人的手脚被绑着，披头散发，浑身是泥，越南人就扛着他从入口吊了进去。

入口下面就是墓道，一路是向下的石阶，越南人都拔出了刀，陈皮阿四的人也准备了黑驴蹄子，走着就发现这古墓规模极大，走了十几分钟才到墓室，下到底下就闻到了腐臭味。他们循着臭味，发现墓室的中央有一个脸盆大的方井，味道就是从下面传出来的。

这是一个两层墓，而且是岭南王国的群葬墓，手电照下去，井下是相当矮的墓室，大概只有一点五米高，能看到太阳状排列的木棺浸在积水里，从底下散发出浓烈的恶臭。

越南人直接把那个被绑住的男人推了下去，然后垂下绳套，用手电照着，似乎在等待什么猎物。

陈皮阿四的人一看就知道了，这古墓里肯定有问题，也许他们第一次进去已经死了人了，所以这一次，他们带了人进来。这个人可能相当于鱼饵，他们想要用活人把里面的什么东西引出来，然后放绳套下去，套住吊起来。这确实是一种捕尸的做法。

听着感觉未免也太残忍了，盗窃文物无非是求财，弄得要夺人性命，这事情就变质了，但是那边的事情，有历史原因，很难一概而论。陈皮阿四的人知道这些人都是亡命徒，这种事不能干涉，否则不知道他们会干出什么事来。

不过他们等了半天，一点儿动静也没有，越南人感到非常奇怪，在那里用越南话商量了一会儿，领头人就逼着一个越南人下去查看。

那个人下去之后看了一圈，就招手，意思是没事了，另外几个越南人也下去，开始往上面吊东西。陈皮阿四的人当时也大意了，没有跟着下去。结果没吊上来两件，下面突然就起了变故，听到有人惨叫，血都从井里溅了出来。

这些越南人相当彪悍，立即就有人往上逃，还真给逃上来两个，接着，就有一只指甲奇长的尸手从井下伸了出来，差点儿把领头的抓下去。他们吓得半死，没有办法，只好用石头把井口封了起来，垒了十几块大石头，然后仓皇而逃。

这事情后来被陈皮阿四知道了。这种经验丰富的瓢把子，不可能因为里面有几只粽子就放弃这座古墓，于是陈皮阿四亲自带人回到广西。到达那座古墓的时候，已经是一个星期后了。他们搬开石头之后，就发现下面一片狼藉，满是残肢，恶臭四溢。

陈皮阿四以为人已经全部死光了，下去之后，却看到墓室的一边倒着十几只粽子，脖子全被拧断了，一个浑身赤裸的人坐在粽子中间的棺材上，正面无表情地看着他。

楚哥道："这个人，就是那个之前被越南人当饵的'阿坤'，也就是现在的哑巴张。当时就是他们第一次见面。"

我吸了口凉气："这也太戏剧性了。"

"这里面肯定有夸张，这行里容易传神。"楚哥说着这件事，似乎也挺享受，可能是感觉回到了坐牢前的时候，"据说，那帮越南人是在广西一个村子里发现哑巴张的，当时他神志不清，他们当他是傻子，把他绑去当饵。不过，事情的大概应该就是这么回事，夸张的可能是粽子的数量之类。之后，他就成了四阿公的伙计。这事情在四阿公手下几个得力的人里面传得很广，不过对外他们都不说。"

"那在这之前的事情呢？"

"没有人知道。哑巴张相当厉害，四阿公相当看重他。不过，我想四阿公恐怕也不知道他的来龙去脉，道上有规矩，这种事情也不会有人多问。"

我心说，陈皮阿四知道也没用啊，他自己现在在哪儿都不知道，我到哪儿问他去。

"虽然这件事情只是一个传说，但是至少给了你三叔一个方向。"楚哥道，"不过，事情急转直下，你三叔急着去西沙，我就代他去了广西，拿着哑巴张的照片去那一带打探消息。那根本不是人干的活儿，老子整整花了两个月时间，才在上思一个叫巴乃的小村，得到了一些线索——"

那个村是山区，靠近中越边境，那里就有人认出了哑巴张，他在当地的名字就叫阿坤，并且带楚哥到了阿坤住的地方。

我"啊"了一声，实在没想到："你是说他住在广西的农村里？"

"相当偏僻，但那个地方是陈皮阿四在广西的堂口，越南人很多，他应该就住在那里，不过我不敢百分之百肯定。去长白山‘夹喇嘛’，我是通过四阿公联系他的。他大部分时间应该在外面下地，看得出来屋子没怎么住人，也许，当年他离开广西就没回去过。”

“他那屋子是什么样的？”我问道。我有点儿好奇，闷油瓶的家会是什么样子的。

“很普通，那是一幢高脚矮房，就和当地少数民族住的土房一样，里面就是床板和一张桌子，在那桌子上有玻璃，下面压着不少照片，我是偷偷进去的。因为那是四阿公的地盘，我也不敢放肆，没敢把东西带出来，就只在里面翻找了一下，拿了其中一张照片出来——就是我给你的那张——准备等和你三叔商量了再决定怎么办。不过我没想到陈皮阿四老早就盯上我了，还没出巴乃，就被人给逮了个正着，之后的事情你也知道了。”他顿了顿，又道，“我自己的感觉，我在长沙打听哑巴张的时候，四阿公就已经注意到我了。他可能多少知道一些事情，所以我一到巴乃就被盯住了。我当时没别的选择了，只能和他一起来对付你三叔。”

我问道：“那你刚才说的，这后面的大秘密是什么？”

楚哥看着我，又发起抖来：“这个我不能说……”

我啧了一声，我最讨厌有人给我打哑谜，道：“什么不能说！你是不是嫌钱不够？”

楚哥哆嗦着：“小三爷，实不相瞒，你三叔在的时候，最忌讳的就是你寻根问底。现在他生死未卜，难保有一天他突然出现。这些事情是你自己查到的也就罢了，要是他知道这些事情是我告诉你的，我恐怕小命难保。你三叔也不是善男信女。我出卖过他一次，但那算是情有可原，只是这件事如果再出卖他，在道义上也说不过去。你也说了，道上的事情有道上的讲究，你想知道这个，你到那房子里，看看那桌子上玻璃下面压的其他照片，自然就会明白为什么我让你收手。我只能告诉你这些，具体的内容，绝对不能从我嘴巴里说出来。”

他还想点烟，但是烟已经没了，他咳嗽一声，眼神茫然，竟然和闷油瓶的眼神有点儿相似。

第五章

再次出发

广西的山村，村里的哑巴，越扯越没边了。不过那楚哥说的话搞得我心痒难耐。在闷油瓶的房间里他到底看到了什么，怎么问他都不说了，追问了多遍，他嘴硬得厉害。我看他的样子，感觉有点儿异样和做作，十分古怪，最后守卫都进来问是怎么回事。到这份儿上，再逼下去恐怕会出事，我只好作罢。

潘子相当郁闷，说，要不找人教训他一顿，让他吐出来。我说不用做得这么绝，我看他的样子有点儿虚，有可能是他自己也不知道。

"为什么？"潘子问。

"这叫作虚张声势。他可能只是知道那房间里有桌子，上面有照片，但是他并不知道照片里面确切是什么，虚张声势。这种卖消息放债的，都会这一套。"我道，"当然，他必然是去过，才敢说得那么肯定。"

这只是我的推测，其实想这些都没意义，无论如何，还是要亲自去一趟，到时候自然会知道他说的那些是不是太夸张。

从楚哥那里拿来巴乃的地址，去广西的计划就基本上确定了。

巴乃是一个瑶寨，处于广西十万大山山区的腹地，被人叫作“广西的西伯利亚”，早些年是一个相当贫苦的地方。看那个地址，恐怕还不是巴乃村里，可能还是村四周山里的地方。

陈皮阿四是老派人，可能喜欢选这种报了警都要两天才能赶到的地方做堂口，有什么不妙往山里一走就没关系了，不过这可苦了我们。

胖子和闷油瓶先到了杭州与我会合。胖子说也好，可以趁这个机会会会南边的堂口，也多点儿货源，这年头生意难做，他都断粮好久了。于是我们休息了几天，便由杭州出发，飞到南宁，然后转火车进上思。

这次不是倒斗，什么东西都没带，我们一身轻松，一路上乱开玩笑。一个车厢睡了六个人，两个是外地打工回上思，还有一个是导游。那导游教我们打大字牌，和麻将似的，好玩得很。

靠近上思就全是山了，火车一个一个地过山洞，远处群山雾绕，导游说，那就是十万大山的腹地。

广西的山叫作十万大山，几百公里的山脉铺成一片，森林面积五百多万亩。其中心是几十万亩的原始丛林无人区，重峦叠嶂，森林苍郁，瀑布溪流，据说是一处洞天福地，是群仙聚会之所。不过这种地势也造成了交通的极度不便利，我们选择火车也是因为这个原因，平原地区的人，坐汽车进广西腹地，可能会吐成人干。

我看着那大山，心情非常异样。以往，看到这种情形，往往意味着我之后就要深入这崇山峻岭之中，去寻找一些深埋在其中的秘密。然而这次，我们的目的地只是山中的一个小村。

这种感觉很奇怪，不知道是失望还是庆幸。看着远处青色的花岗岩山峰和茂密的林海，我总觉得有点儿起鸡皮疙瘩。

到了上思，转去南屏再进巴乃，坐一段车走一段路。正值盛夏，一路风光美得几乎让人融化，我和胖子看得满眼生花，连闷油瓶的眼睛里都有了神采。

这样在路上就耽搁了比较长的时间，到了巴乃已经是临近傍晚。我之前问几个驴友拿过资料，知道瑶寨那里可以住宿，一路询问过去，问到一个叫阿贵的人那里，才算找到地方。

阿贵四十多岁，有两个女儿和一个儿子，年纪都不大，有两座高脚的瑶族木楼，一座自己住，一座用来当旅馆，在当地算是个能人，很多游客都是他从外面带过来的。他看到闷油瓶，我原以为他会认出来，没想到他一点儿反应也没有。胖子和阿贵说了我们的来历，他出手阔绰，也没怎么讨价还价就住了下来。阿贵相当习惯我们这些人，颇有农家乐老板的派头，表示住在他这里，他什么都能帮我们搞定。

一路舟车劳顿，我也想不出来有什么需要他搞定的，只觉得肚子饿得慌，就对他说先把晚饭搞定吧。

阿贵就让他的两个女儿去做饭，他带我们安顿下来。我在木头地板上放下行李，用泉水擦了一把身子，坐在高脚木楼的木地板上，感觉十分凉爽舒服，浑身都软了，再看着两个窈窕的瑶家女孩弄着饭菜，我忽然觉得这才是我想要过的生活。

趁着饭没好的当口，闷油瓶就向阿贵询问楚哥给我们的那个地址是在什么地方，他有点儿急切。

阿贵说就在寨子里，不过在寨子的上头。胖子就让他别急："虽说是你自己的房子，但是这么晚让别人带你去，你又没钥匙，很容易被人怀疑。咱们到了这里，有大把的时间，明天再去也无妨。"

我也赞同。闷油瓶点头，我相信这种耐心他是有的。

晚饭是炖肉和甜酒。瑶寨人还有打猎的，吃的据说是松鼠肉，口感很怪，但是甜酒相当OK，入口是甜的，而且当地水好，入口非常清冽。胖子喝多了，舌头大了，直对阿贵说自己是大老板，他不想走了，让阿贵把他两个女儿都许配给他，他会好好种地的。

我怕他乱说话得罪人，忙把东西扒完，帮阿贵两个女儿收拾，让胖子自己一个人待着吹吹凉风清醒一下。

我一边洗餐具一边和两个小姑娘聊天，问瑶寨的情况。两个小姑娘告诉我，以前这里很穷，连饭也吃不饱，后来有人来旅游之后，情况才好起来，像她们阿爹带了人过来住家里，赚的钱就够吃喝了，他也不用去上山打猎，可以买其他人打来的东西，这样他们一家就养活了好几家人。

我特地问了陈皮阿四的情况，又问她们这里是不是有越南人。

她们说越南人是有，不过不是在巴乃，而是在山里。这里现在来的人多了，她们也分不清楚是不是有长沙人在里头。

收拾完我甩着手，心说看来陈皮阿四还真小心，连村子都不敢待。

想来，他们可能是化装成观光客到巴乃，越南人直接走林子，他们在山里会合交易。如此说来，这里交易的东西，恐怕比我想的要多得多，至少陈皮阿四非常看重。这些关系，可能也是他以前在广西逃难的时候结下的人脉。

我一边想着，一边走到饭堂里准备问阿贵讨点儿水果吃，这时候看到一身酒气的胖子正盯着一边的墙上看着什么。

我以为他喝多了，脑子入定了，没想到他看到我，就把我拉住了，对我道："小三爷，你过来。"

我走过去，问他干吗，他用眼神给我指了个方向。我看到在吃饭的房间的木墙上，挂了一个相框，里面夹着很多的相片。他用下巴指着其中的一张相片，对我道："你来看这是谁？"

第六章

继承

那是一张有点儿发棕色的黑白照，和楚哥给我看的那一张相当像，夹在很多的相片之中，不容易分辨。上面是两个人的合影，我吃惊地发现，其中一个人竟然是陈文锦。

这张照片比楚哥给我看的那张要大很多，所以看得相当清楚。照片里除了这两个人之外，还有一个小孩子在背景处。另一个男人，穿着瑶族的民间服饰，表情紧张，文锦则笑得很灿烂。

这是怎么回事，文锦的照片怎么会出现在这里？我起了一身的鸡皮疙瘩，立即问阿贵："这张照片是什么时候拍的？"

阿贵过来看了看："几十年前。"他指着那个穿着民间服饰的男人，"这是我的阿爸，这个女的是考古队的人。"

"考古队？这里来过考古队？"我几乎跳了起来，"这是怎么一回事？"

"我不清楚，好像说是那边的山里发现了什么。"阿贵指了指一个方向，"搞了好几年，后来忽然就没下文了。"

我心中暗叫，踏破铁鞋无觅处，得来全不费功夫，这一趟还真让我来值了，立即就拉阿贵坐下，让他马上和我讲讲这考古队的事情。

阿贵觉得莫名其妙，觉得这人怎么回事，怎么一听到这事这么兴奋。胖子道："我们几个人就好这个，您别介意。您就给我说说，我们给钱，给消息费，千字三十元。"

阿贵一听有钱，立即就来劲了，忙招手叫他女儿过来数着字，把事情和我们从头到尾说了一遍。

事情发生的时候，阿贵只有十几岁，当时巴乃非常贫穷，几乎与世隔绝，所以考古队的出现，让他印象非常深刻。他记得考古队有十几个人，由一个女人带队，是跟着外面赶集的人回寨子里的，因为他的阿爹当时是村里的联络员，所以就去接待了这支考古队。

那个女人就告诉他的阿爹，他们是从城市里来的考古队，要在附近进行考古，希望他父亲能够配合。

他们有政府的红章子文件，这在寨子里算是件大事，阿贵的父亲不敢怠慢，就帮他们安排了住宿和向导。

考古队在这里就待了六七个月，不过，这期间，他们大部分时间都在外头山里跑，寨子里的人基本上都没有和这支考古队接触，和他们关系最紧密的，就是阿贵父亲安排的向导。

考古队走了之后，他们就问向导，考古队在山里到底干什么。向导也说不清楚，这几个月他们几乎走遍了附近的山，在最后的几个月似乎才找到要找的地方。不在山里跑就不需要向导了，向导就没随着队走，那女人就让他隔三天去报到一趟，还特别提醒他不要早也不要晚。

后来就出了个听起来挺邪门的事情。

向导一开始都是三天去一次，没什么大问题，有一次他要帮他亲戚打草，想着提早了一天去也没关系，结果去了，就发现那支考古队的营地里一个人也没有，不知道到什么地方去了。他吓坏了，以为遭了什么祸害，又不敢说，自己一个人去找，结果找遍了附近的山都没发现。

他胆战心惊地回村，一晚上没睡觉，第二天再去，却发现那些人又出现了，营地里热热闹闹，好像什么也没发生过一样。他当时就觉得不正常，以为是山神作怪，也没敢讲，等考古队走了，才说给村里人听。

考古队离开的时候，带走了十几箱东西，据说都是从那一带找到的，谁也不知道里面是什么。这张照片是当时临走的时候，那个女领队和他父亲照的合影，在城里冲印出来寄回来的，就因为这件事，他父亲后来成了村干部，所以他父亲把这当成自己的光辉历史，挂到墙上。

阿贵说完，胖子已经按捺不住自己的兴奋，给我使了个眼色。我知道他是什么意思：考古队消失，可能是因为下斗了。我做了个手势，让他别兴奋，又问阿贵：“这是哪一年的事情？你记得吗？”

阿贵用他的烟杆指了指照片后面背景中的小孩：“这就是我，太小了，年份搞不清楚，当时没有书读。不过肯定有人会记得，你们要想知道得更详细，我明天去帮你们问问。”

我道了谢，心里翻腾起来，看样子这里的事情确实不那么简单——考古队在这里出现过，那闷油瓶住在这里，就不是什么偶然的事，这背后肯定有和这支考古队的渊源。虽然阿贵的信息并不多，但是已经可以肯定，他们在山里，确实是进行了一系列的考古活动，这显然应该和他们的计划有关系。

我看向那山，又问阿贵：“你是本地人，那山里，你们当地有没有什么说法？能有什么东西？”

“那一带叫羊角山，我还真不知道那地方会有什么，其实我也挺好奇的。后来我也问过一些人，据一些老人说，那山沟里原先有个老寨子，不知道是什么时候的了，有说是大明朝时候的，后来皇帝打仗的时候，起了山火，被山火烧了大半，烧死了好多人，就荒废了，也许他们在研究那东西。”阿贵道，“怎么，你们也感兴趣？”

“相当有兴趣！”胖子诚恳道。

“那山有点儿远，路不好走，而且很奇怪，野兽很少，我们一般不去那里。不过那里有一道河谷，可以抓鱼，这个季节下雨很多，会有危险，我建议你们还是不要去那里玩。”

“你去过没有？”闷油瓶忽然问。

“我也没去过。我爷爷去过，说那山火非常厉害，地面上能看到的东西都没了，土里也许还剩点儿地基桩子，好多年的事了。”阿贵道，“你们想知道那考古队的事情，不如我明天带你们去找当时的那个向导问问，他一定知道得比我多，山里最好就别去了。”

闷油瓶并不理会，只道：“如果一定要去，应该怎么过去？”

“要顺着溪走，路很难走，你们要过去我可以帮你们找个带路的。两百块，怎么样？不过，明天去不了，起码得过两天，现在猎户都没回来。”

闷油瓶看了看我，我点了点头，无论如何也要去看看。两天的时间正好，我们可以先在寨子里好好打听一下闷油瓶的事情，然后再去山里，时间上不冲突。

阿贵就嘀咕了一声，道：“问题是，那地方什么都没有，就是林子，你们去了看不到什么。”

胖子立即对他道：“就是去踩踩也好。”

阿贵苦笑着摇头叹气：“那路可真难走，你们城里人也不知道是怎么回事，喜欢花钱买罪受。”说着又突然想到了什么，问我们，“对了，你们打听这些干什么？你们该不是倒卖文物的吧？”

胖子喝多了，骂道：“什么倒卖文物，说得那么土，告诉你，其实我们是倒——”我赶紧戳了他一下，接着道：“是导游，有个团要进来，这里没地陪，我们先来打听一下，在找景点。”

阿贵一听很有兴趣：“那好，人带来我帮你们安排，这里好玩的地方多的是。那山里不好玩，你们自己去就算了，客人肯定不喜欢。”

我点头堆笑答应，心里暗骂胖子。胖子也知道自己失言，不再啰唆，自顾自去放尿。

我还想问阿贵一些详细的情况，不过他说真的不记得了，看得出他可能出去打工的时间比较长，对村子的过去也不是太了解，我只好作罢，只能等着明天找其他人打听。这事情就这么拍板了。接着我们坐在外面露天乘凉，继续商量一些细节。

胖子看阿贵回房了，立即压低声音道："那支考古队神出鬼没，白天不见人，临走还带走了那么多东西，明显这羊角山一带有一座古墓啊。这真是瞎猫碰上死耗子，咱们旅游来的，却得到这个消息。怎么样，两位？咱们是不是该顺应天意，顺手就把这斗给倒了啊？"

我对胖子道："我就知道你肯定得提这个。那山里有古墓，现在只是你的推测，要到了那儿实地看了才知道。而且那批人进的古墓，每个都诡异至极，我是真不想进去。"

"这次肯定没事，你没看他们都安全出来了嘛，"胖子道，"而且还带了好几箱子明器。这得值多少钱啊。"

"说来也奇怪，听阿贵的说法，这批人显然没有采取考古队大揭顶的工作方式，看样子他们竟然也是打盗洞下去的，真是少见。"我道。如果不是确定这批人是政府背景，我绝对会以为他们是伪装成考古队员的职业盗墓者。

"这就是你孤陋寡闻，在条件不成熟的时候，考古队也会使用盗洞抢救一些文物。我看，可能这古墓的规模相当大，以当时上思的条件，没法进行挖掘。"胖子道，说着口水都下来了，"那小阿妹不是说吗，越南人还在山里，我想他们恐怕也是听过这件事，在找这古墓。我们就算不为钱，也不能把这便宜让给那批连洛阳铲都不会用的越南佬。"

我叹了口气，心说我是真的不想再下地了，你再怎么说我都不会听的，不过，如果那里真有古墓，那么必然和考古队在追查的东西有关，不进去似乎又不甘心。这有点儿难办。

胖子继续在我耳边唠叨，我就对胖子行缓兵之计，让他别激动，我们两天后去实地看了再说。就是真有古墓，那地方那么大，他也不一定能找得到，不过如果真找到了，他要下去，我们也会帮手，他这才肯罢休。但是他已经按捺不住了，阿贵一回来，就立即拉着阿贵问东问西。

我本来怕他露馅，但是心里很乱，也就没心情管这些，让他去了。自己靠到廊柱上，一边学闷油瓶看月亮，一边琢磨怎么办。

晚上有点儿湿热，我们扇着扇子，吹着山里刮来的带着树木清香的凉风，很快酒劲都上了头。我有点儿晕乎，胖子在和阿贵聊什么，我有点儿听不清楚，脑子也转不起来，只觉得在这里看天上的星星，好像回到了小时候在乡下的感觉，十分自然美满。

恍惚间，我忽然注意到，在另一边，阿贵自家木楼的窗户里，似乎有一个人正看着我们这里。那边没有开灯，只能看到有一个模糊的古怪影子。

我揉了揉眼睛，就发现那影子肩膀完全是塌的，就像楚哥给我的照片上，那屏风后的影子一样。

第七章

影子传说

夏天的山风吹过挂在房前的灯，灯泡和四周大量的虫子一起晃动，光影斑驳，我一开始以为自己看错了，但是风过后，那影子还是在那里。

我看着，刚开始几眼还没有什么感觉，后来背就凉了起来，难道阿贵家里有人上吊了？于是强忍住恍惚的感觉坐起来，揉了揉眼睛仔细去看。

再一看，那影子却消失了，窗子后面一片漆黑，什么也没有。

是错觉？我用力皱了皱眉头，就问阿贵："那个房间里面住着什么人？"

阿贵看了看，道："是我儿子。"

"哦。"我脑子里闪了一下，但是什么也没闪出来，只觉得头又晕起来，心说那肯定是他儿子在看这边，我喝多了，看的东西不正常起来。

天色也晚了，阿贵看了看自己的房间，就说要回去休息。

胖子付了消息费，我们和他打了招呼，也进了屋子。进屋后胖子就郁闷道："我靠，就这么一两句话的事儿，这龟儿子竟然能讲掉我三百块钱，劳动人民的智慧真是无穷的。"

我说："谁叫你充大款！在穷乡僻壤露富是最没流儿的行为，你还后悔，没流儿中的没流儿。"

胖子嘀咕了几句，说我假道学、伪君子，我也没精神理他。普通人进广西晚上没那么容易睡着，我前几晚就睡得不踏实，不过今天晚上喝了酒，人相当迷糊，很快就睡着了。这一觉相安无事，一直睡到了第二天上午十一点多才起来。

吃了阿贵给我们做的中午饭，我们就跟着他女儿往楚哥给我们的地址走，走了不到十分钟就到了。

那是一幢很老的高脚木楼，黑瓦黄泥墙，只一层，比起其他的木楼看上去小一点儿——说起来这里的房子好像都是这个样子的——看上去似乎没有住人，混在寨子的其他房子里，十分不起眼。

阿贵的女儿很奇怪我们到这里干什么，我们假装拍照，胖子给了她点钱把她先支开。看四周没什么人，我们就尝试着爬进去。

木楼建在山坡上，后面贴着山，窗户全破了，门锁得很牢，上面贴着褪了色的门神画，我们推了两把，连门缝也推不出来。

"对这木楼有印象吗？"我问闷油瓶。

他摸着这些木头的柱子和门，摇头。我叹了口气。这时候胖子已经把一边的窗子撬了开来，对我们招手："快，这里可以进去。"

"这么熟练，你以前是不是也干过？"我骂道。

"你胖爷我是什么人物，触类旁通你懂不？盗墓和盗窃就一个字区别。"胖子一边说道，一边催我们。

我们偷偷从窗户爬进去，然后把窗子关好。进去之后我的心竟然狂跳，感觉极其刺激，连裤子都被钩住了，差点儿就光腚，心说这偷活人比偷死人心理压力大多了。

木楼里面有点儿暗，不过结构很简单，我先是看到了一个像阿贵家一样的吃饭的大房间，和灶台连在一起，墙上挂着很多工具，都锈了。

"小哥，真看不出你原来是个种地的。"胖子拿起一边的锄头道，"'锄禾日当午'，你是锄禾，我是当午。"

我们没理他，看到一边有木墙隔着，木墙后应该就是楚哥说的他找到的房间。这种木楼只有一个房间，肯定没错。

没有门，只有一块相当旧的帘子，上面的灰尘都起了花。闷油瓶皱着眉头，看了一圈四周，似乎有点儿犹豫，不过只过了几秒钟，他就撩起帘子走了进去。

我也有点儿紧张，这个似乎飘浮在虚空中的人，终于找到了一个自己的落脚点，却一点儿也不记得，也不知道老天爷是不是在玩儿他。不过没时间细想，胖子就把我推了进去。

一进房间，就是一股霉味，里面非常暗，什么也看不清楚，勉强看到胖子想去开窗，却发现这房间竟然没窗。

我们没想到会是这种情况，没人带手电，只能把帘子打起一截，让外面的光照进来。在暗淡的光线下，可以看到房间很局促，一圈架子靠墙放着，我们先是看到了一些书和一些盒子，架子上空空荡荡的，地上散落着泥巴，除了这些东西，就剩下一边的一张板床和一张木头桌子。桌子是老旧的学生课桌。所有的东西上都有一层薄灰。

这山中的空气非常干净，所以灰积得不多，如果是在大城市里，恐怕这里的灰可以铲去种地了，这也说明这里确实很久没有人进来过。

"这就是你的房间？"我有点儿吃惊，看着这个房间，感觉太普通了。这就是闷油瓶住的地方？像他这种人，房间不是应该更加古怪一点吗？

但是一想，似乎具体的古怪法我也想不出来，他到底也是一个人，人总是睡床，总不会是睡棺材。线索也不能写在墙壁上，应该是在这些摆设里。

我们走进去。胖子走近那些柜子，发现基本上没有什么东西，自言自语道："看不出你还是一个非常穷苦的种地的。"

房间里的东西虽然不多，但是看上去相当乱，那些盒子和书放得并不整齐，可能是楚哥来的那次被翻过了。我随手拿起一本书，发现书潮得厉害，是一本老版本的线装书。我翻了翻，里面都有点儿发霉了，觉得奇怪：怎么会有这种书？

唯一看上去像点儿样子的，就是床和桌子。我想到这个，就立即朝那张桌子走去，去找楚哥说的那些照片。

走到桌子旁，我就看到了桌子上蒙着灰尘的玻璃，下面依稀能看到很多的照片，看样子楚哥没有骗我。

第八章

照片的谜团

这时候胖子捏了我一下，让我看闷油瓶。

我转过头去，看到闷油瓶还是一言不发，小心翼翼地摸着那些书，但看他的神情，似乎有点儿什么疑惑。

“是不是想起什么来了？”我心中一动，问他。

他没理我，只是张了张嘴巴，欲言又止，眉头皱得更紧了。

我心道：难道有门儿？不敢出声打扰他，就在后面静静地看着。只见他侧着头，在房间里转了一圈，忽然道：“好像不对。”

“什么不对？”胖子奇怪。

他捏住自己的眉心，似乎在用自己所有的精力去回忆：“不对，这个房间，给我的感觉就是不对。”

“难道这不是你的房间？”

他摇头。忽然，他的目光集中向了那张床。他立即蹲了下去，去看床下。

我也趴了下去，床下一片漆黑，闷油瓶回头，胖子非常识相地马上把打火机递给他。他打起来，往床下伸去。

下面什么都没有，只有很多的蜘蛛网。但是他不死心，还是往里面爬，并开始在木头地板的缝隙中摸，摸着摸着，忽然见他手指一勾，竟然勾住了一块地板，将它掰了起来。闷油瓶的力气惊人，就听到一声恐怖的断裂声，整条的木条地板被他掰下来一块。他把掰下来的部分一扔，继续去掰，动作之大简直疯狂。

我和胖子都蒙了，一时间不知道他要干吗。胖子叫道："小哥，就算不对，你也不用拆房子啊。"

但是没用，我们反应过来的当口，闷油瓶已经在床下的地板上掰出一个大洞。这时候我才忽然意识到什么。只见他把手伸到这个洞里，竟然从里面拉出一只黑色的铁皮箱来，用力往外拖。

原来是这样！我兴奋起来，忙也爬了过去，就见木地板下面，竟然有一隔层，显然是精心设计的暗格。

看来找到关键了，我心说，立即帮闷油瓶拉住这只箱子，用力地拖出来。这箱子沉得要命，就这么拖出来，我已经一身是汗。胖子帮着我把箱子抬起来，放到床上。

"我靠，这是什么？"胖子道，"这么沉，难道是小哥的私房钱？"

"怎么可能！"我说，吹掉上面的灰，仔细去打量。

这是一只黑色的铁皮箱，相当大，1米长，0.5米宽，看上去能放进去一个人，上面布满了已经生锈的花纹，似乎年代相当久远。"看上去像以前地主家的东西，可能还是个古董。"我看到了上面的老式扭锁。这箱子可能是民国时期的东西了，很有可能是大户人家用来放衣服的，或者是戏院放戏服的箱子。

闷油瓶喘着气爬了出来，我们看向他："这是怎么回事？"

他没回答，眼神一片迷茫，自己也有点儿迷惑。

看来他只是想起一些片段。不过他能想起来这件事，说明这箱子是他自己藏起来的，看来里面有相当重要的东西，可能就有他背景的线索。我们都很振奋。我对胖子道："快打开看看。"

胖子立即去拧那箱锁，没想到还没动手，闷油瓶一手按住箱面，叫道："千万不要打开！"

第九章

档案

我们被他吓了一跳，只见他脸色苍白，似乎非常紧张。

“怎么了？”我问。

他皱着眉头，看着这个箱子，好久才道：“不要打开，我的感觉……很不好。”

“你想起什么来了？你想起不能打开这个箱子？”

闷油瓶点头：“我不知道，只是有非常不好的感觉，开这个箱子，肯定要出事。”

看着他的脸色，我发现他冷汗都下来了，不由得自己后背也冒了冷汗。他都能紧张到这种地步，这箱子里到底是什么东西？难道是个炸弹？我立即让胖子把拧锁的手收了回来。

胖子道：“我靠，小哥，你别吓我。你到底记起什么了？”

闷油瓶捏住自己的额头，有点儿痛苦：“我没法形容这种感觉。”

胖子就啧了一声：“难不成这箱子，不是普通的开法，里面有机关？咱们这么一开，可能会射出毒针，或者会流出毒液？”

我一想很有可能，闷油瓶对机关了解相当深，这铁皮箱子是他的东西，似乎又放了相当重要的东西，很可能是设了机关，不知道窍门，开启会有很大的危险。

这一下可麻烦了。我是心痒难耐，但是在这种情况下，我又不可能咬牙说拼死开一下看看。这时我有个念头：要是刚才胖子手快点儿，可能就没这种麻烦事了，但是一想，刚才如果胖子手快点儿，可能我们这一辈子就都没麻烦事了。

我让胖子小心翼翼地帮忙把这铁皮箱子放到桌子上，仔细去看它的锁。这种老式的扭锁其实不是一种锁，而是一种普通的搭扣，只要轻轻一拨就可以打开，以我们的水平，怎么看也看不出这扭锁后面会不会有问题。

“那怎么办？”胖子也郁闷。

“看来只有先把这个东西带回去，找几个高手看看，然后在这里的其他地方找找，看有没有什么值得注意的地方。”我道，看着四周，现在也只有这么个办法。

胖子敲了敲铁皮：“我靠，那得到什么时候才能把这东西打开？说不定得半年。要么咱们干脆点儿，找阿贵去要把刀来，从铁皮上撬进去。”

我还没摇头，闷油瓶已经摇头了，他道：“不对，应该不是机关的问题。”说着用他奇长的手指，按住那扭锁，稍微拨动了一下，“没有机括的感觉，锁没有问题。”

“不是机关，那为什么不能打开？”

闷油瓶摇头。我沉思道：“难道是这箱子里面的东西有问题？”

“这能有什么？难不成里面是条毒蛇？关了这么多年，早就成蛇干了。”胖子有点儿不耐烦了，道，“要不这样，你们全都退下，胖爷我来。老子命硬，我就不相信我能被一箱子干掉。”

“万万不可，不说是活物，里面可能有什么剧毒的东西，你一打开，不仅连累我们，可能整个寨子里的人都受你牵连。”我道。

胖子骂了一声，一屁股坐在床上：“这也不行，那也不行，那送炼钢厂熔了吧，咱们都假装没这回事。”

我感觉这气氛有点儿搞笑，又有点儿诡异。我们大老远赶到这里，确实是找到了闷油瓶的房子，也找到了重要的线索，但是因为闷油瓶一个似有似无的感觉，我们连放这线索的箱子都不敢打开，这确实郁闷。但是，在这种环节上冒险，确实也是不值得的。

我拍了拍胖子，让他少安毋躁，不如再敲敲地板，看看这下面是否还有夹层。看闷油瓶掰断地板的方式，这夹层做的时候使用了整条木板钉死，说明短时间内他不准备取出这个箱子，这种隐藏夹层的做法工程浩大，可能不止一个。

于是我们开始东敲敲、西弄弄，不过这房子是架空的，怎么敲我们都觉得这木地板下面有东西。

高脚木楼的地板不是专业铺装，只是用长木条简易搭起来的，木板之间的缝隙很大，胖子就趴在地上，用眼睛往下面瞄。下面一般是用来养鸡的地方，能看到泥地。

胖子还真是不怕脏，一点儿一点儿看过来，搞得浑身是灰，但毫无收获，似乎暗格只有那么一个。

我们反复找了三遍，里外每块地方都查过了，确定无疑，胖子就拍着衣服道：“行了，该找的找不到，该开的开不了，咱们收拾收拾东西先撤吧，免得阿贵他们起疑心——给一破房子拍照不可能拍这么久。”

我一想也是，就去搬那箱子，胖子阻止道：“这东西不能见光，现在搬出去，阿贵见我们空手出来，却搬这么大一东西回去，恐怕不好解释。如果事情传出去，可能会传到陈皮阿四的耳朵里。我看，我们还是把箱子放回原处，临走的时候再找个晚上搬出来。”

胖子想得周到，我点头，于是胖子爬到床下，把箱子再次推进那个洞里，然后把那些木板草草盖上去，把那洞掩上。

接着我收拾了照片文件放进包里，准备回去好好查看，正收拾着，忽然又听见敲地板的声音。

我就对胖子道：“别敲了，你不是说要走了吗？”

胖子在一边抽烟，举了举双手，表示自己没敲。我再一看闷油瓶，他正在将那些盒子和书一样一样放整齐，显然也听到了敲地板的声音，他看向了我们。

咦？我愣了一下，那是谁在敲地板？

我们凝神静气，仔细去听，发现那声音来自床下，“笃笃笃”，很轻微，但是很急促。

胖子和我对视了一下，然后掐掉烟头，小心翼翼地弯下腰去看床底下，我也蹲了下去。

床下肯定没人，这不用说，我们贴近地板，发现感觉不到地板在震动，这个声音不是敲地板，而且听起来，有点儿遥远，感觉不出具体是在床下的哪个角落。

胖子做了个手势，意思是：在地板下面！

我点头，心说：难道有老鼠或者鸡跑到这高脚木楼的下面去了？忽然，我就看到，盖着那铁箱的木板碎皮，竟然动了一下。

这真是怪了，我目瞪口呆：难道是那只铁皮箱子在动？

第十章

老鼠

我脑子的第一反应就是有老鼠，这种山村里老鼠是相当常见的，这里废弃的木屋，简直是老鼠的天堂。但是，刚才我们翻动物品的时候，并没有发现老鼠的痕迹，所以感觉有些意外，心说可能是刚才被我们敲地板惊吓爬出来的。我们到处乱敲，唯独没有敲床下，所以老鼠就躲这里来了。

这样的情况我没有想到。我倒是不怕那铁皮箱被咬坏，不过，如果老鼠乱啃，拨开了扭锁，可能就会产生危险。我有点儿担心，立即朝那暗格爬去，用力拍了两下地板，想让老鼠逃跑。

果然，我一拍地板，那边好像受了惊吓一样，一下子动静大了起来，但就是不见老鼠从那些木板下跑出来。

我知道老鼠这些和人类生活在一起的动物都精得厉害，它会自己判断形势，看样子它认为躲在里面比跳出来跑要稳妥。

我不喜欢老鼠，特别是这里的老鼠应该是山鼠，是比较凶猛的一种，可能会主动攻击人，一下子也不敢贸然搬开那些木板，就等胖子

第十一章

面人

我的第一反应就是快跑，抱起那箱子，我就想跑出去。但是那箱子实在太沉了，我一个人根本没办法抱动，硬是推着挪了几步。手忙脚乱加上紧张，箱子不知道为什么卡在地板上动不了了。我回头一看，那人已经从床下爬了出来，浑身是泥，简直像从泥沼中爬出的文锦。

这时候我突然反应过来，这不是粽子，这是人啊，我这么害怕干什么。我想起胖子刚才玩的锄头了，立即跑出去，拿上锄头就冲回去。

等我回去一看，那人已经抱起了铁皮箱，跌跌撞撞地朝我冲了过来。我抡起锄头便打，他一猫腰，一个翻身就躲了过去，接着用肘部用力一顶我的后背。我一阵剧痛，差点儿扑倒在地。他头也不回，瞬间就冲出了门。

我虽然不常打架，但是内心也是一个相当固执的人，有着土夫子的血统，当即火冒三丈，抄起锄头追了出去。

一出门我感觉眼前一亮，胖子正在一边蹲着往高脚木楼下面看。

那人力气极大，抱着铁箱跌跌撞撞就从胖子身后跑了过去。我对胖子大叫：“拦住他！”

胖子还不知道怎么回事，回头看我。我吼道：“那箱子被抢走了！”胖子也算反应快，就这么一瞬间他就反应了过来，立即拉了一下，正好拉住那人的衣服。

那箱子实在太重了，那人一下子失去了平衡，摔倒在地，箱子被甩了出去。他立即爬起来去抢。胖子不是我，哪有这么容易让他得逞，又一个泰山压顶，将他再次压倒，我此时已经冲到箱子边上，一把就抱住了。

这是一个很严重的错误，这时候我首先应该帮助胖子将这个人制伏，因为抓住了那人，箱子自然就没危险了。可是形势太急，我没有想明白，结果胖子没把他压住，他一看抢箱子再没指望，连滚带爬地站起来就跑。

胖子吼了一声“休走”，立刻追了过去。我随即跟上，却发现那人跑得极快，冲进村子很快就跑得没影了。寨子里房屋纵横交错，都由青石小道相连，不是本地人很容易迷路，根本不知道他是往哪里跑的。

胖子喘着气，奇怪这人怎么从楼里跑了出来，就问我是怎么回事。我把事情一说，他大骂一声，后悔莫及。

看着那人消失的方向，我感觉莫名其妙，心说这到底是什么人，为什么会突然出现来抢那只铁皮箱子？

我们现在应该没什么对手了，来这里也没多少人知道啊，难道是普通的毛贼？不过这毛贼的手法也太新奇了。

胖子骂骂咧咧，这时候闷油瓶也赶了过来。他刚才被胖子指使到另一边蹲点去了，如果有他在，我估计那家伙肯定逃不了。

我们走回屋子边，那铁皮箱子摔在泥地里，沾了一大块泥。胖子道：“幸亏老天保佑，这箱子没散开，否则还真不知道会出什么事。”

我道：“现在看来，这东西不能放回原处去了，我看我们还是带回阿贵家里，给他点儿钱，他自然也知道怎么做。”

胖子点头称是，说：“虽说最危险的地方就是最安全的地方，不过还是放在自己身边实在。”说着，就去搬那箱子，抠住箱缝刚往上一提，突然就听“咔”一声，箱子的扭锁竟然和箱体断开了，箱子摔在地上，翻了开来，里面的东西一下子滚了出来。

盗墓笔记

长白山纪念版

六

阴山古楼

南派三叔 著

吉林人民出版社

盗墓笔记

目录

阴山古楼

contents

目录

阴山古楼

contents

目录

contents

目录

邛笼石影·引子

contents

阴 山 古 楼

盗墓笔记

比 鬼 神 更 可 怕 的 是 人 心

第一章

起源

为了帮助闷油瓶寻找失去的记忆，我们来到了十万大山的腹地，被称为“广西的西伯利亚”的巴乃。

我一直认为这种失去记忆、寻找记忆的情节不太可能会发生在现实中，所以最初感觉有一丝怪异。旁人的过去也许稀松平常，但是闷油瓶背后的故事，应该会有所不同，就像看一本悬疑小说，并且自己参与了进来，我心中有些忐忑和兴奋。

闷油瓶一如既往地沉默寡言，像他这种人心中是否会有常人的纠结我不敢肯定，至少，他表现出来的这种耐心让我佩服。我也有过一些犹豫，帮他寻找过去，相当于把他从目前的平静中拉回现实，不知道到底是好事还是坏事。

进山的过程不再赘述，我们按照楚哥给我们的线索，找到了闷油瓶以前住的高脚楼，并且在破败的床下暗格中，发现了一个铁箱。之后发生了一连串的事情，有人竟然想从高脚楼的楼板下把铁箱拽走，好在我们及时发现了，但是那人显然非常熟悉村子的环境，迅速逃入了村中小路，不见踪影。

就在我们觉得莫名其妙，还没反应过来刚才发生了什么时，胖子抱着的古老铁箱子的搭扣竟然断了，箱子摔到地上，一下子翻了开来。

事情发生得非常快，三个人都还没有反应过来，箱子已经在地上了。箱盖大开，一块拳头大小的东西从里面滚了出来，定格在胖子的脚下。

闷油瓶之前说过，他对这箱子有一些模糊的记忆，说箱子里的东西可能十分危险，让我们绝对不要打开，所以箱子刚掉到地上的时候，我下意识地抬手缩腰，做了个防御的动作。

胖子没有时间做更多的反应，也只是缩了一下脖子，我们两个人一下都定在那儿不敢动。

我原本以为会爆炸，当时也没有时间多考虑，一切都是条件反射，咬牙缩着脖子等了几秒，却什么都没发生——没有爆炸，也没有暗器飞过来。

我小心翼翼地睁开眼睛，看向胖子脚下，摔出来的东西好似一块木头，长满了疙瘩，我从来没有见过，但似乎不是什么危险物。胖子渐渐放松下来，走远了几步。我也慢慢放下手，心生疑窦：难道是闷油瓶记错了，还是因为时间太久，以至于过了保质期没了危险性?

我看向闷油瓶，他并没有什么特殊的表情，但是显然也被吓了一跳。

这就好比是一个爆竹哑火，谁也不敢第一时间去看是怎么回事，我们僵了片刻，刚才还信誓旦旦说自己命硬的胖子才凑过去。我也跟过去，看到那东西的形状有点像葫芦，大概有广口杯那么大，表面有一些脓包一样的疙瘩，好像癞蛤蟆的皮，让人觉得很不舒服。仔细看后，我发现，这个癞皮“葫芦”的脓包里夹杂着金属锈迹的光泽，竟然像是铁制的。

胖子想用手去拿，被闷油瓶制止了。闷油瓶从边上折下一片南瓜叶，包住“铁葫芦”拿了起来。

从他拿“葫芦”的姿势来看，确实是铁制的，而且重量不轻。那些铁疙瘩像是被强酸腐蚀过或者铸的时候夹了大量气泡，红色和黄色的脓斑是铁锈的痕迹，这东西就是一个葫芦状的铁砣子，但能看到上面有一些古代的花纹，已经非常模糊了，隐约透露出这是件古物。

胖子看着纳闷道：“什么玩意儿？跟炮弹似的，难道是古代的手榴弹？”

我立即摇头：“别瞎说，你会把手榴弹埋在床下面？”

明朝的火器已经非常发达，“震天雷”和“国姓瓶”的杀伤力很大，我经手过一些，但都是掏了馅儿的，也就是没火药的（谁也不能交易实心的，那等于交易军火）。这些火器最早都是福建渔民从海里网上来的，然后被古董商用日用品换走，但这铁疙瘩不像海货，所以应该不是火器。更何况把这东西埋在床下，要是赶上天干物燥的时候爆炸了怎么办？闷油瓶绝对不会做那么缺心眼儿的事。

闷油瓶掂了掂，闻了闻，也摇头。我问他刚才危险的感觉是否还在，他没说话，但是神情异样，看着那铁葫芦停顿了一会儿，道：“这东西只有一层皮是铁的，真正的东西被包在铁皮里了。”

我愣了一下：“何以见得？”

闷油瓶道：“重量不对。”

胖子惊讶道：“你能掂量出来？”

这不奇怪，一般经手古董的人，这种手艺都是必练的，而且掂量过纯铁或者做过模具的人都会知道，一块铁的重量和普通人的预期是不同的，铅笔盒大小的铁块，力气一般的人用两根手指可夹不起来。

我对胖子道：“你们半路出家的基本功不行，像这种手头上的功夫，我们或多或少都要练几下子。”

胖子呸了一声：“胖爷我花这么多闲工夫练这个干吗？买台电子

秤才多少钱。”

我做了个鄙夷的表情，接着问闷油瓶：“什么东西要被包在铁皮里保存？你有没有什么想法或者印象？”

闷油瓶摇头，胖子就道：“以前有一种铁包金，运输的时候金块外面包上铁皮，不显眼，不过这个东西的铁皮看样子是铸上去的，而且重量轻了，里面肯定不是黄金。”

“铁包金”我倒没听说过，我只知道有一种叫铁包金的藏獒，爷爷有过一只，因为水土不服一直养不起来，后来被村里的牛踢死了，胖子说的事不知道是胡吹的还是他真见过。

让我在意的是那上面模糊的花纹，既然有花纹，那么这个东西至少有装饰作用，不会是单纯的铸件。它肯定有实际的用途。

“会不会是什么铁器的部件？”胖子又道，“比如说铁香炉的脚，或者以前车轱辘上的装饰品？”

我心说也有可能。我对铁器的认识不深，铁器易生锈，在古墓中很难保存，所以市面上流传得远不如铜器和瓷器多。铁器的价值一般也不高，所以大部分搞古董的人都不熟悉，我实在一点头绪也没有。

不过既然是古物，还藏在闷油瓶的床下，那么这个东西肯定有点来历，应该和他在这个村子里经历的事有关。

我想起胖子昨天的想法，心里有一个推测，胖子说羊角山附近可能有一个古墓，那么事情的经过也许是这样：“小哥当年可能在文锦的考古队里，这‘葫芦’可能是他们从那个古墓里带出来的东西。但是出于某种原因，小哥把这‘葫芦’藏了起来，否则很难解释其来历。”

胖子皱了皱眉：“我推测也是这样，那么当年小哥把东西藏起来，显然是在提防什么，当时的情况恐怕非常复杂。”

有提防，必然有敌对，说明考古队在这里发生的事情，不会像阿贵说得那么单纯。

三人沉默了片刻，我感觉有点舒坦又有点郁闷。开心的是在这里得到的信息比我想象的要多很多，郁闷的是这些信息只能勾勒出“一个事件”的大体样子，没法触到细节。

文锦在这里出现，阿贵在照片上的年纪只有十七八岁的样子，现在阿贵肯定有四十岁出头，那么就是二十多年前的事情了。那时候正好是西沙事件发生前后，那么文锦在这里出现的时间应该是在西沙出事前没多久——他们离开这里之后才去的西沙——我没有看到照片上有其他人，文锦是跟着另外一支队伍还是和西沙考古队来的这里就不得而知了。

闷油瓶在这里被越南人绑了当阿坤，时间应该是五六年前，中间差了十几年，这十几年他在干什么？我感觉很有问题，以他的身手那几个越南人定然不是对手，就算对方有枪，我想他要逃脱总不是问题，何至于被捆着当猪崽？难道他和陈皮阿四的见面是设计好的？这些都是疑问。

“刚才抢咱们东西的人，会不会和这件事情也有关系？”胖子望着那个人消失的方向问。

我想起这茬儿来，就问他们：“你们刚才有没有看清楚他的脸？”

“没，那家伙跑得比兔子还快，别说脸了，连屁股都没看清楚，只看到这人蓬头垢面的，体形和你差不多，一溜烟儿就没影了。”

我心说：这人是谁呢？我们到这里来基本上不会引人注目，这是一个单纯尾随我们的小偷，还是局内人？这点让我意外，有点被监视的感觉。如果他不是单纯的偷窃犯，那他必然和这件事情有关联，那么我们现在的处境就有点糟糕，晚上得关门睡觉了。

“等下咱们问问阿贵，那人像疯子一样，指不定他知道什么。”胖子道，“现在怎么办？咱们拿这个铁葫芦也没辙，要不等下找个铁匠看看能不能熔开一部分？”

我道不然，劳动人民的智慧是无穷的，这种东西我知道有一种处理方法，可以使用硫酸一点一点把铁壳子溶薄了。你看这些烂铁疙瘩，估计有人已经这么干过，不过出于某种原因没有成功就停止了。

说不定这么干的人就是闷油瓶。我有一个感觉，他对这东西有危险的印象，可能正是他在溶解铁封时发现的，当时他可能忽然发现了什么危险的迹象，让他印象非常深刻，使得他立即停止了作业。现在他虽然什么都忘记了，但是那印象还留在他的脑海里，让他觉得不安。

当然这完全是一个推测，即使我感觉很有这种可能。

胖子跃跃欲试道：“硫酸好办，我去化肥站要一点来。”

我心说，那玩意儿还是不要轻易去动的好。我就对他说悠着点儿，等一下可以带到阿贵那里仔细琢磨琢磨，让闷油瓶看看。

闷油瓶将铁葫芦放回铁箱子里，翻上盖子，胖子立刻抱起来：“得，今天算是有收获了，这玩意儿现在我得贴身看着，你们赶快再进去翻翻，那闺女等下就回来了，抓紧时间。”

我想起楚哥和我说的照片还没看，心说那才是正事，就立即起身往窗户走去。

刚站起来还没走两步，闷油瓶忽然发现了什么，一下拉住了我。我看他的眼神，立即感觉有点不对，忙顺着他的视线一看，顿时一愣。我看到高脚楼上方一边的山坡上，站着几个村民，不知道什么时候出现的，正满脸阴霾地看着我们。

第二章

古怪的村子

闷油瓶拉住了我，我当时心里咯噔一下，第一个想法是：他们什么时候站在那儿的？

我们生活在城市中，习惯于平视一切，到了这里一般不会想到去注意山头，所以最早来的时候，这山坡上有没有人我一点印象也没有。如果他们一早就在上面了，那么我们爬进高脚楼肯定已被他们发现了，这就有点不妙了。

而且看他们几个人的表情，似乎都很不善，有点冷眼观望的感觉，好像以前黑白电影里，老百姓看汉奸的表情。

我有点不知所措，一时间也停下来和他们对视。这几个人都在四十岁到五十岁，山民生活艰辛，普遍显老，所以实际年龄可能更小一点。有两个人挑着扁担，好像刚从山上收了什么东西下来。这几个人没有任何举动，只是直勾勾地看着我们。

我在长沙老家并不受欢迎，以前也经历过这种场面，知道这种表情意味着他们对我们有很大的戒心，但还拿不准我们是什么人。看来我们刚才的举动有可能都被他们看到了。

在山村里，绝对不能得罪当地人，否则后果不堪设想，轻则被赶出去，重则直接被扭送进派出所。长白山一行遭楚哥出卖让我们的案底都不干净，也不知道有没有被通缉，进了派出所他们一查网络，难保不会出更大的事。

这时候再爬进去就是找打了，胖子在我们后面打了几个“哔”的音，暗示我们快走，别和他们对着看，这有点挑衅的意思，当心把人家惹毛了，人家会冲下来。

本来做贼心虚的我心里就有点阴影，这时候心跳更快了，一下紧张起来，感觉有一股压力从山上压下来。但我看了看那高脚楼，又觉得不能走，这唾手可得的东西不能得到，好比看小说眼看谜底就要揭开，作者却又绕起圈子一样，太让人难受了。

见我没有挪步，胖子就架住我，一边对我轻声道：“晚上再来，差不了这几个小时。”一边拖着我往后走。

我们三个人绷着身子，尽量自然地离开，走入村中，走了好一段距离才回头，看后面村民没有跟来，才松了口气。

这情景有点像小时候我和老痒去果园偷橘子，偷完出来正好碰上园主，两个人兜里全是橘子，心里怕得要死，只好佯装路过。那种紧张感让你的脚都迈不开，现在当然没有小时候那么害怕，但是感觉也不好受，还有点好笑。

凭借着记忆，我们绕了几条弯路回到了阿贵家里。阿贵不在，他的大女儿在编簸箕，看到我们就问我们怎么这么快就回来了。我道太热了，吃不消了。

胖子径直回到房里，将铁箱子藏到床下后，我们才安下心来，感觉这件事情就过去了。胖子道：“吃一堑长一智，以后咱们白天别那么猴急，得先观察环境。同时，我看咱们得在阿贵那儿打点一下，他是地头蛇，咱们得拉他进伙，关键时候也好有个人替咱们说话。”

我心说恐怕没用，这浑水怕是他也不肯蹚。而且，我猴急是有原因的，事情到这种程度，任何意外都有可能产生蝴蝶效应，所以能急一些还是急一些的好。

说完话胖子出去讨水喝，我惦记着那没有看到的照片，只觉得浑身燥热、心神不宁，就躺下来逼自己静心。没多久听到胖子在问阿贵的女儿，那木楼后面的山路是通到哪儿去的，平时走的人多不多。阿贵女儿说那儿是山里的瓜田，夏天了，西瓜熟了，所以经常有人上山去摘西瓜。那老木楼老早就在了，以前听说有个老太婆住过。

我看了看闷油瓶，心说：老太婆？难道闷油瓶以前是和一个老太婆同居的？他那空白的十五年搞不好是被关在那里当性奴，那未免太悲惨了。接着我又诧异自己不知道哪里来的龌龊念头，大概是一路过来胖子讲的黄色笑话听多了。

不过阿贵女儿说的以前，时间跨度不明确，说不定是更早以前，也说不定是闷油瓶离开了之后。

之后，胖子问了阿贵女儿那个蓬头垢面男的事，一问之下，发现还真有这么一个人。这疯子从她刚出生就在了，也不知道是谁，村里人都叫他“阿玉儿子”，好像以前也是个猎户，不知怎的就疯了。这人住在山上的一间破屋子里，有时候看到他下来捡一些剩饭吃，现在不怎么看得到了，可能老了，不太走得动了。有老人可怜他，会把吃的东西放到山口用一口缸罩起来，他晚上会把缸搬开，把吃的东西带回去。

我听了觉得奇怪，今天看到的那人狂奔如牛，一点也不像老人，难道我们城里人的体质连山里的老疯子都不如？

也确实有可能，因为说是老了，也不知道到底多老，说不定只有四十几岁，因为风吹雨打，所以显得非常老，但就冲着常年在山上生活，他的体质肯定异于常人。

胖子拿着水杯进来对我道："听到没有，现在是收西瓜的季节，那边人太多，你得沉住气。这里不比荒郊野外，你想怎样就怎样，与其冒那个风险，咱们不如稍微等等。我看咱们等到后半夜最合适，小不忍则乱'大便'。"

我算了一下，心说不行，如果确实是个疯子，那他的行为是不可预测的，难保他不会爬回去看看。对他来说爬到一幢村里的废弃老屋里不算什么大事，谁知道他会在里面做什么。于是我说我等不及了，待会儿吃了中饭我还得去转转，能进去我就进去，把这心事了了。

胖子就苦笑，不愿意和我多谈了，说随我。

长话短说，吃了中饭，我和闷油瓶又去了老屋外头，发现门口的大树下，竟然坐着几个老头儿在纳凉。

故事和现实生活的区别就是，故事你总能在关键时候加快节奏，但是现实生活总会出现意外。我蹲在一边的树下，等那几个老头儿离开，等到脑门都晒爆了，那几个老头儿反而越聊越欢快。

我很难形容那种堵在胸口的焦虑，又不想回去被胖子笑话，就在忐忑不安中度过了几个小时。胖子后来找到我们，他看我们这么久没回来，以为我们被逮住了。

我此时已经冷静下来，或者说是"热"静，因为烈阳高照，空气中翻起潮湿热浪，我们拿着芭蕉叶扇凉也不顶用，给蒸得都快晕了，热得没了动力。那些焦虑全从毛孔散了出去。闷油瓶真是让我佩服，即使这么热，他也岿然不动，一点也看不出烦躁，不过还是浑身汗湿了——冰山一样的酷哥也挡不住广西的大太阳。

胖子奚落了我一顿，我也没力气反驳他。他在北京待久了，完全没法习惯这里的湿热，很是难受，便对我们道："走走走走，别干等着，咱们出去走走，找条溪泡着，否则我非馊了不可。"

村外有一条山涧，我们来的时候见过，不宽，但是水挺急的，当时看见就觉得那儿肯定是个避暑的好地方，只是不知道从寨里怎么走才能到达。

我也实在吃不消了，一听就感觉合意，连忙爬起来，三个人一块儿过去。沿途问了几个村民，村民给我们指了路，胖子摘了芭蕉叶挡在头上，一路骂着太阳，七拐八拐地走出了寨子。

寨子和溪涧基本相邻，山区的寨子基本都建在溪涧的旁边，寨子和溪涧之间是石头滩子，下大雨的时候水会漫上来，这些石子可以起到一个缓冲的作用。我们在埂上眺望了一下，发现戏水的人还不少。看来当地人也不是不怕热。

绿莹莹的溪涧水比我们在下游看到的平静，走到溪边就感觉一股凉意扑面而来。在游玩的大部分是孩子，十五六岁的女孩子都不穿内衣，只穿着衬衫，湿透的衣服贴在身上显出了曼妙的身材。胖子一下就来劲了，三两下脱掉衣服就往溪水里冲，好像猪八戒看到蜘蛛精一样。

我感觉自己穿着三角裤不雅观，就穿着运动短裤下了水，阳光下的溪水有点暖和，我走到石头下的阴凉处。闷油瓶没有下水，坐在一边的树下纳凉。

泡了片刻，暑意就全消了，一种悠闲的惬意扑面而来。胖子在和女孩子们嬉戏，闷油瓶打起了瞌睡，我抬头往寨子望去，能看到闷油瓶的高脚楼就在不远的地方，这比在阿贵家里干等要舒服多了。

好比发榜的考生，在发榜的墙前等着，比在家里等着要舒坦一点。刚才的焦虑让我都觉得有点可怜自己，于是告诉自己：不要紧张，这一次我们不是倒斗，在这里什么都不会发生，不会有粽子，慢慢来就行了。

于是我躺了下来，把身子浸在水里，闭上眼睛，舒展身体。

也不知道躺了多久，我有点睡眼蒙眬的时候，忽然听到有人叫我。我逐渐苏醒，刚坐起来，一溜水就拍到我的脸上，一下把我泼清醒了。我起来后发现戏水的孩子都跑回了岸上，朝着一个方向叫着跑去。胖子一边泼我一边叫着："醒醒！"

我站起来，看到远处寨子里的某处竟然冒起了青烟，问怎么回事，胖子道："好像有房子着火了。"

我看向那个方向，那是闷油瓶的高脚楼所在的地方，顿时觉得不妙。

第三章

火灾

此时，我只是有种不祥的感觉，但还是告诉自己，不可能这么巧，这种天气里木质的老房子发生火灾的概率很高，但是心中的不祥感渐渐强烈到让我有点窒息。

跟着小孩子跑，冲向着火的地方，越靠近我就越觉得不好。等冲到跟前，我几乎不敢相信眼前的情形，只见闷油瓶的高脚楼里冒出了滚滚浓烟，火势极大，热浪冲天，根本没法靠近，一看就知道已经烧得没法救了。高脚楼后面的山也烧了起来，灌木丛一片焦黑，火还在往上蔓延。

从四面八方赶来的村民冲到山上去扑火。我们经历过山火，知道山火一旦烧起来，那种可怕的后果是难以想象的，所以先救山火绝对是正确的。

这火的源头似乎在山上，闷油瓶的高脚楼就在山脚边，于是受到了殃及，我呆立在那里，知道肯定不是这么回事。

火势太大了，我们到溪里才多长时间，就算被雷劈中也不可能烧得这么快。最明显的是，空气中弥漫着一股浓烈的煤油味。

这里没有消火栓，唯一的救火设备就是桶，但是桶的数量有限，他们又是从水缸里舀水，等山火扑灭的时候闷油瓶的房子肯定已经烧得一点也不剩了。我情急之下想冲进去，胖子一把将我拉住，说已经没办法了，进去太危险了，犯不着把命丧在这里。

我脑子里一片混乱，跪倒在地上，这时忽然边上人影一闪，我们还没反应过来，就看到闷油瓶冲了过去，冲到着火的房前，从高脚楼底下的隔空处滚了进去。

胖子和我都大惊失色，要知道在这样毫无保护的情况下冲进火场，绝对是重度烧伤，没一点侥幸可讲。不是说你不碰到火就没事了，火场中心的温度高达上千摄氏度，在里面待着一瞬间就熟了。

胖子马上大叫救人！我和他立即冲过去，挨近房子五六米处，滚烫的热浪就扑面而来。我的汗毛立即被烤卷了，眉毛、头发发出啪啪的声音。我咬牙忍住皮肤的灼痛，冲到房子边上，蹲下去，立刻发现根本不可能进去，里面的高温犹如火龙的呼吸般涌出，趴下去勉强能看到地下有潮湿的泥巴，闷油瓶裹了一身湿泥，正在往里爬。

再想仔细看已经不行了，我们被热浪烤得没法睁开眼睛，只得连滚带爬地退出来。旁边救火的人赶紧冲上来把我们拉住。

刚被扶起来，就听到火场里传出一声东西垮塌的巨响，接着闷油瓶也从高脚楼的隔空处滚了出来。他浑身都冒着白烟，跌跌撞撞地爬起朝我们跑来，旁边马上有人上去往他身上泼水，边上有人说“疯了疯了”。

我冲过去，只见他浑身裹满了房下的烂泥，不知道有没有烧伤，但能看见左手有几处全是黑灰，显然他豁出去用手掏了。我大骂：“你不想活了！”胖子扶起他问道：“怎么样？”

他面无表情，只冷冷道：“全烧没了。”说着他看了看忙着救火的人们，“全是煤油味，连地板都烧穿了。”

这眼神的意思不言而喻，胖子也看了看救火的人，面色不善地看了看我：“小吴，看来这村子有点问题。”

我看着闷油瓶的伤，没空琢磨这些，边上有人对我叫道：“快带他到村公所找医生吧，烧伤可大可小，那房子没人住，学什么救人啊。”

我们找了一个围观的小孩带路，带闷油瓶到村公所后，那小孩让我待着，他去叫医生过来。我想起刚才还是后怕，忍不住埋怨闷油瓶。胖子让我别烦人了，小心被人听到，我才闭嘴，心里堵得有点喘不过气来，也不知道说什么好。

闷油瓶似乎根本没在意身上的伤口，只是在那里发呆，不知道想些什么，气氛凝固了。

这种郁闷我都不想形容，谁也没有想到会发生这种事，早知道这样我宁可当场被逮住打一顿也要先进去看了再说。现在说什么都晚了。

大火四小时后才被扑灭，很多人被烧伤了，不久后来了一个赤脚医生，用草药给伤员处理伤口。闷油瓶一检查倒还好，大概是因为地下的淤泥隔热，他的烧伤虽然多但都不严重，只有左手烧伤得有点厉害。赤脚医生似乎见过大风大浪，也不紧张，慢吞吞地给他们上了草药，说只要坚持换药，一点疤都不会留下。这里夏天山火频发，村民自古对处理烧伤就有很多经验。

我们几个都不说话，回到阿贵家里一清洗，我的眉毛、头发都焦得直往下掉，简直惨不忍睹。

闷油瓶彻底陷入了沉默，房间里满是治烧伤的草药的奇怪味道，很难闻。我有点责怪胖子，说如果不是他说先回来，当时我们头皮硬一下直接进去把照片拿出来，就不会有现在这事了。

胖子一听就火了，说：“这怎么能怨我？既然有人放火，那咱们肯定早就被人盯上了，出事是迟早的。这次烧的是老房子，如果咱们看到了照片，那他们烧的可能就是咱们了。而且当时那种情况，是人都不会硬着头皮进去的，光天化日之下你爬到人家房子里，胆子也太大了。”

我也是有股闷气没处发，确实怨不得胖子，可是胖子这么一说我就一肚子无名火，硬是忍住和他吵架的冲动，用头撞了几下墙壁才稍微缓和了一点。

胖子啧了一声，对我道：“我看这事咱们就是没办法，我估计早就设计好了，不然我们不可能这么倒霉。偷箱子的那疯子，我看可能是别人装的，也是放火人那一伙的。你想他偷箱子的时候动静那么大，还故意敲了地板引起我们的注意，肯定是想把我们引出去。”他顿了顿，“然后他的同伙在外面，我们一出去看到他们，就肯定不敢再进去，等我们一走他们就放火烧房子……肯定是这么回事儿。”

有道理，我点头。这么说来，他们应该是临时发现了我们，情急之下把我们引了出去。如果早知道我们的计划，他们早该采取措施了，不会这么急切和极端。

如果真是这样，那放火的很有可能就是当时在山坡上看着我们的那几个村民……他们是什么人？我们从来没有见过他们，他们也应该不认识我们。

“他们肯定不知道我们在找什么，如果他们知道我们在找照片，只要把照片拿走烧掉就可以了，不需要把整栋房子烧了。”胖子道，“不过这些人也不聪明，露了脸，我就不信我们拿他们没辙。你还记得他们长什么样子吗？”

我有些模糊的印象，不过那么远的距离也实在不能认全，肯定会有些困难，于是不由得叹气。

如果闷油瓶没有突然想起那个箱子，我们会直接看到照片，也不会出现现在这种情况，但是这样一来，这个箱子就将埋在烧焦的废墟下面，永无出头之日。错有错招，但我们并没有完全失败，想到这里，我倒有些释怀。天无绝人之路，而且这房子一烧，我就知道了一件事情：这村子里肯定有人知道什么，而且不会是普通的事。不管怎么说，这算是一条线索。

只是，不知道那批人接下来会不会对我们有所行动。胖子说："应该不会来害命，否则没必要烧房子，直接杀了我们就行了。不过我们还是要小心，以后必须多长个心眼儿。"

就算是这么想，胖子还是有点放心不下。他去阿贵的院子里拿了几把镰刀回来藏在床下防身，还搞了几个杯子，挂在门窗上，门窗一动就会掉下来发出声响。

我总觉得心神不宁，有一种预感——既然有人在阻挠我们，阿贵帮我们找当年那个老向导的事情也会出变故。有人不想让我们继续查下去。

第四章

变故

山火最后不了了之，听阿贵说，好像是天气太热的原因，具体怎么烧起来的还不知道，反正这里每年夏天都会有山火，只是离村子这么近还是第一次，幸亏烧的是废弃的屋子，没有太大的损失。

我心中暗骂，我的损失可大了，这样一来，楚哥对我们说的线索就全断了。现在唯一的办法就是出去后逼楚哥开口，这肯定不是容易的事，而且必然要使用胁迫的手段，我不太能接受。不过，也不是完全没戏，所以我没有太郁闷——只要楚哥不被烧掉就可以了。

和胖子说了说，看来我们在这里待不了多长时间，找了老向导之后，如果没有特殊的理由，我们可能就得回长沙，因为留在这里已经没有意义了。所谓的羊角山倒斗，可能得下回分解了。

胖子也很无奈，虽然有点舍不得，但是我们这一次过来什么工具都没有带，要去羊角山也不是很现实。但他还是坚持要去山里看看再回长沙，于是最后定了个再议。

之后我一直忐忑不安，总觉得老向导的事情也会出岔子，想着先做最坏的打算，以便到时候真的发生，我能好受一点。

出乎意料的是，老向导的事情非常顺利，阿贵回来后告诉我们他已经约好了，明天我们就可以到老猎人家找他。那老头儿脾气有点怪，他和那老猎人说我们是政府的人，老头儿可能会积极点，让我们到时候别露馅儿就行。

胖子一看就不是当政府官员的料，我们一商议，就让他别去了。他说他去化肥店想办法讨点硫酸，看看能不能溶掉那个“铁葫芦”，看看里面是什么东西，再去烧掉的废墟里扒扒，说不定还能扒出点什么来。

我觉得分头行动也不错，但还是千叮万嘱，硫酸讨回来后千万别轻举妄动，要等我们回来一起琢磨，这“铁葫芦”还是有点危险。胖子满口答应，说自己又不是小孩。

商议妥当后我们便去睡觉，一夜无话，各怀心思。到第二天天亮后，我们分头行事，我和闷油瓶由阿贵带着去找老猎人，胖子直奔化肥店。

本以为不会出岔子了，没想到到了之后才发现老头儿放了我们鸽子，老头儿的儿子说老头儿昨天晚上进山去了，到现在还没回来。

猎人打猎那是满山游走，根本无处寻踪。我心说，这是怎么回事？怎么约好的突然就进山了？难道还是被我料中了？老头儿的儿子也有点不好意思，就说老头儿老糊涂了，两年前突然开始有点不正常，时不时不打招呼就进山，也不知道去干吗。谁说了都不听，说去就去，第二天多重要的事情都不管，你看猎枪都还在墙上挂着，肯定不是去打猎，等等就能回来。

我心说，那也没有办法，只能等等了。刚在他家坐下来，忽然从门口又进来一个人，进来就问：“盘马老爹在吗？”

盘马老爹就是老向导在这里的称呼，看来不止我们一伙人在找他。让我惊诧的是，这人说话一口的京腔。

我们朝外望去，只见一个五短身材的中年人绕了进来。我一看他的脸就感觉有点异样，这人长得肥头大耳，但是收拾得很整齐；晒得黝黑，但看不出一点干体力活的样子。

盘马老爹的儿子立即迎了上去，阿贵对我道："这是盘马老爹的远房侄子，听说是个大款。"

我听他的口音，京腔纯正，心说这远房亲戚也够远的。

那中年人似乎对这里很熟，也没什么犹豫径直进了院里。他给老爹的儿子递了根烟，看到了我，面露疑惑之色，问了一句："有客人？"

老爹的儿子用乡音很重的普通话说："是，也是来找我阿爹的，这两位是政府里的……"

那中年人似乎对这个不感兴趣，立即打断他问道："老爹呢？"

老爹的儿子面露尴尬，又把他老爹行踪不明的事情说了一遍。中年人啧了一声，点头："老爹这是什么意思？又不在，老让我吃瘪，我和老板那里怎么说啊？"说着他又看了看我们，面有不善道，"你该不是嫌钱少，又另找了主顾，想诓我？"

老爹的儿子忙说不是不是，说我们真是找老爹的，政府里的人。

中年人又看了我们一眼，半信半疑的模样，走到我们跟前："你们是哪个单位的？这镇里的人我都还熟悉，怎么就没见过你们？"

这就问得有点不客气了，我抬头看了看他，也不好发作，道："我们是省里的，找老爹做个采访。"

"省里的？"他怀疑地看着我们，不过看我们确实像机关单位的，就嘀咕了一句，转头对老爹的儿子道："得，那你再劝劝你老爹，我老板开的价不低了，留着那玩意儿，生不带来死不带去的，有什么用，对吧？别固执了，卖了绝对合算，拿点钱老头子享几年清福多好。"

老爹的儿子不停地点头。

中年人又道："你们有客人，我扎堆在这儿不好，我先撤了。"说着他又笑了，"事情成了，我带你们去风光风光。多用点心，晚上找我喝酒去，我先走了。"

中年人说着出了院子，头也不回，风风火火地走了。我看着觉得莫名其妙，就问盘马老爹的儿子这人是谁，他想干什么。

老爹的儿子看他走远了就松了口气，叹气道，这人是他们的一个远房亲戚，说是老爹的侄子，他的堂兄弟。其实这人是个地痞流氓，一直在北京混日子，他们早就不来往了。但是这人最近不知道跟了哪个老板，跑到广西来收古董，到处让他介绍人，这人自来熟，特别虚，他们又不敢得罪。

我问道："听他的意思，他看中你家的什么东西，想收了去？难道你家还有什么祖传的宝贝？"

第五章

巡山

老爹的儿子唉了一声，对我道：“说起这事我就郁闷，我家老爹手里有块破铁，一直当宝贝一样藏着掖着，说是以前从山里捡来的，是值钱的东西，以前一直让我去县里找人问能不能卖掉，我也就当他发神经。不知为什么前段时间这事被那远房亲戚知道了，他还真找到人来买，出的价钱还不低。结果还真是有病，老爹来劲了，又不卖了，惹得那小子就是不走，一直在这山沟里猫着，整天来劝，被他烦死了。”

我看了看闷油瓶，心中有所触动，看来那老头儿爽约不是因为我们，而是为了避开那远房侄子。铁块？难道那老头儿手里也有我们从闷油瓶床下发现的东西？

阿贵在一边抽着烟，笑道：“你偷偷从你老爹那儿摸了去，换了钱不就得了，以后政府来收可一分钱都不给。”

老爹儿子道：“不是我不想，这老头儿贼精，有一次我说要把那东西扔了，免得他魔怔，他就把那东西给藏起来了，之后我就找不到了。唉，想想真想抽自己一巴掌，没想到那块破铁真的值钱，要是真能做成这买卖，那可是天上掉下的金蛋，我儿子上学的事就不用这么发愁了。”

我听着暗自感叹，表面上看这儿子有点不像话，有点腻歪老人的意思，但我看得出这家人确实有困难，这种家务事我们也不能插嘴。

这时闷油瓶忽然问道：“你父亲把东西藏起来，是不是在两年前？”

他儿子想了想，点头道：“哎，你怎么知道？”

我立即明白了闷油瓶的意思，接着道：“你父亲肯定是把东西藏到山里去了，老人心里不放心，所以隔三岔五去看看，这就是你父亲反常的原因。”

他一听，“哎”了一声，说有道理。阿贵道：“那你老爹对这事还真上心了，你还是再劝劝吧，要真把它偷了，你老爹非拿枪毙了你不可。”

老爹儿子道：“那是，我老爹那暴脾气，我也懒得和他吵，实在不成也就算了。就是我那远房亲戚实在是缠人，这算是挡了他的财路，我怕依他那禀性，我们家以后就不得安宁了。”

我们一边闲聊一边等着盘马老爹回来，他儿子对我说了不少盘马老爹的事情，也让我对这个老头儿有了一点了解。

盘马老爹是当地的土著，在这片土地上繁衍了好多代，是现在硕果仅存的老猎人之一。当地土著的下一代大部分汉化了，一般只在农闲的时候打打猎，更多时候都外出打工，女孩子也都嫁到外地去了。后来这里的旅游业发展起来了，情势又有了变化。

说起来，盘马老爹在当地也算是个名人，枪法好，百步穿杨，而且身手利落，爬树特别厉害。以前逢年过节盘马老爹都是大红人，都得靠他打野猪分肉。后来经济发展了，他年纪也大了，也就慢慢不被人重视，所以开始有点愤世嫉俗，为人又特固执，最后和子女都处不好。

这种老人像是一个经典样本，我知道的就有不少。我以前的邻居是个老红军，也经常念叨世风日下，不屑于与我们这些不懂事的年轻人为伍。这是典型地和自己过不去。想想自己也是，好像人最大的本事就是折腾自己。

聊着聊着，我们在老头儿家里傻等到下午，他还是没回来。我再怎么掩饰也无法压抑住自己的焦虑了，一方面怕有什么意外，另一方面是等得太久了。

老爹的儿子很不好意思，对我们说他去找找，不料出去之后也没回来。我们一直待到傍晚，实在等不下去了。

阿贵很没面子，嘴里骂骂咧咧说这父子俩太不像话了。大家一起走出去，却正好碰到老爹的儿子急匆匆地路过，后头还跟着一群人，也没跟我们打招呼，径直往山上去了。

我看到老爹的儿子面色不好，阿贵很纳闷，抓住一个人问怎么回事，那人道："阿赖家的儿子在山上发现了盘马老爹的衣服，上面全是血，老爹可能出事了，我们正找人去发现衣服的地方搜山。"

"是在哪儿发现的？"阿贵忙问。

"在水牛头沟子里，阿赖家的儿子打猎回来，路过发现的。"

"这么远？"阿贵非常惊讶。

我对这里的地名一点方位感都没有，就问道："是什么地方？"

"那是周渡山和羊角山前面的山口，要走大半天才能到。"阿贵对我们道，"你们先回去，我得去看看。"说着他就跟了上去。

我和闷油瓶对看一眼，感觉难以言喻，心说真的被我料中了，这事也出了岔子。

闷油瓶面色沉静，看不出一丝波澜，脚步却跟了上去，我快步跟上，心说此事实在蹊跷，我们有必要去了解清楚。

第六章

水牛头沟

我们想去帮忙搜山，阿贵一开始并不答应，我们好说歹说才跟了过去。阿贵的小女儿叫云彩，阿贵让他的女儿跟着我们，怕走散了。村民们聚合了大概二十人，举着火把和手电筒，带着猎狗往水牛头沟走去。

山路四周漆黑一片，我们一边叫喊一边让猎狗闻着衣服去找。

这里的林场都被砍伐过一遍，道路并不难走，只是这里雨水充沛，山上多有积水坑，里面全是山蚂蟥。我们一直走到保林区，路才难走起来，不过这些山民全是猎人，经验丰富，走起来一点也不吃力。而对于我们来说，这样的山路和塔木陀比起来实在像是散步一样。一行人就这么往大山的深处走去。

我一边走一边问云彩水牛头沟一带是什么情况，老爹是否会有什么危险。

云彩回道："那里是大保林区和我们村护林区的边界线，羊角山在大保林区，周渡山在护林区，中间就是水牛头沟。羊角山后面就是深山老林了。林场的人都在山口立了牌子，让我们不要进去，所以除了以前的老猎人，我们一般都不去羊角山，羊角山后面的林子更是没听说有人进去过。”

阿贵在我后面道：“村子里对羊角山最熟悉的，恐怕只有老爹了。后面的林子据说以前只有古越的脚商才敢走，古时候越南玉民为了逃关税，从林子里走一个月的路过来卖玉石，不知道多少人被掩埋在这些山的深处。”

玉石买卖是古时中越边境最暴利、最残酷、最具有神秘色彩的商业贸易，我听说过越南和缅甸的玉帮之间惨绝人寰的斗争，一夜暴穷、一夜暴富在这里平常得不能再平常，在那种以一博万的巨大利益下，人性没有任何容身之所。

阿贵说这里离玉石交易最盛的地点不远，从巴乃到广西的玉商，都和广东的一些老板做小生意，这些玉商是最苦的玉民，所以也特别凶狠。特别是清朝的时候，越南人半商半匪一批批过来，那是当地一害。

我心里想着如果是这样，也许能在林子里发现那些越南玉民的遗骸，说不定能找到他们带来的玉石原石。这年头玉色好的原石十分稀有，玉石价格高得离谱，当年的玉石质地比现在高出好多，如果找到一两块好的，那比什么明器都值钱。不过转念一想，那些越南玉民当年对这些玉石看得比自己的命还珍贵，如今如此攫取，是很大的不义，这和盗墓不同，恐怕会招来不祥之事。

走到前半夜头上我们才走进沟里，发现血衣的人指了指一棵树，说衣服是在树上发现的，他先看到有血沾在树干上，抬头看才发现衣服，刚开始以为是被野猫咬死的夜猫子，后来才发现不是。

手电光照到树上，这种铜皮手电筒直没有什么照明能力，但是能确定上面没有其他东西，显然是盘马老爹爬上树后，将血衣留了下来。

老爹快八十岁了，虽然以前是爬树高手，但按道理不可能无缘无故爬到树上去，显然是遇到了什么危险。我问云彩这里有什么猛兽，云彩说很久以前听过有老虎，现在在山里，最厉害的东西可能是豹子。

我一听，心说老虎现在绝对没了，豹子是爬树的好手。如果真是豹子那就麻烦了，而且豹子有把食物挂到树上藏起来的习性，搞不好老爹已经遇难了。

不过云彩又道豹子都在深山里，这里的山不够深，遇到豹子的概率太小了。老爹没有带枪，到这么深的山里来干吗？

我想起小兵张嘎把缴获的手枪藏在鸟巢里的情节，心说难道盘马老爹也学这一招，但是树上并没有鸟巢。

我们在树的四周搜索了片刻，没有任何收获，只能勉强看到一些血迹，几个方向都有。带来的几只狗派上了用场，猎手们都带着枪，子弹上膛后兵分几路往远处去找，我跟着阿贵那一路往羊角山的方向走。

水牛头沟很长很深，没有人走到过尽头，沟的中段就是羊角山和周渡山相接的山口，呈现出热带森林的景象，和塔木陀的感觉很相似，让我很不舒服。我总是若有若无地听到“咯咯”声，然后起一身冷汗，但是也没有办法，自己要来的，只得硬着头皮跟着。

猎狗相当剽悍，站起来比我都高。虽然全是杂种狗，但是训练有素，很快就闻到了味道，一路引着我们往山谷深处走去。

一路无话，走到后半夜，月牙顶在头上，狗似乎找到了目标，我们在羊角山山口附近停了下来。那是山腰上的一个斜坡，因为泥石流的关系，树木很稀，斜坡非常陡，而且泥土湿滑，松软得好比雪层。我们用树枝当拐杖才能保持平衡，偶尔踩错地方，整片的泥就那么一路滑下去。

猎狗拉着我们，艰难地半爬着来到一棵树下，之后就不再前进，而是对着树后的一大片草丛狂吠。

云彩有些害怕，我的心也吊了起来，如果老爹遇到了豹子，那么草丛里的东西可能惨不忍睹。

阿贵上前用树枝拨开草丛，手电照射之下却发现里面没有尸体，只有一块大石头。我们过去后发现那是一块断石碑，有些年头了，风吹雨打的痕迹很明显，表面几乎被磨蚀干净了。

阿贵他们拨开四周齐腰的杂草寻找，忽然一个猎人“哎呀”了一声，人一下矮了下去。

我们忙冲过去将他拉住，就见草丛里隐蔽着一个大坑，好像是被雨水冲出来的，坑里还有烂泥。往坑底一看，我和闷油瓶对视一眼，心里都咯噔一下，坑里隐约可以看到几截烂木头裹在烂泥里，看形状我基本能确定那是一具已经支离破碎的棺材。

这是一个被冲出来的简陋古墓。

第七章

古坟

月光惨白地照在山腰，四周什么都看不见，但能听到坡下沟里密林深处发出各种各样奇怪的声音。这个坑让阿贵他们怔住了。山民迷信，看到棺材总认为不吉利，他们互相看看，阿贵没有什么想法，自言自语道："大半夜的看到棺材，回去要洗眼睛。"

另一个人趴下来看了看，道："这是谁的坟？怎么挖在这么深的山里？"

没人回答他，云彩吓得躲在闷油瓶身后。

我能肯定这是一个荒坟，不是大户人家的墓，年代应该是明清，因为这种质量的棺材，在雨水这么充沛的地区能够保存到现在，时间不可能太早。看棺材里的烂泥上也有草长起来，那么棺材被雨水冲出暴露在野外有几个年头了，里面的尸骨肯定已经被毁了。

坑不大，用手电照照，我们找不到里面有盘马老爹的踪迹。人肯定不在，但我感觉这里可能就是盘马老爹藏东西的地方，因为它确实十分适合藏物。盘马老爹的儿子说的铁块可能就在下面。

狗还在叫，引得人烦躁，阿贵把狗拉远，让它们在四周晃荡，接着拾来树枝在里面翻找。

他们也不敢下到坑里，对棺材普通人都会忌讳，但是狗的反应告诉我们这洞里肯定有东西。这样找肯定是找不到的。

我看了看这里的山势，就是我这个只懂得风水皮毛的人也能看出来，这里绝对不适合葬人。这里是山口，山上所有的水都会往这儿汇聚，在这里葬人不出几天就发霉了。这个墓不会是胖子推测的在羊角山中的大墓，只可能是普通的荒山古墓，应该没什么危险。于是我让阿贵别搅了，我和闷油瓶下坑去翻。

我下盗洞都轻车熟路，更不要说翻个棺材，何况闷油瓶还在身边。阿贵却非常惊讶，觉得我这样的城里人怎么胆子这么大，云彩更是眼巴巴地看着，有点反应不过来的样子。

我们两个人一前一后下到坑里。因为坑在斜坡上，坑壁一边很低，一边很高，能看到山坡塌陷形成的断壁，半截棺材嵌在断壁内，个头还不小，看上面的残漆是一具黑色老木棺，沉入墓底的淤泥有半尺——不是这里土质沉降，就是这老棺奇沉。

这种葬法也不是一般百姓用得起的，棺材看似是上等货色，可能是以前这里地主的买办。墓里头已经破得不成样子，四处全是烂泥。

不知道是不是被胖子传染了，看到棺材我的心跳也开始加速，我告诉自己，这时候必须表现得外行，否则很容易被阿贵他们怀疑。

闷油瓶接过手电筒，拨开那些杂草，只看了一圈，我们就看到棺材的不显眼处有一些血手印。闷油瓶让我帮他照着，伸手对着比画了一下，那个棺材上的手印，应该是俯身平衡身体的时候印上去的。闷油瓶也蹲下去，下面就是棺材的裂缝，他想也不想，直接把手伸到裂缝内，开始在烂泥里掏。

听着淤泥被搅动的声音，我觉得后背发毛。他只是在烂泥中摸了几下就将手拔了出来，手里拿着一块沾满烂泥的东西。甩掉上面的泥，那是一个塑料袋，上面也有血迹，但闷油瓶抖了几下，我们发现塑料袋是空的。

“怎么会这样？”我奇怪道，“东西呢？”

“血迹是新鲜的，他把东西拿走了。”闷油瓶看了看四周，淡淡道，“时间不长，肯定在附近。”

“这么说他是受了伤之后，才来这里拿的东西？”我松了口气，从受伤的地方到这里有段距离，既然能走过来，那么伤得不会太重。

闷油瓶又摸了一下，没摸出什么来，我们爬上去，我对阿贵把情况说了说。一个没有枪的老猎人，虽然强悍而有经验，但是绝不可能逃过一只豹子的攻击，而且奇怪的是，在受了伤之后他为什么还要来这里？他应该立即回村才对。他一路流了那么多血，过来将这铁块拿走是什么原因？难道他觉得铁块放在这里会有危险？

我们把狗叫了回来，以古坟为中心，几个人分头到四处去找。一拨人往山上去，一拨人顺着山腰，我们两个跟着阿贵父女向谷底找去。我问云彩：“除了豹子，林子里还有什么会攻击人的东西？”

云彩说以前太多了，现在都给吃光了，以前有很多蟒蛇，现在好久都没看到了，会攻击人的，还可能是野猪。不过野猪胆子很小，只有被激怒的时候才会攻击人，盘马老爹经验丰富，不可能在没有武器的情况下去激怒野猪。

我心说有可能，但还是无法解释盘马老爹到这里来把东西拿走的原因。这时候我心中隐隐怀疑，也许盘马老爹遇到的危险不是动物，会不会是烧了房子的那几个神秘人袭击了他？我正琢磨着，忽然听到远处另一拨人的方向传来一阵急促的狗吠。

第八章

老头儿

我们立即停下来回头，同时有谁惊叫了一声。

这一声惊叫犹如厉鬼，我们只看见那边乱成一团，也不知道发生了什么。我们愣了一下，立即抄起家伙往传来惊叫声的地方跑去。

相隔不远，只听狗在狂吠，树影婆娑中也看不出他们为什么大叫。阿贵喝问："出什么事了？"

"当心！草里面有东西！"前面的人叫道，刚叫完，一旁的林子忽然有了动静，好似有什么东西正快速穿过灌木，动静很大，看来是只大型动物。

阿贵端起他的枪开了一枪，打在哪儿都看不真切，炸雷一样的枪响把远处的飞鸟全惊飞了，那动物一阵狂奔，隐入了黑暗中。

我们冲到他们跟前，山上的几个人也冲了过来，手电光往林子里四处扫去，只见灌木一路抖动，阿贵马上大叫："放狗出去！"

几个猎人打了声呼哨，猎狗一下冲了出去，那气势和城里的宠物犬完全不同，一下前面就乱了套，灌木摩擦声，狗叫声，不绝于耳。阿贵他们立即尾随而去，几个人应该都有打猎的经验，用当地话大叫了几声，散开来跟着狗就往林子里跑。

我们想跟过去，阿贵回头朝云彩大叫了几声，云彩把我们拦住，说不要跟去，他们顾不了我们。黑灯瞎火的，猎人不能随便开枪，那野兽逼急了可能伤人。野兽，特别是豹子一类的猛兽非常凶狠，被抓一下就是重伤，所以要格外小心，我们没经验很容易出事，而且我不懂怎么围猎，去帮忙也是添乱。

我自然不肯，心说要论身手，闷油瓶还会给你们添乱？往前追了几步，却发现她说的添乱是另一回事。

三只猎狗训练有素，分开摆出队形，冲到了那东西前面，那东西遭到围堵立刻掉头跑，而后面就是围上去的几个猎人。狗和人一前一后，正好形成一个包围的态势。这需要包围圈的每个人都有经验，否则猎物就可能找到突破点逃出去。

阿贵他们不停地叫喊，让猎物搞不清状况，不知道该往哪个方向逃，只能在包围圈里不停地往返。同时猎人们都举起了猎枪，不停地缩小包围圈。这是猎野猪的方法，我以前在老家见过类似的情形，猎稍微大点的动物都用这种方式。

太久没看到打猎的真实情形，我们屏息看着，阿贵他们越逼越近，很快猎物就进入猎枪的射程范围。只是猎物不停地动，手电光无法锁定。这里的猎狗都是中型犬，猎得最多的是野鸡和野兔之类的小动物，所以也不敢贸然上去。如果是北方猎狼的大狗，在以三对一的情形下，早就冲上去肉搏了。

磨蹭了半天阿贵他们也没有开枪，一般的猎物在这种时候都会犯错误，会突然冲向某个方向，一旦靠近准备着的猎人，猎人近距离开枪就十拿九稳，之后猎狗再追过去，这东西就基本逃不掉了。但是这一只猎物不仅没有立即突围，反而逐渐冷静下来，没两下就潜伏在草里不知道哪个位置了。这样一来阿贵他们反而不敢靠近。

我看着这些十分诧异，心说厉害啊，反客为主，这到底是什么东西？这么狡猾，难道是只大狐狸？

但是要多大的狐狸才能袭击人啊，难道这只是狐狸中的施瓦辛格？

阿贵照了几下实在拿不准，这批猎人不是以前那些一辈子在山里讨生活的山精，经验到底欠缺一些，也没有好办法，就吆喝云彩拿石头去砸，想把猎物砸出来。我们捡起石头刚想扔过去，却被闷油瓶拉住，我抬头看他，发现他不知何时面色有变，眼睛没有看着围猎的地方，而是看着阿贵的身后，叫了一声："当心背后！"

我跟着看去，竟然发现阿贵身后的草泛起了一股波纹，好像是风吹的，但是四周没有风，又像是有东西潜伏在草里正朝阿贵靠拢。

阿贵立即回头，那波纹一下就停止了。

"什么东西？"我惊疑道，"还有一只？"

"不是。"闷油瓶看着四周，冷然道。我把手电光扫向周围，一下就发现四周远处的草丛泛过好几道奇怪的波纹，正在向我们聚拢而来。

这里的猎人哪里见过这样的场面，一个个瞠目结舌，还是云彩这丫头第一个反应过来，立即打了个呼哨，把狗叫了回来。

我大叫让他们聚拢过来，几个人聚在一起，仔细去看四周的动静，就见那些波纹犹如草中的波浪一样，忽隐忽现。

三只猎狗比我们更能感觉到情势的诡异，不停地朝四周狂吠，烦躁不堪。几道波纹在不规则的运动中，逐渐靠近我们，我虽说不害怕，但是不可避免地紧张起来，心如擂鼓。

"到我们中间去。"阿贵对云彩说了一句，也搞不清到底是什么状况。不过山民剽悍倒是真的，竟没有一个害怕的，几个人都把枪端了起来，此时也顾不得我们。我拿了块石头当武器，看了看四周的环境，道："这里草太多了，我们退到山坡古坟那边去。"

几个人立即动身，一边警惕着一边快速往山上走，没想到我们一动，那几道波纹立即围了过来，在离我们三十多米的地方，又一下子消失了。我们几乎没有时间紧张就直接慌张了，正道也不走，直接顺着坡直线往上。

山泥全是湿的，几个男的上去了，云彩一下就崴了脚，滑下去好几米。我拉了一把结果自己也脚下一滑，脚下的泥全垮了。

闷油瓶和阿贵停下来拉我，一下与队伍的距离就拉开了几米。山坡上杂草密集得好比幔帐，我此时听到四周的草丛里全是草秆被踩断的声音，十分密集，顿时心中燃起了强烈的不安。

被拉起来后我去找云彩，云彩崴了脚已经疼得哭了起来。我冷汗直冒，腿都不听使唤，咬牙拨开草好不容易把云彩扶到山坡上，那边的烂泥已经又垮出了一个坑。我在她的小屁股上推了一把，上面的闷油瓶单手把她拉了上去。

我爬了几下，发现我体重太重，没人在屁股后面推我的话，那泥吃不消我的重量还得垮，于是企图从边上绕上去。没想到人背喝凉水也塞牙，没走几步，脚下的烂泥又垮了，我一下摔在山坡上滑落了好几米。挣扎着爬起来，我听上头阿贵大叫："跑开！快跑开！"

听声音我本能地知道他肯定看到了什么，立即往左一动，又听到阿贵大叫："错了！不是那边！"面前的草丛一阵骚动，接着我看到一只小牛犊般大小、吊睛白额、似豹非豹的动物从草里探出上半身来，两只碧绿的眼睛放着寒光，一张脸面目狰狞，好似京剧脸谱里的凶妖一般。

我一和它对视就知道这玩意儿是什么东西了，心中无比诧异——这竟然是一只猞猁。

猞猁是一种大猫，比豹子小，比猫大得多，这种猫科动物的脸好比妖怪，邪、毒、凶都在上面。猞猁和豹子最明显的区别是猞猁的耳朵上有两道很长的粗毛，像京剧里的花翎。

这种动物智商极高，虽然喜欢独居，但在食物匮乏的时候也会协作捕猎，是除狮子外唯一能成群合作捕猎的猫科动物。在西藏，大型猞猁被称为“林魔”，据说会叼年轻女性回巢交尾，但因为皮毛的关系，近代几乎被捕杀干净了。它怎么会出现在偷猎这么严重的广西?

如果是猞猁，倒可以解释盘马老爹为什么被袭击而没有死，猞猁像猫，喜欢将猎物玩到精疲力竭再杀死。而且猞猁性格极其谨慎，不会轻易贴身肉搏。

心念电转之间，在我的另一边，又是一只猞猁探出头来，这一只更大。同时有烂泥从我头上方掉落，闷油瓶已经从上面下来，滑到了我边上。阿贵的猎刀在他手里。闷油瓶下来后立即拉住我：“踩着我的背上去。”他斩钉截铁道。

“啊，那多不好意思。”我一时没反应过来。

“上来！”上面的阿贵大叫，满头冷汗。

猫科动物最喜攻击猎物的咽喉，一击必杀，我缩起自己的脖子，心说我就不客气了，扒拉了几下烂泥，踩到闷油瓶的肩膀上，闷油瓶猛地一抬身子把我送了上去。上面的阿贵拉住我的手，我乱踢乱蹬好不容易在山坡上稳住，忽然听到云彩一声惊叫，从下面的草丛里猛地蹿出一只庞然大物，纵身跳在山坡上借力。我就那么看着一只“巨猫”踩着飞溅的泥花，几乎是飞檐走壁般飞到我的面前。

阿贵条件反射下放了手，我一下就摔了下去，凌空被咬了一口。

幸好猞猁的体形还是太小，没法把我直接压到地上，我摔进草丛里滚下去好几米，随即狠狠踢了它一脚，将它踢了出去，起来一看我的肩膀几乎被咬穿了。

四周所有的草几乎都在动，被我踢飞的那一只刚落地就已经恢复了攻击的姿势，再次朝我猛扑过来。

我完全没有时间去害怕和恐惧，这几年的探险生涯让我具备了极强的求生本能，我护住咽喉一下就被撞倒了，索性一个翻身顺着山坡翻了下去，疾滚而下。

这一滚真是天昏地暗，爬起来后我也不管三七二十一，跌跌撞撞就跑。后面的阿贵他们已经放枪了，我也分辨不清方向，一直往山谷深处冲去。跑出没几米就听到背后一阵疾风，我知道它来了，绝对不能用自己的后脑勺对着它，脑壳会被直接咬穿的，于是我立即转身。

几乎是刚转身就看到一个黑影以迅雷不及掩耳之势追了过来，根本没法估计速度，转眼就到了我面前。我心说，完了，这一次将我扑倒之后我绝对没有时间再做防御，条件反射下只能闭眼等死。

眼睛都没完全闭上，转眼之间，我身边的草丛分了开来，接着寒光一闪，一个人影闪电般从草丛里扑了出来，一下和黑影抱在一起。

黑影来势极汹，两个影子撞在一起后翻出去好远，我愣在那里完全反应不过来，好像做梦一样。只听到猞猁的吼叫和呻吟声，草丛里乱成一团。

不知过了多久，草丛里安静了下来，从里面站起来一个黑影。我松了口气，那人影走了出来，走到月光下，我才发现那是一个干瘦的陌生老头儿，浑身都是血，手里提着一把瑶族和苗族特有的猎刀，那只大猞猁被扛在背上，似乎已经断气了。

他走到我跟前，看到我后愣住，用当地话问了我一句，我也不知道他说了什么，只是下意识地摇头，心说，这天神爷爷是谁啊？而下一秒我便看到了更加让人惊讶的画面——老头儿的身上，竟然文着一只黑色的麒麟。

鹿角龙鳞，踩火焚风，和闷油瓶身上的文身如出一辙。

第九章

盘马老爹

老头儿很瘦，和肩膀上肥大的猞猁一比就更显瘦削，但是仔细看能看到他身上已经萎缩的肌肉仍精壮如铁条，可以想象在壮年的时候是何等雄伟。月光下老头儿的眼睛炯炯有神，有一种让人说不出的感觉。

他把猎刀收回腰后的鞘里，又打量了我一下，把猞猁换到自己的另一只肩膀上，接着用当地话让我跟他走。

四周的草还在动，但老头儿熟视无睹，背着猞猁一路往前。四周的动静逐渐远去，林子深处传来了它们的悲鸣声。猞猁都是临时组成的狩猎团体，这一只可能是其中最强壮的，负责最后的扑杀，它一死狩猎团体就瓦解了，猞猁生性十分谨慎，绝对不会再冒第二次险。

老头儿一边吆喝，一边往古坟的方向走，手电光闪烁不定，但始终定在山上，显然阿贵这家伙不厚道，没下来救我。

只有一束手电光朝这里照来，我们迎上去，看到闷油瓶少有地有些急切，看到我没事后似乎松了口气，接着他看到了老头儿。

闷油瓶的手上也全是血，阿贵的猎刀被他反手握着，两个人对视了一眼。闷油瓶看到老头儿的文身，顿时愣住了，但是老头儿好似没有注意他，径直从他身边走了过去。

我心说，我靠，好酷的老头儿，有闷油瓶的风范，难道这家伙是瓶爸爸？

闷油瓶想上去询问，我将他拦住，说这老头儿不是省油的灯，而且显然语言不通，问他也没有用，先回去再说。

途经我摔下来的地方，看到地上也有一具猞猁的尸体，脖子被拧断了，显然是闷油瓶的杰作。老头儿示意我们抬起来，闷油瓶将尸体扛到肩上，一起爬上山坡，上面的人立即跑了过来，看到老头儿后显得很惊讶。

老头儿和他们用当地话叽里呱啦说了一通，我完全听不懂，就偷偷问云彩，这老头儿是谁啊。

云彩道："还能是谁，他就是你们要找的盘马老爹。"

"他就是？"我不由得吃惊，不过之前也想到了这一点。都说盘马老爹是最厉害的猎人，除了他还有谁能在这么大年纪徒手杀死一只这么大的猞猁？要知道单只猞猁可以猎杀落单的藏狼。猫科动物是进化到了顶点的哺乳动物捕食者，不是极端熟悉它们的习性就不可能做到。

刚才盘马老爹肯定是被猞猁袭击了之后，一直和猞猁周旋到了这里，然后蛰伏下来等待时机。最后那一下必杀技我看就是闷油瓶也不一定能做得那么干脆，哪怕稍微晚个一秒，我和老爹之间肯定要死一个。

阿贵看了看我的伤势，向我们介绍了一下对方，老爹似乎对我们不感兴趣，只略打了个招呼就开始擦身上的污秽。

擦掉身上的血，我发现他的文身在血污中非常骇人，而且造型确实和闷油瓶的几乎一样，老爹的后脊梁骨有新伤口，深得有点恐怖，可能是猞猁偷袭所致。

几个人嘀嘀咕咕，述说着进山的经过。我半猜半琢磨，加上云彩的翻译，听懂了大概，前面的和我猜的差不离儿，确实是因为他侄子的事情才进的山，不想会遇上猞猁这种东西。好在老爹进山有一个习惯，就是在背上搭一条树枝，一来可以当拐杖，二来在平地的时候可以防着后面的罩门被偷袭。这都是古时野兽横行时留下来的规矩，一辈子都没派上用场，不料就是这一次救了命，衣服给扯了去，但后脖子没有被咬断，真是险之又险。

猞猁已经多少年没露面了，在这里又突然出现，可能是因为前几天连降大雨，深山里出了变异才被迫出来。人多的地方老鼠多，于是它们被食物吸引到了村寨边上。

老爹的神情很兴奋，似乎找回了当年巅峰时的感觉。我寻思现在也不适宜多问，阿贵吆喝着回去，说村里人该急死了，老爹和我的伤口都有点深，必须尽快处理。

几个人把两具猞猁的尸体烧了，此时天色都泛白了，于是我们踩熄了火立即出发。

猞猁的皮毛价值连城，就这么烧了实在太可惜了。不过阿贵说，不能让其他人知道这里出现了猞猁，否则，不出一个星期偷猎的人就会蜂拥而至，这些人贪得无厌，就算打不到猞猁也肯定要打点别的回去，这里肯定会被打得什么都不剩。

一路无话，回到村里天都大亮了，几个村里的干事都通宵没睡，带着几个人正准备进山，在山口碰上了我们。

我们在村公所里吃了早饭，烙饼加鸡蛋粥，我饿得慌，吃了两大碗，村里跟过节似的，不停地有人来问东问西。

我的肩膀几乎被咬了个对穿，消毒后打了破伤风针，又敷了草药。盘马老爹的背上缝了十几针，那赤脚医生也真下得去手，好比家里缝被褥一样，三下五除二就缝好了，其间老爹一直沉默不语，就听着那些村干部在不停地啰唆。

这些烦琐事情不提，处理完后我们想先回去休息，等缓过劲儿来再去拜访老爹。不料老爹临走的时候，做了一个手势，让我们跟他回家。

我和闷油瓶对视一眼，心说这老头儿真是脾气古怪。我们两个人站起来连忙跟了上去，没走出两步，盘马老爹又摇头，忽然指了指闷油瓶说了一句什么。

我们听不懂，不禁看向跟来的阿贵，阿贵也露出了奇怪的神色，和盘马老爹说了几句，盘马老爹用很坚决的语气回答他，说完之后就径直走了。

我不知道出了什么事，很茫然地看着阿贵，阿贵有点尴尬，我问他老爹说了什么，阿贵对我道："他说，想知道事情你就一个人来，这位不能去。"

我皱起眉头，心说这是什么意思，看了看闷油瓶，阿贵又道："他还说……"

"说什么？"

"说你们两个在一起，迟早有一个会被另一个害死。"

第十章

坐下来谈

听了那话，我一下就愣了。这没头没尾的，盘马老爹忽然说了这么一句话，我一下没反应过来。但是，同时我心里咯噔一下，感觉这一句话听着有点瘆人。

还没细想闷油瓶已经追了上去，一下赶到那老头儿前面将他拉住。“这么说，你认识我？”他问道。

盘马老爹抬头看着他，脸上毫无表情，没有回答。闷油瓶一下脱掉自己的上衣，露出了自己的上半身：“你看看，你是不是认识我？”

两人的黑色文身无比清晰，似乎是两只麒麟正在对决相冲，而他们目视着对方，十分奇特。

对峙了片刻，盘马老爹仍然什么都没有说，而是漠然地从闷油瓶身边走了过去，完全不理会他，面部表情也没有任何波澜。

我无法形容那时的感觉，很奇特。如果一定要用文字形容，我只能说我仿佛看到了两个不同时空的闷油瓶，瞬间交合，又瞬间分开。

“闷油瓶终于遇到对手了。”我当时心里出现了一个奇怪的想法，如果不是时机不对，我还真有点幸灾乐祸。一直以来，我认为世界上不可能有比闷油瓶更难搞的人，原来不是，果然很多时候需要以毒攻毒，以闷打闷。

闷油瓶没有再次追上去，他静静地看着盘马老爹扬长而去，就这么几秒钟，刚才那种时空错乱的感觉便烟消云散。

阿贵不知所措地看看我，看看远去的盘马老爹，看看闷油瓶，面色有点郁闷，显然搞不懂这故弄玄虚的是唱的哪一出。我怕他出现腻烦情绪，忙拍了拍他，走到闷油瓶身边，让他回去：“别急，既然他让我去我就去，问完了就立即回来告诉你。”

闷油瓶不置可否，点了点头，还是看着远去的盘马老爹，不知道在思索什么。

不知为什么，这时，我觉得他的眼神忽然变得有些不同了，好像少了什么东西，同时我感觉，这眼神我之前在什么地方见过。

刚才他们四目交会的时候，一定发生了什么。盘马老爹的这种表现，是一种极强烈的暗示，他肯定知道一些事，而且他肯定知道闷油瓶是谁，甚至和他有过比较深的渊源，但看他的态度，似乎这种渊源一点都不愉快。

我迫不及待地追了上去。

跟阿贵再次来到盘马老爹家的饭堂里席地坐下，我脑子里一直在琢磨盘马老爹的话是什么意思，以及应该如何有效地和盘马老爹这样的人交流。

“你们两个在一起，迟早有一个会被另一个害死。”

盘马老爹突然说出这么一句话，本身就让人摸不着头脑。如果不是知道什么，他一个山里的猎人是不会无缘无故要花腔的。但他的态度很奇怪，而且很明显，他不是很喜欢闷油瓶。

我实在想不出个中关系。这可能是一句很普通的话，也可能带有什么隐喻，我一直告诉自己别多想，也许盘马老爹的意思是我的身手太差，闷油瓶的身手又太好，所以我总有一天会连累他。但是我的直觉告诉我，这句话从承前启后来看，被警告的人似乎是我，我是那个迟早被害死的人。

但是闷油瓶可能把我害死吗？如果没有他，我早就是几进宫的粽子了，即使他要害死我，我也只能认栽了，但这似乎也完全说不通。

盘马老爹的儿子打来水给我们洗脸洗身体，盘马老爹因为伤口在后背，就由他儿子代劳了，他自己点起水烟袋，抽他们瑶族的黄烟。

我闻着味道发现烟味和闷油瓶的草药味有点类似，看来那些草药里也有这种成分。于是我想着能不能以这个当切入口先缓和一下气氛，却完全找不到话头。

天色一下沉了下来，似乎又要下雨，广西实在太喜欢下雨了。盘马老爹的儿媳妇关上窗户后席地而坐，风从缝隙中吹进来，空气一下凉爽了很多，老头儿这才给我行了一个当地的礼仪，我也学着还了一个。

此时我才能仔细打量盘马老爹的样貌。盘马老爹五官分明，脸上满是和山民一样黝黑的皱纹，非常普通的样貌，很难想象当年他天神老爹的派头，真是人不可貌相。这个五官绝对和闷油瓶不是一个谱系的，想到这里我稍微放心了一点。

阿贵在一边把我的来意说了一遍，还说我是官面上的人物，盘马老爹看着我说了一句话，阿贵翻译道："老爹说，你到底是什么人他大概能猜到，他也早就料到有一天会有人问起这件事。你想问什么就问吧，问完就赶紧走，不要来打扰他。"

我又愣了一下，感觉老爹话里带着什么意思，好像他误会我是什么人了。

可是我又无法清晰地感觉出他误会的原因，想着想着我立即反应过来，知道现在根本不应该去琢磨，当成自己也没发觉是最妥当的，等到有点苗头了，再说清楚也不迟。

我正了正神，在心里理了一下，于是对老爹道："就是想和您打听一下以前那支考古队的事情，我希望您能把当年的情况和我大概说一遍。不过，在这之前，我想知道，您刚才的那句话是什么意思，什么叫我们两个，一个肯定会被另一个害死……"

盘马老爹吸了一大口烟，忽然露出一个很奇怪的表情，摇头说了几句话，阿贵翻译道："老爹说，他刚才那句话的意思很明白，你的那个朋友，你完全不了解他是怎样的一个人，和他在一起，你绝对不会有好下场。"

"您认识他？"我立即追问道，"为什么这么说？"

盘马老爹看着我，顿了顿，好久才道："脸我不认得，但我认得他身上的死人味道。"

第十一章

味道

阿贵翻译这句话用了很长时间，显然他也觉得非常奇怪。这是什么意思？我更加不明白了。

“死人味道”是什么味道？尸臭？

我还想继续追问，没想到盘马老爹摇了摇头，让我不要再问这个问题——死人味道，就是死人味道。想知道其他的事就快问，这件事情，他只能说到这里，信不信，他都不管。

我自然不肯就这么放弃，但是盘马老爹的态度很强硬，我求了他几声，他连一点表情都没有，甚至不做回应。

这边阿贵就给我打了几个眼色，让我别追问了，怕问烦了盘马老爹翻脸，我才停了下来，心中不由得暗骂死老头儿太不给面子。

我看得出盘马老爹心里肯定有很多东西，虽然表面上他没有任何表现，但是话里无一不是在告诉我，他知道很多东西。但是他似乎有点遮遮掩掩，显得态度很矛盾。从他对闷油瓶的不动声色来看，这老头儿绝对见过大世面。

我脑子转了一下，换位思考，人什么时候会有这种表现?

一种是有东西待价而沽的时候，我以前和一些掮客打交道，都是这样放一句，收一句。但这老鬼不是很像那些掮客。

另一种是自己心中藏有一个秘密，绝对不能说，但是他看到了一个现象和他的秘密有关，如果他不说可能会导致某些严重的事情发生，在这种矛盾中他只能提供一些模棱两可的说辞。比如说有一个特务已经被人怀疑了，这时候他看到一个小鬼在玩一个铁圆盘，他知道铁圆盘是地雷，但他如果和那个小孩说了，他的特务身份就可能会暴露，这时他就会对那个小鬼说："你和这个东西玩，迟早会被这个东西害死。"

我觉得这种可能性很大，我刚开始来这里只想知道文锦他们进山的一些细节和时间，但他看到了闷油瓶之后，表现出的一些细节让我想得更多。也就是说，他认为闷油瓶是一个会炸死我的地雷，他心中有一个秘密使得他知道闷油瓶是地雷，但是他并不愿意说。

有意思！我忽然就不窝火了，不怕你不泄密，就怕你没秘密。这老鬼会提醒我，说明他良知未泯，至少可以说，他对我的印象应该不坏。现在骂人也没用，耐心一点说不定还能套出来点什么。

不过，一开始就表明自己的窥探想法会让他心生警觉，所以我决定先不动声色，转移一下注意力。于是我点头道："算了，这个您不想说，那我也就不勉强了，您能和我说说那支考古队的事情吗？"

阿贵听了之后松了口气，显然他怕我们吵起来，不给我任何再问下去的机会，迅速把这个问题翻译了过去。

盘马老爹这才抬起头来，却又摇摇头，说了一句话。阿贵也立即翻译过来道："老爹说，你弄错了，那不是考古队，那些人是当兵的。"

"当兵的？"我一开始以为我听错了，阿贵又翻译一遍。我没听错。

我琢磨了一下，感觉一定是盘马老爹搞错了，当时的人都穿着绿军装，他可能把那些人都当成当兵的了。

（接下来的对话，都有阿贵在其中翻译，为了叙述方便，不再一一说明。）

“当时形势很紧张嘛。来了好些个兵，都背着冲锋枪，说是要到羊角山里，找人给他们带路，阿贵的爹当时就找了我，我就把他们带到山里去了。”老爹继续道。

我皱起眉头，忽然想起那时和越南的边境纠纷，20世纪70年代，这里一直在零零星星地打仗，我倒没有想到当时这里正是战区，形势更加复杂。

这真是我没想到的情况，我一下陷入了沉思，脑子里很多东西闪现出来。

在当时那种环境下，竟然有考古队来这里考察，那事情就奇怪了……文锦他们还真是神通广大。

难道羊角山里真的有一个价值很大的古墓？

“那些人的背景非常深……”三叔的话在我脑海里一闪而过，让我打了个寒战。

第十二章

盘马老爹的回忆

之后，我和盘马老爹的对话持续了三个多小时，我不停地提问题，一边了解事情的经过，一边试图打探出那个秘密。

谈话内容十分分散，老爹讲话加上阿贵翻译，有时候还要互相解释概念，非常费时间。而且老爹并不十分配合回答我的问题，也可能是阿贵的翻译有一些偏差。所以谈完之后，我的脑海中完全是一片支离破碎的景象。

文锦他们进山的年份，老头儿没法很精确地说出时间。

当时带队的应该就是文锦，我拿出西沙的合照让老爹看的时候，他却无法分辨出其他人。时间太久，人也太多，当时那种环境下，所有的人都留一个发型，穿一种衣服，他只记住了唯一带队的人，非常合理。

盘马老爹拿了队伍的钱，当时他还是壮年，打猎的时候他一个人走得最远、最深，自然是当向导最合适的人选。

他们在当天的清晨出发，队伍的任务他不便多问详情，只是将人引到了羊角山里，之后便跟着队伍走。他的心思放在了记路上，羊角山他去得也不多，他必须保证能安全返回。

他们走了相当长的时间，在山里过了一夜，来到了山里的一个湖泊边。

那个地方盘马老爹只到过一次，那还是他三十一岁那年，他娶老婆要打几只獐子回去请舅爷。那年山里很不太平，野兽都躲到深山里去了。他一路带着狗找进来，找到了这个湖，在湖边埋伏了一天，猎到了一头野猪。之后他再没有去过那里。

那种湖泊自然没有名字，也许除了盘马老爹，村里人都不知道那里有湖。湖是一个死湖，没有溪涧，底下有没有连着其他地方他就不知道了，部队的人在湖边上扎营支了帐篷，盘马老爹的任务就完成了。

接下来，他负责每隔几天给队伍送一些给养，队伍自身的补给很充足，所以他每次进山只带一些大米或者盐巴。阿贵说的那件奇怪的事，就发生在其中一次。在此期间没有人知道那支队伍驻扎在那里是为了什么。

在这个过程中盘马老爹是很好奇的，但是他知道在那种年月里，窥探这些东西的代价太大，所以他忍住了自己的好奇心。后来队伍开拔的时候，多了很多盒子，大约有三十个，每个都是鞋盒大小。当兵的很小心地带了出来。

他好奇，曾经想拿一个，但被一个像是当兵的很婉转地制止了。那个人说这盒子里装的东西很危险，他寻了个机会拿了一下，只感觉入手十分重，不知道装的是什么。

我听到这里，脑子里大概有一些印象，这种鞋盒大小的盒子，叫收纳盒，外号叫古董盒，是考古队用来存放出土整理后的文物碎片的。这种盒子一般都被严格编号，有大有小，但大部分都是鞋盒大小

（出土的文物一般较重，鞋盒大小所容纳的重量最适合搬运）。

盘马老爹非常纳闷，因为湖的边上并没有什么特别的东西，盒子里的东西是从哪里来的？他当时的想法是这盒子里肯定装的是石头，因为湖泊的边上是大片的石滩，有很多很多石头。

不过，他很快就发现不对劲，因为在山中行进了一段时间后，盒子里开始散发出一股奇怪的味道，非常难闻，并且无法形容。

第十三章

心理战 1

我的第一反应是腐臭味，但盘马老爹说不是，常年打猎的人经常和肉食打交道，腐臭味他绝对能分辨出来，那种味道，确实无法形容。

对气味的形容一般基于物件，比如说“像茉莉花一样香”，或者“和臭袜子一样臭”，盘马老爹无法形容，必然是他没有闻过的味道，这种味道甚至连相似的都找不到。

我想问他这种味道是不是就是“死人的味道”，但终究忍住了，如果这个话题他不想说，中途提出来对我并没有好处。

盘马老爹的好奇更甚，但之后那些人开始对他有所提防，他没有机会再接触那些盒子了。回到村里之后，这批人很快就走了，从此再也没有出现过。这件事对他的影响很深，他进山打猎，总是会想起那支队伍，他们进山是什么目的？他们在湖边干什么？那些盒子里是什么东西，又是从哪里来的？

当时他就预感到，这件事以后必然会有人打听，但是没有想到，我们来得这么晚，过了近三十年才出现。

我问他湖的形态，他告诉我，湖是长的，像一把弯刀。四周全是石头，有的很大，比人还大；有的和鹅卵石差不多大。湖现在还在，不过因为气候的变化，湖的水位下降得很厉害，三年前他去过一次，湖已经比原来小了一半。

听到这里我陷入了沉思。盒子中装的大有可能就是我们在闷油瓶的高脚楼里发现的那种铁块，如果是三十多盒，整盒整盒往外搬，数量必然不少，还真有可能如胖子说的，是什么东西的碎片。

这些东西是从哪里来的呢？之前胖子在有限的条件下推测，这羊角山中有一个古墓，但是我现在听来，感觉像是从那个湖底捞上来的。

难道他们在那个湖底发现了一个大型的铁器之类的东西，然后他们将其就地分解，一块一块带出去？

不太可能。这样一来这东西就等于废铁，而且如果是这样，不可能用鞋盒那么小的盒子来装。

我不禁也好奇起来，心中已经认同了胖子的想法，无论如何得去羊角山里看一看。

盘马老爹也有一块铁块，说是从山里捡来的，而且他认为价值连城，显然考古队走了之后，盘马老爹肯定还做了一些什么。他不知道我知道他有这块铁块，所以只字未提，这让我更加确定他瞒着很多事。

不过，他现在和我说的，应该也不是谎言。铁块、“死人的味道”是和危险连在一起的，他肯定经历了一件事情，让他把这三者联系了起来。闷油瓶的记忆中，铁块是一个十分危险的东西，而盘马老爹的回忆中，那个当兵的也和他说过铁块很危险，这些都很吻合。

我琢磨着怎么让他开口，要说坏水，虽然我本性比较安分守己，但是和潘子、胖子他们混久了，要挤也能挤出少许来。这种时候，我能利用的就是老爹还弄不清楚我的身份，可以诈他一下。

诈人的诀窍就是让别人以为你基本上都知道了，从而在整个对话的形式上，把询问变成一种质问。

这就到关键时候了，我静了一会儿，脑子里有了一个大概的想法，就又问道："那么，你后来再回到湖边的时候，是怎么发现那块铁块的？"

这完全是我猜测的，因为铁块既然是从山里找来的，就不太可能是其他地方，我赌了一把，反正猜错我也完全没有损失。

盘马老爹一下子就僵了，我知道自己猜对了，但是他除了那极快的一点僵硬，并没有继续表现出什么来，而是看向我。

我知道这时候要下点猛料，又继续道："你放心，我只想知道那时候的事情，另外那件事情，我不感兴趣。"

盘马老爹这下脸色变了，放下烟斗，问道："你到底是谁？"

我心中松了口气，几乎要出冷汗了。这后面一句话，是在上一句猜测成功的基础上继续加码——死人味道、铁块的危险、闷油瓶的事情……我料想能让老爹保守秘密的，必然是有一个事故，这个事故一定非常惊险，很可能有人死。我本来可以说："他的死我就不过问了。"但是我不知道到底死了多少人，所以换了一个更加稳妥的办法。

心虚之人，除非知道我的底细，否则必然会露出马脚。

我心说反客为主的时候到了，立即装出一副高深莫测的表情——我在和客户砍价的时候经常如此——我淡淡道："你还是不要问的好，这整件事情你只要原原本本告诉我就可以了。"说着我从口袋里掏出一沓钱来，这本来是预备给盘马老爹的资料费，本来打算给个两三百，但是为了视觉效果，我把口袋里的一沓都掏了出来，放到自己面前。"我知道一些事情，但是并非完全清楚，所以你不要担心，只要照实说出来，你拿你的钱，之后什么事情都没有，也不会有人知道我们在这里说过什么。"

盘马老爹看着我，露出了心神不定的神色，我用一种非常镇定但是充满逼迫的眼神看着他，等他发飙或者投降。

"你是怎么知道那些事情的？"他问道，"你倒是说给我听听。"

啧，我骂了一声，心说：这老鬼还真顽固，这怎么说得出来？我表面不动声色，但是脑子立即狂转。

那就是一秒内的反应，我几乎顺口说道：“难道你们不知道，有人跟着你们吗？”

我话一出，自己还没回过味来，就发现盘马老爹的表情明显松了下来，心中咯噔一下，我想糟糕，被揭穿了。

盘马老爹看着我道：“虽然我不知道你是谁，不过我也不是老糊涂，你回去后不要来找我了，你什么都不知道，我也不会告诉你。”说着就要来撵我。

我迅速回想，到底哪里被他发现了，是他能确定没有人跟着他，还是当时的情况不可能被人跟？我想着怎么补救却发现没什么好办法，一下就沮丧了下来。

他的儿子来开门，意思是让我们出去，门一开，光线一亮，我正想起身，忽然发现老爹的脚竟然有一些轻微的抖动。

我猛地看向老爹，发现他正看着我，虽然脸上镇定得一点波澜也看不出来，但是脸色坏得吓人，显然处于极度紧张中。

我一下就明白了，他也在诈我！

我立即将起身的姿势化成一个伸懒腰的动作，然后重新坐定，用不容辩驳的语气道：“不要嘴硬，我拿事实说话，我没有多少耐心。”

盘马老爹看着我，他儿子也看着我，我信心十足，能感觉出自己当时的表情确实阴险、不可捉摸得要命。

对峙良久，盘马老爹一下崩溃了，他低下了头，向他儿子打了个眼色，他儿子和阿贵说了几句什么，阿贵就半拉半扯地被拽了出去。他儿子进来，坐在了阿贵的位置上，门重新被关上。

盘马老爹向我行了一个十分大的礼，抬头的时候道：“不管你是谁，希望你说话算话，如果要算老账，就全算在我的头上。那些人全是我杀的，其他几个人只是帮我抬东西。”

第十四章

那是一个魔湖

我诧异于这话是什么意思，但是盘马老爹很快就把整件事情说了出来，只听了几句，我就遍体冰凉，一下明白了死人味道的来历。但是这件事情实在太恐怖了，也太出乎我的意料了，我听完之后，首先感到的不是疑惑，而是恶心。

我实在无法想象竟然会有这种事情，也无法理解他当时的目的，更无法想象当时的人心为什么会是这样的。如果盘马老爹说的是真的，那么他身上背负的就不是什么秘密，而是巨大的罪孽。

前面的过程和盘马老爹说的完全一样，关键的问题就出在盘马老爹所说的，他进山却发现考古队消失的那一次。

盘马老爹说了谎，他那一次进山，考古队并没有消失，而且他也不是一个人进山，他带了自己的四个兄弟替他背东西，这样他们回来的时候还能打猎。

送完粮食之后，他们没有离开，因为在营地里待到傍晚可以吃到一顿白米饭，这对他们来说简直是皇帝一般的待遇。但是考古队不允许他们待在营地的内部，他们在营地外吹牛打屁，要等到傍晚开饭。

在这个过程中，四个兄弟中的一人，看着考古队的补给，突然起了歹心。

当时十万大山的贫困程度是现在的人无法想象的，连年的边境冲突，野兽都逃进了深山里，小孩子没有肉吃，只能吃一些米穗和野菜，都发育不良，白米饭更是当糖来吃的东西。补给对他们来说诱惑太大了，那几袋大米他们可以吃一年。

因为让村民帮忙运粮中途绝对会被掏掉一些，所以队伍收粮都要过秤，如果发现少了，虽不会追究，但是以后就要换人了。他那个兄弟就盘算着，等过完秤，入夜睡了，他们偷偷进去，掏几碗米出来，这样不会丢了活儿，也能让家里人吃到甜头。

盘马老爹不同意，他的手艺好，家境算不错，没有苦到饿死孩子的份儿上，但是其他四个人都动心了。

盘马老爹只得让他们去，他在外面等着。这本来是一件非常单纯的事情，但是他没有想到，这四个人进去后出了事。

他们从每一袋大米中舀了三碗米，出来的时候正好被一个进帐篷检查的小伙子碰到了。那时是军事状态，人的神经都是绷紧的，小伙子马上举枪，但是他没有看到他身后还躲着一个人。情急之下，后面的人一下把小伙子按住，他们四个人用米袋把小伙子活活给捂死了。

杀了人之后，四人怕得要死。这是杀人罪，如果让人发现，肯定会直接被枪毙。他们逃出去，和盘马老爹一说，盘马老爹立刻心说糟糕了。

这件事情他无论如何也脱不了干系，因为考古队请的是他，而几个兄弟是他请来帮忙的，所有的责任他一分都逃不掉，而且在这种敏感时候，说他没参与也没有人会信。

他当即想了一个办法，必须把那小伙子的尸体从里面拖出来，伪装成失踪，否则他们肯定会被调查。

他们潜回去，把米全部还上，然后把小伙子的尸体拖出了帐篷，结果没拖多远就被放哨的人发现了。放哨的人一路追过来问他们在干吗，盘马老爹他们一时慌神之下尸体就被看见了，放哨的人立即举枪，但是当时提出偷东西的伙计早就准备好了，一下就把那人的喉管割断了。

几乎没有什么犹豫，他们走火入魔般地连杀了两个人。盘马老爹一下感觉事情已经完蛋了，说逃吧，但是杀人的那个兄弟杀红了眼，说："已经杀了两个人，杀两个是杀，杀光也是杀，如果让他们回去通报政府，我们这辈子都要猫在山里了，与其如此，我们把这些人都杀了，就说他们不见了，其他人肯定认为是越南人干的。"

这是在一种诡异的气氛下突如其来的冲动，考古队的人数不多，那时大部分都在酣睡，想到那些白米、冲锋枪和之后的事情，盘马老爹竟然也无法抑制地起了歹念。

之后的过程让人恶心，他们拿着冲锋枪和匕首，摸进一个又一个帐篷，把里面的人全部杀死了。

杀完人后，他们把尸体、枪和弹药，还有物资，全部抛入湖中，把白米和其他吃的偷偷背回了村里，藏在床下。把一些他们能用的，但是背不动的日用品等东西也藏了起来，等风平浪静后再拿出来，同时几个人约好，以后绝口不提这件事情。

盘马老爹当时心虚，思前想后，就开始在村里宣称考古队都不见了的怪事，想为以后的事情做一个铺垫。因为当时边境冲突频繁，有队伍在越南边界失踪，一般都会认为是越南特工干的。

几个人认为万无一失，谁也没有想到，这却是他们噩梦的开始。

三天后，盘马老爹再次进山，回到了湖边，想在那些东西里翻翻，先把值钱的东西拿回去。那一晚的疯狂让他心有余悸，所以他先是远远地看了一下。让他毛骨悚然的是，他竟然看到湖边又出现了一个营地，竟然还有人在活动。

有其他的队伍？尸体被发现了？他胆战心惊，好久才缓过来。等鼓起勇气偷偷靠近去观察的时候，他却瞠目结舌，他发现之前的考古队竟然又出现在他面前了。

盘马老爹完全无法形容自己的感觉，他有点弄不清到底是怎么回事，看着在营地中忙碌的那些人，好像身在幻影之中。那些人似乎根本不知道之前发生的事情，纷纷和他打招呼。

他以为自己在做梦，捏了自己好几下才发现都是真的。那些脸虽然不熟悉，但都是在考古队里见过的，他甚至看到了几个被他亲手勒死的人在那里谈笑风生。

他仓皇赶回村里，失魂落魄，急忙把事情和其他人一说，他们去看了之后发现果然如此。他们都被吓坏了，琢磨这到底是怎么回事。难道那是一个魔湖，能让里面的死人复活？

但是那些人都是活生生的，一点也不像僵尸。

盘马老爹百思不得其解，村里人很迷信，觉得这一定是山神湖鬼在作怪，吓得魂不附体。盘马老爹琢磨了很久，鼓起勇气，再一次回到湖边给他们送粮食，试探性地问起了那一天的事情，然而，所有人都回答没事，表情没有任何异样。

那一天好像就这样被翻过去了，天神把那一天的事情全部抽走了。或者是，那几个行凶者在当天都做了一个同样的梦，他们根本没有去杀人。

盘马老爹并不是一个就此认命的人，他不相信自己是做了一个梦，但是他怎么想也想不明白，之后一直留心着这批人，想知道他们到底是人是鬼——可是，无论怎么看，他都看不出一丝破绽来。

唯一让他感到有点奇怪的是，他闻到那批人身上出现了一种奇怪的味道，是之前没有的。

第十五章

中邪

那种味道，就是盘马老爹从后来的盒子里闻到的味道，只不过盒子里发出得更加浓烈。

对盘马老爹来说，那就完全是死人的味道。那些不知是人是鬼的怪物，他们身上的味道肯定是从地府里带出来的。

“你的那位朋友身上也有那种味道，如果不是被草药的味道盖住，我第一次看到他的时候就会闻到。”盘马老爹看着我，“他和他们一样，也是湖里的妖怪！”

闷油瓶身上有什么味道？我对味道这种东西不是很敏感，我也不是猎人，没有极好的嗅觉，所以对此半信半疑——下次要偷偷去闻一下。

如果事情到此为止，也许这事就过去了，过上一段时间，人会自己怀疑自己的记忆，对没法解释的事情会自动抹掉。但是，我知道事情肯定没有结束，因为光是这样，盘马老爹不会得出闷油瓶会害死我的结论。

果然，盘马老爹继续说了下去，他说之后发生的事情，让他一辈子都无法忘记这种味道。

这件怪事发生之后，盘马老爹老是感觉心神不宁，虽然那些人似乎和之前一模一样，但是，盘马老爹总感觉他们的眼神和神情有一丝妖异。这种感觉没有任何事实依据，完全是一种心理作用。盘马老爹有一种预感，村里会出事。

几天后，村里发生了一件事，让他开始毛骨悚然。

和他一起行凶的还有四个人，他们说起来都有血缘关系，远近略有不同，其中一个人叫庞二贵，胆子最小，忽然就不见了。盘马老爹和其他几个人心里有秘密，一下心就提了起来，谁也不敢说。村里人去山里找了两天，最后，盘马老爹他们硬着头皮回到湖边，竟然发现那个庞二贵在营地里，和那支考古队里的人谈笑风生。

他们觉得莫名其妙，把他领了回来，盘马老爹拉住他的时候，从庞二贵的身上，竟然也闻到了那股神秘的味道。

盘马老爹看着庞二贵，大白天就开始起鸡皮疙瘩，他一下就感觉到庞二贵的表情和以前不一样了，好像变了一个人。

那种恐惧是无法形容的，他感觉庞二贵肯定被鬼迷住了。回到村里，他叮嘱了庞二贵的媳妇，一日发现她男人不正常，立即和他说。

但是他媳妇没有机会去发现了，第二天，他媳妇起来后就发现庞二贵吊死在床边上了。整个屋子里弥漫着那股奇怪的味道。

村子里以为是庞二贵想不开，或者是被狐仙迷住了，但是盘马老爹心里明白，肯定是庞二贵中了邪，惶恐不安的他更加确定那些人是妖怪。

庞二贵的媳妇被吓坏了，再也不敢住那个房子，搬回了娘家，那房子就荒废了下来。其他几个人吓得要命，两个人搬出了村子，盘马老爹和另外一个人留了下来，晚上根本不敢睡觉，借了好几只狗，唯恐下一个死的就是自己。

但是借了狗也没有用，一个星期后，和他一起留下的另一个人也失踪了。两天后，一个小孩在庞二贵家废弃的房子里发现了他，他吊死在和庞二贵一样的位置上。

盘马老爹生性刚烈，自小和大山为伴，所以非常坚强，恐惧到极点之后，他反而豁出去了，带着枪赶向湖边，心说反正是死，死也要死个明白，绝对不能坐等。他进山之后，正巧赶上考古队开拔。

盘马老爹是在半路上遇到的队伍，他们似乎不再需要向导，盘马老爹之前已经想得很决绝，但是一见到他们就软了，他胆战心惊地随着队伍出了山。

如盘马老爹之后所说的，考古队带着散发出奇怪气味的盒子离开了村子，再也没有出现，一直到现在。逃到另外两个村的人没有出事，盘马老爹胆战心惊地过了一年，才逐渐放下心来，相信他们真的走了。

这一件事犹如噩梦一样一直缠绕着盘马老爹，那种恐惧我可以想象。队伍走后半个月，为了弄清到底发生了什么，他再次回到了湖边。绕着湖边走了一圈，他发现有一件衣服不知道怎么被冲到了岸上，在那件衣服里，他发现了那块奇怪的铁块。

这块铁块的发现，让他肯定了这些人是从湖里爬上来的，因为铁块在衣服里，绝不可能被湖水冲到岸上。那铁块散发着让他毛骨悚然的味道，他觉得非同小可，所以一直放在身上。早年生活贫困的时候，他想把它卖掉，现在生活逐渐好起来了，想起当年不禁有些后怕，就想保住这个秘密，带进棺材算了。

之后，我们出现了。

盘马老爹的秘密，到此结束了。

听完之后，我陷入了久久的沉思中，少有地，没有感到更加迷惑。我第一次感到，我似乎找到了一根链条，能把我心中的疑团串联起来。

这些谜团好比一根根双头的螺纹钢管，连接的地方都是一个疑团，但是把其中两个疑团连起来，那么四个谜团就会去掉两个，把所有的钢管连接起来，那么这么多谜团，可能只剩下首尾的两个。所以疑团一个一个连接起来，让人很有快感。

如果是以前的我，一定会抓狂，但是现在我学会了不去看问题的本身。我清楚地意识到了这件事情的真相，这件事情需要去求证。如果我的想法是正确的，那么三叔，或者说解连环一直疑惑的问题，就有了答案。

而要求证这件事情，必须到那个湖边去。

盘马老爹拿出那块铁块给我看，那东西果然和在闷油瓶床下发现的那块一样，同样的铁疙瘩，上面有着古朴的花纹，不过盘马老爹的这一块略大。我特地闻了一下，果然闻到了一股奇怪的味道，非常淡，几乎无法分辨。老爹说，刚发现的时候味道很浓，逐渐地，这味道一点一点消失了，铁块放在家里，家里什么虫子都没有。

我对这东西暂时失去了兴趣，心里充满了疑惑。

盘马老爹不肯再去那个湖边，我想着让阿贵另找向导，把钱给了盘马老爹，便起身告辞。

到门口的时候，我忽然想起了另外一件事，回头问道："对了，老爹，你身上的文身是怎么来的？"

盘马老爹看着我，有些诧异我忽然问这个，他的儿子替他解释道："这是防蛊的文身，是小时候一个路过的苗族巫师替他文的。当时我的爷爷救了他的命，他给我爹文了这个作为答谢。据说有这个文身，到了苗寨可以通行无阻，没有人会为难你。"

第十六章

计划

阿贵一直在门口等我，蹲在地上郁闷地抽烟，显然不知道盘马老爹他们在搞什么鬼。见到我后他立即站了起来，我对他道：“走，咱们回去。”

在路上我问他，知不知道盘马老爹说的那个羊角山的湖泊，阿贵点头，说以前听说过，不过他自己没去过。我说：“我出高价，帮我尽快找一个猎人，带我们过去。”

阿贵满口答应，试探性地问我，盘马老爹到底和我说了什么，不过阿贵问得很小心，我心说，告诉你就是害了你，便随口敷衍过去了。

急匆匆回到阿贵家里，我着急想把我的发现告诉闷油瓶，却发现家里只有云彩和她的姐姐在烧灶台，胖子和闷油瓶都不在。

我心说，奇怪，问云彩他们人呢，云彩道：“那位不怎么说话的老板回来后看到胖老板还没回来就问我，我告诉他胖老板一晚上没回，他就急匆匆去找了。”

我本来心里很兴奋，一下子兴奋劲就被打了回去，心说胖子一晚上没回来？

山村不像城市有娱乐场所可以让他去逍遥，他一晚上没回来有点不正常。我对胖子的禀性很了解，想到他之前说的要去弄点硫酸的事情，一下就有了不祥的预感。

相信闷油瓶和我一样，也想到了这个可能性，所以才会立即去找。

我马上让阿贵带我去村里的村公所，如果胖子有什么意外，肯定会在那里。走出去没几步，却正碰见胖子和闷油瓶回来了，胖子脸上还蒙着纱布，一边走一边骂，好像受了伤。

一问才知道原来胖子买硫酸回来的路上，看到一个马蜂窝，来了兴致，结果错误估计自己的身手，中招了，而且挺严重，在村公所挂盐水，结果睡了一晚上。胖子说这里的马蜂和他以前碰到的不一样，之前他碰到的马蜂都是捅了才发飙，这一次他才靠近马蜂就突然围了过来，凶得不得了。

我说：“你别找客观原因，你得承认你就是老了，老胖子不提当年勇，捅马蜂窝这种事情你以后还是少干，免得惹人笑话。”

我们赶紧回房给胖子换药，换药显然极其疼，要不是为了在云彩面前表示自己的男子气概，他肯定叫得像杀猪一样。

云彩倒是很镇定，蜻蜓点水一样在他脸上消毒，我发现他的下巴上有几块指甲大的地方全肿了，云彩用竹签先把肿的地方划破再上药，那简直就是活剐肉，难怪他疼。

弄完后胖子吃饭都艰难，好不容易吃完饭，天色暗了下来，我们在高脚楼延伸出的走廊上乘凉，我把在盘马老爹家听到的一切全部复述了一遍。

听完之后，两个人都皱起了眉头，胖子问道：“还有这种事情，这都赶上我小时候吓唬姑娘家的鬼故事了，这事情能是真的吗？你说你的假设是什么？”

“我认为，他绝对没有说谎。”我道，“这件事情绝对是真的，但是，他的真，不是那种意义上的真。”

“你是什么意思？”胖子道。

“咱们考虑最合理的可能性，不去考虑什么魔湖啊、妖怪啊，你觉得这件事情最可能的情况是什么？”

胖子摇头道：“少来这一套，我的脑细胞全给马蜂叮死了，我不猜，你直接说就是了。”

我苦笑，好不容易想表现一下，胖子还不配合，道：“好，咱们把一切不可能的因素都去掉，没有什么有魔力的湖泊，没有什么死人复活，也没有妖怪，但是事情必须是合理的，他说的话必须成立，那么这件事情唯一的可能性其实很明显——人不可能复活，那么进山的考古队和出山的考古队，就不是同一支队伍。”

胖子顿了顿，领悟道：“你是说，死的人没复活，走出来的，是另外一批人？”

“他们杀了的那一批人，确实死了，盘马老爹并不了解那支队伍。如果有另外一支队伍易容，我觉得并不需要多么高深的化装技术，就可以骗过他。”

“可是，为什么他们要这么干？这不是耍他吗？”

“我仅仅是推测，通过那支队伍的情况和盘马老爹的情况，我感觉这事可能有些偏差。咱们假设这是一场蓄谋已久的阴谋，那么，可能计划中，就在他们杀死考古队员的那一天，这支考古队就已经被设定会被抹掉，但是，这个计划可能出现了偏差。也许来抹掉考古队的杀手，在林子中遇到了什么意外，没有到来，反而由他们完成了这个任务。之后替换的冒牌队伍来到这里，以为是杀手完成了任务，于是按照计划开始了伪装。那么，不知情的盘马老爹才有了魔湖一说。”

我接着道，“这是一种合理性的推测，事实可能完全不是这样，但是这证明有可能这事会出现。”

“哎，这个听上去好像有点靠谱，不过胖爷我好像在哪儿听过这样的桥段。”胖子道，“你有什么证据？”

“只有一些细节，比如说，考古队是盘马老爹带进去的，但是出来的时候，并没有等盘马老爹进来带他们出去，而是自己出发了。说明后面的队伍熟悉这里的地形，他们有出去的本领。之后发生的事情，可能是因为后面这一支考古队发现了什么蛛丝马迹，所以对庞二贵他们进行了杀人灭口。”我道，“我现在不知道这一支考古队是否就是去西沙的那一支，但是我感觉，即使不全部是，肯定其中也有几个人是。如果是这样，那么你说会不会有人为了进这支考古队去西沙，而进行了这一次调包？”我的思路很成熟。

胖子道：“但是你怎么证明呢？”

“最直接的方法，咱们应该去羊角山的那个湖里看一下，现在湖变小了，我觉得可以潜水下去看看下面有什么，有没有当时抛入湖中的尸体。”

“这个有点困难吧，过了快四十年了，有尸体也早就烂没了。”

“骨头肯定还在。”我道，“盘马老爹他们没有船，抛尸的地方肯定是湖边，我觉得我们可以去碰碰运气。”

第十七章

似曾相识

胖子觉得我的说法很玄乎，但也承认这是使事件合理的唯一可能性。他本来就是羊角山一日游的积极分子，一听我说要去，自然是满口答应。

接下来我们商议了一些具体事项。因为这一次是旅游性质，什么装备都没有带，所以有点棘手，万一碰到有开棺掘冢之类需要家伙的事就只能干瞪眼。

地方偏僻，在这里也不可能买到现成的装备。胖子说道：“有些东西倒是没有必要，咱们可以买点替代品，虽然用起来不会那么称手，但是这一次离村子还算近，对质量的要求也不用太高。”

他说的是野外生存用品，猎人有自己的一套，肯定不需要我们背着固体燃料和无烟炉，不过见识了野兽的剽悍，我觉得武器还是要准备一些的。

把阿贵叫来和他商量这些事情，阿贵自己也打猎，有三把猎枪，都是被改装过的不知道名字的老枪。三把枪年代不同，最老的一把是阿贵从鸡棚里拿出来的，虽然枪管子的成色还可以，但枪膛里头全锈了，谁也不敢用，也没处找火药去。另外两把都是打子弹的，看得出是战争年代留下来的。

前几年禁枪，但是这里的人都靠打猎为生，吃饭的家伙当然都不肯交出去，上头也知道情况，睁一只眼闭一只眼，就是现在子弹不好弄，阿贵说动村干部去县里批才买得下来。

阿贵自己打猎已经属于业余活动，所以家里存的子弹不多，胖子把两把枪检查了一下，道："阿贵的那把绝对没问题，另一把太久没用了，但是枪保养得还可以，要开一枪才知道还能不能用。"

我们以五十块一发的高昂价格，在阿贵隔壁几户邻居那里买来了五十发子弹，我看那黄铜的圆柱状子弹就知道是小作坊里手工做出来的，这东西要五十块让我有点心疼。胖子说："别这么小肚鸡肠，五十块钱可能就救了你的命，绝对值。"

开山的砍刀阿贵家就有，阿贵特地去磨锋利了，其他的东西我们写了条子，让他去乡里看看有没有替代品，没有爬山的绳子就用井里的麻绳，没有大功率的手电就拿几个手电捆起来用，没有匕首就用镰刀。

阿贵对我们建议道，现在雨水多，山里蚊虫毒蚁也多，特别是湖泊边上，蚊子都跟马蜂一样大，要带蚊香和蚊帐，把蚊香甩在篝火里，否则我们几个城里人肯定吃不消。我心说有闷油瓶在，这个不需要担心。

安排妥当，阿贵说那些东西得需要一两天时间准备，反正打猎的人也都没回来，他准备好了再出发。

在此期间，胖子说可以想办法用他带回来的硫酸，看看那铁块中包着什么东西，这需要精细的操作，要挑一个好一点的场地。

我想起盘马老爹的叙述，觉得不妥当，这铁块中散发出一股气味，而且这气味随着时间的推移逐渐变淡，说明里面有一种挥发性的物质，鬼知道这种物质对人体会不会有害。我觉得要溶开这东西的时间未到，到了那边，查到一些蛛丝马迹之后，再决定是不是要冒这个险比较靠谱。

胖子的好奇心烧得他受不了，但是我说得绝对有道理，闷油瓶也同意我的看法，想到可能会连累其他人，他也只好作罢。

接下来的时间胖子兴致勃勃，一是他对古墓说深信不疑；二是他很久没打猎了，手痒得厉害，一晚上不顾脸肿得像被马踢过一样，一直和我们唠叨他以前打猎的事。我也睡不着，但脑子里想的是湖边的事情。闷油瓶一直没有说话，我看他一直看着阿贵隔壁的楼，看着那个窗户出神。

我想起前天晚上在那个楼里看到了影子，不过现在那个窗户里一片漆黑，什么也看不见，阿贵的儿子似乎不是很愿意见人，深居简出的。我怀疑他是不是有什么疾病，所以只能待在家里。农村经常有这样的事情。

一个晚上没睡，加上一天剧烈的思想活动，很快我就恍惚得听不清胖子在说什么了，闷油瓶靠在那里打起了瞌睡。在这里外面比屋内凉快得多，有闷油瓶在，四周一只虫子也没有，我们就这么躺下睡着了，醒来已经是第二天的中午。

这一天各自准备不说，第三天准备妥当，阿贵带我们出发。

让我郁闷的是，我没有看到传说中的向导，一起出发的竟然是阿贵和云彩。

我问："怎么回事？阿贵你不是说你没去过吗？怎么是你带我们去？"

阿贵说这猎人进了山里，不知道是不是遇到了什么阻碍，几队都没回来。其他人都没去过，他能找到的人就是他女儿云彩。云彩以前跟着爷爷去过那里几次，知道怎么走。他带着我们，加上云彩认路，还有狗，问题应该不大。否则我们几个语言不通，恐怕会出麻烦。

我心说，糟糕了，看来我出价太高，阿贵舍不得让别人赚这个钱了。胖子立即说："不行，咱们是去干事的，带着个小丫头这不是开玩笑嘛，要是受点什么伤，你这个当爹的不心疼我还心疼呢。”

阿贵一个劲儿地说没事，这里的小丫头片子也都是五六岁就摸枪了，要论在山里，她比我们有用，而且这山她比他都熟悉，不用担心。

说着云彩就从屋里出来了，我和胖子一看，眼睛都直了。只见云彩完全换了一个人一般，一身的瑶族猎装，猎刀横在后腰，背着一把短猎枪。瑶族姑娘本来身材就好，这衣服一穿，那小腿和身上的线条绷了出来，真是好看得紧。加上英姿飒爽中带着俏皮的表情，带着十七八岁年纪那种让人不可抗拒的味道，一下子就把胖子给征服了。

她走到我们边上，挑战似的盯着我们，道：“几位老板，瞧不起人是不是？”

“没有没有！完全没有！”胖子立即道，“大妹子，你不要误会，你胖哥哥我主要是怕你辛苦，其实在我们心里，你绝对是最佳人选。”

我立即皱起眉头，踢了胖子一脚，低声骂道：“你怎么变卦变得那么快？怎么着？就你这年纪了，还想老牛吃嫩草？”

“我年纪怎么了？胖爷我这说起来叫人到壮年，是壮牛，不是老牛。”他低声道，“你都让潘子去找个婆娘，怎么就容不得我？”

我也不知道他是真的动了心，还是只想吃点豆腐，对他道：“苗瑶一家，女家都厉害，你小心人家真动了情把你下蛊绑了，那你就得上门在人家家里种一辈子田；如果变心逃跑，一发蛊那就是万虫穿心，一身的膘都喂了蛊虫。”

胖子显然见多识广，不以为然道：“牡丹花下死，做鬼也风流，最好全瑶寨的美女都向他下蛊，那他就留在这里做村主任。”

嬉笑中我也只好接受了这个现状，看云彩那种气度，我感觉阿贵说得没错，而且这一次估计不会有太大的危险。

唯一让我在意的是，我们打包东西的时候，胖子老是找云彩调侃，把云彩逗得哈哈笑。但是我能看出来，云彩时不时偷偷看闷油瓶，看得很小心，总是看一眼立即转回眼神，但在那清澈的眼睛里，我是能看出一点东西来的。

我们按照当时找盘马老爹的路线原路进发，对这条路线我已经有了少许了解，一路比那晚搜索盘马老爹时轻松多了。胖子简直被迷住了，围着云彩打转，就差趴下来给她当马骑了。云彩也确实可爱，蹦蹦跳跳的。

她问我们到底是干什么的，肯定不是导游，哪有导游会到这种地方来。胖子故作神秘，说我们是有秘密任务的大人物，如果她肯亲他一口，他就偷偷告诉她。

我还真怕云彩亲他，那太浪费了，还好云彩是有审美能力的，坚决不上当。不过闷油瓶没有为我们的气氛所感染，他的脸色一直没有任何变化，在轻松的气氛中，只有他仍然沉在阴云里。

当天晚上到了山口的古坟处，我们深入进去一两公里稍事休息，天亮后继续，在山中走了两天，才来到了那处湖边。

远远地我就在山脊上看到了那湖泊，大概是连日下暴雨的缘故，湖泊比我想象的要大一些。果然如盘马老爹说的，四周全是石头。湖四周是莽莽群山，高大陡峭的山峰连绵不断，山体巨大入云，一点也不像丘陵，完全是险恶的大山大水。山中植物分布得非常密集，连山间的断崖都是墨绿色的，十万大山果然名不虚传。我不由得庆幸，此地离村子尚且不远，再往里走，这深山中的腹地恐怕比塔木陀还要险恶。

经过一条已经完全被植被覆盖得不可见的山路，我们来到湖滩上，完全看不出当年这里有人驻扎过的痕迹。湖水非常清澈，倒映着天空中的云彩，相当漂亮。甩掉包裹，我们到湖水里去洗脸，水是凉的，说明湖底通着地下河，在三伏天里冰凉的湖水让人精神一振。

洗完脸我仰头看向四周，湖水倒映着天空和四周的山，忽然发现这里似曾相识。我看了一眼，边上的闷油瓶也是一脸疑惑。

第十八章

脑筋急转弯

这种一刹那的熟悉感以前我也有过，每每想起都让我起一身鸡皮疙瘩。书上说这是一种错觉，但是这一次不同，因为我看到闷油瓶的脸色也起了变化，同样一脸疑惑的表情，不知是否和我是同样的感觉。

是哪里呢？我在哪里看到过这里的情景，或者是看到过与这里类似的情景？

我努力回忆，在脑子里翻来覆去地思考，但就是想不起来，只记得这情景我应该刚看到不久。而且，与这种熟悉的感觉一起来的，还有一种“不对劲”的感觉。显然我记忆里的印象，和这里仍然有少许的不同。

胖子没心没肺，直接脱得只剩下裤衩跳到水里游泳了。阿贵让他小心点，山里的湖都不吉利，不要太折腾。胖子什么场面没见过，朝阿贵泼水让他闭嘴。

回到岸上，我们脱掉了湿掉的鞋和裤子，胖子帮阿贵搭起了雨棚，阿贵去砍柴，云彩帮忙烧饭，我喝着水，这才想起这山景在哪里见过。

这山的形状和感觉，竟然和我们在村子溪边戏水时看到的山景非常相似，山的线条、走势都如出一辙。只不过当时我们是在溪涧里，现在我们是在湖泊里。所以这水里的倒影和山的样子，一下让我吃了一惊。只不过这山上树木茂密，而在寨子边上，树木都被砍伐过了，所以才有少许的异样。

我在溪涧休息的时候，仔细观察过溪涧四周的风景。别看闷油瓶心不在焉的，一切他肯定也看在眼里了。胖子的注意力当时在那些小姑娘身上，所以没察觉。

这还真是有趣，大自然真是鬼斧神工，不知是纯粹的巧合，还是因为什么地质关系形成的。好像有一种风水地势就是如此，这种地形叫作“鱼鳞岙”，所有的山好像鱼鳞一样，一层一层的，山势都十分相像。这种风水不适合葬人，因为据说鱼鳞下是藏污纳垢的地方。从地理上说鱼鳞状的山势特别容易发生水土流失，也是积水特别严重的地形，我们在山口看到的古坟就是一个例子。不过，如果在“鱼鳞岙”里有一汪湖，那就完全不同了，那叫“鱼来自得水”。水在鱼鳞里，出水而不亡，那这就不是鱼，而是一条未化的小龙。如果有早亡的年轻人，应该葬在这里。

如此说来，这里有个古墓的可能性真的很大，可惜我不知道这种山势的殓葬细节，在我看来四周的山都不是很适合葬人。

云彩他们搭完窝棚，开始收集柴火，我和胖子、闷油瓶不需要帮忙，开始环湖搜索，观察四周的环境。

湖泊只有两个足球场大小，一下就走完了。我走在岸边看着湖内，感觉湖底似乎也全都是石头，而且湖底的落差很大，稍微浅一点的地方能看到水底，再往下湖底就隐入了黑暗，看来水下可能极深。湖滩上全是大大小小的石头，如盘马老爹所说，大小差别很大，让我在意的是，湖滩非常干净，什么杂物都没有，也许是被连日大雨冲进湖里了。

我对极深的湖泊总是怀有一种莫名的恐惧。俗话说浅水不藏龙，水深必有怪，水一深代表湖的容纳范围没有我们从湖面上看到的那么小，就可能有一些奇怪的东西在里面。世界上很多有水怪的湖，湖面不一定大，但都极其深，即使没有什么古怪，水极深的地方也容易有一些大鱼。有些大水库清库底的时候，总会发现一些长得无比巨大的鱼。

绕了一圈没有看到明显的尸骨痕迹，不过湖滩大部分石头都很细碎，四十多年来这里水位不断变化，山石不断滚落，那些尸骨也许被压在了石头的下面。

我们判断着当时的过程，按照一般的情况，考古队应该和我们一样驻扎在湖的南面，另一面是山，会有落石和泥石流的危险，那么我们要搜索的区域应该是湖的南面。

这是个大工程，还好带了几只狗，不过也不知道能不能派上用场。尸体被水泡了这么多年，肯定白骨化了，和石头不见得有什么区别。

吃过中饭，阿贵说要去四周转转，看看有什么东西好打，我们开始划区域寻找，云彩给我们洗汗臭的衣服。湖边的区域很大，我和胖子、闷油瓶三个人每人划分一大块地方开始了行动。

我们要做的就是徒手把石头一块一块地搬开，这里的石头应该是离岸最近的，不停地往湖中心滚落，但是这里的水位是逐渐下降的，而且石头累积本身就有防雨水冲刷的作用（雨水会浸入石滩下层，汇聚成地下水，而不会在石滩上形成水流，都江堰的一部分就是这种原理）。湖底的坡度很陡，当年盘马老爹不可能走入湖中太深，那么抛尸的地方肯定离岸很近，而且水位下降了很多，尸骨不会在湖里，而是在岸上。

胖子说尸体丢下去后如果没有什么东西捆扎，会先变成浮水尸，然后沉底被鱼虾吞食，骨头应该是散的，脑袋在这里，屁股可能就在一百米外，这么找肯定找不到。而且如果尸体没有被抛入很深的地方，那么也有可能被动物拖上岸分食。

我说："无论怎么说，不太可能一点蛛丝马迹都不剩下，毛主席说过，世界上怕就怕'认真'二字，咱们先找，真找不到再来分析原因。"

三个人就这么一直翻到夕阳西下，仍然没有结果。几只猎狗在湖边嬉戏，完全不理会我们，也不想帮忙。湖边的太阳很毒，晒了一天，我的天灵盖都火辣辣地痛。阿贵的枪在林子里响了两声，带回来一只野鸡，很快烤鸡的香味就让我们按捺不住了。

胖子不禁有些沮丧，我们休息的时候靠在一起抽烟，胖子说："看来够呛，你还是看看这里什么地方可能有肥斗比较保险，死人可能找不着了。"我知道他还惦记着找古墓，安抚他说反正要待好几天，慢慢来吧，真要找不到死人，我就替他去找那肥斗。

难得我心中没有多少急躁，喝了点米酒，我们围在湖边的篝火旁休息，既是湖边，又是山中，凉爽得要命。云彩也换了衣服，穿了轻薄的T恤，洗了头，感觉和城市里的女孩很像了。吃了饭她还跳舞给我们看，瑶族的舞蹈有很多转圈和后踢小腿的动作，瑶族姑娘的小腿又特别好看，胖子看得下巴都要掉下来了，一定要去学，但是他完全像跳大神，我们笑得人仰马翻。

太久没有笑得这么舒畅了，我最后都笑不动了，转眼看到闷油瓶，却见他靠在石头上，一点放松的表情都没有，乍一看都察觉不到他的存在。

我心说到这里来找他的过去也不知是不是一个错误，就目前收集到的线索来看，显然策略上我们是来对了，对我们来说，这一路过来是轻松的，但对他来说，遇到的东西无一不是在敲击他过去的心门，让他轻松起来真的很难。

这人又是典型的自我放逐型人格，心在桃园外，兀自笑春风，谁也进不了他心里。

想想有些不忍，我拿了一块小石头丢他，对他道：“别琢磨了，告诉你，我有经验，怎么琢磨都没用，咱们现在做的就是拼图，在所有的碎片找得差不多之前，少琢磨一些。”说着我递给他米酒。

闷油瓶默默接过，放到一边。我有点喝多了，叹了口气道：“你就不能喝一口？”

他摇头，看向一边的黑暗处。

我只得把注意力转回胖子身上，胖子正出脑筋急转弯给我们猜，问云彩：“什么战斗是杀敌一百，自损三千？”

我怕胖子出黄色笑话给小姑娘猜，小姑娘很单纯啊，这种东西感觉说出来都是污染，就喝了他一下。胖子道：“放心吧，这个脑筋急转弯绝对正经。”

阿贵也喝多了，咯咯直傻笑，猜来猜去都不对，最后答案公布，原来是屁和和十三幺的战斗，打麻将放炮，赢下家一百，但是输给中炮三十番。

瑶寨里不兴这个，云彩根本听不懂。我骂道：“你这不是欺负人吗？有没有乡土一点的脑筋急转弯？”

胖子说有，问我们：“再猜，什么战斗是杀敌一个，自损三千？”

“马蜂！”云彩立即举手道。

胖子嗔道：“臭丫头，你存心刺激我是不是？”

我们大笑，我说那肯定是骑兵和坦克的战斗，胖子道如果是骑兵和坦克，自损一万都杀不了一个。

我们接着猜，有猜打扑克的，有猜蚂蚁的，有猜吃鲍鱼的，胖子都说不对，得意扬扬，好像在凌辱我们的智商。

我怒道：“你说那是什么战斗？如果牵强我就揍你。”

胖子道：“这个太容易了，哎，胖爷我真是天赋异禀，和你们这些凡夫俗子怎么都有差距，我告诉你，你听好了，杀敌一个，自损三千，是香蕉和大象的战斗。”

我听了大怒，骂道：“你胡说什么！香蕉和大象的战斗，这是什么玩意儿？你倒说说香蕉和大象打，怎么可能杀敌一个，自损三千？”

胖子道：“大象被撑死了呗。”

我们一下笑成一团，云彩都笑得无法呼吸了，但是笑了几声，我们就慢慢收敛了下来，因为我看到闷油瓶在我们笑得人仰马翻的时候，默默地站了起来，往湖的方向走去，然后远远地坐在篝火勉强能照到的地方。

云彩的眼神里有一丝惶恐，她看了看我们：“他是不是嫌我们太吵了？”

胖子叹了口气，吸了一口黄叶烟，安慰道：“没事，别理他，他是去屙屎。”

我看着闷油瓶，刚想站起来，云彩却抢先朝他走了过去。

第十九章

虹吸效应

云彩坐在闷油瓶身边，远远地也不知道有没有和他说上话。胖子直直地看着，我调侃道：“你失恋了，节哀顺变。”

胖子不以为然道：“你不也一样！”

“一你个头！”我怒道，“我可没你那么变态，我对小女孩没兴趣。”

胖子拍拍我：“我相信小哥绝对是够义气的人。”说着把酒递给我，自己起来屙尿。很快后面传来“长篇大尿”的水声，源源不断，也不知道他憋了多久。

我不禁莞尔，笑得也累了，静下来，看着远处月光下的湖面，忽然感觉来这里也许是一种缘分。

独看这里的湖光山色，谁能想到当年发生了那么诡异的事；看我们笑声豪迈，谁又知道其实我们背负了这么多东西。世界上的一切都很简单，而人似乎是最复杂的，这种复杂是他们抗拒却又逃避不了的。

庸人自扰，都是庸人自扰。我闭上眼睛，深吸了一口气，想自己以前的那种心境，又想想现在的这种心境，觉得以前那个在那么多谜中到处碰壁的自己真的有点可笑。

胖子放完水，哆嗦着走回来，看云彩还在那边，就奇怪道："那丫头还没碰一鼻子灰回来？毅力可嘉啊。"

我道："别说，也许小哥正喜欢这种类型的呢，他们现在都在交换定情信物了。"

胖子说道："那不成，他们离我们这么远，万一有个妖怪什么的从湖里出来把他们拖了去，我都不好救，我去保护他们一下。"说着就要过去。

我拉住他，说："不要打扰了，闷油瓶现在可能已经很烦了。他现在肯定满脑子都是问题，这种时候我也经历过，让他一个人待着比较好。你仔细听听，云彩也没有说话，说不定只是陪着他看天。"

胖子坐下来，仔细听了听，却听到一边云彩正在唱歌。我和胖子都静了下来，微弱的湖风带来了轻灵的歌声，是瑶族的歌曲，唱得很轻，但是很清晰。

再没有人说话，我心说，云彩这丫头真不错，于是坐下来，看着天上的繁星听了下去。

天上薄云飘过，我的心境很快如湖水一般平静，慢慢地，在空灵的歌声中我进入了恍惚的状态。

迷迷糊糊的，不知道过了多久，忽然歌声停了，我的心境动荡了一下。我睁开眼睛，只见闷油瓶已经站了起来看着湖面，一边无聊地趴着的几只狗也都抬起头看着相同的方向。

胖子还在闭目养神，阿贵也感到了异样，我拍醒胖子，就听到风从湖面的方向带来"吧嗒吧嗒"的声音，好像有好几双脚掌很大的腿，正从湖泊的浅滩往岸上走来。

狗全都站了起来，警惕地盯着那个方向，这些猎狗训练有素，没有一只发出吠叫。胖子和我对视了一眼，我朝他努嘴，他指了指一边的手电，让我递给他。阿贵却一边让我们安静地坐下，一边摆手让我们别紧张，他轻声道："没事，好像是野兽在舔水。"

"是什么野兽？听动静个头儿挺大啊。"胖子轻声问。

阿贵拿起猎枪，让我们待着别动，赤脚往黑暗中摸去。云彩跟在后面，胖子一看要打猎了，立即按捺不住，给我们打了个眼色，我也想去看看，于是隔了几米，偷偷尾随过去。

走到闷油瓶边上，依稀看到一些湖面的情况，我们寻找想象中的野兽，但是没找到。可能这只野兽只是喝水的动静大，个头儿不大。我们用手电扫射，循着声音寻找，找着找着，却发现这种声音来自四面八方，而且有节奏，不像是动物发出来的。

"不是野兽，是什么声音？"胖子自言自语。

"潮声。"闷油瓶道。

我们面面相觑，这么小的湖会有潮水？难道今天的月亮特别大？我抬头看看，月亮根本看不清楚。

阿贵放下枪，我们朝湖边走去，走到吃水线附近，果然，湖水在有节奏地波动着，像海浪拍打沙滩，不过幅度不大，那动物舔水的声音，是水撞击石头发出来的。

我看着脚下的石滩，发现水位下降了，脚下都是湿的，也就是说刚才我们吹牛打屁加上云彩唱歌的时间，这湖泊的水位就在不停地下降。从湿线开始一直走到水边，我发现起码有十几步，水位降得很厉害。

"怎么回事？难道湖底漏了？"胖子搭手眺望。

我对地理很熟悉，知道这是一种地理现象，对他道："这大概是虹吸效应。"

"虹吸是什么？虹吸二锅头？"

"这湖看来确实和地下河相连，附近可能还有一个更巨大的湖与之相连，被潮汐或者气压影响，这里的湖受到联动，比如说小湖和大湖都是磁铁，而假设虹吸效应是月亮引力引起的，那么月亮也是大磁铁，肯定大湖受到的吸力大，于是大小湖就产生压力差了，小湖中的水会被抽到大湖中去，小湖的水位就会降低。”我抬头看了看天，忽然意识到了什么。

难怪我们找不到一点尸体的痕迹，如果这里存在虹吸效应，每天晚上有虹吸潮，那么当年的尸体可能会被虹吸潮吸到湖中心去，就好像抽水马桶的原理一样。

不光是尸体，所有在湖里的东西都会被抽到湖的中心去，难怪我感觉湖边上除了石头，一点东西都没有。

这湖的湖底落差很大，非常陡峭，只要往下滑落就不会在涨潮的时候被推回来，如果当时没有用石头压住，那么现在肯定留在湖中心最深的地方了。

想到这里我不由得有些沮丧，不知道这湖有多深，我们没有带水肺，如果湖水太深，那么我们这一次可以说是无功而返了。

不过，再一想又振奋起来，徒手潜水的人能潜到一百多米深的地方，虽然我们没有那种专业技能，但是潜个二三十米应该问题不大。如果湖水没有深得离谱，我们还是可以下水去找找的，就是需要水性好的人。

来这里一次不容易，不管怎么样我们都得试一试，游到湖中间倒没什么难度。

于是我问他们：“你们憋气都能憋多久？”

第二十章

湖底

我们几个人中，胖子、闷油瓶和我都有点水性，阿贵能游泳，但是他一般在溪涧中，没有长时间踩水的习惯，所以帮助恐怕不大。云彩倒是水性很好，可是没有泳衣，我们总不能让她穿着小背心帮忙潜水，那胖子恐怕就没心思干事了。

要说憋气时间还真没个准，胖子说他肺大，能憋五分钟。我说："不可能，你体积那么大，潜到水下受到的压力比我们大得多，一般能憋到三分钟的人已经是神仙了。千万别逞能，这玩意儿不是开玩笑的。"

胖子道："我倒不是很担心这个，咱们下去肯定会在浅的地方先试试水，问题是我们没脚蹼，往下潜水很慢，可能没到底就没气了。"

我点头。其实自由深潜也不是完全徒手，也是有相关的装备和保护措施的，而其中最重要的是人的心理素质。我在西沙的时候，听那几个潜水员和我们说过，深水潜水最关键的恰恰是心理素质，所有的深水潜水，特别是自由深潜的潜水员都会做瑜伽的入定训练。在水深的地方，四周一片漆黑，犹如身在一片虚无中，这时人会不自觉地恐慌。在水下，一恐慌就没法定神了，很容易出事。有水肺的时候，耗氧量也会大幅增加；如果没有水肺就可能直接心理窒息了。

可惜西沙的那片区域海水都太浅，而且水太清，我没有体验到那种感觉，也不知道实际碰到会是如何。

不过自由潜水对装备的要求并不苛刻，我们可以找到一些替代品，比如说胖子提出的问题，我们只要用石头加速下降就可以了。这里的湖原先可能很深，但是这些年水位下降不可能还有一百多米，我看五十米深已经是极限了，当然，在潜水之前我们也得先探一下。

我们详细讨论了一些细节，三个人都很兴奋。第二天我们起得很早，趁着太阳没出来，我继续在岸边进行最后一次搜索，确定自己昨天的印象。湖四周有一层薄雾，但是只到湖的外沿为止，云彩他们都习惯了早起，早早就烧好了早饭。那是很薄的稀粥，胖子一个人都能喝十碗，不过云彩烧的，他怎么也不会说不好喝。

吃完早饭后，胖子也来帮忙搜索，这一次带了狗，胖子逗那些狗，说找骨头，找骨头，找到骨头给你们配母狗。狗却自顾自在湖边喝水嬉戏，完全不理会他。

等到日头出来，我已经又转了一圈，确定不太可能找到了。我和他们合计，确定得下水，时间定在下午水稍微暖和一点的时候。于是按照昨天计划的，开始搜集和准备很长的绳子、一个小浮筏、几块重量合适的石头。

阿贵和云彩帮我们编草绳，不需要太结实，只要能用来测量深度就行了，但是要尽量长。胖子拿着镰刀割了不少草，然后铺开来晒，但并不是所有草都适合编，一大半都不能用。

我和闷油瓶用编好的绳子扎了两只八仙桌大小的小浮筏，然后找等同大腿粗细的石头，绑上草绳做压舱物。

草绳编了三截，只有十多米，两个人一个上午能有这样的成就已经很了不起了。因为没有经过很好的加工处理，绳子很粗糙，但是我不管了，反正也没指望能用上几个月，能撑住几个时辰就行了。

另外把胖子的尼龙包裁掉，把里面的尼龙线扯出来盘了个线圈，上面绑个小石头当成小锤，用来探测深度。

准备妥当之后，我们把这些东西全部堆到小浮筏上，然后脱得只剩下裤衩缓缓走入湖中。闷油瓶的内裤是胖子买的，上面有两只小鸡，把云彩笑得差点晕过去。

此时已经是下午两点左右，湖水的表面还是冰凉，肯定与活水相连。要是没有太阳，这么大的温差，说不定我们下水还会抽筋。

一路踩水，很快脚下的水颜色就变深了，这有点让人心虚，看不到底的地方总让人感觉不安全，不过我们都经历过大风大浪，那种感觉一闪即过。湖也不大，我们很快就踩水到了湖中心的位置。

湖风非常凉爽，暑意全消，在湖中心，踩水需要更用力才能保持身体的平衡。胖子用手抹了一把脸，问道："天真无邪船长，先干什么？"

"先测水深。"我道。

胖子拿起系着小石头的尼龙线，往水里丢去。石头拉着丝线往下不停地沉，丝线圈在胖子手里不停地转动。很快，只剩下线能看到，石头沉入了黑暗之中。

等了一分多钟，线圈才停止转动，胖子把线头拉住，一边把线一点一点拉上来，一边数绕的圈数，最后确定水深有三十三米多。

我吸了口凉气，虽然和我估计的差不多，但是真听到还是觉得有点可怕，并且这还不一定是最深的地方，这种石头湖，最深的地方不一定在湖的正中央。

"三十三米，大副，咱们得潜十多层楼这么深啊！"

"我靠，怎么一听到三十三米立马就给我降官阶了？"我一边骂道，一边硬撑，"十层楼一般般，怕个鬼。"

说着就和闷油瓶用泥塞住耳朵，先浅浅地潜了几下适应了水温，让胖子暂时先在上面看着。他胖，不那么好潜，我们争取一次搞定就不用他了。把绑着大石头的草绳系在腰上，拿好镰刀、装在塑料袋里的手电，我就和闷油瓶打了个眼色。

我们深深吸入一口气，在气快到极限的时候，一下把石头从木筏上推入水中，石头缓缓沉下，带动我们直接往水里沉去。

在苏丹，出轨的酋长夫人就是这么被处死的。我抬头看着水面，没有潜水镜，模模糊糊能看到胖子的下半身和木筏的影子，还能看到太阳在水面上的光晕。但是这些情景很快就远去了，一下四周便进入了绝对的寂静。再往下看，下面是一片漆黑的深渊，只能看到闷油瓶的手电，他头朝下灵活得像一只水獭。

这种情形不会持续太久，我告诉自己。随着四周光线的急剧变暗，同时出现的是巨大的水压，我的耳膜和胸口非常难受，使得我不得不吐出肺里的空气。

很快，我的手电照到了水下的情景，那是灰蒙蒙的一片石头，逐渐朝我靠近。随着我的下沉，水底也越来越清晰，我发现水下的石头有深有浅，显然并不平坦，是一处斜坡。

也就几乎在这个时候，我有点憋不住气，看了看表，才下水不到三十秒。我感觉一股压力直冲我的鼻子，我很想很想吸气。

另一边闷油瓶还在不断下潜，我抬头看了看头顶，天哪！头顶一片模糊，只在很远处有一点光晕——你可以想象，你在一个漆黑一片并有三十米高的大礼堂里抬头看碗口大小的天窗的感觉——我不由得恐惧顿生，乱了手脚，感觉没法坚持了。

于是我拔出腰里的镰刀想割断拉住我的草绳，没想到的是，浸了水的草绳很有韧性，我割了两刀，草绳只断了一半，另一半怎么也割不断了。

我一下就慌了，条件反射下告诉自己深吐气，要镇定，结果一呼吸差点一口水呛进肺里。

好不容易憋住，从绳子的一头传来一阵震动，石头已经落到底了。

我努力稳住自己朝下望去，水底果然是一大片单调的陡峭石滩，和岸上的石滩一样，都是大大小小的石头。不过这些石头经年累月泡在水里，上面覆盖着一层水糜，让我感觉异样的是，这些石头完全是“干净”的，不像我以前看到的水底，石头上都会长一些藻类和螺蛳。

石滩很陡峭，我的“负重石”卡在石滩的几块石头里，没有往陡坡下滑，但是石滩下面一片幽深，好像还有的潜。

我不知道现在的深度是多少米，另一边闷油瓶下潜的地点肯定比我深得多，因为我已经看到他的手电光沉了下去，好比黑夜中一个模糊的信号弹。

我肺里的气几乎快要吐光，人也往水底沉去，很快就趴在了水底，这时反而感觉自己还能憋上一段时间。刚才的紧迫感可能是水压压住我的胸口导致的，我撑了一下，把我的“负重石”从卡住的地方搬了起来，往斜坡下方丢去。

负重石头滑了下去，再次带动我下潜，又下去七八米，石滩的坡度变缓，石头又停住了。

我抓住绳子再次沉下去，还想搬起石头，这时忽然发现斜坡下方深邃的青灰色水中，出现了一个巨大而模糊的影子，好像一条鳄鱼的脑袋。

水下的视线十分模糊，我只能看清楚大概，不由得吓了一跳，心说这种湖里都会有水怪？

手电照下去，却看到那影子其实是一间样式古老的木楼，垮塌在我脚下的深沟内，只有一个大概的架子，上面覆满了棉絮一样的沉积物。我拽住绳子稳定自己的姿势，靠近那木楼再转动手电，看到这种木楼不止一间，下面还有不少交错的黑影，甚至有破败的瓦房。顺着这深沟的坡度望下去，石阶、篱笆什么都有，所有的这些都静静地沉在湖水中。

天哪！我惊呆了，我看到的，竟然是一座瑶族的古寨。

第二十一章

湖底的古寨

幽深青色的湖底给过我很多想象，但是我从来没有想到，我会在湖底看到这些东西。

这些木楼被沉积物完全覆盖，很像沉船的一部分，在这种光线下我无法仔细观察，但还是能肯定，我眼前应该是一座沉在湖底的瑶族古寨。

更深处的坡下一片黑暗，下面黑影幢幢，肯定还有东西，我猜测都是这种高脚木楼。

这是怎么回事？为什么湖底会有这些？难道这里发生过大面积的山洪，导致山体崩塌，把原本是村庄的地方淹没了？

看着这幽冥一般的青色古楼，我整个头脑都混沌了，连四周的环境都忘记了，只是呆呆地看着眼前的情景。

正在发呆，忽然浑身一震，我开始往上浮去，一扯脐带一样的绳子，发现原来被我死死拽住的绳子终于断了，这时候才再次感觉到令人窒息的水压扑面而来，我再也顾不上眼前的情形，奋力向上挣扎着游去。

那是一种让人很难形容的感觉，有了浮力的帮助，我上升得非常快，四周是黑暗，上方是逐渐明亮的光圈，我的大脑开始缺氧，只感觉光圈越来越迷蒙，像在游向天堂。

淹死的人最后看到的大概也是这种场景，我心说。最后的几秒我的气已经到了极限，脑子里一片空白，眼前一片白光，之后猛地感觉脸一松，四周的白光收缩，同时我听到了水声和其他无法分辨的声音，看到了水光潋滟的湖面。

我几乎没有力气吸那第一口气，那一下呼吸是用全身的力气爆发出来的，等我终于让肺部充满空气的时候，我差点晕了过去——天哪！活了几十年，从来没有觉得呼吸是那么舒畅的一件事情。

接着我开始大口喘气，几乎是恐怖地吞咽空气，四周的一切逐渐舒缓过来。

等我完全清醒，抬手看了看表，发现从我潜水下去到我浮出水面，才过了一分钟多一点，我却感觉过了好几个小时一样。水底的环境和看到的情景太让我震惊了，以至于感官都失常了。

而在平时我的憋气时间没有这么短，看样子游泳池和深水湖泊完全是两回事，我想得太天真了。

胖子和筏子在离我三十米处，可能是我最后冲出水面的时候用错力气，偏离了方向。我朝胖子游去，游回到筏子边上，胖子就问我怎么这么快就上来了。

我刚想说话，忽然感觉上唇很烫，一摸，竟然流鼻血了。接着耳朵和全身都开始疼，人开始眩晕，差点就从筏子上脱手沉下去，恍惚间感觉被胖子拽住了，隐约听到他对我道："老天爷，你上浮得太快，血管爆掉了！"

还好眩晕稍纵即逝，很快我就缓了过来。我不是专业潜水员，看来身体的构造确实不适合这种自由潜水。我再次趴到筏子上，看着源源不断的鼻血贴着我的脸流到我的下巴，然后滴到水里，我隐隐有些担心自己的内脏也受了损伤。

胖子用他的手绢给我暂时堵了一下鼻孔，就问我怎么回事，怎么上来得这么急。

我仰起头让鼻血回流，同时把我看到的说出来。胖子听得目瞪口呆，不过他还不相信，这种事情，不是自己亲眼看到，就不知道是个什么情形。他说他也要下去看一下，我把他拦住了，告诉他这下面绝对不止我们测得那么深，一个人下去太危险了。

这时候又是一声水响，闷油瓶也浮了上来，大大地吸了一口气。他出现的地方离筏子只有两米多，显然比我镇定得多。

我看了看表，他比我多潜了一分钟左右。他吃力地游到筏子边上，单手扶上来，胖子刚想问情况如何，闷油瓶另一只手忽然从水里哗啦提上来一个东西，甩到了筏子上，水花一下溅了我们满脸。

我还没看清楚，胖子就惊叫起来：“妈呀，这是什么鬼东西?！”

第二十二章

捞起来的怪物

大概是胖子的叫声给了我预判，我顿时心里发毛，忙抹开脸上的水去看。

我的第一感觉是闷油瓶可能找到了那些尸体，我已经做好看到一具惨白尸骨的准备。

可惜我猜错了，我看到被甩到筏子上的好像是一具登山包大小的动物尸体。仔细一看又发现那“沉尸”的四周竟然还长了一团腐烂发黑的触手，“沉尸”被水泡胀了，好像一只球一样，看样子在水里已经腐烂了很久。

看过发大水的时候湖里漂过的死猪死狗的人都知道这种尸体有多恶心，我顿时感到一阵反胃，忙翻身蹬出去远离那筏子，心说，闷油瓶捞这东西干什么？

游出去一米多，我立即用湖水洗去溅到我脸上的腐尸水，感觉黏糊糊的。胖子已经在那里开骂了：“小哥，我靠，你真是下得去手，什么恶心你捞什么。”

闷油瓶却不以为意，一下趴到筏子上，手直接压在那具腐尸上，顿时尸水被挤了出来，顺着筏子流到湖面上。接着他把那些触手从尸体上撕下来，抛到水里。

我几乎要吐了，但随即就发现不太对，因为我没有闻到强烈的腐臭味，接着看到胖子似乎发现了什么，也在招手让我过去。

我再次游过去，闷油瓶甩出来的“触手”还漂浮在筏子四周，我忍住恶心捞起一条看了看，发现那不是什么触手，而是一种奇怪的像水草的东西。再仔细看那黑色的“沉尸”，我这才知道自己看错了。那具“沉尸”鼓起的肚子已经瘪了下去，这么一看就不像尸体，反倒像是一个瘪掉的皮球，而四周的触手都是那种奇怪的像水草的东西。

我上去帮着闷油瓶把水草从那“沉尸”边上除下，终于看清了那东西竟然是腐烂发黑的老式牛皮包，牛皮已经被水泡得黑透了，表层都烂没了，只剩下薄薄的一层底衬。

这是以前装大行李的大包，里面有铁丝的架子，所以没散开，否则肯定烂没了。

“这是……”胖子失语。

闷油瓶道：“在我潜下去的地方，有一排篱笆，有很多沉到湖底的包和杂物卡在篱笆上，散落了一大片，我看到有步枪、皮包和帐篷，我只捞了一个上来。”

我立即意识到了这是什么：“这肯定是盘马老爹说的，他们杀完人后和尸体一起沉到湖里的枪和装备。看来我说得没错，这些确实都被虹吸潮吸往湖底，然后卡在篱笆上了。”

闷油瓶点头，显然同意我的说法。

“篱笆？这湖底真有个村子？”胖子还是不相信。

我脑子里乱成一团，心说我骗你干什么？要不是亲眼见到，我也不信。

水下的古寨看起来规模不小，这种一锅端被湖泊淹没的情况十分特别，一般是大型水利工程牺牲性的蓄水造成的，比如三峡大坝蓄水，好多低水位的村子甚至名胜古迹都被淹没了。也有地震导致的山体破坏，水库随着湖泊中的大水流入山洼淹没村子，或者整个村子的地基因为地震而垮塌，村子陷入地下后又被水淹没。

但这里的地形不像是发生过地震的样子，这个石头湖也非常奇怪，水底全是碎石头，不知是怎么产生的。

这村子肯定和这件事情有关系。当年的考古队来到这个湖边，显然是为了打捞在湖底的铁块，而这些铁块显然存在于湖底的那个古寨中。这些因素之间到底有什么渊源？这里发生过什么事情？

看来水里深藏的事情肯定超出我的想象。

“先别管这些，看看包里是什么东西。”胖子急着想开包，但是这包很大，筏子又小，我们三个人扶着不好操作，胖子弄了几下没找到开包的诀窍，筏子却感觉快翻了。我心乱如麻，没心思琢磨这些，拦住他道：“别急于一时，等下筏子翻了就白捞了，我们先回岸上。”

“不行，”胖子道，“咱们不知道里面有什么，要是个死人，或者是什么不能让阿贵看到的东西，难道你也杀人灭口？咱们得在这儿先看了。”

我一想，觉得也对，让他们知道太多终归不是好事，于是让胖子快点。

包的整个外形还在，我们扯动那薄薄的烂牛皮时发现还有很大的韧性，当时军工产品的质量真是让人神往。这种包一般都用铁皮做搭扣，我们在筏子上小心翼翼地把包翻了个身，找到了背面的搭扣，翻的时候感觉里面的东西软软的，好像一团棉絮。

这种包本来就是放衣服或者衣料多一些，我心说不要翻出来是床被子，那就搞笑了。

翻开之后看到了已经锈成铁疙瘩的两个搭扣，已经开不动了，胖子拔出镰刀，直接在包上划了一道口子，露出了里面的铁丝框。

我以前看过一部很老的国产警匪电影，里面也有这种包，是用来抛尸的，里面装的是尸块，所以有点心理阴影。胖子也很小心，用镰刀把牛皮翻开来，果然，里面是一团几乎已经腐烂的棉絮，这是被水泡烂的毯子的残余物。胖子用刀在里面搅动，很快，我们在棉絮的底部发现了一些东西，拨弄了一下，胖子像考古一样把这些东西全部钩了出来——完全是一个女人的生活用品。

让我下这个结论的，自然是其中的三把梳子，男人也会带梳子，但不会带三把，而且其中一把的齿特别大，那肯定是用来梳长发的。还有两个发卡、一枚毛主席像章、一个木头镜框和一盒百雀羚的雪花膏，另外还有一个茶叶罐。

百雀羚雪花膏和茶叶罐都是铁皮的，锈得非常厉害，不过因为湖底的状态稳定，可以看出锈蚀到一定程度就停止了。

我最感兴趣的是那个木头镜框，里面有照片，但已经完全被水浸烂，只剩下一团团的色条。只要把镜框后面的盖子拧开，里面的东西肯定全都烂掉了。即使不烂掉，从色条上也完全看不出拍的是什么东西。

茶叶罐子摇动时有声音，显然里面是密封的。胖子想打开，但是锈死了。他不信邪，用镰刀当榔头敲击罐底，但是筏子不能承受那种敲打，他只好一边仰泳一边把罐子放在自己胸口上敲，清脆的打鼓一样的声音在湖面上回荡，他好像一只肥大的水獭。

我看着好笑，但是确实管用，很快罐底就被敲破了，他从里面倒出了一块黑色的东西，立即惊呼了一声。

我一看心就一沉，那竟然是一块小铁块，和我们在闷油瓶床下发现的非常类似。

胖子嘟囔道："又是这种东西，看来这个牛皮包确实属于当时的考古队，盘马老爹没骗我们。这玩意儿到底是什么？"

我接过铁块仔细看了看，摇头不语，因为我发现这块铁块和闷油瓶的那一块相比，有少许不寻常。

第二十三章

铁块

这块铁块比我们之前看到的小了很多，只有大拇指大小，让我觉得意外的是，这块铁相对光滑，虽然也是锈迹斑斑，但比闷油瓶的那块要干净很多，上面的花纹还清晰可辨。

我曾经想过，闷油瓶床下的铁块那副丑陋的样子是不是因为有人用硫酸处理过，现在看来果然如此。这种铁块原来应该是这种样子的，而不是闷油瓶那块那样看上去像癞蛤蟆一样的，而且从上面非常精美的装饰花纹来看，显然属于一件制作技艺非常高超的艺术品。

小铁块也有不规则的断面，显然并不是整体，而是另外一件东西的碎片，这些铁块应该来自一件或者几件大型的铁器。

我一边踩水，一边脑子飞快转动，感觉事情在此时已经基本连成一线了。现在问题清晰起来，指向了大概的两点。

我的推测是否正确，这里是否发生过考古队被调包的事件，我们还得继续去寻找那些被他们抛入湖里的设备、踪迹，我想那些尸体很可能也在附近，这些看来并不是难事了。

再有就是湖底古寨的事情，深山中的湖泊底部怎么会淹着一个寨子呢？这些铁块来自这个寨子，它们原本是什么东西，又有什么用处？为什么考古队会知道这件事情要把它们打捞起来？在这之后的猫腻可能就多了，我们现在完全无从想起。关于湖的事情只能大概地向阿贵打听，不过，我感觉他不会有太多的信息给我们。

这两点的答案，都在水底。我叹了口气，明白接下来应该做什么了，我们必须仔细观察湖底，并且把下面能找到的东西都捞上来查看。看样子，得在水里泡上很长时间了。

可惜，我们身上的草绳都已经酥了，无法再用，我的体力也不足以再次潜水，否则我真想立即再下去看看。

我们在这片水域用尼龙绳加浮标做了一个记号，三人先回到岸上休息，云彩看到我的样子吓坏了，急忙给我处理。我鼻子里塞了两个布条，蹲在草丛里换好衣服，感觉骨头好像从里面裂开了，疼得我一点力气都用不出来。胖子和闷油瓶把筏子从水里拽到岸上，像使用担架一样抬起筏子，连同筏子上的烂牛皮包一路抬到岸上干的地方。

云彩他们非常好奇我们从水里捞上来了什么，因为烂牛皮包里面没什么特别的，所以胖子也就让她去看了，真看到了她又觉得恶心。

太阳毒辣辣的，内裤甩在石头上自己会干，我们吃了几个野果子补充糖分，胖子一边吃一边问阿贵知不知道被淹村寨的事情，阿贵一头雾水，没有任何概念，说他从来不知道这湖下面还有一个寨子。

刚才我在水中视线一片模糊，大多看不分明，无法说出更多的细节，但是凭借上面那种沉积物的厚度，我就知道这寨子沉在湖底肯定有些年头了。我让阿贵再想想，附近的寨子有没有关于这件事的传说，哪怕是很古老的传说，只要搭边都行。阿贵还是摇头，发誓肯定没有，他道："其实，我也觉得有点奇怪，我们所有人都知道这里有个湖，但是这湖到现在连名字也没有，老人也不是经常提起。"

我和胖子面面相觑，我预料到他不会知道得太多，因为到底是传说，能不能流传下来要看运气，但是我没有想到他会说得这么绝对。

羊角山有很多传说和怪事，因为这里自古是深山和猎区的分界线，人类的活动痕迹到这里就基本不延伸了，所以有传说是很正常的。可是羊角山中这么大一个湖泊，理应也有传说，却像绝缘了一样，没有任何故事，让我感觉有点奇怪。

胖子道："这会不会就是你们说的被山火烧过的老村寨？你们说老寨子是在羊角山被山火烧光了，其实是被淹在这湖下了，所以你们都说在地面上看不到一点痕迹了。"

阿贵摇头："年代太久了，就是那烧毁的老寨子的传说，也是大明皇帝的时候，两者间有什么联系，我真就没法说了。"

我看阿贵的样子就知道他不是在说谎，于是躺下来抽了根烟，用手指按摩自己暴痛的太阳穴，心说果然得靠自己。

胖子遥指着湖面我估计出的湖底最深的位置道："这湖底是怎么个景象？我看像被钉锤敲出来的一样，你说是怎么造成的？"

我道："这不是造成的，这种落差一般只在山与山之间的峡谷河流中才会产生，这湖应该是个堰塞湖，可能是在几百年前形成的。"

"是因为地震吗？"云彩在边上好奇道。

我摇头："水下的村子保持得相对完好，如果是大地震，我们肯定看不到这么整齐的石头路和篱笆，说明村子被水淹没是在相对温和的情况下。"我指了指胖子刚才指的最深处，说出了我的推测，"有可能是因为地质运动，或者什么另外的原因，在几百年前我们对面的那些山体中，突然出现了一条连通附近地下水系的暗河。因为这个村子正好地处低洼地带，所以突如其来的大水将整个村子淹没了。"

为什么说是地下水系的水，是因为我没有听阿贵说过附近有更大的湖泊，十万大山中我也没有听说过有大湖，但是这里的喀斯特地下河是很有名的。这里接近热带，降雨十分频繁，这些水肯定得有地方去。地面上走的河流水，最后也是汇入地下的大江大河。

昨晚的虹吸潮肯定也是因为这个口子。

胖子道："看来我说得没错，那我们要找的东西，一定就在最深的地方，我们不可能找到了。"

我摇头："非也，这些木楼就好比过滤网，被虹吸潮吸入湖底的东西，大部分都会在古村的外沿被那些篱笆和木楼卡住，所以我们只需要搜索这一圈就基本会有收获，否则，我觉得可以承认失败了。"

这一圈的深度并不太深，我估计只有二十多米，只要有点耐心，我们肯定能发现什么。

胖子看了看太阳，一下又来了兴致，道："今日事，今日毕，咱们这就下水。"

我立即摇头，那是不可能的。从刚才我们潜水的经历来看，徒手潜水实在有点勉强，要想仔细从容地调查水底的古寨，肯定得用专业的潜水用具。我们绝对没法马上进行，得先回到县城里，然后通过关系把装备运过来。

这是一个大工程，潜水器械很重，可能得雇十几个人用骡子拉进山里来，这就不符合我们低调的初衷了。而且，这种东西不是那么好弄的，除了氧气瓶，我们还得准备充氧气用的氧气泵，那玩意儿可不是什么小家伙，骡子可能都拉不进来，得分解后再运输，那时间就更长了。

我心中很急，要让我再等一段时间，我恐怕会被折磨死。

胖子也不愿意回去，但他比我理性。他想了想道："这个不用想，想要完全探索，我们肯定得回去带水肺过来，没什么其他选择。不过从刚才潜水的情况来看，只是潜入水底简单搜索的话也没有必要用水肺，我们可以分头办事，一个人回去置办装备，另外两个人在这里先开始打捞那些沉物。这两件事情可以同时进行。"

"那谁回去？"我问道。

“从关系上来说，当然是你回去最合适，你的关系最多，我和小哥在这里打捞。你想你认识这么多伙计，直接找几个伙计帮你置办，可以交代完了就回来，比我们方便多了。”

我骂了一声：“我靠，那还不是一样，我还是得憋死。”

“一个人憋死总好过三个人一起憋死，而且你想，让小哥去肯定不可能，我的关系在北京，比你不方便很多，我去办的话，你等的时间更长。在这种地方看看风景是不错，待上一个月你也难过，所以听胖爷我的没错，你回去置办是最理想的。”胖子冠冕堂皇地说道。

我看着胖子的表情，那叫一个欠揍，但是仔细一想，他说得确实有道理，我只要给潘子打一个电话，几天内事情就能搞定，还能把王盟和三叔铺子里的几个伙计都带过来帮忙。胖子这不靠谱的，他出去办事我还真不放心。我只好点头，当下一合计，也别磨蹭了，明天一早就回去，力求速战速决。

于是和阿贵约好，明天由阿贵带我回去，云彩在这里守着胖子和闷油瓶，我一想阿贵这么来来回回也辛苦，而且现在我们真缺他不可，得笼络一下他，于是开了个大价钱。

接下来的时间我就瘫了，几乎没站起来过，胖子和闷油瓶又去潜了两次，又带上来一些东西，但都已经高度破败了，都是垃圾，没什么价值。其中有一支当时的冲锋枪，烂得好比烧火棍一样，胖子爱惜枪，直叫可惜。

胖子也看到了沉在水下的寨子，不由得吃惊，慨叹竟有这么大规模，他说可惜没有潜水镜，否则可以看得更加清楚一点，也不会尽捞些垃圾。接着他就满世界找替代品，搜遍了所有的装备，最后终于找到了一个东西，那就是手电筒的筒头，但是这玩意儿不太可能密封，胖子就做了一个非常离谱的决定，他把手电筒的筒头贴在自己的眼睛上，缝隙粘上胶布和油脂，然后用力压住，这样可以保证一只眼睛能在水下远视。胖子潜入浅水中试验，水却立即被水压压进筒里，这方法是行不通的。无奈之下他只好让我记得，和阿贵回到县城后，随便找个体育用品店先带点普通的装备过来顶顶。

当夜无话，第二天早上我就离开了羊角山，走的时候，天空乌云密布，似乎要下大雨，我挥手和他们告别，接着走上山路。走到山腰再次看向湖面时，看到那片乌云，我忽然有一种奇怪的预感，似乎有什么事要发生。

第二十四章

流水行程

长话短说，回到巴乃后我先是吃了一顿好的，之后马不停蹄地去了附近的一个县城，先买了一些游泳用的东西，嘱咐阿贵带回去，然后坐上中巴驶出十万大山。

一路颠簸，心里又急，十分煎熬，在车上我还看到了盘马老爹那个满嘴京腔的远房亲戚，看得出他有很重的心事，一路都没说话，光在琢磨事情。他没认出我来。

回到了防城港，订下酒店我就开始操办。以前置办过东西，知道其中的猫腻和困难，所以我做得十分有条理，先给潘子打了电话，让他运一些装备，他熟门熟路，效率最高，然后让王盟立即飞过来帮忙，我需要一个人蹲点。

潘子听到我要装备后有些担心，我骗他说是别人托我办的，他才答应下来。东西和人都是在五天后到的，我在防城港租好车，一路将东西直接运到了巴乃。盘山公路陡峭无比，我只能开C驾照车，这一次硬着头皮开大头车，惊险万分，几次差点冲下山崖，因为全都贴着一边的峭壁开，车头的两边都撞变形了，王盟下车的时候腿都软了。

巴乃的路都是扶贫沙石路，最后一段实在开不进去了，天又下大雨，只好下来换小车。大车的装备装了三车皮的拖拉机才拉进村子里。至此一切顺利，但从我离开到再踏上巴乃的村头，已经过了两个星期。

本来和阿贵约好在村口接应，先把东西运到他家里去，到了村口卸掉货却不见他的人。

我当时已经筋疲力尽，不由得有点恼怒，让王盟在村口看着东西，自己去阿贵家找他。我们住的用作客房和餐厅的那栋楼家门紧闭，我敲了半天没反应，只好去他住的那栋木楼。

木楼的门倒是开着，这是云彩他们住的地方，大堂和我们那边差不多，因为厨房不在这里显得干净了很多，角落里堆着他们编织的一些彩框，是卖给观光客的。墙上贴着一些年画，她们姐妹俩的闺房在里屋，阿贵睡在边屋，还有一段木梯子通向二楼。

这里民风淳朴，大门都不锁，里面的房间都安了帘子，我叫了几声，小心翼翼地进去后发现人都不在，又对着楼上吼了两声，还是没有人，似乎都不在家。

我心里就骂开了，这个阿贵怎么回事？约好了等我的，人怎么找不到了？难道他进山去了？那就要命了，我在这里就认得他一人，等他回来不知是什么时候了。

我当时血气上涌，并不信邪，怕他也许在上面干活听不到，于是快步上楼，扯开喉咙继续叫。

一楼和二楼之间有块竹子编的门一样的东西，是压在楼板上的，我一下就推开爬了上去。上面是个走道，走道尽头通向一边的木阳台，板竹墙有点年头了，看起来都是从那种废弃的老木楼上搬过来的。两边各有一个房间，一边是堆东西的，里面全是编好的筐子和绷起来风干的兽皮，另一边门关着，我敲了半天没反应，好像人确实不在。

我喘了几口气让自己冷静下来，发火也没用处了。这时候忽然想到这门后面，好像阿贵说过是他儿子住的房间。

他儿子只在他嘴巴里提过，我从来没见过。我感觉他儿子可能有些什么残疾，所以不太见人，怎么今天也不在？我不由得好奇，透过门缝往里看了看，发现里面非常昏暗，只能看到墙上挂着很多东西，看不清是什么，好像都是纸片，但确实没人，而且，我没有看到房间里有日用器皿，里面空荡荡的。

我心说，奇怪，他儿子就睡在这种房间里？这房间怎么住人？想推开门进去仔细看看，门却纹丝不动，好像里面被什么闩子闩住了。

我没时间考虑这些，收起好奇心下楼，找邻居问了一下，邻居却说阿贵很久没出现了，好像两个星期前进山后就没出来。不过他们也不敢肯定，因为阿贵经常要到外地接客人。他的小女儿因为连日大雨，去邻村的爷爷家了。

我骂了一声，两个星期前就是我离开这里的时候，看样子他再次进山之后就没出来，很可能他根本不记得我和他说等我回来他得出来接我一下的事。

于是我只好自己掏钱，叫了几个村民帮忙，先把那些装备搬到阿贵那里，让王盟先看着。然后又想通过那邻居的帮忙，再找一个向导进山，自己先带着一些力所能及的装备往山里去，到了之后，换阿贵出来找人把装备运进来。

一问却立即知道了为什么阿贵不来接我，原来我走了之后连下了好几天的雨，山里全是泥石流和烂泥，不要说徒步出来，就是现在带着十几个人拉着骡子进山，全军覆灭也是几秒钟的事情，阿贵他们很可能被困在山里了。

这真是始料未及的事情，我一下子不知所措。不过那邻居对我说不用太担心，阿贵知道怎么应付，他们只要待在湖边，最多被雨淋一下，不会有大的危险。不过我要再进山的话，最起码还要等上一个星期。如果雨不停，可能需要更久，这种天气没有任何一个猎户肯带路。这不是钱的问题。

一个星期，我一盘算这事就不对了，阿贵如果一直没有回来，那他们都两个星期没有补给了，吃的东西很可能已经耗光了，就算阿贵能打猎，在这种大雨下有没有猎物还是个问题。

其实即使他们撑得住，我也等不及再耽搁一个星期。于是开出了三倍的高价想找个要钱不要命的，最后那邻居被我问烦了，就对我说：“现在这种天气，敢进山的只有一个，那就是盘马老爹，你要不去求求他看吧。”

第二十五章

心理战 2

我回到阿贵的房子里，王盟浑身湿透，正在把衣服里的水拧干。我也脱了衣服，不再客气，去阿贵屋里把他的酒拿出来喝了几口祛湿，接下来就琢磨该怎么办。

说实话，我真的一点也没有想到过这种情况，完全是始料未及。这让我想起以前我的导师和我说过的一个概念，叫作“去先入为主表格”。这是一个物流里的概念，后来被应用到很多行业里，就是说在任何环节都必须重新考虑所有条件，不能有任何想当然。在物流里需要考虑的特别多，包括天气、宗教、习惯罢工周期，所有的细节在任何一个港口都得完全考虑到才能保证顺畅。

我就是对这里的天气先入为主了，不知道广西的雨季有多恐怖，才没有把这些因素考虑进去。

如今事情变得非常棘手，听他们说，雨什么时候停完全无法预测，而且就算停了，很长时间内山里还是非常危险的，所以什么时候能进山，最短是一个星期，最长可能要一个多月。我不能盼老天开眼，所以现在进山是唯一选择。

但如果现在去找盘马老爹求助，我实在是把握不大，我之前讹他的时候和他说过不会再去找他，现如今又去求助，和之前我给他的那种背后势力很大的印象不符合，一下就穿帮了，穿帮后他不揍我就不错了，更不要说帮我。

想着想着，我告诉自己不能退缩，既然找盘马老爹是唯一的办法，那只能硬着头皮上了，必须用一个非常巧妙的说法让他上钩。

盘马老爹是只老狐狸，有他们那代人特有的智慧，怎么引他入局，实在是件麻烦事。

我想来想去没个好辙。这事情真难办，我突然出现，求他带我进山，这事本身就没有任何说服力。因为如果我连进山的能力都没有，那同样也没有威胁他的本钱。

首先，我能明确的是我的态度不能是求，我得是威胁，或者是逼迫，我宁可让他认为我是一个出尔反尔的强大的坏人，不择手段想要达到目的，也不能让他看出我是空架子。

其次，我得把注意力转移，无论我找什么理由让他带我进山，进山还是进山，我用这个理由找他就表示我没有能力进山，强大的坏人可以在其他地方没能力，但是不可以没能力进山。我必须把我的目的掩藏起来，让他以为我需要他干的是其他事情，进山只是这件事里必须做的工作。

第一，我要逼迫；第二，我没有能力办到需要求助于他，不能代表我的无能。这件事会是什么样呢？

救阿贵和云彩？

不可能，太善良了，我既然是一个冷酷无情、不择手段的人，这种善良的品质就不能出现在我的身上。而且，盘马老爹本身有一种天生的邪性，我一旦表现出善良，他立即就能压倒我，反过来威胁我，我不能表现出人性的弱点。

说要让他到那边当面辨认什么东西？

好像有点牵强，没有他必须成行的说服力。而且如果这么干，我想装也不知道应该以怎样的腔调去装。另外，就算他同意了，看我一个人和他上路，他难免会起疑心，我那种身手在他眼里肯定越看越孬种，说不定遇到危险还要靠他救我。一来二去，我肯定没法控制。

想到后来头都大了，感觉这事和套话不一样，套话好比商务谈判，你只要在谈判的时候混过去就行了，这件事谈完了我还得和他上路，一路在这么恶劣的条件下都得装，难度太高了。

我揉着太阳穴，想把坏水全倒出来，换个思路，如果靠装不行，能不能来点狠的？

绑架？我一下脑子一闪——把他打晕了，然后装驴车上？

但是我立即想起了他的身手，再看王盟和我，马上放弃了。绑架，说不定被他当场砍死了。

绑架不行，那么直接上大钱，我狠点，直接拿个二三十万块钱出来砸他。

想到他家很困难，加上他儿子的那种态度，我一下脑子里有了一个剧本，就说我要那种铁块，这几天就要，一块多少钱，让他去捞，捞上来一块我就给一万，这样，也许他为了钱就可能自己进山。

发现这个有点靠谱，我开始掏身上的东西。二三十万块钱不是什么大数目，不过我随身不可能带那么多钱。我把身上的现金、杂物全理了出来，数了一下，只有四万块。卡里还有钱，但要到镇上去取。估计了一下感觉大概够，刚想让王盟出发，忽然又脑子一闪。

不对，这不是万全之策，虽然我估计盘马老爹很可能会答应，但到底不是百分之百肯定，万一他拒绝了呢？

他一拒绝，我就再没有第二次机会了。爷爷和我说过，做事情可以失败，但不可以在没有第二次机会的时候失败。

“一个办法可以没有百分之五十的成功率，甚至可以只有百分之十的成功率，但是必须留有余地，这样其实就拥有了后续的无数个百分之百。”

我一下又颓了，挠着头看着我那些信用卡，心说还真是难。爷爷只说了做事情要留余地，我也想留，但是怎么留啊？

我有点焦虑，站了起来，想到外面的大雨里冲冲，把脑子里那些废想法全部甩掉。于是收拾我的那些卡，把杂物都收起来。我一下摸到了一包东西，就是在闷油瓶床下发现的那块铁块。

原本胖子让我先带回城里去，找个地方存起来，我给忘记了。我拿起铁块，解开外面的报纸看了看，忽然灵光一闪，想起了爷爷说过的另外一句话：“与人斗，直攻其短。”

和别人斗智，直接攻击对方最薄弱的地方。

盘马老爹最薄弱的地方是什么？我一想，又看到手里的铁块，脑子里有了一个万全的策略。

我仔细一想，觉得天衣无缝。我不由得起了一身鸡皮疙瘩，这些想法让我觉得有点恐惧，我从来没有这么处心积虑算计过人，经历了这些事情，我发现自己变了，竟然能自然而平静地考虑这么深的阴谋。但是一想到胖子和闷油瓶的处境，我也无法顾虑太多。

事不宜迟，我立即开始准备，先让王盟给我找了一个香炉，里面填满了热炭，然后把铁块和香炉包在一起烤。

盘马老爹说过这种铁块会散发味道，但随着时间的推移，味道会越来越淡，我知道肯定是里面的某种东西在挥发，而依据一般的规律，一加热，这种淡淡的挥发会加剧。

不出我所料，缓缓地，铁块开始散发出一股奇怪的味道，越来越浓郁。

我是第一次闻到这股味道，感觉确实非常怪，无法形容，一定要形容的话，就是一股化学味，混杂着烫铁的杂味。这种味道如果给盘马老爹闻，他确实无法辨认出是什么。

我把东西用毛巾松松地包好，放进背包里，然后在镜子前练了一下高深莫测的怪异表情，之后打着伞朝盘马老爹家走去。

盘马老爹看到我出现时的表情，很难形容，说不出是惊讶，是恐惧，还是厌恶。

但等我进到屋子里，坐下来，满屋开始弥漫我身上的异味之后，他的脸上只剩下了惊恐。接着，他崩溃了。

我从容地坐下来，看着浑身发抖的盘马老爹，第一句话就是：“他们回来了，我来接你。”

第二十六章

风雨无阻

我本来准备好了很多说辞，打算在这场合将他的恐惧加深，但是完全没有必要了，我只说了几句话，他就崩溃了，完全丢了魂儿。

与人斗，直攻其短。

盘马老爹的短，就是心中的恐惧，什么都不用说，从心理上我就完全摧毁了他。

但是，事情并没有我想的那么顺利，因为他实在太恐惧了，几乎破门而逃。事实上，可能他宁可死也不愿再去见那些人。

我一点一点将他说服，最后给他的概念是，他必须把这个事情了结，否则他的儿子、孙子都会倒霉，才逼得他就范。当时他也是心一横，抱着必死的心跟我进山的。至于进山干什么，我什么都没说，他也根本没问。

当然，名义上是让他跟我进山，但是实际上，是我跟着他，在山里走，反正我走在后面或前面都没有关系。

看到他这个样子，让我有了深深的负罪感。本来，为了我自己的利益，把一个老人吓成这样就是不义之举，况且我还得逼他跟我到那么危险的山里，这种行为让我觉得恶心。我忽然发现我血管里可能真的流着我三叔他们的血液，那种凶狠狡诈的家族本能。

长话短说，我们整顿了半天就出发了，出发的时候我在前，盘马老爹在后，看上去是我在带路，其实我完全不认得路。

这一路几乎毫不停歇，又是瓢泼大雨，山路非常难走，好在在防城港我养足了力气，所以还熬得住。一路上盘马老爹完全不说话，我也基本上不和他交谈，就是闷头猛走。

不日便回到了湖边，远远一看，我的娘啊，湖水的水位涨了起码五六米，湖面一下子大了很多，和我临走时的水光潋滟相比，现在的湖区大雨滂沱，山坡上泥水飞溅，面目十分狰狞。

现在在山上太危险了，我们立即赶着骡子、踩着泥水，由小道直下到湖边的石滩。

山中雨水打在树叶上的声音已经震耳欲聋，不要说到了湖边，瓢泼大雨打在湖面上发出频率一致的声音，几乎充斥了整个天地，让人根本无法对话。盘马老爹的几只猎狗非常烦躁不安，也不跟随过来，盘马老爹只好任由它们躲在石滩边缘的树下。

没有了树冠的遮挡，雨帘直挂，能见度极低，我们硬拉着骡子往以前搭的雨棚走去，很快就在雨帘中看到一个模糊的影子一闪而过，好像是胖子。

我知道叫也没用，就算是面对面，现在这种时候也没法说话，便继续往前走。这时不知道为什么，骡子忽然都停住了，我回头一看，原来盘马老爹拉住骡子看向我，显然他认为到目的地了，要等我的指示。

经过这么多天，我看他似乎想通了，并没有像之前那么害怕了。而且看眼神，他似乎下定了什么决心，整个人阴沉得不行，我都有点害怕。

人就是这样，一次到两次可以被吓到半死，天天吓就皮了。

到了这里我就不用再装了，其实到了路途最后我也没有装，因为太累了，我反而开始琢磨如何和盘马老爹解释他将看到的情形。如果让他知道我完全在讹他，恐怕他会杀了我，但是继续骗下去又很难，而且也太不人道了。

我不知道怎么和他说，这件事其实只要阿贵他们一出现就立即会穿帮。我想必须先和胖子商量一下，或者我干脆躲起来，等他火发完了再出来。于是让他站住别动，我自己放下缰绳先过去找胖子他们商量，顺便通知他们帮忙卸货。

没走几步，看向前方的雨帘时发现刚才的人影又闪现了出来，这时候我才发现那影子有点奇怪。还没等我仔细去分辨是谁，突然后脑勺一疼，接着我眼前一黑摔倒在地，好歹没晕过去。

就地一滚坐起来，我看到盘马老爹脸色铁青地站在我背后，另一手的猎刀已经拔了出来，眼里全是杀意。

“你干什么？”我喝道，看到他把刀举了起来，一下朝我劈来。

我大惊失色，立即就地一滚躲了过去又爬起来，只见他的刀在雨中划出了一道优美的弧线，直切向我的脖子，我一个趔趄正好避过，坐倒在地，才发现他下的是杀手。

我看着那眼神，想起路上他不变的表情，忽然心说不好，这家伙在路上是想通了，他想通的是先下手为强，要和我们拼了，把我们全杀了。

我靠，这事情麻烦了。我立即想逃，逃了几步盘马老爹已经绕到我前面，横刀就劈了过来。我大叫“我错了，我骗你的！没有的事，他们没回来”。他根本听不进去。

我一路奔波早就跑不动了，在雨中和他周旋了没多久就向雨棚跑，没想到没跑几步脚踩进一道石头缝里倒了下去，盘马老爹立即逼了上来，我胡乱抄起石头朝他扔去，但都被他躲了过去。他反手拿刀正要压上来，忽然身体停了停，好像发现了什么，看向了另外一边。

我乘机爬起来继续跑，一下发现四周的雨帘中出现了很多人影，将我们围在了中间。

第二十七章

雨中魔影

那几个人影飘飘摇摇，时而出现，时而在雨帘中消失，一看就知道不怀好意，似乎正在仔细观察我们，伺机而动。这种幽灵一样站在雨帘后窥视的影子让人不寒而栗。

怎么回事？这里怎么突然出现了这么多人？

我脑子里第一个念头，就是我之前推测的：村里有人在暗中阻挠我们，现在他们终于动手了。这些人可能要在这里截杀我们。

这可乱了，一边是盘马老爹，一边是截杀的大队伍，这次我死定了。

我粗略看了一圈，这里有七个人，不知道他们想干吗，看来是在这里设伏了。

我抹了一把脸，把雨水抹掉，但是雨太大了，瞬间又被雨水打满眼帘，那些人影还是模模糊糊看不清楚，不知道他们带着什么武器。

我也看不清楚盘马老爹脸上的表情，我和他保持着距离，他顿了顿，忽然朝着其中一个影子疾冲过去。

我一开始吓了一跳，但是随即明白了他的想法——我靠，他以为这些人影是那些人了。

在这种环境下，谁也无法从容地设伏或者截杀别人，所以与其等对方看明白了，不如一下冲过去，这么几个人在这么混乱的环境下，只要一乱就会把别人和自己人认错，他就有了可乘之机。

我不知道这对我来说，算好事还是坏事，我也管不了那么多了，立即跟着盘马老爹跑去，他们把我团团围住，盘马老爹一和他们起冲突，肯定就会有缺口，我可以借机逃出去。

雨棚也不能回去了，如果这些人早就在这里了，那阿贵和闷油瓶他们的情况不知道怎么样，毕竟闷油瓶和胖子身手再好，一人一枪也就挂了，何况还有阿贵他们拖累。

在又滑又不平的石滩上跑步好似耍杂技，我跑了几米膝盖全磕破了，我远远跟着盘马老爹冲到了其中一个影子跟前，因为距离一变动，四周的影子全都不好辨认了，也搞不清楚他们有什么动作。盘马老爹直朝那个影子冲过去，手中瑶刀切过雨帘，那阵势一点也看不出是个八十岁的老人。

奇怪的是，那个影子岿然不动，似乎毫不在意盘马老爹凌厉的冲击。十秒不到我们就冲到了那影子跟前，盘马老爹刀锋一转没有砍上去，一下停住了，接着他忽然发出一声惨叫，刀掉在地上。他开始往后狂退，接着被石头绊倒在地上。

我从边上绕过去一看，发现了影子的真面目——那竟然是一具站立着的骷髅。让人毛骨悚然的是，这具骷髅身上还穿着已经腐烂成黑色丝条的军装和武装带，背着生锈的冲锋枪。

我头皮一麻，也立即退了一步，心说我靠，这是什么东西！难道那些死人真的从水里爬上岸来了?!

但是我的心理承受能力要比盘马老爹好很多，一阵雨打下来，我随即看到那骷髅的头骨随着风摇摆，像灯笼一样，好像是挂在上面的。

定睛一看我发现，这具骸骨是用树枝架起来的，背后有一个树枝架子。

我靠，这里怎么会有死人？难道他们找到湖底的尸体了？我吸了口凉气，仔细一看那骸骨，果然不差。骸骨穿着被水腐蚀的衣服和武装带，这肯定是一个当兵的。看样子我的想法没有错。

不过，我看着这骸骨立在这里的样子，又觉得诡异异常，暗骂了一声，这算什么？吓唬人？

盘马老爹吓得够呛，我回头看的时候，已经看不到他在什么地方了，我心说这是胖子的恶作剧？

我立即冲回骡子那里，还是不见盘马老爹。我头痛得要命，走向另外那些影子，发现都是同样的死人，我能看到的一共是七具骸骨，在其他地方还有没有就无法肯定了。那个疯子不见踪影，似乎躲藏了起来。

这么大的雨，我没法去找他，于是准备先去和阿贵他们会合。骡子似乎害怕这些死人，怎么驱赶也不动。我把它们拴到石头上，然后绕过死人直走到之前搭的雨棚里。雨棚明显已经经过加固，在这么大的雨中岿然不倒，我冲进去，四周顿时一片安静，环顾了一下，发现他们不在里面。

我再次暗骂，下这么大的雨，难道他们还在水里，还是出了什么事？雨棚内堆着大量的东西，都是从水里打捞上来的，我不在的这两个星期，胖子和闷油瓶成果斐然。

这些东西凡是金属的都锈得一塌糊涂，我看到水壶、步枪、手枪、望远镜还有一些匕首、砍刀，都是当时的武装配备，可以想见当时这里的战争气氛。另外还有很多生活用品，甚至有饼干盒，非常细致，什么都有，可能是从一些大件的打捞物里找出来的。

我想着自己没有东西防身，捡起一把当时的五六式三棱刺刀，这是很有名的刺刀。当时刺刀其实并不常用，毕竟是近20世纪80年代，单兵兵器的火力都很强大，刺刀一般只在执行特种任务的时候才用，丛林战里越南人是不会跟对手拼刺刀的。

因为本身的材料特点，刺刀并没有腐朽得很厉害，我听说这种刺刀上通常喂过毒，所以也特别小心，反手握着。我心里琢磨该怎么办，主要是下这么大的雨，叫也听不见，看也看不清。

想着自己在雨棚里目标太大，搞不好盘马老爹会杀进来，于是我重新冲进雨里，跑到湖边，看阿贵他们在不在。来回绕了几圈，忽然看到有个人在湖滩上拖着木筏子往岸上走。

我冲过去，发现那个单薄的背影是阿贵，正一个人拖着筏子往岸上走。我出现在他面前的时候，他看到了我，一下子呆住了，脸色苍白得吓人。“怎么只有你一个人？他们人呢？”我问道。

阿贵呆呆地立在湖水中，神情有些呆滞，他就这么盯着我，我又问了一遍，他还是没反应。

我看着那些木筏，以为阿贵刚从湖里回来，心说我靠，果然这些人都疯了，下这么大的雨还在打捞。这时候我忽然意识到不对，为什么阿贵拖着筏子回来了？他应该在湖面上等着他们，否则在大雨中游泳是非常危险的，更何况水位已经上升了那么多，而且阿贵的表情十分不对劲。

我走近阿贵，想再问清楚，越走近就越意识到不对，阿贵的表情无比呆滞，似乎经历了什么让他极度受刺激的事情，整个人处在离魂状态。我上去就抽了他一个巴掌，大吼道：“出了什么事情？”他一下反应了过来，这才泪流满面，大哭道：“他们……他们都死了！”

第二十八章

魔湖的诡异

“死了？”我脑子嗡的一声，心说，怎么可能？

阿贵说完这句话，一下子情绪就完全崩溃了，整个人几乎瘫倒在湖里。我只好先把他扶了起来，扶回雨棚里。又到骡子那里拿了几罐米酒给他灌下去，他才舒缓过来。但他的情绪还是极度低迷，语无伦次。

我一边听一边思考，最后终于明白这里发生了什么。

原来跟着我离开之后，再次返回时，阿贵找了几个人帮运食物和东西到湖边，看看没什么事，云彩就跟着那些人回家干别的了，这里只剩他自己看着。

当时闷油瓶和胖子已经打捞上来很多东西，并且他们已经发现了可能藏匿着那些尸体的地方。但是那时雨已经没完没了地下了起来，水位开始升高，使得他们的打捞陷入了僵局。

这时，他们在整理打捞物的过程中，发现了一整套打捞设备，包括潜水服、牵引绳，当时使用的是重装潜水的设备，由气管连着水面，用麻绳牵引。胖子说他们肯定是使用这套设备在这个湖底古寨里打捞那些铁块的。

整套设备在水下泡了很长时间，大部分部件都已经不能用了，但当时的潜水头盔使用了非常耐腐的材料，打包在装备包里竟然没有透水，里面还是干的，只有外面的一层橡胶脱落得斑斑驳驳。

胖子当时突发奇想，想利用这个头盔和一部分橡胶做一个简易的潜水设备，头盔里的空气可以供他呼吸七次到八次，因为人呼出的气体中同样含有大量的氧气，所以这点空气还是很可观的，运用得好可以让胖子在水下待的时间延长到五分钟。

对潜水来说，这从容的五分钟和那一分钟可是天壤之别。他们就是利用这套设备，找到了水下的骸骨。当时的情况是，他们使用了两条绳索，一条拴在胖子的腰上，因为头盔很重，光靠胖子的力气可能会在上浮的过程中出现危险，那样就需要其他人将他拉上来。另一条绳索上全是用铁丝弯的钩子——铁丝是从皮箱的龙骨里拆出来的，胖子潜下去后，把打捞到的东西全部挂到钩子上，这样一趟下去能捞不少东西上来。

骸骨全部已经散落，分布在那排篱笆的东端，他们将其打捞起来，根据其中的位置，将它们用树枝拼合起来以确定人数，操作十分简便、顺利。

等他们把所有能看到的骨头都打捞起来之后，拼接的时候发现了一个问题。

所有骨头拼成了大概的人形，他们惊奇地发现，所有的骸骨竟然都没有右手掌。

按照骸骨统计的方法，头骨和盆骨是判断人数最重要的依据，因为其他骨骼太零碎，有所缺失不稀奇，但是，一只右手掌都没有实在是太奇怪了。这应该不是偶然。

胖子和闷油瓶开始琢磨是什么原因造成了这种情况，到底是抛尸的时候有什么特别的情况使得右手掌都缺失了，还是被人为地砍掉了？

盘马老爹和我说的过程中，完全没有提过他们砍掉这些尸体的手掌，而且他们也没有理由这么干。当时胖子他们也百思不得其解，胖子还奇怪那些人难道都是狗熊，熊掌被人剁了炖秘制菜了？

最后，还是阿贵得出了一个结论，他说会不会这些人本身就没有右手，所有人的右手都是假的，是用木头做的，结果抛入湖中之后木质的义手都腐烂了。

我听到这里，却完全不这么想，因为所有人都没有右手这个前提太诡异了，我实在想不出有什么情况会这样，我反而感觉是否因为这些人的右手上有什么特征，有人为了隐瞒这些人的身份将手剁掉了。或者是，好像战利品一样，这些人的右手被人收集走了。可是盘马老爹没有提过这件事，难道当年他们抛尸之后，尸体还被捞上来重新处理过？但这个想法随后也被证实不可能，因为在阿贵的叙述中，胖子也想到了这一点，但看那些人的手腕骨，都没有被刀切过的痕迹。那些人的右手掌好像都是自然脱落的，手腕部分的关节都在。

在盘马老爹的叙述中，考古队那帮人都是有右手的，显然右手的缺失时间是在他们死了之后，他们实在想不出理由，于是再次潜水去寻找线索。

他们在篱笆附近再没有发现什么，胖子怀疑那些骨头沉入篱笆内的古寨中了。

之前他们刚开始潜水的时候就有一个默契，就是绝对不进入湖底的古寨中，只在环境比较简单的外围活动。因为寨子内部比外围又深了好几米，而且这种湖底探险危险性很大，湖底的环境谁也没有测试过，说不定有的古寨已经十分脆弱，一碰就坍塌，需要更加完备的潜水设备。

胖子等不及了，认为就是过去看看，没什么大不了的，所以这时就有了一些矛盾。由于我不在，闷油瓶又不会说什么闲话，阿贵也不可能反驳老板，所以胖子就潜下去了。

这一次，却出现了意想不到的变故。

当时的绳子是阿贵从县城里带回的尼龙绳，非常结实，而且买了有三百米，所以胖子一点也不担心，他可以潜到更深的地方。胖子潜下去之后，逐渐深入，和以往一样，阿贵也没有太担心，他看着时间，预备着到点之后，再用劲把胖子提上来。

他们约好的时间是四分半钟，因为需要三十秒到一分钟的时间上浮，上浮太快会出现潜水病。

在水下潜水，其实四分钟给人的感觉是很漫长的，而在水上是稍纵即逝的，不久阿贵就开始扯动绳子，没承想拉了几下，忽然绳子就绷直了，而且怎么拉也拉不动，好像下面被什么东西咬住了。

当时第一个念头就是可能挂在篱笆上了，之前也遇到过这种情况，那些篱笆被水泡了不知道多少年，全都像旺仔小馒头一样酥软，只要用力拉就可以了。阿贵用力扯了几下，果然绳子动了。

阿贵快速提拉，可是这一拉，他就发现手感不对了。绳子吃的力气变小了很多，拉起来非常轻。

这种感觉说起来有点恐怖，很像钓鱼时鱼儿咬钩之后，和鱼僵持了几秒线却松了，这代表着饵被咬掉了，鱼却脱钩了，而现在，饵就是胖子。

阿贵当时冷汗就下来了，越拉他越感觉不对，离水面越来越近，手感也越来越轻。随着逐渐可以看到的水下黑影，他几乎窒息了，等到那影子拉出水面，他发现胖子竟然不见了，他拉上来的只是个头盔。

他推测，很可能是这绳子钩在什么地方了，胖子一看形势不对，立即把头盔脱了，然后自己浮上来。之后不知怎的钩住绳子的东西又松脱了。这样说来，胖子很快就会浮上来。

可是，等了一分多钟，没有任何东西浮上来。

他感觉有点不妙了，这不同于其他状况，在水下多待一分钟，普通人肯定溺死了。

当时闷油瓶在岸上，阿贵逐渐慌了，本来挺好的生意，能赚钱不说，在这里只要会游泳就能轻松打发老板，现在一下子出了状况，那是要负责任的。在山里这种小地方，出了这种事情可能会被人传一辈子。

他一边脱衣服，一边朝岸上呐喊，看闷油瓶往湖里跑过来后，他跳入了湖中，抱着石头潜下去，可惜他实在没经验，沉了几米石头就脱手了，又挣扎着浮上来。正好闷油瓶赶到，阿贵把情况一说，闷油瓶立即戴好捞上来的头盔，也跳了下去。

阿贵拉着绳子求神保佑，他没有想到的是，一直等了五分钟，不仅胖子没有上来，连下去的闷油瓶也没有任何动静，那条绳子就那么垂在水里。

他拽起绳子，熟悉的手感又传了过来，等他把绳子拽出水后，发现同样的情况再次出现了，绳子的另一头，闷油瓶也不见了，只剩下了潜水头盔。

我听完后就蒙了，脑子里乱成一团，内心并不接受这些事情，感觉太扯淡了。这种事情怎么可能发生？但同时我清楚地知道阿贵不可能说谎，这事对我来说，简直太可怕了。

我问阿贵这是什么时候发生的事情，他说离现在已经快两个星期了。事发之后他在湖面上等了一天，什么东西都没有浮上来。

两个星期？就是鲸鱼，在水里闷两个星期也死透了。难怪阿贵说他们死了，不管是什么原因导致他们在水里脱下了潜水头盔，死亡是可以确定的。

那天之后，阿贵每天都要到湖面上看一圈，想看看有没有尸体浮上来，但是一直没有尸体。他一度以为湖底有什么怪鱼把他们吃了，但很明显，没有任何血迹和被攻击的痕迹留在那个潜水头盔上。

我看了一下头盔，发现胖子做了很有趣的改动，而这种改动使得头盔在水下很难脱下，这就变成了一件有关“存在问题”的事情。我潜入过水底，知道水底的情形是什么样的。虽然进入古寨中有潜在的危险，但也不会让他们花那么大精力脱掉头盔啊。

我怀疑是潜水病，因为潜水到更深的地方后，吸入氧气的比例似乎要经过调制，否则会形成醉氧，但是醉氧不是醉酒，不会醉到脱衣服的。

在水下肯定发生了什么事，使得他们非脱掉头盔不可，而且，闷油瓶也脱掉了头盔，说明这肯定是个不可选择的状况。闷油瓶不会像胖子那样突发奇想。

那么在水下脱下头盔之后，他们为什么没有再出现呢？难道他们遇到的这件事最后导致了什么意外吗？

我长途跋涉，身心俱疲，一下遇到如此棘手的情况，真的有点手足无措。但我绝对不相信他们已经死了，我们一起经历了那么多事情，可以死在任何地方，但我们都绝处逢生了，怎么可能死在这么一次半旅游、半调查的旅途中？

话是这样说，但我仔细一琢磨这个事情，心还是揪了起来，让我立即放弃侥幸的想法。因为我知道，意外是不和你讲道理的，就算你以前遇到过再大的危险，该你死的时候你怎么也逃不过。历史上很多大英雄都是叱咤一生，最后死在了小人物手里。难道上帝玩我，他们两个真就这么殁了？

想了想，我的内心还是无法接受，人也烦躁起来，心说当时在下雨，湖面上的能见度肯定不高，他们也许已经上浮但离阿贵的位置很远，所以阿贵没有看见，之后不知道为何，他们独自上岸了。

不管怎么说，有件事我是必须做的——无论他们是否出了意外，我都必须潜水下去看个究竟。活要见人，死要见尸。

第二十九章

独自下水

雨还是那么大，像疯了一样，在杭州这么大的雨是持续不了这么长时间的。

阿贵已经无法再帮忙了，我猜他是怕我和他们一样，他再也经不起这种刺激了。我和他说了盘马老爹带我来的事，让他小心点，虽然我觉得这一次盘马老爹可能真的崩溃了。

阿贵想去撤掉那些死人，我说不要，那些死人在，可以防止他回来，看盘马老爹的样子，是很难说服他了。我真没有想到这人可以凶悍到这种地步。

回到骡子边上，我从上面取下带来的那一套水肺，便急匆匆地往湖里走。我一分钟也等不下去了，必须去查证一下。

因穿上全套装备，加上在海南我已经对潜水非常熟悉，所以此时我并不紧张，推着木筏冒雨往湖中心游去。

因为戴着脚蹼，我很快就游到了湖中心的位置。暴雨拍打着湖面，千万条雨线带出的是振聋发聩的雨声，这种无法言喻的声音反而让我平静了下来。我四处寻找当时我们留下的浮标，却发现在这种环境下根本无法寻找，只得找了一个大概的方位，然后戴上潜水镜，沉入水中。

有了上一次的经验，这一次我稍微从容了一点，因为我知道这种潜水方式绝对沉不到底部，所以准备就在沟的上方悬浮一段时间，借以观察大概的情况。

潜到之前的位置，我再次切断绳子，吐光肺里的气，这样我便不会迅速上浮，同时划动手脚使自己悬浮在一个固定的深度。

有了潜水镜，水下的一切非常清晰，可惜，现在光线暗淡了很多，我用双脚保持平衡，一边尽量沉得更低一点，一手晃动探灯，往深处照去。不久，一个灰青色的轮廓分明的湖底世界比较清晰地出现在我眼前。我划动双脚往前游去。

因为手电只能一部分、一部分地探照，我无法看清全貌，只有凭借记忆在脑海中将我看到的东西连成一片。好在我是学建筑的，有一种特殊的记忆方式，能够把看到的部分在脑海里形成一个整体。

这是一个单色的世界，一切都是暗青的湖水色，往前游了一小段，发现果然如我所想，沟口一直到沟底非常暗，这么一条陡峭的斜坡，都是覆盖着沉积物的木楼。湖底竟然完全不平坦，是一个很深的不规则的水下峡谷，寨子就依山建在峡谷的南坡。

接下来的时间，我不停地上浮和下潜，变换着自己的位置，在短暂的一分钟内观察水底的情况。

更多的细节出现在我眼前，幽冥一般的水下古寨，规模应该和我们来时的瑶寨不分伯仲，有五六十户人家，大多是高脚楼。但能从细节上看出，这些古楼不是近代所建，非常古朴，细节上所体现的瑶族的特征非常明显，不像现在，有很多高脚楼都是土不土、洋不洋的。

对我们原先下潜的位置我还有一些印象，胖子也提过有篱笆的地方。在那一带搜索，很快我就找到了那细小的浮标，同时看到了那些篱笆。我立即沉了下去，水下什么都没有，看不出一点他们存在过的痕迹，也没有任何异样。

第三十章

老树蜇头

胖子和闷油瓶应该就在这个地方遭遇了什么事，因为某个我还不知道的理由，他们解开了连着水面的绳子，然后，就在这几十米深的湖底消失了。

没有水肺，他们在水下只能坚持一分钟，这一分钟他们能走到哪里去呢？我不愿意相信什么被水鬼吞噬的诡异说法。按照现实推断，他们在水下最多只能行进二三十米，也就是说，除非当时水下有一艘潜水艇在接他们，否则，他们什么都干不了，也没有任何地方可以去。他们应该就在这附近。

但是四周什么都没有，寂静的湖底一览无余。

其中最奇怪的部分，是脱掉那个潜水头盔和解开绳子这两个细节。一方面，这个头盔穿戴起来十分麻烦，它的拉链在背后，而且非常长，即使给你从容的时间，要脱掉它可能也得十秒到二十秒，而且要解开绳子，最快也得加上五秒。这二十五秒还是闷油瓶的时间，如果是胖子，他的那种体格和心理素质，恐怕需要更长时间。另一方面，这头盔并不影响他们的行动，被攻击时还能作为防具，所以，于情于理，他们都没有必要脱掉头盔。

到底发生了什么事，使得他们有了脱掉头盔这个念头呢？

从闷油瓶也同样脱掉了头盔来看，这件事肯定不是突发奇想，他的性格非常靠谱，所以脱掉头盔应该是一个非常必要的举动。

我觉得肯定不会多危险，他们从容地脱掉头盔，说明他们遭遇的事不是急迫的、瞬息万变的，比如被动物攻击，或者遇到了怪事之类，反而应该是一件让他们能从容思考，并且做出“可以脱掉头盔，不会有危险”或者“可以脱掉头盔，危险在可以控制的范围内”这种判断的事情。

那么，能肯定的一点是，这件事一定发生在附近。

一步一步的分析让我逐渐冷静下来，看了看石坡下方幽深的水下古寨，忽然感觉到有一股怪异的寒冷从那片废墟中透了出来——他们会不会在这湖底古寨的里面？但是，从这里到达古寨在一分钟内是不可能办到的。他们疯了才会脱掉头盔游到那里去。那等于自杀。

我尝试还原当时的情景，看看四周有没有什么地方是必须解开绳子才能过去的，又或者是必须拿掉头盔才能通过的。

四周都是干净的石滩，我缓缓游动，发现这里的情况非常简单，在强力探灯和潜水镜的视野下一目了然。唯一有可能的，是石坡下方靠近寨子边缘的地方，那里有好几根沉底的巨大朽木。

这几根朽木肯定是当年村外的大树，现在所有的嫩枝和叶子已经腐烂成泥，只剩下粗大的树干还未完全腐烂。无数从它身上掉落的枝丫堆积在周围，形成了一大片枯萎灌木丛般的树枝堆，大量的树枝纵横交错，并被水中的石灰质覆盖得犹如岩石一般。

如果胖子在其中发现了什么东西，他只有解开绳子才可能进得去，因为绳子很容易缠在这些枝丫里，而笨拙的头盔也会让他无法把头部靠近去查看。

想着想着，我忽然泛起了一阵寒意，脑子里有了一个很恐怖的念头：当时，也许胖子在这堆枝丫中发现了什么，他解开头盔和绳子去看，结果困在其中，然后闷油瓶为了救胖子也脱掉了头盔，结果也困在了里面，两人于是都溺毙了，所以才会出现不见尸体的诡异结果。

如果真是这样，那我将面临极其恐怖的景象——我会在树枝堆里看到他们两个在水下泡了两个星期的遗体。他们的尸体之所以没有浮上水面，可能是被困在这些鬼爪一样的枝丫中了。

我不敢过去，但我随即逼自己划动脚蹼，因为现在已经无法逃避。

我游到那些朽木上方，保持距离，探灯往下照去，看到下面有一个篮球场大小的区域里，全是白花花的树枝，如同铁丝网般纠结成一片。光线透过那些树枝照下去，下面一层又一层，要是卡在里面，就是大罗神仙也逃不出来。

而在这些树枝纠结中，确实有一些很大的缺口，似乎是有人强行掰开这些树枝造成的，但其中并没有胖子和闷油瓶的尸体。

我找了一圈发现确实没有，才略松一口气，咬着牙逼自己沉下去靠近树枝的表面。

贴近这些树枝，我屏息一看，立即发现这片树枝肯定困不死人，很多树枝都被掰断了，我从断口处看到这些树枝，其实内部已经腐烂得犹如泥粉，用手一碰就断成好几截。它们能保持树枝的形状只因为外面有层薄薄的石灰质在支撑，好比一根根非常薄的石灰管。那东西吃不了力，即使被困住了，稍微挣扎一下就全碎成小的石灰片了。

在这些缺口中，确实有无数的石灰片和断掉的“石灰树枝”凌乱地堆在四周，也许是胖子在这里搜索那些骸骨造成的痕迹。我把探灯凑近往下照了照，却不见什么异常，显然他们什么都没有找到。

我不由得苦笑，如果不是这个原因，我真的想不出这里到底发生了什么。为什么他们在湖底忽然就消失了？难道真如盘马老爹说的，这里有什么湖鬼作祟不成？

那一刹那，我甚至有了一个想法，我想把自己的潜水服也脱掉，看看到底会发生什么，但我仔细考虑了一番，才没有做出这种荒唐事。

这几根朽木的下方就是古寨，我位于俯视的视角，看到的全是瓦顶而看不到内部，探灯打到最大也没用，那一点灯晕透去，反而让古寨显得更加安静而幽深。

我收敛心神，准备继续去四处搜索，探灯就晃动了一下，就在转开头部那一瞬间，我忽然感觉到古寨之中好像起了变化，便又将头转了回去。在古寨深处的某处，不知何时出现了一点诡异的绿光，似乎是一盏晦暗的孤灯被人点亮。

深水下，青色冰凉的光晕似乎是从幽冥中亮起的磷火，朦朦胧胧，我的大脑顿时一片空白，梦魇一般，心跳加速，压得我无法呼吸。

我靠，这是怎么回事？这是什么光？难道这古寨中有人？

难道闷油瓶和胖子在这座古寨里？他们不仅还活着，而且在活动？

可这是在几十米深的湖底，淹没了几百年的古寨，他们没有氧气，怎么可能在水下活这么长时间？就算是手电，两个星期也早就耗尽电量了。而且这种光，有一种无法言喻的鬼魅感，不是手电的，也不像火光。

窒息的感觉越来越强烈，这是当年死在湖底的冤魂还没有成佛，一直在这湖底的废墟中徘徊？这是当年瑶家的灯火，穿越了幽冥和人间的隔阂，在指引亡灵回归鬼蜮的方向？

在这冰冷黑暗的湖底，有一种莫名的冲动，让我不自觉就想朝灯火游去，好比迷路的人在山中看见灯光一般。但是在那一刹那，我灵光一闪，突然意识到，当时，在我所在的位置，胖子和闷油瓶会不会也是看到这一点光才导致了他们的失踪？

这难道就是关键所在？接下来，会发生什么？

我不由得收敛心神，观察四方，怕有什么突然的事情发生。

然而我环视了一圈，四周无比安静，探灯照去，看不出一丝的异样。

我转回头去，看到那一盏孤灯的绿光越来越晦暗。忽然，一股毫无来由的恐慌，在我心中蔓延。

第三十一章

水底的灯光

湖底古寨深处的孤灯不知是从古寨中的哪个位置亮起来的，是在深处，还是在某幢古楼的窗户之中？孤灯的颜色实在无法形容，灯光非常之不通透，似乎被人蒙在一层青暗色的罩子里，朦朦胧胧，不像人间的灯火。

这个诡异的湖泊已经使我很惊讶，这片清幽之下的寂静之地隐藏着太多的秘密。这里到底发生过什么，使得所有的一切都像被诅咒了一样？

在这种幽冥的环境下，我孤身潜入深山中的湖底，没有任何支援，没有任何帮助，第一次感到无比的恐慌和孤寂。这种无助的绝望感比死亡还要让我恐惧。我有一刹那的错觉，想到了深海的一种以灯光捕食的丑恶鱼类，这古寨给我的感觉，似乎是一种巨大的生物，正在使用那灯光吸引猎物自投罗网。

我看了看氧气表，心脏的狂跳使得氧气耗费得很快，那种毛骨悚然的梦魇感始终挥之不去。我强压住自己的恐慌，心中默念道：“如果要弄清真相，恐怕必须得以身犯险。如果胖子和闷油瓶现在还活着，那么他们肯定陷在一种非常诡异的情形中，我可能是他们唯一的希望。我既然来到了这里，其实根本没有退路。这青色的孤灯，无论是凶是吉，都是召唤我的指路灯。”

这近乎是自我催眠，但在当时的环境下，我真的不知道从哪里获得了勇气继续深入。我念了三遍，才感觉那种恐慌稍微减轻了一点，将刺刀拔出反手握着——虽然不知道这东西能对幽灵有什么用处，但总算能壮胆。

我划动脚蹼，贴着湖底的石滩往古寨潜去，潜了没多久，古寨中的幽光就因为我角度的下降，逐渐被古楼遮挡，很快便看不到了。四周的黑暗逐渐回拢，深处的古寨再次回到幽冥之中。

我逐渐镇定下来，奇迹般的恐慌开始退却，看来这恐慌似乎完全来自青色的幽光。我心中不由得暂时松了口气，以我的性格，眼看着灯光逐渐靠近会把我逼疯的。

我所处的位置离古寨的边缘并不远，逐渐靠近后，我发现古寨边缘的地方，石滩斜坡上还有不少朽木，有些还立着，有些已经倒塌横亘在湖底。显然这个古寨在被淹没之前，四周大树林立。此处果然风水俱佳。

下潜不到片刻，我便来到了古寨最上端的地方，最近的高脚木楼顶部离我最多三米的距离。因为是从坡上往坡下潜，此时的水深可能已经超过四十米，水压让我相当不适应。“不识庐山真面目，只缘身在此山中”，到了此处，我完全看不到寨子的全貌，只看到密集的大楼盖子，隐约能看到寨子之中的青色幽光就在不远处。同时我看到，在我的脚下，寨子边缘的一处地方，立着很多犹如墓碑一样的石碑。

我略微下潜用探灯去照，发现石碑上结满了水锈，显然这些石板中本来有石灰岩的成分，在水中溶解了，把石头泡得坑坑洼洼，全是孔洞，已经完全看不清楚上面的字。但这不是墓碑，是瑶苗特有的一种石碑。

古瑶有石碑定法的传统，瑶族人在遇到一些需要集体讨论的事项时，会开“石碑会”，会后立一石碑于寨中，称为石碑律。这好比是瑶族的法典，所有人包括瑶王都必须遵守，瑶族人把这种石碑叫作“阿常”。

这种律令的神圣程度超乎我们汉人的想象，瑶人认为“石碑大过天”，不少古时的汉瑶冲突就是因为汉人想动摇石碑律而产生的。而每块石碑都有一个管理人，叫作“石碑头人”，权力很大。

这里石碑很多，如果是石碑律，那上面肯定记载着许多十分重要的事情，可惜字迹已经看不清了，而且很多石碑律牵扯到瑶寨晦涩的古老秘密，所以大多使用无字碑，全靠当事人的自觉来维持上面的规定。

我想如果能够看到这些石碑上的字，也许就能知道这个古寨到底发生过什么事情。

越过石碑群，我再次来到寨子的上方悬浮着，因为挨得很近，湖底那些破败的高脚木楼和木楼间的小道，变得无比清晰。此时，青色的幽光再次显露出来，看不到光源，但是暗淡的光晕就在前方。我的头皮再次开始发麻，心跳得更加厉害，恐慌感几乎没有任何削减，一下又充斥进我所有的感官中。同时，我感到这种恐慌非常异样，它似乎来自我最原始、最深层记忆中的恐惧，无法形容，更无法驱除。我到底在怕什么？

在这种高度鸟瞰一座千年古寨，世界上和我有同样经历的人恐怕不到一百个。看着就在身下触手可及的破败腐朽的木楼，你能感觉像是漂浮在古道的半空中闲庭信步。千年前四周的景象不可避免地在你脑海里形成，随即又被水流和某些情形带回现实，这种交织让人感觉很不真实。

这是我第一次近看这个湖底古寨，我发现整个寨子和巴乃很相似，高脚木楼修建得十分稠密，两层到三层的木楼中间有一些可容三人并行的青石小径和石阶穿插着。这些腐朽的木楼都往一边倒去，看上去随时会坍塌，有些房顶滑塌在旁边的另一幢楼的墙上，形成一道“门”的样子。我在这些门的上方悬浮着游动，看着自己吐出的气泡冒上去，心不由自主地揪了起来。如果潜入寨中，只要有一点意外，这四周的木楼就可能倒塌，如果逃脱不及就会被活埋。在水底被活埋意味着一点获救的机会都没有了。

掠过几幢破败的高脚楼顶，灯光的所在越来越近，我的窒息感也越来越强，看灯光和高脚楼之间的角度，我判断那光来自其中一幢古楼之内，可能是映着窗户透出来的。我正要咬牙硬着头皮潜下去，忽然一暗，那光消失了。

我的精神高度紧张，这一下把我吓得几乎晕厥过去，呼吸管都几乎脱嘴了，但在那一瞬间，我看到了灯光的所在。

那像是一幢非常巨大的复合式高脚塔楼，由好几幢高脚楼组合在一起，大概是瑶族大家族的塔楼，一般是寨子中最富裕的家族聚集形成的。刚才那一瞬间太快，我没来得及看到灯光是从塔楼的哪个窗口透出来的。

我缓缓下沉，探灯照下去，我一下就愣了，天哪！这是什么楼？

这塔楼果然有点不同，它的外沿竟然是石头结构，而且，那瓦顶的飞檐，竟然是徽式的。

这不是瑶族的塔楼，而是汉人的建筑。

我愣了，这是怎么回事？为什么在瑶族的古寨里会有一幢汉式的楼宇？

第三十二章

瑶家大院

我完全无法理解，这好比我在高粱地里发现一个西瓜！

我缓缓下潜，静静地看着这一幢古楼，又发现了更加蹊跷的地方。这座汉式的古楼完全被包在四周的高脚楼内，而且楼顶的瓦片颜色一模一样，似乎是被这里的高脚楼保护起来了。从宅子外面看，根本发现不了里面有一幢这样的古楼。

而且看这汉楼的规模，非常奇怪，看上去是一个口字形状，口字中间就是天井，四面是三层的楼宇，底座和外墙全都用条石修建而成。学建筑的明眼人一眼就看得出来，这是明清时南方大户人家沿街大宅的风格，一般都是当地望族修建的家族院落，有好几进深，后面还有园子和更多的建筑，巨大的条石是兵荒马乱时防土匪响马用的。这种无比结实的建筑通常保护着深宅大院里几百号人自锁自持的生活。

也就是说，这古楼应该是一幢幽深大宅子的前脸，它的门对着的应该是正中街道，外面的高墙围住整个古宅，四周有大门、小门、照壁，有些门让下人进出，有些可能是沿街做生意的店面，大门进来后有复杂的回廊通往后进的宅院。这种布局最典型的就是杭州的胡庆余堂。

但这里只有这么一幢独楼，好像其他部分全部被一刀切断了。整个古宅就剩下一个脑袋。

我绕着楼缓缓游了一圈，发现确实如此，后面就是青石板街道，四周都是瑶家的高脚楼，没有任何其他汉式建筑的影子，简直不可思议。

这样的情况也发生过，新中国成立后古宅被重新分配，一个楼里住着几十户人家，后面院子的通道就被堵了起来，前后本是一个宅院的屋子就变成了许多个独立的单元。

我读了这么多书，尤其对中国古典建筑有深刻的记忆，脑海中无数的概念闪过，却始终无法找到任何令自己信服的解释。外行人会觉得我小题大做，对我来说，却是如鲠在喉。这楼是谁盖的？为什么要盖成这个样子呢？

那青色的灯光就来自这幢汉式的古楼内，就在我到来的时候，忽然熄灭了，难道是这宅子中的“人”发现了我这个不速之客，又或是告诉我，这就是我的目的地？同时我想到，这是汉式的宅院，也许其中的鬼魂也是汉人，那么也许能念在同族的情分上放我一马。

不管怎么说，看来我必须进入这古楼中一探究竟，无比的疑惑甚至让我不那么害怕了。

我浮到天井的上方，下面犹如巨大的黑黢黢的井口，我把探灯开到最亮，往下照了照，既没有看到能发光的东西，也没有看到杂物。

我不再给自己恐慌和想象的时间，逼自己定了定神，便翻转身子，头朝下摆动脚蹼，往天井潜了下去。四周的空间一聚拢，光线就亮了起来，我调了光度使得眼睛能够适应，完成后，人已经降到了天井院内。

感觉一下就不同了，四周是漂浮的白色颗粒，是因为我下降鼓动水流而漂起来的，下面是积满沉淀物的石桌和石椅。探灯往四面照去，天井的四角各有一根大柱子，中门两边各有两根，一共十二根大柱子。往内都是木石的回廊，再后头就是房间，都是雕花的窗花，腐朽坍塌，全被覆盖成白色，看上去无比残旧。

木门木窗腐朽脱落，但是奇迹般地，我发现这里的房屋结构竟然还算完整，可能当时使用了相当上乘的木料。

我转动探灯，看到四面都有门，前面是通往前堂的后门，后面是通往后进院子的门，两边则通往侧厢。我看到四面门口的柱子上都挂着对联，对联的木料不如木柱子那么好，完全扭曲了，长着真菌一样的木花儿，其中两个门的对联半截已经掉在地上烂了，只有前堂后门的保存最完好。

我摆动脚蹼，把前堂后门对联上的附着物擦掉，发现是这么两句对联——

已勒燕然高奏凯

犹思曲阜低吟诗

这是很普通的对联，但我看得出其中的意思，是说这座楼的主人，有军功在身。

这楼的主人是当兵的？我心说，看这规模，应该是个军官。

前堂的后门已经坍塌成一团烂泥，一处窗框裂出了几条大缝，手一碰就成片碎成齑粉在水中如烟雾般翻腾，让我感觉这些东西随时会烟消云散。手电从缝隙里照进去，里面无比杂乱，都是坍塌的木梁和一些无法形容的杂物，可见内部已经被损坏得十分厉害。

我隐约能看到中间的回壁，回壁是房间中立的一面墙。风水中，气从门进来，不能让它直接从后门出去，中间必须有一块墙壁挡一下，这样你要从后门出去，必须绕一下，叫作绕梁，使得气走得不那么快，而在屋内盘踞。还有一说是，这样一来后面的开口就从南北向变成了东西向，更利于走财位。

这样其实是有道理的，人家从大门进来，一下就能穿过前堂看到你后面天井里的情形是很不利的，万一你有什么隐私活动，或者不愿意见这个人，那你躲不掉，所以有块回壁，就给了人周转的空间，就算有强盗进来，也能有时间躲一下。

我小心翼翼地游了进去。之所以先进前堂，是因为我看到了对联，想到了一件事情：广西、广东大户人家的前堂大部分都有牌匾和灵牌阁楼，那里的牌匾往往和主人的身份有关系。所以我决定先去前堂看看，找找线索。

进到里面，一开始以为不会太大，但是猛地一看，我就傻了眼。

探灯四处一照，我发现整个前楼内部已经完全腐烂了，木质的地板全部坍塌，往上看没有天花板，能直接看到最高的楼顶，没腐烂的只有石头部件和一些巨大的粗木梁。大量的杂物掉落在楼底，残破不堪，整个楼的内部空间犹如路边拆迁得只剩骨架的老楼房，又或者是一个巨大而简陋的脚手架。

我悬浮着把探灯往回壁的上段扫，基本上都烂没了，在回壁的上方，只能看到一块牌匾，也腐烂得非常厉害。我游上去，小心翼翼地抹掉上面的附着物，里头的颜色已经完全褪去了，只剩下土色凸起的字的轮廓，隐约能分辨出那是四个字：樊天子包。

我看不懂是什么意思，不过落款却让我眼皮一跳，那是：张家楼主。后面是年月日款印。

这种牌匾有可能是别人送的，如果不是，主人又是大儒或者风雅人士，大多会自己写。这边的瑶寨之内，不太可能有瑶人能写汉字，还能写一手这么漂亮的毛笔字。这是十分漂亮的瘦金体，我做拓本这么多年，能看得出其书法的功力十分深厚。那么这个张家楼主，很有可能就是这幢古楼的主人。

“张家楼主，”我心中自言自语，“张家？”

张起灵，张张张张，是巧合吗？

脑子里浮想起之前发生的一切，这里有大量的线索，和闷油瓶有若隐若现的联系，我心说，难道这里和闷油瓶有关系？

有意思，我暗道：“牛人做牛事，这奇怪的古楼，该不会是闷油瓶的老宅吧？这个张家楼主，是闷油瓶的祖宗？”

想想还真有这个可能性，这个张家楼主能在山中修这样的大宅，显然家底雄厚，又能写一手书法，这里的对联又极度附庸风雅，怎么看都应该是自比儒商大家，是胡雪岩那样的做派——这样的人家为何会修这么一幢奇怪的楼在远山的瑶寨之中？

是遭人迫害来这里隐居，还是另有所图？我忽然有一点小兴奋，觉得古楼之中一定发生过大量的故事。如果真和闷油瓶有关系，那这一次真的来得值了。

可惜这里再无其他可看的东西，前堂之中应该陈列了很多字画，现在肯定全部腐烂了，要是有更多的文字就好了。

看来只有一个房间一个房间地看过去，找找所有的蛛丝马迹。看了看氧气表，氧气还剩一半，要抓紧时间了。我准备先退到天井再想想去哪个房间最合适。

正想摆动脚蹼，忽然后脑一激灵，我的背后亮起了一团幽冷的绿光。

第三十三章

绿光

我几乎是条件反射地转过身去。透过前堂的后门，我看到天井对面的后堂里亮起了一团诡异的绿光，光线从腐朽的雕花窗透了出来，朦朦胧胧地在水中“弥漫”。

绿光诡异非常，和之前看到的如出一辙，而且距离如此之近，我发现那光线有一些非常难以察觉的抖动。这种抖动让整个天井都青惨惨的，鬼气森森，似乎一下子进入了另外一个空间。

我咽了一口唾沫，遍体冰凉，心中的恐惧难以形容，就连脑子也有点不太好使了。

看来该来的还是来了，想躲是躲不了的。

我尽量让自己镇定下来，一边朝后堂靠近，一边告诉自己，既然已经到了这里，就已预见到这种情况，之前同样的情况我也遇到过不少，不也照样平安无事，我就不信这次能比之前的可怕到哪里去。

从前堂出大门，过天井到后堂，只有二十步不到，不知是因为我浑身僵硬，还是时间感觉错误了，我足足游了五分钟才到。

后堂大门紧闭，但是窗户那里有几扇雕花窗扇完全塌落，里面绿光弥漫，但是看不清楚。我小心翼翼地往里照了一下，光扫过的那一刹那，照出的一团阴影让我在瞬间停止心跳，我以为那是一张青色的女人脸，结果只是一个影子。

后堂和前堂完全是一样的情形，除了地面上堆积的腐烂坍塌物，几乎空空如也。后堂的中间也有一块回壁，森然的绿光就从那横壁之后隐隐约约地透了出来。

这景象很像聊斋故事中的情节，在破败的古宅，点着油灯的书生正在夜读，女鬼飘然而至，在宅外看着屋内的灯光。只不过现在换了一个位置，书生在外看着屋内的火光。这光是这种颜色的，屋内还真有可能是一个当时淹死的女鬼。

我将这后堂上上下下打量了一遍，弄清楚了大概的结构，以便万一发生冲突我能够迅速跑路。正准备从窗户进入，突然我看到，那青色光团又迅速暗淡了下去，最后熄灭了。

我看到那光一暗，心中一紧，好像被人掐住了脖子一样，屏住了呼吸。

它察觉到我了？

我的脑子里闪过非常多的画面，猜测那回壁之后，会是什么样的情形。那个“水鬼”，它察觉到了我的到来，那它肯定会潜伏起来，准备突然袭击我。

忽然我感觉不对，自己完全没有胜算，如果就这么过去，万一真是水鬼，那我不是找死？

我现在孤立无援，也没有人知道我在这里，不说这后面是不是水鬼，就是我的脚忽然被卡住了，或者氧气忽然耗尽，我都肯定会死在这里，而且几百年都不会被发现。我真的就这么豁出去了吗？是不是应该再仔细想想？

我一下就泄气了，刚才的勇气烟消云散，又不敢进去了。

我在想，是不是我被恐惧弄昏了头，现在这种情况也许我完全不应该进去，正确的做法应该是先退回去寻找后援。这么一想我心里就更加没底了。

可是，如此一来，之前我所做的事情就都白费了，闷油瓶和胖子他们完全没有踪迹，就这么消失在了这个湖底。我如果上去，还有可能再次下水吗？我还有勇气再经历一遍刚才的过程吗？恐怕没了。就算再来，退却过一次的我恐怕也不可能再坚持到这个地步。那么，也许闷油瓶和胖子，就真的在我的生命中完全消失了。

这时我开始想念潘子，如果他在这里会是多么大的推动力，我和他们这些人果然不同，原以为自己经验丰富，但是勇气这种东西好像和经验没有多大关系。

在天井里，我只要退开几步，摆动双腿，一直往上，不出几分钟就可以脱离这古怪的湖底古楼，眼前的一切都不用再考虑了。我停在那里，犹豫不决，因为我知道无论是往前，还是往后，只要迈出第一步，我就不可能停下来了。

这时，我看到了一样东西，那是一个清晰的手印。

这手印印在窗框上，由于刚才实在太紧张，我竟然没有发现。

这里到处是沉淀物，这个手印这么清晰，显然是不久前才留下的。是我的手印吗？我凑过去比了一下，看到那手印的两根手指非常长。这是闷油瓶留下来的。

我愣住了。按这个手印的位置，我比画了一下，正好是掰开窗框的动作——闷油瓶在这里掰过窗框？

从这里到我下来的地方有很远的距离，他脱掉了头盔，在没有氧气的情况下怎么可能行进这么长的时间？难道他也成了水鬼？

我心中的不可思议之感越来越甚，想到闷油瓶，我心里忽然一定，心说我不是答应过要帮他的嘛，如果他变成了水鬼，大不了我死了也变成水鬼，那水鬼三人组也不会太寂寞。如果不是他几次救我，我早就死了，如今只是为他冒一下险，有何不可？我的命就这么值钱？

我勉强镇定了下来，说实话，这么说并不能让我减轻恐惧，甚至让我更加害怕。此时我浑身几乎不受控制地颤抖，根本无法抑制，但心中的信念如此强大，使得即使在这种恐惧下，我还是从窗户游入了后堂内。

进入之后，我想到这样是不是不太礼貌，是不是得先敲个门，这样人家兴许念在我知书达理的份儿上，放我一条生路。

后堂和前堂里的情形一模一样。我一点一点地绕过那回壁，绿光并没有再亮起来，在几乎要看到回壁后的情形时，我停了停，因为我的手抖得连探灯都快拿不住了。

因为颤抖无法抑制，灯光都随着我的节奏抖动，使得眼前的回壁看着像要倒下来，我只好用另一只手帮忙，游了最后一段。同时在我的探灯光照射下，后面的情形已经一览无余。

那一瞬间我全部的神经高度紧绷，内心已经做好了看到任何恐怖情形的准备。当后面的情形真正出现在我面前的时候，我感觉脑子里的血管几乎要绷断了。

然而探灯照去，那里只有一片白色的坍塌物，其他什么都没有。

我靠，我有一种被人戏弄的感觉，在极度的紧张下，我并没有因为什么都没看到而立即放松下来，反而持续绷紧。

环顾四周，我发现整个内堂是完全封闭的，后面空空荡荡，通往后进大院应该只有一道大门。我刚才在外面看过，门外面就是大街了。

如果发出绿光的东西在这里，它肯定还在这里，一定是躲起来了。

我屏息游了过去，做出防御的动作，看向坍塌物的下方，看看是否压着东西，但由于太过杂乱，看不清楚。这时我忽然看到唯一立着的东西，在后堂回壁后的角落里，有一道屏风。

屏风不知是用什么材料制作的，竟然没有腐烂，但是其中的枢纽已经无法支撑，歪歪扭扭地倾斜在一起，没了正形。我的探灯照去，头皮一下子发麻起来。我看到，在屏风之后，映出了一个古怪的人影。

第三十四章

成真

我一下就僵住了，双腿发软，整个身子都脱力了，不敢再动一下，目光也不敢离开，探灯就一直照着那个方向。

在强力探灯的穿透下，人影相当清楚，让人毛骨悚然的是那个人的姿势。这个人的姿势非常怪异，整个人几乎是直立在那里的，整个肩膀是塌的，我第一感觉是这个人和我一样浮在那边，但似乎那人影纹丝不动，只有窖尸才会那样。

当时的那种窒息感已经到了极限，这可能是我到现在为止遇到的最匪夷所思的事。这要是在陆地上，能有无数种解释，可这是在湖泊的水底，水深几十米的地方，这个影子幽幽地立在那里，一动不动，绝对不是什么潜水员。

这到底是什么东西？是妖怪，还是水鬼？

没有人能不用氧气瓶在水下生存，也没有人可以在水下这么站立。我心里发毛，这次真的撞大运了，被阿贵说准了，恐怕真是个水鬼，由不得我不信了。

想到水鬼，我立即想到了之前我们在寻找的那些尸骨：这是考古队的那些人死了之后在水里尸变的粽子，还是之前这个村子被淹之后的亡灵？闷油瓶和胖子的失踪，是中了这东西的招了？

如果是粽子还好办，我全副装备怎么也不可能比它跑得慢；要是鬼魂，我恐怕就得做它的替死鬼了。胖子他们如果遇难，也不知道会不会出来帮我。

我完全不知所措，不敢前进，又不敢转身，因为怕一转身，这东西立即扑过来，我宁可看着它把我杀了，也不想忽然感到背后有异，只能死死盯着那个影子。

然而，我僵直了片刻，却发现那个影子纹丝不动，那种不动非常奇怪，犹如石雕，连一点移动都看不到。同时，我有了一种更加奇怪的感觉，这个影子，我好像在哪儿见过。

这种感觉奇迹般地越来越强烈，似乎是潜意识在指引着我，我鼓起勇气向前游去，那个影子在屏风上的形状却开始一点一点变化。

我看着那影子的变化，那种似曾相识的感觉越来越浓，甚至一度压过了我的恐惧。游了大概七米的距离，那种感觉已经到达一个极点，就在那一瞬间，我想了起来。

我的老天，这个影子，这个屏风，不就是楚哥那张照片里的那个影子吗?!

在来巴乃之前，我收到一张照片，照片是三叔的老朋友楚哥寄给我的，上面拍摄的是一幢古旧建筑内部的情形，里面就有一道屏风。而屏风的后面，也有一个人的影子。回忆起来，这人影，竟然和我现在看到的一模一样。

因为那张照片后面写了格尔木的鬼楼，我当时判断照片拍摄的是格尔木鬼楼里的情形，现在看来我错了。难道那张照片后的注释不是注释那张照片本身的，那张照片难道拍摄于这里？

但是当时那张照片并没有任何水下的痕迹，也就是说，如果拍摄的是这里，那么照片拍摄的时候，这水下的古寨还没有被淹没。

那种照片最早也得是二十世纪三四十年代的东西，难道这个古寨被淹没的时间，其实并没有我想得那么久远？

照片……影子……水底……难道楚哥给我的那张照片蕴含着我不了解的深意，而我只是把它简单地当成了一张普通照片？他给我那张照片，就是想让我来寻找照片上的影子吗？

我的脑子一下清明，随后又被无数的诡异念头充满。

让我脑子一片混乱的是那个影子。那张照片中，那影子的姿势如此怪异，而现在这个影子，几乎和那照片中没有丝毫差别。

如果那张照片拍摄的是这里，那就是说在拍完照片后，这影子没有任何移动，一直在这里。那就不可能是水鬼，因为当时这里还没沉在水里呢，这影子应该是个死物。

我愣在那儿，忽然来了一股勇气，找了一块石头，摆动脚蹼，朝屏风游了过去。快到屏风的时候我把石头往屏风上一砸，心说去你的。但还没说完，我就后悔了。

屏风已经被水泡得根本吃不了力，石头砸在屏风的柱子上，屏风一下就垮了，腐蚀物像雪花一样漂了起来，朝我扑面而来。我立即后退，拿着探灯去照，但是一眼看去全是漂浮物。我用手拨开漂浮物，把探灯往前照去，混乱间，从漂浮物中出现一个东西，一下朝我扑来。

我的心脏感觉要炸了，挣扎着往后退，同时拿着军刺乱刺，刺了十几下，什么都没刺到，嘴巴里的呼吸器反而掉了。

我手忙脚乱地抓回去，眼前的漂浮物已经被水流冲得散开了，我面前只是一根白色的浮木。

我骂了一声，一脚踢开，用探灯去照屏风后影子的位置。

那影子还立在那里，漂浮物稀薄了一点，它的真面目已经或多或少地显露了出来。

那是一个人形的东西，有头，有手，有脚，站立在那里。浑身是白色的附着物，呈现出一个非常僵直的动作，好像是一具僵化的死尸，被吊起来后，不知怎么蜡化了，尸体被包裹了起来。又好像是石像，非常难以形容。

它的面部完全被覆盖，也不知有没有表情，但看着确实是个死物，因为它如果能动，身上的附着物肯定不会积得如此之厚……

这是什么玩意儿？我心中的疑惑更深了。

第三十五章

影子的真面目

我看着那人形，莫名其妙地鸡皮疙瘩起了一身。

第一眼的感觉，其实是石像，但随即我意识到不可能，因为那东西的形态太过逼真了，感觉就是一个被吊死的人被固化了。在那个年代，就算有人要雕刻这种惊世骇俗的东西，也不会如此写实。南部地区虽然有很多邪神，但是大多很夸张，如此写实的实在诡异。

一路过来的怪事如此之多，让我不敢轻视，搞不好刚才发出绿光的就是这东西，位置看上去也正好。

我靠近那人形，游近之后蜡化死人的感觉更加明显，同时，我发现它的右手自手腕处断了，右手缺失了。但不是铸成这样的，而是被破坏的。

小样儿，想学维纳斯没学到家啊！我迟疑了一下，小心翼翼地用军刺刮掉上面的白色沉积物，想看看它本来的颜色。

刮掉一块一看，我吃了一惊，这东西本身的颜色竟然是黑红斑斓的花色。但不是非常鲜艳，而是暗淡地纠结在一起，好比霉垢一样的东西。继续刮，我发现这些黑黑红红斑驳的霉花，原来都是黑铁上的铁锈花，这东西竟然是铁的。

不会吧，这是具铁俑？我壮着胆子用手捏了一下，发现果然是实打实的铁，有些地方可能淬炼得好，还没有腐烂。我甚至能看到上面雕刻着非常精致的花纹，其他表面完全生锈的都是暗红色的斑点。

我逐渐意识到什么，立即将所有的附着物都从它身上刮下来，一具造型非常奇特的铁俑就那么出现在了我面前。我惊呆了，因为刚才这东西给我的印象，是造型逼真但表面简陋。但现在看来，这东西的表面是经过打磨抛光的，虽然现在已经锈得不成样子，但我能肯定它之前的样子非常精致，浑身都能看到优美的花纹。这是一件艺术品。

同时，我摸着那些花纹，发现和我们在闷油瓶床下发现的铁块上的花纹完全一样。我明白了，那些考古队在水下打捞的东西，就是这个！那些铁块，就是这种铁俑的碎片。

这东西算是文物吗？有考古的价值吗？

一想到闷油瓶说过这些铁块非常危险，我就留了个心眼儿，不再去触碰，而是保持距离仔细观察。

我对铁器毫无研究，但对鎏金铜器的认识颇深，铁俑，我在古玩市场见过，属于锡铁器，都是小件，从来没见过这么大的。一来古时候铁很贵，这么大的铁俑不说用铁，就是耗费料都非常惊人；二来铁器不容易保存，太容易生锈。我知道有非常多的明代铁佛都是中空的。

如果这东西整体的做工都和闷油瓶那铁块一样，那就基本是实心的，里面可能没包着东西，但也不会太中空，那这玩意儿可能非常重。这么重的东西，难道是佛教的大铁法器，镇什么妖用的？

我胡思乱想，知道怎么也不可能想出个所以然来，这里的事情没有头绪，怎么琢磨都不会有用处。

我本想看看铁俑身上的花纹，但是锈得实在太厉害了，根本看不清，其他地方也看不出什么名堂来。想到盘马老爹说铁块很多，我心说，难道这里不止这一个铁俑？但四周空荡荡的，什么都没有，这种东西这么大，也不可能被压在那些坍塌物下面看不到了。他们那些铁块，是从什么地方打捞起来的？难道这里每间瑶寨之中都有这种铁俑？铁俑分布于整个寨子，还是藏在古楼的其他地方？

我下意识地转头，看到了后门。

在那张照片里，屏风的一边，我看到过一个走廊，我调整了一下自己的位置，发现照片上走廊的地方，在这里就是后堂的后门。

在普通的老宅中，这道门后应该是第一进大院，因为这里只有一幢古楼的前脸，所以通过这道门之后应该就出去了，外面应该是古寨的青石板街道，不可能是走廊啊。

我看着这道后门，记忆中照片里的门框和这里一模一样，无疑拍摄的地点应该在这里。怎么会出现偏差呢？难道在拍摄照片的时候，这里有走廊，但后来被拆了？我发现我的时间观念完全混乱了，看来照片拍摄的时间、古寨沉没的时间，我都必须重新考虑。

我走近，发现雕花的门完全没有腐朽的迹象，我拉了一把，发觉这雕花的门是仿木的，其实是铁门。再用探灯一照，愣了一下，我没有看到外面的青石路，这门后面真的是一条走廊，但并不是平的，而是倾斜往下，通向地下深处，走廊两边的情形，和照片上的一模一样。

我愈加肯定照片拍摄的地点就是这里，心中一个激灵，心说不会吧？如果是这样的结构，这后堂的后门连着走廊，走廊通往地下，难道这古宅是有后进的，而这后进的大院就修建在地下？

第三十六章

后半部分在地下

我的想法完全被颠覆了，这幢古楼不光位置不太对，连结构都如此诡异，通往后进的门后，竟然是一条通往地下的走廊。难道后面的整个大宅子，全都修建在地下，而设计者做了手脚？可能后堂实际的长度，和房间内部的长度不一样，别人进来，看到这门就以为是后门了，其实这门离后门还有一段距离，中间就做了隐秘的走廊。

大门开在地面上，其他宅子修在地下，这是宅子吗？这简直是老鼠窝。这宅子的设计者太有想象力了。

我忽然想起了一句话，是三叔很久以前和我说的，叫作“深山里盖别墅，不是华侨就是盗墓”。这儿算是深山了吧，这深山中的古宅，难不成是个盗墓的假楼？好比我经常听说有人在古墓上头修一猪圈，然后以这个来掩护盗墓一样。

表面上看起来，实在太契合这种说法了，从走廊下去，可能就是他们正在盗掘的古墓，这些铁俑就是他们从古墓中挖掘出来的陪葬品。

但是仔细一想就知道不可能，因为盗墓贼的脾气我最了解，最有实力、性格最古怪的盗墓贼，也不可能为了盗墓而修建一条这么结实的走廊，那一看就是非常有经验的工匠修建的永久性的石街，不是临时的。况且，为什么要在瑶寨里修汉式楼宇，假如这种做法是为了隐蔽，不让人注意盗墓活动，那在瑶寨中搞一个汉楼，不是更加显眼吗？

我推测，最好最有效率的办法，应该是在这里修建一个瑶族的高脚楼，然后在晚上直接挖一个洞下去，因为在这里修建一幢如此高大结实的汉式古楼，耗费的时间和金钱，在当时可能远远大于一个古墓的价值，也太张扬了，完全没有必要。

非要这个说法可行，只有一个可能性，就是这下面的东西，价值大得无比惊人，而且极难进入，可能要二三十年的经营。那就另当别论。但是我也基本能肯定，这下面不可能有什么大墓，因为这是山区的低洼地，所有的地下水全往这里走，根本没法修过大的墓葬。

从我学的一些建筑知识来看，我现在还能肯定一件事情，这个建筑似乎是为了某种特殊的用途而特意修建的，它所有的特征应该都是为这种用途服务，我不知道这个用途，所以无从判断，但是这种用途的核心部分，应该在地下。

我看了看氧气表，氧气已经所剩无多了，最多还能坚持十五分钟，我没有时间再耗着，看这道走廊，好像并不太深，能看到十几步下已经放缓了，下面也是青砖的地面。

那青色的光没有再出现，也没有任何的危险气息。我想就算是水鬼，好像也没有什么恶意，它好像在指引着我一步一步向前，如果要取我性命，我恐怕早就死了。

之前的经历让我觉得自己有点窝囊。我定了定神，小心翼翼地打开那扇门，朝走廊漆黑一片的下方游去。到底部之后，我拿探灯一照，立即吸了口凉气。我发现下面是一间砖头砌成的地下室，不大，非常狭长，长度很夸张，我在这里看不到地下室的尽头，在砖室的两边，摆着很多铁架子，上面一具一具地平躺着无数铁人。

这有点像龙窑子，两边的铁俑好比刚烧制好的瓷器，全部陈列在这里。在我黄色的探灯光下，这些铁俑好像一具具尸体，大有国外大教堂秘藏地下室的感觉。稍微一估计，这里最起码有六百具铁人。

这里的沉淀物少了很多，很多铁锈斑斓起了锈鳞，看着像腐烂的黑色尸体。一路看过去，我发现铁俑的动作都不一样，而且，非常诡异的是，所有的铁俑都没有右手，所有的右手都被破坏了，断口很不规则，似乎是人为的。

难道这里以前是一个铸铁人的工厂？

之前的极度恐惧已经让我麻木了，我警惕着四周，继续贴着地面往前游。一直到了房间的尽头，并没有我想象的地下庭院，而是一面封闭的墙，我只在尽头的砖石地面上看到了一口井。

在地下室挖一口井，在水源充足的广西，那是脑子烧坏了的做法，我看到这口井边修有凹陷的便于攀爬的阶梯，就知道这下面肯定有东西。

此时我对盗墓贼的预判开始动摇了，这太像假楼盗墓的迹象了。也许真的是一个古墓，也许就是有这么一个老瓢把子，性情非常古怪，喜欢花大价钱在古墓上面盖超级豪华的房子，甚至盖得比下面的古墓还豪华，还希望把房子造得极度与众不同，让别人越觉得奇怪越好。

也许就有一座皇陵修在了地下水超级丰富的地区，海里都有人修呢，凭什么就不许人家泡在水里。

我拿探灯往井里照去，如果这是一个盗洞，那么这样的结构可以确定，这个古墓非常难以进入，所以需要修筑一条走廊以便大型机械或者很多人同时工作。这个古墓应该在别人的房子下面，他们只好采取迂回的办法，而不是直上直下。如此这般，这伙人肯定不全是专业的盗墓贼，很可能是一个人非常多而且鱼龙混杂的队伍。我忽然感觉很像当时那些盗墓军阀的作风。

军阀在当地势力极其庞大，在瑶寨里修个楼没有人敢说不，同时，他们和瑶苗关系又很紧张，如果让瑶人知道他们在寨子里盗墓，难保不会把民族矛盾激化。

他们一方面要快，另一方面要藏，如果地下的坟墓巨大，他们为了节约时间，就可能会修一条结实的走廊方便大量人员进出。我忽然想起那副对联，心说这张家楼主有军功在身，还真有这个可能。

我想来又觉得自己挺厉害的。只见井下幽深，看不出什么名堂来，我背着氧气瓶没法下去，便准备把身子撤回来，这时候，井下又幽幽地亮起了绿光。

我心里咯噔一下，心说又来了。这一次我能看到光离井口很近，只有两三米的距离。我想用探灯照，没想到还没反应过来，那绿光一下动了，竟然一瞬间朝我冲了过来。

我立即举起军刺，心说来真格的了，但是那绿光来势太快了，我还没做好动作，猛的一下，绿光犹如流星一般闪过我的耳边。

那一瞬间，我什么都没有看到，但立即肯定那不是什么幽灵，好像是一个什么发着绿光的动物。

我立即转身，只见绿光已经闪入了边上一个铁架子里，一下就灭了。我用手电去照，只一闪，那绿光像和我的手电呼应一样又亮了起来。

我看到了那东西的真身，那是一只灰色的无比肥大的犹如四脚蛇一样的东西，有我的胳膊长短，正趴在一个铁俑的头上。让我觉得奇怪的是，它身上绑了一个什么东西，仔细一看，那是一个手电，正幽幽发着绿光！

第三十七章

胖子的小聪明

我不知道这东西是什么，好像是一种大个儿的娃娃鱼，我以前还在老家吃过这东西，但从没见过这么大的，看着非常瘆人。那手电我一看太阳穴就一跳，正是我们之前裸潜的时候用的那个老黄皮手电。

这肯定是胖子他们带下来的，而且看那娃娃鱼身上的线，也肯定是人绑上去的。难道这是胖子他们的杰作？

我脑子一转，一下就明白了是怎么回事。没有人会莫名其妙地这么干，胖子这么干，很可能是想让别人注意到这条娃娃鱼。

难道他们被困在了某个地方，通过这种方式来求救？

打死我也没想到，那青光竟然是这种东西发出来的，手电的光怎么变成绿色的了？

一下我整个人就放松了下来，浑身都松了劲，人顿时瘫软了。看来我想得没错，他们在水下必然有奇遇，他们现在很可能还活着，只是被困在了某个地方，正在通过这种方式求救。这个地方很可能有空气，但是为水所隔断。

虽然不知道胖子和闷油瓶在水下到底经历了什么，他们是怎么到达那个地方的，但能知道他们可能还活着，我感觉太好了。而且以胖子那种鬼精的性格，那娃娃鱼上面可能有他们近况的线索。

那就得把这东西逮住，我在水下手脚很不灵便，看那东西游动的速度，逮它恐怕够呛。娃娃鱼是水中一霸，咬人非常厉害，而且这只个头儿也太大了，恐怕一口下去我的手指都交待了。

但是再够呛我也得试试，我举起军刺，缓缓地游过去，尽量放慢，但是只靠近了一米多，嗖的一声，那东西猛地一摆尾巴，闪电一般游出去六七米，停到了砖石的另一边。

我靠，我骂了一声，这东西就算在岸上用鱼叉都不一定能叉中，不要说我现在在水里用手捉了。不过，好在它看似温驯，没来攻击我。

我还想尝试，继续缓缓地靠过去，这一次我几乎挨近它了，但就在我伸手的一刹那，那东西又闪到了另外一个地方。

我意识到在水下不可能抓到这东西，这东西滑动尾部形成的水流很有劲，可以想象它的爆发力有多大，即使把它抓在手里，凭我的力气很有可能也抓不住。

氧气灯已经发出了警报，我有些急躁起来，用手电四处照，想找找有什么东西可用来当工具。但四周什么都没有，那些铁俑重得要命，就算有用我也举不起来。这时候我想到我带的那把军刺，这东西现在可是我的精神支柱，虽然从来没用过。

我本不想伤它，怎么说它也是一个生命，但到了这个时候，我心中急切，也管不了那么多了。人的恶性一上来，什么怜悯都是空话。我再次游过去，举起军刺就想把它刺死，就算刺不死，它受了伤也无法游得这么快。

这一次它停在了铁架子的脚下，趴在上面的青砖上，我屏住呼吸，犹如浮尸一样缓缓漂了过去，一点一点地靠近。就在离它只有半条胳膊远的地方，我犹如电影慢放一样，极度缓慢地举起了手里的军刺，举到差不多的位置，便想刺下去。

可能是我那时候的杀意被娃娃鱼感觉到了，嗖的一下，它就往前挪了几厘米，这时我心一狠，军刺扎下去，一下刺在了它的尾巴上。

那东西尾巴上全是肉，疼得卷了起来，力气果然非常大，我的军刺几乎脱手。我追了上去，一下就抓住了上面的手电筒。但是在水下阻力太大了，一下没抓实，它把尾巴挣断了，飞也似的游出去六七米，这一次不再停下来，而是往砖室的另一头逃去。

因为没了尾巴，它的速度明显慢了下来，我摆动脚蹼往里追去，好几次都差点抓到它，但是在水里，这一抓的精确度实在太低了。每次都在我认为肯定会抓住的情况下被它逃脱，连追了十几米后，我在水下潜了这么长时间，体力跟不上了。

我死死地咬住呼吸器，用手拉住那些铁架子借力，勉强跟着，忽然青光一个转弯就不见了。顺着那青光消失的弧度我扑了过去，一下就看到它消失的地方，墙壁上的青砖空了个洞，我伸手进去，摸到了它身上的手电筒。

但我怎么抓也抓不出来，它肯定用脚死死抓住了里面的砖壁。

我蹬起双脚，顶住砖石的两边用我的体重往后拽，只觉得手上忽然一松，手电筒被我拔了出来。

我一个跟头甩翻了出去，撞在后面的铁架子上，好不容易才稳住姿势。往手里一看，原来绑着手电筒的绳子，正是胖子旅行包上的那种尼龙线，那东西吃不了大力气，断了。

用探灯照了照洞，就看到娃娃鱼窝在里面，看样子似乎不肯出来了，我也懒得理它。

我把手电筒放在探灯下，去看胖子是否还做了手脚，一下就看到那上面果然刻了几个字：SOS，跟着虹吸潮。

我把手电筒翻过来，后面还有一行小字，但是看不清楚了。

第三十八章

玉脉

这几个字刻得非常粗糙，字形丑陋，但是刻得极其用力和清晰，手电筒都被刮得变形了。这可能就是手电老是一明一暗的原因。

而手电筒的玻璃罩上，贴着厚厚的一层防水胶布，胶布的颜色是绿色的，那青光就是这么来的。我不由得暗骂，死胖子把我魂都吓没了，就是有搜索队看见，恐怕也会吓死。

这几个字的意思非常明白，就是告诉我，他们还活着，但是需要救援，找到他们的线索就是虹吸潮。

手电还能发光。这种手电的用电时长最多不会超过十小时，手电的光线还这么亮，也就是说，很可能距离绑到娃娃鱼身上的时间不长，他们一定还活得很好。我不由得佩服胖子的机智，这家伙真是不得了，这娃娃鱼现在才出现，显然他是判断我会在这个时候下水。

可是，这个地方离他们失踪的地方起码有一千多米，他们是怎么做到不用氧气瓶而到达这里的井下的？

想到这些我就不愿意细想，我整个人都清明了，心里那块大石头终于落地了。虽然不知道他们在水下发生了什么，但他们肯定还活着，其他的也就不重要了。现在首先必须把他们救出来。

我们之前在岸上看到虹吸潮现象的时候，已经推测这湖底可能与地下河有相通的口子，现在看来我的推断是正确的，而他们被困住的地方似乎就在这口子附近。但胖子说跟着虹吸潮，但虹吸潮还没有开始呢？

我甩掉手电筒，用手去感觉四周的水流，冰凉的湖水让我的手一片麻木，感觉一些粗糙的东西还可以，要敏锐地感觉水流完全不行。而且就目测，水流完全是静止的。我想了想，有了一个办法，我抓了一把铁人上的沉淀物，让它漂浮在水中，在探灯的光线下，这些白色的悬浮颗粒一下扩散了开来。

我仔细看着这些颗粒，看它们在水中渐渐平静下来，然后，极度缓慢地，这些颗粒都朝着井口移动。

果然，这里有股非常缓慢的水流向井口的下方。

看见这种缓慢的运动，显然虹吸潮还是存在的，只不过微弱到肉眼无法察觉，而且看水流的方向，现在虹吸潮另一边的气压可能很低，使得这里的水流往那里吸。

我看了看氧气表，还有一些时间，我只带了这一套氧气设备，如果这一次不找到他们，可能就要等阿贵把其他设备运进来后才有第二次机会，那就是两天到三天后，我必须确认他们能不能坚持那么多天。如果有可能，这么短的距离，我希望能够把他们一次带出来。

我估计了一下时间，在氧气表为零之后，里面的压缩空气还可以坚持二十分钟，只要把回程的时间控制在十分钟左右，我能用来探索的时间最少还有十分钟。

事不宜迟，我解开身上的氧气瓶，用手提着先沉入了井中，然后一头栽了下去。

井内非常狭窄，好在挖得笔直，我一路往下沉去，看着高度表，很快气压已经超过七个大气压，深度快接近九十米了。

我头朝下，身体的不适感已经达到了极限，之前我精神非常紧张才没有感觉出来，现在稍微轻松了一点，那种令人极度窒息的压力所带来的恶心开始在我的喉咙口泛滥。

我知道绝不能吐，我体内的器官里有气体，一吐之后因为压力的关系，秽物有可能吐不出来反而冲入气管。我硬生生忍住，几乎是使出我全身的力气把注意力转移到了探灯的光斑处。

不久后我看到四周的青砖都消失了，露出了岩石的脉络，显然他们的建筑工程只做到这里，底下就是单纯的挖掘。这时我开始感到不妙，我听到了一种奇怪的声音，从井的深处发出来，同时，我感觉到四周水流的速度在一点一点变快。

我越听越感觉不对，这好像是非常湍急的水流声，正想停住好好听一下，忽然我下面的氧气瓶像被一股力量拨动着，抖动起来。我是用牙齿咬住呼吸器，然后呼吸管挂着氧气瓶的，本来就很吃力，氧气瓶这一抖动，我一下没咬住，呼吸器就从我嘴巴里脱了出去，往深处沉去。

我立即冲上前去抓，好在我做了保险措施，有条带子挂在我的脖子上，我想拉着带子把氧气瓶拉上来，没想到氧气瓶沉下去一米多不到，忽然以极快的速度消失在我的视野里。

那一瞬间我看到了井的底部，原来井道卜面是一条与井垂直的水道，水道中的水流非常湍急，一下把氧气瓶吸走了。我刚想大骂，氧气瓶连着我脖子上的带子一下被抽紧，突然勒了起来。

那力道之大，几乎一瞬间就要把我的脖子勒断了，我整个被扯着往激流里拉去，我牙一咬想用脖子的力量把氧气瓶拉出来，但只坚持了几秒就知道不可能。而且因为颈部的血管被卡住，脑部开始供不上血了。

我心中臭骂胖子，怎么没把这个写出来？又想单手把带子解开，但是解开了我不也得死？

此时我已经快无法思考了，只得手脚一松，往下一沉，顺着水流前进再说，反正胖子也让我顺着虹吸潮前进。

还没等我有什么感觉，忽然一股极大的力量把我往下拉去，半秒钟后我已经被拽进了水道里，打着转儿被水流带着走。我刚想保持住姿势，肩膀就连连撞上水道四周。

好在这水道有两三人宽，而且常年被激流冲击，十分光滑，要是有什么犄角旮旯，这两下肯定皮开肉绽。

也巧，我的氧气瓶在水里打转，也转到了边上，稍微一个迟缓就和我撞在了一起。我此时已经气短，几乎坚持不住了，不管三七二十一就拽住了它。好不容易在湍急的水流中找到了那条蛇一样的呼吸管，我立即塞回嘴里，还没吸上一口，忽然一个急转而下的下坡，我直接几个大翻转，脑袋一路像弹球一样弹着洞壁下去了。

这一摔直接把我摔蒙了，好长时间不知道是怎么回事，就是本能地死死咬住呼吸器，也不知道往前被带了多久，忽听一声巨响，前面的氧气瓶撞到了拦着水道的什么东西上。

我一下清醒过来，刚想保护脑袋，却根本没时间反应，随即也撞到了那东西上，一声闷响，我被撞得七荤八素。我没有氧气瓶那么有弹性，一撞之后只能被水流死死地按在那里。

一摸之下我发现那是铁栅栏，用尽全身的力气转过身来，摸着栏杆发现没有缺口，心说这里难道就是我的目的地了？抬头一看，四周却没有任何通道，全是结实无比的岩壁，好像是死路一条。

我还不相信，调整了一下姿势，用探灯仔细去照四周，照了半天，确实没有。

真奇了怪了，胖子说顺着虹吸潮就能找到他们，怎么现在是死路一条？

一想，我忽然出了身冷汗，心说糟糕，难道胖子所在的地方是在这水道中段？我刚才被撞得浑浑噩噩已经错过了？

刚才速度太快了，我根本没想过去看四周的情况，而且也不可能有这么快的反应速度，能在这种情况下发现什么出口然后立即进去。

好在我感觉自己被冲下的时间也不长，那个入口如果在这通道里，应该离我不远。

这里比较宽敞，我背上氧气瓶，尝试顶着水流抓着附近的岩石往回走。才走了两步，我意识到有点要命，水流太快了，就是有手抓的地方我也得用尽全身力气才能移动，更何况这四周的岩石壁光滑得要命。

我用尽各种办法，尝试了各种角度，最后都失败了，最成功的一次我离开了铁栅栏十步，但脚一打滑立即被打回原形。之后我就筋疲力尽了。

被水流压着，我越来越感到不妙，这地方看着似乎很普通，但绝对是个绝境，我被困在这个牢笼般的地方了。

我不由得有点恼怒，心说胖子怎么没把这细节写下来？这次要真出不去，就被他害死了。

看了看氧气表，数值已经无法显示了，显然随时都可能用完，我有点慌了，把住铁栏杆用力摇动，想看看能否拆下来往里走，结果发现铁栏杆全都是用铁浆浇在石头缝里的，结实得要命。铁栏杆后面一片漆黑，用探灯照去，发现后面的水道急剧下降，水流更加湍急，也许因为这个才在这里修了铁栏杆，怕人被卷入后面更加狭窄的水道里。

一时间我真的觉得慌了，连呼吸器都有些咬不住，我立即深呼吸，告诉自己要镇定。

以前我总是能在被困的时候想出办法来，人是一种只要有一点希望就能发挥出巨大潜力的生物。我开始迅速思考，同时不停地看着四周，不停地去摸，想找到一丝希望。

一开始我还信心满满，认为肯定天无绝人之路，但让我绝望的是，这一次和以往都不同，虽然这里是开放式的，但这里的环境十分简单，我摸了半天，发现自己不可能战胜水流，也不可能拆掉铁栏杆。

我继续思考，但是心里已经隐约出现了一个念头：这次我逃不掉了。

我必死无疑。

第三十九章

奇洞

接下来的那几分钟，我这辈子都不会忘记。

在这个一片漆黑的水道中，没有任何怪物，没有任何恐怖的东西，虽然我的意识还不想承认，但我的潜意识已经很明确地知道，自己在很短的时间之后必然死亡，真真切切地死亡，这一次我逃不掉了。

这种可怕的感觉，用语言根本无法形容。

我忽然感到后悔，后悔自己之前做的所有决定。我想告诉自己不能放弃，要争取到最后一刻，但我的内心已经完全绝望，脑子不受控制地出现各种各样的念头。我开始走神，一下想着当时如果浮上水面，现在会是什么情形；一下想着如果我死了，我的家人会是什么反应。后悔和恐惧让我脑子一团混乱。

因为氧气表早就没有了数值，所以我无法确定什么时候会窒息，我只能一边做最后的努力，一边等着那一刻的到来。

到最后的关头，我几乎是期待着那窒息的感觉一点一点出现，随着能吸入的气体越来越少，一切都被拉长了。恐惧让我痛哭流涕，根本无法镇定，我的脑子里就只有一个念头：我要死了。

很快，氧气完全耗尽，我还是不停地吸着呼吸管，但是什么都没有了，我憋着最后一股气，一直憋到极限，在剧烈的痛苦下，我下意识地用了嘴，一股酸呛猛地冲进肺里，顿时我整个人抽搐了起来。

但这是在水下，我没有第二口气来呛出肺里的水，呛了几下之后，那种酸麻已经弥漫到了整个肺里，只感觉胸口抽搐得要炸开一样。

我无法形容之后的感觉，我也不知道我挣扎了多久。

慢慢地，这些感觉远去了，我忽然觉得四周安静了下来，眼前的光慢慢缩小，耳边听到了一些奇怪的声音，好像有人在说话，又好像是耳边的水声。

然后一瞬间，一切都暗了下来。

那一刻，我以为自己死了，再没有任何转机，果然我没有死在什么粽子手里，反而是淹死的。爷爷说得真的很对，既然死在粽子手里是死，淹死也是死，为何人会怕粽子而不怕水呢？人真是矛盾的动物。

好在最后的平静感觉还不错，如果所有人死时都安详、宁静，那么，死亡在最后并不会让人感到恐惧，反倒是死亡前的那段时间难熬一些。

所以等我再次苏醒过来，我最开始的感觉是有一丝诧异，但有很长一段时间，我失去了一切思考能力，所以这种诧异我无法理解，我根本不知道这代表着什么。

逐渐地，我的意识恢复过来。

首先来找我的是疼痛，剧烈的疼痛一开始是出现在手上，然后慢慢扩展，最后是肺部的剧痛，好像肺里有一张铁丝网，我一呼吸就感觉人又要晕死过去。

我把所有的精力都放在抵御疼痛上，也不知道过了多久，才发现自己适应了，接着，其他的感觉才逐渐复苏。

之前经历的一切这时才开始出现在我脑海里，我从防城港回来、下水、湖底古寨中奇怪的青光、奇怪的汉式古楼、井下铁人、最后的窒息，等等，一点一点我都想了起来。我心中就奇怪，自己当时必死无疑，怎么又醒了过来？

有一刹那，我感觉那些好像是梦，我是不是一直在这里睡觉，那淹死的情形是我的噩梦？但浑身的疼痛让我知道不可能，自己应该是出于什么原因获救了。

我尝试着动一下手，发现非常艰难，但能感觉到四周的潮湿，像在一块湿润的岩石上。耳朵和眼睛有了反应，我听到耳边有声音，逐渐清晰起来。那是有人在哼歌，而且那是胖子的声音。

歌唱得极其难听，但我一下激动起来，立即用全身的力气想转头去看，结果疼得我叫起来。

歌声瞬间停了，我听到胖子叫：“醒了醒了！”接着我看到眼前亮了起来，一张长满了胡楂的肥脸出现在我面前。同时，我也看到了闷油瓶站在胖子身后举着火把。

我看着这两个猪头，起初还不敢相信，接着我听到胖子开始说话，我的脑子还不能很好地理解他说了些什么，但我清楚地意识到，这不是幻觉，我真的看到了他们两个。

我一下子百感交集。之前那种剧烈的恐惧、希望、担忧，各种情绪到这时候忽然放开了，我忽然不知道怎么表达才好，想流眼泪，嘴角却不由自主地笑起来。

一个人经历了那么多的事，无比孤寂之中的剧烈恐慌，那种从死亡边上擦身而过的绝望，再然后发现自己安然无恙，这种狂喜是能让人疯狂的。我之所以百感交集却不是因为这个，我心里想的是：不管现在是什么情形，我终于又和他们在一起，终于不是一个人了。这种感觉太好了。

一边抽搐一边笑肯定非常怪异，胖子显然以为我抽风了，立即把我扶了起来，二话不说抽了我两个耳光，同时一双大手用力敲我的背，对我道："喘气，喘气！深呼吸！"

胖子下手极重，我的脑子立刻嗡了一声，之前的情绪失控一下就被打没了，被他一敲，我忽然感觉到强烈的恶心，开始呕吐和咳嗽，也不知道吐出来什么。

吐完后，我艰难地转头看向他们，视力越来越清楚，四周各种各样的声音变得更有层次感。

"怎么样？还难受吗？"我听到胖子问我。

我怕他再敲我，立即摆手，但说不出话来。

胖子明显松了口气道："谢天谢地，你醒过来了。老子以为你这次得成植物人，那老子罪过就大了。"

"这到底怎么回事？我怎么没死？"我下意识地问道。

"这你得去问阎王爷。"胖子道，说着就把我扶起来靠到了石壁上，让我放松。

我已经完全清醒了，又看向他们，两个星期不见，他们两个人好像在小煤窑当过黑工一样，都只穿着内裤，非常狼狈，一脸的胡子，而且都瘦了不少。让我松了一口气的是，虽然他们的样子很狼狈，但是气色不错，显然没有受伤。

转头看四周，远处亮着小小的篝火，不知道是用什么搭的，照出了四周的环境。我发现这里是一个开凿出来的扁平的洞穴，大概有三十平方米大，站起来脑袋可以顶住洞顶，四处在渗水，像下雨一样，地面上都是湿的。四周的岩石呈现出一种墨绿相间的颜色，在探灯的照耀下很漂亮。另一边还有一个半人高但很狭长的洞口，像是被刀捅出来的，不知道通向哪里。

"我靠，这里是哪里？你们出了什么事情？把我担心死了，我还以为你们挂了。"我骂道。

胖子咧嘴道："这说来话长，我们还担心你找不到我们。怎么？你是不是看到我那通信员，才找到这里的？"

说起那"通信员"我就来气，恨不得一下掐死胖子，但是心有余而力不足，只好作罢，骂道："你那通信员太不敬业，差点把我搞死。"

"我靠，我能找到那玩意儿就算不错了。"胖子立即问我道，"你快说说，你是怎么到这儿来的？"

我听了好不来气，心说你问我，我怎么知道？我就道："我不知道，我不是你们救上来的吗？"

胖子本来很兴奋，我一说，他突然面色凝重了起来："我们救了你？"

"是啊！"我把我找到那娃娃鱼，下到井里的经过和他说了一遍。

胖子听后露出了很古怪的表情，接着他回头看闷油瓶，闷油瓶坐在胖子后面的石头上，面色阴晴不明。

我奇怪道："怎么？有什么问题？难道不是你们救了我？"

胖子缓缓摇头道："那你是怎么到这儿来的，你完全不知道？"

我一头雾水："知道什么？"看着他们的表情，我忽然感觉不妙，立即道，"到底怎么了？我身上出了什么事？"

胖子颓然坐到地上，骂了一声娘，似乎一下就被击倒了，叹气道："你不知道，我们就更不知道了。"

我不由得恼怒，骂道："到底怎么回事？你玩什么哑谜？快告诉我。"

胖子打了个手势，让我问小哥，我看向闷油瓶，听他道："大概五小时前，你出现在你现在躺的地方，深度昏迷，几乎没有了知觉，我们对你进行了简单的抢救，然后，过了五小时你醒了过来。"

我等着闷油瓶说下去，但闷油瓶闭嘴了。

"没了？"我诧异道。

"没了。"闷油瓶闷声道。

“你没说你们是怎么救到我的。”我道。

胖子看着我：“你没听清楚重点，我们没有救到你。五小时前，你就出现在你现在躺的地方。”胖子一字一顿，“出现，也就是说，原来那地方什么都没有，突然你就躺在了那里。”

我皱起了眉头，花了一些时间才明白他的意思：“你是说，我是自己出现在这里的？”

胖子点头：“我和小哥一直在另外一个洞里，那里比较干燥，但是我隔一段时间会到这儿来取水，所以发现这个洞里忽然多了一个人的时候，我吓了个半死。但你胖爷我立即就认出了你，然后把小哥叫来一起把你抢救了回来，你当时已经咽了气，你真要找个救命恩人，那你胖爷我还是有资格客串一下的。后来怕你身上有什么骨折，我们一直不敢移动你，就在这里等你醒过来。”

我看胖子的眼神就知道他不是胡扯，顿时陷入了沉思，这真是我没有想到的发展。

我本以为昏迷之后有什么奇遇，被胖子和闷油瓶及时发现，然后获救了，现在看来不是这样。但我不可能在昏迷的过程中自己到达这里，也不可能直接瞬间移动到这儿。这是怎么回事？

难道，救我的另有其人？有另外的人把我救起来，送到了这里？

那里是湖底的废弃井道，不可能有人打酱油路过，那就是说，有人在跟着我？

我和胖子说了我的想法，问他有没有这方面的痕迹，但是胖子和闷油瓶没有任何反应，似乎并不认同。

胖子苦笑起来，拍了拍我大声发泄道：“老天，这是不可能的。如果有人能把你带到这里来，那么它首先不可能是‘人’。”

“为什么？”我问道。

胖子苦涩地笑了笑道：“你能站起来吗？我带你在这个洞里走一圈，你自己看，就知道问题出在哪儿了。”

第四十章

洞里的问题

胖子说得神秘兮兮的，而一边的闷油瓶始终没有说话。我不知道胖子到底在搞什么鬼，但闷油瓶的态度告诉我，他并不否定胖子的说法。我心中的疑惑达到了顶点，决定先不去计较这些，先和胖子去看看再说。

想是这么想，但是心有余而力不足，我被胖子扶着，哆哆嗦嗦的，要死死钩住他的脖子才能不摔倒。

我所在的这个洞只有三十多平方米，其实没有什么看头，火把转了一圈，看到的都是人工开凿的痕迹，其他什么都没有。唯一特别的就是上面墨黑色的痕迹，不知这里的岩石中含有什么矿物质。

我跟着他蹚水猫腰，通过那一道好比刀砍出来的通道，走到了另外一边的洞里。这里别有洞天，比我们待的那个洞起码大了两倍，里面堆满了东西。都是一些生锈的工具、木头架子、背篓，还有堆起来的青砖，边上有很多我不认得的石磨一样的东西。

让我吃了一惊的是，这个洞的角落摆着几个高达洞顶的架子，上面躺满了那种铁俑。

而这个洞里的洞顶和墙壁上，布满了墨绿色的条纹，在探灯的照射下，更加清晰，散发出琉璃一般的光芒。

在洞穴的中间，有一个倒放的罐子，上面是一尊神像，不知道是什么神，前面还有祭奠的香炉，很简陋。

“这到底是什么地方？”我诧异道，这看着好像是一个还在挖掘中的石室，工程只做到一半，工具和原料堆了一堆。

“我们猜测，这里应该是一个矿坑。”胖子道。

“矿坑？”我看着四周，“什么类型的矿坑？”我看着那些铁人，“难道是铁矿？”

胖子摇头：“这比铁矿可值钱多了，你来看。”他指着上面墨绿色的条纹，“你能摸出这是什么石头吗？你想想这附近盛产什么。”

我不是很明白胖子的话，但一摸这石上的纹路，感觉它温润光滑得出奇，简直像女孩的脸一样。胖子没有瞎说，这石头确实不一般。想着，我脑子里闪过一个概念：“我靠，难道这些石头是……翡翠？”

胖子点头：“我不是内行，但是我看就算不是翡翠，也不会是太差的玉石，这里应该是一条非常好的玉脉。”

我“啊”了一声，脑子忽然一跳，想起了之前在湖底古寨看到的各种奇怪现象。

这个山洞看来也是那奇怪古楼地下的一部分，之前一直觉得这里的山里会有什么，感觉最有可能的就是古墓，没想到这里会有一个玉石矿。

这真是没有想到，不过至此也想通了，这里有一个隐蔽的玉矿，和古墓是差不多的道理，而玉矿的价值，完全不是古墓可以比的。黄金有价玉无价，如果拥有一个玉矿，那就是富可敌国。这么一来，上面这么严密的布置，一下就合理了——如果是为了偷采玉矿，别说盖一座楼，就是盖一座城堡都不会亏。

甚至可能在这里盖这座古楼，连瑶王都有股份，用特权实施保护。因为玉矿的价值太大，没有任何组织能抵抗这种诱惑。至于为什么要藏起来，是因为如果被任何地方势力知道，肯定立即发兵来打，这东西换成钱能买多少鸦片烟土啊。

“这里发生的事我看恐怕都和这玉石矿有关系。为了这东西，再恐怖的阴谋诡计也不算离奇。因为价值实在太大了。”胖子道。

“那这些东西是怎么回事？”我看着角落里放置的铁架和上面十几具横躺的铁俑，问道，“难道这些也是工具？他们嫌工头太苛刻了，把锄头修成工头的样子，然后天天砸？”

胖子半笑不笑，似乎没什么力气开玩笑，道：“我不清楚，不过你看这些东西，都是铸铁的工具，边上还有铁托子，我认为这些铁人和我们走大货一样，是用来运东西的。这些矿石挖出来，直接封到铁俑里拉走，到当地再熔开。当时兵荒马乱的，这种铁俑一来可以防止路上出现意外把玉石摔碎；二来上面有雕花的花纹，放锈了再打碎，可以说是收来炼铁做子弹的。”

“哦！”我吸了口气，心说原来是这样。我靠，看来蛇有蛇路，他们这种人一看就明白，我还觉得无比纳闷。我不由得有点失望，原来以为这铁俑背后还有更深的故事。

转念一想，又觉得有点不对，那些考古队打捞这些铁块，难道就是为了打捞其中的玉石？

不太可能，玉石的价值虽然大，但是以当时的国力，应该不至于穷到让考古队去打捞玉石，难道这些玉石还有其他的用处？

胖子只是笑笑，我看他的表情并不轻松，贴着洞壁缓缓走了一圈，我继续道：“不过，看这个矿洞的规模，他们好像没有挖掘出多少，开采的广度不高啊。”

“玉矿本来就不会规模很大，这不是问题的关键。”胖子将我扶得正一点，“你胖爷我想让你看的不是这些东西。”

我转头继续看四周，并没有看到其他吸引我的地方，问道：“那你想让我看的是什么？”

胖子举起火把，问道：“你没发现吗？这里没有任何出口。”

胖子一说，我陡然一震，前一秒还没抓住他的意思，但后一秒立即明白了。

我环视整个洞穴，这一看我的冷汗就下来了。确实，这两个洞都不大，刚才看的时候，我没有看到出去的地方。隔壁那个三十多平方米的小洞非常简单，肯定没有出口，这里稍微大一些，环视也没有看到任何洞口。

我脑子有点乱，立即转身，胖子扶着我又将两边的洞穴走了一遍，这一次我完全在找有没有出口，看完之后，我遍体生寒，几乎无法说话。

果然，胖子说得没错，这里没有任何出口——这里所有的洞壁，都是整块的岩石，我连一条缝隙都找不到。

“这是怎么回事？”我看向胖子，“怎么会这样？”

胖子一脸的苦涩，不说话。

我下意识地去看洞穴的顶部，因为如果洞壁没有，那么就有可能在洞顶。

洞顶非常矮，伸手就能碰到，环视一圈，和岩壁一模一样，什么都没有，是整块的岩石。

胖子叹了口气，摆手道：“不用看了，这儿的里里外外、上上下下、每寸每毫我们都找过了——这两个洞是完全封闭的。”

我无法接受：“怎么可能？”

胖子叹气道：“我不知道，但这确实是事实。这个洞，好像……”他顿了顿，语气有点迟疑，“是全封闭的，好像是从内部被挖掘出来的。”

我呆了一呆，摇头道：“绝对不可能，如果是这样，那我们是怎么进来的？”

胖子让我靠在洞壁上，看了看随后跟过来的闷油瓶，摇头道：“我们不知道。”

第四十一章

封闭空间

在无比诡异的气氛中，胖子和闷油瓶把他们经历的事情跟我说了一遍，我原以为会听到一个非常复杂的故事，没有想到，他们说得无比简单。

我离开之后他们的行动和我预计的差不多，没什么好说的，他们用阿贵带给他们的那些简易器械进行打捞，岸上的那些尸骨，是他们在那些枯树的枝丫里找到的，可能是虹吸潮的关系，大件的尸体最后都卡在了枝丫里。而抛入水中的装备在另一个地方，所以都被挂在了那排篱笆上。

他们失踪前最后一次下水，胖子是第一个失踪的，他记得当时他已经准备上浮了，就在那时，忽然看到，有东西在他手电照射的范围里闪了一下，似乎是什么金属。

胖子下水本来就是为了打捞东西，自然被吸引了过去。等他游到那里，却发现那边什么都没有，只有一些大块的石头。

当时他头盔里的氧气差不多耗尽了，他也不能仔细看那些石头的缝隙，以为闪光的是小块的金属或者玻璃，也就没有在意，接着准备上浮。

就在这时，他忽然感觉到有什么东西咬了他一下。之后他立即觉得手上一阵麻痹，在几秒内这麻痹感就传遍全身，他心说糟糕，立即想冲上水面，但已经来不及了，瞬间他就昏迷了过去。等他醒来，他已经躺在了这个山洞里。

闷油瓶比他稍微复杂一点，但也差不离儿。当时他是去找胖子，所以下水很急，入水没多少时间，他感觉有点不对劲，想回头已经晚了。在水下，闷油瓶的身手再好也有限。

他的原话是："我感觉背后有东西动了一下，要回头已经晚了，醒过来的时候，我也出现在这个地方了。"

我心说，奇怪，怎么可能发生这种事情？一下就失去了知觉，然后醒来发现自己出现在另一个地方，这好像是外星人干的事情。难道这里是飞碟内部？

我再次看向石洞，四周全是岩石，如果这是飞碟，也是石器时代的飞碟。

我感觉事情越发不靠谱起来，胖子和闷油瓶被什么东西"咬"了一下，失去知觉。如果是中了什么生物的毒，那么就该淹死，但他们反而出现在这里了。这怎么看怎么不像神秘现象，太像是人为的了，像有人把他们迷晕了，然后搬到这儿来的。

但是，如果是人为的，又怎么解释我们现在的处境？这是一处完全封闭的山洞，什么人能穿透岩石把我们塞到这里来？

胖子想着当时的情形，还带着疑惑："我很想不通，当时我们在水下视野还不错，被扎了之后，昏迷之前我有一段时间是清醒的，当时我立即四处看了，什么都没有。"

我道："也许是一种虫子或者鱼，个子比较小，它只要贴在你的背上，你就发现不了。你身上有伤口吗？”我问道，心说不可能平白无故地疼一下，如果是被东西刺了，肯定会有痕迹。

“刚醒的时候我就看了，没有任何痕迹。”胖子让我看了看他被刺的地方，上面确实什么都没有，“我觉得不太可能是虫子，你想，连小哥都中招了，什么虫子敢咬他？”

我啧了一声，这事情太邪门了，讲不通啊，所有的环节都讲不通，完全不像“人”能做到的事情。难道真是湖神在耍我们？

胖子继续和我说，这里唯一能出入的地方，就是外面洞穴顶上的一条手腕粗细的裂缝。那条娃娃鱼就是从那儿发现的，外面大量的渗水也是从那裂缝而来。他们这两个星期吃得太少，大部分靠喝水缓解饥饿感，两人都瘦了一大圈，皮都挂了下来。为了不消耗体力，他们几乎都是静坐着不动。

外面另外一边还有一些当时开凿剩下来的木头架子，可以用来烧火，他们每天只烧一点，好在这里氧气不成问题。

之前我突然出现，他们以为我是看到娃娃鱼身上的标志，找到了他们，并且知道了进出这里的方法，没想到我也不知道自己是怎么进来的，害得胖子空欢喜一场。

说起这个，我吸了口气，想起一件事情，问道：“既然你们是突然昏迷的，为什么会让我顺着虹吸潮走？你们怎么会认为顺着水流就能到这儿？”

胖子道：“是声音，我不知道这个洞所在的位置，但我知道肯定在虹吸潮的口子附近，因为到了晚上，外面的渗水就会有规律地收缩，幅度非常大，声音非常明显，好像呼吸一样。只有离虹吸潮非常近的时候才会有如此大的幅度。如果你发现了娃娃鱼，我把你引到虹吸潮的口子附近，娃娃鱼是地盘动物，你一放掉它，它立即就会顺着它熟悉的路线逃跑，这时你就可能会发现通往这里的裂缝。”

我听了暗骂，原来是这么回事，这也太理想主义了。胖子的想法完全没有依据，事实证明顺着虹吸潮是死路一条，但是我既然没死，也不想再埋怨什么。

听完之后，我颤颤悠悠地站了起来，虽然我绝对相信胖子，但强烈的冲动还是让我想自己看看这个洞穴，仔细贴着这些石头看看。

胖子看着我叹气，摇头道："别浪费体力了，天真，你想想，我和小哥在这里困了两个星期，这两个星期我们能干什么？胖爷我刚开始也完全不信，我一直认为可能有暗道。我一直找，一点一点找，你知道把一块石头看一千遍是什么感觉吗？我看到最后几乎要吐了，但是，没有就是没有。"

胖子的表情非常痛苦，我能想象那种感受。但是我不自己看过，心里总是感觉空空的，就让他别管我。

我吃力地沿着岩石壁走了一圈，这次看得非常仔细，胖子说得一点也没有错，这里的岩壁确实是整体，偶然有细微的裂缝也是自然形成的，连刀也插不进去。最大的裂缝是外面洞穴的洞顶，但也只有胳臂粗细，源源不断的水从上面流下来，地上全是大大小小的水坑，这些水又顺着底下的岩石缝隙流下去。

我想着这个洞穴的位置是在哪里，会不会在我溺水的那个地点附近？看这些凿痕，和那口井下部的岩石痕迹很相似，肯定是同一批工匠凿出来的。

那么我们就是在湖底地下山脉的岩层中了。我到底不是学地质勘探的，只知道一些力学知识，其他的就完全没概念了。

敲击这些岩石，都是无比沉闷的声音，似乎也不可能有暗道，而且闷油瓶在这里，如果有暗道应该早就发现了。

又去看那些堆积在一旁的东西。刚才粗看下角落里有几个石磨一样的东西，走近了仔细看，那好像是铸铁的炉子，里面还有铁渣滓，一边是放着大量工具的架子，锈得不成样子。

那是一尊大概只有啤酒瓶高的泥塑神像，好像是关公，又好像是别的菩萨，我从来没见过，不知道是不是少数民族的神灵。我尝试着搬动一下，不知道是因为我身体完全无力还是它太重了，它居然纹丝不动。胖子就道他早就搬过了，下面没有通道。

走回胖子那里，我再次确定胖子说得没错，虽然我之前也相信他，但此时的确是发自内心的。不知不觉地，我的心里生出了一股焦虑感，这是人对封闭空间本能的反应。

我一边脱掉身上的潜水服，企图尽快恢复体力，一边问胖子，他们在这里这么长时间了，有什么推测。

胖子摇头：“我之前觉得自己最靠谱的推测，就是我们都死了，穿透岩石进入这个洞穴的，是我们的鬼魂。”

我苦笑，胖子说这话的意思我明白，他不是真的想说他认为我们都死了，他想说的是，其他的推测都比这更不靠谱。确实，这是没有前因后果的事，推测需要线索，但现在什么线索都没有，一切只能假设。

这时我看向一直不说话的闷油瓶，他表现得和之前不同，有点古怪，一直不怎么动，也不怎么说话，注意力好像不在我这里。我问他道：“你怎么想？你对这儿有什么印象吗？”

闷油瓶靠在角落里，转头看向我，淡淡地说了一句：“我没有印象，但是我知道，事情才刚开始。”

第四十二章

假设

我听了一愣，胖子也“哎”了一声，看向闷油瓶。显然他也是第一次听到闷油瓶说这个。

我问道：“为什么这么说？”

闷油瓶看着那神像，淡淡道：“不管是什么东西在作怪，那东西是有意识地把我们带到这儿来，是有目的的。”

我点头。我也是这种感觉，因为这种行为怎么看怎么像是人为的。无论是不是人，或者什么神秘力量，它似乎是有思维的。否则，我们不会是现在这种处境。

闷油瓶继续道：“它的目的肯定不是要杀死我们，它把我们带到这儿来也不是想要困死我们。显然，我们被困在这个洞里，肯定有其他的原因。”

胖子问道：“是什么？”

闷油瓶摇头：“我不知道，但是，肯定会有事情，继续在这洞里发生。”他面色阴沉地看一眼我们，又看了看那神像，“而且，恐怕不会是好事。”

我想了想，觉得很有道理，不由得感觉到一阵寒意：“那我们现在应该怎么办？是不是该做些防范措施？”

闷油瓶摇头，继续看着那神像，淡淡道：“我们只能等着。”

我看着他的表情和动作，一下就明白了，为什么一直以来，他似乎对我的到来都表现得心不在焉，甚至不说话，他的注意力肯定是在四周，在整个洞穴上。他在等待接下来会发生的事情。

这样想着，我也紧张起来，浑身不自在。

胖子道：“如果那作怪的东西目的不是杀死我们，那么，接下来发生什么，我们总不至于送命吧。如果要杀我们，何不换个地方？”

我苦笑，不送命，那会是什么事情？难道这里会突然出现个大汉把我们强暴？我摇头道：“这没有什么必然的关系，我们现在活生生的未必是好事，你吃醉虾不也是图个新鲜吗？”

胖子吸了口凉气，想着确实悚人，就有点郁闷，骂道：“老子最恨这种摸不着、想不明白的东西了。你说咱们三个人是不是八字犯冲，怎么碰一起老走这种窑子？实在是个魔障。还有那阿贵也是的，啥也不知道，如果有点提示，我们也能提防点儿。”

“对。”我皱眉。胖子说得很对，这件事我们之所以一点头绪都没有，甚至无从推测，似乎就是因为这样，我们现在的处境是莫名其妙出现的，在我们的已知里，肯定缺少了某一样非常关键的东西。

我们的调查从村子开始，一点一点延伸，所有的信息都是由上一级的信息带出的。我们现在知道了铁块的来源就是那些铁人，知道文锦来过这个湖畔，也确定了考古队被人调包了，也知道了湖下古寨的一些秘密。虽然其中的线索有些还没完全连上，比如说这些铁人到底是怎么回事，但只要继续调查下去，我相信这些信息都会连起来。

但是，在这里发生的事情，我们的困境，和这些信息都没有关系，也就是说，我们在村子中了解到的这么多线索中，完全缺失了一块。

我们是在哪里漏掉了呢？

刚才我问胖子他的推测时，发现这件事完全没法推测，因为没有任何可以佐证的线索。我想着这些，对胖子和闷油瓶说："我们应该把我们知道的东西从头理一遍，这个地方和整件事肯定有联系，全部列出来，说不定能找到点什么提示。"

胖子叹气，指了指地上，上面有他用石头刻字的痕迹："我之前理过了，我实在想不出来，你要理也好，你读的书多，应该比我好一些，我理到后来头都痛了！"

我看着那些字，是胖子专用的枚举法，他把所有的可能性全部写了下来，包括所有的线索，然后在那里画圈，想找到其中的联系。

我道："咱们这一次碰到的事情和以往不同，所有的信息都是碎片，你这么写，越写越乱，我先理一下，然后咱们从一个概念开始，看看能不能像搭积木一样把整条线搭出来。"

我捡了一块石头，在旁边的地上写上了几个关键词，从我们进村开始，把我们陆续发现的东西和后续的部分全部连起来。

铁块——铁俑的碎片——湖底的村子——不知是何用处——到处都有——似乎有危险——散发奇怪的味道

照片——烧毁

盘马老爹的说法——考古队被调包——尸体找到——打捞铁块——目的？

水下的古寨——汉式古楼——地下通道——大量铁俑——玉矿？

封闭的矿洞——铁俑——同样的凿痕

A、B——刺痛——昏迷

C——窒息——昏迷

我写完后，把那些已经确定的东西全部划掉，最后就变成：

不知是何用处——似乎有危险——散发奇怪的味道

——目的？

——大量铁俑——玉矿？

封闭的矿洞——铁俑——同样的凿痕

A、B——刺痛——昏迷

C——窒息——昏迷

这样一来，我们能确定和不能确定的东西，全部列了出来。接着，我开始将其中一些因素连起来，道："首先，我们肯定，古寨里的汉式古楼的主人姓张，我们暂时叫他张家楼主。"我看了闷油瓶一眼，"这人有军功，而且是个国学大家，可能是当地的军阀，当然也可能是其他背景，和事情的核心没有太大关系。

"在某年某月，这个叫张家楼主的人，由于某种原因——同样，这种原因我们不需要知道——发现了这寨子底下有一个玉矿，在巨大利益的诱惑下，他伙同这里的瑶土盗挖，在瑶寨中修建了这座结实的汉式楼宇，供他的手下使用。楼宇修得这么坚固，显然他们在这里的盗挖时间非常长，可能准备几代人干下去。

"我们现在所处的这个洞穴，看开凿的痕迹，应该就是他们挖掘的矿洞，至少是其中之一。"

说完我看向胖子，问他有什么要补充的，胖子摇头，我道："好，事情到这里一切正常，也都符合常理，这就和我们现在的处境有了矛盾。显然我们现在所处的矿洞是全封闭的，我可以这么说，从一切正常到现在的处境，这期间，发生了一件事情，使得这个矿洞发生了这么莫名其妙的变化。”

胖子点头道：“别说得这么文绉绉的，实话就是，这洞后来出了事情。”

这一部分，是最初的假设，也比较确定，我将其作为起点写了下来，然后在边上打了一个问号：“这里出了什么事情？肯定不会是突然封闭，因为如果是这样，肯定会有人困死在这里。”

“非也，你想，我们进来都是莫名其妙的，他们说不定后来找到了出去的办法。”胖子道。

我摇头，心说那些都是当时的矿工，那个年头的矿工是什么文化素质，他们能想到办法，我想不到？而且，即使能想到也不会这么快，他们当时有工具、有体力，很可能会有“砸”出去的想法，那么地面上应该会有大量碎石的痕迹。

不过我当时不在现场，不好下肯定的论断，所以就没有反驳胖子。我们咬着嘴唇，开始想各种能往里套的假设。

还没想上两圈，闷油瓶就开口了，他淡淡道：“矿洞中的神像，是瑶族的雷王神，是凶神，一般不会公开供奉，除非这里发生过十分可怕的事。”

我们都愣了一下，胖子道：“我靠，你怎么懂这玩意儿？”

闷油瓶不回答，继续道：“这东西在这里，说明事情不是突然发生的，至少发生事情后，他们还能从外面拿来石像在这里供奉。这件事虽然很可怕，但是不至于把他们吓跑。”

我想了想，觉得有道理：“设立一个神像，表明他们还想继续挖掘下去，这个神像用来在这里镇压什么。事情虽然可怕，但只是心理上的恐惧，不会威胁到他们的生命安全。咱们可以换位思考，如果我们是矿工，什么情况下，我们也会这么做？”

胖子吸了口冷气：“这听上去怎么这么耳熟？难道，他们在这里挖到了什么不吉利的东西？”

我也点头，我几乎是同时冒出了这个念头，因为经常在老家听到这种传言，什么工厂动工，结果地基一挖，挖到了乱葬的死人骨头，然后就摆个关公放那儿镇一下。

“这里是岩层，这种狗屁地方他们能挖到什么？”胖子道，“难道是霸王龙的化石？”说完他“哎”了一声，感觉自己的说法挺有可能的，“你想，他们挖着挖着，突然挖到这么个史前怪物，肯定吓个半死，以为挖到妖怪的骨头了。”

我拍了拍他：“同志，有空多读点书，恐龙化石的年代和玉的年代差了好几亿年，如果这里有恐龙化石，好比这里挖出肯德基全家桶一样。”

“那你说是什么？”胖子不服气道。

我们想了想都摇头，这东西其实根本没法想。如果说合理，这种岩层里能有什么既合理存在又让他们觉得不吉利的东西？我真想不出来。这里合理存在的东西只可能是石头，难道是一块让他们觉得不吉利的石头？如果说不合理，那么什么东西都有可能。

胖子走到那神像面前，问闷油瓶：“小哥，这雷王神凶到什么程度？是不是和咱们的钟馗一样，是抓鬼的？”

闷油瓶摇头：“雷王是专门克制邪神的。”

瑶苗神话和汉族的不同，其中很多邪恶的东西都是神，是和正义的神平起平坐的，普通的神干不动他们。

胖子啧了一声：“也就是说，钟馗只是公安，这雷王是纪委书记。”他在一旁的篝火里拣出三根细柴，插进香炉里，拜了拜：“雷书记，不好意思，小弟们之前有眼不识泰山，一直没认出您来，这点东西不成样子，但也算是个形式，咱们就当是张白条，要是我们能出去，小弟们一定把香油补上。我知道你搞纪委工作很多东西收了不方便，回头您把您夫人电话告诉我，咱们跟您夫人联系……”

我心说，这家伙也太不靠谱了，道：“你也不是瑶族人，人家怎么可能会保佑你？你就别浪费你的柴火了。况且只有上级给下级打白条，哪有下级给上级打白条的。”

胖子道：“你懂个屁，你在杭州交税，去北京就不交税了？我这不叫白条，叫期权，咱们这叫先打个招呼，好过以后后悔。”

说着他转过身，那细柴因为头重脚轻，带动香炉，一下子倒了下去，香灰全撒了出来。

胖子立即回身扶住。我笑道：“你看，人家清正廉明，不收。”

胖子啧了一声，把细柴掰断一半，重新插进去，然后把撒出来的香灰用脚擦平。

他擦了几下，随着香灰被涂开，我忽然看见，在他脚下的岩面上，出现了一些奇怪的线条。

第四十三章

挖出来的是什么？

我觉得莫名其妙，立即靠过去，把胖子的脚拨开仔细一看，果然，有一部分香灰嵌入石头表面细微的缝隙中，形成了一些线条。而且，很明显，这些线条非常圆润，不是石头表面本身的纹路。

我一个搞拓印的，自然知道这是一种拓印原理。这是用非常细腻的粉末来显示出地上浅痕的方法，类似于很多间谍剧里必用的，用铅笔涂抹便笺纸得到上一页的信息。显然有人在这神龛前的岩面上，刻过什么东西。

我兴奋起来，一下把香炉倒翻，把里面的香灰全部倒在地上、岩面上，开始用双手涂抹。立即，地面及岩壁开始出现更多细微的线条。

“这是……”胖子也立即发现了异样。

“这应该是挖掘这个洞的工匠刻下的东西。”我道。

“我靠，雷书记这么快就显灵了！”胖子道，“效率比咱们凡人高多了。”

“你先别说得那么快。”我道，同时把这些灰全部抹均匀了。

胖子蹲下来帮忙，闷油瓶也凑了上来，我们把香灰涂抹到一大片区域。很快，一片歪歪扭扭的文字出现在我们面前。

这些字每一个都有象棋大小，全部是繁体，刻得无比潦草。有些是模糊不清的，但数量颇多，有三四十个，大大小小的，看笔迹，确是一个人所刻。

文字是汉字，但其中有些字我从来没见过，应该是方言发音。胖子疑惑道：“难道之前的工匠和我们一样，也在这岩石上讨论过东西？”

我摇头说不是，这些文字是连篇的，显然刻的人写的是一整段话，不过刻痕非常浅，和我们一样，应该是用石头简单地在岩石上划出来的，没有用到雕刻工具。

是什么样的一个人，出于什么目的，在这神像前写下这些字呢？我无从猜测，但关键点应该在这些文字中。

于是我辨认了一下，文字是竖着读的，除去认不出的，我仔细地一个字一个字辨认，然后用石头重新刻在一边。

是几句很简单的话。

十一月又七日。

东墙，自左七尺，有十六。

西墙，自左三尺，有七。

北墙，自左五尺，有十。

南墙，自左六尺，有四。

细数，须三日内掘出复工。

“这是……采矿计量的记录？”我迟疑道，心说这是什么？

其语感，好像是一处留言，一个工头离开之前，留给下面人的一点提示，并且有一个嘱咐：细数。这似乎是上级写给下级的。

“东南西北？”胖子看了看四周，“是不是玉脉的分布记录？”

我摇头，玉脉的走向完全是自然形成，一点规律也没有，只在一个剖面上定什么左几尺没有任何用处。这个“有十六”“有七”“有十”“有四”，好像是一种数量的标记，他们在数墙上的东西。

我看了看东墙，上面什么都没有，只有玉脉和岩石自然的褶皱，那种深色的玉脉之复杂，简直有如岩石中的血管，根本无法用“十六”这么小的数字来表示。而且他最后有一句——须三日内掘出复工，似乎是说那“十六”“七”所代表的东西，阻碍了他们继续开采。

是什么呢？难道是那种石脉中无比坚硬的岩精？但是岩精坚硬得要命，且重达百吨，怎么可能三日内掘出？

我们都站了起来，走到东面洞壁的最左边，然后用手指量了七尺的距离，看看那部分有什么东西。

七尺之后，还是岩石的表面，那里是无数墨绿色的痕迹，什么都没有。

我和胖子面面相觑，其实，这里的岩面我们看得非常仔细，看过无数遍了，就算不这么看，我们也知道，表面上看不出什么来。

“会不会他上面写的东西已经被挖出来了？”

有这个可能，但是我想了想，脑子里有了一个很怪的念头。我回到神龛前，把地上的香灰收拢起来，放回香炉里，然后拿到那块岩壁前，抓了一把在岩壁上开始涂抹。

一开始什么都没有，但是涂了几遍，果然，上面出现了线条，好像是一个什么轮廓。

“哎？”胖子惊讶道，“你怎么知道的？”

“那种留言太含糊了，肯定是一个汇总式的最后留言，他们肯定会在岩面上也留下记号。”我道。我立即继续涂抹，很快，有很多连续的线条在石头上显现了出来。

那是一个不规则的多边形轮廓，形状很怪异，无法形容。

我和胖子对视了一眼，我们都咽了一口唾沫，往后退了一步。我从身上解下我的强力探灯，打开。那个轮廓非常明显，好比我们画画打草稿的时候，先用直的线条勾勒出物体大概的外形一样。

但是，我们并没有从岩石的脉络上看出任何和这轮廓有联系的形状，这个形状好像是随意画在岩壁上，用来做切割时的参考。

即使如此，我还是感觉遍体发冷，因为我脑子里很多碎片开始自发地进行各种各样的组合。我的内心似乎已经知道了一些东西：这岩壁里肯定有东西，否则，这个轮廓不可能刻在这里。他们要把里面的东西挖出来，所以在这里做了大概的标志——但是，为什么我们看不到？

难道是我们的方法不对？我想着立即问："你们谁知道，他们采玉矿的时候，会有什么特别的过程吗？"

胖子摇头："不是用炸药炸吗？"

闷油瓶却道："先用火烧，然后用冷水泼，使石头自然裂开。"

"用水泼？走，去打水！"我立即道，也不知道自己到底想证明什么，但心中有一股极强的直觉，知道自己肯定是碰到关键了。

说着我冲到另一边的洞里，把脱下来的潜水服裤管打上结，然后往里面装水，再背回去，和胖子两个人抓着往岩壁上泼，连泼了十几次，岩石的颜色立即因为渗水而变深。

我们退后几步，看着那岩石的表面因为泼了水，玉脉的部分变得模糊起来，那些普通岩石也因为水的关系，变得光滑而通透。原来这些石头也是玉石，只不过含量可能不同，所以在那些墨绿的翡翠边上衬得像普通岩石一样。

同时，我们看到在那块岩壁中透出了一个若隐若现的影子。

那是一个人影。

第四十四章

石中人

刚分辨出的那一瞬间，我还以为那是自己的影子，但我动了一下，发现那影子并不跟着动。

我们三个犹如掉入冰窟中，看着那玉脉中的人影，都有点站立不住。

“这是什么玩意儿？”我轻声自言自语道。

“鬼才知道。”胖子用同样的语气回答我，顿了顿，“好像……好像是个人？”

“怎么可能是人……如果是人，他是怎么到这岩壁里去的？”我道。

胖子看了看我，哆嗦着问我道：“你有没有听说过石中鱼的传说？”他刚说完，我身上冒出了一连串鸡皮疙瘩。

石中鱼是一些志怪小说中经常出现的故事，就是说一块完整的山石，被人打开之后，发现里面是空心的，里面有水，水中还有一条活鱼。没有人知道这鱼是怎么进到石头里的，也没有人知道这鱼是怎么活下来的。因为石头中没有任何食物。

山石已经存在千万年了，这种现象往往被认为是神迹。石中有鱼，既然鱼不是从外面进去的，那么就是在石头里产生的。传说吃了这种石中鱼能长生不老，也有人说吃了立即毙命。

石中鱼的传说很广泛，各地都有，似乎不是杜撰的。胖子现在突然提起，我当然知道他是什么意思。但知道归知道，我无法相信这种说法能用到这里。

“不可能。”我道。

“既然石中可以有鱼，为什么石中不能有人？”

我吸了一口凉气，看着那岩石中的人影，还是摇头：“不可能，这肯定只是看着像人的阴影。”

“是不是继续泼就知道了，那地上写的，这东西不止一个。”胖子道。

我们立即故技重施，很快把四面墙全部泼上水，随着所有的岩壁都被浸湿，我毛骨悚然地发现，在这附近的岩壁里，嵌满了人形的影子，他们有各种不同的姿势。洞壁的内部，好像全镶嵌着人。

我们数了一下，和地上记载的完全一样。

“真是见鬼了。”胖子重新坐下来，“难怪要我们雷书记出马，这是怎么回事？”

“难道是昆仑胎？”我想起以前听说的天地生精的说法。难道这里是个宝穴，这里的翡翠在某种神秘的力量下人化了？

胖子摇头：“昆仑胎到底只是个传说，而且据说都是非常大的山体，这些影子形状诡异，我看不是什么好东西。而且……”他看向一边那个躺着铁人的架子，“我刚才可能判断错误，你看这些影子的动作，是不是和那些铁人非常像？”

我已经惊讶得无法说话，胖子面色惨白道：“我知道这很惊悚，不过我看这里的这些工具都是铸铁的，忽然就想到了这种可能性。”

我看着那些人影：“你是说，这些铁人不是运输工具，而是用来封印他们挖出来的这些影子？”

“恐怕没有这么简单。”胖子纠正道，“这些铁俑，恐怕是他们处理他们挖到的东西后的作品。他们先在岩壁上面打孔，然后往里面灌入铁浆，把里面的人冻住，然后再砸出来。”

我想到在古楼的地下室里看到的无数铁人，起了一身鸡皮疙瘩，心说如果是这样，这里得挖出了多少这种东西，于是强笑道：“这些都只是我们的推测而已。”

胖子面色苍白，显然他自己都觉得自己的想法很恐怖，他道：“其实有一个办法，就是，咱们现在把这块石头砸碎，看看里面的影子到底是什么东西。”说着他指了指一边的石工锤。

我摸着面前的岩壁，感觉非常厚实，这岩石不是那么容易打裂的。忽然想起了以前的镇妖传说，中国古代不是老是说，老天镇妖，喜欢把妖怪镇在山下吗？我靠，难道这些影子是妖怪？要是这样，我们把它放出来，岂不是自己找死？

伴随着那种悚然，我生起了强烈的好奇心，同时又摇头：“以前的工匠用那么费劲的方法来处理这些影子，显然这些影子的真身可能非常骇人和不祥，甚至非常危险，我们还是不动为妙。”

胖子听我这么说，把头转向闷油瓶，像是征求他的意见。

闷油瓶死死地盯着那些影子，没有回答他，而是对我们道：“我们和它们……其实一样。”

第四十五章

这里的石头

"为什么这么说？"我纳闷道，但是刚问完我已经明白了闷油瓶的意思。

从某种意义上说，我们和这些石头里的人影处境是一样的，只不过它们的空间比我们更小而已。我们同样也被困在石头中，好比那些活在石头中的怪鱼一样，只不过可以肯定的是，如果若干年后我们被发现，绝对不会是活蹦乱跳的。

想到这个，我心中有些凛然，道："多少还是有些不一样的，至少我们现在有这么大的活动空间，而且活着，活着就有无限的可能性。"

闷油瓶淡淡道："我不是这个意思。"

我"啊"了一声，有点意外。以前一直感觉和他有一种默契，但是在这里，我感觉有点跟不上他的想法了。他想得好像比我快得多。

我问道："你是不是有什么想法？直接说出来吧，我们都听听。"

他看着我："你们有没有想过，如果这里没有被挖出这么一个矿坑，我们现在是什么处境？"

我想了想，感觉大脑有点迟钝，还是不明白他的意思，但是胖子的面色马上白了，我听到他骂了一声："我靠！"随即，我也明白了，我后脑的头皮就麻了起来。

如果这里不是一个矿坑，那么这里会是什么？

这里就是岩壁，大山的内部，如果我们以同样的方式被莫名其妙地带到这里，那么现在，我们就可能是嵌在岩壁中，和那些影子一模一样。

我不寒而栗，这是一种什么感觉？如果我醒过来，发现自己被镶嵌在大山深处的岩壁中动弹不得，知道自己要这样直到死亡，那太恐怖了。

闷油瓶道："反过来想这件事情，也许，我们现在活着，完全是一个巧合。"

我默默点头，我们碰到的怪事也许是这山中的一种神秘现象，在这山里可能不是第一次发生，如果当年没有人在这里挖了一个矿坑，这件事情同样会发生，那么我们现在的处境恐怕将更加匪夷所思。

胖子咽了口唾沫，看着那些人影，道："那么，这些就是我们的前辈，是以前和我们碰到同样事情的受害者？"

"这也只是一种可能性。"闷油瓶道，"不过，我宁可相信是这样。"

我明白他的意思，他是指如果这是一种奇怪的自然现象，那么他之前的推断就可能是错误的，那不管处境多么不利，至少暂时是安全的。

胖子就问道："天真，你读的书多，你推测看看，这可能是怎么回事？要是如小哥说的那样，这可能是什么情况？"

我失笑道："这种事我书读得再多也没用，你要用读书能学到的东西来解释，那就是物理学的概念，我们可能掉进了两个空间之间的裂缝，一下子从一个地方塞到了这里。不过在现实中，这是绝对不可能的，就算真让你进入一个天然形成的空间裂缝，你再次出现的地方会是另一个宇宙，出现在同一个区域的可能性小到无限接近于零。”

其实世界上有很多这种传说，在一些非常特别的地点，比如百慕大，都说有这种现象，但我绝对不相信这里是这种情况。因为，胖子和闷油瓶在湖底失去意识的过程，完全不像是被“自然现象”搞定的。

那太像是被人使用什么东西暗算，所以，我很赞同闷油瓶之前的看法，带我们来这里的力量，它绝对是有意识和有目的的。

胖子却不以为然，他道：“可能性小到无限接近于零，并不等于零。”

我道：“用科学来解释，就只有这一个解释，如果不是这样，那么我们面对的情况就完全是另一个范畴了。”

胖子陷入了沉思，自言自语道：“咱们老祖宗留下来的传说里，有没有这种事情？”

我想了想，我从来没有在任何笔记小说中看到岩石里出现人影的记录，当然，也许是我涉猎还不够广。

胖子接着道：“传说刘伯温墓附近的山里，有人只走了一天，出来的地方就离进山的地方相距甚远。好像在一瞬间他从一个地方被带到了另外一个地方，他们把这种现象叫作‘山鬼背’。他们以为自己是被山鬼背着走，所以不知道自己走了多少路。也有人叫‘走山’，说是山在走路，你说会不会这里也有类似的现象，不过走的方向不一样。”

我摇头，这说法不成立，他们是在山的表面，我们现在在山的内部，不是什么背和走。我们是被山吞了。

而且，这事有一点蹊跷，就是这个矿洞是封闭的，四周没有任何崩塌的地方，但这个矿洞本来肯定是有入口的，这个入口哪儿去了？如果是“山鬼背”或者“走山”这两种非常特殊的自然现象，不会连入口都消失。

这里发生的事情要更加复杂，而且透着一种非常奇怪的感觉。

想到这里，我又想起了盘马老爹的说法，他说这个湖里有魔鬼，我此时竟然有点相信了，好像只有魔鬼才能做出这么匪夷所思的事情。就算没有魔鬼，我看这儿的山或者湖，总归有点不太平常。

水分逐渐蒸发，那些影子逐渐淡去，很快就看不清楚了，我用脚把在地上刻的“铁俑”划掉了。接着我们又琢磨了半天，还是没有任何结果。

岩壁恢复了原样，我们的感觉却变了。知道离这四周岩壁五六拳的地方，有东西嵌在里面，我忽然感觉到一种强烈的被注视感，让人心神不定。这种感觉刚才没有，显然是心理作用，但是无法驱除。

三个人都闷头在想，偶尔胖子蹦出一个想法，都被我否决掉。

我想了很多的可能性，但都不靠谱，最后，我把刚才想的事情又从头琢磨了一遍，包括所有细节，看看还能否带出什么来。

首先是考古队的目的，在现在看来，琢磨这个已经不是非常贴近主题了，但如果如胖子说的，这些铁人的作用是铁封这些影子，那么，考古队的动机倒是可以解释——他们要找的东西，就是这些影子的遗体碎片，当然，我们不知道这东西对他们有什么用处。

矿工在开采玉矿的时候，挖到了这些人影，能肯定的是，开采并没有中断，对玉石的渴望使得他们一边祭祀雷王神，一边继续挖掘。

之后，到了某一天，有某个人在雷王的神像前留下了这条信息。

看这里的留言和石壁中人影的情况，显然这个人留完言后，他留言的内容没有被执行，可能他离开之后，开采就中止了。

使他们中止开采的可能性非常多，可能是战乱，也可能是灾害，当然也可能是这个矿洞的入口莫名其妙地消失了，甚至，那些矿工也遭遇了和我们同样的情况——这里可能不止一个矿洞，他们可能困在了其他的地方——可以有任何的可能性。能肯定的是，这个玉矿的故事，到这时候就结束了。

之后，就是我们的故事。

乍一看，这件事情非常清晰、合理，但我要弄明白整件事情，仔细再想，就发现其中出现了一个很难察觉的矛盾。

这个矛盾来自逆向思维：如果采矿的所有活动都没有发生呢，那么这里会发生什么？

没有人发掘玉矿，就没有矿坑，那么，胖子和闷油瓶在水下是否也会遇到那件事情？

如果这里的采矿活动不发生，那么，我们现在所处的位置，就是实心的岩壁。

如果把我们带到这里来的力量是一种自然现象，那么，即使这里是岩壁，这件事情也同样会发生。因为这种力量是天然存在的。我们只是这种奇怪现象的受害者之一而已。

但是反之，如果这不是自然现象呢？那么，如果这个矿洞并不存在，这件事情，还会不会发生？

我感觉可能就不会发生了，因为闷油瓶和我都认为，这件事情背后有着某种意识，这种意识的目的肯定不是杀死我们，那么，带我们到这里来的这种行为背后，必然有着我们不知道的目的。实现这个目的的前提，就是这里必须有这个矿坑，否则我们就被困死了，等于是被杀死，对它没有意义。

根据这些推断，我们把事情分解开，一方面能知道，那个意识是知道有这个矿洞的存在的。

而另一方面，这个矿洞并不是经过规划的，它存在于这里是个偶然，那也就可以证明一点：那个意识的神秘目的产生于这个矿洞形成之后。是先有了这个矿洞，才有了这个目的。

那么，这事情就变得很牵强，有点讲不通了。假设这股力量，我们称其为“魔鬼”，某一天它在这里溜达的时候，忽然发现这里出现了一个矿坑，它一琢磨，发现可以利用，然后就这个矿洞生出了一个目的，然后再使用某种手段，将我们抓来，困在这里，以便它实现目的。

如果是这样的过程，那它这个目的怎么看也不会是什么正经事。

这种行为起承转合，有板有眼，目的性和操作性太强了，简直和人的思维完全一致。我并不排斥这个世界上可能有某些神秘力量存在，但是我认为这种力量肯定是超然的，不会如此功利和浅薄。

但如果这不是魔鬼，是一个人，那就不一样了。如果有一个人知道这里有一个矿坑，他发现其可以利用，然后设计了一个阴谋。他使用了某种手段，将胖子和闷油瓶在湖底弄昏迷之后，用一种非常巧妙的方式带进了这里，以便实现他的计划。那听起来就非常合理。我们不会觉得这个人不靠谱，还会认为，他这么处心积虑，之后必然有更大的阴谋。

有一个哲人说过这么一句话，当所有的不可能都排除后，剩下的东西再不可能，也是事实。这也是我一直感觉这件事情很奇怪的原因，因为我在其中，闻到了一股浓浓的“阴谋”的味道。

也就是说，弄不好，我们最后还是在一个“人”设置的阴谋里。只是这个阴谋太巧妙了，使得我们无法理解。

我看着闷油瓶，他一定早就意识到了这一点，所以根本不来参与我们的假设。但他没有进一步的行动，显然也是因为，这终归只是一种感觉，我们无法进行任何的实证。

第四十六章

异变

接下来的几天，一切都没有变化，我刚开始无法适应挨饿的生活，饿得天昏地暗，但三天之后，人体自动转入体内消耗，我逐渐精神起来。

没有任何事情发生，时间好像凝固了。我想起武侠小说中，很多痴男怨女被困于绝境，等他们重返人间，回忆过去，往往都会发现，在绝境内的这段时间，是最快乐和安详的。

然而实际情况完全不是这样，篝火压到最低，四周只有不断的水声，火光下的岩壁呈现非常暗的黄色。这山洞中的封闭感让人无时无刻不觉得焦虑，我学闷油瓶每天在那里打坐，才勉强熬得下去，否则非疯了不可。

胖子那种性格更是待不下去，我都不知道之前那两个礼拜他是怎么熬下来的，但他几乎每天都会想个新花样出来。我们在这几天里，用香灰一点一点把四周的石壁都抹了一遍，希望找到一些别的痕迹。

确实，地面上有很多划痕，看来这里的人在休息之余经常会在地面上画一些东西，我们看到了简易的棋盘，还有很多字，但都没有任何价值。

只有其中一条让我觉得有点意思，那是刻在洞壁前面的地上，大概是一个矿工休息时刻的，刻了好几个，都是同一个人名，叫赵翠姐，估计是相思所致。看到这个，我不由得想起了地面上的阿贵，估计他也崩溃了。

到了第三天，我不由自主地对自己的想法产生了怀疑，想着，如果这么漫无天日地待下去，会不会最后什么事情都不会发生，又或者那个魔鬼已经把我们忘记了。

闷油瓶还是老样子，我的军刺被他拿去了，横插在了腰间，他几乎不动，一整天都靠在篝火边上，看不出有一丝焦虑。

虽然他之前就一直是这副样子，但我感觉这一次他镇静得有点过分，我有时候甚至有错觉，他知道即将会发生什么事情。

这种平静一直持续到第五天的半夜——也许是半夜，如果我的手表还准——忽然起了变故。

我醒过来屙尿，浑浑噩噩的，这时候，忽然发现闷油瓶不在原来的位置上。

我吃了一惊，下意识往四处看，发现他站在一边的岩壁前，正看着什么。

胖子还在一边打呼噜，我察觉到不妙，看了看表，随后将他踢醒，两个人走了过去。

走到岩壁前一看，我们愣住了，只见岩壁中的人影竟然又出现了。

我心说，闷油瓶半夜看这种东西干吗？再一看，却发现岩壁并没有湿。而且，那岩壁中诡异的人影，看着和之前有些不一样。

我拿来矿灯，把整块岩壁照亮。

刹那间我吸了口冷气，只见岩壁中所有的影子，现在都能清晰地看到了。在强光下，这些影子竟然感觉比之前离岩壁表面的距离近了很多。

“我靠，这是怎么回事？”我骂道。

闷油瓶淡淡道：“它们在朝我们移动。”

第四十七章

怪物

墙壁中的影子确实在向我们靠近，而且连动作都有奇怪的变化，头往前诡异地伸着，好像努力想从石壁中探出来。

“移动？”胖子没睡醒，还没明白是什么意思。

“之前它们埋在岩壁中三尺左右的地方，现在只有一尺不到了。”闷油瓶道，做了一个手势，“五天时间，它们朝我们前进了两尺多，再有一天半……”他顿了顿没有说下去。

我知道他的意思，再有一天半，这些影子就可能从岩壁中出来了。

“我靠，难道它们是活的？”我毛骨悚然道。

闷油瓶摇头，直勾勾地看着影子，似乎在和影子对视一般。

我的睡意一瞬间消失无踪，拿着探灯四处照了一圈，四周全部是影子，身上鸡皮疙瘩都暴了起来。我心里想着，这些影子到底是什么东西？如果它们从墙壁中出来……我靠，想着我头皮直发麻。

走了一圈，我忽然意识到了什么，立即道："我靠，难道这就是那个东西的目的？"

"什么目的？"胖子还是迷迷糊糊的。

"我不清楚，但也许是一种仪式，我们是祭品；或者这是一种饲喂，我们是食物；或者这是种捕猎，我们是诱饵……总之，我们是为这些影子准备的。"

胖子皱了皱眉，才醒悟过来，呆了呆，骂了一声："我靠，不会吧。"

我说什么不会，看那些影子诡异的形状，肯定不会是F-CUP的美女，那么它们被我们吸引，肯定不会是什么好事。

我登时心乱如麻，不知道应该怎么办。我看向闷油瓶，却见他入定了一样，不知道在想什么。

这时，胖子忽然从一边的工具堆里掏出一把石工锤丢给我。

"干吗？"我问。

"先下手为强。"胖子沉声道，"打到它们连妈妈都不认识。"说着就要去砸。

我一把抓住他，道："这些是什么东西都不知道，你砸几下不一定砸得死它们，反而把它们从里面放了出来，到时候看你怎么收拾。"

胖子骂道："我真受不了你这个笨蛋，你不会砸条缝出来先看看。"

我还是感觉不妥，看向闷油瓶，闷油瓶仍然不理我们，胖子以为这是他也同意了，举起石头锤，朝一个影子就砸了下去。

胖子许多天未吃饭，体力不支，第一下，只砸出个小凹坑来，但是，这里的石质非常脆，一下就裂出了细缝。

胖子呸了几口，随即又是一下，顺着那墨绿色的玉脉，竟然裂进去一条深缝。瞬间，我们全都闻到一股从石头里传出来的非常浓烈的气味。

味道之浓烈，让人几乎无法呼吸，我们都不由自主地后退了几步。胖子还想再砸，我再次把他拉住。

因为我已经看到，裂缝的深处露出一团东西。

我们捂住口鼻，等那气味稍微消散了一些便靠了过去，胖子拿起矿灯，往里面照。

起初我们只看到墨绿色的一团，好像也是岩石，但无法辨别那是影子的哪个部分。我们本来没有多么害怕，但等我们凑近的一刹那，裂缝中那团东西转动了一下，接着我看到一只有眼白的眼睛从裂缝后面转了出来，一下看向我。

那一瞬间，我几乎窒息，那只眼睛没有任何感情，也没有任何定向，但你就是能知道，它在看着你。

在裂缝中，这情形实在太诡异了。

我和胖子不由自主地吸了口冷气，两个人都炸了。胖子咽了口唾沫，手里的锤子立即举了起来。我们两个立即确认了，这东西肯定不是人!

我不敢再看，猛然把头转开，胖子也不知道该怎么办了。

我看着他，心说你不是要打得它连妈妈也不认识吗？胖子猛摇头，我刚想说点什么，突然从裂缝里发出一声婴儿般的叫声，无比尖厉，同时，一只极细的爪子猛地伸了出来，一下抓住了我的脖子。

速度太快了，来不及反应，我已经被扯向裂缝，狠狠地撞在岩壁上。

闷油瓶这时反应比胖子快，一下扑过来抓住我的后领，另一只手中的军刺朝裂缝插了进去，刺到那只爪子的手腕上，连刺了三下，那东西才放手。我一下摔下来，迅速被胖子拉离了裂缝。

那只爪子又猛地伸了出来，连抓了几下都抓空了，胖子抡起锤子，砸了几下，也不知道有没有砸到，那爪子又缩了进去。

我们惊魂未定，喘了半天粗气，胖子道：“我靠，他奶奶的是个狠角色。”

一边闷油瓶已经头也不回地走到篝火旁边，拿起一个筐，抄起一盘火炭，道：“帮忙！”

第四十八章

火炭

我一看就知道闷油瓶想干什么，还没等仔细去想是否妥当，他已经把一盘火炭全部倒进了砸出来的那条缝隙中。

缝隙离里面的东西还有些距离，胖子紧随其后，又是一盘，后灌入的火炭就把已在缝隙中的往里推了进去。

顿时从石头中传来一阵阵声音，酷似婴儿啼哭，尖锐得要命，凄惨无比。按道理说，把这种恐怖的东西弄死应该不会有太大的心理压力，但我听着还是感觉心揪起来了，相当不忍。到底它现在完全处于弱势，属于任人宰割的情形。

胖子也是心有不忍，一脸的犹豫不决，不知道是否该继续灌入火炭，唯独闷油瓶，面若冰霜，毫不犹豫地继续灌着。

空气中弥漫着一股奇怪的味道，我十分熟悉它，那就是之前铁块中的“死人味道”，想不到它确实代表着死亡。我能看到那石壁中的影子在不停地抖动，接着逐渐停下来，原本凄厉的叫声已经模糊不清。

我自幼心软，虽然刚才差点被抓住，但这么活生生地把一个人形的东西弄死，心中还是无比难受。

胖子倒没有我这么迂腐，虽然也有点犯嘀咕，但是并不扭捏，干笑几声道：“来生投人胎，别投错地方了。”

最后，那影子一点动静都没有了，只剩下石头上那个缺口，仍在冒着青烟。

我颓然坐倒在地，长出了一口气，刚想缓一下，闷油瓶道：“还没有结束。”

我抬头一看，瞬间明白了他是什么意思，另一边的岩壁上，还有三个影子，已经离岩壁的表面非常近了。

“我们一定要这么干吗？”我道。

闷油瓶没有回答，只是看了一眼胖子，胖子点了点头，举起锤子和凿子，走向另外一个人影。

我不想再看，就坐在那儿没动，胖子念了几声阿弥陀佛，又动手开凿。很快，刚才发生的事情又重演了一遍。胖子满头是汗，转到第三个的时候，他也受不了了，在那影子前站了很久，问闷油瓶：“小哥，咱们能不能歇歇再干？”

闷油瓶摇头，看了看四周，冷冷道：“不用再干了，没有时间了。”

我们转头一看，顿时凛然，不知道什么时候，四周岩壁中的影子已经全部贴着岩壁显现了出来。

一眼看去能数得清的，又多出了起码十具，而且我们几乎能用肉眼看见，这些影子正朝石壁的表面缓慢移动。

这是怎么回事？难道它们发现了我们的企图，加快了速度？

我又站了起来，闷油瓶拿起我的军刺，反手捏住，胖子抄起石工锤，我手无寸铁，看了看，从地上抄起一根钎杆。三个人背对背靠着，注视着四周。

胖子已经兴奋了起来，他这种人如果真的要干仗，不管对方是施瓦辛格还是石头妖怪，他绝不会㞞一下。他骂了几声，说道："我靠，也好，我真受不了在这儿待下去了，与其饿死还不如这么光荣地死，咱们大干一场。"说着忽然想起了什么，一脚把那神像踢飞，"不给面子，老子拜你不如拜空气。"

我心跳得极快，不由自主地颤抖，但又出奇地并不是害怕。我对胖子说道："这么死有什么光荣的？你在这儿谁知道你是怎么死的？"

我刚说完，忽然脖子后面一凉，有什么东西落到了我的后脖子上。我吓得赶紧往后跳开，摸出来一看，是一些岩石的碎片。

我脑子一跳，心说我靠，忘记了头顶也是石头，抬头便看到离头顶不到两拳的地方，岩顶已经开裂，从缝隙中出现了一个浑身绿色的东西。

我们立即让开，几乎同时岩顶裂了，一团绿影猛地从上面挂了下来，之后就是一声凄厉的叫声。

在探灯光下，我根本没有看清那东西的全貌，只看到一个影子摔下来，在我的探灯光圈里停留了半秒，一下就闪开，撞在了我们的篝火上。

瞬间篝火就被撞散架了，火星和炭火被撞得到处都是，集中的光线完全被撞散了，四周顿时一片漆黑，只能看到无数小的火点还在燃烧。

这个变化我们始料不及，我用探灯追着那东西照，但是只能扫到几个残影。

胖子反应最快，立即抄起地上一根还燃烧着的柴火，但是刚拿起来火就熄灭了，剩下一截暗红色的炭。

“狗日的！”胖子大骂，“的”字还没完全吐出来，我就听到他一声闷哼，好像被什么东西扑倒在地，接着就是一连串扑打的声音。

我循声用探灯照去，看到胖子和一个东西扭打在一起，我转开去照闷油瓶在哪里，手电一转没找到闷油瓶，却一下照到我背后有一张无比狰狞的面孔。

我转探灯有一个惯性，所以那脸只在我面前出现了一瞬间，那种冲击力远大于直接看到。我顿时屁滚尿流，条件反射下连连后退，大叫：“又出来一个！”

但害怕归害怕，同时我的钎杆已经朝那个方向扫了过去，闷响一下后敲到了什么，但没有吃到力气。钎杆是全铁的，非常重，我单手无法再打第二下，只好抽回来，再用探灯去照。还没照清楚，我背后被猛地一撞，整个人摔了出去，直接滚到地上，探灯一下脱手不知道飞到哪儿去了。

我爬起来便知道糟糕了，什么都看不见，这下麻烦了。此时就听到闷油瓶大喝了一声：“趴在地上，不要动！”接着又是一声凄厉的惨叫，一团东西重重摔在我的身边。

我抱头缩到一边，距我身边几拳的地方传来嘶叫声连连，接着，黑暗中就听到“咔嚓”一声颈骨折断的声音，惨叫声戛然而止。

另一边胖子那里还没结束，就听到他一下一下用力捶着：“靠，敢偷你胖爷的桃，敢偷你胖爷的桃！”

他捶一下就是一声惨叫，连捶了四下，那边也没了动静。

胖子呸了一口，我看不清他那里的状况，但四周一下安静了，我问道：“都解决了？”

还没说完，边上闷油瓶厉声道：“别说话，听！”

我立即屏气，听到在黑暗中传来了无数爬行的声音。数量之多，无法估计。

第四十九章

有三十五个

虽然我什么都看不到，但能想象四周是什么情形，那些石头中的影子，肯定已经将我们团团包围了。

我开始回忆我在地上看到的话：十六，七，十，四，一共是三十七，如果刚才那两个已经被烧死了，那么，我们要面对的，有三十五个。

我看不到他们的情况，不知道胖子他们有没有挂彩，所以我没有多害怕，同时已经没有精力胡思乱想。我死死地抓着钎杆，注意力全集中到了耳朵上。

胖子离我们很远，很可能已经被隔开了，身边没人他有点沉不住气，我听见他的呼吸声非常紧张。我也替他紧张，但是同时很卑鄙地压低自己的呼吸声，心说都去找他，都去找他。

没有僵持多少时间，果然是胖子那里先炸了起来，胖子一声闷哼，大叫了声：“我靠！开干！”呼的一声，不知道他砸到了什么，那边一片混乱，有东西叫了起来，同时四周好比惊飞的鸟群，响起了嘶叫声，乱成一锅粥，全部朝胖子去了。

我抡起钎杆想上去帮忙，上前两步不到，我就撞到了一团东西上，滑腻腻的。没等我反应过来，忽然黑暗中一声尖啸，劲风四起，我一下被撞翻在地，身上几个地方立即传来剧痛。

我用手一抓，抓到一只爪子，但是立即脱手了，我用手乱挡，很快手就被抓得一塌糊涂。

不过没几下，只听一声闷响，那东西被人踹了出去，我手忙脚乱地爬起来，却被身边的闷油瓶按住肩膀，轻声喝道："不要说话，你不要动！"说着他像一道劲风就朝胖子去了。

我心中的感觉很怪，既想上去帮忙，又感觉闷油瓶的话不能不听。他的手一拿开，我忽然感到肩膀上不大对劲，一摸之下才发觉，刚才被他按住的地方竟然全是血。

那种血量不会是他自己划的手臂，肯定是受了重伤。我心中凛然，刚才那些搏斗，黑暗中听着似乎闷油瓶占尽了上风，但显然他也没有讨到多少便宜。

另一边传来胖子撕心裂肺的惨叫，不是占据上风，而是被逼入绝境的怒吼，听得人魂飞魄散。

很多时候我都会想象，如果我们三个人中的一个出现意外，其他人会是什么心境，但想归想，只要闷油瓶在，我总感觉不可能出现这种事，但是现在，这种感觉烟消云散了，我顿时感觉胖子很可能会在这里被干掉。

"退到墙边上去！"闷油瓶的声音出现在胖子的位置，随着他话音落地，我听到那边更加混乱，惨叫声、倒地声、胖子的叫骂声，混成一团。

我脑子里一片空白，最后都无法思考，抱着我的钎杆无法动弹，只能听着那边的动静。我已经知道我上去也没有用，那边的情况之混乱不是我可以理解的，如果不是身手极好的人，凑上去甚至会被胖子误杀。

也不知道这种状态持续了多久，忽然，四周的声音都消失了，一片寂静。

我不敢动弹，也不知道是什么情况，是他们都死了，还是所有的石中人都被干掉了，又或者，两者都是？

我仔细地听了一会儿，忽然“啪”的一声，探灯在一边亮了起来，我转头一看，闷油瓶站在一边，一手架着胖子，一手拿着我的探灯。

我松了口气，看着他一瘸一拐地和胖子走到我的身边，把胖子放下，自己也倒地坐了下来，两个人浑身都是血口子，淌着血。

在几乎遍布全身的血污中，我看到他身上又出现了麒麟文身，这一次，不仅是肩膀上，他的上半身几乎都出现了黑色的文身图案，无比复杂。细看之下能发现，那是麒麟脚下的黑色烈火，似乎已经燃烧了起来，蔓延到了他的全身。

我看得目瞪口呆，他却把探灯递给我，抓着我的手，把探灯指向墙壁上的一个口子，那是那些石中人出来的裂口。

“这些是这种东西活动形成的通道，我刚才看了一下，这个通道也许可以通到外面。”他道，“你带上工具，快点离开这里。”

我立即点头：“你先休息一下，我帮你检查一下伤口，如果没事，我们马上走，我还以为这次我们凶多吉少，我真服了你了，没想到你厉害到这种程度。”

闷油瓶往后面的石壁上一靠，淡淡道：“我和他，走不了了。”

“你在说什么胡话。”我骂道。

闷油瓶忽然朝我笑了笑，淡淡道：“还好，我没有害死你……”

我愣了一下，只见他一阵咳嗽，吐出了一大口鲜血。

“你……”我的脑子嗡了一声。他微笑着看我，头缓缓低了下去，坐在那里，好像只是在休息，但是，四周完全寂静了下来。

第五十章

脱出

看着他安静地坐在我面前，我心中的滋味无法形容。

我不知道我脑子里想了什么，肯定有无数念头在涌动，但是，我什么都感觉不到。

愣了片刻我才醒悟过来，立即哆哆嗦嗦地去摸他的手腕。

我很害怕会摸到一具完全冰冷的尸体，所以，伸出这只手，几乎用了我全部的力气。

但还好，还有一些体温，虽然脉搏非常微弱，几乎感觉不到。

我转头去看胖子，发现胖子的肚子破了一个大洞，肠子都挂在了外面，脉搏更是微乎其微。

他们身上的伤口还在流血，都是划伤，显然是那种东西的长爪子划的，伤口密集，可以想见那是无比惨烈的搏斗。

流血过多、心力衰竭，死亡几乎是无可逆转的。我有一些绝望，无助、懊恼、悔恨，各种无法形容的感觉一起涌了上来，眼泪几乎要从我的眼眶冲出来。

但不知道为什么，不知道从哪里来的魄力，我在那一瞬间把这些感觉都推了出去，忽然冷静了下来。

我自己都被这种突如其来的冷静吓了一跳，像是心中有另外一个自己，暂时否决了我要来的情绪。不知道在经历这种时刻时，其他人是否有我这样的体会，但就在此时我脑子里忽然无比清醒。

他们还没有死去，我自然不可能就这么离开，又不能在这里眼看着他们死。我必须做点什么，尽我最后的努力。

我站了起来，开始琢磨怎么办，我首先找来了香灰，把他们最深的伤口全都抹上，把血暂时止住，然后把胖子的肠子一点一点地塞回肚子里。

那种感觉我不想记录下来。弄完之后，我拿来潜水服，撕成几条绑成绳子，拿来一旁的木框绑了一下，做成一个拖曳式的担架，把他们绑了上去。

“就是死，你们也给我死在地面上。”我咬牙道。

弄完后，我拿好探灯，拿起一旁的军刺，看了看四周。地面上全是绿色的液体，也许是那些东西的血液，更多的是血肉模糊的肉体，一片狼藉。

我没有细看，也不敢细看。我又看了看四周的岩壁，想看看闷油瓶说的洞口。只一眼我就呆住了——那石壁之内，竟然隐隐约约地还透着影子，而且比刚才看到的更多，但远比刚才看到的要小。都是些小孩的人影。

我看了一圈不禁毛骨悚然，当即不敢耽搁，拖着他们，就朝着闷油瓶说的那个口子探了进去。

胖子本身就极重，加上闷油瓶的重量，我费了九牛二虎之力，才把他们拖了进去。

果然如闷油瓶所说，那口子里是条通道，那些东西好像可以腐蚀这里的玉石，在玉中慢慢移动。四周全是上好的玉脉，如果有任何玉商在这里，肯定会疯掉。

但是，它们如果是在玉中自然形成的，那这条通道应该是封闭的。我用力拉了片刻，发现这条通道很长，同时，我看着通道的岩壁，感觉很是不对，岩壁的四周，不时出现一张模糊的面孔，好像是岩石中的“人”正聚拢过来看着我爬行。

好在我的神经已经绷紧到了极点，索性不管，咬牙拖着胖子和闷油瓶，只顾自己爬着。

这通道没有任何分岔，但是非常曲折，有些地方甚至是垂直的，我足足爬了十几个小时，几乎累昏过去，还没有到头。

也不知是多久之后，探灯的光都快灭了，这时我忽然听到了水声，我几乎是发了狂似的往前奔去，忽然手下一空，我没按到我想象中的地面，人差点摔下去。

探灯勉力一照，我面前竟然出现了一个断层，是一道不规则的山体的裂缝。

裂缝不宽，我两只脚撑开就能保持平衡。裂缝上方，水如瀑布一样跌落下来。

我喝了几口水，探灯往前照，前头再没有通道，这里好像是这通道的起点。那些玩意儿可能是从这裂缝爬下去的。我上下左右照了照，好家伙，裂缝断层的表面全是像被蛀出的洞，而且全在同一面。这些东西跟山里的蛀虫一样。另一面什么都没有。

我放下胖子和闷油瓶，也没空管他们到底现在情况怎么样了。我攀着那些洞一个一个爬下去，看看哪个洞可能通往外面。

其实也完全不知道怎么辨别，只能一个一个地探，忽然我感觉到哪里有风吹进来。我心中一喜，立即循着感觉找去，果然找到了一个有空气流通的洞口。

有门儿。我心说。我又爬了回去，解开一条绳子，把他们一个一个地送下去。

我饿了好几天，其实没什么体力，这一路极端的煎熬，到中途时，经常一用力就觉得天旋地转，并且开始干呕。这是体力极度透支的迹象，我觉得我随时可能会晕过去。

最起码又用了六七个小时，这么几步路的距离才走完。我缩了进去，之后，又是天昏地暗地拖曳和爬行。

我能肯定，在这个过程中，四周肯定发生了很多事情，因为我耳边到处是奇怪的声音，但是，我没有任何心理波动，麻木得一塌糊涂。就是这个时候我死了，可能也就这样了。

也不知道爬了多久，前面忽然出现了光，这时候我连加快速度的力量都没有，只是行尸走肉般爬着，爬着。最后一瞬间，我听到了风声和水声，看到了久违的地面。

我几乎反应不过来，还没等辨别出这是什么地方，忽然看到几个人出现在我四周，我抬头一看，是几个面色阴鸷的村民模样的人。他们将我从洞口拽了出来，接着我发现他们这些人我一个也不认识。在湖滩另一面的一座山坡上全是人，入耳全是长沙话。

我的身体极度虚弱，一被拉出来就头晕目眩的，接着有个人带着一群人朝我走了过来。看天色是晚上，而四周灯火通明，全是汽灯，有人拿着对讲机在不停地叫喊：“找到了，找到了！”

带着一群人向我走来的人，很快就到了我的视野内，我远远地看着，惊讶地发现，那人竟然是我二叔，他后面跟着潘子，他们一脸急切，但是没等他到跟前，我就失去了知觉。

第五十一章

二叔

醒过来的时候，我发现自己已经回到了阿贵的房间里，云彩在一边照顾我，外面非常嘈杂，我是被吵醒的。

我并没有受什么伤，只是体力不支，所以这一觉睡下去，人已经没有人碍了。我坐起来，云彩看到我，立即给我递了水，然后到外面去叫人。不久，潘子走了进来问我感觉怎么样。

我没有看到我二叔，没回答他的问题，劈头就问："胖子他们怎么样了？"

潘子告诉我，已经在第一时间把他们送到医院去了，现在还没消息。他让我放心，如果他们死不了那就是死不了；如果不幸挂了，那也没有办法。

我听了稍微安了一点心，送医院去了至少还有点希望。接着，我问这是怎么回事，潘子神秘兮兮的，什么也不说，只说我家二叔不让他和我多谈这些事，二叔现在还在湖边，等他回来会亲口告诉我。他让我多休息，说完就出去了，外面似乎非常繁忙。

阿贵家附近的几个高脚楼都被二叔包了下来，我看到很多二叔、三叔以前的伙计，足有二十多个。想起那天在湖边看到的，估计这次来了几百人。阿贵早就从崩溃中走了出来，穿针引线地忙活。但我问他情况，他什么都不知道。

我没有办法，只好照办，一直在阿贵家里休息了两天，身体大概复原之后，二叔才从湖边回来。

和二叔一起出现的还有好些人，竟然有长沙的几个表叔。有几个是跟着三叔混的，都是我们家族里有头有脸的人物。我心说，这是怎么回事？怎么吴家人都到这儿来了？

我没敢立即问，因为二叔和那些亲戚的脸色都不好看。和他们寒暄了一下，我发现他们看我的眼神都很古怪。

二叔的气色很差，折腾了一番后亲戚们散了，二叔看了看我，勾住我的肩膀问我身体没事了吧。

我点头说没事，低声问他是什么情况。他看了看我，叹了口气，拍了拍我的肩膀，示意我跟他去逛逛。

我们来到村旁的溪边，一路逛来他也没说话，一直走到那幢烧毁的老房子前，二叔才道："你的E-mail我已经看到了。"

我心中已经感觉这可能和我的E-mail有关系，看着他等他继续说下去。他顿了顿，才道："你相信你E-mail里写的内容吗？"

"这叫我怎么说呢，我想不信，但是我不敢不信，因为我想不出别的可能性了。"我道，"你和三叔认识了这么久，你没有发现什么异样吗？"

二叔点起烟看着我，皱着眉头不说话。

我道："这是别人说的，三叔没亲口否认，所以，我不是没有怀疑。"

二叔看着我，几口就把烟吸完了，顿了顿，忽然道："你不用怀疑了，我告诉你，这确实是真的。"

"确实？"我道，"你怎么确定？"

二叔慢慢道："这件事情，我们早就知道了。"

我呆立在那里，看着二叔，不敢相信自己的耳朵。

二叔看着我，继续道："小邪，有些事情没有你想得那么简单，但也有很多事没有你想得那么复杂。"

"如果你们知道，你们怎么还让这事发生了？"我问道。

二叔站着不语，做了个手势，让我继续走，顺手递过来一张东西。

我接过来一看，是一张照片："这是？"

"在烧掉那幢房子之前，我留了一张，我想，现在给你看，比在当时给你看要合适得多。"他道。

我愣了一下，一下蒙了。房子？烧掉？我靠！不会吧！当即就道："二叔，那是你干的?！"

我还想说话，但是二叔摆了摆手，让我看那张照片："那些事情，我们就不提了。"

我看了一眼，那是一张非常普通的黑白照片，也是一张合影，再仔细一看，上面是一个陌生的中年人，正和文锦说着什么，后面是考古队的其他人。

中年人不是以往见过的照片中的人，他非常白，非常清瘦，但是我看着有些熟悉。

"这就是楚光头想让你看的照片。"二叔道，"我找了一张最能说明问题的留下来，想着如果最后还是没办法，还得让你知道，一张物证比我的嘴巴要能说明问题得多。"

"就是这个？"我无法理解，"这照片有什么问题？"

"你不认识这人是谁吗？"他道，指了指那个陌生人。

我看着那个白而清瘦的人，忽然想起来他是谁，不由得"啊"了一声："怎么会是他？他不是……"

这个人和我们的故事没有联系，但他不是无关紧要的人，如果他和文锦那一队出现在一张照片上，那文锦他们这支考古队的规模，就不是我想的那样了。

我们继续逛，二叔道："我不能告诉你细节，但我可以给你讲个故事，小邪，有些时候，有些事情，它就是一个故事，仅仅是一个故事。你要不要听？"

第五十二章

开心

我点头。二叔又点了一根烟，道："你读的书不比我少，《史记》中的《秦始皇本纪》你读过吧？"

我又点头。《史记》是搞古董的人的必修课，我自然读过。他继续道："《汉书》呢？"

我再点头。他道："你有没有发现我们中国古代的这些皇帝，都有一个惯例，无论是大皇帝、小皇帝，草头天子还是正统皇室，在功成名就、寰内太平之后，都必然会有一种行为，就是求长生。"

"追求永生是帝王的终极梦想，我觉得不奇怪，我要是一辈子不愁钱花，想杀谁就杀谁，想要哪个女人就要哪个女人，那我唯一的追求恐怕就是将这种生活继续下去。"我附和道。

二叔完全没有理会我的话，只是继续说道："如果翻开史书，你会发现，这种惯例太难打破了，而且越是开国皇帝越是变本加厉，比如秦始皇、唐太宗。"

我点头，确实是这样。人性是传承不变的，不管你站在什么位置，到了一定的时候，你一样会看到死亡向你靠近。

“但是，所谓长生的秘诀和传说，越靠近现代越模糊，很多帝王都认为会有长生术的线索存在于古代方士的墓葬里。所以，自然会有一些队伍帮皇帝进行实地勘探，这种队伍往往挂羊头卖狗肉。”他看着我，笑了笑，“而这些队伍里的人，当然是民间最厉害的高手，自古土夫子、南北地仙、摸金校尉有不少都被招安。而且，在某些时候，强权压力下，由不得你不效忠，为了你家里的老小，你只能低头。

“不过，很可惜的是，这种事情始终见不得光，所以历代这些人最后都没有好下场。在这种队伍中，总有人想摆脱那种无孔不入的控制，而且长生这种事，不仅对那些帝王将相，对这些寻找者也有着巨大的诱惑，当他们真的发现一些线索时，心中不免会有些自己的想法。

“这些想法，他们往往会告诉自己的兄弟或者家人，这些人都是见过风浪、在刀尖上滚的人，胆子都很大。于是，他们会制订一些计划来实施这些想法。这些计划有些失败了，有些成功了，有些也不知道是失败还是成功，但能肯定的是，这些计划一旦被发现，那么，这些人的末日就到了。”

他停了下来，勾住我的肩膀道：“但是，有些计划能瞒很长时间，甚至经历了改朝换代，这时双方已经达成了某种共识，没有人希望它被捅出来。”说着看了看我，“特别是‘它’。”

我不敢说我完全听懂了二叔的故事，但是，我明白了他想说什么。

说实话，我完全没有想到，事情的背后会是这种范畴的东西，难怪楚哥会和我说，不能再查下去了。沉默中，我重新把二叔说的和我之前的一些推测连了起来，我居然发现，很多事情一下就变得合理起来。

我问道："那么，这里的事情，也是'它'所进行的活动中的一处？"

二叔点头："恐怕是，所以我很早就知道这个村子的存在，一听潘子说你来了这里，我就觉得不妙，立即叫潘子带着人过来了——凡是那批人去的地方，都必然凶险万分。"

"那你知不知道，这里到底是什么情况？那些到底是什么东西？"我问二叔。

二叔想了想，道："那些，可能是密洛陀。"

"密洛陀？那是什么玩意儿？"

"密洛陀是瑶人的祖先，在他们的神话里，他们的第一个女神，是从山中产生的。我估计这种怪物就是密洛陀的原型。"他从口袋里掏出一块铁块，"这个女神第一次造人，造出来的东西就是铁人，但是铁和女神的神力相克，所以没成功。当时那些矿工用铁封石中人，显然都是听过这种传说的瑶人，你的估计应该差不离儿。"

我点头。二叔继续道："至于这东西是怎么产生的，恐怕没人知道。听你的描述，这件事很像一个宗教仪式，你们被当成祭品等在那里。那些东西存在于山底很深的地方，要弄下去得花很长时间，我感觉你们碰到的事可能是别人安排的。"

二叔也有同样的感觉，证明我的直觉没错，但是我道："可是，我说了，那个矿洞没有任何出口。"

他想了想，拍了拍我道："我以前和你说过，已经发生的事，不管你看到的现象如何，它就是发生了。你既然进去了，那必然有入口，你找不到不能说没有，入口肯定在那里。"

我苦笑，之前胖子和我说的时候我也是这种想法，但找不到就是找不到。

二叔的对讲机响了，他接了后只嗯了几声就挂掉了。我继续问他："来找我为什么带这么多人？这也太夸张了，他们现在在湖边干吗？"

二叔面色铁青，只道："是有一些事情。这一次，多亏你，否则我们还找不到这里。不过来这里的目的我现在还不能告诉你，等事情被证实了，你自然会知道。"他看着手表，"这里的事情才刚刚开始，而且，我们的时间不多了。"

"是和三叔有关吗，或者，和'它'？"我问道。

二叔笑笑："你很快就会知道了。别急，到时候你就知道你所经历的这些事情是多么微不足道了。但是，你现在不要问，也不要去打听，你要找那小哥的过去就尽管去找，但是，在我这里，你少来你那套，我和老三不同，我不会让你乱来的。"

二叔没有和我再说什么，和三叔不同，我不会和二叔磨什么嘴皮子，那完全没用，但我也知道，他会说到做到，说事情证实了会告诉我，那就不会食言。

他说他还要在这里待一段时间，我可以在这里等，去其他地方走走也行，不过以后要随时汇报行踪，不让我再乱跑了。

因为惦记着胖子和闷油瓶，我在一个星期后离开了村子，去了防城港的医院。云彩和阿贵带着我找到了他们的病房，两个人都没事。

医生说，其实两个人受的伤都不算致命，只是失血太多并且发生了感染，好在这两个人体质都非常好，而且我用香灰，在止血同时有隔绝细菌的作用，所以只输了血就救过来了。那些香灰真的非常关键，如果他们再多流一掌那么多的血，可能就连大罗神仙也救不过来了。

用香灰止血是我听电台评书学来的，没想到真的管用，看样子评书还真得多听听。

看到胖子的时候，我几乎老泪纵横，这么几天不见，他的身体又肥回去了，一点也不像刚从阎王殿走了一遭的样子。

胖子看到云彩来了，一下又找不着北了，就要下床标榜自己是不死之身。

他们大概问了我之后的情况，我把我怎么把胖子的肠子塞进去，怎么把他们从那里拖出来都说了一遍。胖子听完后一愣一愣的，说难怪他最近总觉得自己的肠子走向不对，一想大便就打饱嗝，说你别给我塞反了。

说着这个，我们开始聊这整件事情，我拿出一张纸给胖子他们看，在阿贵家我已经按照记忆把古寨的平面图画了下来。

但是如此讨论也没有什么结果，胖子就闹着要带我们去吃病号饭。

等了片刻却不见云彩有动静，回头一看，发现她正看着那张湖底平面图发怔，没有一点反应，显然是被什么吸引了。

我有点意外，因为那平面图画得很简单，其实没什么好看的。我和胖子对视了一眼，胖子问她道："怎么了，大妹子？"

云彩嘟起嘴巴，抬头道："两位老板，你画的这个湖底寨子，和巴乃好像啊。"

第五十三章

很像的寨子

巴乃就是阿贵他们住的那个寨子，也是一个典型的瑶寨，不过我们住了没几天，所以对村里的地形没什么概念。云彩这么一说，我真有点意外。

“哪儿像了？”胖子把那图接过来，“你们这儿的村子不是都差不多嘛。”

云彩也不敢说死，把图递给了阿贵道：“阿爹，你看看。”我们也立即凑了过去。

阿贵看了看，一开始似乎也不理解，云彩把图换了个方向，然后和他用当地话说了几句，阿贵才恍然大悟，挠了挠头对我们道：“咦，还真是有点像。”

我来了兴趣，到底我们不是本地人，对很多细节我们都不及世世代代生活在这里的人敏感。而且女人又特别细心，就让云彩也指给我们看。

本来，我以为可能只是单纯因为湖里的山势和巴乃四周的山势很像，所以导致村子不可避免地有一些倚山建筑会比较相似，但云彩和我们一说，我就倒吸了一口冷气。

云彩所指出的相似的地方，我完全没有想到，竟然是路和篱笆。云彩告诉我，她看图的第一眼就很明显地发现，我画的这个“湖底古寨”中的道路和篱笆的走势，竟然和他们的寨子一模一样。这才让她意识到了异常，然后她才发现村子的其他部分，也有很多地方是非常相似的。

我不可能回忆起巴乃寨子全部的青石路和台阶的走向，但是阿贵房子附近的路我有记忆。一参照，发现果然如此，只要把平面图换一个方向，我就能立即找到阿贵家边上的几条小路，交叉方式和图上的真的非常接近。

我的背上一下全是冷汗，这就有点过了。这张平面图描绘的是一个沉在湖下的寨子，而湖底的古寨距今可能有上千年的时间了，但现在我们发现，湖底的寨子和一座现存的寨子，有着无数的高度相似点，这都是什么事啊！

这是巧合，还是有着什么玄机？虽然我努力压制自己那种莫名的毛骨悚然，但还是不可避免地打起了哆嗦，因为我的直觉告诉我，这里可能有大问题。

我吸了几口气把鸡皮疙瘩平复回去，然后让云彩把所有的相似点都给我指出来，我必须判断那些相似点有没有可能是因为某种特殊的合理原因形成的。

可能当时我的面色有点吓人，云彩看我这么认真也开始害怕，不敢说话了。胖子拍了我一下让我不要吓到小阿妹，我才意识到自己失态了。

我们从村口说起，一直说到村尾，越说我的心底越凉，我立刻意识到，这不是任何偶然可以做到的。从村口几个装饰牌坊的位置，到里面大量青石路、篱笆，还有房子的排列，真的极为相似。要造成这样的情况，只有一个可能，就是这个湖底的古寨和巴乃，是由同一个设计师设计的。

可是，村子怎么可能由设计师来设计？村子都是自然形成的，由几千年间所有的村民自发进行调配，寻找最适合建房的地方，寻找最合理的路线，慢慢形成的道路和房屋布局。

最让我在意的是道路的高度相似，村子一旦形成，特别是山村，道路是在很长时间内都不太可能改变的东西，所以叫作“古道西风”。对道路，村民做得最多的是翻修，不可能把整条道路去掉重新开一条，所以我们在很多山村里走的道路，大部分在两晋的时候就存在了。即使在杭州，那些山上的石道，都是很早的时候由寺院里的和尚修造的，现今也只是被政府不断地翻修。

所以，巴乃村子里的古道和湖底古寨的道路高度相似是极不寻常的，甚至可以说是诡异的，对我这个学建筑的人来说更是，脑子里各种以前看过的东西在不停地翻滚，我却不知道自己想找什么。

胖子还没有意识到我想得有多深，问我：“天真，你以前听说过这种事吗？”

我摇头让他别问我，这不是单纯的“听说过”。出现两个相似结构的建筑群，历史上这种事情只有一个人干过，那就是汪藏海。他负责设计的曲靖城和澳门城是完全一样的，但那是城市级的范畴，城市是可以被规划的，村庄则完全不同，我从来没有听说过哪里有两个完全相同的村子。

而且，如果两个村子都存在，还可以说是奇观，或者是某个隐世高人的恶趣味，但是，现在一个存在，一个竟然沉在湖底。

不管我怎么告诉自己，不要往复杂的方向想，但直觉总是告诉我，这里发生的事情绝对不是单线的，我现在手里掌握的碎片只不过是那个“真相洋葱”的最外层。

胖子见我没什么反应，又去问闷油瓶，闷油瓶也没回答他，他似乎对这个不感兴趣，只是看着图发呆。阿贵躲躲闪闪道："咱们的传说里，都说村子原来不在那地方，而在羊角山里，会不会真像胖老板说的，这下面的寨子就是我们的古寨，村子不是被火烧的，而是被水淹了，然后咱们的老祖宗就到外面相似的地方按照原来的格局修了一个村子，反正那里的山和我们外面的山差不多啊。"

我对他道："除非你们的老祖宗对堪舆学有很深的学问，否则，就算有意仿照也很难仿照到这种程度。"

这种相似程度，必须在原村没有被淹没的时候就进行精确的规划测量，当时的瑶民还处于较落后阶段，不可能有这种技术手段。

云彩嘟嘴道："老板，你凭什么看不起瑶民？说不定当时真有那么一个人呢？"

我苦笑，不是我愿意这么想，而是如果真这样，那么这事就复杂了。我道："即使有这么一个人也说不通，因为没有任何必要，瑶文化对建筑的规划并不苛刻，何必要搞得和以前的村子一样呢？这个村子的布局并没有什么特别的隐含意义。"

中国有很多村子都是高人建设的。比如说浙江有个俞源村，就是刘伯温根据星象而造，整个村子是一个巨大的星盘。但现在这个湖底古寨的平面图非常没有规则，凭我的阅历，我看不出有什么蹊跷。

"你怎么想？"胖子问我道，"你肯定有点什么想法。"

确实，我有一些推测，但推测其实是没有用的。于是我摇头："我只能肯定地说，这是故意而为，而且花了大力气，因为普通的人就是想修也修不到这种相似度。"

我感到难以理解的是，这种明显的事，当地竟然没有传说。

阿贵有好几代的记忆，他们的村子，年代也非常久远了，也就是说，这种复刻行为发生在很久以前，但从张家楼里的一切来判断，这个玉矿开采的时间不会太晚。湖水的倒灌应该是在玉矿之后，否则矿不可能修起来。

三件事情——复刻、湖水的倒灌、玉矿的开采，发生的时间应该是：复刻早于玉矿开采，早于湖水的倒灌。

也就是说，在玉矿开采之前，那个湖是不存在的。村子没有被淹没，即使已经荒废了，它也在那里。

那么，当地人应该就会知道，这里有两个一模一样的村子。就算其中一个后来被水淹了，即便年代久远，也至少会有传说。

而且，这种传说的辐射范围会很广，就是往外几十里，其他村里也会有所流传。

阿贵却说没有任何传说提到过湖底的寨子，这个隐秘的古寨好像是一个意外，竟在历史行进中完全被人遗忘了。

第五十四章

镜像阴谋

当然这种遗忘可以是偶然的，事实上不知道有多少传说湮灭在历史中，但这种湮灭一般都是大规模的，不会单单只有一个传说消失了。传说断代的地方，要断的也是那一历史时期完全空白，没有任何信息。

所以我总觉得这其中有猫腻，这个寨子里的传说和老故事不少，没有明显的断代，却单单没有任何关于“本来有个一模一样的古寨，但是被水淹没”的传说，是否有人不希望这个传说流传？

关于这种复刻，我其实有一种非常强烈的直觉，它告诉我这是一出“镜像阴谋”。

镜像阴谋是日本推理小说中的一种常用诡计。这种诡计的核心是隐瞒，也就是说，阿贵他们的村子是假的，这个假村是为了不让别人发现真实的村子已经消失而建造的。

让我有如此强烈直觉的原因是盘马老爹说的魔湖的故事，我当时的推测其实也是一种镜像诡计，老的考古队被抹掉了，一支来历不明的新队伍神不知鬼不觉地替代了这支队伍，这就是“镜像”。

这也可以解释为什么他们会有大火烧了老寨的传说，因为当时的寨子肯定不全是在峡谷的坡上，山里的村子会有很多零星的楼房分布在离村子较远的地方，这些楼水淹不掉，但一定要销毁，就可能使用了山火，为了掩盖山火的痕迹，他们才使用了这种说法。

这种诡计的背后，那就是大阴谋了，并且可能极度血腥，因为村里的人必然会被全部屠戮，杀人者很可能假扮成村民，住进了假村之中，实行他们下一步的计划。

这个诡计发生在很久以前。若干年后，这里又发生了玉矿的事情，之后村子又被淹没了。

一个地方发生这么多的事，显然，这里的村落、山川河流肯定隐藏着什么。

这听着实在太玄乎，感觉不太可能，所以我很抗拒往这个方向思考，反正也无法求证。现在我们只能压制住这些疑问，等待之后进一步的调查结果。

大脑已经完全不够用了，我刚想喝点东西透透气，胖子却又发出一声“啧”，指着图问我：“天真，你这样看看，你画的图像什么？”

我凑过去，就发现他拿笔涂黑了一些地方，很快我的平面图就变得斑驳。等他拿起来放到太阳下面，我就愣了。

我发现被他稍微一加工，整个村子的平面图竟然变成了一只动物的样子，有眼睛和爪子，而且我仔细一辨认，立即认了出来，那是一只麒麟。

“越来越好玩了。”胖子喃喃道。

我浑身的汗毛都立了起来，直接能看到的是那麒麟的样子，和闷油瓶身上的很像。

我靠，难道真的来对地方了？我心说。脑子里几个概念不停地闪动，麒麟、文身、平面图，忽然我有一个念头冒出来。

我立即拿着图走向闷油瓶，他看着湖面发呆，已经穿上了T恤，我上去对他道："快快，把衣服脱了！"

他愣了一下，面露不解，我把手里的图给他看，这样或那样不停地解释，他还是不理解，但还是按照我的意思把衣服脱了下来。

我看着他磨叽的动作真是心痒，真想一脚把他踹翻，马上贴上去看，可等他脱了衣服我才想起来，他身上的文身平时是看不见的。

我问闷油瓶这是怎么回事，他告诉我，这种文身是用一种带刺植物的汁液文出来的，平常都是透明的，只有体温超过一定温度后才会突然变成黑色。古时候苗人多有湿热病，这种文身常用来检测小孩子的体温。

当然，要体温超过一定的温度也可以是因为剧烈的运动。闷油瓶在剧烈搏斗或者激动的时候，体温都会升高。

不同的浓度对温度的敏感不同，所以闷油瓶在极端剧烈的搏斗之后，身上所有的文身就会显现出来。

胖子弄来热水袋，我们逼着闷油瓶烫他的胸部，果然，黑色的文身慢慢显现。胖子就道："我靠，这招好啊，我以前作弊怎么不知道这个。"

我开始仔细看他的文身和我画的地图。

"你看看这古楼的位置。"胖子道，他指了指塔边上路径的走向，"如果巴乃和这个村子是一样的，那么这湖底古楼的位置，正巧在小哥那高脚木楼的位置上，如果贴在小哥身上，就是麒麟的眼睛。"

"哦？"我心中一动，细细一看果然如此，心说胖子果然心细——这有什么深意吗？

胖子道："这样看来能肯定一点，就是小哥，你肯定和这个很有渊源。”

我“嘁”了一声，说：“这不是废话吗？”

胖子道：“非也，这对我们指导意义重大，以前我们只是估计，大概这里会有一些线索，现在我们可以确定了，估计和确定是两个完全不同的概念，我们今后的做法也会改变。”

我点头，这倒也是。而且，这个村子的事情才刚刚开始，我们有的干了。

胖子接下来和我们讨论了一些指导方向：“这事算是有眉目了，我们也不用那么急，反正这村子不可能忽然又没了，我们肯定得继续待着做个系统的调查。另外，周围的村子我们也得一个一个去打听，看看能问出什么来，这是个很长的过程。我看，我们要在这里再待上一段时间，整理一下，然后得回去带点东西过来，接下来可能要长住。”说着他就对云彩咧嘴笑，“丫头，咱们相处的时间长着呢。”

云彩也笑笑，但是眼神不自觉地瞟向闷油瓶。

第五十五章

不速之客

接下来的事情其实没有必要记述，但和之后的发展有些关系，所以也提上一提。

二叔在五天后离开了，我不知道他们在那里是否还找到了什么，总之他什么都没有告诉我，但跟我约定回杭州再和我好好聊一次。

胖子和闷油瓶得到救治之后，很快就出院了。我们并没有立即回杭州，而是再次去了巴乃，胖子断定闷油瓶和那里有关系，在没有得到更多线索之前，我们可能要在那里长住了。

我们在四天后又去了那个湖边，在湖中心我们祭拜了那些骸骨，给它们立了坟丘。

盘马老爹再也没有出现，这让我很是内疚，但是想到他的罪孽，感觉这也是一种命数。

拿着我的专业打捞设备，我们继续进行细致的打捞，希望得到更多的线索。更多的东西被陆续捞了上来，但并没有发现什么特别关键的。接下来，我们准备进入古寨仔细查看那座张家楼的情况。

但就在这个节骨眼上，所有氧气瓶的氧都耗尽了，我们必须去更换。

也巧，最后一天潜水完成，在我们准备上岸返程的时候，湖边出了变故。

当时我们还在湖中心，刚浮上来胖子就招呼我们，抹了一把脸，指向岸边。

我朝岸上看去，发现岸上不只云彩他们，还出现了好多人，竟然正在搭建帐篷。

“我靠，怎么回事？”胖子奇怪道，“这里变旅游景点了？怎么又来人了？”

我喘了几口气，仔细观察，发现来人中有很多是寨子里的村民，云彩正在和他们聊天，而其中有一些人穿得很城市化，不知道来历。更多的人正从我们来时的小路下来，牵着好多骡子，骡子上全是包裹。

这批人我一个都不认识，绝对不是二叔回来了。我们都觉得莫名其妙。

慢悠悠地游回岸上，我越发觉得事情有点古怪，因为看到那些人带着好多只骡子，大包小包的好多东西。几顶大帐篷已经搭了起来，石滩上一片忙碌，几个人只是略带惊讶地看着我们，没有人过多地理会我们这几个穿着裤衩从水里出来的人。

我们完全不知道该如何反应，走到云彩和阿贵边上，我忽然看到了一个人——在盘马老爹家里碰到的那个满嘴京腔、五短身材的家伙，他正在吆喝那些当脚夫的村民干这干那，一脸飞扬跋扈的样子。

这种人我在道上见得多了，想起当时听到的，他应该是跟着一个北京老板来这里的，那么这些人可能都是那个北京老板带来的。难道他们也问出了盘马老爹的故事，准备到这里来找东西了？人也太多了点吧。

他看到我们，也算是见过一面，就和我们打了招呼。我也懒得多想，回了礼从他身边经过，到了云彩那里，问这是怎么回事。云彩轻声说，几个村里人告诉她，有一个大老板雇了他们搬东西到这里，具体情况那些人也不清楚。

这局面比较尴尬，我不希望事情这么发展，但这湖是公家的，你也不可能说不让别人来。这批人的目标是那种铁块，我不知道他们是知道那些铁块的真相，还是单纯就是求财，所以也没法做出对策。

之后他们的人源源不断，六七顶帐篷搭了起来，所有人都是一口京腔，让我恍惚间觉得来到了后海边上。

我们坐下来，一边休息一边警惕地看着他们做事。这其实挺郁闷的，好比你在球场上打球，打着打着忽然来了一堆人，都人高马大，而且人数比你们多几倍，这时候你只能乖乖下场休息。

我一边暗骂一边仔细观察他们运来的东西，看看能发现什么线索。

不看不知道，一看我的心就直往下沉。我发现那些大包裹里，竟然有好几个水肺，好多东西看起来都像潜水设备。

“人家是有备而来的。”胖子哼了哼，“他们知道水下面有东西。”

我脑子转了一下，对胖子道：“会不会是北京有什么老瓢把子来这里淘货了？那些人你认不认识？”

胖子道：“北京多的是掮客倒爷，潘家园里没几个是亲自下地的，我想可能性不大。这些人不会是四九城里混的，我看也许是咱们不知道的人。这年头，各地都有新势力。”

“你在北京人脉广，你看有一两个认识的吗？”我问道。

胖子摇头：“我咋看都没一个脸熟的，你让我再仔细看看，不过这些人的京腔有点怪。你等等，你胖爷我去打听一下，看看能不能问出他们老板是谁。”

胖子这就朝忙碌的营地里走去，用北京话和其中一个人打招呼。不过那人没搭理他，胖子是什么人物，立即跟了过去，他们就走远了。

我想着我能干些什么，要么到他们营地里逛逛，看看有什么，或者干脆去找他们的老板。

最终我什么都没干，因为潜水后的疼痛让我站不起身，眼睛和耳朵也非常难受，特别是耳朵，又痒又疼，听声音都非常奇怪，看来这样反复潜水对身体的伤害很大。正思索着该怎么办，忽然我身后的闷油瓶捏了我肩膀一下。

捏得恰到好处，我舒服得一缩脖子，心说这家伙良心发现要给我按摩？我却听他轻声道：“你看。”

我把注意力重新投回营地里，看那里有无异样，却发现另一边的林子里又来了一队人，有一个人被人从骡子上扶下来，“五短身材”迎了过去。

“正主儿来了。”我心道。我仔细观瞧，发现那人年纪似乎有点大了，下来之后走路踉踉跄跄的，连腰也直不起来。但他四周有好几个随从，前呼后拥地朝我们走了过来。

我站起来想过去看看，闷油瓶却按住我。我转头看，发现他矮身在我后头，淡淡地盯着来人，对我道：“不要让他们看到我。”

“怎么回事？”我心里一个激灵，挺直了身子将闷油瓶挡住，看着他们越来越靠近。

被搀扶着的那个像大人物的人，是一个高大但体形无比消瘦的老头儿，看得出年轻时肯定非常魁梧。因为被若干人簇拥着，我没有看清他的面孔，只觉得这人非常苍老，走路已经没有力气了，应该已是风烛残年。

边上一干人等有男有女，更加混杂，那个“五短身材”一路似乎在做介绍，他们边说边走，并没有走到我们面前，而是拐入了一顶帐篷里。

等他们走进帐篷，闷油瓶才松开捏着我肩膀的手。我被他捏得气血不畅，揉了几下才问他："怎么？你认识这个人？"

他点点头，脸色铁青道："裘德考。"

"裘德考？"我一下愣了，"这老头儿就是裘德考？"接着我几乎跳起来。我靠！

这人就是我家不共戴天的仇人，阿宁公司的老板——考克斯·亨德利？我靠，这么说，这些人同样是阿宁公司的，这老头儿竟然亲自出马了。

一时间我不知该如何反应，裘德考在我心中有一个既定形象，既确定又不确定，是一个长着斯文·赫定那样一张脸的外国人，又有些像马可·波罗那个大旅行家。而在童年时，我的心中，我爷爷和我说的故事里，裘德考是一个最坏的坏蛋，我还把他想象成一只大头狼脸的妖怪，没想到他本人会是如此形容枯槁的一个老人。

大概是这种预判让我觉得非常古怪，十分不真实。爷爷的故事就相当于我小时候的童话书，现在童话书里的人物忽然从爷爷的笔记本里走了出来，一时间很有错乱的感觉。

他来这儿干什么呢？看这阵势是知道湖底下的事了，蛇沼之后他似乎和我们一样，并没有放弃追查——他也追到这里来了？

可是，我们的调查方向完全是随性的，他们和我们的调查没有相同的基础，怎么会碰到一起？难道他们一直跟踪我们？

想想又觉得不像，如果是跟踪，他们不可能做出比我们更周全的准备。我们就完全想不到这里需要潜水设备，他们却带来了，他们肯定比我们知道得多，至少要比我们知道得早。

我既有点兴奋，又有点害怕。靠，这老头儿亲自出现在这里，这里肯定非同小可。他这样的年纪肯定不适合舟车劳顿，这次出现必然是孤注一掷。

这下面到底有什么东西？

我转念一想，现在的局面麻烦了，我们和他们的关系太复杂了。我的爷爷和裘德考是世仇，虽然现在我没有任何报仇的想法，但这层关系让我不可能对他们有任何好感，而且三叔和裘德考之间的恩怨更是剪不断理还乱。我们两方之间即使没有敌意，也有极强的竞争关系，在敌强我弱的情况下，我们得好好想想该怎么来处理关系。

还是走一步算一步吧。

我压下毛刺刺的心跳，又想起了一件事——闷油瓶不是失忆了吗？怎么会认识裘德考？而且他躲什么？

我转过头问他，他还是看着帐篷的方向，道："我在医院的时候，见过他一次。"

"医院？是北京还是格尔木？"我想起我们是被裘德考的人从柴达木接出来的，不过不记得碰到过裘德考，他当时受的打击应该比我们更大。

"北京。"他回道，"就在上上个月。"

那就是在北京治病的时候。我靠，裘德考见过闷油瓶，胖子怎么没告诉我？

一想，胖子这个人要说义气绝对够义气，但要他照顾人肯定是不行的。我在杭州时，让他看着闷油瓶，想必他也是做一半放一半。而且闷油瓶这种人，单独和任何人相处都很困难，没有我在其中溜须打屁，胖子那没溜的性格肯定和他是大眼瞪小眼。闷油瓶见到裘德考的时候他不知道在哪里溜达，所以肯定也不知道。

想起这个我就想骂人，闷油瓶是我们手中的一张大牌，怎么他见过裘德考我们都不知道？也就是说，如果裘德考狠点，闷油瓶被他接走都有可能，那我们上吊都晚了。胖子真是太不上心了。闷油瓶也真是，什么都不说。

“他找你干吗？”我问闷油瓶，“你怎么没和我说啊，老大？”

闷油瓶没有回答我，而是立即闪回到我的身后。我回头一看，裘德考被人搀扶着从帐篷里出来，向四周望了望，戴上了帽子朝一边的树荫走去。

“你躲什么？”我问道，“被他看到又怎么样？可能他早就知道你在这里了。”

闷油瓶摇头，对我道：“我们不能让他们抢先，必须拖延他们的时间。”

“你想干吗？”我问道。

他指了指一边堆着的潜水器械：“我们去抢水肺。”

第五十六章

使坏

我立即明白了闷油瓶的意思，我的脑子灵光一闪。

只想了个大概我就不由得叫好。

我们没有水肺，如果裘德考他们有任何行动，我们都只能干看着。而回去拿水肺再返回的时间里，人家说不定早就搞定开路了。如果这水下有什么关键之处，那么我们绝对没有机会获得先机。

确实如闷油瓶所说，这可能是我们唯一的机会了。唯一的办法是在他们还没有反应过来的时候去抢水肺，然后使其报废，这样没有了氧气瓶，他们有压缩空气机也没有办法。这是典型的先下手为强，在别人完全没有想到的时候就行动。

不过，现有的条件下是否能抢到？我抱有疑问。水肺放在河滩上靠湖比较远的地方，我们过去拿了就走，就算闷油瓶能一个打十个，他也照顾不到我们，在冲到湖里之前我和胖子肯定已被按住抽死了。

想了想，我道：“你说得有道理，但这事急不来，人家这么多人，咱们不可能现在就挺着个肚子上。等到晚上，咱们偷偷摸过去偷出来。”

闷油瓶摇头：“我们没有晚上了，一旦安定下来他们会立即下水，你看。”

他指向一个方向，那里已经有好几个人在湖边打充气筏，还有人走入了湖中，显然是潜水员在观察环境。

“他们为什么这么急？”我奇怪。

闷油瓶顿了顿，忽然道：“也许，没有时间了。”

我愣了一下，这句话在他嘴里说出来很有深意，不过我没工夫仔细琢磨。

我小跑过去把胖子叫了回来，胖子一听我们的计划，“啊”了一声，摇头道：“我靠，我刚和他们套了近乎咱就去抢劫？胖爷我的名声不得臭了。”

我道：“这水下如果有明器，他们下水后可就全摸走了，你是要明器还是要名声？”

胖子想了想道：“真奇了怪了，我觉得天真你的话特别容易说服人。那咱们就先不管名声了，你说咱们怎么做。”

我想了想，硬抢肯定不行。我让胖子去准备我们的小木排，重新装满石头，我们不可能背着负重的铅块冲进湖里，那么只能用石头来负重。之后，我们必须想一个办法吸引那些人的注意力，以便能迅速地拿到水肺。

水肺到岸边的距离，如果全速奔跑，大概只需要三十秒的时间。但在这条路上有很多人在忙碌，只要我们略一停顿，肯定会被人追上。在这么多人的眼皮底下偷东西，需要相当好的技巧和心理素质。

这个我很不内行，怎么想也觉得不可能。而且经闷油瓶那么一说，我觉得特别紧张，感觉自己马上就要没机会了。

这时候还是胖子最有办法，他看了看那些人，又看了看水肺的位置，忽然道："你们会骑马吗？"

"怎么？"我问道。

他指了指一旁的骡子，给我们打了个眼色："看过咱们蒙古骑手夺羊吗？"

我一下明白了他的意思，皱眉道："骡子和马不一样，骡子跑不动啊。"

"我靠，我们又不赛马，我们只要它跑几十米。这东西这么大个子，跑起来谁敢拦？问题只有一个，中途千万别摔下来。"

我想了想，有门儿，立即狂点头。胖子马上就去准备，我们先把木排推到湖里，然后回来，找到了看骡子的人，掏出钱说想借骡子去运点东西。

那人在村里见过我们，有钱当然赚。胖子就问他："骡子什么时候跑得最快？"

那人道："发情的时候，拉也拉不住。"

胖子道："这个难点。有啥需要避讳的？骡子最怕什么？"

我们三个人拉着骡子，慢悠悠地走到他们忙碌的营地里，到了放水肺的地方。我们互相看了看，我已经紧张得全身冒汗了。三个人牵着骡子，感觉特傻，跟墨西哥那些农夫一样。不过，倒没有多突兀，因为四周好些骡子都在那里卸东西。

水肺裹在一个大的帆布包里，几个包是连在一起的，胖子把骡子赶了赶，走近了点，之后给我打个眼色，让我去解开绳子。

我看了看四周，没有人注意我们，刚想动手，忽然听到后面有人喊了一声："喂！你们是干什么的？"

我条件反射地猛然回头，看到一个女人正朝我们走来，而且在树下纳凉的一行人也都站了起来。我一下就慌了，心说怎么办，被发现了？在那一刹那，胖子一个箭步冲过来，抓起水肺就大叫："上骡子！”

我一个激灵也抓起了水肺，三个人立即上了骡子。胖子用力一抽骡子屁股，大叫道：“骡子疯了！让开！”

受到惊吓的骡子，扬开四蹄就狂奔了起来。

别看骡子平时走路慢腾腾的，猛地一跑我差点没坐住，加上胖子和我的水肺是连在一起的，我们两个互相拉扯，好像玩杂技一样，十分危险。

四周人的注意力全部被我们吸引了，后面的女人迅速反应了过来，大叫：“拦住他们！”

胖子估计得一点也没有错，这骡子跑起来声势惊人，往前狂冲而去，把前面两个正在搭遮阳棚的人吓得立即闪开，甚至摔倒在地。胖子还在叫：“让开！当心！”

三个人狂冲向湖边，后面那女人的叫声完全被尖叫声淹没了，而且这种情况谁敢上来？被骡子踩上一脚那可是伤筋动骨的事情，一时间湖边鸡飞狗跳。

我还没反应过来，骡子已经冲到了湖边，它怕水，一个急转身把我们几个都摔了下来。

我的额头磕在石头上，随后被胖子扶了起来，骡子继续狂奔。我回头一看，那女人带着几个人冲了过来，我们立即转身往湖里冲去。

到了湖边，我们一下就占了优势。这湖的水位下降得非常快，我们冲入湖里几下就到了脚够不着地的地方，拖着水肺往深水里冲下去。

游出好几十米后我回头一看，那几个人也下水了，正朝我们游过来。我们游到小木排那儿，抱起石头，胖子大叫：“沉！”

三个人一个猛子往水里一压，迅速往下沉去。在水下只见上面几个人已经游到了我们上方，差一点就被他们拽住了。有几个人潜水下来捞了一圈，但是很快都浮了上去。

在水下，我们从容地套上水肺，戴上潜水镜。

到底是专业设备，一下四周就清明了。我用鼻子排水，把潜水镜里的水排出去一半，负上水肺，戴上脚蹼，几个人都已经穿戴整齐。

裘德考的装备果然是高级货，腰带上还有一条工具带，里面有LED LENSER的潜水手电、潜水匕首和单体氧气罐（一罐可以坚持三分钟）。

把这些东西运到边境需要大量的手续，裘德考看来背景不浅。

全部检查完毕，我已经沉到了湖底，有了水肺潜水能潜到两三百米，这点深度我完全不放在眼里了。关键是对手没有水肺了，完全不用担心有人会下水来撵我们。

胖子给我们做了个手势，指了指前方。这里离我们之前下水的位置还有一段距离，水相对较浅，前方幽深一片，古寨就在前方。我们必须离开这个位置，这湖说大不大，说小不小，只要我们游了开去，在另一个地方上岸，他们就只能干瞪眼。

于是打开手电，跟着胖子前进，最后到达了古寨上方，将石块和氧气瓶都沉了下去，看着它们掉入寨子的中央。然后我们一路潜泳到达湖泊另一边。我们偷偷上岸的时候，正看到湖对面一群气急败坏的人。

后来，阿贵和云彩在山中接应了我们，我们心中暗笑，潜伏而回。

邛 笼 石 影 · 引 子

比 鬼 神 更 可 怕 的 是 人 心

第一章

兜圈

因为我们已经在外相当长时间了，所以必须回各自的地方看看。于是我们制订了计划，胖子负责装备的准备，而我继续收集资料的工作。

回到杭州后，我开始实行我的计划。

和胖子制订计划的时候，我还没想明白这资料应该怎么收集，后来细想了一下，要了解闷油瓶的身世，可能还需要从正规渠道入手。之前的调查证明了道上的人对他不了解，那么20世纪80年代参加考古队，组织上应该有记录。那个年代，参与这种项目都要身家清白，我就想是否能在长沙的老档案里寻找到线索，至少能找到他的组织关系，进而找到一两个认识他的人，或者一些蛛丝马迹。于是我准备从这方面入手。

不过，城市档案馆里的人事档案是保密的，老档案更是没红头文件拿不出来。这支考古队是20世纪80年代初期组建的，还出了事情，很可能属于保密范畴，要看到没那么容易。要找档案，最好的办法是从当年派出考古队的研究所下手，到现在隔了二十多年，说实话时间还不算太长，档案应该还在。

我并不知道具体是长沙哪个研究所，不过那时候不会有现在这么多的名目，和考古有关系的研究所可能只有一个。当时大部分都是学生，那么很有可能是大学里的单位，应该不难查找。

几番查找，果然如我所料，确实有一个老研究所的情况和我想的一样。研究所已经合并了，旧址就在一所著名大学的校园里。那所大学即将搬迁，我过去看的时候，外面一溜儿全是大大的“拆”字，地皮估计已经卖给房地产公司了。要是再晚几个月来，可能只看到一片平地了。

这就算是有了线索，研究所合并，那么档案可能合并到新的研究所里去了，也有很大的可能还留在大学的档案室。毕竟时间过去那么久，我不是很相信二十多年前的档案还会有人上心。

不过这事儿不好打听，我托了关系，在三叔的老关系里绕了几个弯儿，找到一个在研究所里工作的人。那主儿姓杜，名字很有意思，叫杜鹃山。我送了他两条中华烟，问明情况，他就说办公地点都换了，但是档案都在学校里，研究所和大学还有裙带关系，他们很多人都是大学里的讲师。我要想看，他可以带我进去，除了门口不方便，里面还是比较宽松的。不过老档案很难查，他叫我不要抱太大的希望。

闲话不多说，那一晚我就去了。这大学的老楼看得出是以前医院改建的，老档案的档案室在大礼堂的地下一楼，有一百来平方米，简直是个仓库。没费什么工夫，我和杜鹃山顺着低矮狭窄的楼道就下去了。下面连灯都没有，一片漆黑，用手电一照，里面全是一排一排的木头架子，上面都是牛皮纸包的档案袋，厚的薄的，完整的破损的，横放的竖放的，大部分上面都有一层灰，闻起来有一股纸张受潮的味道。

杜鹃山告诉我，经常用的1995年之后的档案已经全部搬走了，剩下的都是长年累月不会动的，估计到要销毁的时候也没人会翻这些。

我看着这情形，感觉阴森森的。不过这正好，8月的长沙气温颇高，晚上会感觉凉爽些，加上这一阴，凉丝丝得让人很舒服。我咬着手电扇着扇子，在一个个老木头架子前面细细翻找。

说起来，我知道清华大学有一个图书管理系，当时感觉奇怪，图书管理有什么好学的。看到这档案室的规模，我才明白，能管理这些东西的人，那也叫天才，看这些书架，普通人肯定眼睛发黑。这还只是一个研究所的单位档案室，要是国家档案馆，上兆的文件量，那得多少人去处理才能玩得转。

杜鹃山怕我闯祸害他，一直在边上看着，帮我一起找，他问我一些细节问题，好帮我过滤。

出于一些特殊原因，中国的档案制度很完善，只要文件在，按照一定的规律，肯定能找出来。可惜我现在好比无头苍蝇，只知道大概的年份，连那考古队的编号都不知道，只能每一份都翻翻。

找了半天一无所获，我的想法是按照年份找。这里所有的档案都按照年份分类排序，那么只要在1980年到1985年的档案中寻找相似的考察档案，就能从里面得到参加者的信息。长沙地处楚地，虽然考古活动相对较多，但是数量也没有多少，一个架子就摆满了。但翻完了五年间的档案，我没有在其中看到任何和广西考古有关的文件袋。

我心说，奇怪，问杜鹃山其他地方还有没有。

他摇头，说这里没有那基本上就是真没有。除非，这档案在机密档案室里，那就不放在这个地方了。再不然，就是被特别销毁了。

我心说，这也不太可能，考古就算是什么机密，也没有机密到那种地步。

他安慰我说："这是常有的事情，也许像你说的，那考古队之后失踪了，这算是大事，也许为了保密把档案处理掉了。”

我们把档案袋摆整齐，心中有些郁闷，不过也早预料到事情没有那么容易。

我悻悻地走出档案室，一边为我白花了两条烟可惜，一边想接下去怎么办。如果这条路也行不通，那真的如闷油瓶所说，他完全是一个和这个世界没有交集的人。

这时候，我忽然看到面前的楼梯间还有往下的楼梯，似乎这档案馆地下还有一层。不过楼梯口有一道铁门，上面锁着一条很粗的生锈铁链，在门边上还贴着不知道什么年代的封条。

“这下面是什么地方？”我问道。

“这是20世纪50年代以前的档案室。‘文革’的时候就锁住了，三十多年都没人开过这道门了。”

“真的吗？”我拿手电去照，清晰地照出那生锈的锁链，已经被人剪断了，只是挂在上面装装样子，如果不仔细看，还真不容易发觉。

第二章

老档案

铁链断开，生了一层老锈，链条上全是蜘蛛网，显然不是最近发生的事情。

“咦，”杜鹃山也很惊讶，“这是怎么回事？”

“没事，这只是意味着你说错了，有人在这三十年里进去过。”我道。透过铁门的栅栏，我用手电往下面照了照，楼梯上堆了杂物，灰尘就更不用说，一股陈年旧味传上来。

“你不会想下去吧？这里头多脏啊。”他道。

我也在犹豫是否有下去的必要，这好像和我来这里的目的毫无关系。铁链开着，可能有一百万种理由，甚至可能压根儿这锁链就没锁上过。可就算有无比离奇的理由，又关我屁事。想到这儿我就放弃了。

我正准备离开，条件反射下手电光一甩，就照到门边的封条上了。

可能是做拓本留下的后遗症，我看到毛笔字总要去看一眼，也可能是这封条的位置有点古怪，太低，有点扎眼，我下意识地看了一下。

一看之下，我愣住了，因为我发现，老旧的封条牢牢地贴在门上，并没有断开。

“奇怪，你看。”我对杜鹃山道，“看样子这封条是后来贴上去的。”

他凑过去看，也觉得奇怪：“可能是所里发现这铁链条被剪断了，所以贴了封条上去。”

“那更怪，为什么不重新搞个锁链锁上，封条有什么用？”说着，我去照封条上的字，“铁链都搞开了的人，会害怕封条？”

“这里面又没什么值钱的东西。也许他们觉得里面东西的价值，还不如一条锁链呢。”

“有道理。”我觉得有点好笑。有一个道理，其实拥有东西，并不意味着拥有这些东西的价值。这些老档案，对现在的人来说，不仅没有价值，而且可能处理它们需要很多资金，这就是现在它们还躺在这里的原因。

封条上面的字是“1990年7月6日，××大学考古研究所封”。我是做拓本的，对笔迹很有直觉，封条上的那几个毛笔字写得不错。这手书法肯定是模仿一个比较常见的书法家，因为我感觉非常眼熟。

看上面的日期，上封条应该是1990年的事情，那时候文锦已经失踪了，这事应该和他们没关系。我心里叹道，得，希望完全破灭，回去从头再来吧。

于是招呼杜鹃山开路，他也不想在这里待太久，毕竟不是什么好事，听到我说走，他松了口气。

我们两个从原路出去，一切顺利。文明世界比古墓轻松多了，我是一点也不紧张，就算被人看到又如何？来一百个警卫也没粽子狠啊。

回到宾馆，我心里很不自在，这么一来其实我眼前的路窄了很多，如果档案都查不到任何线索，那还有什么方面可以去琢磨呢？

想着有点不可思议，为什么会没有档案呢？难道真如杜鹃山说的那样？那可能性其实不大，事实上如果西沙的事情发生过，档案肯定在那里。那些档案并不是一个袋子就能装完的，如果要销毁，可能半排档案架都会搬空。但是那些档案塞得很密实，不像是被人抽掉过的样子。

我想着，忽然想到也许我的先入为主就错了，考古队里有学生，也有可能并不和大学有关系。这些学生也有可能是工作了的实习生，那么，也许文锦所在的，并不是这个研究所。

想到这个我心里好受多了，重新打开电脑，找合并之前其他研究所的资料，并一一抄下来，准备明天继续找人问。我要一个一个地查一遍，免得留遗憾。

抄完之后，我躺在床上过滤了一遍，寻思接下来是什么流程。这些单位有的严，有的松，得从最简单的开始干。

看着我抄的信息，忽然感觉有点不太舒服，好像这本子上的信息哪里有点让我在意，我仔细辨认，发现是其中反复出现的“研究所”这三个字，让我总好像有点什么感觉，仔细去想又没头绪。

难道是强迫症犯了？我笑了一下，忽然间浑身一震，那个封条从我脑海里闪过。

研究所，研究所，研究所。

封条上：××大学考古研究所。

我靠，我猛然醒悟，难怪我刚才会看那封条上的字那么眼熟。

那竟然是我自己的笔迹。

第三章

笔迹

我头皮麻了起来，浑身发起抖来。我心说，这是怎么回事？1990年，长沙一所大学里的封条上竟然有我的笔迹？

不对！肯定是看错了！我心说，不可能会发生这种事。但心里很明白，我对笔迹的直觉，那是几万个拓本看下来的职业本能，绝对不会骗人。

那就是巧合，我学的是瘦金体，也许那人也学这个字体，在神韵上有点相似。

我拍着脑门，给这事找了一百个理由，好比男人在出轨之后想找借口为自己圆谎。想到最后，我自己都觉得可笑，知道这些借口绝对骗不了自己。

看了看手表，已经半夜了，这时候再叫杜鹃山出来已经不现实了。但是我今天晚上绝对睡不着了，反正那门在档案室外面，不用钥匙就能看到。于是我收拾了一下，拉上王盟，再次出发去那所大学，看个究竟。

打了出租车过去，没杜鹃山的工作证，门卫不让我进去。读过大学的人这点事情不会处理不了，我转头去边上的小卖店买了包中华，很轻松地混了进去，一路凭着记忆回到学校的旧礼堂。

整个学校灯全灭了，只有路灯照明，周围黑得要命。然而我心急火燎，根本没有在意，一路到了地下的档案室，直接就去看封条上的字。

封条自然没跑，就在那儿。我的心脏狂跳，好像要看女澡堂似的，急忙用手电照去——

1990年7月6日，××大学考古研究所封

这一次我看得清晰，脑子里也清楚，每一笔、每一画都看得清楚，看着看着冷汗就从我的脸颊滑落下来了。

这真的是我的笔迹。

我整个人愣在了那里，几乎就要崩溃。

普通人只要间隔时间不是太长，都能认出自己的笔迹，更不要说我是干这一行的。这绝对是我的笔迹，不可能有任何借口。

1990年我是几岁？十三岁？十五岁？那时候我知道瘦金体吗？他可能连瘦猴体都不知道。这是怎么回事？

“对于我，一切都结束了，但对你来说，其实什么都没有开始。”

三叔的话在我耳边响起，那种久违的头痛欲裂的感觉，又在我脑海里盘旋。

我深吸了一口气，想驱散这些东西，脑子里开始重组这些片段。以前的经验告诉我，这时候郁闷一点用也没有，而且一旦烦躁起来就很难平复，必须在烦躁之前冷静下来。

我又想起了文锦寄出的录像带中，有一个非常形似我的人，在格尔木的疗养院里攀爬。当时文锦没来得及给我解释。三叔说，文锦他们并

不简单，我当时以为那是他的意气之言，现在看来，倒也确实可疑。

我身上到底发生过什么事情？这到底应该怎么解释？表面上看去，似乎这个世界上不止一个我，还有另外一个我，在二十年前，在这个地方写下了这样一张封条，差不多的时候，又在格尔木的老房子里被拍了下来……

我心乱如麻，没有一点头绪，这比三叔的事情还要让人头痛。

拿着手电，我往封条后面的空间看去，假设这封条是“我”贴的，那么，显然这就有戏了。至少能肯定，写封条的“我”，和这个研究所有关系。

这个他们认为三十年没有人进去过的地下室，不仅有人进去过，还牵扯到这么诡异的事情。我不禁好奇当时会是一种什么样的情况。看样子，我不得不进去看看这下面是个什么情况了。

下面黑咕隆咚，犹如古墓的墓道，我又有在格尔木的惨痛经历，不由得有些畏惧。不过想到这里是长沙市区，不远处就是一个社区派出所，文明世界一向靠谱，总不会出现校园鬼故事中的情节。于是我擦了擦汗，一边扳锁链，一边觉得郁闷，早知道重点在这里，那一包中华就搞定了，何必买两条孝敬那只杜鹃。

这铁链子足有二十斤重，锈得极其厉害，动静格外大，能想到当时锁这门的必然是个实在人。我扯了两下，忽然有个不好的念头，这么粗的铁链，该不是里面锁着什么吧？

但我随即把这个念头驱除掉了，这怎么可能？

我小心翼翼地把铁链抽出来，放到一边，满手都是锈渣。扯破封条，往下走的时候，我吸了口气，被腾起的灰尘呛得眼泪都出来了。

下面的楼梯上乱得一塌糊涂，全是旧的桌椅。我走下去，看到一扇和上面档案室一样的门，没上锁。往里面照了照，那完全是和上面一样大的房间，不过，里面并不是档案，而是堆满了杂物。

照了一圈不由得有点失望，这里完全不是杜鹃山说的老档案室，而是一个杂物仓库。而且看这些垃圾，可能这房子造好的时候就堆在这里了，积了厚厚的一层灰。

我用手电四处乱照，拉起T恤捂住口鼻，灰尘的味道实在呛鼻，让人很不舒服。

我还在地上看到了凌乱的脚印，脚印上也有一层灰，显然离踩上去的时间不短了。这可能就是当年发生事情的时候，踩出来的脚印。

脚印叠成一条，能看出有两到三个人，走得很飘忽，但能看出是一直往仓库的里面去的。

我顺着脚印前进，看看四周的杂物，说不出那些是什么东西。往深处走了几步，勉强能看出有很多大木头箱子。

我看到这几个箱子，想到一个故事。在国家档案馆的仓库里，发现过几个木头箱子，里面全是敦煌的藏经，是一次缴费的时候运来的，结果因为新中国成立初期没人清点，一直放在那里，搬迁的时候才发现。不知道这个仓库会不会有这样的宝贝。

不过这箱子的规模我看着很头大，以我一个人的力量，不太可能查得到当年在这仓库里发生了什么，太乱太脏了。我就算发现点线索，也没力气搬开这些去查。

跟着脚印走到仓库的尽头，那里的杂物稍微少了一点，放着一个正方形的大箱子，用什么东西盖着。脚印一直走向那个箱子，我蹲下去看，发现他们并没有在箱子前停步，脚印是被压到箱子下面了。

“老板，这个箱子是后来推过来的。”王盟道。

那就是说他们把什么东西挡了起来。这箱子和墙角的角度，必然会夹出一个空间，这里面有什么要挡起来？我转身对王盟说：“去，推开。”

“啊？”王盟脸都绿了，“老板，这……”

“叫你去就去！”我道。他只好咽了口唾沫，小心翼翼地去推箱子。这箱子极重，他脸都憋成了猪肝色，才将箱子推到一边。我拿手电一照，看到后面的夹角内有几大堆档案。

第四章

找到了

这些真的可算是老档案了，被老鼠啃得七零八落，上面全是老鼠屎。我随手抽了一张，发现应该是当时的老文件，一抖全都是灰。

如果有人翻动过，必然会有不同，我吩咐王盟仔细去看有哪些地方可疑。

王盟轻手轻脚地在文件堆里走动，不久就有了发现，我过去一看，原来在地上，有几摞文件放得很整齐。四摞文件并排拼成一个正方形。

王盟道："老板，你看是不是这么个意思，这人在这里翻开文件，站着太累，就用这些文件做了一个凳子？"

我点头。确实，我几乎能想象到当时的情形，那人坐到那个文件凳上，这样可以看得更加仔细。

我转了360度，看看那人坐的时候面朝哪个方向，这时发现面向背面的话，一边的架子正好可以放手电当灯。我一边在脑子里重现当时的情形，一边把手电放上去，低头看脚下。拨开灰尘后，我又看到我的面前果然有几个陈年的烟头，而在正前方，还有一摞文件摆着。

这里的一个信封起码有四五斤重，散乱的文件不可能端在手里看。我面前的这个文件堆可能被他用来当桌子了，他当时看的东西就放在这上面。一边抽烟一边看，这小子还挺悠闲的。

可还是没用，四周全是文件，到底他找的是什么没法推测，也许他找到了他要的文件就带走了。

我有点着魔地做了几下翻开文件的动作，想到封条上的笔迹，不由得生出一个鬼使神差的念头。

暂且不论其他，如果那封条真是“我”写的，我会怎么看文件?

我让王盟递给我一个信封，然后打开它放在前面的“桌子”上，拿起一张翻了一下。接着回忆平时的习惯，一边琢磨一边用右手将看过的几页叠在手上，等到了一定厚度，就远远地放到一边，放得很端正。

这是我的一个习惯，因为搞拓本整理的时候，往往整个桌子都是纸张，乱得很，理好的东西，我喜欢远远地放开，这样可以和别的文件区分。这个放开的距离，必然是我的手能够够到的。

我环视了一下四周，看看这个距离内有没有我能用来放东西的地方。这时果然看到有一沓纸在我右手边的一个箱子上，我伸手过去，距离正好。

这时我心里咯噔了一下，有点抗拒，如果这真被我猜对了，那岂不是就证明了，在这里看东西的人真是我！不过，只犹豫了一下我就把纸拿了过来，管他呢，反正都死过一次了，这种事有什么好担心的。

我将一沓文件放到面前的文件堆上，第一张是一份表格，好像是津贴预算，有几个人名，津贴最多的是447.92元。我对当时的工资制度不太明了，不过这么多津贴在当时肯定是天文数字。这种津贴一般是给苏联人的。我对这个不感兴趣，我注意到表格的角落有一行字：“广西上思张家铺遗址考古工程外派人员津贴表。”

对了，就是这个！

我翻了翻，所有的页数都已经打乱了，下面是表格的延伸，都是一些人名，在最后有一个章，确实是这个考古研究所的戳。我在这个戳里看到了一个日期，是1956年的文件了。

再后面是数据汇总，不是油印的，全是手写的记录，什么几号室、长宽，还有示意图，字迹潦草。因为刚才的事情，所以我下意识地看了一下笔迹，发现完全是陌生人的字。笔迹有大量的不同，显然不是一个人在记录这些。

我迅速地翻看，到十四五页之后，才看到不同的东西。

那是一张什么东西的平面图，但不是现代的那种专业平面图，而是用毛笔画的那种。

我仔细看了看就意识到了这是什么。这是一张清朝的“样式雷”。

“样式雷”是一个代称，其实是一个“雷姓”的清朝御用设计师家族。他们主管皇家建筑几乎所有的设计工作，不过当时工匠地位低下，就算是天下第一的工匠家族，在普通人眼里也一直寂寂无闻。现代人部分人也不知道有这样一个家族的存在，只有我们这些搞建筑园林的才知道“样式雷”有多牛。中国五千年的历史，“样式雷”只存在了两百年，但是中国的世界文化遗产，有五分之一是“样式雷”造的，这个不得不服。

颐和园建成之后，“样式雷”忽然没落了，有人推测这和当时的清朝再也无力建设巨型建筑群有关。不过“样式雷”的衰落很是蹊跷，我看过一个报道，“样式雷”是一夜弃官，速度非常快，不知经历了什么大变故。

在衰落后，“样式雷”的后人出售了大量祖先的“烫样图纸”，这些东西是中国建筑集大成的结晶，数量极多。有一部分流失海外和民间，国内官方也拥有相当的数量，所以还是比较常见的东西。在我们系，学园林的，学规划的，都对这个熟悉得不能再熟悉了。所以我看到图纸后一下就认了出来。

这图应该和张家铺遗址有关系，这么说，遗址应该是清朝时候的东西了，可能还是“样式雷”的作品。

这是一张重抄件，正件必然在博物馆里。

我对这东西有些兴趣，便仔细看了一下。图纸上画的是一个大庭院，应该是一座宅院。看规模，几纵几深，相当大；看结构，应该是民宅。

“样式雷”是皇家设计师，设计民宅的机会很少，这宅子的主人肯定是个大官或者颇有来头的人。

我察看边上是否有小楷标注宅子的名字，却什么也没看到。

后面几张也是相同的图样，大部分都是“抄平子”图。“样式雷”的设计图极其精细，各种角度、单一的建筑、分解的部件都会有记录。四周的风水、地貌，甚至有“抄平子”的整块地面的巨型经纬网格方位图。

我翻了一下，有十几页。

最后面是文件的索引页，表明里面有多少东西。我心中一动，拿着和里面的东西对了一下，发现光凭页数，里面就少了六张纸。

如果猜得没错，这可能是当时被那人拿走了。现在我手里的东西都不是关键，不过，即使如此，这对一点线索也没有的我来说，已经是很大的突破。

我整理了一下手里的文件，看了看四周，就知道在这里再不可能有什么收获了，于是招呼还在翻找的王盟回去。

叫了几声，王盟才回过神来，我走过去问他在干吗，他用手电照着仓库的角落，问我道：“老板，那是干什么用的？”

我抬头看去，看到那边的杂物后面，有一个用铁条横竖焊起来的笼子。

我们走过去看，笼子有半人高，锈得一塌糊涂。王盟用手电朝里面照了照，看到了一个破碗：“是不是养狗的笼子？”

我摇头，这笼子横竖的铁条焊得很密，关一只狗没必要焊成这样吧？也许是之前造房子时留下的钢筋边角料，我心说，这就不是我能管的了。随即让王盟别磨叽，我急着去核实一些东西。

我们从原路直接回了宾馆，他去洗澡，我上网开始查手里的东西。

先是找所谓的“上思张家铺遗址考察”的信息，一无所获。我一想，20世纪50年代的事情，也不太可能上传到网上，就是有，估计也是只言片语，所以接着就查了地名。

搞我这一行的，对广西一带并不十分在意，那边虽有古墓，但是气候和湖南、陕西、山西这些地方大不相同。到那里住三天，没下地就先灌汤药，不要说进当地的原始森林。风土人情、民族分布、习惯都不同，那不是我们这种人混的地方。在旧社会，对中原人来说，那是只有真的走投无路才会去的地方。

这一查还颇为吃惊，不过当地山峦地貌差异太大，虽然很多从中原过去的汉人在那里也按照中原的风水习俗来定阴阳宅院，但概念完全不同。这种地方倒是那些民间新盗墓贼的天下，我听说有人在广西盗大墓，直接用挖掘机挖，这比南派出格多了。

网络上面资源有限，我身上黏着汗，查了一下，空调一吹，我也冷静下来了，于是先去洗了澡。边洗边想，我就走神了，出来的时候内裤都没穿，把王盟吓了一跳。

我发现自己思绪很乱，这些东西都太散，以我个人的智慧显然很难在这么短的时间里把所有的问题都想全了。

“样式雷”的图样是个很好的线索，但是这种图样留世非常多，也没有一个很好的完整索引。所以从“样式雷”上找线索犹如大海捞针，更加不靠谱。

当天晚上我琢磨着就睡着了，脑子里乱七八糟的，早上起来昏昏沉沉，我用冷水冲了一下头让自己清醒过来，之后将这些东西全部扫描了一遍，发给一些我认识的人。

我又去拜会了几个亲戚，都是走过场的路子，同时想着能找谁去问这事。这时我忽然想到了一个人，那人是我爷爷的忘年交，在我小时候也挺喜欢我，叫老王头。这家伙和我是同行，以前在园林设计院，专门给古建筑检修的。于是买了点小酒小菜，登门拜访。

N年没见了，我寻思他估计还是以前的脾气，也就没怎么客套，直接说了实话。

老王头翻开图样看了看，才几秒钟就道：“你确定这是人住的宅子吗？”

我听老王头话中有话，就问他怎么说。他道：“你自己学了这么多年建筑，这都不会看吗？你看看这房子的采光。”

我心说我会看设计图，但是“样式雷”我不会啊，那又不是国标软件画出来的。接过来大略看了一下，我突然意识到这和设计图没关系，问题在这宅子的布局上。我倒了几下，确定东南西北，仔细一推，心里一个激灵，确实有问题。

这宅子这样设计，屋檐下的所有屋子，几乎都照不到阳光。而且连反射光都没有，可能外面烈阳高照的时候，里面也会黑得一塌糊涂。

“这……”

“这是暗房。”

“样式雷”怎么会设计这种房子呢？我心道。我仔细地再琢磨了一下，发现这宅子设计得非常巧妙，处心积虑地规避光线。虽然那么做也不能保证一点光都照不进去，但至少可以肯定是有意布局成这样的。

难道这房子里住的人不能见阳光？吸血鬼？这是扯淡。我想到了“黑眼睛的眼睛”，难道这房子里的人也和他一样没法见强光吗，或者是皇帝突发奇想，想造一幢房子用来躲猫猫？

“你以前见过这种房子吗？”我问老王头。他皱眉摇头：“反其道而行之的倒有。这房子，没法住人啊，不过我倒是知道古代有一种地方，与这个有类似的要求，但没有这么严格。”

“什么地方？”我心中一动，追问。

“义庄。”

“义庄？这么大一个宅子全放的是死人？”

这肯定不可能，义庄不会规模如此庞大。我能明确地看出这房子有很多不同的结构，应该是明清时的普通民宅。

“你从哪儿搞到这东西的？”老王头问我。

我自然不能说实话，就说是从市场上淘来的，老王头显然相当有兴趣，就让我转给他，让他好好研究一下。

我自然不肯，不过想想放在我这边也没有多少用处，就问他能不能去行内帮我再打听打听这东西的情况。如有进展，这东西白送也行，分文不取。

这礼做得比较地道，老王头欣然答应，晚上还百般挽留我，请我喝酒。

老王头一个人住，到了晚年也比较寂寥，我来这里之前已经想过陪他一段，和他聊聊，所以就留了下来。两个人喝了半斤酒，他和我滔滔不绝地讲起“样式雷”的事情。

他告诉我，“样式雷”其实在明朝末年已经是工匠世家，到清朝，第一代入宫者为雷发达。当时康熙重修太和殿，上梁之日，康熙率文武大臣亲临行礼，可是大梁是一条旧梁，竟卯眼不合，悬而不落，工部长官相顾愕然，唯恐有误上梁吉辰，急忙找来雷发达，并授予冠服。雷发达袖斧猱升，急攀梁上，高扬钢斧，只听“咚、咚、咚”连响三声，木梁“轰隆”一声，稳稳地落了下来。霎时，鼓乐齐鸣，文武百官山呼“万岁”！上梁礼成，康熙皇帝龙颜大悦，当即召见雷发达，面授他为工部营造所长班。因此时人留下“上有鲁班，下有长班，紫微照令，金殿封官”的歌谣。之后，“样式雷”飞黄腾达，在雷发达的儿子雷金玉的时候，已经是样式房长案头目。据说雷金玉的手艺更加高超，能仿制西洋精密钟表，将西洋机械和中国传统融合。除了大件的建筑，宫里很多奇巧玩意儿也是他制作的。

我对“样式雷”也相当了解，但对这些并不感兴趣，就问老王头知不知道“样式雷”是怎么衰败的。

老王头道这无人晓得，有多个说法。据说是末代“样式雷”得罪了太后，又说清末羸弱，清廷无力建造大型建筑。但是也有一个说法，不知道是真是假。

我道愿闻其详。老王头喝得有点多了，很是认真，压低声音道：“咱们都知道清朝统治者是关外来的，游牧民族，根在关外是一个惯例。蒙古皇帝死了之后，尸体都要运到关外去安葬。传说清朝统治者入关之初，摄政王多尔衮不知道当时的清政权能维持多久，于是将所得珠宝财物悉数运往关外埋藏，当时的皇帝也是葬在关外。后来局势稳定，才有东西陵建在关内。然而，传说这只是个幌子，皇族始终人心不定，东西陵只是伪陵，葬的都是太监和侍女，大部分的清朝皇帝死后都被秘密葬到了关外隐秘之处。‘样式雷’有很多奇怪的图样，不知道设计的是什么东西，他们推测是关外皇陵之内使用的部件。虽然‘样式雷’并没有参与具体的皇陵建设，但内部设计大部分出自其手。在清末王朝没落之际，自然会受迫害。好在当时局势混乱，朝廷已经无暇顾及太多这方面的事情。否则，‘样式雷’恐怕不止这个下场。”

我听得一愣一愣：“东西陵规模巨大，这还能有假？”

"这才是清朝统治者的厉害之处，与其每一个皇陵都处心积虑，不如搞一个巨大的假目标吸引所有人的注意力。我估计如果真有这个关外皇陵群，必然是在长白山或者大小兴安岭。"

我听着心里咯噔了一下，想到当时在长白山看到的女真字和巨大的地底山脉。

"不过这些都是道听途说，基本上都无法考证了。"老王头道，"你看成吉思汗陵到现在还没发现呢，勘探关外皇陵的可能性太低了，就是有一百个你三叔，恐怕也无法在有生之年找到。"

这倒也是，我点头，不免有些冒冷汗。这些我倒真没听说过，清朝统治者在关内搜刮多年，很多研究者都发现清后期的羸弱并不正常，不知道是不是当时的皇帝把财物埋起来了。如此说来，这可能是比神秘的蒙古皇陵规模更大的陵群。

老王头说完这些，也喝得差不多了，没多久就神志不清了。我告辞离开，立即回酒店，查了很久关于房子采光的东西，所获不多。

原本以为这事之后会进入旷日持久的拉锯战，于是琢磨着先回杭州，毕竟三叔的生意在我手下，没起色也不能让它衰败了，该在的时候还得在那边。没想到第二天早上，老王头风风火火地带着两个人来找我。

这两人都和他差不多年纪，一个姓阮，一个姓房，一介绍，都是北京、长沙、上海三头倒的有名掮客。

两人上来就和我热烈地握手，说了不少恭维话，搞得我莫名其妙。我们在宾馆的大堂坐下，老王头也开门见山，道："这两位想出高价买你那张'图样'。你昨天虽说了分文不取，不过他们开的价有点高，我不知道你是否会改变主意。"

老王头也颇有钱，他说高的话应该是有点离谱的价格了。那姓阮的人立即伸手出来，我一看那是要和我对手。这家伙确实是个行家，而且是老派的。

在古董交易中，地摊交易是不太“讲价”的，双手一握，几根手指动一下，有一套固定的方法可以交流。

我伸手过去握了一下，他开的价确实高，可以说已经超出“样式雷”的范畴了。不过在三叔那里待过，看过真正的大件买卖之后，他开的价并不让我惊讶。让我惊讶的是这人手上的老茧。他的手指第二节全是老茧，这叫棺材茧，是棺材板抬多了磨出来的。这家伙就算不是个土夫子，也必然是干过这一行的。

我不动声色，这时感觉自己有点大家风范了，道：“我如果用这个价格卖给你，行家会认为我坑了你们，这对我的名声不好。而且这东西我还有用处，所以实在不能给你们。你和你们主顾说，抱歉不能割爱。”

他伸手过来，还要和我对手，显然是想加价。我抬手拒绝，将茶杯端在手里，那叫“端”，通一个断，也就是绝对不卖了。

那两人面露颓然之色，有一个道：“那您直接开价，说实话，我家老板真的很喜欢这东西。所以要是您心里有价，不妨直说。”

我心说，我要开一百万他也能要？心中不禁一动，看来他家主顾可能知道一些关于这图样的事情。于是好奇之下我问道：“他要这东西到底有什么用？”

“我们也不知道。”他道，“主顾喜欢，我们就得给他找。一般我们不能问太多。”

这时老王头向我使了一个眼色，我知道他的想法和我一样，就是让我看看能不能套出什么来，于是道：“那这样吧，您二位回去，和您主顾说一句，咱们要不当面谈谈。钱是小事，我也想混个对眼，以后别人问起也好有个说法。”

那两人却面露难色，道：“那位爷恐怕不是咱们能见的。”

第五章

拍卖会

我看着他们面露难色，不免奇怪，于是追问。老王头在一边敲了几声，那两人才透露了一些。原来这笔生意后面的主顾，地位非常奇特。他们只知道那人姓霍，是个女人，别人都叫她霍老太，其他都不详细。这女人虽然神秘，但是名气很大，有个绰号叫“霍仙姑”，就是大家都知道神仙，但是谁也没见过的意思。

老王头显然听过，吸了口冷气：“呦，这是大人物啊，长沙老九门，唯一的女人就是白沙井的霍婆子。霍婆子有个儿子去了台湾，霍家跟着销声匿迹了。这个霍仙姑我见过一面，那是霍婆子的第三个女儿，真是缘分。”说着从口袋里掏出一张名片，“两位，这是我的名片，望两位通报一声，就说是西山的郑幅中，想必可以得见一面。”

两人点头：“若是有渊源，倒是可以试试，那两位静候佳音。”说着便告辞了，一刻也不想多留。

我看老王头那老派做法就觉得好笑，心道有必要搞得这么江湖吗？还递牌子，你以为你是青帮啊？

老王头随即解释：“那是老九门的人物，走行帮出道的人，吃的就是这一套。这霍仙姑霍三小姐想来也有八十多岁了，丈夫是一个极其牛气的人物。这霍仙姑平日深居简出，只好古董，你若不对她胃口，恐怕她根本不会理你。而且得提醒你一句，你家爷爷吴老狗据说和霍三小姐很有渊源，是好是坏我不得知，不过为保险起见，你还是不要多话的好。”

我道知道了，也没往心里去，觉得这种武侠小说式的情节甚是可笑，感觉像拍戏一般。

之后我回了长沙，老王头说此去他不便陪我，不过我是吴老狗的后人，去是代表着吴家，人前不能露短，还是要带几个人去的，好显点派头。如果只身前往，霍仙姑有心为难，以我的能力必然出洋相，到时候对声誉会有很大的影响。

他说的话确实有道理，虽说我下地的经验丰富，但是“人心远比神鬼要险恶”，对这些江湖事，其中规矩我都不清楚，一个人确实没法应付。

不过，说实话，三叔那边已没多少人可带，可以不用考虑。那么我手下只有王盟，这小子比我还不如，带着只会找麻烦，而且他不是行内人，拖他下水不太地道。英雄山的老海？也不行。那老小子老奸巨猾，这种高风险对自己没好处的事情他必然不会干。潘子是最合适的人选，但是人家决定隐退了，生生死死这么多年，好不容易有个善终的，我决计不能坏了人家的好事。

当然，其实最合适的，还有一个人。但是此人实在太不靠谱，拉他下水必然不得安宁，我实在是不想提及。不过，似乎没有其他的选择。

和老王头一商量，他道：“你说的这个人，在北京小有名气，我想总不至于坏事。而且他的脾气大家都知道，要是闹了事情，也算正常，我们也能有个托词，我觉得是个合适的人选。不过，此人你确定能请得动？”

我心说，胖子有什么请得动请不动的。立即给他打了个电话求助。胖子正闲得慌，一口答应，说谈判他内行，全交他身上，包我到时候有头有脸，问我什么时候来，要先请我去喝酒。

胖子说完这些我就后悔了，他的话只能信一半，想起他以往的行为，我忽然觉得这事肯定要糟糕。

不过已经打了电话，没法反悔，而且也没有其他办法，只能听天由命了。

长话短说，三天时间很快就过去了。三天后，我和胖子在北京王府井碰头，我意外地看到闷油瓶也跟来了。两个人穿着西装，一胖一瘦，一高一矮，相当惹眼，简直是胖瘦头陀。

看惯了两人的便装打扮，我猛地感觉很不适应。闷油瓶身材匀称，面无表情，穿着西装倒是非常潇洒，惹眼得要命。可胖子的西装相当不合身，领带打成油条似的，西装明显小一号，看着别提多寒碜了。

“你这就叫给我长脸？”我无奈道，“这西装哪家店给你做的？我去把那个店烧了。”

“不关裁缝的事，你胖爷我最近有点滋润，这西装一年前还正好。”胖子被裹着也不舒服，“不过你和那老太婆约的地方也不是什么正经地方，咱穿多大的西装是咱的自由。我要愿意穿童装她也得让我进去。”

“得，你有理，那你走前头。”我没心思和他废话，心中越来越感觉吴家的名声可能就要在今天毁在我手里了。

和霍仙姑约定的地方叫新月饭店，这地方是老北京遗存下来的老饭店。我原本以为就是个普通地方，可胖子告诉我，在北京玩古董的人都知道，新月饭店才是真正行家待的地方，玩的都是大件。和这里比起来，琉璃厂、潘家园那都是地摊。这些大家买卖，全部在这个饭店的三层戏院进行。以前这里是太监和老外交易的地方，进出都是正装，所以有了着正装的传统，无论你多有钱，穿个裤衩是绝对进不来的。

我没来过这里，这是第一次，不免有点忐忑。进大堂，上电梯，到了三楼，入目的都是中式的内设，雕花的窗门屏风。胖子来过，熟门熟路，招呼来一个伙计，就对他介绍我："长沙吴家的小太爷。"

那伙计戴着眼镜，有六十多岁了，打量了我一下，也没什么表情："您往里请，是雅座，还是大堂？"

胖子问我约的是几点，我看了看表还有半小时，刚想说话，那伙计就看到了我身后的闷油瓶，一瞬间，他的脸色就变了。

我以为他认识闷油瓶，刚想问话却见从闷油瓶身后绕出来一个人，是尾随着我们进来的。这人穿了一身黑色西装，里面是粉色的衬衫，没有打领带，非常休闲，那伙计立即上去，问道："小爷，老位置？"

那人没说话，只是看了看我，停了下来，我忽然觉得他有点眼熟。

盗墓笔记

长白山纪念版

七

邛笼石影

南派三叔 著

吉林人民出版社

盗墓笔记

目录

邛笼石影

contents

目录

邛笼石影

contents

目录

邛笼石影

contents

目录

邛笼石影

contents

邛笼石影

盗墓笔记

比鬼神更可怕的是人心

第一章

拍卖

我的地头是江浙，说实话，在北京城碰到熟人的机会真不大。这会儿脑子一卡，愣没想起这人是谁，只是条件反射地露了个微笑。那人显然和我一样，停了下来，带着非常意外和迷惑的表情看着我，也笑了笑。

胖子诧异地两边看，一路过来他都自诩为地头，我们都是跟他混的样子，显然他没想到我会在这里被人认出来。

然而，两厢对望着淫笑了半晌，谁也没认出谁来。说实话，我只是看着他眼熟，觉得好像在哪儿见过，但是仔细一回忆，我单纯觉得他眼熟，仅此而已。

这种事情以前发生过。以前我们圈里有一姐们儿，人称六姐，经常上报纸的鉴宝和古趣专栏，我并不认识她，只在网上看到过她的照片。后来在聚会的时候见到此人，我愣说在哪里和她吃过饭，但就是想不起来，最后搞得她老公一脸愠色。

不过这位六姐，怎么看也不像是经常上报纸的样子，那种眼熟的感觉，似有似无，我甚至都没法肯定。

两个人在那里嘀瑟了一下，实在想不起来，都有点尴尬。那老伙计就觉得好笑，老北京人猾，什么世面他都见过，给我们打了个圆场："二位小爷都是贵人多忘事，别是在咱这儿打的照面儿？那别着急想，挡着电梯口，到里面温碗奶子，指不定两位见到熟人，一下就全想起来了。"

老伙计说着就把对方往里请。对方摇摇头好像觉得很不可思议，还意犹未尽地看了我一眼，才转身走进内厅，走了几步又看了看我。

接着那老伙计又来请我们，把我们请向另外一个方向。这是老江湖了，目的是让我们和那家伙坐得远点。是他领的座位，什么礼貌啊、忌讳啊，都说得过去。真想不起来也就算了，想起来了，发现原来是债主或是杀父仇人什么的，也不会立即打起来。

四九城皇城脚下，明里的、暗里的，什么规矩都得做足，因为人不可貌相，谁也不知道对方的底细，做得七分奉承、三分原则，才能立于不败之地。当官如此，当服务员亦是如此。

我进了内厅，就发现这果然是个戏园改的饭店。厅有两层，下面一层是散座位，上面一层是雅座，中间镂空两层的层高，戏台在中间，看得出不只是唱京戏，平时多的可能是些曲艺的节目。这儿很多老北京人很喜欢在这种环境下听听这些传统的东西，当年是满街几文钱想听就听，现在变成新"贵族"才能经常享受的乐趣了。

如今这戏台已经被清空了，上面在布置着什么。胖子瞄了一眼，吆喝了一声："赶得早不如赶得巧，看样子今天有拍卖会。"

"拍卖会？拍卖什么？"我好奇道。

"这地方还能拍什么？这里是北京城文玩清供最高端的地方，和这儿一比，香港佳士得就是一地摊！"胖子咧咧嘴，"不过这儿是大宗的东西，而且，一般市面上见不到，咱们只能闻闻味道。我估计这霍老太太今天也是来参加拍卖会的，见咱们那是顺便，搭上的，免得耽误她其他事情。”

我听着他讲话的腔调都变了，一嘴巴京片子，刚才进门的时候还没有。我自己也是，舌头总觉得不利索。我心说，这房子和这里的伙计气场真强。主要是这里一进来就是老北京的味道，你不知不觉就入了戏，被人一捧就真把自己当成北京城里的纨绔子弟了。这恐怕也是学问，等下拍卖一开始，被主持人京片儿一抬一捧，估计不想举的手都会忍不住举起来。

三个人被带到临窗的位置坐下。我下意识地望了望，那“粉红衬衫”直接往楼上去了，看样子和我们档次不同。胖子就问我：“你跟他怎么回事？一见钟情？”

我摇头，也想不出个所以然来，这人我到底是在哪儿见过的呢？我回去得好好琢磨琢磨。一边的胖子点了最便宜的茶水，也要一千八百元一壶，还带百分之十的服务费，胖子一杯喝个底朝天，说这根本不是茶，简直是杨贵妃的口水。茶叶渣都得打包带回去泡在酒里。

闷油瓶不动声色，俨然一个非常称职的保镖，但是不知道为什么，我越看越感觉我们三个像哪一个人老板的马仔。

我们在那边一边聊天一边等，不知不觉就嗑了三盘瓜子，还好瓜子是免费的。门口进来一拨又一拨的人，看着看着，我发现胖子的脸上有点不自在，老是走神，眼睛瞟到其他地方去。我看着奇怪，问他怎么了。他道：“我靠，今儿个有意思了。”

“有什么意思，看到美人了？”我问道。心说我只看到几个中年妇女啊，虽然保养得都可以。

他说着用眼神给我扫了一下上面的包厢，和下面散桌的几位：“你知道我刚才看到谁了吗？”

“谁？”

“琉璃孙。”胖子轻声道。

“琉璃孙是谁？”我没印象。

“你没在北京混，不知道。这是个大家，家里在海外开着投资公司呢，以前倒腾琉璃珠的，后来不知道怎么闹大发了，成了爷。这家伙家里全是宝贝，普通的东西他完全看不上，要有真的极品才会出来。在北京城，他就是一风向标，他出现在哪个拍卖会，就说明哪里有好货。我靠，算起来他有两三年没出现了，怎么到这儿来了？”胖子都坐不住了。

我被胖子说得也有点心痒痒，转头看去，但见那琉璃孙足有六十岁了，花白的板寸头，手里玩着两颗核桃，健步如飞地上了二楼。我不由得就对二楼有了点向往。

胖子继续道：“你别说，刚才我一路看过来，都是这行里的大家。咱们来对了，今天估计有好戏看，说不定还是百年难遇的。不成了，你胖爷我顶不住了，我得找本拍卖手册，看看今天到底拍卖什么宝贝。”说着他就要起身。

我刚想提醒他我们的正事不是看热闹，一边的伙计就走了过来，轻声道：“三位，霍老太太来了，你们楼上请。”

第二章

霍霍霍霍

伙计说着就做了一个请的手势，弓着身子，姿势非常恭敬，但是表情非常正，看不出一丝献媚。做完手势他就不动了，站在那里，这是逼着我们没有商量思考的余地，必须立即起身过去。

我和胖子对视了一眼，心说我靠，刚才一路看着门口，没有看到什么老太太进来。看样子这老太太早就在二楼了，掐着时间等我们上来，说不定我们在这里的一举一动她都看在眼里了。

我不知道在哪儿听过，好像这是一种江湖伎俩，目的是挫我们的锐气，不由得心里不太舒服。虽说我只是一个二世祖的小老板，但是怎么说，在家族中我是长孙，在三叔的铺子里我是小三爷，从来人家对我都是毕恭毕敬的，没人敢这么对我。想着，不由得我腰板就直了直，心中有点不服气的成分。

胖子自然也是心中不爽，脸立即拉了下来，把小一号的西服抖了抖，给闷油瓶使了个眼色：“小哥，整好队形，咱俩好好给天真同志嘚瑟一下。”三个人站起来就昂着头跟着那伙计往楼梯口去了。

比起一楼，二楼有一些西洋的装饰，这也是老北京的特色，中西结合。上面全是隔间包房，一边对着中央的戏台，是吃饭和看戏的台子；另一边对着街的，全是自动麻将机。

我们顺着环形的走廊走了半圈，来到一个巨大的包厢门口。那包厢的门是雕花的大屏风门，比这酒店的大门还大，两个穿着休闲服的年轻人立在门口，站得笔直，看着很像当兵的，门楣上是榆木的雕牌，叫作“采荷堂”。

“菱茎时绕钏，棹水或沾妆。不辞红袖湿，唯怜绿叶香。此屋名取自刘孝绰的《遥见美人采荷》。”

服务员好像说绕口令一样把诗念了出来，说完几乎没停，跟着说了句“三位，就是这里，请进”，就立即离开了。

我心说这服务员心思极其缜密，刚才请我们过去，毕恭毕敬让人不好拒绝，那是因为必须逼我们立即起身赴约，延误了或者请不来我们，他不好交代。他把我们送到了立即走，因为不知道接下来会发生什么事情，以最快的速度离开，什么都不会看见、听见，少了很多是非。

这都是复杂场子混出来的人的特征，已经成了他们的习惯，看样子这个场子里的人成分非常复杂。

思索间，门口的两个人已经把门打开，里面有三四层珊瑚珠帘子，我们撩开进去，立即闻到了一股藏香的味道。藏香是佛教用品，也有养生的功效，看样子主人的品位很高。

里面是一个很大的空间，吊高的天花板，上面是水晶的吊灯，铜色的老吊扇，四周的廊柱都是雕花的铜绿色荷花。下面一张大圆桌，坐了七八个人在吃饭，能看到戏台的地方现在摆了一张屏风，暂时挡了起来。

我们一进来，那吃饭的七八个人都停了下来，看着我们。我们看到有两个中年女人、三个小孩子，还有几个中年男人。我的注意力自然放在那两个女人身上，但是一眼看过去，我就发现她们不是霍老太太，因为虽说是中年，但她们也太年轻了。

我和胖子与闷油瓶互望了望，都不知道这唱的是哪一出。难道霍老太太上厕所去了，还是故意再压我们一下，那这架子摆得也太大了，又或是这霍老太太和麦当娜一样，拉了皮？

想着对方是老太太，我也就忍了，看着他们就道："请问，霍婆婆在吗？"

刚问完，就听到屏风后有人说话："这边。"

声音听起来很纤细的感觉，我愣了愣，又想去看胖子，胖子就推了我一把，轻声道："兜着点儿，别老看我，我现在是你跟班。"

我一想觉得也是，看来胖子是准备入戏了，我也心中默念了几下："我是黑社会，我是黑社会，老子走路带风，老子走路带风。"这是心理暗示，还真管用，脚底一热，我真的感觉自己的底气足了足，就昂首迈向屏风之后。

说实话，我还是有点紧张的，但是这种紧张和在古墓中的又不同。很难说那是"紧张"还是"没底"，因为，我到底不是混这种场面的人，我根本不知道自己应该如何表现，只能以自己心里的那种"嚣张"去应付。

几步之后，我就看到了屏风后的人。后面的空间其实也很大，我看到一张小根雕桌子，上面是茶具，就座的有三个人，我立即看到了一个满头银发的老年女人正在喝茶。她穿着紫色的唐装，脸色雪白。

这种白并不病态，如果是在少女身上，是非常惊艳的，我想起的词语就是"赛雪"，但是，在一个老太太身上，而且上面没有老人色斑，完全的白色，白色的皱纹，银色的头发，第一感觉就是出了一身冷汗，感觉这老太太是玉石雕出来的。

只有那眼珠是黑色的，所以非常突兀，她一眼看向我们，我也不由自主地看向她的眼睛。那一瞬间，我几乎以为自己看到了一只禁婆。

旁边两个一个是年轻女孩子，另一个是中年妇女，看都没看我们，自己在轻声聊天，看不清楚样貌。两个人也非常白，但是这种白在她们身上就非常舒服，特别是那个年轻的女孩子，侧脸看来，脸色和五官非常精致和清纯，气质如玉，但是又隐约感觉有一股媚意，很是舒服。

我一时间被这情形弄得反应不过来，胖子在后面又捅了我一下，我才回神，立即笑道："霍婆婆，我是吴邪。您好，没打扰您休息吧？"说着我伸手想去和她握手。

这是我谈生意的习惯，一伸出去才意识到不对——这样招呼太市侩了，立即把手缩了回来，顺势弄了下自己的头发。

那动作一定非常傻，我心中暗骂，却故作镇定。老太太上下打量了一下我，喝了口茶，漠然道："果然和吴老狗有点相似，别人和我说，我还不信，原来这条臭狗真没绝后。"

我苦笑，心说这话一听就冒着酸气。难道她真的跟我爷爷有过一腿？这话也不知道怎么接，我只好傻笑。

老太太继续看着我，看我不回答只知道笑，就叹气道："笑起来就更像了，看样子也不是好东西。"说着，她喝了口茶，也没叫我坐下，问道，"你那份东西到底卖，还是不卖，想好没有？这么简单的事儿，干吗非得见我？难不成，是你奶奶让你来会会我，看看我这个老朋友老成什么样了？"

哎哟喂，我心说这口酸气吃得，都酸得冒泡了。爷爷，没承想你看上去土不拉叽的，年轻的时候还真有点"往事"。

同时我感觉有点不妙。这好像不是茶话的语气，怎么也不让我坐下，难道想让我说完就离开？这显然没把我当客人。而且这么一问，我怎么回答啊？这完全是跨越时空的争风吃醋，而且起码是半个世纪的陈醋了，也不知道我爷爷奶奶和她之间到底发生过些什么事情。不过这霍老太太也真是太长情了，怎么这时候还惦记着。

我挠了挠头，用力想了想，才道："您别误会，我就是冲着咱们的买卖来的。我奶奶，您还真别说，我都好久没见她老人家了，爷爷去世之后，她一直在老家足不出户。”

“那是她眼光差，嫁了个短命鬼。”老太太冷哼了一声，“你说谈买卖，那你是准备交货了，还是想再讲价？”

我思索了一下，应该怎么说呢，是开门见山，还是再套会儿话？我转念一想，这老太太如果真有心刁难我，话多了恐怕夜长梦多，等话说臭了再想转回来就难了，不如直接切入正题，显得我干净利落。

我立即道：“其实那东西对我意义不大，我只是想知道，为什么您会出这么高的价钱买它，因为，我正在查一事情，可能和您有关系，您要是告诉我，我这东西就白——”

我还没说完，胖子就在背后推了我一下，以非常轻的声音含糊道：“有钱不赚猪头三。”

我愣一下，一想觉得也是，那不是笔小数目，我这几次下地净赚生产率了，啥也没捞着。这算是意外之财，拿了能解决不少事情，至少我铺子的水电费能平了，于是立即改口道：“——白白净净地给您送过来。”

老太太看了看胖子，不知道有没有听到，不过她没说什么，只道：“你想知道这样式雷里画的房子，是什么东西？”

我点头：“就是，挺简单一事儿。”

老太太往椅子里缩了缩，想了想：“行，我能告诉你，不过，不能由你来问，你让你奶奶来问我。”

我愣了一下，我靠，这叫什么事？我立即道：“婆婆，咱不开玩笑，这事就不用惊动我奶奶她老人家了吧。”

“开玩笑？你打听打听，我霍仙姑做买卖，从来不开玩笑。我和你奶奶是发小儿，几十年了，她也没来看过我一眼，窝在杭州那鬼地方。我让她来看看我，这叫什么玩笑？”她正色道，“这事就这么着了，你回去，和你奶奶商量商量，你奶奶要是不肯出面，我估计你这事也不会是什么正经事，你趁早歇了吧。走吧，你奶奶不来，你也不用来见我，你那东西，我是喜欢，但是我老太婆也不缺这么一件。”

我一听就不知道怎么办了，心中有点郁闷，只能怨我爷爷是劈腿了还是怎么的，给我留这么一祸根子。我心里非常清楚，这老太太不是省油的灯，她这是早就想好了要呛我一下，甚至她答应见我，可能也是出于这么个原因。

这老太太的戏谑脾气就是倚老卖老，以长辈来压我，以前肯定是个辣妹，确实是我爷爷喜欢的路数。

我想了想，完全拿这种场面没辙。一老太太在你面前耍赖皮，你能有什么办法？我急得直冒汗，眼睛不由自主地看胖子，胖子却给我使了个眼色，像是不吃她这一套，轻声道："她赖皮，你也赖皮，先坐下再说。"

我一听觉得也是，心一横，啥脸皮都不要了，在老太太面前的凳子上坐了下来。

老太太的眉头皱了起来，我心中紧张起来，但是嘴上也不服输，道："婆婆，这事情对我很重要，您不能这么耍我。您要这么耍我，那我也赖了，我们三个待会儿就跟着您了，您要回家，我们就跟去您家，反正您去哪儿我们跟到哪儿。"

说着我抬头看她的反应，一看却觉得不对，老太太的脸色忽然有点难看，根本没理会我的说辞，立即质问我道："谁让你坐下来的？站起来！"

我一愣，为之语塞，没想到她会翻脸。但是既然决定要赖了，我也不是半途而废的人，我立即摇头："您要不答应我，我就不站！"

"阿雪，叫小张、小黎过来，把这几个臭流氓给我拉出去。"老太太一下就发火了。

我感觉她火得莫名其妙，但是此话一出，那中年妇女和小女孩都看向了我们。小女孩看了看老太太，就站了起来，显然是想找人过来。胖子立即想起自己的职责，上前一步道："怎么着？我家少爷坐你们个破凳子你们还有话说？这凳子有啥蹊跷，坐着放屁能是香的？老太太，咱们这是21世纪了，法律不惩罚赖皮鬼。您要是找人撵我们，这做派就差了，我少爷敬老，我可真是臭流氓，等下拉扯起来，把这地方砸了，恐怕对您的声誉也不好。要是伤到您，那就更不好了，您说是吧？”

那小女孩冷笑了一声，道：“你们懂个屁，这可不是你们想坐就能坐的位置，坐了有什么后果，你——”

老太太忽然一摆手，阻止了小女孩说下去。我看着她脸色逐渐缓和下来，取而代之的是一种很难形容的表情。她冷冷道：“让他们坐，他们想坐，就让他们坐。”

我看她的表情，心中忽然有股不祥的预感，心说难道这凳子下有个弹簧，等下会把我弹出去？我心里又一想，不对，不能这样，这话还没说就走偏了，我来这儿是有正事的，能忍还是忍一会儿。我想着如何把气氛缓和下来，道：“婆婆，我可真是说到做到，您行行好，就别耍我了。您和我奶奶的恩恩怨怨，我哪知道啊？要是我爷爷做了啥对不起您的事情，要不您抽我几巴掌？”

老太太没看我，只是看了看表，对我道：“行啊，我也怕了你，吴家少爷。不过你先别问，你现在问，我什么都不会说，你坐在这儿，一直坐到四点半，如果你坐得住，我就不难为你了。”

“坐这儿？”

“对，就是单坐这儿，别急，我肯定你不会无聊的。”老太太道。她看了看楼下，忽然我们听到一阵摇铃声从楼下传了上来。

我忽然有了一股更加不祥的感觉。老太太看也不看我，而是把脸朝向楼下的台子。接着，整个楼的窗帘一扇一扇被拉上了，一下四周全暗了，中央巨型吊灯一下打开，瑰丽的光影攒动，那些老旧的器具、地毯、窗帘在这种光线下，一下子变得非常昏黄华丽。

接着下面的人就开始躁动，边上的小女孩发出一声欣喜的叫声，问老太太道：“开始了吗？”

老太太点点头：“开始了，你看着，今天咱们有好戏看。”

第三章

收藏界的盛宴

看着下面的戏台上开始摆上桌子和展示台，我立即知道刚才在下面的告示上看到的拍卖会应该是要开始了。嘈杂的人声让我有点心虚，看了那老太婆不阴不阳的表情，我预感到自己可能干了什么蠢事，而且事情肯定和这拍卖会有关系。

脑子里仿佛有电光闪过，但是一时之间我猜测不出其中的蹊跷，只觉得屁股下的凳子好像有点长刺，让我开始难受。

自尊心让我故作镇定，但是我相信以我的定力在这老江湖面前很难完全隐瞒，可是此时不隐瞒还不如站起来认服离开。我心中很是矛盾，想了想，也只能硬着头皮等下去了。

我看了看胖子壮胆。胖子也有点忐忑不安，这儿不是他的地头，看样子他也心虚。不过我转念一想，刀山火海我们都闯过来了，这儿能发生什么事情？最不济被人赶出去，总不会掉脑袋。

想到这一点我立即放松了下来，朝老太婆一笑，心说你太小看我了，我怎么也算在生死线上来回过好几遍了，这点场面不算什么。于是我端坐着，专心看下面的情况。

戏台上很快被搭了拍卖台和展示底座，一个工作人员模样的人上台拿着话筒调试，还有人在调试灯光。这些人都穿着服务员的制服，看样子不是拍卖公司做的，应该如传闻一般，是属于私人的内部拍卖会，行内大家玩的场子。

胖子刚才在等的时候和我说过，这儿的拍卖会最特别的地方，就是不认什么专家学者，讲的是眼力和人脉。因为这儿拍的大部分东西，都没法估价，甚至根本没人见过，你出多少价不讲一个基准，你感觉这东西能卖个五百来万，但对方的渠道能找到肯出一千万的主儿，你就一点办法也没有。

换种说法，你要在这儿玩儿，首先你得知道拍的是什么东西，然后知道能值多少钱，才能开口。那需要在极短的时间内做出决策，所以，这儿是北京玩古玩的玩得最令人心跳的地方。

而且，最可怕的是，这地方也能买到赝品。你得自己是个拿得起眼力活儿的大家，因为能混到这地方的赝品，也许已经超出赝品的范畴了。用流行词汇来说，就是一种叫作“原单货”的东西，这还是新近网络上的概念，就是这批货是正品工厂生产的正品，但是没有出货，而是工厂绕过了品牌商自己出售。于是出现了质量、细节和正品一模一样，但不是正品的尴尬东西。

当然，收藏界里的原单货并不是古代工厂的尾单，而是现代仿冒者用极端高超的技术复制出的和真品完全一样的东西，这东西绝对是赝品，但是你通过任何鉴定方法都找不出它的破绽。在现今的古董界已经出现了这样的东西。这种东西，其成本也是十分惊人的，可能做一千个也只能成一个，所以必然会想办法让这一个极品实现利润最大化。所以，它必然会出现在最高端的市场上。

要分辨这种赝品几乎是不可能的，唯一的办法就是靠直觉：一个是对卖家的直觉，这人的神态和心理是否有鬼；另一个是对这类古玩的第六感。另外，也有少数大家能通过一些艺术性上的细节来判断，比如说青花瓷，整个瓷器完美无缺，但是一些艺术家能从青花的笔法上看出问题，毕竟古时候的瓷器名家上青花釉的功夫，那种神韵是现在的工笔师傅模仿不出来的。但是，这方面的问题往往很难成为佐证，因为艺术品的好坏是见仁见智的。

总之，这里的拍卖会可以说是长见识的顶级盛宴，啥情况都有可能发生，啥东西都有可能出现。而这一次胖子看到了几个收藏界的帝王人物，加上霍老太太也在这儿，显然都是苍蝇闻到腥味了，这儿肯定有稀世珍宝。想着我不由得也有点兴奋。

很快，下面的嘈杂声越来越大。设备调试好了，一个穿着旗袍的女司仪试了试音，就对着四周说道："拍卖会马上要开始了，闲杂人等请退场，我们马上要关门了，场内保持安静，服务员可以开始分发拍卖名册和打手印了。"

女司仪长发披肩，看得出腰非常细，腿非常长，穿着旗袍很有贵妇的感觉，这种质量的美女在这里当司仪，更让我感慨。我记得我爷爷以前老家门上的两个门环，是宋代的镏金狮头门环，这两个门环和其他门环不同，它们是雕刻成蟠螭的环状古玉，而且是双层的，也就是透雕，玉环空心里面还有玉环，里面的玉环是雕刻成虬的。

懂行的一看到这门环，就知道价值连城，恐怕比整个宅子都要贵上好几倍。这是爷爷特别设计的，告诉别人自家的势力：你看，这么贵的东西，我直接做门环，不怕别人偷，也不怕被人敲坏，那说明，这家的货肯定比这门环贵得多，想来淘便宜货的朋友，看到这门环就不敢进了。在中国做生意，还是得讲究门脸。

我想着难怪自己的铺子那么萧条，都几年没装修了，下次要不让王盟也穿旗袍试试？

楼下的嘈杂声越来越大，我看到有人陆续离场，二楼是一个环形的构造，无数和我们房间类似的房间围成一个环面，对着中央下方的戏台，我看到在我们边上、对面很多屏风被移开，很多人从吃饭的桌上转坐到看戏的位置上。

我仔细地看着，就看到“粉红衬衫”在我们对面左边一点的一个包厢内，似乎就他一个人，正在玩着手机。另一边，胖子暗指着让我看对面和我们这个一样大的包厢里，他轻声说了一句：“琉璃孙。”

那个位置就离我们有点距离了，看不清楚。这时候我发现，所有其他的包厢内，摆设都差不多，一张根雕桌子，几把椅子。但是无论人多人少，所有人都是坐在靠左边的椅子上，唯独右边的凳子，也就是我坐的这个位置，是没人坐的。我不由得开始冒冷汗。

就在我心神不定的时候，有人帮我们挪开了我们身后的屏风，一个服务员端着一只托盘上来，上面衬着红布，托盘之中，放着一本硬皮的小册子。我一看就发现他是来请我们的那位。他来到霍老太太面前，忽然看到了我，接着我看他脸色一绿，整个人怔住了。

好久他才反应过来，立即问：“太太，您这个朋友坐错位置了吧？”

老太婆看了看他：“怎么？好久没见过这种场面，你也不相信还有人敢坐这儿？也是，十几年了，自从老昌盛坐过这儿之后，已经很久没人敢坐这个位置了。不过今儿拍的这些东西，也算是百年一遇，出现几个不要命的也算应景。你给这位吴家少爷再上一份花名册，伺候好了，让你长长眼。”

“得了！”那服务员满是惊惧地看了我一眼，立即转身。不久，一份花名册到了我手里，同时送上来的还有一壶极品碧螺春和四盘非常精致的小吃。

我记得这壶茶要七千多元。我觉得奇怪，用目光问他。他道：“老板，这是我们领班送的。您慢用，有什么吩咐立即叫我们。”说完他立即离开了。

我看了看胖子，觉得莫名其妙，而且非常不妙。胖子给我使了个眼色，让我别怕，说着他已经翻开了花名册，迫不及待地看起来。才翻了两页，我发现他的嘴角已抽了起来。

第四章

回忆（上）

我立即抢过来，端正了一看，发现那漂亮的封皮里竟然只有两页纸。第一页是欢迎词，第二页贴着一张大照片，照片很大，上面是一枚印玺，有一个四方形的底座，底座上通体雕刻着复杂的造型，是非常深的青色，没有什么光泽，看着竟然有点眼熟。

下面是手写的寥寥数行的字，都是数字，是照片上东西的尺寸，最下面还有一行小字：鬼钮龙鱼玉玺，出自湖南古丈县百岩坪。

玺上的雕刻非常复杂，光主要造型就有好几个，我看到有几个恶鬼最突兀，其他的部分，有鳞片和不知道是鱼还是龙的造型，在照片上一时看不出什么蹊跷来。

我吸了一口冷气，看尺寸这东西有点大，不像是寻常人家用的玺。看“钮”的造型风格，应该是战国时期的，只有那个时候才有私玺。我之前在市面上见过三次，都是兽钮，鬼钮的玺还从来没见过。

战国时代的私玺虽然非常稀有，但不算是极品，十万元以内，一到两厘米的小玺都能拿下，但是这方玺的大小有四厘米，而且造型奇特，很可能是官玺。特别是我很在意它的名字，叫作龙鱼玉玺。

这个名字肯定是卖主起的，他提到的这个龙字非常关键，因为任何玺上面一旦有龙，那就完全是两种概念。不管它是王公玺，还是正规的帝玺，都是历史上数得出来有几枚的东西，就算小国玉玺在现在这种世道也是无价之宝。

在我国，所有出土文物都自动属于国家，表面上似乎清代以前的文物不准买卖，但是可以收藏。而且，如果收藏家破坏藏品，还要被判刑。也就是说，在中国，清代以前的古董好比一颗颗定时炸弹，要么别人不知道，要是别人知道了就没好。

这东西肯定是盗墓盗出来的，不要说拍卖，首先这是赃物，现在在这里半公开拍卖，我们全都已经犯法。如果这东西的价值非常大，那这法犯得可能会非常离谱。我举个有点夸张的例子，如果时光再倒退二十年，在这种场面上，你拿把AK-47对着二楼扫射都可能被称为为民除害。

我之前干的事情也挺出格的，但是这一次是在北京城里，天子脚下。一般人做点什么小坏事也藏着掖着，这么大的坏事还搞这么大场面，这饭店的老板是吃熊胆长大的？转念一想，我忽然想到了霍老太太的背景，心说：我靠，那个啥，她该不是已经报警了吧？等下警察一来，我非得跑路不可，那她就名正言顺地不用告诉我了。

又转念一想，也不对，她当时不让我坐这个位置，好像是因为坐这个位置的人会有比较特殊的待遇。

总之，看样子，这东西是今天唯一的拍卖品，那么所有人都是有备而来，志在必得的。想着我又看了看不远处的“粉红衬衫”。他的座位是西式的沙发，他现在已经不玩手机了，而是很嚣张地窝在沙发里，抱胸百无聊赖地看着天花板。

我把册子合上递给闷油瓶，他一直非常忠实地扮演着冷面马仔的角色，可能胖子在来之前给他补过课了，不过在我和胖子的衬托下显得不伦不类。他看也不看册子，只是放到了一边。

胖子脸色煞白，和我耳语道：“认出来了吧？看来咱们来对地方了。”

这玉玺虽然非常厉害，但是我不是特别喜欢这种东西，所以没胖子那么兴奋，只轻声耳语回去：“你别给老子分散注意力。我总觉得事情要糟，你得给我兜着点，万一不行我们得想办法撤。”

胖子一愣：“你怎么还有心思琢磨这个？你没看出这是什么东西？”说着，他立即把那册子又拿回我面前展开，“你仔细看看，这东西，咱们在哪儿见过？”

“见过？”虽然我也感觉有点熟悉，但是因为霍老太太的奇怪态度，一时之间没有深究下去，胖子这么一说，我就再次去看。

只是回忆了一下，那种感觉就又出现了。与这枚玉玺类似的东西，我确实好像看到过，而且，细想一下还不止一次。

想了想以前的货物和以前看到的那些文物图献，却都不是。但是越回忆，我越有一股恐慌的感觉，似乎这种回忆触及了我内心深处一些我不愿面对的记忆。

随着记忆的回归，我的冷汗不由自主地冒了出来。我想起了那个瞬间，那是在长白山底，云顶天宫的深处，拿着它的人，此时就站在我的背后，在浓雾之中走入那扇巨大的青铜大门。

“不会吧。”我心说，这是怎么回事？

这东西怎么出现在这儿？

我不知道那东西的用处，但是闷油瓶当时拿着那东西，我的印象非常深刻。说实话，当时烟雾弥漫，而且时间离现在已经有些久远，我也不确定照片上的玉玺是否和他当时拿的一模一样。但是，即使不同，这两个“玺”之间，也一定有渊源。

第五章

回忆（下）

虽然我不能完全确定那是一样的东西，但是颜色、上面的雕刻至少是非常相似的。我相信即使不一样，也一定是同一类。

我一度怀疑过，那东西就是鲁殇王地书中说的鬼玺，在青铜门前，闷油瓶拿着那东西应该不是在摆造型，这东西应该有特殊的作用，想不到会在这里看到相似的。

我靠，我心说，真是赶早不如赶巧，想着我就给胖子使了个眼色。他低下头，我对他耳语道："快去问问，这卖主是谁？"

胖子点头。边上的霍老太太阴不阴阳不阳地喝了一口茶，幽幽道："别问了，这儿的卖主如果不想让人知道，那谁也问不出来。"

"哎，老太太您看不起人是吧？"胖子道，"你家胖爷我虽然不混这新月饭店，但是怎么说也算是在北京城有三分脸面的人。我告诉您，不是你胖爷我吹牛，就凭胖爷我的人脉，要在北京城打听一个人，还真没打听不到的。"

霍老太太头也不回："这儿的老板在北京城清朝有皇上的时候就显贵，几百年了，传了几代，从来没出过事。你要真能打听到，估计你们家少爷明天得去永定河捞你。这年头，捞尸的价码贵了，我看你还是省点钱应付待会儿的事儿吧。"

胖子愠怒，就想立即出去证明给老太婆看。我立即拉住他，知道老太太所言不假，应该不是夸张，而且胖子这人说了狠话，这就算是跟人戗上了，他出去要是真问不到，肯定不愿回来，说不定还会抓个伙计严刑逼供，非把面子争回来不可，弄不好要出事情。快开始了，我不想横生枝节，就对他道："给她点面子。"

胖子其实是给我面子，他嘀咕了一声，不再言语。我看着四周逐渐安静下来的场面，心里又起了个念头，心说，见到卖主最简单的办法，可能就是把这东西买下来。可是，这有可行性吗？

这里只有一个拍卖品，所有人目的明确，而且都是大佬，斗价格我估计是斗不过的。如果拍下来违约，违约金至少能让我倾家荡产，而且这是黑市，如果违约，说不定还要砍根手指、挖只眼睛之类的，那就倒了血霉了。

就是真拍下来也悬。这种黑市，卖主可能全程保密。就算买了他的东西，他也不一定露面，最多派个代理人和你签个合同。而且，我估计这里拍卖的流程规矩和正规的是不同的。

为今之计，只有看一步是一步了，先确定是谁买去的，然后从长计议。我心中的不安已经变成了混乱，预感这儿肯定得出点什么花样。

下面有条不紊，不久就安排妥当了。我看着台中间放上来一只玻璃柜，里面就是画册上的玉玺，看不太清楚。旗袍女开始说话："各位老板，现在开始走货，各位瞧好了，拍不着可就没下回了。"

说着，从一边出来一伙计，穿一件无袖的坎肩，两只胳膊粗得和牛腿似的，手里拿着一根很长的竹竿。竹竿的头上有个钩子，那玻璃柜的上面有个环儿，伙计用竹竿头上的钩子一钩，一提，就像钓鱼一样把玻璃柜提了起来，然后执着竹竿将玻璃柜钓起来，好像用衣叉晾衣服一样，叉到半空往包厢里送。

那伙计手极稳，在楼下举着竹竿，手丝毫不抖，顺着二楼的包厢廊台外沿一间一间地送。

没人去接，而且也接不着，正好保持着一臂的距离，就是这么当空看几眼，不到半分钟又到下一家，很快就到了我面前。胖子立即凑过去，我也伸长脖子看，距离非常近，看得很清楚。我一下就发现了，这东西的材料，肯定是和做玉俑的那种陨玉一样的石头。

一瞬间，我真想一把抢下来，然后叫他们撒腿就跑，但还是硬生生忍住了这个冲动。

很快那东西就被收了下去，放回台中央。接着，还是那个伙计，用竹竿开始叉上来一只只铃铛。老太婆边上那小女孩接了过来，放在老太婆边上，另外包厢里那些人都拿了，我却没有。

我想应该是参加拍卖的人才有铃铛，也没在意，以为分完铃铛就要开始了。没想到，最后，那伙计单独叉上来一个东西给我。

那是一只小灯笼，只有小西瓜大小，里面是小蜡烛，蒙布是青色的，很暗，一看就不是照明用的。

那东西一出现，整个场面上先是一阵小小的骚动，忽然骚动慢慢变成一片哗然声。我看到所有的目光都集中到了我这里。

我愣了。胖子莫名其妙地把小灯笼接过来，放到我的边上。刚放下，忽然整个会场上爆发出一阵热烈的掌声。

我看了看胖子，更加蒙了。一边有伙计从后面上来，拿起那灯，帮我们挂到一边柱子上的一个吊扣上。霍老太太在边上幽幽道："还不给你的崇拜者致意？这饭店，很久没人敢点这盏天灯了，你也算是给你们老吴家长脸，以后江湖上可能无人不知、无人不晓你吴家小太爷的威名了。"

我看向她，还没明白是什么意思，但是，“点天灯”这三个字，我好像在哪里听过。

她看着我冷笑，继续道：“不过，这威风一时，恐怕你们老吴家这一次要被你这盏败家灯给烧光了。”

第六章

点天灯

她说完这话，我终于一个激灵，立即明白了接下来会发生什么事情。我忽然想起当年我听到的一些奇闻趣事里，爷爷提过这个概念。

所谓点天灯，是古时候赌场里的一种说法，其实应该叫“点灯”，是一种赌博的技巧，意思是如果发现赌台上有人手气非常不好，就反着他押。他押大，你就押小；他押闲，你就押庄。赌的不是自己的运气，而是他人的霉气，这个手气不好的人，就是你的“灯”。有些人天生运气差，逢赌必输，还会专门被人请去“点灯”，小输博大利。

从概率论上说，其实这是不成立的。概率论不承认什么运气之说，但是，点灯是绝对管用的。任何赌徒都知道，自己输了第一把后，很可能会一直输下去，世界就是这么奇妙。

清朝的时候，在江南豪客玩的圈子里，因为玩的数目巨大而且没有节制，手气背的，往往一个晚上就输个倾家荡产，所以那种场合“点灯”这个词就不够气派了。而且，那种纨绔子弟往往喜欢和人怄气，你看我不顺眼，我看你不利索，还没开赌，嘴巴上都要占点便宜。一上来："王家老二，你别嘚瑟，老子今天就拿你点灯。"对方总得加点料骂回去："你拿老子点灯，老子拿你点天灯！"

一来二去，这就直接叫作点天灯了。其实这还算贴切了，点天灯就是一把火把自己都烧个精光，一如他们豪赌一晚倾家荡产。

这后来引申开来，行外都用上了这词儿，到了这拍卖唱卖一行，意思也发生了变化。我记得我爷爷说过一个故事，讲的是他们老九门里的老大，在北京城扬名立万，追他老婆，靠的就是在唱卖的时候点了回天灯。这故事我都忘得差不多了，老太婆这么一提示，我才想起来。

在拍卖唱卖的时候点天灯，好像是包场子的意思。一个包厢内，左右两个主位，右边的就是掌灯位，有人坐到任何一个包厢的右座上，就表示，无论这一轮卖的是什么东西，无论最后拍到多少钱，我都自动加一票，相当于你们不管怎么玩，这东西我要定了。

这一般是王公贵族泡妞的手法，清朝的时候很常见。政治联姻都是不惜金钱的，反正掌握了政权，钱就是小事情，所以王孙公子追郡主都喜欢到这儿来。有时候碰巧两个郡主不对眼，两边的凯子还得斗灯，这就不是看谁出的价高，而是看谁的男朋友顶得住了。斗灯的时候没有时间限制，但是可以撤灯。如果一方撤灯，那真的是脸面扫地，在当时那个年代对于那些二世祖来说，比死了还难受。

而挂独灯的时候，非常残酷，一点上你就得扛着，一直扛到拍卖结束，谁也不知道这东西会叫到什么价；而其他的拍卖者，得到藏品的唯一机会，就是把这只灯点爆，拼命出价，把价格抬到一个很高的高度，使得点天灯的人无法承担此价格。一旦出现这种情况，就顺延由上一位出价的那位得到拍卖品，而点天灯的人必须为自己的行为付出某种代价，有时候是钱，有时候可能是手指之类的部位，总之这种代价极端残忍，因为后台老板必须让所有人知道这不是用来游戏的东西。所以点天灯的人，必须掂量掂量自己的分量，那不是一般有钱就能玩的东西。

好在点灯的规矩，也怕你漫天叫价。做生意的都知道，价格叫在合理的区间内事情才会成立，如果一双拖鞋一亿元，那就是扯淡了，别人也不会跟你玩儿。而且，你拍得过高，即使你成功把灯点爆了，货顺延到你手里，你同样可能付不起当时报的价，那等于你把自己也点爆了，你也不会有好果子吃。所以，他们的出价还是在理性范围内的，不太会出现完全儿戏的价格。同时，有个叫价的幅度，每次加价都有个顶，拍卖会也有时间限制，所以，大部分拍卖都是在凯子极端肉痛但是还负担得起的时候结束。这也是安全措施，你要敢把哪个王爷的公子干完了，王爷就直接发兵把店抄了。

这一轮一件货的拍卖就是点一盏灯，当年老九门的老大点了三盏就烧了自己半年的收成，最后，估计被追那位一琢磨，连点三盏已经算是名震四九城了，再点下去，要是把他们家的钱全点光了，我还怎么嫁？于是不让再点，结果不出我所料，第二天就提亲成功。我爷爷说，聪明的女人最大的特点就是知道事情做到什么份儿上正好。

而我这次，整个拍卖会只拍一件极品，霍老太太志在必得，不拍到最后恐怕不会善罢甘休，我这盏灯烧起来恐怕真的倾家荡产都不够。

霎时间我蒙了头，进入了一种恍惚的状态，冷汗就好比下雨一样冒了出来，胃里有东西在翻腾，一直辣到我的肺里。我赶紧喝了一口茶把冷汗压下去，心说这次玩大了。怎么办？怎么办？要不要撤？待会儿赖皮会有多少风险？会不会被切掉小手指寄回我家要钱？胖子、我、闷油瓶三个人打出去的成功概率是多少？应该暂时能逃出去吧？我靠，难道在被通缉之后又要被黑道追杀？

脑子里无数的念头在混战，没等我理出哪怕一丝头绪，一个伙计拿着锣绕场敲了一圈，瞬间整个场子鸦雀无声。显然，拍卖会正式开始了。

那旗袍女说什么我完全没听，恍恍惚惚只听到每次叫价最低是十万元，最高是一百万元，我脑子“嗡”了一声，后面的就更听不清楚了。

整个过程我完全没有知觉，脑子里一片混乱，足足有一小时我都不知道是怎么过的。让我忽然清醒过来的是闷油瓶。他忽然将手按到我的肩膀上，一下把我惊了个哆嗦。

我回头看他，他没有看我，而是没有任何表情地看着楼下，似乎这里的一切和他都没有关系，像极了一个冷血保镖。我忽然感觉胖子是不是教得太过了，但是他的手很用力地捏着我的肩膀，显然有什么意图。

我不知道什么意思，难道是看我蒙了，告诉我有他在让我安心？不过被他这么一捏，可能是条件反射，我忽然真的镇定了下来。

现场一片安静，好像叫价停止了。我转头看胖子，胖子不知道点天灯的意思，精神气儿完全嵌到气氛中去了。他拿着毛巾擦汗，看来是看兴奋了。

我定了定神，端起茶问他什么情况。他道：“他奶奶的，快一亿了！”我顿时一口茶全喷了出去，喷了他一脸。

他竟然丝毫不以为然，用手一擦，继续道：“现在是休息时间，等会儿有下半场，加码提到两百万一次，你胖爷爷我算长见识了。”他指了指那主持的旗袍女，她正在台中间清点刚才的记录，“这闺女神了，这儿叫价就摇铃铛，刚开始所有铃铛都响，所有人都追价，场面乱得一塌糊涂。可这闺女没一次听错的，半秒钟不到，哪个铃铛响，哪个铃铛先响，她立即就知道了。这耳朵是神仙耳朵，她要嫁人，她老公绝对不敢给二奶打电话。”胖子又指了指“粉红衬衫”，“这小子也厉害，一直玩手机，连头也没抬过，就在休息前最后一下铃是他摇的，看样子志在必得，连竞价的力气都不想出。”胖子再指了指霍老太太，“老太婆一次都没出呢，看样子准备加码后玩大的。”

我心里暗骂，真是没江湖道义，也不会悠着点儿，看我点天灯也不可怜可怜我，一个一个花钱都不心疼。不过也没有意义了，反正就算十分之一我也拿不出来，十亿和一亿对于我来说是没区别的。最后丢脸不说，就算他们手下留情不切手切脚，随便让我赔个一百万我也拿不出来。

那就不用想了，反正我也拿不出来，赖皮是赖定了。最安全的办法，看来就是等下跑路。

我给胖子把点天灯的意思耳语了一遍。胖子觉得不可思议，也紧张起来道：“那怎么办？我靠，我说老太婆怎么那么沉得住气呢，敢情是咱们买单。”

我轻声道：“还能怎么办？这一次这老太婆存心要我们好看，这祸闯得大了，我看什么线索不线索咱算了，保命要紧。你寻思一下，咱们找机会开溜吧。”

“开溜？”胖子愣了一下，还有点不舍，“没那么严重吧？天子脚下，我们赖皮又能怎么着？我们也是被这老太婆忽悠了，况且咱们只看了上半场，说不定待会儿还有好戏，花了这么大的代价，不看完不亏死了。”

“好戏你个鬼，我们不走才真有好戏。”我怒道，“如果不严重，咱们逃了也就逃了，以后还有的是机会，但是如果严重，我靠！”

“得，那我去转圈儿，看看有没有办法溜出去。”他点头，看了看那旗袍女，“要实在不行，我们跳到台下去，把那个女人和货当人质。这闺女耳朵那么好使，应该挺值钱的。”

刚说完，台下的旗袍女忽然愣了一下，抬起头来，看着我们的方向，眉头皱了起来。

我和她对视，心里咯噔一下，心说："不会吧？这也听得见？"我忙对胖子做了个小声的手势，同时暗暗指了指下面的旗袍女。

胖子哑然失笑："你丫还真当真，耳朵再灵也不会灵成这样。她一定是非常仰慕你，偷偷看你一眼。"

说着他就掐着嗓子轻声道："大妹子，我们等下要跑路了，你听得到不？你听得到就来逮我们，待会儿可就晚了。"

刚说完，就见那旗袍女看着我们，脸色更加奇怪。我就觉得不妙，她好像真的听得见。我忙让胖子闭嘴，可惜已经晚了，她忽然喝了起来，指着我们。边上的伙计立即朝我们看过来，然后往楼梯上冲来。

糟糕！我暗骂不好，她真听见了！胖子也蒙了，看着冲上来的人，一下手足无措。心念急转之间，一边的闷油瓶闪电一般从我身边掠过，从二楼的廊台直跳而下。

我看得呆了，四处惊呼一片，看他刚落地翻起来，又一阵惊呼。我转头一看，"粉红衬衫"单手撑着廊台的栏杆，另一只手插在口袋里，也翻了下去，拦到闷油瓶面前。另一边，胖子大吼一声，抄起了一只凳子，一脚踹倒屏风就朝冲进来的酒店伙计扑了过去。

场面直接乱了。

第七章

大闹天宫

楼下的情况一时之间还不明朗，但是胖子那边已经大打出手了，桌子全翻了，碗碟碎了一地。先冲进来的饭店的四个伙计，瞬间被胖子撂倒了三个，胖子自己也挂了彩，另一个看胖子如此生猛，不敢再靠前，疾退出门口，大叫："保安！保安！叫保安上来！"

一边的老太婆被我们的举动惊得够呛，小女孩也吓得花容失色，躲在中年妇女后头。我左顾右盼，想，应该去帮哪边？我看了看楼下，高度颇高，我这么跳下去恐怕够呛，还是跟着胖子打保安比较稳妥。

就在我四处摸着东西想找个家伙的时候，忽然看到老太婆的两个保镖冲进来，挡在了我和她们之间。老太婆才道："你们疯了？得罪了这儿的老板，你知道会有什么后果吗？"

我也管不了那么多了。此时既然已经闹开了，我也是闹起来就什么都不顾忌的人。之前心中憋着股怨气，现在一气儿发了出来，我道："如您所说，这饭店开得太久，老板当得太安稳，得有人给他点刺激了。咱们好人做到底，送佛送到西，今天就给这儿的大佬刺激刺激。"说着我喝了口茶，把茶杯一摔，就想起身加入混战。

可我刚想离开凳子，就想起和老太婆的约定了，立即去看表，发现已经四点二十五分了。忽然我心中一动，问胖子："还能不能坚持五分钟？"

胖子堵在门口，一个头槌把最后那个伙计直接放倒，莫名道："啊？我靠，你还想上个厕所接着干吗？"

我学着胖子那种语调回道："咱们都坐了这么久了，祸也闯了，气也受了，不能前功尽弃，就五分钟，叫老太太看看啥叫风骨。"

胖子乐了："天真，在斗里蔫不拉叽的，遇上人颇有点气派，有你胖爷我年轻时候的风采。行，胖爷我就发发威，让你风骨一回。"说着他把包厢大门一关，把那些桌子椅子全抵过去撑住。

外面很快就有人撞门，胖子往门后一靠，就开始看表。

我心跳加快，心说这次真的扬名立万了，估计接下来的事把我爷爷从祖坟里刨出来都摆不平了。我看向楼下，只见下面也乱作一团。冲上来的伙计被闷油瓶撂倒了一片，那"粉红衬衫"护在玻璃柜前，两个人互相对峙着，暂时还未交上手。

在这种地方打架，好就好在没法报警，本身就是犯法的事情，解决争端只能靠比谁更流氓了。不过，闷油瓶在这种地方也没法施展他的身手，如果对方是粽子，下多重的手都没关系，但是对于这些活人，上去一个一个把脖子拧断总不可能，我相信他已经手下留情。我们逃出去应该问题不大，等下时间一到，我和胖子就从这里跳下去，大不了受点伤。

想着也心安了下来，我刚想舒一口气，忽然那霍老太太就对两个保镖道："把他从凳子上给我拽起来。"

我一愣，就见两个小青年立即朝我扑过来。我大叫："婆婆，你不能耍赖啊！”

“你能砸场子，我就不能砸你？到底谁在耍赖？”霍老太太手一指我：“动手！”

我心里大骂，立即叫胖子：“护驾！护驾！”我一边用屁股挤着凳子后退。

胖子一看我这里情况有变，只得放开一边，抡起凳子冲过来，这一来就和霍家人起冲突了。外面吃饭的几个中年人一下就把胖子抱住，扭打在了一起。这一边两个保镖已经拽住了我的袖子。

我拼命挣开他们，立即抱住一边的围栏。他们扯我的胳臂，我就咬他们，竟然保住我的凳子不失。闹了半晌，老太婆不耐烦了，叫道：“别管他，把他的凳子抢出来。”他们立即来掏我的裆部，我立即夹紧双腿把凳子死死护住，他们又来掰我的大腿。

就在我的大腿几乎被他们掰开之时，胖子赶到了。他撕掉了自己的衣服才从人堆里冲出来，一上来直接一个泰山压顶把我们所有人全部压在下面。

这两个保镖身手应该相当好，但是被如此巨大的重量忽然压下来，很难在短时间内挣脱。我更是被挤在两个人下面，几乎窒息。

同时，被堵住的门口终于被撞开了，几个保安操着警棍冲进来，已经是暴怒的状态，场面乱得犹如小孩子打群架。

我实在没想到，短短的五分钟，事情竟然会发生这种变化，肠子都悔青了。几个保安直接冲到胖子面前，几棍打在胖子头上。胖子哀号了一声，回头用手护住，挡住雨点一般下来的棍子。他大叫：“到点了没有？”他刚说完，声音就被棍子打了回去，打得他惨叫连连。

我伸手去看表，但是怎么也看不到，看胖子的样子，也不管到底有没有到，大叫：“到了！”

胖子大骂一声，冲出去将几个保安推翻在地。我身上的重量一松，立即膝盖一顶把压在我身上的人翻出去，站起来拉住胖子：“快走！我们下楼！”

胖子却一把拍开我的手，眼睛血红，骂道：“走个屁！”他一把抄起一边的根雕桌，对那几个保安大骂：“老虎不发威你当我是太鼓达人，还敲上瘾了，老子和你们顶上了，今天我就从你们正门杀出去，看谁嫌命长！”

第八章

霍秀秀

说完胖子抡起根雕的桌子，直接左右开摆，两个人没反应过来立即被胖子拍了出去。那拍到人身上的动静太可怕了，两个人滚倒在地，一下就没声了。

我想起胖子在海底墓里拍飞海猴子的情形，海猴子皮糙肉厚拍不死，人可不行，顿时担心等下闹出人命，对胖子大叫：“下手轻点！”但是胖子完全听不进去，对着那些保安冲了过去。那几个保安也算心理素质过硬，硬是抡起警棍迎上来，胖子根本不躲，咬牙任凭脑袋被敲了六七下，把他们一个一个拍到地上，很快全都被放倒了，根雕桌都拍得开裂了。

喧闹过后，场面一下安静了下来，胖子喘着粗气看着刚才包围他的霍家人，所有人都后退了几步缩在墙边。他看了看地上碎成一片的碗筷，从里面拿出半瓶他们刚才喝的茅台，瓶子碎了，还有个底儿没洒出去。他喝了一口，吐掉里面的玻璃碴儿，然后对我摆手：“咱们走！”

我抡起一张凳子，胖子把根雕桌扛上肩，我对一边的霍老太太点头致意：“婆婆，我走了，改天登门拜访。”说着我跟着胖子踢开那些在地上呻吟的人，走出包厢，往楼下走去。

说实话，我以前一直不知道打架有什么快感，但是一路把人全撂倒，在众人惊恐的目送中扬长而去确实很刺激，顿时我就理解了为什么有那么多人喜欢做恶人。

来到楼下，那放着玉玺的玻璃柜子被打破，东西已经被拿了出来。闷油瓶正端详着那枚玉玺，一点要走的意思也没有。“粉红衬衫”正从地上爬起来，捂着自己的脖子咳嗽，看样子也被秒杀了一回。

不过，我们从他身边走过的时候，看见他一边咳嗽，一边在笑。他看了我们一眼，好像很开心的样子。我上到台上招呼闷油瓶拿了东西快走，刚转身，就看到“粉红衬衫”跟了上来，对我道：“哥们儿。”

我和胖子看向他，胖子把桌子举了起来，他立即摆手：“等等，等等！”说着他从口袋里掏出一张名片，递给我们，指了指玉玺，“我不拦你们，给你们个联系方式，什么时候要销赃，打我电话。”

我靠，我心说，果然不是正经人，胖子还真上去把名片拿了，“粉红衬衫”就做了一个请的动作。我急得要命，推着他们冲了出去。

出了饭店，外面站满了人，都是伙计和保安，连停车场的保安都来了，我们拿玉玺佯装要砸，他们就让开了一条路，于是我们夺路而逃。

本身体力就有点透支，连跑了几条街，我们累得气喘吁吁，腿都软了，但是远远能看到有人跟着。这帮人混社会出身，都鬼精得很，胖子说肯定不只这么点，琉璃孙那批人也不好惹，刚才一直没出手，肯定是等着黑吃黑呢。

我们在一个报亭前喘气，胖子说要么分开跑吧，我说不行，我对北京又不熟悉，小哥就不用说了，等下分开，恐怕隔几天要到流浪人口救助中心去找他。而且现在他们不敢对我们下手就是因为这货在我们手上，要是分开，没货在手上的人肯定遭殃。

“那怎么办？”胖子皱眉，他现在冷静了下来，有点犯嘀咕，“你胖爷我在北京城目标太大，多少他们都知道点我，老子的铺子算是回不去了。完了，看来这下不得不南下了。”

“得先找个地方落脚休整一下，看看情况到底严重到什么程度。”我道，“我们可以先找个酒店。”

“酒店！那不是等着别人来逮我们？有破庙就不错了，逃难最理想就是住桥洞，没差的。”胖子道。

我看向闷油瓶，想问问他的想法。一想，问他肯定没用，这家伙就在斗里机灵，在地面上属于生活能力九级伤残者。

正犹豫着，忽然听到一边的喇叭响，转头一看，一辆红旗车停在路边，窗户摇了下来，里面竟然是霍老太太边上的那个小女孩。她朝我们做了个鬼脸，让我们快上车。

我和胖子对视一眼，立即就知道有戏了。我把心一横，道：“上了车再说。”

三个人翻过护栏，上了红旗车。门刚关上，车就发动了，那小女孩对司机道：“回公主坟去大院。”

胖子挤在女孩子边上道：“妹子，咱可在风口浪尖上，能去远点的地方不？”

女孩子道：“放心，那地方，他们有十个胆子也不敢进来。”说着她看向我，笑道，“吴邪哥哥，初次介绍，我叫霍秀秀，好久不见啦，你还是一样呆哦。”

“你见过我？”我奇怪地问。

“当然，哎呀，难道你现在还想不起来我是谁？”

我再次打量她，但是脑海里一点记忆也没有，又想了想，霍秀秀，这名字一听就知道是老霍家的后代。不过为什么她姓霍？难道老霍家都是上门女婿？看这背景，不太可能啊。想来想去真的没有一点印象，我只得老实摇头。

“唉，算了。”小丫头嘟起嘴，“真是让人伤心。”

我看了看胖子，觉得有点莫名其妙。胖子刚想逗几句，忽然一声巨响，车子剧震，几乎是骤停，接着胖子那边的玻璃瞬间全碎了。

我的脑袋一下撞到车窗舷上，差点晕过去。没等我反应过来，忽然后面又是一下，车子被撞得屁股离地，在地上弹了几下才落稳，后窗玻璃碎了我一头。

“我去，怎么开的车？”胖子的脸上被不知道什么东西从下巴到嘴角划了一道小口子，虽然只破了皮但是也够他疼的了。

我揉着脑袋看后面，只见后面撞我们的是辆面包车，撞在车侧面的是辆皇冠。现在车上的人陆续下了车。皇冠的司机怒不可遏，在那儿用河北话大骂我们。

我脑袋嗡嗡直叫，想推开车门下车，看看撞的程度如何，却发现车门是锁上的。接着我就看到，从车上下来的人，从身后抽出了钢管。

“啊哦，看来这帮抄家伙的人很喜欢他们的车。”我瞠目结舌道。

“不是，是琉璃孙的人。我靠，动作真快。”胖子指了指后面，我看到琉璃孙就在那群人后面的地方看着，“看来拍卖会还没结束呢，还有人想出价。”说着，他拍着驾驶员的座位大吼，“车还能开吗？”

话音未落车就发动了，显然驾驶员也不是傻子，后面围上来的人一看这动静立即冲了过来，有一个人跳上被撞扁的后备厢，从后面一下抓住了我的后脖子，想把我拖出去，简直和电影里的暴徒一样。

但是这倒霉蛋被胖子拖进半截身子到车后座，车子撞翻几个人后冲出人群，他已经被打得连他妈妈也认不出，然后被甩到了大街上。可惜几乎是同时，这车子又撞上了一边的隔离带，这一次引擎盖都被撞了起来。

“你爷爷的，你这司机是不是没证啊，还是以前是开坦克的？”胖子大怒。

“车轮轴刚才被撞弯了。”司机也非常郁闷，“没法控制方向。”说着，他想把车从隔离带倒出来，但是没用。

后面的人冲了过来，胖子看着没戏了，大骂一声，和闷油瓶踢开两边的门出去。我和霍秀秀也下来了，胖子就问霍秀秀：“车里有武器吗？马刀之类的？”

“你当我们家是什么人？”

胖子拍脑袋：“你胖爷我怎么会上你这破车？”说着，后面冲上来的人就到了，也没时间抱怨了，胖子双手挡住一记钢管，直接一脑袋把冲在最前面那人撞翻，然后抓住钢管，踩住那人的手夺了下来，接着人就拥了上来。

那面包车上是七八个人，皇冠车上有五个，一共有十多个人，我们这儿的战斗力只有三个，司机还在拼命地发动车子。霍秀秀缩在我们后头，倒也不慌乱地拨电话，但是看她也帮不了什么忙。

我在初中的时候参与过打群架，但是那时候的打架太小儿科了，基本靠气势吓人。刚才面对保安我还能保持镇定，现在看到呼呼作声的钢管一下就身体僵硬，不由得往后退了几步。

一边看到两个人朝闷油瓶去了，其中一个铆足了劲儿抡起钢管朝闷油瓶的脑袋砸去，那一下要是砸到肯定颅骨爆裂，但几乎是一瞬间，那钢管就被闷油瓶握住了，而且没有任何的缓冲，钢管高速落下直接被握住后就完全静止，那家伙一定感觉自己砸在一根钢筋上。接着闷油瓶顺势把钢管往下一拉，那人被他拉了一个趔趄，同时闷油瓶的肘部往前一翻，那人的脑袋就撞在闷油瓶肘上，摔翻了出去。

另一人的钢管从边上砸闷油瓶的腰，他抽出前一个人的钢管，直接挡了过去，钢管交击，火星都打出来了，那人直接被震了出去，钢管落地。

场面混乱，要是平时，看到这阵仗肯定没人再敢上前了，但是一切发生得太快，后面的人根本不知道发生了什么，又有三个人冲了上来。其中一个直接冲到了我的面前，二话没说，钢管就砸了过来。

我几乎是条件反射地做出反应，竟然躲了过去，那钢管几乎贴着我的鼻子刮过去，但我脚下一下踩到了隔离带里的灌木，整个人翻进了灌木丛里。我立即翻起来，就见那人竟然冲向了霍秀秀。我心中一惊，要是这丫头被我们连累了，在霍老太太面前我实在没法交代。我大吼一声就冲了过去，刚吼完，背后就中了一棍，也不知道是谁打的，胸腔一荡，几乎痛晕过去。

一边听到霍秀秀的惊叫，我立即抱头，知道下一棍肯定是我的后脑勺。这批亡命徒。没想到听到一声惨叫从我后面传来，回头一看，胖子两手两根钢管，脸上已经挂彩，对着刚才打我那家伙的脑袋打鼓一样地乱敲，一边敲一边对着闷油瓶大叫："小哥，擒贼先擒王，我顶着，你杀过去。乱军之中取上将人头！"

闷油瓶身边至少围了六个人，被胖子一说他直接看向远处观战的琉璃孙。

我以为我会看到闷油瓶杀开一条血路冲过去制止琉璃孙，没想到，他做了一件让我们瞠目结舌的事情。

第九章

样式雷（上）

琉璃孙也许永远想不明白，那根钢管是如何从四十米外飞出，准确地打到他的脑袋上的。

我以为我能看到闷油瓶一路快杀过去，冲倒拦截者，然后犹如幽灵一样出现在那老头面前，但是他没有，他选择了最经济和省时的办法。

距离很远，我不知道打得怎么样，但是这种钢管，这种打击程度，我看是好不了的，还好是在脑门，如果是在后脑可能直接打爆了。

最开始那些人还不知道，一直到后面琉璃孙身边的人大叫，所有人才慢慢停下来，一看自己的老板趴在地上，立即不知道怎么办了。后面那人扶着琉璃孙吼了一声，他们才全退了回去，纷纷上车离开。

一分钟内，所有人都跑得精光，只剩下一边围观的群众和我们几个。胖子满头是血，一边的车子被撞得前扁后凹，上面全是被钢管砸的凹坑，地上还有好几只鞋。

我看着面包车和皇冠车绝尘离去，感觉好像做梦一样，此时背上的剧痛才开始发作，几乎要趴下。

胖子解开自己的衬衫，捂着自己的脑门，拍了拍我，让我往车边靠。“我们也不能待在这儿。丫头，问问你家马夫，车还能开吗？不开我们得拦的士，这儿看的人里，肯定还有不少琉璃张、琉璃赵。”

“开是能开，但是过路口肯定被交警拦下来。”司机道。他也挂了彩，眼角破得很厉害。

“打的，公交，随便什么，你胖爷我不想和警察打交道。”胖子在这时候显得格外冷静。

霍秀秀还在那边打电话，此时把电话一挂，对那司机道：“小黎，你在这儿处理车。”她又对我们道，“跟我来。”

胖子把钢管夹到西装里，从车的座位下拿出那枚玉玺，也不知道他什么时候藏进去的。我们跟着秀秀冲入围观的人群，那些人纷纷让开，我们跑进辅路，顺着一条小道穿过一个街区，来到另一条路上。

零零散散有几个人跟在我们后面，连掩饰都不做了，我感觉有点像《动物世界》里，一只垂死的斑马看着在它身边徘徊的秃鹫的感觉。好在一到另外一条路上，就有另一辆红旗车停在了路边。这一次，前后都有两辆吉普，漆着让人非常有安全感的颜色。

我们急急地上车，胖子就道：“丫头，怎么早不找开道的？”

“我没想到他们那么猴急，连看看形势的欲望都没有。”小丫头坐在前座，此时才开始有点小小的发抖。不过我看得出她克制着，她抽出很多的餐巾纸递给胖子：“我和我奶奶也不可能随时带一队人马出来。”

“琉璃孙认识你奶奶吗？”胖子就问。

小丫头点头。胖子被我擦伤口的动作刺得缩了一下脖子，道：“这老小子敢冒这种风险和老九门作对，看样子他真的很需要这玩意儿。”

“也许他只是想把这东西抢回去送还给饭店的老板。”

“琉璃孙是有钱人，有钱到不知道钱的概念，他要得到一个东西一定是想买。抢劫不是他的强项，他现在来抢应该是迫不得已，一定是怕这东西如果被你们带走，他再有钱也弄不到了。”霍秀秀看着胖子塞在衣服里的玉玺，“这到底是个什么玩意儿？他这种人也会这么想要？”

二十分钟之后，我们进入了一处神秘的小区。小区里停着不少红旗车，最里面竟然有几座四合院。我们下车，先到社区里的一个卫生院做了简单的包扎。

我背上有一大块乌青，钢管头砸到的地方最严重。胖子头破了，不过还好，看上去很吓人，但其实只是擦伤，被钢管的螺纹划了道口子，消毒之后贴了块膏药。

包扎完之后，霍秀秀就带我们走了。我们在小区里穿行，发现这片真是大，走了半天进了一条胡同，一直往里走，里面竟然有曲径通幽的感觉，各种参天古树从边上的四合院里长出来，好像是进了什么寺庙一样。真没想到北京城的某个小区里还藏着这么牛的风景，真是大隐隐于市。

一直走到胡同的尽头，从一个很不起眼的小门进去，里面是一个大院子，我们一眼就看到霍老太太坐在院子里喝茶。显然她比我们要先回来，已经等了好一会儿了。

院子里有一棵柿子树，树下面有一口井，井边还有一些一看就很名贵的植物，感觉以前是小康之家的宅院。我们三个大大咧咧地进去，霍老太太问秀秀有没有受伤。秀秀把事情说了一遍，老太太才转向我们，对我们道：“还好我们家秀秀没受伤，否则我非扒了你们的皮不可。”说着她让我们坐下。

我呵呵一笑：“这一次坐了总不会再点我的灯了吧？”

老太太没好气地看了我一眼：“我霍老太同一招不玩两次，而且说什么是什么，反正也用不着我来收拾你们。找你们来，是我愿赌服输，免得你们败了我的名声，趁你们脑袋还在脖子上，我把我们的事了了。”

我和胖子对视一眼，心说这老太婆估计看我们闯了大祸，要和我们快点撇清关系。也罢，反正各取所需，这么乖张的老太婆我也不想多来往，速战速决为好。于是我单刀直入道：“那您愿意告诉我们了？”

“你们不就想知道为啥我要出那么高的价钱买你们那张样式雷吗？”老太婆站起来，做了一个让我随她去的样子，然后道，“这事要搁在别人身上，我必不会说，不过你也是老九门的后人，不算外人。但是，其他两位请留在门外。”

这场面也不是一次两次了，我给胖子和闷油瓶使了个眼色，他们点头，我就跟着老太婆进到了边厢。一进去，我就看到那是收藏间，满屋子的古董，什么摆设都没有，就是一排一排的架子。虽看着是老屋子，但是一进去就感觉脸上发刺，空气里有静电，看样子是恒温恒湿的。

所有的收藏品都包着报纸，老太婆带我走到几排架子的最里面，我就看到靠墙的地方有一条钢丝穿空用来挂字画，但是现在上面挂的都是样式雷的图案。

我数了一下一共是七张，其中两张之间空着一段距离，显然少一张，应该就是我的那张了。

“这是‘雷八层’。”老太太道，“你既然懂样式雷，应该知道这是什么东西。”

我点头，有点惊讶。只扫了一眼，我就知道，这是样式雷中的精品，而且这七张图纸其实是一座建筑的设计图，那是一座多层的楼。

七张纸上是每一层的结构，都非常清楚，而且这楼不是一般意义上的楼，它的底层规模最大，然后往上逐层缩小，乍一看犹如一座塔，但是因为它每一层都是楼宇的结构，所以比塔要庞大很多，更像玛雅的太阳金字塔。一般意义上，除了塔，很少会有古建筑修得那么高，不过也可以看出，最上面的部分，其实已经是塔的结构，能称为楼的，只有底下三层。

“这是道光二十五年的图样，设计师应该是雷思起。”霍老太道，“我这里存有七张，是楼的地下一、二、三、四、五、六、七层，底下一层应该在你这里。”

“这楼有什么蹊跷吗？”我问道。这些图样乍一看，都是很普通的样式雷，虽然从图上大体可以看出，这些楼都有背光的设计，和我手上的那张一样。

“对其他人可能没什么，不过对我有特别的意义。”霍老太太摆弄着这些图样，“这座楼的名字叫作张家楼，在20世纪70年代，这座楼的图样在国外陆续现世，被收购回国。你知道样式雷是皇家设计师，不可能为民间设计建筑，但是你看这里的图样，完全是民宅的式样，显然这个张家楼和道光皇帝或者样式雷之间，有什么故事。当时我有一个女儿，在文化局工作，他们有一个项目和这座楼有关，1978年的年尾，他们在广西找到了这座楼。我记得那是1月15日，我女儿出发去广西参与考古挖掘，那是她第一次出远门，一去就是好几个月。”

霍老太太转头看着我，表情有一丝萧索：“我是想通过这次机会，锻炼一下她的能力，所以她回来的时候，我还很高兴地准备和她谈心。没有想到，她回来之后，性格忽然变了。”

我听到“张家楼”这三个字就一个激灵，立即想到了在妖湖底部的那座古楼，想说话但是不知道说什么。但一听到她最后的那句话，我脑子又抽了一下。

“变了？”我奇怪道。

“是的，她去过广西之后，性格一下变得十分古怪。以前她的性格十分开朗，但是回来之后，她的性格变得很阴沉，基本待在自己的屋子里，不知道在做些什么。我偷偷看过她几次，发现她自己在屋子里，一直在画什么东西。”

一般来说，这种情况是因为她失恋了。我心说，她画的肯定是她男朋友的脸。

霍老太太继续对我说道：“我一开始认为她恋爱了，但是后来发现不是。因为她有一次出差，我进到了她的屋子，看到那些画，我就意识到不太对。”她顿了顿，“全是钢笔素描，所有的图画的都是一座楼，一座非常古怪的楼。”

第十章

奇怪的形容

“我对斗里的很多东西，有着一种非常强的直觉。她画的那座楼，我一眼看去，就觉得不太对劲，造型古古怪怪，看上去让人十分不舒服，有一股邪气。”霍老太太道，“我以为她是做项目做得疯魔了，当时和她好好地谈了一次，谈的时候，就感觉她非常不对劲，整个人的状态很不正常。这种感觉很难形容。她既紧张，注意力又不是特别集中。她当时的表现，我后来分析给别人听，有一个朋友总结出了一个形容，让我觉得非常像——好像她的房间里，藏着一个人，她不想让我发现。”霍老太太喝了一口茶道。

这个形容非常奇怪。我们形容一种古怪的状态，一般会使用“紧张”“焦虑”“注意力不集中”这种词，但是这个形容非常具体。

“难道她把她男朋友藏在房间里了？”我忍不住说出来。当时的霍老太，还是青春期少女的母亲，和所有的母亲一样，对于女儿的各种变化都很关心，我能理解她的这种状态。

“我们家的大院不是一般人可以出入的，她在房间里如果藏了一个人，我们肯定会发现。而且，在她出门的时候，我进去过不止一次，里面有没有人，我太清楚了。我非常担心，于是派人跟踪她，想知道到底是什么引起了这种变化，可就是这个时候，她又一次离家后，再也没有回来，一直到现在。”

“她失踪了？”

霍老太太长叹了口气，点头继续道：“为了找她，我开始自己派人调查。我是通过当年的那个张家楼考古项目调查，但是我一查，就发现当年这个考古项目非常隐秘，不像是一般的考古活动，因为就是通过我的关系，都无法顺利地拿到资料。而我女儿，她好像在这个世界上从来没有存在过一样，忽然一点痕迹都没有了。我花了无数的精力也没有任何收获，我不知道他们当年去广西之后发生了什么事情。”她顿了顿，“这么多年下来，我一直在搜集所有关于这个项目的事情，这些图纸，就是我一张一张从市面上搜集而来的，到这第七张，已经二十多年了。我只希望有生之年，能够通过这些图纸找到这座楼，看看他们到底出了什么事情。”

看着她的表情，我立即想起了三叔当年和我说文锦时的表情，心中的预感越来越强，感觉到事情忽然一下就联系起来了。我的脑子开始有点混乱，但是那不是糊涂的混乱，而是忽然间所有的一切都联系起来的那种应接不暇。

“说起伤心难过，其实我也习惯了。我只想在我这把老骨头还没入土之前，给自己一个答案，她是死了也好，她是如何了也好，我只想知道一个结果，否则，老太婆我的眼睛肯定闭不上。”她道，“所以，这不是关乎什么钱不钱的事情，小子，你懂吗？”

我下意识地点头，她就做了一个让我出去的手势：“你可以带你的朋友走了。作为你爷爷的朋友，给你个忠告，这段时间，你最好离开国内，也请你说话算话，托人把你的样式雷送过来。”

我点头，却根本不想走。我忽然发现我有更多的问题需要她解答，当然，现在要先验证一下我的想法。于是我问道："婆婆，他们发现那座楼的地方，是不是在广西的巴乃？"

老太婆看着我，脸色一变："你听说过那个项目？"

"事实上，我刚从广西回来。"我道，"我在那儿，遇到了一些奇怪的事情，牵扯一支考古队，以及一座古怪的楼。"

第十一章

考古队、楼和镜子

在老太婆奇怪的眼神中，我把我在广西的经历大概地叙述了一遍，同时告诉了她，我的那张样式雷是怎么弄来的。

听完之后，老太婆叹了口气："这也是机缘巧合，想不到这最后一张，我怎么都淘不到，竟是在那种地方。如果不是你去找出来，恐怕这辈子我都找不到了。"

我点头。这批老的档案再隔几十年不知道还能不能保存，就算还在，也到了定期销毁的时间。如果我没有阴差阳错地看到，真的是绝世了，可见，冥冥中自有天注定。

我想了想就继续说道："如果是这样，那么，我想我在广西查到的那支考古队，应该就是您女儿的那一支。"

她点头："我也亲自去过广西，为什么我没有查到这些事情？"

我心说，我能让盘马开口，全靠闷油瓶的那块烂铁。整件事情，如果不是从楚哥那儿突破，我根本不可能在那边查到任何信息。这也怪不得她手下的人，要知道，秘密可都在那湖下面。

但是我心中在意的不是这些，因为我清楚地记得盘马的那个故事，那支考古队，是被人杀了调包的。这么说来，她的女儿，很可能已经变成了我们捞上来的那些骸骨。

我不知道是否应该提这件事情，倒不是怕刺激她，我相信这老太婆不会太脆弱，但是我怕影响到她的情绪。

与此同时，我心中很多的碎片，已经连在了一起。我似乎摸到了一些匪夷所思的线索，这些线索又非常诡异。我必须立即求证一些事情。如果我想的是对的，那么，整件事情的入口，也许已经打开了。所以我立即问她："如果可以，您能不能给我一些您当时查到的考古队的资料。因为这些在资料室里找不到。我在查的事情也许和您的女儿也有关系，那张样式雷我会立即派人送过来。"

"那些资料我有一个大的档案袋，不过，大部分都没有什么用处，你想知道什么，可以现在问我。"霍老太太的眼神忽然柔和了很多，"你到底在查什么东西？怎么会查到那一块去？"

"说来话长。您先回答我的几个疑问，如果那些如我所想，那我想咱们可能查的是同一件事情。"

老太婆看了看我，似乎还是有点摸不透我："好，你问。"

"婆婆您应该查过您女儿的行踪，您女儿失踪，是不是和一次西沙的考古活动有关系？"

我话刚说完，老太婆脸色一变："你知道？"

我不等她发问，立即又问道："婆婆，如果我猜得没错，你们家的规矩，女孩子都要随霍姓？"

她有点惊讶，点头："怎么？"

"那么，您失踪的那个女儿，该不是叫霍玲吧？"我镇定道，"王——令——玲。"

第十二章

似是故人来

看到她的表情，我立即知道自己肯定猜对了。我心中一喜：峰回路转。

其实我早前就意识到了这一点。霍玲这个霍姓并不普遍，但是，当时我以为霍老太太的女儿应该是跟父亲姓的，也就是说，霍老太成为女当家，只是因为正好这一辈里没有男性，霍家的下一辈当家，应该是男人。没有想到，霍家是个母系氏族。

刚才，她一说到她女儿参加考古活动时忽然失踪了，我立即想到了三叔的西沙考古。同时，我一下就想到了一个情况，霍老太太姓霍，而西沙失踪的人中，有一个人叫霍玲，是个高干的女儿。加上当年广西考古的领队是陈文锦，各种信息都指向了一个点。

其他场合我也许只会认为巧合，但是在这千丝万缕的各种关系交杂中，我忽然意识到其中的不对了，一问果然是我想的那样。

霍家的老太太忽然牵涉这件事情，看似意外，其实是必然。只不过，霍老太太可能还没有牵扯到像我如此深的地步。

如此说来，霍玲竟然和我三叔一样，也是老九门的后人，加上解连环，那就是三个了，西沙的那一支考古队到底是什么成分？

随即一想，思绪就更加发散。我发现，原来不只霍玲，陈文锦好像也和陈皮阿四同姓，陈皮阿四姓陈，还是出于其他原因被称为陈皮（说实在的，想起他的样子，确实有点像九制老陈皮的感觉？），但是他在几十年前应该不会那么老，陈皮阿四应该是和陈姓有关。

陈文锦，陈皮阿四。

霍玲，霍老太太。

吴三省，吴老狗。

解连环，解九爷。

这是不是巧合呢？

解连环和三叔两个人有很深的渊源，从事情开始之前他们的联系就很深，他们两个同时出现在考古队应该不算稀奇。但是，霍玲在整个事件中，我一直以为她是局外人，连她都是老九门的后人，难道是巧合吗？

如果她是山西的南爬子或者岭南的走山客的后代，或许还可以解释，因为考古嘛，多少祖上有点背景才能在那个年代接触到这一行。但是，同样是老九门，而且是一门的直系后代——

有问题，绝对有问题。

我忽然想起，闷油瓶也不是省油的灯。一支队伍十个人，五个人的背景都成谜，看来剩下的李四那几个，也都不是省油的灯。三叔当年和我说，这支队伍是偶然组建的，看来也不是什么实话。

我脑海里立即闪过了几种可能性：当年的考古研究所，也许是老九门股份制的，本来就是他们自家的买卖。要么，是这批人的后代都选择了考古这一行当，然后，在长沙因为地域的关系碰到了一起，又或者，最有可能的，因为“某个项目”，这批神通广大的地下家族，在利用考古的名义做着官方外衣下的犯罪活动？

心如闪电，一大块拼图忽然拼上之后，下一步就感觉无所适从。我挠了挠脑袋，不想让那种恍然大悟的喜悦这么快消失，却听霍老太太问我道：“你怎么知道这些事情的？”

我摇头：“我爷爷不太提你们往年的事情，说起我是怎么知道的，我还真是头大。婆婆，我觉得今天咱们两个碰上真是缘分，要不借一步说话，我得和您讲一件事情，和您女儿有关系。”

老太婆眼睛忽然一闪，难以置信地看向我：“你说什么？”

我诚恳道：“我想，咱们可以坐下来好好聊聊，恐怕得聊上一些时间。”

老太太脸色一寒道：“小子，你可别信口开河，老太婆其他玩笑开得，这个玩笑你要是敢开，我让你走不出这个大门。”

我没心思给她倒口了，心说又不是演古装片，道：“咱不说废话，我说完了，我估计我要走您都得拴住我。”

她看着我，一下子也摸不清我到底是什么路数，想了想立即示意我跟她去。于是我跟她出了屋子，一路来到后院，不知道往哪里走。老太婆瞪了我一眼：“这边！”

胖子和闷油瓶还在院子里待着，胖子正在无所事事地观察着那些好像是兰花的东西。我总觉得不太妥当，就对老太婆说：“我两个朋友都知道那些事情，可以让他们一起进来，有些地方他们可以做补充。”

老太婆显然也没有心思太计较那些细节了，就点了头。我给胖子打了个呼哨，就跟着老太婆进入了客厅。

客厅非常大，典型的四合院的客厅，没怎么翻修过，东西都很旧，看上去有点朴素。但是懂行的人知道，这四合院现在在北京是天价了，特别是一些有讲究的，这房子肯定是翻修过的，不然没那么皮实。但是翻修的手法是作古翻修，那代价就大了，也说明这房子是有来历背景的。我甚至看到在门楣上有一些类似雕梁画栋的东西，看上去和故宫的有点像。胖子看得直赞叹。

我只是略微惊讶了一下，也没工夫献媚，落座之后，立即将我之前经历过的事情和盘托出。

因为刚开始的事情有些细节和霍家没关系，所以老太婆有点不耐烦，但是一直忍着。我足足说了一个小时，除了霍玲变成禁婆的那一段，其他的我全说了，而且算非常简略了。听完之后，老太婆却没有任何反应，只是脸色有些阴沉。我以为她会非常激动，没想到她的反应很平静。

也许是吓呆了，我自顾自道："婆婆，我本来打算尽量不将这些事情传播出去，因为我不知道后面到底是怎么回事，但是看到您这个样子，我一下就想起了我的三叔。虽然我不知道他到底是谁，但是，我知道他的痛苦是真的，所以我不忍心瞒着您，您的女儿，很可能不在人世了。她在广西就被人杀死了。"

老太婆不说话，皱眉看着我。

"我相信，从广西回来的那个，不是您的女儿，您之所以感觉她变了，是因为她是别人伪装的，而您在和她谈话的时候，她给您的感觉是，她房间里有另外一个人，是因为，她就是那个隐藏在房间里的人。"我一口气说出了我的结论，"这个从广西回来的人，她把自己藏在房间里，她已经成年了，只要她避开一切和您亲昵或者大量交谈的事情，您就没有机会认出她来。"我道。

"等等！"胖子在一边说话了，"我靠，你是说，西沙考古的那个霍玲是假的，她不是霍玲？"

我点头，心说肯定不止她一个。我不知道西沙考古的一行人，有多少是当年广西张家楼项目的人，甚至连文锦都有可能是假的。我靠，这是个计中计。

"为什么要这么干？"胖子奇怪道，"目的是什么？"

“显然其中有两股势力在博弈，有一股势力把自己的人通过这种方式置换到了另一股势力当中。”我道。

当年的三叔真是走运，他和解连环上的那真叫贼船了。

霍老太太却没理会我，脸上的表情非常奇怪，喝了一口茶，顿了顿，才问我：“你刚才说的所有的过程中，一直有一个身上文着麒麟的人在你身边，这个人，现在在哪里？”

我愣了一下，心说你不是在担心你女儿吗？怎么突然间问起了这个？我一下没反应过来。

胖子犯贱，这时候就抢了先，立即拍了拍闷油瓶道：“这么好的东西，当然随身带啦，这不就是他吗？怎么？美女，想点他出台啊？”

我立即对胖子龇牙，让他注意场合。

没想到老太婆一听这话，好像震了一下。她立即抬头，看向闷油瓶，并站了起来，径直走到了闷油瓶面前。

“就是他？”

我们点头。看着老太婆的表情，我忽然感觉不妙，生怕她喊出“儿子，我想死你了”这样的话。

霍老太太浑身都有点颤抖，对着闷油瓶道：“让我看看你的手。”说着她抓起闷油瓶的手，只看了一眼，她就后退了几步，脸色铁青。

我心说不好，难道他们之间还有什么其他恩怨？没承想老太婆一下跪了下来，连着边上一直伺候着的霍秀秀也不明白怎么回事地跪了下来。

第十三章

背负着一切的麒麟（一）

霍老太太脸上的那种肃穆，以及那跪下的沉重和坚决，真得不能再真了。

她是一个在北京城里可以呼风唤雨的老太太，她是江湖上叱咤风云的老九门，她是年近暮年的长辈，她是家财万贯的一家之主，随便哪个身份，都能轻易地把我们压死。然而，她跪了下来，跪得如此理所应当，如此决绝。好像只有这种举动，才能体现她的虔诚。

我的吃惊丝毫不少于其他人。在霍老太太跪下的几秒钟里，好像有一只手忽然压住我的肩膀，让我的膝盖发抖。好不容易，我才忍住了跟着跪下的冲动。我不知道这是我的奴性使然，还是因为气氛实在太诡异了。

那一瞬间，我忽然有一种感觉：我和闷油瓶可能是不同的，他的世界我也许永远无法理解。

好在这种感觉在胖子的搅和下稍纵即逝。他也被吓了一跳，愣了几秒钟，嘴巴里蹦出了这么一句话："不好，这个霍老太太是只粽子！"

说完他才明白不可能，看着我抬了抬眉毛。我才从震惊中缓过神儿来，立即道："婆婆，您这是干什么？"我冲过去想把老太太扶起来，却见霍老太太神情肃穆，不愿起来。边上的霍秀秀完全傻了，可能从来没见过她奶奶这样，一时间不知道如何是好，只好继续陪跪。

奇怪的是，闷油瓶没有任何举动，看着她，犹如一尊雕像。

这样不成体统，我也没处理这种场面的经验，一下不知道如何是好，就给胖子使了个眼色。胖子也蒙着呢，不过反应比我快，立即和我上去，强行把老太婆扶了起来。

霍老太太的眼睛始终没有离开闷油瓶。扶她坐下后，胖子就道："老太太您是没见过这么雄壮的手指吓得腿软还是干吗？21世纪了，咱不行旧礼了行不？您这么玩，您不怕膝盖疼我们还怕折寿呢。"

霍老太太就没理会他，只看着闷油瓶，问道："你还记得我吗？"

闷油瓶摇摇头。胖子就道："别说你，前段时间连他胖爷他都忘了。"

老太婆就咬了咬下唇："也对，你肯定什么都不记得了，如果你还记得，你可能不会来见我。"

我就问道："婆婆，难道你们认识？"

她静了静，才道："何止是认识，我一听你说到他，就明白我女儿到底出什么事情了。"

我和胖子对视一眼，就见老太婆似乎无比疲惫，瘫软了下来，一下就垂下泪来："看来，是阿妈害了你。报应，吴老狗和解老九子侄相残，我们的儿女陆续失踪，都是报应，做我们这一行，果然逃不过天理循环。"

我无比好奇，感觉到事情越来越顺，有点想追问，又一下子不知道问什么。秀秀就在边上安慰道："奶奶，老九门这么多年传下来了，很多都子孙兴旺，要说报应我觉得不太像，有些巧合应该是意外，您不用太过信宿命。"

霍老太太摇头："其实哪里还有什么老九门，事情一波接着一波，一开始我们还想抱在一起，后来，能保住自己就不错了。那几年，跟着我们混的，吃着我们这口饭的，我们打着保票算是自家人的，有多少被我们害了，又有多少反过头来害我们。早些时候还有道义，还有江湖，黑背老六一把刀就能保着一条街，那几年什么都没了，我们从来没想过人能坏到那种程度。"她道，"等到连我们这种人也开始害人，我就知道，老九门的气数尽了。"

我并不十分明白她是什么意思，但是大概能知道，她说的是那段时间的事情，就问道："这到底是怎么回事？"

她看向闷油瓶，忽然沉默了下来。

这种沉默让我非常尴尬。我知道她可能是在思考，不敢打断她，怕她烦起来起逆反情绪，就忍住没有催促。

沉默了相当长的时间，她才缓缓开口："小子，你对我很实诚，但你是吴老狗的后代，当年我们发过誓，这件事情我们都会烂在肚子里。当然，现在这个誓言也不那么重要了，但是我也不想说这件事情，除非他想知道，我才会说。"她道。

我心中一个咯噔，暗骂，怎么又是这样。每到这种时候，三叔是这样，爷爷当年也是这样，现在这老太婆也是这样。似乎他们心中有个巨大的卡子，卡在心口，就是不愿提及卡子里面的秘密。他们这烂摊子，到底是个什么情况？

我看向闷油瓶，看他如何反应，霍老太太也看向闷油瓶，眼神中的感情非常复杂："你想知道吗？"

闷油瓶和她对视，并不回答。我对闷油瓶使了一个眼色，让他快问啊，千万别错过这个好机会。但是他看了看我，摇了摇头。

所有人都有点吃惊。“你不想知道？”老太婆问。

闷油瓶的眼神中，淡然如水：“我并不相信你。”

老太太和他对视，脸色一下就变化了。她“哦”了一声：“为什么？”

闷油瓶没有回答她，反而转身对我道：“带我回家。”说着，他头也不回地向外走去。

我一下觉得猝不及防，只得跟了出去，一路走到院子的中央，胖子也跟了出来。我都能想象老太婆目瞪口呆的神情。胖子也觉得莫名其妙，大概觉得怎么小哥忽然这么有性格了。

没走几步，就听到有人叫：“留步！”我回头看到霍秀秀追了上来，拦在我们面前道，“等等，等等。”

我回头看了看老太太，她已经回内屋去了。霍秀秀用一种很奇异的眼神看着闷油瓶道：“现在外面全是新月饭店和琉璃孙的人，你们要是出了这里，肯定不得安宁。我奶奶说，故人一场，她会帮你们找个安全的地方，你们可以暂时去那里避一避风头，我们也保持联系。她还有好多事情要问你们。”

“你奶奶该不会也对我这赃物感兴趣吧？”胖子扬了扬那枚玉玺，“我家小哥说了，我们不相信你们。”

霍秀秀道：“我奶奶从来说一不二，你们就从了吧，对大家都好，而且你们现在又能去哪儿呢——”说着，她顿了顿，向我们眨了眨眼睛，指了指闷油瓶，“其实，关于他的事情，我想我可能知道一点儿。”

第十四章

同居生活

霍秀秀说的是有道理的，如果没有霍老太太这一把保护伞，我们接下来一段时间的日子会很难过。

如何处理我们留下的烂摊子我还没有时间细想，我们三个人只有我算是有头有脸并具备江湖背景，想要平息肯定最后是我出力。在我的世界观里，我相信法治社会，我们实在没钱，也总有妥当的办法解决。但是略微一想，我非常心虚，因为我从来没有经历过这种事情，也许其严重的程度超乎我的想象。

我有时候感觉我们三个好像以前赌片里那些无知滥赌的小孩一样，仗着自己有几分手艺就去大人的世界闯祸，最后自己的父辈为我们顶包，切掉自己的手指赔罪，我们才明白自己闯的祸是超出自己世界观的，到那时候发出“怎么会这样，我不想的”这种感慨是于事无补的。我心中隐隐有一种担忧，就是这祸闯得有点超乎我的想象。

所以如今霍秀秀一提，我立即动心了。

另外，我觉得霍老太太的态度非常微妙。事情现在很混乱，本来我只是想问问那样式雷到底是怎么回事情，却问到了一些老太婆的往事，而且后面的事情似乎还有千丝万缕、欲拒还迎的感觉。我感觉到，有可能霍老太太有些事情一时间想不明白，想明白了，还有后续。

保护我们，对她来说是一种迂回，对我们来说是一种缓兵之计，双方都有好处。她可以想清楚自己的想法，我们也有时间反应一下，弄清楚我们到底闯下了多大的祸。

胖子和我想法几乎一致。他最现实，反正也回不去铺子了，先答应下来，至少有个地方商量下一步怎么办。于是我们都答应了。

我以为会在大院内给我们找间房子，可霍秀秀招来司机，换了一辆不起眼的帕萨特，我们矮下头开出了大院，在大街上也没敢抬头。我记着霍秀秀有点暗示意味的话，就问她，关于闷油瓶她有啥消息。她却不答，说这可是大情报，我得拿东西和她换才行，要我别急，晚上她要和我好好叙叙旧。

从公主坟一直开到了东四，转来转去，到了一条胡同里面前就出现了一座非常气派的老宅。

“我靠，这是前清哪个王爷住的地方？”我们一下车，胖子看着老宅外面的汉白玉石墙就惊叹道，“这墙外头还有柱墩子，这墙还不是外墙，这是哪个大宅的一部分啊？”

“这我也不清楚，我奶奶买下这儿的时候我还在长沙没过来呢。”霍秀秀把我引进屋子。我发现里面全荒废着，院子非常大，主结构是很典型的四合院，但是比四合院大很多，有非常多的房间。满园的杂草让我实在不敢相信自己是在北京城里。

“以前好像是一家机关单位的楼房，”霍秀秀指着一处二楼的房间，“你们住那儿，干净一些。”

好在房间的地板都经过了整修，整修的时间也有点长了，但是坚固不算问题。墙壁上满是爬山虎，长久没人住，已经爬满了门窗，胖子用随身带的匕首切开，我们才进去，里面灰尘很厚，没有任何家具。

“大妹子，这地方好像是用来练胆的，不像是用来住人的。”胖子道。

“我奶奶说，得罪了新月饭店的人还能有个地方睡个囫囵觉就不错了，好过你们睡大马路。”霍秀秀从自己的包里掏出一袋东西，“这是牙膏、牙杯、毛巾，我从家里找出来以前奶奶发的劳保，你们先用着，铺盖等下找人给你们送来。我是千金大小姐，十指不沾阳春水，这儿就劳烦你们自己打扫了。”

胖子做了个吃饭的动作：“吃饭怎么办？在这儿总不好意思叫肯德基，外送的人肯定得吓死。”

“送铺盖的时候会送热得快、热水壶和泡面过来。厕所在一楼，是个旱厕，院子里有自来水，刚开始可能有锈水，多放点时间就没了。你们在这儿不能出去，窝个几天，我奶奶会帮你们想办法。”说着，她看了看那枚玉玺。胖子立即缩起来：“丫头，这东西可是你三位哥哥最后的底线，等于咱们的内裤，你要剥等你奶奶拿出个结果来，现在咱们还得穿着。”

霍秀秀啧了一声：“恶心，谁要你们的内裤。”她看了看四周，很大人样地叹了口气道，“那我就去给你们准备铺盖了。晚上见，我给你们带点酒过来。”

“哎哟，好妹妹。”胖子眼泪都要下来了，“那你早点来，哥哥我可等着你。”

霍秀秀雀跃着离去，我和胖子看着她的背影离开。关上院门，我们都松了口气，瘫倒在地。刚才一直绷着什么，完全是条件反射的紧张，现在只有自己人了，才真正放松下来。

胖子看了看四周，就道：“你说那老婆子是不是耍我们？”

我摇头："不至于。说起来，这地方确实比较安全，今天晚上我们在这里应该是明智的，有什么不对，我们晚上商量商量，最多明天就开溜。"说着，我看向闷油瓶，"你刚才说你不信任那老太婆，为什么？我觉得她不像在骗人。"

闷油瓶站在外面爬满爬山虎的窗前，看着外面荒凉的院子，我问他好久，他才回答道："感觉。"

胖子道："其实你胖爷我也有这种感觉。老太婆看到小哥的第一反应应该是真的，但是之后有点语无伦次，好像是在故意绕话题，想拖延时间思考什么。我一直以为小哥失忆了，糊里糊涂的，没想到还是和我一样精明，果然是人以群分。"

我心道失忆又不等于白痴，我被当时的情形震撼，没有什么特别的感觉，但是被他们一说，我也有点在意了。

"老太婆是老江湖了，最后小哥要走，她一下子没有想出她的对策来，所以只好先冒险保我们一下，小哥这一招叫作激将法。小哥心眼儿还是挺毒的。"胖子对闷油瓶竖了竖大拇指。

闷油瓶没有反应。

胖子轻声对我道："这家伙最近越来越不爱说话了。"

我也有这种感觉，叹了口气，转场道："不管怎么说，我相信老太婆最后一定会拿出一个说法来。咱们也别耽误这个好机会，好好想想，说不定明天老人婆想通就赶我们出去了。"

"也对，不过在这之前，咱们也得稍微打扫一下，否则这地方真没法住人，没被人砍死，得个尘肺，老太婆也不太可能赔我们。怎么？天真，你是独子，该不会啥也不会弄吧？"

我确实家务干得不多，但是打扫，我相信智商正常的人都会，就道："我来帮忙。"

于是我们将毛巾撕开，一人一半当抹布，去院子放水，开始擦地打扫，闷油瓶也没权利发呆，被胖子揪过来擦窗。

我们探索了其他房间，发现还有一些剩余的废弃家具，就都搬到了二楼，写字台、凳子、脸盆架等很多废料，也都一一擦干净。干完后，老房子的凌乱感没有了，一股很中性的怀旧感扑面而来。

我们满身是汗，但是看到房间变成这样，一股自豪感扑面而来，心说原来做家庭主妇也蛮有快感的。

胖子很麻利地做着家务，真的看不出他是这么一个男人。胖子说原先他处过一个相好，为了讨好老丈人啥都学精了，原来被人家蹬了，从此他就成了一浪子，但这些家务活没落下。

胖子的生活有各种各样的版本，总觉得他什么都会一点，但是他每次的理由都不一样，我也不是特别相信。我对他说，如果是这样，他以后退休了可以开个家政公司，我可以给他介绍生意。

他哈哈一笑，说可以，他专为老宅子服务，去那些古镇做家政，今天顺块瓦，明天偷只桌脚，日子肯定比现在好过。说着，他拿出我们抢来的那枚玉玺，道："得，趁现在有时间，我们来看看我们的战利品，说不定明天就摸不着了。"

拿出来放到地板上的一片阳光下，我们都一愣，只见那玉玺，竟然渗出了液体。

第十五章

背负着一切的麒麟（二）

胖子埋怨道：“小哥，我让你擦窗，没让你擦这个。早知道你那么勤劳，刚才地板我就让给你了。”

闷油瓶摇了摇头，摸了一把，闻了闻，我发现他摸下来的水是绿色的。

“褪色了？不会吧。”胖子吸了口冷气，“我靠，你奶奶的，该不是刷漆的假货？”

我心中咯噔一下，那就倒血霉了。从刚才那些服务员对于我们谨慎的态度看来，这东西肯定是真的，但是也有意外。如果这玩意儿是假的，那就是本身拍卖方有诈骗行为，他如果一口咬定拍卖会上的东西是真的，到了我们手里变成假的了，那我们跳进黄河也洗不清了。

正想仔细去看，闷油瓶却道不是，并让我们不要碰：“有毒。”说着他让我们看他的手。他触碰过液体的地方起了一大片两层的红斑，并且还在向手掌蔓延。

我吓了一跳，胖子击掌道：“啊，我知道了，听说过，美国人为了防盗，有时候用一种化学物质抹在古董上，人碰到之后会过敏，然后人事不省。咦，那我刚才怎么没事？”

“你用衣服包着，可能隔住了，这东西吸收水分就溶解了。”

闷油瓶手上的红疹子没有继续蔓延，他也没有要晕倒的迹象。他好像不是很在意，胖子用毛巾包起玉玺，就和他一起去下面冲洗。

洗完之后，这玉玺变得玲珑剔透，我们在院子里充足的阳光下看，很多刚才看不清楚的细节顿时显现了出来。我发现玉玺的雕工之精细，已经到了出神入化的地步。这玩意儿就算不是古董，在艺术史上也肯定是杰作。

我放下心来，心说还好还好。

整个玉玺的钮，现在终于可以仔细地观察。我发现是一只麒麟踏鬼的造型，一只麒麟昂首挺胸，踏着一只三头的小鬼，小鬼的爪子抓在麒麟的爪子上。但是，再仔细一看，你会发现，麒麟也是由很多小鬼聚成的，雕刻巧妙至极。整个造型，倒不像是麒麟踏鬼，而是鬼在组合成麒麟。而这些鬼，身上都有鳞片，看似蛇缠绕起来的。

鬼钮龙鱼玉玺，鬼钮是名副其实的，可是龙鱼在哪儿呢？我只看到蛇一样的纹路。再将玉玺换一个角度看，我们立即发现，麒麟的造型变成了无数条龙鱼的形状，那些小鬼横着看，纠结的形状中都能看出龙鱼的意思。

牛！

作为对中国传统工艺有一定研究的人，我立即知道了这东西的价格极其霸道。在古董市场上，品相、创意、做工、背景都很重要，往往四个要素里有一个很好，价格就不菲，然而这件东西各个方面几乎都达到了极限。刚才拍出的价格，说实话真不算高，要是我们不捣乱，最后的成交价估计会是天文数字。

想着我就出冷汗了，我要是卖主，这东西被人抢了，我也绝对饶不了那人。同时感觉，这么厉害的东西，我们就这么轻易地拿出来了，好像他们的保护措施过于儿戏了。

麒麟的整个形态，感觉和闷油瓶身上的文身很相似，不过，我知道并不相同。话说回来，麒麟其实都差不多是那个样子。

胖子看得流口水，道："得数数几条鱼、几只鬼，要是鱼和鬼的数目很特别，那更了不得。"说着他就开始数，才数了几下，他就"哎"了一声，说道，"不好，这玩意儿品相有问题。"

"怎么了？"我问。

"这只鬼少了个脑袋。"他指给我看。我一看，非常精细的雕刻纹路上，果然很突兀地断掉了。因为整个雕刻太复杂了，所以不一只一只去数，根本看不出这个细节。

整个看了一遍，不止一处，有三个地方的纹路都有问题。但是奇怪的是，断掉的地方非常平滑，像是故意这样的。胖子比画了一下，发现那三个地方，就是使用玉玺时候三个手指指腹所在的地方。

"听说过老北京的对花衫吗？"胖子忽然问。

我摇头，胖子道："马褂和坎肩上的花都是连一起的。穿着坎肩的时候，马褂的两个袖子是云彩，坎肩上是一轮弯月；坎肩一脱，马褂袖子上还是云彩，但是马褂胸前是一轮圆月。这叫阴晴圆缺。"

我喝道："什么什么？你直说不就得了？"

胖子道："你胖爷我的意思是，这三只鬼脑袋，其实是三只戒指，戴着三只戒指的人抓这玉玺，这戒指的位置正好在断口上，再抓上，这玉玺才成形。巧妙，真巧妙。"

我抓了一下，心说巧妙虽然巧妙，和我心目中的鬼玺很相似，但是怎么证明是不是有联系呢？我问闷油瓶："你——"我一想，他肯定全忘了，问了也白问。

闷油瓶似乎对此没什么特别大的兴趣，没有什么特别的表示。胖子一下子就对这东西爱不释手，简直想把它吞到肚子里去："我靠，这次真发达了。天真，你估计这种东西咱们要出手，谁能接盘？”

我想了想，忽然有种不祥的预感：“这，还真不好说。”

外面忽然响了几声喇叭，吓了我们一跳，胖子立即把东西又包起来，道：“得，小丫头回来了，别琢磨了，咱们保着这东西，迟早有人告诉我们，还是先收起来吧。”

说着将玉玺带回楼内，胖子很机灵，爬到梁上塞到砖缝里。我们一看，果然是霍秀秀回来了。她后面跟着几个人，拎着大包小包的，放到楼上，都是睡袋和她说的那些东西。胖子反应很快，立即装出好像刚才根本没看那玉玺一样，就问酒呢酒呢。

霍秀秀拿出两瓶没标签的酒：“最好的二锅头，保管你没喝过。”

“吹牛吧，二锅头还有最好的？”胖子道。那些跟来的人和秀秀打了招呼就走了，秀秀却没走。她从自己的包里拿出一个大速食盒：“油炸花生米。”

我看着那些人离开，奇怪道：“你不回去？”

“我回去了你们多惨啊，古宅，三个老男人，二锅头，就差条麻绳了，你们喝完了，三人一起上吊。”她道。

“加你一个女鬼，我们不上吊也不行啊。”胖子道。

我问道：“你奶奶知道你在这儿吗？别等下找你。”

“吴邪哥哥，你是真忘了，还是装糊涂，我的脾气你难道不记得了？”小丫头眨眨眼睛，“我奶奶是不知道，但她也不会找我。我八岁就敢自己坐飞机了，长沙、北京两头熟，她可放心我去野了，而且我这次来这里，可是和你来交换秘密的，肯定做好保险了。”

对她我真的是毫无印象，听着又觉得奇怪，这丫头古灵精怪得离奇。我也不肯示弱，不然显得自己很呆，就问道：“你真想换？我还以为你开玩笑。怎么个换法？我怎么相信你说的是真的？”

“你可以试我。”她笑道。

"试你？怎么试？"我心说我又不知道你有哪些情报。

胖子就轻声打趣道："天真，这丫头该不是在勾引你？"

我捅了他一下让他别废话，她就道："这样吧，我和你说一件事情，你听完后，立即会知道，我是有资格来和你交换情报的。"

我觉得越来越有意思，就点头，看她玩什么花样。

她看向我，故作神秘地说道："我小时候，得到一个很偶然的机会，看了一盘录像带，看完之后我非常疑惑，问我奶奶，她什么也不说，还骂了我一顿，然后我就开始自己查这件事情。听了你对我奶奶说的事情之后，我发现我们调查的事情好像有关系，我这么说，你应该相信我了吧。"

我和胖子对视了一眼，都没表态，因为我叙述给霍老太太听时，提过这事情，这是可以被捏造出来的。

她看我们没反应，就叹了口气，又悠悠地念了一句："鱼在我这里。"

第十六章

鱼在我这里

“鱼在我这里。”

这是我在永兴岛上上网搜索考古队名字时，在一个寻人网站上发现的文字。

刚才我和霍老太太讲述我经历的事情的时候，没有提这一句，因为这些是细节，我全都略掉了。霍秀秀悠悠地念出来，有一丝戏谑，又有一丝得意。我听她这话，已经有点惊讶，心中意识到她真的可能知道些什么，否则她说不出那么关键的词。

看样子，她也上网查过那几个人的名字，也看到过那个网站，如此说来，她至少是真的调查过这些事情。

对着这小丫头，我心中倒出奇镇定，很奇怪，没有什么好奇或者疑惑。大概是因为她年纪比较小，我感觉自己的江湖经验胜过她。看着她得意的眼神，我心说这有什么好得意的。

“好吧，我承认你也调查过这件事情。不过，那个网站太容易被找到了，这不代表你会知道一些我不知道的东西，我在几年前就看到这张照片了。”

小丫头面不改色，还是用那样的表情看着我，悠悠道：“你说得不对，我可没说那照片上的字是我在网上搜到的。”

我愣了一下，觉得她的话里有点什么意思。一开始我被她的眉眼电得有点发昏，但是很快我就反应了过来，意识到她的笑并不仅仅是小孩子的得意。

我想着，她为什么那么自信地看着我？我并没有表现得很被动，气场上我觉得我并不弱，但是她的眼神一点也不动摇，似乎她有百分之百的把握说服我，偏偏她用来说服我的东西，又不像那么有力的。

我判断了一下，感觉她“偷鸡”的可能不大，因为那很低级。如果不是“偷鸡”，也就是说，她认为她提出的东西很有力，而我可能没有理解那东西中有力的部分。想着，忽然一个念头瞬间强烈了起来，我心说，不会吧？

“大姐，”我脱口而出，“那个寻人启事和那张照片，难道是你发的？这句话是你写的？”

“嗯，真乖。”霍秀秀得意道，“你刚才说你搜索那几个人名，我就知道你一定会找到那张照片。”

“你——”我顿时不知道怎么反应。我靠，我一直以为那东西的发布者至少应该是个年长得和三叔一样的，当年考古队的某个兄弟长辈之类，没想到竟然是这个小丫头。

小丫头从口袋里拿出一本卡通风格的笔记本，从里面拿出一张黑白照片递给我。就是那张合照，上面还写着“鱼在我这里”几个字，和我在网络上看到的一模一样，她应该就是用这张照片扫描传到网络上去的。

这是我第一次看到他们合照的原版，拿在手里有一种恍如隔世的感觉。

“你再看这个。”秀秀拿出另外一张照片递给我。

我一眼就认出，那是霍玲年轻时候的照片，是一张全身像，应该还是少女刚过一点的年纪，穿着那个年代特有的衣服，梳着马尾，边上有“青年节留念”的印刷字。我看得心中一个荡漾，她媚得简直像个妖精，和眼前的秀秀感觉十分相似。

“这是我姑姑十八岁的时候，于五四青年节在王府井拍的。”

“如何？”我奇怪。

“你再看这张。”秀秀又拿出一张照片，那是一张报纸的图片，拍的是一辆解放卡车戴着花球，不知道是北京的什么活动。我能认出解放卡车的背景，就是前一张霍玲拍照时候的那个路口。我看到相同的路标。

“这是我在北京博物馆找到的，好像是1984年的时候，同一个路口的另一张照片。我根据解放卡车的高度，以及当时拍摄的角度，推测出了那个路牌的高度，再通过路牌来推测我姑姑的身高，同时我找出姑姑当时穿的鞋，推算出当时我姑姑的赤脚身高，大概是一米六八。再看这个。”她递给我另一张彩色照片，我一下就看到了，那是西沙他们十人合照的码头，但是码头上没有人，同样是无人取景，背景是一座沙山，在一边的缆绳墩上靠着一辆凤凰牌自行车。

“我当年找到过那个码头，使用相同的角度拍摄，以码头上的缆绳墩为标准，靠自行车算出墩子的高度，也找到了当时的鞋，测试了这张照片里，我姑姑的赤脚身高，大概是一米六。”

“差了八厘米。”胖子皱起了眉头。

“我综合了鞋子的因素，因为当时鞋种类很少，这种测算方法被论证过，结果非常准确。如果算上鞋，两张照片里的人身高是基本一样的，但是去掉鞋精确计算，就会发现，一个妙龄少女，在青春期竟然缩短了八厘米。”秀秀道，“这确实是两个人，你的推论是对的！”

我长出了口气，秀秀就道："我还没给我奶奶看这些，但看来，我姑姑真的已经死了。"

"小丫头蛮利索的啊。"胖子看着几张照片叹为观止，"这属于高科技啊。"

"我是文化人，和你们不一样。"秀秀得意道，"如何，现在判断我有资格和你们做交易了吧？"

第十七章

长驱直入的秘密

我没有立即表态，说明我没有立即相信，但是我知道我几乎已经信了。

“说实话，你刚才说的那些东西，真的让我想上来亲你。你知道，一个人查来查去，越查越发现这东西很混乱，那种感觉真的要疯了，听到你的说法，我才知道原来还有几个傻帽儿和我一样，我那个欣慰啊。”小丫头一副大人样，“你说，我们两个是不是应该喝一杯？”

“你为什么会对这事情感兴趣？”胖子倒是旁观者清，好像还没怎么相信，“就为弄清楚那录像带？”

霍秀秀点头道：“对于一个花季少女来说，看到那种录像带，世界观都颠覆了。”

胖子扬起眉角看了看我：“得，我就说，大人看归看，那种带子一定要放好，否则被小孩子看见了，毒害青少年。”

霍秀秀拍了他一下：“就知道胖子都好色，会乱想，哪有你想的那么龌龊。”

“你这么说，弥勒佛会很不开心的。”胖子道。

我打断他们两个贫嘴，已经意识到这小丫头确实不简单，正色问她：“说真的，你真的查过他们的事情，就为了这一盒录像带？”

她点头：“而且真有一些收获。虽然我查到的东西比你浅得多，也没像你那样经历了那么多生离死别的事情，但是，我有你不存在的优势：第一，我奶奶没死；第二，我能进出很多普通人不能进的地方，我认识很多能拿到老档案的人。所以，我不敢说查到的资料比你多，但是，肯定有很大一部分是你不知道的。”

我来了兴趣：“哦，所以，你就和我交换情报？”

“对于我来说是无所谓的，对于你来说，我听你的说法，应该是很重要的，所以，我觉得你没理由拒绝。”她很狡猾地一笑，露出洁白的牙齿，“要是你告诉我的情报对我来说很关键，我还附送一个香吻给你。”她说着就笑吟吟地撑在地上看着我，两只眼睛水汪汪的，媚得惊人。

我看着她，感觉这丫头虽然疯疯癫癫的，古灵精怪，但是说的话条理思路清晰得不得了，心中暗叹这霍家的小妞儿看来都很厉害，男人一般招架不住，难怪爷爷最后选了奶奶。这么小的丫头，却有一股成熟女人的性感魅力，一股很特别的气质让我顺着她的思路走，长大了我还不被她玩儿死。

我喝了一口二锅头，才冷静了一下，心说还是得小心。我没正面答应她，而是问道：“我还不是特别相信，录像带中的东西能让你一个女孩子这么感兴趣。你得先告诉我，里面拍的是什么。”我想试试她的动机是不是真的。

她丝毫不以为意，直接回答道：“是我的姑姑，就是你说的霍玲。”

“他查他叔叔，你查你姑姑？你们老九门怎么都这样啊？没家庭隐私了吗？”胖子怒道。

我心中一激灵，摆手让胖子别插嘴：“难道，是你姑姑在梳头？”

她摇头：“不是，那盘录像带已经被我奶奶没收了。不过，里面的内容打死我都不会忘，而且，一说出来，你们就会知道那是真的。怎么样？我知道的东西比你少，我可不能免费给太多，吴邪哥哥，你换不换？”

我看了胖子一眼。胖子点头，对小丫头道：“再给个提示，丫头，如果给到点子上了，你胖爷我送个香吻给你。那盘录像带里是什么内容？”

霍秀秀眨了眨媚眼：“我姑姑，还有其他几个人，他们在地上爬。”

第十八章

背负着一切的麒麟（三）

气氛一下变得很诡异，我看着霍秀秀，简直感觉面前的是一只小狐狸。

确实，她一说，我就知道，她说的是一种怎样的情形，也明白了，她不是在虚张声势。甚至，我相信她可能确实掌握了一些我不知道的东西。但是在她的眼神下，我有一种幻觉，觉得此时的主题不是这些。

霍玲和其他几个人在地上爬，应该和我看到的那盘带子里的情况是一样的。看来，霍老太太手里，竟然也有来自格尔木的录像带。这是怎么一回事儿呢？

僵持了一下，我忽然觉得有点丢脸。我们三个大男人——老宅、二锅头，一个小丫头跑来和我们交换消息，我们竟然还要想来想去的。人家是什么胆量气魄，相比之下，我们三个倒显得下作、放不开了。此时要不拒绝装酷，要不爽快点答应，想来想去实在丢脸。

于是我叹了口气，点头道：“行，我信你，不过，其实大部分的东西我都和你奶奶说了，剩下的都是些细节，也许你会失望。”

霍秀秀“耶”了一声道：“不怕，其实说白了，这件事情咱们有情报可以交换就不错了，对不？”

我点点头，她就道：“来的时候，我已经想过你刚才说的那些事情了，整件事情非常复杂，本来我们可以从头开始对一下，但是，你我之间的信息是交叉的，所以，也许我们可以从某件事情开始。”她看了看闷油瓶，“不如先从他开始，我告诉你关于他的事情，你告诉我关于你说的那个雪山上古墓的事情。”

我和胖子交换了眼色，胖子咳嗽了一声，道：“我同意，那么，你先说？”

她看着我：“你们是不是男人啊，老是想占我的便宜。”

胖子想扯皮，我就拦住他，心说说了也无所谓，就道：“那我先说。”于是，我从头到尾，一五一十地，把云顶天宫的事情和她说了一遍。

我说得极其仔细，因为之前在霍老太太那边已经粗略地说过了，再说得简略就是浪费时间。说了大概半小时才说完。其间，她完全没有插话，听得出神，可能是因为有个美女听众，我说得简直出神入化，胖子都给我竖大拇指，说我有说评书的天赋。

说完很久她还定神不动，好像在沉思什么，胖子叫了两声她才缓过来。她呼了口气，看着闷油瓶：“这位哥哥这么厉害，难怪我奶奶都得下跪，我本来还以为今天跪亏了，现在感觉应该的。”

“怎么？有什么启发？”胖子问她。她摇头：“脑子有点乱，我想到一些东西，一时半会儿还串不起来。等下说不定有结论。”

胖子看着我就笑：“这话说得和你真像，女版的天真无邪。”

“该你了。”我提醒她道。

她定了定神，吸了口气。“好，我想想怎么说。”她想了想，

“那得从一个梦说起。”

“梦？”胖子歪起嘴巴。

她道：“其实，应该说是我奶奶的梦。”

接着，霍秀秀就开始讲述她的故事。

我刚开始因为她的聚精会神而扬扬得意，但是她开始讲她的故事之后，我几乎是一样的反应。我非常惊讶，因为她那边经历的事情，同样非常复杂，简直不在我之下，而且，她以她女性特有的切入点进行的思考，我觉得甚至比我更加接近现实。

确实，一切都是源于一个梦，但是，起源和梦的内容并没有太大的关系，因为到现在她也不知道那是一个什么梦。她之所以感兴趣，是因为她奶奶在做这个噩梦的时候，总是会说一句梦话。

六七年前，霍秀秀还是一个小姑娘，用她自己的话说，穿着超短裙都没人回头看。她是霍老太太最宠爱的孩子，在每个夏天，她都会从长沙那个火炉到北京来避暑。那时候，霍老太太会带她买很多东西，去后海和颐和园玩，或者出城去宛平古城吃小吃。

无论玩得多么亲密，霍老太太却有一个习惯，就是晚上只能一个人睡。无论在什么地方留宿，小丫头都不能和奶奶睡。

当时老太婆住的地方也是四合院，卧房非常大，睡二十个人都有余。小丫头逐渐懂事之后，好奇心很重，她觉得奶奶对她的这种亲密之中的不亲密很奇怪，但是也不敢问。晚上她就和保姆睡在同一间房里。

有一天晚上，她半夜醒来，发现保姆阿姨不在身边。在那种古老的房子里，外面一片漆黑，房间非常大，月色朦胧，一切的影子都让人毛骨悚然，小孩子正是想象力最丰富的时候，立即吓得脸色苍白。

她叫了几声，保姆没有答应，她立即发起抖来，当时想到的是奶奶，于是下了床，立即跑到奶奶的房间里，想躲到奶奶怀里去。

然而，她撩开那种老式床的帷幔的时候，发现床上没人。她愣了一下，忽然起了白毛汗。她通过余光，竟然看到床上方的架子上，挂着一只什么东西。

抬头一看，她看到了毕生最恐怖的一幕：她奶奶用一个诡异的姿势挂在床上方的床架上，两眼翻白，披头散发，俨然在熟睡之中。

她吓得尿了裤子，坐在地上几乎晕死过去，也不知道过了多长时间，她忽然听到她奶奶说话了。

她一开始以为在叫她，仔细一听，才发现不是，那是她奶奶的梦呓。

她奶奶说的是——没有时间了。

第十九章

信的故事

我听得背脊发凉，手都抖了起来，半晌才道："你奶奶怎么会这样？难道她有什么奇怪的病？"

"后来我被保姆阿姨找到，原来她上厕所去了。之后我一直怕我奶奶，到我懂事后，奶奶才告诉我，这是霍家女人练软功夫的方法，必须挂着睡，骨头才能达到最大的柔韧度。她从十九岁做姑娘的时候开始一直就是这么睡的，现在完全睡不了床，很多地方都是骨刺，只有挂着才不疼。"

"我靠，那你爷爷洞房前肯定练了好一阵子。"胖子道。

霍秀秀不理他，继续道："因为这让我记忆太深刻了，所以我对于她最后的那句话，非常在意。"

从霍秀秀自己的叙述和我对她的观察来看，她是一个很早就有着自己世界观，并且思维独立、善于思考的女孩子，所以她对于奶奶当时的睡姿以及那几句梦呓，耿耿于怀。当然这种耿耿于怀并不是当时就有，她之所以感觉这句梦呓有一些不寻常的意义，是她在这之后，又听到了很多次相同的梦话。

随着她逐渐长大，她逐渐相信，她看似坚强得犹如磐石的奶奶心中，有一个巨大的心结。

这个心结十分隐秘，她奶奶也许到死也不会说出来，但是，霍秀秀可以确定的是，心结，一定和那句话有关系。

“没有时间了。”

是什么事情没有时间了呢？

很难说是好奇心，还是和我心中那一样的命犯太极，又或者是她自己所说的，希望为自己最爱的奶奶解开那个心结，她开始有意无意地刺探这件事情。很让我吃惊的是，在刺探这件工作上，这个小女孩表现出惊人的行动力，其思维的清晰和对事情的把握与她的年纪不成正比。

“我们霍家的女孩子往往又美又精明，男孩子也都很帅，但是往往比较愚笨。”她解释道，“不知道为什么，也许是因为女孩子都是从小被奶奶带起来的。我哥哥就整天只知道搞对象，太不正经。”

“我觉得没事查自己奶奶、姑姑也不是正经人干的事情。”胖子插了一句。

她想了想，大概感觉也对，叹了口气：“总之，查着查着，我奶奶的心结就变成我的心结了。”

她真正开始查这件事情可能是四年前她十五岁时，所有的事情完全没有线索，只有那一句“没有时间了”。如果是我，可能完全无法入手，但是对于她，竟然有我想象不到的切入点。

最开始她是想寻找她奶奶的日记，但是很遗憾，并不是每个人都会有记日记的习惯。她奶奶以前的文字资料非常少，不像我家这些人，我奶奶是大家闺秀（注意是我奶奶），教育出来的儿子、孙子，都或多或少有些书卷气，就连三叔不说话的时候也能冒充个百分之三十的白面书生。霍家的风格比较功利和江湖，女人又要打，又要下斗，还要相夫教子，不会有时间去练练书法、写写文章什么的，所以霍老太太当年的气质，绝对不会是林黛玉那种。因此，必然不会有太多的文字留下来。

但是，霍秀秀也并不是全然没有发现，她找到了很多的信件，往来信件都有留档，她怀着或许能找到奶奶情书偷窥的那种小鬼头想法，将几箱子的老书信都看完了。可惜，所有的书信基本都是业务往来，完全没有她想知道的内容。

不过，她也发现了一个奇怪的地方。

她发现从1995年开始，每年都有一封邮件很特别。那是一只包裹，基本是在三月的下半个月寄到。当年寄包裹，是有一张通知单，然后再去邮局拿的。因为霍家的地位不同，所以所有的东西都由几个人先过滤，然后备案。大部分的包裹都会被拆开检查，把里面的东西填在一张表格上，东西寄给谁也会写在后面，秀秀就是在这张表上，发现了蹊跷。

在1995年、1996年、1997年、1998年、1999年的表格上，那份包裹里面的东西，都是录像带。而取东西的人，都是她奶奶。

也就是，在那几年的三月，都有人会寄一盘录像带给她奶奶。

而她奶奶是一个非常老派的人，只会看戏。她没法想象录像带这种东西会和她奶奶产生关系。

毫无疑问，她对这几盘录像带的去向产生了浓厚的兴趣。于是她开始留意，并且通过所有可能的机会，去找那几盘带子。（我想起以前我也有同样的经历，只不过，我那是在找我老爹从香港朋友那儿弄来的三级片，后来我才发现我爱的不是情色画面，而是找到那几盘带子本身的刺激。）

为此，她甚至做了非常详细的计划，比如说她奶奶什么时候出门，看到带子之后她如何处理。为此她存了两个月的钱买了一台录像机，和家里的录像机设置了翻录的连线。

最后她找到那几盘带子，是在她奶奶衣橱的地板下。她挑了一盘，迅速到客厅将其翻录，然后再放回去。整个过程，她紧张得像是在做特工。

之后，她选择了一个时间，到她朋友家里，看了那盘带子。

带子的内容就如她所说的，好像是一幅监视的画面。那是一个非常昏暗的小屋，几个穿着白色衣服的人，在地上爬着，整盘带子有画面的内容有三十多分钟，她在里面认出了她的姑姑——霍玲。

她的姑姑在里面好像没有灵魂一样，在地面上爬着，那实在太恐怖了。

她从小就知道她姑姑失踪的事情，所以，看到这个带子之后，她吓得魂飞魄散。她不知道这是个什么情况，也不知道怎么了，只是本能地知道，这是一件非常不好的事情，她奶奶似乎隐藏了什么秘密。她奶奶果然有一个非常可怕的心结。

她不敢去问她奶奶这是怎么回事，因为她知道肯定不会有好的结果，也不敢告诉其他人。她在后一个月里，惶惶不安。

但是，也许真的是因为她和我有相似的性格，她慢慢地冷静下来之后，那种对于真相的渴求就开始折磨她。所谓命犯太极之人，其好奇心之重，其他人很难相信。

之后，她便继续调查，一开始都没有结果，一直到她采取了十分机巧但是冒险的办法。

她竟然花了几个月，模仿了她奶奶的笔迹，给那些老信上所有的地址都写了一封回信。

那封信大体是这么写的：

各位：

吾近日又梦到了那件事情，多少年来，这个梦挥之不去。不知吾辈是否安好？人到暮年，半只脚踏进棺材，望能与各位再见，尚有一事我在当年未曾说出，现在想来，也许是关键。希望能当面再叙，只当老友叙旧。

这些信的年代横跨了将近半个世纪，最新的一封也离现在年代久远，这些地址，大体上应该都是寄不到的。但是霍秀秀说，她感觉，那些业务往来的地方都是农村或小县城，农村和小县城是变化最小的地方，特别是农村，即使地址变化，因为地域范围不大，人与人之间互相熟悉，只要信到村里，就会有人把信送到收信人手里。

信寄出之后，她主动负责家里的信箱，让别人都以为她恋爱了，在等男朋友的信。其实她是为了过滤信件而已。前两个月没有任何回音，从第三个月开始，陆续有零星的回信，基本都是表示不解的。

小丫头一直坚持，每天早上五点看信箱，从不间断。

第五个月，那封信终于来了。

只有一行字——

旧事毋重提。

她就知道有门了，这人肯定知道情况。看地址，信来自北京本地琉璃厂的一个小铺子。于是她立即收拾包袱，去了那个铺子。

那是个大雨天，四九城整个城被雨帽罩着，琉璃厂稀稀落落没几个人，好多门脸都提早关门了。她敲门进去，就看到在内房里有一个老头，老头看着她就一笑，露出了嘴巴里的金牙。

霍秀秀就道：“那老头，名字叫金万堂。你有没有想起什么？”

第二十章

史上最大盗墓活动（一）

金牙老头这个形象，我的记忆非常深刻，因为将我拉进这一切的那个人，也是一个金牙老头。

她一说这个，就让我心里一个激灵。世界上没有那么多的巧合，显然她的意思是，她见到的这个叫金万堂的金牙老头，就是到我铺子里来找拓本的那个。她和我的经历中，出现了第一个交集。

原来那老鬼叫金万堂，好像听隔壁店的老板也提过。我的心中有点异样。

我一直没有关注这个老头，其实最开始的时候我也想过去查，但是这些人都行踪不定，我当时没有任何的经验和人脉，后来发生的事情也和这老头毫无关系。等我有了人脉和能力，我连那老头的样貌都记不起来了，也没有任何细节能刺激我想起他，所以我一直认为他的出现是偶然。

当然，他来这里找我爷爷，只说是老痒介绍，那帛书也说是朋友挖出来的。光这些说辞，以及给我带来的无数困扰，现在看来不太可能是偶然。但非常奇怪的是，之后发生的事情，和他没有任何的关系，如果这是个阴谋，未免太不正常了。

虽然他的出现，我说不出那是偶然还是必然，是设计好的，还是因为命运轮转，但是，那一天他走进我的铺子已经成为事实，再也无法倒转回去。

我对她点了点头，就问道："难道，他知道什么？"

霍秀秀摇头："他是白的，干干净净，什么也不知道。不过，信确实是他回的，他和奶奶只是有业务上的关系而已，后来有一次，他动了贪念，在一件事情上做了一点手脚，立即被我奶奶发现了，就没和他继续合作下去。"

当时霍秀秀觉得很奇怪，只是这么一个问题，何以看到了那封信后，金万堂会有这种反应？金万堂是只老狐狸，深知霍家的势力，也不知道霍秀秀前来所为何事，是来算账，还是来刺探什么，所以什么都不肯说。

但霍秀秀很有耐心，几乎天天都往他店里跑，几乎把金万堂烦死。

那年年末，也亏得金万堂倒霉，一票货里夹了一把不起眼的汉八刀，竟然是翡翠做的，被扣在海关了。本来算是小案，但是翡翠汉八刀一估价，价格太高，顿时就变成大案了。眼看他老瓢把子一辈子的积蓄，甚至脑袋都可能一次被抄走。

这时候，霍秀秀抓住了契机，就和他做了一笔交易，以她家里的关系，帮他搭通了一条线，保下了他的铺子，金万堂这时候软肋被人抓住，就不得不说了。

他经过很长时间的犹豫，在一个晚上，在电话里和霍秀秀讲述了一切。

原来，当年他动了歪脑筋的那笔买卖，不是普通的买卖，从现在看，可能是中国盗墓历史上最大的一次盗墓活动。

以当年霍家的手段，要是敢动霍家的脑筋，必然会被报复得体无完肤。金万堂之所以没事，就是因为，这次活动之后，霍家，甚至其他几方人马，全部元气大伤，根本没有力量和心情来追究什么。

那一笔买卖，带给这些人的回忆，实在是太可怕了。

胖子听到这里，两眼放光，不由得坐正了问道："吹牛吧，最大的盗墓活动，那得数咱们的塔里木盆地之行吧。"

霍秀秀摇头："那不是你概念中的倒斗儿淘沙，那笔买卖，已经超出了普通的所谓盗墓的概念。"

胖子"哦"了一声，就不再出声。因为超出了概念，那么这个所谓的大，应该不在规模上。

我问道："超出了概念，难道他们盗的不是地面上的墓，是在天上飞的？"

霍秀秀道："当然不可能是这样。"

第二十一章

史上最大盗墓活动（二）

我让她继续说下去，别浪费时间。她喝了口烧酒，就继续讲了下去。

金万堂参与的这笔“史上最大买卖”，缘于他的眼力。在那个时代，北京城里的杂学界，他算是出了名的眼毒和百事通，从哈德门的烟盒到女人的肚兜，没有他不内行的。据说他爹是六岁进的当铺，十七岁出的大朝奉，1949年后在工厂当裱画工人，一直穷到死，没给老金留下任何东西。但是在日常生活中，通过无数的生活点滴，从小到大，他老爹刻意将鉴赏书、画、玉、石、铜、绣、木、瓷八大品的各种技巧不知不觉地传授给了他。用他自己的话说，他用了前半辈子所有的时间，达到了一种和古玩的天人合一的境界。

所以，20世纪60年代初，他被人拉进琉璃厂游玩的那一刻，他竟然发现，这个萧条得门可罗雀的老胡同，竟然都是宝贝。

于是靠一双火眼硬是从两块钱起家，金万堂从几本旧书开始，两块变三块，三块赚到五块。两年内，没有人想到，他竟然能够在如此萧条的收藏市场，靠一本一本的旧书，翻到万元的身家。他在古籍古书这门类中的技艺，也达到了化境。

当然他赚钱了，“打办”——打击投机倒把办公室也出现了。好在金万堂继承了他老爹极度谨小慎微的性格，适时收手，这万元的身家始终没有被发现。

生意不能做了，但是口碑还留存民间，很快他就名声在外。外国友人也找来了，也开始有大机构、大家族、大学研究所请他去做评估和鉴定，一时间风光无限。那笔大买卖，就是在他人生最得意的时候到来的。

牵头的是霍家。当时霍家和他已经有一段时间的合作关系了，他并未感觉有任何的异样，欣然答应。

根据之后的回忆，他告诉霍秀秀，他估计当时整个“买卖”牵扯的人数，超过两百个，加上那些牵扯进来但是没有实际下地的，比如说收集资料的、买装备的，那估计得上千。那个年代，弄一些好点的苏联装备都得动用无数层关系。

然而这些都不足以突出这笔买卖的特殊性。让金万堂认为这笔买卖肯定非常特殊的原因，是这笔买卖的领头人很不寻常。这不是独门的买卖，参与的人数很多，据说一共是九个人。

我听到这里，心里咯噔一下。而霍秀秀好比一个技术娴熟的说书人，在这里顿了一下，露了一个“你也想到了吧”的表情。

我揉了揉脸，就道：“不可能吧？”

秀秀道：“我一开始也不相信，但是，事实显然。”

九个人，我自然立即想到了老九门，但是老九门不是一个组织，它只是江湖上其他人给他们的代号，它是极度松散的，并没经过什么行销公司策划，所以他们同时做一件事情的可能性，低到几乎没有。

举一个例子，如来佛祖、玉皇大帝、耶稣基督号称三大宗教领袖，但是他们有各自的谱系，如来佛祖纠集观音菩萨、十八罗汉去打架，是合理的，但是如来、玉皇、耶稣一起去打架，就是不太可能的事情。

老九门里各派系的江湖其实都不一样，之间的区别虽然没有耶稣和如来那么明显，但是在江湖上也算是泾渭分明，九门联手事实上是不可能的。

但是，我能想到还有唯一的极端的可能性，在那个时代，这种可能性虽然很小，却是绝对可能的。那就是：有一个强有力的外人，干预了这件事情。

好比一个港片里某军阀当年听说四大名旦非常厉害，于是说全给我叫来，四大名角本来唱腔各有特色，而且都是唱旦角的，结果四个旦在台上乱唱，唱得满场头疼。也许也有一个人说，听说老九门很厉害，给我全召集过来。

不过，老九门当年散落各地流浪。

霍秀秀点头道："我听到这里非常吃惊，江湖上可能没有任何人有机会知道，赫赫有名但纷争不断的长沙老九门，竟然会有这么一次空前绝后的联手。我也同意你的分析，肯定是有势力点名，否则，不可能出现这么古怪的局面。不过，你说的疑问不成立，因为那个势力，在老九门内肯定还有一个代言人，这个代言人进行了夹喇嘛的工作。我只是不知道，那个夹喇嘛的人会是谁，才能够使得这一批当地的霸王能够甘心成为被夹的喇嘛，乖乖地坐到一起合作。"

我心说现在肯定已经无法考证了，但是在20世纪60年代，老九门里确实是有人能够具备这种资格的。那就是九门的老大：张大佛爷。

我不知道张大佛爷当时还在不在世，因为他和下面的人差着几个辈分，如果不是他本人，也有可能是张大佛爷的后人。

我觉得有点不妙的是，爷爷没有和我说过这件事情，同样，他的笔记上，也没有任何记录。看来，这件事情，他不想让任何人知道，甚至连他自己都不愿意回忆。难道，这件事才是整件事情的核心？

不过老九门因为辈分的差别，和1949年以前已经有了很大的不同。新生代成名早的，如我爷爷、霍家奶奶都还在壮年，因为当时环境的冲击，所有人的境遇各不相同。这些人聚拢过来，不知道花了多少精力，当时的黑背老六都已经是要饭的了，有些人已经年迈，不适宜长途跋涉，便由下一代代替。所以我能预见，这支队伍的资历、经验、体力参差不齐，在刚开始，已经埋下了灾难的隐患。

那是1962年和1963年之交，一支庞大的马队悄悄地开入了四川山区，金万堂战战兢兢地离开了北京，也在马队之中。马队中有老有少，各色人等鱼龙混杂，老九门分帮结派，界限分明。

第二十二章

史上最大盗墓活动（三）

金万堂是文化人，没胆色，也没体力下地干活，进到山里已经只剩下半条命，也不可能逼他再进一步干吗，所以他只能待在地面上的宿营地里。其他人开始四处搜索，隔三岔五地就把东西带回来，大部分都是帛书和竹简，请他辨认和归类。所以那个古墓到底是何背景，他并不知道，也不敢问，只能从让他辨认的东西中，推测出一些事情。

他能确定的是，第一，这里的古墓好像并不止一个，因为让他辨认的一批批的帛书和竹简，保存的情况差别十分大，而且里面的内容包罗万象，有书信，有古籍，还有绢文，书信的很多收信人名称都不同。他感觉这里肯定有一个巨大的古墓群，这批人在挖掘的是一大片古墓。

第二，整支队伍只有他一个人是搞分类和鉴定的，而所有盗窃上来的东西给他看的基本都是文书古籍，看样子，他们最终的目的可能是这片古墓群中的古籍。

第三，队伍的人数经常减少，宿营地里经常有人争斗，从吵架的内容来看，在干活的时候经常有人出意外，他们是在互相指责，推脱责任。

古籍的恢复和辨认非常消耗时间，而让他没有想到的是，他以为一两个月就能完成的买卖，整整持续了三年。三年时间，他一直在不停地分辨那些难懂的古文，推测朝代、用途，尝试解析出里面的意思。整支队伍的人好像处在一种巨大的压力之下，互相几乎没有交流，所有人都沉默着拼命做事情。他极端地焦虑，牙开始掉落，体重从一百五十斤变成了七十斤，如果那一天不来临，他可能会死在那个地方。

一直到第三年的端午节，这种巨大的压抑和闭塞的生活忽然被打破，忽然没有古籍送到他手里了，他终于不用每天蹲在帐篷里进行那些极端枯燥的工作了。

这种突如其来的解放一开始让他不适应，但是两天后，他的焦虑开始慢慢地舒缓。他有时间走出帐篷，在营地里闲逛，这时候，他才发现，原来自己是在一个这么美的地方。

他们身处的是一处山区少有的平地，如果是在村庄附近，那么这一片平坦的区域可能会被开垦成农田，但是现在这里全是参天大树，说明他们远离人烟，或者这里交通非常不便。眺望远山，能看到天尽头有巨大的四座相连的巍峨雪山，云缠雾绕，圣洁无瑕，雪山之前横亘着碧翠繁茂的崇山峻岭。那种绿，不是江南的龙井浅草之绿，也不是北京的华丽琉璃之翠，而是好比绿墨一般的深绿，整个区域所有的色彩无一不显示着植物极度蓬勃的生命力。

山中空气极度地清新，他忽然有一种脱胎换骨的感觉，似乎是一种顿悟，三年来的阴暗一扫而空。

之后他的身体逐渐恢复，开始对周围的东西产生兴趣。他开始恢复很多正常的感官想法。他发现，四周所有的地方，都没有被开掘的痕迹，他推测中的古墓群，好像并不存在，就算存在，也不是在这片平地上。但是，四周的大山非常陡峭，这种如斧劈刀削般的山势，出现大规模古墓群的概率是很小的。

因为没事情干，又好奇，他有一天就偷偷地远远跟着一队人进到山里，爬上一座山腰后，往上的山势忽然变成了连绵成一大片的裸岩峭壁，山腰以上的部分山体好像都被人用刀垂直劈过一样，把所有的弧度都劈掉了，只剩下了几乎垂直的凹凸不平的岩面，上面的石缝中怪树林立，一道小小的瀑布从峭壁的顶上倾斜下来，打在下方的巨木树冠上，溅得到处都是。

这种峭壁往往出现在河边，长江边那些有名的摩崖石刻就是刻在这种峭壁上的。这里有峭壁，很可能因为以前是某条大河的河道，现在大河改道旱掉了。他往前看去，发现果然如此，这里的峭壁最起码连绵了十几公里，完全看不到头。

在这些峭壁上，他看到了无数的绳索和拉索装置，好像传说中那些盛产燕窝的峭壁一样，爬满了人。同时他发现，很多绳索正在被拆卸下来，显然已经完成了历史使命。他立即明白，所谓的古墓和那些古籍，到底是从哪儿来的了。

蜀人多修道，特别是四川一带，各种宗教繁盛，据传这里有很多寻仙之人，感应天召，到了一定的时候，会不带任何食物，只带着水爬上悬崖，寻找一个山洞或者裂隙，爬进去切断绳子，断绝自己的后路，在其中做最后的修炼，不成功就活活饿死在里面。

很多人用这样决绝的手段来表达自己羽化成仙的决心，特别是一些当地有传说的仙山，更是吃香。这些人大多会带一些方士的古籍随身。一代一代下来，这些洞里，往往累积了很多朝代的骸骨，那些古籍，很可能是这些人爬到这些山崖上，一个窟窿一个窟窿找出来的。

如今一些绳索被撤掉，显然他们已经找到想要的东西了。不过，看样子，他们好像不打算走。他们还要干什么呢？

他看着没有被拆卸，反而被加固的一部分绳索，感觉除了古籍，这事情还有后话。

可惜的是，金万堂到了这里就没法继续好奇下去了，以他的身手，他不可能爬上山崖去看看，又没有胆量去问具体的细节。之后的日子，他过得很惬意，就是在这段日子里，他和一些在改革开放时期突然反应过来的人一样，开始打起自己的小九九。他忽然非常后悔，那些残破的古籍，自己为什么不私藏几份，即使品相不好，也是价值连城的，这里唯独他有鉴赏古籍的眼光，藏一两份极品轻而易举。

他知道得罪老九门后果严重，但是，惬意的生活让他的贪欲犹如附骨之疽，他后悔得一塌糊涂。

人往往就是这样，在事后想着当时应该这样，应该那样，其实真让他回到当时，他也许还是没有那个胆量。

不过上帝这一次给了他第二次机会。第三年的六月，先是出了大事，忽然起了喧哗声，一大群人在中午就从山里出来，急急忙忙地抬着十几副担架，上面的人满身是血，一时间营地里乱成一团。

随后傍晚，一大卷几乎被鲜血浸透的帛书，送到了金万堂的手里。三天后，他第一次见到了霍老太太和其他一干九门人，都面色凝重，一群人几乎是看着他开始最后的鉴定工作。

那一大卷，他只看一眼就认出来了，那是战国时期的鲁黄帛书。

第二十三章

世上最奇怪的事

表层的帛书都被鲜血浸透，如此多的血，要不是有人头颅被砍断，鲜血四溅；要不就是有很多人受伤遭殃。后来证明，这些东西是被六个人抱在怀里送出来的，六个人此时有四个已经死了，还有两个躺在外面的某个帐篷里，不知道结局如何。

鲁黄帛有一种极难解码，世间留存极少，金万堂一看就知道送来的这批就属于这种，连夜解出来根本不可能。他只能复原出大概的文字并写成现代汉字，至于密码中的意义就算再有十年都不一定能解开。

气氛之压抑让他窒息，但是长时间的休息让他已经得到了足够的放松，所以很快他就进入了状态，之后十天他保质保量地复原了所有可以复原的帛书。

因为头脑极度清晰，之前那种没有“顺手牵羊”的后悔，在他工作的时候时不时地在他心里揪一下，特别是在完成前夕，一种焦虑在他心里产生。

鲁黄帛价值连城，就算是拓本，如果拓印清晰也是一笔不小的财富，顺手牵这个绝对没错。但是，看老九门这么紧张，而且是有人用命换来的，拿了也许会给自己带来大祸，于心也有很多道义上的谴责。但是如果不拿，自己是上了贼船，这种情况，还不知道自己的酬劳能不能拿到，就算拿得到，三年的时间这点钱也早就不是对等的买卖，不拿恐怕没有下次机会了。

他犹豫来犹豫去，最后是他的身体给他做的决定。他从里面偷偷将一张鲁黄帛塞入自己的袖子，完全是在他犹豫时自己的手不自觉的动作，等他反应过来，他已经这么做了。幸运的是，没有人发现。

既然做了，就没有理由还回去，他这才下定了决心。晚上，他在被窝里（因为三人一个帐篷）将这份帛书小心翼翼缝到了自己的布鞋底里。他思前想后一番，觉得不可能有问题。这些东西本来就有缺损，少了一份，又没人数过，没有任何被发现的理由，于是慢慢安心下来。

然而轻松之后，和某些寓言故事一样，他忽然又有一个念头产生了：偷一份是偷，不如再偷一份。

于是第二天他故技重施，可惜这一次出事了。因为他没想到，这第二天就是他在这里的最后一天。这一天他完成了最后的整理工作，袖子里藏着那份帛书正准备回帐篷继续藏好，忽然有人来告诉他，他被安排当晚直接出山，可以回北京了。

这是他始料不及的，他原以为至少还有几个月好待，但是，一听到可以出山，无疑是让人高兴的，一下子反应过来后，他立即应允。

没有人来送他，霍老太太在北京对他相当客气，但是在这里他也不强求，想必老太婆现在根本没心情来管这些事情，他于是回帐篷收拾包袱。没想到，在那里等待他的，是一次彻底的全身搜查。

那是解九爷的理念，我不防范你的小偷小摸，但是最后，你偷的东西，绝对带不走。

金万堂还记得当晚他的窘态，听到要搜身之后，他的冷汗瞬间就湿透了衣衫，一瞬间想了无数办法，但是无奈时间太紧了，根本没有时间去处理。

一开始搜身的伙计相当客气，这给了金万堂一点缓冲时间。他首先把自己的鞋子和隔壁那人的鞋子脱得特别近，然后一点一点打开自己的东西让他们查。同时想着借口，可惜借口来不及找，他打开东西后，一个伙计上去查，另一个伙计请他到另一个帐篷搜身。他一边装出非常无所谓的样子，故意穿上了隔壁那人的鞋，跟他出去，一边想着把袖子里的帛书在路上扔掉，可惜，当场就被发现了。

之后，伙计就不那么友好了，在帐篷里，他的被褥、衣服全部被撕开，帐篷的角落四周全都查了。他身上的衣服全部被剥光，鞋子也被割开，好在他事先换了鞋，鞋子里的那份就没被发现。

之后他被扭送到老九门那边。就在那里，他见到了老九门之外的，第十个人。

需要注意的是，这个人在金万堂的叙述中，是一个非常关键，但是很诡异的存在。

金万堂在之前没有见过他，但是，他听到其他人称呼他为：领头人。

说起来，整个老九门都很少在营地里露面，三年来金万堂看到他们的机会少之又少。在路上的时候只能远看，也分不清楚谁是谁，如今如此近地看到，甚至可以说是第一次。他才得知，除了他们九个，还有一个领头人。

这个领头人年纪不足三十岁，当时正在和另外的人商量什么事情，金万堂印象最深的是，那人的手指很不寻常。不过，他当时没有心思仔细去观察，紧张得要死，谎称自己是初犯，这是鬼使神差的第一次，也不是为了钱，而是因为对帛书有兴趣，想解开云云。

那个领头人看着他的眼睛，就走了过来，用他两个奇怪的手指按住了他的头维穴，忽然用力。他几乎听到自己的头骨发出了即将爆裂的声音，疼得他几乎抓狂，而那个年轻人面无表情，手指还是不断地用力。

接着，领头人开始问他问题，金万堂还想说谎，却发现在这种剧痛之下自己根本没法思考，谎言漏洞百出。在令人无法忍受的剧痛中，他万念俱灰，把鞋子的事情也供了出来。

头维穴的剧痛是神经衰弱和大脑极度疲劳的症状，挤压头维穴可能造成大脑的短暂思维困难和疲劳假象，人在极度疲劳的时候会为了寻求解脱而放弃说谎抵抗，以求得安宁。美国中央情报局的研究也表明对肉体折磨的效果不如对大脑折磨的效果，所以，现在疲劳逼供已经成为很多地方的主要逼供手段，在电视里我经常看到审讯室用灯照脸轮番轰炸。而在中国，使用穴位逼供也是古来有之的行为。

他说完后以为必死，还好霍老太太感觉他昔日可靠，而且留着可能以后有用，最后替他求情。也是因为老九门似乎在酝酿什么巨大的事情，对他的事情并不太在意，所以，那个领头人让霍老太处理这件事情。最后，他只是被免了所有酬金，然后裸身被赶了出来。

他回帐篷穿着被撕烂的衣服和鞋，大致修补了一下，就有人过来催促，他灰溜溜地出了山，并被告知什么都不能说出去。

到了北京之后他不安生了好几年，但是之后老九门越混越差，后来没声了，他才逐渐放下心来。之后他陆续听到了一些风声，说他走了之后，悬崖上又出了大事，老九门死伤无数，元气大伤。

所以他收到霍老太太的那封信，吓了个半死，以为旧事重提了。

霍秀秀说完，道：“那个逼供的领头人，你觉得会是谁？”说着她便很有深意地看向了闷油瓶，“这对你们有提示吗？”

我闷声不语，胖子却也看向闷油瓶，窗外的月光被乌云遮了起来，屋里几乎全黑了。

我明白秀秀的暗示，但是我此时不想多作推测，因为这种推测根本无法证实。

胖子沉吟了一下问道："金万堂本人有没有推测？"

霍秀秀道："他觉得，这人被称为领头人，说明权力很大，说他和九门一点关系也没有不太可能。但是，他明显不是九门之一，而被称为领头人，可能是这么一种情况：九门之中可能有一个统领全局的人，是他们公选出来的。"

我看了眼胖子，胖子摇头："非也，老九门只是江湖排位，不是等级之分，张大佛爷年纪那么大，不可能在现场，就算是张大佛爷本人，要指挥这批人也需要一个很大的由头。这人很年轻就更加不可思议，小辈指挥长辈更是不可能，要选统领，选出来的应该是陈皮阿四之流吧。"

我点头也想到了这一点，但是其实这也不冲突："小辈指挥长辈是不可能，但是张家大佛爷当时的身份非常特殊，他的子女，也不会是平头老百姓，虽然在老九门是晚辈，但是他在社会阶层里，也许地位非常显赫，让他能指挥这些刺头的，可能不是他的能力和辈分，而是他当时的身份和身份所代表的那一方的利益。"

"也对，如果这样说，那甚至有可能这人都不一定是张大佛爷的儿子。他可能是你说的，外来势力的代表？"

"Bingo！"胖子道，"好了，让我们来归纳一下。老太婆和她的朋友们，参加过一次失败的但是规模巨大的倒斗活动。然后，几十年后她女儿和她朋友的孩子们也参加了一个非常神秘的考古活动，接着她女儿失踪了。然后，她从某一时间开始收到录像带，里面有她女儿的图像。你们觉得这算什么？"

"有人想告诉她，她女儿还活着。"我道。

"或者，这是一个警告。"秀秀道。

"但是，按照我们的经验，这些录像带，应该是文锦寄出来的。”我道，“她为什么要这么干？”

“这是我们之后要查的。”秀秀就道。

“我们？”

“你看，我的情报其实对你们非常关键，当然，你们的情报也非常棒。所以，几位哥哥，咱们应该鼎力合作。”

我和胖子对视一眼无言，胖子点起一根烟：“天真我就不说他了，他已经老了。你还小，你这是在浪费自己的生命，老天把你生出来不是让你来做这个的。”

秀秀就没看胖子，而是看着我：“不是我的同类，没法理解我们的心，对吧？”

我不想秀秀和我一样，但是我也不知道用什么去说服她。事实上，我知道我们这种人是没法被说服的，也没心思去考虑那些，我想起了文锦当时和我说的那些话。当时她没告诉我，她还寄过录像带给霍玲的老娘。

当然她不用告诉我这些。事实上，她只告诉了我我需要知道的部分，然后让我能找个借口远离这件事情。

我想起了她寄给我的录像带，想起了阿宁，想起当时的情况，又想起了霍老太太的情况。一个想法在我脑海里挥之不去。

“你还记得我们收到的那几盘录像带吗？”我打断在互相做思想工作的胖子和秀秀，“那几盘带子寄过来的目的，不是带子的内容，而在于带子本身。”我在里面发现了钥匙和地址。

“带子里的内容只是在迷惑可能的拦截者。”

“嗯？”他们两个静下来。

我继续道：“老太婆对录像带不熟悉，而且她是一个女儿失踪了几年的母亲，她看到录像带里的内容一定蒙了。她不会有任何其他的想象力来思考录像带的真正意义。

“但是这个录像带里的霍玲，是假的。

“她不知道，这无关紧要。重要的是，文锦连续几年向她寄出了东西。如果和我想的一样，那些录像带里，一定藏着什么东西，得把它们拆开来。”我看向霍秀秀，“丫头，你不是说要合作吗？来，表现出点诚意。”

“你要我把带子偷出来？”

“那不算偷。你是她孙女，可以假装你只是偶然看到，然后以为是黄色录像带，偷偷拿走看看，在你这种年纪，我们经常干这种事情。”我道，“她最多打你一顿，或者扣掉你的零花钱。”

小丫头看着我道：“不用，我可以神不知鬼不觉地把东西拿出来。我想我奶奶不会天天去看它们在不在，但是如果你把它们拆开，那么我奶奶一定会发现。她不是那种可以随便骗过去的人。”

“现在不是担心这个的时候。”我道，“文锦连续几年想给你奶奶传达一种信息，这个信息一定非常关键。如果你奶奶当时解开了信息，那么，事情可能不会发展到现在这样。”

小丫头想了想，点头：“好，那就先看看里面有什么再说，但是如果里面什么都没有，我就掐死你。”

“什么时候能拿到？”我现在总是害怕夜长梦多，知道很多事情越快做越好。

“不能急。我奶奶住的地方，现在我也得有理由才能靠近，因为我很久没有过去住了，突然出现，我奶奶一定会怀疑。我得找个好时候，而且，她很少离开房间。”她道，“这事情要听我的。”

我揉了揉脸，知道她说得对。不过，一下子我就没兴趣谈别的了，所有的注意力都在那几盘录像带上。

连灌了几口烧酒，我躺倒在地板上，深呼吸了几次，才从那种纠结的思考状态下释放出来。

之前我本以为，我能放弃查这些东西，只要能找到小哥的身世就行了。现在看来，所有的一切，都是有联系的，随便从哪个点查，查到后来都会陷入同一团乱麻里去。

胖子拍了拍我，霍秀秀叹气："有时候，我感觉好像是从后往前去看一本书，你从结局开始，一点一点往前看，然后发现任何的细节你都得猜。"

我深吸了一口气，太对了，就是这种感觉，不由得就拿酒瓶和秀秀碰了一下："我真该抱着你痛哭一下。"

胖子不以为然，"嘁"了一声表示对于我们这类人的不屑。霍秀秀刚想反驳，忽然，我们都听到下边院子里的大门"咯吱"一声，开了。接着，手电光从窗口扫了过来。

胖子一个激灵跳了起来，透过爬山虎往外看去，霍秀秀和我也凑了过去。我们还未看出端倪，霍秀秀就吸了口冷气："不好，我奶奶来了！"说着她立即看四周。

我问："你干吗？"她道："不能让我奶奶知道我在查她。你们可千万什么都别说，我得躲起来。"说着她四处看有没有地方躲。

整个老宅家徒四壁，别说躲了，连个掩护都没有。胖子这时候就叫："上面，到房顶上去。"

我才想起来头顶有个天窗，胖子不怀好意地笑着往秀秀身边靠去道："来，大妹子，胖哥我抱你上去。"

"不用！"秀秀一笑，忽然翻身跳上桌了，再一跳，身形好比耍杂技一样悄然无声地上了梁。我都不知道她是怎么上去的，就看到身子有几个奇怪的扭动法。小女孩身材姣好，腰肢柔软，动作非常好看。

可她一上去，胖子就道不好，急了。我心中奇怪，却见小丫头一边拿过胖子藏在上面的玉玺，一边轻声道："原来在这儿呢，藏在这么明显的地方，看样子是不想要了，我拿走了哦？"

胖子大急："别别，姑奶奶，你黑吃黑啊。"

秀秀嘻嘻一笑，听脚步声逼近，把玉玺甩了下来，胖子一个猛虎扑食接住。之后，她用同样奇怪的杂技动作到了天窗口，然后探身出去了，回头道："姑奶奶对这东西没兴趣，明儿见。"然后她一下就不见了。

我和胖子面面相觑，一边已经听到了上楼的脚步声。胖子坐下，爱惜地把玉玺放到一边，道："霍家这些妖女真难伺候，刚伺候完妖孙女，又得伺候妖老太太，咱们都快赶上情感陪护了。"

我嘘了一声，小丫头那边对我们相当有用，不能把她暴露。于是我们看着门口，不一会儿，门就被推开了，我和胖子看着，忽然一愣，霍秀秀走了进来，后面跟着几个人，拎着几套被褥和酒，看着我们，很惊讶地道："咦，你们自己去买被褥了？不是让你们别出去吗？"

胖子看我，我看胖子，连闷油瓶都一下坐直了，我们的脸色瞬时白了。

第二十四章

逆反心理

三个人面面相觑，同时去看头顶的天窗，惊讶得说不出话来。我皱起眉头琢磨到底怎么回事，一瞬间好像明白了，又没明白，骂了一声：“我去，邪门了！”

看着霍秀秀，真真切切，绝对不是幻觉，我就知道大事不妙。闷油瓶一下站起来，跳上桌子整个人一弹翻上梁，也打开天窗出去了。

我和胖子也站了起来，自知不可能和他一样，只得在下面眼巴巴地看着。霍秀秀就凑过来，看着天窗问：“有老鼠？”

不知道为什么，我们不由自主地就退后了一步。她惊讶地看着我们，觉得有点莫名其妙，那几个跟她进来的人也不知道出了什么事情，一边好玩地看着天窗，一边把东西放下。

房顶上传来闷油瓶走动的声音，不久他就从天窗上再度下来，翻到屋内。我问他怎么样，他摇头：“人不见了。”

胖子一下就炸了，抓着头发：“我靠，不会吧？这算什么事，上帝倒带了？”

我已经冷静了下来，忽然意识到了一种可能性，看向霍秀秀，道：“小丫头，你玩我们吧？不带那么戏弄人的。”

“说什么呢？”霍秀秀皱起眉头，“好心给你们送被褥来，你们演什么戏给我看？”

“你刚才不是已经来过了吗？然后忽然说什么你奶奶来了，上了天窗，之后立即下到楼下，和你这几个随从外应会合，再装作刚来的样子。这不是耍我们是什么？”我道。

霍秀秀张大嘴巴：“什么玩意儿？我来过？”

我心说肯定是这样，这丫头装得还真像，刚想呵斥，闷油瓶却拉住我，轻声道：“不是她。”

“什么？”我转头，他就道：“从天窗上不可能这么快翻到地面上，还连气都不喘。”说着，他把手伸到霍秀秀耳朵后摸了一下，“体温也没有升高。”

闷油瓶的判断一般没错，那这事情怎么解释？我一下子不知道怎么反应。霍秀秀问到底是怎么回事，胖子就把刚才的事情和她说了一遍。

胖子说完，霍秀秀完全不信，胖子再三和她强调，并且让她看之前的“霍秀秀”带来的东西，她才逐渐相信。

屋里的气氛顿时十分诡异，因为怕被人发现，我们没点灯，如今月亮又看不见了，真的十分阴森，我之前从来没感觉到。

跟来的一个年轻人有点嘀咕：“该不会是狐狸精吧？”

“狐狸精？”

“我老家有过一个故事，说是一家人结婚，进山去接新娘，开了很长的山路总算把新娘接了出来。新娘下了车没走几步，忽然别人都惊叫起来，新郎回头一看，从车上又下来一个新娘，两个新娘一模一样，连婚纱都完全相同。所有人都愣了，不知道怎么回事，后来报了警，警察也不知道怎么办。后来有个老人说，其中一个肯定不是人，要区分的办法只有一个，就是用电棍电，电棍电人，人肯定倒，但是如果不是人就没事。那警察就用电棍，刚拿起来，其中一个新娘就飞似的跑了，快得根本不像人类的速度。老人后来说，可能是狐狸精。”

我听着有点起鸡皮疙瘩，心说怎么可能？这家伙说得还真是生动。胖子看着霍秀秀问我们道：“那谁有电棍？”

“你敢！”霍秀秀怒目看向胖子。

我摇头，那肯定是无稽之谈，让他们别扯淡了，定了定才道：“不说刚才的气氛，就是刚才那‘人’的谈吐，肯定不是妖精，我觉得妖精不会这么无聊。这家伙一定是个人，咱们是被算计了。”

看着现在的霍秀秀，我就开始感觉到，刚才那女孩虽然和霍秀秀十分相似，但是在某些神态上还是不同：“那家伙一定是易容的，来套我们的话。”

“我靠，能易容得那么像吗？”胖子不相信。

“如果是熟悉的人肯定不行，那种尽善尽美的易容是小说的虚构。但是，我们和秀秀不熟悉，一路过来一直很紧张，我们的注意力不在秀秀身上，所以，这人只要大概相似就能混过去了。”我道。这是三叔告诉我的。

闷油瓶点头，表示同意。胖子打量了一下秀秀：“也是，我发现刚才那位的胸部比这位要丰满一些。那丫头是谁呢？她干吗要这么干？”说着他看了秀秀一眼，“我们在这儿只有霍家人知道，你们中有人可能泄密吗？”

胖子一直是怀疑论者，这话一出口秀秀就有点不高兴了。不过小姑娘表现出难得的修养，立即打了个电话，好像是请示奶奶，电话才说了几句，她就问我们道：“你们从新月饭店出来的那段时间，有没有拿别人什么东西？”

胖子刚想摇头就僵住了，立即摸口袋，掏出了一张名片，那是“粉红衬衫”递给他的。他看了看，就被霍秀秀身后的一个年轻人接了过去，放在鼻子下闻了闻，就皱起了眉头：“可能就是这个。”

霍秀秀接过来闻了闻：“你们真是太懈怠了，那种场合下别人的东西也敢随便拿。这上面有种特殊的气味，如果有训练好的狗，你跑到哪儿都逃不掉。我们的车一出来，他肯定就知道你们坐在上面了，一路跟到我们这儿来。”

“是那家伙？”我想起“粉红衬衫”，感觉哪里不太对，走了几圈，心说那女孩难道是他派来的？这人怎么会对我们的过去感兴趣？难道，他也是局内人？不过那女孩子的举动很难解释，她说的事情头头是道，如果她只是套我们的话，那她未免知道得太多了，最高明的小说家也没法在这么短的时间内编出那么完美的故事来，这些举动都显得非常多余。

不对，这事情不对，难道是背后有非常复杂的原因？但是我们刚大闹天宫没多长时间，怎么可能有人这么算计我们？或者是霍家和其他北京豪门之间就存在复杂的争斗，我们只是走进了这种争斗，被人摸了底？但是刚才和那小女孩的对话全是关于老九门和我们的内容。如果是他们的内斗，何必提这些？

我百思不得其解，啧了几声。霍秀秀道：“算了，事情已经发生了，我们立即换个地方。你们带上东西跟我们来。”

我叹了一声，刚刚落脚，还没来得及住下又要迁移，这是何苦呢？刚想跟着走，胖子和闷油瓶却一动不动，我愣了一下，也立即不动了。

秀秀问：“又怎么了？”

胖子道：“别装了，你胖爷我认脸认不出来，女人的身材可是过目不忘！你到底是谁？”

第二十五章

进入正题

我花了一秒钟才理解，几乎是同时，就看到秀秀的脸色一下变了，冷眼看着胖子。我以为她会狡辩一下，没想到忽然她大叫了声：“抢！”她的声音竟是男人的。

我没空惊讶，说时迟那时快，此时那三个人已经猛地扑了过来。不是扑向我们，而是冲向一边我们放铺盖的地方。

我顿时明白了他们的目的——那地方放着那枚玉玺。我立即大叫，那边的闷油瓶早就反应了过来，一脚把玉玺从他们几个人中间踢出来，我一下就接住了，那三个人立即反身扑向我。房间太小、距离太近，实在没法躲，我瞬间被他们冲倒了，好在最后关头我把玉玺朝胖子那儿又甩了过去。

胖子早有准备，一下接住。亏得那几个人动作极端敏捷，我还没完全倒地他们已经从我身上跨过去朝胖子冲去。我抱了一下腿竟然一条都没抱住，看胖子背后就是墙壁无路可退，我立即对胖子道：“快扔给我！”

胖子骂了一声“扔个屁”，抡起那玉玺就是一砸，离他最近的那人直接被砸翻在地。另两人一下扑上去想把他扑翻，胖子顿时和他们滚在一起，三个人撞到墙上，胖子这才把玉玺扔出来，闷油瓶接在手里。

那三人发现这样不行，两个人死命拽住胖子，那个“秀秀”一个人起来再次冲向闷油瓶。我爬起来从后面一下抱住他，就感觉这人软得好像没有骨头一样，手一松他就从我怀里脱了出去，回手一拳打在我的鼻梁上。我立即挂彩了。但是我倒地的一刹那还是用一个铲球的动作将他铲倒了。

他一个踉跄，没有倒地，同时我忽然看到他从袖子里抽出一把奇怪的匕首来，似乎是古董，反手握着迅速朝闷油瓶的方向冲去。我立即大叫“当心”，却看到闷油瓶已经不在原来的位置上了，同时一个闪电般的影子从半空中压了下来，瞬间用膝盖将那小子整个顶翻了出去。

胖子那边被压制得死死的，两边互殴他竟然没吃亏。我知道真正的狠角色是这小子，也不去帮忙，和闷油瓶两个围上去，先制伏这小子再说。

那“秀秀”从地上爬起来，忽然以一个奇怪的姿势舒展了开来，整个人的身形顿时变大，肩膀变宽，身高也高了起来，同时撕掉了脸上的面具。

我一看，立即认了出来，竟然是那个“粉红衬衫”。他边喘气边笑道：“缩着被打会疼好几倍，原来不是骗人的。”

我看着他的奇怪状况，背上直出冷汗。这样的情形我以前见过，这是缩骨。以前闷油瓶假扮秃子的时候也这样来过一回。与此同时，我们听到楼梯上出现了大量的脚步声，立即回头。

“外面还有接应！”我心叫不好。胖子在一边立即大叫：“你们先走！别全被他们窝里憋了。”

我恶狠狠地看向“粉红衬衫”，一边迅速往后退，一边想着怎么撤退。难道要爬天窗？“粉红衬衫”却把匕首插回去，对另外两个人晃了晃手，那两个抓住胖子的人也松开了手，三个人满嘴鼻血、互相推搡地爬起来。门被推开，我们转头警惕地去看，霍老太太和霍秀秀一前一后走了进来，脸上一点惊讶也没有，臭丫头还在朝我们吐舌头。

那“粉红衬衫”揉着自己的关节，微笑地走过来拍了拍我的肩膀，转头对霍老太太点头：“够格，你眼光不错。”说完，他指着闷油瓶，“这家伙归我。”

第二十六章

夹喇嘛

房间内挂起了一盏煤油灯，光线调得很暗。霍秀秀帮我和胖子止了鼻血，一行人各自站在原地，闷油瓶回到原来的地方站着，胖子两只手把玉玺严严实实抱在怀里，气氛尴尬。

霍老太太没理会“粉红衬衫”的话，只是打量我们，看得出她的腰骨很好，这么大的年纪上楼梯，脸不红气不喘的，反倒是“粉红衬衫”完全放松了下来，找了一个地方靠墙倚着。他身边的两个打手比较可怜，默默捂着受伤的地方，一瘸一拐地出了屋子。

我觉得莫名其妙，不过看着这诡异的场面，逐渐明白了是怎么回事。看样子，这“粉红衬衫”应该是和老太婆一伙的。听他说的那话，感觉这可能是一次测试。他们在考验我们？

我不由得就有点愠怒，被人戏弄了那么长时间，最讨厌这种被人套在套里的感觉，就直接问她：“婆婆，你这玩的是哪一出？”

霍老太太没回答我，只是似笑非笑地看着我。我又问了一遍，她才不紧不慢地开口，却不是回答，只道："你和你爷爷年轻的时候有一点像，无论在什么境地下，你总是先想着好处，再想到坏处。所以，在这种情况下，你还是站在原地，不会选择先做一些事情让自己获得优势。"

我看着老太婆的眼神有点不太舒服，心说这和我有什么关系。她接着又道："如果是我，遇到这种情况，我都会先冲到外面，或者制伏一个人再说，在那种状态下，我才会和对方交谈，看对方是什么目的。可刚才你们看到我进来了，一下站在原地，什么都没做。要是我有什么其他布置，你们现在岂不是一点机会都没有了？"

我心中稍微明白了点她的意思，心说干吗？难道是给我处理危机公关的建议？胖子在我身后道："老太婆，您搞错了，您以为你们人多就是你们的优势了？你们人就是再多一倍，这儿占优势的还是我们仨，你懂不？您要真想试试，爷们儿仨马力全开，这几个萝卜青菜还不够看的。"

霍老太太扫了他一眼，叹了口气，好像感觉和我们说这个有点可笑，继续道："好了，我到这里来不是谈这个的，你们放松点，我并不想对你们怎么样。"

"您不想怎么样的时候可够狠了啊。"胖子指了指自己领子上的鼻血，"要是您想怎么样的时候，还不得把我们弄死？"

老太太走到窗口，看着外面道："这老宅子，本来是我们霍家在北京的一个盘口，专门负责处置犯了规矩的伙计。不过旧社会的人信鬼神，有畏惧，这么多年，这下面院子的草下埋的人并不多，你们要是死了，有的是地方。不过，你们放心，我对弄死你们没有任何兴趣。"她顿了顿，看向一边的"粉红衬衫"，"刚才，我是试试你们，而我试你们，是让他看看，我的眼光不会错。"

一边的"粉红衬衫"就对我们笑了笑。胖子有点恼怒："什么眼光？你想让我们三个也做人妖？"

"粉红衬衫"一下就笑了出来，道："得了吧，你答应，我也不答应。"

"我去，看不起人啊你。"胖子怒道，刚想反驳，一想又不对，不知道自己该怎么接话了。

"粉红衬衫"走到我面前，道："自我介绍一下，我叫解语花，是现在九门解家的当家。我们两个互为外家，算得上是远房的亲戚。小时候拜年的时候我记得我们几个小鬼经常在一起玩儿，不过，吴邪你不那么合群，性格内向，又是从外地来的，所以可能并不熟络，记不得我了。"

"是啊，你连我都忘了。"霍秀秀在一边道，"连谁真谁假都分不出来，还不如这胖子，真是令人心寒，亏得人家小时候还想着嫁给你。"

我看着霍秀秀，又看看那个"粉红衬衫"，我心里忽然"啊"了一声。

之前就觉得"粉红衬衫"十分面熟，但是怎么搜索都想不起来在哪里见过，原来是搜索的区域错了。他不是我做生意的客户，也不是什么日常的朋友或者酒肉之交，而是六七岁时候的小朋友啊。

我靠，这个我就是有心记都记不住啊。多少年了，当时又还没到记事的时候。不过，我竟然能从他的脸上找出一丝熟悉的感觉，说明这家伙的脸竟然有某些区域没变，真是难得。

解语花，这名字真怪，当时的年龄我连脸也记不住，不要说记住一年只见一两次面的小鬼的名字。不过，我确实记得那时候有个家伙，他们都叫她小花。

可是，那个小花在我的记忆里和这个人完全对不上号。不仅是外貌，眼前的人和当年的那个小花，根本是两个人。难道我记错了？

我于是问他："你，该不会就是那个小花？"

他看了看我，很暧昧地笑了笑。霍秀秀在一边笑道："就是，没想到吧？”

我又愣了愣，觉得有点崩溃：“可是，那个小花我记得是个女孩子。难道我记错了？”

“你没记错，那个时候，我确实是个‘女孩子’。”“粉红衬衫”道，“我小时候长得嫩，又在跟二爷学戏，唱花旦和青衣，很多人都分不出来，以为我是女的。”

我皱着眉头，实在没法想象脑子里那个清爽可爱得犹如从招贴画里走出来的小女孩竟然是个大老爷们儿，现在喉结都老大了。我忽然觉得发晕，真是世事无常。我又问秀秀：“那你刚才和我们说的事情——”

“都是真的，当然，唯一的不同是，我奶奶知道整个过程。”秀秀道，“我发出信之后，有人给我奶奶打了电话，我奶奶观察了我一段时间，然后把我抓了出来。”

“做这一行生意的人都很谨慎，如果你收到一封莫名其妙的信，你也会打电话去问问是怎么回事的。”老太婆道，“不过，我承认你刚才推测的事情很对，我收到录像带的时候，确实蒙了。但是我没老糊涂到以为那只是一盘录像带。”

“那、那你发现了那些录像带里藏的东西？”

“我之前和你说的，那些样式雷的图样是从国外收购而来的，那是骗你们的。”老太婆道，“那些样式雷，都是在那几盘录像带中发现的，我一直以为那是我女儿给我的线索，让我去找她，这也是我到现在也没有放弃的原因。现在，虽然我知道了，那不是我的女儿，但是，我知道只有跟随这些信息，才能知道我女儿到底发生了什么。”

文锦寄出了那些样式雷？我有点混乱，我原以为录像带里会有具体点儿的信息，没有想到会是这些。

不过，霍玲是在这座楼的考古项目中失踪的，如果寄来的录像带里有女儿的影像，里面又藏了楼的图纸，那更会让老太婆觉得这是一个强烈的线索提示。

胖子在边上问道："这和你们试我们有什么关系？"

霍老太太露出了一个很复杂的微笑。一边的解语花好像接到了什么信号，立即拍拍我，对我们道："好，我也不想浪费时间，我们说正题，以后有的是时间叙旧。"说着他给霍秀秀使了个眼色，霍秀秀就开始从包里拿出一卷卷东西，我一看，全是样式雷的图样，就是我在霍老太太家里看到的那些。

所有的图纸都用非常高档的牛皮纸包着，外面还裹着保鲜膜，里面浸了一层类似于桐油的物质。看样子，这些样式雷出了那间恒温恒湿的房间，就非常脆弱。只是不知道为什么把这些东西带来，难道是老太婆失去了兴趣，反倒是想把这几张都卖给我？

我有点奇怪，但是没发问，一直到所有的图样在秀秀的小手下，全部小心翼翼地在地板上展开，霍老太太才说话。

"我和解小子最近会夹一次喇嘛。"霍老太太拍了拍图样道，"我需要你们帮忙，如果你们答应，我保你们这次大闹新月饭店没事，而且另有很多的好处。"

第二十七章

样式雷（下）

我看着那几张图样，明白了他们的意图：“你们要去找这座古楼？”

解语花点头。我皱起眉头，老太婆和我说的话还历历在耳，他们应该还没有找到那栋楼的具体位置，怎么突然间就要出发了：“你们找到这座楼的位置了？”

解语花看了看老太婆，看上去是在询问她的意思，老太婆点头：“告诉他们吧。”

解语花吩咐秀秀点亮灯光：“是的，因为你在广西的经历给了我们启发。”

说着，他拿出了一张工程用的图纸，让我们看。

胖子把玉玺塞入自己的衣服里裹住，凑过来。我发现，那是用现代绘图软件根据样式雷重建的“张家楼”的整个结构图。

我一看那图，闻到熟悉的油墨味道，立即想起了大学里熬夜画图的时候。当年生活中的两点一线，现在这玩意儿却出现在这种地方，让我颇不舒服。

解语花道："这是我们找人根据样式雷的图样复原的结构图，你们可能看不懂细节，没关系，我来解释。"说着，他开始讲解上面符号。我对这些太熟悉了，自然不用听，几秒钟内，我已经对这座楼有了一个大体的了解。

整座楼可以说是当时典型的木石结构，建筑敦实，之前草草地看过每一层的样式雷，本身就不熟悉，但是现在使用绘图软件，用我熟悉的方式把七层全部绘制到一张图纸上，楼的形态就几乎一目了然了。

小花指了指其中几张道："你看一下，这是楼的顶部，是不是你在巴乃水底看到的那栋张家楼？"

我不用他指，早就发现了。我心中一惊，立即点头，心道，不会吧？

他道："我听到你说张家楼的时候，就知道会是这种结果，再听到你说铁尸就更加确定。张家楼是在水底，而且它的一部分是埋在水下的山体之内的。你再看这里。"他指了指样式雷上的几个部分，"你可以看到，样式雷的第一层和第二层，和下面的几层很不一样，一、二层更像塔，而不是楼，而在一、二层和下面几层连接的部分，缺少了很多的设计。"

"你是什么意思？"

"张家楼的第一、第二层和剩下的几层是分离的，一、二层是在地面以上，然后，借用很深的地道，通往深埋在山体之中的剩下几层。因为工程量的关系，我相信，那几层应该是藏在那湖附近的山体里。我们就是要去找它们。"

"为什么？你们经验十分丰富，应该驾轻就熟了才对。"

小花道："这绝对是笔大喇嘛，你们不会空手而回的。我们夹喇嘛，分成一向很公道。"

“到了这份儿上，我还会在乎钱吗？老兄，你这狗屁地方，我一看就知道肯定危险得不能再危险。”我道，“进去有命出来吗？”

“你对自己的身手这么没信心？” 小花道，“你之前去的那几个地方，也不是好地方。”

我心说那不一样，那些地方，我知道危险，但是我去之前都发生了很多事情，使得我的前往成为必然。但是，一次一次地冒险，谜底却越来越深，到现在，我真的提不起勇气，再来一遍。

很多时候，一件事情，你即使再渴望，但是拖得太久，也会慢慢失去锐气。即使我知道，这个地方可能很关键，很可能是整个事情一块不可失去的拼图，但是我的第一反应，还是拒绝。

小花有点为难，看了看老太婆。老太婆道：“你别拒绝得那么快，好好考虑一下，只要找到那座楼，我会立即告诉你一切。”

“你可以先告诉我。”我道。

老太婆摇头：“你是吴老狗的孙子，我不相信你的人品，说话不算话是你们家的传统。”

我就摇头：“不好意思，你不信任我，我也不信任你。”

老太婆叹了口气，就道：“你不去，只代表你一个人的想法。你们呢？”

说着，她竟然向闷油瓶看去。

胖子立即道：“我们三个是一条心，共同进退，绝对不会被你们挑拨的。不过天真说不去，那是你们的诚意还不够。”

老太婆呵呵一笑：“钱的事情好说，主要是你们想去不想去。”

我心说胖子光给我捣乱。我刚想摇头拒绝，心说这一次，我无论如何也不会轻易答应下来，忽然，听一边的闷油瓶道：“我去。”

我惊了一下，一回头，就看到闷油瓶看着我们。我和胖子对视一眼，都不敢相信自己的耳朵。我刚想说话，老太婆已经道：“好，一个去了。”

我有点反应不过来，有点恼怒，感觉事情一下脱离了我的控制，那一瞬间想说不行，但是我随即意识到，自己根本没资格说不，这本来就是别人的意愿。

那一瞬间的感觉让我很不舒服，老太婆问我和胖子："你们怎么样？"

"我也去！"胖子立即道。我几乎被气死，不可思议地看向他，心说刚才是谁说三个人没二心的。胖子说完立即凑过来，在我耳边道："我靠，小哥答应了，你要不答应，小哥就转手了，到时候你找他就难了。"

我一想，觉得也是。这个时候说不去，那等于直接退出游戏了。

"你呢？"老太婆看着我，"快点决定，我们就要没有时间了。"

"好吧。"我道，"不过，丑话说在前面，如果太危险，我们会退出。"

老太婆拍了拍手，小花道："那么，欢迎你们和我们成为一伙，我来给你们说说，我们的目的地是个什么地方，听完之后，我们在三天内就会出发。"

第二十八章

计划

小花非常快地把整个计划和我们介绍了一遍。我觉得头昏脑涨，感觉受到了身体和心灵的双重打击，前面的勉强听了一点，后面的基本什么也没听进去。

很难说那是种什么感觉，大约可以说是沮丧。比如你在好好地和别人聊天，忽然冲进来一帮人，对你说，你好，我们后天去玩吧。你根本没有时间去考虑后天是不是有时间。他又说，如果你去了我就给你很多钱，但是你必须马上决定，否则机会就给别人了。然后开始倒数。

这时候你的朋友纷纷表示同意，在这种情况下，人根本没法思考。接着他们开始兴高采烈地讨论去哪儿玩，而你这才冷静下来。

你事后想想，觉得这真像一个蹩脚的骗局。

他们走了之后，看着小花留下的图，我问了胖子几个问题，才搞清楚他们到底要去哪里。

我首先明白的是，这一次，不是一支队伍，是两支。

有一支队伍会前往广西巴乃的湖边，另一支队伍前往四川。而两支队伍，似乎是有联系的，不是各管各的。我看到他们设置有联络的体系，通过各种方式，两支队伍似乎会交流某些信息。

我问为什么要这样，胖子说小花说他也不知道，但是老太婆说，这非常必要。这两个地方，一定有某种联系，必须两边配合行动。

去广西那边，显然是为了那座古楼。小花说，他们分析那座古楼应该在山里，很可能被包在整个山体之间，他们要找到我们之前出来的缝隙，再次进去，很可能通过那些缝隙能够找到古楼的位置。

而四川那边，我立即想到了金万堂说的，史上最大盗墓活动发生的那个地方。看来，果然所有的这些有千丝万缕的联系。胖子说，他决定去广西，因为他想云彩了，这一次一定要带很多的礼物回去，顺便看看能不能订婚。

我都不愿想这些，看着闷油瓶坐在那里，盯着那几张纸看。我深吸了口气走过去，就问他："为什么？"

他抬头看我，没有任何表情。

"你答应之前，应该和我们商量一下。"我道，"我觉得，今天我们上了他们的当。"

他低头继续看那些图纸，只道："和你没关系。"

"我……"我为之气结，想继续发火，却见他聚精会神地看着那些图纸，显然并不是在发呆，而是在研究。

我看着他的眼睛，一股距离感扑面而来。我忽然意识到闷油瓶发生了一些变化。这种距离感，其实我并不陌生，那是他失忆之前的气场，他失去记忆之后，我一度失去了这种感觉。但是，它忽然回来了。

难道他恢复记忆了？我心中一个激灵，又感觉不像，如果恢复了记忆，他一定会忽然消失，不会顾及任何东西。

我叹了口气，不敢再去惹他，心里琢磨着怎么办。我忽然见他起身，朝外走去。

“什么情况？”胖子惊了一下，跳起来。

闷油瓶走到门口，忽然停了下来，看着我们：“你们谁有钱？”

我和胖子对视一眼，都走了过去。我问道：“你想干吗？”

“我要出去买样东西。”他淡淡道。

我又和胖子对视一眼。我无法形容我的感觉，但是忽然想笑，不知道是苦笑，还是觉得莫名其妙的笑。胖子一下钩住他的肩膀：“好啊，小可怜，我终于觉得你是个正常人了。来，让胖爷我疼疼你，你准备去哪儿，连卡佛，还是动物园？”

第二十九章

四川和分别

最终我们还是没有出去，门口卖驴肉火烧的是霍家的人，把我们劝回了。他们说现在出去太危险，如果要买什么东西，明天开单子就行了。

第二天是采购日，小花过来，要我们把所有需要的东西都列一下，他们去采购。胖子狠狠地敲了他们一笔。等晚上装备送过来之后，我们才发现敲得最狠的是闷油瓶。因为，他的货里，有一只一看就价值不菲的盒子。

小花说："我奶奶说，你会需要这个东西。"

闷油瓶打开之后，从里面拿出一把古刀来，大小和形状，竟然和他之前的那把十分相似。

古刀拔出鞘来，寒光一闪，里面是一种很特殊的颜色，只是刀刃不是黑金的。

"从我们家库里淘来的，你要不要要要？"

闷油瓶掂量了一下，就插入自己的装备包里。胖子吃醋了：“我靠，为什么不给我们搞一把？”

“这种刀不是随便什么人都能用的。”小花道，“太重了。”

其他的装备，大部分以前都用过，胖子的砍刀他不是很满意，说刃口太薄，砍树可能会崩，还是厚背的砍山刀好用。

我都没看我的东西，都是胖子帮我写的。我看着他们收拾装备，就觉得很抗拒，在一边休息。

之后，就是休整期，小花他们要做准备工作，我们就在这宅子里休养。秀秀给我搞了台电视来，平时看看电视。

闷油瓶就在一边琢磨那把刀，看得出，在重量上还是有差别的，他在适应。

这段时间我无所事事，就一直在琢磨着整件事情，尝试把最新得到的信息，加入以前的推断中，看看会有什么变化。

如果我们暂且把当年逼迫他们进行“史上最大规模”盗墓活动的幕后势力称为“它”，这个“它”得到了无数的鲁黄帛之后，可能早于裘德考破解了帛书的秘密，而进行了一系列的活动。这些活动可能都以失败告终了。

我甚至怀疑，当年裘德考解开帛书的方法，是由某个或某群和“它”有关的人带出，秘密透露给他的。

胖子说，那个年代民进国退，社会风气开始放开，很多以前了不得的东西，比如说工会、居委会的作用越来越退化，胆子大的人开始做小生意，联产承包责任制也是那个时候搞起来的。同时外国人开始进入中国人的视野，新的事物全面替代老的事物。这个“它”所在的体系，可能在那次更新中瓦解了。

和现在的企业一样，虽然组织瓦解了，但是项目还在，有实力的人会把项目带着，继续去找下一个投资商。

也许，在“它”组织的势力中，有一个人或者一群人，因为某种关系，和裘德考进行了合作，进行还未完成的“项目”。

“张家楼”考古活动和“西沙”考古活动，应该就是这个时期的产物。这样就可以解释为什么这两次的活动规模比当年老九门的活动规模小得多，甚至需要“三叔”自己来准备装备。同时很难说是有意还是无意，潜伏在文化系统的老九门的后代被集结了起来。

时过境迁，又过了近二十年，老九门在势力上分崩离析，但是因为旧时的底子，在很多地方都形成了自己坚实的盘子：霍家、解家在北京和官宦联姻，我们吴家靠“三叔”的努力在老长沙站稳了脚跟，其他各家要么完全洗白转业，要么干脆消失在社会中。

这个时候，很难说这个“它”组织是否还真的存在。从文锦的表现来看，这个“它”组织可能还是存在着，但是，和这个社会其他东西一样，变得更为隐秘和低调。

我非常犹豫，是否要把霍玲的事情告诉霍老太太。霍老太太的这种执着，我似曾相识，同时能感同身受。我以前的想法是：我没有权力为任何人决定什么，我应该把一切告诉别人，让他自己去抉择。但是经历了这么多，我现在感觉到，有些真相真的是不知道为好，知道和不知道，只是几秒钟的事情，但是你的生活可能就此改变，而且不知道，也未必是件倒霉的事情。

可惜，有些路走上去就不能回头，决绝的人可以砍掉自己的脚，但是心还是会继续前进。

答应之后，我们又交流了一些细节，要和闷油瓶、胖子分开下地，我觉得有点不安，又觉得有点刺激。但是霍老太太说得很有道理，又是闷油瓶自己答应的，立场上我有什么异议根本没用，要么退出，而这是不可能的。而胖子急着回去见云彩，根本没理会我的感受。

另外，我实在是身心俱疲，走闷油瓶那条线说起来万分凶险，我想起来就觉得焦虑。对于他们两个，我有些担心，但是想起在那个石洞里的情形，当时如果没有我，说不定他们可以全身而退。回想以往的所有，几乎在所有的环境中，我都是一种累赘，所以也没什么脾气。好在，老太婆估计，他们那边最多一周就能回来。

老太婆、胖子和闷油瓶确定是在三天后出发去巴乃，我和解语花比他们晚两天出发去四川。因为我们这边虽然安全，但是设备十分特殊，需要从国外订，这让我有种不祥的预感。

之后的几天很惬意，因为不能出去，只能吃吃老酒、晒晒太阳。我时不时会焦虑，仔细一想又会释然，但是如果不去用理性考虑，只是想到这件事情，总会感觉哪里有我没有察觉的问题，不知道是直觉还是心理作用。

胖子让秀秀给我们买了扑克牌，后几天就整天“锄大D”。小丫头对我们特别感兴趣，天天来我们这儿陪我们玩，胖子只要她一来就把那玉玺揣到兜里，两个人互相贫来贫去，弄得我都烦了。

三天后他们整装出发，整个宅子就剩下我一个了。老宅空空荡荡，就算白天都阴森森的，这时候我才感觉到秀秀的可爱。我们聊了很多小时候的事情，很多我完全记不起的场景都开始历历在目。当年的见面其实只有一两次，几个小孩从陌生到熟悉不过就是一小时的时间。我忽然很感慨，在我们什么都不懂，只知道“老鹰捉小鸡”的时候，在房间里的那些大人，竟然陷在如此复杂的旋涡中。

有时候觉得，人的成长，是一个失去幸福的过程，而非相反。

晚上的宅子更恐怖，我熬了两夜几乎没睡，总感觉有人在我耳边喘气，自己把自己吓得够呛。好不容易装备到了，我几乎是逃也似的离开了那个老宅。

在机场耽搁了四小时，小花才办完货运手续。我发现他身份证上的名字叫解雨臣，就奇怪他怎么有两个名字。他道，解语花是艺名。古时候的规矩，出来混，不能用真名，因为戏子是个很低贱的职业，免得连累父母名声。另外，别人不会接受唱花旦的人，真名其实叫狗蛋之类的，解语花是他学唱戏的时候师父给他起的名字。可惜，这名字很霸道，现在他的本名就快被人忘了。

我觉得非常有道理，忽然想，闷油瓶算不算艺名？他要是也唱戏，估计能演个夜叉之类的。

在飞机上我睡死了过去。到了哪儿都有地接，我少有地没操心。其间胖子给我发了条彩信，我发现是云彩和他的合照，看样子他们已经到了阿贵家里，胖子的嘴巴都快咧到耳根了。之后，我们去机场提货，第一次看到了那些所谓的特殊装备。

那都是一些钢筋结构的类似于“肋骨”的东西，好像是铁做的动物骨骼的胸腔部分，有半人多高，可以拆卸。“这是什么玩意儿？”我问小花。他道：“这是我们的巢。”

第三十章

流水

我不知道“巢”是什么意思，也许是我听错了，也许是“槽”或者是“潮”。不过这时候下起了雨，提货处人来人往，我们也不想久待，所以我没细问，把东西搬上小货车，在毛毛细雨中驶入成都市区。

小货车比我的金杯车还小，轮子只有脸盆大，开起来直发飘。小花让我忍着点，在城里就走这小车了，到后段山里的泥路换黄沙车，因为那边的路不太好走。我心说果然是干这行的，别管在盘口多光鲜，到了地头上还得和贼似的。这一行好像是在嚣杂和卑微中玩一种跷跷板，难得所有人都这么想得开。

成都是个特别棒的城市，我大学时候有同学来自这里，讲起四川的美女和小吃，让我们直流口水。最能形容这儿的一个词，就是“安逸”，不过这一次我恐怕是无暇去享受了。

货车带我们进了城里的一条小巷子，过一条大街就能看到四川大学的正门，里面全是发黄的水泥老房子，外表似乎经历过旧城改造，在几个地方点缀了一下，使得这种古老像是可以使用，但是先天不足。仔细看，老房还是老房，在巷子的尽头，开了一间小小的招待所。招待所都没招牌，只有一块木板上写了“住宿”两个红字，挂在门口随风荡漾。

我们把车停下走进去，绕过简陋的前台，忽然豁然开朗。走廊里面出现了非常考究的欧式装修，地板全部是实木的，走廊两边挂满了油画。小花告诉我，这就是他们在成都的盘口。这家招待所不对外经营，你要来问，所有时候都没房间，招牌只是个幌子，里面都是南来北往的伙计。

我们各自进了房间，洗了澡，放松了一下。当地的一个四川堂口的伙计带我们去吃“韩包子”，又逛了几条老街。晚上夜宵吃的是一家牛油火锅。我靠，我第一次知道夜宵也能吃火锅，为了去麻辣的感觉，我边吃边喝了六七瓶啤酒漱口，还是吃得后脑勺发麻，几乎晕过去。

最有意思的是，找不着店里的厕所，我问一个姑娘，也许是喝多了嘴巴不利索，把“请问厕所在哪儿”说成了“厕所在儿”。那姑娘立即怒了，用四川话大骂：“老娘又不是厕所！”把小花乐得哈哈大笑。

这算是典型的走马观花式的体验，以最快的时间领略当地的特色。说起来我是客人，小花是主人，所以他习惯性地带我草草走了一圈。第二天一大早，我们就离开成都，上了高速公路，一路无话。这段时间，我早就喜欢上了这种长途跋涉，小花也没有故意找我聊天什么的。但是不知道为什么，我没有觉得什么陌生和尴尬，也许是因为我们的背景实在太相似了，我似乎在他身上看到了我的另一面。

就这样，我们各自凝望着窗外，或者闭目而眠，看着那些山，那些云，那些天。景色慢慢变化，山越来越高，路越来越窄，每次醒来，都会发现四周的景色越来越山野。当天晚上，我们下来换上越野性能更好的黄沙车，正式进入山道之中，在黑暗中又开了一夜。

终于，第二天的清晨，等我从颠簸中醒来下车透气，第一眼就看到了传说中的那四座连绵的雪山。

“四姑娘山。”开车的司机用四川话道，“东方的阿尔卑斯。”

我站在环山公路的边缘，再迈一步就是万丈深渊。前面的视野极好，我看着前方一片翠绿的山峰，以及之后那纯白巍峨的巨大雪山，深绿和雪白从来没有如此融洽，也许只有大自然能调出如此不同又匹配的景色。云雾缭绕，美得让人颤抖。

然而这种美没有一种霸气之感，反而让人觉得十分柔美神秘。四姑娘山，孤独地矗立在那里，在想什么呢？

我不禁为自己忽然而来的抒情感觉到奇怪。以前和胖子去过不少美好的地方，但是在我刚有感触的时候，总会被胖子的妙语干倒，难得这次和他分开，感觉竟然是这么不同。也许我适合去写点矫情的东西，而不是做那么实在的盗墓贼。

“这是大姐，这是二姐、三姐，那个是幺妹，幺妹最高、最漂亮，六千多米高。”司机继续道，“我们叫它们四姑娘。这儿一带全是羌族和藏族群众，我们去的地方羌民很多，记得不要坐在他们门槛上，也不要去碰他们的三脚架。”

“三脚架是什么？”我问。

“每个羌民家里，都有一个锅庄，看起来就是一个三脚架，他们叫它希米。希米上挂了一口铁锅，下面是篝火，那是万年火，永世不熄，几万年前他们的火神给火种蔓延开来的火，所以，那火是很神圣的。我以前有位朋友，往火堆里吐了口痰，然后……”小花一边刷牙一边道，“我买了一百多只羊才把他带出来。”

“你以前来过这里？”我觉得有点奇怪。

他朝我笑笑：“说来话长，那是我自己的一些事情，你不会想知道的。”

我看着他的表情，就觉得更加矫情，不过吸了口清新的空气，感觉在大清早，矫情一下也不错。

最后一段路要靠摩托才行。我们叫了几个当地人开摩托，谈了价钱把那些东西全都搬下车，来到了离公路最近的一个村里。在村子里找寻没有出去打工的剩余劳力，雇了三四个人，冒充摄影记者，让他们帮忙做一些搬搬抬抬的事情，又包了几辆摩托，把所有人都往山里的另一个村子运去。

当年霍仙姑来这里的时候，这里真正是深山老林，现在比当时要好得多了。虽然也经历了很多麻烦，但是总算在到达四川的第三天，来到了他们之前说的那块悬崖附近。这里离最近的乡只有半天的路程。此时胖子和闷油瓶应该还在广西巴乃去山里的路上。

除了气候和风土人情，这种感觉和在巴乃非常相似，这也让我稍微心定了一些。我们用骡子把所有的装备全部驮上，沿着悬崖的根走，很快就发现了悬崖上的山洞，一个接一个，有些地方密集得要命。“有些洞被那些树遮住了，其实上面的洞更多。”当地人告诉我们，这种满是洞的山壁，四周的山上到处都是。当地人把这种洞叫作神仙蛀，也不知道是不是这么写，听着有点诡异。

我问小花：“怎么样？知道哪个是当年他们找到帛书的洞穴吗？”小花摇头，道：“霍老太太当年也不是自己上来的，而且这么多年了，就算当年留有记号恐怕也全都没了，只知道应该是在中段，而且位置非常高，我们得找找。”说着小花就让其他人解开装备，然后开始描绘整个崖壁，为所有能看到的洞穴编号。

“找找？”我抬头看悬崖觉得有点晕，心说，这怎么找？这整天爬上爬下的怎么吃得消？而且，我忽然觉得，这些洞好熟悉啊，那么多，怎么看上去那么像西王母国的那块满是孔洞的陨石？

第三十一章

巢（上）

西王母国最后的经历我很抗拒再去想起，有一种生理上的排斥，所以我就把眼前的场景和之前的相联系，陡然觉得这座岩壁变得丑恶起来。青黑色的石头加上上面的孔洞使得整座山看上去像是一具腐烂穿孔的巨兽尸体，绿色的青苔好比尸体上的脓液和真菌。之前根本没有这种感觉。

好在那只是一刹那，小花的四川伙计打断了我的歪念。几个当地人把骡子上的绳子全都卸了下来，在四川伙计的指导下把绳子系上攀岩固定器，那是一种可以插入岩石的缝隙，瞬间卡死的小装备。

我们有整套攀岩器械，安全带、下降器、安全铁锁、绳套、安全头盔、攀岩鞋、镁粉和粉袋，世界上最早的攀岩协会来自苏联，但是这些东西都是瑞士产的，看着非常让人放心。

不过小花并没有完全按照规矩来，他脱掉了外衣，拖着绳子挂在腰上，只穿着背心开始徒手攀爬。他非常瘦也没有非常明显的肌肉，但是不知道为什么，他爬起悬崖来好比杂技表演，很多我想都不敢想的动作，比如说单手挂在突出的峭壁岩石上，用腰部的力量把脚送到极远的一棵树上，用脚背挂住树，然后松手，整个人倒挂着荡过去。够不到往上的岩石突起，他会极快地在悬崖上翻身，头下脚上地用脚背挂住，然后瞬间用力翻上去。他做起来除去利落，甚至有一种特殊的美感。

最让人惊叹的是他的速度，我真的是见识到了什么叫飞檐走壁。除了遇到难以攀登的地方，他所有的攀爬都是在极其快速，甚至比走路还快的情况下进行的。但是即使这样，他爬到了悬崖的顶部也用了近四小时，最后他到高处的时候，我几乎看不清楚他的位置，一直到他甩下了绳子，我们才确定他到了顶部。

下面的人都由衷地鼓掌，我也没法不表示佩服，心说这家伙学戏的时候肯定也学《西游记》了。

利用那根他带上去的绳子，我们把所有的装备通过一只滑轮全部吊了上去，有七条绳子从上面被甩了下来，做成了七条辅助攀岩的“梯子”。我并不知道这些绳子到底是怎么用的，但是想到小花的身手，我忽然意识到这些绳子可能是给我准备的。

我并不感觉到什么惭愧，只是感觉到恐惧。如果只是让我爬上去待着，也许我可以接受，但如果是要在这些绳子之间不停地穿梭，我靠，我实在不敢保证我可以坚持那么久不摔死。

之后，四川的几个伙计搭起了那个所谓的“巢”。那是用钢筋做成的，像是爪子一样的东西，爪子里可以容纳一只睡袋，睡袋和爪子上的很多固定环使用六个金属环连在一起，爪子手心朝内，被吊在悬崖上。

我明白了巢的定义，这东西是给我们在悬崖上睡觉的。果然，只能称呼为巢。

小花的伙计告诉我，这是芬兰人发明的，是鸟类摄影师用来拍摄一种悬崖上的鹰的器械。这种鹰生活在悬崖上，十分难以观察。他们做了这种爪子，用这个睡袋可以在悬崖上不落地地生活几个月。峭壁上的洞太多了，我们要全部找一遍，最起码需要一个星期，而这个悬崖实在太高了，普通人上去可能需要一整天，所以只能待在上面。

巢会安置在悬崖顶部，那里光照多，青苔少，不潮湿。最后一个步骤，就是把我吊上去。

我有攀岩的经验，这一次倒也没有太过丢脸，只是到了峭壁中部的时候，往下只看到一片绿色的树冠，就感觉有点恍惚，想起了蛇沼边缘的断层，脑子里闪过了好多东西，不禁开始惊讶自己的改变。如果是以前，到了这么个地方肯定腿软，现在竟然可以这么镇定。

到了峭壁的顶部已经是夕阳西下，那是真正的绝顶，几乎没有立足的地方，上面长着一些低矮的树和灌木。夕阳昏黄的光下，四周巍峨，柔美的雪山变得神秘莫测，而四周的绝壁山谷绕起了一股缥缈的白雾。昏黄之下，山中背光的阴影处已经是一片黑暗，远处山村的炊烟和这一切，形成了一种光怪陆离的意境。

小花坐在一块石头上，双脚悬空荡着，下面就是万丈深渊。他看着雪山，眼中是万分肃穆的神采。

第三十二章

巢（下）

我和小花之间有一种特别的默契，也许是因为背景实在太相似了，或者是，解家和吴家之间本身就有一种无法解释的纽带，所以，这种感觉让我没有任何尴尬或者冷场。反而更加让我理解他现在的感觉，片刻，我也静静地坐了下来。

夕阳下的风已经带有一丝凉意。这里完全是另一个世界，你只有坐在这里才能理解，没有任何路可走，也没有任何路可以通到其他地方。只有四周的几块岩石，而两边都是万丈深渊，雾霭在你脚下缓慢凝聚。我坐着，在这百米高的孤峰之上眺望四周，远处相似的孤峰一座接着一座。忽然我起了奇妙的错觉，好像我是一个仙人，只要踮脚一起，就能从这悬崖的顶端飞起来，脚踏云海，踩过千峰上的孤石，往雪山之上飞去。

顿时我很理解那些修仙之人，在那个年代，他们爬到这个山岩之上，看到眼前的景色，在这种极端仙境一般的魅惑下，确实有可能砍掉那条唯一的绳子，把自己困死在这峭壁之上。

当夜无话。时间紧急，只订购到两套装备，同时也不想我们干的事情太过张扬，小花说暂时靠我们两个就够了。我们有两天时间做初期的寻找，等到另一边老太婆他们到达巴乃的湖边，准备好一切，我们才能进行下一步的动作。

霍老太太坚信张家楼的另一半深埋在湖底，楼底埋着张家历代先祖的遗骸。为了掩饰身份，这些人入殓之前都会被砍去右手，然后以铁水封棺。张家如此神秘，百年来传承不息又几乎没有流传，他们到底是从哪儿来的，又在这尘世间做着什么呢？为何他们死后必须以铁水封棺？难道真的和霍老太太说的一样，他们是妖怪，死后尸体会有极端异常和危险的变化？

谁也不知道，几百年前，样式雷为他们修建这座完全避光的张家古楼存放遗骨的起因是什么，他们是怎么和当时的皇帝达成某种共识的。

我想起那张样式雷图样中，古楼最后一层的中心，那具孤零零的巨大棺架，那一层应该就是张家最早先祖的位置。20世纪70年代末期，考古队第一次任务的目的地就是那里，闷油瓶他们会在那里看到什么呢？

如果是之前，我一定会被强烈的好奇心湮灭，但是我现在感觉，那里的东西，一定是我不愿意看到的，不会是什么好东西。

当夜我挂在峭壁的爪子“巢”里，用保险绳紧紧地扣在我的腰中躺入睡袋。小型的汽灯挂在我的上方，照出一片扇子形状的光明区域。小花早早就睡了，身下几百米处能看到下方几个人的火光，声音传到上空被风吹得犹如鬼叫，听又听不清楚。这种睡眠让我感觉到梦幻，之前怎么也想不到我会遇到这种局面，然而，我没有挣扎多久就睡着了，坦然得让我自己都感觉到可怕。我在临睡前忽然意识到，自己真的变了。

第三十三章

双线

接下来的两天，我活得好像一只壁虎，或者当年在这里生活的羌族采药人，因为和事情并没有太大关系，所以长话短说。

我从一个只有一些野蛮经验的攀岩菜鸟，慢慢开始能够靠着那些绳索独立地在悬崖上爬行。我们从上往下，一个洞一个洞地往下寻找。具体的过程其实十分有趣，不过没法形容。这些洞大体都不深，很多都是正宗的山体裂缝，看着是个洞，其实最后只有一臂深，能容身的并不多。即使是这样，我们还是在不少洞内发现了残缺的骸骨，有些发髻还清晰可见，但是大部分的骸骨都散落着，显然被什么啄食过。

想起他们砍掉绳子的决绝，当时觉得这种信念让人佩服，如今看到那些骸骨，空洞的骷髅却让我觉得十分可笑。不知道他们在最后的关头会是何种心情，也许会有少数人因为饥饿产生幻觉，那应该就是他们努力所能得到的最好结果了。

事情出乎我意料地顺利，在第二天的上午，我们就找到了那个他们发现帛书的洞穴。之所以肯定是这一个，是因为洞穴的四周有明显的人工加固的痕迹，洞只有半人高，比所有的洞都深，但还是能一眼看到底部，里面有一具盘坐着的骸骨。

说是骸骨也许并不合适，因为那尸体有完整的人形，但也不是干尸，尸骨能维持人形，主要是因为他身上穿着一件铁衣。

这东西是一种民间修道之人的加持，据说古蜀一带有这种习俗，用来克制自己的各种欲望。我不是民俗专家，也不十分了解，只感觉真难为他背着这身破铁爬那么高。

铁衣很像链子架，但是用的是老铁，整个铁衣锈成了一个整体，里面的骸骨早就散架了，只有外壳保持着死前的姿态。骸骨四周的黑色洞壁有很多砸出来的凹陷，看来以前的帛书都放在这里，现在已经被洗劫一空。

此人不知道是谁，看骷髅上干枯的发髻几乎没有白发，应该不是个老人。他来自哪里？有过哪些故事？临死前又在想些什么？每当看到一具尸体，我总会想知道这些事情。

因为我们两个的身形几乎堵住了洞口所有的光线，所以小花打起了手电。秀秀对我们透露过，在当年的发掘过程后期，发生过巨大的事故，但是这里一切都不像发生过巨大事故的样子。而且，当年的工程浩人，那么多人，难道就为了这么一个洞？

虽然当时他们需要找遍这里所有的峭壁，但是也不至于要老九门全部出动。这种前所未有的阵仗，肯定是由一个人牵头，那这个人一定是判断出形势需要这样。需要纠集所有老九门的人的判断，应该是正确的。

我们眼前看到的肯定只是一种假象。

果然，在这具古尸的身后，我们发现石壁上有很多诡异的干裂泥痕，刮掉泥痕，赫然见到了水泥。

后面的石壁是用这里的山石拌着水泥砌起来的。竟然会在这种地方看到水泥，让我感觉无法接受，显然他们当年撤走之前，封死了这里。

“婆婆有没有和你说过这情况？”我看着那些水泥，有些担心。这种封法会不会意味着里面有着某种必须被关住的巨大危险？但是老太婆没和我们说，甚至没有提到这里被封住了。

“当年他们是第一批撤走的，封住这里应该是在霍家离开之后，剩下的人做的。”小花道，“如果她想做成一件事情，应该不至于玩这种花招。”

说着他拿着一边的石头砸了两下水泥石壁，石壁纹丝不动，但是表面很多的水泥都被砸掉了，我们发现里面水泥的颜色发生了变化，呈现一种暗红色。

说是红色，其实是一种偏向深棕的黄，很像是铁锈水。我捡起一块碎片闻了闻，没有任何异味。

虽然不能肯定，但是我立即意识到，这可能是血。老太婆和我们说过，当年探索这里的时候，发生过巨大的变故，这里有血迹，证明我们来对了。但是，血迹以这种方式出现，让我觉得有点问题。

我曾经见过类似的血迹，在屠宰场的屠案上，那年我和三叔去置办年货。这种陈旧的血迹，其实比鲜血更让人压抑。

但是，随着小花继续砸下去，碎裂的水泥越来越多，我发现有点不对。里面整块整块的水泥都是这种颜色的，越往里颜色越深，越接近真正的红色，甚至不知道是不是心理作用，我闻到了血腥味。

小花也露出了惊讶的神色，又砸了几下，翻出几块石头就停了手，骂了声：“啧。”

我看着被砸出的凹坑，里面所有的水泥全是红色，好像这水泥是用血浆搅拌出来的一样。

如果是有人受伤或者死亡，不可能会流这么多的血。而且，这些血浸透了水泥，哪有渗透得那么深的道理。

“会不会是当年他们为了辟邪之类的原因，在水泥里混了狗血？”我问小花。

小花翻动地上的水泥块，道：“越挖血迹越深，水泥浸血浸得越厉害，表面却不多，说明血是从里面向外渗出来的。”他摸了摸那些发黑的水泥，“里面接触不到氧气，血里的铁元素没被氧化，所以颜色没有褪去。”

“从里面渗出来？”我心说那是什么原因。一种不好的感觉传遍全身，我忽然想到了血尸墓。

小花用石头继续砸了几下，浸了血的水泥虽然并不是很坚硬，但是表面蓬松的部分砸光之后，里面的碎石头越来越多，没法再砸进去。于是我们从下面吊上来石工锤等装备，开始一点一点把石头砸开。

这种水泥和石头混合的物质相当于现在的路基混凝土，抗压性能极佳，我们只能从石头和石头的缝隙处砸掉水泥，把石头敲下来，进度缓慢。在局促的空间内两个人很快就汗流浃背，因为协作失误，都被对方的锤子敲到了手指和脑袋，苦不堪言。

也不知道挖了多久，外面一片漆黑了。忽然我砸开了一块石头，一下就发现，从水泥中露出了一段骨头。

我和小花对视了一眼，立即加快凿速。我们拨开附近的石头，一具奇怪的骸骨，就从石头中露了出来。

那是一具完全腐烂，却没有分解的尸体，我们只挖出了一点点，刚能看到头盖骨和一根臂骨，其他的还在混凝土里，骨骼发黄，几乎碎成渣子。能确定这是人的尸体，但是，有点不一样，因为这些骨头上，覆盖着一层奇怪的“毛”。仔细去看，就会发现上面沾满了霉菌一样的“头发”，让人背脊发毛。

我凑近仔细地看，立即把小花推远让他不要碰，自己也退后了几步。我不知道什么时候起，看到头发，所有的戒备就会打开来。

这些看上去确实非常像“头发”，但是扯一下就能发现，这些头发和骨头是连在一起的，几乎所有的骨头上都有。头发好像是从骨头上长出来的，因为腐朽的头发非常脆，一碰就碎成小段，被当时腐烂的尸液粘在了骨头上，数量非常多。

小花戴上了手套，拿起锤子，开始敲那个嵌在混凝土里的头盖骨，两下就敲碎了天灵盖，用锤子起钉子的那头挖出头盖骨的碎片，用手电往里一照，就看到颅腔里也挤满了头发一样的东西。

“不妙。”小花啧了一声。

我立即意识到，当年他们在这里损失惨重肯定不是因为什么事故，看来，他们是遇到了什么——诡异的东西。

我之前也一直觉得有点奇怪，如此强大的队伍，就算是遇到非常机巧的机关陷阱，也不会造成“巨大的变故”。老九门不是散盗，就算死一两个人，以那批人的身手和经验，也会立即找出逃脱的方法。但是，有些时候，你手艺再好也没用的。

我有点发怵。如果是这样，那打开这个洞口，就是一件非常危险的事情。洞里不知道是什么情况，但是后面肯定还有尸体。要是敲着敲着爬出一只禁婆，就够我们受的。另外我们也不知道这些头发到底是怎么长到脑子里去的。

我和小花说了我的顾虑，我们想来想去，只好披上衣服，戴上两三层的手套，然后戴上护目镜，用绷带把裸露的脸全部包起来，搞得好像深度烧伤一样。确保自己没有任何一块肉露在外面了，我们才继续挖掘。

这下连汗流浃背都没了，所有的汗都捂在里面，不到十分钟我所有的私密部位都开始向我抗议。我只好一边挠一边小心翼翼地在尸体边上开挖，好像考古一样小心。

不出我们所料，第二具骸骨被发现，几乎和第一具骸骨是抱在一起的。接着，就是第三具骸骨，和第二具在同一个位置，同样抱着第一具骸骨。和第一具骸骨一样，这些骨头上全部沾满了那种“头发”。

继续挖下去，到了后面就全是石头垒起来的，水泥完全没有灌入这里。悬崖上没有灌注水泥的大型设备，用手工浇灌，水泥没法压到洞的深处。这使得挖掘非常方便，更多的骸骨接着第二具和第三具被挖了出来。让人纳闷的是，所有的骸骨都是抱在一起的。一开始我以为他们在打斗，但是挖着挖着我意识到，他们是在把前面的人往前推，好像是想把前面的人推出去。

我忽然感觉能再现当年的场面：外面的人在往里浇灌水泥，里面的人被乱石压住，他们大叫着不要，想把前面的人推出去，但是无数头发顺着石头的缝隙蔓延，将他们吞没。他们哀号着，挤压的乱石让他们根本无法前进，痛苦的他们绝望地扭动着，水泥被那种攻城战锥一样的锥子从外面打入，压力挤压碎石，将他们挤碎，他们的血汇集在一起，流向涌动过来的泥浆。

这已经不是死亡可以形容的场面了，那些昔日的老伙计最后竟然这么死去，难怪老九门会产生那么大的恐惧，连谈也不愿谈起。小花皱起眉头看着我，抓开套住头的塑料袋，用手指把汗湿的头发往后梳去，就道：“你是对的。这个洞穴的封闭，不是在霍婆婆离开之后，他们是在事情发生之后，就封闭了洞口，才会有这么惊心动魄的场面。婆婆应该知道这件事情，为什么她没说？”

“也不一定。”我道，“也许是她走了之后，剩下的那些人，还不死心，还在尝试，才会出现这样的问题。”

小花摇头：“你知道在这种悬崖上，装置一个水泥罐装系统要多少时间和力气？他们一出事，还没有逃出这个洞，水泥罐装就开始了，这说明——”

他欲言又止。我立即明白了他的意思：“这是一个预谋好的状况。水泥罐装是一个保险，他们预计到会有这样的危险，所以，在进去之前，已经准备好了一切。如果他们在里面出事，那么就把他们堵在里面。”

“他们是自愿的。”小花看着那些骸骨，“这让我好受了点儿。”

“但是，看他们这个样子，如果他们是自愿的，他们为什么会是这么一个状态，好像糖葫芦一样，一个推着一个？”我道。

“那你觉得应该怎么样？”小花用手电筒照了照我。

“比如，有六个人在一个狭窄的洞穴里，忽然发现了变故。他们面临死亡的威胁，本能地往洞口跑，但是洞口已经喷进来一坨一坨的水泥。他们这个时候，应该是分散的，一个一个地被凝固在水泥里，每个人的动作都不一样，之间的距离也不一样，而不应该像现在这样，一个连着一个。”我道，“而且，他们都是老江湖了，我觉得在那种时候，他们也知道自己必死无疑，放弃得很早，不会有那么激烈的求生动作。”

小花把手电光照在那些骸骨上，安静了一会儿，才缓缓道：“有道理。那么你的意思是，他们不是自愿的？但是那么大的机器，那么多的水泥横在外面，他们会不知道是干什么的？”

我心说未必，单从这件事情上来说，说得通的解释太多了。比如说，这批人是被人胁迫的，又或者是，他们这么做，是想把某样东西送出去。但是，这没法解释另一件事情。

我想来想去，就觉得只有一种可能性，能够同时解释两件事情。我对小花道：“你觉得，老太婆为什么不告诉我们这里被水泥封住了。”

“我不知道，也许她觉得这不太光彩或者……”小花想了想摇头，“好吧，我承认这很难解释，不过，我知道她的目的性很强，她不会是在耍我们或者欺骗我们。如果她知道这里被水泥封住了，又不告诉我们，那么我们这边的喇嘛就停止了，她的计划也就没法实施下去了，她不可能这么做。”

“对。”我点头道，“她不告诉我们，很明显，唯一合理的解释就是，她真的不知道。但是，她当年参与了这里的事情，她不可能不知道。那只有一个解释了。”

“你想说什么？”

“这些骨头，不是老九门的人，哥们儿。”我道，“老九门离开之后，有另外的人到了这里，进去，触动了机关，然后被封死在里面。而且，时间不会太久，所以，这些血还是红的。”

“哦，你是说，咱们不是老九门之后，到这里的第一批人？”

“大概是这样。而且看这批人的阵仗，”我捡起一块水泥，“水泥罐装，那不是一般人能干得出来的，也是支非常庞大的、背景雄厚的队伍。”

小花往一边的洞壁上一靠，叹了口气：“而且，他们知道里面有危险，事先安置水泥罐装，那么，这些人肯定和当年是有关系的。”他看向我，“有人不死心。”

“对，有人不死心。”我点头。我们相对无言。这些人骨骼扭曲碎裂，都分不清形状地烂在这里，我们没法从他们身上得到更多的信息。但是，我感到一阵恶心，到底是什么东西，使得这么多人，一次又一次地做着这种没有意义的牺牲？

沉默了一会儿，小花才道：“不管怎么样，看这情况，他们还是失败了，咱们还得继续进行未竟的事业。而且他们触动了机关，老九门触动过一次机关，他们也触动了，这说明里面的机关不是临时性的，如果他们遇到了我们一定也逃不掉。这洞的里面，一定有什么和这些‘头发’有关的东西，我们要加倍小心。”

我的脑子闪过想象，如果我的颅腔长出头发，头发尖在我的脑子里穿来穿去，我的脑子会变成从下水道里绞出来的沾满肥皂和不知名油脂的头发团，那我宁愿去死，还好我把这个想法快速地略了过去。

说完小花递给我锤子，让我继续开挖。他本来还会和我闲聊，但是这一次，我和他再也没兴趣说话。

很快，我们又挖出了几具骸骨，后面就全是石头，再没有发现骸骨。我们进行了三小时，挖出来的除了石头还是石头。

我忽然有点怀疑，会不会封闭洞穴的那批人把整个洞都堵上了？那我们现在就是傻瓜的行为。但是想想肯定不会，而且，现在我也没有其他选择，不管还要挖多久，我都得挖下去。

事实上，到最后我都不知道自己挖了多少个小时，我其实已经体力透支了，困得要命，但是小花没提出来休息，我也不好意思提。正在浑浑噩噩地挖，“哗啦”一声，前面的石头忽然垮了，面前石头墙的上半部分一下坍塌，露出一个黑漆漆的洞口。

我手里还拿着那块最后的“关键石头”，发蒙了好一会儿才意识到自己挖通了。小花和我对视一眼，举起手电，往洞里照去。我们见这石墙之后，是这个山洞的延伸，但是竟然完全看不到底，而二十米外，在管道的地上，出现了一只又一只陶罐，一直延伸到管道的尽头。

让人毛骨悚然的是，在每一只陶罐上，竟然都长着一个香瓜大小的球形的东西，用手电照，就发现，上面竟然长着头发——这些球形的东西，好像一个个小小的人头，从陶罐里长了出来，密密麻麻的，整个山洞都是，看得我鸡皮疙瘩无法抑制地全部立了起来。

第三十四章

小头发

小花点起一把火折子，甩了进去，一下把我们面前整片地域照亮。我们看到满地的头发，黑色的“毛”几乎铺满了整个地面，甚至墙壁上。整个洞凉气逼人，我们静了一下，身上的汗水变凉让我们的毛孔立即收缩，都起了鸡皮疙瘩。

同时我们看到，所有的墙壁上都被砸出了一个一个的凹坑，凹坑里放满了东西，能辨认出其中大部分是竹简。有些空了，显然被人拿走了。我想金万堂翻译的最关键的那几份帛书肯定来自这里。

竹简的数量非常多，也是顺着山洞的“管道”一路往内，两边的墙壁上都有。看上去，这里像是个秘密的藏书走廊。

最深处手电光照不到，估计了一下距离，起码有三百米，幽深得吓人。

这种场面让我想起了在龙泉的时候见过的一种龙窑，但是没有那么长。我们两个人在洞口一时之间不知道该怎么办。

里面和外面一样局促，得爬着才能进入。小花尝试着往前爬进去，但是我把他拉住了。我认得那种罐子，我在塔木陀里看到过。这些陶罐看上去非常像那种装着人头的罐子。如果是这样，那很可能，里面会有那种虫子。

我和小花说了，小花看了看身后那具铁衣古尸道：“这么来说，那件铁衣服可能不是用来修道的铁衣道袍，而是一件防护服，用来防这些虫子的，可能是当时设置这里的工匠摆放这些陶罐的时候穿的。”

我点头，用手电照了照面前，果然发现面前的空地上，全是红色的尸鳖的碎壳，看到就让人感觉浑身不舒服。

小花把手电照向一只罐子，长满了头发的东西实在是让人发怵，我很难说服自己那不是头发而是其他什么东西。

“你说当年他们是怎么进去的？”我问道，“总不会踩着那些罐子吧？那不恶心死了！”而且那些罐子摆放得十分整齐，不像很多人踩踏过。

小花用手电照墙壁和天花板，朝我笑笑，道：“对他们来说，要进去太容易了。”

我看他笑得有点儿贼，不知道他是什么意思。只见他从包裹堆里抽出两根手臂长的棍子，不知道是什么材料，接了起来，然后脱掉手套，露出已经完全汗湿的手，做了一个柔韧性非常好的准备动作：把两个手掌插在一起转了一个圈。

我不知道他要干吗，一时间没想到去阻止。他拿起棍子，忽然往前方地上一撑，在狭窄的空间内犹如要杂技一样翻了出去，接着凌空一转，脚已经踩到了一边的洞壁上。

我还没反应过来，他撑在地上的棍子一下松开撤回，在空中舞出一片影花，在自己失去平衡的那一瞬间，棍子撑到他脚踩的洞壁上，把他再次弹起，用一个牛到妖孽一样的动作顶到了洞的那一边。

我看得下巴都要惊掉下来，就见他如此重复，一根棍子犹如魔术棒一样，在极短的时间内，犹如一个精灵，在洞壁上极快地翻转跳跃，动作行云流水，不见一点吃力，几秒钟后他就离我远去了。

“专业。”我脑海里突然冒出了这么一个词语。比起爷爷、陈皮阿四他们小心翼翼地一点一点在机关上摸过去，这种神乎其神的绝技绝对高级了不止一个档次，在倒斗的过程中，绝对是最有效率和最安全的方法。

不一会儿，就听到里面一声呼啸，手电的光芒从里面射了出来。看样子，里面的距离比我想得要浅。

“怎么样？”我问道，在洞里激起一阵回音。

“没我想的那么难，很轻松就能过来！”他叫道，“里面有个洞室。”

“轻松你个屁！我怎么办？”我大怒，我连第一个动作都做不到。

“等一下我来想办法，你先别动。”小花的声音从里面传了出来，“我看到一个奇怪的东西。”

他的声音在洞穴管道里回声不断，因为被绷带蒙着脸，听起来让人不舒服。

“是什么？”我立即问道。

静了一会儿，他的声音才幽幽传来：“不知道，说不出来，好像是铁做的。”说着，我听到了里面传来金属敲击的声音。

“你形容一下。”我的好奇心一下被吊了起来，脑子里出现了很多奇怪的画面。

“呃……”他迟疑了一下，“我不知道该怎么形容。”

“这有什么难形容的？”我不耐烦地朝里面吼道，“圆的方的？长的扁的？多大？”

“是一只巨大的铁盘子，像一只钹。上面有很多奇怪的纹路。”

小花说道。听声音，他的注意力已经完全被那个东西吸引了过去。

“这有什么奇怪的？”

“老大，”小花的声音轻了下来，好像有点不敢相信，“这东西在转动，自己在转。”

第三十五章

怪家伙

自己在转？我一下想不出那东西该是个什么样子，怒火攻心，恨不得能立即过去看看，叫道："快想办法让我进去。"

"等等，我觉得有点不对。"他忽然叫了一声。一下子，声音就静了下来。

"到底怎么了？别卖关子。"我骂道。

小花这一次却没有说话，空有我的叫声在石洞里盘旋。

要不是前面的情形实在太可怕，我肯定不顾一切地跑过去了，比起之前，这种人为的卖关子的行为让我更难受。我等了一会儿，又叫了一声，但是小花还是没回答我，只听到里面忽然传来金属敲击的声音。

我忍不住想骂人，但是想到是传说中的发小，又不是太熟，也不好直接发飙，就一边用榔头锤击石头表示我的不耐烦，一边继续叫唤。

这么叫了几声，里面敲击金属的声音却越来越大，简直是在破坏什么东西。

“你在搞什么？”我紧张起来。

小花还是不回答，回答我的只是尖锐的“当当”声，好像他是在用什么东西用力地敲击那只“铁盘”。山洞里回声不断，这些声音说响不响，但是特别刺痛神经，让人烦躁。

我忽然意识到不对，他没有理由不回答我。都是成年人，在这种场合不会要小孩子脾气。难道他忽然不能说话，敲击那只铁盘，用这个来求救？就在刚才那一两分钟，悄无声息下，他那边难道出现了什么变故？

但是铁盘敲击得非常用力，听那种响声的蜂鸣就能知道，那是用尽了全身力气在砸，杂乱但是不急促，不像是求救。那听起来，就像是想把那东西砸掉。

我最后用力叫了一声，还是没有回音，立即反身，一边往洞口爬去，一边就拿起对讲机，呼叫下面的伙计。那些伙计都睡了，迷迷糊糊的，我把情况一说，那四川哥们儿就说立即上来。放下对讲机我就意识到不对，这爬上来得四个多小时啊，要是真有事情，十几回都死了，要是我去拉他上来最起码也得两小时。事情不是那么干的。

于是我又爬了回去。里面的声音吵得我心烦意乱，我继续大吼。在这种扩音器般的环境中，我的声音也非常洪亮，他不可能听不见。但是他就是不回答，我心急如焚，想到了三叔和解连环。

我靠！我心说该不会重蹈他们的覆辙吧？这实在是太悲惨了。这都是什么事情。

我想着如果小花挂掉或者出事了，我怎么面对解家的人？我们吴家会不会被披上“解家收割机”之类的外号？

我靠！我靠！我靠！我看着面前那些古怪的罐子上的头发，脑子一片混乱，简直无法思考。就在那一刹那，我忽然看到了一边墙壁上那些挖掘出来的放古籍的凹坑。

我看了看四周的手套和自己的登山鞋，比画了一下，突然想到了一个通过那些罐子的方法。但是，我的直觉告诉我，这个办法绝对是一个馊主意，很可能把我自己也搭进去。

刺耳的敲击声打乱了我的判断，那个直觉立即湮没到了无边的焦虑中。我深吸了几口气，尽力把那种燥热压下去，小心翼翼地从石头堆的塌口中跨了出去。

一脚踩下，尸鳖的那些碎壳在我脚下碎裂的感觉让我吸了一口冷气。面前那些长满头发的小球，好像感应到了我的进入，在手电的照耀下，顿时显得更加妖异。

我的办法其实非常难看：洞壁上都是放置着古籍的凹坑，我不想碰到下面那些恶心的头发球，就得趴在洞壁上，脚踩住那些凹坑前进。

看起来其实不难，但问题是我没有退路，我不可能爬到一半就停止。在这么局促的环境里，弓身趴在洞壁上，就靠手指的力量抓住那些凹坑固定身体，对于体力的考验极大。如果洞穴的高度高点，能让我站直，那就轻松很多。

那刺耳的金属敲击声让人崩溃。我比画了一下，又上去试了一下，发现没我想象的那么困难。特别是反身抓住的时候，好像得阑尾炎的耶稣基督被钉在墙上，但是小心一点能保持平衡，那就是说我有机会短暂地休息。

于是我深吸一口气上了墙，先凭着第一口气不给自己退缩的机会，一下就爬进去十几米。速度还算快，只是不知道动作是否华丽。

十几米后手指就力竭了，我不得不休息一下继续往前。把手电咬在嘴巴里，我看到自己身下那些长满头发的东西。

这个距离近得多了。那是一个个小球，这里面的部分似乎比外面的部分更大。我一直尝试说服自己上面那些毛是一种新品种的蘑菇，但是在这个距离看来，那真真切切就是头发。头发非常直，还泛着光泽。

什么东西会长出这个来？我觉得恶心和悚然。如果你在野外的任何地方，看到那么多头发铺成一片，恐怕连去细看的勇气都没有。何况对头发这种东西，我比其他人有更深的阴影。

恶心之下我却有一种很焦虑的冲动，想去拨开那些头发，看看下面那像只脑袋一样的东西到底是什么。我这个距离，只要手往下一撩就能撩起来。

我看着实在有点受不了，吸气反身继续往前。一股气泄了，下面就快不了了，只得一点一点地往前挪。脚下半尺就是那些不明功用的头发，往前挪一点都得用手指借力，有些崖壁的凹坑太小踩不实，脚只能踩进去一个脚尖，很快就开始有抽筋的迹象。

好在这么一来，我的精神高度紧张，那些刺耳的金属声几乎被我排斥在外，我所有的注意力都放在了自己的手指上。

也不知道挪了多久，回头就看不到来时候的地方了。手电也照不到，估计怎么说也过了一半了。那敲击声还是存在。

我稍微放松下来，心说这样的话，他的危险应该不是非常致命的。我浑身是汗，想找个地方再休息，手电一转，却忽然感觉到哪里有点不对。

刚才那个动作，我无数次地用叼着的手电环顾过，每次看到的都是头发和两边漆黑的洞壁，但是这一次，一瞬间有东西挡着了我的手电光。

我转回去，忽然看到黑暗中离我十几米的远处，本来的漆黑一片中，出现了一个和之前这里不同的东西。

那东西有一人多高，但是绝对不是人。我无法理解我看到的东西，如果一定要说，我只能说，我看到巨大的一团头发，站在那儿。

我一开始还以为这是禁婆，但是立即知道不可能，因为我没有闻到那种香味。但这个“头发”里肯定有什么东西，因为整团头发站在那里的样子，一看就感觉里面有活物。

不过那东西并没有移动，就是站在那儿。那些头发在手电光下散发出一种非常妖异的光泽，看得人浑身颤抖。

第三十六章

头发

瞬间，我脑子里有两个问题：这玩意儿到底是什么？刚才没注意。如果这东西本来就在这里，那也许只是我身下那些小球长大后的样子？如果不是，那这东西就是活的，事情就有点麻烦了。

金属的敲击声格外清晰，我看着四周，心说，这该不是求救而是警告？我心如电转，想先给自己选好退路，却发现真的无路可退。如果小花出现变故就是因为这东西，那么我在这种状态下，实在是更惨；他还能狂敲东西表示郁闷，我只能用头撞墙。

不过，虽然非常慌乱，但是我的脑子十分清晰，罕见地没有发蒙。我没有等那玩意儿来告诉我它是什么，而是随手从一个凹陷中扯出了一卷竹简。

好家伙，竹简足有五六斤重。玩惯了拓本那种宣纸片，沉甸甸的竹简让我心生敬畏。我抡起来，就朝那头发砸了过去。

竹简本身是系在一起的，经过这么多年，丝线早就腐烂成泥。我抓起来的时候还能保持形状，一甩出去，整个竹筒犹如天女散花一般，摔到了那团头发上。

我能非常清楚地感觉到，头发中有实体的东西。竹筒掉落一地。

我警惕地看着，想着如果那东西动起来，自己就一下跳下去，不管脚下踩到什么东西，先狂奔出去再说。

然而那东西纹丝不动。那种不动是真正的不动，犹如死物。

我警惕了一会儿，心中十分抗拒。我希望它能动起来，这样我可以撒丫子逃走，但是不动，它就有可能是无害的。也许只是当时在这里设立的一个桩子，上面爬满了头发。这就意味着，我必须过去。

听着那刺耳的声音，我定了定神，没有再过多地犹豫，咬牙往前。几步之下，我越来越靠近那东西。

试想一下，黑暗中，一大团诡异的头发站在那里，里面不知道是什么货，在晃动中，手电光在黑暗里晃来晃去，时不时地照到一下，那种诡异的感觉很不舒服。最后，我干脆不去看，只是趴着想要尽快挪过去。

整个过程我的后脑都是麻的，感觉头发就在我的后脑，刺痛我的后脖子，我就咬牙，嘲笑自己：什么时候能过得了这一关，才算是真的麻木了。

然而，爬着爬着我忽然感觉到一阵寒意，就停下来，镇定了一下。

后脖子真的有点痒，我动了一下，没有减轻，反而更加痒了。

我通体冰凉，忽然意识到，那不是我的错觉。

我×，那玩意儿现在在我身后！我浑身发抖，所有的感觉全部集中到了后脖子。我几乎能想象出后面是个什么情况。我一回头，脑袋立即会埋进一大团头发里。

瞬间，不知道我是怎么做的决定，猛地把头往后一撞，想把那东西撞开，然后立即跑。就听一声闷响，我后脑勺一阵剧痛加蜂鸣——后面那东西硬得像铁一样。

实打实地撞上去，不留任何力气，那已经不是痛可以形容的了。我被撞得七荤八素，一下就晕了，手中一软，等我反应过来，已经滚在了头发堆里。

我挣扎着站起来，满手都是头发，脚下的陶罐被我踩得咯吱作响。拉扯中我的手电从嘴巴里掉了出来，一下滚到头发堆里，我也没敢去找。只觉得手按到那些小脑袋上，头发缠在指甲里，手感好像按着很多团成一团的抹布，很多液体在我的挤压下从头发里渗出来。

也没时间觉得恶心，混乱中我立即撒腿就跑。前面一片漆黑，只有尽头有小花的手电光，脚下一脚深一脚浅，我也不管了。很快就有罐子被我踩碎，脚踝被刮了好几下。我知道脚踝肯定破了，但是感觉不到痛。

一直冲到手电之处，前面没有了罐子，我翻滚出去，发现自己来到了一个小小的石室内，刺耳的金属声就在耳边激荡。

这种场面简直就是地狱。我叫了几声："大花！"才发现自己叫错了。这里还是站不直，我爬起来弓着背环视，就看到小花的手电架在一边的凹陷处，但是没有看到他的人，不知道哪儿去了。

同时，一个奇怪的东西吸引了我的视线。

那确实是一只铁盘子，有一张圆桌那么大，摆在石室的中心，一看就是极端古老的东西，上面刻满了奇怪的花纹。正如小花所说的，它竟然在旋转。那不规则的金属声，就是从铁盘内部发出来的，好比一只巨大的电铃。

我同时看到，铁盘的底部是和岩石连在一起的，底下还有沉闷的铰链声，显然铁盘子的动力来自这岩石内部。

但是小花呢？这里这么局促，他能躲到哪儿去？

我拿起他的手电，这才感觉到脚上的剧痛，咬牙回看来处，什么也看不清楚了。又听着那不规则的敲击声，心说，难道小花在这盘子里面?

铁盘子非常大，但是上面没洞啊。

为了验证，我拿出我的锤子，一边看着洞口，一边对铁盘敲击，出乎意料的是，随着我的敲击，下面敲击的声音也立即变了，似乎是在回应我。

“干！”我大怒，心说也太顽皮了，你是怎么下去的！立即转圈找洞，但是，整个铁盘完全严丝合缝。

黑暗中，从通道里传来了陶罐碎裂的声音。我吸了口冷气，似乎看到那东西来了，我瘸着，想找什么东西堵住洞口，无果。心急如焚下，我只能一边继续找，一边在那里大吼：“快告诉我怎么打开！”

没叫几声，我忽然发现，在盘子的底部，和岩石连接的部分是活动的，好像可以扛着盘子的边缘把里面的轴拔出来。

我立即趴下去扛住，因为盘子在转动，所以盘子的边缘一下卡到了我的肩膀，我立即被逼着跟盘子一边往前走，一边用力往上抬。

刚开始的一瞬间极其重，但是等到抬起来一个手掌的宽度，一下就松了。整个盘子抬了起来，拔出了下面的铁轴，铁盘立即停止了转动。我喘了口气，就看到黑铁的轮轴是空心的，上面有一个椭圆形的洞，通到下面，像根管子一样。

敲击声还在继续，我都能感觉到振动顺着轮轴传递到我肩膀上，显然小花就在下面。我不甘心，想再叫几声，结果却让我吃了一惊。

我在这里叫出的声音，含混不清，根本不是我想叫出的声音。

我咽了口口水。不知道从什么时候起，觉得喉咙不舒服，再叫就发现喉咙口的肌肉没法用力，声音非常古怪，而且叫不响。

我咬了咬下嘴唇，心说糟糕。

那种感觉不是喉咙被堵住了，而是感觉鼻腔里的肌肉和声带麻痹了。虽然我能从肺里呼吸，但是没法发出很响的声音。

我用力憋着，又嘶哑地叫了几声，意识到出了问题。这不是心理作用，我是真的说不出话来。

我没注意到这是什么时候开始的。原来不是小花不想说话，而是这儿的环境有问题，有什么东西似乎能麻痹人的声带。

难道是因为刚才碰到的那些头发？想着就真的感觉自己的喉咙里毛毛的，一阵恶心。但这显然是不可能的，因为小花没有碰到头发似乎也不能说话，能这么悄无声息地让我中招的，也许是这里的空气。

难怪他要一直敲，但是现在怎么办？我扛着这铁盘其实不用太大的力气，显然铁盘下有借力的装置，只要能抬起来一点，借力装置就会启动。但我一放手，按照惯例，铁盘有可能会卡住，也有可能会缓慢地压下去，小花有可能就是因为判断失误被困住的。

虽然我觉得用盲肠想一想就能知道，一个人的时候不能冒这种险，为什么小花会犯这种错误我无法理解，但是现在也没时间来考虑这些了。即使我能立即钻入洞里，铁盘压下来，我很可能也会和小花一样被困住。现在只能看看下面到底是什么情况。

我用力把铁盘往上抬，一直抬到几乎到顶，先松了一下，果然，那铁盘没有立即落下，而是“咯噔”一声卡了一下，然后一点一点地往下缩去，和我预料的一样。

我揉了揉肩膀，看着通道内似乎还没什么情况，就立即靠过去，把手电伸入轴部的孔内，往下照去。

我立即看到了下面复杂的机关，最多的是黑色的铁链，上面沾着很多无法形容的棉絮一般的东西，交错在一起，还在不停地抖动。奇怪的是，感觉上，我觉得很难从这里下去，因为下面的零件之间的空间非常局促，如果是小花那种身材，加上缩骨不知道能不能通过，但是我没有看到小花。

我站起来，再次把铁盘顶到顶上，此时我已经什么声音都发不出来了，只得把手探入轴管内敲击。

里面的铁壁火光四溅，小花却还是没有露头，从管壁传导上来的敲击声甚至没有任何变化。我急火攻心，骂又骂不出来，心说，难道他不仅哑了，而且聋了瞎了？

最后我把心一横，从一边的墙壁上掏下一包竹简来，也不管价值连城不连城了，直接甩了下去。这一下管用了，几乎是立即，敲击声就停了。我用手电狂照下面，希望能看到小花，哪怕是任何一部分。

果然，在那些铁链和零件的阴影下，出现了一个影子。同时，我听到了一声闷响，那却不是人叫出来的声音，而是一种非常沉重的石头互相摩擦的声音。

我忽然觉得有点不妙，因为我可以肯定，那影子绝对不是小花。

这时候，刚才那种金属的敲击声又响了起来，却不是从这铁盘下面，而是从另一边的通道里。

我感觉莫名其妙，转头去听，一下就看到那团头发已经出现在了手电能照到的视野里，那奇怪的敲击声就是从它身上传出来的。

如果是遇到一件非常恐怖的事情，我现在有信心能够冷静地处理，但是遇到一件完全无法解释的事情，我真的不知道如何去面对。

这到底是怎么一回事？刚刚声音还是从这下面传来的，我不可能听错，但是怎么一下就转到那儿去了？

我看着那团头发，也不知道声音是怎么发出来的，此时也管不了其他，放下了铁盘让它缓缓落下，重新开始转动。我举起我的锤子，擦了擦冷汗，准备大干一场。

没有闷油瓶和胖子在身边，我毕竟心虚，脚都发软，想着自己的结局如何。如果我这次死了，胖子和闷油瓶会不会在上坟的时候感慨，这家伙缺了我们就是不行。我此时非常后悔当时轻易地就和他们分开了。

不过，看这团头发的行走速度，我也不是完全没有胜算。

那刺耳的敲击声其实和下面的并不相同，大约是因为敲击的东西不同，不那么刺耳了。我看着那东西缓慢得几乎无法察觉地移动，心急如焚，还冒出了要不要主动攻击的念头。

但一静下来，我就发现那声音有点问题。仔细一听，我就呆了，我发现我听到了一种奇迹般的声音。

那边传来的金属敲击声，竟然是有节奏的，竟然是花鼓戏的鼓点的节奏！

第三十七章

花鼓戏

我在长沙听过不少花鼓戏，现在一下就蒙了，听了好几分钟，才确定这就是花鼓戏。

瞬间我就明白过来，心说，我靠，难道，这才是小花？小花困在这团头发里了？

想想肯定是这样。如果这儿有一只会唱花鼓戏的怪物，那么我不如一头撞死算了。但是，那，刚才在这铁盘下敲的是什么玩意儿？小花又怎么会变成这样？他是中招了，这些头发是从他身上长出来的，还是如何？

我看了看铁盘，又看了看那团头发，决定不去管了，先凝神静气地等着。那东西似乎看到了，也放下铁锤不再锤了。

这一静下来，整个洞穴的阴冷就透骨而来，冷清之感顿现，有点像从迪厅里走出来那一刹那的感觉。我瞬间感觉有点好笑，只得咬牙沉住气，一直等到那团头发慢悠悠地走到这间石室的口子停住。

大团大团的头发堵在洞口，看得我鸡皮疙瘩直竖，我咽了一口唾沫。接着，我看到从头发中，伸出了一根棍子，递到了我面前晃了晃，然后指了指一边。

我认出那是小花用来飞檐走壁的那一根。顺着棍子看去，就见他指着一边的岩壁的一个凹陷。

那个凹陷很大，比其他的都大，边上还有好几个差不多大小的。我走过去，就看到里面放着一团奇怪的东西，一看就知道是用铁做的。我看了那团头发一眼，就见他晃了晃棍子，示意我快点。

我把那团铁从凹陷里挖出来，就发现极其重，抖开一看，竟然是一件铁衣。

所有的部分都是用铁板和鱼皮连接起来的，上面有一层已经干涸的油皮，可以直接像蜕皮的香港脚一样撕下来。我把这些皮撕掉，就发现里面的东西保存得相当好。

我再回头看了看那东西，他又挥了挥棍子，似乎是想让我穿上铁衣。

好吧，我心说，事情一下就从恐怖变得十分搞笑。

研究那铁衣花了我不少时间，还好并不是特别复杂，于是我费了九牛二虎之力套上了铁衣。里面的腐蚀程度比外面厉害多了，弄得我一脸的锈渣，还有一股非常奇怪的味道。而且，这东西竟然是全封闭的，连眼洞都没有。

我眼前一片漆黑，正不知道怎么办，就感觉一根棍子在铁衣外戳了我一下。我用力举起手抓住，他就把我拉着开始走动，好像盲人一样被一根棍子引着往一个方向走，很快我就知道自己走回了通道里，然后走到了那些头发上。

铁衣出乎意料地重，不用尽力气连站都站不起来，我理解那种缓慢的速度其实是迫不得已，好在这种重量代表着铁衣的厚度。中国人就喜欢这种瓷实的感觉。

进入通道，走上那些头发之后，脚底的感觉就很不舒服。不过，因为穿了坚实的铁靴，所以踩下去格外有信心。

我们走走停停，节奏始终由前面的棍子控制，足足走了半个小时，我才觉得脚下头发的触感消失了，我重新踩上了石头。接着我感觉到碎石开始出现，我们回到了入口。

棍子还是不满意，继续把我往前引，一直到开始听到外面的鸟叫，我才意识到自己已经到了洞的入口。

空气中的味道出现了微妙的变化，那是岩石、丛林和雾霭的味道。棍子不再往前，我吸了口气，不知道现在能不能把铁衣脱下来，此时就听到了一声非常难听的声音："你是傻，还是缺心眼儿？害我走过来又走回去。"

那声音犹如一天抽一条雪茄的那种人发出来的。我润了润喉咙，发现我似乎也可以发声了。但是也许是肺活量的问题，我回了一句连自己都没听懂的话。

耳边就听到他继续道："把头盔摘下来。"

我往洞壁靠了靠，然后用尽全身的力气把头盔摘了下来，清醒的感觉一下扑面而来。

果然是到了洞口，洞外的夜空中是一轮皎月，在崖壁和外面横生出的树木上洒下一片冰凉的银光。那四川的伙计还没上来呢，但是看到一边一条绳子在紧绷地抖动，显然在努力中。

那团头发就在我的对面，躺在地上，看着像发了霉的冬瓜，倒有点好玩。我清了清喉咙，吐了口痰，说话才清楚起来，问道："你是怎么回事？怎么一下子搞成这副德行？"

他道："先别问，帮我把这些头发弄掉，用火把烧。"

上来的时候有带登山用的专用小火把，可以用来取暖和发信号，其实就是个大型的打火机。我拿出来摇了摇，就打了起来，往他身上弄去。

不知道是因为高温还是什么，那些头发一靠近打火机全都缩了一下，接着“吱”的一声，变得卷曲，一吹就成灰了。我只花了几分钟就把他胸口的头发全部烧掉了，接着就烧起其他地方来。

不知道是不是我的恶趣味，烧了几下我就感觉很好玩，那么多头发烧起来很过瘾，难怪以前三叔说，人类有玩火的天性，特别是看到火能烧毁污秽，再脏的东西也能烧成炭和灰之后。

一直把头发团一样的他烧成一只没毛的鸡，我才道搞定，就看他一下脱掉头盔，满头都是汗，接着就好比从茧里脱出来一样，从领口钻出了铁衣。我闻到了很浓的血腥味，见他铁衣服里面的部分，竟然都被血染红了。

“真是不容易，为了把你弄回来，我扛着这破东西来回走。”他的声音逐渐恢复了，“大哥，以后你能不能机灵点儿？”

我心说，我这不是为了救你连命也不要了嘛，这事情不能怪我啊。

他扯出包里的绷带，脱掉衣服，我看到他肋骨的地方有一道吓人的伤口。

“到底怎么回事？”我问，“怎么会伤成这样？刚才就一刹那啊。”

小花用水壶浇了一下伤口，咬着牙道：“那铁盘下有个棘手的东西。”

小花的体力透支得十分厉害，脸色苍白，本身人就瘦，那道伤口更显得狰狞。

我帮他用一种云南白药混合了其他东西的粉末先止血，他就忍着痛和我讲了事情的经过。

过程比我想的要有戏剧性，听得我自己都觉得自己有点傻。他看到了那只铁盘之后，立即发现了铁盘下的蹊跷，随即尝试着抬起了铁盘，这时候，从铁盘下开始传来了金属敲击的声音。那声音不规律，让他觉得非常蹊跷，感觉是有活物在下面。

这时候我就开始叫唤，他觉得喉咙不是很舒服，同时也觉得我有点烦（他竟然直接说出来了），就没理我，想探到下面，看看是怎么一个情形。他就用棍子撑住了铁盘，用脚背钩住洞口，身子像蛇一样扭进了那个洞里，结果发现下面的结构竟然复杂到无法理解，整个下面的石洞里都是各种铁链和齿轮。

而使得这些齿轮转动的，好像是石头内部的水流，但是主轴在哪里转动，当时还看不到。

在下面，那金属的敲击声简直是震耳欲聋，他打起小火把去照四周的时候，忽然那声音停止了。接着，他只觉得劲风一闪，肋骨处一阵剧痛，他立即一个翻身从洞里退了出来，一看，自己已经受了这么重的伤。

此时他才发现自己不能说话了。情急之下，他想立即用同样的办法先回来。可是，等到他走到通道里，就发现靠近他那边的那些头发，竟然全都竖了起来，好像被他身上的血腥味所吸引。

他不能说话，又没法出来，身上的伤口又在不停地流血，只得再退回去，想找些东西点火，用火光来通知我。没想到让他发现了那种铁衣，于是他穿上铁衣想往回走，结果才走到一半，那些头发竟然全都盘了上来，好在铁衣十分坚固。

没有眼洞，他看不见我，只是在路途中感觉到我的存在，想来摸一下，结果把我吓了个半死。而更让他崩溃的是，几乎是筋疲力尽的时候，他听到我竟然冲进了那个铁盘的房间。

他知道我很可能也会重蹈覆辙，所以只得再回来。结果体力透支不说，还让他流了那么多的血。

“那边的空气可能有问题，能麻痹我们的声带。”他道，“我要让下面的人吊几副防毒面具上来，如果我声带坏了，我就不能唱戏了，很多女孩子会伤心的。”

我听完后觉得非常不爽。这确实没我什么责任，如果要说一定有我判断失误的地方，就是我对他的能力判断不够，如果是闷油瓶，我可能就会老老实实地待在这边。

说起来，这人的性格和我真的有点类似，话不多，脑子里不知道在想什么。

“那下面会是什么东西？这么厉害，是不是只‘粽子’？”我问道。

“肯定不是，这种地方一定没有粽子。”他道，“不过，这么邪门儿的地方，有点邪门儿的东西也不奇怪，总之，接下来要小心一点。”

我点头。又想到刚才说的，我觉得有点奇怪。他说那些头发是因为他的血而产生反应，为什么我的手脚都划了血口子，但是那些头发对我没有反应？

难道是因为我比较爷们儿，它们不好这一口？

想着，我就去看我自己的伤口，一看之下，我打了一个激灵。我看到我的手上竟然有稀稀落落的几根头发。

于是我立即去拍，发现粘住了拍不下来。我就去抠，一抠忽然觉得钻心地疼，仔细一看，发现那头发竟然是从我的伤口里长出来的。

我扯一下，伤口就翻开来一点，里面的肉和头发纠结在一起，几乎让我崩溃。我立即去看我的脚，脱掉袜子，那些被瓦片割伤的地方，都是黑色的毛刺。

第三十八章

毛刺

我不知道这些头发是粘到我的伤口里的，还是真的从里面长出来的。但是，不管它们怎么进去的，都让我心里非常难受，有一种强烈的无法抑制的欲望，想把这些头发扯出来。但是，只要拉动头发，整个伤口都会疼，这种痛感非常深，显然在伤口的深处都有头发。

如果是摔倒之后，陶片划破我伤口的同时把这些头发带进去的，倒也可能形成这种状态。可是，我咬牙用力想把头发扯出来，连里面的肉都翻了出来，头发却扯不出来。而且扯完之后，伤口的深处就会立即发痒，好像是头发在里面生长一样。

小花看到我的伤口也觉得毛骨悚然，我想着他说的，头发感觉到他的血腥味爬到他身上来，就意识到很可能这些头发真的是有生命的。如果它们真的在我的伤口里生长，一想象它们顺着我的血管和神经爬满我身体的情形，我就想立即把手剁下来。

如果我死了，有人打开我的颅腔发现大脑里盘满了头发，那是多么诡异的场景，都可以去拍恐怖片了。

小花一边让我镇定，一边拔出他的匕首，用小火把先消了毒，然后让我躺下。他一下坐在我的肩膀上，踩住我的手腕，就问我："你觉得秀秀怎么样？"

这是句莫名其妙的话，如果是其他人一定会愣一下，但是我立即知道他是想转移我的注意力，反而立即把注意力全集中到了手掌上。几乎是同时我感觉到手掌一阵剧痛，滚烫的匕首尖部刺进我伤口的剧痛，我一点不落地全部灌入脑海。

小花的动作非常快，我能肯定，无论我的伤口内部有多糟糕，他都没有受到任何的影响，剧痛只持续了三十多秒，他就放开了我的手。

鲜血从我的伤口里流出来，但是头发不见了，小花给我看他的匕首尖，上面是一小片指甲大小的薄陶片，上面还沾着类似肉的东西，头发、陶片和肉几乎是缠绕在一起的。

放到火光下，我清晰地看到，那些头发是从陶片上长出的，竟然穿过了那些肌肉组织。

"应该是从陶片上长了出来，不过，好像停止生长了。"他道。

"停止了？你怎么知道？"

"你自己看。"他让我看那片陶片，"虽然这些肌肉被头发缠绕住了，但是头发丝全都长出了你的体外，并没有在你的体内生长。"

我看着，果然，这就和植发一样，插入你头皮里的东西没有根部，只是一个固定点而已。但是，因为这些头发非常明显地穿过了我的肌肉，所以肯定是在陶片嵌入我的伤口之后长出来的。

"那会不会有毒什么的？你还是帮我先全部弄出来吧。"

他不语，却露出奇怪的神色，把那块陶片伸到被他的血染红的铁衣内侧，放下来，没隔多少时间，那些头发忽然轻微地扭动了起来，往血污最重的方向缓缓刺去，然后开始打卷。

我心说，这是什么头发，这简直是细丝一样的蚂蟥。

他看着，又看了看我的伤口，就道奇怪。

“这东西对血非常敏感，如果刚才没有这件铁衣服，我的伤口里肯定钻满了头发。但是，这些头发如果是嗜血的，那么进入你伤口之后，应该顺着你的血管疯长，它们应该是往里钻才对。但是你看你伤口里的这些头发都是往外长的，显然它们是想逃离你的身体。”

“逃离？”我奇怪。

我就看他拿住我的手，往铁衣上方一拉，然后一挤我的伤口，几滴血从伤口里滴下去，滴到了头发上，一下就看到那几根头发扭曲着迅速退了开去。

我看着，心中有点迷茫：咦，这是怎么回事？我就听他道：“现在我知道老太太为什么要让我带着你了。”

小花的表情很是感慨。我奇怪那是什么意思。

他就道：“你的名字果然不是随便取取的，你的血很特别。”

“很特别的血？”我想起了当年凉师爷和我说的话，“你是说我吃过麒麟血竭？”

“具体我不清楚，麒麟血竭只是一种可能性，这种血到底是如何产生的，还是一个谜。”他道，“没想到你会有这种体质。你是天生的还是后来拥有的？”

我心说应该是后来的吧，不过我在去七星鲁王宫之前从来没有注意过我的血的问题，学校里的体检什么的，我一直都正常。不过，谁知道呢，在学校里的时候我可没遇到过这些事情。

他用火烤烫匕首，继续为我处理其他伤口，同时道：“老太太肯定知道，看来她都算计好了，但是为什么没告诉我？”

我在当时的叙述过程中，也讲到过这个细节，不过我不知道那老太婆是否真的是因为知道这个细节才安排我和小花来这儿的。我自己也不敢肯定，因为我这血，时灵时不灵的，和段誉的六脉神剑差不多，实在是不能依靠。

“麒麟血竭到底是什么东西？”我想起闷油瓶的血，就问他。刚问完，匕首尖就挑入我的脚里，疼得我几乎缩起来。

一会儿他就挑出了一片东西给我看，同时道：“我不清楚，我只是听到过很多的传说，据说以前有人研究过，这种血液形成的机制很奇怪，似乎每个人都不一样。我爹说，一种可能是渗透作用，长年服食中药的人，浑身都会有淡淡的中药味，同样，常年吸烟的人，烟味是很难去除的，你要是天天用雷达杀虫剂洗澡，也能达到同样的效果。”

我心说那多熏得慌啊。不过他说的办法类似于熏香，古代人治疗狐臭也用这个，据说杨贵妃有狐臭就是天天用中药泡澡。在清朝有一个妃子叫香妃，相传也是从小在花瓣香料中长大的，所以身上带有异香。不过，我和闷油瓶身上没有任何异味，我也不相信一小片麒麟血竭有那么大的效力。

“我还听说过另外一种可能性。你知道不知道药人这种说法？”

我摇头。我是倒卖古董的，医理这种东西本身就不熟悉。

他用水壶冲洗，拧干汗衫上的血和汗水，然后一边用来捂住我的伤口，一边道：“古时候，有些方士会养着一些药人，或者叫方人，这些人大部分都是疯子或者奴隶，用来试验丹药。因为很多丹药都有猛毒，方士为了让这种人能抵抗毒性，会每天以小剂量的毒药喂食，使得这些药人的身体慢慢适应毒药。这些人吃的药五花八门，所以体质会异于常人。特别是他们的血，会和常人很不一样。”

我道：“我爹可没那么变态，我是吃大米饭长大的，可别告诉我，我老爹使用砒霜炒菜，水银当酱油使。”

刚说完，我的脚又是一阵剧痛，我几乎缩了起来。

“反正这对我来说是个非常好的消息，我相信婆婆是故意这么安排的。如果你和那个黑面神都有这种血，那么非常合理的，两个人应该分开使用，他们大部队用大号的，我这里用一个小号的。而且很显然，你有个很不错的头脑，这可以弥补你在体力上的不足。”他按住我的脚道。

“你看上去体力也不是特别OK的那种，我最多说你比较会爬和跳而已。”我怒道。

“从中国墓葬进入有完整葬制的时代开始，倒斗淘沙这种行当的首要素质就是灵敏的身体，虽然不是经常能碰到这种可怕的场景。”这时，他回头看了看我，表情很奇怪。

“怎么了？”我咬牙道。

他道：“不好意思，我不小心把你的血管挑断了。”

第三十九章

寄生

他的表情满是无辜，甚至有点幸灾乐祸，我却完全愣住了，一时间没反应过来，足足过了一秒钟才想到把腿收回来，看看他到底干了什么。

一看却只看到我的伤口，血是有，却丝毫没有血管被挑的惨状。我动了一下，除了伤口的疼痛也没有任何的不适。

我疑惑地看向他，他静静地看着我，我却不知道到底是什么情况，到底是哪条血管断了。

正看着，他忽然缓缓地笑了，笑得很含蓄，很无奈，我更加觉得莫名其妙，他才道："这是一个玩笑。"

"玩笑？"

他失笑，拍了拍我，递给我水壶，让我自己洗一下伤口，对我道："你的人生一定很枯燥。"

我慢慢理解了他的意思，也没生气，只是觉得好笑，心说，你小子有什么资格教训我？也不见得你生活得多欢乐。

不过，这一下让我对他有了改观，原先不觉得这人有问题，不过因为我们两个背景实在太相似了。虽然我确定我自己是这样的性格，但是我能明白，他在那种生活经历下，最有可能是个什么样，或者会被逼迫成一个什么样的人。

这也是到现在我遇到的，倒斗这一行里的所有人的唯一共同点，不管是胖子、闷油瓶，还是潘子、三叔，等等，这些牛人，他们做事情都是极端功利性的，倒也不是说完全的功利主义，但是他们没有艺术家的那种“干一件和现实生活完全没关系也没人能理解我的事情”的脑筋。

但小花的这个笑话，说起来有点无厘头，完全没有任何意义，这也是我一下反应不过来的原因。倒斗的人永远应该是有事说事的，不应该是这样。这个玩笑，让我一下意识到，他和他们不一样。

也许是因为他是唱戏的。这让我不禁想起了当年老九门二爷的趣事，那个绝顶英雄又如孩子一般的二爷可能是老九门里最可爱的一个人。

处理完伤口，我贴上了无数的创可贴，整只脚好像后现代艺术品，然后套上袜子，就见他往洞的深处看了一下，还让我去看。我一看，发现那些头发竟然在向洞口蔓延，显然是被小花的血吸引着。

我就问他接下来怎么办，他这德行恐怕连移动都不方便，要不是不知道我们在这儿到底要干什么，我就自己做主把他先送到悬崖下去了。

“这段时间，我们就暂时不要进去了。”小花揉着伤口的位置说道，“婆婆他们应该很快就会有消息送过来。现在进去也没有必要了，我们接下来，就是等消息。”

这洞里尽头的铁盘，从做工看不出是什么年代的，也不知道是何作用，更不知道小花说的“棘手的东西”到底是什么。但是，洞内的情况已经一目了然，确实没有再进去的必要。

我想起老太婆说的，这两支队伍需要互相配合，也不知道到底是怎么一种配合法，心中总隐隐觉得不安。

他的伙计又过了两小时才上来，几乎不成人形，看到满地是血，吓了一跳。我们把情况说了，然后在他的帮助下，把小花吊回到了悬崖顶端。之后，他又下去，准备更多的药品和食物。

之后的几天，生活犹如鸟人一般，在悬崖上的巢里，只有方寸大的地方，四周都是深渊，可谓要么不活动，一活动就是世界上最强的体力运动。

小花的定力十分好，要么玩手机游戏，要么呆呆地看着远处的雪山，在悬崖之巅一边眺望仙境一般的景色，一边打俄罗斯方块，有一种很错乱的美感，总让我感觉不真实。

而我也不输给他，靠在悬崖上，高处的风吹过，整个视野里，包括脚下所有茂密的绿色树冠拂动，绿浪之中，和小花聊聊过去的事情，发发呆，感觉很像《等待戈多》里的两个傻瓜。唯一痛苦的是上厕所。那剧烈的疼痛破坏了所有的美感，而且时刻有生命危险。

在此期间，悬崖下的伙计每天都要去一次附近的村里，用那里的电话确认消息。开始两天都没有任何音信，但是到了第三天，从悬崖下吊上来一个巨大的信封。

我们拆开信封，发现里面全部是纸和照片。第一张，就是胖子和云彩还有闷油瓶的合照，胖子穿着一条短裤，在那条我们熟悉的溪边做了一个黄金荣的姿势，闷油瓶坐在一旁的石头上，云彩配合胖子摆了个姿势，她身上可能穿着胖子带给她的衣恋少女装，清纯中还带出了一丝性感，很符合胖子的恶趣味。

照片的后面胖子就写了三个字：羡慕吧。

我骂了一声，看了看一旁穿着带血背心的小花，心说，难道站错队伍了？

剩下的很多照片，都是他们进山的时候拍的。阿贵也在，似乎还是他们带队伍进山的。我看到了老太婆坐在銮驾上，活脱脱一老佛爷，不由得就想起了陈皮阿四，心说，不都说倒斗的人晚年悲惨吗？这些人要是不那么纠结，晚年的生活质量绝对比富豪高吧。

一面翻着，就看到他们来到了当时我把他们拉出来的岩石口子上。那是山脚下，到处是灌木，也亏得他们能找到。他们所有的装备都堆在那个口子附近，闷油瓶穿着洞穴探险的衣服，似乎正在准备进入。

之后就没有人物的照片了，全是洞穴内部的情形，要是拍到了人也是偶然拍到的。

小花看得不耐烦，就快速地翻过，一直翻到一张被红笔打了一个记号的照片，拿了出来。

我们看到，那是一段岩石的通道，就是我之前爬出来的那种。闪光灯下通道壁的颜色很是惨淡，但是能看到，闷油瓶在最前面，让开了身子，让后面的人拍他挡住的东西。那竟然是一块石板，上面雕着一个圆形的类似于星盘的图案。

照片拍得十分清晰，我一下就发现了，那图案，肯定是我们之前在长满头发的洞里尽头那只铁盘上看到的。铁盘的四周，还雕刻着非常多的小图案，后面几张照片，都是拍那些图案的细节。

小花看着吸了口冷气，显然不明白是什么意思。我让他翻过来，看照片的后面，果然有人写了一行字。

我看到那张照片，一下就明白了，闷油瓶他们的行动，和我们的行动是有关系的，而他们的目的地，和我们的目的地竟然也有关系。

照片后面的那句话，证实了我的推测，但是也没有给我们更多的提示。

从入口入内七百米，遇到第一道障碍，解开这道障碍的关键应该在你处，不知你处情况，请尽力分析。

写得非常清楚明了。

由此可以推断出，他们在巴乃，从我当时从石山里出来的裂缝重新进入之后，可能凭着样式雷发现了通往霍老太认定的那座山中古楼的道路，但是道路中出现了障碍，这个障碍应该就是照片上拍的东西。

我没法知道那是一道门，还是石头隔离墙，甚至只是一块石头的截面。但是，毫无疑问，这上面的图案，应该就是铁盘上的图案，两者之间存在着一种联系。

如果真如霍老太太所说的，张家楼的另外几层是在那片岩山之中的某一座山内部，那么，修建并且隐藏这座古楼的人，以及重修古楼的样式雷，又及在千里之外的峭壁上装置那只铁盘的高人，必然也会有千丝万缕的联系，而且，其中的故事，可能同样复杂得不可想象。

我们把关键的照片一张一张地夹在我们“巢”的钢筋上，仔细地观察起来。

我几乎可以肯定，那面石壁上的浮雕，刻的就是铁盘，那片圆形的浮雕，应该就是铁盘本身。

而铁盘四周刻的图案，就很值得细细品味了。从浮雕的刻法上来看，整面石壁的浮雕，都不能算是精品，也就是说，它没有多少艺术价值，很多线条甚至没有完成。这面浮雕肯定只是一个坯，没有经过细细的打磨。

从风格上来说，有很明确的清代特征，应该和样式雷脱不了关系。如果是样式雷主持的设计，又有点敷衍了事，可见这种设计的目的，肯定是功能性大于装饰性。看来，这块挡住路的石壁不会那么简单。

我们把照片按照顺序排好，从十二点的位置看起。

第一张照片拍出来的浮雕，是一只奇怪的动物。

中国传统浮雕中的动物，我几乎能背出来，什么貔貅、狻猊，等等，但是这只动物，非常少见，虽然比较抽象，但是我还是可以立即认出来，那是一只“犼”。

“犼”这种东西，有两种不同的说法，一种说是麒麟的爷爷。麒麟算是上古的神兽，但是普遍被认为低龙一等，“犼”是麒麟的祖宗，以龙为食物，属于食物链的最上层了。另一种，则认为它是“魃”的一种，也就是一种非常特殊的粽子。

浮雕中的“犼”，被一种奇怪的东西束缚着，和下面的铁盘浮雕是连在一起的。

第二张照片中的浮雕，和第一张中的犼看上去似乎是连在一起的，整个图案是一个整体，我却看得出是出于装饰的需要。那是几个人，不过，能看得出来，那些人都没有右手。

没有右手的人，一共是九个，有远景，有近景，都赤裸上身，下身穿着瓦裤，做逃跑状，但是并不慌乱。

我深谙此道，看到了好东西，忍不住卖弄。我指着那几个人道：“没有雕琢，也没有反复修角的痕迹，这几个人几乎是一气刻出来的。虽然如此，但是人物的动态身形，前后错落跃然壁上，操刀的是顶级的工匠。虽然他不重视，但是多年的技法让他随便几刀都能刻出自己想要的神韵来。”

小花的注意力不在这边，却问道：“为何不重视？”

我道：“古代的工匠分为两种，一种本身手巧又精通各种工程技术，称为掌案，但这种人一般只做精巧的小东西，这种打磨石头的陋活应该不是他们干的；另一种是我们称之为能工巧匠的纯手工工匠，这些人身怀绝技，但是终日劳作，靠体力和手艺吃饭，这种人是工匠而不是艺术家，所以，他们不会严格要求自己，能偷懒的时候一定会偷懒。”

我刚才判断这块石壁上的浮雕是功能性的，也是基于这个，能让工匠全力以赴只有一个办法，就是有一个很难伺候的东家。

小花点头，示意我继续往下看。

再下一张照片，是在六点的位置，雕刻的东西就有点难理解了。那还是一群人，却明显不是刚才逃跑的那一批人，因为这些人的手都是健全的，而且，有明显的服饰特征。我一眼就能认出来，那肯定不是汉族人。

这群人，手里都拿着长刀，戴着奇怪的头冠。人数很多，工匠在这里用了重叠的构图，没法数出到底有多少人，而看他们的姿态，似乎是在埋伏。

我觉得很难理解。按照惯例，从总体的构图来说，所有的图都是在独立地表达一个意思，但是这里的浮雕，三幅连在一起，十分自然，很难说是否有两层意思。

这样最后一幅浮雕就很关键，我立即去看最后一张照片。

最后一张照片中的浮雕，却出乎我的意料。倒不是浮雕上的东西有多匪夷所思，而是那地方根本没有浮雕，只有三个呈梅花形排列的深孔。

四幅主要的图案，都是由大量的装饰性线条天衣无缝地联系在一起的，配上中间的铁盘浮雕，很像是一只古怪的时钟。

小花看到这儿，对我扬了一下眉毛，不知道是他想到了什么，还是想表达什么异议。接着他问我："你有什么想法？"

我啧了一声，心中还是无法释怀。这些图案，到底是相互联系的，还是独立的？如果是相互联系的，那么，我似乎有点小小的眉目。

第四十章

来自广西的提示

如果把围绕着铁盘雕刻的浮雕在一条直线上表示，那么，这幅大型的浮雕，最左边的，是一只“犼”，中间雕刻的，是几个在逃跑的人，最右边，是一群穿着奇怪衣服的少数民族刀客。而在雕刻的最后，是三个孔洞。

让我最在意的，是里面构图的朝向。从内容上看，犼虽然被锁在了铁盘上，但它还是一个追击的姿态。

中间的人没有右手，背对着犼，呈逃跑状。而很关键的是，那群少数民族刀客的形象，是面对着逃跑的人的，也就是说，少数民族刀客和犼对中间那几个人，形成了一个前后包抄的阵势。

这可以有多种理解，我的第一感觉：难道，这是一场杀斗，两方，一兽一人，围杀了这几个没有右手的人？

从图面上看来，这是最合理的理解，但是如此理解，有什么意义？我实在是想不出来。

我几乎能肯定，这种如此具象的浮雕雕刻，肯定是在传达什么意思，不可能是单纯的装饰。装饰一般是用龙凤纹那种可以无限复制而且很容易让人有整体感的图案。

如果不是这么理解，那么，其实还有一些是需要揣摩的，比如说，这是场埋伏？

少数民族刀客埋伏在前方，没有右手的男人们负责做诱饵，不过，如果对方是犼——我是不相信会有这种生物的——这几个刀客估计一秒钟都挨不到，就会全部被烧成渣。

浮雕一般有夸张之嫌，很大的可能是，当时遇到的东西，他们无法解释，所以套用了一个神话里的形象。

这么推测，完全没有方向。我贴近去看所有浮雕的细节，感谢专业的单反相机，细节清晰得一目了然。

仔细看却更加失望，浮雕根本没有细节。

如果假设它们不是连续的，每块浮雕都有单独的意思，那就更加无从分析了。

怎么看怎么想摇头，因为连思考的方向都没有。小花往后一靠，就道："这有点像千里锁。看样子，可能要回到那个铁盘那里，才能有些眉目。"

我默默点头。我听说过，千里锁是一种计策，不是真的锁，而是一种非常有效的防范措施。如何使一件事情的操作成本成倍增加，最好的办法就是使得这件事情成功的要素隔得足够远。比如，门在南极，钥匙在北极。在北欧神话中，被杀死的恶魔往往被切成无数块，散布在世界的各个角落，这样，要使得魔神复活，阴谋论者不得不进行长达几个世纪的旅行。

但是，既然有打开的机制，就说明这座张家古楼并不是一座墓穴。我猜想，很可能和这种群葬的制度有关系，可能每隔几代，依据祖训，张家死去的人就要被移入这座古楼之内。

只是不知道这件事情是如何和样式雷扯上关系的。样式雷摆明了姓雷，皇家姓爱新觉罗，都没有理由为这座神秘的“张家楼”买单。

闷油瓶那边面对的是一道机巧的机关封石，开启封石的诀窍，应该就在这四个图形中，而我们这里的铁盘，也许是揭开这四个图形蕴含信息的解码盘。具体如何，确实只有到了铁盘边上才能知道。

经过几天的休养，我们的体力都有恢复，小花的伤口早就止血了，回去也没有什么大的风险，于是我们开始做准备。想到那条通道是一个巨大的麻烦，我们不可能频繁地在通道里穿梭，所以，我们准备了一周用的水和食物，怕洞内的空气流通太慢，又在洞口搞了一个排气扇，是成都的哥们儿从村里借来的打谷机，买了一大捆电线接到悬崖下的拖拉机电池上。

说实在的，我的想法是，弄几桶汽油，直接一路烧过去，一了百了，但是在狭窄的山洞里，氧气很容易烧完，会形成气闭效应，很难烧起来。我们学建筑的时候，学过相关的知识，如果使用鼓风机往里吹，那里面会变成一个高温窑，本来就不是特别稳定的岩石结构，说不定会被我们烧塌了。

小花已经没法施展自己飞檐走壁的绝技。我们爬回洞口，查看那些铁衣，发现小花的铁衣里，那些血迹上已经长出了手腕长的黑毛，一团一团，沾了血的地面上也全是，凡是有一点血迹的，都长出了黑毛。这东西和真菌一样。

抖开我穿的那件，倒是还好，沾到小花血的地方有被感染，其他地方却没有。

小花说，有我的血在，不用害怕，我就这么走进去应该也没关系，他穿铁衣，他可以背我过去。

那铁衣已经极其重，再背我是绝对不可能的事情，加上洞穴的高度很低，人都站不直，背一个人更是够呛。合计来合计去，小花想了一个办法：由我戴上防毒面具，穿上铁衣先进去，一边走，一边在洞顶上钉上岩钉，吊上一根滑绳，这样，一旦有人拉动绳子，吊在滑绳上的东西就会前进，他反正体重很轻，可以通过这种方式吊过来。

我一听，这也是没有办法的办法，于是照办。下面的岩钉吊上来，小花给我穿上铁衣，似乎是感觉很有意思，拍得我的铁衣梆梆响。在他的鼓励声中我走进洞里，就感觉这家伙骨子里其实和胖子一样不靠谱。

用岩锤把特制的岩钉钉到洞顶的岩壁缝隙里，我学过结构工程，知道三角受力的方式，所以打算在一个地方钉入三到四个岩钉，这样就算吊相扑选手都问题不大。

搞完一切大概花了三个小时，我的手都麻了，没有再遇到什么危机。洞的尽头，铁盘还是那个样子，竟然还有轻微的金属敲击声音从铁盘的底部传出来，但是已经不那么剧烈的敲击，而好像是什么垂挂的东西被风吹动撞击到铁门的声音。

我脱掉铁衣服，发现身上完全汗湿了，湿得好像洗过澡一样。我将小花拉进来，架起照明的矿灯，在洞口处堆上一堆柴火，浇上汽油以防头发的突袭。我们一起把带进来的食物、烧酒放到铁盘上，立即开始比对铁盘和照片。

两个人戴着防毒面具，这一次没有发生喉咙失声的事情，不过那东西非常重，戴上后脖子非常难受。小花建议我们速战速决。

照片中石壁上刻的东西，果然是这铁盘，所有的花纹都完全一样，不过，铁盘的四周，并没有照片中石壁上刻的三组图案。

铁盘顺时针缓缓转动着，小花知道建筑和机械有很多地方是相通的，就问我："怎么办？"

我心说，一般的机械，要先弄清楚它是怎么运作的。我让他帮忙，先是顺着铁盘，看看能不能加速它的运行。我发现铁盘顺时针推速度很快，显然顺时针的时候，没有机关会被激活，然后逆时针开始推，一推就发现不对。

一下子我就感觉铁盘吃到了力，非常沉重的力道，但不是死力，我能感觉到好像是上发条。我用足了力气，铁盘被我逆向推动起来，几乎同时，铁盘下面传来了一连串铁链沉闷的传动声音。

可惜，我只逆时针推动了五十度，就没力气了。无论小花和我如何青筋暴跳地使力，那铁盘往前一分都不行。

但是我很清楚，那不是卡死，而是因为我们的力量不够大。我深吸一口气，几乎是大吼一声，憋气往前狂顶，不过所有的声音在防毒面具里显得非常可笑。终于我先脚下一滑失去了支撑点，小花一个人不够力气，那铁盘立即顺时针转了回去。

“你搞头牛来才行。”小花靠在洞壁上不停地喘气。

我的脚似乎扭了，疼得要命，心说要是胖子在就好了，这种体力活儿就轮不到我了。

不过我们都没提让下面的人上来帮忙，因为刚才的手感，不是我们的力量不够，主要是因为这铁盘没有什么着力点，光光的，上面的图案被打磨得很光滑，根本没法受力。如果有个杠杆，也许局面会不一样。

于是我掏出那些长条形的工具，想看看有没有地方可以插进去。

找了半天，发现整个铁盘没有任何可以借力的地方，上面虽然全是花纹，但是花纹都非常细腻，东西卡不上去。

我回忆着以前的生活经验。现在的情况好比是面对一个矿泉水瓶，但是因为手上油太多，怎么拧都拧不开。

最简单的办法应该是增加手上的摩擦力，用毛巾什么的包住来拧，这里没有毛巾，但是身上的衣服可以。

于是我们想脱掉衣服。我们检查身上衣服的质料，看看有没有粗糙的部分。这时候，小花忽然发现了什么异样。他指了指我的衣服：“这是什么？”

我低头一看，就看到自己的衣服上，刚才推动铁盘蹭到铁盘的部分，全都黑了。

“掉漆？”我瓮声瓮气地骂道。我看了看手心，发现手心也全是黑色的。

但是，那不是漆，好像是煤渣一样的颗粒。我心中奇怪，难道上面被人用煤渣抹过？

我用手电照了照手心，捏了捏，又发现那不是煤渣。这种颗粒呈现片状，但是用手揉搓之后，变得十分细腻。我发现，我好像认得这种颗粒。

我用手电照了照那铁盘，用肉眼看不出来铁盘上面覆盖了那么一层东西，但是我用尖锐的东西划了几下，刮下一片，用手捏碎，我“啊”了一声，对小花道：“不妙，这是血。”

第四十一章

奇怪铁盘上的血迹

“血？”

“对，绝对是血，有人往铁盘上倒过大量的血，而且不止一次，这些血是一层干了，又浇一层，这么浇上去不知道浇了多少次才能积得那么厚。”我道，看着铁盘上的纹路，瞬间意识到了是怎么回事，“你看这些凹槽纹路，我以前见过类似的东西，这些是引血槽，这不是个普通的铁盘，这是个祭盘。”

为了验证我的理论，我立即拿出我的水壶，开始往铁盘上浇水。我浇得十分小心翼翼，在灯光的照射下，那些水的颜色有点像古代某种神秘的液体，闪烁着黄色的光芒。从铁盘的中心倒入，水很快就顺着上面的纹路，迅速地扩展。

看到水流动的方式，我几乎能肯定这些纹路是设计好的。水流在纹路上的流动方式简直有一种异常和谐的美感。

水流似乎是有生命一般在铁盘上绽开一个奇妙的图形，然后顺着铁盘四周的纹路流到铁盘的侧面。奇异的是，它们经由侧面之后，没有滴落到地面上，而是顺着侧面流到了铁盘的底部，并且顺着底部的花纹继续流动，往轴部汇聚。

这是因为水的张力，血中的杂质更多，张力更大，红色的血液贴着铁盘的底部应该会流得更加漂亮。

“这东西原来是这么用的。”小花见过世面，倒也不惊奇，“难道，我们也要搞那么多血淋下去？”

这我就不知道了。我摸了一下铁盘，被湿润的血迹开始融化，感觉上还是比较新鲜的，有可能是当年老九门进来的时候洒下来的。

盗墓贼不会讲这种血祭之类的大规矩，而且在这种地方，虽然不是古墓，但是带血还是不太吉利的。如果老九门当年进入这里的时候，对这个铁盘淋过血，肯定有其他原因。现在毫无头绪，只有试一试了。

我想着，也许这铁盘下面有什么机关可以通过血液来启动。

这倒是不难解构出来。这机关也许会利用血液的黏性，在这些纹路上使用血液作为媒介，我相信古代的技术是完全可以做到的。只要纹路设计巧妙，使用水或其他液体的流速会完全不同。

我准备把小花挂出去，让他叫下面的人弄点血上来，小花却摸着那些融化的血迹，忽然问道：“先等等，你说，这种是什么血？”

“什么血？”

“要是猪血、狗血倒也好办，如果是人血就难办了。而且看这血量，也不是一两桶能解决的，这么多血弄到里面来，是个大工程。”

我一想，倒也是，要是人血就麻烦了。不过，老九门没这么变态吧？而且我也不相信古代的机关能分辨血的种类到那么细微的差别。

我和小花两个人都不是血气足的人，要人血的话，我们两个能凑出一杯来就算不错了。我想了想，说猪血和人血差不多，先搞点猪血来试试？

小花摇头：“太麻烦了。”说着他想了一想，道，“直接搞头猪上来。”

搞头猪上来，这听起来是一个很好的主意。一来，外面那么多头发，一桶一桶血运上来，刺激那些头发，真不知道会出现什么情况，运猪上来比较好。二来，猪是活物，可以保证血不会凝固。但是，仔细一想那情景，把一头猪吊上这么高的悬崖，那简直是一种行为艺术了。

消息传下去，下面的人马上傻了，联系确认了好几遍，对讲机里一阵沉默，显然已经完全弄不清楚我们在干什么。小花让他们立即去做，下面才说去试试。一直到第二天，我们从对讲机里听到猪叫，知道搞到了。

农村里有猪是很正常的事情，不过，把猪制伏运到深山里很麻烦，也难为了这帮伙计。

我和小花两个人费了九牛二虎之力，把那头猪吊上来，吊到洞口一看，是头肉猪，已经吓得连挣扎都不会了。

我们两个人把猪解下来，塞进洞里，闻到一股令人难以忍受的臭味。猪身上的粪便并没有被洗干净，陈年的恶臭让人难以忍受。因为耽搁了一天时间，我们都很急躁，顾不得那么多，把猪绑住吊在绳子上，也当成货物运了进去。

再次回到洞内，我们先做了准备工作，用铲刀铲掉铁盘上积聚的血垢，露出了铁盘本来的模样，使得上面的纹路更加清晰。

全部查完后我发现，铁盘上所有的花纹，应该是一朵花的形状。而且我发现，铁盘上的某些部分，有明显的被修补过的痕迹，铁盘的整体非常古老，但是那些修补的地方，铁皮上的疙瘩和锈斑还是比较新的。显然，有人在距今比较近的某个时候，对这个铁盘进行过修复工作。

小花看着铁盘的上方，我们发现那个地方的洞顶有一只石钩，有小臂那么粗，一看就是敲出来吊什么东西的。于是两个人用绳子穿入石钩，把猪倒吊了上去。

那头猪似乎才缓过来，开始不停地挣扎和嚎叫，刺耳得要命。那细细的绳子被绷得犹如琴弦一样，我生怕断掉。

因为本身洞顶就不高，所以这头猪挂在那儿，猪头离铁盘非常近，可以直接放血。小花看了看我，就把他的匕首拿了出来给我，道："来吧！"

我愣了一下，就道："我没杀过猪。"

他朝我眨眼一笑："你没杀过，难道我杀过？这刀很锋利，在脖子上随便抹一下就行了。"

我怒道："那你干吗不去？"

"我下不了手。"他道，"拿刀去杀一只和自己体形差不多的动物，那不是谁都可以做到的。"

"我靠，难道我就像下得了手的人？我长得像屠夫吗？"我骂道。但是小花不容置疑地看着我，那眼神的意思就是，他是绝对不会去的。

我接过匕首，看着那猪。之前确实没想到杀猪这一层，小花是道上混的，我想杀头猪总不是什么问题，怎么这事也轮到我身上了？

那猪叫得甚是惨烈，让人烦躁。我比画了两下有点崩溃，感觉自己肯定也下不了这手，就道："要不让你手下把杀猪的也吊上来？"

"这儿的山洞当地人都传说有鬼，这事情是不可能的，他们绝对不敢上来。"

小花道："你怎么就这点出息。"

"你没资格说我。"我看着那猪苦笑，心说胖子在就好了，不过不知道他会不会下手杀他的同类。

僵持了片刻，两个人谁也不肯做所谓的屠夫，只得再次把下面的伙计吊了上来。小花的伙计是狠角色，平时在成都砍人也排得上号，我们把情况一说，他却拒绝道："猪的血管很粗，一刀下去血全喷射出来了，到时候到处都是。放血要用放血的管子。”说着他找了一个酒瓶，几口就喝光了里面的酒，拔出自己的砍刀，一刀砍掉瓶底，再一刀把瓶颈瓶口部分砍成尖的，上去就捅进了猪的脖子里。

猪哀嚎一声，顿时血就从瓶底的口里流了出来，无数道血痕开始在铁盘的花纹上爬行。

我觉得一阵恶心，不忍再看。以前看到的尸体大多是腐烂恶心的，但是从来没有这样厌恶的感觉。杀猪的过程让我心中发颤。

五分钟后，猪停止了挣扎，极度虚弱。猪血顺着那些花纹，把整个被我们铲干净的铁盘重新染成了黑红色。血顺着那些花纹爬满整个铁盘的过程应该是十分诡美的，但是我没有细看。让我有点担心的是，铁盘没有任何变化，还是那样旋转着。

小花说这只铁盘的作用是引导血液流入下面的机关，虽然铁盘上全都是血，但是流到铁盘下面的部分还需要一些时间。

果然，又过了三四分钟，那铁盘的转动忽然发生了一点变化，似乎是卡了几下，接着，停了下来。

我和小花在边上立即做了防备的动作，以防有什么机关启动。我们就听从铁盘下，传来了一连串铁链互相摩擦的古老沉闷声，接着，这种古老的声音开始在山洞的四壁内出现。

我大惊失色，听着四周洞壁里急促的声响，心说我靠，难道这洞的四壁内全是机关？

如果是这样，那说明这铁盘驱动的是一个大型的机关。大型机关一定不会那么简单，肯定要发生一些非常大的变故。因为如果你只驱动一百公斤以内的东西，是不需要那么大的动静的。

刚想提醒所有人注意，变故就发生了。周围三个方向的洞壁上，满墙原本放置着古籍竹简的那些洞里，忽然起了异动。所有的竹简全都被顶了出来，接着，缓缓地，一只只奇怪的“东西”，从洞底“伸”了出来。

第四十二章

浮雕补完

霎时间，我面前三面洞壁上的孔洞都被填满，洞壁变成了一整片墙，而从洞里伸出来的东西，凸出于洞壁，看上去像是什么浮雕的一部分。

整个过程非常快，我们愣愣地看着四周的变化，谁也没有说话。因为在那一刹那，所有的洞口都同时长出了“东西”，而且立即长成了这么个东西，那过程其实极端震撼。

我甚至有错觉，似乎有什么东西要从墙壁里冲出来一样。

用手电去照那些从洞里伸出来的东西，就发现那些全都是用和洞壁一样的石头雕刻而成的，每个从洞里伸出来的雕刻都不一样。我一眼就看出，那确实是某一面浮雕的各个部分。

往后一步退到洞口，从整体来看这个洞壁，我立即明白了是怎么回事。原来，这个洞壁上应该雕满了浮雕，但是，如今被全部敲掉了，一点儿没剩下。

而这些凹坑，是在浮雕上挖掘出来的孔洞，好像拼图一样，这里挖掉一块，那里挖掉一块，所有挖掉的部分，其实都嵌到了那些洞的深处，使用机关驱动，一被触发，就会被里面的机关推出来，洞口被填满，浮雕拼图的全貌才会出现。

真是精巧。这样的设置，浮雕之中应该是隐藏了什么信息，但是最关键的部分被隐藏了起来，只有浮雕复原之后才能看出来。

可是，看着洞壁我又觉得无语，所有的关键部分之外的浮雕都被敲掉了，我说这洞壁怎么看上去这么毛糙。

这些非常易于推断，小花和他的伙计几乎同时都做出了判断。一下子也没人去理会那只猪了，所有人都朝墙壁走去，看那些被推出来的部分。

经过勉强辨认，我们发现，那些浮雕的拼块，雕刻的东西各不相同，最明显的几块，刻的是人的手，但是都是很模糊的小手，显然是远景中人物的手部。有些刻的是一些很难辨认的线条，但是会有细节。我看到有一块上，刻有一只眼睛，那么肯定是某张脸的一部分，但是那只眼睛，又不是人类的眼睛，不知道是张什么样的脸。

有远景，有脸部雕刻，这一定是一幅叙事或者场景的浮雕。想到这里，我忽然想到了从广西寄过来的照片。那上面的几幅浮雕和这里的浮雕，在细节上似乎有点类似。

我立即想问小花，却见小花已经拿出那张照片在对照了。几个细节对照下来，发现果然不错，在我们之前看到的广西拍的照片上，圆盘图案四周的三个浮雕中，我们找到了和这里的浮雕碎块一样的细节。

那几只手，就是之前看到的照片里少数民族装扮的那些人像的手，而那只眼睛，和照片里“犼”的眼睛完全一样。

看来照片里广西石壁上的浮雕，应该就是这里洞壁上原本的浮雕，两者完全一样。

"原来是这么回事。"我心道。这里的那些浮雕虽然都是一块一块的，但是里面雕刻的技艺十分高超娴熟，而且刀口很圆润，显然是精心雕刻的精品。而刚才我就发现广西照片上的浮雕，似乎是高手的敷衍之作，显然很可能广西的浮雕是临摹或者仿刻这边的原型。

不过，这样的设置有什么意义呢？我心说，如果如小花说的，广西那边的浮雕，其实是对这里的一个提示，那么提示的是什么东西？

我努力地揣摩，拿照片和四周进行对照，想发现什么蹊跷的地方。但看了半天，并没有什么发现。

再看四周，如果我背对着洞口，那么我左手的洞壁上，就是那只"犼"。如果那些浮雕不被敲掉，那"犼"的造型肯定十分壮观。在我面前的洞壁上，应该是那几个没有右手的人，而在我右手的洞壁上，是那些少数民族的伏兵。

照片上那三个孔洞，似乎代表的是我背后的洞口，顺序丝毫不差。

整个洞里没人说话，都在仔细地看着那些照片。我坐下来，喝了口酒，觉得有点不对。

因为我发现照片上的那些图案都很简单，一点也不复杂，这不是那种非常精细的浮雕雕刻。而简单的雕刻中，很难看出什么特别的信息。

于是我把注意力放到了铁盘上，一看，我立即明白了问题所在。

铁盘上有无数复杂的花纹，但是，有两条大的花纹，在铁盘上形成了一个十字，这十字的顶端都有一乳头状的凸起。而十二点位置的凸起，非常大。

照片中的铁盘，这粒凸起在犼的位置，而我面前的铁盘，这粒凸起是在洞口的位置。如果这凸起代表铁盘的指向性，那么，铁盘的指针指错了位置。

我把小花叫过来一说，他也皱起了眉头。我就道："看样子，这张照片上拍到的图案是一张示意图，它告诉我们这里所有东西应该如何摆放。这铁盘可以转动，如果把铁盘推到和照片上同样的位置，很可能会触动下一道机关。”

小花摸着铁盘，看了看照片，觉得很有道理：“是顺时针推还是逆时针推？”

“一般来说应该是逆时针，但是刚才我们用猪血启动了机关，机关的方向也有可能会变化，要推推才知道。”说着我就想上去。

这一次小花却拉住了我：“最好不要再转动它。”

第四十三章

秘密

小花给我比画了两下，告诉我他的想法：“四周都是浮雕，而铁盘能转动，浮雕只有四个方向，那么，即使没看到这张照片，胡乱推动铁盘也很容易推断出照片中的位置。如果这是什么秘密提示，也太容易被试出来了，而且没有组合性。”

我皱起眉头，还是不太明白。他就继续道：“比如说我们家里的保险箱，起码会有三位密码，才有密码的效果，而一个密码位会有零到九十种可能，那么密码的复杂性才足够。不管这铁盘是什么东西，如果它和四周浮雕的组合，是什么密码或者任何阻止别人能快速启动某个机关的措施，那么，它的可能性只有可怜的四种，三岁小孩都能轻而易举地试出来。”他顿了顿，“那么它其实是没有什么用的，比如说你的保险箱的密码只有一位数，而且，只能是一到四中的一个，它就不是保险箱，因为它完全不保险。”

我用手指弹了一下照片，立即觉得他说得有理。

小花继续道："我们假设，以当时的技术，只能做出一把密码为一位数、只有一到四这四个数字可选的锁，你如何使得这把锁有足够保险的效果？"他看着我，"知道收缩法则吗？"

我摇头。小花的语气很平静，好像是在给别人讲戏的老艺术家："当你可选择的东西不够多的时候，就减少你选择的次数。就好像拆炸弹一样，当你只有红、黄、蓝三条引线可剪，那么你可能最多只能剪一次，剪错就会爆炸。所以，如果你说的是对的，我们要转动这个铁盘，很可能只有一次机会。如果转错了，很可能会启动这里的机关，不知道会有什么后果。"

说着他看了看通道："没有十足的把握和准备之前，不能轻易地尝试。这里已经发生过一次惨案，很可能再次发生。"

我听得有点发愣，感觉忽然间有点不认识他了："你经常以这种口吻解决问题吗？"

他用手电照着满是鲜血的铁盘道："解家人做事情的准则就是严谨，从小的家教就是这样。"

老九门解九爷确实以做事情滴水不漏闻名。我想了想，吴家做事情的准则是什么？我爷爷好像是以人缘好出名的，这在现在听起来真不是什么长脸的事情。

"好吧，小九爷，那现在应该怎么办？"我跌坐在地上。

小花道："我们要从头想起，凡事都有埋由。这里设置那么精巧的机关，肯定是有着它的必要。一起想吧，小三爷。"

听到这个久违的称呼，不知道为什么，我心中抽了一下，有一种莫名的惆怅。他看着我，我看着他，两个人就笑了一下。看来，我们两个人确实背负着很多相似的东西。

两个人都静了下来。我从带来的食物里找出一包牛肉干，边吃边说："你说，当年张家楼的后人，他们是如何使用这里的机关的？我们要不要这么来想一下，比如说你是张家的后人，你老爸去世了，你要把你老爸葬到广西的张家楼，我们来模拟整个过程。”

小花道：“我肯定偷偷把他烧了，然后告诉他们已经放进去了，解家人不会做多余的事情。”

我道：“假设一下，是张家人，那么情况是如何？”

小花想了想：“最开始，我肯定会得到一个说明，家族的长辈会在一个隐秘的场合告知我这件事情：我们有一个家族古墓，我必须把我的父亲葬到古墓里，但是那座古墓有非常严密的防盗措施，必须先到四川四姑娘山这儿来寻找一个山洞，在这个山洞里能得到打开古墓的钥匙。”

“这说不通，如果是这样，他是看不到广西那边的浮雕提示的。他应该是先到广西，找到了古墓，然后发现了那块浮雕提示，最后才到了这里的山洞找钥匙。”

“那块浮雕的提示难道是：请在这里拍照留念，并携带照片前往四川四姑娘山？”

我觉得一点也不好笑，想苦笑，却忽然一个激灵，一下就想到了什么。

“照片？对啊，照片。”

我立即抓起广西寄过来的照片，捏在手里整理了一下思绪，心说我靠。

这是一个非常典型的先入为主的错误。人总会以现在的各种现实细节作为自己判断的依据，而忽略了时间和地点各种因素。我们一直认为，广西那边的浮雕，其实是这里的提示，但是，在那个时候，世界上是没有照相技术的。

那么，也就是说，不可能有我们现在这样坐在这里看着广西的照片琢磨的情况。他们能传达过来的，最多是一张临摹的画或者干脆是自己的记忆。无论是临摹或者记忆，总会有细节的损失。

特别是临摹，临摹的画很可能会流传到民间，如果靠临摹传达什么信息，是很不安全的。作为一个防盗措施那么复杂的古墓，不可能会犯这种错误。而且，如何保证后辈子孙会带着素描工具前去古墓呢？难道张家所有人从小就会被培养素描技艺，同时有殉葬的时候必须带着全套绘画工具这样的族规吗？

那么，这张照片里传达的东西，不会单单是画面那么简单，其中蕴含的意思，应该是脱离画面的。比如，当年的张家人看到这浮雕，很可能会恍然大悟，知道了这浮雕之中的秘密。

第四十四章

提示的诀窍

当我说出这些后，小花就问我，能不能看出来，这里的一切都是什么朝代建立起来的。

我道："很难说，这里不是典型的古迹。假使说是古墓或者庙宇的遗址，因为其雕刻建筑都会蕴含着大量的文化细节，很容易就能知道它的朝代。但是如果你发现的是一处铁匠铺的遗址，除非铁匠铺是在大型的古城遗址之中的一部分，否则你是很难知道它的年份的，因为铁匠铺中承载文化信息的地方太少了。"

这里的各种东西，包括墙壁上的石雕，还有这里的铁盘，上面所有的纹路都缺乏某一朝代特有的特征，所以，几乎无法判断它们建造于哪个时代。我也没有深究，因为在我潜意识里已经把它们和样式雷联系在了一起。

这里有铁器，官方上最早出现在春秋时代，但是因为有陨铁的存在，事实上很难只靠铁器来判断年代。不过，因为样式雷牵涉其中，那么，即使这里不是清代建立的，也一定在清代被使用过。

样式雷能搞定的东西，我一直认为我这个中华人民共和国的本科生没有理由搞不定。“难道你觉得能从这里的朝代上看出什么来吗？”我问道。

“中国墓葬文化是在不断发展的，各种精巧的机关都有非常清晰的时代特征，而且越是发达的朝代，越会出现技术上的飞跃。比如说，汉代出现的鸽子翻，在唐代就发展成连环板；辽人因为处北寒之地，那边的古墓墓葬多用剧毒、排石；到了清代，国外机械技术的进入，更是丰富了奇技淫巧的发展，甚至做出了没有声音能自己恢复原样的机关。如果能知道这里造于什么时代，大概就能知道这里会有几种可能性了。”小花道，“举个极端的例子，这里肯定不是现代，那么就不会有红外线这种东西需要我们担心。”

这个我也听爷爷说过，确实如此，不过这一招用在这里，我觉得太冒险了。因为我之前经历过很多事情，我明白，在这个几千年前的谜团中，我唯一可以肯定的是，古人是不能被小看的。

我爷爷也和我说过另一个例子。他在一个北周时期的墓葬里，看到过一只非常奇怪的陶器，那是一只长长的陶瓶。上面全是手指形状的孔，更像是一件乐器。他以为他发现了一只用来“过滤”的器皿，但是，当他拿起陶器就发现非常重，接着当他上下颠倒这东西，想看个究竟时，就在那一瞬间，从那只陶器的孔里，伸出非常多的石雕小手。所有的手，都有一个弧度：一边孔里的手，向左面展开；而另一边孔里的手，向右伸展。

所有的手好比孔雀开屏一样形成一个扇形。

这样的构图，他的目光自然而然集中到了扇形的中间。他看到，在中线的那个位置上，中央的那一排孔里，从里面伸出了一座黑色的佛陀雕像，配上两边的佛手，一眼看去就像是一座被嵌在瓶中的千手观音。

他当时就呆住了，因为在那一刹那，所有的洞口同时长出了“东西”，而且立即长成了这么个东西，那过程其实极端震撼，他甚至以为，那只瓶子是一个活物。

后来，那东西在他逃难的时候流失，再也没有见过，但是他十分喜欢，常常怀念，就想让现代的工匠复制一个。但是，竟然没有一个现代工匠能做出来，因为他们无法在已经烧好的陶器内设置机关。就算勉强做出来一个样子，也完全不是那么回事。

北周时候理应是没有那么精巧的技艺的，爷爷告诉我，这说明每个朝代都会有那么一些人，完全超越他们生活的纪元。越是无法琢磨的古墓，越是不同常规的地方，就越是可能看到这种东西。

不过，反正这里也分析不出朝代来，我也就没和小花说太多，我们只好继续思考下去，还是得明白照片里的蹊跷。

但是，如果这么说来，这图形中蕴含的是什么意思呢？这比单纯从这些图形中寻找图形信息要难得多，因为更加无章可循。如果是他们家族里的人才知道的蹊跷，那基本不可能猜测出来。

加上本身这个神秘的家族基本没有资料可查，那么，我们面临的基本是一个无解的局面。

想到这里，我立即开始佩服当年这个局的设计者。如果这是防盗墓措施，那简直是太成功了。

我记得我爷爷说过，防盗措施一共就几个层次，往往所有的大型古墓都有这样的特征。

第一是找不到，第二是打不开，第三是拿不走。这座张家古楼，几乎在每一个点上都做到了极点。难怪这么多年，所有人都对其束手无策。

但是，这么来想，那不就无计可施了吗？现在唯一可以做的，是离开这儿，到处去收集关于张家楼的资料。以张家古楼的隐秘程度，不说能不能找得到，就算真有一些信息，恐怕也得花大半年的时间，更不用说那信息有没有用了。

想到这里，我十分沮丧。我是这么一种人，只要有一点希望我都会干劲十足，但是，一旦我的意识判断这件事情是不可能的，那么我会立即颓废掉，而小花听我说完，也沉默了下来。

从东西寄到这里到现在，我们已经耽搁了非常多的时间。但是，我真的是毫无头绪。我感觉有点绝望，感觉即使再徒劳地尝试几天，我们也只能送一封信回去，告诉老太婆："对不起，我们搞不定，要不咱们回北京洗个澡，再看看有没有其他办法？"

我倒是不介意，但总觉得这么做，吴家的脸肯定被我丢光了，虽然其实吴家到现在也没剩下什么脸来。不过，我知道小花不可能那么轻易地放弃。

他沉默了片刻，就对那个四川伙计道："你帮我寄信回去，告诉他们，那张照片无法解密，我们采取自己的办法，让他们再等一段时间。"

那个四川伙计点头，但是脸色微变："东家，您自己来？要不要给先生打个电话？"

小花摇头："没事，我能应付。"

那伙计就点头出去了。我一边拉着绳子将他送出去，一边问小花："什么叫我们自己的办法？现在还能有什么办法？"

"换一种思维模式。所有的机栝，奇技淫巧，如果你正面没法解开，可以使用一种比较野蛮的办法。"

我还是不明白，他喝了一口烧酒，就道："如果你没法把一个魔方还原，最简单的方法是什么？"他做了一个掰的动作，"把魔方上所有的颜色都抠下来，按照你的想法重新组装上去。"

"啊，你是说？你要——"

"我要从机关的内部去解开它。"他道，"我要进入这些洞壁的后面，看看这个机关的结构是怎样的。"

第四十五章

进入机关之内

我们把死猪放了下来，然后用水冲洗整个铁盘，很快，机关的声音传来，铁链在洞壁内不停地传动，缓缓地，那些从洞里传出来的浮雕全都缩了回去。同时铁盘顿了几下，又开始缓缓地转动起来。

我和小花把冷烟火、短柄猎枪、烧酒这些防身和照明的东西都重新打包，合力把铁盘抬了起来，用铁棒撑住，露出了那个洞口。

之前小花受的伤还让我心有余悸。这下面肯定有什么棘手的东西，如今下去十分危险。他也并不冒进，而是先切下一只猪脚，用绳子系着，先从洞里甩了下去。

好像钓鱼一样，我们一点一点地放着，放到了很深的地方，却没什么反应。

他在胸口和背后垫了块铁衣的铁皮，动了一下，就先从口子里钻了进去。他的速度很快，只见他的手电光迅速地往下，一到最下面就暗了下来。

我不敢说话，后背全是冷汗，一直等了五六分钟，下面的手电光才再次亮起来，闪了两下。那是给我的安全信号。

我深吸了口气，先把上面的装备包甩了下去，然后小心翼翼地把头探进洞里，再尝试让自己的身体钻进去。

我比小花要"肥硕"一些，攀着那些铁链，好不容易下到了底部。我发现下面的空间非常局促，连站也站不起来，坐着都要碰着头。

整个铁盘底部的"消息机关空间"，结构非常之复杂，已经到了我无法形容的地步，但是我下来之后，能一目了然地知道整个机关消息的运作机制。

铁盘的轴承上有很多铁牙，可以通过铁盘的旋转而张开，四周有无数的铁环，铁环连着一条条错综复杂的铁链，连通到这些石室一边的不知道什么地方。

可以预见，转动铁盘的环数不同，张开的铁牙钩到的铁链也不同，那么拉扯的铁链不同，启动的消息机关也不同。

而在石室的下部，是一个水轮一样的东西，插在底下的一个井口内，井口内水流汹涌，是一条岩中水脉，转动的水轮通过齿轮和链条传动到轴承，所以铁盘才能经年累月地自己转动。四周没有看到任何当时抓伤小花的东西，但是能看到铁链上挂着无数棉絮一般的东西，似乎是很久以前的油脂。

整个消息机关室好似一口井，只是底下稍微大一些。机关室内有很浓的血腥味，但是看不到一丝血，不知道那些灌下来的血到哪里去了。同时，我们也没看到小花说的棘手的东西。

没看到不等于没有，我们小心翼翼蹲下来四处搜索，发现四周确实没有活物。

也许是因为什么机关？我心说，小花和我都看走眼了，小花也露出了疑惑的神情。不过，两个人都松了口气。

我用眼神问小花接下来如何，他就用手电指了指一边，原来在这口井的井壁上，有三道五六米高、只有一人宽的裂缝，一看就是修出来的，好像非常窄的走廊一样。所有的铁链分成三组，都直刺入这三道裂缝中。

手电光照入其中，发现里面很深，人勉强可以挤进去。往上一照，就发现裂缝的顶部三四米高的地方，都用铁链悬挂着一条一条的条石，而条石的下方，全部是我们在西王母国看到的那种陶罐。

这是机关的“冒头”，如果我们弄错了什么，上面的条石一定会掉下，砸碎陶罐，那么罐子里的鳖王一定会让我们吃足苦头。

最前面的几条条石已经掉了下来，把前面部分很多的陶罐敲碎了，露出了里面的头发。这应该是上一次有人来这里的时候，误触了消息机关。

我看到后面部分一直到裂缝尽头的黑暗中，还有无数的条石，阴森森地挂在那边，整齐地列入裂缝的深处，不知道有多少。下面累积如山的陶罐，一层叠一层，让人喉咙发刺。

其他两条裂缝也是完全相同的情形，三条裂缝里穿插的铁链好像是一只怪物的三条触须。

“这种结构说明，这个机关一共有三道，我们即使解开第一道，也无济于事。如果老老实实从提示上下功夫，会是个旷日持久的工程。我们从铁链的高度来判断，最低的这一组应该是第一道消息机关。”我道，“这东西和门锁有点像。”

第一道消息机关的机关室，应该在这最低的一组铁链所经过的裂缝尽头，我们要穿过去。

这样的设计是非常巧妙的。我能看到在裂缝两边的石壁上，有无数的铜质卡钉，也就是嵌入石壁内的铜疙瘩，都锈成了绿花，似乎是给人行走的。但是看卡钉排列的那种诡异的形状，我就知道其中肯定有猫腻。这些卡钉下面一定也有消息机关，一旦踩错凶多吉少。

而且所有卡钉的位置，都在很适合落脚的地方，要爬过去，很难避过这些。即使小花在巅峰时期，在这么狭窄的空间，也没法施展任何的手法。

我问小花：“悟空，怎么办？”

小花上下左右地琢磨，看看哪里有能避过的地方，但是显然这里所有的细节都被关注到了，往上到洞壁的上沿，也全都是老铜卡钉，他一时间也想不出好办法。

我指了指悬挂在上方的那些条石，每条都有一吨重，那些悬挂它们的铁链很结实，不知道能不能从那上面过。

小花用手电照着，“啧”了一声，道：“看上去可行，但是，你看这儿这么多的铜钉，他们能考虑到这一点，难道考虑不到那些条石？我看，这条沟里的东西，都不能碰，肯定都有猫腻。造这儿的人，和一般的工匠完全不一样，他们精通一般的倒斗机巧，不会留给我们这么明显的破绽。”

“不从上面走，那要么爬墙上的铜钉过去，要么踩着这些陶罐过去，没其他路了。”我道。一共就这么几个方位，难不成我们还能穿墙？

小花侧身进入缝隙之内，小心翼翼地往前探了一段距离，用手轻轻地碰了碰那些铜钉，又蹲下来，从那些陶片中捡起一块，退了出来。

陶片的里面还沾有很多黑色的污迹，应该是人头腐烂留下的痕迹。他把陶片放在地上，让我踩上去。我踩上去，陶片立马碎了。这陶罐的制作工艺非常简单，而且很薄，根本不禁踩。

小花就道：“这真的绝了，根本没打算让人过去。”

“他们当时是怎么设置的？难道没工匠的秘密通道什么的？若是要维修怎么办？”

“这玩意儿应该没售后服务吧。古代的消息机关一般都用条石、铁链做驱动，都做得非常敦实，一般来说不是地震什么的不太可能会损坏。如果设置有通道，那一定是在这些卡钉中，但是我们现在要从这么多卡钉里找出来哪些是安全的，风险太大了。”小花道，“这儿的设计者不是普通人，不会有普通人的想法。”

这种感觉，我之前从未经历过。看着眼前的机关，感觉并不复杂诡秘，但是着实让人没有办法，比起汪藏海卖弄巧艺的那些机关，这里的机关实用有效而且毫无破绽。这才是真正的高手设计的东西，让人不能不生出一股挫败感。

闷油瓶在就好了，我再次出现了这样的念头。我忽然发现，那么多次化险为夷，原来不是我命好，而是我身边的那两个人解决了那么多的问题。我已经把这当成理所当然的了。

犹豫了片刻，就见小花脸色凝重地叹了口气，对我道：“没办法，只能硬碰硬了，看祖师爷保佑不保佑了。”

说着我就见他从装备包里抽出一捆绳子，交给我，让我抓住，自己把另一端套在脖子上，从随身的小袋子里拿出一只哨子大小的紫砂瓶，拔掉塞子，把里面的东西涂到自己手上。那是一种黑色的粉末，即使隔着防毒面具，我也立即闻到了一股中药的味道。

“你要干吗？”我有不祥的预感。

“这是用来吸汗的中药和炭灰，也能提神。”他道，“我要爬过去。”

“你疯了！”我道，“这里的罐子这么脆，一碰就碎，你想找死也别连累我啊。”

“站上去会踩碎的东西，躺上去却不一定会碎，只要有很多的压力点分散体重，就算是灯泡我也能过去。这得要硬碰硬的功夫。”他道。

说着他脱掉自己的鞋，背过身去，一下躺倒在地上。

我原来以为他会趴着，没想到他是面朝上这么躺下去的，心中的惊讶更甚。就见他背部和臀部非常巧妙地用力，整个人已经贴着地面往裂缝里缩了进去。

这是一种靠背部肌肉的灵活，用手辅助前进的方法，好像是一种非常轻松的瑜伽。但是小花移动得非常快，让我感觉他简直是条蛇，贴着地面在爬，我知道那绝对是巨大的体力消耗，也知道他那种精瘦但是有力的肌肉是怎么练出来的了。不过，我不得不承认，那样的动作十分难看。

“你有把握吗？”我道。毕竟他的背上没眼睛，这种手段还得靠运气。

他看了看我，就道：“没把握你来？”

我摇头苦笑。他白了我一眼，然后全身放松深吸了几口气，念了几句不知道什么话，开始往裂缝的深处前进。

在小花靠上那些陶罐的一刹那，我和他都顿了一下。我清晰地听到陶罐受到压力，和下面的陶罐摩擦发出的声音，似乎还伴随那些薄薄的陶片即将被压裂的脆响。我屏住呼吸，看着他缓缓地挪了上去，那种声音越来越大。但是小花没有任何的犹豫，一点一点地全身都挪到了陶罐上。

那一刻，我的后背有些发麻。我有些庆幸在经历了这么多之后，我跳过害怕，直接进入了高度紧张的状态。我屏住呼吸，看着他每一个动作。

很快，他就离我非常远了，在手电光的照射下，一片漆黑的缝隙里能看到他在挪动。这种感觉非常诡异，好像我们在通过什么古旧的电缆管道越狱。他一边爬一边放着绳子，之后我得通过这条绳子进去。

五六分钟后，他已经深入三十米左右的地方，我的手电已经照不分明，他的手电照着前方。一路上，虽然那些瓦片发出很多让人胆寒的声音，但都是虚惊。我慢慢就安心了，听着他喘气沉重的回音，就对着缝隙叫道：“慢慢来，咱们不急于一时，也没有人和你争，累了就歇歇。”

片刻就从里面传来他边喘边骂的声音：“你在这种地方歇？”说

着，他的手电光滑动了一下，我看到他照亮了上方的那些条石。这些东西要是掉下来，能把他直接砸成肉泥。

“你保持状态和体力，越急越容易出错。”我道，“那些东西没那么容易掉下来。”

“这不是个技术活，只要我躺着，没什么意外的话，不需要太集中精神，太过于注意背部反而会出问题。”他道，“就怕出问题，怕有些陶罐本身已经碎了，但是没裂开，被我一压才裂开，或者这些陶罐里还有什么机关。这些事情要看运气，我快一点慢一点，结局都是一样，我宁可省去等待的过程。”

他的声音很平静，我似乎在以前也有过很多类似的念头，这不知道算是开脱，还是一种我们这种人特有的心境。我一下就感觉到了，小花的内心确实和我很相似。

“那我可帮不了你什么了，你总不希望我在这里帮你念经。”

“等我出事了再念吧，现在你可以唱个小曲缓解一下我的紧张感。”他缓缓道。

这种笑话一点也不好笑，反而能让我感觉到他内心深处还是在担心着，我听着有些害怕。这是个正常人，不是神，也不是什么怪物，他和我有着一样的情绪和弱点，他在这种时候也会紧张，这也许才是这个行当的常态。

“放心吧，你死了我也跑不了，黄泉路上听我唱个够。”我朝他吼道。

也许是觉得我站着说话不腰疼，小花没有再回答我，而是喘着气，继续往前爬。我也知道在这种情况下，说话是非常消耗体力和分散精神的，于是闭口不言。

手电光继续远去，又过了一会儿，我已经只能看到灯光了，空气中只剩下了那喘气声，带着空灵的回音，听着有点安魂曲的感觉。我逐渐有点无法集中注意力。

隔了一会儿，他才又说话："那不是，我觉得你还是会上天堂的。小爷我大约就往相反的方向去了，所以我等下要是那啥了，你转头该走就走，小爷不会怪你。"

我听着觉得越来越不吉利，就想让他别废话了，等下阎王爷听了觉得盛情难却就糟糕了。还没说，他却道："嗯？"

"怎么了？"我一下回过神来。

"这儿上面吊着的不是石头。"他道，用手电光照了照上方。我已经看不到他那个位置了，也看不到他照射的地方。

"是什么？"我紧张起来。

他扫了几下："吊得很高，看不清楚，好像是什么动物的皮，肯定不是什么好东西。"说着他似乎在转动手电的光环，光线逐渐聚集变强，那动作使得他下面的陶罐发出了一连串碰击声。我立即对他道："小心点！镇定一下，你看你喘成这样，还是先定定神，不怕一万只怕万一。"

听到他的声音带着回声传过来，他似乎愣了一下，一边照上面的东西一边纳闷："喘？我没喘气啊，不是你在喘吗？"

我道："我要喘也没这么夸张啊，况且我又没动，我喘气干吗？"

他静了一下，就用手电朝我照了一下，距离很远，只闪了一下。我道："别开玩笑啊，这儿瘆人。"

"我没开玩笑。"他那边的声音已经冷下来。

我看他的手电开始在缝隙里扫动，意识到不太对劲。两个人都静了下来，我开始冒冷汗，听着喘气的方位。

喘息声肯定是来自这缝隙内的，因为有回音所以我才会以为是小花在喘。但如果不是他，那这是什么声音呢？

第四十六章

吊

两个人都没有再说话，我再次辨认那“喘气”声。仔细去听，才感觉那不太像是喘气，更像是有什么玩意儿在吸东西，但是声音非常空灵，不知道是从哪儿发出来的。缝隙的底下一目了然，洞壁上也没有趴着什么，那声音应该是在缝隙的上方。那儿铁链和条石林立，非常难以辨别。

我一边反身抽出了包里的短头猎枪，一边拿出胶带，迅速把手电绑到猎枪上，对着上面反复地看，但是什么都看不到。

包裹里还有冷烟火，我拔了几支，打起一支往上甩去，打在洞壁上摔了下来，火星四溅。

这一下，小花进也不是，退也不是。冷烟火极其亮，照得我眼睛发花，空气中弥漫出了一股刺鼻的金属燃烧的味道。

我看着上面的铁链，迅速又拿出一支，然后从炸药捆里扯出一段细铁丝，弄成钩子的形状绑到冷烟火尾巴上，这样就算不能挂到铁链上，也能在落下的时候挂到比较高的洞壁上。

等冷烟火烧完，我揉了揉眼睛，想立即打起甩上去。这时候，我忽然发现，那喘气声停止了。整个缝隙一片安静。我冷汗直冒。忽然，我发现小花的手电光被什么东西遮了一下，恍惚间，我看到有一团东西从上面落了下来。

我条件反射地把手电照了过去，就见红光一闪，刚才落下的冷烟火上，盘着一条血红色的东西。

那东西有手腕粗细，正好奇地盯着那团冷烟火看，浑身血色，红得让人眼疼。

我看到了，是一条鸡冠蛇。

除了冒出来的冷汗，我没什么惊讶的情绪，这儿有西王母国的罐子，有这种蛇再正常不过了。我郁闷的是，我之前怎么就没想到。看到这些罐子的时候，我就应该意识到这种可能性。

这条红色的鸡冠蛇，基本无视我的光线。它盘绕着那支冷烟火，忽然一下立了起来，发出了几声喘息的声音。

我立即明白那是什么声音了，它一定是听到了小花的喘息声，所以开始模仿了，这种蛇总是能模仿其他生物发出的使用频率最高的声音。

听刚才的声音，现在的安静，我稍微镇定了下来。现阶段，这里应该只有一个办法：我拉上枪栓，瞄向鸡冠蛇的脑袋。但是一瞄，就发现不能开火。

这里面一开火，铁砂如果喷到一边的那些铜钉上，触发了机关，那我们都死定了。

我看着它闻着那团冷烟火的味道，又对我们的手电光和声音没反应，心中一定，一下敲起我手上的冷烟火，然后往一边的那些轴承的铁牙上一勾，同时立即闪到一边。那团烟火剧烈地燃烧，浓烈的气味蔓延开来。

“来吧来吧。”我心中默念，“出来吧，这儿的味道更新鲜。”

烟火烧着，逐渐冷却下来。我用枪瞄着那烟火的位置，等着那条鸡冠蛇游出来。然而，我看着那烟火，发现不对劲。

明亮的火焰，把整个暗室都照亮起来。我看到一只长满了黑毛的人形的东西，从底下的井口探出了半个身子，浑身是水。

第四十七章

黑毛

这是什么？我还没仔细看清楚，就见水花一溅，那东西猛地整个从水里跳出来，朝我扑了过来。

感谢上帝给我的条件反射，快到连我自己都不敢相信的地步，我第一时间猫腰翻身，那东西整个撞在我身后的石壁上。

这是我第一次发现我的身体快于神经，这要得益于这一段时间我经历的东西。不管那是什么玩意儿，老子一定见过比你狠得多的东西，也见过那些玩意儿是怎么被干掉的。

摔翻之后，我立即爬了起来。如果是以前，我一定会定神去看清那到底是什么，但是这一次，不知道是怎么回事，我竟然没有去看。虽然我很想扭头，但是我还是以最快的速度再次翻到了那轴承之后。

几乎同时，我听到我身后刚才站的位置上劲风一闪，那东西扑了过来，如果我刚才犹豫半分肯定已经和它滚在一起了。

但是就算我躲得再漂亮，形势也极端不利。我还没站起身，就发现两次翻身之后，我的腰部已经没力量了。我立即往前狂奔，同时反身从腋下穿过就是一枪。

枪的后坐力巨大，我在秦岭领教过那玩意儿，有了心理准备和经验，一枪之后顺着后坐力把手甩了出去，瞬间甩到肩膀上，反身又是一枪。

所有的动作几乎在一瞬间完成。我听到后面有东西摔翻的声音，就知道自己肯定打中了，但是不知道效果如何，一下绕着那轴承又跑回走廊口。我把手里的枪一甩，扯起那只装备包，抽出另外两把枪，在墙上一卡，将其中一把上了膛，就往地下转身一躺。

我能预见那东西几乎贴在后面，那我一枪就能把它轰出去。但是那一瞬间，我发现身后什么都没有。

几乎是同时，我看到我头顶的铁链一阵晃动，接着那冷烟火就熄灭了。

整个室内瞬间暗下来，我本能地立即往前一扑，根本没有时间感到惊骇，就感觉后背一阵剧痛，什么东西一下抓在了我背上。

接着我被冲力一下扑倒在地上，脚竟然立即抽筋了。

刚才的过程，我几乎在这几秒钟内把我所有的潜能都发挥了出来。那一瞬间，我感觉游刃有余，然而这是错觉。我心念如电，几乎绝望了，觉得自己死定了。

就在电光石火之间，忽然我脚下一空，枪一甩，一个翻滚，一下滚进了轴承下面的井口，摔进了水里。

入水之后一片漆黑，但是我立即撞到了下面的转叶。水流速度极快，我一下就被水流带了出去，然后猛地一撞，我就撞到了什么东西上。那是水下的铁链。

我一下扯住，摸索着发现这井口下的空间十分大，但是到处横亘着铁链，交错成网状，把整个井口附近包住。

几乎是同时，那东西跟了下来，但是我先入水，强大的水流，让它在那一瞬间顿了一下。

我知道无论它是什么东西，在水下是不可能瞬间置我于死地的。我的后背火辣辣地疼，我屏住呼吸，迅速拿出两支冷烟火，伸手探出水面，打亮甩了出去。

火光一下照亮，耀眼的白光从水面上透了下来。在那一瞬间，我看到一个模糊的影子就在我面前。

我几乎立即把腿蹬了出去，一只脚已经剧烈地抽筋，但是我竟然感觉不到那种疼痛，那一脚实实蹬在那东西的胯下。

我感觉就像踹到一只厚轮胎上，但是在水下那玩意儿没什么借力，我一下就把它踹了出去，同时借力一下冲上了水面。

外面亮得惊人，我大吼一声，拼命往上爬，竟然给我翻上来了。可没等我站起来，水面又一下炸开，那玩意儿也翻了上来。

那一瞬间，我终于看清那玩意儿的真面目。

很像一只猿猴，但是我看清楚了，那是一个人，非常瘦，只是那人的浑身上下，全都是之前我们在洞里看到的那种头发，所有的毛都贴在身上。这东西的指甲极长，而且似乎灰化了。这家伙看上去在这儿有些年头了。

最让我感觉到恐惧的是它的眼睛，我看不到它的眼睛，它的眼眶里竟然也全是头发。

它的动作非常诡异，完全不像是人类的动作，上来之后，迅速地朝我扑了过来。这一次我再也没有力气躲开，只得用尽全身的力气，把身上剩下的最后一支冷烟火点起来，当武器。

没有任何作用，那东西几乎一下扑在了我身上，一爪就抓在我耳朵边上。我的耳根立即出现了一条非常深的血痕。

我已经完全没法思考，恶心地抓狂起来，翻手就是一拳，打在那东西脸上，好像打在一坨钢筋上，抖了我一脸水。我第二下抡起那冷烟火猛敲那东西的脑袋，敲得火星四溅，我本没觉得会有作用，却发现那东西竟然猛地退开了。

同时我就看到，它身上的头发全都扭动起来。

我一下就想了起来，这些头发怕我的血。

随即摸了一把耳根上的鲜血，我立即朝那东西掷去，那东西立即缩了一下，一股奇异的感觉从我身上升了上来。我对它叫了一声：“跪下！”

那东西却猛地站了起来，顺着轴承几下就爬到了上方的铁链上，开始朝缝隙里爬去。

我一看不好，立即回身，抄起一边的短头猎枪，对准它就是一枪，一下就把它轰了下来，紧接着又是一枪，将它打了一个趔趄。我跑到缝隙口，此时我才发现，那东西的琵琶骨上，竟然连着铁链，另一头在水里。

我立即上去，抓住锁链，一下就把锁链卡到了轴承的牙口上，旋转的轴立即扯动锁链，将它拖动起来。没想到那东西力气惊人，锁链扯动几分，竟然连整个轮轴都停住了，但是，它被铁链拉死，再也动不了半分。我从装备包里掏出几瓶烧酒朝那东西砸去，然后点起打火机甩了过去。

那火一下就烧了起来，火势蔓延极快，瞬间就烧满了它的全身，很快它的力道就没了，轮轴继续转动，把铁链缠绕了起来，那东西被拖到了轮轴下，火才熄掉。

酒精燃烧得很干净，我看到了头发的焦炭下，是一具发绿的古尸，在水面上的部分冒着烟，张大的嘴巴、眼睛里全空了。空气中弥漫着头发烧焦的味道，让人作呕。

我长出了一口气，摸了摸后背上的伤，腿才开始抖起来。我感觉我后背上的皮全开了，恐怕都能摸到自己的脊椎骨了。

就在我分神之际，就见那具绿色古尸的脑袋忽然动了一下。我端起枪以为没死透呢，猛地水里出现了几个气泡，接着，一瞬间从它的嘴巴里吐出一条红色的东西，一下就吐到了我的脖子上。

红光一闪下，我看到那是一条红色的蛇，绕着我的脖子抬起头来，就在我嘴边头一缩，做出了攻击的姿势。

第四十八章

蛇咬

我甚至没有感觉到害怕，脸上已经一凉。等我一把把它从脸上拽下来，脸上已经火辣辣地疼，我能清晰地摸到被咬的毒牙孔。

我捂住脸颊，简直不敢相信，几乎是瞬间，我就感觉一股麻木从脸颊开始蔓延。

我想起了阿宁死时候的情形，当时觉得那么突然，那么不现实，没想到，自己也会死在同样的东西手上。

很快麻木就传遍我的全身。我看到那东西站在那里，直勾勾地看着我，我忽然意识到不对。

这东西不是粽子，难道这玩意儿是有智慧的?

接着我缓缓后退，我想必须在我死之前，把这里的情况告诉小花。

退了几步想找那个缝隙，我想大声地叫唤，却发现舌头和喉咙全都麻木了。我摔倒在包裹上，最后摸到的东西是一片陶片。

刚才小花用这东西做了承重的实验。

我捡起一片来，就着感觉写了几个字，我不知道自己写了什么。我感觉到那条蛇重新盘回我的身上，但是我没有力量去集中精力了，感觉逐渐远去。

同样被蛇咬死，会被阿宁取笑的，我最后一个念头竟然是这个，我想笑。就在一切都要消失的那一刻，我忽然听到了奇怪的声音。

最后在我意识要消失的那一刻，一切都好像停止了。

我并不记得，我当时到底是在一个什么状态，但是我清晰地记得那种剧烈的头晕，晕到我无法思考，清醒都是一瞬间，我想的是：怎么还没死？难受死我了。

我能感觉到过了很长很长时间之后，似乎有人到了我的身边，在那之后，头晕才缓缓地消失。等我醒过来的时候，我发现小花和他的伙计都在我身边。

我感觉不到我的身体，最开始感觉只有一个脑袋，无论是说话，或者是抬眼，任何动作都没法做到，我只能透过眼缝看到他们。过了很长时间我才逐渐地缓过来。

我不知道我为什么没死，我被他们扶了起来，小花看着我的表情就道：“你走运，不是我们救得及时——”

“我走运？”我奇怪道。

“有东西咬穿了你的脸，可能是条蛇，毒液进得很少，全滋在你嘴里了，以后你讲话肯定更难听了。”

我摸了摸我的脸颊，上面果然贴了胶布，又摸了摸脖子，都被处理好了。

“那些蛇？”我问道。

他看了看四周：“应该还在。我随身带的草药，全部撒在四周，这里应该安全。你晕了两个小时。少说话，不然脸上的伤会留疤的。”他又递给我水，做了个侧脸的动作，“喝水，把脸往一边倒，否则会从另一边漏出来。”

我照做，心里觉得很惊讶，两个小时，我感觉自己起码晕了好几天了，怎么才过了那么短的时间。

看了看四周，我还躺在我晕过去的地方，确实没有被移动过，那么确实只有两小时时间。

“你没事吧？”我问道。

“没事，我没碰到蛇。我回来的时候，就看到你躺在这里，然后——”他指了指另一边被我烧焦的古尸，“还有它，看不出，你还蛮能打的。我以为你死定了。”

“如果我挂了，解家和吴家就扯平了。”我咳嗽了几声，他问我什么情况，怎么会弄成这样。

我把经过简单地和他说了一遍，此时才看到一边，一条绳子一端系在旋转的轴承上，转动的轴承把绳子绷紧拉直，挂在半空，不知道另一边系在什么地方。这是一条简易的单绳索道，已经从缝隙中连了出来，看来小花已经成功地到达缝隙的尽头，把索道搭起来了。

看来，他没有在我昏迷后，立即出来看我的情况，而是继续往里爬去，进入缝隙的尽头，完成了既定的工作，然后再出来看我死没死。

我不由得有点不爽，这种心理素质，我不知道可以说是无情还是坚定，不过，显然对他来说，一点心理负担也没有。我终于发现了一点我和他不同的地方。

不过我没把这种情绪表现出来，我没体力，也不想破坏某些默契。我知道在这种行业，没有拼死救护同伴的习惯。这好像是一种事先的契约，两个人互相说好，在各自可能出现危险并且连累对方的情况下，大家都可以放弃对方，这在事故发生之前会显得非常公平。

确实当时小花对于我的情况判断不明，这个时候，是否要立即回去救人，换作我是他，也会犹豫。

我不由得又想起了胖子和闷油瓶，如果是他们在，那满身黑毛的家伙一定会在划伤我后背之前就被拧断脑袋了，或者我会看到胖子踩着那些陶罐冲出来把一切搞砸，但是我一定会得救。

在那一瞬间我心中出现了极度的不安全感，比之前感觉到的更加厉害。虽然我们现在是三个人，但是，其实我只有自己为自己负责，这种感觉让人很不舒服。同时我忽然明白了，为什么小花对我会进洞去救他没有什么感激，只有恼怒。

他习惯了自己一个人解决遇到的问题。他在做这些事情之前，已经默认没有任何后援、任何帮助。他不会为自己的死亡怪罪任何人，也不会为别人的死亡怪罪自己。

这就是老九门吗？我心里有点发寒。

“这条绳子太长了，就算拉得再紧，我们的体重也会出于力矩的原因把绳子拉成一个弧形，两段绳子打结的固定处就会承受很大的压力，我不知道爬上去之后绳子会不会中途崩断。”他看我看着绳子发呆，就道，“所以我把绳子在这个房间的这一头系得很高，这样，压力会更多地集中在这一边。那样，只要有人看着，我们就能在绳子断之前知道。”

“听起来很专业。”我道，“你在里面看到了什么？那个消息机关室是什么样子的？”

“呃，”小花的脸色有些异样，“没法形容，我从来没有见过那种东西。”

他的表情告诉我，我必须亲自去看看才能知道那是什么。我叹了口气，想站起来看看身体状况如何，才动了一下，胳膊肘就压到什么，低头一看，是那片陶片。

同时我看到了陶片的边上，用陶片写了一些东西，歪歪扭扭的。

我记起昏迷前，曾经给小花留的口信，就是用这陶片写的。我十分恍惚，根本不知道自己有没有把信息写清楚。现在看来我还是写了一些东西的。

我下意识地看了一眼，忽然愣住了。

我发现地上歪歪扭扭的字，数量非常多，我感觉当时我只写了几个字而已。

我用手电照去，发现那是很长的一组数字——189652802200059。

“这是什么？”我就问小花。

“这不是你的遗言吗？”小花问，“我以为是你的卡号和密码。”

“我的遗言？”我感觉莫名其妙，心说，我当时根本不知道自己写了什么，而且我为什么要写这些数字？

但是看笔迹，确实是我一气画出来的，笔画非常连贯。我没法分辨我的笔迹，因为非常潦草，但是，我意识到那真的是我写的。

这肯定是在我意识模糊的时候写的，可是，为什么是这些数字？

第四十九章

密码

我感觉非常莫名其妙，我想不出我有任何理由会写下这些。我看着最后几个数字，那是我熟悉的，我记忆中的——02200059。

这是打开那只放着铜鱼的盒子的密码，据说是从帛书上翻译过来的东西。我至今不知道它有什么用处，而且它只出现了几次。我有时候在琢磨那些事情的时候，也想过这东西是否非常关键，但是就如秀秀说的，那好比从后往前看一本小说，我没法知道这串数字任何的来龙去脉。

最重要的是，我在失去意识的那一刹那，脑子里没有任何关于这些数字的记忆。我在想，要不要给小花写点什么，但绝对不是这组数字。

我的脑子难道有点问题？我觉得非常古怪，让我很不舒服。

我站起来之后，小花才发现我后背的伤。他摇摇头，默默地给我包扎，一边对边上的伙计说："看来婆婆那边还得等几天，小三爷的伤得养养。”

“不用。”我道，“我还顶得住，最多留下疤。”我不能确定为什么突然要这么说。感觉上，我不想停下来休养。因为这样我就要面对我写下来的这些东西，我知道只要我仔细地想想，就肯定会知道一些我不想知道的东西。

说着我不等小花和我争辩什么，活动了一下手脚，感觉身体并没有大碍，就一瘸一拐地走到索道下面，看它结实的程度。

“你没事吧？”小花感觉到了我的不对劲，用奇怪的眼神看着我问。

我没回答他，只是敷衍地笑了笑。他道：“本来进去没什么大问题，但是你说从上面会有蛇掉下来，那不得不小心一点。”

“这里的蛇不会很多，否则我们早挂了，你不是有药吗？”我想起在西王母城里，也是用硫黄来驱逐这些毒蛇的，“一路在绳子上抹过去，对这种蛇很有效果。”

小花更加感觉我莫名其妙，不过他没有再追问，而是立即开始教我如何使用这条绳子。

这种用绳子做的索道非常难爬，其实要过去只有两种方法，一种是走钢丝一样从上面走过去，另一种就是从下面倒挂着。显然我们只能选择第二种。

我们有登山的装备，可以把自己扣在绳子上，这样可以省去抓住绳子的力气。如果我们要休息，可以放开双手让那只登山扣吊住我们。

小花是第一个，因为他体重轻。他一边将蛇药抹到绳子上，一边往里飞快地爬。

十分钟后他已经在另一边落了下来，然后晃了两下手电。

然后我踩着那具被我烧得皮开肉绽的古尸，爬到轴承上，小花的伙计帮我把登山扣扣在绳子上。

背上的伤口火辣辣地疼，不过小花给我上的草药里有麻药的成分，这种疼痛并不是无法忍受的。我咬牙定了定神，然后开始攀爬。

爬动比我想象的要省力，最主要的问题是绳子的晃动，只要我的动作稍微大一点，绳子就会以一个非常大的幅度开始晃动，所以我没法以连续的动作进行。我只能爬几步，停一停，爬几步，停一停，让开始的晃动停下来。

手电被我咬在嘴巴里，照着缝隙上方吊着的长石。古老的石头凝固在那里，我看不到更高的地方，但是能隐约感觉到那些陈旧的铁链。我尽力不去想任何东西。

没有蛇掉下来，我很快爬到了小花觉得奇怪的地方。

手电凝聚光圈照去，我发现在缝隙的中段，有一段地方确实没有悬挂长石，而是很多皮革一样的东西。我去过皮革加工厂，几乎能肯定，那些应该是某种东西风干的皮，看颜色，非常古老。

我没过多停留，而是继续前进。十几分钟后，我看到了小花的手电光在很近的地方照向我，对我道："下来的时候小心。"

我转头去看他，看到他站在缝隙的出口处，手电光扫过之下，我发现他脚下竟然似乎是湿的。

我小心翼翼地解开扣子从绳子上跳下来，几乎滑倒跌进水里，在这条缝隙的尽头竟然是一个水潭。

我被小花扶起来，发现这里面的水没到了我的膝盖，而且地面不是平的，整个地面是一个漏斗一样的斜面，用手电照射能看到这个石室中心的地面非常深，而四周很浅。同时我看到，在石室中心的水下，有一个巨大的东西。

水非常清澈，但是凉得吓人，我必须咬紧牙关才能忍受那种刺骨的感觉。我小心翼翼地往下蹚着，一直走到水没到腰部，才能完全地看到那东西的真面目。

那真是一个无法形容的物体，我只能肯定，那是用青铜做成的，一眼看去，像一只巨大的马蜂巢。

因为不规则的表面除了紧致古老的花纹，还有无数的孔洞，这些孔洞中都有铁链连出，通到水下石壁上的孔中。而从轴承上连过来的几条铁链，也连在这个奇怪的巢上的几个洞内。

“我的天！”我不敢相信自己的眼睛，“这是一个古老的密码模块。”

第五十章

解开密码

“这几条从轴承处延伸过来的铁链牵动着这里面的消息机关，只有一条铁链是启动正确的解码的，其他的都代表着错误。”我数了一下，一共有五条铁链从那边延伸过来。

我非常惊讶，因为我从来没想过在中国的古代，会有这么成熟的模块化技术。在中国，最有名的原始模块技术就是活字印刷，模块技术是可以超越地理限制多次使用的，显然，这里的机关可以用在任何地方。

我一下就想到了闷油瓶那边。张家楼的后人设置如此巧妙的机关，四川和广西，两边的地质状况、天气，各种因素都不一样，所以要保证设置在两边的、互相有联系的机关足够稳定，千年之后都不会损毁。

因为整个机关是为了他们自己的子孙，无论是哪里的部分先出了问题，都可能造成他们子孙的死亡。

如果是普通的工匠，只能利用巧妙的技术，根据两个地方各自的条件尽量设计适合两边的机关。但是那在古代是不可能使用的，因为当时的工匠完全没法算出几百年后是什么情况，所以，按照各自的地理环境设计的机关，是两个完全不同的东西。

而模块化的东西就不同，它可以保证在任何环境下，你这个东西放到哪儿去用都是一样的效果。这就是为什么肯德基到哪儿吃味道都一样，活字印刷能保证一套字版重复多次的高质量使用。

“那又如何？”小花不是很明白。

我道：“古人有从实用性考虑问题的习惯。比如说，以前的印刷术，一本书必须刻一个整版，使用完就不能用了。有个古代出版商觉得很烦，于是发明了活字印刷，这样他可以开除一半的雕刻工匠，只留几个最好的备用。不会有人为了模块化而模块化，古人的模块化都是预见到大量重复的劳动而做出的调整。”

如果这里的工匠使用了模块，那么我能想到的原因是，他们不想针对所有的环节来分别设计机关，那么，非常有可能，这里所有的机关，和在广西那边的机关，使用的都是这种蜂巢一样的东西。如果闷油瓶敲开那些石头，他可能会看到和我们这边一样的东西。

张家楼的设计者们在选择好张家楼的建筑地之前，就设计好了一切，并且做好了这些机关。这样他们只要选好地方，然后砸几个洞，把这些模块安装进去就行了。

“我有点知道你的意思了。”小花显然要比胖子更能理解我的思维，“我靠，这有点牛啊。你是说，张家楼，是在移动的？”

我点头：“模块化最大的好处，是可以拆下来整个带走。你看样式雷，看其他的各种痕迹，这里的铁器铁链，但是只有这东西是青铜的，说明在历史中，那些张家祖先的棺椁换过不止一个地方，所谓的张家楼，肯定只是他们最后一次。”

小花意味深长地笑了一下：“我又发现了一个婆婆让我带上你的

原因，某种程度上，你也有点牛。”

我咧咧嘴巴，心说这些话怎么听怎么像他之前根本不想我和他一组。

我蹲下去，用手电照着下面的东西：“我想，样式雷只是一个承包商，他们帮所谓的张家，修建了张家楼来安放那些棺椁，但是他们没有参与更多。”

“雷思起晚年是慈禧时代的事情，大清国的金山银山已经花完了，雷氏家族庞大，交游广阔，不管是友情赞助，还是接了私活，都可能让他们出手帮助张家修建新的祖坟。”

“是的，也许张家每次修建祖坟，因为这些古楼都修建在非常诡异、难以进入的地方，所以不得不寻找当时最好的工匠。”

“那，他们当年在元末明初的时候，说不定和汪藏海都有联系。”小花道。

我点头，非常有可能，只要这个家族真有那么深远的历史。而且我相信，随着交通工具的发展，这两个地点会越来越远，也许最初的时候，这个放置“钥匙”的山洞和张家的群葬地只有一山之隔，然后慢慢变成了一个省，再是四川到广西的距离，如果张家后人还在，那么下一次可能要移到国外去了。

这也解释了我的另一个疑惑：我一直没法判定，这里的东西到底是什么朝代的，如果是这样，那么一些东西经过多年的翻修，会留有好几个朝代的印迹，基本无法判断。

“不说这些。你这么牛，能不能猜出，这些铁链中，哪一条才是正确的？”小花问我，“还是说，我们只要一根一根地试就知道了？这里有五根铁链，如果我们拉错了，就会启动上面的机关，上面那头猪会被射成刺猬，但是我们在这里，不会有事。”

理论上只要把五条铁链都拉一下，然后出去就行了。但是我不知道上面设置的是什么机关，要是等一下有巨石摔下来，把我们封死在里面，那就死定了。

“现在一般的密码会有错误限制，只有错误超过一定的次数才会有惩罚程序。不过古人没有那么仁慈，这个地方也没有被使用得那么频繁。所以，一旦弄错了，可能是致命的。我们必须确切知道是哪一根，才能拉动。”

“怎么搞，小三爷博士？”小花看着我，“我想我可以在老九门里开门课叫《学术盗墓》，让你来讲几堂课。”

我心中觉得好笑，有时候确实好为人师，特别是想通一些事情的时候，我总是想立即说出来让别人也感受我相同的感觉。以前胖子经常会突发奇想，没人陪我剖析事情，但是小花可以，所以我就说得多了点。以前我觉得这样挺失态的，但是次数多了，我觉得也没什么。

我看了看整个蜂巢，就陷入了沉思。想了想，我问他：“你们的规矩，是怎么做的？”

“那个怎么说的？模块化？就和你说的一样，我以前没有见过这种东西。我们一般会很明白地看到那些还没有触发的陷阱，然后破坏它。我们的规矩是必须看到消息机关是怎么运作的。所以，如果是我们的做法，我们得敲开这个马蜂窝。”

整个青铜球完全是铸封的，不可能打开，而且这里全是水，我们没有那么多时间可以冒险。况且打开之后我们可能会完全破坏这里面的运作，就像小时候拆开闹钟发现齿轮掉了一地，再也无法恢复一样。

我尽量让自己浸入水中，小花帮我照明，我去看那几根铁链，它们完全一样，想必无论是机关还是正确的那条链条，都没有被频繁地使用过。

“要不要这么想？你看，我们在上面看到的死人，都是死在那些头发手里，没有看到什么陷阱被启动的痕迹。如果是这样，要么老九门在这里什么都没做，只是盗走了那些古籍；要么，是否可以这么认为，这里不会设置具有毁灭性的陷阱？”小花道。

我明白他的意思，但是现在我什么都不敢去假设：“这不能靠猜，要是他们真的什么都没做呢？”

“不可能，我了解老九门，了解那批人，除非，他们在这里遇到了什么非常恐怖的事情，把他们吓得魂飞魄散，否则，任何困难都不会让他们停手。而吓到他们魂飞魄散，我想象不出那是什么情况，最直接的证据，是铁盘上那么多血。”

我想想，总觉得哪里不对：“说不通，这么严密设计的机关，肯定会有某种可怕的措施，古代的密码不会太复杂，如果有个人可以一次一次地试错，那很快他就能试出来正确的，那设置这样严密的机关就没有意义了。但是，你说得也有道理，如果只是普通的消息机关，老九门不至于被吓跑，老太太说这里出了巨大的变故，损失惨重，如果只是有几条蛇，或者一些虫子，或者一些飞镖和落石，他们那么大的规模，不可能搞不定。”

小花点头：“比如那些黑毛，甚至外面的那些头发，如果是那样的规模——”

“就会发生我在柴达木遇到的事情，他们甚至可能会把这些罐子上的黑毛烧掉，然后一只一只小心翼翼地搬出来，密封进玻璃箱，打包送到国家博物馆去。所以，任何实际的威胁，对于他们都不是威胁，就算这里有只恐龙杀了十几个人，也立即会被后来的人乱枪射死。但是这个洞里的一切，几乎没有被破坏过，他们没有使用任何野蛮的方式，为什么？”

“你到底是什么结论？”小花有点不耐烦了。

“我现在只能假设一些细节，比如说，为什么他们没有把那些黑毛罐子处理掉？他们有那么多的人，那么多的时间，要什么武器有什么武器。有了这些他们还是没有动手，显然只有一个可能性，就是他们认为没有必要。”我道，“我们的老前辈们，这些老家伙，压根儿没把这些罐子当一回事。”

我大致可以想象当时的场面，他们没有理会那些黑毛，而那些罐子没有任何破坏，也表明他们最后遇到的变故和这些罐子没关系。

同理，霍老太太说这里发生了让他们损失惨重的事情，不会是实际的威胁，一定不是什么暗箭落石。

能够让老九门在这种规模下损失惨重的，不会是物理上的，而只能是精神上的。

他们遇到的变故，一定是一件让他们无法理解的事情。无法理解就无法防御。

我道：“他们一定准备好了一切，然后启动了机关，以为自己可以应付，但是，没想到发生的事情匪夷所思，和他们想象的完全不同。”

小花还是一脸迷茫，我就举例子道：“如果你启动了机关，然后有乱箭朝你飞来，你可以用盾牌挡一下，有只粽子朝你扑过来，你可以用AK-47扫回去。但是，如果发生了一件你根本无法理解的事情，你是没法做任何补救的。比如说，你启动了机关，”我顿了顿，“接着你消失了，再也没有出现。”

我以前听说在浙江的山区，发生过非常奇怪的失踪事件。有一队护林员在山里失踪，然后政府派人上山寻找，下来又少了三个人，出动武警和动员群众，又有人消失，这些人从此再也没有出现，几乎是地毯似的搜索都没有任何结果。山区里的老人说，那是被山婆婆带走了，最后部队撤出山区，不了了之。

当时巡山的盛况，要是真有山婆婆，而且长得和奥特曼一样巨大，也会被荡平的。只有无法解释，才可能让要钱有钱、要人有人的那种力量退缩。

“当然实际的情况可能更加诡异，”我道，“因为金万堂说过，有很多人满身是血地被抬下来，这些人都死了。但是我们没有得到霍老太太的证实，无法知道真实的情况，所以也没法再推断下去。”

“好吧。”小花莞尔，“你说了那么多，无非是想告诉我，不能贸然触动那些机关，我同意。但是，这对我们的处境没有帮助，现在被你说得我连试都不敢试了。”

冰冷的水刺痛了我后背的伤口，我有点扛不住了，倒退了几步，能感觉到后背开始火辣辣地疼起来，显然麻药开始失效了。这时候，我看到了十几条从这蜂巢中延伸出去的更细的铁链。

这些铁链显然连接着最后的触发机关，它们和洞壁上十几个小孔相连，我相信只要抽动其中几根粗的铁链，这些细的铁链中的几条一定会产生联动。

我两边看了看，立即意识到应该怎么做了，其实非常简单。

对于一个机关来说，其实只有两种选择就够了。A是进行的步骤正确，机关启动奖励；B是进行的步骤不正确，机关启动惩罚。

这里有三条铁链，它们会被另一边的轴承牵引，按照顺序被拉动，这等于是三位数的密码，之后这个蜂巢内的机关会被牵动，拉动那些伸入洞壁里的细的铁链，启动奖励和惩罚。

那么非常简单，大部分胡乱的扯动，都应该是错误的，只有正确的扯动才能导致正确的牵引。所以，我们只要砍断所有细的铁链就能无休止地实验，大部分的次数，我们都会引发错误的牵引次序，知道了错误的牵引次序，那正确的牵引出现了我们就能立即发觉。

虽然一到五五个数字密码的排列次序还是稍微有些烦琐，但是比起现代的密码锁，这种体力活简直不在话下。

小花给我做了一个牛的手势，我不相信他想不到，拍了拍他。

接下来的事情就是体力和细心的活儿了。我们先把所有细的铁链编号，然后用钢锯小心翼翼地弄断，在断链的两端都做上记号，以免弄混。

然后我们一个一个按顺序试，果然和我说的一模一样，我们扯的结果，大部分细铁链条都是以相同的顺序被牵动，一共有二十三条细链条，牵引惩罚的顺序是：四，五，八，十二，二十一。

最后，我们发现了一次不同于这个惩罚顺序的牵引。

小花记录了下来，然后用登山扣连起了那几条铁链，再次尝试。

看着细的铁链瞬间被牵引，我的心都跳到了嗓子眼儿，随即我们听到，从洞壁中传来了古老沉重的声音。

声音持续了足有五六分钟，然后停了下来。我看了看小花，小花看了看我，我们都活着，没有任何事情发生。

我们都知道，我们成功了，上面的石室内，一定发生了某种变化。

第五十一章

成功者

我们收拾东西，跌跌撞撞地爬回石室，立即看到了变化所在。

在石室的石壁上，我看到那些放着古籍的空洞出现了奇特的变化。有些空洞之中，浮雕石被推了出来，有些空洞则没有。

整个石壁变成一幅非常奇怪的拼图，有些地方被拼上了，有些地方没有，还是一个洞。

“正确的答案，就是这个？”我喃喃自语道。

小花坐倒在地上，拧开酒瓶喝了几口：“枉费我们搞了这么久，这答案看上去倒是出奇的简单。”

“这是什么意思呢？”我凑近看。

他沉默不语。我想继续思考，却发现已经脱力了，脑子已经完全转不动了。

沉默了半晌，他揉了揉太阳穴道：“再想也没用，到了这一步，其实和我们没关系了。这应该就是根据广西那边的提示，能得出来的唯一结果。我们再回想一下过程，看看是否还有什么纰漏，如果没有，那么，我们应该递出交接棒了。”

我明白他的意思，“提示”我们拿到了，而执行提示的地方在千里之外，不在现场，我们再怎么考虑也没用。

于是我也坐了下来，两个人在心中慢慢地把所有的过程都想了一遍。最后，两个人一致确认，问题不大。

“如果这样还错了，那只能说他们倒霉。”小花拿出相机开始拍摄，把整个石室几乎所有的细节都拍了下来。

我在边上，一下就放松了戒备，感觉上，这比我任何一次旅行都要轻松，如此这般，工作就能告一段落了。

“你说，这些张家的后人，为何要把事情搞得那么复杂？”小花道。

“一点也不复杂，如果你自己考虑，就会发现这是唯一的方法。你试想一下，如果是古代，我们一定对此束手无策，你得把这些东西全画下来，然后快马加鞭，从四川送到广西，当时这两个地方都是非常深的深山，没有任何道路，你知道来回需要多少时间吗？”我道，“没有一年是做不到的。而且，老虎、土匪、强盗，广西那边以前基本上属于无人区，是南蛮流放之地，而这里是黑虎羌寨。所以事实上，在那个时代，要进入张家楼是不可能的，更何况，你不要忘记了，这座陵墓是移动的。”

“那么，张家后人本身不是也非常危险？也许在路上他们的宝贝子孙会挂掉好几个，为什么他们一定要把自己的祖先全部葬到一起呢，然后又不停地移动那座陵墓？”

“我想，那应该是不得不做的行为。”我叹了口气。

照片被导入电脑，在附近的镇上通过公用电话线拨号上网传到广西巴乃，然后由那边的伙计快速送到老太婆的手里。

我不知道他们那边看到这些照片是什么感觉，但是肯定和我们一开始看到他们寄来照片的感觉差不多。而接下来就是长时间的等待。

我们无事可做，我待在半空，看着远处的四座雪山，那些犹如幻境一般的黄昏下的云彩，带着仙气和潮湿的风，和小花聊天。

小花明显比以前接纳我了，我们聊了很多东西，小时候的事情，分开之后的事情，学戏的事情，时而聊得哈哈大笑，时而又感慨万千。因为我们两个的背景太相似了，甚至性格都很相似，只不过，我的爷爷一心洗底，而他，因为他家庭的关系，不得不继承他的家族。

“老天爷是公平的，所有人都认为解家是屹立不倒的家族，但是谁也没有想到，好像是诅咒一样，解连环死了之后，我的父亲很快也去世了，我的几个叔叔随后相继都病死了，我爷爷最后也走了。一下子，整个家族就只剩下我一个人，于是那些女眷，闹分家的闹分家，改嫁的改嫁，分到我手里的，其实是个烂摊子。”小花喝着酒，靠在悬崖上，“你说你从小一直是游离在这些事情之外的，所以你很多事情都没有经验，这其实是你的福气。我爷爷死了之后，已经没有什么洗底一说了，解家什么都没有了，我妈妈努力维持着解家在外面的面子，我只有出来当我的少东家，那时候我才八岁。”他顿了顿，“那些你没有的经验，我都有，但是你一定要相信我，那些经验，真的是非常不舒服。”

“解家一倒，如树倒猢狲散，无数人来找我们麻烦，好在我爷爷做事情非常谨慎，死前已经有了准备。他安排我去二爷那里学戏，这算是一个长辈收纳晚辈的信号。解家还有现在的这些产业，能够让我从八岁熬到二十六岁，全靠我爷爷死前的设计和二爷的庇护。”他道，“你不知道，但是我要提醒你，如果你已经离开了这个圈子，那就不要再进来，这里的人，都不是什么好人。”

“那你算是好人还是坏人？”我问道。

“你说呢？”他看向我，叹了口气，“你认为一个好人，听到他小时候的玩伴生死未卜，但是他还是不加理会，先完成自己的事情再说？”

“我以为这是一种素质，而且，其实我们也不算太熟。”

他苦笑：“是的，是我爷爷定下的规矩。我爷爷他太聪明了，他算得到一切，我不敢想他是错的。你知道我以前做过多少次这样的事情吗？很多次，我都会想，如果我没有听我爷爷的，而是立即回去，那些人会不会还活着？”说着他自己也笑，“一旦你有那样的想法，你就不可能有朋友，因为，你知道你不能回去救他。那么，如果你和他成了朋友，发生这种事情，你就会伤心。为了不伤心，为了能够心安理得地抛弃其他人，我不能和任何人成为朋友。听着有些矫情是吧？”

我不知道怎么接他的话，只是干笑了几声。

他道：“不过，这些都是我小时候的想法，现在年纪大了，很多事情已经想通了。”说着，他叹了口气，举起酒瓶向我示意，“所以，小三爷，和我在一起，你得自己照顾自己。”

我回了个礼，感觉他心中也不是很酸楚。确实，我很多时候也有那种感觉，偶尔感慨一下，但是能改变的东西，已经所剩不多了，该如何还得如何。

就这样扯皮，东聊西聊的，过了五天，广西那边才有消息反馈。

我们看到了比我们寄去的更多的照片，我一下就看到了他们是怎么运作的。

在他们那边的石壁上，闷油瓶他们和我们这里一样，刮掉了整个浮雕的表面。原来，石壁外层的浮雕雕刻在一层非常像石头的东西上。在照片的背后，有人写到那是用一种蛋清混合马粪的东西，糊在一块平整的巨石上，然后在上面雕了那些图案。

这一下解释了为什么浮雕那么草率，因为这种材料不能过多地雕琢。

浮雕铲掉之后，只有几个地方是真正在那块巨石上雕刻出来的。那些部分是铲不掉的，一对比就发现，那和这里墙壁上孔洞的位置一样。

而且，这些真的在巨石上雕刻出来的碎片，貌似是一种按钮，可以被按入巨石的内部。他们按照我们发去的照片，把巨石上对应的那些碎片，一个一个按了进去，然后我看到的一张照片是胖子光着膀子竖着大拇指站在分开的巨石前，巨石中间裂开，出现了可以让人通过的缝隙。照片后面写着：干得不错。

我和小花击掌庆贺，但是，我们立即发现，在这些照片后面，还有其他的照片，那又是一道石墙。

背后的附言更加简洁：第一道石墙后四百米，出现第二道石墙，请再接再厉。

照片上又是很多很多的浮雕图案。

我和小花苦笑，不过这一次我们都没有疑惑，因为不管照片上是什么，我们不用解开它，我们只要下去，到第二道机关的走廊，再来一遍就可以了。

如果是小说，可能其间还会发生什么事情，但是这一次，真的比我想象的要轻松多了。我们第二次准备得更充分，在第二天就得到了第二组浮雕的排列提示，然后三天后，他们打开了第三道石墙，其间再也没发生什么。

解开第三道石墙的密码之后，我们拿到了他们的反馈，根据这机关的数量，我知道这是最后一关了，他们进去之后，面对的应该就是张家楼。我们在石室收拾东西，最后看着那些浮雕，简直有点不敢相信一切真的就结束了。

我从来没有这么放松过，也从来没有那么有成就感过。从小到大，所有人都认为我是个担不了大事的人，这一次我证明自己做到了，而且，那种成就感真的很舒服。我算是明白了为什么有人会那么执着地追求成功。

小花也很高兴，心头的大石放下，现在只要等他们那一边的消息就行了。

我们确定再不需要待在这里了，就下到悬崖下面去。如果有好消息，我们就回到村里，或者干脆也赶到广西去，在巴乃等着庆功。

我心里想着老太婆答应我的事情，但是没急着兑现。一方面浑身是伤，也没体力再去想这些，另一方面，我不想显得自己太功利，我还是想让小花自己提出来告诉我。

不过那显然不可能。休息的第二天，小花一点儿要说的意思都没有，最后我忍不住，还是先问了他。

他靠在洞壁上玩他的手机，听我忽然问起来，露出一个挺抱歉的表情："不好意思，我忘了还有这事情。我本人不是特别在乎这事情。"

我道："我看出来了，看在我救了你一命的分上，你给我个痛快话吧。"

"应该的。"小花把手机放回兜里，"不过，你为什么这么想知道这件事情的真相？在我看来，事情的真相，很多时候还是不要知道的好。"

我不想解释太多，骂道："你告诉我，这一切到底是怎么回事。我听完了，我再告诉你我的一切是怎么回事。"

"好吧。"小花失笑道，"秀秀应该和你说过，咱们爷爷辈在这儿干的那件貌似惊天动地的事情吧？"

我点头。小花道："那我省了很多事情，让我来想想，事情该从哪儿说起。"他挠了挠头，"其实，整件事情，应该是从张大佛爷说起，这你也应该知道吧？"

张大佛爷是老九门之首，我听说过一些他的奇闻趣事，但是我不知道是不是小花要和我说的那些，于是干脆摇头。

小花道："那我大概和你说一下，你——"他顿了顿，"千万不要吃惊于听到的东西，那基本都是真实的。"

张家张大佛爷，来自北方，是北法南传的代表。但是，这个家族在来到南方以前，在北方的来源背景，十分神秘，一说是出自吉林一带的山区大族，但是北方的人说起这族，也所知不详。

就是张大佛爷自己，说起自家的来历，也很迷茫。他道他在北方，家族的祖训就非常低调，他只知道他们这个家族的背景并不光彩，他们的这一支脉，似乎是被另一个张姓的大家族在几百年前赶出来的。

这个故事是张大佛爷自己在酒桌上讲出来的，现在听起来非常老套，他自己似乎也是当成一个传说来说。

可能是在几百年前，在吉林一带，有一支非常神秘的盗墓家族，隐居在深山里，过着不问世事的生活。他们执行着严格的家族通婚政策，除了被挑选出来的管事者，其他人都在深山的聚集地生活，完全不和外人来往。

后来，他们中有一个子孙，爱上了一个猎户的女儿，还使对方受孕。他的家族势力庞大，要杀死那个女人腹中的胎儿，那个子孙执意不肯，最后选择了离开家族。他被施以酷刑，剥夺了那个家族特有的特征，然后被赶出了家族。

这个子孙和那个猎户的女儿，就离开当地，来到了吉林的城中。万幸的是，这个男人聪明而隐忍，慢慢他们靠着他的盗墓技艺，和这个女人开枝散叶。

因为害怕家族的监视，他们这一生都过着非常低调的生活，之后这也成了祖训。这支家族历经几代，逐渐成为关东一股非常大的隐藏势力。

据说，那个子孙的第二代，曾经回到当年他们父母被赶出来的地方，想去找他们的奶奶和爷爷，却发现，他们的祖族所在地已经变成了一片废墟，不知道到哪里去了。不过，他们在那片废墟中，发现了他们祖族为何要与世隔绝的秘密。

据说，他们在废墟的地下，发现了一个巨大的地窖，那是这支家族建造的，里面有无数铁封的棺椁，都是那家族历代祖先的棺材。

那个地窖之下让人恐惧，而地窖的最下一层，最古老的那些棺椁，被人搬走了，显然这支家族进行了一次搬迁，不知道是为了逃避什么。而剩下的那些棺椁，无一例外，都表现出一种诡异的状态。

他们为了掩盖这个秘密，烧毁了那个地窖，但是，那个秘密成了家族的一个传说。

在几十年前，中国最动乱的时代里，张大佛爷作为长沙当地最大的一派势力，参加了当时的革命。作为江湖中人，他武艺高强，身怀绝技，又有巨大的号召力，很快便站稳了脚跟。和他一样，也有其他江湖中人，甚至来自国外的力量，和他一起投身风云。

其中就有来自“它”组织的潜伏者，这个组织是否来自国外尚且不明，但我觉得十分有可能来自国外。在一次偶然的机会中，“它”组织的一个成员从他口中得知了这个秘密。

他们当时也许是在一次小酣中当成趣事来说的，但是这个人听了进去，对这个秘密有了强烈的好奇心。

后来张大佛爷离开这股势力，投向了当时更先进光明的力量，和老势力中的人，也失去了联系。

在完成革命之后，大家逐年老去，张大佛爷也退隐了田园，以为将就这么过完一生。可是忽然有一年，张大佛爷再次见到了当年的那个人，这个人已经改变身份，成为一个外国人。

当时他表明自己的老板对于当年的秘密还有着强烈的兴趣，并且以老九门当年的罪证作为要挟，如果张大佛爷不从，他要把老九门的家底全部曝光。在当时的年代，如果他这样做，老九门等于完全覆灭。

于是，张大佛爷只得翻查自己家族的信息。通过特权，他翻查了很多的县志，终于发现一些蛛丝马迹。我们无法知道具体的过程，但是他发现了四川四姑娘山这边的线索，于是有了“史上最大盗墓活动”的发生，老九门遭受了巨大的伤亡，幸存的人也都元气大伤，离开了这一行。

我想起了当年从二叔那儿看到的照片，照片上的那个人，在民间传说中早就死亡，但似乎是假死，并且拥有了外国国籍，替外国人效力也是始料未及。

“在随后的动乱中，老九门全部雌伏了下来。同时，很多老人相继去世，可以说老长沙淘沙客的黄金时代，走到了尽头。之后一直是风平浪静，所有人都认为这件事情过去了，包括霍老太、解九爷等人，都有意识地开始洗底，想摆脱这件事情的阴影。同时为了兼顾生意，以区域为划分，大家族开始联姻和合作。”小花道，“不过，他们没想到，这件事情根本没完。这个组织，在接洽老梯队的同时，二梯队和三梯队也早就开始渗透了。

“好像是七十年代中期，在霍玲、你三叔这一代人二十岁不到的时候，其实已经完成过一次摸底和挑选，我相信你家里你老爹、你二叔、三叔都知道这件事情。‘它’组织通过金钱还有关系等各种方式，胁迫新的梯队开始运作。”

小花把“它”组织称呼为A势力，那么这股A势力并没有放弃那个秘密的探索。而且，在那段时间，他们的目标已经从四川转移到了张家楼，同时样式雷和张家楼的关系，也被发现了。

A势力认为，当年张大佛爷的祖先离开吉林之后，很可能是带着那些祖先的棺椁去了广西，在山中修建了那么一座古楼，把那“秘密”藏到了这座张家楼里隐蔽了起来。于是，A势力使用霍玲和陈文锦这些新兴力量，组建了一支考古队，前往广西探查。

“这些就是我们遇到你之前，推测出来的事情。”小花道，“之前我们一直以为，那次考古项目给了霍玲巨大的打击，使得她好似着了魔一样，可能是为了解开心中的心结，她去了西沙，之后出了什么巨大的变故。老太太怎么查也查不到，她一开始以为，女儿葬身海底了，八十年代末，其实她也放弃和接受了，她厌倦了这里的事情，就想离开中国，移民加拿大。但是，这个时候，忽然有人给她寄了几盘录像带。”

我听秀秀说过，但是不想秀秀暴露，于是保持缄默又听了一遍：“录像带里有霍玲的影像，他们好像被关押在某个地方，她一直认为这是一个威胁的影像，她的女儿在某个地方被关押着，威胁她不能出国，并且继续寻找那座张家古楼。你知道，对一个母亲来说，这是非常痛心的事情。”

“于是，老太婆明着说是为了知道女儿为什么会失踪，其实是被人通过这种方式威胁着，继续去找那座古楼，所以她才会高价来收购样式雷的图纸？”

“对！”小花道，“但是，你的出现搅乱了一切，因为你带来了一个惊天的大消息。”

假设，寄来录像带的是A势力，那么，可能连A势力自己都不知道，他们控制的那支考古队，其实已经被人调包了。

“你查出来的在广西妖湖边上的事情，告诉我们，在整件事情中，竟然还有一股隐藏得更深的，至今可能只有你查到的，B势力。”

这一支B势力，非常神秘，但是出手不凡，出现后一下就用了一个非常狠的招数，把那支考古队的人全部杀掉了，然后，用自己的人，替换了那支考古队。整个过程发生在偏远的山区，速度非常快。

很显然B势力十分了解A势力的情况，早早地做了准备，所以被替换的那些人连他们周围的人，都没有立即发现出了什么情况。而A势力也不知道，他们的队伍已经被B势力所替代了。

小花道：“听到这个消息之后，霍老太的忌讳就没了。你知道霍老太的性格，有仇必报，这两股势力，一股杀了她的女儿，一股要了她那么多年，现在，是她反击的时候了。所以，她准备抢先找到那座张家楼，拿到里面的东西，然后逼幕后的人现身。”

“这是件很危险的事情啊。”

“是的，所以我们前往这里的同时，霍家的其他人已经离开国内了，老太婆这一次是玩真的。”小花道，“很抱歉，你现在知道她为什么会选你们几个当帮手了，是因为，她不能用自己家里的人。”

说起这个来我倒不是特别害怕，因为这些毕竟是很虚幻的。我问道：“那么，你们猜，这B势力是谁呢？”

“B势力肯定与A势力是暗中对立、表面合作的，否则，不需要做得那么隐秘。我听你说西沙的事情，西沙一定是各种力量博弈的终极，所以才会如此复杂。你三叔说不定真的在某种程度上也是被蒙在鼓里的。”小花道，“只有当事人全部坦白，你才会明白那儿到底发生了什么，可惜现在当事人基本不在了。”

我往地上一躺，心说也是，真不知道是什么情况。三叔和解连环分别代表的就是裘德考和老九门在野派的势力，其他人难道是披着A皮的B？那当时，闷油瓶又代表着哪一方的势力呢？

小花站了起来：“总之，好戏在后头。”他看着墙壁上的那些洞，百无聊赖地用手电照着，“等他们把东西弄出来，才是真正好玩的时候。”

我点头，刚想再骂几声娘，忽然看小花好像在洞里发现了什么，一下皱起了眉头，低下头仔细去看一个洞。

“怎么了？”我问道。

我见他皱起眉头，咬了咬下唇把手伸到那个洞里，拨弄了一下。我就听到洞里发出一连串咯啦咯啦的声音，又一块浮雕从里面显了出来。

小花拿出一块碎石，给我看：“我去，这一块被卡住了！”

我走过去，心狂跳起来，心说：怎么回事？

“我们开合太多次了，有块石头迸下来，卡在了缝里，这一块就没推出来。”小花道。

糟糕！我立即倒吸了一口冷气。

我退后一步看石壁，原来一共是四个按钮，那么现在变成了五个。我靠，那就是说，另外一边，原本需要按五个按钮，但是现在他们只按了四个。

可是，从闷油瓶发来的那张照片来看，那道石壁还是打开了。密码错误，石壁还是打开了，那他们走进去，会是什么情况？

第五十二章

死亡错误

我的冷汗顿时发散全身，那种恐惧难以言喻。他们当时打开门，肯定也以为是万无一失的，肯定会非常放松，如果忽然遭遇机关，那肯定是凶多吉少，而一切都是因为我这里的失误。

那等于是我害死了他们。就算是闷油瓶几个能幸存下来，只要有人死，那就是我的责任，我无法面对。

小花比我的反应快得多，立即跳上滑轮，冲出洞外。我听着他在外面大喊，要把消息传递出去，但是我知道已经太晚了，从他们进去到现在最起码过了三天，如果要出事情，应该已经出了。

一下子，所有轻松的情绪一溃而散，感觉像是以前帮别人作弊，交完卷才发现两个人考的科目不一样。我也走出洞外，两个人在悬崖上进入极度忐忑不安的发呆状态。

小花发了消息过去，让那边的人立即去查看情况，并且立即给我们反馈，但是消息到那边，再回来，最起码要两天时间。

我本来还想找点什么说辞来安慰自己和小花，但是这件事情随便想想就知道非常严重，我根本连自己的心跳都平复不下来。

那种焦虑，无法形容，我坐在那儿，想做点什么，偏偏知道现在做什么都没用了，所有的一切都是自己的责任。那种暗火在体内燃烧，让人没法冷静。

但是我没有任何办法，只有让它烧着。焦虑到晚上，精力全部耗竭，人才颓废下来。

到了第三天，我们收到了反馈，只有几个字："已经和他们失去联系。"我的头"嗡"的一声就炸了。

我再也待不住了，和小花下了悬崖，回到附近的那个村子里，直接在电脑边上和在巴乃的人沟通。我们的东西一到，他们也意识到坏了，立即派人进去，但是，已经没有反应了。

现在他们已经采取紧急的措施，准备派人进去查看，让我们继续等消息。

当天晚上一夜难寐，不知道是太久没有睡床了，还是因为焦虑。第二天，还是没消息，连进去查看的人都没出来。

我捂着脸就明白，不可能有好消息了。

我们还是等着，第三天，第四天，第五天，第六天。一周之后，我意识到了什么，但我还是让对方每天都要给我消息。那边整个已经绝望了，小花拍了拍我，道："别骗自己了，里面肯定是出事情了。"

我从来没有那么不知所措过，如果是平时，我还能冷静下来，因为我身边有闷油瓶和胖子，但是忽然间，我只有自己一个人了。

我想起了很多时候，在七星鲁王宫，在海底，在长白山，那些时候我都是和他们在一起的，被困住，遇到危险也是在一起的，我从来都不觉得有那么焦虑，但是现在……我再也待不下去了。我立即做了一个决定——我要去广西现场。

第五十三章

冷静

在离开四川的车上，我才逐渐平静下来，开始冷静地分析情况。

小花说得其实没有错，我现在去广西，孤身一人，就算霍老太的手下敢放我进去送死，我能进去救出他们的机会也不大。

他们的那支队伍，有胖子，有闷油瓶，高手林立，如果他们被困在其中，凭什么我这样身手的人能救出他们？而要救他们出来，必然需要一批至少和他们相当的人。这种人，短时间内是找不到的。

而霍老太出事，这个消息对我们来说，足够调动霍家的力量。但是江湖事情往往不同于表面，霍家内部必然有利益冲突，当家的出事，对下面的人来说，首先是一个机会！他们会做什么，很难说。如果把消息宣扬出去，形势就更加复杂了，不仅不会有人真心地支持救援活动，说不定，还会有人阻碍。

所以，小花的打算是先压着，需要通过迂回的方式解决。而如他说的，我没有了胖子和闷油瓶在身边，其实只是一个普通人，这件事情不在我能解决的范畴。其实细细想来，确实如此。

我在车上想着我的计划，就发现，毫无头绪。以前有什么情况，我会立即想到胖子，现在，我翻遍手机里所有的人，除了一个潘子，没有任何和这件事情有关系的人了。

而潘子，已经归隐田园，我应该去打扰他吗？

但是，我真的无法再等了。我经历过那些险恶的环境，知道时间是多么重要，解家人谨慎的性格我可以理解，但是我吴家三爷的义气和豁达，也在我的血里流淌。我下定了决心，这一次，我真的是豁出去了。

为了节约时间，我在飞往长沙前，给潘子打了个电话。

电话里的潘子，有点意外，我把我的情况和他说了一遍，说，我需要夹一只喇嘛，希望他能够帮我。

我原以为他会立即答应，没有想到，他迟疑了一下，只对我道："好，你来了再说，我去机场接你。"

我心中有些异样，感觉不太对。难道他那边，有什么变化？

一路上忐忑不安，想着他最后的语气，感觉不像他以前的口气。

到了长沙，一出机场，就看到潘子站在车边，我看到他，一下就惊呆了，几乎没认出他来。

当年的那个兵痞竟然有了白头发，现在看上去，比之前看到的，老了好几岁。虽然背脊还是硬朗的，但是一眼看去，无比刺眼。

我和他相对而视，一下子就什么话也说不出来了。"小三爷，气色不错。"他勉强地笑了笑，接过我的包，放到车的后备厢里。

我坐到车里，发现这是一辆二手车，比他原来开的那辆要差很多。潘子虽然一直是土不拉叽的打扮，但是，这一次看到他，我就感觉他身上的那股气没了，不再是我之前看到的，那个身上锉了几个洞都能站起来的潘子了。

车子颤抖地开出机场，我就问他："原来的车呢？"

“卖了。这车是问我朋友借的。”潘子道，“原来那车，是三爷给我的，三爷没回来，这里铺子里的货都被下面的人抢劫光了。下头的土耗子都来要债，我把车卖了还了点债，不能让那帮小人说三爷的坏话。”

我有点哑然。三叔的铺子出事之后，我真的一点也没管。

“你不说你找了一女人吗？嫂子呢？”我问道。

“女人。”他苦笑了一声，“咱这种性格，没资格要女人，也别去祸害人家的女儿了。”说着，他看向我，“你呢，听你电话里说的，你还在搞那些破事，怎么回事？”

我摇头：“还是那烂摊子。”事情又说了一遍，我才问他，“以你的经验，现在组个这样的队伍，要多少钱？”

“现在不是钱不钱的问题，你要每人给个一万块雇外地人，要多少有多少，但是这些人没用。有用的人，不光看你给多少钱，还看你的背景。”潘子道，“三爷这样的身份，叫谁，谁都会考虑考虑，因为他们知道，三爷叫他们是去赚钱。但是，你现在不行，这些鸟人，你根本镇不住他们，到时候，不知道谁吃了谁。”

“那有什么办法？那小哥和胖子都在里面，不知道什么情况，要是他们死在里面了，我……”我叹口气，又想起盘马的话了，心中很不舒服。

潘子没说话，只是点起了根烟：“干我们这一行，早有这觉悟了，不过，我最有这觉悟，却死不了。”

“三叔的铺子现在怎么样？”我问道，“你能摆平吗？找几个能干的伙计？”

“铺子？”他骂了一声，“哪里还有什么铺子，全烂了。那群鸟人，平时三爷对他们怎么样，现在他们是怎么回报的，只有几个地方的盘口，还算有点良心。等下，我约他们几个盘头出来吃饭，看看他们肯不肯帮忙。”

我有些吃惊。虽然之前也听说过三叔下面的事情，但是，我没想到会到这种程度。

“为什么一下子就变得那么糟糕？从塔木陀回来并没多少时间啊。”

“人心这种东西，真恶心。”潘子道。

车先开到郊区，有一幢农民房，潘子把车还给邻居，说一会儿打的，带我进了他家里。那是他租的房子，里面真是家徒四壁，我看着感慨道：“这也太不会捯饬了，这和住大马路有什么分别？就你这条件，你嫖妓都没人来。”

潘子苦笑道：“反正就一个人，弄得好又如何？房子又不是自己的。”

“为什么不去买一套？”我问。

“买不起。我以为三爷会一直在，等老了就和三爷一起去住养老院，也没存什么钱。谁知道会这样。”他从平板床的床底下拿出板凳，给我坐。

我踢开塞满了饭盒的垃圾桶，坐下来，就看到在一边，摆着三叔的灵位。

“三叔到底如何，我们还不知道呢，你搞这个，太不吉利了吧？”我道。

“正因为不知道，先把功夫给做足了，万一三爷在那边吃不上饭怎么办？”他道，递给我几瓶啤酒。

我拧开喝了，又观察四周的细节，发现这里电视也没有，只有潘子的床边有个破收音机。他的衣服倒是非常笔挺干净地挂在一边，一看就是精心伺候过的，看样子这是他当兵时候的习惯。

他看我的眼神，就失笑道：“老子是个粗人，你就是再看，也找不出朵花来。对我这种刀口上混过来的人，每天能睡到自然醒，醒过来发现是在城里，没人杀、没人砍，已经是很幸福了。”

“那你也得搞点娱乐。”我道，“你每天都怎么过的，看着四面墙？”

“谁说老子没娱乐？老子在窗口吃酱瓜，喝啤酒，看看下面的发廊妹，比神仙都舒服。”潘子坐到床上，看样子没有第二只凳子了，同时拿出他的手机，“我现在给他们打电话。不过，小三爷，今时不同往日了，我以前可以说一不二，现在，是求人办事，你得兜着点儿，等下那些人讲话，可能没那么好听。”

被他这么一说，我心里就忐忑了起来。我不是个很能受得了冷菜冷饭的人。

潘子开始打电话。有几个电话，只说到我来，有事情找他帮忙，就立即被挂了，有几个干脆打不通，只有两三个电话，说到了吃饭的事情。打完之后，潘子看了看我，还安慰我：“没事，有三个人会来，比我想的好多了。”

当天晚上，我就在国贸的饭店里见到了那三个人。我一看，确实都认识，以前三叔在的时候，这几个都是和三叔关系最好的嫡系，我都是叫叔的。

见面之后，他们也都点头，但是我也发现了，这一次，他们全都没有站起来。

我深吸了一口气，看他们的表情，也不像非常勉强，才逐渐放松下来。潘子点了菜，和他们闲聊了一下，就进入了正题。

我们当时有一套说辞事先想好了，也没说那张家楼如何恐怖，只说那地方如何之可能有货。

说完之后，几个人都陷入了沉思。我就道：“几位叔，现在世道不好，这么大的油斗，很难碰到了，我想借你们几个人，或者咱们几个联手干一票。”

我看着他们，却发现他们都现出了一种为难的表情。

“小三爷，你这算是夹喇嘛吗？”一个人问我，我记得这家伙叫邱叔。

我想了想："算是，也不是。"

"江湖规矩，你这喇嘛夹之前，你得甩点东西出来，不然我们怎么知道你说的是真是假？你知道这地里的东西说不准的，你没下过几回地吧，我就是卖你面子，我手下的兄弟也不会听我的。"邱叔就道。

说完，其他两个都点头："小三爷，现在大家混日子也不容易，差遣兄弟不是那么方便的，上下都得掏钱。"

潘子就道："今天的份子钱，三爷不是早就预付了嘛。这么多年兄弟了，你们也算是看小三爷长起来的，这么说多生分。"

那邱叔就道："三爷预付的是三爷的钱，你也说这是小三爷，你小三爷是三爷的儿子吗？如果你小三爷是三爷的儿子，那这三爷的钱，就是你的钱，可惜你不是啊，这不倒霉催的吗？凡事我们都讲个理字，这钱我是拿了，我是花了，但是，那和你没什么关系。"说着，他又看着潘子，"人家小三爷都管不了这钱，你潘子凑什么热闹？"

那家伙说着嗓门就响了起来，边上两个人忙劝他："老邱，潘子的脾气你还不知道，别说这话。"

潘子就冷笑，不吱声。那邱叔继续道："小三爷，咱们在这儿给三爷面了，也叫你一声爷，你要真想起这个事，也好办。你把杭州三爷那铺子的房契押给我们，我们给你人，你东西能拿得出来，是你的运气，你拿不出来，那算你倒霉。"

"我靠！"潘子一下就爆了，"我说今天你怎么肯出来，惦记着三爷的本铺是吧？我告诉你，我潘子现在没人没钱，但是老子宰过的人，比你的手指头还多。你动三爷的祖产试试，老子一把刀杀你全家。"

潘子爆完，那邱叔显然也是忌惮潘子的脾气，知道他真的干得出来，就瞪着他，另一个什么叔就道："哎呀，自己人不要这样。"

邱叔一拍桌子站起来道："得，你狠，你抱着吴三省那家伙的祖产去死吧。"说着，他看了我一眼："什么小三爷，我呸，老子算是做慈善，到这儿来最后叫你几声。我告诉你，吴三省不在，你在长沙城算个屁，狗也不如。我明天就放出话，你有钱都夹不到喇嘛，我等着你跪着来求我！"

说完，他甩手就走，另两个一看这饭吃不下去了，也急忙跟着邱叔走了出去。一下饭桌上就剩下我们两个人。

我完全蒙了，根本不知道眼前是什么情况，好久，才有一股恶心涌上心头。

潘子显然已经经历过很多，无所谓了。他深吸了口气，稳定了一下情绪，对我道："现在，你知道这到底是些什么人了吧？"

第五十四章

绝望

当天晚上，我和潘子喝了二十罐啤酒。我们躺在酒店外的草坪上，看着灰蒙蒙的天，也没说什么话。

我算是知道潘子在这段时间里受到的打击了。三叔不在也就算了，整个盘口的情况还变成这样，这真让人恶心和崩溃。之前苦心经营的一切，一瞬间完全变成了另外一个样子。

但是，我没有太多的心思去考虑这些，另一边，胖子和闷油瓶是死是活还不知道呢。我一方面觉得非常沮丧；另一方面，一个希望完全破灭，我非常焦虑。

晚上我住他那农民房里，因为我身上的钱包什么的都在北京寄放着，也没什么钱。我问他，还有没有其他办法。

他叹气，想了想道："三爷下面的人是靠不住了，我明天帮你去问问其他盘口的人有没有兴趣。"

"有戏吗？"我问道，心里想着，如果没戏，那我只有一招了，那就是报警。虽然结局非常惨，但是至少有救他们的希望。

“不好说。本来希望就不大，因为你吴家的少爷去其他盘口求人，这已经告诉别人吴家失势了，加上刚才王八邱的话，很难扳回来。但是，总要去试试。”潘子道。

果然，第二天早上他就去了，中午的时候提着外卖回来，问他如何，他苦笑摇头。我看到他的手臂上，有很多的瘀痕，就问他怎么了。他道，去另一个小盘口，正碰上王八邱的人，打了一架，下午他再去其他几个地方问问。

我看着他的表情，意识到，他自己几乎没抱什么希望，就拍了拍他，说算了。他道：“小三爷，你放心吧，实在不行，我和你两个人去，人少点还轻巧点。”

我想想，两个人进那么一个地方，连装备都背不进去。潘子身上的伤积到现在，他的状态已经不是当年，让他去，我真的很不放心。他本来的任务，已经结束了，一切都和他没关系了，再把他拖进来，我也不忍心。

不过我知道潘子的脾气，没有直接和他说。下午他出去的时候，我给他写了张字条，告诉他，我找到能帮我的人了，让他不用担心，就自己离开了。

走出潘子家，来到马路边的那一刹那，我真的不知道自己要去哪里。我甚至想到去报警，但是想到我们做的那些事情，如果被抓住大约都是枪毙的命，那还不如不救呢。又想着，也许在我焦虑的时候，他们已经出来了，前几次不都是化险为夷、虚惊一场吗？

但是，那些都骗不了自己。我想着，要不回杭州，找二叔想办法？但是我几乎可以想象到他的反应，他一定会把我关起来，然后告诉我，去救他们是不经济的。

但是，不回杭州，我又能去哪儿呢？去广西吗？一个人去，我连湖边都没到，可能就挂了。

想着，还是到机场再说，如果被潘子回来看到，我必然瞒不过，于是想拦一辆的士。这该死的郊区尘土飞扬，到处都在大兴土木，怎么也拦不到车。

我顺着马路往前走，一直走了好几个站口，才看到一辆空车。就在我想上去的时候，我的手机忽然响了。

我以为是潘子，心里就揪了一下，一想他不可能这么早回来，心说难道是他搞定了，给我好消息？

拿出来一看，我才发现是条短信，而且是小花发来的。

我打开，翻出来看了一下。

“听说了你在长沙，知道你的困境，如你真已下定决心，不惜一切去救他们，请到如下地址，我在那里为你准备了一个东西。抱歉，我只能做到这一步。”

短信的后面，附有一个长沙城里的地址。

我有点不明白是什么意思，但是显然小花在北京听说了我这里的事情，老九门的耳目还真是厉害。此时我无限迷茫，也没有其他什么选择，就上了车，让司机开往那个地址。

车很快就到了，那是一幢毫不起眼的住宅楼，十分好找，我觉得有可能和之前成都那边一样，里面别有洞天。

门敲开之后，我发现屋里非常暗，从里面出现一个干瘦干瘦的女人，第一眼我几乎分不清楚她到底是男是女。她穿着很中式的衣服，问我：“找谁？”

我也不知道怎么说，就把小花的短信给她看。她就道：“花儿爷，明白了。”

说着她让我进去。

一进屋我就闻到一股浓烈的房间不通气的味道。屋子里非常干净，但是似乎很久没有开窗了，光线也非常暗淡。

我环视左右，发现这屋子一边放着一面巨大的化妆镜，然后四周竟然全都是柜子，还有很多好似发廊里的东西。

我心说这该不是一个暗娼吧，小花帮我的意思是，让我随便找个暗娼爽爽，忘记那些烦恼吗？那这暗娼也太奇特了吧。我见那女人，从里屋拿出一只盒子，放到我面前。

“花儿爷给你的东西。”

这是一只月饼盒子大小但是很薄的陶瓷盒子。我苦笑，把盒子小心翼翼地打开，一下就愣了。

盒子里盛着锦缎，锦缎上放着薄薄的一层东西，乍一看很像是面皮。但是我仔细一看，就意识到，那是一张人皮面具。

我虽然见过易容，但是这还是第一次看到真正的人皮面具，原来是这种好像食物一样的质地。我心中觉得好笑，却不知道这是什么意思，于是问那姑娘：“这是什么意思？”那姑娘根本没理我。我捏了捏人皮，发现还是蛮结实的，于是从盒子里拿了起来，在面前展平。这一展平，我就冒出一身的冷汗。我一下子就认出了这是谁的脸。

这是我三叔的脸。

第五十五章

轮回恐惧之面孔

我明白了小花的意思。那一瞬间我全明白了，但是我简直不敢相信。

他给我准备了一张我三叔的人皮面具。他不会是想向我展示一下易容术。他是想，让我戴上它。

我忽然间非常佩服他。他在千里之外，知道了我这里的情景，并且做出了最准确的判断。他知道，不管我如何地努力，不管我如何地去找老关系，整件事情都无法挽回了，三叔在长沙的势力已经完全崩盘，变成了无数的小利益集团，没有任何一个人，能够指挥他们。

唯一的办法，就是三叔回来。

但是三叔已经回不来了，那怎么办?

我们，来创造一个三叔。

但是，看着这张人皮面具，我忽然觉得，一股从脚底涌上来的寒意，没有任何缘由地，让我发起抖来。

我不知道这是因为害怕、因为惶恐，还是因为兴奋或者其他什么情绪，事实上在这一刻，我体内无数的情绪完全崩乱了。我的脑海里产生了无数的景象，一些是我三叔的，一些是如果我成了三叔之后，面对各个人的，还有独自一人时候的，脑子一片混乱。同时，闷油瓶和胖子的脸，不停地在里面穿插。

好在只是一瞬间，我就静了下来，手心开始冒汗。我开始很冷静地来考虑这个问题了。几秒钟后，我明白了自己的选择。

别无选择的选择。

“这东西怎么戴？”我问那姑娘。

“你如果愿意戴，我会帮你戴上，整个过程需要四个小时，可以保持四个星期。你想好了吗？”

我心说足够了，我只要把他们救出来就行了：“逼真吗？”

“这个，我帮你戴上之后，你可以自己判断。”她道，就指了指一边的躺椅，让我过去躺下。

我走过去，躺了下来，她立即把那张人皮面具盖到了我的脸上。那一瞬间，我的耳边忽然响起了三叔当年的一句话：

“有些面具戴得太久，就摘不下来了。”

盗墓笔记

长白山纪念版

八

大结局 上

南派三叔 著

吉林人民出版社

盗墓笔记

目录

大结局（上）

contents

目录

大结局（上）

contents

目录

contents

目录

大结局（上）

contents

大 结 局 （ 上 ）

比 鬼 神 更 可 怕 的 是 人 心

第一章

吴邪心中的另一个人

我在小旅馆的厕所里，看着镜子里的脸。

在很长的一段时间里，我没有任何想法，我只是看着镜子里的人。

那个人很熟悉，但他不是我。

这种感觉非常奇妙，混合着一种逃脱感和恐惧感。

我好像借着这张脸逃脱了身为吴邪的命运，却进入了另一个更让人不可控制的人生里。这种不可控制是真实的，包含了无数的可能性。我无法预测，我之后的人生会是什么样子。

最开始的时候，我即使没有面对镜子，也会轻微地发抖。现在我已经好多了。很多事情开始你无法接受，一旦接受了，你会发现也就那么回事。

在就范之前，我从没想过，所谓的面具可以做到这种惟妙惟肖的地步。我即使贴着镜子，也看不出面具和我原来的皮肤相比有什么太大的区别，只是感觉粗糙了一点。以前看闷油瓶使用易容术的时候，我还觉得那是一种高深的旁门左道，现在我真的服了，这种手艺绝对不是一朝一夕可以发展出来的。

我的头发被染成了斑白的颜色。三叔的斑白是他历经多少年的痛苦才沉淀下来的痕迹，而我的斑白只需要几小时，就能看上去同他的毫无差别。这么一来，我反而觉得三叔的痛苦是多么的不值得。

那个姑娘说，这张面具可以使用四个星期，不用任何保养，但在这期间，即使我想撕也撕不下来。中国的易容术其实是一种发展得非常成熟的化装术，和现在的塑化化妆非常相像，可因为目的不同，易容术的成本比塑化化妆要高得多，不可能在现实中大量推广——只有真正掌握了技术的人，或是想要达到非常重要目的的人才会使用。

最难的活儿，是做一个现实中存在的人，而不是变成一个陌生人。这就需要戴上面具的人连神态都要和原来的人高度相似。

“我只是给你一张皮，这张面具除了戴在你的脸上，还需要戴在你的心上。”她临走的时候淡淡地看着我，说了这么一句话。

戴在我的心上？

我看着镜子里的“三叔”，摸了摸自己的胸口，想着当年解连环戴上三叔的面具时，是不是也被这样教诲过。但是这么多年来，他真的戴上了。戴在脸上的面具能撕下来，戴在心上的又会如何？

我看了看手表，时间到了。我用水洗了把脸，用毛巾擦干，面具没有融化，看来最后的一步也成功了。我叹了口气。

回到卧室躺在狭窄的单人床上，我开始琢磨今后应该怎么办。今后的一切，包括我说话的样子，现在都还是一片空白，我什么都得想好。

我最先有的一个念头，是脱光了去外面跑一圈。反正不是我自己的脸，我可以做无数以前怕丢面子而不敢做的事情，比如说闯女厕所、头上顶个痰盂之类的。但随即我摆脱了这些念头，我还没那么无聊。

我戴上面具的目的，是让三叔所有的盘口重新整合起来，提供所有还可以提供的资源，用来营救闷油瓶他们。这是我唯一的目的，但首先我的真实身份不可以被识破。

我的声音没法伪装，这需要专门的训练，想来也不可能我自己杀到他们中间，嬉笑怒骂间把他们都搞定。我又不是影帝，以我的这种气场，肯定几分钟之内就会被识破。

这事只可智取，不可强攻，还得得了便宜卖乖。最好的情况是，我不用和他们正面冲突，只需要远远地让他们看一眼，然后使用一个代言人。

我知道我必须得到潘子的帮助，只有他熟悉三叔和三叔下面人的秉性，但是，我真的不想再把潘子拖下水。

他应该走出来，不应该再走回去了。

但除了潘子，还有谁可以帮我呢？我想来想去，想不出任何一个人来。我这才发现，没有了三叔，我在这个圈子里真的一无所有。我拿出手机，一个一个名字地看下来，发现短短几年之间，太多东西物是人非，一切都不一样了。

最后，我还是翻到了潘子的那一栏上。我闭上眼睛，说了声“对不起了”，就拨通了他的电话。

潘子应该还没有回来，否则他一定会打我的电话。外面是傍晚，不知道他今天又遭受了怎样的揶揄，也不知道他看到我会是什么样的表情。不知道为什么，我觉得很好玩，但是同时觉得有一种无法排解的低落。

在电话里我没有跟他说具体的事情，只说我想到一个办法。他的声音还是很沉着，但透着无比的疲惫。我们约了一个地方见面。

我翻身起床，从衣橱里拿出了一套衣服——是那个姑娘给我的，三叔喜欢穿的那种带点古风的外套。我脱掉了我的T恤，换上了那套衣服，心说小花的服务真的很周到，非常合身。

想着，我就给他发了一条短信："谢谢。"但是没有回音。

走出门口的一刹那，我有意挺了挺腰板，提醒自己，出了这道门之后，我就是另一个人了。但是很快我就发现，我不用刻意去做，走在路上我的步伐自己就变了。路过大堂的时候，我照了一下衣冠镜，发现我的眼神里透着一股异常的凛冽。

第二章

由内而外的破绽

我在湘江边上的咖啡馆里和潘子碰头，潘子看到我的那一刹那一下愣住了。我看他浑身发抖，看着我几乎说不出话来。

但是，他立即就意识到了什么，慢慢冷静下来。

“小三爷？”他看着我，试探性地叫了一声。

“果然还是瞒不住你。”我苦笑。

他还是看着我，良久才长出了一口气，坐了下来：“你这是要干什么？这东西，你是从哪儿弄来的？”

我把我的想法还有小花给我面具的事情对他说了一遍。我告诉他，我觉得这是唯一可行的计划了。

他看着我的脸，很久没有说话，好像在思考，又好像在打量面具的逼真程度。过了很久，他捂住了自己的脸，深吸了一口气，然后点头道：“你真的决定这么干了？”

我点头。

“小三爷，三爷的日子不是人过的。这话有很多种意思。总之，以你的品性，你是绝对扛不过去的。”潘子道，“你知道我们都在和什么人打交道吗？你看到的只是我们最温和的一面，这个行业真正的面目，是超出你想象的。”

我叹了口气。我知道潘子绝对不是在危言耸听，他说这些话也是为了我好。

“我想去救他们。”我说，“我很想去救他们，我不想这件事就这么结束，所以，扛不住我也会扛。”

潘子继续看着我，问道：“面具能维持多久？”

“四个星期。”

他点了点头：“那时间有点紧，我们必须加快速度了。”

我看他的意思是同意了，松了口气。潘子这一关算是最好过的。我接着问道：“你觉得应该怎么办？我们第一步应该做什么，去找王八邱算账吗？”

潘子摇了摇头：“你知道刚才我是怎么认出你的吗？”

我摇头，他继续道：“你犹豫。在你刚才看到我的时候，你的脸上满是犹豫，这是你特有的表情，在三爷脸上是看不到这种表情的。”他顿了顿，“所以，我们要做的第一步，应该是让你没有一点破绽，否则，你只有一副空皮囊。那些人都是人精，你谁也瞒不过。”

我摸了一下自己的脸，心里想着，我真的犹豫了吗？潘子立马指着我道：“就是这副表情，你必须完全改掉你的犹豫。”

我叹了口气，心说这几乎是我的本能，怎么改得了？

潘子看了看四周没有禁烟的标志后就点起烟道：“三爷遇到事情，一定是自己先有一个判断，很少会有征询别人意见的表情。看人的时候，他是一种居高临下的姿态，这些你都没有。”

“那怎么办？这种东西太难了。我只露几面，你替我扛着行吗？”我问道。

潘子苦笑着摇头：“在几个月之前也许还有可能，现在你也看到了，他们不会听我的。要实行你的计划，你需要实打实地站到我们面前，告诉别人，你就是三爷，你回来了，不听话的人准备死。”

我想了想就觉得不寒而栗，马上摇头：“我肯定做不到，这个太难了，就算天天练也不太可能做到那种地步。”

“你刚才不是说要扛吗，小三爷？”潘子看着我，“这只是第一个难关，你还没尝试就说做不到，那之后的所有事情更别提了。这不是拍电影，这是真实的生活，不是那么简单的事情。”

我看着他的眼神，意识到他是想让我知难而退，但我知道自己正站在底线上，是没有退路的。我终于道：“好吧，我会做到的。”

潘子继续看着我，盯着我的眼睛，我努力传达出一种不是犹豫的坚定。他终于把烟一掐：“走吧，我们找个隐秘的地方继续。我来想想办法，你也要随时记住，你现在就是三爷，这里到处都是三爷的老兄弟，眼睛太多，你逃不掉的。”

我点头，他起身，忽然对我道：“三爷，走吧。”

我愣了一下，随即明白过来，心中涌起一股难受的情绪，好不容易才忍住，站了起来。他走在我的前面，帮我把门打开，我忍住道谢的冲动，径直走了出去。

那一刻，我忽然觉得自己开始失去了什么，那失去的东西一定是我平时没有注意到的。就在这一刻，我忽然觉得无比沮丧。

正想着，前面的路边忽然有人分别从几辆车上下来，全部朝我走了过来。我一看就愣住了——竟然是王八邱。

我回头看了看潘子，潘子也是一愣，就见王八邱带着四个人，看着我笑：“三爷，什么时候回来的？怎么也不通报一声？兄弟们还以为你出了什么事情呢。”

第三章

王八邱

我刚想说话，忽然意识到不对。我一出声就要露馅儿了，现在不能说话，只能想还能怎么办。

三叔这个时候应该怎么办？三叔这个时候会怎么办？

我脑子里乱成一团，眼看着王八邱到了我的面前，看见我的脸，他立即露出了诧异的神情。

我看着他，瞬间想出唯一的不会露馅儿的办法。我迎着他上前，抡起左拳就狠狠地朝他鼻梁上打了过去。

他猝不及防，被我一下打翻在地，我的手立即传来剧痛，但还是咬牙忍住，立即上去又是一拳，把刚爬起来的他又打翻在地。他杀猪一样叫起来。我想起上次吃饭时他说的话，也真的火了起来，反正不知道是否瞒得过去，先打过瘾了再说，于是直接冲过去对着他狂踹。

那家伙看着挺狠，打架却非常面，连还手的机会都没有。他身后的四个手下终于反应过来，一起冲上来。潘子立即拦在我的面前，对他们道：“想死就来，一刀一个，三分钟不把你们干掉我就是孙子。”

潘子的狠是所有人都知道的，一时间四个人都不敢动了。

这时候我打得自己的手都没感觉了，怕等下我自己治手的医疗费比这家伙治伤的钱都多，我也不能太过分了，就又踹了几下，转头便走。

潘子看我走了，“呸”了一口，也跟着我来了。我们走过一个路口，看到那几个手下立即去扶王八邱。我加快步伐走到他们看不见的地方，发现自己的手肿得像馒头一样。

“下次用巴掌。”潘子道，“用拳头打他是给他面子。”

我看了看后面，问道：“没露馅儿吧？”

“不一定，他一定是布了眼线，一直跟着我或者你，看到你现在的样子，以为三爷回来了，立即过来看风水。你刚才的反应不错，就是打得不够狠。”

“还不够？”

“要是我下手，咱们就不担心他有没有看出来了。”潘子道，“不过不管他有没有看出来，挨这一顿揍他肯定也迷糊了，暂时不管他，我们快走。”

我们上了出租车，潘子说不能去我原来住的旅馆，也不能去他那里了，到今天晚上全长沙肯定都会知道这个消息，我们得先躲起来。但也不能躲太久，因为三爷从来都不怕那帮鸟人，明天一定有一场硬仗。

如果明天能熬过去，立即回杭州的本铺，可以消停很长一段时间。

我点头，他道：“今晚不能睡了，我得告诉你怎么才能混过去。不过，明天也不能像我说的那样硬碰硬，一个晚上你肯定没法学成三爷的样子。明天我找个地方，你在里面，我在外面，让他们只能看到你的脸，你不用说话，但是要训他们。”

“不说话怎么训？”我奇怪道。

潘子神秘地一笑：“我等下教你三爷神技的第一招，沉默训人。”

当天晚上，我几乎通宵在练那沉默训人的招数，其实就是隔空摔账本。

潘子说，我三叔生气的时候一般很喜欢骂人，但当他暴怒到极限的时候反而会很沉默。他会把有问题的账本拿出来，让问题账本所在盘口的人在外面等着。如果解释得体，他就放下；如果有问题，他会把账本摔出来，那个人就知道自己完蛋了。

账本一定要摔得准，但也不用太准。但我的问题是，我必须认得所有盘口人的脸。明天除了各个盘口的头头，还会来一些副手，人数加起来可能超过三十个，潘子这边又没有照片，他只能先布置一个图，明天让那些人按照顺序站着，然后排上号，我听到名字就对应上一个号码，把账本往这个号码那边甩过去。

我练了一个晚上，终于略有小成，扔着扔着也有了心得。最后，还需要摔一个烟灰缸，作为总结。这烟灰缸要摔向潘子，作为对他办事不力的惩罚，以便潘子可以借这个去发飙。

我看了一下那个即将被摔的烟灰缸——是清朝后期的珐琅彩盘子，不由得心说，潘子你可得接住，我这一摔就是六千多块呢。

凌晨的时候，我睡了一会儿，潘子在早上五点群发了短信：“收鳞，九点，老地方。”

这也是暗话，和“龙脊背”一样。

我们两个起来后穿戴整齐，出门时潘子道：“三爷，你就是三爷。”

我看着他，不知道他是在对我说还是对自己说。刚转弯出去，忽然从路口的暗处出来一个人，一刀就砍在了潘子身后。

猝不及防之下，潘子一下翻出去几步远，后背的血洒了一地。那个人立刻回身朝我扑了过来，手里是一柄砍刀，对着我的脖子就要砍。

我急忙闪过。潘子已经爬了起来，一把揪住那个人的后领，几下就把刀抢了过去。那个人用力挣脱了，我看到他身后的暗处里走出了六七个人。

他们二话不说，朝着我们就扑了上来。

潘子的后背已经被血染红了，他抓着砍刀，轻声对我道："不要跑，看着我，镇定。"

我的身上全是冷汗，没有说话，就见潘子把刀一横道："才七个人，王八邱舍不得出钱吗？"

"王八邱？"我看着那些人，忽然意识到了是怎么回事。这些人应该是王八邱派来灭口的。那他是怎么找到我们的？他的眼线真的这么厉害？

那些人的表情冷得让人无法理解。我不认识他们，他们眼神里散发出的那种感觉，忽然让我非常害怕。即使在斗里遇到那些奇怪的东西时，我也没有这种恐惧感。我想到以前我还是小三爷时邱叔的样子，他还偷偷塞给过我零花钱。我一下子觉得人可以很势利，但应该有底线。

比鬼神更可怕的，是人心。这就是人心吗？我看着潘子后背的血，那道刀痕让我觉得无比的目眩。

潘子砍翻了三个人后，其他人立即跑了。

他看了我一眼，靠在墙上喘气道："王八邱是商人，做这种事情不专业。要耍狠，靠这些人是不行的。"

我苦笑，问他要不要紧，想上去扶他。他摇头，让我别过来："大老板扶着被砍的伙计，那就是没落了。我没事。"说着他指了指另一边，我发现那几个人还没跑远，"他们肯定还有一半的钱没到手，非得弄死我们才行，还想找机会偷袭。"

“那怎么办？”我看着那个方向，“你这样会失血休克的。”

“不会，老子失什么都会休克，就是不会失血休克。”潘子道，他站了起来，我看到他身后的墙上全是血迹，“走，我们就追着他们走。”

走了几步他停了停，我发现他的表情有点痛苦，但是他皱了皱眉头，没有作声。

我们一前一后向那几个伙计走去，潘子横着砍刀，把刀刮在墙壁上，一路刮了过去。这是打架斗殴最下等的恐吓方式，以前这种事情一定不需要他来做，但是现在，只有我们两个人了。

乌合之众就是乌合之众，那几个小鬼就这么被潘子逼得一直退到大路边上。潘子的血把他的裤子都弄湿了。他放下刀，看那几个小鬼还没有逃走，而是直直地看着我们，显然他们是看到潘子的样子，知道他迟早会倒下。

我们站在路边等出租车，但是，举目望去——我暗叫不好，这个地段要打上车比在杭州还难。

我忽然觉得这是世界上最悲惨的事情。我们被别人砍了，然后我们在虚张声势，撑到了大路边，却打不到车，也不知道是不是潘子拿着砍刀的原因。

眼看潘子靠在树上，马上就要体力不支了，我非常焦虑，想到刚才潘子说这是不专业的手段，难道三叔不在了，我们就会被这种不专业的手段逼成这样吗？

那几个人渐渐靠了过来，潘子死死握着砍刀，看了我一眼，显得有些无奈。我忽然很想打电话报警，但那一刹那，我忽然想起了他的话：“有些事情你是扛不住的。”

我一直以为他所谓的扛不住是来自各方面的巨大压力，我没有想到，扛不住是这个样子，这么没有美感，这么赤裸，眼看自己的好朋友快不行了，还要假装镇定，既不能选择逃跑，又不能选择其他帮助，只能在他们的游戏规则下死扛。

我的手在口袋里握成了拳头，心里想着，如果潘子不行了，我应该怎么办？接过潘子的刀继续吗？

这时候，我忽然看到对面那几个小子一阵欢呼，接着，从另一边的道路上又冲出来十几个人，所有人都拿着砍刀。

两拨人一对话，立即就看向我们，领头的一挥手，迅速向我们逼过来。我心一凉，竟然还有人！

潘子猛地站了起来，骂了一声道："哟嗬，是南城的小皮匠，王八邱消息挺灵通的啊，知道我和他的过节。三爷，您往后靠靠，别弄脏了衣服。"说着他把刀往树上拍了拍，一个人向他们走了过去。

没走几步，对面的人却停了下来，都看着我身后。我看见他们的表情很尴尬，潘子也觉得奇怪，停下来回头看。

我回头看到，身后路边停了几辆车，车门陆续打开，走出来好多人。霍秀秀走在最前头，穿着一身休闲装蹦蹦跳跳地上来，拉住我的手对我说道："三叔，好久不见，还记得我吗？"

没等我说话，我看到另一边小花穿着西装和他标志性的粉红色衬衫，一边发着短信一边走到我面前，头也不抬地发完后，才看看对面的人说道："送三爷去'老地方'，遇到王八邱，直接打死，算我的。"

第四章

世间有朵解语花

不管是人数还是声势，我们这一边都占绝对优势，对面的人立即瓦解。

小花看着退后四散而跑的人，把手机揣入怀里，对身后的人使了个眼色，立即就有一些人追了上去。

我看见四周好多行人远远地看着我们这边，觉得这样目标太大了，就对小花道："算了。"

潘子走了回来，道："花儿爷做得对，这些人一定要让他们付出惨重的代价，这样其他人再想找人来暗算我们，对方接生意的时候想到前人的下场，就得好好考虑考虑了。"说着他看向小花："花儿爷，我又欠你一个人情。"

"扛得住吗？"小花问他。

潘子点头。小花指了指后面："上车。"说完他看向我就笑："三爷，走一个。"

我心中暗骂，你特地设计，就是来看我出这个洋相的吗？我一边正了正形，跟着他们上了车。

小花开车，我坐在前座，秀秀和潘子坐在后座。秀秀开始给潘子处理伤口，一时间满车的血腥味儿。潘子道：“对不住了，又把你们的车弄脏了。”

“又不是第一次了，你跟着三爷，这种场面还少吗？”秀秀不以为意道。

我问：“这是怎么回事？你们怎么来帮我了？”

小花没回答，而是看了看我：“活儿不错，那丫头果然值那个钱。”

我知道他指的是那个给我戴面具的人，便下意识地摸了一下脸，说道：“你不是说，这张脸是你唯一能帮我的吗？怎么现在又来了长沙？”

“我不是为了你来的。”小花道，“我是为了三爷来的。现在不是我帮你，是你在帮我。”

我心中奇怪，潘子在边上道：“花儿爷是我叫来的。”

我回头看潘子，潘子便说道，昨天他给所有和三叔有业务来往、关系还不错的人，或者是以前的朋友，都发了消息，说是三叔这里出了一个“大海货”，也就是无法估价的非常珍贵的东西，让所有人都过来看货。

这是一种声势。我们现在只有两个人，就算租辆豪车，看上去也非常寒酸。以前三叔就算一个人，因为气势在，走在道上所有人都觉得他是带着风来的。但是三叔出事之后，各种混乱下，这股气已经散掉了。他下面那些小盘口的伙计，杀来杀去，杀气被提了起来，他们会有一种错觉，觉得自己的气已经能压过三叔了。现在，我们需要在声势上把他们重新压下去，要让他们在看到三叔的那一刹那，发现自己的杀气只是一种错觉。人只要第一口气被压住，后面再横也横不起来。

“我在北京一团乱麻，要没有那条短信，我就得被困在北京。”小花道，“看了短信，我就知道你真的做了选择，我也有了借口可以过来。”

我看着他车后跟着的车，问他那里到底出了什么事情，为什么不能直接从后面这些人里挑人出来“夹喇嘛”。他不是还挺拉风的吗？

小花看了看后视镜道：“霍家老太的事情我还瞒着，没敢说出去。但是霍家已经开始乱了，她的几个儿子非常难弄，霍家很多出国的亲戚现在都已经回到了国内，准备开始夺产，现在他们就等着让我给个交代，告诉他们霍家老太去哪儿了。”

霍家老太和小花一起出去夹喇嘛，现在霍家老太一行人都没回来，他回来了。我立即明白了小花所谓的困境。霍家老太有几个儿子，他们之间肯定会有家产问题，一方面要一致对外，另一方面又要比谁对霍家老太更重视，他们质问小花的严厉度就是表明自己孝顺的指标。解家和霍家的关系本来就很微妙，现在这么一来，一定会演变到剑拔弩张的地步。

“我要是离开北京，我们两家可能会打起来，给第三方机会。北京的圈子太乱了，琉璃孙被你们一闹，也盯着我们讨说法。新月饭店的人更是麻烦。”小花道，“你们的屁股一直没擦干净，霍家一内乱，前债后债必须一起还。”

“那你现在过来……”我担心道，“岂不是也会出事？”

“不要紧，”小花道，“霍家的人也来了。这种大事，谁都不会错过，三爷的信用一直很好。”

霍秀秀就在后边道：“嘿嘿，不然我怎么会在这儿。”

小花继续道：“我也没法借人给你，所有的人都被盯着，我一动，一夹喇嘛，立刻就会出事。这件事上，我比你还被动。”

我回头看了一眼潘子，他的背上全是云南白药，血好像是止住了，但他面色苍白，显然是失血过多。见我看他，潘子道：“没事。”

我叹了口气，也就是潘子这个时候还能扛。

小花的车绕过一个路口，我发现到了一条大马路边的茶馆外。

这个茶馆很不起眼，但茶馆外面非常热闹，聚集了好多人。

小花看了一眼潘子：“人还不少，看来都做了准备。”

潘子揉了揉脸，说道：“三爷，准备了，咱们得让他们屁滚尿流。”

我看着那些人，深吸了一口气，点头。小花靠边停车看着前后，等其他车里的人都下了车，便对我道：“走！”

我们四个人同时下车，小花手插在口袋里，和潘子走在我前面，秀秀贴上来挽住我的手，茶馆外的人群马上乱了，无数的声音骚动起来。

“三爷来了！”“真的是三爷！”无数人叫了起来。

我们面无表情地往茶馆里走，所有的人都自动分成两排。我看见他们惊恐畏惧的脸，忽然有了一种快感，腰板不由得挺了起来，嘴角也不由自主地挂出冷笑。

第五章

吴三省归位

这家茶馆，我进门的时候觉得很陌生，走进去上了楼，我发现记忆里依稀还有点印象，之前似乎来过几次，而且也是和三叔这些盘口的伙计来的。不过当时我年纪很小，只记得房间里经常是满屋子的烟味，大人在房间里打麻将大笑，而我被老爸带着，叫几个人拿了压岁钱就走。

我打死也想不到，同样的地方，同样的人，我会以这样的面目再次经历。

茶馆的二楼是一条走廊，两边都是包间，但是和之前大闹过的新月饭店不同，里面的装潢差多了，很多都是用竹子做的隔墙，刷了很多遍漆，呈现出一种油竹的颜色，枯黄泛白。帷帐靠近了能闻到一股香烟的味道，也不知多少年没有换过了，陈年的烟味已清洗不掉。

潘子走在前头，引我们到了走廊尽头的包间，撩起帷帐，我们一行人便走了进去。包间内空间很大，但里面只有一张红木桌子，方方正正地摆在屋子中间，两边摆着六把放着盘龙丝绸靠垫的椅子，后面就是窗户，能看到楼下的景象。我瞥了一眼，等下要是被戳穿了，我就从这里跳下去逃跑。

但再往下细看，我的心就凉了。下面熙熙攘攘全是人，都是各盘口一起跟来的。路两边停满了车，什么类型的都有，不知道的还以为这里在卖春运的火车票，跳下去估计是怎么都跑不开的。

红木桌子上摆着一套茶具，小花上去撤掉了五张椅子，只让我落座，椅子都被拉到靠墙，潘子一下就坐了下去，开始抽烟。我看到他的手在发抖，心里便直发紧，不知道他还扛不扛得住。我不敢发问，只能摸着桌子的面儿，装作有些怀念和若有所思的样子。

一边的秀秀开始泡工夫茶给我，她的方法很特别，解开了自己的团子发髻，先用茶水把发簪洗涤干净，然后用发簪搅拌茶叶。

我看着她的动作，一边祈祷她今天早上洗了头，一边就发现她发簪的材质很奇怪，像是一种淡色的翡翠，又像是一种骨头，上面雕着极其细致的花纹，一定是有来头的东西。

泡好的茶水我闻着感觉应该是碧螺春，同时有一种我很熟悉却想不起来的香味混在里面。我喝了一口，味道非常不错，有一种凝神的感觉。

我被刚才茶馆门口的场面吓蒙了，刚才所经历的一切，让我处在一种浑浑噩噩的状态中。虽然心跳不快，人也不是很紧张，但我所有的感觉都是迟钝的、麻木的，一直到这口茶喝下去，所有飘忽的感觉才全都收了回来。我的思路开始清晰，心情又开始紧张了。

我们进来的同时，外面也跟进来一大批人，现在都不在帷帐外面，显然是到其他包厢去了。我听不到一丝交谈的声音，所有人似乎都在等待着什么。

也许是发现我的表情不对，小花摆了摆手让我别急，自己则和几个手下低声说着些什么，到了关键的地方，基本上只是打手势，连嘴巴都不用动。

我只好耐心地等着，深呼吸稳住自己的心神。秀秀按住了我的手表示安慰，我心里却更加焦虑。如果秀秀都能看出我心神不宁，那其他人肯定也能看出来，可我就是控制不住自己的焦虑。

好不容易小花和手下讲完了事情，他才开始理会我。他把帷帐放下，到我身后拉上窗帘，整个房间暗了下来。他俯下身子，在我耳边说道："王八邱没来，看来知道事情有变，采取了以退为进的办法。不过外面肯定有他的眼线，情况不对他肯定会带人出现。外面的人看王八邱敢不来，也是蠢蠢欲动，情况对我们不利，我看要准备下狠手了。"

"那……"我刚想问他，他立即做了一个别说话的手势，拿出他的手机给我看。

我看到他的手机屏幕上有一条还未发出的短信，他用这个作为写字板，上面写的字是："隔壁至少有三个耳力极好的人，轻声也没用。刚才的话前半部分是真的，后面是说给他们听的。你只管演你的，其他的我们来搞定。"

我点头，他立即把屏幕上的字删掉，手指的速度极快，接着就给潘子使了个眼色。

潘子脸色苍白，但还是点头，就听他喊了一嗓子："各位爷，三爷请，交东西了。"

声音一落，边上所有的包厢里都响起了拉动椅子的声音，一片混乱。片刻之后，就看到帷帐一撩起，各路牛鬼蛇神一个接一个地走了进来，很快这包间里就站满了人。

之前的混乱中，我只是依稀对他们有一个印象。我心中一直有个错误的预判，就是老大应该是其中长得最凶恶的那些。如今仔细观瞧，进来的人高矮胖瘦、各个年龄段的都有，但是都长得非常普通，很不起眼。

有些年长的人确实我还面熟，也有些人很年轻。总体来说，这些人即便想特意记住都相当困难。我想起三叔和我说过，在地里办事情的人，长得再怎么歪瓜裂枣，看一眼一辈子忘不了都没关系，但是在人堆里混的出货伙计，最好是哪儿都能看见的那种人。从死人手里拿东西方便，从活人手里拿钱最难。

小花的手下把潘子身边的四把椅子搬过来，这是给四个大盘口的头儿坐的。三叔的体系非常分明，这里有必要介绍一下。

在长沙存在着一个有年头的盗墓销赃体系，这个体系是在民国末年确定的。为什么这么说呢？再往前追溯，肯定有同样的体系存在，但是历史动荡，各种体系在动乱中都被摧毁，我们不知道是什么样子，如今的体系，是从民国时候传承下来的。

古董买卖分为国内的收藏和国外的走私。俗话说“盛世古董”，只有在太平盛世，才会有人专心收藏古董，但是这句老话是片面的，只在封闭的世界里才有效。

康乾的最初时期是一个大盛世，但是大清朝闭关锁国。顺治十二年（1655年）海禁到康熙二十三年（1684年）才被开放，康熙五十六年（1717年）又禁了，之后开开禁禁好像快板儿一样，虽然整体时间不算长，但是对海运的控制非常严格。那一段时间，“盛世古董”有所体现，但因为海禁、重刑的压迫，盗墓活动并没有到猖獗的地步。

唯独在民国之后的一段时间，一来是国外有大量的需求，二来是国内关口开放，政府自顾不暇，于是近代历史上的盗墓高峰期就出现了。

市场很大，又没人管，事情就都做大了。

当时形成的第一个体系就是走私体系。走私的源头是盗墓贼，之后是“客人”，这些“客人”都是古董行家，从盗墓贼手里购买明器，带到北平和上海两大城市消化，特别是北平。可是在那个年代，大部分好货还是都流到了国外。

后来中华人民共和国成立，海关检查越来越严格，海外走私逐渐收敛，但是体系已经形成。我爷爷这一批人正是成长于那个年代，他们成功地活到了改革开放，所以体系延续了下来。从“文革”结束，在中国南方边境和海面上开始出现走私活动之后，这些年囤积下来、隐藏起来的大量明器便开始寻找出口，三叔就是利用老一辈的体系开始重操旧业并发扬光大的那一批人中的一员。

当然，现在国内的富豪和收藏家已经是国外走私商的劲敌，这也是各地地方性古董交易市场空前繁盛的原因。

这样也就能理解三叔在长沙、杭州，以及霍家和小花在北京的产业关系，还有吴家和解家联姻的各种潜在目的。

从大体结构上来看，三叔在长沙的所有盘口主要负责两个业务：一个是下地拿货；另一个是分销。

下地拿货的盘口，我们一般叫作“喇嘛盘”，分销的盘口被叫作“马盘”。

这个体系的运作方式是这样的：

三叔这样的人，被称为“铁筷子”，是产业链的剥削者，他们垄断着最好的资源，包括古墓的信息、探墓的知识、明器的鉴定。

这些铁筷子把自己掌握的古墓位置和朝代信息交给下面的喇嘛盘，接着，铁筷子会出一个“筷子头”，带着信息，领着喇嘛盘里夹来的喇嘛们，一起下地取货，这就是俗称的夹喇嘛。潘子就是三叔手下很有名的筷子头。

同时，喇嘛盘会有熟悉的“马盘”，早就等候在一边，在东西刚出锅，还没“凉”下来时，马盘就联系好了买家、设计出运输路线，之后就在当地直接交易。东西一凉，马盘直接拿走，整个盗墓活动也就结束了。

这种体系销赃速度极快，只要不被抓现行，死的只会是马盘，铁筷子和喇嘛盘不会受到任何牵连。盗墓活动屡禁不止就是因为这个。而对于铁筷子和喇嘛盘来说，马盘这种角色，要多少有多少，死几个就死几个。

三叔的分销马盘数量众多，来到这个房间的，只是大头中的大头。最让三叔忌惮的，是四个下地的喇嘛盘的头头，而如今坐在椅子上的，就是那四个人。

第六章

长沙倒斗四大巨头

这四个人手里掌握着这条产业链的源头——明器。因为盗墓的特殊性，一件宝器是不可复制的，价值高度集中，下面所有的分销都得拍着马屁才能拿到成色好的货物。也许这四个盘口不是最有钱的，但是没了他们，这个行业就不存在了。

除此之外，这四个盘口的人都是亡命之徒，个个和潘子一样凶悍不讲理，敢跟他们玩欠账赖皮什么的，可能你第二天就不见了，到八百年后，你的尸骨不知道从哪个古墓里被挖出来，那时已经烂成渣了。有钱的怕不要命的，所有人都很忌惮他们。

这批人平时和三叔处于一种很暧昧的状态，一方面指望着三叔夹喇嘛，提供古墓的信息；另一方面，也处处想占三叔的便宜。因为三叔拿的是大头，下地的收成往往八成都得交给三叔。三叔忽然不在了，他们其实是又爱又怕，爱的是以后下地，大头都能自己分了；怕的是三叔不在了，要从哪儿去找古墓的信息。所以，三叔出事的消息一放出来，他们肯定已经和其他铁筷子暗中联系了。陈皮阿四当时就利用这个捞了不少好处，可惜他最后也出事了。其他铁筷子比起陈皮阿四和三叔又差了很多，否则，这四个人早就不会坐在这里。

这是最大的一票势力，潘子和小花倒是说不用怕他们，因为这四个人没的选择，只能静观其变。唯一怕的就是他们趁乱提出重新定分赃比例，但也无非是钱的问题。

比较麻烦的反而是那些分销的，也就是站着的那些人，王八邱就是其中最有钱的几个之一。这些人一直被压在供货链下面，虽然有钱，但是到处受气，很想改变现状。而且，他们不知道倒斗到底是一项什么样的工作，以为只要有钱就能组织起队伍，能跳过三叔直接拿钱。所以三叔一走，很多人开始招兵买马。虽然东西肯定不如三叔在的时候好，但好歹是自己的产业，亏损点也是自己的，他们想慢慢养着。

前段时间三叔不在，马盘已经不怎么往上交钱了，如今三叔回来，眼看着前些时候弄进腰包的钱要吐出来，最不愿意的就是他们。

四个下地的盘口依照次序坐下，长相气度我这里不表，因为之后的事情和他们关系不大。小花在搬椅子的时候，安排好了顺序，我只是记住了他们的名字和序号的对应关系。之后七个分销的盘口也被小花拉扯着站好。

我瞄了一眼这些人，心中就开始默背之前潘子告诉我的顺序，把这些人和潘子跟我说的名字一一对应起来。除去四个坐着的，有几个人潘子让我特别留意。最左边的是个大个子，他穿着黄色的T恤、西裤和套鞋，看着神似菜市场杀鱼的小贩；最右边是个中年妇女，有点胖，穿得倒是非常体面，看得出年轻时应该颇有一些姿色；还有一个少妇模样的姑娘，看气质应该三十多了，但是保养得非常好，身材、皮肤俱佳，扎着马尾，显得很干练。

这三个人，鱼贩子是王八邱的死党，两个人一起打拼出来的，之后一起被三叔收了，绝对是同进同退，这个人一定就是王八邱在这里的内应。对于这个人，潘子说要什么手段都没有用，直接放弃就可以了。

那个中年妇女则是王八邱的姘头，当然潘子也不知道他们是否有真感情，只知道这个胖女人异常泼辣，除了三叔这种软硬不吃的家伙，长沙这一行里基本上没有人能吃得住她。王八邱和她在一起，应该有一定的利益联姻方面的考虑，因为王八邱管的盘口和这个中年妇女的盘口是几乎相邻的两个村子，王八邱经营能力很强，而这个中年妇女擅长搞关系，两个人在一起，能够互相出力，这也可能是王八邱敢率先反三叔的原因之一。这几年两个人在一起，可能暗中也赚了不少。

对于这个中年妇女，潘子的意思是小心为上，静观其变。这行里的女人绝对比男人精明，只要不是爱王八邱爱得死心塌地，那她最后站在哪一边也是很难说的。

那个少妇模样的姑娘，我看着十分顺眼，却是最麻烦的一个。因为，她很可能之前和三叔有过一段那种关系。

潘子并不敢肯定，只说这姑娘入行之后发展得非常快，从清水塘（长沙的古董街）一个小铺子的铺主，一直到和三叔合作做盘口生意，总共才花了一年多的时间，若不是有业内的大佬在背后扶持，这么快发展起来是不可能的。而这姑娘行事非常低调，看不出什么过人的地方。所以很多人都猜，这姑娘可能是三叔的女人。

我看着那姑娘，很难判断。我之前一直认为三叔是喜欢文锦的，但是文锦说三叔是解连环假扮的，那么喜欢文锦也可能是假装的。如果是这样，那这么多年有几个姑娘陪着倒是正常。一来男人独居总有扛不住的时候，二来三叔枭雄本色，纯爷们儿，又有钱，自己不找也会有人贴上来。

假设这姑娘是三叔的女人，那事情就糗大了。床笫之间的生活没有距离，三叔身上的细节定然逃不过她的眼睛，而举手投足的姿势习惯这女人更是了解。要是露出破绽，她必然会发现。

而且，即使她发现不了，她和三叔之间的事情我也不知道，一旦和她独处，问上一两句，我声音又不像，答案也不知道，更是无所遁形。

进门之后，我就看到她的视线在我身上打量，确实和其他人的感觉不同，不知道是不是我的心理作用。我只能将目光死死盯住那个鱼贩，努力表现出抑制杀意的感觉，让她觉得我现在没空理她，心里只想杀掉这个鱼贩。

队伍中还有之前和王八邱一起跟我们吃饭的几个人，我一一对应了一遍，感觉差不多了，才喝了一口茶作为暗号，让小花继续。

小花看了我一眼，便开口对其他人说道："各位，相信各位这段时间都很纳闷，三爷怎么这么久没有出现？市面上也多是风言风语，在这里知会大家一声，那些都是谣传。三爷前年查出身体抱恙，最近嗓子动了个小手术，一直在休养而已。不少别有用心的人在这段时间开始胡说八道，这不，三爷就出来给你们看看，大家别听风就是雨的。"

"哎哟，那三爷现在没事了吧？"下面有个长得特别忠厚老实，忠厚老实到看着就可恶的"地中海"说道，"要我说呢，外面都是小人在传，兄弟们这里可从来没相信过，是吧？"他就对边上的人道。

边上那个人尴尬地点头。

我知道这地中海，这是三叔四个喇嘛盘里最稳定的一个，三叔不在的这么长时间里，唯独他们的账目没问题。虽说也不是太好的东西，但这个时候我不由得觉得他有些亲切。

小花继续道："三爷身体没问题，只是还不太讲得出话来，潘哥也受了伤，所以各位见谅，这一次就由我来替三爷说话。咱们这么熟了，我就不自我介绍了，各位没什么意见，咱们就开始，别耽误三爷休息，速战速决吧。”说着他就对那个鱼贩道：“老六，戳着干吗？老规矩啊，你先来。”

“来什么来？怕是三爷早忘了我们这帮兄弟了。生病？生病也不打个招呼，说走就走，下面的兄弟问上来，我都不知道怎么说。”鱼贩道，他的声音非常细，和他的身材落差极大，“好嘛，现在回来了，一句话也没交代，先查账本。您知道，老六我是走场子的，昨天回来一身泥，整不了账本，对不住了！三爷，您下一位，今天我空手来的。”

给我个下马威啊，我心说。果然如此，潘子把这个人放在第一个，就是看他的态度如何，从他的态度就可以得知王八邱的态度，也能知道他们到底准备到哪一步了。

不过，刚才这种口气介于嚣张和抱怨之间，我听着就松了口气。看样子，王八邱只是在试探。

他这话一说，其他人就都互相看，也不敢赞同，也没有反对。小花说道：“老六，多日不见，娘娘腔没变，脾气倒见长。你这是老娘儿们抱怨老头子不回家，你害不害臊。”

说完下面的人立即爆笑起来，鱼贩却不为所动，说道：“笑，笑，你们继续笑，老子就没账！”说着他对小花道：“花儿爷，要比身段谁也比不上您，娘娘腔那是我从娘胎里带出来的，也没您练得好听。您就别管这档子事了，这儿是吴家的场子，您站边上我都觉得您是不是改姓了。赶紧的，下一位。”

听完，小花就失笑了，显然是没想到这家伙还给顶回来了。小花一下子靠到桌上道：“吴家和解家是铁板上的亲戚，这一次三爷的病很凶险，要说了让外面长沙的那些大佬知道，兴许就闹进来了。三爷不说，有什么问题？那是为了你们好！”

鱼贩果然也笑了，但丝毫不怵：“三爷不说那些人就不闹了？陈皮那个老不死的，半年前弄死了我六个兄弟，我找不到人做主啊！三爷，那些是兄弟啊！没您的话我不敢和陈皮对着干，兄弟白死啊？我把话撂下了，三爷，您这么折腾，神龙见首不见尾的，兄弟们可吃不消。您行行好，真身体不好不想管我们，那就别管了，否则，兄弟们没法混了。”

话说完，小花刚想接话，另一边的中年妇女也说话了：“就是，三爷，老六说得对，这几个月您没在，您知道兄弟们有多惨吗？我那盘口差点就没了。要不是这儿坐着的四位扛着，长沙可就没您三爷的事了。您回来，也得给我们个交代，下面的兄弟要一个过得去的交代！”

说完，底下的人就都点头，坐着的四个人中的一位道：“三爷，他们两个什么心思我明白，不过，阿红这娘儿们有一句说对了，这段时间兄弟们确实损失很大，这话怎么对兄弟们说，您得好好想想。我个人不相信三爷您是那种有点小病就吓得连知会我们一声都不肯的人。”

我瞄向那个被称为阿红的中年妇女，心说这一唱一和，说的话点都很到位。三叔这段时间忙于寻找谜底，肯定疏忽了很多生意，这些积怨应该早就有了，如今只是爆发了而已。

而且，这些话在理，在中国，理大过天，我又不能无视，只得咧嘴笑笑，想了想，忽然意识到自己该怎么回答，就低头在纸上写了一行字。

第七章

吴邪的反击

小花本来想自己说，但看了一眼我写的字，愣了一下，似乎没想到我会写出这样的回答，转头道：“三爷问你们，陈皮阿四现在在哪里？”

下面的人东看看西看看，有人低声道：“最近消停了很多。”

我继续在纸上写，小花看着就冷笑着对他们道：“你们知道他为什么消停吗？”

这下没人再说话了。小花道：“三爷说了，你们以后再也见不到陈皮阿四了。他知道底下有些人和四阿公私交也不错，不过很遗憾，四阿公不会再回来了。”

有几个人的脸上顿时就变得毫无血色。我心中冷笑，陈皮阿四的结局，恐怕全世界只有少数几个人知道。我也知道他在三叔走了之后，对三叔的地盘进行过蚕食，但最重要的是，我知道他肯定回不来了。这么说是暗示他们，陈皮阿四也许是被我干掉的。

“各人做事有各人的方法，三爷的方法就是一劳永逸，再无后患，要做就做狠的，你们是知道的。”小花道，“这个理由好吧？当时三爷知道自己要动手术，就猜到四阿公会趁机来消遣我们。这手术凶险，为防万一，三爷将计就计，早就准备好了应对，不对你们说，是因为你们管不住自己的嘴巴。现在，我们少了几个兄弟是伤心，但是值得。接下来，四阿公的那些盘口，我想兄弟们也知道自己该怎么干了。”

下面一阵骚动，那个地中海道：“三爷，您是说，咱们可以到四阿公的盘口上去……”

“这不合规矩啊，三爷，我们想是想，但是弄不好人家不肯啊。”另一个坐着的道。

我继续写着，小花念着：“总有人不肯，但四阿公不会回来了，三爷不接手，总有人接手，何必便宜外省人呢，对吧？三爷的脾气你们不是不知道，三爷让你们做的，那是早就盘算好了的，你们去做就是了。”

“得！得！得！”地中海咧嘴就笑，“和老不死的抢生意多少年，终于有这一天了。常德归我，你们别和我抢啊。”

“哎！”其他三个立即跳了起来，“轮不到你挑，最好的地方你就这么挑走了，靠嘴快？”

“我不靠嘴快，我靠的是忠心，三爷当然把最好的地方给我。你们账都没搞清楚呢，一边待着去。”

“账……”几个人为之语塞，其中一个立即道：“不行，再怎么样也不行，常德不能给你，我们……我们听三爷的，三爷说怎么分就怎么分。”说着他们便全看向我。

我心中一笑。这是我没想到的效果，我没想到这话这么管用。

正想着怎么打发他们，忽然就听那鱼贩冷笑了一声。

所有人都看向他，他呸了一口：“三爷，您太狠了，四阿公是消遣我们没错，但您不能把兄弟们当幌子，您得让我们有防备啊！这么说，那些被弄死的兄弟，是您一开始就打算丢掉了？你们这些喇嘛盘好了，我们马盘累死累活，坐牢的是我们，被枪毙的也是我们，我们的命就这么不值钱？你们抢地盘，死的全是我们的人！”

我看着他，他说完看着其他人，但是这一次，连那中年妇女也没接话。

这一行是功利的，其他马盘都没有王八邱那么大的财力，不想得罪财神爷——四个喇嘛盘口。中年妇女显然比鱼贩早意识到了这一点。

鱼贩看到四周一片安静，不由得有些慌了：“好嘛，一群没出息的，给别人当一辈子炮灰吧。老子不干了，反正我没账，三爷，我先走了！”说着起身就要走。

我一看，有些意外，没想到这鱼贩这么硬。本来我还以为至少得等到查了账本才会有这一步，没想到这家伙上来一看形势不对就立即要走。

我心中一动，暗说糟糕，这是有后招啊！他一看在这场合下反不了了，准备离开来硬的？

想到王八邱早上就暗算过我们，我就觉得很有可能。抬眼看去，就见那中年妇女立即往外靠，似乎想追过去。

要真来硬的，那就是大事了。小花带的人不多，我手下更是没人，王八邱真要带人冲到了这里，我们没胜算的。

我正想着立即阻止他，可是不知道该怎么说，于是急火就上来了。小花显然和我想的一样，他立刻叫道：“老六，交了账本再走，没账本不准走！”

那鱼贩根本不听，还是往外挤。

就在这时，他要出去的一刹那，潘子从椅子上站了起来。

我立即看到了惊人的一幕，在那一瞬间，所有的人，竟然顿时往后退了一步，接着交头接耳的声音都消失了。现场静得吓人，连那鱼贩一下也停住了，回头看向潘子。

我看着这情形，无比的惊讶，几乎忍不住，只得立即喝茶，用茶杯挡住我的脸，同时吸了口气，才控制住脸部的表情。

我再次看向场内，就见潘子站起来之后，看也没看其他人，而是摇摇晃晃地吸了几口气，转头向鱼贩走了过去。

所有人都没有动，都戒备地看着他，鱼贩忽然就有些胆怯，说道："姓潘的，你想干吗？兄弟们都看着呢，你要是动手，咱们可就撕破脸了，你别后悔！"

潘子一脸的轻蔑，根本不理会，鱼贩开始叫："阿烂，阿邦，带……"

还没说完，潘子已经到了他面前，一把扣住他来推的手，一拧，把他整个人拧得翻了过去。

鱼贩疼得大叫，同时我就听到外面有骚动的声音，有几个人往这里跑了过来。潘子也不理，把手一伸，从他裤子后袋里抽出了一个本子，就往后一递。

小花上前接过来，翻了翻，道："不是有账本吗？哎呀，老六你太调皮了。"

"那是我……哎呀呀！"鱼贩刚想说话，潘子一用劲，他立即惨叫起来。接着潘子就看向鱼贩边上的人，那个人也看了看他，一脸惊讶。

"看着我干吗？交东西上去，也要我动手吗？"潘子一瞪眼，那个人立即反应了过来，马上转身向小花递上本子："花儿爷，到五月份，全在。"接着，所有人都动了，每个人争先恐后地拿账本递给小花。

潘子这才放开哇哇叫的鱼贩，此时鱼贩的那几个手下才赶到，看到老板吃亏就想往前冲，却一下被鱼贩拦住了。鱼贩揉着胳膊，脸色红白交替。

潘子看着鱼贩，指了指自己的后背，冷冷道："老子被人砍了一刀，背很疼，我长话短说。”他咳嗽了一下，“今天，三爷没说走之前，谁也不准走。我眼睛看不清楚，平日里谁熟谁陌生，今天也没精力分辨了。谁要敢早走，我就当场弄死他。”

鱼贩听着，想骂什么，潘子立即又道：“别顶嘴，会死的。”

这话竟然就从鱼贩的喉咙里咽了下去，当真就不敢走，也不敢说话了。看着小花拿了一堆账本回到桌子边，鱼贩显然极其愤怒，但是他一点办法也没有。

另一边中年妇女和身边两人交换了一下眼色，也递上了账本，显得十分无奈。

潘子还是看也不看，转头走了回去，点上烟，有点摇摇晃晃地重新坐下。

我看着潘子，潘子没有看我，只是低头。我忽然对他肃然起敬。

潘子已经豁出去了，不是从刚才开始才豁出去，而是从跟了三叔开始，他就已经豁出去了。

在过去的几十年里，一定有无数的人不相信那句“别顶嘴，会死的”，然后潘子一定用行动告诉了他们，不相信是错的。我不知道这种事情发生了多少次，但是，从刚才潘子说了这句话之后鱼贩没有半点不信的反应来看，我已经很清楚地知道一些东西了。

潘子是一条恶犬，一条只有三爷才能拴住的恶犬。三爷并不可怕，但是三爷手下有个疯子，他不要命，不怕死，只听三爷的话。所以，不要得罪三爷。

相信无数人心里都有这么一个根深蒂固的概念。

我忽然想到第一次见潘子的时候，他大大咧咧的，完全不是这个样子。在和三叔私下交往时，他就是一个听话的伙计，还很好玩，和胖子互相看不惯。我完全没有想到，在与三叔一致对外的时候，他是这个样子的，我也忽然明白了为什么他对于三叔那么重要。

但是，哪张脸才是他真实的性情？是那个平日和胖子扯皮的潘子，还是现在这个修罗一样的混混？

我希望是前者。即使像他说的，我戴上了这张面具之后，就会看到无数我之前看不到或者不想看到的东西，我还是希望之前确认的一切，是真实存在的。

我思忖着，叹了一口气，不管下面的各种混乱，立即开始去看这些账本，同时活动手腕，准备开始表演三叔的绝技。

第八章

我的名字叫潘子

之前的紧张，此时忽然变成了一种无奈。

所有账本都是用暗语写的，类似于那条让我卷入一切的“鸡眼黄沙”的短信一样，各种暗语层出不穷，稍不留意，还会以为是写砸了的武侠小说或者修脚秘籍。我能够看懂这些暗语，再怎么说，我也是三叔底下一个小盘口的小老板，整套体系我都学过。

不过看着账本上各种巨大的吞吐数额，我不禁汗颜，有一种无地自容的感觉。以我那小铺子的营业额，如果我不是三叔的侄子，我肯定已经从盘口的名单上被剔掉了。

账本我完全能看懂，其中的问题我却看不出来。既然敢交账本上来，账目显然是做平的，三叔能从很多小细节中看出猫腻，我显然没这个本事，只能从一些小地方来揣测。比如说，整个账本的墨迹全都很新，那肯定是昨晚连夜赶出来的。比如说里面的纸很旧，但封面很新，那肯定是旧账本换了皮的。

这些事情其实我都做过，但我是小老板，三叔收账的伙计也不敢对我怎么样。今天的这些问题，肯定是下面的盘口听到三叔出事的风声之后，都捞了不少，如今临时做的假账。

昨天一定是个不眠夜，呵呵。不知道为什么，我心中总有一股快感。

翻账本的时候，我还在账本堆里发现了一本奇怪的东西。

那是一个电话本，在所有账本的最下面，是那个鱼贩交上来的（或者说是潘子抢上来的）账本。

我开始以为这是一个电话簿样式的账本，但是我打开之后，发现这真的就是一本电话簿，里面全是各种号码，完全没有账目。

我很快就反应了过来，明白刚才的想法是错的。

潘子不知道鱼贩带的根本不是账本，这是小花做的一个局。

也就是说，潘子只是看到他口袋里有本子，就以最快的速度抢过来给小花，小花立即谎称这是账本。其他的人一看，鱼贩嘴巴这么硬，还是带了账本，说明他同样忌讳三叔。和之前他自己说的不一样啊。其他人立即觉得造反不靠谱，就当墙头草倒向我们，等鱼贩反应过来，所有的账本都已经交了上来，鱼贩的计策已经失败了。

之前我虽然用陈皮阿四占了先机，但是看真本事还得看怎么处理这些账本，把钱收上来，这是最实际的。既往不咎不是三叔的性格，别人会怀疑的。

也不知我的想法是否正确，不过现在已经不重要了。我挑出了几本一定有问题的，就准备开演。但是第一步不是飞账本，而是要表达强烈的不满。

在导演潘子原来的安排中，这一步要用一只烟灰缸砸他，表达对三叔不在这里的时候主持工作的潘子的责备。于是我看着看着，忽然就猛地把一本账本合上，往桌子上一摔。

房间里本来就鸦雀无声，一下所有人的眼神都看向我，我顺手抄起桌子上的烟灰缸就朝潘子砸去。

按照剧本，潘子立即就会接住烟灰缸，之后我立即起身，用最快的速度把账本对应着一个一个拍到有问题的人的脸上，然后秀秀带着我离开。之后的事情，小花和潘子就会搞定。

潘子算过，如果计划顺利，三叔不在时少收的钱基本上能回来大半，那是个大数目。

这一步做完之后，只要我在这整个过程中没有被人戳穿，“三爷已经回来了”这个概念就会变成事实，以后我不用经常出现，只需要回杭州去，潘子就能慢慢把局面撑起来。

从目前的状况来看，最要紧的两点是，我自己不能露出马脚以及快速并合理地完成这些步骤，让别人觉得合理，不会觉得三爷有问题。这些人跟着三爷好几十年，对于他的畏惧已经是习惯了。

而现在就是重头戏上演的时候，成败在此一举了。

昨晚练了很多次，我准头很好。我看着潘子，身上所有的气都提了起来，就等他接住烟灰缸的一刹那。

然而，让我预料不到的情况出现了，那烟灰缸竟然砸在了潘子的头上。他竟然没有伸手去接。

烟灰缸直接摔到地上砸得粉碎。我脑子一僵，心说潘子你竟然开小差。这时就见潘子身子一软，从椅子上摔倒在地上。一股血腥味扑面而来，整张椅子上竟然全是血。

人群立即大乱。我脑子嗡了一声，立即就站了起来。小花一下就从我面前走过，在经过的一刹那看了我一眼。

我明白了他的意思，是让我不要乱。我只得硬生生地忍住。小花率先冲了过去，同时下面的人就炸了，一下全拥了过来。

伤口肯定是刚才扭鱼贩的时候裂开的，回来抽烟是为了掩盖血腥味，他知道自己要顶不住了。

你还真不要命，我心说。我暗暗捏紧了拳头，心中忽然非常后悔，也许我就不应该再去找他。他好不容易能从这行走出去，如今又回来拼命，我太自私了。

小花探了探潘子的脉搏，立即把潘子扶了起来，对门外大叫。他带来的几个人马上赶过来，把潘子抬了出去。小花跟出去交代了几声才回来，西装上已经全是血。

其他人都被这场面吓得蒙掉了，谁也没有阻拦。我原以为鱼贩会在这个时候发难，但他也没有什么反应。我看他的眼神一直瞟向那个中年妇女，中年妇女也看着他，两个人不停地交换眼神。

我用眼神问小花：怎么样？他来到我身后，低头在我耳边道："伤口裂了，别担心，我的人把他送医院了，您快点完事，再去看他。"说话的时候，他拍了拍我，意思是：继续！

在事情出现问题的时候，人往往会有三个选择，一是继续坚持，二是立即就走，还有就是保持不动。我和小花早就约定，他会用几个动作，作为三种情况的暗示。

我想着之前的计划，心中暗骂，看来在以前，三叔本人在这种情况下是不理会潘子的，他会继续处理账本。如果我忽然离开，显然和三叔的性格不合，这会让人觉得三叔心里没有底了。

想着，我决定立即开始摔账本，然后迅速离开，于是我用手指敲了敲桌子。

一下子，骚乱的人全部把目光投向我。我起身冷笑着拿出第一本账本，刚想朝那个人脸上摔出去，忽然冷汗就下来了。

第九章

吴三省时代的终结

所有人的位置都乱了。潘子给我安排的那些人的位置顺序，在刚才的变故间已经全部乱了。我手里拿着账本已经有了摔的动作，现在却一下子硬生生地收住，反手狠狠地摔在桌子上。

小花看了我一眼，脸色就变了。他知道糟糕了，因为这个动作停顿了。

如果说之前我不说话，砸了潘子，摔了账本，立即就离开，别人会觉得我不说话是因为心情极度郁闷。

但现在我站了起来，摔了一本账本在桌子上。一般来说，这是要说话的前兆，如果我这样还不说话，那别人立即就会感觉到异样。

怎么办？怎么办？我脑子一下乱了，看着下面那些眼巴巴地看着我、等我说些什么的人，我只能竭力忍住不说话。我想着，如果我立即转身离开，是不是或许还有转机，因为别人会认为我忽然肚子痛了。

就要露馅儿崩盘的一刹那，几乎是在那种焦急的惯性驱使下，我忽然就吼出一句话来：“没有一个是好东西！都给我滚！”

这是我竭力压着自己的嗓子吼出来的，声音极其沙哑和难听，简直不像人发出来的。

所有人都看着我，目瞪口呆。小花也目瞪口呆，显然不知道这种场面应该怎么说话了。

整个场面静了很长时间，气氛非常尴尬，小花最后才勉强开口道：“你们没听到三爷说什么吗？还想三爷再说一遍？”

这些人互相望了望，都开始松动，显然觉得非常奇怪，但还是准备离开。

我心里真想抽自己嘴巴，心说果然不行，我还是搞砸了，准备了这么长时间，我还是搞砸了，我真是个废物。

就在这时，窗外忽然传来了一连串汽车喇叭的声音，足有十几辆车，突然同时鸣起笛来。

那鱼贩忽然就笑了，停下脚步，对我道：“三爷，老邱来了。”

小花来到窗边上，钩住窗帘往下看了看，就冷眼看了一眼鱼贩，低头在我耳边说：“不妙，准备走，下面全是王八邱的人。”

鱼贩继续对其他人道：“各位，不想和三爷一起的，现在离开，咱们以后还有生意来往，想和三爷一起的，不妨留下来看看待会儿的好戏。”说着他转向我，“三爷，不是我说您，潘子这样的狗，您也不多养几条，一条死了，您就没人看家了。现在，您还有什么话不妨说，我们不嫌您说得难听。”

其他人互相看了看，此时，有手下从外面走过来，到那些人耳边耳语，很快，所有人都开始离开。他们显然都得到了消息，房间里一下子只剩下了老六和那个中年妇女对着我们。

小花倒也镇定，说道：“老六，你胆子真大啊，敢在这么多同行面前干出这种事情来。”

“干这一行，都为钱，他们和三爷都没感情。”鱼贩道，“三爷是什么近况，我知道得很，混到如此田地，只能怪您自己失策。今天这茶馆里待会儿要是起了一场大火，一个时代就过去了，明儿这些人还是和我称兄道弟，没人会提今天发生了什么，您信不信？”

“你没让我走，那你是想连我一起做掉喽？”小花笑道。

“我本不想的，不过，霍老太的事情您自己还没摆平呢！您要是出点事，可别说霍家人不开心。不过放心，秀秀小姐我会送还给霍家的。”

小花脸色一变，秀秀惊讶道：“老六，我两个哥哥是不是和你说过什么？”

“您自己回去问他们。”鱼贩道，“不过，您想想，我们哪儿来那么大的胆子？耍刀子这种事情我们不专业，不过你们霍家可有人才。”

我和小花对视一眼，感到无比惊讶。我实在没想到，背后还有这样的事情。

看来秀秀的两个哥哥还都不是省油的灯，竟然伙同王八邱想吞掉三叔的地盘，可能连小花的地盘都想吞掉。

“那你凭什么觉得我会就范？”小花叹了口气，脸色就阴了下来，没有之前那种一直很俏皮的表情了。

“您凭什么觉得自己不会就范呢？花儿爷，您可没二爷当年的身手。现在外面全是人，最多半分钟他们就上来了，您现在报警都没用。”

“一定要能打才是本事吗？”小花道，“你以为，你真的杀得了三爷吗？”

鱼贩看着小花，就冷笑：“难不成到这个时候了，你们还能飞？”

“就算你把我们都杀了，你也杀不了三爷。”小花笑道。

“什么意思？”

“因为三爷根本不在这里。”小花道。

我不知道小花想干什么，但随即我就明白我们必须冒险了，事情已经对我们极端不利。

小花转向我："亲爱的，用自己的声音和六爷打个招呼吧。"

我动了动喉咙，就用自己的声音说道："六爷，刚才得罪了，演得不好，不要介意。"

鱼贩和那个中年妇女的脸色霎时变得苍白："你是？这声音是？"

"在下花儿爷手下小小戏子一个。"我道。

小花道："老九门留下的手艺不少，又岂是你们这些土鳖会懂的。"

外面已经传来了王八邱带人上楼梯的声音，我背上汗毛竖起来了。

"不可能，怎么可能这么像？"鱼贩连连摇头。

"还不信？那再让他们看看。"小花道。

我心想难道要把面具撕下来？一想不对，这面具恐怕不是那么好撕的，而且让他们发现我是吴邪也不是好事，于是我心一横，就把自己的外衣脱了。

我的身材和三叔差得非常远。三叔常年在外，黝黑结实，我和他年龄上也差了很多，很容易看出来。衣服一脱，鱼贩的脸色就更难看了。

"那真的三爷在哪里？"中年妇女脸色发青道。

"现在王八邱倾巢出动，你们老窝有人看吗？"小花道，"三爷是什么性格的人，你们不是不知道。你们这几个月做得那么绝，他会安心来找你们要账本？"

正说着，忽然鱼贩的电话就响了，他立即拿起来，估计是来了条短信，正看着，他的脸色立即从苍白变成了铁青。他对中年妇女道："是真的，三爷现在带了人在我们铺子里！快走！"

"那他们……"中年妇女指着我们。

“三爷不死，弄死他们也没用。”鱼贩直跺脚，“我就知道没那么顺利！”说着，他们带着手下急忙冲了出去。

不出片刻，他们应该在走廊上碰到了王八邱，就听到鱼贩大叫：“我们被骗了！这个三爷是假的，真的三爷在我铺子里！”

“什么？”王八邱大叫，“什么情况？”

“我就说那老狐狸没那么好弄，我们被算计了！”鱼贩几乎吼了起来，声音好似太监一样凄厉。

“走！回去！”王八邱大叫，接着他们所有的人重新冲了下去。

小花咧嘴一笑，往窗帘外看了看，就听着嘈杂的声音一路往下，汽车又开始发动起来。

一直到声音远去，我几乎瘫倒了，坐在地上，感觉浑身的冷汗一下就冒了出来，刚才的紧张全从毛孔中涌了出来。

小花似乎也松了口气，一把就把我从地上提了起来，然后道：“真险，我们快走。”

“刚才是怎么回事？”我问道。

“面具这种东西，能有第一张就有第二张。”小花让我别说话，继续拿出手机给我看，“我们解家人，做事情从来不会不留后手。”

“怎么说？”我动口型。

“路上说吧。”他道，“事还多着呢。”秀秀笑着递上了最后一杯茶，我一口气喝完，撩开帷帐走出去，迅速地下了楼。

外面的人已经走得差不多了，只有一些大佬的手下还在扎堆。我谁也没理，径直走向车子，忽然就看到，那人群之中还站着一个人。

是那个三叔的女人，她站在人群后面，冷冷地看着我。

我后脑又开始冒冷汗，不知道作何反应。我心说，不会还有加时赛吧。却见她看着我，随后转身离开了。

我深吸了一口气，小花已经把我推到车边，让我坐了进去。

车子启动，我在车窗经过那姑娘时看着她的身影，觉得她可能会是个大麻烦。但是我懒得去琢磨了，疲倦犹如潮水一样向我袭来。

第十章

曲终人散

坐在车里，我全身的疲惫涌了上来，回想起刚才的一切，我几乎记不清发生了什么。

不过，从小花的表情来看，这件事算是成功了。

小花在车上告诉我，从一开始，他就知道我这边肯定会有问题，所以在整个计划里，我这边只是一步，目的是把所有人都引到茶馆里，然后他的两个伙计在另一边待命，其中一个戴了一张三叔的人皮面具。

如果王八邱不发难，就由我这边唱大戏一直唱到完，一旦我这里出现任何问题，被人戳穿或是王八邱来硬的，他都还有一个后招儿。

潘子一倒，他就知道事情有变，已经做好了准备。果然王八邱立即来了，显然早就埋伏在四周了，小花立即给那两个手下发了信息，这才有了刚才那一幕。

我道："这也够惊险的，老六那边的伙计要是晚几分钟发短信，我们就死了。”

小花道：“这一行靠运气没法生存。”说着他让我看他的手机，上面有一条短信：“六爷，三爷带了人在我们铺子里，怎么办？”

“老六最得力的手下昨天和我唱K的时候，没发现自己的手机被调包了。”小花道，“可惜，这种小小的伎俩，总是屡试不爽。”

我心中苦笑，不知道说什么好。不过，我这辈子最最难熬的一个上午算是过去了。

人皮面具贴合得非常好，我在车里抽了半包烟才慢慢地缓过来，问这些人回去会怎么办。

小花说：“现在还不知道，但是至少三爷回来了这个事情已经成为事实了。你三叔在长沙威名远播几十年了，我们这么一闹，潘子再去走动，气势就完全不同了。”

“我总觉得悬，士气已经颓了，说起来就能起来？”

“我举个例子，现在有很多入行的新伙计都是听着三爷的故事长大的。这些人把三爷当神一样崇拜，只要潘子说替三爷办事情，他们死都愿意，但前提是，潘子必须代表三爷。这样他们就会觉得替潘子办事能进到三爷的盘口来，得到三爷的点拨。”小花道，“这就是区别。这批人数目可不小，潘子靠自己是叫不动的。”

我点头，确实有道理。小花继续道：“刚才那些人中，肯定有很大一部分是潘子直接叫得动的。王八邱和鱼贩还是个麻烦，不过只能直面了。”

我问起潘子的消息，小花道：“你很快就能见到他，他就要出院了。”

“出院，为什么要出院？”我道，“他不要命了！”

“今天晚上很关键。”小花道，“我们刚才的‘成果’需要有一个人‘变现’，潘子必须出面，确定到底有几个盘口是在我们这一边的。然后，也就是今晚下半夜，王八邱和老六必须除掉。”

我心中一惊：“什么意思？”

“事不过夜，这是三爷的规矩，王八邱也很清楚，也不会坐以待毙。”小花说着看了看天，“今晚要下雨，流血的天气。”

我看着他，意外道：“这么可怕的话，你说得倒一点也没压力，能不这么干吗？”

小花笑了笑：“刚才那句话，是我爷爷说的，我妈又转述给我听的。我听到这句话的时候，才十七岁。”说着他叹了口气，“压力这种东西，说着说着，就没了。”

我皱眉，感觉到一阵恐惧。我从来没有想过还会发生这种事情，于是问道：“一定要这样？要不我们打匿名电话报警，把他们干掉好了。”

“天真这外号还真没起错。”小花道，“如果我是你三叔，也许我有办法让你继续天真下去，可惜我不是。小三爷，面对现实吧，这是你自己的选择。”

我沉默不语，看着车外的长沙，想起潘子也和我说过类似的话。这确实是我的选择。

回到昨晚住的小旅馆，拿上行李，我搬到了小花在长沙的招待所。这里比在四川时略差，显然是很早装修的，应该是他发家时就建立起来的中转站。据说招待所食堂的师傅以前是成都狮子楼的总厨，他给我们搞了三个很精致的小菜。

我们回到房间，吃饭的时候，我又问晚上的事情什么时候开始。小花笑而不语，只是一个劲地让我喝酒。

那是一种我尝不出来品种的酒，我怀疑可能是绿豆烧，就是以前土夫子经常喝的那种酒糟原汁，外加一些冰糖和药材做成的。这酒喝的时候辣口，感觉有一股绿豆汤的味道。但是几杯之后，我就毫无征兆地醉了过去，连什么时候迷糊的都不知道。

醒来的时候已经是第二天早上了，我看到小花和潘子躺在我房间里的沙发上，两个人身上全是血迹，都睡得很熟。我看了看窗外明媚的阳光，就知道一切都已经结束了。

我很默契地没有问前一晚的细节，只知道七个盘口站在了我们这一边，王八邱和鱼贩的手下都是乌合之众，他们本身善于经营，不善于火并，结果不言自明。潘子收了下面盘口欠下的货款，总计小一千万，接着迅速整顿了崩溃的长沙总盘。我在这段时间，就像吉祥物一样，到处露一下脸。

等我离开长沙飞往杭州的时候，总盘已经有了四十多个伙计，虽然大部分是新人，但在潘子的运作下，磕磕碰碰的走货又动了起来，整个长沙已经稳定了下来。

至此，最初的难关算是过去了，回到杭州之后，不用像在长沙那么腥风血雨，只需要风花雪月就可以了。在这段时间里，潘子会留在长沙替我物色队伍，利用三叔的名气和钱，夹一些还不错的喇嘛，而我则必须在杭州处理三叔积累下来的事务，同时更加系统地模仿三叔，包括声音。

这看上去很难。小花教给我一些技巧，目的是在去巴乃营救之前，能大致让三叔的脸和声音显得不那么突兀。

之后小花会回北京，继续和霍家的人周旋，拖延时间，一直到潘子把队伍拉起来为止。

我们计划完成这一切只用五天时间，我心中默默祈祷闷油瓶和胖子他们能坚持下去，一定要等到我下来！

烦琐之事不表，五天之后，我、小花、潘子分别从杭州、北京、长沙飞往广西，三方人马在广西机场会面。一到机场，我就看到潘子带了有一二十号人浩浩荡荡地过来了。他们打扮成旅行团的样子，潘子举了一个小旗，上面写着“中青旅”，他拿着耳麦在朝我笑。

果然是打不死的潘子，五天时间，他的伤一定没有好，但是看气色完全不同了，头发也焗油变黑了。小花那边只带着秀秀，两个人好像一对小情侣。

我一个人穿着三叔经常穿的衣服，忽然有种孤独感。这些人来到我的面前，潘子就对身后的人道："叫三爷。"

"三爷！"身后所有人都叫了起来，我点头，尽量不说话，潘子在前头引路。

我们上了几辆很破的小面包车，我和潘子、小花坐在最前面的那辆车里。一路上潘子把后面车上的一些人给我介绍了一遍。

我听得格外用心。我知道平日里这些环节都是三叔做的，如今我就是三叔，在潘子不在的时候这些人会听我的，我的很多决策会影响到这些人的生死。我不能像以前那样浑浑噩噩，以观光的心态来下地了。

"七小时后，我们会到达巴乃。我已经和阿贵打了招呼，到了之后我们立即进山。不过，现在有个麻烦，大家要做好心理准备，特别是三爷。"潘子道，"那儿的情况也许会出乎您的预料。"

"什么？"我问。

第十一章

裘德考的邀请

“裘德考的人已经满村都是了，他们似乎还是没有进展，很多后勤支援的人盘踞在村里，人多势众，他们知道您要来，裘德考已经放出话了，他要见您一面。”

潘子的队伍分成两组，一组是下地的，一组是后勤支援的。他说，这一次以救人为主，深山中的那个妖湖离村子太远，后勤就显得尤为重要。平日里我们进山都要两三天时间，现在在进山的路线上设三个点，一个点五个人，二十四小时轮番候命，这样可以省去晚上休息的时间，把村子到妖湖的支援时间缩短到一天以内。

这样，光是支援的伙计就得十五个，由秀秀负责。剩下两个好手跟我们下地，加上小花、潘子和我，一共是五个人。三叔的那个女人——哑姐，竟然也在下地的五个人内。

我问潘子为何这么安排，潘子道：“那女人我们用得着。我想三爷当初培养她，应该是她有真本事。当然，三爷有没有睡她，我就不知道了。而且，她已经对你起了疑，这种人带在身边最保险。”

我道：“那老子不得时时刻刻提心吊胆？”

“进去之后，我们肯定会分开，她和花儿爷一队就行了。救人要紧，救上来什么都好，救不上来，恐怕你也没心思装什么三爷不三爷了。”潘子道。

我点头，之前觉得是否人太多了，可是一想是去救人，而且要在最短的时间内把人救出来，进去这么些人还是必要的。在那种地方，待的时间越长越是危险。

那妖湖湖底的村落，还有太多谜没有解开。如果张家古楼正是在湖底的岩层之中，从那边山体的大小来看，里面必然极其复杂，可以预见我们进入张家古楼之后，推进一定非常缓慢，良好的后勤可以弥补我们上一次的尴尬。

一起去下地的人中，只有一个小鬼我不认识。他极其瘦小，才十九岁，外号叫“皮包”，据说耳朵非常好使，是极好的坯子，在长沙已经小有名气。这次夹喇嘛把他夹了上来，价码最高。我想他具体是个什么样的人，得相处一下才知道。按潘子的说法，价码高的，一定不好相处。

至于裘德考，潘子问我要不要见，我想也不想就拒绝了。在这种节骨眼儿上，各种事情混乱至极，应酬的事情就不要去处理了。老子刚觍着脸演了一出大戏给三叔的伙计看，这个老鬼不知道比那些人要精明多少倍，又没有必须去的理由，何必触这个霉头。

潘子道：“也未必，白头老外和三爷之前的关系很复杂，我也搞不清楚当时发生了什么。他找你，也许你可以去试探一下。”

我心说这倒也是，不过试探这种老狐狸，非精神体力俱佳不可。我心中想着胖子他们的安危，此刻倒不急于琢磨这些破事了，便对潘子道：“不急，等人救出来，有的是机会去试探。现在箭在弦上，不得不发。我们到了之后，先休整一晚，第二天立即出发，到了湖边再说，让他反应不及。”

潘子摇头道：“这种老狐狸，要避开我看难。不过还是按照你说的做，你的思路是对的。”

我们各自打着算盘，又把各种细节讨论一遍，便开始闭目养神。颠簸了七个小时之后，我们到达了巴乃。

下来的一刹那，我看到那些高脚木屋，熟悉的热带大树，穿着民族服饰的村民，恍惚间就感觉，之前去四川、去长沙经历的一切都是梦，回到阿贵家里就能看到胖子和闷油瓶正在等我。

天气已经凉爽了，但是比起长沙和四川还是热很多。我解开衣服扣子，就发现哑姐在看着我，心里咯噔了一下，立即又扣上去找阿贵。

阿贵还是老样子。这时的天色已经全黑了，我递烟给阿贵，对他道：“总算回来了，云彩呢？”

阿贵一边把我们往他家里引，一边很惊讶地看着我：“老板以前来过？认识我女儿？”

我这才反应过来，我已经不是吴邪了，现在对于阿贵来说是一个陌生人。我不由得尴尬地笑笑，说道：“来过，那时候我还很年轻。你女儿也叫云彩？我上次来，这儿有个挺有名的导游也叫云彩。”

阿贵点头，似懂非懂道：“哦，这名字叫的人多，那您算是老行家了。”

我干笑几声，看了一眼哑姐，她似乎没有在看我了。其他人各自下车，阿贵带来的几个朋友都拿了行李和装备往各自被安排好的村民家里走去，这里没有旅馆，所有人必须分别住到村民家里。

“您是这一间。”阿贵指着我和闷油瓶、胖子之前住的木楼子，我感叹了一声，就往那间高脚屋里走去。撩开门帘进去，我愣了。

我熟悉的屋子里已经有了一个人，他正坐在地上，面前点了一盏小油灯。

那是一个老外，非常非常老的老外。我认出了他的脸——裘德考。

“请坐，老朋友。”老外看到我进来，做了个动作，“我们终于又见面了。”

我吸了口气，冷汗就下来了，心说果真避不开，来得这么快。我瞄了一眼外面，看潘子他们在什么地方。

裘德考立即道：“老朋友见面，就不用这么见外了，稍微聊聊我就走，不用劳烦你的手下了吧。”

我没看到潘子，其他伙计全都说说笑笑的。我心中暗骂，转头看向裘德考，勉强一笑，几乎是同时，我看到裘德考的身边放着一个东西。

那是一把刀，我认得它，那是闷油瓶来这里之前小花给他的那把古刀。

我心里咯噔一下，第一个念头竟然是：这么快又丢了，真败家，转念一想，才觉得不妙，这东西是怎么被发现的？难道裘德考的人已经进到妖湖湖底去了？

裘德考看我盯着那古刀，就把古刀往我这边推了一下，单手一摊道：“应该是你们的东西，我的人偶然拾到的，现在物归原主。”

“这是从哪儿弄来的？”我故作镇定地走过去，坐下拿起一看，知道绝对不会错，就是闷油瓶的那把刀。

这把刀非常重，不过比起他原来的那把黑刀，分量还是差了很多，连我都可以勉强举起。刀身上全是污泥，似乎没有被擦拭过。

“何必明知故问呢？”裘德考喝了一口茶，“可惜，我的人负重太多，不能把尸首一起带出来。可怜你那些伙计，做那么危险的工作，连一场葬礼都没有。不过，你们中国人似乎并不在意这些，这是优点，我一直学不来。”

“尸首？”我脑子里轰的一声，“他死了？”

“这把刀是从一具尸体上拿下来的，如果你说的就是这把刀的主人，我想应该是死了。”裘德考看我的表情比较惊讶，“怎么？这个人很重要吗？吴先生，以前你很少会对死亡露出这种表情。”

我看着这把刀，仿佛进入了恍惚的状态，心说，绝对不可能，闷油瓶啊！

闷油瓶怎么会死？闷油瓶都死了，那胖子岂不是也好不了？不可能，不可能，闷油瓶和死完全是绝缘的。这个世界上，还有什么地方能让他死？！他是绝对不会死的。

恍惚了一下，我立即强迫自己冷静了下来，仔细去看这把刀。我问裘德考：“那具尸体有什么特征吗？”

裘德考被我搞得不得要领，也许他一直以这种高深的姿态来和中国人别苗头，之前和三叔可能也老是打禅机，可我毕竟不是三叔，没法配合他，我只想知道问题的答案。

他诧异地看着我，失声笑了起来，喝了一口茶，忽然道：“你真的是吴先生，还是我记错了？”

我上去一巴掌就把他的茶杯打飞了，揪住他的领子道：“别废话，回答我的问题。”

裘德考年纪很大了，诧异之后，面色就阴沉了下来，问道：“你怎么了？你疯了，你对我这么无礼，你不怕我公开你的秘密吗？吴三省，你的敬畏到哪里去了？”

我靠！我心说，你的中文是谁教的，余秋雨吗？但我一想，我这么粗暴，他也不可能很正常地和我说话了。我脑子一转，就放开他道：“你先回答我的问题，这件事情非同小可。你还记得你在镖子岭的遭遇吗？你还想再来一遍吗？”

裘德考愣了一下，整理了一下衣服，问道：“这么严重？”

“回答我，那个人是什么样子的？”

裘德考道："我不清楚，是我手下的人发现的。"

"带我去见他，我要亲自问他。"我道。

裘德考看着我，凝视了几秒钟，发现我的焦急不是假装的，立即站了起来："好，跟我来。不过，他的状况非常糟糕，你要做好心理准备。"

第十二章

张家古楼里来的人

裘德考的人住在村的上头，可能是人数太多的原因。村子往上部分高脚楼分布得非常密，适合很多人同时居住，可以互相照应。

我和潘子打了个招呼，说明了情况，潘子就跟着我们，从那条熟悉的小溪边绕了上去。夜晚的天非常清凉，月光照在清澈的溪水里，到处是虫鸣之声，让人不由得又想起了半个月之前的情形。

上去之后，我才发现整个村子的上头几乎被裘德考的人占满了。到处灯火通明，所有的院子里都摆着大圆桌，到处都是成箱的啤酒和赤裸着上身吃东西的老外。显然，这儿大部分的房间都变成饭店里的后厨了。

倒斗也能搞活经济，我心说，一个找不到的好斗能富一方水土，在这里倒也体现得淋漓尽致。

看到裘德考过来，几个喝得站都站不直的老外就拿起啤酒对他大喊："Boss，come on！ Don't be too upset！（老大，过来一起喝，开心一下！）”

裘德考没有理会，径直绕过这个大排档，到了这排房子的后面，气氛陡然一变。我看到一幢非常冷清的高脚楼，很小，似乎只有一间屋子。门口有两个人，一脸的严肃，四周也没有喝酒的人，只有一盏昏暗的白炽灯照着这屋子的门脸。

裘德考对看门的人做了一个手势，就把我们带了进去。一进去，我就闻到一股无比刺鼻的药味儿。

地上有一盏油灯，我看到油灯下，一团面粉袋一样的东西正躺在草席上，边上有一个医生一样戴着眼镜的人。

“怎么样？”裘德考问那个医生。

那个医生摇了摇头。我凑上去，不由得吸了口凉气——那草席上的一团“东西”，竟然也是个人。

但是，这真的是人吗？我看着这个“人”，有一种强烈的想作呕的感觉。他身上所有的地方，整块整块的皮肤都凹陷了下去，看着就像一个从里面开始腐烂的橘子，但是仔细看就能发现所有的凹陷处，皮肤下面似乎都包着一泡液体，乍一看去，这个人似乎已经腐烂了很久。

但他是活着的。我看着他的眼睛，他也正看着我，而他显然已经动不了了。

“怎么会这样？”潘子问。

“我派了七个人下去，只有他一个人出来，出来的时候还好好的，三天后开始发高烧，之后变成了这个样子。”裘德考面色铁青，“就是他带出了那把刀。他告诉我，他进入了石道的深处，在遇到带刀尸体的位置，他和其他人分开，其他人继续往里，他把刀带出来给我，结果继续深入的人再也没有回来。”

“他的身体是怎么回事？”

那个戴眼镜的医生摇头：“不知道，我只能说，他的身体正在融化成一种奇怪的液体，从内部开始。”说着，他用一支针管戳了一下那个人的手臂，凹陷处的皮肤立即就破了，一股黑色的液体从里面流了出来。

“你要问就快问吧。”裘德考说，“他的时间不多了。你可以问他问题，他无法回答，但是能用点头和摇头表示。”

我凑近那个人，问他：“你别害怕，回答了这些问题，我也许可以救你，但你一定要如实回答我。你是从一具尸体上找到这把刀的？”

他的表情没有任何变化，但缓缓点了点头。我又问道：“这个人的手指是不是特别长？”

他看着我，没有反应。

我看了一眼裘德考，裘德考也没有反应。潘子说道：“他也许没注意那个人的手呢。你问问其他特征。”

我想了想，问道：“那个人身上有没有文身？”

躺在草席上的人还是没有反应，但他还是看着我。我盯着他的眼睛，正搜索想要得到的答案，忽然，我发现这个人的眼神很奇怪。

刚才的一刹那，我忽然看到了一种熟悉的神色，从他眼睛里闪了过去。

这个人的眼神无比的绝望，我可以理解，所有人在这种情况下，肯定都不会有神采飞扬的眼神。但是在这绝望之中，我明明看到了一丝熟悉的感觉。

我抓不住这种感觉，但我可以肯定它很熟悉，我在某段时间里曾经看到过，而且印象很深刻。

是闷油瓶？我心说，难道他又戴上了人皮面具，在里面换掉裘德考的人，调包出来了？

肯定不是，这一定不是闷油瓶，他的眼神太有特点了，不可能只是让我觉得熟悉。而且，他们是裘德考的人，如果闷油瓶知道裘德考要下来，还知道裘德考会派这个人下来，他再做好人皮面具，然后调包出来，那闷油瓶得长八条腿才行。

为了保险起见，我还是去看了看这个人的手。这个人的手已经像一只充满了液体的橡胶手套，但没有发现手指奇长的现象。

我松了口气，就算真是闷油瓶，这种衰样肯定也扮演不出来。更不可能是胖子，胖子的眼神不仅能表示是或不是，唱《十八摸》都没问题。

我仔细一想，终于想到了答案。

这是我在大闹新月饭店之前和小花碰面的时候，小花看着我的眼神。

小花当时觉得我似曾相识，但是想不起来我是谁。

我看着那个人，他也死死地看着我。他一定在拼命回忆，难道他和小花一样，觉得我面熟？

我忽然觉得有些不妙，好像有不好的事情要发生，我立即快速追问："回答我，那个人有没有文身？"

刚问完，那个人忽然睁大眼睛，似乎认出了我，挣扎着要起来。他的眼睛死死地盯着我，整个胸腔起伏，不停地发出已经不成人声的咆哮。

所有人都被他吓了一跳，看着他竭力以一种无比诡异的姿势爬了起来，医生想将他按倒都没有成功。他不停地挣扎，身上凹陷下去的地方破了好几处，黑色的脓血往外直流。

当我看着他站起来在我面前朝我咆哮的时候，我惊呆了。

我看到的是一个姿势无比诡异的人，他的体内好像完全融化了一样，两条胳臂死死地垂在身体两侧，身上凹陷的地方都破了，黑色的液体流满了全身。

但是我丝毫不觉得害怕，而是有另一股更可怕的感觉冲过我的全身。

我忽然意识到，之前似乎看到过这个样子的人，我见过眼前这种景象！

这种感觉如此强烈，以至于我看着那个人朝我走来却没有后退。我看着他的动作，冷汗冒了出来，接着，我就回忆起了两件事情。

第一件，是楚哥给我的那张奇怪的照片。那张照片里，在一扇屏风后，拍出了一个奇怪的影子。

另一件，是在阿贵家另一幢楼的二楼窗口，我也看到了一个和这个人姿态很像的影子。

难道，那两个奇怪的影子，原型就是这样的人？

这个人看着我，竭力叫着，想朝我扑过来，但是才动两下就摔倒在地，再也不能动了。我浑身冰冷地看着他，但很快就坚持不住了。

第十三章

合作的提议

我几乎是逃一样地出了房子，几分钟后才从那恶心的场面中缓过来。

裘德考在我身后，给我递上一瓶啤酒，我喝了几口才镇定下来。

“有没有什么感想？”他问道。

我看着他，不知道他问的具体意思是什么。他道：“中国人喜欢拐弯抹角，我多少染上了一点恶习，不好意思。我是问，想不想合作？”

“合作？”

“我的时间也不多了，接下来是你们的天下，我在这片土地上始终是外来者，得不到这片土地的垂青。合作一直是我的选择，你可以考虑考虑我的提议。”裘德考说道。

“你不用说得冠冕堂皇，我明白你的意思。”我道，“你想要什么？”

“入内四小时的路程，我们已经全部探明了。但有一道门，无论使用什么方法，我们都突破不了。我可以把所有的资料都提供给你们。”裘德考说道，“只有一个条件——你必须带我的一个人进去。”

我心里盘算了一下。潘子看样子想拒绝，我马上拉住潘子：“等一下，我觉得可以接受。”

“三爷，他们都是乌合之众，他们能拿到的资料，我们更不在话下。这种条件对我们来说没有价值。”

“不一定。”我说道，“既然裘先生之前说，从来不做做不成的交易，他肯定对自己的条件很有信心，他说的资料，应该和我们想的不同。”

裘德考点头：“我的想法并没有那么简单。我之所以要提出这个合作，是不希望你们多有不必要的牺牲。如果没有这份资料，在这四小时的路途上，你们至少要死一个人。”

“那是你们没用。”潘子道。

裘德考笑了，然后摇头说道：“也罢，反正我说什么你们都不会信，你们要自己进去了才知道，这张家古楼到底是一个什么样的地方。我在这里准备四具棺材，等着你们重新坐下来谈。”

谈话不欢而散。潘子给我使了个眼色，其实我挺想合作的，但是潘子说得也有道理，我只得点头道：“那我们到时候再说，裘先生请便吧。”

我和潘子坐在溪水边上，琢磨刚才老不死的老外讲的话和我们看到的东西。潘子说道：“看来，这张家古楼里头极其诡异。我原来以为我们在外面这一通折腾，裘德考他们能进到楼里，没想到，这么多天，他们死了那么多人，连楼在哪里都没找到。”

“能确定这座古楼一定在山里吗？”我问道。

“十万大山自古传说就多，唯独这里有明代大火的传说，近代又发生了很多事情，这近一百年里，不知有多少人进到这座偏僻的山村。这些人肯定是有目的的，一定有大量的线索指向张家古楼就在这些山里。不过我看你刚才魂不守舍，差点就穿帮了。你刚才是不是想到了什么？”

我看向黑暗中的远方——那里是巨大的无人区，深山老林。

我点上烟，把我刚才看到的那可怕的病人，和我之前在阿贵家和楚哥照片上看到的影子对应了一下，便对潘子讲道：“这事情肯定不是巧合。我觉得有一种可能性，那个影子和我们刚才看到的那个人，可能是同一种性质的。”

“你详细说说。”潘子显然没有领悟。

我道：“我们不知道那个人在石道中遭遇到了什么，但是，我们假设这一次他能侥幸活下来，他的身体会变成什么样了，你应该能想象出来。”

潘子点头。刚才那个人站起来，身体基本上融化了，整个人无比诡异，这种畸形是绝对不可能治愈的。

我道：“楚哥给我的照片上和我之前在阿贵家二楼看到的那个奇怪的影子，与刚才那个人站起来的姿态太像了。我相信，在这个村子里，有一个人遭遇了和刚才那人一样的事故，但是他活了下来，变成了畸形。”我抽了口烟，闷了一下气，想到了更多，“这个人，很可能是二十年前考古队里的人。”

潘子没作声，我跟他说过我在巴乃经历过的事，但他未必全都懂，其实我只是在整理给我自己听而已。

“假设，当年的考古队进入深山，不管是调包前还是调包后的考古队，在那座深山湖的湖边上进行了考古活动，以当时那支队伍用的时间和规模，一定会有所发现。他们也许进入了那个洞穴，之后遇到了变故，有些人死了，有些人活了下来，还有些人失踪了。接着，这支队伍中出来的人离开了这里，可有一个他们认为中了机关必死的人竟自己爬出了洞穴，他苟延残喘地活了下来，并回到村子里住了下去。”我道，“这个人一住就是几十年。他知道很多秘密，不敢再回到村子外面的世界去。他以为他会在这个村子里终老，结果，让他想不到的是，那件事情并没有结束，几十年后，以前那支考古队的‘意识继承者’又在这个村子里出现了。”

“这是你自己编出来的吧？”潘子道，“那楚哥给你的那张照片你怎么解释？”

“那张照片中的背景是格尔木的疗养院，那个古怪的影子就在屏风后面，小哥也是在这个村里被发现的，时间上都在一条线上。虽然我不清楚他们之间的具体关系，但是，在这个小小的村子里显然有着比我能想象到的还要多的秘密。”我道。

潘子道：“那今晚你也别睡了，我们去问问阿贵到底是怎么回事，去他家二楼看看，把那个影子找出来。”

我摇了摇头：“不用了。”我想起了之前闷油瓶“故居”的大火。虽然当时二叔对我闪烁其词，听意思似乎是他放的火，但是二叔毕竟没有亲口承认。我觉得，之前住在闷油瓶“故居”里的很有可能就是这个人。他以为不可能有事了，结果我们出现后，他以为事情还没有结束，因此立即烧了房子，把一切都毁掉了。

所以我们在阿贵家的二楼不会发现什么东西。这个人不是一个可怜虫，这么多年了，他仍然表现出了一种极高的警惕性和执行能力。

为什么？

在裘德考出现在这里的这段时间，他肯定已经把所有的蛛丝马迹都抹掉了，而且现在这个时候，他肯定不会在村子里待着。

要是我的话，我一定会藏在深山之中，在裘德考的营地附近活动。

“你说当年他们有没有找到张家古楼？”潘子问道，“他们最后带走的那些铁块一样的东西，不会是从张家古楼里弄出来的吧？”

我摇头。现在我还不知道这个人的立场，但是他所有的举动说明了他并不想以前的事情被暴露。我虽然不知道他是不想暴露自己，还是不想暴露所有的一切，不过我有一种很不祥的预感。

这种预感也许和闷油瓶的房子被烧掉有关系。我只差一点点就能看到那些照片了，但一时疏忽，被人阴了一把。

“潘子，队伍不休整，能出发吗？”我问潘子道。

“可以，这些人都是我挑出来的，三天不睡都能扛得住。”潘子道，“怎么？你有什么想法？”

“我们要立即进山，我觉得可能会出事。”我道，“告诉他们，到山里再休整，明天晚上之前，我们必须赶到湖边。”

我突然的决定，让所有人都措手不及，幸好二叔的威慑力在这里，大家在一种奇怪的气氛下，开始收拾已经打开的包袱，连夜让阿贵准备狗和骡子，向山中进发。

即使如此，等搞来骡子正式出发，也快到凌晨三点了。山林的黑夜蚊虫满地，我无比疲惫，同时心中饱受内火的煎熬，明知道可能是白着急一场，但还是忍不住地焦虑。

一路上，我走在队伍的前方，紧紧地跟在阿贵后面。阿贵带着三条狗开道，后面潘子和几个伙计赶着骡子，拉开了很长的距离。

一直走到天亮，我们才休息了一下，布下第一个供应点，沿途都做了记号。走过茂密的树冠之后，我们看到了不远处有裘德考的队伍，都是蓝色的大帐篷，我们没有理会，继续往前走。

一路无话，到达妖湖边上的时候，已经是第二天的傍晚。太阳只剩下一个尾巴，平静的湖面上只倒映出一丝迷蒙的光，显得无比暗淡。

在一边的湖滩上，篝火通明，一连串红色的火光映出了一片让人难以置信的情景。

到处都是篝火，到处都在烧饭，乱石之间有很多临时搭建的窝棚，上面盖着茅草。足有二三十号人，骡子、狗，甚至有鸭子，混在这些人当中。

录音机在播放音乐，啤酒罐、可乐罐散落在石头缝隙里。

火光下，那些三三两两的人打牌的打牌、发呆的发呆、喝酒的喝酒，一幅悠闲无比的现代田园诗景象。

“石头滩上老板们在睡袋里躺不下去，所以搭了窝棚。鸭子是养来吃的，一只一只带进来太麻烦了，各家各户抓了十几只，先在湖里养着，反正鸭子离了湖也跑不了。”阿贵说，“过几天我还得从外面搞些躺椅进来，有老板要什么日什么澡？”

“日光浴。”小花在后面道，拍了一下我，“干这一行的，天生都喜欢及时行乐。”

我看着一边有一男一女两个老外，正坐在湖滩边的一块大石上接吻，不由得长叹了一声。

没有人理会我们，我们走进他们宿营地的时候，所有人看向我们，都是一副漠不关心的表情。潘子路过一处堆放着啤酒箱的地方，顺手甩了几罐给我们，也没有人抗议。

“看来把我们当自己人了。”潘子道，“裘德考也不靠谱，连个放哨的都没有。”

“也不是没有，人家是艺高人胆大。”小花喝了一口啤酒，看着一个地方指了一下。我转头看去，就看到石滩外树林中的一棵树上有一点火星，似乎有人在上面抽烟。

“就一个？”

“就一个。”小花道，“估计手里有家伙，眼神好。”

“咱们离他们远点。”潘子道，“乌烟瘴气的，人多眼杂。”他指了指湖的另一边，那边是一团漆黑。

我们走过去，所有人都无比疲惫，纷纷放下行李躺倒在地，潘子一路踢过去，让他们起来去砍来了柴火。

第十四章

湖怪

我同秀秀坐皮筏先去了湖中。

我们很快就乘着皮筏来到了湖中心，秀秀绑着安全绳先下了湖。在湖上，我们的远处还有几艘裘德考的皮筏船，岸的一边灯火通明，能听到各种奇怪的声音，俨如泰国的芭堤雅。那些嘈杂的世俗声音，经过风和水面的过滤，在远远的湖中心听起来，却有一种浮世空灵的清静感。

这种感觉很是奇妙，可能是因为湖中心是安静的，远处的声音被风吹成碎片，裹进耳朵里，似乎是另一个世界飘来的絮语。

天上下着毛毛细雨，在昏黄的风灯下，能看到牛毛一般的雨丝。风灯照亮的湖水是深黑色的，有着浅浅的波浪，船身在波浪中轻轻地晃动。其他几艘船都离我们很远，远远看去，有如漂浮在水上的孤灯。

我看着绑着秀秀的安全绳绷得很紧，一边看着时间，一边享受着奇异的感觉。这个时候如果大家都平安就好了，那我就能什么心思都没有地在船上看美女游泳，开几瓶啤酒躺在船上发呆，听着雨声、风声和人声。

想了想我又否定了自己的这种想法。那种悠闲的时候，自己肯定没心思去享受这些，肯定又会想着搞点刺激的。男人都是贱货。

正发着呆呢，忽然一边的定时器响了，我看向湖面，便去拉安全绳——秀秀应该要上来了。

可拉了一下，我发现安全绳松了。我用力提了几下，完全不着力。我心中一惊，难道秀秀身上的安全绳断掉了？

就在我想着秀秀是不是出了什么事情的时候，忽然就听到身后传来一声“喂”。

我急忙转头一看，就看到秀秀正趴在船舷上，身上的潜水设备已经挂在船边上，正笑看着我。湿润的头发贴在她的皮肤上，脸在黑色湖水的映衬下显得特别特别白，白得让人无法移开视线。

我松了口气，就道：“要被你吓死了。怎么回事？安全绳怎么断了？”

她道：“我上来看你在发呆，就吓唬吓唬你呗。”

我走过去拉她，她却一下游开了，划拉着湖水，看着我，慢慢地对我道：“我还不想上船，你要不要下来陪我游一会儿？”

我苦笑，这丫头的性格真是古怪，便回道：“我们再不回去，他们该担心了。”

“我如果怕人担心，就不会出现在这儿了。”她像一条美人鱼一样，在水里又侧着贴近了船舷，“来吧，吴邪哥哥，陪我游一会儿。”

我看着她白嫩的皮肤和纤细的身体在水中舒展，真有跳下去和她一起游的冲动，可是现在实在没有这个心情。我摆手道：“那你就再游一会儿，我在这儿等你。”

她看我无奈的样子，咯咯一笑，一下一个翻身入水，再出水的时候，已经离船很远了。只听得她叫了一声："这么无趣，真的会变成大叔的哦。"

我看着不由得苦笑，点了支烟抽着。

漂亮可爱的女孩总是让人心旷神怡，我此时也稍微安下了心。就在这个时候，我忽然发现湖面上有些地方似乎和之前不同了。

远处裘德考的几艘船中，有一艘离我比较近的船上灯不亮了，那个方向现在一片漆黑。

回岸上了吗？我略微有些诧异。不可能啊，几分钟前还能看到。

也许是鬼佬在船上开始乱搞了，关灯不让别人看见。我心说，人家就是不一样，到哪儿都是按自己的想法来，什么也不在乎。正想着，忽然就听到远处裘德考的另一艘船那边，传来了几声惊叫声。

我站起来转头看去，就看到另一边船上的灯光也立即熄灭了，风声中传来了一连串的尖叫，接着我就听到了什么东西落水的声音。

我心中觉得不对，立即对湖面大叫"秀秀回来"，一边打开船上的探灯，朝那个方向照去，一边拿起对讲机，对岸上的小花呼叫。

一直没有人接上头，我一边等着，一边摇动探灯，在水面上照来照去，看到刚才船停留的方向那边什么都没有。

"秀秀！"我大吼了一声，吼完忽然就看到探灯照到的水面上出现了一道水痕，似乎有什么巨大的东西从水里漂过。

那东西离我的船其实还很远，但是我后背上的汗毛已经竖起来了。我 边对着对讲机大叫，一边开始找船桨，之后继续对着湖面大叫秀秀。

也不知道是我的心理作用还是其他原因，我觉得我叫了很长时间，但是秀秀一直没有回应我。我也知道在水中游泳，耳朵贴在水面一般只能听到水的声音。正心急如焚时，忽然，我就感觉船非常诡异地晃了一下，好像有什么东西从船底游了过去。

"秀秀？"我立即转身，提起风灯看船后，我一下就愣住了。

我竟然看到船后漆黑一片的湖水中出现了其他颜色。

在湖面下最多一掌深的地方，潜着一个庞然大物。

那东西是浅色的，至少在探灯的照射下是浅色的，但是上面有几十个黑色的斑点，让人一眼看去就觉得那是一个从水下探上来的巨大莲蓬。

这是什么东西？

我惊惧，又感到莫名其妙。这么多次潜水，我们从来没有看到过这东西，这湖说到底又不是尼斯湖，怎么会有这么大的东西在里面？

我举起船桨，小心翼翼地探头过去，就看到那东西的颜色一暗，似乎又沉了下去。我脑子已经蒙了，也不敢再叫，只看到那水下的暗影很快就从我的船底下穿过，到了船的另一边，再次贴近了湖面。

我看到它上面的黑点更大了，我的经验告诉我，现在必须关灯。不管秀秀现在怎么样，她看不到灯光，直接往岸边游去是最保险的。否则，无论是谁，现在在水里恐怕都不会有什么好结果。

我小心翼翼地退到探灯边上，手哆哆嗦嗦地去摸那个开关。啪的一声，探灯熄灭，水面立即变成漆黑一片，什么都看不见了，除了风灯照出的船舷边缘的一块。

不过，就在我惊恐万分觉得要完蛋的时候，对讲机响了——秀秀已经上岸了。

我心有余悸，立即回航，忽然对这里的水域有了非常不祥的预感。

第二天，我带着小花和潘子去找当时我被二叔救出来的地方。

二叔的人已经全部撤走了，我并不太记得那个地方在哪里，只是根据记忆在树林里搜索，很快我便发现了被人伪装过的入口。

我淡然地翻开那些伪装一看，却发现那一条裂缝和我当时看到的完全不同。它变得非常细小，只能通过一只手，里面虽然深不见底，但绝对不可能通过一个人。

小花比画了一下，就失笑，问我道：“你以前是一只蟑螂？”

“这个玩笑一点也不好笑。”我没空理他。把那些伪装全扒开后，我发现再也没有其他缝隙了。

“怎么回事？”我喃喃自语，“这山的裂缝愈合了？”

“有可能，但是可能性不大。”小花道，“也许是你说的岩层里的那种东西在搞鬼。”他抓了一把缝隙边缘的碎石闻了闻，似乎也没有头绪。

接着他拿出样式雷，对比了一下山势，道：“别管了，这个地方和样式雷标示的入口完全不在同一个地方。看来这山里的情况很复杂，很可能这里所有的裂缝都是通的。”他指了指湖的另一边临着山的地方，“正门入口应该在那边——我靠！”

我被他吓了一跳，低头一看，只见小花的手电照到的岩石裂缝中，竟然有一只眼睛死死地瞪着我们。

我几乎摔翻在地上，顿时一只满是血污的手从缝隙里伸了出来，一下子抓住了我的脚。

我吓得大叫，猛踢那只手，就看到那只手在不停地拍打着地面，从缝隙里传来无比含混的声音。

我愣了几秒，忽然意识到那声音很熟悉。我看着那手，听着那声音，瞬间反应了过来：是胖子！这是胖子！

他怎么被卡在这里？

我又惊又喜，立即就朝边上大叫：“快来人，把这石缝撬开！里面是自己人！”

第十五章

缝隙里的胖子

小花立即打了一个呼哨："拿铁锹！"哗啦一声，几个小伙子就扯开背包，拿出家伙冲了过来，动作非常麻利，显然被潘子训练得非常好。

这些人靠近一看就都知道是怎么回事了。我戴着面具，身份所限，不便动手，只能在边上看着。他们在小花的指挥下，立即用铁锹和石工锤去撬开那道缝隙。

很快我就发现，虽然那道缝隙四周石头的颜色看上去和山石完全一样，但硬度上要差很多，撬了几下，裂缝口子周围一圈的石头就全裂了。他们用手把碎石拨弄到一边，裂缝很快就变回了当时我爬出时的宽度，之后再想把那道口子弄大就变得无比困难了。

我心中惊讶，眼前的景象是一种掩饰的手段，在缝隙口子上是一圈伤口愈合般长出来的岩石。其实那根本不是石头，而是一种比石头更软的物质。但这种物质看上去和石头完全一样，连纹理都几乎一致。

我没时间细细琢磨，胖子就从里面被拖了出来，一股极其难闻的气味也瞬间扑鼻而来。拖他的时候，他一动不动，似乎完全失去了知觉。

胖子比上一次我见到他的时候瘦了起码一圈，看上去甚至有了点腰身。他浑身都是深绿色的污泥，眼睛睁得死大死大，像是死了一样。我上去一摸他的脉搏，幸好跳得还很强劲。

几个人手忙脚乱地把他抬到湖边空气流通好的地方。胖子极重，好几次有几个力气小点的人都抓不住了，使他摔趴在了地上，看得让人揪心。

一直拖到湖边，打上汽灯，我才完全看清楚胖子的狼狈样。胖子本身就不好看，最正经的样子就已经很邋遢，但现在看来，他简直像是刚从棺材里挖出来的粽子，身上的衣服都烂成片条了，满身都是绿色的污泥。小花从湖中打来水给他冲身子，露出的皮肤上全是鸡蛋大小的烂疮。

“我靠，这是头病猪啊。”有个伙计轻声道。

“他死了没有？怎么不动？”有人拍胖子的脸，被我拉住了。小花这时叫会看病的人过来给胖子检查。

我看到那个哑姐走了过来。她看了我一眼，扎起头发就俯身给胖子检查。我此时也顾不上避嫌了，硬着头皮在边上看着。在面具里，我的头筋直跳，好在他们看不到。

哑姐把胖子的衣服剪开，剪到一半，我们都看到了惊人的一幕：胖子的肚皮上，全是深深划出的无数道血印子。

虽然看上去不着章法，但我还是一眼就看出，这些印子有某种非常明显的规律。哑姐用湿毛巾细细地给胖子擦掉血污，寻找比较致命的伤口。我看着血污被擦掉，发现显露出的血痕极其精细，一道一道地在他肚子上形成了一种图腾一样的纹路。

"这是不是字啊？"有人说道，"这个胖子的肚子上，写了几个字哎。"哑姐继续检查，胖子肚子上的划痕还有更多被衣服遮住了。这些衣服都已经不能要了，她一路全部剪开，我果然就看到他的下腹部还有更多的划痕，整个纹路的外轮廓确实像是文字。

这种划痕应该是用尖利的物体使用适中的力气在皮肤上划过造成的。

我拿起胖子的手，果然就看到他的手指上，大拇指的指甲被咬出了一个尖利的三角形。

看样子，这些划痕是胖子自己划上去的。虽然胖子本身很浑，但是要在自己的肚子上用指甲划上那么多道，也不是普通人能干的事情。他想表达什么呢？

最早的部分划痕已经结痂了，而最新的还带着血迹。显然所有的笔画划的时间跨度很长，第一笔划到肚子上的时间最起码是七八天之前了。

我想着就对小花道："我们站起来也许能看明白写的是什么，把衣服摆到一边去。"

说着我们都退后了几步，顺着胖子转了几个方向去看那几道划痕。我斜着脑袋，也还是看不明白。

"把他的衣服翻一翻，看看有什么东西。"我对四周的人吩咐道。也许他的衣服里会有什么提示。

几个人手忙脚乱，把剪下来的破衣服展平了找，此时哑姐却开口了："要找离远点找，别在这儿碍事。"

我这才意识到，胖子本人还不知道怎么样呢，便立即挥手让他们退开，小花带着人忙往边上走。

我担心胖子，压着声音问哑姐："他有危险吗？"

哑姐按住胖子的脖子没回答我，我以为她在数脉搏，不敢再问。她放开手，却说道："你终于肯和我说话了？"

我靠，我心里嗡的一声，心说这话该怎么接啊？我又担心胖子，不想转身逃走。

我脑子里闪了一下，想着以三叔的性格，他会怎么来接这种话。我知道他吃喝嫖赌的时候是什么样子，不过我不知道他对这姑娘到底是什么感情，也不知道他私下和女人是什么样子的。

我憋了半天没回答，她翻动胖子的眼皮，没看我，但还是继续说道："你这段时间到底干什么去了我不管，只有那些白痴才信你的话，我相信你做事有你的理由。但是你回来了，为什么不第一时间来找我？"

"王八邱和老六……"我搪塞了一下。

"他们要反你又不是一天两天了。"哑姐说道，"我不能帮你的忙吗？除了那个疯潘，你真的谁也不信是吧？"

"这一次我不想让你参与。"我腿都有点打哆嗦了，没想到骗一个女人压力那么大。我立即点上一支烟，还没抽上，她转身一下就把烟抢了，在石头上掐掉。"既然喉咙动了手术，就别抽那么多烟。"

我干笑了一声，这哪是情妇，这分明是正宫娘娘的范儿。不过我自己倒是觉得挺好的，三叔如果还活着，他确实需要人照顾。不过，我又觉得好像没什么用，而且三叔还生死未卜。

"你还没给我解释。"她摸着胖子的骨骼道。

"事情有一些复杂……"我想着要怎么说。如果我和她说实话，我算是她侄子，她能答应站在我这一边吗？很难说，我觉得她连相信我都很困难，我和三叔这几年经历的事情，毕竟不是一般人能相信的。如果她认为这是一个阴谋，我们就更麻烦。"我觉得你……"

话还没说完，不知道她按到了胖子的什么地方，忽然胖子就一下抓住了她的手，她被吓了一跳，惊呼了一声。

胖子用的力气显然极大，她挣脱不开，就听胖子几乎抽搐地开始说胡话。

他的发音已经极其含混了。我上去按住他的手，把他的手从哑姐手腕上拉开，俯身去听他说话。听了好久，才分辨出来他在说什么。一股燥热一下就使我全身的汗毛都竖了起来。

周围的人一听到动静，以为出事了，全围了过来。

“他说什么了？”小花拿了医药包过来，问我道。

我道：“他说他们还活着，但是情况很危险，让我们马上下去救他们。”

“他们活着，循图救人！”

其实胖子说的是这八个字。他不停地说着，几乎听不清楚，必须是十分熟悉他讲话腔调的人才能听得明白。万幸的是，我就是那种人。

一刹那，我忽然有一股虚脱的感觉。

胖子把自己当成了一张字条，他丫是出来报信的。

我说不出自己此时是欣慰、焦急、狂喜，还是有其他什么情绪。之前我对于下面的人的状况一直是隐隐担心，尽量努力不去想，因为我实在不知道下面会是什么情况。如今一下坐实了，却不知道该用什么情绪来表达了。

胖子还是在不停地说着，整个人进入了一种癫狂状态，我只好俯下身子，在胖子的耳边，用我自己的声音轻声说道：“我是天真，我听到了。”

说了几遍，他抓住我手腕的手慢慢就放松了下来，整个人慢慢瘫软，又陷入了似乎是昏迷的状态。

“什么图？”小花看向胖子的肚子，“是他肚子上的图吗？”

我点头，现在知道是什么东西了：“快找人把这些图案都描下来。”

第十六章

胖子肚子上的神秘图形

我们把胖子肚子上的图案描了下来，花了将近两小时的时间，可见图案有多复杂。

哑姐检查了半天，也查不出胖子到底是什么毛病。胖子所有的体征都是正常的，身上除了自己划的那些划痕，只有一些擦伤和瘀伤，非常轻微。用潘子的话来说，他自己和姘头从床上下来都比这严重得多。

但是胖子就是不醒，眼睛睁得死大，像死不瞑目一样，人怎么打都没用，完全没有反应。我们费了好大的劲才把胖子的眼睛合上。

因为很多人在，哑姐没有和我再说什么。我松了一口气，但是也已经知道，她这一关，现在不过迟早要过，撑不了多久了。

小花也懂一点医学方面的东西，和哑姐讨论了一些可能性，都被否了。“植物人也不过如此。”哑姐道，“我们现在没有仪器，没法测试他是否有脑损伤。但他现在好像是处于一种植物人的状态。”

我看着胖子身上的这些笔画，心中无限感慨。

从他肚子上那么多血痕来看，这石缝里面的通道一定极其复杂，他用脑子完全记不住，所以只能选择这种自残的方式，将路线记录在自己的身上。

“植物人，什么植物？巨型何首乌。”皮包在边上笑，“这个吃了不成仙就撑死。”

潘子道：“这是三爷的朋友，说话规矩点。”

“哟，三爷您随便从地里一刨，就能刨出个朋友来，不愧是三爷。”皮包道。刚说完，他就被潘子一巴掌拍翻在地。

我没心思看潘子教训手下，问哑姐：“还有没有其他可能性？”

哑姐道：“现在的问题是可能性太多。他现在处于深度睡眠状态，深度昏迷就可能是脑损伤，但是他头部没有外伤，所以也可能是窒息导致的。最好的情况就是他过段时间自己醒，如果他一直不醒，那只能送他出去，到大医院去。”

正说着，一边的胖子忽然就翻了个身，咂了咂嘴，挠了挠自己的裆部和屁股，喃喃道：“小翠，你躲什么啊？”

哑姐愣住了，看了看我。我也没反应过来，隔了好久，我才问道：“植物人会有这样的举动吗？”

哑姐摇了摇头，忽然就笑了，一边笑一边扶额。我忽然明白了是怎么回事，不由得也笑了起来。想着我就要上去摇胖子，可被哑姐拦住了。

“让他睡会儿。”哑姐道，“如果是刚才那种打也打不醒的睡法，说明他可能很久很久没有睡过了。”

哑姐留下来照顾胖子，我和潘子走出帐篷，立即去找小花商量对策。小花正在和其他人交代什么，我让他和潘子到我的帐篷里来。

一进帐篷，我就掩饰不住自己的情绪了，对他们道：“我们现在必须马上下去！”

“别急。”小花道，“越是这种情况，越急不来，必须把事情分析透了，才能决定该怎么做。”

“要多少时间？”我道，“不如我们边下去边商量。”

小花按住我的肩膀，指了指帐篷外面，轻声道：“我知道你很急，但是我们准备东西也需要时间。”

潘子道：“小三爷，我们是下去救人，必须准备妥当，否则不仅救不了他们，还可能把自己也搭上。”

我知道他们说得有理，只好焦虑地坐下。小花指了指外面：“我们出去商量。对于这群新伙计，如果我们在帐篷里自己商量，他们心里会起疑的。”

我心里叹气，跟着他们出去。入夜后，这深山中的诡异妖湖上反而明亮起来，月光苍白地洒在湖面上，能看到对面的悬崖。乍然升起的明亮有一种妖异之感，反而使我们看不清石滩另一边裘德考队伍里的情况。

小花把其他人叫过来，把样式雷和胖子肚子上的路线图全部摊在帐篷的防水布上。从样式雷和胖子肚子上的路线图对比可以看到，两者完全没有共同之处。根据胖子路线图上的路线可以推断，这座山的岩层里有非常复杂的自然裂缝体系，犹如蜘蛛网一般，其中有一条似乎通往闷油瓶他们所在的区域。而闷油瓶他们是从样式雷标示的路线进入的，也就是说，这些裂缝在山体岩石中，和样式雷标示的路线是相通的。

我不知道胖子是靠什么在这么多裂缝岔路中找到正确路线的，也许是他的运气好，或者是他一条一条地试探出来的。但是显然，通过这一条裂缝回去寻找闷油瓶他们，是目前最好的选择。

这就意味着，我又要进入那压抑狭窄的空间内。我曾经不止一次发誓，绝对不会再让自己进入那种境地中去，但是命运的玩笑一次次地告诉我什么叫身不由己。

小花道："有几点也是必须要考虑的。比如说，胖子到底被困在那缝隙里多久了？看样子有可能困了好几天了，那说不定在他刚刚被困住的时候，底下的人还活着，但是现在已经遇难了。他刚被救起的时候，神志混乱，让我们去救，但也许已经来不及了。"

"这一点如果胖子不醒过来自己和我们说，我们的考虑就没有意义。"我道。

"对，不管怎么说，我们得当成下面的人还活着去应对一切。"潘子道，"如果他能醒最好，不能醒我们还是得下去。生要见人，死要见尸。"

我想起闷油瓶的古刀，心里不是滋味："但是我们不能无限期地等下去，你们现在就去准备，五小时之后，我就去把他叫醒，问出消息后立即出发，如果问不出来，我们也必须出发了。"

潘子和小花对看了一眼，显然有些犹豫。我道："不能浪费胖子给我们带来的信息。"

潘子点起一支烟，点了点头，对身边的几个伙计说道："好，一切听三爷的。你们分头准备，五小时的时间。"

那几个小鬼都很兴奋，立即点头，小花带着他们分头走开了。潘子又看了我一眼，似乎有什么话欲言又止。

"怎么了？"我问道。

潘子轻声道："小三爷，这些孩子都是苦出身，我们在考虑事情的时候，要给他们留点余地。他们并不是炮灰，他们也都是人命。"

我看着潘子，忽然心中就涌起一股奇怪的感觉，一时之间没有反应过来。潘子递给我一支烟："五小时后，我和花儿爷带一半的人下去，秀秀和皮包留在上面，如果我们出事，好歹还有一次机会。"

我点头，立即就想先回去收拾装备，没想到潘子一把抓住了我："等下，你不能下去。"

"为什么？"我一下就急了，"要我在上面等，我宁可下去。要不这样，我和你下去，小花留在上面。”

“我们没有其他办法，这是必需的措施。”潘子指了指我的脸，“你现在是三爷，你在就有希望，如果你出事了，那就真的完了。如果三爷都死了，你说这儿谁还会理我们？”

我愣了一下，知道他说得很有道理。

“小三爷，既然选择了这条路，就好好走吧。”潘子凑过来轻声道。他给我点上烟，然后站起来对其他人大吼道：“三爷说快点，别磨磨蹭蹭的，想不想发财了！五小时后还没准备好的，就留在上面喝西北风！”

第十七章

少年盗墓贼皮包

皮包真的是个小鬼，年纪太小了，其他人准备的时候，他就在湖边打水漂玩儿。潘子说："这一行的人都有自己的装备，他不用下去，自然不用整理。而且这行人嚣张的必有绝活，因为没绝活的基本嚣张一次就挂了。"

小花的东西显然整理得非常好，他一直在研究"肚皮路线图"。我看着潘子到处去忙，想起他的那些话，心里很不是滋味。

潘子那是一种指责，虽然我听了有些不舒服，但是我知道他是对的。一个真正的领导者，必须平等地考虑所有人。

但是，我并不是一个真正的领导者，我只是一个冒牌货。当时我想反驳他，但是，他对我说的最后一句话让我明白了，我是一个内心懦弱的人。

确实，这条路是我自己选的，我没法用任何事做借口。此时此刻再也没有人会在我急切地说"我们快点下去"的时候说"不对，现在还不是时候”，唯一能说这句话的三叔已经不在了，而我代替了他的位置。

我的脑海里浮现出很多三叔当年的样子，我忽然意识到，当三叔说着“不行”，或者冷着脸点头说“可以试试”的时候，他的内心绝不会轻松。我曾经觉得说那些话是那么简单，看来如果不自己经历一番，很多东西是不可能真切体会到的。

很快，小花开始做动员了，我看到他招手让准备下地的人聚拢过去。

在夹喇嘛的过程中，所有最核心的信息，都是在下地之前才会透露给喇嘛们，铁筷子用这种方法防止黑吃黑，或者怕喇嘛们泄密给其他人。

小花是一个很有表演天赋的人，他显然没有我的那些烦恼。早在我还在享受简单生活的时候，他已经习惯了我刚才纠结的事情。我看着小花聊天似的和那些人布置着，轻松得犹如一场演出前的讲戏，我有些羡慕，又有些酸楚。

“这种不同，平常看不出来，但是你通过倒影来看，就十分明显了。”我走过去想听听，就听到他指向湖的对面如此道。

湖面四周的一切都笼罩在月光下。我仔细去看湖中的景色，只见四周的悬崖在倒影中反转了过来，能看到对面湖边一整圈的山势起伏不定。

“很神奇，这些山里面隐藏了一座极为罕见的古楼，可以说是张家古楼的群葬墓穴。这里风水相当特别，呈现出一种群仙抱月、吸风饮露的格局。你们看那边的山头，树木摇曳，但是湖面上平静如水，连一丝波澜都没有，说明这个地方，如果风吹入的方向不对，是碰不到湖面的。这种湖，在古书上记载，水里很可能是有龙的，湖边的山脉就是龙脊背，古楼修在龙脊里，那是敲骨吸髓，有点凶恶了。”

“龙肯定没有，我们之前潜下去的时候屁也没看到，不过娃娃鱼倒是有。”我道。其他人看我来了，立即让开一条路，都点头道：“三爷好。”

我示意不用管我，小花继续道：“古书上记载，有两种湖里很可能有龙，第一是深不见底、湖面太平静的；第二是无风起浪的，因为那是通着海的。其实，你们自己想想，湖面平静说明这个湖静谧，无风起浪说明湖底连通着地下河，这都是湖里有大鱼的因素。所谓的龙可能就是非常大的鱼。”

有个伙计问道：“为什么凶恶？这里风水不好吗？”

“也不是不好，一般风水讲究卧居清远，大多雄居岭上，以山脉为依托，以水脉为灵息，以求长存永固。但是，如果这座古楼真的存在，并修在了龙脊背上，断了这风水脉，那就等于一个肿瘤。”

“你是说，这条龙脉……”

“很可能已经死了。”小花道，“所以难怪张家有迁坟的习惯。他们的群葬墓在龙脉上敲骨吸髓，吸光了龙气就换一条。”

“那为什么呢？这种格局有什么好处呢？”

小花摇头：“没什么太多好处。要说好处，只有一个，但如果是那样，咱们就得打起十二分的精神。”他皱起眉头，转头问我，“三爷，兄弟们现在退出还来得及吗？”

我对他这种奇怪的玩笑无语，他看我没什么反应，就失笑了。潘子道：“花儿爷，你这玩笑到哪个字为止？前面半句是玩笑吗？兄弟们是为了发财来的，你可不能吓唬我们。”

所有人都哄然大笑，就在这个时候，皮包从湖边走了过来，对我们道：“几位爷，刚才我打水漂的时候，一直在琢磨一件事，我觉得你们在下去之前，得考虑考虑我琢磨的这个问题，因为你们的推测可能是错的。”

我们愣了一下，小花就问道：“哦，果然是高手，你想到什么了？”

皮包摊开他的手，手里全是用来打水漂的小石片，显然他说完后还想回去打。

“你们提出张家人有群葬的习惯，古墓不是封闭的，是开放式的，后人死后可以多次进入古墓安葬，对吧？”

我们点头，他道：“那假设一下，张家古楼在山体之中，他们的古墓是多次使用的，家族死者都要葬入古墓之中。你想，这其实挺劳民伤财的，你大老远抬具棺材，从外面走山路进来，一次两次还行，但这近千年里张家总不会只死一两个人吧，这么大的家族，死个十来个总有吧。如果隔三岔五的，村子里老是出现神神秘秘的陌生人，那村子里肯定会留下什么传说。但是在外面的巴乃村，我们什么传说都没有听到，这有点说不过去，你们不觉得很奇怪吗？”

“你的意思是说，张家古楼是开放式古墓，死者归葬的推测是错误的？”有个伙计问道。

“不会，我们在四川明显地看到了开放式古墓的证据，这么精密的设计，肯定不会是闹着玩儿。所以，开放式古墓一定是对的。”小花道。

“我没说老板们是错的，我是说这件事情，很蹊跷。”

我不得不承认皮包说得很有道理，不由得对这小子刮目相看，难怪他是新生代里身价最高的一位。

“其实，未必是这样。”小花道，“也许历史上有一些传说，但是没有留存下来。因为这个村子所处的地方在历史上并不是一个太平之地，这里一直有战争发生，这个村子里的人，可能曾经被屠杀，已经死光，然后有其他地方的人重新填充进来。”

“即使如此，这个村子百年内总没有被屠杀过吧。从阿贵那一代到现在，最起码四代人了，这段时间内，按道理也应该有张家人进村入殓才对。”

我们都皱起了眉头。这确实比较奇怪，我琢磨着确实如此。难道张家人在这四代的时间里已经完全没落了，还是说没有人死亡？

“我们并不是什么传说都没有听到，巴乃村还是有传说的。而且最近的一个传说，年代还非常近，我们一直在讨论这个。”沉默了半晌，小花忽然道。

“是什么？”

“带着铁块的考古队，”小花道，“就是一个‘传说’。”

我一开始不明白，但是随即就冒出了冷汗。我摸了摸自己的脸：“有意思。难道是这样？”

潘子不明白：“两位爷，我读的书少，别打哑谜行不行？”

我对潘子道：“我们之前最熟悉的巴乃的传说，就是考古队的事情。这里有一个心理误区，结合小花说的奇怪的地方，那考古队的事情就完全可以有另外一个思考方向了。”

第十八章

颠覆前情的推测

“请三爷赐教！”

“我说得简单一点。张家是个大家族，必然生活在巴乃村外，很可能是外省，如果张家有人逝世，那么归葬的习俗会让他们来到巴乃村，巴乃村里势必会有外人出现。这里有两个可能性：一个是外人的数量很少，尸体被偷偷地包裹着；另一个是棺材或者尸体非常沉重，外人的数量相对较多，甚至是一支送殡的队伍。”我点上一支烟，“前一种可能性不大，在这深山之中往返需要大量的物资，两三个人背一具尸体进山是不现实的，而第二种可能性的所有特征，和考古队的出现太像了。”

潘子一拍大腿，也明白了。

“我的娘亲，你是说，那根本不是考古队！我靠，当年的考古队是到张家古楼来送葬的张家族人？”

我点头：“考古队这个名字在我们的脑子里先入为主了，我们一直认为是考古队就必须挖点什么出去。但是，也许他们到这里来，根本不是要挖什么东西出来。”

小花点头：“他们是在送葬。”

“可是，霍玲也在其中啊。”我道，“难道她是张家人吗？”

“不不不，我们从头想起，结合所有的资料。”小花道，“我们知道，那支考古队受人胁迫，国外势力。”

我道：“有个人告诉过我，操办人是一个假死的中国人，已经有了外国的国籍。”

小花继续道：“我们一开始都认为，他们是在这里寻找张家古楼，并且从里面拿取什么东西。唯一的线索，就是那些铁块。”

我道：“现在我们都知道了，他们可能不是要拿东西出来，而是要送东西进去。他们是在送殡，而送殡的队伍中有霍玲，霍玲并不姓张，但是，大家族出殡，还是会有很多异姓族人的。”

我和小花同时沉默了。我脑子忽然就有点僵硬，那不是思维混乱，而是思维极度清晰的僵硬。

隔了好久，潘子才说道：“操他们奶奶的，这些我都没兴趣，我只想知道，如果你们的推测是真的，他们是把谁送进去了？”

我压下心中的惊讶，摇着头问小花道：“‘张’是天下第一大姓，难道是张大佛爷？”

“不可用这个作为推论。在那个时代，改个名字太容易了，老九门的每个人，至少就有十个化名。他们那批人最后的名字几乎都不是原名。”小花道，“另外，还有一种非常大的可能性，就是‘鸠占鹊巢’。被送进去的主，很可能不是张家的后人，可能张家古楼有什么我们所不知道的诡异作用，所以他们把尸体送了进去，这也能从另一个方面解释刚才三爷的问题了。”

“你是说，为什么霍玲会在送葬的队伍里吗？”

“比起把一座古墓里的东西拿出来，把一具尸体送进去的难度可能更大。

“假设当年老九门的幕后势力也是考古队的幕后势力，那让霍玲的考古队把尸体送入张家古楼的很可能就是这个势力。一个是单纯的破坏，另外一个就好比是在螺蛳壳里做道场，后者对队伍的要求更高。霍玲出现在这里，并不稀奇。”

我摸了摸头上的汗，心说这真是我完全没有料到的状况。

“当然，我们现在只是推测，真相到底如何，要进到里面才能确定。”小花道，“无论是什么真相，显然都和我们的上一辈有关系。我忽然有点明白为什么我们的上辈中会有那么多人忽然想要洗底，放弃如此大的盘业不要，宁可让自己的子孙做个小本生意，也不愿让他们再涉足这个行业。他们被胁迫太久，太痛苦了。”

我知道他说的是我和老九门里的其他几家。我道：“但是，不还是有很多家传承下来了吗？”

“传承下来的那几家，冷暖自知。”小花道，“比起我们这些陷在这个圈子里不可自拔的可怜虫，吴老爷能布这么一个局，把你们洗白，真不是一般人啊。虽然说我爷爷解九爷在才智上一直是老九门里公认的奇才，但是在魄力上，还真是不如狗五。”

真的是这样吗？我听小花说着，脑子里忽然闪过一些灵感。

我有很多事情并没有对小花他们说，他们并不知道解连环和我二叔之间发生的那么多事情。小花说我爷爷故意洗白，我一直以为这是很轻松的过程，但是被他这么一说，我忽然就意识到，也许是我想得太简单了。

首先从我家里的整个情况来看，我父亲是兄弟三人，我老爹是完全洗白了，二叔是一只脚在里面，一只脚在外面，三叔则继承了爷爷的一切，但他是自学成才，我爷爷并没有教给他太多。

这样的结构真的是自然形成的吗？我想到了三叔和二叔都没有子嗣，只有完全洗白的我老爹生了我。如果事情真如小花说的那样，那这就是一个“沉默的约定”——三叔进入这一行，作为背负一切的人；二叔作为备选，在暗中权衡；我老爹则完全退出。这样，在三叔这一代，那神秘的压力可能就不会那么大，再到下一代，我三叔和二叔都不生小孩，吴家和这个神秘压力的关系就完全断掉了。

想起来，这个布局也是相当有可能的。我狠抽了一口烟，心说，三叔，苦了你了，虽然你已经被调包了。

同阿贵一起跟我们过来的云彩这时候跑来招呼我们吃饭，小花就对我道：“不聊了，几小时后一切就见真章了。如果失败了，那就直接在下头问我们的长辈们到底是怎么回事吧。”

第十九章

胖子醒来

胖子第一次醒过来是在四小时之后。我们都心急如焚地等待他醒来，小花已经把所有的准备做好。但他醒过来之后，只坚持了十分钟又睡着了。之后他又醒了两三次，都是那种意识呆滞的状态，根本无法交流。

哑姐说他是身体极度虚脱，给他输了一些蛋白质。在等待的时间里，我们一直在研究他肚子上的图，根据伤口新旧的情况，判断出了大概的走向。这些划痕每一次转折应该都是一道岔口，从胖子肚子上花纹的复杂程度来看，这下面裂缝的复杂程度远远超过我们的想象。

我非常心急，不知道我们这样的等待是不是在浪费时间。胖子让我们循图救人，那应该靠着这一张图就能把人救出来。小花是我们几个人里最冷静的，他觉得我们除了一张路线图，没有得到任何更有用的资料，现在下去的危险性很大，也许不仅救不出他们，反而会把自己困进去。

潘子之前提醒过我，必须对所有人的生命负责，所以小花说的话是对的。我也一直这样告诉自己，但是无论心里说多少遍，我都无比焦躁。

又等了四小时，胖子还是没有完全醒过来的迹象，这个时候小花才决定动一动。

他和潘子先带人下去，摸一下这张路线图的情况，看看是否准确。我在上面，第一时间等胖子醒来。这也是潘子之前的方案。

我让他千万小心，他和潘子两个人，对于我太重要了，这盘棋靠我一个人是下不完的。小花告诉我，一旦意识到有风险，他不会冒险的，否则他就和潘子分批下去了。两个人一起下去，就是为了以防万一，可以有人把消息带出来，并在原地等我们第二梯队的到来。

他们离开之后，我就到胖子的帐篷去，把秀秀抓到身边照顾胖子，以防哑姐在和我单独相处的时候对我发难。

从小花他们下去到胖子完全清醒，过去了整整一天，时间已是第二天的傍晚。

一切似乎都还顺利，并没有不好的消息传来，这勉强使我不那么焦虑了，所以胖子醒来之后，我还比较有耐心地等他复苏。

我第一次看到有人苏醒后是他那样的状态。他先是睁开眼睛看着帐篷的顶端，隔了十分钟才动了一下眼珠子，眼睛慢慢地扫向我们，扫完之后，又闭上了。

我以为他又要睡，已经有点按捺不住，想用冷水去泼他了，没想到他又睁开了眼睛，开口说了一句话："这个梦里有老爷们儿，那肯定不是梦了。"

哑姐问道："你身上有什么不舒服的地方吗？"

"有，不过我说了你会骂我臭流氓……我很想揉揉那地方。"胖子很缓慢地说道。

哑姐看了我一眼，显然没见过这么不靠谱的人，便转身出了帐篷。

胖子眼睛又转了一圈：“三爷，你不是挂了吗？怎么？难道胖爷我也挂了，你来接我了？那个臭娘儿们到死都不肯来见我一面吗？”

“少废话。”秀秀就道，“你行不行，行就快把情况说一下，我们得下去救人。”

说到这个，胖子目光呆滞了一下，很久才反应过来：“我靠，我差点忘了。我出来几天了？”说完他似乎才回过神，想坐起来，但睡太久了肌肉有些僵硬，一下没坐起来。秀秀马上去拽他，在他背后塞了几个背包让他靠着。

他目光又有点呆滞，秀秀在他头上盖上一块毛巾，拉开了帐篷边上的窗口，让阳光照进来，刺激他的神经。

秀秀把我们发现他的情况和他大概说了一下。他望着天，似乎在默想，半晌才道：“我离开那个地方已经十二天了。”说着转头，“天真呢？我好像之前听到过他的声音。”

“他已经下去了，你说让他循图救人，他和潘子都去了快四十八个小时了。”我道。

胖子听了喃喃道：“他们下去了多少人？”

“四个人。”秀秀道。

胖子想了想就道：“这样的话，我还有点时间。这小子总算得劲了一次，我还以为这次凶多吉少。三爷你是怎么回事，你怎么又出现了？”

我干笑一声：“说来话长。你得先说你们到底出了什么事情。”

胖子做了个要喝东西的手势，秀秀马上去泡了一杯咖啡过来，胖子喝了一口说道：“我等下和你说，你先说你们还有多少人。”

我告诉了胖子人数，胖子就道：“我们得在十二小时内出发，我带路，你们可能还赶得上他们。”

“你还要进去？”

“那里面的情况很特别，我等下和你说了你就知道，按着我的图走，基本没有什么危险，天真应该能应付得过来。但是，最后那一关他们肯定过不了。”

我熟悉胖子，看他说这话的表情就知道他不是在开玩笑。我马上向帐篷外边的皮包打了招呼，让他立即再去准备。

胖子活动了一下手脚，还是有些迟钝。他的脸在阳光下更加清晰，显得非常水肿，也更加疲惫。我问他要不要再睡，他摇头，喝光了超浓咖啡，继续说道：“没太多时间，我得把我们遇到的事情立即告诉你。”

我点头，他叹了口气：“我靠，三爷，我这次真的是大开眼界，想不到世界上还有那么奇怪的地方。”

第二十章

古楼是世界上最奇怪的景象

在接下来的两小时里，胖子把他们进入张家古楼的所有过程详细地给我们说了一遍。胖子的叙述极其生动，如果我能够完全记述下来，会是非常好看的一部短篇小说，但是显然我没有这么多时间，我只能挑选其中最关键的部分记述出来。

入口是在妖湖十几里外的深山之内，说是十几里外，其实也就是隔了一座山而已。胖子指了指湖对面的峭壁，说就是悬崖的另一面。

这个入口是一个斜着向下开山进去的石头隧道，在一棵大树后面。这棵大树几乎是横在山体上生长的，树干上全是藤蔓植物。其实树干和山体之间只有一个人的距离，所以人还得挤进这条缝隙里，才能找到那个入口。

胖子估计这种长势奇怪的树是特别种植的，目的就是掩盖入口。但霍老太说不是，因为那样的树在山上更加引人注目。那很可能是这里的工程使岩石层发生变化所致，那棵树最早应该不是那样的。

最大的可能是附近的工程使这里的岩石土层松动，在工匠离开之后，树的一部分树根断裂，趴到了山岩上，但并没有死去，然后慢慢形成了这样的景象。

但他们没有细想，因为意义不大。他们砍掉了这棵树上的一些藤蔓，终于找到了入口。

他们从入口进去之后，遇到的大部分机关都是堵塞性质的，比如说非常厚的石墙。这些机关都有非常奇怪的开启方式，他们使用我们提供的密码破解，但开启之后，每个堵塞机关之间的路途非常平静，平静得让人不可思议。

他们一直往里走，通道很狭窄，几乎让他们只能够匍匐爬行，这一看就是他们打盗洞的一种方式和习惯。整个通道的基本形状是方形的，通道的地上有很多废弃腐朽的干裂滚木，胖子认为是当地人拖曳棺椁时留下的痕迹。

突变发生在第三道机关，也就是我们在四川四姑娘山提供了错误密码的那道机关。仔细去想的话，那其实非常奇怪，因为胖子说，即使他们按错了机关，他们还是能打开那道石门，并没有什么致命的事情发生。

更奇怪的是，他们走过整条通道，一路看过来，发现通道内几乎没有设置任何机关的痕迹。这是闷油瓶最早发现的，他对所有的墓葬和机关都有很深入的了解，所以他的判断是可信的。也就是说，那些开门的暗号，似乎只是摆设而已，唯一的作用就是移开那些石门。

这非常奇怪，毕竟花这么大精力在几千公里外的四姑娘山里设置这么复杂的密码，真正使用密码的时候，它却只是个摆设，这太不符合情理了。面对这种情况，他们反而更加不安，因为这意味着两种可能性，第一种可能性就是，这里确实没有机关，他们过于小心了；另外一种就是，这里的机关设置，超出了闷油瓶的经验范围。

很快他们就发现，他们遇到的情况绝不会是第一种，但是否第二种，他们又不敢肯定。

他们通过了密码错误的石门，在低矮的通道里继续行进了一两公里，就发现不对劲了。

出事那一刻，胖子最先看到，前面出现了一丝非常奇怪的光亮，他还以为终于到达了张家古楼，兴奋得要命，但还是要小心翼翼地靠近。那一百米的路段，他们几乎花了三个小时才摸索着走完。直到走到那丝光亮跟前，才发现一切都不是他们想象的那样——那竟然是阳光。

胖子拨开那个地方的藤蔓往外走，就发现他们竟然走了出去，外面是一片隐秘的山谷。原来通道的尽头，竟也是一个开在山腰岩石上的出口。

那种感觉我能感同身受，就像你去参加一个非常残酷的选秀节目，得了第一名，却发现奖品只是一张奖状。

即使奖品是一坨屎，也要比这个好接受一点。同理，他们走到洞穴的尽头，就算发现坑道被完全封死，也比奇奇怪怪地走了出去要好。

他们从洞口爬出，顺着山腰爬上山顶，就发现自己仍旧在入口所在的那座山附近，很多景观他们都曾经看到过。这让他们觉得很不可思议，经过一路跋涉，他们竟然直接就走了出去。他们以为有可能通往张家古楼的石道，会像地铁一样，在地下是地铁，到了地上又是轻轨，于是他们决定继续往前走。

他们在山上找了很久很久，再也没有发现其他入口。显然，如果按照这样的推断，这条样式雷上标示的通往张家古楼的隧道，几乎只是一道笔直的石道，然而它没有通向任何古楼。

霍老太认为这根本不可能是骗局，一定是哪里出错了。他们翻山越岭，再次回到大树后的入口处，开始按照当时我写给他们的提示，一个一个机关地再次经过。这次的结果更加不可思议，他们还是走了出来，但出口是在另外一座山上。

那是一座山的山脚，旁边还有一条非常漂亮的瀑布。

一定有什么地方出了问题，他们这么告诉自己。他们此时也意识到了，是否我们给的密码错了，导致了这个结果。

当时，胖子也想到了之前我们在四川想到的那个问题，比如说，那会不会是一种错误的保护机制？因为毕竟所有开启这个古墓的人，都有记错密码的可能性，如果因为张家后人在传承上的某些失误，或因为战乱甚至更多的社会因素使密码的家传信息缺失了一部分的话，至少他们的子孙不会因为错误地启动了机关而被祖先的机关杀死。

鉴于张家古楼的迁坟和群葬的习俗会有很多尸体回迁的工作，所以这样的错误是有可能发生的。那么，张家古楼的建造者，也必定会考虑到这一点。他们会不会使用某些软性机关，作为一种错误的保护机制，以避免误杀后人？

而话说回来，因为我们提供的密码错误，他们触动了隧道中的机关，使得本来通往张家古楼的通道转向了另一条通道，把他们引出了隧道，这确实是十分可能的。但这个怀疑后来被否决了，原因还是概率问题。霍老太说，如果是这样，那这个机关就没有任何意义了，所有人都可以不停地尝试，即便错了也不会有任何危险。

和我在四姑娘山遇到的机关问题是一样的，这是一个逻辑问题。我听到这里的时候，立即就猜到了接下来会发生什么："次数，关键在于错误的次数。"

"对！"胖子点头，"我当时就和他们说了，但我们无计可施。霍老太说，我们都活着，而且石门可以打开，那就证明密码一定没有错，我们肯定是在通过隧道的时候忽略了什么。所以我们又折返了回去。"

就是这一次的折返，事情发生了让人无法理解的变化。

第二十一章

隧道中的诡事

所有的过程几乎和之前一样，只是这一次他们更加疲倦。他们几乎是一寸一寸地在石道壁上寻找，用胖子的话说，闷油瓶那两根触角一样的手指几乎摸过了这些石壁的每一寸地方，但是一路都毫无结果。

就在他们觉得很快又会走出去的时候，情况却发生了变化——他们很快走进了一条死路。这条隧道竟然变成了死胡同，他们的面前出现了石壁。

参加了三次选秀之后，选秀节目的奖品真的换成了屎。

莫名其妙地，闷油瓶就觉得不妙，于是他们立即往回走，打算出去之后再琢磨。只走了十几米，他们就发现，这次的奖品不只是屎，而且是臭狗屎。

他们很快就回到了入口，等他们走出去之后，立即发现不对，这竟然不是他们进来的口子，他们来到了一个陌生的地方。

在他们面前的是一个小型的洞穴。这个洞穴的底部全都是水潭，坑坑洼洼的。

他们一开始以为自己阴差阳错地找到了古楼的位置，这个洞穴就是古楼的所在地，这些水潭就是关键，于是开始研究这些水潭。水潭并不深，胖子立即就发现，水潭的底部沉着大量的白骨，都是人的骨头。就在他们纳闷这是怎么回事的时候，霍老太很快就开始出现反应。

“得亏霍老太身体弱。我们一路过去，只是觉得空气非常沉闷，也没有意识到太多问题，一直到霍老太忽然皮下出血，我们才意识到洞里的空气有问题。那个洞里的空气有毒，可能是地下的矿物和气体积聚的原因。我们戴了防毒面具，但是没有用，那毒气的腐蚀性十分强，是直接被皮肤吸收的。”胖子道，“我们立即退到隧道口子边，接着退回了隧道里面，那里稍微可以坚持一下。”

至此情况已经很清晰了，这条隧道里的机关，只能错误开启两次，第三次开始，机关就会把所有人引向一个充满毒气的洞穴里。

如果使用现代科技，这个机关其实并不难实现，只需要一个三向阀门就可以了。但是，在闷油瓶百分之百确定这里不可能有机关之后，这样的现象还是发生了。于是，两拨人都开始产生了不信任的感觉。

在那种状况下，胖子和霍老太都开始怀疑闷油瓶的判断，只是其他人没有任何有说服力的想法。后来霍老太用自己的威信压住了危机，接下来的几小时十分难熬，他们使用了所有的东西堵住隧道口，不让毒气过快涌入。

同样的一条路，走了两次，出口竟然完全不同，这听起来有些匪夷所思。这种软性的机关是怎么建造的呢？这有空间上的悖论。

我不由得想起了在云顶天宫遇到的事情。难道古人就是有这种技术？

他们只能一遍又一遍地尝试。但是，几乎每一次，他们都是从不同的出口出来。这山内不知道有多少出口，竟然能让他们每次出来都不一样。

他们先是讨论了这里有尸胎存在的可能性，胖子的摸金符又被烧了一回，但是这一次完全没有效果。

这种打又打不到，挖又挖不着的感觉，让他们已经近乎崩溃。整支队伍完全不知道自己处在何方，当时甚至觉得，整个张家古楼不在我们的空间当中，而处在另外一个空间里。只是可惜，通往那个空间的通道，还没有连接到这个空间中。

我在听的过程当中，就知道胖子他们最终还是找到了张家古楼。非常庆幸的是，搞错的密码并没有把他们害死。虽然我很想知道胖子最终是怎么逃出来的，但是现在我急于知道后面张家古楼的事情，比平时还着急。

“不用跟我说这些细节，直接告诉我结果。”我说，“你们最后是怎么进入古楼的？”

胖子摇头：“不是我们，是他们，我没进去。我也不知道他们是怎么进去的，你别急，我不是要从头说起，我说上面这些是有意义的，接下来发生的事情就是关键。我只能告诉你经过以及他们一定还活着的理由。”

在长时间的无计可施之后，他们终于停了下来，开始思考事情的真相，进行某些假设。胖子列出了他的枚举法。

这一次的几个选项是这样的：

其一，这条隧道之中存在着他们无法理解的精巧机关，这些机关运作导致了这个结果。

其二，这条隧道确实超越了时空的限制。

其三，他们的神志被什么东西左右了，这个东西和尸胎不同，用犀角燃烧的烟无法找到。

其实这些都是老生常谈，也就是前面推测的几种可能性。

他们对此一一进行了测试和反驳，在闷油瓶反复确定这条隧道不可能有机关之后，胖子用了他自己的方法——在石壁上凿了几个小洞，放置了一些炸药，然后进行小范围的爆破。

出乎他意料的是，这里的石头没有他想的那么结实，石壁被他炸掉了很大一部分，出现了一个大深坑。他继续往里炸，想找到石壁后可能有空间的证据，炸了几次，坑越来越深，露出来的却全是石头。

他找了好几个地方做这样的爆破测试，都是一样的结果。

机关不可能埋在太深的岩石后面，第一条被验证是不可能的。

第二条胖子压根儿就不相信。他对尸胎耿耿于怀，认为一定是隧道里有什么东西迷住了他们，想让闷油瓶一路洒血，看看有没有效果。闷油瓶没有理他，但提出当时唯一的可能让他们获救的办法。

他们在隧道的两头各站一个人，在入口处的人一定不会变，但如果隧道的出口会移动，在隧道里行走的人往回走，从入口再次进来之后，守在隧道出口的人就有可能看到隧道口移动的真相。

因为在隧道出口发生的状况可能匪夷所思，所以这个人选必须是闷油瓶，而胖子守在入口的位置，其他人以最快的速度，重新回到入口，通过隧道。

胖子之所以会被选在入口的位置，是因为在当时霍老太的队伍中，只有他和闷油瓶两个人还保持着相当的行动力，这和胖子与闷油瓶之前大量匪夷所思的经历是分不开的，所以在其他人都近乎崩溃的时候，他们两个人几乎都在单干。

当时他们分了工，闷油瓶戴了手套，绑住裤管、袖管的缝隙，进了洞穴。

从此，他就没有再出现过。

他们中的一个人出去看情况，只去了三分钟就跑了回来，说闷油瓶竟然不见了。

所有人都崩溃了，胖子也出去看，一个水潭一个水潭地去看，发现闷油瓶果然不见了。

“职业失踪人员果然名不虚传。”我心说。

“后面又发生了很多事情，我们的中毒情况越来越严重，后来我晕了过去。”胖子说道，“等我醒过来的时候，我就发现身边所有的人都不见了。”

也得亏这样，胖子现在才能和我说话。因为这一次，进入隧道的队伍至今没有回来。

胖子一直等到第二天天亮，才确定事情不妙，只得往隧道里走去。这一次，他就发现，隧道发生了变化。往里走了十几分钟，他再次走出了隧道，但是这一次，他没有回到山外，而是进入了一个黑暗的地方。

他打起手电，一下就发现自己在一个完全不同的洞穴水潭的边缘。这是一个非常奇特的水潭，呈现出葫芦造型，下头是水，上头是空的，中间有一道石梁贴着水面通到对面。胖子走了过去，发现对面是死路，而在石梁的中段，他看到水面下有一些东西。

那是水面之下的一块平面，不知道是什么材料凿出来的。胖子伸手下去按了几把，发现还比较结实，于是下了水，贴近水面看，这块平面反射出非常耀眼的光亮。

他发现这是一面镜子——整个水面下一巴掌深的地方，有一面两三丈宽的镜子。

就在这面镜子里，他看到了一个巨大的倒影，那是一座巨大的雕梁古楼。

胖子的第一反应认为，古楼是悬挂在这个山洞顶上的，立即抬头去看，却发现头顶上什么都没有。他非常惊讶，低头去看，镜中的那座古楼悬鹑百结，分明就在自己身下。

如果不在头顶，难道这不是一面镜子，而是一块玻璃？这古楼其实是沉在水中的？

他喊了几声，没人搭理他，他只得走到镜子的边上，想看看水下是否沉着古楼。这一下去他立即就知道不可能了，原来这水潭极浅，只没到腰部。他俯身潜入镜子下面，游了一圈，发现潭底也就这么深，不要说藏下一栋古楼，就连趴着抬头都难。

那这是怎么回事？胖子重新爬上了那面镜子。他都开始怀疑，那镜中的古楼是否只是一张画而已。

如果说阴冷的洞穴和诡异的古镜并没有让他觉得恐惧，那么，等他趴在镜面上仔细去端详这镜中古楼的时候，看到的东西让他真正感觉到毛骨悚然。

在古镜之中，他看到了一栋古楼，而在古楼的一条走廊上，他赫然看到了闷油瓶和霍老太他们正在其中休整。他看到了手电的光线在走廊的缝隙中闪烁。

这实在是太诡异了。胖子头上的冷汗直往外淌，似乎自己正存在于某本志怪小说的情节中。他敲打着镜面，想吸引镜中人的注意力，然而下面的人根本察觉不到他的存在。

听到这里，我也完全蒙了，反问胖子道：“你是说，他们在一面镜子里？”

胖子点头：“对，这座张家古楼，在一面镜子里。”

怎么可能？我心说，然后问道：“你确定是看到的，不是你的幻觉？”

“三爷，我下过的斗虽然不比您多，但是怎么也算是北京城里叫得响的号子，是真是假，我会分不清吗？千真万确，那楼就是在一面镜子里，他们全在镜子里的楼上。”

第二十二章

镜子的里面有什么？

胖子不敢对那面镜子做什么，只得按照原路返回。然而，事情并没有他想的那么顺利，他一路往回走了好几个小时，都没有找到出口。

那条本来非常安稳的隧道，如今怎么走也走不完，无论他怎么跑，怎么大吼，他面前永远是一条黝黑的隧道。

当时他的感觉是，这条隧道是有生命的，它可以任意改变形态来戏弄隧道里的人，可能是他们的行为最终触怒了这条隧道，隧道要用这种方式让他在绝望中死去。

直到几乎要跑到绝望的时候，胖子忽然就看到了一个救星。他看到隧道前方的石壁上，出现了那个自己炸出来的深坑。

他记得这个深坑的位置，其实应该在隧道的入口端。隧道是斜插入山体的，而这段山壁的岩石并不坚硬。

此时胖子发挥出了他的狠劲，他把自己身上所有的炸药分成了十几份，想要硬生生地炸出一条路来。他往里炸了六七米的深度，虽然没有炸出通路来，却在岩石中炸出了一个人的影子。

他想起我们当时在洞里的经历，直接砸破了外面的石皮，把石中人狠狠地砸死，然后挤入了石中人活动的缝隙中，一路狂爬，一直在里面爬了好几天，竟然找到了出来的路。但是他没有想到，出口竟然那么小，他挤不出来，只得在那个地方等着，等了四天，我们才出现。

我听完胖子的叙述，有点找不到北，而且，我从心底产生了一种极不舒服的感觉。

那是一种寒意，极度的寒意。

我深深地知道这种寒意从哪儿来。胖子的整体叙述，包括所有的细节都让我有一种似曾相识的感觉。

其实不仅是似曾相识，甚至是倒背如流。

胖子在这个山洞里的所有经历，和三叔在海底墓穴中的经历太像了，简直是一模一样。

当年三叔在海底，也进入了非常诡异的境地里，之后他睡了一觉起来，发现所有的人都消失不见了，而且他身处的地方都变了。他也是发现了奇怪的现象，然后再自己一个人逃离了那个地方。

我心中有一些慌乱，因为我有点厘不清楚这些头绪，但是有一点我是肯定了——不管是在海底墓穴里，在云顶天宫之中，还是在这里，“陷阱”的风格都十分相似。

按照之前的调查，这些技术几乎都是源于鬼手神匠汪藏海这个人。

当年的汪藏海先是修缮了云顶天宫，然后又给自己修建了海底古墓，最后，几乎相同的技术又在这里出现了。

我心里有很多细碎的判断。我不知道汪藏海是不是这些技术的源头。如果是，这个人真的是太厉害了。但同时有可能他本身是一个非常有天赋的工匠，他在帮东夏人修缮皇陵的时候，学会了当年那座地下皇陵里的很多结构设计，然后将其用在了自己古墓的修建上。

汪藏海不可能活到现在，他的技术是传给了张家族人，还是传给了样式雷？

从地理上来说，张家族人相传是东北那边的神秘族群，和云顶天宫的地理位置很近，而样式雷家族是位于广东，和西沙的地理位置相近。

这有两种可能性。第一种是，当年汪藏海在东夏活动的时候，由于一个偶然的契机，留下了或者流传出了这些技术。另一种可能性是，这些技术是当年汪藏海在修建海底古墓的巨大宝船时，流传到了沿海的渔民手里。

我更倾向于第一种，张家族人在张家古楼附近使用这些技术，显然和整个背景体系更契合一些。关于样式雷，到现在我们所有的线索也只不过是他们设计了这个张家古楼，我们只发现了大量的建筑图样，并没有发现任何的机关图样，这一点很能说明问题。

如果不回到当初的那一刻，谁也无法得知历史的真相。

我又想到了闷油瓶对于机关的极端了解，心中有各种奇怪的联想。胖子说到这里，我已经有了一种非常确定的直觉——这里的机关结构一定是巨大的一个整体，这也是闷油瓶没有发现机关的原因。同样，在当年的海底墓穴中，整个房间整体移动，闷油瓶也没有发现。

但我可以确定，以闷油瓶的智商，即使他感觉不到背后的机关运作，也应该能根据海底墓里的经验猜到大概的情况。

但是他当时为什么不说呢？

他一直有他自己的目的，这就是关键。我觉得他甚至完全能够猜到机关运作的大概机理，他提出去外面的洞穴中寻找，就是因为当时他看到洞穴的时候，就已经知道了破解的方法。

而他是一个不会对人见死不救的人，他一定回来救了所有人，把他们带入了古楼之中。但是，他唯独没有把胖子带走，而是把胖子送到了另外一个地方。

这是什么用意呢？

他把胖子送到了一个能看到他的地方，这样胖子能知道他们还活着。这是为了让胖子来传达这个信息吗？

没有理由啊。胖子传达这个信息出来，我们就一定会更加积极地救他。但如果是这样，闷油瓶应该不会那么“二”，他至少应该留下清晰的文字信息。

我想不通。这些信息给我的感觉，像是纯粹为了不让胖子进古楼。

这种感觉相当不妙。闷油瓶不让胖子进古楼的唯一可能性应该就是，他明确地知道这是一次有去无回的旅程。而以闷油瓶这样的身手和魄力，他认定的有去无回，基本上就真的是绝无一点转机了。

闷油瓶认为他们死定了。

但是霍老太和其他人都被带进去了，难道闷油瓶认为霍老太和她手下可以死吗？他和霍老太有很多我不知道的往事，九十多岁的老太婆还到这里来折腾，看来他们各自的问题，已经大到必须解决，而且是即使会死人也无所谓的地步了。

第二十三章

准备出发

当晚吃饭时，秀秀就问我怎么办。我心说其实我没有打算，潘子之前早就帮我打算好了。如今我只是示意了一下，皮包便开始全力准备，潘子之前肯定也已经安排过。

虽说我扮演三爷已经成熟了，但还远远没到潘子他们能放心让我自己做决定的地步。

不管这里有多少风险，已经走到这一步了，死我也认了。

如今只有再下去了。按照胖子的说法，潘子和小花那边开始不会有太大的问题，就看他们是否能回到那条隧道，只要能出来，一切都没问题，但是如果被困入那个毒气洞……

胖子当晚已经能走动了，我再去帐篷里看他时，他正看着自己的肚子“啧啧”直骂娘。我对他道：“这一次我们要能成功，你的肚子居功至伟，我给你的肚子发个锦旗，写上‘天下第一肚’。”

胖子道：“三爷，您可别扯这些风凉话。这一肚子疤，老子以后泡妞都麻烦，妞儿躺我肚子上硌得慌，我得去找家文身店给它整整。你说我文个象棋棋盘怎么样？以后妞儿能在我肚子上下棋。”

“我觉得你直接涂黑算了，然后打几个钻石的肚钉，就说文了个夜空，这样比较有诗意。”我道。

“好主意，还是三爷有文化，胖子我书读得少，就是吃亏。”胖子说道，便看了看帐篷外面，“我的事，你们没人告诉那丫头吧？”

“没说你还要下去。她知道你回来了，很开心。不过告诉她又如何，她又不知道我们在干什么，你就别自作多情了。你比我小不了几岁，老牛吃嫩草也要有个限度。”

外面传来云彩的声音，胖子摸了把脸上的胡楂，偷偷看了一眼就道：“老子连别人祖坟都敢挖，小妞不敢泡？我告诉你，老子这一次还真准备真诚地爱了，谁也别拦，没人比我能给她幸福。”

“你能给她什么幸福？”我失笑道，“以后熬猪油不用去菜市场吗？”

“老子有臂弯啊。”胖子道。

我听胖子这么说，再回想起自己的种种，心中极度郁闷。他似乎完全认不出我，我也没想好是否现在就暴露身份，因为毕竟我心里对于整个局势是没有底的，不知道暴露了会不会带来什么我想不到的变故。

于是我不和他扯淡，就问道：“你身体恢复了没有？”

“不就十几天没睡吗？”胖子道，“睡一觉早就没事了。我是壮年才俊，和你们一样，是吃过苦的，受点累不算什么。而且你们没我也不行，所以如果你要劝我留下，还是省了，我在这里待着，非急死不可，你知道我的脾气。”

我点头，他道：“里面那东西倒不足为惧，但是那楼太邪门儿了。不怕慢，就怕冒进，东西能带多少就带多少，我们上一次就是吃了轻装的亏。”

这话他已经说过一遍了，我点头，他又指了指另一边裘德考营地的方向，让我靠近点。我靠过去，他对我耳语道："三爷，你把那叫皮包的小子叫过来，我们得从鬼佬那边搞几把枪来，得要他帮忙。"

我道："我觉得，尽量不要去和他们发生关系，这批人都是亡命之徒。"

"能有我们亡命吗？"胖子呸了一口，"这话肯定是小花那小子说的。三爷，您可别听那小子的，那小子是文帮唱戏的，当然不喜欢打打杀杀。你们传统家族有手艺，胆子大，我可不是。我和你说，没枪就罢了，要是有枪，老子就是卖屁股也得去弄几把，那才能信心百倍。"

我知道胖子很多想法基本上都是对的，就问他："你准备怎么办？"

胖子穿上衣服，抹了把脸就道："您别管，把那人叫过来让我指挥就行了。"

我再次看到胖子时，他已经在擦枪了，皮包鼻青脸肿地在那里数子弹，一边数一边还有点哽咽。我心说，我靠，胖子到底干了什么，但是也不敢多问，估计皮包是被胖子的什么损招忽悠了。

弄来的枪是我叫不出名字的，胖子说这是乌兹，是一种微型冲锋枪，人送绰号"小叮当"。

我拿来掂量了一下，非常重。这枪我见过，就是《真实的谎言》里施瓦辛格的老婆用的那种。我问道："为什么叫小叮当？"

"因为这枪打起来，枪口跳得很厉害，就像小叮当一样。"

我心说，小叮当什么时候跳得很厉害了？一想，胖子和我们生活的年代不同，我记忆里似乎有一部很老的国产木偶片叫《小叮当》，那里面的木偶确实老是跳。不过如此说来，这外号应该是胖子本人取的了。

擦完枪，胖子把子弹压进弹匣就道："我真没想到他们能搞到这东西，现在的黑市还真靠谱。这东西最适合近身战，特别适合在狭小的空间里使用，杀伤力很大，就是没搞到多少子弹。"

"就一把？"我道。他立即甩给我一个东西，我接过来一看，是一把很奇怪的，好像被加工过的手枪。

"伯莱塔，意大利枪。"胖子道，"不过好像被他们加工过了，轻了很多。如何？三爷若不嫌弃，也拿一把防身？"

我看胖子的表情有些似笑非笑，好像有什么事情隐瞒，心中不免有些奇怪。不过我是三爷，没法像吴邪那样直接逼他说出来，只得作罢。我掂量了一下枪，果然很轻。胖子甩给我一条毛巾，让我包上："装起来，别让人看到，他们正找呢。"

我用毛巾包住枪。几年前刚看到枪我还很惊讶，现在看到就好像见到老朋友一样。我揣好了枪，胖子就咔嚓一声拉上了枪栓，然后再解开，也把枪塞进了自己的包里，道："这下老子晚上能睡个安稳觉了。"然后他将这个包抱在了手里，亲了一口。

我看着胖子的眼睛，越发发现他说这话时，眼中很严肃，不由得心中一沉。他那种"有所隐瞒"的态度和决绝的眼神让我心里很不舒服。

我只希望他所隐瞒的消息和以前那些一样不靠谱和无伤大雅。

我还想和他聊点别的，特别是聊一下他在隧道中经历的细节，忽然就听到砰的一声巨响从帐篷外传了过来，好像是什么东西爆炸了。胖子比我反应快，立即要出去，四周的人全听见了，都看向声音传来的方向，就听到一连串枪声从裘德考的营地方向传了过来。我看向胖子："你干的？"

"当然不是，胖爷偷枪又不偷袭。"

"走，去看看！"皮包好动，已经冲了出去。

我看着那边情况不对，打手势让其他人收拾东西，把需要的东西全部往丛林里撤，然后猫腰和胖子一起往那边摸去。

还没走到那边，就感觉那里几乎是打仗一样，到处是枪声，黑夜中子弹的曳光就和战场上一样。

“什么情况？”

皮包道：“胖哥，你看，子弹不是对射，只有射击，没有还击，都是毫无目的的。”

“不是毫无目的。”胖子道，“胖爷我十岁就摸枪，连这还看不清楚？这些枪都在短打，那边有东西在袭击他们。”

“什么东西？”

“不知道，是从湖里来的。”我说道，指了指树上，那树上有一个狙击手。现在所有的子弹都往湖里打，一秒一发。

胖子拉上枪栓，就往湖边靠去，我跟了过去。极目眺望，前方一片漆黑，什么也看不到。这时候，我们身后自己的营地里，也忽然传来了惊叫的声音。

我们立即回身，三步并作一步，一下就看到从我们营地边的湖水里，浮出了好几只猞猁，猛地就往岸上扑过来。

胖子抬头就是一梭子，直接把一只打回湖里。

我冲过去，从篝火中抽出一根柴火，往哑姐和秀秀两人惊叫的地方甩去。

一只猞猁被柴火逼退，我靠过去，看着它们的耳朵，发现那竟然是上回来的时候攻击过我们的猞猁。胖子用“小叮当”显然很顺手，两下打飞掉两只。这种枪在这种战斗中真的是杀手利器。

秀秀和哑姐吓得够呛，两个人互相钩着，我把她们揽到身后，胖子和皮包也围了过来。转瞬之间，水里又冲出来两三只，胖子喊了一声：“三角防御！”

我不懂是什么意思，只是压住哑姐，反手朝其中一只连开了三枪。那货的敏捷我早就领教过了，在它的腾挪中一枪也没打中，三枪之后，它几乎就到了我的面前。我此时倒也真的不惧，多年的锻炼没让我的枪法长进，心志倒是麻木了不少，便用手去挡。

刹那间，我身后一空，却见哑姐已经挡到我的前面。我心中一惊，心说不用这么狗血吧，好在身边的胖子一下抓起我的手，从下往上一甩，大叫道："打！"

我的子弹从哑姐的腋下打出，就在猞猁咬中她脖子的前一刻击中了它，猞猁直接翻了出去，落地就往林子里跑。

我抬手要射，胖子一下按住我的扳机："三爷，阿弥陀佛。"

刚说完，忽然林子里一声巨响，火光冲天，不知道什么东西爆炸了。

第二十四章

神秘物体的偷袭

那爆炸场景极其恐怖，一朵很大的火红云喷向夜空，爆炸的火焰很高，很多东西直接被抛到了空中，带着火星落到四周。

“是汽油，发电机被炸掉了。”胖子道，“这下他们惨了。”

“怎么会爆炸？”皮包拿着铁锹，“这些大猫不可能把发电机咬到爆炸啊。”

话音刚落，那边又是一下爆炸，这一次的声势略小，但还是把鬼佬炸得人仰马翻。

胖子脸色苍白，一下看向另一个方向，那是鬼佬营地左边的森林：“不对，我靠，刚才那是——”

“那是什么？”

“不可能啊，那是迫击炮的声音。”胖子道。

“迫击炮？”我惊讶道，“有人在用迫击炮轰他们？”难道真的是有军队来了？不可能啊，即使是一支武警部队，对付我们这些人也只需要用枪就行了，用迫击炮未免太看得起我们了。

胖子也是一脸难以置信的表情，还竖起耳朵去听，希望能听到下一声动静。

我看向裘德考那边，那里没有再发生爆炸。另一边的攻击似乎也结束了，除了爆炸的火坑，其他地方一片寂静，似乎全部被炸死了。

胖子听着，忽然就骂了起来，转头看身后的篝火，大吼："皮包，把篝火灭了！"

还未说完，黑暗中的林子里冒了一小点火光，随着一声小炮声响，胖子立即大吼："趴地上！"

我拉着哑姐和秀秀一把趴到河滩上，身后就爆炸了。我的耳朵嗡的一声，身体被震起来好几尺，一股滚烫的气流直接从我的脚底裹上来。整个石滩被炸得像下雨一样落满了碎石头。

等石头全部落完了，胖子大骂了一句脏话，回头一看，我们的篝火被炸没了，四周只有零星的炭火。

"游击队的打法，先用野兽把人赶到篝火边上，然后用迫击炮精确打击篝火。"胖子道。

"你连这个都懂？"我问道。

胖子道："三爷，你不会分析嘛。你怎么变得和你侄子一样？这战术用眼睛看，就知道是怎么回事。"

我心中暗骂，他就继续道："不过对方只有一个人。"

"何以见得？"秀秀一脸灰地问。

"我们还活着，就足够说明这一点。这种战术，如果有人在迫击炮开炮前狙击我们，我们就死定了。这个人是个高手，对距离感有极强的直觉。这几炮打得天衣无缝，我们千万不能露头，否则还得挨炮。"

"那就摸黑过去。"皮包道。我摇头："鬼佬那边肯定和我们情况一样，他们也会摸黑过去，如果两方遇上肯定会有误伤，现在只能静观其变。”

刚说完，前方的林子里，忽然又是一道火光和一阵闷炮声。

我们所有人都条件反射地低头，我心说，我靠，还要炸哪里？就听到空中轻微的呼啸声，炮弹竟然是朝我们这个方向过来了。

难道同样的位置他还要补一炮？我心中大骂。这一下爆炸却不是在我们身边，而是在离我们几百米外的森林里。

隔得还远，冲击不强烈，但是那边立即就烧了起来。

我和胖子看向那边，胖子就问我：“那里有什么？”

我看着，几乎是一瞬间，又是一发迫击炮打了过去，落在了同一个地方。

我立即知道对方在攻击什么地方。我们完蛋了！

“裂缝！”我大叫，“他在炸那条裂缝！”

“哪条？”

“把你拉出来的那条！”我大骂着冲过去，被灌木绊着脚，一口气冲到林子里，来到山体边上，就知道彻底完蛋了。那边整个山坡都被炸塌了，裂缝已经被埋在了下面。守在裂缝边上的人凶多吉少，很可能被压在了下面，而小花和潘子恐怕再也不可能从这个口子出来了。

我冲上前，尝试着去搬动那些碎石，随后而来的胖子一把把我拉回来。几乎是同时，又是一发炮弹落到了山崖上，炸出满天书包大的碎石雨。

在火光中，我看到远处的山脊上站着一个人。

我看不到那个人的样子，但是认出了那个影子，他没有肩膀。

皮包和胖子要上前去围剿，我拦住了他们，那个影子迅速转身，消失在了林子里。

这一晚的袭击，所有人都损失惨重，我眼睁睁地看着几十发炮弹准确地落在山崖上，把整条裂缝完全摧毁。

这些炮弹都不是从同一个方向发射的，显然打炮的人一直在移动。但是他对这里太熟悉了，这么黑的夜晚，他都能准确地从各个地方打出炮弹，击中那条裂缝。

我把我在巴乃村对于那个没有肩膀的怪人的想法和盘托出，胖子并不感兴趣。他看着自己的肚子，愤怒难当。

一开始我只是隐隐觉得他就是放火的人，如今看来是坐实了。他一定知道很多内幕，如果有时间，我一定得想办法抓住他。

天亮之后，我们整顿了一下自己的营地。接着我派了几人摸去裘德考的营地看情况，从而了解到他们比我们更惨——死了七个，大部分还都是被自己人乱射射死的，伤的人不计其数，几乎所有人都带着伤。

猞猁是从湖面摸过来的，我们和裘德考的岗哨都设在靠林子的地方，没有想到它会从湖面上偷袭，之后竟然还有如此诡谲的重武器攻击，自然谁都好不了。

这些猞猁似乎是被训练过的，攻击我们的人竟然能够控制这些动物的举动。这些我们都没法去深入思考了。让我崩溃的是，那条缝隙竟然被堵住了，不要说救人，小花和潘子回都回不来了。

怎么办？我满脑子都是这个问题。所有人都看着我，我必须给出一个答案来，否则我只能说：我们各回各家吧。

不能回家！我找回一个胖子，失去一个潘子、一个小花，这交易不合算，我还是亏本的。

胖子非常沮丧，因为他刻在肚子上的路线图一下子失去了所有的价值。我们坐在石头上，默默地吃着还有火药味的食物。秀秀道：“三爷，你得拿个主意。”

我叹了口气，知道自己只有唯一的选择了，便对他们道：“计划不变，但是我们现在只能换条路走。这里的缝隙四通八达，也许我们能找到其他入口。”

胖子摇头：“不可能，我们没有那么多时间。现在唯一的办法，就是回原来的路口，重新去走走那条不可思议的走廊。”

只能去原来的路口了，虽然不知道会发生什么，但是比在这里挖石头要节约时间。

第二十五章

没有选择

胖子又去裘德考的营地顺了两支步枪过来，我也不琢磨了，他带路，大家立即出发。

从山上翻过去，要比从地下下去耗时很多。好在胖子走过一遍，知道很多门道。他一路带队，几乎连话都不讲，我甚至没有机会告诉他我的真实身份。

我从来没有见过这样的胖子，心中不由得更加不安。胖子的这种赶路方式，似乎表明他心中非常焦急，但在他和我叙述整个过程时，并不显得有多着急。难道他真的有什么隐瞒我了？

我不敢问，只得一路闷头前进。翻过湖对面的山脊，就是我从来没有到过的地方。胖子带我们往山下走去，说是有近路。我们翻山而下，下到山谷，胖子往山谷的草丛里一跳，人一下就被草吞没了。

我没想到这草竟然这么茂密，觉得不可能，也学胖子一跳，一下子穿草而过，打着滚翻了下去——下面竟然是一条暗道。

“小哥发现的，厉害吧，这是一条古暗道，在山谷的上头用巨木架出了一条木道，年代太久了，都被草盖住了。本来在上面走更方便，但是草太茂密了，下面的草照不到阳光，长势没那么好，比较好走，而且比较平坦。尽头就是入口附近。”

阳光从上面的一些缝隙照下来，里面并不算暗，能看到地上全是大大小小的碎石。说好走其实也好不到哪里去，但总比挂在悬崖峭壁上好。

“从这里往里走十几里，我做了记号，再上去，就离入口处那棵大树不远了。”胖子道，“再往前很潮湿，我们不如在这里休息，休息完之后，到入口之前我们就不停了。”

所有人纷纷坐下，胖子对我挤了挤眼睛：“三爷，借一步说话。”

我跟胖子往里头走了一段，来到一块大石头横卧的地方，我们两个人翻过去，他就蹲了下来。

我不知道他要干吗，也跟着蹲下。他一下就来扯我的脸，扯了几下，疼得我眼泪都差点掉下来。

“干吗？”我骂道。

“天真，你原来的脸挺好看啊，何必整得和你那三叔一样。”胖子轻声道。

我一惊：“你怎么看出来的？”

“就你那熊样，别人看不出来，我还看不出来？”胖子道，“你以为你和我说话的时候我真迷糊？老子心如闪电，早就知道是怎么回事了。”

“那你不早说，我都找不到机会和你说。”我道，接着我就把小花的计划和他说了一下。

“我靠，你不和我说，我又不知道你有什么计划，当然不敢不配合你。而且你不知道，那医生对你三叔有意思吧？照顾我的时候简直就把我当树洞了，没事就对着我说，老子在那里半睡半醒，被她烦死了。”胖子看了看那边，“你知道她说的是啥吗？太肉麻了，老子算是酸溜溜界的翘楚了，可她对你那三叔的爱恋，把我牙都酸没了。要不是我真的太累了，听着还能睡着，我非掐死她不可。她说了，她觉得你变了。我也不知道什么情况，只能先这么着。”

我听着心头有点放松，刚想说话，他就摆手让我别说了：“多说无益，你知道我知道你是谁就行了。我问你一件事情，你得回答我。”

“什么？”

“那个花儿爷，你信得过吗？”

我心说他问这个干什么，便点头：“他帮我很多，我觉得他信得过。”

“你查过他的底细吗？他真是你发小吗？”

“这我肯定，怎么了？”

“你见过老九门的老照片吗？”

我摇头，这事我还真不知道，便道：“你直说，到底有什么蹊跷？”

胖子顿了顿，才道：“没事，也许我多疑了。我就是觉得这人给你出这种主意，不太可靠。”

我看胖子的样子不像说谎，就道：“但是当时确实也没有办法，否则我也不可能来救你。”

“有些困难，可未必像别人说的那么难。”胖子道，随即摆手，“不过还是要谢谢他，此事当我没问过。我们没工夫考虑太多了，先把事情整利索再说吧。”

我想起我自己的担忧，就问道：“闷油瓶他们的情况，你没骗我吧？我总觉得你没说实话。”

胖子拍了拍我道：“胖爷我要害你早害了，何必等到今天。”

这倒是真话，不过胖子骗我也不是一次两次了。我道：“你不害我，不代表你不会耍诈。”

“天真，你不懂。”胖子指了指身后，“你信任所有人，见人就掏心掏肺，我和你不一样，这后面的人，我一个也不信任。”

“这和信任不信任有什么关系？”

“大有关系。”胖子说道，“我在那镜子里看到的东西，可比和你们说的多得多，但是这些我现在没法讲。你得找机会和我独处时间长点。”

我看了看身后，就发现皮包和哑姐都看着这边，似乎有些好奇。

“看到没？”胖子道，“这里的人谁都不信任谁，都看着对方呢。”

我被胖子说得不舒服起来，胖子继续道：“本来我还不想拆穿你，不过，咱们走的是这条路，不是爬裂缝，我必须提醒你，从进入这座山开始，发生任何事情你都不要觉得奇怪。”

“会有什么奇怪的事情发生吗？”

“这里可能会发生任何事情。”胖子正色道，“这座张家古楼的妖气影响着很多东西，发生任何事情，都不要觉得奇怪。”

第二十六章

不能认为奇怪的事

胖子说完就起身走了回去，一边走还一边嘀咕什么，显得和我谈得不愉快的样子，我只得配合地做一些无奈的表情。一路回去，就见他们在聊天，秀秀等我坐下，就轻声问我胖子和我聊什么。我道稍后说，现在不方便，把她打发了过去。

坐下来后，我心里有底，便放松了不少。想着刚才胖子的几个问题，我还是感觉有些异样，但怎么想都觉得胖子不像在骗人。

不是说胖子不善于骗人，而是我对于谎言很敏感。很多时候三叔骗我，我其实都能感觉到，但是每次我都会理性地判断这是自己多疑。但是这一次，是我的第六感觉得胖子不是说谎。

我想起胖子之前的表现，决定不去想那么多了。胖子说得对，他要害我，早就害了。

只是皮包的眼神也有些怪，问我道："你们干什么去了？"

"看看前面的情况。"我就道。

“看得那么神神秘秘，三爷，有事您可不能瞒着我们。”皮包埋怨道。我一看这情况就立即给秀秀使了个眼色，想让她岔开话题。我问秀秀道：“你们聊什么呢？”

秀秀知道我的用意，立即就道：“我们在聊老九门的事。听说军队在长沙的时候，部队里什么地方的人都有，还有各地逃难的难民。

“当时很多京城的达官贵人都能唱几句京戏，所以军队在中华人民共和国成立后进京，没有一路花鼓唱到底。陈年旧事都是聊天时说起的，不过幸亏二爷家后来衰败了，否则在现在这种时代，他们不知道该扮成什么。现在人心疏离，外人防得少了，自己人反而成了心头大患。”

皮包似乎有点喜欢秀秀，秀秀一说话，他的注意力就转了过去。秀秀说的是自己的两个哥哥。一路上听秀秀说来，这两个人算是北京的名流公子，却不是特别出色。两人对于霍老太赏识小花，早就心存不满，他们之间的恩怨纠葛可能从小就一直在积累。我没法插话，便想让她多说点。

胖子坐下，往火里丢上几捆树枝，道：“这种《金粉世家》和《啼笑因缘》里的桥段，老子没什么兴趣，有没有老九门里什么我们不知道的风流韵事，拿出来讲讲。听说你们二爷成为鳏夫之后颇风流，流连烟花之地，其中有一个相好白得跟瓷器精似的，手上画上青花瓷的花纹，人称‘小青花’，有没有这事？”

“小青花现在还在，你要不要去看看？现在在养老院。”秀秀道，“画上青花瓷纹，还和青花瓷娃娃一样，就是被打裂了的那种。”

我喝了一口茶就道：“先人故旧，你积点口德吧。旧社会的女人大多身世可怜，这小青花，未必是她愿意当的。”

皮包很不认同，但也不愿意接话头了，就对胖子道：“你想听荤料，我们这种人怎么讲得出来，不如你说几个。”

“胡说，我答应了云彩，如今要做正派的人，你们这么低级趣味，活该都处不到对象。”

胖子转身把帽子盖在脸上，说道：“时候不早了，胖爷我缺觉，先睡了，你们继续‘锵锵三人行’。”

我看了看月亮，这儿的地势太特别了，顶上的横木挡住了大部分月光，只透下一道道暗淡的白光，如果不是头上的一段横木朽坏掉进了深沟内，这里恐怕一丝月光也透不进来。

这一条秘沟并不是当年张家古楼的建造者盖起来的，而是古瑶民在岭南古国时期的遗存。显然，这片深山在很久以前就有很多神秘的活动，只是不知道古瑶民在山中建这道秘沟的目的是什么，和张家古楼选择这里有没有必然联系。

几个人都想眯一会儿，就都分头靠下。我刚想闭眼，忽然就见胖子一下又坐了起来，去水潭边小便。我心说破事真多，于是也拿帽子翻下来盖上脸，很快就沉沉地睡去，计划在一小时以后醒来。

在这里我已经形成了很精确的生物钟，只要睡前提醒自己只是短暂休息，我一定能准时醒来。果然，过了一会儿我就醒了。我的脸上盖着帽子，里面散发着洗发水的味道，我十分庆幸在野外还能闻到这种城市里的味道。

我吹了口气，心里想着以前去鲁王宫和云顶天宫的那些日子，那时候我都属于破坏队伍士气的分子，永远要被潘子踢才能醒来。如今我却没有赖床的权利，我是三爷了，其他人都看着我呢。我迅速把帽子一抓，就想翻身起来，这一抓，却发现盖在脸上的帽子成了一团湿漉漉的东西，还很油腻。

我一惊，立即拍开那东西坐起来，随即发现不对——篝火照亮的整个区域里，靠近秘沟边缘的部分有水滴落下来。我以为是下雨了，但是抬头就发现，水不是从上头滴落的，而是从石头上溅落下来的。我正坐在沟边的一块石头旁，四周的藤蔓已经被砍完了，水是顺着上头的沟壁滴下来的，拍在石头上溅起了水珠。四周好些人都已经被浇醒了，几个人遮着脑袋跑出溅水的区域，嘴里冒出“怎么回事”之类的话，胖子立即做了一个噤声的动作，让全部的人闭了嘴。

我们都看着他，不知道他发现了什么。就看他闻了闻被溅满水的身上，我跟着闻了一下我的帽子，一股尿臊味儿立刻让我恶心到了极点。

是尿，有人在我们头顶小便。

皮包轻声骂了句脏话，恶心得直吐口水，显然尿呛到嘴里去了。

胖子继续让我们别说话，所有人都恶心得不知所措，只有胖子迎了上去，开始爬沟边的石头。我不知道他想干吗，也咬牙跟了上去。我抓着藤蔓一直爬到横木底下，一下就听到上头有人说话，还是英语，我立即明白，那是裘德考的队伍。

还是有些尿流了下来，滴在胖子脸上他也不管。他听不懂上面在讲什么，就做了个手势让我听。

我忍住强烈的恶心侧耳去听。上面肯定有不少人，显然他们身在高处，完全没有发现沟下还铺着一层横木，横木下面还有这么隐秘的通道。

但裘德考的人，此时不应该出现在这里的啊？

我听不清老外们的具体对话，只能对胖子摇头。胖子要了我的手机，要我打开手机的录音功能。这时，我听到了一个中国人的声音，他说了一句：“快出发，没时间休息。谁看到新找来的向导去哪儿了？”接着有人翻译成了英文。

我听着那声音，一愣——这声音很熟悉，想再听几句，上面的人就发出了一片动身的声音。

我和胖子翻下去，胖子吐了几口口水，听声音远去了，才道：“老外真的火气大，尿臊味儿也太重了。秀秀，快听听他们说的是什么。”

我想到那中国人的声音也被录下来了，马上凑过去，但看秀秀这时完全不理会，只是把衣服解开，到水潭边去洗漱。

“哎呀，丫头，先别洗，那潭子我也尿过，洗了不还一样？”胖子道。

秀秀和边上也在一起洗的皮包都愣了一下，皮包立即跳起来：“哪个你没尿过？”

“都尿过，昨晚无聊，我每个潭都尿了几下。”胖子道，“先别洗，来听听录音。”

“我不干！”秀秀道，“我宁可死也受不了这味儿。”

我闻着也无比难受。胖子没办法，只好指向远处一个水潭：“那个是干净的。”

我们马上冲过去，把头发和衣服都洗了，洗了一遍又一遍，直到尿味儿淡到闻不出才作罢。

“死人不怕，怕尿？我告诉你们，根据科学研究，腐烂的尸体绝对比尿脏。尿喝下去是没事的。”胖子道。

秀秀用她的头盔从水潭中兜起一头盔水：“那你喝！”

“喝下去没事，不代表就好喝啊。”胖子说道，“快点弄完，咱们不能被他们赶上。”

秀秀听了录音之后说：“放心吧，他们在上头走山路，根本不可能赶上我们。这一队人一定是在我们到巴乃村之前就出发了，已经在山里走了几天，被我们赶上了。”

“他们说新找的向导是怎么回事？”胖子道，“那儿怎么会有向导？”

我摇头，一直想着我刚才听到的那句地方话。那个说话的人是谁？为什么我听着那么熟悉？

胖子看我有些心思，问我怎么了，我把事情一说，他却没有印象。显然是他没有注意到这个问题。秀秀道："不管怎么说，裘德考在我们来之前又派出了队伍，我听他对三爷的说辞不同，显然他对我们有所隐瞒。"

以裘德考的性格，他之所以继续派出队伍探险，肯定不是乱来，一定是有了新的信息。那个新的向导也许就是关键。

"可是，那咱们怎么办？不理他们，继续走吗？"胖子想了想看向我。

我对于那声音太忌讳了，一种极不好的预感在我心中涌动。我对胖子道："我们得爬上去看看。"

我和胖子用砍刀劈开腐蚀最严重的一根横木，爬了出去。外面是一片月光。这里没有大树，我顺着斜坡一路缓缓地爬，就听到人的声音顺着风传来。队伍在连夜前进，已经走开了一定的距离，但秀秀说得没错，坡上特别难走，他们没走出多远，还能看到前面的火光。

我和胖子快步追了几步，胖子一把拉住我，进到草丛里对我摇头。我看向他指的地方，却见前方的高处有火星点——有人在那里。

"哨兵！不能再跟进了。"胖子说着递给我一架瞄准镜。

"你哪儿弄来的？"

"枪上拆下来的。"胖子道。

我拿起来朝前面的队伍看去，看到了一群老外正在灌木上爬坡。他们没有用手电，而是用的火把，在没有路的山上，手电太容易迷路了。

这支队伍大概有十五人，老外在我看来都长得一样，我也没法认出是不是岸边的那一批。我移动望远镜，去找那个向导。

很快我就发现了一个中国人，他背对着我，正在和另一个老外聊天。我一看到他的背影，就打了一个激灵，一种非常奇妙的感觉传了过来。

接着，那个人忽然转过头来，往后看了看，他的脸迅速地闪了一下。

我当时就一愣，接着整个人便跟打了鸡血一样，浑身毛孔都爹了起来。因为，在当时那一刹那，我忽然搞不清自己是否真的看到了那张脸。

那是我的脸。

我看到了我自己。我看到了一个吴邪。

第二十七章

我看到了我自己

我有点不敢相信自己的眼睛。如果不是胖子在身边，我肯定认为自己是在做梦。当我再仔细去看时，那人却已经走远，在人群中找不出来了。

可能是我动作太大了，胖子把我往灌木丛里按了按。我把瞄准镜递给了他，他也抬头去看。

我之前心中感到奇怪，在刚才一刹那的心里发毛之后，现在却感到出奇地平静。

这不是胸有成竹的平静，而是完全无法理解的平静。有一瞬间的恍惚，我想不起自己刚才看到了什么，那情景诡异得似乎不应该被记下来。

这家伙是谁？

一个人，对自己的脸真正了解多少？这是一个疑问。我们在照镜子的时候，看到的自己的脸，是否有一个完整的印象？那真的是我自己的脸吗？我还不敢肯定。

我心中很镇定，一直等着胖子的观察结果。胖子看完，脸上却没有任何的惊讶。他趴下来道："中国人好像不多，但天黑得实在看不清楚。你到底想干吗？"

"我觉得这队伍中有熟人。"我道，不管是刚才的声音，还是我看到的脸，我都觉得很熟悉。

"你有熟人？胖爷我有熟人也就罢了，你要有熟人这还真有点惊悚。"胖子道，"你家门口卖茶叶蛋的在里面？"

"没工夫和你扯皮，你看到什么奇怪的东西没？"我轻声问他。他摇头："这支队伍规模不大，但配置一应俱全，典型的老美作风，什么都靠装备。他们走的方向不对，是往回走的。看来他们是从山里出来的队伍，应该是回营地去，和我们没什么冲突。"

"你确定吗？"我问道，"何以见得？"

"确定。从他们离开的方向，往西走就是一条小溪，顺着小溪一直走，下几个断崖就能到村子里。裘德考在那边设置了绳索，有时间的话，走那条路风景很好。而且你看他们的包裹都已经瘪了，补给都没了，肯定是回村子的队伍。裘德考没骗我们，他肯定不会派新的队伍下去了。"

我点点头，心中就开始犹豫了。看来胖子确实没有看到队伍里的"我"。难道是我看错了，还是胖子错过了看到的机会？是不是需要再跟上去确认一下？如果我没看错，那整件事就开始朝我无法理解的方向发展了。

"天真，你怎么回事？你刚才是不是看到什么了，怎么这样魂不守舍的？"胖子问道。

"你有没有看到……看到一个和我长得很像的人？"我问他。

胖子看了看我："你是指，和你现在很像，还是和你以前很像？"

"以前。"我把看到的东西和他一说，他皱起了眉头："天真，你一路过来有没有磕到脑子？”

我有点怒了：“我靠，咱们在一起多久了，你还怀疑我的判断力？”

“就是因为和你待久了，才不信任你的判断力，胖爷我又不是没吃过苦头。”胖子说道，“你丫肯定看错了，回去吧。”

我本来有点犹豫，被胖子这么一说，一口气上来，我还非得上去验证验证才肯罢休。正在我们扯皮时，身后忽然有一阵灌木晃动的声音，回头一看，皮包也爬了过来：“三爷，老大，我也来了。”

“你来干什么？”胖子问，“别来添乱，我和你三爷正过二人世界呢。”

“我是来找你们学习提高的，您不是说要我多跟着您混吗？”皮包说道。

我问胖子：“这小子什么时候拜你做老大了？”

“人格魅力。”胖子说道，然后扭头对皮包呸了一口：“滚，别多事，这儿的事你学了也没用。”

皮包才道：“其实是秀姐怕你们人手不够，让我上来帮你们的。”

胖了看了我一眼，眼神里似乎有什么意思，他想了想对我道：“他来了，我倒是赞成咱们再跟上去看一眼了。”

“为何？多了一个人又没改变什么。”

“三爷，下地您行，要论跟踪，论偷鸡摸狗，胖爷我才是祖宗。我年轻的时候为追一只鸡，爬十几个狗洞都从不带喘气的。在这种林子里要不让人发现，您得听我安排。”

我心说三叔小时候也是一个顽劣之辈，这种事情未必比你差，不过我确实不行。而且就他这身材还能钻狗洞，他待的那地方狗得有多大？但这种吐槽是吴邪的吐槽，我现在戴着三叔的人皮面具，三叔在小辈面前，在这种场合下不可能这么没心没肺，于是我便忍住没再说话。

胖子说完对皮包道："你从左边跟上去，小心上面放哨的。"然后转头对我说："三爷年纪大了，跟着我吧。"

我对胖子点头，胖子指了指一个方向，三个人便开始埋头在半人高的灌木中慢慢地前进。

皮包和我们分开后，我还想再问得清楚一点，胖子这时候却做了个噤声的动作，拉着我放慢了动作。

我不知道他是什么用意，但知道胖子的想法总是有意义的。于是我跟着他的节奏，慢慢地缩在后面，就看着皮包慢慢地把我们都落下，跑到了最前头。显然，他自己还没发现我们已被落下了。

"什么来帮忙的，肯定是那臭丫头派来监视我们的。"胖子轻声嘀咕了一句，"也罢，让你看看胖爷我的手段。"

我知道胖子不信任小花他们，此时也不想多纠缠，就没说话。

林子里的灌木非常茂盛，我身上的尿味吸引了很多很小的虫子，一开始我还有点分神，但看着胖子专注的表情，我也被他影响了。他所有的注意力都被皮包吸引过去了，和刚才说笑时的表情完全不一样。

同时，我的心中涌起了一阵疑惑。

胖子的表情太认真了，他以往都是浮于表面的认真，而如今，我看着他的眼神，总感觉已经完全不是当年那种插科打诨中偶尔透露出来的认真了。

但刚才他和我说话的时候，分明没有那么在意。

他的这种表情让我感觉到，他对眼前的事情十分紧张。难道他刚才并不是什么都没有看到，而是看到了一些东西，装成没看到的样子？他这样做，是为了不让我担心？

不可能啊，胖子什么时候变成了这种性格的人？他看到我紧张应该很开心才对。

我们跟着皮包前行，足足跟了十分钟，此时我们已经被落下了十几米远。胖子还是保持着那种表情，但始终不肯跟上去。

我终于忍不住了，问胖子：“你到底想干什么？再这么跟下去我们就跟丢了，什么都看不见了。”

胖子立即嘘了一声，把我拉近才道：“跟不是目的，看清楚才是目的。”

我轻声道：“离这么远能看得清楚？”

胖子刚想说话，忽听前边一声警告的哨音刺耳地响了起来。

皮包忽然不动了，接着，树上忽然枪响了，一道火光打向皮包所在的位置。

我和胖子立即抬头，看到前面队伍的方向一阵骚动，所有人都转了过来，照向皮包的方向。胖子朝我点了点头：“好了，现在人全都转回来了，咱们能看个清楚了。”

我心说，我靠，你是拿他当饵啊。我立即拿起瞄准镜看，看到在远处的一棵树上，有一道光直直地射下，在草丛里来回移动，那是树上哨兵的激光瞄准器。不论皮包怎么在草丛里跑动，这激光点都死死地咬在他身上，看样子确实是个高手。

“这小子打洞还行，就是奴性太重，不会自己观察情况，而且大场面的经验不够。这一次裘德考带来的哨兵都特别厉害。”胖子说道，“我刚才给皮包指的那个方向，是哨兵的重点盯防方向。”

“你这不是要害死他？”我道。

“不会，老外很环保，枪里都是橡皮子弹，而且轻易不开枪，刚才那一枪是提醒前面的人注意，同时试探皮包，目的是看看是人还是野兽。如果是真子弹，当时营地被猞猁攻击的时候，他们就不会因为换子弹而耽误了最好的防守时间。”

我看着胖子，想不到他还有这种心思。胖子道：“没见过这样的胖爷吧？”

我摇头：“你最近有点聪明过头了啊，以前没见你这么精明过。”

胖子道："老子混江湖的时候，也不是没有狠过，只是这样过日子没什么意义而已。如今你身边就只有我可以信任了，我不为了你多精明点，怎么对得起咱俩的关系？"说完他指了指前面，"走！趁着皮包吸引了他们的注意力，我们走近点。"

我看着可怜的皮包很快被冲过来的人围住，心中暗叹，但一边胖子已经拉着我迅速靠了过去。

人似乎总是这样，当有了一个焦点的时候，往往会忽视真正的危险。胖子特地选了一条迂回的路线，尽量在手电照不到的地方一点一点地前进。裘德考那边的大部队在往一个地方收拢，皮包又到处跑，我们不用在乎会发出动静，所以在黑暗中前进得非常快。

等胖子拽着我让我停下来的时候，我已经到了非常靠近他们的地方。我抬头的时候还真是吓了一跳，根本没有意识到自己能够跟得那么近，几乎就在他们边上了。

"就算我们现在走出去，他们也不一定能发现异常。"胖子轻声说道，"好了，找吧，你说的那人在哪里？"

我拿起瞄准镜，在人群中寻找我要看的那个人。手电有一些反光，看起来有些困难，我一个个地寻找，忽然一个激灵，我看到了那个人。

这一次我有充分的时间来观察。虽然有手电的反光，但我还是浑身冰凉地意识到，我刚才并没有看错。

我真的看到了一张和我极度相似的脸。

第二十八章

追捕吴邪

看我停顿了下来，胖子问道：“看到了？”

“嗯，十点钟方向。”我说，“应该没错，这下你应该相信我了。”说着我回头把瞄准镜递给胖了，却发现没有人来接。

回头一看，胖子竟然不在那里。

我愣了一下，心说，我靠，刚才是胖子把我拽到这个地方的，怎么他忽然没了？

我看了看后面的黑暗，黑暗中没有任何动静，我感到莫名其妙，便喊了一声：“胖子？”

我努力又看了一圈，确定没有人之后，就用瞄准镜去寻找。但我一拿起瞄准镜，就条件反射一般自动往刚才那个人的方向看去。

确实是我自己的脸。我看了两遍，惊悚的感觉才慢慢涌上来。

就在这个时候，我一下看到，在那个“吴邪”的身后，胖子竟然出现了。

胖子忽然从灌木丛里站了起来，因为这个吴邪在裘德考队伍的最外沿，谁也没有注意到，就看到胖子以迅雷不及掩耳的速度，一下从后面把那个吴邪死死地卡住了。在我目瞪口呆之中，胖子已经把他拖入了灌木丛里。

整个过程不过几秒钟的时间，我的瞄准镜里一下就什么都没了。

我放下瞄准镜，完全无法预测接下来会发生什么，事情已经完全超出了我的想象。我抓了抓头发，就觉得一阵眩晕。

皮包最后被逮住了，我看着他被人从灌木丛里逼了出来，一脸的沮丧。不过我完全没有心思去担心他，用胖子的话说，这小子到底是什么成分还不知道，先让敌人考验他一下。这小子如果那么蠢地把那条通道暴露了，其实也无关要紧，无非是送裘德考一份大礼而已。裘德考缺的不是时间，而是如何进入那条通道，然后再活着出来的方法。

看样子那帮老外也不想对他如何，只是很惊讶这里怎么会突然出现一个人。

我没有去看他的下场，胖子很快就扛着一个人出现在黑暗中，他让我赶快过去。我一个头有两个大，我知道他扛着的是什么人，但我不知道接下来的情节会如何发展。

这种感觉非常奇怪，好像是本来不想去捉奸在床，但多事的朋友已经一脚把门踹开了。

想来这一定是一个非常重要的转折点，但我没有想到心情竟然是这样的。

我跟着胖子迅速离开了。胖子没有带我回到通道里，而是远远地翻过一个山沟，一路走远，走出去起码有半个小时才停下来。

我不知道其他人看到这人会怎么样，但至少我们做起事情来会很不方便，况且胖子并不信任小花那群人。

胖子点起了小小的篝火并用石头压住，对面的小子已经被我们用藤蔓捆得结结实实。

这么近的距离，我仔细地打量他的脸。我发现我对自己这张脸的了解程度，其实还不如对其他人的脸那么清楚。即使是这么近距离地看，我也找不出什么破绽来。而且，我现在也没有可以用来对照的东西。不过，在篝火下，这张脸看上去还有那么几分帅气。

胖子脸色铁青地看着这小子，我问胖子："你怎么也不打个招呼就……"

"当时他站的位置太适合偷袭了，简直就是在召唤胖爷我去偷袭他。我没有太多时间考虑，他只要再往前走几步，就没那么容易了，所以我直接拿下。"胖子道，"好在这小子和你一样没什么体力。不过，这么看着还真是像，如果不是我先和你相认，这小子出现肯定会把咱们都害死，现在我都有点开始怀疑了。"

我看着对方，问他道："你到底是谁？"

对方看着我，没有说话，脸色一片镇定。但我还是发现，他对于我的出现，有一种掩饰得非常好的惊讶。

"你到底是谁？"我又问了一遍，他皱了皱眉头，还是没有说话。

我心中的怒火一下子就起来了，虽然这小子长得不错，但那种表情看上去就令人不爽。我从不知道自己有那么一张看上去很欠揍的脸。

难怪之前一直那么不顺，如果事情顺利了，我回去一定得好好整整脸上的风水。

"你这么问是没用的。"胖子道，"能假扮成这个样子，说明对吴邪很了解，那肯定认识你我，我们问他是谁，他知道自己暴露了，不会再说什么了，现在要让他吃点苦头才行。你让开，我来把他的手指一根一根地砸烂。"说着胖子就捡起一边的石头，同时伸手想去撕他的面具。

我知道胖子不是虚张声势，他要做还真做得出来。可对方还是没有反应。一来我不想胖子伤人，毕竟不知道这人是什么来路；二来我觉得我的出现可能是他意想不到的，胖子的威吓不如我有效果，于是我阻止了胖子。我站起来，从边上拿起一块石头，便朝他走了过去。

我肯定不会下手，纯粹是吓唬他，但果然比胖子有效果，这小子立即就把头抬了起来。我走到他面前站住。

“你要是打下去，一定会后悔的。”那小子忽然说道。

他的声音和我的十分相似。

不过此时我一下就听出了破绽。这声音虽然很相似，但他说话的语调还是和我有一些区别。

这就有眉目了。我停住了手：“为什么？”

“因为我确实是你的侄子。”他说道。

我不由得冷笑了一声，这一声冷笑是毫无察觉的条件反射，是发自我内心的冷笑。这是一个人听到一个确定的谎言之后的正常反应。

我不知道这声冷笑在我三叔的脸上是什么效果，不过那人的身子往后缩了一缩，但他的表情还是一脸的木然和镇定。

我心中一动。这家伙的身体和脸反应并不同步，看样子很有可能也戴着一副面具。不过，这一张的手艺似乎不怎么样，不能准确地把脸部动作表现到面具上，也许他真实的脸上已经是一副被我吓得屁滚尿流的表情了。

想到这个我就有一股快感，看来我确实有非常深的自虐情结，我心中自嘲道。说着我把他一脚踢翻在地，他死命地翻身把自己被反绑着的双手压到身下。

“这么想保住自己的手指，就说实话。”胖子在一边道，“你肯定调查过，知道三爷的脾气。”

那人看着我，我从兜里掏出烟点上，也不说话。我知道说话反而会让他有喘息和思考的机会，就继续压上去。

他爬起来一路退到一棵树边，后面就是灌木了，他再也后退不了了，便立即叫道：“我真的是吴邪。我不知道你们为什么认为我是假的，你们最好拿出证据来。”

我心说证据就是我才是吴邪，胖子上去道：“证据是吧？给你证据。”说着，胖子去撕他的脸，撕了半天，竟然没有撕下来。

“奇了，这脸好像真的。”胖子说道。

我不懂技术，不知道是什么原因，也上去撕了几下，发现这张脸竟然和真的一样。

我心中一个激灵，一下就看到胖子用怀疑的表情看着我：“难道……”

“别乱猜。”我摸了一下自己的脸，“我们不知道窍门而已，你别乱猜。”

胖子又撕了几下那个吴邪的脸，瞬间露出彻底怀疑的脸色了。他看着我，手已不由自主地去按自己的枪了。我心中涌起一股极其可怕的感觉，这种不信任感一下让我感到有些窒息。

第二十九章

真假难辨

我从来没有想到会遇到这种场面。从进入这个迷局开始，从来没有出现过同伴不信任我这样的事情。

一路过来，我一直怀疑这个，怀疑那个，如今也终于轮到我被怀疑了吗？

不，这绝对不可以，如果我的同伴不再信任我，那我在这个谜团里所有能够倚靠的东西就都没了。我立即对胖子道：“问问题，不要被他蛊惑了。如果你有任何的不信任，问我问题。”

胖子看着我，又看着另一个吴邪。我忙说：“让他先回答，真假立现。”

胖子抓着枪的手慢慢缓了下来，他走到我面前道：“不用，胖爷我相信自己的第一感觉，我们继续。”说着他来到那家伙面前，“我问你一个问题，咱们默契一点，要是你回答不出来，你就乖乖说实话。怎么样？”

那人看着我和胖子，忽然就摇头："不用了，你们是对的，不用浪费时间了。"

胖子朝我咧嘴一笑，那人忽然又对我道："你让这个胖子走，我告诉你这是怎么一回事。"

胖子失笑，骂道："屄仔，胖爷我还以为你能扮成这个样子，一定是个狠角色，结果这么快就屄了。"

那家伙就笑："我不是不能忍，我是觉得不值得，因为我是站在三爷这一边的。不过，我只能和三爷说，如果你在，我一定不会说，不信你可以试试逼供。如果你们把我弄死了，等你们知道了真相，你们一定会后悔的。"

我看了胖子一眼，胖子还想骂他，我觉得太浪费时间了，就给胖子做了个手势，让他还是回避一下，我们好能早点知道真相是否真实。胖子这才悻悻地朝林子里走去。

我转向"吴邪"："别忽悠我，你拖延时间没什么意义。"

他看着胖子走远，道："小三爷，我没那么简单，事情也没你想的那么简单。"

我愣了一下，就看着"我自己"似笑非笑地同我对视，气氛一下就不一样了。

我没有回答，在那里琢磨是怎么回事。他是不是发现了什么迹象在诈我，还是确实知道我的真实身份？不过我只沉默了一会儿，他就接着道："你不用想了，长久的思考已经说明了问题，何况我是真的知道这是怎么回事。"

我没有表现出什么来，只是把手里的石头扔掉，找了一个地方坐了下来。

这人看着胖子慢慢地离开，蹲到一边的灌木里，才开口说道："小三爷，我是花儿爷的人。"

"小花？"

他点头："小三爷，您记得另一个戴着三爷的面具，在背后去掏王八邱老窝的人吗？那个人就是我。"

"哦。"我想了起来。确实，在长沙的事件中，起决定作用的根本不是我，而是一个我没有见过的人——小花的伙计。小花说，他在做整个局的过程中，根本没有把宝押在我的身上。

"花儿爷的整个计划，我全部参与了。"他道，"您可能对我印象不深，其实咱们并不是第一次见面，在很大程度上，咱们算是老朋友了。"对方说这话时，语气出奇地镇定，"我以前也在三爷的盘口里干过，每次去您铺子盘货的都是我，不过您一般不正眼瞧人，所以对我印象不深。您家的伙计王盟，是我很好的朋友。"

我心中有些阴恻恻的，总觉得有点不太妥当。他继续说道："而我之所以被这么安排，就是为了好好地观察您。"

"我不理解。"我摇头，"我绝对信任小花，你不用挑拨我们两人之间的关系，你再胡说我就抽死你。"

"我明白您很难相信，但花儿爷这么设计，并不是为了他自己。小三爷，很多事情都是上一辈传下来的。"那家伙笑笑，竟然和我的笑无比相似。

同一个和自己长得那么像的人斗智真是一件万分诡异的事情，看着他的表情，我的思维总会停顿一下。我意识到这个"吴邪"虽然和我长得很相似，但他绝对不是像我一样容易应付的人。

不过，我心中没有因为他的话起更多的涟漪。经历的事多了，我已经不会轻易地相信任何话，就算小花在我面前亲口说这些事情，我也不会相信。在这个巨大的谜团里，我只能相信自己看到的东西，这已经是一个基本的常识了。

我冷冷地看着他，还在想他接下来会怎么说。我知道我越是冷静，越容易在他的话中发现破绽，只有发现他的破绽，我才能由此得到更多的信息。

“花儿爷的这个布置，我也不情愿，只不过不得不执行。我戴上了您的面具，比您早一步到了这里，混进了裘老板的队伍中。”

“这么做的目的是什么？我想知道目的。”

“小三爷，裘老板知道很多您不知道的事情。您三叔这一辈子经营过来，他的目的您很清楚，花儿爷就是为了这个目的。不过，既然我已经混入了裘德考的队伍里，您自己就必然不能再出现了。如果花儿爷狠点儿，是可以对您下杀手的，不过说到底，花儿爷还是念公道，所以给您披了层皮也让您过来了。”

这人说的所有话，似乎都符合逻辑，但我发现，他在很多细节问题上都含糊其词。

我也是个喜欢讹人的人，知道这样的对话有两种可能性：一种是这个人本身就喜欢宣扬城府，想让别人觉得他城府很深；另一种是这个人完全不知道事情的细节，为了避重就轻，故意使用了这样的说话方式。

在目前这种情况下，应该没人还有心思装老千，这又不是泡妞。

他在胡说，我心中做出了判断。

他说完之后，我静静地看着他，问道：“我问的是，目的是什么？”

他看着我，并没有因为我的逼问而慌乱，肢体上也没有表现出任何的怯意，但显然他有点难以接话。静了半晌，他说道：“还真是让我刮目相看。”

“再不回答，我就让胖子回来。我说了，拖延时间没有意义，我不想和你聊这些，我只想知道我问题的答案。你之前全都是在胡说。”我道，“最后一次机会了。”

他低头笑了笑，道：“好吧，那我说实话。”说着，他看了看他的左裤兜，“我手机在我裤兜里，你拿出来能看到里面的短信，看完你就知道是怎么回事了。如今我怎么说都没用，你用自己的眼睛看吧。”

我看了看他的裤兜，心说也有道理，就走到他跟前伸手去摸，可我摸了一下，发现裤兜是空的。

我看了他一眼，就看他朝我一笑，瞬间他反绑在身后的手已经脱开了绳子，随即一把捏住了我的脖子，同时双脚一下钩住我的脚。他一钩，我整个人失去平衡，摔在了他的身上，于是他一翻身就把我死死地压在了地上。

我的喉咙被他死死卡住，一句话也说不出来。他冷冷地看着我，这张酷似我的脸让我在心中抓狂：这到底算怎么回事？难道我要被自己掐死了？

“真被你说对了，我确实都在胡说。你虽然比以前长进了不少，不过还是太容易相信人了。”对方道，说着拿起边上我刚才扔掉的那块石头，对着我的脑门狠狠地敲了一下。

我连疼都没有感觉到，就只觉得一阵眩晕。接着，我明显感觉到又是一下。

“只有一句话我没有胡说，我确实是站在你三叔这一边的。”他继续说道，“可惜，你没有你自己想的那么重要。去阴曹地府的路上，猜猜我到底是谁吧！”

第三下又砸了下来，我一下失去了知觉。

第三十章

孤立无援

是冰冷的溪水把我冲醒的。我醒过来的时候，已经躺在两块满是青苔的石头中间，背后是一个小断崖，雨水聚成的小溪从断崖上流下来，直接冲到我的脸上。

溪水非常冷，我的手脚几乎全是麻木的。在这样的状态下醒来，于我也不是第一次了，我知道一切都会在几分钟内好转，但我也不能什么都不做。我努力地尝试活动手脚，身体慢慢有了反应，然后努力动弹几次，终于站了起来。

天已经亮了，四周弥漫着一股雾气。

这是哪里？

我爬起来，努力揉搓着身子，好让血液加快循环。我慢慢暖和了起来，思维也清晰了，马上发现四周有些不对劲——这里的植被完全不是我被打晕前的样子。

昨天那个王八蛋，我心中狂骂，但没有力气把心中的一股怨气吼出来。

“可惜，你没有你自己想的那么重要。去阴曹地府的路上，猜猜我到底是谁吧！”我立即想起了他最后一句话，心说，这话是什么意思？

如果他是一个我完全不认识的人，不可能会说这样的话。难道我还认识他？

我脑子里一片混乱。我忽然意识到，自己当时应该在第一时间撕掉他的面具，用刀应该是能割下来的。

我想起不知道谁和我说的，要用人皮面具易容成另一个人并不是万能的。首先是你要易容的人必须和你本来就有几分相像，我和三叔，或者说解连环，有着血缘关系，脸型基本类似，这才有可能易容得非常相似，否则，不可能易容成一个脸型完全相同的人。

我想不出来他到底是谁，浑身的疼痛与寒冷也让我无法深入思考。以那人的身手来看，他不是特别强劲的人，但身手至少比我要好很多。

我环顾四周。我所处的一定是一条干涸很久的山间溪流，地上都是拳头大小的卵石，卵石间长满了野草，因为山间气候湿润，所有的石头上都覆着一层厚厚的青苔。从断崖上流下来的溪水渗入卵石下，能听到水流的声音，却看不到水。

我看向四周的树木——树干上也长满了青苔，厚厚的一层。这个地方的湿度和我被打晕的地方完全不同。

难道我被带出了很远？

我还是一阵一阵地头疼和眩晕，但身体确实比之前好了很多，这得益于我这段时间受到的各种打击。打击这东西，只要没把人打垮打死，对人总是有帮助的。我找了一块比较大的石头坐下来，有点担心地去摸自己的脸。

其实我并不是想摸自己的脸，我是要去摸我的面具。我知道那人下了杀手，不过当时因为胖子就在附近，那家伙没法弄出太大动静，否则我现在根本醒不过来。但即使我没死，我脸上的那些伤也一定是我没法处理的。

我心中的情绪很奇怪，不知道自己是希望这张面具破掉，还是相反。总之两种想法都有。这张面具唯一的好处是让我带着很多人来到了这里，但之后，它给我带来的似乎全是麻烦。

等我的手摸了上去，我才知道厉害——我摸着被击打的部位，感觉到万分的疼痛。我里面的脸肯定已经完全瘀青了，但面具的表层没有丝毫破损。

看来想要逃脱这样的生活也并不那么容易，这面具应该充分考虑到了任何可能的因素。

面具覆盖在脸上，我没法处理伤口，但摸上去似乎也不算太严重。没有溪水也无法照镜子，我只好作罢，先琢磨这到底是什么地方吧。

我顺着悬崖一路往前，慢慢地悬崖矮了下来，我找了一个可以借力的地方爬了上去，就发现上面是一个很陡很陡的坡。奇怪的是，坡上几乎没有什么树木，只有一些小灌木。这是个泥石流坡，应该是近几年间某次泥石流事故造成的。

我应该是从这道坡上滚了下来。我活动了一下手脚，惊讶于自己就这样滚下来身体竟然没有散架。不过活动了一下才发现，我全身上下都有非常不舒服的疼痛感。

不同于一般的瘀伤，我知道这是骨伤的痛感。只不过我身体没有完全缓过来，还是冰冷的，等再过一段时间，各种伤都发作出来，也许我连路都走不动了。

我靠在树上，看着四周的环境，大概能想到昨晚是怎样的一个情景了。我昨天待的地方一定在这道坡的上方。我被那王八蛋打晕之后，他一定是把我直接推下来使我滚到小断崖下的。我无法判断他是否要置我于死地，但显然他不想让胖子再次发现我。

昨天我和胖子审问他的地方边上并没有这种陡坡，看样子他还是拖着我走了一段路的。我回去能找到胖子的概率可能很低了。

我抬腿，开始努力往坡上走去，走走停停，走了一个多小时才发现植物开始眼熟起来，但离坡的上方还有很长的距离。我实在走不动了，往下看，其实也没有走多远，坡实在是太陡，真是很难行走。

最后一段接近九十度的陡坡，我几乎是手脚并用爬上去的，还好这一段只有几米。我翻上去之后，就发现上头是一段缓坡，树木一下高大起来，藤蔓盘绕，和灌木缠在一起，几乎没有行走的空间。

阳光越来越强烈，我靠在一棵树下，被阳光照着，感觉所有的疼痛都被无限放大，有些地方疼得无法言喻。而且走了这么久，我已经没有多少力气了。

千万不要骨折，我心里祈祷。在这种地方骨折就等于死亡了，要是只断几根肋骨就好了。

想着想着，我忽然想笑。想起早几年的各种经历，这样狼狈的场面倒也不是第一次遇到。现在再次成了这副德行，自己的镇定已远大于慌乱了。我感觉自己像是一只苍蝇，被苍蝇拍打了无数次都没死，到了最后，忽然意识到自己的问题不在于为什么没死，而是自己被打成这个样子，为什么还要待在这个拍子下面。

不过至少我不愿意在这里被打死。我心说，上帝把我打残那么多次，肯定不是让我在这里结束生命的。

我打了个小小的瞌睡后，再次咬牙站了起来，几乎是跪在地上寻找摩擦使灌木折断留下的细小痕迹，在灌木中一点一点地找，一直找到傍晚夕阳落下，我才似乎回到了之前和胖子审问那小子的地方。

我们是晚上来的，根本没有什么特别的地理特征能让我记忆，如今更是一点印象也没有，当然也没看到胖子。

我没有停下来，继续回忆，想去找当时老外那支队伍扎营的地方。那里有篝火和生活垃圾，找到那些东西我就能确定其他地方的位置了。

然而，不知道是哪个环节出了问题，这一次我再怎么仔细地根据回忆去找，再怎么仔细地去寻找灌木折断的痕迹，都一无所获。

第三十一章

鬼影初现

天完全黑下来之后，月亮渐渐地升了起来。我找了个树窝靠下去，心中第一次有了一些动摇。我在想，是不是我完全走错了方向？是不是之前我一路走过来，跟的痕迹就是错误的路线？那种根据树木折损情况来寻找痕迹的做法，我也忘记是从电视里学的，还是胖子教的，难道完全是唬人的？

“不过是第一天而已。”我立即在心里对自己说，并开始盘算胖子昨晚会采取什么样的举动。如果他发现我不在了，他不可能自己一个人回去，然后若无其事地和队伍继续往前走。因为假吴邪和我都不见了，他肯定能猜到，我一定是被假吴邪带走了，那胖子肯定会回去通知其他人的。

不，胖子不会通知其他人。从他的表现来看，他现在谁也不信任。而且，这样的事情，他回去怎么说？

如果潘子在，他也许会通知潘子，但如今他肯定会一个人在外面找我。

我继续推测，如果我站在他的立场，我首先会怎么考虑。我会觉得，我是被假吴邪带走了，而假吴邪要么会把我带回老外的队伍中去，要么会把我杀死。他会根据当时的情况来判断哪一种可能性大，从而采取相应的措施。总之，他孤身一人在附近找我的可能性很大。

当然，我也不会忽略另一种可能性，就是那家伙弄完我之后，会回去伏击胖子，但我相信胖子不是那么容易被伏击的人。那家伙把我拖到这么远的地方推下陡坡，肯定也是想让胖子找不到我。从这个迹象来看，这个可能性并不大。还是当成胖子是在找我比较靠谱。

不过，胖子虽然眼神好，但在当时的情况下，也只能大喊着我的名字来找我，可我当时深度昏迷，假如我找一个人，喊了一个晚上，那个人都没有回应，我会怎么做呢？一定是等天亮了，再寻找他留下的痕迹。

显然胖子没有找到我，不过这区域范围很大，找一天未必能找完。他现在很有可能也在这个区域的某个地方休息。以胖子的性格，他不会这么快放弃的。

想着，我抬头看了看天上的月亮。四周一片寂静，只有轻微的虫鸣声，比我们第一次来的盛夏要安静很多。我意识到这是个休息的好时机。

我找了一棵树想爬上其顶端，但发现十分困难，于是我便继续往缓坡上爬，一直爬到我能清楚地看到整个山谷的地方。其实后来我也没到达什么高处的位置，只是站在了一棵树的树冠缺角处。站稳后，我开始扯起嗓子大喊：“胖子！”

一声之下，几乎所有的虫鸣都停止叫声了。这个角度似乎很巧，一声下去竟然在对面的山里传来了阵阵回音，山谷里被惊起了一群飞鸟。

我有些吃惊，但随即就不管了，立即放声继续叫，叫了几声，停下来，仔细听有没有胖子的回音。

没有回音，怎么叫，耳边都是山谷里的风声。

我心说，也许是胖子的声音传播没有像我这样可运用到的天然扩音器，所以我听不到吧。我琢磨着要不要弄个火把什么的出来，好让他有寻找我的方向，再配合我呼叫他的声音，也许他是能找到我这里来的。在此时，我忽然听到身下的缓坡传来了一阵灌木摩擦的声音。

我没有手电，借着月光往下看去，下面一片斑驳，什么都看不到。

“胖子？”我立即叫了一声。就听到灌木丛里的动静一下从一边迅速蹿到了另一边，速度非常快。

我立即闭嘴，心说胖子要能以这么快的速度在灌木丛里移动，那他一定是胖贺流的忍者了。下面一定是个动物，听动静还不小。

我想起了这山中的猞猁，摸了摸脚边的地上，心说真走运，身边的石头真多。我一下抓起身边的一块石块，就朝动静传出的地方丢去。

石头砸在灌木丛中，几番弹动。我又丢出去两块，肯定不会丢中，但那东西迅速地离去了，灌木丛一路抖动，直到那东西慢慢消失才恢复平静。

我心说，难道是野猪什么的？我松了口气，心说必须找 棵树爬上去，否则在这种情况下，遭遇野兽的可能性很大。今晚我必须休息好，否则明天一天我就废了。越往后拖一天，我生还的概率就越低，如果明天中午再找不到线索，我就必须回到有溪水的地方喝水，并且想办法顺着溪流走出去。

那条溪水应该是通往巴乃村边上的那条溪渠，至少我希望是那样。

我扶着树干，再次往缓坡下方走去。此时我行走已经十分吃力了，只想着快些找到灌木茂盛的地区，再喊几声就去睡觉。才走了几步，我忽然觉得不对，在月光的斑驳中，我看到黑暗里有一棵矮树的样子有些奇怪。

我打了一个激灵，站定仔细去看，忽然发现那不是树，而是一个人。

是一个肩膀完全垮塌，犹如鬼魅一样的人影。他站在黑暗里，一动不动，我甚至无法判断，他是不是早就在那里了。

我僵在那个地方，不知道自己是应该扑过去抓住他，还是应该转头就跑。随即我意识到，这两种行为我现在都做不到了，选择权应该在他手里。

我干脆不动了，就站在那里看着他。他也没有动，黑暗中我甚至不知道他是正面对着我，还是背对着我。

如果他是背对着我，那他现在就是脸贴着一棵树一动不动，那真是让人毛骨悚然的画面。这东西到底是不是人类？

我手心开始冒汗，僵持了一会儿，我忽然看到他用了一个非常奇怪的姿势站着，可能是他身体结构的原因，那姿势做起来不像是人类可以做到的。

我猜了一会儿，意识到那是让我走过去的意思，不由得脑袋嗡了一声，还没反应过来，那影子已经动了，走向了缓坡的下方。

这是——让我跟着他？

我心生疑惑，就看到那影子走了几步，停了下来，做了一个动作。还是那个意思——让我跟过去。

我想了想，意识到要是对我不利，也不需要这样。荒郊野岭的，他对我怎么杀不是杀，而且要是我不去，他真不开心再把我宰了，我更不合算。

我扶着树干，就跟他往前走去。

一路往前，也不知道走了多久，每次我坚持不住，他都会停下来等我。等走过一段，他忽然停了下来，我也立即停下，不敢和他靠得太近，因为对于他的真实样貌，我有一种发自内心的恐惧感。

我抬头发现，面前是一块巨大的山岩，大得根本看不到顶部。月光下一个巨大的山洞口出现在山岩壁上，里头隐约透出暗暗的火光。

他头也不回地走进洞里，我迟疑了一下，心说“不入虎穴，焉得虎子”，便跟了进去。进洞后几米处火光大了起来，我看到那人已经坐在了火堆边上，原来的黑影一下子被照得很清楚。

他示意我在他面前坐下。我的心跳加速，看着他的脸和身体，浑身微微地发颤。

那确实是一个人，至少他以前应该是。但现在，说他是来自另一个世界，都不会有人怀疑。

这个人整个好像一团蜡一样，先是经过了快速的融化，所有的皮肤上都是坑坑洼洼的烂皮，但这融化的过程似乎又迅速地停止了。他几乎没有肩膀，两只手挂在身体的两侧，肩膀上所有的皮肉全和身体裹在了一起，透过他肩膀骨头上覆盖着的薄皮，能看到里面的关节。

他的脸整个都融化了，头发非常长，非常蓬乱，而且几乎全部打结在了一起。

但我发现他没有胡子。如果头发是这样长，再怎么说，胡子也应该非常长了。但我在这人的脸上看不到一根胡子。

我心中有点发怵，想到了一个让我不舒服的可能性：难道这是个女人？

他裸露着上身，但从他的上身完全无法判断他到底是男是女。身体样貌损毁到这样的状态，他是男是女已经没有意义了。但如果是一个男人变成这个样子，我还可以接受，毕竟如果将我自己代入这种生活，只要自己心沉下来，也不是不能应付。如果是个女人，那她该有多可怜。

也许只是脸部的毛囊被破坏了，我心里说。我总不能去扒他的裤子辨别男女啊。

他没有说话，只是用手拨着一边的枯枝叶，然后抛入篝火之中，篝火慢慢旺了起来。我慢慢就看到，山洞里还有其他一些了不得的东西。

第三十二章

山洞里的秘密

那是成堆的老木头箱子，有几个已经打开了，里面是大量的稻草，都已经腐烂发黑，能看到里面摆着成堆的迫击炮弹。凡是油纸破了的，全都锈得一塌糊涂。

另一边我能看到几门摆放得很整齐的迫击炮和几支猎枪。

看来，轰我们的果然就是这家伙。

“很多都没有用处了。”那家伙看我到处看着，忽然就说道。他的声音非常含混，还是分不清楚男女。

我转头看向他，他递给我一只军用烤瓷杯，里面是烧开的水。我惊讶于他竟然会说话，如果他只是发出一些怪声，我还能接受，可现在他竟然能够发出那么容易听懂的声音。后来我意识到他毕竟是个人，身体残疾了，嗓子没坏是很常见的。

“您……”我不知道怎么开口。

“吴三省，你也老了。”他朝着我，似乎在笑，但在他的脸上，任何表情都显得非常诡异，“不过，再老也总有一个人的样子，不像我。”

我愣了一下，忽然意识到我戴着三叔的面具。让我惊讶的是他能叫出三叔的名字，这么说来，这家伙竟然认识三叔。

“你认识我？”

“嗯，三十年了，你大概想不到我还活着。”

“你是？”我忽然意识到他为什么要把我带到这里来。如果他认识三叔，那他忽然在荒郊野岭看到三叔，也一定会惊讶。

我死死地盯着他的脸，这是条件反射。我想认出他是谁，但我是吴邪，根本没有三叔的记忆，我很快就明白这是徒劳的。

“我也想不到，会在这种地方再次遇见你。”他的发音非常含混，带着很浓的方言口音，但不是广西的方言，我听不出这方言来自哪里。“你肯定认不出我了。”他畸形的手在一边的杂物堆中翻动，我看到了他的指甲，黄色的指甲非常厚。

这人就是在闷油瓶“故居”里和我抢箱子的人。

都对上了。

他翻动了一会儿，从杂物堆中拿出了一个东西，甩给我。

我勉强接住，发现是一枚用被压薄的硬币折成的小东西，看不出是什么，似乎是一个五角星。

以前那种铝制的分币放在铁路上，列车一轧就轧成铝箔了，能折成各种各样的小东西。小时候我老爹带我去看火车的时候，经常轧几个给我。不过当时的分币还很值钱，这种玩法一般也只有家庭比较富裕的人才会玩儿。

他把这个东西甩给我。难道三叔看到这个东西，就能想起来对方是谁？看样子对方一定是和三叔关系有点密切的人了。

我脑子转得飞快，所有的信息在我脑子里拼凑出了很多故事。这个人是谁？

他认识三叔，参与了考古队，难道他也是当年老一辈的后人，三叔的同辈？我脑子里出现了一个场景：一个青年参加了一支考古队伍，进山之后中了机关，浑身溃烂。别人以为他死了，但他最后活了下来，被附近村子的猎人所救，使用草药治疗，然后康复，但成了残疾人。他在山中隐居，苟延残喘。为了保护其他人不再受到这样的伤害，他在山里装神弄鬼，把很多人吓跑。但被财宝的传说吸引过来的坏人越来越多，当年的考古队伍的继承人终于出现了。他一路监视，一路等待着出来表明身份的机会，同时心里也十分矛盾，因为自己现在已经成了怪物。在恐吓队伍，想吓跑他们之际，他偶遇了与自己一起长大的好朋友×××，如今他们相认了，准备开始互相吐苦水……

接下来会是怎样的发展？他可能会劝我其中有危险，回头是岸。我要是听从了，就会乖乖回去，这怎么可能？我肯定是不听的，那么他可能会和我反目成仇，最后把我干掉，或者就是目送我去冒险，让我死掉。如果是比较悲情的结局，那就是他最后勉强成了我的向导，和我一起进入张家古楼内，最后为了救我而死掉。死前他会和我说，你看我早就和你说过吧。你一定要活着出去！

我甩了甩脑袋，甩掉这些从电视剧里看来的念头。在现实生活中当然不可能发生这样的事情。我觉得他见到我，根本也是没有想到，现在他应该也不知道怎么办，也许只是想和我叙叙旧而已。

不过这人曾经用迫击炮轰过我们，我不确定他当时知不知道我在队伍里。但就这人毫不留情地做的这些事情来看，他并不惧怕伤害他的人，杀个人对他来说一定是一件完全没有心理压力的事情。

那我就不能太放松。我对他的了解太少了，万一他和我三叔本来就有仇，现在一句话没说对，我很可能就会被干掉。他的裤子里鼓鼓囊囊的，我知道里面一定有家伙。

我佯装思考，然后做出了微微错愕的表情：“是你？”我沉了沉自己的表情，“你怎么会变成这个样子？”

“难道你猜不到吗？”他喝了一口水，忽然问道，“你现在站在哪一边？”

什么？这句话是什么意思？

我心中简直想抽自己的嘴巴。我忽然觉得压力很大。这种对话跳跃性太大了，里面包含了太多的信息，只有十分默契的人才能对话下去。我根本不知道他问的是哪方面的问题，再这样下去，不出三句，我一定露馅儿了。

“在你这一边。”我想了想道，觉得这样回答最安全。

没想到我刚说完，他就开始怪笑起来：“吴三省，你会站在我这一边？外面到底发生了什么，让你变成了这个样子？”

我此时已经豁出去了，喝了口水就道：“时代变了。”

“那你现在也赞成，这所有的事情都不应该被世界上的人知道？”

“不应该。”我道。

他没有继续说话，气氛陷入了很深的沉默相视中。

“当年你到底发生了什么事情？”我试探性地问道。

这句话我想了很久，因为从他的态度来看，三叔当年一定没有参与这里的活动。这个人变成这个样子，一定是进入张家古楼造成的，那么三叔是有可能不知道这里发生的细节，如此一来，我这么问还是比较安全的。

“他们，放弃了我。”他说道，“他们放弃了我，不过他们肯定没有想到，我能活下来。”

“这么多年，你就一直待在这座山里？”

“我还能去哪里？”他道。

我看了看他身边的杂物，有很多现代用品，必然不是他那个时候留下来的。“我对这几座山非常熟悉，外面还有个村子，我在这里饿不死。而且我还有这些东西。”他指了指身后，“当时他们走的时候，为了搬运那批碎尸，就把所有的东西都留在了这里。我用迫击炮做陷阱，能打到不少好东西。”

“你就没有想过出去找我们？”

“在这座山里，我才是安全的。我不可能活着走出这个村子。”他道，说着他便站了起来，“你跟我来。”

他从篝火里拿出一根燃烧的枝丫，往山洞的里面走去。山洞也就十多米深，我走到贴近山洞底部的地方，就发现那里有一个直径三四米的大坑，一股奇怪的味道迎面扑来。

他把枝丫往坑里一丢，坑底就亮了起来。我看到坑底全都是白骨，这些白骨都发黄了，和坑底的烂泥混在一起，不知道有多少具。

“这些人都是这几十年来想找那地方的人。他们一定不知道，这些人会死在我手里。”

我惊呆了：“这些人全是你杀的？”

“反正他们进那幢楼也是死，与其死在那座妖楼里，不如死在我手上痛快。那楼里不能再死人了，再死人那东西就要吃饱了。”

我看着这个坑，又看了看外面的篝火，两处地方不过几米的距离，尸体抛在这坑里，难道不怕腐烂发臭吗？至少也应该掩埋。这人真是疯了，难道他喜欢看着尸体腐烂？

他和我保持着一定的距离，如今背光，他又变成了一个鬼影的样子。他重复了一句：“吃饱了，谁也没办法了。”

我听不太明白，正欲细问，忽然就听到坑底传出了一个奇怪的声音，好像坑底还有什么东西。

什么？难道这里面还养了野兽？这些尸体并不是烂成白骨，而是被吃成白骨的？

坑底的火棍子越来越暗，几颗头骨从黑暗处滚了出来。

“里面是什么？”我终于忍不住问道。

没等我问完，黑暗中的东西就滚了出来，我一眼看去，不由得哑然。

居然是胖子，身上被剥得精光，手脚都被捆得非常结实，嘴巴也被布绑住了，整个人像一头待宰的猪，在烂泥里打滚。

“他怎么在这里？”

“我在村子里看到的。他是你的人，所以我没动手。”那人道，“白天他在这附近找你。”

“快，快放了他。”我道。

鬼影从腰间掏出一把小刀，抛入坑里，胖子立即滚过去，反着身子抓住刀，然后迅速割断了绳子，扯掉了嘴里的布条，抖着满身的肥肉就朝坑上冲了过来：“老子宰了你！”

胖子才刚冲上来，鬼影就反手从身后掏出了胖子的“小叮当”，一下指着胖子。我立即打圆场：“自己人，是自己人。”

“自己人？”胖子看着我，“三爷，您交际面也太广了，和外星人也有生意来往？”

“说来话长，说来话长。”我立即说道，并马上给胖子使眼色。

胖子心中显然非常愤怒，不论是谁，被人扒光扔进泥塘里，心里肯定不会舒服。他骂了十几声，才算平复下来，对鬼影喊道：“胖爷我的衣服呢？”

鬼影走回去，在乱物堆里找了几件衣服出来，抛给胖子。胖子拉住我问：“到底怎么回事？”

我用口型告诉他：“我也不知道，别问了。”

胖子就对鬼影骂道：“怪物，老子在路上走得好好的，你偷袭我，有种你和我单练。”

鬼影不理他，问我道：“既然你站在我这一边，你来这里是为了什么？”

我坐下来，脑子里稍微过了过整个故事，然后和他说了一个大概，说我侄子的朋友被困在了张家古楼里，我得去救他之类的话。

“是那群人……那群人和你有关系？”他低头。

“你见过他们？”

“他们其中有一个年轻人，身上带着一把刀。”鬼影说道。

我立即点头：“对。”

“他们已经死了。”鬼影说道，“他们已经进到了那幢楼里，已经不在这个世界上了。”

我看了一眼正在搓泥的胖子，胖子完全没在听，只是一味地骂骂咧咧。

“不可能。”我道，“他之前看到过他们，他们还活着，而且……”

“你不相信？”鬼影喝了口水，“你们两个跟我来，我让你们看看这个地方的真相。”

第三十三章

山的真相

鬼影连火把也不打，就带着我们走出这个山洞。我们顺着那块巨大的山岩往上走去。

胖子穿上了衣服，领口全是泥巴。他已经骂累了，几次朝我做手势，问我要不要制伏他，我摇头。这个鬼影行路的敏捷程度，和那种与我们保持距离的气度，让我有一种非常强烈的感觉——即使他是这副模样，他的身手也一定在我们之上。

试想，这个人在山里待了这么长时间不出去，显然对于人世间的所有事情都有警惕，不可能见到一个老朋友就放松所有的警惕了。别看他若无其事地走着，他心中的警惕性一定非常高，胖子要发难我看成功率不高。

我不可能和胖子说这些，只能不理他，并把当时发生的事情和他说了一遍。胖子道："我靠，胖爷我绑得很紧了，他是怎么挣脱的？想不到那家伙不是个省油的灯啊。你的脸没事吧？"

“也许他身上带着刀子。”我道，“我们没有搜身，是个失误。时间太急了。”

“是缩骨。”鬼影回头说道，他离我们很远，但显然听得很清楚，“吴三省你不会连这个都不知道了吧？”

我心中一动，知道不能再乱说话了，立即嘴硬道：“不是，我有提防，不是缩骨。”

鬼影没再说话，我就对胖子做了一个不要私自说任何话的动作。

走了十几分钟，山岩上出现了一个凹洞。

我们走到凹洞之中，就看到凹洞里全都是陶罐。鬼影从边上拿起一根树枝，往其中一个陶罐里一伸，然后点燃，又拿起另一边装满水的罐子，不停地往墙壁上泼去。

我大概知道他想干什么，也立即来帮忙。很快水就渗进了山岩之中。

点燃的树枝往山岩的壁上一靠，我们立即就发现，整个山岩上全都是奇怪的影子。

整块岩壁浸水之后，呈现出一种半透明的质地，像玉石一样。

“这是那些石中人。”胖子说道，“我靠，这么多，要是放出来还得了。”

“你知道这块石头里有多少这样的东西吗？你知道这些东西的真实来历吗？”鬼影问胖子。

胖子摇头：“这东西不是这里的山神吗？”

鬼影摇头，看向我。我没有露出我是否知道的表情，只是摸着岩壁，做出若有所思的样子。

“这些都是人。”他说道。

“这要从这座妖楼是怎么盖起来的说起。当年我们做这幢楼的考古研究，做了几种推测。”他道，“我们相信，在广西这一带存在着大量地下溶洞体系，张家古楼很可能是利用了其中一个溶洞体系在整个地下山脉中发展得比较深的一个暗洞。但后来我们对这里的山体进行了各种勘探，发现这里的暗洞体系太复杂了，以样式雷图纸的建筑规模，需要太多的人力、物力，才能够在溶洞里建起如此巨大的一幢楼。”

我心说果然没错，他就是考古队的人，看来我的推测八九不离十。

“一开始他们认为这确实是行不通的，这只是张家一个望族的古楼群墓葬，不是皇陵。倒不是说财力的问题，因为这种盗墓世家，到底有多少钱财确实很难估量，主要是一个行事方便的问题。只要不是皇帝，要想在那种世道中隐秘地进行如此浩大的工程，都是很困难的。

“但等他们在山中探索之后，就发现了一个让他们惊讶的问题——这里山上的植被非常奇怪。

“特别是羊角山附近的植被，和其他地方都不一样，尤其是树的种类，那地方的树木，全都是非常好的木料。”

我听到这里，心中咯噔了一下，已经明白了他的意思。我道：“我听说，在明朝的时候，羊角山附近发生过大火。”

“对。”鬼影冷冷地说道，“这是他们早就计划好的。”

张家古楼的祖先早在明代的时候，就已经计划要把张家移葬到这座山里，所以他们在明代的时候焚烧了这里的山林，种下了千年后可以使用的木材。

这是一种什么样的精神？到底是多可怕的家族才会进行以百年为单位的计划？

“这些木材种下之后，经过了近千年的成长，长成了羊角山附近的整片山林，工匠进来之后可以就地取材。你会发现这里的灌木非常多，这是因为他们砍伐树木的时候非常小心，在树与树之间平均地砍伐。

“但即使所有的木料全部可以就地取材，可要运入地下的溶洞，也几乎是一个不可能的任务。因为这种大型的建筑，需要整根的木梁，这种巨大的木材是不可能通过那么细的溶洞的。最好的办法当然是有地下河，这样把木材往水里一丢，就能漂到洞里，但这样的条件是可遇而不可求的。他们在这里到处寻找地下水系，可这里的地势太高，是整个广西群山中海拔最高的地方，根本不可能找到地下河。”

“你绝对想不到张家是怎么把这些木材运下去的。”鬼影说，“就在这块山岩的下面，有一个垂直的深洞，几乎从顶部垂直地打到下面。”

“盗洞技巧。”我道。

鬼影点头：“鬼斧神工。问题是这个洞是怎么挖的。即使人非常多，要挖出那样的洞，在那个年代也需要很多很多年。

“所有的木材都是从这个洞里吊到地下溶洞中。而且，他们还在这里的山体缝隙中，找到了很多奇怪的铁器。这些铁器像一把把非常长的调羹一样，把山上的很多雨水引入这些缝隙里。我们认为这是为了加速山体内部溶洞溶解，这也是在明朝时就布置好的措施。我们在那个洞的洞口附近也找到了一样的铁器痕迹，你知道这意味着什么吗？”

我摇头，他道：“这个洞是被上千年的雨水冲刷出来的。他们在洞口设置了一个铜球，做了一个机关，敲掉表面的岩石之后，里面全是容易溶解的石灰岩。铜球非常重，当雨水被这些机关集中冲刷在这个洞里时，下面的岩石就会分解脆化，铜球本身的重量会把石头整片压碎。在近千年的时间里，铜球不断地往下沉，终于打穿了这个穹顶。”

当你想在某座山上打一个洞，而你有近千年的时间时，其实对你来说很多事情是很容易的。

我听着，身上的寒意越来越甚。这事可能吗？我的第一感觉是太玄了，但脑子里的知识告诉我，这是绝对可能的，甚至都不用那么久的时间。如果水流持续稳定，并且含有某些特定的化学物质，滴穿一块石头可能只需要几年的时间。这也是很多地方山体滑坡频发的原因。

我就是在一个泥石流坡下醒过来的。那里的植被很多，按道理讲，泥石流不会有那么大的规模，显然是因为那里的岩石中本来就有很多缝隙，这个前提是成立的。

而最可怕的是，为什么会有人有这样的念头？

我们想了解的是，到底是怎样的一批人？他们到底过着怎样的生活？做出这种可怕的设计，到底是为了什么呢？

“我相信他们肯定不会只找这么一个地方，因为近千年的时间，中间的变故太多，这个地方可能是他们选定的场所中的一个。”鬼影说道，“在广西，这样的地方并不少。不过最后能逃过旅游和各种工业的发展，在几年后还是蛮荒之地的，很可能只有这十万大山的腹地。”

“这些你们都论证了吗？”我问道，因为很多事情光靠推测是不行的。

鬼影只道：“不需要，你听我说完就会信了。”

“基本上我们所有的判断都可以还原成事实，但这个解释到了这里，就有了一个很大的问题。”鬼影拍了拍边上的岩石，“也就是，这座山到底是怎么回事？我们对这些山岩做了很多研究，很快就发现了一个非常可怕的真相，进而我们就发现了这整座山的真相。”他道，“现在你们看好了，我要让你们看一看，这座山到底是个什么东西。我为什么会说，他们进了楼就必死无疑。”

第三十四章

密洛陀

“以前，这里的当地人把这些石头里的影子叫作密洛陀。”鬼影说道，“我们一直以为，他们的意思是石头里的这些东西就是密洛陀，然而后来经过对古籍的考证，我们发现我们理解错了。密洛陀指的不是这些东西，密洛陀在瑶族的语言里是老祖母的意思，他们指的密洛陀是这里的整座大山。”

“山？”我附和道。

“山是老祖母，这些影子是老祖母生出来的子女。我们到达这里的时候，瑶民还未完全开化，对于自己文化中的禁忌部分，他们还是相当重视的。当时我们考察的时候就发现，这里最出色的一些猎人成年后，身上都会刺上一种奇怪的文身，文身的图案是一只类似麒麟的动物。我们在前期对这种行为做了很深的反推，通过对他们文身的演变和一些传说的了解，我们发现这个文身的来历有两个很关键的点。

“第一个点来自汉族的文身师傅。在当地老人的传说中，他们一开始的文身不是这个样子的，不论是文身的技术，还是文身的形状，都非常简单原始。后来来了一个汉族的文身师傅，在这里慢慢地教授，最后文身才变成了这个样子。

“这个汉族的文身师傅是何时来到巴乃村的？根据他们的推测，应该是在明清时期。关于他的信息非常少，只有一个传说提到他是避罪而来，但也无法考证，不过这不重要。我们首先知道了一个信息，那就是这个文身被一个汉人改进过。

“那么，之前的文身是什么样子的，没有人知道。不过，非常走运的是，在我们接下来的调查中，从其他瑶寨那里得到了一些旁证的信息。

“传说巴乃猎人刺这个文身，是有区域限制的。据传，只有在羊角山深处打猎的猎人，才需要刺上文身。在古巴乃人的心中，羊角山这个地方和其他地方似乎是不同的。

“第二个点就是，刺这个文身到底有什么意义？

“难道是辟邪吗？我们的民俗专家否定了这一说法。因为如果是辟邪的图案，村子里应该有相应的文化传承下来，但是一问村里人，谁也不知道文身的用处，只说是习俗。而且，辟邪的图案是不可以被改动的，如果有汉族的师傅修改了图案，那简直就是可以灭族的大事，那师傅不被剥了皮绷鼓就不错了。

“考据过程中又出现了非常多的曲折事情。当时那一代的考据工作十分厉害，一来前一代真正的大师都还在世，要问的话，总有些线索；二来各种老资料比现在的留存要稍微好些，所以我们最后还是发现了原因。

“那个文身是一张非常精密的地形图，当然不是现在意义上的，而是古瑶民在那片土地上经历无数次的尝试之后，找出的在那片领域里最安全的狩猎道路。这条道路十分复杂，在没有地图和文字的时代，古瑶民将其刺在了自己的身上。

“那时的文身只是为了简单地记录路线，后来经过战乱等各种各样的历史原因，文身的初衷被忘却了，变成了一个没有缘由的习俗。到了明清的时候，一个逃入瑶寨的汉人身怀刺文身的技艺，将这些粗陋的图案进行了改良，最后变成了现在这样的文身。”

“所以说，巴乃猎人身上的文身，其实就是瑶民古道的路线。”我想起了闷油瓶的文身，暂时还无法想得太细，但是我知道这个鬼影说的应该是对的，我们也发现过这一点。

“后来我们进入了羊角山一带，慢慢地产生了一个疑惑。”他道，“为什么要把路线刺在身上？难道用脑子记不住吗？或者说，如果这里的山路复杂诡秘到这种程度，不进去不就行了吗？为什么一定要进去呢？如果说一个铁矿所在的地方非常难以出入，采出一公斤的铁要花费一公斤的黄金，那为什么还要去开采？”

“真的那么复杂？”我有点记不清楚闷油瓶文身的细节，不过我确实有印象，那文身是相当复杂的。

“复杂，复杂到人不可能用头脑或者凭本能记住。如果不是靠身上的文身地图，猎人走不到路程的三分之一，就必然会放弃，那路太难走了。”鬼影道，“在这个世界上，能够不用那文身就走完那条路的人，现在只有我一个。”

当时他们尝试根据这张文身地图，找到这条古道的终点，因为他们发现，这条古道并没有狩猎的价值。古瑶民花了那么大的精力，打通了这条古道，显然是为了更加重要的东西。

他们当时正在进行张家古楼的考古项目，自然就把两者往一个地方去想了。他们推测，张家古楼在这里选址，和这张文身地图所影射的十分重要的东西一定有什么联系。

于是，鬼影所在的队伍开始对那张文身地图所影射的古道进行探索。

但是他们没有想到的是，古道并没有终点，整条道路是一个封闭的环。

“这和这座山到底有什么关系？”胖子不耐烦道。因为水汽的蒸发，墙壁上的影子已经渐渐淡了下去。

“你还不明白吗？”鬼影道，说着踩了踩脚下。

我们低头，过了一会儿我才反应过来：“这就是古道？”

“是，这条古道一直是贴着山岩修建的，几乎所有的古道段都在山岩边上，而古道边的所有山岩里，全都是这样的东西。整个古道好像一个非常复杂的符咒图案，把整座山都圈住了。所有这些密洛陀，只在这个圈子里才有。它们在岩石中极其缓慢地游走，但是到了石道边缘，就再也出不去了。”

“有……有点意思，继续说。”胖子似乎来劲了。

“这条古道就像一道栅栏？”

“对，古代的瑶民似乎在饲养这些东西。”鬼影说道，“这是我们的结论。还有人进一步猜测，这些瑶民古道就像是橡胶树上的刻痕，他们顺着这些道路，把山的表皮切掉。这些密洛陀对热源很敏感，所以在山道附近升起火炉，就能把它们引到山体表面来，从而挖出这些怪物。我们不知道这些怪物为什么会在山中产生，也不知道有什么价值，但是有很多的迹象表明，瑶民们就是这么做的。”

“难不成养出来的都是漂亮妹子？”胖子摸了摸下巴，“这敢情好，想不到这儿的人还有这种技术。”

“你又不是没见过这些怪物的样子，绿得跟啤酒瓶似的，就算是妹子，你下得去手吗？”我哭笑不得道。

“咱们见的那些也许还没发育好呢，白素贞没发育好的时候，下半身还不是一条大尾巴。”胖子道，“胖爷我没什么忌讳，绿就绿点，反正不是帽子绿就行了。”

我摇头看向鬼影，鬼影脸上看不出任何变化，他继续说道：“问题是，既然是饲养，那密洛陀吃什么？”鬼影熄灭了火把，往回走去，“吴三省，你知道我想说什么。”

第三十五章

我们都是密洛陀的食物

“你是说，这些密洛陀吃人？”

“它们吃能捕捉到的一切生物，最普通的捕食方式是，它们利用一种独特的方式，把误入某些缝隙和洞穴里的生物困死，然后去吃它们的尸体。”

我们跟着他回到洞里。

“你说的独特方式是什么？”胖子问道。

“它们能用自己的分泌物封闭洞穴和缝隙，把猎物困死在山体内部，这个过程十分迅速。这些山里有着大量的缝隙，好像一座迷宫，很多人进去之后，会发现自己进来的入口突然就消失了。”

我和胖子面面相觑，意识到之前在湖底那个封闭的洞穴里发生了什么。

“或者可以说，它们本身能形成岩石。这里的岩石有两种：一种是真实的、原本就存在的岩石；另一种是它们分泌的体液凝固后形成的。这种分泌物形成的石头和这里原本的石头一模一样。它们吞噬、腐蚀岩石，然后将自己的分泌物填充进去，好像混凝土一样。使用这种方法，这整座山就像是一块巨大的果冻一样。它们可以在‘果冻’里缓慢地运动，岩石就像液体一般。但是这种方法只对沉积岩和变质岩有效，所以它们遇到火成岩就无法前进了。还有一种办法，就是在石头上泼上强碱，也可以阻止它们。”

“难道说，这条古道周边的岩壁上都涂满了强碱，虽然我们能看到里面的密洛陀，但是它们不会出来？”胖子问。

我摇头：“这么多年了，不会被雨水冲刷掉吗？”

鬼影就道：“整条山道在下雨的时候就是一条引水渠，在这座山的山顶有一个碱矿层，所有的雨水从山顶冲刷下来，被引入这条引水渠中。你看这些山道的起势特别奇怪，雨水在这里流速特别缓慢，山道的表面有很多积水设计，所以等到流水冲刷下来，这里会是无数的水潭，这些水潭干涸之后，里面的碱性物质就会覆盖在岩石表面。”

我想起之前我们来的时候，胖子带我们走的那条被原木覆盖的古道，那里确实有大量的水潭。

“这么说，这是一个极其特别的原始牧场？”

“我觉得‘牧场’这个词语并不贴切。”鬼影说道，“当时我们认为，这就像是一个鱼塘。岩石就是水，这些密洛陀是水里的鱼。鱼可以在这片区域里自由地游动，但是永远不可能上岸。”

“但是这和你说的他们进入张家古楼就一定会死有关系吗？”

“不知道你们有没有钓过鱼。鱼塘有一个十分常见的现象：在一个拥挤的鱼塘里投入饵料，所有的鱼都会被饵料吸引聚集过来。他们进了张家古楼之后，张家古楼四周设置有覆盖着强碱的条石，那些东西是进不去的。但是它们会被里面的人散发出来的热量所吸引，挤在张家古楼四周。所有的东西，都会挤在入口。”

“你是说，我朋友他们会被困死？”

"大概是这样，但是情况比你想的更加可怕一些。如果聚集在四周的密洛陀太多，张家古楼的机关就会启动，大量强碱性的水会从洞顶流下，形成水雾，充斥整个古楼，把聚集在四周的密洛陀逼退。整座古楼会处在强碱性的雾气中，楼里的所有人便都活不了。"

胖子看了看我，我不知道该怎么继续说，胖子就道："等一等。这么说，你进过张家古楼，那你为什么还活着？"

鬼影撩开自己的头发，露出了一张极其可怖的脸，探到胖子面前："你以为我真的活着吗？我只是没有死完全而已。"

我看到他的面孔，立即意识到他身体的这种融化是怎么形成的了，这就是强碱的作用。

"我当时在坑道里，还只是被强碱气体轻轻喷了一下，就变成了这个样子。在古楼里面的人，瞬间就化成水了。"

说这话的时候，他恢复了冷静，虽然他的整张脸都融化了，但是我忽然有一丝触动——我好像认出了他是谁。

他不在那张照片上，不是我猜想的和三叔的那种关系。想想我就出冷汗，但是我确实见过他。我是在哪里见过呢？他是谁呢？

我越觉得自己要想起来了，越是想不起来。回忆了半天，我最终放弃了。我知道，如果不去翻相册，或者完全放松下来，这么干想只能更糟糕。

"哥们儿，我很同情你。"胖子在边上兜了几圈，发现这个洞里啥也没有，就在我边上坐了下来，"你打算如何？胖爷我认识协和的医生，我看你这情况，整得像人估计比较难了，整个燕巴虎吧。"

"我不会离开这里的。"他喝着水说道，"我带你们到这里来，只是想问你一些事情。之后你们想干什么，和我无关。反正你们在这里什么都做不了。"

我抬头，心中咯噔一下，心说这就要问了？只听他道："我说了那么多了，你也该告诉我一些我不知道的事情了。”

“你想知道什么？”我道，心里有些紧张，但是一想，告诉他不知道的事情，那不等于可以乱说吗？

他道：“现在是谁在管你们？”

“你是指管——”

“管你们这批‘陈情派’的。”他道，“快三十年了，老于肯定不会在那个位置上了。”

“没有人管我们。”我道，我只能靠大概的猜测来判断他是问当年那支考古队的管理层，“这个世界早就变了，我们这批人没有人管。”

其实我不知道是不是真的没人管，但是至少从解家、霍家、吴家各自的发展来看，已经完全看不到明显的“它”干预的可能性了。

“没有人管了？”他喃喃自语，“你也说没有人管，难道他说的是真的？”

“你还听谁说过？这段时间你和外界有联系吗？”我问道。听他的说法，似乎他还听其他人说过这个事情。

“我不会和任何人联系，你知道他们做事情的习惯，我知道的事情太多了，要想活得自在点，这里也许更好一点。”他道。

我道：“但是时代真的变了，你从这里走出去，不会有任何人来迫害你，当年的机构已经没了，大家——大家都在赚钱。”

“不可能，时代会变，但是那东西不会变。吴三省，你何必骗我。”

我叹了口气，不知道应该怎么说。这家伙在这里待了那么多年，巴乃又是一个非常闭塞的小村寨，他可能一直认为整个环境还是当年的样子，确实没有任何渠道让他了解到外面的世界发生了翻天覆地的变化。

“别装了。”这时候胖子说话了。

我回头看他，胖子就道：“你讲话讲得那么流利，肯定不是一个人在这里待了三十年。在这种地方，你一个残疾人就算有万般的本事，也不可能待那么长的时间还保持这么清醒的神志。胖爷我以前见识过，人要是一个人过的时间太长，别说说话，连听懂别人说话都成问题。”

我也知道这样的知识，就道：“胖子说的是对的，你是否还有什么隐情？”

他发出了几声奇怪的抽风机一样的笑声：“吴三省还是吴三省，总是能看到别人看不到的东西。”

“是我先拆穿你的好吧。”胖子不满意道。

我摆头示意胖子不要说话，鬼影就道：“我能活下来，是因为当年队伍的向导把我救了回来。那个村子里很多人都看到过我，他们以为我是疯子。我只和老向导有一些联系，他会带一些食物上来，我用一些东西和他交换。”

“就是你杀掉的那些人的东西吗？”胖子道，“你扒了我的衣服，也是想拿去换东西吧。”

“你说的老向导，就是盘马吧？”我问他。

他点头：“不管外面的世界是什么样子的，这座山里埋的东西，都不应该被世人所知道。”

“其他人后来怎么样了？”他继续问道。

我想了想，我该怎么说呢？我心中也很感慨，只好编故事，尽量不提个人的事情，只提几个家族和一些听来的八卦。

我说完之后，他陷入了沉默，我能感觉到，后面一些故事他根本没有在听。

我忽然想起一件事情来：我想起了当时和小花的猜测——考古队的真实目的，真的是考古吗？

是否像皮包说的那样，考古队也许是一支送殡的队伍？

我看着那个人，忽然觉得这样的机会不可能再出现了。在这个世界上，那支考古队剩下来的人，也许就只有这一个了。如果不问他一些非常实际的问题，实在太可惜了。

但是他对我们到底是什么态度，我弄不清楚。我尝试将自己代入他的经历，觉得他现在对我们的态度应该是十分危险的。

他对其他人的态度应该就是全部杀死。如今他没有杀死我们，只是因为我们与他有共同认识的人，我们出现在了这里，他又想问明原因。他这种人，不可能因为感情而改变自己的原则。我觉得，他漫不经心地说了那么多话，但是明显保持着极高的警惕性，这说明他随时可能起杀机。

胖子的枪在他那里，我们毫无胜算。

不能直接问，我必须万分小心。我脑子里想了一个提问计划，挑了几个问题。这些问题每一个都有回旋的余地，我又自己先过了一遍，才鼓起勇气开口提问。

“到底是什么东西？”这是第一个问题。

他愣了一下，抬头。我问他道：“你们当年运进去的，到底是什么东西？”

第三十六章

当年运入古楼的神秘棺材

他看着我，气氛无比沉默，我心中的紧张感越来越甚，很快脑门上的筋都跳了起来。要不是有面具遮着，我的表情一定非常恐惧。

“我不知道。”沉默了半天，他终于开口了。

我立即松了口气，同时心中一阵狂喜。

这个反应说明两个问题：第一个就是，皮包可能猜对了，考古队的目的真的不是考古；第二个是，我这个问题并没有引起他的怀疑，那我后面问问题就会保险很多。

“你不知道？”我问他道，“你不可能不知道。”

“我们所有人都被骗了。”他说道，“一层瞒一层，知道的人恐怕不超过三个。如果我们知道，也许我就不会变成这个样子。”他忽然抬头，“这件事情不是你们‘陈情派’提出来的吗？你们也不知道？”

"嗯。"我心中有了一个判断——这人看来不是三叔那一派的人，"陈情派"只是我听来的音译，不知道应该是哪三个字，但一定是他们中的一个派别，"我们知道的情况不比你们多。"

"弄了半天，原来谁也不知道这一切是为了什么。"

"不过，我很快就会知道了。"我说道。我是想试探他接下来会怎么对待我们。

他发出了几声几乎不算是笑声的声音，没有接我的话，只道："当年你是不是预料到了结果，所以没有加入我们？"

"这种结果还需要预料吗？"我道。

"那你为什么还要让你的人参与这件事情呢？你根本不应该出现在这里。你说上面已经不管你们了，你就绝对不应该再来这个地方，这说不通。"

"事情有了其他变化。"

"是因为那些老外吗？"

我想了想，实在没法说明这到底是怎么回事。我到巴乃本身就是为了弄清楚闷油瓶的身世，没有想到会发生这么多事情。

"其实，是为了一个人。"我说道，"张起灵。"

我说出闷油瓶的名字，看着他的反应，他忽然就笑了起来："不可能，你在开玩笑。"

"有什么不可能的？"

"你回到这里来，是为了我？"他道，"放你的狗屁。"

我愣了一下，忽然整个人就蒙了，好像被雷劈了一下。看着面前的人，我的第一反应是，我想立即跑出去，找个悬崖跳下去。

以当时的情况，我几乎在瞬间就要垮下去了。一刹那，我觉得整个世界都不真实，幸好胖子及时拍了拍我，说道："三爷，沉住气。"

“怎么？”对方问，“难道我说得不对吗？”

“我让三爷别和您开玩笑，您现在开不起玩笑。”胖子就道。说着胖子狠狠地拍了我一下，把我从愣怔中拍了回来。

我努力吸了口气，以掩饰我心中的震惊。我不确定我刚才是不是听错了，于是迟疑着说道：“你竟然还记得你的名字，我还以为你早就忘记了。”

“我们的名字没有意义。和你们‘陈情派’不一样，我们不可以有过去，也没有未来，所以，我在这里也许还比较好。你们觉得我变成了这样很惨，但是我想想，也许这是件好事情。”他道，“说吧，到底是因为什么，让你还要牵扯进这件事情里。”

我深吸了一口气，心说，没法聊了，我好想冲上去一脚踹翻他，把我心中无限的疑问直接甩在他脸上，然后用老虎凳、辣椒水，用一切残忍的手段，让他把所有秘密都说出来。

但是没办法，胖子说得对，沉住气，否则我可能会像前几次那样，什么都得不到。

“真的是为了张起灵，但不是你。”胖子在我边上说道，“是另一个叫张起灵的人。”

好样的，胖子！

胖子一说我还惊了一下，但是我随即发现胖子这句话说得非常好。这是把问题抛给他，让他来分析，他的分析一定会加入大量他所知的信息，这样等于是把分析问题的主动权推给了他。

没有想到，鬼影竟然一点都不惊讶，只是“哦”了一声：“他们又找到一个？”

我不作声，心中祈祷：“多说点，多说点，多说漏点！”

他顿了顿，就道：“我不知道这个名字有什么意义。他们在全国找了那么多叫张起灵的过来，最后能留下的，也不过是我一个而已。看样子，这个计划在我‘死’后还在继续。”

我想了一下，心中的一块大石头忽然落了下来。看样子事情不是我想的那样。听他这么说，他们的组织曾经对全国叫张起灵的人进行过排查，他们在找一个叫张起灵的人。而且看样子，他们还集中了一批人，进行了测试，最后只有面前的这个人留了下来。

我忽然意识到，在这段历史中，我所调查的所有使用张起灵名字的，原来并不是只有一个人。这会不会是我查到的信息凌乱而且没有作用的原因？我查到的是两个完全不同的人穿插的历史。

可如果是这样，“它”组织又是为了什么？难道是为了讨个彩头吗？

“也许就是因为你死了，他们才认为，你并不是他们要找的那一个。”胖子继续道，“胖爷我讲话直啊。咱们现在找的这个张起灵，不太会把自己搞成你这副德行。”

鬼影没有理会他，只对我做了一个继续说的动作。

我脑子里稍微构思了一个故事，告诉他，这个张起灵非常特别。我说了很多他的神奇事迹，并告诉他，这个张起灵让老九门的老一辈都很忌讳，所以我是受老九门的上一辈所托，来帮他寻找过去之类的话。

鬼影没有说话，沉默了很久才道：“他现在在哪里？”

我指了指脚下：“就是你说的那支已经死了的队伍里。他现在在山里，胖子说，在……在一面镜子里。”

“你犯了你这辈子最大的一个错误。”他忽然道。

“什么？”

“你马上就要失去解开一切秘密的钥匙了。”他道，“唯一的钥匙。”

“为什么你确信他们一定会死？”

“总之他们一定会死，这已经确定了。我要是告诉你原因，你一定会觉得还有机会，这只会给你平添烦恼。”他顿了顿，“可惜了，想不到这个秘密有机会被解开。”

“如果你去救呢？”胖子问他。

“比你们机会大一点，但我是不会进去的。不过，我可以送你们进去。走吧。”

“你知道我们的决心？”我心中有些惊讶。

“不，因为我不想亲自动手杀你。”他道，“你知道，我不会让任何人知道我还活着。我没有想到会在这里遇到你。我刚才一直在想怎么处置你们，现在看来，让你们进去死掉，是最合适的。”

他站了起来，把我们带到那些迫击炮弹中间，搬开了几个箱子，露出了几个深绿色的长箱子。他从边上拿起石头，敲掉箱子上的铁封，把盖子踹开。

“你们会需要这些的。”

里面是清一色的冲锋枪，全部用已经发黑的油纸包着，底下是还黄澄发亮的铜质子弹，足有一百来发。

“还能用？不会爆膛？”

“你最好希望它们还能用。”

“把我的‘小叮当’还给我就行了。”胖子道，“这些老枪射速太低了。”

“你的枪最多还有二十发子弹，你需要的子弹数量是二十后面加上两个零。”鬼影道，“拿上吧。”说着他拿起两支甩给我们。

我们把枪背到身上，胖子开始拆油纸里的子弹，把子弹压入弹匣，一边压一边问：“你能送我们到哪里？那楼似乎很难进去。”

“没有你们想的那么复杂，我会告诉你们，现在说了也没有用。”鬼影从他的杂物中找出几个袋子，把子弹全部抓了进去，然后甩给胖子，“进去之后再弄吧，没时间了，天马上就要亮了。”

鬼影已经迅速走了出去，我和胖子对视了一眼，胖子对我道：“别问了，看看就能知道。”

我点头。只听见鬼影在黑夜中打了一个呼哨，我们跟出去，正在奇怪他干吗呢，就看见草丛里一阵骚动，几只猞猁蹿了出来。

他发出了几声怪声，猞猁立即掉头往前走去。鬼影做了个手势，让我们跟上去。

第三十七章

赶路

这是很长的一段山路，我本来应该长话短说，但是一路上，胖子还是不放弃地在进行各种旁敲侧击，这个鬼影也根本不防备。很快我就知道他并不是因为对我们没有防御之心，而是因为他认为我们根本不可能活着出来。

胖子当时问了几个比较重要的问题，第一个是关于猞猁的。胖子首先问他："这些猞猁是养来吃的吗？"

鬼影回答"是"。他以前是做特务的，学过很多驯养动物的方法，这座山因为猎人很少，所以猞猁特别多。这些猞猁都是他养的，现在数量已经很多了。猞猁非常聪明，而且通人性，他用当时在特务连教的方法，经过摸索改进，找到了驯养猞猁的方式。

猞猁非常强壮，而且速度非常快，爬树、游泳都很厉害。他用这些猞猁害了不少人，包括很多来这里狩猎的人。

第二个问题是关于盘马的。胖子问他盘马的情况，但他只是笑而不语，说大概是死了。我们第一次进村的时候，盘马就已经通知了他。但是之后的事情，他并不知道。

我知道他有所隐瞒，但是也不敢继续问下去，之后一路无话。走了不到一盏茶的时间，我们就来到了一个杂草丛生的地方，能看到烂泥中有很多设备和帐篷的残骸，一看就是一个废弃了很长时间的营地。

这就是鬼影他们当年进入古楼的前哨阵地。

我们在里面休整了片刻，鬼影带我们进了一个靠在岩石边上的简陋窝棚。

窝棚已经完全腐烂了，全靠上面的一些藤蔓缠绕着才没有坍塌。我们弯腰进去，立即就看到里面有好几具干尸完全被缠绕在藤蔓里面，身上糊着一层类似于干泥的东西。

“这些人被拖出来的时候就已经全部断气了。被强碱泡死的人，死了都烂不掉，全干了。”说着，鬼影探手进去，在几具干尸身边摸索了几下，从他们身上掰下来一块东西。

真的是掰，因为那东西似乎是一块鳞片，已经和尸体长在了一起。掰下来之后，鬼影甩了甩，把那东西上面干结的烂泥甩掉后才现出了它的本来面目——一个布包。

“这家伙和你们一样，是很厉害的盗墓贼，只是流年不利。这布包他生前一直当宝贝一样，里面有很多工具，也许你们用得着。”鬼影说道。说完，他把手伸到了尸体前面的烂泥里挖了几下，再一提，和着烂泥的竹条编制的盖子被提起，一个洞穴露了出来。“就是这里。”

我探手下去摸了摸，发现这个洞的洞壁是石板的，心中明白错不了了。

“这洞口和我当时走的那个一样，只不过小了很多。”

“有些洞是走人的，有些洞是走其他东西的。”鬼影说道，“你们进去之后，一定会看到很多密洛陀。这里面机关的原理我并不了解，但是有一个窍门——你要找到一个很特别的影子，这个密洛陀和其他的都不一样。在这个影子面前，你可以使用这个。”

他从怀里掏出来一个水壶：“里面是火油，你把火油倒在这个密洛陀前面的地面上，油的走向会告诉你们接下去的路线。”

“是如何的不一样法？”我问道。

“我不知道，这个每次都有区别。但是我能保证，你看到这个密洛陀之后，立即能感觉到异样。那种不一样是十分诡异的。”说完鬼影就拍了拍我，“你们好自为之吧，千万别活着出来。”

鬼影说完就立即离开了，留下我们在窝棚里，感觉莫名其妙。

“他没把枪还给我。”胖子郁闷道，“胖爷我好不容易搞来的，我靠，已经有感情了。”

“他要给了你枪，你会如何？”

“我立即打断他的腿，然后把他的猞猁都烤烤吃了。”胖子道。

“那人家是对的，你以为人家傻啊。”我道，“不过他也算有良心，把武器拿走了，但是也给了我们东西。”

胖子边说边翻开鬼影给我们的布包，把里面的东西全部摊开在地，看里面有些什么东西。

边上的几具尸体看着让人发寒，在这些尸体边上看他们的遗物，而且是这种看法，我觉得不是特别礼貌。但当我看到其中的几样东西时，也被吸引了过去——里面倒出来的很多东西我都不认识。胖子脸上也是一半疑惑，一半兴奋。

我问他如何，他从那些东西里挑出一根手臂长的铁刺丢给我。我拿起来仔细看，整根铁刺上了黑漆，不知道是怎么处理的，一点也没有脱漆的痕迹。在手电光下，铁刺呈现出一种非金属的质地，但是从其重量来判断，它一定是金属器。铁刺的尖头非常锋利，在中段有一些增加摩擦力的花纹，仔细看能看到铁刺的一边有六个古篆字。

这是古代扒手用的一种小工具，用来撬开一些很精致的珠宝盒——用这种铁刺插入锁缝，然后一用力，即可撬开珠宝盒。这些珠宝盒一般用锡做成，非常难以破坏。同时这东西也可以用来破坏不是特别结实的砖墙。它是用铸剑的工艺锻造的，在铁刺的中心，还有一根铜制的、有一点弯曲的芯，非常坚硬。以前我入手过几根，但识货的人非常少，出手太难，后来就都自己玩儿了。

这些尸体身上带着这东西，看样子是他们平常习惯使用的小工具。这些人早年必然叱咤一方，却不明不白地惨死，躺在这里已几十载，让我感觉有些梁山好汉最后的悲凉。

为了别人的愿望而死，这让我想起了潘子，心中感到一阵不舒服，觉得把他叫来真是错误，不知道他们现在怎么样了。

内疚是一种很不好的情绪。我其实明白，很多情绪的产生，并不是为了别人。对于潘子的安危，我是否真的关心？也许我只是不想自己内疚。如果潘子是抱着自己的目的而来（不论是求财，还是实现自己的某些想法），我会如此担心吗？

我觉得不会。“所有人在一开始就已经做好了迎接自己结局的准备”，这是我的心态。在某种程度上，我的内心已经是一个彻头彻尾的盗墓贼了，也不知道这是好事还是坏事。

这些尸体已经干枯开裂，很难检测死因了。之前鬼影说过，这里很多人的死亡都很离奇，没法一一推测死因，要是因为看到尸体而停滞不前，那就不用进去了。

胖子把所有翻出来的东西都分了类，很多东西我都不知道怎么用。那都是些零碎的小件，还有一些火折子——我对这东西很有好感。还有一些用动物的甲片做的好像纽扣一样的东西，用铁丝穿着，鬼影说这些东西有用，我也不敢不信，就让胖子把这些都收好，万一我们也挂了，这些东西还能恩惠后来人。

里面还有几个让我特别在意的零碎东西，那是几个将硬币压扁之后做成的奇怪的小饰品。我之前看到的时候只是觉得好玩，但这次看到的几个有些不一样。我发现这个铝箔小饰品里包着东西，拆开来一看，发现是一颗药丸模样的东西，闻了闻，是火药。

这是自制的照明弹。火药燃烧完之后，会点燃铝箔，产生非常亮的光，虽然时间很短，但是可以在短时间内照亮很大的一片区域。

这些是好东西，我心说。我把这些全部收起来，背好枪，催着胖子一起摸进了那条石头隧道里。

第三十八章

墙中异样的影子

里面的情况和胖子说的一模一样，虽然鬼影没有解释这些隧道的运作原理，但我也能大致猜到这些机关一定是利用了人类心理以及山体的自然裂缝巧妙设计而成的。也许我们继续深入之后，便能发现更多的线索。

利用这个隧道口便可以进入胖子当时历经了千辛万苦想去寻找出路的隧道之中。我们猫腰进去，因为鬼影和胖子都说这里面不会有什么危险，所以我们走得很快，也没有什么顾虑。我们用手电照着隧道的石壁，一路寻找鬼影说的那个与众不同的影子。

整条隧道的墙壁呈现出一种半透明的绿色，我们的手电用鬼影给的绿布包着，好像一盏能够透视的X光灯。显然，这里的石头特别适合绿色光线的透入。

在这种光线下，我们甚至能看到一些浅层的人影的皮肤。我还没有仔细地看过这东西，此时看到的也只是影子，只觉得这东西的脸部特别奇怪，越是小的影子，脸越和人的相似，但如果是比较大的影子，脸就会很长。在绿色的石头之中，它们都闭着眼睛，像在沉睡一样。

胖子让我别靠石头太近。鬼影说过，这些东西会在温度高的地方聚集，所以我们不能在一个地方停留太久。

一路过去，我们几乎都是尽量集中自己所有的精力在看，生怕漏掉了一个影子，但是走了很远都没有看到鬼影所说的那种“异样”的影子。

“你看这个算不算异样？”胖子奉行“宁可错杀，不可放过”的政策，一看到有奇怪的就说，“你看这影子，好像赵本山一样，会不会是这个？”

“我觉得那个鬼影不可能有机会知道赵本山，所以他不可能觉得这影子有问题。”我说道。

“那这个呢？”胖子对着另一个努了努嘴巴，那是一个呈现游泳姿态的影子，“这个像不像在狗刨？”

“我觉得异样肯定不是看图说话，异样一定不会是那么简单的，否则这里所有的影子都有问题。”我说着，不由得有些顾虑，觉得会不会是鬼影对我们的判别能力太过高估了。胖子摇头说他觉得在那种情况下，鬼影不会犯这种错误，那家伙是特务出身，“不精确的叙述”对他来说是不可能的。

我只好相信。两个人继续往前，一个一个地看，很快我们的活动就成考验想象力的了。

“你看，这个影子好像在憋条。”

“你看，我靠，这个胸部很大啊。咦，为什么下面还有尾巴？”

一开始其实还挺有意思，也能缓解我们焦虑的情绪。到了后来，我们看得太多，连说话的欲望都没有了，只是机械地一个影子一个影子地看过来。

也不知道往里走了多久，既没有看到小花他们，也没有找到那个影子，而隧道好像无穷无尽一样。就在我们已经快进入梦游状态的时候，我们看到了一个影子！

我和胖子几乎是同时被震惊了，都不禁打了一个哆嗦，互相看了看。我意识到那鬼影确实说得非常对，我们找到了。而且确实只要我们去注意寻找影子，这个影子就绝对不会被漏过。

这绝对是一个让人感觉非常异样的影子。我们在岩壁之中看到的这个影子，身上的手脚非常长，长得甚至超过了这个影子的身高。如果按照我们看到的比例，它简直就像是五条蛇缠绕在一起而形成的影子，也像是穿着长霓裳水袖的舞女。

“双手过膝，刘备啊。”胖子嘀咕道，“二十头身，身材真的好。”

这影子为什么和其他的不一样？难道是个畸形儿？我心中暗想，有点忐忑地拿着手电筒往前。无奈这个影子在岩石中相当深，手电照过去，只有一个黑影。

“接下来怎么办？”胖子问我，“他是怎么说的？我忘了。”

“以这个影子所在的地方为核心点油。咱们的油呢？”

胖子掏出水壶给我：“在这儿呢，省着点用。”

“没事，用完了不还有你吗？”我说道。我接过壶来，立即就往地上倒去。

“神经病，胖爷我的神膘岂是让你用来做这等低下事情的？”胖子骂道，“而且我们也没有熬油的设备。”

油一到地上，立刻就开始渗透。我发现，地上的岩石表面看似只是被粗略地凿过，其实上面的纹路是有学问的。油立即开始迅速漫延，往一个地方流去。

“有门儿啊。”胖子说道。我们顺着油漫延的方向，一路缓缓地往前走，走了没几步，一下就看到前面的隧道壁里，出现了一个岔道的入口，很小，只能弯腰进入。

“神了，刚才我们怎么没看到？”胖子说道，“这洞口是怎么产生的？”

我凑到了岔道口前面，发现隧道的口子上是湿的。我摸了一圈，发现很黏，心中感到奇怪，脑子里一道闪电闪过，我忽然感觉自己好像明白了这里机关的运作原理。

但是仔细一想，我又想不明白了。正发呆的时候，忽然就见这岔道口之中亮起了一道白光，似乎有一支手电照了过来。

我心中一惊，立即去看，就见隧道的深处有一道白色的光源，不像手电光那么明亮，距离远且背光压眼，看不清楚。

我用手电照去，抵消了那道白光，一路照进去十几米，却发现里面什么人也没有。胖子也看到了，对着洞里叫了声：“谁？”

等我把手电移开，那白光却暗掉了。

“刚才是什么？萤火虫？”我问道。

“是萤火虫就牛逼了，这光那么亮，这虫子该多大啊，最起码得和我的鞋差不多大。”

“那刚才是什么光？难道是鬼火？”我道，“刚才那白光太实在了，感觉肯定是人造光源。”

“这你就没想象力了。”胖子说道，“以我的生活经验判断，刚才那光应该是一部手机。”

“手机？难道是小花的？”

第三十九章

小花手机里的秘密

胖子说得没错，那是一部手机。

我们爬了进去。这是一条石板隧道，四周都是用山石修砌成的石板，构成一个方形的通道。

在里面我正好可以坐直，胖子则稍感局促。我们来到刚才光源亮起的地方，就发现那里有一道石板缝。

前后的石板都是严丝合缝的，只有这里的石板有空隙，不知道是什么原因，也许是和这里的机关运作有关系。那光的确是手机发出的，手机就掉在石板缝里。

我一眼就认出来了，这确实是小花的手机。

“牛逼啊，他们也来过这里。”胖子说道。

“未必。你看这缝隙的宽度。”我用手比画了一下，这条缝隙要比手机窄得多，“手机不可能是从这里掉下去的。”

“那为什么会在下面？”

我道："这条缝隙应该能移动，手机是因为机关移动，才从其他地方被带过来的。"我在西沙见过这样的机关，知道只要运作得当，这种机关并不是不可能。

"那怎么把它弄出来啊？"胖子道，"老子手肥，要不你试试？"

我挽起袖子，在手上吐了几口口水，就用力往缝隙里伸。伸了一半我就知道自己傻逼了，手掌能下去，但胳膊不行啊，胳膊下不去，根本够不到手机啊。

"有家伙吗？来狠的吧。"胖子道。我想起刚才鬼影给我们的铁刺，就掏了出来，胖子将它插入缝隙之中，用力捅又用力掰，结果把铁刺都弄弯了，还是没办法。

"算了吧。"胖子说道，"这手机也不是什么值钱的东西，最多胖爷我再给他买一个。这款式看着也老了，咱买个什么平底锅送给他。"

我心说还有这牌子的手机呢，就在这个时候，缝隙里的手机又亮了，闪了几下又熄了。

"这是怎么回事？难道这洞里还有信号？"

"不是，这是手机电池警告，手机快没电了。"我道，"翻盖没合上，有点耗电。"

翻盖没合上？说完之后，我心中也一动，心说，那就是说，手机不是小花不小心掉落的。因为手机翻开的幅度那么大，不可能是掉落过程中岩石的摩擦而翻开的。

这么说，小花当时应该是翻开了手机。但在这个地方没有信号，小花为什么要打开手机呢？无论是打电话还是发短信，在这里都没有必要。

"不行，还是得把它弄到手。"我说道，"我觉得有问题。"

胖子叹了口气，说了句："你丫就是多疑。"我没理他，翻出了鬼影给我们的所有装备，开始砸那缝隙。一直硬砸了半个小时，终于将缝隙砸出了一个豁口，似乎是可以让手机通过了。胖子用铁丝当筷子，把手机从缝隙里小心翼翼地拨弄着夹了上来。

手机磨损得非常厉害，我吹掉上面的灰尘，把手机按亮，一下就看到手机屏幕上的一条待发短信。

“打开手机内存，里面有我们经历的一切。”

“这是什么意思？”胖子奇怪道，“他玩什么呢？”

“看视频。”我说道。手机还有百分之十的电量，应该能坚持到我看完。我立即操作进入了手机视频的界面。

视频库里有一段视频，我按开之后，立即就看到了小花的脸。他后面就是潘子，正在抽烟。小花在对边上的人说些什么，麦克风离得太远，听不清楚。说了几句之后，他才把头转向摄像头，说道：“三爷，我不知道你是不是也出了什么事情，但我们遇上大麻烦了。”

因为离镜头太近的关系，小花显得特别好玩，身后的潘子给他用手电照亮，照得他的脸很阴森。他喘气看了看四周才道：“从现在的情况来看，我们很可能会死在里面，我们现在准备用一个冒险的办法。我们进入这个洞里才半个小时就发生了变故，胖子指示的路线图上很多地方已经坍塌了，过不去，现在我们已经无计可施了。”

说着小花的摄像头照向了四周的墙壁，潘子给他照明。我看到了墙壁，镜头一闪而过，但还是能看见，那里的石壁上没有影子。

镜头转了回来，小花继续说道：“这里的墙壁里什么都没有，我们砸了一下，发现里面全部封结实了，显然有人发现了胖子能从这里出去，把所有的通路都封闭了。”

镜头转向潘子身后，是一条深不见底的石头缝隙：“两边的口子都被封死了，我们不知道发生了什么事情。现在是七点十二分。”说完之后，镜头忽然一片晃动，接着就转到了潘子那边，潘子对着小花喘气说道：“别录了，没时间了。”

“必须有记录，否则我们就算白死了。”小花的画外音。

胖子皱了皱眉头，镜头又转回了小花那一边："好了，现在我让你看一个东西。灯光！"

镜头开始调整，远近收缩，旁边照在石壁上的手电光圈放大，然后镜头往前推进，我们一下就看到，石壁上并不是没有影子，而是没有那么多的影子。

我们在手电光照着的石壁上看到了一个巨大的黑影，在手机的拍摄下并不清晰，但我们还是能判断出它的大小。

它最起码有四人多高，一面墙壁根本容纳不下，几乎整个洞壁的顶部和两边的墙壁全部被这黑影包围了。我们能很清晰地分辨出，这巨大的影子有非常长的手脚，好像缎带一样延伸出去很远。

"这东西行进的速度非常快，大约是在我们被困在这里半小时之后就开始出现了，以这个速度，十几分钟之后，它就会从岩石里出来。这东西一看就是另外一个品种的，我们现在准备先下手为强，在它还没出来之前，看看能不能弄死它。但是不知道它到底是个什么东西，所以祸福难料。"小花继续道，"不管是谁，如果你到了能看到这种影子的地方，一定要小心。"

说完，就听到潘子大吼了一声："岩壳裂了，大家准备！"镜头一阵晃动，接着就黑了。

我习惯性地以为是手机出了问题，晃了晃，才发现是视频放完了。很快屏幕又亮了，回到了选择视频的画面上。

我看了看胖子，胖子看了看我，我们良久没有说话。

"你说他们会不会有事情？"

"小花录这段视频的时候是四小时前，不管有没有事，现在我们什么都做不了了。"胖子说道，"看样子，这石壁里的密洛陀有两个品种，除了最常见的人形，还有一种特别巨大的，就像我们刚才看到的那种。"

"我们会不会有事？"我忽然就不安起来，想到鬼影曾告诉我们不能在一个地方待太长的时间。我们在这个地方待的时间已经有些长，不过四周都是真正的石板，在这里应该相对比较安全。

“不知道，不过最好还是快点前进。”胖子说道，说完下意识地把手电照向身后。

瞬间，我们都愣住了。胖子的手电光照到了我们进来的位置，我们就看到，在那入口的边缘探出了一个奇怪的东西。

第四十章

密洛陀的祖宗

让我毛骨悚然的是，那东西太巨大了。

那是一个巨大的肉球，乌漆抹黑，没有五官，我们能看到的，是那东西身上贴满了黑毛一样的东西，就像一个巨大的、潮湿的肉球上贴满了黑毛。

它只有一半探出了入口的边缘，就好像一个害羞的人正在偷偷看着我们。

没能再看仔细，胖子就大吼了一声："快……快跑！"说着手电光就转了方向。

我们几乎是连滚带爬地往隧道的深处跑去。几步之后，隧道有一个直角的转弯，一下我们就冲了出去——前面是一个山洞。

胖子用手电一照，发现山洞里有一个水潭。他冲过去几步，就回头对我道："就是这里！你看镜子！"

我没空去看，就看到洞口竟然有一道石门，立即对胖子道："帮忙先把这儿给堵上！”

胖子过来和我一起用力顶门，把门堵上，胖子就问我：“那是什么玩意儿？”

“密洛陀祖宗。”我道，心说在这地方出现什么都不奇怪。

我们在门里面等着，等了很长时间，门后面没有什么动静。

“祖宗还是比较讲道理的。”胖子说着就想去开一条缝看看，我急忙把他拉住：“别，也许人家祖宗年纪大了动作慢。”

我们两个人趴到门后面，贴着门听着，门后面一点声音都没有。

“怎么办？”胖子问道。

我心说刚才也只看到一脑袋，那通道非常狭窄，也不知道它能不能进来，也许正卡在通道口呢，便道：“以不变应万变，要是它在门后面，我们也没有把握能弄死它，先别动，等着呗。”

胖子想了想：“成，那你跟我来，我让你看一样东西。”

我看了看门，就跟着他顺着水潭边的石梁往里走。他用手电照射水下，我立即就看到了他之前说的那个场景。

那是一面大镜子，有六七米宽，手电照下去，我一下就看到了镜子里的古楼，惨白惨白的。但是没有胖子说的那么清晰，很多细节并不能看清楚。水下巨大镜面里的张家古楼，宁静得就像一幅画一样。整幢古楼笼罩在一种暗青色的光源下，没有看到任何手电光闪烁的迹象。

胖子指着其中一个位置，说道：“就是这里，我之前看到他们就在这里休整。”

如今那个地方什么都没有，不要说人了，连手电光都没有。

难道是照明设备没电了？我心说。不过，我知道那不太可能。

闷油瓶他们所带的手电有两种，除了最基本的“狼眼”光源，还有一些是手压发电式的手电。虽然这些手电的射程和光照强度都没法和“狼眼”比，但这种手电没有电池的问题，只要你的手有力气，你能几千个小时地使用下去。这样配置的目的是让照明时间最大化，在探险的时候使用“狼眼”，在休息和露营的时候使用手压式手电。这种手压式手电还有储备电池，你打个飞机的时间就能把它充满，充满后能使用四十分钟到一小时。

通过这种照明电源的分配，加上备用的电池、荧光棒和冷焰火，我们可以使探险的照明时间延长一百多倍，在洞穴中待上十天半个月都不是问题。

当时店家和胖子解释手压式手电的储备电池时，胖子还开玩笑说，要是以胖爷他打飞机的时间算，他能把这手电充爆了。

“看里面这么安静，小哥他们总不会是已经被强碱融化了吧。”胖子喃喃道，“被那个死畸形说中了，咱们来晚了。”

我摇头道：“在看到他们已经死了的证据之前，我是不会放弃的，就算他们已经融化了，我也要找到他们的骨头带回去。况且，真实的情况是他们有可能在楼的深处，我们看不到。或者可能关掉了光源，因为只靠这些冷光，也可以做很多事情。”

“有道理，死老太婆比较抠门儿。”胖子道，“也许他们的情况不好，已经懒得花打飞机的时间给手电充电了，或者干脆在睡觉。咱们先别琢磨太多，你先研究一下这镜子是怎么回事啊。大学生同志，你见多识广，帮忙给诊断一下，我真的觉得太邪门儿了。”

我蹚水绕着镜子走了几步，发现镜子是用铜制的乳头钉打在石梁上的，整个形状像一把圆形的扇子。

镜子完全是铜制的，黄铜锃亮犹如擦拭过的金箔，镜面两边卷起，其实更像一只很大的水盆浸在水下。或者说，我认为更贴切的是，像一口巨大的火锅。镜子的边缘雕刻着百兽图案，光看风格已判断不出朝代，但能看出这些图案不是铸成，而是人为用丝雕方式雕刻出来的。

如果不是镜面非常光滑，我会认为这东西其实更像是一面“鉴”，而不是镜子。

我抚摩着这些雕刻出来的东西，很快意识到，之前我的第一感觉是错的。这东西不是铜的，这是一面鎏金式的镜子。不知道是在什么材质的镜面上贴了极其光滑的金箔，才使镜面在这么长时间里保持那么高的反光度。

正好是我最熟悉的东西——鎏金器是我的老本行。

镜面的做工让人叹为观止，如果你站在水面之上，光滑的镜面几乎和水面融为一体。在水中走动，水波颤动，水下的镜面也会生出涟漪。手电光随着这些涟漪反射到岩洞的四壁，好像整个岩洞都在波动，景象非常绮丽梦幻。

我潜入水底，用防水的“狼眼”看镜子的背面。镜子背面有十几个巨大的镜钮，形成了一幅巨大的星图，在星图的中间，是很多的古篆字，密密麻麻不知道写的是什么。外沿是很多类似于八卦的图案，把星图围在里面。

我前后潜了好几次，试图看懂古篆字里的内容，但很快发现不行，这些古篆字用的笔法特别奇怪。我辨识起来非常困难，只能认出“天地”“福寿”“泉溪”这些字来，但是很难联系成段。

我浮出水面爬到梁上。现在我可以确定，镜子本身绝对不会有什么机关，镜子只有一个巴掌厚，没有太多空间可以架设机括。

如果里面有什么蹊跷，那唯一的可能性就是，这镜子里有一台巨大的液晶显示器，连通着张家古楼的监视器。但是看这镜子的古老程度，应该还在明清以前，不仅液晶显示器不可能，那时连玻璃镜子都还没有出现呢。

这东西很大程度上是一件老物，就和在四姑娘山悬崖洞中发现的那些青铜机括一样，都是从上一幢张家楼中带出来的。但是，如果不是镜子本身的问题，那这是怎么回事呢？难道张家古楼真的是在这面镜子里？

第四十一章

古镜中的玄机

胖子说得很对，在这个时候，我之前学的基础知识是非常关键的。如果不懂基础物理学，很多人往往只会注意楼是怎么出现在镜子里的。但是我知道，这面镜子最离奇的地方根本不在这里。

镜子要反射东西，需要光源，没有光源的地方，镜子不会有任何的反光点。

但是镜子中的古楼笼罩在一股惨青色的光中，这光不是我们的光源，而是古楼自己发出的光。

光源来自镜子里面。

这也就是说，只要我关掉手电，那整个洞穴唯一的光源，就是这些青光，青光会透出镜子，把这里照得青幽幽的。

但是我们刚刚进来的时候，这个洞里是一片漆黑的，从镜子里没有任何光线放射出来。

“关灯。”我对胖子说道，说完也立即关掉了自己的手电。

整个洞穴一下暗了下来，按照正常的物理情况，此时镜子里的青光应该会成为主光源。

但是现在整个镜子一下就黑了，洞穴变成了绝对的黑暗，只有胖子手电上的荧光标志在发光。

“啪！”手电再次被打开。

再照镜子，里面还是我们之前看到的样子，惨淡的古楼安静得犹如化石。

胖子问我在干什么，我把我的理论大概和他说了一下。

他听不懂，但是明白了我要试验的目的，便对我道：“直接说结论，天真，别跟我这种文盲客气。”

“这说明这个现象和光的传播没关系，只要有光源照射到镜面上，这镜子就会启动，显示出影像来。但是据我所知，中国古代没有光敏的技术。中国古代有记载的使用光线来开启的机关，一般都是利用动物的趋光性，是短效的机关，一般只是些用来逗乐的手工艺品。”我道，“也亏得中国古代没这技术，否则在古墓里就只能摸黑倒斗了，一点火把就会触动机关全死。”

“你这说了等于白说啊。”胖子摸着下巴，“你这不就等于告诉别人，丫这镜子牛逼，你丫搞不懂是怎么回事吗？”

“那不一样，我是从原理上来反推，这样就可以排除很多错误的思考方向。你让我想想，我相信伟大的无产阶级战士是不会被怪力乱神打败的，所有的现象都有自然原理在背后。”我被他说得有点恼怒，就让他别说话。

“抢我台词。”胖子嘟囔了一声，“得，你想吧，胖爷我吧嗒一根。”说着就缩到石梁上点烟抽起来。

终于也有将胖子一军的时候了！我嘿嘿一笑，想着就再次把目光投向镜面。

说实话，我确实觉得这面镜子太牛了，但是以我对中国古代一些工艺技术的了解，这一定还是可以被我们所理解的。

中国古代一些能工巧匠的工艺技术已经到了鬼斧神工的地步，但他们仍旧是工匠，而不会成为真正的神鬼。所以，我们的眼睛看到的东西，很多时候犹如神迹，但是说破了，往往也只是“障眼机巧”四字而已。

首先要考虑的是，如果我自己要做这样一面镜子，会使用什么样的方法？我用手电在镜面上滑动，看着那些光源的点，忽然想到以前做实验的时候，老师说的一种实验方法。

一个现象一定有一个起点和一个终点。有的时候这个起点和终点本身并不重要，重要的是，起点是如何到达终点的。只要通过不停地改变参数，仔细观察变化，就能知道很多线索。

我举起手电，开始扭动手电的光圈。我们之前只有明亮和黑暗两个参数，现在我要看看，从最亮到最暗，这面镜子是如何变化的。

胖子关掉手电配合我。我慢慢把手电拧暗，立即就发现，整个镜面里的青光也在缓慢地变暗，而且变慢的幅度和我手电变暗的幅度完全一致。

我再把光源慢慢地拧亮，镜子之中的青光竟然也慢慢地变亮了。

我不禁莞尔，刚才对这面镜子技术的高估一下就消失了。我立即就对胖子道：“你看，没那么神奇。这镜子里的青光，就是我们手电的光源。我们的手电亮，里面就亮；我们的手电暗，里面就暗。”

胖子在梁上也看得很清楚，点头：“我们的手电光能通过这镜子，射到这座楼里去？”

我摇头。我们的手电虽然是“狼眼”，能把人给闪盲了，但是要用来给这么大的一座楼照明是不可能的。

真实的情况我还无法完全推测出来，但是，既然这镜子里光线的问题这么简单，那我觉得其他的情况解决起来也一定不会太困难。

二叔教过我，凡事都要看目的，由目的才能推测出很多从正面推测不到的方面，这是我从老一辈那里学来的最有用的一句话。我摸着被冰冷的潭水冻得发麻的腿，开始思考，这面镜子放在这里的目的是什么？

“你说这面镜子放在这里，和风水有没有关系？”我问胖子。

胖子说道：“一些阳宅风水中会用到八卦镜，不过这也太大了。这镜子要挂阳台上，都能把飞机晃下来。你就整天在阳台上看着掉飞机吧，今天掉一空客，明天落一波音，多热闹。”

“又打飞机又晃飞机，你和飞机杠上了是吧？咱们没时间了，往正经了想。”

胖子最后吸了几口烟，把烟屁股掐了丢进水里，又点上一根：“我要想得出来早就想出来了，然后杀进古楼，把小哥他们全部救回来，那么现在这时候我们已经在北京吃烤鸭了，还用在这儿嘬烟屁股？你多想想，别依赖我。”

“你不是风水大拿吗，还问我？”我问他道。

他摇头：“这高深的我肯定没辙啊，何况那时候你啥也不懂，老子乱说也行。现在你丫进步了，我得兜着点。”

我心说，我靠，原来那些都是你乱说的。胖子继续道：“我觉得你琢磨风水没用，这风水，要懂的一眼就懂了，要不懂看瞎了都不懂。你要真想听我的意见，我可以告诉你，我当时的第一反应以为是上面的倒影。不过你看上面——”他把“狼眼”手电指向头顶。这个山洞往上的纵深十分深，能看到上头全都是乱石，但是具体看不太清楚。

我掏出一根烟，从胖子嘴里扯过烟点上，再给他塞回去。胖子的手电光在头顶上来回地晃。

“上面全是石头，什么都没有，所以我才觉得，这楼就在镜子里。”胖子把脚踩到镜子上面，“如果这镜子里的影像是从那儿倒映下来的，我走在镜子上面，肯定就会挡住镜子里的影像，但是显然没有。比起你这个大学生，我虽然没什么文化，但基本的道理我还是懂的。”

我看着上面的岩石，又看看胖子在镜子上搔首弄姿，来回看了好几遍，我觉得胖子说得一点没错，但是我心中产生了一丝异样的感觉。

也许是因为最近我身边有太多的欺骗和设计，所以我对于很多事情的破绽有着一种敏感的直觉。我忽然觉得，这个洞不够严谨。

这就好像一个魔术。说起魔术这个东西，最牛逼的魔术是街头魔术，魔术师就在你面前没有任何掩饰地表演。魔术高手往往给人感觉有特异功能，这是最厉害的。

其次就是舞台魔术。舞台魔术里很多最基本的桥段，都需要布匹遮挡，或者使用箱子。舞台魔术的原理在于，使用布匹和箱子并不能改变这件事情的不可能，但是因为我们知道魔术大多是错觉和陷阱，所以，聪明的人会立即知道，蹊跷一定就在布匹后面或箱子里面，只是掩饰得很巧妙，我们看不出来而已。

现在这种感觉就是舞台魔术的感觉。如果这里的设计工匠要把张家古楼就在镜子里这件事情做实，那么是否应该寻找一个矮一些的山洞，这样我们只要抬头往上一看，就知道洞顶上也不可能做手脚。

但是这个洞顶太高了，有些看不太清楚。虽然我们基本上可以判断洞顶上除了石头很可能什么也没有，但是因为它高度很高，让我觉得如果有万分之一的可能性，那机关也一定会藏在洞顶。因为我们四周的情况太明显，不可能有任何机关的可能性。

那可能性就一定在我们看不到或者还没有看到的地方。

当然，这也许只是我一时的错觉。如果有一个人告诉我，你必须拆穿舞台魔术师的把戏，否则你就会失去你的朋友。我首先要做的，当然是踢翻魔术师的箱子，看蹊跷是否在里面。

“我们得爬上去看看。”我对胖子说道。

第四十二章

山洞顶部有东西

经历过四川的冒险后，攀爬对我来说已经不算是什么难题了。我目测了山洞的高度，有六十多米，大约二十层楼的高度。好在这山岩要好走很多，不到一小时，我就爬得非常高了。最让我觉得自豪的是，全程爬下来，我耳朵上夹的烟都没掉下去。

我用铁刺绑上绳子，做了简易的安全绳，等我发现想要再往上就十分困难的时候，我离洞顶还有十米左右的距离。

胖子在下面呼应我。我用手电照射洞顶，上面全是狼牙一般倒挂的钟乳石。果然不出我所料，我发现这些钟乳石之间有东西。

但是这些钟乳石太大了，而且犬牙交错，在这个位置我还是看不太清楚。

“有什么东西没？”胖子在下面非常期待。我心说，你自己不爬，老子就不同你说，气死你！就没搭理他。

胖子在下面锲而不舍地叫着，我定定神就尝试着在悬崖上变换角度，好几次我都差点掉下去，但还是看不清楚。

我喘了几口气，感觉有些郁闷，好不容易爬这么高，还是白费力气。

胖子叫道："日照香炉生紫烟，紫烟生在此山间。你那位置不可能看清楚，你给我照着，手电打到最亮，我来看。"

我骂道："你没文化就别念，要念也把舌头捋直了再念行吗？"

"老子活跃气氛，你丫心急就心急，别老挤对我，再啰唆我把你日出烟来，还不一定是紫烟呢。"胖子就怒了。

我暗骂，只好把手电往钟乳石里照，结果照了半天，他也看不出什么花儿来。但是他也看到了，在钟乳石中间有东西，个头不大，但一定是人造的。

"看不到的，太远了，光线不够强。那死畸形把我的望远镜拿走了，否则还能看清楚点。"

核心问题还是太远了，"狼眼"的照明距离其实不近，但是人的目力有限，在这种聚集的光线下，如果东西太小，而且又不是你熟悉的东西，你就很难根据形状判断那是什么。在这种情况下，要么用望远镜，要么就得靠得更近。

我往上看，上面确实很难攀爬，危险系数非常大，但是这个时候，我已经决定要铤而走险了。

我对胖子做了一个我要继续往上的手势，也不管他有没有看到，就勉力继续寻找可以落脚的地方。又往上上了几步，我就发现，再往上全都是光滑的石灰瀑布了，而且是一个反向的角度，我只要踩上去，过不了三秒钟，我便会血肉模糊地趴在胖子面前。

我不知道在那个位置纠结了多久，胖子在下面叫了无数次我也没理他。我爬都爬得这么高了，不甘心就这么下去，但实在没辙了。最后胖子在下面也无奈了，对着我叫："下来吧，工头答应给钱了。"

一直停在那地方，我的锐气耗完了，只得灰溜溜地爬下去。一路落到地面，胖子直朝我摇头。

我拍了拍手，就叹气："这下我也彻底没辙了，你有什么损招就上吧。"

"胖爷我有损招早上了，我早没辙了。不过你不算没成果，至少知道这上面确实有东西。"他道，"其实，我有一个办法倒是有一线可能，不过我没敢说，因为太冒险。你可以用铁刺做一个钩子，看看甩过去能不能钩住什么，然后人再荡过去。"

"那我怎么回来啊？"

"回来个屁，等找到入口，我去楼里把小哥他们救出来，然后再来救你。你就挂在上面，抽抽烟，想想我们以后的好日子。"

胖子的方法可行，但是太扯淡，我肯定不干。先不说上面那东西是否真的和入口有关，就是真让胖子去了，他要是也死在里面，那我就要挂在这里饿死了，这种死法太苦逼。

攀爬了一次，身体机能消耗很大，我的手指都有点发抖，便一边活动，一边去水里泡着。就在这个时候，我忽然发现我手上的感觉不对。

用手电一照，我发现我的手指间黑黢黢的，指甲里全是黑的。

污垢？泥巴？

但是手感很滑腻，不是泥巴的感觉。我闻了闻，就闻到指甲里有一股奇怪的味道。这味道还真不是所有人都能闻出来的，但是我一下就明白了上面沾了什么。

"别看了，老娘儿们一样，还这么讲究。"胖子骂道。

我道："不对，这是火油的味道。"说着看了看四周的岩壁，"这些石头缝里有火油。"

我来到岩壁边上，探手进去摸了摸，里面是干的，什么都没有。然后我继续往上爬，一路爬到三四人高的位置，再往石头缝里探手，一下子就摸了一手的黑油。

火油是一种特别的油，它的配料千奇百怪，很多配方调制出来的油都可以被称为火油。唯一共同的特征是，这种油是胶状的，能流动，但是很黏稠。在有棉芯的情况下，燃烧得十分缓慢，一般都是在封闭的场合做长明灯或火把的。它们放置很长时间都不会变质，也不会干涸。

缝隙很窄，我的手不能完全探入，但是用手电往里照的时候，我就发现，缝隙里面的火油含量很高，黑黢黢的一层，还能看到里面有很多拳头大小的棉团。

我顺着缝隙一路往上看去，就发现这条灌满火油的缝隙是连贯的，一路螺旋式盘旋到洞穴的上方。

这是一条引火的路，这棉芯看样子还是照明用的。

胖子也爬了上来，看到后也惊讶道：“哟哟，这里面还灌了芝麻酱呢。这是什么东西？”

我指了指棉芯，给他解释，他抬头往上看，就咋舌：“我靠，这要点起来，肯定很壮观啊。”

“不过，这玩意儿是用来干吗的？”我道，“照镜子需要这么多火油吗？这得多铺张浪费啊。而且，这玩意儿一定是一次性的，这些火油点上了，根本不可能灭掉。就算你有灭火器，你爬上去喷一圈也极不容易。一点上非得等油烧光了不可。”

“未必。”胖子道，他指了指其中的棉芯，“你看这些棉芯，都有烧过的痕迹，这些东西都被点燃过。”

我摇头：“肯定是为了测试棉芯质量的时候点过，之后再装进去的。如果在这里点上，这里的火油一定是烧完了，火才能灭掉。你丫顶着满墙的烈火攀岩上去灭火，那得死多少人。而且这里所有的油沟全都是相连的，你要灭肯定得同时把所有的棉芯都熄灭才行，单熄灭一根，边上的火焰立即就会将其再次点燃。”

胖子摸着下巴点头道："有道理。不过，这条火油沟和这面镜子在这里应该是有联系的，对吧？"

我点头，他就道："那就行了。"说着他就掏出打火机，"马克思同志说过，实践是检验真理的唯一标准。"

我一看，立即大惊："你要干吗？"

打火机的火苗几乎是从胖子手里飞出来的。胖子甩手就把打火机探入了缝隙里，里面的火油星子一下就被点着了，就看到一条火龙一下从岩石的缝隙里喷了出来。

我和他都没有想到火焰是如此地猛，两个人都猝不及防，反身就扑了出去，重重地摔进了水里。

好在下面有水，我没摔疼，立即就挣扎着爬起来。抬头一看，我看到了一个让我瞠目结舌的奇观。

就见一条火龙盘旋着一路往上蔓延，犹如受惊了一般，在山洞壁上乱爬，留下了熊熊的火焰印记。几乎是瞬间，整个山洞立即被火光照得通明。

同时，山洞中的温度开始升高，一股火油味立即弥漫了整个空间。

我们目瞪口呆地看着这火龙一圈一圈向上蔓延，几乎产生了眩晕的感觉。

足有十分钟，火龙才爬到顶端停了下来。我们就看到一条火焰螺旋形地爬满了整个洞壁，整个山洞完全显现出来。我发现山洞的形状就好像一个扣着的喇叭，火光全部集中到水中的镜子里，镜子里的古楼被照得犹如白昼一般。

"牛逼。"胖子呆滞道。

我回头看他，并把他手里的打火机抢了过来："你神经病，要是这油沟通着炸药怎么办？这地方不比从前，胖爷你能靠谱点，让我们多活几年吗？"

“你要想多活几年，就不应该来这儿。”胖子就道，根本没看我，而是看着上面，“胖爷我没你那么磨叽。你看，那是什么？”

我抬头，立即就看到洞顶之上，原本暗淡的区域里，竟然有一座非常微小的古楼模型。

古楼的小模型倒挂在洞顶上，如果不是那么强的光线把所有的影子全都消除了，根本不可能看到。

“张家古楼！”我皱起眉头。同时我就看到，在古楼上闪烁着很多的光点，似乎古楼的模型四周有很多镜片，正在反射这里的火光。那一刻我也看到，在洞穴四周的墙壁上，隐约闪烁着无数的光点，整个洞穴好像琉璃一样。

胖子喃喃道：“原来张家人都是从小人国来的。”

“不是，这是滤镜。”我道。我看着整个洞穴的形状，一下就明白了其中的运作机理。看着满是火焰的墙壁，我知道已经无法验证了。但是我几乎可以肯定，镜中古楼的秘密，绝对不会有第二种可能性了。

第四十三章

样式雷的镜子魔术

这其实是一个很简单的小把戏，而且确实源自波斯的魔术。其实它是使用了一种西域的宝石。这种用宝石制作的镜子，在阳光下色泽特别暗淡，但是在月光下特别明亮，因此，这种宝石被称为月亮石。

出现这种现象的原因是，这种宝石只能反射出暗淡的青色光芒，如果光线过强，反而和石头一样。也就是说，光线越强，反射率越低。

在水中的这面镜子就是一个光线的聚集器，当我们的手电光照到镜面的时候，光线被垂直反射到洞穴的顶端，然后由古楼模型四周的小镜片反射到墙壁上无数的月亮石镜片上去。

单独一块镜片的反射光线极其微弱，几乎无法察觉，但是无数的光线聚集，就能使水中的古镜镜面反射出山洞顶部古楼的样子。因为是三百六十度的无数微弱反射点的叠加，所以不管我们在什么地方，都不会在镜面上形成影子。

因为月亮石只能反射青色的光线，所以无论我们使用的是什么颜色的光线，在古镜中的成像都是青色的。

“无影灯原理。”胖子说道，“老子是看过科学探索频道的。那为什么我会从镜子中看到小哥他们呢？”

“这古楼模型里一定还有蹊跷。”我道，“样式雷果然厉害。这是西洋的技术，清代科技的发展，竟然可以将机关做到这种地步了。”

“这是为了什么？这人神经病吧，光做这东西吓唬人吗？”

“我现在也只能猜测这面镜子放在这里的目的是什么，可以从这几个方面来说。首先，这里很可能是张家古楼的采光器。”我道，“这是一个照明系统。你想，张家古楼深入在大山之中，假设要在大山之中进行这么巨大的工程，这个工地肯定需要大量的照明，而这个照明一定不可能是火把，因为这么偏远的地带，要把油脂带进来，工程量巨大，会造成一个巨大的人力障碍。这些人能够在近千年前就懂得在附近种植近千年后的工程需要的木材，那他们不可能考虑不到照明的问题。”

我心算了一下，如果这个地方用二百人施工，需要两到三年时间才有可能完工。这两到三年内的照明，不可能是完全依靠油脂的。

我抬头看了一下上面：“最开始阳光一定可以从上面照射下来，很可能是在山顶上面设置的采光镜损毁或者被他们掩藏了。”

说着，我便往洞穴的边缘走去。胖子问我干吗，我道：“这里多雨，阳光是最常见、最持久却最不可靠的一种光源，他们一定有应急的光源。这些火沟应该就是应急光源，当他们需要照明的时候，就会点燃这里的火沟。在这里一定有通道，能够把火光传导进张家古楼所在的洞穴中去。”

我说完就等着胖子夸奖，等他说我厉害，心说我这推测简直是无懈可击。胖子却没有反应，而是看着四周的火龙墙。

我看他的表情有变，就看到火龙墙上的火焰竟然同时暗淡起来。

“火油烧光了？”

“不，是氧气突然间被大量消耗。”胖子伸手去感觉四周的空气流动，“什么照明？这里绝对不是用来照明的。”

我学他的样子伸出手去，就感觉到一股气流正在涌动。

“这里的氧气被消耗光了，外面洞穴里的氧气正在被抽进来，好像拔火罐一样，会形成很大的压力差。这里所有和外界相通的孔洞，都会吸入空气。”

“可这有什么用啊？”我道。

胖子道：“不知道，但是，我有不祥的预感。”

刚说完，我就听到四周的墙壁中，突然传来一连串锁链牵拉的声音，好像什么机关被启动了。

“完蛋了。”胖子说道，“快跑！”

“怎么了？”我大叫。他拉着我就往出口跑，大吼：“气压启动了机关！这里的机关全是石头，太重了，必须靠气压才能驱动！这地方就是一个气泵。”

我瞬间领悟了，但是就在这个瞬间，我脚下的水潭一下就有了动静。我没跑几步就发现自己根本站立不住了，脚下竟然出现了一个斜坡，同时所有的水开始打漩涡。我在可以借力的最后一刹那，一下就趴向石梁，结果指甲在上面狠狠地划了一下，整个人就趴在了水里。瞬间我就被卷进了水流中。

我心中凛然：我靠，这水潭底下竟然有这样的机关？就在我担心这下面有多高，底下是什么的一瞬间，我已经落到了地上，手电摔在离我不远的地方。接着从上面冲下来的水不停地冲在我身上，把我整个人往地里压。

我被冲得狼狈不堪。虽然上面的水潭不深，但是起码也有几吨的水。我不停地扑腾，才能勉强在水流中找个空隙呼吸一口。

半窒息的状态等到所有的水全部流完才得到缓解。我此时已经筋疲力尽，不停地呕吐和咳嗽，把气管里所有的水全都喷了出来，这才算是缓了过来。

这又是什么地方？手电已被冲得非常远，我抹着脸看四周，一片漆黑。我摸了摸地上，发现竟然不是石头，而是沙子。沙子被冲出了一个大坑，我就在这个大坑的中央。

这似乎是个沙坑。

这一落也只有两三米高，我一边庆幸落入的不是要命的陷阱，一边挣扎着爬了起来。

刚往手电光的方向走了两三步，我就觉得不对劲。

一下我的脚就陷入地里，走了三步之后，我已经被拖入了脚下的地面里。

我低头去看，就发现下面全是细沙。沙子极细，完全无法承受人的重量，我正在不停地往下陷落。

我立即反应了过来——这是个流沙陷阱。

古墓中最常见的机关就是流沙陷阱。它没有什么精巧的设计，只是在古墓的四周灌入大量的流沙，因为流沙和水一样，如果挖掘到这个流沙层，除非挖出所有的流沙，否则不论怎么挖坑，都和在水里挖坑一样，每挖一下，流沙都会涌回去。同时，古墓的工匠会在古墓的地板上设计翻板，盗墓者只要掉入翻板，立即就会落入古墓底下的流沙层中，很快就会被没顶。

鬼影说通道内十分安全，怎么会有这样的陷阱？我正纳闷，一边趴在流沙上，加大自己与地面的接触面积，阻止下滑的速度，一边就往身上摸。

我摸了半天，也没摸到什么有用的东西，倒是眼睛逐渐适应了这里的光线。我看到胖子就在不远的地方，他比我更惨，是头朝下插入了流沙中，现在只剩下两只脚还在不停地翻腾，想把脑袋翻出来，但是越折腾，下沉得越厉害。

在这种环境下，我已经学会不绝望。以往越是险恶的环境，我最后越是可以险中求胜。

但是，就在我冷静地快速思考问题的时候，我发现，这一次和以往都不一样。

这一次，没有时间给我思考。

就在二十秒之后，沙子已经没到了我的脖子。不过，几乎是同时，我发现脚下踩到了什么东西。

是流沙陷阱的底部？

那是一块坚硬的东西，阻止了我的继续下沉。胖子也翻了出来，大叫着。我让他过来，他拼命往我这里爬，只爬了一半，他也没到只剩下一个脑袋，只能停了下来。

我喘着粗气，用力感受脚下的感觉，心说这是怎么回事，难道古代的人都很矮？古人没有想到现代人会长得那么高，所以把陷阱挖得太浅了？

不可能啊。虽然我相信，流沙这种陷阱，只要能没顶几厘米，就一定可以把人杀死，但是为了保险起见，这种坑一般会挖得非常非常深。

“天真，你没事吧？”胖子在一边吼道，朝我扑腾过来。

“没事。”我道。刚说完，胖子就“哎哟”了一声，停住了。

“怎么了？”

“沙子里面有东西。”胖子说道，“顶到我的肺了。”说着就看到他面前的沙子翻动了一下。

“什么玩意儿？不会是活的吧？”

“不是，硬邦邦的，好像是石头。我把它弄出来。”胖子说道，“手感略有些诡异啊。”

说完沙子一阵翻动，从沙子里冒出了一个角状的物体。胖子咬牙，显然在沙子下面使劲。等了一会儿，一块不知道是什么动物的头骨从沙子里冒了出来。

“这是鹿啊。”胖子就道，“看样子也是和我们一样的可怜虫。”说完把头骨一丢，继续往我这里挪。

“鹿怎么会到这地方来？难道这楼里葬的是圣诞老人？”

“也许是误闯进来的，还有好多。”胖子继续扑腾，很快又从沙子里掏出一根骨头来，不知道是什么部位的，很长，好像一根骨刺一样，“我靠，真不少，硌得我真难受。”

我也学他一样在沙子里扑腾。手在沙子里很难移动，好在这里的流沙质地很细，不像海滩上的沙子，挖得越深越结实。很快我也摸到了一块坚硬的东西。

我抓住那东西，一点一点往上推，很快在我面前的沙堆上也鼓起了一个沙包。我用力一顶，把那块骨头推出了沙面。我首先看到了一团头发。

我愣了一会儿，继续往上顶，一张狰狞的脸从沙地里浮现出来。

那是一具人的干尸。我看到他身上已经褪色的军绿色衣服，意识到这应该是某次盗墓的牺牲品。

“‘圣诞老人’你好。”胖子终于来到了我的身边，“看样子，这里是个乱葬坑。别看了，我们得想办法，否则我们也成‘圣诞老人’了。”

我们的办法是，利用这沙中的骨头，将我们身上撕下的布带相连，做成一个骨头框架，然后蒙上能蒙的任何东西，做成类似于雪橇一样的东西。

我们得做两块，先爬到一块上面，然后爬到另一块上面。这样我们和沙地的接触面积能大很多，人就不会陷下去，就能在沙地上前进了。

我俩迅速做完之后，我才发现这样的方式很傻——我们不能直线行进，我们得横着走。

胖子指了指一个方向，说道："先往那边去，我们'尝将冷眼观螃蟹，看你横行得几时'。"

"傻逼，那不是什么好话。"我骂道，就和胖子趴在"雪橇"上，胖子把一边的底盘递给我，我翻到另一边，然后我们两个滚过去，再如此重复。

一路往前，真的是滚着前进的。滚着滚着，忽然我们到了一个地方，沙子就往下一陷。

我心中一惊，心说我靠，这流沙连表面积这么大的东西都托不住吗？那根本不是流沙，简直是流氓沙啊。我一下就听到沙子下面传来一连串的石头摩擦撞击的声音。

第四十四章

流沙陷阱

沙子下面传来的声音还没消失，我忽然听到远处的黑暗中传来无数闷响，似乎是什么东西从这个石洞的顶部掉了下来，落入流沙里面。声音非常密集，最后简直像在下雨，掉落的东西数量应该相当多。

胖子正滚得起劲，听到这声音立即停了下来，自言自语道："我好像听到了要倒霉的声音。"说完立即坐了起来。我们身上没什么防身的东西，胖子就拿出了那些铁刺。

我也知道一定是出事了，但是向四周看去，只能看到流沙，那声音传来的地方离这里还是有一定距离的。"狼眼"虽然能照得非常远，但是在黄沙中本来就很难看清楚细节，极目眺望，也看不出到底是什么东西在往下掉。

我心中不安，现在我们根本没有任何防御力，一旦我们趴着的底盘遭到损坏，我们就会沉入流沙之中。虽说流沙不深，不会困死我们，但我们也成了瓮中之鳖。说得难听点，假设我们被困在流沙里，就算只是几只有点耐心的蚊子，也能把我们叮死在这里。我对胖子说道：“你这破‘牙签’也顶不上什么用，继续爬吧，能爬多远爬多远，也许能让我们坚持到靠边。”

胖子看了看手里的铁刺，立即点头：“好，走。”我们再次趴下，立即开始继续滚动和爬行。胖子明显加快了速度，显然，恐惧才是人类的第一生产力。

不料才走了一段，忽然一个东西掉落在我们边上，胖子用手电一照，就看到那是一块骨头。胖子又用手电往洞顶上照去，一下就看到，整个石洞的顶上贴着很多尸体。这些尸体看上去好像被拍扁后粘在了洞顶上。同时，我们发现洞顶正在颤动，粘在上面的尸体摇摇欲坠，不时有碎屑掉下来。

物体落地的声音下雨般继续响起，而且这一次我听得特别清楚，这声音似乎是在移动，并且正迅速靠近我们。胖子用手电照向那个方向，已经可以隐约看到，尸体们正被什么东西震得纷纷往下掉，一个巨大的倒挂在洞顶上的影子，在手电光下若隐若现。

这回可以肯定，这里是一个喂食场了。所有进入通风和采光石道的动物最后都会被聚集到这里来，被这里的某个东西处理掉，只是不知道这玩意儿到底是什么。

倒霉，这鬼影怎么就没和我们再多说点。要知道这里有这种设计，我至少不会跑得那么快，中这么简陋的陷阱。要是小心点，说不定我们现在已经进入古楼了。

我心中直骂，一时之间感到很绝望。看四周的情况和这东西的个头，跑也不太可能了，就算是平路我们也跑不过它。难道这一次我们也要被这东西拍扁在洞顶上了吗？在这种状态下，好像想有个更有尊严的死法都不行。

以前的经验告诉我们，不管怎样，都要坚持到最后一刻。胖子递给我铁刺，这在以前通常是佛爷用的东西，最多捅死个寡妇或者不走运半夜被惊醒的老财主。这玩意儿虽然不好卖，但也算是个古董，我本来还想拿回去留个纪念，没想到现在要用它对抗的，竟然会是这么一个东西。也亏得这东西十分锋利，往任何东西身上招呼，对方也必然不会太痛快。

胖子没有枪尿了很多，我们踩在底盘的骨架上，半弯着腰，就等着那东西靠近。这样做我们至少可以在它第一次进攻的时候，选择是跳出去躲过，还是趁机反击。

然而，我们拉架子摆了半天，那东西竟然到了我们四周就停住了。我心说，这东西这么大个子，还挺谨慎呢，到底是什么玩意儿？是活物还是死尸？看着远处洞顶上巨大的影子，我手里的汗都从指缝里挤了出来。活物怎么可能出现在这种地方，从来没有见过这样的野兽，而死物的话，应该不会有这种谨慎的行为。

这时候，我们面前的沙子忽然起了波动，一条沙浪在我们面前翻滚。我把手电照向流沙表面，正好看到流沙中刚才落下的那块骨头上忽然起了变化。那块骨头好像是活了一样，竟然在沙子上爬动。

骨头在沙地中竟然扭曲起来，上面棉絮一样的东西在收缩膨胀，能看到几根黑色的触角从骨头下面探了出来。

我们再把目光投向洞顶，就更加目瞪口呆。只见洞顶上粘着的那些骨头全都动了起来，大量黑色的、牙签一样粗细的触角都伸了出来。

这些触角抖动着，就像整个洞顶都忽然长出了刺一样。很快，很多虫子就从洞顶上落下来，全都是黑色的，指甲盖一般大小，落下后直接就爬进流沙中不见了。胖子反应很快，立即拿起另外一副底盘当伞挡在我们头顶，才使我俩没有被虫子落满脑袋。

我立即就知道了这是什么东西。这是一种石蚕，是很常见的水生害虫，不知道为什么在这里的陆地上也能生存。这种虫子会利用自己分泌的液体，把很多石头、骨头裹成一个茧，自己躲在里面。这东西咬人非常疼，但是活动能力不强，一般只有被侵犯的时候才会从自己的茧里逃出来。

胖子的手因为抓在那把“伞”上，被咬了好几口，很快就肿了起来。我一边让他用铁刺代替手顶着伞，一边让他镇定：“这虫子不是攻击性的虫子。”

胖子说道：“我可不这么认为，如果我们翻进流沙里，就会变成这些虫子最好的美食，它们肯定会把我们啃个干净。”

很快洞顶上的石蚕多数掉进了流沙中。胖子赶忙放下了“伞”，我忽然明白了，上面的这些骨头很可能不是像我们想的那样被拍扁上去的，而是这些虫子一块一块运上去粘起来的。胖子用“伞”当铲子铲了一下沙子，就发现沙子的表层下面几乎全都是石蚕。

胖子骂道：“我靠，我再也不怕我们会饿死了，这些东西的蛋白质含量肯定超高，咱们吃这东西比在城里吃得干净营养。”

我看向远处蹲着的那个黑影，心说这东西估计和我们的想法一样：我再也不用怕饿死了，这两个东西看上去营养很丰富。

我对胖子道：“要吃你吃，你吃的营养越好，别人吃你的时候越香。趁那个大家伙还在装文艺，我们还是继续撤吧。这么大动静它都没反应，说不定它根本没注意到我们。”

胖子说道：“不可能，它就挡在我们要去的方向上，我们得从它下面经过。我靠，我真没这种兴趣。”

我说：“那你说怎么办？等着它忽然改变主意把我们都灭了，还是等它自己无聊死？”

“它要攻击我们，我们一点办法都没有，考虑这些没用。”胖子一边手中不停地换底盘继续前进，一边四处打量，“最好的办法还是找地方躲一躲，这地方太大了，咱们用手电做诱饵。”

“它是被光吸引过来的吗？”我怀疑道，“掉到这里的梅花鹿可没带手电筒。我觉得很可能是气味和声音。”

“到底是哪一种？”

“气味的可能性更大一点。”我说道，胖子立即就从怀里掏出一瓶东西来。

“这是什么玩意儿？”

“藿香正气水，帮忙，快。”胖子脱掉自己的袜子，把瓶子放到里面，然后当成流星锤甩动，甩到最快的时候就把瓶子甩了出去。瓶子飞了一个弧线，打在了一边的柱子上，能听到瓶子破碎的声音。

“这水的味道非常重，如果它是被气味吸引的，说不定能把它引过去。”

那黑影毫无反应。

“也许是你的袜子太臭了，把藿香正气水的味道给掩盖了。”我说道。

难道是声音？我心说，刚才太多东西从上面掉落下来了，所以这黑影才停了下来，是为了等声音平息？

四周还有虫子掉落的声音，但是声音已经越来越轻了。我不安起来，看着黑影，忽然就大吼了一声。

那黑影果然动了一下，胖子立即把我的嘴巴捂住了，轻声问我干吗。

我道：“这东西好像是靠声音来判断我们的位置的，而且它对声音的判别能力并不是特别好，稍微有一些干扰，它就无法判断我们的位置。咱们得做好准备，等声音完全安静下来之后，我们绝对不能发出任何声音。”

胖子听了之后，反而兴奋起来：“这太被动了，如果真是这样，我们应该趁现在这个机会去把它弄死啊。”

我心说就算你能摸过去，以我们现在的情况，能摸上洞顶也太难了。说话间，那黑影忽然往后缩了缩。

我们被吓了一跳，就看到那黑影缓缓地退到了黑暗之中。

第四十五章

黑影

一直到那个黑影完全消失，我才意识到这东西真的走了。我和胖子面面相觑，立即小心翼翼地继续往前，往我们的目的地爬去。这一次根本不敢休息，半个小时后，我们终于爬上了那个石头台，翻了上去，我和胖子已经累得连白眼都翻不动了。我爬起来，就发现这是一个非常粗糙的石台子。

石台中间有条石梯通往上方，我们走上去，发现上头的通道口上封着铜门，顶了一下，铜门纹丝不动。胖子说可能是拉的，就抓住几个花纹往下拽，可连指甲都抠裂了也没有任何反应。

就在我们抓挠铜门的时候，黑暗中又开始传来东西坠落的声音。那个倒挂在房顶的庞然大物又往我们这边靠了过来，这一次速度非常快。

胖子提醒我道："手表有闹钟功能，快把闹钟调响了，让它去追闹钟。"

我这才想起来还有这招，忙把手表调成闹钟，然后狠狠地甩了出去，稀里哗啦的碎骨掉落声立即转向。因为手表太轻，我扔得并不远。

只见在手电光中，有一只巨大的密洛陀昂首盘身从我们面前的房顶上经过。这只密洛陀太大，简直就是一只金刚，身上的绿色皮肤在手电光下闪烁着翡翠的光泽。想必它就是瑶族神话中的男性创世神，作为暴力和毁灭的神灵，却被困在这里做清道夫。我们可能是几千年里少数能娱乐它的东西了。

那密洛陀稍稍做了一下停顿，就伸出奇长的手，探向流沙中手表的方向，似乎很疑惑又很有兴趣。黄沙很快把手表掩埋了，手表的声音一下就听不到了。

我心中暗叫不好，就见那密洛陀听了半天，忽然把脑袋转向了我们。

它的脸上什么器官都没有，像是一个奇怪的人偶。接着，它朝我们所处的石台缓缓地靠了过来。此时我忽然看到，这东西的脸上几乎已经被打烂了，全都是子弹的弹孔疤。

我们静静地趴在石台上，巨大的密洛陀就吊在我们的上空。它似乎知道我们就在附近，但是无法肯定我们在哪个方位，因此只是静静地吊在那儿。

我最怕的就是胖子放屁，胖子一紧张就会犯这种错误，好在胖子这一次成熟了很多。这种感觉太诡异了。我的心在狂跳，我感觉就是因为我心跳的声音，那东西才会徘徊着不走。

我不敢深呼吸调整自己的状态，只能缓缓地硬压住自己的呼吸，但是在这种情况下太难了。我让自己的心跳平静下来，几乎用了三个小时。最后也不是自己的功劳，是因为这样的状态持续太久了，体力吃不消，人的意识开始模糊起来，心跳才开始平静下来。

我开始胡思乱想，心说怎么办，要是这东西一直挂在这里，我们就完了。搞不好我们会变成两具干尸，完全是自己把自己给憋死了。

我知道以胖子的性格，绝对不会束手待毙，到了临界点上，他一定会放手一搏。但是事实上，无论做什么事情，都只是在选择死法而已。

怎么办？怎么办？怎么办？

我心中盘算身上还有什么东西，甩出去之后可以持续地发出声音。

我把我身上所有的东西都在脑子里过了一遍，忽然就想起了小花的手机。

我缓缓地把手摸向我的口袋——手机还在。我心中暗喜，心跳又加速起来。慢慢地，我就把手机掏了出来。

“好，希望还有电，上帝保佑还有电！”我心中说道，缓缓地把手机翻开。

没想到刚一翻开，电池早已见底的手机就发出了一声清脆的电量不足的警告声。

我整个人都惊了。这声音在平时听起来完全不大，如今听起来竟然犹如炸雷。几乎是同时，我就看到头顶的巨大绿人立即垂了下来，脑袋就在我的脑袋边上，最多只有一根手指的距离。

它不停地转动着脑袋，似乎在寻找着刚才发出声音的东西。我看到那绿色的皮肤不停地挪动着，简直能反射出我的脸来。

我不知道我是以什么样的神经，才能在这几秒钟里，把小花的手机切换到视频播放的页面。每按一次按钮，这该死的破手机就会发出轻微的一声响，我按了足有六下。那东西就贴着我的后脑勺挂了过去，来到了我的另一边。此时，我终于把视频播放的页面按了出来，抡起膀子就把手机甩了出去。

手机发出声音，一下飞下石台。几乎是同时，巨大的密洛陀就开始攻击了，它速度极快地往那个地方凌空挂了过去。我在它的脑袋边上，瞬间就被撞倒了，整个人被撞得飞了出去，一个倒栽葱掉进了流沙里。

瞬间我便开始往下沉，等我扑腾起来，正看到几乎是一瞬间，那东西就把小花的手机给灭了。它巨大的长臂对着沙坑挥舞了几下，也不知道有没有把小花的手机打烂，只知道手机和手表一定是同样的下场。

四周瞬间又没有声音了。只见那东西巨大的身躯又缓缓地蜷缩着上了洞顶，我大气也不敢出，任凭自己缓缓地没入流沙中。

我成功地把这东西引出石台了，现在就看胖子的了。我正准备松口气，立即又发现不对劲了——这沙子里有东西！

我身上几乎所有的部位，都同时感觉到一股刺痛，好像在被什么虫子啃咬一般。

石蚕，我心中暗骂。果然和胖子说的一样，我在流沙之中，对它们来说等于死物。它们是食肉的虫类，肯定会来吃我。

我在流沙之中，慢慢把手伸到一个瘙痒的地方，一摸，果然是虫子。这些虫子有皮皮虾那么大，我一把抓住，然后死命地一拉。

它的钳子死死地钳着我的皮肤，我竟然没把它拉下来。我再用力一拉，就感觉到我的肉一下被生生地撕了一条口子。

那种疼是钻心的，但是再疼我也不想被虫子咬，我立即再去摸另一边。

我几乎是咬着牙拉下它的。沙子附着在伤口上，使疼痛加剧了。但是，就在这个时候，我忽然发现身上所有的疼痛都减轻了，那种被虫子咬住的感觉也瞬间消失了。

接着我就看到四周的沙子开始沸腾，无数的石蚕开始从沙子里蜂拥而出，远离我。

这动静十分大，挂在顶部的巨大的密洛陀立即被惊动，看着那些石蚕飞快地爬向远处，它立即追了过去。

我明白了，这可能是我体内血的功效，也不知道是应该惊讶还是开心。我立即对胖子发出气声，胖子惊讶地看着这变化，探出头来，伸手把我再次拉上了石台。

我看着我的伤口血流如注，心中不禁暗骂。胖子说道："我靠，再这样下去，你就成半个小哥了。"

"别废话，能上去吗？"

胖子摇头："那铜门太结实了，靠我们的力量是打不开的。但是我有一计，只是还得牺牲你一下。"

第四十六章

胖子的铤而走险

胖子的计划就是：我们必须引那个巨大的密洛陀过来攻击这道铜门，才有可能打开它。否则以我们的力气，估计从现在开始练伏地挺身，再多吃些石蚕补充蛋白质，也要练个几年才有可能成功。

但是我身上所有的发声器械都已经扔出去了。好在我知道扔在什么地方了。

我一个人来到刚才我扔小花手机的地方，用力刨着沙子，走过之处所有的石蚕都从沙子里跑了出来。那巨大的密洛陀就在远处，听到我这里的动静又开始往回走。

我忽然觉得它也挺悲哀的，在黑暗中只能靠听力来寻找猎物。我疯狂地扒沙子，小花的手机很快被我扒了出来。

手机还在播放视频，一出沙子，声音立即就清晰起来。我把声音按到最大，那怪物立即加快了速度朝我这个方向急冲过来。

我立即甩手，把手机扔给胖子。胖子凌空接住，以和他体形极不相符的灵巧动作，在手机上粘上一块口香糖，将手机死死地按在了那道铜门上。

几乎是同时，那怪物就像飞一样扑到了石台边上。胖子飞身跃下，扑入了流沙之中，犹如肥猪滚沙，用力滚进沙里。

我看得真切，就看到那怪物挂在石台的上方，只是稍微停顿了一下，就一下撞向了铜门。就是一下，那铜门便如同炮弹一样飞了出去，露出了一个黑洞洞的门口。小花的手机几乎是瞬间被撞得粉碎。

这种力量让我咋舌。如果是人，这一下肺都会被从鼻孔里撞出来。

撞完之后，事情发生了出乎我们意料的变化——那铜门被撞飞之后，应该是在洞口上方飞了一段时间，然后重重地落下，发出了一声极其响亮的声音。巨大的密洛陀一下就被这声音激怒了，死命地想钻入那道门里。

无奈那道门太狭窄了，它撞得整个洞顶都开始震动，也丝毫进不去。而最让人头疼的是，它每撞动一次，楼板上的铜门就会发出一声声音，这更加激怒了它。

我在这个时候把我的电子表也挖了出来，但是已经完全损坏了。

我爬行到胖子边上。我们静静地看着，等着这东西消停。然而，这东西好像不知疲倦一样，几乎是以固定的频率撞击那个门洞。我们也不知道等了多久，这东西就是不离开。

“这么缺心眼儿的东西我真是第一次见。”胖子说道，“这东西是不是你亲戚？”

我就道：“你才缺心眼儿呢，你才绿脸呢。快想想办法，我们没时间了。”

“这东西现在什么都顾不上了，心里只有那个洞，你要把它弄开，得给它更大的刺激。”胖子掏出冲锋枪，把枪托掰开。我们靠到那石台边上，用鞋带绑住枪的扳机，把枪死死地按进沙里。胖子打开自己的背包，把一些不太有用的东西全部掏了出来，死死压住那把枪，然后给我使了个眼色。

我知道他要干吗，于是点头，立即做好了准备。胖子一拉鞋带，冲锋枪立即开火，瞬间一梭子子弹直接打在了密洛陀的身上。

绿色的血花四溅，密洛陀几乎整个从房顶摔了下来，重重地摔在了石台上。

我和胖子立即紧贴石台，就看着冲锋枪不停地吐出火舌，背包根本没法压住后坐力，子弹乱跳，不停地打在石台和怪物身上。

那怪物终于暴怒了。我看到一个巨大的黑影几乎整个从石台上扑了下来，一个巴掌就把机关枪所在的整片沙地上的沙子拍上了天。

吐着火舌的冲锋枪凌空扫出了最后一梭子子弹，直接扫在胖子的头顶，碎石四溅，亏得胖子条件反射地缩脑袋，否则天灵盖就没了。冲锋枪砸到一边的柱子上，直接碎成了好几块，彻底哑火了。

胖子被这最后一梭子吓得够呛，我撩起沙子拍了他一脸让他反应过来，接着两个人就迅速爬上了石台。刚上去，便听到身后洞顶上一阵巨响。回头一看，那巨怪已经重新跳上了洞顶，发了疯一样地撞击洞顶，朝石台扑来。

无数的骨头碎片往下掉，那铜门又发出了声音，我心说糟糕，那怪物果然完全是暴怒般地撞向那门洞。

我管不了那么多了，狂奔着就冲了出去，胖子在我后面，一下就被那怪物挡住了。

我大叫一声“胖子”，刚想探头看情况如何，那怪物的手一下从门洞里伸了进来，一巴掌把我拍了出去。

我就地一滚再爬起来，一下看到胖子竟然牢牢地趴在那怪物的手臂上，用铁刺死死地扎住怪物，自己眼睛闭得死死的。

我对他大叫：“快撒手！”胖子这才睁开眼睛。这时也不需要他撒手了，他立即被甩了出去，就地滚开了。

我大口喘气，看着那手不停地伸进来拍打地面。我们越退越远，退到它手的攻击半径之外，两个人便瘫倒在地了。

胖子听着铜门震动的声音，立即又去用力把铜门抱起来，坐在地上，拿自己做肉垫。我脑子里一片空白，也不知道坐了多久，那只手终于缩了回去。

我们感觉这楼板的震动渐小，知道它走远了。胖子小心翼翼地放下铜门，我们这才有时间打量是在什么地方。

只一照，我们立即就发现了这还是一个山内的洞穴，但是一转身，我们就定住了。

我看到了一幢巨大的古楼耸立在我们的身后。黑暗中古楼显得无比陈旧，那毫无色泽的灰色外表如同化石一般，诉说着无数不可言说的秘密。

“张家古楼……”我几乎是从喉咙深处说出了这几个字。

第四十七章

终于见到了张家古楼

胖子拍了我一下，他也和我一样，浑身战栗。

我心说，终于到了，真不容易啊，眼泪都快要下来了。

整幢楼一片暗淡，没有任何的光源，呈现出一片不祥的气氛。我从来没有想到过，张家古楼会是如此巨大的一栋楼。

他们在哪里？我心中的急切一下就爆发出来：“张起灵！”我大吼了一声。

空旷的山洞中传来阵阵的回音，我连吼了好几声，回音几乎充满了整个空间。

我心说，绝对不可能听不到。如果他们还活着，绝对不可能听不到。

一直等到回音缓缓地消失，整个空间回归到让人感觉冰冷的寂静之中。

我喘着气等着，等着任何地方传来的回应。

然而，我等了很长很长时间，寂静还是没有被打破。我的不安开始翻滚了，还有那个我心中一直存在的梦魇。

如果他们真的全部死了呢?

我一直不愿意考虑的问题，如今已经摆到了我的面前，我已经无法再逃避了。

没有回音，一切安静得要命，犹如我们是近千年来的第一批访客，连沉睡的亡灵都无法被惊醒。

“走吧。”胖子拍了拍我的肩膀，“是死是活，都得亲眼看见，不是您大爷说的吗？”

我点上一支烟，连抽了三口，然后摔到地上：“走！”

张家古楼的门完全是灰白色的，我摸了一把，就发现上面全都是灰尘。门腐朽得非常严重，上面的窗纸都已经全部腐烂，能看到里面一片漆黑。

我看着那些方格窗——典型的清代建筑，果然是样式雷的手笔。

“这里。”胖子对我说道。我就看到窗格子上，有几处地方灰尘被碰掉了。胖子上去推了一把，门就被推开了。

门轴发出一声刺耳的咯吱声，接着到处都有灰尘涌起。

我和胖子立即退了一步，捂住嘴巴，等灰尘缓缓降落。

我和胖子对视了一眼，胖子就做了个“您先请”的动作。我歪头道：“以往不是您打头阵的吗？”

胖子道：“这不是给您一个表现的机会嘛。您要不行，那就还是我来。”

我吸了口气：“得，那我就不客气了。”便迈步朝门里走去。

里面一片漆黑，我用手电扫了一下，就看到一个极大的空间。这是一个巨大的楼面，有四根柱子耸立在大厅中间。

这一层什么都没有，我只在房间的中间看到很多装备摊了一地。

我们走过去，就发现确实是闷油瓶他们的装备包，上面全都是白色的灰尘。胖子看了看头顶的房梁，完全是清代的建筑风格，房顶上有无数的花纹。如今，整幢楼不论从哪个角度看，都是惨白色的。

“这地方怎么会这么大啊？”胖子蹲下去，抖了抖一个包裹，我就发现那是一个食物包。包上的白灰被抖得涌了起来，我忽然就觉得不太舒服，立即拉住胖子往后退。

胖子捂住嘴巴，看了看自己的手，手已经被烧得通红了。

“强碱的粉尘。”他道，“畸形哥们儿没骗我们。看样子，小哥他们遇到了一次，否则装备不会被这么厚的粉末覆盖。”

“东西在这儿，人呢？”我道，心说总不会都化掉了吧，即使化掉了也会有痕迹啊。

我觉得气氛有些诡异，但是说不出问题出在哪里。胖子让我先处理一下自己的伤口，这里有强碱的粉尘，如果沾到伤口上就麻烦了。

刚才混乱中我也没有注意到，被虫子咬的地方已经不流血了，但是如果不处理很可能会化脓。

我包扎好后，看了看胖子的手表，胖子问我要不要分头去找。我琢磨了一下，还是觉得不行。谁知道这楼里会发生什么事情，两个人要死一起死，一了百了，没那么多麻烦。

胖子打着手电，一点一点地把装备上的粉末都慢慢抖干净，就看到好多装备都是打开的。他上去清点了一下，就道：“防毒面具、手电都不在，他们应该是在这里放下了装备，然后轻装去探索了。”

古楼大厅的天花板中央有一个巨大的窟窿，应该是腐蚀形成的，窟窿的边缘形状很不规则。地上也有很多木头烂成的碎片，全部已经成了棉絮一样的东西，覆盖在很厚的白色粉末下。我们用手电往上照，能看到上一层的天花板，也是一样的情况。

一楼一目了然，我们往边上走去。按照风水理论和样式雷的设计习惯，古楼楼梯的最佳位置应该是在楼的边缘，一般是在东面。当然，这么大的一幢楼，四个方向都应该设有楼梯，否则跑动的距离太长，太麻烦了。

但是我们围着大厅仔细找了几遍，都没有发现往上的楼梯。胖子就嘀咕着："会不会楼梯是在古楼外边的？古楼的设计中有一种专门用来观景的楼梯，盘绕古楼而上。"

我心说，这地方有什么景好观。出去转了一圈，就发现样式雷和我的理念一致，也认为没什么好观的，外面还是没有楼梯。

难道张家人都是西门吹雪，上楼提裤子就上了，根本不需要楼梯吗？

回到楼内，胖子就去找他们行李中的绳子，发现绳子也不在了，就道："也许这地方就是没有楼梯的。他们带走了绳子，也许他们是用绳子上楼的。"

"那也得有能用绳子的地方。"我心说。这里到处是强碱的粉末，没有防毒面具，一震动到处都是粉尘，不用说吸入了，眼睛若一眯住，瞬间就可能瞎了。

就在我百思不得其解的时候，忽然想起小花在湖边和我说的这里的风水问题。张家古楼位于敲骨吸髓的地方，所谓龙楼宝殿，无一不是以长久平安为目的，张家古楼却相反，它吞噬龙脉之气，破坏龙脉的气势。

我以前似乎听过，某些地方需要废掉楼梯，来达到某种风水的效果。

但是废掉并不是说真的不用，而只是说他们不修建显形的楼梯，但是会修上隐形的楼梯。这里肯定有地方可以上二楼。

我们继续寻找，不久就把注意力集中到了几根柱子身上。柱子上雕着几只麒麟，身子长得很像龙，几只麒麟的头部都很突出。

胖子踹了几脚，把比较浮的粉尘踹下来，躲到一边。等灰尘平静了，才用衣服裹住口鼻往上爬。

果然就是这里。我们踩着麒麟的头部，很快就爬到了柱子的顶部。一推，发现上面的楼板纹丝不动。

“反卡住了。”胖子说道。说完上面震下来大量的白灰，胖子立即反身跳下来逃开，不停地咳嗽，咳出来的痰竟然已经带血。

“这地方不能久待，就算机关不启动，待久了内脏也会烂掉。”他道。刚说完，忽然就听到咔嗒一声，刚才被他踩过的麒麟竟然发生了移动。接着，一条楼梯从上头架了下来。

我和胖子相视一眼，立即小心翼翼地攀了上去。手电一照，我们心里都震了一下。我们看到，在古楼的第二层，出现了无数的架子，一眼能看到的就有几百个，一个个好像火车的上中下铺，只是分层更多。

让人很不舒服的是，我们能清晰地看到，架子上面竟然躺满了铁人俑。

第四十八章

古楼第二层

我们两人在张家古楼的第二层中前行，穿过那些放置着铁人俑的架子，遇到倒塌的就小心翼翼地踩着爬过去，走了很久才来到这一层楼的中心位置。这里有一个很大的空间没有放置任何东西。从这里往四周看去，就能看到，所有放置铁人俑的架子都是以这个点为中心，呈放射状排列的，呈现出一套完整的伏羲六十四卦。

然而，除了这些铁人俑，这一层里什么都没有。铁人俑也全都是用生铁浇灌而成的，就跟之前我们在湖底那遗迹底下看到的一样，应该都是被用铁封死的密洛陀残骸。

“这是个仓库。”胖子道，“他们在这里搞工程的时候，弄死的密洛陀可能全部放在这里。”

“这么多？这儿有一个营了吧。”

“不算多，那畸形哥们儿不是说这些东西会跟随人体移动吗？肯定是在施工的时候，这些东西不停地聚集过来形成的。”

胖子说："铁俑那么多，运不出去，所以干脆就全部堆在了这里。张家的墓葬楼层可能还在上面，我们继续寻找，看看能不能找到往上的通道。"

这一层和底层一样，也有四根巨大的柱子。从外面看，张家古楼有十一层那么高，除了被埋入地下流沙之中的那一层，我们上面应该还有八层。这幢古楼全都是用这座山上的石头和木材建成的，这里的石材中混合着大量的"密洛陀石"，十分罕见。

地上有大量凌乱的脚印，显然闷油瓶他们也在这里大肆搜索过。脚印实在太杂乱了，无法为我们提供任何参考。

胖子仰起头来摸着下巴琢磨脚印，想了半天，边琢磨边自言自语："地上的脚印太多了，不好判断，但是上面肯定有痕迹。"

我循声抬头看去，就看他在用手电扫向一根根横梁。

横梁上密密麻麻地画着奇特的张家文字，这些文字似乎体系各不相同，每一行都来自不同的地方，唯一的共同点就是——我们都无法解读，不知道是什么意思。在其中一行，我竟然看到了一段天书文字。

胖子停下来对我道："看来我的推测没错，张家人作为最原始的盗墓世家，可能是世界上唯一了解中国历史部分真相的人。他们将他们从倒斗中带出来的一切秘密，全部封在这座张家古楼里。"

我道："这些文字到底是什么意思？你觉得修建这里的人懂吗？"

胖子道："鸡蛋好吃不一定得认识母鸡啊。我估计是张家人提供了图案，再由样式雷设计到图样中去的。这些不同的奇怪文字，应该都来自那些已经断裂的中国文明碎片。如果我猜得没错，在这里，越是离顶楼近的，越是接近于现代。中国文明的一些秘密，应该是被埋在张家古楼楼底那巨大的底层中，已经完全被流沙所掩埋了。"

"那我们往上走，岂不是在远离最大的秘密？"我道。

胖子道："咱哥儿俩的主要任务不是救人吗？你想我连摸明器都放弃了，你也别瞎琢磨了，这里都是天书。但是我看到其中有铭文，应该是春秋前期，再往上一层，估计就能看到大量篆体字了。”

于是我们继续寻找，终于在楼的西边找到了可以攀爬的机关，胖子抢先上去。

上去之后，却出乎意料。这一层之中，再也没有铁人俑，取而代之的是一只巨大的乌龟石像。乌龟的脖子和四肢都非常长，人面龟身，前肢的末端是人的手，后肢是乌龟的脚，脸是一张女性的脸，阴毒凶狠，似笑非笑，好像是西藏某些唐卡人像。在乌龟的背上有一个凹陷，里面有一个黑球，上面雕满了人脸，似乎可以取下来。

胖子看到石像就啧啧称奇：“这东西的来历你知道不？这是氐人国人像，神农氏的后裔。《太平御览》引《风俗通》说，当时的原始人过群居生活，一夫多妻，生育混乱。女娲为了让生育清晰，就让每一个群居山洞制作泥人偶，统计数量。其中神农氏人国使用的泥人偶就是人面龟身，后来这种人面龟身像就成了氐人国的国徽。”

“这国徽也真够寒碜的，不过你这没文化的人怎么会去看《太平御览》？”我奇怪道。

“还不是因为封面的女娲胸部画得很大，老子还以为是一本挺劲爆的书，没想到那么正经。”他道，“我还记得里面的一段话——一目国，为一只眼，眼立面上端，盛姓，伏羲之孙；三首国，斯类，为三个头，后为轩辕臣；氐人国，为人面龟身，神农氏后裔；句芒，为人面鸟身，伏羲之孙。你还记得我们在云顶见到的人面鸟吗？”

我蹲下来，仔细观看这只乌龟的细节，我就发现，它确实和我们在云顶发现的人面鸟雕像类似。我道：“句芒是木神和春神，伏羲、轩辕都是神话时代的人，这玩意儿不知道是从哪儿挖出来被抬到这儿来的，肯定不是现在我们能倒出来的东西，一定是五代十国时期的盗墓贼，他们那个时候挖的墓里才可能有这种东西。说张家老资格就是老资格，这玩意儿拿出去都没人认识。”

胖子道：“春神是什么神，管伟哥的吗？”

“是春天的神。我们四处看看，看这一层有什么花样，也许四周还能看到其他部落的东西。”

正要探索，胖子忽然又咳嗽起来。这一次咳得更加厉害，听着整个人的肺都抽了起来，人就要往地上倒去。我立即去扶住他，就看到他这一次咳出来的痰里，全是血。

我一看，心说不好，这出血量肯定不是小事情了，难道他刚才抖包那一刹那，吸进去那么多粉尘？原来以为咳出来就没事了，现在看来，他的情况竟然有些恶化了。他咳嗽完，整张脸都惨白了，我立即给他水壶，让他漱口：“没事吧？不行千万别勉强。”

他看着自己咳出来的血，就骂了一句，对我道：“咱们动作要快点，再待在这里，你迟早也这样。”

我搀扶着他，休息了片刻，他才推开我。接着，我们便朝四周的地面看去。

这里相对比较空旷，地面上有一串无比清晰的脚印，一路往前深入黑暗之中。

在黑暗中行进的时候，我想过可能立即就会看到的各种东西，但是没有想到，走了一圈我才发现，这第三层的古楼里除了乌龟什么都没有。脚印一路绕着古楼的四面延伸，脚印的主人一定也和我们一样，认为往上的口子一定是在古楼边缘和柱子附近。

“这儿是不是没装修完啊？”胖子小咳了几声道，“我以前倒过一斗，也是这样，所有的墓室、壁画、浮雕都相当完整，但是里面什么都没有。我以为是被盗了，但是所有的墓门都完好无缺。”

我有些怀疑，看着地上的脚印，我就发现这些脚印呈现一种很奇怪的“步履生花”的迹象。走一段，脚印的主人都会停下来，在一个很小的地方转圈。

“你觉得这是一种什么迹象？”我问胖子。

胖子捂着胸口就道：“这是国标舞啊，看样子小哥到了这一层心情很好，和谁跳华尔兹啊。”说着就做了一个华尔兹的动作。

我心说你肺都烂了，还有心思扯皮。我再低头看这些脚印，就意识到，这是一种徘徊状态。他们可能在这里发现了什么奇怪的东西，停留下来仔细看了。

但是四周什么都没有，空空荡荡的，看什么呢？在这儿没有什么东西值得停留，除非，他们是在这儿遇到了什么突发状况。

“小心啊。”我看着他们脚印的轨迹走几步就有这么一个状况，“按照我以往的经验，很快就有事情发生了。”

“我现在都已经是半个肺痨了，你能别给我找事吗？”

我道：“提前预警总不是坏事。”

刚说完，我们两个就同时听到，在空旷的大厅中，传来了一连串轻微的脚步声。

胖子看了看我，我也看了看他。我问道：“是小哥？”

胖子摇头，用手电扫射四周，我什么都看不到。胖子对我道：“你仔细听听。”

我们两个静下来，背靠背转圈，监视四周，同时努力去追踪那脚步声，立即我就知道胖子为什么摇头了。

脚步声是来自天花板上。我们把手电光往上打去，顿时就发现这一层楼的蹊跷之处了。

这一层楼的天花板特别高，有特别多的横梁，在我们头顶上形成了一个巨大的棋盘一样的结构。在这些棋盘的格子里，在横梁的阴影中，我就看到挂着无数的东西。

“牛逼了。”胖子看得眼睛都直了。在整个天花板的阴影下，挂了足有几万个小盒子。盒子有大有小，形状各异，上面有各种花纹，一眼望去，极其壮观。

“神仙果子。”胖子就道，“是神仙果子。我靠，竟然这么多，竟然这么多！”

第四十九章

古楼第三层的神仙果子

“什么是神仙果子？和煎饼果子是一个类型吗？”我想起了一本漫画，里面有很多果实，吃了就有超能力，想到这个，我心中觉得异常好笑。

我看着胖子，胖子道：“我听我一姐们儿说过。这家伙是一极牛逼的小姐，有一次她去一老板家里‘送外卖’，看到那老板的房间里挂着一个盒子，老板不让碰，就说是神仙果子。她不懂，那老板就问她看过《楚留香传奇》吗，里面的无花和尚从生出来开始就没有落过地，一直是在床上，打坐在銮驾上，和无根水一样。这人佛性极高，从生出来开始就不沾红尘。有些东西也一样，从制作出来开始，就从来没有落到地上过，都是被挂起来保存的，装这种宝物的盒子，就被叫作神仙果子。我只是听说过，没想到这里有这么多。”

“你说话靠谱吗？”我道，“我也听说过一故事。以前太监们都有一间宝贝房，所有从他们身上割下来的东西，全都会放在一个盒子里，吊在宝贝房里，也是这样的情况，有各种各样的盒子，有些大太监的宝贝还有自己特别的房间。我看这地方就是宝贝房啊。”

“你是说，张家古楼第三层的天花板上吊了几万根……？我靠，这张家楼主的审美真骚啊。绝对不可能！”说着胖子扯出冲锋枪，就道，“你找一个，胖爷我亮亮手艺，给你来个百步穿杨。”

我看他咳嗽得脸色都快青了，就道：“别扯皮了，随便打个下来。”

胖子指了指远处一个：“咱们做事情得有范儿，看那儿，那个最小的。”我也没看清楚，就看到他抬手一枪，远处天花板上挂着的一个盒子应声落下，掉在地上滚了几下。

我们捂住口鼻，等到粉尘散去才过去。胖子捡起来，那是一个木头盒子，外面也腐朽得相当厉害。胖子用铁刺撬开，把里面的东西倒到地上。

那是一只干枯的手，长着两根奇长的手指，但是和闷油瓶的不是一样的。

胖子和我对视，都不说话。胖子站起来，立即又射了几个下来。我打开盒子，发现里面全都是干枯的手，有些手已经完全腐烂了，是几根白骨，但是能看出这些手的手指都有问题。

而且，打下来的盒子有的新有的旧，看年代相差很远。

“张家人的那玩意长得很有特色啊。”胖子揶揄我，“你丫好这一口吧？”

“滚犊子。”我骂道，看着头顶，“这里是一个手冢啊。这些手显然都有张家人的特征，而且数量那么多，年代又各异。你知道当年很多华人在海外死后要葬回国内，是怎么回来的吗？”我停了一下，看他一眼继续道，“尸体太重，也无法保存，他们就只带回来一部分。我觉得这些手很可能就是那些人尸体已经被损坏，无法归葬，所以砍下一只手来，以这种形式葬在这里。”

“那怎么会有那么多？”

“战争。”我道，“这么多人，肯定是因为大量的火并，或者是战争。当然不是大战，但是自古大型的盗墓家族都有自己的武装，不仅是盗墓，很多地方的财阀都有武装，这些人在战争时期都是当地很强的武装力量。”

“那你记得我们从湖里捞出来的尸体吗？”胖子问道，“那些也没有手，手都被砍掉了。”

“这些手都有张家人明显的特征，之所以砍掉手，除了归葬，一定也有隐藏身份的原因。”我道，“看样子，我们从湖里捞出来的尸体，也是张家人。”

“是张家人？”胖子有点犯嘀咕，“太乱了，这到底是怎么回事？”

这些手勾起了我强烈的好奇心，我迫不及待地跟着闷油瓶的脚印继续往前探索，找到了下一段楼梯。我们爬了上去。

再往上这一层，我一下就看到了很多的木头围栏——这一层终于变得正常起来。和很多塔楼一样，里面有很多隔间和走廊。我们从楼梯口往前，发现所有的隔间都关着门，窗户上糊着黑色的纸，完全看不到里面。

胖子往前走了几步，找了一间推了一下，发现是锁着的，抬脚就想踹，但是马上就想起粉尘来了，立即把脚缩了回来。我们用衣服当扇子，把门上的粉尘扇掉，然后胖子用铁刺在黑色的窗户纸上戳了一个破洞。

我们往里窥探，房间里一片漆黑，手电往洞里照，也照不清全貌。胖子就掏出了之前从死人身上找到的自制照明弹，点上就往孔洞里甩了进去。

那东西烧起铝箔，一下把整个房间照亮了。我意识到这玩意儿其实就是大号的火折子，被这群盗墓贼改良过了，劳动人民果然心灵手巧。我们再次把眼睛贴上去，就发现房间不大，最多三平方米，里面放着一具黑木的大棺材。

墙壁上挂满了写满文字的木牌，我看着都是小楷的汉字，似乎是墓志铭一类的。

火光烧了没一分钟就暗了，胖子又甩了一个进去，看得更仔细了，就道：“没跑了，这一层就是墓室了，这一溜儿应该全都是。”

我估算了一下：这一层楼最起码有两千平方米，这一间是两到三平方米，那就是说，有一千个左右这样的房间。这里大概有一千具棺材，一千个死人。

“张家有那么多人吗？”胖子道，“这家族得多大啊。”

我道：“古代的财阀家族非常庞大。你看过《红楼梦》吗？你知道一个大观园里有多少人吗？光曹雪芹写过的就有四百五十个。成吉思汗家族到现在人数估计已经上万了，你我身上可能都有当时‘黄金家族’的基因。清朝皇族人口也相当多。历史上只要一个家族能兴隆三代，到了第三代，各地共有个几万人就不是问题。这张家人身份特殊，兴衰不受历史更迭的影响，恐怕家族更加庞大。能在这里分上一个小房间的，恐怕都是本家很牛逼的人，其他什么七表弟、三堂哥之类的，全在楼下挂着呢。”

胖子道：“好家伙，得亏到了小哥这一代都痴呆了，否则中国不得被他们给占领了啊。”

“中国第三大姓就是张姓。‘黄帝第五子青阳生挥，观弧星，始制弓矢，为弓正，主祀弧，遂为张氏。’张家是望族不足为奇。”我道，“你有没有闻到什么奇怪的味道？”

在我们的谈论中，一股浓烈的焦煳味传了过来，胖子闻了闻：“没事，是刚才那照明弹的煳味。”

我闻着不对，这味道很浓啊，而且带着温度，不像是冷烟的味道。“不对不对。”我话还没说完，就看到刚才我们看过的房间里，闪动着什么光。

我凑过去一看，就知道完蛋了，刚才燃烧弹丢到了里面的地板上，地板是木头的，那燃烧弹的温度非常高，地板竟然被烧了起来。

“你闯大祸了。”我就道，“快快快，水壶。”

“没事，不就一小火吗？”胖子道，说着揭开水壶盖，喝了一口就往洞里喷。喷了几口根本没有用，水壶里的水全喷完了，那火却越烧越旺了。

整幢古楼都是木结构的，这又是中间的楼层，要是烧起来，整幢古楼就完蛋了。“现在我承认我闯大祸了。”胖子说道，看着上头的横梁。本来只要踹门进去扑腾几脚，这小火就一定灭了，但是我几乎能肯定，这上头近千年的有毒粉末会在火灭之前就把我们干掉。

“用小便。”我脑海中想起了三叔之前和我说过的一件往事，“你有小便吗？”

“我靠，这上面全是粉末，谁知道会不会烫伤我的‘小兄弟’。老子已经为了小哥牺牲我的肺了，我可不想再牺牲那活儿。”

“没事，你再在窗户的上头戳一个孔，上头用眼睛看，下头瞄准，最多有些粉末沾上去，脱点皮就没事了。”

“那你干吗不尿？”

“老子没喝那么多水啊。”我骂道，“快点，再不尿你膀胱再大都没用了。”

胖子看了看我，看看自己的裤裆，又看了看里面的火光，“唉”了一声下定了决心：“那你蹲下！”

我蹲下，胖子哗地脱下裤子，露出自己的短裤朝我逼过来，一下就踩到了我肩膀上，就听胖子叫道：“吃我一……”

我实在没有想到胖子竟然那么重，一下下来，我的锁骨就发出咔嚓的一声，似乎是折断了。我根本无法承受他的体重，一下就歪倒了。胖子那“鞭”字还没说完，就变成了“我靠”，整个人扑到了木门上。木门整个就被他扑倒，拍倒在了地上。

那火苗显然是瞬间就被拍灭了，我一看事态不对，立即大叫：“屏住呼吸。”

说着两个人立即用衣服包头，捂住口鼻，死死地保护自己的脸。

我预感到之后一定是粉尘像雪花一样飘下来，但没有想到的是，这一次竟然只有一些轻微的粉尘。我和胖子等了一会儿，扑腾掉头发上的粉尘，就感到奇怪。

“这儿有人打扫卫生吗？”胖子道。

我摇头：“也许是因为这里的窗户用的是这种黑色的纸。你看，我们之前走过的那几层，都是用白色的窗户纸，都烂透了。这里黑色的纸都还完好，想来应该是经过特殊处理的。”我用脚拨弄了一下脚下的灰尘，就发现，这些灰尘也很薄，而且是灰色的。

我小心翼翼地摸起来一捻，就发现，这些是真的灰尘，并不是碱尘。

我长出一口气——这里相对非常安全。我本以为自己会完全烂光，看样子经验主义还是不行。

正想着，我就闻到一股让人很不舒服的味道，接着我就发现我的裤管和被我们压倒的门上全是水。闻了一下，我就长叹一口气：“胖子，你没刹住车是吧？”

“我靠，老子闸门刚放开，你就倒了，你能靠谱点吗？你要能再坚持一下，老子就能尿完了。”胖子点上一支烟，拍了拍自己的裤裆，“老子最后的时间全部用来把老子的神物缩回去，否则这么倒下去，卡在门里，我靠，再硬的枪也得废了。”

我道：“你先把东西塞回去吧。”我一边站起来抖动裤管，一边就打起手电，去看棺材四周墙壁木牌上的文字。

木牌腐朽得相当厉害，从最开始几行上的文字来看，我发现这是这个人的生平介绍，文字全是古文体。

我非常迅速地读完，心中忽然有了一丝狂喜。这上面写的东西，虽然不是我想知道的，但是太有价值了，从中似乎可以推断出这个张家家族的一些核心秘密。

而且，这秘密不再是由各种信息推测出来的。写在墓志铭上的一生，可以确定是百分之百真实的了。

第五十章

张家族谱

这具黑木棺材中的尸体，应该是张家第三十四代中的某一个人。根据墓志铭上的一些信息判断，他应该是在清朝中期出生的，名字叫张胜晴。

关于生平我就不赘述了，核心是这个人的寿命。从墓志铭的记载来看，这个人活了一百七十多岁。

长寿似乎是这个家族的另外一个特征。

这个人死于一次火并，当时应该是边境冲突最激烈的时候，这个人死在了朝鲜一带，被族人带回张家古楼安葬。

这个人对于整个家族的贡献，写在生平之后，洋洋洒洒，除了各种奇怪的辞藻，里面提得最多的是两点：第一点是他的父母，他的父母似乎是相当有功劳的人，所以他有先天的优势；第二点是“发冢无数，所得众多，以定朱家江山，获利颇丰”。

以此二功，葬入楼墓之中。

由此可以推断出，张家和当时的皇族是有关系的，甚至为当时的皇族做了很多事情。这也可以解释张家为什么每逢乱世都能安然度过，将自己的家族延续这么长时间。

这有点像很多小说中的神秘家族，常年隐居在山中，守着自己的不传之秘，可以是武功，也可以是兵法，甚至是法术。然后天天有人夜观天象，发现天下将乱的时候，他们会派几个人入世倒腾一番，赚取一些既得利益。

好在姓张的人实在很多，每朝都有一些牛逼的张姓人，否则我肯定要多生联想。

“我想起了张天师啊，张天师会不会也是张家人？”胖子就道。

“说不准，都是牛逼人。”我道。其实我更在意的，让我能够得到很多信息的，是生平中大量的细节。

首先我确定了，张家一直是在中国北方活动的。这里所有的出生地、活动的地方，几乎全是在中国北方，靠近朝鲜一带，也就是长白山附近。

那个地方在中国古代其实不属于中原，更多的是属于少数民族的控制范围，张家显然是混居于外族之中的汉族大家族。能在那种地方生活，可见其势力有多么庞大。

其次，我基本能肯定，张家家族里有很多分支，比如说这个人所在的分支，叫作“棋盘张”。虽然这些家族都属于张家本家，但是因为人数太多，便和满族的八旗一样形成分支。张家有五个分支。

这个人应该是古楼建成之后才下葬的。此时我又想到了楼下的千手冢，意识到这些手也许不是我想的那样。会不会是因为在古楼的迁移过程中，上一幢古楼中的尸体太多，无法把棺木运到新的古楼中，所以某些不重要的人就以手代身，入葬其中了？

而且，从字里行间我可以看出，“棋盘张”这一支在张家是很有地位的一支，原因是“棋盘张”身怀麒麟。现在还看不出这隐喻了什么，不过，我隐约能猜到关键。

看完墓志铭，胖子就对我努了努嘴，指了指边上的黑色大棺，意思是，要不要开了爽一把？

我看了看边上的棺材。黑木棺是用和古楼一样的木料做成的，上面上了三层黑漆，显得庄严肃穆。胖子用手抹掉上面的灰尘，由于时间过于久远，很多地方的黑漆都开裂了，露出了老旧的木色。

我的建筑系学生的毛病犯了——我意识到最下面流沙层的另一个作用了。

这里的地下水系十分丰富，山体内部非常潮湿，对于木结构的古楼有相当厉害的腐蚀作用。我们之前经过的流沙层，是防止水汽上涌的防潮层。我估计地下的流沙不止那么一层。我们的脚能踩到流沙底下的石板，而石板之下，说不定还有流沙。

我看着棺材，觉得必须打开。虽然不论经历过多少次，我对于开棺这件事情还是心生恐惧，但是事到如今，难道还能视而不见？

张家是北派传承，胖子说要以北派之礼待之，我心说，其实是以北派之礼盗之吧。

盗墓北派已经没落很长时间了。一方面，现在的盗墓贼越来越功利，设备也越来越先进，根本没有心思去遵守这些繁文缛节；另一方面，北派的规矩使得传承越来越少，不像南派没有门第之分，只要你跟我我就教你，一切为了最后的金钱利益。所以南派的技艺不仅没有断代，而且一直在延续发展之中。

我问胖子要如何做，胖子用衣服当扫帚，把房间里的灰尘聚拢了起来，弄得尘土弥漫。他一边咳嗽一边捧着一捧灰尘到了房间的东南角，插上几根香烟，刚想点，发现不对，就问我：“天真，你的烟是什么牌子的？”

“黄鹤楼啊。”我道。

“来，来，换换。”胖子把我的烟要过去，“咱不能让小哥的祖宗抽我这八块钱一包的。咱们第一次到访，不能给小哥丢面子啊。”

说着胖子点上烟，对着墙角拜了拜：“这个……咱们和你们家张起灵是朋友，咱这一次真不是来倒斗的，我们是……我们是……算是来串门的。看完各位长辈，那个……顺便给小张补补功课。您也知道，你们家小孩记忆力都不好。那个，小张不知道到哪儿去了，所以我们打算问个路，您要是知道，您就什么也别干，什么也别说，您要是不知道，您就保持原样就行了。此致敬礼，阿弥陀佛，秃驴你竟敢和贫道抢师太。”

我心说什么乱七八糟的，拍了他一下，把他揪了起来。两个人甩出铁刺，分开两边刺入棺材盖的缝隙之中，先撬起封棺铁钉，然后深吸一口气，小心翼翼地把沉重的棺盖推往一边。

棺盖落地的时候，整个楼板都在震动。我们捂住口鼻，扇走灰尘，就看到棺材之中，有一层棉絮一般的东西。我用铁刺拨弄了一下，发现那是一种奇怪的霉菌，就像是蜘蛛网上沾满了白色的碎棉。

胖子用铁刺拨开这层东西，就露出了里面的尸体。尸体已经完全腐化了，只剩一具白骨，四周有一些殉葬的东西，数量很少，都被裹在那种奇怪的“棉絮”中。胖子用铁刺挑起一件来，发现是一把小匕首。

匕首的壳已经完全烂得好像一块八宝桂花糕了，上面的宝石就像红色的樱桃和绿色的葡萄干。我把匕首抽了出来，就发现这是一把黑金短刀，比闷油瓶的那一把略短，造型不同。刀在手电的照射下发出黑光，显得无比锋利。

刀柄也腐朽得很厉害，我拿着刃口，把刀柄敲向棺材板，把上面的烂片敲掉，就没剩下多少东西了，刚想把它抛回棺内，胖子立即阻止道：“你说你这人怎么这样，好不容易有点东西，还挑三拣四的。带着，带出去重新做一个柄，给小哥做生日礼物也行啊。”

“你知道他什么时候过生日？”我道。

胖子把黑金短刀接过去，包好放进背包里，说道："估计他连生日是什么都不知道。随便找个阳光明媚的日子，告诉他生日到了就行了，以他的性格，他也不会问什么是生日。"

也对，是一好招，我心说。不知道世界上有没有聋哑人的节日，他那么闷的一个人，应该在那个时候过生日才算应景。

我想到闷油瓶吹生日蜡烛的景象就感觉到一股寒意，好像看到鬼吹灯一样，随即不去多想。

胖子又捣鼓了几下，发现其他东西都烂成一坨一坨的了，骂了一声："张家也不富裕啊，这点见面礼，简直给小哥丢脸啊。"

"张家崇尚实力，不崇尚金钱。"我道，"从墓志铭就可以看出，张家人是利用自己倒斗家族的优势取得权力和保护的大家族。在中国的历史长河中，光有钱是没有用的。"

胖子把那三根烟都拿了回来，掐掉满是灰尘的烟屁股，把最后几口都嘬了。我问他干吗，他说丫都烂成这样了，想必也没有什么想法了，不能便宜这穷鬼。

我说："你怎么那么市侩？"胖子就嘿嘿笑。

嘬完烟，他就用铁刺去拨弄这些骨头。我们找到了尸体的左手，其中两根手指的骨头很长。我是第一次看到那种奇长手指的完整骨骼，骨骼的关节部位有很多伤痕，显然，要练成这样的手指，过程应该相当痛苦。同时我也发现了，这个人的很多大型关节，比如说肩、腕，都有非常奇怪的骨质增生。

胖子说，这应该是缩骨功的后遗症。缩骨功很多时候需要卸掉关节，多次缩骨一定会引起习惯性脱臼，要克服这种习惯性脱臼，就必须单独锻炼关节处的很多特殊的肌肉。这些肌肉非常难以训练，几年内也可能没有多少进展。有些肌肉也就是包公头上的月牙般大小，要活生生练成一香蕉，自然非常痛苦。

胖子说他以前也有机会练那功夫，他认识的一个高人说他的骨骼很适合缩骨，胖子去练了一天，把师父打了一顿，然后逃了回来。

在这具尸体的头骨上，我看到了两个弹孔，很不规则，应该是铁砂弹。子弹从一个地方穿了进去，但是没有穿出来，因此铁砂弹应该是近距离射进去的（如果远一点，就会是很多个只有芝麻大小的孔洞），铁砂留在脑子里了。这位前辈死的时候肯定相当痛苦。

即使张家人再厉害，遇到枪械还是一点办法都没有。

我们觉得再没有任何线索，就想盖上棺材板。上去抬的时候，我看到棺材板的内侧还刻着很多字。

我们翻过来，就发现那是一张简单的族谱，上下父母都有名字，子女各在其列。让我感到奇怪的是，这个人的父母都姓张，他有两个儿子，其中一个已经婚娶，而这个儿媳也姓张，两个女儿出嫁，夫家都是姓张。

“你觉得有什么蹊跷没？”我问胖子。

“你说这家伙是多少岁的时候死去的？”胖子道，“丫有四个小孩，真厉害。”

“中国古代的封建等级制度，主要目的就是繁衍人丁，扩大家族势力，他可能很早就开始生育了。”我道，“而且张家人寿命奇长，如果他们想生，生完一支足球队都还生龙活虎的。我说的蹊跷不是这个。”说着我把所有人的姓氏指给他看。

“会不会是改姓的？”

我摇头：“几乎能肯定是族内通婚。张家是一个封闭性的家族，他们不和外界有婚姻往来。”

我们重新盖上棺盖，嵌入铁钉。我道：“到下一个房间去，这些墓志铭相当重要，我要好好看看，一定可以获得更多的信息。”

第五十一章

继续探险

知道了这里没有那种有毒的粉尘，胖子嚣张了很多，来到隔壁他就一脚踹门进去。

里面的情况几乎和隔壁一样，只是棺材的形状不同，是一具更细长的棺材。棺材上有一些很难分辨的金色花漆，似乎葬的是一位女性。

我没有理会，继续去看墓志铭，发现我的判断错误，这棺材里还是男性。这个人叫张瑞山，也是"棋盘张"这一支的，我看了一遍生平，发现他和我们在隔壁看到的那位基本一样，应该是死在同一次火并中，所以入殓的地方相邻。

唯一的不同是，这个人的父母没有隔壁那个的那么有名，只是因为"发陵一座""善于经营"而得到了相同的待遇。而在很多的细节中我能看出，张瑞山这个人，和隔壁那位性格并不相同。隔壁的那位性格中规中矩，而这个张瑞山似乎读过洋书，"通达道理，善为文章”，应该是思想比较开明的一派，而且文笔不错。

胖子说，这一排的这些人，应该都是在同一次火并的时候死的。我要找新的线索，还是走远一点，也许能看到比较新鲜的东西。

我深以为然，于是两个人出去，一路顺着走廊往前走。我本来打算走半个楼再说，因为一般的火并要是使用火器，死几十个人是很正常的。但是走了十六七米的距离，我和胖子就立即停了下来。

因为我们忽然看到，在走廊的中段，有一间房间的门是打开的。

这显然不可能是我们打开的。我们用手电一照，就发现这一扇房门特别大，比旁边房间的要大上三倍，房间里面的装饰也完全不同。往里照去，里面有一具巨大的棺材也被打开了，而且没有像我们一样重新合上棺盖——棺材盖子翻在了地上。

“什么情况？”胖子看了看我，“小哥他们来过这里？”

我摇头：“不过这棺材里的人肯定和其他人不一样。你看这墓室，简直是总统套房级别的。”

我们走了进去，我一照地面就发现不对。地面上没有脚印，而且被打开的门的门轴已经老旧，被踹开的裂缝也腐朽得相当厉害。棺材的外沿上全是灰尘，房间里摆着很多香炉，围绕在墓室边上，也满是灰尘。

这扇门被打开已经很长时间了，棺材也被开了相当长的时间。看灰尘的厚度，最起码有十几年的时间了。

“看样子，在我们之前有人来过这里，但不是小哥。”

“是最后一次送葬吗？”

“你送葬送完之后再顺手盗一墓？你祖宗非气疯了不可。”我道，“不可能是送葬，这是盗墓。”

“我靠，我们哥儿几个牛逼哄哄，随便找一个出去，也是威震全球盗墓界的翘楚，胖爷我更是号称倒斗界肥王子。咱们几个来到这个地方，都那么费劲，都多少人生死未卜，难道还有比我们更厉害的？”

“鬼影不是说了嘛，当时他们好多人已经进入了古楼之中，但死在了里面，这棺可能就是那批人开的。那也是三十年前的事情了。”

“他们不是来送葬的队伍吗？怎么还顺便偷东西？”

我道：“那些人本来都是盗墓贼出身，有人素质不高，顺手牵羊的可能性就很高。而且当时的斗争太激烈了，那群人进到楼中，是否还有其他什么目的，鬼影也许不知道，或者不想说，但是在当时的形势下，都是有可能的。”

我顺手往棺材里面照——巨大的棺材里是一具骸骨，完全被灰尘所覆盖，情况和前面看到的差不多。我转头看墙上，看这个人的名字——这牛逼哄哄的家伙到底是谁？

看了一眼，我愣了一下，以为自己看错了，再走过去凑近看，我看到了三个熟悉的字——张起灵。

“这是小哥的棺材啊。”胖子就道，“原来小哥是一大粽子！”

“别扯淡。”我道，立即把手电举了起来，仔细去看后面的文字。

这一定有蹊跷，不可能是表面上看起来的那样。

盗墓笔记

长白山纪念版

八 大结局 下

南派三叔 著

吉林人民出版社

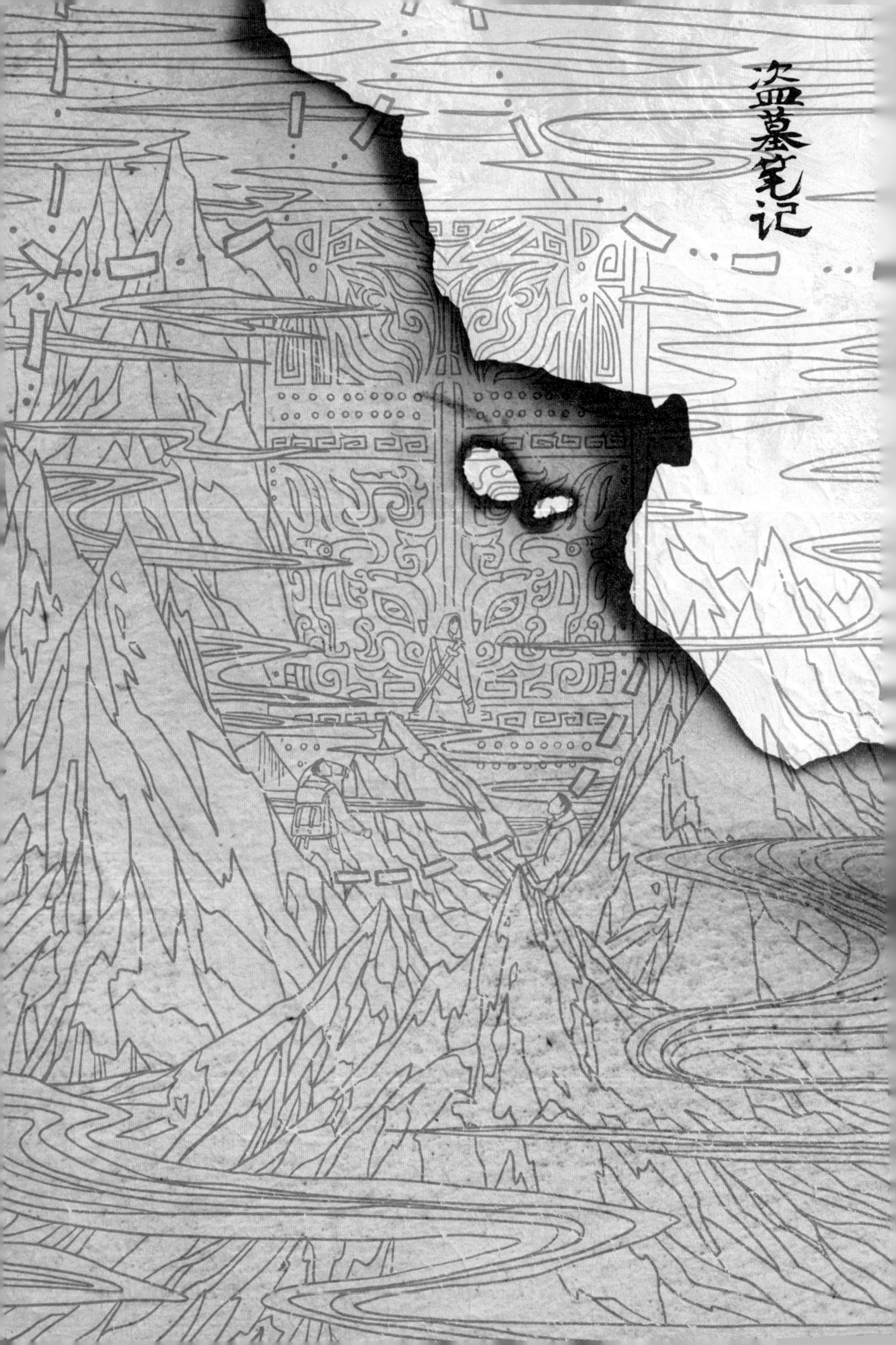
盗墓笔记

目录

大结局（下）

contents

目录

大结局（下）

contents

目录

贺岁篇

contents

目录

贺岁篇

contents

大结局（下）

盗墓笔记

比鬼神更可怕的是人心

第一章

张起灵这个名字的意义

才看了几行，我就知道是怎么回事了。因为我看到了其中有两个很关键的字：选为。

这个人，是在十九岁的时候被选为“张起灵”的。我愣了一下，意识到：原来张起灵并不是一个单纯的名字，而是一个称号。

但是，这个称号显然就变成了这个人的名字，就像成吉思汗一样——本来叫铁木真。

“我靠！”胖子说道，“那这张起灵还是个官衔啊！”

“起灵，如果单独看，确实是一个有着其他意义的词语。起灵嘛，撤除亡者灵位，运送灵柩入土的意思。张家为倒斗世家，这张起灵，也许是某个相当重要的职位的代称。”我道。

“如果是运送灵柩入土，那不应该是盗墓贼的工作，而应该是入殓送葬队伍的工作。那张起灵这个职位，可能就是族内专司入殓张家楼的人吧？”

我点头。这是一个很大的发现，而且从这个墓室的大小来看，这个张起灵确实是一个相当重要的职位。所以这里才会这么豪华，这么巨大。

我们把目光投向棺材里面。里面的骸骨因为暴露在棺材外面，很多已经成了粉末。棺材里还有些棉絮一样的东西。胖子拨开那些东西，想看看棺材里的殉葬品。

殉葬品在尸体的下面。尸体下面的棉被看上去非常整齐，只有一个角被翻动过。我们把尸体的碎骨拨到一边，将腐烂的棉被掀开，就看到了十几件殉葬品整齐地排列在那里。有各种玉佩，两件已经烂得无法辨认的皮革制品等。另外有三个位置，我们看到了放置过东西的痕迹。但是东西已经被人拿走了。

“真的是盗墓行为。”我说道，一边拿起一串蜜蜡手链。这是一串金丝老蜜蜡，年代久远，已经发黑了。我一看便知这是来自西藏的东西，价值连城。“但是，为什么只摸了这几样？这串老蜜蜡最起码值一辆最先进的越野车！”我疑惑道。

胖子接过来，看了看，直接戴到自己手上：“不识货呗！”说着亲了一口，“乖啊，别伤心了！那些人不识货，胖爷我来疼你。”

“你还能再恶心点吗？”我说道。

我又从整齐的殉葬品中挑出了一串玛瑙项链。项链每三颗玛瑙隔着一颗老珊瑚，这也是西藏那边的东西。看样子这个张起灵以前应该和西藏某些人有礼物往来——这些在当时都是相当名贵的礼物。

胖子照常收下了。我道：“这串珠子，看上面玛瑙的数量和成色，价值也相当高。而且你看，这些珊瑚上都有藏文的铭刻，说明这串珠子很可能是有来历的，那实际价值可能就更高了！这些东西都没有拿走，他们拿走的是什么？”

“我说了，像咱哥们儿这么识货的人肯定不多吧。或者，他们拿走的那三个东西，价值比这些东西要高多了，拿了就能吃几辈子。”

胖子道。

我看那三个被拿走的殉葬品在棉被上留下的印记。其中两个，我一看就知道——那是两个环。

那是一大一小的两个环。大的有碟子那么大，小的好比一个烟灰缸。胖子比画了一下："是玉吗？"

我摇头："不知道，但是玉环除非是成色极其好的，否则绝对不会太贵。在鬼影那批人进来的那个时代更是如此。因为古玉这个东西水太深，那个年代玉石的价格可能只是现在的万分之一。所以，如果单纯从金钱上来推断，我觉得不应该是古玉，而应该是在当时那个年代非常贵重的东西。"

"除了玉环，还有什么东西是这个样子的？"胖子道，"难道是瓷器？"

我叹了口气，只得看向那条长条形的印记。胖子和我一样，看着看着，他忽然道："天真，你觉得这条长印子是不是有点眼熟？"

我摸着下巴，好像有点他说的那种眼熟的感觉。但是，我实在想不出来那到底是什么。

"你觉得像什么？"看了半天，我问他。

他似乎有了眉目，但是抓不住细节，在那里"嗯嗯嗯嗯嗯嗯……""嗯"了很长时间。忽然打了一个响指。我抬头。他比画了一下，说道："刀，刀，黑金古刀！"

我也比画了一下，不停地脑补那把倒霉神兵的形象。慢慢地，我就开始冒冷汗了。

"确实是黑金古刀，长短和宽度都相当接近。"我道，"我靠！难道这东西是量产的？张家人人手一把？"

我脑子里出现了一大排闷油瓶带着黑金古刀列队出操的景象——这真是可怕，不过也够气势逼人。

"黑金古刀绝对不会有那么多。古时候如果有这样的锻造技术，咱中国早就征服世界了。”胖子道，“小哥那把黑金古刀是一把做工相当精细的，锻造得非常完美的刀。我提过，双手都很难提起来。这种刀肯定是古代最厉害的刀匠打出来的。不说材料难弄，刀刃要锻造得完美，还要把重量做得那么重，肯定不是传统工艺，打几百次才有可能成功一次。所以这把黑金古刀，市面上很可能不会超过三把。”

我定了定神，忽然想到了一种可能性，就对胖子道：“假设，当时鬼影他们的队伍进入了张家古楼——我们几乎可以排除小盗墓贼或者说其他高手进入的可能性，因为进入这里需要太多信息了，不是大组织根本不可能做到。那么，这个墓室被窃，基本上就是鬼影他们队伍中的人所为了。”

也就是说，带走这两个环状物体和这把黑金古刀的，就是这一批人。

最后鬼影队伍中的很多人，因为古楼的“熏蒸”机关启动，死在了里面。但是东西肯定是被带出去了。

那么，当时三叔铺子里出现的那把黑金古刀（后来卖给了闷油瓶），是否就是这里被盗窃的这一把呢？

我有一种强烈的直觉：肯定是，否则事情讲不通！

那么，当时考古送葬队的人从古楼中带出的黑金古刀，为何会落到三叔的手里呢？同时，为什么进入古楼的考古送葬队要开启这具棺木，而开启之后却只拿走了黑金古刀和那两个神秘的圆环呢？那两个神秘的圆环又是什么东西呢？

看来，从我接到三叔“鸡眼黄沙”的短信之前，很多事情就已经启动了，只是我不知道而已。博弈早就进入白热化。

“看看这个。”我正在思考，胖子又叫我。我走过去。他蹲在翻开的棺盖上，指了指棺盖内侧刻的族谱。

在这个族谱的中心，是棺材主人的名字，刻的是：张瑞桐。

瑞字辈的吗？我心说，前面有个人叫张瑞山。

边上的“张起灵”三个字要小一号。如果看得不仔细，还以为张瑞桐和张起灵是夫妻关系。

这个张瑞桐有六个子女，其中两个也有了后代。胖子指了指其中一个道：“你看这个名字。”

我看到这个张瑞桐的两个孙子中，有一个的名字叫作：张启山。

张大佛爷。

我挠了挠头，饶有兴趣地嘿嘿一笑。终于找到切实的证据了。

第二章

张启山其人

张大佛爷是老九门中三门之首，也是九门中最大的。传说家中院子里埋了一尊不知道从哪儿盗来的大佛，所以被人称为张大佛爷。他的本名叫张启山，前期盗墓，中期从军，后期从政。张大佛爷是老九门中少有的能干大事之人，心怀天下。所以听老一辈聊天时，张大佛爷的传说总是让人感慨。

之前，我一直怀疑张大佛爷和张家古楼有关系。因为当时二叔和我说的时候，说过非常隐晦的内容。张大佛爷从北方迁往长沙，似乎本身就是张家一支外迁的族群，当时被日本人打散了。

如果不是同名同姓，那这个张启山，应该就是张大佛爷。

那这个“张起灵”张瑞桐，就是张大佛爷的爷爷。老九门第一族果然是张家人。

“如此说来，你二叔说的那些都是真的。”胖子道。

我道：“我二叔非常聪明。如果他要瞒一件事情，他会把无关紧要但都真实的信息告诉你。你听完之后以为自己知道了，一查也全是真的，但是背后是否还有隐情就谁也不知道了。所以，他能告诉我的东西，一定是不怕我去求证的。”

胖子叹气。我继续道：“张大佛爷一直在主管整件事情。他的队伍进入这里送葬，他们打开这个房间的门一定不是偶然。不可能这么巧——一找就找到了张大佛爷爷爷的墓室。所以，我相信打开这里的人一定是有张大佛爷的指示。”

张大佛爷手上可能有一些线索，他让一批人寻找到了自己爷爷的墓室，然后盗取了其中的三件殉葬品。

可是，其中的黑金古刀为何最后会到三叔的手上呢？

“如果张起灵是一个称号，那小哥的真名叫什么？会不会是‘张二狗’之类的名字？”胖子问道。

我道：“从墓志铭来看，只要被选为张起灵之后，这个人的名字就被张起灵取代了。小哥叫作张起灵，应该也是被选中的。这一任张起灵的黑金古刀，最后到了新的张起灵手里。我总觉得事情有一些蹊跷。”

胖子重新去看墓志铭：“等等，我刚才忽然有个想法。你看看，这位张起灵，他是怎么死的？”

我静下来，在墙壁上的蝇头小楷中寻找这条信息，很快就在他的生平中找到了。

和之前的两位不同，这个张起灵是病死的。在他的生平记载中，他是在一次倒斗的时候“失魂症”发作了。

“‘失魂症’是什么？”胖子问我。

我吸了一口气：“就是失忆。”

那一瞬间我有了一丝错觉：难道这个张起灵，就是我们的那个张起灵？

因为同样有着黑金古刀，同样有着失忆症。难道他们是同一个人？

但是这具棺材里有骸骨，而且，这个“张起灵”算起来是张大佛爷的爷爷，那不是得有两百多岁了？如果是同一个人，那我们的小哥不就变成老妖精了？

我们又在那个房间里搜寻了很久才走出来。我有点魂不守舍，虽然现在还不敢妄下断言，但是，我之前预感的“找到张家古楼就能获得很多的秘密”，似乎是应验了。

我正在琢磨是继续往前，再找几个房间看看是否还能获得更多的信息，还是立即寻找通往下一层的口子，就在这个时候，我闻到了一股烟味。

“你肺都烂了还抽那么多烟。”我对胖子吼道。却见胖子脸色惨白，嘴巴上什么都没有。

“不是我，这不是香烟的味道，这是木头烧起来的味道。”胖子道。我和他对视一眼，立刻就想到之前我们把地板烧了起来，但是随后火就被我们压灭了——难道，其实并没有完全压灭，在我们走了之后，又死灰复燃了？

我们立即往回赶。转过几个弯，我一下就看到了火光，闻到了浓烈的烟味。似乎转弯口后面的走廊已经熊熊燃烧起来了。我们绕了过去，一股热浪扑面而来，我们都惊呆了。

我们之前探索过的一个房间，竟然已经全部烧起来了，并且已经蔓延了十几间。整个走廊上火舌乱窜。

“妈妈咪呀！”胖子挠了挠丹田，“老子没那么多尿了！”

我们捂住口鼻跑过去，发现燃烧得最猛烈的就是窗户纸。胖子脱下衣服当作扫把扑打火苗，把离我们最近的几间房间刚刚烧起来的火苗扑灭。然后冲到已经着火的核心区域。

我紧随其后。我们在那里狠命地扑打，也不知道过了多久，才把所有的火苗都扑灭了。

我完全蒙了，也不知道是被呛蒙的，还是热蒙的。我头晕目眩地看着四周一大片焦炭似的区域，无比惊讶，心说这么大的火，竟然也能这样被扑灭。

火势蔓延到的十几个房间，带窗格子的外门全部被烧毁了，离着火中心点越远的，烧毁的程度越低，着火点附近的几间则完全被烧毁，连墓志铭都被烧成了黑炭。

胖子剧烈地咳嗽，鼻孔里都喷出血来了。我去扶他，他摆手说没事："好多了好多了，是好事，血咳出来了，呼吸舒服些了。"

我们的脸上全是黑的，头发也全部被烧得卷曲了，身上很多地方隐隐刺痛——肯定是被烧伤了。

环视一圈，我无语凝噎，心说什么倒霉事都让我们摊上了。胖子把血唾沫吐在一边，在还相当烫手的木头上坐了下来，有点虚脱了，对我道："毛主席说，星星之火，可以燎原。真是太对了。天真，我走不动了，休息一下。你得再看一遍，把火星全灭了。"

我点头："你小心自己的屁股，别也燎起来了。"说着我就去踩熄那些火星。

"说起屁股，咱们一屁股压在那火苗上，当时都压灭了，怎么会这么快烧成这样？"胖子道，"这楼里也没有过堂风。"

我道："当时我们是压在门上，门上面有窗户纸，很可能是火星先慢慢引燃了窗户纸。"

"你说，样式雷也不在这里放几个灭火器！这么大型的木结构建筑，最怕着火了。"胖子道。

"没人住，也没有雷能劈到这里。"我道，"这儿又那么潮湿，着火的概率太小了。你内脏受伤了就别说那么多话，能少说几句就少说几句，好好休息。"

"要胖爷我不说话，还不如直接杀了胖爷我。"胖子道，"人生无常，说一句就少一句。我说得多了，你以后能记得的胖爷我的风采也就多一点——不对，天真，你有没有闻到什么奇怪的味道。”

我的鼻子被烟灰堵了，什么也闻不到，就道：“什么味道？”

“好像是叉烧肉的味道。”

“叉烧肉？你快起来！”我道，“该不是你的屁股熟了吧？你坐在火炭上了？”

“放屁！以胖爷我屁股的油度，肯定不会是叉烧的味道，最起码也应该是北京烤鸭的味道！味道是从那儿来的。”

胖子指向了墓室里的棺材。棺材已经被烧得塌陷了，棺材盖子完全被烧没了。早知道如此，刚才就不顶回去了。

“难道是尸体烧焦了？但是刚才我们都看到，尸体是一堆骸骨，不可能烧出焚烧蛋白质的香味，更不可能烧出叉烧的味道来。”

地板也被烧毁得很严重。我小心翼翼地踩着走过去，用手电筒往棺材里照去。

瞬间一个激灵，我竟然看到了一具陌生的焦尸躺在棺材里面。而且，棺材里面全是木炭片。

这不是我们刚才在棺材里看到的骸骨，这尸体是从哪儿来的？

同时我还发现，这不是一具古尸，是一具现代人的尸体。从装备来看，这应该是小哥队伍中的一个人。不过面目已经完全被烧焦了。

胖子晃晃悠悠地跟了过来，端详了片刻，就把手电筒指向头顶：“是从上头掉下来的，砸到了棺材上。”我抬头，果然看到棺材的正上方有一个裂口，往上是古楼的上一层。

“火把天花板烧穿了，尸体掉了下来，摔进棺材里？”我自言自语。

胖子道：“然后就被烧死了？”

“不是烧死的。”我道，“我们没有听到任何惨叫声。你看这人的鼻子里一点烟灰也没有。他摔下来之前，就已经是一具尸体了。他应该是躺在楼上——位于这具棺材的正上方，大火烧穿了天花板，他从上面掉了下来，掉进了棺材里。”

“还有这种巧合？”

“未必是巧合。”

说着我就让胖子托我一把。胖子摇头道：“不行了，胖爷我老了，这一次换你在下面。”

我看了看胖子的情况，心说也对。于是胖子蹬上我的肩膀，脑袋一伸，正好能探入裂口，于是举着手电往里照去。

胖子极重，他全身的重量往我身上一压，我就觉得肚子里有一股气差点就要挤出来了，赶紧用力缩紧全身肌肉顶住胖子。

我看不到胖子在上面干吗，只听到他叫了一声：“我靠！”

我咬牙问有什么。他道：“找到他们了，老太婆和小哥都在，不过……”

“不过什么？”

胖子啧了一声：“你先别上来，你上来了可能接受不了。情况不妙，我先看看。”

第三章

所有人都死了

胖子上去之后，我听到了各种声音——他的咳嗽声、各种东西的拖动声，这些声音一共持续了十几分钟。

我在下面终于等得不耐烦了，不安地问：“怎么了？到底是什么情况？他们怎么样了？”

我心中特别忐忑。我听到老太婆和小哥都在的时候，心里已经紧张起来。然后胖子又告诉我，我上去可能接受不了。

我真的接受不了吗？未必，我真的觉得未必。在我进入古楼的时候，就已经在心里非常明确地告诉过自己，我很可能会面对一些死亡——我是有这样的预判的。在更大的层面上，我从一开始就在做他们已经死亡的心理准备了。所以，死亡我是可以面对的，只是过程并不舒服而已。

我问了好几遍，胖子才探出头来，对我道：“你上来吧。”

我心说你就随口说一句都死了，有什么问题吗？非得我自己上去看。

我伸手抓住胖子，蹬住已经烧焦的棺材边缘，勉强爬了上去。

上面是一个非常非常小的夹层，一米二三的层高。我看到里面挤满了人，全是霍老太队伍里的人。

整个夹层里，有一股难以形容的臭味。屎尿的味道，腐烂的味道，几乎已经混合得无法分辨了。

我捂住口鼻，看到地上有好多液体干涸后的痕迹。液体应该是从这些人躺的地方流出来的，在木地板上已经干了，留下深红色的印记。

胖子不停地咳嗽，对我说道："基本上都死了。"

我环视四周，在黑暗中很难辨认这些人。我首先辨认出来的是霍老太，因为她的特征非常明显。我爬过去，来到她的身边。我发现她已经死了相当长时间，连眼珠都已经混浊了，变成了琥珀一样的颜色，嘴巴张得很大，面部表情看起来特别不安详。

她一定死得相当不甘心，我心说。我叹了一口气，说实话，我对霍老太没什么感情，但是她毕竟是一个长辈，看到认识的人变成了一具尸体，我还是无法抑制心中的悲切。

继续往边上看，我看到好几个我认识的面孔，可如今他们都已经僵硬了。死亡之后，屎尿横流。这些平日里叱咤风云的好手现在都变成了这副模样，有点不堪入目。

"小哥呢？"我的心已经完全沉下去了，知道一切都完了。虽然和那个鬼影说的不同，他们似乎找到了一个可以躲避碱性雾气的地方，但结果还是一样。

我出奇地没有觉得悲伤，但是我能感觉到一股非常强烈的情绪，随时会喷涌出来，这种情绪超越了所有的感觉，它的名字叫作"崩溃"。但是我硬生生地将它抑制住了，不知道是我逃避现实的功力到了一定的境界，还是我的思维无法接受这样的信息，选择了自我绕过。

胖子用手电照了照旁边的角落，那里有一堆衣服，对我道："你先别去看。咱们先看这里有没有什么有价值的东西，这里太臭了。"

我心中暗骂：你还能再无情点吗？小哥都死了，你还嫌臭。想着我就走了过去，扯开那边的衣服。我一下就看到小哥缩在那堆衣服里的脸。

我愣了一下，顿时僵住了，那一瞬间，我的脑子变得一片空白。

我无法描绘我心中的那种空白，忽然不知道自己应该做什么了。

死了？

开玩笑吧。

真的死了？喂，这是哪门子国际玩笑。

"醒醒，回家了。"我拍了拍他的脸。忽然我就觉得很好笑。我转头对胖子笑了起来："你看看小哥。"

"我知道。"胖子在一边说道，声音很低沉。

接着，我的手开始不受我控制地发起抖来，我看着我的手，发现心中没有任何的悲伤，我的意识并没有反应过来，但是我的身体已经本能地感受到绝望了。

我心说，坐实了，真的死了，闷油瓶真的死了！

这个世界上竟然还有这种事情，闷油瓶竟然也会死。

这个张家古楼真的太厉害了。我一直觉得鬼影是在危言耸听，如今只觉得天旋地转。

闷油瓶就是一个奇迹，他的死亡，忽然让人觉得整个世界变得无比的真实和残酷。这个世界上，所有的奇迹难道都不能是永恒的吗？还是说，原本就没有奇迹这个东西，一切都是巧合，现在巧合终于不再了？

过了很久，我才开始感觉到一股淡淡的悲伤。我能感觉到，我的本能正在强压崩溃的情绪，但是情绪的"高压锅"里还是有各种不舒服的感觉漏出来。我觉得，我不能放任自己的情绪，一旦悲伤，我可能也会在这里死去。

我心中的感觉特别奇怪，不仅仅是伤心，不知道别人是不是能理解我这种复杂的心情。

首先是绝望，然后更多的是一种对于我眼前所见的东西的不信任。我的脑子空白了很长时间，心中的各种情绪才翻涌了出来。

我之前一直想，如果闷油瓶死了，我会是什么样的感觉。我想过也许是无比悲伤，也许会因为想得太多了，做了太多次心理建设而变得有些麻木，觉得自己完全可以承受。如今真的碰到了，反而变成了我自己都无法处理的怪心情。

在这之后，我一直在一种纠结之中，不知道该伤心，还是假装镇定，忍住痛苦，最后还是前者慢慢占了上风。我在他的尸体边上什么都没有做，只是呆呆地看着。

可就在我刚觉得眼泪准备要流下来的时候，忽然我看到闷油瓶的手动了一下，在地板上划了一下！

胖子在一边叫道："你干什么呢？别看了，快点来帮忙！"

我的眼泪还是因为惯性掉了下来，但是心中的感觉无比复杂，转头就对胖子结巴道："他……他……他好像诈尸了！"

"我靠，小哥能诈尸，那该是多牛逼的粽子，粽子之王。"胖子说道，"你别胡扯了，快点！"

"他……他……他真的诈尸了！"我道，顿时心中有了无数的联想。我想到小哥要是真的变成僵尸了，我该怎么办啊。难道我们要和一具僵尸一起去盗墓吗？那就不是盗墓了啊，那就属于外交活动了。

胖子看我的表情奇怪，就问我道："到底是什么情况？"说着走了过来。才走了几步，忽然，边上另一具尸体也动了一下。

胖子竟然不害怕，径直走到了我的边上。我指着刚才他经过的那具尸体，结巴道："那人也动了，这里是养尸地？他们都诈尸了。"

“什么养尸地，这些人都还活着。”胖子道。

“活着？”我无法理解。胖子道：“我没说这儿都死了啊！好多人都活着，不过情况不太好。你快点看看，四周有没有什么有用的东西——水、药品什么的，给活着的人都喂点水。”

我才意识到他刚刚说的话是这个意思，就骂道：“你不早说，我被你吓得半死！”

“我和你可不一样，你丫就惦记着生死，可我惦记的是能救几个人。”胖子道，“小哥的脉搏还稳定，我刚才摸了，不过这里有几个肯定不行了。你快点临终关怀顺便抢救一下。”

我看了一眼小哥，他的脸色非常苍白，看上去和周围的尸体无异。我上去摸了摸他的脖子，真的有脉搏。

但是，脉搏跳得并不强劲，显然他的身体状况已经非常糟糕了。

刹那间我所有的情绪都像退潮一样退了下去，整个人软了下来。我几乎眼前一黑就要晕过去了，心说吓死我的小心肝了。胖子又拍了拍他的手，吸引我的注意力：“快救人，小哥没事，别光顾着小哥，这些人都是爹妈养的。”

胖子说得对，在这种情况下，如果不救其他人而只救小哥，也是违反了我做人的原则。

我深吸了一口气，让心中那种因情绪剧烈变化而引起的疲惫感散去，定了下神。

我走到那些人身边，从他们身上翻出了水壶——里面的水放得太久都有点变味了。我们把消毒药品放在里面，然后一个一个地找那些还有脉搏和体温的人，一口一口地喂他们喝水。那些人几乎都没有知觉，身体已经衰弱到了极限。有些简直和尸体一模一样。

“到底是什么原因？是中毒吗？”我问胖子道。

胖子扯开这些人的头发、衣领。我看到他们身上已经溃烂的皮肤。

“你看这里很多的缝隙中塞满了布条和油蜡，基本把这里密封了。虽然这里雾气的含量非常少，但是那种雾气还是有剧毒的。在这里待的时间长了，也会慢慢地吸入很多，还是会中毒。”胖子说道，“你摔进氰化钾里是一秒死，你吸一口氰化钾也是一秒死——这是一个道理。”

“你这没文化的竟然还知道氰化钾。”我说道。

“当然，看过侦探小说的人都知道。”胖子说道，“氰化钾和霍元甲都是我的偶像。”

我道：“那这些人怎么办？你看他们带的药品里有可以使用的东西吗？”

“如果有可以使用的他们早使用了。但是你发现没有，他们都没有戴防毒面具。看样子防毒面具对于这种毒气没有什么用。”

我心中觉得奇怪——一般在这种情况下，能戴上防毒面具的人一定会戴，就算没有用，求个心理安慰也好。我看到好几个防毒面具都散落在四周，不知道是什么情况。

“你上来的时候就是这样的？”我问道。胖子点头。

我想想觉得不对，道：“你错了，他们之前肯定是戴着防毒面具的。不过显然有人发现过这个地方，有人检查过他们的脸，想看看哪些人死了，所以把防毒面具拿下来了。”

胖子听了就点头：“有道理，是谁？”

我想了想，觉得最有可能的是他们的意见产生了分歧，队伍分成了两部分——一部分可能是由闷油瓶带领的，另一部分是由霍老太带领的。然后霍老太遇到了什么危险，闷油瓶过来救他们。来了之后发现霍老太已经不行了，同时闷油瓶也被困住了。

因此，这里的人才有两种不同的状态，一种已经死亡了，一种还有最后一口气。闷油瓶进来之后肯定也中了毒。但是毒雾应该是已经散去了，所以他撤掉了这些人的防毒面具，想看看这些人到底是谁。

我觉得照现在这种情况来看，这是最可能发生的。不过，想着想着我就意识到不对——也有可能是裘德考的人，进来之后发现了这里。

我想起了小哥的那把刀在裘德考手里，说是其中一个伙计带出来的，看来那个伙计应该是到过这里。即使他没有到过，肯定也有人把刀从这里带了出去，交给了他。

我想起了那个伙计恐怖的样子和他看我的眼神，心中还是觉得奇怪，那种眼神到底意味着什么，谁也不知道，现在也无法去求证了。

我们在这个密室的四周寻找，找到了一个可以出去的暗门。这里应该是堆放某些正规的殉葬品的隔间。我打开门之后，就发现门口堆满了东西——各种各样的，奇怪的青花瓷瓶。但是，最值钱的不是瓷瓶本身，而是瓷瓶里面卷着的那些字画。这些东西全部被胡乱地堆在密室外头。

我一眼就看明白了，为什么会有这样的密室以及霍老太为什么会进入这个地方。因为这是一个字画室，这里面可能堆满了各种名贵的字画。这些字画如果泡在强碱雾气之中，是绝对无法保存的。当时设计张家古楼的样式雷，一定是为了保护这些字画特地设计了这间密封的小屋子。

霍老太肯定是看了样式雷的设计图才发现了这个房间。

果然是高手。如果不是这一招，他们现在很可能已经完全融化，我只能看到很多满是干肉的骸骨了。那时候我只能依据骸骨手指的长短，去判断哪个是闷油瓶。

第四章

艰难的抉择

我们把所有还活着的人全都抬出了这间屋子。出去之后就是一条很长的走廊，结构竟然和下面一样，全都是一间一间的屋子。我们也懒得去看里面到底是什么情况。在走廊上把所有人都一字排开，然后开始一个一个抢救。

这种强碱雾气的毒性作用于人的呼吸道，一定是呼吸道溃烂导致了呼吸困难。可能是因为我们的搬动，搬出去的几个人中最衰弱的几乎刚被放下，立马就断气了。

那种感觉很不好受，好像是我们谋杀了他们。一路想尽了所有办法，终于轮到闷油瓶了。

从闷油瓶被发现的状况来看，他用身上所有的东西把自己紧紧地包裹了起来。他身上的文身已经能看到了，说明他的体温现在已经相当高了。

胖子道："小哥这情况，难不成是把自己的呼吸调整到了最微弱的状态？”

“这难道是传说中的龟息法？”我道。

“你在说这种词语的时候，能别用那种港台武侠电影里的口气吗？”胖子道，“什么龟息！老子还吸鬼呢。他就是先把自己的身体弄得非常虚弱，进入一种深度昏迷的状态。心脏的跳动也比较微弱，这样血压就非常低。用衣服裹紧自己，尽量减小自己的皮肤与空气接触的面积，这样能减轻中毒的程度。所有人中，只有他中毒的程度最低，应该就是这个原因。”

“他怎么把自己的身体弄虚弱啊？”我道，“和自己说，我很弱我很弱吗？你不觉得听了都想抽自己吗？你能把自己也搞成这样吗？”

“这你就不懂了。”胖子指了指小哥的手，把闷油瓶的手翻过来给我看。我看到闷油瓶的两个手腕上都有伤口。胖子说：“要虚弱，放血就可以了，小哥对于怎么放血，肯定比我们精通得多啊。”

地上的那些红色的印记，看来除了其他人的屎尿，还有小哥的血。

“我们现在该怎么办？”我看着这些人有些害怕起来——如果再来一次，我们很可能也会变成这个样子，“我们两个人，这里这么多人，带不出去啊。”

胖子挠了挠头，就道：“我说了你别生气啊。我觉得，咱们把小哥一人带出去就很好了。继续留在这里，谁也没戏，我们也得倒霉。”

“你刚才不是说要什么雨露均沾吗？”我道。

“救人归救人，但是当你发现已经救不了，你也就不要强求了。胖爷我是一个特别功利的人，以胖爷的身体，再扛一个人出去肯定是不行了。我和他们也不熟悉，他们可都是在这一行中比我混得好的，大家都应该有觉悟。你背上小哥，然后我搭一把手，我们赶快走是真的。”

我想了想，看了看地上那几个没有知觉的人，心道，如果是我躺在这里，会希望在自己昏迷的时候，听别人这样的对话吗？

“那我们出去之后还进来吗？再进来一趟，把这些人还有霍老太的尸体也带出去？”

“我靠，你还嫌不过瘾？”胖子说道，“这鬼地方真邪门儿！胖爷我从来没怕过斗，但是这古楼，我进来就觉得浑身不自在。天真，我和你说，这些人等你再进来的时候早都挂了。你来了也是白来，千万别在这个节骨眼上纠结这些。”

我知道胖子是在骗人。胖子的思路其实很简单——我先尽力救，这是第一原则，但是救不起来，我也不强求，也不会背负任何道德约束。胖子是活得相当明白的人，很多时候他这种傻呵呵的活法还真是让我佩服。

我们没有再讨论这个问题。我走回去，看着霍老太的尸体，就想着回去该如何对小花说。

当然，其实霍老太真的已经活得相当够本了——这辈子精彩绝伦，牵扯的几个男人也都是一方枭雄，是平常女子连见识都见识不到的。只是霍老太死了，小花回去该如何交代？霍家现在一团混乱，生要见人，死要见尸。霍老太的尸体虽然很轻，但是要带出去也是相当困难的。

我可能不能把霍老太的尸体全都带出去。但是，我带哪个部分出去，才能达到死要见尸的目的呢？

答案非常明显。但是我实在想不出来，我该怎么去把霍老太的头割下来。

我在想要是霍家的人看到霍老太的脑袋，该是什么表情。这“死要见尸”，真见了尸体，该不会直接发飙吧？

不过盗墓贼家族对于很多事情的看法和寻常人家是不同的，小花肯定也需要这件东西。即使它不会被陈列出来给霍家所有的人看，应该也会陈列在霍家一些能做主的长辈面前，然后告诉他们事情的经过。

但是我怎么想都觉得这行为实在不是我可以承受的。我在霍老太的尸体面前磕了好几个头，然后对她道："婆婆，您知道我想干吗吧？您也很疼小花。我真的是迫不得已。您要是没意见，您就别动。"

说完之后，我看了看尸体，发现尸体确实没动，就道："谢谢婆婆，我偷偷告诉您，我爷爷最喜欢的还是您。您要是也喜欢他就托梦给我，我把您埋到我爷爷边上去，不让我奶奶知道。"

"你个卖奶奶求生的屃货。"胖子在边上骂道，"你爷爷在下面说不定已经三妻四妾了，你把老太婆弄下去，又是一场腥风血雨。"

"管不了那么多了。"我道，"人在江湖飘，怎能不挨刀。"

说完我就觉得自己简直浑蛋到极限了。我抽出尸体身上的刀，在霍老太的脖子上比画了一下，闭上眼睛，咬牙，然后转头对胖子说："胖子，我有一活儿，你要帮我办了，我给你六十万！"

胖子在那边把所有的东西全部整理出来，转头问我："干吗呢？咱俩你还这么客气？说，什么活儿，要是简单的活儿我给你打折。"

我道："你帮我把婆婆的头给切下来。"

胖了看着我，就呆住了："你疯了！那秀秀不杀了你？"

我把我的想法和胖子一说。胖子想了想，道："这事情我真没干过。虽然我是盗墓的，但是亵渎尸体，还是熟悉的人的尸体，我还真没干过。我真干不出来。"

我叹了口气，就问胖子道："那怎么办？你给我想个辙儿。"

胖子想了想，就道："八十万，八十万我就干。"

第五章

切掉了头颅

接下来的过程我不忍赘述。只知道，从霍老太伤口处流出的血都是黑色的。我们弄了几个背包，把该带走的东西全部装进了其中的一个包里。在小哥的背包里，我们发现了两个奇怪的圆环，一看就知道是刚才在棺材里看到的那两个印子的始作俑者。这东西在小哥的背包里，想必非常重要，所以我们全给塞进了包里。

闷油瓶依旧没有醒。我把他背起来，死死地绑在了身上。小哥的体重其实适中，他身体的肌肉含量特别大，所以虽然他的身材看上去很削瘦匀称，但是他实际的体重比我上次扶他时要重得多。

胖子背着其他所有的东西和霍老太的头颅。我们计划是原路返回。在临走之前，我们把还有一口气的人全部送回到了密室之中。虽然知道他们肯定不可能等到我们下一次进来了，但是我们还是留下了一些水和食物。如果他们和那个鬼影一样，最后能幸存下来，那我们留下的就是一线希望。

说真的，做这种选择很难，我心中也很难受。但是我告诉自己——我只是一个普通人，我只能做这么多了。

还是从烧出来的那个洞口下去，来到了之前走过的那一层。

我问胖子，还要不要继续往上走。胖子说：“我们的目的就是进来救小哥，现在小哥救到了，还不快溜？上面就算有无数个俄罗斯大妹子跳着钢管舞，我也绝对不上去了！”

张家古楼上面还有很多层，每一层应该还有各种各样的奇怪情况。但是此时我少有的恐惧感压下了我所有的好奇心。

我们一路小心翼翼地往回走，很快我们就到达了底楼。

我已经满头大汗了，双脚都在不自觉地抖动。平时这种粗活儿都是胖子来，现在我感觉自己简直快要猝死了，没想到背一个人竟然这么累。

胖子背着其他东西也是累得够呛。他停下点烟，道：“先等等，咱们不能从原路回去，那东西肯定在那里等着我们呢。就算不等着我们，那流沙层也太难走了。那么多奇怪的虫子，我们下去肯定会倒霉的。咱们得找到小哥进来的路线！”

之前那个铜门是封闭着的，小哥他们一定不是从我们来时的路进来的。

我心说怎么找啊，这家伙现在深度昏迷着呢！

胖子突然说道：“看地上！”

我低头一看，发现地上全是凌乱的脚印。我用迷惑的眼神投向他。他道：“和我在一起，我觉得你慢慢就变笨了，你看门口到这里。”

我按胖子说的看去，就意识到他在说什么了。门口进来，只有两道清晰的脚印，一看就知道是我和他的。

“小哥他们好像不是从门口进来的。”胖子道，“你看，这里的脚印非常凌乱，现在我们可以根据小哥鞋底的花纹，找出他们是从哪儿进来的。”

我低头看我们脚下无数的脚印，就明白胖子的方法是可行的。

我们一路按照他的方法倒退着寻找，很快就来到了几根柱子的中间。我们发现，闷油瓶的脚印，竟然是来自一根柱子。

“难道是从柱子里走出来的柱男？”我摸着下巴表示疑惑。胖子一下把脸贴了上去，仔细看这柱子的细节。

这根柱子上，雕满了貔貅样式的花纹，这在古墓里真的相当少见。我很确定这花纹是貔貅。但是在这些貔貅身上，我发现有一些麒麟的鳞片。我觉得这可能是一种新式的混合神兽，要么就是样式雷弄错了，不过雕刻得这么认真，感觉是错误的可能性不大。

胖子摸着那些貔貅的屁股，忽然就放手，转身到了另外一根柱子上去摸。来回摸了好几十遍，就对我道：“温度不一样！这两根柱子的材料不一样，这一根柱子好像包着什么金属，但是特意做上了和另外一根完全一样的漆工。”

“这么说，这里面有机关？”我道。

“那还用说，小哥的脚印是从这里出来的，这里肯定有机关。这个地方可能才是进出这个古楼的正规秘密通道。”胖子道，“你且让我好好地按动一些。其中有一个，肯定有蹊跷。”说着胖子就要脱外衣上去好好研究。

我急忙去阻止：“这里的粉尘只要一沾到汗，你浑身上下就会瘙痒无比，那滋味比死还难受。并且你一挠，一块皮就跟着下来了，而且你乱摸这些貔貅的屁股，保不准会触动什么机关。”

胖子听我这么一说，只能裹着衣服。不过他对于机关倒是不在乎，蹑手蹑脚地上去，说道：“一路过来都没有什么特别致命的机关，我觉得不用担心这个，小心点就是了，胖爷我怎么说也是经验十分丰富的。”说着，胖子把貔貅上的细节一个一个地研究了一遍，仔细得简直有些猥琐了，但是怎么研究都觉得这些貔貅就是死的，无法按动。

就在我们纳闷的时候，我背上的闷油瓶忽然动了动。我看到他的手伸了出来。

我回头看他。他极度虚弱，还是闭着眼睛，也不知道有没有完全清醒过来。

胖子也回头看他，轻声问道："小哥，你想干吗？"

"我来。"背上的闷油瓶轻声说道。

我一下明白了他的意思，就往前走了几步。他奇长的手指贴上了冰冷的柱子，然后用手指在所有的花纹上轻轻地滑动。

我背着他，安静地绕着柱子走了一圈又一圈，任何声音都不敢发出来。在我们绕到第二十圈的时候，就听闷油瓶说道："第一行第十三个、第二行第六个和第三行第七个。对每个都轻轻地敲一下。记住顺序。"说完他的手立即垂了下去。

胖子立即照办。弄完之后，忽然就看到这几根柱子开始缓慢地转动。转着转着，在中间一根柱子上就有一道大概只能让一人侧身通过的缝隙出现了。缝隙里面就是一条通道，一路往下，直通地底。

在这根柱子的内壁上，有攀爬的脚钉。

"家有一哥，如有一宝啊！"胖子说道。

我们两个放下手里的装备，我把小哥先过到胖子身上，侧身小心翼翼地下去，再接住小哥。下到底部，用打火机一照，不由得惊讶了——我们竟然看到了一个由石头垒成的房间，而且看四周的情况，这应该是一个地宫。

"这里也是张家古楼的一部分吗？"胖子问道。我点头——按照之前的惯例，这个古楼的地宫之中，应该是张家老祖先的墓。恐怕，这个地方葬的人，都是年代相当久远的老前辈了。

"怎么办？"

“小哥就是从这里出来的，显然进出口就在这里！小哥，你倒是好人做到底，再GPS一下。”胖子对闷油瓶道。

闷油瓶在我的背上毫无反应，看来他又昏睡过去了。胖子看了看只能摇头，对我道：“没电了。”

“走吧，我们小心一点。既然出路在这里，我们总能找得到。”我道，“逢山开路，遇水搭桥，我们走一步是一步。我把小哥放下，咱们先四处看看。”

这里没有粉尘，是可以好好休息的。我看胖子也喘得相当厉害，就让他也把所有的东西先放下。

我真的是从来没有这样疲倦过。小哥从我肩膀上下来，我立马感到头晕目眩。我揉了揉肩膀，就跟着胖子四处去查看了。

我们发现，前方唯一的出路是一道石门。石门紧闭着，但是能从门底下看到在近段时间被打开过的痕迹。

第六章

古楼的地宫

“这东西是墓门吗？”胖子道，他摸了摸之后倒吸一口凉气，“真的是墓门啊！”

“看样子，这可能是张家古楼的原始形态。最老的张家群葬墓，可能不是楼状，而是一个普通的古墓，后来修了上面的木结构的古楼后，这里被后代保留了下来，作为古楼底下的地宫。张家的老前辈可全在这里呢！”

“我靠，那咱们进去，岂不是等于倒斗？”

“怎么，你害怕？”我问道。

“不是，我是兴奋。”胖子道，“你想咱哥儿几个，多久没进真斗了？如果咱们真是来倒一斗，那就是故地重游。虽然不是实际性的，但是在情景上，我们可以好好过过瘾啊！”

我心说胖子真是怎么说都有理，便对他道：“那行吧，‘摸金校尉’，您先请，快点找条路咱们先出去。我下次再找几个真斗让您过过瘾。”

“别，我嘴上虽然这么说，但是经过这一次，我是真的有点㞞了。我决定回去就改行卖大白菜。”

之前的古楼，其实不是正规意义上的墓穴，但是进入这里，感觉就不同了。这是张家先人的墓穴，怎么说也是比我们厉害很多的老前辈的墓穴，打扰是大不敬的。我们在墓门前磕头叩首，然后我让胖子拿香烟出来，一切还是得按照规矩来。

按以前北派的规矩，进古墓都得点香祭拜，说明自己是个穷光蛋，老娘生重病，老婆被强抢，必须得靠这笔横财才能活下去，以求得到墓主的原谅。

胖子说得当然更加振振有词，说什么你们张家的后人不靠谱啊，GPS没电了，迷路了找不到路啊……这些有的没的。

我的手表丢了，没法看现在的时间，只知道我们在里面待的时间已经够久了，再不出去，上头的机关可能就真的会启动，便催他快些完事。

胖子道：“念完咱们就把‘香’抽了。这里小哥来过一遍了，想必老祖宗不会介意的。”

我道：“介意不介意，你等下就知道了。烟我可以抽，你绝对不能碰了。”

胖子下来之后，咳嗽明显少了，我也稍微放松了下来。胖子说得没错，可能他的血咳光就没事了。

胖子道：“放心，咱们现在前途未卜，我不会拿自己的性命开玩笑。你抽的时候大口点，我沾几口二手的就行了。”

我道：“别废话，让爷瞧瞧你的手段。”

胖子弄完之后，就去推那石门，推了几下，便发现石门后面有什么东西顶住了，我从门缝里望去，便看到一块自来石。

“这石门你要怎么打开？”我道。

胖子点头，从包里掏出一个东西来。那是一个奇怪的钩子，不知道他是从哪儿搞来的，估计是霍老太队伍中的人的。他把钩子插进墓门的后面，便去开自来石。

自来石是非常出名的东西——在离开古墓的时候，可以用来让石门自己关闭。当时很多新来的考古队员在第一次进古墓时不了解这东西的原理，都会选择暴力强行打开古墓的门。他们打开一次之后就会发现其中的蹊跷，但是往往为时已晚，墓门都被破坏得无法修复了。小哥他们下来的时候是反着走，没问题，但是石门现在自动关闭了，自来石一卡，要打开就没那么容易了。

胖子使用这工具似乎也不是特别熟练，搞了半天也没弄开。我道：“哥们儿，业务不是很熟练啊！”胖子就骂道：“最近几年跟你们混，就没进过几个正儿八经的斗。跟着的人还都是高手高手高高手，我都没有演练的机会。你要知道，我跟你们混之前，哪儿那么多的皇陵给我碰上，有几个土坑刨就不错了。”

“这么说你还得感谢我们让你长见识了？”

“狗屁，光长见识又没钱。我不是旅行家，没事做在古墓里闲逛。老子也是要背业绩的人。”说着，我们就看到门一下松动了。我靠着石门一顶，门终于开了。

一条巨大的石道出现在我们面前，里面漆黑一片。我们打起手电，竞相往里面张望。我发现我还是不适应把这个叫作墓道——它和我之前见过的墓道很不相同，没有什么装饰，倒是同我之前在山中见过的石道很相似。

胖子现在满脸都是一种幸福和兴奋交织的表情，他显然没有意识到我的想法。他高兴地对我道：“墓道啊，比看到老子自家门前的路还亲切。”

“张家看上去有点底子啊！上头的张家古楼如果是样式雷最牛逼

的作品，那这里可全都是用石头砸出来的，这个工程在难度上显然比张家古楼大得多。”我道，“而且，有这些石头在古楼的底部做地基，古楼的抗震性也会高很多。”

墓道里什么都没有，似乎也不会有什么机关。胖子说他也管不了那么多了，小哥既然是从这里来的，有机关也可能早就被他破坏掉了。而且张家古楼的理念特别奇怪，它似乎没有过多的机关，所有用来防御的机关似乎只有那种毒气。不过，那确实是我见过的最简单有效的防盗方法了，想来也没有什么防御措施比让一个地方充满毒气更加有效。

我们拧亮了手电，一边看着四周，一边向墓道里走去。空气一直没有任何问题，我们尽情地呼吸着，那种胸中发疼的灼烧感基本消失了。

这里的石头壁上，完全没有那种密洛陀的影子。我摸了一下，发现都是火山岩。显然，这里本身就是为了防御密洛陀而建造的。

石道的两边有两条排水沟，和西沙古墓中的墓道非常像，连接着古楼之下的排水系统。但是这里似乎多年没有水流过了。难道近年来巴乃村的降雨量降低了，雨水远不如古时候那么充沛？或是出于某个大工程的原因，往这里流的地下水变少了？不管原因是什么，这对于张家古楼的保护倒是一件相当好的事情。

我们走了六七十米，墓道开始转弯。两边出现了很多石穴，石穴中放的全是非常小的棺材。这种布局和我们在楼上看到的差不多。但是这些棺材全都是用石头做成的，看上去不算太豪华。很显然，张家人在早期时，也是比较顺应当时的墓葬习俗的，使用石棺椁的居多。

这里的石壁上也有很多文字。胖子想看，被我拉住了。

在没找到小哥之前，任何线索我们都不能放过，但现在已经找到小哥了。此时，我脑子里只有一句话：我要和张家古楼说bye-bye。

胖子还没放弃，说：“咱顺便看看，张家人的起源肯定就在这些文字里，而且，这些棺材里的东西年代一定久远，相当值钱！我们随便打开一个，拿一个走也不算白来啊！”

“你不是说你已经尿了吗？怎么忽然又琢磨起这一套了？”

“触景生情啊。”胖子道，想了想就摇头，“算了，有你在，开棺材未必是好事，听你的，继续走。”

我说道：“别扯淡！等出去了，你要钱，我把三叔的产业送你都行！”

胖子说：“得了吧，那种黑道文化老子消受不起！胖爷我还是喜欢做一单就爽几年的贩子生活。”

我们又往前走了大概三十米，前方通道的中央忽然出现了一排巨大的棺材。每具棺材都有双开门冰箱那么大，呈一字排列放在石道的边缘。

我们去数了一下，有六十具那么多。胖子说：“这些是张家古楼祖先中体形比较不正常的几位吧，看这体形都赶上日本相扑运动员了。像小哥这么好的身材，看来也是后天锻炼出来的。”

我道：“这些都是合葬棺，里面都有两具尸体，如此看来比较恩爱的模范夫妻的合葬棺都在这里了。”

胖子看了之后大为感慨——如果以后他和云彩也来合葬，这棺材肯定还得再大点才行，得搞个五斗橱那么大的棺材。我对他说，他死了之后，云彩的年纪还足够再改嫁五六次的，他们合葬得用一张大通铺。胖子听了直骂我龌龊。

我让他别琢磨了。在这些大棺材的后面还有一道石门，左右各有一根大黑柱子。看粗细，似乎是上头延伸下来的，可能是上头古楼深入地下的部分。

石门半开着，显然有人从里面出来过。我想过去，胖子就拉住我，让我看柱子。柱子上面有被人处理过的痕迹，被贴了很多东西。

一看，竟然都是胶布。这么看着，就好像这柱子走路的时候不小心踩了某个黑社会老大后被狂扁过，就差给他画上两只泪汪汪的眼睛了。

我爬上柱子检查，发现这些胶布都贴在了柱子表面小眼上。这柱子像被白蚁蛀过一样，全都是小孔。我想撕掉一片看看，被胖子拦住了。他说，小哥他们贴上肯定是有理由的，不要乱动。

我们重新看了一遍，把所有贴胶布的地方用我们自己带的军用胶布再次粘上，然后才小心翼翼地推开石门。在推开石门的一瞬间，我就看到所有的胶布忽然吸了一下，似乎洞口有什么气压变化。

果然有蹊跷，不知道不贴上会发生什么后果，说不定会有无数毒针射出来。我突然想起这个古墓是可以利用气压作为动力驱动机关的，这种机关可以做得相当巧妙。

石门被推开之后，我们侧身进入，举着手电迅速射向所有的角落。里面是一个石室。

第七章

神秘的棺材

石室的大小和规格都非常普通，没有任何打磨或者浮雕。我明显发现我的手电光是在寻找能够继续前行的通道，而胖子的手电光是在看里面的东西。

四周都是木头箱子，不仔细看还以为是短棺材呢！在这些箱子的中间，还有一具棺材。这具棺材显得特别奇怪——不是说样子，而是好像不应该放在这里。

四周的箱子非常凌乱，感觉好像有人搬动过这些箱子，然后腾出了一个地方，把这具棺材放在了这里。问题是这具棺材甚至都没有摆放正，被斜斜地胡乱放着。

胖子对箱子特别感兴趣，一直和我说就看一只箱子，但被我坚决制止。我们来到棺材的边上，看到那棺材旁边放着很多已经锈得一塌糊涂的奇怪工具，可是一看就知道是现代工具。

“有人来过这里，但不是小哥他们。好像是很早以前就来过。”

胖子踢了几脚工具。我看着那些工具，就发现那些是用来做支架、吊起、滑动、上肩的小配件，似乎是运输这具棺材用的。

“应该是七十年代末那支考古队的东西，这具棺材好像是他们从哪儿抬出来的。”

胖子从地上捡起一个小零件来，吹了吹，道：“难道他们想把这具棺材运出去？”

我把目光投向棺材。

棺材是木头的，四个角上都包着铁皮，起到保护的作用。棺材没有被打开，几乎是原封不动地放在那儿。

“为什么？”我道，“这棺材不是很起眼，而且，他们没有运出去啊！”

“别说，考古队的心思你别猜，猜了就苦逼了。”胖子道，“别管了，继续往前走，老天要让你知道的你一定会知道。如果我们能知道这棺材是从哪儿抬出来的，这个线索还能多一点。”

“等等！”我道。我忽然看到了棺材上面有一个奇怪的图案：“你看这棺材的图案是不是在哪儿看见过？”

“哪儿看过？”胖子不解。

我道：“我们在楼上，在张起灵的墓室里看到的棺材上，也是这样的图案。这会不会也是一代张起灵？”

“如果是在这里，那就是初代张起灵了。”胖子道，说完他看了看我，啧了一声，就抓住我的手道，“等一等，天真，我有几句话要提醒你。”

“什么？”

“这具棺材会不会是考古队想要从古墓里运出来的，而且可能是初代张起灵？如果是，你觉得，在这具棺材里面，会不会隐藏着什么关键的秘密？当然，这一切只是我的推测，不过，想想你以往的纠结，事情到了这一步，咱们出去了，就永远不会再进来了。我站在你的立场上，为你考虑，你要不要开这具棺材看一下？”

“是你自己想开吧？”我问他。

胖子很严肃地摇头：“不，我现在只想平安地出去。我是想到你以往的那些日子，也许答案就在这棺材里。开一下就知道了，天真，三分钟就开了，既然你想知道，你是应该尝试的。”

我看着他的表情，意识到他似乎不是在开玩笑。不过，他说的确实是对的，推测也很合理。

“你说得对。”我看了看头顶，似乎没有什么动静，就道，“干，开了看看。”

没有工具的时候撬棺是件麻烦事。我们拿出铁刺，发现这木头棺材顶的严密程度已经到连缝隙都找不到的地步。最后还是胖子眼尖，往底下一看，说道：“放反了放反了！棺材被反着放着。他们真是不尊敬逝者！”

我低头一看——果然，棺材被整个倒了个儿。因为是方棺，所以怎么放看上去都不奇怪。

我和胖子比画了一下，发现就以我们两个人的体力，根本不可能把棺材翻过来。而以现在这样的角度，也不可能把棺材盖子撬开。胖子就说，不管了，从屁股后面打洞吧，把棺材底打穿了再说！

我们用铁刺当锤子，一点一点地敲打。胖子发狠也许是为了遵循他说的三分钟的约定。很快他就把棺材底子砸出了一条裂缝。有了裂缝就好办了，我们把铁刺插进去撬。一会儿工夫，棺材底就被我们撬出一条手臂长、可乐瓶宽的裂缝。

胖子把铁刺插到那裂缝里搅动。我道：“把里面所有的东西都拨到一边去，我要看棺材盖儿背后的族谱。”胖子就道：“拨一边不行，得全部弄出来！”

胖子还真是能顺手牵羊。我懒得理他，让他快弄。他竟然就戴上手套，直接把手伸进棺材里。很快他就抓到了一个东西，一下拉了出来。只拉到一半，胖子就大叫了一声。

他拉出来的东西，竟然是一具湿尸的手。

“别一惊一乍的，你又不是没见过！”我道。

“不是这个，你看手指。”他道。

我看到，这只手上所有的手指都戴着戒指。戒指泛着一种非常奇怪的光芒，不像是宝石，也不像是金属。而且戒指的造型很奇怪——只看一眼，我就知道绝对不可能是中原的样式，很可能是西域传来的，甚至是当时尼泊尔地区的东西。

湿尸的手指甲很长，但是看上去似乎并没有什么危险。胖子把戒指一枚一枚地弄下来，直接揣到自己口袋里，说：“我是被这只手的阔绰吓了一跳！我还以为张家是一个特别简朴低调的族裔，像小哥一样，每天只要吸风饮露就行了。”

我心说，要养活小哥可贵着呢！这种大人物，就算是打电话去公安局报失踪案的电话费也远远高于几个古董。咱们和小哥是朋友关系——我听其他一些人说过，哑巴张夹喇嘛的价位高得吓死人，出场费肯定比周杰伦高，虽然他一首歌也不会唱。

他弄下最后一枚戒指才递给我看：“来，天真，看看，随便估价。”

“你不是说你不为财吗？”

“我没说，我说你应该打开看看，但是我没说我不会顺手牵羊。开个棺材三分钟，牵羊不过几秒，不会耽误你的。”

我看了一眼，那是玉石戒指，价值无法估计，就道：“在垃圾到国宝之间徘徊。回去帮你问，你现在快点继续。”

“不用你说。”胖子道，直接就拉住那湿尸的手，把尸体整个儿一点一点从棺材里拉了出来。等那尸体的头从缝隙里被扯出来的时候，我不由得倒吸了一口冷气。

“这尸体的头发这么长？”我道。尸体的头发长得把尸体的很多部分包裹住了。

胖子深吸了一口气，故作镇定地道："古人的头发都很长，所谓的长发飘飘，披头散发。你没看很多古装戏里，犯人都是披头散发，一个个都能上沙宣广告了。"

我摇了摇头，轻声道："但是也没有这么长的啊。这头发长得上吊都不用麻烦别人，跳绳估计都够了。"

胖子道："很多人死亡之后，头发还会长很长时间，这不奇怪。"

我心说怎么可能，以这头发的长度，得是长了几百年了吧，都长成海带了！不过我不愿多想了，就道："对，别管了，赶快！"

胖子先用铁刺碰了碰那尸体，发现完全没有尸变的迹象，就直接搜索全身。发现再无其他东西，就直接甩到了一边。尸体落地之后，似乎被氧化了，直接摔成几块——本来就萎缩得厉害，这一下就变得七零八落了。

我心说太不敬了，立即道歉。胖子完全不理会，道："不会尸变的尸体不是好尸体，对于这种不上进人士，不用忌讳。"说着，举着手电继续向棺材里面看去。

"这毕竟是张家的祖先。"我道。

"少废话了，你找到你要找的东西没有？"胖子问我。

但是这时候，我就发现不对劲。我把胖子揪过来，惊悚地道："靠！这尸体里面的液体怎么是绿色的？难道是密洛陀的尸体？"

碎尸躺在石板上，全身的衣服已经腐烂成一团一团的腐物，看不出原来穿戴时的样子。有液体从里面流了出来，绿得瘆人。头发几乎遮住了所有部位，只能看到脸上张大的嘴巴。碎尸里面的液体相当多，不停地在石板上漫延。

我是第一次看到这样的状况，满头冷汗。胖子说："没道理啊！尸体是湿尸，所有的体液应该是和棺材里的液体混在一起的，这些绿色的液体是从哪儿来的呢？"

“骨头里。”我道，“骨头里有绿色的液体——可能是骨髓。”

但是让我奇怪的是，胖子这样浑不吝的恶人，竟然也明显地浑身不自在，人直往后缩，刚才那种嚣张的气焰一下就没了。

我拍了胖子一下，道：“你要不要给我一个解释，或者给我一个建议——我们现在应该怎么做？”

胖子道：“别开玩笑，现在不是开玩笑的时候。我想起了一段不堪回首的往事！”

我问道：“什么往事？这是你老情人？”

“你老情人才这样，你全家老情人都这样！”胖子道，“我有一个特别好的朋友，死的时候和这具尸体一模一样。”

胖子用铁刺压了压尸体的胸口，试着挑开了尸体身上的头发——一个脖环出现在了我们面前。

“果然。”胖子就道。

“有屁快放，我们还有正事！”

“这个人是中了非常严重的尸毒而死的。这张家的老祖宗肯定死得特别惨，应该是喝了中药活着入殓的，而且死后有尸变的迹象。这绿色的体液应该是由于尸毒入骨所产生的。因为是活着入殓，当时还有软骨，所以这些体液就封在了骨髓里。”胖子说道，“这脖环我只见过一次，是用来防止尸变的。你看，上面有很多古玉。”

“现在还会有危险吗？”我问道。

胖子摇头：“不会。应该不会，都这样了。就算成粽子也是残疾粽子，我们不需要怕。只是我怕这些东西有毒，要是吸入鼻腔多了会出麻烦。我们的呼吸道本来就受损了，很容易出事。不过，如此看来，这肯定不是初代张起灵了。”

“为什么这么说？”

“他没有宝血，张起灵不会中尸毒。”

“那为什么他棺材上面的图案和张起灵棺材上的是一样的？”我

问道。

胖子道："也许那图案不是标记身份的，而是标记他是死于意外。"

这个已经无法判断了，谁也不知道当时的情况是怎样的。

我看向四周——我们进来的路上，没有发现搬运的痕迹，这棺材一定是从里面运出来的，他们把棺材从里面运了出来，胡乱放在这里，这工程相当浩大，特别消耗体力。如果这东西确实不重要，为什么他们要花那么大的力气，把一件好像不是特别重要的东西抬出来呢？

"天真！"胖子在我身后叫我。我转头道："干吗？"

"我错了。"胖子道，"这玩意儿还是有危险的。"我转头，一下就看到地上的尸体竟然长出了寸把长的黑毛，乍一看活像一只大刺猬。

第八章

冲锋枪和粽子

我大叫了一声，举起枪就开，被胖子一下压住枪头。子弹全部打在了地上，发出惊天动地的响声。地下那尸体的毛长得飞快。我去看那尸体的脸，尸体的眼窝一下子塌陷了下去，它的嘴巴张得更大了，绿色的液体顺着那些黑毛直往外渗。

我靠，变成粽子了！

我们两人连滚带爬地退开了好几步，我大骂胖子："你说话像放屁一样！什么时候能准点儿？"

胖子道："我已经承认错了。老子还真没看过这样也能尸变的，这简直是粽子界身残志坚的典范！"

我问他道："你看看那百宝袋里有没有黑驴蹄子，或者其他能用的东西。"

"我靠！那袋子就那么大，你说可能有这种东西吗？你以为世界上有吉娃娃驴吗？"

我用手电照着尸体，那尸体竟然已经翻了过来。我忙把手电转到其他地方去，道："你快去把小哥弄过来，或者弄点他的血过来也行！"

胖子忽然想起了什么，道："我有，我有，不用现成的，我有血！"

"你的血有个鸟用啊！"

"不是我的血，是小哥的血。我之前问小哥要的。"胖子从兜里掏出一个东西。我发现是一片卫生巾，上面有一些血迹。

"你——"我真想用头撞墙，"你哪儿来的？"

"有一次小哥受伤的时候，我偷偷攒的。攒这么多很不容易。"胖子道，"我告诉你，夏天放家里，蚊香都不用点。"

"我靠。"我无法理解。

胖子道："别讲究了。来吧，咱们今天要要威风。"说着就把那片卫生巾对着尸体，道，"趴下，把手伸出来。"

我一看，地面上只有一摊子绿水，尸体根本不知道哪儿去了。再往地上一照，我一下就蒙了——只见那尸体趴在一旁的棺材上。

"它理解得不对啊，你确定这是小哥的血吗？"我问道。

"绝对确定！这种保命的东西，我可是从来不打马虎眼的。"胖子道，"你等等，你知道古人的发音和现代人不一样，你试试古语发音。"

"老子不会。"我道，"小哥当时震慑女尸的时候，也没有说什么啊！"

胖子扯着卫生巾，又叫了几声。见尸体还是没反应，就道："难不成小哥的血只能搞定女尸？这尸体是爷们儿？"

我摇头，看着那长满黑毛的尸体——只有一只手，竟然十分灵活地从棺材上跳到了地上，朝我们爬了过来。我们立即后退了十几米，生怕被它抓住。

胖子还是举着卫生巾。尸体还是完全不怕的样子。胖子脑门上青筋暴露，忽然把卫生巾直接拍在了尸体的脸上，从背上把冲锋枪翻了出来，对我道："不靠谱，还是咱爷们俩玩狠的吧，直接把它给秒了！"

我立即跟着他——就在尸体迅速朝我们逼近了几步的时候，我们俩举着冲锋枪直接对着尸体开火。雨水一样的子弹全部打在了尸体身上，把尸体打得连翻了十几个跟头，一下折到了棺材后面。我们立即绕过去，就看到尸体身上全是冒烟的孔。但是尸体一个翻身，还是转了过来，继续朝我们爬了过来。

"我就说机关枪打僵尸没用，这枪的口径太小了！"胖子直接几个点射，阻碍了尸体的前进。我看到，尸体的手被我们打断了。

"未必！"我说道，"集中火力，我们把它的头打烂！"说着，我和胖子扣动扳机追着尸体一阵猛打。无数子弹打过去，打完一个弹夹我就换一个。一直打到尸体的脑袋完全破碎，尸体不动了，我们才停下来。

绿水横流，满地都是。

我和胖子在尸体边上等了半天，发现它真的不动了，才击掌庆贺。胖子道："我就发现每人一把火器比小哥要灵光得多啊！"

"别这么说，毕竟小哥的弹药比我们充足。"我道。

胖子指了指棺材，问我还要不要看。我摇头，对胖子道："从现在开始，任何东西都别打开了。"

不是我不想看。其实我还是很想知道，在棺材盖儿的内壁上雕刻的是什么内容，但是我实在没有精力去处理更多的突发状况了。刚才我是一念之差才答应了胖子，其实心中还是相当忐忑的。很显然，我们两个的体质，绝对不适合干这一行——一个是必然会撺掇我开棺材的体质，一个是开棺材必然遇到粽子的体质。我觉得以后一定要有自知之明，爷爷不让我干这一行显然是相当睿智的。

胖子想了想，点头道："同意。"

继续往前走的路，就在那些箱子后面。那些箱子被我和胖子打得七零八落。我们走过去就看到了第三道石门，不过这道石门是从上面吊下来的。石门上雕刻了一个兽头。石门半开，下面用一台千斤顶顶着。千斤顶也是锈得十分厉害，让人感觉一碰就可能会断裂。

兽头的上方有一块石头，有三四百斤重。那是石门的负重石，用来压迫石门下降。

我探进去半个头，用手电照了照。然后，两个人爬了进去，看到了一个更大的石室。

这是一个巨大的圆形石室，足足有半个足球场那么大。有七根巨大的柱子立在石室的四周。上头是一个七星顶。这里真是稍微有点像一个墓室了，但是比起其他的大型古墓，还是显得缺乏细节。石室中间有一座和张家古楼外形很像的高台。高台前有两条小河，从墓室的前方流过。

我目测了小河的宽度，第一条小河大概六人宽，上面什么都没有，而第二条小河，也就是比较靠近我们的那条，上面有六座石头桥，每座桥的样子都很不一样。每座桥的桥头都安放着一只可怖的动物石像，说不清楚是什么，但是看上去都是阴恻恻的，不怀好意的样子。

胖了抬脚就想上去。我把他拦住了，指了指上面。我刚刚看到墓顶之上有一条绳索，是后人架上去的，而且很新，是现代的登山绳——显然是闷油瓶他们进来的时候弄上去的。

我往上一看，上面的七根石梁呈伞状，好像一把大伞撑在了石室的上方，上面雕满了奇怪的浮雕。有些浮雕上有钩子一样的造型，比如说鹰嘴、鲤鱼的尾巴，反正都像一只只钩子一样，这是不正常的。我一眼就能看出来，这些浮雕是经过伪装的。安装这些钩子一定是为了让绳索能够在上面这些浮雕中巧妙地穿过，肯定是古代的工匠为了吊装什么东西而设计的。完事之后，这些钩子就被雕刻成了各种各样的图案。

另一面是一把铁钩，应该是从对面甩过来的，钩到了天花板上的某一处。这种准头肯定是小哥的手笔。绳子在那些钩子中巧妙地穿梭，在上面形成了一道绳桥。

这七座桥应该都有蹊跷——如果你上错了，很可能会遭遇横祸。闷油瓶为了避免多生事端，选择了从其他的途径通过——这也是他的风格，绝对不走别人给他安排好的道路。

六人宽的小河，也就是说有十米以上。以我和胖子的体力，直接过河是绝对没戏了。于是，只得走小哥给我们留下的道路。

我们找到绳索的那头，爬了上去，一路倒吊在天花板上，过了外面那条小河，来到了里面的小河前。胖子在上头往下看的时候，道："河里好像有什么东西？"

"什么东西，难道是鳄鱼？"我道，心说就算是鳄鱼也应该是死鳄鱼了。

"不是，是个死人！"胖子道。我们从另一头下来。胖子撂下身上背的东西，立即就用铁刺做了一个钩子，来到他看到死人的地方，蹚水下去拨弄。一个黑色的东西竟被他从河里面拉了上来。

把这黑色东西拉到岸上后，我们立马闻到一股非常难闻的腐臭味道。

果然是一具尸体，而且还不是古尸——难道是小哥队伍中的人？

"会不会是走了桥，中招死掉的人的尸体？"胖子问道。

我摇头："小哥很少会让自己队伍里的人犯这种错误死掉，除非是你这种完全没组织没纪律的人。"

我们把尸体翻过来，只见他的身上全是淤泥，带着一股熟悉的中药味。我捧出小河里的水，往尸体身上一冲，一下就看到麒麟文身露了出来。在鼓胀的尸体上，文身无比清晰。

胖子惊叫了起来：“是小哥！小哥什么时候又死了？”

第九章

又有一具小哥的尸体

虽然尸体已经完全泡烂了，我们还是认出了那文身是麒麟图案。但是稍微一辨认，就知道这不可能是小哥。因为文身虽然非常相似，但是粗糙了很多，皮肤也更加黝黑。最重要的是，这人的头发中有很多白发。

我们把尸体重新放进水里，因为味道实在是太难闻了。在他入水的那一刹那，我才意识到这具尸体，竟然是盘马老爹。

他应该是跟着闷油瓶的队伍进入这里的。我心说，不知道为什么死在了这儿。

我最后一次见到盘马老爹的时候，他的状况似乎是被刺激了，疯了一样。我也不知道他是真的疯了，还是装疯。之后他一直就没有出现过，我对他的事情也没有了兴趣。他这样的人——之前为了几袋粮食，可以杀死那么多人，又和那鬼影有着千丝万缕的联系，肯定是一个小利益导向的人。不管他是以什么目的跟踪闷油瓶的队伍，我都没有兴趣猜测了。

尸体慢慢又沉了下去。整具尸体已经泡肿了，显得无比可怕。盘马老爹是一个很苍老的人，如今水把他的尸体泡得一点皱纹都看不到了。如果不是闷油瓶就在外面，我真的会以为，这就是闷油瓶的尸体。

盘马这辈子就是一个悲剧。不过，他也算是罪有应得。每一个人都必须为自己所做的事情付出代价，盘马现在有这样的结果，其实已经挺合算了。

我们翻了过去，走上台阶，走进那帷幔之中。翻开帷幔之前经历了那么多，我已经浑不吝了，不再有任何的迟疑和好奇。

那帷幔之中是一个用玉石做的大床。大床上什么都没有，空空如也。

胖子问道："怎么没东西？这么大阵仗，最大的墓室里，竟然什么都没有？"

我问胖子："你进过的古墓多，你觉得这是一张棺床吗？"

"从高度来说，很有可能是。"胖子道。

我就道："你看这棺床上，有很深的被长时间压过的痕迹。显然，应该是有一具非常沉重的棺材曾经压在这张玉床上。但是，这具棺材现在不见了。"我摸着棺床上的痕迹——这一定不是木头棺材划出的痕迹，不管是多么沉重的木头，也不可能划出这样的效果。因为这种玉石特别坚硬，能造成这样的效果，要么是一具金属棺材，要么就是在木头棺材的外沿，有着大量的金属配件。

我觉得后者的可能性更大一点，因为我们在上头看到的棺材几乎都是全木的。而且，里面的尸体基本都已经成骨了。完全的金属棺，如果有矿石在这里也可以浇铸。但是这个房间里，我没有看到长年使用冶炼炉具的痕迹。在古代，要是真想冶炼出金属器具，那需要的不是一般的大排场。同时，冶炼还需要大量煤炭。张家人既然为这里设计了种树那么有远见的计划，说明木材一定是他们首选的东西。这从之前我们在上面看到的木制棺材和古楼所用的木材完全一样就能推断出来。

能在深山之中修建这样的古楼，过程已经很牛逼了，细节上差一些就差一些吧。

“不见了。棺材难道长脚了，自己会走吗？”胖子道，“这年头，张家古楼里的棺材也能成精了，这不是成变形金棺了！我靠，以后倒斗可就费劲了！”

“我觉得这棺材是被搬走了。他们把这个地方腾了出来，应该是准备存放另外一具尸体的。”我道。我看着玉床上的痕迹——这些痕迹不是安放棺材的时候留下的，而是棺材被抬走的时候留下的。但这些痕迹产生的年份无法判断。

我在棺床的四周看了看，果然发现我上来的台阶上，两边各有几个地方被打了孔。

在古代给石头打孔是十分巧妙的技术，很多孔洞的打磨都相当精细。但是，这几个孔洞都不是垂直打进去的，能在里面摸到清晰的螺旋的痕迹。孔洞打得非常深，这是古代技术不可能做到的。想想应该是现代钻孔机械打出来的——不知道是手动的还是使用汽油的。显然，这里装置过简易的吊装设备。我推测得果然没错。

胖子点头：“我懂了。你是说，他们原来想运进来的那具尸体是打算放在这里的，所以他们先把放置在这里的那具棺材挪走了，所谓的鸠占鹊巢就是如此。不过，为什么现在上面什么都没有呢？他们运进来的尸体呢？”

那具尸体有没有被成功地运进来，其实谁也不知道。我有点后悔，当时没有找鬼影问得仔细一点。他们到底有没有成功地把尸体运进来？不过，我觉得应该是成功了。不然以“它”组织的习惯，一次不行必然会有第二次。巴乃考古只有一次，而且从阿贵的叙述来看，离开的队伍似乎是非常正常，属于凯旋的范畴了。

“现在怎么办？”我看了看四周，发现这里竟然没有地方能走了。此外，我也知道，我们的四周基本上全是流沙，现在我们的位置就是在刚才走过的流沙层的中间。如果我计算得没错，当时我们走过的流沙层的位置，应该是在我们的头顶上。

当时我就觉得奇怪，一个流沙层为什么会那么浅，双脚都能碰到底。现在想来，那完全是因为流沙之中包裹着一个墓室，脚碰到的就是墓室的顶部。如果不知道那条密道能通下来，想从其他地方挖掘下来，那是完全不可能实现的事情。那么细腻的沙子，肯定是经过特殊处理的，我们不可能在上面进行任何工程。

我问胖子如何是好，这里竟然是一条死路。以现在掌握到的所有线索去推断，最有可能的情况竟然是——闷油瓶当时是从棺床里上来的，他从这里走了出去，通过密道到了古楼的第一层。

但棺床四周没有出口，于是我和胖子开始分头在墓室里摸索，想尽快寻找到有利用价值的蛛丝马迹。要知道，这么多人从这里出来，不可能什么都没留下。相信一定会有什么线索是能帮助我们的。

果然，胖子在一处墙根边，发现了一个烟头。

“没错。天真，他们就是从这里出来的。这是‘玉溪’，我刚才在一个挂了的哥们儿身上看到过这种烟。”胖子道，“这哥们儿带着一条这种烟呢，肯定是个大烟枪。这烟一定是他抽的。”

我到了胖子的边上，看了看这烟头四周，发现在这墓墙边上的缝隙里还塞着几个烟头。

烟头的摆放位置很分散——这种情况要么是一个穷极无聊的人，一边抽烟一边往缝隙里塞，要么就是有好多人在这儿抽烟所形成的这个场景。

我猜测这场景形成的原因基本上属于后者。但是很奇怪，为什么他们会全部聚集在这面墙下抽烟呢？这又不是老墙根的底下——大家一起抽烟唠嗑看日升日落，穷极无聊地混日子。这里可以抽烟的地方太多了。他们这么多人聚在这里抽烟，难道，洞口就在这面墙的后面？

可是这也说不通啊！我心说，谁规定从哪里进来，就必须在哪里抽烟的。而且按照胖子的说法，他们进来的过程特别紧张，很多人都已经中毒了，哪有进来之后抽烟的道理。

我和胖子说："我们来搞一下情景再现。如果你是一个已经中了毒的人，历经千辛万苦进了这里，你会做什么？"

胖子道："我肯定胡喘，躺在能躺的地方。如果不是老大踹我的屁股，或者后面还有什么危险，老子一定躺到自己能缓过来为止。"

"你缓的时候会抽烟吗？"

"我靠，那你要看是什么时候了啊！要是老子一夜七次之后，那缓的时候不仅得抽烟，还得来几碗牛鞭汤补补啊。但是在这儿要是中了毒，气都喘不利索了还抽烟，那不是找死吗？"

我点头，这和我想的一样。胖子接着道："你问这个做什么？"

我给胖子说了一下我的想法。胖子道："喀，我告诉你，综观这里所有的地方，最佳的抽烟地点应该是那边的台阶。那里视野比较开阔，而且能坐着抽烟。而在这儿，要么是蹲在墙根，要么就只能是站着，多憋屈啊！所以这个位置肯定是有讲究的。我和你说，很像一种情况……像是……等女人上厕所！"

"什么上厕所？"我奇怪。胖子说道："没谈过恋爱吧？我告诉你，女人特别麻烦，她们上个厕所的时间，够男人打三圈麻将了。所以，要是几个朋友一起逛街，女人们都去上厕所了，那么这些女人的男人肯定得立即找一个地方抽烟，一般就是待在厕所的墙根旁。你可以想象一个场景——夜风瑟瑟，几个男人抽着烟，缩着肩膀，互相苦笑，聊聊自己真正想聊的事情。等他们走后，那里的场景就和这儿的情况一模一样了。"

我挠了挠头，无法理解，道：“你的意思是说，那是因为霍老太和队伍里的姑娘们突然想去厕所了，所以男人们都要回避？”

“我看这里的烟头数量，好像又不太对。霍老太总不会上个厕所还要兼顾补补妆吧？”胖子道，“我觉得是和上厕所的性质差不多，但是做这事花费的时间要比上厕所长很多。不过就我判断，这件事不应该是受伤了要脱衣服抢救之类的。如果要抢救那肯定谁也顾不上了，也没有什么礼仪不礼仪的了，男人根本不需要回避。所以，我觉得最大的可能是——女人换衣服。”

“换衣服？为什么要突然换衣服，又不是什么晚宴，还有前场礼服和后场礼服之分？”

胖子想了想，忽然就看向护棺河：“湿了，他们的衣服湿了！他们是从水里出来的！”

第十章

通道在水里

我立马跳进水里，水其实只到腰部，我在水里慢慢地摸着，很快就摸到了护棺河的边缘墙壁上确实有一个洞口。

在水底有一具已经被泡烂的尸体，使得水的味道相当难闻。我用手电照着洞口四周，摸几下洞口边缘的墙壁就忙用手电照一照那尸体的位置，生怕尸体漂到我这里来。

胖子也下来帮忙，他摸到洞口后，站起来对我说："没错了，他们是从这个洞里出来的。看来，这里的结构，大体上和西沙那里很相似。"

所有的技术似乎都来自汪藏海，看样子张家和汪藏海还是有相当多的联系的，他们之间有着很多技术和知识的传承。

胖子潜到水底，在水里摸了半天，探入了那个洞里。我看着手电光一点一点地深入，之后又慢慢地退了出来。

"里面很宽敞，往前几米就有去往上面的台阶了！"胖子浮出水面道，“我估计是一条水路，不知道前路情况如何，但是要想出去可能只有在此一试了。”

我稍微有些安下心来。

我俩爬出护棺河，按原路返回，准备背着闷油瓶再次过来。

但是，上去后我刚把闷油瓶背起，才走了几步，就觉得有些不太对劲了——我的喉咙真是不太舒服。

胖子的呼吸系统看来已经受伤了，他的不适显然比我更甚，他才走了几步，就立即捂住口鼻，表情痛苦地扭曲起来。

我觉得很奇怪，我俩怎么会出现这种情况？

胖子的脸色已经铁青了，他忽然做了一个让我别动的手势，然后扭头向到这里来的密道口跑去。一路过去，他几乎是连滚带爬地在跑。

我放下了闷油瓶，也跟着跑了过去，结果还没到进来时的密道口处，我们就看到有一团浓雾飘了进来。在这个地方只要呼吸一口，就感觉到剧烈的、痛苦的灼烧感，一路从鼻腔烧到了肺里。

“我靠，机关启动了？”我大惊失色。

胖子在旁边拼命地点头，喊道：“快走！”

我们连滚带爬地往回跑，我心说，太阴了，竟然连一点动静都没有，这机关就这么悄无声息地启动了。

跑到闷油瓶待的地方，我背起他，胖子抄起放下的背包，然后我们继续不顾一切地向护棺河那边跑。

到了河边，我们毫不犹豫地跳了下去。接着迅速找到洞口，一路潜水向里，不到十米，胖子拉着我的手臂，我背着闷油瓶一边向上浮，一边往前狂摸，很快就发现前面果然是有台阶的。我们踩着台阶一步步向上走，很快就完全浮出了水面。

我们用手电四处一照，发现这里是一条通道，通道的积水只到膝盖位置。而顺着这条通道一路往前看，有七八米远就能到达洞口了。

是那个全是水潭的毒气洞吗？如果是，总算是有惊无险地出来了。没想到这一次还挺顺利，如果真这么出去了，我肯定要好好地找个神仙表示一下。

我心中狂喜，一路蹚水冲了过去，胖子跑在我的前面。刚到那个洞口，胖子却立即停住了，我整个人撞在了他的熊背上，还没反应过来，胖子已开始往后退了。

“搞什么？”我问道。胖子就道：“这事麻烦了，咱们仨凶多吉少了。”

我从胖子的肩膀上方往前看去，就看到前面的洞口处，出现了非常奇怪的东西——我看到好多丝线一样的东西横挂在前面的通道内，丝线上面挂着好多果实一样的东西。

我怎么来形容这个洞穴的结构呢，它实在是太难形容了。

这是一个基本呈圆形的洞穴，洞穴的底部有一个深度到我们脚踝的水潭，能看到有一条用铁链修筑的独木桥，在水下一直通到对面，对面也有一个洞口。然后，在洞穴口的地方，横亘着无数的不知道是铁丝还是其他材质的丝线状的东西，密集得好像盘丝洞。在这些丝线上，我之前看到的那些果实一样的东西，是一种我早就见过而且有点闻风丧胆的东西——六角铃铛。我看到了无数的六角铃铛挂在上面，难道胖子说我们凶多吉少指的就是这个？只要有一根丝线被牵动，这里所有的六角铃铛就都会响起来。如果是这样，情形将完全不受我们控制，根本不知道会出什么事情。我倒吸了一口冷气，心说，闷油瓶他们是怎么过来的？不过，我判断当时所有人的情况都很糟糕，闷油瓶如果一个一个地背他们过来，以他的身手和定力，还是有可能的。

“这是防盗系统啊。”胖子道。他指了指洞壁上一些雕着龙嘴的口子，“张家人通过这里的时候，肯定会通过这些口子往这里灌水，把铃铛全部淹掉，然后自己潜水过来。”

我们显然不可能去启动机关了，我往丝线的上头看了看，如果能从洞穴的顶部过去，也行。不过正看着，我就发现头顶上也有大量的铃铛。

“从水下走？”我问胖子道。胖子摇头：“你看，这个洞穴宽有三十米左右，但是只有半个巴掌深，我们不可能从水下潜过去。除非咱们能变成蟑螂。”

“变成王八也行。”我道。

胖子就道：“不过，咱们至少现在暂时安全了，先别急，休息一下，总能想出办法来的。”

我往地上一坐，心说这一路上，有个能安心休息的地方也真不容易，然后就去看小哥。我看到小哥的眼睛睁了一下，我对他道：“我们已经出来了，你放心，很快我们就安全了。”闷油瓶非常虚弱，他立即又闭上了眼睛，我就道，“你好好休息。”说完就看到闷油瓶的嘴巴动了动。

我觉得他好像在说什么，等了等，果然他的嘴巴又动了动。我确定他是想说话，就把耳朵凑了过去听，听到他在说：“酷爱舟。”

酷爱舟是什么意思？是什么电脑的品牌吗？我就道：“好，乖，我们出去就给你买。”胖子转头，他已经有点恍惚了，问道：“买什么？”

我让胖子去听，胖子听了听，就皱眉道：“不对，小哥让我们快煮粥，他想喝粥。”

喝粥？我心说小哥什么时候这么不靠谱啊。胖子突然一拍大腿，就道：“什么喝粥，小哥让我们快走！”

“快走？快走是什么意思？难道这里也会有危险？”我道。

胖子看了看四周黑暗的通道，就往回走了几步，刚走几步他就大骂起来：“我靠，快走！”

“怎么了？”

“雾气！”我也探过去看了一眼，就看到来时的通道里，墙壁上有两个小孔，正在冒着白色的强碱雾气，好像有生命，在空中慢慢地弥漫开来，雾气非常浓。

这里的毒气杀虫系统看样子是没死角的，所有的通道都会进入毒气！

第十一章

雾气弥漫

我立即背起小哥，胖子已经对毒气有反应了，一阵狂咳，血都从鼻孔里喷出来了。我们根本顾不上这些，一路冲到进洞的地方，胖子又停住了。他还是不敢进去。

同时我看到，在那个洞穴里，本来雕着龙口的地方，竟然也在往外冒着雾气。洞穴的上方已经有一层雾气正在缓缓地往下降落，好像来自地狱的炊烟，里面就是另外一个世界。

“死定了，死定了，死定了。”胖子急得直跳脚，“我靠，大真你赶快冲着我脑门儿来一枪，我可不想变成鬼影那样子。”

“你死了谁来弄死我？”我骂道。胖子道：“没事，你对着自己的嘴巴来一枪就行了。放心吧，一点痛苦也不会有。”

“要么你来？”我叫道，“这种事情你怎么都找我。”

“老子是基督徒，不能自杀。”

“你什么时候信奉基督教了？”我道。胖子就道：“刚才我已经向上帝祈祷过了。”

我看着前面无数的六角铃铛，就对胖子道：“搏一搏，也许还有一线生机。在这里必死无疑，要死也死在六角铃铛手里吧。疯了不痛苦，死就死了，比活活烂死好。”

胖子一咬牙，一下就钻了出去，我紧随其后，两个人开始小心翼翼地在独木桥上往前面走去。

情况非常混乱，胖子竟然比我镇定，迅速地连续绕过了好几条丝线，没有触动一个铃铛。我跟在后面，跟着他的动作，竟然也绕了过去。在那一刹那，我感觉自己的动作行云流水，竟然有了一丝虚假的信心，觉得有门儿。

说不定胖子信了基督教之后，真的能被保佑一次。我们一路过来各种倒霉，难道所有的运气，都是在为这里准备着的？那老天爷简直太睿智了，哈利路亚、阿弥陀佛，我一定会报答你们的！

才想着，胖子哎呀一声，整个人从独木桥上滑了下去，他勉强控制住身体，但是他的手还是碰到了一根丝线。就看到一丝非常轻微的震动在丝线上开始传动，其中最近的一只铃铛，已经抖动了起来。

瞬间就看到小哥的手从我嘴边伸了过来，两根奇长的手指以非常快的速度，非常稳地夹住了那只铃铛。

丝线瞬间稳定了下来，我一头冷汗。小哥慢慢地放手，低声说道：“继续，不要停。”

“小哥，你到底有没有事啊，有没有昏迷啊？”胖子道，“老子压力太大了，你要没事你就来开道啊，我们真搞不定。”

但闷油瓶没有任何反应，胖子大骂。我就道：“继续！”

胖子骂道：“怎么继续啊，你探头过来看看前面是什么情况。”

我绕过胖子的脸往前面看，就看到在胖子前面的丝线，是一张无比复杂的网。以胖子的体形，要从网中间的缝隙穿过去，需要极其夸张的身体控制能力。

“相信自己，你行的！”我鼓励胖子道。胖子忽然展开双手，做了一个仙鹤亮翅的动作，喝了一声：“咿呀！”然后忽然往前一冲，腾空而起，竟然从网中间那个最大的空隙中钻了过去，接着一个大马趴摔进水里。

我目瞪口呆。

胖子摸了一把脸上的水，就对我道：“相信自己，你行的！”

我看着胖子，忽然觉得自己真的非常失败。这胖子果然是深藏不露。虽然平时不靠谱，但关键时刻还真不掉链子。可我这怎么弄？不说我背着小哥，就算我没背着小哥，我也不可能“咿呀”一声跳过去啊。

果然，胖不胖不是评判任何问题的标准。我在那网面前愣了很久，胖子看着头顶，急道：“快点，雾气下来了。”

我抬头看，雾气还在上面六七米的地方，胖子已经捂住了嘴巴，我也觉得剧烈的灼烧感开始从鼻腔直往下冲。

“先把小哥带出去。”我忽然镇定了下来，一边对胖子说，一边把小哥从背上翻了下来，然后用公主抱将小哥抱了起来，把小哥的头伸入了网中间的空隙里。胖子在那边也用同样的动作，一点一点把小哥接了过去。

小哥的体重加上我的紧张，使得我浑身出了大量的虚汗。等把小哥顺过去，由胖子背到肩膀上，我就对胖子说道：“前面的路线好走，你先走。”

“你呢？”胖子问道。

我做了一个仙鹤亮翅的动作，道：“这玩意儿我没信心，你别琢磨了。前面的路比较好走，你往前走，先出去，不要管我。等你们都过去了，我再过去。”

我说的时候，一点也不觉得自己有多英勇，只是觉得这本身就是最合算的方式。

胖子看了我一眼，还是没动。我对胖子道："你还在等什么？吻别吗？快走！"胖子这才转头离开。

我蹲下来，看着胖子的手电光在前面不停地闪烁腾挪。胖子的身手真是相当好，竟然真的就没有触动任何的东西，很快就消失在远处的出口。胖子在出口处停了一下，对我道："我们一直往前，你别犹豫了。要是二十分钟内你还没赶上来，我就给你烧纸。"

"去你的！"我刚说完，胖子的手电光一下就往通道深处晃去，没有影子了。

我看了看头顶，现在只剩下我一个人，四周一片安静，雾气仍然在往下降，可速度似乎是越来越慢了。这是好事，但是鼻腔中的剧烈灼痛让我几乎无法呼吸。我拍了拍手，对自己说道："走一个。"

刚想跳跃，忽然就听到，从山洞的角落之中传来了一个声音。我愣了一下，那是一个人的呻吟声。我试着把手电来回转，但发现我看不到这个人在什么地方。这个洞太大了，全是丝线，手电光不够清楚，根本找不到边缘。

完了，我中毒了，这种毒气还能产生幻听吗？我心说。忽然就听到又是一声传来，我咳嗽了几声，发现唾沫中已经开始带血，就弯下腰来。忽然，洞穴壁上，也亮起了手电光。

我转头，仔细往那里看，那里的手电暗了，有一个声音叫道："小三爷！"

"潘子！"我惊了一下，但是没法靠过去看。对方道："小三爷，快走。"声音相当微弱。接着，我听到了一连串的咳嗽声。

"你怎么样？"我问道，"你怎么会在这儿？"

潘子在黑暗中说道："说来话长了，小三爷，你有烟吗？"

"在这儿你还抽烟，不怕肺烧穿？"我听着潘子的语气，觉得他特别淡定，忽然升起了一种非常不祥的预感。

"哈哈哈，没关系了。"潘子道，"你看不到我现在是什么样子。”

我心中的不祥感越来越甚，道：“别磨蹭了，赶快过来，你不过来我就过去扶你。”说着，我用手电去照，隐约能照到他的样子，我就意识到为什么前几次我都看不到他。

潘子似乎是卡在了岩层中，我扩大了光圈，一下子就看到，他的身子融在岩层里，成了人影。

潘子的咳嗽声传来，我一下坐在地上，问道：“怎么回事？小花他们呢？”

“花儿爷应该没事，其他人都死了，那玩意儿太厉害了，我醒来的时候就在这儿了。”潘子道。

“你等我，我过来，我帮你砸开。”

“千万别过来。”潘子道，“小三爷，你不知道我在石头里的部分现在是什么样子。你过来也不可能救得了我，太危险了。小三爷，你有烟吗？你先把烟给我，我和你说几件事情。”

我看不到潘子，但是我忽然就觉得浑身的力气都没有了，我可以意识到这是一种什么样的气氛。

我从来没有经历过这样的气氛，但是我现在知道了。

“小三爷，烟！”潘子虚弱地叫着，“我没时间了。”

我把烟和打火机拿了出来，问潘子道：“你在哪儿呢？”

那边的手电亮了起来，我找了一个丝线少一点的空当，把烟和打火机都扔了过去，我不知道潘子有没有接到，就听到潘子叫了起来：“小三爷，你就不能靠谱一次吗？你把烟先给我点上不行吗？”

我脑中一片空白，什么话也说不出来。潘子道：“小三爷，别点烟了，你背上是不是有枪？”

“有！”我道。

“把枪给我。”潘子道，“小三爷，我得自己给自己来个了断。你走吧，如果有时间，我还想和你聊会儿。但是你也没时间了，你也没工夫来可怜我，等下你要是过不去，就会和我一样，你快走吧。如果你能上去，记得找人搜索整片后山，花儿爷出去后，一定是在后山。”

我把枪甩了过去，就听到了潘子的笑声：“得了，小三爷，好家伙，想不到临死前拿到的是这种枪，这对着脑壳打都不一定能把自己打死。”

我站了起来，就听到一声枪响，接着，潘子就笑了起来：“小三爷，走吧。”

“别催我，我前面的路也不那么好走，等下要是挂了，咱们在黄泉路上还能做伴。”

“小三爷，有我潘子在，还能让你受累？”随后，我就听到一声拉枪栓的声音，“小三爷，潘子我没力气说别的话了，最后再为你保驾护航一次吧。我去见三爷了，你机灵点，给我和三爷有个好的交代。”

“你想干什么？”我问他。潘子道：“你往前走吧。小三爷你大胆地往前走啊，往前走，别回头。”潘子说着说着，就唱了起来。

我往前小心翼翼地探身过去，心中的酸楚无法形容，才迈过去一步，一下子我的后脑勺就碰到了一条丝线，我心中一惊，心说死就死了。瞬间，我听见一声枪响，丝线上的六角铜铃被打得粉碎。

“大胆地往前走！”潘子笑道。

我继续往前走，眼泪一下子就流下来了，我根本看不清楚前面的路。我一步一步地走着，就听到枪声在身后不停地响起。

“通天的大路，

九千九百九千九百九哇。

妹妹你大胆地往前走呀，往前走，莫回呀头。

从此后，你搭起那红绣楼呀，

抛撒那红绣球呀，

正打中我的头呀，与你喝一壶呀，

红红的高粱酒呀，红红的高粱酒嘿！”

我终于走到了独木桥的尽头，走进了通道里。

雾气已经逐渐笼罩了整个洞穴，我几乎无法呼吸，只得往前狂奔。忽然听到身后一声枪响，潘子的声音消失不见了。

我的眼泪止不住地流下来，一路往前狂奔。前面又出现一个楼梯通往水下。我跳了下去，等我浮起来的时候，已经在那个全是水潭的毒气洞中了。胖子把我拉了起来，说道：“行啊，我都已经在给你念往生咒了，想不到你还活着。”

“继续念。”我对胖子道。

边上就是通道，我们一路冲进去，一下就回到了之前熟悉的那条通道里。不知道是什么驱使着我们，我们觉得非常恐惧、害怕。我也不知道是哪里来的力气，只是一路狂奔下去。终于，我看到前面出现了光亮，接着，我们一下就冲了出去。

第十二章

再次获救

我不知道自己是怎么回到巴乃的。我们是在回到湖边之后，被裘德考的队伍营救的，几个人被分别架着进行了抢救，我被戴上了呼吸器。

我的疲惫已经超出身体的承受范围，他们打了很多针镇静剂才让我的肌肉放松下来，我的咬肌几乎全都麻木了。之后还进行了长时间的洗肺和中和碱性毒气的治疗，他们把一种气体混入我吸的氧气里，吸入这种气体，好像在吸醋。

我在当天晚上才睡着，足足睡了十几个小时后才被针刺的疼痛扎醒，发现裘德考的队伍正在送我们出山。我立即想起了小花的事情，告诉了他们，他们答应肯定会派人去找。

之后的分散治疗，我没有什么记忆。不可否认，逃出张家古楼的狂喜冲淡了我对于潘子死亡的悲切。但是，等我缓过来，一想起潘子，我始终觉得那不是真的。

小花在第二天就被发现了，他们的人和解家的人取得了联系，小花立即就被接走了。我没有看到秀秀，而且霍老太的头颅也不见了。我不知道具体情况是什么样，但是听人说，秀秀完全崩溃了。

我不知道胖子是怎么说的，但这一次的事情结果是，我们这么多人进去，出来的就只闷油瓶和一个人头。因为这件事情，霍家和解家顺势发展，我想，肯定会有很多人恨我，可是我现在没有任何精力去琢磨这些了。

当地人给我们弄了很多草药，吃下去似乎有些效果。

大概是五天之后，我已能下床走动。出去晒太阳的时候，忽然见到了让我惊讶的一幕，我看到闷油瓶已经穿戴整齐。

“他想干吗？”我问边上的人。

“他要离开了。”

离开？他离开到哪儿去？

我心中惊惧，心说老子好不容易把你救出来，你要去什么地方？

“扶我过去。”我对身边的人说道。对方把我抬了起来，我来到了闷油瓶的身边，问他道：“你到底想干什么？”

闷油瓶看向我，淡淡地说道：“没有时间了，已经到尾声了。”

“你到底想干什么？”我道。

“我要去完成一件事情最后的步骤。”闷油瓶道，“我没有时间了。”他收拾着自己的东西，放进背包。

我看向边上的人：“你们就这么让他走了？作为医生也不能让病人就这么草率地走了吧。你们老大呢？这家伙知道好多事情呢，让你们的老大过来，把他绑起来严刑逼供！”

“他已经无碍了，他的身体比你们好得多。”我边上的人道，“而且，我们老大，已经——”

我看向他，他叹了口气：“毕竟年纪大了，时间很快就到了。”

“裘德考已经得到他自己想得到的东西了。”闷油瓶拉紧自己的背包，“他终于可以安静地离开了。”

“什么东西？”我问道。

闷油瓶道：“两个环。人有的时候并不会只求长生，也会追求死亡。”

我不理解，闷油瓶也不想解释下去，我大吼了一声：“胖子你死哪儿去了？小哥要跑。”

“没用，他已经来过一次了，那胖子已经妥协了。”边上的人说道。

“后面的路，我只能一个人走，你们已经没有办法和我同行了，太危险了，而且这事和你们也没有关系。”闷油瓶背起包裹就朝外面走去。

这就是结果？

我愣住了，一股无名火出来了，忽然心中所有的期望和担心都消失了。我转身，摇头，心说爱咋地咋地吧。

我往回走去，正好看到胖子从屋子里出来，应该是听到了我的叫声。看我的样子和旁边默默不语的小哥，他大概就知道发生了什么。

我走到他的身边，他拍了拍我，就道：“强扭的瓜不甜，咱们怎么说，也算是局外人。咱们没有权利逼小哥按照我们的想法生活。”

“我们怎么就算局外人了？”我道，“这样都要算局外人，那什么人算局内人？非得躺下死在里面才算是局内人吗？”

“你的局，未必是小哥的局。”胖子说道。

我看着胖子的表情，似乎他一点也不觉得寒心，就问他道：“小哥是不是和你说过什么？”

胖子摇头道：“他和你都不说，怎么会和我说？不过，我们对小哥也算了解，小哥做的决定，一定都有充分的理由。这个理由我们是触摸不到的，也不会有任何阻止他的办法。”

我叹了口气，两个人坐在吊脚楼的走廊上，看着闷油瓶越走越远，心中慢慢就静了下来。

“他还会不会回来？”我问道。

胖子道：“以前他突然消失的时候，你有没有担心过这个？”

我摇头：“那个时候，我们只是发现他不见了，没有所谓的分别。这一次，他是第一次拒绝了我们同行，我觉得事情有些不一样。”

胖子道：“没什么不一样的，你就当你没有看到他离开就行了。”

我转头就问胖子：“你有什么打算？”

胖子啧了一声：“打算很多啊，要么回北京去，安安稳稳地过过日子，不知道新月饭店那事摆平没有。如果还回不去，我就想在这里先待着，看看我的小媳妇儿，反正这儿风景好，空气好，妞儿也漂亮。我那点存款，在这儿能当大爷好多年。你呢？”

我沉默不语。我不知道，不知道从什么时候起，一旦我停下了对谜题答案的追寻，我的生活就没有什么意义了。

其实，我的生活本来就没有什么意义，就是不停地发呆，想着下个月的水电费，然后思考自己活着的意义。想着我就苦笑，我的生活变成这个样子，真是无话可说。

“我不知道，我得好好想想。”我对胖子说道，“但是要等这一切都平息了之后。这一切的谜题，我大概是知道了一些，很多能推测的，我也都推测出来了。我觉得，这件事情很快就会有一个结果。我会等到事情慢慢地平息，看最后露出水面的礁石是什么样子。”

我说的是实话，我确实有一种预感，这件事情已经接近完结了。

胖子拍了拍我：“反正不管怎么说，你最好先把你的脸换回来。”

我摸了一把我的面具，又想起了潘子，就觉得所有的心事都沉了下去：“我已经无所谓了，这张脸，最后还有点用处。”

和胖子聊完之后，我回了房间。我以为这已经是尾声了。在张家古楼的整个过程，我都有点记不清楚了，只觉得和以往一样，到了这一步，所有的一切都应该平息了。

但是我错了，接下来又发生了一件事情，这件事情虽然和故事的发展已经没有了太大的关系，但是，我还是必须把它写下来。

在闷油瓶走后的第三天，云彩死了。

我当时隐隐约约地听到外面的骚乱声，爬起来就听到有人说有一个女孩子死了。

我完全没有意识到是云彩。我当时已经觉得，不可能再有人死了。这种情况下，一切都已经这么安定了。我们都出来了，竟然还会有人死去。

云彩死了，他们在溪流里发现了她的尸体。是被枪打死的，子弹穿过了她的肺叶。当时她一定没有立即死去，而是逃到了溪水里，一路被冲了下来。

所有的村民都认为是裘德考的人干的，他们和裘德考的人发生了激烈的冲突。我真的没有反应过来，太多的悲伤使我只是呆呆地看着那具苍白的尸体，没有任何表情。

我知道是谁干的，是那个鬼影，是那个塌肩膀的人。我忽然想起之前在阿贵家二楼看到的那个人影。

那个鬼影，从一开始就在监视着我们，是谁为他打开二楼的门的？

我没法在这个时候去问阿贵，但是我知道，除了盘马，鬼影和阿贵一定也有联系，阿贵也许不知道他是什么人，但是一定和他有利益往来。

也许，云彩就是阿贵派去和这个鬼影接头的人。云彩她并不是真的对我们那么有兴趣，她伪装出天真的样子和我们混在一起，也许只是为那个鬼影刺探情报。

如今，那个鬼影要抹去很多东西，云彩知道得太多，便被他抹去了。我想，我再去那个山洞，肯定不可能再见到他了。

我觉得一切于我都没有什么太大的意义了。为什么还有人会继续杀害那么可爱的生命？

胖子推开人群的时候，我选择了退缩，我没有任何力气去面对同伴的悲伤了。我听到了一声响彻山谷的悲号，那是胖子的怒吼：“谁？谁干的！”他被这突如其来的一切冲昏了头脑，没有想到我想到的。我找了一个不起眼的角落坐了下来，觉得好累好累。

第十三章

回归

那一天傍晚，我从白莲机场起飞，在上海虹桥机场降落，然后乘坐机场大巴，从上海回杭州。

在虹桥机场的厕所里，我看到自己的脸。面具非常巧妙地避过了我会长胡子的所有地方，否则我现在的胡子应该已经顶着面具往我肉里长了。以前我一直觉得，自己留点胡子也挺男人的，现在看来，并不是所有人都适合留胡子，特别是我现在这么一张满是胡楂的老脸，加上身上不合身的衣服，看上去像是拾荒界的某个型男。

听小花说，在中国古代，戴这种面具的人要用药水把面部皮肤的毛孔全部毁掉，过程很痛苦。长不出胡子对于我这样的人来说虽然并不是特别悲剧的事情，但是，我还是庆幸他们没有这么干。

那是最晚的一班大巴，大巴上只有我和一个学生模样的姑娘。那姑娘一直戴着耳机，看着窗外，眼神很迷离。她梳着一条辫子，很干净，有一种很特殊的气质。

我不由得又想起了云彩，心中的感受难以言喻。从广西出发的那一刻起，我一直绷着自己的情绪，如今看着路边闪过的路灯，心中弥漫的各种痛苦一点一点地泄露出来。

我闭上眼睛，努力不让自己哭了出来。胖子的哭号声还在我的耳边回荡，我想起了云彩的那张画，画里的我们，第一次去巴乃的我们。虽然心中充满了谜团，但我们看上去很幸福，因为那个时候，命运还在我们自己的手里。

可笑的是，接下来我们所做的一切，都是在把我们握在手里的命运全部送到绝境里去。

我心中还有的恐惧是什么？我还是觉得自己心中的任何纠结都没有减轻。

我的心魔并没有消退，或者说，这一次回来，我甚至并不认为这是一次终结。我深深地知道，我只是回来做一个过客的，事情并没有结束，反而正没有停顿地继续进行着。

车子的终点站在凯旋路，我下来打的回家。已经是子夜，看着熟悉的街道，对比着前几次回到杭州的心态。那几次，我回到杭州的第一个感觉就是疲惫，心想，再也不要去那种地方，这一次一定是最后一次了。这是当时常有的想法。

但是这一次没有。我没有疲惫，我甚至有一种不过如此的感觉。

“再这么下去，你就要病入膏肓了。”

病就病了吧。我点上一支烟，下车之后，看着眼前的一切，忽然一阵愕然。

我的面前，是三叔的铺子。

我不是应该回家吗？我有一些恍惚，忽然就想起，上车时和司机说的地址，就是三叔的家。

我不能回自己的家，即使是回到杭州，我也必须住在这里。

我转头，出租车已经开走了。站在黑暗的胡同里，我不由得觉得好笑，从口袋里掏出潘子之前给我的钥匙，来到铁门之前，吸了一口气，打开。

整幢小洋房没有任何灯光，我走进院子，看到三叔的盆栽。因为有园丁打理，盆栽长得非常好，凌乱地四处摆着。三叔平时用来喝茶的茶桌放在院子中间。

这里就是三叔平时生活的地方。我在这里待过几天，没有想到，这一次回来，来的还是这个地方。

我没有立即进屋，因为我不知道进去能干什么。我不想在这样的子夜，在这样的房子里徘徊。不知道为什么，接下来的生活让我很抗拒，能晚一点开始，就晚一点开始吧。

坐到了茶椅上，我裹紧了衣服，看着夜空，一动不动，一直到天亮。

是每天到这里的园丁吵醒了我。我睁开眼睛的时候，一张脸正莫名其妙地看着我。

“东家，回来了？怎么睡在这儿？”

“何叔？”我迷迷糊糊地回了一句，立即意识到不对，马上改口道，“老何，这么早就来了？”

“快回房里去吧，天冷，东家。”老何说道。

我点头，看了看屋内，小时工还没来。三叔这里每天都会有小时工打扫，但是只限于三楼，二楼和一楼是放货的地方。

搞古物的人大多不喜欢特别干净和现代的装潢设计，一般卖古董的都喜欢把所有的东西凌乱地摆着，这是为了满足顾客的心理需求，因为在凌乱的古董中挑选货物，会给人更放心的感觉。很多地区性的古董铺子，都喜欢把古董乱丢在地上卖，也是一样的道理。要是做得和首饰店一样，找些穿西装的营业员，反而显得不专业了。

其实，要是所有人都懂古董也就算了，事实是，真正懂古董的收藏家太少了。做这一行，我们每年见的百分之九十九的人都是完全不懂的假内行。这些买东西的人，特别在乎感觉。

我绕过这些古董，经过几道门禁来到三楼。一楼的东西都不值钱，二楼有保险柜，东西稍微好点。真正的好东西，不开张的时候都放在三叔三楼的密室里。三楼门禁看着破破烂烂，其实都是钨钢的，用的是三叔找的老锁匠设计的锁，机关都在墙里面，一般人除非拿炸药轰，否则根本打不开。

三楼是个大套间。三叔是个很会享受但是并不外露的人，他对于很多现代的玩乐都没兴趣。这个大套间里所有的红木东西都非常昂贵，但是相比这些，我其实更喜欢柔软的沙发，所以我知道，既然要在这里住相当长的时间，我肯定得添点东西。

其实上次在这里住的时候，我已经发现了三叔活得挺苦逼的，像他这样年轻的时候经历太多，享受得太多的人，什么女人、财富、地位对他都已经完全没有吸引力了。他的整个房间里，家具、字画、文房四宝等各种玩物看着很多，其实你拉开他的抽屉就会发现，几乎所有的抽屉都是空的，而且有一些薄薄的灰尘。

这说明这些抽屉从家具买来到现在，就从来没有放过东西。

没有生活。

一个单身的老男人，除了自己盘口的一些东西：账本、茶杯、茶叶，再就是很多用来装饰的古书。书倒都是货真价实的古书，但看得出来，三叔基本就没有翻过。在他房间里能找到的最多的，就是各种过期的报纸。

这个地方，对于他来说太大了，他没有那么多的内容能把这些抽屉都填满。

我从西沙回来之后，对这里进行过彻底的搜刮，所以知道我感兴趣的东西在什么地方。三叔当年调查考古队的文件基本没有什么用处，但我还是打算再看一遍，只是不是现在。

我坐到他的书桌前面，他的书桌上就一盏台灯、一个香炉、一部电话和一些纸笔。和我走之前一模一样。

稍微像样点的，是一台电脑，但是是一台很老式的电脑，显示器只有十五寸，三叔平时用它来打纸牌游戏和看一些电子的账本。他不会用电脑，只会用鼠标做一些简单的操作，里面的系统也是最初装的Windows 2000，没有网卡，完全不能上网。

我闭了闭眼睛，想感觉一下自己是不是能睡着。虽然感觉有些疲倦，但也许是这段时间密集的活动让我已经习惯了这样高强度的疲劳，我完全没有任何睡意。

我拿出手机，给所有人都发了一条我已经到达的短信，之后深吸了一口气，忽然不知道应该做什么。

难道三叔每天也都是这样，在这张桌子后面胡思乱想吗？

难怪他会那么纠结，如果他穷得连水费都交不上，也许就不会有这样的结局了。

人真是一种奇怪的生物，他们最重要的目的是生存，然而生存往往不是最大的烦恼。当人满足了自己所有的需要时，他们往往会为自己寻一个无法解决的烦恼。

与生俱来，人就是为了烦恼而存在的。而且，即使想通了这个问题也没有用。总有一些烦恼是让人即使明白道理也不得不去招惹的，就如现在的我。

我摸了摸自己的脸，知道这段时间必须给自己找点事情做做，否则我会被各种回忆逼死。潘子已经不在了，虽然我不准备公布他的死讯，但是，没有他，很多事情做起来不会像以前那么顺畅。

还有哑姐和二叔，前者是我必须说服的人，二叔的话，我最好是能不和他相见，就不和他相见，因为他太聪明了，我绝对不可能瞒过他。还有七天才能拿掉我的面具，为了应付突发事件，我应该有一些事情要做。

我去了三叔家的厕所，刮了自己的胡子，洗了个澡，然后给手下一个管事的伙计打了个电话，告诉他今天我不见客人，我要睡一天。然后我便爬上了床，打开电视看卡通片，一直看到睡着。

这一觉睡得很艰难，各种梦境让我不止一次地惊醒，有好几次我都感觉看到了潘子满身是血地站在我的身边。

我没有感觉到一点恐惧，只觉得绝望，那种绝望无时无刻不在吞噬着我。

第十四章

绝望中的线索

之后的几天我都是在浑浑噩噩中度过的，只有在一些突发事件发生时，才能回到这个世界来。在其他的时间里，我大都是躺着或者坐着，脑子里一遍一遍地过以前发生的事情。所有的事情，细节我已经不去思考，只是在脑子里放电影。

但是我没有任何情绪。

绝望是一种最大的情绪，它可以吞噬掉一切。有一刻我甚至意识到，我对于生命已经没有太多的依恋了。要么让我知道这背后的一切，要么就让我死在去了解这一切的路上吧。

这是我应得的报应，因为我的执念，已经害死了好多人，我如果不死，那这个世界真是太不公平了。

想这些的时候，我的心特别平静，丝毫没有以前的那种焦虑。即使最后知道了这背后的所有关键，我也不会有如释重负的感觉。

以后我再也不会有之前那种强烈的欲望了，任何的未知，都不可能打动我了。可是，几天之后我就发现我错了。看来这件事情的发展，永远不会在我的意料之中。

几天之后，我得到了一个出乎意料的消息，裘德考的公司开始资产重组了。

显然，因为第一股东裘德考健康状况的恶化，裘对于自己公司很多方面的控制开始衰弱，其他股东开始活跃起来，暗股之间的斗争越来越激烈。很多人沦落成这场斗争的牺牲品，包括裘德考核心队伍里的一些高层。

这些高层在云顶天宫的时候和我还有胖子有着很好的私交，虽然联系并不密切，但是有的时候，我还是会去请教他们很多问题，他们也会私下给我一些建议。

公司混乱之后，很多这样的高层开始离职，其中有几个人便开始发送一些本来是公司保密的卷宗给我。

这些卷宗在裘德考掌权的时候是顶级保密的，但是裘德考一倒，这些东西就变成了鸡肋，根本没有人相信卷宗里面的信息。这些卷宗纷纷被分开并销毁。

那几个人说，既然公司已经不重视了，与其销毁，还不如给我这个需要的人看看信息是否有用。

卷宗的数量之多，令人咋舌。显然，这些人虽然好心，却也没有好心到为我分类，几个文件加起来最起码有几百G，全是图片文件，是用扫描仪扫描下来的。

我泡着红茶，从第一个文件包开始，将这些卷宗在两天内全部看完了。

卷宗的内容相当丰富，虽然并不是每一卷都有价值，但是其中有的部分相当有价值，而没有价值的部分，也有蹊跷的地方。

我把这些文件全部整理出来，分成三大类，一类是有价值的文件，一类是有疑点的文件，一类是无价值的文件。

最让我恍然大悟的，是其中一份关于西沙考古的综述文件，这份文件的主要目的是向董事会要求资金，这种文件必须向董事会解释，开展西沙的项目为什么是有必要的，潜在价值是多少。

这份文件的核心部分分为两块，一块是解释为什么：裘德考认为西沙地下有古墓的概率相当高，其中有着大量的民间传说和历史记载，这些资料就有几百份，很多都是古籍的照片。然而，起决定性作用的证据并不是这个，而是一份“内部文件”。

这份内部文件很奇特，它是一份红头文件，是以很高的价钱买来的一个考古队员的死亡报告。

经过仔细推敲之后，我意识到，这个死亡的人，是第一个进入西沙古墓的人，就是他带出了第一批资料。然后，公司内部有眼线把这个消息带给了裘德考——当时的情况，应该是在黑暗的海上，裘德考的船冒充了“它”组织的船，截获了资料。

之后，裘德考将这份资料交给了解连环，于是才有了三叔的那次西沙事件。

那么，我一直觉得奇怪的一件事——裘德考是如何获得西沙内部资料的，由此就有了解释。

看样子，“它”组织的习惯是：先用自己的人进入古墓探索，看是否能获得第一手资料，如果不行，就把所有的资料提交给考古队，让考古队进行第二次探索。

还有一个特别重要的信息是，三叔当年欺骗裘德考，让裘德考出钱出力时，使用了一个信物，这个信物就是“铁块”。

这东西就是当年巴乃事件中，从巴乃带出来的几只箱子里的铁块。三叔以这个铁块，证明了他有当时巴乃的全部资料，以此交换了他那次去西沙的资源。

我暂时还不知道三叔是如何得到那种铁块的，但是显然他是得到了，这背后肯定还有我不知道的事情。

而最让我疑惑的一份卷宗，我需要重点来说。这个卷宗，只有一个题目：关于吴三省宅附近地貌特征调查。

没有具体的卷宗内容，在这封卷宗的封面上，有英文的“不予通过”的字样。

这份卷宗的提案人，竟然是阿宁，阿宁的英文我认了很久才认出来。

阿宁提案，要对我三叔住的地方附近的地貌特征进行调查，这是为什么？难道我三叔家附近都有古墓吗？

我记忆中的阿宁是一个非常靠谱而且敬业的女人，她不可能做出毫无意义的提案来，她做的提案肯定是有目的的。

我看了看日期，应该是在我们第一次下地之前。显然，对于我三叔，裘德考的公司早就开始监控了。

不过，在国外专业的公司体系中，资金和董事会始终是最大的，这个提案显然没有被实施。

我靠在椅子上，一边抽烟一边想，却完全没有概念。我来到三叔铺子的房顶上，往四周看去。

三叔的铺子在一个农民房特别密集的地方，而且很多都相当老旧了。在这种地方，哪有什么地貌可言，连地面都看不到。

如果能看到卷宗，我说不定还能猜到这到底有什么意义，可惜，现在只能如此没有方向地去猜测。

我给自己琢磨了一个大概的理由，没准儿阿宁是觉得三叔的铺子四周可能有古墓。很多盗墓贼选择一个地方，看上去是想做点小生意，但是实际上可能是用来做掩护，在地下挖掘很长的通道盗墓。而且，三叔这种“疯子”，如果地下的宝贝够值钱，他挖掘地道的计划可能会持续几年。

除此之外，卷宗中还有大量信息，可以对我之前的很多信息做补充。我看完之后，很多飘忽的想法都确定了下来，但是那些都意义不大。

其中还有很多信息，但英文实在是太难了，我看不太懂。我把这些全部打包发给我英文好的朋友，让他们帮我翻译之后再来仔细查询。所有的操作，都是在我的手提电脑上进行的，但是文档实在太多了，我一个屏幕很难操作得顺畅。

这时我才想到，三叔这里有一台电脑。我把电脑打开，用U盘把文件拷了过去，进行对比操作。

在进行这个操作的时候，我发现了一个很奇怪的现象，在两台不同的电脑上，很多文档中显示的细节都不一样。我打开了刚才看的阿宁的那个文档，在三叔的电脑上，竟然比之前多了一页，之前只有一个封面，而在三叔的电脑上，却多了一页扉页。

我觉得有些奇怪，打开来看，就发现这扉页是一个说明页，说系统版本太旧，无法显示全部的页面。

难道，这些卷宗之中还有蹊跷？我顿时一个激灵，想到很多加密文件必须在特定的机器上才能将其所有的页面都显示出来，而在其他的机器上显示出来的，只能是对方想给你看的那几页，真正的核心信息不会显示。

我心说，看样子得找高手来处理，我自己肯定是无能为力了。我把电源都关了，在脑子里过了几遍，发现我在杭州真没有认识多少懂电脑的。在济南一带倒是有朋友，以前的大学同学，不过，专程把他叫过来似乎太夸张，还是找时间从杭州找几个靠谱的吧。

第十五章

奇怪的电脑

这一天，我和手下几个杭州附近的伙计开了一个小会，把所有的事情都交代了一下。下午四点，我躺回床上，很快就睡着了。等我醒来的时候，时间是半夜十二点左右。我再也睡不着了，来到三叔家的阳台上，对着杭州灰沉沉的天抽了几支烟。

等我被冻得有些不舒服，想回屋拿外套的时候，我忽然发现房间里有些异样。

房间里我是灭着灯的，原本应该是一片漆黑，但是回去的时候，我就发现房间里的某个角落，亮起了一种特别诡异的光。

那不是灯光，也不是火光，而是一种冷荧光。

我愣了一下，仔细一看，忽然就发现，三叔桌子上的电脑，已经亮了起来。

我皱了皱眉头，心说，是什么时候打开的？我用完电脑后明明关掉了啊，怎么忽然就被打开了？难道是出什么故障了？于是我走到书桌前坐了下来，就看到那电脑的屏幕上，什么都没有，但是在电脑右下角，有一个小小的提示气泡。

“您有一封新邮件。”

我看了看四周，心中的疑惑更甚，想到了几种可能性：第一，这电脑是下午被几个伙计打开的，也许是在我不知道的时候。他们想干吗？

这我倒不担心，三叔的电脑本身就是一片空白，不管打开电脑的伙计是出于什么目的，他什么都不会得到。

第二种可能是，这台电脑难道一直没有被关闭，而是处在一种主板可以唤醒的休眠状态？

但是最离奇的是，这台电脑绝对没有上网，这邮件是从哪儿发来的？三叔他懂电子邮件吗？

我坐到电脑边上，移动老迈的鼠标，点中了那个气泡，一下，邮件窗口就跳出来了。

我一看，竟然还不是什么Windows自动生成发送的提醒邮件，而是一封真正从其他地址发来的邮件。

邮件只有一句话——

你终于回来了，计划进行得如何？

我坐在电脑前面，看着这一句话，足足呆了有半个小时。

我对着这句话简直是浮想联翩，各种可能性都被我翻了出来。

首先第一点就是：三叔竟然有一个秘密的邮箱。

三叔会使用电脑我是知道的，但是，我并不知道他会到什么份儿上，我觉得无非也就是和我老爹差不多。而在一台系统是Windows2000的电脑上设置邮箱软件，这可是比较高级的技巧，特别是对于他这样的老头子来说。难道是别人给他设置的？但问题是，这台电脑仅仅用于看电子账本，我从来不知道它能上网。

显然它是能上网的。

显然是他隐瞒了这一点。

第二点是，竟然有一个人，正和三叔使用邮件联系，即使什么事情都没有发生，我都很好奇这个人是谁。从这只有一句话的简单的邮件看来，这个人和三叔显然非常熟。没有任何抬头，没有任何签名，只有一句话直达问题的核心。

而且，他问的问题里面有“计划”二字。

从现在掌握的所有情况来看，我知道三叔确实有一个计划，这个计划牵涉到所有的方面。就是这个计划，使得老九门脱离了强大的控制，使得所有的一切，甚至是那个看似无比强大的“它”组织，分崩离析。

吴家为了这个计划，几乎牺牲了三代人——当然，第三代的我是属于自杀——而三叔是绝对不会允许计划执行到百分之九十就不再执行的情况发生，他必须使这个计划最后百分之百地完成，不能让这一切有任何反复的机会。

会和我听说的这个计划有关吗？难道这封邮件来自一个非常关键的人？

我查看了邮箱，里面没有任何其他邮件，只有这一封。

如果这个电脑可以上网，就不可能产生这样的情况。三叔肯定是把之前的邮件全都删除了，这说明三叔对这个邮箱往来的邮件很重视。

我忽然觉得有戏，事情这样发展真的是非常出人意料。

我必须回复这封邮件，这条信息太短了，我需要更多的信息才能做出更准确的判断。

如何回复呢？

我点上烟，看着邮件想了很长时间，键入了这么一封回信——

计划有变故，有些信息不明。明日给你详细的消息。你那边如何？

我按了回复的按钮，邮件瞬间就发出去了。我靠在椅子上，等待他的回复，手不停地敲着桌子。我知道，一般情况下，发这种询问邮件的人，发出邮件后不会离开电脑，很快应该就会有邮件回复。

果然，不到十分钟，显示器右下角又冒起了气泡。

我立即点开——

我没事。

三个字在电脑屏幕上闪烁，再没有更多的话。

我叼上烟，想着再发什么过去，忽然就把手缩了回来。

我说了两条信息，第一条信息是，明天会再给他发邮件；第二条是问他的情况。

他只回了一条，而且非常简短。

以三叔谨慎的习惯，他们之间是否已经习惯这种非常简洁的交流？如果我再发一封邮件去，会不会产生违和的感觉，被他察觉到这边的异样？

我看着这三个字，想了半天，认为绝对不能再回了。为了保险起见，还是明天给他发比较合适。反正到明天也只有几个小时了，不如用这几个小时的时间好好想想该如何套话，反正我也睡不着了。

我站了起来，不停地在屋子里来回踱步，之前那种平静的思绪全部消失，一下子就回到了最开始的那种焦虑的状态。

我都有点瞧不起自己，琢磨了半天，我意识到自己发回去的邮件写错了。

计划有变故，有些信息不明。明日给你详细的消息。你那边如何?

那就说明，我明天的邮件必须涉及计划的内容，但是我根本不知道这计划是什么——其实我是知道的，但是我的认知层面和三叔的层面完全不一样，我不可能知道三叔知道的东西，所以即使我能提到计划里的某些内容，对方也很可能觉得不对劲。

比如说，真实的计划，可能是美国已经全部准备好要攻打伊拉克了，但是我发给美国的邮件很可能还在说，我觉得我们攻打伊拉克的计划是可行的。

我来到阳台上，继续抽烟，心中有了几个方案。首先，我在对方察觉之前，最好能知道对方是在哪个地方。听我的朋友说，这通过邮件地址查询应该是可行的。不过，即使我找我朋友过来，他赶到这里也是明天晚上的事了。

所以，明天的邮件我绝对不能发得太早，否则对方一察觉到问题立即就会离开，我就会犯我之前经常犯的错误。

在这个局里的人，其谨慎的程度是我无法想象的。从当时巴乃的鬼影，只看我们的几个举动就可以干出那么多惊世骇俗的事情就可以证明。为了不让自己的计划败露，他们是绝对不会冒任何风险的，也没有怀疑这么一说，他们一旦感觉到有任何不对劲，立即就会采取最有力的处理措施。

不过仔细想想后，我不认为立即回信是错误的，也不认为我回的信是错误的，因为他当时的邮件我同样无法回复，同样会牵涉到计划的内容。所以我这么回信，其实也算是为我自己争取了更多的时间。

那么，假设我找不到对方呢?

我其实知道最基本的套路，和这些人斗智斗勇那么多回了，我知道，其实最简单的方法，就是告诉这个人这里出了事情，把事情说得特别严重，也许可以把他逼出来。

但是，如果对方是一个极其谨慎的人，很可能就此消失。所以这一招我不到最后的时候不能用。更有甚者，如果三叔和对方有某种默契，对方觉得三叔这边的情况崩坏了，要找人把三叔杀了，那我不就倒霉了吗？

我把我身上所有的烟都抽完了，也没有想出任何办法，只得回去。

回去之后，我一下发现电脑又亮了，不由得脑门一跳——刚才明明已经暗了的。

我立即走过去，就发现又有一封邮件。

早点休息，我们的路还很长，别老是吹风。

我看了看阳台，一下就一个激灵。

我靠，他能看见我！

我的第一反应竟然是想立即去拉窗帘，但是一想不对，立即把自己的反应压住。我几乎在凳子上坐了三分钟才压下那种震惊的反应。

看来这个人和三叔的关系比我想的更复杂，而且看这人的语气，我猜这个人不是以一种情侣，就是以一种长辈或者兄长的心态在和三叔发着邮件。

我回信——

了解，共勉。

发完之后，我就回到房间里，关上了门，拿出我自己的手机，马上给我朋友发短信。

我有一种预感，我甚至能猜到这个人是谁了。

如果是我猜想的那样，那接下来的事情会完全出乎我的意料，所有人的命运都会有转机。

第十六章

电脑的秘密

我的朋友是下午两点到的，我和他说，我叔叔需要他帮忙查电脑，费用是十万。这家伙缺钱，五点起床坐飞机就到了。我和他说，我自己有事就不来找他了，让他把这份钱踏踏实实地赚了。

这人是我的一个同学，在电脑方面有一些技术，上次我查那个网站也是他帮的忙。我把我的要求和他一说，他立即就明白了，也没问为什么，立即开整。

但是他刚把电脑整个搬了起来，看了一眼，就“咦”了一声。

我问怎么了，他道：“您这台电脑没有联网啊。”

“没有联网？”

“您看，没有网线啊。”

我趴下去一看，也愣了。果然，这电脑后面光溜溜的，连我这种没什么电脑知识的人也能肯定，这台电脑绝对没有连接网线，因为它只有一条电源线连接着插座。

“无线网络？”

“不可能，电脑里没有安装无线网络驱动系统。”

“那这是怎么回事？”我奇怪。

我靠，这是Ghost Net啊，我心说。以前我看过一个电视剧，里面的电脑可以通过某种灵力和另一个世界的另一台电脑连接，里面的人说这种网络叫作“鬼网”。

我不知道是什么原理，但是这台电脑绝对不会是连接了鬼网，我忽然意识到这件事情很关键。

我坐回到电脑前，冷静了一下。他就道：“我得拆开来看看，才能知道是什么情况，否则，你就是自己和自己对话。”

“我不懂，你说得详细点。”

“理论上也能做到这一点。一台电脑里面可以设置两个账户，在同一个电脑里互相通信。”

“不需要网络？”

“不需要，不过，您的邮件往来有实际内容吗？”

我点头：“当然有。”

“那就不可能是这样的，我觉得机箱里面一定有蹊跷。”他说道。

我问他会不会损坏机器，他摇头说绝对不会。

他速度很快，显然在电脑城里装电脑装惯了，很快就把主机的壳子拆了下来，里面全是我看不懂的电路板。他用镊子在里面敲来敲去，看完后脸色苍白，对我道：“叔，这真的太诡异了，这里面没网卡。”

我不理解这有多严重，露出疑惑的表情。他道：“在计算机的层面里，这是违反物理定律的。你没有网卡，就绝对不可能收到任何外网的邮件。你收到的这封邮件，只能是来自你这台电脑本身。”

“什么意思？”

“您要么是自己在和自己发邮件，要么，您这台电脑自己能发邮件给您。”

我摇头，这绝对不可能。“绝对不可能，你仔细看看。”我道。忽然我想起昨天最后一封邮件，我靠，难道这电脑是有智慧的，它是在这个房间里看到我出去抽的烟，并不是在这里其他某个地方监视我的阳台？

我浑身涌上一阵寒意，如果是这样，那我们现在的举动是不是就是在强奸它？不，解剖它。

我很快打消了这个可笑的念头。其中一定有蹊跷。我同学继续研究机箱内部，忽然，他“咦”了一声，用手电照到了一根很细的白色电线，说道：“原来如此。”

“是什么原因？”我急不可待地问道。他说：“现在还不知道，不过，这里有一条奇怪的电线。”他拨弄着那条白色的电线，电线非常细。他摸着，一直摸到电线的源头，电线连接到了电脑的电源里去。

他立即动手拆卸电源，在把电源拆卸完成之后，用螺丝刀挑出了那条白色的电线，发现电线接在一个很小的电子元件上。

我完全看不懂，看着我的同学摸着下巴。他想了半天，就道：“不敢相信我看到了什么，我竟然会在这个时代看到这个东西。我说了您可能也无法理解。这是一个非常原始的网卡，它利用接地线来传递信号。这是一个点对点的网络，对方的计算机只和您的计算机相连。其实就是一个摩斯密码解析器。”

“那他在什么地方？”我根本不想知道运作原理。

“不知道，他使用的是电源的接地线，这是一条专门的线路。您有这间房子的电路图吗？如果有，我可以帮您查出来。”

我摇头，不要说我不知道那东西在什么地方，就算以前真的有过这个东西，三叔肯定也销毁掉了。以三叔的谨慎，他不可能让可以暴露这条线路的可能性存在。

他说："那唯一的办法是把这条线路扯出来。线路的一端在这里，那么另一端只要顺着线路去找就能找到。"说着他指了指嵌入地板的插座，"这里就是源头。我们得把地板全部撬开，找到这条线的走向，另一台电脑一定也连在这根线上。"

我想了想，让他先别轻举妄动。我得琢磨一下，动静太大一定会被人发现，必须举重若轻地搞。他道："这种专用网络传播距离很短，而且不可能离开这户人家太远，否则就会牵涉到路边的街道变压器。所以，他的位置一定不会离这里太远，肯定在几百米之内，很快就能找出来。"

"你觉得，最多需要多少时间？"

"最多三个小时就能找到。"

我拍了拍他，就道："这样，你先休息一下，我们等晚上天黑之后再弄。你先把电脑给我装起来。"

情况继续变化，需等到子时。

这是我发的邮件，让那人继续等一等。这样的话，这个人子时的时候一定会等在电脑边上。如果能找到，我就能破门而入抓个现行。

对方一直没有回信，我一直等到天完全黑下来，便让我同学用布包着手电筒开工。

三叔的家其实是一栋老式农民房改造的，所有的线路都是明线，但是三叔为了安全，在地面上加了一层。我同学小心翼翼地把地板撬开后，敲破保护线外面的保护壳，把电线扯了出来。

我跑到二楼，看房顶上的外接电线哪一根被扯动。

然后一路找下来，发现这根电线又直接连到了屋子外面。我把固定这根电线的所有铆钉全部拔掉，让我同学继续抽动。

再到一楼，我们跟着这根电线一路往前走，就来到了院子里。接着，我们就看到电线直接往下走，一路通到了地下。

我心中奇怪，三叔的院子不大，也就六七平方米，那一束电线有四五根，全都是在墙壁的房檐下走，只有这一根电线是往地下走的。

地面上堆满了凌乱的盆栽，足有十几盆。我和朋友小心翼翼地一盆一盆搬开，我惊讶地看到了一个窨井盖。

电线一路往下，竟然通到了这个窨井里。

我从来不知道三叔家里还有这个东西。窨井盖上有一个提手，我上去提了一下，发现可以提动，里面一片漆黑，心瞬间吊了起来。

有门儿。

我吸了口气，就对我的同学说："行了，到这儿就行了吧。"把他支走后，我立即就去屋里拿了手电，来到窨井盖前，深吸了一口气，拉起来就往下照。

第十七章

三叔铺子底下的秘密

我看到了一段铁皮梯子，里面很黑，但能看到最下面有水。

真的是个窨井。

我想了想，觉得也是，这盖子上全是窟窿，要是下雨肯定得往里灌，这电线肯定还得继续往下走一段。

窨井非常小，我进去之后几乎没有任何空隙让我转身。下去之后，下面是一个一米左右的立方空间，全是水和落叶。在左边还有一个只能靠爬行进人的洞口，我看着电线一路下去，直接连接到了这个洞口里。

我用嘴巴咬住手电筒，爬进这个洞口，一直往前爬。

这种感觉让我又想起了爬盗洞的时候，我心中很不舒服，咬牙坚持着，爬了六七米，终于爬完了通道。

用手电一扫，我就发现，这个通道的尽头，是一个房间。房间是架空的，地下的架子是用铁和木头做的，水从架子下面流过去。架子和木头腐朽得很厉害，我踩上去，感觉像是踩在棉花上。

架子上摆了几个书架，一张床和一张桌子，桌子上面有一台电脑、一台录像机和一台电视。所有的东西都因为潮气霉变得很厉害，上面都有很多的霉斑。

电线就通到这个房间里的这台电脑上。但是我没有看到任何人。

那人还没回来？

我愣了一下，摸了摸那台电脑，是凉的。

刚才我进来的那个井口的盖子上压了那么多的盆栽，如果他要出去，必须移开那些盆栽。他不可能是从我进来的地方出去的。

我打着手电在房间里找了一圈，就发现在右边的墙上还有一个口子，水从我来的方向流进来，从这个口子流出去。我往口子里照了照，很深，没有人在里面。

这是谁呢？竟然有人生活在三叔家的下水道里，还是以这么一种隐秘的方式，还和三叔使用这种方式保持着联系。

这太诡异了。

我把手电照向那几个书架，上面竟然全都是录像带。

我的手开始颤抖起来，抽出来一盒……我发现书架上面所有的录像带全都是有编号的，和我当时收到的那几盒一模一样。但是我抽出来时的感觉有些不对，太轻了。打开一看，里面竟然是空的。

我又拆了几盒，发现里面全都是空的。我心中讶异，为什么他要把空盒子放在这里？

我冷静了一下，心中非常混乱，我要把所有的事情稍微理一下。

三叔的屋子下面有个人，和三叔使用一种特别奇怪的方式保持着联系。三叔知道这个人在这里吗？

我想不可能有人可以在三叔眼皮底下，在三叔的房子下面做这么一个暗室，三叔肯定是知道的，甚至这个暗室里的一切本身就是三叔安排的。

那么这个人在这个暗室里待了多少年?

从这些木头和铁架子生锈的程度来看，这些东西显然已经存在很长时间了。我无法准确判断到底是多久，但是我觉得要达到这种老旧的程度，最起码要六年时间，甚至，上限可能达到几十年。杭州虽然雨水比较多，但总体来说肯定是晴天比阴天占的比例更大。按照这种结构，这个下水管道一定不会常年有水，所以能腐蚀到这个程度，时间可能是非常长的。

从这张床的样子来看，这人肯定是生活在这里的。我翻了翻床和被子，都很干净，而且被子和床都很整齐。显然这个人虽然生活在这种环境下，但是依然保持着极度的自律。

这个人一定是三叔计划中一个极具重要的人，甚至可能是最为核心的人物，否则不可能会以这样的形式存在。

不过，这个人现在去了哪儿?如果他必须待在这种地方，他不应该经常出去才对。

这个人一定是一个不可以存在于世界上的人，所以才会用这种方式藏匿，这有点像《安妮日记》里的安妮当时住的暗格了。

我坐下来，揉了揉脸，听了听周围的动静，没听见什么动静，便打开了电脑。

这台电脑和三叔的完全是一个型号的。电脑很平稳地开机运行着，很快就跳出和三叔电脑上一模一样的界面。

我操作了几下，发现和三叔的电脑一样，里面几乎什么东西都没有。

我立即就打开了邮箱。

我看到了一个空白的列表，里面只有一封邮件。

我点开，一下就发现，是我自己最后写的那一封。

其他的，无论是收件箱还是发件箱，完全是空白的。

我忽然有种不祥的预感。我站了起来，去看了床底下，打开了书架上所有的录像带盒子，翻看了录像机。

这封最后的邮件证明，和我进行邮件往来的这个人，就是在这里收发邮件的。

但是，现在这里什么都没有。

如果是一个人藏匿在这里，不可能是这种状况，肯定会有更多生活的痕迹。要么这个人就是一个机器人，他除了收发邮件、处理信息，完全什么都不干。

这绝对会让人疯掉的。如果是一个人住在这里，他绝对会疯掉的。

我在这个斗室内一边不停地踱步，一边想是怎么回事，难道这里面不止一个房间?

这也有可能。我心中想着，蹲下来看了看另一边的口子。也许从这个口子爬过去，还有另外一个房间，里面全都是生活用品，甚至有篮球场什么的，也许还会有充气娃娃。

那人也许生活在另一个房间里。

我深呼吸，蹲下来就钻了进去。这个管道更窄，我得缩着肚子才能一点一点往里挤。挤到一半的时候，我就意识到这人肯定不会是一个大个子。如果是一个大个子，天天过这样的生活，我宁可死了算了。

一路往前，我又爬了十几米，前面忽然出现了光亮。我爬了出去，发现尽头并不是我想的另一个房间，而是一块木板，木板上面坑坑洼洼的全是孔洞，有光透进来。

我推开木板，一下就发现，这里是一条暗巷。

所谓的暗巷就是，以前造农民房的时候，两栋房子挨在一起，中间会形成一条非常狭窄的通道，两边是两栋房子的墙。这样的建筑结构非常不安全，因为盗贼可以踩着两边的墙一步一步地蹬上楼，所以很多居民干脆就把自家的围墙和邻居家的围墙修得连起来，封死狭长通道的两个入口。

这样，很快人们就会忘记了，自己的房子和邻居的房子之间还隔着一个非常狭窄的空间。

这种结构被很多古董商所利用，很多时候，这里用来摆放一些违禁品。

在这个暗巷里人只能侧身通过，出来之后几乎不可能再回到那个洞。我侧身来到墙边上，那儿有几块可以借力的砖头，我踩着蹬了上去，然后翻墙下去。

下去就是三叔家的外墙，我看了看四周，自己也觉得莫名其妙。只能灰溜溜地从正门回去，心说这是怎么回事呢？

我在院子里走了一圈儿，摸了摸脑袋。如果是这样的结构，这说明地下的这个家伙应该是和我一样，从暗巷出去了。

那等一下他怎么回来啊？难道还是从那儿翻墙回来？我心说这倒也行，我可以去暗巷堵他，那地方那么狭窄，随便怎样他都没有办法逃。

但是我想了想，觉得还是在他房间里堵他更合适。

我再次下到那个窨井里，到了那个房间。

这次一爬，我已经累得气喘吁吁了。我在椅子上坐下，集中注意力死死地盯住那个通道口。只要有任何东西从里面探出来，我就一下扑上去把他按死。

我不敢开手电，就在黑暗中静静地待着。

也不知道过了多久，我都有点恍惚了，忽然听到有人说话。

我一下就从恍惚的状态中回过神，一个激灵，立即屏住呼吸，向通道口的方向看去。

那边一片漆黑。

我愣了一下，幻听？

刚想完，又传来一声说话的声音。

“朋友。”

这个声音不知道是从房间的哪个角落传来的。我吓得几乎屁滚尿流，立即就打开了手电，像机关枪扫射一样四处乱照。

但是照了一圈儿发现，房间里还是什么人都没有。

难道是在下水道里？我刚想去照照，那个声音又响了起来：“打开电脑。”

我一个激灵，这一次我清晰地分辨出，这声音是从天花板上传来的。

那一瞬间，我忽然就感觉到这个房间的房顶上似乎挂着什么东西，立即抬头。

第十八章

天花板

就在那一瞬间，我甚至感觉天花板上挂了一大团头发，一定是之前几次差点把我们吓死的东西。所以我抬起头，一下看到上面用手电照出的影子时，浑身的鸡皮疙瘩全部起来了。同时，整个人几乎条件反射般地往一边靠去。

但是，随即我就发现，我什么都没有看到，上面只是一些水管和一盏吊灯。

我觉得奇怪，仔细在天花板上扫了一圈，上面不可能有人。就在这时，天花板上又传来了一个声音。

“我正在你的房间里说话，这个房间刚设计的时候，就专门设计了你的房间和这间暗室的传音效果，好让我时时能够得知上面的动态。”

我立即就知道是怎么回事了。我靠，这样的话，我在上面和我同学拆卸电脑的过程，这里全部能听到，难怪他跑了。

哎呀，我真笨，这么谨慎的人，不可能会犯那么低级的错误，一定会有后招，三叔房间里所有的动静全被他监控着。

我深吸了口气，就问道："你是谁？"

"我知道你听得到我的声音，现在你有半小时的时间明确自己的处境。我封闭了你所在房间的两个出入口，你已经被困死在那个房间里了。"对方道。声音在这种传播方式下显得特别沉闷，听不出具体的声音特征。

"你是谁？你想干什么？"我大叫道。

"你不是吴三省，你的出现证明他出现了问题。我必须知道问题出在什么地方。等你明确了你的处境，你可以用你面前的电脑来回答我提出的问题。"

我又叫了一声，忽然意识到不对，很可能，我这里发出的声音他是听不到的，只有单向的监听才是监听，否则不是变成电话了吗？

我立即来到电脑边，我知道这个人说的话不用去验证，出入口肯定是被封住了。

难怪这里什么东西都没了。他听到我和我同学的对话之后，一定把这里的所有东西都清空了。

但是他留了一封邮件没有删除，他是想让我回复邮件方便一些。真贴心啊。

我立即回信——

"我听到了，你是谁？"

等了片刻，对方回了过来：

"你是谁？这个房间的密封性非常好，你怎么叫外面都不可能听到。你如果不想在房间里被困死，就要说实话。"

我刚想回答，立即又有一封信发了过来：

"时间不多了，我不能逗留太久。如果你有任何谎话，我立即离开。永远不会有人知道你在里面。"

我心中暗骂，心说怎么办？说谎？怎么说？他肯定知道我不是三叔了，如果我说我是三叔他立马就走，但是我说我是谁呢……难道说实话说我是吴邪吗？那不是露馅儿了吗？

虽然说现在露馅儿也没有什么大问题，但是，这么一吓就说实话，是不是太弱了？

我想了想，立即回了一封邮件：

“我说出来你也不知道我是谁。”

对方几乎立即就回了：

“你说出来，由我来判断。”

我心说，我靠，这家伙还挺强势的。刚想着如何回，对方立即又来了一封邮件：

“你还有发最后一封邮件的机会，我必须马上离开，不要浪费时间了，你是谁？”

我摸了摸脸，心里特别焦虑，打了两个字：未必。但我马上又删掉了，我知道这种人特别决绝。

但是，即使我说了实话，他如何判断我说的是实话呢？

其实他要判断的并不是我说的是不是实话，因为只通过邮件，他完全不可能判断得出来。他只是想知道我到底是哪边的人。

而无论我说的是不是实话，他听完之后，基本不会理会我，他还是会走的。最可怕的是，我从这个地方所有的迹象都能看出，这是个非常谨慎、雷厉风行和自律的人，他说马上要离开一定不是骗人的，我若不回答，他也不会因为想知道答案而多留一会儿。

我要做的不是说实话，而是让他对我产生兴趣，让他把我放出去。

那么，如何让他对我产生兴趣呢？我想东想西，现在能确定的一点就是，他很信任我三叔。但是我不能说我是三叔，难道要告诉他，我是三叔的亲戚吗？

难道和他说，我是二叔？还是说，我是三叔手下的伙计？

“我走了。”

就在我焦虑的时候，又有一封信发了过来。

我一下子就慌了，几乎是条件反射地，立即打了几个字过去。

“我是吴邪，吴三省的侄子。”

瞬间邮件就发了出去，我甚至来不及后悔，立即看着那个屏幕。

时间一分一秒地过去，屏幕上再没有任何回信，我浑身开始冰冷起来，心说不至于吧，走得那么快，那么决绝？

不可能的，这条网络的传输速度很快，他发完这个消息之后，我立即就回了，他应该可以看到啊。

又一想，不对！就算他看到了又如何呢？也许吴邪这个名字他完全没有兴趣，看了一眼就走了。

我靠，我要被困死在这里了，怎么办？怎么办？

我用深呼吸来让自己镇定下来，这种情况对我来说并不是第一次了。我立即在四周翻找，想找到任何可以使用的工具。等我发现这里只有大量的录像带空盒子时，我几乎暴怒到要去踢铁架子了。

但是，我很快又冷静了下来，我知道自己并不是没有机会。

明天，明天早上园丁老何会过来浇花，我只要能够引起他的注意，就能让别人来救我。

我靠，我不知道该如何解释三爷为什么会被困在自己家的密室里。这里有这么多录像带盒子和录像机，他们总不会认为我是在拷贝黄片贩卖吧？不管了，反正几天之后我就能恢复吴邪的真身了，丢脸就丢脸吧。

但是，怎么能吸引他的注意力呢？这里的隔音措施肯定非常好，用一句港片中的台词来形容：我就是叫破嗓子，也不会有人来救我的。

我看着房顶上的水管，心说，这些水管不知道是什么水管，把这些管子敲破了，对着管子吼叫，不知道外面能不能听到?

我把铁架子当楼梯搭着爬了上去看，就发现这不可靠：这些水管肯定不是三叔家的水管，一定是邻居家的，而且一定是排污管；水管很结实尚且不说，就算我能打破，大粪也一定会喷我一脸；就算这些我都忍了，这声音从水管传到对方马桶的机会也太小了；而且，如果有人听到马桶里发出奇怪的声音，肯定认为是水管的气压声，最多认为闹鬼了，等他反应过来，我早就饿死了。

不过，我立即就想到了另外一个办法，我看到一边的电灯了。

这里的电线是有电的，我如果把电线连接到水管上，那边有人洗澡的时候，就可能会被电死。

这样，警察就会来查为什么水里会带电，不过，一命换一命，这不是我的为人之道啊!

想了半天，我还是决定先试试对着马桶吼叫。于是我爬下来，用力从一边的铁架子上，利用金属疲劳的效果去折一根已经生锈的铁棒，没想到这铁棒非常结实，我用力掰，竟然纹丝不动。

我折了几下，心里立即就发毛了，更加发狠地用力摇晃。就在这时，我听到一边的下水道里传来一个苍老的声音。

“出来吧。”

我愣了一下，就听到那边传来了铁栏杆打开的声音：“慢慢地出来。”

我刚才看到了这个下水道里的铁栏杆，但我怎么也没想到这里能够打开。我一下有点尴尬，不过刚才那个样子也只有我自己知道。我俯下身子看了看下水道，就看到那边的手电光照了过来，非常刺眼，照得我睁不开眼睛。

“慢慢地出来，不要乱动。”对方又道。

我立即道：“不要伤害我，我不会乱动的。”说着我蹲了下去，一点一点地往外爬。等到我的脑袋刚刚爬出下水道口的时候，一把刀一下顶住了我的脖子。

“别动。”那声音道，我脑袋抬不上去，根本看不清楚这人的样子，就看到那人捏了捏我的脸，又翻了翻我的后脖子。忽然他笑了。

“笑什么！”我有些恼怒。

“吴三省说得果然没错，小苍蝇也能坏大事。你活得好好的，为什么要自寻狼狈？”

我不知道该怎么回答，就感觉他一下子抽身起来，迅速爬出了窨井。等我挣扎着爬上窨井再狂冲到三叔屋外的巷子里时，就发现任何方位都看不到人了，只剩下一片漆黑的街道。

第十九章

深深地探索

我发狂一般地冲回了房间，连打了十几个电话，把杭州几个比较得力的伙计全部叫了过来。我布置了几个任务，一批人给我找人，我没看到那人是什么样子，只说找形迹可疑的人。第二批人，给我四处乱翻垃圾桶，看有没有录像带。那么多的录像带，他不可能立即带走，要么是销毁，要么是藏匿在其他地方。就算是只找到一堆灰，也必须给我带回来。第三批人，把那个密室里面的东西全给我弄出来。我要一寸一寸地研究，我就不信任何痕迹都找不到。

第一批人肯定没有什么结果，我只是心中郁闷，找几个人发下狠，但是啥人也没有找到。第二批人一直没回来。第三批人更是郁闷，因为也许当时设计下面那个屋子的时候，是先把家具放在里面的，如今要把家具从那么小的通道里弄出来简直是不可能的。

伙计问我怎么办，我心说还能怎么办，就道：“拆了！”

里面所有的东西都被拆成碎片堆在了院子里，我看着所有的碎片，一片一片地翻动，直到发现完全没有任何线索的时候，我才冷静了下来。

我把所有人都赶走了，自己一个人坐在院子里，点上一支烟，琢磨着。我觉得自己太失败了，这么好的一个机会又丢了。但是我看着那些被褥，看着那些桌子椅子，忽然又发现了一些不对的地方，然后就冷笑了起来。

我意识到，我完全没有失败，我想知道的事情，已经全部在我面前了。只是我需要一些措施把它解析出来。

我拿起了手机，打通了一个伙计的电话：“不管多少钱，给我找一个能检验DNA的机构。”我摊开被子，在里面仔细地寻找着，挑出了其中一根头发，“对，钱不是问题。”

如果一个人在一个密室里待了几十年，而唯一和他交流的人是我的三叔，最大的问题是什么？

这个人对于现代科技知识的了解一定少得可怜，我不知道他们在使用电脑之前是怎么沟通的，但是显然，他们对于科技的认识不会太深。

我把找到的几根头发让他们送去检验，如果我的猜测是正确的，那这事情我就能知道一半了。

另一方面，我把两台电脑全部送到我同学那里，让他继续研究。我知道在电脑里删除东西是删除不干净的，就算把硬盘格式化，里面的资料也可能还原。我对所有的一切已经有所了解，某些碎片对我来说，可能是极其珍贵的提示。

长话短说，DNA的检验结果没有那么快出来，但是第二天，我同学就来了。

出乎我的意料，我同学是空手来的，我投以疑问的目光，他摇头：“这电脑里的硬盘没用，只是个空壳子。”

空壳子？

“这是一个工作站。”他道，“我在光驱里找到了这个。”他拿出一张光盘，“这台电脑的硬盘是个摆设，这是使用光驱驱动的一个工作站。”

我听不太懂，他就解释道：“总之，这电脑没有硬盘，所有的信息全都是存在内存中的，没有任何记录。只要一关机，一切归零。”

我点上烟，让他坐下，问道：“这种技术是不是很高端？”

他摇头：“不是，其实是比较低端的技术。很多时候，是用在大学的多媒体教室和网吧里的，这样的话，就没有那么多病毒和重装系统的困扰。”

我叹了口气，心说果然是滴水不漏。不过，就我三叔和这个常年生活在暗室中的人的这种状态，这些东西是怎么实现的？肯定得有一个懂技术的人来指导他们啊。

我不相信三叔是一个暗中修习了很多现代知识的人，肯定是有这么一个人存在的。

我叹了口气，就问他道：“那你仔细检查了这两台电脑，有任何奇怪的地方吗？有任何不同的地方吗？”

他挠了挠头，在我的边上坐下来，道：“不知道当讲不当讲。”

我道：“讲，讲出来我就给你加钱。”

他道：“我在电脑城修电脑很多年，见过各种各样的电脑，说三叔您在古董行算是数一数二，那我相信，但是您也得信我，我修这么多年电脑，任何电脑到我手里，我都能看出主人是个什么样的人，平时有什么习惯。甚至是胖是瘦，性格如何，平时在电脑上爱玩什么，我都能看出来。”

我给他点上烟，看这小子说这话的时候，眼中放光，满是自豪，就觉得好玩。

他看我给他点烟，立即受到了鼓励，道：“您可能不信，我举个例子，玩游戏的和文字工作者，所用的电脑绝对不同，包括键盘的磨损情况，都有很大的区别。我可以根据键盘的磨损来判断。”

我点头，让他继续，他道：“这台电脑是七年前的流行款，也就是说，这台电脑基本上已经使用了七年了，在现在这个时代，这个使用时间已经算是很长了。但是我检查了所有的部件，我发现一个非常离奇的地方。”他顿了顿，“这台电脑基本上所有的部件都没有磨损。”

我皱起眉头，意识到他说的东西可能很有价值。

“我们知道，人如果使用键盘，手指上的油脂一定会沾在键盘上，无论这个人多爱干净，用完一次之后，这些油脂都会在键盘上形成一层薄膜，然后会有灰尘附着在上面形成污垢。一台用了七年的电脑，无论有多么爱干净，这种污垢也是不可避免的。”

“你直接说你的意思。”

“键盘太干净了，鼠标的滚轮太干净了，这种干净不是擦拭之后的干净。要知道鼠标是非常难以清洁的。这种干净到什么程度了呢？如果这台电脑刚刚从库房里拿出来不久也不过如此。但是，根据这台电脑放在你桌子上的印子和外壳氧化变黄的程度来看，确实就是在外面摆了很长时间了，所以结论几乎只有一个。”他道，“这两台电脑很少被人使用，几乎是没有被人使用过。”

我摸着下巴，完全明白了他的意思，我拍了拍他，心说，我靠，原来是这么回事。

三叔在这七年里，如果经常使用电脑和暗室里的人交流，绝对不会是这种情况。但是，电脑绝对是放在这里的，我每次来都能看到。如果这台电脑不常用，但又放在这里，同时还兼顾着和暗室里的人沟通的任务……

这是一个矛盾，证据相左。

“这是个陷阱，我靠。”我把烟头掐掉，在心里狂骂自己。

这是一个试探机制，当暗室里的人察觉到这里有某些不对劲的时候，他使用了这台电脑发送消息，如果是真的三叔，也许会回复约定的暗号。

但是，我的思维没有那么深入，没考虑那么多，所以一下就中招了。之后那么多的对话，我一直以为是我在试探他，现在看来，他那么滴水不漏地回答，反而是在试探我。

在所有的局内，我处于完全的劣势。

由这种可怕的陷阱和设局能看出，之前这几股势力之间的斗智，已经到了一种无法形容的地步。每个人都如履薄冰，每做一件事情都要穷尽推算之能。

“叔，您到底是想从这上面查到什么？您要方便的话告诉我，这样查我没有方向性。”他看我的表情就知道我认可了他的说法，积极性顿时高涨。“吴邪那小子以前也总让我查东西，有目的就好查多了。”

我啧了一声，道：“我给你讲一个故事。”

于是，我把在这房子里发生的事情，编成了一个很暧昧的故事，对他讲了一遍。

听完之后，他觉得很好玩：“这简直就是‘二战’时候的谍战戏码。”

“我就想找到这个人，这人一定是一个关键。”

“但是说不通。”他道，“叔，您刚才说的这个故事，是说不通的。”

第二十章

电脑陷阱

“为什么？”我略微有些诧异。他道：“他如果要试探您，根本不需要使用那么复杂的设备，只要往您的手机上发一条信息，看您回复的是不是约定的信息就可以了。这些电脑什么的，都是多余的。”

我想了想，有道理，就道：“你似乎是有什么想法？”

他道：“这肯定不是陷阱，这两台电脑一定是有用处的，那个人也确实一直是住在这栋房子的下面。否则您下去也不会看到那些被子。”

“那你不是说，这两台电脑基本上没有被人使用过吗？”我道，“你怎么理解其中的矛盾？”

“矛盾的归矛盾，恺撒的归恺撒。”他道，“很简单啊，这个人是住在下面的，但是，他和您的沟通，并不是依靠这台电脑，这台电脑，是一个陷阱，但是下面这间地下室不是。”

我抽了口烟：“那他们是依靠什么东西来沟通的呢？”

这上面所有的对话，地下室里都能听得一清二楚，但是我能肯定，下面的人说话，哪里都听不到。

“也许不需要沟通呢？”他道，“也许并不是藏匿，而是监视呢？”

我只是想了一秒，就犹如五雷轰顶一般，前面的几个矛盾全都有眉目了。

三叔电脑里的改装，不是由他自己改装的，也许三叔根本就不知道他家里的地下有这么一间屋子，也不知道他自己的电脑连通着另外一台电脑，更不知道自己所有说的话，都能被人听到。

所有三叔的信息，那人全部可以截获。

这人是谁呢？就好比是住在三叔肚子里的蛔虫。

我把我同学给打发走，答应三天内付款，让他继续琢磨，有什么新的想法立即告诉我。

之后，我就坐在院子的杂物之中，坐在三叔喝茶的台子之后，靠在椅子上打了个电话。我打给了二叔，我问他：“三叔的这间房子是什么时候造的？”

二叔沉吟了一下，没有回答，忽然问我道：“你在哪里？”

我搪塞地说了一个地方，二叔还是沉吟，显然并不是特别相信。

他的语气有些怪，我听着总觉得出事了，但是此时我也不想多了解，只是追问。二叔便告诉我：“那房子的地基是二十世纪七十年代打的，之后重修过几次就不知道了。最初只有一小间平房，后来老三赚的钱多了，慢慢扩建起来。时间最长的一次扩建是在一九八八年，那段时间他几乎都住在我家里。”

二叔说完这个之后，忽然抛了一句：“你最近别折腾了，好好待在杭州。”说完立即就挂了电话。

我听着总觉得二叔正在忙着什么事，挂了电话之后，我想了想，就给自己的老爹打了电话。

我靠在那里一边抽烟，一边和我老爹唠家常，我没有想特定的问题，就是有一搭没一搭地聊着，同时思考一些对我自己的推理有帮助的小细节。

我这几年少有的和老爹聊天聊得那么开心，我老爹都蒙了，聊到一半的时候，就小心翼翼地暗示我：“小邪，是不是失恋了啊？有什么伤心的和爸爸说啊。”

我嘿嘿一笑，心说我老爹心思还挺敏感的，还能听出我心里有事。但是我太了解我老爹了，就算把事情全部告诉他，也于事无补。

从和老爹的聊天里，我把我们吴家从长沙到杭州的整个过程，全都套了出来。听完之后，我发现这简直就是一部连续剧。特别是我爷爷和霍仙姑还有我奶奶的故事，在那个历史背景下，简直就是一部特别好的故事片。

我爷爷成名是在长沙，他成名的时候非常年轻，他是第一个训练用狗闻土的土夫子。一条训练成熟的狗，探穴的效率是人的十倍，而且狗能敏锐地闻出各种火油类机关，甚至能闻出粽子是否尸变。

从我爷爷训练出第一只狗开始，他的财富积累极其快。没出几年，他可能已经是整个长沙城几个第一：知道古墓位置的数量第一，没有出手的明器数量第一，等等。包括张大佛爷的手下，都会来问我爷爷要位置。

当时，霍家、齐家、解家虽然都已经小有名气，但霍家因为内乱特别严重，后来被迫慢慢地把精力放在了经营上，谁也不去下地（下地很容易损兵折将），而齐家一直是以经营见长，不温不火，解九爷则刚从日本回来。我爷爷在这几年里的积累，甚至超过了齐家几代人的积累。

我爷爷当时说起这一段经历，颇为得意，一直道：“科技创新才是第一生产力，特别是在倒斗这种传统行业内，一点点创新就能带来翻天覆地的变化。”

我爷爷在长沙的的确确风光了一些时候，那个时候他年轻而且传奇，但是丝毫没有架子，挥金如土，却和蔼可亲，这种人肯定会有无数的朋友前来结交，无数的朋友对他充满了仰慕。他和霍仙姑的感情就是从这里开始的。当时霍仙姑年纪还比他大，喜欢他简直喜欢得要死。

之后遇到了以前说过的长沙大案，裘德考出卖了所有人，我爷爷家财散尽，在古墓里躲了一段时间，之后逃到了杭州。解九爷当时已经起来了，虽然财富没有我爷爷那么雄厚，但是因为家族底子在，人脉广，善于经营，于是解家就成了老九门中政商关系经营得最好的一家。正是通过解九爷的保护，我爷爷才碰到了我的奶奶。

当时应该是我爷爷在解九爷的介绍下，先住到了我奶奶家（我奶奶和解家是外戚关系），我奶奶负责照顾我爷爷。当时江南小家碧玉和湖南的女盗墓贼气质完全不同，我爷爷当时应该是劈腿了。在没有和霍仙姑交代的情况下，直接败给了我奶奶。当然，当时我奶奶也不知情。

当时全国的形势是一片兵荒马乱，就连书信都不通，这事情就这么慢慢熬过去了。大概是两年后，霍仙姑来杭州的时候，我爷爷已经和我奶奶成亲了，我奶奶已经怀了我老爹。当时霍仙姑也没有见我爷爷，只是很客气地在房里和我奶奶聊了一个时辰的天就走了。

从此天各一方，大家都知道对方的存在，也知道对方过得如何，就是再不相见。

谁也不知道当天她们聊的是什么，只听下人说，她们聊得很开心。

我爷爷当时听到这个消息的时候，肯定是满头的瀑布汗。我听了都不由得同情他。

大概是过了三年，我爷爷才把生意继续反推回长沙，之后基本就是两地来回住。每次去长沙，我奶奶必定陪同，我爷爷和霍仙姑再也没有死灰复燃的机会。再过一年，霍仙姑就嫁到北京去了。我爷爷说起来还感慨，在的时候，觉得可怕，走了，却也觉得惆怅。

我三叔应该是在十三岁时自己入行的，先是在长沙混下地，后来得了一些经验和钱，便到杭州来，买下了现在的这块地。当时还没有买这个概念，是通过关系拿的，盖了房子，便慢慢地把重点转到了经营上。这个地方经过多次扩建，也越来越好。

二叔一直在做学问，大概是在七年前开了茶楼，也不是为了赚钱，单纯就是为了和他的那些朋友有个聚会的地方。我从来没有见过我二叔身边有女人，他似乎是红花滴水不进。但也许是二叔心思特别缜密，他的破事谁也不知道。我老爹则很早就离家了，当时支边，从南方去了北方做地质勘探，二十世纪七十年代末期才回来。

回来之后，他们结婚有了我，我老娘是个强势的人，杭州本地官宦家的姑娘，后来有段时间天天和我爸闹离婚，差点把我烦死。

吴家在杭州的整个过程到此就很明确、很清晰了。现在的问题是，这栋楼底下的房间，到底是怎么来的？是在修建之前就挖好的，还是在重建的时候完成的？

如果三叔本身不知道这间密室的存在，那这间密室一定是偷偷完成的，所以不可能是当初修建时就设计的，很可能是之后某次重建时挖掘的。

我是学建筑的，知道挖地下室并不是一件简单的事情。我出去走了几步，以步伐来丈量，很快发现事情没有我想的那么复杂。

这个地下室的确切位置并不是在三叔房子的底下，而是在和隔壁屋子交接的墙壁底下。

我看了看隔壁的楼，我从来没有注意过它。这里的农民房很密集，每次来三叔这里，我总是直接上二楼看货，也不会待得太久，隔壁是谁，我真的是不晓得。

我脑子里一片混乱，浑浑噩噩地走到了隔壁的大门口，鬼使神差地敲门。

那是铁皮门，特别熟悉并且特别结实的那种农民房专用防盗门。敲了几下，我发现门上有一张已经剥落得差不多的字条，上面写着“有房出租”，下面是电话号码。

没有人来开门。我又敲了半天，毫无反应。我拿出手机，拨通了这个号码。

声音响了三四下，没有人接。

我看了看四周无人，便找了个地方一下翻上了墙，跳了进去。

我身手那么敏捷，把自己都吓了一跳，看来这都是这两年“下地”锻炼出来的结果。落地之后，我就发现这个房子应该是没人住的，院子内一片萧条，全都是落叶。我正奇怪这些落叶是哪儿来的，就又见几片飘了下来。我一抬头就看到，这间屋子的房顶上种着一些植物，植物长久没有人打理，都枯死了，叶子是从上头飘落下来的。

我用步伐丈量这个院子，发现如果有人要从这边挖一个通道到三叔的楼下，确实可行。但是我必须知道是什么时候挖的。

我走向楼的门脸，这里还有一道门禁，那是一扇大的包铜门。这家没什么品位，黄铜的大门看上去金光灿灿的，很气派，所以很多农村的土老板都喜欢这样的门。

这门虽然看上去很俗气，但是保险的性能确实极好，我估计用普通的小炸药都炸不开，而且这种门一般都有六七个门闩，要撬起来实在是费劲。

如何才能进去？我想了想，看到二楼也是铁栏杆森严，所有的窗户被包得死死的，像专门来防备一大帮人入室盗窃一样。就在我准备打电话找人来帮忙的时候，忽然电话响了，我一看，是我刚才拨打的那个电话拨回来了。

我接了起来，里面是一个男人的声音，问我干吗，我说我要租房子，他道：“房子早就租出去了。”

我道："不可能啊，房子一直没有人住。"对方道："房子十九年前就租出去了，那张字条可能一直没有撕掉。十九年来，房租每年都会准时打过来，所以我在外地也从来不过问。"

十九年前？我愣了一下，看了看这房子的格局，十九年前的房子肯定不会是现在这样，这房子肯定是翻修过，我就问他十九年间这房子是否有过修整。

对方说不知道，他也没法管，反正钱每年都有一个递增比例，说完他就问："是不是出什么事了？"我道："也没什么事情，只是想租房子。"说着我灵机一动，就问他，"你能不能把这个人的联系方式给我，我想让他做个二房东，租两间房子给我。"

对方还挺热情的，说稍等，很快就把电话报了过来，说他自己也很久没联系了，如果有什么问题，就继续打电话去找他。

我听得心中暖暖的，心说世界上毕竟还是有温暖的。于是，我拨通了他给我的电话号码。响了几声没人接，我放下电话看是否拨错了号码。才发现这个号码竟然在我的手机号码簿里！

看着这个名字，我立即把电话挂断了，心说我靠，不可能吧。

第二十一章

爷爷辈的往事

手机上跳出来的名字，已经很久很久都没有在我手机上出现过了。看到的那一刹那，我的想法是，无论是谁的名字从我的手机上跳出来，我都不会惊讶，除了这个人。

其实，也不是一个名字，而是一个称呼——爷爷。

手机上显示出的是我爷爷去世之前使用的号码。他入葬之后就没有人打过了。没有想到，竟然到现在都没有停机。

我在院子里来回踱步，心说看来这次真的非常接近核心了。我的方向对了，但是我还是弄不懂，这些人到底在干什么？

我想了想，继续拨出这个号码，把手机放到耳朵边。我不知道自己能听到什么，但是我其实挺期待的，无论是什么声音，我都非常期待。

“对不起，您拨打的电话无法接通。”

我放下手机，爷爷的手机肯定已经没电了，可能里面还有一些钱，因为吴老狗最后的日子过得相当富裕。我三叔给我爷爷充电话卡，可能一充就是够用几年的钱，所以没有停机。但是，那部手机，肯定没有人充电了。

我奶奶不是一个为情所累的人，她活得非常洒脱，对我爷爷的去世她并不是太伤心，我现在也不想去打扰她。

这套房子是爷爷租的，而且一租就是十九年。

我已经不想去细琢磨其中的可能性。我再次拨了那个房东的电话，告诉他，我联系上了二房东，我会给二房东的账上和房东的账上每个月各打五百块钱。二房东让我直接找房东打一张他以前的打款证明给中介。

房东很热心，大概知道自己每个月又能多收五百块钱，很快就把他的账户清单打给了我。我点上烟，翻出了墙头，一边让手下找几个会撬门的过来，一边就找银行的朋友，查询这个账户的款项打款人。

一开始朋友在电话里很为难，我说会给他点好处费，并且告诉他只需要这个打款人的账号他才同意。很快账号发了过来，我在自动存款机上输入这个账号，很快这个账号对应的名字跳了出来。

我对着自动存款机愣了半天。

是我爷爷的名字。

可能是爷爷采用了自动划账的方式。

我回到街上，在过人行道的时候差点被卡车撞到。我已经顾不得这些，浑浑噩噩地来到一家咖啡厅，找地方坐下来，发现自己已经无法思考了。

这是怎么回事？难道，那个地下室，是爷爷挖的？

爷爷租了边上的房子，挖了一个地下室，然后监视自己的儿子？

爷爷没那么变态吧，在我印象中的爷爷，已经基本出世，活在自己的世界和回忆里。在晚年的时候，他的心中只有一杯茶、几条狗和一个牵着手顺着西湖边走走的老太婆。

不过，十九年，我想到了“十九”这个数字，十九年前的爷爷是什么样的？

我脑子里闪过很多零碎信息，想到了二叔和我说的一些暧昧的话，暗示他们并不是不知道三叔是假的。

十九年前，当年似乎正好是假三叔从西沙回到杭州的时间。他回来之后，二叔和我爷爷很快发现了不对劲，但是不知道出了什么事情。

当时所有人对于“它”组织还是相当忌讳，特别是爷爷，肯定会想到和他有关，为了不打草惊蛇，爷爷在这里挖了这么一个地窖，用来监视这个假三叔。

有可能，很有可能。

那为什么会有一个人常年住在地窖之中呢？难道当时爷爷他们找了一个人监视三叔，这个人常年待在地窖之中，到现在都没下班？

那这真是世界上最苦逼的工作了，上班地点居然是在下水道里，而且还没有假期。如果是十九年前修的密室，那就是在这里暗无天日地待了十九年，比在小煤窑还苦。

另外，还有一个不可能说通的问题。以爷爷、二叔的魄力，十九年的监视，什么都没有改变吗？十九年，都可以改变一个王朝了，为什么他们到了现在还是在监视？或者说，爷爷和二叔应该很快就会发现问题的所在。从二叔给我的暗示里，也有这一层意思，他们知道三叔就是解连环，那为什么他们不采取任何措施？

难道，这么监视着，他们监视出感情了？还是说，二叔和爷爷还有自己的计划？那又是什么计划呢？

我想来想去都想不通，快扛不住了。我意识到，哪怕二叔再难搞，再精明，我也必须得向他摊牌了。我真的必须知道，他们到底在想些什么。

回到三叔那儿，我躺在沙发上瞎琢磨。

在我以往的认识中，算计二叔基本就等于找死。二叔识破一个局是不需要中间过程的，他看看表情和大概的说辞，立即就能知道对方背地里搞的花样。而且，他最喜欢的就是顺着你设的局走。有一次我们去老家，三叔为了私吞一个祖上留下来的东西做了个局，二叔一直假装自己在局里，其实一路上各种安排，以局破局，借着三叔的局破掉了另外一个族人更大的局。当三叔以为自己终于赢了一次的时候，二叔几句话摘走了所有的胜利果实。

我在想二叔会不会把所有的事情全部说给我听，他说给我听的前提是什么？

我实在想不出来，二叔软硬不吃，我能逼他就范的唯一的可能性，就是以性命相逼。

但是，二叔是非常精明的人。他知道我是那种绝对不可能以命相搏的人，我觉得他最有可能的是在那里喝茶，丝毫不理会我。我总不能真的自己把自己弄死。

我必须做成一种让他明白，他不告诉我，我真的会死的这种境地。也就是说，我必须把事情做得连我自己都控制不了。

难道要假装被绑架吗？我心说，如果我切掉自己的手指，给二叔寄过去，二叔会不会就范？

我觉得会就范。但是，我觉得二叔不会立即就范，一根手指肯定是不够的，二叔的神经起码能坚持到三根。

来到了厨房，我看着自己的左手，拿起了菜刀，选了其中三根似乎不太能用得到的，比画了一下，忽然觉得人生特别美好，何必这么对自己呢？

二叔会不会亲自过来主动和我说？这个洞如果是他挖的，那下面的人逃出去了，二叔肯定立即就会知道。那二叔会不会有什么应急的措施启动呢？等一下会不会有一颗定向导弹飞过来，把我炸上天去？

时间已经过了很久，我回来的时候什么都没有发生。这就奇怪了，如果没有任何的应急措施，这种监视又有什么用呢?

我觉得所有的方向，在这件事情上似乎都能说得通，但我缺少一把钥匙，唯一的钥匙。以前的我，离真相太远了，只能看到很多呈直线的线索，它们之间互相矛盾。可是，这一次我离真相太近了，所以我看到的是无数的可能性。相比之下，绝对不可能和无数的可能性，我现在发现还是前者更加仁慈一些。

算计二叔。

我又拿起菜刀，把自己的手按在砧板上，好像这是我唯一的办法了，虽然有点蠢，但是，我好像走投无路了。

一股决绝和森然的情感从我心底涌了起来，此时我意识到自己快疯了，我的心魔已经到了无法抑制的地步了。

救救我！我自言自语了一句，刚想一刀狠狠地砍下去，就在这一瞬间，我放在一旁的手机一下响了。

我吓了一跳，瞬间，所有的锐气都泄了，人几乎虚脱了。

拿起手机，我顿了顿，发现是个陌生的号码，接起来就问是谁。对方道："把刀放下，看窗外。"

我一听这声音，就反应过来是我在地窖里听到的那人的声音，立即往窗外看去。就看到远处一栋农民房里，有一道手电光闪了闪。

我正纳闷，就听到电话里的人叹了一口气："我把手电放在这里，你想知道的事情，我留在了手电边上。你看完之后，就知道应该怎么做了。"

第二十二章

鬼蜮

我一路跟着手电光来到了那栋农民房下面，敲门，发现门并没有锁。一路往上，所有的门禁都是打开的，整栋楼似乎都是空的。我来到了那个房间，那是一个什么摆设都没有的空房间。一扇窗子大开着，手电就放在窗沿上。

透过窗子，能直接看到三叔那楼的阳台和厨房，我看到了一架望远镜，架在窗边上。

我看了一眼，发现望远镜正对着三叔家的厨房。

手电下面压着一张字条，我一下子展开，发现那竟然是一封信，信的第一句话特别奇怪。

“看一看四周，你所在的地方，是一片鬼蜮。”

我拿着信，看了看四周，一开始我不明白这句话是什么意思。但是，看了一圈我就明白了，一股强烈的寒意扑面而来，从窗口吹进来的凉风似乎一下子降低了这个空间里的温度。

我从这个窗口看去，整片区域，连同所有的农民房，全都没有亮灯，四周一片漆黑。

只有三叔那栋房子有灯光。

我看了看手表，现在是晚上九点多，正常的话不可能是这样的情况。我立即低头继续看信。

信上面写着——

从十九年前开始，你爷爷买下或租下了这里所有的房子。每栋房子都有专人定期打扫，但不做任何使用。十九年之后，你三叔住的那栋房子的四周，几乎全都空了。夜晚没有任何灯光，就如同一片鬼蜮。

这一切，都是因为这片区域的地下，埋藏着一个巨大的秘密，而这个秘密并不是古来有之的。这下面埋的是一个撒手锏，是一次巨大博弈之后的一件遗留品。

我屏住呼吸，在这个黑暗的房间里，找了一个角落蹲了下来，用手电照明，慢慢地把这封信看完。

这封信中的很多信息都需要和前面的信息互联，其中一些信息已经表述过，这里再表述会非常麻烦。我只是陈述几个最重要的部分。这几部分一出来，整件事情就全部联系上了。

这封信里，非常明确地说了一件事情，就是当年有一队人，将几十盒奇怪的东西，送到了我爷爷的手上，我爷爷将其放在一个棺材内，埋在我现在所在的这片区域之下。这几十盒东西十分重要。

这几十盒东西，一想就知道，是当年那支调包的考古队从张家古楼里面带出来的东西。记得盘马老爹说过，当年考古队离开的时候，带走了很多箱子。

找了一个地方藏了起来？难道，那具尸体就藏在这里，在我眼前这片区域里？

这果然是撒手锏，这具尸体太重要了，这具尸体的出现，会毁掉“它”组织的一切依存。

信的内容不长，我将全文附录下来，里面有很多叙述比较杂乱，但是，只要是对这件事情有一定了解的人，看完这封信之后，必然会完全理解，并发现信中所包含的巨大信息量。

吴邪：

看一看四周，你所在的地方，是一片鬼蜮。

从十九年前开始，你爷爷买下或租下了这里所有的房子。每栋房子都有专人定期打扫，但不做任何使用。十九年之后，你三叔住的那栋房子的四周，几乎全都空了。夜晚没有任何灯光，就如同一片鬼蜮。

这一切，都是因为这片区域的地下，埋藏着一个巨大的秘密，而这个秘密并不是古来有之的，这下面埋的是一个撒手锏，是一次巨大博弈之后的一件遗留品。

在很久以前，有一支由收编的盗墓贼组成的考古队，准备将一具装载着尸体的棺材，送入一个古墓，在这个古墓中，尸体会发生一种匪夷所思的变化。这种变化，对于尸体所在的这个“它”组织十分重要。

然而，这群盗墓贼中有人预见到了将尸体送入古墓之后，会发生什么可怕的后果，其中有几个盗墓贼，为了阻止这种后果，背叛了其他人。他们杀死了同伙，假扮成了他们的样子，将那具尸体隐藏了起来。

这具尸体，现在就在你面前所看到的这片鬼蜮之中，你千万不要试图去寻找它。在这片区域之内，只要是触及核心秘密的人，要么成为我们的一员，要么，就会被无情地抹杀掉。

就算你是这个计划的最初参与者的孙子，也是一样。

我想，你也应该察觉到了，在你的经历中，有的人就算在再怎么无法继续撒谎的情况下，也一定会继续对你撒谎。应该有人和你说过了，有些谎言是为了保护一个人，这就是核心的原因。

因为这个核心的秘密实在是太重要了，我们无法承担任何风险。

不过，我现在之所以给你写这一封信，是因为我们的时间到了。明天一过，一切都会烟消云散。

你也许要问为什么，我想说，我们终于熬到了，熬到最后一个领导者死亡，“它”组织终于完全消失了。就在明天，“它”组织将成为一粒永远不能被揭露的历史尘埃，谁也不知道它曾经存在过，谁也不知道它曾经有多强大。

你不用去思索时间到了的意义，我可以很直白地告诉你：这具尸体，只要过了这个时间，对于一切就都没有任何作用了。这便是时间到了的含义。一直以来，这具尸体是一个巨大的秘密，他们一直害怕我们把这具尸体以及背后所有的荒唐计划暴露出来。依靠这具尸体，在任何情况下他们都不敢对我们进行最大力量的捕杀。

不过，现在我们也不打算将它公之于世。我们的威胁消失了，那么，威胁的证据，虽然还是可以毁灭很多东西，但我们也不想引火烧身了。

明天就是这个时间点了，明天的九点四十五分，我们就会毁掉那具棺材和所有相关的东西，离开这里。

整个宿命彻底地终结了。

你不要再为这宿命的终结，做任何牺牲和猜测，事实就在这里。你要感谢你上一辈对你的保护和之后做的所有一切。那些隐瞒、欺骗、设计，让整件事情终于可以在你这一代完结。因为，原本你是很可能要接替我们，继续和命运对抗的。但是，现在终于不需要了。

我想你应该非常想知道，我到底是谁？我在很久之前就用一种最决绝的方法隐去了我的身份，只有你爷爷和你三叔知道我的存在。快二十年了，如今我终于可以离开，希望我之后的人生，可以忘掉这一切。

我之所以破例放你一条生路，也是因为我们之间不寻常的关系。但是，这是我唯一一次犹豫了，不会再发生第二次。

你爷爷和我父亲，当时是最早两个对于所有事情萌生退意的人，但是他们各自走的路线不同——你爷爷一直想等待，希望通过时间，将一切都洗去；而我父亲则知道，只要那件事情的可能性存在，我们所有的宿命就都不会终结。

所以，我父亲便展开了自己的计划。我们调包了那支考古队，藏起了棺材。但是，我们逃亡时，却在杭州遇到了最大的围剿，走投无路之下，我们只能求助于你爷爷。

你爷爷给了我们最大的帮助。而在之后的岁月里，吴三省也帮了我们很多。你们吴家虽然一开始并没有参与，但是没有你们，这个计划不可能在当年最可怕的岁月里坚持下来。这也是我这次手下留情的另一个原因。

吴邪，我听吴三省提过很多次关于你的事情。我看到你的时候很惊讶，你竟然会陷入这么深。幸好，你直到现在才发现我的存在，也幸好，你单纯地相信了你三叔的各种谎言。

你三叔第一次带你进入古墓时，已经是在准备当他自己无力承担的时候，由谁来替代他的位置——他选择了你。

你也许不知道，你从小练习的所有技巧，包括你的笔迹，还有你三叔给你讲的各种故事，都包含了什么秘密。你用来练字的所有字帖，全部来自一个叫齐羽的人的笔迹。从小你三叔和你说了很多很多故事，里面无数次地暗示着这个人的名字。这都是为了在所有的计划中，让所有人误会，你就是齐羽。你不知道，从七星鲁王宫的那次探险开始，你的出现，让无数暗中调查这件事情的人摸不着头脑，他们根本不知道你是谁，也不知道你的真实身份。他们调查你的笔迹就会发现，你很可能就是当年失踪的齐羽。你是一个巨大的烟幕弹，帮我们消耗了敌人无数的精力。

后来你开始调查了，万幸的是你只是发现了一些蛛丝马迹，并没有深入思考。但是你肯定会头疼吧，你应该不止一次怀疑自己的真实身份。

我知道你还有很多的不解，但，不该让人知晓的，我就不会让人知晓。

你不要再伤害自己了，因为一切已经没有意义了，没有人会为了你的安危而暴露这个秘密。相比于这个秘密来说，你太微不足道了。这封信，其实本身已经没有意义了，一切都无法改变。

当一切结束之后，我会找一个适当的时机，把一切都告诉你。不要试图去寻找那具棺材，揭下你可笑的面具，回到你自己的家里，忘记这一切，等待我将真相送给你的那一刻吧……

我看了看手表，离第二天的九点四十五分还有差不多十二个小时，看样子，这个人应该现在就在这片鬼蜮之中。

看完之后，我靠在墙壁上琢磨。这封信写得十分简短，但是，它是唯一一封真真正正把事情讲清楚的信件。我看完就明白了这封信说的东西都是真的，并且我总觉得写信的人似乎与我有特别的关系。

这封信的行文非常稳定，显然写这封信的时候，他的心态没有任何波澜变化。这一定是一个极其冷静的人，冷静到，就算明天一切宿命完结，他都不会有任何起伏。

在这里，我能看到三叔的楼房。如果真如信上所说的那样，在这个时候，如果我是他，一定是坐立不安，无比忐忑的。而他还可以在这个地方监视我，甚至冷静地写好这封信。

如今我应该如何？

如果是小说的桥段，此时我应该奋发图强，一直到明天九点四十五分。我还是有大量的时间可以去折腾，可以一个个窨井地去翻找，一个个地窖地去挖掘。

但是我实在动不了了，这几年的疲惫似乎一下涌了上来。

他说会给我一个答案，那么我就等待这个答案吧。我现在什么都不做，至少也还有一线希望。就算从此再没有任何提示，我还是可以等下去，等到自己对此完全没有兴趣为止。

我靠在墙角，拿着那封信，一直等待着，似乎在中途睡着过两次。五点时，天就蒙蒙亮了，我困得不行，终于完全睡着了，一直到警笛的声音把我吵醒。

我爬了起来，看了看手表，十点多了。我赶紧出了那间空房，爬上顶楼，四处眺望，就看到这片区域之内，有十几处着火点，正在冒着浓浓的黑烟。

消防车试图进来，但是所有的街道都被违章建筑堵得很不通畅。我在房顶上坐下来，点上烟，静静地看着这一切。

第二十三章

归零

之后的几个月里，发生了很多事情。

我的生活慢慢恢复了正常，我用三叔的身份告诉底下的人，我要去其他地方考察很长一段时间，需要把铺子的生意交给自己的侄子打理。

小花的人从长沙过来，在一个宾馆里给我除去了面具。

再一次看到自己的脸的时候，我顿时痛哭流涕。我没有想到自己会在这个时候脆弱，那种感觉，好像是卸下了无数的必需的坚强、必需的勇敢、必需的担当、必需的决绝、必需的血淋淋和残忍。我终于变回吴邪了。

我终于是那个可以退缩、可以软弱、可以嘻嘻哈哈、可以出糗、可以天天一副半死表情的天真吴邪了。我可以毫不犹豫地问别人“为什么”“不会吧”，甚至可以毫不犹豫地骂别人：“你不知道，那我问谁去？”

我哭了很长时间，是为失而复得或者是情绪崩溃？什么都不为，只是止不住地流眼泪。我抱着那个姑娘，她拍着我的后背，什么也没有说。我放开她的时候，发现她的眼眶里也闪着泪花。她说从来没有见到一个人，哭得如此悲伤。

晚上我喝了很多酒。我在桌子上摆了很多杯子，孤魂野鬼都来助兴吧，我希望里面有我熟悉的人，能看到我现在的样子，从而由衷地感到欣慰。

然而，脸上的面具脱掉了，人心上的面具却很难脱掉。之后的几天，我还是经常会突然以三叔的口气说话，会突然在睡梦中惊醒，觉得自己露馅儿并前功尽弃了，甚至在照镜子时，有一种陌生的感觉。好在，我这种错觉，随着时间的推移也慢慢地淡化了。

我至少还是一个非常能适应环境的人，胖子说得没错。

休息完之后，我回到了自己的铺子，王盟看到我的时候，露出了陌生的表情，好久才意识到是我回来了。他胖了一些，又颓废了一些。我看了看架子上摆放的拓本，似乎是少了一些，看来，再没有生意，也总有一两单上天恩赐的。

我躺到了里屋的躺椅上，看着四周熟悉而又陌生的环境，又开始过那种做白日梦一样的生活。但是，很快我就发现不可能了，三叔那边繁重的业务，让我不得不勤奋起来。

王盟在那天晚上第一次向我提了辞职，我给他涨了工资，他才答应继续干下去。

即使是最稳定、最单纯的人心，也总是在慢慢发生着变化。当然，这种变化是正向的，而错误更多的是在我这一边。

其实在之前，我很想把他炒掉，但是如今，我只希望有更多的东西，能让我感到自己的真实存在，尽量不要去做任何改变。我不知道这是一种什么心态，不过在网络上，很多人把这种想法称为：

你老了。

用吴邪的身份去接管三叔的生意还有一些困难。在一些问题上，我得到了二叔的帮忙。经营管理上总是磕磕绊绊，但是我已经完全不害怕了。因为，就算现在手上的所有东西都失去了，我也不在乎了。人一旦有了这种心态，反而能更加冷静客观地判断那些重要的东西。

在这段时间里，我也得到了一些小花的信息。这一切对于他来说，并不算太困难，只是有一些艰辛。

他的伤势很严重，回去之后在协和待了一段时间，便转去美国进行治疗，大概两个月后才从美国回来。回国后没几天，我接到了他的一封邮件，在邮件里他和我说了他的大概情况。

霍老太的葬礼，他并没有参加。霍家按照霍老太的指示，由秀秀接班，秀秀以个人的力量，很难平衡家族里的各种纠纷。小花断掉了和霍家的所有生意，勉强压住了局面。各路的牛鬼蛇神肯定还有各种表演，只是霍老太的那封家书，决定了一切都只能在水面下进行了。

以后的日子相当难走，但是小花说比起他小时候，这已经是很好的局面了。他让我不用担心。

我在杭州代表吴家，也表明了态度。我知道有小花在，秀秀一定可以走下去，并且可以走得很安稳，而需要我的地方，我也一定会帮忙。虽然未来一定有着大量的磕磕绊绊，但是现在也只能走一步是一步了。

在回来后大概三个月的时候，我为潘子举行了一场很小的葬礼，做了一个小小的追悼会。潘子的衣冠冢与大奎相距六个牌位，大奎墓前没有人扫墓，已经一片狼藉，我简单地清扫了一下。之后，便帮潘子去处理他生前没有来得及处理的一些琐事。

我进到潘子的出租屋的时候，看到桌子上有一碗已经腐烂霉变的面条。筷子就在边上，碗中的一碟霉豆腐已经完全变黑变干了。

显然，潘子离开之前，正在吃这碗面，他连收拾都来不及就离开了，从此再也无法回来。

我总觉得，他是知道自己肯定回不来了，所以没有做任何处理。

我在桌子前坐了一会儿，开了两瓶啤酒，自己喝了一瓶，然后把这碗面倒了，把碗都洗干净。接着，我出门找到了潘子的房东，把拖欠的房租全补上了。

那房东还很好奇："那哥们儿人呢？"

我想了想，就对他道："回老家娶媳妇了。"

这是我认为的潘子最好的结局了，他本来有机会脱离这个圈子的，但是他选择了一条老路，虽然我不知道，他更喜欢哪种结局。以潘子来说，他说不定更喜欢现在的结局，但是，对于外人来说，他的选择还是错误的。

胖子一直待在巴乃。电话联系也不方便，我只能打给阿贵，问一下胖子的近况。阿贵说，胖子现在的生活很规律，白天做做农活，抖抖簸箕，晚上就做饭，看着月亮发呆。很多时候他和胖子一天也就只能说上两三句话。

我问胖子有什么情绪没有？还是像以前那样完全呆滞吗？

阿贵说看不出什么情绪，不过胖子干活儿很利索，话也不多，比以前好的是，有很多时候他能吐几句俏皮话了。

我告诉阿贵，如果胖子在那边缺钱，就直接和我说，我给他汇过去。

我觉得胖子会好起来的，胖子不是一个能把自己沉浸在抑郁之中的人，他知道云彩肯定也不希望看到胖老板变得不好玩了。胖子会慢慢地好起来，虽然，在这一件事情上，他心中一定会留下无法愈合的伤疤。但是，胖子是一个好人，上天不会为难他太久。

王盟在我给他涨了工资之后，工作态度积极了很多，加上我也回到了铺子里，三叔那边的业务又会到铺子里向我汇报，很多人不知道我和他的关系，以为他是我的亲信，对他拍马屁。他的人生价值似乎在慢慢显现了，精气神也好了很多。

看到他做事的态度很好，我慢慢地开始教他处理一些工作上的事情，他上手很快，后来也确实能帮上我不少忙了。虽然我并不指望他能成为像潘子一样的得力助手，但是，我也慢慢开始觉得可以依靠他了。

老海之后因为业务方面的事情同我联系了几次。老海的业务发展得很快，但是似乎是被某个有关部门盯上了，他在税务上一直不干净，加上古董买卖又一直是地下的现金交易，所以他后来做事情十分谨慎。为了避免连累他，我们用了许多奇怪的招数。很多交易他都没有出面，直接是我和买家联系，然后把钱换成实物或黄金带给他家的姑娘。

他家的那个姑娘，原本是我很喜欢的类型，俏皮的小黄蓉。不过，自从那次见完之后，我们真的就很少见面了，后来她也慢慢地长大成熟了，当初我对她的那种喜欢便渐渐淡化了。

有一次我出去散心的时候，路过英雄山。周末的时候人山人海，我在五花八门的铺子中找到了老海的铺子，可是，卷帘门紧锁。我知道他在里面，但是想到各种寒暄，就觉得太疲倦了，便转身离开了。随着时间的推移，逐渐地我们之间的联系就更少了，不知道他后来是进去了，还是逃出国了。

第二十四章

交代和流水账

裘德考从巴乃回来之后，又活了三个月，便驾鹤西归了。国际打捞公司股东重组，拍卖了一些资产，裘德考队伍里有一些和我有私交的人，在许多项目组撤销的时候，拿走了很多卷宗。当然，这些卷宗都寄到了我这里，但是都没有之前给我的那十二卷重要。虽然我在其中找到了很多细节去补充故事内容，但是整体拼凑出来的故事，并没有往前进。

我和其中几个人一起喝咖啡，他们告诉我，国际打捞公司的高层还会继续寻找更多的可能性，他们的资金还是很充足的。几个可能接班的大佬拜托他们给我带话，如果有机会，还想继续和我们合作，条件会比裘德考在的时候更丰厚。

我做了一个比中指的手势，让他们帮我把意思传达回去。

哑姐在半年后结婚了，新郎是一个很不起眼的男人，有一点秃顶，人到中年了，似乎也没有多少钱。很多人说他并不是真的喜欢哑姐，而是贪图哑姐的钱和地位。我参加了婚礼，这个男人名字好像叫阿邦，眼中全是狡狯之色，但是很殷勤，不停地给大家敬酒、递烟。而哑姐，一直面无表情，看着我身边空着的那个座位。

很多男人，并不是因为这样或那样而被人记住，他被人记住，是因为他永远不会回来了。

据说哑姐和这个男人好上，是因为这个男人是酒行里送酒的，送的次数多了，每次看到女主顾喝得烂醉，就顺手照顾一下，这才发生了关系。

皮包的伤好了之后，洗心革面，去参加了自考，专业好像是国际贸易。但是专业课考试科科挂，用他自己的话说，以自己的文化水平很多时候连题目都没法读通，更别说该怎么答了。英语的话，连二十六个字母他都认不全。

最后他还是回了这一行，但是绝对不做大买卖了。他的搭档说，他现在的口头禅就是“有钱赚没命花，不如回家去卖豆腐花”。皮包变成了他们那一批人中手艺最好，但胆子最小的人。我觉得，他很快就会变成一代枭雄的，至少会相当富有。

还要说到秀秀，我觉得秀秀应该是喜欢小花的，毕竟他们是真正一起长大、一起承担过事情的人，但是那种喜欢，未必就是我认为的那种喜欢。因为他们两个对于对方太熟悉了，很多应该有的情愫，还未产生便变成了另一种更深的东西。

秀秀没有再和我联系，也许是被我伤了心，也许是事情最后出现的惨状和我那时候做出的决定，让她无法再面对我。

此时我的内心，已经修炼得足够好，她这种逃避对于我来说，似乎是无关紧要的。

最后要说的，就是闷油瓶了。

有些人说，我最担心的就是他，因为他好像不属于这个世界。他是一个为了目的而一直往前走的人，就算他走的道路上竖立着无数的倒刺，他也会一直往前走，一路不管任何伤害，直到他所有的肉被倒刺刮掉或者他活着到达目的地。

其实，对于我们这两辈人来说，前一辈的事情，我已经知道一个大概轮廓了，唯独对于他，他的目的，我真的是完全不知道。

所有人的目的，我都可以清晰地列出来。但是闷油瓶，他似乎一直是一个很被动的傀儡，他在所有的事情中，似乎都是为了别人的目的而行动的。

然而，从我和闷油瓶相处的经历来看，他是一个目的性非常明确的人，他每次进去一个地方，都有自己的目的。从他的职业失踪技能和一路上那种经常梦游的状态来看，他知道的一定比我们多得多。

很多次我都觉得，在他心里，我们的目的都是可笑的，而他的目的才是核心。

当时他拒绝了所有人的再次陪伴，毅然独自走上了自己选择的道路。

“你们陪我走得够多了，接下来的道路，是最后的道路，你们谁也无法承受，希望你们不要再跟着我了。”

这叫什么事情，我们卷进了这么大的一个阴谋里面，我好不容易看清楚了状况，却发现闷油瓶心中根本不关心这些，他关心的是一件我们都不知道的事情。

当时我是否应该抱着他的大腿狂哭“不要丢下我们”呢？以当时大家的情绪和状况，谁也没有力气这样做，我们就这么让他走了。

如今，这个被设计的阴谋似乎是结束了，我身边的大部分谜团都已经烟消云散。但是，围绕在他身边的谜团，一直都没有任何要散开的迹象。

而我和他分别之后，就再也没有他的任何消息。

各安天命，他一路向北，似乎是走向了自己的终点。从他离开时显露的表情来看，我们当时所有的惨状，对于他来说都是无关紧要的。

我还记得胖子说的那句话：如果你身边的亲人有一个去世了，而其他人都健在，你会觉得这一次的去世，是一场浩劫。而如果你身边的亲人，在一年内一个接一个地去世了，你会慢慢地麻木。而小哥离开时的眼神，似乎就是后者。在很长的岁月里，看着自己身边的人一个接一个地以各种方式死去，你发现任何人都无法在你身边留下来，这个时候，对于死亡，你就会有另一种看法。

比麻木更深的一层，就是淡然，对于死亡的淡然。

时间缓缓流逝，我一直在等待着那封信上所说的秘密被揭晓，但是一直没有任何东西寄给我。一开始我每天去收两次邮件，后来是一天一次，后来是三天一次，到最后是一周一次，却一直没有收到任何信息。

我想，再也不会有任何邮件寄给我了，我又一次受骗了，而所有的一切，似乎就应该这么了结了。

我不伤心，也不纠结。到了后来，我甚至是希望那封邮件不要来了。每周去打开邮箱，然后默默关上，在西湖边看看风景，骂骂手下，这样的日子，似乎也挺好的。

事实上，那封邮件早就到了，但是当时的我并不知道，有一个和我长得一模一样的人，已经把那封邮件领走了，我是在很久之后才发现这件事情的。

一年之后的立秋，我骑着自行车绕着西湖转了一圈锻炼身体，然后回到铺子里，一进门我就看到王盟的脸色有些奇怪。

经过这段时间的锻炼，王盟已经是一个特别沉得住气的孩子。如今这表情，表示他今天碰到了他自己没有办法解决的事情。

我问他怎么了，他指了指边上，我就看到，在铺子的角落里，站着一个人，他正在翻阅我们出售的一些滞销的拓本。

这个人的身形我相当熟悉，但是那一刹那，我没有认出来，他穿着一身黑色的卫衣，身边放着一个很大的背包。

“小哥。”他转过头的时候，我认出了他，“你……怎么……怎么回来了？”

他淡淡地看着我，很久，才说道：“我来和你道别，我的时间到了。”

第二十五章

闷油瓶的道别

我和闷油瓶在楼外楼找了一张靠窗的桌子。天色很阴，阴沉的多云天气，乌云一片压抑，似乎很快就会下雨。

闷油瓶一如既往地沉默，好在我之前就已经习惯了他的这种漠然，自己一个人点完菜，就看到他默默地看着窗外。

我知道，如果我不开口说话，他的状态可能会持续到他离开为止，他绝对不会因为冷场而首先开口说话。

在西湖的冷风中吹了五六分钟，第一个菜上来的时候，我点上了香烟，问他道：“你的事情，完成了？”

“嗯。”他点了点头。我意识到是真的，他的眼神中，之前那种执着的气场已经不见了，取而代之的是那种更深的淡然。不同于他失去记忆的那个时候，这种更深的淡然，是一种极度的心灵安宁。

“所有的一切都完成了？”我问他道。

他转头看我：“结束了。”

“那你之后打算怎么办？有想去的地方吗？要不，在杭州住下来？”我问道，心中默算自己的财产。最近杭州的房价涨得很快，这穷光蛋如果想在杭州买房，肯定会问我借钱！他的钱也不知道都用到什么地方去了，从来没见过他兜里有大票子。我的钱根本不够啊，要是他真向我借钱买房，我还是先劝他租一段时间再说吧。

“我得回我自己应该去的地方了。”他道。

“你应该去哪里呢？远吗？”我问他。他拿起筷子，默默地夹了一口菜，点了点头。

“那你是来……”我很少这么正经地和他聊天，觉得特别尴尬，只得顺着他的话有一搭没一搭地问。

“我来和你道别的。”他道，“这一切完结了，我想了想我和这个世界的关系，似乎现在能找到的，只有你了。”

“没事，你以后可以打电话给我，或者写信给我。打字你不会，写字总会吧？”我道，“现代社会，没有什么真正意义上特别远的距离。”

他没有反应，继续吃菜。

闷油瓶的动作很轻，似乎是轻得不需要使用任何力气，这其实是他手腕力量极大以及对于自己动作的把控力极端准确的原因。我之前和他一起吃饭的时候，总有各种人在四周，我没有太注意过他，现在看着，就觉得非常奇妙。

气氛再次陷入沉默，我开始无比怀念胖子，原来我从来都没有觉得冷场的原因是胖子默默地为气氛付出了那么多包袱，如今只有我们两个，我还真是毫无办法。

“说吧，你准备去哪里？我们经历了那么多，肯定是一辈子的朋友，常联系就行了。”我继续道，“你有什么需要，也尽管跟我开口。我虽然不算富裕，基本的生活我还是可以支援你的。”

“我要去长白山。”他说道。

“哦，那是很冷的地方啊。”我道，“江南多好，四季分明，气候湿润，是个养人的好地方。”

“我只能去那里。”他说着就放下了筷子。

他说完这句话之后，我们再没有进行像样的对话了。在安静中，我们默默地吃完东西，我已经没有任何的尴尬了。他放下筷子，看了看我，就对我道了句：“再见。”

说完，他站了起来，背起自己的包就往楼下走去。我有些讶异，在那里叫道：“咱们菜还没吃完呢。”

他已经下楼了，我闷闷地抽了几口烟，站起来靠在窗户旁，就看到他已经沿着孤山路远去了。

我坐下来，心说这是什么情况？他是没钱埋单怕尴尬吗？以前没钱的时候多了去啊，没见他这么见外过。品了一下刚才他说的那些话，我觉得有点奇怪，总觉得他的话语中，有一种特别莫名的感觉。

“我是来和你道别的。”“这一切完结了，我想了想我和这个世界的关系，似乎现在能找到的，只有你了。”

我忽然一下从座位上站了起来，想起他的一个称呼——职业失踪人员。

他以前要离开，要走，从来不会说一句，在巴乃和我们道别的时候，也没有说过任何话。道别这种事情在职业失踪人员身上，似乎是不太可能出现的，而且这次还是他千里迢迢，从其他地方赶到了我的面前，特意来和我道别。

这道别一定和他以往的离开是不一样的。

一种强烈的不祥感让我如坐针毡，他要离开的，是这个城市，和我这个朋友吗？不是！那他要离开的，难道是这个世界？

“长白山？”我甩下我所有的现金，告诉服务员把我的钱送到隔壁的西泠印社去，然后抓起椅子上的衣服就去追。

我一路追到了北山路，跑得我浑身是汗，也没有追上他。北山路上只有无数空的士在路面上来回穿梭。

我又跑回自己的铺子里，简单地收拾了一下自己的行李，背起来就和王盟说："我要出去一下。"

王盟立即脸色惨白，一下拉住了我。我问他干吗，他说："老板，以往这样的情况，铺子里来一人，然后你匆匆忙忙要走，肯定都得离开很久。你得交代一下。"

我心说没空交代了，就对他道："来人找我就说我出去度假了，事情全部由你打理。如果有什么大件的买卖，不是特别保险的就不走了，一切等我回来再说。"

"你真会回来吗？"王盟问道。

我问他："为什么这么问？"

他道："你不是说再也不乱走了吗？一般电视里，所有的高人，退隐江湖之后再次被人叫出去都是必死的。老板你可要当心哦。"

我拍了拍他，心说，回来再收拾你这乌鸦嘴。我不再理会他，转身就跑了出去。

闷油瓶没有身份证，没法坐飞机，他肯定得坐汽车或者火车。火车是有班次的，我在出租车上，用手机查询了火车的时刻表，立马发现他不可能坐火车。去吉林方向的火车班次只有晚上很晚才有，看来他应该是坐长途汽车。

于是，我让出租车把我送到长途汽车站去。这样即使我在长途汽车站找不到他，也还有时间去火车站，他总不可能是走路去吧？想到这里，我就觉得我的计划相当稳妥。

一路到了汽车站，不知道又是什么运输期的旺季，人山人海，我挤进人群，不停地找，好几次都感觉自己似乎是看到了，挤过去却发现不是。

接着我跑到上车的入口处，继续在附近寻找，但还是没有。我满头大汗，心说，难道是出租车司机极速飞车，我竟然超过他了，先到达了这里？还是说，小哥确实没钱，他根本不是打车来的，而是走路？那他现在能走到延安路口都算是不错了。

挤了几圈之后，我发现不可能在这种情况下找到他，便去看汽车的发车时刻表，我这才发现没有去吉林方向的汽车，似乎是因为这条线路太远了。我的心一下就安定了下来，刚想说看来他只有火车这一条线路可走了。恍惚间，我一下就看到，在外面停的一辆车里，他就坐在里面，车子已经开动了，从候车室的窗外开过去。

我“咦”了一声，心说什么情况，没有去吉林方向的车啊。我立即去问值班员，值班员说，这是一辆去北京的车。

我靠，我心说这是什么情况，不管什么车，只要是一个方向，先上了再说啊。这是闷油瓶的逻辑，只有他自己知道自己的所有行为，和理智已经没关系了。

我追出站，汽车的出站口离候车室很远，等我到了，车子连尾灯都看不到了。我喘着气告诉自己必须冷静。我就不信，在这种城市里，我会输给一个生活能力九级伤残的人。

我打车重新回了铺子，王盟正兴高采烈地玩着“扫雷”，我一进去，差点把他吓得从座位上摔下去。

“老板，你这一次这么快就回来了。”

“少废话。”我把他从座位上踹下来，上网订了机票，然后迅速在网络上查了所有的行程，汽车到站的地方、时间，他可能继续走一程的途径。全部记录下来之后，我一路狂奔去机场。

飞到北京之后，我比汽车的到达时间最起码早了五个小时。我在汽车站的出站口买了几个茶叶蛋吃着，等着闷油瓶的到来。我在想，我应该怎么去劝他？

打是根本打不过他的，跑也跑不过，如果他心意已决，我一点办法也没有，只不过是在这里浪费口舌。要么我就乘其不备，从背后偷袭他。我在边上找了一块板砖，掂量了一下，看了看旁边卖茶叶蛋的，他的身高和闷油瓶差不多，就比画了几下。

我的脑子里浮现出闷油瓶反身一脚把我直接踹到墙上去的画面。他的警觉性太高了，我觉得偷袭他的成功概率实在太低。而且，万一我成功了，一下把他拍死了，老子还得坐牢被枪毙。要是到下面去和他再见，不知道该怎么和他解释。

用药？

我心里想，不知道现代的安眠药对他的体质是否也有作用。如果有用，我就先骗他去一个地方休息，然后说我有一件特别重要的事情要和他商量，希望他能帮我。之后，我在饮料里放入安眠药，等他昏迷过去，我就把他绑结实了，找小花要辆车，直接送回杭州。

我的脑子里又浮现出闷油瓶在听说我要找他商量事情的时候，毫无反应扭头就走的画面，我此时必然上去拖他，然后他又是反身一脚，把我踹到墙壁上去。

我头痛欲裂，怎么想都无济于事，就算绑回杭州了，我也没有办法留住他，除非我做个铁笼子把他关起来，否则他说走就会走。如果把他关到精神病院去，也许还可能，但是他的身手太好，我觉得任何地方都不可能困住他，到时候还会连累精神病院的医生和护士。

想着想着我的心就凉了，我发现怎么都不可能，我是不可能改变他的主意的。

但是，我还是要尽力一试。我还想到，闷油瓶是否只是去长白山下的哪个村子里定居，每天看看雪山，抽抽老烟袋，准备在那个地方度过晚年呢？

无所谓，就算那样，我最多出个丑而已，没关系。

我收回思绪的时候，看到卖茶叶蛋的人正看着我手里的砖头，急急忙忙地收摊走人。也许是我刚才想的时候，表情非常奇怪。我赶紧把砖头甩掉，心中已经做了决定：这是最后一劝，如果我劝不了，也就不强求了。

然而，闷油瓶是永远不会让我如意的。我在汽车站一直等，等到凌晨那辆车到站，就发现车子上根本没有闷油瓶。

我看着所有人一个一个地下车，然后离开，在他们背后望了好久，最终确定没有闷油瓶。我立即上车，直接把司机揪住，问闷油瓶去哪儿了。

折腾了老久，司机才意识到我在说什么。他和我说，闷油瓶中途在一个收费站下车了。我摇着司机的脑袋，问他："你确定是下车了，而不是上厕所上太久被落下了吗？"司机说闷油瓶自己和他说的，绝对错不了。

我问了那个收费站的位置，然后在附近找了一个网吧，把地图全部打开，自己查看。我就发现从那个收费站下去不远处有个小镇，那里有能通往二道白河的车。

我打电话给了小花，让他直接给我安排了一辆车，所有的费用我出，直接就冲向二道白河。我心中感慨，这生活能力九级伤残的小哥，我还真是小看了。显然，他对于到某些地方的捷径，脑子相当清晰，不管在古墓中还是在现代社会都是一样。

路途上闲话不表，第二天天亮，我已经到达了二道白河。下车之后，我立即问了当地人黑车的下客点，赶到下客点的时候，正好看到闷油瓶背着行李朝一个方向走去。

我立即把他叫住了，他回头看到我，有轻微的诧异。但是，他竟然没有问我为什么跟来，而是继续转身一路往前走去。我只好立即跌跌撞撞地跟了上去。

第二十六章

又到二道白河

秋天的二道白河十分冷，好在小花很温馨地给我准备了衣服。我裹着冲锋衣就跟到了他的边上，和他一起往前走。我问他："你该不是想到这里来自杀吧？"

他看了我一眼，摇头，继续往前走。我道："那你准备来这里长住？你为什么选这么寒冷的地方？"

他看着前方，过了很久才道："不是这里，我要到那里去。"

我抬头，顺着他的目光我看到了前面地平线上耸立的那连绵的雪山。

我在那一瞬间不得不停下脚步，愣了一会儿，才继续追上去："你要进山？"

他没有回答我，只是一路往前，直直地往雪山走去。

一路上闷油瓶没有说一句话，而且他也不打算停留。不管我是否能跟上，他都一路往前走。

我一路不停地追问，都没有任何结果。好几次我都内火上涌，心说就这么算了，你丫想去死就去死吧。

我的判断是，闷油瓶本身就是为了死亡而去的，因为我在他身上看不到任何食物包裹。他一路往前，身上就只有那个背包。以我们上次进山的经验，这样的装备进山之后不到三天就会饿死，更不要说回城了。

我越走越觉得糟糕，很快就看到有拉人上山的小黑车。我一路上只好看到一个商店就买些东西，往我的包里硬塞。买那些干货不占多少空间，包里塞满了各种各样的塑料袋子。

之后我们两个上了小面的，一路往山上开去。

这个时候，闷油瓶才看向我，对我道："你不能跟着我去。"

"如果我劝你别去，你会不去吗？"我问他。他摇头，我就火大了："所以，如果你劝我别去，我也不会听的。所以你别多嘴了，我就要跟着。"

他看向我，又把脸转了过去，真的就不说话了。

我们一路什么也没说，一直到了山中的一个旅游客栈。下来的时候，气温已经相当低了，他径直走入客栈，订了房间。我看也不看就跟了上去，此时我心里赌上气了。

闷油瓶还是一句话都没有，等到房间里躺下来，我就开始后悔了。

以我们现在的情况进山，之前闷油瓶准备的装备是正确的，而我的装备太简陋了，必死无疑。恐怕连我们的目的地的一半都到不了，我就会冻死在里面。闷油瓶一定是明白这点，才完全不阻止我，因为我一上雪线，面临的问题必然就是立即死亡还是退缩。我用我的生命去威胁他，在这一次似乎是没有什么用的。

闷油瓶以前说过，他只救不愿意死的人，如果对方自己可以选择死还是不死，而对方选择了死亡，他是不会插手的。我现在的情况和他说的一样——如果我自己选择上雪线，跟着他然后冻死，他是不会插手救我的。

我趁他休息的时候，立即出去添购装备。旅馆里的驴友很多，我拿着现金，这里买一点，那里买一点，钱不够了，就找旅馆老板刷卡，以十比八的比例换取现金，继续收购，好不容易凑了一套眼下可以用的装备出来。

我穿上之后，简直是惨不忍睹。小花的冲锋衣本来就不够厚，我不得不在外面再套了一件，显得相当臃肿，简直像只狗熊。两只手套各不一样，左手的还是女式的，特别小，戴上之后几乎不能操作，所有的工作基本都得靠右手。

登山靴倒是一双的，不过之前的主人显然是双汗脚，臭得简直可以熏死粽子。我也没有办法，只能硬着头皮穿上。

还有一些登山吃的压缩饼干，我归整了一下，把炊具、无烟炉这些东西全部装进弄来的大登山包里，然后把之前买的零食打散了装进一个大塑料袋，也放了进去，才勉强安心。

弄完之后，我也回去休息，躺到床上我就打起了退堂鼓。我不知道我是为了什么，但是我实在无法让他一个人进山。我没有任何理由劝他，因为我不知道他到底要干吗，我只能跟他进去，知道他想干什么了，才有办法说服他回来。

但是，不知道为什么，我觉得这一次，我的行为非常糟糕。半夜我完全睡不着，醒来后给老爹和小花各打了一个电话，把我的想法和小花说了。

老爹只说让我玩得开心点，我心说怎么可能开心得起来。小花听完之后，沉吟了片刻就道："这件事情我本打算建议你不要跟下去，不过我觉得你可以暂且一试。毕竟如果什么都不做，你这辈子都不会安生的。但是我建议你进去的时候注意距离，现在是秋天，长白山还没有封山。你该知道跨过哪一条线再往里走就九死一生了，如果你在这条线之前都没有劝回他，你就回头吧。”

我道：“但是他根本不和我沟通，我如何去劝？”

“我相信，他既然来和你道别，你只要说，即使他不回答，也还是会把你的话听到耳朵里的。”小花说。

第二天中午，我和闷油瓶一起出发。他出门的时候，回头看了我一眼，我也看了他一眼，我道：“放心，就陪你走最后一程。”他才转身出发。

之后的一切没有什么值得记述的，就算是记流水账也没有必要。一晃就是三天，我们进入了雪线。

秋天是长白山的旅游旺季，雪线以上有很多景点，甚至有可以补给的地方，我很兴奋地在雪线上的几个景点完成了资源的补充。

再往里走，走过有游人的区域，就是之前我们进入雪山的小道，如今已经完全不同了。但是闷油瓶还是很有办法。他一路往前走，不停地看四周的山和太阳的方位，那一天的黄昏，我们到了一座雪山的山脊上。

黄昏中，我又看到了熟悉的景象：雪山在夕阳下，呈现出一种温暖与冰冷完全无缝衔接的感觉。当时闷油瓶就在同样的夕阳下，对着远处的雪山膜拜。但是这一次他并没有跪下来，而是淡淡地看着，夕阳照在他的脸上，有一种极致的苍凉之感。

第二十七章

圣雪山

闷油瓶站在雪山上，神情十分肃穆，我不知道这是一种怎样的情绪，但是我知道，这些雪山对于他来说，有着特殊的意义。

可以想象，此时他的心中不可能是一片空白，这里的一切和他一定有相当深的渊源，但是，我连猜测的方向都没有。

闷油瓶就这样站了很久。

当晚我们没有继续前进，而是在雪地之中挖了一个雪窝，铺上防水布，燃起了无烟炉子，过了一夜。

第二天，我们带着行李再次出发，继续往山中走。

一路上，只有我在不停地说话，说这个世界的美好，说还有什么地方是他没有去过的，以及什么地方有着无比诱人的美食。他始终没有说话，也没有表现出任何厌烦的情绪。

其实我并不知道他对什么东西有兴趣，我“搜刮”和他在一起的所有经过，寻找一些他似乎有兴趣的东西。比如说，他总是看着窗外，我觉得他对于旅行可能有一种特别的喜好。

开始的时候，我劝说的密度还是相当大的，可是到了后来，路越来越难走，体力消耗越来越大，我也只能缄默前行。一连走了几天，我们已经进入没有任何裸露地表，全是积雪覆盖的雪山的雪冠地带。站在高处向身后眺望，来时的所有村落都看不到了。

一眼望去，我看到长白山山脉绵亘无际，其中有上千个山峰和山谷，很多都是人迹罕至。我已经无法判断，我们这次的路线和上一次进山的路线是否一致。

我记得当时顺子带我们来的时候，曾经和我讲过一些山峰的名称，三圣雪山、鹞子雪山，那时候那些山峰的样子，似乎和我现在看到的都不一样。我记得当时潘子还有各种调侃，如今，山和人都是另外一番景象了。

第三天晚上，我们搭起了帐篷过夜，这里离我之前设定的要分开的线已经很近了，估计只有一天的路程了。

这天晚上，我们找到了一块比较干燥的地方生起了火，坐在火堆前，他第一次沉默地把目光投向了我。

我也盯了他好久，他一直就这么看着，我开始判断，他目光的焦点是不是我。但是我发现他真的是在看着我的时候，我觉得十分奇怪。我道："我身上出什么问题了？我身后有一个怪物吗？"我问了几次，他都毫无反应，我想这人平时就不是特别正常，现在这个情况，我一定无法理解也无须理解。可是过了一会儿，他忽然问我要了一根烟。

我递给他，以为他又要像以前一样直接嚼了。没想到他放到火中点燃了，接着真的抽了起来。

"丫竟然真会抽烟。"我心中暗骇。

在火光的映照下，他忽然说道："你准备跟到什么时候？"

我不禁一愣，道："和你没关系，这是我自己的事情。"

他道："你继续跟着我的话，我明天会把你打晕。"

我看着他的表情，知道他绝对不是在开玩笑，不由得一下就不知所措起来，结结巴巴地说："你……你想干什么？你可不要乱来。"

他道："你不会有事的。"

我实在是又好气又好笑，道："我不会让你把我打晕的。"

他淡淡地道："那你现在就可以逃跑，或者从现在开始，和我保持相当远的距离。"

我道："要多远？"

闷油瓶道："只要你离我不超过一百米，我都能用石头打中你。我会把你背到一个安全的地方，等你醒来，你已经找不到我了。"

在那一刹那，我呆了一下，我忽然意识到，虽然这样的对话很好玩，但是其中蕴含的意思，十分明确。

他不希望我再送下去了，他显然不相信我说的到了那条线就会放弃的想法，他还是按照自己的节奏，他觉得，现在已经是分别的时候了。

我道："你就不能再认真地考虑一下吗？现在你这样做有意义吗？"

"意义这种东西，有意义吗？"闷油瓶对于"意义"这个词语，少有地显出了些许在意，他看着熊熊燃烧的篝火，道，"'意义'这个词语，本身就没有意义。"

我看着他有三分钟之久，再没有说什么，然后转身走进了帐篷之中。

我放弃了，我实在没有什么可说的了。如果可以，我想上去抽他几个嘴巴，我觉得他立即翻身起来夹爆我的头的概率不大。但很可能我是打不着他的，他的速度太快了。如果是骂他，就好像是骂一块石头，毫无快感可言。该说的道理我都说了，我知道现在做什么都已经没用了。

反正也只有一天的路程了，与其到了那条我自己定下的线的时候，我继续纠结无助，直至崩溃，最后被他打晕，不如就在这里放弃吧。我还可以在这里待着，目送他消失在雪原里。

此时我已经决定了，明天天一亮，我就回去。我会在这里做上一个记号，以后每年到这里拜一拜，扫扫墓。

我躺进睡袋里，心中各种郁闷，无法入睡。躺了十几分钟，闷油瓶也走了进来，开始整理自己的东西。整理了一会儿，他才道："再见。"

我道："朋友一场，明天再走吧，我不会再跟着你了。"他点点头，拿出守夜的装备就离开了帐篷。

我心中满是绝望。

你的一个很好的朋友，执意寻死，你看着他，但是你阻止不了他，你和他之间隔着一层用任何工具都无法打穿的东西。你能用任何方式去触碰到这个东西，但是你却找不到可以将它攻破的缺口。

我决定了之后很难过，又觉得，我是不是应该理解，理解闷油瓶那句话："意义"这个词语，本身就没有意义。

我转过脸去，心里慢慢地平静了下来，不去理睬外面的人，自顾自地闭目养神。

我在不知不觉中睡去。然后，也不知道睡了多久，就被一种奇怪的声音吵醒了。那种声音在睡梦中听起来好像是一群奇怪的人在唱歌。那歌声悠扬，人数似乎特别多，在这种地方听到，感觉十分奇怪。

我醒过来之后，睁开眼睛便意识到，那是风的声音。

我的帐篷正在左右摇晃着，里面用来照明的风灯好像随时会掉下来，光线一会儿亮一会儿暗。我起身走出去，发现四周起了大风，狂风卷着雪屑，正往山谷里灌来。闷油瓶并不在四周，他的行李也不见了。

招呼也不打一声就走了。我摸摸头，想看看他是不是在我睡觉的时候已经打晕过我了。头上没事，看来他看我睡着了，连打晕我都免了。

我又看了看天，知道要糟糕了。这天气，如果再犹豫下去，肯定要倒大霉，长白山的第一场大雪，今天肯定就要来了。

如果再往山中走，基本是九死一生。我看到闷油瓶连一点食物都没有带走，心中感慨万千，知道一切已经成为定局了。

风越来越大，帐篷几乎要被刮得飞起来。我看了看时间，往回走个三天，就能有补给的地方。而我走得越早，被暴风雪追上的机会就越小，于是我开始收拾自己的一切。等我把一切都装好，就看到四周雪坡上的积雪被刮得一丝一丝地在半空中飞舞，一切似乎随时会崩溃。

在这之前，我觉得闷油瓶还是有生还的机会的，甚至是我回到旅游区之后，如果我告诉他们这山中有一个人失踪了，他们也许还会派遣人进山搜索，人多说不定还可以把闷油瓶绑出来。但是现在这个天气情况，我怕就算是派一个团、一个师的人进去搜索，闷油瓶都没有生还的机会了。

好就好在，他没有什么亲人，没有什么牵挂。

中国有一句老话：吃了秤砣铁了心。闷油瓶决定了的事情，是没人能改变的。我走到这里，也算是尽了人事了。我压了压心中的各种悲伤，便开始往回走去。

风越来越大，我才走了几步，忽然，前面的雪坡上的积雪大片大片地滑下来，我的路开始越来越难走。

走出了几百米，我绕过一个山口，就发现糟糕了。前面的山体全部塌了下来，我看到一片之前没有见过的雪包。

我往上爬了几米，一看就晕了，这些雪包把之前我来时的路线全部搞乱了，我一下分不清楚我应该走哪条路回去。

我点上烟，抽了几口，琢磨该怎么办。毕竟这里离旅游区还是比较近的，不管怎么说，我都是有办法出去的，只怕我万一走错了方向，那就麻烦了。虽然我对于闷油瓶的命运非常悲伤，但是想到我很有可能会死在他前头，还是相当郁闷的。

就好比有一个重病弥留的人，基本上你去了之后，是准备参加他的追悼会的那种。可到了之后，奄奄一息的濒死者却端着一把冲锋枪在等你，等你到了，他嗒嗒嗒地扫你一梭子，你倒在了血泊里，然后他自己才倒进棺材里挂了。你躺在地上，眼看着自己的身体正往外飙血，心中的情绪会何等复杂。

我现在就是这种感觉。

抽完烟，我继续往上爬，忽然我发现头顶上落下来很多拳头大小的雪球。

雪球大小不一，显然是自然形成的。我抬头看去，看到上面的积雪滑坡得相当厉害，不停地有一片一片的雪坡断裂，直往下滑。我小心翼翼地爬了上去，到了山顶的时候，我一下就找到了继续往前的路线。

我心中安定了下来。我从山顶顺势而下，到了山的另一边，那边是一个阳面。我抬头一看，正看到太阳从山后升起，对面的雪坡犹如一面巨大的镜子。我觉得浑身涌起一股暖意，接着，我忽然发现，四周变成了粉红色，变得非常模糊。

我愣了愣，心说这是怎么回事。随即我就意识到了，这是雪盲症。我立即闭上了眼睛，我知道我绝对不能再使用眼睛了，再使用一下，眼前立即就会全黑，什么都看不见。

第二十八章

雪盲症

雪盲症的恢复时间是一天到三天，如果我在这里得了这个，不仅会比闷油瓶死得早，而且会比他死得惨。

我图什么啊?

我闭着眼睛，心中无比郁闷。上次来的时候到处是阴沉的雪云，哪有机会得这毛病，所以这次一点准备都没有，可谁承想这次偏偏就遇到了这种事情。这一次还真是自己把自己作死了。

雪盲症是一种非常奇怪的病，一般人认为是由于视网膜受到强光刺激引起暂时性失明的一种症状。一般休息数天后，视力会自己恢复。得过雪盲的人，不注意会再次得雪盲。再次雪盲症状会更严重。多次得雪盲会逐渐使人视力衰弱，引发长期眼疾，严重时甚至永远失明。

在雪原中行走，一般都会戴上护目镜，或者一般的墨镜也能缓解和预防雪盲。

但是美国人还有一项研究显示，雪盲症其实是因为双眼在雪地中找不到聚焦物体（雪山上很多时候能看到的只有一片纯白色），双眼过度紧张导致的。雪盲症很少会突然暴盲，但是一旦出现症状，就绝对不能再用眼睛了，必须给眼睛休息的时间。

也就是说，依我现在的情况，估计十二个小时之后我才能放心地继续用眼，在这期间，间歇性用眼也要十分小心。这就意味着，我肯定得困在这儿很长一段时间。

想着我就觉得非常非常郁闷，心说为什么来的时候一帆风顺，如今却变成了这副德行。如果来的时候我出点什么事情，闷油瓶可能还得把我送回去。

早知道前几天我就应该找个理由把自己敲瘸了。

正生闷气呢，忽然我觉得屁股底下一松，我坐着的整块雪坡滑了下去。

在雪坡上往下滑是完全不可能停住的，我根本没有反应过来，只感觉自己一路打转下滑，双手只得漫无目的地在四周乱抓。此时已经不可能闭眼了，我几次把手深深地插进雪里，想依靠阻力使自己停下来，可是每次插入都只是使得更大的雪块滑坡。

我惊叫着一路滚下山坡。那下面，我知道是一个非常陡峭的悬崖，往下落差最起码有三十米，就算下面有积雪，我也绝对不会安然无恙。

在以前我可能心说死就死吧，但是现在我觉得没法接受。我惊恐地到处乱抓，但是瞬间，我就滑出了悬崖，凌空摔了下去。

在我翻滚着滑出悬崖往下落了六七米的时候，我发现四周的一切全部变成了慢动作，跟着我飞出来的雪块我全部能看到。它们呈现出各种奇怪的轨迹。

接着我就仰面摔进了雪地里。

从三十米高的地方摔进一块棉花一样的雪里，想想就是一件特别过瘾的事情。我都不知道我摔进雪里有多深，但是我知道，在雪地上面看到的，一定是一个人体形状的坑，姿态肯定特别诡异。

这里的雪特别松软，摔下来之后，无数的碎雪从边缘滚下来，扑面就砸在我的脸上。

我头蒙得要死，但是万幸的是，我没有感觉到我摔下来的时候，撞到了什么坚硬的东西。但凡雪里有一两块石头，我肯定不会有现在这种感觉。

我拨开脸上的雪，努力地往上爬去，把头探出了坑外，刚想骂脏话，忽然就感觉到上头似乎有个什么影子。我抬头一眼就看到，刚才在悬崖上被我带动的那片雪坡，全部从悬崖上滑了下来。

那个影子就是那片雪坡。看那阵仗，我估计有一吨重的雪会直接拍在我的脸上，直接把我重新拍回坑里。

碎雪犹如沙子一样，瞬间就把我身边所有的地方堵住了，包括我的鼻子和嘴巴。

我努力挣扎，发现上头盖的碎雪特别厚，就像封土一样把我埋得严严实实的。无论我怎么扒拉，都没法找到可以出去的位置。

我已无法继续闭气了，我开始呼吸，但是一吸就是一口一鼻子的冰碴。在雪中和在水中有一个很大的不同，雪不是实的，中间会有无数的小空间，里面都是有空气的。我扭动头部，压缩出一个小空间来，立即呼吸了几口，虽然不那么憋得慌了，但还是觉得胸口极其闷，而且头晕。

就在我几乎要绝望的时候，忽然听到了外面有动静，接着，我不停乱动的手被人抓住了，然后我整个人被拉出了雪坑。我大口喘气，就看到闷油瓶抓住了我的后领，用力把我从雪地里扯了出来。

我的眼睛看到的还是一片粉红色，相当模糊。我看着他，气就不打一处来，问他道："你怎么又回来了？"

他看了看我，又看了看头顶的悬崖，对我道："我听到你的求救声了。"

雪地传音非常好，加上我是在上风口，他能听到我的呼声不奇怪。我心说，丫的，当时我是在问候你祖宗吧。我爬起来，眯着眼睛看四周，立即意识到，他一定是从三十米高的地方跳下来的，不由得有些感动。

他还是回来了。我忽然觉得他是不是开窍了，这是不是上天给我的一个说服他的机会？他回来，说明他对世间还是有留恋的。

可还没等我开口，他就先说话了。

“你跟我来。”闷油瓶道，“这是一个死谷，还会有更多的雪坍塌下来，先到山谷的中心去。”他指了指四周。接着我就发现，这个地方，四周全都是三十多米高的悬崖，不由得暗骂了一声。

我四面看看，发现完全没有任何路线可以出去，接着，我看到了闷油瓶捏着他自己的手。

他面无表情，但是他的手一看就是在紧紧地捏着自己的手腕。我忙问他：“怎么了？你受伤了？”他淡淡道：“没事，来之前就有的伤，没好透。”我松了一口气，就想帮他背包，他用手挡了一下，我一下就看到，他的手是以一种特别奇怪的角度弯曲着的，一看就知道他的手已经断了。

我不禁皱眉：“你的手——怎么？似乎是断了？”

闷油瓶道：“见你之前就断了，恢复了一点，刚才跳下来的时候，甩得太厉害。”

我呆了半晌，不由得就笑了起来。

事情突然发展到这种地步，实在是出乎我的意料。

我们现在被困住了，我有了雪盲症的前期症状，天气越来越坏，闷油瓶为了救我，断了腕骨，我如今的选择已经不多了。

如果我不能陪他出去，那么我只能陪着他走下去，一直走到他把我打晕了为止。否则，这事实在说不过去了。

手腕骨断裂是十分痛的，我看了看我的装备，想找点有用的东西先给闷油瓶急救一下。还好其中没有东西被摔破，背包和食物都算完好。有一些在我滚动的过程中被甩了出去，埋在雪里不可能找到了，但是最重要的压缩食品还在。我找了一个雪坡，掰下两根冰凌作为固定器把闷油瓶的手腕固定住。在这里风不是特别大，但是上面不时有雪球被吹下来，砸在我们头上，非常疼，如果有稍微大一点或者包含着冰块的雪球，很可能会把我们砸伤。

我帮他弄完之后，就对他道："不管要去干什么，你首先肯定是要到达一个地方，但是以现在的状况，你可能会死在半路上，我觉得你最好是先回去养伤。我们不如往回走。"

他摇摇头，默默道："这是小事，你走吧。"

我道："你是为了救我而断的手，如果因为这个而导致你最后的计划失败，我于心不忍，所以我必须跟你去。"

他道："那我还是会用昨晚说的办法来。"

"也行，随便你怎么样，如果你真的把我打晕了，我也没有什么可说。但是我希望你知道，如果你需要有一个人陪你走到最后，我是不会拒绝的。"我道，"我要陪你去，这是我自己的决定，所以你不用纠结。"

没有再说什么，闷油瓶和我说这么多话，我觉得他也是实在没有办法了。我们沉默了片刻继续前进。在走到这个山谷中心的时候，闷油瓶说："第一场暴风雪会在三天内来临，如果我们不能到达之前的温泉，我们都会死在这里。而从这里往回走，你很快就能回到你们的世界中去。"

闷油瓶是想告诉我，即使我要陪他走下去，事情也不是我想的那么容易的。但是我已经下定了决心，我不再理会，甚至不再思考他的话的合理性。我道："那我也会去。这是我自己的想法。"我把所有的装备分装整理了一下，让他少负重一些。但是他接过了他自己的装备，没有让我去拆分，而是单肩背上。他的装备不多，但是相当重，压在他的身上，显得沉重无比。

第二十九章

故地

我们继续前进，在这个雪谷中寻找出路，最后发现了一个被雪掩埋隐藏起来的可以攀爬的地方。我用登山镐把雪刮掉，一点一点地在岩石上寻找落脚点，蹬着往上爬，晚上就在岩壁上靠着休息。直到第二天中午，我们才爬上了三十米高的悬崖。

我们继续艰难地前行。我跟着闷油瓶走，到了黄昏，我们行走的距离可能不超过二十公里，但是我们却在四周发现了融雪的痕迹。闷油瓶用耳朵听着，一点一点地摸着，终于找到了那条被雪掩埋的缝隙。

天黑之后，气温降得比想象中低很多，我们进了缝隙之中，来到了当时我们休息的那个温泉，在里面生火取暖，烧了一些汤水。

我没有什么胃口，也没有吃什么东西，闷油瓶似乎也根本不想吃什么东西。在缝隙口休息了一段时间，我们继续往里走，这个时候我已经很明白，闷油瓶要去什么地方了。他要去青铜门那里。那个地方，完全颠覆了我的人生观，我真的，完全不想再看到那个地方一眼。

但是，显然闷油瓶的目的地，就是那里。从这个缝隙，一路往里，很快就会到达那个地方，不需要再绕过整个云顶天宫了。

我想着那些人面鸟，不知道现在是一个什么样的情况。当晚我就做了一个梦，梦见我和闷油瓶，来到了那个青铜门之前，闷油瓶和我说再见，然后就进去了，把我一个人留在了门口，我一回头，无数的人面鸟看着我，把我惊醒了。醒了之后，就看到闷油瓶没有睡觉，而是在整理自己所有的东西。

我问他干什么，他道："我在看，哪些东西是你可以使用的，我都留给你。你回去的路上，可能会用得着。"

"那你呢？"我吃惊地道。

"在这里，就算我是一个初生的婴儿都没有关系，我已经离我的目的地很近了。"他道，"你不需要再进去，里面太危险了。"

我惊讶地看到，闷油瓶竟然从他的包裹里，拿出了两只鬼玉玺，他掂量了一下，将其中一只交给了我。

"既然你到了这里，我想你应该知道一些事情。"他道，"你带着这只鬼玉玺回去，我只需要一只就够了。"

"这另一只你是从哪儿拿到的？"

"霍老太给我的。"闷油瓶道，"在你们不知道的时候。"

"这东西是用来干什么的？"我直奔主题，我已经没兴趣知道这背后到底是怎么回事了。

闷油瓶道："开门。"

我接过鬼玉玺，他就道："你带着这个东西，来到青铜门前，门就会打开。十年之后，如果你还记得我，你可以带着这个东西，打开那道青铜门。你可能还会在里面看到我。"

"那门后面到底是什么地方？"我问闷油瓶，"你为什么要进去？"

"我无法告诉你那是一个什么地方。"闷油瓶道，"我只能告诉你一个约定。在很多年之前，我带着一个秘密找到了当年你们所谓的老九门。在张家的祖训中，一直以留存为最大的目标。张家的整个发展过程，都是希望在任何的乱世中，张家可以留存下来，从而保留住张家古楼的群葬。从我得到的消息来看，只有族长才能知道一个巨大的秘密。张家从最开始就获得了这个巨大的秘密，这个秘密在中国的历史长河中运行，谁也不知道是什么。我们只知道有这个秘密本身，秘密有一个关键的时间节点。这个节点现在已经到来了。在张家最后留存的希望破灭之后，我找到了当时的老九门，希望借老九门的力量帮助张家，共同承担这项义务，使得这个秘密不要被发现，但是老九门中，没有一个人履行诺言。

“我要守护的这个秘密的核心，就在这扇青铜门后面。守护这个秘密需要时间，我会进入青铜门之后十年，等待下一个接替者。”

“为什么说他们没有人履行诺言呢？”

“因为之前的近一百年时间里，所有守护这个秘密的人，都是张家的人，张家的力量由此被削弱。在我们之前的诺言里，老九门中的人必须轮流去守护这个秘密。”

“他们没有一个人去？”

闷油瓶点头：“我已经是张家最后的张起灵，以后所有的日子，都必须由我来守护。不过，既然你来了这里，我还是和你说，十年之后，如果你还能记得我，你可以打开这个青铜巨门来接替我。”

“等等。”我消化了一下，就问道，“你是说，老九门是要轮流的。你们张家已经轮了好几辈子？”

闷油瓶点头，我就问他：“那如果不是这种情况，按照承诺，老九门到现在，应该是轮到谁？”

“你。”闷油瓶说道。

我？我愣了一下：“你是说，原本应该是我进到这个青铜门后面去待上十年？”

闷油瓶点头，我刚想说你说清楚，闷油瓶忽然伸手，在我的脖子后面按了一下，我一下就失去了知觉。

那是我最后一次见到闷油瓶，我醒来之后，除了他留给我的鬼玉玺，他所有的一切都消失了。

我疯了一般地去找他，往缝隙的深处挤，发现那里竟然没有任何道路。之前我们出来的道路，竟然是封闭的。

我想起当时闷油瓶在里面爬行的时候，在我面前消失了一下，难道当时他启动了什么，才有了我们后来的道路?

我在那个地方待了三天，直到暴风雪慢慢平息下来，我才彻底绝望。

一路无话。

最后我回到了杭州。我行走在西湖边上的时候，天上下起了毛毛细雨，我回想之前经历的一切，想到了每一个人的结局，忽然觉得好累好累。

不知道为什么，我的眼泪就流了下来，我回到了自己的铺子，恍如回到了当年，什么都还没有发生的时候。

我原来以为我做完这一切之后，还能剩下一些什么，没有想到，竟然什么都没有剩下来。

但是，我意识到自己还不能停，还必须走下去，因为还有一个十年。

第三十章

总结

故事到这里应该已经结束了，能知道的谜题我心中都十分清楚，不能知道的我已经全部放下了。但是有些事情，还是值得提出来整理一下的，对于整个故事的完整性，有些好处。

到现在我基本能确定了，张家族人确实是来自关东，他们生活在关外少数民族聚居的区域，当然当时不是少数。基本也可以知道，自蒙古族进入中原后，也就是中国元朝时期，是张家人活动最少的时期，他们几乎全隐藏起来了，一直到了明朝，他们才重新出来活动。

张家内部有着极其严格的族规，张起灵这个名字，并不是所有人都可以叫的，一定是要族里选定的族长的继承人才可以叫这个名字。

所以当时才会有“张起灵计划”，他们是想通过这种方式，找到张家的现任族长。

而且我猜测，张家那种奇怪的血液，并不是所有的张家人都有的，应该是一种隐性的遗传，甚至可以说是一种病。张家族人中，只有少数人有这种奇怪的血液，而拥有这种血液的人中，血液效果最强的人，才有可能成为族长。而族长的夫人，必须也是同族中有相同血液的女性，这样才能保证这种能力能够延续下去。这就是所谓的族内通婚，但这样也导致了另外一种遗传病的长期遗传，也就是失忆症。

从民国中期开始，就再没有任何人进入古楼了，这说明那时张家开始迅速衰落。原因是他们遇到了中国封建社会的终结，几次革命都是完全的意识形态的革命，张家人再有财富和势力，在这样的新思潮的冲击下，也从内部开始分崩离析。

也就是这时，张大佛爷所在的小家族作为其中一支力量，离开了张家的控制范围。当时应该是张大佛爷的父辈，他们走时，没有带走家族的任何信息。他们仍旧在东北活动，但是放弃了张家之前的所有祖训，开始大范围地通商，渐渐变成了商人。之后日本人入侵东北，张大佛爷的上一辈人在当地抗日时几乎死绝了，因此，张大佛爷带着族人逃往长沙。当时应该也是因为关内盗墓的大本营在长沙，所以张大佛爷才会去那边。

张大佛爷到了长沙之后，迅速扩张势力，一方面积极抗日，另一方面和当地的豪杰发展关系。当时是中国最动乱也最传奇的时期，各路英雄豪杰辈出，老九门慢慢就形成了。其中三上门因为张大佛爷抗日的关系，慢慢向军界靠拢。抗日胜利之后，张大佛爷被“它”组织胁迫，必须找出张家人长寿的秘密。

张大佛爷虽然完全不了解自己的主族张家，但自己关于父辈的记忆中怎么都会有一些印象，再加上在张家的书籍中或多或少都会有些记载，因此，他知道了自己祖先的所有秘密都在张家古楼——张家的群葬墓穴之中。

他需要找到张家古楼。

首先他开始了张起灵计划，寻找在战乱中已经完全不知所终的张家族长。

大量和张起灵同名同姓的人被找了过来，但是始终没有找到正主。当时的老九门，全都在张大佛爷的监控之下，一方面是保护，另一方面也是监视。终于在二十世纪六十年代，他们找到了张起灵，在他的带领下，老九门进行了那次史上最大的联合倒斗活动，但损失惨重。

那次活动，导致了两个结果。

第一是张起灵的权威性受到了极大的质疑，整个九门分成了两派，有一派因为是被张起灵所救，像霍老太这一批老九门中最聪明的，就力挺张起灵，把张起灵当成神灵一样来膜拜，所以张大佛爷家族的控制变得十分尴尬。另一派则把活动失败的所有责任全部推给了张起灵。

我爷爷萌生了强烈的退意，他不想再看到有人为了毫无意义的事情而死亡，看到这些昔日的英雄豪杰为了追随张大佛爷而枉死，所以一直站在张起灵这一边。张起灵因为那次活动受了重伤，醒来的时候完全失去了记忆。

我爷爷对自己的三个儿子做了安排，他知道自己的下一代一定是逃不过的，但是睿智的爷爷看到了事情发展的契机，他希望在我这一代，能够完全将吴家带出这个怪圈，于是为我的父亲、二叔和三叔，各自设计了他们的人生。

爷爷的设计十分巧妙，所有的事情完全依据三兄弟的不同性格。他选择了最工于心计的二叔作为自己的接班人，而希望我的父亲和最无法控制的三叔能完全脱离“它”组织的控制。

然而，他最没有想到的是，三叔的叛逆是他无法控制的。三叔不仅成了兄弟三个中盗墓技艺最高和草莽气最重的人，也变成了“它”组织看好的人才之一。

结果，二叔反而变成了一个可有可无的角色。

老九门的第二代，吴家的代表人物，变成了吴三省，三叔当时并不知道，这并不是什么光荣的事情。当然，“它”组织也不知道三叔并不是一个好惹的角色。

而其他各家全都有自己的打算。霍家因为联姻，一直在为张起灵周旋权衡。

而解家，解九爷在这整个局里是真正看得最透的人。他知道，像我爷爷那样的逃避，霍仙姑那样的周旋，都完全不能解决问题。

解九爷在明白了这一点之后，便开始下一盘非常非常狠毒的棋。他找到了自己的儿子，落下了第一颗棋子。

老九门的反击从解九爷的棋谋开始了第一步。

关于张家古楼的后续考古工作，是老九门第二代的第一次集结。他们并不知道，这是一次多么危险的探险活动。除了几个核心的人，其他人并不知道，当时的那次活动，其实并不是考古，而是一次送葬的活动。对于张家古楼的考古研究，在一九七〇年就已经完成了，这都归功于当年史上最大的考古活动所取得的大量资料（这大部分的资料都是当时大金牙金万堂所获得的成果）。

这是一股从来没有出现过的力量，这支队伍由当时得势的张大佛爷家族带领，完成了所有的考古勘探活动，但是在进入张家古楼之后，这支队伍全军覆没了。

为此，“它”组织才启用了已经面目清晰的第二代。这一支队伍被盘马老爹破坏，当时只有在地下勘探的几个人幸免于难，但是等他们回到地面上时，解九爷的队伍已经接管了一切。

这一支队伍完全没有执行任何任务，他们把要下葬的棺木焚烧，用铁水封住了尸体，毁掉了所有资料，带着尸体开始了逃亡。之后，发现被背叛的“它”组织，开始天南海北地追查他们。

他们在逃到杭州的时候遭到了最大规模的追杀，迫不得已之下，只能求助于我爷爷。而当时，我三叔正在以盖铺子之名，探索杭州地下一处隐秘皇陵，我爷爷就用了一招金蝉脱壳，把那具尸体藏入了皇陵之中。

而解九爷的人在那时候化整为零，混入了“它”组织的内部，开始有目的地大量破坏相关的资料，杀死或替换关键人员。霍老太就是在那个时候，发现自己的女儿有一些不对劲的。

同时，解九爷的另一个目的就是要救出张起灵，当时只有格尔木的疗养院是任何人无法染指的，所有核心的资料和人全部在里面。

研究继续进行，假的考古队接到了西沙考古的命令，前往西沙。就在考古队在西沙整合装备的时候，真正的霍玲和文锦，使用了假的密令，把假霍玲和假文锦调往了长白山，而自己混入了假的考古队中。为了给自己带来帮手，文锦找到了三叔，而解九爷的内线，终于在那个时候，成功地把张起灵调出了疗养院。

其间，解连环为了获得更大的支持，和裘德考有了联系。裘德考的内部关系，为解连环得到西沙古墓的第一手资料提供了帮助。

这是三叔第一次介入此件事情当中。当时解九爷已经去世，解连环发现队伍中出现了问题，但是一时间，他不可能发现是因为调包的人被调包回来了，此事的蹊跷之处非常莫名。解连环和解九爷不同的是，他没有解九爷那么绝情，可以为了最终的目的牺牲掉一切。他对于吴三省的出现十分纳闷，于是，他也混入了队伍之中。

当时解连环的计划应该是顺着解九爷的思路，找一个人替换掉吴三省，所以他事先带着一艘船，远远地跟在考古队的船后面，船上有一个他准备好替换吴三省的人，这个人肯定是解九爷很久以前就准备好的。

吴三省完全不受任何控制，之后便发生了之前三叔叙述的事情。解连环和三叔在海底的事情是三叔虚构的，因为那是他们第一次在一个完全不可能有人监视的情况下单独相处。

他们在古墓中发生了激烈的冲突，三叔那个时候完全处于巅峰状态，身手、警觉、魄力和凶狠弥补了他的鲁莽。那个黑暗中的人在袭击三叔的瞬间就被杀死了。

应该是在三叔的逼问下，或者是在某种契机下，解连环和盘托出了整个计划。于是，在海底墓穴的墓室中，两个人进行了一次合谋。本身解九爷已经把整个“它”组织搞得很不顺畅，而三叔的加入，改变了解连环从解九爷那边继承下来的计划。

三叔的决绝和魄力正好弥补了解连环的缺陷，再加上他本身的谨慎，他们开始进行一个快速的、更加大胆的计划，要完全毁掉“它”组织。

其中最核心的一点就是，他们必须找到疗养院。于是解连环戴上了三叔的面具，演了一出双簧。在海底墓穴中，三叔用禁婆香迷倒了所有人，然后用解家的船把人运到了岸上，送还给了“它”组织。

禁婆香这种药物极其特殊，神志迷糊的时间非常长，解连环假装第一个清醒，编了一个故事，把他们运到了疗养院中。之后解连环和三叔里应外合，同时使用计谋，切断了疗养院和“它”组织的联系。

与此同时，被骗到了长白山的另一支队伍，不出所料在云顶天宫出了事。我们在死循环中看到的干尸，就是这批人的尸体。根据尸体的数量再结合顺子的叙述，当年进去的人应该没有全军覆没，我想能假冒文锦和霍玲的人，想必还是有些身手的，不知道她俩是不是逃掉的那两个。

但是，情况在这里发生了变化，此时所有的队伍分成了三批人，一批是逃脱后的陈文锦他们，一批是三叔和解连环，还有一批是闷油瓶。

真正的三叔一直在寻找陈文锦那批人。而陈文锦他们在逃出疗养院的过程中，发现已经无法信任任何人。显然，解连环和吴三省都是不值得信任的，他们会为了达成目的牺牲掉其他人，而“它”组织则更加不可信任。陈文锦和霍玲为了逃避追杀和寻找真相，开始了格尔木探险，并且建立了录像带机制，开始警告第三代。

我想到这里，感觉到一股浓浓的暖意，在整个局势里，所有人都是功利的、血腥的，唯独这两个女人领头的队伍，在面临如此巨大的困境时，想到的还是保护和探索。

而三叔和解连环，一直蹲守杭州，四处寻找其他人的踪迹。我相信三叔那么执着，确实是因为对陈文锦的感情，但是，不可否认，也有可能是解连环为了杜绝后患，一直想除掉他们。而文锦和我见面的时候提醒我三叔是假的，也是这个原因。

此时对于解连环的秘密追杀已经到了空前紧张的程度，解连环最后来到了杭州，一直躲在三叔的铺子下面，看守着那具棺木，等待着日期的来临。而从那之后，我所见到的三叔，其实是两个人，只是因为当时实在没有想到，世界上还有人皮面具这么完善的技术，这两个人又确实在很多方面都十分相似，所以实在很难分辨。

在这期间，我感觉到三叔神出鬼没，其实是有两个三叔的缘故。这两个三叔对于一切都非常熟悉，只是性格有些不同，他们同时在做一些事情，各有自己的做法和线索，所有的线索交杂起来，才会变得复杂诡异。

我无法分辨，什么时候我面对的是吴三省，什么时候我面对的是解连环，但是我也清晰地记得，我不止一次地觉得三叔的性格变了。但是无关紧要，他们就像双生子，为了同一个目的，一直在不停地奋斗着。

话说两头，此时文锦和霍玲带着他们的人，对格尔木的考察已经告一段落，而她们的身体也因为误食了丹药而发生了很多变化。霍玲的变化尤其快，已经开始有些神志不清，记忆力减退。他们利用废弃的疗养院作为休息的场所监视着霍玲。

而闷油瓶有着他自己的目的，他回到了张家古楼，可惜之后他生来就有的张家的失忆症犯了，之后被人当成肉饵，放入了古墓之中钓尸，被陈皮阿四所救，重新回到了众人的视野里。但是，此时的“它”组织和当年不可同日而语，已经变得似有似无，没有那么大的控制力了。

当时三叔和解连环觉得事情十分蹊跷，他们从三叔铺子底下的古墓中，取出了当时张家古楼的一件战利品——黑金古刀，用来试探闷油瓶。与此同时，裘德考开始全面地介入事情当中，不甘心再当一个投资者和被骗者。因此，才有得到裘德考各种资料的金万堂到了我的铺子里找我。

三叔看到当时的战国帛书之后就意识到，裘德考现在成了心腹大患，必须加以控制，于是组织了第一次的七星鲁王宫的探险活动，没有想到，事情从此一发而不可收拾。

贺　岁　篇

盗墓笔记

比　鬼　神　更　可　怕　的　是　人　心

祠堂

事情发生在某年的元旦之后，具体是几号我已经记不清楚了。那段时间很冷，天寒地冻。本来这种季节我肯定是待在杭州的，要么猫在家里，要么偶尔去一下铺子，总之，我是不太会在这种情况下出远门的。不过那年是一个例外——我不得不和家里人一起，长途跋涉，回到长沙边缘的一个山村里。

那个村子是我们的祖村，名字叫冒沙井。

从外表看起来，这村子和现在的新农村没什么区别——房子垒起来老高，墙壁上贴着花里胡哨的瓷片。往里面一点是老村子，顺着山势有很多老黄泥房。那真的是很老的房子，最初的梁子是什么时候立起来的几乎不可考究。这些老房子大部分是老人住的，有些已经无人看管，变成无主的孤房。整片房子都是斜的，看上去随时会塌。

我们回到祖村，并不是为了叙旧过年。事实上我从出生到现在，回老家的次数没有超过一只手的指头数，特别是读大学之后更是极少回来。这十里八乡的什么娱乐设施都没有，能够接收的电视频道也只有那么几个，我自然是不愿意待。

不过这一次却不得不回来——不仅是我，就连三叔、二叔、我老爹都必须得回来。

从表面上看，似乎是村子里出了什么大事情，然而实际的原因却很让人无语。回来的原因——这里要修高速公路，路正好途经老墓地，所以家里的祖坟要迁，否则就将被推土机铲平了。

这种在我看来非常无奈的事情，村里的老头子们却是很看重的。迁祖坟就是要换风水，还要扰先人，总之是大事。我老爹是长子，我们一家又是村里吴家这一支最兴旺的，所以我爹他们三兄弟一定得回来主持大局——其实也就是掏大部分的钱。

我爹是出了名的好说话，也就答应了，顺便让我和几个堂兄弟认祖归宗。于是我们便回到了这里。

本来我还有一点祈望——此次这么多人一起回来，有可能会比之前有意思。因为毕竟是山里，你只要有伴儿，还是能搞点乐子出来的。我依稀记得表公那边可能还有老猎枪，如果能打猎，也算是不错的消遣。

没想到，我们一行人刚刚抵达，二叔就被抓去给人看风水了。三叔对这里十分熟悉，一年要跑五十多回，所以到了也就找人搓麻将去了。我父亲被几个本家的老头找去商量事情。老爹知道我不安生，不让我乱跑。他们在祠堂前商量事情，我一个人被撂在祠堂里闲晃悠。

我家的祠堂在老村子的地界。那是间大房了，不过和那些电视里演的古宅不同——虽然这间老房子也是用黄泥抹起来的，但是没有白墙黑瓦。进入祠堂，首先映入眼帘的是一个院子。院子中间有一座亭子般的戏台，再往里面走就是灵堂。灵堂又高又大，但是抬头看屋顶，星星点点全是破洞，下雨天想必无法防水。祖先的灵牌就放在灵堂的尽头——墙壁被挖了好多佛龛一样的洞，每个洞里供两尊牌位，牌位上刻的都是老祖宗的名字。灵牌面前是供桌，不过蜡烛都已换成用电的了。

这祠堂还是我爷爷出资修建的，所以年代也比较久了。吴家的人丁本来就不是很兴旺，加上人口最多的一支迁到了杭州，所以这个祠堂如此情形，还算是过得去了。我找了一下爷爷的灵牌，也是一尊大牌位。其实爷爷是入赘到杭州的，按祖规应该不能上这个祠堂，现在上了，或许是爷爷生前搞的手脚。

在这种地方是极无聊的，加上天气寒冷，祠堂里又没人，我就耐不住性子，开始四处摸摸碰碰，读读对联、看看功德碑。这时候，我忽然发现祠堂的边上有一条走廊，走廊通向一扇门，从门出去之后就是祠堂后面的空地，空地上有间老旧的茅草屋。

当时我也没有多想什么，就走了过去——一方面空地上有太阳，另一方面茅草屋看上去挺古老的，还锁着大铁链锁，看着挺吸引人。

走到茅草屋边上看锁的样子，发现锁果然有年头了。

茅草屋的窗户就是两个大窟窿，窗框上糊着非常古老的报纸——显然，原来是有玻璃的。

我百无聊赖，便探头往里面看。里面光线很暗，但是隐约能看到泥地上全是干柴，在干柴的上面，是一具满是干泥的大头棺材。

棺材

茅草屋里光线晦暗，我只能看清那是一具老式的棺材——一头大一头小的大木匣子，体积并不大，不像那些电视里演的大户人家的棺材。棺材上全是泥，几乎看不清棺材本身的纹路。

这具棺材让我有点心跳加快，一下激发了我无限的联想。虽然记忆不是很清晰，但是好像祠堂本来和棺材就有着千丝万缕的关系。家族葬礼，祠堂就是古法礼中停死尸的地方。我还记得爷爷死的时候，就是在这里停尸。当时还是盛夏，有道士封臭作法，大体是烦琐的仪式，我已经记不清楚了。所以这里有棺材，应该不算奇怪。

问题是，为什么这具棺材会被放在祠堂后的茅草屋里，而且上面全是干泥？根据这屋里蜘蛛网面积和灰尘的厚度以及锁生锈的程度，可知这具棺材停在这里已经有相当长的岁月了。是在十年前，还是几十年前？是什么原因，这具棺材被抬到了这里，一直放到现在呢？这棺材里有尸体吗？又是谁呢？

在一瞬间我心里闪过了很多念头，有点心痒痒的感觉。看来这祠堂和这茅草屋以及里面古旧的棺材背后必然有故事存在。

无奈，我身上穿的是前几天新买的米安斯迪，身手又不够敏捷，否则肯定会爬进去仔细瞧瞧。不过，我知道即使进去我也瞧不出什么——我总不能撬开这具棺材——谁知道这里面会有什么东西？瞧了半天，我悻然转身，绕过了茅草屋继续往前走。茅草屋后面是一片农田，我顺着田埂往里走，发现这片农田已经荒废了很久，里面杂草丛生。这应该是我们家分到的祖田了——可惜我老爹兄弟三个都不是种田的料，这地竟然荒成了这样。

再往前就是别人家的地了，一直能看到地的尽头——那是山坡，由小路往下，延伸到梯田的下一段。

再走也就是这个样子了——我心里一边盘算这些地到了杭州能值多少钱，一边往回走去。老爹他们不知道谈完了没有，如果还没，我就在边上听着，顺便锻炼一下长沙话听力，怎么样也比在这里闲逛要好。路过那茅草屋的时候，我顺便又往里看了一眼。

阳光弱了一点，屋子里更暗了，我什么都没有看清楚。

往事

当天吃晚饭的时候，我向表公打听那棺材的来历。

表公算是这里老资格的了，现年七十九岁，除了赶集，他基本没离开过村子。然而问起这个事情来，他也不是十分清楚那茅草屋里老棺材的来历。村里人都知道有这么一具老棺材在，不过，这棺材是从什么时候出现的，他们都没有什么印象，平日里也没有什么人经过那一带。

还听更老的一些人说，这茅草屋还是盖这祠堂之前就在那里的。当时那里是一片废弃的土房，被吴家买了下来，全推平盖了祠堂。唯独就剩下那一间，一直留到了现在。至于这茅草屋原先是谁盖的，里面棺材的来历，就无从考证了。算起来，这大约是六十年前的事情了。

六十年前表公还只有十九岁，时间实在是太久远了，他也记不清楚是当时那棺材已经在那茅草屋里，还是之后的六十年间有人放进去的。不过看这棺材的样子，本身就很古老，到底是什么时候的棺材也没有人说得准。想着我心里有点瘆得慌，越发觉得这里面有故事。

晚饭是在祠堂吃的“大桌饭”，和村里的其他亲戚一起吃的。表公的身体很硬朗，吃完饭抽着水烟就回去喂鸡了。我老爹让我送送表公，我便跟着去了。路上表公就对我说，如果我真的感兴趣，可以去另一个村子问一位叫徐阿琴的老人，他是当年吴家请来管祠堂的。吴家祠堂刚修的时候，他就在这个村子里给人当长工，这祠堂他也帮忙盖过。后来第二年土地革命，他分了很大一块地便种田去了。算起来，到现在他可能有一百多岁。要说这事情有人记得，那也就只可能是他了。不过也要看运气，一百多岁了，鬼知道他现在是什么状况。

我心说我又不是吃饱了撑的，而且我也没多少和百岁老人攀关系的经验。心说算了，也就点头敷衍过去了。

在整件事情中，这是我犯的第一个错误，而且也是最严重的一个。

移棺

吴家的祖坟是在一座岩山的阳面。山大概有二百米高，并不壮观，那里也并不止吴家一座坟包。正面山坡上零零落落，不同的位置有四五座各种样子的坟包，都是村里大户人家的阴宅。上山有一条土道，因为平时走的人不多，杂草丛生。好在现在是冬天，草稀，走起来不是很困难。

这座岩山的前面，本来是一条很大的溪流。所谓风水宝地，当时的人也就是前水后山这么一个概念，不过现在岩山上有人建了小水电，还有人挖沙，溪流早就干涸了。

移坟的仪式选在了我们到村子第三天的上午。看皇历是个好日子，所以不只我们一家，很多其他的村民也在准备。岩山上密密麻麻，这里一堆，那里一群，都是人。

我属于长子嫡孙里排得上号的，老早就跪到了坟头前。一边的道士还在做前期的准备工作，四周有此起彼伏的鞭炮声。

我之前一直很有兴趣的是，土夫子的坟会是什么样子的。不过看了真是大失所望，和普通的农民墓差不多——水泥浇起来的一座扇形屏风式的坟头，前面是一块大水泥碑，后面是和山连起来的封土，四周全是杂草。如果没有那水泥的部分，你绝看不出来那里有座坟。

三叔告诉我，我们家的祖坟算是村里比较老的了，在清朝的时候还有乡绅给重修过。这水泥是新中国成立后浇上去的，爷爷躺的那层修在老墓上面。这老墓往下六七米的位置才是祖宗的坟，是个什么样子，他们都没见过，不过绝不会有地宫，叫我别指望了。干这一行的，但求有个全尸，这种大兴土木的事，土夫子是不会干的。

我听了心中戚戚然，忽然又感觉很好笑——这里跪的一群人大概一半都是挖别人坟的，等一下起坟不知道会不会是他们动手。想着这批人忽然掏出一大溜折叠铲的画面我就忍俊不禁。盗墓贼迁祖坟和法医验自己亲戚的尸体，恐怕都是无奈居多吧。

在那里一直跪了两三个钟头，敲敲打打冻得我直打哆嗦。一直快到十一点了，那穿着耐克鞋的道士才做完法事。我父亲带头，几位亲戚叔叔掀起了墓碑，然后用石工锤开始开坟。

这完全是没技术的活儿。一直砸了两个小时，才把坟窟砸通。那是四个并列的水泥洞，棺材就塞在里面，两个洞是空的，那可能是给我奶奶和我老爹准备的。另外两个里面是两具木棺材，我知道其中有一具是我爷爷躺的，另外一具是谁的我就不知道了。

二叔清点了墓碑上的名字，和族谱一对照，里面应该有九具棺材。三叔说有些肯定是衣冠冢，比如说太爷爷的和太太公的。这个辈分太大了，再往上我也不知道怎么叫。不知道那些老棺材的情况，如果散架了就更麻烦。

两具棺材被抬了出来。接着老爹把上面的水泥坟窟全砸平了，就开始挖下面的山泥。那是三叔他们的强项，一支烟的工夫就挖下去很深，很快便戳到了青砖——那是老祖坟的顶了。

接下去的过程我是没资格看的，被老爹他们叫了出去。接着他们跳下去，启开坟顶，道士开始念经撒纸钱。

我不知道老坟里的情况，不过看样子年代是过于久远，有点不好弄。一直到太阳下山，才有第一具棺材被抬了上来。那是一具已经霉烂得不成样子的老棺材，一看就知道不是现代的，一落地就散发出一股让人不舒服的味道，那应该是地下泥土特有的气息。

然后一具接一具，有些还在淌着泥水。很快，九具棺材全都被抬了出来，一字排开放在山坡平坦的地方。四周有人用水喷棺材的头部，那里刻着棺主的名字。然后道士开始做记录。

我几乎要冻僵了。虽然第一次看到这种场面，但是我却一点也提不起兴趣来——这山上实在是太冷了。看到最后一具棺材被抬出来，我心里终于一安，心说总算完了，这还真是个大工程，不比下地轻松。

接下来就是把棺材稍微洗一下，要抬到祠堂里去放一段时间。因为得祖宗先走，所以要先把最老的棺材抬起，后面的才能跟着。所以，我们还得等那记录名字的人找到老祖宗。

就在所有人都松了口气的时候，忽然听到我爹吆喝了一声。我们转头向他看去，就看到在坟窟里的人还在不停地拉着什么。

太阳快下山了，天色越来越黑。表公用长沙话大声吆喝了一下，问是怎么回事。

“还有一具！”我老爹大叫道。

“啊？”人群里一下开始了骚动，大家都看着那边。接着，我们都看到又有一具棺材，从那里被抬了上来。

“怎么可能？”表公看了看墓碑，又看了看陈列着的那些棺材，莫名其妙道，“奇怪，怎么多了一具？”

错误

吴家祖坟的黄土之下，按照墓碑上的名字和族谱里的记载，一共应是九具棺材。这不同于数黄豆，很难出现偏差。因为祖先就这么几个，多出了一具棺材，实在是不可思议的事情。

这事情一下就在人群里掀起轩然大波。在场帮忙的、围观的那一批人都在窃窃私语，交头接耳。

当然最震惊的还是表公那一批在村里的老吴家代表，他们算是土生土长，这种事情他们从来没有听说过，自然很难接受。

这时候我也顾不上什么资格不资格了，也凑过去看墓窟，只看到坑挖得很深，大量的老黑砖裹着烂泥草根翻在一边，根本看不出墓穴本来的面貌。

十具棺材都被排到了缓坡上。排了一下，发现最后抬出的那一具，没有任何标记和名字，但是这一具棺材是并列排在墓底的四具最老的棺材之一。这样来看，挖到了无主孤棺的可能性也不大，因为墓窟的四周围有青砖头。

表公和另外一个老头（我实在叫不出他的名字）只商量了一下，

就让人立即把十具棺材全部先抬回到祠堂去，并找了人日夜看守，这边的仪式照做，总之要关门琢磨。

我们小辈这时候自然完全插不上话，只感觉气氛一下就变了。此事对于吴家的脸面显然影响很大。如果族谱有错，那就要重修，那也是很大的事情，可能在海外的那一批人也得要回来才行。但是这种可能性太小了，除非这祖坟有着什么我们不知道的隐情。

我老爹也是丈二和尚摸不着头脑，一路上一言不发。道士开道。天已经全黑，漆黑的山路和寒冷的气候让我不由自主地发抖，脑子里却总是浮现出在祠堂后面那荒废茅草屋里的古棺。果然，到了这个村子，想摆脱棺材是不太可能的了。

晚上大家照例在祠堂吃“大桌饭”。祖宗规矩，今天吃素。吃了一桌子的豆腐菜，之后点了炭炉取暖，他们开始琢磨这些棺材。

棺材都摆在灵堂，我第一次得以靠近看。我发现太太公和爷爷的棺材保存得都还可以，封得都严丝合缝。但是，那些老棺材全都带着泥，还没干透，木皮都烂得呈现出一种极深的墨绿，看上去十分恶心，我都不敢靠太近。

最后抬出的四具棺材，时间应该要推算到很久之前，因此晚清那一次重修变得十分可疑。但是当时能记事的人已经一个也不在了，族谱上也是简单的一句，基本对情况介绍都不可靠。但是，让人诧异的是，就连口口相传的信息也没有——表公和所有的老人都表示没有听上一代提过任何和这个有关系的事情。

我老爹听着就面露愁容，当时我一直不知道他在担心什么，后来才知道里面的猫腻。

吴家的族例中，祖坟里都是长子嫡孙，也就是老二、老三都要重新立坟，所以一般情况下爷爷是入不了主坟的。不过我爷爷那一代的情况实在是太特殊了——往上三代都死绝了，而爷爷的哥哥又无后，只有我爷爷这一房后继有人，否则祖坟就没人装了。

所以说我老爹是吴氏的正宗，并不算名正言顺。虽然吴家没有多少祖业，我爹也基本上不当家了，但是这名头在村里是占着好处的——无论是分地还是决定什么事情，都得我父亲先首肯。所以这事情一出，可能有闲人会兴风作浪。

开棺

这方方面面牵涉了很多的事情，比如说三叔要在这里做生意——我们家和老家人的关系，我老爹作为这一脉的当家人自然是要小心处理。然而他又是那种走老实路线的人，作风传统、兢兢业业、死而后已，这种复杂的情况他自然是不擅长处理的，所以我看他是有点担心那种焦头烂额的情况会出现。

这种事情我也帮不了我老爹。一方面，我对于情势不了解，家里一溜老头，谁大谁小我都分不清楚，所以也只有假装不知道；另一方面，就算是有什么尴尬的事情出现，反正吴家的祖业说实在的也只有这一间祠堂好管理，你又不能卖了它，所以也没什么东西好损失的。按我老娘的话说，早该和这些事情划清界限，吃力不讨好。

不过这事情挺吸引人的。他们在那里一边烤火一边吸烟琢磨这个事情，我就夹在中间听着，也算是听个乐子。

表公说了一个可能性：这具棺材埋在底下的一层，那是最老的那一批，是曾曾祖那一辈，是嘉庆时候的事情了。可能是曾曾祖有什么偏房，比较受宠爱，虽然不能入族谱、上墓碑，但还是偷偷葬进祖坟里。

一查族谱，就发现是不可能的。因为曾曾祖死在了曾曾祖母前头，丧事是曾曾祖母操办的。按照当时的社会伦理，那就不太可能会发生这种事情。而且干这一行的一旦富贵，就是拼命地娶老婆，怕绝后。我奶奶是大家闺秀，还生了三个娃。那农村里肯定就一窝一窝地生啊，爱情这种东西基本上不会是当时生活的组成部分。

又说会不会是尸体残了？可能是下斗的时候出了事情，起出来的尸体不全，先葬了。后来又挖出了剩余的部分，才分葬进两具棺材。二叔摇头说扯淡，这种情况绝对要开棺重新殓葬的。祖坟又不是冰箱，脑袋放上格，屁股放下格，要换你，你乐意吗？

这一说就不对了，下面的人眉头皱起来，烟抽得都快比烧的香还呛了。

我自己在那里琢磨，感觉最奇怪的是，这具棺材没有名字。按照这里的习俗，棺材上不刻名字是很作践人的事情。既然棺材有资格葬在祖坟里，那就不可能受到这种待遇。如此说来，我感觉这具多出来的棺材里，或许没有尸体也说不定。

想着就觉得没意义，对于当时的情况，这里基本上没有任何可以参考的根据。这么想，到后来完全就是在瞎猜。

这时候，三叔忽然提出了一个可能性："咱们的祖宗是干哪一行的大家心里都明白。你说会不会是哪一代的老爷子，出于某种原因，藏了什么东西在祖坟里？"

三叔说完这话，其他的人脸色都变了。

这说法虽然听起来骇人听闻，倒也是有可能的事情。因为干这一行的，确实会做出出格的事情来。而且比起瞎想的那些，我倒感觉还是这个可能性大一点。

所有人你看看我，我看看你，不知道如何反应。二叔就喷了一声，似乎还想反驳，表公却忽然站起来，对我们道："别想了，打开来看看就知道了！"

乾坤

我现在还记得表公说完那句话之后，祠堂里的气氛。头顶的灯瓦数不够，烤火的炉光又是暗暗的，外面还有风声，所有人都是一种很僵硬的表情。我说不出那是一种什么气氛，但是我意识到不太对。

按照道理来说，这时候肯定有人会跳出来说"不行，这是大逆不道的事情"云云，电视剧里都是这么演的。可实际上没有一点反对的声音，隔了半晌才有人道："谁开？"

这话一出又是一阵骚动，三叔冷笑一声道："我大哥是当家的，当然是我们开。"

此话一出，我一下子就知道这气氛是怎么回事了，不由得也觉得僵硬起来。

这吴家的祖业一路分家分下来，其实基本上已经名存实亡了。我老爹的家也当得有名无实，最多算是个以名誉为主带个投票权的族长身份。即使是这样，也有不少闲言闲语。如今三叔一说这棺材可能是祖宗藏了什么东西，大概这里所有人第一想到的就是：难不成是前几代的老爷子，把一些当时不能脱手的明器埋到自己的祖坟里去了？

那个盗墓猖獗的年代和现在不同。那时候技术有限，渠道也没有现在这么通畅，所以很多那个时候起出来的、当时不敢出手的东西，都是好东西，必然价值连城。这批人竟然是起了贪念。

然而这是自己的祖坟，也不能放肆，气氛才会显得如此奇怪。不过，三叔的那句话，足以将矛头挑起来了。看来这事情已经超出我老爹能控制的范畴了。

果然，三叔说完还没收了尾音，就有人跳了起来："凭什么？祖坟我们就没份啦！"

三叔看了那人一眼："我靠，曹二刀子，你都跟你娘改姓了，什么时候你又改回来啦？轮得到你在这里放屁？"话音没落另一个又叫起来："这事是吴家的事情，姓吴的都有份！"

三叔呸了一口，看也不看："那姓吴的海了去了！我和你说，这开棺就得我们兄弟三个！这事情你没处讲理去，要怨就怨你太爷爷投胎的时候跑得太慢！"

"老子抽死你！"那人一下就骂开了，喝茶的碗一摔，站起身就想过来。三叔是狠角色，砰的一声把桌子几乎拍裂，站起来对他大吼道："你试试！"

三叔声色俱厉，加上他在这里的名声，跟他混的那一批人一下全部站了起来，另一边则有更多人，跟着刚才骂人的人也站了起来。一时间骂声四起，刚才还在互相敬酒的两帮人马上对立起来，只要稍微有人一动手就可能打起来。

我老爹脸色木讷，完全处理不了眼前的情况，一看这事情，不由得拍脑门叹气。就在这群人要大打出手之际，忽然表公站了起来，向前几步一脚就把取暖的炉子踢翻了。火红的炭灰一下子喷了出来，朝人群里扑去，把所有人都逼退了几步。表公接着拿他的竹拐杖在桌子上狠抽了一下："反了你们了？"

"表公！吴三省这匹儿……"有一个人叫了起来。他还没说完，表公又是一拐，那声音极响，抽得所有人都缩了一下脖子。接着他对我们道："这是吴家的祖棺！就算真开出什么东西，也得给我原封不动地葬回去，谁也别想打主意！老规矩，长子长孙开棺验骨，其他人都退出去！"说着抡起竹拐杖就要打人。

他是老辈，谁也不能得罪——被打的也只有自认倒霉。一帮人全被赶到了祠堂门口。三叔还想要赖，也被几拐杖打了出去。祠堂里只剩下我爹、我和几个老头子。

表公气得够呛，赶完人后就坐下来喘气。我老爹赶紧给他顺气，一边的一个被我们叫矮子太公的，不知道是什么级别的亲戚劝他："犯得着吗，犯得着吗？一把年纪了，你想把自己气死啊？"

"是啊，犯不着！"我老爹也说，"您缓缓，缓缓。"

表公慢慢平复了下来，站起来看了看外面，再折回来，正色对我老爹轻声道："阿穷，这事我给你摆平了。咱说在前面，这棺材里要是有好东西，你得匀我们一半！"

里面

想起表公当时的嘴脸，我现在依然感觉哭笑不得。不过他自己感觉这事情似乎是再正常不过，一点也没有觉得脸面有什么问题，而且那表情还出奇地认真。说完也不等我老爹有反应，表公已经迫不及待地朝那棺材走去。另两个老头一个守着门，一个去拿家伙了。

我和老爹相对着苦笑。表公招手让我们过去帮忙，把无名的棺材抬到灯下面。我抬了一下，发现那棺材极重，如果里面有尸体，必然是奥尼尔级别的。我和老爹根本就抬不动，也不知道那些抬这个回来的人到底是什么身板。没办法，也不能叫外面的人来帮忙。表公把那火盆子重新点了起来，压了柴进去，纸钱往里一倒火就旺了起来，接着把长凳搬过来，火盆子放上面当照明。

我想到要开棺材，整个人都惊悚了起来，既兴奋又有些害怕——大学课程里可没这个教学。而且这还是古棺，少说也有一百年了。看着那棺材，我忽然觉得这房间冷了几分。

村子不大，不一会儿三根撬杆就拿了过来。如果三叔在这儿那是一点问题也没有，不过我老爹和我完全不行，撬杆都拿反了。我举着那撬杆的动作，被表公笑说“你是准备打台球还是怎么的”。最后还是三个老头自己动手，他们早就等不及了，三下五除二，嘎巴几下，就把棺钉全起了出来。接着三个人到一边，三根撬杆一起插进缝隙里，用力一抬。

整个棺材发出“啪啪啪啪”一连串木头爆裂的声音，接着棺盖翘起来翻了下去。顿时，一股奇怪的中药味道扑鼻而来。

表公拉近火盆照明。我们都朝棺材靠去，就看到棺材里面，是一棺材的黑水，几乎没到了棺口。

我从来没这么近距离地看棺材里的情况，也不知道这算不算正常。看表公的表情，却也是一脸疑惑。他转头问老爹道：“坟里有积水吗？”

我老爹摇头：“是湿的，但没积水。”

“咦，这就奇怪了，这棺材里的水是哪儿来的？”表公道。

黑水

棺材里面有液体，其实是比较常见的事情。因为棺材封棺的时候，都会用木钉钉死，然后用胶泥石灰和着烂渔网做成的一种类似水泥的东西封住所有的缝隙。如果这道手续做得很完美，那么尸体就会在一个绝对封闭的空间里腐烂，尸体里所有的水分都会留在棺材里。

人身上有百分之六七十都是水，这个水量是比较惊人的，特别是尸体腐烂之后剩下的骨架很小，骨头就容易没在水下。

这种水叫作尸液，也叫作棺液。当然，也有的棺材封闭得不严，其中也有水分，那大部分是墓室积水导致的，这种情况下棺液的量很多。所以表公才有此一问。

我老爹回答得极其确定，我也瞄到两眼，祖坟之内确实是没有积水的，所以这棺液必然不是雨水，更不可能是尸液了。因为这么多的水，尸体恐怕得比奥尼尔还胖。

这两种情况都不可能，那就只有一个极端的情况——这些液体可能是葬下的时候灌入棺材的防腐药水。这确实比较可能，因为这一棺材黑水散发着浓烈的中药臭味。

这里还有一个比较有趣的传说，我之前也提过——在中国古代，是有人用棺材里的液体来做药引的。这传说听起来匪夷所思，其实还是比较合理的，因为这种灌入棺材的防腐药水中含有一种非常罕见的中药成分，到了明朝后期已经失传了。后世人如果要使用这种药物，只有让病人去古墓中寻找含有这种成分的液体。

不过当时庸医太多，以讹传讹，结果很多病人因为吃了古棺内的液体而上吐下泻，更有在棺材中放置砒霜、朱砂用于防虫、保持干燥的，这种棺材内的液体含有剧毒，直接把人吃挂掉。

这种恶习流传到近代，鲁迅先生也深受其害——他那么讨厌一些中医方法是有原因的。

我看着这一棺材黑水就浑身不自在。这棺材里要是有东西，必然沉在水底，不知道会是什么情形。而且那种水满得快溢出来的感觉，看上去就让人毛骨悚然。我总有幻觉这水下有什么可怕的东西。

表公他们自然是不怕的。他们放下撬杆，凑到棺材边上，仔细地往黑水中看去。

说是黑水，当然不是墨汁，而是因为光线很暗的关系形成的错觉。表公点起一边的纸钱照明，贴近水面。

我远远地看着，就看到黑水之下，在火光照耀下，幽深无比，竟然好像没有底。

深渊

那一棺材黑水，给人的感觉非常奇怪。从上面看下去，不像是被一个容器盛装着的，而像是看一口井里的水的感觉。水并不纯，能够看到水下有杂质沉积着。但是再往深里看，就看不到棺材的底了，一片漆黑，犹如深渊，让我有一种错觉，就是这棺材连着另外一个世界。

当然，这是不可能的。棺材并不深，一条胳膊左右的高度。这水又不像是墨汁那样，怎么会造成这种错觉呢？我感觉可能是因为沉淀的关系，这黑水底部可能沉积了大量的杂质，所以光线没法透过。

正在我乱想之时，表公已经用撬杆伸进黑水里，搅动了一下。果然如此，一下整棺的水都黑了起来，可以看到很多的漂浮物。中药的臭味更加浓郁。

不知道这黑水有没有毒。不过无论里面有什么，用裸手去碰肯定是不明智的。表公嘀咕了几声就招呼我老爹帮忙，要他把水放干净。

说着他拿起地上烧纸钱的脸盆，把纸灰扒掉，用来盛水。接着另一个老头用撬杆插进棺材的缝隙咬牙一用力，嘎吱一声，把棺材的侧面撬出一条缝隙来。那黑水立即从缝隙里流出来，流到脸盆里。

我老爹过去帮忙，用三个脸盆换着接水，满了就往祠堂后门外的沟渠里倒。我觉得恶心，远远看着，只见黑水水面慢慢地降了下去。

首先露出来的，是一只往上伸出的手，泡在水里已经腐烂发黑了，手呈爪状，似乎想伸出水面抓住什么东西。

显然这具尸体死状并不安详。一般死人放进棺材里都会平躺着，这姿势总让人感觉这尸体死得蹊跷。

表公的眉头皱了起来，他凑过去仔细看那只手，看了半天，忽然就吸了口冷气，道："咦？"

其他人都转过头看他，他到一边拿起一双筷子，从那手上夹起一个东西，晃到我们面前："你们看这是什么？"

我们凑上去，发现那竟然是一只指甲大小的螺蛳。螺蛳盖还没合上，竟然是活的。

螺蛳

世界上匪夷所思的事情不少，不过这一次让自己碰到，倒是第一回。几个人盯着那只螺蛳，仔细地看，都说不出话来。

棺材是完全密封的，抬过来一路上一点水也没有洒出来，这只螺蛳必然是本来就在棺材里的。可是这具棺材在地下埋了快一百年了，螺蛳怎么可能还是活的？

“难道，咱们吴家的祖坟，真的……”一边一个老头在那儿轻声嘀咕了一下。表公啧了一声，用筷子将螺蛳夹到一边的烟灰缸里，道：“别声张，再看看。”

我们继续看着棺材，一边接黑水的盆子已经满了。黑水溢了出来，几个人无暇顾及，只得继续去倾倒。

过了不到十分钟，尸体的全貌便露了出来。

我们低头只看了一眼，所有人便都沉默了。

我不知道怎么来形容我看到的东西——那是一具身材矮小的湿尸，因为防腐药水的关系，尸体没有完全腐烂，而是保持着大概的形态。

然而，让我们毛骨悚然的是，尸体的身上，竟然附着无数大大小小的螺蛳，黑白斑斓，几乎布满整具尸体，使得第一眼看上去，就好像尸体身上长满了脓包。

我老爹看了几眼就开始干呕，走路跌跌撞撞的，几乎要晕倒，他也不管什么长尊礼仪，直接冲出了祠堂到院子里吐了起来。我是完全吓傻了，只感觉浑身汗毛都奓起来，连动也动不了。

尸体呈现出一种奇怪的姿势，双手成爪，显然死得并不安详。我看到它张得巨大的嘴巴里几乎全部是螺蛳，只觉得自己的嘴巴也瞬间不舒服起来。

表公用筷子再次夹出来一只，我们清晰地看到螺蛳盖在慢慢合拢，顿时感觉到背脊发凉：这些螺蛳竟然全是活的！它们是怎么活下来的？就算它们可以吃尸体，这棺材里的氧气也不够啊。更何况这种混浊的水质还很可能有剧毒。

沉默了好久，表公就把这只螺蛳又放进了烟灰缸里，然后对边上一人道："老四头，要不你去把吴三省和曹二刀子叫进来。"

老四头愣了一下："为什么，阿表，这两个是刺头嘛。"

表公道："让他们自己进来看看，不然我也不知道怎么让他们相信，咱们老祖宗留了一棺材螺蛳给我们。他们要争，让他们每人捞一盘回去自己炒。"说着把筷子往火盆里一扔，就到灵位前跪了下来，给灵位上香。

商量

之后的事情，我不甚了解。因为三叔和那个曹二刀子几乎是带人冲了进来，现场一片混乱，表公气得差点吐血。二叔看着就让我先扶着我老爹回去，不要添乱了。

我一看事情完全失控，立即开溜了，我刚走就看到祠堂外面一片狼藉，显然他们已经干过一架了。

这事情闹得沸沸扬扬，一直到第三天早上我才再次看到三叔。他脑袋已经破了，包着纱布，自己蹲在门槛上吃早饭。我忙拿了我自己的那份也蹲过去，问他后来的情况。

三叔吃着米糍，喝着白粥就骂开了，说太晦气了，没想到那棺材里啥也没有，害他和曹二刀子打得脑袋都破了。还都是自己人，不好下杀手，不然他怎么可能吃这个亏。

我说你也太贪了，这不是自家的祖坟嘛，你连自己家的也不放过。

三叔骂道："你懂个屁，你三叔我还不是为了给你老爹争脸！要不是老子这么在村里横着走，你老爹那族长还干得下去？况且了，曹二刀子那赔钱货老早就看你三叔我这么风光不爽了，老子看在一家的分上也不和他计较。咱们家没把他踢出去，他倒来和我们争东西了！要说那祖坟，我埋都轮不到他。他要埋只能埋厕所边上！"

三叔骂了两声，二叔的声音就从屋子里传了过来，他骂道："你少糊弄你侄子，什么为了大哥，你还能有这心？你不知道咱们老大最怕这种场面吗？"说着二叔端着一只竹矮椅出来。二叔过的是神仙一样的生活，起得早，吃得也少，早就打完了太极拳，现在过来坐到椅子上，在我们边上喂鸡。

三叔对二叔没脾气，嘀咕了一声："干老子这一行的，就是不能在人前吃亏，说回来，要是那棺材里真是好东西呢？老子还以为当时兵荒马乱的，真的有东西藏在下面。没想到是一堆臭螺蛳。"

我知道二叔见识多，就问他道："二叔，您看的书多，您以前听说过这事没有？"

二叔收起米糠，想了想，道："你别说，这事情还真不是第一次。我记得杭州凤凰山就发现过一个古墓，是南宋年间一个太监的，里面有一池活鱼，五彩斑斓。据说那池子也是封闭的，后来有人吃了一条里面的鱼，结果暴毙。"他皱起眉头，急得那些鸡咯咯叫，"不过，那是在墓室里，兴许有原因，在棺材里，真的还没有。"

我看向三叔，问他在斗里有没有碰到过，他也摇头："哪有经常碰到这种事的道理。这种事情，老天爷自己在玩，别去想，就当不知道。咱在斗里碰到的事情多了，都去想，那你三叔我就成哲学家了。"说着暗指了二叔一下，意思是你二叔就是想得太多了。

我又道："那后来，这棺材怎么样了？"

三叔叹气道，他也走得很早，脑袋让曹二刀子打了。只知道那具尸体是具无名女尸，弄清身份之前不能妄动。那死人的动作很不妥，他怀疑是给封进棺材里的，保不齐是给人害死的。

"被人害死？"

"就是给人强迫封进去淹死的，那时候这种事情多的是。表公说的也许是对的，可能是个丫鬟或者是偏房。"三叔叹了口气，"管他呢，这么多年了，谁知道是怎么回事。"

"那现在关键是他们怎么处理？"

"清了棺材，里面铺了石灰，尸体重新放了进去，螺蛳全捡了出来，请了道士在搞法事。"三叔狠狠咬了一口米糍，"表老头说，要是实在查不出来，就原封不动葬回去，全当不知道这回事。"

二叔不管他，一边自顾自喂鸡，一边悻然道："那那些螺蛳呢？表公不是让你拿回来酱爆吗？"

"操，他要吃给他吃，吃死那个老不死的。"三叔道，"昨天全倒到溪里去了，看着就恶心。"

"咦，他们怎么可以这样！"我恶心道，"那谁还敢下水去摸螺蛳吃？"

“那道士说的，要放生，我有什么办法。”三叔骂了一声。

这时候院子里冲进来一个人，跑到我面前急匆匆地问我：“你老爹呢？”

我老爹受了刺激，一直没缓过来。我还没回答，三叔就踢了来人一脚叫道：“黑皮，什么事情？”

“表公让吴邪老爹马上去溪边。溪里好像出了什么东西。”

小溪

那条山溪流经村子的部分是一个“ω”形，村子就在半O形的中间，下雨天或者上游放水的时候溪流就会很大，但是一般情况下溪水很浅，大概只到膝盖处。溪的底部全是乱石头。早几年这里挖沙的人很多，连稍微小点的卵石都被卖了，所以现在下面都是脸盆大小没棱角的大石头，上面全是绿毛。

虽然有自来水，但是村里人大部分还是习惯来溪水边倒马桶、洗衣服外加洗澡。溪水的干净程度取决于你上游人家的数量，我就曾经在游泳的时候看到一坨大便从我面前漂过。所以虽然溪水清澈得吓人，在城市里根本看不到，但是我对这条山溪还是没有什么好感。

我老爹肯定是不能去了。小黑说那怎么办，表公催得急呢。我们哪里还管这事，三叔和我立即扔下饭碗，往溪边跑去看，把二叔的鸡吓得乱飞。

村子很小，几步就到了。这时期正是水位低的时候，溪边一大片干石滩。表公他们都在，围了好几个人，看我们冲过来，全让了一下。表公问我道：“你爹呢？”

我说没醒呢。三叔已经拨开了围观的人群往溪水里看，不停地问：“怎么了怎么了？溪里有什么？”

几个人都脸色铁青。表公过来指着水中一块巨石：“你们站过去，看水里就知道了。”

那巨石冒在水的中间，能站好几个人，上面已经有一个人趴着在看，我和三叔跳过去，也学那个人趴了下来，往水里看去。

水无比清澈，就算天阴着，水底也能看得一清二楚。我一看，顿时就出了一身的冷汗。三叔也骂了一声。

只见在那石头下的水底，密密麻麻地聚满了螺蛳，黑白斑斓。让人毛骨悚然的是，这些螺蛳不是无规则地吸在水底，而是聚成了一个无比诡异的形状。

那形状，看上去竟然活似一个黑色的人影，想要爬到岸上来。

“这是谁干的？！”三叔怒了，他大概以为这是恶作剧。

“谁干的？”表公在岸上就冷笑道，“不是你干的吗？”

“放屁！”三叔跳上岸去。

“如果不是你神通广大的吴三省，那么这就不是人干的了。”表公阴阴道，“我们在这里蹲了三个小时了，这形状一点也没散过。”

影子

三叔有些默然，又看了看那影子，感觉刚才发火有点没面子，转移话题道："操，这鬼东西是谁发现的？"

所有人把目光投向一个人——那是个小孩，我认得他，他叫吴双蛋，当时我问他，他老爹怎么给他取这么个名字，他说他老爹叫吴一根，可能是为了报复他爷爷。这小孩子吓得脸色惨白，话都说不出来。

边上一人给我们叙述了经过。原来这小鬼在附近捡石头回去给他老爹修灶台，捡着捡着尿急，小孩子嘛喜欢玩，就跳到那石头上往下尿，在尿的时候看见的。

三叔看着那小鬼，问他道："你是什么时候尿的尿？"

那小鬼却不理三叔，浑身发抖，只盯着那石头，似乎害怕得要命。

三叔又问了一声还是这个效果，大惑不解，问边上一人："他在害怕什么？"

那人脸色铁青，指了指石头下方的螺蛳群，道："他刚才和我们说，'它'在动，比起他刚看到的时候，这东西爬上来了一点！"

顿时，一种让人毛骨悚然的气氛在我们中间弥漫，我看到表公的手指都在轻微地发抖。

沉默了良久，三叔骂了一声，从岸上拿起了一根树枝，跳过去伸进水里，用力搅动，把那些螺蛳全都从石头下搅了起来，拨弄到一边，然后回头吼了一声道：“怕个屌，咱们是干什么的，还怕被酱爆螺蛳干掉？”

看着那诡异的人影形状消失掉，果然所有的人都松了口气。三叔叫了围观人当中自己的伙计，和他说了些什么，然后对其他人道：“回去回去！别看了，回去自己炒一盘看个够。”

围观的人悻然而散。三叔走到表公面前，对他轻声道：“表老头，信得过我吗？”

表公皱起眉头看着三叔：“你小子想干吗？”

“这事——你还是交给我处理吧。我老大干不了这活儿，你手下又没人，再闹下去，恐怕全村都得知道了。”

表公显然也在忌讳这一点，阴着脸想了好久才点头：“别给我玩花样，不然你小子死得比螺蛳惨。”

三叔咧了咧嘴巴，看了看那溪水，问道：“迁的祖坟什么时候下葬？”

表公道：“还有三天。”

“别拖了，明天就下葬，给那个道士点钱，让他改个日子。”三叔拍了拍他的肩膀，“这真的要出事。”

表公点了点头：“我有数，你打算怎么办？”

三叔道：“这条溪我找兄弟守着。等一下我去买点‘克螺星’来，把这些螺蛳全干了。”

说着三叔就招呼我走，说要去城里买东西，叫我开车。

我急匆匆地跟过去，问他：“叔，这事情太扯了，到底是怎么回事？”

三叔摆手让我别问。上了车，他立即眯起眼对我道：“咱们可能搞错了。”

“什么搞错了？”

“多出来的那具棺材，恐怕不是葬那具死人的，它葬的是那些螺蛳。”

“啊，为什么？”

“老子怎么知道。”三叔皱着眉头，“怕是要出事，不管怎么说，先灭了那些螺蛳再说。”

杀

我载着三叔去了镇里的农药店，买了专门杀螺蛳的农药，死贵。三叔没带钱，还是我付的账。

我们回到村里已经是夕阳西下了。来到溪滩，果然有三叔的人守着。不过，那些螺蛳似乎没有再聚起来，找了一下甚至连单个的都找不到了，不知道跑哪里去了。

三叔不管这些，分配了一些人手，分几片地方去撒药，搞完天都黑了。三叔道：“得，明后年这里人都没螺蛳吃了。”

我恶心道：“我这辈子都不想吃了。”

我们回去睡觉。今天是有点累了，开了好几个小时的车，而且我的金杯好久没保养了，刹车好像有点问题，开得特别累。这一躺下我就睡着了。

临睡前我还在想明天会发生什么事情，为什么那些螺蛳会聚成那种诡异的形状，难道有什么恶鬼附在螺蛳上了？半梦半醒间脑子里全是那诡异的影子，好像那螺蛳从溪里爬了出来，一路过来到了我的床前。

这觉睡得比熬夜还累，想醒也醒不过来。一直到三点多的时候，我终于被尿憋醒了。

农村里的公厕我是没法去上的，就是一粪缸，我没信心不掉下去，也受不了那味道。而我的房间里也没有厕所，就出去到门外操场边放了水。放完回去的时候，我忽然发现三叔的房门开着，里面还亮着灯。

冷风一吹，我人很精神，心说三叔还在干吗，就走了过去。往里一探，看到里面没人，而且衣服都不在，好像匆匆离开了。我悻然回房间。晃眼间，忽然感觉哪里有人看着我。

我不是个神经敏感的人，之所以有这种感觉，我确定是刚才晃眼的时候，眼睛瞄到了什么东西。

但是老房子里所有的东西我都不熟悉。我回望了一下，也没有感觉是什么东西引起了我的错觉。

看了几下不由得悻然，心说这几天的事情让我晕头了。所以说神神道道的事情最容易让人走火入魔，好像有奇特的魅力，总是蛊惑人。

我躺回去睡觉。刚才睡得不舒服，现在人精神了一下，短时间内也难以成眠，就关上灯，戴上耳机听MP3。

然而奇怪的是，我躺了一会儿，总觉得哪里不对，浑身不自在，还是觉得有人在看我。这感觉不是很强烈，但是非常难受，挥之不去。

最后我实在是受不了了，把MP3关了，坐起来一边用力按摩太阳穴，一边深呼吸，想让自己安定下来。

这多少有点作用，深呼吸了十几分钟，我整个人逐渐平静了下来。虽然那种感觉还存在，但是我人没有那么烦躁了。我用力揉搓了一下脸，感觉自己不用睡了，按照我的经验，今天晚上就算是睡着了也不会舒服，还是等到天亮了挨一下，挨到中午睡个午觉得了。

想着我又琢磨这么早应该干吗呢，看了看表才四点不到。要么陪二叔打太极去，他也快下来了。我打了个哈欠就条件反射地转头看了下窗外。

这一看我被吓得头皮发麻，心脏几乎停了一下。

我看到在我的窗户上，竟然趴着一个影子。

——一个人影。

窥探

当时的我没有多少的经历，看到那影子，又是在那种环境下突然看见，我整个人就毛了。不受控制地，我第一反应就是大叫了起来。

叫了两声二叔就下来了——他已经穿好了衣服准备去打太极，冲到我房里，问我干吗。我指着那窗户说话都结巴了：“影……影子！”

二叔看了一眼也吓了一跳。不过他反应比我快，立即就冲了过去，一下打开窗，往外看去，叫道：“谁！”

我也穿好衣服冲了过去，一看，却发现窗外什么都没有。外面是晒谷子的大院子，青色的路灯照出一大片去，但是绝对没有人。

二叔把着窗沿看了看四周，有点莫名其妙。因为就算是有人跑了，也至少会有点动静。这时候，他“嗯”了一声，缩回来忽然看了看自己的手，我看到他的手湿了。

再看窗沿上，竟然也全是水。我忽然有种不祥的预感，立即把窗户拉回来半扇，一看，我靠，窗户外面的玻璃上竟然爬满了黑白斑斓的螺蛳！

再看另外一面，竟然也全都是。

我吸了长长的一口凉气，立即跑到外面去，把窗户关上，看到那些螺蛳竟然比早上看到的数量更多，密密麻麻地聚在一起，那几段诡异的形状，活脱脱就是一个人趴在我的窗上，在往里窥探。

我浑身发凉，只觉得一股极度悚然的感觉由头到脚过了一遍。二叔也是脸色煞白，一句话也说不出来。

我腿肚子直打哆嗦，深吸了好几口气才能说话，问他道："二叔，这到底是什么？"

二叔从牙缝里挤出了一句："我不知道。"

"那我们该怎么办？"一时间，我不知如何是好。

二叔没回答我，而是拿出了手机，打了一个电话。我脑子一片空白，一点也没听清楚他说的是什么，只知道他是打给了我三叔。

不一会儿，三叔就从外面跑了回来。原来，他半夜和伙计一起去溪边蹲点了。晚上撒药之后半天都没有一只螺蛳浮起来，他怕溪水太活，农药没用，那些螺蛳可能会在晚上聚起来，就在溪边巡视。

他带着几个伙计，跑到我们边上什么也没问，直接就往窗上看去。一看之下，他脸色立即惨白起来。

他边上一个伙计道："我靠，这些是从哪里爬出来的？"

三叔不回答他，而是立即拿起一边耙谷子的耙子，把螺蛳从窗上耙了下来。

螺蛳的数量之多，让我瞠目结舌——拨弄到地上完全就是一堆，一坨一坨的。我以前吃螺蛳的时候，怎么就没觉得这东西这么恶心。

全部弄下来后，三叔在地上拨弄了几下："湿的，出水的时间不长。你们去找找附近有没有水源。"

他的伙计马上散开到四周去看，才走了没几步，二叔就道："不用找了，是从那里。"

我们转向他指的地方，发现墙根下是一个下水槽，一直通到阴沟里去。

农村里的下水系统非常简陋，和农田的灌溉系统是差不多的。而所有的生活污水都是流进附近溪流里去的，所以这条阴沟是和溪流相通的。事实上，这些所有的下水道，都是和溪流相通的。二叔道："你看没下雨，这下水槽都是湿的，肯定是从阴沟里爬上来的。"

"难怪老子一只毒死的螺蛳都看不到，原来都躲到下水道里去了。"三叔骂了一声。

"怎么处理？"一个伙计问。

"全部弄死！"三叔立即道，说着就拿起耙子往地上的螺蛳群里砸，他的伙计马上去帮忙，拿什么的都有。二叔立即阻止了他们。

"你干什么？"三叔问道。

二叔道："你这么干是没用的。"说着翻开了阴沟的盖子，我们一看，只见整个阴沟里面全是螺蛳。

二叔

早上六点钟，我们全都集中到了祠堂。表公和几个知情的老人都被叫了过来。

阴沟被三叔用石头堵了起来，然后灌了米糠和白水泥。除此之外，家里所有的下水口子，三叔全堵了。爬出来的那些螺蛳被铲到一边，砸碎后用火烧了。

冬天的天色未亮，只有一点蒙灰色。九具棺材的法事已经做完，今天中午就可以下葬。但是这本来盛大的仪式，已经完全不重要了。我们围在火盆周围，只感觉到有种阴森与悚然的气氛。

“那个说把螺蛳放生的道士是哪个？老子把他摁茅坑里淹死！”三叔恨恨地道。

表公哼了一声：“现在你就算把他摁茅坑淹死都没用了。”他几声老人咳，显然没睡好，“还是琢磨琢磨到底是怎么回事吧。”

“我看，这就是闹鬼。”边上有人道。

“你见过鬼是这种样子的？”曹二刀子在一边讥讽道，“要么你家三爷的鬼是这个样子。”

那人是三叔的伙计，立即瞪了他一眼：“你懂个屁，你下过地吗你？”

表公挥手把他拦下来：“好了，有屁等这事情解决了再放，老子不想听这种废话！”

那人缩了回去。表公对二叔道：“吴二白，你小子是狗头师爷，这里就属你精明。你别不说话，说说这事你怎么看。”

二叔在这种场合不太说话，如今被问起，只好皱起眉头道：“我说不准。不过，我感觉这事情可能是有人搞鬼。”

“搞鬼？”表公摇头，就把他看到那螺蛳聚成的鬼影三个小时不散去的事情说了，“老子亲眼看见的，还能有假？”

“凡事总有解释，就是可能性大和可能性小的问题。”二叔道。

“哦，你说说看。”表公有兴趣地道。

“比如说你就是搞鬼的那个人，事情就可以解释了。”二叔道，“谁知道你说的是真是假？螺蛳，这里是乡下，要多少有多少。”

表公拍桌子道："胡扯。"

"我就是举个例子。"二叔道，"要说得通怎么样都说得通。我也可以说那具女尸的鬼魂附在那些螺蛳身上了，怎么说都行。我们想这些没用。"

曹二刀子道："那你觉得我们现在应该干什么？动员全村灭螺蛳？"

二叔摇头道："咱们应该做的，是弄清楚为什么祖坟里会多了一具棺材。这才是事情的本源，知道了这个，后面就好解决了。"

众人一片沉默，显然二叔说的话是对的。

"这事情恐怕很难。这棺材埋得太久了，老人也都不在了，恐怕永远会是个谜了。"表公道。

"难道就一个都没有了吗？"二叔问道。

"好像真还——"

他一说这话，我忽然觉得熟悉，立即想起来了："表公，你不是说另一个村子有位一百多岁的徐阿琴吗？他还帮我们修过祠堂呢，咱们可以去问问他看。"

表公听完眼睛一亮："对，是有一个徐阿琴！"不过随即又皱眉，"我不知道他的情况怎么样，百多岁了，当时的事情能记得吗？"

"徐阿琴？"三叔嘀咕了一声，好像有点什么印象。

"这件事情这么古怪，如果他知道，肯定会在他心里留下深刻的印象。"二叔道，"不管怎么说，现在也只有死马当活马医了。我不想以后看见螺蛳就跑。"

阿琴

徐阿琴所在的村子叫赵山渡，也是在山溪边上。那边那段山溪非常宽，所以当时有一个渡口。后来架了桥，渡口就荒废了，不过赵山渡的名字沿用了下来。那桥是一座古桥，桥上全是青鱼浮雕，据说是要镇溪里的什么东西。有传说桥头还有乌龟的石雕，后来被人偷了。

我开着金杯，一路听二叔讲来历。讲到乌龟石雕的时候，我看到三叔的脸色变了变，就问是不是他干的。三叔道："惭愧，没赶上。"据他所知，可能是他老爹我爷爷干的。就算不是，至少也倒过手，因为他小时候在家里看到过类似的石雕。

表公没跟来，我的小金杯也坐不下那么多人，只坐了我二叔、三叔，外加三叔的一个伙计。

赵山渡离这儿绝对不远，在村口抬头就能看见上游山腰上属于赵山渡的一座庙。不过开车就要了命了。盘山小路太考验我的开车技术了，我一直二十码不到，到那边已经是中午了。

这时候已经是祖坟重新下葬的时辰了。我本来就不想参加，给自己找了个当司机的借口跑了。表公那边说我们的生辰八字要回避，就我老爹一个人参加了。我老爹今天气色好多了，好在之前他都在休息，不知道这些倒霉事情。

到了赵山渡，我们打听有没有人认得百岁老人徐阿琴，结果发现他很有名气，一问就问了出来。村子不大，很快我们便到了他的家中。

那是非常破旧的木式结构的房子，一半的瓦片已经没了，几乎是上下通透。进门看见院子里有铁丝，挂着很多咸菜，地上还晒着我不知道的一种菜。一个干瘪的老头缩在门口晒太阳。他穿着蓝色的麻布衣服，戴着绒绒的帽子。

“老二，谁说吃咸菜短命？”三叔嘀咕道。

“叫我二哥，不要叫我老二。”二叔道。

我忍住笑，跟随着他们走了过去。那老人抬起头来看着我们，显然有些讶异。他抬头的一刹那我看到了他的脸，心里就咯噔了一下。

我从来没有见过那么老的一张脸，那种感觉无法形容。我见过的老人不算少，百岁的也见过，那些人的脸，我都能够接受，但是这张脸却让我感觉到有点恐惧。那张脸太老了，他真的只有一百多岁？

二叔说明了来意。徐阿琴没有什么反应，也没有站起来，只是点了点头，动了动没有牙齿的嘴唇，似乎在思考。等了有两分钟他才开口，用纯正的老长沙话讲道：“这么久的事，我不晓得记不记得。”

“麻烦您想想。”二叔道。

“你买几把我的腌菜，我就想想。”徐阿琴指了指挂在铁丝上的咸菜。

我和二叔、三叔都一愣，我心说，哎哟，别看长得这么老，心里倒是挺明白的。我们互相看了看，三叔就道：“多少钱一把？”

三叔的想法是，他说这个可能是隐语，其实意思就是要钱。当然价格不会是真的价格，而会很高，这是敲竹杠的一种方式。

“两块钱一把。”

我们又互相看了看，感觉这老头还真的只是想卖几把腌菜。三叔道：“好，那就买三把。”接着示意让我掏钱。

我心说，怎么又是我，也不好意思说没有，就从口袋里摸了一下，结果全是一百的，只有一张五块的，就条件反射道："五块三把算了。"

三叔啪地打了我的脑壳一下："都什么时候了，你还有心思讨价还价。"抽出一张一百就递了过去，"老爷子，我全买了，您快想。"

徐阿琴哆哆嗦嗦地把钱接了过去，还对着太阳照了照，才道："你们刚才问我什么？"

传说

二叔把问题重复了一遍，徐阿琴又陷入了回忆。想了很久，我们都以为他睡着了，他才抬起头来，问我们道："难道，你们是吴家的人？"

二叔点了点头，徐阿琴叹气道："也对，你们也只能来问我了。知道这件事情的人，就剩下我一个了。"

"你还记得？"三叔就急问道。

徐阿琴老人脸上露出了一副难以形容的表情。他拍了拍边上的长凳让我们坐下来。二叔和我坐了下来，三叔蹲着，那老人哆哆嗦嗦点起水烟吸了两口，缓缓道："我记得不是很清楚了，只是记得大概的意思。"

徐阿琴讲话的速度很慢，而且每句话之间的停顿很长。显然尽管他的听力还没有受到很大的损害，但是脑子确实是相当迟钝了。我们都沉住气，没有一点催促，因为怕一催促，就可能让他忘记接下去的内容。

他顿了顿，看了看太阳，又道："那是我在你们村做长工的时候，帮你们吴家修祠堂。当时听你们村一个老人讲的。那个老鬼很早就死掉了，他还欠我一块六毛钱没还呢。"

那是土地革命刚开始的时候，谁也不知道这革命怎么革。当时吴家被划为富农，属于再教育的阶级，全国都在打仗，算起来应该是一九三几年的事情。

当时修祠堂属于重体力劳动，不像现在，场面上的东西弄一弄就行了。那时候要扩大祠堂的规模，相当于现在盖一栋楼房，所以吴家招了长工，先在老祠堂炖肉。

那年代有肉吃就是皇帝，所以来了不少人。徐阿琴是老长工，和当时的吴家人很熟悉。他们吃完之后就在囤毛篙的广场上休息晒太阳。当时的人聚在一起，不是聊东聊西聊哪家婆娘奶子大，哪个寡妇家里墙头又被蹭掉了，就是聊老底子神神道道的事情。

徐阿琴当时是个老实人，一直听着。有个老头和他们显摆自己的资历，说吴家之所以这么兴旺，是因为祖坟不简单。

吴家的老祖宗当年发迹的时候，买了半个村子的地，大宅子连了四道院子。但是没富完一代，就家道中落了，没完没了地打仗，有钱都没用。到了立坟的时候已经和村里其他人差不多了，找了个地方便草草地葬了。没想到刨坟的时候，却在那地方挖出了一口古井。

没人知道那是什么年代的枯井。井上压着一大块青石，上面刻了一个谁也看不懂的字。他们搬开青石，看到那是口枯井，井壁上密密麻麻地布满了已经干死的螺蛳壳。

石灰

那些螺蛳壳的数量非常多，密密麻麻，一层叠着一层，好像从井壁上长出来的瘤子。吴家老大觉得非常奇怪，不过这算是大好事情，因为枯井井壁所用的古砖十分结实，这些砖头正好挖出来用，能省一大笔开销，如果多出来还能卖钱。

为了取砖，他们用洋镐把那些石灰化的螺蛳壳敲下来。这一敲不得了，他们发现那些螺蛳壳下面竟然裹着好几具骸骨。骸骨被干螺壳包在里面，紧紧地贴在墙壁上，也已经完全石灰化了。

最离奇的是，他们敲那螺蛳壳的最深处，竟然有水渗出来，敲开之后发现里面竟然有一个空腔，那里还有一具湿尸。

这具尸体保存得极好，只是略微有点缩水。虽然尸体的肤色透着腐绿，但还有光泽。看得出来，这是一个极年轻的女人。她浑身赤裸，尸体的指甲和头发都极长，指甲都长得翻了起来。

这事情就不一般了。挖坟挖出了枯井，还在井里发现一具古尸，那这坟修还是不修？

他们猜想，这女尸可能是前几朝的人，大约是投井或被人害死的。这些螺蛳可能是为了争抢腐尸聚了过去，却可能因为女尸身带剧毒，全部死在边上。结果竟然形成了一具“螺壳棺”，把女尸保存了下来。

吴家老大此时完全没有办法，只好去找当时的家族长老，问他们该如何处理。

可是谁也没见过这种死人。尸体停在老祠堂，很快就臭了起来，找道士来封都封不住。而且那种臭还不是尸臭，而是腥臭，一股螺蛳的臭味。有人就建议吴家老大去找风水先生来看一看。

那风水先生叫独眼沈，据说非常厉害。独眼沈到那井口看了看，却一言不发。无论吴家老大怎么问，他就是不说话。最后他一分钱也不要就走了，临走留给吴家老大一张条子。

那条子上写的什么，没有人知道。村里人只知道吴家老大还是在那个地方修了坟，葬了吴老爷子。那具古尸后来下落不明。

这件事在村里乡间传来传去，逐渐就有人传出了这么个说法：吴家所在的村子叫作冒沙井，似乎也是由井而来。传说古代这里是大旱地，因为这里有井，所以才成村，这口井就是这村子的命眼。吴家老大挖出的这口井可能就是当时的枯井。现在他们的祖坟压在村子的命眼上，好处全让吴家占了。

无独有偶，吴家从那时候起，忽然又开始风生水起，好像也应了这个说法。

从赵山渡回来的车上，我们仔细琢磨徐阿琴和我们讲的这个传说。二叔对风水十分精通，我问他："咱们的祖坟是不是风水这么好？"

二叔道："这个已经不属于风水的范畴了。你没听吗，那是因为压着井口。古时候是有这样的说法，这井口可能连着什么龙脉的气脉，那种龙脉叫作'藏龙'，井口就叫作'龙眼'，但这是看不出来的。独眼沈要是能看出来，那就不是什么风水先生，那是风水宗师，这必然是不靠谱的事情。而且说实话，咱们祖坟的风水其实相当一般。"

"那你感觉那独眼沈给咱们祖宗留的条子上写的是什么？"

“我感觉大约是‘天机不可泄露，你找别人去吧’之类的话。”

“你这更不靠谱，如果是这样，咱们祖宗肯定更不敢下葬。当时他拆井，肯定是有人和他说了什么。”三叔道。

二叔点头：“如果不是井的事情，我想恐怕跟那具死尸有关。也许跟那井根本就没什么关系，让那风水先生不敢说话的是那具死尸。那张字条也许是写了关于那具死尸的事情。”

我看二叔一脸奇怪的表情，就问道：“你是不是有什么眉目了？”

“不好说。我还得回去看看咱们的族谱，才能知道我想得对不对。”他道，“如果真如我所想，那咱们就犯了大错了。”

族谱

回到村里，仪式已经完成了。豆腐宴还没完全散，我老爹和表公还在善后，不过这一桩大事算是完成了。一边还剩下几桌，大部分都是道士和唱班的，别人吃的时候他们要唱，现在轮到他们吃。老爹一脸疲惫，不过精神还行，还在陪几个唱班的吃饭，也没空理会我。表公看到我们回来，就迎了过来，问我们进展如何。

三叔把经过草草一说，表公并不是很明白，二叔就说去他家看族谱，看了他再详细说。

族谱有两本——一本是抄的，在我另一个亲戚家；另一本是原版的，藏在表公家。表公辞了他那一桌人，让我们随他去。

族谱放在他卧室的檀木箱里，锁得很好。对表公来说，这东西是他地位的象征。老族谱的记录方式非常特别，我们是翻不来的，就由表公帮我们翻，很快便翻到了我们家的那一脉。

吴家老太爷祖坟里的第一具棺材，在族谱中还不是嫡系长子，不过其他支脉都不可考了，这一脉才如此显眼。到了后面的，基本上都是从吴家老太爷那一脉下来的。我看到吴老太爷的号叫“祖义公”，他长子的号是“善成公”，善成公下面有小字：妣何氏长子万机、次子万伯、三子万相。

徐阿琴所说的吴家老大，就是善成公。善成公的母亲叫何氏，而善成公有三个儿子——长子吴万机、次子吴万伯、三子吴万相。

中国的族谱里是没有女性名字的，所以这里不知道善成公的正室是谁。不过在后面，稍微有一些成就的人都有简传，篇幅在一页左右，简单地介绍那人的成就以及娶妻和生子的情况。二叔全翻了过去，直接查善成公。他说善成公是咱们这一脉的第二代，这族谱肯定是他修的，也必然有他的简传。

翻开一看，果然有。善成公，也就是修了祖坟的吴家老大，有两个老婆、三个儿子。二叔仔细去看他老婆的名字，道：“有了。”

我们凑过去问怎么了。他道：“你们看，这两个老婆——正室叫安氏，偏房叫何氏。”二叔翻到前面看族谱，指给我们看，“善成公的三个儿子，全是偏房何氏生的。”

我道：“这么说，正室没生孩子，无所出，也挺正常啊，当时又没有玛利亚妇女医院可以治疗不孕不育。”

二叔又让表公把登记祖坟棺名的纸拿出来，气定神闲道：“但你们看，祖坟里和善成公合葬的人不是安氏，而是何氏。就算无所出，也不可能让偏房充当正室下葬。再看这简传里有何氏的简要生平——是赵山渡何家的四女儿，死在什么时候，都有写。但是这个正室安氏，却什么记录也没有。在封建社会，这种情况是不可能出现的。即便那个何氏仗着儿子飞扬跋扈，但吴家还有族长族亲，不会让她在这方面破例。除非她干了什么，非被沉江不可。现在这种情况，你们不觉得奇怪吗？这个正室安氏，好像一个隐形人，非常神秘。”二叔说得像教书先生一样。

我对这些什么什么氏一点概念也没有，听得头都大了，便让他打住：“二叔你简单点说。”

二叔拿了一支笔，在棺名登记的纸头背面写了起来，一边写一边道：“我不知道你们有没有看过《三命通汇》，里面有很多典故，讲了古代某些代称的方式，其中就有这个安字：安谐音是暗，暗就是没有光线，没有光亮。也就是说，暗就是无明。安氏，就是无名氏。还有人写过一句诗，叫作‘可怜蒙城皆安氏，生人何须怀东土’。”

我有点意识到二叔的意思是什么了，但是不敢相信他是这个意思。表公和三叔就更不明白。我道：“二叔，难不成你的意思是，这正室安氏没有名字。多出来的那具无名棺，就是正室安氏的棺材？”

二叔点头，表公说道：“可那具棺材里的女尸，不像是正室的葬法啊。”

二叔道：“你们听我说完。”又翻到了族谱，“当时那个年代，怎么可能会有人娶一个不知道名字的女人当正室呢？这个安氏的存在，相当诡异。”

“你别说得这么绝对，也许就有一个特别低调的正室，她就姓安，就不能生孩子呢？”三叔道，“你这也是瞎想，而且你是怎么想到这方面去的？我之前听那老妖怪讲的时候，压根就想不到这方面去啊。”

我奇怪道：“二叔，你这也太天马行空了。”

二叔道：“当然是有理由的，我是在他讲到最后的时候注意到的。”

安氏

二叔往藤椅上靠着，一边翻着族谱，一边缓缓对我们继续道：“徐阿琴说，咱们的祖坟就是当时挖出枯井的地方。最后善成公并没有换地方，还是葬在了原地。而且最后这件事情有一个比较厉害的风水先生参与了，这就有一个讲不通的地方——既然那地方风水很一般，又从地里挖出了死人，那是阴煞之地，为什么善成公还要坚持把祖坟修在那里？

“村民的什么宝井的谣传显然是空穴来风。冒沙井一般是说那地方旱，咱们这老村子是出了名的旱村，闹饥荒都是这一带最严重。按照他们的说法，咱们的祖坟修在这种地方不旱死才怪，所以埋在那地方肯定是没好处的。既然善成公不是因为有好处才坚持，那就说明实际情况恰恰相反——他是被迫的。”

“被迫？”

“对，把祖坟修在那个位置，是不得已而为之的事情，这就必然和独眼沈的那张字条有关了。而我想，不得已的问题所在，就是在枯井里挖出的那具古尸出了问题。”

表公听着，吸了一口水烟，道：“这么说来——”说着欲言又止。

“我对这些基本能确定，所以我就开始考虑，在这些因素下，当时最有可能是一个什么情况。想来想去，我就意识到，被螺蛳包住的那具女尸是一具窨尸。而之前挖出来的时候，井口压着的刻着字的大青石，显然是用来封死井口的。那么这具窨尸可能是出了什么问题，被人封在里面。而这里几代前就盗墓之风繁盛——”

听到这里，我忽然明白了：“你是说，那独眼沈认为，这具古尸不是给人害死的，而是——”

“浑身赤裸，没有任何的首饰佩玉，显然是盗墓之后被人掠去身上所有的东西，然后丢入井中。加上枯井外面还有其他骨骸，这枯井可能是之前土夫子毁尸的地方，而且他们可能是盗鲜货的，盗的是新下葬的死人。”

我立即点头同意：“精辟啊。”

“这具女尸浑身透着腐绿，死而不僵，有起尸的嫌疑，恐怕再埋一段时间就要出来害人了。”二叔道，“当时的土夫子可能也这么想，所以急急抛入了井中，用巨石压井并做了警告的记号。这井中抛着多具腐尸，食腐的螺蛳大量繁殖，数量极多，于是争抢新尸，结果被尸毒毒死。螺蛳覆盖在尸体表面，形成了密闭的棺材，使得这具女尸保存了下来——当然，这也只是推测。”二叔话锋转了一下，“考古只能无限接近真相，但是永远不能和真相画等号。”

“你继续说。”表公点头道。

“然后问题就来了。善成公开凿了枯井，挖出了古尸放置在祠堂之内，如果是普通的死人，大概也就烧了算了。坟地不吉利，再换一块便是。为何他们在那个时候请了风水先生？我想必然是那具古尸发生了什么匪夷所思的变化，引起了善成公的恐慌。想到这里，我便发现这些事情似乎可以连起来了。”二叔揉了揉太阳穴，“当时的风水先生大部分都是神棍，必然会趁此机会索要钱财，定然编了什么诡异的谎话。”

“徐阿琴说那个风水先生没要钱啊。”

“按那个时候的习俗，请风水先生不是给钱，而是赠物。现在很多算命的也是这样，说不要钱，你要是诚心谢我，我就要你身上一样东西，你‘送’给我。你老爹上次就让人骗去一块表。所以风水先生不会吃亏，必然是得了比钱更大的好处。”二叔道，“于是我就想，那风水先生出的到底是什么馊主意？我把那些神棍惯用的伎俩过了一遍，就有了一个相当骇人听闻的想法。”

“是什么？老二你直接说行不行？你都快赶上茶馆里说书的那个蔡老二了。”三叔道。

“是阴婚。”

“阴婚？”

“对，娶鬼妻。那风水先生肯定说了这样的内容——善成公惊扰了鬼尸，这具女尸出现异状，必然要成厉鬼。要保家宅平安，只有娶了这具女尸，让她登籍入坟，否则整个村子都可能遭殃。所以在族长的压力下，善成公才不得已把祖坟修在了原来的地方。”

我出了一身的冷汗，感觉有点恶心。几个人都不说话，隔了一会儿，三叔道：“需要洞房吗？”

“我们不需要知道这种细节。”二叔悠然道，“这些全是我的猜测，所以我就想看看族谱，看能不能找到可以证明这些猜测的线索。现在看来，这种猜测还是有一定可能性的。这位安氏估计就是井下的那具古尸，也就是无名棺中的尸首。而何氏虽然名为偏房，却是实际的正室，所以两具棺材必须都入祖坟。这事情太过于匪夷所思，所以——”

“要是我，肯定也不想让别人知道。”三叔道。

“那这么说来，那螺蛳聚成的鬼影子，岂不是应了那风水先生的说法，是那具古尸的厉鬼？”我忽然背脊一凉。

“非也！”二叔放下族谱，“所谓厉鬼凶妖，都是空穴来风，是清朝那时候的事情了。他们那时候的人信，我们怎么可以信。”

大雨

“你不信，那你怎么解释咱们碰到的事情？”我道。这棺中的活螺蛳，溪水中的鬼影，无一不透着诡异，要说不是闹鬼，我还真不知该怎么解释。

“这个现在还不明了。鬼神之说我是不信的，不过既然知道了本源，那至少有了个想的方向。”二叔道，“不管怎么说，咱们现在也不用太担心这些螺蛳。还有三天我们才回杭州，我再想想，也看看情况。如果真的是那女尸的恶魂，那么咱们的祖坟已经迁了，那具无名女尸也一起下葬了，按道理也没什么好怨的。”

我们都叹了口气，看来现如今也没有更好的办法了。表公看了看墙上的钟就站了起来，说：“那就各自先忙着吧！”说着就回去看那边结束了没有。我和二叔、三叔就回去休息了。

车上还有徐阿琴的咸菜，我问：“怎么办？总不能一路带回杭州去。我运货，人家一闻这古董上全是咸菜味儿，买卖还不都黄了。”三叔说：“你先找地方堆起来，你三叔我爱吃这个。”

折腾了一番之后休息，我仍然忐忑不安，想着那传说里腐绿色的女尸，浑身不自在，就又从上到下检查了一遍房子里所有的下水道——自来水管连着的水塔在镇里，想必应该没什么关系，其他通着水的地方我也想不出来了，这才稍微放下心。

昨天的疲劳加上熬夜，今天又一大早起来，而且还开了一天的车，我实在坚持不住，晚上八点多就睡着了。这是疲劳之后的睡眠，一下就睡得特别沉。实在太累了，连梦都没做，一觉睡到了天亮。

早上起来才五点，精神完全恢复，神清气爽，只觉得天色非常暗。我披了衣服起来，走到窗口，听着外面的声音忽然我一愣，感觉有点不好。

不知道什么时候下雨了。

一种不祥的预感在我心里出现。我立即冲到外屋的屋檐下，看到二叔和三叔正脸色铁青地站在那里。

我顺着他们的目光看去——在瓢泼大雨中，有一个什么东西，站在我们院子里。

物体

雨下得很大，视线很模糊。因为下水道被堵，院子里全是积水，房檐下的雨帘倾泻而下，满耳磅礴之声。

路灯的灯光照出去，我能看到那东西有着人的形状，但是不太像人。在雨中能看到的只是模模糊糊的影子，所有的细节都不甚分明。

就算如此，我也猜到了这是什么东西。我咽了一口唾沫，哑然道：“它竟然已经有人形了——”

“这算什么人形？外星人？”三叔道。

“这是什么时候出现的？”我问道。

“我半小时前起来准备锻炼的时候就看见了。”二叔道，“当时它还在门口。”

我心里一个激灵——现在这个东西的位置在院子的中央，离我们有十米左右，也就是说，在这半小时里，这个东西一直在朝我们靠近。

我看三叔和二叔的衣服都是干的，就问道：“你们就没有过去看看？”

“要么你过去？”三叔瞪了我一眼。我看他们神色有异，就问：“怎么了？”

“这一次有点不寻常。”二叔道，“你看这雨水。”

我低头看院子里的积水，发现这积水是一片一片的，有几片竟然漂着一层发暗发红的东西：“这是……”

“血。”二叔道。

我吸了口凉气，立即感觉到强烈的不安，手都有点发凉。沉默了一会儿，我问道：“那我们怎么办？”

“你别慌，我已经给我伙计打电话了，让他们拿家伙来。”三叔道。这时候我看到三叔手里拿着一把镰刀，眼里泛着凶光，道：“不管这是什么东西，老子也让它有来无回。”

我点头示意，心不由得揪了起来，也立即四处找可以防身的东西。最后我找到一根扁担，立即装成鬼子进村的样子，缩在三叔后面等着。

这雨没完没了，又下了十分钟，才小了起来。这时候三叔的伙计才到，竟然没人敢从院门进来，都从三叔房里的窗户把家伙递了进来。三叔早就在等这一刻，他把镰刀插进腰间，抖开了包着家伙的油布。

我一看，是一支短头的猎枪，新的，油光铮亮。“看这货色，全是在昌江买的，就是白沙起义的地方，全是当地人的手工活。　枪下去，别说螺蛳了，骡子的脑袋都能打飞。”三叔咧嘴笑道。

“你这次回来主要就是来倒腾这东西的吧？”二叔道。

"胡扯，老子又不是干偷猎的。朋友帮我带的。"三叔道，一边利索地装子弹上膛，用油布盖住枪，一边走进了雨里，"好了，咱们去瞧瞧怎么回事。"

我和二叔也跟了过去，二叔竟然还冷静地打起了伞。我们几步就靠近了那东西，也不敢靠太近，离它还有两三米就停了下来。我仔细一看，一下子毛骨悚然。

那是一堆庞大的黑白斑斓的螺蛳聚成的"柱子"，隐约是一个人的形状。但这还不是最可怕的，最可怕的是，那东西硕大的头颅上，竟然还隐约有五官，扭曲畸形，看上去无比狰狞。

三叔看着都有点吸凉气。我们绕着这东西转了两圈，这东西纹丝不动，三叔就举起了枪："咱们先打一枪试试？"

三叔刚想扣动扳机，二叔拦住了他，对我们道："等等，这个……里面好像有东西。"

"什么？"

二叔盯着看了一会儿，拿过我的扁担，用力插进螺蛳堆里。一搅，螺蛳四散，竟然有一只手从里面露了出来。

死亡

表公的尸体躺在祠堂里，还在不停地淌水。尸体前面围着屏风，屏风外所有吴家能说得上话的人都到了，坐在长凳上。我老爹坐在主位，扶着自己的额头，几乎无法说话。这一次真的是焦头烂额了。

我和三叔都缩在角落里。刚刚熄掉的烧纸钱的铁盆又拿了出来，几个女亲戚又开始烧纸，男人们都拼命地抽烟。快过年了，出这种事情，真是不吉利。

二叔和另外几个人在里面检查尸体。村里的警察也来了，进去之后半晌才出来，二叔就给我们打了个手势，让我们跟着去。

打了伞到了村派出所（其实也就一办公室），把事情给交代了。我们三个在派出所外的房檐下蹲着，惆怅得一塌糊涂。三叔叼着烟，看着天，也不说话。和表公的感情自然不会深到那种地步，这些人对死亡都看得相当开，只是这事不爽气而已。

"是淹死的。"二叔道，"昨天和咱们结束后，可能让那些道士灌了几杯，喝得有点多了。大概是回去的时候滚进溪里了，结果入夜下了大雨，就这么没了。"

"那些血是怎么回事？"

"在溪里让水冲的，身上被划得一塌糊涂。"二叔摇头，"全是口子，骨头都能看见，太惨了。"

"那些螺蛳的事情咱们就不往外说了？"三叔道。

"说出来谁信？你说咱村派出所有类似X档案那样的部门吗？"我道。

三叔吧嗒吧嗒地抽烟，把烟屁股扔到雨里。表公一死，不能在原定的时间回杭州了。而且现在死了人，事情的性质就变了，这里面牵扯到的事情更麻烦。因为表公是我们这一脉说话比较响的人，平时靠他的威信压着下面的人，他抬着我老爹做族长。现在他一死，不光我老爹可能要被人挤对，这家族派系里无言的麻烦也会越来越多。特别是这几天表公总是和我们密谈，别人必然看在眼里，这一下肯定说什么的都有。

"如果真是他自己摔下去的倒也心安。"三叔道。

我点头。表公酒量很好，说他会喝醉谁也不信。话说回来，这里的人喝的都是绿豆烧这种高度数的酒。豆腐宴上喝的是剑南春，还是低度的，怕的就是有人喝多了闹。这酒对这里的人来说，就像白开水。

“不过他到底年纪大了，谁知道呢。”我安慰自己道。

“大侄子，这事情我看不成。等雨停了，还得去镇上买农药。干他，咱们和那些螺蛳拼了！”三叔骂了一声，“看谁灭了谁！”

我叹气，心说还真是憋气，大冬天的大老远跑这里来和螺蛳较劲，这年怎么过啊。心里也开始琢磨杭州的事情——如果这么久不回去，那边的事情应该怎么处理呢？王盟同学再过几天就回家了，难道提早打烊？这边的事情没完没了，也不知道什么时候是个头。我心里有个预感，如果这件事不能圆满解决，可能以后我们再也不用回来了。

这时候我发现二叔正看着一边的阴沟发愣，好像有什么心事，就拍了他一下：“二叔，你琢磨什么呢？”

二叔回过神来，道：“我有个问题想不通。”

“怎么了？”三叔凑过来。

“你们不觉得奇怪？那东西为什么老往咱们院子里跑？咱们住的地方离这溪可有点距离。”

“哎！”二叔一说，我也激灵了一下，确实一直没想到。

“它是什么目的？”二叔站起来自言自语，说着他看向三叔，盯着他看。

三叔被他看得很不自在，道：“干吗？”

二叔道：“老三，你老实说，你是不是做了什么我们不知道的事情？”

目的

三叔矢口否认，赌誓这次回来尽折腾螺蛳了，啥也没干。

二叔颇怀疑，三叔怒道："老子需要说谎吗？你兄弟我就是做了，你能拿我怎么样？"

二叔点头，我一想也有道理。以三叔的脾性，他根本不需要瞒着谁，况且还是在长沙，他自己的地头。

"我还以为你和曹二刀子进去的时候，偷偷从那棺材里拿了什么东西出来，所以这些螺蛳老找我们麻烦。不然你这么早就回来干吗？"

"你脑袋上飙血了，你不去医院，任它流？"三叔没好气地道。

"如果不是你的原因，那到底是什么原因？咱们院子里到底是什么东西在吸引它？"二叔自言自语。

大家正琢磨着雨就停了。三叔说，别琢磨了，老大一个人在那里也应付不了，先去帮忙吧。

二叔还是在想，不过也站了起来。我们回到祠堂，见一片闹闹腾腾，二叔、三叔就去帮忙。我不想谈这些恶心事，径直一个人回家了。

院子里已经打扫干净了，开了下水道，看里面没有多少螺蛳就把水都泻了。附在表公身上的螺蛳给扫在了一起，放在一边的水缸里，上面压着石头。据说螺蛳有半缸之多，要等雨停了再处理。我看着水缸感觉很不舒服，总觉得它看上去好比一只大个的螺蛳，不由得远远地绕开。

回到自己房里，我百无聊赖，琢磨事情也琢磨不出来，而且总觉得不舒服。这水缸像颗炸弹一样，让我心神不宁，非常难受。大冬天的，一个人坐在房间里也有点冷，我索性出去走走。

一路在村里闲逛，一边走一边想，不知不觉我就走到了溪边。

大雨之后，溪流奔腾，水位高了很多。我踩在溪边的碎石上，看着从上游被冲下来卡在岸边的杂物，全是树枝和枯叶。水很混浊，我一边捡起岸上的石头往水里扔，一边想二叔的问题。

其实二叔说的时候，我心里就有了一个答案，但是我没说出来。我想到的是，开棺的时候，是表公加上另外两个老人再加上我和我老爹，它的目标有可能是我。什么原因自然无法得知，我能够想到的就是，也许是因为我们五个人开了它的棺材，扰了它的宁静。

说起来我也算是它的子孙，虽然没有血缘关系，而且过程诡秘，但它总归入了籍，还埋在主坟之内，为何它还如此咄咄逼人呢？它当年临死时到底经历了什么事情，让它如此怨毒？又或者二叔错了，如三叔所说，那棺材葬的也许不是那女人，而是那些螺蛳？

琢磨这些问题让我感觉好笑，但是表公的死状让人胆寒。这事情牵扯到生死了，就不是开玩笑的。我提醒自己，要是可能，还是早点回去好，杭州离这里这么远，它真要跟来，恐怕也得十几年之后。不过现在溜掉好像不太仗义，我也不甘心。

地上都是湿的，这雨我估计也不会就此停掉，断断续续地总还要有一两天。那晚上就真的不用睡了，得端着家伙时刻准备着。想着我忽然有了个主意——要不去借条狗过来？

爷爷临去世前有一条老狗，那条狗让爷爷调教得成了精，现在被二叔养在杭州，没带来，否则还能看个家、护个院什么的。想着又没用，螺蛳爬得这么慢，几乎没有一点声息，狗可能也发现不了。

想到这点，我忽然意识到有点奇怪：嗯，刚才的说法里，好像有什么让人不太舒服。

我想了一下，就知道刚才觉得不舒服的是哪一方面了。对啊，螺蛳爬得很慢啊！

从我住的地方到最近的溪边有多长距离？以螺蛳的速度，半个晚上能爬过来吗？我越想越觉得不对，站起来就开始步测，发现从溪边到我住的地方有八百多米的距离。我算了一下螺蛳的速度，我知道蜗牛马力全开能达到每小时八米左右，螺蛳爬得比蜗牛还慢。估计爬一米最少需要十分钟，八百多米需要八千分钟，也就是一百三十多个小时。如果它想在今天早上出现在我家院子里，那它五天前就应该上岸了。可五天前还没这些破事呢。

我靠，怎么回事，难道这些螺蛳吃兴奋剂了吗？

我立即打电话把我的想法和二叔讲了。可二叔听了一点也没怎么兴奋，只是嗯了一声，道："我知道了。"之后便匆匆挂了，似乎是那边有什么棘手的事情。

设局

他们回来后，我才知道是怎么回事。原来果然如预料的一样，表公死了之后出了纷争。我老爹被人打了，最后打成一片，表公的尸体都给撞翻了。后来派出所的人来才散了场面，不过这脸是彻底撕破了。三叔说得叫人来，否则这村子我们是待不下去了。

我爹就说算了，多一事不如少一事，到底都是吴家的人。三叔气得够呛，和我爹吵了两句，我爹就气得上楼去了。

二叔却似乎并不在乎，看我爹上楼，关上大门就招手让我们去他的屋子。

我和三叔感到莫名其妙，跟了过去，问他干吗。他从口袋里掏出一个东西："你们看这东西。"

"这是什么？"

"我在表公袖口里发现的，在你们打架的时候。"二叔道。

放到桌子上，我就看到那是一枚中古的钥匙，看着眼熟。

"这不是表老头放族谱那只盒子的钥匙吗？昨天我们在他家看到过。"三叔道，"这是什么意思？"

"表公临死前留了话给我们，看来他想让我们再去看看族谱。"二叔道，"他临死前可能想到了什么。"

这是一个始料未及的变化。三叔骂道："你刚才在路上怎么不说？要早点去还方便，现在恐怕有点麻烦了。"

族谱我也看了，不过那些内容我实在看不懂，所以没什么印象。现在表公死了，怕人偷东西，肯定有人守着。刚才大打了一场，我们要去表公家里翻东西可能不太现实。

"有钱能使鬼推磨，你吴三省不至于摆不平吧。"二叔道。

三叔点头："得。"随即叫了准备今天晚上守夜的伙计，给他耳语了一下，那伙计就走了。我问三叔怎么安排的，他说小孩子不用知道，反正今天晚上咱们保准能进去拿到东西就行了。

三叔的法子我料想也不会是什么上路的手段，不知道也罢，免得有心理负担。转头我就问二叔，对我在电话里说的事情怎么看。二叔却做了一个不要提的手势，让我别问。

我心中纳闷，感觉二叔神秘兮兮，但看他的表情，又不方便追问，只好作罢。

很快三叔的伙计就回来了，和三叔一通耳语，三叔就说行了。我们吃了晚饭，一直在家里等到晚上十二点，就打着手电出发了。

晚上的村子路灯很少，有些地方是漆黑漆黑的，什么光也没有。农村人睡得早，路上只有起伏的狗叫声。我晚上在村里行走得不多，就跟着三叔走。走了大概二十分钟，三叔停了下来，和二叔点了点头，二叔就示意我不要说话，关掉手电。

我心里奇怪。关掉手电之后，眼睛过了一会儿才适应四周的黑暗，只看到二叔、三叔蹑足而行，转过一个弯，我赫然发现我们又回来了，前面就是自己的院子。

猎物

三叔拉着我潜到院墙的角落里，三个人靠墙坐下。我有点明白这是怎么回事了。

显然三叔和二叔另有计划，他们出来的目的并不是为了拿族谱。当然我压根不知道他们的想法，看情形这显然是一种埋伏。我凝神静气，配合他们。

这是冬日里的半夜，虽然天气还没有到最冷的时候，但是在这种雨后的夜晚露天熬夜，实在是折磨人的事情。我很快就牙齿发酸，浑身都缩了起来，觉得体温都被灌过脖子的风吹走了。

一直等到后半夜，我都完全冻麻了。忽然我们就听到院子里有动静。三叔和二叔犹如坐定，声音一响，都打了一个激灵，显然也冷得够呛。我们缓缓地站起来，透过院墙往院子里望去，就看到压着水缸的大石头忽然动了。

我眯了眯眼睛，神经才顺畅地工作起来。再仔细看，就发现动的不是大石头，而是水缸的木头盖子被人顶起来了。接着石头滚到一边，盖子被顶起一条缝，一个人从水缸里爬了出来，看了看四周，就往屋子里走去。

“原来躲在这儿！”二叔轻声道。

“走！”三叔一挥手，就站了起来，“这龟孙子可现形了。”

我尾随而去，无奈脚冻麻了，哆嗦了两下才站起来跟上。

一边走，三叔一边就点上了烟，看来熬得够呛。路过院子的杂物堆，他从里面扯出一个包，不知道是他什么时候藏在里面的。他从包里掏出了早上那把猎枪，咔嚓上膛。

“这是谁？”我问道。

“这就是那个厉鬼。”二叔冷笑。

“是个人？”

“这世道，人比鬼还凶。”二叔道。正说着，忽然屋里传来一声惨叫，我心想不好，叫道：“我爹还在楼上！”说着我就要冲上去。

二叔一下拦住我，道：“放心，早有准备。”三叔已经破门而入。我们一路疾走上了二楼，就看到我老爹的房门大开，里面一片狼藉，一个人被一个彪形大汉死死扭在地上，疼得哇哇直叫。

“大奎，把他的脸抬起来。”三叔道，那彪形大汉立即扭紧双手，把那人的上半身从地上拉起来，然后卡住了他的脖子。

我一眼认出了这张最近几天经常看到的脸——曹二刀子！

“果然是你。”三叔咧嘴阴笑，“可算让老子逮着了！”

曹二刀子一脸惊讶，显然还不明白出了什么事。我看不到我老爹着急，就问道："我老爹呢？"

"在祠堂里准备呢。"二叔道，转头问大奎，"你拍下来没有？"

"全拍下来了。"大奎点头，"这家伙下手真狠，我差点就被他闷死了。"

三叔蹲到曹二刀子面前，道："你没想到吧？"

"你不是在表老头家里被我的人逮了吗？"曹二刀子莫名其妙地道。

"你哪只眼睛看到我被逮了？"三叔道。

我听着这些对话，感觉都莫名其妙。一边的曹二刀子被架了起来，我问二叔这到底是怎么回事。二叔呵呵一笑，道："我不是早和你说过了，我不信什么鬼神。这世界上，只有人心是最可怕的。"

真相

在回杭州的车上，二叔才把经过和我仔细地说了一遍。

原来早在他看到我窗户上出现螺蛳鬼影的时候，就已经知道这肯定是人干的了。

"这事情实在太简单了。以螺蛳的爬行速度，就算真有厉鬼附身，你说它能干什么事情？一堆螺蛳它压不扁你，又拉不长你，就算你离它只有一米的距离，它想害你也得努力十几分钟才能到你身边。而且我研究风水，知道太多的骗子，我就不信这个。当时我就肯定这是有人在搞鬼。”二叔一边用手机看股票一边道，“不过，我当时不确定是谁。这不是一般的吓唬人，我想他这么干总是有理由的。”

他顿了顿，又继续道：“当时我的心思全放在那棺材身上。那棺材中的活螺蛳放生后，溪水里就出现螺蛳鬼影，我感觉捣鬼的人目的可能与这具棺材有关。可是这个棺材里什么东西都没有，我想不通他是想干吗。”二叔转头看我，“小邪，二叔送你一句金玉良言，是你二叔这么多年来看事情的心得——凡事必求动机。事情的背后总是有着大量的动机，这是务必要先搞清楚的。”

“这是您炒股的心得吧。”我揶揄道。

“也算是。起起落落的，庄家干一件事情，总有原因。”二叔道，随后看了看大盘，“所以我先到了赵山渡，弄清楚那棺材的来历。不过问过之后我发现都是空穴来风的东西，并没有任何价值。我意识到，也许他的目的不是棺材，这可能是借此名义，借题发挥的一件事情。果不其然，我们回来之后，表公就死了，而且是那样一种死法。我立刻明白了，这才是对方的目的。”

“为什么？有什么必要吗？”

“吴家人都是地里干活的，和你三叔一样，多少对这些神神鬼鬼的东西有点相信。如果单是把表公推进溪里淹死，以我们知道的表公的酒量，必然会知道这是被人害的。但是如果是以那样诡异的方式，那么这事就变得十分诡秘。这边的人不张扬，就可以随便糊弄过去，而且还能把矛头直接指向我们。这时候我开始思考他的第二个动机，他为什么要害表公呢？

“表公无儿无女，又没有什么家产，也没有什么特别深的仇人，唯一可能引起别人嫉恨的，就是他的地位。这是困扰我最多的地方。因为就算是他的地位，也并不是什么特别吸引人的东西。为了琢磨清楚这个，我浪费了很多时间，都没有结果。

“最后我不得不放弃这个思考角度，转而琢磨另一个问题：谁不仅和表公有矛盾，还想对付我们？我和老三一琢磨，就想到了同一个人——曹二刀子。后来我偷偷拿了抄的那份族谱一查，发现曹二刀子和你老爹是同辈分，就是说，如果你老爹不做族长，那么在你的年纪没到之前，该由他来代。我看到这个，忽然意识到，如果真是曹二刀子干的，恐怕他还有一个人要干掉，那就是你爹。

“不过你爹和表公不同。老三在你爹楼下住着，我起得又早，他根本就没时间下手。为了确定到底是不是他，我就给他设计了一个机会——假装要去偷族谱，把消息泄露给他安在老三身边的眼线。他肯定认为这是个好机会，一定会找人在那边埋伏我们，而自己来杀你老爹。”

这时候我想到当时的对话，就道：“那没人去偷族谱，岂不是会被发现？”

三叔道：“所以你三叔我就急忙叫来了潘子和大奎，还带来几个脸生的伙计。去偷族谱的是潘子，那帮小屁孩怎么可能逮得到潘子，被潘子一顿揍，让他们干什么，他们就都干了。这边大奎就埋伏在你老爹的房里，等着曹二刀子。”

我听着稍微有点感觉了：“这么说，这些事情都是曹二刀子为了杀我爹和表公干出来的？就为了那个族长的位置？”

三叔点头笑道：“正是。”二叔却放下手机道：“非也。”

“哦，不是？”三叔纳闷，“那他为了什么？”

“到现在为止，我说的这些东西，只是这件事情的冰山一角而已。或者说，咱们看到的，只是事情的表面而已。”二叔道。

秘密

三叔脸色微变，二叔揉了揉太阳穴，道：“曹二刀子为什么要得到这个屁用都没有的族长位置？棺材里的螺蛳为何百年不死？还有，为什么那个百岁老人能这么顺利地回忆起六十年前听到的一个故事？我还有很多很多的事情没有想清楚。”

我听着二叔语气有变，有点纳闷。只见他斜眼看着三叔：“有些人总是以为自己的脑子比别人灵，殊不知，第二胎总是要比第三胎先天好那么一点。你说是不是，老三？”

我立即看到三叔的冷汗下来了，脸色发黑不说话。二叔身上竟然有一股极其奇怪的压迫力透了出来。

沉默了很长时间，二叔才道：“我这里有一个猜想，不知道对不对，你们姑且听一下。”

顿了顿，他道：“在开祖坟的时候，有一个贪心的后人发现祖坟里多了一具棺材。生性敏感的他立即就意识到，这棺材里可能是老祖宗藏的明器。但是四周全是自己人，他总不能明抢，而且他知道一旦开棺，这些东西必然要分给别人。这个后人平日里生性骁勇，从不让人。在那短短的十几分钟里，他就想了一个办法：他让随来的两个亲信伙计从祖宗祠堂后面的柴房里，抬出了那具无主的老棺材，在坟地与村子之间那没有任何路灯的山路上，把从祖坟里起出的棺材和这具老棺材对调了。

“为了让抬棺的人不发现棺材重量的变化，他的伙计从溪里挖了大量的湿泥倒入棺材内。但是忙中出错，水倒得太多，还把在泥中冬眠的螺蛳一起倒了进去。螺蛳受到惊扰，纷纷从冬眠中醒来。而因为当时起出棺材的时候天色发暗，大家对所有的棺材没完全看清楚，所以到了祠堂也没有人发现——这棺材并不是从祖坟里起出来的。

“他本来以为此事做得天衣无缝，没有想到随后便开始发生奇怪的事情。接着他听到我们要去问徐阿琴以前的事情。他知道从祖坟里起出的棺材其实是藏着明器的，如果徐阿琴知道这件事情，必然会告诉我们，这样棺材被调包的事情就会被发现。所以他连夜赶到徐阿琴家里，用钱买通了老人，让老人按照他事先编好的稿子念。我想以那个老人的记性，要记住这么多东西恐怕不容易。所以他最后没办法，只好让他的一个伙计扮成徐阿琴。可惜那妆化得太老了，看着实在不舒服。

“不过，就算如此，这事情也算是瞒过去了。他并不知道，在后人里还有一个同样的人——曹二刀子——和他的脾性很像。曹二刀子认准了棺材里肯定有宝贝，可是吴邪和我们老大，还有那三个老头去开棺，最后却说是一棺材螺蛳，他如何能信？曹二刀子认为这肯定是表老头和我们老大合谋，于是心生怨恨。一方面他要找到棺材，另一方面他要杀人报复。于是就生了这么多的事，正好将这弥天大案隐藏了起来。

“加上我被族谱上面的记载迷惑，所以作出了错误的判断，结果事情就这么被忽略了。

“然而，这个精明无比的后人，却在最后犯了一个大错误，使我一下就意识到这件事里还有诈！”

说完，二叔就叹了口气，问道：“老三，我说的大部分应该都是对的吧？”

三叔不说话，又沉默了很久，才叹气道："老子还以为这次真把你瞒过去了。破绽在哪里？"

"还是速度。你的两个伙计，出现的速度太快了，除非他们有翅膀，否则他们绝对不可能在我设完局之后半天就到了。这说明，这两个人肯定一直就在附近。"二叔道。

三叔咧咧嘴。我怒视三叔，质问道："你真的干了这么缺德的事情？那棺材里有什么东西？"

三叔苦笑："唉，要是真有东西，我也不会这么郁闷了。你三叔我也是白忙一场，整一棺材都是烂刨花。为了这些破烂，我还得连夜东奔西跑去设局，真是报应了，你们就不用骂我了。"

"真的？"

"真的，老子都承认了，骗你干吗？"三叔骂道。

我就奇怪，问二叔："这也不对啊，为什么要埋个空棺材在祖坟里？"

二叔收了一条短信，道："当然不会是空的，棺材那么重，我猜肯定有夹板。那正是清朝动乱的时候，我想里面应该是金条吧。"说着二叔把短信给我看，我看到是我老爹发来的彩信，他在村里过完表叔的头七才回来。

彩信里是祠堂后面的茅草屋，里面的老棺材已经被人砸开了，棺材板子之间果然有空隙，里面一块一块的狗头金散了一地。三叔猛抢过来，之后眼睛都直了，对我大叫："快开回去！"

二叔拿回手机，叹了口气，自言自语地道："春节总算是能好好过了。"

尾声

说完，二叔从口袋里掏出了一块手帕。展开之后，我看到是在表公手里发现的钥匙。

“咦，你不是说表公让我们看族谱是假的吗？这钥匙是从哪儿来的？”

“这确实是从表公手里找到的，我只是借题发挥了一下而已。”二叔道，“可是，这不是那个放族谱的盒子的钥匙。我试着去开了一下，开不了。”

我嗯了一声：“怎么会？我看着就是这钥匙。”

二叔摇头道：“不是，这钥匙可能是开另外一个类似的盒子的。而且——”他把钥匙举起来，只见上面有一个“吴”字，“表公临死前藏了这把钥匙，想让我们干什么呢？”

“别想了，”我道，“年后再说吧。”

“也是，”二叔把钥匙放回去，“还是先过年吧。”说着拍了我一下，“开慢点，注意安全。”

后记

各位，我终于写完了。

我很难形容这个时候的心情，不算好，不算差，不算淡定，也不算激动。

真的很难形容。

其实我在很久之前就一直在想，如果走到这一刻我的心情会是怎样的。我想过各种可能性，但是唯独没有想到会是现在这种——竟然连最基本的言语都表达不好了。

我想，也许是因为，我对于这一刻想得太多了，我的幻想反而超越了现实的感觉。

不过，我拉开窗帘，看着北京阴郁的天空，我还是觉得，有一些东西已经改变了。

这是一段长达五年的拉力赛，不折不扣的五年，花费五年的时间，写出九本小说，完成一个如此庞大复杂的故事，对于一个业余写作者来说，确实有些太吃力了。我写到最后，已经不知道故事好不好，精彩不精彩。我只是想，让里面的几个人物，能够实打实地走完他们应该走的旅程。事实上，这也不是由我来控制的。我在最后面临的最大困境，是主人公已经厌倦了他的生活，我必须在这个故事中寻找让他还能继续往下走的饵料。

就在几分钟之前，我让他们走完了，而且很平静。

在写第四本的时候，我已经想好要写一篇很长的后记，把我写《盗墓笔记》的整个过程，心中的很多疑虑和想法，全都写出来。趁着很多的记忆还没有淡去，趁着所有的人物还在我心中活灵活现，我必须立即动笔。

先说一些常规的事情。

关于起源：

说实话，我真的已经无法记起，当时写这本小说的初衷了。但是我知道，一定不是那种高尚伟大的想法。我从来不是那种有文字理想的人，我从来不想去告诉别人，我是一个什么什么家。我从小追求的东西，说白了是一种认可感，而讲故事恰恰是我比较容易获得认可感的途径。所以，虽然我无法记起，但是我几乎可以肯定地说，当时我落笔写下第一个三千字的时候，应该只是为了赢得一些喝彩而已。

这是一个非常非常低的追求。很早之前，我都羞于启齿，因为那是多么世俗，虽然我明白，即使不是一个伟大的人，他也会因为很多人的幸福而去做一番事业，而我因为没有他们那样高尚的口号而变得惶惶不安，觉得自己的动机不纯。

《盗墓笔记》是源自一个民间故事，是我的外婆讲给我听的。小时候这个故事给我的印象很深刻。

故事讲的是一个地主买了一个空的宅子，想在宅子的后院里种一些花草，结果发现无论种什么东西都活不下来，便去询问风水大师。

风水大师说这院子地下似乎有问题，于是地主找来长工开始挖掘院子，挖到一半就开始见血，也不知道是真的血还是红色的泥水。最后在院子的地底下，挖出了一具雕花大棺材，不知道是谁的。

他们把棺材放到了祠堂里，从此这个村子鸡犬不宁。不仅地里东西种不活，连地主家的人也快死绝了，四周的邻居家也发生了各种奇怪的事情，于是只好继续找风水大师。风水大师看了之后，让他们在院子里继续挖，挖下去十几米，又挖出一具小一点的棺材。

原来这是一个合葬的墓穴，夫妻两个非常恩爱，但是因为妻子的棺材沉降得比较厉害，两具棺材在地下离得越来越远，怨气就越来越重。

村长新找了一个风水宝地，在地下铺设了石板，放下了这两具棺材，再次将他们合葬，一切才平息下来。

我把这个故事展开了更多的联想，使用了里面的元素写成了《盗墓笔记》的第一章。

我记得故事的第一章有三千多字，我只写了不到半个小时，没有任何修改，我把它贴到了大家可以看到的地方，然后用衣领包着头，躲起来竖着耳朵，希望能听到一些喝彩的声音，满足自己的虚荣心。

这一听就是五年，五年之中，我经历的改变，是自己之前完全无法想象的。而如今，我再回头去看之前那个自己认为非常非常低下的追求的时候，却发现那已经变成了当前最高尚的口号。

史蒂芬在《黑暗塔》的序里曾经说过：我写这本书，赚了很多的钱，但是写作这本书最初的快乐，和钱一点关系也没有。五年之后我已经成了所谓的畅销书作家，但我很庆幸，我最开心的还是在网络上那个不起眼的地方，听到一些喝彩的声音的时候，而在写完的这一刻，我更加期待那个时候。

关于这本小说：

其实，我想说的是，当我写第二本的时候，我已经有一种强烈的感觉，这已经不是一本小说了。我总觉得有一个世界，已经在其他地方形成。因为我敲动键盘，那个世界慢慢地长大、发展，里面的人物也开始有了自己的灵魂。

在我十三岁的那年，我看了大仲马的传记，里面写到了“人物都活了”。当时大仲马写《三个火枪手》第三部的时候，里面的一个人物死亡，他边哭边写，把稿纸都哭湿了。我当时觉得特别奇怪，怎样一种状态，才能让作者可以以这种方式去写自己人物的死亡呢?

我尝试展开各种想象，都没有结果，一直到我自己开始写这本小说，并且，开始有意识地赋予小说人物不同的性格，赋予他们不同的人生经历。慢慢地，我就发现，故事的情节开始出现一些我自己都无法预测的变化。很快，这个人应该说什么话，应该做什么动作，我都无法控制了。我发现了一个非常有趣的现象，只要先建立一个场景，比如说大雨，把这些人物放到这个情景中去，他们会走到各自的位置上，做他们应该做的事情。

我无法把其中任意两个人的位置对调，因为那样会出现无法调和的违和感。就算我强行对调了其中两个人物的行为，我也会在日后的情节中不停地为他们解释。而他们的语言更是如此，比如我把他们放到了一个茶话会的现场，谁先说话，谁后说话，谁来活跃气氛，谁来一针见血，谁在神游天外，一切都已经有了定论。

我什么都不用思考，只需要看着他们，就能知道故事情节的走向。

他们真的活了。

在后来极长的写作过程中，我从一个写作者，变成了一个旁观者。我站在上帝的角度，观察每一个人的一举一动，慢慢地，我甚至能看到他们很多轻微情绪和行为的来历，是他们童年的某一次经历。比如我真的可以通过胖子抖烟灰时的动作，看到他以往的一切，他的痛苦，他的沧桑，他的一切。

一花一世界，一树一如来。我可以把一个场景不停地倒转、反复，在其中任何一个角度去观察，甚至能看到现场所有人的心理活动，几个人的情绪同时在我心中走过。

我想很少有人能领略这种快感。在写“大闹天宫”那一段的时候，我仿佛就在新月饭店的包厢里，我仿佛可以从楼上走到楼下，看着四周的人一片混乱。在飞溅的碎片中，在打斗的人群中，我随时让一切停顿，随时倒转时间，随时贴着人物的内心，体会他们心中的所有情绪变化。我可以把眼前的一切以一秒一帧的慢速度，慢慢地往前推进，然后蹲在地上，看里面人物的表情缓慢变化。

这本书中的整个世界，对于我来说，是真实存在的。它的每一个细节都是真实的，是无法改变的。我已经建成的部分，坚固得犹如现实。虽然说我是这本小说的创作者，但是当一切都走上了轨道，我对于这个小说中的世界，开始怀有极度的敬意。

关于小说里的故事：

最早发生的事情，是在长沙的镖子岭。

中华人民共和国成立初期，几个盗墓贼从战国古墓中盗出了本书中最主要的物件——《战国帛书》。这是吴邪爷爷一代也就是狗五爷年少时候的故事。当时还没有江湖上的排行，比较有名的一共是九个人——陈皮阿四、狗五、黑背老六，等等，其中最末的是解阿九，也就是解连环的老爸。后面也有所谓的十爷、十一爷，那被认可的范围就很小了，都是自己或者手下人封的，说到外面别人都不知道。

有人说陈皮阿四现在九十多了，五十年前他也四十多了，而当时狗五还不大，如果他当时十七岁，年少成名也得十年，那时候也就二十七。如何能排在年近五十的陈皮阿四后面，成为狗五？如此排下去，解小九当时岂不是还在穿开裆裤？

这有点无理取闹。有点常识的都知道，江湖上排的不是年龄，而是资历和辈分，而且这些都是人家给排的。吴邪爷爷狗五排得如此高，可见当时他的手腕和魄力是多么厉害，让人不得不服。

第二个故事，同样发生在镖子岭。

那是吴邪三叔夜盗血尸墓截了美国人和的那件事情，是发生在第一个故事后二十到三十年。这件事情可以说完全是巧合，而且吴邪三叔也由此知道了当年吴邪爷爷他们第一次盗血尸墓时发生的事情。这一次冒险，三叔上升了若干经验值，得到了一颗奇怪的丹药。虽然这只是一个插曲，但是这件事情可以说是之后西沙事件的起因。

第三个故事，发生在西沙的外海。

这也就是吴邪三叔怒海潜沙的故事了。张起灵的出现形成了这个故事中最大的谜团。故事有两个版本，一个是三叔的忽悠版本，另一个是三叔历尽劫波后坦诚的版本。最后的真相是，两个版本都是三叔骗吴邪的。因为在三叔心中，还有一个巨大的秘密，而这个秘密和吴邪有关。

第四个故事，发生在山东的七星鲁王宫。

这是本作品的第一个故事，也是吴邪第一次下地。经历过这一次后，吴邪从坚定的无神论者变成了神经病患者，参与到这种犯罪活动中实在是好奇心作怪。在这个故事中，靠闷油瓶力挽狂澜，吴邪等人最终逃出生天。由此，之前的三个故事通过这个故事，有机融合到了一起。战国帛书、西沙海底事件、莫名的丹药等几条线索聚合，整个故事开始变得极其扑朔迷离。

第五个故事，重新回到了西沙。

这一次是吴邪自己进入汪藏海的海底墓穴，寻找消失在墓穴中的三叔。此时的三叔，已经从海底得到了天宫的线索，开始了云顶天宫计划，而吴邪等人还像傻瓜一样，进入海底古墓。这是一次与汪藏海相隔千年的博弈，最后还是王胖子不拐弯的思维，让吴邪等人再次活了下来。在这个故事中，本作品中的三股力量终于汇聚到了一起，谜团开始发展。追求真相的吴邪等人，有着自己计划的三叔，以及前几个故事中阴魂不散的海外力量，在这里第一次面对面地开始了较量。在两条主线中，故事顺着汪藏海千年前写好的剧本发展下去，而另一条暂时中断了。

第六个故事，就是秦岭神树。

这是为人诟病最多的一个故事——编辑们认为最好、最有文学性，而读者认为不知所谓的一个故事。这个故事和主线关系不大，只是引出了山底下巨大的青铜古迹，同时也让主角的能力得到了提升。在这个故事中，吴邪独立带领着心怀不轨的童年好友，深入到秦岭深处。这个故事对于吴邪来说，有时候想想，好比是一个长长的梦，大有不真实的感觉。

第七个故事发生在长白山，永远的云顶天宫。

这是最艰难的探险，也是吴邪写得最痛苦的一篇。各路人马带着各自的谜团走上死亡之路，漫天的白雪，狭窄雪域中的痛苦跋涉。在那里，吴邪等人找到了一千年前汪藏海试图留给后人的终极秘密。然而，这个秘密在地底巨大的青铜门之前戛然而止。进入地底巨门中的张起灵似乎是一个最贴近这个秘密的人。汪藏海的主线到这里就停止了，铁面生的主线重新开始。

第八个故事，就是蛇沼鬼城。

由线索拼接成的两个故事，贯穿了整个蛇沼鬼城故事。

第一个是汪藏海的传奇。吴邪整理出来之后，发现是绝好的小说题材，用古龙的风格来写，必然是一本奇书，吴邪有生之年一定要把它写出来。

第二个是现在开始慢慢成型的铁面生的故事。

现在你可以清晰地看到故事的原点——山中的巨大青铜神迹和蛇沼鬼城背后的秘密。历史上，有两个超越时代的人窥得了这个秘密：一个是战国时代的铁面生，另一个就是明初的汪藏海。从现有的资料来看，吴邪等人并不知道他们之间有没有直接的联系，但可以看到的是，铁面生应该有更加丰富的资料，毕竟他的时代离神话时代十分近。从他们的墓穴中都有那种丹药来判断，两个人应该有共同的地方。最起码，两个人都将自己的经历以某种方式流传了下来——战国帛书和蛇眉铜鱼。而吴邪等人正是追寻着这两个线索，逐渐揭开了这扑朔迷离的面纱。

关于汪藏海、鲁王宫、格尔木和云顶天宫，是另外一套和张家古楼关系非常密切的体系，和张家的祖先有关系。而如陈皮阿四倒吊镜儿宫打苗族人的故事，那是凑字数的。

关于拖稿：

作为一个写作者，最大的外来痛苦，一定是出版周期的压力和自己写作质量之间的矛盾，特别是当你已经对赶稿这件事情无比熟悉之后。你知道，这是不可调和的。但是，只要你面临这种痛苦的时间够长，你就会发现，这并不是什么难以忍受的事情。真正难忍受的是，当你承受完这些痛苦之后，还要承受更多的不理解。

但是我还是在一如既往地拖稿。

我是一个慢手，特别是到了后期，写作速度会越来越慢。倒不是因为不写，而是因为，长篇故事越写到后面，前面的信息就越多，越需要顾虑，等你写到五本之后，前面基本的线索谜题就会变成大山压在你的身上，让你毫无办法，每走一步都无比艰难。

在这种情况下，很多时候，我只能选择稳妥的写作速度。然而，因为写作缓慢，我遭到了很多骂名。这些骂名一本书一本书地积累，慢慢地淹没掉了我以前能听到的喝彩声，慢慢地变成了主流。

我不可能违心地说，我的心在面对这些话语的时候，一直是淡定的。任何人，在初期面临那么多非议的时候，都会怀疑自己的价值。

“原来有这么多人不喜欢我。”我当时心中的沮丧可想而知，“江郎才尽”“不负责任”，无数责言满天飞舞。

我只为喜欢我的人写，我当时很想撂下这么一句话，但是我做不到。慢慢地，对于这些信息的焦虑开始侵占我的一切。那一年，我不知道是用什么方法，慢慢地使自己的心平静下来。我要感谢我的朋友们，其中有一位早已成名，早就经历过这一切的朋友，她告诉我，写作就是一种修禅，写作就是一个凝视内心的过程。我担心失去的那一切，对于以前的我来说，是不存在的。

所以，我失去的东西，只是我不应该得到的。我并没有失去写作之前所拥有的一切，就好像一个孩子从一棵苹果树上摘了十个苹果下来，发现其中三个是腐烂的一样，他不应该为失去了三个苹果而沮丧，而应该看到另外七个的完好。

语言有一些力量，我是慢慢地懂得了这个道理：情绪是一种不可以定量的东西，伤心就是伤心，开心就是开心。我写作是为了寻找我最初的快乐，如果因为小小的失去，就拿出自己百分之百的伤心来，那是很不值当的。

不过，虽然我的心中对于拖稿有着自己的无奈和坚持，但我还是要在这里向我所有的读者道歉。五年的等待，几乎是人生中一个小小的轮回，我为你们在这等待中所有的痛苦道歉。同时，我也希望在这五年的等待中，这套小说能变成一段回忆。五年是人生中一段不长不短的日子，如果有一个胖子能让那么多人在自己宝贵的人生中纠结五年，这个胖子也算是功德圆满了。所以即使是痛苦的，我道歉的同时，也会暗自窃喜。

我为什么喜欢故事呢？

先来说说我的人生吧。一九八二年二月二十日我生于浙江的一个小镇，子夜出生，出生的时候无论是天空大地还是海洋都没有任何反应。

有时想想，我多少有点埋怨老天爷，因为就算是出生的时候，天上打个雷，我也能有理由认为自己一定是和其他人不一样的。可惜，回不去了。我只能作为一个真真正正的普通人，在这个世界上混混日子。

我的家庭出身相当复杂。我奶奶是江苏泰兴人，和我的出版商还是老乡。我奶奶是一个船娘，也就是说，她没有产业，她所有的财产就是一艘小木船。我爷爷在我父亲五岁的时候就去世了。我父亲有一个哥哥，一个姐姐。我并不清楚我爷爷去世的原因，我父亲也不知道，只是隐约知道，我奶奶应该算是我爷爷的童养媳。

奶奶其实有很多孩子，当时都没有养活，我的父亲是最小的一个，所以格外受疼爱。二十世纪六十年代的时候，因为饥荒，我奶奶的船从泰兴出发，前往上海，在黄浦江上，她的船因为和大船相撞而沉了。

我奶奶带着三个子女，上岸的那一刻他们痛哭流涕。他们生活的家没有了，如今来到陆地上，看着茫茫的上海滩，她能感觉到的，只是无比的恐惧。

感谢党和人民，我的奶奶得到了安置。在我父亲的记忆中，有一段特别安宁美好的旧上海的记忆。我算过，如果当时我的父亲没有上岸，他也许就不会上学，也就不会有后面的事情。

不知道是什么原因，我父亲后来离开了上海，来到了浙江省靠近上海的这一带活动。之后“文化大革命”开始，我父亲跟着铁道兵进大兴安岭支边，在建设兵团度过了自己最宝贵的青春。我的母亲当时也是从南方去北方支边的青年之一。我的母亲非常漂亮，当时只有十六岁，和另外三个南方姑娘一起被称为大兴安岭的四朵金花，被担任司务长的父亲，用特供的白米饭追到了手。

当时他们这一对，应该是相当光彩耀眼的一对。在建设兵团，人们都以地域划分派系，宁波、温州、丽水都有自己的小团体，其间冲突不断。我父亲从小就能打架，有一手浑不吝的打架功夫。我母亲说，当时我父亲身上几乎没有一块地方是没有伤疤的。因为能打而且讲义气，我父亲在所有的团体中都有威信。只要有人打架，我父亲一出现，所有人都不敢再吭声。一直到回到南方以后，有一次我父亲押了一船西瓜，遇到乱民抢西瓜，父亲在船上用一根篙子把几十个乱民全部打落下水，虽然最后寡不敌众只能弃瓜而走，但是他当时的雄风，我想起来就觉得过瘾。加上我母亲惊人的清秀美丽，两个人在当时还是相当遭人嫉妒的。

说到我母亲，她的家族更加有意思。

我外婆是我们老家一个叫作千窑之地的窑主。千窑有一千个窑口，是当时砖瓦的核心产地。当时我外婆在当地拥有一个大窑，属于非常有地位的阶层。我外公是从国民党的壮丁中逃出来的，一路在山中潜行来到了我老家这边。他在地主家做短工过活，一直等到中华人民共和国成立后，经人介绍两个人才成了一对。

我外婆和外公的故事一定也有千千万万。当时我外公天生神力，一米八六的大个子，在当时的社会简直犹如巨人一般。我外婆说之所以会嫁给我外公，是因为看到外公一个人抬起了三个人才能抬起的东西。当然，似乎这段婚姻之中也有很多插曲。我外公去世的时候，我隐约听到外婆在灵堂里伤感地和我母亲诉说我外公以前的风流韵事。

我看过我父母当年的照片，我的父亲英俊得让人无法直视，而我的母亲，在现在看来都是出水芙蓉一般。他们是那么美丽优秀，以至于我每次照镜子，都觉得世界是多么不公平。那么多优良的基因，到了我这里，竟然表达得这么猥琐。

我父母在大兴安岭确立了关系，之后调到了大庆油田，之后又回到了南方。我父亲当时是供销系统的副食品经理，可谓手握物资大权，所以我家算起来还算是不错的。之后，在一个啥特色也没有的夜晚，我就被生了下来。

写到这里，很多人会觉得有意思，也有一部分人会觉得无聊，觉得这都是什么跟什么，说这些有意义吗？

其实是很有意义的。我是想告诉各位，我的奶奶、我的外婆外公、我的父亲母亲，都是极会讲故事的人。当我作为两个家族的第一个孩子诞生下来，在那个没有电视、没有电影、没有网络、没有小说的年代，我是如何度过我的童年的呢？

讲故事。

我从小就是在一圈故事达人的看护下长大的。民间故事、战争故事、童话，我的童年充满着这些。有些故事，现在听来都非常有感染力，好多我都直接用在了《盗墓笔记》中。

我在那个时候就已经确定，所有最初的乐趣，只能来源于故事。这也是后来我对故事着迷的最基础的原因，我能百分之百地享受到故事所能传达的乐趣。

之后我的人生，穷极形容就是“无聊”二字，在各方面都失败，用现在的话说，可以被称呼为废材。有人说，一个人生下来，上天总会给予一些特长，让他可以帮助他人。然而，在很长一段时间里，我真的就觉得自己任何特长都没有。

在我的朋友圈里，总有这样的现象：成绩好的学生，体育一般都不会太好；如果体育好的学生，成绩一般都不怎么样；成绩和体育都好的学生，一般长得都丑；成绩和体育都好，又长得不丑的同学，一般都会早恋然后被开除；成绩和体育都好，又长得不丑，而且特别规矩不早恋的同学，后来都变成gay了。

我想说的是什么呢?

我想说的是，我和上面一点关系都没有，这就是这个社会的悲哀。从来没有人关心一个体育和成绩都不好，长得丑且到处逃课不守纪律的孩子。

很多时候午夜梦回，我都觉得上帝是那么不公平，我身边所有的人都有传奇一般的人生，为何我的人生是这个样子的?

当时我身体不太好，自从小学时有一次考试晕倒在考场上之后，每次考试老师都对我重点盯防，会把我安排在通风且温度适宜的地方。这个地方一定是全考场的风水宝地，老师监考的时候，除了巡视，都一定会到那个地方休息，且经常顺便来问我的身体状况，生怕我死在考场上，所以作弊这一套也行不通了。而旅游啊、运动啊就更和我没有缘分了。我天生长了一对渔民脚——脚趾很长而且大脚趾最长，懒洋洋游泳的时候特别有用，可是一旦需要爆发力的时候就完全没用了。加上只要太阳稍微大一点，就很容易忽然倒地口吐白沫，体育老师看到我就好像看到了校长儿子，呵护备至。所以我的大部分体育课，都是在树荫下，穿着白衬衫手捧小说度过的。

对于我来说，早期这样的生活还是相当惬意的，除了被球场上的帅哥踢出的香蕉球击中脑袋从楼梯上滚下来，我还是特别喜欢那些安静的、不出汗看书的日子。

我想很多人有我这样的经历，但是未必有我这样绝对。那个时候，我几乎所有的时间都在看小说。我把图书馆掏空之后，转向民营的小书店，从书架上的第一本开始看起。本本都花钱借，很快钱就不够用了。对于毫无特长的我来说，赚取生活费这种事情简直是天方夜谭，我便开始赖在书店看书，但通常是看三本借一本，因此老板也不好意思赶我走，我初期到底是个大客户，之后虽然借得少了，但频率高啊，总量还是不错的。我觉得我的情商就是在这个时候培养起来的。

到初中结束，我已经再没有书可以看了，便开始自己写一些东西。虽然质量都不高，但是在完成一轮正规的小说阅读之后，我忽然有一种很强的欲望——我想自己写一篇小说。当时的这个想法和任何的梦想都没有关系，我压根不想成为一个作家。当时我只是觉得写出一个好看的故事，能让所有人在我背后抢着看，是一件多么拉风的事情啊。

那一年，我开始真正动笔。从最开始的涂鸦写作，到自己去解析那些名家作品，缩写、重列提纲、寻找悬念的设置技巧、寻找小说的基本节奏，仅仅两个月时间，我便慢慢地发现，我写出来的小说，越来越有样子了。

可是，我还是不敢投稿，废材的人生让我很难鼓动自己走出这一步。当时还没有电脑，我使用纸和笔，在稿纸上写作。慢慢地，我就开始沉迷进去了。我荒废了学业（反正也没什么成就了），到大学毕业，我写作的总字数超过了两千万字，大部分字都是写在各种废弃的作业本上。我是一个换作业本特别勤的人，因为我的作业本前头是作业，后头往往就是我写的小说。这能方便我在上课的时候写作，往往两三节课，我就能把一个本子全部写完，那第二天写作业，只好换一个新的本子了。

说真的，现在回头去看我写的东西，有一部分的水平还是能让我自己咋舌的，不仅仅是能和现在相媲美，很多作品甚至写得比现在的还要好。因为当时我注重文笔和语句，而现在的我已经是个老油条了，知道把意思表述清楚就很足够了，往往懒得在文字上多琢磨。

在整个写作过程中，我有一个特别明显的特征，就是只写故事。

那时候的故事种类非常多，我写武侠、写悬疑、写爱情，甚至很早我就开始写一些现在比较流行的类型，比如穿越类型的小说。但是和其他的文学爱好者不同，我只想写故事，我最希望听到的一句话是：“后面呢？后面写了吗？”因为，这是对于我写的故事的最好评价。

在出版《盗墓笔记》之后，有很多人问过我一个问题：你是否觉得你的成功有运气的成分？

我想说，没有任何一次成功是没有运气成分的。有一些好运气总是好的，虽然人最需要的并不是运气。很多时候我们也知道，运气其实并不能帮你太多，即使你中了彩票，如果你没有能力处理巨资，手上的钱也会很快变成大麻烦。

人需要的，其实是抓住机会的能力。决定写《盗墓笔记》的那一刻，我带着一种并不在意的心态，这种不在意能够吸引很多人来看，其中，应该是有那两千万字的功劳。

所以，如果真的要说我的运气在哪里，我觉得我的运气是来自我不聪明、成绩不够好，不运动、体育不够好，但是老天爷偏爱长得丑的。

如今的一切，我接受得很坦然，和运气、和天赋都没有关系，我只是一直被故事牵着鼻子走而已。我想说的是，如果这个人很喜欢吃东西，他从童年开始就深陷在吃东西之中，吃到三十岁，那他也是可以成功的；如果这个人很喜欢打架，他从童年开始就喜欢打架，打到三十岁，那他也是可以成功的。

喜欢一件事情，坚持做下去，总是可以成功的。

说了一些客套话，大概是后记该写的东西，现在来说一些我真正想说的。翻开这一页，要做一点心理准备。

吴邪：

吴邪，是一个很难形容的人。如果一定要说，我想说：他其实，就是一个普通人。

但这并不代表他不伟大，正因为是普通人，他所经历的这一切，才让人那么佩服。

我想，很多朋友在刚刚看到他的时候，一定会厌恶他的软弱，他的犹豫不决。然而，随着故事一步一步推进，喜欢他的人越来越多，他是一个柔弱得像水一样的男孩子，但是请不要忘记，在严酷的寒冬，最没有形状的水，也会变成坚固的冰。

吴邪就是这么一个人。他单纯，有一些小小的聪明；他懦弱，珍惜自己的生命；他敏感，害怕伤害身边的人，他是在所有的队伍中，最不适合经历危险的人。

然而，我却让他成为这个故事的主角，去经历一段最可怕的旅途，这可能也是这个故事最最特别的地方。在所有人可以退缩的时候，他恰恰不能退缩；在所有人可以逃避的时候，他却不能逃避。

我很想和他说声对不起，把这个普通人推进了如此复杂的迷局之中。我在其中看着他的纠结与烦恼，似乎就是看到了我的纠结与烦恼。有一段时间，我能深深地感觉出他心中对于一切的绝望，当时我很想知道，他这样一个普通人，在面对如此庞杂的绝望时，他会如何做。

我没有想到他能撑下来，在故事的发展中，大家都看到了一个普通人如何在挣扎中成为一个他不希望成为的人。而让所有人喜欢的是，在所有可以成为他人生拐点的地方，他都保持了自己的良知，即使他最后戴着一张穷凶极恶的面具，他的内心还是吴邪。他可以有很多的小奸小恶，可以有很多的小道德问题，但在他面临最大的抉择的时候，他永远还是那个希望所有人都好的吴邪。

“我希望这一路走来，所有人都能好好地活着，所有人都可以看到各自的结局。我们也许不能长久地活下去，请让我们活完我们应该享有的一生。”

吴邪在潘子的弥留之际向天际祈祷，虽然他身处漆黑一片的山洞中。他把所有的责任都归咎于自己，他无法面对自己一路走来的意义。

这就是吴邪，在队伍中永远的“白搭”，铁三角中最废材的领袖，他需要别人的保护，需要别人的帮助，他有无穷的好奇心和欲望，但是只要有一个人受到伤害，他自己的一切就都不重要了。他是一个无论多么恨你，都希望你可以活下去的普通人。因为他不懂杀戮，不懂那超越生命的财富，他只懂得“活着”二字的价值。

闷油瓶：

这是一个强大得犹如神佛一般的男人。有他在的篇幅中，我总是能写得格外轻松，因为只要他在身边，就能为你挡下一切的灾难和痛苦。

他没有言语，不会开心，不会悲痛，他总是像一个瓷娃娃一样，默默地站在那里，淡淡地看着一切。然而，你知道，他是关心着你的。永远没有任何一个人可以像他那样，给你带来那么多的安全感。

然而，不知道为什么，我在书写这个男人的各种举动时，心中总是泛着一股深深的伤感。

正如他自己所说的，他是一个没有过去和未来的人，他和世界的唯一联系，似乎并没有多少价值。他不知道自己来自何方，不知道自己将要去往哪里。他只知道，在这个世界上，有一件他必须要做的事情。

“你能想象吗？有一天，当你从一个山洞中醒来，在你什么都不知道，疑惑地望着四周的时候，你的身上已经有了一个你必须肩负的责任，你没有权利去看沿途的风景，不能去享受朋友和爱人，你人生中所有美好的东西，在你有意识的那一刻，已经对你没有了意义。”

张起灵就是这样默默地背负着自己的命运。最让我心痛的是，他只是淡淡地背负着，好像这一切都是理所当然，好像这只是一件无关紧要的小事。如果你问他，他只会默默地摇头，和你说：“没关系。”

这就是我写出来的这个男人。他背负着世界上最痛苦的命运，甚至比死亡还要痛苦一千倍，然而他不怒不哀，既不逃避也不痛苦。他就在那里，告诉他所保护的所有人，没关系。

在《盗墓笔记》的结尾，我让他再次沉睡，十年之后，才有再次唤醒他的机会。

这也许不是一个很好的结局，对于所有人来说都不是。但是，对于他来说，我真的想不出更好的结局了。

胖子：

胖子是一个粗中有细的人，整体来说，我认为他是一个细的人，甚至在很多层面上，他比吴邪更细一些。胖子给人的印象一直是嘻嘻哈哈的，并且总是闯祸。他有自己的臭毛病，但是我还是觉得，他是三个人当中最正常的一个人。

也就是说，要是选人做老公的话，这三个人当中，只有胖子可以胜任。

如果说吴邪是那种逃避痛苦的人，小哥是那种无视痛苦的人，那胖子是唯一可以化解痛苦的那种人。

在这些人当中，无疑胖子是承受过最多痛苦的。所谓的承受，是指胖子他能够体会到痛苦对自己的伤害，而不是像小哥那样，无尽的痛苦穿身而过，他只是点头致意。

一个能够理解痛苦而又承受了那么多痛苦的人，并且将其一一化解，真正地发自内心开心快乐的人，我们几乎可以称之为佛了。

是的，胖子就是那个看穿一切的佛。在某种程度上，在他的谈笑中所蕴含的东西更多。他拍着天真的肩膀，说出那一句“天真吴邪”，已经是将吴邪看得通透无比，他能够默契地和小哥点头包抄任何危险，说明他也完全理解小哥内心的那一片空白。

然而，在最后，胖子终于承担不了了。云彩死了之后，他强大的内心还可以化解那强烈的悲痛吗？他发现，他的心中不愿意化解了，他不想这段痛苦和他以前的那些痛苦一样，最后变成了那一片空灵。

胖子选择了让这段痛苦和自己永远在一起。我写胖子抱着云彩的尸体痛哭流涕，对吴邪说道：“我是真的喜欢，我从来没有开过玩笑。”我的眼泪也无法止住地流了下来。我很后悔，没有在前面，为他和云彩多写一些篇幅，让他和云彩可以有更多回忆的东西。

对于胖子来说，他的爱是简单的，喜欢了就是喜欢了，没有那么多理由，不需要那么多相处。

铁三角：

我不知道他们之间的感情是什么，是朋友吗？我觉得，他们已经超越了朋友的关系。他们有着各自的目的，到了最后，却都放弃了各自的目的；是亲人吗？我觉得也不是，他们疏离着，互相猜测着，然而这种疏离，又都是一种默默的保护。所有的一切，好像都是出于最基本的感情：我希望你能平安，不管是吴邪千里追踪规劝闷油瓶，还是胖子不图金钱帮吴邪涉险，还是闷油瓶屡次解救他们两人而让自己身陷险境。

“这是我的朋友，请你们走开，告诉你们老板，如果我的朋友受到任何一点伤害，我一定会杀死他，即使他跑到天涯海角，我也能找到他，反正我有的是时间。”闷油瓶淡淡地说出了这句话，身后是不知所措的胖子和吴邪。

“我告诉你们，就是他以后把我所有的产业全部毁掉，我也不会皱一下眉头。这是我吴家的产业，我想让它败在谁的手上，就败在谁的手上。我今天到这里来，不是来求你们同意这件事情，而是来知会你们一声。谁要是再敢对张爷说一句废话，犹如此案！”吴邪用他不完全结实的拳头，砸穿了书桌。那一刻，他的愤怒没有让他感觉到指骨碎裂时的剧烈痛苦。

“胖爷我就待在这里，只有两个人可以让我从这里出去，一个是你天真，一个就是小哥。你们一定要好好地活着，不要再发生任何要劳烦胖爷我的事情了，你知道胖爷年纪大了。当然，咱们一起死在斗里，也算是一件美事。如果你们真的有一天，觉得有一个地方非去不可并且凶多吉少，一定要叫上我，别让胖爷这辈子再有什么遗憾。”

这就是铁三角。

盗墓笔记大事年表

- **20世纪50年代初** 吴家盗血尸墓。
- **1952年** 裘德考回美，老九门衰落。
- **1956年** 考古队广西上思张家铺遗址考古。
- **1963—1965年** 张大佛爷领衔，老九门悉数参与史上最大盗墓活动。
- **1970年** 得力于大金牙的翻译，“它”组织完成了对张家古楼的研究。
- **1974年** 陈皮阿四倒斗镜儿宫，裘德考解开战国帛书，并组织了对龙脉的首次探索。
- **1976年** 原考古队巴乃考古，实为送葬。
- **1977年** 吴邪出生。
- **1978年左右** 原考古队被调包。
- **1979年后** 解九爷的队伍走投无路，投靠杭州的吴邪爷爷，最后吴邪爷爷以金蝉脱壳之计将那具尸体藏于南宋皇陵之内。
- **1982年左右** 吴三省抢在裘德考队伍之前，单枪匹马再探血尸墓。

- 1985年左右：考古队进入西沙海底墓，中招后被囚禁于疗养院。解连环与吴三省首次联手。
- 1990年：“它”组织封存巴乃考古资料，解除对疗养院的监视。文锦一行仍然以疗养院为基地，继续研究，并建立录像带机制。
- 1993年：通过对从海底古墓中带出的资料的研究，文锦等发现了长白山的线索，并决定前往。
- 1993年6月18日：在长白山云顶天宫，文锦见到了终极。
- 1995年：文锦一行找到了传说中的西王母国。此行之后，霍玲开始尸变。
- 1995–1999年：霍老太收到神秘录像带。
- 2000年左右：小哥回到广西巴乃，不料失忆症发作，被当成肉饵放入古墓中钓尸，被陈皮阿四所救。
- 2003年2月1日：大金牙带着战国帛书找到吴邪，吴邪的盗墓之旅拉开帷幕。
- 2003年2月：七星鲁王宫。
- 2003年3月：西沙海底墓。
- 2003年秋：秦岭神树。
- 2003年冬：云顶天宫。
- 2004年5月：蛇沼鬼城。
- 2004年8月：阴山古楼。
- 2004年A月：铁三角大闹新月饭店。
- 2004年B月：邛笼石影。
- 2004年C月：吴邪和胖子深入张家古楼，救出闷油瓶。
- 2004年D月：吴邪发现三叔家的地下室，之后收到一封信。
- 2005年立秋：闷油瓶千里赴杭与吴邪道别，再次前往长白山。
- 2015年：十年之后……

图书在版编目（CIP）数据

盗墓笔记 ：长白山纪念版 ：全 9 册 / 南派三叔著 . 长春 ：吉林人民出版社，2025. 8. -- ISBN 978-7-206-21950-4

Ⅰ . I247.5

中国国家版本馆 CIP 数据核字第 20250G6G11 号

责任编辑：王斌

装帧设计：酢暖　蘑菇　珍珍

盗墓笔记：长白山纪念版：全9册

DAO MU BIJI：CHANGBAISHAN JINIANBAN：QUAN 9 CE

著　　者：南派三叔

出版发行：吉林人民出版社（长春市人民大街7548号　邮政编码：130022）

咨询电话：0431-85378007

印　　刷：嘉业印刷（天津）有限公司

开　　本：700mm × 980mm　1/16

印　　张：162.5　　字　　数：2912千字

标准书号：ISBN 978-7-206-21950-4

版　　次：2025年8月第1版　　印　　次：2025年8月第1次印刷

定　　价：475.20元（全9册）